项钢雪 —— 著

三国春秋演义
Sanguo Chunqiu Yanyi

[第一册]

中国戏剧出版社
CHINA THEATRE PRESS

图书在版编目（CIP）数据

三国春秋演义 / 项钢雪著 . -- 北京 : 中国戏剧出版社, 2023.10
ISBN 978-7-104-05323-1

Ⅰ．①三… Ⅱ．①项… Ⅲ．①章回小说－中国－当代 Ⅳ．① I247.4

中国国家版本馆 CIP 数据核字（2023）第 021736 号

三国春秋演义

责任编辑： 齐　钰　赵成伟
责任印制： 冯志强

出版发行：	中国戏剧出版社
出 版 人：	樊国宾
社　　址：	北京市西城区天宁寺前街 2 号国家音乐产业基地 L 座
邮　　编：	100055
网　　址：	www.theatrebook.cn
电　　话：	010-63385980（总编室）　010-63381560（发行部）
传　　真：	010-63381560

读者服务：010-63381560
邮购地址：北京市西城区天宁寺前街 2 号国家音乐产业基地 L 座

印　　刷：	北京九州迅驰传媒文化有限公司
开　　本：	787mm×1092mm　1/16
印　　张：	109
字　　数：	1554 千字
版　　次：	2023 年 10 月　北京第 1 版第 1 次印刷
书　　号：	ISBN 978-7-104-05323-1
定　　价：	598.00 元（全三册）

版权专有，违者必究；如有质量问题，请与出版社联系调换。

目 录

第一册

第一回
倒汉室太平渠帅大聚会
立黄天大贤良师发宏论......002

第二回
举义旗黄巾军齐反八州
保社稷汉灵帝怒发三军......010

第三回
战颍川波才大败朱公伟
取邵陵彭脱智胜赵彦信......024

第四回
鼓士气刘宏诏谥七吏士
扭败局皇甫火烧黄巾军......042

第五回
退邺城宫军师贻献妙计
破阳翟曹孟德树建奇功......055

第六回
佐军司马孙坚轻敌兵败西华
匡世将军彭脱拒降命赴黄泉......069

第七回
　　破密信王子师弹劾宦官
　　战苍亭傅南容擒杀卜己......086

第八回
　　刘关张平原县投军皇甫
　　董仲颎下曲阳兵败削职......107

第九回
　　左中郎将皇甫兵败广宗
　　天公将军张角命归西天......121

第十回
　　显神威张梁大败刘关张
　　尽全力官军终破广宗城......134

第十一回
　　取昔阳亭刘备装死逃命
　　守下曲阳张宝身殁城亡......149

第十二回
　　攻宛城朱将军中计败绩
　　施缓计韩大帅无奈求降......164

第十三回
　　黄巾孙夏中计兵败精山
　　皇帝刘宏耀武增广郊祀......178

第十四回
　　谏阻卖官司马直自绝盟津
　　收合聚众张牛角举兵黑山......193

第十五回
　　内外交困刘宏一命归天
　　争权夺利何进身首异处......208

第十六回
杀宦官袁本初大施淫威
除丁原董仲颍小试牛刀 224

第十七回
废少帝陈留王荣登大位
集党羽董司空大翻旧案 246

第十八回
剿黄巾牛中郎兵败河东
禁谈论董相国捉放儒生 262

第十九回
兴汉室曹孟德陈留募兵
讨董卓众诸侯盟津盟誓 279

第二十回
排众议董相国迁都长安
斩华雄孙豫州扬威阳人 299

第二十一回
河阳津上河内太守败北
汴水岸边奋武将军受创 318

第二十二回
战太谷三英大败吕布
得玉玺讨董盟军散伙 338

第二十三回
称太师董仲颍荣赴长安
逐韩馥袁本初始有冀州 359

第二十四回
夺濮阳曹孟德领东郡太守
战东光公孙瓒拜奋武将军 375

第二十五回
破袁绍刘玄德喜领平原相
攻刘表孙文台惨死于岘山 391

第二十六回
战界桥公孙瓒轻敌败北
守顿丘曹孟德运筹胜算 409

第二十七回
刺董卓未遂伍孚命赴黄泉
诛太师成功王允运筹帷幄 422

第二十八回
评董卓功过蔡中郎长安牢里勇于绝命
领兖州牧职曹孟德寿张城东大胜黄巾 447

第二十九回
原董卓部众被迫攻陷长安城
青州黄巾军无奈举降济北国 466

第三十回
黑山寨袁本初奇袭黄巾
常山国张飞燕智退官军 486

第三十一回
假报父仇曹操滥杀徐州无辜
真救陶谦刘备被荐豫州刺史 507

第三十二回
奇袭长安马韩种长平观下败绩
再战徐州曹孟德兖州后院起火 528

第二册

第三十三回
　薨陶谦刘玄德坐领徐州
　访张纮孙伯符遂有江东 549

第三十四回
　败吕张收定陶曹孟德诏拜兖州牧
　击郭樊乱长安李稚然自为大司马 571

第三十五回
　刘协东归遇阻暂幸安邑
　公孙不敌联军退守易县 595

第三十六回
　失徐州刘玄德虚领豫州刺史
　迎天子曹阿瞒被诏录尚书事 622

第三十七回
　射戟辕门化干戈为玉帛刘纪各自罢兵
　迁都许县挟天子令诸侯曹操始揽朝政 651

第三十八回
　招贤纳士祢衡命丧沙洲
　许都屯田韩枣敬献妙策 677

第三十九回
　刘备败绩奔许喜得豫州
　曹操挥军征宛失利丧子 709

第四十回
　袁术称帝梦幻泰山封禅
　吕布使间垓下大获全胜 732

第四十一回
袁公路攻陈县反被沉重一击
曹孟德征张绣悲祭阵亡将士 ……753

第四十二回
平安众张绣败回穰县城
破下邳吕布殒命白门楼 ……771

第四十三回
董刘种吴王密盟诛曹操
司空左将军饮酒论英雄 ……794

第四十四回
放虎归山曹孟德后悔莫及
诛曹泄露皇岳丈被夷三族 ……810

第四十五回
战下邳关云长被迫投降
互不服曹操袁绍终开战 ……829

第四十六回
关羽斩颜良离开曹操回归刘备
曹孟德袁本初两官军相持官渡 ……852

第四十七回
曹操烧乌巢袁绍大军终败北
斩蔡阳刘玄德弃袁南投刘表 ……875

第四十八回
战三袁曹孟德毫不手软
征乌桓曹司空消除边患 ……900

第四十九回
刘备招贤纳士诸葛亮出山
曹操自称丞相诛杀孔文举 ……941

第五十回
丞相曹操取刘表兵不血刃
张赵二将战长坂大显神威 967

第五十一回
刘孙双方柴桑协商联合抗曹
曹操兵败荆州鼎足之势始现 985

第五十二回
为共同防御曹操孙刘联姻成功
孙权曹操合肥之战均徒劳无益 1012

第五十三回
攘外先安内曹操颁发《让县自明本志令》
为进军益州刘玄德赴京口求稳定四郡 1034

第五十四回
曹丞相大谈书画诗赋暂立嗣
征关中马韩曹孟德声东击西 1052

第五十五回
刘玄德进益州捷足先登
曹孟德上殿仿萧何故事 1079

第三册

第五十六回
过梓潼庞马蚕婆山拜访景鸾
取涪城刘备芙蓉溪指挥三军 1099

第五十七回
曹操声东击西曹孙激战濡须口
孟德称魏公加九锡仍领冀州牧 1126

第五十八回
攻雒城庞士元不慎丧命
得成都刘玄德未动干戈 1148

第五十九回
孙仲谋刘玄德划分荆州
曹孟德兵指汉中收张鲁 1166

第六十回
破汉制曹孟德称王邺城
保巴蜀刘玄德占领汉中 1189

第六十一回
刘备南郑自称汉中王
关羽樊城水淹曹七军 1214

第六十二回
曹孙联合关云长败死
孙权屈居向曹操称臣 1238

第六十三回
一代雄霸曹孟德坦然辞世
众望所盼曹子桓代汉称帝 1266

第六十四回
继承汉统刘玄德武担称帝
韬光晦迹孙仲谋遣使降魏 1293

第六十五回
为关羽报仇刘备猇亭兵败
质子不成曹魏孙吴终开战 1321

第六十六回
刘玄德因病笃永安宫托孤
诸葛亮内政外交硕果累累 1348

第六十七回
诸葛张嶷恩威并举平定南中成功
魏帝曹丕率军临江进攻孙吴无果 ……1370

第六十八回
是非功过曹子桓一命归天
郁郁寡欢曹子建驾鹤西去 ……1395

第六十九回
兴汉室诸葛亮一伐曹魏失败
讨孙吴曹文烈兵败皖水石亭 ……1409

第七十回
右将军二伐曹魏攻打陈仓无果
诸葛亮三伐曹魏大胜官复原职 ……1438

第七十一回
水到渠成孙仲谋称帝武昌城三国鼎立
再出祁山诸葛亮四伐曹魏国缺粮退兵 ……1454

第七十二回
诸葛亮五伐曹魏国病逝五丈原
司马懿征讨公孙渊平息辽东郡 ……1471

第七十三回
曹叡驾崩曹芳继位曹爽司马共辅佐
孙吴分兵多路讨伐曹魏国无果而退 ……1492

第七十四回
蒋琬执政无战事边境安宁
曹爽兴势山兵败狼狈而归 ……1504

第七十五回
曹昭伯祭高平陵后院失火被诛
司马懿老骥伏枥病笃不治而故 ……1523

第七十六回

同室操戈孙仲谋忧郁而亡

蜀损贤能姜伯约任大将军 1538

第七十七回

废立皇帝司马师顺利得手

毌丘俭文钦伐司马师失败 1557

第七十八回

兵败新城诸葛恪遭谋杀

起内讧孙子通废立皇帝 1570

第七十九回

姜伯约沓中种麦避祸

司马昭弑立曹魏皇帝 1588

第八十回

孙吴国兴建浦里塘犹画饼充饥

曹魏国消灭蜀汉国若风卷残云 1612

第八十一回

邓钟姜心怀异志同归于尽

刘阿斗乐不思蜀得以善终 1632

第八十二回

胡乱弹琴　孙子烈度过后期时光

万事俱备　司马炎代魏称帝立晋 1647

第八十三回

孙元宗荒淫残暴朝野怨恨

羊祜谋亏一篑兵败西陵城 1663

第八十四回

排西北边患司马安世不遗余力

除内阻司马炎毅然举兵统江山 1678

纲文曰：

东汉末年，朝政大乱。群雄并起，兵戎相见。大浪淘沙，淘尽了沙子——张角、董卓、吕布、袁术、袁绍与公孙瓒……沉下了金子——曹操、刘备和孙权。鼎足之势已形成，战犹酣，皆枉然。西南一隅蜀汉，穷兵黩武伐中原。国力耗尽，宦庶皆怨。曹魏雄兵指剑南，暗度阴平，翻掌之力降刘禅。后起之秀三司马，无意扮演周公旦，结果扮演了周公旦。厚积薄发司马炎，恩威并举代曹魏，立晋朝，称皇帝；排内忧，除外患，决然举兵下江南。不出半年，便灭孙吴，结束了近百年战乱，统一了华夏。于是乎，朝野上下尽开颜。

项钢雪

第一回

倒汉室太平渠帅大聚会
立黄天大贤良师发宏论

话说汉光和六年季冬一日午夜,京师雒阳城北坐北朝南的太清宫黄帝殿外北风呼啸,雪花飞舞。殿内上方中央供奉着太上老君、太上道君、盘古真人塑像,东西两侧供奉着其他各路神仙塑像。他们形神各异,栩栩如生。殿下炉火炎炎,烛光通明。一着黄雷巾、黄道服,国字脸、红面色、浓眉、大眼、高鼻、方口、美髯、高大伟岸的中年道徒端坐殿中央,衣着与那道徒类似的其他数十位道徒静静分坐其四周,正待他发言。该道徒不是别人,乃冀州巨鹿豪门巨富张角。他早年胸怀大志,闻鸡起舞,博览群书,修养德术,待机入仕,造福国民。谁料累举孝廉不成,无奈,只得转而从医,并发誓:大丈夫不成良相,当成名医也!经一番刻苦学习,果成一方妙手郎中。凡求医者,富的交钱多少自便,穷的分文不取。于是一时远近相传,名播八方。十多年前偶得《太平经》一书,研读后,竟使他云起龙骧,欲化为王。这书何以会使他如此呢?还得从头道来。原来它最早的作者为汉成帝时著名术士,齐人甘忠可。当时书名叫《天官历包元太平经》,十二卷,主要宣扬万物茂盛,天民同等;太平到,气象新;颂声作,万物安;天病除,地病亡;帝王游,阴阳悦;邪气藏,盗贼绝;中国兴,称三皇;夷狄却,天下幸;汉室逢天地之大终,当更受命于天。甘忠可著此书的目的是迎合成帝晚年因无子嗣而求神弄鬼之所好,以求封官晋爵,书成后即亲自进献给了成帝。谁料中垒校尉刘向认为此书有借鬼神罔上惑众之嫌,并因此将甘忠可下狱治罪。甘忠可死后,其弟子夏贺良、丁广世、郭昌等人又积极宣传并向汉哀帝进献《天官历包元太平经》。骑都尉李中寻颇信方术鬼神,便积极向哀帝推荐夏贺良三人为黄门待诏。随后他们多次向哀帝上奏道:汉历中衰,当更受命。不应天命,故绝继嗣。陛下久疾,变异屡数,无力造人。若以《天官历包元太平经》书名中的"太平"二字改元易号,即可延年益寿,皇子繁生,灾异息灭。时哀帝久病不愈,以为改元易号会逢凶化吉,便依其所奏,改建平二年为太初元年,意即太平初始,又号曰"陈圣刘太平皇帝"。月余后,哀帝病情并未好转,百官于是皆责备夏贺良三人言行背经义,违圣制,不合时势,且扰乱视听,迷惑宦民,应当追究其奸态。后来以他们执左道,乱朝政和倾覆国家,诬罔皇上之罪被诛,并取消了"陈圣刘太平皇帝"称号,仍称原建平年号。从此,《天官历包元太平经》便若泥牛入海,杳无踪迹。直到大约一百五十年后的顺帝时期,著名术士、琅琊人于吉才从卖药人帛和那里得到它,并将其增撰至一百七十卷、三百六十章的罕见巨著。被当时称为集黄老、儒宗和经学为一体的天书。书名也改为《太平经》。为革除时弊,兴国广嗣,拯救汉室,书成后,即遣弟子、同乡宫崇,将它作为神书进献给顺帝。然有司却说该书巫风杂语,妖妄不经,有惑视听,遂弃之不用。对此,于吉并不甘心,在桓帝时又遣另一弟子襄楷再次赴京进献,但仍未受到青睐。无奈,只得亲自授予时之德高望重的张角,企望他以发扬光大书中黄老精神为名,号召天下士庶推翻汉室,另立江山。早有志成王的张角自然接受了于吉之意,为便于组织和号召,还在故里巨鹿东厉乡沟太清宫建立了道教,并特意取《太平经》书名中"太平"二字为该道教名。又遵奉中黄太乙为该道最高尊神。据道经说,中黄者,黄中之色也。太乙者,天之贵神也。二者合并简称中黄太乙,意即身着黄色服饰的尊神之神,亦曰黄神或黄神越章,是代表天帝的使者,其权力仅次于天帝。因此,他不仅是当时道教尊神,也是民间普遍信仰和崇拜的偶像。由此可见,张角尊奉中黄太乙的意义非同一般。同时,还尊奉于吉为太平道圣师,自称大贤良师、玄天神人;以《易》八卦天神之说,拜了八大弟子;以《易》易卦阳变之数九的四倍数三十六，拜了三十六小弟子，并允许他封或自封道号。随后，他们以念咒语、饮符水治病为名，奔赴各地，布道收徒，准备武装起义。

太平道大、小弟子是如何念咒语、饮符水为人治病的呢？原来他们手持九节杖，口中念念有词，叫病人当面叩头思过，此即念咒语。叫病人饮符箓灰水，此即饮符水。病若愈，则说他们遵信太平道道旨，咒语符水就灵验，否则不然。那些病者多是因免费才来求医的，不管灵验不灵验，反正钱财无损，因而从不去认真追究。结果求医者越来越多，其中不乏身强力壮者。

在为人治病和招收道徒的过程中，弟子们有的宣传凡入道者，可逢凶化吉，遇难成祥。在世可生殖清真之气，死后能升归神灵之宫，且子孙繁盛，世世尊贵，秩禄无穷。有的宣传若领会了太平道真谛，便可呼风唤雨，翻云覆雾；或能收伏虎豹，召降蛟龙；或能遇火不灼，落水不濡，遇刀不入……他们不论宣传什么，都要公开谴责当朝失道，天下贫困，灾变迭起；臣秉君权，女人专政；谄谀日兴，奸邪成党；天下昏昏，兵革暴起。同时，还公开宣称苍天已死，黄天当立，行动起来，推翻朝廷，实现天下大同、均富、祥和、太平。在如此诱人的宣传和号召下，仅十余年，便在各道区招收道徒数十万。为便于管理，依道徒数量众寡划分为无数大小道区，大、小弟子自然成了道区的大、小渠帅。今晚来此，是向张角汇报各自道区形势和商讨准备武装起义事宜。张角见他们早按时到齐，自然大喜，声若洪钟般道："为宣传《太平经》精神与我道道旨，招收弟子，准备举事，众卿这些年来各奔东西，相隔千里，相见甚难。因此，今夜在此聚会，实属不易！希望大家畅所欲言，各抒己见，统一举事行动。"

众渠帅以为张角言之有理，遂异口同声道："大贤良师所言极是！"

话音方落，忽见一小道匆匆进来向张角报道："大贤良师，门外有人言有要事求见。"

张角闻报，不知何人有何要事求见，不禁非常惊疑。为不怠慢他人，遂对小道道："何不早些报来，快快请他进来！"

方言毕，便见一身材修长、雷巾道服、高筒皮靴、满身雪花、面色红润、目光犀利、美髯绝伦、洒脱飘逸的老道大步走了进来。拂去身上雪花，不待施礼客套，便问张角道："仙弟还认得贫道吗？"

时张角并不认得他，听他这般问，不禁非常惊异。仔细端详了半晌，方才惊讶地道了一声"原来是仙兄呀"，随后即笑着起身迎上前去施礼。老道见此，也忙迎上前还礼。众渠帅也不认得他，但见他与张角称兄道弟，非常亲热，自然非常惊异。经张角介绍，方知他乃当年引张角拜见圣师于吉的玄机神人宫崇。

待宫崇与众渠帅相见礼毕，便从怀中取出一精致囊袋递与张角道："此乃圣师留给你的。"

张角闻言大喜，忙伸出双手，毕恭毕敬接过囊袋端详了良久，方才问宫崇道："内中为何物？"

"贫道亦不知晓！"

张角闻宫崇答，方知他与自己一样，无从知晓。于是便忙打开囊袋一看，原乃一绢制书信。为表示开诚布公，张角当即便展开书信高声念了起来。其文略云：

张角贤弟亲鉴：自分别后，各奔东西，山河远隔，不觉已十余载矣。余悉卿及众弟子多年不辞辛劳，竭精殚力，遍布道旨，广纳弟子，叫人欣慰矣。近日又闻卿等欲举兵倒汉，贫道自然赞同。然常言道："百足之虫，僵而不死。"今汉祚虽然将倾，但覆没还无期。因此，举兵时，遇事须三思而行，切不可粗心大意。倘若一着不慎，那将祸及无穷，遗恨万年矣！此本无须贫道絮叨，望谅察为幸。

余现已古稀之年，剩魄残魂，不久将殁于人世！唯望卿与天下弟子以古贤为鉴，精诚团结，共倒汉室，功成名就，贫道将笑慰九泉矣！余无他嘱。玄镜神人于吉。

光和六年冬草于蓬莱上清观。

须知，这些年来张角一直挂念着于吉，并常派人多方寻访其下落。可他来无影，去无踪，哪里寻访得着呢！读了书信，方知他不但健在，还知晓太平道的一切动向，并予谆谆教诲，不禁惊喜异常，钦佩倍增。时张角毕竟多年未见着于吉了，且其年事又高，身体健康状况到底如何，自然是他最为关心的。因此，方读毕书信便问宫崇道："圣师近日仙体康泰否？"

宫崇闻问，沉默良久方无限悲切地答道："已乘鹤西去了！"

张角与众渠帅闻答，先是惊讶不已，随后即悲痛欲绝，如丧考妣。待情绪稍有好转，张角即叫人就此摆设于吉灵位，全体伏身向西拜祭。祭毕，张角又问宫崇道："圣师有遗训吗？"

"贫道以为该书信所言便是遗训。"

张角认为宫崇言之有理，忙点头表示赞同。宫崇见再无他事，便欲告辞，然张角却忙道："仙兄连夜远道而来，定然疲劳。先去隔壁歇息，到天明再走不迟。"

"贫道寒舍近在咫尺，不久可达。"

"在哪儿？"

"在京南灵山之阳！"

"那里乃闻名遐迩的宝地！所生之竹，乃逢凶化吉之灵物！我八大弟子和三十六小弟子所用九节杖，便取自它们。不知仙兄在那里已仙居多久？"

"方月余。"

"啊！那仙兄怎知我们在此呢？"

"自你我分手后，圣师便叫我暗中观察你的行踪。于是我便……"

张角不待宫崇答毕，便知晓个中缘由，并想起当年听于吉讲，宫崇本乃当朝名宦之胄，腹藏天机，周知万物，深通兵略，官至参军。因厌恶仕途黑暗，才愤而出走，遁隐山林，潜心道术，可见他乃伟丈夫。因此，便有意留他共事，于是和颜悦色问宫崇道："难道仙兄不愿留下与我们一道举大事吗？"

"贫道已到知天命之年，枯藤老鸦，黄泉路近，只求有琴、棋、松、竹、梅、兰而已。"

张角闻宫崇答，认为他太悲观了。不愿留下也罢，乘此向他讨教些用兵方略总可以吧！于是又和颜悦色道："愿仙兄以道旨为念，赐愚倒汉良策。"

"料想你早已深思熟虑，胸有成竹。贫道菲才寡学，岂敢班门弄斧？"

张角闻宫崇如此说，以为他是胸怀韬略，藏之不露，因而心里非常不快，便心生一计，先诱激他一番，于是问道："当今朝廷腐败无能，四海黎民饥寒交迫，走投无路，难道仙兄就视而不见，闻而不问吗？"

宫崇以为张角所问是在侮辱他，立刻绷着脸反问道："敢问你有何精妙运筹？"

张角闻问，以为他是有意打探自己的用兵部署。对此，不若将其和盘托出，叫他心服口服，没准他会甘愿留下。于是慷慨激昂道："经我道大小道首十余年奔走呼号，现有弟子数十万遍布青、徐、幽、冀、荆、扬、兖、豫八州及其他地方，并立大、小三十六方。大方万余人，小方六七千，且已对雒阳成合围之势。只要我一声号令，他们便可里应外合，立刻举兵。不出数日，雒阳便唾手可得！"

言毕，以为宫崇无话可说，不禁非常得意。谁料宫崇随即问道："雒阳为当今朝廷首都，他们向来视其如命。一旦失守，朝野震动。因此，他们定会立刻调集各路重兵前来救援。那时将如何应对呢？"

宫崇所问，张角早考虑到了，于是不假思索答道："雒阳四周山川拱卫，地势甲天下。敌若来犯，只需东据虎牢，西守函谷，南防伊阙，北控邙山，便可御敌于百里之外！"

宫崇认为张角虽然言之有理，但仅御敌于百里之外还远远不够，将他们击退才是目的。于是又问道："如何退敌呢？"

张角认为宫崇问得在理，立刻答道："敌远道而来，疲惫不堪，立足未稳，我则可乘此以数倍于其之兵，迅速出击，先灭其一部。此所谓伤其十指，不若先断其一指是也。如此，其他敌军必慑于我之军威，踌躇不前，驻足观望。尔后我再分而击之，必胜无疑！"

宫崇认为张角用兵之道非常合理，连连点头称是。接着又问道："敌兵多将广，装备精良，不会因一部有失而全线败退，相反还会相互策应，加强进攻。如之奈何？"

宫崇所问，并未出乎张角所料，因而随即答道："敌长期远离营巢，后方必然空虚。若联络各道区其他人马，乘机出兵断其粮道，毁其辎重，他们必然首尾难顾，军心动摇。那时再大举反攻，取胜必易如反掌！"

宫崇闻答，认为张角攻占雒阳用兵方略确实无懈可击，但还不知晓其夺取全国方略如何，于是又问道："将如何定天下呢？"

"当今汉室暗弱，四方诸侯早有背离之心。一旦雒阳失守，皇帝刘宏被诛，他们必若群龙无首，一盘散沙，并进而拥兵自立，相互征战。那时我则可乘机竭尽全力，以迅雷不及掩耳之势，挥师东攻幽燕齐鲁，西击秦陇巴蜀，南下荆扬交阯，北定三晋云朔。不出数年，天下可定！"

宫崇认为张角用兵方略完美无缺，不禁非常佩服，忙伏身拜在他面前道："大贤良师雄才大略，贫道折服！并当义无反顾，随诸仙兄仙弟，赴汤蹈火，共倒汉室，同创大业！请受我一拜。"

前面说过，张角本期待宫崇自愿留下，现在如愿以偿，自然喜不自胜，忙上前扶起他连连道："不敢当，不敢当！我有子房了啊！我有子房了啊！"

随后张角问宫崇道："愚一管之见，何足挂齿！不知何时举事好呢？"

宫崇以双手十指反复推算了一阵，又沉思良久方道："明年为甲子年，汉祚将倾，天下大吉。举事当在是年三月初五寅时。不仅是吉日，还值天下青黄不接，民穷财尽之际。若举事，应者必数倍于平时！"

张角认为宫崇所言甚为有理，忙点头称是，随后又问道："不知举事大本营置于何处最宜？"

"邺城。"

"为何？"

"邺城依西山，傍漳水，昔为殷盘庚之都，今王者之势犹存。其位置亦非同一般，守则为雒阳东北之门户，攻则虎视西南，向为兵家必争之地。倘若立足于此，攻取雒阳必易如反掌！另外，自从邺令西门豹惩恶修渠引水灌田以来，那里便成了用之不竭的米粱之仓。我军所需粮草无虞啊！"

张角闻言，忙点头笑道："仙兄之见，正合我意！"

宫崇闻言，自然非常高兴，并连连摆手谦逊了一番。众渠帅听了他俩方才那些神策妙语的问答，早已惊得目瞪口呆，佩服之情亦油然而生。随后宫崇对张角道："举事已为期不远，应迅即备好兵器战马及辎重粮草才是！"

张角闻言，忙连连点头表示赞同，并对众渠帅道："常言早备不困也。诸位宜速回去，备好起义事宜，只等我号令行事。"

众渠帅认为他俩言之非常有理，遂不约而同起身高声道："遵命！"

为便于举事指挥和激发各级渠帅斗志，张角当场宣读了早已备好的，封拜他及八大弟子、三十六小弟子和其他渠帅的官职任命书。随后，又下令将荆、扬二州五万精壮道徒调至邺城，以便充实兵力，加强防守。

令毕，时已次日天明。按理，那些渠帅不远千里从各自道区匆匆赶到这里来聚会，本已非常疲倦，加之整夜未得休息，应美美睡一觉才是。但他们此时不但没有睡意，反而还兴奋异常。为何？原来他们听了张角和宫崇那些精彩的问答和张角方才之令，举事信心随之倍增，以为推倒汉室、建立黄天指日可待。时除宫崇、张梁和智慧上仙人辅佐前将军柳根、慧心上仙人辅佑后将军吴霸、云房上仙人辅佐左将军李申、始阳上仙人辅佑右将军兼举事大本营主簿黄穰四位及三十六小弟子因分在张角身边暂时留在太清宫外，其他人天方明用过早饭，便辞了张角，匆匆回到各自道区，按令行事去了。

随后，张角依宫崇此前建议，将举事大本营秘密设在邺城西郊玄妙观，并在次日下午与宫崇等人离开太清宫，赶往那里驻扎。

中平元年二月上旬一日夜幕降临时分，张角正与左右按序坐在玄妙观轩辕堂商议如何按时举事事宜，不远处一小道迎着寒风飞雪飞马向这里赶来。看官欲知小道前来有何贵干，请看下回分解。

第二回

举义旗黄巾军齐反八州
保社稷汉灵帝怒发三军

却说那小道到玄妙观大门前翻身下马不待通报，便飞一般进门疾步走到张角座前，不及拱手施礼便气喘吁吁地向他报道："天公将军，不好了！"

小道方才所称的天公将军，是张角以《易》一书中的天、地、人三才思想中的天才思想自封的。松明下张角见来者满身雪泥，神色慌张，本就非常惊疑，现听得所报，自然大惊，于是忙问道："啥事不好了？"

"前时唐周潜往雒阳，将我道欲举大事密告了朝廷！现在官府正在各处搜捕将军及我道其他将领呢！"

张角闻小道答，以为自己耳朵出了毛病听错了话，忙问小道道："所报可靠吗？"

小道见张角不相信他，不禁非常委屈，遂信誓旦旦道："此乃小的在雒阳亲自从宫内我道弟子那里探得的，若有不实，乞斩全家！"

张角见小道语气肯定，便相信了他，并惊得目瞪口呆，犹若木鸡。良久，方才回过神猛地起身，嗖地拔出腰间宝剑，指着雒阳方向怒目圆睁，咬牙切齿高声吼道："叛贼，坏了我大事啊！"

随后，张角即飞步出门，高举宝剑，朝门左侧阶沿下一头硕大的石兽拦腰劈去。随着震耳欲聋的咔嚓声和耀目的火花，石兽立刻便成两截轰然倒下。张角手指石兽又怒目圆睁，咬牙切齿高声怒吼道："这就是唐周这厮的下场！"

第二回　举义旗黄巾军齐反八州　保社稷汉灵帝怒发三军

张角这些举动，似乎惊得堂内那些神像欲拔腿而逃，堂梁也欲垮塌下来。在场者对唐周的叛变行为，自然是义愤填膺，怒不可遏。同时也为张角方才这气吞山河般的气概所激励，异口同声怒道："我们愿随天公将军立刻杀向雒阳，不拿下叛贼首级，誓不罢休！"

随后，即起身上前，争先恐后向张角请战。宫崇见此，认为他们过于冲动，遂忙起身道："大家之言差矣。须知，唐周已告密有日，朝廷必早派兵防范我们了。因此，仅凭一时之勇，终必自投罗网！"

大家虽然认为宫崇之言有理，但又不知如何是好，于是皆搔摸两耳，没了主意。良久才异口同声问宫崇道："军师有何良策呢？"

宫崇并未立刻作答，良久方才若有所思地对张角道："依愚之见，不若先发制人，以免坐以待毙。若何？"

张角非常赞成宫崇，怒气也消了些，点头道："就按军师方才之言行事吧！"

言毕转身走到案几旁坐下，伏案提笔疾书数十封，叫数十路道徒快马加鞭，立刻传给各地太平道大小渠帅，令他们尽快举事。同时换下黄色道服，统一身着黄色戎装，头裹黄色头巾，以为标识，并据此统称黄巾军。随后，张角便与张梁、宫崇、柳根、吴霸、李申、黄穰率先在邺城公开宣布举事。

此后不久的一日下午，雒阳后宫里，皂幅巾、布襦裤、布裙和高筒皮丝靴的当朝皇帝刘宏在侍从的簇拥下，在太监投其所好而设的市朝服装摊位前，正兴致勃勃地与扮着商女的宫女们讨价还价，佯装购买衣物时，忽见一报事太监飞一般跑到他面前，跪伏于地向他报道："禀报皇上，河南尹何进言有要事求见，现正在门外候旨。"

刘宏闻之，不禁非常扫兴。但想到何进是重臣，言有要事，定然非同一般，耽误不得。否则，后果不堪设想。于是忙道："速宣觐见。"

报事太监应诺起身，方退出片刻工夫，便见身高体胖、圆头大耳、面色红润，头戴三梁进贤冠，身着青色朝服，脚蹬高筒牛皮靴的何进，从宫门外慌慌张张跑到刘宏面前，不及打揖跪拜，便上前贴着刘宏右耳，上气不接下气低声奏道："启奏……陛下，大事……不好了！"

"什么大事？"

"现在不但未捕着张角等妖贼酋，他们反而还自称黄巾军，张贴檄文，扰乱视听；同时调遣兵将，作乱青、徐、幽、冀、荆、扬、兖、豫八州及其他地方。势如破竹，锐不可当啊！"

刘宏闻奏，随即吓得面色灰白，两股战栗，身往下坠。何进及侍从见此，大惊，忙一齐上前紧紧扶住，方才幸免不测。待他回过神，才慌忙结结巴巴对何进道："速传旨……在京文武……百官，速上朝……商讨对策。"

何进闻言，忙点头哈腰拱手施礼告辞。待他转身走后，刘宏也急忙动身离开朝市服装摊，回内宫更衣室，在宫女的帮助下脱去眼下所穿衣帽鞋袜，换上通天冠、皂袞服和绛面白底舄，准备临朝。时文武百官得旨，也忙头戴梁冠，身着大袖袍朝服，携带案牍，或坐舆，或乘马，飞一般向朝议重地南宫玉堂殿而来。同时，城内各显要街巷，也宣布昼夜暂停通行。恰值北风狂吼，大雪乱舞，恐怖气氛可想而知。待文武百官赶到玉堂殿，依秩排定连连高呼吾皇万岁万万岁方毕，殿上方中央雕龙御座上面若冰霜的刘宏即以严肃的口吻将何进方才所奏向百官道了一番。百官闻之，先是吓得惊恐万状，不敢言语，随后便悔恨交加，唉声叹气。他们何以会这样呢？原来早在太平道成立之初，便有朝臣向刘宏进言张角等人假托小术，坐在立亡，变形易貌，诳眩黎庶，纠合群愚，进不以延年益寿为务，退不以消灾治病为业，且召集奸党，企图逆乱。此后，又有朝臣向刘宏奏道：所谓太平道，皆为妖伪，转相诳惑，久而弥甚，既不能修疗病术，又不能返其大迷和务药石之救，唯巫祝小人祝祭之谬，妄说祸祟，谣祀妖邪而已。遂使凡夫俗子，终不可悟，故向为礼律所禁。因此，只有更峻法制，犯无轻重，致之大辟，购募巫祝不肯止者，刑之无赦，肆之市路，不过多时，必当绝息。同时，还有朝臣向刘宏奏道：太平道徒责人庙舍，求人向祠，扰乱民心，宰杀三牲，费用万计，倾财竭产，不蒙其佑，反受其患，枉死横天，不可称数。但刘宏及朝中大臣均未理会。熹平六年，司徒杨赐上疏刘宏，言张角等人以行医传教为名，诳惑天下百姓，企图悖逆作乱，并献策宜以不战而屈人之兵的庙胜术，安抚、间隔和孤立其党羽，然后再寻机诛杀张角等大小首领，定可不劳而定之。孰料刘宏以为自他革除先帝弊政以来，天下一新，国泰民安，张角等人所为，皆属善道教化而已，岂有作乱之理？因而仍未理会。光和六年初，司徒掾刘陶、奉车都尉乐松和议郎袁贡曾联名上疏刘宏留意杨赐此前上疏，但刘宏仍未理会，因而才有眼下黄巾军举事之举。此真乃所谓早知今日，何必当初！时刘宏对文武百官的表现，自然心知肚明，非常不满，于是便绷着蜡黄的长脸大声怒道："朕平日待你们不薄，现在何故不出来为朕出谋献策，解除国难呢？"

良久，殿下仍鸦雀无声。刘宏料想他们不仅后悔当初，还害怕现在的黄巾军。为给他们打气壮胆，遂高声道："朕有雄兵百万，猛将千员，岂怕这些黄巾妖贼！"

这番大话还真起了作用，随后便听得有人高声道："启奏陛上，卑职以为，黄巾妖贼虽然势大，但乃乌合之众。加之因其渠帅唐周叛变，仓促暴乱，准备不足，何足为惧？我只需少许人马，便可在旬日之内，将其讨平！"

文武百官闻之，忙争先恐后循声望去，原乃谏议大夫朱隽。朱隽以为自己所奏会得到刘宏及文武百官热烈赞许，不禁非常得意。然刘陶却不以为然，出班对刘宏奏道："陛下，朱先生之言差矣。愚臣以为，眼下黄巾妖贼气焰正盛，若派兵前往征讨，恐难奏效。因此，不若下诏收降他们，赏以国土。有不从者，严惩不贷！"

话音方落，便见殿下一身长七尺、细眼长髯、年约三十的汉子大步出班奏道："启奏皇上，卑臣以为方才二位大人所言皆差矣！"

刘宏与文武百官闻有人竟敢出此大言，不禁吃了一惊，忙闻声望去，原乃沛国谯郡人，汉相曹参二十四代孙，大鸿胪曹嵩之子，当朝议郎曹操。

刘宏见曹操气盛，心里自然有些不快。但为了能够得到解除国难良策，便没计较，忙问他道："有何妙策？还不快快道来！"

"皇上，若依刘司徒掾之意，黄巾妖贼气焰势必更加嚣张。朱大人之见虽为上策，就眼下形势，恐行之无效。古人云：'招其魁首，抚其强坚，其势必自萎，其体必自解。'故微臣以为，不若先招抚其部分，使其互相猜疑残杀，待其大部自行灭亡后，再暗中发兵讨之，取胜必易若反掌。此所谓攻人以间不以力之理！"

刘宏认为曹操之言虽然可取，但不知如何实施，又忙问曹操道："你方才所言虽妙，但不知如何招……"

曹操见刘宏已肯定自己所奏，不禁大喜。故不待刘宏问毕便答道："微臣以为，不若派唐周携旨先招抚妖贼大帅张角。若他肯就范，其他妖贼必然各怀鬼胎……"

"所言极是，不知唐周这厮愿否……"

"岂能由他！"

刘宏认为曹操方才之言非常有理，对他的不快自然早飞到了九霄云外，忙起身下陛走到他面前，双手抚其双肩赞叹道："汉室有你这般奇才，除暴有望啊！江山无虞啊！"

曹操闻言，自然大喜过望，忙下身伏地高呼"吾皇万岁，万岁，万万岁"。时刘宏自然高兴得眉开眼笑，俯身将曹操扶了起来。文武百官见此，不禁对曹操刮目相看，羡慕不已。刘宏转身方回座，便下旨传唐周上殿。

唐周，济阴人，时年三十，身材短粗，办事干练，略通文墨。入太平道时，年纪尚轻，不懂世事，仅能打杂。但善见风使舵，见机行事，不久便成太平道八大弟子之一，任济南大方渠帅，拜太平将军，封虚空上真人。叛道缘由，皆因思想与太平道宗旨相悖和贪生怕死。现正被监控在雒阳城西一偏僻馆舍里，未得任何官吏召见。对此，他一直大惑不解和非常不满。一日早饭后，术士冠、青温袍、厚棉袜的他正侧卧在榻上发愣，忽见馆小二匆匆进来嬉皮笑脸地对他道："唐先生有大喜事了！"

唐周闻言，自然惊喜万分，猛地从榻上坐起，迫不及待地问道："有何大喜事？"

馆小二见此，不觉好笑，欲卖卖关子戏弄他一番。但又恐耽误时间坏了他的好事，于是忙堆着笑脸答道："御使即将来此宣先生谒见皇上！难道不是

第二回　举义旗黄巾军齐反八州　保社稷汉灵帝怒发三军

喜事么？"

唐周先是不相信自己的耳朵，后又以为馆小二在开玩笑。对此，馆小二不禁急了，忙一本正经道："若有假，小的不得好死！"

唐周这才相信了他，心想张角等人现已被逮捕无疑。否则，自己怎会得到皇上召见呢？于是不禁欣喜若狂，手舞足蹈。正在这时，御使一行已跨门而入。唐周见此，不禁非常紧张，忙起身下榻，蹬履整衣正冠，伏地接旨。接旨毕，便随他们一道出门，迎风踏雪，匆匆向玉堂殿赶去。

却说刘宏及文武百官在玉堂殿里正交头接耳赞誉曹操方才所献之策时，忽见报事太监疾步进来，跪伏于地向刘宏报道："皇上，唐周已在殿外候旨。"

"速传上殿。"

报事太监闻刘宏言，忙起身退到殿门外高声喊道："皇上有旨，宣唐周上殿！"

唐周闻之，忙三步并作两步，直奔殿里。进去后还未站稳脚跟，便忙跪伏于殿下反复高呼"吾皇万岁，万岁，万万岁"。刘宏及文武百官闻之，忙跺足翘首，争相一睹其人。待唐周高呼皇上万岁毕，刘宏方才坐下不慌不忙问他道："殿下可是唐周？"

"奏皇上，小的正是。"

刘宏见唐周虽非朝廷命官，却颇懂朝廷礼仪，不禁非常高兴，亲切地道："朕等卿久矣！请快平身。"

言罢，即离座起身下陛，走到唐周面前，亲自将他扶起，并非常关切地问道："因朕近日繁忙，现才得以召见。无恙吧？"

唐周虽然早已向往当朝，但做梦也没想到会得到皇帝这般礼遇。因此，竟激动得眼泪横流，张口结舌，半晌才结结巴巴地问刘宏道："承蒙皇上……关照，小的一切……平安。请问……皇上，张角等妖贼酋皆伏……法了吗？"

刘宏闻问，不禁非常尴尬，心想至今连张角影子都未见着，哪谈得上伏法！因此一时无言以对。良久，方才愁眉苦脸道："朕正为此事召你来此商议如何抓捕他们呢！"

唐周闻言，方知情况不妙，不禁一愣，但又以为不管张角等人眼下情况如何，被召来商议张角问题本身，就足以证明自己已被重视，飞黄腾达自然只是时间早晚而已。于是不禁暗喜，并忙道："小的不才，愿为皇上效劳。"

刘宏闻唐周如此言，自然非常高兴，问道："你能醒悟反戈，乃朕洪福啊。张角等妖贼酋不但不仿效之，反诬惑众徒，暴乱天下，且来势凶猛。朕一向施仁爱于万民，不忍捕杀。你与他们交往多年，知其底细。因此，今特召你来此，委以招抚重任，不知愿往否？"

唐周闻问，不禁惊惧交加。惊者，此前以为，即使张角等人未被抓获，也不至于如此快就举事，且声势浩大。惧者，自己已背叛他们，前往招抚，无异于自投罗网，上门送死。即使他们饶了性命，朝廷也会以无功之罪处死自己。忙活了半天，结果两头都不是东西。因此，直后悔早知今日，不该当初。随后转而一想：倘若招抚成功呢？不仅有利朝廷，将来自己升官发财、光宗耀祖也是板上钉钉，十拿九稳。因而又不禁暗喜，忙信誓旦旦地向刘宏奏道："奏皇上，小的本恶不忍闻，罪不容诛。皆因皇上圣明，有幸蒙恩被德。眼下国家有难，小的岂敢不效犬马之劳？"

刘宏闻言，此前那些担忧自然荡然无存，大喜道："甚好。明日就动身吧！"

随后，即降旨拜唐周为安国招抚使。文武百官也对唐周许以赞赏，在此毋庸赘述。

次日早饭方毕，唐周外披皂色披风，内着皂色朝服，带着刘宏圣旨及礼物，与随从一行离开馆舍，骑着快马，迎着寒风，踏着积雪，出雒阳东门，直奔邺城而去。

却说张角等人指挥直属数万黄巾军经与官军激战，早便一举攻占了邺城、广宗、下曲阳、元氏、信都、甘陵等冀州大多数郡县，擒杀和赶跑了无数皇亲国戚和贪官污吏。例如，常山王刘嵩弃城逃跑，安平王刘继和甘陵王刘忠被擒，甘陵相冯巡被杀。一时捷报频传，军心振奋。

一日傍晚，张角批阅毕各路黄巾军将领所呈战事卷章后，正与宫崇等

第二回　举义旗黄巾军齐反八州　保社稷汉灵帝怒发三军

人在郡衙大堂商议西攻雒阳事宜时，忽见一西门守卫道徒飞一般跑来向他报道："有一队朝廷官员在城西门外叫门，言有要事求见。"张角闻报，略显一惊，随后即对道徒道："准见。"片刻，那些朝廷官员便被引到大堂门前。张角与宫崇闻报，忙起身出门将他们迎了进来。见内中有唐周，毫不惊异。但其他黄巾军将校却非常惊异，并恨不得立刻上去将唐周生吞活剥了方才罢休。时张角对宫崇低声耳语一番后，即和颜悦色地问唐周道："唐将军近来无恙吧？"

唐周虽不知张角对宫崇低声耳语了什么，但从他对自己的问候看，似乎一切仍然如初，于是悬着的心方才放了下来。同时，对自己的背叛行为也不禁感到内疚和不安，竟差点忘了他是朝廷命官，恨不得上前向张角赔礼道歉，宣旨的勇气自然早飞到了爪哇国。于是像往常一样，忙上前向张角拱手施礼，随即关切地问道："甚好。天公将军近来无恙吧？"

张角待唐周问毕便还礼道："亦甚好！"

随后，便传令就郡衙大堂设宴为唐周一行接风洗尘。席间，张角、宫崇皆争着为唐周敬酒，却不问他来此目的。对此，唐周不禁非常困惑。宴饮直至午夜时分，大家方才带着醉意散去。

次日早饭方毕，张角、宫崇一行披挂带剑，到唐周等人所住馆舍，邀请他们到城南校场阅兵。待他们飞马赶到那里，数千名精壮黄巾军将士早已在演兵场按序排定。时只见黄色战袍艳丽刺目，甲胄刀枪闪光耀目；战马嘶吼，旌旗飞扬，甚为壮观。张角、宫崇和唐周翻身下马，走到阅兵台上方站定，张角便左手轻拂美髯，右手挥动令旗，台下便在一片震天动地的喊杀声中，立刻轮番摆出了鱼丽阵、荆尸阵、鸡父阵、乘之阵。变幻之莫测，表演之精彩，直惊得唐周等人目瞪口呆，忘却饥寒。时张角回头对唐周道："台下将士皆是将军青州济南道区的弟子呢！"唐周闻言，直羞得面红耳赤，无地自容。

阅兵毕回城，方用过午饭，唐周等人又被张角邀请到城北门外三里处的北山观看黄巾军围猎。他们飞马赶到那里，方勒马停住，便听得张角一声令下，黄巾军将士即风驰电掣般向山上冲去。他们本乃登山攀崖如履平地的昔日猎手，围猎自然轻车熟路。因此，上山不久，便将飞禽猛兽赶得晕头转向，不辨窝巢。正在张角等人击鼓鸣角，欢呼喝彩之际，突然一头硕大的黑熊从山上飞一般向他们扑来。在场者见此，皆吓得毛骨悚然，不知所措。唯张角镇定自若，拉弓搭箭，向黑熊连放三箭。待黑熊嘶吼着倒地毙命后，一胆大心细的道徒方才小心翼翼地奔上前去察看，并高声惊叫道："好了得，一箭穿喉，两箭各中一目！"

在场者闻言，料知无虞，方才争相上前围观。见果如道徒方才所言，遂不禁对张角佩服得五体投地，并一齐高声道："天公将军真乃当今神箭手养由基啊！"

早被吓得魂飞魄散、面无人色的唐周等人回过神后，也忙壮着胆子拍马上前围观，并随即情不自禁地赞誉了张角一番。直到天色将暗，方才鸣角收弓回城。

次日早饭后，唐周在馆舍正与随行之人商议如何寻机向张角宣旨之际，忽见张角、宫崇披着黄色披风，前来热情地邀请他到城外弈棋。唐周自然没这心思，忙推辞道："怎奈今日身子不适，失礼了。"

宫崇料知唐周是托词，便道："棋仍仙家乐道养性之具也！马太守季长还作有《围棋赋》，阐释其理。鄙人早闻卿棋艺名震一方，今又值天公将军相邀，岂有推辞之理！"

不待唐周辩解，张角即对他道："军师方才之言甚为有理。我俩深交多年，弈一盘又何妨！"

唐周料知拗不过，遂无可奈何道："既然如此，只好客随主便了！"

随后便起身披上披风，随张角、宫崇等一行，乘马前往城西漳水南岸松林泉弈阁。到那里后，张角便与唐周东西对坐，忘情地对弈起来。二人乃弈棋高手，激烈的拼杀中，竟忘却了阁外朔风怒号、松涛呼啸。一盘未尽，已是夕阳西下，夜幕降临。如此对弈了三天，方才尽兴回城。

次日早饭方毕，唐周一行人不待通报，便匆匆赶到张角住处，留下所带

第二回　举义旗黄巾军齐反八州　保社稷汉灵帝怒发三军

礼物，言说要回京。张角也不挽留，收下礼物后，即与宫崇等人将他们送至城西门外十里长亭，设宴饯行。席间，张角从怀里取出一绢制书信，和颜悦色地对唐周道："唐将军来此，接待不周，请多包涵。这有一书信，请呈皇上，若何？"

唐周认为此行虽然招抚张角不成，耽误了时日；但有此书信，总算对朝廷和皇上是个交代。因而心情比此前好了许多，并道："为皇上呈送书信，乃我天职呢！"

言毕，即起身接过书信，藏于怀中，辞别张角、宫崇等人后翻身上马，若脱兔飞鹰般向雒阳奔去。

却说自唐周一行前往邺城以来，刘宏及百官皆未得到任何音讯。因此，皆一直疑虑重重，坐卧不安。一日玉堂殿早朝，忽见报事太监匆匆赶来向刘宏奏道："皇上，唐招抚使等人已经回京，现正在殿外候旨。"

刘宏闻奏，遂思想道：唐周虽然回来，但不知是凶是吉是祸是福。因而心头不免七上八下，忐忑不安。随后转而一想，既然他能活着回来，事情总不至于太糟吧。因此，还不禁生出几分暗喜，忙道："速宣唐招抚使进殿。"

报事太监方退出殿门，满身灰泥的唐周便疾步进殿跪伏于地向刘宏奏道："启奏皇上，小的来迟，罪该万死。"

"一路辛苦，快请平身。"

不待唐周起身，刘宏便焦急地问道："张角等人愿接旨否？"

唐周闻问，遂面带难色，举首环视在场文武官员久不作答。刘宏见此，料想他必有密报。但以为眼下这些在场文武官员都是心腹，没必要对他们保密，于是对唐周道："奏来无妨。"

唐周闻刘宏如此言，便放心大胆地将邺城之行始末如实道了一番。刘宏及文武官员闻之，皆疑惑不解。为弄清究竟，刘宏于是望着何进问道："你以为这是为哪般呢？"

何进闻问，随即疾步出班，不假思索地答道："臣以为张角有弃恶从善之意！只不过……"

唐周认为他是睁眼说瞎话，忙打断其话语道："非也！小的曾多次欲向他宣旨，皆被他借机搪塞过去。故依愚见，在小的一行未到邺城之前，他似乎已得知圣上招抚之意，且还备有应对之策。"

不待他人发言，曹操便出班高声道："臣下以为，黄巾妖贼演兵围猎，意在向朝廷炫耀武力。弈棋则是拖延时间，以便弥补其临阵磨枪、仓促作乱之不足！"

刘宏虽以为曹操所言似乎有理，但还不能完全断定唐周、何进和曹操到底谁是谁非，于是便离座起身高声问殿下文武官员道："你们以为他三人所言若何？"

文武官员皆以为此事非同小可，岂敢随便作答？于是便低头视足，默而不语。刘宏见此，正欲发怒，忽见唐周从怀里取出一绢制物道："小的带有张角那厮呈皇上书信，请御览。"

刘宏以为唐周邺城之行的不解之密和张角受招之意全在书信之中，不禁大喜，忙道："何不早早呈上呢？"

侍从太监闻刘宏如此言，便忙上前从唐周手中接过书信，转身上前呈给刘宏。唐周也与刘宏一样，以为书信所言皆是喜讯。谁料刘宏接过书信展开还未看毕，便气得暴跳如雷，破口大骂张角不止。气愤之极，仿佛欲将那里的空气引爆。唐周见此，若丈二和尚，摸不着头脑，吓得骨软筋酥，面无人色。文武官员也吓得战战兢兢，不知所以。刘宏骂毕，便将书信狠狠抛向唐周，怒吼道："速速读来！"

几近不省人事的唐周慌忙拾起书信展开一看，原乃一讨汉檄文。直到这时，方知中了张角之计。事已至此，又有何办法呢？随后只得硬着头皮，低声朗读。词略云：

天下万民：汉贼酋刘宏居皇帝之位，无皇帝之德。以至纲纪紊乱，乾坤倒转；黄钟失声，贤良遭殃；瓦釜雷鸣，奸人当道；赏赐无绩，封爵无功；买官卖官，指驴为吏。毁良田，驱居民以造苑囿。官吏受贿，商贾弄假。富者聚财如山，穷者衣食无着。国库空虚，虚假繁荣。人道不和，百业不兴。总之，刘宏以下，罪恶贯盈，罄竹难书！

　　国家将亡，必有妖孽。不祥之兆，纷至沓来：彗星冲犯太微，火焚永乐；金城河水猛溢，浪卷人畜；五原山峰崩塌，声若雷鸣；天地不和，水旱成灾，颗粒无收；阴风肆虐，瘟疫屡起，鬼哭千村，坟垒万山。值此之际，我太平道秉承天旨，举雄兵百万，战将千员，不日饮马雒水，插旗雒城，灭万恶苍天之汉室，建黄天太平之盛世，让天下人共享天地万物。兹昭示天下。太平道黄巾军，是年元月。

　　时唐周日夜兼程匆匆从邺城赶回，本已疲惫不堪，再经眼下这一惊吓，方读毕便瘫在了那里。刘宏虽然非常气愤，但皆知檄文所言并非空穴来风，若要调查核对，连自己也难脱干系。再说眼下消灭黄巾军，稳定天下才是第一要事，其他则宜暂放一边，于是怒气冲冲道："大家听得明白，檄文虽然言过其实，但今后也应注意才是。否则，严惩不贷！"

　　文武官员们原以为刘宏会立刻下旨严查他们，无不暗暗叫苦。现闻得此言，知道下不为例便罢，于是悬着的心方才放了下来，并争先恐后出班跪伏于地高声道："皇上圣训，我们皆知晓啊！"

　　刘宏见此，遂和颜悦色道："请快平身。"

　　待文武官员们起身依秩排定，刘宏即怒容满面道："张角等妖贼酋不知好歹，戏辱当朝，是可忍，孰不可忍啊！朕欲速发大军前往征讨，并以唐周这颗狗头祭旗，大家意下如何？"

　　唐周闻之，随即便吓昏了过去，待醒来思想道：早知今日，还不如当初与张角等人分道扬镳，自立山头呢！但后悔有何用？眼前最要紧的，还是求饶保命。不待他出言求饶，何进早已出班上前对刘宏道："皇上圣明，卑职愿率军前往。"

　　不待刘宏发言，曹操即出班奏道："启奏皇上，微臣以为可速发大军征讨黄巾妖贼，但唐周不可杀。"

言罢，忙向刘宏使了个眼色。刘宏立刻心领神会，遂气呼呼地对唐周道："先回馆舍去吧，待朕处理完朝政后，再拿你问罪！"

唐周闻言，不禁暗喜。原来他深知，以前各朝处理事情基本上是大事化小，小事化了。何况我唐周还有功于朝廷呢！当然，日后当官发财是没戏了，但保性命还是十拿九稳。于是言毕叩谢圣恩后，便起身慌慌张张地退出了殿外。随后，刘宏忙问曹操道："将军方才所言当如何讲？"

"按理，张角等妖贼酋不肯受招，应严惩唐周才是，但他们却反其道而行之。臣以为其意在使朝廷怀疑唐周反戈告密有诈，以便达到他们借刀杀人之意。另外，唐周原乃太平道济南道区渠帅，有旧交弟子数万。圣上若杀了他，势必会增加他们对圣上的仇恨而作垂死抵抗。若如此，不正好中了张角等人一箭双雕之计吗？"

刘宏和文武官员非常赞成曹操所言，忙连连点头称是。时刘宏又问曹操道："将如何处置唐周这厮呢？"

"不若叫他携旨再往邺城，公然宣张角等妖贼酋进京伏诛，如此可使他们在盛怒之下杀掉他。那时其济南弟子势必以为张角残忍无情而心生猜疑，并因此大动干戈，自相残杀。然后皇上再发兵讨之，必易若反掌！"

曹操方答毕，文武官员们无不点头表示赞成。但刘宏却道："曹将军所言虽妙，然张角甚是奸猾，岂会轻易杀掉唐周这厮呢？眼下妖贼大乱天下，形势严峻，不知大家有何良策应？"

方问毕，文武官员们便争先恐后献计献策。其中有人道：道教作乱并非史无前例，早在建武年间，便有著名道士、卷县人维汜大言能通鬼神，广招弟子起兵造反。随后，其弟子李广等人于建武十七年秋自称南岳大师，率众攻占皖城，诛杀皖侯刘闵。与李广同时的还有维汜弟子费登的庐江之乱。两年后，维汜及其弟子单臣和傅镇以神言相聚作乱。永初三年秋七月，渤海著名道士张伯路，自称黄神使者，头戴五梁王冠，身佩印绶，聚众数万，攻略青、幽、冀三州沿海九郡。他们虽称狂一时，但均被朝廷王师灭之。因此，只要朝廷动用武力，黄巾妖贼亦难逃被灭命运。刘宏认为他们言之非常有

第二回　举义旗黄巾军齐反八州　保社稷汉灵帝怒发三军

理，遂降旨道：

纳北地太守皇甫嵩与有关中常侍之言，解除党禁，以防他们与太平道妖贼合谋；捐出朝中藏府禁钱与西园骐骥以资将士。迁河南尹何进为大将军，封慎侯，总揽朝政。迁皇甫嵩为左中郎将，持节。率五校河东、河南与河北三河骑士等一万五千。迁谏议大夫朱儁为右中郎将，持节。率五校河东、河南与河北三河骑士等一万五千，同皇甫嵩一同速往颍川进剿波才、卜己黄巾妖贼军。迁尚书卢植为北中郎将，持节。以护乌桓中郎将宗员为副将，率北军长水校尉固冻、射声校尉刘华、步兵校尉谢敏、越骑校尉麻先、屯骑校尉毒轻，发天下诸郡将士八万速往邺城、广宗、下曲阳等地讨伐大贼首张角、张宝等主力黄巾贼军。

降旨毕，刘宏又命近臣以他的名义撰就讨伐黄巾军檄文，张贴各地。词略云：

太平妖道长期以念咒语、饮符水治病为名，纠合少数不轨之徒，潜伏各地，暗立妖党，污蔑朝廷，迷惑士庶，遂使朝野人心惶惶，动荡不安。然是可忍，孰不可忍的是，近日竟煽动道徒数十万，举枪弄棒，蹂躏州县，残害生灵。所过之处，无不狼藉。我大汉承天命行事，政通人和，如日中天，岂容他们肆意欲为，欺犯国祚？为使天下安宁，海内太平，朕特发雄兵猛将，多路围剿。同时，本着恶首必究、胁从不问、宽严相济、赏罚分明的原则，凡愿降者，可收于帐下，拜官受爵。凡痴迷不悟、顽抗到底者，必严惩不贷！本檄所言，天地共睹，日月同察，非戏言耳！

刘宏见一切部署就绪，便欲起身宣布退朝，谁料这时何进忽然出班说有要事启奏。看官欲知何进欲奏何要事，请看下回分解。

第三回

战颍川波才大败朱公伟
取邵陵彭脱智胜赵彦信

却说在刘宏即将退朝的当口儿，忽闻何进有要事启奏，心里自然不快，但又怕他欲奏的真是要紧事，就不能不听了。否则，误了大事可不好。于是道："大将军有何要事？快快奏来！"

"启奏皇上，昔秦王固守殽陵关，庞煖率楚、赵、魏、韩、燕五国兵马合纵攻秦不得入，后反被秦击败。我高祖善于把守关津隘口，遂灭项楚。陈豨若不坚守漳水，必为高祖所擒。今太平道妖贼来势凶猛，且又临近京师，若不据关防守，甚是危险。故依卑职之见，不若速设都尉，拨调精兵进驻穀城函谷关、京东太谷关、新城广城关、京西伊阙关、缑氏轘辕关、成皋旋门关、河阳盟津关、平县平津关，以拱卫京师。若何？"

刘宏闻奏，不禁猛醒，忙道："所言极是啊！"

随后，即下旨命何进速率羽林军五营屯扎函谷等八关，以卫京师！末了，方才起身宣布退朝。

朝廷军事部署方出，张角便在邺城得到了消息，忙传令召集左右到郡衙大堂商讨对策。待他们闻令到齐依序排定，早已到达的张角即道："果不出我所料，敌酋刘宏那厮已发兵南侵颍川，东犯邺城。大家有何退敌良策？不妨一一道来。"

话音方落，柳根即出班上前道："我道因唐周告密，仓促举兵，人马分散，此为兵家之大忌！要扭转这种不利局势，不若将我道人马调至颍川、南阳一线，并按预先计划，兵指雒阳。此所谓合兵以壮其威。不知天公将军意下如何？"

不待张角表态，张梁即昂首挺胸大步出班上前高声道："柳将军所言甚妙，俺愿率军前往颍川击敌！"

言毕，以为大家会立刻表示赞同，于是不禁非常得意。时在张角右侧的宫崇却道："二位将军方才之言皆休啊！敌现已严守各处关隘，若要调集人马，并非易事。依愚之见，不若暂且各自为阵，坚壁清野，伺机出击。待局势好转后再主动出击不迟。可否？请天公将军定夺。"

张角认为宫崇所言有理，于是道："军师之言正合我意呢！我道所居邺城，前可对雒阳成虎视之势，后可屏卫广宗、巨鹿、苍亭、甘陵、安平、常山、下曲阳和广阳等地。现颍川已被波将军人马占领，只要固守，便北可威胁敌之老巢雒阳，南可扼守陈国、南阳、汝南等战略要地。因此，邺城、颍川之得失，干系非同小可！"

言罢，即疾书令波才暂且坚守颍川，伺机行事。

却说皇甫嵩奉刘宏命令后，随即便率领一万五千官军，从雒阳西北凉州北地郡治所富平城出发，顺道雒阳，经径山南，直向颍川治所阳翟城杀来。同时，朱儁也奉刘宏之令，率一万五千官军，从雒阳出发，经轘辕关、阳城，向颍川进发，并约定待日后齐攻阳翟城。朱儁立功心切，一上路，便不顾寒风严霜，催军日夜急行。不久，行程便超过皇甫嵩官军，到达了阳城。为尽快赶到阳翟城，仅在阳城住了一夜，便于次日拂晓上路了。

朱儁官兵先锋、骁骑校尉张威及所率的一千官军方行至阳城南五十里丘山前，便见山上旗帜飘动，似有伏兵。为防不测，遂下令停止前行，并派了五十名胆大心细的士兵上山打探虚实，谁料此后良久不见其音讯。对此，张威不禁非常惊异。为弄清究竟，又派了五十名士兵前往，但良久仍不见音讯。时张威料知情况不妙，欲派人向朱儁报告。人还未及派出，便见山脚下一披头散发、赤身裸体的汉子，正跟跟跄跄地直往他这里奔了过来。张威见此，以为是山鬼，不禁吓得全身战栗，面无人色。待那汉子到了面前，定眼一看，原乃一被割去鼻舌，血流满面的官军士兵，若哑巴般咿咿呀呀比画着好像要报告什么。对此，张威不禁气得头发倒竖，咬牙切齿，怒吼道："何路人竟敢辱我大汉天兵！待踏平了此山，俺非拿其问斩不可！"

随后，即挺枪跃马，领兵直向山上冲去。方到山脚下，只听得一声呼哨，张威连人带马，忽地掉进一口陷阱里。随后人马见此，立刻吓得抱头拔腿便往后逃。后因山上没人追杀，也无任何动静，他们方才慢慢收住脚步。有几个胆大些的不顾他人劝阻，掉头小心翼翼地走到陷阱边沿伸头朝下张望。只见陷阱深约三丈，口、底窄小，中部宽阔，状若葫芦，张威和马早已气断命绝。见此，直吓得他们双目圆瞪，张口结舌，无法言语，随即便掉头一窝蜂似的从来路往回奔去，以便尽快将此事报告朱隽。

朱隽率领官军出阳城南门方才上路，忽见张威部下一小校飞马直奔而来。朱隽以为他是前来报捷的，不禁大喜。谁料所报正好相反。不用多想，便料定是波才黄巾军所为。于是不禁气得发指眦裂，破口大骂黄巾军，并立刻令校尉杜豪率领三千官军回去，加强阳城防守，以作为进出据点。他则亲率其余官军马不停蹄向丘山杀来，恨不得立刻将其夷为平地，将那里的黄巾军斩尽杀绝，为张威等人报仇。因此，不久便到达那里。不待查看张威尸首，便下令将丘山铁桶般包围起来，并令膀大腰圆、膂力过人的弓弩手一齐向山上放箭。忙活了半天，也未见山上有任何动静。朱隽见此，以为黄巾军在玩什么妖术，不禁非常恼怒，并不顾左右劝阻，立刻率领一小队官军，飞一般向山上杀去。到那后，仍未发现黄巾军踪影。对此，自然非常扫兴。正在这时，忽听得前面树丛中有人惊叫道：这不是张将军部下尸首吗？大家闻声忙上前一看，果见有一摊血迹未干，七横八竖的尸首堆在那里雪地上。正在他们吓得两腿发抖、冷汗淋漓之际，忽然山下旗帜飞扬，鼓角雷鸣，杀声震天，无数黄巾军若从天而降，将丘山里三层外三层包围起来。朱隽见此，方知中计，遂不禁大惊失色，忙挥军拼命向外突围，但皆被黄巾军利箭射回。从中午突围到黄昏，也无结果，还死伤不少将士。但黄巾军却阵容整齐，斗志昂扬，越战越勇。对此，朱隽不禁非常着急，便问左右道："今日老

第三回　战颍川波才大败朱公伟　取邵陵彭脱智胜赵彦信

夫不慎中了波才小儿奸计！不知你们有何良策解围？"

左右闻问，皆无言以答。因为他们深知，在敌众我寡的情况下要突围，犹如无梯登天，根本不可能。朱儁见此，正欲发怒，忽见骑司马贾武拍马上前向他拱手施礼道："依末将之见，不若让将士们先歇息一阵再说。同时，可挑选几十名胆大心细、武艺高强的骑兵，乘月黑风高妖贼不备之际杀出包围圈，前往距此不远的蜀城，求皇甫将军派兵今夜赶到这里，以火为号，里外呼应，并力夹击，解围不难！若何？"

朱儁以为贾武言之有理，当即便惊喜道："甚妙！"

言毕，即按贾武方才所言行事，不在话下。

当夜子时已过，朱儁仍未见到救兵，不禁急得像热锅上的蚂蚁，惶惶不安，并欲拔剑自刎，幸被左右劝止，方才作罢。

朱儁何以会如此狼狈呢？原来他走出故乡稽虞入仕以来，颇有政绩。例如在光和元年，交阯义军渠帅梁龙与南海太守孔芝起兵反叛，特守不能克。他被拜为交阯刺史，率领官军前往征讨，并很快予以讨平。朝廷闻报，遂以功迁谏议大夫，封都亭侯，食邑五千户，赐黄金五十斤。因此，刘宏与朝中文武官员皆以他谋略过人、战功显赫而争相推荐他率官军前往颍川征讨黄巾军，以解京南之危。他当时也信誓旦旦表示：愿马到成功，旗开得胜，再立新功，否则问斩！孰料方才出征，便中了埋伏，且还有全军覆没的危险。无奈，只好一死了之。正在这时，山下西北方不远处忽然火光冲天，鼓角雷鸣，杀声震耳，似有千军万马杀了过来。朱儁以为援兵杀到，立刻转忧为喜，并高声对左右道："杀贼立功之机到了啊！"

言毕，即按事先约定，叫部下放火为号，以为响应。随后，即亲率所剩官军，奋力向山脚下西北方冲杀过去。方冲到山脚下，火光却忽然熄灭，鼓角声和喊杀声也随之停止。正在他们惊疑之际，忽见四处火光通明，鼓角声和喊杀声大起，黄巾军守玄道人校尉何军和灵净圣人军司马房植从右，契静圣人军假司马周军和玄性贤人军候戴风从左，率领黄巾军将他们截成好几段后，便铁桶般将其分别包围起来。朱儁这时方知中了黄巾军调虎离山、分而奸之之计，竟气得五脏俱裂，七窍生烟。后幸亏贾武、军司马胡贾、军假司马虎违、军候余生、军假候杨兵、别部司马秦为及千余官军骑兵护着他，经一番死战，方才冲出重围。正庆幸间，忽见火光中一支黄巾军挡住了去路。他们见此，不禁吃了一惊。待定神举目望去：为首者为一身长八尺，面目清秀，头戴银盔，身披银甲，骑着高头雄騧，手握丈八冥山方天画戟，英武非常的中年将军，旗上大书一"波"字。不用问，便知他是太平道八大弟子之一，凌虚上真人济众将军、颍川黄巾军大帅波才。时波才以戟指着朱儁等人高声问道："谁是朱儁老贼？敢来与我一决高低否？"

朱儁以为波才虽有些智谋，但毕竟不过是一未经沙场厮杀的黄巾妖贼酋而已，竟敢对他口出狂言，真不知天高地厚，今天非给他点颜色看看不可！于是忙拍马而出，右手以一只环柄大刀指着波才高声怒骂道："小小妖贼酋，先吃我一刀！"

随后，便拍马双手高举着一双环柄大刀，猛地向波才劈过去。波才见状，也忙拍马舞戟上前相迎。二人将此战都看得非常重要。因为他俩皆明白，这是两军第一次交锋，谁胜谁负，不仅影响到颍川，还将影响到其他地方两军作战士气。因而方一交手，便杀得非常激烈，皆恨不得立刻置对方于死地而后快。方战至三十余合，身高体胖、铁胄铁甲红马的朱儁便气喘吁吁，渐渐不支。胡贾、虎违、杨兵、秦为见此，怕朱儁有失，忙不约而同一齐纵马上前，各举兵器接住波才厮杀，将朱儁替下阵来。贾武、余生及其他官军也忙拍马上前，护着朱儁，杀开一条血路，向来路阳城方向逃去。波才见跑了朱儁，非常着急，遂高声怒吼道："朱儁老贼，哪里逃！"

随后，便猛力挥戟，将胡贾、虎违先后刺于马下。杨兵、秦为见此，哪敢恋战，忙虚晃一招，拨马便逃。波才自然不肯放过，忙挥军从后追杀了十余里方才传令鸣金收兵。

朱儁带着所剩残兵败将逃到阳城南门外时，天已大明。他见城门虽然紧闭，但城上仍飘着官军旗帜，以为无虞，于是便派了几个士兵前去叫门。方叫三声，便听得城楼上一声梆子响，城上官军旗帜立刻变成了黄巾军旗帜，

第三回　战颍川波才大败朱公伟　取邵陵彭脱智胜赵彦信

城楼中央一大旗下还站了一员身材瘦高，面色白皙，头戴武冠，身披皮甲，非常威武的黄巾军小将。经身旁细作指认，朱隽方知他乃太平道三十六小弟子之一、子真高仙人校尉何仪。时何仪高声笑着对朱隽道："朱老将军向来神机妙算，今日何故失策了呢？照这样回去，如何向刘宏老儿复命？故依我之见，还是快快前来投降方为上策。若何？"

朱隽见阳城被黄巾军夺去，方知又中了波才调虎离山之计。本就非常恼怒的他，哪还受得了何仪这番奚落和讥讽？于是右手以单只环柄大刀指着何仪高声怒骂道："无名妖贼酋，看老夫今天砍下你的狗头，祭我张将军英灵！"

骂毕，即挥军攻城。方冲到城池边，城上忽然杀声四起，木石齐下，直砸得他们皮开肉裂，鬼哭狼嚎，纷纷后退。朱隽见此，料想一时攻城无望，无奈，只好收拾人马，慌慌张张地奔往蜀城，投奔皇甫嵩。何仪见此，大喜，忙率军飞一般出城，随后追杀了一阵，方才鸣锣收兵。

却说皇甫嵩所率官军后来比朱隽所率官军立功心情更为迫切，行军速度自然也比朱隽所率官军快。因此，在朱隽一行到达阳城之前，他们便赶到了比阳城还远的蜀城，并闻知朱隽所率官军在丘山被困和阳城失守的消息。对此，他们不禁大惊失色，方知不可小视这些黄巾军。正在这时，忽见一守城士兵飞一般跑到位于城中央的一座豪华官邸，向正与左右坐在那里商议军事的皇甫嵩边拱手施礼边报道："报告将军，有队官军现在城西门外叫门。"

皇甫嵩闻报，不禁将信将疑，当即与左右起身出门，匆匆赶到西城楼上低头朝下一望，原来是旗帜下垂、衣甲凌乱、队伍不整的朱隽及其残部。既是自家人马，哪敢怠慢呢？于是忙与左右亲自下城相迎。朱隽见到皇甫嵩不待施礼客套，便哭丧着脸道："我有负圣恩啊！日后有何脸面见人呢？"

言毕，欲拔剑自刎。皇甫嵩见了，大惊，遂忙上前制止，并亲切地呼朱隽之字道："公伟何故如此呢？据细作方才探得，妖贼酋波才举兵作乱后，本欲率军北犯京师，因我大军突然南下，大妖贼酋张角方才改变初衷，令他暂停行动。于是他便玩弄诡计，逗狂丘山。后来将军派出求援的那些骑兵在途中被他们截获，得知将军欲突围之意后，便将计就计，诱使将军下山。同时,妖贼酋何仪受命带了一支妖贼军,飞一般赶到阳城,叫走在前面的那些黄巾妖贼军,换上被截获的那些将军所派骑兵的装束,骗开城门,夺了城池。"

朱儁闻言,方知波才确非等闲之辈,竟惊得差点叫出声来。时皇甫嵩却不以为然道:"古人云:'风无常顺,兵无常胜。'今日初战失利,有何惧哉!日后你我合兵一处,共同进击,何愁黄巾妖贼……"

不待言毕,朱儁早已感动得泪流满面,泣不成声,忙向皇甫嵩拱手施礼道:"将军安危与共之高贵品德,天下无双啊!"

言毕不待皇甫嵩谦逊一番,便见其部下一探马飞马上前,不及拱手施礼便上气不接下气地向他报道:"妖贼酋波才……亲率数万妖贼精兵……向这边杀了过来,前锋已到……梁山了。"

朱儁闻之,不禁大惊失色,忙问皇甫嵩道:"梁山距此仅二十余里,他们很快就到,形势紧迫,不知将军有何良策应对?"

皇甫嵩一时也不知如何是好,搔头摸耳了良久方道:"蜀城城池矮小,粮草短缺,不易长期坚守。依我之见,不若暂且弃之,退守长社。待日后形势有变再做计议,若何?"

朱儁刚吃了黄巾军败仗,畏惧心理犹存,现闻皇甫嵩这般言,自然乐得顺水推舟,笑着连连点头道:"将军言之有理!将军言之有理!"

其他在场者也觉得皇甫嵩言之有理,遂忙齐声附和朱儁。皇甫嵩见大家没有异议,遂不再言,便传令弃城,率领官军飞一般向长社退去。

波才所率黄巾军首战即大败官军名将朱儁所率官军,又俘获了不少人马,缴获了无数辎重粮草,自然高兴得欢呼雀跃,击掌庆祝。同时,以为官军新败,一时难以恢复元气,将其一网打尽,定然易若反掌。于是不待歇休,便在波才的率领下,马不停蹄向蜀城杀来。当日上午,便赶到了那里。当波才得报蜀城早已人去城空时,不用说便断定官军已逃向了长社城。于是便忙令何仪胞弟、寻玄圣人都尉何虎率领三千黄巾军驻守蜀城,其余皆随他飞一般东向长社城追杀过去。当日黄昏时分,便赶到了长社城西门外,并将

第三回　战颍川波才大败朱公伟　取邵陵彭脱智胜赵彦信

城池围了个水泄不通，叫皇甫嵩和朱隽所率官军插翅难逃。按理，此时波才应高兴才是，但他却忧心忡忡地对左右道："兵法云：攻城围邑，外有救援，须速攻之。长社城坚粮足，倘若日后再来敌之援军，后果不堪设想！因此，宜快攻才是。"

左右闻言，以为非常有理。于是便竭尽全力，猛力攻城。官军在皇甫嵩、朱隽亲自指挥下，同心协力，拼命坚守，结果攻到次日天明，也未越城池一步。波才见此，料想一时破城有难，无奈，只好传令鸣金收兵，就地安营扎寨。官军慑于黄巾军人多势众，也不敢出城袭击，于是一时暂无战事。皇甫嵩、朱隽怕这样下去对己不利，便忙联名给汝南太守赵谦写了封亲笔信，希望他速派援军前来解围。

赵谦字彦信，蜀郡成都官宦之后，幼时便有报国之志，经故里荐举，扶摇直上，出任汝南太守至今。自从汝南治所平舆上月被彭脱所率黄巾军一举攻破后，他只好带领残兵败将，逃往邵陵暂驻。须知，要是往年在这乍暖还寒的时节，他早就带上三五相好，到平舆城郊外吟诗作赋，赞颂早春去了。可眼下则不然，犹若丢了魂儿一般，不仅没精打采，还连白日走路、夜里做梦都想夺回平舆城池，只是苦于没有能力和机会。一日午后，他正与功曹封观、主簿陈端、门下督范仲礼、贼曹刘伟德、记室史张仲然、主记史丁子嗣和议生袁秘披甲戴胄，带剑握刀，围坐在郡衙议事厅商议如何收复平舆之事时，忽接到皇甫嵩与朱隽联名求援信。看毕得知长社城告急，先是吃惊不小，随后不禁左右为难。为何？因为他眼下已是泥人过河，自身难保，哪有兵力支援他们呢？倘若坐视不管，任其被歼，将来朝廷怪罪下来，可不是闹着玩的。良久，方才问计于封观等人道："眼下皇甫嵩及朱隽二将军被黄巾妖贼军围困在长社城，其势犹若鱼游沸鼎，燕处危巢，非常危急！因此，他们来信要我速率大军北上助其解围，不知你们有何高见？"

封观等人闻问，自然吃惊不小，也没任何高见，于是皆沉默不答。赵谦见此，正欲发怒，忽见封观起身若有所思道："须知，围困长社城的黄巾妖贼军不仅人多势众，其渠帅波才还足智多谋，武艺高强。因此，即使我军前往，也未必能解其围。倘若不慎，还会自取其祸。故依在下之见，不若兵锋南指，将彭脱所率黄巾妖贼军围困于平舆。如此，便北可牵制长社城波才所率黄巾妖贼军兵力，减轻皇甫嵩与朱隽二将军所率人马的压力；南可对南阳城张曼成所率黄巾妖贼军形成威胁之势，使其不敢轻举妄动，肆意北犯。此所谓一箭双雕啊！不知大人意下如何？"

言毕，以为赵谦和其他人会表示赞同，因而不禁非常得意。谁料这时袁秘站起来反对道："封先生之言差矣！眼下我军兵微将寡，彭脱所率黄巾妖贼军人多势众，欲将其围困于平舆城，无异于纸上谈兵！现皇甫嵩、朱隽二将军如握蛇骑虎，处境险恶，一旦有失，黄巾妖贼军必会乘胜南下，向我扑来。如此，后果不堪设想！倘若迅即北上长社城，与皇甫嵩、朱隽二将军并力先将波才所率黄巾妖贼军歼灭，其他黄巾妖贼军闻之，必若惊弓之鸟，虚发而落。平舆城自然便失而复得！微臣之见若何，请大人明察。"

赵谦不知封观、袁秘二人方才所言谁是谁非，于是便犹豫不决，举棋不定。正在这时，忽见一门卫飞一般跑来向他报道："报告大人，御使前来宣旨，现……"

不待门卫报毕，御使早已登门而入。赵谦见了，忙起身正胄整甲跪伏于地接旨。旨意是叫赵谦速率本部人马，北赴长社城解围。

须知，刘宏何以不顾赵谦困境，要他出兵支援长社城呢？原来皇甫嵩和朱隽当初在给赵谦写求援信的同时，又联名写了一份战况和请罪奏折，送往雒阳，呈报刘宏。一直在那里等候捷报的刘宏阅奏折后，自然吃惊不小。经与那些不知赵谦处境的众臣商议，方才下了这道圣旨。

赵谦接旨后，自然不管封观、袁秘方才所言是非长短，高下优劣，立刻便令袁秘率领两千官军守城，同时以封观为先锋，率领三千官军于次日早饭后向长社城杀去，他则率领其余官军随后跟进。部署毕，已是傍晚时分。于是大家皆纷纷散去，准备出发事宜，暂且不提。

却说彭脱上月遵照张角命令，率领数万汝南道区黄巾军，以迅雷不及掩耳之势，一举攻克了平舆、瞿阳、上蔡、鲖阳等三十余城。因此，竟叫官军

第三回　战颍川波才大败朱公伟　取邵陵彭脱智胜赵彦信

心惊胆战,不知所措。取得如此胜利,自然要大摆宴席,欢庆一番。一日上午,彭脱在平舆郡衙大堂正与左右宴饮,忽一探马匆匆进来向他报告了赵谦所率官军的军事行动。彭脱闻报大惊,遂忙对左右道:"波将军已重兵围敌于长社城多日,不日即可攻克。孰料赵谦这厮胆大妄为,前往发难。倘若波将军长社城兵败,于我亦不利!因此,不若立即兵指邵陵城,将敌就地牵掣或歼灭,以解波将军后顾之忧。若何?"

左右闻言,以为非常有理,异口同声表示赞成。彭脱见此,不再多言,忙令启灵高仙人校尉梅成率领三千黄巾军守平舆城,他则率黄巾军精兵两万,于是夜出城北门,马不停蹄地向西北方邵陵城杀去。到那时,已是次日拂晓。在家睡得正香的赵谦忽然从探马口中得报说彭脱黄巾军即将兵临城下,对此,他先是不相信黄巾军来得如此迅速,后又以为自己耳朵出了毛病听错了报告。后经反复询问,方才确信无疑,并以为黄巾军有从天而降的妖术,于是吓得目瞪口呆,不知所措。回过神,才忙起床披甲戴胄蹬靴,传令左右迅速前来商议对策。待大家全副武装赶到按秩站定良久,他仍惊魂未定。又过了半晌,方才结结巴巴道:"不待我军……动身,便被彭脱所率……黄巾妖贼军四面包围,行动之神速,真……真不可思议!不知你们有何……良策退敌,不妨速……速道来。"

左右见赵谦如此惊慌,不禁吓得全身直冒鸡皮疙瘩,认为眼下敌强我弱,哪有良策?于是皆面露难色,沉默不语。半晌,袁秘方上前对赵谦道:"依愚之见,不若暂且按兵不动,坚守城池。待黄巾妖贼军露出破绽后,再乘机击之不迟,若何?"

言毕良久,仍不见有人发言。赵谦见此,无奈,只得长叹道:"事已至此,就依袁先生的吧!"

随后,即下令按兵不动,据城固守,违令者斩!部署就绪,赵谦便在陈端等人陪同下,登上南城楼凭栏向前眺望。时天已大明,只见无数黄巾军步骑正从四面八方向城池迅猛包围过来。对此,他不禁非常惊慌。然身旁的范仲礼对此却不以为然道:"黄巾妖贼军远道而来,人疲马乏。若击之,取胜不难！因此，末将愿率军出城，拿下妖贼酋彭脱首级来见大人，以挫其锐气，壮我威风，若何？"

赵谦闻言，以为此事非同儿戏，大意不得，沉思良久方道："乘敌未稳之机击之，乃兵法所倡也！然据我所知，彭脱武艺虽不出众，却熟谙文韬武略，岂会不知此兵法呢？你既愿出战，不妨率两千人马探探虚实，但切不可掉以轻心！"

范仲礼见赵谦谨小慎微，以为他是被黄巾军杀怕了，不禁觉得好笑，道："大人不必多虑，末将自有道理。"

言毕，便依赵谦之意，率了两千官军，飞一般冲出南城门，直向黄巾军杀去。黄巾军经一夜急行军，早已饥肠辘辘，疲惫不堪。忽见官军杀来，自然军心大乱，不知所措。范仲礼见此，以为胜利在望，不禁大喜，并立刻乘势挥军猛地右冲左突。不到片刻工夫，便杀得黄巾军人仰马翻，四下奔逃。正在这时，忽见一支黄巾军精锐骑兵正以排山倒海之势迎面冲杀过来。为首者身材高大，面若锅底，胡须横竖，铁甲铁胄，骑着高头青色雄马，手舞长柄大斧。你道他是何人？原乃玄悟高仙人黄巾军校尉刘辟。范仲礼料想不是其对手，不禁心慌意乱，欲领军回撤。但却没了退路。何也？原来方才被杀散的那些黄巾军见刘辟所率黄巾军精锐骑兵杀到，立刻精神振奋，返身杀回，从后挡住了范仲礼所率官军去路。因前后受敌，片刻便被围了个水泄不通。范仲礼虽身先士卒，拼命突围，却毫无结果。正在这时，袁秘领了一队官军飞一般冲出南城门，直向范仲礼这边杀了过来。范仲礼见此，大喜，忙奋力挥军向那边杀去。不久，两队官军便突破包围圈，合兵一处，且战且向城里退去。刘辟恐新来乍到有失，不敢挥军追杀，于是便传令鸣金收兵，向彭脱复命去了。

范仲礼初战失利，士气大挫，对将来作战自然不利。因此，本应军法从事。但赵谦有言在先，这次出兵仅是探探黄巾军虚实，能回来即可。到此，赵谦还是十分沮丧，直到当日午夜，躺在床上仍未能入睡。恰在这时，披着睡衣的范仲礼不待门卫报告，便匆匆进来上前向他施礼道："末将白日不慎，

第三回　战颍川波才大败朱公伟　取邵陵彭脱智胜赵彦信

出战失利，有损军威，罪该万死。然大人既往不咎，岂不叫人感篆五中！这次黄巾妖贼军侥幸取胜，必然倨骄麻痹。因此，我愿领一千轻骑，乘夜出城劫寨，活捉彭脱，立毛发之功，赎万死之罪！若何？"

赵谦见范仲礼是老部下，也就没客套，良久方慢慢起身下床，若有所思道："黄巾妖贼军新来乍到，立足未稳时都未能取胜，何况他们早已安营扎寨，戒备森严了呢？"

"若不及时破敌，增援长社，圣上怪罪下来，如何是好？"

赵谦认为范仲礼言之有理，不禁心动。但又认为用兵必须审时度势，方能立于不败之地。于是道："你不必多虑，眼下还是守城要紧。"

范仲礼见赵谦毫无战意，无奈，只好向他拱手施礼告辞，怏怏而去。

却说彭脱见初战告捷，大喜，次日一早，便在城北门外布阵挑战。然时至晌午，官军仍闭门不出。彭脱见此大怒，遂下令四面攻城。不到一刻工夫，黄巾军兵匠便将百越壕桥搭在北护城河上。后队随即肩扛云梯，手持绳索和攻城槌，飞一般跨过百越壕桥，冲到城墙脚下。正欲搭梯攀城，忽然城上鼓角齐鸣，火箭齐下，城墙脚下立刻变成一片火海，直烧得那些黄巾军皮开肉裂，喊爹叫娘，纷纷后退。彭脱见此，料想一时攻城不下，无奈，只得传令鸣金收兵。

此后几天，黄巾军又多次攻城，但仍无结果，且还伤亡惨重。范仲礼见此，大喜，忙向赵谦建议道："黄巾妖贼军已成强弩之末，力不能入鲁缟。亦若猛虎疲惫，童子持戟可逐之！倘若出击，定可大获全胜。"

时赵谦闻言却良久不置可否。对此，范仲礼不知他葫芦里卖的什么药，不便多问，遂拱手施礼告辞。

一日上午，彭脱正与左右在城南三里处黄巾军中军大帐里商议军事，忽见一北寨辕门卫兵飞一般跑来向他报道：敌酋陈端在北寨辕门外声言要拜见将军。彭脱闻报，先是一惊，以为陈端当年虽是自己的同窗好友，但现在却是敌军官佐，前来何干？不过既来，还是先见了再说。于是便叫卫兵领陈端进来。同时，又叫左右退下，仅他在那等待。卫兵去后不到一刻工夫，便将身材修长、面色白皙、头戴梁冠、身着青色大袖袍、足蹬皮履、文质彬彬的陈端领了进来。彭脱、陈端相见，甚为亲热。礼毕客套方才坐定，陈端便抢先问彭脱道："将军别来无恙？"

"甚好。我俩昔日在襄阳鹿门山随南极真人同学兵法，后各奔东西，久不相见，无恙吧？"

"亦甚好。"

陈端答毕，忙惊奇地问彭脱道："将军向来豁达乐观，现在却愁眉苦脸，不知何故？"

彭脱闻问随即长叹道："我眼下苦衷，想必你已了如指掌。何必问呢？还望指点才是！"

陈端闻言，不禁暗喜，忙道："将军不必多虑，我正为此而来呢。"

言罢，忙从怀里取出一绢制书信递与彭脱，道："此为赵太守与将军亲笔信。"

"我与他素无往来，来信为哪般呢？"

"阅后便知！"

随后，彭脱接过书信便展开看了起来。不待看毕即惊喜道："太守大人如此宽宏大量，不计前仇，乃我始料未及啊！"

陈端闻彭脱赞美赵谦，自然大喜过望，忙道："将军有所不知，太守比喻将军乃绝世美德伟略！否则，岂会如此厚爱将军呢？"

彭脱闻言，遂喜形于色道："愚无奇才，承蒙太守大人高抬。还望你回去在他面前替我谢恩。"

陈端闻彭脱如此言，高兴得不能自已，遂忙道："将军之托，责无旁贷，何足挂齿！"

言毕，即起身上前贴彭脱右耳低声问道："书信所言若何？"

彭脱闻问，并未立刻作答，而是沉思良久方道："此乃大事，待我与部下商议后方可定夺。因此，请转告太守大人，得宽限些时日，若何？"

陈端闻彭脱这般言，方才那股高兴劲儿立刻便烟消云散。后转而一琢

第三回　战颍川波才大败朱公伟　取邵陵彭脱智胜赵彦信

磨，认为彭脱并没把话说死，乃是情理之中的事，仍大有希望，于是转忧为喜，道："将军言之有理！希望来日听到佳音。"

随后，欲起身拱手施礼告辞，彭脱却忙起身道："我俩多年不见，岂可叫你空腹而归呢！"

言毕，即热情地拉着陈端走进隔壁间入宴。席间，两人除了大谈当前天下形势外，还回顾了当年鹿门山彼此间的友谊与趣事，直到黄昏时分，方才宴毕。随后彭脱将陈端一直送到北寨辕门外一里许方才分手。

陈端赶回城时天已大黑。未及歇息，便直奔赵谦住处，将见到彭脱的经过向正在书房翻阅《孙子兵法》的赵谦一五一十禀报了一番。须知，赵谦前时虽没理会范仲礼要求出战之意，但比他还关注战局。并深知，虽然黄巾军锐气受挫，但他们毕竟人多势众。倘若贸然出战，后果不堪设想。因此，以不战而屈人之兵，招降彭脱，方为上策。当然，招降并非易事。不过古往今来，香饵之下，谁不上钩？彭脱伙同张角等举兵作乱，也不过为博得一官半职而已，若许以高官厚禄，哪有不降之理？即使他欲效仿张角等人前时拒招不降，但眼下形势却由不得他。据细作报告，他前日接到张角急信，严令不日拿下邵陵，迅速北上，助波才攻打长社城。现在他正值进退两难之际，于是叫其同窗好友陈端亲往周旋，招降应该没问题。不过万事总有意外，未得确切消息，心里总是七上八下，忐忑不安。现在闻陈端所报，以为事半功成，不禁为自己当初的判断和举措感到得意，于是放下《孙子兵法》，笑着赞扬陈端道："你不负我所望啊！"

陈端闻言大喜，忙摆手谦逊了一番。赵谦见陈端有些疲惫，遂不再多问，吩咐他回去歇息。陈端感到确实有些累了，便不推辞，立刻向赵谦拱手施礼告辞而去。

此后不久的一天下午，陈端又奉赵谦之令来到彭脱处。时彭脱正与左右文武坐在中军大帐，打趣嬉戏。见陈端前来，便忙起身上前相迎。相见方礼毕，陈端便迫不及待地问彭脱道："将军商议得如……"

不待问毕，左右文武便异口同声高声答道："我等皆愿归服朝廷，为皇上效劳！"

陈端听得此言，确知大事已成，竟高兴得欲手舞足蹈，并赞道："你们真乃识时务之俊杰啊！"

随后彭脱问陈端道："太守大人有何吩咐？"

"希望将军今日单独同我一道进城与他详谈，不知愿否？"

左右文武闻陈端言，以为这是阴谋诡计，彭脱岂能答应？谁料彭脱却毫无顾虑地答道："既然太守大人相邀，岂有不去之理？"

言毕，即进隔壁间更换衣冠。时有部将还随后进去低声对彭脱耳语道："望将军此行谨慎……"

"赵太守与陈主簿皆诚笃之士，故不必多虑！"

彭脱待更换衣冠毕，便同陈端出帐上马出营。片刻，他俩便到了南城门下。赵谦在城上见彭脱巾帻缊袍独自而来，大喜，忙亲率左右出城相迎。不待相互施礼，赵谦便迫不及待地上前拉着彭脱双手道："老朽等将军久矣！"

彭脱闻言，不禁非常激动，忙收回双手施礼道："我无功于大人，何故出此……"

赵谦认为在此不便说话，于是不待彭脱言毕便道："待会儿你便知晓。"

言毕，即上前拉着彭脱右手，并行向县衙大堂走去。城内南北主干道沿途两侧，列满了欢迎队伍，规模之大，气氛之隆，乃邵陵前所未有。进入那里，见宴席早已摆好。时赵谦热情地让彭脱紧挨他上首就座。席间，赵谦还不时给彭脱敬酒夹菜，热情之极，叫人见了不禁发醋。酒方过一巡，赵谦便迫不及待对彭脱道："久闻将军大名，今日有幸得见，果然超尘拔俗，世上无双啊！"

彭脱闻赵谦赞誉自己，自然非常高兴，忙摆手谦逊道："大人所言过誉了啊！"

"老夫向来爱才如命。依将军之才，本应为大汉股肱，国家栋梁，可惜误入歧途。有幸的是，现已弃暗投明，此诚可贺啊！"

彭脱闻赵谦方才言，不禁面带愧色道："我本有罪于朝廷，但大人既往不

第三回　战颍川波才大败朱公伟　取邵陵彭脱智胜赵彦信

咎，怎不叫我感恩戴德呢！现天色已晚，明日我愿亲率部下前来投诚，将功折过，若何？"

赵谦闻言，哪会不答应？忙喜上眉梢道："甚好！老夫随后就书呈皇上，荐你为校尉，共击黄巾妖贼军。"

彭脱闻言大喜，欲起身伏地向赵谦施礼谢恩。赵谦见此，忙伸出左手按住彭脱道："求贤治世，乃老夫本分，不必客气。"

言毕，忙为彭脱斟满一杯酒，举杯同他一饮而尽，以示双方信守方才所言。

宴会一直到当日午夜时分方才散去。赵谦、陈端及随从亲将彭脱送到城西馆舍又闲聊了一阵，方才告辞回去。途中，陈端对赵谦道："兵法云：百万军中无主将，犹若蛟龙战于旷野，其道穷也。今黄巾妖贼酋彭脱孤身深入，若杀之，城外黄巾妖贼军便军心大乱，士气消尽。若击之，定可大获全胜。若何？"

然赵谦闻言却摆手道："此言休矣。须知，小不忍则乱大谋。即使除掉彭脱，其部下善用兵者比比皆是。若反起来，亦锐不可当啊！因此，待他们归降后再一网打尽不迟。"

方言毕，城内忽然火光冲天，杀声震耳。见此，他们不禁非常惊疑。正在这时，一报子飞马前来向赵谦报道："太守大人，不好了！黄巾妖贼酋刘辟率了无数黄巾妖贼军从其挖通的地道里杀进城了！"

赵谦以为自己耳朵有毛病听错话了。待借着火光举目望去，见确实是黄巾军杀了过来，方知中了彭脱诈降之计。对此，自然不禁悔怒交集。同时，还吓得瞠目结舌，面无人色。回过神方才对报子道："速传我令，叫馆舍侍役速将彭脱拿下！别让他逃了！"

报子见赵谦还不知晓现在馆舍侍役们的情况，不禁感到非常惊奇，忙道："他们在彭脱带领下各执刀枪棍棒，与其他黄巾妖贼军一道，正从城西向这边杀来！"

时赵谦方知那些侍役早已暗中加入了太平道，直气得头发倒竖，脸色铁青。正在这时，忽见火光中一队衣冠不整的骑兵迎面奔了过来。赵谦、陈端以为是黄巾军，不禁吓得浑身发抖，冷汗淋漓，欲拔腿后逃。谁料其为首的却高声叫道："大人不必惊慌，是下官呢！"

赵谦和陈端忙循声望去，原乃范仲礼。紧跟其后是封观、刘伟德、张仲然、丁子嗣和袁秘等人。赵谦见是自己人，立刻转忧为喜，忙上前对他们道："你们来得正好，退敌有望了！"

袁秘闻言，料赵谦还不知道眼下城里战况，遂先让他俩骑上备好的战马才对赵谦道："现在退敌为时已晚啊！"

"为何？"

"除东城门外，其他三城门早已失守。因此，不若立刻从东城门出城，前往汝阳搬些救兵，再杀来不迟。"

赵谦闻袁秘言，吓得不寒而栗，回过神，方才哭丧着脸道："就依袁先生之言吧！"

言毕，即派了一胆大心细的小校，立刻飞马前往汝阳联络。此后不久，彭脱、刘辟便率黄巾军杀到。陈端料知插翅难逃，忙拨转马头笑着向彭脱施礼道："将军若肯放我一马，日后必以恩德相报！"

彭脱闻言，气不打一处来，高声怒道："你违背师父当年训诫，攀附朝廷，为虎作伥，难道不可耻么？再者你方才还向老贼赵谦进言，欲加害于我，哪有脸面言恩德相报呢？"

随后，即拍马举剑向陈端杀去。陈端闻彭脱方才言，方知自己身边隐藏有太平道道徒，将此前自己对赵谦说的那些建议报告给了彭脱，料想再求无望，不禁非常惊慌，于是只得举剑相迎。逃在前面的封观、袁秘见少了陈端，便忙掉转马头来寻。时天已大明，他俩见陈端正与彭脱在一街心厮杀，且还处于下风，生怕陈端不测，忙一哄而上，围住彭脱厮杀起来，意欲救出陈端。范仲礼、张仲然和丁子嗣则乘混战之机，护着赵谦，飞马向东城门逃去。方到城门边，忽见刘辟挥舞着大斧，单身匹马从后追了上来。范仲礼还未及上前迎住，刘辟早已挥斧照赵谦头上劈了下来。赵谦见此大惊，忙伏身

第三回　战颍川波才大败朱公伟　取邵陵彭脱智胜赵彦信

躲过，结果刘辟那斧没劈着赵谦，却劈进了木质城门框里，一时拔不出来。封观、陈端和袁秘见此，认为这是逃跑的大好机会，忙弃了彭脱，催马赶上赵谦，逃出了城外。待刘辟奋力拔出大斧，同赶来的彭脱一起追到城外吊桥边时，赵谦等人早已逃得没了踪影。彭脱无奈，只得传令鸣金收兵。看官欲知赵谦等人汝阳搬兵是否顺利，请看下回分解。

第四回

鼓士气刘宏诏谥七吏士
扭败局皇甫火烧黄巾军

却说赵谦一行方逃出邵陵城东门外十余里,迎面见此前派出的那小校飞马赶到赵谦马前,不及下马施礼便向他报道:"报告大人,小的方才探得,汝阳城已被黄巾妖贼军夺去了!"

赵谦闻报,直吓得骨寒毛竖,冷汗浃背。回过神方长声叹道:"这将如何是好呢?"

左右见赵谦如此,遂大眼瞪小眼,相互对视,不发一言。良久袁秘方才拍马上前对赵谦道:"我军现仅千余人马,要夺回汝阳城,难啊!因此,不若兵分两路,一路佯攻汝阳城,吸引住黄巾妖贼军注意力,另一路迅速赶到城东北三十里的颍津,从那里渡水就近向陈国求援。若何?"

赵谦认为只此一法可行,遂道:"可。"

言毕,即令裨将白冬领七百官军步兵佯攻汝阳城,他则率领其余三百官军骑兵,暗中飞也似的从南绕过汝阳城,向颍津奔去。快到那里,赵谦却对颍津现在是否还在官军手里表示怀疑。这时恰见前面有片密林,为了弄清颍津情况,遂忙令部下将士立刻下马伏于密林中。他则与袁秘等人拍马飞一般登上附近一座山头,举目向颍津望去,见那迎风飘扬的尽是黄巾军旗帜。对此,不禁吃了一惊,仰天长叹道:"颍津已经失守,如何渡……"

一旁的袁秘见此,以为赵谦过虑了。不待他叹毕,便笑道:"大人不必多虑。古人常云:天无绝人之路。眼下我军虽势单力薄,但皆精勇之士。因

第四回　鼓士气刘宏诏谥七吏士　扭败局皇甫火烧黄巾军

此，仍可乘黄巾妖贼军不备之机，突然冲出，以一当十，杀散他们，渡水有何难呢？"

赵谦闻言，先是不置可否，后沉思良久方才拍马下山，将袁秘方才所言向伏于林中的那些官军将士道了一番，并问道："你们以为袁先生之言若何？"

时他们以为袁秘言之非常有理，遂毫不犹豫地异口同声答道："男儿当死中求生！即便蒙矢石，赴汤火，也应勇往直……"

不待答毕，赵谦早感动得热泪盈眶，并道："有你们这般忠勇之士，有何顽敌不能克呢？"

言毕，即一马当先，向颍津黄巾军大寨猛地冲杀了过去。

却说颍津黄巾军守军主将、轰雷上仙人校尉彭德，乃彭脱胞弟。自幼便随彭脱参加了太平道，成年后，身高力大，面色黝黑，性情粗犷，一对环柄大刀少有能敌。这次是奉彭脱命令，于昨夜顶着呼啸的狂风，率了一千黄巾军步骑赶到这里，一举杀散了官军，占领了码头，以防赵谦所率官军从此逃跑。

为庆祝胜利，彭德一直在大帐里与部下宴饮。有"酒王"之称的他，自然喝得酩酊大醉，不省人事。正在这时，一门卫飞一般跑来推醒他大声报道："彭将军不好了，一股敌军骑兵杀过来了！"

方报毕，便听得寨外鼓角声、马嘶声和喊杀声震天动地、震耳欲聋。彭德闻之，惊得早没了醉意，慌忙起身奔出帐外，胡乱上马持械，与部下三五成群地前往应战。片刻，赵谦所率官军骑兵便杀进了大寨辕门，若入无人之境，横冲直闯，左冲右突，直杀得黄巾军喊爹叫娘，到处乱窜。赵谦见此，大喜，遂一面令部将章正继续挥军冲杀，一面与封观、陈端、范仲礼、刘伟德、张仲然、丁子嗣、袁秘及三十名骑兵乘机迅疾赶到码头，连人带马上船渡过了颍水。彭德见此，大怒，忙收合黄巾军精勇，奋力返杀过来，将章正斩于马下。其余官军骑兵见此，哪敢恋战？若树倒的猕猴，立刻逃之夭夭。彭德本欲指挥黄巾军渡水追杀，但所有船只皆被赵谦所率官军骑兵拖到了颍水对岸。为此，直气得彭德暴跳如雷，大骂赵谦不止。

赵谦一行渡过颍水赶到陈国圆山镇时，时已午后。昨晚至今，他们还颗粒粮滴水未进，不用说，早已饥渴交加，筋疲力尽，举步艰难。为恢复元气，继续前行，赵谦只好叫大家下马暂且休息，并派人到附近肆店买些食物充饥。谁料那些店主见是官军，皆闭店不售。

赵谦闻报，气得两目圆瞪，破口大骂，并派人唤来当地有秩严加训斥。有秩无奈，只得带人挨家挨户强行募了些食物献上。用膳后正欲上路，忽听得镇外鼓角齐鸣，杀声震天。赵谦不知是哪路人马，不禁非常惊疑。正欲派人前往打探，忽见一探马飞马前来，不及下马便向他拱手施礼报道："妖贼酋彭德那厮率领黄巾妖贼军跨过自搭浮桥，正向我们这边杀过来！"

赵谦及在场其他人闻报，皆吓得两股战栗，面色发紫，欲起身上马而逃。时彭德已一马当先，杀了过来。陈端、张仲然、丁子嗣和袁秘见此大惊，忙一齐徒步上前，各举兵器，接住彭德杀了起来。彭德乘着酒兴，精神抖擞，臂力倍增，越战越勇。转眼工夫，陈端等四人便成了刀下之鬼。封观、范仲礼和刘伟德在一旁见此，又怕又怒，并欲乘彭德不备，向他施放冷箭，为方才战死的陈端等四人报仇。不料这时其他黄巾军也向这里杀将过来，他们哪有放箭机会，于是便不约而同上前迎战。片刻，便被黄巾军乱刀剁成了肉泥。剩下的十余官军见此，自然不敢恋战，逃得无影无踪了。打扫战场时，彭德见没有赵谦尸首，料想他已逃走，于是便令部下四处搜寻。直到当日傍晚，也未见着赵谦的影子。彭德无奈，只好传令鸣金收兵。回营不待歇息，便不顾月黑风高，只身飞马赶往邵陵城，向彭脱复命去了。

彭脱闻知彭德酗酒误事，直气得拍案跺脚，头发倒竖，当即便下令要将他推出斩首示众，以正军纪。天宝道人军司马王当、灵宝道人军假司马何龙和神宝道人军候赵汤见此，认为用兵在即，斩将不适，遂忙一齐上前劝说。彭脱念及彭德往日战功显赫，且今日又亲手斩杀了陈端等四官吏，方才回心转意，罚他三天禁闭。彭德见得免一死，自然大喜不禁，并发誓以此为戒，不再酗酒。同时，还对王当、何龙与赵汤的救命之恩表示由衷感谢。

按理，黄巾军取胜后应该欢天喜地，设宴庆祝才是。但彭脱却成日愁眉

第四回　鼓士气刘宏诏谥七吏士　扭败局皇甫火烧黄巾军

苦脸，唉声叹气。何也？原来如赵谦此前从细作那里得到的消息那样：按张角来信之意，黄巾军夺取邵陵城后，应立刻率军赶往长社城，助波才所率黄巾军攻打皇甫嵩和朱儁所率官兵。谁料还未出发，一连几天电闪雷鸣，风啸雨泼，洪水滔天，道路塌陷，无法通行。无奈，只得按兵不动，待天晴后再做计议。

却说赵谦在圆山镇方闻黄巾军杀来的消息，便在封观和袁秘催促下，脱去衣冠，扮做农夫，只身趁乱骑马逃了出去，随后即日夜兼程，直奔雒阳，向刘宏请罪。到达当口儿，正值文武百官前往玉堂殿上朝，因而很快便被引见给了刘宏。时刘宏以为赵谦是来报告长社城大捷的，因此大喜不禁，后见跪在殿下的赵谦蓬头垢面，不成人样，不禁非常惊疑，忙问道："爱卿何故这般模样？"

问毕良久，赵谦才将邵陵城失守和陈国圆山镇失散经过，如实报告了一遍。随后便痛心疾首，号啕大哭，并请刘宏重罚。刘宏听后先是一怵，继而便沉默不语，良久方才问道："你以为封观等七人现在下落如何？"

赵谦哪里回答得上来！因为他当初在圆山镇与封观、袁秘分手后，那里发生的一切，皆无从知晓。不过赵谦清楚，当时黄巾军人多势众，来势凶猛，封观几人肯定不是其对手。因此，只好有气无力地答道："微臣以为凶多吉少，生死难测！"

方报毕，忽见一报事太监飞一般跑来边拱手向刘宏施礼边高声报道："皇上，探马方才来报，封观等七人皆已战死！"

刘宏及文武百官闻之，皆吓得头发倒竖，张口结舌。时赵谦自然更是吓得不轻，差点昏死过去。良久回过神，结结巴巴对刘宏道："皇上，臣……罪该……万死！"

刘宏认为事已至此，处罚赵谦也无济于事。还不如既往不咎，鼓励一番，使他今后竭尽全力，讨伐黄巾军才是上策，于是和颜悦色道："爱卿何罪之有？皆因黄巾妖贼军太凶顽！"

赵谦闻言，直感动得热泪盈眶，不能自已，并向刘宏叩头谢罪。时刘宏早已离座起身下陛，上前将他扶了起来。赵谦仅为二千秩太守，哪受过皇帝刘宏这般礼遇，因而直激动得语无伦次，忘了口呼皇上万岁。随后，刘宏转身上陛回到座前还未坐下，又一报事太监跑来向他报道："皇上，幽州刺史郭勋及太守刘卫近日被广阳黄巾妖贼军所杀，城池也丢了！"

刘宏闻报，竟吓得目瞪口呆，魂飞天外。回过神方才板着面孔，咆哮如雷道："不杀尽这些黄巾妖贼军，誓不罢休！"

文武百官还未见过刘宏如此发怒，皆不禁惊恐万状，不知所措。良久，侍御史孔融方才出班上前道："启奏皇上，微臣以为我军之所以连败，皆因士气不振，作战不力。而封观等七人临危不惧、舍身为国的精神，乃军中罕见。倘若皇上下旨赐其谥号，树为楷模，叫天下人仿效之，何愁黄巾妖贼军不……"

刘宏认为孔融言之非常有理，不待他奏毕，便命侍臣撰就赐封观等七人谥号圣旨。圣旨略云：

自朕秉政以来，革故鼎新，解除党锢，于是天下安定，五谷丰登，六畜兴旺，万民称颂。然刁民张角之流，却以饮符水、念咒语治病为名，诱惑不辨真伪之徒，含血喷朕，暴乱天下。为国泰民安计，遂发天朝王师征讨。在邵陵城和陈国圆山镇之战中，原汝南郡功曹封观、主簿陈端、门下督范仲礼、贼曹刘伟德、记室史张仲然、主记史丁子嗣和议生袁秘临危不惧，英勇杀贼，不幸捐躯。其壮举足可感动天地，震撼鬼神。不愧为千秋之英豪，百世之俊杰！故特敕旨追赐他们谥号为贤士。望天下朝野之士，以他们为楷模，弘扬为国忘死美德，尽早剿清黄巾妖贼军，以安社稷。钦此！

追赐谥号圣旨传到各州县，达官显贵看后，自然如丧考妣，泣血捶膺。贫穷庶民看后却欢喜若狂，手舞足蹈，如过年过节一般。

官军颍川、汝南二郡之败，遂使刘宏一筹莫展，无计可施，于是便下旨暂停上朝。直到十日后，方才恢复。上朝那天，不待文武百官发言，刘宏便板着面孔，气呼呼地问道："朕祖上所创大业，难道要毁在朕手上不成？！朕

第四回　鼓士气刘宏诏谥七吏士　扭败局皇甫火烧黄巾军

决不能坐视黄巾妖贼军再逞威作孽。以眼下我军各路形势，应有轻重缓急才是。因此，应立刻调兵遣将，先助皇甫嵩、朱隽二将军图颍川、汝南二郡，尤其应尽快增兵长社城。不知谁愿领军前往？"

文武百官闻问，皆面露难色，默而不语。刘宏见此，以为他们怕死，正欲发怒，忽见有四人不约而同出班上前高声应命。刘宏及文武百官忙循声望去，原一乃数世仕汉室州郡钦臣之后、当朝侍御史、太原祁县人王允王子师；一乃荀卿十一世孙、当朝郎陵侯相荀淑之子、郎中颍川郡颍县人荀爽荀慈明；一乃方才献策赐封观等七人谥号的孔子二十世孙、当朝太山都尉孔宙之子、侍御史鲁国人孔融孔文举；以及早已献过消灭黄巾军之策的曹操曹孟德。刘宏见这么多朝臣之后愿为汉室效劳，不禁大喜过望，叹道："还是你们靠得住啊！"

为鼓舞士气，早日讨平黄巾军，刘宏还降旨迁王允为豫州刺史，秩两千石；以荀爽和孔融为从事，率五千官军精骑为左路军；拜曹操为骑都尉，秩两千石，率五千官军精骑为右路军，与荀爽、孔融一道尽快向长社城进发。他们领旨后，立刻便拱手向刘宏施礼告辞出殿，点起官军，日夜兼程，直向长社城杀去不提。

却说波才所率黄巾军攻打长社城虽已月余，且还死伤惨重，但却未越过城池一步。对此，波才不禁非常着急。一日上午，便升帐与左右文武商议道："敌龟缩城中负隅顽抗，使我无隙可击。若长此下去，其援军一到，我必内外受敌，各处难顾，后果不堪设想啊。故依我见，不若今夜趁黑虚张声势，佯攻东、南、西三城门，吸引住那里的守敌。同时，暗中遣一路精锐步骑，突攻北门。如此，破城何难！不知谁愿……"

话音未落，便见一身长八尺的彪形黑脸大汉昂首挺胸，大步出帐高声道："末将愿往！"

波才及众将忙闻声望去，原乃华阳道人都尉房植。对此，波才自然大喜不禁，忙问道："不知要多少人马？"

"千人足够！"

波才见房植语气肯定，不再多言，即拨了一千黄巾军精锐与他。房植回营后，从中挑了三百善攀登城墙者，随他先行攻城。当日午夜时分，长社城外，鼓角雷鸣，人吼马嘶，灯火通明，如同白日。时黄巾军朝真道人军司马陈虎挥军攻东城门；迎真道人军假司马黄飞挥军攻西城门；招真道人军候杨洮挥军攻南城门。唯北城门外无一兵一卒，非常寂静。

随后不久，当东、西、南三城门下黄巾军与官军攻守之战正鏖之际，房植所率打头阵的那三百名黄巾军早已无声无息，兵不血刃便登上了北城楼。后续黄巾军见此，大喜，正欲登城，忽听得城楼两侧走道不远处鼓角齐鸣，杀声震天，火光中见身材高大、气壮如牛、武冠铁甲的官军校尉桥虎率了千余膀大腰圆的官军刀斧兵从城楼两侧走道上迅猛杀了过来。房植见此，方知中计，遂欲下令退兵。时那些官军刀斧兵早已杀到他们眼前。房植料知退兵为时已晚，无奈，只得挥舞着手中那八十斤重的长柄大锤，猛地向桥虎头上砸去。桥虎见此，先不禁吃了一惊，随后定了定神便高举狼牙大棒相迎。两人你来我往斗了五十余合，仍未分出胜负。时官军越来越多，不久，城上那三百黄巾军便死伤了大半，而城下黄巾军又被城上官军乱箭射得鬼哭狼嚎，死亡甚众。房植见此，不禁惊恐失色，魂不守舍。桥虎见此大喜，忙举起狼牙大棒，照房植头上猛地砸去。只听得房植一声惨叫，便中棒倒地而亡。黄巾军见死了主将，且又左右受敌，无路可退，遂不顾一切，奋勇厮杀，欲与官军拼个你死我活。因势单力薄，寡不敌众，不大工夫，便通通倒在了官军的刀斧之下。城下黄巾军见此，料知再攻无益，忙转身而逃。波才闻报北门攻城失败，房植身亡，不禁又惊又悲，末了，只得立刻传令鸣金收兵。

须知，官军之所以获胜，是因在南城楼上指挥守城的皇甫嵩此前方从细作那里得报黄巾军这次攻城动向，便断定他们是醉翁之意不在酒，并立刻唤来桥虎，授以密计，做了准备。不过，皇甫嵩和朱隽事后闻知城上那些黄巾军临危不惧，视死如归，也不禁感慨万千，赞叹不已。

官军虽然取胜，但皇甫嵩连日来却高兴不起来，并深居简出，闭门谢客。同时还思虑道：我皇甫嵩乃官宦之后，年少时便熟读诗书，练习弓马。

第四回　鼓士气刘宏诏谥七吏士　扭败局皇甫火烧黄巾军

长成后，高大伟岸，文武皆备，名重朝野，连太尉陈蕃与大将军窦武多次征召皆托词不就。后皇上闻之，甚为羡慕，并亲遣公车司马，将我接到京师雒阳，征召为议郎。不久，即迁为北地太守。其知遇之恩可见一斑。这次与黄巾军交战，本欲旗开得胜，马到成功，以报圣恩。谁料却被长期困在长社城中。更为头疼的是，城中粮草已所剩无几，倘若不能速战速胜，后果定然不堪设想。

一日下午，忽见朱隽不待通报便匆匆走了进来。原来他得知皇甫嵩心情不佳后，便想起他前时兵败狼狈情形，不禁惺惺相惜，前来探视。在客厅相见礼毕方坐定，朱隽即道："眼下只要激扬将士，坚守城池即可。待黄巾妖贼军有破绽后再击不迟。孙子亦云：'杂于害，而患可解也。'因此，将军不必多虑啊！"

皇甫嵩认为朱隽言之有理，连连点头称是。但随后却忧心忡忡道："粮草……"

不待言毕，朱隽便明白皇甫嵩之意，遂不以为然道："若以谋速胜，何愁粮草不济呢？"

皇甫嵩闻言，未置可否，起身缓缓踱到书架前，取下绢制《孙子兵法》翻阅起来。片刻，便转忧为喜，遂放下《孙子兵法》，摆上棋盘，请朱隽与他对弈。对此，朱隽如坠雾里云中，懵然不知。方对弈不久，便忍不住放下手中棋子问道："皇甫将军莫不是早已胸藏破贼良策了？"

皇甫嵩也放下手中棋子，取笔蘸满墨汁，在案几上一挥而就，随后诡秘地指着那里道："有一对句，此为上句，破贼之策在下句。为示你我共谋破贼之意，请将军写出下句。"

朱隽知道不是皇甫嵩有意考他，因而并不介意，闻言后随即便起身走到案几前低头一看，原乃"贼偷三次不穷"六字。于是不假思索，便从皇甫嵩手中接过笔，在那六字右侧疾书"火烧一次全光"。皇甫嵩在一旁见了，随即惊叫道："朱将军真不愧为当朝罕见之智士！"

朱隽见皇甫嵩夸奖自己，自然非常高兴，但却谦逊道："全赖将军上句指点迷津啊！"

"火攻全赖风势。眼下正值春时风季，当为烧贼之良机呢！"

皇甫嵩言毕，立刻传令部下，迅速密备各种火攻器物，以备随时之用。

是年五月上旬，天空时晴时雨，因黄巾军当初是被迫仓促举事，没来得及备足营帐。因此，大多将士只能露宿野外。时间一长，埋怨之声不绝于耳。对此，波才不禁忧心忡忡，食不甘味，睡不能眠，并在一日午夜密召左右文武到中军大帐商议对策。待他们到齐依秩方才坐定，波才即问道："眼下我军既不能及时破城，又不能撤军而去，也无援军。如何是好？尤其叫人担忧的是，不少将士住宿至今还无着落，倘若长此下去，后果难料！不知大家有何良策，摆脱此境？"

左右文武闻言，也不知如何是好，皆搔首抓耳，一言不发。正在这时，忽见一小校跑来不及向波才拱手施礼便忙向他报道："将士们因耐不住日晒雨淋，现正依草结营呢！"

波才及左右闻报，不禁一愣，忙不约而同起身飞一般奔出帐外，一看，果如小校所报。波才深知，依草结营最怕火攻。因此，不禁非常担忧。沉思片刻却由忧转喜道："有了！"

何仪对波才这种变化，甚为不解，忙问道："依草结营，最怕火攻，故向为兵家大忌。将军何故还……"

不待问毕，波才即笑着答道："你只知其一，不知其他。今我军结草为营，固不可取。但兵法云：防火攻者，必敌欲举火，我已先知之。虚其营，稍留余卒，遍竖旌旗，遍布鼓角，人马循环出入，以示未离营寨。暗中却伏兵于营寨左右，待火起，余兵喧噪，佯为挠乱，敌必进攻，伏兵齐出，夹击两侧，合并袭敌，此无不能也。现我军疲惫，可依草为营，暂住两日，蓄锐养精，然后依此兵法行事，不仅敌可退，城亦可破。此所谓将错就错之策呢！"

何仪与左右闻言，皆恍然大悟，并连连点头称是。

同时，城里的皇甫嵩与朱隽也在商讨如何火攻黄巾军之策，时还未商讨

第四回　鼓士气刘宏诏谥七吏士　扭败局皇甫火烧黄巾军

出结果,便见一探马跑来边向皇甫嵩拱手施礼边向他报道:"报告皇甫大人,黄巾妖贼军现正在城外依草结营呢!"

皇甫嵩闻报,认为这是天赐火攻良机,不禁大喜过望。随后却想:波才这厮深谙兵法,眼下却让部下依草结营,不忌火攻,不知是否有诈?于是忙令各路探马加紧打探黄巾军依草结营真实意图,以便相机应对。并在次日拂晓与朱儁上城观望,果见城外遍地皆是黄巾军结扎的草营,且七偏八歪,紊乱无序。于是不禁大喜,遂对朱儁道:"此乃妖贼军耐不住日晒雨淋之苦而为之,非预谋!实施火攻,只待风起!"

"所言极是!"

朱儁方言毕,皇甫嵩便忙与他匆匆下城,召集众将,面授火攻黄巾军机宜去了。

皇甫嵩和朱儁乘风火烧黄巾军草营之计虽妙,但当时天气闷热,乌云密布,不但无风,说不好还会降雨。对此,他俩不禁急得坐卧不宁,茶饭不思。谁料此后不久的一日傍晚,天气突变,云散风起。皇甫嵩见此,若雪中遇炭,高兴得差点跳起来,忙令朱儁率领三千官军步骑,于午夜时分在城北门外挑灯列阵搦战,转移黄巾军注意力。时黄巾军不知是计,不等发令,便蜂拥般从营内杀出来。正在中军大帐戴胄披甲就寝的波才被吵醒后忙起床出帐,见此,料知不妙,遂大惊道:"敌见风而动,意在借风烧我草营啊!"

随后,忙传令鸣金收兵。黄巾军闻金方才后撤,忽然城上官军反复高声叫道:"黄巾妖贼军草营着火了!"

黄巾军闻之,不禁非常惊慌。朱儁见此大喜,忙将手中令旗一挥,官军便若决堤的洪水,猛向黄巾军冲杀了过去。东、西、南三城门外营寨里的黄巾军闻北门有战事,大多便奔过来助战。不料这时都尉陈铜率了三千官军步骑出东城门,军司马李明率三千官军步骑出西城门,皇甫嵩与都尉季飞率五千官军步骑出南城门,一齐向黄巾军草营猛放火箭。风助火势,顷刻间草营便成了一片一望无际的火海,照得四周如同白日。结果黄巾军被烧得焦头烂额,喊爹叫娘,死伤无数。

波才不愧为黄巾军名将,虽战情不利,但却临危不惧,镇静自若。在派出何仪与太平道三十六小弟子之一赤明高仙人军司马陈龙率军杀向时在南城门的皇甫嵩后,他也上马与另一太平道三十六小弟子华光高仙人军假司马何曼与浩亮道人军候杜长率了五千黄巾军精骑,朝还在城北门外的朱儁这边猛地冲杀了过来,企图挽回劣局。时朱儁挥军左冲右突,方才占上风,便遇到这些黄巾军,不禁非常惊慌,并思想道:"莫非黄巾军是有备而……"

不待思想毕,波才早已拍马挺戟上前,直朝朱儁心窝刺来。朱儁见此,大惊,忙高举双环短柄大刀相迎。他俩本有宿仇,今日相遇,自然分外眼红,皆使出浑身解数,恨不能立刻置对方于死地而后快。两边人马皆击鼓呐喊,为其助威。结果战了五十余合,仍未分出胜负高低。

再说向南城门杀去的何仪、陈龙所率黄巾军出营方绕到东城门,便见原来在此的黄巾军若潮水般败退了下来。他们见此,忙飞一般上前制止。这些黄巾军见自家人马杀到,士气立刻大增,遂转身又潮水般向前冲杀。仍在南城门外的皇甫嵩闻报黄巾军虽损伤惨重,但没大乱,且还在其主帅波才指挥下有条不紊地与官军拼杀,不禁吃了一惊,取胜信心也随之烟消云散。但随后以为,此战胜败,关系到自己生死荣辱,终身前途,因而只能胜,不能败,于是忙高声对部下将士道:"欲立田单之功,就在此一举!"

言毕,便一马当先,猛地向黄巾军冲杀过去。这些将士认为皇甫嵩方才言之有理,遂忙抖擞精神,紧随他冲杀过去。正在这时,忽听得一声炮响,一支官军精骑从城西向黄巾军背后杀了过来。为首旗上大书一"曹"字,原乃曹操率领官军援军杀到。

曹操身材虽然不高,但自幼不仅喜读经史兵书,还爱弄枪舞棒、骑马射箭。长成后,尤其使得一条好搭虎大戟。因此,方才杀到,便在黄巾军中横冲直撞,无人能挡。正欲挥军南向与皇甫嵩会合,不料何仪、陈龙率领黄巾军忽从斜刺里一齐上前,横马挡住了去路。曹操见此大怒,不待搭话,便舞戟直取陈龙而来。何仪见曹操来势凶猛,怕陈龙有失,遂忙拍马上前助战。何仪、陈龙哪是曹操对手,战不到十合,曹操便将陈龙刺于马下。何仪

第四回　鼓士气刘宏诏谥七吏士　扭败局皇甫火烧黄巾军

见此，大惊，忙弃了曹操，领军飞一般向北而撤。没行多远，迎面碰上了王允、荀爽和孔融率领的官兵援军。何仪见前后受敌，吓得不知如何是好，回过神，方才挥军且战且走。

正与黄巾军杀得起劲的皇甫嵩闻报曹操、王允、荀爽和孔融率领官军援军先后杀到，自然大喜过望，忙传令各路人马，一齐向北城门杀去，以助朱儁。

再说波才在北城门外虽将朱儁杀得连连后退，但此时黄巾军大势已去，败局已定。无奈，只得忙向朱儁虚晃一戟，退出阵外，与何曼、杜长收拾残军，西向阳翟城逃去。朱儁所率官军见此，便随后大肆焚烧砍杀，不到三刻工夫，不仅将黄巾军草营烧得精光，还烧得无数黄巾军血肉模糊，尸首遍野，惨不忍睹。

波才、何曼、杜长带领所剩黄巾军逃出营寨后，若离弦的箭，瞬间便赶到了溵水津东岸。溵水虽宽不过里许，深不过十尺，却是去阳翟城的必经之路。为确保渡水无虞，波才忙拨了三千黄巾军精兵与杜长，在东岸从后拦截官军追击，他则与何曼率领其余黄巾军乘船渡水。不久，朱儁率领先头轻骑官军便杀到了那里。朱儁见杜长率领黄巾军在此严阵以待，心头不禁一怵。加之不知黄巾军现在底细，怕再遭前时丘山之败，于是只得忙令部下就此停步。杜长见此，料知他们胆怯，不禁非常得意，并挥矛高声叫道："有种的皆来与俺一决雌雄！"

这一声吼，若晴天霹雳，震得官军两耳欲聋，欲拔腿后逃。朱儁虽然胆壮，但见杜长膀大腰圆，性情剽悍，也不敢上前应战。杜长见此，更加得意，并勒马持矛横在那里，待所有黄巾军渡过对岸，方才下马上船，左手持矛，右手摇橹，缓缓而去。时朱儁所率官军犹若木鸡，呆在那里始终没敢轻举妄动。

波才所率黄巾军渡过溵水，到达阳翟城方被那里的黄巾军守城主将、冲虚道人都尉刘波接进城里不久，皇甫嵩、朱儁、王允、荀爽、孔融和曹操率领官军便兵临城下，不待歇息，便猛地攻打城池，但皆被城上黄巾军木石击退。皇甫嵩料知急攻无效，无奈，只得传令收兵，退五里安营扎寨，待形势有变再做计议。

战事一停，波才忙计点人马。结果连原阳翟守军计在内，尚有一万五千左右，而将领中唯不见了何仪。后波才闻报何仪趁乱逃出后不知下落，自然深为惦念，并随即指派探马各处寻找。对战死的陈龙，自然悲痛欲绝，并率众哭祭了一番。随后即亲撰一绢制长社城战报，叫一胆大心细的小校扮做农夫，日夜飞马赶往邺城，亲交张角。

此时值是年五月中旬。

看官欲知张角得知战报内容后有何举动，请看下回分解。

第五回

退邺城宫军师贻献妙计
破阳翟曹孟德树建奇功

却说在皇甫嵩和朱儁所率官军当初出发的同时，卢植所率的那八万官军也匆匆离开雒阳，不久后便赶到了邺城。由于那里是黄巾军大本营，驻扎着张角所率黄巾军主力。因此，战局胜败关系全局，所以卢植所率官军不仅比皇甫嵩和朱儁所率官军势众，且装备精良。因此他们以为攻破邺城，消灭那里的黄巾军，只是举手之劳。谁料那些黄巾军皆是些身强力壮，武艺高强，不怕牺牲的昔日道徒。因而双方攻防了多时，也没结果。

一日中午，张角正在餐室用饭，忽见宫崇笑容满面地跑来，向他送来波才颍川大捷文书。他读后自然欣喜若狂，不能自已，并忙抄写多份，吩咐多路快马迅即传送给各处黄巾军将领，以便鼓舞士气。同时，部下将士守城信心也骤然大增。此后不久的一日下午，全身披挂的张角正在西城门楼上巡视军情，忽一士兵飞一般跑来不及向他拱手施礼便向他报道："有一农夫自称是波才部下，言有要事求见，现正在南城门外等候。"

张角闻报，以为他是来报告长社城大捷的，遂大喜道："快快叫他上来。"

士兵施礼告辞转身出门不久，便带来一神色紧张、疲惫不堪的农夫。张角见了，不禁一愣，怀疑他是官军奸细。正欲盘问，农夫早已上前双手呈上一绢制物，道："此乃波将军致天公将军长社城战报。"

张角闻言，方知农夫乃波才派来的密使，于是怀疑顿消，忙问道："长社城近日战况如何？"

"阅后便知晓。"

张角闻扮做农夫的波才所派快马如此言，心头不禁一惊。遂忙展开战报方看片刻，便惊得脸色发白，半晌无语。回过神，方才匆匆下城召集左右文武，到郡衙大堂商议对策。待他们到齐依秩方才坐定，张角即道："我方才从波将军长社城战报获悉，他们在那里突遭敌人火攻，几乎全军覆没。不知你们有何良策，扭转其眼下劣局。"

须知，自黄巾军举事以来，多是胜仗，偶有败仗，也是微不足道。像波才所率黄巾军在长社城那般惨败，还是第一次。因而闻张角言，皆惊得目瞪口呆，没有言语。良久，黄穰方起身上前道："眼下敌军之所以非常猖狂，皆因其老巢雒阳未乱。只要那里有急，破敌便若囊中取物呢！"

方言毕，柳根便起身上前向张角拱手施礼道："黄先生虽言之有理，但雒阳四周皆有敌军重兵把守，如何近前？"

大家以为他俩皆言之非常有理，因而便默不作声，不予表态，并不约而同地望着张角，希望他有什么高见。时张角却没理会他们，而是与宫崇相互低声耳语，只见张角连连点头称是。随后，即与时在雒阳的马元义疾书绢制书信一封，交与谍士送去。谍士接过书信藏于鞋底后，便忙拱手施礼告辞张角转身出城，上马飞一般向雒阳赶去。不久，便赶到马元义在雒阳城西的住处，将书信送到他手中。马元义见果然是张角亲笔书信，料知定有要事相告，忙拆开一看，方知是指示他在雒阳城尽快组织那些早已参加太平道的宫省直卫举事，以便动摇雒阳和天下朝野之心。

马元义世居雒阳，祖上多为官宦，早年便熟读经书典籍，并任教雒阳太学多年。后因与诸儒评议朝政是非，遭党锢之害。未几，参加了太平道，为八大弟子之一，封太黄上真人，被派往荆、扬二州宣传太平道道义和发展道徒，成了那里的大方渠帅，拜济世将军。前时因形势需要，才潜往雒阳，待机行事。对张角书信指示，自然不会怠慢，并立刻以文会友为名，将徐奉、封谞等宦官和千余宫省直卫太平道道徒召集到城东南太学一大教厅，密商举事事宜。不待密商毕，便因事先走漏风声被捕入狱，被判极刑。在城南郊刑

第五回　退邺城官军师贻献妙计　破阳翟曹孟德树建奇功

徒群墓旁行刑那天，四周刀枪林立，戒备森严。除少数特许官员可前往观看外，其余人等一概不得入内。刀斧手早将马元义头颅和四肢分别绑在向外五个方向的五乘各套一匹瘦弱无力的老马的大车上，只等刘宏及何进等人午时三刻到来行刑。

午时三刻方到，刘宏及何进一行人便准时来到了刑场。刘宏二话没说，立刻下旨行刑。五名刽子手领旨后，忙一齐上前，各驱赶那五匹马一齐朝各自前方走去。那些马极尽全力拉了很长时间，方才将马元义躯体撕成血淋淋的五大块。其临死前的惨状不说别人，连行刑的刽子手见了都不禁心惊肉跳，毛骨悚然。

此刑名叫轘，又称轘裂车磔，俗称五马分尸。为周王朝发明使用，秦朝沿用的酷刑。用瘦弱无力的老马拖拉，可使受刑者久久不能死去，多受活罪。因此，是酷刑中的酷刑。他们之所以这样处死马元义，不仅因他是太平道八大弟子之一和黄巾军著名将领，还因在被捕后，多次破口大骂刘宏及朝廷腐败无能。同时，也是为了杀鸡给猴看，威慑他人，以解其对太平道和黄巾军心头之恨。

马元义被害后，徐奉、封谞及其他千余宫省直卫也随即被杀害在处死马元义的同一刑场。时鲜红的血流和横七竖八的尸首，在火辣辣的阳光下，很快便色气俱变，并被狐狗撕扯，乌蝇争啄。须知，刑徒群墓里埋葬的是无数当年为帝王将相建筑城池宫殿与楼阁苑囿累死的刑徒和无辜百姓，因此平时这里本就荒草丛生，鸟兽出没，鬼神哭泣，无人敢往。现在又在此处死这么多人，阴森恐怖可想而知。

此后不久的一日下午，张角与宫崇等左右文武在邺城郡衙大堂正在议事，忽闻报马元义等人噩音，皆不禁气得捶胸顿足，哀痛欲绝。良久，宫崇才若有所思道："近日敌军张牙舞爪，气焰嚣张，大有置我军于死地之势。故形势极为严峻！兵法云：胜败兵家难测，包羞忍耻方是英雄。因此，大家不必过分悲伤！眼下最要紧的，是叫波才将军固守阳翟城，彭脱将军固守邵陵城，周朝将军固守阳城城，必要时南阳张曼成将军可遣兵北上予以策应，将敌牵制在颍水一带，若无取胜把握，决不可轻易出战。待敌疲惫后，方可出击。此所谓以逸待劳啊！"

张角虽然认为宫崇言之有理，但仍愁眉苦脸，忧心忡忡，并问宫崇道："军师方才之言甚妙，照办便是。而我军在此与敌周旋已数月，仍未取胜。照此下去，恐凶多吉少。不知军师有何……"

时宫崇心中早有对策，故不待张角问毕便答道："眼下我军在冀、兖等地人马过于分散，难于互相策应，且易被各个击破。依愚之见，不若暂且放弃邺城，集中兵力于广宗东北等地敌之薄弱处全力作战。如此，敌必因伤亡惨重若惊弓之鸟，闻风丧胆。那时我军再乘机夺取关隘城池，必易若反掌！"

张角虽然赞同宫崇所言，但认为仍有不利之处，故又忧心忡忡问道："两军相持，贵进忌退。进则士气大振，退则士气丧失。如之奈何？"

"形势所迫万不得已而退者，则可佯为进，诡而退。如此则军虽退而士气不丧，此乃退兵之上策！"

"卢植老贼深谙兵道，此策恐难瞒得过他。"

宫崇认为张角过高估计了卢植，于是分析道："天公将军只知其一，不知其二。卢植虽然狡诈，但与我军相持数月，却败多赢少。因此，料想朝廷早便对他不满了，因此还会经常责怪他。对此，他早便满腹怨气，无可奈何。为将功补罪和与皇甫嵩、朱隽一争高低，求胜之心必然急切。若趁此弃城退兵，他必会毫无顾忌地……"

言未尽，张角早已明白了宫崇未说出之意，故打断其话语问道："军师虽言之有理，但敌占领城池后，必会随后追击。如何是好呢？"

时宫崇并不作答，而是起身上前对张角低声耳语了起来，时只见张角笑着不断点头称是。随后便传太平道三十六小弟子之一灵光高仙人校尉褚飞燕和玄明贤人军司马苏伯前来，分别对他俩附耳低语了一番。只见他俩若张角方才那样，笑着不断点头称是，随即向张角拱手施礼告辞，转身分头去了。其余在场者知道这是军事机密，皆知趣不问。末了，张角、宫崇又分别附耳对他们低语了一番，他们也忙拱手向张角施礼告辞，转身分头去了。

第五回　退邺城官军师贻献妙计　破阳翟曹孟德树建奇功

却说官军邺城攻城主将卢植，字子干，涿州人。有大节，常怀济世之志。少时曾与北海高密人郑玄同师事于时之通儒马融，因而精通古今之学。雒阳立太学《五经石碑》时，曾同硕儒蔡邕等人校正其文字，后又补续《汉纪》。武略亦出众超群。建宁中，征召为博士。熹平四年，以镇服九江蛮夷反叛有功，由博士拜九江太守。值南夷反叛，朝廷念他在九江有恩信，遂转拜庐江太守，南夷因此宾服，于是政绩显耀朝野。谁料这次攻打黄巾军却久无战果。因此，正如宫崇此前所料，不仅因常受到朝廷训斥而沮丧不已，还因得知皇甫嵩与朱儁长社城大捷后，心急如焚，恨不得立刻踏平邺城，大破黄巾军，与皇甫嵩与朱儁一比高低。一日早饭后，卢植与左右文武披甲戴胄依序坐在城西门外中军大帐里正唉声叹气，焦急不安之际，忽听得寨外战鼓咚咚，杀声震天。料想是官军援军杀到，不禁大喜过望，并声若洪钟般道："破城在即啊！"

言毕欲起身出帐观望，正在这时，忽见一士兵飞一般跑来不及向他拱手施礼便报道："卢将军，黄巾妖贼军贼酋张角率领大队人马，在城西门外挑战，气焰非常嚣张！"

卢植闻士兵所报与自己所料相反，喜意立刻便飞到了爪哇国，并忧心忡忡问身旁左右道："将如何是好呢？"

左右也不知如何是好，遂便低头视足，默不作声。谁料这时卢植突然转忧为喜道："有了！"

左右见卢植忽忧忽喜，变化无常，若丈二和尚，摸不着头脑。卢植见此，遂笑道："最近其他地方黄巾妖贼军连连败北，军心早已动摇。张角等黄巾妖贼军眼下之举，只不过是虚张声势，壮胆而已，何足惧哉！因此，荡平邺城，擒杀张角，为国立功时机已到！"

言毕，也不与左右商议，便令毒轻和骑司马王容共率五千官军守寨。他则与固冻、刘华、谢敏、麻先率领其余官军从东寨辕门杀出。方出那里，便见黄巾军不慌不忙、井井有序地向城里退去。对此，官军自然怒不可遏，并纷纷向卢植请求趁此随后追杀。卢植认为黄巾军有异，为防不测，忙连连摆手道:"兵法云:敌退慌乱,方可随后掩击。今敌虽退,却有条不紊,其中定然有诈。因此,切不可贸然进兵!待老夫弄清虚实再说。"

大家虽点头赞同卢植所言,但却为失去这次战机感到非常遗憾。卢植见黄巾军已退回城内,方才率军回寨。下马卸甲不久,寨外又传来黄巾军鼓角声和喊杀声。官军闻之,自然大怒,忙披挂出东寨辕门迎战。方出那里,黄巾军又不慌不忙、井井有序地退回城里。双方如此这般多次,遂使官军从早到晚,来回奔波,不得休息。结果搞得他们腰酸腿疼,疲惫不堪;腹内空空,饥渴难忍。无奈,只好边破口大骂黄巾军以解心头之恨,边埋锅造饭以解饥渴。正在这时,忽见大队黄巾军骑兵飞一般冲到东寨辕门前,齐声高喊要取卢植首级给马元义祭灵。卢植对今日欲应战不能,欲罢战亦不能本已气愤填膺,哪还受得了黄巾军这般辱骂?因而不顾黄巾军是否有诈,和当时天色已黑,出战不利等因素,毫无顾虑地传令部下,立刻停止埋锅造饭,出寨迎战。不拼个你死我活,绝不收兵。

方出东寨辕门,便见火光中黄巾军已摆好阵式。柳根与吴霸将右军,李申与黄穰将左军,张角与宫崇领中军。阵中旌旗幡帜铺天盖地,战鼓号角响彻云天。对此,卢植不禁非常惧怕,但事已至此,惧怕有何用?于是只好强装镇静,令麻先、固冻为右拒,挡李申、黄穰;刘华、谢敏为左拒,挡柳根、吴霸;他则和宗员为中军,与张角、宫崇对拒。

卢植布毕阵还未及骂阵,忽见李申、黄穰所拒左军阵形开始有些骚动,继而便混乱不堪,没人能止。卢植见此,以为有机可乘,不禁大喜,忙挥旗令麻先和固冻率五百轻骑向那边冲杀过去。李申、黄穰见此,也忙挥军相迎。两军方一接战,李申、黄穰所率黄巾军便乱了起来。柳根、吴霸所拒右军见此,忙纷纷向张角所拒中军靠了过来。于是整个黄巾军阵脚瞬间便大乱不堪。卢植以为黄巾军不堪一击,遂举剑高声对部下道:"捉拿张角这妖贼酋,就在今日!"

随后,欲挥军掩杀过去,正在这时,忽见一探子飞马前来向他报道:"黄巾妖贼军早已放弃城池,带着城中百姓,分别出了城东、北二门,经西门豹

第五回　退邺城官军师贻献妙计　破阳翟曹孟德树建奇功

祠过漳水,向广宗逃去了。眼下西门豹祠、赵阅马台、祭陌西等处,有火光闪烁,人马声响。小的以为那里似有殿后伏兵。"

卢植闻报,以为探马是睁开眼睛说瞎话,自然不肯相信。待他举目向对面一望,见那些大乱不堪的黄巾军阵前早没了张角等将领身影。对此,不禁非常惊疑,以为他们在玩弄什么隐身妖术。为弄清其中奥秘,忙派人押来方才被俘的几个黄巾军士兵一问,方知方才阵前的张角、宫崇、柳根、吴霸、李申、黄穰等人,皆是他人所扮。至此,卢植方知中了黄巾军金蝉脱壳之计,竟气得肝脏破裂,七窍生烟。待怒气稍许平息,宗员才上前向他请战道:"我愿领三千骑兵,前往追杀。不取下张角首级,绝不罢休!"

随后,其他将校也忙争先恐后上前求战。对此,卢植先是不置可否,遂沉思良久后方道:"依探马方才所报,千万不可追击。否则,后果难测!再者,我军眼下整日与贼周旋,早已饥疲不堪。贼军却以饱待饥,以逸待劳。若战,恐于我军不利!因此,不若先占领邺城再说。"

宗员等人认为卢植言之有理,忙点头表示赞同。卢植于是不再多言,便令百名轻骑,举着火炬,先行进城打探虚实。片刻,一骑兵回来向他报告城中确无黄巾军后,方才放心大胆地传令各路人马分别从西、南二门缓缓向城里进发。因无任何抵抗,不大工夫,便占领了全城。

前面说过,由于官军早已饥疲不堪,因而进城后即埋锅造饭,酒足饭饱后,便不管三七二十一,合衣倒下便睡。午夜刚过,忽一股滔天洪水,猛地从城北门涌了进来。住在低洼处的官军还在梦中,便成了水鬼。

时卢植正与宗员等将校在城中心郡衙大厅商议军事,忽见洪水涌来,哪里料到?自然大惊失色,慌了手脚。宗员回过神,忙抢过从门外漂进来的一根粗大圆木,让卢植抱着,以为救生。随后才与其他人抱着方漂进来的一根细小圆木,同卢植一道,一齐向城南游去。卢植身长八尺有二,年迈体胖,披甲戴胄,行动自然不便,方游到中途,便气喘吁吁,四肢无力。宗员等人见此,恐有不测,忙一齐上前,扶着卢植向前游动。直到天明时分,卢植才游到南城楼东侧的台阶旁,并在宗员等将校的搀扶下,若鸭行般登上城楼,举目向城内外一望,只见那里洪浪滔天,汪洋一片。那些未淹死的将士和战马,正拼命向四周城垛和高地游去,情景甚为狼狈。见此,他不禁倒抽了一口凉气,并大骂了张角一番。直到次日中午,洪水方才慢慢退去。倒塌的房屋,淹死的人马,数不胜数,惨不忍睹!

看官你道是哪来的洪水呢?原来昨日下午,张角对苏伯所密语的,就是叫他于当日夜幕降临时分率两千黄巾军兵匠,暗出西城门,沿漳水西行至位于漳水南岸的故赵邑武城城东门外,筑坝拦截上游之水。张角对褚飞燕所密语的,是叫他与苏伯同时率两千黄巾军兵匠,暗出东城门,赶往距城外三里的漳水隐蔽处,构筑齐城大坝,挡住苏伯那里待时所放之水,淹灌城池。不到午夜,他们早便完成了各自任务,只待伺机行事。不久,苏伯便闻报官军不仅已经入城,且还睡得正香,认为淹灌时机已到,大喜,忙令部下挖开大坝,泄放洪水。

卢植在城南楼大厅里坐定后闻报淹城是黄巾军所为,并不愤怒,反还思想到:损坏一些房屋街道,日后可修复。死伤一些人马,日后也可得到补充,何足惜呢?收复黄巾妖贼军大本营邺城,才至关重要。这不仅可震动朝野,还可使所有黄巾妖贼军军心动摇,士气锐减。如此,彻底消灭他们,乃指日可待。更重要的是,也有脸面向朝廷和皇上做个交代。同时,与皇甫嵩和朱隽长社城大捷一比高下,也毫不逊色。真乃一举多得的美事!于是不禁高兴得欲手舞足蹈。宗员等人见此,皆不知所以然,但又不便探问。随后,卢植一面亲向刘宏草拟捷报,一面吩咐全军设宴庆祝。宴席持续了三天三夜,仅卢植就饮酒一石。宴毕,卢植先派人前往西门豹祠、赵阅马台和祭陌西等地,以便打探那里是否有黄巾军伏兵。接着,又令左右整顿人马,准备向广宗杀去。

却说张角率领黄巾军上路后日夜急行,不久便赶到了广宗城西门外。驻守广宗城的主师张梁见是自家人马,大喜,忙亲率左右出城相迎,自不必说。

却说卢植待一切就绪,便令别部司马宫术领五千官军驻守邺城,其余官

第五回　退邺城官军师贻献妙计　破阳翟曹孟德树建奇功

军皆随他日夜兼程，向广宗杀来。由于西门豹祠、赵阅马台和祭陌西等地只是黄巾军疑兵，官军没遇到什么抵抗，便在不久后的一日下午，绕道赶到了广宗城东门外。卢植本欲乘势一鼓作气拿下城池，再立军功。孰料城上黄巾军防守甚严，无懈可击。无奈，只好传令全军在城外四周三里处安营扎寨，将城池包围起来再说。

官军虽占领了邺城，但他们谁都知道，这完全是黄巾军事先有计划、有步骤外撤的结果，并非他们取得的真正胜利。倒是对黄巾军当时灌城的情景，现在想起来还不禁吓得周身直起鸡皮疙瘩。鉴于此，次日上午，卢植在设在城东门外的中军大帐里问宗员道："皇甫嵩与朱隽二将军攻打阳翟城情况若何，我等至今无从知晓。而最叫人担忧的是，阳翟城北临颍水，地势低矮，易遭黄巾妖贼军水淹。因此，我欲书告皇甫将军，以防不测，若何？"

"应尽快告知才是！"

卢植闻宗员改变主意，遂不再多言，便提笔疾书一封，叫谍员速赴阳翟城，送与皇甫嵩。

此时值中平元年五月下旬。

且说皇甫嵩与朱隽这些日子里虽挥军日夜不停地轮番攻打阳翟城，但却无任何结果，且还死伤惨重。于是全军上下自然怨声载道，士气锐减。对此，他俩不禁非常着急，并在一日下午传令王允、张超、傅燮、荀爽、孔融和曹操等文臣武将，到中军大帐商议对策。他们得令到齐按秩方才坐定，皇甫嵩即道："倘若再不破城，待大股汝南、南阳黄巾妖贼军援军赶到，后果不堪设想！你等有何速破城良策，不妨一一道来。"

言毕良久，仍无人作声。他们以为，此前已绞尽脑汁，用尽智谋，现在哪还有良策呢？皇甫嵩见此，正欲发怒，忽见一人起身大步上前高声道："末将有一计，定可立刻破城！"

众人忙遁声望去，原乃曹操。皇甫嵩见曹操胸中似有甲兵百万，自然非常高兴，忙问道："曹将军有何妙计？还不快快道来。"

"我军之所以长期不能破城，皆因钧台彭羽和阳城周朝两小股游击黄巾妖贼军,与阳翟城波才黄巾妖贼军主力互为策应,使我军前后受敌,不能竭尽全力攻打阳翟城。因此,不若先破阳城、钧台两座小城,使阳翟城孤立无援。到那时再攻打,便易若刃迎缕解。此所谓先攻其弱!弱者既破,强者便可图。昔郑伯大胜桓王,即以此战法呢。"

王允等在场者闻言,皆纷纷表示赞成。随后皇甫嵩还赞叹道:"曹将军方才之言,遂使老夫茅塞顿开啊!"

言毕正欲调兵遣将,忽见一士兵飞一般跑来,不及向皇甫嵩拱手施礼便向他报道:"皇甫将军,辕门外有一农夫,言要面见大人。"

皇甫嵩闻报,不禁十分惊疑:自己身为朝廷命官,从未与农夫有过交往,莫非有诈?不过既来,不妨先见见再说,于是对士兵道:"准见!"

士兵转身退出门外,不一刻工夫,便将农夫领了进来。不待皇甫嵩发问,农夫便上前跪伏于地道:"小的乃卢将军部下谍员,带有致大人书。"

随后,即从怀里取出一绢书,呈与皇甫嵩。皇甫嵩听说是卢植来书,料想定有要事相告,遂忙起身上前,接过拆开看了起来。不待看毕,便吓得脸色发白,冷汗淋漓,忙对坐在身旁的傅燮低声耳语了一阵。只见傅燮不断点头称是后,便起身告辞皇甫嵩飞快出了大帐。

随后,皇甫嵩才忙依曹操所言,令曹操率三千官军轻骑,于当日夜幕降临出发,突攻阳城。令张超率三千官军轻骑与曹操同时出发,突攻钧台。其余人见无事可干,便出帐散去。

须知,皇甫嵩为何不向那些在场者公布卢植来书内容呢?原来他怕内容传出后会提醒黄巾军效淹灌邺城故事,和引起官军部下恐慌,而方才对傅燮低声耳语,并派他密率一千官军,趁夜沿颍水南岸向西巡视,以防黄巾军筑坝拦水淹寨。

却说傅燮率领那一千官军方巡视至离寨不远的古堰,便听得前方不远处有异常声响。对此,他不禁非常惊疑。为防不测,便忙下令暂停前行,同时派了十余名行动敏捷的士兵,悄无声息前往打探究竟。片刻,他们便探知前方颍水流经的两山相峙狭窄处,有数百黄巾军兵匠正依那里筑坝拦水,以备水淹官军营寨。对此,傅燮不禁惊得半晌无语,并对卢植佩服得五体投地,连连赞叹道:"卢将军真神啊!卢将军真神啊!"

随后,即催促官军,偷偷向黄巾军包抄过去。时黄巾军正全神贯注掘土筑坝,忽见大队官军出现在此,哪里有备?因此不禁慌了六神。官军见此,不费吹灰之力便将他们擒获。不待审问,傅燮便令官军监督他们将所筑大坝尽行捣毁,随后才押回大营复命。皇甫嵩得知黄巾军果然在筑坝拦水准备淹灌他们后,竟吓得毛发倒竖,面如土色。回过神,方才长叹道:"若不是卢将军来书提醒,全军必成鱼腹之物啊!"

皇甫嵩对傅燮所率官军兵不血刃便擒获了筑坝黄巾军,躲过了一场即将降临的水淹灾难,自然庆幸不已,并表彰了他们一番,自不必说。

却说曹操所率三千官军骑兵,从浮桥上跨过颍水北岸后,便从西向阳城飞一般赶去。待到城东门外,天快拂晓。曹操正欲下马察看地形,恰值约有千余黄巾军方打开东城门,欲前往阳翟附近游击官军。对此,曹操不但不惊慌,反而还非常高兴,并思想到:此乃天赐我破城良机也!言毕便举着一对短柄大戟,挥军猛地冲杀了过去。黄巾军见突然杀出一支官军,哪里有备?因而自然吃惊不小。回过神欲上前迎战,时曹操所率官军早已冲过吊桥,向城门口杀了过去。他们是有备而来的精锐骑兵,黄巾军是仓促应战,自然不是其对手。因此,不费吹灰之力,官军便杀进了城里。正在城中巡视军情的黄巾军守军主将周朝虽然谋略过人,武艺高强,并因此被封为玄武真人、拜校尉,但因毫无准备,在得报官军入城,部下多已逃散后,料知大势已去。无奈,只得领着亲信,拍马拼命杀出西城门,落荒而逃。

曹操进城出安民告示毕,留下一千官军骑兵守城后,便率领其余两千官军骑兵回去复命去了。

方到大寨辕门外半里处,便见皇甫嵩、傅燮、张超等文臣武将早迎在了那里。曹操料知傅燮、张超也不负皇甫嵩所望,先已凯旋,于是大喜不禁,遂忙飞马上前高声对他俩道:"二位真不愧为速战速决的神将。我来迟了!惭愧,惭愧。"

张超闻言，大喜，遂忙赞叹曹操道："骑都尉一举破了阳城，岂不也神速吗！"

皇甫嵩见两路人马皆一战而胜，直高兴得欲手舞足蹈，道："三位将军皆当世英雄啊！待阳翟攻破后，老夫一定上表皇上，为你们记功。"

曹操、傅燮和张超闻言，皆大喜过望，忙一齐上前向皇甫嵩拱手施礼致谢。

却说自黄巾军从长社城败退到阳翟城以来，波才曾多次派人暗中出城，向邵陵城的彭脱、宛城的张曼成送信求援。彭脱和张曼成得信后，皆及时派出援军前往支援，但皆被沿途官军及豪强乡勇挡回，因而至今未见到援军影子。好在他们与钧台和阳城黄巾军配合得天衣无缝，才使官军未能越过城池一步。现在两城已经失守，阳翟城成了一座孤城，守御难度自然大增。对此，全军将士不禁惊慌失措，士气锐减。波才见此，不禁非常着急。为稳定军心，遂在一日早饭后召集左右到县衙大堂道："钧台、阳城虽然失守，但齐人管仲曾云：ّ地之守在城，城之守在兵，兵之守在人，人之守在粟。'眼下我军粮草充足，故不必多虑。只要坚守到夏秋雨水季节，那些北方籍敌军必因不服水土，大发瘟疫。那时再击之，必获全胜。因此，有何惧哉？"

左右认为波才言之有理，守城信心随之倍增。

皇甫嵩和朱儁以为阳翟城已成孤城，黄巾军军心早已动摇，破城乃指日可待。孰料挥军昼夜轮番猛攻了几日，却无结果。因此，直气得吹须瞪眼，捶胸跺脚，无计可施。一日，皇甫嵩召曹操到中军大帐问计于他。对此，曹操认为这是皇甫嵩看得起他，不禁非常激动，遂不假思索道："阳翟城原乃夏禹都城，城墙坚固异常，强攻恐难奏效！依愚之见，不若效古人惑战之法，撰一式多份劝降书，射入城中，先间离扰乱黄巾妖贼军军心，然后再行强攻，破城何难？"

皇甫嵩闻言，甚表赞同，遂忙吩咐张超等人撰写和誊抄了无数份降书射入城中。

黄巾军在波才指挥下，守城虽然不减前时之勇，但对眼下形势仍然心存

第五回　退邺城官军师贻献妙计　破阳翟曹孟德树建奇功

疑虑。恰在这时的一日上午，忽见绑有书信的箭杆纷纷飞向城里。对此，他们不禁感到惊奇，并争先恐后拾起拆看。书信略云：

阳翟太平道兄弟：近日其他太平道兄弟皆已弃暗投明，归服朝廷，并得到赏赐。你们虽然至今仍以阳翟弹丸之地负隅顽抗，但罪在波才等妖贼酋。若你们能及时醒悟，前来投诚，赏赐必优于前。若有提波才等妖贼酋首级前来者，必有重赏。倘若仍执迷不悟，继续顽抗，当灭九族！

黄巾军见是劝降书，先是半信半疑，随后即大乱不堪。虽经波才等将领多次提醒劝降书是诈并百般劝阻，却无济于事。灵济道人都尉何明见此，大怒，提剑亲手斩了几个欲降者，以镇军心。谁知此举不仅未孚众望，反而更加乱了起来。正在这时，忽见曹操和张超指挥官军已攻上四座城楼，杀散守军，放下吊桥，打开城门，把大股官军放进了城。随后，他们逢人便杀，见物便烧，手段之残忍，叫人不寒而栗。这时黄巾军方知上当受骗，不禁非常后悔。但他们深知，后悔有何用？于是便振奋士气，挥舞刀枪，与官军在各大街小巷殊死拼杀。双方鼓角声、喊杀声震天动地，死伤亦不计其数。激烈程度，前所罕见。皇甫嵩在城北楼上见了，不禁非常着急，认为这样下去，官军未必能胜，忙问身旁正指挥作战的曹操道："这如何是好呢？"

曹操沉思片刻答道："可先放其大部出城后再……"

不待答毕，皇甫嵩便知其下文，遂转忧为喜道："然后再歼之。妙计啊！"

言毕，即传令在城西门让开一条生路，放黄巾军从那里出城。接着传令王允、张超、荀爽和孔融各率一千官军，待时出城随后追杀。

那些黄巾军虽与官军杀得难解难分，不分高下，但毕竟是因无路可逃，以死求生使然。现在见城西门无官军挡道，以为有机可逃，便不管三七二十一，拼命向那里涌去。不久，大多便逃出了城外。波才虽知这是官军阴谋，但又无法制止。无奈，只得与刘波带领随从精骑百余人，奋力向城西门突围去。仍在城北楼上的皇甫嵩和朱隽闻报，大喜，忙令曹操、徐谬、秦颉、傅燮挥军向波才等人这边围杀过来。波才等人虽人少势微，但皆宁进一寸死，毋退一尺生。因此，所到之处，若入无人之境，欲到哪，杀到哪。正杀到一块开阔地，忽见曹操从前，傅燮从后，挥军迅猛杀了上来。波才见了，毫不惧怕，拍马舞戟，上前迎住曹操杀将起来。刘波也忙撇下其他官军，挥斧向傅燮杀去。一时间阵上甚是好看：一边，身长戟长的波才，对身短戟短的曹操，杀得眼花缭乱，不见人影；另一边，精瘦的刘波与肥胖的傅燮，各举开山大斧，拼命地对劈。碰出的声响和火花若雷鸣电闪，惊得两边人马各收兵器，引颈跂足，争相观看。这时突然飞来一支冷箭，正中波才左眼。于是波才惨叫一声，身子便不由自主地晃了起来。曹操见此，大喜，忙催马举戟上前，将波才刺于马下。这位仪表堂堂，文武皆备，初为狱吏，知冤太多，心里不平，无奈弃官，遨游四方，偶识张角，遂入太平，传道颍川，年方三十的汉伏波将军之后，便立刻气断身亡。

须知，那支冷箭是哪来的呢？原来朱儁见曹操难胜波才，并恐有失，遂忙告辞皇甫嵩，下城飞身上马来到阵前，偷偷向波才放了一箭，以报丘山大败之仇。刘波见波才被杀，顿时心慌意乱。战不几合，便被傅燮一斧结果了性命。于是群龙无首的黄巾军顿时乱作一团，不大工夫，便被官军斩尽杀绝。

却说待王允、张超、荀爽和孔融率领官军追出城时，那些大股黄巾军早已逃得无影无踪。因此，追杀初衷遂成泡影。无奈，只好扭转马头，转身回城向皇甫嵩复命去了。

此时值中平元年五月末。

皇甫嵩见阳翟城已破，大喜，正欲下城吩咐张贴安民告示后进军邵陵城，忽见一探马跑来低声向他耳语了半晌方才离去。看官欲知探马耳语了什么，请看下回分解。

第六回

佐军司马孙坚轻敌兵败西华
匡世将军彭脱拒降命赴黄泉

却说皇甫嵩闻得探马低声耳语后,不禁大惊失色,忙传令朱儁前来。朱儁闻令赶到城北楼还未站定,皇甫嵩便问他道:"方才探马来报,在广宗的黄巾妖贼酋张角恐阳翟、邵陵有失,已密遣东郡、南阳大股黄巾妖贼军一齐向这里杀了过来,欲与我一决雄雌。如之奈何?"

朱儁闻问,认为形势严峻,遂沉思片刻答道:"倘若他们阴谋得逞,将数倍于我军。别的不说,阳翟亦难保!故依我见,最好速派一支人马前往郾县,截住南阳北犯黄巾妖贼军;另速派一支人马东向佯攻东郡苍亭黄巾妖贼军;在进军邵陵的同时,派一支人马赶往征羌,切断平舆与邵陵间的黄巾妖贼军联系;末了,再派一支人马扫清邵陵周围小股残余黄巾妖贼军。到那时,守卫邵陵城的黄巾妖贼军自然便成瓮中之鳖,唾手可得!"

皇甫嵩闻答,不置可否,沉思良久又问道:"将军方才所言虽是破贼上策,但发兵苍亭,未得皇上圣旨,有违国法军纪,如何是好?"

朱儁闻言却不以为然道:"古人云:'出军行师,将在自决。'因此,将军完全有权自行处理突发军机大事。为万全计,可在表奏皇上御批的同时,调兵遣将,向苍亭进发。此所谓两全其美呢!"

皇甫嵩闻言,甚表赞同,并大喜道:"所言正合我意!"

言毕,即一面叫人向刘宏撰制奏表,一面传令召集左右前来听从调遣。片刻,他们便闻令披甲戴胄飞一般赶到,齐按秩排定。时皇甫嵩于是令朱儁率部下官军攻打邵陵城彭脱黄巾军；军司马李武率领五千官军前往征羌堵截平舆方面的黄巾军援军；曹操率领精悍官军步骑两千前往郾县堵截南阳北上黄巾军；王允率领三千官军到邵陵附近游击小股黄巾军。他则率其余官军东向苍亭佯攻卜己黄巾军。令毕，大家即分头散去，准备起程不提。

朱隽一回营，便召集部下将校，到大帐听候调遣。他们到齐还不待朱隽发令，军假候杨兵便自告奋勇，要当先锋。对此，朱隽不禁大喜，认为大敌当前有不怕牺牲、勇于请战者，乃克敌制胜之法宝。因此，便欲将先锋印授予杨兵。杨兵以为他人皆惧敌怕死，不敢当先锋，于是便神气十足，目空一切，并欲昂首挺胸大步上前接印。谁料这时忽听得有人高声道："且慢，先锋印非我莫属！"

朱隽、杨兵及众将校忙循声望去，原乃孙坚。杨兵见有人要夺快到手的先锋印，自然一百个不情愿，遂怒不可遏地与孙坚争执起来。正在朱隽左右为难，拿不定主意之际，孙坚忽地将腰间宝剑嗖地拔了出来。大家以为他要与杨兵拼比剑术决出先锋印归属，不禁吃了一惊。杨兵自知不是孙坚对手，竟吓得毛发倒竖，瞠目结舌，不能言语。一时紧张得帐内空气快要凝固了一般。朱隽见此，欲上前制止。谁料孙坚忽然仰首举剑，唰地割下自己头上一束毛发示朱隽道："若不提黄巾妖贼酋彭脱首级来见大人，末将头颅将与这毛发同等下场！"

言毕，即狠劲将毛发抛于地上。大家见他是效仿当年王霸东讨周建时，同部下路润等数十人断发请战，而非比武夺先锋印，悬着的心方才放了下来。朱隽见孙坚求战心切，于是便让他担任先锋。杨兵也是朱隽部下一员猛将，常冲锋陷阵，累立战功，深得全军将士敬仰。因此，朱隽自然也要顾及他的面子，令他率领一千官军，与李武一道，前往征羌，共同杀敌。对此，杨兵心领神会，不再多言，便领令而去。

朱隽深知孙坚勇有余谋不足，于是便嘱咐了他一番后，方才交出先锋印。孙坚对朱隽的嘱咐自然一一允诺，无不接受。遂后，即欢天喜地抱着先锋印去了。

第六回　佐军司马孙坚轻敌兵败西华　匡世将军彭脱拒降命赴黄泉

孙坚乃春秋战国大军事家孙武之后，字文台。容貌不凡，性情阔达，好奇节。年十七，便身长八尺，勇猛异常，在家乡富春县钱塘水匏里独自智退海盗胡玉等人。郡府闻之，遂召为暂署尉。熹平元年十月，会稽人许昌与其子许韶聚众造反，气势汹汹，锐不可当。孙坚以郡司马之职，召募从弟郡主簿功曹孙孺之子军假司马孙香、侄子军假候孙贲、外甥军假候徐琨、郡吏程普、公府吏黄盖、狱吏朱治、屯长韩当以及祖茂和吴景等千余人，随北地太守皇甫嵩、扬州刺史臧旻、丹阳太守陈夤，经近三年激战，大破许昌等于会稽。因战功显著，被臧旻列上功状，迁盐渎县丞，后改任盱眙县丞与下邳县丞。因此，皇甫嵩素知孙坚非凡，并在此前不久欲荐与朱隽。朱隽遂表他为佐军司马，随军征讨黄巾军，并成其心腹和得力战将。今日当众争得了先锋印，自然神气十足，不可一世。回营后不待歇息，便点起部下两千轻骑官兵，飞也似地向邵陵城杀去，以立头功。

却说在邵陵城的彭脱从阳翟城败退下来的黄巾军口中得知阳翟城失守和波才战死的消息，悲痛得茶饭不思，日夜不眠。正在这时，探马向他报告了官军最新进攻意图与部署。对此，不禁大惊失色，惶惶不安。因为他清楚，阳翟城陷落后，邵陵城亦难固守。于是便忙传令左右到议事厅，将探马所报向他们道了一番，并问道："眼下大敌压境，我军又得不到东郡与南阳增援，如何是好？"

方问毕，灵清道人军司马田银即上前高声道："敌军虽然部署有方，然则兵力分散。我军势众粮足，何足惧呢？只要固守邵陵城，待各路援军赶到后内外夹击，取胜不难啊！"

言毕还未及退下，忽听得一人高声道："田将军之言差矣！前时波将军固守阳翟城，因援军受阻，孤立无援，终致城池失守，全军几乎覆没。现在敌军又故技重演，在邵陵城四周布兵，企图使我军重蹈阳翟城黄巾军覆辙。因此，不若暂时放弃邵陵城，取道西华城，向陈国靠拢，以便与南阳城张曼成将军所率黄巾军合兵一处，共同御敌。若何？"

彭脱闻声忙望去，原乃灵镜上仙人校尉黄邵。认为他虽言之有理，但叫官军兵不血刃得了邵陵，岂不便宜了他们？遂沉思良久道："可效天公将军前时撤出邺城之举，给敌以重创，若何？"

方言毕，刘辟即上前道："甚好！据我所知，敌军先锋孙坚，与其祖先孙武相比，只不过一介武夫而已。因此，我只要一千人马，略施小计，便可将他擒获！"

田银见刘辟抢先请战，恐失杀敌良机，不禁非常着急。彭脱见在此危难之际有人不避刀斧，踊跃请战，不禁大喜。但他深知，孙坚乃官军名将，恐田银与刘辟都不是其对手。因此，意中早有他人。为不让田银、刘辟失望，也向他俩分派了作战任务。接着，又对太明道人都尉孙狼耳语了一番，方才散去。

却说孙坚率领官军离开阳翟城不久后的一个上午，便抵达了邵陵城东城门外。时孙坚正欲与左右商议攻城之策，忽见东城门大开，一身高体胖，面色黑红，铁胄铁甲的青年大汉骑着高头大马，率了一支黄巾军飞一般向他们杀来。孙坚料想此人是彭脱，不禁大喜，以为这是擒杀他的极好机会。经问身边细作，方知是彭脱部下刘石，于是不禁非常沮丧。后转而一想，若能趁此一鼓作气杀败他们，冲进城去，杀了彭脱，占了城池，不是一举两得，一箭双雕的美事吗？于是高声道："黄巾妖贼军来得正好！"

言毕，欲挥军上前迎战。程普在一旁见了，怕有不测，忙道："我军初来乍到，不明底细，还是小心为好。"

孙坚知道程普向以言行谨慎见长，对他方才所言，自然不会当耳边风，因此久久犹豫不决。谁料这时刘石高声叫骂道："来者可是孙坚小儿么？俺在此等你已久啊！若有胆，速来与俺斗三百回合。否则，就请速速下马受擒……"

孙坚自从军以来，百战百胜，莫人能敌。眼下又是乘胜进军，哪把刘石放在眼里？因此不待他骂毕，便大声回骂道："无名妖贼酋，竟敢口出狂言。别说三百合，三千合又何妨？只恐你这厮没这般武艺！"

随后，即拍马高举着八十斤重的大斧上前，狠狠向刘石劈来。刘石见

第六回　佐军司马孙坚轻敌兵败西华　匡世将军彭脱拒降命赴黄泉

此，也不再言，跃马挥舞着八十斤重的狼牙大棒，上前相迎。两边人马料知今日有番恶斗，皆忙猛挥旗帜，狠击战鼓，高声呐喊，为各自将领助威。

孙坚原以为只需三五合便可取胜，孰料刘石自幼便舞弄枪棒，拎举石兽。长成后，力气过人，武艺高强，称雄远近。参加太平道后，为三十六小弟子之一，封雷霆上仙人，拜军司马，被派到彭脱所辖道区传道，举事后成了不可多得的猛将。否则，彭脱岂会不令田银和刘辟而派他迎战孙坚呢？因此，他俩直斗了百余合，也未分出胜负，且还惹得孙坚怒火中烧，哇哇大叫。时刘石却不气不恼，始终耐心厮杀。程普见在兵临城下的情况下黄巾军不但不固守城池或弃城逃走，反还派刘石出城挑战，且求胜之心不切，以为有诈。为防不测，便忙自作主张，传令鸣金收兵。时孙坚正杀得兴起，忽闻鸣金声，心里自然不快并不愿理会。可鸣金乃收兵之令，任何人不得违背。无奈，只好极不情愿地向刘石虚晃一招，便恋恋不舍地退下阵来，并埋怨程普道："我正待擒杀那妖贼酋，何故鸣金收兵呢？"

程普见孙坚不解，忙将鸣金收兵的原因向他道了一番。孙坚认为程普太过虑了，并道："待我活捉了刘石这厮，审问一下，便知他葫芦里卖的啥药了！"

言毕，便不顾程普等人劝阻，又拍马上前，与刘石杀将起来。二人方战至三十余合，忽见黄巾军阵后旗帜纷乱，人马骚动。刘石见此，忙向孙坚出一虚招，拨马退出阵外，领军绕城向东去了。孙坚以为刘石不敌，大喜，遂高声叫道："妖贼酋哪里逃！"

随后，即催马追了上去。程普怕孙坚中计，便忙拍马上前对他道："孙将军万勿急追，若是中了埋伏，后果不堪设想！依我之见，眼下还是攻城要紧。"

孙坚认为是否中埋伏，倒是其次。若能趁此攻下一座城池，确实比擒杀刘石这般无名黄巾军将领强多了。因此，忙勒马对程普道："就依你的吧！"

言毕，即传令回军攻城。孙坚早就听说官军前时攻打波才所率黄巾军驻守的阳翟吃尽了苦头方才攻下。因此，对黄巾军守城之术自然不敢小视。为万无一失,在攻城前,先领了百名骑兵,绕城仔细察看了一番,并问程普道:"邵陵城墙虽然矮小,但坚固异常。现城上虽不见黄巾妖贼军影子,但旗帜飞扬,城门紧闭,吊桥高悬,想必防守甚严。要立刻破城,难!如之奈何?"

程普怕孙坚失去攻城信心,改变主意去追击刘石,遂忙道:"可先试攻之,若遇顽抗,再做定夺不迟。"

孙坚待程普言毕良久才点头叹道:"只此一法了!"

随后,即令黄盖、韩当、祖茂各率三百骑兵下马涉水趟过护城河,以迅雷不及掩耳之势,向城下冲去。直到城门下,也未遇着任何抵抗。对此,黄盖不禁非常惊疑,忙问身旁韩当道:"是否有诈?"

韩当也不知究竟,遂沉思片刻答道:"无论如何,先杀进去再说。"

黄盖非常赞同韩当,于是在一片喊杀声中,冲开城门,直向城里杀去。进城后,却未见着任何黄巾军影子。对此,不禁感到非常蹊跷。后从市民口中得知,黄巾军早已撤向西华城去了。对此,他们自然万没料到,因此直愣神。

孙坚在城外见黄盖、韩当、祖茂等官军兵不血刃便杀进城里,也觉非常蹊跷。正欲派人前往询问究竟,忽见黄盖从城里拍马飞一般跑到孙坚马前,将城里所见所闻向他作了报告。孙坚闻报,方知中了黄巾军金蝉脱壳之计,不禁气得差些栽下马来。正在这时,见韩当右手高举着一绢制物从城里飞一般跑到他面前道:"孙将军,你的书信!"

"谁写的?"

"黄巾妖贼酋彭脱。"

孙坚闻答,哪敢相信自己的耳朵!以为彭脱岂会给他写书信?忙接过一看,果是彭脱所写。以为是投降书信,不禁大喜过望。待拆开看后方知,乃嘲讽他文不能识一字,武不能制一夫,仅酒囊饭袋而已。因此,有辱其祖先武圣孙武英名。对此,孙坚不禁气得眼珠翻白,胡须倒竖,差些晕倒。左右见此大惊,忙上前扶住劝慰。但孙坚怒气仍然未消,片刻后怒气稍减即厉声

第六回 佐军司马孙坚轻敌兵败西华 匡世将军彭脱拒降命赴黄泉

大骂道:"彭脱狂徒,我今日非千刀万剐了你这厮不可!"

随后,即令孙香、孙贲、徐琨、程普、黄盖、韩当、祖茂、吴景领军守城,他则率领朱治等八百官军轻骑,飞一般向西华城杀去,欲擒杀彭脱解恨。

却说朱隽率领张超等一万五千官军,于当日下午也赶到了邵陵城下。孙香等八人见自家人马到来,大喜,忙争先恐后出城相迎。朱隽见没孙坚,不禁大惊,遂忙问孙香道:"孙将军呢?"

"同朱将军率军杀向西华城去了。"

朱隽闻孙香答,料想大事不妙,遂忙责问孙香等人道:"彭脱这厮诡计多端,孙将军孤军深入,恐凶多吉少,当初何不劝阻他呢?"

孙香等人闻朱隽如此问,不禁感到非常委屈。为了辩明事理,孙香忙将此前发生的一切向朱隽报告了一番。

朱隽闻报,方知怨不得孙香他们,忙道:"事已至此,应速往西华城增援孙将军才是。否则,后果难测!"

言毕,即令部下几名小校领了千余官军守城,孙香、孙贲、徐琨、程普、黄盖、韩当、祖茂、吴景各领一千官军先向西华城杀去。他则率领其余官军随后跟进。

须知,朱隽何以如此着急呢?原来他以为:前时在丘山折了先锋张威,若这次再失先锋孙坚,不仅叫皇甫嵩等人看笑话,而且朝廷怪罪下来,也不是闹着玩的。

却说孙坚、朱治一行官军方追到西华城西城门外五里处,忽见一队黄巾军迎面一字摆开挡住了他们去路。孙坚见了,先是一怵,待镇静后勒马举目望去,只见为首者身材高大,面目清秀,头戴银盔,身披银甲,乘跨白马,手持双股昆仑剑,甚是英武,身后旗上大书一"彭"字。不用问,孙坚便知此人就是彭脱。自然不禁大喜,并思想到:我正寻你这妖贼酋,不料在此遇上,乃天赐我建功良机啊!方思想毕,便见彭脱以剑指着他高声骂道:"来人可是孙坚愚儿?你已死难临头,还敢……"

不待骂毕,孙坚早便破口回骂道:"你这妖贼酋好不知趣,竟敢口出狂言。今日不拿下你狗头,俺决不姓孙!"

随后,即拍马挥斧,狠狠向彭脱劈来。彭脱不待举剑相迎,便拨转马头,领军向后便走。孙坚以为彭脱胆怯不敢接招,于是狂笑道:"你这厮看似威风凛凛,甚是吓人,原来不过是银样蜡枪头,中看不中用!"

笑毕,即与朱治挥军追了过去。方追到一山弯脚下,忽不见了其踪影。对此,他俩不禁非常惊奇,以为他们在玩什么隐身妖术。正在这时,忽听得四处梆子声猛响。孙坚、朱治闻之,方知中计,欲向后撤,然退路早被孙狼所率黄巾军切断。孙坚见此大怒,欲催马挥斧向前擒杀孙狼,向后撤退。谁料刘辟从山右,田银从山左,率领黄巾军杀了过来,并很快将孙坚、朱治所率官军截为两段后铁桶般包围了起来。孙坚料知不妙,大惊,忙挥军向外冲杀。然无论他冲到哪里,哪里便有潮水般黄巾军涌来。结果使了九牛二虎之力,也未冲出包围。对此,不禁感到非常绝望。正在这时,忽见彭脱坐在前方不远处一山头上,手持令旗有条不紊地指挥黄巾军。孙坚见了,不禁非常恼怒。随后又不禁非常高兴,以为只要冲上那里,擒杀了彭脱,其余黄巾军便不战自溃。于是便用右手指着彭脱大声对左右道:"冲上去,擒杀他!"

随后,即一马当先,直往山上冲去。方到半山腰,忽见刘石领了一队黄巾军从那儿杀了下来。孙坚见了,直气得五脏暴裂,七窍生烟,恨不得立刻生吞活剥了他。刘石虽没那么气愤,但也想三五回合将孙坚拿下,在彭脱面前露一手。因此二人方一交战,便没命地拼杀起来。

时孙坚虽然雄心犹存,但经过此前那阵厮杀,早已筋疲力尽,自然不是以逸待劳的刘石对手。因而交战不久,便渐感不支。刘石见此,大喜,以为结果孙坚性命时机已到,忙高举狼牙大棒,猛向孙坚头上砸去。孙坚眼明手快,忙横举斧柄相拦。因刘石用力特猛,只听得啪地一声,斧柄便成了两截。孙坚征战多年,还未遇着这般猛勇的对手,竟吓得毛发倒竖,两股战栗,欲拨马而逃。正在这时,刘石又高举狼牙大棒,向他猛地砸去。孙坚见此大惊,忙闪身躲避。怎奈刘石动作迅速,狼牙大棒仍擦着了孙坚右肩。于

第六回　佐军司马孙坚轻敌兵败西华　匡世将军彭脱拒降命赴黄泉

是孙坚惨叫一声，便扔掉右手那半截斧柄，左手提着带斧头的那半截斧柄，伏马拼命向后奔逃。刘石哪里肯放？忙拍马从后赶上，举着狼牙大棒又朝孙坚猛地砸去。谁料狼牙大棒被死死架在半空久久落不下来。刘石忙低头一看，原来是五名官军骑兵飞马上前，齐举枪戈架住了他的狼牙大棒。孙坚死里逃生，大喜过望，忙乘机催马继续向外奔逃。刘石见跑了孙坚，不禁非常着急，遂高声叫道："别跑了孙坚这厮！"

刘石欲甩开那五名官军骑兵的纠缠去追杀孙坚，怎奈他们皆施出浑身解数，死缠不放。待他奋力杀散他们，孙坚早已逃得没了踪影。

朱治与孙坚失散后，自然非常惊慌。但他清楚，只有挥军奋力冲杀，方可化险为夷，转危为安。谁料右冲左突了良久，还死伤惨重，却无任何结果。这时又闻报孙坚败逃，于是更加惊慌，以为突围无望，欲拔剑自杀。左右见了，忙上前劝阻，方才作罢。正在此际，忽闻来路方向喊杀声连天，鼓角声震地，见眼前无数黄巾军纷纷败退下来。朱治以为看走了眼，这时忽见一官军小校飞马前来向他报道："孙香、孙贲、徐琨、程普、黄盖、韩当、祖茂、吴景率领大路官军杀过来了。"朱治闻之，犹如久旱遇雨，大雪得炭，惊喜得无法言表，并忙抖擞精神，挥军向孙香等人所率官军那边杀过去。不久，两队官军便杀开一条血路，合到一处。时孙香仅见朱治，而无孙坚，不禁大惊失色，忙问道："叔父呢？"

朱治闻问，遂愁眉苦脸答道："我也不知晓呢！"

随后，朱治将此前所见所闻向孙香叙述了一遍。孙香闻之，以为孙坚性命十有八九不保，不禁非常悲伤。须知，活不见人，死得见尸，乃古今惯例。因此，孙香欲挥军冲进阵里，寻找孙坚下落，好向朱隽和孙氏家族有个交代。但又怕新来乍到，不明地形，重蹈孙坚、朱治覆辙。再者天色已晚，夜幕将临，纵有天大本事，也不见得能找到孙坚。无奈，只得令孙贲、徐琨、朱治、韩当、祖茂、吴景等人领军回去，与朱隽大队官军汇合。他则与程普、黄盖各率百名官军精悍步骑，待黄巾军退去后，再行寻觅孙坚下落。

却说彭脱见官军已经退去，也不挥军追击，便传令鸣金收兵，掉头向西华城赶去。

孙贲等人率领的官军不久便迎面碰上了从后赶来的朱隽率领的官军。当朱隽从孙贲与朱治口中得知孙坚等官军的情况后，不禁叹道："真不出我所料啊！"

随后，即催军马不停蹄向西华城杀去。方赶到两军方才厮杀处，便见孙香、程普、黄盖等官军举着火把匆匆奔了过来。朱隽见了，忙拍马上前焦急地问孙香道："寻着孙将军了吗？"

孙香哭丧着脸，边向朱隽拱手施礼边答道："已寻遍周围可隐藏之处，皆无踪影呢！"

朱隽闻答，料知不妙，不禁痛心疾首，长叹道："文台乃当今虎将，若有不测，乃我军一大损失啊！"

朱隽认为再寻无望，无奈，只得令孙香、程普、黄盖随军赶路。到达西华城西城门下，天已拂晓。因日夜行军，官军皆饥疲交加，无精打采。对此，朱隽不禁非常不安，于是便传令先在城外四周安营扎寨，以为包围。然后埋锅造饭，待酒足饭饱歇息一阵再说。

此后不久，义愤填膺的孙香、黄盖和朱治匆匆来到刚扎好的、位于城西门外的中军大帐，向还未及卸去胄甲的朱隽异口同声请战道："黄巾妖贼军方才入城，立足未稳，防御不严，我们愿乘机挥军攻城，取彭脱和刘石两妖贼酋首级，为孙将军报仇！"

朱隽认为黄巾军防御有方，攻城徒劳。于是毫不犹豫道："还是先歇息要紧，攻城之事以后再说。"

孙香、黄盖和朱治见求战无望，无奈，只得拱手向朱隽施礼告辞，怏怏而回。次日早饭后，孙香、孙贲、徐琨、程普、黄盖、朱治、韩当、祖茂、吴景仍不知孙坚消息，以为他必死无疑，无奈，只得在其城东门外的营帐里摆设灵堂祭奠。时他们素衣素帽，跪在孙坚灵牌前，哭得若丧考妣，死去活来。正在这时，忽听得帐外东方有马嘶声由远而近。对此，他们不禁非常惊疑，忙起身跑出帐外张望，原是孙坚战马正向这边奔来。时他们以为孙坚虽

第六回　佐军司马孙坚轻敌兵败西华　匡世将军彭脱拒降命赴黄泉

亡，但见马若见主，也可聊以自慰。现马在主亡，存小失大，岂不伤感？因而自然悲大于喜。片刻，那马便来到他们身边，他们见此，忙上前欲牵住叫它美餐一顿。谁料它四蹄不停地来回腾踏，摇头嘶叫，非常烦躁。还咬住孙香衣角，欲向营外走去。对此，他们皆若丈二和尚，摸不着头脑。唯程普猜出其意，并高兴道："孙将军有下落了啊！"

孙香等闻程普言，皆不知就里，于是欲问个明白。不待发问，程普即不假思索道："只管随马去就是了。"

孙香认为程普言之有理，不及向朱儁报告请示，便领了百余官军骑兵，怀着焦急不安的心情，随孙坚那战马飞也似的出了东营门，直向此前两军交战之处赶去。

却说孙坚昨夜趁乱飞马逃出包围圈后，伤口剧痛，头晕眼花，未行多远，便脚手一松，从马上坠入乱草丛中，昏睡了过去。待次日上午醒来，方知躺在荒郊野外，且不见了战马。对此，不禁非常惊慌。正在这时，隐约听得不远处有人马声响，以为是黄巾军，直吓得冷汗淋漓，忙连爬带滚，钻入乱草深处躲藏。不待藏好，那马已领着一群人向这边走了过来。爬着的孙坚忙从草丛缝隙间抬头朝外一望，不禁非常惊喜，并忍着伤痛，拨开草丛，忙有气无力喊道："快来救俺！"

孙香等人闻声，不禁先吃了一惊，忙循声低头望去，见是孙坚，于是焦急的心情立刻便飞到了爪哇国，皆欣喜若狂地欢呼起来。随即纷纷下马，争先恐后上前将孙坚扶了起来。接着，孙香便将寻找经过向孙坚道了一番。孙坚闻之，自然感激不尽，并苦笑道："原以为这遭完了，不想爱马有超常灵性，叫我捡得一条性命，此乃天不该亡我啊！"

随后，孙坚即将昨日遭遇向孙香等人道了一番。他们闻后，直气得咬牙切齿，肝胆俱裂，并忙争相上前察看孙坚伤势，安慰了他一番。还表示日后一定要斩杀刘石，为孙坚报仇雪恨。孙坚见他们如此忠勇，自然非常高兴。正在这时，朱治忽然上前跪在孙坚身前道："都怪我昨日疏忽，使将军遭此大难，罪该万死啊！"

"朱将军何罪有之？只怨当初我不听程将军之言呢！"

孙坚言毕，忙俯身双手将朱治扶起，然后便与大家一道上马回营。

朱隽在中军大帐闻报孙坚大难不死，顺利归来，又惊又喜。故不待孙坚来参见，便忙与左右一道，前往探视。二人相见，自然相互客套了一番不提。

再说彭脱见官军行动迅速，不禁非常惊惧。为突破包围圈，便按原计划先靠近陈国，然后忙召集左右到议事厅商议。到齐方坐定，彭脱便向他们问道："现敌兵临城下，且又是奸诈无比的朱隽督军，如何是好？"

方问毕，刘石便猛地离座起身高声道："孙坚为敌名将，已被俺击败，何况朱隽这厮呢？"

言毕，以为有人随后附和，不禁非常得意。时刘辟却不以为然道："刘将军之言差矣！孙坚乃匹夫之勇，敌一人而已。朱隽智勇双全，乃统万人之将，岂可同日而语！若掉以轻心，后果难料！"

刘石以为刘辟畏敌，于是非常瞧不起他，并梗着脖颈道："依刘将军之言，难道在此待毙不成？"

刘辟见刘石如此，不觉非常好笑，道："非也！我军本欲撤往陈国，谁料敌军行动迅速，遂使我军受阻。既然形势有变，何不以变制变呢？"

刘石闻刘辟如此言，方知他并非畏敌，是自己误解了他，不禁感到非常惭愧和内疚。因刘辟未说明如何以变制变，便迫不及待道："如何制变？还不速速道来，真急煞俺也！"

刘辟见刘石如此性急，又不觉非常好笑，遂不慌不忙道："眼下后退为我军大势所趋，绝不可与敌在此力斗！兵法云：势有不得不退者，则又安可不善其术也！归路在前，防线在后，设伏防追，方为上策。照此兵法行事，定可转危为安，且万无一失。否则，后果不堪设……"

不待言毕，彭脱即笑道："刘将军之言正合我意呢！"

随后，即令刘石为先锋，领三千黄巾军骑兵于次日拂晓时分，以迅雷不及掩耳之势，冲破官军东城门外营寨，向陈国进发。彭脱则与田银率大队黄

第六回　佐军司马孙坚轻敌兵败西华　匡世将军彭脱拒降命赴黄泉

巾军随行。接着又令刘辟、黄邵、孙狼共领五千黄巾军步骑断后，以防官军随后追杀。发令毕，便同大家一道离开议事厅，整军待发。

次日拂晓，刘石便率军从东城门冲出。谁料出城不远，冲在前面的刘石连人带马，忽地坠进了一座大陷坑。不待左右弄清怎么回事，便见火光中贾武从右，余生从左，挥军围杀了上来。时黄巾军方知中计，大惊，遂忙奋力右冲左杀，意欲突围。怎奈官军重重包围，无隙可击。不一刻工夫，便士气锐减，渐渐不支。余生见此，大喜，忙令部下率三百精壮官军，奋力杀散陷坑周围的黄巾军，欲擒杀刘石。那些官军不知刘石是死是活，哪敢靠近坑沿！不远处余生见此，便大骂他们胆小如鼠。随后，即借着火光，壮着胆子，单枪匹马冲到坑沿举枪便朝下刺。谁料仍在马上的刘石见此，毫不惊慌，并将身子向左一闪，使余生刺了个空，同时就势抓住其枪杆，猛地将他从马上拖了下来。于是二人便在同一马背上厮打起来。随后赶到坑沿边的官军见此，直惊得目瞪口呆。回过神，才慌忙跑去向贾武报告。贾武闻之大惊，待回过神，才忙催马舞戈，赶来解救余生。他在坑沿上见刘石与余生正滚打在一起，不知从何下手。正在这时，刘石忽然大吼一声，举起右拳猛地照余生面部击去，余生立刻便昏死了过去。刘石见此，大喜，于是乘机双手猛地将余生头颅扭了下来。贾武等官军见了，皆吓得面无人色，半晌无语。回过神方才以为余生既死，擒杀刘石就不怕误伤了，于是意欲放箭将他射死。不待取弓搭箭，刘石左手早已提着余生头颅，右手挥舞着狼牙大棒，连人带马从坑里猛地跃了上来。贾武等官军见此，直吓得神魂颠倒，四下乱逃。随后，刘石将血淋淋的余生头颅猛向贾武掷去。贾武不防，竟被砸个正着，险些跌下马来。刘石以为这是斩杀贾武的极好机会，遂忙挥舞着狼牙大棒向他砸去。贾武见此，自然非常惊慌，遂忙令二十余随从劲骑上前迎住，他则慌忙逃出险境，遣人向朱隽乞求救兵。

黄巾军见刘石化险为夷，大喜，立刻士气大振，越战越勇。片刻工夫，便扭转战局。正在这时，忽听得西边不远处喊杀声震天，鼓角声动地，黄巾军后队不禁纷纷大乱。刘石知晓是官军援军杀到，认为久战不利，于是慌忙率领百余黄巾军骑兵，杀开一条血路，向南而逃。贾武畏刘石勇猛，自然不敢从后追杀。其余黄巾军见大势已去，便一哄而散，各自逃命。

却说彭脱率领黄巾军随刘石所率黄巾军之后方出城不远，便闻报前军失利。大惊，欲领军回城。谁料这时听得不远处几声梆子响，火光中东边杀出程普所率官军，南边杀出朱治所率官军，西边杀出黄盖所率官军，北边杀出迟豪所率官军，将他们团团围在核心。"活捉妖贼酋彭脱，为孙将军报仇"的喊声，震得山摇地动，响彻云霄。彭脱身旁妙象贤人军候赵汤见此，不禁甚为惊惧，忙问彭脱道："我军中了敌人奸计，如何是好？"

"不必惊慌。兵家云：若被敌围合，智战则生，否则便亡。彼野围辽阔，势不得坚。一处受击，欲相救助，则各处抽兵，渐薄矣。此时则可欲往东而佯击西，欲往西而佯击东。总之，视其薄弱处突围，便易如反掌！突围后再沿途设伏兵击之，还可反败为胜呢！昔并州刺史段颖击西羌被围三日，后用此策而获大胜。眼下我军虽被围困，但敌军兵力分散，强弱不均，我们何不效段颖故事呢？"

赵汤认为彭脱之言非常有理，立刻精神抖擞，士气大振。彭脱见了大喜，随即令赵汤领三千黄巾军步骑向东边程普所率官军佯杀过去。他则与刘辟、黄邵、田银所率主力黄巾军奋力杀向西边黄盖所率官军。

赵汤所率黄巾军与程普所率官军方交战不久，便被杀了回来，赵汤也在混战中身亡。其余黄巾军见主将战死，犹若无头苍蝇，四下乱撞，不久便被杀得四下溃逃。西边战况却不同，黄盖所率官军与彭脱、刘辟、黄邵、田银所率黄巾军方才交战，便转身而逃。彭脱突围心切，遂一马当先，随后紧追。然没追多远，火光中忽见前方草丛中窜出无数官军，齐举钩镰枪，猛向彭脱坐骑前腿钩去。彭脱部下屯长李保见此，大怒，忙催马上前，俯身挥刀猛地将那些钩头齐刷刷砍去。官军见李保如此神勇，竟吓得目瞪口呆，不敢向前，彭脱见此，忙乘机冲了出去。不出百步，彭脱连人带马，突然猛地栽了下来。待他回头一看，原是被朱治所率伏在路两侧的官军套绳绊倒。那些官军伏兵见此，大喜，遂一拥而上，将彭脱来了个五花大绑。李保等黄巾军

第六回　佐军司马孙坚轻敌兵败西华　匡世将军彭脱拒降命赴黄泉

见此，哪敢恋战？一时逃者、降者，不计其数。刘辟、黄邵、孙狼、田银闻之，料知大势已去，无奈，只得率领所剩黄巾军逃往他处，待日后东山再起。

朱儁见官军获胜，竟乐得手舞足蹈，引吭高歌。就在这时，又闻报张超、秦为所率官军乘虚而入，已占领了西华城；曹操所率官军经过苦战，不仅杀退了宛城北上黄巾军援军，还占领了郾县城；杨兵亦击败了梅成所率黄巾军，一举收复了平舆城。接二连三的胜利，自然使朱儁高兴得不知所以。因此，进城后传令张贴安民告示方毕，便在衙堂大摆宴席，以示庆祝。酒方过一巡，朱儁即对左右文武道："我军这次最大的胜利，莫过于活捉了彭脱！他虽逞强一时，罪恶滔天。但路人皆知，此人身负韬略，武艺超群，乃当世英才！为广纳人才，保卫汉室，我有意收降他，若何？"

言毕，以为左右文武会随声附和，谁料孙坚却忽地起身高声怒道："彭脱这厮虽是人才，然其劣性难改，贼心难死！今若不杀，日后必为朝廷大患！"

左右闻之，知道他是在报兵败西华之仇，且其意又与朱儁相左，于是竟不知如何表态。良久，张超方才道："朱将军爱才若渴，卑职深为叹服。但彭脱追随黄巾妖贼酋张角多年，关系甚密，且又是其八大弟子之一，妖贼大方渠帅，其心不可测啊！因此，在下愿亲自试探其意，若何？"

朱儁确实爱慕彭脱才华，并真有收降他之意，方才坦言征询左右文武意见，然遗憾的是孙坚方才所言与他大相径庭。对此，不禁非常不快和尴尬，只是碍于孙坚颜面没发作罢了。现在闻张超这般言，犹若雪中遇炭，求之不得。待他言毕，便迫不及待道："司马之言正合我意呢！"

言毕，怕再有人反对，遂不再商议，便忙令张超前往监牢打探彭脱口气如何。左右见此，知道朱儁收降彭脱之意已决，便忙随声附和。唯孙坚若有所思，默而不语。

随后，张超便带上酒菜出门上路，匆匆向监牢赶去。方进关押彭脱的牢房，便叫牢役立刻为仍戴胄披甲的彭脱解下刑具，随后方才席地而坐，将所带酒菜置于彭脱面前，笑道："彭将军受委屈了！"

彭脱闻言，心里不觉非常好笑，问道："司马莫不是朱儁说客？"

张超闻问，不禁吃了一惊，见他果然智谋超群，料事如神，确是难得之才。因此，朱儁执意收降确实有理。为不负朱儁所望，张超遂回避彭脱所问，以便缓和气氛。于是和颜悦色道："彭将军已整日饭水未进，还是先享用了这些酒菜再言其他吧！"

言毕不待彭脱言语，便忙斟上酒，欲与他对酌。彭脱也不推辞，于是二人便频频碰杯，开怀畅饮，甚是亲热。时张超以为试探时机已到，遂小心翼翼地问彭脱道："将军英智盖世，有王佐之才，不知今后有何打算？"

"败军之将，身陷囹圄，哪有打算！"

张超闻彭脱言，以为他心灰意冷，没有企望。如果将朱儁招降之意向他说明，归附朝廷肯定不成问题。于是不禁暗喜，并忙道："朱大人慕将军久矣！且有意表你为汉室之臣，若何？"

张超以为彭脱闻言后定会惊喜异常，接受朱儁之意。谁料他却仰天大笑，斩钉截铁道："请转告朱将军，我为太平道八大弟子之一，天君上真人，匡世将军，生当是人杰，死亦是鬼雄。保身求荣，非我本性！"

张超闻之，料难劝动，心里自然不悦。为显君子风度，遂不顾牢房扑鼻的臭气，仍欢颜与彭脱膳毕，方才向他施礼而别。

张超回去后即将彭脱之意向朱儁作了报告。朱儁闻之，深觉遗憾。无奈，只得传令将彭脱斩首于监牢，以当朝大臣之礼厚葬。此时值中平元年五月末。

官军何以会取得这次预期胜利呢？原来彭脱与左右当初商讨撤军计划方毕，便被官军奸细探得一清二楚，并很快密报给了朱儁。朱儁于是立刻以掘坑待虎之策，做了部署。而彭脱还一直蒙在鼓里，毫无所知，并仍按原计划行事，因而大败。

却说刘宏在雒阳方收到皇甫嵩请战奏表还未下旨，又接到朱儁收复颍川、汝南、陈国等地捷报和迁升曹操奏章。对此，他与满朝文武无不欢颜笑语，额手称庆，并立刻批准朱儁奏章，迁曹操为济南相。同时，还下旨迁王

第六回　佐军司马孙坚轻敌兵败西华　匡世将军彭脱拒降命赴黄泉

允为豫州刺史。其他参战文武亦被加官晋爵，自不必说。

却说皇甫嵩从阳翟赶往西华城途中闻报朱儁所率官军大胜且杀了彭脱，自然非常高兴，并表奏刘宏：收复颍川、汝南、陈国之功皆归朱儁。刘宏接到奏表后，立刻照准。于是封朱儁为西乡侯，迁镇贼中郎将。随后，下旨批准皇甫嵩请战奏表，征讨东郡黄巾军。又令朱儁征讨南阳黄巾军。

朱儁在接到圣旨后的一个下午正欲率军启程，忽见门卫前来向他报道："豫州刺史王允从邵陵赶来求见将军。"

朱儁闻报，不待多想，忙叫门卫引王允进来相见。看官欲知王允为何要见朱儁，请看下回分解。

第七回

破密信王子师弹劾宦官
战苍亭傅南容擒杀卜己

却说门卫转身出去不久,便将王允引了进来。时王允头戴三梁冠,身着朱色单衣,风尘仆仆,满头大汗,疲劳非常。朱儁见了,不禁非常惊异,互相礼毕,不待发问,王允便道:"事关重大,可入密室相告。"

"好的!"

朱儁言毕,忙同王允一同走向密室。入内还未坐定,朱儁便问王允道:"何要紧事?"

"昨日从黄巾妖贼军残存营垒中,寻得一暗通黄巾妖贼酋波才的密信。"

王允言毕还不待朱儁答言,便从怀里取出一绢制信札交与朱儁。朱儁接过便展开聚精会神地看了起来。内容略云:

波将军阁下:窃闻朝廷近日欲遣两路人马进攻各路贵军。具体部署是:一路由卢植率八万人马进攻邺城;一路由皇甫嵩和朱儁各率一万五千将士进攻颍川。希望将军在做好应战准备的同时,将该军情速报天公将军,万勿疏忽!中平元年初。

朱儁阅毕,直气得头发倒竖,怒目圆睁,半晌无语,回过神方才大吼道:"我丘山之败,定与此信有关!"

随后,欲将信札焚弃,以解心头之恨。王允见了,忙上前夺过道:"这定是皇上身边要人所为,宜速呈与皇上严查。否则,军事机密还将不保。"

第七回　破密信王子师弹劾宦官　战苍亭傅南容擒杀卜已

朱儁认为王允言之有理，于是道："多亏刺史提醒，否则误了大事。那就麻烦你立刻起程赴京面呈皇上。"

王允闻之，不禁大喜过望，以为拾得信札已为朝廷立了大功，已是一喜。再带去面见皇上，万一他高兴，再记上一功，岂不是功上加功，喜上加喜吗？将来加官晋爵，封妻荫子，自然不在话下。即使无功，能亲见皇上，也是无上荣幸。因而方待朱儁言毕，便点头赞同。

随后，朱儁为王允举行了饯行宴。宴毕，即遣三百官军精骑，护着王允赶赴雒阳城。他们一行马不停蹄，日夜兼程，不久后的一个午夜，便赶到了那里。进城后不待歇休，便径直往南宫阙门奔去，欲立刻将信札呈与刘宏。把门士兵见王允未经特许，哪肯让进？待王允简要说明来意后，士兵觉得事关重大，便若离弦的箭，跑去向掌门公车司马景卫作了报告。景卫闻报，也觉事关重大，便忙转身飞快跑到后宫报告了内侍。内侍闻报，自然不敢怠慢，立刻三步并作两步，奔去向刘宏报告。为庆祝前日官军颍川大捷，刘宏与百官长夜饮金馔，和玉歌，赏丝竹，弄得昏头晕脑，不辨南北，因而现在正在寝室卧床大睡。内侍进去见此，只得小心翼翼地叫醒他。刘宏醒后大怒，认为他有犯上之嫌，欲唤人将其推出处死。待内侍说明来意后，便吓得他毛发倒竖，两眼发直，仿佛写信札的人就在眼前，且随时都会加害他似的。睡欲自然早飞到了爪哇国，并立刻下令就在床前召见王允。召见毕，即一面叫内侍为他穿衣戴冕，一面叫门卫击鼓召集文武百官立刻上朝对质。

文武百官半夜三更闻得鸣鼓声，料有紧急要事。于是不一刻工夫，便睡眼惺忪，哈欠连天，或乘车或骑马或徒步，飞一般赶到了玉堂殿。到齐按秩站定口呼"吾皇万岁，万万岁"方毕，刘宏便叫王允高声朗读其所带信札。不待读毕，那些文武百官早吓得面如土色，冷汗淋漓，仿佛信札就是他们所写。刘宏见此，认为写信札者就在他们当中，于是便三番五次追问。但他们始终低头视足，沉默无语。刘宏无奈，只得将信札交给郭禧，叫他从速查办。

郭禧，颍川阳翟人，当朝廷尉。祖先郭弘精研《小杜律》，断狱三十余载，用法精准，被断者胜不自喜，败无怨言，被朝野传为佳话。自郭弘后，家人皆承祖业。因而郭禧少时即勤习汉家法律，兼好儒学，名扬远近。刘宏闻之，自然喜爱，再加之其性情纯厚老成，光和元年便被辟为廷尉。这次接案后，一连数日愁眉苦脸，坐卧不安。何也？因为他与王允一样，知道能详知和透露军国大事者，定是刘宏身边要人。倘若查出，日后一旦遭遇暗算，轻者丢官削爵，流放边地；重者脑袋搬家，性命不保。如果敷衍行事，放过案犯，皇上怪罪下来，后果亦不堪设想。家人及侍者见他如此，却若丈二和尚，摸不着头脑。时一日午后，忽然门人跑来向坐在客厅里唉声叹气的郭禧报道："门外有人声言要造访大人。"

郭禧哪有心思会客？于是很不耐烦地道："我重病在身，不会客！"

门人闻言方转身出去，门外便传来阵阵"哎哟"声。郭禧闻之大惊，忙离座起身出去一看，原乃府上上等宾客王宾不顾门卫阻拦，猛向里闯，与方才报事门人迎面碰了个四脚朝天，单梁冠和素麻履也掉在了一边，艳宽博儒服也尽是灰尘。郭禧见状，不禁一惊，忙上前俯身将其扶起，并关切地问道："伤着了吗？"

郭禧如此对待王宾，除出于礼貌外，还因此人身躯短小，力气单薄，怕撞坏了。王宾起身戴冠蹬履整衣后，也不施礼客套，便拉着郭禧，直奔客厅。未及落坐，便气冲冲地对郭禧道："廷尉大人今日莫非有要事相瞒？方才佯称有病，不肯见客。"

郭禧闻王宾如此言，不禁一惊，以为他已听到什么风声。但他毕竟久经世道，言行谨慎。因此，遂以平静的口吻答道："非也！"

王宾猜测郭禧在撒谎，遂道："莫不是有要案难破吧！"

郭禧闻言，料他已知一切。为回避和保密起见，便欲转移话题。谁料王宾紧追不舍，在示意郭禧叱退侍者后，便单刀直入道："莫不是为追查信通黄巾妖贼酋波才一案发愁吧！"

郭禧见王宾已经挑明，便不再回避，并问道："先生何以知晓？"

王宾随即诡秘地笑道："此事只恐瞒得过他人，岂能瞒得过小可！"

第七回　破密信王子师弹劾宦官　战苍亭傅南容擒杀卜己

郭禧闻言，认为他可能知晓作案人，不禁大喜，忙问道："谁作的案？"

王宾闻问，料知郭禧有求于己，不禁非常得意，并欲卖卖关子，于是良久方才神秘兮兮地答道："小的约知一二！"

"何不速告老夫？"

王宾见郭禧如此着急，心里不觉非常好笑。为挽回郭禧方才拒见他的颜面，遂佯装不悦道："方才连门都不让小可……"

"实属误会。来，来，来，这就陪先生小酌几巡，略表歉意。"

郭禧言毕，忙拉着王宾进入餐厅，吩咐宴席，对饮起来。酒方一巡，郭禧便迫不及待道："先生可要助我一臂之力啊！"

王宾见郭禧如往常般真诚待己，不禁非常激动，忙转着那对鼠眼低声道："小可正是为此而来呢！"

郭禧闻之，如雪里遇炭，自然非常高兴，忙道："还不快快道来，急煞我了！"

王宾随后吃了一大口菜，喝了一大口酒方才道："小可有一少年同窗张雄，久不得志，后来入了太平妖道。前日夜晚与我在一酒肆酌酒，醉后大谈了一番汉室将亡，黄巾必胜之理。又言他曾信通颍川黄巾妖贼酋波才，告诉他朝廷将要征讨他们的军事密策，且至今无人察晓。言语间无不眉飞色舞，忘形得意。事后小的总感事关重大，心觉不安。恰在这时一日上午，小可在街头听得大人正在查办信通黄巾妖贼酋波才案，料定此案乃张雄所为。出于公心，抛却私情，今特前来报案。"

"此乃朝廷机密，怎能从街头听到？"

"听说是从南宫阙门卫兵们那里传出来的。"

郭禧认为王宾所答有些贴谱儿，遂不再多言，便从怀里取出一绢制信札示与王宾，问道："是它吗？"

王宾边吃菜喝酒边扫了那信札一眼，立刻连连惊叫道："是它，是它，就是它！是张雄那厮笔迹！"

郭禧闻言，高兴得拊髀雀跃，额手称庆，忙追问道："此人现在何处？"

王宾并未立刻作答，而是放下杯筷，坐在那里发呆。郭禧见此，以为他又在卖弄关子，遂埋怨道："又欲叫老夫急煞不成吗！"

　　时王宾并未因郭禧方才之言所动，而是沉思良久，方才愁眉苦脸道："在中常侍张让府上呢！"

　　郭禧听得张让二字，不禁大惊失色，半响才问道："什么！在他府上，在那贵干？"

　　"乃张让府上上等宾客，且……"

　　不待王宾答毕，郭禧早便吓得毛骨悚然，冷汗淋漓，叹道："如何是好呢！"

　　须知，时刘宏特别亲近张让等中常侍，朝廷大小事皆由他们决断，于是权势盖天，为所欲为，没人能止。朝野闻其名，若谈虎色变者，比比皆是，岂止郭禧一人？因此，王宾料知郭禧是害怕张让而非张雄，遂忙建议道："何不速邀拾信札者王刺史来此一议，也许他有……"

　　郭禧认为王宾言之有理，不待他言毕便道："此意甚好！"

　　言毕，便欲遣人前往王允府邸邀请王允。正在这时，忽见门人匆匆进来报道："大门外有三位蓬头垢面衣衫破烂的乞丐，声言要廷尉大人亲予其食，否则死不离去。小的不知如何是好，请大人明示。"

　　郭禧认为自己是朝廷重臣、府上主人，打发乞丐这类鸡毛蒜皮的小事，何须他亲自出面？因此，便极不耐烦地对门人道："多赏他们些，不就得了！"

　　门人闻言苦笑着答道："已多次那样办了，但无结果！"

　　王宾闻门人答，甚觉惊异，遂忙对郭禧道："这些乞丐言行甚为可疑，大人何不出去见见，探个究竟。"

　　郭禧认为王宾言之有理，便忙放下杯筷，离席起身同王宾一道来到大门口，方见那三名乞丐还未及问话，他们便一齐奔到郭禧面前，异口同声问道："大人难道不认得我们了吗？"

　　郭禧忙定眼看去，却一点也不认得。但从其言行看，似乎彼此早已相识，且并非什么乞丐。但百思不得其解的是，他们何以要做乞丐打扮？又何

第七回　破密信王子师弹劾宦官　战苍亭傅南容擒杀卜已

以不直报姓名？不过他们既然前来，想必定有密事相告。为避人耳目，少惹麻烦，便忙转身回去吩咐侍者从后门将他们引入府上密室。片刻，双方便在密室相见。互相礼毕方坐定，郭禧便迫不及待道："众高士光临寒舍，必有教诲，卑职愿洗耳恭听。"

时他们并不理会郭禧所言，只相互对视，笑而不语。对此，郭禧不禁不知所以然。正在这时，其中一位起身问郭禧道："请看我是谁？"

郭禧闻问忙瞪大双眼看去，良久方难为情道："似曾见过，但不能肯定……"

那人不待郭禧言毕，即笑道："真乃世人所言：贵人好忘事啊！"

正在郭禧低头竭力回忆之际，忽听得他三人齐声问道："现在认得了么？"

郭禧忙抬头定眼一看，原乃刘陶、王允和张钧。对此，他不禁惊喜道："不是侍中刘陶、刺史王允、郎中张钧么？"

刘陶、王允和张钧见郭禧认出自己，大喜，少不了要互相埋怨和客套一番。原来他们早就想与郭禧商议侦破信通黄巾军一案，只因害怕惹出麻烦，方才扮成乞丐。郭禧见来者中有王允，遂亲切呼其字道："言子师到，子师就到，真巧啊！"

王允闻郭禧如此言，不禁非常惊奇，忙问道："言我何干？"

随后，郭禧便将他与王宾方才欲邀他前来共同商议破案一事详述了一番。王允闻之，自然受宠若惊，喜不自胜，道："既然廷尉大人看得起我，当尽力为之！"

时郭禧说了一番感谢话，才将他三人介绍给王宾认识，并忙吩咐就在密室里摆设酒席，以便边宴饮边商议破案之计。酒过一巡，郭禧便将他与王宾此前的想法道了一番。方道毕，王允即不以为然道："张让虽然权倾朝野，不过一阉人而已，何必怕他？只要张雄招供，还怕皇上不治他罪！"

郭禧认为王允之言虽然有理，但仍顾虑重重，道："擒拿张雄这厮，还应策略些才是！"

王允闻言，不觉非常好笑，遂理直气壮道："张雄信通黄巾妖贼，罪当诛灭九族。因此，大张旗鼓前往张让府上，将他捕来便是，怕什么！"

王宾认为依王允方才所言行事太冒失，遂若有所思道："常言道：打狗须看主子。张雄乃张让府上上等宾客，逮捕他，不是给张让难看吗？日后他岂肯罢休？"

王允仍不以为然，又理直气壮道："为汉室江山社稷，即便赴汤蹈火，碎身粉骨，也在所不惜！"

郭禧见王允志坚意决，无所畏惧，也气高胆壮起来，道："我生为汉室之臣，死为汉室之鬼。为汉室计，抛头颅，洒热血，亦当破此案啊！"

张钧闻郭禧和王允言，虽然非常钦佩，但又恐不测，遂建议道："为万全计，还是智捕为好。"

郭禧和刘陶认为张钧言之有理，皆表赞同。但不知如何智捕，于是忙异口同声问张钧道："郎中之言虽妙，然不知……"

不待问毕，王宾便知他们欲问的下文，遂迫不及待道："卑人有一计，不用吹灰之力，便可将张雄拿下！"

郭禧素知王宾诡计多端，智谋出众，待他方言毕，便高兴地问道："何计？"

"到时便知晓！"

"何时行动？"

"今夜。"

郭禧闻王宾言，忙信誓旦旦道："事若成功，我定在皇上面前为你表功！"

王宾闻言，自然受宠若惊，不能自已，并希望能因此博得一官半职，了却平生之愿。但为了表白他志趣清高，淡泊名利，遂忙道："卑人虽非汉室之臣，然乃汉室之民！因此，破案捉奸，保卫社稷，亦我天职，何必言功！"

大家闻王宾如此言，自然非常高兴，并赞扬了他一番。随后，除王允留下，刘陶与张钧仍做乞丐打扮，从郭府后门出去，秘密打道回府。

当日夜幕降临时分，张让府邸附近一临街酒肆门前，忽然闯进十条壮汉，一拥而上，欲擒拿一正与一瘦小者酌酒的彪形黑大汉。大汉见了，大

第七回　破密信王子师弹劾宦官　战苍亭傅南容擒杀卜己

怒，忙起身反抗。谁料方才站起，便感头重脚轻，一头栽了下去。随后在瘦小者的指挥下，壮汉们不用吹灰之力，便将大汉拿下拖出，装进酒肆大门旁黑暗处一槛车里，并同瘦小者一起，推着槛车飞快而去。店主与伙计们以为是强人打劫，欲出门报官。瘦小者回身见了，忙拿出捕牌向他们一晃，恶狠狠道："若声张出去，定斩不饶！"他们虽然不知捕牌真假，但都怕死，于是便打消了报官念头。

须知，那大汉是谁？那伙壮汉是什么人？为何要擒拿大汉？大汉欲反抗，为何却栽倒下去？瘦小者既与大汉酌酒，应是大汉朋友，为何要助人拿下大汉？原来那大汉不是别人，乃张雄也；壮汉们是谁？乃化装成庶民的捕快；瘦小者是谁？乃前面所提及的郭禧府上上等宾客王宾。为顺利地秘密抓到张雄，王宾此前将张雄骗出张让府邸，到酒肆对酌，并乘他如厕之机，在其酒盏里下了蒙汗药。张雄从厕所回来饮后，药物便立即发作，片刻工夫就能不省人事。于是捕快们才能在王宾的暗示下，从门外闯入，顺利得手。这就是王宾当初在郭禧等人面前未道出的抓捕计谋。若是强行抓捕，凭张雄那身力气和武艺，别说十名捕快，再来一倍，也拿他不下。

待张雄醒来，已是次日天明。郭禧和王允认为此案特殊，不宜先公开审问，于是便在府里突审。原以为难审，谁料方才开审，张雄便供认不讳，承认那信札是他所为，但只字未提张让。后经多次严刑拷问，仍无结果。郭禧见此案与张让无关，以为大事无虞，不禁大喜，并在当日上午召来侍御史中丞李文、司隶校尉裴武在大理寺审堂公开会审。

此后一日早朝，不待刘宏问及信通黄巾军案，郭禧便抢先出班向他奏报了逮捕和审讯作案者张雄的经过，并建议刘宏降旨处置张雄。文武百官闻之，以为与己无干，立刻如释重负，转忧为喜。刘宏自然赞扬了郭禧等人一番，随后即不待多想，便降旨道："张雄罪恶滔天，立即斩首示众！"

谁料这时王允突然出班，从怀里取出一绢制奏折念了起来。其词略云：

皇上，窃以为张让、赵忠、夏恽、孙璋、毕岚、栗嵩、段圭、高望、张恭、韩悝和宋典等人，常自诩于圣上有伊尹、霍光之功，勃貂、管苏之勋。实则欺上瞒下，曲传圣旨，滥用职权，私结朋党，藏纳污垢，嫉贤妒能，陷害忠良。且又违法乱纪，招贿纳赂，穷奢极欲。因此，他们金石宝货堆积如山，琼浆玉液盈盛成池，嫱媛侍役室满为患，歌童舞女数不胜数；狗马饰雕文，土木披缇绣。同时，还与其父兄婚亲沆瀣一气，胡作非为，无人敢问。此类败国蠹政之事，罄竹难书！遂使忠良怀愤，志士避居，寇盗蜂起，海内嗟怨，一片摇乱。更不可思议的是，囚犯张雄便是张让府上宾客。因他暗通黄巾妖贼酋波才，才使朱将军所率王师前时战而不胜，攻而不克，且几近全军覆没。臣以为，张雄乃一介小民，岂知朝中军机大事？信通黄巾妖贼酋一案，定是张让指使！再则，前时黄巾妖贼酋马元义妖惑聚众，欲乱京师，亦有张让相好封谞、徐奉及其他千余宫侍参与其中。由此可见，张让等人早与黄巾妖贼沆瀣一气，狼狈为奸。倘若再任其肆意作恶，不予严惩，必将危及江山社稷，天下太平。因此，臣以为，宜对张让等人严惩不贷！否则，将祸患无穷！豫州刺史王允顿首。

张让等中常侍闻王允上奏弹劾他们，皆吓得魂不附体，冷汗淋漓。稍镇定后，即一齐出班上前去冠徒跣，跪在刘宏面前没命痛哭。此前那神气活现、傲贤慢士的做派，自然早已荡然无存。后来还是张让壮着胆子向刘宏奏道："陛下，卑职罪该万死！张雄所为虽与卑职无关，然他乃卑职府上宾客，因此，卑职负有责任。为将功折罪，卑职愿捐出家财，充作讨伐黄巾妖贼军军资，可否？请降旨。"

随后，赵忠及其他中常侍也表示愿捐出家财充作讨伐黄巾军军资。文武百官明知他们在玩弄诡计，逃避惩处，也仅敢站在原地瞪着血红的大眼怒视，不敢出来声讨。刘宏见张让等人处境孤立尴尬，不禁非常同情他们，并认为王允言过其实，不近情理。为鸣不平，于是对王允道："卿方才所奏危言耸听矣！"

文武百官见刘宏仍在袒护张让等人，不禁非常心寒，但又无可奈何。最

第七回　破密信王子师弹劾宦官　战苍亭傅南容擒杀卜己

后，只得口呼"吾皇万岁，万万岁"后怏怏退朝。王允见此，早已吓得冷汗淋漓，面如土色，忙跪伏于地向刘宏谢罪。

张让等中常侍在殿上受辱，嘴上虽服输认罪，但心里却非常嫉恨郭禧、王允，并密谋伺机报复。

此时值中平元年六月末。

后来郭禧和王允又查出张让等人曾多次交通黄巾军之事。刘宏得报后也仅轻描淡写地责备了他们一番了事，并仍诏其视事如常。此是后话，在此打住。

须知，张让等人何故要参加太平道并与黄巾军交通呢？原来他们见太平道念咒语、饮符水治病非常有趣，于是便秘密加入了太平道。后来见太平道组织领导的黄巾军举事声势浩大，便将朝廷征讨黄巾军的部署和其他秘密信通了黄巾军，以便借黄巾军之手，除掉那些平日与他们明争暗斗，互不相容，并被派往前线的文臣武将，以便达到独霸朝政目的。就连唐周当初叛变和后来奉诏招抚张角等人的消息，也是中常侍余超派人暗中所报。因此，当时朝廷一举一动，早在张角掌握之中。不过，张雄信通黄巾军波才，纯属其本人所为，非张让指使。其次，张让等人并非像其他朝臣那样，出生于不知盘中餐，粒粒皆辛苦的名门贵族，而是来自吃不饱、穿不暖的贫寒之家，深知黎民疾苦，并因此对由穷苦民众聚集而成的黄巾军的举事行为极为赞赏与钦佩。

再说皇甫嵩在西华城接到刘宏出征东郡黄巾军的圣旨后，大喜，忙以护军司马傅燮为先锋，陈铜与李明为右军，桥虎与季飞为左军，自领中军，别了朱隽等人，沿着大道，浩浩荡荡向东郡黄巾军杀来。他们虽然声势浩大，但只将奉东郡黄巾军主帅卜己之令，前来支援彭脱的太平道三十六小弟子之东华高仙人校尉官承、真君圣人军司马从钱所率黄巾军阻挡在濮阳以东一线后，便固守濮阳，不再前进。皇甫嵩之所以如此部署，意在待朱隽战败彭脱后，再行进军，即先后逐个击破。这样除了取胜把握大些外，还可给黄巾军造成官军畏惧不前的错觉，以便麻痹他们。驻守濮阳东北百余里的范县县城的卜己果然不知皇甫嵩意图，遂忙派了太平道三十六小弟子之灵山高仙人校尉五鹿与另一太平道三十六小弟子之瑶天高仙人校尉苦蜎各率五千黄巾军前往濮阳，援助官承和从钱黄巾军，一举拿下濮阳后，尽快赶赴邵陵，救援彭脱。

　　须知，濮阳夏、商时为昆吾国都，西周时为许国封地，东周称濮，战国称濮阳，秦为县，现为兖州东郡治所。经各朝各代营建，城池自然坚固异常，加之官军负险固守，因而尽管黄巾军将其围得水泄不通，日夜攻打，却未越雷池一步。官承和从钱见此，不禁非常着急，并忙连夜聚集于权作指挥部的龙渊宫内商讨对策。大家到齐坐定还未开言，忽一探马飞一般跑来向他们报道："报告，敌军已倾巢出动，从东、南二门杀出来了！"

　　官承和从钱闻报，大喜，以为官军缺粮不支，欲趁夜弃城而逃，遂忙起身奔出宫外翻身上马，各自回去引军应战。随后两军还未交战，官军便很快退了回去，并在城上大骂黄巾军，还不时向他们施放冷箭。黄巾军欲战不能，欲退亦不能，直气得头发倒竖，肝脏破裂，恨不得飞上城去，生吞活剥了官军。

　　时官承和从钱哪里知道，这些官军是皇甫嵩在得报彭脱兵败身亡的消息后，令城中市民扮装的，意欲在夜幕掩盖下，将黄巾军诱往城东、南二门外，暗中则遣傅燮领五千官军出北门，沿河水乘船顺流东下，抢占苍亭津，切断东郡黄巾军主力渡河北退之路。又遣季飞率五千官军骑兵出西门东行，从咸城北过瓠子河，经鄄城、廪丘两县小路，杀向范县县城，擒杀卜己，消灭东郡黄巾军主力。此乃声东击西，虚实并举之策。

　　却说东郡黄巾军主帅卜己，字宗鳖，范县苍亭邑人，自幼读了些之乎者也的书籍，后随父在苍亭津以摆渡为业，也常捕鱼捞虾，救济孤弱。偶有闲暇，邀上三朋四友，练刀弄棒，漂游潜渡。长成后，虽五官平常，身材瘦小，若土行孙再世，然武艺超群，颇有威名。一日上午摆渡，偶遇一中年道徒，自称能以念咒语、饮符水之法包治百病。卜己闻之，甚觉新奇，并表示愿向他求教。道徒将卜己领到一人烟稀少之处后，并未传授什么医术，而是

第七回　破密信王子师弹劾宦官　战苍亭傅南容擒杀卜已

热情地劝他奔赴冀州巨鹿东厉乡沟寻访张角，向他讨求治病良方。卜已便依道徒所言，别了父母好友，急行多日，终于赶到冀州巨鹿东厉乡沟见到了张角，开始研习《太平经》及医术，并加入了太平道，遂封为八大弟子之一，赐清灵上真人。后在张角授意下，返回故里治病救人，宣讲道旨，发展道徒。一时间东郡各县、亭入道者成群结队，不可胜数，他自然也成了那里的大方渠帅。是年二月，与其他太平道首领一样，积极响应张角紧急起义号召，公开宣称张角此前授予他的弘济将军之职，并以智灵圣人、雩县南山刘雄为军师，率领由他发展的太平道道徒组成的五万黄巾军将士，攻城略地，捕官杀吏。不几日，附近重要关津道隘，皆为他们占领，并将范县县城作为其大本营。

一日上午，卜已在范县县城闻报管承和从钱所率黄巾军久攻濮阳不下的消息，直急得坐卧不安，茶饭不思，并忙召集刘雄等人到县衙大堂商议对策。待他们到齐坐定后，卜已先将濮阳战况向其道了一番。潜山道人军假候李虎认为是援军太少的缘故，并不待他人发言，便昂首挺胸大步上前高声道："这有何难，再派几支援军就是了！"

方言毕，便有人表示赞同，并积极请求率领黄巾军前往。卜已是位胆大心细的人，对官军在濮阳的军事行动也由误解转为怀疑。因此，自然对李虎等人所言犹豫不决，并问刘雄道："军师有何良策吗？"

刘雄博览兵书，精通谋略。对官军在濮阳的军事行动，早有察觉，并多次向卜已提及，但未引起重视。现见卜已已转变认识，不禁大喜，遂不假思索答道："卜将军须知，在彭将军所率黄巾军胜负至今不明的情况下，敌将皇甫嵩所率敌军到濮阳后止步不前，其中定然有诈。因此，眼下不宜分散兵力，应尽快将附近精良人马、锐利兵器与粮食柴禾集中于范县城内。同时，毁弃城外临城房舍树木，以防被敌利用攻城。另外，再遣一支善水陆两战的精勇人马，驻守苍亭津，确保我军随时北撤通道。待形势明朗后，再议是否增兵濮阳不迟。如此，我军便守城静若处子，进退动若脱兔！"

卜已等人认为刘雄言之有理，唯李虎仍持己见，并声言愿率五千黄巾军前往濮阳，若不破城，愿取头颅示众。正在这时，忽见一探马飞一般前来，不及向卜已拱手施礼便向他报道："敌将傅燮正率一支水军，顺河水向东疾行，意欲抢占苍亭津，断我军北撤之路。"

卜已闻报，直惊得目瞪口呆，默而不语。片刻回过神才忙问探马道："他们现距苍亭津还有多远？"

"仅百余里。"

卜已见形势紧迫，于是不再商议，便忙遣太平道三十六小弟子之上清上仙人何曼，太平道三十六小弟子之云雾上仙人校尉张白骑率五千黄巾军步骑，火速奔赴苍亭津驻守御敌。二人领命方出门，又见他们飞一般跑来边拱手向卜已施礼边上气不接下气向他报道："敌将季飞……领了五千……精骑，正向这边……杀来，前锋已过……远城了！"

卜已闻报大惊，并对刘雄道："军师料敌真如神啊！"

言毕，即吩咐太平道三十六小弟子之西山上仙人校尉白绕领两千黄巾军出城，向城内运集粮草。又吩咐李虎率四千黄巾军清除临城房屋树木。他则与刘雄和太平道三十六小弟子之元阳上仙人校尉眭固率领其余黄巾军守城。接着，又遣多名探马，速往濮阳打探黄巾军攻城消息。

却说官军傅燮那日得令后，便于当夜时分出城，在濮阳津附近征集得百余只大船，载上所率官军将士，顺水日夜不停地向苍亭津进发。为万无一失，又忙遣军候罗军率一千官军精兵，乘快船先行。罗军所率官军到后，见苍亭津南岸船埠无黄巾军守军，大喜，遂忙弃船上岸抢占。方上岸不待站稳脚跟，何曼和张白骑所率那五千黄巾军恰巧赶到那里。罗军以为他们是乌合之众，不堪一击，立刻便挥军杀了过去。时他们兵少将寡，哪是人多势众的黄巾军对手？交战不久，黄巾军便占了上风。罗军见此，无奈，只得下令撤退，上船向北占据无人把守的北岸船埠。不久，傅燮所率大队官军也乘船赶到了那里。傅燮闻报抢占南岸船埠失败，直气得两眼喷火，牙齿直抖，并对来船上迎接他的罗军及其部下怒吼道："占据南岸船埠，若置黄军妖贼军于死地！否则，后患无穷！但罗军督战不力，误了大事啊！"

第七回　破密信王子师弹劾宦官　战苍亭傅南容擒杀卜已

言毕不顾左右劝阻，便挥剑斩了罗军，以为严惩。当然也是杀鸡给猴看，杀一儆百，激励士气。

傅燮字南容，北地灵州人，身长八尺，容貌威严，初事太尉刘宽，不久前以护军司马随皇甫嵩镇压黄巾军。这次率军抢占苍亭津南岸船埠，战略意义重大，因而势在必得。谁知出人意料，自然大动肝火，怒不可遏。

罗军部下官军见罗军被斩，皆吓得面面相觑，不敢吱声。傅燮以为镇住了他们，不禁暗喜，并以剑指着罗军尸首大声吼道："有临阵不前者，将同这厮论处！"

随后，即走到船头，举首向南岸船埠望去，见黄巾军虽多，但正在安营扎寨，无暇他顾，对此，以为不用吹灰之力，便可杀退，于是忙将右手令旗一挥，令船头转南，向那边攻杀过去。常言道：重金之下，必有勇夫；重刑之下，亦有勇夫。官军或见或闻罗军下场，哪敢畏缩不前？因此忙击鼓吹角，拼命划船，勇猛向前。何曼和张白骑闻报，便忙挥军前往相迎。

须知，何曼和张白骑所率黄巾军因数倍于先前罗军所率官军，因而能轻而易举将其杀退。现与傅燮所率官军相比，不仅数量相等，且装备简陋，训练无素，加之仓促应战，结果交战不久，便有几股官军杀退黄巾军，攻上了船埠。傅燮见此，自然大喜不禁。谁料这时黄巾军后面忽然旗帜飞扬，鼓声震天，杀声动地，方上岸的那些官军纷纷败退下来。对此，傅燮自然不知所以然，正欲派人前往打探究竟。忽然一探马飞一般跑来，不及向他拱手施礼便结结巴巴向他报道："大批……黄巾妖贼……援军从后……杀上来了。"

傅燮闻报，大惊，料想取胜一时无望，无奈，只得传令鸣金收兵，先到北岸安营扎寨，待大队官军到后，再攻不迟。

于是两军一时隔水相望，暂无战事。

皇甫嵩在濮阳闻报傅燮所率官军未拿下必争之地南岸船埠，大怒，欲遣人前往训斥。谁料这时又闻报季飞所率官军突袭范县县城未果，这若雪上加霜的消息，直气得他两眼发直，张口结舌，半晌无语。回过神，才忙召集左右，到议事厅商议对策。待他们闻召到齐站定方才礼毕，皇甫嵩即道："傅、季二将军战绩不佳,不知大家有何妙策,扭转眼下敌我双方在濮阳城、范县城和苍亭津三地相持局势?不妨速速道来。"

在场者闻言,认为此事干系重大,哪敢随意公开发言?于是便俯首视足,默而不语。皇甫嵩见此,正欲发怒,忽见桥虎上前对他低声耳语起来。不待语毕,皇甫嵩便连连点头笑道:"妙计,妙计!"

随后,又美言了桥虎几句,方才对左右道:"大家且先回去,待时听我调遣便是。"

左右闻皇甫嵩如此言,自然不便多问,便忙纷纷散去。

却说官承、五鹿、苦蟥和从钱等人虽然连日挥军强攻猛打,却未越濮阳城池一步,且还伤亡惨重。对此,不禁非常着急。一日午夜时分,他们不约而同地聚在龙渊阁,欲商议个良策妙计,尽快破城。然良久也未商议出结果。正在这时,忽然部下有人来报:营中到处言传苍亭津南岸和范县城黄巾军失守、卜已等人被杀。于是全军上下人心惶惶,坐卧不安。对此,官承等人不禁非常惊疑,欲派探马前往打探究竟。探马还未派出,便见自家营中火光冲天,如同白日。随之官军便擂鼓鸣号,从东、西、南、北四大城门一齐杀了出来。惊恐万状、不知所措的黄巾军,片刻间便被官军杀得溃不成军,四下逃命。官承等人见败局已定,无奈,只得慌忙奔出龙渊阁,各领残兵败将,落荒而逃。皇甫嵩见此,并不挥军随后追杀,只令陈铜等少数官军守城后,即与桥虎、季飞、李明率领大部官军,经秦亭大路,日夜疾行,向范县城杀去。事后官承等黄巾军得知营中那些言传和放的火是混入的官军所为,直气得浑身发抖,眼睛发直,大呼上当,然为时已晚。

此后不久的一日上午,正在城头巡视军情的卜已闻报濮阳兵败和皇甫嵩所率官军已向他们这边杀来,大惊,忙问身旁的刘雄道:"军师有何良策应之?"

"皇甫嵩老贼此等区区小计,只瞒得过妇孺孩童罢了。前时他派军两番攻占苍亭津南岸,虽未得手,却表明那里是其必争之地。眼下他率军虽从大路向我军这儿杀来,其意仍在抢占苍亭津南岸船埠。因此,醉翁之意不在

第七回　破密信王子师弹劾宦官　战苍亭傅南容擒杀卜己

酒啊！"

卜己认为刘雄言之有理，于是道："依军师之言，宜加强苍亭津南岸船埠防守才是。"

"只要守住那里，败可北撤，胜可南进。此所谓进退自如呢！"

卜己对刘雄之言甚为不解，认为胜可南进自不必说，败可北撤却不那么容易，因为北岸船埠已有官军驻守。于是忙问道："眼下苍亭津北岸船埠已有敌军驻……"

不待问毕，刘雄即大笑道："善水战的我军即便战败，只要苍亭津南岸船埠不丢，亦可以此为阻敌屏障，在水中击败只善陆战的北岸船埠傅燮守军，顺利北撤。"

"依军师之言，只须少数人马固守范县城即可，其余应在皇甫嵩人马到来之前，赶赴苍亭津南岸船埠，加强那里防御。"

刘雄非常赞成卜己，道："将军所言极是！"

随后，卜己便忙传令众将校前来听令。不一刻工夫，他们便到齐排定。卜己于是令白绕领两千黄巾军守城，他则亲率刘雄、眭固、李虎和弘道圣人军候梁军等大队黄巾军，立刻出北门向苍亭津进发。

此后不久，皇甫嵩、桥虎、季飞和李明所率官军便赶到了范县城西门外。皇甫嵩得知黄巾军军事行动后，不禁非常惊愕，忙问身旁桥虎道："将军妙计已被妖贼酋卜己识破，如之奈何？"

不待桥虎答言，皇甫嵩又问道："卜己乃一介船夫，岂有如此神算？"

桥虎闻问，也觉非常蹊跷，遂沉思良久方答道："据闻他帐下有一谋士刘雄，颇懂兵法。破我之计，必此人！"

皇甫嵩闻答，不禁长叹道："真乃天外有天，楼外有楼，人外有人啊！"

时皇甫嵩本以为，消灭卜己黄巾军必易如反掌。现在得知他们抢在了官军前头，胜败如何，难以预料。对此，不禁非常气恼，咬牙切齿道："倘若是刘雄这厮作怪，待日后擒得他，非碎尸万段不可！"

随后，皇甫嵩只得以变制变，即令李明率领三千官军围攻范县城，他则率领季飞、桥虎等官军，飞一般向苍亭津杀去。

却说卜己率领黄巾军方赶到距苍亭津还有三里远的苍亭邑，便闻报皇甫嵩等大队官军已从后追杀了过来。对此，他不禁吃了一惊，以为战略部署已被打破，挽救的唯一办法，只能先求神灵相助，然后仍按原部署行动。于是忙问左右道："现在军情万分紧急，不若先拜祭水仙禹王，求其护佑，然后再杀敌不迟，若何？"

这些船工渔夫出身的卜己左右，为求平安，平时本就祭祀禹王。在这大敌当前和生死存亡之际，求其保护，更是理所当然。因而卜己方问毕，他们便表赞同。卜己于是立刻将他们带往苍亭邑南约半里的禹王庙大殿内，摆上三牲祭品，一齐跪在禹王塑像前祀祷，祀祷词略云：

水仙禹王在上：当今汉室上至皇帝，下至小吏，虽为庸碌之辈，但却贪得无厌。遂使天下黎民饥寒交迫，怨声载道。为伸张正义，建立太平盛世，我东郡太平道弟子响应天公将军张角号召，揭竿而起，攻城略地，严惩贪官。所到之处，无不叫好。然他们不甘灭亡，并指使其爪牙，欲与我战于苍亭津。届时望阁下惩恶扬善，助我一臂之力，全歼来敌后，我等当再来拜祭，以示报恩。

祀祷毕，卜己即令李虎率五千黄巾军骑兵立刻就地布阵，保护禹王庙和拦截后面官军。令眭固和梁军各率四千黄巾军先行渡过河水，攻战苍亭津北岸船埠。他则与刘雄率领其余黄巾军，驻守苍亭邑，运筹调度，各处策应。发令毕，大家便忙分头去了不提。

却说傅燮这些日子虽未下令进攻黄巾军，但仍叫部下日夜沿岸巡视，不得疏忽。昨日夜晚，正欲灭灯就寝，忽然探马来报：皇甫嵩大队官军已向范县城杀过来了，前部已过秦亭邑。傅燮闻报，大惑不解。但在未接到皇甫嵩新令前，只好按兵不动，坐观势变。次日中午，忽然接到皇甫嵩绢制谍文。认为必是要紧事，忙展开看阅。其词略云：

第七回　破密信王子师弹劾宦官　战苍亭傅南容擒杀卜己

眼下卜己黄巾妖贼军主力已向苍亭津南岸转移，企图渡水北逃。现在我与季飞和桥虎二将军已率大军，从其后掩杀了过来。望你务必守住苍亭津北岸船埠，不得放过贼军一马一卒。

看阅毕，深知事关重大，岂敢怠慢？遂忙升帐调兵遣将，以期应战。不待调兵遣将毕，眭固和梁军已率黄巾军分乘三百余只各类民船，一齐向苍亭津北岸船埠杀来。须知，他们突然间哪有那么多船只呢？原来河水沿岸的船工渔夫闻知他们要渡水北上，皆争先恐后将自家船只捐了出来，有的还为其摇橹渡水。傅燮见对岸黄巾军船只风帆满鼓，战旗飞扬，鼓角雷鸣，杀声震天，来势凶猛，不禁吓得心颤骨寒，双腿发软。因为他不仅怕黄巾军攻势，更怕丢失北岸船埠，打乱了皇甫嵩战略意图。倘若那样，不仅自己脑袋搬家，三亲九族性命也恐难保。但他又深深懂得，怕有何用？只有竭尽全力，将黄巾军挡回或消灭，才是出路。于是立刻壮起胆子，下令部下上船迎战。

前面说过，黄巾军精于水战，官军善于陆战。因此，眭固和梁军所率黄巾军与傅燮所率官军在船上交战不久，官军便败了下来。眭固和梁军见此，大喜，遂忙乘机挥军弃船登岸，欲向纵深杀去。正在这时，忽见南岸大寨的何曼和张白骑所率黄巾军一片混乱。对此，眭固和梁军不禁非常惊异，经询问赶来的探马，方知李虎所率黄巾军在禹王庙未抵住皇甫嵩、季飞和桥虎三路官军猛攻，弃阵逃跑了。皇甫嵩于是乘胜挥军，将驻守在苍亭邑的卜己所率黄巾军紧紧包围在那里不得脱身。而季飞和桥虎则离开那里，挥军飞快向南岸杀来，将何曼和张白骑所率黄巾军杀得溃不成军，四处逃窜。眭固和梁军闻之，不禁顿时慌了神。傅燮认为这是转败为胜的大好时机，大喜，遂忙挥军返身专向眭固和梁军杀来，只要将他俩擒杀，其余黄巾军便可不刃而退，此所谓擒贼先擒王。眭固和梁军不防，片刻间便被傅燮所率官军杀得伤痕累累，体无完肤，不能战斗。黄巾军见此，忙一拥而上，将他俩救了回来。时没了主将指挥的黄巾军，自然不是官军对手。战不多久，便纷纷败退下来，护着眭固和梁军，划船向下游逃去。傅燮见天色已晚，怕追杀遭遇不测，便忙下令弃船登上南岸船埠，与季飞和桥虎合兵一处，南向苍亭邑杀去。

被皇甫嵩所率官军围困在苍亭邑的卜已闻报何曼和张白骑与眭固和梁军两路黄巾军皆已战败，料知渡水无望，不禁非常惊慌，忙问计于刘雄道："我苍亭津前后人马已败，范县城又无消息，现苍亭邑又危在旦夕。军师有何妙计，突破重围，转危为安呢？"

刘雄沉思片刻答道："眼下敌军士气正盛，而我军将士皆有逃跑之心，不肯用命。因此，突围万不可取。若以吴子'必死则生'之策，方可反败为胜。"

卜已认为刘雄言之有理，遂转忧为喜道："军师所言甚妙！"

言毕即传令部下立刻宰杀牛马，犒劳将士。然后焚粮弃车，填井堵水，破釜毁灶，杜绝生路，以死求胜。部下得令，自然一一照办。皇甫嵩在军前得报黄巾军战法，不禁非常震惊，忙将方从苍亭津南岸赶来的傅燮、季飞和桥虎等人叫来，把黄巾军战法向他们道了一番，并问道："黄巾妖贼军虽已战败，但其势仍众于我军。若亡命决战，孰胜孰负，难以预料。不知诸位有何制胜良策应对？"

傅燮、季飞和桥虎是乘胜挥军进军，本来耀武扬威，目空一切，以为举手之劳，便可将黄巾军消灭。现闻皇甫嵩问，立刻便惊得目瞪口呆，不能答言。良久，傅燮方拍马上前道："不若网开多面，先放走一些黄巾妖贼军，再行围歼，取胜便易若反掌。"

皇甫嵩认为傅燮言之有理，遂喜形于色呼其字道："南容所言正合我意！"

言毕，即令季飞和桥虎速将傅燮方才所言，传达到各部，叫他们务必执行。

次日天明，只见黄巾军以排山倒海之势，一齐向官军冲杀而来。官军抵挡一阵后，便让出几条缺口，任由他们外冲。因此，黄巾军兵不血刃，便冲出包围圈，逃之夭夭。最后只有千余黄巾军精骑紧跟卜已，不肯离去。时卜已方知中计，直气得头发倒竖，七窍生烟，并对刘雄道："眼下大势已去！我

第七回　破密信王子师弹劾宦官　战苍亭傅南容擒杀卜己

也将成众矢之的,死不可免。但军师务必寻机突围,回归故里,待日后东山再起,为众将士报仇,我将笑慰九泉啊!"

孰料刘雄不从,要一同赴难。卜己坚决不许,并以自杀相逼。刘雄无奈,只得领了百余骑兵,挥泪别了卜己,向西突围而去。

随后,官军便向卜己围杀上来。时卜己甚为镇静,并身先士卒,左冲右突,专寻皇甫嵩决战,欲与他同归于尽。但良久仍未见着皇甫嵩影子。正在这时,无意间碰上了铁胄铁甲黑马的傅燮。卜己从未见过他,自然不知他是何人。经身边细作指认,方知他就是抢战苍亭津的官军魁首傅燮。对此,自然怒不可遏,并以渔叉指着傅燮大声骂道:"无名小卒,还不快快前来受死,还待何时!"

傅燮见来者绿胄绿甲绿巾白马,料是卜己,遂忙勒马回骂道:"你这妖贼酋已成瓮中之鳖,笼中之兽,死到临头,还敢口出狂言!"

骂毕,即拍马挥舞着手中那八十斤重的狼牙大棒,猛向卜己砸来。卜己见此,忙催马举着渔叉飞一般上前相迎。傅燮几棒落下,大有将卜己砸成肉饼之势。谁料卜己敏捷灵活,躲闪极快,因此连皮毛也未伤着。而烈日下气喘吁吁、汗流如雨的傅燮也没了新招。卜己见此大喜,忙反守为攻,举起渔叉连连朝傅燮猛刺过去。傅燮动作笨拙,躲闪力不从心,有几渔叉险些要了他性命。二人一高一矮,一胖一瘦,斗了五十余回合,仍不见胜负。

傅燮见不能力胜,便心生一计,忙拍马佯败而走。卜己不知是计,求胜之心又切,于是便忙催马从后追上,举起渔叉狠狠朝傅燮后背刺去,恨不得立刻置其死地而后快。傅燮闻身后有声响,料是卜己渔叉刺来,忙将身子向左一闪,遂使卜己身不由己向他右下侧擦了过去。傅燮眼明手快,回身就势抓住卜己衣甲,提起猛地将他抛在地上。黄巾军见此,大怒,欲一齐上前相救。谁料这时桥虎率领官军从后杀了上来。黄巾军见四面受敌,卜己又生死难测,不禁非常惊惧,遂忙一窝蜂似的拼命突围,各自逃生去了。随后,傅燮方才壮着胆子下马,与其他官军一拥而上,将卜己擒住,欲押往皇甫嵩处邀功。

皇甫嵩闻报卜己被擒，大喜，认为他作恶多端，留着无益，不待犹豫，便传令立刻将其就地处死。傅燮得令后，立刻叫部下将卜己装入一绢制口袋，沉入水中溺死。可惜这位水陆善战的黄巾军猛将，就这样惨死在了生养他的家乡。

范县城黄巾军守将白绕和五鹿闻报自家人马皆已败亡，刘雄逃走，卜己被害，认为官军破城只是时间问题，不禁大惊，并在大部官军还未杀来之前，弃城突围而逃。

战后据官军计点，共斩杀黄巾军七千余，俘获不计其数，官军亦伤亡惨重。至此，颍川、汝南、陈国和东郡等地黄巾军主力皆被皇甫嵩和朱隽所率官军消灭。

此时值中平元年七月中旬。

为庆祝胜利，皇甫嵩传令全军，在苍亭邑欢宴三天三夜。随后，才奉诏北渡苍亭津，向广宗张角黄巾军杀去。不久后的一日上午，便到达了平原县地界。正欲继续前行，忽见一探马飞马来向皇甫嵩报道："前面有一支人马向这边奔了过来。"

看官欲知他们是谁，请看下回分解。

第八回

刘关张平原县投军皇甫
董仲颍下曲阳兵败削职

却说皇甫嵩闻报，不禁吃了一惊，忙带领左右上前，欲看个究竟。方行不久，果见路前方不远处有一支人马，领头的为三位壮士。中央旗上大书一"刘"字，旗下一汉子约二十七八岁，身长七尺余，耳朵大于常人，面皮白净，神情稳重，气质非凡。银甲、银盔、银色马、双股剑，非常耀目。右侧旗上大书一"关"字，旗下一大汉，年约二十六七岁，身长九尺余，虎背熊腰，红面凤眼，美髯绝伦。手提长柄偃月斧，座下枣红马，威风无比。左侧旗上大书一"张"字，旗下一汉子比前两人年少一些，约莫二十余岁，身长八尺，面白魁伟，仪表堂堂。手持丈八蛇矛，座下青鬃马，气势夺人。皇甫嵩见他三人虽非一般，但后面却队形不齐，人黑马瘦，衣着零乱，兵器简陋。因此，以为遇上了黄巾军，不禁大怒，并欲下令迎战。正在这时，忽见中央旗下那汉子将剑递给左侧旗下那汉子后，便翻身下马快步走到皇甫嵩面前，倒身伏地拜道："皇甫大人在上，涿州小民刘备，久慕大人英名，特带故乡弟子前来投军杀贼。"

皇甫嵩闻言，方知他们是讨伐黄巾军的义军，立刻转怒为喜，忙下马上前扶起刘备问道："贵军队前那二位壮士为何许人？"

"乃我亲密同僚。提斧者是关羽，持矛者是张飞。"刘备答毕，便忙转身向关羽、张飞招手，示意他俩赶快前来拜见皇甫嵩。张飞见了，立刻翻身下马，疾步走到皇甫嵩面前，俯身跪下施礼，并高声道："皇甫大人在上，奴才涿人张飞拜见来迟，请重罚！"

皇甫嵩见张飞虽然生得壮猛，但却知情达礼，遂大喜道："真乃罕见之壮士啊！"

言毕，忙上前将张飞扶了起来。关羽在原地犹豫片刻，也翻身下马疾步走到皇甫嵩面前，站着拱手施礼道："拙人解良关羽，拜见皇甫大人了！"

皇甫嵩见关羽气势非凡，爱慕之情油然而生。因此，尽管他不如刘备、张飞那般礼貌，也不计较，并忙上前双手抚其两肩赞叹道："老夫有生以来还未见过如此伟丈夫呢！"

随后，皇甫嵩将刘备、关羽和张飞向其左右一一作了介绍。随后，皇甫嵩便不禁惊奇地问刘备何不就近投奔广宗卢植，而要千里迢迢赶来投奔他？刘备闻问，不禁非常难堪，并欲言又止。何也？原来在是年三月的一日上午，刘备到涿县县城街上贩卖履席，在城中心十字街口，见很多人在那争相观看贴在墙上的布告，出于好奇，也凑上去观看。观看毕，方知眼下各地正爆发大规模黄巾军举事。朝廷派去镇压的官军虽收复了一些失地，但进展缓慢，伤亡惨重。于是皇帝刘宏便传旨布告天下，广募义军，助官军清剿黄巾军。对此，刘备不禁感到非常兴奋，并思想到：我本乃汉景帝第八子中山靖王刘胜子孙，后因家道中落，才与母亲织席贩履为生。现在黄巾妖贼军到处作乱，妄图染指刘氏江山，我刘备作为刘氏之后，岂能作壁上观呢！应趁此带领平日交结的那些侠士积极响应皇上圣旨才是。不过从布告内容分析看，黄巾妖贼军也非等闲之辈。上阵若有个闪失，后果将不堪……方思想到此，不禁吓得头发倒竖，脸色发紫，全身直冒鸡皮疙瘩。随后又思想到：大丈夫做事，岂可瞻前顾后？于是瞬间热血沸腾，勇气顿生，恨不得立刻奔往战场，将黄巾军斩尽杀绝，并紧握双拳怒吼道："干！"在场者见此，以为刘备患有精神病，皆不禁吃了一惊。

随后，刘备匆匆赶回距城东南二十余里的鄢亭楼桑树村家中，不待歇息，便向侠士们传递口信，务必尽快赶到他家大堂聚会。侠士们得知口信后，也不管有何等事，便立即到那坐定，待刘备发言。刘备见此，遂问道：

第八回　刘关张平原县投军皇甫　董仲颖下曲阳兵败削职

"现皇上降旨招募义军征讨黄巾妖贼军，不知大家愿否应募，实现平生报国大志？"这些人本是些不屑农事、胸怀大志之辈，听了刘备这番问话，哪有不响应的！因此，刘备方问毕，他们便摩拳擦掌，跃跃欲试，并提高嗓门异口同声答道："大丈夫不尽忠报国，终为贫贱之辈！"刘备闻之，自然喜不自胜。但想到他们大多四壁萧然，生活贫寒，无钱购买战马兵器，遂不禁忧心忡忡道："大家报国之心，不禁叫我钦佩！但应募者须自购兵器马匹，哪来钱资呢！"大家闻之，不禁非常尴尬，皆抓脑搔耳，没了主意。良久，才见屋西一大汉霍地站起，声若雷鸣般对刘备道："我愿捐出全家所有，充当军资！"刘备及众人忙循声望去，原乃常怀建功立业和报效汉室之志，刘备因此待他亲如胞弟的富豪张飞。刘备闻张飞方才所言，虽然非常高兴，但仍忧心忡忡，并呼其字道："益德慷慨解囊，令人佩服。但远不够我们所需，如之奈何？"方言毕，忽见屋东一大汉站起高声对刘备道："不若向你好友，中山国贩马富商张世平、苏双借些马匹和军饷。待我们有了出头之日，再还他俩不迟！"刘备、张飞等人认为他言之有理，遂异口同声道："关羽所言甚妙。"

关羽字云长，因几年前杀死本县一贪官遭到朝廷通缉，并因此逃到涿县至今未归。刚来时，常受张飞无理挑衅。为了回击，遂以角力与张飞一决高下。张飞不敌，表示折服。关羽年长张飞几岁，张飞于是以兄事之。后来他们皆聚附于刘备，从此他三人常出同行，寐同榻，亲密胜过亲生兄弟。

刘备见再无人发言，便立刻宣布散会。随后便与关羽、张飞和另一侠士简雍一道打点行装，连夜赶往张世平和苏双处，借得马匹五百，钱资数千。回来后，便张贴告示，招募义军。不久，便募得千余人。他们除了是平日聚附于刘备身边的那些侠士外，还有妄图博得一官半职的野心之徒，贵族富豪豢养的家丁门客，欲想立功赎罪的逃犯，偷鸡摸狗的梁上君子，但大多是不明黄巾军真相而为混口饭吃的贫穷农夫。一时间楼桑树村到处人吼马嘶，热闹非凡。有苦练武艺的，有打造兵器的。

待一切准备就绪，刘备便以简雍为记室，同关羽和张飞率领全副武装的义军，浩浩荡荡出了楼桑树村，直奔驻屯涿县县城镇压黄巾军的校尉邹靖所率官军而去。此后，他们随邹靖所率官军在涿郡各县东征西战，累立战功。邹靖认为刘备、关羽和张飞非等闲之辈，便劝他们投奔广宗卢植，以便日后发挥更大作用和实现更大报负。他们认为邹靖之言非常有理，便带了邹靖致卢植推荐书，前往广宗投奔卢植。

却说卢植自围攻广宗以来，毫无战果，所损官军也无兵员补充。因此，直急得焦头烂额，六神无主，待在帐里不愿见人。正在这时，忽闻报有人前来投军。对此，犹若天旱逢甘雨，求之不得。待见到领头的乃十多年前随他求学于缑氏山的弟子刘备，并从邹靖推荐书中得知他与关羽和张飞已讨伐黄巾军多时，且披坚执锐，出生入死，战功显赫，不禁产生了几分敬意。但要接纳他三人，特别是刘备，却很为难。因为他深知刘备当年虽然熟谙音乐，却不善读书，且还有奢求美服、斗鸡走狗等放荡行为。现虽有改邪归正、报效朝廷之举，但常言道江山易改，秉性难移，今天接纳了他，谁知日后会不会旧病复发？再说又不知关羽和张飞底细。不过人云物以类聚，人以群分，刘备如此，他俩又能好到哪里去？因此，决定不予接纳。

关羽和张飞以为卢植嫌他们不是正规官军才拒纳的，遂大怒道："此处不留爷，自有留爷处，谁会在一棵树上吊死？"但刘备却深悉卢植所想，不禁非常难堪和愤怒，并思想到：难道你就不晓得浪子回头金不换么！为了息事宁人，不伤和气，刘备只好同关羽和张飞告辞卢植，悻悻而去。

刘备、关羽和张飞等人所率义军投军卢植不成，无奈，只得在平原郡各地与小股黄巾军作战。前不久得知北上广宗镇压黄巾军的皇甫嵩所率官军将经过这里，于是便在此专门等候，希望他们能被接纳，但又怕皇甫嵩知道他们真相后遭到像卢植那样的冷遇。

再说皇甫嵩见刘备、关羽和张飞等人虽不像逆天行事、为非作歹之徒，但毕竟未回答自己方才所问，于是便怀疑他们是扮成义军的黄巾军。为防不测，忙伸手握住腰间剑柄，向后退了几步，并欲令部下先将他们抓起来再说。皇甫嵩这些举动，早被刘备、关羽和张飞看在眼里，也忙不约而同地伸手抓住各自腰间剑柄，以应不测。时不待皇甫嵩下令，其身后百余手持长剑

第八回　刘关张平原县投军皇甫　董仲颖下曲阳兵败削职

的三河骑士早已心领神会其意，并忙下马上前欲拿下刘备、关羽和张飞。他三人见此，哪肯束手就擒？忙不约而同地拔剑以待。三河骑士本乃身高体壮、武艺超群之辈，且又人多势众，自然不把他三人放在眼里。说时迟，那时快，双方接手便杀将起来。虽寡众悬殊，却难分伯仲。在炎夏的烈日下，剑光若电闪，杀声若雷鸣。腾起的尘团时而一，时而二，时而三；时而东，时而西，时而南，时而北，直冲云霄。仍在原地的简雍等义军见了，以为皇甫嵩在考察他三人武艺，于是便起劲地鼓掌喝彩。官军开始以为众多骑士拿下他三人应若囊中取物，不用吹灰之力。谁料久久不能得手，遂便摇旗呐喊助威。皇甫嵩见他三人武艺如此高强，直惊得目瞪口呆，不能言语，心想即使他三人真是黄巾军，只要真心投奔，也应接纳。这时忽见一骑士向刘备虚晃一招，即退出阵外，拍马飞一般跑到皇甫嵩面前，右手举起一绢制物高声道："这是那为首者身上掉下的，请大人过目。"

皇甫嵩接过方一看，便惊叫道："这是邹将军写给卢将军的，怎么会在他那里？"

皇甫嵩以为是刘备截得此书，准备与黄巾军交通，不禁大怒。待展开不待看完又惊叫道："差点误了大事呢！"

言毕不顾左右劝告，便徒步飞奔上前连连高声道："各位住手！各位住手！"

刘备、关羽、张飞和那些官军骑士闻言，皆若丈二和尚，摸不着头脑。但他们都累得气喘吁吁，汗流浃背，不想再战。因而方听得皇甫嵩此言，便忙收剑站定，等候皇甫嵩下文。皇甫嵩高举着书信疾步走到刘备面前，和颜悦色道："怎么不早说呢！"

皇甫嵩以为刘备、关羽和张飞等人未投过卢植，生怕他们因方才的误会而投奔那里，遂忙道："三位壮士随我大军同行便是！"

刘备、关羽和张飞此前以为今天能大难不死就算幸运了，哪想到会被接纳呢！因此，皆以为听错了话。回过神，方才惊喜交加，收剑上前拱手向皇甫嵩施礼，并异口同声道："大人不嫌，我等日后定感恩图报！"

皇甫嵩闻言大喜，忙连连摆手道："区区小事，何足挂齿！"

言毕，即叫人端来四盏杜康酒，与刘备、关羽和张飞一饮而尽，以示为其洗尘压惊。随后即叫他三人以及其部下，就地换上官军装束，一同向广宗进发。

此时值是年六月中旬。

却说广宗城池虽然矮小，由于张角所率黄巾军从邺城退到这里后一直全力坚守，因而卢植所率官军攻到至今，也未越城池一步。是年六月初，刘宏遣小黄门左丰到广宗视察军情，见卢植每战身先士卒，且又筑围凿堑，制作云梯，大有不日破城之势，于是以为卢植求他在刘宏面前为其表功的时日不远了，因而在一次寒暄时，左丰特意对卢植道："倘若将军肯慷慨解囊，我愿在皇上面前夸大战绩，为你请功。"谁料卢植对此非常反感，并立刻予以拒绝。于是左丰起了歹意，回雒阳后即向刘宏奏道："广宗极易攻破，但卢植息军怠战，至今毫无战果！"刘宏闻奏大怒，不待与众臣商议，便立刻降旨押解卢植回京问罪，所率官军暂由宗员统领。但在派遣谁替代卢植前往广宗继续攻打黄巾军一事上刘宏却犯了难，认为名噪朝野的儒将卢植都不是张角所率广宗黄巾军的对手，还有谁能敌呢？后经太监推荐，才传旨派遣精通兵法、身高力大、武艺高强的并州刺史兼河东太守、东中郎将、陇西临洮人董卓持节，代替卢植。

同年七月初，董卓在并州安邑方接到刘宏圣旨后，立刻便以部将樊稠为右先锋，王方为左先锋，自领董昱、徐荣、郭汜、华雄等主力官军，日夜兼程，向广宗杀来。恨不得立刻将张角所率广宗黄巾军斩尽杀绝，向刘宏及朝臣露一手。

须知，张角所率广宗黄巾军与卢植所率官军交战以来虽然处于优势，但张角却感到卢植的筑围凿堑法将对黄巾军构成严重威胁。因此，闻报卢植被押解回京问罪，自然非常高兴，并常遣张梁率领黄巾军出城袭击官军。时宗员虽然每战身先士卒，但因卢植受诬问罪，将士不服，士气不振，常被张梁所率黄巾军杀得大败。无奈，只得率领官军向城东后退三十里安营扎寨。张

第八回　刘关张平原县投军皇甫　董仲颖下曲阳兵败削职

角闻报，大喜，欲亲率大队黄巾军出城进攻。正在这时，忽然闻报董卓率领官军杀到。对此，张角并不吃惊，何也？因为他早料到卢植走后会有人前来接替其职，因此还作了迎战部署。现为防不测，遂忙改变主意，即按兵不动。

董卓率领官军到广宗后，即令宗员仍率原卢植所率官军驻扎原地，他则率领官军距城西十里安营扎寨。为尽快给黄巾军一个下马威，安营扎寨方毕，便下令攻城，但久无结果。对此，他不禁非常着急，于是心生一计，传令部分步骑官军日夜赤身裸体躺在城西门外一片空地上，大骂张角及其祖宗，以激黄巾军出城将其消灭。一连骂了半个月，黄巾军也未为其所动。时正值夏季，天气炎热，他们早便骂得口干舌燥，唇破血飞。为解渴，便一窝蜂似的拥向护城河饮水。在那里的董卓见了，大怒，欲下马上前亲手斩杀几名为首者严肃军纪。不料这时听得城上鼓声震天，杀声动地，一队黄巾军飞城而出，直向董卓杀过来。中央者身高九尺，黄金盔，黄金甲，大龙马，吴钩剑，英气逼人，旗上大书一"张"字。右边者身高九尺余，虎背熊腰，面色黝黑，铁盔铁甲，青鬃大马，挥舞一条二丈四夷矛，旗上亦大书一"张"字。左边者短小精瘦，银盔银甲，白马长枪，行动如飞，旗上大书一"褚"字。董卓是新来乍到，不知他们是何人。经身边细作指认，方知中央的是张角，右边的是张梁，左边的是褚飞燕。董卓见今天将黄巾军，特别是将张角诱出城外，不禁喜忧交加，如若能一举擒杀张角，便为朝廷立了盖世之功。但就眼前张角这势头，别说擒杀，弄不好连自己性命也得搭上。说时迟，那时快，张角早若闪电般杀到了董卓眼前。董卓见此，大惊，遂忙举起一对短柄大斧相迎。战不几合，张角忽然大吼一声，手起剑落，将董卓右手斧头削去大半。董卓征战多年，哪见过这般锋利宝剑？竟吓得骨颤肉跳，冷汗淋漓。董旻和郭汜恐董卓不测，遂忙壮着胆子，一齐驱马上前，欲替下他。张梁和褚飞燕怕跑了董卓，便忙催军掩杀了过来。那些赤身裸体的官军碰到其刀剑，立刻便体断血喷，死的死，伤的伤，惨不忍睹。董卓见此，料想败局已定，于是慌忙向张角虚晃一斧，拨马便逃。没逃多远，忽见张角立马横剑，迎面挡住了去路。董卓以为看错了人，待定神看清确是张角，以为他有飞身妖术，不禁吓得面无人色，忙扔掉方被张角宝剑削去的那柄斧头，双手挥舞着另一把斧头，硬着头皮，拍马猛向张角扑来，欲拼个你死我活。时张角正欲举剑相迎，忽见樊稠、徐荣、王方、郭汜挥军一拥而上，护着董卓，飞一般往回奔逃。张角恐跑了董卓，欲拍马随后追杀，谁料这时听得城上响彻云霄的鸣金声。对此，他非常不解。回城问后方知，原来当时宫崇、黄穰在城上望见不远处有一队人马正朝这边飞一般赶来。料想是宗员所率官军援军，方才急忙传令鸣金收兵，以防不测。

再说董卓等人方逃出半里许，果然迎面碰上了宗员率领的官军前来支援。对此，董卓犹若雪中遇炭，大喜过望。宗员见董卓侥幸逃生，自然非常庆幸。谁料董卓却像旗开得胜、马到成功似的，耀武扬威，得意忘形，并埋怨宗员道："倘若将军早到一步，定可攻破广宗，擒杀张角。"

宗员见董卓打了败仗还如此恬不知耻，不觉非常好笑，道："将军有所不知，在你挥军攻城之际，有多股从广宗四周各县和下曲阳赶来的黄巾妖贼军步骑在我寨外不断骚扰，遂使将士们恐慌不安，不敢出寨。后闻报黄巾妖贼军在将军面前张牙舞爪，肆意逞凶，怕遭不测，方才率军前来助战。其余的仍坚守大寨，以防黄巾妖贼军来袭。"

董卓闻言，方知宗员已知方才战场情形，于是不禁非常难为情。同时，也知晓黄巾军不仅勇武超群，还谋略过人。若要战胜他们，非智取不可。因此，与宗员分手回营后不待卸去衣甲，便忙传邀宗员前来商议对敌良策。宗员赶到后，董卓早已吩咐好酒宴。酒方一巡，他便对宗员长叹道："俺从军多年，百战百胜，不料今日竟败在乌合之众的黄巾妖贼军之手。是可忍，孰不可忍！不知将军有何制胜良策，请不吝赐教！"

宗员见董卓不耻下问，采及葑菲，大喜。为顾及其颜面，决定先恭维他一番再说。于是道："将军智勇盖世，威镇羌胡，名传四方，末将岂敢班门弄斧呢！"

董卓闻宗员所言虽是褒词，但感到似有讽刺之意，对此，心里不禁非常

第八回　刘关张平原县投军皇甫　董仲颖下曲阳兵败削职

不快。为能讨得消灭黄巾军妙计，便不计较，忙欠身向宗员施礼道："此乃杀贼大事，将军何必过谦呢！"

宗员见董卓谦虚有加，大喜，遂推心置腹道："将军初来乍到，人地生疏，稍有损失，情有可原。再者胜败乃兵家常事，何足挂齿。"

董卓见宗员出言达理，遂连连点头道："将军所言极是！将军所言极是！"

宗员见董卓没了方才那般谦虚，且还厚颜无耻，甚为不快。为团结一致，尽快消灭黄巾军，便不介意，并道："兵法云：先取弱者而后再攻其强，便无往而不胜！广宗乃黄巾妖贼军总巢，贼酋张角、宫崇又是诡计多端之徒，故不宜先取。距此不远的下曲阳张宝所率黄巾军仅为其一支，若击之，必胜无疑！然后再来攻取广宗，便易若反掌！若何？"

方言毕，董卓便连连点头道："早知将军足智多谋，哪有俺今日广宗之败呢！"

随后，便与宗员举杯一饮而尽，随后即传令左右到中军大帐听令。待他们得令到齐按序排定礼毕，董卓即仍以樊稠为右先锋、王方为左先锋，率领官军飞一般向下曲阳杀去。他则率领官军主力随后跟进。宗员仍领原卢植所率官军驻扎原地，牵制广宗黄巾军。

樊稠和王方率领先锋官军，日夜疾行，不久便赶到了下曲阳西城门外。奉命一直在此攻城的巨鹿太守郭典闻报，大喜，忙率众出寨相迎。随后，董卓所率官军也赶到那里，郭典自然又忙率众出迎。时董卓从郭典口中得知官军战绩不佳，他笃信卢植的筑围凿堑法后，心里非常不快，遂不以为然道："张宝所率黄巾妖贼军势单力薄，下曲阳城乃弹丸之地，不用吹灰之力，便可破之，何须筑围凿堑呢！"

郭典闻董卓如此言，认为他太轻敌，于是道："下曲阳城池虽然矮小，却是历来兵家用兵之地。建武十三年，捕虏将军俞侯、马武率军防御匈奴侵扰，便屯军于此。现黄巾妖贼军之所以占领此地，意在伺机下逼冀州巨鹿，上攻幽燕辽西。用心之狡诈，可见一斑。若要粉碎其阴谋，非筑围……"

董卓仍然固执己见，不待郭典言毕，便拂袖而去，率军到城东门外五里处安营扎寨。但郭典也坚持己见，仍令部下日夜筑围凿堑，以便长期防御黄巾军进攻。

　　董卓虽轻敌，但仍能以广宗之败为诫，不敢抢先下令攻城，而是率领樊稠、王方、徐荣和董璜及五百官军轻骑，反复绕城察看地形，以防将来攻城有失。三日后待一切准备就绪，方才叫人向城上射去纸制挑战书，约张宝次日上午到城东门外二里处一开阔地列阵决战。

　　下曲阳黄巾军守城主将张宝，乃张角胞弟，自幼便研读兵书，练习武艺。参加太平道后，被派往广宗积极布道招徒，于是成了那里的大方渠帅。自年初奉张角之令率领黄巾军攻占下曲阳以来，与郭典所率官军交战百余次，从不示弱。但对董卓挑战书，却未作回应。董卓以为张宝畏战，不禁非常得意。

　　次日早饭方毕，董卓也不管张宝是否回应挑战书，便留董璜领一千官军守寨，其余的便随他出战。方出寨不远，便见黄巾军早已列好阵式等在了那里。对此，他自然未料到，不禁大惊，以为黄巾军会在他们未布好阵前抢先冲杀过来。于是便在布阵的同时，令三千弓弩手搭箭上弦，以防不测。谁料直到布阵毕，也未见黄巾军有进攻举动，结果虚惊了一场。时两边阵后将士皆摩拳擦掌，怒目对视，恨不能立刻冲上前猛烈厮杀，置对方于死地而后快。两边阵前将领，皆非平常之辈。黄巾军这边，身长九尺，浓眉大眼，鼻直口方，英俊异常的张宝，银盔银甲，高头白马，丈八长枪，雄居中央。右侧依次为太平道三十六小弟子之观明高仙人校尉黄龙，太平道三十六小弟子之玄明高仙人都尉左校和太平道三十六小弟子之紫虚高仙人校尉郭太。左侧依次为太平道三十六小弟子之清明高仙人校尉郭大贤，风台圣人军司马张石和贞阳贤人军候牟严平。官军那边，董卓青鬃大马，短柄双斧，稳居中央。右侧依次为樊稠、徐荣和华雄。左侧依次为王方、董旻和郭汜。

　　时不待董卓上前叫阵，张宝便抢先以鞭指着董卓高声骂道："你这败军之徒，还有什么颜面下战书，不怕叫人耻笑么！"

　　随后，即从身旁一士兵手中取过董卓挑战书，撕得粉碎。董卓见此，气

第八回　刘关张平原县投军皇甫　董仲颖下曲阳兵败削职

得六腑爆裂，七窍生烟，也忙以鞭指着张宝高声骂道："无名妖贼酋，已若鼎鱼幕燕，死到临头，还敢放肆！"

骂毕，即回头问左右道："谁愿上前为俺拿下这厮？"

"末将愿往！"

董卓忙循声望去，原乃王方拍马舞戈，直取张宝而去。张宝见了，还未及令人上前应战，右侧黄龙早便飞马挺矛迎了上去。二人你来我往，杀了五十余合，不见胜负。董卓见此，不禁非常着急，忙令徐荣出马，以助王方。黄龙毫无惧色，抖擞精神，将矛舞得更加逼人，欲独挡他俩。张宝怕黄龙有失，忙令郭大贤出阵敌住徐荣。于是四人杀作两团，斗了许久，仍不见胜负。

董卓怕王方、徐荣有失伤了官军士气，便忙传令鸣金收兵。张宝见此，也忙传令鸣金收兵，以防黄龙、郭大贤随后追杀，遭遇不测。他四人还算遵令，都及时收回兵器回到了各自阵里。随后，董卓出阵忽然和颜悦色地向张宝拱手施礼道："俺久闻将军大名，今日得见，果然仪表万千，气慨非凡。方才又未乘我们布阵之机抢杀过来，足见将军大有光明气度，英雄本色！因此，本可辅佐汉室，名垂千古，但眼下却误入歧途，为贼所用，不觉遗憾吗？"

张宝未料及董卓会有这番话，也不知他葫芦里装的什么药。但料定其嘴里吐不出象牙。为探明究竟，也和颜悦色向董卓拱手还礼道："愿闻大人明示。"

董卓性本喜爱将才，今见张宝是一员不可多得的战将，遂便萌生了招降之意，因而方才说出前面那番话。现闻张宝似有投诚之意，不禁暗喜，待他方言毕便道："俺有意收纳将军，日后再在皇上面前表为校尉，若何？"

董卓以为张宝听后会大喜过望，并愿投诚。时张宝却认为董卓荒唐可笑，并有意戏弄他一番，于是笑道："承蒙大人关爱，不过须赢了我手中这条枪，否则……"

董卓没料到张宝会出此言，遂不待他言毕，便气得怒发冲冠，面色铁青，瞠目结舌。左右见了，欲立刻冲过去擒杀张宝，为董卓解恨。董卓却怕他人不敌，同时也想叫张宝尝尝他那对短柄大斧的厉害，于是忙对他们摆手道："诸位且慢，俺非胜了这妖贼酋不可。否则，他还不知天高地厚呢！"

言毕，即拍马舞斧，直向张宝杀去。郭大贤恐张宝不敌，欲举械上前相助。张宝也想趁此探探董卓武艺虚实，于是道："郭将军暂且住手，看我的枪！"

随后，即挺枪跃马出阵，接住已冲过阵地中线的董卓杀了起来。方交战，急于求胜的董卓便以九牛二虎之力，挥舞着手中那对短柄大斧，向张宝上下左右猛劈起来，恨不得立刻将他剁成肉泥方才解恨。张宝亦不示弱，挥着那条长枪，若穿梭般连连猛刺。看那架势，也恨不得立刻将董卓洞穿万孔方才解恨。双方阵下将士皆奋力挥舞刀枪，擂击战鼓，摇旗呐喊，为各自将领助威。两匹奔马腾起的尘土，遮没了阵地。因此，只听到震耳欲聋的兵器撞击声，却不见人马。

方战至三十余合，董卓便气喘吁吁，大汗淋漓，招架不住了。料想硬拼难以取胜，于是心生一计，向张宝虚劈一斧，拨马退出阵外，欲寻机智取张宝。张宝不知是计，忙催马从后追了上来，欲生擒董卓。正在这时，忽见董卓将斧子挂在马脖上，便取弓搭箭，猛地向张宝面部射来。董卓本可在马上左右开弓，且百发百中。谁料张宝眼明手快，迎面伸手接住那箭，猛向董卓抛了过去。董卓不防，竟被那箭击中了右臂，于是惨叫一声，落下马来。张宝见了，大喜过望，以为斩杀董卓犹如瓮中捉鳖，十拿十稳，因而不慌不忙拍马上前，举枪向董卓咽喉刺去。樊稠、王方、董旻、徐荣、郭汜和华雄在阵前见了，皆吓出了一身冷汗，并不约而同飞马上前，齐举兵器死死架住张宝枪头，将董卓救下阵来。随后，他们将张宝紧紧围在核心，欲拿下张宝挽回董卓颜面。张宝见跑了董卓，自然后悔当初轻率大意。无奈，只得抖擞精神，举枪将樊稠等六人杀得东倒西歪，近前不得。

黄巾军恐张宝有失，不待得令，便一齐向阵中掩杀过来。方逃回阵的董卓见此，也忙挥军迎了上去。不待两军交战，忽见董卓寨中浓烟滚滚，火光冲天。董卓见此大惊，欲叫人前往打探究竟。正在这时，董璜领了百余官军

第八回　刘关张平原县投军皇甫　董仲颖下曲阳兵败削职

残兵败将慌慌张张奔了过来。经询问，方知是伏在寨旁禾菽地里的玄元道人都尉张豹所率黄巾军突然钻出，冲进寨里横冲直闯，到处放火。

董卓见营寨被劫，哪还敢挥军恋战？于是慌忙带着董璜等所剩官军，没命向城西郭典大营逃去。方逃不远，忽见太平道三十六小弟子之契玄高仙人、黄巾军军司马于氏根在不远处一座小山上将手中令旗一挥，路旁禾菽地里立刻钻出了无数黄巾军，杀得他们血肉横飞，鬼哭狼嚎。董卓见了，不禁大惊失色，并在董璜等人拥簇下，杀开一条血路，继续奔逃。

时与张宝杀得难解难分的樊稠等六人见自家人马大败，不禁慌了六神，并齐向张宝虚晃一招，即退出阵外，跟着董卓、董璜等人没命奔逃。张宝自然不肯放过，遂乘势挥军从后掩杀了一阵，才传令鸣金收兵。

董卓逃到郭典大营后，又悔又恼，无颜见人。加之天气炎热，箭伤疼痛，竟连日卧床不起，茶饭不思。郭典虽然多次前往劝慰，但仍无好转。正在这时，忽见门吏飞一般来向他报道："御使到。"董卓以为御使是来抚慰军心、鼓舞士气的。因而精神为之一振，不顾箭伤疼痛，忙从床上爬起穿衣蹬履，准备出帐迎候。不待动步，御使一行早已登门而入，其后一人还端着尚方宝剑。这时董卓方明白，原来是因他兵败特来赐死。于是犹若五雷轰顶，差点瘫了过去。回过神，方才慌忙跪伏于地，等候接旨。时御使神情严肃地展开圣旨，大声宣读道："董卓屡剿黄巾妖贼军不力，且又损兵折将，几近全军覆没。为严明军纪，警告他人，理当凌迟。朕念你昔日征伐羌胡有功，特赐剑就地自裁。钦此！"

随后，即令董卓接剑自刎。董卓接过剑，并未行动，而是沉思良久道："皇上赐臣自裁，乃臣之洪福也。但臣有一要紧事，须在自裁前向大人密报。否则，死不瞑目！"

御使待董卓言毕，也沉思良久道："那就先报了再……"

不待言毕，董卓便起身将他引到里间，跪在地上轻声乞求道："臣性命今天全系大人了啊！"

御使闻董卓有求于己，料想受贿机会又来了，不禁暗喜。但在未得到证实前，绝不能挑明。否则，将丢尽脸面。于是便佯装不解的样子问董卓道："这话怎讲？"

董卓并未回答御使所问，而是忙起身，转过身打开身后一只大铁皮箱，从里面取出一精致小匣，小心翼翼地打开捧到御使面前道："臣一生值钱者，仅此物也！请大人笑纳。"

御使闻果如他方才所想，大喜，忙伸长脖子，睁大眼睛，朝小匣里看去。见内中所盛之物，乃一玲珑透彻、光芒四射、价值连城的西域玉石。御使接受他人财物早已堆积如山，数不胜数，但如此珍贵的玉石还是第一次见到。因此，直惊喜得目瞪口呆，差点忘了此行目的。同时，自然也明白董卓之意，遂和颜悦色对他道："当初便是我向皇上推荐将军前来征讨黄巾妖贼军的，现在将军有难，我岂能坐视不管呢？"

董卓闻言，不知是酸是甜是苦是辣——心想推荐既是看重他，又坑害了他。不过董卓毕竟明白，战败是因自己轻敌和黄巾军兵锋太锐，非御使之过，而看重才是主要的。只要渡过眼下这道难关，保住性命，待将来再走他的路子，不愁东山不起。想到此，又忙伏身跪在御使面前道："大人当初在皇上面前推荐微臣，乃微臣三生有幸！现在又愿搭救微臣，乃微臣洪福也！"

言毕，忙关上匣子双手递给御使。御使上前单手接过放入怀里，便伸出双手将董卓扶了起来。董卓如释重负，深深出了一口长气。随后，自然一日三宴，款待御使一行，在此毋庸赘述。

御使辞别董卓回到雒阳的当日下午，便直奔后宫向刘宏奏道："小的赶到下曲阳还未向董卓宣旨，他便高呼'皇上万岁'不止。后见他遍体伤痕累累，血迹斑斑，惨不忍睹。经询问，方知是被黄巾妖贼军妖术所创。于是小的怜悯之心顿生，有从轻处罚之意。不知圣上意下如何？"

刘宏闻奏，信以为真，遂不假思索道："免其死罪，削职还籍。"

御使闻言大喜，忙连连高呼"皇上万岁"替董卓谢恩。

此时值中平元年七月末。

看官欲知此后官军有何军事行动，请看下回分解。

第九回

左中郎将皇甫兵败广宗
天公将军张角命归西天

却说皇甫嵩前时在平原县接纳了刘备、关羽、张飞及简雍等千余义军后,即率领官军快马加鞭,日夜兼程,在董卓解职不久后的一个下午,便赶到了广宗城东宗员所率官军西寨辕门。宗员闻报,忙率左右出寨相迎,并设宴为皇甫嵩接风洗尘。为吸取以往官军战败的教训和慎重起见,皇甫嵩不待宴毕,便亲率左右,察看广宗城外地形,并对左右道:"我征讨大军数次败于广宗黄巾妖贼军,可知其势甚强!因此,一定要以董将军为诫,切不可掉以轻心。卢将军筑围凿堑,乃破贼上策,故仍须仿效才是。"

左右认为皇甫嵩言之有理,遂表赞同。

再说张角在广宗闻报董卓不仅兵败下曲阳,且还受到处罚,自然非常高兴,并举宴与左右庆祝。正在这时,忽见一探马飞一般跑来向他报道:"敌酋皇甫嵩率领两万人马,已于今日下午到达敌酋宗员大寨。"

张角闻报,深感形势严重,遂忙放下手中盏筷,神情严肃地对左右道:"敌酋皇甫嵩领军来犯,我早便闻报,但来得如此迅速,却始料未及。此人智勇皆在卢、董之上,我颍川、汝南、陈国和东郡等地将士皆败于其手。因此,大家须得小心才是。"

方言毕,宫崇便道:"天公将军所言极是。皇甫嵩这厮用兵常以稳重见长,从不打无准备之仗。因此,料他近日不会攻城。倘若乘机先发制人,必获大胜。"

"军师之言正合我意！昔郎中令李广率四千骑兵出右北平抗击匈奴，方行数百里，便被四面敌兵包围。李广审时度势，一面下令四面防守，一面遣其子李敢率军突入敌阵左右冲杀，他也亲自射杀敌裨将多名。次日，又主动挥军与敌拼杀，使其不敢近前。后博望侯张骞率军杀到，敌军于是大败而去。因此，守御者宜察势攻守互动，方能百战百胜。眼下我军被强敌围困，仅负隅坚守，料难胜敌。倘若效李将军以攻为守之策，岂有不胜之理呢？"

张角言毕，宫崇及其他人无不点头称是。张角见此，遂就宴上调兵遣将，准备当日午夜突袭官军营寨。

皇甫嵩所率官军是从千里之外的东郡急行军赶到广宗的，自然人困马乏，昏昏欲睡。因此，哪有精力安营扎寨！皇甫嵩见此，无奈，只得传令暂时在宗员所率官军营寨里凑合驻扎一宿，待明日再另行安营扎寨。

当日午夜时分，忽听得寨外鼓声震天，杀声动地，火光中只见张梁率领太平道三十六小弟子之浩亮高仙人校尉雷公，太平道三十六小弟子之洞阴高仙人都尉左髭丈八和卢山圣人军假司马刘飞等黄巾军从城东门杀了出来。皇甫嵩闻报大惊，忙遣傅燮、季飞和桥虎率三千官军出寨西门相迎。双方正杀得难解难分之际，忽见官军后寨两侧各杀出一支黄巾军。原来是柳根、李申和褚飞燕率了五千黄巾军从右，吴霸、太平道三十六小弟子之君圣高仙人校尉白雀、太平道三十六小弟子之玉局高仙人都尉椽哉率了五千黄巾军从左杀了过来。时刘备、关羽、张飞及简雍所率官军正巧驻扎在后寨。对此，他们不禁吃了一惊，遂忙率领官军出寨相迎。经激战，方才顶住黄巾军进攻。

黄巾军是出其不意，攻其无备，以逸待劳，以主制宾，自然愈战愈猛。官军是精疲力竭，仓促应战，哪是他们的对手？交战不久，官军便渐渐不支。皇甫嵩在中军大帐闻报，料想取胜无望，遂忙传令鸣金收兵。黄巾军哪里肯放？欲乘机攻入寨内，擒杀皇甫嵩，为被他杀害的那些黄巾军将士报仇。宗员见此，并不惊慌，待官军方退回寨门，便一声令下，壁垒后利箭如雨点般直向黄巾军飞去。黄巾军不防，顷刻间便死伤了不少。张角在城上闻报，大惊，认为破寨有难。无奈，只得忙传令鸣金收兵。官军见了，欲出寨

第九回　左中郎将皇甫兵败广宗　天公将军张角命归西天

追击。皇甫嵩怕有不测，便忙传令道："追者处死。"于是方才止住官军脚步。

张角见这次袭击官军营寨收效甚微，非常不快。须知，倘若官军没壁垒做屏障，黄巾军定能将其杀得横尸遍地，弃寨而逃。被卢植推崇备至的壁垒到底为何物呢？它最早出现在秦代，是以土石绕寨外筑垒一圈，垒外再凿深壕一道，上置天罗、虎落、拒马、蒺藜与竹木尖桩等障碍物于其内外。筑成后犹若城池一般，坚固异常，易守难攻。

一日下午，张角在城头上举目望见官军正在城外大力加固壁垒和深凿壕沟，于是不禁愈发忧虑。这时忽听得身后一人低声问道："天公将军莫不是为壁垒而发愁吧？"

张角闻问忙回头一看，原乃军师宫崇，于是忙问他道："正是！不知军师有何妙计破它呢？"

"有！"

"何不快快道来，还待何时？"

随后，宫崇便上前附在张角右耳低声耳语了起来。只见张角喜形于色，忙连连点头称是。

且说皇甫嵩昨夜见壁垒果然挡住了黄巾军进攻，大喜，以为它确是防敌进攻的法宝。此后半月的一天晌午，皇甫嵩正与左右在寨内巡视，一辕门门卫给他送来一绢制书信。皇甫嵩接过忙展开一看，原乃张角约他明日午时在城西门外列阵决战的挑战书。对此，他非常不解，忙问一旁的傅燮道："前时黄巾妖贼军乘我军新来乍到、立足未稳之机，偷袭我军营寨未果。今番贼酋张角又下战书，欲与我决战，乃何意？"

傅燮也大为不解，遂沉思良久方答道："末将以为，黄巾妖贼军数万之众固守一城已达数月之久，粮草早已短缺，军心亦已涣散。无奈，只得速战速胜，稳定军心。因此，我军若一鼓作气，奋力拼杀，他们必溃不成军。广宗城也不攻自……"

皇甫嵩认为傅燮言之有理，不待答毕又问道："如何部署兵力呢？"

"大人明日可一面亲率大队人马与黄巾妖贼军对阵，以便吸引住其注意力。一面遣桥将军领一支官军于今夜伏于城西南禾苗地中,乘明日对阵之机攻城。宗将军仍领原卢将军所率人马坚守寨垒。"

皇甫嵩非常赞同傅燮所言,于是忙回到中军大帐,升帐调兵遣将,准备应战。随后,他才给张角复了应战书。

次日午时,黄巾军与官军皆如约在城西门外一空地上列好了阵式。张角先出马以鞭指着皇甫嵩高声笑骂道:"你这厮莫不是来步卢植和董卓的后尘的?"

皇甫嵩闻骂大怒,也忙以鞭指着张角骂道:"你这妖贼酋,妖言惑众,犯上作乱,为害天下,还不快快前来受擒,还待何时?"

张角对皇甫嵩所骂,不但不气恼,反还笑辩道:"眼下汉火德已尽,我黄天当立,此非人为,乃天意也!再者古往今来,官逼民反,民不得不反。成功者,称王称帝,显赫天下,流芳百世,子孙受荫,你家皇上先祖刘邦即是也!失败者,则被诬为贼寇,遗臭万年,祸及九族,如赤眉、绿林是也。因此,贼寇与帝王,本出一辙!何谓我是犯上作乱的贼呢?"皇甫嵩认为张角不仅在颠倒尊卑、混淆是非,还辱骂了当朝开国皇帝刘邦,于是气得咬牙切齿,面色铁青,回过神便高声责斥道:"大胆妖贼酋,竟敢在光天化日之下,诬蔑我圣上祖宗,叫人是可忍,孰不可……"

不待责斥毕,在阵前见张角肆意嘲讽辱骂其祖宗刘邦的刘备,早已气得七窍生烟,面色发白。不待请令,便拍马舞剑,飞一般向张角杀去,恨不得立刻将他剁成肉泥方才解恨。张飞见此,也忙纵马挥矛,随刘备杀去。然不待他俩冲到张角面前,皇甫嵩也随后挥军掩杀过来,欲一举擒杀张角。时张角并不惊慌,只将手中令旗轻轻一挥,黄巾军阵式便立刻变成了握奇八阵。皇甫嵩见了,顿时吓得头发倒竖,面如土色,并忙挥旗制止他们向前冲杀。

须知,皇甫嵩何以如此害怕呢?原来握奇八阵是由黄帝井田阵与风后握奇阵演变而来。所谓握奇八阵,乃古兵家以西北为乾位,名天阵;以西南为坤位,名地阵;以东南为巽位,名风阵;以东北为艮位,名云阵。以上四阵为四正也。在其中置军八千七百五十人。东方属青,为龙阵;西方属白,为

第九回　左中郎将皇甫兵败广宗　天公将军张角命归西天

虎阵；南方属火，为鸟阵；北方属水，为蛇阵。以上四阵为四奇也。在其中置军三千七百五十人。大将居其中，握四阵，为余奇。另有游骑二十四阵，系八阵之后。大抵阵队相包，奇正数别，伸缩，翕张，进退有节。故时而方，时而圆，时而曲，时而直，时而锐；或滚动，或回归，或向前，或后退。又合而为一，列而为九，变化无穷，触处为首。此八阵又称之为休、生、伤、杜、景、死、惊、开八门。其中又分为四扇生门与四扇死门。倘若不慎冲入死门，则被团团围住，难以脱身。若找不着生门，则必死无疑。因而时之兵家皆云：误入八阵，与进阎罗地府无异矣！因此，皇甫嵩哪有不害怕的呢？

官军多为骑兵，行动迅猛。前队看到令旗，还可立即勒马停住。后队哪看得见令旗？自然无法停下。于是便与前队相互撞了起来。结果立刻便人喊马嘶，队形大乱。张角见此，大喜，忙又将令旗一挥，握奇八阵瞬间便还原成先前方阵，并从那里跑出无数火牛火兽，猛向官军冲来。官军哪见过这般势头？自然吓得全身战栗，魂不附体，无法抵挡，并争先恐后转身逃命去了。张角以为这是擒杀皇甫嵩的极好时机，大喜过望，忙挥军追了过去。方追不远，忽见一支官军从城西南杀了上来。这是从天而降的官军吗？非也！原来他们是昨夜奉皇甫嵩之令埋伏在城西南禾苗地里准备乘机攻城的桥虎所率官军，现在见自家人马战败，攻城无望，于是不约而同从那里冲出向黄巾军杀来，以为救援。黄巾军不防，不禁一时慌了六神，不知是进是退。正在这时，忽见城南门口旌旗飞舞，鼓声大作，左髭丈八催马舞矛，率了一支黄巾军从桥虎所率官军后面杀了过来。桥虎见此大惊，忙拨转马头，引军来战左髭丈八。张角见来了援军，立刻转忧为喜，忙挥军向前，继续追杀皇甫嵩所率官军。正在这时，忽见一头硕大的火牛两眼圆睁，喘着粗气，直向皇甫嵩猛冲过来。皇甫嵩不防，连人带马竟被撞翻在地。张角见此大喜，忙从腰间拔出飞镖，嗖地向皇甫嵩咽喉抛去。皇甫嵩见了，直吓得魂不附体，脸色死灰。飞镖快飞到时，忽听得当一声响，飞镖突然向上，从皇甫嵩头顶上飞了过去。对此，张角与皇甫嵩皆不禁吃了一惊，并不约而同循声望去，原乃张飞跃马上前，用矛拨开了那支飞镖。

皇甫嵩见绝处逢生，又惊又喜，忙从地上爬起，徒步没命向回奔逃。张角哪里肯放？忙拍马举剑紧追不舍。张飞见了，不禁又怕又喜。怕者，认为若不救下皇甫嵩，便有见上不救的嫌疑，朝廷怪罪下来，不仅自己前功尽弃，恐怕身家性命也难保呢！而喜呢？认为皇甫嵩是朝中大臣、军中名将、自己上司，倘若能将他从危难中救出，日后加官晋爵，光宗耀祖，自然不在话下。于是决定：管他的，先救人再说。随即大吼一声，催马挺矛，拦住张角，让皇甫嵩逃了过去。傅燮、刘备、关羽怕张飞战不过张角，忙一齐上前围住张角厮杀。正在五人激战之际，忽见柳根、吴霸、李申、雷公和太平道三十六小弟子之冲虚高仙人校尉大计各率一支黄巾军，从后掩杀了过来。傅燮、刘备、关羽和张飞料难抵挡，无奈，只得忙不约而同弃了张角，各自向后奔逃。乱军中张飞见皇甫嵩仍徒步没命地向后奔逃，不禁非常着急，遂忙心生一计，随手将一官军骑兵从马上推下，夺过其马让皇甫嵩乘上，并紧紧护着，向自家营寨逃去。

官军方逃到辕门前，忽听得寨内鼓角喧天，杀声四起，只见守寨官军被杀得抱头鼠窜，弃寨而逃。皇甫嵩见此大惊，以为有人倒戈相互残杀。遂忙唤来逃出的官军一问，方知是张梁率了一支黄巾军，从挖掘的通往营寨的地道里突然冲出，将他们杀了个措手不及。时宗员见此，料知大势已去，抵挡无益，便随乱军逃得无影无踪了。皇甫嵩见营寨失守，竟吓得两股颤栗，冷汗淋漓。无奈，只好收拾残兵败将，向东退三十里安营扎寨。

张角见官军已经去远，遂不再挥军追击，并传令各路黄巾军与张梁一道，尽行捣毁壁垒壕沟，然后才将寨内辎重粮草尽数搬运回城。

再说桥虎见自家人马大败，自然不敢与黄巾军恋战，遂忙领军向后撤退。左髭丈八自然不肯放过，便挥军从后紧追不舍，意欲活捉桥虎。正在这时，忽听得城上响起了收兵鸣金声。左髭丈八闻之，无奈，只得传令停止追击，回城复命。后经询问，方知是宫崇在城上怕他有失，才忙传令鸣金收兵。对此，他自然非常不快。

第九回　左中郎将皇甫兵败广宗　天公将军张角命归西天

皇甫嵩吃了败仗，气得眦目切齿，肝胆断裂，并将败绩如实上奏刘宏，请求处罚。同时，对张飞临阵相救之举表扬了一番，张飞自然受宠若惊，笑逐颜开。

却说前时刘宏在雒阳得报朱隽久攻南阳不下的消息还闷气未消，现又接到皇甫嵩兵败广宗奏折，自然气得晕头转向，不辨南北。一日傍晚，刘宏不待与朝臣商议，便在侍从与卫队的簇拥下，偕同皇后到雒阳城南数十里外的伊阙关巡视，欲听取守关官军对征讨黄巾军的意见。这些官军忽见刘宏一行来此，自然惊喜若狂，并忙高呼"吾皇万岁"不止。随后便争先恐后将刘宏拥上关楼，设宴接风。酒过三巡，刘宏对他们道："大家日夜守关，甚为辛劳，朕今日特来看望！"

这些官军虽然出生入死，征战多年，但谁也没敢想过会见到当今皇帝。现在不仅见到了，且还是专门来看望他们的。因此，竟激动得泪水直流，语无伦次。故待刘宏方言毕，便不约而同离席跪伏于他面前，又高呼"吾皇万岁"不止。刘宏见此，自然非常高兴，忙唤起他们问道："你们忠朕之心，朕已知晓。但不知你们知晓近日广宗实际战况吗？"

他们闻问，皆你看看我，我看看你，回答不上来。但刘宏并未责怪他们。因为他知道，朝廷一贯报喜不报忧，他们不知广宗实际战况，不是他们之过。于是又问道："卢植与董卓兵败受处罚后，朕只好亲诏左中郎将皇甫嵩前往继续讨伐，不料又败于黄巾妖贼军之手。为早日讨平黄巾妖贼军，安定社稷，朕欲将皇甫嵩解职问罪，再遣他人前往，大家以为如何？"

他们闻问，皆低头不敢作答。因为他们深知此乃朝廷军国大事，非同儿戏，且又是皇帝发问，答得妥当与否，不仅关系到国家安危，皇甫嵩性命，还关系到自己未来荣辱。时刘宏哪里领会这些，以为他们是在国家危难之际无动于衷呢！因而不禁气得面红耳赤，胡须乱抖，并欲严厉训斥他们一番。正在这时，忽见一人上前跪在刘宏面前道："皇上，小的有言相奏。"

大家忙循声望去，原乃守关裨将牛通。见此，刘宏不禁怒气顿消，高兴道："速速奏来。"

"启奏皇上，小的以为，广宗前线不能再临阵换将了！俺久闻皇甫将军文韬武略，时下名将，前时又连克多股黄巾妖贼军，战功显著，名噪海内。倘若解职问罪，恐难服天下人啊！因此，不若恩威并施，叫他与其部下继续奋力征战，消灭黄巾妖贼军，为民除害。为天下计，小的在此斗胆进言。若有不妥，请严惩！"

刘宏认为牛通言之非常有理，大喜道："将军所言甚妙，朕将纳之。"

牛通闻言，自然受宠若惊，忙连连高呼"吾皇万岁"。随后，刘宏又高兴道："不意此处竟有这般有识之士，乃朕之洪福啊！"

随后，立刻降旨，给牛通加官一级。牛通自然非常激动，又忙连连口呼"吾皇万岁"。刘宏见时近午夜，便在侍从与卫队的簇拥下，与皇后一道起身匆匆回城。官军们自然送了一程，自不必说。

不久，皇甫嵩得知刘宏未追究他兵败责任，自然惊喜交加，感激涕零，并忙上书刘宏，表示愿效犬马之劳，克日踏平广宗，消灭张角等黄巾军，报答不罪之恩。快马方送走表书，皇甫嵩便传令各营官军将士，加紧备战，待机攻城。

再说张角所率黄巾军之所以能取得如此大的胜利，特别是破了叫张角一直头疼的筑围凿堑守寨，皆因他依了宫崇当初对其耳语之计。故不禁笑逐颜开，赞扬了宫崇一番。

这时的一日午夜，张角与左右巡视城内各处后方回寝房，正待解衣入睡，突然两眼发晕，四肢无力。无奈，只得合衣上床就寝。不待合眼，又觉心胸闷痛，似欲暴裂。侍者见此，不禁非常难过，欲上前将其扶起，张角却连连摆手道："连日未得好好歇息，睡一觉便没事了！"

侍者也不知张角所言是真是假，送上茶水后，便悄然退出了房外。此后不久，张角病情有了一些好转。按理，应该高兴才是，但他却愁眉不展，唉声叹气。何也？因他本为妙手郎中，深知所患之病治愈无望，且不久将殁于人世。因此，对倒汉未成身先死的结局，怎不愁眉苦脸，唉声叹气呢？随后，即迷迷糊糊睡了过去，而初识于吉的往事，也浮现在眼前。

第九回　左中郎将皇甫兵败广宗　天公将军张角命归西天

那是十余年前的一个秋日中午，张角上山采药，偶见一污秽不堪的中年汉子正卧在道旁呼呼大睡，甚为可怜。为行善积德，待汉子醒后，便将身上所带可食之物送予了他。片刻，汉子便狼吞虎咽，一扫而光。对张角慷慨解囊之举，却无感谢之意，似乎理所当然。良久，才漫不经心地问张角道："愿随我走一遭否？"

张角本对汉子举动非常好奇，听他如此问，自然更加好奇。为弄清究竟，于是当即答道："愿往。"

汉子随后不再言语，起身径直向西而去，张角自然随后紧跟。两人一路互不言语，只管行路。饿了，食野果。渴了，饮山泉。困了，合衣倒地便睡。不久后的一个上午，他俩来到一人烟罕至的高山峡谷前，穿过云雾缭绕、古木盘抓、藤萝倒挂、苔藓丛生的一线天，便来到群峰环峙、鹤鹭翔鸣、松柏参天、双涧环绕的坐北朝南的道观前，并听得如龙吟凤鸣般的箜篌声，从那飘了出来。对此，不禁令人心驰神往，忘却饥寒。时大门正开，跨过小桥正欲进去，不料张角被门前木柱上那对篆隶文句所吸引。上句曰：通观万古宇宙沧海桑田；下句曰：尽阅千秋人间盛衰世界；额句：了如指掌。笔划横平竖直，字形若字若画，笔势遒劲有力。从文句内容和书法艺术看，张角料定观中主人定为一博古通今、知晓万物的高士。随后，张角才跟汉子进门，进入观内方丈室。汉子叫张角坐下后，便悄然离去了。随后张角略略扫视了一下室内，见正、东、西三面壁上挂满了各种字画，壁东头下摆着一架箜篌，壁西头下横摆着一个书架，壁正上方中央挂着一柄宝剑；室中央石几上摆着一盘未下完的棋子。旁边是烧得正旺的茶水，雾气蒸腾，清香四溢。如此高洁优雅，让人赞叹不已，流连忘返。这时忽见一童颜鹤发，身披鹤氅，左手拄藜杖，右手持羽扇，气度宏壮的古稀老道飘然而至。张角见了，自然肃然起敬，忙起身拱手向他施礼。老道并不还礼，只顾反复打量张角。对此，张角不禁感到非常紧张。良久，老道才问张角道："你乃巨鹿郎中张角吗？"

张角闻问，不禁非常惊异，认为二人彼此素不相识，他何以知晓自己的姓名呢？不过他既已问，回答又何妨？于是当即便答道："晚辈正是。"

"贫道在此等你久矣！"

张角闻老道言，不禁受宠若惊，并激动道："我乃无名之辈，大仙何故知……"

"贫道早闻你四方行医，博施济众而不沽名钓誉，实为当世罕见！因此，特邀你来此一叙。不知打扰否？"

张角见老道非常了解和赞誉自己，自然非常高兴，忙答道："晚辈拜访都来不及，岂有打扰之理呢！"

张角至今还不知老道姓名，认为有失礼节。因此非常不安，于是便边向老道拱手施礼边问道："晚辈失礼了，敢问大仙尊姓大名，何许人士？"

"贫道乃徐州琅琊国琅琊人士，姓于名吉，道号玄镜神人，原为朝中小吏，因厌恶宦道黑暗，愤而弃官，遁入山林，修道至今。方才领你来此那汉子，乃贫道弟子宫崇，是贫道派他邀你来此的。"

张角听得于吉二字，不禁惊喜万分，于是忙伏身跪在其面前道："大仙英名鹤鸣九皋，小的早有所闻。今日得见，乃三生有幸！"

于吉见张角如此崇敬他，大喜，遂忙上前将他扶起，神情严肃地问道："你忧当今天下大事吗？"

张角本是先天下之忧而忧，后天下之乐而乐，只因仕途不通，方才从医。因此，现身虽在野，却心系朝廷。因此，待于吉方问毕，便不假思索答道："时刻以天下为己任！"

于吉闻答大喜，又问道："不知你愿闻贫道絮叨吗？"

张角料知于吉必有重要教诲，遂忙大喜道："愿洗耳恭听。"

随后于吉喝了口茶清了清嗓子，口若悬河般道："天下大势，治乱乃平常事。昔夏帝启大治，值孔甲而乱，至恶桀而灭，凡十君，四百七十余年；商数治数乱，自汤至纣，凡十七代，三十一王，六百余年；周后稷至宣王，治二百五十余年。至幽王，天下大乱长达五百六十余年；秦皇灭六国，神州又大治。至二世，先有陈、吴造反，后有楚、汉相争，烽火连天数年后，汉终

第九回　左中郎将皇甫兵败广宗　天公将军张角命归西天

灭楚，华夏随之又得大治；至汉平帝，先是王莽篡汉，后是绿林、赤眉造反，天下随之又大乱；后光武举兵，灭王莽，平群雄，天下又得大治，距今已近一百五十年矣！当下皇上昏庸，朝纲紊乱。良臣贤儒，累遭陷害。阉党外戚争相摄政，互为攻杀。官商行贿诈骗，并田吞地。穷奢极欲之风横溢，克勤克俭之德冷落。贫者囊中如洗，饥寒交迫而亡。富者积财亿万，一掷千金如粪土。冤者九州告状无门，恶者违法朝野畅行。五湖四海，怨声载道，莫能制止。总之，高祖、光武之风早已丧失殆尽！此乃天下大乱之征兆也。汉室倾覆，只在朝夕！"

于吉说到气愤处，不禁情绪激昂，捶胸顿足，泪如雨下。张角对于吉那广博的学问，精辟的大论，早佩服得五体投地。待他方言毕，便忙拱手施礼道："今日有幸亲耳聆听大仙教诲，使我茅塞顿开，如梦方醒，胜读十年书啊！"

于吉闻言，知晓张角悟性极高，自然非常高兴，遂谦虚道："方才所言，乃胡诌而已，何足挂齿！贫道潜心研读黄老之学数十年，将前贤所撰《天官历包元太平经》一书增写至一百七十卷，并易其名为《太平经》。今见你非池中之物，林中之草，日后必有大作为。因而有意将此书相送，愿你专心致志研……"

正在这时，忽然一阵声响将张角从睡梦中惊醒。待他睁开双眼一看，原来是张梁、宫崇、黄穰、柳根、吴霸和李申正向他走来。他们见张角身体虚弱，神情黯然，不禁非常沉痛。对此，张角甚觉惊异，忙起身坐在床上，示意他们坐下，随后若无其事般问道："你们何故来此？"

方问毕，宫崇即上前轻声答道："是天公将军身边侍者方才飞一般前来报告，我们方才知晓你身体甚为不适。因放心不下，故才相约前来探视。"

张角闻言，方知已无法隐瞒病情，遂沉思片刻道："寿命长短，不可知呢。我将去啊！"

大家闻言，皆以为张角言过其实。时张梁上前坐在张角身边，泣不成声道："大哥体魄向来……雄健，今日……何故出此言呢？此等小疾，只需……

服些汤药，歇息几日，便可康……"

不待言毕，张角即以右手抓住他左手道："贤弟有所不知，向来神医仙丹不能救命！犹若房上强梁不能与天争高一样。我不悲死，而悲不能看到我道终定乾坤之日！"

大家闻言，不禁悲痛万分。张角自然也非常悲痛，片刻后又道："颖川、汝南、陈国和东郡等地虽失，广宗、宛城和下曲阳战事虽频，但近日有五斗米道道首张师君张鲁毅然聚徒数万，举兵巴郡汉中一带，与我遥相呼应，彼此配合，遂使敌人顾此失彼，不知所措。因此，当前形势对我乃有利。我走后，卿等切不可悲观失望，应继承发扬我道宏志，精诚团结，继续奋战，推倒汉室，建立黄天，实现宇内太平！"

言罢，遂大咳不止。稍息，方说出"我之后"三字，便口吐鲜血，大叫一声而亡。大家见了，忙拥到张角身前，捶胸顿足，大哭起来。

此时值中平元年八月上旬一日傍晚日落时分。

待稍平静后黄穰即道："天公将军既已仙逝，不可复生。我等不可群龙无首，一日无主。因此，不若推人公将军张梁暂为我道黄巾军大帅，若何？"

张梁认为黄穰之言不妥，忙反对道："俺大哥不在，依照礼制，二哥张宝宜袭其职！我岂敢冒此天下之大不韪呢？"

柳根认为张梁言之有理，遂问黄穰道："黄先生方才之言是何道理？"

"人公将军虽言之有理，但地公将军眼下远在下曲阳，且又军务在身，无法来此就职。因此，不若先由人公将军暂行天公将军之职，待日后再相机议决不迟。"

黄穰方答毕，大家便表赞同。张梁见推辞不过，无奈，只好服从，并忙叫宫崇以他名义给张宝撰书一封，说明暂行代职原委。撰毕待快马送走后，张梁即问宫崇道："众将士若知大哥仙逝，必然悲伤不已，军心涣散，士气大减，敌军也会趁此大举攻城。因此，不若暂对噩耗秘而不宣，若何？"

宫崇认为不妥，沉思片刻答道："天公将军仙逝消息，不出多久，敌必知晓。因此，应立刻先传达给城内将士，然后待机宣告各地将士。天公将军

第九回　左中郎将皇甫兵败广宗　天公将军张角命归西天

威望极高，深受他们崇敬和爱戴。因此，他们得知其噩耗后不但不会军心涣散，反还会化悲痛为力量，加倍奋力杀敌呢！"

张梁认为宫崇言之非常有理，遂表赞同，并令宫崇负责敛尸入棺，黄穰草拟祭文，其余人等立刻回去，向部下传达张角病亡消息。

次日上午，悼祭大会在城内中央广场举行。除值勤者外，参加者皆素帽素衣。张梁站在临时搭建的祭台上，悲泪宣读祭文。其文略云：

值秋风萧瑟之际，我道黄巾军大帅、天公将军不幸突然羽化升天了。于是天地为之哀鸣，万物为之哭泣，悲逝者不能复生！今我辈倾城空巷而出，衔哀致祭：呜呼，天公将军目睹当朝吏宦骄横，奢淫不制；偷安高位，无德而禄。天地昏暗，乾坤倒转；奸徒操权，贤士无声。穷者寒馁道途，毙踣沟壑；富者积财如山，沃田千顷。商贩行骗，丘八行劫。民不尊臣，臣不爱君。对此，你日日叹息，时时怨恨。呜呼，天公将军自得玄镜神人于吉《太平经》一书后，日夜研读，领略精华，并遵其要旨，嫉世而出，奔走呼号，呕心沥血十余载，秘密建立太平道，广收天下弟子数十万，于今春举兵天下，讨伐沦丧典章之敌首刘宏与罪比羿桀之朝臣。遂使他们闻风丧胆，朝夕不安。今虽仙逝，然其人杰气概，英雄美名，将留存千载，昭彰万世！

呜呼，为实现天公将军生前未实现的倒汉室立黄天之宏愿，我辈即使赴汤蹈火，肝脑涂地，亦在所不辞！胜利必指日可待矣！呜呼，请天公将军驾六龙乘风而去！呜呼哀哉，伏维尚飨！

不待张梁宣读毕，黄巾军早已哭声如雷，泪水如雨。仿佛天欲垮塌，地欲沉陷，山欲折腰，河欲停流。随后，即以皇帝规格，安葬张角灵柩。

此后不久，忽见一探马直奔张梁住处，言有要事相报。看官欲知探马欲报何等要事，请看下回分解。

第十回

显神威张梁大败刘关张
尽全力官军终破广宗城

却说探马见到张梁后不及向他拱手施礼便报道:"现敌酋皇甫嵩以刘备、关羽和张飞为先锋,在城东门外声言要天公将军出城应战。"

张梁正为张角逝世悲痛不已,闻得此报,自然怒不可遏,欲立刻点兵出城应战。其他将校闻之,也忙披甲戴胄,赶到张梁处,摩拳擦掌,愿一同前往。随后赶来的宫崇认为他们太鲁莽了,便对他们道:"切不可贸然行事啊!"

张梁以为宫崇畏敌,遂轻蔑道:"皇甫嵩乃败军之将,岂容他恣意妄为呢!"

宫崇闻张梁出言轻狂,甚为不快,并道:"按理,一贯谨慎的皇甫嵩在兵败的情况下应休整人马才是。但他却反其道而行之,且还点名道姓要已故天公将军亲自出战。人公将军不觉蹊跷吗?"

张梁闻言,也觉皇甫嵩眼下行事确实蹊跷,不禁语塞,半响方问道:"依军师之见,蹊跷何在?"

宫崇见张梁认识有所转变,非常高兴,遂沉思片刻道:"皇甫嵩对天公将军仙逝之事可能已有所闻,但还不能肯定。若见天公将军出战,必不敢贸然与我交战。否则,必会猛烈攻城。"

张梁闻言,犹若茅塞顿开,明白了一切,并问道:"若不是军师及时指点,我险些中了皇甫嵩这厮奸计!但不知军师有何良策应之呢?"

方问毕,宫崇即上前对张梁低声耳语了一番,只见张梁连连点头称是。

第十回　显神威张梁大败刘关张　尽全力官军终破广宗城

再说皇甫嵩虽然战败，特别是壁垒壕沟遭到破坏，但他仍认为它是进可攻、退可守的坚固工事。因此，仍令部下在新寨四周大力筑挖。同时，又叮嘱左右严守营寨，不得随意出战，否则军法从事。于是一时暂无战事。

昨日午夜，皇甫嵩躺在中军大帐床上正为无反败为胜的妙策寝不成寐时，忽见一门卫大步奔来向他报道："寨外有一农夫，声称要见大人！"

皇甫嵩闻报，不禁非常惊异，心想农夫哪有如此胆量三更半夜前来打扰他呢？为弄清究竟，忙对门卫道："准见！"

随后，即起身披衣着履，等待农夫。不一刻工夫，门卫便将农夫引了进来。农夫见到皇甫嵩还不及施礼，便忙跪伏于地连呼有罪。皇甫嵩不禁一怵，认为还未开言，便呼有罪，想必定有原因。遂忙唤起农夫问道："你是何人？何罪之有？"

"小的叫魏向财。因被黄巾妖贼军迷惑，误入歧途，罪孽深重！"

皇甫嵩闻后方知来者乃黄巾军降者，料想定有密报相告，不禁非常惊喜，遂直截了当道："若有要事，就快快道来。"

"黄巾妖贼酋张角已暴病身亡！"

皇甫嵩闻魏向财言，惊喜得差点狂叫起来。魏向财见此，以为立功赎罪、升官发财的机会已板上钉钉，竟高兴得差点神经错乱，不辨南北。谁料这时皇甫嵩脸色忽然变得非常阴沉，方才那惊喜自然早飞到了爪哇国。对此，魏向财若丈二和尚，摸不着头脑，心也早悬在了嗓子眼儿。正在这时皇甫嵩突然厉声对魏向财道："所报若不实，定斩不饶！"

魏向财闻言，悬着的心方才放了下来，并忙猛地拍胸脯信誓旦旦道："若有半点谎言，别说斩首，就是夷我九族，也心甘情愿！"

皇甫嵩见魏向财出言神情真切，方才确信无疑，还大大赞扬了他一番。末了，才叫人领他出去歇息。

随后，皇甫嵩忙传令左右前来听令。待他们闻令到齐按秩排定方礼毕，皇甫嵩便将魏向财方才所报向他们道了一遍。他们闻之，皆惊喜得鸢趋雀跃，手舞足蹈，唯桥虎在一旁不苟言笑，没事一般。皇甫嵩见此，不禁非常纳闷，忙问他道："桥将军何故……"

不待问毕，桥虎即上前答道："前时还见张角这厮在阵前耀武扬威，恣意称狂，现在却突然暴病身亡，不知……"

言未毕，傅燮即上前辩道："张角过去惑众谋反，披星戴月奔走呼号十余年，眼下又纠集众多黄巾妖贼军与我军力战数月，想必早已积劳成疾。因此，暴病身亡应在情理之中。"

皇甫嵩见桥虎与傅燮意见虽然相左，但又觉得皆有道理，因而一时难断是非。为探明究竟，遂道："不论张角是否死亡，凡今后攻城，皆须高呼要张角亲自出战口号。若他出战，宜可谨慎应之。否则，猛攻无妨。"

左右认为皇甫嵩言之有理，皆表赞同，并争先恐后上前请战。皇甫嵩见此大喜，于是欲令傅燮为攻城先锋。不料这时刘备大步上前向他拱手施礼道："小的愿同关羽和张飞为攻城先锋。不踏平广宗城头，乞斩示众！"

须知，刘备、关羽和张飞自平原县投奔皇甫嵩所率官军以来，虽与黄巾军交过几次锋，但都是小打小敲，至今还未遇到大显身手、立功受奖之机。因而一直愁眉不展，闷闷不乐。现刘备闻张角可能已死，以为黄巾军可能也会六神无主，军心涣散，不堪一击。现不趁此一展身手，建功立业，还待何时？皇甫嵩见刘备求战心切，自然非常高兴。同时，也想亲眼看看这三位新来者与黄巾军大战时的武艺到底如何。于是便改变初衷，将先锋印交给了刘备，令他与关羽和张飞共领三千官军，于次日早饭后前往城东门外搦战。

刘备、关羽和张飞走后，皇甫嵩又令桥虎、傅燮率领五千官军伏于城东门外秋禾地里，待机杀出。令宗员仍领原卢植所率官军留守大寨。末了，自领李明和季飞率军随刘备、关羽和张飞所率先锋官军之后跟进。这便是探马向张梁所报官军主动出寨要张角出城应战的原委与过程。

刘备、关羽和张飞所率官军飞一般赶到城东门外列阵挑战了半日，还辱骂了张角祖宗八代，但仍不见他领兵出城应战，城上也无任何动静。对此，刘备认为张角确死无疑，大喜，便欲挥军攻城。谁料这时听得鼓声大作，杀声连天，柳根、李申、白雀和大计率领一支黄巾军从城北门，吴霸、左髭丈

第十回　显神威张梁大败刘关张　尽全力官军终破广宗城

八、雷公和另一太平道三十六小弟子之南鹨高仙人都尉司隶率领一支黄巾军从城东门，一齐向官军围杀过来。官军见此，不禁先吃了一惊，但此后却未见张角出现，于是与刘备想法一样，认为张角已死，胆子遂便壮了起来。皇甫嵩见此大喜，忙一面令刘备、关羽和张飞挥军攻城，一面令李明和季飞挥军迎战柳根、李申、白雀、大计和吴霸、左髭丈八、雷公、司隶所率那两支黄巾军，意欲一举攻破广宗城，向刘宏报喜。

正在两军激战之际，忽见张角和张梁在一片震天动地的鼓角声中领了一队黄巾军从城东门闪电般飞奔而出，直向皇甫嵩杀来。皇甫嵩见此，方知魏向财所报是假，于是直接吓得毛骨悚然，两股战栗，回过神欲传令官军后撤。不待发令，官军早若惊猿脱兔，掉头飞一般向后便逃。伏于后面秋禾地里的桥虎和傅燮见前军大败，大惊，欲传令全军起身后撤。谁料这时奔逃过来的那些官军早若潮水般涌了过来，直踩得他们喊爹叫娘，死伤无数。幸存者见此，早已吓得魂不附体，不知所措。回过神，便没命向后奔逃。黄巾军哪里肯放？遂忙从后追杀了一阵，方才鸣金收兵回城。乱军中，李明、季飞、桥虎、刘备、关羽和张飞费了九牛二虎之力，才护着皇甫嵩和傅燮逃回营寨。

时皇甫嵩自然气得七窍生烟，五脏爆裂，并传令将魏向财推出辕门斩首，以解心头之恨。此后不久，皇甫嵩在中军大帐忽见刘备不待门卫通报，便大步流星走进来向他拱手施礼道："大人息怒，小的有……"

皇甫嵩见刘备言行匆忙，料有要事，遂不待他言毕便道："请速道来！"

"小的以为魏向财所报可能属实。"

皇甫嵩未料刘备所报，不禁非常惊异和不解，忙问道："何以见得？"

时刘备并未立刻作答，而是沉思良久方才慢条斯理道："小的以为张角之死真假难辨！理由有三：我们在阵上虽亲见张角出战，但相距甚远，未见真切，此其一。张角武艺高强，非一般人能敌。只有与他厮杀一番，才可见端倪。遗憾的是，当他方一出现，我军便望风披靡，纷纷后退，终不知其所以然，此其二。古来兵家常用以假充真、以羊充狼之策制胜。黄巾妖贼酋张梁虽是有勇无谋之徒，但其军师宫崇谙通兵法，诡计多端，岂会不仿效此策呢？此其三。小的管见，望大人明断。"

皇甫嵩认为刘备所言有些道理，忙问道："如何能探出张角死活虚实呢？"

"不若叫魏向财带人潜入城中，一打探便知晓！"

皇甫嵩一闻魏向财三字，不禁一怵，长叹道："都怪我不够冷静，一气之下……"

刘备见皇甫嵩后悔，不禁大喜，不待他言毕便道："魏向财还活着呢！"

皇甫嵩以为耳朵听错了话，因而愣了半晌才回过神，忙惊喜道："还活着？"

"小的见魏向财在押往刑场途中大喊冤枉，料想必有原因。便忙劝说刀斧手暂缓行刑，待事情水落石出再斩不迟。因此，他还……"

不待刘备言毕，皇甫嵩早高兴得不知所以，忙道："多亏了刘将军，否则误了大事！"

刘备见皇甫嵩夸他，自然受宠若惊，并道："此等小事，何足挂齿。"

"依你之见，谁跟魏向财进城好呢？"

刘备一时也拿不定主意，遂沉思良久方才答道："桥将军胆大心细，非他莫属。"

皇甫嵩认为刘备之言很合他意，遂便点头称是，并忙唤来桥虎，令他带人跟魏向财进城打探张角死活虚实。桥虎得令回去后，忙挑了十名机警官军，与他一同换上黄巾军装束，由魏向财领路，佯装逃散归来的黄巾军，于当夜混进城内。不久，不仅打探出张角已死，还将黄巾军其他情况打探得一清二楚，并在天亮前赶回，向皇甫嵩作了详细报告。

皇甫嵩得知张角确实已死，自然大喜过望，思想到：各地黄巾妖贼军所仗者乃张角。现他已不在人世，他们必若树倒的猢狲，不出数日，便不战自散。就是广宗这些黄巾妖贼军，也若秋后蚂蚱，蹦跶不了几天。于是忙一面将张角死讯书报刘宏，一面传令左右，立刻到中军大帐商议攻打广宗事宜。待他们闻令到齐按秩排定方礼毕，皇甫嵩即无比兴奋道："现已探明黄巾妖贼

第十回　显神威张梁大败刘关张　尽全力官军终破广宗城

酋张角确已暴病身……"

不待言毕，张飞便上前问道："俺昨日亲见那厮还在阵前逞凶，难道是其鬼魂不成？"

皇甫嵩料知张飞不知个中缘由，遂便笑着解释道："张将军有所不知，昨日出战的张角，乃他人所扮呢。"

张飞及其他在场者闻张角确已死去，自然大喜不禁，并拍手称庆。同时，也为昨日上当受骗惭愧不已。随后，皇甫嵩便高声问他们道："不趁此攻城，还待何时？不知谁愿为先锋？"

话音方落，便见刘备、关羽和张飞不约而同大步上前齐声答道："我们愿为先锋。昨日因误中黄巾妖贼军奸计，无功而返，甚觉惭愧。今番出战若不破城，擒杀张梁，乞求灭族！"

皇甫嵩见刘备、关羽和张飞求战异常心切，且又无他人异议，遂便依了他们。随后，皇甫嵩仍叫宗员率原卢植所率官军留守大寨，他则率领其余官军分东、南、西、北四路，分别朝东、南、西、北四大城门一齐向广宗杀来，意在一鼓作气，拿下城池。

时与宫崇在东城楼上巡视军务的张梁见大批官军杀来，不禁有些惊慌。想到张角健在时，无论多大事，皆由他决断，而我张梁只管冲锋陷阵就是了。可现在……不待再往下想，便长叹一声，回头问身后的宫崇道："敌军甚为猖狂，不知军师有何退敌良策？"

宫崇沉思片刻答道："皇甫嵩这厮现敢亲自率领敌军前来攻城，我料他已知晓天公将军仙逝！依我之见，将军可亲自出战，将他杀得落花流水，大败而逃，叫其知道天公将军虽然不在，我黄巾军仍是不好惹的。若何？"

张梁非常赞同宫崇，遂忙转身飞奔下城，点起五千黄巾军精骑，飞奔出东城门，专寻皇甫嵩决战。说来也巧，皇甫嵩及刘备、关羽和张飞所率官军正好在攻打那里。因而没费多少周折，便碰上了皇甫嵩。两军方站定，张梁便抢先以矛指着皇甫嵩高声骂道："你这败军之徒，还不快快前来受死，还敢在此称霸称狂！"

皇甫嵩身旁的张飞闻张梁这般骂，早气得两眼圆睁，毛发倒竖，欲拍马舞矛出战。皇甫嵩怕他不敌，忙劝道："不若让别人先上阵与张梁这厮周旋，待他筋疲力尽后，再上阵不迟。若能一举将他擒杀，广宗城便不攻自破！"

时张飞却急切道："既为先锋，不率先上阵杀贼，岂不叫人取笑？"

"军事情势，变幻莫测。临阵易将，古来有之，谁会取笑呢？"

皇甫嵩言毕不待张飞发言，便令军司马何宝上阵迎战张梁。何宝领令后，忙催马舞戈，抢上阵去。何宝哪是张梁对手？战不三合，便被张梁手起一矛，刺于马下。官军军假司马白迟见此大怒，不待皇甫嵩发令，便大吼一声，跃马挺枪，直向张梁刺来。张梁见了，忙将身子向左一闪，使白迟扑了个空，并顺势抓住其枪杆，将他拖于马下。不待爬起，便被张梁回身一矛，结果了性命。季飞见何宝和白迟皆死于张梁之手，大怒，忙上前征得皇甫嵩同意后，即拍马高举着长柄狼牙大棒，狠狠朝张梁头上砸来，恨不能立刻置其死地而后快。张梁见了，并不惊慌，只用矛轻轻一拨，便听得狼牙大棒当一声响，掉在了地上。季飞大惊，不待回过神，便被张梁一矛刺中咽喉，于是立刻坠马而亡。

皇甫嵩见瞬间便折了三员战将，不禁慌了六神。时张飞不但不害怕，反而早耐不住性子了，故不待皇甫嵩和刘备发令，便吼叫着拍马飞奔上前，举矛直向张梁心窝刺来。张梁见来者比前三人猛勇许多，料知是条猛汉，但从未见过他，为弄清究竟，忙举矛用力架住张飞那矛问道："来者何人？何不通个姓名。"

"姓张名飞，字益德，妖贼认得么？"

张梁听完张飞唱名，果知他是无名之辈，遂便轻蔑地笑道："原来是个无名小卒，俺不想与你耗时纠缠，快回去叫你主子皇甫嵩来与我一决雄雌，以免你成俺矛下无名之鬼！"

张飞听张梁口出狂言，直气得咆哮如雷，肝胆若裂，并认为光打嘴仗没用，以武艺决出高低才是本事。于是不再回骂，便举矛连连向张梁刺来，张梁见此，也忙举矛相迎。于是阵上两条猛汉怒吼，两杆长矛对舞，两匹青鬃

第十回　显神威张梁大败刘关张　尽全力官军终破广宗城

烈马飞奔，直杀得天昏地暗，日头无光。

战至五十余合，刘备怕张飞有失，遂忙拍马舞剑杀了上来。刘备与张飞密切配合，时而前后夹攻，时而左右合击，杀了多时，仍未分出高低。皇甫嵩见他二人竟不能取胜张梁，不禁胆战心惊。傅燮在一旁见了，忙上前道："何不叫关羽上阵一试。"

皇甫嵩闻言，不禁猛然醒悟，忙遣关羽上阵助刘备和张飞一臂之力。关羽得令，即纵马挥斧杀了上去。须知，关羽每与黄巾军作战，总不如刘备和张飞那般主动积极。何也？如前所述，他因数年前杀死故乡一贪官被朝廷通缉，至今还对朝廷耿耿于怀。当初虽然参加了刘备镇压反对朝廷的黄巾军义军，且还为他献了寻求起兵所需军资之策，那完全是顾及刘备颜面。否则，必投了黄巾军去。

且说张梁见关羽杀来，忙举矛相迎。方一交战，便觉关羽之力超过他人。但他并不惧怕，反还抖擞精神，奋力挥矛，猛地向他三人击、截、抹。关羽是最后出阵，自然体力旺盛，挥斧有力。只见他时而劈、剁、搂，时而抹、云、片，招招直逼张梁要害。张飞挥舞着那条蛇矛，所有战技皆施展了出来。刘备手中那对寒光四射的宝剑，又是劈、刺、扎、撩，又是击、截、捧，非常熟练。远远望去，刘备若一奔跑的飞犬，张飞若一腾跃的烈豹，关羽若一狂飞的猛虎，围着雄狮般的张梁，杀得飞沙走石，不见人影。皇甫嵩见刘备、关羽和张飞同时上阵仍不能杀败张梁，不禁暗自惊叹道："张梁这厮真乃当世项霸王啊！"

言毕，即下马抢过部下鼓槌，亲自奋力击鼓，为刘备、关羽和张飞助威。不料用力过猛，竟将鼓槌敲断了好几根。时在东城楼上的宫崇虽年已六十，却老当益壮，也亲自奋力击鼓，为张梁助威。也不料用力过猛，竟击破了好几面鼓皮。两军呐喊助威的将士，早已口干舌燥，唇破血飞。

战至五十余合，只见张飞突然退出阵外，收矛搭箭，欲射杀张梁。张梁见了，忙弃了刘备和关羽，催马挺矛，直向张飞刺去。张飞见了，大惊，忙胡乱放了一箭，便欲抓矛相迎。但张梁那矛早已逼近了张飞咽喉，一时竟吓得张飞面无人色，并欲伏身躲闪。谁料用力过猛，竟从马上掉了下来。同时，张梁也刺了个空。回头见张飞四仰八叉地躺在地上，不觉非常好笑，忙勒马回身，举矛复向张飞咽喉刺去。正在这时，忽见关羽飞马过来，用斧将张梁那矛拨向了一边。张飞见得救，自然惊喜，忙翻身爬起，徒步飞一般向自己阵里逃去。其情其景，几乎与皇甫嵩前时在阵前败逃时一般，非常狼狈。刘备和关羽见方才三人都没胜过张梁，现在少了一人，料想取胜更是无望，遂忙不约而同向张梁虚晃一招，便拨转马头往回就逃。时张梁并未随后追杀，而是催马舞矛，直向皇甫嵩杀去。皇甫嵩见了，大惊，忙扔下手中鼓槌，翻身上马，向后便逃。阵前官军见了，便转身潮水般向后奔逃。黄巾军阵前柳根、吴霸、雷公和左髭丈八见此大喜，不待得令，便争先恐后挥军掩杀了过去。时张梁一马当先，冲入官军，见将便挑，逢兵便刺，直杀得他们东倒西歪，喊爹叫娘。不一刻工夫，官军便尸积成山，血流成河。要不是宫崇下令鸣金收兵，非斩尽杀绝他们不可。

　　皇甫嵩随败军逃回中军大帐还惊魂未定，便见刘备、关羽和张飞三人负绑前来跪在他面前，乞求斩首抵罪。皇甫嵩先是一愣，待明白怎么一回事后，忙和颜悦色道："你们今日在阵上已竭尽全力了！只因张梁这厮太狂，日后寻机再擒杀他不迟。再说胜败乃兵家常事，小有受挫，不足为念。"

　　言毕，即上前亲自扶起刘备、关羽和张飞，并为其松绑。他三人见皇甫嵩不仅饶了性命，且还宽宏大量，礼貌有加，竟感动得痛哭涕零，不知所云。待良久回过神，方才拜谢而去。随后，皇甫嵩才忙遣人将兵败情况如实飞报给刘宏。

　　却说张梁见张角死后自己仍能击败官军，守住城池，不禁忘乎所以，飘飘然起来。一日下午，他在东城楼大厅里对宫崇道："敌军长久龟缩不出，是畏惧我军！倘若趁夜出城奇袭，定可大获全胜！"

　　宫崇闻言，先未置可否，后沉思片刻方道："兵法云：凡与敌战，若我胜彼负，不可骄惰，当昼夜严阵以待才是。此所谓'既胜若否'矣。"

　　张梁认为宫崇太过虑了，遂不以为然。宫崇见此，不禁非常不安，劝诫

第十回　显神威张梁大败刘关张　尽全力官军终破广宗城

道："秦二世时，武信君项梁分别遣高帝、项王攻阳城，屠金城。后又连克濮阳东、定陶和雍丘，并斩杀了秦相之子李由。此后不久，他们又攻克了外黄等地。一时秦军弃甲曳兵，一败涂地。项梁于是日渐轻敌，目空一切。部下宋义见此，甚为着急，遂进言道：'战胜而将骄卒惰者必败。今兵少且惰矣，而秦兵日益，臣为君畏之。'项梁不听宋义之言，果败亡于秦军大将章邯之手。因此，骄兵必败为古今至理也！眼下我军虽然连胜敌军，但仍不可骄傲浮夸，轻率用事。否则，必将重蹈项梁覆辙！"

张梁仍不以为然，嗤笑道："军师有所不知，项梁乃鼠雀之辈，岂可与俺论比！再者，我军若久守孤城，岂不是坐以待毙？因此，不若以攻为守，乘胜出击，方可永远立于不败之地！"

宫崇见张梁刚愎自用，自然更为不安。而张梁却认为宫崇只知些兵法典例，不知灵活机动，太迂腐了。遂不再多言，便告辞宫崇，匆匆出厅下城。宫崇见此，不禁昂首长叹道："广宗沦陷，只在转眼间！"

话分两头说。刘宏在雒阳闻报张角暴病身亡正无比兴奋，忽闻报广宗皇甫嵩所率官军连连败北，如同在熊熊的烈火上泼了瓢凉水。突然的变化，自然气得他瞠目结舌，不能言语。回过神，方才慌忙召集文武百官速到玉堂殿商议对策。待他们闻召到齐按秩排定口呼"吾皇万岁"方毕，刘宏即忧心忡忡道："方才皇甫嵩来人报告朕，广宗太平道妖贼酋张梁在阵上一气连斩了我军三员战将，且还独胜了新投来的勇士刘备、关羽和张飞，气焰甚为嚣张。不知众卿有何破敌良策？请速速道来！"

文武百官前时闻知张角死亡消息，皆若刘宏一样，无比兴奋。并因此在各自宅门前日夜载歌载舞，举宴庆祝，情景比过年过节还热闹。现闻刘宏言，立刻吓得重足而立，侧目相视，无言以对。良久，何进方出班奏道："启奏皇上，愚以为黄巾妖贼军逞狂，皆懒人多势重。因此，不若将涿郡邹靖所率官军迅速调往广宗，增强我军实力。广宗乃眼下黄巾妖贼军总巢，倘若被克，其余黄巾妖贼军必闻风丧胆，不战自散。"

刘宏及文武百官认为何进言之有理，遂表赞同。刘宏于是忙遣使前往涿郡传旨邹靖，率领官军速赴广宗，与皇甫嵩所率官军并力攻城。

却说涿郡太平道道徒年初与其他地方太平道道徒一样，积极响应张角号令，积极举事，并北与广阳、南与下曲阳黄巾军遥相呼应，在涿郡各处攻城略地，惩处贪官，战绩显赫。涿郡地势可控西山之险，据上游之势。北可通往上谷渔阳，南可俯视关南各地，向为四达之区。居庸、紫荆二关为之外障，大安、良乡二县为之内阻，形胜甲于河北。汉高祖刘邦时便在此置郡，并设重兵戍守。不用说，当朝自然也不会让他人在此舞刀弄枪，聚众造反。因此，黄巾军举事不久，朝廷便派名将邹靖率领官军前来镇压。由于邹靖所率官军势单力薄，常顾此失彼，败多胜少。无奈，只得遵旨就地广招义军，扩充实力。当时所招的以刘备、关羽、张飞和简雍为首的那千余义军，便是其中一部分。此后，邹靖便率领正规与非正规官军，经数月殊死厮杀，才基本将那里的黄巾军镇压下去。但不待整休人马，便接到增援皇甫嵩所率官军的圣旨。无奈，只得立刻率军绕过一直由张宝所率黄巾军据守的下曲阳，南向广宗进发。

一日下午，邹靖所率官军方行至广宗地界，忽见一队官军迎面而来。邹靖及左右见了，以为是扮成官军的黄巾军，不禁大惊，正欲下令摆开阵式准备迎战。后待近前一看，原乃刘备、关羽、张飞和简雍等那千余已成官军的义军。相见礼毕经询问，方知是他们听说邹靖率领官军将至，遂忙向皇甫嵩请示，特来此迎候，以为报恩。对此，邹靖自然非常高兴。随后两支官军便合在一处，继续向官军大寨赶去。邹靖与刘备、关羽、张飞和简雍多时不见，在途中自然少不了一番热情寒暄。时邹靖先问刘备道："诸位别来如何？"

"承蒙大人关照，这些日子虽备受艰辛，无功可言，但增长了见识，锻炼了意志。"

刘备答毕又将别后关羽、张飞和简雍的情况向邹靖汇报了一番。邹靖闻之，大喜道："谋事在人，成事在天，只要奋斗，发迹变泰，扬名天下，不难啊！"

刘备闻言，不禁兴奋不已，忙谦虚道："我们德薄才疏，恐辜负了大人厚

第十回　显神威张梁大败刘关张　尽全力官军终破广宗城

望。日后还望多加指点才是。"

说话间，不觉已到了大寨北辕门前，只见皇甫嵩早率左右迎在了那里。邹靖见了大喜，忙翻身下马，疾步上前向皇甫嵩拱手施礼。皇甫嵩拱手还礼后，便将左右向邹靖一一做了介绍。相见礼毕，便一同随皇甫嵩径直向中军大帐走去，商议邹靖所率官军驻扎之事。皇甫嵩的意见是：邹靖所率官军初来乍到，不明敌情与地形，为防不测，宜驻扎在后寨。邹靖对此毫无异议，立刻便传令在那安扎。当夜，皇甫嵩在中军大帐设宴为邹靖一行接风洗尘。席间，皇甫嵩对邹靖道："将军不辞辛劳，日夜赶来相助，对我来说，犹若雪里送炭！日后胜负，全赖将军了！"

邹靖认为皇甫嵩太看重他的作用了，遂忙道："皇甫大人南征北战黄巾妖贼军数月，夺关斩将，战功显赫，深为皇上赏识，何故出此言呢？"

皇甫嵩料想邹靖不知广宗黄巾军情况，于是忙道："将军有所不知，广宗城乃黄巾妖贼军总巢，城坚壕深，且又势众狡诈，非其他地方黄巾妖贼军可……"

不待言毕，忽见一探马飞一般跑来，边拱手向皇甫嵩施礼边报道："妖贼酋张梁现亲率大队黄巾妖贼军在寨西门外列阵，声言要与大人挑灯夜战。"

皇甫嵩闻报，犹若听得虎至，吓得脸色惨白，头发倒竖。回过神，即唤过传令兵道："速速传令各营将士，务必严守。没我的命令，不得擅自出战，违者定斩不饶！"

传令兵闻令，忙转身飞奔出去，按令行事去了。时有几位将校本欲上前请战，现闻皇甫嵩如此言，无奈，只得默而不语，坚决服从。邹靖在旁见皇甫嵩如此害怕张梁所率黄巾军，料知他们确非等闲之辈，遂暗暗告诫自己：务必小心才是。

却说张梁那日不听宫崇劝诫，下城后立刻挑了柳根、吴霸、李申、雷公、左髭丈八、司隶、橡哉和另一太平道三十六小弟子之上清高仙人都尉浮云以及平汉和刘虎等三万黄巾军精兵，连夜移驻于城东门外五里处，日夜操练，以图一举击败官军，拿下皇甫嵩首级，祭张角英灵。待一切准备就绪，张梁便亲率大队黄巾军，前往官军寨西门前列阵挑战。谁料久不见官军一马一卒出来应战。张梁大怒，立刻挥军向官军大寨杀了过去。不待他们靠近寨栅，便被躲在壁垒后面的官军的强弓大弩射了回来。双方如此这般攻守到次日天明，也未见分晓。无奈，张梁只得传令鸣金收兵。

黄巾军此后一连挑战多日，官军就是坚守不出。他们以为官军胆怯，于是斗志松懈，军纪涣散，忘乎所以，到后来竟解去胄甲，整日蒙头大睡。谁料一日拂晓，突然寨外鼓声大作、杀声震耳、火光冲天。他们自然知晓是大队官军杀来，不禁吓得六神无主，乱作一团。张梁不愧是数经沙场的勇将，起身出帐弄明情况后，不但不惊慌，反而临危不惧，传令各营将士，务必镇定自若，坚守阵地。末了，才披挂上马，率领雷公和左髭丈八等千余劲骑，向寨外杀去。

官军是有备而来，且攻势凶猛，誓在必胜。仓促应战的黄巾军自然不是其对手。方一交战，官军便占了上风，并很快冲进了黄巾军大寨。他们以往吃尽了黄巾军苦头，现在自然是对其严惩不贷，格杀勿论，以解心头之恨。于是逢人便杀，见物便烧。不久，大多数黄巾军便成了官军刀下之鬼，辎重粮草也化成了灰烬。柳根、吴霸、李申亦在混战中身亡。张梁见败局已定，无奈，只得拍马奋力向西杀开一条血路，向城内逃去。

宫崇自从张梁领军移驻城外后，曾多次亲往劝他回城，以防官军突袭。但张梁不是婉言拒绝，便是置之不理。宫崇无奈，只得传令城内将士，日夜秣马厉兵，以防患于未然。现见张梁果然中计兵败，不待多想，便忙传令出城救援。传令方才发出，张梁已带领残兵败将向东城门逃了过来。宫崇闻报，忙叫守门士兵放下城门吊桥，让他们进城。谁料吊桥方才放下大半，便见邹靖从右，刘备、关羽、张飞和简雍从左，率领官军从吊桥外侧杀了出来，将张梁所率黄巾军拦在了城池以外。对此，张梁等人毫不畏惧，飞一般上前与官军杀了起来。混战中，吊桥拉索被官军砍断。邹靖、刘备、关羽、张飞和简雍于是乘机率领官军冲上吊桥，随逃跑的黄巾军向城里冲去。进城后，便四处放火，以此告知城外桥虎、李明和傅燮所率官军，他们已攻进城

第十回　显神威张梁大败刘关张　尽全力官军终破广宗城

内。桥虎、李明和傅燮在城外望见火光，自然大喜过望，忙率官军从东城门如潮水般冲进了城里。雷公、左髭丈八、司隶、椽哉、浮云、平汉和刘虎见大势已去，无奈，只好率领所剩黄巾军，慌忙冲出北城门，向西北落荒而逃。

张梁天明时分退进城还未寻着宫崇等人，邹靖、刘备、关羽、张飞和简雍已率军从后追杀了上来。张梁见了，忙拨转马头，欲与追在前面的刘备、关羽、张飞和简雍接住厮杀。他们见此，先是一怵，随后又趁张梁未杀到之际，取弓搭箭，一齐向他射来。张梁躲闪不及，遂中箭落马而亡。黄巾军见主将已死，便忙随宫崇、褚飞燕和另一太平道三十六小弟子之冰壶高仙人校尉于毒等人从城西门冲了出去。

在城东门外的皇甫嵩见各路官军已杀入城内，大喜，正欲率领官军随后跟进，忽然闻报不仅张梁中箭身亡，城内黄巾军也从城西门逃出去了。张梁身亡，不用说，皇甫嵩自然是惊喜若狂。但黄巾军出逃方向，却使他若丈二和尚，摸不着头脑。经询问身边探马方知，为迷惑官军，黄巾军以声西实东之计，从城西门绕到城东的清水界桥，欲从那越水与东北方下曲阳张宝所率黄巾军会合。皇甫嵩闻之大惊。为阻拦他们越水，遂忙亲率三千官军精骑，飞一般赶往那里拦截，并很快抢占了界桥西岸，切断了去路。待宫崇带领黄巾军绕到城东远远见此，料知越水无望，便忙回头对褚飞燕、于毒及全军将士道："现我军去路已断，撤退已成泡影。诸君愿降愿走，请自便。"

言毕，以为大多数人会立刻散伙。谁料褚飞燕却高声道："天公将军和人公将军生前待我们不薄，今若畏死背叛，岂不有愧他们吗？再者，我燕赵大地烈士，向以战死沙场、马革裹尸为荣，岂肯做……"

不待言毕，其他黄巾军将士早便慷慨激昂，随声附和，并争先恐后向官军杀了过去。皇甫嵩见此，先是一怵，随后即下令弓弩手放箭，欲将他们射回。正在这时，忽见邹靖、刘备、关羽、张飞和简雍率领官军从城东门杀了过来。皇甫嵩见黄巾军前后受击，无路可逃，大喜，欲收降他们，于是高声道："还不快快前来投诚，还待何时？"

言毕，以为大多数黄巾军会立刻放下刀枪，过来投降。谁料他们却无动于衷，有的还大骂皇甫嵩不止。宫崇料知全军即将不存，与其被官军杀害或被俘受辱，不若自己先行自杀，留个清白。于是仰天长叹道："天公将军、于吉圣师，愚弟随你们来了！"

随后，即拔剑引颈自刎而亡。黄巾军见此，自然悲痛欲绝，如丧考妣。褚飞燕和于毒化悲痛为力量，立刻率领三百黄巾军骑兵，向皇甫嵩所率官军那边猛地杀了过去，意欲夺得一条生路。战不多时，便被官军杀得东倒西歪，大败而逃。其余黄巾军见大势已去，遂便争先恐后与官军拼杀一阵后，便纷纷投水自杀。于是一时尸积如山，流水被塞，惨不忍睹。时秋风呜呜，云雾漫漫，好似在为其哀悼。

皇甫嵩见黄巾军宁死不降，视死如归，不禁非常生气，道："如此愚顽，前所未闻啊！"

随后，即令傅燮带领官军，烧了黄巾军辎重三万余辆，虏其妻室儿女无数。回城后，又叫张飞带领百名兵匠，赶往城西挖开张角墓冢，剖棺戮尸，并割下首级传往雒阳，悬于东城门外马市示众。

此时值中平元年十月末。

广宗黄巾军之所以惨败，皆因中了皇甫嵩此前以孙子"卑而骄之"之法，使城外张梁所率黄巾军骄纵松懈，然后再伺机击之之计。

官军虽耗时半年余，两次易将，死伤无数，但终于攻破了广宗城，消灭了十余万黄巾军。对此，怎不叫刘宏及百官如释重负，喜笑颜开，倾巢而出，隆重庆祝呢？在此之余，刘宏又忙下旨，命皇甫嵩率军乘胜北上，镇压下曲阳张宝所率黄巾军。皇甫嵩接旨后，岂敢怠慢？除令宗员带领原卢植所率官军守城外，其余官军皆随他马不停蹄向下曲阳张宝所率黄巾军杀去。看官欲知下曲阳张宝所率黄巾军命运如何，请看下回分解。

第十一回

取昔阳亭刘备装死逃命
守下曲阳张宝身殁城亡

却说董卓兵败下曲阳后，张宝便乘胜挥军，将一直在此与黄巾军周旋的郭典所率官军打得大败。例如，李大目与于氐根所率黄巾军攻占了下曲阳城西北十余里的昔阳亭，郭大贤与青牛角所率黄巾军攻占了下曲阳城西南四十余里的鼓聚邑。随后，黄巾军又乘势将郭典所率官军打得四处逃窜，无法安营扎寨。正在这时，张宝接到张梁来信，告知他张角突然暴病身亡和他暂行张角黄巾军大帅一职之事。张角病亡，他自然没料到，因而感到非常突然，并悲痛得抚胸呼天，茶饭不思，彻夜不眠。何也？张角除了是黄巾军大帅外，还是其亲兄，能不悲痛吗？对张梁暂行张角职务一事虽无异议，但对他担任领军坚守广宗城的重任却有疑虑。他与张梁是亲兄弟，从小一起长大，深知他不仅有勇无谋，且还刚愎自用，经常误事。为防不测，常派援军支援。然不巧的是，援军皆被沿途官军和义军挡了回来。现果闻广宗失守，张梁战死，宫崇自杀，全军几乎覆没，自然吃惊不小，悲痛不已。为报仇雪恨，便亲率黄巾军，将郭典所率官军打得落花流水，丢盔卸甲。

一日上午，张宝正挥军追杀郭典所率官军，忽见后面有队官军正朝他们这边赶来。经询问身边探马，方知是皇甫嵩派来的邹靖、刘备、关羽、张飞和简雍所率官军援军。张宝认为来得正好，遂传令就地摆开阵式，欲厮杀一番，挫其锐气。谁料老谋深算的皇甫嵩早对邹靖他们反复叮嘱：张宝为黄巾军名将，若无充分准备，切不可与其交锋。因此，现在见是张宝，自然不敢上前接战。正在此际，忽见官军西侧前方不远处一虎背熊腰的黑大汉骑着一头大青牛，手舞一条长柄狼牙棒，后面跟着百余骑牛者，直朝官军这边冲过来。张宝以为是官军援军，忙举目仔细望去，原乃其部下青牛角等人，不禁大喜。邹靖见来者这般势头，不禁非常惊惧。正在这时，身后忽然有人大喝一声，催马舞矛冲出接住青牛角便杀将起来。邹靖等人忙定眼望去，原乃张飞。

须知，青牛角本姓张，因家境贫寒，自幼便骑着大青牛，为乡里富户牧牛，久之不仅有一手好骑术，还练就了一身好武艺。后经他人介绍，参加了太平道，为三十六小弟子之一，号雷霆高仙人，随张宝在下曲阳一带宣传道旨，招收道徒。前时为响应起义，回到家乡，带来昔日相好的牧牛青年百余人，投向张宝所率黄巾军，勇敢杀敌，累建奇功，遂被拜为校尉。他那头青牛不仅高大雄壮，还长着一对锐利无比的尖牛角，甚是逼人。时间一长，大家便见牛生义，唤他曰青牛角，其真实姓氏反倒被人忘记。现在是他率领那百余骑牛者从鼓聚邑出来巡逻路过这里，见有官军，为急于杀敌立功，不及向张宝请命，便直接向官军冲去，并与张飞杀将起来。

他俩虽使出了浑身解数，且大有不见高低誓不罢休之意。然狠斗了三百余合，谁也没占着上风。张飞求胜心切，见久没取胜，便欲略施小计赢之。谁料这时听得青牛角一声呼哨，胯下青牛立刻瞪着血红大眼，挺起牛角，吼叫着向张飞那马拦腰撞了过去。张飞那马不防，竟被撞了个趔趄，险些将张飞摔下来。邹靖见此大惊，怕张飞不测，忙挥军掩杀过来。张宝也怕青牛角不测，也忙挥军迎杀上去。于是两军战到夜幕降临，也未分出胜负。无奈，双方只得不约而同鸣金收兵。

却说皇甫嵩所率大队官军次日上午方赶到下曲阳城南十里处，忽见邹靖、郭典、刘备、关羽、张飞和简雍领着官军匆匆赶了过来。相见方礼毕，邹靖便将昨日下午与张宝所率黄巾军交战情况向皇甫嵩作了详细报告。皇甫嵩闻之，沉思良久方忧心忡忡道："自下曲阳西北的昔阳亭、西南的鼓聚邑失守，遂使下曲阳黄巾妖贼军互成掎角之势，攻守由己，进退自如。形势对我

第十一回 取昔阳亭刘备装死逃命 守下曲阳张宝身殁城亡

军甚为不利。"

邹靖闻后却不以为然道:"昔阳亭、鼓聚邑虽然失守,但皆为小股黄巾妖贼军守御。收复它们,若囊中取物,有何……"

不待言毕,前方不远处忽然旌幡盖地,鼓声震天,杀声动地,张宝、黄龙和郭太正领着大队黄巾军向这边杀了过来。皇甫嵩见了,先是一怵,随后即传令摆开阵式,准备迎战。双方列阵方毕,张宝便抢先以枪指着皇甫嵩高声骂道:"你这敌酋,杀害了我军无数将士,侵踏了我无数城关,所犯之罪罄竹难书!我今天前来意在取你的狗头,祭他们在天之灵!"

皇甫嵩闻之大怒,遂以剑指着张宝,高声回骂道:"妖贼酋!那些亡命之徒,便是你的下……"

不待骂毕,张宝早已拍马舞枪,向皇甫嵩杀了过来。皇甫嵩料知难敌,忙问左右道:"谁愿上前取下他的首级?"

"末将愿往!"

皇甫嵩忙循声望去,原乃阵左角的傅燮,言毕不待皇甫嵩发令,便拍马挥舞着长柄狼牙大棒冲了上去。傅燮虽然身高体壮,武艺不凡,却不是张宝对手。只战了二十余合,便气喘吁吁,汗水浃背,只有招架功夫,而无还手之力。皇甫嵩见此,不禁非常着急,欲令他人上前助战。然不待下令,便见郭典早催马挥舞着一对短柄大环刀抢了上去,与傅燮一左一右,夹攻张宝。张宝毫不畏惧,越战越勇。斗了五十余合,傅燮和郭典仍未占着上风。在阵前早看得不耐烦的刘备见此,不待请令,便与关羽和张飞不约而同挥军杀上阵去,欲一举拿下张宝,建立显功。黄巾军阵前的黄龙见了,怕张宝有失,便忙与郭太也挥军掩杀了过去。

须知,皇甫嵩所率官军连日来忍着疲惫昼夜急行军,刚赶到这里,便遇着以逸待劳、以主制宾的张宝所率大队黄巾军,胜负自然早就明朗。因而不久,官军便纷纷败了下来。张宝见此,大喜,忙挥军从后追杀了一阵,方才传令鸣金收兵。皇甫嵩见黄巾军去远,方才传令全军乘机就地安营扎寨。接着又令弓弩手时刻张弓搭箭,守在寨栅内侧,以防黄巾军来袭。

皇甫嵩所率官军方到下曲阳便吃了败仗,自然非常沮丧。一日晚饭后,刘备乘关羽、张飞和简雍出去巡营的当口儿,站在帐中央对着明亮的灯光反复抚摸他那对寒光四射的宝剑,叹息不已,并思想到:自我刘备征讨黄巾妖贼军以来,还未为国建立奇功呢!倘若照此下去,不但名不赫,官不就,还有负寡居在家的老母和资助过自己的刘然德、张世平与苏双等人的殷切希望。因此,叫我这当朝皇家之后的脸面往哪里搁。另外,若与已在仕途上发迹变泰的昔日同窗挚友,非皇亲国戚的公孙瓒相比,更是不可同日而语。真乃高岸为谷,乾坤倒转!思想到此,不禁悲不自胜,潸然泪下。良久,方才收住眼泪,提着宝剑,走到帐外,举首久久向着下曲阳方向,继续思想到:下曲阳黄巾妖贼军虽然猖狂,但毕竟孤立无援。我若乘此奋力作战,皇甫将军日后定会表奏皇上,到那时……

正思想到此,被巡营回来的关羽、张飞和简雍打断了思路。对此,刘备不但不气恼,反还高兴地与他们一同进帐。坐定后道:"诸位来得正好,眼下战事甚紧,有何破贼良策,何不就此一议?"

方言毕,张飞便不假思索道:"眼下黄巾妖贼军虽然逞凶,只不过是虚张声势、垂死挣扎而已,不足为惧。我有一策,即可先集中优势兵力,一鼓作气,拿下昔阳亭与鼓聚邑,使下曲阳成为一座孤城。若无意外,指日便可破之!"

"先攻哪座城好呢?"

张飞闻刘备问,认为事关重大,遂沉思良久方以肯定的语气答道:"昔阳亭!"

"何也?"

"黄巾妖贼军认为昔阳亭在清漳水之北,眼下有寒冷汹涌的水流为屏障。因此,以为我军不会知难而进而疏于防守。若能反其道而行之,即在佯攻下曲阳和鼓聚邑的同时,遣一支劲旅趁夜黑风高之际,搭建浮桥越过清漳水,突袭那里。如此,两城唾手可得!"

刘备待张飞言毕大喜道:"此策正合我意!"

第十一回　取昔阳亭刘备装死逃命　守下曲阳张宝身殁城亡

　　关羽与简雍也认为张飞所言非常有理，遂忙连连点头称是。议毕，已时至午夜，于是便一同在刘备大床上共寝不提。

　　刘备怕耽误时日误了战机，次日早饭方毕便同关羽、张飞和简雍一起，风风火火赶到邹靖那里，向他详细汇报了张飞昨夜所言。邹靖闻后也表赞同，于是立刻便同他们一起匆匆赶往中军大帐，向皇甫嵩汇报。片刻工夫，便到了那里。皇甫嵩见他们突然来此，想必定是为了战事，时无计可施的他哪有不高兴的？因而相见礼毕，即笑着问道："你等不召而来，想必定有杀贼良策吧？"

　　时邹靖起身上前，将张飞所言向皇甫嵩作了一番汇报。皇甫嵩闻之，也认为可行，遂笑着对张飞道："壮士投军方才半年，便能出此杀贼良策，真乃后生可畏！"

　　张飞见皇甫嵩赞扬，自然受宠若惊，并谦卑了一番不提。皇甫嵩认为事不宜迟，便立刻传令郭典领两千官军，于当日傍晚时分前往佯攻鼓聚邑，迷惑和麻痹昔阳亭黄巾军守军。接着又令邹靖、刘备、关羽、张飞和简雍领五千官军精兵，于当日午夜时分，搭浮桥从南向北过清漳水强攻昔阳亭。他则率大队官军佯攻下曲阳，迷惑和牵制那里的黄巾军。末了，又传令李明率本部人马驻守大寨，以防不测。

　　邹靖、刘备、关羽、张飞和简雍见不仅张飞之策被采纳，且他们还被委以攻打昔阳亭重任，自然非常高兴。回营后，便立刻整军待发，自不必说。

　　却说黄巾军于氏根和李大目自前时奉令占领昔阳亭以来，一直百倍警惕，严加防守，从不疏忽大意。因此，官军虽多次强攻猛打，但仍未越城池一步。是日傍晚时分，二人披甲戴胄正在南城楼上巡视，忽见一探马飞一般前来向他俩报道："无数官军正并力攻打下曲阳和鼓聚邑！"

　　他俩闻报，不禁先是一惊。于氏根还对官军连日来龟缩不出，现在却突然大规模主动出击，犹若丈二和尚，摸不着头脑，遂问身旁的李大目道："李将军以为敌军之意何在？"

　　李大目认为于氏根太过虑了，因而淡淡地答道："兵家云：凡攻城之法，从易者始。对手若屯兵数处，必有强弱险易之分。攻时可先攻其弱易，避其强险。据此，敌军现欲先攻下曲阳与鼓聚邑，皆因这两处无险可依罢了！而我昔阳亭南有清漳水天险可据，易守难攻，他们自然不会来犯，故无忧！"

方毕言，便听得城下门外有十余人在叫门，声言是从鼓聚邑来的黄巾军，有要事亲见于、李二将军。他俩闻之，不禁有些疑虑。为弄清究竟，忙叫人将他们引上城楼。经询问，方知鼓聚邑战事非常吃紧，那里的郭大贤和青牛角希望昔阳亭方面迅速派兵前往支援。他俩恐其中有诈，便反复仔细盘问了他们一番。认为没有破绽，李大目才对于氏根道："若鼓聚邑有失，昔阳亭亦不保！因此，将军不若立刻领五千人马速往鼓聚邑，从敌后袭杀过去，使其前后受击，首尾不顾。解危不难！"

于氏根认为李大目言之有理，但对一贯轻敌的他在自己走后能否守住昔阳亭却放心不下，因而语重心长道："皇甫嵩这厮甚为狡诈，将军以后务必谨慎守城才是！"

李大目认为于氏根担心太多，遂不假思索道："于将军尽管放心。敌若来犯，定叫他有来无回！"

于氏根见李大目出言轻率，更放心不下，遂反复叮嘱了一番，方才下城点起人马出城西门，飞一般向鼓聚邑赶去。他们离开昔阳亭，从北向南越过临时铺设的清漳水浮桥不久，邹靖、刘备、关羽、张飞和简雍便探得了那座浮桥位置。于是不再另搭浮桥，便率官军悄悄从那越过清漳水，闪电般向昔阳亭杀去。待于氏根此后得知中了官军调虎离山之计，欲率军从原路返回时，殿后的简雍早便叫部下拆了浮桥，断了归途。无奈，只得隔岸干着急。

李大目在于氏根率黄巾军走后不久，即带领左右，沿城外巡视了一番，以防不测。见无异常，便回到卧室解去胄甲，上床就寝。不待入梦，便听得室外嘈杂声四起。对此，不禁非常惊疑，欲起身出去看个究竟。这时忽见一守城士兵飞一般跑来上气不接下气向他报道："李……将军……不好了，无数敌军正在……西城门外攻城！"

李大目闻报，先是不信，待起身走到门口，果然听得西城门外鼓角雷

第十一回 取昔阳亭刘备装死逃命 守下曲阳张宝身殁城亡

鸣,杀声震天,方才信了士兵所报。于是忙返回卧室披戴甲胄,出门上马,飞也似的向那赶去,意欲指挥抵御。待赶到那里,下马徒步爬上西城楼,见火光中刘备和张飞领着无数官军早已攀着云梯,杀上了城垛。对此,李大目不禁吃了一惊,随即从一随从手中抓过一条大铁棒,领着百余守城士兵,朝刘备和张飞这边杀过来。双方交手不久,城外的邹靖和关羽便挥军攻破了西城门,蜂拥般杀进了城里。李大目料知大势已去,不禁慌了六神。刘备和张飞见此大喜,以为擒杀李大目就在眼前。谁料李大目虚晃一招,弃了他们,领着所剩部下,沿着城墙走道向北逃去。刘备和张飞自然不肯放过,忙随后紧追不舍。李大目见无路可逃,无奈,只得胡乱寻了一根绳索,一端缚住城垛,抓住另一端,持棒坠向城外趁黑逃跑了。刘备见李大目人单力薄,料想自己一人前往便可将其擒杀建功,何需他人呢!于是指着李大目逃跑的方向对身边的张飞道:"你可在此继续挥军与其他黄巾妖贼军厮杀,我一人便可擒杀那妖贼酋!"

言毕,也不管张飞是否同意,便抓住李大目方才抓过的那根绳索,跃身坠向城外,站起提剑摸黑飞一般向李大目追去。

李大目越过护城河后,慌不择路逃了十余里方才放慢脚步,回头向后张望了片刻,以为没有追兵,方才就地躺下歇息。谁料不到一刻工夫,便听得有人朝这边追了过来。对此,不禁先是一惊,随后仔细一听,似乎追者仅为一人,于是便壮着胆子大声问道:"来者何人?竟敢前来送死!"

随后,便忙跳起摸黑上前举棒猛朝那人挥去,欲置其死地而后快。那人也不禁先是一惊,忙下意识向后闪身躲过那棒,并高声道:"我行不改姓,坐不改名,涿人刘备是也。你这妖贼酋还不快快前来受擒,还待何时?"

李大目闻刘备乃无名之辈,以为不值得与其口舌,便挥棒连连向刘备打去。刘备也不多言,即举剑与李大目无灯夜战起来。

李大目乃太平道三十六小弟子之一,原姓李名柱,身长八尺有五,膀大腰圆,臂力过人,武艺高强,因眼大有神,视力极好,遂被封为火眼金睛高仙人,并因此改为现名,后又拜为都尉。时手中舞得呼呼作响的那条大铁棒重约八十斤，刘备岂是他的对手？因而战不多久，便有些招架不住。正在这时，忽见不远处有队人马举着火炬朝这边走来。刘备以为是李大目那边的黄巾军援军，不禁暗暗叫苦：这不是雪上加霜吗？并后悔当初没叫张飞同来。正在这时，不料李大目铁棒擦着刘备臀部。只听刘备惨叫一声，便弃剑了无声息倒了下去。李大目以为刘备已死，同时又以为正来的那队人马是刘备的援军，不禁非常惊慌。为尽早脱身，便忙收起铁棒，慌忙向北逃去。

须知，赶来的那队人马为何许人呢？与李大目方才判断的一样，乃张飞带领的官军。原来张飞见刘备出城久久未归，怕有不测，征得邹靖同意后，忙领了一百精骑前来寻觅。经一番努力，终于在此发现浑身血迹斑斑的刘备正一动不动地躺在一片乱草丛中。张飞以为刘备已死，不禁失声痛哭起来，欲叫部下就地掘坑掩埋。不料这时刘备突然睁开双眼，慢慢坐了起来。张飞等人不察，以为是活见鬼，竟吓得转身撒腿就向后跑。良久回过神方才转身定眼望去，确信刘备还活着，才争先恐后拥上前，将他扶了起来，并无比关切地问这问那。对此，刘备自然大喜过望，并将昨夜的遭遇向他们详细道了一番。至此，他们方知刘备受伤后因装死才幸免于难，是听见张飞说话声音，方知来者是自己人，才停止装死。张飞见刘备大难不死，自然非常高兴。但见其伤势严重，不禁又非常难过，忙放下手中长矛，上前抱着刘备失声痛哭起来。时刘备不但不哭，反还笑着对张飞道："战场死伤，在所难免。我只伤着点皮毛，有何惧怕，只待养好伤后，再报仇不迟！"

张飞认为刘备言之有理，于是便收住哭声，叫人从附近农家弄来一辆牛车，将因伤不能骑马的刘备载上，前扶后拥向来路方向缓缓行去。待回到昔阳亭，已是次日早饭后，时官军不仅攻占了全城，还越过清漳水击败了于氏根所率黄巾军。皇甫嵩在下曲阳大营闻报官军大胜，不禁高兴得欲手舞足蹈，并立刻叫人书奏刘宏。此后不久，他闻报刘备因孤身追敌身负重伤，不禁为部下有这样的勇敢之士感到骄傲和自豪，于是立刻带领左右亲往昔阳亭慰问，还说将在刘宏面前为他表功。对此，刘备不禁感动得热泪盈眶，语无伦次，几次欲从病榻上爬起施礼致谢，但皆被皇甫嵩劝止。

第十一回　取昔阳亭刘备装死逃命　守下曲阳张宝身殁城亡

再说张宝在下曲阳方得报昔阳亭失守的消息，气得还未回过神，又闻报宛城黄巾军和官军攻守战也打得非常激烈，且多次失而复得，平分秋色。对此，不禁忧心忡忡，茶饭不思。因为他深知，官军毕竟训练有素，装备精良，军资充足，最终占领宛城只是时间问题。正在这时的一日拂晓，忽见一探马飞一般跑来向方起床还未及洗漱的张宝报道："敌军开始全力围攻鼓聚邑。"张宝闻报后，自然吃惊不小，不待洗漱，便出门带领左右，登上西城楼举目向西南方鼓聚邑望去，果听得那里鼓声震天，杀声动地。随之便见那里浓烟滚滚，火光冲天，照得半边天空如同白日。张宝料想鼓聚邑凶多吉少，正欲派遣援军，又一探马飞一般跑来向他报道："鼓聚邑已失守了！"

张宝未料到战局变得如此之快，竟惊得瞠目结舌，不能言语。回过神方才想起那里的守城主将郭大贤和青牛角的安危来，忙问探马道："郭大贤、青牛角二将军现在何处？"

"皆下落不明。另外，敌酋皇甫嵩现正率郭典、桥虎和傅燮等大队敌军向这边杀来。"

张宝料知郭大贤和青牛角凶多吉少，不禁仰天叹了口长气。并对官军眼下军事行动早有所料，因而倒不惊慌。但对谁是现在鼓聚邑守将却非常关心，遂急切地问探马道："眼下敌鼓聚邑守将是谁？"

"军司马王军。"

张宝以为王军乃无名之辈，不堪一击，于是转忧为喜道："下曲阳虽成一座孤城，但夺回鼓聚邑，反败为胜，却易如反掌！"

一旁的黄龙对张宝所言非常不解，遂上前问道："何也？"

"鼓聚邑敌守军主将王军不仅为鼠辈，且还立足未稳，要收复它犹若囊中取物。一旦我军得手，便可前后击敌，到那时……"

不待张宝言毕，黄龙便高声道："我愿率一支人马，前往夺回鼓聚邑！"

话音方落，又听得一人高声道："我愿随黄将军一同前往！"

张宝及众人忙循声望去，原乃左校。张宝认为他俩虽有万夫不当之勇，但大敌当前，能否拿下鼓聚邑，并没把握。于是若有所思问道："不知二位将军如何……"

黄龙见张宝有疑虑,不待问毕,便抢先答道:"趁皇甫嵩大队敌军未杀到之前,我与左将军宜可率一支人马从城东门出去隐蔽起来。待天黑时再悄悄绕到鼓聚邑北门,冒充敌军骗开城门。若何?"

张宝闻言沉思良久方才答道:"可一试!"

随后便令黄龙和左校共率五千黄巾军,依黄龙方才之言行事。此后不久,皇甫嵩大队官军便杀到下曲阳西城门外,火光中很快便摆好了阵式。皇甫嵩以为下曲阳已成孤城,张宝自然也无守城信心。只要吓唬吓唬,便会开城投降,因而兴奋不已,并在马上以鞭指着城上高声道:"城上可有张宝?若知趣,还是及早开城投降。否则,将死无葬身之地!"

话音方落,城上一支冷箭嗖地一声向他飞来。皇甫嵩不防,竟被那箭不偏不差射中下颌中央。于是惨叫一声,便向马下跌去。幸亏身旁傅燮眼明手快,伸出双手将他扶住,方才幸免于难。官军见主将受伤,不知如何是好。正在这时,忽见郭太和另一太平道三十六小弟子之尚义高仙人都尉杨凤率领一支黄巾军从城西门杀了出来。官军见此大惊,遂忙掉头便逃。郭太和杨凤见此大喜,遂忙挥军从后追杀了一阵,方才传令鸣金收兵。

且说黄龙和左校所率黄巾军因绕道太远,因而快到次日黎明时分方才抵达鼓聚邑北门。黄龙见城外官军营帐林立,灯火辉煌,不禁有些惊疑,忙对身旁的左校道:"据眼前形势推测,似不独王军一支敌军。"

左校认为黄龙疑心太重,遂不以为然道:"敌军大队人马皆去了下曲阳,这里仅是虚张声势而已,何必多虑!因此,不若趁此夺了城池再说。"

黄龙认为左校之言有些道理,便立刻挥军向官军大寨冲杀了过去。睡梦中的官军忽然听得寨外鼓角雷鸣,杀声震天,以为是大队黄巾军前来偷袭,不禁吓得起身不及披甲戴胄,便出帐四下乱逃。黄龙和左校见这里不但不是空寨,且官军还多得不计其数,方知此前判断有误。但事已至此,只得将错就错,尾随那些向城里逃去的官军杀了过去。不一刻工夫,便杀进城内。官军见此,料知大势已去,遂便纷纷弃城而逃。事后黄龙和左校从官军降俘口

第十一回　取昔阳亭刘备装死逃命　守下曲阳张宝身殁城亡

中得知，城外那些官军是他们到此之前方从下曲阳败退下来的皇甫嵩大队人马，于是不禁为自己方才的莽撞行为感到后怕和庆幸。

徒步逃跑中的皇甫嵩天明从探马那里得知偷袭他们的黄巾军真相后，直气得暴跳如雷，七窍生烟。在一旁的郭典见了，忙上前道："大人伤势未愈，切勿动怒！黄巾妖贼军方侥幸得城，立足未稳。若趁此杀个回马枪，不用吹灰之力，便可夺回城池。"

皇甫嵩闻言，认为很有道理，于是怒气方才消去，便立刻调兵遣将，掉头向鼓聚邑杀去。

黄巾军占领鼓聚邑后，黄龙立刻叫左校领了一支黄巾军出城，拾捡官军昨夜逃跑时丢弃的辎重粮草，以充军资。须知，这些黄巾军在供给不足的情况下与官军长期作战，军资早就不济了。因此，见到那些辎重粮草，便一哄而上，争抢起来，立刻便乱不成军。恰巧这时皇甫嵩率领官军杀了过来。他们事先哪里会料到？因而双方交战不久，便被官军杀得大败。左校认为回城无望，无奈，只得领着所剩残部，落荒而逃。皇甫嵩见了大喜，欲挥军从后追击。郭典心想追杀这些已经败逃的黄巾军没有任何意义，趁此攻占具有战略意义的鼓聚邑才重要。于是忙拍马上前将这个想法向皇甫嵩禀报了一番。皇甫嵩闻之，认为非常有理，忙勒马传令停止追击，立刻回军鼓聚邑，将其围得水泄不通，并不停轮番强攻猛打。谁料黄龙挥军奋力抵御，结果不但城没攻下，反还损伤惨重。对此，皇甫嵩自然非常恼怒，并继续挥军强攻猛打，意欲尽快拿下城池，好去攻打下曲阳。

却说张宝自黄龙和左校率领黄巾军离去后，至今还不知他们任何音讯，自然不免有些疑虑。一日上午，正与左右坐在议事厅商议军事，忽见一探马跑来向他报道："黄、左二将军人马昨夜已夺回了鼓聚邑！"

张宝闻报大喜，忙对探马道："立刻赶往那里告诉二位将军，务必严守，以防敌军返攻。"

探马离去不久，一黄龙使者飞一般跑来向张宝报道："敌人已回军围攻鼓聚邑，城池随时难保。黄将军希望你速遣增援人马从后击敌，以解眼下之危！"

张宝闻黄龙使者报告时未提及左校，不禁感到有些不妙。于是待黄龙使者方才报毕，便忙询问左校情况。黄龙使者随后忙将左校及其他人马的遭遇向他报告了一番。张宝闻之，自然大惊。一旁的云台山贤人军假司马刘奎高声对张宝道："救兵如救火，不可迟缓。因此，我愿领一支人马速往鼓聚邑，若何？"

张宝虽然赞同刘奎，但又恐不测。于是叮嘱他道："若半路遇敌，宜可相机行事，千万不可与战，误了支援时机。"

言毕，即令刘奎率领五千黄巾军，同黄龙使者一道，速往鼓聚邑。

中午时分，刘奎所率黄巾军方到半途，便被一队官军迎面拦住了去路。为首者旗上大书一"邹"字，经细作报告，原乃邹靖奉皇甫嵩命令，领军在此拦截过往黄巾军援军。正在刘奎所率黄巾军进退难决之际，忽听得四下鼓声大作，杀声震天，伏于四周的刘备、关羽、张飞和简雍所率官军正飞也似的向这边围杀了过来。刘奎见了，只得慌忙挥军接住厮杀。然战不多时，黄巾军便被杀得溃不成军，大败而逃。刘奎和黄龙使者也在混战中身亡。

黄龙此前见鼓聚邑守城黄巾军士气虽然非常旺盛，但要长期抵住官军猛烈进攻，还是有难。因此，便派使者前往下曲阳向张宝请求救兵。谁料使者一去不返，没有回音。对此，不禁感到非常不妙。这时忽见一士兵飞一般跑来向他报道："南、北二门已经失守！"黄龙闻之，吃惊不小，并料知大势已去。无奈，只得混在乱军中从城北门逃了出去。

张宝在下曲阳闻报刘奎战死，鼓聚邑再次失守，黄龙逃遁，并不惊慌，还决心与部下将士一道，克服不利因素，群策群力，力保城池。

官军攻破鼓聚邑后，便在皇甫嵩、郭典、刘备、关羽、张飞和简雍的率领下，飞一般从西南方前来围攻下曲阳。时值下午时分，他们还远在三里外，便见整个城墙银装素裹，闪闪发光，非常刺目。他们以为黄巾军又在施什么妖术，不禁非常害怕，有的还欲后逃。然待近前一看，方知原乃黄巾军乘天寒地冻之机，泼向城墙的水结成了冰，以御官军搭云梯攻城。对此，他

第十一回　取昔阳亭刘备装死逃命　守下曲阳张宝身殁城亡

们认为黄巾军玩的是孩子把戏，幼稚可笑，因而胆子不禁壮了起来。不到片刻工夫，便将城池铁桶般团团围住。他们方才攻破鼓聚邑，士气正旺，哪把这里的黄巾军放在眼里？因此，皇甫嵩方才发令，他们便争先恐后跃过城池，冲到城墙脚下，搭上登城云梯，飞快向城垛爬去。须知，云梯上端皆有铁钩，本可牢牢抓住城墙。怎奈眼下城墙上冰层厚实硬滑，铁钩无用。因而他们没爬多高，便同云梯一道滑了下来。偶有侥幸爬到城垛边的，也被黄巾军轻而易举地连人带梯推了下去，直摔得他们鬼哭狼嚎，抱头鼠窜，且死伤无数。在城壕外边的皇甫嵩见了，大怒，欲上前亲自攀梯攻城。左右以为就眼下情况，即使他身先士卒，未必有效。倘若再有个三长两短，损失可就大了，于是忙一齐上前劝止。皇甫嵩也是个明白人，很快便领会了他们的意思，而且认为非常有理，于是便来个顺水推舟，依了他们。恰值这时天色已晚，皇甫嵩料知一时攻城不下，无奈，只得传令鸣金收兵。

张宝见官军退去，方才松了口气，忙在北城楼大厅召集左右商议道："将士们虽愿坚决守城，但粮草只够一日之用，如何是好？"

方言毕，郭太便起身上前道："下曲阳眼下已是一座孤城，早晚必被敌军攻破。为此，我有上下两策，不知……"

"还不快快道来！"

"上策者，即乘今夜敌军不备之机，弃城率军北上黑山，以图异地发展。下策者，与其全军将士坐以待毙，不若开城与敌拼杀，同归于尽！"

其他人闻郭太言，先是不置可否，随后沉思良久，方才异口同声对张宝道："我等愿听地公将军的！"

张宝闻言，遂若有所思对他们道："我军眼下虽然有难，但人多势众。若能保住，待日后发展壮大，定可实现天公将军倒汉室、立黄天之宏愿。因此，上策最佳。"

大家认为张宝言之有理，立刻齐声道："甚好！"

张宝见大家无异议，便立刻传令全军，按上策行事。谁料黄巾军当夜方出北门，便被郭典所率官军乱箭射了回去，并欲乘机尾随他们杀进城来。幸被城上未及撤退的黄巾军木石击退，方才作罢。

张宝见上策受挫，只得采纳下策，并叫全城将士好好休息一夜，待次日天明将所剩可食之物拿出饱餐一顿，蓄足精力，多杀官军。

次日天明，黄巾军便一切准备就绪。只听得城上几声鼓响，便大开北城门，猛地向郭典所率官军营寨冲杀过去。官军见此，并不惊慌，待他们冲到寨前十余步时，方才在郭典一声令下，万箭齐发，将冲在前面的黄巾军射得人仰马翻，死伤无数。直到当天日落时分，黄巾军仍被官军乱箭挡在寨外无法前进。正在他们进退两难之际，忽听得官军寨中鼓角齐鸣，杀声震天，皇甫嵩、郭典、桥虎、邹靖、傅燮、刘备、关羽、张飞和简雍率领大股官军，迅猛向黄巾军杀了过来。尽管他们意在死战，决不后退，但已整日粮水未进，饿渴难忍，疲惫无力，哪是以逸待劳、酒足饭饱、士气旺盛的官军的对手呢？交战不久，便被杀死杀伤了大半。及至次日天明，他们皆死的死，伤的伤，逃的逃了。唯张宝一人在那里右冲左突，奋力拼杀。

皇甫嵩见张宝武艺虽然高强，无人敢上前交手，但毕竟是单枪匹马，寡不敌众，插翅难逃，意欲活捉押往雒阳邀功。于是便令桥虎和王军一齐上前擒拿。然不待二人出马，张宝早跃马挺枪，猛地冲到皇甫嵩面前，欲与他短兵相接，同归于尽。皇甫嵩见此大惊，忙举枪相迎。桥虎和王军怕皇甫嵩有失，遂忙催马舞械上前替下，接住张宝厮杀。战不十合，桥虎和王军便被张宝刺于马下。正在皇甫嵩吓得面如土色、不知所措之际，忽见郭典策马舞枪，上前迎住张宝杀了起来。郭典哪是张宝对手？战不几合，便只有招架功夫，没了还手之力。时张宝大喜，欲举枪照其心窝刺去。正在这时，一支冷箭向张宝飞了过来。张宝不防，竟被射中咽喉，不待惨叫，便坠马而亡。

须知，哪来的那支冷箭呢？原来刘备见郭典有险，忙急中生智，向张宝放了一箭。郭典绝处逢生，自然庆幸不已。战后得知放箭者是刘备，遂多次上门称谢，自不必说。

张宝实施的那上、下两策何故皆落空了呢？原来老谋深算的皇甫嵩对其早在意料之中，并及时作了应对部署。

第十一回　取昔阳亭刘备装死逃命　守下曲阳张宝身殁城亡

下曲阳之战黄巾军先后共死亡十余万，官军亦伤亡惨重。为威服庶民和防止他们造反，皇甫嵩下令将张宝等千余黄巾军领将的尸首全部集中于下曲阳城西南七里处，用土垒成一座小山，称之为京观。手段之残忍，别说人，就是鬼魅见了，也会心惊肉跳，毛骨悚然。

此时值中平元年十一月中旬。

刘宏在雒阳闻报皇甫嵩所率官军攻破了京东黄巾军最后堡垒下曲阳，自然兴奋不已。不待与众臣商议，便下旨拜皇甫嵩为车骑左将军，领冀州牧，封右扶风槐里县侯，食槐里、美阳两县八千户。后刘宏闻报刘备不仅战功显赫，张宝也是被他射死的，大喜，忙命选部封他为中山国安喜县县尉，秩三百石。又授关羽、张飞二人为尉吏，简雍为书佐，皆听刘备使用。其他参战将校也以功劳大小，升官晋爵。

现在官军虽然讨平了颍川、汝南、陈国、东郡、邺城、广宗和下曲阳等地黄巾军，但南阳宛城黄巾军仍与朱隽所率官军杀得你死我活，难分胜负。对此，刘宏自然耿耿于怀。因此，高兴的劲儿方过，便在后宫召来何进问道："南阳宛城目前战况若何？"

何进随即不假思索按朝野报喜不报忧的惯例答道："收复指日可待！"

刘宏闻言，自然非常高兴。看官欲知南阳宛城战事进行得到底如何，请看下回分解。

第十二回

攻宛城朱将军中计败绩
施缓计韩大帅无奈求降

却说朱隽自中平元年五月末奉旨与皇甫嵩在西华分兵后,一路破关斩将,仅月余便兵临被黄巾军占据的南阳郡治所和宛县治所宛城城下,大有一鼓作气,踏平城池之势。孰料黄巾军奋力负隅坚守,结果不但城池至今未攻破,反还损兵折将,士气大伤。对此,自然又气又恼,咒天骂地,并下令将营寨向后移至远离宛城东北的瓜里津西岸,以防黄巾军来攻。

须知,南阳宛城很早以前便是非凡之地。夏禹时代,天下分九州,南阳属九州之一的豫州。周初,天子分封天下诸侯,南阳为申伯和邓侯封地,又称申国。春秋战国时,楚灭申国,取名宛。周平王东迁洛阳,因地近京师,遂成京南重镇。秦国据宛城后,置南阳郡于此,汉亦因之。又因位据沔、淯、汉三大水道与关雒往来的孔道上,因而南可蔽襄樊,北可控汝雒,遂成中原咽喉、豫鄂要塞、秦晋屏障和历代兵家必争之地。例如,春秋战国时秦、楚、韩三国常在此用兵;陈胜起兵反秦曾从此地西进武关;汉高祖刘邦于秦二世三年听从谋士张良之言,率兵经此西上,迅速攻破了武关,先于项羽到达秦都咸阳;因光武帝刘秀起兵于此,于是这里又成东汉王朝宗室诞生之地。故时人有"南阳帝乡多近亲"之说,并尊称其为南都,与雒阳、长安、临淄、邯郸、成都五大都会齐名。另外,这里不仅铜铁冶炼技术兴盛发达,稻禾种植面积一望无际,还是南北水路货运转送重镇和闻名遐迩的商都大邑,殷富可想而知,故儒宦张衡特著《南都赋》昭示天下。有政治和军事

第十二回　攻宛城朱将军中计败绩　施缓计韩大帅无奈求降

战略眼光的张角自然早就看重这里，并在多年前就遣文武皆备的张曼成来此以治病救人为掩护，宣传《太平经》要旨，招收太平道道徒，设置大方，待机起义。

这些道徒是些什么人呢？常言道：凡利之所在，古往今来，天下之人无不竭力逐之。宛城既为时之通商大邑，天下人岂不会聚天下之货于此呢？于是这里一年四季总是商贾云集，街市林立，熙熙攘攘，人马拥挤，车船争道。各繁华地段的大型商行，皆为雒阳、南阳等各地皇亲国戚、公卿大臣、富商大贾所占有。抗税偷税，弄虚作假，欺行霸市，也是这些人所为。他们出资虽少，从商时间虽短，但凭借其手中权力和财力，很快便聚财无数，库满为患。但仍贪得无厌，常虞不足。那些小商良贾们，虽日夜辛勤经营，却所得无几，有的还负债累累，入不敷出。最悲惨者，莫如那些来自穷乡僻壤的商行役夫。尽管累断筋骨，受尽欺凌，但所得仅能糊口。因而常常叫苦不迭，骂声震耳。恰值这时张曼成来到这里宣传太平道道旨和招收道徒，于是便积极参加了太平道，以求保护。及至张角号令各地太平道道徒揭竿而起时，这里已有道徒十万之多。

张曼成乃宛县人，祖先为当地富商，少时便有佐世之志，故喜读诸子兵书，善交四方志士，却疏于祖传经商理财之道。成年后，常游京师雒阳，并结识了马元义。经推荐，又结识了张角，并入了太平道，为太平道八大弟子之一，被称为"神上使"清明高真人，拜济贫将军。举事后，南阳地区黄巾军在他的率领下，先将平日里专为皇亲国戚和朝中权臣在南阳商行办事，行贿受贿、残害庶民的太守褚贡捉住砍头示众。随后，又乘势包围了宛城，捣毁了皇亲国戚和开国元勋的祖坟，没收和均分了他们的财产，于是贫寒人家欢声笑语，拍手叫好。但官军宛城守城主将、都尉刘延临危不乱，并迅即传令郡丞许江、主簿左石以及残存的各曹掾史等属吏，率军据城顽抗，以待援军。因而黄巾军攻打了百余日，仍无结果。但仍将那里围得水泄不通，日夜攻打，不破城池，绝不罢休。

刘宏在雒阳闻报宛城战况后，气得疾首蹙额，肝胆俱裂。无奈之下，只好迁都国人秦颉为南阳太守,命他率领那里的官军立刻沿沔、淯二水水陆并进,北援宛城。后因黄巾军围城时间太久,将士极度疲惫,加之秦颉所率官军赶到,与城里官军互为呼应,前后夹攻,结果城池不但未能攻下,张曼成还被秦颉击杀。

秦颉以为张曼成死后黄巾军定然斗志涣散,士气低落,不堪一击,便乘机发起猛攻,欲打破长期被动局面。孰料黄巾军化悲痛为力量,斗志更坚,士气更高,欲与官军拼个你死我活,为张曼成报仇。同时,还推举赵弘为帅,重振旗鼓,奋力拼杀,一次次击退了秦颉所率官军的进攻,且还一举攻占了城池。混战中,秦颉还险些被黄巾军将领韩忠擒杀。

刘宏得报宛城失守,大惊,忙传旨广陵海西人、度辽将军徐淑之子、荆州刺史徐璆和刘延等人率领官军速往宛城,与朱儁合兵一处,共同进攻。得旨后,他俩自然一一照办,并拼死拼活攻打了两个多月,且死伤惨重,但仍未越城池一步。于是有司上奏刘宏,欲召回朱儁,改任他人。司空张温闻之,认为有司无理,忙上疏刘宏道:昔秦昭襄王任白起,燕昭王用乐毅,皆旷年历载,然仍能克敌。今朱将军不仅眼下督师宛城,前时还讨平了颍川黄巾妖贼军,熟知其战略战术,若将他更换,恐于我军不利矣!因此,宜宽限些时日,责其尽快破城方为上策。刘宏认为张温上疏有理,便立刻降旨朱儁,尽快破城,否则军法从事。

朱儁接到圣旨后哪敢怠慢,忙召集左右到中军大帐商议攻城对策。时朱儁先将刘宏圣旨宣读了一遍,然后才道:"听说皇甫将军大军早已全歼东郡黄巾妖贼军,并已奉旨北上,向其大本营广宗杀去了。因此,我等应以他们为楷模,迅即攻下宛城才是。当然,我军前时已竭尽全力,谁料赵弘这厮熟读兵书,精通守城方略,遂使进攻屡屡受挫。谁有破城妙计,请速速道来。"

时朱儁言毕良久,也没人发言。原来在场者以为,自从攻打宛城以来,能用的计策已用尽,哪还有什么新计妙策呢?朱儁见此,正欲发怒,忽见徐璆上前道:"宛城本固若金汤,加之时下黄巾妖贼军负隅顽抗,非智取不能……"

第十二回　攻宛城朱将军中计败绩　施缓计韩大帅无奈求降

朱隽方闻智取二字，不禁惊喜万分，不待徐璆言毕，便忙问道："智取，当如何讲？"

"将大部黄巾妖贼军诱出城外，分散其守城兵力，破城必易若反掌！"

徐璆言罢还不待朱隽发言，秦颉便上前问道："徐大人之言虽然有理，但赵弘这厮奸狡异常，岂会上钩呢？"

徐璆料知他不解个中奥妙，忙笑着答道："赵弘虽然奸狡，但数万之众固守一座孤城已两月有余。因此，粮草自然早已所剩无几。若我军公开向寨里运粮，他们必会倾巢出城抢劫。那时在断其回城归路的同时，乘虚大举进攻，破城有何难？城既破，附近其他黄巾妖贼军便不战自散！"

朱隽认为徐璆言之非常有理，高兴道："徐大人之言正合我意！"

言毕，即令徐璆和余生率两千官军从淯水赶往襄阳，从那里公开向寨里运粮。令秦颉和贾武率五千官军从淯水西岸，张超和秦为率五千官军从淯水东岸，拦截出城夺粮的黄巾军。他则与孙坚、孙香、孙贲、徐琨、程普、黄盖、朱治、韩当、祖茂和吴景待机攻城。发令毕，大家皆遵令分头忙着准备去了不提。

却说现宛城黄巾军大帅赵弘，乃常山郡真定人。祖先为当朝早期名臣，待他出生时，家道早已中落，入不敷出。但藏书颇丰，因而幼时便遍览群书，尤喜读兵法要籍。及长成，身长八尺余，力气过人，武艺高强，少有能敌，常路见不平拔刀相助，远近口碑极好。后弃家出走，到房子县西南六十里的赞皇山随一老道学习城垣攻防之术。因术超群，演练时常致人伤残。内疚之下，下山入了太平道，为三十六小弟子之一，封虚静高仙人，受遣随张曼成到南阳布道，成了那里的小方渠帅，拜校尉。举事以来，常为张曼成出谋划策，冲锋陷阵，累建奇功，遂成其帐下首席战将。任大帅后，深感重担在肩，责任非凡。故行事谨慎，从不马虎。部下也士气旺盛，斗志昂扬。但粮草却如官军徐璆所料，早已不济。兵法云：两军决战，胜负未决，有粮者则胜！对此，赵弘自然明白。因而常寝不安席，食不甘味。

一日早饭方毕，赵弘正与左右坐在议事厅商议筹集粮饷事宜，忽然一探马飞一般跑来向他报道:"敌酋徐璆及余生现正从襄阳督运粮草回寨!"

赵弘闻报,若天旱遇雨,严冬遇炭,惊喜不已,忙问探马道:"车运,还是船运?"

"船运!"

"已到何处?"

"距城南南就聚仅数十里之遥。"

探马方答毕,瑞圣贤人军假司马白爵即起身上前兴奋地对赵弘道:"若能夺些回来,守城定然无虞!"

智圣贤人军假司马大洪随后也起身上前兴奋地对赵弘道:"我愿率一支人马前往夺粮!"

赵弘闻白爵和大洪言,认为他们把事情看得太简单了,因而很不赞成,遂不假思索道:"二位将军之言差矣!敌酋朱隽行事一贯谨慎,岂会在光天化日之下运粮呢?依我之见,他已料定我军粮草不济而设调虎离山之计,即引诱我军出城夺粮时乘虚而入,劫我城池!"

方言毕,韩忠即起身上前道:"赵将军言之有理!依我之见,不若趁此将计就计,夺些粮草,充实军需,稳定军心。若何?"

"韩将军之言正合我意啊。"

赵弘言毕见大家再无异议,便令白爵领一万黄巾军从南门突围,沿淯水西岸赶到南就聚截获官军运粮船只,令大洪领五千黄巾军随后接应。令隆恩圣人校尉高曜、崇恩贤人军司马徐和、廉贞贤人军假司马司马俱和纯阳贤人军候苏马领军日夜加紧守城,以防官军来袭。

却说徐璆和余生所率官军领着延绵数十里的三百余只粮船,浩浩荡荡逆淯水刚过南就聚,便遇上了前来劫持粮船的白爵所率黄巾军。不及交手,官军便在徐璆和余生率领下,争先恐后弃船爬上东岸而逃。白爵见此大喜,遂忙指挥黄巾军乘机上船,拉满风帆,迅速向城里驶去。没行多远,忽听得东、西两岸鼓角齐鸣,杀声震天。白爵忙举目望去,原乃秦颉和贾武从西岸,张超和秦为从东岸,各率无数官军步骑纷纷杀了过来。对此,白爵认为

第十二回　攻宛城朱将军中计败绩　施缓计韩大帅无奈求降

赵弘和韩忠所料果真如神，于是不禁对其佩服得五体投地，并忙上马率了一队黄巾军奔上西岸，向秦颉和贾武所率官军杀去。时白爵本着《三十六计》第十八计，即"摧其坚，夺其魁，以解其体"之策，挺枪跃马，专寻秦颉杀去。秦颉见了，不禁吃了一惊，回过神，才挥舞双剑，催马上前相迎。方战至二十余合，重胄重甲的秦颉便大汗淋漓，口喘粗气，渐渐不支。贾武见了，怕秦颉有失，便忙挥舞着一对环柄大刀，飞马上前助战。白爵毫无惧色，并抖擞精神，与他二人杀得难解难分。正在这时，忽见大洪率了一队黄巾军杀了过来，于是两军便混战成一团。

东岸的张超和秦为所率官军对西岸战况虽然看得明白，但却无法助秦颉和贾武所率官军一臂之力。无奈，只得隔水长叹。随后秦为心生一计，遂忙对张超道："何不趁此夺回些船只，换上黄巾妖贼军衣甲，混进城内，里应外合，破城犹若……"

张超认为秦为言之有理，不待他言毕便转忧为喜道："甚妙！"

言毕，即令官军步兵下岸抢夺船只。此前弃船爬上东岸的部分徐璆和余生所率官军见此，大喜，忙一齐返身下岸向船上杀去。船上黄巾军不知有多少官军杀到，竟吓得骨颤肉惊，到处乱窜。一时间弃船上岸逃跑的、跳水自杀的和被官军俘杀的，不计其数。对此，徐璆和张超自然大喜过望，并忙叫部下官军立刻换上黄巾军被俘者装束，押着粮船，迅疾向宛城赶去。

却说朱隽见白爵和大洪所率黄巾军出了城，以为中计，高兴得欲手舞足蹈，并忙令官军用云梯、撞城车及其他攻城器械，从四面八方猛地向城上攻来，意欲立刻杀进城去，将黄巾军斩尽杀绝，以解心头之恨。孰料黄巾军在赵弘指挥下不怕牺牲，奋力抵抗，遂使官军进攻连连受挫，不能得逞。朱隽无奈，只得在中军大帐召集孙坚等人前来商议道："今日若错过破城良机，必将成千古之恨！不知你等有何制胜良策，请快快道来。"

孙坚闻言，认为事关重大，不可随意发言，沉思良久方道："末将以为宜用垒尸强攻术攻城，不知大人意下……"

不待言毕，朱隽便倒抽了一口凉气，良久方无可奈何道："就眼下形势，唯此策有效!"

言毕,便令黄盖率领官军佯攻东门;朱治率领官军佯攻西门;韩当率领官军佯攻南门;祖茂率领官军在后策应,转移黄巾军注意力;孙坚、孙香和程普率领官军以垒尸强攻术专攻北门,朱儁则亲往那里督阵。

须知,所谓垒尸强攻术,乃时之最为残酷的战术,除非万不得已,兵家向来忌用。这也是朱儁听到孙坚建议采用这种战术时倒抽了一口凉气的原因。他现在之所以采纳此策,是怕再误了破城时日,遭到刘宏严厉惩处。

各路攻城官军奉令后,很快便做好了攻城准备。不到当日午时,只听得三通鼓响,他们便以排山倒海之势,向四大城门冲杀过去。时与左右坐在议事厅正议事的赵弘方闻报,便料到了官军意图,并不待多想,立刻便调集韩忠和苏马率一万黄巾军精兵防守北门,他则亲到北城楼上坐镇指挥。东、西、南三门的防守照旧不变。部署方毕,攻打北门的官军便冲到城下,并很快跨过壕桥,攀上云梯,爬到城垛边沿。伏在城垛后的黄巾军见此,并不惧怕,遂一齐跃出,将云梯尽行推去。官军顿时连人带梯,齐刷刷地掉下。不待爬起,城上雷石便若雨下,直砸得他们喊爹叫娘,死伤大片。

官军如是反复攻城,黄巾军亦如是反复击退他们。不久,官军尸首便垒到了城垛边沿。这时听得官军阵前三通鼓响,便见三千官军骑兵在孙坚、孙香和程普指挥下,以迅雷不及掩耳之势,踏着尸垒向城上猛地冲杀上来,欲一举破城。谁料朱儁所用垒尸强攻之术,早被赵弘识破,且还作了应对之策。因此,不待那些官军冲到城垛边,便见韩忠和苏马率了那万余膀大腰圆、膂力过人、勇猛善战的黄巾军步兵,左手持盾牌,右手握短柄大斧或环柄大刀,轮番冲上尸垒,专砍官军战马脚杆。被砍着的,自然吼嘶乱跳,将官军从背上纷纷摔下。不待站起,便被砍了个措手不及,呜乎哀哉了。未被砍着的见此,早吓得心惊肉跳,拨转马头,向后便逃。后面的朱儁见此,不禁大怒,欲与孙坚、孙香和程普率两千官军铁甲精骑冲上去助战,谁料这时身后杀声震耳,旗帜蔽天,一支黄巾军正闪电般杀了过来。对此,他们不禁吃了一惊,忙回首定眼望去,只见为首一将,白面白甲白马长枪,直取朱儁

第十二回　攻宛城朱将军中计败绩　施缓计韩大帅无奈求降

而来。他认得此人是白爵，不待多言，便拍马挥舞着手中那对环柄大刀相迎。孙坚怕朱隽有失，忙催马挥斧上前助战。战不十合，忽见白爵虚晃一招，拨马向后便走。孙坚以为他不敌，欲随后追杀立功。朱隽怕白爵有诈，忙上前制止孙坚道："此乃贼诱计矣，切不可追！"

白爵见朱隽、孙坚不来追杀，料想有防。为拖住他们，于是忙拨回马头，欲再厮杀。

时赵弘在城上见白爵所率黄巾军杀到，若见救星，自然喜出望外。也领会了白爵所为意图，遂忙遣韩忠率领大队黄巾军从官军尸垒上冲下城，将欲战不能、欲罢不能的官军杀得大败而逃。

须知，白爵所率黄巾军本来在南就聚淯水西岸与官军交战，现在何以出现在城北官军后面了呢？原来白爵在那里闻报城北门黄巾军吃紧，怕有不测，便与大洪商议决定：大洪仍原地挥军与官军厮杀，他立刻率军绕到城北官军背后，与守城黄巾军内外呼应，夹击官军。

却说徐璆和张超所率官军押送的船只未行多远，便闻报官军攻城失利的消息。对此，他俩不禁非常惊慌，并怕黄巾军乘胜杀回来夺船。于是一合计，便忙下令将所有船只立刻沉没，换上他们各自的衣甲爬上西岸，绕道城北，回去复命去了。仍在原地挥军与黄巾军厮杀的秦颉、贾武和秦为闻报官军攻城无果，若斗输的公鸡，没精打采地领军边战边向后退去。大洪见此，哪里肯舍？忙挥军随后冲杀一阵，方才传令鸣金收兵回城。

这次黄巾军虽未夺得粮食，却打了胜仗，按理应该庆祝一番才是。然大洪和白爵带领黄巾军先后回城后，却见那些守城黄巾军眼泪汪汪，非常悲愤。对此，不禁好生纳闷。经询问，方知赵弘此前在左右陪同下出城指挥清理战场时，一未亡官军突然跃起，举枪直向他刺去。因躲闪不及，不幸中刺身亡。

赵弘死后不到一日，悲痛中的黄巾军又推赵弘当年在赞皇山习武的同窗韩忠为大帅，继续坚守城池。

此时值中平元年八月中旬。

再说朱儁领着官军方逃回瓜里津大寨，其他各路官军残兵败将也纷纷逃了回来。朱儁本以为这次豁出血本，定能稳操胜券，谁料却被打得大败。自然气得五脏爆裂，七窍生烟，茶饭不思。正在这时，忽闻报赵弘被刺身亡，不禁惊喜得差些跳了起来，立刻召集左右到中军大帐高声道："我大军奉诏征讨宛城黄巾妖贼军以来，虽未拿下城池，但却接连斩杀了两个妖贼酋，战功不可谓不显赫！古人云：天下万物，唯人为尊；千军万马，唯将为贵。今妖贼虽众，但妖贼酋已亡。因此，他们眼下必若一盘散沙，不堪一击。因此，若不趁此攻城，还待何时？"

方言毕，秦颉即上前道："朱将军之言虽然有理，但我方才得报，黄巾妖贼军又新推另一妖贼酋韩忠为帅，妄图继续顽抗！"

朱儁闻言，先是一怔，继而不以为然道："韩忠无名鼠辈，不足为惧。"

言方毕，便见一大汉上前高声道："朱大人所言极是！我愿率本部人马攻城，生擒韩忠，解往雒阳，献于圣上！"

朱儁及其他在场者忙循声望去，原乃春秋楚国时宛人、越国大夫范蠡之后，大将军司马范曾。他虽非祖先范蠡那般经纶满腹，却生得高大威猛，膂力过人。因官军累攻宛城不下，此前不久才受诏率五千官军骑兵前来增援。到达当日，便赶到南就聚范蠡祠前，凭吊祭祀，树碑彰德，以示孝敬和求范蠡在天之灵助他打败黄巾军，建功晋爵，光宗耀祖。现在朱儁见他主动请战，大喜，随即离座起身上前，双手抚其两肩道："范将军不愧为名宦之后，当今虎将！祝你旗开得胜，马到成功！"

言毕，便令范曾率领部下官军骑兵，立刻前往攻打北门，以探黄巾军虚实。其他人等则各自回营待命。

却说韩忠自从被推为宛城黄巾军大帅以来，常与左右日夜巡视，从没疏忽。一日早饭后，他正与左右坐在议事厅议事，忽见一北门守城士兵匆匆来报："敌酋范曾率领骑兵在北门外叫阵，声言要与韩将军决一死战。"时韩忠闻报以为，范曾只不过是一官军部将，岂会点名道姓要与我决战呢？因此，不禁非常惊异。左右对此也议论纷纷，莫衷一是。这时只见孙夏起身走到韩

第十二回　攻宛城朱将军中计败绩　施缓计韩大帅无奈求降

忠面前耳语起来。不待语毕，韩忠早便连连点头称是，随即疾书一封交与白爵，并令他立刻率领五千黄巾军按书行事，不得有误。白爵去后，又令徐和率领三千黄巾军步兵出北门，迎战范曾，并附其右耳密语了一番。徐和走后，又令其他将领回去挥军严守各处要隘，以防官军来袭。末了，自领中军驻在城中央，以为策应。

徐和率领黄巾军出城方列好阵式，便挺枪跃马向范曾杀来。范曾是新来乍到，从未见过黄巾军，自然也认不得徐和。正欲询问，恰巧望见徐和身后旗上大书一"韩"字，以为他便是韩忠，自然惊喜异常，以为将其擒杀，破城立功，光宗耀祖，自然不在话下。同时，也不枉此前在祖先范蠡祠前，凭吊祭祀，树碑彰德。为此，忙使出十二分力气，挥斧迎了上去。然战不几合，徐和便面有惧色，并忙虚晃一招，拨马退出阵外，领军飞一般向城南逃去。范曾以为徐和不敌，生擒有望，不禁大喜，遂忙催马挥军从后追杀。徐和所率黄巾军虽是步兵，但昔日却是些肩负重担、走南闯北的商旅挑夫，跑起来连猎豹也望尘莫及，何况范曾这些官军骑兵呢？不大工夫，便将他们远远甩在了后面。范曾见了，气得咬牙切齿，大声叫骂，连连催军从后追赶。片刻工夫，便将他们追到了一片河田地带边缘。这时黄巾军忽然散开，向那些河田埂道跑去。范曾见此，以为他们是慌不择路。遂狂笑着对左右道："黄巾妖贼军已作鸟兽散，我们正可将其各个擒杀呢！"

大家认为范曾言之有理，忙点头随声附和。对此，范曾自然非常得意，忙传令分兵多路，尾随黄巾军追杀。随后，他率了几名官军精骑，飞也似的向徐和追去，意欲将其生擒活捉。正在这时，忽见白爵从前方不远处埂道上站起将手中梆子一敲，各埂道两旁草丛中突然钻出了无数黄巾军，三五成群，用短钩和绳索将大多数官军战马绊倒后，即挥起短柄大斧、短柄环刀，向摔在埂道上的官军大砍大杀起来。时官军还未弄清怎么回事，便被杀死了大半。而那些摔入烂泥与河里的官军还没挣扎几下，便被黄巾军乱箭射死了不少。须知，骑兵进入河田地带，不仅失去了猛冲猛杀之长，还极易被截成多段分而歼之。因此，今天这些官军骑兵哪有不败之理呢！

范曾见不仅中计，且还伤亡惨重，方才那股骄勇之气早便飞到了爪哇国，并在几名精骑护卫下，掉转马头没命向回奔逃。徐和见了，忙催马从后追赶，直到见不到他们踪影，方才与白爵一道，传令鸣金收兵回城复命。

朱隽见范曾大败而归，大怒，不由分说，立刻下令将其推出斩首。幸亏徐璆等人力劝，才幸免一死。事后范曾得知在阵上与他对阵的那位黄巾军将领并非韩忠，而是打着韩忠旗号的徐和时，气得差点昏死了过去。

白爵和徐和所用之计，皆是此前韩忠之书和耳语所授。

不久后的一日中午，朱隽在中军大帐得报皇甫嵩所率官军在广宗城外筑垒凿壕、御敌有效的消息后，不禁非常惊喜，并随之效仿，即令徐璆与余生率领官军在城东门外、秦颉与贾武率领官军在城西门外、张超与秦为率领官军在城南门外、范曾率领官军在城北门外，日夜筑垒，将城死死围住，以绝黄巾军进出城交通。同时，又令孙坚、孙香、程普、黄盖和韩当率领官军临城西南角外构筑一座高过城头的土山，作为攻城跳板。令孙贲、徐琨、朱治、祖茂和吴景率领官军守寨。他则在中军大帐运筹策应。

却说韩忠见徐和与白爵凯旋，大喜，欲在郡衙大厅设宴款待他俩，谁料这时城北门守将孙夏派了一名士兵飞一般前来向他报道："现敌军正兴师动众沿城凿土筑垒。"

韩忠闻报，不禁非常惊疑。为弄清究竟，便与左右匆匆赶到西南城头向外一望，果如那士兵所报，并当即识破了官军意图，遂以为可趁垒未筑成之前，立刻发兵出城毁之。于是忙下城升帐，令大洪率五千黄巾军从东门，苏马率五千黄巾军从南门，司马俱率五千黄巾军从西门，白爵率五千黄巾军从北门，见北城楼上狼烟为号，一齐开城向官军杀去。时他们方冲到吊桥边，便遭到官军飞箭飞石阻击。直到当日夜幕降临，也未越出吊桥一步。韩忠无奈，只得传令鸣金收兵。随后，黄巾军又在夜里冲杀了几次，但仍无结果。因而不久，围城土垒和城西南角外那座土山，皆如官军之愿筑成。

朱隽见黄巾军困在城内已月余未出，料想早已没了士气，大喜，以为攻城时机已到，便忙升帐调兵遣将，猛地攻城。孰料黄巾军士气并没低落，反

第十二回　攻宛城朱将军中计败绩　施缓计韩大帅无奈求降

还斗志昂扬，据城死守。因此，官军虽然日夜轮番猛烈攻打，却终无一兵一卒攻进城里。

黄巾军见此，不禁目空一切，忘乎所以。谁料此后不久的一日午夜，只听得城西南角外那土山上官军鼓声震天，杀声震地，似有千军万马杀来。韩忠从梦中惊醒后，以为那里是官军攻城主力，不待起床，便传令城中大多数黄巾军前往抵御。谁料这时朱儁亲率孙坚、孙香、程普、黄盖和韩当等官军向城东北攻了过来。那里的黄巾军守将白爵和大洪见了，大惊，忙挥军拼命抵御。朱儁见黄巾军有备，不禁非常着急。这时只见孙坚一手举狼牙棒，一手攀扶云梯，率先猛地登上城垛，与白爵和大洪所率黄巾军杀了起来。随后，孙香、程普和韩当所率的五百精壮官军随孙坚之后，也杀了上去。白爵和大洪所率黄巾军是仓促应战，哪抵挡得住有备而来的官军呢？战不多时，便被杀得大败而逃。孙坚见此，大喜，忙叫部下趁此放下吊桥，打开城门，放朱儁所率官军杀入城内。黑暗中黄巾军不知有多少官军，不待厮杀，便吓得掉头向城中之城小城纷纷退去。

事后韩忠得知是中了秦颉向朱儁建议的声东击西之计，自然后悔莫及。

在小城北门外的朱儁以为黄巾军犹如笼中之兽，网中之鱼，消灭只是举手之劳，遂高兴得不能自已，不待商议，便欲下令攻城。这时忽见张超从城西匆匆赶来向他报道："禀告大人，在下方才在西门外拾得黄巾妖贼军一书，不知所言何事。"

报毕，即忙呈与朱儁。朱儁接过拆开一看，乃一降书。原来当日天明，韩忠在小城西城楼上见城四周被官军围得严严实实，水泄不通，不禁吓得心惊肉跳，不知所措。回过神，忙召集左右前来商议对策。大家以为汝南、颍川、陈国和东郡黄巾军早已覆没，天公将军和人公将军已经身亡，广宗失守，下曲阳危在旦夕，现在他们又被困在这两道城墙之内动弹不得。即使杀出，也无立脚之地。因此，韩忠最后决定暂时投降，保住性命，待日后伺机东山再起。即所谓留得青山在，还愁没柴烧吗？于是叫司马俱草就降书，射向城外官军。

朱儁看毕降书，便递与张超，示意他、徐璆和秦颉看阅。他三人看毕还不待发言，朱儁便问张超道："司马有何高见？"

张超沉思片刻答道："昔高祖之所以能胜项王而成帝业，皆因能宽容大度，招降纳叛。今大人何不效仿呢？"

在一旁的徐璆也赞成张超的，然朱儁却道："用兵之计常有貌似相同，然却因时势而异。楚汉胜败未分，故宜招降纳叛，以壮其势。今海内统一，社稷安泰，黄巾妖贼军作乱无关大局，何须效仿？"

张超闻言，知道朱儁攻城之意已决，遂不再多言。随后，朱儁便传令全军立刻攻城。

韩忠见官军拒降，大怒，立刻传令全城将士，奋力负隅抵御，誓与小城同存亡。因此，官军虽然连日猛攻，还死伤惨重，却无任何结果。

黄巾军虽然守城志坚，但城内狭窄，粮草短缺，岂能长期防守？这时的一日午后，黄巾军忽见官军从城东撤走，以为有路可逃，便不管三七二十一，潮水般向那里涌去。瞬间，城里黄巾军便所剩无几。韩忠见此，无奈，只好随后出逃。

黄巾军出城后，立刻军心大乱，战意锐减，纷纷而逃。朱儁哪里肯放？遂忙挥军从后追杀了二十余里方回。时黄巾军被杀被俘的不计其数，小城自然也就此失守。

韩忠见大势已去，无奈，只得领着随行亲信前往朱儁处求降。朱儁见他们日暮途穷，无路可走，遂回心转意，准予投降。孰料秦颉从中作梗，何也？因他当初与黄巾军作战时，险些被韩忠擒杀，而至今怀恨在心。只有杀了他，才可解除心头之恨。朱儁碍于情面，无奈，只得下令将韩忠推出斩首。

此时值中平元年十一月中旬。

官军这次何以如此轻易制胜呢？原来朱儁见连日攻城无果，非常着急，忙与左右登上新筑的临小城城北土山，向城内望去，见黄巾军慷慨激昂，众志成城，不禁倒抽了一口凉气。认为围攻愈急，黄巾军愈齐心。万人之心犹

第十二回　攻宛城朱将军中计败绩　施缓计韩大帅无奈求降

不可挡，何况今日他们是数万之心呢？于是便以凡围城之道，应适时让开一角，以为生路，可使守军斗志不坚，则城可拔之的孙子"围师必阙"兵法，下令撤开城东之围，让条生路，待黄巾军逃出城后，与瓜里津守寨的孙贲、徐琨、朱治、祖茂和吴景所率官军前后夹攻，彻底将其消灭。后因黄巾军逃跑迅速，才未如愿。

朱儁见官军不仅夺了宛城，还斩杀了黄巾军主将韩忠，大喜。谁料不待书奏刘宏和设宴庆祝，便闻报孙夏以大洪为先锋，率领无数黄巾军从城东北的夕阳聚杀了过来。对此，朱儁自然吃惊不小，并忙令秦颉和张超率领五千官军守城，他则亲率徐璆、孙坚、孙香、孙贲、徐琨、程普、黄盖、韩当、祖茂和吴景等一万五千官军出城东门，欲将黄巾军一网打尽。

看官欲知黄巾军与官军谁胜谁负，请看下回分解。

第十三回

黄巾孙夏中计兵败精山
皇帝刘宏耀武增广郊祀

却说从宛城逃散的那些黄巾军得知韩忠被杀，方知降与战均不免一死，竟气得头发倒竖，面色铁青，咬牙切齿，认为与其将来遭受韩忠般下场，不若现在与官军拼个你死我活，鱼死网破。因此，便立刻以宛城东北方十多里的夕阳聚为大本营，推孙夏为大帅，向宛城杀来。

孙夏家道殷实，幼年时其父便请来儒生武士，教他读史习武。到弱冠之年，不仅身材高大，气力过人，武艺高强，文韬武略也闻名远近。因性情豪放，不合时势，累荐不第，仕途不通。无奈，只得愤而出走，遍游名胜，消磨时光。一个偶然机会，加入了太平道，为三十六小弟子之一，封南斗高仙人、南阳道区小渠帅、拜都尉。黄巾军举事后，又成了那里不可多得的战将。方被推为大帅，便召集左右到聚衙大厅商议与官军决战方略。待大家到齐按序方站定，孙夏即道："兵法云：兵欲胜敌，谋贵素定。否则，必为敌所败。因此，我军仅有高昂的士气还不够，还需韬略智谋。不知你等有何良策，请一一道来。"

方言毕，大洪便昂首挺胸大步上前高声道："眼下敌军立足未稳，只须给俺五千人马，便可收回城池，需啥韬略智谋？"

大家认为大洪言之有理，便表赞同，并争先恐后上前请战。孙夏却道："眼下敌军居守势，有城可依。我军处攻势，无物可据。因此，强攻难以取胜！"

第十三回　黄巾孙夏中计兵败精山　皇帝刘宏耀武增广郊祀

言毕，以为大家会随声附和，谁料他们却搔头摸耳，沉默无语。孙夏料知他们无计可献，无奈，只得传人取来绢制南阳地图，仔细察看起来。良久，方抚额笑道："有了！"

大家不知孙夏所言缘由，犹若丈二和尚，摸不着头脑，但又不便询问。孙夏也不做解释，便将商曜、徐和以及王江、章横、白贵、黄才、裴元和项蜀六位军假司马唤过来，指着地图对他们一一附耳低语了一番。时只见他们皆连连点头称是而去。接着，又对白爵、司马俱、苏马和邓华低声耳语了一番。待他们也连连点头称是去后，才令大洪为先锋，于次日早饭后率领三千黄巾军向宛城杀去，只许败不许胜。孙夏则率领其余黄巾军随后策应。

却说朱隽率领官军出城方摆好阵式，大洪所率黄巾军便杀了过来。朱隽忙问左右道："谁愿拿下领头的那妖贼酋？"

方问毕，便见范曾拍马挥斧向大洪杀了过去。大洪见了，也不搭话，举起大铲接住范曾便杀将起来。大洪本乃庐江一富商伙夫，虽然少谋，却生得身高体胖，力大无穷，一条大铲舞得没人能敌。范曾也是条勇猛莽汉，拼杀时常置生死于不顾，且今番又非往常，意在将功折罪。方一交战，便使出浑身解数，恨不能立刻置大洪于死地而后快。二人你来我往苦斗了五十余合，仍未分出高低。真乃棋逢对手，各逞英雄！孙坚在阵下看得兴起，不待发令，便挥舞着狼牙棒飞马出阵，直向大洪砸来。大洪正欲佯败，恰值孙夏率领黄巾军赶了过来。朱隽见了，大喜，以为擒杀了孙夏，便大事无虞，遂忙挥军杀了过去。孰料两军方一交战，黄巾军便向后纷纷败退。朱隽以为黄巾军不敌，竟挥军从后追杀了八十余里。将要追上时，忽见他们争先恐后向左前方八座环立的山里逃去。朱隽在后见了，怕中埋伏，忙传令部下先驻足观望，若无异常，再追不迟。范曾及孙坚、孙香、孙贲、徐琨、程普、黄盖、朱治、韩当、祖茂和吴景所率官军冲在前面未听到传令，因而早便追了进去。朱隽闻报，不禁非常着急，欲飞马上前制止。谁料这时那八座山头上忽然鼓角齐鸣，旗帜飞扬，商曜、徐和、王江、章横、白贵、黄才、裴元和项蜀各率一支黄巾军分别从各个山头杀了下来。那些山名依次是：丰山、鹿鸣山、武阳山、乱石山、拓禽山、鲤鱼山、豫山和蜀山。从丰山到蜀山，顶上依次各插着一面写有乾、坤、坎、离、震、艮、巽、兑八字的大旗。远远望去，若一座天然八卦阵。范曾和孙坚见此，方知中计，大惊，忙挥军拼命向外冲杀。然不论他们冲到哪里，只要山头上旗帜一挥，那里便似有千军万马挡住他们的去路。朱隽和徐璆在山外看得真切，直急得像热锅上的蚂蚁，团团乱转。经商议，二人忙各率一支官军，分别从两座若生门般的山间杀进去，将范曾和孙坚救出后，直向城里逃去。

方逃到宛城正北六十里的东武亭，忽见前方不远处有一队人马慌慌张张向这边奔过来。朱隽见了，忙上前一看，原乃张超所领的官军残兵败将。对此，朱隽不禁非常惊疑，正欲问个究竟。然张超早已翻身下马，上前跪伏于其马前哭诉道："大人率军方出城不久，白爵、司马俱、苏马和邓华所率黄巾妖贼军便乘机从东、西、南、北四城门攻进……"

不待哭诉毕，朱隽早惊得目瞪口呆，半晌无语。回过神，才急切地问他道："秦太守呢？"

张超闻问，不禁一愣，良久才垂头丧气地答道："已为国捐躯了。小的罪该万死！"

朱隽闻之，不禁先是一怵，随后忙唤起张超道："我等皆中了黄巾妖贼酋孙夏这厮调虎离山之计矣！岂是你一人之过呢？"

言罢，即与张超合兵一处，绕到宛城北门外三十里安营扎寨，待机攻城。

却说孙夏挥军从后追杀了一阵官军，便传令鸣金收兵回城去了，并于次日上午领军出城，将官军构筑的土垒和土山尽行捣毁，以防官军再依其攻城。

官军这次不仅损兵折将，还将经数月苦战攻下的宛城给丢了，自然气得三尸乱暴，七窍生烟。为报仇雪恨，徐璆和孙坚在一日中午相约来到中军大帐，气呼呼地向朱隽进言宜可乘黄巾军立足未稳之机，立刻攻城。朱隽闻后沉思良久方道："孙夏这妖贼酋甚为狡诈，岂可凭义愤行事呢？唯妙计方可

第十三回　黄巾孙夏中计兵败精山　皇帝刘宏耀武增广郊祀

取胜。"

方言毕，徐璆即道："我有一计，定可迅速破……"

"还不快快道来！"

徐璆见朱隽对自己所言很感兴趣，自然非常高兴，遂不假思索道："不若明日黎明时分乘黄巾妖贼军熟睡之机，遣四千将士于城四周一齐击鼓吹角，虚张声势，使其以为我军援军杀到而惊惶失措，不知何处是防守重点，那时我再集中所有冲城车和云梯突然猛攻城北门。此所谓集中优势兵力，攻其一点之法！如此，不怕城不破！"

随后，徐璆又上前对朱隽耳语了一番，只见朱隽不住点头称是，并道："此计正合我意！"

言毕，便忙调兵遣将，准备攻城。

次日黎明，只见孙坚在城东门外，程普在城西门外，黄盖在城南门外，韩当在城北门外，各率两千官军，一齐击鼓鸣号，摇旗呐喊。一时震得山摇地动，云飞雾散。随后不久，只见张超在城北指挥官军推着无数巨型撞城车，飞快越过用木板铺设的护城壕桥，轮番猛向北城门撞去。随后范曾、孙香、朱治和祖茂率领官军跟随撞城车队后面，搭上云梯，迅疾向城上杀去。将到城垛，忽听得一声梆子响，无数黄巾军突然冒出城垛，将烧得滚烫的开水猛地向下泼去。官军不防，被烫得皮开肉裂，毛脱发落，喊爹叫娘，乱作一团。回过神，便忙丢下撞城车，溜下云梯，争先恐后向回奔逃。朱隽在后见此，方知黄巾军有备，大惊，认为现在破城无异于登天，根本不可能。不待与左右商议，便欲传令鸣金收兵。徐璆在一旁见此，忙上前对他低声耳语了一阵，只见他立刻连连点头称是。随后，即转身对范曾耳语了一阵。范曾自然也立刻连连点头，随即告辞匆匆离去了。

片刻，便见范曾坐在最前面的轒辒车里，指挥着随后的大队官军推着无数轒辒车猛地向城北门冲了过来。这种车的底部为四个大轮，上部形状犹若房舍，顶盖及四周皆以牛皮蒙之，内可装十余人，行动起来犹若活动堡垒。攻城时，可将官军士兵送到城墙根下而不受外部攻击。

这些辎辒车方冲到城墙脚下，城上木石如雨下，砸得它们七倒八歪，破不成形。那些推车的官军自然早逃得没了踪影。车内的官军虽然惊慌，但仍坚持不出。何也？原来他们意在耗黄巾军木石块，再乘机倾巢而出，继续攻城。正在他们自以为得计时，忽一股臭不可闻的热粪水倾泻而下，熏得他们睁不开眼，泪水直流，哪敢出来攻城！这时有几个胆大些的伸出脑袋向外张望了一下，立刻便被城上流下的热粪水烫得皮开肉裂，骨头外露，惨不忍睹。其他官军见此，自然吓得心惊肉跳，头发倒竖，不敢动弹。唯范曾气壮如牛，毫无畏惧，并欲身先士卒，冲出车外攻城。但一想到前时在水田地带惨败于黄巾军之手的情形，不禁吓得周身直冒鸡皮疙瘩。方才那股勇气自然早飞到了爪哇国。

朱隽和徐璆在后面见了，早气得五脏暴裂，七窍生烟，料想攻城无望，只好强忍怒气传令撤军。而那些辎辒车早被砸成了一堆废物，不能动弹。官军见此，无奈，只得慌忙爬出那里，双手抱着脑袋，飞也似的向回奔逃。没出几步，又遭到城上热粪水袭击，城下立刻便是一片撕裂心肺般的惨叫声。孙夏在城上见此，大喜，认为这是追杀官军的大好机会。于是忙令商曜、白爵和大洪率军出城，追杀一阵方才鸣金收兵。

官军连败两仗，自然惊慌失措，士气锐减。正在这时，寨内忽然盛传皇甫嵩所率官军已攻破了下曲阳，张宝已战死。对此，徐璆与其他官军一样，自然大喜过望，忙赶去向朱隽报告，并建议应趁此立刻出兵攻城。不待报毕，朱隽便高兴道："我方才得报此消息还不待传达，大家都知道了，真可谓佳音长了翅膀啊！"

随后沉思片刻又道："至于攻城之事，还须小心才是。因为黄巾妖贼军一旦知晓其下曲阳兵败，必会严加防范。若贸然行动，必凶多吉少！前日依了你的意见，结果中了妖贼军奸计。眼下就再别言战事了，待观察些时日再做定夺不迟。"

言毕，即传令全军上下，紧闭寨门，严禁出战，否则问斩。徐璆无奈，只得怏怏回营。

第十三回　黄巾孙夏中计兵败精山　皇帝刘宏耀武增广郊祀

孙夏在北城楼上见官军一连数日不来攻城，不觉非常蹊跷。正欲派人打探，忽见探马飞一般跑来向他报道："下曲阳失守，张宝遇难。"孙夏闻之，不禁先是一怵，随后怒目圆睁，昂首高声道："我军大多将士虽已阵亡，不少城关虽已失守，但我道倒汉之志仍然不变！"

随后，即传令加强防守，以防官军乘下曲阳新败之机前来攻城。这与朱隽此前所料非常一致。

此后一日拂晓，孙夏与左右正在西北城池上巡视，忽见城外到处都是抛石机和石块。孙夏以为官军将要攻城，忙传令全城黄巾军做好防御准备。他们得令后即刻便各就各位，严阵以待。正在这时，忽见城内到处浓烟滚滚，军民喊天叫娘，一片混乱。孙夏见此，不禁非常惊疑，欲派人前往询问究竟。正在这时，忽见一士兵飞也似的跑来向他报道："孙将军不好了，敌军暗中凿了无数隧道，将毒气放进城里了。"

孙夏闻报大惊，不待多想，便忙传令速将隧道堵上，防止毒烟继续喷出。不待命令传出，便听得城外鼓角雷鸣，杀声震天。官军抛石机一齐启发，将无数石块猛地抛向城内。被毒气熏得双目快要失明的城里黄巾军，哪看得清、躲得开飞来的石块呢？不到片刻工夫，便被砸得血肉模糊，喊爹叫娘，乱作一团。

孙夏见毒烟越来越浓，飞石越来越密，伤亡人数越来越多，不禁非常惊慌，认为再这样下去，不仅城池会丢失，全军性命也难保住。无奈，只得传令打开四大城门，慌忙向城外撤退，以便再战。

须知，是谁出此高招制服了黄巾军呢？原来此前的一日傍晚，朱隽正与左右巡营，忽一辕门卫兵匆匆前来向他报道："门外有一游僧声言要造访大人。"朱隽闻报，不禁非常惊疑，认为自己不做佛事，何来僧人造访呢？料想来者必有来头，还是先见见再说，于是便与左右赶往那里。到得辕门口，果见有一中年僧人正盘腿坐在辕门外中央空地上，双目紧闭，双手合十，口中念念有词。朱隽见来者不凡，怕有冒犯，忙上前施礼道："我军务在身来迟，还望高人谅解。若有指教，请到中军大帐相赠，我愿洗耳恭听。"孰料僧人无动于衷，良久方取下腰间锦囊，递给朱隽。朱隽见了，忙伸出双手，恭恭敬敬接了过来。正欲答谢，然他早已悄然起身而去。朱隽见他去远，方才低头看了一眼锦囊，料想此中必有要物，应秘密拆看才是。于是便将其藏入怀中，回到中军大帐密室取出拆开一看，方知是雒阳白马寺住持的绢制来书。朱隽不知所言是凶是吉，是祸是福，因而心头不禁七上八下，忐忑不安。阅毕，方才转忧为喜。原来那书所言，乃教他如何以毒气制胜法，大破黄巾军。

何谓毒气制胜法呢？原来在数百年前，兵家们便发明了将皮制风箱接在火炉上，将燃烧的骨头、大粪干、斑蝥、附子草、芥子草、巴豆、皂豆荚及其他巨毒什物所释放出的有毒气体鼓入通往敌方的隧道，将其窒息毒死。

须知，黄巾军与佛门从未结怨，他们何以要以害相加呢？原来在百余年前的永平年间，明帝曾遣中郎蔡音和羽林郎秦景前往天竺取得佛经《四十二章经》，并迎来高僧摩腾和竺法兰来中国传授佛教。为便于存放《四十二章经》及让他俩翻译佛经和传授弟子，在他们到达中国的第二年，明帝即下诏在雒阳城西雍门外三里的御道南侧，仿天竺宫塔样式建了一座规模宏大的寺院。为纪念途中驮经白马，特将此寺院命名为白马寺。佛门见明帝如此重视佛事，自然代代感激。现见黄巾军与朝廷作对，寺中住持及众僧岂会忍心作壁上观呢！于是便从中国墨家祖先经典里寻得一条毒气制胜法，抄录于书中，叫一僧人带上，日夜兼程，赶到宛城官军大寨，密献朱隽，希望他依计行事，消灭黄巾军，以谢皇恩。

朱隽走出密室后，忙传来徐璆、张超、范曾、孙坚、孙香、孙贲、徐琨、程普、黄盖、韩当、朱治、祖茂和吴景，令他们依书中所言行事。黄巾军不防，自然中计。

却说黄巾军方出城，朱隽便挥军杀了过来。由于大多数黄巾军已双目失明，士气自然大不如前。双方方交战，黄巾军便被杀得四下乱窜，溃不成军，逃走了大半。孙夏见此，只好率领所剩黄巾军，欲北袭官军营寨，以反败为胜。这时忽见一黄巾军骑兵飞马前来对他道："孙将军，眼下大家眼睛受

第十三回　黄巾孙夏中计兵败精山　皇帝刘宏耀武增广郊祀

伤，行动不便，怎能袭击敌寨呢？不若先到我家附近的精山，治愈眼伤后，再言其他。若何？"

孙夏认为骑兵虽然言之有理，但哪有那般好事？遂以怀疑的口吻问他道："何法如此灵验？"

"精山谷中有一泉池，名曰洗眼池，清澈见底，常年不涸。凡有眼疾者，皆来此洗之，且很快便痊愈！"

孙夏闻言，疑团顿消，忙问道："治愈得多少时间呢？"

"连洗三次即可。"

孙夏闻那水如此神奇，大喜，忙让骑兵在前带路，直向精山赶去。精山位于宛城西北仅三十余里，因而不大工夫，便赶到了那里。走在前面的孙夏见迎面只有一道山嶂，却无山谷和泉池，不禁有些惊疑，忙问骑兵道："洗眼池在哪儿？"

骑兵不假思索指着前方道："转过山嶂便是。"

孙夏信以为真，忙领军匆匆转入山嶂。进得里头，果有一开阔山谷，四周群峰壁立，树木参天，飞禽惊翔，走兽乱窜，然却没见任何水池。对此，孙夏不禁非常惊疑，欲问骑兵究竟，然却没了骑兵踪影。不待多想，便断定他是朱儁派来的奸细，不禁大惊。为防不测，忙传令全军立刻向外撤退。治疗眼伤心切的黄巾军早已全部挤进了谷口，一时哪里退得出来？正在这时，周围山头上忽然旗帜飞扬，鼓角雷鸣，杀声震天，范曾和新近从邓县赶来为哥哥秦颉报仇的校尉秦宾各率一支官军分别从左、右冲出，挡住了谷口。随后，又见张超坐在左侧一山头上，挥动令旗，指挥官军向山谷里施放火箭。恰值这时大风乍起，风助火势，直烧得黄巾军皮开肉裂，喊天叫地，到处乱窜。

孙夏料知败局已定，忙令商曜、徐和、大洪、司马俱、白爵、苏马和项蜀领着所剩黄巾军，拼命向外冲杀，以求九死一生。他则仍在原地指挥随身亲兵，与官军厮杀，以便分散他们兵力，让商曜等七将士率军顺利杀出。这些黄巾军本是南阳黄巾军中的勇猛之士，现在又是以死求生，勇猛自然非同平常。得令后，瞬间便将官军杀得东倒西歪，纷纷后退，并全部冲出了谷口。范曾和秦宾见了，大惊，只得随后合兵一处，向孙夏这边杀来。张超在山头上见此，怕官军施放的火箭误伤了自家人马，便忙挥动令旗，命令停止放箭，并率官军一齐下山，向孙夏黄巾军冲杀过来。孙夏见此，料知死到临头，但毫不畏惧，并抖擞精神，大吼一声，拍马舞枪，直向秦宾杀来，欲拼个鱼死网破，同归于尽。范曾在一旁怕秦宾不敌，忙挥斧上前将他替下，接住孙夏厮杀。秦宾也怕范曾不敌，遂心生一计，忙向孙夏放了一箭，欲助范曾一臂之力。谁料孙夏眼明手快，伸手接住那箭，抛向了一边。范曾和秦宾见此，不禁大惊失色。为回击秦宾，孙夏立刻甩开范曾，瞪着一双血红的大眼，举枪直向秦宾猛刺过去。秦宾虽然身材高大，力气过人，但见了孙夏这般架势，早吓得两股战栗，冷汗淋漓，慌忙拨转马头伏身向后奔逃。这时忽听得前方有人一声大吼："贼酋休得称狂，看枪！"

秦宾忙抬头循声望去，原乃朱儁率了一支官军精骑，向孙夏杀来。秦宾见了大喜，胆子也不禁壮了起来，并立刻返身与朱儁和范曾一同将孙夏围在核心厮杀。孙夏力战多时，早已筋疲力尽，现在哪是他三人对手？战不几合，便渐渐不支。恰在这时，孙夏马失前蹄，将他四仰八叉摔在了地上。朱儁见此大喜，忙拍马上前，举枪直向孙夏胸口刺去。孙夏躲闪不及，立刻便中枪而亡。那些黄巾军见主将已死，哪敢恋战？于是一哄而散，欲各自逃命去也。朱儁哪里肯放？忙传令全军，不论黄巾军投降与否，只要碰上，一律格杀勿论，结果黄巾军无一逃脱。于是山谷各处都是黄巾军尸首鲜血，情景惨不忍睹。时日头似乎提前西沉了，寒风似乎变得温顺了，好像在为这些死去的黄巾军默哀。

此役黄巾军被杀万余，幸存者也逃得无影无踪，宛城最终自然也被官军占领。至此，张角亲自发动、领导和指挥的太平道黄巾军的举事彻底失败了。

此时值中平元年十一月下旬。

朱儁从精山率军方回宛城，便疾书向刘宏报捷。刘宏方闻张宝战死，下

第十三回　黄巾孙夏中计兵败精山　皇帝刘宏耀武增广郊祀

曲阳收复，现又闻孙夏被杀，宛城已破，自然喜不自禁，忙命主簿王儒撰制圣旨，为镇压黄巾军有功之臣加官晋爵和嘉奖表扬。撰制方毕，刘宏便传令在京文武百官到玉堂殿听旨。待到齐口呼"吾皇万岁万岁万万岁"毕，满面笑容的刘宏即示意选部尚书刘宦宣旨云：

自张角黄巾妖贼军大乱天下以来，经大小百余战，现终将其讨平，此乃我天朝洪福也！为遵循我大汉有功必赏祖制，除已加官晋爵者外，现特拜：

朱隽为右车骑将军，领光禄大夫，增邑五千户，改封钱塘县侯，加特进。

孙坚为别部司马，秩二千石。

孙香、孙贲、徐琨、程普、黄盖、朱治、韩当、祖茂和吴景各晋升一级，各增秩百石。

特别嘉奖大将军何进、荆州刺史徐璆、巨鹿太守郭典、护乌桓中郎将宗员、校尉邹靖、大将军司马范曾、护军司马傅燮、别部司马张超、从事荀爽和孔融。

特别追谥秦颉为荆州刺史，并优待其家眷亲属。

宣旨毕，受到加官晋爵和嘉奖的在场者除了同其他官员出班伏地口呼"吾皇万岁万万岁"外，还特意高呼"谢隆恩"不止。随后，其他官员皆一齐拥到皇甫嵩、何进等人面前道贺，自不必说。时朱隽、范曾、傅燮和张超正在宛城，刘宏便遣特使持节前往宣旨，并召朱隽立刻搬师回京。

不在场的那些有功者接到加官晋爵和嘉奖圣旨后，自然大喜过望，遂忙争先恐后上表向刘宏谢恩，或立刻走马上任，或就地设宴庆祝。

接着，刘宏又宣旨即日起在京宴饮娱乐七日，庆祝天下恢复太平。因此，当时雒阳城内，除简窟陋巷外，那些皇宫御苑、府衙官宅，皆张灯结彩，锣鼓喧天，丝竹长鸣，笑语震耳。喜悦气氛，胜过年节。

一日上午，刘宏头戴远游冠，身着大袖袍服，脚蹬麻履鞋，在后宫驾着辕驴车，巡游位于城西的上林苑裸游馆。那里玉石垒砌，温泉四通，花树常绿，华丽气派，名震海内。因而有人作诗云：

辇车飞素盖，从者盈路傍。
月出照园中，珍木郁苍苍。
清川过石渠，流波为鱼防。
芙蓉散其华，菡萏溢金塘。
灵鸟宿水裔，仁兽游飞梁。
华馆寄流波，豁达来风凉。

还有馆舍千余间，每间有二七以上、三六以下妙龄美女多名，常涂脂抹粉，全身裸露，以备随时与刘宏洗浴淫乐。能与刘宏有一次云雨勾当，自然三生有幸，百年不忘，并非无妻无妾的潦倒文人所描绘的那样：女子入宫若入狼窝虎口。

时刘宏从辕驴车上下来进入馆舍，正欲解衣与裸女们淫乐，忽一内侍前来向他报道："皇上，太尉杨赐在馆外言有要事启奏。"

刘宏正在兴头上，听了所报，自然非常扫兴。可杨赐是总理军政和三公之一，非一般人，不见哪行？无奈，只得极不高兴道："准见！"

片刻，杨赐便被内侍引了进来。杨赐方见刘宏，便跪伏于地奏道："皇上，迎冬于北郊时日虽过，但当年世祖讨平隗嚣和公孙之后，曾增加郊祀大典。今黄巾妖贼军已破，乃皇上之洪福也。何不效世祖故事，增加郊祀大典呢？"

刘宏本来意兴索然，没精打采，现在闻杨赐奏，认为非常有理，于是精神为之一振，面颜大悦，痛快道："卿所言极是！速传朕旨，三日后举行郊祀大典！"

杨赐见自己所奏被刘宏采纳，认为立了一功，大喜，忙拜辞刘宏，退出馆外，传达圣旨去了。

举行郊祀大典那日，春风习习，阳光明媚。午时方过，头戴广七寸，长一尺二寸，前圆后方，红绿里，玄上，前垂四寸，十二旒，白玉珠特制冕旒

第十三回　黄巾孙夏中计兵败精山　皇帝刘宏耀武增广郊祀

冠，身着黄纱袍的刘宏和皆着黄色服饰的董太后、何皇后及在京皇亲国戚、三公九亲、名贤硕儒，在举着黄色旗帜的仪仗队护卫下，或乘车，或乘马，吹吹打打，浩浩荡荡，前往南郊祭坛中界域。远远望去，犹若滚滚移动的晚春麦浪。到后刘宏方在坛中央站定，站在坛右侧的杨赐便高声宣布郊祀大典开始。随后，头饰十伎、身着青色短襦的乐工们便唱起了意为皇帝祈求天帝保佑国家偃武修文、四海太平的《郊祀歌》十九章第二节《帝临》。歌词云：

　　帝临中坛，四方承宇。
　　绳绳意变，备得其所。
　　清和六合，制数以五。
　　海内安宁，兴文偃武。
　　后土富媪，昭明三光。
　　穆穆优游，嘉服上黄。

唱毕，刘宏等人便在坛上依次坐下。祭祀大典规格和形式皆效当年世祖刘秀增加郊祀故事，即在天、地、高帝、黄帝、青帝、赤帝、白帝和黑帝牌位前各置祭犊一头。这些祭犊皆重三千斤，大约五六岁，非常健壮。日、月、北斗牌位前各置祭牛一头，四营群神共用祭牛犊四头。中营四门用席十八张。外营四门用席三十六张。午时三刻，只听得太常丞一声唱礼，刘宏便起身上前为世祖配食和祭祀其他神祇。祭祀方毕，头戴广八寸，长一尺六寸，前大后小，上饰爵头色缯建华冠，身着青色大袍的乐令，便指挥头饰及服装与乐令相似的歌伎和乐工演唱演奏《郊祀歌》十九章第三节《青阳》。其词云：

　　青阳开动，根荄以遂，
　　膏润并爱，跂行毕逮。
　　霆声发荣，壔处顷听，
　　枯槁复产，乃成厥命。

众庶熙熙，施及夭胎，
群生啿啿，惟春之祺。

演唱毕，又演唱《郊祀歌》十九章第四节《朱明》歌。其词云：

朱明盛长，敷与万物，
桐生茂豫，靡有所诎。
敷华就实，既阜既昌，
登成甫田，百鬼迪尝。
广大建祀，肃雍不忘，
神若宥之，传世无疆。

演唱毕，又演唱《郊祀歌》十九章第五节《西颢》歌。其词云：

西颢沆砀，秋气肃杀，
含秀垂颖，续旧不废。
奸伪不萌，妖孽伏息，
隅辟越远，四貉咸服。
既畏兹威，惟慕纯德，
附而不骄，正心翊翊。

演唱毕，又演唱《玄冥》歌。其词云：

玄冥陵阴，蛰虫盖臧，
草木零落，抵冬降霜。
易乱除邪，革正异俗，
兆民反本，抱素怀朴。
条理信义，望礼五岳。
籍敛之时，掩收嘉毂。

第十三回　黄巾孙夏中计兵败精山　皇帝刘宏耀武增广郊祀

参加演唱的乐工、歌伎就达数千。因而歌声如雷，响彻云霄，方圆数十里外都能听见。刘宏与董太后、何皇后及其他人皆被歌声所感动，并情不自禁地随之附和哼唱。场面之热烈，空古绝今。

待四首郊祀大典歌曲演唱毕，接着演唱最振奋军威的军歌横吹曲《黄鹄》《出塞》《入塞》。演唱毕，乐令又指挥跳规定的《云翘》舞。时舞者数千，皆头戴方山冠，披皮甲，着皮靴，手舞干戚，在音乐伴奏下，来回反复舞动。跳毕，又跳《育命》舞。舞者亦数千，皆头戴止嵌铁柱卷，身穿上大下小、饰以大铜珠九枚的建华装，披皮甲，着皮靴，手舞宝剑，来回反复挥舞。跳毕，又加跳歌颂周武王之威的《大赋》舞。舞者近万，皆穿戴仿周武王时将士穿的红色衣裳与铜色皮甲，手舞仿周武王时将士用的铜刀、铜剑、铜斧。舞者皆是身材高大、面容俊俏、年轻力壮的将士。因而舞步整齐有力，吼声震天动地。威武雄壮，可想而知。时刘宏看得眼花缭乱，忘乎所以，以至欲随着舞者舞步声响手舞足蹈。

随后，刘宏在祭坛上还破例接见了何进和皇甫嵩等秩二千石以上镇压黄巾军的有功之臣，并道："卿等在讨伐黄巾妖贼军时骁勇善战，立功显赫，不愧是捍卫我汉室江山长治久安之柱石也！"

言毕，又亲赐他们每人御酒一盏，以示皇恩。何进和皇甫嵩虽常能见到刘宏，但受赐御酒还是头次，因而自然受宠若惊，激动不已。而那些为汉室江山出生入死几十年，连京师雒阳都未来过者，更是激动得眼泪横流，语无伦次。不仅反复口呼"皇上万岁万万岁"以示谢恩，还久久跪在刘宏面前不肯起来。最后还是刘宏上前亲将他们一一扶起，他们才依依不舍地回到自己座上。

接见毕，已傍晚时分。刘宏、董太后和何皇后等人早已累得筋疲力尽，昏昏欲睡。杨赐见了，怕有不测，便忙宣布郊祀大典结束。

此后不久，刘宏听从群臣建议，降旨于是年十二月起，除被捕或被俘的黄巾军及同党首领外，大赦天下囚犯，并增加百官俸禄若干，以为稳定朝野之心。同时，改元中平，意为黄巾军既已讨平，汉室江山又将中兴太平。

不久后的汉中平二年二月初，刘宏与嫔妃们正在西苑馆舍里东推西拥，嬉笑打闹，忽见一内侍飞一般跑来向他报道："皇上，灵台殿、乐成殿起火了！"

刘宏闻报，不禁吓得魂飞魄散，六神无主，回过神才问内侍道："火势若何？"

"正向北阙度道以西蔓延，已殃及嘉德殿、和驩殿道门了。"

刘宏闻报，认为火势非同一般，若不及时扑灭，后果不堪设想。于是忙传旨执金吾袁滂及驻京各部人马快速前往灭火。

看官欲知着火各处情况若何，请看下回分解。

第十四回

谏阻卖官司马直自绝盟津
收合聚众张牛角举兵黑山

却说刘宏圣旨还未传出，执金吾袁滂、执金吾丞陈熊及有关衙府将校见到着火，早已率军奔赴灵台殿、乐成殿、北阙度道、嘉德殿、和驩殿道门等处，扬沙泼水，奋力扑灭。时值春日，火苗乘着强烈的东南风，越烧越猛，一时哪里扑灭得了？于是竟烧了半个多月方才熄灭。结果不仅前面提到的那些宫殿度道被烧得垣瓦塌碎，面目全非，其他宫室亦有殃及。对此，刘宏心疼得差点昏死过去。在京文武百官也长吁短叹，痛惜万分。袁滂和陈熊认为自己失职，竟吓得茶饭不思，坐卧不安，待在自家府邸等候处罚。

须知，雒阳城分为南宫和北宫两部分，早在西汉时便已建成，到光武帝刘秀定都这里时，又进行了大规模扩建和改建，并将南宫作为朝廷议政和皇帝接受文武百官朝贺之所。不用说，其重要性可见一斑。这次大火所烧，恰属南宫内外。尤其灵台殿被烧，非同小可。据后来六朝人所撰《三辅黄图》卷五《台榭》篇记载：西汉长安便有灵台，高三丈，开十二门，巍峨雄伟，时人见了莫不称道赞叹。它最初名叫清台，因是当时观察阴阳天文变化之所，遂更名灵台，归太常属官太史令管辖，其职能西汉与东汉相同，与时之皇帝宣明政教的明堂、祭祀场所辟雍同为京都三雍。因此，史学家班固在《东都赋》中特颂云：

乃经灵台，灵台既崇。帝勤时登，爰考休征。三光宣精，五行布序。习习祥风，祁祁甘雨。百谷蓁蓁，庶草蕃庑。屡惟丰年，于皇乐胥。

上述可知，这些殿道宫室，特别是灵台殿的存毁，干系多么重大。因此，刘宏能不心疼吗？

还有叫刘宏不安的是，方才镇压下去张角属下黄巾军，瘟疫又到处蔓延。由此引发的人心恐慌还未安定，眼下火灾又不意而降。按当时说法，这不仅有损天子之威，京都之雅，还预示着汉祚将倾，新朝将临。为此，刘宏竟忧虑成疾，卧床不起。一日下午，刘宏坐在后宫寝室床上有气无力地问张让和赵忠道："灵台殿等处皆为先祖所建，虽不幸被烧，但不可一日没有。若要修复，耗资定然巨大。但眼下国库空虚，入不敷出，如何是好？"

胖乎乎的赵忠闻之，不知如何回答是好。无奈，只得瞪着一双大眼望着矮小干瘦的张让，希望他能说出个所以然。张让平时就比赵忠善于揣摩刘宏心思，待刘宏方才问毕，早便知道一贯吝啬的刘宏绝不肯从上林苑西邸库中拿出其私钱来应当前之急。于是便装模作样沉思了一阵方道："修复被烧各处，事关江山社稷，故不可拖延。眼下国库虽然空虚，但有道是国家有难，匹夫有责。因此，不若降旨天下，增加地税，出卖官爵集资。鄙人管见，不知圣上意下如何？"

刘宏认为张让所言正合己意，遂喜不自禁道："爱卿所言甚妙！"

言毕，即叫内侍撰制圣旨。不一刻工夫，便撰制毕。刘宏遂叫赵忠立刻传旨天下，照旨俱办，不得有误。随后，刘宏精神也为之一振，大病全愈了。

须知，这次公开出卖官爵，并非张让发明，早在安帝永初三年，即邓太后临朝之初，因财政短缺，就曾出榜出卖官爵，充实国库。后因邓太后力倡节俭，财力逐渐好转，方才即行禁止。这是第一次公开出卖官爵。第二次公开出卖官爵发生在光和三年。当时刘宏认为京都雒阳现有苑囿不仅太少，且不够堂皇华丽，意欲建造更新、更豪华、更宏大的毕圭苑和灵琨苑。时任光禄勋的杨赐闻知此事，认为于国于民有百害而无一利，于是便上疏刘宏表示反对。对此，刘宏自然非常不快，便询问侍中任芝和侍中祭酒乐松，欲得到他俩支持。乐松本赞成杨赐上疏，但又深知刘宏心思。因此，与其讨个没

第十四回　谏阻卖官司马直自绝盟津　收合聚众张牛角举兵黑山

趣，不若顺其所好讨个吉利，于是大言赞同刘宏。对此，刘宏自然高兴非常，于是不再理睬杨赐上疏，便立刻降旨，于西郊建造毕圭、灵琨二苑。据史书载，再建后的毕圭苑周长一千五百步，假山顽石、水池钓台与楼阁殿宇雄伟华丽，数不胜数。而灵琨苑又比毕圭苑宽广和富丽，其建造耗资之巨可想而知。但此前国库早已空虚，于是急得刘宏愁眉苦脸，无计可施。其母董太后闻之，遂便灵机一动，建议出卖官爵筹资。刘宏对其建议自然言听计从，于是传旨道：开西邸出卖官爵，所得之钱美其名曰"礼钱"。由此解决了建造灵琨苑和毕圭苑所需资金。

人们花钱买官买爵有何用呢？原来那时居官掌权者和有爵位者，万事皆可办，且发财是首要。因此，这次出卖官爵圣旨方才贴出，天下大小文武百官和富豪巨商皆争先恐后赶往出卖官爵处西邸门前，日夜排着长队抢购，唯恐给落下。于是不出数日，所得之钱堆积如山，数不胜数。这些钱别说修复被焚宫殿，就是再造一座雒阳城也绰绰有余。因此，竟乐得刘宏一连几夜觉都没睡着。

一日，刘宏正与张让、赵忠、任芝、乐松和那些以高出定价几倍钱买官买爵者在上林苑宴饮之际，忽一内侍匆匆前来跪伏于刘宏座前，向刘宏报道："皇上，赴任途中的巨鹿太守司马直在盟津驿馆悬梁自尽了。"

太守乃秩二千石高级官员，新任、迁升或降级均须皇帝御批。因此，司马直生死安危非同小可。时刘宏闻报，直惊得目瞪口呆，半晌无语。回过神才忙问道："因何事？"

内侍闻问，不敢作答。刘宏以为所奏有诈，遂大怒道："奴才欲骗朕不成？"

内侍见此，不禁吓了一跳，脑袋若捣蒜般连连磕头道："奴才不敢，奴才不敢，奴才不敢。"

言毕，即从怀里取出一卷绢书，上前呈与刘宏，又对他低声耳语了片刻方才退下。刘宏方拆看那书，脸色便红转白，白转青，阴沉的像能拧出水来，并将其狠狠扔在地上，连连怒吼道："反了！反了！反了！"

随后不再言语，便起身转入内里去了。对此，张让等人以为是黄巾军死灰复燃，杀到雒阳城来了呢！皆吓得面面相觑，不敢言语。良久回过神，才忙不约而同上前拾起那书，一齐仔细看起来。看毕，方知是司马直上疏刘宏死谏书。他不仅陈述了出卖官爵之得失，还力谏刘宏立刻收回这次出卖官爵圣旨，否则将祸及江山社稷、天下安宁。张让等人自然认为司马直是危言耸听、杞人忧天。因而不屑一顾，一笑置之。张让甚至还大骂司马直死有余辜。随后，便忘在了脑后，若没事一般。

但司马直死因消息传开后，在野人士的反应却非常强烈，有哀叹惋惜而前往凭吊的，更有痛心疾首而大骂当朝的。

司马直，字叔异，司隶河内人，身长八尺，肤若白雪，美髯绝伦，时人奉之若神。自幼便苦读经史，孝廉贤达，闻于海内，经多次推荐，方拜为巨鹿太守。前时方接到就职圣旨，便披戴巧士冠服，别了家室，带上书童，骑着白马，赶赴上任。方到河水盟津北岸，天色已晚，船已停渡。无奈，只得投宿岸边驿馆，待明日过岸，继续前行。次日黎明，起床洗漱用饭方毕，便与书童离开驿馆，催马匆匆上路，欲乘人少之机，早些乘船过岸。方到船埠，见那里有人围着争看墙上告示。对此，不禁非常好奇，遂忙上前一看，原来是为修复被焚毁的灵台殿、乐成殿、北阙度道、嘉德殿、和驩殿等处，刘宏所下的出卖官爵集资圣旨。司马直不知圣旨真伪，欲打探旁人，这时忽见他家一家役飞马前来向他报道："方才县差来报，县令遵循皇上圣旨，要先生先交三百万钱资助朝廷修复被焚宫殿，方可赴任。"

司马直闻报，开始不信，待家役以斩钉截铁的口吻重复了一遍方才所报，方才相信墙上圣旨是真，于是气得面色铁青，张口结舌，无法言语。要不是家役和书童上前扶着，早便晕倒过去，良久方才唉声叹气道："事已至此，先回驿馆再说吧！"

随后，便耷拉着脑袋，牵马转身与家役和书童一道，缓缓向昨夜投宿的那家驿馆走去。馆役见司马直离馆时还兴冲冲的，现在却没精打采回来了，且还多了一个家役。对此，不禁非常不解，但又不便打听，于是只管热情安

第十四回　谏阻卖官司马直自绝盟津　收合聚众张牛角举兵黑山

排他们住下就是了。

司马直自然是独住一室，家役和书童合住另外一室。待馆役忙毕离去后，司马直便紧闭房门，来回踱步，哀叹不已。后来竟独自走出驿馆，到河水岸边，背手低头凝视着滔滔东去的河水，眼泪汪汪，唉声叹气道："朝廷命官，国之栋梁，民之父母，岂可买卖呢？照此下去，我大汉江山不日将没啊！"

这时水上不远处一头戴斗笠、腰束短衣的渔翁站在船头上摇着橹、唱着歌，飞一般朝司马直这边飘来。对此，司马直不禁非常惊奇，遂抬头举目一看，已到眼前的渔翁身材高大，发须银白，肤色铜黄，目光犀利，仪表万千，气质非凡。不待他搭话，渔翁便问道："是司马叔异先生吗？"

司马直闻问，不禁非常惊异，忙收起泪水拱手施礼道："晚生正是。敢问先贤乃哪路神仙？又何以知晓小的姓、字呢？"

"先生乃当今名士，谁不知晓呢！老朽乃无名之辈，直呼渔夫便是。"

渔翁随后又道："先生若不嫌老朽啰唆，请到我寒舍一叙，若何？"

司马直料想他为一方高士，自己正有心事，何不趁此向他一吐为快！于是忙答道："晚生正有迷津，还须先贤指点才是！"

答毕，即纵身上船。不一刻工夫，船便漂到斜对岸，停靠于石崖脚下一方长形平台水边。二人下船上岸，沿阶向上走到约十余丈高的石崖半腰处，见有一背石面水、小巧玲珑的半新茅庐坐落在一片开阔地上。四周竹木欲绿，野花待放；门前下方碧波荡漾，水鸟飞翔。幽静险峻，世所罕见。对此，司马直不禁赞不绝口。走在前面的渔翁上前推开茅庐柴扉，礼让司马直先进。司马直谦让不过，只好听从。进得里面，见虽只一室，却宽敞明亮，清洁有序。琴棋书画，必用之物，一应俱全。由此推定，其主人不仅来历非凡，知识渊博，且有苦水无处倾吐。否则，岂会远离红尘，僻居这里呢？这时渔翁已烹好茶水，热情招呼司马直坐到茶几前品尝。新来乍到的司马直自然显得有些拘谨，后见渔翁如此热情，遂有宾至如归之感。出于礼貌，司马直还是礼让渔翁坐下后，他方才就座。随后，二人便热情地攀谈起来。时渔翁道:"先生有何迷津,不妨道来,让老朽也知一二。"

方言毕,司马直便放下茶盅,叹息了好一阵,才将他那心事说了出来。说到气愤处,竟涕泪满面,泣不成声。时渔翁只笑不语。对此,司马直甚为不解,带着哭腔问道:"难道是晚辈说谎不成?"

时渔翁慢条斯理呷了一口茶,手抚美髯道:"先生方才所言,实在算不得什么,乃平常事呢!"

司马直虽然非常尊敬渔翁,但对他见怪不怪、闻惊不惊的态度却非常不满,遂一本正经道:"先贤之言差矣。早在秦二世三年,高祖便纳儒生陆贾、郦食其之言,广招和重用文武杰出之士,并深知若无可运筹帷幄之中、决胜千里之外的谋臣张良;若无能足供军资,慰抚百姓,稳定后方的重臣萧何;若无能统率千军万马,战必胜、攻必克的大将韩信及其他文臣武将,必不能消灭项楚立国!因此,那时有功者方可封官赐爵。此后不久,又特下求贤诏,广纳天下贤士。如在文帝亲自策问下,被荐举出的贤良对策者百余人,仅晁错一人高第。建元元年冬十月,武帝要求被举荐者必须德行高妙,志节清白;学通行修,经中博士;明达法令,足以决疑,能案章覆问,文中御史;刚毅多略,遇事不惑。若有倡申不害、商鞅、韩非、苏秦和张仪之言以乱国政及不英俊、不贤行、不廉洁、不公正和不孝悌者,皆罢黜,并严惩举荐者。阳嘉元年,顺帝依尚书令左雄上书言,除有颜渊和子贡之茂才异行者,其他宜遵孔子四十不惑之言,凡不足四十岁者,不可被举荐。时广陵西海人徐淑虽熟研《孟氏易》《春秋》《公羊传》《礼记》和《周官》,并善诵《太公六韬》,且心怀壮志,广交英雄,然被查出年不足四十,亦被遣回原籍。从上述可知,我大汉朝臣不是有功者,便是贤良者,且在执行选拔制度时……"

渔翁闻言,料司马直只知其一,不知其他。故不待他言毕,便大笑道:"先生还不晓其真实内幕!须知,除战功显赫者外,那些被举荐者,确有茂才异行者若凤毛麟角,非常罕见。大多乃不学无术的皇亲国戚、公卿望族、富豪子弟以及一些沽名钓誉的虚伪之徒。如会稽阳羡人许荆祖父许武及其胞

第十四回　谏阻卖官司马直自绝盟津　收合聚众张牛角举兵黑山

弟许晏、许普三人，以假分家产欺骗乡邻及当地官吏而博得美名，被举荐为吏。后来许武竟官至长乐少府。还有那些欲以投机获取官位者，如汉中人晋文经和梁国人黄子艾，皆恃其诡智，炫耀上京，卧托养病，不见外人，故作清高，意欲获取一官半职。后幸被名士符融等人察出其真伪，二人方才惭叹而溜。否则，将被举荐出仕！更有庶民赵宣，葬其亲而不闭墓道，居其中行服孝二十余载，被乡邑称著，并被荐举。后经查询，方知服孝中与妻子生了五个儿子。结果以宿冢藏妻孕育墓道、诳时惑众、诬污鬼神之罪处之。这些虚妄之徒的丑行，你知晓否？"

渔翁以为司马直已受到启示和教育，会对当朝选官内幕的无知感到惭愧，于是不禁非常得意。谁料司马直却不以为然，并非常认真道："方才先贤所言，皆为往事！须知，自我大汉建立官吏征召授职制度以来，除州、郡官吏为征召授职外，丞相、太尉、御史等亦可征召授职。如丞相孔光征召授职卓茂为丞相府史。大司马车骑将军史高辟征召才华横溢、经学绝伦的匡衡为议曹史。更甚者，章和元年章帝东狩过济阳时，当地三老上书赞陈郎美德茂才。章帝到梁国召见后，发现此人确有奇才，于是立刻下旨三府首先征召，结果陈郎任职于司徒府。为使天下名望高、品学兼优者能授以国策顾问等要职，皇上还亲自下旨云：凡能通晓逸经、古记、天文、历算、钟律、小学、《史篇》、方术和《本草》者，以及能教授《五经》《论语》《孝经》和《尔雅》者，均可赴京应征。其中年迈者可随时以安车蒲轮迎入朝廷。由此可见，皇上广招天下贤达之士的诚心真可谓至极！其次，一视同仁，即使有特权者亦不予情面。如延光三年，安帝之舅、大鸿胪耿宝向代理太尉杨震举荐中常侍李闰之兄，杨震却不为所动。耿宝于是亲见安帝，直言李闰应授要职。安帝闻之，欲下旨征召。杨震遂不顾一切向安帝奏道：如朝廷欲令三府征召授职，应有尚书诏令，结果严拒不许。后又有皇后之兄执金吾阎显向杨震力荐其亲戚阎厚，亦被杨震拒绝。再者，为避免乘举荐之便受贿舞弊，被举荐者需试任职一年，合格后方可正式授职。否则，不仅不得为吏，还要严惩举荐者。顺帝时太尉施延便因举荐受贿被罢黜官职。执法之严，古今罕见!"

　　渔翁闻言,认为司马直太幼稚可笑了,不禁大笑道:"闻先生方才所言,方知你并不知晓当朝立国不久,两千石以上官吏或朝中大臣任职满三年者,便可任其亲子及兄弟为郎,善恶智庸勿论。如丞相翟方进任其小儿翟义为郎。重臣霍光、杨恽和爰盎早年亦因其兄为官而为郎。故一时间无数德薄才疏、五官丑陋、四肢短小、生理残缺及斗鸡、走狗、戏马、游猎、博耍和善歌的官宦子弟竟担任要职,出入宫禁。虽巨贤董仲舒和王吉先后多次上疏皇上,宜效舜、汤不用三公九卿子弟而任皋陶和伊尹为重臣,不仁无为者拒之不纳的故事选拔官吏,但却被拒绝。明帝虽下旨仿舜、汤之风,但直至安帝时,仍有无数公卿之后不到弱冠之年便获郎官之职,故时之称其为童子郎。更甚者,宦官养子竟可世袭封爵。还有,熹平六年四月,数十商民愿为宣陵孝子,皇上皆授为太子舍人。名贤蔡邕虽据理上疏反对,谁料皇上不但不听,反还将他贬为丞尉。此后还有这类人被迁升为刺史、太守、尚书、侍中或封侯赐爵。更不可思议的是,王莽时竟广招言有奇术能击败匈奴者为吏。还有言不用舟楫能渡百万兵者;或言不带军粮,仅食药物,便使三军不饥者;或言能日飞千里,窥视匈奴军情者。其言虽然虚诞,但仍可拜为理军,赐以车马。王莽祭祀南郊时,有能当众无哀而旦夕大哭至气尽,并伏地叩头,禀告天子谋略,自陈功劳千言,或能诵策文的诸生小民五千人被授为郎!一言以蔽之,朝廷庸人当政,日已久了!"

　　言至此,早已口干舌燥,于是呷了一口茶,清了清嗓子接着道:"至于出卖官爵,即使是征战有功的太尉段颎,有冀州重名的司徒崔烈,能预凶吉的太尉樊陵,有杰才的司空张温这些显士名贤,亦要纳钱五百万至一千万方才得到三公之位。而位居公辅的司隶刘嚣,中常侍唐衡之弟唐珍,中常侍张奉之弟张颢,亦以赀钱取位。何况先生呢?"

　　司马直闻至此,方知当朝大多官吏的职务或爵位不仅是花钱买得的,而且是一伙只知吃饭穿衣的行尸走肉,竟惊得目瞪口呆,不能言语。渔翁见此大喜,欲再举例佐证宦吏制度的腐败。然不待开言,司马直便叹息道:"今闻

第十四回　谏阻卖官司马直自绝盟津　收合聚众张牛角举兵黑山

先贤一席言，遂使晚辈茅塞顿开！当朝最肮脏的，莫过于仕途了！"

司马直此前虽料渔翁为非常之人，但对他对朝中选官内幕如此了解还是大惑不解，于是问道："先贤在此打鱼捞虾，远离朝廷，何以知晓其选官拔吏内幕呢？"

渔翁闻问，遂沉思片刻答道："实不相瞒，老朽原乃朝中选部尚书令，秩六百石，任职近二十年，自然知晓官道内幕。后因不愿与丑行同流合污，方才辞职隐居，了却余生！"

司马直听渔翁来历果然非凡，不禁肃然起敬，忙起身拜伏于其身前道："先贤今日赐教，胜读万卷书啊！"

随后，不禁悲痛得泪如雨下，呜呜大哭起来。渔翁见此，遂忙上前扶起，安慰了一番后，便与司马直一道杀鱼切菜，刷锅燃薪。片刻，便火旺烟腾，菜香鱼熟；盛入碗盘，摆上餐几，斟上浊酒，对坐默饮。直至酒过三巡，渔翁方才问司马直道："不知先生今后何去何从呢？"

良久，司马直才长叹道："晚辈亦不晓呢！"

渔翁见司马直对前途非常迷茫和无奈，于是不再言语，只一个劲儿劝他饮酒进食，以为安慰。餐毕，时已黄昏。渔翁怕司马直不测，欲留他夜宿。司马直怕打扰渔翁，便执意不肯。无奈，渔翁只得起身出门，同他下阶上船，摇橹送至来时上船处，方才依依而别。

司马直回到驿馆，时已掌灯。家役和书童早在其室内备好了晚餐，只待他回来一起开吃。对此，司马直只表示了一番谢意，便欲上床就寝。家役和书童见他衣冠不整，神情沮丧，料知悲愤未消，劝说无益。于是草草用餐毕，便告辞出门回室睡觉去了。

次日早上，馆役入室给司马直送洗漱水，见他早已悬梁自尽，不禁吓出一身冷汗，遂忙抽身退出门外，告知馆头及司马直家役和书童。他们闻讯，大惊，忙飞一般赶到司马直所住那室，搭上板凳，解下尸首，放到床上。

司马直何以要自寻短见呢？原来他昨夜虽早早就寝，但因渔翁白日所言在脑中一直挥之不去，难以入睡，并感到当朝如不遵循古时圣贤帝王故事，以俊杰茂才治理天下，不出多久，四海必将大乱，汉室必将灭亡。为此，不禁吓得心惊肉跳，毛骨悚然，但又无回天之术。无奈，只好披衣起床掌灯，在桌上摊开随身带的白绢，伏身撰写上疏皇帝反对出卖官爵谏书。撰写毕，便解带悬梁，了却性命，以此死谏。须知，司马直所行的这种劝谏，是最残酷最高级别的劝谏。

时家役和书童自然悲痛不已，经商议决定：书童带着司马直上疏皇帝谏书立刻赶往京师雒阳呈与刘宏，家役立刻回司马直家报告噩耗，以备后事。

此时值中平二年二月初。

司马直死后不久的一日上午，刘宏在后宫与宫女们玩得正欢，忽一内侍慌慌张张跑上前紧附其右耳还未密报毕，便见他早吓得面如死灰，瞠目结舌。半晌回过神才对内侍道："速传在京文武百官，立刻到玉堂殿来！"

内侍哪敢怠慢，随即转身飞一般跑出门外传达去了。不一刻工夫，文武百官便闻讯赶到玉堂殿，依秩排定等在那里。随后，刘宏也从玉堂殿后屏慢慢转出坐上龙椅。文武百官见了，自然忙按惯例，不约而同地出班伏身高呼一番"吾皇万岁万岁万万岁"。呼毕起身方退回原处站定，便见刘宏脸色阴沉的像能拧出水来。据此，文武百官虽不知刘宏因何要他们来此，但可以肯定的是，必是凶多吉少。于是皆搔耳缩脖，默不做声。刘宏见此，已料其心思，于是开门见山道："前时我天朝王师以迅雷不及掩耳之势，瞬间便将黄巾妖贼军一举消灭，于是天下臣服，四海平安，此乃我天朝洪福也！谁料方才有人报朕，近日一些张角黄巾妖贼军残兵败将在其渠帅张牛角等人诳惑下，盘踞黑山，四处作乱，其势不仅凶猛，且还有蔓延之势，此乃是可忍，孰不可忍也！不知众卿有何良策应对，不妨速速道来。"

文武百官闻言，竟吓得肝胆破裂，六神无主，哪有什么良策？刘宏见此，气得六腑爆裂，七窍生烟。正欲痛斥他们一番，忽然这时有的说招抚好，有的说观察一阵再说，直争得面红耳赤，唾沫乱飞，仍莫衷一是。直到没了声息，何进方才出班上前拱手施礼奏道："启奏皇上，黄巾妖贼军所据虽为高山荒野，但却位近京师。因此，只要他们攻破怀县，渡过河水，不久便

第十四回　谏阻卖官司马直自绝盟津　收合聚众张牛角举兵黑山

可兵临京师。如此，后果不堪设想啊！依鄙职之见，宜速发兵征讨才是。"

刘宏认为何进所奏非常有理，遂问他道："谁统兵前往好呢？"

何进认为虽有千军万马，胜败全在将帅，派谁统兵，事关重大，故沉思良久方才答道："皇甫将军现领冀州牧，正威镇黄巾妖贼军老巢旧窝，万万不可调动。朱儁朱将军现领军在京，且前时在攻打宛城黄巾妖贼军之战中又出奇制胜，累建奇功。因此，非他莫属！"

方言毕，刘宏便连连点头道："卿言正合朕意！"

随后，即叫内侍撰制圣旨，命朱儁兼河内太守，率领他那三千家兵尽快赶往黑山征讨张牛角黄巾军。时朱儁正好在场，圣旨方才撰制和宣读毕，便忙上前毕恭毕敬接了下来。

朱儁前时遵旨自宛城领军回到雒阳后，除按时上朝外，终日饱食，无所事事。今日在殿上接旨时虽未多想，也不容多想，但回府后却不能不想，且还想得茶饭不思，彻夜不眠。何也？原来他新兼任的河内太守所管辖的河内郡属位处天子脚下的司隶校尉辖区，该郡太守向来位同州牧，其重要性非同一般。对此，朱儁自然欢喜异常。但现就他那三千家兵，要讨平人多势众的黑山黄巾军，比登天还难，弄不好还会全军覆没，前时征讨宛城黄巾军的功劳自然也就付之东流。可谁敢违背皇上圣旨呢？无奈，只得怀着左右为难和忐忑不安的心情，带着三千家兵，匆匆赶往河内治所怀县赴任。到后不久，便率兵日夜马不停蹄向黑山黄巾军杀去。

却说去年十一月鼓聚邑失守后，张牛角，也就是张宝部下那位将领青牛角，便与郭大贤领着残兵败将，昼伏夜行，逃到黑山深处扎寨落脚。黑山为太行山一部分，位于朝歌城西北约八十里，周长五十里，山峰巍峨环峙，巉岩峻壁，石色苍黑，故名黑山。其中河流盘纡回溪，云雾蒸腾缭绕，林木参天蔽日，奇幽隐深难测。

一日晚上，郭大贤来到中军大寨，忧心忡忡地对坐在那里的张牛角道："我军长期待于深山老林，早晚必衣尽粮绝，如何是好？"

张牛角认为郭大贤言之有理，遂若有所思道："不若先派人到朝歌城打探一下那里敌军防守情况后再做计议,若何?"

郭大贤自然赞同张牛角,并于次日一早挑选了几名胆大心细的士兵,扮做樵夫,以卖柴为名,担着柴禾前往朝歌城。

朝歌城原乃商朝帝乙和帝辛别都,后周武王封康叔为卫侯,西楚霸王项羽封司马卬为殷王,皆以它为都邑,汉时方为县治,但城池仍然如初,宽广坚固,易守难攻。城内街巷繁华,店铺林立,热闹非凡。当日下午,扮做樵夫的那些黄巾军士兵挑着柴禾方行至城北一十字街口,便见有人踮足引颈围着西北墙脚,边看边议论着什么。对此,他们不禁非常好奇,忙拥上前一看,原来是被五花大绑的十余条汉子依次跪在那里,背后墙上方贴着纸质文告。因他们认不得字,不知那上面写的什么。无奈,只得向在场者打听,方知那是一道出卖官爵和增加田地税赋集资复修被焚毁的雒阳灵台殿、乐成殿、北阙度道、嘉德殿、和驩殿等宫苑的刘宏所下圣旨。而这些汉子聚众反抗这道圣旨,被县衙捉到这里示众,并将在三日后押赴刑场斩首。对此,他们自然非常气愤,遂忙转身赶往柴市,草草卖了柴禾,不待休息,便于当日午夜赶回,将城中所见所闻一一报告了郭大贤。郭大贤闻之,随即又报告了张牛角。张牛角闻后自然气得暴跳如雷,拍案大骂,并忙召集将校们到中军大寨,将那些士兵在城里打探来的消息向他们道了一遍,随后又道:"既然朝歌有人聚众抗旨,其他地方肯定也有效行的。我等若继承天公将军倒汉大业遗志,趁此联络聚集,应者定然风起云涌,车马塞道。不出数日,便可兵临雒阳,问鼎社稷!"

郭大贤认为张牛角言之有理,忙点头称是。张牛角见此大喜,并认为事不宜迟,否则,便会失去有利战机。于是立刻派了三百将士扮做农夫,下山四处联络前时散于各地的黄巾军残余人马和附近抗旨者上黑山,共举大事。随后,郭大贤对张牛角道:"现在何不率众下山进城,将那些受难的抗旨者解救出来,再顺便招收一些自愿者上山,壮大我军实力!"

"郭将军之言正合我意!"

张牛角言毕,便留郭大贤领五百人守寨,他则于当日下午三时点起其

第十四回　谏阻卖官司马直自绝盟津　收合聚众张牛角举兵黑山

余两千人马，风驰电掣般向朝歌城杀去。方赶至朝歌城北门，天色已黑，他们略施小计，便骗开北城门冲进去，举禾放起火来。守城官军忽然见此，不知杀来多少人马，也不知是哪路人马，竟吓得魂飞魄散，不知所以。回过神不待迎战，便丢盔卸甲，四下逃命。于是黄巾军不费吹灰之力，便占领了城池，并打开牢门，放了白日被示众的那些抗旨者和其他人犯。接着，又缴了武库兵器、府库粮草和权贵富户财物，并在城内外各处张贴反对刘宏出卖官爵和增加田地税赋修复被焚毁的雒阳宫室楼阁的标语、安民告示和招兵告示。

朝歌城内外无数劳苦大众得知城里发生的情况，自然大喜过望，拍手称庆，并从四面八方赶到张牛角住处，要求参加黄巾军。不出三日，便募得了五千人马。张牛角自然喜不自禁，当即下令将缴来的那些兵器发给他们进行训练，以备日后上阵杀敌。随后，留了一千黄巾军守城，其余皆随他一起返回黑山大寨。

再说前时那些下山联络的黄巾军将士不辞辛劳，四处打探，八方寻访。不久，便先后将褚飞燕、张白骑、于毒、眭固、于氐根、平汉、大计、雷公、白雀、五鹿、李大目、白绕、苦蝤、杨凤、左校、刘石、左髭丈八、掾哉和浮云这些当初因兵败逃散于各地的黄巾军将校及其所属人马带上了黑山大寨。他们多者千人，少者百余，连同黑山原有的和新招的，人马竟达万余。他们推张牛角为大帅，褚飞燕为副帅，仍以黑山为大本营，四邻攻城略地，建立政权，非常火热。一日上午，张牛角等人正坐在中军大寨议事，忽见一探马飞一般跑来向他报道："敌酋朱隽正领军来犯，前锋已达朝歌境内。"

大家闻之，不但不惊慌，反还高兴得犹如碰到天大的喜事，并摩拳擦掌争着上前向张牛角讨要杀敌命令。何也？原来除了他们不怕牺牲外，便是要乘此机斩杀了朱隽这个宿敌，为牺牲在他手里的那些黄巾军将士报仇，以解心头之恨。张牛角见此大喜，不待多言，便立刻令褚飞燕、大计、白雀、左校、刘石、掾哉和平汉率领三千黄巾军守寨，他则与郭大贤、于氐根、张白骑、雷公、于毒、五鹿、李大目、白绕、眭固、苦蝤、杨凤、左髭丈八和浮云率领七千黄巾军,飞一般向朱儁所率家兵杀去。当日中午时分,两军便在距朝歌城南十多里的牧野相遇。不待双方布阵,朱儁便出马高声骂道:"何路妖贼军竟敢前来拦路,还不快快前来就擒!"

张牛角闻骂,自然怒不可遏,立刻拍牛上前大声回骂道:"俺乃黑山黄巾军张大帅,来犯可是朱儁小儿?你这厮杀害了我军无数将士,罪恶深重,罄竹难书!常言道:血债要用血来还。谁料还不待俺兴师前往问罪,你又纠众来犯,真乃是可忍,孰不可忍!不过来得正好,俺正可趁此拿下你这狗头,祭祀我军那些死难将士英灵!"

随后,便挥舞着手中长柄狼牙大棒,飞牛直向朱儁头上砸去。朱儁闻来者是黑山黄巾军主帅,心里不禁又喜又怕。喜的是:今日若能一举将其擒杀,不仅战功显赫,威名大震,就是升官发财、光宗耀祖也不在话下。怕的是:早闻张牛角乃黄巾军中久负盛名的征战猛将,武艺非同一般。交战若有不测,后果不堪设想!正在这时,张牛角已快冲到他眼前。朱儁见了大惊,忙挥舞着手中那对环柄大刀相迎。

须知,朱儁若是遇上武艺平常者,只要劈、刺并举,瞬间便可置对方于死地。但现虽已使出浑身解数,不但没战胜对方,体力反还渐渐不支,刀法也随之大乱。而张牛角手中那条八十斤重的长柄狼牙大棒却挥舞自如,呼呼作响,且招招直逼朱儁要害。要不是他躲得快,早便粉身碎骨,命归黄泉了。朱儁家将王虎和张豹见此,怕朱儁不测,忙不约而同举枪催马上前,围住张牛角厮杀。黄巾军这边于氐根和左髭丈八见此,也怕张牛角不测,于是也忙不约而同地飞马举矛,分别接住王虎和张豹杀将起来。两边人马皆拼命击鼓吹角,高声呐喊,为各自阵上将领助威。一时鼓角声震天,呐喊声动地,尘土冲天蔽日。犹若当年周、殷两军在此(牧野)殊死搏杀的场面再现。

时值乍暖还寒时节,周围飞禽本该展翅飞翔,走兽本该晒晒太阳。谁料遇到这场激战,竟吓得飞禽走兽惊恐万状,东奔西逃。这时忽听得当的一声响,朱儁左手环柄大刀被张牛角狼牙棒击落在了地上。对此,朱儁不禁吓出

第十四回　谏阻卖官司马直自绝盟津　收合聚众张牛角举兵黑山

了一身冷汗，遂忙拨转马头，慌忙向外逃去。张牛角哪里肯放？便催牛高举着狼牙棒随后追了上去，欲结果朱儁性命。眼看快要追上，朱儁家兵那边忽然飞出一支冷箭，正好射中张牛角左面部。张牛角不防，竟险些落下马来。朱儁见此大喜，以为这是擒杀张牛角的极好机会，忙掉转马头上前，举起右手环柄大刀向张牛角劈来。张牛角见了大惊，忙用左手扶住箭杆，右手举着狼牙棒虚晃一招，拨转牛头，向回逃去。雷公、杨凤和浮云等黄巾军还未及上前救应，朱儁早已挥军掩杀了过来。黄巾军见了，不禁慌了六神。正在这时，朱儁人马后面忽然战旗飞舞，鼓声震天，杀声动地，一支黄巾军人马杀了上来。原来褚飞燕在大寨久久未闻张牛角等人音信，放心不下，便挑了一千守寨精兵，下山绕到朱儁人马背后，以迅雷不及掩耳之势杀了过来。那些黄巾军见自家援军杀到，士气立刻大振，遂以排山倒海之势，向朱儁家兵冲杀过去。他们前后受击，军心自然大乱。张牛角见此大喜，遂强忍巨痛，拨转牛头，左手继续扶住脸部箭杆，右手举着狼牙棒，怒目圆睁，直向朱儁砸来，恨不得立刻置其死地而后快。朱儁见张牛角来势凶猛，不免惊慌，不待交手，便忙拨马落荒而逃。本已不支的朱儁家兵见主将如此，哪还有心恋战？于是便一轰而散，逃命去了。张牛角自然喜不自禁，并欲挥军随后追杀，却被担心他面部箭伤的左右劝止。无奈，只得传令鸣金收兵。

张牛角回寨后，才让随军郎中拔出箭杆治疗。由于箭头有毒，即使妙手神医，仙丹妙药，也难治愈。因而全军上下，无不忧心忡忡，坐立不安。看官欲知张牛角性命如何，请看下回分解。

第十五回

内外交困刘宏一命归天
争权夺利何进身首异处

却说张牛角见箭伤连日来不但没有好转，反还愈来愈严重，料知性命不保，遂将左右召到中军大寨病榻前，当面推荐褚飞燕为黑山黄巾军大帅。随后，便口吐鲜血而亡。对此，褚飞燕及全军将士无不悲痛欲绝，如丧考妣，并设灵堂，隆重祭奠。

此时值中平二年二月末。

褚飞燕对张牛角之荐，自然感激不尽，终身难忘。为表达不忘之恩，遂跟张牛角姓，并积极与白波谷黄巾军互相配合，累败朱隽家兵及其他官军多次进攻。因此，不仅守住了黑山大寨，还聚众百万余，转战司隶、并州和冀州等地，叫当朝惊恐万状，束手无策。

一日早朝，刘宏在玉堂殿对文武百官道："黑山黄巾妖贼军来势甚为凶猛，若不及早除之，将祸患无穷啊！"

方言罢，司徒崔烈即上前奏道："启奏皇上，臣以为黑山黄巾妖贼军作乱皆因赋敛过重，与去年交趾之民聚众暴乱原因相同。因此，不若效交趾刺史贾琮之法，先减轻暴乱流民徭役税赋和招抚他们，待贼势稍减，再出兵擒杀其大小渠帅。如此，消灭他们便易若反……"

不待奏毕，刘宏便道："司徒之言正合朕意啊。"

刘宏见文武百官无异议，便欲下旨按崔烈所奏行事。这时忽见一报子满头大汗飞一般跑来跪伏于地向刘宏报道："报万岁，皇甫将军不但久讨北宫伯

第十五回　内外交困刘宏一命归天　争权夺利何进身首异处

玉等叛军不下，反还有全军覆没的危险！"

刘宏及文武百官闻之，皆吓得毛发倒竖，瞠目结舌。北宫伯玉乃湟中义从胡人，少时便智勇双全，好为远近冤者鸣不平，在当地声望极高。中平元年秋末冬初，他与另一同乡胡人李文侯见官军久攻宛城黄巾军不下，以为汉室江山气数将尽，于是便自立为将军，以金城人边章和韩遂为军师，号令湟中义从胡人、先零羌人和羌罕人数万公开造反，一举杀死了护羌校尉泠征和金城太守陈懿。势若洪水猛兽，无人能挡。因此，不久便兵越陇右，进逼三辅，大有攻占长安之势。情急之下，刘宏忙拜镇守冀州的皇甫嵩为左将军、统军主将；重新启用董卓为中郎将、统军副将，率官军进驻长安，全力征讨。北宫伯玉所部皆为骑兵，装备虽然简陋，却勇猛凶悍，竟将皇甫嵩和董卓所率官军杀得落花流水，溃不成军。

再说刘宏回过神还不待询问百官对策，赵忠便忙出班对他道："皇上，卑职以为，皇甫嵩久讨北宫伯玉等叛军不仅不尽全力，且所费军资甚多，皆因自恃前时征讨黄巾妖贼军有功而不思进取使然。倘若长此下去，长安必失无疑！长安乃京西屏障，若失，必危及京师。京师若有不测，天下将祸患无穷！因此，不若立刻收回皇甫嵩左将军印绶，削其户六千，改封为都乡侯，邑二千户，召回雒阳，以示惩罚。同时，另遣他人前往统军，继续征讨反贼。若何？"

文武百官待赵忠言毕，皆交头接耳，低声细语，表示反对，但却无人敢公开站出来发言。因为他们深知，刘宏一贯宠信赵忠等中常侍，今若反对，将来生事怪罪下来，谁吃得消呢？时刘宏不解他们心思，欲鼓励大家大胆发言。张让在一旁见此，怕刘宏听信文武百官的，便忙上前极力赞赏赵忠方才所言。刘宏见文武百官没有异议，便照赵忠方才所言之意下旨：任司空张温为车骑将军，假节，代替皇甫嵩，又拜袁滂为副将。同时，拜董卓为破虏将军，与荡寇将军周慎共归张温统辖。加上当地诸郡步骑官军，共约十余万，驻扎美阳，护卫园陵。

此时值中平二年八月。

须知,赵忠何以要诬蔑皇甫嵩呢?原来去年皇甫嵩率领官军镇压广宗黄巾军路过邺城时,见赵忠舍宅规模超标,遂书奏了刘宏,赵忠因此受到刘宏严厉谴责。张让则因多次私下向皇甫嵩求五千万钱未果,亦怀恨在心。

却说张温和袁滂到长安不久,边章和韩遂便率叛军进攻到美阳。张温闻之,忙率官军相迎。两军方一交战,张温所率官军便被杀得丢盔卸甲,大败而逃。

汉中平二年十一月,夜有流星如火,光长十余丈,照入边章和韩遂所率叛军营中。驴马见此,皆惊恐嘶鸣不止。营中将士以为是不祥之兆,欲退回金城。董卓闻之,大喜,遂在一日天明时分,与右扶风鲍鸿等挥军齐攻,斩首数千级,大获全胜。边章和韩遂所率叛军只得败走榆中城。张温闻讯,大喜过望,忙遣周慎率官军三万紧追,很快便包围了城池,但却久攻不下。对此,时任张温参军事的孙坚对周慎道:"现叛军城中无粮,我愿领一万人马先断其粮道,将军可率大军随后杀到。如此,叛军必困乏不敢战。待他们退入羌中,再并力讨伐,则凉州可定也!"然周慎却不听孙坚之言。而边章和韩遂却乘机分兵驻扎葵园狭,反断周慎粮道。周慎闻之大惊,遂丢弃辎重而逃。边章和韩遂于是便率领叛军从后追杀。结果周慎所率官军大败,唯董卓所率讨伐先零羌人那三万官军以捕鱼为名,暗从河水下游过岸,得以全师而还。周慎兵败消息传到雒阳,刘宏及文武百官无不谈虎色变,惊恐万状。为此,张温等人自然受到处罚,唯董卓因功被封为斄乡侯,邑千户。随后,其他形势也大为不妙。例如:

辽西鲜卑人见当朝日渐衰败,亦出兵侵扰幽、并二州;

雒阳民生一男儿,有两头四臂,朝野以为是凶兆;

新任南阳太守自恃征讨南阳黄巾军有功,目空一切,盛气凌人,且又欺下瞒上,压榨吏民。对此,将军赵慈甚为怨恨,遂于中平三年春二月,从江夏率领官军数千杀向宛城,斩了那太守,解了心头之恨。消息传出,朝野震动,惶恐不安;

中平三年六月,朝廷遣荆州刺史王敏率领官军讨伐赵慈。赵慈寡不敌

第十五回　内外交困刘宏一命归天　争权夺利何进身首异处

众，不久便全军覆没，赵慈亦被杀；

同年八月，冲帝怀陵上有麻雀万余，日夜悲鸣不走，并互相斗杀，死伤无数，时人以为是不吉之兆；

同年十月，武陵蛮人见汉室兵燹四起，遂聚众反叛，兵寇邻近郡县；

同年十二月，辽西鲜卑又出兵寇幽、并二州；

中平四年二月，荥阳县士庶乘中牟县城守卫空虚，聚众一举攻破之。县令落皓及主簿潘业皆被擒杀。荥阳地处关东要隘，陷落危及京师安全。因此，朝廷闻报后立刻遣大将军何进胞弟何苗率领官军三万日夜兼程前往镇压。激战至三月末方才讨平。随后不久，南宫内殿罘罳自坏。时人为之惊骇，以为是汉室将寿终之兆；

同年四月，凉州刺史耿鄙率领官军讨伐韩遂。韩遂乘机暗杀了同僚边章。耿鄙司马马腾亦起兵响应韩遂。狄道汉阳人王国自称合众将军，率领官军与韩遂和马腾等人共同反叛，寇三辅；

同年六月，中山相渔阳人张纯劝同郡人中山太守张举率领官军反叛，又联合辽西乌丸力居等人攻略蓟、冀及辽西诸城。所到之处，烧毁城垣，虏掠官民，并杀死右北平太守刘政、辽东太守杨终、护乌桓校尉公綦稠等朝廷重臣。不久，张举叛军便众达十余万，并自称天子，封张纯为弥天将军安定王，继而又向南进兵。朝廷一时风声鹤唳，惊恐万状；

同年十月，零陵人观鹄见朝廷衰落，便自称平天将军，聚众万余，与同在零陵和桂阳起兵的前黄巾军将领周朝和郭石共反朝廷。朝廷为之震动，遂遣长沙太守孙坚率领官军前往镇压。双方激战月余仍不见分晓。后孙坚聚军施以方略方得取胜，并斩杀观鹄、周朝及郭石等人；

同年十二月，休屠胡人起兵反汉。声势之大，前所未有，官军一时难以抵挡；

是年，国库空虚，朝廷只得出卖关内侯、假金印紫绶，入钱五百万；

中平五年正月，休屠胡兵数万寇西河，郡守邢纪被杀；

同年二月，有彗星观于紫宫，时人谓之大不吉利。黄巾军余部郭太等人在西河白波谷起兵，与黑山张飞燕所率黄巾军遥相呼应，进攻太原、河东等地；

同年三月，休屠胡兵寇犯并州，攻杀刺史张懿，又与南匈奴左部合并。不久，张懿暗中杀掉其单于，于是双方互相攻杀不休；

同年四月，汝南葛陂黄巾军攻没郡县；

同年六月，凉州人马相和赵祗等人号称黄巾军，聚众益州绵竹造反，杀死县令李升。仅两日，便募得数千人马。随后遣部将王饶和赵播等南攻雒城，斩杀刺史河南郾师人郗俭。后又乘胜挥军杀到犍为。旬日之间，连破三郡，人马也猛增至万余。不久，马相自称天子，继续挥师攻略巴郡，斩杀郡守赵部。其势之猛，震动巴蜀，威慑朝廷；

山阳、梁沛、彭城、下邳、东海和琅琊等地发大水，吏民皆受其害；

常有侠客翻越宫墙，意欲刺杀刘宏及朝中重臣。为防不测，于是年八月初设置西园八校尉。小黄门蹇硕为上军校尉，虎贲中郎将袁绍为中军校尉，屯骑校尉鲍鸿为下军校尉，议郎曹操为典军校尉，赵融为助军左校尉，冯芳为助军右校尉，谏议大夫夏牟为左校尉，淳于琼为右校尉，皆归蹇硕统领。于是宫城内外，兵将塞道，刀枪林立，戒备森严，若临大敌；

同年十月，御殿后一槐树自拔倒竖，宫人骇然。黄巾军复起于青、徐二州；

同年十一月，王国率叛军围攻陈仓。巴郡板楯蛮人反叛；

中平六年二月，皇甫嵩智破王国于陈仓。韩遂见王国叛军失败，遂废王国。于是诸部内讧互争。

在上述兵燹连起、山崩地裂、洪水泛滥、鸡犬不宁、四面楚歌的五年中，刘宏无不心惊肉跳，度日如年。加之他成日与宫女云雨厮混，伤了元气。因此，近日别说上朝理事，连出气的力气都没有。虽有山珍海味、仙丹妙药补治，但仍无济于事。不久，便在南宫嘉德殿一命呜呼了，时年三十四岁，谥曰孝灵皇帝，史称灵帝。皇位由十五岁的刘辩继任。

此时值中平六年四月。

第十五回　内外交困刘宏一命归天　争权夺利何进身首异处

刘宏死讯传出后，天下庶民自然无动于衷，漠不关心。当朝文武百官却不同，他们在灵帝灵柩前，虽然泪眼汪汪，悲伤不已，实则各怀心思，揣摩前途。何进虽是悲痛欲绝，如丧考妣，但骨子里却非常高兴，用不着揣摩前途。因为新皇帝刘辩是其亲妹所生，不仅其亲妹将由皇后荣升为皇太后，即何太后，何进也将由皇大舅一跃而为皇太舅。刘辩年幼，秉性懦弱，没有执掌朝政能力。按当时惯例，理应由皇后或皇太后摄政。很显然，摄政美差非善弄权柄的何太后莫属，由此何进则可通过她包揽朝政。不久，何太后果然临朝，并拜后将军袁隗为太傅，与何进共参录尚书事。袁隗虽然出自名门世家，却是位不谙世事的书痴，自然不是屠夫出身的何进的对手。因此，尚书台大小事，皆由何进说了算。于是何进权倾朝野，是时之货真价实的"太上皇"。

须知，何进这顶皇太舅桂冠，来的也不容易。虽说他在灵帝时已一手遮天，朝权独揽，拜倒在其脚下者虽然车载斗量，但不买他账的也大有人在。如特被灵帝委任为元帅，督司隶校尉的八校尉之首的上军校尉蹇硕便是其中之一。他虽为宦官，阳具被毁，但仍长得高大雄伟，气宇不凡。且还熟知兵法，武艺过人，是当时宦官中的佼佼者。之所以不买何进的账，是因为何进有碍他的权力。因此，便与其他宦官联合起来，劝谏灵帝派何进率领官军西征士气正盛的边章和韩遂叛军，以便借他人之手，剪除何进，达到独揽朝政的目的。灵帝不知其真实用意，遂赐何进兵车百乘，兵将一万，享受虎贲斧钺之权，迅即前往征讨边章和韩遂。谁知何进早料到蹇硕意图，遂以先遣中军校尉袁绍东击徐、兖二州叛军，凯旋后方可西征为由，拖延行期，方才躲过这次杀身之祸。

当初，文武百官请立太子。灵帝认为何皇后所生刘辩性情轻佻无威仪，不可为人主。但何皇后受宠，弟弟何进又重权在握，不立刘辩，灵帝也不好办。因此，立太子的事便久悬不决。时何进以为，灵帝死前不将朝政托给身为皇舅的他，还会托给谁呢？于是便耐着性子等待。谁料灵帝在病危之际，并未将朝政托给他，而是托给了蹇硕。蹇硕既受执政遗诏，大权在握，便欲乘机诛杀何进，立王贵人所生刘协为帝。

一日，蹇硕假传灵帝圣旨，召何进入宫议事，欲在宫内将他杀掉。谁料蹇硕司马潘隐为何进宿友，何进方进宫门，他便忙迎了上去，向何进使眼色暗示蹇硕杀意。何进会意大惊，忙从捷道出宫回营，领兵驻屯于百郡驻京馆邸。后蹇硕多次假诏何进入宫，他均以有病为由拒往。因为杀何进不成，蹇硕在灵帝死后，慑于其权势，只好立刘辩为帝。

何进素知宦官为朝野嫉恨，加之蹇硕不仅把持朝政，且曾多次图己，因而早欲将其除之，以解心头之恨和独揽朝政。恰值中军校尉袁绍、虎贲中郎将袁术、袁绍谋士逢纪、名儒何颙和黄门侍郎荀攸等文臣武将密谋乘灵帝新亡之机，清除宦官。因此，便与何进决定先除掉宦官之首蹇硕。

蹇硕得报何进等人密谋后，自然日夜难安，茶饭不思，并与中常侍赵忠等书盟先诛杀何进，然后再伺机诛杀其他合谋者。时何进同郡人中常侍郭胜，因受何太后及何进宠幸，对蹇硕等人所为，心里自然不从，并将书盟暗示何进。对此，何进不禁大怒，立刻与何太后合谋，假刘辩圣旨，收蹇硕下狱杀之，并合其所辖屯兵。

蹇硕既诛，何进以为大事已定，于是便愁消闷解，高枕无忧。袁绍闻之，甚为不安，遂登门拜见何进道："大将军除蹇硕之举，名垂千古，虽周之申伯，亦不如也！然其徒众未灭，岂可掉以轻心？因此，大人不宜轻易出入宫省，以防不测。另大人既有太舅之威，胞弟何苗为车骑将军、济阳县侯，所领军官皆英俊之士，乐为死命。因此，何不趁此天时人和之机，受诏统领中宫禁兵，保卫天子和我等性命呢？"何进认为袁绍言之有理，便遣人到北宫东北侧的永安宫向何太后提出受诏统领中宫禁兵之事。同时，仍以有病为由，拒不参加灵帝丧葬活动，成天却与卢植、袁绍、袁术、曹操、王允、郑太、陈琳、逢纪、何颙和荀攸等人在其府中合谋诛杀宦官事宜。

何太后得知何进受诏要求后，认为不合先制，遂反对道："中宫统领禁兵，乃汉室制度，岂可废除？再者先帝方崩，便改祖制，百年后有何颜面去见先祖列宗呢！"

第十五回　内外交困刘宏一命归天　争权夺利何进身首异处

何进闻报，料知事情难办。无奈，只好妥协。一日上灯时分，袁绍得知何进改变初衷，不禁急得彻夜未眠，次日黎明起床不及洗漱，便匆匆赶往何府对何进道："阉宦亲近皇上和太后，出入号令，事涉机密，且内外勾结，势达八方。大人虽新担重任，地位显赫，实则名声在外，终无实权，且还敬畏他们几分呢！今若不除，必为后患！"

何进虽知袁绍所言有理，但碍于何太后颜面，不好下手，遂长叹道："岂可违背太后旨意呢！"

随后，便不再言。袁绍见此，深觉无奈，只得怏怏而去。回府后，一连几日茶饭不思，坐卧不安，长叹道："若不及时清除阉宦，天下将永不得安宁！"

袁绍深觉诛除宦官势在必行，遂在一日下午邀约卢植、袁术、曹操、王允、郑太、陈琳、逢纪、何颙和荀攸等人赶往何府，商议并促使何进下定诛除宦官决心。待大家到齐方按序坐定，袁绍便若有所思问何进道："何不召董卓等四方猛将及诸豪杰领兵进京，胁迫太后下诏诛杀阉竖呢？"

方问毕，何进便起身上前双手抚着袁绍双肩喜不自禁道："袁将军方才所言之计，妙不可言啊！遂使老夫茅塞顿开。"

谁料郑太忽地站起一脸严肃道："董卓强忍寡义，志欲无厌，若借之朝政，授以大事，将恣凶欲，必危朝廷。明公以亲德之重，据阿衡之权，秉意独断，诛除有罪，不宜假董卓等人以为资援。且事留变生，殷鉴不远！"

方言毕，卢植即起身附和道："郑先生所言极是。众人皆知董卓凶悍难制，岂可让他将兵来京呢！"

随后，陈琳也起身对何进道："《易》称'即鹿无虞'，谚有'掩目捕雀'，即明示事不可为则不可盲目为之。此等小事尚不可以欺得志，如此国之大事，岂可以诈行事呢？今将军总皇威，握兵要，龙骧虎步，天人所顺，何故反委予兵刃，更征外助呢？此犹若鼓洪炉燎毛发，握牛刃斩雏鸡。再者，若诸路大军聚会京师，必然强者为雄，互为倾轧。更甚者，若他们授人以柄，倒持干戈，我等不但不能功成名遂，还反大乱社稷呢！"

何进认为陈琳所言是杞人忧天,遂不屑一顾道:"先生方才所言,乃危言耸听也!"

曹操见何进不为陈琳之言所动,不禁非常着急,忙起身道:"阉竖之官,古来有之。他们作恶,皆因世主假之权宠所致。若治其罪,当诛元凶。因而一狱吏即可,何必纷纷扬扬,召引外兵,大动干戈呢?欲尽诛之,事必泄露。依我之见,恶首蹇硕既斩,其余当赦之。否则,祸福不可测也!"

王允认为曹操是在为其宦官祖父辩护,心里自然不快,遂道:"曹将军之言差矣。阉辈作恶已久,罪行罄竹难书。若不趁此一网打尽,还待何时?"

何进认为王允言之有理,大喜道:"王先生之言正合我意!"

何进怕再有人发言反对,言毕即一面密令董卓上书何太后道:张让等阉竖忘记圣恩,扰乱天下。当年赵鞅为保晋王室,走保晋阳,赶走了晋定公身边小人范吉射、荀寅和中行,保住了晋王室。我现就效赵鞅故事,敲响钟鼓,率军赶赴雒阳,讨伐张让等阉竖,保卫汉室社稷。

何进这样做,目的在借董卓之口,说出自己所想,但又不敢和不便胁迫何太后同意诛除宦官的心里话。同时,又下令召董卓所率官军驻屯上林苑,泰山太守王匡所率强弩弓手官军与东郡太守桥瑁所率官军驻屯成皋。最后,又指使武猛都尉丁原率领官军夜烧盟津,威慑雒阳,迫使何太后下定诛杀宦官决心。大家见何进如此,遂各怀心思,离开何府。

却说董卓接到何进召令后,大喜过望,认为这是实现他长久以来意欲问鼎朝政的极好机会。不待按何进密令向何太后上书,便忙率领徐荣、胡轸、董旻、华雄等三千西凉籍官军精锐将士向雒阳赶来,并公然向朝廷上表道:

臣伏惟天下所以有逆不止者,各由黄门常侍张让等侮慢天常,操擅王命,父子兄弟并据州郡,一书出门,便获千金,京畿诸郡数百万膏腴美田皆属张让等人,致使怨气上蒸,妖贼蜂起。臣前奉诏讨于扶罗,将士饥乏,不肯渡河,皆言欲诣京师先诛阉竖以除民害,从台阁求乞资直。臣随慰抚,以

第十五回　内外交困刘宏一命归天　争权夺利何进身首异处

至新安。臣闻扬汤止沸，不如灭火去薪，溃痈虽痛，胜于养肉，及溺呼船，悔之无及。

来京各路官军将士闻知董卓表中之意，皆附和扬言云：我等今日来京之举，唯为诛除宦官。不达目的，绝不退兵。这样闹了几日，太后仍未听从诸军之意。

何苗见太后事到如今还力保宦官，料想何进也奈何她不得，便在一日上午赶到何府对何进道："我们当初从南阳乡间来京，非常贫贱。后因省内中宦力荐，小妹才得到先帝宠爱，于是我们也才得以富贵。再者，若诛中宦不成，如覆水不可收也。因此，哥哥宜与中宦亲和方为上策！"

何进闻言，面上虽不置可否，心里却认为有理，并不禁想起了当年全家进京时衣食无着的穷酸相，于是对宦官萌生了几许好感。正在这时，一探马飞一般跑来向他报道："董卓所率官军已到渑池地界。"何进闻之，大惊，生怕事情闹大不好收场。不待与他人商议，便忙遣当朝名宦、前司徒种暠之孙、谏议大夫种邵赶到董卓所率官军前宣诏停止前进。对此，董卓怕朝中有变而破灭了他来京目的，于是便花言巧语予以拒绝。种邵无奈，只好回去向何进复命。董卓所率官军随后赶到河南时，种邵又奉诏前往迎住董卓，反复苦口婆心地劝说他退军，但仍遭拒。同时，董卓还暗中指使一伙军士上前胁迫种邵。种邵不禁大怒，遂将诏书公布于众，并狠狠怒斥了董卓一顿。军士们见此，不禁心里发虚，遂责问了董卓一番后，便一哄而散。董卓也感到自己理亏，且又怕部下哗变，无奈，只好传令退回夕阳亭，以观京师动静。

何进见董卓买他的账，大喜，认为大事无忧，遂对诛杀宦官之事狐疑不决。袁绍闻之，非常不安，忙赶往何府对何进道："我等诛灭阉官之计已定，并已公然于天下。若再犹豫不决，事久生变，将重蹈当年窦将军覆辙！因此，还是趁早下手为好。"何进闻言，更加左右为难起来，并思想到：如果非要诛除宦官，太后是决不允许的。再者如何苗所言，宦官当初确实于己有恩，现在怎能恩将仇报呢？可不诛除他们，又难平朝野怨气。为此，不禁面带难色，叹气不止。袁绍见此，只好叹息而去。

袁绍走后，何进便日夜闭门谢客，苦思冥想了三日，终于想出了一个自以为两全其美之法，即立刻宣旨拜袁绍为司隶校尉，假节与专命决断；拜王允为河南尹。何进这样做的目的是：袁绍为当朝四世三公，影响大，威望高，与宦官矛盾也最深。若重用他，自然便会缓解朝野对自己与太后迁就宦官的怨气。王允出身虽无袁绍显赫，但因当年揭露张让宾客张雄书通黄巾军一事，得罪了张让。张让因此怀恨在心，曾多次借故加害。若不是何进、袁隗和杨赐共同上书力保，早已性命不保。直到刘宏亡故，方才得以赦免。现在迁升王允为河南尹，意在考虑到在受害的清流派人士中影响最大的王允一经重用，自然就平息了其他清流派人士对宦官的怨恨。如此，谁还会对宦官有怨恨呢！这不仅保住了宦官性命，给了何太后面子，自己也博得个知恩图报的美名，何乐而不为呢？

王允迁升后，自然领会何进之意。诛杀宦官之心，确有几分收敛。但袁绍并未因升迁而对宦官就此罢休，仍在积极指使雒阳武吏们时刻观察宦官言行，并暗中催促董卓率领官军公然从驿道向位于城西的阅兵之所平乐观进发。

何太后闻知何进和王允诛杀宦官之心有所动摇，大喜过望。对袁绍那高涨的诛杀宦官情绪，自然非常反感和恐慌。为避免袁绍将事情闹大，在征得何进同意后，罢免了张让等中常侍，让他们返还故里，将平时与何进友善的小宦官们留在宫中。

张让等人因何太后和何进的周旋而逢凶化吉，得保平安，自然对他俩感激不已，视作再生父母，并在一日上午赶往何府客厅，跪在何进面前谢恩，且鼻涕泉涌，泪水洗面，非常狼狈。何进见此，不觉感慨万千，暗自叹道："宦海生涯，沧海桑田，白云苍狗。昨日堂上主，今日阶下奴，变幻莫测啊！"

随后板着面孔，训斥张让等人道："眼下兵祸四起，人心惶惶，动荡不安，皆因你等所为矣！现在各路大军将至，何不早早回故里避祸呢！"

第十五回　内外交困刘宏一命归天　争权夺利何进身首异处

张让等人见何进将兵祸归罪于他们，心里自然不服。但谁也不敢公然申辩，反还异口同声称"罪该万死"不已。时袁绍也在那里，见何进不但没有诛杀这些宦官之意，反而还要放走他们，竟气得脸色铁青，手指发抖，忙将他领入另室问道："何不趁此就地将其尽行诛之，还待何时？"

何进闻问，遂不假思索答道："大丈夫做事，岂可落井下石呢！"

袁绍闻答，认为何进糊涂，又忙反复劝说。但何进仍持己见，袁绍无奈，只得气冲冲地告辞而去。随后，何进便正式发令，将张让等人放归故里。

袁绍见依靠何进诛除宦官已无可能，便萌生一计，以何进名义，下令各地官府，捕捉案中宦官亲属，以解心头之恨。

此后不久，袁绍又与何进等人密谋诛除宦官，因走漏风声，传到了当时虽然解职，但仍未回归故里的张让等人耳里，竟吓得他们魂不附体，肝胆俱裂。一日下午，张让将赵忠、段圭和毕岚等宦官秘密约到自家府中，方才坐定，即非常气愤道："眼下先帝方崩，龙体未寒，何进和袁绍等人便起歹意，先是谋害了蹇将军，现在又逼我等回籍。为给太后面子，我辈已表服从。可为何还要加害我等呢？当年若不是我等将何太后召进宫，使她特受恩宠，哪有他何进今日荣华富贵？如此忘恩负义行径，叫人是可忍，孰不可忍！他既不仁，我何要义？召尔等来此，意在商议反击何进和袁绍之徒，以谢先帝在天之灵。诸位若有高见，不妨速速道来。"

方言罢，有蹇硕雄姿的渠穆即猛地站起，双手叉腰大怒道："当年郑大长秋、李中常侍、孙骑都尉、单车骑和曹长乐卫尉皆能助其皇上诛灭皇舅亲，我等何不效仿他们故事，助皇上诛灭罪恶多端、欺人太甚的何进、袁绍等人呢？"

大家认为渠穆言之非常有理，皆拍手叫好。但又感到要消灭何进和袁绍等人，并非易事。为此，不禁大眼瞪小眼，拿不出主意。良久赵忠方慢条斯理道："公然硬拼，恐难成功。依愚见，不若……"

不待赵忠言毕，大家便七嘴八舌，追问他到底有何高见。赵忠见此，不禁非常得意，道："不若再入禁宫任职，待机诛灭他们不迟！"

方才言毕，张让便急不可耐问赵忠道："你言虽然有理，但如何能再入禁宫呢？"

"你儿媳为太后亲妹，何不通过她求情，岂有不能之……"

不待赵忠言毕，张让便连连点头表示赞成。为防走漏风声，直到当日夜幕降临，他们才从张府后门分拨出去。随后，张让便忙入儿媳何氏内室，跪在年轻貌美的何氏面前痛哭流涕道："不知你能否在太后面前求个情，即我们这些中常侍即将远离禁宫，各回故里。因受皇恩日久，恋情太深，愿再入宫侍奉太后及陛下几日，便是死了也无憾啊！"

何氏进张让家门后，从未见张让卑贱和悲伤到如此地步，自然惊慌难过不已，忙上前扶起他道："公公何故如此呢？晚辈尽力办就是了。"

张让闻言大喜过望，又说了些感谢的话方才离去。何氏也是一位心计多端的女人，遂思想到：自己乃何太后妹妹，得求着她办，还不见得能办成。如果请母亲舞阳君出面，就可以长辈身份，居高临下对何太后发话。即使她不情愿，也无可奈何。想到此，不禁非常得意。不待打扮，便忙起身出门，乘上辎车飞一般赶到舞阳君那里，将张让所言告诉了她。舞阳君闻之，认为张让等人要求合理，遂不顾年迈体弱，天气炎热，立刻起身出门，徒步匆匆赶到何太后住所南宫，将张让所言转告了她。何太后听后，也认为张让等人要求合理，不待与他人商议，便下诏唤张让等人再入宫省暂时任职。

此时值光熹元年七月。

却说袁绍一日在自家府里正用午饭，忽闻报张让等人先后在何氏、舞阳君与何太后的帮助和庇护下，又入宫省任职消息，深感事情严重，竟气得瞠目切齿，肝脏破裂，不待饭毕，便风风火火赶往何府，不及坐下施礼客套，便对何进道："阉官再入宫省任职，随时都会假太后及皇上旨意加害我辈啊！"

时何进并不知道张让等人重新入宫之事。因此不仅感到惊讶，而且也如袁绍一般，深感事情严重，并气得头发倒竖，面色铁青，不知如何是好。良久方问袁绍道："不知将军有何高见？"

第十五回　内外交困刘宏一命归天　争权夺利何进身首异处

方问毕，袁绍便上前对他低声耳语一阵，随后即告辞匆匆离去。

须知，袁绍方才耳语了些什么呢？原来是建议何进速去面见何太后，请求尽快诛杀张让等大小宦官，并选三署五官中郎将、左中郎将、右中郎将入守宦官庐。何进认为袁绍建议非常有理，待他走后，便忙整齐衣冠，带上部曲将领吴匡和张璋及亲信随从一行人以为护卫，徒步直奔南宫，要求何太后按袁绍建议办。方到南宫平城门前，吴匡和张璋等人便被门卫挡在了那里，只许何进一人进去。何进无奈，只得听从门卫的。谁料何进进去后却久久没见出来。对此，吴匡和张璋不禁有些惊疑。后经分析认为：何进权倾天下，且又有他们在此，谁敢对他无礼？说不定大事已成呢！遂暗喜到：倘若大将军灭了宦官，我等便成了功臣，日后加官晋爵自然不在话下！于是不禁眉飞色舞，沾沾自喜。正在这时，一血肉模糊的圆东西忽然从平城门里嗖的一声飞了出来，正好砸在吴匡头上。吴匡不防，竟被砸得两眼直冒金星，倒在地上爬不起来。在一旁的张璋等人见此，大惊，忙一齐上前将他扶起，关切地问道："将军无恙吧？"

吴匡半晌回过神故作镇静问道："我倒没事，方才那东西是何物？"

经吴匡这一问，张璋等人才回过神去寻找。片刻，只见一士兵双手捧着一颗人头，哭丧着脸向吴匡和张璋走来。他俩忙上前一看，原乃何进头颅，于是立刻便吓得差点昏死了过去，并庆幸门卫没让自己进去。其他人见了，也吓得呆若木鸡，不知所措。

为怕看错，吴匡遂忙上前从士兵手中接过头颅反复端详了一番，方才确信是何进头颅。

须知，方才还是活生生的何进进宫不久何故便会脑袋搬家呢？原来何进匆匆赶到何太后那里说明来意后，便催促何太后尽快下旨。谁料何太后紧锁眉头，不予表态。良久才道："哥哥且先回去，待我与陛下商议后再定夺不迟。"何进闻言，只好告辞。由于各处禁宫皆为宦官任职，任何人出入，都在他们掌握之中。因此，当何进方进平城门，他们便互相传言道：前时何进长期称病不临先帝之灵，亦不送葬，今天却突然来到这里，此意何为？莫不是要效窦武故事谋害我等不成？张让闻知此言，料知他们对何进怀恨已久。大喜，认为诛杀何进时机已到。遂忙率领段圭和毕岚等几十名宦官，手持刀棍，抢先从侧道伏入南北二宫之间的复道北门后面拦截何进。

何进告辞何太后方出宫门，不禁忧喜交集。忧者：恐何太后与皇上商议后继续庇护宦官。如此，前途便不堪设想！喜者：若何太后与皇上能共同下旨诛尽宦官，自己将来不仅可独揽朝政，还可效王莽故事，取刘家天下而代之，为何姓在皇帝行列中争得一席之地。为此，不禁暗笑起来。正在这时，一小宦官从他身后跑来跪在他面前报道："太后有旨召大将军。"

何进闻报，以为是何太后要下诏诛杀宦官，不禁大喜，遂不待多想，便忙返身随小宦官去见何太后。谁料方到复道北门口，便见张让等人怒目圆睁，手持刀剑棍棒一拥而上，将何进团团围了起来。他还没弄清怎么一回事，张让早已大步上前以剑指着何进大骂道："天下混乱日久，怎可独怪我等呢？再者，先帝曾与何太后多次不快，特别因太后鸩杀王贵人，先帝意欲废除何太后，是我等各出千万家财，和悦帝意，何太后方才得以受宠，你也才有今日之幸。谁知你这厮不但不知恩图报，反欲诛灭我等，不是太违背天理了吗？"

何进闻骂，深知这时只有兵对兵、刀对刀说了算，即使奉了当今皇上荫护圣旨，或手捧护身的"受命于天，既寿永昌"传国玉玺，也无济于事。因而吓得面如土色，两股战栗，全身摇晃，不能言语。良久回过神欲出言辩驳，熟料尚方监渠穆、渠孔、御戒和张鱼等人不由分说，便一拥而上，欲将他扭到何太后那里说完理后再行诛杀。时何进早已猜到他们之意，以为定会得到何太后庇护，于是胆子便壮了起来，不把他们放在眼里，并使足如当年当屠夫杀猪时那股蛮劲拼命挣扎，还不断高呼吴匡和张璋率兵前来相救。渠穆怕不测，忙抢上前手起刀落，将他头颅砍了下来，并使出吃奶的劲，猛地从平城门扔了出去。

何进既杀，张让等人便一不做，二不休，立刻私撰伪诏，免去袁绍司隶校尉之职，由前太尉樊陵代之；免去王允河南尹之职，由少府许相代之。时

第十五回　内外交困刘宏一命归天　争权夺利何进身首异处

　　大多数人对这道诏书深信不疑，唯尚书卢植见诏板可疑，并道："官吏任免为朝中大事，可速请何大将军前来共议。"中黄门遂对卢植道："何进这厮谋反，已伏诛了！"卢植不信，待他从吴匡和张璋等人那里见到血淋淋的何进头颅后，竟惊得目瞪口呆，不能言语。

　　却说吴匡和张璋见何进已死，不禁非常悲伤，忙派了几名属下，催马飞一般赶到袁府，将何进死讯报告袁绍。看官欲知袁绍闻知何进被杀后有何举动，请看下回分解。

第十六回

杀宦官袁本初大施淫威
除丁原董仲颖小试牛刀

却说袁绍从何府方回到自己府邸不久,便闻报何进已去了南宫。对此,不禁仰首展眉,喜不自禁。但随后心里却不禁七上八下,忐忑不安。何也?原来他思想到:倘若这次何太后仍不同意诛杀宦官,日后他们重新得势,我袁绍自然便是头等罪臣。那时不仅自己性命不保,还有夷灭九族之祸呢!于是不禁周身不寒而栗,直冒鸡皮疙瘩,再不敢往下深想。然片刻又想到:倘若这次太后应了我袁绍与何进所愿,我自然便是头等功臣,那时我袁氏家族自然成了史无前例的五世四公了,那是何等的荣耀啊!于是不禁转忧为喜,飘飘然起来。正在这时,忽见门卫飞一般跑来,不及向他拱手施礼便报道:"报告袁大人,大事不好了!"

袁绍闻报,不禁一怵,忙道:"还不快快道来!"

"何大将军被阉官杀害了!"

袁绍以为耳朵听错话了,正欲问个明白,忽见几个士兵哭丧着脸,上气不接下气跑来跪在他面前。其中一人指着方才跑来的那门卫道:"为了安全,门卫不让我们面见将军,无奈,只好托他前来转告。后恐他报告不确,方才冒死闯……"

不待言毕,袁绍便指着门卫问那些士兵道:"他所报属实吗?"

"皆属实!"

袁绍不认得这些士兵,不免仍有些疑惑。士兵们见此,忙异口同声道:

第十六回　杀宦官袁本初大施淫威　除丁原董仲颖小试牛刀

"我们皆是何府吴匡和张璋二将军部下。方才来得急，忘了报告，望大人原谅。"

至此，袁绍方才相信门卫所报，立刻吓得脸色死灰，四肢颤抖，险些晕倒过去。良久回过神才怒目圆睁，大声吼道："不为何大将军报仇，誓不罢休！"

随后，即遣人飞报袁术及有关在京文武，迅速举兵进宫诛杀宦官。待门卫及士兵们走后，袁绍却暗自大喜道："只有何进死了我袁绍才有机会成为执朝政牛耳的首席大臣！"于是方才那股怒气早被抛到了九霄云外，并眉开眼笑，精神大振。

袁术在自家府邸接到袁绍报告，不禁又惊又怒，忙顶盔披甲，出门点起本部官军，徒步飞也似的赶到南宫平城门前，与吴匡和张璋合兵一处，猛向门里攻去，恨不得立刻冲进去将所有宦官生吞活剥了方才解恨。时宦官早有准备，并在张让、赵忠、段圭和毕岚的指挥下，各持刀枪棍棒，拼死守御各处宫门，尤其第一道宫门平城门把守得最紧。因此，袁术、吴匡和张璋所率官军刀砍斧劈到夜幕降临，也无结果。

袁术见此大怒，认为身为虎贲中郎将的他连这些不男不女的宦官把守的宫门都攻不开，实在太没颜面了。因此，遂忙下令火攻。平城门虽然坚固，却是木质的，抵挡得住刀斧，却抵挡不得火烧。因而不一刻工夫，便被烧塌了。官军见此大喜，不待得令，便争先恐后冲了进去。宦官们见了，不禁怒火中烧，遂飞奔向前，欲与他们拼个你死我活，鱼死网破。他们阳具虽然被毁，无法进行房事，但却保持了强壮的体魄，加之平时又爱弄枪舞棒和吃喝不愁，体力和武艺皆在那些官军之上。因此，冲在前面的那些官军与他们交手没几个回合，很快便成了其刀下鬼。不过，宦官虽能以一当十，以十当百，但哪抵挡得住越来越多的官军呢！结果战不多久，便渐渐不支。无奈，只好退到南宫九龙门及东、西二宫内据门死守。

袁术见宦官负隅顽抗，料知再攻无效，便忙下令官军效方才火攻平城门之法，放火焚烧，以此威胁何太后交出宦官。官军得令，自然立刻执行。片刻，那里便浓烟滚滚，烈火冲天。加之时之丁原遵照何进事先命令在盟津燃放胁迫何太后下令诛杀宦官的大火，一时竟照得城内外如同白日。门里的宫女们哪见过这般场面，皆吓得喊爹叫娘，东躲西藏。平时在皇帝面前那种撒欢娇态，自然早飞到了爪哇国。何太后也是女流，别看她平时仗着刘宏之威，高高在上，不可一世，但这时连宫女都不如，竟早吓得面如死灰，全身哆嗦。刘辩也早吓得魂飞魄散，瘫在地上，动弹不得。

何太后良久回过神，见张让领着几名伤痕累累的小宦官拖着刀枪，慌慌张张跑了过来，不禁大惊，并欲询问外面究竟。不待开口，张让早便上前跪在她面前报道："禀告太后，何进、袁绍和袁术等人皆反了！他们不仅烧了不少宫室，还攻破了尚书门。若再抵抗下去，后果不堪设想。因此，不若先走出北城门，暂避其锋，然后再诏令天下忠勇之士前来救驾，若何？"

何太后虽不太情愿，但又没别的办法，只好叹道："事已至此，就依你的吧！"

张让闻言大喜，以为总算有了逃生希望。遂忙起身叫赵忠率领老弱宦官继续抵抗，以为断后。他则与段珪领着几十名精悍宦官，护着惊慌失措的何太后、不省人事的刘辩和还算镇静的刘协等人，慌慌张张地从复道向北宫奔去。段珪与何太后走在后面，方到复道北口，不料碰到手持长戈的卢植站在复道窗外。见到段珪，便骂骂咧咧上前欲捉拿他。段珪见此，自然非常恐慌，遂忙甩下何太后，没命向前奔逃。

却说袁术、吴匡和张璋等人正挥军猛攻各宫门之际，火光中忽见何太后披头散发、衣裙不整、慌慌张张跑了过来。袁术见了，忙上前迎住，询问刘辩和刘协下落。何太后见袁术没因她袒护宦官而有恶意，心里方才塌实了些，并忙收起哭丧着的脸，将此前宫外所发生的一切作了回答。不待答毕，袁术早已气得毛发倒竖，脸色发紫，立刻遣人报告给了袁绍。随后，即派官军将士速往北宫大门，截住刘辩、刘协、张让、段珪和毕岚等人。同时一面传令所率官军加强攻势，一面亲将何太后送到安全处，并将这次事发缘由向她略述了一番。何太后这时方才得知何进被杀，立刻便吓得脸色灰白，眼睛

第十六回 杀宦官袁本初大施淫威 除丁原董仲颖小试牛刀

发直,差点昏死了过去。袁术见此,也很难过,忙上前安慰了她一番。

由于袁术所率官军攻势大增,不久,所攻宫门便被攻破。那些拼死抵抗的宦官,哪是如潮水般冲进来的官军将士的对手?于是瞬间便倒在了其刀枪之下。官军也伤亡惨重,横尸遍地。

却说袁绍在自家府邸闻袁术所率官军已攻进宫里,以为稳操胜券,遂忙与其叔父太傅袁隗矫诏杀了方接诏不到半日,未及上任的司隶校尉樊陵与河南尹许相。正在这时,又接到袁术要他带人赶往北宫门拦截刘辩、刘协、张让、段圭和毕岚等人的报告。对此,袁绍不禁吓得张口结舌,半晌无语。原来他以为:是我袁绍为首发起诛杀宦官的行动,才使刘辩和刘协被迫离宫。若他俩有个三长两短,谁担当得起?即使他俩性命无虞,我袁绍也厄运难逃。因张让、段圭和毕岚等人出去后定会挟天子令四方诸侯,以谋反罪起兵讨伐我袁绍。因此,只有找回刘辩和刘协并诛除张让、段圭和毕岚等人,才会安然无虞。否则,后患无穷。于是忙披挂上马,出门点起部下官军,与因闻报何进被杀而率官军赶来的何苗合兵一处,飞一般赶到北宫以南的朱雀阙门,以截住刘辩、刘协、张让、段圭和毕岚等人。然到那许久,连个影子也没见着。经讯问被捕的赵忠及其他宦官,方知刘辩、刘协、张让、段圭和毕岚等人早已逃进了北宫。袁绍闻之,又气又恼,下令杀了赵忠等宦官后,即依袁术当初之意,同何苗一道,率领官军飞快绕道先堵住北宫北门,随后入宫捕捉宦官,且不分老幼,凡无须者皆诛之。时南、北二宫宦官死者竟达两千余,加之官军的死伤,一时尸积如山,血流遍地,惨不忍睹。昔日威严神圣的皇家禁宫,而今犹若一座大型杀人场。

随后,吴匡又与董卓胞弟奉车都尉董旻合兵一处,攻杀何苗。何苗不防,当场便被杀死。须知,他们何以要杀死何苗呢?原来吴匡和董旻早就怨何苗不与何进同心协力,诛灭宦官,还怀疑他与宦官同谋,方才杀了他,以解心头之恨。

与此同时,王允等文武百官也披甲戴胄,举着兵器,徒步在城内各处寻觅刘辩、刘协、张让、段圭和毕岚等人。然忙乎了好一阵,也无结果。经商议，遂忙举着火炬，飞一般奔出位于城西北的上西门，向平乐观寻去，然却毫无结果。王允认为城北远郊小平津乃北上必经要津，张让、段圭和毕岚等人可能会挟持刘辩和刘协从那里偷渡北逃，于是忙转身向那里赶去。经一阵奔跑到达小平津南岸，还未站稳脚跟，便听得前面水边黑暗中有人高声问道："来者何人？"

王允等人以为是截渡的强人，不禁先是一惊。待借着火光近前一看，原乃卢植手持长戈站在水边船上。对此，大家自然大喜不禁，随后王允向卢植说明了来意。卢植闻之，方知他们是不谋而合，不禁大喜。王允见卢植势单力薄，怕有不测，忙令河南中部掾闵贡上船支援卢植。闵贡得令下岸飞身上船方站到卢植身旁，便听得黑暗中有脚步声从南边不远处传来，他们以为是从城里逃出来的难民，忙借着火光上前一看，原来是张让、段圭和毕岚等人簇拥着刘辩和刘协正慌慌张张地向这边跑来。

须知，他们本欲暂时躲到北宫，现在何以跑到这里来了呢？原来他们当初黑灯瞎火地逃到北宫端门边时，方知那里早已被堵。无奈，只好转身躲入一宫室内，待风声过后再行出逃。谁料这时袁绍因未发现他们踪迹，非常着急，便下令所率官军严查各宫室。片刻，便有几名官军爬上端门屋顶攻打省内。张让、段圭和毕岚等人见此，哪敢在此停留，于是便忙簇拥着刘辩和刘协，趁黑从疏于守卫的北宫东北毂门溜出，再人不知鬼不觉越过城墙，慌慌张张赶到这里，欲渡河北逃。谁料其意图和行踪早被卢植与王允等人料到，并及时赶到将其截住。结果竟吓得他们毛发倒竖，张口结舌，浑身发抖。

卢植和王允等人忙了一夜终于见到了刘辩、刘协、张让、段圭和毕岚等人，不禁又惊又喜。时闵贡指着张让、段圭和毕岚等宦官高声吼道："还不速速自裁，还要叫我亲自动手不成！"

随后，便飞身离船上岸，提剑斩杀了几名宦官。张让、段圭和毕岚见渡河无望，无奈，只得跪在刘辩面前异口同声道："臣等为国而死，无所畏惧。唯望陛下将来自爱！"

言毕，便毫不犹豫地一齐投河而亡。其他宦官见此，也忙跪在刘辩面

第十六回　杀宦官袁本初大施淫威　除丁原董仲颖小试牛刀

前，异口同声说了些辞别的话，便纷纷跳河自杀了。卢植、王允和闵贡等人见此，不禁暗自由衷钦佩。

随后，闵贡忙上前扶起早已吓晕的刘辩，与刘协、卢植、王允及其他随从侍卫一道，借着火光，返身南行，欲在天明前赶回城里，以便稳定朝野人心。他们，特别是刘辩和刘协，昨夜至今还粒饭未进，滴水未沾，加之精神紧张，手脚忙乱，早便饥疲交加、行走若鸭了，因而许久也没赶多少路。卢植、王允和闵贡见了，不禁非常着急。经商议，遂向附近农家借来一辆农用牛车，载着刘辩和刘协继续前行。方赶到北芒山北侧锥舍，天已大亮。王允认为天子大白天坐着农家牛车有失皇威，便忙叫人寻来两匹农家马，刘辩独骑一匹在前，他与刘协共骑一匹随后，卢植、闵贡和其他人仍然徒步。约莫走了半个时辰，忽见不远处袁绍、袁术和曹操等人正东张西望，飞马朝这边赶来。原来他们也是来寻找刘辩和刘协的。大家在此不期而遇，自然惊喜不已，并相互祝贺了一番。袁绍见卢植和闵贡没马骑，刘协与王允两人还共骑一匹马，刘辩虽然独自骑着一匹马，那马却老态龙钟、没有生气。心想这样回城，叫人笑掉大牙事小，损了天子尊严谁担当得起！于是忙叫左右为他们各配了一匹高头大马。对此，他们自然欢喜不禁。袁绍接着又派了几位官军骑兵，飞马赶回雒阳通知皇亲国戚和文武百官，到城北门内外夹道迎候。

随后，刘辩、刘协、袁绍、袁术、卢植、曹操和王允等一行正准备继续南行，忽见前方不远处尘土飞扬，一队步骑官军正迎面疾驰而来。对此，他们正疑惑间，那队官军已来到了眼前。只见为首者旗下一铁盔铁甲黑脸大汉，跨着一匹高头黑马，握着一对短柄大斧，在几员手持兵器的猛将簇拥下，上前雷鸣般吼道："来者何人？还不快快前来通个姓名！"

行在前面的刘辩哪见过这般势头，早便吓得周身哆嗦，不能言语。王允、闵贡见来者不善，以为是穿着官军服饰的黑山黄巾军，也早吓得心惊肉跳，不敢上前答话。这时忽见卢植拍马赶到刘辩身后，对黑大汉厉声喝道："皇上在此，你不得无理。有诏退兵！"

黑大汉闻之不但没有畏惧和退兵之意，反而还高声指责卢植道："你乃国之重臣，当年不能荡平广宗张角黄巾妖贼军，今日又不能保卫王室，有何颜面在此喝五道六？俺今奉旨前来保驾，岂有退兵之理！"

言毕，忙将短柄大斧递与左右，翻身下马上前伏身跪在刘辩马前，反复高呼"吾皇万岁万万岁"。随后方才起身转回上马率领那队官军，与刘辩并马向雒阳走去。

途中，黑大汉常与刘辩对话。对此，刘辩却吓得语无伦次，答非所问。黑大汉深觉没趣，于是便勒马退后了几步，向刘协问这问那，刘协却镇静自若，对答如流，无一漏失。对此，黑大汉不禁非常高兴，心想他年纪虽比刘辩小，然天资聪慧，胆识过人，倘若立为天子，乃汉室洪福也！袁绍、袁术、卢植、曹操和王允等人虽然觉得黑大汉甚为无礼，但慑于其眼下军威，只得面面相觑，不敢多言。

却说皇亲国戚和文武百官闻报刘辩、刘协顺利归来，自然高兴不已，并早早赶到城北门内外，东西排开，依序跪在那里迎候。不久，刘辩、刘协、袁绍、袁术、卢植、曹操和王允一行便到了那里。时"吾皇万岁万岁万万岁"的呼声，震得山摇地动，两耳欲聋，连城楼上的鸟雀都吓得满天乱飞。热烈程度，前所未有。刘辩、刘协见此，感动不已，欲下马接见皇亲国戚和文武大臣。黑大汉见了，却不理会那一套，并忙催促刘辩、刘协赶快向城里走去。他俩无奈，只得依了他。就这样，黑大汉带着他那队官军，紧随着刘辩、刘协，在一片"吾皇万岁"的高呼声中拥进了位于城中央的南、北二宫。

随后，黑大汉趁乱忙将原守卫南、北二宫的禁兵撤下，换上他所率官军。于是京师最重要的戍卫大权便掌握在了他手中。同时，为收买人心，稳定天下，以朝廷名义，下诏大赦全国所有囚犯。

此时值光熹元年八月。

不久，朝廷又在黑大汉的授意下，下诏将光熹年号改为昭宁年号，即昭示他进京后天下从此安宁之意。

须知，黑大汉乃何许人呢？原乃前时不受朝廷之诏停止前行，后因受到

第十六回　杀宦官袁本初大施淫威　除丁原董仲颖小试牛刀

朝廷钦差种邵训斥和因部下反对而率众暂驻上林苑的董卓。昨夜因见城中起火，料知出了大事，不待得令，便立刻带领部下官军，前往探个究竟。由于走得急，不到天明，便赶了雒阳城西门外。正欲派人打探城里究竟，忽见一探马来报："皇上一行正行在北芒山附近。"董卓闻报，忙率领部下官军转身向那里赶去。天明时分，果在那里相遇。

董卓自幼便雄心勃勃，欲在将来干一番大事。长成后经大小百余战，果成当朝重臣，于是又萌发了待机问鼎京师之心。他这一动机，早被卢植察觉，并多次劝谏刘宏，及时削其兵权，以防患于未然。刘宏认为卢植有理，于中平六年三月下诏，迁董卓为少府，所属官军皆归皇甫嵩节制。董卓接诏后，猜透了刘宏心思，认为少府虽为九卿之一，秩中二千石，然不过是个掌管皇室服饰、宝货、珍膳和行住的官吏罢了。现职前将军虽位次九卿，却手握重兵，威镇一方，若有个风吹草动，虽不敢说大有作为，但至少谁也奈何不得。但又不敢公然抗旨，于是经一番冥思苦想，遂上书刘宏道："湟中义从及秦地官军胡兵闻臣遵诏启程，皆上前大呼军中衣食短缺，妻儿饥寒交迫，并聚众拦臣车马，不让启程。官军羌胡兵，性情若狗，甚为凶残，故臣难以禁止也。待臣安抚好他们后，再行不迟。"刘宏接到上书后，料知他是阳奉阴违，口是心非，不禁非常不安，但又无可奈何，结果只好依了他。

中平六年四月，刘宏虽病入膏肓，神志不清，但对董卓抗旨之事，却记忆犹新，历历在目，认为在他百年之后，此人必为汉室祸害。因此，不禁吓得全身冷汗淋漓，直冒鸡皮疙瘩。病情方一好转，便下诏迁董卓为并州牧，但部下官军应归皇甫嵩节制，以此剪除他将来对朝廷的军事威胁。董卓闻诏后，认为这是上次下诏目的重演。于是灵机一动，上书刘宏道："臣既无老谋，又无壮事，天恩误加，掌戎十年。士卒大小相狎日久，恋臣畜养之恩，为臣奋一旦之命。乞将之北州，效力边陲。"

一看便知，上书所言与刘宏下诏的动机相去甚远。待上书方送出，董卓便不管刘宏准不准，即将所属那几万官军，从秦陇迅速转移到距雒阳仅数百里的并州河东郡一带，以便观察与应对京师时变。因此，何进这次召他进京，自然是其多年梦寐以求的。行程近自不必说，行军速度之快，也是其他受诏来京官军所莫及。

旧话少提，言归现在。董卓虽然掌握了南、北二宫禁卫大权，但又深知仅他那三千官军是难以镇住雒阳其他官军的。为此，不由得愁得茶饭不思，日夜难安。一日上午，董卓正横卧在城西董府寝室的大床上叹息，忽见门卫来向他拱手施礼报道："报告大人，门外有一书生求见。"

董卓闻报，不禁非常惊异，认为自己与诗赋文章无缘，书生来此何干？不过既来，何不以礼相待，热情接见。说不定他还能为我出谋划策，以解眼下之难呢。于是忙对门卫道："准见！"

门卫闻言，遂忙转身出去将书生领了进来。董卓一见他不是别人，乃他早年相好，太尉掾平津都尉、武威姑臧人贾诩，不禁大喜，忙起床相迎。相互礼毕坐定不待客套，贾诩便开门见山问董卓道："大人何故愁眉不展、愀然不乐呢？莫不是怕兵微将寡成不了大事吗？"

董卓闻问，不禁大惊失色，以为有人把他那些心思捅了出去，走漏了风声。为慎重起见，遂故作镇静答道："非也！"

贾诩知道他在说谎，不禁非常好笑，遂推了推头上单梁冠，提了提宽博儒服，得意地翘起二郎腿，直截了当道："大人虽有雄兵数万，然这次来京护驾者，仅三千而已！"

董卓以为他不是神仙便是奸细，否则，哪会说得如此准确呢？于是不禁吓得毛发倒竖，面色灰白，良久回过神才忙问道："先生何以知晓呢？"

良久，贾诩才神秘兮兮地答道："大人你猜。"

董卓见贾诩在卖关子，又气又急，道："还不快快道来，气煞俺了！"

贾诩料知他害怕的是这消息是从袁绍等人那里得来的而担心后果不测。怕吓坏他，遂忙放下二郎腿笑眯眯道："是鄙人观察出来的。"

董卓闻言，方知是自己虚惊一场，一颗悬着的心方才放了下来，并虚情假意责怪了贾诩一番。同时认为：贾诩向来无事不登三宝殿，今天来此，且又早猜到我的心思，不是为我排忧解难又是什么？因而不禁暗自高兴。为保

第十六回　杀宦官袁本初大施淫威　除丁原董仲颖小试牛刀

密起见，忙起身将贾诩引入密室，不待坐下便急切道："先生有何妙计，能助我一臂之力？"

贾诩见董卓求于己，自然非常得意，遂若有所思道："这有何难。只要大人令部下将士反复夜出昼归的同时，叫些士兵扮成平民在城内外散布谣言，说大人进京将士多得不可胜数，以迷惑朝野，何愁……"

不待言毕，董卓早便转忧为喜，道："先生之言正合我意。"

随后，立刻传令部将徐荣、胡轸、董旻和华雄到密室，令他们当夜依贾诩所言行事。他们得令走后，董卓便忙问贾诩道："先生不愧是当世张子房也！能否留下助我干一番大事？"

贾诩今天正是为成就董卓而来的，哪有不答应的？因而董卓方问毕，便眉开眼笑答道："既然大人看得起，那就从命吧！"

董卓闻言，自然大喜不禁，并忙在客厅吩咐酒宴，热情款待了贾诩一番，然后才亲自将其送出府邸大门。

却说徐荣、胡轸、董旻和华雄于当日午夜时分，便率官军步骑从城北门悄悄出城隐蔽起来，次日早饭后，又率原班官军，击鼓吹角，挥旗摇幡，从原道返回。如此这般了好几日，加之那些扮做平民的官军散布的谣言，朝野真以为董卓来京所率官军不在少数。慑于武力，君臣上朝不仅正常，街肆秩序也很井然。

再说袁绍自董卓入京以来，一直待在府中大生闷气，并思忖到：我辈费了九牛二虎之力，还丢了何进及许多将士性命，方才除掉宦官，谁料还未及问津朝政，却不意被这远道而来的一介武夫董卓不费一兵一卒占了便宜，真叫人是可忍，孰不可忍！并长叹道："此真乃螳螂捕物，雀随其后！"

不过袁绍并未因此罢休。为从董卓手里夺权，遂在一日上午召集王允、袁术、曹操、桥瑁、郑太、陈琳和鲍信等人前来袁府商议办法。到齐礼毕方才坐定，袁绍便问道："诸位皆知，当初我和何大将军叫董卓这厮领兵来京，意在胁迫太后诛杀阉官。不料这厮巧遇皇上，并以保驾为由，领兵入城，夺了禁宫戍卫大权。初来乍到，便露出畜生本性，不知将来还会闹出什么乱子呢！这都怪我当初不慎使然！不过常言道：亡羊补牢，为时不晚。不知诸位有何妙计，制服董卓这厮？"

大家认为事关重大，不可妄言，故皆面面相觑，不作回答。良久，王允才起身对袁绍道："董卓本乃豺狼之辈，所率官军又为西凉籍人，身材高大有力，性情凶残剽悍。若动兵刀，京师不仅兵祸骤起，惨遭涂炭，还没人是其对手。因此，不若先观其变，再做决断不迟。若何？"

方言毕，鲍信便猛地起身反对道："河南尹方才之言差也。董卓所率官军虽凶猛，但他们毕竟初到京师，人地生疏。若趁此图之，必易若反掌！而待其羽翼已丰，谁能制之！"

言毕还未坐下，曹操即站起高声道："鲍将军之言极是！我辈倘若团结一致，众志成城，拿下董卓必若瓮中捉鳖！"

言毕，以为大家会齐声响应，击掌赞成。正在这时忽见探马匆匆前来，边拱手施礼边向袁绍报道："禀告袁大人，原何大将军与何苗那三万官军已归董卓了！"

大家闻报，不禁惊惧得目瞪口呆，半晌无语，后悔此前怎么就没想到将那些官军统归过来，而叫董卓这厮顺手牵羊，捡了个大便宜。

原来董卓是个精于世道的人，认为虚张声势不是长久之计，一旦露出破绽，后果不堪设想。经与贾诩密谋，及时收拢了无人管束的原何进与何苗部下官军。于是队伍壮大了十余倍，并轻而易举地控制了城内外各处守卫大权。因此，董卓竟高兴得欲手舞足蹈，不能自已。由于贾诩献计有功，董卓于是迁他为讨虏校尉。

再说袁绍见大家如此胆怯，也不禁泄了气，道："董卓来京部下官军原本不少，现在又得了原何大将军和何苗那么多官军，真可谓如虎生翼！如何制得了他？看来只好依河南尹的。"

大家本就害怕董卓，现在又见袁绍改变了主意，自然便随声附和。唯曹操、鲍信默而不语。

鲍信回营后，认为眼下不除董卓，雒阳早晚必成是非之地，于是愁得茶

第十六回　杀宦官袁本初大施淫威　除丁原董仲颖小试牛刀

饭不思，坐卧不安，并自语道："与其在此惹火烧身，不若先避之。"于是不待与左右商议，便立刻率领本部官军赶回泰山郡。行前，曹操特前往送行，鲍信于是乘机向曹操倾吐了对将来京师形势的看法。曹操闻之，深表赞同，并目送到没了鲍信身影，方才回城。

却说董卓见自己到京以来不但没有异常反应，反还闻报鲍信引军回返，以为大事无忧，一切太平。于是便忘乎所以，飘飘然起来。一日下午，他正兴冲冲地骑着高头大马，与随从在城中耀武扬威地巡视军营，恰值因其随从军纪散漫，遭到迎面而来的一队巡街官军的严厉呵斥。为此，董卓自然兴意大煞，立刻与随行拨转马头，悻悻回府，并气呼呼地问其中一校士道："方才在街上碰到的那些官军属谁统领？"

"丁原。"

董卓闻答，始终未语。

丁原字建阳，自幼家境贫寒，长成后为人粗略，有武勇，善骑射。先为南县吏，因捕杀黄巾军残部有功，迁骑都尉、并州刺史，驻屯晋阳。这次应何进之召来京，因军纪严明，受到何太后及袁绍等人好评，遂被拜为负责京师治安的执金吾。因当时城内混乱拥挤，没有驻地，暂时驻军在城东门外半里许的营寨里。一日傍晚时分，丁原正独自在中军大帐办理军务，忽见披甲戴胄的主簿吕布跑进来跪在前面泣不成声道："大人，小的老母卧病日久，能否准我回家探……"

丁原认为孝悌之心人皆有之，何况老母有病呢！不待吕布言毕，便不假思索道："只管去就是了。"

随后，忙起身上前去扶吕布。谁料吕布忽然起身上前，抓住丁原衣襟，拔出腰间佩刀，直朝丁原心窝猛地刺去。时丁原身着便服，且又不防，竟被刺了个透心凉，没哼一声，便一头栽倒在血泊中而亡。

须知，吕布不仅是丁原部下，且丁原向来待他不薄，并视其如子，那么吕布为何要杀害他呢？要知原委，还得从头道来。原来董卓那日从那校士口中得知街上呵斥他随行的是丁原所率巡街官军，便对丁原怀恨在心，并萌发了诛除他和夺过其所率官军之心,于是便传召贾诩前来商讨对策。贾诩闻召,料有要事,遂便飞马从城北自家府邸向董府赶去。方到董府大门口,便见董卓早等在了那里。贾诩见此,忙翻身下马飞一般上前拱手向董卓施礼。随后,即跟董卓进门直奔密室。方才坐定,董卓便问道:"欲置京师于老夫股掌之上,你以为眼下当有何事急办?"

良久,贾诩才若有所思道:"当先诛除丁原!"

董卓见贾诩所言正合己意,不禁暗喜,却佯装不知的样子问道:"何也?"

"眼下在京文武百官中,敢说敢为的鲍信已走,故不必再虑。袁绍、王允、袁术、桥瑁之流虽握重兵,但皆为不谙世事之徒,何足惧哉!曹操虽智勇双全,但无人愿从其意,终是单枪匹马,孤掌难鸣。因此,对大人最有威胁的,莫过于丁原了!他身为执金吾,不仅掌管京师治安、城中戍卫、中央武库,还担任皇上出行护卫和仪仗队使命,职权不可谓不显啊。若除掉他,大人伟业便事半功……"

贾诩还未言毕,董卓早便连连点头称是了,并不禁欣喜若狂,起身手舞足蹈,好像丁原已被除掉似的。随后与贾诩欢宴了一番,方才散去。

谁料贾诩方出董府,董卓便改变了主意。以为要图大事,必须广聚人才。丁原乃一员不可多得的猛将,何不拉拢过来为己所用呢!若能如愿,我董卓便如虎添翼,谁还能敌?再说他丁原本是我董卓并州下属,虽无交往,但毕竟与我无怨。倘若杀了他,于己名声也很不利。因此,应先探探他的口气再说。倘若他不肯就范,再寻机除之不迟。于是便忙派人将贾诩叫了回来,将方才的想法告诉了他。贾诩闻后觉得有理,便表赞成。时董卓说干就干,随即便派人前往邀请丁原于次日早饭后前来董府,以便探其口气。

丁原得邀后,料想是为公事,于是当即便欣然应允。董卓闻之,以为有戏,便在次日一早兴冲冲赶到自家府邸大门外相迎。丁原与随行还未赶到,便远远见董卓站在那里,不禁大喜,早将有关他那些卑劣传闻忘得一干二净,且大有相见恨晚之感。

待丁原翻身下马与董卓相见礼毕,董卓便忙叫人先将丁原随行安排到侧

第十六回　杀宦官袁本初大施淫威　除丁原董仲颖小试牛刀

房休息，以防不测，然后才热情地拉着丁原左手，并行进入客堂。时那里早摆好了接风宴席。因董卓非常热情，丁原在席间便毫无戒备，无话不谈。董卓见他性情粗直，毫无心计，怕难领会邀他之意，不禁顾虑重重。但他又是个不达目的不罢休的人，既然来了，不探出点名堂来怎么行？不过为避免意外，还是谨慎些好，于是便乘着几分酒意，试探着道："依将军盖世勇武，且又累建奇功，理当位在九卿之上。然今日才官拜秩中二千石的执金吾，连老夫都为你大鸣不平！"

丁原果然不懂董卓话中之意，以为是在高抬他，忙谦虚道："承蒙大人夸奖，末将已知足了！"

董卓闻言，顿感失望。但仍不死心，遂故作不解地问道："何也？"

"末将出身卑微，且功不显赫，名不惊世，便居执金吾要职，岂会不知足？"

董卓闻丁原答，以为他是个胸无大志、容易满足的人。因而认为不必许他太多，便会为自己所用，不禁暗喜。于是又问道："将军不必过谦和担心，日后若有机会，老夫愿向皇上力荐，若何？"

丁原听董卓今天说话，以为是客套。随后仔细琢磨，觉得有些不对劲，认为他是在招降纳叛，结党营私，扩充势力，有不可告人的目的。任其下去，后果难测，并欲待机揭发，但当时却怒气冲冲道："我身为朝廷命官，当以功绩迁升，何须他人推荐！"

董卓没料到丁原出言如此莽撞，断定初衷泡汤，不禁气得五内俱焚，七窍生烟，认为留着他，日后必为祸害。遂不顾一切，欲令刀斧手立刻将其拉出去砍了了事。然不待发令，忽见一门卫慌慌张张跑来向他报道："大人，门外有一大汉，声言是找丁将军的，现正被拦在门外……"

不待门卫报毕，便见一年方三十左右，身长九尺有五的英俊大汉，头戴束发金冠，身披银甲，手持长柄方天画戟，推开众门卫阻拦，大步流星闯进来站在丁原身后。董卓见了，料想来者武艺定然高强，无人能敌，于是不禁倒抽了一口凉气，认为现在诛杀丁原风险太大，弄不好还会把性命搭上。于是便强忍怒气，笑容可掬地问丁原道："来者何人？"

丁原见董卓没话找话，非常不快，遂冷冷答道："主簿吕布！"

董卓闻答，方知吕布乃丁原嫡系。为显示礼貌，忙热情邀请他入席共饮。吕布也不客气，向董卓道一声谢，便入席就座，不待侍者上前侍候，便一手持画戟，一手提酒壶，自斟自饮，狼吞虎咽起来。不一刻工夫，便将酒菜一扫而光，还觉肚子未饱。董卓见此，甚觉惊异，欲吩咐再上酒菜。不料他却忽地站起，向董卓唱个喏，拉着丁原，闪电般离席而去。一时竟弄得董卓面红耳赤，无地自容，并大骂了他俩一通。不过，爱将如命的董卓对吕布的爱慕之情却深深印在了脑海，难以忘却。

董卓自来雒阳后，还没碰过钉子。因此，在丁原和吕布走后，竟气得不思茶饭，卧床不起。经家人提示，才在一日上午起床急召贾诩前来商讨对策。贾诩闻召，不知何事。飞马赶来见董卓坐在客厅里衣着不整，垂头丧气，料知与丁原没谈好。为不炫耀自己先知先觉，使他嫉妒，坐下后故作不知的样子问道："不知大人叫小的前来有何贵干？"

方问毕，董卓便气呼呼地答道："丁原这厮不通人世，不吃敬酒，如之奈何？"

贾诩闻果不出他所料，遂毫不犹豫地答道："那就给他吃罚酒！"

董卓闻之不置可否，并忧心忡忡道："先生有所不知，丁原这厮部下有一身材高大出奇，勇猛非常的英俊大……"

不待言毕，贾诩早便惊问道："大人可知他的姓名？"

董卓紧锁眉头，回忆了好大一阵才答道："听丁原那厮说好像叫吕布，是个主簿。"

贾诩听得吕布二字，立刻大喜道："有了。小的有一密友李肃，现为郎中令，曾说起他有一同乡，也叫吕布，现在丁原那里谋事，不知是否同一人。待打探出究竟再做计议，如何？"

董卓闻言，并未惊喜，还不解地问道："打探他何用，难道……"

不待言毕，贾诩便上前对董卓低声耳语了起来，只见董卓高兴得差点蹦

第十六回　杀宦官袁本初大施淫威　除丁原董仲颖小试牛刀

起来，忙道："先生快去快回，老夫在此等候佳音。"

贾诩见董卓心急如焚，于是二话没说，便起身拱手施礼告辞，出门上马直向李肃宅邸赶去。由于马快路熟，不一刻工夫，便到了那里。二人相见礼毕方入座，贾诩便忙问李肃道："丁原部下有一主簿，名叫吕布，可是先生曾讲起过的那位同乡？"

李肃见贾诩专程前来打听吕布情况，不禁非常惊疑，忙问道："先生何故问起他呢？"

贾诩闻问，忙说是受董卓之托前来询问。李肃闻之，不禁暗喜到：真乃天赐我良机也！原来李肃见贾诩跟随董卓不久，便由太尉掾平津都尉迁升为讨虏校尉，因而早就想投靠董卓，只是没有机会。现在听说是董卓想知道吕布情况，想必干系非同小可。弄得好，自己也会像贾诩那样，官运亨通。于是笑容满面，连连点头答道："正是他！正是他！"

贾诩认为已事成一半，不禁大喜，又忙问道："先生愿否同我到董大人处将吕布情况说个明白？"

前面说过，李肃本想攀附董卓，以便官运亨通，只是没有机会，现在闻贾诩如此问，哪有不愿意的？于是忙答道："立刻出发吧！"

言毕不待更换衣冠，便随贾诩一道出门上马，直奔董府而来。进得董府客厅方见到董卓，不待贾诩介绍，李肃便忙抢上前跪伏在董卓面前道："大人在上，卑职李肃来迟，罪该万死！"

董卓见此大喜，忙起身上前扶起李肃，不解地问道："先生何罪之有？"

随后即叫贾诩和李肃一同入座。侍者上茶退下后不待董卓发问，李肃便忙将吕布简历道了一遍。董卓闻后沉思片刻问道："不知先生愿否亲往劝他与我共事？"

"大人重托，小的岂会不效犬马之劳呢！"

董卓见李肃态度虽然积极，但能否如愿，不禁有些疑虑。于是忧心忡忡问道："不知他愿……"

不待问毕，李肃早便猜出了董卓心思，遂忙答道："他虽文采出众，武艺高强，却没遇着明主！因此……"

董卓闻言，料想有戏，不待李肃答毕便道："他若能反戈一击，杀了丁原，老夫决不亏待他！"

董卓方才所言，就是此前贾诩对他耳语的。

李肃听说要吕布杀其上司，不禁吃了一惊，认为太违背天理了。然转而一想，争权夺利，向来只有输赢之分，哪有是非之论。再说今天既来此，不为董卓效劳也不行。否则，后果不堪设想。因此，待董卓言毕，略加思索后便斩钉截铁道："大人放心，一切包在小的身上！"

董卓闻之，自然非常高兴，忙叫人设宴款待李肃，并当场任命他为骑都尉。李肃自然受宠若惊，伏地拜谢了董卓一番。不待宴毕，他便起身告辞，出门上马直向吕布那里赶去。

吕布字奉先，五原郡九原县人，家境小康，自幼便研读经史，尤喜舞刀弄枪。长成后，不仅身材高大出奇，膂力过人，弓骑熟悉，武艺高强，没人能敌，且文采飞扬，远近闻名，但不善农事，专爱游历。一日上午游至晋阳城北门外丁原驻军营地旁，见有十余官军将士正在角斗取乐。为露一手，便叫他们一同上前，与他一比高低。谁料十余人竟胜不得他，恰巧丁原巡营到此见了，不禁惊喜，遂将吕布收入营中。后得知他精通文墨，遂拜掌管文案的主簿和兼任随行护卫。前时那日上午因闻丁原在董卓处，怕有不测，遂忙赶来护卫。现仍一如既往，时刻护卫丁原，形影不离。

却说那日掌灯时分，吕布方回到与丁原住所一墙之隔的营帐，正欲解甲上床歇息，忽然门卫跑来向他报道："辕门外有一书生，言有要事求见。"

吕布闻报，也不问来者是谁，便不假思索道："准见！"

门卫转身出去片刻，便将书生领了进来。坐在床沿的吕布忙定眼望去，好生面熟，但又想不起在何时何地见过。门卫转身方一出门，吕布便以疑惑的口吻问道："先生何人？"

来者见吕布认不得他，忙上前答道："将军真是贵人好忘事啊，我乃李肃也。"

第十六回　杀宦官袁本初大施淫威　除丁原董仲颖小试牛刀

吕布闻答，愣了半天也没回忆起来，良久，方才激动得差点跳了起来。原来平时大家都叫他壮士，偶尔有叫主簿的，就觉得很看得起他了。现在李肃称他为将军，完全是戴高帽子，意在便于拉拢。但他听后，好像真是将军了，因而才那般激动，并忙起身拱手施礼道："原来是李先生呀！你我故乡一别多年，差点认不出来了。别来无恙吧？"

李肃见吕布终于认出了自己，大喜，忙拱手还礼道："安好。将军别来亦无恙吧？"

"亦安好。"

吕布答后，便将离家后的经历如数家珍般叙了一遍。说到得意处，竟眉飞色舞，唾沫四溅，手舞足蹈。末了，方才想起招呼李肃同他一起坐下，叫侍者上茶。李肃见吕布踌躇满志，春风得意，先是不置可否，沉默不语，随后才摇头摆手，叹惜不已。之所以如此，意在挑起吕布对现状的不满。吕布见此，哪知李肃用意？若丈二和尚，摸不着头脑，忙问道："先生叹惜为哪般呢？咱是同乡故旧，只管道来无妨。看我能为你……"

"只为将军呢！"

吕布不防他口出此言，竟惊得差点跳了起来，以为他是大白天说梦话，遂迫不及待问道："何也？还不快快道来。"

"原以为将军是遨游万里的大鹏，听今一席言，方知乃一飞移于蒿蓬之间的小雀而已，不叫人痛惜么？"

吕布见李肃小看自己，方才那激动的劲儿早便飞到了爪哇国，立刻耷拉着脑袋道："我何尝不想飞黄腾达呢！只缘我既非宦官之后，又非名门望族，如之奈何？"

李肃见吕布现在如此气短，料知其变化无常的性情仍然未改，认为劝说有望，不禁大喜，笑道："将军之言差矣！昔傅说出身微贱，后被商王武丁求得，举以为相，遂与伊尹齐名。樊哙初以屠狗为业，后随高祖打天下，官至左丞相，封舞阳侯。灌婴本为贩丝小贾，后随高祖冲锋陷阵，转战南北，位亦至丞相。因此，寒门将相，古今多矣，岂可因出身贫贱发愁呢！依我之见，将军正当而立之年，力拔泰山，弓骑娴熟，武艺高强，且又天生聪慧，通晓经史，倘若另攀高枝，何愁不……"

不待言毕，吕布早已茅塞顿开，仿佛辉煌腾达就在眼前，不禁转忧为喜。李肃见此大喜，欲再开导。谁料吕布却突然转喜为忧，叹道："我方入仕不久，四面无亲，八方无朋，到处一摸黑，到哪去寻觅高枝呢？"

"高枝就在眼前！"

"谁？"

李肃见吕布仍未省悟，不禁非常着急，忙凑上前紧附其右耳低声道："护驾有功、名重朝野的董卓董大人！"

吕布一听董卓二字，随即摇头摆手道："此人早已声名狼藉，我岂可与他为伍呢！"

李肃见吕布对董卓有恶感，大为不悦。为完成董卓使命和为自己前途打算，遂强装笑颜道："将军有所不知，历来宦海仕途，尔虞我诈。今日我欲吃了你，明日你欲吃了我，哪有是非可言！例如，董大人虽为大汉社稷转战东西，战功显赫，然忌恨也随之而来。因此，将军方才所言，皆是诋毁董大人的流言蜚语，岂可信以为真？"

吕布闻言，认为自己此前是轻信了他人言传，误解了董卓，于是立刻回心转意，道："先生虽言之有理，然董大人身居要职，谋臣武将如云，岂肯收纳我这无名之辈呢？"

李肃闻言，料知成事只在早晚，不禁大喜。但又担心吕布能亲手刺杀丁原，能将其部下官军夺过来吗？要是现在挑明要他刺杀丁原这关键一层，又会怎样？他虽性情无常，见异思迁，但丁原毕竟是他入仕恩人和上司，能恩将仇报吗？当然，他能如董卓之愿，自然是好事。否则，他还会以挑拨离间罪立刻要我的性命。因此，李肃直后悔当初不该答应贾诩和董卓的。但事到如今，后悔有何用，只有想方设法说动吕布才是要紧的。于是便硬着头皮道："只要你依了董大人一件小事，将军便……"

吕布闻只依董卓一件小事，那有何难！于是不待李肃言毕，便急切地问

第十六回　杀宦官袁本初大施淫威　除丁原董仲颖小试牛刀

道:"只要董大人看得起小的,别说是一件小事,就是一百件、一千件大事也依了他。但不知到底是啥小事?"

随后,便瞪着一对大眼望着李肃,希望尽快得到答复。为吊吕布胃口,李肃并未立刻作答,而是起身来回转悠了一阵,才轻描淡写地将最关键的那层说了出来。吕布闻之,犹若听得晴天霹雳,惊吓得差点昏死了过去。良久回过神,才睁着血红大眼,腾地跳起,指着李肃鼻梁怒吼道:"先生何故出此言呢!没有丁大人,哪有我今天!伤天害理之事我吕布不为啊!"

李肃此前对吕布眼下如此表现虽有思想准备,但仍不免有些紧张。不过又深知只要对他晓之以理,回心转意有何难?于是忙起身上前把吕布拉回坐下,轻轻拍了拍他左肩笑道:"不知将军原来颇知仁义道德,不禁叫人万分钦佩!不过古往今来,弟杀兄有之,如少弟嵬杀周思王;子杀父有之,如商臣逼死楚成王;臣杀君亦有之,如大夫征舒杀陈灵公。既然他们能,将军何尝不能?"

吕布也是精通历史的,知道李肃所言属实,因而以为刺杀丁原就算违背了天理,又能怎样?事后到董卓那儿去求发展才是要紧的。于是便转怒为喜,起身双手抱拳对李肃施礼道:"先生一席高论,遂使我茅塞顿开。否则,险些误了前途。方才出言不逊,还望多多包涵。不过刺杀丁原毕竟是件忘恩负义的事。倘若失败,不仅罪恶滔天,罄竹难书,且还累及家人,危害不可谓不大!既然如此,不知董大人有何许诺?"

李肃虽知吕布唯利是图,贪得无厌,但没想到如此严重,不禁非常反感。但为了使他尽快痛下刺杀丁原的决心,方问毕,便强装笑容道:"董大人早有言在先,只要事成,决不亏待将军。若不相信,可乘丁原熟睡之机,面见董大人,问个明白。"

吕布认为李肃言之有理,忙道:"登门拜访董大人乃小的平生之愿啊!"

言毕,便同李肃一道起身出营翻身上马,连夜向董府赶去。李肃有董卓通行令牌,自然一路畅行。到达董府门前翻身下马,已是午夜时分。李肃上前叫开门后不待门卫通报,便领着吕布,直奔董卓卧室。

再说董卓自李肃走后见他久久没回,认为立刻说动吕布有难,再加上近日事多疲惫,早便在卧室就寝了,时正睡意正浓、酣声大作之际,忽被走在前面的李肃脚步声弄醒,大惊,以为是刺客,忙睁开双眼,坐起随手拔出枕下短剑,四下乱望,准备应付。当看清是李肃时,掉到嗓子眼儿的心方才放了下来,并嘟哝着埋怨道:"深更半夜,老夫还以为是谁呢!事情办的如……"

不待言毕,李肃便上前跪在床前低声道:"事急,未及通报,罪该万死!"

随后转身指着门口又低声道:"大人认得此人么?"

董卓忙顺着李肃手指望去,见一彪形大汉,整衣正冠,站在那里。他自然认得是吕布,不禁大喜道:"老夫未料此时壮士光临,有失远迎,还请多多包涵!"

言毕不待李肃起身上前来扶,便忙扔开短剑,赤着一双大脚从床上滚下,直向吕布奔去。吕布未料及董卓这般有礼,自然受宠若惊,忙上前跪伏在他面前道:"小的来迟,罪当不赦!"

董卓忙俯身扶起吕布道:"老夫初见壮士便有爱慕之情,今日光临,已是万幸,何罪之有?"

为保密起见,董卓忙领着李肃、吕布进了密室。不待坐下,李肃便忙将吕布来意向董卓禀报了一番。董卓闻之,立刻信誓旦旦道:"只要如了老夫之愿,定拜你为骑都尉,且宝货、美女、骏马一概任你挑,若何?"

吕布见董卓答应得非常痛快,立刻打消了疑虑,遂发誓道:"明日不取丁原狗头,誓以小的头颅顶替!"

董卓闻言,大喜过望,忙吩咐侍者端来事先备好的两碗血酒,与吕布各端一碗,一同大步走到后花园,当着夜空齐声发誓道:"一言既出,驷马难追!若有反悔,天将不容!"

随后一齐仰着脖子,张开大口,将血酒一饮而尽。

此乃去前事,言归现在。

却说吕布见丁原已死,大喜,忙举刀割下头颅,装入事先备好的木匣,

第十六回　杀宦官袁本初大施淫威　除丁原董仲颖小试牛刀

便以丁原名义，传令召集所有将领前来议事。他们闻令，以为有军事行动，便飞一般赶到那里按序站定，等待丁原出来发话。谁料未见着丁原，却见吕布左手持戟，右手提着一只木匣，站在上方中央高声道："丁贼谋反，我已奉令拿下他的狗头！"

随后即取出血淋淋的丁原头颅，高高举起。部将们见了，哪有思想准备！皆吓得瞠目结舌，不能言语。吕布见此，以为他们已被慑服，不禁大喜，遂忙高声问道："并州牧、前将军董卓董大人一贯忠效朝廷，仁民爱物，又护驾有功。我等不如投其麾下，为国效力。他绝对亏待不了我们。若何？"

时吕布以为他们会立刻齐声响应他方才所问，并因此欢呼雀跃。孰料他们却低头视足，默然不答。对此，吕布以为他们未被慑服，说不定还会一齐上前与自己拼个你死我活，鱼死网破，为丁原报仇呢！不禁感到非常害怕，本能地向后退了几步，准备应战，谁料却久无动静。于是以为方才判断失误，料想他们是在为丁原报仇，还是跟着自己投奔董卓两者之间犹豫不决呢！因此，只要威胁一下，便会听从自己的。于是忙放下木匣，举起刺杀丁原的那把带血的佩刀，在空中猛挥舞了几圈，并高声吼道："有不从者，便是丁原下场！"

对此，他们忙交头接耳，低声议论起来。看官欲知他们议论何事，请看下回分解。

第十七回

废少帝陈留王荣登大位
集党羽董司空大翻旧案

却说那些将领议论了好一阵子,吕布也不知道他们在议论什么。对此,他早就不耐烦了,但又无可奈何。因为他知道,仅仅刺死丁原还不够,还必须将这些将领活着带到董卓那里。否则,虽不能说前功尽弃,徒劳无益,至少赏赐要大打折扣。同时,在董卓那里说话也不硬气。

须知,这些将领为何许人呢?又议论了些什么?他们是跟随丁原出生入死、征战多年的官军将领高顺、张辽、侯谐、郝萌、魏续、侯成、成廉、李邹、宋宪、高雅、曹性、赵庶、魏越、薛兰、李封和秦宜禄。议论的话题是:丁原在世时对他们不薄,他们对丁原也是忠心耿耿,毫无二心。现在丁原被他视若亲子的吕布所害,太不可思议了。可人死不能复生,怀念旧恩又有何用?再说吕布这人,虽然官阶不高,却身高力大,武艺高强,心狠手辣。因此,即使一齐上前与他拼杀,也不一定是其对手,说不定还会像丁原那样,成其刀下之鬼呢!既然如此,还不如跟着他先投了董卓再说,反正吃粮当兵,跟谁都是冲锋陷阵,出生入死。

吕布见高顺、张辽、侯谐、郝萌、魏续、侯成、成廉、李邹、宋宪、高雅、曹性、赵庶、魏越、薛兰、李封和秦宜禄议论纷纷,不禁怒火中烧,欲先杀个侍者给他们个下马威。谁料这时他们争先恐后对他道:"愿听吕将军的!"

吕布不仅得到答复,且还是所期望的,自然喜不自禁,忙向他们抱拳以

第十七回　废少帝陈留王荣登大位　集党羽董司空大翻旧案

示谢意。随后才弯腰拾起丁原头颅放回木匣，挂在腰间，领着他们直向董府奔去。

时吕布离开董府快一天了，董卓还未得到任何音讯，因此，董卓在客厅一直坐卧不安，茶饭不思。对此，董卓并非担心吕布安危，而是担心刺杀是否成功。倘若走漏风声，事与愿违，牵涉到他董卓头上，岂不偷鸡不成蚀把米吗？因此不禁吓得浑身冷汗淋漓，直冒鸡皮疙瘩。但董卓毕竟心狠手毒，诡计多端。方静下便心生一计，即倘若有不测，就来个贼喊捉贼，将吕布以犯上作乱之罪除掉。这样不仅可杀人灭口，还可博得个伸张正义、除恶扬善的美名，何乐而不为呢？于是便转忧为喜，欲派人前去做准备。正在这时，忽见门卫飞一般跑来向他报道："一高大英俊的将军领着一队将校方赶到大门口就跪在那里，声言要见大人。"

董卓闻报，料是吕布等人。不待询问，便飞也似的朝门口奔去。到那后在门前人形吊灯灯光下果见如他所料，遂不待多想，便忙上前拉起吕布右臂，大步进入门内问道："可带来丁贼首……"

不待问毕，吕布便伸出左手指着右侧腰间答道："这便是！"

董卓闻答，忙弯腰伸脖定眼一看，果见那里挂了个大木匣。不待吕布动手，便迫不及待地伸出双手，三下五除二摘下打开，借着灯光仔细看了好一阵，确认是丁原头颅，方才眉开眼笑道："壮士初显身手，便马到成功，真神武啊！"

言毕，即提着木匣转身出门，热情招呼高顺、张辽、侯谐、郝萌、魏续、侯成、成廉、李邹、宋宪、高雅、曹性、赵庶、魏越、薛兰、李封和秦宜禄进门。他们自然大喜不禁，起身不及整衣正帽和施礼，便随董卓和吕布鱼贯进入客厅。吕布料想董卓认不得高顺他们，方站定，便向他一一作了介绍。爱将如命的董卓闻之，自然高兴得昂首伸眉，手舞足蹈，并随手从木匣里取出丁原头颅，狠狠抛摔在地上，踏上右脚大声骂道："叫你这不识抬举的蠢货见鬼去吧！"

随后，忙吩咐设宴，为吕布、高顺、张辽、侯谐、郝萌、魏续、侯成、成廉、李邹、宋宪、高雅、曹性、赵庶、魏越、薛兰、李封和秦宜禄接风。为表示说话算数，酒方过一巡，便当众宣布拜吕布为骑都尉，兑现了此前许诺。同时收认他为义子，了却其无子心愿。出生于小康之家的吕布不意有了董卓这位有权有势的父亲，自然大喜过望，忙亲热地高喊了董卓几声"义父"。对此，乐得董卓眉开眼笑，合不拢嘴。接着，董卓又给高顺、张辽、侯谐、郝萌、魏续、侯成、成廉、李邹、宋宪、高雅、曹性、赵庶、魏越、薛兰、李封和秦宜禄一一加了官，晋了级。至此，吕布方才深信董卓确实是个言行一致、说话算数的人，疑虑自然也随之烟消云散，并向董卓表示愿死心踏地尽忠尽孝，直至终生。宴会方毕，吕布、高顺、张辽、侯谐、郝萌、魏续、侯成、成廉、李邹、宋宪、高雅、曹性、赵庶、魏越、薛兰、李封和秦宜禄便起身向董卓拱手施礼告辞赶回驻地，安抚各自部下官军。于是董卓在京实力又壮大了许多。真是一箭双雕，一举两得！自此，京师文武百官，谁也奈何不得董卓。

此时值昭宁元年八月中旬。

却说朝野方闻丁原被吕布所杀的消息，以为是内讧，因而便没放在心上。然没过多久，丁原被杀真相便大白于天下。不过叫董卓未料到的是，他们并未因此口诛笔伐他和吕布，也未大动干戈，进行讨伐，反还忧心忡忡，谈虎色变，并以丁原为诫，言谈举止，比以前谨慎小心了许多。对此，董卓不禁暗自庆幸和大喜过望，以为收到了杀一儆百、威镇天下的预期效果。

虽然董卓现在已成京师军界执牛耳的人物，但还不能过问朝政。为此，不禁感到非常遗憾，并以天久不雨为由，胁迫刘辩和何太后免去刘弘司空一职，由他担任。司空虽位在三公，秩禄万石，却不过是个执掌水土工程，殿奏最高赏罚，参议朝中大政的虚职而已，并无实权。因此，董卓仍大为不满，并因此闭门谢客，苦思冥想解决办法。但许久未想出个结果，反还愁得茶饭不思，疾病上身。属下谋臣武将闻之，自然非常着急，并争先恐后前往探视，但病情仍未好转。对此，刘辩和何太后虽然大喜过望，却不敢公然表现出来。出于礼节，还特意派了宫中太医前往诊治，但仍无济于事。一日上

第十七回　废少帝陈留王荣登大位　集党羽董司空大翻旧案

午，董府上下正为此急得举止无措、团团乱转之际，忽然门卫匆匆进来向正卧在床上的董卓拱手施礼报道："报告大人，贾先生在门外……"

董卓闻报，料想贾诩是来呈献解难妙计的，而非探视他的病情。不待门卫报毕，便忙从床上坐起来，惊喜道："还不快快领他进来！"

门卫闻言忙转身跑出门外，不到片刻工夫，便将贾诩领了进来。董卓这时也已起床，为保密起见，二人相见礼毕方才坐下，董卓便喝退上茶侍者。为证实方才所料是否准确而又不丢面子，董卓并不急于询问贾诩来此原因，而是以埋怨的口吻问道："老夫早病入膏肓，先生何故现在才来探视呢？"

贾诩见董卓虽有怨气，但语气却很平和，因此并不害怕，反还满脸堆笑，拱手施礼答道："小的今日前来非为探视大人之病！"

董卓闻贾诩不仅未表明来此之意，但也未表明如他所料，于是犹若丈二和尚，摸不着头脑，且还暗自着急。为尽快探明贾诩来意，遂佯装生气的样子，嘟着嘴问道："难道先生对老夫的病无动于衷么？"

贾诩是个人精，对董卓玩的把戏早就看透了。为了卖卖关子逗逗他，方才说了那句让董卓猜不透的话。现在见目的达到，不禁暗自得意，但也不能叫董卓着急呀。于是待他问毕便答道："非也！据在下之见，眼下大人非身体有病，乃心有病。"

董卓闻言，断定如他所料，心里不禁非常得意，但面上却佯装不知，并问道："何心病呢？"

"忧伟业未成之病！"

董卓闻贾诩言中了他的病因，认为贾诩确是未卜先知者，遂赞叹道："先生真神啊！"

言毕不待贾诩谦虚几句，便愁眉苦脸叹道："老夫为汉室江山舍身忘死、驰骋疆场多年不说，且前时还千里迢迢来京保驾有功，结果却过问不了多少朝政，终为他人做嫁衣裳，太不公平了！"

贾诩见董卓说出了心里话，认为是相信他，不禁大喜，并毫不掩饰道："远的不说，只要大人效法当朝窦宪、邓骘、阎显、梁冀、窦武和何进等人，挟天子令诸侯，天下谁敢不从！"

董卓认为贾诩言之虽然有理，但仍叹道："先生有所不知，窦宪等人不是皇亲，便是国戚，且整日不离皇上左右，才成就了一番事业。老夫出身寒门，且过去长期领兵在外，从没面见皇上机会，虽然这次保驾来到京师，也没见过几次皇上。因此，岂可与他们相比呢？"

贾诩认为董卓脑瓜儿仍未开窍，忙开导他道："大人倘若废除皇上刘辩，立陈留王刘协为帝，他岂会不因感恩而请大人辅政呢！那时不就可……"

不待言毕，董卓便非常得意道："老夫北芒山救驾始遇皇上刘辩时，便见他昏庸无能，而那位年少的陈留王刘协倒还聪慧伶俐，于是便萌发了废立之意。因此，先生方才之言，早合我意呢！"

谁料随后董卓那得意的神情却消失得无影无踪。他知道废立皇帝非同儿戏，弄不好会生出大乱子，甚至还要掉脑袋，因此忧心忡忡道："可窦宪等人皆遭不幸，如之奈何？"

贾诩闻董卓虽然言之有据，但认为他并不懂得似是而非之理，忙解释道："他们之所以遇害，皆因宫中阉竖猖獗使然！眼下宫中阉竖已除，京师内外又是大人部僚守卫，即使有人有加害大人之心，也无加害之力。"

董卓认为贾诩言之非常有理，立刻转忧为喜，问道："依先生之言，废立之事早已具备，只须老夫费点口舌就是了吗？"

贾诩闻问，沉思片刻答道："为万全计，还是先打探一下袁绍口风，再定夺不迟。因为此人不仅位高权重，且眼下其叔父是太傅，其胞弟是虎贲中郎将，乃当今屈指可数的名门望族。虽非一言九鼎，然亦不可小视……"

不待言毕，董卓便忘了自己身份，连连向贾诩点头哈腰称是了。随后，贾诩还建议他应婉转地对袁绍说事，以免节外生枝，增添麻烦。对此，董卓自然表示赞同。时董卓病不仅没了，反还精神焕发，有说有笑，好像废立皇帝的事已办成了似的。

董卓这人对凡是决定了的事，一贯雷厉风行，说干就干。当日午饭方毕，便叫贾诩前往邀请袁绍前来董府打探废立皇帝口风。为防不测，还召来

第十七回　废少帝陈留王荣登大位　集党羽董司空大翻旧案

侍中周毖、城门校尉伍琼和议郎何颙等新近亲信参与其事。不久,他们便来到客厅按序坐定,只待董卓发言。董卓见袁绍与其他人一样,言语谨慎,礼貌周全,以为已被自己的武力慑服,遂不再依贾诩那些建议,直言直语道:"现皇上冲暗,非万乘之主。陈留王犹胜,故欲立之。人有少智,大或痴,亦知复何如,为当且尔,你等不见灵帝吗?念此令人愤毒!"

须知,周毖、伍琼和何颙早便料到董卓有废立皇上之意。因此,听了这番话语,神色如初,并不惊震,唯袁绍没有预感,不待董卓言毕,早便惊怒得不能自已,故待董卓方言毕,便猛地站起高声道:"汉家君天下已四百余年,恩泽深渥,兆民戴之来久。今帝虽幼冲,未有不善宣闻天下,公欲废嫡立庶,恐众不从公议啊!"

董卓以为会有人随声附和袁绍,不禁非常胆怯。谁料过了很久,别说附和,连发言的人也没有。于是胆子便壮了起来,暗喜到:众人皆听我的,唯你袁绍这厮不从,能如之奈何!

董卓为使袁绍屈从其废立主张,遂嗖地拔出腰间佩剑指着袁绍骂道:"竖子!天下事岂不决我?我今为之,谁敢不从?以为我董卓剑不利么?"

袁绍世居京师,世代为官,就是这次董卓进京,也是因他的建议才得以成行,因而岂会把董卓放在眼里?于是便嗖地拔出腰间佩刀,指着董卓大声骂道:"天下健者,岂唯你这山野匹夫?"

周毖、伍琼、何颙和贾诩见董卓与袁绍犹若针尖对麦芒,互不相让,皆惊得目瞪口呆,半晌无语。为防不测,回过神便忙不约而同起身上前劝阻。时袁绍虽然蔑视董卓,但毕竟懂得在京拥有重兵的今日董卓非驻屯边地的昔日董卓,且他又是行伍出身,真要与他当场动起武来,不但占不着上风,恐怕连命也得丢了。与其在此白白送死,不若先躲过这劫,待日后有机会再收拾他不迟。于是昂首横刀,愤然而去。董卓呢?虽然认为他眼下已是朝中重臣,势力日盛,但心里仍然畏惧袁绍族望势众,闹大了有什么好?于是便收回佩剑,怒气冲冲地进了内室。对袁绍的无礼,也未追究。其他人见董卓和袁绍皆忍怒了事,悬着的心方才放了下来,并忙各自出门打道回府。这场废立皇帝的密会，终因董卓与袁绍意见相左，刀剑相持，不欢而散。

尽管废立之事初议不利，但董卓并未就此罢休。相反，还加快了废立步伐，并在准备就绪后的一日上午，传令召集在京文武百官前往崇德前殿再议。须知，议事地点虽不在时之君臣朝议之所玉堂殿，但要召集这样的殿前会议，当时除了刘辩和何太后外，谁也没资格，也权利这样做，但董卓是个例外。文武百官虽知此举有违朝规和不知议论何事，但还是身着朝服，或坐舆，或骑马，或徒步，争先恐后早早赶到了那里按秩坐下。到得之快之齐，堪称空前。何也？原来自从丁原无故被杀害和刘弘无故被免职后，谁还敢与董卓公然对抗呢？

良久，才见身着朝服的董卓在贾诩和吕布簇拥下从后殿转出坐在中央座上。文武百官见了，犹若老鼠见到猫，吓得战战兢兢，不敢吱声，甚至竟不敢正视董卓一眼。这种场面董卓也是初次见到，因而心里不禁非常得意，并拉大嗓门和颜悦色道："老夫护驾方来京师，人地生疏，若有冒犯，请多包涵！"

董卓语气虽然粗鲁，带有浓重陇南乡音，但言辞谦和得体，听来入耳。因而方言毕，便有几个大臣立刻起身上前奉承，说董大人自驻军京师以来，海内祥云笼罩，气象更新。其余的见此，也忙起身随声附和。董卓见此，认为他们比丁原和袁绍会做人多了，不禁大喜过望。为了争取他们支持废立，遂将大手一挥，吩咐侍者上宴，热情款待。方上第一道菜，董卓便举着酒盏到每人几前热情地与他们碰盏敬酒，以示今后精诚团结，共辅汉室。随后才回坐到自己几后，大块吃肉，大口喝酒。

文武百官见董卓今日言行友善，以为来此只是为了彼此认识一番罢了。因此，对以往对他的那些不好言传不禁产生了怀疑。恐惧感早就烟消云散，竟将议事重地崇德前殿当成了自家府邸，起劲地聊起了家常，场面之热烈，堪称空前。孰料这时董卓忽然放下箸盏，猛地站起，正色道："老夫今日召众卿来此，意在商议一件有关江山社稷安危的大事！"

文武百官闻言，方知此前判断有误，不禁非常惊异，并立刻停下聊谈宴

第十七回　废少帝陈留王荣登大位　集党羽董司空大翻旧案

饮，抬起脑袋，竖起耳朵，全神贯注听候董卓下文。

董卓见此，以为他的威望之高，确实今非昔比，不禁得意非凡，认为废立之事也十有八九能通过。于是道："常言道：大者天地，次者君臣。若君明臣贤，治世有章，乃天下之洪福也！然当今皇上暗弱无知，一不能应天地，二不能奉宗庙，三不能抚兆民，此乃汉室之天大耻辱也！为振兴汉室，谋利天下，我等不若效法伊尹、霍光故事，废除当今皇上，拥立天资聪慧的陈留王为帝，众卿以为若何？"

随后，大家方知来此是为了商议废立之事，不禁吓得骨寒毛竖，瞠目结舌，久久不能言语。因为他们懂得：眼下谁是皇帝无关紧要，反正都是傀儡。但是否拥护实权人物董卓，才是事关前途的大事。倘若反对，不但官职立刻不保，身家性命能否保住也未尝可知，甚而还会夷灭九族呢！倘若依了董卓的，虽可保住眼前荣华富贵，如果将来有变，命运恐怕比现在更惨。今天碰上这等事，真是倒霉透了！

董卓见此，认为他们反对废立，只因慑于他的武威，不敢明确表态罢了。因此，认为方才判断有误，得意得太早了，于是产生了几分后怕。但又认为：箭已上弦，话已出口，收回是不可能的，也没必要。行废立不仅是便于自己控制朝政，也是为汉室有个有作为的皇帝啊！再说大丈夫做事，岂可前怕狼，后怕虎呢！前日敢与不可一世的袁绍顶牛，现在就不敢与眼下这些良莠不齐的文武百官对着干了吗？另外，光给他们吃敬酒还不行，还需来点罚酒。于是立刻恶狠狠地对他们道："方才大家还口若悬河，现在何故成哑巴了呢？"

言毕，以为有所触动，谁料仍然鸦雀无声。对此，董卓不禁气得脸色铁青，胡须乱抖，又恶狠狠地重复了几遍方才那番话，结果还是没人发言。董卓大怒，欲起身亲自拽出几个，强行表态。坐在一旁的贾诩见此，怕闹出乱子不好收场，忙起身对文武百官道："诸位既然不语，便是赞同董大人的了。因此，只待择个良辰佳时举行大典就是了。"

贾诩所言，不仅为董卓找台阶下，还说出了董卓没想到的话，打了个美满圆场。因此,董卓别提有多高兴了,忙道:"贾先生方才言之有理!"

随后,欲令李肃立刻撰制废立诏书,尽快举行废立大典。谁料不待下令,便见一大汉猛地站起高声怒道:"董大人废立皇上之举差矣!依《尚书》语,太甲嗣立后,怠于政事,方被伊尹逐放桐宫。昌邑王在位方二十七日,然其罪过千余,故被霍光废之。当今皇上富于春秋,举措无失,非太甲与昌邑王可比,何故要效伊尹、霍光故事,行废立呢?"

董卓及百官忙循声望去,原乃卢植。百官自然暗自高兴,但谁也不敢出来支持。时董卓却气得咬牙切齿,胡须倒竖,破口大骂道:"你这老不死的文愚,竟敢处处与我作对,难道吞下了豹子胆不成?"

骂毕即起身拔出腰间寒光闪闪的宝剑,高举着猛地向卢植冲去,欲杀他解恨。正在这时,忽见一人挺身上前挡住了去路,并劝阻道:"董大人息怒。卢大人乃当今朝廷重臣,杀之恐天下不服!"

董卓闻言,忙收住脚步定眼看去,原乃身材中等、面色白皙、文质彬彬的持书御史蔡邕。时董卓正在气头上,自然不会听他的,并欲与他辩解一番。还未开言,又见议郎彭伯起身上前劝阻道:"卢大人海内硕儒,人之望也。今若被害,天下震怖。恐对大人不利!"

随后文武百官也一齐离座起身上前围着董卓为卢植求情。这时忽听得站在董卓几后的吕布一声呼哨,从殿外猛地拥进了百余名杀气腾腾的刀斧手。文武百官见此,哪还敢求情?遂争先恐后坐回各自几后,垂首闭目,不作言语,唯蔡邕毫无惧怕,仍站在那里耐心劝说。董卓虽识字不多,但对蔡邕这位闻名当朝的硕儒贤臣还是非常尊重的。再从文武百官方才那态度看,也明白了要杀掉眼前这个手无寸铁的卢植,要比前时杀掉那个拥有雄兵猛将的丁原困难得多,遂不禁百思不得其解,不知如何是好。对此,在一旁的贾诩早已看透了董卓心思,认为得再给董卓一次台阶下,遂忙走到他面前道:"董大人乃当今忠良鼎臣,若对一个不谙世事的莽夫动怒,岂不有损盛名吗?"

言毕,忙伸手夺下董卓手中那仍然高举着的宝剑,并特意瞪了他一眼,暗示他眼下不要一意孤行。否则,后果不堪设想。董卓倒也不笨,随即便心

第十七回　废少帝陈留王荣登大位　集党羽董司空大翻旧案

领神会。为了在文武百官面前挽回点面子,遂怒气冲冲地对卢植道:"老夫今天看在伯喈、文和二位贤良情面上,且免你一死。但须罢除尚书令一职,由伯喈任之。废立之事,改日再议!"

卢植对董卓之言虽然不快,但又无可奈何,遂向他狠狠瞪了一眼,方才愤愤离去。随后,贾诩便立刻宣布散会。为了避免节外生枝,文武百官忙起身上前,齐刷刷跪在地上拜谢董卓赐宴之恩。随后,若离弦的箭般奔出殿外,各自匆匆打道回府。此情此景,直吓得殿内外鸟雀扑扑乱飞。吕布及刀斧手们见此,不禁哈哈大笑,认为这些人平日神气活现,耀武扬威,目空一切,谁料今天见了刀斧,皆成了贪生怕死的大熊包。

董卓回府当夜想起密议与公议废立之事均告失败,犹若被惹恼的猛兽,怒目切齿,咆哮如雷,并想到:事已至此,只有披荆斩棘,排除阻力,勇往直前,促成废立,才有前途。否则,不仅被天下人耻笑,弄不好还会身首异处,遭灭九族。于是双拳紧握,勇气倍增,立刻召来贾诩商议道:"废立之事,宜从速行之。否则,恐有不测!"

贾诩自然表示赞成。于是董卓当夜传令文武百官,次日一早再到崇德前殿复议废立事宜。

次日黎明时分,不待文武百官起床用饭起身出发,董卓、贾诩、李肃和吕布等人早已来到了崇德前殿按序站定,并在殿内外布满了凶悍异常、手持刀枪的西凉籍官军。时文武百官接到董卓命令后,料知复议废立是假,行废立是真。召他们前往,无非是去充当支持废立工具,因而皆不愿前往。但又不敢公然违抗,因为谁都明白,连当今高高在上的皇帝及何太后都得看董卓眼色行事,何况他们呢?别说不去,去得晚了就是董卓不究,恐怕吕布和那些凶神恶煞的刀斧手也不会饶恕的。于是不待用饭,便硬着头皮,争先恐后向崇德前殿赶去。不一刻工夫,便赶到了,依秩站定。董卓见此,大喜,遂想到:重金之下必有勇夫,重刑之下亦有懦夫,这话一点不假!如眼前这些人,平日耍嘴皮、摇笔杆,谁也奈何不得。可现在只要叫几个士兵出来一站,便吓得俯首帖耳,唯命是从。于是不禁为当年自己违抗刘宏圣旨,拒交兵权感到庆幸，行废立的胆子自然也比以前大多了。随后不久，刘辩和刘协也按董卓的要求来到了这里。时董卓再不像以前那样先客客气气地征询废立意见，而是神情严肃，直截了当高声道："太后逼迫永乐太后，使她忧忧而死。此逆妇姑之礼，无孝顺之节。当今天子刘辩幼质，软弱不君。昔伊尹逐太甲，霍光废昌邑，皆著在典籍，佥以为善。今太后宜如太甲，刘辩宜如昌邑。陈留王仁孝，宜即尊皇祚。因此，老夫废立皇帝之事已决，卿等不必多言，否则斩首示众！"

言毕即令尚书丁宫趁此宣读李肃事先撰就的册书，以免时间一长有不识相的出来节外生枝唱反调。丁宫得令，哪敢怠慢，忙高声宣读道："孝灵皇帝不究高宗眉寿之祚，早弃臣子。皇帝承绍，海内侧望，而帝天姿轻佻，威仪不恪，在丧慢惰，衰如故焉；凶德既彰，淫秽发闻，损辱神器，忝污宗庙。皇太后教无母仪，统政荒乱。永乐太后暴崩，众论惑焉。三纲之道，天地之纪，而乃有阙，罪之大者。陈留王协，圣德伟茂，规矩邈然，丰下兑上，有尧图之表；居丧哀戚，言不及邪，岐嶷之性，有周成之懿。休声美称，天下所闻，宜承洪业，为万世统，可以承宗庙。废皇帝为弘农王。皇太后还政。"

方宣读毕，太傅袁隗便迫不及待地上前将惊慌失措、泪流满面的刘辩从御座上搀扶下来，摘去头上的通天冠，将他引到殿下西侧的文官之列首端站着。接着将早已穿戴好皇帝衣冠，站在东侧武官之列首端，镇定自若，年仅九岁的刘协扶上御座。随后丁宫高声喊道："天祸汉室，丧乱弘多。昔祭仲废忽立突，《春秋》大其权。今大臣量宜为社稷计，诚合天人，请称万岁。"

前面说过，眼前发生的一切，皆在文武百官预料之中，自然没有袁绍和卢植那般举动。因而丁宫话音方落，文武百官便争先恐后出班跪伏于地，反复高呼"吾皇万岁万岁万万岁"。

此时值昭宁元年九月初。

随后改元永汉，即江山社稷永属汉室之意。

董卓见废立之事虽费了一番周折，但毕竟未损一兵一卒，甚至不费一滴血、一根毫毛便成功了，不禁兴奋得差点发狂，就像他当了皇帝一般，并在

第十七回　废少帝陈留王荣登大位　集党羽董司空大翻旧案

府里与那些有功者一日一小宴，三日一大宴，以为庆祝。

刘辩被废后，自然只有悲痛欲绝、以泪洗面的份儿。何太后呢？在后宫得知董卓不仅废除了刘辩，还要她还政，自然又怨又恨。原来她当初费了九牛二虎之力诛除了王美人和婆母董太后，才使她亲生儿子刘辩登上皇帝宝座，她也顺理成章成了正大光明、人人羡慕的皇太后。孰料眼下风云突变，不但儿子皇位丢失，连她这皇太后的宝座也未保住。真后悔早知今日，还不如当初依了哥哥何进的，杀了宦官，免得袁绍召兵来京，惹是生非，坏了大事。同时，仍摆出昔日威风，在宫内外大骂董卓为禽兽不如的欺君国贼，罪该万死。董卓闻之，怒不可遏，也大骂何太后当初不也是仗着何进之势害死了王美人吗？不是禽兽又是什么？哪还有资格骂我董卓呢？真不知世上还有羞耻二字！并认为留着她不仅无益，反还是祸害。因此，还不如一不做，二不休，处死她算了。于是便令刀斧手准备随时行动。

此后不久的一日午夜，被贬到永安宫的何太后斜躺在床上正与宫女们大骂董卓，忽见一董府使者提着一壶酒闯了进来。何太后见了，便知要鸩杀她。对此，她早已料到，因而不但不害怕，反更起劲地大骂起来。使者见了，并不生气。待她骂得口干舌燥，筋疲力尽，昏昏欲睡，才听得他一声呼哨，猛地闯进了一队凶神恶煞的刀斧手。何太后以为他们是董卓部下西凉籍官军，待抬头睁眼一看，原来是她早就认得的原宫内禁兵，不禁气上心头，怒目切齿地责问他们道："昔日我待你等不薄，今日何故助纣为暴，加害我呢？正义何在？良心何在？"

刀斧手们闻之，若木头般站在那里，不做任何辩解。他们认为：为了养家糊口，今天奉张三的命令杀这个，明天奉李四的命令杀那个，至于正义与否，有无良心，哪管它呢！奉命杀人，是我辈天职。再说了，凡是下杀人命令者和被杀者，都说自己是正义的。正义听得多了，哪分得出真假？即使是真的，又值几何？现在不听从眼下有权有势的董卓的命令杀了你，难道要听从你这早已下台的皇太后的命令，将董卓杀了不成？真是笑话！话又说回来，过去不是也奉你的命令鸩杀了你的宿敌王美人吗？难道忘了？凭心而论，还是很对得起你。再说了，别看今天奉董卓的命令来杀你，还不知哪天又要奉哪位大人的命令，诛杀他董卓呢！因此，我辈永远是不会偏袒谁的。总而言之，与其多费口舌与你这快成鬼的老太婆辩解，还不如装聋作哑呢！

使者见何太后没劲再骂了，方才挥手示意刀斧手动手。随后，他们即若饿狼看见羊羔般扑上前去，就在床上按住何太后四肢和头部，掰开嘴巴，强行将毒酒灌入了进去。片刻，得势十余年的何太后便口吐鲜血，两眼翻白，躺在那里不动弹了。此情此景，与当初鸩杀王美人没有两样。这大概就是所谓的报应吧！

董府使者及刀斧手见何太后已气断命绝，认为使命已经完成，遂立刻扬长而去，向董卓复命去了。

此时值永汉元年九月中。

董卓在府里闻报何太后已死，大喜，忙召来贾诩商议道："常言道，人既死，再言其短，算不得大丈夫。因此，老夫欲美言何老太婆几句，再予厚葬，以免日后遭人责骂，若何？"

"大人英明！"

董卓待贾诩言毕，便忙书奏刘协，在白马寺旁奉常亭为何太后举哀。刘协自然依允。届时文武百官皆着素衣素帽前往参加。虽不合当时丧礼，但规模却十分隆重。董卓还在何太后棺柩前哭祭了一番。文武百官虽知董卓这是猫哭老鼠假慈悲，却不敢出来揭露，甚至跟着哭都来不及呢！举哀毕，仍以皇太后规格，合葬于灵帝昭陵。

自从董卓进京以来，不论是诛杀丁原，罢免刘弘，还是废立皇帝，鸩杀何太后，虽经周折，但皆频频得手，随后又自迁为太尉，领前将军事，加节，传斧钺虎贲，封郿侯。由是董卓权势如日中天，无人能及。对此，他自然踌躇满志，得意非凡。但董卓又懂得，这些日子敢于公然反对他的人虽然不多，但志同道合者还是少数。倘若长此下去，不但难于巩固现在所得，弄不好还会身败名裂，遗臭万年！于是日夜心情不安，茶饭不思。经家人提醒，才在一日午饭后召来司徒黄琬、司空杨彪、蔡邕、丁宫、贾诩、李肃和

第十七回　废少帝陈留王荣登大位　集党羽董司空大翻旧案

李儒，一起密商对策。待他们到齐礼毕方坐定，董卓便忧心忡忡问道："老夫虽然日夜为汉室操劳，但理解和支持老夫者却寥寥无几，如之奈何？"

问毕，以为他们会同情他，并争先恐后出谋划策，谁料久久没有反应。对此，以为他们是在装聋作哑，沉默抵触，不禁非常不快。正在这时，贾诩若有所思道："常言道：'马不披二鞍，人不事二主。'然大人眼下所依重者，多为先帝及何进时代旧臣。因此，怎会与大人同心协力，共辅朝政呢！"

方言毕，董卓便急不可耐地问道："先生之言虽然有理，那又咋办呢？"

"大人须知，自古以来，不论明君昏君，在登大位之初，总是先矫正先帝遗嘱，继而平反往日是非公案，大赦天下，并授予涉案幸存者及其后裔要职。同时，对那些公然对抗者，一律诛除。对阳奉阴违、口是心非者，夺其实权，委以虚职，此所谓明升暗降是也。如此，重用者必对大人感恩戴德，誓死相报。失势者必缩头夹尾，不敢乱动。那时大人即使呼唤风雨，命令雷电，也莫敢不从，更别说那些……"

未言毕，董卓早便高兴得若孩童般跳了起来，道："先生之言正合我意！然不知该平哪些人的反，翻哪些案呢？"

言毕，以为贾诩会立刻作答。谁料坐在一旁的蔡邕怕贾诩将那些不着边际的人罗列出来，错过了为那些真的负有冤假错案，且名望高、影响大的人平反昭雪，因而不待贾诩发言，便抢先答道："为窦武、陈蕃、杜密、李膺、虞放、朱寓、巴肃、荀昱、魏朗、翟超、范滂、贾彪和栾巴等人之案平反昭雪最是要紧！如此，大人美名定可广传天下，流芳百世。"

黄琬和杨彪待蔡邕方言毕，便表示赞同。董卓对蔡邕方才说出的这些人名，大多是闻所未闻。因为一是他此前远在边地忙于军事，很少关注朝中那些与己无关的人和事；二是有些案子发生的时间久远，他当时即使知道，现在也早忘得一干二净。而这些人所涉何案，是何性质，他就更无从知晓了。但有一点董卓明白，即像蔡邕这样的名贤硕儒所举出的这些人，不是当时朝中举足轻重之臣，便是闻名海内的鸿儒，非平庸之辈。同时他还明白，今天蔡邕能积极配合贾诩发言，是很看得起他董卓的。于是不禁大喜过望，忙连连点头称是。再见大家又无异议，于是便令蔡邕以他的名义撰制为他方才罗列出的那些人平反昭雪的奏章。蔡邕得令大喜，不一刻工夫，便撰制毕，并当众予以宣读。其词略云：

昔灵帝糊涂，不辨真伪，放纵阉党曹节、王甫、侯览和段圭之流矫正诏书，陷害朝廷忠良大将军窦武、太傅陈蕃、太仆杜密、长乐少府李膺、司空虞放、大司农尹勋、侍中刘瑜、屯骑校尉冯述、宗正刘猛、庐江太守朱寓、颍川太守巴肃、河内太守魏朗、山阳太守翟超、沛国相荀昱、从事中郎荀翌、功曹范滂、属吏陈寔、名士贾彪和栾巴等人。遂使他们或含冤而死，或隐遁山林，或卖身求荣。于是直谏者绝迹，阿谀者当道。天下萎靡，百业俱废；寇贼蜂起，朝臣反叛。臣民遂有家破人亡之危，江山遂有土崩瓦解之险。为伸张正义，铲除邪恶，端正视听，中兴汉室，特求皇上下旨，为上述被害良臣名贤平反昭雪，并擢用其子孙，以为补偿。

董卓等人闻之，认为奏章意达辞美，遂忙点头赞同。

次日一早，董卓便同黄琬和杨彪持铁锨赶到南宫平城门外上呈奏章。刘协及袁隗见是董卓奏章，自然不敢说三道四，立刻批准。

三日后，董卓、黄琬和杨彪按奏章之意，举荐窦武之孙窦辅为桂阳孝廉；征召陈蕃之子陈逸为鲁国属吏。其他涉案在世者，或复官职，或复爵位，或得迁升。死者被追谥为功臣烈士，后裔自然也得到权财补偿。于是赞颂董卓之声铺天盖地，随处可闻。同时，亲信倍增，党羽满朝，出入前扶后拥，车马塞道，风光非常。

此时值永汉元年九月末。

须知，窦武、陈蕃、杜密、李膺等人何以为曹节等宦官所害呢？原来桓帝死后，窦武与其女儿窦皇后迎立十三岁的刘宏为帝有功，于是窦皇后被迁升为皇太后，窦武被拜为大将军，常居宫中。后又封为闻喜县侯，与太傅陈蕃共辅朝政。窦武便乘此机，封其子窦机为渭阳侯，拜侍中；封其兄之子窦绍为鄠侯，迁步兵校尉；封窦绍之弟窦靖为西乡侯，拜侍中，又兼羽林左

第十七回　废少帝陈留王荣登大位　集党羽董司空大翻旧案

骑。其余远近亲戚，也逐一封官赐爵。于是一时窦氏官吏塞满朝廷，无法计数。桓帝宠信的宦官曹节等人对此虽然不满，但又无可奈何。窦武也感到宦官有碍他行事，于是便与陈蕃、李膺、杜密、尹勋、刘瑜、冯述、刘猛、朱寓、荀翌和陈寔等人密谋诛除曹节等宦官。孰料走漏风声，反被曹节等十七名宦官所败，到头落得个偷鸡不成蚀把米。这就是窦武、陈蕃案的缘由始末。发案时间为建宁元年九月，时间正好过去二十二年。

李膺等人之案又是怎么回事呢？原来李膺在窦武、陈蕃等人案中虽被禁锢，但天下官宦儒士皆赞扬其高尚节志而讥讽朝廷，且还自相标榜，称窦武、陈蕃和刘淑为"三君"；李膺、荀显、杜密、王畅、刘祐、魏朗、赵典和朱寓为"八俊"；郭泰、范滂、尹勋、巴肃、宗慈、夏馥、蔡衍和羊陟为"八顾"；张俭、翟超、岑晊、苑康、刘表、陈翔、孔昱和檀敷为"八及"；度尚、张邈、王考、刘儒、胡母班、秦周、蕃向和王章为"八厨"。对此，宦官曹节等人自然十分反感，遂以虞放、杜密、李膺、朱寓、荀显、魏朗和翟超等人与窦武、陈蕃有牵连，以钩党为由，上奏刘宏将他们逮捕下狱。结果死者百余人，妻室儿女及附从者皆徙边地。同时，下诏在各州郡大检举钩党，于是天下豪杰名贤多为党人。发案时间为建宁二年十月，时间正好过去二十年。

董卓为窦武、陈蕃和李膺等人平反昭雪后，自以为对朝廷有功，于是踌躇满志，得意扬扬。一日上午，董卓在府中与家人闹得正欢，忽探马飞一般跑来不及施礼便向他报道："大人，郭太白波谷黄巾妖贼酋黄龙率军突然攻破了河东郡治所安邑城。"

董卓闻报，吓得目瞪口呆，四肢战栗。看官欲知董卓何以如此害怕，请看下回分解。

第十八回

剿黄巾牛中郎兵败河东
禁谈论董相国捉放儒生

原来董卓闻报郭太白波谷黄巾军将领黄龙所率人马攻破河东郡安邑城非常害怕的原因是：那里不仅物华天宝，盛产盐铁，地灵人杰，英才辈出，其战略位置也很重要。占领它，西渡蒲坂津，可轻而易举地攻占长安；东渡茅津，可轻而易举地夺取雒阳。因此，汉文帝称其为股肱之郡，特遣时之名将季布驻守。历代军事谋略家也有"不得河东郡不敢称雄"之说。老谋深算的董卓自然也看重那里，去年四月虽领了并州牧，却不去遥远的州治所晋阳城上任，而是驻守于安邑城。如前所述，其初衷在于一旦天下有变，可乘机率军就近赶往京师雒阳，问鼎汉室。现虽如愿以偿，但常遭天下臣民明里暗里谴责和反对。为万全计，遂派心腹大将樊稠领军驻守那里，一旦不测，便可放弃雒阳，回军安邑，以图自保。现在被南下郭太白波谷黄巾军攻破，犹若后院起火，怎不害怕呢！

时家人及侍者见董卓吓成这样，皆惊得手脚无措，不知如何是好。正在这时，又一探马飞一般跑来，不及向董卓施礼便报道："据可靠消息，黄巾妖贼军占领安邑城后又欲抢渡茅津，进犯京师。"

董卓方才的害怕还未消除，现在又闻此报，自然更加害怕。因为他深知，黄巾军攻占雒阳虽非易事，但攻占茅津却是举手之劳。若失去那里，一旦朝中有人乘机起兵讨伐他，不就陷入毫无退路、两头受敌的境地了吗？还有更害怕的，是他当年与之作战就没占着便宜，且还差点丢了性命，现在回

第十八回　剿黄巾牛中郎兵败河东　禁谈论董相国捉放儒生

想起来还不禁吓得全身直起鸡皮疙瘩的张角与张宝所率黄巾军。虽然他们早被镇压下去，但眼下这些白波谷黄巾军大多是以其余部和残部发展起来的，英勇善战作风犹存。因此，对付他们并非易事。但是害怕又有什么用呢？只有针锋相对，调兵遣将前往讨伐才是上策。于是强打精神，立刻传令以屯兵陕县的中郎将牛辅为主帅，另一中郎将徐荣为副帅，董越为军师，骁骑校尉华雄为先锋，步兵校尉李傕为右路军，都尉王方为左路军，统领三万官军精锐步骑，加强茅津防守。同时再从那里北渡河水，夺回安邑，消灭白波谷郭太所部黄巾军。

大家知道，白波谷黄巾军大帅郭太，本乃当年张宝部下。张宝兵败下曲阳后，只身杀出重围，逃到河东郡雷首山为民。后从一博闻之士那里探得张角所部黄巾军虽然失败，但散于各处的将士不甘屈服，仍在所在地攻城略地，大败官军。于是毅然决定出山，在安邑城之北的西河白波谷镇高举黄巾军旗号，招兵买马，构筑营寨，公然举事。逃散的原张宝部下黄龙、刘石、牟严平闻此，便率所部黄巾军先后来投。没过多久，便聚众十余万，仍以白波谷镇为根据地，与以东不远的黑山张飞燕所率黄巾军遥相呼应，所到之处，无不杀得官军丢盔卸甲，狼狈逃窜。

一日早饭后，郭太正与于扶罗、刘石和牟严平在白波谷镇中军大帐商议东渡茅津攻打雒阳事宜，忽见黄巾军安邑守将黄龙派人前来向他报道："董卓那厮已遣牛辅率敌军向这边杀过来了，华雄所率先锋敌军已到虞城了！"

郭太虽没料到官军人马来得这样快，但闻报后并不吃惊，因为他早料到官军早晚会来。经一番商议，郭太便派于扶罗率领五千黄巾军骑兵，于当晚黄昏时分先于华雄所率先锋官军赶到安邑城，加强那里防守。

于扶罗本乃南匈奴单于，中平四年六月，前中山国相张纯与前泰山太守张举举兵反汉，刘宏下诏南匈奴发兵配合甘陵相刘虞讨伐二张。南匈奴单于羌渠便遣左贤王率领骑兵到幽州遥助刘虞。南匈奴人怕发兵不利，于是右部西益部落反叛，与屠各胡会合，约十余万人马，一道攻杀羌渠。羌渠迎战不利，遂败亡。于是南匈奴人立左贤王之子右贤王于扶罗为持至尸逐侯单于。

时值刘宏驾崩、天下大乱之际，于扶罗便率五千骑兵南下进犯河内诸郡。然抄掠不利，遂兵败。欲归南匈奴，又遭拒绝。无奈，只好南进，于中平五年九月流窜到河东，投奔了郭太白波谷黄巾军。他们虽新来乍到，人地生疏，但皆虎背熊腰，力气过人，战马高大，奔走如飞，遂成白波谷黄巾军一支劲旅。

时于扶罗得令方回营，便点起五千黄巾军骑兵，轻装疾进，按时赶到了安邑城北门外。黄龙在北门城楼上见了，大喜，忙传令打开城门，迎进城里。

却说华雄所率先锋官军因走得过急，昨夜赶到虞城时，早已筋疲力尽，不能前行。无奈，只好就地合衣躺下歇休一阵，待天明后再行赶路。孰料竟睡到次日午后方才醒来，遂埋锅造饭，待用饭毕方才上路，耽误了行军时辰。按路程计，华雄所率先锋官军应先于于扶罗所率黄巾军骑兵赶到安邑，结果却相反。华雄晚到，自然不知那里黄巾军实力早已大增，因而仍依牛辅先前命令，一到城南门外就下令攻城，欲给黄巾军一个下马威。谁料方到城下，便听得城上一声鼓响，箭、石便如雨下。他们不防，竟被杀得人仰马翻，喊爹叫娘。不一刻工夫，便尸积如山，血流成河。华雄见此，不禁惊得目瞪口呆，半晌无语，料知眼下破城无望。无奈，只好急忙下令后退二十里安营扎寨，待后面大队官军到后再攻城不迟。于扶罗与左右在南门城头上见他们不堪一击，大喜，并欲率军出城随后追杀。黄龙在一旁见了，忙上前劝阻道："兵法云：败寇不可追也。眼下敌军虽然受挫，但锐气犹存。追杀会激起他们奋力反击，后果不堪设想。"

言毕，即上前附在于扶罗右耳低语好一阵，只见于扶罗连连点头称是。

华雄所率先锋官军安营扎寨毕，已时至午夜。因而早便困得头昏眼花，哈欠连天。不待埋锅造饭，便去胄解甲，关帐熄灯，倒头大睡。正在梦乡，忽闻寨北门外鼓声雷鸣，杀声震天，似有千军万马杀来。华雄料知是黄巾军，忙翻身起床，披挂出帐上马，率军出寨迎战。孰料部下因白天吃了黄巾军苦头，现在见他们杀来，早便吓得东奔西窜，乱不成军。华雄见此，大

第十八回 剿黄巾牛中郎兵败河东 禁谈论董相国捉放儒生

怒,忙举剑亲手就地斩了几个士兵,方才稳住军心。正在这时,一骑兵飞马前来向他报道:"华将军不好了,黄巾妖贼军骑兵已杀进北辕门了!"

华雄闻报大惊,忙率官军飞也似的向北辕门赶去,欲将黄巾军骑兵赶出寨外。随后不久,便遇上他们。火光中只见旗下为首一将高大健壮,脸堂黝黑,头顶铁胄,身披铁甲,坐跨高头黑马,手握长柄大斧,腰挂西蕃强弓,凶神恶煞,拦在路中央。经询问身旁探马,方知是于扶罗。华雄身高八尺有五,虎背熊腰,力气过人,武艺高强,是闻名遐迩的西凉大汉,见了于扶罗这般模样,也不免面露惧色,倒抽凉气。探马见此,料知眼下交战不利,忙上前对华雄低声道:"于扶罗这厮武艺超群,杀遍河内无敌手。眼下我军疲乏饥饿,仓促应战,恐难取胜!依小的之见,不若暂避其锋,待来日再战不迟,若何?"

华雄虽然认为探马言之有理,但不将眼前这些黄巾军骑兵赶走,不仅今夜无法安身,日后还会被人耻笑,且无法向上司牛辅交代。正在这时,于扶罗以鞭指着华雄高声道:"为首的可是华雄吗?你这厮还不快快前来投降,还待何时?若想与俺一决高低,就来一试身手吧!"

华雄见于扶罗如此狂妄自大,气焰嚣张,目中无人,大怒,也高声道:"你这叛国蕃儿还算有眼,认得老子!想与俺一决高低,真是有眼无珠,看错了人。若还知趣,还是早早下马受擒方为上策!"

于扶罗哪里受得了华雄这般奚落,竟气得两眼冒烟,咬牙切齿,立刻飞马挥斧,向华雄砍来。华雄见此,忙举起手中长柄狼牙大棒,拍马迎了上去。在于扶罗面前,华雄武艺本来就略逊一筹,加之又是饥肠辘辘,有气无力,因而不待两边将士呐喊助威,便败下阵来。要不是坐骑腿快,险些被生擒活捉。官军见了,大惊,立刻潮水般向后奔逃。于扶罗哪里肯放?遂忙挥军从后追杀了一阵,方才收兵回城。

华雄所率先锋官军直逃了十余里方才站住脚跟。天明后经清点,损失了大半人马。华雄怕牛辅怪罪,便欲拔剑自杀。左右见了,忙上前夺过剑劝慰了一番,方才作罢。

于扶罗昨夜突袭华雄所率先锋官军营寨成功，皆因黄龙昨日在城头上对他低声耳语的那番密计使然。因此，不禁对黄龙佩服得五体投地，回城后不待下马解甲，便直奔黄龙那里，颂扬了黄龙一番，并一再表示将来一定要按他的命令行事。否则，甘受极刑。对此，黄龙自然非常高兴，并还谦虚了一番，随后即举宴庆祝。同时，仍像以前那样，百倍警惕，严防官军反扑。

　　一日午饭后，黄龙和于扶罗正在南城城头上巡视，忽见远处旌旗蔽日，尘土飞扬，料知是牛辅所率主力官军杀到，于是忙传令全城军民，充分做好杀敌准备。

　　来者果如黄龙和于扶罗所料，乃牛辅所率主力官军。原来牛辅在行军途中闻知华雄所率先锋官军吃了败仗，不禁惊得目瞪口呆，半晌无语，回过神便忙传令加快行军步伐，尽快与华雄所率先锋官军会合。方到盐监地界，便见远处一队人马正向这边奔了过来。牛辅以为是黄巾军，不禁吓了一跳，忙传令全军停止前进，严阵以待。待近前一看，原乃华雄等先锋官军残兵败将。

　　华雄见到牛辅，非常羞愧，忙翻身下马上前，跪在其马前详细报告了昨夜战败情况。末了，还请治罪。时牛辅早已翻身下马，上前双手扶起华雄和颜悦色道："妖贼军人多势众，诡计多端，略损兵马，何足为奇？再者胜败乃兵家常事，以后勇敢杀贼才是！"

　　华雄见牛辅不但不治罪，反还善言安慰，自然感激涕零，谢恩不止，并发誓日后以死相报。牛辅见此大喜，仍以他为先锋，率军向安邑杀去。

　　随后不久，牛辅所率官军便赶到安邑城下，但牛辅并未急令攻城，而是令华雄所率先锋官军在城北门外下寨，李傕所率官军在城东门外下寨，王方所率官军在城西门外下寨，他所率的官军在城南门外下寨。如此部署，意在先将黄巾军铁桶般围在城中，待其粮草耗尽、军心大乱时再行攻城，便可稳操胜券。同时，也是吸取当年董卓和昨天华雄因急于进攻黄巾军皆遭惨败的教训。

　　牛辅这番良苦用心，早被黄龙识破了，因而并未派兵出城挑战，只令部

第十八回　剿黄巾牛中郎兵败河东　禁谈论董相国捉放儒生

下修补城池，征集粮草，长期坚守，伺机而动。因此，时城内外虽然战旗蔽日，兵马遍布，刀枪林立，却静若平日，无战可言。

半月后的一个傍晚，牛辅正与左右坐在中军大帐议事，忽然辕门卫兵匆匆前来，不及拱手向他施礼便报道："寨外有百余黄巾妖贼军声言因城内粮草已尽，饥饿难忍，特前来投诚。"

牛辅闻报，半信半疑。良久，才令卫兵将他们带进来逐一询问。时他们虽然对答如流，毫无破绽，但牛辅仍然疑虑重重，放心不下。他们方被带出大帐，一旁的董越即对牛辅道："鄙人昨夜为将军占了一卦，我军破城在即。现又获悉妖贼军粮草已尽，军心动摇，正应了那卦。不及时攻城，还待何时？"

牛辅闻言，不再多疑，立刻令华雄、李榷和王方回营各率本部官军，见中军大寨火光攻城。

当晚午夜时分，只见官军中军大寨火光冲天，照得四周如同白日。各路官军见了，忙举着火炬，推着撞城大车，扛着攀城云梯，潮水般向城下冲去。时城上并无丝毫动静，对此，他们以为黄巾军不备，不禁暗喜，忙争先恐后推车撞击城门、搭梯攀爬城头，恨不得立刻杀进城去，将黄巾军斩尽杀绝。在南门外的牛辅见此大喜，忙对身旁的董越道："军师料敌真如神啊！"

董越还未及谦逊一番，火光中便见城上黄巾军从城垛后面一齐拥上，猛向城下抛木石、放火箭。不一刻工夫，被砸被烧的官军、云梯和撞城车遍地皆是，无法计数。牛辅见此，方知中计，大怒，又立刻传令再次攻城。谁料黄巾军准备充分，防守森严，攻了许久，也无结果，且损失更为惨重。对此，牛辅不禁气得哇哇大叫，但又无可奈何。在一旁的董越见了，忙上前对他道："眼下妖贼军不意连连得势，必然骄傲轻敌。若再乘机强攻，定获大胜！"

牛辅此前按董越建议行事，皆以失败告终。因而对他方才所言，不免产生了疑虑，并想到：进攻吧，取胜没把握。退兵吧，又被天下人耻笑。不过，这倒还不要紧，要紧的是倘若董卓怪罪下来，可不是闹着玩的，尽管我是他的爱婿啊！董越看透了牛辅所想，于是又道："牛将军难道忘了'贵在坚持'这句名言么？"

牛辅闻言，犹若茅塞顿开，大梦初醒，忙道："先生之言极是！"

言毕，即传令华雄、李傕、王方等人，务必在天明前破城，否则问斩。他们得令后岂敢怠慢，遂忙重新组织人马器械，准备攻城。不待天明，便准备就绪。仍在城南门外的牛辅认为攻城时机已到，忙从鼓手手中夺过鼓槌，亲自击鼓督战。全体官军闻之，忙鼓足勇气，闪电般向城下冲去，恨不得立刻踏破城池，将黄巾军生擒活剥了方才解气。还没冲出几步，忽见北门外华雄所率先锋官军后面火光中杀出一支骑兵。华雄不知是哪路人马，自然非常惊疑。正在这时，一探马飞马前来不及向华雄拱手施礼便上气不接下气报道："妖贼酋郭太……从白波谷率了一支……黄巾妖贼军援军从……后面杀过来了！"

华雄闻报，不禁吓得魂不附体，面无人色。回过神，忙领军向城东门方向逃去。郭太见此大喜，忙挥军从后追杀。

城东门李傕所率官军见华雄所率先锋官军向这边败逃过来，料知遇上了黄巾军攻击，吓得早没了攻城勇气，并忙拍马转身向城南门逃去。正在那里拼命击鼓的牛辅见了，大惊，料知来了黄巾军援军。遂忙扔下鼓槌，翻身上马，领了千余官军骑兵一字排开，欲挡住李傕和华雄所率两路官军逃路。时他们像没头的苍蝇，到处乱窜，根本无法挡住。正在这时，忽然一探马来报："刘石所率黄巾军攻占了茅津北岭。"牛辅、董越、华雄、李傕和王方闻之，皆吓得毛骨悚然，冷汗淋漓。半晌，牛辅才回过神对董越等人道："茅津一失，京师便危在旦夕。干系不可谓不大啊！因此，立刻收兵，回救茅津。"

他们认为牛辅言之有理，忙表赞同。牛辅于是不再多言，便忙率领全体官军飞一般朝来路方向的茅津赶去，欲杀退那里的黄巾军，将功折罪。黄龙和于扶罗在城上见了，忙率黄巾军出城与郭太所率黄巾军援军合兵一处，随后追杀一阵方才鸣金收兵。

次日天明，当牛辅所率官军冒着寒风，马不停蹄赶到茅津北岭时，只见

第十八回 剿黄巾牛中郎兵败河东 禁谈论董相国捉放儒生

那里到处飘扬着黄巾军旗帜,但却没见黄巾军踪影。经打探,方知当初于扶罗所率黄巾军从白波谷镇出发不久,黄龙又令刘石率了一队黄巾军轻骑也从那里出发,日伏夜行,绕道向官军进退必经之所茅津杀去。意在虚张声势,调虎离山,解除安邑之危。时牛辅见官军中计,竟气得咆哮如雷,怒发冲冠。这时忽见一探马匆匆前来向他报道:"牛将军,小的方才探得,昨日来降的那些黄巾军,皆为妖贼酋黄龙所派。因此,投降是假,目的是诱使我军在郭太所部黄巾妖贼军援军到来之际出寨攻城是真。"

牛辅闻报,不禁气得脸色发紫,四肢发抖,并忙问探马道:"他们现在何处?"

"早逃走了。"

牛辅闻探马答,不禁破口大骂黄龙不止。这时董越兴冲冲上前又欲向牛辅建言。牛辅认为此前听了他的话才导致眼下这般惨败,岂能再听他的?故不待董越发言,便以他以卜筮与黄巾军里应外合为名,下令就地斩首示众。

牛辅这次奉命出征,本欲将白波谷黄巾军斩草除根,以绝后患。谁料事与愿违,大败而归。无奈,只好遣王方赶回雒阳,向董卓请罪。同时,又命李傕领五千官军驻守茅津南岸,以防黄巾军过水来犯。随后便领军回驻陕县,等待董卓处罚。

却说董卓自牛辅率领官军进攻河东以来,一直在密切关注那里战况。一日午后,他正为此与贾诩和李肃坐在董府客厅焦急不安之际,忽见门卫飞一般跑来不及拱手施礼便向他报道:"董大人,王方将军已从河东回来了,现在门外言有要事求见。"

董卓以为王方是来传捷报的,大喜,忙对门卫道:"速传王将军进见。"

片刻,门卫便将王方领到了董卓面前。礼毕不待董卓发问,王方便上前跪下,低声报告了河东战况。

董卓闻之,竟气得差点昏死过去,良久回过神方才大怒道:"牛辅这厮叫我大失所望!京师安全不保啊。不军法从事,不足以重振军威!"

随后,一面吩咐刀斧手将王方推出斩首示众,一面遣李肃前往陕县,责令牛辅就地自裁。李肃领令后，不免面有难色，并趁董卓不注意，偷偷给贾诩使了个眼色，示意他劝说董卓消消气。贾诩心领神会，忙先劝刀斧手暂停行刑，然后才回头笑着对董卓道："太尉休得生气。黄巾妖贼军作乱日久，实力强盛，牛将军兵败情有可原。且他已率军驻守陕县要冲，即使这些黄巾妖贼军欲犯京师，也无异于九天揽月、海底捞针，难呢！再者牛将军乃大人女……"

不待言毕，董卓早便感到自己方才太冲动了。不说别的，处死牛辅就非常错误，因为他不仅是自己的女婿和军中顶梁，还与吕布是他事业上的一对继承人。岂可没他？于是忙问贾诩道："那如何是好呢？"

贾诩见董卓怒气已消，不禁暗喜，忙答道："倘若牛、王二将军被杀，河东兵败消息便不胫而走。那时京师震动，天下大乱，太尉威名亦荡然无存，后果不堪设想啊！依鄙人之见，大人明日上朝，不若大言牛将军大军早已凯旋。同时，还要理直气壮地为他们表功晋级。如此，不仅可威慑京师，安定天下，大人威名也随之大振！"

贾诩方才所言，正合董卓之意，于是便忙令刀斧手住手。王方见死里得生，大喜过望，忙拱手向董卓和贾诩施礼谢恩不止。责令牛辅自裁的事自然也就不了了之。

次日早朝，董卓便按贾诩昨日对他所言，在殿上绘声绘色道了一番，并以为刘协及朝臣随后会欢天喜地，拍手称快。谁料却面无表情，心头发怵。原来他们本希望牛辅兵败河东后，好乘机将董卓赶出京师。现在希望落空，自然心里不快，但又不敢在董卓面前表现出来，于是便装着笑脸恭贺了他一番，并建议立刻在殿上摆宴庆祝。董卓认为建议有理，遂便欣然接受。席间，除刘协外，朝臣皆争先恐后走到董卓餐几前，频频举盏向他祝贺。董卓见此，好像牛辅所率官军真的在河东打了胜仗，遂不禁飘飘然起来。同时，还为欺骗成功暗自庆幸，因此直喝得醉眼蒙眬，直到午夜时分，方才打道回府上床休息，直到次日日上三竿，方才醒来。正欲下床，忽见贾诩匆匆前来道："眼下国泰民安，百业俱兴，皆大人之功呢！因此，何不趁此叫圣上拜大

第十八回　剿黄巾牛中郎兵败河东　禁谈论董相国捉放儒生

人为大汉相国，剑履上殿呢！"

董卓闻言，心里自然赞同，但表面却谦逊道："自大汉以来，唯跟随高祖攻城略地，身披七十余剑伤，战功显赫的开国元勋曹参享有这一殊荣。可老夫……"

不待言毕，贾诩便知董卓并非不想当相国，只不过是像以往那些受拜大臣一样，要虚情假意推让一番。于是忙道："大人不仅有护驾之功，还冒险废除昏庸之君，拥立贤达之主。于汉室之功，远在曹参之上。别说拜为相国，剑履上殿，即使入朝不趋，赞拜不名，也不为过。"

贾诩言毕见董卓不再推辞，料知他已默许，于是当即便提笔撰写奏章，于次日早朝上奏刘协。刘协闻奏，哪敢不准？于是董卓便被拜为相国，入朝不趋，赞拜不名，剑履上殿。接着又增封董卓之母为池阳君，效仿当朝公主故事，置家令家丞，礼遇远在当年曹参之上。

董卓得了相国一职后，自然要大大嘉奖贾诩一番。

此时值永汉元年十一月。

董卓来京仅三个多月，便由秩二千石的并州牧、前将军，擢升为礼遇超过相国的相国，此乃自汉以来，未曾有过。自然叫满朝文武百官莫不自惭形秽，甘拜下风。因而不论是朝野公开拥护者，还是私下羡慕者和嫉妒者，皆争先恐后前往董府向董卓表示祝贺。于是董府门前院后，车水马龙，热闹非凡，直忙得董府上下晕头转向，应接不暇，董卓自然乐得若孩童般手舞足蹈。

这时一日上午，董卓正与家人在府中陶楼前兴高采烈地观看歌舞，忽见一密探跑来向董卓耳语了片刻。只见他气得咬牙切齿，面色发紫，不能言语。歌舞者见了，料知不妙，遂忙收起嗓子和舞步，悄然退了下去。

董卓何以会如此生气呢？原来密探方才向他耳语的，是雒阳城里有人最近在盛传他的丑闻。须知，自古京师之民，多为皇帝亲戚，隐退朝臣，朝野儒生，巨商富豪。他们与那些只管日夜埋头做事养家糊口，留心物价涨跌或偶尔关注一下艺人风流的沿街商贩、作坊工匠之类的市井小民不同，总爱在茶余饭后,将确凿有据或捕风捉影的前朝旧事、时下新闻、朝政优劣、宦海沉浮津津有味地谈论一番。特别是那些在野儒生对此情有独钟,乐此不疲。因此,眼下如日中天的董卓,自然成了他们议论的中心。

一日早饭后,在野儒生刘儒正与其他十余名在野儒生在城东南太学附近的自家后花园温亭赏雪作赋,忽见其宿友,在野儒生孙雅、王良和张诚被侍者引了进来。刘儒料知他们来此定有新闻相告,不禁大喜,忙起身上前施礼相迎。随后,即吩咐侍者为他们摆座摆几上茶。孙雅、王良和张诚早认识在场其他人,因而无需刘儒介绍和互通姓名与客套,坐下便言归正题。刘儒先问孙雅、王良和张诚道:"鄙人久病在家,两耳闭塞。然昨日方一出门,便见人们在街市上窃窃私语,似有新奇要闻。今日既来,能否相告?"

方问毕,孙雅便放下手中茶杯答道:"正是为此而来。"

刘儒与其他人闻之,立刻来了精神,也忙放下手中茶杯,竖起双耳,瞪起两目,闭唇息气,静等孙雅述说。孙雅见此,自然得意,遂眉飞色舞道:"汉室社稷至今已四百余年。与商、周相比,虽不算长,但比暴秦还是长得多。不过自从黄巾妖贼军大乱天下,大将军何进被阉竖所害,董卓这厮进京乱政以来,便日渐衰败,朝不保……"

王良为了卖弄他晓得的不比孙雅少,不待他言毕,便站起来道:"当年朝廷多次下诏升迁调动董卓这厮,均不为所动。然何、袁二将军叫他带兵来京,却行动神速,狼子野心可见一斑!"

言毕,大家皆纷纷点头称是。张诚岂甘心落后于王良?随即气呼呼道:"然更叫人忍无可忍的是,董卓这厮进京不久,便公然违背先帝圣旨,废立皇上,此乃天理所不……"

不待言毕,孙雅便抢过话题道:"鄙人以为,董卓认为他与抚养新皇上的董太后五百年前为一家。因此,立新皇上不仅是继承董太后遗志,还有攀附皇室、光宗耀祖之嫌呢!"

大家认为孙雅方才所言击中了董卓废立皇帝的要害,便一齐鼓掌表示赞同。孙雅见此大喜,忙喝了口茶,清了清嗓子,接着道:"废立皇帝策书说

第十八回　剿黄巾牛中郎兵败河东　禁谈论董相国捉放儒生

现弘农王'天姿轻佻，威仪不恪，在丧慢惰，衰如故焉；凶德既彰，淫秽发闻，损辱神器，忝污宗庙'。此乃无稽之谈！他登基不足半年，哪来那么多的不是和罪过？即使如策书所说，董卓入京方月余，又何以知晓呢？再说所立新帝，方才九岁，本性未彰，然策书却说他'圣德伟茂，规矩邈然，丰下兑上，有尧图之表'。真乃此地无银三百两！"

大家认为孙雅所言不仅确凿有理，且风趣幽默，不禁一齐哄堂大笑。随后王良接着道："依我之见，董卓行废立之事，实是见弘农王快到弱冠之年，已有洞彻事理、判断是非能力，且又为先帝所立，难于控驭，因而才坚决废除他，立年幼无知的陈留王为帝，以便日后幕后操纵朝……"

不待言毕，张诚早便气得头发倒竖，两眼血红，咬牙切齿道："倘若先帝在天之灵有知，定会下旨诛除董卓这厮！"

大家闻张诚言，自然点头附和。随后张诚又道："最近有人传说原执金吾丁原本无罪，是董卓那厮拉拢不成，怀恨在心，暗使李肃以金钱、美女和官位为诱饵，纵使吕布杀了他。倘若……属实，董卓这厮……"

言至此，早已气得结结巴巴，无法再言。张诚方才所言，大家闻所未闻，自然惊得目瞪口呆，半响无语，还有的以为耳朵出了毛病，听错了话。张诚片刻缓过气，喝了口茶，清了清嗓子又道："近日皇上亲拜董卓为相国，准他赞拜不名，剑履上殿。听说还封其母为池阳君，置家令家丞，规格若公主。此乃有汉以来未曾有过！"

随后王良接着道："依我之见，言皇上拜封是假，他自封才是……"

言未尽，孙雅即气呼呼地插言道："倘若董卓这厮再胡作非为，必遭王莽下场！"

随后，大家认为再无话题可议，便欲起身告辞。李真见了，怕失去发言机会，忙道："大家方才所言，对我们这些在野之士来说还是前所未闻的新闻，但对那些在朝者而言，早成不屑一顾的过时旧闻了。有啥奇怪的！据最近……"

刘儒料知李真有特大新闻，遂不待他言毕，便示意大家坐下等他发言，并还责怪道:"李先生有什么特大新闻,还不早早相告!"

随后,大家忙拥到李真座前,伸长脖子,瞪大眼睛,急盼他尽快道来,先闻为快。李真见此,自然得意非凡,道:"鄙人昨晚在酒肆独酌,闻一河东商贩言牛辅所率官军前时在河东被白波谷黄巾妖贼军杀得丢盔卸甲,溃不成军,狼狈逃回陕县不敢出来。可董卓这厮为了稳定人心,依贾诩建议,不但隐瞒了兵败真相,还胡说打了胜仗。这种卑鄙行径,是可忍,孰不可忍!"

说到激动时,唾沫星子竟溅到了别人脸上,好像牛辅兵败河东不是他所闻,而是他所见。对此,开始大家还非常相信他所言,并生怕黄巾军越过茅津,杀到雒阳,要他们的性命,因而谈虎色变,人人自危。然回过神一想,牛辅所率官军皆为西凉籍精勇,且装备精良,岂会败在乌合之众的白波谷黄巾军之手,因而竟没一人相信。对此,李真不禁非常委屈,遂信誓旦旦道:"若有半点不实,愿……"

大家见李真如此,便又相信了他。故不待他言毕,便异口同声道:"我等岂有不信李先生的呢!"

李真闻言大喜,随后同他们一道,你一言我一语大骂起董卓来。因骂得兴起,直骂到饥肠辘辘、有气无力的中午时分,方才散去。

谁料他们内中混有密探,很快便将所谈所骂,一一转告给了方才对董卓耳语的那密探,密探于是又忙密报了董卓。

再说董卓怒气方退,便对站在身后的吕布道:"我儿可速将那些贫嘴饶舌、诬蔑老夫的酸儒捕来,治治他们的舌头!"

吕布闻言,立刻告辞转身飞一般出门,带了百余官军士兵,在密探带引下,依姓名住址逮捕。不到半日工夫,便将刘儒、孙雅、王良、张诚和李真五位为首者五花大绑,押解到董卓面前。

董卓来京不到一年,只认得些当朝重臣和名儒,与刘儒、孙雅、王良、张诚和李真这些在野儒生素无交往。因此,双方照面不仅怒目相视,还显得非常生疏。但董卓对这些人的秉性还是有所耳闻,知道他们素来嘴皮死硬,言语尖刻,光靠说教不给点厉害,是不会招供的。于是不待询问,便叫吕布

第十八回　剿黄巾牛中郎兵败河东　禁谈论董相国捉放儒生

拉下去先动动刑再说。谁料进审讯室还未见到刑具，刘儒等五人便将供词写在了吕布事先备好的绢制供书上，由刘儒双手捧着送到吕布手里。吕布见不费吹灰之力便解决了问题，大喜过望。不待看阅，便卷起放在怀里，飞也似的跑回董府，呈与董卓，以便尽快邀功领赏。董卓行军打仗、争权夺利虽有魄力，但却不善阅读经史，研习学问，吟作诗赋，结果快成了上过学读过书的文盲。因此，接过供书眯起他那双昏花老眼，全神贯注看了一遍又一遍，却没看出点名堂来。无奈，只好叫身旁的侍者读给他听。侍者以为这是立功受奖的好机会，不禁大喜。然接过供书后久久只看不念，且还非常难为情。董卓见了，以为他也不认得那些字。然转而一想，这侍者乃太学五经博士出身，学历比吕布高出许多，何以今天认不得字了呢？莫非是在耍人不成！于是板起面孔，欲训斥他一番。侍者见此，自然害怕，不待清嗓子，便忙毕恭毕敬地念了起来。

　　侍者没读几行，董卓早便气得昏死了过去。幸亏太医抢救及时，方才保住性命。董卓醒后不由分说，便令吕布带人速将刘儒等五人推出城外斩首示众。

　　须知，董卓何以如此气愤呢？原来刘儒等五人被抓后料知性命难保，便乘写供词之机，罗列了董卓一生所有虚实卑劣行径。末了，还大骂了他祖宗八代。董卓虽料到有人会在背后骂他，但如此胆大妄为，却没料到。这也是侍者当初不敢念供词的原因。

　　再说吕布领令后，转身出门立刻带着刀斧手很快便将刘儒等五人押赴刑场。正欲行刑，忽听得身后不远处有人高声喊到："吕将军先刀下留人，待我与相国商议后再杀不迟。如何？"

　　吕布闻声忙回头一看，原乃贾诩迎着寒风飞雪飞马而来。贾诩虽未说明缓后行刑原因，但吕布见他是董卓首席谋士，非一般人，得给点面子。因而随即痛快道："那就让这些不知好歹的家伙多喘几口气吧！"

　　贾诩见吕布买账，大喜，不及下马，便掉转马头飞一般向董府赶去。

　　再说在董府的董卓得知刘儒等五人已押赴刑场，心里虽有一丝快意，但口头上仍然大骂他们不止。正在这时，忽见贾诩匆匆闯了进来。对此，董卓不禁非常惊异，忙问道："先生不召而来，有何要紧事？"

贾诩待董卓方问毕，便气喘吁吁答道："为刘儒等五人而来！"

"何也？"

"他们虽非名儒，倘若处死，必会引起天下儒生恐慌和愤怒。因此，后果不堪设……"

不待贾诩言毕，董卓便大笑道："先生之言也太耸人听闻了！老夫杀几个手无缚鸡之力的酸儒，何必大惊小怪！"

"相国之言差也。依我之见，宁可错杀一百忠顺臣民，也不能诛杀一个乱世儒生！"

"先生之言稀奇古怪，闻所未……"

贾诩闻董卓言，料知他未理解自己方才所言含义，不禁非常着急，忙打断其话语道："相国须知，古今儒生素爱写史。在感情的宣泄或利益的驱使下，笔下是可成非、非可成是的事常见不鲜。这些著述一旦问世，除少数当事者能辨别其是非外，其他人，尤其是后人，只认那些文字，哪知其中真伪！即便历史考辨者对其有异议，也只能凭空猜测罢了。就说当年不可一世的秦始皇吧，下令烧了些不合时世和搬弄是非的典籍，杀了几个装神弄鬼的术士。在世倒也无事，然驾崩后经儒生一番添油加醋，绘声绘色地给他扣上焚书灭文、坑杀儒士的千古罪名。相国于汉室之功，车载斗量，谁不知晓？但日后是名垂青史，还是遗臭万年，全凭儒生手中之笔！因此，别看他们手无缚鸡之力，但笔下却有雷霆万钧之力。因此，岂可小看……"

董卓闻言，方知世上竟有这等怪事。不待贾诩言毕，早便惊得不寒而栗，冷汗淋漓，忙问道："先生之言虽然有理，然不知有何良策，治治京城这些爱摇唇鼓舌、搬弄是非的酸儒呢？"

贾诩见董卓头脑已经开窍，大喜，忙答道："不若公然免除刘儒等五人死罪，并善待……"

不待言毕，董卓便急道："若依先生的，岂不等于放虎归山，纵容他们再

第十八回　剿黄巾牛中郎兵败河东　禁谈论董相国捉放儒生

摇唇鼓舌、扰乱视听不成！"

"难道相国忘了软硬兼施、笼络人心、稳定天下的治国之道吗？"

时董卓闻言，立刻茅塞顿开，忙连连点头称是，并不禁后悔道："可刘儒他们早成刀下之鬼了，如何是好呢？"

方言毕，贾诩便将来此经过向他详述了一番。董卓闻之，自然大喜，遂忙传令吕布速将刘儒等五人押回。片刻，刘儒他们便被押到董卓面前。时董卓忙和颜悦色迎上前去，亲自为他们解开镣铐，善言安慰，赐酒压惊。对此，他们若丈二和尚，摸不着头脑。但有一点是清楚的，即能从刀下保得性命，已是不幸中的万幸了。因此，对董卓自然感激不尽，并当场发誓日后一定要带头著书立说，宣扬他的显赫功绩。不久后，歌颂董卓的论著和诗赋俯拾即是，随处可见。甚至还有人说他是当代舜尧，眼下周公。对此，董卓自然是大喜过望，得意非凡，并对贾诩佩服得五体投地。

不久，董卓又派人在雒阳城内外张贴紧急告示，内容略云：

董相国大军到京护驾以来，早已粮草不济，衣甲短缺，为稳定军心，保卫京师，特向全城臣民借贷钱物若干，日后加倍偿还。

全城臣民还未弄清告示真伪，便见吕布和李蒙带了几路西凉籍官军，闯入那些平日喜爱高谈时政的殷实人家淫掠妇女，抢夺财物。末了，又奔往城外挖掘灵帝与何太后合葬的文陵，掠取随葬珍宝，以防已赴冥国的灵帝与何太后报复董卓。于是一时闹得城内外鸡飞狗跳，人心惶惶。自此以后，雒阳臣民再也不敢谈论董卓的家长里短、功过得失了。

这就是贾诩当初所谓软硬兼施、笼络人心、稳定天下的治国之道收到的效果。

时董卓以为京师已经稳定，天下已经太平，因而不禁得意扬扬，喜不自禁。周毖闻之，不禁非常着急，并在一日早饭后赶到董府马厩语重心长地对正在相马的董卓道："相国远道来京，朝中忠心耿耿的臣僚不多，如要长久稳操朝柄，难！因此，不若效法前贤，予皇亲国戚、大臣鸿儒、旧臣后裔以厚待，即使是有过的袁绍也不例外。如此，他们定会与相国一体同心，共扶汉室！"

董卓闻之，深以为然，道："老夫立刻照办就是。"

随后便传令袁隗制诏，拜袁绍为渤海太守，封邟乡侯；袁术为后将军，曹操为骁骑校尉，周毖为吏部尚书，伍琼为侍中，郑太为尚书，何颙为长史，荀爽为司空。同时，又以尚书韩馥为冀州刺史，侍中刘岱为兖州刺史，孔伷为豫州刺史，张咨为南阳太守，染党锢者陈纪和韩融亦出为列卿。末了，又对当朝遗老遗少赏官赐爵，优厚安置。这些既得利益者，自然要称颂董卓一番，甚至还有人当面肉麻地吹捧他的丰功伟绩远在开国皇帝刘邦之上。但有一人却始终不买董卓的账。看官欲知此人是谁，请看下回分解。

第十九回

兴汉室曹孟德陈留募兵
讨董卓众诸侯盟津盟誓

却说上回提到那不买董卓账的不是别人，乃原西园典军校尉，现北军骁骑校尉曹操。曹操当年因镇压黄巾军有功被升为青州济南国相后，以为这是施展聪明才智与实现远大理想的大好机会，方一上任便刚直不阿，大刀阔斧照章办起事来。不久，境内那些上通京师皇亲国戚和擅权宦官，下结当地权贵豪族与流氓地痞，肆意贪赃枉法、横行乡里、鱼肉百姓而历任国相不敢惹的官绅便一个不漏地遭到严厉打击和惩罚。同时，还禁止了那些效仿因当年与汉室开国元勋周勃、陈平共谋诛除诸吕有功的刘章后裔为死去的祖先恣意立庙祭祀之徒的非法活动。这些举措，虽使那里政教顺畅，秩序肃然，物阜民康，但却极大地得罪了那些被打击者和被严惩者。为防他们伺机反扑而遭迫害，只好主动辞职，乞求回京任皇宫戍卫。因政绩显著和精通《尚书》《毛诗》《左传》和《谷梁春秋》等古学，被召回京任掌顾问应对的议郎。曹操虽面上接受，但暗里却托词有病，不理政事。朝廷以为他是因由二千石国相降为六百石议郎而不得志呢！于是便升他为东郡太守。但他认为这与济南国相没什么两样，弄不好照样惹火烧身。因此，还不若离开雒阳这个是非之地，以便淡泊明志，宁静致远。于是谢绝了东郡太守任命，于中平二年二月回到故里沛国谯县，于距县城东门外五十余里的湖岛自筑精舍居住。在这几年里，除苦读经史，铺绢挥毫外，还经常独自到外面沐浴春风，畅游河湖，钓鱼弋猎，踏冰赏雪，日子过得倒也悠闲自得，并以乐府曲调《度山关》写诗抒发远大的政治理想。诗云：

> 天地间，人为贵。
> 立君牧民，为之轨则。
> 车辙马迹，经纬四极。
> 黜陟幽明，黎庶繁息。
> 於铄贤圣，总统邦域。
> 封建五爵，井田刑狱。
> 有燔丹书，无普赦赎。
> 皋陶甫侯，何有失职？
> 嗟哉后世，改制易律。
> 劳民为君，役赋其力。
> 舜漆食器，畔者十国。
> 不及唐尧，采椽不斫。
> 世叹伯夷，欲以厉俗。
> 侈恶之大，俭为共德。
> 许由推让，岂有讼曲？
> 兼爱尚同，疏者为戚。

随后又以乐府曲调《对酒》赋诗一首，歌颂太平盛世。诗云：

> 对酒歌，太平时，吏不呼门。
> 王者贤且明，宰相股肱皆忠良。
> 咸礼让，民无所争讼。
> 三年耕有九年储，仓谷满盈。
> 斑白不负戴。
> 雨泽如此，百谷用成。
> 却走马，以粪其土田。

第十九回　兴汉室曹孟德陈留募兵　讨董卓众诸侯盟津盟誓

爵公侯伯子男，咸爱其民，以黜陟幽明。

子养有若父与兄。

犯礼法，轻重随其刑。

路无拾遗之私。

囹圄空虚，冬节不断。

人耄耋，皆得以寿终。

恩德广及草木昆虫。

中平五年六月，冀州刺史王芬听信术士汤阴人襄楷"天文不利，宦官、黄门、常侍和贵族灭"之言，暗中联络被害名臣陈蕃之后陈逸、南阳名士许攸、沛国豪强周旌、高唐名士华歆、平原名士陶丘洪、赋闲故里的曹操和其他豪杰贤达，以黑山黄巾军骚扰河间郡县应发兵讨伐为由，上书朝廷，请求刘宏前往那里巡视，欲乘机诛除宦竖，废除刘宏，另立合肥侯为帝。曹操却不以为然道："废立之事，天下之至不祥也。古人有权成败、计轻重而行之者，伊尹、霍光是也。伊尹怀至忠之诚，据宰臣之势，处官司之上，故进退废置，计从事立。及至霍光受托国之任，藉宗臣之位，内因太后秉政之重，外有群卿同欲之势；昌邑王即位日浅，未有贵宠，朝乏谠臣，议出密近；故计行如转圜，事成如摧朽。今诸君徒见曩昔之易，未睹当今之难。诸君自度：结众连党，何若七国？合肥之贵，孰若吴、楚？而造作非常，欲望必克，不亦危乎！"

从上述曹操言辞不难看出，他并非不想废除宠爱宦官的刘宏，而是不具备伊尹、霍光废立皇帝那样的威望和客观条件。因此，便没参与废立活动。王芬却不以为然，结果事情败露，畏罪弃官而逃，在途中拔剑自杀。时张角等八大弟子的黄巾军主力军虽被消灭，但仍有很多余部，加之金城边章、韩遂等朝臣相继举兵造反，汉室仍在危难之中。这时曹操被董卓召回朝廷，授为显著京师的北军骁骑校尉，以示重用。虽然如此，他仍认为董卓入京以来所做所为不得人心，其摄政时日必若昙花一现，不会长久，因而不愿受任与其共事，以免将来成千古罪人，但又不敢公然表现出来，只得隐藏在心。

　　这时的一日午夜，曹操的父亲曹嵩醒来坐在床上，借着月光见裘冠裘袍皮靴的曹操站在后花园雪地上长吁短叹，来回踱步，料知是因任职的事。怕冻着曹操和以免走漏风声，曹嵩忙起床披着睡衣将他叫进密室坐定，关切地问道："外面天寒地冻，冻着了吗？"

　　问毕，欲起身为曹操上杯热茶，暖暖身子。曹操见了，忙摆摆手道："没事！"

　　随后，又长吁短叹起来。对此，曹嵩心情不禁非常沉痛，又关切地问道："吾儿莫不是为任职之事发愁吧？"

　　曹操闻问，料想父亲已猜透自己心思，遂直截了当道："正是呢！儿以为自董卓这厮入京以来，专权误国罪恶之昭著，乃古今罕见。遗憾的是，竟没人敢出来惩罚他，太可悲了！"

　　曹操言至此停了片刻又道："我辈数世为汉臣，受汉恩，食汉禄，却无力铲除董卓这汉贼，真愧对汉室啊！"

　　"吾儿方才所言极是。远的不说，就说你祖父吧。年少时便为黄门从官，陪侍年幼的孝顺帝读书，常得到优于他人的饮食赏赐。待孝顺帝一即位，你祖父便被迁为小黄门，继而又迁为中常侍大长秋。自此在省门受恩三十余载。孝桓帝即位后，念他是忠孝彰著的先帝老臣，特封为费亭侯，加位特进。而老夫菲才寡学，于汉无功，仍得恩授为司隶校尉，后又升为大司农、大鸿胪、太尉。你也由雒阳北部尉升为出入宫省的重臣。因此，汉室于我辈之恩，千言万语也难述尽！"

　　不待曹嵩言毕，曹操早便点头称是了，并欲打断其话语，谈一番自己的想法，但被曹嵩摆手制止。现曹操又欲发言，然仍被他摆手制止，并忧心忡忡道："我看董贼欺汉，恐无终时，如何是好？"

　　言毕，不禁难过得掩面大哭起来。曹操见了，不禁怒火中烧，若有所思问道："董卓当年是以兵入京专擅朝政，不若也号令天下诸侯举兵，将他驱逐出京。此所谓以毒攻毒是也！若何？"

第十九回　兴汉室曹孟德陈留募兵　讨董卓众诸侯盟津盟誓

曹嵩认为此乃事关国家安危、身家性命，非同儿戏，于是竟吓得毛发倒竖，脸色如土，半晌回过神才答道："以兵伐无道，本乃天经地义。但毕竟是凶事，不到万不得以，不可用之！前时张角所部黄巾妖贼军大乱天下方才平息，眼下边章、韩遂及黄巾妖贼军余部又四处作乱。五湖动荡，四海涂炭，莫知所终也！若大举天下诸侯之兵驱逐董贼，那不是火上加油，乱上加乱吗？再者，倘若那些诸侯乘机拥兵自立，互相倾轧，那将如何是好？因此，还是另觅他法为是。"

曹操见曹嵩前瞻后顾，胆小怕事，心里自然不快，于是辩解道："太尉桥玄，司空何颙，汝南名士王俊、许劭和李瓒等人早就预言天下将大乱，并说乱为治之母，乱能出英雄。儿对此说也深信不疑。如春秋战国之乱乱出秦皇，陈胜吴广之乱乱出高祖，王莽赤眉之乱乱出光武。他们还说将来天下大乱时，能治国安天下者，唯儿也！许劭还说儿为治世之能臣，乱世之奸雄。因此，儿不但不怕天下大乱，还欲在乱中一显身手，以证明他们对儿的预言和评判是准确的！"

曹嵩闻曹操出言不仅离奇古怪，骇人听闻，还胆大妄为，无法无天，不闯出大乱子才怪呢！因此，不禁非常不安。但又深知他幼时便为所欲为，无人能止，现在劝说也是徒劳，弄不好还伤了父子和气。于是不再多言，便起身出门回卧室休息去了。随后，曹操也起身出门回卧室解衣就寝。但却久久不能入睡，无奈，只好起身披衣下床，在室内不停地来回踱步，并思想到：董卓强兵勇将众多，若要将他驱逐出京，非有千军万马不可。否则，只能是空谈。可眼下哪有那么多……这时忽听得一声响，打断了他的思路，遂忙循声望去，原是挂在墙上的绢制地图被风刮得掉在地上发出的声响。不待多想，忙上前拾起放在桌上掌灯漫无目的地看了起来。当看到谯县时，不觉眼睛一亮，惊喜道："何不回故里招募些精勇呢！"

言毕正欲准备行动，忽感到这次离家出走非同寻常，必会祸及父母妻妾儿女，说不定还是永别呢！当然，妻妾儿女倒没关系，倘若父母有个三长两短，就糟透了。为此，不禁犹豫不决起来。然转而一想，忠孝不能两全时，忠为大,孝次之。于是仍决定立刻离家出走。谁料这时对父母妻妾儿女产生了强烈的留恋之情,并欲唤醒他们安慰话别一番。但又怕他们哭哭啼啼,纠缠不放。眼看鸡将啼鸣,东方将白,若再不走,就会误事。于是双眉紧锁,一咬牙关,两手紧握,当机立断,开门出去唤醒三名随从骑士,立刻启程飞马向雒阳以东的谯县赶去。到城东门,守门官军见他们天未明就出城,不禁觉得非常蹊跷,欲上前拦住盘问。对此,曹操不知该如何应答。正在这时,城门校尉伍琼领着一队官军举着火炬巡夜恰巧来到这里。曹操见了,遂灵机一动,忙翻身下马上前与伍琼热情地寒暄起来,意在给守门官军一个伍琼是来为他送行的假象。守门官军果然上当,不但没盘问,反还争先恐后上前打开城门,礼让曹操一行出去。

次日天明,侍者叩门唤曹操起床洗漱用饭,未听得应答。不禁觉得非常蹊跷,忙用力推门,入室一看,内中空无一人。对此,不禁吃了一惊,不待多想,遂忙转身出门跑去报告曹嵩。曹嵩闻报,也不禁吃了一惊,忙赶来一看,果如侍者所报。不用多想,便断定曹操已出走搬兵去了。于是不待商议,便于当日早饭后,带着家人及贵重物品,奔往琅琊国避祸去了。

当日朝会,董卓未见着曹操,以为他病了,可又未见有人报告,不禁觉得非常蹊跷,并在那日黄昏时分,派人前往曹府打探究竟。不一刻工夫,那人便飞也似的跑来向他报道:"曹府早已人去府空。"

董卓料定曹家父子出走必有阴谋,不禁气得头发上指,目眦尽裂。为防不测,忙传令向各地速发通缉令,克日缉拿曹嵩和曹操。

却说曹操一行出了雒阳城,便隐姓埋名,冒着风雪,昼伏夜行,向东疾驰。不久后一个初夜时分,便到达了成皋县地界。这时不仅饥寒交加,疲惫不堪,盘费也所剩无几。无奈,只好去寻找世居此地的世交吕伯奢,以便充饥投宿,待次日天明再向前赶路。经一番打探,终于来到了吕宅大门前。为防不测,曹操便吩咐三位骑士藏匿于距吕宅半里远的树林中,然后他才翻身下马上前叩门。方叩三下,便听得里面一声应,门便轻轻开了。月光下曹操见一鹤发童颜的老者,右手举着陶灯,探出头来不停地向他张望。当看清站

第十九回　兴汉室曹孟德陈留募兵　讨董卓众诸侯盟津盟誓

在面前的是一位发须凌乱，服饰不整，满身尘土，手牵一匹枣红高头大马的中年汉子时，老者不禁吃了一惊。随后瞪着两只大眼仔细瞧了良久，方才认出是曹操。老者不禁喜出望外，忙将陶灯放在一旁，上前拱手施礼道："曹公子今晚何故突然光临老朽寒舍呢？还不快快进来。"

言毕，忙端起陶灯，热情地将曹操让进院里。久不相见，曹操当时也未认出他是谁，因而站在那里直发愣。老者见此，知道自己这些年来老了许多，且又一别多年不见，料曹操认不出来，遂忙作了自我介绍。至此，曹操方知他就是自己要找的吕伯奢。大喜，忙笑着上前还礼，并问道："晚辈今天因公路过这里，顺道登门拜见老伯。别来无恙吧？"

吕伯奢见曹操认出了自己，自然高兴，不待回答，忙反问曹操道："多亏后辈们孝敬，身子骨还算硬朗。不知令尊大人与卿别来无恙否？"

曹操闻问，不禁先是一愣，不知如何回答才好。因为自己弃官出走，前途难测。父亲在雒阳是祸是福，也一概不知。若如实道出，一旦不测，后果不堪设想。无奈，只得撒谎道："皆安好，多谢老伯问候。"

吕伯奢闻言，自然欢喜，不再寒暄，便将曹操领进客室坐下后，即出去唤醒家人，为曹操备食摆床。随后，又亲将曹操那马牵进马厩，添上草料。不久，家人便将饭菜端到了餐屋食案上。曹操早已饿急，不待相请和盥洗，即起身三步并作两步，出门转入餐屋，坐在食案前狼吞虎咽起来。片刻工夫，便用餐毕。随后即拖着疲惫的身子，出门转入为他备好的卧房，合衣带剑上床大睡起来。

须知，身为当朝重臣的曹操何以与乡野村夫吕伯奢为世交呢？原来吕伯奢与宦官吕强为本家。吕强在世时，吕伯奢常到其雒阳家里做客。当时同是宦官的曹操祖父曹腾与吕强非常友善，常带曹操走访吕府。因此，常能见到吕伯奢。时间一长，他俩便相互认识了，且关系愈来愈密，交情愈来愈深，最终成了世交。

却说曹操没睡多久，忽听得院里隐约有说话声、霍霍磨刀声和其他响动，随后还有肥猪在不断嚎叫。对此，他不禁非常惊疑，忙起身出门走到吕伯奢卧房门前，欲问问究竟。谁料唤了许久，也未听到应答。以为朝廷不仅已发出捉拿他的通缉令，且已传到这里。而吕伯奢现在不在家，定是到县里报官领赏去了。这些家人自然是遵从他行前吩咐，磨制刀剑，以备在他逃跑时阻拦截杀。为此，不禁吓出了一身冷汗，并庆幸发现及时而免遭暗算。对吕伯奢这种卖友求荣行为，自然无比愤慨，睡意也早飞到了爪哇国。同时还以为，如果不趁此杀人灭口，就难安全逃身。于是一不做，二不休，立刻拔剑上前，不分男女老幼，见到便砍，抓住便刺。他们本就不通武艺，也未防备，于是瞬间便倒在血泊中，命归黄泉了。随后，曹操忙收剑跑进马厩，牵着他那马，慌忙向院外奔去。方到院大门口，不料被脚下一堆东西绊了个大跟头。慌乱中忙起身弯腰伸手朝下一摸，原来是一堆毛茸茸、热乎乎、软酥酥的东西横在那里。时曹操不知是何物，不禁吓得毛骨悚然，魄散魂飞。回过神再弯腰伸手朝下仔细摸了一番，方知是一头刚被杀死的大肥猪。恰巧这时无意间抬头向厨房里望了望，见灯光下案板上堆满了鸡鸭鱼肉、瓜果菜蔬。这时曹操方才明白，他们此前磨刀不是为了杀他，而是为宰这头大肥猪，准备明天款待他。于是不禁非常难过和后悔，并仰天长叹道："真气杀我啊！"

时曹操非常明白，这次弃官出走，朝廷本来就饶不了他，现在又杀了吕家这么多人，朝廷就更饶不了他。倘若尽快离开这里，也许还能逢凶化吉，顺利回到故乡。否则，一切就完了。于是忙出门翻身上马，朝来路方向飞奔而去。然不出多远，月光下忽见吕伯奢双手抱着酒坛，骑着毛驴，哼着小调，笑盈盈地迎了上来。对此，曹操不禁非常内疚和紧张，不知该对他说什么好。这时吕伯奢已催驴赶了上来，双手高举着酒坛迎住曹操高声问道："为招待公子，早已吩咐家人在寒舍备下好菜，老朽也从城里买来了这坛杜康美酒，可公子却要半夜三更离去，不知为何？"

曹操闻问，不禁更加内疚和紧张，并无言以答。然转而一想，既然人家问了话，不回答怎么说得过去呢！遂定了定神答道："晚辈公事要紧，来日再寻机陪老伯畅饮不迟。"

第十九回　兴汉室曹孟德陈留募兵　讨董卓众诸侯盟津盟誓

随后，欲拍马继续前行。吕伯奢以为是接待不周，曹操才不辞而别，不禁非常内疚和着急，难为情地道："公子莫不是嫌老朽备餐太慢了吧？此地荒郊野岭，人烟稀少，街肆偏远，购物不易，哪能与你们京师相比！还望公子原谅才……"

不待言毕，曹操早已拍马绕过吕伯奢身旁跑出了老远。吕伯奢忙回头望了一眼，以为他真有什么要紧公事要赶去办呢，于是不再多想，便回头催驴继续向前赶路。片刻工夫，便到了自家宅门前。正欲下驴，忽听得身后不远处有人在呼唤他。对此，不禁非常惊异，忙回头望去，原来是曹操拍马赶了过来。吕伯奢大喜，以为曹操改变了主意，是回来与他对酌叙旧呢！忙拨转驴头，迎了上去。没行多远，曹操早已飞马迎了上来，并以左手指向吕伯奢身后问道："老伯请看后面是谁？"

吕伯奢以为后面果真有人，忙回头张望。这时忽觉有利剑刺进了他的后背。情急之下忙转过头一看，原来行刺者不是别人，乃是万万没想到的曹操。吕伯奢见在自家宅门前被友人暗算，自然愤恨不已，老泪横流，破口大骂道："你这无情无义的畜……"

不待骂毕，曹操早已拔出那剑，猛向吕伯奢张开的口刺去。吕伯奢中剑后，随即便没了声息，并在驴背上挣扎了几下，便抱着那坛杜康酒坠地而亡。曹操见吕伯奢已气断人亡，才不禁悲怆道："宁我负人，毋人负我！"

为掩盖杀人现场，曹操忙下马将吕伯奢尸首拖进院里，拴好毛驴，锁上大门，随后跃身上马，飞一般离去。

须知，曹操误杀吕伯奢家人本就非常内疚后悔，且还怕被加重治罪。可后来为什么还要故意杀害吕伯奢呢？前面说过，如此行事不是会更加内疚后悔和罪上加罪吗？而叫人更加不解的是，此后还认为杀吕伯奢有理。身为知法懂法的朝廷命官，这点常识都不懂吗？非也！原来曹操认为：错杀吕伯奢虽不道德，但比起当年汉高祖在战场上为了逃命，曾不顾一切将亲生骨肉从他所坐的车上多次推下，弃于敌军的铁骑之下也再所不惜，和为了成就帝业，对项羽在阵前当着他的面要烹其父也表赞同，又算得了什么？虽然当时有人对此有过谴责和议论,但在登上皇帝宝座后,谁又会说他是不仁不德呢?这次若能逃得性命,募得些兵马除掉董卓这厮,立了大功,任了要职,谁还会指责我今日枉杀一山野老村夫呢?

曹操离开吕宅后,便忙赶到三位骑士藏身之处,叫他们一同上路。谁料寻了许久,也无结果。曹操以为他们见他久去未归,料知凶多吉少,便不辞而别了。对此,曹操并没责怪他们,反还觉得一人行路更加方便。于是忙拍马上路,继续向前赶路。行不到十里,前方不远处灯光闪烁,有人马声响。曹操以为是碰上了因吕伯奢一家案发或因他弃官出走而前来缉拿他的差役,不禁吃了一惊,遂忙停下静观。良久,也未见有何动静,不禁非常惊疑,忙拍马上前一看,原来是虎牢关旁驿馆的灯光与人马声响。至此,悬着的心方才放了下来,并打算在那里住一宿再说。于是忙翻身下马上前,向值班馆役要了个单间睡下来。因过于疲惫,直睡到次日日上三竿,方才起床盥洗用饭。饭后交毕房费,便忙上马出了虎牢关,继续向前赶路。

曹操赶到县城城西无名关,恰值黄昏时分。为安全计,本欲就近找一客栈歇宿一晚,待次日天明乘人多混乱之机出关。但转而一想:自出走雒阳以来,所过关口从未遇到盘查,即使杀了吕伯奢及其一家,也是如此。因此,何必如此胆小慎微呢!再说现在天色已暗,谁还看得清过往行人面目?趁此过关,定然万无一失。于是不再犹豫,便若无其事地骑马向关前走去。谁料到那儿还不及下马,便遭到坐在关门左旁的亭长盘问。曹操虽然对答如流,毫无破绽,但亭长仍怀疑他是曹操,并立刻起身与其他人一拥而上,将他擒住,兴高采烈地押往县衙交给县令杨原,邀功领赏。对此,曹操料想各处官府已接到朝廷逮捕他的通缉令,因而心急如焚,叫苦不迭。为蒙混过去,在路上装出一副怒不可遏的样子,与他们争吵不休。

须知,确如曹操所料,朝廷逮捕他的通缉令已传到各地。那些远离京城的官吏,大多不知朝中官宦斗争真相,自然争先恐后严格执行,希望早日逮到曹操邀功领赏。杨原也不例外,刚接到通缉令,便吩咐属下在辖区内各关隘路口严查过往行人,以便将曹操缉拿归案。就在曹操被擒的那天晚饭后,

第十九回　兴汉室曹孟德陈留募兵　讨董卓众诸侯盟津盟誓

他正与左右在自家客厅商议缉拿曹操一事，忽见亭长一行人押着一条汉子拥了进来，并报告说此人极可能就是眼下被通缉的要犯曹操。杨原闻报大喜，忙传令升堂审问。然审了良久，也没个结果。无奈，只好下令将曹操押入牢房再说。当晚，杨原一直唉声叹气，坐立不安，无法就寝。以为眼下逮住的这人如果不是曹操，倒也罢了。倘若真是曹操，而未审出让他从眼皮底下逃走，那干系就大了。正在这时，忽见一家役匆匆进来向他报道："功曹张隽在门外言有要事求见大人。"

杨原认为张隽深更半夜来此，八成是为了被关押在牢房里那人的事，遂忙亲到门口将他迎入客厅。相见礼毕落座不待客套，杨原便迫不及待地问张隽道："莫不是为被关押的那人而来？"

杨原问毕不待张隽回答，又道："方才在公堂上审问时，我见你与他眉来眼去，像在暗示什么。彼此早已认识了吧？因此，我早就想邀你前来一叙，弄清其底细。不料不请自到，真巧啊！"

"大人既有察觉，不瞒你说，那人正是曹操！"

杨原闻张隽言，惊喜得差点跳起来，以为领功受奖、发迹变泰的时机来了，欲立刻吩咐设宴庆祝一番。但转而一想，张隽职务低微，又不是京官，何以认得曹操那样的朝廷重臣呢？于是忙问道："先生常年在京外任职，何故……"

不待问毕，张隽便料知他对自己方才之言有所怀疑，遂不假思索答道："大人难道忘了小的常去京师出差，并因此见过此人？"

杨原闻之，自然喜不自禁道："既然早见过曹操，何不早早道来！竟叫我枉审了好半天。你我飞黄腾达之日来了！"

张隽闻言不但未随声附和，反还愁眉苦脸，唉声叹气。对此，杨原不禁非常不解，忙绷着脸问道："我们已为朝廷立了汗马功劳，先生不为此高兴，反还唉声叹……"

张隽闻问，料知杨原怀疑他与曹操是同谋，不禁非常不快，并打断其问话道："大人有所不知，曹操祖上数世忠效汉室，眼下却弃官出走，其中必有道理！依小的之见，不若先以礼待之，待他道出真情后，再做定夺不迟，若何？"

杨原闻言，若大梦初醒，茅塞顿开，忙道："先生所言极是！"

随后，杨原与张隽忙离座起身一同出门赶到牢房将曹操提出带到家中，亲自为他松绑和设宴为他洗尘。对此，曹操犹若丈二和尚，摸不着头脑，思想到：张隽既然在此，肯定他已告密，大事自然也就完了。眼前这桌丰盛晚宴，只不过是鸿门宴罢了。既然身陷囹圄，插翅难逃，还不如好汉做事好汉当，是啥说啥，免得他们东问西问，唠唠叨叨，耽误时间。因此，不待杨原、张隽询问，便边独自大口喝酒、大块吃肉，边一股脑儿将出京原因道了一番。他俩闻之，方知误解了曹操良苦用心，还为他这种以天下为己任的可贵精神所折服，并对此前的冒犯感到内疚和遗憾。时曹操不解他俩心思，以为要将他押解回京呢！遂毫无畏惧道："二位若要向董贼邀功，只管把我解赴京师便是！"

杨原、张隽闻曹操言，不禁一愣，忙起身争先恐后向他施礼道："将军冒死为汉除贼，乃天下洪福也！我等岂可为荣华富贵，不持正义，助纣为虐呢？"

至此，曹操方知杨原、张隽不是见利忘义的无耻小人，竟激动得不能自已，欲起身给他俩拱手还礼。不待站起，他俩早便上前伸手将曹操按住，举起酒盏与他一饮而尽，预祝他讨董成功。

曹操化险为夷，绝处逢生，自然大喜过望，于是说了些感激话后，便谈了很多杨原和张隽闻所未闻的雒阳新闻、天下形势。由于兴致极高，语言风趣，出神入化，直叫他俩听得神魂颠倒，如痴如醉。曹操见了，不禁为自己的谈吐艺术感到骄傲和自豪，并因此直谈到金乌东升，天空发白，方才打住话匣子，起身离去。

曹操由于这些日子没有沐浴，加之昨夜在又脏又臭的牢房里蹲了一阵，身上气味非常难闻。因此，杨原忙吩咐家役为他烧水沐浴。沐浴毕，已是日上三竿。曹操认为与其在此睡觉耽误时间，不若立刻启程赶路的好，因此欲

第十九回　兴汉室曹孟德陈留募兵　讨董卓众诸侯盟津盟誓

向杨原告辞。谁料杨原死活不依，无奈，只好客从主便，进到备好的房间，上床就寝。随后，杨原也进到自己屋里睡觉去了。由于二人都很疲倦，直睡到当日黄昏时分方才醒来。曹操赶路心切，起床用饭毕就要上路。杨原仍然不依。但曹操主意已定，杨原无奈，只好随了他，并撰就了一绢制书信让他带上。书信言说曹操是他的故朋好友，希望沿途官佐予以关照。随后又送给曹操些盘缠在途中受用，并亲自送到城外十里许方回。

曹操有了杨原书信，一路无人盘查，畅行无阻，不久后的一日黄昏时分，便赶到了陈留郡治所陈留县县城中央十字路口。曹操见天色已晚，遂翻身下马欲寻一家客栈住一宿，待次日天明后再行上路。正在这时，忽见一平巾帻、大袖袍、皮靴、佩剑的白面英俊大汉走到他身边试探着问道："壮士可是从京师而来？"

曹操闻问，不禁吃了一惊，心想眼前这人不是捕快，便是暗探，还是早些躲开的好。于是装着没听见，若无其事地继续向前走。谁料那汉子快步上前拉住曹操牵马缰的右手轻声问道："壮士可是朝廷通缉的曹操？"

曹操闻他这般问，方知仅是猜测而已，并非断定自己就是曹操，心里不禁踏实了许多。随后，汉子非常热情地邀请曹操到他所住的客栈一叙。对此，曹操不禁暗喜，认为他不像暗探那一类人。但毕竟还不知其底细，跟他去有个三长两短咋办？但他好像早就盯上了自己，要摆脱很不容易。无奈，只得怀着忐忑不安的心情跟随他去。到客栈居室方礼毕坐定，汉子便抢先道："壮士相貌虽然不凡，但东张西望，想是新来乍到、人地生疏的曹……"

不待言毕，曹操便打断其话语，试探着问道："倘若我真是曹操，将如何处置呢？"

随后，曹操忙用右手握住腰间剑柄，左手握住剑鞘，倘若汉子出言不逊，立刻将他杀掉，绝迹而去。然汉子对曹操这些举动却视若无睹，并毫不犹豫地答道："我将舍命相救！"

曹操闻言，大喜过望，握剑柄的右手和握剑鞘的左手自然也松了下来，并道："我正是曹操！"

汉子一闻曹操二字，立刻惊喜得不能自已，忙起身拜伏在曹操面前道："曹将军在此，小的有眼不识泰山！"

对此，曹操不禁先是一愣，忙道："我现乃一逃犯，岂敢受先生如此大拜呢！"

随后，忙起身将汉子扶了起来。二人方坐回，汉子便迫不及待对曹操道："小的早便闻知将军丹心碧血，忠于汉室，誓死不与董卓合污，乃当今之俊杰也。佩服！佩服！"

曹操方知遇到了知己，自然非常高兴，认为他也有些来头，忙问道："先生尊姓大名，何方人士？"

"小的姓卫名兹，本郡襄邑人。"

曹操听得卫兹二字，以为自己耳朵出了毛病听错了话，忙伸出双手摸了摸自己两只耳朵，确认没毛病后，方才惊喜得差点跳了起来，道："久闻先生大名，不意今日在此相遇，真是幸会啊！"

言毕，忙叫馆役端上酒菜，二人边吃边滔滔不绝地聊了起来。

原来卫兹乃天下名士，有大节，不为激诡之行，不徇流俗之名。明虑渊深，规略宏远，并因此被车骑将军何苗任用，司徒杨彪也加其表彰令。后因对董卓不满，方才隐归故里赋闲。曹操闻知，视为反董同志，可惜无缘谋面。今天在此不意而遇，哪有不惊喜的！

聊谈间，卫兹得知曹操弃官出走缘由后，自然深表赞同，道："昔周武推翻商纣，秦皇统一六国，高祖消灭项楚，光武复兴汉室，皆以兵也！现天下将乱，将军效仿古贤以兵治之，乃明智之举！因而小的以为，将来平天下者，必将军矣！"

曹操本就赞成以兵治乱，现闻卫兹与他不谋而合，大喜。对看重他未来那番言论，心里自然也很认同，但表面上却非常谦逊。对酌一阵后，曹操突然问卫兹道："我有一挚友张邈，现任此郡太守。我欲前往一拜，先生以为若何？"

"可也。小的亦与他相识已久！倘若他能助将军一臂之力，不愁伐董大

第十九回　兴汉室曹孟德陈留募兵　讨董卓众诸侯盟津盟誓

事不成！"

卫兹言罢，忙放下手中盏筷，与曹操一同起身出门，徒步径直向张邈府上赶去。

张邈字孟卓，东平寿张人，少以侠闻四方。为赈穷救急即使倾家荡产，也在所不惜。因而远近豪杰名士多归其下，并早与袁绍和曹操等人结为了挚友。后经周毖和伍琼推荐，以高第拜骑都尉，又迁陈留太守至今。因官场顺利，自然春风得意，踌躇满志，并因此常与左右上山围猎，下河垂钓，日子过得倒也滋润。自接到朝廷捉拿曹操通缉令以来，便愁眉苦脸，坐卧不安，茶饭不思，并深居简出，闭门谢客。何也？原来自他离开雒阳以来就不知曹操音讯了，对他这次弃官出走的真实原因自然也不甚了解。同时，还担心他出走后顺利与否。正在这时，忽见门人匆匆跑来，向正在客厅来回踱步、唉声叹气的张邈报道："有两位客官言有要事求见大人，现正等候在门外。"

张邈闻报，先是有些不耐烦，欲叫谢客。然转而一想，既有要事，还是见见的好。于是忙对门人道："准见！"

随后，门人转身出门，片刻工夫便将求见者领了进来。张邈见来者中有曹操，不禁吃了一惊，继而高兴得若孩子般跳了起来，并忙将他俩引入密室，笑着低声对曹操道："想曹将军，曹将军就到，真巧啊！"

相互施礼寒暄方毕，张邈便忙吩咐酒宴为曹操洗尘。席间，当张邈得知曹操弃官出走的原因，与卫兹一样，深为赞赏。但见曹操不思酒菜，愁眉苦脸，唉声叹气，欲言又止，不禁非常不解。遂仔细一想：他可能有求于己，只是难于启齿罢了，于是开门见山道："曹将军不与董卓为伍，欲起兵讨伐，汉室有望啊！若有事相求，道来便是。只要我力所能及，即使赴汤蹈火，也在所不辞！"

曹操见张邈与自己不仅志同道合，且豪爽如初，大喜，遂问他道："回故里招兵买马，恐那里官府慑于董卓淫威而不敢与我配合。经三思，欲在太守辖区整军备武，若何？"

"将军何不早说呢？讨董兴汉，乃我辈共同夙愿。尽管在此招募兵马便是!"

卫兹在一旁见张邈与曹操意见相投,自然非常高兴,笑着对曹操道:"将军此次举事,占尽了天时、地利、人和之便啊!"

张邈和曹操闻言,也不约而同地笑了起来。随后在曹操的提议下,当场结盟,首赞弘谋。末了,方才离席散去。

随后,张邈、曹操和卫兹各捐家财,在陈留辖区打造兵器,张贴告示,招兵买马。曹操故里的夏侯惇、夏侯渊、曹仁、曹洪和史涣等人得知曹操招兵消息,也各率宾客部曲,冒着寒风飞雪,日夜兼程,纷纷赶来响应。不久,便招募得精壮步骑义军五千余。

一日上午,铁胄铁甲的张邈与同样装束的曹操和卫兹在演武场阅兵。台下旌旗飞舞,刀枪林立,将士雄俊,战马奔腾。曹操见此,不禁手舞足蹈,兴奋不已。卫兹却不以为然道:"人马虽然精勇,但为数不多,不足以打败董卓数万虎狼之兵。因此,不若趁此再募一些。"

然曹操却不以为然道:"先生只知其一,不知其他!向来树大招风风摧树,若拥重兵,显露锋芒,必遭他人忌恨,弄不好还会遭受灭顶之灾呢!再者,天下诸侯恨董已久,不论人马多少,只要我率先举兵讨之,他们定会群起响应,那时何愁兵少将寡呢!因此,眼下这些兵马已足!"

张邈认为曹操言之有理,深表赞成。卫兹却未置可否,遂沉思良久道:"小的现在想回故里募些义军,以为日后兵员补充,若何?"

曹操认为卫兹言之有理,遂道:"先生之言甚好!"

张邈也点头赞成卫兹。对此,卫兹自然欢喜不禁,并于当日午饭后便辞别张邈、曹操,启程回襄邑招募兵马去了。随后,张邈和曹操自然亲自送了他一程不提。

此后不久,曹操择了一个吉日,在陈留己吾县誓师正式起兵讨伐董卓,同时广贴他撰就的讨伐董卓矫诏及檄文,号令天下各路诸侯举兵响应。

此时值中平六年十二月末。

须知,诸侯们见到曹操讨董矫诏和檄文后,正如曹操所料,群情激昂,

第十九回 兴汉室曹孟德陈留募兵 讨董卓众诸侯盟津盟誓

怒不可遏,纷纷举兵响应。张邈及其胞弟张超自然是最先响应者。其他先后响应者是:南阳太守后将军袁术、冀州牧韩馥、豫州刺史孔伷、兖州刺史刘岱、河内太守王匡、渤海太守袁绍、东郡太守桥瑁、荆州牧刘表、长沙太守孙坚、南阳太守张咨、山阳太守袁遗、济北国骑都尉鲍信和青州刺史焦和。还有无数不见经传的响应者,在此就不赘述了。

是时,袁绍与王匡驻军河内,韩馥驻军邺城,孔伷驻军颍川,袁术、孙坚和张咨驻军南阳,焦和驻军临淄,张邈、曹操、刘岱、张超、桥瑁、袁遗和鲍信驻军酸枣,刘表驻军襄阳,其所率官军统称讨董官军。

为使各路讨董官军精诚团结,号令统一,制敌取胜,张邈和曹操等人便提议结盟,并推举袁绍为盟主。前面说过,董卓首次提出废立天子时,只有袁绍一人敢于公然反对。董卓当时因顾虑袁绍为朝中重臣和其族望势众未予追究,但事后仍欲遣人前往追杀。郑太、伍琼和周毖闻之,忙求情道:"历来废立天子大事,乃非常人所能及!袁绍不识大体出奔,非有他志,只是恐惧罢了。今若急逼,势必生变。袁氏树恩四世,门生故吏遍天下,若收豪杰、聚徒众,英雄因之而起,则山东非公所有!因而不如赦之,拜一太守,则袁绍喜于免罪,必无患难!"董卓认为他们言之有理,遂拜已奔往山东的袁绍为渤海太守,封邟乡侯,但他仍不与董卓合作。于是袁绍名望愈来愈高。同时,又暗中广纳文武之士,增集车马粮草,壮大实力。因此,在众多响应者中,他的威望最高,实力最强,被推为盟主,乃理所当然。

袁绍闻报他被推为盟主后,竟高兴得不能自已,以为讨董之战一旦胜利,他袁绍摄政便是自然的事,这也是他在何进被宦官杀死后梦寐以求的,只是后来董卓进京未能实现。但表面上他还是按照古今惯例,先是谦让一番,端正视听。曹操和张邈等人自然知晓袁绍心思,因此又进行了多次推举。袁绍见火候已到,方才欣然接受。在酸枣中军大帐的张邈和曹操闻之,大喜,忙召集众人前来商议结盟地点。到齐依秩方才坐定,张邈便问曹操道:"在何处举行结盟好呢?"

"盟津。"

"何也？"

"那里不仅是四方所辖，古今要津，还是当年纣王无道，武王因此与八百诸侯于此结盟出发讨伐之所，并获大胜。今日董卓罪同纣王，若效武王及八百诸侯在那里结盟，讨董亦可大胜！"

张邈认为曹操言之非常有理，忙点头表示赞同，其他人也无异议。曹操见此大喜，忙撰制假圣旨，召集各路讨董诸侯前往盟津结盟。

不久，各路诸侯便亲率随从亲信若干，云集盟津。这里所说的盟津，与前面所述司马直悬梁自尽之所的盟津同为一地，距雒阳东北不远。结盟那日，盟津两岸到处旗帜飘扬，鼓角喧天，人马攒动，刀枪林立。午时三刻，待身着皂色朝服的诸侯们按秩方站在刚修复的盟坛南面的广场，站在盟坛右侧的张邈便宣布结盟仪式开始。全体诸侯先面向远在盟坛以西的蒲坂首阳山半跪抱拳遥拜不食周粟而饿死在那里的伯夷和叔齐，并齐声高唱歌颂他俩义薄云天、气节高尚、不忘殷商的《夷齐之歌》，充满钦佩起敬之情。歌毕，由桥瑁宣读讨董矫诏。其词略云：

董卓罪恶，日见逼迫，朕无以为自救。故企望天下公卿，起兵解除国难。

宣读毕，曹操接着宣读讨董檄文。其词略云：

我辈谨以大义布告天下：董卓欺天罔地，乱国欺君，秽乱宫禁，残害生灵，狼戾不仁，罪恶充积。今奉天子密诏，大集义兵，直指京师，剿戮顽凶，扶持王室，拯救黎民。檄文到日，可速奉行！

随后，大家你推我搡，一致推举张超麾下功曹，体貌魁梧的臧洪代表各路诸侯宣读盟誓书。臧洪拗不过，只得应允。只见他大步登阶上坛，解衣露体，高声宣读。其他诸侯自然随声跟着照读。其词略云：

汉室不幸，皇纲失统，贼臣董卓，乘衅纵害，祸加至尊，毒流百姓。大

第十九回　兴汉室曹孟德陈留募兵　讨董卓众诸侯盟津盟誓

惧沦丧社稷，剪覆四海。渤海太守袁绍等各路公卿，纠合义兵，并赴国难。凡我同盟，齐心一力，以致臣节，陨首丧元，必无二志。有渝此盟，俾坠其命，无克遗育。皇天后土，祖宗明灵，实皆鉴之！

不待盟誓书宣读毕，臧洪及在场者早已激情昂扬，愤不欲生，恨不得立刻杀向雒阳，将董卓分尸万段方才罢休。因而对号啕的寒风，飞舞的大雪，竟全然不知。随后便争先恐后奔上盟坛，咬出手指鲜血，在盟誓书上签名画押，表示海枯石烂心不变。

盟誓毕，张邈和曹操等人坐在坛下前排，观看文艺演出。时坛上一扮着周武王时期的小校左手执黄钺，右手秉白旄，率领由士兵扮成的八百诸侯盟誓。盟誓云：

今殷王纣乃用其妇人之言，自绝于天，毁坏其三正，离逷其王父母弟，乃断弃其先祖之乐，乃为淫声，用变乱正声，怡说妇人。故今予发维共行天罚。勉哉夫子，不可再，不可三！

接着，一队队扮做周武王时期巴、蜀及其他诸侯将士的士兵，举着旗帜、击着皮鼓、拍着手掌、踏着舞步、唱着《武》歌，从坛上走过，意谓大军出师。场景与演出之逼真，之威武，之雄壮，犹若当年周武王等八百诸侯盟誓再现。张邈和曹操等人在坛下看得目瞪口呆，竟忘了击掌赞扬。直到日头西沉，演出方才结束。

随后，曹操即起身上坛站着宣布各路诸侯讨董官军及讨董义军统称为讨董盟军，袁绍为车骑将军，领司隶校尉。曹操弃官无职，被拜为奋武将军，归张邈节制。鲍信为破虏将军，其弟鲍韬为裨将军。接着，又宣布了刚授给那些投入讨董盟军的义军头目的官职。各路讨董盟军回驻地当晚便大摆宴席，连饮三日，庆祝结盟成功。曹操还激情满怀伏案挥毫写下了一首五律诗。诗中曰：

关东有义士，兴兵讨群凶。

初期会盟津，乃心在咸阳。

袁绍虽被推为盟主，但因军务缠身，没有前往参加结盟仪式。由于高兴，仍在结盟后的一日下午在自家府邸设宴庆祝。因多喝了几杯，不禁头闷眼花，晕晕乎乎。不待谢宴，便回卧室睡去了。睡着不久，便见张邈和曹操等人争先恐后将他拥到盟坛中央座上，拜为盟主。他忙起身离座面朝雒阳及四方三叩九拜，信誓旦旦对坛下众将士道："今受众卿推举，担当盟主，理当竭尽全力，共讨董贼，解汉室于倒悬，若不凯旋，誓不罢休！"随后，大家忙争先恐后上前恭维了他一番。对此，袁绍不禁兴奋不已，正欲谦逊一番，不料被室外突起的震耳寒风惊醒，方知原乃一梦。

却说张邈和曹操等人宴后在酸枣大营共同策划了几日，方才各回驻地，按盟约时日，率领本部讨董盟军，冒着寒风飞雪，浩浩荡荡向雒阳杀去。沿途又有无数诸侯讨董义军加入，于是到处旌旗烈烈，战鼓咚咚，人马喧喧，大有一举踏平雒阳，生擒董卓之势。

此时值初平元年正月中。

看官欲知讨董盟军胜败若何，请看下回分解。

第二十回

排众议董相国迁都长安
斩华雄孙豫州扬威阳人

却说董卓认为为先帝时受害的那些朝臣及儒生们平了反，昭了雪，且自己又手握重兵，便四海安宁，天下太平，万事大吉了。于是成日与左右游猎荡舟，听歌弈棋，行淫作乐，甚为快乐。

一日上午，郎中令李儒正陪董卓在董府后院大厅观舞，忽一探子飞也似的跑来，不及向董卓拱手施礼便向他报道："禀告大人，不好了……"

董卓正在兴头上，忽闻恶讯，哪有不恼的！故不待探子报毕，便怒吼道："啥事不好了？难道天塌了不成！"

探子见董卓动怒，不禁吓得全身发抖，并结结巴巴道："小的……确实有要紧事……禀报。"

董卓猛地起身上前，抓住探子衣襟恶狠狠地吼道："既有要紧事，还不快快道来！"

探子迟疑片刻方才对着董卓右耳低声道："在曹操号召下，张邈、袁术、韩馥、孔伷、刘岱、王匡、桥瑁、袁遗、焦和、刘表、孙坚、张咨、鲍信和张超等人在山东以袁绍为盟主，举兵向这边杀过来了。"

董卓闻报，立刻吓得脸色发白，手直哆嗦，回过神忙放开探子衣襟，喝退侍者及舞女，关上房门，迫不及待问探子道："这班畜生何故要作乱呢？"

"他们诬称大人违背先帝旨意，废立天子，残害忠……"

不待探子报毕，董卓早气得脸色铁青，五脏爆裂，破口大骂韩馥、刘岱、孔伷、张咨和张邈为忘恩负义的叛贼；袁绍、曹操和袁术为罪该万死的逃犯。大骂袁绍、曹操和袁术为罪该万死的逃犯倒也情有可原，然何以要大骂韩馥、刘岱、孔伷、张咨和张邈为忘恩负义的叛贼呢？原来如前所述，董卓当初为了巩固和扩大自己进京后的实力和收买人心，除了为那些先帝时受害的臣僚与儒生平反昭雪和加以重用外，还听从了亲信周毖和伍琼的建议，任韩馥、孔伷、张咨和张邈出京担任州牧郡守。对此，他们不禁受宠若惊，感激不尽，发誓永远效忠董卓。董卓自然乐得不知所以，还感谢周毖和伍琼出了个好建议。谁料他们现在却与董卓反目成仇，兵刀相向，董卓怎会不大骂他们为忘恩负义的叛贼呢？同时，董卓还认定周毖和伍琼本来就是反对他的，而且与韩馥、孔伷、张咨和张邈是同谋。是自己当初把他俩误作亲信，并听从了其建议授韩馥、孔伷、张咨和张邈以权柄，为其现在起兵反对自己创造了有利条件。于是后悔莫及，并不由分说，立刻下令将周毖和伍琼推出斩首示众。随后，董卓怒气冲冲地自言自语道："叛军诬蔑老夫废立天子有违先帝旨意，老夫偏杀了弘农王这孬种不可，看他们能拿老夫怎样！"

言毕，即令身旁的李儒前往鸩杀弘农王。李儒正为自己从董卓进京以来未遇着显露机会而暗自怨恨，不意碰上这等立功受奖差事，自然惊喜异常，并忙施礼告辞，转身出门准备去了。

却说刘辩方被贬为弘农王时，自然气得七窍生烟，悲不欲生。但过了些时日，知道这已成无法逆转的定局，悲愤也是徒劳，于是只好成天与爱妻唐姬对坐弈棋，消磨时光。一日下午，弘农王正与唐姬在阁中饮酒解愁，忽见李儒领了一队官军，气势汹汹地闯了进来。他俩见此，料知不妙，不禁面面相觑，惊恐非常。稍稍镇静，弘农王才小心翼翼地问李儒道："前来贵干？"

"请王饮药。"

弘农王知道那药不是治病的灵丹妙药，而是杀人的毒药，不禁吓得脸色发白，全身哆嗦。回过神方战战兢兢问道："何也？"

"药可治疾！"

"我无疾，何故饮药，此乃杀我罢了！"

第二十回　排众议董相国迁都长安　斩华雄孙豫州扬威阳人

随后，弘农王便与唐姬相视痛哭，不肯饮药。李儒见了，遂高声怒道："此药乃相国所赐，不得不饮！"

弘农王闻言，方知性命不保。无奈，只得与唐姬及宫人饮宴作别。酒过一巡，弘农王即席悲歌道：

天道易兮我何艰，弃万乘兮退守蕃。
逆臣见迫兮命不延，逝将去汝兮适幽玄！

歌毕，又叫唐姬起舞。唐姬随后起身举袖起舞歌道：

皇天崩兮后土颓，身为帝王兮命夭摧。
死生路异兮从此乖，奈我茕独兮心中哀！

不待歌毕，唐姬早已两眼汪汪，哽咽难鸣。时悲痛欲绝的弘农王对唐姬道："卿既为王姬，誓不为吏民妻。请自爱，我走了啊！"

言毕，极不情愿地上前伸出发抖的双手，接过李儒手中毒药，自饮而亡，时年十八岁。后被谥为少帝。

此时值初平元年正月末。

李儒见弘农王已气断命绝，大喜，立刻便与随来的官军转身离去，向董卓复命去了。

对弘农王之死，在场宫人无不黯然泪下，同情万分。但这是大势所迫，无人能助，只得劝慰唐姬一番了事。

董卓得报弘农王已死，自然大喜不禁，随即便传令召集在京文武百官前来他府上商讨发兵讨伐讨董盟军对策。文武百官闻知讨董盟军乍起，自然暗喜，并希望他们尽快打到雒阳，除掉董卓。当得知弘农王无辜被杀，自然不免心惊肉跳，惊惧异常。因此，接到董卓传令后虽到得又快又齐，但皆正襟危坐，不知如何发言。经董卓多次催问，仍然如此。时董卓恶狠狠地高声问道："何以不发言呢？"

良久，文武百官仍然低首缩颈，鸦雀无声。董卓认为，别看他们平时说话唾沫乱飞，头头是道，一到关键时刻，便闭口穷词，无言无语，更不可能说出个什么锦囊妙计来。因此，不若令徐荣率领官军重兵前往御敌就是了，于是便欲叫徐荣上前听令。正在这时，忽听得有人高声道："愚以为政在德，不在兵啊！"

大家忙循声望去，原乃一高大雄伟的白脸大汉。看官你道他是何人，竟有如此大胆？乃海内硕儒，大司农郑众之曾孙，侍御史河南开封郑太。此人幼时便有才略，灵帝末，便料知天下将大乱，于是广散家财，暗结豪杰，闻名山东。何进深爱之，遂拜为尚书侍郎，升侍御史，曾反对何进召董卓领兵进京。后董卓因袁绍反对废立欲下令逮捕袁绍，除周毖和伍琼外，郑太还与何颙从中周旋说情。今见袁绍和曹操等人讨董盟军大起，自然与其他朝臣一样，不禁暗喜。但见董卓要发重兵前往镇压，恐讨董盟军不敌，因而才斗胆出来说了与董卓意见相左的话。

董卓对郑太方才之言自然非常不快，遂作色道："依郑先生之言，兵便无用了？"

郑太见董卓有怒意，怕遭不测，遂忙笑着辩解道："并非兵无用。愚以为，叛军虽多，然乃乌合之众，无须重兵，便可击破。倘若不信，试为相国略陈其理，若何？"

董卓闻言，方知郑太并非反对用兵，而是觉得杀鸡不须用牛刀，不禁大喜道："道来无妨！"

郑太见董卓转怒为喜，悬着的心方才放了下来，遂道："今叛军合谋，州郡连结，人庶相动，非不强盛。然光武以来，中国无警，百姓优逸，忘战日久。仲尼有言：'不教人战，是谓弃之。'其众虽多，不能为害。此其一；明公出自西州，少为国将，闲习军事，数践战场，名振当今，人怀慑服。此其二；袁绍虽为公卿子弟，生处京师，然只懂交游士林，养名钓誉而已。袁术乃袁绍胞弟，生境相同，志大才疏，奢遥肆欲，难成气候。张邈虽为东平长者，但坐不窥堂。孔伷虽为圣人之后，然只会清谈高论，嘘枯吹生。袁遗虽然喜爱读书，学识渊博，可只会纸上谈兵，无军旅之才，执锐之干。焦和

第二十回 排众议董相国迁都长安 斩华雄孙豫州扬威阳人

名声虽远,然入见其人,清谈干玄,出任其政,赏罚不明。曹操虽智勇过人,然孤掌难鸣,且又家卑位微,言无分量,不能左右形势。其余者皆系诓怯庸才,不值一提。因此,他们临阵决战,皆非公之对手!此其三;叛军之士,素乏精悍,未有孟贲之勇,庆忌之捷,聊城之守,良、平之谋。仅以偏师,便可取胜。此其四;即使他们有精悍者,然尊卑无序,上下不分,王爵不加,若恃众怙力,将各棋峙,以观成败,不肯同心共胆,与齐进退。此其五;我关西诸郡,颇习兵事,自顷以来,数与羌战,妇女犹戴戟操矛,挟弓负矢,况其壮勇之士,以当妄战之人乎!其胜可必。此其六;天下强勇,百姓所畏者,有并、凉之人,及匈奴、屠各、湟中义从和西羌等。而明公却拥有之,并以其为爪牙,譬驱虎兕以赴犬羊。此其七;又明公将帅,皆中表腹心,周旅日久,恩信淳著,忠诚可任,智谋可恃。以胶固之众,当解合之势,犹以烈风扫彼枯叶。此其八;夫战有三亡,以乱攻理者亡,以邪攻正者亡,以逆攻顺者亡。今明公秉国平正,讨灭宦竖,忠义克立。以此三德,待彼三亡,奉辞伐罪,谁敢御之!此其九;东州郑玄学该古今,北海邴原清高直亮,皆儒生所仰,群士楷模。彼诸将若询其计划,足可知强弱。且燕、赵、齐、梁非不盛也,终灭于秦;吴、楚七国非不众也,然仍卒败荥阳。况今德政赫赫,股肱惟良,彼岂赞成其谋,造乱长寇呢?其不然。此其十。若愚所言少有可采,无事征兵以惊天下,使患役之民相聚为非,弃德恃众,自亏威重!"

董卓闻言,不禁赞叹郑太不愧为时之奇才。但对其用兵无益之说,却不以为然,道:"老夫以为,袁、曹以兵乱天下,仍须以兵方能平之!此所谓以其人之道,还治其人之身是也!"

大家见董卓虽未接受郑太所言,但却无不为郑太方才鼓舌机变之辞和巧脱虎口之举鸣掌喝彩。董卓却以为是赞许他方才所言,不禁非常得意。同时认为郑太既是当今奇才,何不叫他也率领官军随军出征呢!于是当场以郑太为将军,领五千官军出征。对此,郑太竟惊喜得差点叫出声来,认为有了这些官军,便可与袁绍和曹操等讨董盟军里应外合,讨伐董卓,以谢天下。不待散会，便忙告辞出门调集人马去了。孰料郑太方出董府大门，贾诩便上前对董卓低声耳语道："郑太一贯居心不良，且又谋略过人。今资其官军，倘若内结死党，外谋袁、曹，其害不堪设想啊！"

董卓深以为然，忙道："要不是先生提醒，老夫险些误了大事！"

言毕，即传令收回郑太领兵成命，拜为议郎。郑太无奈，只好服从。为出师有名，经董卓与贾诩谋议，遂称出征官军为讨逆官军。董卓自为统帅，徐荣为副帅，下令讨逆官军前往各关隘要塞守御。

次日早饭毕，董卓正欲率领讨逆官军出发，忽见一探马飞一般跑来向他报道："相国大人，河东黄巾妖贼酋郭太，正率黄巾妖贼军重兵猛攻茅津，意欲袭取陕县，与袁绍和曹操等叛军遥相呼应，东西夹击京师。"

董卓闻报大惊，忙令徐荣及部将李蒙率领官军骑兵五千，日夜兼程，飞一般赶往茅津增援，保卫陕县。他则暂时留守雒阳，并随即召集文武百官到董府大厅商讨对策。不一刻工夫，文武百官便应召赶到那里依秩坐定。董卓遂问他们道："现叛军从东南，郭太黄巾妖贼军从西北，联合围攻京师。卿等有何妙策应之？"

文武百官闻之，皆吓得全身战栗，毛发倒竖，张口结舌，不能答言。董卓见了，料想他们所怕的并非袁绍和曹操那些叛军，说不定还会暗中与他们遥相呼应，内外勾结呢！而所怕的应是郭太黄巾军。因为他们打过来不仅要刘协和皇亲国戚的命，就是这些文武百官也脱不了干系。对此，董卓不禁非常高兴。何也？因他早就认为：自己虽然权倾朝野，威风八面，颂歌震耳，但雒阳毕竟是皇亲国戚和公卿大臣的老巢，对他这个远道而来，又无任何根基的边臣来说，从来都是格格不入，因此欲离开雒阳，迁都长安。如此，便进可东出潼关，图山东称霸；退可西入陈仓，回老家凉州避难。再者故旧多在那里，有他们的拥护和支持，相国之位不仅坐得更加稳当，还可实现更大的抱负。现在你们既然害怕雒阳失守遭受不幸，我何不就此迁都长安呢？同时，还想起贾诩曾说过的话，即古来因战乱迁都是常有的事，周平王不就是因为西戎骚扰都城镐京而迁都雒阳的吗？因此，现在提出迁都，你们不仅不

第二十回　排众议董相国迁都长安　斩华雄孙豫州扬威阳人

会反对，支持都来不及呢！于是笑着问道："卿等既然无策可解京师之危，那就依老夫的，迁都长安，以避敌锋，若何？"

方言毕，文武百官便打破了沉默，相互窃窃议论起来，但却没人出来公开发言。司徒杨彪见此，非常生气，遂起身道："今海内安定，无故移都，恐百姓惊动，麇沸蚁聚为乱啊！"

杨彪所言，董卓自然没有料到，不禁非常尴尬，愣了片刻才板着面孔大声反驳道："今叛军乱京东，妖贼军寇京西，岂可言海内安定呢？倘若徙京长安，只要置兵于崤、函二关，便可御之。且长安郊外广阔平坦，土地肥饶，秦得它并吞了六国，统一了天……"

不待言毕，杨彪即不以为然道："海内动之则易，安之甚难。长安宫室，经赤眉之乱，早已焚毁无余，不可速复。因此，迁都那里不仅无上朝之所，连皇上公卿起居都成问……"

董卓也不以为然道："若用杜陵山南麓孝武帝时留下的数千陶窑，烧制砖瓦，引凉州材木做檩梁门柱，复修宫室营寺，不久即可成啊！"

言毕喝了口茶，清了清嗓子又道："高祖都长安，十一世后中兴，方更都洛阳。光武至今又十一世，按《石苞室谶》之说，时宜还都长安呢！"

"迁都改制，向为天下大事，故应顺民之心，随时之宜。昔盘庚五迁，殷民皆怨，故作三篇以晓之。王莽篡逆，变乱五常。更始赤眉，焚烧长安，残害百姓，民人流亡，百无一在。光武受命，更都雒邑，此其宜也。然今方立圣主，光隆汉祚，无故损宫庙、弃园陵，恐百姓不解此意而惊愕矣。至于《石苞室谶》之说，实为妖言，岂可信之？因而迁……"

不待杨彪辩毕，董卓便打断其话语，振振有词道："长安有河水、华水扼于东，陇山、岐山阻于西，太白、终南横于南，梁山、龙山卧于北，仅潼关一线通于东。故有'金城千里，四塞为固'之称，亦有'天下之上游，制天下命脉'之说。何处能比？再者现在雒阳之人，巧诈嗜利，嫌贫爱富，高谈阔论，搬弄是非。再都于此，利少弊大呢！"

言毕，以为无人能对，不禁非常得意。谁料五官中郎将黄琬起身道："相国方才之言差矣！长安四周虽有险可据，但现在京师亦前临洛水，后依邙山。东有虎牢之险，西有崤函之固。地处九州之中，河山拱戴，势甲天下。且土地肥沃，物产富饶；地势平坦，河流纵横，舟车辐辏；商贾云集，街肆繁荣。因此，天下莫及矣！须知，当年周公筑城于此以宁姬，光武择其以隆汉，天之所启，神之所安。大业既定，岂宜妄有迁动，以亏四海之望呢？"

黄琬这番话，直驳得董卓张口结舌，无言以对。正欲发怒，忽见贾诩起身得意扬扬地问黄琬道："不知汝读过杜笃《论都赋》、班固《西都赋》、张衡《西京赋》否？"

方问毕，黄琬便不假思索反问贾诩道："亦不知汝读过傅毅《洛都赋》、班固《东都赋》、张衡《东京赋》、王景《金人论》否？"

贾诩闻之，竟无言以对。贾诩问及的那些赋，不仅是名赋，且是歌颂长安的。既然那里那么美好，迁都自然有理。黄琬反问及的那些赋，同样是名赋，且是歌颂雒阳的。意在说明雒阳乃当今天下最好之所，因而不宜迁都。其实，这些赋是杜笃、班固、张衡、傅毅、王景当时为各自皇帝歌功颂德而著，是公说公有理，婆说婆有理，甚至互相矛盾，没个定准。

百官见黄琬没向贾诩示弱，怕遭陷害，忙起身上前劝他少说为佳。谁料黄琬一脸严肃，毫无畏惧道："昔白公作乱于楚，屈庐冒刃而前；崔杼弑君于齐，晏婴不惧其盟。吾虽不德，诚慕古人之节而已！"

董卓虽不知黄琬方才所举的人和事，但还是判断出是在借古讽今，指桑骂槐。自然想惩罚他，但因敬其名德和顾及他为故太尉忠侯黄琼之后而未加害。对此，黄琬以为董卓畏惧他，欲再与他辩论，孰料董卓勃然大怒道："迁都乃大事，不宜更改！"

随后，又有两位大臣欲起身反对迁都，董卓见了，遂大声吼道："尔等难道不怕丢命么！"

这声吼，几乎淹没了外面狂风的呼啸，大厅门前槐树枝上残留的树叶也被震得纷纷乱飞。随后不待他们辩解，董卓便令吕布领着刀斧手将那两位大臣推出斩首示众。杨彪和黄琬见了，大惊，忙跪在董卓面前求情道："他们久

第二十回　排众议董相国迁都长安　斩华雄孙豫州扬威阳人

居雒阳,恋旧之情甚厚,非有坏国事之心,还请相国宽恕才是。"

董卓见杨彪和黄琬这样有名望的大臣都当众跪下向他求情,自然得意非凡,认为得给他们点面子,以示通晓大义,于是立刻令吕布放了那两位大臣。对此,杨彪和黄琬自然心领神会,忙违心地恭维了董卓一番。董卓以为他们已经诚服,不禁大喜,当场便迁杨彪为光禄大夫,不久又迁为大鸿胪,黄琬亦有迁升。但迁都一事,不得更改。

须知,不仅官宦不愿迁都,就是平民百姓听到迁都消息后也怨气冲天、骂声载道。董卓闻之,大怒,忙召贾诩来他府上商议对策。贾诩闻召到后还未及向董卓施礼,董卓便问道:"老夫为国泰民安计,迁都长安,孰料却遭雒阳官民非议,何也?"

"留恋久居之地,此其一;贪恋繁华街市,此其二;就近祀茔便捷,此其三。"

董卓闻贾诩言,若茅塞顿开,明白了一切,遂连连点头称是。随后又问贾诩道:"有何妙策以对呢?"

良久,贾诩才若有所思答道:"若相国敢冒天下之大不韪,在下便有妙策。"

董卓闻言,不禁非常惊奇:老夫连当朝皇帝都敢废立,还有什么不敢做的?于是道:"老夫无虑,尽管道来。"

贾诩闻董卓如此言,遂若有所思道:"焚烧京师雒阳城,挖掘邙山坟茔,以绝恋情。再移京师之民到长安,补充那里人口不足。"

董卓闻言不禁一愣,认为移民长安可行,焚烧雒阳就理当别论了。因为修筑雒阳这样一座宏大华丽的城市谈何容易?即使将来迁都长安和击败了袁、曹叛军与郭太黄巾妖贼军,它还可作为长安的陪都呢!再者长安虽好,但城池宫室毕竟今非昔比,况且恢复也需时日。若要及时行乐,还是雒阳便当,因而还是留着的好。挖掘坟茔自古以来便是遭人唾骂的缺德事,更别说挖掘邙山那些皇帝公卿的陵墓了。但转而一想,老夫为国家兴旺发达废立皇帝,不是也遭到袁绍、曹操等人唾骂吗?并因此还起兵作乱。既然他们黑白不分，是非不辨，还不如听了贾诩的，随他们骂去。反正老夫重兵在握，怕什么！于是对贾诩道："先生方才之言正合老夫之意呢！"

贾诩见董卓愿意采纳自己意见，自然大喜，又道："那时即使叛军占了京师雒阳，亦若鱼游无水之潭，鸟宿无树之林，无法生存。无须多时，便会不击自溃啊！"

董卓认为贾诩所言不仅有利于迁都，还有利于军事，乃一箭双雕、一举两得的事。待他方才言毕，便美美地称赞了他一番。站在一旁的吕布见此，不禁非常妒忌，忙转到董卓面前献计道："听说那些陵墓里有很多宝物，常有不肖之徒前往掘盗。与其埋在地下或被他人掘盗，还是赶快取出来充当军资的好！"

方言毕，董卓便笑着点头道："我儿之言甚为有理！"

吕布闻之，自然欢喜。随后，董卓便令吕布领人前往邙山掘陵取宝。吕布得令走后，董卓又令李儒撰制迁京移民告谕，张贴于雒阳城内外。接着，又令司徒王允领兵簇拥着刘协等一班王公大臣及稗官百姓数十万出西城门向长安进发。末了，才与贾诩前往毕圭苑坐镇指挥焚烧雒阳城。

雒阳原名洛邑，西周成王时经周公扩建后，称成周城，并迁殷人居住于此。同时，又在其西邻筑王城，让周人居住，以便监视殷人。战国时改成周城为洛阳城，改王城为河南城。后周幽王信用阿谀奉承之徒石父之言，终日肆意暴虐，贪图酒色，不问政事。犬戎见此，便在申侯引导下举兵进攻首都镐京。幽王于是令部下在骊山举火求援。但诸侯不信有急而未发兵。镐京遂被犬戎所破，幽王被杀。后太子宜臼依靠诸侯之力，击退犬戎，收复了镐京，并被拥为国君，是为平王。镐京遭此毁劫，宫室破败，国库空虚，无力再建。同时，内迁的大量犬戎，多住在王畿区内，时刻威胁着镐京安全，平王便放弃镐京，迁都洛邑王城，改称洛阳，这是它为天下首都之始。昔高祖刘邦称帝之初，也都洛阳三个月。后从谋士张良、戍卒娄敬之意，方定都长安。新莽末，更始帝刘玄曾迁都洛阳半年。光武始定天下，经群臣据理力争，遂建都洛阳。因光武所建后汉运属火德，忌水，遂改洛阳为雒阳。经多

第二十回　排众议董相国迁都长安　斩华雄孙豫州扬威阳人

年营建，南北长九里，东西宽六里，时称九六城。城墙周三十一里，东有秏门、中东门、上东门，西有广阳门、雍门和上西门，北有夏门和谷门，南有开阳门、平城门、小苑门和津门，共十二门。有南北二宫。南宫主要有却非殿、南宫前殿、太极殿、崇德殿、云台殿、承福殿、宣室殿和承善宫。北宫主要有德阳殿、宣明殿、温明殿和承光殿。城内外还有：清凉台、温明台和皇女台；东观、白虎观、增喜观、承风观、听讼观、临雏观、承绿观、百尺观和平乐观；乐平馆和裸游馆；东观藏书阁、石渠阁、秘书阁、麒麟阁和天绿阁；永安宫、永乐宫、太庙、武库、明堂、辟雍、灵台和太学；上林苑、芳林苑、西苑、鸿德苑、显扬苑、长利苑、灵琨苑、菟苑、上村苑、广成苑、平乐苑和濯龙苑；东园和南园；灵芝池和御龙池等无数建筑与园囿。它们皆光明神丽，奢不可逾，尤以南宫德阳殿为最，它东西宽三十七丈四尺，南北长七丈，陛高二丈，庭可容万人。殿前朱雀五阙，各高十余丈，数十里外便可望见，其宏大华丽可与阿房宫和未央宫媲美。其次，还有长衢夹巷、四通八达的二十四街和热闹非凡的城东马市、城南南市和城西金市。现在要将它们烧毁，岂不令人可惜？但在战乱岁月，能逃脱厄运的城市，实在是凤毛麟角。

　　三日后，刘协及王允等公卿市民一行虽按董卓命令离开雒阳，上了西去长安的大道，但仍有不少人无视迁京移民告谕，不肯离家随行。对此，董卓不禁气得两眼发直，暴跳如雷，于是不管他们死活，叫李肃领了两千西凉籍官军，沿街顺巷，放起火来。顷刻间，全城便火光冲天，浓烟翻滚，百里之外，也能望见。尤其南、北二宫那些巍峨的宫殿和其附近的豪华官邸、简陋民舍，不是梁断瓦碎，便是壁倒阶塌，没个完整的。不愿离去的那些人，大多奔出屋外，站在呼啸的寒风中哭喊一阵后，只得依依不舍地拥出西城门，尾随刘协及王允等人一行而去。无数来不及出走者，皆被烧得哭声震耳，血肉模糊，满地乱滚，无人敢睬。然董卓却冷笑道："看你们还敢骂老夫为不仁不义的太上皇不！"接着，又派人出城，将城周二百里内的房屋烧光，以便将那些无家可归的人赶往关中。

再说在西去的道上，这支被迁的官民队伍，前后足有百余里，人口大约百余万。远远望去，倒也十分壮观。但近前一看，方知上自天子，下至市井，不是垂头丧气，便是以泪洗面，非常凄惨。不过话又说回来，生在天子脚下的他们，自以为高人一等，平日别说贵绅富户，就是市井小民，也不把当朝文武大臣放在眼里。倘若一来气，连皇帝皇后也敢大骂一通，别说眼前押送他们的这些士兵了。但沦落到今天这种地步，背后虽也敢大骂他们为帮凶，但一照面，不是吓得若老鼠见了猫，东躲西藏，便是装得毕恭毕敬，礼貌非常，哪还有往日那般神气？这些士兵以往受够了他们的白眼，现在自然要将长期埋在心底的怨恨发泄出来，于是一路不分富贵贫贱，青红皂白，只要看着不顺眼的，便白刀子进去，红刀子出来。几天下来，沿途便尸横如山，血流成河，惨不忍睹。再加上天寒地冻，缺水少食，死者更是不计其数。

却说吕布领了董卓掘墓令后，立刻挑了三千名胆大体壮的官军兵匠，直奔邙山，专寻那些皇帝皇后、皇亲国戚、文武大臣的陵墓没命地挖掘。不大工夫，便打开墓道，抬出棺木，拖出尸骸，取出珍宝，装上马车，运往毕圭苑向董卓复命去了。抛在地上的遗骸，若猪狗腐尸一般，臭气熏天，无人敢闻。他们在阳间时，权倾天下，名声显赫；纸醉金迷，日食万银。荣华富贵之极，没人能及。孰料来到阴间，却常被抛尸野外，魂魄无归。何也？皆因贪婪之心临死不改，所带随葬宝物太多太贵，招至盗墓者光顾。倒是那些在世时衣食无着、安危不保的平头百姓，到冥国后，穷得没随葬品可带，因而无人打扰，得以静卧长眠。此真乃福不永恒，祸不长久。

董卓下令焚城掘陵时值初平元年二月末。

另外，因袁绍为讨董盟军盟主，董卓于是年三月初，令司隶宣潘将太傅袁隗、太仆袁基、袁术母兄妹及婴孩等袁氏在京宗族五十余人全部逮捕下狱处死，葬于青城门外、东都门内一片空地下，以防他们与讨董盟军内外同谋。不久，董卓又下令将这些尸首掘出，偷偷转运到长安以西数百里的郿县埋藏，以防袁绍和袁术遣人暗中取走。

第二十回　排众议董相国迁都长安　斩华雄孙豫州扬威阳人

在河内郡治所怀县的袁绍闻报雒阳被烧、皇陵卿墓被掘，正怒不可遏之际，又闻报袁隗等人被杀，不禁悲痛得死去活来。左右见了，也不免黯然泪下，深为同情。一日上午，素冠素衣的袁绍正在袁隗等人灵位前哭祭，忽见王匡前来向他报道："董贼遣大鸿胪韩融与少府阴循前往南阳袁将军处，遣执金吾胡母班、匠作大将吴循和越骑校尉王瑰来此，欲与将军议和罢兵，现已到城西门外了。"

方报毕，袁绍便发指眦裂道："他们与董贼长期合谋，为祸国殃民之徒。今日又来充当说客，撼我军心，不除之，还待何时！"

随后，即令王匡带人前往，将胡母班、吴循和王瑰处死。片刻，王匡便依令杀了胡母班、吴循和王瑰。事后袁绍得知被杀的胡母班是王匡的亲妹夫，不禁对王匡这种不徇私情的行为大为感动，并大加赞扬了一番。王匡自然受宠若惊，大喜过望。袁绍接着又疾书袁术，叫他诛除韩融和阴循。然不待袁绍那书送到，袁术早便下令杀了阴循。唯韩融因德高望重，得以免死。

董卓自从遣韩融、阴循、胡母班、吴循和王瑰走后，一直茶饭不思，坐卧不安，急盼音信，并后悔当初不该意气用事，杀了那些袁绍和袁术宗族。因为袁绍不仅为叛军盟主，叛军主力也在其周围。如能谈和，其他人就会随后附和，不战自散，雒阳以东自然便高枕无忧。袁术虽非叛军盟主，但部下孙坚进军神速，且即将兵临雒南。若能劝他令孙坚停止进军，天下自然便万事无忧。倘若他二人不肯议和，动起干戈来自己未必就能占着上风。

这时一日下午，董卓忽得报韩融、阴循、胡母班、吴循和王瑰不但议和未成，反而除韩融外，其余皆丢了性命，不禁气得案剑瞋目，声如响雷道："二袁逆徒，不识抬举，不碎尸万段，誓不罢休！"

随后，即传令各路守关御城讨逆官军将士，加紧备战，迎击来敌。接着又令部将李蒙，率五百官军骑兵前往阳城屠城。李蒙领令后，立刻回营点起那些骑兵，出城南门马不停蹄地向东南方的阳城奔去。时值春社，阳城城内外男女老幼，正在荒郊野岭、田间地头，祭祀土地，以求五谷丰登，百业兴旺，忽见远远一队骑兵奔来，他们以为是巡山的，便没在意，并照常在那儿有条不紊地各行其是。李蒙见了，大喜道："他们真乃山野愚民啊！"

言毕，立刻传令部下上前，砍下所有男人头颅，挂在马脖上，又掠走了一些妇女和财物。随后进城放火烧了些房舍，方才扬长而去。到雒阳南城门口时，招来不少官民围观。为欺骗他们以壮军威，李蒙叫部下扬言此为杀敌所获，还不断高呼万岁，以示庆祝。末了，将人头堆于开阳门下，尽行焚烧；将妇女送给官军士兵尽情享受。用心之狠毒，手段之残忍，真乃空前。

董卓何以要屠杀阳城之民呢？原来阳城虽然城小偏僻，但四周山峦起伏，河水纵横，草木茂盛，风景优美，俨若人间仙境。因此，雒阳一些达官贵人，文人学士，常成群结队，前往那里游玩。时间一长，当地官民便从其言谈中，得知一些朝中新闻、公卿趣事，同时也了解了一些董卓恶劣行径，且谈论得津津有味，唾沫乱飞，犹若亲身经历或直接所见所闻一般，当然少不了要严厉痛斥和责骂董卓一番。对此，董卓早就怀恨在心，只愁没寻着机会报复。现在以为报复时机已到，便派李蒙领兵前往屠杀。一来欲威慑那些讨董盟军，二来可解心头之恨。一举两得，何乐而不为呢！

再说长沙太守孙坚在长沙先后接到袁绍、曹操、袁术和刘表等人举兵讨伐董卓号召后，便立刻令季弟孙静留守长沙，他则率领公仇称、孙香、程普、黄盖、韩当、祖茂、朱治、桓阶、吴景、徐琨、孙贲、孙河等讨董盟军将士向雒阳杀来。行军路上，先是受武陵太守曹寅诈称的光禄大夫温毅之檄，杀了荆州刺史王睿，后来又杀了不予军粮的南阳太守张咨，才到鲁阳与袁术相会。袁术见孙坚不仅猛勇，还为他除了劲敌王睿和张咨，并带了数万讨董盟军而来，自然大喜过望，于是便表他为行破虏将军，领豫州刺史，驻屯鲁阳，共讨董卓。现在孙坚闻报董卓凶残屠杀阳城之民的消息，不仅没像董卓所料的那样被威慑住，反还义愤填膺，情绪激扬，恨不得立刻率军杀向雒阳，割下董卓首级，为阳城之民报仇。但孙坚当时粮草不足，不能立刻与其交锋。经与左右商议，遂遣长史公仇称带着领兵从事到豫州各地督办粮草。孙坚认为公仇称等人此行干系重大，因而在出发那日下午领了属官在城东门外设置帐幔为他饯行。正把盏畅饮之际，忽见驻屯太谷关的董卓部下陈

第二十回　排众议董相国迁都长安　斩华雄孙豫州扬威阳人

郡太守大都督胡轸、骑督吕布、都尉华雄、李蒙等人率了三万讨逆官军步骑，正铺天盖地向他们这边杀过来。华雄所率的那支先头讨逆官军骑兵已气势汹汹地赶到了帐幔前几十步远的地方。其他人见了，不禁吓得四肢战栗，面若死灰，不敢言语。然孙坚却毫无畏惧，道："强敌在前，若后退，必被擒杀。不若镇定自若，对酒当歌，迷惑他们。"

随后，孙坚便与大家按其方才所言行事。华雄见了，以为有诈，忙令部下只许驻足观望，不得向前。后孙坚见华雄所率讨逆官军越来越多，恐有不测，才令大家上马，缓缓向城东门内先撤。他却赤手空拳，单人独马断后。随后赶到的胡轸、吕布和李蒙见了，也不禁非常疑惧。遂勒马观望一阵后，便引所部讨逆官军向城北的阳人聚退去。城上孙坚所部讨董盟军对孙坚此举无不交口赞誉，钦佩万分。

董卓后来得知胡轸、吕布、华雄和李蒙在鲁阳城下是被孙坚疑兵之计吓退的，直气得五脏爆裂，七窍生烟。这时的一日上午，一探马飞一般跑来向他报道："孙坚昨夜偷偷率领大队人马渡过了汝水，现正在梁县以东筑城安营扎寨。"

董卓闻报大怒，立刻叫快马传令胡轸、吕布、华雄和李蒙各率一千讨逆官军骑兵，乘孙坚立足未稳之机，从四面八方攻杀过去。孙坚所部讨董盟军不防，竟被冲得七零八落，溃不成军。经一番厮杀，孙坚方才与数十讨董盟军轻骑突围得脱，但却被华雄认了出来。对此，华雄不禁欣喜若狂，高兴万分，以为若将孙坚擒杀，便可先给那些讨董盟军一个下马威，到时加官晋爵，自然不在话下。于是忙对部下大声道："头着赤罽帻者，乃孙坚也！有能取下其首级者，相国有言赏千金，封亭侯。若让他逃走，定斩不饶！"

言毕，忙加鞭催马，率领讨逆官军猛地追杀了上去。不久，便望见了赤罽帻，以为是孙坚。他知道孙坚骁勇，不敢冒然上前，于是叫部下先将其团团包围起来，然后才上前观看。待看清是挂在坟头烧柱上的赤罽帻而非孙坚时，直气得咆哮如雷，火冒三丈。无奈，只得下马缴了赤罽帻，作为战利品，回去向董卓复命。

原来孙坚见追得紧，认为不想方设法，恐难逃脱，于是灵机一动，来了个金蝉脱壳，将头上所戴赤罽帻摘下，让身后的祖茂戴上，引开追兵，他则趁乱从小道逃走。华雄等人不辨真伪，便猛向头着赤罽帻的祖茂追去。祖茂见此，于是也灵机一动，也来了个金蝉脱壳，跳下战马，摘下赤罽帻，将其挂在路旁一坟头烧柱上，然后飞快隐没于附近的草丛里。现见华雄等人已经去远，方才慌忙起身徒步而回。

孙坚原以为这次出征，定可旗开得胜，马到成功。孰料还未正面交战，便吃了败仗，且还险些丧了性命，怎不恼羞成怒呢？回到鲁阳，不禁焦躁不安，坐卧不宁，欲闭门谢客。程普闻之，遂前往劝慰。相见礼毕方才坐定，程普即道："自古胜败乃兵家常事。我等今日远道而来，人地生疏，小有受创，不足为奇。眼下当务之急，宜竭尽全力，聚拢溃散将士，重振雄风。待时机成熟，败敌只是举手之劳呢！"

孙坚认为程普言之非常有理，立刻起身发誓道："不擒杀华雄这厮，誓不罢休！"

程普见孙坚对华雄耿耿于怀，遂不以为然道："华雄有猛无谋，乃一匹夫而已。略施小计，便可除之，因而不必挂怀。"

孙坚认为程普言之有理，遂忙点头称是。随后即传令全军将士，收拢所散人马，准备与敌决战。最后又召来祖茂，当众感谢他冒死救命之恩。祖茂自然受宠若惊，忙谦逊了一番不提。

胡轸见华雄虽未擒杀孙坚，但却追得他丢魂落魄，狼狈不堪，并缴了其赤罽帻，也算是振了自家军威，灭了敌人士气，在董卓面前也有个交代，于是不禁欢喜若狂，并在一日上午在阳人聚衙堂设宴犒劳华雄等将校。

宴上，胡轸特意先叫华雄双手举着赤罽帻，绕场一周，示与大家观看。然后又让他坐在自己左侧，亲自为他斟酒共饮，以上宾之礼待之。同时当众声言，将上表董卓，为华雄加官晋爵。在场者无不对华雄所遇厚礼，喋喋称道，羡慕不已。华雄自然是欣喜若狂，得意非凡，遂起身离座，大步走到门前阶下一硕大石兽前，不用运气，便双手将其举起，边舞动边慷慨激昂道：

第二十回　排众议董相国迁都长安　斩华雄孙豫州扬威阳人

"看孙坚下场!"

言毕,即将石兽狠劲抛向地上。一声巨响,石兽便七破八裂,粉末乱飞。大家见了,无不惊得瞪目咋舌,半响回过神才拍手喝彩。随后,胡轸令一部将带人将生擒的颍川太守李旻及士卒押往雒阳,由董卓处置。那部将领令转身方出门,便见一士兵飞一般跑来向胡轸报道:"敌酋孙坚遣使者前来下挑战书。"

胡轸闻报遂讥笑道:"这厮乃败军之将,还有脸下挑战书,不怕天下人耻笑吗?"

随后,即叫士兵引孙坚使者进见。片刻,使者便被带了进来。方拱手施礼毕,便上前亲将挑战书呈给胡轸。胡轸接过阅毕,方知明日午时三刻,在阳人东门外决战。胡轸以为孙坚这是在白白送死,于是不假思索,便俯身提笔回了应战书。

次日中午时分,胡轸所率讨逆官军与孙坚所率讨董盟军皆按约在阳人东门三里外一开阔地上布好了阵式。只见胡轸居阵前中央,吕布紧居其右,华雄紧居其左。高顺、张辽、侯谐、郝萌、魏续、成廉、李邹、宋宪、高雅、曹性、赵庶、魏越、薛兰、李封和秦宜禄亦依序列于阵前左右两边。后面将士早已戈矛紧握,两腿待发,只须令下,便可杀出,气势非常夺人。对面孙坚亦居阵前中央,右侧有公仇称、孙香、程普、黄盖、韩当,左侧有祖茂、朱治、桓阶、吴景、徐琨、孙贲、孙河。后面将士早已弓弩上弦,刀剑出鞘,只听鼓响,即可冲出与对方拼个你死我活。

午时三刻方到,胡轸与孙坚便在各自左右文武簇拥下,出马叫阵。身材高大、面色枣红、铁甲铁胄的胡轸先扬鞭指着孙坚高声骂道:"相国与你这厮素无怨恨,何故引兵前来作乱?"

孙坚闻之大怒,立刻回骂道:"董卓老贼废立天子,逼死太后,毒杀弘农,焚烧京师,盗掘陵墓,洗劫阳城,早已罪恶滔天,国人难容!我是奉诏前来为国除害,为民解恨。若是懂事,立刻束手受擒方为上策!"

胡轸闻孙坚出言甚恶,气得两眼直冒火星,哇哇大叫,不再多言,便挥舞着一对环柄大刀,跃马直向孙坚杀来。孙坚见了,欲拍马举斧迎上前去,不料身旁孙贲早已飞马舞戈,上前迎住胡轸杀了起来。胡轸素来性急,见战了三十余合仍未取胜,便气得五脏破裂,七窍生烟。然孙贲却方寸不乱,进退有据,越战越勇。吕布怕胡轸有失,欲上前助战。这时忽听得一人大声叫道:"宰杀这无名小卒,何劳吕将军动手!"

吕布忙循声望去,原乃华雄挥舞着长柄狼牙大棒,催马杀了上去。孙坚见了,料孙贲难敌胡轸、华雄二人,不顾左右劝阻,便飞马出阵,举着长柄大斧向华雄迎了上去。

时孙坚被誉为江南雄狮,华雄被称为西凉猛虎,可见二人武艺非同一般。而他俩所用兵器皆重八十余斤,所骑战马也是头高体壮,雄猛非常。因此,出阵还未交手,便显不凡。两边将士料知这对宿敌相见,定有一番恶斗,早便将鼓角弄得山鸣谷应,风起水响,为他二人助威。方一交手,华雄便咬牙切齿,竭尽全力,将手中狼牙棒舞得呜呜作响,恨不得立刻将孙坚砸成肉饼,再夺头功。孙坚两眼瞪得血红,大斧挥得呼呼生风,恨不得立刻将华雄劈成两半,报梁东被败之仇。因而厮杀之激烈,竟引得两军鼓手停击,角手停吹,旗手停摇,并踮足引颈,瞪目闭唇,争相观看。在另一边厮杀的孙贲和胡轸见此,不禁自惭形秽,再杀无趣,遂不约而同收械勒马击掌,为孙坚和华雄喝彩。百余合后,孙坚忽然虚晃一斧,拨马便走。华雄以为他不敌,大喜,忙拍马猛追,欲生擒活捉孙坚。追不多远,孙坚忽然回身大吼一声,手起斧落,劈在华雄头上。时华雄不及喊叫,便脑浆飞溅,翻身落马,呜呼哀哉了。

胡轸及其所率讨逆官军将士见华雄被杀,不禁惊恐万状,不知所措。孙坚及左右将校见此,大喜,忙率领讨董盟军猛地冲杀了过来。胡轸所率讨逆官军料知难挡,遂忙转身向后便逃,直逃到百余里外的太谷关南门里,方才收住脚步。此后不久,孙坚所部讨董盟军也赶到了太谷关南门下,并欲趁热打铁,一举破关,直指雒阳,擒杀董卓。孰料一连攻了数日,也无结果。无奈,只好下令返身攻占阳人聚。那里的讨逆官军守军见自己势单力薄,孤立

第二十回　排众议董相国迁都长安　斩华雄孙豫州扬威阳人

无援，于是便开门投降。

此时值初平元年三月末。

董卓在雒阳闻报孙坚兵败梁东消息后，自然欣喜若狂，以为其他讨董盟军会因此闻风丧胆，不战而溃。正在这时，又闻报胡轸兵败阳人聚，华雄被杀，欣喜劲头立刻便消失得无影无踪，并气得面色铁青，咆哮如雷。为了报复，立刻传令将关在狱中的季旻押赴刑场烹杀。对其余数以千计的俘卒则以布缠身，倒立于地，热膏灌杀。他们的叫声和惨状，即使鬼魅耳闻目睹，也会吓得全身战栗，毛发倒竖，神魂不定。然董卓却与左右前往观视，以为取乐。

正在这时，忽见一人匆匆赶来，上前对董卓耳语了片刻。时只见他吓得老脸灰白，大汗淋漓，半晌无语。董卓为何如此害怕？请看下回分解。

第二十一回

河阳津上河内太守败北
汴水岸边奋武将军受创

却说董卓回过神,才慌忙传令召集左右文武,前来毕圭苑商议对策。他们料知有要事,哪敢怠慢!很快便赶到那里按秩方坐定,董卓便满脸愁云,悒悒不乐道:"平县守军来人报,敌酋王匡所率叛军现已到达河阳津,欲渡河侵犯京师。不知众卿有何退敌良策,不妨道来。"

大家闻言,如惊弓之鸟,惶惶不安,并正襟危坐,默而不语。原来他们前时方闻胡轸所率讨逆官军阳人惨败消息还惊魂未定,现又闻王匡所率讨董盟军直逼河北,问鼎雒阳,遂感江河日下,覆灭将临,哪还敢出谋划策呢?董卓见此,正欲发怒,忽见李儒离座起身上前道:"河阳津虽近在京师,但有河水天险可阻。因此,只须叫我现有守军加强防守就是了,何必多虑呢!"

言毕还未及退回坐下,贾诩即离座起身上前辩道:"郎中令之言差矣。须知,眼下叛军被我长期阻在关东前进不得,无奈,只得绕道河北,聚兵河阳,乘阳人之胜,与围攻太谷关孙坚所率叛军南北呼应,北渡河水,夺取京师,施淫天下。因此,切不可等闲视之!"

方言毕,董卓便急不可耐问道:"贾先生之言虽然有理,将如何退……"

不待问毕,贾诩便上前对董卓低声耳语了一番。只见他忙连连点头称是,随后即叫贾诩以他的名义修书一封,叫那来人带回。

王匡字公节,泰山人。一向轻财好施,以仁侠闻达于世。初为大将军何进府掾。为诛除宦官,曾遵照何进命令,前往泰山召集汉军强弩手五百到

第二十一回　河阳津上河内太守败北　汴水岸边奋武将军受创

京待命。后闻何进被杀，便退归故里，重新起家，很快便官拜河内太守。因此，自然对汉室感恩戴德，忠贞不贰。前面说过，前时按袁绍命令杀了前来为董卓当说客的妹夫胡母班等人，表示了不徇私情、大义灭亲之心，随后又向袁绍请求率领讨董盟军南下，攻打雒阳，擒杀董卓，但皆被劝止。

却说袁绍自当了讨董盟军盟主以来，以为可乘机倚重他人力量，打败董卓，攻占京师，把持朝政，是举手之劳的事。孰料除孙坚所率讨董盟军一路真刀真枪与董卓所部讨逆官军拼杀外，其他只是沸沸扬扬闹了一阵，便驻足观望，不思进取。对此，袁绍不禁怒不可遏，并多次发令催促他们进军，但却没什么结果。袁绍料知他们有意保存实力，以图未来自己发展。因此，也像他们那样，在河内按兵不动，驻足观望。近日得报孙坚所率讨董盟军不仅在阳人聚大胜胡轸、吕布等人所率讨逆官军，还包围了太谷关，以为不久便会兵临雒阳，打败董卓，不禁大喜过望。这时的一日上午，他正与左右在中军大帐议事，忽见一门卫跑来向他报道："有人求见大人，现正等候在门外。"

袁绍以为又是讨董盟军前来报捷呢，不禁大喜，忙道："准见！"

随后，门卫便将来人领了进来。来人不及向袁绍拱手施礼，便从怀里取出一绢制书信，上前呈与袁绍。袁绍接过忙拆开一看，方知是孙坚要他尽快派兵出击，遥相呼应，南北夹攻董卓。对此，袁绍不禁左思右想，拿不定主意。无奈，只得对来人搪塞了几句了事。随后，派了几路探马，前往太谷关打探战局情形，认为根据变化，再做定夺不迟。而对王匡请战一事，虽然明里反对，暗中却以为：一旦真要开战，还得靠他率军冲锋陷阵，试探敌军战斗力虚实呢！同时还以为：倘若取胜，功劳自然归他王匡，岂不是叫我这盟主相形见绌，脸上无光吗？倘若兵败呢？自然军心动摇，弄不好大家还会立刻散伙。如此，这千载难得的盟主不但当不成，反还身败名裂，遗臭万年。最可怕的还是，倘若那时董卓乘机挥军反攻过来，那后果才不堪设想呢！因此，不禁吓得冷汗淋漓，周身直起鸡皮疙瘩。

一日早饭后，袁绍正坐在帐中无所事事，忽见田丰笑盈盈地走了进来，施礼坐定后不待寒暄便问道："盟主近来独处高堂，闭门不出，莫不是为王将军请战之事发愁吧?"

袁绍闻问,不禁感到非常惊奇,暗想田丰怎么知道他的心思?于是不加掩饰,反问道:"先生何以知晓呢?"

"盟主心思,岂能瞒得过我!"

袁绍闻田丰如此答,知道他已猜中自己心思,于是便将近日所思所想一一道了出来,还忧心忡忡请他出谋划策。

田丰字元皓,巨鹿人。初为太尉府掾。举茂才,迁侍御史。后因宦官乱政,英贤被害,于是弃官回乡。由于天姿瑰才,能言善辩,博览群书,权略多奇,料事如神,名重州党,且有王室多难,志愿匡救之志,遂被冀州牧韩馥收入帐下。在袁绍和曹操等人举兵反董之初,便被袁绍以重金从韩馥处临时借调来以为谋士。因料知袁绍近日心思,欲上门为他出谋划策,排忧解难。现闻袁绍言,正与他所想暗合,不禁大喜,遂不假思索道:"在我各路讨董盟军驻足不前之际,王将军多次自告奋勇请战,乃汉室和盟主洪福也!依鄙人之见,可如其愿。若马到成功,旗开得胜,盟主便可乘机亲率讨董盟军主力,以迅雷不及掩耳之势,抢占京师,头功自然归盟主。否则,可以救援为名,并其人马。这不仅扩大了你的实力,还显出了你慷慨相助、义薄云天的高尚品德。你的威望,自然无与伦比。那时令必行,禁必止,勠力同心,击败董贼,匡济汉室,有何难呢!"

袁绍认为田丰所言非常有理,于是转忧为喜道:"先生之言,顿使我如拨云见青天呢!"

随后,正欲传王匡前来听令,却见王匡不待通报便风风火火闯了进来道:"盟主若再不许我出战,将以死了之!"

言毕不待袁绍发话,便猛地拔出腰间宝剑,架在自己脖颈上,意欲自杀。田丰在一旁见此,大惊,忙起身上前夺下宝剑道:"何必呢?盟主已准许你出兵了!"

王匡并不相信田丰所言,转眼见袁绍在那里笑着不住点头,方才大喜过望,忙倒身拜伏在袁绍面前发誓道:"若不旗开得胜,愿将头颅献上!"

第二十一回　河阳津上河内太守败北　汴水岸边奋武将军受创

袁绍闻言，不禁非常激动，忙起身上前扶起他道："太守何故出此不吉不利之言呢！只管奋勇杀敌便是。若有不测，我定领兵前来救应。"

王匡闻袁绍如此言，自然感激不尽，忙从田丰手上要回宝剑，插入腰间剑鞘，即拱手施礼告辞袁绍，转身出门调兵遣将，飞一般向河阳津赶去，以便从那过河，杀向平县。

河阳津因位处河阳县南与平县北之间的河水南北两岸而有两种称谓。岸北称河阳津，岸南称小平津。西南至雒阳七十余里，既是渡津，又是关隘，为拱卫京师的八关之一。前面说过，中平元年初，为防黄巾军南下进攻雒阳，朝廷曾置重兵在此戍守。

却说王匡所率讨董盟军赶到河阳津那日未及过河，恰遇天公不作美，下起了多年不见的晚春暴雪，天气非常寒冷。恰值天色已暗，渡河不便，王匡便传令全军将士就地安营扎寨，先休息一晚，待明日过河不迟。谁料此后雪越来越大，于是远近冰冻三尺，雪没屋顶，道路堵塞，无法通行。对此，王匡及全军将士不禁一筹莫展，叫苦不迭。无奈，只好待在帐篷里听天由命。

驻守平县的董卓所部讨逆官军主帅，中郎将段煨在王匡所率讨董盟军启程不久，便得到了消息，并立刻派使者前往雒阳向董卓求援。还未有回音，王匡所率讨董盟军便赶到了河阳津。对此，段煨不禁非常惊慌，欲再派人前往雒阳向董卓求援。正在这时，忽闻报王匡所率讨董盟军不但没立刻过河，反还偃旗息鼓，驻步不前，安营扎寨住了下来。对此，段煨不知他们葫芦里到底装的是什么药，因此坐卧不安，举措不定。这时的一日上午，段煨正坐在县衙大厅发呆，忽见一若雪人般的汉子摇摇晃晃地奔了进来。对此，不禁吓了一跳，以为是妖怪，并欲叫人将其赶出去。不待发话，汉子早已上前跪在他面前道："报告大人，小的在回来路上被风雪所阻来迟，罪该万死啊！"

段煨闻言，忙俯身伸长脖子睁大眼睛一看，方知汉子乃前时派往雒阳向董卓求援的使者，遂欲起身上前伸手将他扶起来。不待起身，使者早已昏倒在地，不能言语。段煨料想他是饥寒交加，疲劳过度，不禁急得毛热火辣，搔首踟蹰。他何以如此着急呢？是怕使者性命不测吗？非也！乃使者方才未将他梦寐以求的董卓意见说出就昏倒了,使他无法作出对敌决策。侍者在旁心领神会,忙上前在使者身上里外摸了起来,并很快从衣兜里摸出了一封绢制书信。段煨忙上前拿过一看,原乃董卓写与他的,对此,不禁大喜过望。为保密起见,他忙入密室拆开认真看阅起来。看阅毕,方知是叫他如何破敌之计。是否增援,只字未提。时段煨不待多想,便忙走出密室,传校尉张济前来商议如何依董卓之计行事。

张济闻令赶到,相见方礼毕,段煨便将董卓来书递与他看阅。不待看阅毕,张济便认为董卓之计不但妙不可言,且切实可行。时段煨对王匡所率讨董盟军眼下所为仍非常不解,遂忧心忡忡问张济道:"相国之计虽然甚妙,但叛军按兵不动,为何?"

"因大雪盖地,寒气逼人,行动不便使然!"

段煨闻张济言,顿时茅塞顿开,大喜道:"将军之言极是!"

须知,段煨方才虽赞扬董卓之计,但仍有些疑虑,沉思片刻又忧心忡忡问张济道:"按理,我军从河阳津之西的平阴过河非常容易。因为这段河道冬春断流,河床平坦宽阔,犹若秦时驰道。可相国却要我们从小平津过河,出奇兵进攻对岸之敌,难啊!因为那里水深面阔,波涛汹涌,非舟船不能过之。可眼下我军舟船奇缺,如之奈何?"

方言毕,张济即笑道:"在下昨夜派人探得,小平津与河阳津之间的河面早已结成厚冰。不仅可走人,就是辎重马队通行也无妨。对此,想必相国早已料到,才叫我们从小平津出兵。"

段煨闻言,不禁恍然大悟,也笑道:"相国料事真如神啊!"

随后,即调兵遣将,准备出战。

却说王匡所率讨董盟军虽然非常着急,但军心稳定。后来得知所带粮草所剩无几时,方才军心大乱。对此,王匡自然坐卧不定,焦急不安。因为他深知:既使日后雪停天晴,道路畅通,但没粮草,人、马就会饥寒交加,士气就会遽然锐减,要战胜以逸待劳、凶悍非常的段煨和张济所率讨逆官军,比登天还难。倘若因此不战而退,必遭天下人耻笑。而叫他更焦急的是:倘

第二十一回　河阳津上河内太守败北　汴水岸边奋武将军受创

若他们乘他退军之机越河追杀过来，个人性命不但难保，全军覆没也未尝不可。正在这时，忽见探马慌慌张张跑来，不及拱手施礼便向他报道："我寨以西平阴方向，发现有一支董贼步骑，正从河上向这边杀来，前锋已快爬上北岸了。"

"有多少人马？"

"天色将黑，未看清！"

王匡对探马所答，非常不满，大怒道："速往打探明白，否则问斩！"

探马闻言，忙应诺转身若箭离弦般退出。随后，王匡便带领左右将校，飞马赶到寨西门外一小山丘上，举目向平阴方向望去，果见远远有一小队董卓所部讨逆官军步骑在飞雪中扬旗舞幡，击鼓吹角，浩浩荡荡，从河上向这边杀了过来。王匡见来者不多，以为若能乘机一鼓作气将其击败，便可乘胜直捣平县据点，继而攻占京师，西向长安，迎回天子，问鼎朝政，以展平生龙吟虎啸、凤翥鸾翔之志！于是不禁眉飞色舞，飘飘然起来，并对身旁韩浩道："速传令全军出寨迎敌，不得有误！"

韩浩得令，忙转身飞马回寨传令。不久，全军人马便倾巢而出，列阵于寨西辕门外。虎背熊腰、全身披挂、手持长柄大斧的王匡居阵中央，韩浩、张虎等将校依次排列在其左右，威严非常。不一刻工夫，那队讨逆官军步骑皆爬上河北岸，向他们阵前杀了过来。王匡认不得那为首者是谁，于是先向他高声道："来者何人？还不快快通个姓名，以免成我斧下无名之鬼！"

生得铁塔般的为首者闻王匡出言不逊，大怒，也高声道："坐不改姓，行不改名，乃董璜！你这厮为何人？竟在此口出狂言！"

王匡闻言，方知是董卓之侄，便气不打一处来，立刻扬鞭大骂道："我乃前来取你这厮首级的王匡！你身为朝廷命官，衣汉室，食汉室，不知知恩报德，大义灭亲，对你叔父挟持天子和焚毁京师等暴行反戈一击，为国除害，反还助纣为虐，充当爪牙，真可谓十恶不赦，天理不容！"

董璜闻骂，自然怒不可遏，遂以手中长枪指着王匡回骂道："无名叛贼酋，你已死到临头，还敢嘴硬，难道不怕我手中这条枪么？"

骂毕，即飞马挺枪，直向王匡刺来。王匡大怒，忙回首吩咐韩浩上前迎住。韩浩应声忙拍马舞矛，上前接住董璜杀了起来。战不十合，董璜便败下阵来。董璜阵下那些讨逆官军见此，纷纷掉头撒腿便逃。王匡以为他们败退，大喜，忙挥军从后追杀。

须知，董璜所率那些讨逆官军大多来自高寒多雪的西凉地区，自幼在冰雪上行走如飞。而王匡所率讨董盟军则来自少雪的关东地区，在雪地上行走犹如鸭行。因此，尽管王匡所率讨董盟军奋力追赶，仍被他们远远甩在了后面。王匡见此，不禁气得五脏碎裂，七窍生烟，并欲率军继续追赶。时张虎见此，却拍马上前劝阻道："董璜素来凶猛善战，今天方一对阵，便败退下来，恐有诈啊！再者天色已黑，不见五指，未备火炬，如何杀敌？还是收兵的好。"

王匡认为张虎言之有理，遂忙传令鸣金收兵。

王匡所率讨董盟军回寨卸甲解衣躺下不久，火光中董璜又率讨逆官军杀了回来，并扬言要与王匡挑灯单打独斗，以决雄雌。王匡闻之，怒不可遏，立刻传令全军披挂举火出寨迎战。出寨不到一半，董璜却回马引军，按来路方向退了回去。如此多次，竟弄得王匡所率讨董盟军提心吊胆，不敢入睡。直到午夜时分，董璜所率讨逆官军才在王匡所率讨董盟军大寨西边十里处安营扎寨，合衣就寝。王匡以为他们筋疲力尽，无意再来，悬着的心方才放了下来，于是传令全军只管放心睡觉，明日再战。时他们早已筋疲力尽，哈欠连天。因此，一回寨便解衣卸甲，倒下大睡。黎明时分，忽听得寨北门外鼓角齐鸣，杀声震天，若有千军万马杀了过来。王匡惊醒后料知是大队董卓所部讨逆官军杀到，不禁大怒，并忙起身披挂上马，传令全军出寨迎战。命令还未传出，那些董卓所部讨逆官军已从大寨北辕门杀了进来。时王匡所率讨董盟军还未睁开睡眼，大多便身首异处，命归黄泉了。王匡见此，料想他们是有备而来，哪里抵挡得住？遂欲拨马后退。这时忽见前方不远处的旗下有一员猛将，生得膀大腰圆，座下一匹高头大马，舞动着一条粗大铁棒，向这边杀了过来。经身旁奸细指认，方知乃董卓帐下悍将张济。王匡自知不是他

第二十一回　河阳津上河内太守败北　汴水岸边奋武将军受创

的对手，遂在左右簇拥下，慌忙向寨南退去。其部下见主将后撤，自然没了战斗士气，立刻潮水般随他溃逃。前面的下河方退到南岸，忽听得前方几声鼓响，朦胧中段煨率了支讨逆官军从前，董旻率了支讨逆官军从东渚，郭汜率了支讨逆官军从西渚，一齐杀了出来。王匡所率讨董盟军见此，大惊，慌忙掉头向北奔逃，但归路早被张济所率讨逆官军截断。

段煨见被围在冰雪河上的王匡所率讨董盟军已成瓮中之鳖，插翅难逃，大喜，意欲活捉王匡，解赴雒阳，向董卓邀功。遂忙传令全军一边高喊"活捉王匡者赏赐千金"口号，一边向前冲杀。鼓角声、喊杀声、格斗声和哭叫声震得山摇地动，十多里外都听得见。

王匡所率讨董盟军本是新近招募的乌合之众，不仅装备简陋、训练无素，还思恋乡土、挂念妻室，加之眼下饥寒交加、士气低落、疲劳应战，自然不是装备精良、训练有素、久经沙场、酒足饭饱、以逸待劳、进攻有备的段煨等人所率讨逆官军的对手。方战到天明，便被杀得尸横遍野，血漫冰雪。侥幸逃脱者，仅十之一二。

段煨见大获全胜，喜不自禁。但未见着王匡活人或尸首，不免感到美中不足，遂传令寻觅。其部下料想不管是死是活，只要寻得，必有重赏。于是争先恐后，在横躺竖卧的尸首里拼命翻找。直到中午，也无结果。段煨料想王匡已逃，无奈，只得一面传令清扫战场，加强防守，以防报复；一面遣董旻速回雒阳，向董卓报捷。末了，才传令回城。

却说王匡见败局已定，忙与一骑兵换了衣帽，在韩浩、张虎及数十名讨董盟军劲骑的掩护下，趁乱杀开一条血路，冲出包围，朝北面来路方向而逃。逃不多远，忽见一支官军从路前方左侧不远处一座山丘后迎面而来。王匡以为是袁绍所派讨董盟军援军赶到，不禁大喜过望，并欲上前迎接，谁料旗下为首者却以枪指着王匡大骂起来。王匡闻之，近前定眼一看，原乃董璜及其所率讨逆官军，竟吓得骨软肉酥，面无人色。

须知，董璜所率讨逆官军后半夜本在王匡所率讨董盟军大寨之西安营扎寨歇息，现在何以从这里杀出来了呢？原来董璜在王匡所率讨董盟军回营睡下不久，便自作主张，率军悄悄出寨来此埋伏起来，待时拦截王匡所率讨董盟军败兵。现在王匡等人见前后受敌，只得横下心孤注一掷，猛地向董璜所率讨逆官军冲杀了过去。董璜所率讨逆官军经昨夜来回奔波，也疲劳至极，士气低落。因而双方方一交战，王匡他们便很快冲了过去。董璜深知穷寇勿追之理，遂忙传令鸣金收兵，回去向段煨复命去了。

再说田丰在王匡率讨董盟军出发不久，便力劝袁绍再派一支讨董盟军随后跟进，以壮军威。时袁绍却改变了先前主意，认为那是画蛇添足，多此一举，不肯发兵。后田丰闻王匡所率讨董盟军在河阳津被风雪所阻，恐遭不测，又多次劝说袁绍派军前往援助。袁绍却认为王匡兵众粮足，士气旺盛。虽然天寒地冻，河水结冰，正是不用舟船，踏冰上岸杀敌的极好机会，不必多虑。

田丰见袁绍如此顽愚，不禁非常生气，无奈，只得私下书告王匡，提醒他提高警惕，严防敌军奇袭。不待书发出，便传来了王匡兵败消息。为此，他气得猛地将书抛在地上，仰天长叹道："讨董扶汉，早晚必成泡影啊！"

却说当日下午在雒阳城的董卓便从董旻那里得报段煨按其书所言之计行事在河阳津大捷，高兴得若孩童般蹦了起来，并立刻同贾诩一道，带了大批牛、羊、酒和其他犒劳品，飞一般赶往平县犒劳讨逆官军。段煨闻报，大喜过望，忙率张济、董璜、郭汜和张绣等将校到城南门外十里处迎候。相见施礼寒暄毕，段煨便忙传令按战功大小颁发犒劳品。随后，又传令全军上下准备酒肉，欢迎董卓到来和庆祝胜利。时只见城内外皆是讨逆官军欢天喜地忙着宰牛杀羊，埋锅生火，烹制佳肴。夜幕降临时分，便摆出了熟肉热酒，只待得令开吃。董卓得知这次参战的讨逆官军大多来自西凉，于是便提议依西凉习俗，围坐在城外野地上，举火就餐。他们见董卓未忘故乡习俗，自然欢喜，遂不约而同高呼"相国千岁"。董卓闻之，兴奋得差点发了疯。正在这时，忽见一报子飞马前来不及向董卓拱手施礼便报道："敌酋曹操领了大队人马从酸枣杀了过来，前锋已到中牟地界。"

董卓听得曹操二字，气得眼珠冒血，鼻孔喷烟，牙齿错响，胡须乱

第二十一回　河阳津上河内太守败北　汴水岸边奋武将军受创

抖。半响，方才语无伦次地破口大骂道："阿瞒……逆贼，你这……罪该万死的……"

段煨在一旁见此，怕董卓年迈伤神，忙起身上前劝慰道："相国息怒。曹操这厮叛汉惑众，祸国殃民，罪恶深重，无人不知。今日恰巧来犯，待我前往取来这厮首级便是！"

还不待董卓发言，便见张济猛地站起高声道："我愿为先锋！"

言毕还未坐下，董璜、郭汜、张绣及其他将校，也争先恐后站起来表示愿为擒杀曹操效犬马之劳。董卓见此，认为擒杀曹操有望，立刻转怒为喜，猛地站起大声道："老夫有你等这般赤胆忠心、勇猛善战将士，何愁不早日荡平叛军，诛除曹孽呢！"

言毕，即派郭汜领三千讨逆官军步骑，立刻前往成皋虎牢关，助徐荣御敌。接着，又向全军说了些祝贺这次大捷的话，方才入围与大家大碗喝酒，大块吃肉。

次日一早，董卓便起身离开平县，同贾诩一道赶回雒阳，以便在那里继续指挥各处讨逆官军作战。段煨等一干将校自然是前呼后拥，送出城外十里方回。

此时值初平元年四月中。

却说王匡兵败消息传到酸枣，张邈、曹操、刘岱和桥瑁等人正坐在县衙大堂议事。对此，他们不禁惊得瞠目结舌，半响无语。唯曹操泰然自若，没事一般，还起身大笑道："兵败乃常事，不足为惧。眼下当务之急，应齐心协力，率军向前，消灭敌人，为王太守所率讨董盟军报仇才是。"

言毕，以为大家会随声附和，不禁非常高兴。孰料良久也无人答言。一旁的张邈见了，不禁很为曹操难过，遂起身上前，双手抚着其两肩道："将军若愿出战，我愿助一臂之力！"

曹操见有知音，不禁非常兴奋，忙道："已起兵多日，我还未与敌交锋，太愧对汉室了。今日有你相助，岂有不上前杀敌之理呢！"

张邈闻言大喜，慷慨道："卫先生从家乡招募的讨董义军可能快到了，将军若不嫌弃，只管领去就是。"

曹操闻之，自然非常高兴，忙感激道："太守大人今日之助，终生难忘！但不知卫先生愿意否？"

曹操问毕还不待张邈答言，便见门卫飞一般跑来不及向张邈拱手施礼便报道："城西门外来了几位骑兵，说是来见大人和曹将军的。"

张邈和曹操闻报，料知是卫兹他们，忙起身出门赶到西城楼，朝下一看，见为首者果是卫兹。大喜，忙下城出门，热情地领着他们向县衙大堂走去。曹操急需用兵，张邈恰巧又答应他用卫兹所募之兵，现见卫兹只带了几个随身骑兵，便怀疑他没招到讨董义军，于是便以试探的口吻问卫兹道："不知先生这次招了多少讨董义军？"

"正好五千。"

"在哪？"

"现正在城西门外五里处安营扎寨。"

曹操闻卫兹答，方才消除了怀疑，遂忙与张邈高兴地赞扬了他一番。说话间，他们到了县衙大堂。为让大家认识卫兹，还未坐下，张邈便忙将卫兹向刘岱和桥瑁等人介绍了一番。当他们得知卫兹像曹操一样，是最早、最坚决的反董人士，不禁钦佩万分，并忙起身上前向他热情施礼。卫兹自然非常高兴，忙一一还礼。随后，张邈便吩咐设宴为卫兹洗尘。席间，卫兹眉飞色舞地叙述了家乡人如何积极踊跃应募从军和其他所见所闻。大家闻之，自然高兴。接着，张邈向他说了打算派他随曹操一起出征的想法。卫兹闻后，毫不犹豫道："曹将军只管调遣就是了！"

张邈闻言大喜，忙对曹操和卫兹道："望你俩日后杀敌旗开得胜，马到成功！"

曹操对卫兹之举，自然非常高兴，还表示一定要与卫兹不负众望，共同杀敌，为国立功。由于谈得非常投机，直到当日午夜，方才散席。次日午后，曹操便将卫兹、夏侯惇、夏侯渊、曹仁、曹洪和史涣等人所部讨董义军编为讨董盟军，辞别了张邈、刘岱和桥瑁，浩浩荡荡地向荥阳进发。

第二十一回　河阳津上河内太守败北　汴水岸边奋武将军受创

以上便是董卓在平县闻报后怒不可遏，派兵防御的原因。

却说徐荣和李蒙前时奉董卓之令，率领五千官军援军骑兵赶到茅津后，见黄巾军只隔水摇旗呐喊，无过岸行动。对此，甚为不解，并忙遣人赶往雒阳报告了董卓。董卓闻报，以为这是黄巾军虚张声势而已，不必多虑。于是便传令以徐荣为主将，李蒙为副将，将那五千官军援军骑兵改称为讨逆官军，日夜兼程，千里迢迢赶到雒阳以东的虎牢关，与原驻防在那里的樊稠和王方所率讨逆官军一道防御驻扎在酸枣的讨董盟军。

却说时之各路讨董盟军声势非常浩大，大有不破雒阳誓不罢休之势。然没过多久，却停在酸枣一带，至今不前。对此，徐荣若丈二和尚，摸不着头脑。为防不测，仍严令全军日夜严守关头，不得松懈，否则问斩。一时关内外营寨密布，兵马塞道，刀枪林立，战旗飞扬。就连天上飞的，地上跑的，也难越过。戒备之森严，堪称空前。

一日早饭后，徐荣正在东关楼上巡视，忽见一探马飞一般跑来，不及向他拱手施礼便报道："叛贼曹操、卫兹、夏侯惇、夏侯渊、曹仁、曹洪和史涣等人正率军向这边杀来了。"

"有多少人马？"

"三万。"

徐荣闻报大惊，不待多想，便一边派人赶赴雒阳向董卓报信，一边召集樊稠、李蒙、王方等将校，前来商议对策。他们闻召，料有要事，自然不敢怠慢，不到片刻工夫，便赶到那里按秩坐定，只待徐荣发言。提前到达的徐荣不待寒暄，便言归正传，将方才探马所报向他们道了一遍，并接着道："诸位有何破敌妙计，请速速道来。"

方言毕，李蒙便起身上前高声道："这些叛将，特别是曹操，乃一鼠辈，何须妙计？只需俺单枪匹马，便可将其拿下！"

李蒙之所以轻视曹操，是以为曹操犹若他前时所杀的那些阳城平民般软弱无能。话音方落，樊稠便起身上前反对道："李将军之言差矣！据我所知，曹操这厮生性狡诈，文武兼备，连相国都不敢小视，何况我们呢！"

李蒙闻言,不禁一怔。方才那股轻视劲头早飞到了爪哇国,并忙问樊稠道:"末将无知,口出狂言,请多包涵。不过樊将军以为将如何退敌呢?"

"敌远道而来,非常疲惫。我可以关为据,以逸待劳,以静制动,待机出击,必获大胜!"

樊稠方言毕,李蒙、王方及其他将校无不随声附和。时徐荣却不以为然道:"依我之见,莽撞行事自然不可取,但以关为据等于坐以待毙。因此,应立刻移师荥阳一带主动御敌,方为上策!"

方言毕,王方即问道:"为何呢?"

"成皋、荥阳自古为虎牢关屏障,若失守,虎牢关则不保!若虎牢关有失,雒阳便随之不保。因此,守住成皋和荥阳,便守住了虎牢关。若虎牢关不失,雒阳自然安然无恙!"

大家闻徐荣所言是御敌于百里之外,以为甚妙,遂争先恐后表示赞成。徐荣见此,大喜,忙令李蒙率三千讨逆官军骑兵为先锋,自领一万讨逆官军步骑为中军,樊稠领五千讨逆官军步骑殿后,即日向荥阳城和成皋城进发。其余讨逆官军由王方带领守关。

再说曹操率领讨董盟军方出酸枣大营不久,探马即飞一般前来边向曹操拱手施礼边报道:"鲍信和鲍韬二将军所率反董盟军从后赶了上来,声言要随将军一同前往杀敌。"

曹操闻报大喜,忙拨转马头回身向鲍信和鲍韬迎了上去。三人相见,欢喜异常,无话不谈。随后即合兵一处,继续前进。当日黄昏时分,便赶到了中牟县地界。曹操见大家已有倦意,遂传令就地安营扎寨,歇息一晚,明日再继续赶路。传令方发出,便见一探马飞马前来,边向他拱手施礼边报道:"中牟县县令杨原、主簿任峻和名贤张奋引了一万讨董义军前来投奔,现正列队在城东门外迎候将军。"

曹操闻报大喜道:"他们真乃汉室忠良呢!"

言毕,立刻收回此前安营扎寨传令,下令迅疾向中牟县城进发,与杨原、任峻和张奋所率讨董义军会合后,再行宿营。那些曹操所率讨董盟军闻

第二十一回　河阳津上河内太守败北　汴水岸边奋武将军受创

令,自然大喜过望,遂忙振奋精神,飞也似的向前赶路,不大工夫,便到达了县城东门外。走在前面的曹操见了杨原,忙翻身下马,拜伏在他面前道:"多谢杨大人当初不杀之恩!"

杨原没料到曹操对他行如此大礼,不禁慌了神,忙上前扶起他道:"曹将军何故如此呢?折煞我了啊!"

言毕,忙将任峻、张奋引与曹操相见。随后,曹操便客从主便,随杨原等人入城安歇。曹操和鲍信所部讨董盟军和杨原所部讨董义军则被安排在城东门外安营扎寨就宿。

次日中午,杨原在自家府邸设宴为曹操、鲍信、鲍韬、卫兹、夏侯惇、夏侯渊、曹仁、曹洪和史涣一行洗尘。任峻和张奋自然在场作陪。席间,曹操赞扬杨原道:"杨大人前时冒险保护了我这无名之辈,今又率军前来助我杀敌,真乃当世之俊杰啊!"

方言毕,杨原即摆手谦逊道:"曹将军之言过奖矣,岂敢当!"

"为何?"

"自从将军走后,我以为关东诸侯必会举兵讨董。中牟恰是讨董必经之道,用兵之地,必有战难。对此,不禁非常愁苦,并欲弃官而去。后听从了任峻和张奋二位先生之意,方才就地募兵,坚守要隘,以为自卫。否则,早成山野懦夫了!"

杨原言毕喝了口茶清了清嗓子,又将因闻报曹操所率讨董盟军将路过这里,于是便决意投奔,共同讨董,任峻也因此率领宗族、宾客及部曲五百来投一事道了一番。曹操闻之,非常感动,立刻迁任峻为骑都尉,负责辎重粮草供给;以张奋为主簿,掌管文书簿籍印鉴;其所部讨董义军编入讨董盟军。对此,任峻和张奋自然感激不已,忙一齐起身拜伏于曹操面前异口同声道:"为匡扶汉室,我辈愿随曹将军赴汤蹈火,也在所不辞!"

曹操闻言,不禁非常激动,忙起身上前扶起他俩回座,举杯与他俩共饮,预祝来日讨董大捷。杨原见曹操如此礼待贤良,不禁感慨万分。正在这时,一门卫飞一般跑来,边向曹操拱手施礼边报道:"城南门外有两千讨董义军前来投奔，为首者正候在门外，声言要见将军。"

曹操闻报，自然欢喜，忙放下手中杯筷，起身奔往门外相迎。为首者方见到曹操，便忙上前施礼道："小的来迟，有误将军举兵大事，罪当受诛！"

曹操忙还礼道："先生不忘旧情，应约千里来会，已属不易，何罪之有？"

言毕，忙让他进门入席共饮。大家见曹操对此人如此热情，料想定是宿友，忙表示欢迎。不待他们发问，曹操便介绍道："先生乃会稽人，姓周名喁，字仁明，袁盟主麾下部将周昕之胞弟也！自幼便熟读兵书，有超群筹谋策划之才。今日是应我前时之命，从故乡远道募军而来！"

大家闻言，自然对周喁肃然起敬。随后，张奋问曹操道："何不拜周先生为帐下军师呢？"

"我早有此意呢！"

曹操言毕，即将周喁所部讨董义军编入讨董盟军，并拜他为军师，参与军事筹划。周喁也不推辞，即向曹操拱手施礼称谢，并问曹操道："我距敌相去不远，大战在即，何不现就商讨杀敌大计呢？"

曹操认为周喁言之有理，立刻叫大家停下宴饮，起身离席前往县衙大厅议事。片刻，便到那里依秩站定，只等曹操发言。时曹操从未见过如此众多的文武官员听命于他，不禁暗自感慨到：昔日我受制于他人，今日他人受制于我，真是沧海桑田啊！正在这时，忽见一人不顾门卫阻拦，飞一般跑进来向曹操施礼道："小的姗姗来迟，请重罚！"

大家忙闻声望去，见那人面目犹若瘦猿猴，身长犹若土行孙，不禁哑然失笑。对此，那人不禁面红耳赤，尴尬非常。曹操也不禁为他难过，为解其难，忙起身走到那人面前，双手抚其双肩对众人道："这位壮士虽然身材短小，其貌不扬，但谋略过人，武艺超群，是不可多得的将才呢！"

言毕，即迁那人为军假司马，陷阵都尉。那人见曹操不但未追究他迟到责任，反还当众褒扬和加官晋爵，于是感动得热泪盈眶，谢恩不止。大家见曹操如此器重那人，料想他确有非凡才能，立刻便投以敬佩的目光。那人见此，自然非常高兴，并边向他们拱手施礼边自我介绍道："小的姓乐名进，字

第二十一回　河阳津上河内太守败北　汴水岸边奋武将军受创

文谦，为曹将军帐下小吏。前时奉命回乡招募讨董义军，在路上误了些时日，请大家多多包涵。同时，希望大家今后紧跟曹将军，齐心协力，共讨董贼，重振汉室，造福天下。"

大家见乐进言语达意，口齿伶俐，果然不凡，忙向他频频拱手还礼。乐进见此大喜，遂忙按秩入列，等候曹操调遣。曹操见他们和气融融，亲如兄弟，哪有不高兴的，忙回身入座道："诸位虽来自五湖四海，举兵先后不一，但能精诚团结，不顾得失，踊跃讨贼，乃汉室洪福也！董卓大逆不道，劫持天子，焚毁京师，海内涂炭，民不聊生，罪恶深重，殷纣难比，罄竹难书！他虽倚王室之重，据二京之险，但早成众矢之的，瓮中之鳖。若能一战而胜，天下便随之定了。大家有何出奇制胜良策，请不妨道来。"

方言毕，鲍信便出列上前道："敌虎牢关守军主将徐荣，不仅人高马大，膂力过人，武艺高强，且谋略超群，乃董贼部下屈指可数的战将。若能将其擒杀，大事便成啊！"

话音方落，其他将校便不约而同起身上前，附和鲍信的，并争先恐后要当先锋。这时忽听得一人高声道："诸位差矣！"

大家忙闻声望去，原乃军师周喁。大家料他必有良策妙计，于是不再争执，静听他的。周喁于是道："欲进兵虎牢关，必经荥阳和成皋。但那里早被董贼重兵所据，若公然进兵，他们必会遥相呼应，加强防守。因此，仅凭一时之勇，取关难啊！"

周喁一席话，说得大家哑口无言。良久，卫兹才起身上前问周喁道："不知军师有何妙计？"

"眼下敌重兵皆布防在荥阳、成皋和虎牢关一线，而其东北通道敖仓，却少有人马把守，非常空虚。不若以避实就虚、声东击西之策，遣一支人马，皆举曹将军旗号，扮成主力，佯攻荥阳，将其西面成皋和虎牢关的董贼人马诱出相救。我主力人马则暗中沿鸿沟南岸而上，过敖仓，取广武，然后绕到虎牢关以西，乘敌不备突袭。如此，破关斩将，易若囊中取物！"

周喁方言毕，曹操便起身大喜道："军师之言正合我意！"

其他将校也对周喁之言赞叹不已。曹操见再无异议，便遣杨原率五千讨董盟军，于当日黄昏时分，打着"曹"字旗帜，击鼓吹角，沿大道浩浩荡荡向荥阳杀去，并扬言将从那里攻成皋，破虎牢，以乱敌之视听。遣鲍韬率一千讨董盟军先锋人马，于夜幕降临时分沿鸿沟南岸先行。他则率主力讨董盟军随后跟进。营寨内仍灯火辉煌，旗帜飘扬，以便迷惑董卓所部讨逆官军。

　　周喁之言虽为制胜上策，但天有不测风云，人有旦夕祸福。就在鲍韬所率讨董盟军先锋人马方行至距敖仓不远的鸿沟汴水段南岸时，忽被一支人马迎面拦住了去路。时已天明，鲍韬见为首者旗上大书一"徐"字，料知是徐荣所率讨逆官军杀到，不禁大惊。镇静后，忙一面遣人飞马回报曹操，一面严阵以待，准备迎战。

　　须知，徐荣此前闻报荥阳和成皋有急，本同樊稠和李蒙一道率领讨逆官军赶往那里增援，现在何故出现在这里了呢？原来周喁昨日中午宴会上所言之策，早被徐荣密探打探了去，徐荣得报后，忙来了个将计就计，遣一支讨逆官军打着他的旗号，鼓角喧天地继续向荥阳和成皋杀去。他则率主力讨逆官军连夜由东向北，前往拦截，因而在此碰上了鲍韬所率讨董盟军先锋人马。

　　曹操在后闻报前面遇上了徐荣所率讨逆官军，不禁大惊，并猜测有人走漏了这次军事行动风声，否则，岂会如此巧合呢？因此，不禁非常恼火。但事已至此，只有勇往直前杀败他们，方是上策。否则，后果不堪设想。于是忙转身回头对身后的周喁、卫兹、任峻、张奋、夏侯惇、夏侯渊、曹仁、曹洪、乐进和史涣等文武大声道："徐荣这厮来得正好，管叫他死无葬身之地啊！"

　　随后，即拍马向前，欲与徐荣一决高低。其他将校见此，自然不甘落后，忙飞一般跟了上去。行不多远，便见鲍韬所率讨董官军先锋人马迎面败退回来。曹操等人见此，并不惊慌，让过他们后，继续飞一般前赶。不到片刻工夫，便迎上了徐荣及其所率讨逆官军。这是曹操和徐荣两人初次相遇，

第二十一回　河阳津上河内太守败北　汴水岸边奋武将军受创

自然互不认识。正欲互通姓名，忽见曹操身旁一员猛将，早已飞马挺枪向徐荣杀去。徐荣以为来者是曹操，不禁暗喜到：若将这罪魁祸首拿下，定可官升三级，得金万两。但又早闻曹操智谋盖世，武艺超群，若要胜他，并非易事。为防不测，忙叫了十名劲骑，紧靠阵前，以便随时上前助战。随后才拍马挥斧，上前接战。

战不十合，徐荣便占了上风，并使"曹操"负伤而逃。对此，徐荣自然大喜过望，忙转身回头高声对那些劲骑道："人言曹操天下英雄，也不过尔尔！"

言毕，忙拍马随后紧追。正在这时，忽见迎面一铜盔铁甲、双短柄大戟、枣红雄马的中年将领，闪电般向他杀来，并向那负伤逃跑者大声喊道："鲍太守莫慌，曹孟德来也！"

徐荣闻之，方知负伤的是鲍信，现在上来的才是曹操。双方虽未自报姓名，但已心照不宣，且都气得眼睛瞪得像灯笼，牙齿咬得若山响，恨不得立刻置对方于死地而后快。方一交锋，兵器碰得火星四溅，响声震耳。徐荣虽然身高力大，斧重柄长，但动作迟缓，技法生疏。因此，每斧劈去，无不落空。曹操虽然身短力薄，但行动敏捷，戟法娴熟，常刺得徐荣手忙脚乱，防不胜防，深感曹操武艺名不虚传。

正在这时，忽见樊稠和李蒙率了一支讨逆官军从徐荣背后杀了上来，欲替下徐荣。周喁、卫兹、任峻、张奋、夏侯惇、夏侯渊、曹仁、曹洪、乐进和史涣等人见此，怕曹操不敌，忙挥军迎了上去。于是两厢人马，便你死我活地混战起来。

须知，曹操所率讨董盟军将士虽然身短力薄，训练无素，装备简陋，但人多势众，伤亡一批，又冲上一批，且越战越勇。徐荣所率讨逆官军将士虽然身强体壮，训练有素，装备精良，却人少势寡，死一个，便少一个，因此渐渐不支。曹操见了大喜，忙向部下将士高声喊道："敌之败局已定，我军胜利在即。若不趁此杀敌立功，还待何时！"

随后，即单枪匹马，率先向前冲去。其部下将士见了，也忙奋不顾身，潮水般冲杀了过去。徐荣见了，料知难挡，不禁非常惊慌。正在这时，忽听得他身后右边杀声震天，鼓声动地，一支官军骑兵铺天盖地向曹操那边杀了过去。对此，徐荣不禁非常惊奇，忙转头望去，原是郭汜率了三千讨逆官军援军杀了过来。

须知，郭汜所率讨逆官军本在平县，现在何以突然出现在这里了呢？前面已述，董卓怕鸿沟空虚有失，在前时派徐荣和李蒙率领讨逆官军援军从茅津赶到虎牢关后不久，又派驻守平县的郭汜率领讨逆官军赶到鸿沟上游敖仓之西防守。他们到后不待安营扎寨，便闻报这里交战正急，于是便忙杀了过来。

时徐荣所率讨逆官军见此，自然大喜过望，立刻士气大振，奋力向前冲杀。曹操见他们大有死灰复燃、反败为胜之势，不禁非常惊慌。不料这时忽见他后面出现了一支由三人率领的官军，正以排山倒海之势，向郭汜那边杀去。对此，自然喜不自禁。遗憾的是，为首那三人杀敌虽然英勇，却不知其尊姓大名，何路人马。经向左右打听，方知使双剑者为高堂县县尉刘备，挥偃月大斧者为其部下左军吏关羽，舞长矛者为其部下右军吏张飞。曹操认为现在战斗正急，无暇前往招呼，待战后再向他们致谢不迟。于是便使劲向他们挥了挥手，表示欢迎，随后即振奋精神，挥军继续与对方厮杀。刘备、关羽和张飞对曹操挥手之意心领神会，也不约而同使劲向他挥了挥手，表示回谢，随后便继续向前冲杀。

刘备、关羽和张飞何以率领官军赶到这里来了呢？原来他们与其他朝野人士一样，早对董卓所作所为非常不满，因势单力薄，无可奈何，只好等待天下有变再做定夺。后来得知袁绍和曹操等人起兵反董，自然大喜，欲立刻举兵响应。怎奈筹备粮草费了些周折，误了些时日。待赶到中牟县东门外曹操所率讨董盟军营寨，见那里早已空空如也。经打探，方知他们在此与董卓所部讨逆官军正杀得难解难分，于是马不停蹄赶来参战。

两边人马有了援军后，实力正好旗鼓相当，因而直杀到夕阳西下，夜幕降临，仍分不出高低胜负来。谁料这时一股强大的西北风猛地刮了过来，扬

第二十一回　河阳津上河内太守败北　汴水岸边奋武将军受创

起的沙尘，使处于逆风方向的曹操一方睁不开眼。随之卷起的石块，砸得他们血肉模糊，鬼哭狼嚎。处于顺风方向的徐荣一方却丝毫无损，自然越杀越勇。不到片刻工夫，曹操一方便渐渐不支。对此，曹操不禁非常着急，欲传令全军拼死抵抗，力求取胜。这时忽然飞来一支流箭，正好射中曹操左臂。曹操一方见主将受伤，以为取胜无望，瞬间便逃了大半。双方本来打了个平手，现在曹操一方少了人马，自然不是徐荣一方的对手。曹操无奈，只得忍痛拔出箭头，掉转马头，向后逃去。徐荣见了大喜，以为活捉曹操就在眼前。为防曹操逃脱，忙传令全军，活捉曹操者有赏。同时，挥军闪电般围杀了过来，很快便将曹操和卫兹围在核心。

正在曹操和卫兹奋力左冲右突，不得脱身之际，忽见曹洪单枪匹马杀进重围，将曹操救了出去。当曹洪返身再杀进去救卫兹时，见他早被乱军杀死。无奈，只得返身奋力杀出，护着曹操，慌忙向后奔逃。行不多远，忽听曹操那马惨叫一声，腾起前蹄，将他从背上掀到地上，随后在原地转了几圈，便倒地而亡。看官欲知曹操凶吉若何，请看下回分解。

第二十二回

战太谷三英大败吕布
得玉玺讨董盟军散伙

却说随后的曹洪见曹操被马掀倒在地，且马又死去，不禁急得像热锅上的蚂蚁，团团乱转。回过神，才忙翻身下马，疾步上前扶起曹操道："敌军追得甚急，主公还是乘末将的白鹄马吧！"

言毕欲扶曹操上马，曹操却摇头摆手道："危难之际，主将应迎难而上，岂能乘他人之便呢！"

曹洪闻曹操这般言，感动得泪流满面，道："主公先人后己之心，末将已知晓！但讨伐董贼，匡扶汉室，无我可，无主公则不可！因此，还是主公脱险要紧。"

言毕不由分说，便上前将曹操连推带扶弄上马，然后牵着缰绳向前便跑。曹操无奈，只好依了他的。黄昏时分，曹洪在岸边找到一条小船。曹操见此大喜，忙翻身下马，与曹洪一道牵马上船，向汴水对岸渡去。片刻工夫，便渡到那里。忙下船共乘那马，连夜飞一般朝酸枣逃去。

须知，曹洪那马背负二人何以还能奔跑如飞呢？原来它生得高大雄壮，力大无穷，行走时耳似生风，足似腾空，看起来好似白鹄飞翔，故曰白鹄马。因此，别说背负他俩，就是再加一人，也能轻松飞奔。

却说徐荣在阵中见跑了曹操，大怒，忙挥军从后追寻。但终未见着曹操影子，料想他已逃脱。无奈，只好一面传令鸣金收兵，一面派人赶赴雒阳向董卓报捷。

第二十二回 战太谷三英大败吕布 得玉玺讨董盟军散伙

这时的一日下午,董卓与左右正坐在毕圭苑前殿商议军事,忽闻报徐荣所率讨逆官军汴水大捷,尤其得知曹操中箭而逃的消息,竟高兴得不知所以,恨不得曹操立马一命呜呼了才好呢!为庆祝胜利,立刻下令在毕圭苑大宴三天。同时,又向远在长安的刘协上表,表彰徐荣等将校。随后,又传令从雒阳郊外府库调拨一批钱物,犒赏他们。传令方发出不久,便见一府库小吏慌忙跑来向他低声报道:"相国大人,经查实,府库钱物仅够这里军饷短暂开支,哪有调往他处的呢!"

董卓闻报,立刻转喜为忧,脸色大变。正在这时,忽见一门卫飞一般跑来,边向他拱手施礼边报道:"相国大人,门外有一人声言有要紧事求见。"

董卓哪有心思接见他人!待门卫方报毕,便极不耐烦地吼道:"屁要紧事,不见!"

一旁的贾诩见此,认为董卓所言不妥,忙道:"相国大人,还是见见的好。倘若真有要紧……"

不待贾诩言毕,门外那人早已不顾门卫阻拦,气喘吁吁地闯了进来,上前跪伏在董卓面前报道:"相国大人,小的是奉王司徒之令从长安……"

董卓一听王司徒三字,以为确有什么要紧事,不禁先是一怵,忙打断那人话语,瞪着一双血红大眼,恶狠狠问道:"有什么事?还不快快道来!"

那人闻董卓这般言,不禁吓了一跳,待镇静后方道:"小的也不知晓。有王司徒书信在此,看看就明白了。"

言毕,忙从怀里取出一绢制书信,上前毕恭毕敬呈与董卓。董卓接过展开方看到一半,便愁眉苦脸,默而不语,良久才长叹道:"这叫老夫如何是好呢!"

李儒在旁见了,料知凶多吉少,忙起身上前扶起董卓进入密室,不待坐下便问道:"难道长安有人作乱不成?"

良久,董卓才无精打采地答道:"作乱的倒是没有。"

"何故发愁呢?"

"大家正愁无钱粮犒赏徐荣等所率讨逆官军,王司徒又报京师长安官民衣食告急，希望老夫调拨一批周济。真是屋漏偏逢连夜雨啊！"

董卓叹毕喝了口茶，清了清嗓子又叹道："眼下天下大乱，叛军堵道，不仅贡赋运输困难，国库也空空如也，再这样下去，后果不堪设想啊！"

时李儒不但没有随声附和，反还不以为然，并笑道："这有何难！只要改革钱币就是了。"

"如何改革？"

"将长安和雒阳官民铜器收集起来，在长安多铸些钱币就是了。"

董卓闻言，犹若茅塞顿开，明白了一切，竟高兴得不能自控。谁料随后却忧心忡忡道："先生之言虽然有理，但长安和雒阳铜器有限，恐一时难于铸造那么多钱币，如之奈何？"

"将钱币铸得薄小些便是了。同时，再将府库所剩和民间五铢钱收回来改铸一下不就够了。"

李儒言至此，似乎又有了什么新见解，又笑道："新币薄小些只是增加了币数量，并未增大新币面值，增幅仍然有限。因此，不若增大新币面……"

董卓认为增大新币面值没有任何意义，忙打断其话语道："仅增大新币面值而不增加货物，有屁用！"

"增大新币面值，可使天下人以为是增加了收入，改善了生活。这不仅可稳定人心，还表明相国大人摄政有方！待将来叛军平息，四海安宁，道路畅通，贡赋盈库，还愁啥！"

董卓闻李儒这番言，认为非常有理，立刻转忧为喜，并赞赏了李儒一番。出密室后，当即叫人撰制收集雒阳和长安官民所藏铜器铸造新币的告示，张贴在雒阳和长安。那里的官民看到改币告示，果如李儒所言，以为是增加了收入，改善了生活，于是喜笑颜开，歌之舞之，争先恐后将所藏铜器献给大司农署的同时，还将朝廷贡置在长安的铜马、飞廉、钟虡和铜人也搬到了那里。随后，工匠们便将它们砸碎填入炉里熔化。

须知，铜马、飞廉、钟虡和铜人非一般什物。铜马乃武帝时善相马的东门京所铸，下诏立于鲁班门外（后因此门置放铜马而更名为金马门），明帝

第二十二回　战太谷三英大败吕布　得玉玺讨董盟军散伙

永平五年方将它移置于西门外平乐馆。飞廉本乃传说中能呼风唤雨的神鸟，身似鹿，头似爵（雀），有角，蛇尾，身纹如豹纹。因为神异，武帝时铸其像供于铸有飞廉铜像的飞廉馆，后与铜马移置于平乐馆。钟虡乃钟鼓之跗，鹿头龙身，猛兽图饰，共四枚，皆置于高祖庙，武帝时才移置于飞廉馆。铜人乃秦初定天下时，传闻有身长五丈、足长六尺的巨人出没临洮。秦始皇闻之，以为是不祥之兆，遂下令销毁天下兵器，仿巨人般大小铸各重千石的铜人十二尊，置于阿房殿前压凶邪，汉时才移到长乐宫大夏殿。毋庸置疑，它们皆是价值连城之宝。一入炼炉，命运与其他铜物一样，转眼间便成了堆积如山的薄而小，无内外轮廓，图纹模糊的劣质新五铢币。

新币面值虽然增大，但市面货物却有减无增。拿它们去购物，自然不抵原来的五铢币，且十不当一。这样一来，新币自然就贬值了。这对皇亲国戚、三公九卿虽没多大影响，但对一般官民来说影响就大了。因此，钱币改革不但未收到预期效果，还遭到天下人的埋怨和责骂。董卓虽然耳有所闻，但又无可奈何。最后只得下一道"有敢反对钱币改革者，格杀勿论"的通令了事。

钱币改革风波平息不久后的一日下午，在毕圭苑正与宫女们嬉戏游玩的董卓忽然接到胡轸从太谷关前线送来的求援急信。时董卓以为：太谷关距雒阳仅九十余里，一旦失守，雒阳陷落只在旦夕。因此，看完信后不待与左右商议，便忙传令从虎牢关调了三千讨逆官军骑兵，由郭汜率领，日夜赶往太谷关增援。

却说孙坚自从派人向袁术讨要援军攻打太谷关以来，一直没有消息。无奈，只好指挥现有讨董盟军，夜以继日前往轮流强攻猛打。但守关讨逆官军在胡轸和吕布等人的指挥下，拼命负隅顽抗，从不松懈。结果叫孙坚所率讨董盟军未越关头一步。因此，常令孙坚心急如焚，望关兴叹。一日傍晚，掌管军需的公仇称忽来到阳人聚孙坚住处，低声对孙坚道："主公，前时从豫州调来的粮草仅能供全军一日之用，如何是好？"

孙坚闻报，大惊，也低声对公仇称道："此事干系重大，千万不可走漏风声。否则，定斩不饶！"

"封锁消息仅是权宜之计，得想方设法弄……"

不待公仇称言毕，孙坚便料到了他的后话是应该尽快弄些粮草方为上策。对此，他自然表示赞成，忙打断其话语道："向袁太守求些粮草，若何？"

"唯此一途啊！"

孙坚言毕，即起身出帐披挂上马，带上公仇称和十名随从骑兵，出南门飞也似的奔往百里之外的鲁阳，向袁术求粮。

袁术字公路，少以侠闻名，好衣饰，喜车马，以气高人，常与诸公子飞鹰走狗，搬弄是非。长成后，颇有折节。举孝廉，除郎中，又迁折冲将军、虎贲中郎将。何进被杀后，积极参与捕杀宦官。董卓欲行皇帝废立，以他为后将军。他认为董卓所作所为早晚必招祸乱而不愿参与其事，因而暗奔南阳郡鲁阳暂避。后孙坚率军北上讨伐董卓投其麾下，刘表见他实力大增，遂表袁术为南阳太守。现袁术见孙坚所率讨董盟军在所有讨董盟军中不仅作战勇敢，常打胜仗，且还有攻破太谷关、威逼京师、建立显功之势。如此，将来不仅难制，且还有除狼得虎之患。于是便以种种借口，对孙坚请求援军一事置之不理，以便扼制其攻势，进而借他人之手，除掉孙坚，解除后患。

再说孙坚和公仇称等人出南门后快马加鞭，一路疾行，不到午夜，便赶到了鲁阳袁府大门外，并请求门卫转告袁术有要事求见。门卫闻后，忙转身进去报告了袁术。时袁术与家人及左右正兴致勃勃地交盏宴饮，欣赏丝竹，忽闻门卫报告，料知孙坚必是来讨要援军的，自然非常扫兴，并对门卫道："就说我因病已卧床多日，待日后再见。"

门卫闻言方转身，袁术便离席起身向卧室走去，欲躺在床上装病。孰料还未开步，右衣袖忽被人拽住动弹不得。他以为有人行刺，直吓得脸色煞白，回过神忙回头一看，原来是不顾多名门卫阻拦，匆匆闯进来的孙坚。袁术以为脾气粗暴的孙坚要大发雷霆，不禁一怵，忙和颜悦色道："将军远道而来，门卫不报，失迎失迎，望多包涵。"

言毕，便当场将报事门卫狠狠训斥了一顿。孙坚知道这是袁术在推卸拒见责任，为给他面子，便来了个顺水推舟，松开拽衣袖的右手道："门卫有事

第二十二回 战太谷三英大败吕布 得玉玺讨董盟军散伙

不报，罪当斩……"

袁术闻言大喜，欲借机杀了门卫，彻底掩盖拒见真相，于是不待孙坚言毕便气呼呼道："门卫罪在不赦！"

随后，即下令将门卫推出斩首。孙坚早已料到袁术拒给粮食的目的，为使其不能得逞，忙道："大人病入膏肓日久，末将未来探望，罪该万死！"

袁术方知孙坚方才在门外已听到他所说的一切，不禁羞得面红耳赤，良久回过神才强装笑容道："将军近日战绩显赫，我本应前往犒赏才是，怎奈……"

孙坚闻袁术所言不仅文不对题，且还欲为他不愿犒赏前线将士找原因，心里不禁非常不快。为尽快让袁术知道他来此目的，不待他言毕，便忙蹲下身子在地上一面画图，一面按图解说道："犒赏事小，供应粮草事大矣！须知，大勋垂捷而军粮不继，即便善用兵的吴起也只得叹泣西河，亡奔南楚。而燕王亲自解押粮草于军前，结果乐毅连下齐七十余城。眼下我虽有韩、白之勇，但粮草仅够一日之需！因此，将有重蹈吴起覆辙之险矣！倘若将军仿燕王故事，供我粮草，破太谷，占京师，灭董卓，兴汉室，只在翻手之间！否则，敌人乘机返攻过来，不但我攻关将士有全军覆没的危险，鲁阳亦难保矣！如此，将军之安危……"

至此，袁术方知孙坚是来讨要粮草，而非讨要援军。但他明白，不论是粮草还是援军，对当前的孙坚来说，都至关重要。不过两相比较，粮草还是比援军重要得多。因为孙坚所率讨董盟军虽然不多，但英勇善战，以一当十，有无援军无所谓，没粮草却不行。若要借别人之手除掉他，只要不供他粮草即可。至于敌人会反攻过来之说，纯是杞人忧天。因为胡轸所率那些讨逆官军守关都力不从心，哪有力量反攻？我鲁阳无虞啊！总之，无论如何不能供给粮草。于是不待孙坚言毕，便装出一副无可奈何的样子叹道："将军之苦衷，我早已明白。可是……"

孙坚料知袁术在找借口拒绝供给粮草，不禁非常气愤和着急，于是不待他言毕，便站起来推心置腹地道："我孙某前来讨求粮草，旨在上为江山社稷之安危，下为将军灭族之仇恨，而无他求！因此，还望将军深思。"

袁术闻孙坚这番言，不禁非常内疚和惭愧：至于江山社稷之安危，倒是其次。重要的，要不是孙坚前时杀了前任南阳太守张咨，刘表哪会表我袁术为南阳太守呢！尤其是愧对被董卓害死的那些袁氏族人的在天之灵。因此，感激之情不禁油然而生，当即便传令调拨大批粮草与孙坚，并欲设宴款待他。对此，孙坚不禁大喜过望，不待宴饮，便施礼致谢后即与公仇称等人当夜将粮草押往阳人聚大营。

却说董卓闻报孙坚从袁术那里得到了大批粮草，大惊，料他必会加紧攻打太谷关。为防不测，经与贾诩商议，忙派心腹李傕前往孙坚所率讨董盟军大营的中军大帐，与孙坚商议将他的孙女董白许配给孙坚之子孙策，并请孙坚开列出其子弟中欲想迁为刺史或郡守的名单，以便下诏任用，以此拉拢孙坚。谁料孙坚却不买账，并怒对李傕道："中平三年征伐边章和韩遂时，我曾因董卓迟误军令、轻上无礼、拒绝召见、蛊惑军心、贻误战机等罪状建议当时的主将张将军下令将其诛杀，因张将军不肯方才作罢。眼下他又逆天无道，荡覆王室，罪上加罪，若不诛灭其三族，布告天下，死不瞑目矣！岂可与他和议联姻呢！"

李傕闻得此言，料知再说无益，遂忙告辞出营，马不停蹄回雒阳向董卓复命去了。

董卓见拉拢孙坚不成，并不生气。反还认为：自交战以来，不论是在河阳津，还是在汴水，我董卓人马都打了胜仗，就是孙坚这支勇猛善战的荆州兵，也只能与我打个平手，更何况他们现在还被挡在太谷关外呢！何忧？

此后不久，董卓嫌相国不够荣耀，欲自立为太师。但又担心张邈和曹操等人再挑是非。驻守虎牢关的徐荣闻知董卓心思，忙连夜赶回雒阳向董卓进言道："眼下若无相国大人挺身而出力挽狂澜，镇压叛乱，汉室江山早便不复存在了。因此，若以功行赏，别说太师，就是跃登九五之尊，也当之无愧啊！如叛军为此生事，末将有一计，可叫他们不敢胆大妄为，并轻而易……"

董卓一听大喜，不待徐荣言毕便道："还不快快道来！"

"我有一辽东襄平同乡公孙度，现为辽东玄菟郡守。倘若迁他为辽东太

第二十二回　战太谷三英大败吕布　得玉玺讨董盟军散伙

守，定会为相国窥觎张邈和曹操叛军之后。如此，他们哪敢轻举妄动。他们既安，京南的刘表、袁术和孙坚之流自然不足挂齿。那时相国尽管荣登太师大位就是了。"

董卓闻言，犹若茅塞顿开，明白了一切，并高兴得眉飞色舞，手舞足蹈，赞誉道："爱卿不仅善于领兵征战，还能筹谋划策，真乃老夫之韩信呢！"

随后即设宴款待徐荣，以示奖励，并不待与他人商议，便以刘协名义，下诏迁公孙度为辽东太守，叫他待机发兵，征讨张邈和曹操等人。

须知，公孙度也非等闲之辈，建宁二年以对策与谢弼同除为郎中，又在中平元年迁为玄菟郡守。上任不久，便杀了郡中名豪和对汉室素无恩者三百余家，郡中震栗。此后又东伐高句丽，西击乌丸。于是威行海畔，名显辽东。现见天下大乱，故里大石生足，以为汉祚将尽，欲与诸卿共图王事。谁料这时接到朝廷诏书，对此，他不禁又内疚，又惊喜，又为难。内疚的是：若再行图王，便辜负了汉室皇恩。惊喜的是：明知诏书是董卓的授意，虽不是好事，但毕竟是高升，还说明眼下权倾朝野的董卓竟然还很看重他这个远离京师的边臣。为难的是：本与张邈和曹操无怨无仇，何以要兵刀相见呢？为求两全其美，上任后，便阴独怀幸，因势利导，分辽东为辽西、辽中二郡，并置太守。又派兵越海占据了东莱诸县，置营州刺史。随后，自立为辽东侯、平州牧，追谥其父公孙延为建议侯，立高祖和世祖二庙。承制设坛墠于襄平城南，郊祀天地，籍田，理兵，乘鸾辂，九旒，旄头羽骑，俨然王者作派。那里虽然偏远，但他遵守汉室纲纪，因而朝廷便没过问。他也未发一兵一卒进攻张邈和曹操，而是坐观虎斗，两不得罪。对此，董卓虽然非常气愤，但鞭长莫及，无可奈何，只得推迟自立太师一事。

却说曹操那日夜晚在曹洪护卫下从汴水逃回到酸枣大寨西辕门外时，天已大明。以为张邈等人会出来迎接，谁料回到自己大帐，也未见到人影。随后，倒是看到他们围坐在中军大帐里宴饮高会，还讥笑他不懂兵谋，轻举妄动，大败而归。曹操气得怒发冲冠，眼珠翻白，无人敢抬头仰视。良久，方才消了些气，推心置腹地道："依我之见，不若效法当年项王和高祖联军攻占关中故事，由袁渤海引军屯临盟津，我领军占据成皋和敖仓，文台领军堵塞辕辕和太谷，你们领军固守丹、析和武关。如此，董贼插翅难逃啊！"

言至此，上前自斟了一碗酒一饮而尽后又道："眼下敌军未受大挫，士气正盛，在围困之初，可先高垒深壁，勿与交锋。待其内讧后，再一齐出击，破之易若反掌啊！"

言毕，以为大家会齐声附和。谁料他们仍在那里埋头饮酒吃肉，不发一言。曹操见他们不为所动，不禁非常遗憾，遂怒气冲冲地转身出门回到自己帐中，率领左右设奠祭祀了卫兹和鲍韬等汴水阵亡将士后，便带领部下所有人马，离开酸枣前往扬州募兵，再讨董卓。

扬州刺史陈温和丹阳太守周昕得知曹操前来募兵消息，非常欢迎，并送给他四千人马。曹操自然大喜过望。后来领着这些人马北返路过豫州沛国龙亢时，不料大多趁夜谋叛散走，还放火焚烧曹操大帐，欲置其于死地。曹操自然非常恼怒，并亲手斩杀了数十人。天明后经清点，未叛逃者仅剩五百余。对此，曹操不禁非常着急。这时忽见曹洪领着从其他地方募来的五千人马赶了过来。曹操见此，自然大喜过望，并大大赞扬了曹洪一番。

此后曹操带着这些人马路过沛国铚县和建平县时，又募得了千余人马。曹操对酸枣的张邈等人本已失去了信心，恰在这时，张邈等人因成日歌舞宴饮，无事生非，发生了内讧——刘岱诛杀了桥瑁，叫他的亲信王肱取而代之。其他人见此，遂各怀鬼胎，不欢而散。对此，曹操自然痛心疾首，但认为河内怀县的袁绍家眷被董卓所害，且兵多将广，讨董不但坚决，也有这个实力，于是便领着人马，远道投向袁绍。

曹操投奔袁绍后，曾多次向他进言发兵讨董，谁料均被拒绝。原来袁绍以为，讨董盟军向来军纪涣散，号令不一，钩心斗角，刘岱诛杀桥瑁散伙便是例证。因此，要打败董卓根本不可能。于是欲与韩馥合谋，回军关东，欲立幽州牧刘虞为帝，像眼下董卓那样，控制天下诸侯。为此，还特意设宴邀请曹操到中军大帐密商。曹操不知何事，便欣然前往。席间待袁绍说明上述缘由，曹操不但不同意，还反对道："眼下董卓罪恶暴于四海，我等合大众、

第二十二回　战太谷三英大败吕布　得玉玺讨董盟军散伙

兴义兵，远近莫不响应，此以义动故矣。今幼主微弱，受制于奸臣，未有昌邑灭国之衅，一旦改易，天下由谁安之？难道你忘了当初冒死反对董贼废立皇上和眼下为此而战了么？你定要北面立帝，我只好西面伐贼，迎帝回京！"

袁绍闻言，并未生气，还神秘兮兮地从怀中取出一枚黄灿灿的御印，非常得意地在曹操眼前来回晃了几下，问道："将军见过此印吗？"

袁绍满以为曹操会羡慕此印而改变初衷，不禁暗喜。谁料曹操却不以为然，冷冷答道："赝品而已，何足奇呢！"

言毕，便离席起身拂袖而去。袁绍并不甘心，随后又遣人前往劝说曹操道："今袁绍势盛兵强，其子已成气候。天下群英，无人能比！若不遂其立帝之意，恐日后祸患无穷矣！"曹操仍不愿与袁绍合作，还萌发了诛除袁绍之心。不久，便借机离开了袁绍，另图发展。

却说袁绍和韩馥谋立刘虞为帝的事不仅遭到曹操的强烈反对，也遭到刘虞本人的强烈反对，还斩杀了袁绍派去的劝进使臣。袁绍和韩馥见此，料知立帝无望，无奈，只好作罢。

须知，尽管讨董盟军有的停止不前，有的还另有打算，有的甚至散伙，但孙坚所率讨董盟军得到袁术粮草后，却士气高涨，军心振奋，并昼夜轮流猛攻太谷关。只因关墙坚固，两侧陡绝，山径崎岖，易守难攻，没有进展。为此，孙坚在中军大帐坐卧不安，茶饭不思，一筹莫展。一日傍晚，忽见祖茂匆匆进来问他道："主公莫不是为破关之事发愁吧？"

孙坚见祖茂不是外人，忙叹道："正是啊！"

"末将倒有一计，不知能用否？"

"还不快快道来！"

待孙坚方问毕，祖茂便上前附其右耳低语了片刻。只见孙坚连连点头称是，随后即调兵遣将。

却说胡轸、吕布及后来赶来增援的郭汜等人，前时曾主动率领讨逆官军出关与孙坚所率讨董盟军厮杀过一阵，但皆被杀得大败而回。为此，只好采取闭关坚守策略对付孙坚所率讨董盟军进攻。这一招还真叫他们犹若狗咬乌龟，无法下口。一日早饭后，胡轸、吕布和郭汜等人在北关楼大厅正为此得意扬扬，忽一报子飞一般跑来向他们报道："敌军在关南门外列阵挑战，祖茂还叫部下赤身裸体大骂吕将军为……"

不待报毕，胡轸、吕布和郭汜便飞一般跑到南关楼上，举目朝下一望，果如报子所报。胡轸和郭汜倒还忍受得住，挨骂的吕布早便气得咬牙切齿，暴跳如雷，恨不得立刻飞下关去，将他们生吞活嚼了方才罢休。一旁的胡轸和郭汜料知这是孙坚施的引蛇出洞激将法，但却不说与吕布知道，且还鼓动他领五百讨逆官军步骑杀出关去，以便借他人之手将其除掉。他俩与吕布都是董卓心腹，何以要暗算吕布呢？大家知道，胡轸和郭汜是凉州籍人，乃董卓老嫡系。吕布原是丁原并州部下，是后来归附董卓的。但董卓对吕布的宠爱却大大超过了胡轸和郭汜。对此，他俩自然非常嫉妒，因此常寻机欲除掉吕布而后快。因此，今天这番用心并非偶然。

吕布不知胡轸和郭汜二人用意，便忙率领部将高顺、张辽、侯谐、郝萌、魏续、成廉、李邹、宋宪、高雅、曹性、赵庶、魏越、薛兰、李封和秦宜禄及五百讨逆官军骑兵飞出关外，欲斩尽杀绝祖茂所率讨董盟军。祖茂见了，毫不惊慌，并策马舞棒单迎吕布。阵后孙坚和程普也一齐飞马上阵，同祖茂一道，铁桶般将吕布围在核心杀了起来。四匹飞奔的战马扬起的尘土与砾石犹若大漠沙暴，遮天蔽日；四件挥舞的兵器撞击出的声响与火花犹若鸣雷闪电，震耳眩目；两厢人马的鼓鸣声与喊杀声犹若山呼海啸，响彻云天。厮杀之激烈，可想而知。

然战至当日午时，也未分出胜负来。吕布料知独胜孙坚、程普和祖茂有难，忙虚晃一戟，撤出阵外，向关内退去。谁料孙坚、程普和祖茂紧追不舍。高顺、张辽等见了大惊，欲挥军迎杀上去。这时孙坚、公仇称、孙香、程普、黄盖、韩当、祖茂、朱治、桓阶、吴景、徐琨、孙贲和孙河挥军冲了上来。胡轸和郭汜在关上见了，大喜，欲下令关门将吕布、高顺、张辽、侯谐、郝萌、魏续、成廉、李邹、宋宪、高雅、曹性、赵庶、魏越、薛兰、李封和秦宜禄及那五百讨逆官军骑兵拒于关外。时命令还未发出，孙坚所率讨

第二十二回　战太谷三英大败吕布　得玉玺讨董盟军散伙

董盟军早已随吕布所率讨逆官军杀了进来。胡轸和郭汜见预谋已成泡影，且还丢了关头，不禁又气又怕，并慌忙下关上马，随吕布、高顺、张辽、侯谐、郝萌、魏续、成廉、李邹、宋宪、高雅、曹性、赵庶、魏越、薛兰、李封和秦宜禄及那五百讨逆官军骑兵奔出北关门，拼命向雒阳逃去。

孙坚攻下太谷关后未及歇息，便令朱治领两千讨董盟军守关，他则率讨董盟军主力飞一般出北关门，马不停蹄随后追杀胡轸、吕布和郭汜所率讨逆官军，欲乘势一举夺下雒阳、擒杀董卓，以慰天下。胡轸、吕布、高顺、张辽、侯谐、郝萌、魏续、成廉、李邹、宋宪、高雅、曹性、赵庶、魏越、薛兰、李封和秦宜禄及那五百讨逆官军骑兵大多为西凉籍和并州籍精骑，出关后，行若脱兔。孙坚所率讨董盟军大多为行走缓慢的荆州籍和豫州籍步兵，自然被甩得老远。

胡轸、吕布、高顺、张辽、侯谐、郝萌、魏续、成廉、李邹、宋宪、高雅、曹性、赵庶、魏越、薛兰、李封和秦宜禄及郭汜等人马逃进雒阳，自然遭到了董卓的严厉训斥。他们还来不及互相争执和推诿责任，便奉董卓命令，率领讨逆官军飞奔上城，防御孙坚所率讨董盟军随后来攻。

孙坚所率讨董盟军追兵虽没胡轸、吕布、高顺、张辽、侯谐、郝萌、魏续、成廉、李邹、宋宪、高雅、曹性、赵庶、魏越、薛兰、李封和秦宜禄及郭汜所率讨逆官军跑得那么快，但杀敌心切，不久便赶到了雒阳南门外。不待歇息，便争先恐后发起攻击。雒阳虽遭焚毁，但高大坚固的城墙并未受到丝毫毁坏，加之董卓所部讨逆官军负隅顽抗，直到当日傍晚时分，也未越城池一步。无奈，孙坚只好传令鸣金收兵，后退至城南十里安营扎寨。

董卓在毕圭苑闻报孙坚所率讨董盟军已停止攻城，悬着的心方才放了下来，忙召集贾诩、胡轸、吕布、郭汜、李傕、李肃、李儒等一干文武前来商讨对策。到齐礼毕方坐定，董卓即道："孙坚这厮新胜，气焰嚣张，待我明日亲自出马，叫他尝尝老夫的厉害。若何？"

方言毕，吕布便上前反对道："义父实为一国之主，岂可与那无名鼠辈交锋？待我明日出城将他拿下便是！"

话音方落，胡轸和郭汜等人便表示赞同。然贾诩却反对道："兵法常云，大军临前，只须智取，不可力……"

　　不待言毕，董卓便问道："先生此话怎讲？"

　　"孙坚所率叛军近日取得些小胜，必然小视我军而疏于防备。因此，不若趁今晚夜色出城突袭，定叫他们死无葬身之地！"

　　董卓认为贾诩言之有理，忙令胡轸备好五千讨逆官军，黎明时分出城南门，攻打孙坚所率讨董盟军营寨北门。他则与贾诩、郭汜、李傕、李肃、李儒等人率八千讨逆官军轻骑于夜幕降临时分出城北门，经北芒山绕到孙坚所率讨董盟军营寨南门，与胡轸所率讨逆官军同时南北夹攻。令吕布、高顺、张辽、侯谐、郝萌、魏续、成廉、李邹、宋宪、高雅、曹性、赵庶、魏越、薛兰、李封和秦宜禄率领讨逆官军守城。

　　当夜三更时分，董卓与贾诩、李傕、郭汜、李肃、李儒率领讨逆官军出城北门方行至北芒山诸陵间，忽听得前面似有千军万马迎来。对此，董卓不禁吃了一惊，欲派人前往打探。不待发令，忽见前面火光通明，为首旗下孙坚立马横斧拦在那里。左边旗下为黄盖，右边旗下为祖茂。董卓先是不相信自己的眼睛，以为是被吕布等人挖掘过的陵墓里的那些帝王将相阴魂前来报仇雪恨呢！不禁吓得毛森骨立，面如土色。待定神仔细望去，确信是孙坚、黄盖和祖茂，以为有人走漏了这次军事行动的风声，不禁气得头发倒竖，胡须乱抖，发誓战后非严查严惩内奸不可。

　　而孙坚方才听得对面有人马声响，也以为遇上了那些因陵墓被吕布等人挖掘而无归宿的帝王将相阴魂呢！大惊，并不禁非常同情和怜惜他们，欲传令全军停下祭祀一番，以为安慰。待火光中看清是董卓、贾诩、李傕、郭汜、李肃和李儒所率讨逆官军，也像董卓一样，以为有人走漏了这次军事行动的风声，也不禁气得头发倒竖，胡须乱抖，发誓待时非严查严惩内奸不可。

　　须知，董卓与孙坚双方真有内奸吗？非也！原来孙坚当夜并未因白天攻城劳累倒头大睡，而是本着连续作战的作风和乘月黑风高之机，令韩当领两千讨董盟军守寨，令程普领五千讨董盟军于黎明时分举明火，鸣鼓角，佯攻

第二十二回　战太谷三英大败吕布　得玉玺讨董盟军散伙

城南小苑门，将董卓守城讨逆官军吸引过来，他则率领黄盖和祖茂等万余讨董盟军出寨东门绕道北芒山，以程普所率讨董盟军火光为号，乘敌不备之机从就近的城北谷门攻城。由于双方安排的行军时间和路线非常巧合，于是才不期而遇。

董卓与孙坚这对宿敌相遇，自然免不了有一场恶战。须知，他们当年在凉州讨伐边章和韩遂分手后至今已多年不见，按理应有一番寒暄或对骂才是。但他俩皆认为对方早是仇敌，耍嘴皮显得多余，于是仅怒目对视片刻，董卓便先拍马挥舞着手中那对短柄大斧向孙坚杀了过来。孙坚见了，忙策马高举长柄大斧迎了上去。论体力与武艺他俩本不相上下，但董卓自入住雒阳以来，日夜朝政缠身和淫乱宫女，体力不但大降，武艺也荒疏了许多。孙坚不仅年富力强，精力旺盛，且又常亲自上阵搏杀，武艺自然大有提高。只二十余合，孙坚便占了上风。董卓料知取胜无望，忙虚晃一招，拨马便向后逃。孙坚哪里肯放？忙催马挥斧追了上去，欲一举擒杀董卓。李傕和郭汜见了，大惊，忙不约而同飞马上前，让过董卓，举械迎住孙坚杀了起来。战不五合，黄盖和祖茂所率讨董盟军鸣着震天的鼓角，从后迅猛杀了过来。董卓所率讨逆官军皆为骑兵，战马见了这般阵式，早惊得乱嘶乱跳，向后狂奔，无法控制。李傕和郭汜见此，料知大势已去，不禁心慌意乱，忙一齐弃了孙坚，回马护着董卓，没命向来路方向的城北门逃去。到那时，守城讨逆官军因夜黑看不清敌我不敢放吊桥，直气得他们在城下破口大骂。待城上弄清是自家人马放下吊桥时，孙坚、黄盖和祖茂早已率领讨董盟军杀了过来。城上怕他们乘机随后杀进城里，忙又将吊桥拉了起来。董卓、贾诩、李傕和郭汜等人眼睁睁看着吊桥被拉起进不了城，气得七窍生烟，肝胆破裂。无奈，只得领着讨逆官军绕城向西逃奔，欲从上西门进城。孙坚、黄盖和祖茂杀得兴起，欲挥军随后追杀。这时忽见程普派的报子飞马赶来向孙坚报道："主公，程将军言破城有望，请立刻拨一支人马前往增援。"

孙坚闻报大喜，忙叫黄盖和祖茂率领讨董盟军继续追杀董卓、贾诩、李傕、郭汜等讨逆官军，他则率两千讨董盟军随报子绕城东向城南赶去，与程普所率讨董盟军合兵一处,攻打城南小苑门。

城南小苑门讨逆官军守军得知董卓兵败消息,军心自然大乱。恰值这时孙坚率领讨董盟军赶到,于是不到一刻工夫,小苑门便被攻破。

守城的吕布在城里闻报孙坚、程普所率讨董盟军已攻入城内,大怒,忙率高顺、张辽、侯谐、郝萌、魏续、成廉、李邹、宋宪、高雅、曹性、赵庶、魏越、薛兰、李封和秦宜禄等讨逆官军赶来,欲将他们赶出城外。吕布虽然勇猛非常,但高顺、张辽、侯谐、郝萌、魏续、成廉、李邹、宋宪、高雅、曹性、赵庶、魏越、薛兰、李封和秦宜禄等讨逆官军将士早成惊弓之鸟,哪还有胆上前拼杀?因此,还未见着孙坚和程普所率讨董盟军影子,便纷纷逃了大半。对此,吕布也无可奈何。正在这时,恰巧碰上孙坚率了百余讨董盟军骑兵杀了过来。时天已大明,吕布见孙坚势寡,大喜,欲凭个人武艺,活捉孙坚,抵消小苑门失守责任。于是忙拍马舞戟,若饿狼扑羊般直取孙坚而来。孙坚知道吕布武艺无人能敌,但杀得正起劲,哪管他是白布蓝布?便挥舞长柄大斧,在一十字街口,迎上吕布杀了起来。方战至十余合,吕布所率讨逆官军便逃得一干二净,然孙坚所率讨董盟军却越来越多,且士气逼人,自然叫吕布不免心惊胆寒,以为若不趁早退向城外,恐怕性命不保。遂与孙坚周旋了几招后,便拨马向城西西明门逃去。孙坚自然不肯放过,忙挥军随后追了上去。吕布那马奔跑如飞,一溜烟便出了城。因此,孙坚等人只好望影兴叹,无可奈何。

吕布逃走后,城内再没有董卓所部讨逆官军。对此,孙坚自然喜不自禁。为表示对汉室的赤诚之心,忙传令正追赶董卓、贾诩、李傕、郭汜、李肃和李儒所率讨逆官军的黄盖和祖茂所率讨董盟军回头与他合兵一处,清扫汉室宗庙,以牛、羊、猪祭祀。祭祀毕,才传令城外守寨的吴景和韩当所率讨董盟军前来守城,并到邙山修复那些被掘的陵墓和清理那些被毁的宫室街市。他则率领其余讨董盟军,马不停蹄从西阳门出城,飞也似的向朝函谷关方向逃去的那些董卓所部讨逆官军追去。

董卓所部函谷关讨逆官军守关主将李熊闻报孙坚所率讨董盟军杀来,并

第二十二回　战太谷三英大败吕布　得玉玺讨董盟军散伙

不惊慌，反还欲效当年秦军凭借函谷关高大坚固的关墙和其南北两侧紧连的崇山峻岭击败楚、赵、魏、韩、卫五国盟军的联合进攻，和刘邦遣兵据此使关东诸侯联军不敢西进的故事，将孙坚所率讨董盟军挡在关外，在董卓面前露一手。谁料其部下人马远远望见孙坚所率讨董盟军，便军心大乱，并争先恐后从西关门逃跑了大半。李熊在西关楼上见了，气得咬牙切齿，并亲手杀了几个逃跑者，欲阻止逃跑。然不但毫无效果，反而逃跑得更多、更快。无奈，只好慌忙下关楼，上马出西关门，随人流向新安逃去。

孙坚所率讨董盟军占领函谷关后，除留黄盖领一千讨董盟军守关外，其余则随孙坚继续向新安城杀去。董卓所部新安城讨逆官军守城主将王豹和其部下人马从函谷关李熊逃兵那里得知孙坚所率讨董盟军来势凶猛、锐不可当消息，自然非常害怕。于是在他们未杀到之前的中午，便争先恐后弃城向渑池逃去。结果仅半日工夫，孙坚所率讨董盟军便连克一关二城，真可谓所向无敌！对此，连孙坚也未料到。为不让对方有喘息机会，除留徐琨领一千讨董盟军守城外，孙坚便立刻率领其余讨董盟军马不停蹄向渑池城杀去。

却说董卓当日天明在雒阳城西二十里处脱离黄盖和祖茂所率讨董盟军追击后，一鼓作气逃到渑池方站稳脚跟，便闻报孙坚所率讨董盟军不仅攻占了雒阳、函谷关和新安，而且已快兵临渑池，不禁吓得心惊肉跳，六神无主。幸亏这时牛辅、段煨和董越从陕县率领讨逆官军援军赶到，方才定下神来。孙坚对董卓增兵添将毫不惧怕，一到渑池，便挥军不分昼夜强攻猛打，很快便攻占了渑池附近的渑陇关。

须知，渑陇关乃天下九关之一，若失守，长安便危在旦夕。为此，董卓自然非常惊惧，并欲与孙坚结盟，以便缓解形势。于是从长安召长史刘艾前来商讨结盟事宜。不久后的一日下午，刘艾闻召赶到县衙大堂，见到董卓礼毕坐下不待寒暄，董卓便迫不及待问他道："自叛军大乱以来，大多或败，或散，或驻足观望，唯孙坚这厮丧心病狂，执意与老夫作对。为长远计，欲邀他到渑池城西的秦赵会盟台结盟，若何？"

刘艾闻之，并未立刻作答，沉思良久才若有所思反问董卓道："孙坚及其将士之猛勇,当今朝野皆知,然不知他的智谋若何?"

董卓觉得刘艾所问文不对题。不过既然如此问,必有用意。于是以肯定的语气答道:"老夫数年前征讨边章和韩遂叛军时,便知这厮谋略不在老夫之下。如当时张温不依老夫之计,周慎不听他所献之策,结果仅我一路侥幸全师而还,其他五路皆遭败绩。当时他仅为一参军事,便显出其卓越见识,何况现为一军之统帅呢!"

刘艾闻后却不以为然道:"相国大人言过其实了!难道忘记了他当年美阳之败吗?就是不久前在梁县还吃了我军败仗呢,要不是其部将祖茂相救,恐怕早成地狱之鬼了!依在下看,论谋略,他还不如李傕和郭汜二将军!"

董卓自然不会赞同刘艾,遂辩解道:"孙坚美阳之败,皆因其部下多为乌合之众,兵不如虏精勇使然矣。而梁县之败,纯属未防我军突袭。因此,绝不能以这些论英雄。眼下他率军冲杀在前,若其他叛军因此而死灰复燃,做其后盾,后果不堪设想啊!"

谁料刘艾仍不以为然,道:"关东那些叛逆小儿,若是上山做寇,下泽行盗,欺凌那些手无寸铁的百姓倒还行,若要兵兵相对,还不如老幼妇孺呢!即使眼下孙坚兵强将勇,锐不可当,也不过是强弩之末,势将衰矣!因而相国不必为此担忧。再说前时两军在太谷关前胜负未决之际,他便断然拒绝结亲,眼下其兵锋正盛,又岂肯结盟呢?"

董卓认为刘艾言之非常有理,立刻转忧为喜道:"只要我军重振旗鼓,擒杀了袁绍、曹操和孙坚等叛酋,天下自然便服老夫了!"

随后,不再打算与孙坚结盟,并传令守城将士,日夜严守,不得让孙坚所率讨董盟军越城池一步。

须知,刘艾一直忠于汉室,何以要极力诋毁为振兴汉室而战的孙坚与其他反董将士,且反对董卓与孙坚结盟呢?原来一是麻痹董卓,放松对孙坚所率讨董盟军的警惕,让其有机可乘,打到长安,迎帝东归。二是认为天下诸侯闻孙坚大胜董卓,定会重新举兵响应,诛灭董卓便易若反掌!若董卓与孙坚结盟,不但诛灭董卓无望,振兴汉室也将成泡影。

第二十二回　战太谷三英大败吕布　得玉玺讨董盟军散伙

董卓所部渑池讨逆官军守军得到董卓守城命令后,哪敢不听!于是日夜弓弩上弦,刀剑出鞘,防备孙坚所率讨董盟军来攻。谁料此后一连数日却不见他们攻城,其寨内也无任何动静。董卓闻报,不禁觉得非常蹊跷,忙派了几路探子前往打探。不大工夫,探子便回来向他报道:"早已人去寨空。"董卓左右闻之,欲率讨逆官军出城寻觅追杀。董卓怕有诈,为防不测,暂不发兵,待探明真相,再做定夺不迟。

看官你道孙坚所率讨董盟军何以无影无踪了呢?原来孙坚见久攻渑池不下,不禁非常着急,并在一日下午召集左右到中军大帐商议道:"据近日各路探子来报,董卓这厮不仅在渑池城上布有强兵负隅顽抗,还在城北韶山、广阳山、田山、白石山,城南榖水、渑池川、熊耳山,设有重兵把守。因此,恐一时难以取胜啊!再则我军虽然奋勇杀敌,势如破竹,但邺城的韩馥、酸枣的张邈等人却在那里或互相残杀,或纷纷散去,就是身为盟主的袁绍,也只在河内驻足观望而已,实在叫人心寒!现我军已深入敌境,他们又不可能团结起来随后跟进,倘若敌人趁此反攻,后果不堪设想啊!因此,不若乘敌畏战之机,突然撤回京师固守,待有时变再做计议,若何?"

左右认为孙坚言之非常有理,忙争先恐后随声附和。孙坚于是不再多言,便立刻下令全军于当日午夜时分悄悄弃寨而去。次日天明,便赶到了雒阳城西门外。孙坚正欲遣人上前叫门,忽见吴景和韩当飞马前来,向他边施礼边异口同声报道:"报告主公,我等夜以继日拼命清理,虽然修复了邙山被掘坟墓,但宫殿市巷被毁严重,至今还未清理完成。如何是好?"

孙坚闻报,认为他们纵有三头六臂,也不可能在如此短的时间内将城内外清理完毕,遂和颜悦色道:"二位将军不必多虑,大家全力以赴清理就是了。"

言毕,即传令全军先就地安营扎寨,待午饭后,程普领军清理东城区,黄盖领军清理南城区,韩当领军清理西城区,祖茂领军清理北城区。孙坚则与吴景和徐琨到他俩此前驻扎在南城区甄官署井旁的大帐里,坐镇指挥。

午饭后,全军立刻纷纷出营,到各自责任区挥舞着镐头,热火朝天地清理。孙坚坐在帐外见了,认为大家非常辛苦,忙叫一侍者从甄官署井里弄些水来煮茶，为将士们解渴。不久，便见侍者匆匆跑来向他报道："井早被堵塞了！"

孙坚闻报，忙离座起身随侍者赶到井旁伸头朝下一望，果如所报。犹豫片刻后道："这井早晚也得清理，不若现在清理出来，以应眼下用水之急。"

随后即叫侍者回帐叫吴景领人前来下井挖掘清理。片刻，吴景便领了十余个兵士匆匆赶了过来。孙坚在场指挥，他们自然不敢怠慢。不到一个时辰，便挖到了井底。孙坚和吴景见他们如此神速，以为马上就能用上水，不禁大喜。正在这时，忽闻得井下一声撕裂肝胆的惊叫声震得两耳欲聋，不禁吓了一跳，忙拔腿向后便跑。后听井下再无动静，方才定下神来不约而同返身回到井沿前，俯身伸着脖子，鼓大眼睛，争相看个究竟。由于井深底暗，无法看清。无奈，吴景只得叫兵士们收起绳索，将下井挖掘的那兵士拉上来问个明白。费了九牛二虎之力方才拉了上来，然早已昏死了过去。片刻慢慢苏醒过来，才结结巴巴向孙坚报道："井下有人……"

不待报毕，便咽气而亡。大家不知井下人是死是活，是男是女，是官是民，不禁迷惑怅惘。为弄个水落石出，孙坚忙对士兵们道："不论是什么人，先打捞上来再做计议。谁愿下去？"

言毕良久，兵士们仍在那里低眉视足，没有应声。孙坚认为他们胆怯，不禁非常生气，于是上前俯身抓起地上绳索，边往腰上系，边气呼呼道："胆小鬼，待我下去看看。"

一旁的吴景哪里肯依？忙上前夺过绳索的一端道："主公乃一军之主，岂可为井下一不明之人不顾安危呢？还是卑职下去的好。"

孙坚虽然认为吴景言之有理，但又认为我孙坚若不下井，不是叫人耻笑吗？于是坚决不同意吴景的，并紧紧抓住绳索另一端不放。这时忽见一虎背熊腰的大汉上前睁着一对大环眼高声嚷道："二位将军皆为朝中重臣，军中栋梁，岂可在此冒险呢？还是让小的下去吧！"

孙坚和吴景等人忙循声看去，原乃跟随孙坚左右多年的校士周虎。随后孙坚与吴景仍在那里争执。周虎见了，很不耐烦，并乘其不备，快步上前猛地夺过绳索，飞快地系在腰上，便要下井。孙坚和吴景见此，无奈，只得

第二十二回　战太谷三英大败吕布　得玉玺讨董盟军散伙

　　与兵士们一道，并力抓紧绳索，缓缓将他放下井去。片刻工夫，便听得井下高喊再放一根绳索下去。他们忙照其办理。不久，又听得井下高喊先将后放下去的那根绳索拉上去。孙坚和吴景应声，忙指挥兵士们将那根绳索拉上来一看，原来系着的是一早已死去的少府甄官令，双手还抱着个精致无比的匣子。孙坚料知其中必有宝物，放好死者后，便忙上前俯身取下匣子装入怀里，转身匆匆回帐去了。吴景见此，料知匣中必有奥秘。为知道究竟，遂忙跟了过去。兵士们也料知匣中必有奥秘，但哪敢多言多语或像吴景那样呢！只好站在那里发愣。在井下的周虎闻井上没了动静，以为大家皆已离去，不禁慌了六神，便拼命大喊大叫起来。兵士们闻之，才回过神拾起绳索，七手八脚将他拉了上来。

　　却说孙坚前脚方踏进中军大帐门坎，吴景便随后跟了进来。孙坚见吴景不是外人，且一向细心谨慎，守口如瓶，因而并不避他，反还笑着对他道："吴将军来得正好，快来助我打开这匣子，看看内中有何物。"

　　吴景见孙坚相信自己，大喜，忙道："依我之见，匣中之物定然价值连城。若走漏风声，后果难测！因此，还是在密室开匣好。"

　　孙坚认为吴景言之有理，忙抱着匣子与吴景一道向密室走去。随后，二人站着用了九牛二虎之力，才将它打开。只见内中一物，方圆四寸，其上扭绞五龙，珠光宝气，玲珑剔透。孙坚见果是宝物，又惊又喜，忙取出上下左右细细看了一番，才看清此乃一朝廷玉玺。当认出印文为"受命于天，既寿永昌"八个字后，竟惊得目瞪口呆，半晌没敢出声。吴景认为此玺非同一般，遂问孙坚道："莫非它就是皇上常携带在身边的那枚传国玉玺？"

　　"正是！自古以来，天子共有六枚玉玺，分别刻文曰'皇帝之玺''皇帝行玺''皇帝信玺''天子之玺''天子行玺''天子信玺'。它们封事各异，因而刻文也不相同，并常由省中官署掌管，但该玉玺不包括在内。相传秦王嬴扫平六合称始皇帝后，欲开一代帝王玉玺新风，决意将以往帝王所用金质印玺改为玉质印玺，钦定此玺可永远由前任皇帝传给后任皇帝。秦始皇认为其干系非同一般，应以稀世宝玉刻制方可。于是下诏寻觅多年，才从蓝田县辋川玉沟口一山民那里征得一块罕见玉石。经艺高玉匠多日精心雕刻而成，并常携带在身边，以为镇国之宝。秦亡后，此玺经多次失而复得，终为高祖所佩，并世世相传至今。"

吴景闻言，不禁非常惊奇，忙问道："按主公方才所言，他应在天子身边行走才是，现在何以遭此不幸呢？"

"依我之见，前时董卓焚城时可能有人欲抢劫它。为防落入他人之手，甄官令遂以死相护。"

吴景认为孙坚所答非常有理，又问将如何处置之。孙坚沉思片刻答道："当今董贼作乱，天子落难，玉玺一时难归！因此，还是先存放在我处的好，待有机会再还天子不迟。"

吴景非常赞成孙坚，遂不再多问，忙将玉玺放回匣内封好，出密室藏于孙坚床下，并向孙坚保证不走漏风声后，方才拱手施礼告辞。

孙坚虽然白天当着吴景的面说将来要将玉玺归还天子，可当晚躺在床上却萌生了别的念头，即我孙氏自孙武以来，数世出谋划策，统军征战，到头来总是为他人做嫁衣裳，无一人荣登皇帝宝座，岂不悲乎！我恰在这汉祚已衰，不可复兴之际不意得了天子传国玉玺，定非偶然，必是天意！何不趁此多招些兵马，扩大地盘，干一番惊天动地的践祚大事呢！于是脸上不禁浮现出了无比兴奋的笑容，好像这枚传国玉玺能将他扶上皇帝宝座似的。随后，还摸黑翻身下床，将藏在床下匣子里的玉玺小心翼翼地取出来紧紧抱在怀里，生怕它飞了似的。良久，才依依不舍放回原处，上床倒下合眼入睡。

时孙坚以为既已得到玉玺，立刻离开京师这是非之地回鲁阳才是上策。次日早饭后，便传令全军停止清理，拔寨启程，赶回鲁阳。于是这支作战最勇敢，作战时间最长，且又给了董卓以重创的孙坚所率荆、豫籍讨董盟军，最终退出了讨董行列。至此，曹操发动的，以袁绍为首的讨董盟军便彻底散伙了。

此时值初平二年三月。

看官欲知此后事态如何发展，请看下回分解。

第二十三回

称太师董仲颍荣赴长安
逐韩馥袁本初始有冀州

却说董卓在渑池从探马口中得知孙坚所率讨董盟军确已经雒阳退回鲁阳,一颗忐忑不安的心方才平静下来,并想到:孙坚所部叛军在进攻势头正猛之际突然神速退兵至老巢鲁阳,其中不仅有不可告人的缘由,回军反杀过来的可能性自然也不复存在。这支唯一敢与老夫作对的劲旅既退,其他叛军自然也不敢蠢蠢欲动。想到此,不禁仰天狂笑起来。同时,前时意欲自立为太师的念头又浮上心头。

为能顺利登上太师宝座,董卓于是传令朱儁率领大队讨逆官军从长安前往雒阳和中牟等地驻扎,以便防御关东讨董盟军西向进攻。接着又令董越增兵守卫渑池,段煨驻军华阴,牛辅驻军安邑,其余将校驻军有关军事要塞,以便拱卫长安。末了,才传令蔡邕和李肃从长安赶来渑池商议自立太师事宜。

蔡邕和李肃得到董卓传令,自然不会拖延时日,很快便赶到了渑池。董卓见他俩如约而来,大喜,并专设筵席为其接风洗尘。席间,董卓毫无顾忌地问蔡邕道:"老夫前时本欲自称太师,只因公孙度这厮未按老夫之意在辽东发兵响应,遂使孙坚那厮兵势紧逼,至今日仍未了愿。现在那些叛军四分五裂,已无一旅敢与老夫较量。因此,老夫欲趁此机登太师大位,若何?"

不待蔡邕答言,董卓又问道:"老夫一生为汉室江山四处奔波,无暇研知官制知识,故不知太师为何等……"

因为董卓事先已明示蔡邕前来渑池商议自立太师事宜,因此,蔡邕不待董卓问毕,便知其所问之意,故不假思索答道:"太师一职乃周朝官职,与太傅、太保并称三公。"

董卓并不关心何为太傅、太保,只想知道太师职责是什么。于是待蔡邕方言毕,便急切地问道:"太师当担何等职责?"

"与天子论道经邦、燮理阴阳而已。"

董卓闻蔡邕答,立刻便泄了气,道:"原来如此,那有鸟用!"

"因此不常设此官职,秦亦然矣。"

"我朝曾设过吗?"

"我大汉官制亦无太师一职,唯平帝元始元年孔光以太傅授诏为太师。"

蔡邕方答毕,董卓眼睛便立刻一亮,来了精神,遂迫不及待问道:"孔光为何许人?"

"乃大名鼎鼎孔子第二十四代孙。"

蔡邕答毕,以为董卓会对孔光那高贵的出身感到无比钦佩,谁料他却不以为然道:"孔光那厮仅凭孔老二后裔,便跃居太师高位,岂不是笑话吗?"

"不过此人幼时即喜好经学,年不满二十,便被举为议郎。成帝时为博士,以高第为尚书令,掌管枢机十余年。后又任御史大夫、丞相等职,且历任成帝、哀帝和平帝大司徒和太傅。"

"他那太师职权若何?"

"无职权可言,仅是皇上十日一赐餐,上朝时皇上赐其持灵寿杖入省中和施位设几而已。"

董卓得知古往今来太师一职皆是虚位,立刻便萌发了放弃称太师的念头。对此,被坐在一旁的李肃看了出来,并忙道:"据在下所知,太师职权也是因人而异,比如太公望担当此职时就……"

董卓闻李肃言,眼睛不禁一亮,立刻来了精神,于是不待他言毕便忙道:"太公望之事老夫略知一二,他为军队的统帅兼执政大臣,其显赫可见一斑!"

第二十三回　称太师董仲颖荣赴长安　逐韩馥袁本初始有冀州

言毕停了片刻又道:"老夫一生为汉室江山征战天下,理应早该为太公望那样的太师了!"

李肃闻董卓如此言,忙笑着点头道:"太公望虽然功比天高,但与相国之功相比,仍天壤之别呢!因此,相国方才言之有理。不过太公望还担当教周王读书识字职责,这也是其重要职责呢。"

方言毕,董卓即忙道:"说了半天,连太公望这位赫赫有名的太师也脱不了教书干系。老夫要是称太师,也得教皇上读书识字!不过,叫老夫教皇上下棋之类的技艺还是轻车熟路,行家里手。要说教他读书识字,那无异于叫公牛生仔,瞎扯淡!"

"相国你就不同了,不仅手握重兵,管控朝政,为国家柱梁,且当今皇上也是相国你亲自拥戴登基的,哪还会叫你做那些教书先生干的行当呢!再说了,如若相国你称太师,今后管控朝政不但名正言顺,就是指导皇上也是理所当然,从而也叫那些朝野嚼舌之徒在背地里再也无法说三道四了。"

李肃言至此,喝了口茶清了清嗓子接着道:"倘若相国你称太师,其位应在诸王之上,这也是太公望与孔光不可比拟的!"

李肃最后说出了董卓想说而不便说的话,直叫董卓高兴得差些手舞足蹈,并道:"李先生方才之言甚为有理!"

随后李肃又道:"加封太师一职,毕竟古今罕见,因而不若以诏行事为好。如此不仅名正言顺,而且谁也不敢妄加非议。不知相国意下如何?"

董卓闻言,立刻点头笑道:"先生所言正合老夫之意呢!"

言毕沉思片刻后又对李肃道:"老夫以为在渑池行加封太师礼为宜。"

"为何?"

"渑池皆是老夫亲僚与部下,他们闻知老夫要称太师,定会热烈拥护和坚决支持。在西京长安就不同了,在那的皇亲国戚和朝中臣僚定会像当初迁都一样,说三道四,拼命反对。"

"相国言之有理!"

"行加封太师礼后若长安及至天下无人反对,老夫便可立马西还长安。

否则，可先在此观察一些时日后再做计议。若何？"

李肃闻董卓言，随即点头道："妙啊！"

言毕稍停片刻又道："不过还是曲意行事为好。"

"何为曲意？"

"暗使相国部下将士向朝廷上表，强烈要求加封相国为太师。如此，便可避不测。"

"先生之言正合我意！"

李肃闻董卓赞成他的想法，大喜，遂掷地有声道："相国将来以太师之位赴长安，除皇上和皇后外，谁敢不出城迎候！"

随后不待董卓发言，李肃便忙起身离席，走到客厅案几旁研墨铺绢，俯身提笔以董卓部下将士名义向朝廷撰就了一份上刘协表，叙说董卓丰功伟业超过高祖，并因此强烈要求他派人前来渑池拜董卓为太师，末了还特意强调该太师之位须在诸王及太傅之上。

上表送出不久，刘协果然遣光禄勋宣璠带着诏书、太师车舆与太师衣冠，持节从长安匆匆赶来渑池筑坛为董卓行拜太师礼。行拜那天晴空万里，阳光灿烂。设在城外北郊的拜坛周围旌旗蔽日，锣鼓喧天，刀枪林立，戒备森严。时至午时整，董卓在蔡邕与吕布一文一武的挽扶下，身着太师衣冠，雄赳赳、气昂昂地登上拜坛后，便坐在事先摆好的、背北面南的太师椅上。坛上方摆设一座铸有汉隶"太师鼎"三字的铜鼎，以为纪念。坛下左右两侧依秩毕恭毕敬站着的谋臣武将皆静候宣璠宣诏。宣璠见一切准备就绪，于是便稳步走上拜坛，站在董卓右侧高声宣诏道：

诏制：使持节相国郿侯：为我汉室江山之安泰，一生镇西戎，扫羌胡，击妖贼，御叛逆，救朕于北芒山下，扶汉于危难之中；迁首都于西京，奉宗庙于长安；平反昭雪，臣民振奋，百业复兴。于是若成康之时，朝政清明，世风淳美，刑措不用，德及鸟兽。通散四海，肃慎天下。星辰不孛，日月不蚀，川泽不竭，山陵不崩。故而遂有凤凰飞翔于殿宇之间，麒麟驰骋于郊野

第二十三回　称太师董仲颖荣赴长安　逐韩馥袁本初始有冀州

之上，处处是一片民殷国富繁荣景象。古人云：既有非常之功，必待非常之人。朕今特遵古人之说，拜相国为我大汉太师，位在诸王之上。钦此！

宣璠宣诏方毕，坛下谋臣武将便挥舞着旗帜和兵器，反复高呼"太师九千岁"。董卓见此，自然大喜不禁，并忙离座起身向坛下连连挥手，以示热情致意。随后，才朝四方拱了拱手，算是拜了东方之神青帝，南方之神赤帝，西方之神白帝，北方之神黑帝。末了，在宣璠、蔡邕、李肃、吕布及坛下谋臣武将的簇拥下，兴高采烈地回城去了。整个行拜太师礼的情景犹若新皇帝登基一般。行拜太师礼数日后，董卓见不但东、西两京无人反对，就连远离两京的那些诸王和反对他的臣僚也仅仅是口诛笔伐一阵了事。因此，认为再不会有什么风波了，于是便欲启程向长安进发，以便尽快行使太师职权。蔡邕在客栈闻之，忙赶到董卓住处建议道："何不到发丧坛祭吊一番义帝再……"

"义帝为何人？"

"高祖的皇上。他本是战国时楚怀王熊槐之孙，楚国被秦国灭亡后，他便隐匿到民间以牧羊为生。项梁起兵反秦，听从谋士范增之言，为从民意，称其为武信君，并立为楚怀王。后项羽与高祖按楚怀王的约定：谁先入关中谁为王。结果高祖先入关中，项羽不服，楚怀王却坚持依约行事。对此，项羽不禁大怒，于是明里尊楚怀王为义帝，暗中却令九江王英布、衡山王吴芮和临江王共敖联手欲将义帝击杀于迁途中，但未果。后英布遣人终将义帝弑于郴城穷泉傍。"

蔡邕言至此喝两口茶，清了清嗓子若有所思道："汉二年三月，高祖进军洛阳途中从三老董公口中得知义帝死讯，不仅悲痛欲绝，还令三军筑发丧坛，缟素三日发丧。同时发檄文布告天下。"

"檄文怎么说？"

"据司马迁《史记·高祖本纪》一书记载：'天下共立义帝，北面事之。今项羽放杀义帝于江南，大逆无道。寡人亲为发丧，诸侯皆缟素。悉发关内兵，收三河士，南浮江汉以下，愿从诸侯王击楚之杀义帝者。'"

董卓当然不关心司马迁为何人、《史记·高祖本纪》为何书，但却非常关心檄文发布后的反应。于是迫不及待问道："后来怎样了？"

"天下诸侯积极响应，高祖于是得各路大军五十六万，并最终消灭了项羽，统一了天下，建立了汉……"

董卓听说高祖为义帝发丧后收获如此巨大，不禁大喜，以为倘若他祭吊一下义帝，将来也会万事如意。因而不待蔡邕言毕便道："老夫要亲自祭吊义帝！"

"倘若太师亲往祭吊，天下人定会对你敬仰有加。"

董卓待蔡邕方言毕，便欲传令部下修筑祭吊坛。蔡邕见此忙道："有现成的。"

"在哪儿？"

"在渑池城东四十余里的义昌镇，那便是当年高祖为义帝发丧修筑的发丧坛。"

"原来就在眼前！"

"在此祭吊不仅节省人力、物力和时间，而且还有尊崇高祖的意味。若何？"

董卓闻蔡邕言，自然大喜，立刻便传令有关部门准备祭吊事宜。祭吊那天，发丧坛前乐工们演奏的哀乐震天动地，董卓与宣璠、蔡邕、贾诩、李肃、李儒、李傕、郭汜、吕布、高顺、张辽、侯谐、郝萌、魏续、成廉、李邹、宋宪、高雅、曹性、赵庶、魏越、薛兰、李封和秦宜禄等文武穿戴的丧服遮天蔽日。气氛悲壮肃穆，可见一斑。方到达，董卓便在蔡邕与吕布的拥簇下，缓缓走下太师车舆，登上发丧坛中央站定，从吕布手中拿过蔡邕事先撰就的祭吊文展开高声念道："项羽无道，弑杀义帝，罪恶滔……"

方念到此，突然便没了声息。在场者以为董卓因极度悲伤而读不下去呢！待定神举目一望，见他满头冷汗，全身直抖。于是以为他是怕冷，可现在是春暖花开时节啊！又以为他饿了，可是酒足饭饱后才启程来此呀！又以

第二十三回　称太师董仲颖荣赴长安　逐韩馥袁本初始有冀州

为是他怕有人行刺他，可是有我们层层保卫着呢！总之，皆若丈二和尚，摸不着头脑。

须知，董卓何以会满头大汗，全身直抖呢？原来此时他两眼仿佛看见披头散发、呲牙咧嘴的何太后和少帝正向他扑来，两耳仿佛听见他俩撕裂肺腑、振震动寰宇的惨叫声。同时他还联想到项羽弑杀义帝，便不得好报，自己弑杀何太后和少帝二人，将来还不罪加一等，下场更惨！其他人对董卓这些心思与表现始终不知所以然，唯贾诩心知肚明。为解董卓之难，贾诩忙奔上祭坛高声道："太师方行罢太师礼不久，又祭吊义帝，太累了。因此，祭吊到此为止！"

祭坛下那些左右文武闻言，皆信以为真，于是忙上坛搀扶着快要瘫痪的董卓，方登上车舆，便立刻启程缓缓向来路行去。

待董卓回到渑池回过神不几天，便同左右文武及其部下人马启程，浩浩荡荡向长安进发。

此时值初平二年四月。

不多日，董卓一行便抵达了长安城东二十里的灞桥东头。骑马紧随董卓车舆之后的蔡邕认为董卓应在此或凭吊一番古今，或欣赏一番景致。于是便忙拍马上前向董卓建议道："太师何不下车……"

"下车何干？"

"太师须知，灞桥自当年秦穆公修建以称霸西戎以来，便是关中交通要冲，凡自西、东两方出入崤关与潼关者，必经此地。另外，每到春夏，桥两侧迎风飘扬的垂柳，犹若美女弄舞，痴人迷人。还有，古今达官贵人、文人墨客、征战武士、江湖豪杰、流动商贩、云游术士和凡夫俗子，凡从长安城送别亲朋好友东去，都在此依依告别，并折柳枝相赠。久而久之，'灞桥折柳'赠别便成了特有习俗。同时，垂柳还引起过不知多少文人墨客咏诗作赋。而灞桥下日夜东去的潺潺流水和顺水远去的百舸千帆，不知引起过多少离别恋人的断肠思绪。由此可见，此桥非同凡响。现在正值春暖花开时节，太师何不也……"

方言至此，董卓早已猜透蔡邕所言之意，并思想到：赏景是文人墨客的事，与我董卓毫无相干！于是便打断其话语道："此地乃关中交通要冲，老夫早便知晓。至于其他，不必理会，眼下还是进城要紧。"

言毕，即催促车舆飞快上了灞桥东头。蔡邕见董卓如此，也就不再多言。

时灞桥东头至长安城内沿途两侧兵刀密布，旌旗飞扬，鼓乐欢鸣，百官恭候，隆重之极，犹若迎候皇帝。董卓所着太师衣冠及所乘车舆形同皇帝，董卓车舆耀武扬威地行走在中央大道上，引得两侧迎候的百官惊异者有之，嫉恨者有之，羡慕者亦有之。不过，不管他们心情如何，只要见到董卓车舆过来，都会争先恐后上前跪拜其下，高呼"董太师九千岁"。但董卓对他们皆不还礼，便趾高气扬地坐在车舆里一直朝前行去，直到城东门口见御史中丞皇甫嵩跪拜在车舆下时，方才停车伸手触摸其肩，慢腾腾地呼其字问道："老夫今日已为太师，义真服气吗？"

皇甫嵩闻董卓如此问，心里自然甚为反感和不服，但事已至此，又能如之奈何！于是便不卑不亢答道："谁知明公有今日呢！"

董卓闻皇甫嵩所答虽无颂词，但却属实，因而并没生气，但却讥讽道："鸿鹄本有大志，燕雀自然不知呢！"

皇甫嵩闻董卓出言虽然不善，但却没有恨意，于是在不失自己身份和颜面的情况下，吹捧董卓道："昔日与明公皆为鸿鹄，不料今日老夫变成了凤凰啊！"

董卓闻皇甫嵩自比凤凰，以为他早已服气自己，不禁大喜，遂得意非常道："卿既然早已服气老夫，今日可不下拜。"

皇甫嵩闻董卓言，觉得他眼下给足了自己颜面，于是欲起身表示谢意，不料董卓却问道："御史中丞惧怕老夫吗？"

皇甫嵩闻董卓这般问，知其在试探自己对他政绩的评判。为防不测，遂违心地颂扬道："太师向来以仁辅政，以德治国。因而当今天下太平，四海称颂。此何惧之有呢？倘若太师大行不道，施逞淫刑，朝野自然早已闻风丧

第二十三回　称太师董仲颖荣赴长安　逐韩馥袁本初始有冀州

胆，何独我一人？"

董卓闻皇甫嵩对自己的政绩评判甚高，高兴得不能自已，于是不再惦记当年与其争兵之恨。

董卓从城东门入城后，并未先去拜谢刘协，而是在吕布等人的护卫下，直向城北永和里事先为他筑好的董垒奔去。进得里面，见其之高大、之雄伟、之坚固、之壮丽，直叫他赞不绝口道："乃天下莫能及也！"更叫他赞不绝口的是北面那座广阔的水池，它冬不结冰，夏不溢涌，四季清澈。倘若春夏秋时节坐在池堤上观赏迎风招展的垂柳，展翅飞翔的水鸟，成群结队的锦鲤，那才惬意无穷呢。高兴之余，遂大大赞赏了将作大匠和修筑工匠们一番。

须知，当时的垒，乃由泥土夯实而成，形如城池，根据需求，周长高低不等，是达官富豪和庄户大姓防御义军与匪盗的军事工事。董卓住垒，并非防御义军与匪盗，而是防御刺客，因为他树敌太多，怕有人行刺。

董卓在董垒住了几日，才使人沿街贴出告示：凡尚书台、御史台、符节台以下官吏，今后有事不必在殿上奏请与商议，到董垒即可。对此，朝野自然非常不满，但谁也不敢公然表现出来。董卓从细作口中得知此事后，方知他们并未威服自己，不禁大怒，并深感太师之位还不够尊贵。其亲信党羽知晓后，便欲尊他为尚父。对此，董卓自然高兴非常，于是便召蔡邕到董垒密室问道："老夫曾听贾诩说昔武王授命太公望为师，辅佐周室，以伐无道，遂被尊称为尚父。老夫若自号尚父，若何？"

蔡邕闻言，认为董卓本不可与太公望同日而语，且已称太师还不够，还要自号尚父，真是得寸进尺，贪得无厌！因而心中甚为不快，但又不敢当面直言，于是便机智地答道："论太师巍巍之威德，自然不在太公望之下。然愚以为眼下自号尚父为时过早，待关东平定，天子东还，再议尚父一事不迟。"

"关东那些小儿皆早作鸟兽散，故不必为虑。古贤云：一日为师，终身为父。太师为皇上之师，自然便等同于皇上之父。照此推理，老夫便是皇上之父了，称尚父又何妨！"

"据愚所知，尚父与太师还是有别。尚父等同亲生之父，倘若称之，便是临驾于皇上之上的太上皇。倘若皇亲国戚不服，咋办？"

"他们早已是行尸走肉，无能之辈，怕他个鸟！再说太公望仅仅辅佐周武王打江山就被尊为尚父，而当今皇上却是老夫亲自力排众议拥立的。就此论威德，老夫恰如先生方才所言，功德自然不在太公望之下。因此，老夫更应被尊为尚父！自号算是便宜的了！"

董卓言毕良久见无人应答，甚觉没趣。末了，只得气呼呼地起身拂袖而去，从此便一直没了下文。当然，董卓的亲属、亲信在私下还偶称他为尚父，其他人则装聋作哑，置之不问不闻。因此，久而久之，尚父之称也就烟消云散，淹没无闻了。

蔡邕虽未支持董卓自号尚父，但董卓对他仍然友善如初，并经常受邀到董垒做客欢宴。因此，他那颗因不赞成董卓自号尚父而忐忑不安的心方才平静下来。

一日长安地震，董卓对此甚为不解，于是便设宴邀请精通天文地理的蔡邕问个究竟。席间，董卓问蔡邕道："近日京师地震频生，乃何故？"

蔡邕闻问，大喜，认为对董卓矫正错误的时机到了，遂便从容答道："天为阳，地为阴，故地震为阴盛阳衰现象。此皆因太师越制乘坐形同太子所乘金华青盖车舆所致。且前时太师乘该车舆春郊时，有招摇过市嫌疑，远近官民见了，皆认为不宜呢！"

董卓对蔡邕方才之言信以为真，并连连点头称是。为求吉利与为天下计，当即便下令将自己所乘车舆改为银华皂盖。尽管如此，董卓所享受的荣华富贵，在自古以来的大臣中，还是罕见。对此，那些董卓鞭长莫及的州郡诸侯们除了对董卓口诛笔伐外，还争先恐后公然各立山头，争夺地盘，以便有朝一日能像董卓那样，把持朝政，享尽荣华富贵，抖尽八面威风。其中最甚者，莫过于此时仍屯兵河内军营的袁绍了。

却说袁绍一日晚饭后正与谋士逢纪在中军大帐商议眼下军事形势时，忽然一探马前来报道："禀告袁将军，孙将军不久前已突然从渑池率军经京师雒

第二十三回　称太师董仲颖荣赴长安　逐韩馥袁本初始有冀州

阳回鲁阳去了。"

袁绍闻报，先是一惊，随后忙问道："消息可靠吗？"

探马闻袁绍如此问，料他不信自己所报，于是信誓旦旦答道："若有不实，愿拿小的头颅献上！"

袁绍闻探马如此答，不禁大喜，并思想到：前时张邈等人散伙时，我就想还军渤海，以图发展，只因孙坚这厮还一个劲儿挥军追杀董卓，叫我这个做盟主的不便行动。现在他已撤军，我何不也效其故事，立马领军东还自己的辖区渤海呢！袁绍想到此，遂将逢纪引入帐内密室问道："孙将军已撤军南去，讨伐董贼之事恐成泡影了。因而我欲回军渤海，若何？"

逢纪闻问，遂沉思片刻答道："为万全计，还是在此观察一阵董贼这厮对孙将军撤军有何反应再做计议。若何？"

袁绍认为逢纪言之有理，于是便与他步出密室，叫探马立刻出发打探董卓最近有何动静。

此后一段日子里，探马一直在不停地打探，终于将董卓自孙坚撤军后的动静打探得一清二楚，并及时向袁绍作了详细禀报。袁绍闻之，大怒，并在中军大帐急忙召来逢纪问道："为振兴汉室，我舍身忘己，诛灭宦官，讨伐逆贼，屡立战功，然则一无所得。而欺诈天子、作恶多端的董贼这厮却身居高位，颐指气使，为所欲为，此皆因他据有并州一地之故。因此，我欲立马率军东归，扩展地盘，不知先生意下如何？"

逢纪认为袁绍言之有理，遂不假思索答道："将军方才之言极是。须知，自古以来凡成大事者，无不占据地盘。因此，将军日后要有所作为，必须效仿董卓故事，不仅要有军队，还得占据一州之地以自立。否则，将一事无成。"

谁料袁绍待逢纪言毕却忧虑道："先生方才之言虽然有理，但要得一州之地，谈何容易！"

逢纪闻言，却不以为然道："这有何难！冀州就在眼皮底下，就看将军是否有心了。"

袁绍一听冀州二字，心头不禁为之一震，随之便攒眉苦脸长叹道："冀州地广兵强，我则士兵饥疲。因此，若染指那里，犹若蚂蚁撼大树！况且冀州牧韩馥与我是亲密宿……"

"将军以为自己实力单薄不足以夺取冀州，此乃属实。但倘若与冀州以东的公孙瓒联手夹击，大事便成。至于亲密宿旧，不必顾及太多，此所谓无毒不丈夫呢！"

袁绍虽然认为逢纪言之有理，但却不无担忧地问道："不知伯珪愿否助我一臂之力？"

逢纪认为袁绍不必杞人忧天，并立马答道："公孙瓒乃慷慨之士，早有结交将军之意。他若闻将军欲取冀州，必发大军而至。而韩馥惧怕公孙瓒已久，那时将军只要使人前往对其陈说祸福利害，他必自动将冀州牧逊让于将军。如此，可谓不战而屈人之兵。若将军因留恋宿情而丧失成大事之机，此诚为妇人之仁，故万不可取！再说将军难道忘了，当年关东起兵讨伐董贼时，豪杰志士多归将军门下，而韩馥见此，深为嫉妒，并恐自己被图而遣从事把守将军之门，以为防范。同时还以为发兵助将军和助董贼没什么两样，实为助桀为虐。后因遭到治中刘惠批驳，方才发兵响应将军。但仍经常克扣粮草，欲使讨董盟军因此不欢而散，以报董贼拜其为冀州牧之恩。因此，在下以为他当初既然不以仁义待将军，将军今日何故要以仁义待他呢？"

袁绍闻逢纪方才一席话，如梦初醒，于是立刻走到案几旁伏身提笔亲自向公孙瓒修书一封，邀其待时东西遥相呼应，同伐冀州。

公孙瓒字伯珪，辽西令支人，家世二千石。身材高大，面貌俊美，声如洪钟，能言善辩。初为郡小吏，后因太守奇其才貌，遂以爱女许之，后从鸿儒涿郡卢植学于缑氏山中。学成还郡，举孝廉，除为辽东长史，曾率军数败鲜胡，竟使他们望其身影而后退，闻其声音而溃逃，因此被拜为降虏校尉，封都亭侯，兼领属国长史。但他并不满足于此，而是时刻虎视眈眈，窥视冀州，欲取韩馥而代之，并乘韩馥西向屯兵邺县讨伐董卓而后方空虚之机，以讨伐董卓为名，率领所部官军南侵冀州，将韩馥所部回救官军打得大败。正

第二十三回　称太师董仲颖荣赴长安　逐韩馥袁本初始有冀州

在他欲乘胜挥军南进时，忽然接到袁绍来书，要其相互配合，待机而进。慑于袁绍威名，无奈，只好按兵不动，以待势变再做计议。

却说韩馥前时闻公孙瓒南侵冀州消息后，立马便从邺县匆匆回军冀州治所安平国，以为抵御。不料却败于公孙瓒之手。对此，自然心慌意乱，日夜不安。正在他欲向袁绍求救之际，却闻报袁绍已从河内郡还军冀州魏郡军事重地延津，并若公孙瓒一般，欲取他而代之。这对韩馥来说，自然无异于雪上加霜。因而吓得魂飞天外，魄散九霄，卧病不起。袁绍闻报，大喜，认为不动兵刀劝其逊让冀州牧的时机已到。于是便遣陈留高干及颍川荀谌、郭图和张导等说客辩士，前往安平国城向韩馥陈说逊让冀州牧的凶吉祸福。韩馥闻高干、荀谌、郭图和张导到来，便忙召集部下长史耿武、别驾沮授与闵纯和治中李历等人于州衙议事大厅迎候，以便与其理论。待双方相见礼毕按秩方才坐定，高干便抢先对韩馥高声道："眼下公孙瓒已率雄兵乘胜南来，诸郡见此，皆望风响应。袁车骑也引军东向延津，其势亦锐不可当。因此，我以为将军已若瓮中之鳖，危在旦夕！"

须知，才志宏逸、文武双全的高干，不仅其祖父为司隶校尉，父亲为蜀郡太守，他还是袁绍亲外甥，所出之言，自然很有分量。因此，韩馥闻他方才所言后，直吓得战战兢兢，汗流浃背，良久才自言自语道："这将如何是好呢！"

韩馥如此表现，高干自然早有料及，并欲继续以强硬言辞对其施压，以便达到不战而屈人之兵的目的。荀谌见此，怕物极必反，兔急咬人，即一旦韩馥没了退路而作垂死挣扎咋办！并认为软硬兼施方是上策，于是微笑着对韩馥道："现公孙统辖燕、代将士既已日久，必不肯后退。袁氏乃当今俊杰，亦必不为将军之下。而冀州又为天下重资之地，一旦两虎争斗于此，危亡便可立而待。将军本是袁氏故吏，情谊非同一般。更甚者，袁氏还是将军讨伐董贼、振兴汉室盟军之主，故为将军长久之计，不若举冀州以让袁氏。袁氏若得有冀州，公孙必不敢与之相争。如此，不仅可使一州官民免受兵祸之害，还会因将军亲交冀州于明主之手而获得让贤之美名，而袁氏那时也必厚德于将军。故请将军立刻明断,不必多疑了!"

韩馥闻言,不禁犹豫不决。荀谌见此,便晓之以理,道:"袁公向来宽仁容众,为天下俊杰所归附,谁能与之比?"

"无人!"

荀谌闻韩馥答,甚觉满意,于是紧接着问道:"袁公临危吐决,智勇过人,谁可与之比?"

"无人!"

"袁公世布恩德,天下人受其惠,谁可与之比?"

"无人!"

"袁公眼下所据渤海虽为一郡,其实是一州,其军资比冀州还盛。况且他又为四世三公,英才俊杰满门。而将军再居其上,他岂肯首服?"

韩馥本就胆小怕事,哪经得起高干和荀谌这番威逼和诱导。因此,心里早就赞成高干与荀谌的话,即将冀州拱手让与袁绍。

时耿武早猜透了韩馥心思,于是不禁非常着急,遂上前劝说韩馥道:"高干和荀谌方才之言,乃说客戏言耳,主公不必介意。须知,我冀州虽偏僻,却辖有魏郡、巨鹿郡、渤海郡、常山国、中山国、安平国、河间国、清河国和赵国等三郡六国一百城,有户口近百万,人口约六百万,且兵强马壮,粮草充足,天下有谁能与之比!然眼下袁绍不仅兵微将寡,孤军深入,且粮草匮乏,只能靠我援助度日。此犹若股掌上的婴儿,一旦断奶,便会立刻饿死。因此,袁绍之强大,乃貌似罢了。袁绍既然不能为之,公孙又能怎样?故主公何惧之有?倘若主公依了高干和荀谌一派胡言,往后必凶多吉少!"

耿武方言毕,闵纯和李历便一齐上前深表赞同。但韩馥却不以为然道:"我本袁氏故吏,才能亦在他之下。度德让贤,古人所贵。因此,我谦让之意已决,诸君不必多虑!"

沮授深知韩馥向来胆小慎微,毫无大志,因而对他方才所言早有所料,自然也就一言没发,并还萌发了待机弃韩投袁,干一番大事的念头。而耿武、闵纯和李历就不同了,他们不仅感到大失所望,还气得浑身发抖,两眼

第二十三回　称太师董仲颖荣赴长安　逐韩馥袁本初始有冀州

充血。正在此际，忽见两条大汉不顾门卫阻拦，飞一般破门而入，跪伏于韩馥面前涕泪俱下、异口同声高声道："我等闻主公欲将冀州兵不血刃拱手让与袁本初，何也？须知，眼下其军不仅缺粮，而且多已离散。虽有张扬和于扶罗新归，但他们皆不肯为其所用。倘若与其交锋，必不堪一击！故主公若肯给我俩一支人马，十日之内，若不将其杀得丢盔卸甲，大败而逃，我俩甘受严惩！"

在场者忙循声望去，原来乃韩馥都督从事赵浮和程奂。赵浮和程奂何以这般轻视袁绍所部官军呢？原来他俩在讨伐董卓之初，奉韩馥之命率领万余讨董盟军强弩弓手一直驻屯河阳一线，以防董卓所部讨逆官军北犯。河阳正好与袁绍所部讨董盟军驻地河内郡为邻，因而知晓他们貌似强大，实则虚弱，不堪一击。近日闻知韩馥因屈服袁绍压力，欲将冀州拱手让出，对此，深为不服。于是未经韩馥同意，便趁夜率领部下官军乘船百艘，沿河水顺流而下，飞一般赶到袁绍延津所部官军营寨外，击鼓鸣金，摇旗呐喊，以探虚实。他们听得营外这般阵势，竟吓得不敢出来迎战。赵浮和程奂见此，再次知晓袁绍所部官军仍是貌似强大，其实虚弱得不堪一击。

韩馥见赵浮和程奂临危不惧，忠贞不贰，甚为感动，因而待他俩方言毕，便忙起身上前扶起他俩，泪流满面叹道："二位将军之意，我已明白了。但大势所趋，形势所逼，我亦无可奈何啊！"

随后不再多思，立刻便遣其子携带印绶，与高干、荀谌、郭图和张导一道赶赴黎阳，亲手交与袁绍。耿武、闵纯、李历、赵浮和程奂见此，皆无可奈何。末了，只好默默散去。

袁绍闻报韩馥不仅愿意出让冀州予他，还遣其子将印绶送过来，自然高兴得不得了，并当即赞誉逢纪是料事如神的姜子牙。在韩馥之子及高干、荀谌、郭图和张导到达黎阳那天，袁绍竟然率领左右文武，到大营辕门外十里处相迎。回营后，还按汉制举行了印绶交接仪式。随后，又设宴款待韩馥之子。席间，袁绍身着州牧衣冠，并叫一高大俊美的侍者手捧冀州牧大印站在自己身侧。看那架势，似乎他早已是冀州牧了。酒过三巡，袁绍笑着对韩馥之子道:"令尊乃我宿交,今日冀州之交接,乃形势使然。其让贤之美名,必将留存青史,光耀后世。为彰其德,特封他为奋威将军。因令尊年迈多病,行动不便,今后就别过问兵甲之事了。我今日这番美意,还望爱侄回去转告令尊为是。"

韩馥之子年幼无知,不知袁绍方才这番言语分量轻重。因此,闻言后,竟然还向袁绍由衷地谢恩了一番,于是席散便匆匆赶回安平国向其父复命去了。

却说韩馥以为自己力排众议,主动将冀州让与袁绍,总可以从他那里换来渤海郡以自守。正在这时,忽见其子满面春风回来了。韩馥以为他黎阳之行如自己所愿,不禁大喜,并迫不及待上前询问。当他得报袁绍所言后,方知事与愿违,脸色立刻便沉了下来,并想到:老夫将一州之地及州牧一职拱手让与他袁绍,他却仅封我韩馥为杂号将军,且还不能过问军事,真乃岂有此理!

须知,韩馥深深懂得,在兵荒马乱的年月,没兵权的将军连傀儡都不如!并后悔当初不该响应袁绍号召讨伐恩人董卓,不该不听耿武、闵纯、李历、赵浮和程奂那些忠贞之士的劝谏而兵不血刃地将冀州奉送给袁绍这个贪得无厌的小人。为此,竟伤心得嚎啕大哭起来。末了,只得领着家人,无可奈何地离开韩府,就近住进早已籍没的太监赵忠故舍安度晚年。

袁绍在黎阳巡视完军事回到延津不久,便闻报韩馥已移居他处。对此,不禁大喜。同时以为冀州治所安平国为韩馥老巢,为万全计,遂将治所从安平国迁往魏郡邺城。

此时值初平二年八月。

看官欲知袁绍与韩馥后事有何发展,请看下回分解。

第二十四回

夺濮阳曹孟德领东郡太守
战东光公孙瓒拜奋武将军

却说袁绍以为韩馥既然已走,冀州治所既然已迁,韩馥那些故吏自然便会归到他麾下,以图生存与发展,于是便兴冲冲地前往接管。谁料他们并非袁绍以为的那样,而是看破红尘,隐遁山林者有之;家境殷实的,归乡著书立说者有之。当然,愿意投奔袁绍以求生存与发展者还是绝大多数,比如沮授、麹义、田丰、审配和朱汉等一干文臣武将。但也不乏忠贞不贰,横刀拒降而终被袁绍令田丰杀之的慷慨之士。

袁绍接管毕冀州全境回邺城后,为稳定人心,广纳豪杰英贤,以图继续发展,遂依功绩大小、才能高低,对他原部属及从韩馥处新归附的文武之士大加升官晋爵。于是沮授被拜为奋武将军,使监护诸将校,其宠遇最厚。田丰被拜为别驾。审配被拜为治中。许攸、郭图、逢纪、荀谌和辛评被拜为谋士。朱汉为郡都官从事兼领司隶校尉。麹义、张扬、于扶罗、张景明和高干亦有拜赏。天下豪侠俊杰之士见此,皆争相前来投奔,遂使州郡蜂起,争借其名。

他们得到拜赏后,皆按部就班,各司其事,遂使袁绍省心了一阵子。但此景不长,便冒出个节外生枝、画蛇添足的人来。他不是别人,乃朱汉。朱汉出生于河内商贾世家,中等身材,其貌不扬,短于军谋,长于世故,善于诗赋。时朱汉见他老上级韩馥势力已垮,便想对其来个落井下石,以便报答袁绍重用自己之恩,后期再得到提拔与重用。同时,还可博得个识时务者为俊杰的美名，此何乐而不为呢！于是便在一日夜晚擅自发兵，将韩馥刚住进的赵忠故宅包围起来，并身先士卒，拔刀登房，欲将韩馥擒杀。孰料韩馥那夜未睡，见有异常，便飞身上房而逃，遂使朱汉扑了个空。对此，他自然怒不可遏，于是将韩馥长子抓获，亲自以槌击断其两脚。朱汉所为，自然激起一些韩馥故属和群僚的强烈不满。袁绍闻此，不禁大惊，怕有人误以为朱汉所为是他暗中指使而坏了其名声，为防不测及收买人心，遂忙下令将朱汉收监杀之。这是朱汉此前万万没料到的，因而在临刑前不禁非常后悔，并长叹道："早知今日，何必当初呢！"

朱汉既杀，形势既安，袁绍便不免忘乎所以起来。沮授闻之，不无担忧，并连夜赶到袁绍府邸不待施礼客套坐下便道："主公须知，公孙瓒乃世之雄才，早有南下问津冀州之心。前时他虽与主公合谋图韩馥，乃时之策略使然，并非其本意。而韩馥虽卸任隐退，乃形势所逼。因此，其内心并非没有怨气。倘若他待机死灰复燃，召集耿武、闵纯、李历、赵浮和程奂等一干故旧，暗中与公孙瓒内外勾结，遥相呼……"

不待言毕，袁绍早便吓出了一身冷汗，并忙打断其话语忧心忡忡问道："那将如何是好呢？"

"将他捕而杀之！"

袁绍闻沮授言，沉思良久方道："先生虽然言之有理，然前时朱汉那厮杀韩馥不成，便遭世人怨恨。我若步其后尘，岂不更会遭人怨恨吗？因此，万万不能啊！"

沮授见袁绍优柔寡断，顾虑重重，遂笑道："在下有一计，可使主公事后两全其美，百无一虑。"

方言毕，袁绍便转忧为喜，道："何妙计？还不快快道来！"

沮授闻袁绍这般急问，知其已有转意，不禁大喜，遂忙上前对其低声耳语了片刻，时只见袁绍不住地点头称是。末了，沮授才拱手施礼告辞。

却说韩馥自从从朱汉刀下逃脱后，便连夜只身逃到宿友张邈处以求庇护。张邈见韩馥如此狼狈，甚表同情，并仍以州牧之礼，设宴为他压惊洗

第二十四回　夺濮阳曹孟德领东郡太守　战东光公孙瓒拜奋武将军

尘。此后，便三日一小宴，五日一大宴，盛情款待韩馥。因此，竟使韩馥感动得痛哭流涕，不知将来如何报答才是。一日，张邈正与韩馥在餐厅宴饮，忽然一袁绍来使匆匆进来，不及向张邈拱手施礼便旁若无人地坐在韩馥对面，只顾神秘兮兮地对张邈指手画脚地低声耳语起来，还时不时偷看韩馥，似乎所议与韩馥有关。本就若惊弓之鸟的韩馥见此，以为袁绍来使在与张邈商议图他之事，于是吓得丧魂失魄，不知所措。定下神，立刻便趁他俩谈得起劲时，蹑手蹑脚地起身溜进厕房，拔出随身佩刀自杀而亡。

张邈闻报韩馥身亡，甚为悲伤，并以厚礼葬之。

天下朝野闻韩馥死讯，皆若张邈一样，莫不甚为悲伤。

须知，韩馥死因，其实是中了此前沮授耳语袁绍的所谓两全其美之计。对此，当时自然无人知晓。因而也无人议论袁绍长短，反还以为韩馥心胸狭窄，莫名其妙。袁绍闻之，大喜，于是上表刘协，大言韩馥因怀挟逆谋，欲专权势而畏罪自杀。袁绍这种忘怀韩馥逊让冀州牧大德和肆口污蔑韩馥的言论，得到那些趋炎附势者的极力拥护。但也有人对此不以为然，他就是已随袁绍东归同驻军邺城的曹操。他闻知韩馥死讯后，深觉蹊跷，并在住所密室里对鲍信道："袁本初上表所言实为其反噬无恩，血口喷人。我以为韩将军之死，亦为他阴逼使然！足见此人毫无良心！"

鲍信认为曹操言之有理，遂道："袁绍这厮为讨董盟军盟主时，便以权谋私，保存实力，遂使讨董盟军内生离乱，伐董失败。后又欲立刘虞为帝，以乱天下。现又忘恩负义，阴杀韩馥，最后还反诬他人，自言清白。因而我以为，他早晚必成董卓第二！不过，我军眼下却无力将其制服，如之奈何？"

鲍信言至此，叹息片刻又道："依我之见，不若先远离袁绍这厮，到他处以观时变再做计议，若何？"

曹操待鲍信言毕，沉思良久方道："现在若无故离他而去，必遭其怀疑和忌恨，其后果必不堪设想。因此，不若暂以韬晦之计，投其所好，待有借口时再离去不迟。若何？"

曹操言毕还不待鲍信发言，忽见一袁绍使者飞一般跑到曹操住所门前，说有事向曹操报告。门卫闻之，自然不敢怠慢，并忙转身匆匆进入客厅告诉了曹操。随后，曹操闻报与鲍信方匆匆出来，袁绍使者便不顾门卫的阻拦，大步流星走到曹操面前不及施礼便报道："禀告曹将军，我家主公有要事邀你前往相商。"

曹操闻报，也不知有何要事，立刻便拱手施礼与鲍信分别，随使者直向袁府飞一般赶去。方到那里，便见袁绍和田丰早已等在了那里。相见礼毕方才坐定，袁绍便对曹操道："我方才闻报，近日黑山黄巾妖贼军甚为猖狂，他们不仅在我眼皮底下魏郡地区兴风作浪，攻城略地，还将魏郡治所濮阳城团团围住，且大有朝夕攻克之势。因此，濮阳太守王肱方才遣人前来向我求救。须知，魏郡地跨兖、冀二州南北要津，中原屏障，著名的黄帝蚩尤之战、晋楚城濮之战、齐魏马陵之战、秦末章邯之战均发生在这里。据此，这里向为兵家必争之地。即使现在，它仍是我冀州南大门，倘若丢失，必关乎到冀州之安危，魏郡之存亡。因此，我欲以声东击西之策，遣将军率军速往兖州东郡，以解濮阳之危。若何？"

曹操闻言，心头不禁又怨又喜。怨者，你袁绍自从占领冀州后，手下精兵强将众多，却不肯发一兵一卒前往东郡征战，而是叫我这个兵微将寡的前去为你冲锋陷阵，减轻你魏郡的军事压力，稳定你冀州形势，这岂不叫人是可忍，孰不可忍吗？喜者，我曹操自讨伐董卓以来，虽历经艰辛，募得了些讨董官军，但其素质根本无法与其他诸侯相比。更惨的是，至今我曹操还无立锥之地以便安身。倘若这次出征能旗开得胜，马到成功，不仅可壮大实力，而且还能拥有自己地盘，以便结束长期寄人篱下的凄惨局势，倘若再求发展便易如反掌。同时，这也是我脱离袁绍远走高飞的极好机会，此何乐而不为呢！为了能从袁绍处得到各种援助以利将来征战和发展，曹操于是故意面作难色道："征剿黄巾妖贼军，匡扶汉室，乃我之天职！因此，袁公不必多言，我便会率军前往。我过去曾在京南荆、豫二州与黄巾妖贼军有过多次交锋，深知其兵势强盛，绝不可小视他们。而前时我从扬州所募之兵，虽然众多，但训练无素，装备简陋，且眼下粮草短缺，入不敷出。若是这样前往征

第二十四回 夺濮阳曹孟德领东郡太守 战东光公孙瓒拜奋武将军

战,恐难制服黄巾妖贼军。如之奈何?"

袁绍闻曹操乐意出兵,不禁大喜。而对他所言那些困难,也知是事实,并还以为此时我袁绍若能助其一臂之力,他曹操定会在战场上身先士卒,冲锋陷阵,消灭黄巾妖贼军。如此,我不仅做了顺水人情,还可解救魏郡之难,这岂不两全其美吗?于是非常慷慨地道:"将军眼下之难,便是我袁绍之难!所需兵器粮草,只管叫人前来领取便是。至于人马问题,我现在就令荀彧率军三千归你指挥,待将来势变再增拨不迟。若何?"

曹操见袁绍立刻便满足了其要求,大喜,遂忙起身告辞回营,做向东郡发兵准备去了。时坐在一旁的田丰在曹操走后不禁面带忧色,并问袁绍道:"愚以为给曹将军拨些粮草还可,拨给人马是否不妥?"

袁绍闻言,遂不假思索答道:"先生有所不知,我拨这三千人马,不仅可助曹操冲锋陷阵,还可窥其不测之心。此所谓一箭双雕呢!因此,先生不必多虑。"

田丰认为袁绍言之虽然有理,但总觉拨兵有些不妥。由于他归附袁绍时间不久,二人关系还不密切,因而不便多言,即起身向袁绍拱手施礼告辞。

却说曹操回到营中不待歇息,便忙传令召集部下所有谋臣武将到中军大帐听令。传令发出不大工夫,那些被召者便先后匆匆赶到那里按秩站定,只待曹操发言。曹操见他们皆佩刀挎剑,似乎早已知晓要拔营出征,心头不禁又惊又喜,遂高声道:"我方接到袁将军之令,要我们尽快南下东郡,解救濮阳之危。故特令行奋武将军司马夏侯惇为先锋,以骑都尉夏侯渊和陷阵都尉乐进为左右,率三千官军于明日早饭后立刻出发。鹰扬校尉曹洪和行厉锋校尉曹仁各领两千官军为中军,随夏侯惇、夏侯渊和乐进先锋官军跟进,以为临阵策应。我与鲍信、任峻、杨原、周喁和张奋率大部官军殿后,随后出发。"

发令方毕,大家便出帐按令做出征准备事宜去了,自不必说。

次日早饭后,曹操率领所部官军按序先后,拔营从邺城北郊驻地穿城出城南门,浩浩荡荡向兖州东郡杀去。时袁绍自然率领左右文武,前往为他们送行不提。

再说已被朝廷任命为平难中郎将的张飞燕,以其为首的黑山黄巾军自从出山这些年来,趁各路诸侯群起讨伐董卓而无力顾及他们之际,便在河水以北各地大举攻伐,竟杀得那里的官军自顾不暇,狼狈不堪,并一直杀到冀州魏郡,欲与袁绍一争高低。一日早饭后,张飞燕在中军大帐召集众将士道:"我近日闻报袁绍那厮前时所委派的青州刺史臧洪正率军以锐不可当之势,将管承、张饶、郭祖、徐和、司马俱、昌豨、公孙犊、管亥,从钱和王营所率的青州百万黄巾军赶杀了过来,其前队已入兖州地界。依我之见,不若就势与他们联合起来,东西呼应,共同杀敌。若何?"

众将校闻言,皆表赞成。张飞燕见此,大喜,于是道:"这些黄巾军不辞艰难,远道而来,我们也应拿下临近的兖州东郡濮阳城,以示相迎才是。不知谁愿率军前往?"

方言毕,在场将校皆一齐上前争着要领出战牌。张飞燕见此,自然大喜,但又认为东郡为兖州重地,其治所濮阳城又为历来兵家必争之城,城墙高大坚固自不必说,因而非一般人能破。经一番深思熟虑后,于是命令智勇双全的于毒、白绕和眭固率领十万黄巾军前往破城。他三人自然是欣然受命,并表示若不拿下濮阳城,愿将自己头颅献上。随后即拜别张飞燕,出帐回营点起麾下黄巾军,闪电般南渡河水,直向濮阳城杀去。

时东郡太守王肱闻报黄巾军向他们杀来,毫不惊慌,并调兵遣将,全力相迎,欲将他们斩尽杀绝,以便报答其上峰,即兖州刺史刘岱前时杀了时之东郡太守桥瑁而委任他担任东郡太守这一要职之恩。谁料结果事与愿违,因为于毒、白绕和眭固所率那十万黄巾军皆是身经百战的精兵强将,加之于毒、白绕和眭固智勇双全,用兵有方,渡过河水后不久,便占领了东郡境内各关津渡口、城镇要隘,并一举攻克了濮阳城,竟使王肱无颜回兖州治所鄄城面见刘岱。无奈,只得向就近的邺城袁绍求援,以图夺回濮阳城,对刘岱有个交代。

王肱盼星星盼月亮般盼了多时,总算盼到了袁绍派来的曹操部下夏侯惇、夏侯渊和乐进所率的官军先锋人马。但他们是初来乍到,不仅不熟悉地

第二十四回　夺濮阳曹孟德领东郡太守　战东光公孙瓒拜奋武将军

形,而且又未与这些黑山黄巾军交过锋,不知其底细,因此以为他们不过是一伙山野村夫,不堪一击。哪知方与他们交战,便被杀得丢盔卸甲,掉头北逃,在抢渡瓠子水津口时夏侯惇还差点丢了性命。

随后跟进的曹操以为胆大心细、文武双全的夏侯惇、夏侯渊和乐进所率官军先锋人马进入东郡定可旗开得胜、马到成功,谁料结果事与愿违,大败而归。因而气得七窍生烟,肝胆破裂,并狠狠训斥他三人一番。随后,即传令全军,没有他的命令,不得出战。末了才叫夏侯惇、夏侯渊和乐进仍率军继续前行,并在瓠子水津口与驻守那里的少数黄巾军激战半日,夺下了瓠子水南北津口,并驻守在那里,以便进退有据。

却说于毒、白绕和眭固所率黑山黄巾军初战告捷后,便飘飘然起来,并在濮阳城内外置酒高会三日,以示庆祝。后闻报夏侯惇、夏侯渊和乐进所率官军已占据瓠子水南北交通要地津口,大惊,于是于毒亲率三万黄巾军驻屯位于濮阳城东南二十余里瓠子水北岸的咸城,眭固亲率三万黄巾军驻屯位于濮阳城西南十五里的鉏城,白绕亲率四万黄巾军驻守濮阳城,形成三角之势,互为呼应,牵制曹操所率官军。

黄巾军这种布局,真乃克敌制胜法宝。当曹操所率官军攻打三城中任何一城,其他两城黄巾军便可从左右或后面游击,遂使官军多面受敌,防不胜防。结果竟使智谋超群的曹操一时也一筹莫展,无计可施。无奈,只得在一日下午召集部下谋臣武将到中军大帐商议对策。待他们到齐依秩方才站定,曹操即忧心忡忡道:"于毒、白绕和眭固三贼酋不仅猛勇善战,且还诡计多端,因而叫我一时奈何他们不得。不知诸位有何破贼妙计,不妨一一道来。"

言毕良久,也无人发言。对此,曹操不免有些心慌意乱,并想到:往时临阵决战,周喁总是抢先出奇谋、划妙策,今番何故不言不语了呢?难道真是被黄巾妖贼军吓破了胆不成?正在这时,忽见一人上前道:"某有一计,可出奇制胜,不知将军愿听否?"

曹操及在场者忙循声望去,原乃袁绍此前派来归曹操指挥的荀彧。曹操只知荀彧为颍川颍阴人,祖父为朗陵县令,父亲为济南相,叔父为当朝司空。他本人早年曾举孝廉，拜守宫令，秩六百石。董卓之乱后，弃官归乡，带着宗族远奔冀州投靠韩馥。韩馥丢失冀州后，归附了袁绍。因他是当朝权贵之后，被袁绍待之以上宾。但对他是否胸怀文韬武略，却知之不多，不过曹操过去曾耳闻司空府南阳人何颙赞誉过荀彧有王佐之才。故时曹操思想到：现在他既主动献策，正可趁此印证一下何颙的眼力如何。倘若灵应，即可将他招纳过来予以重用。否则，也不碍什么事。于是忙起身上前双手抚荀彧两肩笑道："出谋杀贼，振兴汉室，乃天下人之职责，更何况先生呢？因此，有何妙计，只管快快道来，我愿洗耳恭听。"

荀彧见曹操言行如此友善，不禁大喜，随即道："现黄巾妖贼军虽据有三城，然其势则强弱不均。强者，乃濮阳城黄巾妖贼军。弱者，乃鉏、咸二城黄巾妖贼军。我军若不分强弱先后，任意攻击，恐难一时取胜。因此，不若先取其手足鉏、咸二城，再取其中躯濮阳城就易如反掌了。此所谓先弱后强，各个击破之策！"

曹操闻荀彧言，先是非常赞同，随后却担忧道："先生之言虽然有理，但眼下黄巾妖贼军不仅猛勇强悍，且那三城中任何一城黄巾妖贼军皆数倍于我，这将如何是好？"

"这有何难！只要我军先攻破鉏、咸二城中任何一城，黄巾妖贼军便会军心动摇。若趁此再攻其剩下的那二城，就易若囊中取物了。"

"先生以为先取哪座城好呢？"

"可先取位于瓠子河北岸的咸城。"

"何也？"

"因为不伤一兵一卒便唾手可得！"

荀彧此话方出，在场文武皆摇头摆手，以为他是在大白天说梦话。但曹操却以为荀彧话中必有奥秘，因而又欲发问。荀彧见此，遂忙上前对曹操低声耳语了一番，只见曹操不断点头称是。随后，曹操分别对夏侯惇、夏侯渊和乐进也低声耳语了一番。只见他三人也不断点头称是，随后，即拱手施礼拜别曹操，转身匆匆出帐去了。其他人见此，知道是军事秘密，不便发问，

第二十四回　夺濮阳曹孟德领东郡太守　战东光公孙瓒拜奋武将军

先后上前向曹操拱手施礼告辞各自回营去了。

却说驻屯咸城的于毒所率黄巾军连日来不分昼夜抗御曹操所部官军的进攻，并取得了不小战绩，但他们也累得筋疲力尽，行眠立盹。因而在一日夜幕降临时分，便不顾一切就地纷纷倒下呼呼大睡，到当夜四更时分还未醒来。正在这时，忽然有人大喊有洪水正从城东门如猛兽般涌了进来。当他们醒后还未弄清缘由，大水已淹没了全城。对此，住在西城楼大厅里的于毒也不禁慌了神。镇静后正欲传令部下黄巾军和城内市民排除来水时，忽见城外火光中夏侯惇率一支官军从城南门外，夏侯渊率一支官军从城西门外，乐进率一支官军从城北门外，正闪电般向城头冲杀过来。于毒所率黄巾军见此，自然惊惧不已，并争先恐后弃城而逃。夏侯惇、夏侯渊和乐进见此，自然大喜，忙乘势挥军杀进了城内。结果于毒所率黄巾军被淹被杀和下落不明者多得无法计数，而曹操所部官军正如荀彧事先所料——未伤一兵一卒。

看官你道淹没咸城的洪水是从天而降的吗？非也！乃夏侯惇、夏侯渊和乐进依了昨日下午商议对策时曹操对他三人低声耳语的密计，即趁当夜月黑风高之际，率了三千官军工兵在咸城南三里处瓠子水上筑坝截水淹城。

鉏城的眭固所率黄巾军闻咸城失守，皆若惊弓之鸟，闻风丧胆。因此，待前来攻城的夏侯惇、夏侯渊和乐进所率官军天明后到达城下，便忙弃城而逃。

曹操在瓠子水南口中军大营闻报夏侯惇、夏侯渊和乐进所率官军依计转眼间便连得咸、鉏二城，竟高兴得不能自已，并若孩童似的奔跑到荀彧处不待坐下便道："先生之计真妙！当初何颙评价先生有王佐之……"

不待言毕荀彧即摆摆手道："此乃雕虫小技，何足挂齿！在下以为眼下当务之急是应出重兵攻打濮阳城，别叫白绕所率黄巾妖贼军逃了才是。"

曹操闻言，遂恍然大悟道："要不是先生指点，我差点误了大事了！"

言毕即同荀彧一道，飞一般回到瓠子水南口中军大帐，令曹洪和周喁率两千官军攻打濮阳城东门，曹仁和张奋率两千官军攻打濮阳城南门，鲍信和杨原率两千官军攻打濮阳城西门，任峻和荀彧率两千官军攻打濮阳城北门。

他则率其余官军随后跟进，以为各处策应。同时，还传令全军起拔营寨，毁弃船只，以此断绝官军北退之路，意在逼其舍生忘死勇往杀敌。

曹操左右文武见夏侯惇、夏侯渊和乐进此前仅以三千官军便杀得咸、鄄二城黄巾军望风披靡，大败而逃，于是以为只要眼下虚张一番声势，便可攻破濮阳城。因而在进军路上皆谈笑风生，形同儿戏。谁料白绕所率驻守濮阳城的黄巾军不但没弃城而逃，反还士气高涨，磨刀擦枪，志在彻底消灭来敌，以振军威。

方到城北的曹操见濮阳城头上黄巾军旗帜飞扬，刀枪林立，不禁暗自吃了一惊，忙召来荀彧问道："黄巾妖贼军欲孤注一掷据城顽抗，如之奈何？"

荀彧闻言，遂沉思片刻道："濮阳城乃颛顼、帝喾、尧、舜、昆吾、斟灌和顾等宗族邦国之都邑，有中国帝都之美称，不仅城墙高大坚固，且还分内城外廓。而且，城内道路纵横交错，里巷立栅设门，乃易守难攻之所。故依在下之见，不若围而不攻，待城内粮草断绝、军心动摇时再攻不迟。若何？"

曹操闻言不禁大喜道："先生之言正合我意呢！"

言毕，即传令各路攻城官军各距城外一里处安营扎寨，将城池紧紧包围起来，没有他的命令，不得擅自攻城。

荀彧围而不攻之策方实施不几天，便叫黄巾军惶惶不安起来。原来濮阳城虽然城墙坚固，粮草如山，但黄巾军人马众多，消耗量大，因而多日便粮草短缺，入不敷出。对此，白绕不禁非常焦急，并在一日上午传令左右到北城楼大厅商议对策。待他们到齐还未按秩排定，白绕即问道："粮草为军之魂，我军粮草将尽，将士遂有溃散之心。如何是好？"

左右闻问，皆言宜开城突围，以死求生，方为上策。白绕认为他们言之有理，于是便立刻发兵向城外各处曹操所部官军营寨杀过去。谁料皆被强弓大弩射回。无奈，只好暂时按兵不动，以求他途。正在这时，白绕忽闻报城东门外的官军在营寨中大摆筵席，卸甲痛饮。对此，他以为这是杀敌突围的极好时机，于是便传令全军，倾城而出，朝那边杀去。谁料前军方冲杀到西辕门外百余步时，四面八方旗帜飞扬，鼓声震天，杀声动地，无数曹操所

第二十四回 夺濮阳曹孟德领东郡太守 战东光公孙瓒拜奋武将军

部官军从营寨周围庄稼丛中猛地杀了出来。白绕见此，方知中计，遂便领了百余随身劲骑，奋勇向他们杀去，以图挽回败局。但这时黄巾军多已无心恋战，故时之降者、逃者和被杀者不计其数。白绕见此，无奈，只得带着那些劲骑向东杀开一条血路，落荒而逃。

曹操见黄巾军已经溃败，遂不再挥军追击，忙传令鸣金收兵，挥军返身进占濮阳城。

进城后，曹操除派人到城内外各处张贴安民告示外，便是接收全部黄巾军降虏，以便壮大自己力量。末了，才派人前往邺城向袁绍报捷。

袁绍在邺城闻报曹操濮阳大捷，大喜，并想到：濮阳大捷不仅大灭了黄巾军威风，大长了我军士气，稳固了冀州南大门魏郡形势，这正好与自己派曹操出兵的初衷相符。同时，又可以东郡为桥头，待机向河水以南的青、兖二州发展，为将来争霸天下打下牢固的基础。想到此，不禁昂首狂笑起来。为使曹操继续为己所用，袁绍于是越过东郡上峰兖州刺史刘岱，直接向远在长安的刘协上书表曹操为东郡太守。

曹操虽看穿了袁绍表自己为东郡太守的良苦用心和真实意图，但为了以东郡为根据地继续扩张实力，于是便来了个顺水推舟，欣然接受了东郡太守一职。同时，还以为袁绍此举也正好中了自己早欲离他而去的下怀。

此后不久，曹操以为濮阳城曾是古时帝、王和侯的都邑，名望甚高，若仍以它为东郡治所，恐会引起袁绍非议。为此，在部下谋臣武将的拥簇下隆重祭祀了一番位于濮阳城内的颛顼大帝墓冢后，便将东郡治所由濮阳城迁到东武阳城，并在那里设置衙门。至此，曹操方才有了一块属于自己的地盘。

此时值初平二年九月初，时曹操年三十有七。

却说于毒、白绕和睢固所部黑山黄巾军虽在东郡被曹操所率官军击败，但并未动摇青、徐、兖三州百万青州黄巾军南下与黑山黄巾军会师的决心，反还在管承、郭祖、徐和、司马俱、昌豨、管亥、张饶、从钱和王营等渠帅的率领下，加快了南下步伐，大有不在江水饮马会师誓不罢休之势。

一日早饭方过，泰山郡太守应劭在左右的陪同下，正在泰山郡治所奉高县县城库房里兴高采烈地观赏为当年汉武帝泰山封禅制作的乐器、神车和木偶之际,忽一探马飞一般跑来气喘吁吁地向他报道:"太守大人不好了,有支黄巾妖贼军昨夜趁黑不仅突然攻占了我郡北大门嬴县,还乘势占领了长城以外一些城镇关……"

不待探马报毕,应劭即神色紧张地打断其话语问道:"他们有多少人马?领头的是谁?"

"小的……也不知……"

"务必速往打探清楚,否则问斩!"

应劭言毕,便忙转身与左右出了库房,匆匆奔往议事大厅商议对策去了。

你道昨夜是哪路黄巾军攻入了泰山郡地界呢?原来是由主将郭祖和副将昌豨所率青州南下黄巾军,总计约三十余万。他们原打算在昨夜乘官军不备之机,以迅雷不及掩耳之势,一鼓作气连破嬴县、长城后再行歇息。谁料遇到沿途各处官军拼命阻击,拖延了进军步伐,因而前队方赶到长城以北三里处时,天已大明。驻守那里的官军见了,先是大吃一惊,待回过神便忙点起烽火台狼烟报警。不到一刻工夫,长城各处便官军密布,刀枪林立,防守甚严。郭祖和昌豨在后队闻报,料知官军有备,恐一时攻下有难,于是便传令全军就地安营扎寨,埋锅造饭,先解除饥疲后再做计议。

却说应劭在议事大厅与各文臣武将经商议后一致认为:必须竭尽全力将黄巾军阻挡在长城以外。否则,古今帝王封禅朝拜圣地泰山不仅要遭到黄巾军破坏,兖州全境的安宁也成问题。因此,议毕便率官军赶往各自分派的长城防守据点,严加防守。

须知,这里所说的长城,并非山海关至嘉峪关那座万里长城,而是位于泰山郡奉高县以北六十里的泰山长城,是春秋战国时齐威王为防备楚人进攻修筑。它西起平阴城,缘水经泰山北岗,东至徐州琅琊台入海。其北为齐国,其南为鲁国。总长千余里,墙体陡高厚实,壁门邸阁林立,为易守难攻屏障。

两日后,黄巾军便在郭祖和昌豨的指挥下,以排山倒海之势,向位于泰

第二十四回　夺濮阳曹孟德领东郡太守　战东光公孙瓒拜奋武将军

山东、西数十里长的长城攻杀了过来。他们从渠帅到士兵，皆是对当朝极为不满的没落豪族、失职小吏、潦倒名流、江湖游侠、五谷损伤和衣食无着的农夫。俗言道，光脚的不怕穿鞋的，即他们毫不畏惧训练有素、装备精良的守卫官军，进攻势头非常凶猛——有的不避刀斧，冲杀在前；有的奋不顾身，攀爬云梯；有的徒手搏斗，与官军同归于尽。应劭所率官军虽兵微将寡，但箭无虚发，刀无落空，枪无乱刺。因此，黄巾军虽然日夜不停地攻打了三日，也未能越过长城雷池一步，且还死伤不少。无奈，只好暂时返回青州再做计议。

而官军毕竟势单力薄，防卫还行，出击有难，因而并未随后追击。于是泰山郡境内暂无战事。

郭祖和昌豨所率黄巾军方回到青州，管承就召集部下文士武将到中军大帐商议道："我郭、昌二将军所率南下大军前时在泰山长城因受阻而归，遂使我一筹莫展。大家有何良策妙计？请一一道来。"

方言毕，在场者无不摩拳擦掌，情绪激昂，并欲领令率军向泰山长城杀去，为郭祖和昌豨所率青州黄巾军挽回颜面。随后南下，尽快渡过瓠子水津口与黑山黄巾军会师于魏郡邺城。然时之唯司马俱沉默不语。管承见了，甚觉惊异，并问他道："先生何以一言不发呢？莫不是惧……"

不待问毕，司马俱即出列上前拱手施礼答道："依愚之见，郭、昌二将军三十万大军既然未能攻破泰山长城，若再出军前往，恐也无济于事！因此，不若先遣一支人马赶往兖州地界，扬言要南向进军，以乱敌耳目。然后在其不备之时，遣大军突然北上，由冀州渤海郡而西，与黑山友军遥相呼应，东西夹击敌军。若如此，会师不难啊！"

须知，司马俱虽然不是管承军师，但生于书香之家，从小便博览群书，熟谙兵法，且又率军在青州济南和乐安二国长期与官军周旋，作战经验丰富。因此，其言一出，便若九鼎，自然没人不服。因此，管承二话没说，即遣张饶为主将，昌豨和管亥为副将，率十万黄巾军精锐步骑为先锋军，于当晚夜深人静之际，从高唐县渡累、河二水，入渤海，经东光，直捣南皮县城；遣徐和、从钱和王营为中军，率十万黄巾军步兵随先锋军之后前行；他则与郭祖和司马俱率军随中军之后前行。待调兵遣将毕，大家皆匆匆出帐，准备出发事宜去了。

张饶、昌豨和管亥所率黄巾军先锋军一路只遇到几股不堪一击的官军阻拦，因而没废什么周折，便赶到了距东光县城二十余里的鲁阳山南十里处。张饶见天色将暗，便欲传令全军就地安营扎寨歇息一晚，待明日再行进军。正在这时，忽然一探子飞马前来向他报道："张将军不好了，前面不远处有大股公孙瓒所率官军骑兵正向我军这边杀来。"

张饶闻报，不禁非常惊奇，忙问探子道："情况当真？"

探子闻张饶怀疑他所报，甚觉冤屈，于是高声发誓道："若有不实，愿拿三族问罪！"

张饶闻探子如此言，便信了其所报，随即传令全军就地列开阵势，以便迎战。

张饶何以会对公孙瓒所率官军骑兵的出现感到惊奇呢？原来这事还得从头说起。须知，时公孙瓒本为降虏校尉、幽州辽东属国长史，应到其任职地治所辽东昌黎上任，但他却趁前时率领官军在幽州蓟县和渔阳、冀州河间、渤海，青州和平原等地追击张纯、丘力居官军叛军及乌桓人马之际，分散驻军于这些地方未回昌黎。公孙瓒此举意在以此为跳板，待时取代刘虞幽州牧一职，称霸关东。他前时助袁绍赶逐韩馥便是从此出兵的。公孙瓒驻军于此虽然为时已久，却未得到皇上诏命。因此，仅是客居而已。一旦时变，此地诸侯起兵反对，他自然招架不住。同时，他见曹操讨伐青州黄巾军胜利后不仅被诏为东郡太守，还招纳了大批降虏扩充实力，结果令袁绍等远近诸侯都不敢小视他。因而以为若要永久在此站住脚跟，没有强大的兵力是不行的，并须待机效曹操前时那般行事，即大批招纳黄巾军降虏，扩充自家军队实力。因此，当他闻报张饶等人所率黄巾军北上消息，不禁大喜，不待与左右商议，便抢在驻守渤海郡的袁绍所部官军之前，率官军连夜绕道渤海郡治所南皮县南下，欲招降张饶所率黄巾军为己有。对此，张饶自然毫不知晓和深

第二十四回　夺濮阳曹孟德领东郡太守　战东光公孙瓒拜奋武将军

感惊奇，还以为他们是袁绍渤海驻军呢！

时率领这支公孙瓒所部官军骑兵先锋军的主将是驻军渤海郡的公孙瓒从弟公孙范，此人身材高大，膂力过人，使一条六十斤重的长柄狼牙大棒，若风驰电闪般向张饶所率青州黄巾军这边杀了过来。时至中午时分，双方便在东光县城西南二十里处鲁阳山南关前一开阔地相遇。不待双方主将出马骂阵，公孙范便催动座下高头枣红大马，挥舞着手中狼牙大棒，直向张饶冲杀过来。张饶右侧身高八尺、膀大腰圆的昌豨见此，大怒，不待得令，便高举长柄开山大斧，拍马向公孙范迎了上去。须知，昌豨也是青州黄巾军中厮杀起来不要命的虎将。因此，二人在阵上斗了多时，狼牙大棒的牙尖快被撞没了，开山大斧的刃口也布满了缺口，人与马皆遍体鳞伤，血流如注。两边将士的助威鼓角声和喊杀声也由高到低，但仍未分出高低输赢。

张饶在阵前见此，认为倘若他二人再厮杀下去，对己军迅疾北上非常不利，于是将手中令旗一挥，全军便一齐向官军掩杀过去。公孙瓒所部官军因前时讨伐张纯和丘力居官军叛军及乌桓人马得胜而正傲气十足，哪把这些黄巾军放在眼里？因此，便不顾兵少将寡，势单力薄，便一齐迎杀了上去。时黄巾军不仅兵多将广，人多势众，且前时南下时在泰山长城受阻无奈北撤正憋着一肚子气没处发泄，现在见了来敌，哪有不拼命厮杀以解气的！因此，双方方才交战，公孙瓒所部官军便被黄巾军杀得落花流水，四下逃窜。与昌豨在阵上厮杀得你死我活的公孙范见了，不禁大惊，料想再厮杀下去鹿死谁手很难说。于是忙向昌豨虚晃一招，即拨转马头，在十余名左右骁骑的护卫下，没命地向鲁阳山南关逃去。张饶、管亥和昌豨见此，自然紧追不舍。公孙范见此，料想南关难守，于是便弃关回头向东光县城逃去。

时在东光县城的公孙瓒闻报公孙范所率官军大败而归，料知力战难胜兵多将广的张饶所率黄巾军，于是便心生一计，立刻传令单经和田楷率领部分官军守城，他则趁黄巾军未杀来之前，率从弟公孙越，儿子公孙续，部将刘备、关羽、张飞、赵云和简雍等两万官军步骑，埋伏于县城西南三十里处的天台山，待时突然杀出，以便里应外合，夹击黄巾军。在此同时，司马俱在后闻报黄巾军先锋军大胜,大喜,立刻传令全军将士,加快行军步伐。

须知,时青州黄巾军前、中、后三路人马共三十余万,行走自然缓慢。因此,待他们赶到并围定东光县城时,早已夜幕降临。他们行军一天一夜,自然又饥又疲,故不待管承下令,便就地安营扎寨,埋锅造饭,以解饥疲。管承见此,认为他们此举当属正常,就未下令制止,任其所为。

一个时辰后,黄巾军便安营扎寨和用饭完毕,随后即匆匆解胄卸甲,呼呼大睡起来。正当睡意正浓的黎明时分,忽听得寨外锣鼓喧天,杀声动地,似有千军万马杀来。时他们自然惊得睡意全无,并手忙脚乱,无所适从。待定神披挂出寨一望,见无数官军步骑在公孙瓒、公孙越、公孙续、刘备、关羽、张飞、赵云和简雍的率领下,已从南面杀了过来。对此,他们只得慌忙应战。然他们哪是有备而来的官军的对手!不到一刻工夫,便被杀得七零八落,溃不成军,损伤约三万余,其余的则纷纷返身向西南方青州逃去。然没逃多远,便被胡苏河冰水迎面挡住了去路。公孙瓒见此,大喜,欲传令全军奋力向前追击合围,以便将其全部俘获。然刘备却上前劝道:"贼军眼下虽败,但伤亡甚微,因而其势仍众于我。倘若我军追击合围,一旦不测,后果不堪设想。故依愚见,不若让其大半过河,再行合围,必胜无疑。不知主公意下如何?"

公孙瓒闻言,沉思片刻道:"刘将军之言极是!"

言毕,即传令全军只许驻足观望,不许随后追击。管承见此,以为官军势单力薄,不敢逼近,于是便欲挥军反杀过来。但此时其部下早已乱不成军,难以收拢。无奈,只好任其丢弃辎重,争先恐后蹚着胡苏冰水过岸。方过一半,公孙瓒便挥军从后掩杀过来。时黄巾军人马虽仍数倍于官军,但他们早已失去战斗意志。因此,官军没费多大力气,便杀得他们尸塞水道,血染冰水,并被俘七万,缴获辎重无数,实现了公孙瓒招纳他们的预期目的。

因公孙瓒讨伐黄巾军有功,遂被朝廷拜为奋武将军,封蓟侯。

此时值初平二年十一月初。

看官欲知公孙瓒后事发展若何,请看下回分解。

第二十五回

破袁绍刘玄德喜领平原相
攻刘表孙文台惨死于岘山

却说公孙瓒指挥官军在冀州渤海郡东光县南胡苏水打败冀、兖、青三州黄巾军后,并未还军幽州,而是借追杀黄巾军之机,挥军继续南下,驻屯于青州乐陵县境内的磐河,以便伺机出兵攻占冀、兖、青三州,控制河水南北,实现其称霸关东的夙愿。

此后不久,公孙瓒便找到了出兵机会。是时,幽州牧刘虞之子刘和在长安任刘协身边侍中,且与刘协关系异常密切。刘协于是秘密托他潜出长安,赶往幽州叫刘虞带兵前来迎他东归雒阳。刘和奉刘协密旨后,便设法秘密逃离长安,经武关赶到南阳,继而欲从南阳向东到颍川再转向东北,经兖州、青州和冀州,最后到达幽州见其父亲刘虞。谁料刘和方到南阳,便被时任南阳太守的袁术软禁起来,并还叫他写信给刘虞,把迎刘协东归的官军送到南阳来,以便同他一道向长安进发,共同将刘协迎接到雒阳。袁术此举的目的,不过是想与刘虞父子分摊迎驾之功。然袁术此举并未瞒过公孙瓒。为防不测,公孙瓒遂多次力劝其上峰刘虞,不必派兵前往南阳。但刘虞不但不听劝谏,反还以为公孙瓒在搅和自己的好事。因此,刘虞不但依照刘和信中之意派了几千官军,而且派的还是官军精锐骑兵,风驰电掣般向南阳赶去。

公孙瓒素知袁术心术不正。因此,他怕袁术知道他劝谏刘虞不要派兵南阳,有违其意而怀恨在心并伺机报复。因此,公孙瓒便遣其从弟公孙越率一千官军骑兵到南阳归袁术节制,以此与其结盟。同时,他又暗中叫袁术扣留刘和，夺其官军。谁料刘和被禁不久，便从袁术处逃到了幽州，将公孙瓒与袁术合谋害己的事报告了刘虞。因此，刘虞不仅忌恨袁术，还忌恨公孙瓒。

时袁绍闻知公孙瓒和袁术合谋，不禁非常恼怒。同时，他还惧怕近在咫尺、气势正盛的公孙瓒，而不敢丝毫有犯。便舍近求远，立刻令曹操暗中派遣曹操部将周㬂率军夺取袁术大将孙坚为防备董卓官军南犯而设防的阳城，以给袁术点颜色看看。

须知，袁绍与袁术不仅同为灵帝时任太仆，后为司空、执金吾、三老，死后谥曰宣父侯的袁逢所生，而且袁绍还是袁术之兄。因袁绍是庶出，即后娘所生，故向来为袁术所不齿。现在闻报袁绍无故发兵来犯，自然气得五脏碎裂，七窍生烟，并不待与左右商议，便令孙坚与公孙越合兵一处，迎战周㬂所率官军。

一日午时三刻，两军便在阳城西门外一片空地上摆开阵式，准备一决高下。孙坚所部官军因前时大胜董卓讨逆官军而士气正旺，因而不把周㬂所率官军放在眼里。公孙越所率官军也因刚胜青、徐二州黄巾军而趾高气扬，因而也不把周㬂所率官军放在眼里，并以为不用吹灰之力，便一触即溃。然而他们却不知晓周㬂所率官军久经战阵，元气常在，且又是怀着来之必战、战之必胜之心。因而两方交战不久，孙坚所部官军与公孙越所率官军不但未占上风，反还渐渐不支。公孙越见此，大怒，遂便挺枪跃马，独自闯入周㬂军中，妄图擒杀周㬂，击退其军。谁知还未寻着周㬂影子，便见一支流矢飞来，正中其咽喉。不待惨叫，便口喷鲜血，坠马而亡。

公孙越所率那一千官军骑兵见自家主将阵亡，遂便军心大乱，纷纷拨转马头，向后溃逃。孙坚所部官军见此，亦不免心慌意乱，不敢恋战。周㬂见此，大喜，于是乘机挥军奋力厮杀。不多时，便将孙坚所部官军赶入阳城不敢出战。

须知，周㬂本欲乘机一口气拿下阳城，以便向上峰袁绍和曹操邀功，孰料孙坚所部守城官军精诚团结，负隅顽抗，即火箭、圆木、雷石、热水同时

第二十五回　破袁绍刘玄德喜领平原相　攻刘表孙文台惨死于岘山

齐下，竟叫周喁所率官军还未接近城墙，便纷纷拔腿后退。结果攻打了一天一夜，也毫无结果。周喁怕久攻不下而孙坚所部官军援军赶到前后受敌，于是便趁夜传令撤军而去。

公孙越战亡的消息传到驻扎在槃河的公孙瓒那里，直气得他肝肠寸断，怒发冲冠，并咆哮如雷道："我弟惨死，皆因袁绍这厮遣军袭击阳城使然！"

随后，他却转而暗喜到：我何不借公孙越战死之机，发兵冀州，问罪袁绍！若他败，别说冀州，就是青、兖、徐、幽四州也会随之为我所有。于是立刻伏案提笔作书，向远在长安的刘协上疏袁绍罪状。其文云：

臣闻皇羲以来，始有君臣上下之事，张化以导民，刑罚以禁暴。今行车骑将军袁绍，托其先轨，寇窃人爵，既性暴乱，厥行淫秽。昔为司隶校尉，会值国家丧祸之际，太后承摄，何氏辅政，绍专为邪媚，不能举直，至令丁原焚烧盟津，招来董卓，造为乱根，绍罪一也。卓既入雒而主见质，绍不能权谲以济君父，而弃置节传，迸窜逃亡，忝辱爵命，背上不忠，绍罪二也。绍为渤海太守，默选戎马，当攻董卓，不告父兄，致使太傅门户，太仆母子，一旦而毙，不仁不孝，绍罪三也。绍既兴兵，涉历二年，不恤国难，广自封殖，乃多以资粮专为不急，割剥富室，收考责钱，百姓吁嗟，莫不痛怨，绍罪四也。韩馥之迫，窃其虚位，矫命诏恩，刻金印玉玺，每下文书，皂囊施检，文曰"诏书一封，邟乡侯印"。邟，口浪反。昔新室之乱，渐以即真，今绍所施，拟而方之，绍罪五也。绍令崔巨业候视星日，财货赂遗，与共饮食，克期会合，攻钞郡县，此岂大臣所当宜为？绍罪六也。绍与故虎牙都尉刘勋首共造兵，勋仍有效，又降伏张杨，而以小忿枉害于勋，信用谗愿，杀害有功，绍罪七也。绍又上故上谷太守高焉、故甘陵相姚贡，横责其钱，钱不备毕，二人并命，绍罪八也。《春秋》之义，子以母贵。绍母亲为婢使，绍实微贱，不可以为人后，以义不宜，乃据丰隆之重任，忝污王爵，损辱袁宗，绍罪九也。又长沙太守孙坚，前领豫州刺史，驱走董卓，扫除陵庙，其功莫大；绍令周昂盗居其位，断绝坚粮，令不得入，使卓不被诛，绍罪十也。臣又每得后将军袁术书，云绍非术类也。绍之罪戾，虽南山之竹不能载。昔姬周政弱，王道陵迟，天子迁都，诸侯背叛，于是齐桓立柯亭之盟，晋文为践土之会，伐荆楚以致菁茅，诛曹、卫以彰无礼。臣虽阉茸，名非先贤，蒙被朝恩，当此重任，职在鈇钺，奉辞伐罪，辄与诸将州郡兵讨绍等。若事克捷，罪人斯得，庶续桓、文忠诚之效，攻战形状，前后续上。

公孙瓒作上疏毕，即传令召集左右文武，到中军大帐商议讨伐袁绍大计。令方传出不久，严纲、田楷、单经、公孙续、邹丹、关靖、刘备、关羽、张飞、赵云和简雍便先后匆匆赶到那里依秩站定，专等公孙瓒发言。时公孙瓒怒气冲冲地将方才写好的上疏向他们宣读了一遍，然后非常悲愤地道："袁绍这厮不但不记我前时助其驱逐韩馥之恩，反还指使周喁在阳城杀害我从弟公孙越。这叫我是可忍，孰不可忍！现我为从弟报仇之意已决，不知诸位有何克敌制胜妙策？请速速道来。"

在场者闻听上疏和公孙瓒发言后，无不怒情激昂，摩拳擦掌，恨不得立刻披挂上马出发，在阵上将袁绍擒下生吞活剥了方才罢休。公孙瓒见此大喜。正在这时，关靖上前献策道："袁绍是以诡计据有冀州，其属僚又多为原故冀州牧韩馥旧部，人心自然未服。因此，只要我大军一到，他们便会纷纷倒戈，前来投诚。故将军不必为此多费脑筋，到时只管发兵就是了。"

言毕，以为公孙瓒及众人会异口同声赞同他方才所言。谁料一人上前反对道："关先生之言差矣。袁绍虽新近自立，人心不稳，但他曾为天下讨董盟军盟主，威名远扬，故不可小视他。再者，不先予敌以猛打穷追，是难于使其倒戈投诚的。此所谓先发制人，而后发制于人之理。"

公孙瓒和关靖及其他在场者忙循声望去，原乃公孙瓒昔日同窗，现为其属下别部司马刘备。他们对刘备方才之言皆有赞同之意，故公孙瓒饶有兴趣地问刘备道："刘将军方才所言虽然有理，但不知将以何计败敌呢？"

刘备闻问，遂若有所思答道："依愚之见，可在夜幕降临之际，以数倍于敌之劲骑为前军，步兵随后，鼓角齐鸣，火光冲天，漫山遍野突然向敌杀

第二十五回　破袁绍刘玄德喜领平原相　攻刘表孙文台惨死于岘山

去。敌见我势重，必惊恐而退。那时我军可紧随其后奋勇追杀，一鼓作气拿下广宗后，再将将军方才所撰上疏张贴天下，争取人心。同时，迅疾挥军南下魏郡邺城，擒杀袁绍便易若反掌。此所谓心战之术。若何？"

方言毕，公孙瓒即起身上前伸出双手拉着刘备双手热情地道："听老同窗方才之言，胜读十年兵书啊！"

刘备闻公孙瓒这般言，知其没忘记他俩同窗之谊，不禁激动得语无伦次道："在下……胡诌……而已，将军……过奖了！"

其他在场者闻公孙瓒赞同刘备之策，二话没说，便随声附和了一番。公孙瓒见他们皆无异议，遂便依刘备所言之策，遣大将严纲、田楷、单经各领五千官军骑兵，以为前军；公孙续领五千官军步骑把守磐河大营。末了，他则与公孙范、关靖率领所部官军步骑八万随前军跟进，并定于当晚黄昏时分向袁绍所部官军发起突攻。

再说袁绍前时见公孙瓒在自己辖区渤海郡东光县境内打败管承所部青、徐二州黄巾军后一直未回军幽州，自然料到他有南下攻己之意，因而忙从邺城移军广宗、界桥和磐河北岸一线，以防来攻。但袁绍却未料到公孙瓒所部官军会如此快就实施大规模进攻而疏于严密防守。因此，公孙瓒所部官军不仅顺利渡过磐河，上岸后还把袁绍所部官军打得大败。尤其是时属田楷部下的刘备、关羽、张飞、赵云和简雍所率官军各持兵器，若入无人之境，直杀得袁绍所部官军人仰马翻，没命逃窜。当他们率先杀到界桥时，却被那里的袁绍所部官军乱箭射得不得前进一步。无奈，公孙瓒只得传令全军，先将界桥围住后再做计议。

公孙瓒所部官军在磐河虽未重创袁绍所部官军有生力量，却一鼓作气将他们赶到界桥，其影响之大可想而知。故远近官吏幕僚、文士武夫和豪族侠客一时皆以为公孙瓒称霸山东有望，因而便趋之若鹜，投其门下，以求发展。其数量之多，大有压倒时之门客甲天下的袁绍之势。再者，冀州本来是韩馥地盘，各级官吏也大多为韩馥旧部。他们当初是被迫顺势归在袁绍门下，对袁绍兵不血刃即据有冀州自然不服，并还怀有伺机倒戈反袁之心。因此，见袁绍所部官军兵败，以为反袁时机已到，于是便像当初投归袁绍一般，纷纷举旗响应公孙瓒。结果一时间公孙瓒不仅威名大震，实力也今非昔比。鉴于此，公孙瓒便乘机任严纲为冀州刺史，单经为兖州刺史，田楷为青州刺史。同时，还特意任老同窗刘备为平原国相。

须知，相一职本是汉初诸侯王国所置的国相或丞相，到景帝中元五年改称为相，秩二千石。其职权是辅导、匡正、监督侯王。同时，遇有不浊事，有谏诤举奏侯王之责，为侯王国最高政务官。其下属置长使、少吏、从吏、舍人和掾等，位在郡守之上，其尊显与权重可想而知。故该职皆由朝廷选派功显德重或才能出众之士担任。只是到元帝初元三年因诸侯王国势力减弱，相的职权方才缩小，其位也在郡守之下。成帝时废除侯王国内史，改相执掌民政，职位方才与郡守相同。光武帝改列国令长为相，由朝廷直接委派，其职责如县令或县长，隶属郡国守相，唯将应得户租与列侯同。时万户以上国相秩千石，万户以下国相秩四百石或三百石。时西域诸国亦多置此职以掌民政。因此，公孙瓒任刘备为平原国相时，其职责也应如县令或县长。但公孙瓒任刘备为平原国相除了其战功外，主要还是要他这位办事稳重的老同窗协助田楷对付袁绍青州守将臧洪，可见其干系非同一般。再说时平原国辖平原、高唐、槃、鬲、祝阿、乐陵、湿阴、安德和厌次九县，户口十五万五千五百八十八，人口一百万零二千六百五十八。户口和人口之多，居全国一百零五郡、国的第十位。其实力与势力不可谓不大。因此，刘备这国相的职责其实与汉初的国相等同，即秩二千石，位在郡守之上。

刘备自故乡涿县起兵镇压黄巾军以来，至今已七年有余。虽战功显赫，曾先后被任为安喜县尉、下密县丞、高唐县尉、高唐县令，但后因被黄巾军战败，高升无望，无奈之下，只好带上关羽、张飞、赵云和简雍一行投奔时任中郎将的公孙瓒。公孙瓒正有意大干一番事业而急需大批文士武夫，见刘备等人来投，自然热情欢迎，并任刘备为别部司马，归在心腹部将田楷部下。现在刘备因战功被任命为平原国相，秩二千石，位在郡守之上，可以说是高就。因此，怎会不叫出身布衣的刘备受宠若惊呢！简雍见此，认为刘备

第二十五回　破袁绍刘玄德喜领平原相　攻刘表孙文台惨死于岘山

激动得忘乎其他，竟不知晓平原郡对他来说非同寻常。于是在刘备住所小憩时特对刘备道："平原郡对主公来说非同寻常啊！"

"为何？"

"自殇帝延平元年封和帝之子刘胜为平原王以来，其子孙皆世袭其王位。后来桓帝又封其胞弟刘硕为平原王，此人仍健在。主公乃汉室之胄，与他们同姓同宗，何不登门拜访健在的侯王和祭拜驾崩侯王的陵墓呢？"

简雍方言毕，刘备即长叹道："在我代理平原县令时就想过这些了，只是觉得当时官职低微，无颜……"

"眼下主公位高权重，今非昔比，有何顾忌的呢？再者，主公若要治理好平原，须得或重用、或亲近、或拉拢、或利用此地的王公以及其遗老遗少，此所谓新旧贵族合拢，共同理政。如此现象，一朝一代如是，一州一郡如是，古往今来亦如是！"

"先生所言甚为有理！"

刘备言毕，又与简雍谈了些军政要事，方才散去。

随后刘备在槃河大营辞谢了公孙瓒方到平原国相任上。不久按简雍之意，先登门拜见刘硕。为尊重刘硕这位天子胞弟，出发那天上午，刘备与简雍在几名随行的拥簇下，皆着便装，在距刘硕王府里余远的地方就下马步行。还未到达，就望见了规模比京都雒阳皇城略小，但比平原郡治所官衙高大雄伟得多的刘硕王府。

待他俩到达王府大门前向领班门卫毕恭毕敬拱手施礼，通报了姓名和来意，良久领班门卫才傲慢地转身进去向刘硕秉报。刘硕闻报，沉思良久方才不耐烦地道："既然已来，准见！"

领班门卫闻言，忙转身出门将刘硕原话转告给了刘备与简雍，正在王府大门外举首向里等音讯的他俩闻之，自然大喜不禁，并在那领班门卫的引导下，小心翼翼地缓步向里走去。进得里面，见其建筑形制与皇宫相差无几，到处雕梁画栋，砖雕石刻，松柏藤竹。进得客厅，那富丽、那堂皇，直惊得他俩目瞪口呆，半晌无语。随之便兴奋不已，并想到：无幸瞻望皇宫，有幸瞻望王府也是福气；无缘拜谒皇上，有缘拜访皇上胞弟也是三生有幸。

时坐在客厅上方中央的刘硕虽已老态龙钟，但神态高傲非常，皇家气派十足。刘备见了，不禁有些紧张，忙上前跪伏于其座前结结巴巴道："千岁在上，在下……拜见……来迟，敬请……严惩！"

刘硕待刘备言毕良久，方才漫不经心道："先生请起。"

应声起身后的刘备原以为刘硕会称他的官衔，谁料却称为先生，并且连座都不赐予。须知，庶民也可称为先生啊，我刘备可是大郡大国之相啊！现在他如此怠慢我，我将来如何辅导、匡正和监督得了他！于是刚才那兴奋劲儿也早飞到了爪哇国。不过，对于人间冷暖凉热，这些年刘备早就司空见惯。因此，他道了声谢后即起身指着站在自己身后的简雍热情地对刘硕介绍道："简雍简先生乃在下从事，拜见千岁了。"

简雍待刘备方言毕，忙上前到刘硕座前跪拜后照葫芦画瓢，说了番与刘备方才相同的客套话。待简雍应刘硕起身后，刘备即谦卑道："在下新来乍到，不明就里，还望千岁日后不吝赐教。"

"刘先生何方人士？家道如何？"

刘硕问毕不待刘备答言，简雍即道："我家国相早闻千岁德高望重，本欲迎千岁前往相府设宴欢聚，只因那里狭窄简陋，有损千岁大驾尊严。今见千岁府邸宽阔华丽，何不就此设宴欢聚，了却国相心愿。若何？"

刘硕闻言毫不犹豫地道："可！"

简雍闻言大喜，于是立刻道："可叫千岁府上贵宾和国相属下前来共聚，如何？"

"可！"

刘硕言毕，立即便唤来侍者，叫他传唤自己府上宾客。简雍也立即转身出门，叫等候在大门外的随行传唤关羽、张飞和赵云前来聚宴。

随后不大工夫，富丽堂皇的宴会厅里便摆上了丰盛的鸡鸭鱼肉、山珍海味。时两边人也皆到齐依秩就座，坐在上首的刘硕仍然神态高傲非常，皇家气派十足。当他漫不经心举首向刘备那边一望，见关羽高大雄壮，张飞膀大

第二十五回　破袁绍刘玄德喜领平原相　攻刘表孙文台惨死于岘山

腰圆，赵云英姿飒爽，简雍稳重睿智。毋庸置疑，皆是些经邦治国的非凡人物。再看看自己这边，尽是些长短不齐，胖瘦不一，文不会舞文弄墨，武不能玩刀耍枪，只会油嘴滑舌、划拳饮酒的食客。两相比较，相形见绌。于是不禁倒抽凉气，高傲非常的神态和十足的皇家气派也全没了踪影，并难为情地对刘备道："国相乃景帝第十八世孙，中山靖王刘胜第十七世孙。总之，与老夫同是名副其实的高祖之胄，皇子皇孙。再者，国相新来乍到，按俗规，老夫理应远道相迎，以尽地主之谊才是。方才老夫无礼，怠慢了国相，还望谅……"

刘备对刘硕态度突然转变虽然大感不解，但还是受宠若惊，忙起身上前为刘硕毕恭毕敬敬酒，并激动道："在下虽是汉室之胄，但辈分远隔，家道中落，已成寒门，后来竟以织席卖履度日，有损皇祖脸颜。千岁是天子胞弟，皇家近亲，在下登门拜访，乃天经地义，岂敢劳大驾前往……"

"国相为朝廷命官，文武双全；属下又年富力强，英勇无比。扫平群顽，振兴汉室，全赖卿等了！"

刘硕言毕，也不顾他那皇家身份，只管大吃大喝，结果弄得宽大的衣袍满是酒水油腻。后来竟然酩酊大醉，不省人事，伏在餐几上呼呼大睡起来，弄得刘备一时无所适从。正在这时，不料刘硕突然酒醒大半，并乘着酒兴，拖着肥大的身躯，步若鸭行般领着刘备等人游览了位于王府最高处的后花园。站在那里，整个王府及其周围一览无余，尽收眼底。该花园规模虽无法与皇宫御花园相比，却小中见大，一步一景，新意迭出，目不暇接：有华丽的亭台，通幽的曲径，乱真的假山，玲珑的玩石，曲绕的流水，嬉戏的游鱼，舞动的垂柳，婆娑的翠竹，争艳的菊花……如此佳景，不禁令人陶醉不已。

直到傍晚时分，刘备一行方才告辞刘硕，欢颜而归。

回到相府良久，刘备对今天在王府所见所闻，特别是刘硕对他态度的转变，仍百思不得其解。于是便在当晚夜深人静之际，叫来简雍欲问个究竟。简雍闻之，忙赶来坐下道："据在下猜测，在主公前时任代理平原县令时，千岁就已知晓主公的家世家道了。今日明知故问,意在给主公来个下马威,叫你不要目中无人,冒犯他千岁。因为老于世故的他深知,强龙压不过地头蛇是常事,但新官上任三把火也是常事。在下提出设宴欢聚建议,意在让他见见主公属下皆是德、才、貌俱全的非凡之辈,以此压倒他那嚣张的气焰,结果果见成效。"

刘备闻之,立刻茅塞顿开,明白了一切,并道:"先生乃我之张良啊!"

当夜无事,翌日一早,刘备带了几个随从,带上祭品,飞马赶到刘硕王府对刘硕说要去祭扫驾崩的和帝之子平原王刘胜、刘胜之子平原王刘得和桓帝另一胞弟平原王刘石等人的陵墓。刘硕以为,按风俗祭扫陵墓应在春风习习、万木复苏的清明时节,而眼下寒风呼啸、雪花飞舞、冰冻三尺,岂可祭扫陵墓呢?但考虑到刘备军政要务变化无穷,说不定哪天离开平原,奔往他处。为了满足刘备一片美意,刘硕欣然应允刘备之意,并立刻带他祭扫了刘胜、刘得和刘石三位王公陵墓。

由于军事火急,刘备祭扫陵墓后不久,便任关羽、张飞为别部司马,并遣关羽领一千官军步骑驻守笃马水津口龙凑;遣张飞领一千官军水兵乘船来回巡视笃马水;他则与赵云、简雍率领其余官军驻守平原郡治所平原县城,防御臧洪率领官军来犯。

此时值初平二年十二月,时年刘备三十一岁。

却说时在界桥的袁绍闻报公孙瓒不仅大败了其所部官军,而且大多冀州部众还归附了公孙瓒,不禁嫉意大发,并吓得一连几天茶饭不思,坐卧不安。末了,只得按敌势若盛,当屈之之理,忍痛割爱,将其兼任的渤海太守一职拱手让与公孙范,以此与公孙瓒和好。公孙瓒也因其所部官军进攻受阻而顺水推舟,愿暂时罢兵,因而痛快地接受了袁绍之意。于是界桥一时没了战事。

正当袁绍与公孙瓒两军在界桥方才偃旗息鼓之际,袁术与刘表两路官军早便在荆、豫二州厉兵秣马,准备攻、御荆州。攻者,进攻之意也,为袁术所部官军所为。御者,防御之意也,为刘表所部官军所为。事发的缘由是

第二十五回　破袁绍刘玄德喜领平原相　攻刘表孙文台惨死于岘山

这样的：袁术在南阳治所宛城闻报公孙瓒所部官军在磐河战胜了袁绍所部官军，大喜，于是便立刻暗中联合公孙瓒，欲彻底消灭袁绍所部官军，并还书通公孙瓒，言说袁绍非袁氏骨血。时公孙瓒在界桥正欲与袁绍兵刀相见，自然也需要袁术这样的反袁绍同盟。因而不由分说，公孙瓒便高兴地接受了袁术来书之意。对此，袁术不禁大喜，以为有公孙瓒这个同盟，便可阻止袁绍所部官军南下对他发难，由此便可腾出手全力以赴争夺刘表的荆州，以期有朝一日控制江水南北，称霸天下。

但袁术要实现他的目的并非易事。因为其东北方当时虽没袁绍势力之扰，但其部下孙坚这员虎将却是争夺荆州可取可舍的人物。所谓可取，即没有孙坚当初率领官军冲锋陷阵，征战四方，别说眼下袁术拥有的南阳郡，恐怕他连块立锥之地也没有，更别说争夺荆州了。因此，袁术若要争夺荆州，除了孙坚，没人能担当得起此任。所谓可舍，即孙坚当下不仅占有拥有十三城，户口二十五万五千八百五十四、人口一百零五万九千三百七十的长沙郡，还通过北上讨伐董卓，乘机控制了豫州属下颍川、汝阳、沛国和陈国四个郡国，其实力不可谓不大。对此，这不能不叫作为孙坚上峰的袁术时时耿耿于怀。再则，孙坚不仅勇猛雄壮，连不可一世的董卓及其凶猛善战的西凉籍官军将士都惧他三分，且还胆大妄为，常常无视当朝法令，擅自率军走出其辖区长沙郡地界，进入他人辖区零陵、桂阳及豫章等地征讨黄巾军和山越造反人马。还有更不可思议的是，他前时在北上讨伐董卓途中逼死其上峰荆州刺史王睿、斩杀南阳太守张咨这两位秩二千石的朝廷命官时，犹若宰杀了两只小鸡那般轻松。倘若再放任他这样下去，没准哪天他袁术的脑袋也会被他砍下来。为此，袁术不禁吓得毛骨悚然，冷汗淋漓，因此早便萌发了诛除孙坚，以得以安宁的念头。

但袁术要公开诛除孙坚，不但没那个胆子，也没那个必要和实力。因此，他此前从没这方面的言论和行动。而眼下他要争夺荆州，认为这正是诛除孙坚的极好机会。具体想法是：只让孙坚独自率领少数官军前往进攻强大的刘表所部官军，以便迫其孤军深入，寡不敌众而全军覆没。倘若那时孙坚本人死里逃生而归,则可以败军之罪斩首,继而并收其所部官军,再夺取荆州不迟。袁术想到此,以为得计,于是便传令驻军鲁阳的孙坚,前来共商军机大事。

孙坚接到袁术传令后,知道军机大事耽误不得,遂便立刻带了十余随从劲骑,风驰电掣般向南阳治所宛城袁府赶来。待孙坚一行到达那里还未及下马,便见袁术早已迎候在了袁府大门台阶前。须知,出身当朝四世三公、目空一切的袁术能破例出迎下属还是头次。对此,孙坚不禁非常激动,并忙翻身下马,快步上前向袁术拱手施礼道:"末将来迟,怎敢劳主公出迎呢!"

袁术闻孙坚如此言,遂大笑道:"孙将军不辞辛劳远道而来,我岂有不出迎之理!"

言毕,即上前伸出左手拉着孙坚右手,转身进门向客厅走去。进入客厅寒暄毕,袁术便引孙坚入密室,方才坐定不待上茶即怒道:"众所周知,刘表这厮仅凭汉室之胄,便据有荆州,而我们为汉室江山高举义旗,征战南北,却只能居其下,真是岂有此理!因此,我欲乘关东战乱之机,先挥军南下,驱逐刘表,占据荆州,然后再回军东向,攻取豫、扬,问鼎关东,最后回军关西,诛除董卓,迎帝东归。若何?"

孙坚闻言,遂高兴地赞许道:"主公如此宏志,不愧国家栋梁,文侯虎子。因此,我甘为主公横扫群凶、振兴汉室的马前卒!"

袁术闻孙坚如此言,遂欣喜若狂道:"将军每战,必身先士卒,克敌制胜,此天下无不知晓。今请将军前来,正是让你率三千官军精兵在前,我率大军随后,择日经樊、邓之间,横渡江水,直捣襄阳,擒杀刘表,平定荆州。若何?"

"主公一言重若九鼎,末将岂有他意呢!"

袁术见孙坚没有异议,大喜,随即与其离座起身步出密室进入客厅,叫侍者摆上丰盛酒宴,为孙坚饯行。宴毕,孙坚即辞谢袁术,出门翻身上马,与随从一道,匆匆赶回鲁阳,准备出战事宜。时袁术还亲率左右文武热情送了一程不提。

第二十五回　破袁绍刘玄德喜领平原相　攻刘表孙文台惨死于岘山

看官你道孙坚当时真没察觉到袁术的真实用心吗？非也！其实当孙坚方听袁术只许他率区区三千官军前往进攻兵多将广、辎重甚丰的襄阳刘表时，便知袁术大有害他之心，只不过当时身在袁府不便当场发作。因此，在回归途中，孙坚便有一套自己的打算，即这次出兵襄阳，也是自己摆脱袁术控制、独自大力发展的极好机会。其次，他早就对刘表和袁术前时为了暂时相互利用而暗中联手迫使他把从张咨手中夺来的南阳郡让与袁术，在太谷关征讨董卓所部官军时袁术不发军粮，他率军多次大败董卓所部官军袁术却从未对己加官晋爵以及袁术蔑视自己寒门出身而暗中大为不满。况且他本就不愿寄人篱下、任人指使，加之又有皇帝玉玺，倘若经过几番厮杀，征服了四方，没准能实现当初在雒阳刚得到玉玺时的那般臆想，即名正言顺地登基称帝。因此，方回到鲁阳，也不向袁术请示，便点起他那五万官军步骑，风驰电掣般向襄阳杀去。袁术闻报孙坚违抗他的命令行事，料想他已猜到自己有害他之心或有他意，因而只在原地声援一番而不发兵。

再说在荆州治所襄阳的刘表闻报袁术遣孙坚率领所部官军来攻，大惊，并忙传令召集左右文武前来议事大厅商讨对策。刘表字景升，山阳高平人，景帝之孙，鲁恭王之子，少时就学于南阳太守王畅，待长成，身长八尺余，姿貌甚伟，与同郡田林、张隐、薛郁、王访、刘祗、宣靖和公褚恭号称"八顾"。初，诏书捕党人，刘表因此亡走。党锢解禁后，被大将军何进辟为掾，出任北军中候，掌监五营校尉护卫宫省。在位方十旬，便因荆州刺史王睿为孙坚所杀而以贤能特迁拜为荆州刺史。初到荆州，因江南宗贼盛行，袁术兵屯鲁阳，吴人苏代领长沙太守，贝羽为华容长，皆与他作对，无奈，只好单骑到宜城，与大姓豪族蒯良、蒯越和蔡瑁合谋，软硬兼施，宽严相加，将其扫平，又将荆州治所从南阳迁至汉水之南的襄阳，并以为只要兵集众附，南据江陵，北守襄阳，荆州八郡便固若金汤。谁料现在孙坚大军压境，这岂不叫他是可忍，孰不可忍吗？因此，应召者到齐按秩方才站定，他便怒不可遏道："袁术这厮不顾当初他从京都雒阳亡命时我让出南阳郡予他之恩，眼下竟指使孙坚领兵来犯，真是岂有此理！他既不仁，我亦不义。因此，我欲遵以战去战、以杀去杀之古贤遗训,举兵自卫还击。不知诸位有何妙策?请速速道来!"

方言毕,厅下左侧中郎将韩嵩、部将吕公等一班将校立刻怒目圆睁,胡须倒竖,摩拳擦掌,七嘴八舌嚷着要与孙坚一拼高低。而站在厅下右侧的蔡瑁、蒯良、刘先、张允、邓义、庞季和伊籍等一班文臣却沉思不语。良久,庞季方出列上前道:"鄙人以为,袁术和孙坚之流早已对我虎视眈眈,以兵来犯只是时间迟早而已。现在他们既举兵而来,必欲据襄、樊为已有而后夺取荆州全境方肯罢休。众所周知,襄、樊二城,夹带汉沔,西接巴蜀,北靠宛许,南包吴越,挟汉沔以为池,压平楚以为川,乃南北必争之地,亦与我州境内所有城邑势同唇齿。得之,则荆州得。反之,则荆州失。因此,得失干系非同一般。而眼下来犯之敌数倍于我,已成他石击我卵之势,这将如何是好?"

在场将校闻庞季如此言,随即若霜打的茄子,蔫了。刘表也非常着急。正在此际,蒯越不慌不忙出列上前道:"不若传令江夏太守黄祖尽快率兵来援,不知主公意下如何?"

刘表闻言,沉思片刻道:"那就依蒯先生的吧。"

时在场者对蒯越之言也深表赞同。刘表于是便传令黄祖率领两万官军水兵、步兵火速前来支援。同时,又遣韩嵩与蒯良各领一万官军步骑驻守邓城;吕公和从事刘先领一万官军步骑驻守樊城;他则与蒯越、蔡瑁等左右文武率领其余官军驻防襄阳,以为中军。同时反复明言:在黄祖所率援军未到之前,只许负隅固守,不得擅自出击。否则,定斩不饶!随后,大家便匆匆离去,按令行事去了不提。

却说孙坚所率那五万官军并非齐头并进,而是以程普为主将,朱治和祖茂为左右的第一路军攻占邓城;以黄盖为主将,吴景和徐景为左右的第二路军攻占樊城。当他们从鲁阳水陆并进先后方赶到各自进攻的目的地,便立刻展开了猛烈进攻。由于刘表所部守城官军早有准备,且防守甚严。因此,他们攻打了半日,也没一兵一卒越过邓、樊二城池一步。程普、黄盖见此,无

第二十五回　破袁绍刘玄德喜领平原相　攻刘表孙文台惨死于岘山

奈，只好不约而同传令鸣金收兵，就地安营扎寨歇息，待孙坚所率主力官军赶到后再做计议。

十余日后，当孙坚所率主力官军分别赶到邓、樊二城外程普、黄盖两支官军营寨时，黄祖所率官军援军也进入了邓、樊二城。看官你道孙坚所率主力官军先从距邓、樊二城较近的鲁阳出发，又是顺流而下，何故与距邓、樊二城较远的江夏治所西陵，又是朔江而上的、后出发的黄祖所率官军几乎同时到达邓、樊二城呢？原来孙坚所率主力官军路过宛城时，被袁术婉言留在那里与其明争暗斗了一番后，方才重新启程，因而耽误些时日。而黄祖在接到刘表传令后，立刻便率官军启程，水路不分，风驰电掣般昼夜赶路，因而到达极快。

刘表、孙坚两军各自养精蓄锐三日后，便不约而同地互投战书，以便尽快决出雄雌。按战书约定的一日下午，两军便在位于邓、樊二城之间的邓塞山脚下一片空旷地上摆开了阵式。时刘表所率官军列阵于南，银胄银甲白马双剑的刘表自然居阵前中央，远远望去犹若一尊雪塔。其右侧依次为黄祖、刘琦、张允和伊籍，左侧依次为蒯越、吕公、蔡瑁和庞季。他们皆披甲戴胄，高头大马。孙坚所率官军列阵于北，铁胄铁甲黑马大斧的孙坚自然居阵前中央，远远望去犹若一座铁塔。其右侧依次为程普、朱治和祖茂，左侧依次为黄盖、吴景和徐景。他们亦披甲戴胄，高头大马。

须知，双方将士皆以为今日这仗的胜负，将是决定今后荆州得失的大事，因而皆怒目圆睁，刀枪高举，弓弩大开，恨不得一声令下便冲上阵去拼个你死我活方才罢休。如此气氛，对武夫出身的孙坚来说自然是司空见惯，处之若常。但对只知四书五经、之乎者也的刘表来说，还是初次遇到，因而免不了生出几分惧色，并后悔当初没有听从左右文武劝阻，非要从襄阳赶到这里与孙坚决战。后来他见自家阵中将士皆雄赳赳气昂昂，胆子方才逐渐壮了起来，并拍马出阵，鞭指孙坚大声斥责道："孙坚小厮，你身为豫州刺史，不安分守己，富州抚民，却肆意穷兵黩武，侵犯我境，此足见你虽早为朝廷命官，然却不守王法，轻侠狡杰，强人为妻和打家劫舍的劣根性仍然未改。

倘若……"

　　孙坚闻刘表当众揭他的短,早气得两眼发直,怒发冲冠,不待刘表言尽,便拍马挥斧,冲杀过来,大有将其劈得粉身碎骨之势。刘表见此,不禁吓得面如土色,不知所措。正在此际,忽闻得身后一声吼,一员铁胄铁甲黑马的猛将举着一条六十斤重的狼牙大棒,拍马闪电般冲上阵去,迎住孙坚杀了起来。从惊惧中回过神的刘表忙循声望去,原乃自家部下老将黄祖。

　　孙坚勇猛当世,自不必说。黄祖虽然年迈,却身高力大,武艺超群,在荆楚大地传为美谈佳话。孙坚性急,黄祖性更急,一交手,皆恨不得立马置对方于死地而后快。因此,拼杀卷起的尘土蔽天盖日,不见人踪马影。直到日落西山,夜幕降临,也未分出胜负高低来。两边将士的喊杀声和助威声淹没了时之呼啸的北风声。刘表见此,正欲叫人上去助黄祖一臂之力,以便尽快取胜。正在这时,忽一刘表所部小校飞马至刘表马前不及向他拱手施礼,便对他耳语起来。随即便见刘表神色紧张,并立马传令全军向邓、樊二城退去。孙坚所率将校见此,大喜,遂便挥军掩杀过来。黄祖见此,以为再战凶多吉少,于是便向孙坚虚晃一招,拨转马头向后退去。孙坚自然不肯罢休,并催马挥斧紧紧追杀过去,意欲擒杀黄祖。刘表在乱军中见黄祖处境危险,便忙吩咐吕公和刘琦各领五百官军精骑回去救援。然吕公和刘琦回军用了九牛二虎之力方救出黄祖,孙坚所率官军已随后紧紧追杀了过来。守卫邓城的蒯良和守卫樊城的刘先闻报自家官军大败,料知城池难保,便忙率军出城护着方逃到城门口的刘表及其他官军将士渡过沔水,退保襄阳城。

　　看官你道刘表何以在孙坚与黄祖还未决出胜负时就下令退军呢?原来刘表从那小校那里得报孙坚部将孙贲和韩当奉孙坚之令,暗中领了一支官军正从襄阳城东南三十里的龙尾洲乘船南渡,欲偷袭襄阳。刘表恐守卫襄阳的陈久和邓义所率官军不防,而被孙贲、韩当所率官军乘机而入,方才出此退军下策。

　　孙坚所部官军占领邓、樊二城后不待歇息,便马不停蹄地渡过沔水,在距襄阳城远近不等的万山、阿头山、岘山、偃城、柳关、沔水、关沟、白

第二十五回　破袁绍刘玄德喜领平原相　攻刘表孙文台惨死于岘山

河、清泥河、檀溪、龙尾洲和赤滩圃等山头、关隘与河汊布满了人马。于是城池四周远近一时营寨遍野，旗帜蔽日，刀枪林立，舟船穿梭，叫天上飞鸟、地上走兽、水中鱼虾也难逃脱。襄阳城北临波涛汹涌的沔水，南临绵延起伏的群山，城墙高大坚固，城壕宽广深幽，因而早在春秋战国时便是楚国易守难攻的津关戎地。眼下刘表所部官军龟缩在如此优越的城池里坚守不出，自然叫孙坚所部官军奈何不得。

一日傍晚，孙坚在位于城南岘山脚下的中军大帐里为攻城受阻而坐卧不安之际，忽见孙贲匆匆进来献计道："叔父不若效春秋时君主原伯贯故事，将敌诱出城外歼之，若何？"

孙坚闻言，遂醒悟道："侄儿所言甚妙！"

言毕，即传令朱治和吴景立刻各领三千口齿伶俐、嗓音洪亮的将士，于襄阳南门外日夜轮番辱骂刘表和黄祖，以便将其诱出城外歼灭。同时，又传令程普、黄盖各领五千官军伏于岘山左右两侧，待时一齐杀出，切断刘表所部官军退路。他则与孙贲在中军大帐相机行事。

随后不久的一日夜晚，便见襄阳城南门外火光中到处横竖躺着高声叫骂刘表与黄祖的朱治和吴景所率官军将士。刘表在南城门楼上见此，大怒，立刻令黄祖领五千官军步骑出城袭击。在城里早已待得不耐烦，且又受不了挨骂的黄祖得令后二话没说，立刻披挂上马，率军从南门飞奔而出，欲将那些将士斩尽杀绝，以解心头之恨。他们见此，却不慌不忙地从地上爬起，向黄祖所率官军虚晃了一阵，便潮水般向南逃去。黄祖正追杀得兴起，哪知是计？并挥军奋力随后追杀。方到岘山北侧孙坚营寨前，忽见火光中孙坚率一支官军从前，程普率一支官军从右，黄盖率一支官军从左，一齐杀了出来。黄祖见自己不仅中计，回城之路也被切断，遂不禁慌了神。须知，黄祖毕竟是久经沙场的猛将，待定下神，即挥舞着手中狼牙大棒，率军猛地向孙坚杀去，意欲将其生擒活捉，当做人质突围。

时黄祖是一支孤军，哪是孙坚、程普、黄盖、朱治和吴景所率五路官军的对手？因此，黄祖及其所率官军不但未能生擒活捉孙坚，反还被杀得人仰马翻，丢盔卸甲。黄祖无奈，只得带着百余随身官军步骑，拼命杀开一条血路，从岘山东侧向南逃去。孙坚见了，哪里肯舍？遂便拍马独自紧追了过去。

　　时值当夜四更过半，伸手不见五指，加之北风呼啸，黄祖所率官军自然看不见听不清后面有多少追兵。为摆脱困境，他们方逃到岘山南侧，便三五成群地胡乱躲进附近山险路窄的密林中，待追兵过去后再寻小路回城。当他们隐蔽停当不到一刻工夫，孙坚便边猛追边高喊着追杀了过来。黄祖闻声，料定孙坚是单枪匹马，不禁大喜，以为这是诛杀他的极好机会。于是立刻密令部下，以强弓劲弩一齐朝孙坚喊声处射去。孙坚不防，故不及喊叫，便中箭坠马而亡。可惜一代雄杰，因粗心大意而命归黄泉，时年方三十有七。

　　时黄祖也不管孙坚是死是活，便领着部下翻山越岭，继续向前奔逃。

　　随后不久，程普、黄盖、朱治和吴景便先后率领官军赶了过来。时天已微明，当他们发现满身中箭，两眼圆睁，身躯欲僵的孙坚活像只大刺猬般倒在山沟里时，竟惊得不相信自己的眼睛。待回过神，才立刻翻身下马，争先恐后上前拔去孙坚身上箭支，抱着孙坚嚎啕大哭起来。末了，才将他放到随后赶到的一骑兵战马的马鞍上，缓缓向中军大营行去。

　　孙贲闻孙坚阵亡，自然痛不欲生。然人死不能复生，无奈，只好忙收拾部众，拔营收寨而去。为使孙氏后代能登上九五之尊，孙贲还特意亲自扶送孙坚灵柩至秦时以来便有天子之气的吴郡曲阿县北冈山上予以埋葬。

　　此时值初平三年正月。

　　看官欲知刘协与有关诸侯对孙坚之死是何态度，请看下回分解。

第二十六回

战界桥公孙瓒轻敌败北
守顿丘曹孟德运筹胜算

却说黄祖及所率官军回城不久便闻知孙坚阵亡消息，皆高兴得不能自已，还有的纷纷跑到中军大营七嘴八舌向刘表表示愿乘机出城追杀孙贲所率原孙坚所部官军，以报前时接连损兵折将之仇。然刘表却不以为然道："孙坚这厮虽亡，但其部下将士却无多大损伤。因此，我们万不可轻视他们。再者，他们现在为孙坚报仇心切，倘若我军趁此与其交战，必凶多吉少。故依我见，不若任其自行退去方为上策。再则，落井下石之事我刘表一向不为啊！"

在场者闻言，皆以为非常有理，于是便偃旗息鼓，去胄卸甲，任由孙贲拔寨领军而去。同时置酒高会三日，以为庆功。

袁术在南阳闻报孙坚遇难岘山，认为正好达到了自己欲借他人之手诛除孙坚的目的。因此，心中自然暗自欢喜。但考虑到孙坚所部这支勇悍善战的官军不但未因孙坚阵亡而各奔东西，反还紧密团结在其侄儿孙贲身边，并发誓有朝一日要为孙坚报仇雪恨等情况，这不能不叫他时刻心惊肉跳，不寒而栗。后经与左右密商决定：先做个顺水人情，即让孙贲袭领孙坚豫州刺史一职，并统领原孙坚所部官军，待有机会再将其并吞过来不迟。为了不让孙贲识破他这番良苦用心，还特意摆设灵堂，悲痛欲绝地祭奠了孙坚一番。

长安城里的刘协及皇亲国戚、文武百官听到孙坚阵亡的传闻后，无不悲痛惋惜，黯然泪下。因为他们知道，当初那些讨董官军中，曹操和王匡虽敢与董卓对抗，但因兵微将寡、实力不足而被董卓所部讨逆官军杀得溃不成军，连他俩都险些丢了性命。唯孙坚所部豫、荆二州籍讨董官军壮勇，将董卓所部讨逆官军杀得闻风丧胆，大败而逃。倘若以袁绍为盟主的那些讨董官军随后支援，孙坚所部讨董官军打到长安、迎帝东归也是易如反掌的事。现在孙坚已亡，还有谁奈何得了董卓这厮呢？不过雒阳籍官民却另有想法：当初要不是孙坚所部讨董官军逼得紧，董卓也不会焚毁繁华无比的雒阳城和迁都到早已破败的长安城，使他们离乡背井，吃尽苦头。因此，对孙坚之死，不但不痛惜，反还高兴异常。

董卓在长安董垒得报孙坚死亡消息后，开始还不相信自己耳朵。后经查证消息属实，方才高兴得手舞足蹈，还破口大骂了孙坚祖宗八代一番，以为解气。同时，还认为为他洗了天大的耻辱，并可马放南山、高枕无忧了。而射杀孙坚者虽是黄祖指挥的，但他是刘表部下，是奉刘表命令行事，头功自然是刘表。为嘉奖刘表，他立刻亲自上表刘协，将只有一州监察、选举和劾奏等领兵之权的荆州刺史刘表迁升为拥有统管一州全权的荆州牧。当然，也嘉奖了黄祖一番。同时，爱将如子的董卓又非常惋惜孙坚这位世之猛将不幸殒命。

时在蓟县的公孙瓒以为孙坚一贯所向披靡，每战必克。因此，这次出兵襄阳，必胜无疑。谁料不但未传来孙坚攻克襄阳、擒杀刘表的喜讯，反还闻报孙坚被刘表部下黄祖射杀身亡的噩耗，这自然叫他始料未及。因而原指望孙坚战胜刘表后，可极大鼓舞自家部下官军战胜袁绍所部官军的士气自然便成了泡影。对此，还悲伤地痛哭了一场。但与袁绍决一死战的决心犹若弦上的箭，必发无疑。于是便积极厉兵秣马，准备随时与袁绍对阵开战。

袁绍在界桥大营闻报孙坚战死音讯后，自然高兴万分，以为这无疑增强了自己官军将士战胜公孙瓒所部官军将士的勇气。但考虑到前时在讨董之战中孙坚表现最为勇敢、战功显赫、名满天下的事实，又不得不摆设灵堂，隆重祭奠孙坚，随后还亲撰祭文，布告天下，以示他这位当年的讨董官军盟主的空谷胸怀。虽是虚情假意，做得倒也得体。

第二十六回　战界桥公孙瓒轻敌败北　守顿丘曹孟德运筹胜算

此后不久的一个下午，袁绍召集众文武到中军大帐，商议与公孙瓒决战之策。他们闻召到齐方按秩站定，时早到那里的袁绍即道："今贼臣公孙瓒不守纲纪国法，擅自用兵，掠我地境，真乃是可忍，孰不可忍！不知大家有何退敌良策，不妨速速道来。"

众文武闻言，皆低头不语。袁绍见此，料想他们被公孙瓒眼下之势吓住了。良久，见他们仍然如此，于是气得毛发倒竖，两眼发直。正在这时，忽见别驾沮授步出上前将袁绍拉入帐内密室道："主公不必生气，部众眼下之意只可开导，不可违背。"

言毕良久，袁绍才若有所思叹道："今公孙瓒这厮作乱，关东震动。我历世受宠，四世三公，志竭力命，兴复汉室。然独木难成屋，滴水难成河。没有部众齐心协力奋勇征战，如何杀退眼下之敌呢？"

沮授闻得此言，知晓袁绍那喜怒无常的性情又复发了。时沮授深知，大敌当前，主帅切不可有丝毫动摇之心，否则，后果不堪设想。因此，忙鼓励袁绍道："主公弱冠登朝，播名海内，值废立之际，忠义奋发，单骑出奔，董卓怀恨，济河而北，渤海稽服。拥一郡之卒，撮冀州之众，威凌河朔，名重天下。若举军东向，则黄巾可扫；还讨黑山，则张燕可灭。回师北首都，则公孙瓒必擒；震胁戎狄，则匈奴立定。横大江之北，合四州之地，收英雄之士，拥百万之众，迎天子大驾于长安，复宗庙于雒邑，号令天下，诛讨未服。以此争锋，谁能御之？比及数年，其功不难立啊！"

袁绍闻沮授这番美言妙语后，立刻由忧转喜道："先生方才之言，乃我所思所想呢。若齐桓公无管夷不能成霸，勾践无范蠡无以存国。我欲兴复汉室，安定社稷，若无沮将军你勠力鼎助，亦将化为泡影。"

言毕，即表沮授为奋武将军，使监护诸将。

待袁绍、沮授步出密室时，众文武仍旧如前，袁绍却兴冲冲道："据我所知，公孙瓒这厮仅眼下暂时得势，便肆无忌惮，穷兵黩武，扰掠我境，此乃小人得志所为。他一向压抑衣冠弟子和才秀俊杰，而宠信骄恣之徒、庸俗之辈和不足挂齿的商贾术士之流，并与其定兄弟之誓，结姻亲之盟。更甚者，还比喻他们为古之贤者郦商、灌婴之属。此类狐朋狗党，羊质虎皮，见草而悦，见豺而恐，外强中干，实不堪一击！故其遭祸只是时间早晚而已，何足惧呢！"

袁绍言至此停了片刻，便将话锋一转，情绪激昂地将他与沮授方才在密室里所言向众文武重复了一遍。众文武闻知袁绍与沮授所言后，以为别说消灭公孙瓒，就是打遍天下也无敌手。因此，遂便一改此前惧怕公孙瓒之心，并争先恐后上前请战。袁绍见此，大喜，正欲调兵遣将，忽见别驾田丰上前向他拱手施礼道："古兵家云：勇不足恃，用兵先谋。故凡战，巧也。若未战之前不先料敌将领之贤愚，敌兵马之众寡，敌士气之盛衰，敌粮草之短足，便贸然进兵，此乃取祸之道也。在下愚见，不知主公意下如何？"

袁绍闻言恍然大悟道："我今召集大家来此，本为商议杀敌良策。若不是元皓方才提醒，我倒将此遗忘了。"

田丰闻袁绍出言恳切，大喜，遂便直言道："公孙瓒长期与上谷、渔阳、右北平、辽西和辽东等五郡塞外边寇乌桓征战时，惯用其凶猛剽悍、能骑善射的骑兵做前队。故我料他这次与我军交锋，亦会故技重演，以骑为先。因此，破敌顽骑，乃当务之急！"

方言毕，袁绍即忧心忡忡问道："田先生所言极是，然不知谁能担当此任呢？"

方问毕，便闻有人高声道："为汉室江山社稷，末将愿效犬马之劳！"

袁绍及众文武忙循声望去，原乃从韩馥处归降而来的麴义。麴义到底有无文韬武略，时袁绍心里还没底，于是以怀疑的口气问他道："不知将军有何破敌良策？"

"末将曾在凉州与羌胡骑兵交战多年，知晓其长短优劣。因此，主公只要给我五百官军步勇即可，到时只听大捷便是！"

袁绍闻麴义言，遂沉思片刻道："我军之生死存亡，皆寄予将军一身了啊！"

随后，即拨给麴义猛壮官军步兵八百为前军，自领官军步兵数万随后，

第二十六回　战界桥公孙瓒轻敌败北　守顿丘曹孟德运筹胜算

书约与公孙瓒决战。

此后不久的一个上午，公孙瓒也在蓟县城外的中军大帐与众文武商议如何击败袁绍所部官军的锦囊妙计。时公孙瓒道："败军之将袁绍方才送来挑战书，约我三日后与其对阵决战。不知诸位有何克敌制胜妙策，不妨速速道来。"

时公孙瓒所部官军是胜利之师，士气自然旺盛。因此，公孙瓒方言毕，众文武便争先恐后上前献计献策。有的说宜乘敌不备之机先发制人；有的说宜可与敌兵对兵、将对将一决雄雌。总之，七嘴八舌，莫衷一是。对此，公孙瓒一时也不知如何是好。正在此际，严纲大步上前高声道："以我之长，击敌之短，此向为我军克敌制胜之法宝。而我之长，骑兵也；敌之长，步兵也。此地千里，一马平川，利在骑战而非步战！因此，这正是我骑师……"

不待言毕，公孙瓒便眉飞色舞道："太公兵法亦云：'用骑以出奇，取其神速也。'骑之用：可冲锋，可掩袭，可追逐，可攻坚，可侵掠布阵，践草芥而驰之。别径奇道，趋而出之，迅速倏忽，瞬间数里。战酣之际，铁骑蹂躏，入其军中，袭其左右，薄其前后，索扰横突，出而复入，如无人之境也。如此，敌阵虽坚，敌军虽强，亦必摧之。此亦我多年讨伐乌桓敌寇所亲见。故严将军方才之说甚为有理！"

方言毕，众文武便立刻一齐上前，欲争夺骑兵打头阵令牌。谁料公孙瓒沉思良久才道："严将军熟知骑战妙法，还是他率领骑兵与敌对阵为好。"

严纲闻公孙瓒信任自己，遂激动道："主公美意，末将领了。若不胜敌，愿以头颅抵罪！"

公孙瓒闻严纲如此言，大喜。随后又令其他将校做好参战准备，以待随时参战。他们得令，皆匆匆出帐按令行事去了不提。

此后三日早饭方毕，袁绍与公孙瓒两边官军按约在界桥南二十里处一片平地上列开了阵式。时袁绍那边只有麴义领了八百官军步兵伏于楯树丛林之后。而公孙瓒这边官军骑、步各一万，列为方阵。骑兵分布在阵的左右两翼，各五千余，白马义从为中坚。步兵则分为左右两校，右可射左，左可射右。时衣甲披挂整齐的公孙瓒骑一高头白马居中。右侧依次为严纲、单经、公孙范、关靖和刘纬台，左侧依次为田楷、刘备、关羽、张飞、赵云和简雍。再加之那遮天的战旗，耀日的胄甲，林立的刀枪，好不吓人。

公孙瓒见麹义所率官军步兵甚少，且又伏于时之楢树丛枝叶未发而无遮无盖无掩护的小丘上，自然非常轻敌，并以为袁绍胆怯，只派少数官军前来应付。于是便叫严纲率领白马义从数千冲杀过去。

须知，何为白马义从呢？原来公孙瓒当年与乌桓兵马交战时，常骑白马，且每追无虚发，并数获戎捷。于是他便选了高大威猛的白马数千，又选了年龄四十以下，身高七尺五寸以上，壮健捷疾，超骑劲射，并能前后左右周旋进退，越沟堑、登丘陵、冒险阻、越大泽、驱强敌和摧众敌的志愿参战骑士组成劲骑兵。现在他们在严纲的指挥下，若洪水猛兽般向对面麹义所率官军步兵冲杀过去，大有将其踏成肉泥之势。谁料他们方才冲至距麹义所率官军步兵埋伏的楢树丛前五十余步，忽见麹义将手中令旗一挥，那八百官军步兵便一齐冲出楢树丛，挥舞战旗，敲锣打鼓，扬尘大叫。同时，强弓大弩齐发。严纲他们对此还未反应过来，便被射得人仰马翻，鬼哭狼嚎，转身就逃。于是瞬间便死者千余，伤者无数。公孙瓒及其所率官军步骑见一向战无不胜的他们败下阵来，遂便惊慌失措，军心动摇。袁绍见此，便将手中令旗一挥，其所率主力官军便以排山倒海之势从麹义所率官军步兵后面冲杀了过来。公孙瓒所率官军步骑本已胆寒，现在见此，以为败局已定，遂便掉头向界桥方向逃去。为挽回战局，公孙瓒及其将校便忙上前制止，但毫不奏效。无奈，只好随后而逃。麹义自然不肯放过如此杀敌良机，于是便挥军直追杀到界桥头，意欲置公孙瓒于死地而后快。时公孙瓒所部官军大多已过了界桥，只剩公孙瓒、严纲、公孙范、田楷、单经、刘备、关羽、张飞、赵云和简雍等百余殿后将士正奔走在界桥上。须知，他们本就不服眼下败局，现在见麹义等人逼得紧，不禁大怒，并不约而同地掉转马头原地不动，意欲与麹义所率官军步兵一决高低，挽回败局。谁料麹义所率官军步兵杀红了眼，方一交战，他们便见马就砍，逢人便刺，以一当十，以十当百，有进无退，无

第二十六回　战界桥公孙瓒轻敌败北　守顿丘曹孟德运筹胜算

人能敌。因此，双方交战不久，公孙瓒、严纲、公孙范、田楷、单经、刘备、关羽、张飞、赵云和简雍便被杀得东倒西歪，飞快而逃。麴义见他们逃远，料知擒杀无望。无奈，只得挥军向公孙瓒所部官军大营杀去，那里守军将士不防，于是没用吹灰之力，便拔掉了立于中军大帐前的牙门大旗。那些守门将士见代表军旅精魂的旗帜没了，大惊，遂便争先恐后地弃营而逃。袁绍在后闻报麴义所率官军大胜，大喜，并立刻传令所部官军主力乘胜向前追击，他则留田丰等文臣谋士及帐下数十强弩手、百余大戟士随他慢慢跟进。当他们行至距界桥十余里处时，便下马卸鞍就地坐下歇息。正在这时，忽见有两千余公孙瓒所部官军散骑朝他们这边赶了过来，并很快将他们里三层外三层包围起来，随后便万箭齐发，欲将其置于死地而后快。田丰见此，唯恐袁绍不测，便忙上前欲将他扶进附近的空墙内躲避。谁料袁绍忽然摘下头盔猛地抛之于地大声道："大丈夫宁可当前战死，也不入墙间，岂能苟活呢！"

言毕，即奋勇上前，挥剑指挥突围。左右及部众见出身于四世三公之家的袁绍竟然临危不惧，视死如归，于是立刻便转惧为勇，冒死负隅持弩，向公孙瓒所部散骑猛射，结果竟将其挡在原地不得前进，且还死伤了不少。时他们不知被围者中有袁绍，又见一时难于攻进，于是便欲掉转马头退去。正在这时，忽见麴义领了一支官军风驰电掣般地朝这边赶来救援。公孙瓒所部散骑见此，大惊，遂便不顾一切四下逃去。麴义见此，大喜，遂忙率军上前，将袁绍和田丰一干人救出墙垣，拥簇着回营去了不提。

公孙瓒兵败界桥后，并不服输，反还仍以严纲为冀州刺史、田楷为青州刺史、单经为兖州刺史，并署诸郡县，继续与袁绍、曹操对抗。刘备和赵云见此，遂表反对，但公孙瓒仍固执己见，我行我素。刘备和赵云无奈，只好悻悻而去。而袁绍认为公孙瓒已成败军之将，竟还胆大妄为，不禁大怒，并以麴义为先锋，从界桥移军广川与公孙瓒所部官军大战，并斩杀严纲。严纲乃公孙瓒大将，他被斩杀，自然全军震动。公孙瓒见败局已定，无奈，只好领军从渤海退出，回到蓟县，再也不敢复出。

公孙瓒所部官军虽败退，但袁绍深知其军事实力仍很强大，因而也不敢挥军从后追杀，在犒劳一番三军后，便领军南至巨鹿郡廮陶县河水北岸的薄落津驻守。

此时值初平三年二月末。

袁绍所部官军与公孙瓒所部官军在界桥、广川的战争方结束不久，黑山黄巾军渠帅于毒、眭固与东郡太守曹操的战争又起。事情的原委是这样的：曹操所部官军在去年九月将黑山黄巾军渠帅白绕、于毒和眭固所率黄巾军在东郡濮阳打得大败而逃，曹操因此被其上峰袁绍表为东郡太守。但曹操以为，在这兵荒马乱的年月里，来此任职并欲站住脚跟，不仅要施仁政、重安抚，还须效法当年秦皇和汉武故事，经常在辖区来回巡视，炫耀武力，威慑官民，即所谓软硬兼施。于是上任不久，便经常率领官军四处巡视。一日午饭后，当曹操率军巡视完顿丘县境内各地，并乘机凭吊和祭祀那里的阴安城、关津城、刚平城、干城、聂城、卫城、金堤驿、蒯聩台、颛顼陵和帝喾陵等城邑及名胜古迹，后回到顿丘县县府驿馆住处。正与部下文臣谋士热烈谈论这些名胜古迹的来龙去脉、兴衰继绝时，忽见一探马飞一般前来不及向他拱手施礼便报道："禀告太守大人，不好了。昨夜四更时分无数黑山黄巾妖贼军忽然将东武阳城围得水泄不通，大有不破城池誓不罢休之势。"

曹操闻此恶音，自然谈意全无，并认为此事干系重大，于是立刻便传令众文武，迅疾赶到议事厅商讨对敌良策。待他们闻令到达那里方按秩站定，曹操即道："我方才闻报黑山黄巾妖贼军贼酋于毒、眭固突然率军包围了东武阳城，形势甚为险恶，不知你们有何退敌良策，不妨一一道来。"

众文武闻曹操言，先是一怵，待片刻回过神，便七嘴八舌，各抒己见，但最终却莫衷一是。正在这时，只见夏侯渊出列上前向曹操拱手施礼道："依末将之见，主公不若立刻率军赶往东武阳城，与那里的我军守城将士一道，将黄巾妖贼军斩尽杀绝就是了。此犹若操牛刀，宰小鸡。何须什么妙计良策呢？"

方言毕，夏侯惇即出列上前道："贤弟方才之言甚为有理！这些黄巾妖贼军本是我军手下败军之徒，因而只要我大军一到，他们定会闻风丧胆，不击

第二十六回　战界桥公孙瓒轻敌败北　守顿丘曹孟德运筹胜算

自溃！"

其他文武闻夏侯渊和夏侯惇言，以为非常有理，并纷纷出列上前请战。

曹操见此，遂沉思片刻道："我以为二位夏将军方才之言差矣。须知，这些黑山黄巾妖贼军不仅兵多将广，还是有备而来，其为报去年濮阳兵败之仇之心甚为迫切。倘若与其交战，万不可掉以轻心。否则，必凶多吉少。因此，还是谨慎用兵，筹划谋战方为上策。"

在场者闻曹操如此言，虽觉非常有理，但又献不出什么谋战之策。良久，鲍信方才出列上前道："谋战虽好，但不知主公有何谋战之策，不妨道来，在下愿洗耳恭听。"

方言毕，曹操即笑道："我今欲效法孙膑围魏救赵之策，解除东武阳城眼下之围。若何？"

在场文武闻言，皆表赞同。曹操见此，大喜，忙对鲍信、任峻和杨原耳语了一阵。接着，又对夏侯渊、夏侯惇和乐进耳语了一阵。时只见他六人纷纷点头称是后，便先后转身匆匆出了议事厅。其余的料知耳语为军机大事，自然不便询问。末了，同曹操一起散去不提。

却说此前曹操所部官军在东郡虽然打败了白绕、于毒和眭固所率黑山黄巾军，但黄巾军伤亡甚少。因此，他们随后即厉兵秣马，寻求战机，以便报仇。最近他们探得曹操带领官军外出巡视，东武阳城空虚，于是便在一日午饭后乘机出兵，将东武阳城铁桶般包围起来，日夜不停地轮番攻打，大有一举破城之势。

东武阳城守军主将曹洪、副将曹仁在几名随从的拥簇下，在西城楼上见到黑山黄巾军这般势头，不禁惊惧万分。时曹洪忧心忡忡地问曹仁道："贼军人多势众，且又攻势凶猛，如何是好呢？"

曹仁闻言，亦忧心忡忡道："我们以往遇敌，皆有主公运筹帷幄，出谋划策。可眼下他远在顿丘，不能前来，我也不知如何是好！"

正在这时，忽听得身后一人高声道："在下有一破敌良……"

不待那人言毕，曹洪和曹仁忙循声转身看去，原乃谋士张奋，于是他俩忙异口同声对他道："还不快快道来！"

"贼军虽多，然乃乌合之众。且又是远道而来，人地生疏，疲惫不堪。因此，他们只不过是狼皮羊质，外强中干罢了，有何惧呢！只要我们效当年齐将田单守即墨故事，爱兵如子，同心协力，负隅坚守，不需多久，太守大人定会闻讯率军赶来救援。那时两军里应外合，前后夹……"

不待张奋言毕，曹洪和曹仁便又异口同声道："先生方才明见之言，如雷贯耳，遂使我俩茅塞顿开！待时定在太守大人面前为你表功。"

言毕还不待张奋谦虚一番，曹洪便传令全军日夜严守城门关隘。随后，便带着随从走下城楼，不停地到城内各处鼓舞将士，安抚市民。于是全城军民立刻便由惧转勇，誓与城池共存亡。

却说于毒和眭固见黑山黄巾军一时攻城不下，遂便下令停止攻击，后退三里安营扎寨，埋锅造饭，以便解除饥饿和疲惫后再行攻城。不久后的一天午时三刻，待黄巾军一切准备就绪，便在于毒和眭固的指挥下，前军以排山倒海之势，向东、西、南、北四大城门猛地攻了过去。待他们距城池还有三十余步时，仍不见城上有任何动静。于毒和眭固以为官军被他们眼下这般势头吓懵了，于是便挥军继续向前冲。待冲到距城墙根约十余步时，忽听得城上一声鼓响，无数官军一齐拥向城垛，争先恐后向下抛石雷、放利箭、泼热水。黄巾军不备，竟被石雷砸得晕头转向，被利箭射得喊爹叫娘，被热水烫得皮开肉裂。眭固见此，大惊，忙对身旁的于毒道："敌军已有防备，因此，我军须携带防御器具才是。"

于毒闻言，遂沉思片刻道："眭将军之言极是。然不知眼下什么器具奏效呢？"

方问毕，眭固便上前对其右耳低声耳语道："木板如何？"

于毒闻言大喜道："妙啊！"

言毕，即传令攻城前军回大营去搬来安营扎寨剩余的宽大木板，以备攻城所用。不一刻工夫，便见黄巾军三五成群顶着木板，齐刷刷地向城下冲去。他们以为有了这种防御器具，守城官军定会束手无策，弃城而逃。谁料

第二十六回　战界桥公孙瓒轻敌败北　守顿丘曹孟德运筹胜算

方靠近城墙根，城上浓雾般的脏尘埃和瀑布般的热粪水忽然从天而降，向他们洒来。接着又是无数火箭向后面的黄巾军纷纷飞去。于是城下瞬间便灰尘飞舞，臭气熏天，火苗乱窜。结果黄巾军虽然伤亡不多，但烫伤者和烧伤者却不计其数。

于毒和眭固见两次攻城失败，大怒，遂便令部下强弓大弩手四千，每千为一队，轮番向各自攻打的城楼上施放火箭。黄巾军这招还真奏效，只转眼工夫，便把守城官军烧射得丢盔卸甲，东躲西藏。同时，四大城楼、城内官衙官邸商肆民宅也被烧得东倒西歪，断垣残壁。总之，整个东武阳城成了一片火的海洋。于毒和眭固见此大喜，遂忙传令黄巾军全军将士，立刻搭云梯、抛搭钩，一齐向城上攀爬上去。方攀爬到城垛口，那些方才逃散的守城官军在曹洪、曹仁和张奋的严令下，又纷纷回到各自岗位，拼命抵抗。他们有的用利刀砍断搭钩皮带，有的用大斧剁碎搭钩钩头，有的用长棍斜推云梯，有的用枪矛猛刺已攻上城垛的黄巾军面部、胸部和腹部，有的用狼牙大棒猛砸双手方攀附上城垛的黄巾军手指，有的用砖头乱砸已越上城头的黄巾军头部。由于黄巾军人多势众，且又前赴后继，不怕伤亡，因此，尽管官军竭力抵抗，还是有不少黄巾军将士在当日夕阳西下时先后攻上了城墙。曹洪、曹仁和张奋见此，不禁大惊失色，并料知守城无望，遂不待商议，便欲传令各处守城将士立刻弃城而去。谁料传令还未发出，便听得城外四周不远处响起震天动地的鸣金声，那些城上城下攻城黄巾军闻之，立刻不约而同纷纷向后撤去。曹仁、曹洪和张奋及部下官军见此，不禁愣了神。待回过神欲出城追杀时，黄巾军早已去远。无奈，他们只得在城头上望影兴叹。

曹仁、曹洪和张奋以为这是黄巾军的诈退之计，于是便忙传令全军将士，没有命令，一律不准出战，否则定斩不饶。同时，还传令全城市民，务必与官军一道，抢修被烧被毁的城楼、官衙、官邸、商肆、民房、关垛和要隘，以防黄巾军来攻。

看官你道是谁在黄巾军破城在即的关键时刻鸣金呢？乃黄巾军！原来当于毒在阵前正挥军攻城时，忽得报曹操率领鲍信、任峻和杨原等大队官军，正在黑山大本营前列阵挑战。对此,他自然又惊又怕,并不待与眭固商议,便立刻传令鸣金收兵,拔营起寨,连夜飞一般赶回黑山保卫大本营去了。

当于毒和眭固所率黄巾军于次日黄昏时分行至内黄县城西五马山前时,忽听得山顶密林里一阵鼓角声,一队官军从山右,一队官军从山左,一齐向他们围杀了过来。于毒和眭固见此,不禁先是一怵,待回过神举目一望,原来山右边的为首者是曹操和夏侯惇,山左边的为首者是夏侯渊和乐进。夏侯惇、夏侯渊和乐进的突然出现,让他们以为是中了埋伏。但对曹操的突然出现,却感到不可思议。因为他俩昨日傍晚闻报曹操与鲍信、任峻和杨原还在黑山指挥官军攻打他们的大本营,现在怎会与夏侯惇、夏侯渊和乐进出现在这里呢?难道他长翅膀了不成?于毒和眭固及部下黄巾军不仅对曹操文武双全早有所闻,而且去年在濮阳之战中还领教过。因此,这时见了他,不免有些惊慌。然他们毕竟人多势众,且还欲与曹操所率官军拼个你死我活,一决高低。因此,双方交战后直杀到次日天明,也未分出胜负。

曹操、夏侯惇、夏侯渊和乐进所率官军在五马山与于毒和眭固所率黄巾军激战的消息,很快便传到了率军驻屯在内黄县城南十里的博望关于扶罗耳朵里。须知,于扶罗及其部下虽然先后归附过白波谷黄巾军、袁绍所部官军和董卓所部官军,但后来都先后脱离了他们,投奔了黑山黄巾军。因此,他们见自家人马有难怎会不救呢?于是立刻便倾巢出关,欲赶往五马山为于毒和眭固所率黄巾军助战。他们出关还未上路,便迎面遇上了从黑山赶来的曹操、鲍信、任峻和杨原所率的左手持盾牌,右手持刀斧的官军步兵的大砍大杀。这些黄巾军皆是匈奴骑兵,虽然行走快如飞,冲锋猛如虎,但最怕步兵刀斧袭击。因此,不大工夫,便被杀得东倒西歪,四下逃窜。

时于毒和眭固闻报于扶罗所率黄巾军前来助战的消息后,以为杀散官军、救援黑山犹若囊中取物,于是不禁大喜不尽。谁料此后却闻报于扶罗所率黄巾军被曹操、鲍信、任峻和杨原所率官军杀得大败而逃。于是料知取胜无望,便传令部下与官军周旋一番后,各奔东西,分散而去。曹操见此,自知自家兵微将寡,不宜随后追杀,于是便乘机收拾队伍,按令匆匆向东武阳

第二十六回　战界桥公孙瓒轻敌败北　守顿丘曹孟德运筹胜算

城赶去，以便协助曹仁、曹洪和张奋守城。

此时值初平三年三月。

看官你道曹操何以在顿丘县城、黑山和五马山三处几乎同时率军作战呢？难道他有分身术不成？原来出现在黑山和五马山的曹操，为曹操使一对貌似他的双胞胎兄弟所扮，而真实的曹操若当年周亚夫退吴楚之师，在顿丘城内高卧静候前方捷报，始终未出城池一步。战后，众文武对曹操以声东击西法、他人替身法、釜底抽薪法、半路拦截法、引蛇出洞法等良策妙计顺利解了东武阳城之围无不深表佩服。这些良策妙计便是曹操当初在顿丘商议厅分别对鲍信、任峻、杨原和夏侯惇、夏侯渊、乐进耳语密授的。

在关东和荆楚大地上，诸侯与诸侯之间、诸侯与黄巾军之间杀得你死我活，不可开交的同时，长安城有关文武在思在想在做什么呢？看官欲知，请看下回分解。

第二十七回

刺董卓未遂伍孚命赴黄泉
诛太师成功王允运筹帷幄

却说在长安城的董卓以为自己不仅全面掌管了朝中大权，还诛除了大量异己，自然得意非凡，并经常与心腹亲信在董垒摆酒宴饮，淫乐纵恣。对此，长安城里的微臣小民要么事不关己，高高挂起；要么私下发发牢骚，骂骂了事。而黄门郎荀攸、议郎郑太、议郎何颙、侍中种辑和越骑校尉伍孚这些达官则与此相反。他们不仅暗中三五成群地破口大骂董卓，还有另一番动作，即推翻或诛除董卓，振兴汉室。一日夜晚，荀攸暗召郑太、何颙、种辑、伍孚到自己府上道："董卓无道已久，且又甚于桀、纣，因而四海皆怨之。这厮虽有精兵强将，然仅需一人，便可杀之以谢天下。然后据崤、函二关，辅佐王命，号令天下。此乃齐桓公、晋文公之壮举！若何？"

在场者闻荀攸言，皆表赞同，并争相担当行刺任务，结果伍孚如愿以偿。何也？原来伍孚不仅性情刚毅，壮勇好义，人高马大，力能裂人，还深得董卓信任，出入董垒自由，行刺机会自然多于他人。

伍孚刺杀董卓前时值阳光明媚、春风习习的清明节。往年这时他总会与荀攸、郑太、何颙和种辑结伴出城踏青饮酒作诗。现在他们自然没这心情，总是想着如何能刺杀董卓成功。同时，伍孚还想出个新花样，即同荀攸、郑太、何颙和种辑一同遥祭一番荆轲。早饭方毕，他便将此想法一一告知了他们。他们闻之，皆觉此时祭拜荆轲意义非凡，恰当有理。于是立刻骑马来到长安城西渭水东岸一人迹罕至处，摆上牺牲，先后向东北方荆轲出发之处易

第二十七回　刺董卓未遂伍孚命赴黄泉　诛太师成功王允运筹帷幄

县和对岸荆轲牺牲之所咸阳遥祭一番。接着一同边击筑边含泪反复放声高唱，唱的是荀攸依荆轲在易水岸边高歌的《易水歌》歌词临时改编的《渭水暖》歌，以示仿荆轲刺秦王——此去义无反顾，以及为正义而献身的大无畏精神，同时既成功亦成仁。歌词云：

春风习习兮渭水暖，
将军一去兮不复还！
董卓之头兮刀下断！

时渭水暖而非易水寒，但伍孚慷慨之情，场面之悲壮，丝毫不比当年太子丹、高渐离和其他文臣武将在易水岸边送别荆轲西行刺杀秦王逊色。祭毕，他们方才佯装踏青郊游，有说有笑地各自回府。

三日后的一个下午，伍孚便准备就绪，并以有要事禀报董卓为由，兴冲冲地赶到董垒求见董卓。时坐在客厅上方中央太师椅上的董卓见伍孚到来，自然非常高兴。伍孚向董卓拱手施礼方毕，董卓便热情地招呼他就近坐下，以方便听取禀报。时伍孚并没就座，而是匆匆向客厅旁的密阁走去。董卓以为有密事相告，便忙随他走了过去。刚进门，伍孚突然转身左手关上阁门，右手迅疾从怀里掏出一把寒光四射的尖刀，猛地朝董卓心窝刺去。谁料从拳打脚踢、战场厮杀中过来的董卓见此，与一直生活在深宫禁苑里的秦王见了荆轲匕首吓得魂不附体、东躲西藏的情形大相径庭。时董卓虽然不备，也仅是一愣，随即便闪身躲过伍孚那刀，并伸出右手，顺势紧紧捏住伍孚握刀的右手。同时高声呼叫客厅外的吕布等人前来捉拿伍孚。时伍孚稍不留神，手中尖刀便当的一声掉在了地上。他见刺杀未果，不禁非常着急，遂忙上前伸出双手，死死掐住董卓喉头，欲置其于死地。对此，董卓并不惊慌，并以牙还牙，以血还血，即忙伸出双手，死死掐住伍孚喉头，也欲置其于死地。二人皆武夫出身，膂力相差无几，因而难分伯仲。正在此际，吕布等人在阁门外听得董卓呼救声后，料知不妙，遂便飞一般奔了过来，上前猛地撞开阁门，伸手掰开伍孚双手，将其推开摁倒在地。时伍孚早已汗流浃背，筋疲力尽，不再反抗。于是吕布等人没费多大力气，便将伍孚提出阁门，三下五除二将其五花大绑起来。董卓也累得气喘吁吁，大汗淋漓，站在原地动弹不得，要不是吕布等人上前前扶后拥，差点出不了阁门。

在审讯伍孚时，董卓非常不解地问道："老夫一向待你不薄，今日何故作反呢？"

方问毕，伍孚即怒气冲冲地大声道："你非我君，我也非你臣，何反之有？你乱国欺主，罪恶累累，罄竹难书，只怨我出手不慎，未拿下你的头颅以谢天下。我虽死，也不瞑目啊！"

董卓闻伍孚如此言，气得毛发倒竖，浑身发抖，立刻传吕布等人将其押下严刑拷问是否还有同党。伍孚嘴虽死硬，却没荆轲那般胆气，因而在狱中方看到刑具，便浑身筛糠，屎尿齐下，并立刻将同谋者荀攸、郑太、何颙和种辑全供了出来。董卓闻之，自然怒不可遏，于是下令欲将荀攸等四人收捕入狱，并亲手斩伍孚于街市。

时郑太和种辑方闻风声，便立刻乔装打扮，出城逃之夭夭。何颙因忧惧自杀，唯荀攸被捕入狱后虽受严刑，却镇定自若，饮食如常。董卓闻之，深为惊奇和叹服，且又爱慕其才，于是下令免其一死。至此，伍孚刺杀董卓之举，就如当年荆轲刺秦王一样，彻底失败了。

伍孚刺杀董卓虽然失败，却把董卓吓得不轻，感到眼下所住董垒虽然壁高沟深，坚固非常，且四周远近刀枪林立，戒备森严，但仍常常发生刺杀自己的事件，因而并不安全。为防不测，于是萌发了在长安城外筑垒常居的念头。但苦于不知在何处筑垒好，于是便召来蔡邕、贾诩、李肃和李儒到董垒询问。他们应召赶到董垒客厅，向早已等在那里的董卓拱手施礼毕方才坐定，董卓便迫不及待地将他所思所想道了出来，并问道："大家有何良策以解老夫眼下之……"

李肃不待董卓言毕，便不假思索道："将太师府邸迁往骊山离宫，如何？"

李肃言毕良久见无人发言，于是便接着道："据《古迹志》记载：骊山崇峻不如太华，绵亘不如终南，幽异不如太白，奇险不如龙门，温汤不如泉

第二十七回　刺董卓未遂伍孚命赴黄泉　诛太师成功王允运筹帷幄

都，但离宫别馆林立，苍松翠柏蔽日，风景秀丽绝世，乃三皇之旧居，周、秦、汉之苑林，历代帝王皇后游幸之所。眼下虽然破旧，但稍加改建修饰，便可入住。如此，既省时又省……"

董卓这些年一直忙于军政，虽然知晓骊山其名，但从没到那里游历，加之平生不喜读书，自然不知《古迹志》为何典籍，更不知其所云。现在闻李肃言，不禁茅塞顿开，大喜不禁，不待他言毕便连连拍掌道："李将军所言极是！李将军所言极是！李将军所言极是啊！"

谁料这时忽听得一人高声道："李先生方才之言差矣！"

在场者忙循声看去，原乃蔡邕。

董卓闻蔡邕如此言，心里自然不快，并忙问道："为何？"

"太师记得烽火戏诸侯的故事么？"

"何为烽火戏诸侯？"

不待蔡邕答董卓所问，李肃便抢先道："那是哪年哪月的事了！现在太师治理朝政，民富国强，边界安宁，天下同乐。岂可与当年那般政不通人不和相提并论呢？"

董卓本欲弄明白烽火戏诸侯为何意，现在闻蔡邕与李肃二人言，隐约感到话题有些牛头不对马嘴，于是待李肃方言毕便气冲冲道："老夫本欲知晓何为烽火戏诸……"

不待董卓言毕，蔡邕即道："那是西周末年的事了。时周幽王娶了位貌若天仙的女子褒姒，遗憾的是，自她入宫后从未笑过。对此，周幽王非常不快，为博得她一笑，便采纳了奸臣虢石父所献之计，无故在骊山烽火台上点燃狼烟告急，意在引得天下诸侯前来救驾时扑个空，博她一笑，以取悦周幽王。诸侯们见烽火台狼烟滚滚以为有急，便率军日夜兼程赶来相救，谁料却见周幽王正与王公大臣在城头上饮酒听歌，欢颜作乐。于是感到上当受骗和非常难堪，并立刻愤然离去。褒姒见此，觉得非常滑稽，便不禁扑哧笑了一下。周幽王见了，自然大喜不禁，并大大奖励了虢石父一番。此后过了些年，犬戎大举入侵西周。周幽王于是传令再次点燃骊山烽火台狼烟告急，诸侯们怕再上当受骗，皆未发兵前来相救。结果不仅西周被犬戎灭掉，周幽王也被他们所杀，因此留下了一个极具讽刺意味的典故——'烽火戏诸侯，一笑失天下'。可见骊山离宫虽好，却是不吉不利之所，故不宜做宅邸！"

董卓虽知蔡邕所言个中缘由，却不知李肃与蔡邕所言孰是孰非，于是便犹豫不决。贾诩见此，遂道："李将军与蔡先生之言皆有理。不过太师切不可忘记，骊山离宫东距潼关甚近，倘若关东冒出个孙坚第二，愣头愣脑地率军冲破潼关，那后果便不堪设……"

董卓闻贾诩言，不禁一怵，好像见孙坚已起死回生，并已挥军愣愣实实地冲过潼关，正风风火火地向骊山杀来，因此吓得不寒而栗，故不待贾诩言毕便道："贾先生方才之言极是！"

言毕片刻，董卓便急不可耐地问贾诩道："先生以为在何处筑垒宅为好？"

"郿县。"

"为何？"

"那里不仅远离关东，风水上乘，且南有秦岭主峰太白山为险阻，东有长安为屏障，西有凉州为退路，还有渭水润泽其间，土地肥美，气候温和，环境幽雅，被誉为关中明珠。更巧的是，其东北方十六里处渭水南岸有座昔日秦宁公居住过的坞垒，它周回一里一百步，墙体高宽与长安城墙无异，均为三丈五尺。更甚者，它非土壤夯实而成，乃以坚石建砌，坚固无比。虽年久失修，但稍加改建装饰，便可入住。"

方言毕，董卓即高兴地道："在此居住，犹若雄踞天下。即使有不测，亦可守此足以终老呢！"

谁料董卓随后却唉声叹气起来。李肃等人见此，若丈二和尚，摸不着头脑，但又不便问询。良久，董卓才叹气道："要修筑垒宅，没钱不行啊！据老夫所知，眼下国库空虚，钱款短缺，如何是好呢？"

谁料李肃却不禁大笑道："这有何难，何不叫司隶校尉刘嚣率军将长安城里有钱的官民查出，再……"

李肃所言，正合董卓之意，因而不待他言毕董卓便心领神会，遂高兴

第二十七回　刺董卓未遂伍孚命赴黄泉　诛太师成功王允运筹帷幄

道:"妙啊!"

言毕,便令刘嚣带领部下,将长安城里有钱的官民查清楚后,便以他们为子的不孝顺、为臣的不忠廉和为弟的不顺服为由,尽行诛杀,并籍没其钱财。于是被杀者数千,得钱财数万。直闹得长安城内外人心惶惶,鸡犬不宁。途中熟人相遇,也不敢搭言,只能相互目视。

董卓弄到钱后,便叫匠佐大匠张瑞与李肃带领万余工匠前往郿县旧坞,冒着炎暑,日夜施工,很快便将其改建装饰得焕然一新,其坚固与华丽远超以前。远远望去,犹若长安城第二,为迎合董卓胃口,便起名曰"万岁坞",俗称"郿坞"。完工典礼那天,朝廷不少文武日夜兼程,从长安城匆匆赶到这里,敲锣打鼓,以为庆贺。其情其景,与前时董卓荣赴长安城无异。

从此,董卓便常住万岁坞,并在那里遥控朝政,指使朝臣,饮酒作乐,戏鸡玩狗。一次董卓宴饮到兴头处,便传令将诱降的数百名北地反叛者押到宴会上,先斩其舌头,次断其手足,后挖其眼珠,末了将其投入沸腾的油里烹之。时有未死者在餐几间痛得皆喊爹叫娘,来回滚动。在场者见了,皆吓得面无人色,盏筷落地,不能宴饮。唯董卓没事一般,饮食如常。随后,董卓又叫吕布带领刀斧手,将座中出言不慎者,当众戮杀,以为杀鸡给猴看,威慑天下。不久后,董卓又传令李傕和郭汜以叛逆之罪将关中当朝遗老遗少尽行诛灭,以便削弱拥汉势力。

为进一步增强朝中实力,董卓又将在初平二年七月已认定是异己分子的种拂司空一职和赵谦太尉一职统统免去,而以光禄大夫淳于嘉为司空,太常马日磾为太尉。同时,又拜他的胞弟董旻为左将军,封鄠侯,并参与朝政。拜其兄之子董璜为侍中中军校尉,典兵宗族内外,亦参与朝政。其孙女董白时年不满十五岁,也被封为渭阳君。更有甚者,其侍妾怀中乳子,竟也封侯,穿戴金紫。因此,正如时之谚语云:子孙虽在襁褓,男皆封侯,女亦为邑君。

更甚者莫过于借口笞杀原太尉,现为卫尉的张温了。张温字伯慎,南阳郡穰县人,年少时便有名誉,及长成,累登公卿,并被封为互乡侯,为时之朝廷重臣。须知，董卓何以要答杀他呢？孙坚在前虽已提起，但非常简略。要说清楚，还得细细道来。原来在六年前的春季，凉州边章、韩遂、北宫伯玉和李文侯以诛除宦官为名，率领数万官军骑兵入寇关中三辅，侵扰已故汉室皇亲国戚和显臣公卿园陵。于是灵帝下诏，以副左车骑将军皇甫嵩为主将，中郎将董卓为副将，率领官军前往征讨。结果不能敌，并无功而返。于是边章、韩遂、北宫伯玉和李文侯更加猖狂。无奈，朝廷又下诏书，以司空张温为车骑将军，假节；执金吾袁滂为副将；拜董卓为破虏将军，与荡寇将军周慎统归张温节制。并合并诸郡官军步骑共十余万，驻屯美阳，保卫园陵。边章、韩遂、北宫伯玉和李文侯闻报，亦率官军赶到美阳来战，并获大胜。在这次交战中，董卓不听上峰张温之令，故意常召不应。即使召到，也常以言辞顶撞。张温参军孙坚见此，曾力劝斩杀董卓。但张温却道："董卓有威名，还得靠他西征呢！"孙坚闻之，非常不快，于是又进言道："明公亲率王师，威震天下，何故依靠一董卓呢？我闻古之名将，仗钺临众，没有不断斩以示威武者。因此，遂有齐国司马穰苴斩庄贾与晋国大夫杀戮扬干故事。明公今若纵放他，不仅自损威重，而且后患无穷，后悔莫及啊！"张温虽觉得孙坚言之有理，但仍不能从其言。后董卓闻之，自然对孙坚恨之入骨。同时，对张温也怀恨在心，并以为孙坚虽已叛亡，但张温现在却在自己管控之下，若不乘机将其除之，还待何时？不过，董卓从当年欲杀袁绍与皇甫嵩未果的教训中懂得一条经验：即若要杀一无名之辈，易！若要杀如张温这样的名儒大臣，难！因此，须得寻一名正言顺的借口。否则，祸福难测。

董卓于是心生一计，与李肃密商一番，即串通太史观天象言有大臣该戮，以压凶邪。同时暗中指使当年他曾为其平反昭雪的陈蕃、李膺和窦武等人的子女亲属、亲信党羽以及他的亲属如董旻和董璜之流，以各种形式，到处散布张温与袁术私通、罪大恶极、应该杀戮等谣言。局外者不知其中真相，便一个劲地跟着起哄。终于弄假成真，三人成虎，竟叫张温有口难辩。董卓见诛除张温的时机已经成熟，便在一日午夜时分，叫吕布带人将张温投入狱中。

第二十七回　刺董卓未遂伍孚命赴黄泉　诛太师成功王允运筹帷幄

张温向来与董卓不和，且性情刚烈，于是便在狱中破口大骂董卓不止，并后悔当初没听孙坚严惩董卓那番忠告，还仰天长叹道："董卓小人得志，必有恶报！"

三日后正午时分，在董卓的监督下，张温被吕布一伙绑于街市，鞭笞而死。尽管被打得皮开肉裂，筋断骨折，一团肉泥，但张温临刑不惧，视死如归。因此，围观者与行刑者无不为之心惊肉跳，叹服落泪。而董卓却始终怒目圆睁，犹未解恨。

董卓作恶多端，罄竹难书，自然积怨甚重。于是皇帝皇后、皇亲国戚、文武百官、文人墨客和富豪庶民，无不咬牙切齿，恨之入骨。比如司徒王允见董卓祸毒无穷，又有篡逆之心，在伍孚刺杀董卓的几年前就与司隶校尉黄琬、议郎郑太、护羌校尉杨瓒和尚书仆射士孙瑞密谋共诛董卓。并上书刘协拜杨瓒为行左将军事，士孙瑞为南阳太守，以讨伐袁术为名，率军从长安东南武关而下，实则与长安的反董人士，里应外合，诛除董卓，而后送刘协东还雒阳。后因董卓生疑未果。对此，王允不禁感到非常遗憾，但并没因此而泄气，并积极向刘协推荐士孙瑞为仆射，杨瓒为尚书，以备将来寻机诛杀董卓。

现在王允闻知张温无故被董卓害死，自然非常愤怒，但一时又无可奈何，于是只得独自坐在自家府邸后花园凉亭里唉声叹气。正在这时的一日下午，忽然门卫匆匆前来报道："士孙瑞和杨瓒有事求见。"王允闻报，也不知他俩有何事，既然已来，相见无妨。于是立刻道："准见。"

士孙瑞和杨瓒在门卫引导下匆匆进来与王允相见礼毕方才坐定，士孙瑞便问王允道："司徒何故闭门不出呢？"

"心烦！"

"开春至今已连雨六十日，乃灾变也。何不去灵台观云物，察符瑞，识灾变呢！"

王允正想出去散散心，解解闷，于是痛快道："士孙先生言之有理呢！"

随后，他们又天南海北地闲聊了一番，直到晚饭毕，才起身出门骑马溜溜达达、说说笑笑地出西南方太微门,向明堂之西的灵台行去。不久,他们便到达那里,并三步并作两步,登上高高的灵台。时士孙瑞低声问王允道:"董贼现在越发肆无忌惮,作恶多端,如何是好?"

不待王允回答,杨瓒也低声问王允道:"再让董贼飞扬跋扈,后果不堪设想啊。何不尽快将其诛除?"

王允闻问,方知他俩是为诛除董卓约他而来,于是笑道:"我说你俩无事不登三宝殿嘛!"

言毕沉思良久方才叹道:"两次刺杀董贼均告失败,可见唯人和而天时不和呢!如何是好?"

三人中士孙瑞最喜观测月亮盈亏、太阳出没、行星冲合、流星闪逝、彗星隐现、新星爆发、日月交食等天文现象,并以这些异常现象占卜军政吉凶。现在闻王允说刺杀董卓只缺天时,于是便对他道:"司徒须知,今春以来,连雨六十余日,阳光不足,月犯执法,彗星常现,昼阴夜阳,雾气交侵。此乃天时之和呢,即天助我等诛除董贼之征兆啊!如此良机,万不可失啊!"

杨瓒认为士孙瑞言之有理,遂不假思索道:"天该诛董贼,他必亡无疑!"

须知,他们中除杨瓒是武臣外,王允和士孙瑞是只会之乎者也、舞弄文墨,而无缚鸡之力的文臣。因此,在这种时候,他俩自然派不上用场。为天下计,最后还是杨瓒主动站出来要求担当刺杀任务。但王允却不同意,并道:"何劳杨将军动手呢!既然天该董贼亡,遣一武侠前往即可。不过我们与武侠们素无交往,哪去寻……"

不待言毕,士孙瑞即道:"只要予以重金呢?"

王允和杨瓒皆赞同士孙瑞所言,散去后便立刻以重金在长安城内外收买武侠刺杀董卓。须知,要在时之武侠云集的长安地区寻觅刺客,是一件易如反掌的事。因而不用吹灰之力,很快便相中了几位身强力壮,胆大心细,且轻功绝顶,飞檐走壁如履平地的武侠。但他们听说要去刺杀董卓,皆吓得两股战栗,面无人色。为何?原来他们并不担心郿坞四周刀枪林立、戒备森严

第二十七回　刺董卓未遂伍孚命赴黄泉　诛太师成功王允运筹帷幄

而无法下手，也不害怕武艺超群的董卓，他们害怕的是董卓贴身卫士——武艺绝顶的吕布。对此，王允和杨瓒也无可奈何，最后只好将他们暂时软禁起来，以防走漏风声。

此后的一日上午，王允正在书房翻看书籍，一探子匆匆进来边向他拱手施礼边报道："禀告司徒大人，小的在街市上见一疯癫老道胸前身后各披一块白布，胸前白布上大书一回字，身后白布上大书一大口一小口两字，还不断高歌曰：'布乎！布乎！'小的与其他围观者皆不解其意，并觉奇之。大人以为是何道理？"

王允闻之，认为其中定有隐秘。为慎重起见，便佯装不耐烦的样子对探子道："依我之见，此类道人不过是招摇过市之徒，故不足为奇。"

探子闻之，便信以为真，立刻施礼告辞转身退了出去。探子前脚方走，王允后脚即叫人立刻前往密召黄琬、士孙瑞和杨瓒火速前来。待他们应召赶到客厅相见礼毕，王允即将其领入密室，将探子所报向他们道了一番，并希望他们能推测个所以然。他们闻之，也只是干瞪着双眼，相互对视，不知就里。王允见此，不禁非常失望。良久，方才若有所思道："我以为将道士胸前那块白布上的'回'字拆开后上下重叠起来，便是一个'吕'字。将其身后那块白布上的一大口一小口上下重叠起来，亦是一个'吕'字。'吕'字后加上不断高歌的'布乎！布乎'的'布'，不就是吕布吗！你们以为若何？"

黄琬、士孙瑞和杨瓒闻言，不仅赞同，还佩服王允那深厚的文字游戏功底。对此，王允自然非常得意，随后又问他们道："疯癫老道此时将吕布名字暗示于街市，意欲何为呢？"

黄琬、士孙瑞和杨瓒对疯癫老道的言行本若丈二和尚，摸不着头脑，现在闻王允问，自然答不上来。正在这时，此前向王允禀报疯癫老道言行的那探子急匆匆地进来，边向王允拱手施礼边报道："那疯癫老道现正躺在大人府邸大门前的台阶上不断高呼'布乎！'小的曾多次赶他走，可他死也不肯走。小的不知如何是好。"

王允闻报，甚觉惊疑，沉思片刻后遂对探子低声耳语了一阵。只见探子连连点头称是后,即拱手施礼告辞转身匆匆出府邸大门去了。

却说疯癫老道见探子进了王允府邸,随即便停止高呼,并起身离开那里,出城东门,经灞桥、骊山,于次日天明时分,到达一宽阔的山沟口,坐下休息片刻后,便拐进一条八弯九曲、缓缓而上的天然大峡谷。谷两侧悬崖峭壁,青松倒挂,古藤盘绕,万木争荣,百花齐放;谷底山泉奔流,清香四溢。其情其景,真是世所罕见。随后走过莎萝坪、毛女洞、青柯坪和回心石,爬过险峻无比的千尺幢、百尺峡、老君犁沟、北峰擦耳崖、苍龙岭、五云峰和金锁关,直奔南峰南天门。约莫三刻工夫,便到达了南天门望天石。躺在其上休息了片刻,便起身拐进南天门向西折,手攀悬空铁索,脚踏长空栈道,腹贴石壁前行十余丈,便到一宽阔平地。其后上中央有一面南背北的大石洞,洞额大书"朝阳洞"三个尺余见方、古朴凝重、遒劲有力的秦隶。洞前两侧松柏参天,修竹蔽日。洞前有一小石径直通位于篱笆围园前方的小石桥。篱笆围园内兰花绽放,香气扑鼻。小石桥下流水潺潺,清香四溢。举目望去,简直就是一幅精美国画。疯癫老道到那后并未进洞休息,而是到石洞左前方不远处一座炼丹炉前指教一道童炼丹。正在这时,忽见一农夫模样的汉子气喘吁吁地走了过来,欲上前向疯癫老道施礼。谁料他却视若无睹,汉子无奈,只好壮着胆子进入洞内观看。只见洞内宽敞明亮,正上方供奉着老子、列子、庄子和于吉铜像。右侧壁上刻着《道德经》《庄子》,左侧壁上刻着《感应篇》《太平经》。笔势犹若虬龙盘游,蜿蜒飞举。其他什物如典籍笔砚、琴棋书画和榻椅碗灶皆备,并摆放得井井有序,错落有致。

汉子见疯癫老道居所如此险峻幽雅,料想他非等闲之辈,于是崇敬之情油然而生。为弄清究竟,出洞后即堆着笑脸上前向疯癫老道拱手施礼,彬彬有礼地问道:"前贤何方神仙?"

谁料疯癫老道并不答言,而是顺手递给汉子一只锦囊,冷冰冰道:"望速速送与你家主公便是!"

汉子闻言,断定锦囊内有非常之物,送达时间自然耽误不得,于是忙向老道拱手施礼告辞离去。

第二十七回　刺董卓未遂伍孚命赴黄泉　诛太师成功王允运筹帷幄

看官你道汉子是何许人呢？乃此前王允在府邸客厅里对其低声耳语的那探子。

探子离开疯癫老道后，便于次日天明时分回到了长安王府，将锦囊交与王允。王允接过锦囊后，当即便支开探子进入密室，从中取出一黄色绢制书信，展开一看，上面"杀董卓者，乃吕布也"八个秦隶赫然在目。对此，王允不禁非常惊异和不解，便将探子叫进密室，详细询问了一番疯癫老道情况及所居境地。探子自然将他所见所闻一五一十予以禀告。王允闻之，只知疯癫老道所居之处乃天下著名的五岳之一的道教圣地第四洞天太华山，而对于疯癫老道其他情况仍然是个谜。为解开这个谜，王允立刻提笔给疯癫老道撰就邀请书一封，叫探子带上立刻前往太华山，邀请他前来一叙。探子自然不敢怠慢，用毕早饭不待休息，带上邀请书便立刻启程，于次日天明时分便赶到了朝阳洞，见到老道礼毕后便毕恭毕敬将邀请书呈与他。疯癫老道接过，拆开看后不待沐浴和更换破帽脏衣烂鞋，便立即随探子一道出发。于次日黎明时分，便赶到了长安王府大门前。王允闻报，立刻便前往相迎。疯癫老道见到王允并不施礼寒暄，便大摇大摆地随其进入客厅密室，来到茶几前，端起茶杯便狂饮起来。王允知晓大多为道者秉性高傲，言行古怪，因而未与其计较，便陪他边饮茶边客客气气问道："仙道何方人士？"

"贫道乃西蜀人，姓吴名性明。早年熟读诸子百家典籍，后家道败落而弃家出走，到青城山炼道修仙，继而北上中原，研修《太平经》，并参加了黄巾军举事，为一渠帅部下谋士。举事失败后流落到董卓门下，为其侍臣。"

"何故隐遁太华山呢？"

"董卓凶暴残忍，无恶不作，积怨太多，早晚必败。为避灾祸，贫道方不辞而别，隐遁林泉，研修道家始祖典籍。"

王允待疯癫老道言毕，饮了口茶又问道："仙道绢书上那八个秦隶是何道理？"

疯癫老道见王允提问单刀直入，于是便直率答道："须知，董卓虽早该被诛，可行诛者如伍孚因武艺欠佳，谋划不周，结果杀贼不着，反损性命。老朽估摸欲行诛董卓者当不止伍孚一人,应不在少数。但他们总以为董卓实力强大,坚不可摧而不敢……"

王允非常赞同疯癫老道前面那段关于伍孚的话题,但听了随后那段话,心头不禁一愣,以为是在暗指他、士孙瑞和杨瓒前时诛杀董卓一事虎头蛇尾,没个结果。对此,不禁感到非常羞愧,于是忙打断其话语问道:"仙道以为董卓实力如何?"

"董卓凉州嫡系与并州丁原旧部原本就不和睦,因而貌似强大,其实虚弱,不堪一击。而董卓那厮也早与其贴身侍卫吕布钩心斗角,相互倾轧,隔阂甚深。利用吕布刺杀董卓,乃天赐上策啊!"

"为何?"

"一则吕布虽是董卓贴身侍卫,但别忘记防不胜防乃内敌之理也。二则常言道:江山易改,本性难移。吕布本性见异思迁,见利忘义。他昔日既能见利忘义杀害其恩人丁将军,现在又岂不会见利忘义诛杀其义父董卓呢!"

疯癫老道言至此,喝了口茶润了润嗓子又道:"切切记住,能成功诛杀董卓者,唯吕布啊!"

"仙道何以知晓我有诛除董卓之心呢?"

"贫道闻董卓到长安论功行赏时,曾封你为温侯,食邑五千户,以此拉拢,但却遭拒。由此可见,你对他早有恶感。既如此,岂会对董卓恶行熟视无睹、置之不理呢?"

言毕也不施礼拜别,便起身而去。王允见此,遂忙起身欲送他到城东灞桥饯别。谁料疯癫老道出府门便没了踪影。王允无奈,只好悻悻而回,并立刻召集黄琬、士孙瑞和杨瓒前来议事。待他们到齐方才坐定,王允便将疯癫老道所言向他们道了一番。他们闻之,认为疯癫老道之言不大可信。王允本与他们有同感,于是便心生一计,发书邀吕布前来私下一叙,或许能探出个一二三来,到那时再做计议不迟。

黄琬、士孙瑞和杨瓒认为王允之意有理。于是王允在他们离去后,即走到案几旁俯身提笔撰写了一份绢制邀请书,令一胆大心细的使吏带上前往郿

第二十七回　刺董卓未遂伍孚命赴黄泉　诛太师成功王允运筹帷幄

坞，密交吕布。

使吏得令，便于次日一早带上邀请书骑马风驰电掣般向郿坞赶去。当日傍晚时分，到达距郿坞东约三里处的渭水南岸堤坝缓坡时，便见吕布正巧在那里遛马。对此，使吏不禁大喜，认为这里远离郿坞，没人耳目，是交邀请书的极好之所。于是立刻拍马赶到吕布身前，翻身下马上前向他拱手施礼。时吕布不但没还礼，反还垂头丧气，闷闷不乐。使吏初见吕布，自然不知个中就里，于是礼毕即问吕布道："吕将军何故……"

不待问毕，吕布即避开使吏所问，反问他道："先生举止不凡，莫不是从长安而来？"

使吏闻吕布这般问，认为他很有眼力，于是便不转弯抹角，直截了当答道："小的正是专程从长安而来拜访将军。"

吕布闻来者果然来自长安，又是专程前来拜访他的，不禁感到非常惊疑，遂忙问道："先生在哪家衙门高就？访我有何贵干？"

使吏见吕布言谈举止不仅全无往日那般傲慢粗狂，且还有几分和气，因而此前那颗惊慌不安的心方才平静下来，并忙从怀中取出王允邀请书，双手呈与吕布，道："将军看过此书，便一目了……"

不待使吏言毕，吕布早已接过那书展开看了起来。看毕，方知是王允以同乡人名义邀请他前往长安王允府邸叙叙同乡之情。吕布此前与王允虽没交往，但对其高贵的出身和出众的才华早便非常仰慕与崇敬。因此，现在见王允这么看得起他，自然受宠若惊，并恨不得插翅立刻飞到长安，早早拜见王允。后转而一想，不辞上峰董卓而别，要是日后怪罪下来，后果不堪设想，但王允那里又不得不去，如之奈何？经片刻沉思，认为先答应王允之邀再说，于是便对使吏信誓旦旦道："回去转告司徒大人，叫他不必多虑，三日后我登门拜访便是！"

使吏闻吕布如此言，以为已顺利完成了差事，遂便兴高采烈地拱手施礼拜别吕布，后即转身上马飞一般赶回长安，向王允复命去了。随后，吕布也转身上马，扬着马鞭，吹着口哨，欢天喜地地向郿坞赶去。

却说董卓在下榻处见吕布遛马许久未归,心头不免有些不快。正欲遣人前往探视,却见吕布笑盈盈地来到了他身边,拱手向他施礼后,便将王允邀请书所言与他方才对那使吏所言向董卓道了一番。随后才将王允邀请书毕恭毕敬地双手呈与董卓。董卓接过看也没看便高兴地道:"既是王司徒邀请,何必三日后去,明天就动身,如何?"

吕布原以为要费一番口舌董卓才会答应,谁料未问三道四,便痛快答应他了,并且还要他提前前往,这自然是他始料未及。对此,高兴得直想手舞足蹈,并忙向董卓拱手施礼道:"谢过义父,布儿明日就启程。"

次日早饭后,吕布便衣冠一新,辞了董卓,出了郿坞东门,翻身上马,扬鞭直向长安飞奔而去。

却说自使吏离开长安前往郿坞以来,王允的心一直忐忑不安。因为他深知:吕布这厮不仅心狠手毒,残暴无情,且还反复无常,难以预料。因此,使吏此行是祸是福,是凶是吉,心里自然没底,并还后悔安排使吏此行。正在这时,忽见使吏兴冲冲地向他走了过来。王允见此,不待询问,便知此行万事大吉,无以为忧。待使吏将见到吕布的经过向王允报告毕,见果不出自己所料,方才心安神泰,晏然自若。但对吕布三日后到底是哪日前来,难以预料。无奈,只好万事不出门,待在府里专门等候。

次日傍晚时分,王允在餐厅正与家人用晚饭,忽见门卫匆匆进来,不及向他拱手施礼便报道:"大门外有一彪形大汉,声言要拜见司徒大人。"

王允闻报,料知此人定是吕布,不禁惊喜非常,忙起身步入卧室,更衣着冠套靴后,即大步前往迎接。二人相见,皆惊喜不已。何也?因为吕布来得如此迅速,使王允始料未及。而王允亲自出门迎接,也使吕布始料未及。不待双方施礼寒暄,王允便将吕布引入客厅,落座用毕茶,即引吕布入餐厅,摆上宴席,为吕布接风洗尘。席间,王允问吕布道:"太师与将军近来安然无恙吧?"

吕布闻王允如此关心董卓与他的近况,自然受宠若惊,忙答道:"皆安然无恙呢。司徒大人近来安然无恙吧?"

第二十七回　刺董卓未遂伍孚命赴黄泉　诛太师成功王允运筹帷幄

"亦安然无恙呢。"

王允答毕不待吕布发言又道："将军，你我同为并州同乡，皆因我公务繁忙，至今才得与你叙叙同乡之谊。此有失礼数，还望谅……"

不待言毕，吕布即起身向王允拱手施礼，并激动道："司徒大人方才之言，叫在下汗颜啊！在下早年在家乡就仰慕大人美名，然至今尚未登门拜见，乃在下之过呢！"

言至此停下，吃了块肉喝了口酒又道："今日大人看得起在下，乃在下三生有幸，何来谅解之理呢？"

王允见吕布非常诚恳，大喜，遂道："常言道，亲不亲，家乡人。何况我俩既是家乡人，又同是大汉朝臣呢！"

于是他俩你一言我一语，聊起了家乡的风俗人情、山山水水，气氛甚为融洽。王允见此，认为谈话该转入正题了。于是问吕布道："我府上使吏回来对我讲，将军遛马时有些闷闷不乐，不知何故？"

吕布闻问，方才笑盈盈的脸上立刻布满了乌云，并久久默而不语。王允见此，料知他有什么不顺人心的事。同时，还担心他不肯明言。为探出究竟，王允于是激吕布道："我俩既是同乡，应畅所欲言才是。否则，就是信不过我这个同乡。"

言毕良久，吕布方才放下筷盏长叹一声道："司徒大人如此看重在下，在下岂会有信不过司徒大人之理呢！"

王允闻吕布这般言，料知他已动了开口之心。不禁大喜，于是忙道："不知将军有何难言之苦？若道出来，我俩作为同乡，就是唇齿相依，利害与共，我岂会坐视不管呢！"

方言毕，吕布即举杯一饮而尽，长叹道："自从在下杀了丁原投奔义父以来，心情就没好过几天。义父开始对我和我带过来的丁原旧部还是非常热情友善。可时隔不久，他便渐渐冷落了我们，并极力偏护他的凉州文武。每出战，总是令我并州将士冲锋在前，但受奖却始终无份。更叫人不可思议的是，当年在梁县讨伐孙坚那厮时，大都督胡轸仗着自己是凉州人，便公然横行霸道，以权压人，致使军中惊恐，士兵散乱，终致大败于兵微将寡的孙坚之手，并还折了勇冠三军的华雄性命。胡轸那厮不但不承担责任，反还诬告是因在下失职所致，并暗示要拿在下斩首示众，以振军威。在下并州将士闻之，遂警告胡轸：倘若吕将军有不测，将以其头颅抵罪。后来义父闻此，遂忙亲自从中调解，双方才得以和解，但内心仇恨却至今未解。还有，在外人看来，义父对在下亲若生子，然他们哪里知晓，一旦他遇到不顺心的事或喝醉了酒，总拿在下出气。比如两天前，他怨在下办事不周，竟顺手拔戟狠狠向在下抛来。若不是在下躲过，早就命赴黄泉了。事后，在下还得强装笑脸，给他赔礼道歉，方才解他心头之恨。另外，在下早与他最宠爱的侍婢相交，并常在他常住的中阁里与其风流，他若知晓此事，不知要治在下何罪呢！"

言至此，不禁掩面呜呜大哭起来。王允见此，方知疯癫老道所言属实，不禁对他佩服得五体投地。遂以身在屋檐下，怎能不低头之类的话语劝导和安慰了吕布一番。时已午夜时分，吕布自然在王允府邸休息。次日早饭后，王允将吕布送到城西门外十里处方才依依告别，并相约有空再来叙谈同乡之情。

吕布告别王允后，便快马加鞭，于当日傍晚时分回到了郿坞。不待休息，便忙赶到餐厅向正在那里用饭的董卓禀报了与王允叙谈乡情一事，并特别强调叙谈得非常融洽。但只字未提及，也不敢提及其他。董卓闻之，以为这是吕布为他顺利打开与王允、皇亲国戚和王公大臣这扇关系大门的第一步。因此，自然欢喜不止，并随即设宴款待吕布。

再说王允送走吕布的当晚，便不停地在书房来回踱步，思考着如何激发吕布刺杀董卓的欲望。良久，终于想到吕布既然与董卓最宠爱的侍婢有染，何不在这上面做文章呢？于是立刻传令使吏，叫他在三日后再往郿坞邀请吕布来此叙谈乡情，以便摸清其思想活动再做计议。巧合的是，这时董卓也想尽快加强与王允的联系，以便尽快实现巩固和壮大其朝中实力的目的。因此，当使吏快马加鞭于次日天明时分赶到郿坞方向吕布说明来意，在一旁的

第二十七回　刺董卓未遂伍孚命赴黄泉　诛太师成功王允运筹帷幄

　　董卓就如上次一样,非常痛快地答应了吕布尽快启程。于是吕布立刻便更衣出门上马,随使吏而去,并于次日天明时分赶到了王允府邸。不用说,自然受到了王允的热情接待。

　　王允与吕布在餐厅用毕早饭,到客厅密室茶几旁方坐定,吕布就向王允道了他对董卓所叙话题。王允闻之,非常满意和高兴,并想到:吕布虽是一介武夫,但也懂得避重就轻,避害就……王允方思想到此,吕布即问道:"司徒大人认得骑都尉李肃么?此人也是并州同……"

　　"可叫他来此一叙无妨。"

　　王允言毕喝了口茶,便话锋一转,道:"听将军前时一席言,将军似乎身陷囹圄。"

　　"早度日如年啊!"

　　王允闻言,沉思片刻问道:"将军对前途有何打算?"

　　吕布闻问,遂阴沉着脸叹道:"听天由命呗!"

　　王允闻吕布这般答,感到很不如意,遂沉思良久后方谨慎道:"依我之见,董卓以前那些操刀拿剑伤人的举动倒无关紧要。而将军与他爱婢相交之事倘若暴露,十有八九会招来杀身之祸。常言道:窈窕淑女,谁不好逑呢!将军年纪轻轻,有作有为,都倾情于这位婢女,那一定是国色天姿了!"

　　"乃容颜绝世,西施重生呢!"

　　"既然如此,董卓这厮早就倾情于这位婢女了。因此,倘若将军继续与她相交,这无异于虎口夺……"

　　"依司徒大人之意,在下该如何?"

　　"寻机亲手杀了董卓这厮!"

　　吕布闻王允言,犹若晴天闻霹雳,竟惊得从座上跌了下来,良久才站起,一本正经道:"使不得!使不得!董卓是在下义父,义父等同生父,弑杀义父就是弑杀生父,那可是罪大恶极,为世人所不齿啊!司徒大人把在下当成什么人了?"

　　王允闻吕布如此言,不禁吃了一惊,并想到:人言吕布性情多变,反复无常，一点也不夸张。然言已出口，岂能收回？不若一不做二不休，冒死说服他。再说了，既然他性情多变，反复无常，那就会现在是北，转眼间就是南了。因此，说服他还是大有希望。于是非常冷静地问道："当年武猛都尉丁原与眼下董卓谁对将军更善呢？"

"当然是武猛都尉了！"

王允闻言，知吕布还能识辨善恶，不禁大喜，遂问道："将军当年既然能杀善者武猛都尉丁原，何故现在不能杀恶者董卓呢？"

吕布闻问，就像个哑巴，答不出来，并边摸脑袋边坐回凳上。良久，才若有所思答道："司徒大人有所不知，在下若杀了义父，他手下那些凉州将士定然不依不饶，那将如何是好呢？"

王允闻言，知其已有杀董之心，只是有所顾虑而已。遂不禁暗喜到：若按疯癫老道所言，只要对其晓之以利，不怕他不从。于是起身踮足双手抚着吕布双肩，语重心长道："将军杀董卓，一来是为汉室除了一大害，论功行赏，定然不在武侯周勃之下；二来可避将军之祸，正大光明地娶那婢女。"

王允言至此，从吕布双肩上放下双手，坐回凳上拿起茶盅喝了口茶，清了清嗓子继续道："事后即使那些凉州将士敢轻举妄动，将军手下那班并州将士也是闻名天下的劲勇雄士，也不是吃素的，难道奈何不得他们？再说将军诛杀董卓，是为天下除害，是得道多助。董卓罪恶深重，罄竹难书，是失道寡助。因此，只要董卓一死，凉州将士就绝不会为失道的董卓卖命，反而还会若树倒的猕猴，散之夭夭。甚至还会若当年丁原并州将士一样，全投在将军麾下。那时将军兵多将广，天下谁还能敌？故不必多虑！"

吕布闻王允这番言，仿佛感到自己已是功成名就的周勃；美如西施的婢女已是自己的爱妻；凉州将士已成自己的部下。于是不禁激动道："原来杀董是件有利无弊、百无一害的事呢！"

"当然！"

然吕布沉思片刻后却道："董卓毕竟是在下义父啊，曾有恩于……"

"将军姓吕，他姓董，即使五百年前也不是一家。而且他还经常为些鸡

第二十七回　刺董卓未遂伍孚命赴黄泉　诛太师成功王允运筹帷幄

毛蒜皮的事威胁将军性命。"

王允言至此，喝了口茶润了润嗓子，漫不经心地问吕布道："何恩之有？"

吕布闻王允问，竟良久无言以对。王允以为他那杀董之心会不了了之，于是不禁非常着急。谁料这时吕布两眼突然瞪得血红，霍地起身大吼道："在下不亲手杀了董卓老贼，誓不姓吕！"

王允见吕布杀董决心已下，不禁大喜，忙问道："将军顶天立地之英雄气概，怎不叫我肃然起敬！然不知将军如何实施呢？"

吕布闻问，遂便搔首抓耳，六神无主。片刻回过神才问王允道："愿听司徒大人的。"

"仅凭匹夫之勇，必蹈荆轲与伍孚失败之覆辙。依我之见，不若……"

王允言至此，却突然停了下来。吕布见他言犹未尽，料知必有密言。于是忙离座伸耳紧贴王允嘴前，示意王允以低声耳语相授。王允自然心领神会，于是对他低声耳语了良久。末了，他俩才步出密室到餐厅用毕午饭而别。

吕布兴冲冲地快马加鞭回到郿坞客厅时，已是当日午夜时分，时董卓在卧室睡得正香，当从侍者那里得报吕布归来，心想王允与吕布间的乡情谈得一定非常融洽热烈，不禁大喜，故不待吕布前来禀报，便迫不及待地起床，光着上身，穿着短裤，拖着木屐，匆匆走到客厅，不待坐下便问吕布道："义儿不辞辛劳，拜访王司徒，收获甚丰吧？"

站着的吕布闻问，忙上前拱手施礼答道："甚丰！"

董卓闻之大喜，道："还不快快道来，让老夫先闻为快！"

"司徒大人以为，倘若没义父先汉室之忧而忧，后汉室之乐而乐，天下早不知成何体统了。为昭彰义父无量功德，他愿以同乡名义，出面邀约所有并州籍官佐及其他朝中重臣，一起前来为义父祝寿。"

吕布方言毕，董卓便高兴得像个孩童，手舞足蹈起来。须知，董卓何以会如此高兴呢？原来他以为，自从他带兵入首都雒阳总揽朝廷大权以来，满朝文武虽然每年都来为他祝寿，但或出于形势所迫，或趋权附势，或阿谀奉承，没几个是真心实意的。因此，他并不满意。倘若吕布方才所言属实，表明吕布拜访王允已开花结果，与他当初想得到的拉拢朝臣、壮大实力不是龙蛇之别、大同小异，而是完全一致。同时还表明，他这些年的辛劳已得到王允的认可。否则，身为当朝屈指可数的重臣王允怎会主动对他示好呢？对此，他怎能不高兴呢！于是忙吩咐侍者在餐厅为吕布专设酒宴，以为庆功。时吕布早已腹中空空，急需进食，于是便不推辞，三步并作两步走进餐厅坐下，不待肉菜上齐便独自大吃大喝起来，待肚圆打嗝，方才放下盏筷，回到客厅，辞别董卓后，匆匆回去睡觉去了。随后，董卓也兴冲冲地回到卧室，继续大睡不提。

此后不久，便是董卓寿日。那天一早，只见以王允为首的那班青一色并州籍官佐，举着寿旗，扛着寿礼，吹着管竹，敲着锣鼓，率先出长安城西门，浩浩荡荡地向郿坞赶来，其他官佐紧随其后，场面之壮观，堪称空前，并引来不少沿途士庶驻足观望。时董卓在郿坞客厅闻报，大喜，并遣吕布领了一千官军在郿坞东门外十里处相迎。一个时辰后，待王允等人与吕布一行在郿坞东门外相遇时，董卓早已与其僚属兴高采烈地迎候在了那里。王允等人见此，惊异非常。因为他们未料到这位连皇帝刘协都不放在眼里的家伙，今天竟然能放下身架，如此礼遇他们，不禁对其生出了几分好感。董卓与王允相见时，王允也比往常礼貌周全得多，自不必说。

待各官佐到齐，时已中午时分。董卓见开宴时间将到，便忙率众验收寿礼。其间，他发现王允等并州籍官佐所送寿礼质量明显优于其他官佐。对此，不禁欢喜非常，并立刻传令侍吏，将王允等并州籍官佐的席位摆在其座位右侧，以示厚礼相待。

待一切就绪，已近下午时分，于是朝贺大典开始。待董卓来到寿堂坐定，全体官佐便由礼官引到横街北面的寿樽南面站定。为表示并州籍官佐对董卓更为尊重，王允还降格毕恭毕敬地扮演了侍中角色，即从殿中手中接过寿酒樽，向前跪在董卓座前高声道："太师千秋令节，臣等不胜大庆，谨上千寿。"

第二十七回　刺董卓未遂伍孚命赴黄泉　诛太师成功王允运筹帷幄

奏毕，再拜。随后众官佐亦上下再拜。随后，礼官从王允手中接过酒樽，高举着献与董卓。董卓接过大喜道："得众卿寿酒，共内外同庆！"

随后，王允等众官佐又上下再拜，并三呼"太师千岁"，随后舞之蹈之，接着再拜。

拜毕，方才进入大堂按位入座开席。宴席规格也如同朝贺皇帝千秋令节，山珍海味俱全。对此，董卓自然高兴非常，尤其听了王允在席间对他说了些福如东海、寿比南山之类的颂词，更是如痴如醉。但对众官佐高呼"太师千岁"，心里不禁有些不快。不过他以为事情总是不断变化着的，来年今日他们不是在此高呼老夫"太师千岁"，而是老夫坐在长安未央殿的龙椅上，他们高呼老夫"皇上万岁"，也未尝可知，于是心里的不快便烟消云散。

时非并州籍官佐见王允肉麻地奉承董卓，且董卓对他极为宠信，以为他俩是在相互勾结，狼狈为奸呢！因而心里甚为愤慨。对此，王允早已看在眼里，但并未放在心里，认为事实真相来日自会水落石出，云散日现。

寿宴毕，便是董卓带领大家游览郿坞。只见到处是以黄金、白银、琉璃、珊瑚、琥珀、珍珠、碧玉修建装饰的豪华殿宇和亭台楼阁。其间还点缀着蔽日的松柏、参天的修竹、绽放的百花，在夕阳照射下时隐时现，犹若人间天宫。对此，不禁咋舌惊叹，连连称颂。

时王允等人见郿坞虽豪华无比，但这么多人要在这里过夜，还是缺房少床。于是待游览毕，皆纷纷拜辞董卓，连夜赶回长安城各自宅邸。董卓见他们要走，虚情假意挽留一番后，即亲率左右，赶到郿坞西门外三里处，欢送王允一行不提。

董卓寿日不久后的四月十二日中午，只见一长安来的御史飞马赶到郿坞东门前，下马后在门卫的引导下匆匆步入坞内，声言要董卓接旨。董卓正与家人在餐厅狼吞虎咽地用饭，闻要他接旨，便很不耐烦地对站在身后的侍者高声道："真是的，连老夫吃饭都……"

不待言毕，御史已匆匆走了进来，并欲展开圣旨待董卓跪下后宣读，谁料这时董卓却厉声道："什么屁旨？读来老夫听听。"

御史一听董卓这口气,哪敢按规行事,只好倒行逆施,忙将未展开的圣旨收起,俯身跪着向董卓禀报道:"禀告太师,天子久病方愈,有旨于明早大会于未央殿恭贺,届时务必光临。"

御史禀报毕,忙起身上前将绢制圣旨双手毕恭毕敬呈与董卓。董卓接过一看,果是皇帝刘协亲笔圣旨。对此,他不禁有些迟疑,并唤来贾诩问道:"先生以为……"

不待问毕,便将圣旨递与贾诩。贾诩接过圣旨仔细看了良久,认为没什么破绽,方才郑重其事道:"既是皇上亲笔圣旨,岂是违背得了的!"

"那就走一遭吧!"

董卓方言毕,在一旁的吕布即道:"为义父安全计,应多带些武士,布置于各出入必经之处,若何?"

"还是布儿想得周到啊!首都距此甚远,明日启程恐怕来不及了。故依老夫之见,不若现在就出发,如何?"

董卓方言毕,贾诩即道:"太师言之有理!"

董卓见再没异议,立刻传令准备快马快车,同贾诩、吕布等人一道,飞一般向长安城赶去。午夜时分,他们便到达了那里。为安全计,董卓一行是夜住在董垒不提。

次日天明,只见董垒通往未央殿沿途早已刀枪林立,戒备森严。别说刺客杀手,就是苍蝇蚊虫,也难逃脱。早饭后,董卓身着朝服,乘着银华皂盖车舆,在吕布等一干武士的护卫下,缓缓向未央殿行去。

当行至未央殿北掖门前不远处,董卓见自己亲信李肃及秦谊、陈卫和李黑等十余与吕布相好的并州籍武士,皆着宫廷卫士胄甲,正板着面孔,神情严肃地持戟站在门口。对此,董卓不禁非常惊疑。为防不测,便叫驾车的立刻掉转车头回返。吕布见此,心头不禁非常着急,忙上前劝董卓继续前行。董卓认为吕布是自己义子与亲信,定无害己之心,于是便听了他的。当车舆方到北掖门口,忽见李肃举戟直向董卓猛地刺了过来。秦谊、陈卫和李黑等人也随即上前举戟挟叉住车舆木轮,使其动弹不得。时李肃用力虽猛,但仅

第二十七回　刺董卓未遂伍孚命赴黄泉　诛太师成功王允运筹帷幄

刺透董卓裹甲，使其臂膀受伤坠于车下，四脚朝天躺在地上却未毙命。董卓对朝夕相处的亲信李肃及其他人的举动虽然甚为不解和愤怒，但认为现在也无暇顾及这些了，保住性命才是要紧的。于是忙回头大呼紧随其后的吕布道："布儿何在？快来杀贼救俺！"

言毕，便眼睁睁地巴望吕布来救，谁料吕布不但不上前救护，反从怀中取出一份绢制诏书，瞪着一双血红大眼对董卓厉声道："有诏杀贼臣！"

董卓闻之，方知中计，且大势已去，遂大骂吕布道："庸狗胆敢如此猖狂！早知今日，老夫当初何不……"

不待骂毕，吕布早已举矛跨步上前，向董卓咽喉只轻轻一点，便结果了其性命。

董卓随行主簿田景及其他护卫苍头认为董卓平时待他们不薄，现在见他被杀，遂便向其尸首痛哭了一番。吕布见此，既羞愧又愤怒，遂举矛上前，将其一一杀之。

须知，局外人士当时哪里知道诱杀董卓的幕后谋划者是谁，其实就是董卓一向推心置腹，不生乖疑，常将朝政大小事务皆委托于其处理的王允。谋划时间，前面已叙，就是吕布第二次拜见王允时；谋划地点，前面亦已叙，就在王允府邸客厅密室；谋划的方式，就是王允对吕布的那番耳语。其中，为董卓安排的那场祝寿活动也是王允那次对吕布所耳语的，其意在迷惑董卓，使其放松戒备，以便刺杀成功。而吕布所念的那份圣旨，也是王允所伪造。

时值天气始热，被守尸吏弃于街市的董卓肥尸此时自然是膏脂满地流淌。有几个好事的守尸吏在夜间将燃火置于董卓肥尸肚脐上，竟然光明达曙，可见其肥胖非同一般。后来袁氏门生们将董卓尸体焚毁后分撒于道，任人踩踏，以此为被董卓当年杀死的袁氏家族成员报仇。

董卓被杀的消息很快便传遍了长安城。时在内宫的刘协闻报，自然兴奋异常，以为从此便可由他掌握朝政，兴复汉室。皇亲国戚、文武百官和宫殿守卒闻之，则高呼"皇上万岁"。文人墨客和庶民百姓闻之，则变卖自家珠玉珍玩，换回酒肉，满街相庆。

早在城里转悠等候刺杀董卓消息的疯癫老道则坐在未央殿第一道大门台阶前，不厌其烦地高声念读太上老君《感应篇》十六字真言，其词云：

祸福无门，唯人自召。
善恶之报，如影随形。

在场围观的官民听后皆不解其意，遂异口同声问他道："此乃何意？"
"善有善报，恶有恶报！"
疯癫老道答毕，随即没入人群，不见了踪影。

而叫人不可思议的是，窦武、陈蕃和李膺等人的后裔闻董卓被杀，也欢天喜地，设宴三日，以示庆祝。须知，董卓当年曾为他们平反昭雪啊！这不是董卓拿热脸贴了人家的冷屁股吗？

董卓被杀后不久，皇甫嵩便奉命率领官军攻打郿坞，守坞官军闻知董卓被杀，哪有守坞之心？并不约而同地打开各处坞门，欢迎皇甫嵩所率官军入坞。皇甫嵩所率官军入坞后，便不分青红皂白，将董卓九十岁老母、胞弟董旻、董卓妻妾与其他男女老幼尽行诛杀。随后又从坞中挖出黄金两三万斤，白银八九万斤，掠夺邢鸾的丹砂数十万。搜出锦绣无数匹，可享用三十年的谷物。随后，它们皆被运到长安城，放入国库不提。

此时值初平三年四月。

对董卓被杀，除了其亲信和故旧外，天下人无不欢天喜地，拍手称庆，但也有人对其有一番独到见解。看官欲知此人是谁，请看下回分解。

第二十八回

评董卓功过蔡中郎长安牢里勇于绝命
领兖州牧职曹孟德寿张城东大胜黄巾

却说上回提到对董卓被杀一事有独到见解的人不是别人，乃领左置中郎将、侍郎、郎中，置掌训练、管理、考核后备官员和可出居外朝，高阳乡侯、秩二千石的左中郎将，时之被呼为蔡中郎的蔡邕。事情的原委是：董卓刚被杀时，蔡邕正在王府客厅与王允言事，这时忽见一门卫急匆匆进来，不及向王允拱手施礼便神色紧张地向他报道："禀报司徒大人，太师在未央殿掖门口被吕布持矛刺死了！"

王允闻报，并没感到意外和惊惧，反还喜形于色道："乃罪有应得啊！"

言毕，以为蔡邕定会随声附和。蔡邕不知王允是诛杀董卓的幕后主谋，便不禁仰天长叹了一声。王允见此，大怒，并厉声责备他道："董卓这厮，乃国之大贼，杀主恶臣，天地所不佑，人神所嫉恨！君为汉臣，世受汉恩，国主危难，曾不倒戈，贼受天诛，不与天下人同庆，反还痛苦叹惜，是何故呢？"

言毕，以为乃一介文弱书生的蔡邕已被说服或吓住，会立刻站起来向他赔礼道歉，承认过错，甚或自告奋勇著书立说，揭发批判董卓罪状，孰料蔡邕却沉默不语，王允见此，以为他情倾董卓，道："你原来背国而向董贼呢！"

方言毕，蔡邕即辩解道："愚虽似不忠，却犹识大义，古今安危，耳所厌闻，口所常玩，岂会背国而向董贼呢！"

王允闻蔡邕言，仍以为他在怜惜董卓，并断定他是其同党。这是王允始料未及的，因而气得毛发倒竖，面色铁青，当即毫不犹豫地叫人将蔡邕拿下，押往大狱问罪。

随后，王允便怒气冲冲地出门上车，急匆匆地向未央殿赶去，以便处理董卓被杀后朝中一切事务。

蔡邕被捕入狱的消息传出后，犹若晴天霹雳，遂使皇亲国戚、文武百官、文人侠士和富豪平民，无不惊得张口结舌，茫然失措。回过神即纷纷向王允求救，但皆无结果。无奈，只好共推以才学进，与名宦巨儒杨彪、卢植和蔡邕同在东观典校馆藏的《五经》记传，并参与补续《东观汉记》，位在九卿、遂登台辅、德高望重的前太傅马融之族孙，太尉马日磾拜见王允，为蔡邕说情。马日磾既曾与蔡邕同典校《五经》记传，参与补续《东观汉记》，友情之好自不必说。因此，便欣然接受了推举，并在一日早饭后快车赶到王府，声言拜见王允。王允闻报，以为他是前来祝贺诛杀董卓成功的，因而非常高兴，并飞一般赶到大门口将马日磾热情地迎进客厅，待相互礼毕坐定，王允便和颜悦色地问马日磾道："太尉大人近来安然无恙否？"

"安好。"

马日磾答毕，便久久沉默不语。王允见此，不知何故，于是问道："太尉大人无事不登三宝殿吧？"

马日磾待王允问毕，遂喝了口茶长叹道："司徒大人应当知晓，蔡中郎虽叹惜董贼之死，但并非其党羽帮凶。当初因董贼爱慕其才学，才以厚礼相待，并在宴饮时常令他击鼓操琴，颂赞时事。但他并未因此受宠若惊、沾沾自喜，而忘却效法公叔劝诫梁冀故事，寻机劝阻董贼不要胡作非为。如董贼宾客部曲意欲尊董贼为太公，或董贼欲自称尚父。为此董贼咨询他，他便乘机极力劝阻。再如初平二年六月，董贼因地震咨询他凶吉，他又乘机对其道，若将其所乘金华青盖、瓜画两辖车降级改为皂盖车，这不仅符合汉制，地震也可立刻绝迹。董贼闻之，遂言听计从，立刻改乘皂盖车。尽管如此，他仍痛恨董贼诚言少从。为此，他曾暗中对其从弟蔡谷道：'董某性刚而遂非，终难济啊！我欲东奔兖州，但路途遥远，若遁逃山东以待之，若何？'

第二十八回　评董卓功过蔡中郎长安牢里勇于绝命　领兖州牧职曹孟德寿张城东大胜黄巾

然蔡谷却反对道：'君状异于常人，每行，观者必盈集于道，以此自藏，也不易呢！'他以为此言有理，方才未行，并仍在董贼身边，冒死以微词对其讥讽之，从容开导之，反复规谕之。总之，做了很多我们当时无法做到的事，最大限度减少了董贼对天下的危害。因此，其昌言抗论，光焰逼人啊。若非天才俊杰，拔胆英气，岂能为之呢？故其胆识足与屈子和贾生并称。"

言至此喝了口茶清了清嗓子又道："由此可见其忠汉之良心未……"

王允虽聚精会神地听了马日䃅的叙说，但仍固执己见，故打断其话语道："蔡邕这厮舍汉室而倚董贼已时久啊！并为其同党爪牙，故非纯臣！"

马日䃅对王允方才所言并不以为然，立刻辩解道："蔡中郎一贯孤贞，并有羔羊之行，清廉之节，雅重之情，纯白之操，岂会依附董贼而负反汉之意呢？若观其所上诸疏，议及问答灾异八事状，指责时政缺失，旁引曲证，无所顾忌，甚为切至呢！从他所撰俊儒有道、大贤太丘等碑文看，其向慕所在亦一目了然。再者，他当年因沦落时偶为董贼所强用，即使其执义不坚，有可指责，然未必深究。若何？"

王允闻言，遂沉思良久方道："董贼三亲六眷、朋党爪牙皆被诛杀，为何赦免蔡邕一人呢？"

马日䃅闻言，认为董卓那些三亲六眷只不过是伙无知的边地小民，其朋党爪牙也只是些不足挂齿的乌合之众，岂可与闻名天下的儒臣蔡邕相提并论呢？于是振振有词道："蔡中郎根红苗正，世代望族。其先乃周文王第五子，周武王之弟叔度呢！先祖蔡寅为汉室开国元勋，并以车骑将军之职破龙苴于彭城，遂因功被封为肥如敬侯，食千户。六世祖蔡勋孝平帝时为郿县令，被王莽授以压戎郡守，但他却以为策名汉室，死归其正，昔曾子之赐，岂可事二姓呢？遂与南阳孔休、安泉刘宣、楚国龚胜、上党鲍宣与卓茂等六同志不仕，并携带家属逃入深山。可见其忠汉之心何等纯啊！父蔡棱为徐州刺史，一生清白守节，贞纯不差。既然其先多为名门高贤，大汉中坚，独蔡邕岂会不忠不贞呢？"

马日䃅言至此，早已口干舌燥，于是喝了口茶润了润嗓子问王允道："司徒大人可记得《礼记》中'礼不下庶人，刑不上大夫'这句传世名言么？"

"太尉大人可记得《史记·商君列传》中亦有'王子犯法与庶民同罪'这个典故么？"

马日䃅闻王允问，竟无言以对。王允见此，大喜，遂忙道："既然王子犯法都不能赦免，何况末世孽徒蔡邕呢！"

马日䃅闻王允如此言，料知蔡邕难免一死。蔡邕博览群书，学识渊博，盖世文豪，并在熹平四年以经籍相去圣人久远，文字多谬，遂与五官中郎将堂溪典和光禄大夫杨伯献奏求孝灵帝正定《诗经》《尚书》《仪礼》《乐经》《周易》和《春秋》文字。孝灵帝以为所奏有理，遂使蔡邕正定这些文字并撰之于碑，又使工匠镌刻后立于太学门外。这些碑文称《鸿都石经》，亦称《熹平石经》，多达四十六块。石经立后，每日观看者和临摹者车水马龙，无以数计，因而名震一时。而其文亦上承先秦与初汉之朴实厚重之遗风，下开今世之清丽典雅之先河。其次，其辞赋亦可与元叔媲美。还有诗、赋、碑、诔、赞、连珠、箴、吊、论议、独断、劝学、释诲、叙乐、女训、篆势、祝文、章表和书记共百余篇问世。如此难得一遇的人才若遇不测，岂不是天下之大不幸吗？因此，马日䃅心头不禁暗暗叫苦不迭。但他并未心灰意冷，仍试图做最后努力挽救蔡邕于绝境。于是苦口婆心地对王允道："蔡中郎旷世逸才，学无不贯，且又通晓汉事。倘若使其不死，继续撰史，必将抽金匮石室之藏品，题轩轾勒成一代大典啊。若何？"

王允闻言，不禁非常惊讶，并问道："他在撰写何史书？"

马日䃅见王允对撰写史书颇感兴趣，大喜，以为挽救蔡邕有望，于是忙答道："《东观汉记》！司徒大人有所不知，蔡中郎在贡职东观时，便与儒臣卢植、杨彪和韩说合著《东观汉记》一书。然未及奉上，便遭宦竖诬陷而流徙朔方。无奈，只得于徙中上书自陈，奏其已撰毕律、历、礼、乐、郊祀、天文、朝会、车服、五行、艺文和地理等十余志。盖其所学志者皆在于此。若司徒大人为国惜才，不忍玉石俱焚，使其完成《东观汉记》撰写，那定可与司马迁《太史公书》和班固《汉书》并驾齐驱，同耀史界，而不使世祖至

第二十八回　评董卓功过蔡中郎长安牢里勇于绝命　领兖州牧职曹孟德寿张城东大胜黄巾

孝灵帝间的史事湮没无闻！"

谁料王允却不理会马日䃅方才所言，并有另一套见解，遂振振有词道："昔武帝不杀司马，使其作谤书，流于后世，方使今国家中衰，神器不固，故不可再让蔡邕这等妄臣执笔在幼主左右。既无益于圣德，何故再使吾党蒙受讪议呢？太尉大人方才津津乐道的《太史公书》和《汉书》，不但不为圣贤英杰避讳，反还常有诽谤之词。比如言陈丞相初不视家业生产，并因此遭其嫂子辱骂云：亦食糠覈耳。有如此之叔，不如无啊！又讥讽其家贫难娶。言绛侯初为屠狗之徒。言汝阴侯初为养马之辈。言张丞相初为亡命之囚。言郦食其初为穷困落魄之流。然尤叫人是可忍，孰不可忍的是，竟然污蔑我高祖初不仅不事生产作业，且还极好酒色，还在征战中为逃命而舍弃自己亲生女儿……"

王允言至此，直气得两眼发红，嘴唇发抖，难以再言。片刻后方气呼呼道："总之，此二书将我大汉开国君臣说成是一帮穷困潦倒、放荡不羁、亡命逃窜和不务正业的乌合之众、不齿之徒。这岂不是妖言邪论么！"

马日䃅闻王允这般言，认为连熟读四书五经的王允都不懂得是非必录的记史常识，实在是不可思议的怪事，故直言道："按常理，凡史官记事，善恶必书，无须避讳。《太史公书》和《汉书》作者，只是尊理直言史事而已，何谓妖言邪论呢？再说了，我武帝、章帝与和帝允许司马和班固按实直书我大汉开国元勋之是非，足见其宽容大度非同一般啊！"

王允闻言，遂怒不可遏道："就当太尉大人所言属实，然无逆臣蔡邕，就当无《东观汉记》，又有何损！"

马日䃅见王允如此蛮不讲理，甚为气愤道："昔子云以符命投阁，几死，甚悲啊！今蔡中郎一叹而丧命，岂不更悲吗！"

须知，汉末太尉、司徒和司空并称三公，分掌宰相职能，均秩万石。但太尉列为三公之首，名位甚重。按理，名列首位的太尉马日䃅所言应可改变名列第二的司徒王允欲诛蔡邕之意。但时之朝廷实权掌握在王允手中，因此，马日䃅当然奈何不得王允。末了，只得悻悻而去，事后还私下对人道：

"王司徒不可能长久居其位啊！善人，国之纪也；制作，国之典也。灭纪废典，其能久呢？"

就在天下人为蔡邕喊冤叫屈的同时，羁押在狱中的蔡邕却认为自己被捕并非冤屈，并对看守狱卒道："依我之见，董卓并非是彻头彻尾的恶魔祸首，其实是功首亦是罪魁啊。"

狱卒不解蔡邕方才所言，于是惊异地问道："小的只知董卓一生恶贯满盈，罪行罄竹难书而该杀。但先生却出此闻所未闻，与世相反之言。是何道理？"

蔡邕见狱卒对他所言很感兴趣，大喜，遂一本正经道："何谓功首者呢？董卓虽来自边鄙荒芜之地，但他早年便以侠气闻名、才武盖世而使羌胡畏惧。因此，被其故乡陇西郡太守召为吏佐，使监领盗贼。后遇羌胡常年侵扰、虏掠民人，凉州刺史成就辟其为从事，使领骑兵讨捕。他不负其望，终大破之，并斩获千计。于是因功被辟为出谋划策、交锋对阵的凉州兵马掾，常徼守塞下。其丰功伟业，一时传为佳话。孝桓帝末年，他以六郡良家子被选为羽林郎，警卫于陛下左右，不久又从同乡中郎将张奂为军司马，共击汉阳叛羌，遂大破之。永康元年春，东羌、先零五六千骑寇关中，围殁祤，掠云阳。是年夏，又攻没朝廷守军两营，并袭杀千余。同年冬，羌岸尾、摩螫等胁同种复抄三辅。张奂又遣他为先锋进击，又大破之，并斩其酋豪与首虏等万余。于是羌胡震动，三州清定。论功行赏，被迁为郎中，赐缣九千匹。然他却以为领功者虽为他董卓，有功者实则众人。故将所赐尽数分与全军将士，而他无所留。此足见其大公无私、高风亮节之品质非同一般。同时也表明他不仅有非凡之才武，亦有大将统帅之气度。此后不久，又奉命大破并、凉二州羌贼，并因功历迁广武县令、蜀郡北部都尉、西域戊己校尉。但不幸的是，不久张奂案株连而坐免。但随后又因大破羌胡而迁为并州刺史、河东太守。中平元年春夏之际，朝廷因他武略过人而拜他为中郎将，持节，代北中郎将卢植进击黄巾妖贼酋张角军于下曲阳。因贼酋凶悍狡诈，故军败削职回籍。次年春，湟中义从胡人北宫伯玉、李文侯、边章和韩遂以诛灭宦官为

第二十八回　评董卓功过蔡中郎长安牢里勇于绝命　领兖州牧职曹孟德寿张城东大胜黄巾

名,率领数万官军骑兵入寇三辅,侵逼皇亲国戚和三公九卿园陵。于是天下惊震,最后,朝廷只得派遣能解天下于倒悬的他和兵动若神、谋不再计的左车骑将军皇甫嵩率军前往征讨。此后不久,他又以破虏将军之名,在司空张温的统帅下继续在凉州征讨边章和韩遂。中平五年,凉州贼酋王国率众围陈仓,朝廷又遣皇甫将军与他各率两万官军步骑前往解围。纵观其前后百余战,除偶失手于黄巾妖贼军外,无一败绩。因此,他为汉室江山社稷的安定立有不可磨灭的汗马功劳!"

狱卒闻蔡邕这番言,犹若茅塞顿开,明白了一切,并对董卓生出几分好感。但对董卓废立皇上却深恶痛绝,故问蔡邕道:"当年董卓逆行废立,当做何解释呢?"

"行废立,实是董卓为汉室做了件天大的好事,可世人对此却有误解,董卓也因此背了黑锅。"

蔡邕言至此咳嗽了几声,喝了口茶水清了清嗓子后理直气壮道:"壮士有所不知。事实是:先帝病笃时,曾因大将军何进妹妹所生的刘辩,即后来的少帝、弘农王轻佻无威仪,而将王贵人所生的刘协,即当今天子嘱托于宦竖蹇硕立为太子。后因慑于何进权重,故在先帝驾崩后改立刘辩为帝。很显然,此行本违背了先帝的遗愿!后董卓行废立,其实是拨乱反正,还其本来面目罢了。当然,这也是歪打正着,废除了窝囊者,即少帝、弘农王;立了英明者,即当今皇上。不过,董卓行废立也有不可告人的目的,即废旧立新,拉帮结伙。不过古今凡成大事者,莫不如此啊!"

狱卒听了蔡邕这番话,先以为是奇谈怪论,经蔡邕一本正经辩白,于是直惊得目瞪口呆,半晌无语。良久又问蔡邕道:"董卓焚毁首都雒阳,挖掘北邙皇陵,是功是罪呢?"

"当然是罪!但也事出有因。须知,倘若不是关东讨董盟军相逼,董卓岂会焚毁雒阳城呢?不过,这与当年项王只因怨恨暴秦而焚毁阿房宫相比,只不过是小巫见大巫罢了。"

狱卒闻蔡邕这般解答,心中甚为不明,故问道:"依先生方才之言,焚毁首都之罪在于以袁将军为首的那班讨董盟军了啊？"

"当然。须知，如我前述，那班讨董盟军所指董卓废立之罪是不成立的。董卓初到京师时，便广招贤士，大明修改，光辅汉室。并忍性矫情，擢用群士。如任用同乡名士周毖为吏部尚书，并在周毖建议下，进退天下之士，沙汰秽浊，显拔幽滞。如重用将军伍琼、尚书郑太、长史何颙等名士。又征处士荀爽为平原相，途中再任其为光禄勋，到京不到三日更迁为司空。故有百日之内，一介布衣，登及台司之说。"

蔡邕言至此，干咳了几声继续道："为宦竖所压抑者亦以重任，如迁韩馥为冀州刺史，刘岱为兖州刺史，孔伷为豫州刺史，张咨为南阳太守，袁术为后将军，曹操为骁骑校尉。"

狱卒见蔡邕年迈体弱，说话吃力，遂忙出去换了杯热茶递与蔡邕。对此，蔡邕不禁非常感动。喝了口茶后继续道："即使袁绍因公然反对董卓行废立之事而畏罪潜逃，董卓也未追究其罪责，并还纳伍琼等人之言，授袁绍为渤海太守，封邟乡侯，又任其自称兼任司隶校尉。由此可见他胸怀之宽广可见一斑。但他的亲信爪牙并不处显位，仅将校而已。足见其严于待亲信而宽于待他人的君子风度非同一般！"

狱卒待蔡邕言毕，遂不解地问道："董卓所重用者，何以要起来反对他呢？"

蔡邕待狱卒问毕，沉思片刻叹息道："皆因董卓既非袁绍、袁术那般世族高门，又非何进那般皇亲国戚啊！"

狱卒非常赞成蔡邕方才所言，随后又问道："然何谓董卓为罪魁呢？"

狱卒方问毕，蔡邕即怒不可遏道："抗拒圣旨，拒不交兵；领兵到京，诛杀丁原；策免刘弘而自代之；自迁太尉，假节，虎贲；自任相国，封郿侯，赞拜不名，剑履上殿；恃宠放纵，残杀阳城之民；奸乱公主宫女。焚毁京都，挖掘陵墓，掠取宝物；烧杀山东虏兵，残暴无比；自为太师，欲称尚父；越犯汉制，乘坐青盖金华车，爪画两轓；乱封亲属，怠慢公卿；招呼三台尚书以下自诣其垒启事；于坐中残杀诱降的北地反叛者；佞杀太尉张温以

第二十八回　评董卓功过蔡中郎长安牢里勇于绝命　领兖州牧职曹孟德寿张城东大胜黄巾

泄私愤；铸造小钱，欺骗百姓。还有法令苛刻，爱好酷刑，推崇互告，制造冤案。"

蔡邕言至此，又干咳了几声后，喝了口茶水润了润嗓子接着道："切切记住：世上金无赤金，人无完人！何况董卓呢？另外，董卓这些罪恶，此前有人为之，以后亦有人为之。不足为……"

不待蔡邕言毕，狱卒便说有要事，并立刻锁上牢门，匆匆而去。

却说王允自那日拒绝了马日䃅挽救蔡邕的建议以来，一直闭门谢客，并想到：其他人为蔡邕这厮说情就不值一提了，而马日䃅就不同了，他不仅年老体迈，且还屈尊亲自登门拜见我，这不能不说是给了我足够颜面。就这点，本就该释放蔡邕。但蔡邕毕竟是董贼党羽帮凶，其罪是可饶，孰不可饶。当然，他现在如能当众认错，改过自新，并对董贼反戈一击，饶他不死，也未尝不可。为此，王允忙叫侍者唤来看守蔡邕的狱卒，问问眼下蔡邕对董卓的看法是否有所改变后再做定夺。

须知，蔡邕是个不谙世事的文官，以为狱卒只是看守囚犯、赚钱养家而不足挂齿的小人物，不仅与朝廷大员无啥牵连，也不知晓朝政斗争内幕，于是便推心置腹地对他说了前面的那些实话，但他哪知那狱卒是王允安插在他身边的密探。因此，王允侍者还未出发，那狱卒便急匆匆地来到王允面前，不待询问，便将蔡邕在狱中对他所说一五一十地禀报了一番。不待禀报毕，王允早气得毛发倒竖，七窍生烟，不能自已。正在这时，忽见另一狱卒飞一般跑来向王允报道："禀报司徒大人，蔡邕方才坦言自己过去皆狂瞽之词，谬出患入，罪在不赦。但为了使光武以来汉室的丰功伟业不被淹没无闻，他愿仿司马迁故事，请求处以黥首之刑，以便续写《东观汉记》。准否？望司徒大人定夺。"

王允本就对写史者不避帝王将相和圣贤俊杰之讳很为不满，恰值又在气头上，哪会答应蔡邕请求？于是怒气冲冲地对那狱卒连声吼道："不准！不准！不准！"

狱卒闻王允这般言，料知再言无益，便垂头丧气地走回大牢，将王允方才所言向蔡邕道了一番。蔡邕闻之，料知凶多吉少，于是起身面壁长叹道："老夫乃汉室功臣苗裔，生长于王国，死所何惜！但恨无人能续写《东观汉记》啊！更独恨葬于荒岭之巅、江鱼之腹而不胜狐死首丘之情，营魂识路之怀啊！"

言毕，便以头碰壁而亡。时年六十岁。

此时值初平三年四月末。

天下人，特别是北海郑玄等巨儒文豪闻知蔡邕身亡，皆如丧考妣，悲痛欲绝，并叹息汉世之事，谁与正之呢！而陈留人还因敬仰蔡邕而不直呼其名，皆称蔡君，并将其画像与列祖列宗画像同挂于大堂正前方中央墙壁上，还撰颂词曰：蔡君文同三闾，孝齐参、骞！

王允闻报蔡邕死后天下反应那么强烈，这是他始料未及的。同时，也对自己当初的误解和出言不慎感到后悔。但事已至此，不可挽回。无奈，只得下令按蔡邕生前所任左中郎将之职规格，将其厚葬于其故乡陈留圉北首，以满足其狐死必首丘之遗愿。

董卓被诛后，刘协便下旨以王允有功为由录尚书事，总领朝政。王允又以吕布为奋武将军，假节，仪同三司，进封温侯，共秉朝政，以此兑现他暗中曾对其许下的杀董重赏诺言。这也是按疯癫老道当初"须对吕布晓之以利"之言行事吧。另外，此前吕布名为董卓义子和朝廷重臣，其实不过是董卓贴身卫士和冲锋陷阵的武夫，且还常受到董卓的训斥和凉州籍将校的排挤。现在越级加官晋爵，权重天下，比起刺杀丁原所得到的真是天壤之别。因而自然兴奋异常，并对王允感谢不已。末了还设宴三日，以示庆祝。而其他杀董有功之臣如李肃等人亦得以加官晋爵，不在话下。

正在上自皇帝、下至庶民昂首展眉，欢天喜地庆祝杀董成功之际，长安城内外忽然传来百万青州黄巾军攻陷兖州任城国治所任城，斩杀了其守将——任城国相郑遂，并进而以迅雷不及掩耳之势，向邻近东平国杀去的消息。对此，刘协及满朝文武莫不吓得毛发倒竖，双腿战栗，坐卧不安，但又鞭长莫及。无奈，只好唉声叹气一阵作罢。然对身为兖州刺史，且又身处距

第二十八回　评董卓功过蔡中郎长安牢里勇于绝命　领兖州牧职曹孟德寿张城东大胜黄巾

来犯青州黄巾军仅百里之遥的兖州治所昌邑的刘岱来说，就大大不同了。因为兖州是他赖以生存和发展的老巢，一旦丢失，后果便不堪设想。因此，当他方得报青州黄巾军进入兖州地界后，便立刻召集左右文武，到议事大厅商议对策。

刘岱本为汉齐悼惠王之后，孝灵帝建宁元年太尉刘宠之子，是响当当的大汉宗室。因此，对反汉的青州黄巾军自然是势不两立，深恶痛绝，并恨不得立刻率军前往将其斩尽杀绝方才解恨。故待左右文武到齐按秩方才排定，刘岱便急不可耐地表示愿以先发制人之策痛击之。但左右文武对刘岱之意皆持沉默态度。刘岱见此，以为他们没有异议，于是便欲调兵遣将，向东平国杀去。正在这时，兖州济北相鲍信却出列上前谏道："今妖贼军众达百万，锐不可当，而我百姓皆震恐，士卒无斗志，故不可敌啊！观妖贼众辈相随，军无辎重，唯以沿途抄掠为资。我今不若蓄士众之力，先为固守，使其欲战不能，欲攻亦不能。到那时，其势必散。时我便选一队精锐人马，据其要害而击之，如此破贼必易若反掌！"

鲍信以为刘岱会采纳自己方才所言，故不禁非常得意。谁料刘岱却不以为然道："贼虽百万，其实不过是一伙老弱病残和妇幼之徒，何足惧呢！"

鲍信见刘岱轻敌，很是不安，遂道："昔光武击铜马贼于鄡，贼军日夜挑战，气焰甚为嚣张。但光武则坚营自守，有抄掠者辄击取之，并绝其粮道。如此月余，贼便食尽趁夜逃散，光武闻讯后立刻挥军追击至馆陶而大破之。刘将军何不效仿呢？"

"此一时，彼一时呢！彼时铜马贼之强势，不可与此时黄巾妖贼之弱势同日而语。因此，我意已决，鲍将军不必再言！"

刘岱言毕，便以自己为先锋，鲍信、陈宫和万潜殿后，北向东平国治所，现青州黄巾军大营所在地无盐县城杀去。

再说青州黄巾军大帅管承对董卓杀张温，吕布杀董卓，王允杀蔡邕这些事开始并不在意。后来转而一想，这些汉室官佐成日里你杀我我杀你，肯定无力顾及其他。因此，这正是黄巾军举兵南下，问鼎兖州，拥控关东，倾覆汉室的极好机会。于是便以昌豨为先锋,从钱和王营殿后,他则与郭祖、徐和、司马俱、管亥和张饶为中军,共计百余万人马,从青州突然南向兖州杀来。因任城国相郑遂兵微将寡,没费多少事,便使其城陷人亡。随后,他们又继续南下,先后占领了东平国各处关津要隘,并一举包围了其治所无盐县城。欲尽快破城继续南下时,忽闻报刘岱从昌邑率了一支官军前来救援,其前军已到无盐县地界。对此,黄巾军先锋军将领昌豨并未放在心上。不久,双方人马便在无盐县城南二十里处相遇。时武艺超群的昌豨二话没说,便舞枪出马与力大无穷、挥举大斧的刘岱杀了起来。只斗了十余回合,便将刘岱刺于马下。鲍信在后队闻报刘岱阵亡,大惊,料知他亦非昌豨对手,于是便领了原刘岱和自己所率官军,掉头一溜烟地逃回了昌邑城,并立刻召集左右文武,重新商议退敌方略。经过一番唇枪舌战,鲍信和万潜一致同意陈宫当前天下分裂,州郡无主,东郡曹操为命世之才,若许以州牧,兖州之民必有安宁乐业之意,并立刻与陈宫一道,动身前往东郡治所东武阳迎接曹操前来昌邑就任兖州牧职。

却说曹操自从是年三月从东武阳和内黄等地击退了于毒和于扶罗黑山黄巾军以来,郡内倒也安宁清净了许多。正在这时,忽闻报董卓在长安被王允和吕布诛杀。对此,自然高兴得不得了,并以为自己当年冒着生命危险与董卓毅然决裂而出走雒阳,联络关东诸侯几十万讨董盟军讨伐董卓这厮之事做得多么正确。于是不禁感慨万千,思绪潮涌,并摊开黄绢,伏案挥毫作《董卓歌》,其词云:

德行不亏缺,
变故自难常。
郑康成行酒,
伏地气绝;
郭景图命尽于园桑。

歌词之意是嘲讽董卓得势不能礼贤下士,却横行跋扈,滥杀无辜,德行

第二十八回　评董卓功过蔡中郎长安牢里勇于绝命　领兖州牧职曹孟德寿张城东大胜黄巾

有亏，必遭覆灭。

随后，曹操还设宴三日，以示庆祝。正在他与左右文武在郡衙宴会厅席间频频举杯畅饮之际，忽见一士兵飞奔到他餐几前跪下施礼后报道："禀报曹将军，鲍信鲍大人、万潜将军和陈宫将军在城南门外声言有要事求见。"

曹操听得鲍信二字，不禁一愣，认为当年这位讨董志同道合者向来无事不登三宝殿，现在还领着其他人前来，定有要事。于是忙放下筷盏道："快领他们来见。"

士兵闻言，不及施礼告辞，便起身掉头飞也似的奔出宴会厅。片刻，便领着鲍信、万潜和陈宫急匆匆走了进来。相见礼毕，曹操便邀他三人入席共饮。席间，曹操问鲍信道："你们突然匆匆而来，有何要事？还不快快道来！"

鲍信见座中皆曹操亲信，便毫无顾忌道："百万青州黄巾妖贼军近日在管承等妖贼酋带领下，抄掠我州、郡、县，任城国相郑遂和刺史刘岱也因此先后遇难了。"

在场者闻言，不禁惊得瞠目结舌，筷盏落地，没了宴饮心思。唯曹操和荀彧镇静自若，饮食如常。片刻后曹操问鲍信、万潜和陈宫道："你们不坚守昌邑城池，来此为哪……"

"迎曹将军去昌邑领兖州牧呢！"

在场者闻鲍信言，不禁吃了一惊，以为耳朵听错了话。正在这时，陈宫起身上前向曹操拱手施礼正色道："鲍将军方才之言非戏言！眼下事急，州中无主，王命断绝，曹将军若愿权领兖州牧，以收天下，佐汉除贼，定易若反掌。此乃我州吏民之共愿，望万勿推辞！"

方言毕，万潜即起身上前向曹操拱手施礼道："如曹将军领兖州牧，乃大汉之洪福！"

时曹操并未言语。曹操部下文武见此，皆急出了一身冷汗，以为送上门的肥肉不吃，还待何时！正在这时，只见荀彧起身上前将曹操拉到一旁，对其低声耳语道："若领兖州牧，其地盘自然便属将军的了。此地虽自春秋以来不能抗衡于齐、楚，在纷纭之际，豪杰四起，亦未见能以兖州成大事者，但其位据河、济之会，控淮、泗之交；北阻泰岱，东带琅琊；地大物博，民殷土沃。用亚夫昌邑之谋，燕师谷亭之举，岂非千古之大计？故谋事在人，成事在天。将军若以此地为根底，苦心经营，关东诸郡皆可囊括。然后再以此展开去，辅汉大业必成。今既送上门来，何故又迟疑不决呢？"

其实荀彧和其他人皆猜错了曹操心思，此时曹操以为：我曹操早就梦寐以求兖州了，只缘无机会下手而已。现刘岱已亡，州中鲍信、陈宫和万潜等州吏又亲自前来拥戴我为州牧，岂有不受之理呢？只是担心袁绍嫉妒而从中作梗罢了。因此，荀彧言毕良久后，曹操方才叹道："先生所言极是！只是袁绍这厮会……"

荀彧闻曹操对袁绍有所顾忌，遂不待他言毕，即忿忿不平道："当初袁绍为争夺地盘能强取豪夺冀州牧，将军岂不能在此国难当头之际受众推戴为兖州牧呢？再者，将军帐下文武俊杰本已如云，倘若将来再悉收兖州英豪，何愁袁绍不敬畏呢！"

曹操认为荀彧言之非常有理，遂不再多思，便立刻当众高声道："既然鲍将军、万刺史、武阳名流陈将军及在场众卿看得起我曹某，那就恭敬不如从命。到任后，一定不负众望，尽心尽责，除贼安民，辅佐汉室。"

言毕，即起身离席大步迈向宴会厅中央站定，转身西向长安跪拜施礼，算是假藉朝命权领兖州牧职。鲍信、万潜、陈宫、荀彧及其他在场者见此，忙争先恐后祝贺曹操不提。

因东平国战事急，于是曹操便立刻下令撤宴升帐，调遣人马，飞一般向那里杀去。

这支以鲍信为先锋，陈宫为右先锋，万潜为左先锋；以曹操、荀彧、夏侯惇、夏侯渊和乐进为中军；以曹仁和曹洪殿后；以张奋和曹邵督运辎重粮草的官军虽然猛勇善战，但与百万青州黄巾军相比，却显得势单力薄，不堪一击。对此，曹操是再清楚不过了。因此，当他们下午三时方到无盐县城西约三十里处，曹操便传令就此安营扎寨，不许轻敌冒进，否则定斩不饶。

为摸清黄巾军情况，打有准备之仗，曹操于当日午夜时分，带着鲍信、

第二十八回　评董卓功过蔡中郎长安牢里勇于绝命　领兖州牧职曹孟德寿张城东大胜黄巾

夏侯惇等千余精干官军步骑出营视察地形。不料月黑风高，误入黄巾军从钱和王营军营。时他们有的正倒在地铺上雷鸣般打呼噜，有的正灰头土脸地忙于埋锅造饭，有的则围坐在帐外热火朝天地拉家常。后二者见到官军，以为是其主力军杀到，于是忙停止一切活动，举枪挥刀，争先恐后向曹操所率官军围杀过去。曹操所率官军也不示弱，立刻便奋勇迎了上去。

　　须知，黄巾军虽然人多势众，但兵器简陋，训练无素。曹操所率官军虽然兵少将寡，但兵器精良，武艺精湛，因而厮杀了许久，也未分胜负。正在这时，被喊杀声和兵器撞击声惊醒的那些打呼噜的黄巾军见此，遂忙翻身爬起，不待穿戴衣帽，便光着脚丫加入了战斗。先前交战的那些黄巾军见此，于是精神大振，战力倍增，结果把曹操所率官军杀得落花流水，狼狈逃窜。若不是夏侯惇新近收留的壮士典韦挺身而出舍命相护，曹操早就命赴黄泉了。

　　曹操收拾残兵败将回营后非常恼怒，并不待歇息，便连夜召集部下谋士将校来到中军大帐商讨讨伐黄巾军之策。其间，大家皆主张天明后直接与黄巾军对阵，奋力将其击败，先给他们一个下马威再说。这不仅为郑遂和刘岱报了仇雪了恨，还可威慑黄巾军，增强士气，震动山东。曹操以为此主张甚为有理，便忙点头称是，并立刻伏案提笔撰制挑战书一封，叫人天明时分送给黄巾军大帅管承，相约当日早饭后在无盐县城西双方营寨前开阔地带对阵，以决雄雌。管承接到挑战书后，不待与众将士商议，立刻便伏案挥笔回了应战书。

　　方到约定时间，双方便依约而至。按当时规矩，对阵双方主将应先出马骂阵后再行厮杀。谁料黄巾军将士虽然作战勇敢，却未经严格训练，不懂军事规矩。因此，不待布阵，便趁着前时连胜官军的兴奋心情，高喊着"活捉曹操"口号，以排山倒海之势向曹操所率官军这边冲杀了过来。官军无备，竟被杀得落花流水，溃不成军，直逃到寿张县东潕水东岸，被挡住了去路。官军无奈，只得破釜沉舟，反身奋力死战，方才站住脚跟。时天色虽黑，但黄巾军擒杀曹操的决心并未动摇，皆毫不犹豫地围杀了上去，恨不能立刻将其擒杀，立功受奖。

看官你道黄巾军何以会这般毫无目标的擒杀官军主将曹操呢？原来他们只与公孙瓒和应劭所率官军交过战，从未与曹操所率官军交过手，更没见过曹操。为不使曹操漏网逃脱，他们便采取了拉网战术。时曹操虽然早已换上了士兵装束，但并未逃出包围圈，并在夏侯惇和典韦的护卫下东躲西闪，无处藏身，只是没引起黄巾军的注意罢了。唯鲍信被黄巾军围得水泄不通，无法脱身。对此，他料知杀出重围已无可能，为引开黄巾军注意力掩护曹操脱险，遂便灵机一动，高声喊叫他就是曹操其人。黄巾军闻之大喜，遂便在徐和与张饶的率领下，一窝蜂似的将鲍信里三层外三层包围起来，非要活要见人，死要见尸。鲍信虽然武艺不凡，然哪抵得住众多黄巾军的围杀，不大工夫，便成了黄巾军的刀下之鬼。

却说曹操见官军眼下与黄巾军硬拼硬杀显然不是其对手，只好仿春秋晋国公子重耳退避三舍故事，在夏侯惇和典韦的护卫下趁乱冲出重围，带领所剩官军，西向退往寿张，坚守不出。后闻报鲍信为解救他战死，悲痛得不能自已，并遣人以重金向黄巾军求购鲍信尸首。谁料他们视金钱如粪土，拒绝了曹操所求。曹操无奈，只得令兵匠刻制了一尊木质鲍信塑像，立于中军大旗下，摆上牺牲，率众祭奠，以示不忘鲍信救命之恩，和激励将士忠肝义胆、主难臣死的虔诚精神。

却说管承所率黄巾军回营后得知他们所杀的是鲍信而非曹操时，不禁非常恼怒和遗憾，并发誓不擒杀曹操决不罢休，同时还请画师依照俘虏和投诚过来的曹操所部官军的口头描述，画了幅曹操头像，叫大家辨认熟识，以防将来在战场上认错人。同时，传令全军日夜奋力攻打寿张城。

须知，寿张城春秋时期便是城邑，当时名叫良邑，战国时叫寿张，秦因之，汉置寿张县，属东郡管辖，为东平国重镇。因此，不仅城墙高大坚固，城壕也宽广幽深，向来易守难攻，加之官军众志成城，奋力死守，遂使黄巾军不但久攻不下，反还死伤惨重。管承无奈，只好下令放慢攻城步伐。

再说曹操进驻寿张城后闭门不出，茶饭不思，坐卧不宁。何也？原来通

第二十八回　评董卓功过蔡中郎长安牢里勇于绝命　领兖州牧职曹孟德寿张城东大胜黄巾

过这两次军事失利,他深感仅凭自己眼下这点官军若要战胜众多强悍的黄巾军,非用智谋不可。一日午后,只见一士兵飞一般跑来不及向曹操拱手施礼便报道:"小的方才在城头上拾得一封黄巾妖贼军射来的绢制书信,不知说了些什么,特呈与大人拆阅。"

曹操闻报,以为是黄巾军乞降书,于是精神为之一振,接过便拆阅起来。谁料还未阅毕,便气得面色灰白,双手发抖,并连连破口大骂道:"贼眼无珠啊!贼眼无珠啊!贼眼无珠啊!"

须知,曹操何以这般气愤呢?原来黄巾军大帅管承在书信中写道:

曹将军昔日在济南毁坏神坛,其道乃与我中黄太乙相同,似若知道,今更迷惑,汉行已尽,黄家当立。天之大运,非君才力能存。若汝明智,当年宋齐饮酒高会于寿张可再现啊!

随后,曹操即怒气冲冲地传召左右文武,到议事厅商讨如何以兵刀击退黄巾军策略。片刻,他们便闻召赶到那里依秩排定。见早已到那的曹操怒气冲冲,不禁非常惊异,也不知曹操何故如此,同时也不敢探问。直到曹操怒气稍退,道出了原委,他们方才纷纷嘲笑了管承一番。待静下来,曹操遂对荀彧道:"我欲效法当年琅琊太守、祝阿侯陈俊助光武定五校等贼军故事,在坚守寿张城的同时,常令轻骑趁夜袭取黄巾妖贼军粮道。待其粮草尽绝,军心涣散,再分而击之。如何?"

荀彧闻曹操道出了自己此前所想但未道出之言,自然表示赞成,并道:"主公所言极是。若如此,可使远道而来的黄巾妖贼军挨饥受劳,军心不稳。而我则饱食以待饥,安处以待劳,正静以待动。此正是取胜之道呢!"

曹操见荀彧与自己所见吻合,大喜,当夜便遣夏侯惇与典韦为一路,夏侯渊与陈宫为一路,乐进与万潜为一路,趁夜轮番出城破坏黄巾军粮道,抄掠黄巾军粮草,偷袭黄巾军营寨。同时,曹操也一面披甲戴胄,身先士卒,亲自出战;一面发布律令,明确赏罚,鼓舞士气,奋勇杀敌。如此不几日,便闹得黄巾军鸡犬不宁,坐立不安,士气锐减,军心涣散,大有一触即溃之势。官军将校见此,皆纷纷前往曹操住处请求出战。曹操见不仅老部众士气高涨,求战心切,新近投来的满宠、毛玠、程昱、于禁、李典、吕虔和典韦等文武请战心情也很迫切,认为击敌时机已到,不禁大喜,于是随即传令他们,到城中央点将坛听从调遣,大举进攻黄巾军。在高大雄伟、旌旗飞舞的点将坛上,夏侯惇与陈宫正为争鲍信阵亡后空下的先锋一职而争得面红耳赤,欲动干戈以决先锋印归属之际,曹操却道:"大敌当前,二位将军不必争了。依我之见,夏侯将军可为右先锋,陈将军可为左先锋,各领两千轻骑,于午夜时分出东门,直捣黄巾妖贼军中军大营。如何?"

夏侯惇、陈宫闻曹操言,都以为有了颜面,于是皆表赞成,并欢天喜地地各领先锋印拜别而去。

接着曹操又令夏侯渊与乐进领军驻屯东城门内,曹仁与李典领军驻屯南城门内,万潜与于禁领军驻屯西城门内,他则与曹洪领军驻屯北城门内,见黄巾军中军大营起火,就立刻从所驻屯城门内一齐杀出。末了,又令荀彧、曹邵、张奋、程昱、毛玠、满宠和吕虔留下率军守城。并明示没有荀彧命令,不许出城参战,否则军法从事。曹操调遣毕,大家皆纷纷向他拱手施礼告辞而去,按令备战去了不提。

是日午夜时分,夏侯惇和陈宫便各率两千官军轻骑相继出东门,若脱兔飞鹰般向黄巾军中军大营扑去。时黄巾军正呼呼大睡,哪有准备?因而他们不用吹灰之力便杀了进去,并在各处放起火来。待那里的黄巾军醒来披挂出帐迎战时,官军早已占了上风。被惊醒的其他营寨黄巾军见城东门外中军大营火光冲天,杀声震地,断定是官军夜间偷袭,于是便立刻起身披挂,举枪挥棒,前往救援。谁料他们还未走出营门,便见从东、西、南、北四大城门内各冲出了一支举着火炬、敲着战鼓、吹着号角的官军步骑,正向他们杀了过来。这若神兵天降般的阵势,着实叫他们吃了一惊。回过神正待上前迎战,官军早已冲杀到了他们面前。对此,他们只好一边仓促应战,一边向城东中军大营靠拢过去。须知,黄巾军大多睡意未尽,腹肠空空,衣帽不齐,当然不是有备而来的官军的对手。因此,双方移战至城东不久,黄巾军便渐

第二十八回 评董卓功过蔡中郎长安牢里勇于绝命 领兖州牧职曹孟德寿张城东大胜黄巾

渐不支,并随之向后溃败。官军过去吃尽了黄巾军苦头,现在自然不肯就此罢休,于是在这春末夏初衣着单薄的季节,只要他们白刀子进,便红刀子出。片刻工夫,黄巾军便尸积如山,血流成河。黄巾军见败局已定,遂便争先恐后弃下营寨,由东向北逃至百余里外的济北国地界方才停住脚步。正在官军欲穷追猛打之际,忽然接到曹操停止追杀的传令。对此,他们若丈二和尚,摸不着头脑。但又不敢抗令,无奈,只好就地安营扎寨,等待新令。

此时值初平三年五月。

看官欲知曹操何故传令停止追杀黄巾军,请看下回分解。

第二十九回

原董卓部众被迫攻陷长安城
青州黄巾军无奈举降济北国

须知,你道曹操在本可置青州黄巾军于死地的有利形势下,何故传令停止追杀了呢?原来前时鲍信、陈宫和万潜等兖州官吏及曹操部属极力拥戴曹操为兖州牧一事事先未得到朝廷恩准,也就是说未得到至今仍全面主持朝政的司徒王允的许可。因此,朝廷对曹操自领兖州牧一事还大为不满,并以为自董卓大乱天下以来,擅自自封或互相表荐的官职如雨后春笋,越来越多,简直到了无以计数的地步。现在董卓既然被诛,朝廷纲纪就应恢复,朝廷政令也应从此发出,尤其是官员的任免必须由朝廷亲自决定。否则,日后天下将大乱,汉室将覆没。因此,对曹操擅领兖州牧之举就应予以制止和纠正,以防其他人随后效仿,并下诏以金尚为兖州刺史,前往接管兖州。曹操在追杀青州黄巾军途中闻之,直气得毛发倒竖,七窍生烟,并想到:袁术自领南阳太守,后他又表孙坚为假中郎将、破虏将军,领豫州刺史;袁绍擅自阴谋驱逐韩馥自领冀州牧;公孙度自立为辽东侯、平州牧,追封其父为建义侯,甚至还立光武庙,依汉制设坛墠于襄平城南郊,以天子礼仪郊祀天地,乘鸾车,用九旒旗帜出行,以旄头羽林骑士开路护卫,又私籍田地,私募军队。这些违反和冒犯朝廷规章的举动,朝廷为何默认了呢?而我曹操在兖州牧刘岱战死的国难之际,由兖州鲍信等众吏推举为牧,却不予承认,并还指派一介毫无功绩的金尚前来夺取本已到手的兖州牧职,这种欺正惧邪的做法,岂不叫人是可忍,孰不可忍吗?另外,我曹操还讨伐过张角黄巾妖贼军,且战

第二十九回　原董卓部众被迫攻陷长安城　青州黄巾军无奈举降济北国

功显赫。当年董卓欲以高官厚禄拉拢我，我却不与他同流合污，并冒死弃官出走京都，到关东联络诸侯讨伐他，为此还在汴水岸边中箭受伤，要不是曹洪及时相救，早就命赴黄泉了。难道这些不是功绩吗？曹操思想到此，自然是怒不可遏，于是毫不犹豫地决定：先将金尚赶走，给朝廷点颜色看看再说。而青州黄巾军眼下已成池中之鱼、瓮中之鳖，消灭他们只是时间问题，不足为虑。这便是曹操传令停止追杀青州黄巾军的原因。

却说金尚带着朝廷圣旨，率了千余官军步骑，日夜不停地从长安直奔兖州，意在尽早从曹操手中接过兖州牧职和印玺。金尚乃何许人呢？乃出身于京兆名门望族，字元休，少时便熟读经史，长成后，为闻名一方的俊杰硕儒，与同郡名贤鸿儒韦休甫和第五文休俱著名，时人号曰"三休"。朝廷此时委派他如此重任，皆因其名望。但名望在天下太平时期倒是不可小视，但在兵刀说了算的战乱年月，谁将这当回事？因此，金尚一行方入兖州东郡顿丘县境，便迎面遭到曹操亲率的五千官军轻骑迎击。金尚只会舞弄文墨，从未带过兵打过仗，加之所率官军不仅少，且又是新来乍到，人地生疏，自然不是兵多将广、文武双全的曹操的对手。故双方不待交手，金尚便吓得面色煞白，魂不附体。定下神后，料知接管兖州犹若虎口拔牙，不仅危险，也无可能。无奈，只好带着那些官军，狼狈不堪地投奔南阳袁术去了。曹操见金尚识相，也不下令追杀。

待金尚接管兖州失败的消息传到长安王允耳中，他正在王府餐厅与家人享用晚餐。对此，自然怒不可遏，并立刻放下碗筷，猛地起身破口大骂曹操太恶毒，金尚太无能，并欲传令召集满朝文武，前往未央殿商讨发兵讨伐曹操抗拒朝廷圣旨之罪。王允传令还未发出，便见一探马飞奔而来，上气不接下气向他报道："禀告……司徒大人，不好了，李傕、郭汜和张济……"

"他们怎么了？"

"他们率了数千原董卓……所部官军步骑，边喊着诛灭吕布和……为董太师报仇的口号，边朝京师这边杀了过来，前锋已到弘农地界了。"

"他们还喊着诛灭吕布和谁了？"

"还喊着诛灭……"

王允见探马不敢回答他所问,遂便大怒道:"难道欲隐瞒老夫不成?"

"岂敢。还喊着诛灭……司徒大人口号呢!"

王允闻报,不禁吃了一惊,认为他们吃了豹子胆。同时,讨伐曹操的事自然也就搁在一边,转而专心致志应对李傕、郭汜和张济所率原董卓所部官军,并对随身侍者道:"速速密传胡文才和杨整修二位将军前来!"

随后,便步出餐厅进入客厅坐定,等待胡文才和杨整修。侍者得令后,自然不敢怠慢,立刻转身飞一般出门,按王允的话行事去了。不久后,胡文才和杨整修便在侍者的引领下,一同急匆匆地来到客厅王允座前,拱手向王允施礼后即异口同声问道:"在下来迟,万望恕罪。不知司徒大人传唤我们有何要紧……"

不待胡文才和杨整修问毕,王允即道:"眼下李傕、郭汜和张济三贼酋举兵造反,并欲进犯京师。你俩与他三人为凉州同乡,关系密……"

谁料不待言毕,胡文才和杨整修早已吓得面无人色,四肢发抖,并一齐伏身跪在王允面前哀声道:"那三贼之罪与我等无关!如若不信,可遣人前往调查。"

王允见此,甚觉好笑,并忙上前扶起他俩坐定后和颜悦色道:"二位将军误解我了啊。今传你俩来此,意在希望你俩前往劝说李傕、郭汜和张济三贼酋息兵归乡。若何?"

时王允心里直担心胡文才和杨整修不敢答应,因而心里不禁非常着急。谁料方才言毕,胡文才便毫不犹豫道:"在下虽本非汉室朝臣,但贤达云:天下有难,匹夫有责。因此,在下愿在这国难当头之际,效犬马之劳!"

随后,杨整修也毫不犹豫道:"胡将军之言极是。为汉室江山社稷安宁,在下粉身碎骨也在所不惜啊!"

王允闻他俩如此言,以为解决李傕、郭汜和张济兵乱已大功告成,不禁大喜,并恶狠狠地大骂李傕、郭汜和张济道:"李傕、郭汜和张济皆鼠辈,欲何为呢?"

第二十九回　原董卓部众被迫攻陷长安城　青州黄巾军无奈举降济北国

随后王允喝了口茶清了清嗓子又道:"你俩可立刻动身前往。"

胡文才和杨整修待王允方言毕,便忙向王允拱手施礼告辞出门,连夜马不停蹄地前往劝说李傕、郭汜和张济息兵去了。

看官你道李傕、郭汜和张济何以要举兵杀向京师长安城呢?原来董卓被杀后,吕布虽然加了官晋了爵,且还常负其功劳,大肆夸伐,但内心却终日惶惶不安,茶饭不思,通夜难眠,唯恐原董卓所部官军有朝一日起兵为董卓报仇而危及到他。为解除后顾之忧,便在一日午夜秘密前往王府,向王允建议将原董卓所部官军尽行诛除。时吕布以为他与王允是同乡,曾共谋诛杀了董卓,还与他共参朝政,建议被采纳应没什么问题。时王允却认为吕布诛杀董卓虽然有功,荣华富贵也今非昔比,但仍不过一介忘恩负义、受人指使的杀人剑客而已,自然不屑与他商议朝政大事。当初许愿让他参与朝政,只是迫于形势需要说说而已,岂可当真?因此,王允便没接受吕布建议。对此,不禁叫吕布不可思议。而更叫吕布不可思议的是,此前王允早便与士孙瑞议定:下诏特赦原董卓所部官军。吕布闻之,又忙赶到王府再次向王允建议诛除原董卓所部官军,然王允却直言道:"罪在祸首董卓,他既已被诛,从者无罪,除之无理。"

吕布闻王允不肯诛除原董卓所部官军,心里自然不悦。于是又建议将董卓财产尽行赏赐给朝中公卿将校,但王允仍然不从。自此,吕布便对王允渐渐不满起来。

王允虽未采纳吕布这两条建议,但对原董卓所部官军的存在也是心有余悸。同时,也与吕布一样,怕他们日后举兵报复他,因为他毕竟是诛杀董卓的主谋啊!并认为吕布的建议有理。经左思右虑,决定还是与士孙瑞商议为好。于是便在一日午夜传召士孙瑞速到王府。士孙瑞闻召,料知有要事相商,否则岂会半夜三更传召他呢?于是二话没说,便起床披挂一新,匆匆赶往那里。二人相见礼毕不待寒暄,士孙瑞便开门见山问王允道:"司徒大人叫在下前来有何要事?"

"祸首董卓作孽若无部众从之,亦难成事。今明知其有罪而赦之,恐反使其自疑赦免真伪，故此非安抚其心之策。因此，不若不赦为宜，若何？"

士孙瑞认为王允言之有理，并建议先尽行解除原董卓所部官军，然后再收编原丁原所部官军。然不待王允表态，他又建议道："原董贼所部官军向来惮袁术而畏关东，今若一旦解兵开关，必人人自危。故可以皇甫嵩为将军，就地统领他们，使其留屯陕县先安抚之，日后再寻机除之不迟。若何？"

须知，王允自诛除董卓之后以为为朝廷立了大功，于是便骄傲自负，目空一切，因而对士孙瑞的建议视若无睹，遂气哼哼道："先生须知，凡关东原讨董盟军将校，皆我徒众。今若让原董贼所部官军据险屯陕，虽可安抚他们，然则极大地伤害了那些将校的心。故先生之言万不可行！"

由于王允与士孙瑞的意见相左，是否赦免原董卓所部官军之事便议而不决，没个结果。

却说自从董卓被诛以来，不仅朝中文武百官，就是一向不大关心朝政的那些平民百姓，特别是长安城里的那些平民百姓，都很关心朝廷如何处置原董卓所部官军。因此，在茶余饭后和街头巷尾总免不了要议论一番。有的还神乎其神地言传朝廷将尽快诛除原董卓所部官军，特别是那些西凉籍官军。时以牛辅为首的那些西凉籍原董卓所部官军在董卓被诛后本就惶惶不可终日，现在闻此传言，岂不更加惶惶不可终日？并还纷纷相互传言道："董公仅亲厚蔡中郎，蔡中郎便坐罪，今既不赦我们，并欲解兵。今日解兵，明日便为鱼肉啊！"

与此同时，他们还互相串联，拥兵自守。吕布闻报，认为是诛除原董卓所部官军的极好机会，于是未经朝议，便派也因刺杀董卓而怕原董卓所部官军报复的李肃领兵持诏前往陕县，诛杀牛辅。如前所述，牛辅乃董卓女婿，董卓无子，自然将他视为亲子和最爱，故在其生前就委以牛辅重兵，驻屯东可防御关东原讨董盟军，西可保卫长安三辅安全的军事要地陕县。董卓死后，牛辅自然成了原董卓所部官军首领，其生死存亡，祸福凶吉，对原董卓所部官军影响极大。吕布正是看准了这点，才先对牛辅下手，并以为牛辅一死，原董卓所部官军便分崩离析。但牛辅一向未把吕布放在眼里，并对他

第二十九回 原董卓部众被迫攻陷长安城 青州黄巾军无奈举降济北国

早有防备,因而方闻报李肃一行进至陕县地界,便不管诏书真伪,一面立刻传令原董卓所部各路官军前来救援,一面率领千余原董卓所部官军劲骑飞一般出城西门拦截李肃一行,并在距城西三里处相遇。对此,李肃是始料未及的,但事已至此,只好摆开阵式,与牛辅一决高低。李肃乃统领骑兵的骑都尉,骑术与武艺自然不凡,但他所领官军精骑仅三百,显然不是人多势众的牛辅一方的对手。对此,李肃自然清楚不过,但事到如今,也只好硬着头皮出马舞戟与骑着大黑马、挥着长柄狼牙大棒的牛辅厮杀一番,随后便掉头领军逃向长安向吕布复命。时吕布以为李肃持诏诛杀牛辅是件易如反掌的事,因而仅率了五百官军轻骑前来陕县欲接管牛辅所率原董卓所部官军。方行至弘农地界,不意遇上李肃一行。吕布以为诛杀牛辅旗开得胜,马到成功,大喜,欲上前祝贺李肃,时李肃却垂头丧气地将此前所发生的一切如实向他禀报了一番。吕布闻报,气得面色铁青,半响无语,回过神方才破口大骂李肃无能。为防止李肃半途叛逃生祸,吕布遂下令将他就地斩首。

吕布见牛辅有备,且自己所带官军又少,料知即使他亲自出马,诛杀牛辅也无希望,于是只得垂头丧气地领着官军回长安去了不提。

牛辅虽赶走了李肃,避免了杀身之祸,但他所率的那些原董卓所部官军在阵前见了李肃所持诛杀牛辅诏书后,不免产生了违诏抗旨的畏惧心理,并不断相互传说。不久,便在牛辅所率原董卓所部官军中传开了。一时竟闹得人心惶惶,军心大乱,甚至有的还趁夜叛逃。牛辅见此,不禁慌了六神,于是便带了大批金银财宝,独与一向亲善的赤胡儿等人趁夜从城北暗渡河水,向其老巢河东郡治所安邑逃去。谁料赤胡儿等人见财眼红,在途中乘牛辅不备之机,不仅劫了他所带金银财宝,还将其头颅砍下来,送往长安请功去了。

却说李傕、郭汜和张济所率原董卓所部官军正在陈留、颍川等县攻城略地之际,忽然接到牛辅紧急救援命令,自然不敢怠慢,并不约而同地撤军赶回陕县。因他们未赶到之前牛辅已亡,无奈,只好遣使前往长安求赦。但王允却以一岁不可再赦为由予以拒绝。对此,他们不禁非常惊慌,并聚坐在陈留议事厅商议如何摆脱当前困境。经一番协商，一致同意各自解散，回归乡里，不问世事，一心养老。坐在一旁的贾诩却思想到：董卓在世时不仅待我不薄，且一向对我言听计从，其是非功过大多直接与自己有关，倘若朝廷追查起来，我岂能脱掉干系？为避祸，于是起身不以为然道："诸君倘若弃军散伙单行，则一亭长便可擒杀你们。因而不若团结一致，率军攻打长安，为董公报仇。若事成，则可奉国家以正天下。若事不济，再走未晚啊！"

李傕、郭汜和张济等人闻贾诩言，犹若茅塞顿开，明白了一切。于是当场便歃血结盟，誓与朝廷决一死战。回营后又分别叫部下互相传言道："长安朝廷不赦我们，当以死决之。倘若长安攻克，则得天下。否则，便抄三辅妇女财物西归故里，尚可延命。"

待一切准备就绪，李傕、郭汜和张济等人便率原董卓所部官军数千，日夜兼行，飞一般向长安杀来。这便是李傕、郭汜和张济兵犯长安的原委。

却说王允以为胡文才、杨整修满有把握说服李傕、郭汜和张济息兵归乡。然他哪里知道，胡文才、杨整修与董卓不仅是同乡，其荣华富贵也是董卓多年赐予。因此，现在他俩不但没忘记这些，反还寻思着如何为董卓报仇。同时，他俩还打听到朝廷早就想尽行诛除原董卓所部官军，只是碍于他们猛勇彪悍、人多势众而迟迟未敢下手罢了。因此，今若劝说李傕、郭汜和张济息兵归乡，那不意味着他俩的末日来临吗？与其自取灭亡，不若助李傕、郭汜和张济率军杀向长安，如此不仅为董卓报了仇，还能成就一番安邦定国的大业。主意打定后，他俩挥鞭快马一到李傕、郭汜和张济陕县大营，不但不劝说他三人息兵归乡，反还劝说和引导他们率领原董卓所部官军向长安杀来。

李傕、郭汜和张济从陕县出发时仅率了数千原董卓所部官军，时散在沿途的原董卓所部官军听说他们杀往长安的目的是为董卓报仇，于是便踊跃加入了其中。结果队伍像滚雪球似的，越来越壮大，待到长安城东门下时，竟达数万之众。

却说王允在王府客厅得报胡文才、杨整修所作所为以及李傕、郭汜和

第二十九回　原董卓部众被迫攻陷长安城　青州黄巾军无奈举降济北国

张济的军事举动后，直气得六腑爆裂，七窍生烟，并若溺水者抓了根救命稻草，不管是否管用，只要有抓的就行，忙传令他一向有所顾忌，现正驻守长安城的原董卓所部官军将领胡轸、徐荣速率军前往阻击李傕、郭汜和张济所率原董卓所部官军。他俩得令，以为这是立功卸罪的极好机会，自然大喜不禁，于是立刻调兵遣将，飞也似的出了城东宣平门，向李傕、郭汜和张济所率原董卓所部官军杀去。不久两军便在长安城以东不远的新丰相遇。

须知，胡轸、徐荣乃原董卓所部官军两员武艺超群的大将，所率原董卓所部官军也是精兵强将，勇猛善战，所向无敌。李傕、郭汜和张济亦武艺超群，所率原董卓所部官军也是精兵强将，勇猛善战，所向无敌。时李傕、郭汜和张济所率原董卓所部官军认为对方是忘恩负义的畜生。胡轸、徐荣所率原董卓所部官军则认为对方是犯上作乱的贼徒。因此，双方皆恨不得立刻将对方斩尽杀绝方才解气。徐荣还认为自己是受王允派遣，有朝廷做后盾，且又臂力过人，故待双方方列开阵式，便策马挥舞着长柄大斧飞一般向对方杀去。方到阵地中线，便见李傕、郭汜和张济一齐将手中令旗一挥，部下便以排山倒海之势冲杀了上去，将徐荣团团包围了起来。对此，徐荣毫无畏惧，并使出浑身解数，左冲右突，直杀得对方东倒西歪，无法近前。正在这时，忽一支冷箭向他飞来，徐荣不防，竟中其喉，不待喊叫，便坠马而亡。胡轸见徐荣战死，不禁大惊，想到董卓在世时自己非常受宠，现在与为董卓报仇的李傕、郭汜和张济所率原董卓所部官军交战理亏，于是便传令包括原徐荣所率原董卓所部官军在内的所有将士，一齐投向李傕、郭汜和张济。至此，他们所率原董卓所部官军便达十余万，实力之强大，在时之诸侯中寥寥无几，屈指可数。

却说率军一直驻扎在长安城附近的原董卓部将樊稠、李蒙和王方闻报李傕、郭汜和张济举兵反叛，也立刻率原董卓所部官军前来响应，并齐推李傕为大帅，与王方同驻中军大营，全面指挥攻城。同时，议定郭汜挥军攻打城东，张济挥军攻打城南，樊稠挥军攻打城西，李蒙挥军攻打城北。一时间长安城外兵马塞道，旌旗蔽日，刀枪耀眼，鼓声震耳，杀声动地，大有不踏平长安城誓不罢休之势。时他们日夜奋力攻打了多日，也未越城池一步，且还损伤惨重。何也？原来长安城秦时便是知名邑镇，为建都于此，从高祖五年到武帝太初四年止，共修建了整整一百年，且设计精巧，用料考究。建成后城墙周长六十二里，高四丈，宽八丈，南北成斗形，且城壕宽不可越，深不可测。有高大坚固的城门十二座，东为宣平门、清明门、霸城门；南为覆盎门、安门、西安门；西为章城门、直城门、雍门；北为横门、厨城门、洛城门。因此，被称为天下第一城。城内有可供十二驾马车同时并行的八条大街和其他干道，它们平时用于交通，战时用于调兵。后虽因故迁都雒阳而荒疏，但仍为时之天下五大都市之一。加之吕布所率的素与董卓不和的高顺、张辽、侯谐、郝萌、魏续、成廉、李邹、宋宪、高雅、曹性、赵庶、魏越、薛兰、李封和秦宜禄害怕城陷遭到城外原董卓所部官军迫害而死命抵抗，竟叫初来乍到、人地生疏的李傕等人所率原董卓所部官军的攻打毫无结果。

在双方攻防到第八天的早上，忽见城上城下火光冲天，四面八方城门大开，吕布等人所率原董卓所部守城官军见此，自然不禁大乱起来。对此，李傕等人不知城内发生了何事，遂不禁惊异非常。正在此际，忽见一探子匆匆奔向中军大营不及向李傕拱手施礼便向他报道："禀报李将军，吕布那厮军中蜀籍官军皆反了，并大开城门欢迎我军入城呢！"

李傕闻报，怕有诈，遂沉思片刻后厉声问探子道："所报属实吗？"

探子见李傕心存疑虑，于是信誓旦旦答道："若是虚报，小的愿拿头颅献上！"

李傕闻探子如此答，方才消除了疑虑，遂又惊又喜，在赞扬了一番探子后，便忙传令全军，猛地向城里冲杀过去。

再说城内的吕布见蜀籍官军反叛，自然怒不可遏，并立刻遣高顺率领原丁原所部官军前往镇压。谁料他们早已有备，并在高顺所率原丁原所部官军未到之前，便在城内各处放起火来，同时打开所有城门，欢迎李傕、郭汜、樊稠、张济、李蒙和王方所率原董卓所部官军入城。

看官你道蜀籍官军何以要在此时反叛呢？原来在董卓和吕布时代，董卓

第二十九回　原董卓部众被迫攻陷长安城　青州黄巾军无奈举降济北国

所部凉州籍官军就一直看不起以丁原为首的那些并州籍官军，而这些并州籍官军又看不起散于他们之间的蜀籍官军，加之吕布在北掖门刺杀董卓时亲手杀死了几名扑向董卓尸体痛哭的蜀籍官军，于是旧恨新仇加在一起，便趁此机反叛了。

正在吕布等人为蜀籍官军反叛而惊慌失措之际，李傕、郭汜、樊稠、张济、李蒙、王方率原董卓所部官军恰巧从各城门攻杀了进来。吕布见此，忙传令全军于城内各处负隅抵抗。于是城内大街小巷鼓声、杀声、哭声震耳，刀光、剑光、火光刺目。厮杀之激烈，令人不寒而栗。吕布在东城楼上望见李傕、郭汜、樊稠、张济、李蒙和王方所率原董卓所部攻城官军若洪水般向城内涌来，料知群战不利，便忙对左右道："凭我之勇若能擒杀李傕这厮，其余的必败无疑。此所谓擒贼先擒王啊！"

言毕，便飞一般徒步下城翻身上马，率领五百原丁原所部官军轻骑，直寻李傕而去。片刻工夫，便在城中央一开阔地寻到了李傕。时李傕正在一面硕大的战鼓前拼命擂鼓激励部下厮杀，见吕布杀来，先不禁吃了一惊，随后即丢下鼓槌忙翻身上马，以枪指着吕布骂道："你这朝三暮四、忘恩负义的恶徒，先杀了你上峰与恩人丁将军，后又杀了你上峰与义父董太师，不知今后还要翻脸不认人杀谁呢？与其让你这条疯狗在世上继续为非作歹，不若在此先除掉你，为丁将军和董太师报仇！"

方骂毕，吕布便急不可耐地回骂道："诛杀丁原，是大势所趋。诛杀董贼，是为汉室除害，何为忘恩负义？倒是你这厮举兵反汉，涂炭生灵，恶贯满盈，不前来受降，还待何时？"

骂声方落，李傕已挺枪跃马向吕布杀了过来。吕布见此，大喜，以为李傕独自与他交手正中了他擒贼先擒王的下怀，并立刻举戟迎了过去。李傕虽无吕布那般勇冠三军的武艺，但也是原董卓所部官军中少见的猛将，故与吕布大战了三十余回合还未见分晓。正在此际，郭汜、樊稠、张济和李蒙率领原董卓所部官军赶了过来，团团围住吕布拼命地厮杀。吕布虽有万夫不当之勇，但哪抵得住五员猛将及其所率部下人马一齐进攻？正在渐渐不支之际，忽见高顺、张辽、侯谐、郝萌、魏续、成廉、李邹、宋宪、高雅、曹性、赵庶、魏越、薛兰、李封和秦宜禄各率原丁原所部官军步骑争先恐后杀了过来。这样一来,吕布一方便占了上风。李傕见此,料知自家必败无疑,于是不免有些惊慌,并欲传令向城外撤退。谁料这时听得各城门口鼓声大作,杀声震天,随后便见战旗翻飞,无数股步骑兵冲杀了进来。李傕和吕布双方将士皆不知何处人马杀到,遂忙勒马息兵,驻足举目观望。直待那些步骑兵来到眼前,方知是原董卓所部官军中段煨、董越、张绣、董承、杨奉和徐晃等将校闻报李傕、郭汜、樊稠、张济、李蒙和王方举兵在长安为董卓报仇的消息后,也相约率原董卓所部官军从各自驻地赶来响应。吕布见此,料知不敌,便忙使出浑身解数,杀开一条血路,带着高顺、张辽、侯谐、郝萌、魏续、成廉、李邹、宋宪、高雅、曹性、赵庶、魏越、薛兰、李封和秦宜禄及那五百官军轻骑,慌慌张张地向青锁门外王府逃去,欲叫王允和太常种拂等一同出走暂避兵祸。王允在王府大门前见吕布喘着粗气,满身血迹,料知战败,不禁非常生气。同时认为吕布这人秉性向来反复无常,见利忘义,利用他做事还可,若与其共事,则祸福莫测。因此,不若留守长安,伴随天子,即便死了还可博得忠君爱国的美名,倘若活着还可继续总揽朝政,此一举两得的事,何乐而不为呢?于是对吕布道:"若蒙社稷之灵,上安国家,我愿意啊。如其不获,则奉身以死之。天子幼少,恃我而已,临难苟免,我不为呢。并代我努力感谢关东诸公,勒以国家为念。"

方言毕,时在王允身旁的种拂即高声道:"我身为国之大臣,不能禁暴御侮,使白刃向宫,去之岂能安心呢?"

言毕不待吕布再言,便上马举剑,向李傕、郭汜、樊稠、张济、李蒙和王方所率原董卓所部官军那边杀了过去。种拂乃一介儒士,来点四书五经、琴棋书画还是其长,上阵厮杀却是其短。故还没碰到对方一根毫毛,便成了其刀下之鬼。

吕布见王允执意不走,又见后面追兵将至,无奈,只得慌忙带领高顺、张辽、侯谐、郝萌、魏续、成廉、李邹、宋宪、高雅、曹性、赵庶、魏越、

第二十九回　原董卓部众被迫攻陷长安城　青州黄巾军无奈举降济北国

薛兰、李封和秦宜禄及那五百官军轻骑，从城东南覆盎门仓皇出走，经武关投奔南阳袁术去了。

吕布、高顺、张辽等人逃走后，其所部剩余的便逃的逃，降的降，因而李傕、郭汜、樊稠、张济、李蒙和王方所率原董卓所部攻城官军很快便顺利占领了长安全城，并在城内外烧杀掳掠，无恶不作。时值炎夏，这仗下来，死伤人数不计其数，而成山的尸与成河的血瞬间便臭气熏天，刺鼻难闻。

李傕、郭汜、樊稠、张济等人所率原董卓所部官军既胜，自然大喜不禁，并下令全军在城内外到处摆设董卓灵堂，素衣素帽，祭悼董卓。末了，又在南宫掖门设宴三日，款待有功将校，以示为董卓报仇大功告成。

此后不久，李傕即下令将那些对董卓阳奉阴违，两面三刀，投机钻营的朝中重臣如太仆鲁馗、大鸿胪周奂、城门校尉崔烈和越骑校尉王欣统统杀掉。

随后，李傕闻报刘协与王允在左右文武大臣的拥簇下，在城东宣平门城楼大厅里避兵祸，便立刻领兵前往那里楼下，伏地磕头请求拜见刘协。刘协无奈，只得在城楼上问他们道："你们放兵纵横，意欲何为呢？"

方问毕，李傕即辩解道："太师忠于陛下，而无故为王允和吕布所杀。我们是为太师报仇而来，非是作逆。故求皇上下旨，使王允到廷尉受刑！"

刘协认为王允和吕布诛杀董卓有理，故未答应李傕请求。李傕大怒，下令所率原董卓所部官军紧紧围住城楼不走，并表奏刘协叫王允回答董卓有何罪该诛。王允被逼无奈，只得走下城楼与李傕相见，并对其明言诛杀董卓理由以后再议，且先大赦天下再说。

此后不久，在李傕的威逼和要求下，刘协只得下诏迁李傕为扬武将军，郭汜为扬烈将军，樊稠为中郎将。其他将校也加官晋爵，得到赏赐。随后，李傕和郭汜还诛杀了司隶校尉黄琬。本欲诛杀王允，因有所顾虑而迟迟不敢下手。他们有何顾虑呢？原来临近长安的左冯翊太守宋翼和右扶风太守王宏不仅是王允同乡，而且还是王允委任他们为太守的。因此，他俩自然是王允的亲信。李傕和郭汜以为倘若王允被诛，他俩必会与关东诸侯遥相呼应，内外配合，进攻长安。但王允不诛，又实难解除心头之恨，于是便与贾诩密谋，先后征不愿就范的宋翼和王宏到长安予以杀之。他俩既死，自然解除了李傕和郭汜的后顾之忧，于是李傕便下令斩杀了王允，并弃尸于街市，时年王允五十有六。随后又诛杀了王允妻子宗族十余人。对此，长安男女老幼莫不如丧考妣，悲痛欲绝。因怕李傕加害，竟无人敢收王允尸首。后来还是王允故吏、平陵令京兆人赵戬不顾安危，弃官收而葬之。近万受牵连的吏民被杀，满道狼藉，唯曾积极参与王允诛杀董卓的士孙瑞因有功不受封侯而得免于难。

须知，王允的下场比董卓好不了多少。因而有人云："《易》称：劳谦，君子有终吉。"

李傕以为举兵长安事成皆因贾诩之谋，故欲以其为左冯翊太守，封侯。贾诩深以王允诛杀董卓为教训，而固辞不受。李傕又欲以他为尚书仆射，他又以自己名声不重为由而未接受。后因推辞不过，只受了尚书令一职。

此时值初平三年六月。

为了扶植党羽，巩固政权，李傕等便效法当年董卓带兵方进雒阳故事，大肆升降官吏。如当年六月末，以前将军赵谦为司徒。同年七月，以太尉马日磾为太傅，并录尚书事。同年八月，以车骑将军皇甫嵩为太尉。同年九月末，罢司徒赵谦，以司空淳于嘉为司徒，光禄大夫杨彪为司空，并录尚书事。同时，在李傕等人的威逼下，朝廷下旨迁李傕为车骑将军，封池阳侯，领司隶校尉，假节；迁郭汜为后将军，封美阳侯；迁樊稠为右将军，封万年侯；迁张济为骠骑将军，封平阳侯，并领重兵驻屯弘农，以防关东诸侯官军进攻长安。同年十二月，太尉皇甫嵩免，以光禄大夫周忠为太尉，参录尚书事。总之，官员职务升降如走马灯似的变化着，叫人一时不知所以然。

自从李傕、郭汜、樊稠、张济等人举兵占领长安擅自总揽朝政后，就像董卓当年带兵进雒阳一样，立刻便引起了天下诸侯的嫉恨与羡慕，但却无人像袁绍与曹操等关东诸侯当年那样，轰轰烈烈地结盟举兵前来讨伐，所能做的，顶多是就地口诛笔伐一通作罢。何也？原来一是李傕等人眼下所率原董

第二十九回　原董卓部众被迫攻陷长安城　青州黄巾军无奈举降济北国

卓所部官军除吕布、高顺、张辽、侯谐、郝萌、魏续、成廉、李邹、宋宪、高雅、曹性、赵庶、魏越、薛兰、李封和秦宜禄少数将士出逃离队外，基本还是原董卓所部官军，其实力之强大，谁也不敢小视。二是以袁绍为首的那些当年关东诸侯为争夺地盘以便扩充实力早已成了一盘散沙，谁还愿铤而走险、举兵西进、讨伐李傕等人呢？而正在济北国指挥与青州黄巾军作战的曹操虽有进军长安、解朝廷于倒悬之意，但此时的他是心有余而力不足，即就凭他现有那点官军，对付眼下青州黄巾军还很吃力，哪有兵力讨伐千里之外且实力强大的李傕等人所率原董卓所部官军呢？

时坐在中军大帐的曹操正为此苦恼不安之际，忽见一满身雪泥的儒士未通报便笑盈盈地走了进来。曹操见了，忙起身上前相迎，并亲自为他摆座倒茶。曹操何以对他这般礼貌呢？原来来者不是别人，乃治中从事毛玠。

毛玠，字孝先，兖州陈留郡平丘县人，少为县吏时，便以清廉著称。不久即弃官前往荆州避乱，因途中闻荆州牧刘表政令不严，于是改变主意，留驻鲁阳。后闻曹操领兖州牧，有复兴汉室和建功立业之志，遂便慕名前往投之。曹操正在用人之际，又见他才华出众，于是便辟其为治中从事，以备随时咨询。时曹操见毛玠不请自来，哪会不热情相待呢？但曹操又认为向一新来乍到，且又没战场经历的儒士询问出奇制胜的妙计良策是多么丢脸，故佯装漫不经心的样子问毛玠道："先生冒雪而来，有何要事？"

谁料毛玠早猜透了曹操所思所想，因而闻曹操方才这般问，心头自然不快，遂气呼呼地直言道："在下无所求于主公，唯主公有求于在下呢！"

曹操闻毛玠如此言，知晓他已猜到自己所思所想，故不再掩饰，便将近日所思所想如实告诉了他。毛玠本是有备而来，故待曹操方言毕，便不假思索道："天下有大疾，需猛药除之。猛药者，即重兵。然主公眼下有重兵吗？"

"没有。"

曹操方答毕，毛玠便斩钉截铁道："明公有所不知，重兵就在眼前！"

曹操闻毛玠如此言，立刻有所领悟，并道："先生所谓重兵，是那些青州黄巾妖贼军吗？"

毛玠闻言，认为曹操悟性非同一般，遂高兴道："明公之神悟，举世无双啊！"

曹操闻言，并未开颜大悦，而是沉默不语。毛玠见此，料知曹操眼下有所顾及或有难言之苦。于是开导道："青州黄巾妖贼军不像张角所部黄巾妖贼军那样有充分准备和太平道信念。他们之所以聚众造反，皆因饥寒交迫。明公若能效光武当年收编绿林与赤眉贼军降俘故事，将青州黄巾妖贼军编入军队，为我所用，何愁不成大事呢！"

曹操认为毛玠之言虽然非常有理，但要迫使青州黄巾军前来投降，谈何容易？故忧心忡忡道："眼下妖贼军势众，且又十分猖狂，岂肯就范呢？"

"明公若施围城打援之策，不须多时，这些妖贼军必因失势而主动前来乞降。"

曹操闻毛玠言，认为非常有理，遂大喜而纳之，并立刻升帐遣夏侯惇和毛玠领军将济北国治所卢县城，即青州黄巾军大本营紧紧围住，隔断城内外黄巾军的相互联系。其余文武皆依曹操当即授予的密计行事。曹操则仍驻卢县之南的中军大营，以便指挥全军。

再说青州黄巾军自当年五月末溃败至济北国境内时，不仅抢占了城邑，还从附近筹集了大批粮草。因此，他们才能与从后追来的曹操所部官军在济北国相持到现在，并在交战中双方不分高低，互有胜负。但驻卢县城里的黄巾军大帅管承对此却感到不堪其苦。他认为：如不抓住战机尽快将曹操所部官军击败，待到明年青黄不接的春季，全军十有八九会因饥饿而不战自溃。为此，便在一日早饭后传令部下谋士将校，速到议事大厅商议破敌之策。谁料传令还未发出，便见一守城士兵飞一般前来不及向他拱手施礼便报道："敌将夏侯惇与毛玠正挥军从四面八方向这里杀了过来，前军已到城壕外沿了。"

管承闻报，以为这只不过是夏侯惇与毛玠率领官军若往日那般例行攻城做做样子罢了，因而镇定自若，没事一般。正在这时，又见一守城士兵慌慌张张奔来，也不及向他拱手施礼便报道："禀告管大帅，敌军此次攻城之猛非同往日，眼下其大部不仅渡过了城壕，还差点攻上城垛。"

第二十九回　原董卓部众被迫攻陷长安城　青州黄巾军无奈举降济北国

　　管承闻报不禁大吃一惊。原来两军在卢县城相持的这些日子里，曹操所部官军虽然多次攻城，但从未越过城壕一步，因而眼下这般情形，是他始料未及的。回过神，便飞快奔上南城楼，凭栏举目朝城下一望，果如后来那士兵所报。由于徐和指挥有方，且又见管承亲临城上，守城黄巾军士气便随之大增。顷刻间便将夏侯惇和毛玠所率攻城官军打得纷纷后退，死伤无数。此后，他们又重整旗鼓，勇猛地向城上攻去，大有不破城池不罢休之势。管承见此，料知不搬援军难以解围。于是便令百余膀大腰圆，膂力过人，武艺高强，骑术超群的小校，骑着高头快马，趁夜杀出城外，向其他黄巾军求援。他们领令后，没费多大力气，便冲破夏侯惇和毛玠所率官军包围圈，将管承求援之意传达到了各路黄巾军将领那里。那些黄巾军将领闻卢县有急，哪有不前往救援的？随后，便见驻守在距卢县约六十里的肥县故城里的从钱率了一支黄巾军，风驰电掣般出了北门，直向卢县杀来。谁料出城不到十里，便中了万潜和于禁所率官军的埋伏。从钱所率黄巾军不备，竟被打得落花流水，四处逃窜。距卢县西南约八十里的遂乡王营所率黄巾军在赶往卢县途中，也被曹邵和枣祗所部官军打得大败而逃。距卢县西约百余里的茌平县张饶所率黄巾军方一出城，便被夏侯渊、荀彧和典韦所率官军杀散。距卢县南约百十里的蛇丘县管亥所率黄巾军出城不到一个时辰，便遇上李典和程昱所率官军阻击，并很快被杀得溃不成军。距卢县南约百二十里的刚县郭祖所率黄巾军刚过济水北岸还未集结，便遭到陈宫和满宠所率官军的突然攻击，落水溺死者、被杀者、逃散者不计其数。唯距卢县南约一百三十余里的成县昌豨和司马俱所率黄巾军，与曹仁、曹洪和吕虔所率官军在成县北二十里一开阔地带相遇时，先是杀得久久分不出高低胜负来，但最终黄巾军还是败下阵来。何也？原来昌豨与司马俱所率黄巾军所守的成县，乃防曹操所部官军北进济北国的南大门。因此，留守此处的黄巾军大多为年轻力壮、武艺高强，装备精良的劲旅。加之主将昌豨猛勇善战，副将司马俱足智多谋，智勇结合，谁敢小视？对此，曹操早便知晓，故才派遣智勇超群的曹仁、曹洪和吕虔率领重兵前往阻击。时两军方一相遇，便立刻摆开了阵式，欲决一雄雌。

昌豨先迫不及待在阵前以矛指着曹仁高声骂道："曹仁小儿，竟敢在此阻挡我北上之路，还不下马受擒，更待何时？"

曹仁闻骂，自然怒不可遏，并忙以枪指着昌豨高声回骂道："你这危害天下的无名贼酋，不前来受死，竟敢在此逞强！"

方骂毕，昌豨早已拍马挺矛，直向曹仁刺来。曹仁见此，大怒，随即举枪飞马上前迎住昌豨，你来我往厮杀起来。昌豨身长九尺，膀大腰圆，膂力过人，武艺高强，乃青州黄巾军第一猛将，加之他那奔跑如飞的高头黑马，杀将起来少有能敌。身长平平，膀腰平平，膂力平平，武艺平平的曹仁哪是他的对手？战不多时，曹仁便只有招架功夫，而无还手之力。官军阵前的曹洪怕曹仁有失，便忙催马挥舞着一对短柄大环刀，向昌豨杀来。曹仁和曹洪围住昌豨上下左右齐攻，大有将昌豨置于死地而后快之势。对此，昌豨并不胆怯，并抖擞精神，将手中那矛挥舞得山响，竟叫曹仁和曹洪的刀枪无机可乘。两军阵前将士见此，直惊得目瞪口呆，久无声息。官军阵前的吕虔恐二曹久战不赢有失军心，于是便将手中令旗一挥，全军立刻便向阵中央掩杀了过去，欲将昌豨围住杀之。黄巾军司马俱见官军如此，也挥军以排山倒海之势冲杀了过去。两军混战，兵将难分，不用说，自然是人多势众的黄巾军占了上风。正在官军不支之际，忽然见黄巾军背后旌旗飞舞，一支官军在一片震耳的战鼓声和喊杀声中冲杀了过来。

看官你道哪来的这支官军？原来是曹操恐曹仁、曹洪和吕虔所率官军难敌昌豨和司马俱所率黄巾军，便迅即传令已打败郭祖所率黄巾军的陈宫和满宠所率官军掉头东向成县援助曹仁、曹洪和吕虔所率官军。陈宫和满宠所率官军的到来，对曹仁、曹洪和吕虔所率官军来说，犹若雪里送炭，非常及时。但黄巾军却腹背受敌，军心大乱，士气锐减。故不多时，便被官军杀得东倒西歪，溃不成军。昌豨见此，料难取胜，便忙虚晃一招，拍马甩掉曹仁和曹洪，领着百余黄巾军轻骑，夺路东向泰山逃去。曹仁和曹洪知道昌豨勇猛，自然不敢随后追杀。司马俱见昌豨逃去，立刻也没了厮杀信心，并带了数十随身黄巾军步骑，杀开一条血路，北向逃往故乡乐安国去了。其余黄巾

第二十九回　原董卓部众被迫攻陷长安城　青州黄巾军无奈举降济北国

军见没了主将，哪有心思厮杀？遂便一哄而散，各奔东西去了。

管承在卢县见各处黄巾军援军久久未到，以为求援令未传达下去。为此，正欲大发脾气，忽见不少探子与溃败下来的黄巾军纷纷前来向他报告各处黄巾军援军受阻情况。特别是闻报昌豨和司马俱所率黄巾军大败，且他俩领头的又逃往他处时，直气得暴跳如雷，六腑俱裂。同时，也知晓这次全军大败皆因中了毛玠向曹操所献的围城打援之计。正在此际，管承又闻报曹操已派曹邵率领官军在青州捣毁了黄巾军粮道和粮仓。须知，官军断了黄巾军粮源，犹若断了他们的命，这是管承比谁都明白的道理。因而竟惊得瞠目结舌，半晌无语。良久回过神，才忙召集左右前来议事厅商议反攻策略。但大多人听得管承之意后，以为昌豨和司马俱所率那些劲旅都被官军杀得大败，他们又能怎样呢？再者粮草没了来源，早晚也得饿死。于是便表示不愿再与曹操所部官军作战，而愿向他们投诚。只有少数因当年秦将白起妄杀晋军降虏四十万、项羽坑杀章邯秦军二十万那惨无人道的行径，而担心曹操重演残杀降虏的历史悲剧。由于意见分歧，故叫管承一时一筹莫展，计无所出。正在此际，忽见一城门小校飞一般跑来边向管承拱手施礼边报道："城南门外有一骑毛驴的道士，声言有要事求见大帅。"

管承闻报，遂不假思索地对小校道："既是仙道，不妨先会会再说。"

小校闻言，立刻转身出去，片刻便将道士引了进来。道士见管承也不施礼，便若无其事地自寻凳子坐了下来。管承见来者虽然衣冠破旧邋遢，但青须飘逸，额高面宽，鼻梁隆直，两眼有神，且又不拘礼俗，料想此人定然不凡。因此，便和颜悦色地问道："敢问仙道来自何方？尊姓大名？有何要事相求见我？"

方问毕，道士即淡淡地道："贫道四海为家，无姓无名。今大帅有求于贫道，非贫道有求于大帅。"

管承对道士所言非常不解，遂即问道："何以见得？"

"大帅人马虽众，但眼下却处处受挫，军心大乱，且随时有全军覆没的危险。不过有道是天下道教是一家，我岂会看着同教遇难而不救呢！"

管承闻言，方知他已知晓黄巾军内情。因此，不禁为之一惊，并以为他必有解救黄巾军于危难境地的妙计良策。遂忙起身拱手向他施礼，并急切地问道："既然仙道专程前来救助我军，何不快快道来救助之策呢？"

话音方落，道士也起身拱手向管承还礼，并不假思索道："依大帅全军眼下形势，进，势必死路一条，且还遗臭万年。退，则可苟全性命，博取功名。"

管承闻言，沉思良久方不安地问道："仙道方才所言，进，便无须解释。而退，当何讲？"

"投归官军，辅佐朝廷，造福天下。如何？"

管承及左右将校闻道士言，皆相互顾视，沉默不语。半晌，方七嘴八舌地道出了此前怕遭曹操杀害那番顾虑与苦衷。道士闻之即道："大家之意贫道早已料到。否则，我岂会来此呢？不过你们应知，曹兖州乃当今俊杰，辅汉能臣，岂会有加害你们之心呢？"

方言毕，管承即疑虑重重地问道士道："仙道何以知晓曹兖州之心呢？"

"贫道早年便与曹兖州相识。前日我游到城外官军营寨时，还与他宴饮了一番，其间专门论及招抚大家一事。贫道怎会不知其意呢？贫道这次前来，还是受他之托呢！"

言毕，即从怀中取出一绢制物送与管承，道："此乃曹兖州写给大帅的慰问书信。"

管承忙接过展开视之，见果是曹操手笔。于是才对道士所言信以为真，并当即表示愿带领全军投归曹操，并设宴席盛情款待了道士一番。席间，还给曹操复信一封，叫道士转送。对此，道士不禁大喜，宴毕即拱手施礼告辞出门上驴，直奔城外曹操官军大营而去。

须知，这道士不是别人，乃毛玠所扮。他这次前往管承处劝说黄巾军归降，是他与曹操的合谋，为了避免引起黄巾军怀疑和能顺利见到管承并劝降成功，方才扮成时之各地黄巾军的同党——道士。现在毛玠劝说黄巾军归降成功，自然高兴非常。因而一出城便快驴加鞭，飞一般往回赶去。不多时便

第二十九回　原董卓部众被迫攻陷长安城　青州黄巾军无奈举降济北国

在中军大帐见到了曹操。曹操见毛玠归来，忙问道："管承那厮愿降否？"

"不出主公与在下所料，只要主公不念旧恨，真诚守信，他定会率众前来投诚。"

曹操闻言，直高兴得若孩童般手舞足蹈起来，并高声道："大事成啊！"

言毕，即书约管承三日后午时三刻在南城门外三里处设坛，举行青州黄巾军投诚仪式。

当曹操依约率军前来接管黄巾军时，却不见管承、郭祖、徐和、管亥、张饶、从钱和王营等青州黄巾军将领的影子。经询问一些来降的黄巾军，方知他们怕曹操不守信诺，日后算账，于是便不约而同地纷纷弃下部众，各奔东西去了。对此，时曹操自然非常扫兴。然转而一想：军队无将，犹若散沙，我正可趁此将这些黄巾军分化编入到自己所部官军中。因此，便转忧为喜了。

须知，青州黄巾军虽然前时在寿张之战中有所损伤，但到济北国又得到大量补充，因而仍有百万之众。曹操于是从中精选了三十万青壮男子充军，其余老幼妇弱皆发给盘缠，回归乡里。至此，青州黄巾军主力便不复存在，而曹操军事实力却强大了好几倍。

此时值初平三年十二月末。

曹操轻而易举得了三十万人马，自然高兴得不得了，并乘兴下令全军回军兖州治所鄄城举宴三日以示庆祝。正在曹操与左右在南城楼大厅里举盏同饮之际，忽见一探马奔来，边向曹操拱手施礼边言有要事向曹操禀报。看官欲知探马欲向曹操禀报何等要事，请看下回分解。

第三十回

黑山寨袁本初奇袭黄巾
常山国张飞燕智退官军

却说曹操闻探子有要事禀报，忙放下盏筷道："还不快快报来！"

"袁术、金尚、黑山黄巾妖贼军于扶罗等打着主公前时赶走金尚罪名的旗号，正率军向兖州陈留这边杀了过来，其前军张勋已占领了襄邑和封丘，桥蕤所率官军已占领了封丘辖地匡亭。"

在场者闻探子所报，无不惊怒异常。何也？原来曹操在济北国卢县收降青州黄巾军后率领官军回鄄城前，公孙瓒曾遣刘备率领官军驻屯高唐，单经率领官军驻屯平原，陶谦率领官军驻屯发干，一齐进攻袁绍地盘冀州，以便配合袁术进攻兖州。袁绍于是便与曹操联合出兵，很快将袁术所部官军击退。现还未及休整，又闻袁术率领官军来犯的消息，怎不叫他们惊怒非常呢？对此，曹操却无事一般，并笑着问在场者道："袁术这厮这时举兵来犯，大家以为是何道理？"

在场者闻曹操问，皆面面相觑，无言以对。曹操见此，不禁又笑道："我以为理由有三：孙坚战死后，其属下官军归了袁术。吕布败于长安，又投了他，于是他以为自家所属官军愈来愈壮。此其一；扬州刺史陈温卒，袁绍遣其堂兄山阳太守袁遗接任，谁料却被袁术所遣官军击走，并以其心腹陈瑀接任。自此，他又以为自家地盘愈来愈广。此其二；兖州位于河水与济水之间，进可攻，退可守，乃关东用兵要地。其得失对司隶、冀州、豫州、徐州和青州等地影响极大，故他窥伺此地已久。此其三。而他眼下举兵来犯，早

第三十回　黑山寨袁本初奇袭黄巾　常山国张飞燕智退官军

在我意料之中！"

在场者闻曹操言，认为非常有理。但对袁术眼下举兵来犯一事，却仍心存恐惧，因为袁术毕竟兵强马壮，势力强大。对此，曹操仍不禁笑道："袁术眼下虽据有豫州与荆州之一部，可谓兵广粮足。但此人向来勇而无断，言过其实。他往日能控制豫州，并妄图夺取荆州全境，皆赖其同僚、骁勇善战的原孙坚所部官军劲旅。可现归孙贲所率的原孙坚所部官军仍驻屯九江，并未前来参战，故不足为惧。而随军前来的金尚只不过是被袁术利用的行尸走肉而已，更不足为惧。其次，那些黑山黄巾妖贼军，也不过是昔日败于我军之手的白绕、眭固和于扶罗等残兵败将余部，而非其嫡系黄巾军。他们之所以与袁术结成一起来犯，只因与我有宿怨旧仇罢了。因此，他们现在岂会舍命而战呢？况且他们现在士气低落，元气未复，有何惧怕的？"

曹操方才这番言论，确实将袁术举兵进攻兖州的缘由和那些前来进攻的黄巾军情况分析得入木三分，准确无误。因此，在场者无不转忧为喜，并争先恐后上前请战。曹操见此，大喜。当即便令夏侯惇领第一路先锋印，率五千官军轻骑立刻出发，西向封丘杀去。令曹仁领第二路先锋印，也率五千官军轻骑，随后向匡亭杀去。除留曹洪、吕虔和满宠率三千官军步骑守城外，其余文武皆与他一道随夏侯惇和曹仁所率两路官军之后跟进，以为策应。

再说袁术这次率领官军北上，意在取得兖州后，再伺机攻占冀州，消灭袁绍和曹操，以解心头多年之恨。谁料方攻下封丘与匡亭立足未稳，便遭到夏侯惇和曹仁所率两路先锋官军来攻。无奈，他只好传令全军固守封丘与匡亭不出，待曹操所部官军粮草耗尽再反击不迟。时曹操所部官军到封丘后却另有一套打法，即令曹仁和曹纯挥军日夜不停地轮番佯攻匡亭，并时而网开一面，让驻守匡亭的刘详和桥蕤所率官军有隙突围，以便他们向驻守封丘的袁术所部官军求救，以此诱其派遣大队袁术所部官军援军出救，是时于途中设伏歼灭之，此乃曹操惯用的围点打援之策。而袁术对此却全然不知。因此，方闻报匡亭告急，便立刻亲率大队官军前往救援。当他们方赶到距匡亭外十余里处，便遭到曹操亲自指挥的官军的埋击。袁术虽然先后担任过郎中、河南尹、虎贲中郎将、后将军和南阳太守一系列显要官职，但从未亲自操戈舞矛，驰骋沙场。其仕途所得，皆因他出身豪族世家。因此，见了眼下这般阵势，自然吓得面无人色，全身发抖，幸亏随同部将纪灵、陈兰、雷薄、杨弘、白绕、眭固和于扶罗等先后出马接住夏侯渊、吕虔、于禁、李典和乐进拼力厮杀，方才使其消除惊吓，并在纪灵等将校的护卫下壮起胆子，鼓起勇气，举起宝剑，欲寻曹操厮杀。说来也巧，在混战中他俩正好在一片开阔处相遇。时袁术以剑指着曹操骂道："阉竖孽子，有何颜面在此逞狂？"

须知，曹操祖父曹腾确实是宦官，但因谋划迎立桓帝有功，且秉性宽宏大度，积极推荐贤能，因而深受时之君臣赞美，遂被封为费亭侯，迁大长秋，加位特进。为此，常让曹操感到骄傲和自豪。现在闻袁术如此骂，心里虽然不快，但并未面红耳赤，怒不可遏，反还以戟指着袁术笑骂道："你这厮虽为豪门世家，然从政，不能方略策划，辅佐朝廷；从文，不懂四书五经，书字作画；从武，不会运筹战略，挥舞戈矛。实乃一行尸走肉而已！"

袁术本心气高傲，从不把曹操放在眼里，现在闻曹操如此辱骂他，早气得五脏爆裂，七窍生烟，立即策马挥剑直向曹操杀来。袁术家境优越，从小便请有武师教其练剑舞枪，虽未亲临沙场杀敌，但毕竟是时之豪侠猛士，武艺不凡。曹操是久经沙场的猛将，一对短柄大戟少有人敌。现见袁术杀来，大怒，遂忙拍马舞戟，迎了上去。两人你来我往，杀了三十回合，也未分出胜负。双方官军见此，欲尽快一较高低，于是便一哄而上，混战起来，但仍未分出高低。袁术所部匡亭守城主将桥蕤在城头上见此，怕袁术及其所率官军不敌，便忙令部将刘详速率一千官军步骑飞快冲出南门，直向曹操杀去，意欲将其擒杀。

刘详所率官军的参战，自然使没有任何优势的曹操所率官军有些不敌，并渐渐呈现出败退势头。正在这时，忽见袁术所率官军后面旌旗蔽日，号角雷鸣，杀声震天，一支官军精骑杀了过来。曹操见此，忙向袁术虚晃一招，退出阵外，举目望去，原乃袁绍部将李明所率官军援军杀到。对此，曹操不

第三十回　黑山寨袁本初奇袭黄巾　常山国张飞燕智退官军

禁大喜，并立刻回到阵中，继续与袁术杀将起来，并将手中那对短柄大戟挥舞得山响。袁术见李明所率援军杀到，自然心慌意乱，战意下降。末了，只得向曹操虚晃一招，便掉转马头，带着部下向封丘逃去。曹操哪里肯放，遂便挥军从后紧追不舍，意欲一举将其彻底消灭。谁料袁术及其所部官军犹若飞鹰脱兔，片刻工夫，便将曹操及其所部官军甩得老远。他们虽逃得快，但大多并未逃入封丘县城，如白绕、眭固和于扶罗所属人马，几乎是慌不择路地逃往别处去了。因此，待曹操所率大队官军随后追到那里，为数不多的袁术所率官军和其他所部守城官军早若惊弓之鸟，闻风丧胆，未作任何抵抗便弃城逃得无影无踪。桥蕤在匡亭闻报封丘失守，认为匡亭已成一座孤城，料知难守，于是便领军弃城而去。

袁术兵败后，只好在左右文武的建议下，沿睢水，经滑亭，东向襄邑逃去。谁料曹操所率官军占领封丘后，不待歇息，便立刻随后马不停蹄地追杀了上来。但他们并未直接攻打襄邑城池，而是在城北高处太寿陂砸破冰块，决睢水灌城。袁术见此，料知襄邑难守，无奈，只得带着其所部官军沿睢水继续东向逃往他的辖区豫州梁国境内的宁陵。时袁术以为曹操所部官军不会再随后追击，谁料曹操所部官军兵不血刃便占领了襄邑后，又乘胜向宁陵杀来。宁陵在春秋战国时便是城邑，墙高壕宽，易守难攻，然怎奈袁术所部官军亦若惊弓之鸟，闻风破胆，不待曹操所部官军杀到，便匆匆弃城，南向遥远的九江逃去。谁料在那的扬州刺史陈瑀拒留袁术。对此，袁术也无可奈何，只得大骂陈瑀一通忘恩负义、见风使舵后，便带着残兵败将退守九江郡阴陵。在此集结毕其所部官军后，便北过淮水，西向扬州治所寿春杀去，意欲赶走方才从九江移屯那里的陈瑀及其所部官军。陈瑀闻之，自然惊惧非常，遂忙弃城投向徐州下邳国。袁术于是干脆一不做，二不休，领了扬州刺史一职，并兼称徐州伯。

再说曹操见袁术所部官军已经逃远，于是不再追击，便率其所部官军向兖州济阴郡治所定陶撤去。

通过这场大战，曹操所部官军不仅大获全胜，而且威名远播。而袁术

489

所部官军则几乎全军覆没，军威丧尽。自此，只得龟缩于淮水以南，无力北进。

此时值初平四年正月。

却说时在邺县薄落津中军大帐的袁绍闻报曹操所部官军大胜，不禁大喜过望，并以为这不仅大灭了袁术嚣张气焰，还为他解了与袁术多年的家事之恨，即袁术一直看不起他袁绍为庶母所生之恨。因此，除了通报全军表彰嘉奖曹操及其所部官军外，还专门设宴以示庆祝。正在袁绍与左右文武在中军大帐举杯开怀畅饮之际，忽见一邺城守城小校飞一般前来，不及向他拱手施礼便忙报道："不好了，邺城突然失守了。魏郡太守栗成也被杀害了。"

袁绍闻报，不禁大吃一惊，忙放下盏筷问道："邺城如何失守的？太守何故被杀害？家眷呢？"

"我部邺城守军反叛后与黑山黄巾妖贼酋于毒所率黄巾妖贼军及自号平汉将军的陶升等所率人马约四万余，里应外合，攻陷了邺城。因太守栗成誓不变节，故遭杀害。眼下家眷下落不明。"

小校方答毕，在场者闻之皆吓得面如土色，全身颤抖，有的还如丧考妣，嚎啕大哭。原来他们不仅害怕黄巾军，更担心其家眷安危。而袁绍更甚，何也？因为其家眷若有不测，便会遭到断子绝孙之灾。前面提到，因他当年反对董卓废立出走雒阳时，董卓便因此杀害了他家部分男女老幼，其中包括其妻室儿女。现在的妻子儿女是在他老年将至时才有的。袁绍毕竟乃一方之主，知晓在大敌当前之际，须振作精神，激励勇气，为部下壮胆才是，于是掷地有声道："小股妖贼军来犯，有何可惧！不把他们赶出邺城，解大家家眷于倒悬誓不罢休！"

言毕，立刻就在席间调遣兵将，向邺城杀去。然到那攻打了十余日，也无一点战果。原来袁绍所部官军此前与公孙瓒所置青州刺史田楷所率官军连续相互厮杀了两年，遂使双方将士疲惫不堪，辎重粮草耗尽。无奈，只好互掠百姓财产，以充军资。后因朝廷派遣太仆赵岐持节和解，双方方才罢兵和亲。结果不仅公孙瓒所部官军元气大伤，袁绍所部官军战力也大不如前。因

第三十回　黑山寨袁本初奇袭黄巾　常山国张飞燕智退官军

此，在眼下攻城战斗中，皆被于毒所率守城黄巾军击退。对此，袁绍不禁非常着急。正在这时，忽见一探马气喘吁吁地飞一般跑到中军大帐袁绍座前报道："恭喜主公了！"

袁绍闻报，不禁惊疑非常，忙问道："何喜？"

"黄巾妖贼酋陶升因与另一妖贼酋于毒不和而反叛了，并亲率部下将主公及其他人的家眷和金银财宝用车护送到邺城东北斥丘县去了。"

袁绍闻报，不禁大喜，忐忑不安的心自然也平静下来，并立刻将探子所报传达给全体攻城官军，以便解除他们后顾之忧，鼓舞士气，早日破城。他们闻知自家家眷安然无恙，果然精神为之一振，士气倍增。故不多时，便攻陷了邺城。于毒等黄巾军守城将士见大势已去，遂便弃城四下奔逃。袁绍见他们已经逃远，方才传令鸣金收兵。

袁绍所率官军进城张贴安民告示方毕，便忙召集左右文武到议事厅商议如何处置陶升的问题。有的以为陶升本为黄巾妖贼酋，贼性难改，现弃暗投明，乃形势所迫，因此，建议将其斩首示众。有的以为为了分化瓦解黑山黄巾军，应效曹操收降青州黄巾军故事，建议大加封赏陶升。结果袁绍采纳了后者意见，特封陶升为建义中郎将。末了，才与有关左右文武赶赴百余里远的斥丘，用车拉回他们的妻妾儿女和金银财宝。

此时值初平四年三月。

袁绍所率官军这次虽然赶走了于毒等黑山黄巾军，收复了邺城，并与家眷得以团聚，但部分原因不得不归结于黄巾军将领陶升的反叛。否则，不但他们不能收复邺城，恐怕连其家眷也早身首异处了，金银财宝自然也会丢失殆尽。因此，袁绍虽然明里大吹大擂邺城之战的丰功伟绩，但暗里每想到此，却无不感到悲慨和羞愧。

同时，袁绍认为若要彻底消除其辖区内黑山黄巾军的侵扰，就必须将其斩尽杀绝。于是便召集左右文武到邺城议事厅商议讨伐黑山黄巾军对策，待他们闻召到齐按秩排定方礼毕，先期到达那里的袁绍即道："黑山黄巾妖贼军老巢黑山虽在河内，但它与我冀州为邻，因此常使我军深受其害。若不将其彻底消灭，我等将无宁日啊！"

在场者闻袁绍言，认为非常有理，因而皆表示赞成，并一致建议移军与黑山较近的斥丘，就近消灭黑山黄巾军。对此，袁绍深表赞成。

一日早饭后，袁绍便率所部官军从邺城向斥丘赶去。须知，邺城与斥丘相距百余里，路途不近。因此，到达时已近黄昏。因战事紧急，故方吃过晚饭，袁绍便召集左右文武到位于斥丘城中央的点兵坛听候调遣。待所召者到齐依秩站定方礼毕，同时到达那里的袁绍即令大将淳于琼、颜良和中郎将公孙犊为右路军，于当夜抄小路向黑山黄巾军大寨东面悄悄杀去；令大将崔巨业、文丑和骑都尉崔琰为左路军，于当夜抄小路向黑山黄巾军大寨西面悄悄杀去；他则与司监护诸将的奋勇将军沮授，魏郡太守董昭，谋士逢纪、郭图、许攸为中路军，于次日天明时分从大路浩浩荡荡地向黑山黄巾军大寨南面杀去。如此布兵，意在将黄巾军注意力吸引到南面，以便让右、左两路军从东、西两侧偷袭位于黑山腹地的黄巾军中军大寨。其余文武则率官军驻扎在黑山四周的关津要隘，防止黄巾军外出求援或出逃。同时，令老弱病残官军转运粮草，保障供应。袁绍方发令毕，他们便向袁绍施礼告辞出门，匆匆赶回兵营，准备出发事宜去了不提。

次日天明，袁绍所率大队官军沿着大道，举着遮天蔽日的战旗，擂着震天动地的战鼓，吹着震耳欲聋的号角，喊着生擒活捉于毒的口号，缓缓出了斥丘城南门，经河内郡朝歌县境，直向鹿肠山黑山黄巾军大寨驻地杀去。斥丘距黑山黄巾军大寨仅三百余里，若急行军，两天即可到达，但他们却走了五天时间。之所以如此，意在使黄巾军只注意到他们的正面进攻而忽视其东、西两侧的偷袭，以便稳操战争胜券。谁料他们到达黑山黄巾军大寨南辕门前空地上方列阵毕，便见右路军淳于琼、颜良和公孙犊领着残兵败将慌慌张张地朝他们这边奔了过来。不待袁绍上前询问究竟，淳于琼即翻身下马跑到他面前，不及拱手施礼便哭丧着脸向他报道："主公，我军不慎中了妖贼酋黄龙、白波、左校和郭大贤所率黄巾妖贼军的埋伏！"

袁绍及左右文武闻报，不禁吃了一惊。时袁绍正欲责怪淳于琼等人一

第三十回　黑山寨袁本初奇袭黄巾　常山国张飞燕智退官军

番,却见左路军崔巨业、文丑和崔琰等十余人没命地徒步匆匆奔了过来。待近前仔细一看,他们皆披头散发,衣冠破碎,血迹遍身,甚为狼狈。不用问,便知他们比右路军败得更惨。随后据崔巨业禀报,袁绍方知他们也是中了黄巾军的埋伏。袁绍见其所部官军还未与黄巾军正面交锋,就先吃了败仗,自然气得怒发冲冠,咆哮如雷,并欲下令立刻向黄巾军大寨冲杀过去。后考虑到他所部官军是新来乍到,人地生疏,不利速战,于是方才传令全军就地安营扎寨,待准备充分后再与黄巾军决战不迟。

再说张飞燕因张牛角战死继任黑山黄巾军大帅以来,不仅巩固了黑山大寨,还常常乘朝中诸侯官军互相残杀之机,派出大队黄巾军攻城略地,杀富济穷,招兵买马,壮大实力。因此,竟叫那些诸侯官军一时顾此失彼,防不胜防。这次邺城之战虽因陶升变节而以失败告终,但却斩杀了魏郡太守栗成,大长己军士气,遂使官军闻风丧胆,不敢对黄巾军轻举妄动。但张飞燕也料到,官军肯定不会就此罢休,迟早会前来报复。因此,除了日夜加强防守黑山各处营寨关隘外,还派出大批探子四处打探官军动向。因此,袁绍所部官军方才出发,张飞燕便从探子口中得知了其确切消息,并随即调兵遣将予以迎击。由此可见,袁绍所部官军此前中计惨败,自然不足为奇。

再说袁绍在中军大帐得知驻守黑山前寨的黄巾军是以于毒、白绕和眭固为首时,除了恼怒,更多的则是不寒而栗,叫苦不迭。原来在黑山黄巾军将领中,他三人不仅是率军出山次数最多,对临近黑山的官军威胁最大的将领,其谋略和武艺也非常出众。因此,袁绍以为与这些黑山黄巾军正面交战,取胜比登天还难。后经一番思虑,遂忙召来足智多谋的许攸道:"我军与妖贼军首战失利,遂使士气大挫。倘若明日交战再次失利,后果不堪设想。对此,不知先生有何出奇制胜之策,请速速道来。"

"这有何难!依愚之见,不若……"

许攸言至此见有侍者在旁,遂便打住话语,上前对袁绍低声耳语起来。时只见袁绍不住地点头称是,并立刻转忧为喜。随后即同许攸一道走出帐门,匆匆前往各营去了不提。

次日午时三刻，袁绍所部官军与黑山黄巾军按约在两军大寨前一片空地上摆开了阵式。官军这边阵前袁绍铜盔铜甲皮靴黄色高头大马居中，右侧依次是淳于琼、逢纪和许攸，左侧依次是崔巨业、董昭和郭图。黑山黄巾军那边阵前于毒铁盔铁甲皮靴黑色高头大马居中，右侧依次是眭固、黄龙和大计，左侧依次是白波、浮云、白雀和杨凤。双方阵容之强大，世所罕见。

时值炎夏，骄阳如火。但黑山黄巾军仍戴胄披甲，列队整齐，神情严肃。何也？原来他们以往总是主动从黑山大寨出击，在黑山周围不远处驰骋转战。胜，则占地为据，四下发展。败，则退回黑山大寨，休整养息。但眼下却不同，不但不是主动出击官军，而是官军主动寻上门来挑战。虽然此前大败了以淳于琼和崔巨业为首的两路先锋官军的偷袭，但这毕竟是在被动防御的情况下取得的胜利，不足为荣。若能兵对兵、将对将击败眼前袁绍所率官军主力，保住黑山根据地，再求发展，才是关键。倘若事与愿违，后果便不堪设想。此时袁绍所率官军也是衣甲披挂，弓弩大张，刀枪紧握，不敢松懈。因为他们认为虽有朝廷作后盾，但这次能否如愿以偿攻破黑山黄巾军老巢，谁也不敢肯定。胜，自然是受功领赏，升官晋爵。否则，不仅官爵丢失，威风扫地，还遭天下人，特别是那些与黄巾军交过战，且又获胜的官军的耻笑。由于双方将士皆求胜心切，因而虽未交战厮杀，气势却早咄咄逼人。

按照惯例，像这样大的对阵场面，双方主将自然要在战前叫骂一番。时袁绍自恃是官军主将，便抢先以剑指着黑山黄巾军主将于毒大骂道："你这贼酋，常纠集乌合之众四处为非作歹，恶贯满盈，今天你的死期已到了！"

于毒闻骂，气得怒目圆睁，须发直立，并以枪指着袁绍高声回骂道："败军之将，还敢逞强，真不知天下还有这般厚颜无耻之徒！"

骂毕，即跃马挺枪，直取袁绍而来。袁绍见此，也不示弱，忙拍马举剑上前相迎。于毒见名宦世家之后、冀州牧、一军之帅的袁绍出来应战，不禁大喜过望，以为一旦将其擒杀，不仅可一举击败眼前敌军，震慑朝廷，还可使其闻风丧胆，不敢来犯。时他俩方一交战，于毒便感到袁绍虽然谋士

第三十回　黑山寨袁本初奇袭黄巾　常山国张飞燕智退官军

众多，战将如云，但他却武艺不济，不堪一击。因此，交手不到十个回合，袁绍便气喘吁吁，渐渐不支，并忙收剑，掉转马头，飞一般向自己阵里逃去。于毒见此大喜，一边嘲笑袁绍披挂兵器坐骑虽然一流，其实是银样镴枪头，中看不中用，一边拼命拍马从后穷追。谁料袁绍那马奔跑如飞，瞬间便回到了自家阵里。正待于毒欲继续追赶，忽听得袁绍所率官军阵中一声鼓响，无数利箭便一齐向于毒飞来。于毒不防，于是连人带马立刻便中箭倒地而亡。黄巾军见此，大惊，有几名将校忙飞马舞刀上前相救。当他们出阵不到十余步，忽见公孙犊率一支官军从右边丛林中，崔琰率一支官军从左边山脚下，一齐飞一般杀了过来。黄巾军不备，阵脚立刻便大乱起来。袁绍见此，大喜，遂便拨转马头回身将手中令旗一挥，官军便潮水般向黄巾军冲杀过去。黄巾军见没了主将，且又三面受敌，自然心慌意乱，无心拼杀，并纷纷掉头向黑山大寨逃去。官军哪里肯舍？遂便从后紧追不舍。时参战黄巾军人数众多，且又皆争先恐后向后拥挤，因通往黑山大寨的前山入口鹿肠山苍岩谷谷口狭窄险峻，于是他们皆被堵在谷口外，进退不得。对此，他们不禁非常着急。待回过神，方急中生智，来个以死求生，即转身向从后追来的袁绍所部官军猛地反杀过去。这些官军是乘胜追击，势不可当，黄巾军是久经沙场，勇猛善战。结果杀到日落西山，夜幕降临，还分不出强弱高低。正在这时，忽然听得后面黄巾军高声喊道："敌酋袁绍趁夜率军从黑山北面杀进黑山大寨，并斩杀了守寨主将左髭丈八等将领。同时还捣毁了刘石、左校、郭大贤、李大目和于氏根等部下营寨，并斩首数万级。"这些黄巾军闻之，不禁惊惧非常，哪敢恋战？于是便一哄而散，漫山遍野逃命去了。时袁绍所部官军自然不肯放过他们，遂便分别随后追杀。片刻工夫，便斩首万余级。而于毒自然早被双方乱军踏成了一堆烂泥。至此，黑山黄巾军大寨便被彻底捣毁。

须知，你道岂会出现两位袁绍呢？原来在黑山大寨前山开阔地上与黄巾军对阵时，与于毒厮杀的那位袁绍是他人所扮，而真正的袁绍则是率军从黑山北面偷袭黑山大寨的那位袁绍。官军之所以装扮主将，意在出其不意，南北夹攻黄巾军。而高喊袁绍所部人马从黑山北面偷袭了黑山大寨的那些黄巾军，也是袁绍所部官军所扮。这些便是此前许攸对袁绍所耳语的密计。

随后，袁绍还下令杀了住在这里的朝廷任命的冀州牧壶寿。须知，壶寿既然是朝廷命官冀州牧，怎么会住在黄巾军黑山大寨里呢？袁绍又何以要杀他呢？原来袁绍当初夺取韩馥冀州牧职时，并未获得董卓摄政的朝廷的恩准，朝廷反派遣壶寿前往冀州担任冀州牧职。袁绍当然不会听从朝廷的，当壶寿一行到达朝歌时，便派兵前往阻拦他们进入冀州地界，因而弄得他进退两难。进，前有袁绍所派兵马阻拦。退，害怕无法向朝廷交代。无奈，只好逃往黑山大寨投靠黄巾军，欲靠他们打败袁绍，夺回冀州牧职。黑山大寨黄巾军也想在朝中找个靠山，于是双方一拍即合，壶寿就在黄巾军黑山大寨里住了下来。谁料事与愿违，壶寿还成了袁绍刀下之鬼。

袁绍所率官军虽然打了胜仗，但袁绍却未因此大摆筵席以示庆祝。因为他认为，黑山大寨黄巾军虽被消灭，但其大帅张飞燕所率黑山黄巾军及同伙四营屠各和雁门乌桓人马早已不在黑山大寨，而是驻扎在黑山大寨正北的冀州常山国境内的元氏和井陉二县境内。对此，他感到非常不安：倘若继续让其存在，将对他形成巨大的威胁。因而必须趁此大胜之机，挥军北上，将其彻底消灭，以绝后患。于是下令草草打扫了一番战场，便率领所部官军匆匆出荡阳，经邺城、邯郸、襄国、中丘和相人，进入房子，最后抵达元氏和井陉二县。并不待歇息，便摆开进攻架势，欲一鼓作气，将张飞燕及四营屠各和雁门乌桓人马彻底消灭而后快。

再说黑山黄巾军大帅张飞燕早年虽然大字不识，有勇无谋，但经过这些年征战，不仅猛勇善战，智谋超群，且还通晓天文，熟知地理。因而深知常山国地处军事要冲，尤其是境内元氏和井陉二县更是如此。倘若占据了此地，便可控太行之险，绝河北之要。西顾则太原动摇，北出则范阳震慑。屯田潴水，阻隔敌骑。进战退守，绰然有余。而经滹沱下平原，则如建瓴水于高屋，驰驷马于大道。又其地表带山河，控压雄远；河漕交错，商贾云集，富甲一方。昔晋得此地雄起于春秋，赵得此地纵横于战国。因此张飞燕早便

第三十回　黑山寨袁本初奇袭黄巾　常山国张飞燕智退官军

率军抢占了此地，以图进一步发展。同时，还可与驻屯黑山大寨的黄巾军成掎角之势，遥相呼应，首尾牵制来犯官军。谁料袁绍所部官军这次以迅雷不及掩耳之势消灭了黑山大寨黄巾军，并进而闪电般向这里杀来，且兵临元氏和井陉城下。对此，他不禁有些惊慌。但他毕竟是运筹帷幄、久经沙场的统帅，待镇静后，即召集部下文武，前来县府议事厅商议对敌良策。待他们到齐方按秩排定礼毕，张飞燕即怒气冲冲道："敌酋袁绍这厮甚为猖狂！还不待我兴兵为被其杀害的黑山大寨将士报仇，他又领军窜到这里挑衅，真是欺人太甚！不知大家有何杀敌妙计良策，请速速道来。"

方言毕，白绕便出列上前道："大帅须知，与曹操那厮所部敌军相比，袁绍所率敌军不足为惧。这次黑山大寨之败，皆因黑山兄弟疏忽所致。因此，只要谨慎小心，稳扎稳打，取胜不难。"

随后，大计便大步出列上前高声道："白将军方才之言虽然有理，但过于胆小谨慎也大可不必。故依我见，不若乘眼下敌军长途奔波疲惫不堪之机，先出奇兵挫其锐气，以扭转我黑山大寨之败带来的畏敌心态。不知大帅意下如何？"

张飞燕闻白绕与大计言，认为皆有道理。于是便遣张白骑、大计、雷公和司隶四员猛将各率三千黄巾军劲骑于当日午夜时分出城南门，突袭袁绍所率官军大营。为防不测，张飞燕又遣黄龙、浮云和白波共率五千黄巾军步骑随后出城策应。调兵遣将毕，大家皆匆匆出门，回去准备出战事宜去了不提。

须知，白绕、张白骑、大计、雷公、司隶、黄龙、浮云和白波等将校前时在黑山大寨就被袁绍所率官军大败而逃，现在何以出现在这里了呢？原来在黑山大寨失守后，除于毒和左髭丈八被杀外，其余将校皆逃到张飞燕这边来了。

时至当日午夜，只见元氏城南门突然大开，张白骑、大计、雷公和司隶所率的四路黄巾军举着火把，在城上震天动地的鼓角声和喊杀声中，若飞奔的火龙，先后纷纷飞出城南门，直向袁绍所率官军中军大营冲杀过去。袁绍所率官军刚在黑山打败了黄巾军，正傲气十足，哪把这里的黄巾军放在眼里？再者如大计所言，他们日夜长途行军，人困马乏，到达后埋锅造饭和晚饭毕，便胡乱搭起帐篷，着衣呼呼大睡起来。现黄巾军杀来，有的还在睡梦中便成了黄巾军刀下之鬼；有的来不及披甲戴胄就爬起来仓促应战，结果被黄巾军杀得喊爹叫娘，逃之夭夭，不知去向。

时袁绍正与左右文武在中军大帐议事，忽闻报黄巾军杀来，不禁惊怒非常，并立刻与左右文武各持随身兵器，奔出帐外，翻身上马，欲将黄巾军杀退，以便稳定军心。谁料他们出帐不远，便与张白骑和雷公所率的黄巾军骑兵碰了个正着。仇人相见，分外眼红，不待搭话，便杀将起来。张白骑和雷公以为若能将袁绍首级拿下，不仅可为战死黑山的黄巾军将士报仇，也可使眼下来犯的袁绍所率官军不战自溃。时袁绍及其左右文武也以为若能将张白骑和雷公这两员黄巾军猛将擒获，便可在日后与黄巾军对阵时将其斩首祭旗，以便大长己军士气，猛挫黄巾军威风。因此，厮杀得非常激烈。

袁绍所率官军部将崔巨业、淳于琼、颜良和文丑方见张白骑与雷公，便不禁惊恐万状，欲掉转马头退走。何也？一是他们早闻张白骑坐骑白如冰雪，奔跑起来犹若夜空闪电，非常刺目；雷公嗓门特高，吼声如炸雷，震天动地，震耳欲聋。若他俩同时出战，被世人喻之为"电闪雷鸣"，谁不怕呢！二是他们是仓促应战，非常惊慌。三是他们认为掩护袁绍逃走最为要紧。四是他们见自家营寨到处火光冲天，杀声震地，不知有多少黄巾军杀来。五是张白骑和雷公等黄巾军是有备而来，杀得兴起，锐不可当，无人能敌。

袁绍见崔巨业、淳于琼、颜良和文丑有退走之意，不禁慌了六神，遂便虚晃一招，拨转马头便逃。崔巨业、淳于琼、颜良和文丑见此，忙甩开张白骑和雷公等黄巾军，催马赶上拥簇着袁绍，边战边向自家营寨逃去。报仇心切的张白骑和雷公及所率黄巾军哪里肯舍？随后追杀了过去。眼看快要追上，忽见火光中一队官军骑兵从斜刺里杀出来挡住了他们的追路。为首者身材高大，威猛雄壮，跨一匹棕色高头大马，握一杆方天画戟，犹若天界

第三十回　黑山寨袁本初奇袭黄巾　常山国张飞燕智退官军

战神。

张白骑和雷公见了，不禁吃了一惊。时他俩认不得此人，经询问手下探子，方知他是时之袁绍部下大将吕布。张白骑和雷公虽早闻吕布大名，但却无缘目睹，也不知晓他武艺到底如何，便各举兵器齐向吕布杀来。吕布猜测他俩根本不晓得自己就是天下少有能敌的吕布，否则，只要见了他吕布，便可叫其心惊胆寒，不战而逃，哪还敢如此胆大妄为呢？为让他俩晓得自己的来头和死得不冤，于是便大声吼道："我乃九原吕布！认得么？"

"吕布又若何？我们正是来取你首级的！"

吕布以为他俩是癫疯嚣张，口吐狂言，竟气得毛发倒竖，两眼发直，立刻拍马舞戟，上前迎战。方战至十余回合，雷公突然大吼一声，加快了厮杀节奏。这声吼，犹若晴天霹雳，吕布不防，竟吓得心惊肉跳，手戟也没了招数，坐骑也惊得团团乱蹦，差点将他甩下背来。而张白骑出手敏捷，进退有方，加之他那白如冰雪的战马飞一般来回奔跑，使人眼花缭乱，摸不着北。因此，竟叫吕布那戟每每刺空。如此战了三十余合，也未分出胜负来。而吕布方才那目空一切的架势不但飞到了爪哇国，还暗自惊叹道："不意黄巾妖贼军中还有这般人物。看来当年其大将张梁独胜刘备、关羽和张飞也非虚传呢！"

再说逃得远远的袁绍回头见火光中有人拦住后面黄巾军追兵厮杀，不禁非常惊奇。待定下神壮着胆子率领随同劲骑上前一看，原来是吕布在那里独战张白骑和雷公。对此，不禁大喜，不及与吕布打招呼，便令崔巨业、淳于琼、颜良和文丑一齐上前，与吕布一道向张白骑和雷公围杀上去。张白骑和雷公自然不是他们的对手，因此，瞬间便被紧紧围在核心冲杀不出来。正在此际，忽见元氏城南门大开，火光中有大队黄巾军向这边冲杀过来。张白骑和雷公见了，料知是援军赶到，不禁大喜，立刻施出浑身解数，奋力右招左架，与对方周旋，意在拖延时间，待援军赶到后再将其击退。片刻，那支黄巾军便冲杀了过来。张白骑和雷公忙乘隙举目一望，原来是张飞燕事先派遣的黄龙、白波和浮云，以及先前与他俩率军一道杀出已回城的大计与司隶所

499

率黄巾军。如此一来，双方便旗鼓相当，势均力敌。因此，直混战到次日拂晓时分，也未分出高低。

张飞燕在南城楼上闻报吕布率领高顺、张辽、侯谐、郝萌、魏续、成廉、李邹、宋宪、高雅、曹性、赵庶、魏越、薛兰、李封和秦宜禄等官军杀到，怕黄巾军有失，遂忙传令鸣金收兵。而袁绍也因一夜仓促应战，有的营寨又被焚毁，有的官军早已逃散，倘若再战下去，鹿死谁手还难以预料。因此，也忙传令鸣金收兵，后退十里安营扎寨。

战后，袁绍对吕布及时赶到相救自然是感激不尽，并通报嘉奖了一番。前面已述，当初吕布被李傕和郭汜等原董卓所部官军从长安打败后，便带着高顺、张辽、侯谐、郝萌、魏续、成廉、李邹、宋宪、高雅、曹性、赵庶、魏越、薛兰、李封和秦宜禄及那五百精骑，经武关投奔荆州南阳袁术去了，何以现在在袁术宿敌袁绍麾下呢？原来吕布初到南阳时，袁术认为他杀死董卓不仅为被董卓害死的其家眷报了仇，雪了恨，还认为有吕布这样的无敌战将，待将来称霸天下是易如反掌的事。因此，对吕布的到来表示热烈欢迎，并三日一小宴，五日一大宴，热情款待，其礼遇不亚于接待皇亲国戚、三公九卿。然吕布却自恃诛杀董卓有功于袁氏家族而不把袁术的善待放在眼里，且还野性大发，放纵部下打家劫舍，无恶不作。一时闹得邻近人心惶惶，鸡犬不宁。对此，袁术自然感到不安，但慑于吕布及其部下凶猛剽悍而不敢得罪。随后不久，吕布自知自己行事不妥，害怕袁术暗中计算，便率领部下高顺、张辽、侯谐、郝萌、魏续、成廉、李邹、宋宪、高雅、曹性、赵庶、魏越、薛兰、李封和秦宜禄不辞而别，奔往驻屯河内郡治所怀县的宿友——河内太守张扬。在长安的李傕和郭汜闻此，大喜，欲以重金购他归案。张扬部下诸将见财眼红，且平时对吕布又无好感，故欲响应李傕和郭汜。吕布闻之，大惊，便试探张扬口气如何，于是当即连夜赶到张府对张扬道："你我乃并州同乡宿好，今若杀我，其功未必显赫。故不若将我生擒，献给长安李傕和郭汜，定可加官晋爵，光宗耀祖。"

张扬与吕布确实是并州同乡宿友，因而他俩从来是畅所欲言，直言不

第三十回　黑山寨袁本初奇袭黄巾　常山国张飞燕智退官军

讳。现张扬闻吕布如此言，以为是其实话，并认为是在侮辱他的人格，不禁非常生气。然转而认为这像是吕布在试探自己的口气，于是心头不觉好笑，并道："将军之言甚为有理。"

须知，张扬所说，吕布却信以为真，并因此非常焦虑与惊惧，离开张府后，便于当夜带着高顺、张辽、侯谐、郝萌、魏续、成廉、李邹、宋宪、高雅、曹性、赵庶、魏越、薛兰、李封和秦宜禄匆匆溜出怀县城东门，投奔驻屯邺县的袁绍。袁绍见吕布来投，其想法和做法与袁术完全一样，在此无须赘述。在袁绍率领官军攻打黑山黄巾军时，令吕布率领高顺、张辽、侯谐、郝萌、魏续、成廉、李邹、宋宪、高雅、曹性、赵庶、魏越、薛兰、李封和秦宜禄等官军担任守卫邺城，保证后方安全重任。谁料吕布参战心切，竟擅自率领高顺、张辽、侯谐、郝萌、魏续、成廉、李邹、宋宪、高雅、曹性、赵庶、魏越、薛兰、李封和秦宜禄等官军赶来元氏参战。吕布有违军纪之举，本应受到严惩，但他来得及时，救袁绍等人于危难之中，因而袁绍不但没处罚他，反还对其特别表彰。

袁绍当时虽特别表彰了吕布，但此后对他擅自离开邺城，遂使那里防卫空虚，还是耿耿于怀，甚为担忧，因此其继续进攻黄巾军的信心产生了动摇。随军谋士郭图闻知后，认为事关重大，遂忙赶到中军大帐问袁绍道："听说主公因吕布违纪欲撤军回邺城？"

"先生有何高见？"

"主公须知，常山国地广力强，东通幽燕，西驰晋燕，皆近在数驿之内。而其众多山川关隘，皆足以控守。原陆平衍，皆利于屯营。同时，它又为河朔天下之根本，河南河北安危之关键。故常为戎马奔腾，甲兵云集之地。今主公既率军于此，只可赏罚分明，练兵积粟，随时出击，贼心必畏慑，不敢妄动。然后再以奇兵出贼不意，攻其不备，不愁当年光武大破尤来和大枪诸城故事不会在此重现。主公所虑因吕布违纪而使邺城防卫空虚、安危难测实属不必。何也？因袁术新败远逃扬州无力北上，公孙瓒多年龟缩幽州不敢南下，除此二人，谁敢虎视邺城呢？故此时不剿灭黄巾妖贼军，收复常山，还待何时?"

袁绍闻言,犹若茅塞顿开,明白了一切,于是毫不犹豫地立刻升帐,调兵遣将,大举进攻元氏城。

如前所述,以张白骑、大计、雷公和司隶为前锋,黄龙、浮云和白波为后应的这些黄巾军,虽未在那日夜晚将袁绍所部中军大营周围的官军彻底消灭,但还是将其打得惊慌失措,大败而逃,若不是吕布赶来相助,袁绍等人的性命是否能保还很难说。不过,吕布的到来,在军事上毕竟给黄巾军造成了不小压力。对此,张飞燕等黄巾军将士十分清楚,因此忙调兵遣将,坚守城外山川要隘和城内各紧要关口,随时准备抗击袁绍所率官军进攻。

一日上午,张飞燕所率黄巾军和袁绍所率官军依约在城南五里处一开阔地布兵对阵,以决高低。时官军阵中颜良、文丑本为出阵先锋,但吕布却强行抢去了先锋印。须知,吕布何以要如此霸道呢?原来他欲在这次军事行动中夺关斩将,再立显功,以便进一步讨得袁绍欢心,站稳脚跟,求得更大发展。吕布要打头阵,颜良和文丑自然不敢与他相争。同时,袁绍也依了吕布之意。在一片震天动地的鼓角声和喊杀声中,吕布及其部将高顺、张辽、侯谐、郝萌、魏续、成廉、李邹、宋宪、高雅、曹性、赵庶、魏越、薛兰、李封和秦宜禄所率精骑猛地向黄巾军阵前冲杀过来。张飞燕在阵前中央见此,便忙令张白骑、雷公、大计和司隶率了百余黄巾军劲骑出阵相迎。方接手时,双方互有伤亡,打了个平手。此后不久,张白骑、雷公、大计和司隶一方便渐渐不支,且还死伤甚众。黄龙、浮云和白波见此,大怒,不待得令,便率了千余黄巾军劲骑出阵相助。谁料吕布、高顺、张辽、侯谐、郝萌、魏续、成廉、李邹、宋宪、高雅、曹性、赵庶、魏越、薛兰、李封和秦宜禄一方毫不畏惧,并抖数精神,越战越勇。因而不大工夫,便将张白骑、雷公、大计、司隶、黄龙、浮云和白波一方杀得东倒西歪,差点溃逃。正在此际,忽见远处有两支骑兵飞也似的向这边冲杀过来。袁绍和张飞燕见此,都不禁紧张万分。因为他俩皆不知来者为哪路人马,为谁助战。片刻,待那两支骑兵奔到近前,他俩方才看清,来者乃援助张飞燕一方的四营数千屠各和大队

第三十回　黑山寨袁本初奇袭黄巾　常山国张飞燕智退官军

雁门乌桓劲骑。时不待张飞燕上前相迎，他们便上阵将吕布、高顺、张辽、侯谐、郝萌、魏续、成廉、李邹、宋宪、高雅、曹性、赵庶、魏越、薛兰、李封和秦宜禄一方围住杀将起来。

须知，屠各原为匈奴部落之一。匈奴入居塞内后，便被称为屠各族，是匈奴入居塞内后最强大的一支部落。他们以游牧业为主，身材高大，性情剽悍，骑术精湛，武艺高强，厮杀起来常人见人怕。而雁门乌桓本为东胡别支，秦末匈奴冒顿强盛，灭了其国。无奈，他们只好避徙乌桓山以自保，遂被称为乌桓族。后因一部分徙居雁门，故曰雁门乌桓族。因他们与屠各族同源于匈奴，其特征与屠各族大致相同。他们这次是受袁绍宿敌南单于于扶罗的派遣前来援助张飞燕所率黄巾军。

屠各和雁门乌桓劲骑虽然勇猛善战，但吕布、高顺、张辽、侯谐、郝萌、魏续、成廉、李邹、宋宪、高雅、曹性、赵庶、魏越、薛兰、李封和秦宜禄及其所率骑兵武艺也不凡。因此，双方厮杀时的喊杀声、兵器撞击声和战马嘶吼声震天动地；腾起的尘埃遮天蔽日，不见山影、树影和人影。由于这些黄巾军援军不仅人多势众，武艺高强，且刚来参战，劲头十足，因而已厮杀一阵的吕布、高顺、张辽、侯谐、郝萌、魏续、成廉、李邹、宋宪、高雅、曹性、赵庶、魏越、薛兰、李封和秦宜禄一方使尽了浑身解数，也未能取胜。袁绍远远见此，直惊得瞠目结舌，无法言语。

随后，黄巾军、屠各和雁门乌桓一方竟将吕布、成廉和魏越三人围在核心，且大有将其擒杀之势。高顺、张辽、侯谐、郝萌、魏续、李邹、宋宪、高雅、曹性、赵庶、薛兰、李封和秦宜禄见此，大惊，遂便不顾一切，拍马舞械杀入，欲救出吕布、成廉和魏越。吕布、成廉和魏越见此，自然兴奋异常，以为退敌有望，胜券在握。谁料张白骑、雷公、大计、司隶、黄龙、浮云、白波、屠各和雁门乌桓一方却死死围住吕布、成廉和魏越不放。因此，一时间双方里三层外三层相互围得水泄不通，针扎不透。如此旗鼓相当的厮杀，直到日落西山、夜幕降临，双方方才鸣金罢战。此后，双方原班人马按约又在原地拼杀了好几日，皆未见分晓。直至十余日后，张白骑、屠各和雁门乌桓一方才被袁绍所率官军击败。

时张白骑、屠各和雁门乌桓一方便退回城内龟缩不出,袁绍所率攻城官军绞尽脑汁,用了九牛二虎之力,却从未越过城池一步,反还死伤惨重,士气大降。为此,袁绍不禁非常着急,并在中军大帐召集左右文武商议对策。待他们到齐按秩排定礼毕,袁绍即将近日战况向他们道了一番,并希望人人出谋划策,尽快破城。但他们皆摸头抓耳,不出一言。袁绍见此,正欲发怒,忽听得有人高声道:"依愚之见,不若竭尽全力北向直取井陉城。因为那里的黄巾妖贼军兵微将寡,见我大军至,必胆寒心惊而向元氏黄巾妖贼军求援。那时我军则可在其援军必经之路设伏予以截击。此所谓围城打援之策呢!不知主公意下如何?"

在场者忙循声望去,原乃谋士逢纪。袁绍认为逢纪言之有理,于是不再商议,便传令全军于次日上午大张旗鼓地从元氏城外拔营向井陉县城杀去。

井陉县为常山国大县,六国时属赵地,前汉时始置县。境内有一夫当关,万夫莫开的险要关隘井陉关,又名土门关。《吕氏春秋》谓其为天下九塞之一,太行八陉之五。高险无比,飞鸟难越。秦始皇十八年,秦将王翦兴兵攻赵,途经井陉关。汉将韩信击赵,使部下万人先行渡绵曼水,背水为阵,置死地而后生,结果将赵军打得大败。高祖三年,韩信和张耳率领三十万大军东下井陉关,将赵国统帅成安君所率的二十余万大军打得溃不成军,并活捉成安君。不用说,自古以来井陉县城便是战火纷飞、兵家必争之地,其得失至关重要。张飞燕自然早知这些,并在袁绍所率官军未到之前,便遣部将五鹿、苦蝤、平汉、孙轻、李大目和于氐根率重兵驻守于此境内各城关山川要隘,以防他们来犯。因此,现在闻报袁绍所率官军到来,皆镇定自若,毫不惊慌。

再说袁绍所率官军方到井陉城下,便不顾烈日暴晒,将城池围了个水泄不通,并不分昼夜将战鼓敲得若炸雷,战旗舞震若山响,但进攻节奏却非常缓慢。张飞燕在县衙闻报,当即便料定袁绍采用了围城打援之策。于是因势利导,将计就计,一面遣张白骑和雷公于天明时分率军敲锣打鼓,浩浩荡荡

第三十回　黑山寨袁本初奇袭黄巾　常山国张飞燕智退官军

地赶往井陉，佯装救援。一面遣司隶、掾哉和黄龙率领大队黄巾军在光天化日之下敲锣打鼓，扬幡摇旗，从大路浩浩荡荡地向南挺进，扬言攻打袁绍后方邺城。张飞燕如此部署，意在迫使袁绍退军。

在城外中军大帐的袁绍以为黄巾军中计，大喜，正欲派兵前往设伏伏击，忽一探子飞一般跑来不及向他施礼便报道："司隶、掾哉和黄龙率领大队黄巾军正向邺城杀去了。"袁绍闻报，竟吓得毛发倒竖，目瞪口呆，半晌无语。待回过神，便召来左右文武道："你们皆知，邺城不仅为我大本营，还是我粮草来源之地。倘若被黄巾妖贼军占去，我将宿无安心之所，饥无填腹之粮。如之奈何？"

吕布见袁绍如此惊慌，遂上前不以为然道："袁将军不必担忧。只要给我一支精兵，一举攻下井陉城，张飞燕那厮必叫攻打邺城的黄巾妖贼军回军救援，邺城之危可解！"

袁绍闻言，遂便犹豫不决。郭图见此即道："古人云：'千里馈粮，士有饥色；樵苏后爨，师不宿饱。'今我军已久离邺城，深入贼境，粮草不济，而龟缩城内的黄巾妖贼军，则粮足饭饱，以逸待劳，负隅顽抗。隐藏在山里的黄巾妖贼军，则以取之不尽的果蔬为食，兽皮为衣。攻，则来之突然；败，则去之无踪。总之，时隐时现，神出鬼没，不易捉摸。若再长此下去，于我军极为不利。现又闻得他们乘隙奔袭我邺城，意在袭我后方，断我粮源。若让其阴谋得逞，后果不堪设想！因此，不若立刻撤军，回救邺城要紧。"

袁绍深信郭图所言，于是不再犹豫，立刻遣颜良和文丑为前军，吕布及其部众断后，他则与其余文武为中军，匆匆拔寨启程，向邺城退去。元氏城内的张飞燕闻报，知其中了自己设下的调虎离山之计，不禁大喜。但考虑到袁绍所率官军战斗力强，追杀恐有不测，于是便忙传令佯援井陉城的张白骑与雷公，以及佯攻邺城的司隶、掾哉和黄龙撤军回到各自驻地不提。

此时值初平四年六月末。

袁绍所率官军回到邺城后，既喜又忧。喜者：这次出兵不仅一举捣毁了黑山黄巾军老巢黑山大寨，还解除了其地盘冀州西南之忧，并斩杀了其眼中钉、肉中刺壶寿；忧者：在攻打常山国黄巾军时不仅无功而返，反还死伤惨重。更甚者，冀州东北面的安全仍时时受到黄巾军威胁。正在这时，有人向他密报：前时袁绍所率官军攻打黄巾军黑山大寨和常山国时，在后方的大将麹义自恃功高，骄纵不轨。前时与黑山黄巾军相互勾结攻占邺城和杀害太守者不仅是麹义部下，而且也受麹义暗中指使。袁绍闻报大怒，遂即下令将麹义斩首示众，并合并了其所率官军。于是这位先随皇甫嵩赴冀州讨伐黄巾军，后随韩馥镇守邺城，再后与韩馥反目投奔袁绍，末了与黑山黄巾军暗中联合反袁攻邺的凉州籍骁勇战将便死在了其最后一位主子手里。此后，袁绍心情自然好了许多。为振奋军心，鼓舞士气，还在东城楼大厅举宴欢庆收复邺城、讨伐黑山和常山国黄巾军功绩。正在袁绍与左右文武举杯畅饮之际，忽见一城门守卫匆匆进来，边向他拱手施礼边报道："有位曹操使者在东城门外言有要紧事求见大人。"

袁绍闻听是曹操使者，料想有要紧事，于是二话没说，便叫城门守卫速引曹操使者进来相见。看官欲知曹操使者有何要紧事求见袁绍，请看下回分解。

第三十一回

假报父仇曹操滥杀徐州无辜
真救陶谦刘备被荐豫州刺史

却说曹操使者随城门守卫走到城东楼大厅正中上方袁绍座前，不及拱手施礼，袁绍便迫不及待问道："不知曹将军遣你前来有何要紧事禀报？"

方问毕，使者便拱手施礼答道："小的亦不知晓啊。这里有曹兖州致大人书信，看后便一目了然了。"

言毕，即从怀里取出一绢制书信双手呈与袁绍。袁绍接过展开匆匆看了一遍，便立刻将其收起，起身，叫上谋士沮授、逢纪、许攸、郭图同他一道进入大厅西侧密室。方闭门，袁绍便低声对他们道："现曹操从定陶与我来书，言其父被徐州牧陶谦使人杀害了，求我允许他举兵攻打徐州，斩杀陶谦，为父报仇。同时，还求我给他一些人马，增强实力，以便稳操胜券。你们以为若何？"

问毕不待他人回答，袁绍便将书信递与身旁的沮授，并示意他看完后递与其他在场者轮流看。待他们看毕，沮授方若有所思道："我以为曹操所言攻打徐州是为父报仇，其实乃醉翁之意不在酒。须知，徐州紧临曹操的兖州，与公孙瓒的青州从东北两面对兖州构成包围之势，直接威胁到兖州安全，这成了曹操一块心……"

不待言毕，郭图即道："曹操兖州安全既受威胁，我冀州安全亦不保。现我军征讨黄巾妖贼军方才归来，还未及休整养息，哪有力量攻打徐州，解除我冀州威胁呢？倘若答应曹操书信之意，不仅可满足他攻打徐州为父报仇欲望，我冀州安全亦得保。此乃一箭双雕、一举两得的事，主公何乐而不为呢！"

袁绍认为沮授与郭图皆言之有理，于是忙走出密室，到案几旁伏身提笔疾书曹操，答应他书信所提要求，并派部将朱灵率领官军精兵三营，辎重数千前往援助。

须知，曹操攻打徐州之意，其实远超沮授和郭图所言。因为曹操早在东郡任上时，便萌发了在据有兖州之后攻打徐州之意，只是当时实力不够，也没理由。现在既为兖州牧，实力今非昔比。而更主要的是，徐州为关东要禁，它东可达济南岱郡，南可经略山东江南，北可虎视淮河泗水，向为关东诸郡众邑安危之所寄。因此，往昔东南用兵，莫不据此以临诸夏。占领它，就意味着实现了称霸天下的第一步。从小就熟读诸子百家、深通天文地理的曹操，怎会不知此道呢？眼下隶属于袁绍，只是权宜之计。独树一帜，称霸天下，才是最终目的。

可徐州牧陶谦乃朝廷命官，若没诏书无故将其地盘徐州占领，岂不有欺君之罪吗？因此，曹操要将攻打徐州付诸现实，还是瞻前顾后，犹豫不决，尽管曹洪建议他仿效前时领兖州牧故事，但他非常清楚，两者情况根本没有可比性。再者，他深知陶谦年少时虽擒三打五，捣乱乡里，十分淘气，但其后却举茂才，除卢县县令，迁幽州刺史，征拜议郎，参车骑将军张温军事西征边章。当徐州黄巾军起义时，朝廷便以他为徐州刺史，讨伐黄巾军，不久即大破之。董卓之乱，迁都长安，四方诸侯随之与之断绝，而他却派赵昱间行至长安进贡，并因此被迁为徐州牧，加安东将军，封溧阳侯。董卓被诛后，李傕、郭汜、樊稠和张济等坐领关中，肆意妄为，无恶不作。唯陶谦出面联络前扬州刺史周乾、琅琊相阴德、东海相刘旭、彭城相汲廉、北海相孔融、沛相袁忠、泰山太守应劭、汝南太守徐璆、前九州太守服虔和博士郑玄等人，推举驻军雒阳以东的行车骑将军、河南尹朱儁为太师，举兵讨伐李傕、郭汜、樊稠和张济等人。此举得到天下人积极赞许与响应。后因故未能实现，但影响非同凡响，不可低估。加之徐州百姓殷实，谷米丰足，于是贤

第三十一回　假报父仇曹操滥杀徐州无辜　真救陶谦刘备被荐豫州刺史

良流民多归之。因此，陶谦之名美贯徐州、甲冠天下。若出兵轻举妄动，其后果自然不堪设想。

一日上午，曹操在曹府客厅来回踱步，无计可施之际，忽见一门卫领了一披头散发、衣冠不整、满身血迹的汉子匆匆来到了曹府客厅。曹操见来者如此模样，不禁吃了一惊，待回过神仔细看去，原乃他老父家将曹德。于是忙连连问道："何故如此狼狈？何故不在家父身边？何故……"

不待问毕，曹德即哭丧着脸道："禀报大人，不好了，老太爷在华县与徐州交界处被徐州牧陶谦的部下杀了！"

曹操闻报，随即气得倒在地上。在场侍者见此，不禁慌了六神，回过神忙上前将他扶起。曹操坐定良久，方才回过神来。时曹操并没哭泣，而是想到：老父在陶谦辖区内被杀，即使不是陶谦所为，他也难脱干系。因此，倘若打着为父报仇的旗号，占领徐州，既尽了孝心，又得了徐州，此不仅天赐良机，也是一举两得的事，何乐而不为呢！

曹操思想到此，不禁暗喜，并立刻令人摆设灵堂，大张旗鼓地祭奠亡父，又传令左右文武到议事厅商议讨伐徐州事宜。待他们闻令到齐按秩排定礼毕，早已到达那里的曹操便哭丧着脸将曹德所报向他们道了一番。他们闻之，无不义愤填膺，纷纷表示愿率军前往攻打徐州，斩杀陶谦，为曹操父亲报仇。曹操见他们说出了他想说而不便说的话，欲做他想做而不便做的事，不禁大喜，并欲就此调兵遣将。这时荀彧却不慌不忙上前道："除凶手，报父仇，古已有之，无可非厚。但以我军眼下实力，要大败兵强马壮、粮草充足的陶谦，恐难稳操胜券。故依愚见，不若与袁将军书信一封，求其许我军出兵攻打徐州，为曹老太爷报仇，以表尊上之意。同时，求他派遣援军，调拨粮草，增强我军实力。不知主公意下如何？"

曹操闻言，顿觉醒悟，遂道："荀先生方才之言甚为有理啊！"

言毕，即起身走到案几旁伏身提笔，向袁绍修书一封，遣人快马加鞭送往驻屯邺城的袁绍。

这便是曹操修书袁绍的由来。

现在袁绍不负曹操所望，曹操自然高兴得好像徐州已经被他占领了似的。待一切准备就绪，便以曹仁为先锋，他则率领大队官军随后，飞一般直向徐州杀去。

　　却说陶谦一日午后正与左右文武在徐州治所郯县议事厅议事，忽闻曹操为父报仇，举兵向徐州杀来。对此，不禁非常气愤，并忙调兵遣将准备迎战。

　　须知，曹操父亲被杀到底是怎么回事呢？原来曹操父亲曹嵩在曹操当年反董弃官出走雒阳后，便辞官还归故里谯县避难。为了不被董卓追查，他又从谯县迁往徐州琅琊隐居。曹操任兖州牧后，认为父亲在兖州居住更为安全，于是便遣泰山太守应劭带领官军前往琅琊接应他来兖州居住。陶谦闻之，出于礼节，便遣都尉张闿领了两百官军快骑护送。张闿一行见曹嵩辎重两百余辆，料想金银财宝一定不少，于是便萌发了劫财之意，并乘应劭所率官军未到之际，将曹嵩及其妻妾儿女侍者皆杀死于泰山郡华县与费县之间一驿站里。应劭闻报，怕曹操怪罪他，于是便带了所率官军投归了袁绍；而杀人劫货的张闿自然害怕陶谦怪罪，于是便不辞而别，逃往淮南。现在曹操不追究真正的罪魁祸首张闿，却一口咬定其父被杀是陶谦所指使，并举兵攻打徐州。

　　却说曹操所部官军身着素服，唱着哀歌，喊着攻打徐州、擒杀陶谦、为曹老太爷报仇的口号，浩浩荡荡地从兖州济阴郡定陶沿泗、济二水，经山阳郡昌邑、湖陆和沛县，到达徐州边境彭城国广戚县城外时，陶谦早已率领所部官军赶到那里相迎。曹操所部官军认为这次出战是为死去的曹操父亲报仇，是尽孝心，是正义之举。因而皆义愤填膺，士气昂扬，恨不能立刻插翅飞到广戚踏平城池，擒杀陶谦，方才解恨。而陶谦所部官军却认为曹操认定是陶谦指使他人杀害其父一事是此地无银三百两，是莫须有，是无稽之谈，是诬陷。而曹操引军来犯，完全是蛮横霸道行径，因而哪肯容忍，并因此欲以死相拼，将其赶出徐州地界，为陶谦讨个公道。两军在广戚城西一开阔地对阵那天，只见陶谦居阵前中央，虽年迈体弱，但仍精神振奋，戴胄披甲，

第三十一回　假报父仇曹操滥杀徐州无辜　真救陶谦刘备被荐豫州刺史

跨马持剑。右边依次为曹豹、笮融和赵昱；左边依次为曹宏、薛福和糜竺。阵后步骑数万，战旗蔽日，胄甲耀眼，刀枪林立，叫人见了，无不胆寒。曹操那边阵前居中者自然是铁胄铁甲黄马的曹操，手持短柄双戟，非常雄伟。右侧依次为朱灵、曹仁、于禁、满宠和毛玠；左侧依次为夏侯渊、李典、曹邵、吕虔和万潜。同时，曹操身后还有贴身卫士典韦，曹仁身后还有其胞弟曹纯。时素旗、素衣的曹操所部官军远远望去犹若一片茫茫白雪，非常刺目。时曹操抢先以戟指着陶谦骂道："陶谦老儿，前时下邳阙宣聚众数千作乱郡县，自称天子，你这朝廷命官竟与他狼狈为奸，攻取华、费二县，掠劫任城。现在你又暗中指使部下杀害我父，抢劫财物，该当何……"

不待骂毕，陶谦早已气得脸色铁青，毛发倒竖，胡须乱抖，并回骂道："你这宦竖孽子，血口喷人，诬陷老夫，不但不知羞耻，反还兵犯我境，真叫人是可忍，孰不可忍！"

骂毕，即将手中令旗一挥，身后官军立刻便向曹操所率官军那边冲杀了过去。须知，若要将对将在阵上厮杀，陶谦一方自然不是曹操一方对手。若要混战，曹操一方自然不是陶谦一方对手。何也？因为陶谦一方不仅人多势众，还是原地作战，以逸待劳，且又熟悉地形。曹操一方战将虽勇，士兵却少，且又是远道而来，疲倦不堪，还地形生疏。因此，陶谦早便看准这点，所以来了个扬长避短，以多对少。而曹操认为他所率官军久经沙场，胜多败少，又有袁绍支持，哪把陶谦所率官军放在眼里？再说了，按一般规矩，双方对阵，总得先有将领在阵上厮杀一番吧。因此，便令先锋朱灵出阵挑战。朱灵领令还不待出马，便见陶谦所率官军已若洪水般冲杀了过来。曹操所率官军不备，竟被陶谦所率官军杀得落花流水，溃不成军。直逃进沛县县城，方才收住脚步。

陶谦所率官军旗开得胜，马到成功，自然欢喜非常，并摆宴庆祝了几日。此后不久，陶谦又传令左右文武，到县议事厅商议如何将曹操所部官军赶回兖州事宜。待他们闻令到齐按秩排定方礼毕，随后到达坐定的陶谦即问道："曹贼人马倾巢出动，欲一举战败我军，拿下徐州，然却遭我军迎头痛击,大败而逃。依曹贼秉性,岂肯就此罢休呢?因此,我军应时刻保持警惕,防其卷土重来。若何?"

方言毕还不待他人发言,忽然一士兵飞一般跑到陶谦座前,不及向他拱手施礼便报道:"禀告大人,城内外到处贴有皇上诏书。"

陶谦深知诏书非同小可,遂不假思索道:"还不快快揭来看看!"

士兵闻言,忙拱手施礼告辞转身飞一般出门,不到片刻工夫,便拿着一份纸制诏书跑步进来,双手呈与陶谦。陶谦接过便忙看了起来。诏书云:

今海内扰攘,州郡起兵,征夫劳瘁,寇难未弭,或将吏不良,因缘讨捕,侵侮黎民,离害者众;风声流闻,震荡城邑,丘墙惧于横暴,贞良化为群恶,此何异乎抱薪救楚,扇火止沸哉!今四民流移,托身他方,携白首于山野,弃稚子于沟壑,顾故乡而哀叹,向阡陌而流涕,饥厄困苦,亦已甚矣。虽悔往者之迷谬,思奉教于今日,然兵连众结,锋镝布野,恐一朝解散,夕见系虏,是以阻兵屯据,欲止而不敢散也。诏书到,其各罢遣甲士,还亲农桑,惟留常员吏以供官署,慰示远近,咸使闻知。

陶谦看毕,觉得诏书所言牛头不对马嘴,于是不禁对其真伪产生了怀疑。因为陶谦清楚:在那兵荒马乱的年月里,伪造诏书、公文、钱币之类的事比比皆是,见怪不怪。为弄清诏书真伪,便派了几位心细的探子到处打探。不久,他们便打探清楚:因曹操出战失利,气得怒发冲冠,暴跳如雷,并以为徐州一时难取,后方兖州又十分空虚,一旦那里丢失,犹若扁担挑缸钵——两头都滑脱。若如此,那就惨了。经一番深思熟虑,决定罢兵返回兖州。可曹操是个要颜面的人,想当初出兵攻打徐州,为父报仇,天下无人不知,无人不晓。结果出师不利,进退两难。为冠冕堂皇地罢兵,挽回颜面,遂便撰了这份假诏,意在表明他退兵是因遵旨行事,而非兵败。

陶谦得报,虽然认定诏书是假,但说是曹操撰就的,还是不大相信,并问其中一探子道:"诏书上所盖的玉玺印章是哪来的呢?"

"曹贼撰好诏书后,便差人飞一般送往长安,用金钱疏通皇上左右侍者,

第三十一回　假报父仇曹操滥杀徐州无辜　真救陶谦刘备被荐豫州刺史

偷偷盖上皇帝玉玺，散发于各地。"

陶谦闻之，不禁大怒道："曹贼本诡计多端，行事狡诈，日后若成大气，必会作威作福，祸国殃民。不如乘此大胜之机，一不做二不休，将其消灭，以防后患。"

言毕，即起身走到案几旁坐下，伏身提笔向刘协上书云：

臣闻怀远柔服，非德不集；克难平乱，非兵不济。是以涿鹿、阪泉、三苗之野有五帝之师，有扈、鬼方、商、奄四国有王者之伐，自古在昔，未有不扬威以弭乱，震武以止暴者也。臣前初以黄巾乱治，受策长驱，匪遑启处。虽宪章敕戒，奉宣威灵，敬行天诛，每伐辄克，然妖寇类众，殊不畏死，父兄歼殪，子弟群起，治屯连兵，至今为患。若承命解甲，弱国自虚，释武备以资乱，损官威以益寇，今日罢兵，明日难必至，上忝朝廷宠授之本，下令群凶日月滋蔓，非所以强干弱枝遏恶止乱之务也。臣虽愚蔽，忠恕不昭，抱恩念报，所不忍行。辄勒部曲，申令警备。出芟强寇，惟力是视，入宣德泽，躬奉职事，冀效微劳，以赎罪负。

华夏沸扰，于今未弭，包茅不入，职贡多阙，寤寐忧叹，无日敢宁。诚思贡献必至，荐羞获通，然后销锋解甲，臣之愿也。臣前调谷百万斛，已在水次，辄敕兵卫送。

陶谦的上书是公开的，因而很快便传到了曹操手里。曹操原以为陶谦会响应他伪撰的诏书，但在看罢其上书后，方知他不但不响应，反还提倡天下既已大乱，就应以兵治乱。很明显，是不肯罢兵。于是直气得五脏六腑爆裂，七窍八孔生烟，回过神即传令左右文武到议事厅商议继续攻取徐州事宜。

须知，这些曹操左右文武此前已知曹操欲罢兵返回兖州，现在却听说要继续攻打徐州，心里不禁直发怵。因为他们毕竟是败军之师啊！曹操早摸透了其心思，但未予完全理解，于是待他们闻令到齐按秩方坐定，即信誓旦旦道："我军初来乍到，有点闪失，不足为奇。只要齐心协力，继续进击，夺取徐州，斩杀陶谦，为我父报仇，不难呢！"

言毕良久，也没人出来献计献策。曹操见此，正欲发怒，忽听得有人高声道："按兵法论，处攻势一方军事实力应是处守势一方军事实力的数倍，方可克其制胜。现就我军军事实力而言，虽不在敌军之下，但也没多大优势。倘若一味强打硬拼，恐难一时取胜。因此，依在下之见，不若智取谋攻，即以声东击西之……"

不待言毕，在场者便循声望去，原乃从事吕虔。曹操认为吕虔所言正合己意，竟兴奋得连连击掌道："声东击西之策常为兵家所用，甚妙啊！但不知如何实施呢？"

吕虔见曹操对自己所言很感兴趣，不禁大喜，立刻从怀中取出一份草图示与在场者，并比画着上面的图示道："前时我军不慎兵败广戚，敌必骄之，并以为我军再不敢经广戚攻彭城。因此，不若遣一支人马，公然佯攻彭城之南的梧县。如此，敌必以为我大军意在从南攻打彭城而疏于广戚、留县之北的防务。那时我军即可乘其重南轻北之机，派遣大队人马从北攻广戚，取留县，下彭城……"

不待言毕，在场者除曹操外，皆不约而同地发出了赞同声，并争先恐后上前欲争当出征先锋。吕虔见曹操未表态，以为他不赞同自己方才所言，于是便上前双手将草图呈与曹操道："请主公过目。"

曹操接过草图反复仔细看了一阵，方才高兴道："妙啊！吕先生真不愧是胆策之士啊！"

吕虔见曹操肯定他的意见，自然十分高兴，并在曹操面前说了些谦虚话，方才退回。曹操见吕虔之策不仅可用，在场者请战热情也很高，不禁大喜，认为这是进军的最好时机，于是便来个趁热打铁，调兵遣将，再举进军。

奉命南向佯攻梧县的夏侯渊，次日早饭后即率领官军，举着"曹"字大旗，敲着铜锣，击着皮鼓，吹着号角，沿着大道，浩浩荡荡地向梧县杀去，大有不踏平梧县城池誓不罢休之势。时在广戚的陶谦闻报，又喜又怕。喜

第三十一回　假报父仇曹操滥杀徐州无辜　真救陶谦刘备被荐豫州刺史

者：他以为曹操新败胆寒，不敢再从北路来犯。怕者：梧县守军兵微将寡，不敌曹操所率大队官军。因此，不待与左右文武商议，便遣曹宏和糜竺率领官军前往梧县增援。待他俩率领官军出发后，陶谦又忙遣笮融和薛福率领官军速往彭城，加强那里防务。待调兵遣将毕，陶谦方才松了口气。

但陶谦万万没料到，他这次调兵遣将不仅分散了兵力，还正好中了曹操声东击西之计。因此，曹操闻报陶谦所部官军动向后，不禁大喜，并在曹宏、糜竺、笮融和薛福先后率领官军离开广戚的当日午夜，便从沛县率领官军直向广戚悄无声息杀去。结果直到曹仁所率先锋官军杀到广戚城下，陶谦所部守城官军方才察觉。直到这时，陶谦方知中计，但又无法挽回。无奈，只好立刻传令其所部全城官军，在负隅死守城池的同时，遣人传令调回曹宏、糜竺、笮融和薛福所率官军，以为救援。时不待陶谦传令发出，曹操已率曹邵、于禁、李典、曹纯、朱灵、满宠、毛玠、吕虔和万潜等大队官军将广戚城里三层外三层包围了起来。

须知，广戚乃无名小县，汉以前仅是座小镇邑，汉初方置为县，城池矮小，城壕狭窄。因此，不到半日时光，便被于禁、李典和朱灵所率官军攻破。陶谦见此，不禁慌了六神，忙领着残兵败将，南向留县逃去。李典和朱灵所率官军哪里肯放？并随后紧紧追了上去。陶谦认为进城无望，便领军绕城而过，直向彭城逃去。陶谦留县所部官军见陶谦一行如此狼狈，大惊，遂忙弃城随陶谦一行而逃。结果曹操所部官军不用吹灰之力，便占领了留县县城，并继续向陶谦所部官军追杀过去，意欲一鼓作气，拿下彭城，斩杀陶谦。

彭城虽然历史悠久，城墙高大坚固，城壕宽大幽深，且又有泗水之险，怎奈曹操所部官军杀顺了手，一时锐不可当，仅一天工夫，便将城池攻破。陶谦见败局已定，便领着所剩官军，东向傅阳逃去。曹操所部官军自然是从后穷追不舍。结果陶谦所部官军还未及进城，便一溜烟似的逃到了郯县。曹操所部官军自然是随后追到那里，将城池团团围住日夜攻打。结果攻打了多日，也未损着郯县城池一砖一瓦，且还死伤惨重。何也？原来郯县在春秋时便是少昊之后已姓郯子的封地，因其姓名而取名郯子国。秦时郯子国已置为县，为东海郡治所。楚、汉之际，改秦东海郡为郯郡，治所仍设在这里。高祖二年改郯郡为东海郡至今。现在不仅郡治所在此，徐州治所亦在这里。因此，地形之险要，城墙之坚固，城壕之宽深，可想而知。郯县城池难攻还是次要，重要的是陶谦当初遣率领官军去救援梧县的曹宏和糜竺在半途闻报曹操所率官军声东击西后，便立刻回军直指郯县，与城内陶谦所部守军里应外合，互相牵制，竟使曹操所率官军前后受敌，首尾难顾。

曹宏和糜竺见此，大喜不禁，于是在一日早饭后欲挥军极尽全力将曹操所部官军击退。正在这时，忽然探马飞一般前来向他俩报道，曹操所部官军已人去寨空，没了踪影。后经打探，方知曹操见攻破郯县斩杀陶谦无望，便令全军于当日夜深雾浓之际悄悄拔寨弃营，人不知鬼不晓向傅阳方向退去，以便攻取彭城东南各县。曹宏和糜竺闻之，怕那里有失，遂忙挥军紧紧追了过去。不到两个时辰，眼看快要追上，忽听得几声鼓响，便从路左右两边各杀出一支官军伏兵。曹宏和糜竺见此，不禁吃了一惊，待回过神举目望去，方知路右那支官军为首者为曹仁，其后是曹纯；路左那支官军为首者为朱灵。片刻，他们便将曹宏和糜竺所率官军围在核心。曹宏和糜竺乃陶谦部下名将，武艺非同一般。因此，便各举兵器，猛向曹仁、曹纯和朱灵杀去。方接战，曹宏那对寒光逼人的环柄大刀直逼对方要害，糜竺那支锐利无比的长柄画戟直叫对方防不胜防。但仅转眼工夫，便被曹仁、曹纯和朱灵杀得只有招架之功而无还手之力。正在此际，忽见奉陶谦之令的大将曹豹率了一支大队官军从北铺天盖地杀了过来。曹仁、曹纯和朱灵见此，料知难敌，便忙传令全军立刻撤军，向南随曹操所部大队官军而去。对此，曹豹、曹宏和糜竺恐再中埋伏，于是便传令鸣金收兵，回郯县向陶谦复命去了。

却说曹操所部官军到达彭城休整养息了一阵后，便按当初之计，依次从北向南朝取虑、夏丘和睢陵杀去。须知，它们皆是些小县城，不仅兵微将寡，防守不严，且城墙矮小陈旧，城壕狭窄水浅。因此，曹操所部官军没费多大力气，便顺利攻破。同时，曹操看沿途所见的一些人好像都是杀害他父

第三十一回　假报父仇曹操滥杀徐州无辜　真救陶谦刘备被荐豫州刺史

亲的凶手,因此下令全军见了便杀,抓了便剁。烧毁的房屋和掠夺的财物不计其数。末了,还下令将尚存的男女老幼数十万淹杀于泗水之中。其丧心病狂,世所罕见。于是尸积如山,水道断流;千村鸡犬绝迹,万户鬼魅唱歌。曹操如此屠杀徐州无辜还有另一动机,即屠杀得越多,越表明他为父报仇之心之切,越尽了孝心,并非为争夺陶谦地盘。可那些被杀的无辜者却倒了大霉。

陶谦在郯县官邸闻报曹操所率官军在取虑、夏丘和睢陵肆无忌惮地泛杀无辜,犹若其父母被杀一般,悲痛欲绝。

陶谦何以会如此悲痛呢?如前所述,他少时虽然打三擒五,淘气非常,长成后却成了另一人样,即上忠朝廷、下爱黎民的正人君子。而当年战乱时的雒阳士庶正是看中了他这点,才奔往其辖区徐州避难,其中包括曹操父亲曹嵩。现曹操下令其所率官军不分青红皂白,乱杀一气,他怎不悲痛欲绝呢?但除了悲痛欲绝,只剩无可奈何。正在此际,糜竺匆匆赶来不及向他拱手施礼便献策道:"单凭我军眼下之力,恐难将曹贼人马赶出徐州。故依愚见,不若仿曹贼向袁绍求援故事,向他人求援。不知主公意下如何?"

"先生之言虽然有理,但老夫眼下正遭不幸,谁肯出来惹火烧身呢?"

糜竺闻陶谦所言非常悲观,遂笑道:"不然,有一人定会挺身而出。"

"谁?难道是公孙瓒?他前时兵败界桥和广川,损失惨重,恐无援我之力呢!"

陶谦方言毕,糜竺便不以为然道:"主公只知其一,不知其他啊。须知,眼下曹贼之所以如此猖狂,皆因有其主子袁绍的支持。而袁绍所恨者,乃公孙瓒。而公孙瓒所恨者,亦袁绍。因此,主公若向公孙瓒求援,他必肯应之。因为一来可报他当年兵败界桥和广川之仇,二来击退曹贼人马,便可保其青州安全。此所谓一石二鸟,一举多得,他何乐而不为呢?"

陶谦闻言,若茅塞顿开,明白了一切,遂大喜道:"先生言之非常有理呢!"

言毕,即起身走到案几前,伏身提笔向公孙瓒疾书一封,求其出兵,合击曹操。同时，又派人到扬州丹阳郡招募新兵，扩充实力。

却说公孙瓒去年在界桥和广川兵败于袁绍之手后，便与其从弟公孙范一同经渤海，还归幽州治所广阳郡蓟县，并在大城东南面筑了一座与其上峰刘虞邻近的小城，以便监视刘虞。对此，刘虞当然不悦，于是二人始有怨恨。

须知，公孙瓒为何要监视刘虞呢？原来当初刘虞在迎刘协东归雒阳一事上，与公孙瓒意见不和而结了怨恨。现公孙瓒虽兵败而归，却穷兵黩武。对此，刘虞认为他得志后更难节制，于是便不许他入蓟县境内。对此，公孙瓒自然怒不可遏，并多次违犯刘虞节制，数犯百姓，甚至还抄掠胡夷送与刘虞的财物。刘虞无奈，只得遣使携奏章赶赴长安，向朝廷陈说公孙瓒暴抄不轨之罪。公孙瓒闻之，便以牙还牙，上奏刘虞克扣军粮恶行。于是两奏交驰，互相诽谤，一时竟叫朝廷无可奈何。为缓解矛盾，刘虞曾多次主动邀请公孙瓒赴会。为防不测，公孙瓒皆以有病为由予以谢绝。因此，刘虞不禁大怒，便密谋欲发兵讨伐公孙瓒。后因接纳了东曹掾右北平人魏攸宜容忍小恶之策，方才罢休。初平四年冬，魏攸病卒，时刘虞与公孙瓒交恶已深不可解，并欲亲率官军十万讨伐公孙瓒。州从事代郡人程绪闻之，遂以不战而屈人之兵之策予以劝止。时刘虞不但不纳其劝，反还将他斩首示众，以绝非议。谁料刘虞这些言行皆被深得公孙瓒厚待的州从事公孙纪连夜密报了公孙瓒。公孙瓒闻之大怒，遂即率领官军精锐步骑八百，乘风纵火，直向刘虞府邸杀去。刘虞不备，竟被杀得无处躲藏，幸亏身边随从拼命护卫，方才带着妻妾儿女，惊慌失措北向居庸县逃去。公孙瓒自然不肯放过，随即挥军从后紧紧追杀。仅两日工夫，便攻破了居庸县城池，将刘虞及其妻妾儿女等押回蓟县。时值董卓被诛后刘协遣使段训来蓟县宣布增加刘虞封邑，并督六州事；拜公孙瓒为前将军，封易侯，假节，督幽、并、青、冀四州事。公孙瓒见刘协御使在此，即趁此当面污蔑刘虞与袁绍欲称尊号，并迫胁段训下令斩杀刘虞于街市，传首长安，末了还并了刘虞所部官军。刘虞一向以厚德于众，广惠北州，故人们闻他被害，无不痛惜万分。

时公孙瓒不仅被御使恩准加官晋爵，督幽、并、青、冀四州事，还轻而

第三十一回　假报父仇曹操滥杀徐州无辜　真救陶谦刘备被荐豫州刺史

易举地诛除了宿敌刘虞，于是更加骄横狂妄，目中无人，并厉兵秣马，欲与袁绍和曹操决战，以解前时界桥和广川兵败之恨，只是一时没寻着发兵借口而已。一天中午，公孙瓒正与左右文武在蓟县南城楼大厅欢宴庆祝诛除刘虞和加官晋爵之际，忽见一城门卫兵匆匆进来，不及向他拱手施礼便报道："城南门外有一自称是陶谦部下的骑卒，言有要事求见主公。"

公孙瓒闻报，认为自己与陶谦交往甚少，他有何要事求见呢？不过他既然遣人前来，何不先问问究竟再做计议，于是道："准见。"

卫兵闻言，忙转身出去，不到片刻工夫，便将陶谦部下骑卒引了进来。骑卒见到公孙瓒方礼毕，便从怀中取出一绢制书信，双手呈与公孙瓒道："此乃我家主公与将军的。"

方言毕，公孙瓒便迫不及待起身上前接过展开看了起来。方看到一半，便眉飞色舞、志气昂扬道："此乃天赐我良机呢！"

随后，便大步走到案几前，伏身摊绢提笔回书陶谦，答应其求援请求，并满足他在书中特意点名要刘备领军前往救援。骑卒接过回书，拱手施礼辞别公孙瓒出城后，便马不停蹄地赶回郯县向陶谦复命去了不提。

却说陶谦自那骑卒前往公孙瓒处后，一直待在官邸闭门不出，坐卧不安。因为他也如公孙瓒想法一样：以往与公孙瓒交往不多，不知他是否愿出兵救援。正在这时，忽然门卫匆匆进来报告有一骑卒在门外要求进见。陶谦料知是给公孙瓒送书的骑卒，于是忙起身道："还不快快引他进来！"

片刻，门卫便将骑卒引了进来。时骑卒不及向陶谦拱手施礼，便忙从怀里取出一绢制书信，双手呈与陶谦道："此乃公孙将军与主公的。"

陶谦闻言，忙接过展开看了起来。看罢，见公孙瓒书中所言果不出糜竺当初所料，不禁大喜过望，并忙整装待发，迎接刘备所率来援官军。

陶谦在书中何以点名要公孙瓒遣刘备率领官军前来救援呢？原来他与左右文武皆知：青州北海国相孔融当年在都昌被管亥所部二十万黄巾军围攻时，曾派部下猛将东莱人太史慈向刘备求救。刘备闻之，认为事急，耽误不得，于是不及向公孙瓒请示，便毫不犹豫地亲率关羽、张飞、赵云和简雍等三千官军，连夜赶往都昌，很快将黄巾军杀退，解了孔融之围。刘备也因此被人刮目相看，名播海内。

却说刘备率领官军援军在田楷的统领下，连夜马不停蹄赶到了郯县，受到了陶谦及其左右文武的热烈欢迎。时陶谦得知刘备所率援军仅千余官军和一些乌丸骑兵，以及沿途新招募的千余饥民，如此竟敢前来救援，直感动得老泪横流，并对其敬重有加。

一日上午，在议事厅商讨如何反击曹操所部官军会议上，在场者皆争先恐后，献计献策，却始终各执一词，莫衷一是。对此，陶谦也不知谁是谁非。正在这时，刘备起身上前，若有所思地对陶谦道："敌军虽气势汹汹，占了徐州十余城邑，但他们是孤军深入，人地生疏，且兵力分散，犹若强弩之末，矢不能穿鲁缟。因此，我军可集中优势兵力，派一队先锋，以迅雷不及掩耳之势，拿下彭城，将其拦腰切成两段，再各个击之。如此不出十日，便可将敌赶出徐州。不知陶徐州意下如何？"

陶谦闻之不待发言，糜竺便起身上前道："刘将军方才之言甚为有理。须知，前时我军之所以不敌，皆因兵力分散使然。现曹贼重蹈我军兵力分散覆辙，亦不堪一击！"

方言毕，陶谦即笑着赞许道："刘将军和糜先生方才之言皆有理啊！但不知谁愿为先锋呢？"

时以曹豹为首的陶谦部下将校们闻问，随即便争先恐后上前争夺先锋印。刘备见此，遂忙上前对陶谦道："我既应陶徐州之邀前来杀敌，理应担当先锋重任。"

曹豹等将校认为刘备新来乍到，人地生疏，不宜担当先锋。同时，也不知他武艺到底如何，并欲与其比试一番，他若赢了，先锋印自然归他。否则，就当别论。对此，刘备毫不示弱，立刻转身出门，向不远处一开阔地奔去，随后即摆出一副比武的架势。曹豹等将校见此，不禁先是一愣，待回过神，便一齐大步向刘备奔去，争着要与刘备比武。正在此际，忽然听得站在刘备身后左侧那汉子高声道："你等岂是我主公的对手？还是与我一试身手

第三十一回　假报父仇曹操滥杀徐州无辜　真救陶谦刘备被荐豫州刺史

吧,以免伤了你们筋骨!"

曹豹等将校循声望去,原乃刘备部下别部司马张飞。时他们对张飞的武艺还知之甚少,因而并不把他放在眼里,并欲先给他点颜色看看。谁料张飞飞一般出门上前,一手抓住站在前面的笮融衣领,一手抓住其裤裆,不用吹灰之力,便举过头顶,飞快地来回转动着。对此,笮融早吓得魂不附体,面无人色。曹豹等将校见此,不禁吓了一跳,后转而一想:难道大伙一齐上,还赢不了张飞这厮么?于是便摩拳擦掌,一哄而上,欲打赢张飞,救下笮融,挽回颜面。时他们还未接近张飞,便见一威猛雄壮、红脸美须的高大汉子飞一般奔出门口,上前挥拳一阵左右开弓,打得他们前倒后仰,鼻青脸肿,喊爹叫娘。陶谦在议事厅见此,忙起身同田楷一道出门,上前与刘备一道劝止。张飞在刘备再三劝说下,方才气呼呼地放下笮融。同时,那大汉也恋恋不舍地住手罢休。看官你道那大汉是谁?乃刘备部下另一别部司马关羽。

陶谦虽然不知刘备武艺到底如何,但见他两位部下武艺如此高强,料想他的武艺也非同凡响,于是认为先锋印非他莫属,回议事厅不待坐下即毫不犹豫将先锋印交给了刘备。对此,刘备自然大喜不禁,忙上前接过先锋印,转身交给了站在身后右侧的关羽后,便转身拱手向陶谦施礼道:"陶徐州如此信得过在下,乃在下洪福啊!即使上刀山,下火海,也决不辜负……"

未言毕,陶谦便上前拉着刘备双手激动道:"刘将军当初在故乡举义军替朝廷讨伐黄巾妖贼军,后在汴水岸边助曹操那厮抗击董贼军,前时举兵助北海孔文举歼灭黄巾妖贼军,此天下有目共睹,无人不晓。现又率军前来助我杀敌,并勇于担当先锋,真不愧是当今天下第一义士啊!另外,将军部下将士虽然勇猛善战,但毕竟兵微将寡。若要敌过曹贼众多虎狼之兵,并非易事。为将军开战稳操胜券,我愿拨新募得的四千丹阳籍官军由将军使唤,若何?"

刘备深深懂得,没强大的兵力,什么事也办不成,特别是在兵荒马乱的年月里。现在听陶谦要给自己四千官军,犹若幼童见到母奶,哪有不高兴的！于是忙跪伏在陶谦身前施礼道："承蒙陶徐州对在下如此赞美与关爱，为将敌军赶出徐州，即使肝脑涂地，也在所不惜啊！"

陶谦闻言，直高兴得不知所以，并忙上前扶起刘备，叫侍者端上两盏杜康酒，一盏递与刘备，一盏留给自己，然后高声道："徐州之安危，老朽之荣辱，全赖刘将军了！祝将军旗开得胜，马到成功，干杯！"

刘备待陶谦方言毕，便信誓旦旦道："陶徐州放心，在下不拿下彭城，愿将头颅献上！"

言毕，即同陶谦一齐高举酒盏，一饮而尽。随后，陶谦便遣田楷率领官军随刘备所率官军之后跟进，以为策应。末了，又传令其所部官军将校暂且按兵不动，待时听候他的调遣。

刘备领了先锋印回营不待歇息，便率关羽、张飞、赵云和简雍等官军，日夜马不停蹄地向彭城杀去。由于所率官军皆是精锐，且又多达六千之众，因而一路所向披靡，战无不胜，不多时便赶到了彭城北三十里处。时刘备并未催军继续前进，而是传令就此暂停下来，并对身边的张飞道："曹贼彭城守军闻我大军杀到，定会闭门负隅顽抗，等待救兵。因此，速战速决方为上策。不知你有何良策，请速速道……"

须知，刘备、关羽、张飞、赵云和简雍虽然驰骋沙场至今已十年，与曹操所率官军在发干县交过几次锋，深知其士气非同一般，更叫人生畏的是，其统帅曹操一向诡计多端，用兵如神。鉴于此，刘备此时才问计于文武双全、智谋出众的张飞。不待问毕，张飞即道："依我之见，不若乘夜黑风高之机，冒充曹操贼军，从城东绕到城南，骗开南城门，彭城便唾手可得！"

刘备认为张飞之言甚为有理，随即便传令全军，皆举"曹"字旗帜。同时，挑了一名相貌特征与曹操颇为相似的士兵，扮成曹操。待一切准备就绪，才举火继续向彭城杀去。到达彭城南门时，正值午夜。城楼上一守城小校见火光中是曹操亲率官军，以为救兵到了，大喜，遂不加询问，便毫不犹豫地叫手下士兵放下吊桥，打开城门，放其入城。谁料这支官军前队方到吊桥边，便挥举刀斧砍断吊桥绳索，换下"曹"字旗帜，举着"刘"字旗帜，

第三十一回　假报父仇曹操滥杀徐州无辜　真救陶谦刘备被荐豫州刺史

敲着战鼓，喊着杀声，潮水般向城里杀去。城上曹操所部守军见此，方知上当中计，便欲负隅顽抗。但为时已晚，无奈，只得弃城而逃。睡梦中的曹纯闻报刘备所率官军已杀进城内，大怒，立刻便翻身起床，披挂出门上马，率了百余随身官军精骑，飞也似的向城南杀去。

曹纯其人不仅胆略过人，膀大腰圆，武艺高强，且早年便与曹仁一道，跟随曹操出生入死，征战沙场，数立战功，深得曹操宠爱。因此，曹操才放心大胆将守卫彭城的重任托付于他。可眼下与刘备、关羽、张飞、赵云和简雍所率官军还未开战，便丢了南城门，且还有丢失全城的危险。因此，哪有脸面去见曹操呢？无奈，只好横下心挥舞着八十斤重的长柄大斧，与那百余随身官军精骑一道，专向刘备围杀过去，以为只要将为首的擒杀，其余的便若树倒的猕猴，逃之夭夭。时不待曹纯接近刘备，关羽、张飞、赵云和简雍早已拍马冲上来，各举兵器将他们拦住杀将起来。瞬间，他们便被杀得晕头转向，不辨南北。后经拼死拼活方才杀出南城门，绕道奔往西边的睢陵向曹操请罪去了。

曹纯一行没走多远，便迎面碰上了一支官军正风驰电掣般向这边奔来。时已天明，曹纯忙举目望去，为首的像是曹操。对此，他不但没有惊喜，反还吓得不轻，以为又是刘备使人以假充真，乔装曹操。于是立刻勒马持斧，拦在路中央，准备应战。待那队官军到达眼前时，曹纯不仅看清了领头者是曹操，还看清了紧随其后的曹仁、于禁、乐进、李典、朱灵、典韦、满宠、毛玠、吕虔和万潜等文臣武将。直到这时，曹纯才确信这曹操并非假扮，于是立刻翻身下马，跪伏于路中央，欲向曹操请罪。

再说曹操在睢陵闻报公孙瓒遣田楷和刘备率领官军援军赶赴郯县援助陶谦，便料定他们会乘眼下自家人马分散作战之机，集中优势兵力，各个击破。同时还认为，若彭城在，便南可护取虑、夏丘和睢陵一线各县，北可顾广戚和留县一线各县，东可进击陶谦据守的郯县。若彭城失，自家人马则立刻首尾不相连，南北不相顾，其后果不堪设想。为此，曹操才亲率五千官军精锐骑兵，从睢陵出发，连夜兼程直向彭城赶来，以便加强防务。

曹操一行正快马加鞭行军时，忽见有一汉子跪在前面不远处，对此，曹操不禁感到非常惊异，正欲派人前往打探究竟，谁料那汉子忽然起身跑到曹操马前不断高喊"罪该万死"。对此，曹操不禁大吃一惊，待翻身下马上前仔细一看，原乃披头散发、衣冠不整、满身血迹、哭丧着脸的曹纯，于是便断定刘备所率官军已经攻占了彭城。但曹操既没让曹纯禀报彭城失守的原因和经过，也没训斥他。在曹操看来，禀报和训斥都徒劳无益，只有尽快夺回彭城才是要紧的。否则，后患无穷。于是安慰了曹纯一番后，即翻身上马，拔剑一挥，率军飞一般向彭城杀去，以便在刘备所率官军立足未稳之际，夺回彭城。随后，他们便赶到彭城南门下。对此，刘备早有预料，并做了充分准备。因而曹操所部官军还未到达，城上便到处旗帜飞扬，刀枪林立，吊桥高悬，城门紧闭，无懈可击。为尽快夺回彭城，曹操不管三七二十一，便立刻下令所部部分官军下马带着攀城索钩，越过城壕，向城墙根冲去，意欲爬城强攻。随后，待他们方冲到城墙根下还不待抛搭索钩，便被城上滚下的礌石砸得鸡飞狗跳，喊爹叫娘，拔腿后逃。曹操见此，大怒，于是便传令部下弓弩手向城上放箭，将刘备所率守城官军压制在城垛后面无法抬头。那些曹操所率攻城官军见此，忙趁机迅疾搭上索钩，爬上城头，与刘备所率守城官军厮杀起来。随后，又有大批曹操所部官军潮水般涌上了城头。刘备所率城南守城官军主将赵云见此，大怒，遂便持枪上阵，欲将涌上城头的曹操所部官军杀下城去。谁料曹操所部官军越来越多，不大工夫，竟将赵云围在核心不得脱身。

须知，赵云从小便随故乡常山郡真定县武界泰斗赵飞练武，待到成年，十八般兵器样样精通，特别是他常用的那条长枪，舞动起来无人能敌。因此，现在尽管身处险境，却毫不畏惧，并使出浑身解数，把这些曹操所部官军杀得东倒西歪，近不得身。正在此际，却见他们忽然弃了赵云，纷纷争先恐后向城下退去。赵云见此，甚觉惊疑，不待弄清究竟，忽然城外不远处战旗飞舞，鼓声震天，杀声动地，一支官军正从曹操所部官军后面杀了过来。赵云忙举目望去，原乃田楷所率官军赶到。对此，赵云不禁大喜，并欲下城

第三十一回　假报父仇曹操滥杀徐州无辜　真救陶谦刘备被荐豫州刺史

率领官军出城，与田楷所率官军一道，前后夹击曹操所部官军。然刘备却飞一般赶来对赵云道："曹操这厮不比曹纯，非常狡诈。他若乘你出城之机，挥军返身紧紧咬住你不放，待你不支向城内退却时，趁机随后杀进城里，那将如何是好？"

赵云认为刘备言之有理，遂便下令全军原地严密防守，没有命令不许出城接战，否则问斩。

再说田楷在行军途中闻报刘备等人所率官军智取了彭城，大喜。为防曹操所部官军反扑攻城，于是马不停蹄地向彭城赶来，加强守卫。谁料方赶到彭城外三里处，便闻报曹操所部官军不仅早已赶到彭城南门下，且攻势甚猛，大有不夺回城池绝不罢休之势。对此，田楷不禁大惊，遂便催马急行，绕道至城南门外抄曹操所部官军之后杀了过来。曹操见前后受敌，料知眼下破城无望，遂便立刻传令全军停止攻城，兵分两路，一路原地防备城内刘备所率官军出城追杀，另一路转身掉头抵御田楷所率官军。田楷见曹操所部官军未主动向他这边进攻，以为有诈，于是顺势向后退了一里，以观动静。双方相持半日后，曹操见刘备所率官军不仅不敢出城来攻，田楷所率官军也不敢向前迈进，于是便料定他们有畏己之意。但曹操也感到自己眼下前后受敌，进退两难，无奈，只好传令全军就地安营扎寨，以观时变。而刘备以为虽可据城固守，但也不敢掉以轻心，因此日夜不分地与左右文武在城中来回巡视，以防曹操所部官军来攻。三方如此相持观望，于是彭城一时暂无战事。

却说陶谦在郯县闻报眼下彭城形势后，不禁非常着急，但又想不出速战速胜的妙计良策。糜竺闻之，遂便前往安慰道："曹贼举兵远道来犯已长达数月，料其粮草早已供不应求。故不出多久，必会自动撤军。待那时再挥军从后追杀，何愁不胜呢！"

陶谦对糜竺方才所言先是不置可否，片刻后方忧心忡忡道："先生虽言之有理，不过还是尽早将曹贼人马赶到我徐州境外为好。因为他们多待一日，州内便多一日鸡犬不宁和倒悬之苦。"

糜竺认为陶谦言之有理，遂沉思片刻道："在下有一计，可使曹贼所部人马早日退兵。"

"还不快快道来。"

"倘若主公遣一支人马从大道佯攻曹贼所部人马，并扬言要断其粮道，这对本已缺粮的他们来说，无异于雪上加霜。如此不出几日，他们必撤无疑。"

陶谦闻糜竺言，遂转忧为喜道："先生之言甚妙！"

言毕，即遣曹宏和赵昱共率官军五千，依糜竺方才之言行事。

却说曹操所部官军粮草情况，正如糜竺所料，早已短缺不济。为此，曹操不禁非常着急。正在这时，又闻报陶谦部将曹宏和赵昱率军来袭粮道，对此，自然又惊又怕。并不待与左右商议，便传令其各路官军立刻撤军。陶谦闻此，大喜，遂便传令其各路官军不得随后追击，以防不测。曹操亲率大队官军长达八个月的攻徐之战，就这样结束了。

时陶谦非常清楚的是，迫使曹操所部官军从徐州撤退，除其粮草不济外，刘备及时攻下彭城，将曹操所部官军置于不利态势才是主因。因此，不待曹操所部官军撤毕，陶谦便向远在长安的刘协表荐刘备为豫州刺史，以示感谢。前面说过，由于陶谦在以往战争频繁、道路堵塞时仍一如既往地向朝廷交纳贡赋，深得朝廷好感和信任。因而现奏表一到刘协手里，自然便立刻批准。

刘备从一介平民，经十余年沙场浴血拼杀，取得了御批豫州刺史一职，不可谓不显赫。因为在那天下大乱的年月，朝廷纲纪松弛，许多朝臣的官职不是自封，便是互相推荐，哪管皇帝是否恩准。出身名门望族的袁绍和袁术便是如此，更别说其他人了。

刘备得到御批豫州刺史一职后，直高兴得不知如何是好，并在庆祝宴会上当着陶谦等人的面发誓：将肝脑涂地报答皇上御批之恩和陶徐州推荐之情。同时，他还当众表彰了赵云奋勇坚守彭城南城门之举。时田楷就不同了，他对陶谦看重与他一道前来救援徐州的刘备而轻视自己，心里自然感到不平。于是不待公孙瓒和陶谦发话，便气呼呼地率领官军回青州去了。

第三十一回　假报父仇曹操滥杀徐州无辜　真救陶谦刘备被荐豫州刺史

　　正在这时，赵云却因其兄长病故欲回乡奔丧。兴头上的刘备以为赵云一去不返，遂拉着他双手恋恋不舍。对此，赵云知其误解了他，遂便发誓决不背弃刘备，随后才挥泪而别。

　　时刘备本以为公孙瓒能成大事，通过这些时日交往，发现他一意孤行，固执己见，料想他日后成不了大气候，于是在田楷走后不久，便索性脱离了公孙瓒，率领官军驻屯小沛，成了陶谦部下重臣。

　　此时值兴平元年二月。

　　关东经过十余年的黄巾军起义，讨董和各诸侯官军间的无数次大小战争，至今方才暂时平息下来，谁料关西又爆发了另一场大规模战争。看官欲知谁与谁战，谁胜谁负，请看下回分解。

第三十二回

奇袭长安马韩种长平观下败绩
再战徐州曹孟德兖州后院起火

却说眼下在关西进行的这场大规模战争的一方是马腾、韩遂、种邵以及刘范、杜禀、马宇等人所部官军；另一方是李傕、郭汜、樊稠等人所部官军。双方交战的结果，是以李傕为首一方大胜，马腾为首一方大败而告终。其时从兴平元年三月初至当月末，历时约一个月。

事情的原委是这样的：当年马腾因在凉州镇压汉阳人王国起义有功被迁为征西将军，驻屯郿县。四年后，挟持朝廷来到关西长安的董卓认为与马腾共同镇压王国起义有功被迁升为镇西将军、现已还军凉州的韩遂，与马腾同来自凉州，且又共领凉州籍羌胡官军，于是欲邀他俩共同讨伐以袁绍为首的关东讨董盟军。对此，马腾和韩遂便欲起兵响应董卓。后因关东讨董盟军内讧自行解散，他们才没成行。可见马腾、韩遂与董卓不仅是凉州同乡，还是同一战线上的盟友。由此，董卓被诛后，马腾和韩遂应首先与原董卓所部李傕、郭汜、樊稠和张济等将校联合起来为董卓报仇，而不应反目为敌、兵刃相见才是。何也？原来李傕、郭汜、樊稠和张济等率领原董卓所部官军自初平三年六月攻陷长安，擅自摄政将近两年来，虽也试图拉拢贤士治理朝廷，如在初平四年九月试用儒士四十余人，上等的赐位郎中，次等的赐太子舍人，下等的如年逾六十者亦赐官职，但大多时间是在朝中肆意排除异己，为害无辜，行径之恶劣与董卓无异，而那些平头百姓的处境就更惨了。李傕、郭汜和张济率领原董卓所部官军到达长安城之前，城外三辅之民尚有数十万

第三十二回　奇袭长安马韩种长平观下败绩　再战徐州曹孟德兖州后院起火

之众。由于他三人放兵大肆劫掠，攻剽城邑，并任由盗贼日夜抢窃。尽管城内有防备，却无法制止。而其子弟纵横侵暴百姓，则更无法制止。遂使谷一斗五十万钱，豆麦一斗二十万钱。一时人民饥困，相吃略尽，白骨累积。刘协闻报，甚为无奈，只得使侍御史侯汶以太仓米和豆类救济饥民，但饿死者仍有增无减。刘协于是怀疑税赋有虚，并亲于御座前量试做粥，方知确实有虚。同时还查出是李傕、郭汜、樊稠和张济所为。时侍中刘艾取米、豆五升于御座前做粥，得满三盂。于是诏尚书来道："米、豆五升，须得三盂。否则问斩。"尽管如此，饥困情况并未好转。还有，朝臣及宫人因新迁宫室时无新衣新饰，对此，刘协即下诏卖厩马百余匹，令御府大司农出杂绸布两万匹，与所卖厩马换得的布匹，皆赠与公卿以下和不能自救的贫民。然李傕不仅表示反对，还不顾谋士劝说，将所有赐物载往他营中。因此，李傕、郭汜、樊稠和张济到长安城以来所结下的怨仇，绝不亚于董卓摄政时期。而大多数官民所能做的，也只是像对董卓那样，敢怒不敢言。但也有官佐像王允对董卓那样，对李傕、郭汜、樊稠和张济既敢怒也敢言，而且还付之于行动。此人不是别人，乃种邵。

种邵字申甫，雒阳人，其祖先为鲁献公次子樊仲。年少时便知名，灵帝中平末年便为谏议大夫。如前已述，当年大将军何进诛宦官，召董卓带兵进京相助，后何进怀疑董卓行为不轨，特遣种邵前往宣诏令其停止前行。经过一番冒死劝止，终于迫使董卓下令还军夕阳亭。刘辩退位后，种邵被拜为秩二千石的侍中。后因不畏董卓淫威，被降为秩六百石的议郎。随后又被外放为益、凉二州刺史，实乃明升暗降。初平三年六月李傕、郭汜和张济兵犯长安，种邵之父太常种拂与朝中百官负隅抵抗，结果被李傕亲手所杀。种邵因此辞职，守老服终。朝廷知其贤良，于是被征为少府、大鸿胪，但因羞愧而坚持不受。

须知，眼下正值阳光明媚、春暖花开季节，要是往年这时，种邵不是携带家人到名川大山踏青赏花，就是同三朋四友到佳苑名圃饮酒赋诗，但现在却不同，而是经常站在自家后花园望君亭上，面朝未央宫反复叹息道："吾先父以身殉国，作为其子，不能除残复怨，有何颜面朝见明主呢！"

种邵虽有诛除李傕、郭汜、樊稠和张济之心，亦有为国除害、为父报仇之意，却一直未寻到机会，同时他也没那个实力。无奈，只好怀恨在心，等待时机。现见李傕、郭汜、樊稠和张济的所作所为已激起长安城内外乃至天下官民的怨恨，认为诛除他们的时机已到，于是便在夜间将其宿友，现谏议大夫马宇请到家中征询其意见。待马宇来到客厅相互礼毕坐定，种邵便问道："自李傕、郭汜、樊稠和张济领军到长安以来，破坏朝纲，侵扰王室，掠劫家舍，涂炭生灵，真乃天理难容，罪当不赦。因此，我欲效王司徒诛董卓故事，将这些恶棍斩首示众，以谢天下。若何？"

马宇闻言，不禁先是一怵，随后便沉默不语。种邵见此，以为其意与己相左，不禁大惊，并急切问道："难道先生惧怕他们不成？"

良久，马宇才长叹一声道："非也。我既为汉臣，当为汉室之存亡上刀山、下火海也在所不惜，只不过……"

"先生既如此，何故沉默不语呢？"

"你有所不知，依李傕、郭汜、樊稠和张济所犯之罪，早该绳之以法，诛灭九族。但他们心狠手辣，无恶不作，且兵将众多，爪牙密布。因此，倘若行事稍有不慎，后果不堪设想。故依愚见，不若……"

不待马宇言毕，便听得有人高声道："你俩说得好事，待我明日上朝报与李傕、郭汜、樊稠和张济四将军领赏去！"

种邵、马宇闻声，不禁一怵，随后即起身循声望去，见是身着便服的常客，中郎将杜禀站在门口内侧，于是暗暗叫苦到：倘若杜禀这厮真将我俩方才所言报与李傕、郭汜、樊稠和张济，我俩遭祸事小，而让这些国贼继续留在世间为非作歹事大。如之奈何？同时又以为事已至此，只得横下心异口同声道："你身为朝臣，不助我辈伸张正义，诛灭国贼，反倒助纣为虐，为虎作伥，不觉耻吗？"

言毕，以为杜禀会与他们争辩，谁料他却哈哈大笑起来。对此，种邵和马宇犹若丈二和尚，摸不着头脑。随后，种邵心平气和地问杜禀道："杜将军方

第三十二回　奇袭长安马韩种长平观下败绩　再战徐州曹孟德兖州后院起火

才言行甚为古怪，竟叫我们百思不得其解。若肯不吝赐教，我们愿洗耳恭听。"

时杜禀扭头环视了一番客厅，见无他人，方才上前分别向种邵和马宇拱手施礼道："我方才所言，乃戏言呢，故你们不必多虑。其实我所思所想，正与你们不谋而合。我之所以乔装打扮和事先未向种先生通报，是为保密呢！"

种邵和马宇闻言，悬着的心方才放了下来。随后马宇还不解地问杜禀道："杜将军何以知晓我在此呢？"

杜禀闻问，便同种邵和马宇一同坐下后笑道："实不相瞒，我在来此路上见先生向这边走来，便暗中尾随。后见先生进入种先生府邸，料想必为诛除李傕、郭汜、樊稠和张济国贼而来。待我到得种先生大门口，门卫见我常来眼熟，故不待通报，便准进入。在客厅门外果听得你俩所议如我所料，不禁大喜，于是便说了方才那番玩笑话，以试探你俩除贼之心是否坚决呢！"

马宇闻言，自然大喜，遂又问道："杜将军真不愧为朝廷之贤良啊！但不知将军有何诛贼良策妙计呢？"

杜禀闻问，沉思片刻答道："王司徒之所以诛杀董卓成功，皆因乘其内部凉、并二州势力不和之机。眼下李傕、郭汜、樊稠和张济一伙情况却不同，他们皆为凉州势力，且狼狈为奸，勾结甚紧，无懈可击。因此，从其内部分化瓦解，以贼制贼之策，万不可取。因此，宜寻求他人相助方为上策。"

方言毕，种邵即焦急地问道："杜将军方才之言虽然有理，但不知他人是谁？"

"征西将军马腾！"

马宇闻杜禀答，却不以为然道："马腾兵屯郿县，咫尺长安，可谓近啊。但别忘了他虽非董贼旧部，但他与董贼友好亲谊日久。再者，他与眼下李傕、郭汜、樊稠和张济不仅同为凉州人，他所统领的原董卓所部官军亦为凉州人。因此，他岂肯为我所用呢？"

杜禀闻言，也不以为然道："先生只知其一，不知其他。须知，马腾虽与李傕、郭汜、樊稠和张济同为凉州人，但也经常互相猜疑，彼此怀恨，因此……"

不待言毕,马宇即迫不及待问道:"有何根据?"

"据我所知,今年年初马腾来朝驻屯灞桥时,曾求李傕准其在长安城内购置寓所,以便将来颐养天年。但李傕因恨马腾没贿钱而予拒绝。于是马腾对李傕甚为不满,并怀有报复之心。因此,我们倘若暗中联络马腾举兵前来相助,他定会义不容辞,积极响应。"

"杜将军虽言之有理,倘若马腾部下那些羌胡官军因虑李傕、郭汜、樊稠和张济同为凉州籍而不肯前来,又如之奈何?"

"不然。须知,种先生祖父种暠大人当年出任凉州刺史时,极为厚待羌胡,深得其心。当他被征迁时,羌胡吏人曾诣京请留。朝廷闻此,乃许其留任一年。期满后又迁任汉阳太守,羌胡男女老幼仍不许他走马上任。后因诏命难违,无奈,只好千里迢迢将他送至汉阳边界方罢。及至汉阳,他又积极调和那里羌胡矛盾,禁止互相侵掠,于是威名远扬,戎人折服。时值匈奴寇犯并、凉二州,桓帝闻他美名而迁其为度辽将军前往止之。方到任即先宣恩信,劝降诸胡,若有不服者,方才加以征讨。结果被掠羌房质押于诸县者,皆遣还之。因他始终坚持诚心怀抚,信赏分明,结果羌胡、龟兹、莎车和乌孙等皆顺服,边方于是一时晏然无警。当他六十岁薨时,并、凉二州臣民闻之,皆争先恐后为其举国发哀,而首领每入朝贺,皆亲往其墓前哭泣祭祀。由此可见,他在并、凉二州羌胡边人心中的威望可见一斑。因此,现在他们在马腾军中的亲人若闻其孙要诛灭国贼以解国恨、报家仇,岂会视而不见,闻而不听呢?"

杜禀方才一席话,说得种邵眉开眼笑,并问道:"杜将军方才所言,有如使卑人昼见青天,夜见明月。但不知你二位谁愿亲往郿县联络马腾呢?"

方问毕,杜禀和马宇便争先恐后要求前往。种邵见此大喜,并认为马宇仅为一介书生,不足以威服马腾及其部下,于是便让胆识过人、文武双全的杜禀前往。

却说马腾自从私求李傕在长安购置私宅养老未成回郿县后,对李傕一直不满,并有报仇雪恨之意,但顾及自己不是李傕对手,无奈,只好遵循君子

第三十二回　奇袭长安马韩种长平观下败绩　再战徐州曹孟德兖州后院起火

报仇，十年不晚的古训，将怨恨深深埋在心底，以期而发。一日上午，马腾正与马超等左右文武在东营巡视，忽然一东辕门守卫匆匆跑来，不及向马腾拱手施礼便报道："东辕门外有一挑着两只死虎的猎夫言有要紧事求见将军。"

马腾闻报，甚觉惊疑。为谨慎起见，遂问守卫道："此人贵姓大名？从何而来？"

"小的已盘问过了，但他闭口不答，并叫我只管报与将军便是。"

"既然如此，就领他进来吧！"

门卫得令，忙转身飞一般向东辕门外跑去。片刻，便将猎夫领到马腾面前。马腾见来者身材高大，英俊雄武，神态自若，料想来头不凡，于是和颜悦色问道："不知壮士……"

"此地不宜说话，可否到将军府邸一叙？"

马腾见他出言和气诚恳，遂道："可。"

随后，即领着猎夫、马超及左右文武，向马府行去。片刻，便到了那里。进入客厅双方礼毕还未坐下，马腾即问猎夫道："现在可叙了吗？"

谁料猎夫却笑而不答。马腾见此，料知所叙必是秘密，于是示意马超及左右文武退出客厅。随后，猎夫方才放下肩上猎物，卸去衣帽饰物，上前向马腾拱手施礼道："将军还认得我么？"

马腾定眼一看，不禁惊叫道："这不是杜禀杜将军么！何故乔装来此呢？"

随后，即边还礼边热情地让杜禀坐下后又问道："杜将军近来安然无恙吧？"

"承蒙将军关问，一切安好。不知将军近来安然无恙否？"

"还好，还好。不知将军来此有何要事？"

"将军现在年富力强，走南闯北，四海为家，居无定所，皆无所谓。但待年迈体弱，隐退官场，得有理想的居所颐养天年才是。不知将军有无安排？"

杜禀所问，正好触到了马腾痛处。于是马腾沉默良久方才叹道："我早有置宅养老之意啊！"

"将军欲在何处置办呢？"

"当然欲在长安了，那里是天子所居之地，谁不想做天子脚下的臣民

533

呢？然却事与愿……"

"难道是因那里宅价昂贵，将军囊中羞涩而……"

"非也。"

"难道有人胆敢阻拦将军置购？"

"不但有人，且还是当今天下最霸道的人呢！"

马腾言毕，杜禀遂故作沉思后方才探问道："莫不是李傕那厮？"

马腾闻杜禀问，立刻气得脸色通红，双目怒睁，鼻喘粗气，嘴唇紧闭，胡须乱抖，全身战栗，直到半个时辰之久，也没言语。杜禀见此，知他对李傕敢怒不敢言。于是道："将军不必多虑。李傕、郭汜、樊稠和张济恶行殃及朝野，祸害天下，罪在不赦。故早有有志之士欲诛除他们，以谢国人呢！"

方言毕，马腾即惊奇地问道："谁？"

杜禀闻问，遂不慌不忙答道："当朝司徒种暠之孙、太常种拂之子、原益凉二州刺史种邵，侍中马宇和我。"

马腾闻言，甚为兴奋，认为诛除李傕，以解心头之恨的时机已到，于是毫不犹豫道："你们勇于为国除害，使我闻之汗颜。待时倘若用得着我，只管通告便是！"

杜禀闻言，料知马腾已有与他们合诛李傕、郭汜、樊稠和张济之意，不禁大喜，并兴奋地起身拉起马腾问道："倘若将军愿举兵攻打长安，诛除李傕、郭汜、樊稠和张济国贼，我三人愿为内应，若何？"

马腾闻言，不禁暗喜到：倘若诛除李傕、郭汜、樊稠和张济成功，别说在长安购置一处宅邸，就是皇宫禁院，也得任我挑。此外，还可博得为国除害的美誉，这一举两得的美事，何乐而不为呢？于是信誓旦旦道："为国除害，造福天下，乃臣本分。请杜将军回去告知种邵、马宇二位先生不必多虑，到时我举兵前往便是！"

杜禀闻马腾所言不仅与他此前所料相同，且态度坚决，不禁大喜过望。用过午饭后，仍乔装成猎夫模样，挑着两只死虎，兴高采烈连夜赶回长安，向种邵和马宇通报此行情况去了。

第三十二回　奇袭长安马韩种长平观下败绩　再战徐州曹孟德兖州后院起火

却说种邵、马宇自杜禀走后，心情一直惶惶不安。因为他俩一是担心马腾虽与李傕有私恨，但要他出兵前来诛除李傕、郭汜、樊稠和张济，未必情愿；二是担心倘若马腾不但不发兵帮助除害，反还将杜禀押往长安李傕处领赏，即在长安奖得一套高档府邸。如此，他俩也得遭殃。

正在这时的一日午夜，种邵坐在自家客厅正焦虑不安时，忽见门卫匆匆进来禀报，杜禀在大门外言有要事求见。种邵闻得杜禀二字，遂急不可耐道："速速领他进来！"

门卫转身出去片刻工夫，便将杜禀领了进来。二人相见礼毕方才坐定，种邵便迫不及待问道："杜将军满面春光，想必万事俱备，只待东风了吧？"

"马将军愿举兵鼎力相助呢！"

种邵闻言，自然大喜不禁，并使人前往叫马宇速速前来商议具体诛除李傕、郭汜、樊稠和张济事宜。不久，马宇便匆匆赶到。相见礼毕坐定，杜禀便将马腾之意向马宇道了一番。马宇闻之，与种邵一样，自然大喜不禁。经商议决定三日后午夜举事，以防日久生变。同时，还遣了一胆大心细的小校前往郿县马腾处，叫他按时率军经长平观抵长安北门，见城内火光为号，猛攻那里。

却说马腾自杜禀走后，度日如度年，时刻盼望种邵等人约他奇袭长安的时日。同时厉兵秣马，准备随时启程。正在这时的一日下午，马腾正在西辕门口巡营，只见那里一守卫领着一汉子来到他面前，报说是种邵所遣小校。小校向马腾拱手施礼后，即将种邵要求马腾出兵时间禀报了一番。马腾闻报，二话没说，立刻便传令左右文武迅疾到县衙大堂听令。待他们闻令到齐按秩排定方礼毕，马腾即道："李傕、郭汜、樊稠和张济领军自到长安以来，凭借武力，欺压天子，残害百官，丧尽天良，无恶不作。我们为大汉之军，衣大汉，食大汉，若不挺身而出解大汉于倒悬，还待何时？"

左右文武闻马腾言，不禁群愤激昂，热血沸腾，并争先恐后要当先锋。马腾认为李傕、郭汜、樊稠和张济皆身高力大，武艺高强，非马超、庞德不能取胜。于是不管群愤是否激昂，热血是否沸腾，便令马超为右先锋，庞德为左先锋，他则率马休、马铁等为中军，马岱督后，于次日早饭后拔营启程，赶往长安城，按约定时日攻占北门。当马超和庞德所率两路羌胡先锋官军于当日夕阳西下时方抵达长安城西南五十里处的池阳县长平观时，忽然被一支官军迎面挡住了去路。马超和庞德以为是种邵派来迎接他们的官军，不禁大喜。待他俩拍马上前举目仔细望去，只见为首者大旗上大书一"李"字，旗下一汉子身材高大，头戴铁盔，身披铁甲，腿跨黄马，手持长枪，非常威猛。时马超和庞德认不得他，经询问身边探马，方知他就是李傕。对此，他俩不禁大吃一惊，并认为有人走漏了风声。随后不待多想，立刻一面遣人将此尽快报告给马腾，一面传令部下准备迎战。

　　马超乃马腾之子，不仅年轻力壮，武艺超群，打遍凉州无敌手，且还生得高大英俊，服饰华丽，人见人慕，故时人谓之"锦马超"。时待他方镇静下来，便立刻跃马挺枪，直向李傕杀去。李傕见此，哪把马超放在眼里？并不慌不忙拍马举枪相迎。两马齐奔，两人齐出，两枪并举，直杀到日落西山，夜幕将临，也未分出高低胜负来。庞德在队前看得很不耐烦，不待得令便挥舞着手中长柄大斧，飞马直向李傕劈去。庞德乃凉州南安狟道人，儿时牧马，骑术精湛，又爱练武，长成后，身宽体胖，膂力过人，从军后骁勇善战，少有人能敌。因此，李傕与他方一接手，便觉来者不凡。须知，李傕只能与马超杀个平手，现在来了个武艺高强的庞德，哪抵挡得住？无奈，只得虚晃一招，拍马便向池阳县城逃去。马超和庞德哪里肯放？遂便挥军随后追杀了过去，欲取李傕头颅立功。追出不到三里，便见火光中郭汜从池阳城领了一支原董卓所部官军挡住了去路。马超和庞德见此，毫不惧怕，并欲分兵上前取李傕和郭汜脑袋立功，谁料又见火光中樊稠和李利率了一支原董卓所部官军杀了过来。马超和庞德仍毫不惧怕，并欲分兵两路上前迎战，谁料回过气的李傕率军返身杀了过来，很快便将马超和庞德围在核心冲杀不出来。正在此际，忽听得鼓角喧天，杀声震地，一支大队羌胡官军在火光中从左右两侧冲杀了上来，并很快冲进包围圈，将马超和庞德救了出来。须知，这支羌胡官军统帅者不是别人，乃马腾也。原来他在行军途中闻报马超和庞德在

第三十二回　奇袭长安马韩种长平观下败绩　再战徐州曹孟德兖州后院起火

长平观下遇敌，料知情况有变，大惊，忙催军飞一般向这边杀来，意欲拿下长安，擒杀李傕，以解心头之恨。

须知，同马腾一道杀来的部将马休、马铁，和后来赶到的马岱皆有万夫不当之勇。片刻工夫，不仅救出了马超和庞德，还有压倒李傕、郭汜、樊稠和李利所率原董卓所部官军之势。李傕见此，遂忙下令鸣金收兵，赶往池阳，待机再战。马腾见此，也认为自家人马初来乍到，人地生疏，且又不知长安城里种邵、杜禀和马宇情况若何，倘若冒进，必有不测。于是也忙下令鸣金收兵，就地安营扎寨，待探清种邵、杜禀和马宇情况后再做定夺。

次日上午，马腾正与左右文武巡视东边营寨时，忽见那里辕门门卫匆匆跑来，不及向他拱手施礼便报道："种邵、杜禀和马宇领了千余部曲在东寨门外，言要求见将军。"马腾闻报，立刻前往相迎。经交谈，方知他们当初密商袭取长安一事被种邵家中侍者探得后密报给了李傕。李傕得报大怒，立刻领了三千原董卓所部官军分三路前往擒拿杀戮种邵、杜禀和马宇。谁料李傕营中一憎恨李傕的小校将李傕的行动密报给了种邵，种邵闻报大惊，立刻派人将此分别通知了杜禀和马宇。他俩得报，立刻便不约而同地带领部曲，欲投奔郿县马腾。马腾是按时赶到当时约定地点，于是双方在此不期而遇。

马腾见事已败露，料想攻取长安，诛除李傕、郭汜、樊稠和张济无望，无奈，只得令杜禀领了原董卓所部五千羌胡官军驻守槐里县城，以便保卫其郿县老营，共同对付李傕、郭汜、樊稠和张济。

再说李傕在池阳闻报种邵、杜禀和马宇逃到马腾营中，大怒不已，并立刻率领郭汜、樊稠和李利等原董卓所部官军出城，飞一般向马腾营寨杀来。马腾所部羌胡官军不备，竟被杀得人仰马翻，溃不成军。无奈，马腾只好传令后撤十里安营扎寨。

须知，马腾原以为有种邵、杜禀和马宇做内应，奇袭长安、诛除李傕等人定能旗开得胜，马到成功，哪知事与愿违。因此，便萌发了撤军回郿县的念头。正在这时，忽闻报当朝宗室大臣益州牧刘焉，以清君侧名义，遣其子左中郎将刘范和刘诞两兄弟从蜀地率领了大队官军经蜿蜒崎岖的金牛道前来助战，且其前锋已到郿县境内。对此，马腾不禁大喜过望，并在刘范和刘诞所率官军到达长平观大营时，便率众到西寨辕门外十里处相迎。自此，马腾与李傕、郭汜、樊稠、张济双方的军事实力便势均力敌，旗鼓相当。于是双方谁也不敢轻举妄动，主动挑战。为防不测，双方谁也不敢主动撤军。因此，这时长平观下虽然军营遍布，刀枪林立，却无战事，平静如常。

时在凉州的镇西将军韩遂闻此，便率所部大队羌胡官军，千里迢迢赶来劝解他们各自罢兵，以便给其留住颜面。韩遂此举对远道而来、粮草不济而内心焦急的马腾与刘范、刘诞而言，特别是对刘范、刘诞而言，无异于雪中送炭，求之不得。因此，哪会不欢迎呢？但对以逸待劳、丰衣足食的李傕、郭汜、樊稠和李利来说，却认为他是多管闲事，不受欢迎。并固执己见，不肯撤军，扬言不擒杀马腾、种邵、杜禀、马宇以及刘范和刘诞决不罢休。韩遂见此，认为李傕、郭汜、樊稠和李利故意不给他颜面，于是一气之下，站在了马腾、种邵、杜禀和马宇一边。这样一来，马腾他们一方军事实力便明显占了优势。因此，此后几次交战，李傕他们一方总是处于下风，并随时有溃败的危险。对此，他们自然非常着急。这时贾诩出来献计道："不若效仿春秋襄公十四年诸侯伐秦，济泾而饮，秦军于是施毒泾水，致使诸侯之师死亡甚众而终获大胜故事，在马腾和韩遂所率羌胡官军在泾水取水的上游大肆投毒。"李傕欣然接受了贾诩所献之计，并使马腾和韩遂所率官军在短短几日内被毒死毒伤者不计其数。因此，一时竟闹得人心惶惶，士气锐减，大有不堪一击之势。李傕得报，大喜不禁，遂便挥军在一日午夜向马腾、韩遂、刘范、刘诞、种邵和马宇所率官军营寨发起进攻。时他们睡得正香，哪里有备？结果有的未醒便身首异处；有的惊醒后不及披挂胄甲，便成了刀下之鬼；有的方出营门便被杀得东倒西歪，溃不成军，仓皇西向槐里逃去。刘范、刘诞、种邵和马宇因逃跑不及，皆被乱军杀死。逃到槐里的那些官军还未喘过气，便被从后紧追而来的李傕、郭汜、樊稠和张济所率原董卓所部官军围了个水泄不通。

槐里县城在周懿王五十年便是都城，城墙高大坚固，城壕宽大幽深，但

第三十二回　奇袭长安马韩种长平观下败绩　再战徐州曹孟德兖州后院起火

仍经不起李傕、郭汜、樊稠和张济所率那数万原董卓所部官军的日夜猛攻。因此，不几日便城陷兵败，还斩杀了先期来此的守城主将杜禀。马腾和韩遂见败局已定，无奈，只得领着残兵败将，连夜逃往陈仓。李傕哪里肯舍？并令樊稠和李利率领大队原董卓所部官军随后追杀到陈仓城下。韩遂见逃脱无望，遂在军前对樊稠道："世上之事，变化无穷。今我们所争非私怨，乃朝廷之事啊。大家同为凉州人，今虽有小恨，但要以大局为重。因此，应好说好量。否则，将来哪有颜面再见呢？"

樊稠闻言，认为非常有理，遂便与韩遂并马同行，交臂相加，共语良久而别。于是樊稠决意不再攻打马腾和韩遂，并同李利率军回长安城向李傕复命去了。马腾和韩遂亦立刻率军退回凉州。为防马腾和韩遂日后率领所部羌胡官军再攻长安而不能制，李傕于是采取宽大怀仁之策，使刘协下诏赦免他俩作乱之罪，并封马腾为安狄将军，韩遂为安降将军。于是以凉州籍羌胡官军为主的这场因公亦因私的战争便到此结束。

此时值兴平元年四月。

在马腾、韩遂、种邵、杜禀、马宇、刘范和刘诞所率官军与李傕、郭汜、樊稠和张济所率原董卓所部官军在长安长平观、槐里、陈仓交战的同时，曹操也在鄄城日夜厉兵秣马，准备再次东征徐州。因此，当李傕一方与马腾一方之间的战争结束时，曹操也正好做好了再次东征徐州的准备，并以曹仁为先锋官军，他则率领主力官军随后，从鄄城出发，浩浩荡荡地向徐州杀去。经一番殊死奋战，曹操所率官军便越过郯城，一口气攻下了郯城东北的厚丘、朐县、利城、祝其和赣榆东海郡五城，并欲回军与已攻下费国、祊亭和开阳的曹仁先锋官军合围郯城，擒杀陶谦。陶谦闻报，大惊，于是在糜竺的建议下，一面派遣驻守郯城的部下大将曹豹率领官军移驻郯城以东拦截曹操所率官军，一面传令驻屯下邳的刘备立刻率领官军前来助战。曹豹和刘备两路官军飞一般赶到，方在郯城以东会合安营扎寨毕，曹操所率官军便杀到了寨外。曹豹和刘备见曹操所率官军来势如此神速，大惊，于是只好挥军仓促应战。时他们哪是有备而来的曹操所率官军的对手？因此，双方交战不久，曹豹和刘备所率官军便渐渐不支。恰在这时，曹仁率领的官军又从西边杀了过来，这对本已不支的曹豹和刘备所率官军来说，犹若屋漏偏逢天下雨，再倒霉不过了。因此，瞬间便被曹操和曹仁所率官军杀得丢盔卸甲，大败而逃。于是曹操和曹仁所率官军不但轻而易举包围了郯城，还一鼓作气攻下了紧临郯城的襄贲。陶谦闻报曹操所率官军来势如此凶猛，料想郯城必将陷落，徐州必将不保。经与左右文武商议，决意南向退往其故乡扬州丹阳避难。正在陶谦及其家人在陶府忙着打点行装，准备在当日夜黑时弃城而走时，忽一便衣探马飞一般跑来，不及向陶谦拱手施礼便报道："禀报大人，小的方才探得城外敌军不知何时已人去寨空。"

陶谦闻报，以为自己耳朵听错了话，并惊疑地问道："什么？敌军已人去寨空？"

"小的岂敢欺骗大人呢！敌军寨内确实无人马踪影。"陶谦闻探马答，遂思想到：曹操这厮兴师动众，锐气又盛，为何突然弃寨而退？又退到何处去了？其中是否有诈？于是急切问探马道："敌军退因及去向你知晓否？"

"小的眼下还不知晓。"

"曹操这厮一贯诡计多端，用兵虚实难测。因此，你须速速前往打探清楚退兵原因和退往何处。"

探马闻陶谦言，随即拱手施礼告辞转身出门，继续打探曹操所率官军退兵原因和去向去了不提。

看官你道曹操所率官军为何在战无不胜、攻无不克的大好形势下突然弃寨而去呢？原来是张邈、陈宫及大多兖州郡县官佐背叛了曹操，并乘曹操远征徐州之机迎接吕布，公开联合州县举兵，反对曹操。张邈乃曹操宿友，并在曹操发展初期起到了举足轻重的作用。同时，张邈曾在袁绍想当关东讨董盟军盟主时因责备过袁绍有骄矜之色，袁绍因此令曹操除掉张邈，但曹操却表示坚决反对。因而张邈与曹操间的友情从此更为密切。再者，曹操第一次东征徐州出发前，还把自己家眷托付给张邈，以为安全可靠。可见他俩间的友谊和信任非同一般。现在张邈为何与曹操反目为敌呢？原来张邈官职过去

第三十二回　奇袭长安马韩种长平观下败绩　再战徐州曹孟德兖州后院起火

不仅在曹操之上，而且还是曹操的直接上司。经过这些年的征战和时变，曹操竟今非昔比，不仅实力远超张邈，官职也在张邈之上。如果曹操将徐州拿下，那官职和实力便叫张邈更加望尘莫及。尽管张邈不甘落伍，但对眼下这种现状又无可奈何，于是便对曹操产生了嫉恨和不满。对此，时之涉世未深的陈留圉县青年高柔早便有所料及，并对同乡人道："曹将军虽据有兖州，本有四方之图，未得安坐守啊。而张邈张府君先得志于陈留郡，我恐变乘间作啊。同时，张邈还恐曹操为依赖袁绍最终杀害他而心存余悸。"

上述是张邈与曹操化友为敌的缘由。那么陈宫为何也背叛曹操呢？如前所述，陈宫不仅极为崇敬曹操的为人，而且还认为曹操乃天下俊杰之士。因此，在兖州刺史鲍信被黄巾军杀死而兖州无主之际，是他带头极力推举曹操为兖州刺史。由是被曹操视为心腹，并在曹操两次远征徐州时使陈宫留守军事重地东郡濮阳，由此可见他俩间的友谊非同寻常。然性情刚直不阿，且又同情黎民的陈宫对曹操在远征徐州时滥杀无辜的罪恶行径非常不满和愤慨，并以为其残忍秉性与董卓毫无二致。同时，与兖州其他士大夫一样，陈宫还对名士、九江太守陈留人边让因讥议过曹操而被曹操杀害一事耿耿于怀，并因此感到惊恐不安，以为自己将来若有不慎，也难在曹操那里保全其身，于是一不做二不休，干脆邀约广陵太守张超、从事中郎许汜和另一从事中郎王楷到他濮阳府上共谋举兵反对曹操，为无数惨遭杀害的徐州无辜士庶和边让报仇。

须知，张超乃张邈胞弟，自然知晓张邈眼下对曹操的怨恨之心。因此，他不仅当场将张邈之意告知了陈宫、许汜和王楷，还建议他们邀请张邈前来共商。对此，陈宫、许汜和王楷自然赞同。待张邈应邀前来时，陈宫遂迎合其意道："自黄巾妖贼军大乱天下以来，雄杰并起，宇内分崩，将军拥十万之众，抚剑顾盼，亦足以为人豪，而眼下反制于他人，不以鄙吗？正值曹操这厮远征徐州，后方空虚，若趁此举兵占之，易若瓮中捉鳖，探囊取物。然后再观天下形势，变通行事，此乃称霸关东，纵横天下的大好时机。不知将军意下如何？"

张邈认为陈宫所言正合己意,大喜,但随后却叹道:"据我所知,曹操这厮不仅能谋善战,拥有虎狼重兵,远近无敌,且又背靠袁绍,狼狈为奸,恐难制啊!"

陈宫闻言,遂沉思片刻道:"某有一言,不知将军愿纳否?"

"有何良言妙语,请速速道来。"

"我闻吕布眼下正在将军陈留府上,不久将离开前往河内投奔张扬。依我之见,何不将他留下,以便共同抗击曹……"

不待陈宫言毕,张邈即摆手打断其话语道:"吕布曾是董贼爪牙,早已臭名昭著,岂可与这等人合谋共事呢?"

陈宫闻言却不以为然道:"吕布虽为董贼爪牙,但后来反戈一击,亲手杀了董卓,为朝廷除了国贼,为天下除了大害。因此,他早已以善抵罪,成为功臣,何必再作计较呢?"

张邈仍犹豫不决。陈宫见此,于是开导道:"吕布壮士啊,膂力过人,善战无敌,别说曹操那厮,就是项羽再生,恐也难敌呢!有他,乃我辈制胜之法宝!"

言毕良久,张邈方才迟疑道:"那就依你方才所言吧。但不知吕布意下如何?"

陈宫见张邈终于赞同他的意见,大喜。为打消张邈担心吕布的态度,于是信誓旦旦道:"以吕布的为人,定肯舍生忘死,助我一臂之力。若需我的话,我愿亲往吕布处做将军说客。"

张邈闻言,大喜道:"那就烦你走一遭吧。"

方言毕,陈宫便起身告辞出府,快马加鞭赶往陈留吕布处去了不提。

须知,吕布本在邺城袁绍处供职,现何以在张邈辖区陈留呢?原来他自以为在常山郡助袁绍讨伐黑山黄巾军有功,遂便骄横霸道,不把袁绍放在眼里。更叫袁绍无法忍受的是,他还如在袁术处那样,常常放纵部下肆意掠劫,闹得那里人心惶惶,坐卧不安。因此,袁绍便萌发了诛杀吕布之意。吕布闻之大惊,并求袁绍谅解和允许他到别处以避不测。时袁绍诛杀之意已

第三十二回 奇袭长安马韩种长平观下败绩 再战徐州曹孟德兖州后院起火

决,但表面上却同意吕布的要求,实则在吕布辞别时以护送为名,派了三十名武艺高强的甲士随行,意欲在途中寻机将吕布杀掉,以绝后患。谁料吕布早识破了袁绍此意,并在邺城郊外不远处以金蝉脱壳之计,逃过了这次杀身之祸。时吕布怕袁绍再加害他,只得弃了原董卓所部那五百官军精骑,带着高顺、张辽、侯谐、郝萌、魏续、成廉、李邹、宋宪、高雅、曹性、赵庶、魏越、薛兰、李封和秦宜禄,舍近求远,南向逃出袁绍辖区冀州,转道兖州陈留郡,北向再次投奔张扬。方到陈留郡,陈留太守张邈便知晓了吕布去向,并料想吕布在这里停留时日不长,于是本着地主之谊,设宴为吕布接风,并热情地劝吕布多住些时日。就这样,吕布、高顺、张辽、侯谐、郝萌、魏续、成廉、李邹、宋宪、高雅、曹性、赵庶、魏越、薛兰、李封和秦宜禄才得以在陈留一座豪华的驿馆暂住下来。

一日上午,吕布正与高顺、张辽等人坐在各自榻上商议如何顺利到达河内张扬处一事时,忽见门人前来向吕布报道:"门外有一测字先生,言要求见将军。"

吕布闻报,先是甚感蹊跷,遂认为在这新来乍到、人地生疏之地,不管什么人,只要求见,也不失为一件幸事。于是毫不犹豫道:"准见!"

门人闻言转身出去,瞬间便将测字先生引了进来。吕布见来者身材高大,相貌英俊,不像走街串巷、沿街摆摊的江湖测字先生,心里不禁犯起了嘀咕。正在这时,测字先生已上前向他拱手施礼道:"你可是武艺绝顶、名扬四海的吕将军?"

吕布见他认出了自己,且还知晓自己武艺绝顶,名扬四海,因此认为来者来头定然不小,于是忙起身拱手还礼,并不假思索答道:"我正是吕布。不知先生乃哪路神……"

"东郡陈宫陈公台。"

吕布闻陈宫答,遂惊疑地问道:"莫不是力推曹操为兖州刺史而名噪海内的陈宫么?"

"正是。"

吕布闻陈宫答，随即拍掌惊喜道："久闻将军大名，不意在此相见。幸会，幸会！"

吕布言毕，立刻便请陈宫就床沿坐下。陈宫见吕布如此热情豪放，不禁大喜，并应声坐下道："吕将军之忠勇，天下人皆知晓呢。我有幸在此拜见，乃三生有幸啊！"

高顺、张辽等人在一旁见吕布与陈宫皆有相见恨晚之感，大喜，料想他们还有密事相谈，于是不待指使，便不约而同地奔出驿馆大门，以为回避。吕布见室内无人，方才急不可耐地问陈宫道："将军今日前来，不知有何见教？"

陈宫见吕布如此谦逊直爽，不禁大喜，遂畅所欲言道："将军虽因武艺绝顶而名扬四海，因勇除国贼董卓而功著千秋，但至今却落得无立锥之地，岂不……"

不待言毕，吕布早呆若木鸡般坐在那里。何也？皆因陈宫方才所言，正好击中了吕布的痛处。前面已述，自从他杀死董卓逃出长安以来，犹若丧家之犬，先依南阳袁术，后依冀州袁绍，颠沛流离，终无所居，且还差点死于袁绍之手。无奈，最后只好打算投奔河内张扬。陈宫正是看准了他这些难处，才有信心前来说服他共同反曹，夺取兖州。如此不仅使他陈宫和张邈解了对曹操之恨，也使吕布有了立身之地。

时陈宫见吕布仍呆若木鸡、一言不发，于是便问道："不知将军将来有何打算？"

吕布闻问，方才醒过神，并以为陈宫真不知他的去向，于是叹道："先投奔河内太守张扬再做计议！"

"张扬当初不是欲加害将军吗？现在他岂肯收留你呢？"

吕布沉思良久后反问道："依陈将军之见，该投何处呢？"

陈宫闻吕布如此问，料想他必能接纳己见，于是开门见山道："与其千里迢迢依附他人，不若就地同张邈张将军一起赶走曹操，占据兖州。"

吕布闻言，直惊得张口结舌，半晌无语，回过神方才惊问道："陈将军前

第三十二回 奇袭长安马韩种长平观下败绩 再战徐州曹孟德兖州后院起火

时不是带头力推曹操为兖州刺史吗？今日为何要与他为敌呢？"

陈宫对吕布所问早在意料之中，因为他知晓吕布肯定不知现在张邈、张超和他陈宫对曹操的看法有了变化。于是便将为何要与曹操为敌的缘由及与张邈共商反曹之事向吕布道了一番。吕布闻之，立刻紧锁双眉，久不表态。陈宫见此，不禁非常着急，认为他不与张邈、张超和他陈宫共事事小，倘若站在曹操一边事就大了。正在这时，忽听得门口有人高声道："吕将军不必多虑，我与公台现就推举你为兖州牧，如何？"

吕布和陈宫循声望去，原乃张邈站在那里。时吕布思想到：自己在丁原处奋斗多年，方才混得个打杂跑腿的主簿。后来在董卓处虽先后拜为骑都尉、中郎将，并封为都亭侯，但实则是成天左右于董卓身边的侍卫而已。再后因诛杀董卓有功被迁为奋武将军，假节，仪同三司，进封温侯，与王允共秉朝政，可谓显赫。但却因受到王允轻视而成为空有其名实则无权的闲人。更惨的是此后被李傕、郭汜、樊稠和张济赶出长安，至今活像个流浪汉和人人喊打的过街老鼠，太可悲了！而今张邈竟然推举我为一州之牧，这岂不是绝处逢生，一步登天的好事吗？吕布思想到此，遂便起身大步走到门口，双手拉着张邈的双手，毫不犹豫道："既然孟卓如此看得起我，我有何理不与你共谋大事呢？"

张邈和陈宫见吕布已投合呼应，大喜，并立刻设宴共饮，庆祝联合反曹成功。

须知，张邈本在陈宫陈留濮阳府中等候陈宫劝说吕布音讯，现在何故突然出现在了陈留吕布所居驿馆门口呢？原来张邈担心陈宫说不动吕布事小，倘若将此泄露出去被袁绍和曹操知道，那后果便不堪设想。为防患于未然，张邈于是在陈宫前脚走后，后脚便赶了过来，以便共同说服吕布。张邈深知吕布向来行事贪得无厌，有奶便是娘，如无好处是不行的。于是方才演出了前面那幕，即迫不及待地推举吕布为兖州牧。张邈此举果然奏效。

三日后，吕布、张邈、张超、陈宫、许汜和王楷遂以讨伐曹操滥杀徐州无辜为名，先举兵将驻守濮阳的夏侯惇赶到鄄城。时除鄄城、范县和东阿三城外，其他兖州郡县官吏闻吕布、张邈、张超、陈宫、许汜和王楷举兵反曹，犹若他们当时推举曹操为兖州刺史一样，皆争先恐后响应。

须知，鄄城虽为时之兖州济阴郡一县，然它北临河水，城墙高大坚固，不仅向为军事重镇，又为曹操东征徐州时其家眷所居之所，因而曹操特派心腹荀彧和陈昱在此镇守。时他俩不但没参与反曹活动，还与从濮阳逃奔而来的夏侯惇所率官军一起固守鄄城，同时派人飞报曹操回军救援，并紧密团结兖州从事薛悌说服的范县县令靳允、东阿县县令枣祗各率吏民分别据城坚守，吓走了领兵前来响应吕布、张邈、张超、陈宫、许汜和王楷而欲抢占地盘的豫州刺史郭贡。

却说曹操在徐州郯城阵前正汗流浃背地猛击战鼓激励全军将士攻打城池之际，忽闻报吕布、张邈、张超、陈宫、许汜和王楷及大多兖州郡县官吏因反对他滥杀徐州无辜而背离了他。对此，他心里虽吃惊不小，但面上却若无其事。为防不测，直至当日傍晚时分待全军回营后他才以诱敌出城聚而歼之为由，下令全军于当晚午夜时分悄悄弃寨迅速向兖州退去。曹操返回鄄城闻报吕布率军东向攻打鄄城不下仍回军濮阳城，而不去切断由徐州通往兖州的亢父与泰山之间的咽喉之道，不禁大喜不尽，并笑对左右文武道："吕布这厮虽得兖州，然不去据东平，断亢父与泰山之间那车不能方轨、马不能联辔的鸟道，以阻击我军屯兵濮阳，我料他终无能为呢！"

左右文武闻言，皆深以为然。曹操于是立刻挥军向濮阳杀去，欲一举攻破城池，擒杀吕布、陈宫后，再转而兵指陈留，拿下张邈和张超等人问罪。

次日下午，曹操率领官军便赶到了濮阳城东门外，吕布见此，便率领官军出城相迎。于是双方在那一处平地上摆开了阵式。时只见曹操那边除两征徐州时的夏侯渊、曹仁、曹邵、朱灵、李典、乐进、典韦、满宠、毛玠、吕虔和万潜一班文武外，还有夏侯惇和一直驻守在兖州的青州兵。他们认为陈宫等人为叛臣逆徒，罪在不赦；吕布及其部下高顺、张辽等人为一伙为非作歹，助纣为虐，且又抢占了他们地盘的流寇响马，罪该万死。吕布和陈宫所率官军则认为曹操所率官军是一伙侵州略县，滥杀无辜的屠夫民贼，不仅罪

第三十二回　奇袭长安马韩种长平观下败绩　再战徐州曹孟德兖州后院起火

不容诛，还应诛其九族。

　　须知，以当时双方人马数量和气势看，曹操一方明显占了优势。对此，吕布不禁有些胆寒。而陈宫却不以为然，并向身旁的吕布献策道："敌军虽众，但曹贼右侧那些所谓的青州兵，实则是些训练无素，装备简陋，且未完全顺服的原青州黄巾妖贼军降虏。因此，看上去气势汹汹，实则不堪一击。若先将其一举击败，其他则不战自溃。擒杀曹操，易若囊中取物。"

　　吕布是新来乍到，不明虚实。因此，对陈宫所献之策深信不疑，并不假思索地将手中方天画戟一挥，纵马直向那些青州兵冲杀过去。吕布部下高顺、张辽等人所率千余官军精骑，也不约而同随后冲杀了过去。青州兵确如陈宫所预料，训练无素，装备简陋，未服曹操，不堪一击。因此，与吕布、高顺和张辽等将校所率官军方一接战，便被杀得丢盔卸甲，大败而逃。吕布见此，大喜，正欲挥军上前擒拿曹操，谁料这时濮阳城中火光冲天，杀声四起，一支响应曹操的田姓义勇军举着"田"字大旗，从城里飞奔而出，直向吕布杀来。吕布见此大惊，料想城里出了内奸。于是立刻率军回阵，同陈宫、高顺和张辽等将校领军从东城门退回城去。曹操见此，认为这是杀敌的极好机会，于是便挥军从后追杀了过去。曹操所率官军进城不到一千，忽见吕布率领其官军骑兵返身杀了过来。曹操自知孤军深入，料不是吕布对手，便忙拨转马头，返身向东门外逃去。这时城东门已被滚滚浓烟和熊熊烈火所淹没。曹操见此，不禁胆战心惊，不知所措。回过神，方才硬着头皮，冒死拍马猛向门外冲去。因马跑得太快，竟将曹操四仰八叉摔在地上。恰在这时，一块燃着的木头掉下来烧伤了曹操左手掌。对此，曹操不禁吓出了一身冷汗，以为这下完了。正在此际，只见曹操部将司马楼异不知从哪里赶了过来，就像曹洪当年在汴水岸边救他那样，迅速将其扶上他那匹马，继续飞一般向东门外逃去。方逃到东城门口，忽被从斜刺里杀出的几名吕布所率骑兵一把揪个正着。对此，曹操以为他们是专门前来擒拿他的，因而吓得面如土色，两腿发抖，以为这次在劫难逃。谁料这些骑兵却问他道："曹操那厮在何处？"

曹操闻问，方知他们根本不认得他曹操，现在被擒拿，是瞎猫摸耗子，纯属偶然。于是不禁暗喜，并灵机一动，以右手指着前方斩钉截铁答道："前面骑黄马的便是！"

这些骑兵不知曹操所言是假，于是便撒手放了他，并拍马飞也似的朝骑黄马的追去。曹操见此，遂便乘机逃出了东城门外。就在他刚过城门吊桥十余步远时，吕布率了大队官军骑兵从后赶了上来，并厉声喊道："曹贼哪里逃，看戟！"

随后，即拍马挺戟，直向曹操刺去。曹操早已累得疲惫不堪，哪里还能接招。正在不知所措之际，忽见典韦率了数千应募者飞一般赶来救走了曹操。吕布见快到手的鸭子竟然飞了，不禁感到非常遗憾和恼怒，并忙挥军上前，欲擒杀典韦。典韦也不示弱，遂便大吼一声，随手拔出所带数十支短柄小戟，边向吕布那边抛去边冲了过去。那些着戟者无不喊爹叫娘，倒地身亡。吕布见此，料难擒杀曹操，且又值夜幕降临时分，恐再战不利。无奈，只得引军退回城内。曹操也在典韦等人的护卫下回营，并带着烧伤的手到各营慰劳其所率官军，同时下令赶制攻城器具，准备再次攻城。吕布回到城里后，也积极鼓动所率官军据城死守，绝不让曹操所率官军越城池一步。于是双方一攻一守，竟相持了百余日仍无胜负。直到当年秋九月初，蝗虫四起，百姓大饥，曹操因此粮尽，方才退回鄄城。吕布亦因粮尽引军退到乘氏。于是这场激烈的濮阳攻守之战到此暂告结束。

曹操回到鄄城后，对荀彧和陈昱等人在危难之际冒死保卫鄄城、范县、东阿三城一事深有感触道："昔高祖先定关中，光武先取河内，以为基础。而今鄄城、范县和东阿三城则是我平息叛乱之关中、河内啊！"

左右文武闻之，莫不称是。远在邺城的袁绍闻报曹操因远征徐州和回救兖州损兵折将甚众，大惊，立刻便拨所部官军精兵五千归曹操指挥，以示支援。对此，曹操自然感激不尽。同时，曹操还对两征徐州时滥杀无辜而感到痛心疾首和后悔莫及，并以此为诫。同时，厉兵秣马，以便待机再与吕布一决高下。那么吕布引军到乘氏后情况如何呢？看官欲知详情，请看下回分解。

项钢雪 著

三国春秋演义
Sanguo Chunqiu Yanyi

[第二册]

中国戏剧出版社
CHINA THEATRE PRESS

目　录

第一册

第一回
倒汉室太平渠帅大聚会
立黄天大贤良师发宏论 002

第二回
举义旗黄巾军齐反八州
保社稷汉灵帝怒发三军 010

第三回
战颍川波才大败朱公伟
取邵陵彭脱智胜赵彦信 024

第四回
鼓士气刘宏诏谥七吏士
扭败局皇甫火烧黄巾军 042

第五回
退邺城宫军师贻献妙计
破阳翟曹孟德树建奇功 055

第六回
佐军司马孙坚轻敌兵败西华
匡世将军彭脱拒降命赴黄泉 069

第七回
破密信王子师弹劾宦官
战苍亭傅南容擒杀卜己 086

第八回
刘关张平原县投军皇甫
董仲颖下曲阳兵败削职 107

第九回
左中郎将皇甫兵败广宗
天公将军张角命归西天 121

第十回
显神威张梁大败刘关张
尽全力官军终破广宗城 134

第十一回
取昔阳亭刘备装死逃命
守下曲阳张宝身殁城亡 149

第十二回
攻宛城朱将军中计败绩
施缓计韩大帅无奈求降 164

第十三回
黄巾孙夏中计兵败精山
皇帝刘宏耀武增广郊祀 178

第十四回
谏阻卖官司马直自绝盟津
收合聚众张牛角举兵黑山 193

第十五回
内外交困刘宏一命归天
争权夺利何进身首异处 208

第十六回
　　杀宦官袁本初大施淫威
　　除丁原董仲颖小试牛刀 224

第十七回
　　废少帝陈留王荣登大位
　　集党羽董司空大翻旧案 246

第十八回
　　剿黄巾牛中郎兵败河东
　　禁谈论董相国捉放儒生 262

第十九回
　　兴汉室曹孟德陈留募兵
　　讨董卓众诸侯盟津盟誓 279

第二十回
　　排众议董相国迁都长安
　　斩华雄孙豫州扬威阳人 299

第二十一回
　　河阳津上河内太守败北
　　汴水岸边奋武将军受创 318

第二十二回
　　战太谷三英大败吕布
　　得玉玺讨董盟军散伙 338

第二十三回
　　称太师董仲颖荣赴长安
　　逐韩馥袁本初始有冀州 359

第二十四回
　　夺濮阳曹孟德领东郡太守
　　战东光公孙瓒拜奋武将军 375

第二十五回

破袁绍刘玄德喜领平原相

攻刘表孙文台惨死于岘山 391

第二十六回

战界桥公孙瓒轻敌败北

守顿丘曹孟德运筹胜算 409

第二十七回

刺董卓未遂伍孚命赴黄泉

诛太师成功王允运筹帷幄 422

第二十八回

评董卓功过蔡中郎长安牢里勇于绝命

领兖州牧职曹孟德寿张城东大胜黄巾 447

第二十九回

原董卓部众被迫攻陷长安城

青州黄巾军无奈举降济北国 466

第三十回

黑山寨袁本初奇袭黄巾

常山国张飞燕智退官军 486

第三十一回

假报父仇曹操滥杀徐州无辜

真救陶谦刘备被荐豫州刺史 507

第三十二回

奇袭长安马韩种长平观下败绩

再战徐州曹孟德兖州后院起火 528

第二册

第三十三回
薨陶谦刘玄德坐领徐州
访张纮孙伯符遂有江东 549

第三十四回
败吕张收定陶曹孟德诏拜兖州牧
击郭樊乱长安李稚然自为大司马 571

第三十五回
刘协东归遇阻暂幸安邑
公孙不敌联军退守易县 595

第三十六回
失徐州刘玄德虚领豫州刺史
迎天子曹阿瞒被诏录尚书事 622

第三十七回
射戟辕门化干戈为玉帛刘纪各自罢兵
迁都许县挟天子令诸侯曹操始揽朝政 651

第三十八回
招贤纳士祢衡命丧沙洲
许都屯田韩枣敬献妙策 677

第三十九回
刘备败绩奔许喜得豫州
曹操挥军征宛失利丧子 709

第四十回
袁术称帝梦幻泰山封禅
吕布使间垓下大获全胜 732

05

第四十一回
袁公路攻陈县反被沉重一击
曹孟德征张绣悲祭阵亡将士 753

第四十二回
平安众张绣败回穰县城
破下邳吕布殒命白门楼 771

第四十三回
董刘种吴王密盟诛曹操
司空左将军饮酒论英雄 794

第四十四回
放虎归山曹孟德后悔莫及
诛曹泄露皇岳丈被夷三族 810

第四十五回
战下邳关云长被迫投降
互不服曹操袁绍终开战 829

第四十六回
关羽斩颜良离开曹操回归刘备
曹孟德袁本初两官军相持官渡 852

第四十七回
曹操烧乌巢袁绍大军终败北
斩蔡阳刘玄德弃袁南投刘表 875

第四十八回
战三袁曹孟德毫不手软
征乌桓曹司空消除边患 900

第四十九回
刘备招贤纳士诸葛亮出山
曹操自称丞相诛杀孔文举 941

第五十回
　　丞相曹操取刘表兵不血刃
　　张赵二将战长坂大显神威 967

第五十一回
　　刘孙双方柴桑协商联合抗曹
　　曹操兵败荆州鼎足之势始现 985

第五十二回
　　为共同防御曹操孙刘联姻成功
　　孙权曹操合肥之战均徒劳无益 1012

第五十三回
　　攘外先安内曹操颁发《让县自明本志令》
　　为进军益州刘玄德赴京口求稳定四郡 1034

第五十四回
　　曹丞相大谈书画诗赋暂立嗣
　　征关中马韩曹孟德声东击西 1052

第五十五回
　　刘玄德进益州捷足先登
　　曹孟德上殿仿萧何故事 1079

第三册

第五十六回
　　过梓潼庞马蚕婆山拜访景鸾
　　取涪城刘备芙蓉溪指挥三军 1099

第五十七回
　　曹操声东击西曹孙激战濡须口
　　孟德称魏公加九锡仍领冀州牧 1126

07

第五十八回
攻雒城庞士元不慎丧命
得成都刘玄德未动干戈 1148

第五十九回
孙仲谋刘玄德划分荆州
曹孟德兵指汉中收张鲁 1166

第六十回
破汉制曹孟德称王邺城
保巴蜀刘玄德占领汉中 1189

第六十一回
刘备南郑自称汉中王
关羽樊城水淹曹七军 1214

第六十二回
曹孙联合关云长败死
孙权屈居向曹操称臣 1238

第六十三回
一代雄霸曹孟德坦然辞世
众望所盼曹子桓代汉称帝 1266

第六十四回
继承汉统刘玄德武担称帝
韬光晦迹孙仲谋遣使降魏 1293

第六十五回
为关羽报仇刘备猇亭兵败
质子不成曹魏孙吴终开战 1321

第六十六回
刘玄德因病笃永安宫托孤
诸葛亮内政外交硕果累累 1348

第六十七回
诸葛张嶷恩威并举平定南中成功
魏帝曹丕率军临江进攻孙吴无果 ……1370

第六十八回
是非功过曹子桓一命归天
郁郁寡欢曹子建驾鹤西去 ……1395

第六十九回
兴汉室诸葛亮一伐曹魏失败
讨孙吴曹文烈兵败皖水石亭 ……1409

第七十回
右将军二伐曹魏攻打陈仓无果
诸葛亮三伐曹魏大胜官复原职 ……1438

第七十一回
水到渠成孙仲谋称帝武昌城三国鼎立
再出祁山诸葛亮四伐曹魏国缺粮退兵 ……1454

第七十二回
诸葛亮五伐曹魏国病逝五丈原
司马懿征讨公孙渊平息辽东郡 ……1471

第七十三回
曹叡驾崩曹芳继位曹爽司马共辅佐
孙吴分兵多路讨伐曹魏国无果而退 ……1492

第七十四回
蒋琬执政无战事边境安宁
曹爽兴势山兵败狼狈而归 ……1504

第七十五回
曹昭伯祭高平陵后院失火被诛
司马懿老骥伏枥病笃不治而故 ……1523

第七十六回
同室操戈孙仲谋忧郁而亡
蜀损贤能姜伯约任大将军 ……1538

第七十七回
废立皇帝司马师顺利得手
毌丘俭文钦伐司马师失败 ……1557

第七十八回
兵败新城诸葛恪遭谋杀
起内讧孙子通废立皇帝 ……1570

第七十九回
姜伯约沓中种麦避祸
司马昭弑立曹魏皇帝 ……1588

第八十回
孙吴国兴建浦里塘犹画饼充饥
曹魏国消灭蜀汉国若风卷残云 ……1612

第八十一回
邓钟姜心怀异志同归于尽
刘阿斗乐不思蜀得以善终 ……1632

第八十二回
胡乱弹琴　孙子烈度过后期时光
万事俱备　司马炎代魏称帝立晋 ……1647

第八十三回
孙元宗荒淫残暴朝野怨恨
羊祜谋亏一篑兵败西陵城 ……1663

第八十四回
排西北边患司马安世不遗余力
除内阻司马炎毅然举兵统江山 ……1678

第三十三回

薨陶谦刘玄德坐领徐州
访张纮孙伯符遂有江东

却说吕布引军经咸城和城阳到达乘氏后，神情甚为沮丧。因为他事先以为曹操率领所部大队官军远征徐州，兖州不仅空虚，且又有大多郡县官吏响应他反对曹操，机会之好，令人叫绝。因此，占有兖州自然无虞，只是时间早晚而已。谁料正如前面所述，结果事与愿违，即因他失策没去切断曹操从徐州回军兖州的必经之路——亢父与泰山间的咽喉要道，致使曹操所部大队官军得以迅疾返回救应兖州。时吕布虽然濮阳初战告捷，却未给曹操所部大队官军以重创。因此，双方在此后的交战中互有胜负，雄雌难决，最终因各自粮草不济而引军自退。这样一来，不仅使吕布领兖州牧的美事未能实现，连濮阳这座军事重镇也未占住。无奈，只得带领高顺、张辽、侯谐、郝萌、魏续、成廉、李邹、宋宪、高雅、曹性、赵庶、魏越、薛兰、李封、秦宜禄、许汜和王楷及其所剩无几的官军来到小小的乘氏暂且安身。而叫吕布更为沮丧的是，原先叛离曹操、响应他的那些兖州郡县官吏，见曹操迅疾回军兖州站住了脚跟，且还大有战胜吕布的趋势，遂便见风使舵，转而归顺了曹操。这些现象本是为官之道，以往他也是这么行事的，现在他遇上了，却怎么也想不通。但除了无可奈何、叫苦不迭外，只得听之任之，走一步看一步。而叫吕布不可思议的是，那些变脸的官吏认为，要使曹操相信他们前时叛离他而响应吕布、张邈、张超、陈宫、许汜和王楷是被迫或无奈的，就得尽快以实际行动擒杀吕布、张邈、张超、陈宫、许汜和王楷，以还清白。这种反过来是云、覆过去是雨的人，不仅兖州和其他地方有，就是乘氏县也大有人在，如邑人李进便是。

李进原为乘氏县县丞，后因傲视他人而辞职赋闲在家，并养有门客上百，部曲数千，势力之大，不仅远近没人能及，就连当地郡县官吏也让他三分。与其他兖州郡县官吏一样，李进这次也响应了吕布、张邈、张超、陈宫、许汜和王楷反对曹操，其缘由既是因曹操滥杀徐州无辜，也是为顺应潮流博得个高官厚禄，以便光耀祖宗，名垂青史。谁料他高看了吕布、张邈、张超、陈宫、许汜和王楷，低估了曹操、荀彧和陈昱，遂使打算落了空。为求得将来在曹操辖区乘氏县能更好地生存和发展，于是便在一日午夜召集门客前来其宅邸商议如何应对当前和未来形势。待所召者到齐礼毕方坐定，李进即道："吕布与曹操在濮阳城激战百余日，双方损失惨重，高下难分，并终因粮尽而退。即使着眼未来，谁胜谁负，鹿死谁手，也难预料。对此，不知大家有何明见，不妨速速道来。"

方言毕，邓智即道："吕布这次用兵，只据濮阳一城而不去抢占亢父与泰山间的险道阻断曹操归路，足见其谋略之不足。因此，他顶多不过是一介猛勇有余的武夫而已，早晚必败于足智多谋且又有袁绍支持的曹操之手。"

李进闻言，遂若有所思道："邓先生虽言之有理，然吕布盟友张邈才智超人，有他相助，恐曹操也终难获胜。"

"你只知其一而不知其二。须知，张邈其人性本豪放，经常赈穷救急，不惜家财，故一时名重四海，士多归之。而吕布秉性残忍，见利忘义，且又反复无常，腹无谋略，并因此落得个声名狼藉、人人喊打的下场。据此，他俩实乃风马牛不相及的两类人。眼下他俩密切勾结，只不过是各取一时所需，互相利用罢了，并非情投意合，心心相印。因此，不必多虑！"

"须知，陈宫可是有勇有谋，又对吕布忠贞不贰，若他俩合谋，亦不可小视！"

邓智闻李进言后大笑道："陈宫虽多谋善断，乃一上士。吕布独断专行，不纳忠言，纵使他有千条妙计，终无济于事！"

第三十三回　薨陶谦刘玄德坐领徐州　访张纮孙伯符遂有江东

李进闻言，正待发言表示赞同，忽见一探子飞一般跑到他面前，不及向他拱手施礼便气喘吁吁报道："报主上，吕布部下正在城内外打家劫舍，杀人放火，无恶不……"

不待报毕，邓智即高声道："吕布部下不仁，正是我们立功受奖之良机呢！"

在场者闻言，以为邓智在说疯话。李进还不解地问邓智道："此话怎讲？"

"以整顿治安为名，举兵讨伐吕布，拥护曹操！"

李进对邓智方才所言，深以为然，并立刻密令属下所有部曲，待时奇袭吕布，拥护曹操。

再说吕布这几日仍然神情沮丧，双眉紧锁，无所事事。无奈，他只得效仿殷纣王当年故事，在左右将校建议下，令所部官军在城北济水南岸摆下歌台，搂着随他从长安来的美妻在那如痴如醉地欣赏演奏的《国风·周南·关雎》以解愁时，忽见乘氏城里浓烟滚滚，火光冲天，随后便鼓角声震耳，喊杀声动地。对此，吕布料知不妙，遂不禁心惊肉跳，举止失措。片刻回过神正欲叫人前往打探究竟，却见高顺、张辽、侯谐、郝萌、魏续、成廉、李邹、宋宪、高雅、曹性、赵庶、魏越、薛兰、李封、秦宜禄、许汜和王楷及其所率残兵败将，正慌慌张张地朝他这边奔了过来。吕布见了，遂忙推开怀里的美妻，大步上前拦住高顺问道："何故这般模样呢？"

"突遭贼寇袭击。"

"哪路贼寇？头领是谁？"

"据闻乃邑人李进所率其部曲。"

吕布闻高顺答，遂不禁非常气愤道："无名鼠辈，竟敢在太岁头上动土，岂不是笑话吗？"

言毕，即翻身上马，挥舞着方天画戟，欲率军杀回城去。张辽见此，忙拍马上前劝道："这次我军被袭，若仅为李进那厮所为，倒也不足为惧。倘若他与曹操那厮有所交通，狼狈为奸，就不可冒然行事了。"

吕布闻得曹操二字，心头不禁一怵，认为张辽方才所言有理，遂道："在未探明李进这厮作乱缘由之前,我军还是先离开此地,东向山阳郡昌邑撤退为好。"

高顺、张辽闻言,皆表赞成。于是吕布立刻率领高顺、张辽、侯谐、郝萌、魏续、成廉、李邹、宋宪、高雅、曹性、赵庶、魏越、薛兰、李封、秦宜禄、许汜和王楷及其所率残兵败将,匆匆奔往山阳郡昌邑去了不提。

却说在郯城的陶谦得报曹操突然退兵徐州真相后,犹若打了大胜仗一样,高兴得像个孩童,手舞足蹈,不能自已,并立刻设宴三日,与全军将士同庆。高兴了不几日,转而又对曹操所部官军在徐州的破坏行径切齿痛心,愤慨不已。时陶谦已年六十有二,就是平安无事,也难保其心神无虞,因而现在哪经得起因曹操对其用兵而引起的惊吓呢?再加之当时北风呼啸,雪花飞舞,天寒地冻,身体不适,不久便精神恍惚,语言低沉,茶饭不思,卧床不起。他自知黄泉路近,命在旦夕,为备后事,于是便密召糜竺到床前商议道:"老夫本应在曹贼退兵后号召全州吏民化悲痛为力量,重振家园,恢复生产,然后再整军备武,痛击曹贼,报仇雪恨。怎奈老夫年迈体弱,不久将殁于人……"

不待言毕,糜竺即打断其话语道:"主公身体健壮,寿比南山,眼下小疾,不出几日便可康复,何必挂齿呢!再者徐州士庶老幼遭曹贼践踏正陷不拔之境,岂能没有主公呢!"

待其言毕,陶谦即唉声叹气道:"先生虽言之有理,但老夫确已病入膏肓,即使扁鹊再生,也无可奈何啊!老夫叫你前来,意在商议在老夫百年后,谁最适合承袭徐州牧职?"

糜竺闻言,先是叹息,然后方若有所思道:"依我华夏惯例,在下以为大公子陶商最合适。"

方言毕,陶谦即不假思索摇头摆手道:"他有德无才,值此天下大乱之际,不足以胜任徐州牧大任!"

糜竺闻言,遂沉思片刻问道:"二公子陶应如何?"

陶谦闻问,随即非常气愤道:"他从小受母放纵溺爱,遂至狂妄自大,颐

第三十三回　薨陶谦刘玄德坐领徐州　访张纮孙伯符遂有江东

指气使，故不可用！"

糜竺闻言，方知陶谦为徐州百年大计而不存私心，不禁非常感动，遂称赞道："主公一生至公无私，乃真君子啊！故在下斗胆直言，曹豹和曹宏二将军虽然一直忠于主公，无有二心，且又勇猛善战，但不懂政务，自然不能担当州牧重任。但不知典农校尉下邳陈登若何？"

陶谦闻言，遂沉思片刻道："元龙虽早年便举孝廉，除东阳县长，任典农校尉，且又治理有方，政绩显著。但其威望还不足以震慑一州。"

糜竺见陶谦否定了上述那些人，一时再也提不出别的人选，因而难为情地道："在下实在想不出谁最合适了。"

陶谦闻言，沉思良久方道："依老夫之见，非刘备刘玄德不能安徐州。"

"在下也想过此人，只因他非主公故属而未提及。"

陶谦喝了口茶，润了润嗓子不以为然道："刘备虽非老夫故属，但他率领官军冒险救援孔北海和后来舍友助老夫的豪侠尚义之举，实叫人终身难忘。还有更重要的是，他乃大汉宗室，品行端正，忠效国家，广交贤达，政绩突出，智谋超群，武艺出众，战功显赫。因此，有他，足可治好徐州。"

糜竺闻言，遂赞同道："主公所言极是。在下立刻亲往传刘备前来领命。"

陶谦闻言，随即微笑着点头表示赞同。糜竺于是立刻起身拱手向陶谦施礼告辞，出门回府准备前往下邳拜见刘备事宜去了。谁料糜竺前脚方走，后脚便闻报陶谦已咽气身亡。糜竺无奈，只得暂停前往下邳拜见刘备，待办完陶谦丧事再前往不迟。

陶谦死讯传出后，徐州境内士庶无不如丧考妣，悲痛欲绝，关门闭户，纷纷祭祀，就连当年因轻视陶谦而不愿入仕而被陶谦拘执过的硕儒贤达张昭也为之作哀辞曰：

猗欤使君，君侯将军。膺秉懿德，允武允文。体足刚直，守以温仁。令舒及卢，遗爱于民；牧幽暨徐，甘棠是均。憬憬夷貊，赖侯以清；蠢蠢妖寇，匪侯不宁。唯帝念绩，爵命以章，既牧且侯，启土溧阳。遂升上将，受号安东，将平世难，社稷是崇。降年不永，奄忽殂薨，丧覆失恃，民知困穷。曾不旬日，五郡溃崩。哀我人斯，将谁仰凭？追思靡及，仰叫皇穹。呜呼哀哉！

哀辞称赞与思念之情，读来不禁令人心扉震动，泪水湿襟，日不能食，夜不能寝。

上述可见陶谦深受人们爱戴之一斑。

待陶谦丧事办毕的当日上午，糜竺便领了陈登、曹豹、曹宏、吕由和糜芳等一干徐州文武及特意从青州赶来哀悼陶谦的北海相孔融，匆匆赶往下邳，迎接刘备到郯城出任徐州牧职。

因形势紧迫，陶谦生前要求从简从快办理丧事，故刘备并不知晓陶谦亡故。待糜竺、陈登、曹豹、曹宏、吕由、糜芳和孔融于当日午夜赶到下邳城时，刘备在县府官邸床上睡得正香。当他从北城门守卫小校那里得报糜竺等人在城北门外言有要事拜见他，他还以为是陶谦要他领兵前往救援徐州，于是忙翻身起床，边戴冠披甲蹬靴边传人叫醒关羽、张飞和简雍，一同出北城门相迎和准备出兵。待他们被迎进城内议事厅方坐定礼毕，糜竺便将来意向刘备道了一番。刘备闻之，先是吃惊不小，随后心中又大喜不已。因他深深懂得，倘若领了徐州牧职，实际便有了徐州一地，而不像前时所领的豫州刺史，虽是御批的，但因郭贡那厮把着不让，至今还未上任。因此，现在不出来领徐州牧，还待何时？因此欲传令摆宴庆祝。时关羽、张飞和简雍自然也大喜不禁，并一齐上前向刘备拱手施礼表示恭贺。但时之刘备却想到：在这金戈铁马、群雄纷争的年月里，兵不血刃便领了徐州牧职，远离这里的益州刘璋、荆州刘表和长安李傕、郭汜等人倒也鞭长莫及，奈何不得我。近邻公孙瓒即使嫉恨，不过他终究是我的同窗好友，且我还为他冲锋陷阵，屡立战功。因此，他岂会为难我呢！最叫人担忧的莫过于雄踞冀州的袁绍和正为争夺兖州与吕布杀得不可开交的曹操了。因为袁绍用了九牛二虎之力才从韩馥手中夺得了冀州，至今还未得到朝廷认可，又岂会容忍我白白得了徐州呢？

第三十三回　薨陶谦刘玄德坐领徐州　访张纮孙伯符遂有江东

而曹操为得到徐州，不惜血本，两度用兵，到头来不仅未如愿以偿，反还差点丢了他的兖州，且还被天下人指责为滥杀徐州无辜的刽子手。名利俱失，能叫他不怒发冲冠、肝肠断裂和心甘情愿让我领徐州牧吗？再说了，倘若没吕布、张邈、张超、陈宫、许汜和王楷在后方兖州举兵反对他，他肯定不会从徐州撤兵，而是要占领徐州，擒杀陶谦，方才罢休。我刘备助陶反曹也是责在难卸，终无太平，哪还轮得上坐领徐州牧职呢？待他与吕布的战争告一段落，他能不举兵来争夺徐州吗？即使他无暇顾及徐州，可他领兵征战多年，胜多负少，军功显赫，至今也不过是兖州刺史而已，且还如袁绍的冀州牧一样，未得到朝廷认可。而我将要得到的徐州牧官阶不但在他兖州刺史之上，没准朝廷到时还会下诏公之于天下。一贯逞强好胜的曹操能甘心吗？其次，吕布也是个惹祸的主，加之眼下若丧家之犬，无立锥之地，能不窥伺徐州吗？总之，即使我有朝廷认可的徐州牧职，也不得太平安宁。刘备思想到此，不禁双眉紧锁，犹豫不决起来，并对糜竺道："我到此不久，陶将军便表我为豫州刺史，临终前又推举我为徐州牧，足见很看重我啊！对此，我表示由衷的感谢。但我才识浅薄，恐难胜任如此大任。陶将军麾下文武俊杰甚多，依我之见，不若……"

不待言毕，糜竺即道："推举你为徐州牧，非我主公一人之意，乃所有徐州士庶之愿呢！"

方言毕，不待刘备发言，陈登即起身上前道："今汉室陵迟，海内倾覆，建功立业，在于今日。鄙州殷富，户口百万，欲屈使君抚临州事呢！"

刘备闻傲视一切的陈登出言如此诚恳，自然非常感动，并欲应允，但沉思片刻后却道："袁公路近在寿春，此君四世三公，海内所归，君可以州与之啊。"

在场者闻言，皆默而不语。陈登见此，遂又道："公路骄豪，非治乱之主。今欲为使君合步骑十万，上可以匡主济民，成五霸之业，下可以割地守境，书功于竹帛。若使君不见听许，我亦未敢听使君也。"

方言毕，孔融也起身上前道："袁公路岂是忧国忘家者呢？冢中枯骨，何足介意？今日之事，百姓与能，天与不取，悔不可追啊！"

随后，曹豹、曹宏、吕由和糜芳皆争先恐后起身上前力劝刘备应在徐州危难之际，服从大局，担当重任，以安抚徐州宦士父老。刘备见此，料想再行推托无益，于是只得从糜竺手中接过徐州印玺。在场者见此，皆大喜不禁，并忙一齐跪伏于刘备身前拜认。

其实，刘备对领徐州牧职的顾虑，陈登早就料到了。为解除其顾虑，能在徐州站住脚跟，唯有得到在关东势力最强的袁绍的支持才有可能。陈登于是在刘备方上任时，便亲自撰书予袁绍，并遣特使持书快马加鞭前往邺城交与袁绍。时袁绍方才知陶谦亡故和刘备被举为徐州牧之事，岂会知晓陈登来书何意呢？因此，方从特使手中接过便认真地看了起来。书云：

天降灾沴，祸臻鄙州，州将殂殒，生民无主，恐惧奸雄，一旦承隙，以贻盟主日昃之忧，辄共奉故平原相，现豫州刺史刘备府君以为宗主，永使百姓知有依归。方今寇难纵横，不遑释甲，谨遣下吏奔告于执事。

时袁绍方看毕，便高兴道："刘玄德弘雅有信义，今徐州乐戴之，诚副所望啊！"

随后，特使连夜快马加鞭赶回郯城，将袁绍所言先后分别转告给了陈登和刘备。他俩闻之，自然大喜不禁，并设宴三日，以示庆贺刘备荣领徐州牧。

须知，袁绍极力支持刘备领徐州牧职，难道刘备当初的担心与顾虑是多余的吗？非也！事实上袁绍方闻刘备领徐州牧职消息时，正如刘备事前所担心与顾虑的那样，非常生气。后在左右谋士的劝导下，方才明白：倘若刘备不领徐州牧职，公孙瓒和袁术必会乘虚而入。若让这两位宿敌占去徐州，还不若让虽已背离了他，但原是他盟友的刘备据有徐州的好。

另外，袁绍还想到：徐州士庶老幼皆欢迎刘备，即使我袁绍反对也是徒劳。而这次陈登名曰撰书予我袁绍通告刘备领徐州牧职，实则是求得我袁绍的首肯与认可，且在书中称我袁绍为那早已不担任的关东讨董盟军盟主和

第三十三回　薨陶谦刘玄德坐领徐州　访张纮孙伯符遂有江东

执事,这实际是现在仍承认我袁绍为眼下关东诸侯领袖。同时,也表明他陈登看得起我袁绍。须知,陈登可是天下名望甚高者啊!我袁绍岂能不买他的账?何不顺水推舟,做个人情,多交朋友呢?思想到此,于是便由原来反对转而支持刘备担任徐州牧职。而曹操呢?在得知刘备领徐州牧职后,也正与刘备事先思想到的毫无二致,并还破口大骂刘备不损丝毫,却坐收渔利。当他闻报上司袁绍都赞同刘备领徐州牧职,虽不明白就里,但也无可奈何,最后只好随了袁绍之意作罢。而刘备对吕布的顾虑也无多大依据,时吕布被李进杀得晕头转向,不知所措,哪有能力染指徐州呢?因此,刘备便四平八稳担任了徐州牧职,并将徐州治理得如同陶谦在世时一般,繁华非常。为防不测,不久又将徐州治所由郯城迁到下邳。

此时值兴平元年十二月初。

须知,刘备能治理好徐州吗?回答是肯定的。何也?原来自从刘备到青州平原国担任国相以来,经过一番努力,竟把平原国治理得井然有序,井井有条。为干一番大事,又招兵买马,增强实力,扩充地盘。赵云走后,他仍与关羽、张飞和简雍一起,外御来犯,内丰财施,救济贫困。他本人也并未因身为秩二千石的高官而飞扬跋扈,目空一切,而是一如既往,与士庶同席而坐,同簋而食,无所简择。因而时之贤良名流皆争相归之,连受人指使谋刺他的刺客知其美德后,也深受感动。结果不但不忍心行刺,反还把行刺缘由告知了他,可见刘备时之威望之高。前面说过,就连文武兼备、名重天下但轻傲天下的时之广陵太守陈登,也曾对他推崇备至,并赞扬他雄姿杰出,有王霸之略。因此,陶谦临终前推举刘备出任徐州牧,真可谓是伯乐相马,慧眼识珠。

刘备领徐州牧职一事在关东诸侯中虽没掀起什么轩然大波,但前时被曹操赶到扬州寿春的袁术却与扬州刺史刘繇杀得死去活来,不可开交,并最终战胜了刘繇。须知,当初袁术退到扬州寿春时本已一蹶不振,无力他顾,眼下何来实力与刘繇交锋,且还取得了胜利?难道他有什么惊世奇招?非也!原来与刘繇交锋的并非袁术本人,而是其部将,折冲校尉、行沴寇将军孙策。

　　孙策乃孙坚长子,字伯符,当年孙坚随朱儁西讨羌胡时,他随母同居寿春,时方十岁。待长成,不仅身材高大,面目英俊,秉性也与孙坚颇为相似,即喜好交结豪杰,结果声誉随之播发,远近知名者皆争相归之。时庐江舒县周瑜与孙策同岁,亦英达早成,闻名州县。后闻孙策声誉,特从故乡赶来造访。经交谈,二人皆有相见恨晚之感。于是便推结分好,义同断金。为朝夕可见,周瑜于是劝孙策移居舒县,孙策当即从之。迁来后,周瑜遂将自家路南大宅让与孙策全家居住,并主动登堂拜见孙母,真所谓关照备至。于是二人关系更密,并亲善远近士大夫。于是江淮间名流俊杰一时皆争相归其门下,并乐为其死。孙坚襄阳战死还葬曲阿后,孙策遂同其母北向渡江移居徐州广陵郡江都县,时年正值十八岁。

　　一日早饭后,孙策独自在自家院外闲遛,忽听得附近有朗朗讲演声。于是忙循声寻去,见瓜棚下聚集了无数达官贵人、文人墨客和农夫乞丐,在聚精会神听一身材修长、道貌凛然的中年男子讲演。对此,孙策不禁非常好奇,于是便轻步上前欲听个究竟。然不听不知道,听了便叫他不禁五体投地,顶礼膜拜。何也?原来汉子在讲百家经史与治国方略时,不仅口若悬河,且还引经据典,比喻恰当;讲到高兴时,则眉飞色舞,喜不自禁;讲到伤心时,则如丧考妣,泣不成声。就是三寸不烂之舌的苏秦再世,也自愧不如。讲到战略时,犹若运筹帷幄的谋士,料敌如神,叫过世的孙武也望尘莫及;讲到战术时,犹若战场厮杀的将士,拳舞脚踢,叫在世的吕布见了也相形见绌。因此,孙策一连听了三日,都不过瘾。但叫他恼火的是,讲者与听者皆目不斜视,竟使他这闻名遐迩之辈犹若不存在似的。对此,要是依了孙策往日脾气,早就挥舞拳脚,论个是非。可眼下他深知自己是新来乍到,人地生疏,还是不惹事的好。于是耐着性子又去听了两日,就没再去。

　　一日下午,孙策闲来无事,便偕同吕范和孙何骑马上山打猎。直到夕阳西下,夜幕降临,仍一无所获。正待扫兴而归,却见一只高大健壮的梅花鹿从前方一丛林中奔了出来。对这突如其来的猎物,他们自然又惊又喜,不肯

第三十三回　觅陶谦刘玄德坐领徐州　访张纮孙伯符遂有江东

放过，孙策、吕范和孙何不约而同地催马向梅花鹿追了过去，意欲捕只活的回去圈养。孙策那马最为雄壮有力，片刻工夫，便将吕范和孙何远远甩在了后面。然梅花鹿的奔速并不亚于孙策那马，结果孙策老是眼睁睁地望着梅花鹿在前面奔跑，就是抓不着。一气之下，便取下腰间强弓，拉弓搭箭，欲将它射死解恨。正在满弓待放之际，忽听得阵阵琴声从前方不远处顺风飘来。曲调之悲伤，足使陌生路人噫嘻流涕，肝肠断裂。对此，他不禁惊呼道："在这荒山野岭何来催人泪下的琴声呢？"

随后，即收弓下箭，不再理会梅花鹿，只顾拍马飞一般向琴声响处奔去，意欲探个究竟。不久，便发现琴声是从山脚下一新墓旁的茅舍里飘出来的，于是断定有人在此服丧。同时，以为能弹出如此清气含芳、悲伤动人之琴声的服丧者，不是高人，便是俊杰。须知，孙策原本不懂音律，何以知晓眼下这琴声出自非凡人之手呢？原来他自从与精通音律的周瑜结识后，受其影响与熏陶，遂能分辨出音律的高下优劣。因此，对眼下这位服丧者产生了浓厚的兴趣和无限的崇敬，并忙翻身下马，先大步走到墓前俯身祭拜了一番，随后才举目端详正面碑文。碑文曰"张夫人之墓"，其敬立者甚多，当他看到张纮二字时，竟惊得差点叫出声来。

须知，孙策何以会如此惊讶呢？原来他早便闻知张纮年少时便游历京都，入读太学攻读《易》《尚书》《孙子兵法》《六韬》和《三略》。于是名满京都，誉播华夏。后又攻读《韩诗》《礼记》和《左氏春秋》。回乡后，举茂才，大将军何进、太尉朱隽和司空荀爽三府曾先后辟他为掾，皆因中原战乱而称疾不就。此后，他忙时劳作，闲时授课，仍人在山泽心在汉，无时不关注天下时局之变化，朝廷官宦之沉浮。时孙策断定墓主应是张纮之母，茅舍里的守墓者应是张纮无疑，方才那琴声亦出自其手。时孙策还思想到：自己虽早欲有所作为，以便了断国难家仇，但却不知从何做起。张纮既是满腹经纶的鸿儒，闻名遐迩的贤达，今若能尊从尊圣者王、贵贤者霸的古训，邀他出山，咨以世务，建功立业有何难呢！思想至此，又俯身祭拜了一番新墓，方才起身向茅舍走去，意欲趁此拜访张纮。来到茅舍前敲了几下柴门，便听得里面一童子高声问道:"谁呀?"

"富春孙策。"

随后良久,柴门方才"吱呀"一声开了。见一童子站在门口问道:"方才敲门的可是壮士?"

"正是。"

随后童子便严肃道:"我家主人有言在先,服丧期间不会客!"

孙策闻言,先是一怵,随后即和颜悦色地对童子道:"你家先生之母,便是我之母。先生失母之悲,乃我之悲。而先生服丧,我亦有服丧义务。若先生执意不受我之诚意,我改日再登门拜访不迟。若何?"

方言毕,便听得舍内有人声如洪钟般道:"既是孙郎,我愿破例一会!"

孙策闻言大喜,遂忙低首步入门内拜伏于那人身前道:"晚辈来迟,还望高贤谅解!"

随后,那人忙扶起孙策道:"我乃山野无名之辈,孙郎何故行此大礼呢?"

时舍内还未上灯,孙策自然看不清那人身貌。前面说过,孙策早已断定此人必是张纮无疑。于是直言道:"高贤有百家经纶之腹,安邦定国之策,运筹帷幄之智,志洁行芳之名,此早已妇孺皆……"

不待言毕,童子即转身入内,点燃松明。舍内立刻便灯火闪烁,四壁通明。当孙策借着火光方看清眼前这披麻戴孝的中年男子时,竟惊得目瞪口呆,半晌无语。时中年男子却若无其事道:"我乃广陵张纮,咱俩早已见过,难道孙郎忘了么?"

孙策闻言,遂不好意思道:"确实见过,但晚辈有眼不识泰山,失敬,失敬!"

孙策与张纮在何处相互见过呢?原来前时孙策在瓜棚下所见的那位讲演者便是张纮,只是双方早已互闻其名而互不识其人罢了。

张纮见孙策言行谦逊,尊敬贤达,不禁大喜,于是便叫孙策坐下与他共饮香茗。正在这时,舍外不远处忽然响起了几声鹿鸣。张纮于是对童子道:"爱骑归来了,快快让它进来。"

第三十三回　蒉陶谦刘玄德坐领徐州　访张纮孙伯符遂有江东

童子闻言，忙起身出门，片刻间领进一头高大健壮的梅花鹿。孙策见了，不禁非常尴尬。张纮见此，遂惊异道："孙郎何故如……"

不待言毕，孙策便难为情地将他前来此处的经过，特别是欲射鹿的经过向张纮道了一遍。张纮听后，随即毫不介意道："纯属误会，不足挂齿。但不知孙郎今日不辞辛劳光临敝舍有何贵干？"

孙策本欲寻机向张纮说明来意，谁料张纮却先一步发问。于是忙答道："向高贤咨询安身立命之道呢，还望不吝赐教。"

张纮闻答，遂笑问道："我在衰绖之中，不便多嘴多舌。孙郎乃官宦之后，家财万贯，吃穿不愁，且又志向远大，何故咨询安身立命之道呢？"

方才言毕，孙策即长叹一声道："高贤有所不知，自先父襄阳战殒以来，晚辈与老母全家大小长期颠沛流离，居无定所，食无保障。更叫人牵肠挂肚和梦寐不忘的是，方今汉祚中微，天下扰攘，英雄俊杰皆拥众营私，而无护危济乱者。先父与袁术共破董贼，功业未遂，卒为黄祖所害。晚辈本有微志，欲从袁术处求先父余兵，到舅父吴景辖地丹阳收合流散，占据吴会，报仇雪恨，然后自为朝廷外藩。高贤以为若何？"

须知，孙策方才这番言，其实是他与其亲族和父亲孙坚旧将朱治等人长期密商的结果，其意无非是从袁术手中讨回原孙坚所部官军，再靠时任丹阳太守的舅父吴景收合流散的兵勇，将其与原孙坚所部官军整编后开赴丹阳，与吴景所率官军会合，扩大军事实力。然后再寻机攻占吴、会二郡。待有了这块根据地，再行讨伐荆州刘表，消灭黄祖，为父报仇，并进而独立于朝廷和袁术。

时孙策满以为张纮会赞同他方才所言，谁料张纮却冷冷道："既素空劣，方居衰绖之中，故无以奉赞盛略。"

张纮方才所言并未使孙策心灰意冷，孙策反还急切道："君高名播越，远近怀归。今日事计，决之于君，何得不纡虑启告，副其高山之望？若微志得展，血仇得报，此乃君之勋力，策心所望呢！"

言未尽，早已涕泗横流，但脸色不变，意志坚决。张纮见此，认为他忠恳发自内心,且辞令慷慨,不禁甚为感动,于是满脸严肃,一字一句道:"昔周道陵迟,齐晋并兴,王室已宁,诸侯贡职。今君绍先侯之轨,有骁武之名,若投丹阳,收兵吴会,则荆、扬可一,仇敌可报。据长江,奋威德,诛除群秽,匡辅汉室,功业侔于桓、文,岂徒外藩而已呢?方今世乱多难,若功成事立,当与同好俱南济。"

由此不难看出,张纮方才所言,不仅不赞同孙策本意,还希望和鼓励他消灭袁术与刘表,全部占有荆、扬二州后,再消灭异己,辅汉称霸。孙策对张纮这个改变他原意的高论深表赞同,遂对其信赖有加,并深情道:"与高贤同符合契,同有永固之分,今便执行,以老母弱弟委付于高贤,我孙策再无可忧了。待高贤服丧期满,再来助我一臂之力,若何?"

张纮非常赞同孙策方才所言,于是孙策高兴地起身拱手施礼拜别张纮,连夜赶回孙府。

再说吕范与孙何在山上与孙策走散后,以为他早已寻着近道回到孙府,于是便匆匆赶了回去。谁料回府一问,方知孙策并没回来。正在他俩与孙策家人万分焦急和方出门欲回山寻找之际,却见孙策骑着快马,举着火炬,兴高采烈地正朝他俩奔来。他俩见此,大喜,并不约而同上前将其迎进孙府。家人特别是孙母见孙策回来,竟高兴得不知所以。

却说孙策与张纮那日商定的策略还未实施,徐州牧陶谦便探得了风声,并对孙策产生了无限嫉恨。为防不测,孙策闻报后立刻携母离开陶谦辖区江都县,南向渡江到吴郡曲阿县定居,以便就近依附吴景。到那不久,便与随行的朱治、吕范和孙何等文武在丹阳募得丹阳籍官军数百。

这些丹阳籍官军对于要干一番大事的孙策来说,犹若碗粥杯水,不解饥渴。于是孙策便于兴平元年初亲往寿春袁术处,试图讨回原孙坚所部官军。须知,孙坚战殁襄阳后原孙坚所部官军本由其兄孙贲率领,按理,孙策现在应向孙贲而非向袁术讨要才是。何也?原来孙坚战死时,孙策年方十七岁,还无理政统兵能力。因此,袁术便让孙贲暂时承袭孙坚豫州刺史一职,和暂时统领原孙坚所部官军,待孙策长成后再接替孙贲豫州刺史一职和统领原孙

第三十三回　毙陶谦刘玄德坐领徐州　访张纮孙伯符遂有江东

坚所部官军。吴景任丹阳太守后，孙贲遂依孙策等人之意，欲辞去他这个自孙坚死后实际上由郭贡擅自顶任了豫州刺史之职而降任的丹阳都尉，以便与侄舅吴景联合，扩大实力。对孙贲这个动机，袁术如洞若观火，是再清楚不过了。经与左右商议，袁术答应了孙贲要求。为了使其现职与原职扯平，还特意加他为行征虏将军。为防孙贲将来尾大不掉，难以掌控，便要求他必须暂时交出所统领的原孙坚所部官军，但主权仍归孙氏所有。为长远计，孙贲便违心地同意了袁术这一要求。因此，现在孙策只能向袁术讨要原孙坚所部官军，而非向孙贲讨要。

孙策为如愿以偿讨要回原孙坚所部官军，到寿春后，便对袁术不仅礼貌有加，还涕泗满面道："亡父昔从长沙入讨董贼，与明使君会于南阳，同盟结好，不幸遇难，勋业不终。晚辈感惟先人旧恩，欲自凭结，愿明使君垂察其诚。"

袁术见孙策不仅英武雄姿，言谈举止也不亚于其父，且年纪轻轻，智谋过人，不禁感到甚为惊异，爱慕之情亦油然而生。但又恐他一旦有了兵马，便如虎添翼，难以掌控。因此，便未同意孙策讨兵要求。为不使矛盾激化，袁术还对孙策建议道："我始用贵舅为丹阳太守，贤从伯阳为都尉，彼精兵之地，可还依招募。"

孙策闻言，料知袁术无还兵之意。无奈，只得忍气吞声辞了袁术，离开寿春，前往丹阳孙贲处又募得丹阳籍官军数百。时这些官军还未来得及训练，便被流动而来的泾县黄巾军大帅所部所袭，结果所剩无几，损失惨重。孙策无奈，于是再次前往寿春，向袁术讨要原孙坚所部官军。但这次他没费多少口舌，便如愿以偿，顺利讨回了以程普为首的万余原孙坚所部官军。

看官你道时之袁术有了慈悲心肠吗？非也！原来此时袁术驻屯寿春所部官军正缺粮挨饿。对此，他便遣孙策前往求庐江太守陆康给予救济。陆康却以袁术叛逆朝廷为由，闭门拒见孙策，并传令部下内修战备，以御袁术所部官军来犯。袁术闻之大怒，欲遣兵前往讨伐。怎奈自从他所部官军被曹操所部官军前时赶到这里以来，元气一直未得恢复，因而哪能与陆康所部官军交锋呢？正在左右为难之际，恰巧孙策又来讨要原孙坚所部官军。时袁术认为：与其握着这支不好节制的原孙坚所部官军，不若做个顺水人情，将原孙坚所部官军归还给孙坚的合法继承人孙策，以便让他领军去替自己攻打眼下仇敌陆康。同时，也可博得个关爱孙氏孤儿寡母的美名，此何乐而不为呢？孙策对袁术这般良苦用心也是心领神会，不言自明。同时，孙策认为自己有了这支原孙坚所部官军，不仅能替袁术攻城略地，也是自己建立根据地、大展宏图的根本力量。因此，尽管他俩各怀异志，但为了各得其所，终于一拍即合。在告别宴会上，袁术还对孙策信誓旦旦表示：永保友好！

孙策方从寿春袁术处领回原孙坚所部官军到达曲阿不久，便遇上太傅马日磾杖节安抚关东，在寿春以礼征召孙策，并宣布他为怀义校尉，秩比二千石。这时孙策不仅手握重兵，还有御封官职，其威名之高可想而知。因此，别说袁术大将桥蕤和张勋等人倾心敬重，就连袁术也常叹自己若有孙策这样的儿子，即使死了也心甘。同时，孙策治军也很严格。一次，他部下一骑兵因罪潜于袁术营寨马棚。他闻报后，便立刻遣人前往斩之。事后才亲往拜见袁术，向其赔未报先斩之罪。时袁术不但不怪罪孙策，反还极力赞扬他一番。自此，部下愈加敬畏孙策。

此后不久，袁术遂以孙策治军成绩显著为由，许其为九江太守。谁料还未走马上任，袁术又改派丹阳人陈纪前往任之。袁术此举意在考察孙策在最风光的当口是否还能听任他摆布。待孙策悟出袁术用意，非常气愤，但考虑到自己眼下羽翼未丰，发作无利，于是只好暂时强行忍着，待有机会再反击不迟。后来袁术欲攻徐州，又欲从陆康处求米三万斛，以为军用。陆康仍以袁术为朝廷叛臣为由，坚决不给。对此，袁术自然气愤不已，并遣孙策领兵前往征讨。为鼓励孙策积极性，在孙策到达后，袁术便装作非常内疚的样子对孙策道："前次错用了部将陈纪那厮，每恨本意不遂。今将军若能一举歼灭陆康，则庐江太守非你莫属。"

孙策闻言，自然非常高兴。因为此行若旗开得胜，马到成功，他不仅有了庐江太守之职，还可解除对陆康之恨。时孙策挥军以九牛二虎之力足足攻

第三十三回　薨陶谦刘玄德坐领徐州　访张纮孙伯符遂有江东

打了两年，方才攻破庐江郡治所舒县，袁术却故技重演，即仍未兑现许孙策任庐江太守的诺言，而是复用其嫡系故吏刘勋前往上任。袁术这次失信，直气得孙策毛发倒竖，肝胆断裂，恨不得立刻率军赶到寿春，与袁术拼个你死我活。后经左右反复劝解，方才罢休。

须知，孙策生这么大的气是情有可原的，即为攻打庐江郡舒县，孙策挥军苦战了两年，结果却为袁术做了嫁衣裳。这自然引起部下对他不满和天下人耻笑。同时，也使孙策深深感到开创基业的艰辛和不易。那么袁术何以这次又失信于孙策呢？原来他心里一直就没信任过孙策。当初许诺孙策庐江太守一职的真实目的是：将庐江太守作为诱饵，骗取孙策卖力攻打陆康。若孙策败，则可借陆康之手削弱其军事实力；若孙策胜，仍可找借口改任他人，以防孙策有了兵马和官职后不好控制。

时袁术在扬州虽然颐指气使，专横跋扈，盛气凌人，但他当年的南阳太守不仅是在孙坚和刘表的帮助下获得的，就连眼下的扬州刺史也是当初兵败于曹操逃到扬州杀了在任的扬州刺史陈温夺来的。同时，还自称徐州伯。那么陈温死后朝廷有没有委派扬州刺史呢？当然委派了，而且是大名鼎鼎的东莱牟平刘繇。刘繇字正礼，为汉室宗室和宦儒之后，十九岁时其父被黄巾军所劫而被他救出，由是显名，随后便举孝廉，为郎中，除下邑县长。后受平原人陶丘洪推荐欲举茂才，并以为若重用他与刘岱刘公山，犹若驾双龙飞腾于无尽的天空，驭两马驰骋于广阔的原野。后避乱怀浦，朝廷闻之，遂诏书为扬州刺史。可见刘繇不同凡响，有所作为。但他却不敢到扬州治所寿春走马上任。因为刘繇到来之前，袁术早已驻兵于此。无奈，只好南向渡江，以曲阿为扬州治所。因他为朝廷命官，时之管控曲阿的吴景和孙贲自然对他持欢迎态度。否则，他连个安身之处都没有。后袁术为了扩充实力，便派兵攻占了扬州许多郡县。刘繇见袁术得寸进尺，贪得无厌，大怒，遂便遣部将樊能和于麋屯兵横江津、张英屯兵当利口拒之，就连吴景和孙贲这些袁术部属也遭到驱逐。孙策也被迫携母北向渡江前往历阳安身。时袁术闻之，大怒，遂便置其故吏惠衢为扬州刺史，吴景为督军中郎将，与孙贲合力攻打樊能、于麋和张英所控制的横江津与当利口。谁料他三人率军奋力攻打了几年仍无结果，且还死伤惨重。

前面说过，刘繇是朝廷命官，袁术的官衔是自许的，而且袁术还是董卓摄政时的叛臣，后来董卓虽然被诛，但现在正把持朝政的李傕与郭汜乃董卓故旧亲信，对他当年率领所部讨董盟军出走之举至今仍耿耿于怀。因此，在眼下刘繇与袁术间展开的这场你死我活的战争中，李傕与郭汜自然站在刘繇一边，并还迁刘繇为扬州牧，封振武将军，于是防守横江津与当利口的刘繇所部官军便达数万之多。由此，对本已力不从心，攻略无望的惠衢、吴景和孙贲所率官军来说，无异于雪上加霜，即使袁术亲率官军来援，也无济于事。对此，无计可施的袁术这时想到了前时在攻打庐江时敢打恶仗硬仗，且又最终取胜的孙策，但又担心因自己两次失信于他而不肯从命。正在左右为难之际，忽得报孙策欲从历阳前来寿春，请命攻打横江津和当利口，并已率军启程上路。对此，袁术事先并没料到。

须知，孙策本因袁术前时两次失信而对其早已心灰意冷，仇恨有加，何故现在又主动出来为他收拾攻打横江津和当利口之战的残局呢？难道是为挽回吴景和孙贲的颜面吗？非也！原来是如约方到孙策麾下当谋士的张纮以为：在眼下这场事关袁术与刘繇生死存亡的横江津和当利口之战的当口，且袁术又处下风，孙策必须出来助袁术一臂之力，扭转战局。这样不仅挽回了吴景和孙贲的颜面，还可彻底取得袁术的信任和支持，对日后发展是百益而无一害。同时，张纮还料到：在此危难之际，袁术之所以未主动派遣孙策率领原孙坚所部官军解难，完全是因过去失信于他而耻于启口，而绝非没想到。因此，孙策如果趁此主动出来请战，不仅可化解前恨，还可从他那里得到官职和人马。时孙策非常赞同张纮，于是才有了孙策率军赶往寿春向袁术主动请战之举。

几日后，孙策便从历阳来到寿春。袁术见到孙策时，自然感到非常惭愧和内疚，于是在欢迎宴会上当众授孙策为折冲校尉，行殄寇将军，还送他官军千余，粮草千车，战马百匹，宾客数百，以为道歉。袁术此举，果然没

第三十三回 薨陶谦刘玄德坐领徐州 访张纮孙伯符遂有江东

出张纮所料。因此，孙策对张纮的佩服自然有增无减。同时，孙策又向袁术提出了因有旧恩在江东，待攻下横江津和当利口后，再在故乡会稽郡富春江募兵三万，以助袁术匡济汉室的要求。时袁术怕孙策实力壮大后会反过来报他失信之仇，因此对募兵要求有所顾虑，但袁术又认为刘繇在曲阿、王朗在会稽，两地均在孙策故乡富春江附近，且他俩又重兵在握，岂会允许孙策在那里募兵呢？因此，孙策的要求只不过是空想而已。于是便打消了先前的顾虑，同意了孙策的募兵要求。对此，孙策自然心知肚明，并在心里不满，但在表面上却对袁术感激不尽，表示愿竭尽全力，为他击败刘繇和王朗等仇敌，平定江东。袁术见孙策如此忠勇慷慨，大喜，并反复祝愿他旗开得胜，马到成功。后孙策告辞袁术回历阳时，沿途又招募了不少愿投者。待到历阳时，加上讨回的原孙坚所部官军和从寿春袁术处新得的官军，兵力竟达一万五六千。孙策在历阳整训毕这支新旧混合的官军后，便将老母迁往阜陵，以防不测。随后即率军前往攻打横江津和当利口。

孙策率领所部官军赶到横江津和当利口后不久，便与左右文武游览营寨附近的采石矶。采石矶因出五彩石而得名，位于江水之中，凸水拔起，绝壁临空，水流湍急，地形险要，向为兵家必争之地。再者，那里风光绮丽，古迹众多，为江左名胜，有千古一秀之美誉，故被列为三矶之首（其他二矶为江水沿岸的燕子矶和城陵矶）。因此，古今来此题诗咏唱的文人墨客络绎不绝。孙策这些年因国事家事缠身，哪有心思出游名山大川呢。现在来到这难得一见的景区，自然流连忘返，乐不思归。后在左右文武的劝说下，方才不情愿地回营。

此日，孙策与右左又游览了附近的翠螺山。翠螺山三面被无名河环抱，山势险峻，因状若碧螺而得名。其上林木葱茏，亭阁隐现，钟声优雅，犹若仙境。孙策等人见此，皆赞口不绝，并于山顶望远亭摆宴欢饮至大醉方归。

随后一日，他们又游览了不远处的三元祠。三元祠为位于临水岩壁间的一天然石洞，水拍岩壁，浪花飞舞，甚为眩目。洞内分上下两层，洞内有洞，均通江水，环境特异。因主洞内供奉着天、地、水三元水府神位而又名三官洞。

孙策这些游览活动,皆被樊能、于麋和张英的探子探得一清二楚,并及时禀报给了他三人。他三人原以为孙策为孙坚之子,必有孙坚遗风,因而对他率军来战,不禁非常畏惧。现在闻探子所报,方知他只不过是一游手好闲、贪图享乐的公子哥儿,故不足畏惧。一日午夜时分,守卫横江津的樊能和于麋所率官军在岸上营寨里睡得正香,忽听得水寨附近锣鼓喧天,杀声震耳,犹若百万雄兵杀来一般。待惊醒后伸出身子朝外一望,只见水寨那边呼啸的寒风带着熊熊的烈火,将其战船烧毁殆尽。正在他们不知所措之际,只见一支大队官军正飞一般向他们冲杀过来。为首者高大英俊,银胄、银甲、银靴、白马、长枪,旗上大书一"孙"字。不用问,便知是孙策率军杀到。对此,他们不禁大惊,随即匆匆爬起,草草披挂,便随樊能和于麋迎杀了上去。须知,孙策在母亲的督促下,从小闻鸡练武,样样兵器精通,尤其手中那条长枪,舞动起来没人能敌。于麋不知孙策武艺底细,以为他是银样镴枪头,中看不中用。于是当即便拍马挥舞着一对寒光四射的宝剑,接住孙策杀将起来。战不十合,便被孙策刺中咽喉。于是不待喊叫,便坠马而亡。樊能见此,大惊,立马便拨马而逃。没逃多远,便被孙策拍马赶上,一枪刺中脑颅,于是脑浆飞溅,呜呼哀哉了。孙策连杀二将,遂精神大振,欲挥军向前杀去,却见迎面杀来一队官军,为首者为一青年将军,身高八尺,美须美髯,铁胄铁甲,手握一对短柄方天画戟,腿跨一匹高头黑马,甚为威风。孙策见此,爱慕之情油然而生,并忙勒马收枪高声道:"小将军报个姓名吧!"

青年将军闻之,大怒,边拍马舞戟边高声喊道:"太史慈便是,你是何人?还不快快报个姓名,以免成我戟下无名之鬼!"

孙策闻问,遂便笑答道:"孙策,认得么?"

"原来是孙大公子,早有耳闻。今天你得赢了我,否则,有辱你老父威名!"

"那就试试吧!"

孙策言毕,便拍马举枪直向太史慈刺去。太史慈见了,毫不慌张,并拍马舞戟上前相迎。于是二人你一枪刺去,我双戟架住;我双戟刺来,你一

第三十三回　蹇陶谦刘玄德坐领徐州　访张纮孙伯符遂有江东

枪挡开，直杀了百余回合，也分不出胜负。时两边将士见此，直惊得目瞪口呆，杀声鼓声顿失。正在这时，刘繇率了一支官军骑兵冲杀了过来。时孙策与太史慈本杀了个平手，现在太史慈一方来了援军，对孙策自然不利。因此，胜负高下，不言自明。对此，孙策毫不惊慌，并弃了太史慈向刘繇杀去。还未接近，忽见一支利箭向孙策咽喉飞来。孙策眼明手快，伸手将利箭接住折成两段抛于地上。看官你道那飞箭是谁放的呢？乃太史慈。因他怕刘繇不敌孙策，才出此招相助。现在孙策轻而易举地破了他这招，他才知晓孙策武艺非同一般，并不禁暗自佩服不已。正在这时，程普率了一队官军骑兵冲杀了过来，孙策见了，大喜过望。正欲挥军向刘繇和太史慈冲杀过去，却见他俩率领官军正向当利口方向退去。孙策见此，也不随后追击，便传令鸣金收兵。

　　刘繇和太史慈何以不战而退走呢？原来他们见横江津水寨已失，孙策一方又增加了援军骑兵，料想再战，鹿死谁手还难预料。因此，便保存实力以便守卫当利口。而孙策不挥军随后追杀，是因通过今天交手，发现太史慈是不可多得的将才而有意日后待机收留他。若伤了他，那将遗憾终生。

　　须知，孙策横江津的胜利，皆是张纮之策使然。本来孙策率领官军到横江津安营扎寨方毕不待歇息，便召集左右文武到中军大帐商议立刻攻打横江津事宜。在场者也争先恐后要当先锋，孙策见此，大喜，正欲遣朱治为先锋，孰料张纮却反对道："我军方到此地，不熟地形，人马困疲，不宜急战。因此，不若先游览横江津附近山川名胜，给敌以孙将军喜贪图享乐假象，使其放松戒备。同时，厉兵秣马，准备突袭。其次，据报三元祠本为一直通江水的天然石洞，可叫熟悉水兵战法的黄盖领船百艘，水兵千余，藏于洞中，待时突然出击，火攻敌军水寨。孙将军则率大队人马从陆上进攻敌军大寨。此所谓水陆并进，使敌两厢不相顾。如此，必胜无疑！"孙策听从了张纮之言，于是事与愿合。

　　孙策率领官军攻下横江津后不待歇息，便挥军直向距横江津不远的当利口水寨杀去，那里的守将张英闻报临水天险、工事险固、易守难攻的横江津已失守，樊能和于麋已战死，刘繇和太史慈已逃遁，认为当利口已成孤津，怎能守住？于是便率军弃口乘船而逃，谁料正好碰上挥舞长柄大斧的黄盖率领官军水军赶到。亦手持长柄大斧的张英见无退路，遂便硬着头皮，上前欲与黄盖拼个鱼死网破。须知，他俩皆勇猛善战，杀将起来，自然激烈。两斧的撞击声，两人的嘶喊声，两船的碰撞声，淹没了两厢官军的喊杀声。尽管如此，良久却分不出高低胜负来。后他俩觉得如此厮杀不能尽展武艺，也不过瘾，于是便不约而同地丢下手中大斧，跳到寒冷刺骨的水中，赤手空拳地搏击起来。远远看去，犹若两条倒海翻江的雄龙打斗，激起的浪花直冲云霄。正杀得难解难分之际，孙策部将蒋钦和周泰趁黎明天色未大亮之际，领了三千官军水军绕到张英水寨后面放起火来。张英见此，不禁心慌意乱，遂弃了黄盖，爬上快船，顺水划到下游上岸，逃往附近深山老林去了。

孙策率领官军攻下横江津和当利口后，便以丹阳郡为根据地，继续挥军水陆并进，在不久后的兴平元年十二月末先后或打败或斩杀或收降了刘繇、太史慈、薛礼、笮融、张英、钱铜、王晟、严白虎、严舆、邹他、许昭、祖郎、周昕、王朗、黄龙罗、周勃、是仪和滕胤等朝野文武，占据了吴、会二郡。同时，孙策还擅自更换了所占郡县的官吏，并以他自己兼领会稽太守，吴景为丹阳太守，又实授或虚授孙贲为豫章太守，朱治为吴郡太守，孙辅为从豫章郡新划出的庐陵太守。同时，还以张昭、张纮、秦松和陈端为谋士。对其他有功文武，也加官晋爵不提。

另外，在新增数万官军的同时，孙策属下文臣武将也大为增加。例如，除孙贲、吴景、孙辅、孙静、孙昭、孙儒、孙香、孙何、徐逸、宋谦、程普、黄盖、韩当、朱治、祖茂、徐琨、刘由、高承和陈宝等原班文武外，还有先后新投、新招、新降的张纮、张昭、秦松、陈端、周泰、陈武、董袭、刘惇、虞翻、蒋钦、胡综等朝野文武。很显然，这也是自孙坚死后三年孙氏重振雄风、再创基业的开始。时孙策年仅二十岁。

年纪轻轻的孙策所取得的这些成就，平庸的袁术是始料未及的，那么智谋超群的曹操是否料到了呢？看官欲知详情，请看下回分解。

第三十四回

败吕张收定陶曹孟德诏拜兖州牧
击郭樊乱长安李稚然自为大司马

却说曹操在鄄城闻报年仅二十岁的孙策率领所部官军以迅雷不及掩耳之势攻占了江东丹阳、吴郡和会稽三郡,不仅事先没想到,还惊得目瞪口呆,半晌无语。何也?因为他深深懂得:孙策此举不仅在于增强了袁术实力,而且表明了孙氏势力自孙坚死后的复苏和重新崛起。若坐视其继续发展下去,必将后患无穷。但至今自己还未将企图抢占他根据地兖州的吕布、张邈、张超、许汜、王楷、陈宫、高顺、张辽、侯谐、郝萌、魏续、成廉、李邹、宋宪、高雅、曹性、赵庶、魏越、薛兰、李封和秦宜禄所率官军击溃,哪有力量过问江东孙策呢?因此,眼下还是先扫自家门前雪,收复兖州失地要紧。

须知,在此前的兴平元年九月,曹操竭尽全力,在濮阳与吕布、陈宫、许汜、王楷、高顺、张辽、侯谐、郝萌、魏续、成廉、李邹、宋宪、高雅、曹性、赵庶、魏越、薛兰、李封和秦宜禄所率官军也只不过打了个平手,因此曹操所部官军军心涣散,士气低落。不仅如此,还因灾荒军粮不济,使曹操陷于两难境地不能自拔。因此,也自然不会如往年这时,与左右文武到郊外踏青赋诗,上山打猎。对此,自然瞒不过在邺城的袁绍。为使曹操永远听从他的摆布,便遣使力劝曹操与他联合起来共同对付吕布、张邈、张超、陈宫、许汜、王楷、高顺、张辽、侯谐、郝萌、魏续、成廉、李邹、宋宪、高雅、曹性、赵庶、魏越、薛兰、李封和秦宜禄所率官军,但条件是将曹操家属迁往其辖区重地邺城。曹操为了尽快摆脱眼下困境,击败敌手,收复兖州失地,遂痛快地答应了袁绍的条件。谁料外出归来的程昱闻此,预感大事不妙,遂忙赶到曹操寓所,不待向他拱手施礼坐下客套便大惊失色道:"依在下之见,主公必是被眼下困境吓住了!否则,岂会不深谋远虑呢?须知,袁绍眼下不仅已据有燕、赵之地,且常有吞并天下之心,但其智却不能济啊。因此,主公自度能与袁绍谋事吗?再者,主公你本有龙虎之威,岂可行韩、彭之事呢?今兖州虽然残缺,然尚有三城在手。而能战之士,亦不下万。再以主公之神威,与文若和在下将其收而用之,霸王之业可成!在下肺腑之言,请主公再行考虑。"

曹操认为程昱言之有理,遂道:"要不是先生提醒,差点误了大事啊!"

程昱闻言大喜,欲转身告辞,时曹操却道:"先生外出方归,定然辛劳,先小酌一番以为洗尘。"

言毕,即吩咐在餐厅摆设酒宴,边饮边吃边聊,气氛十分融洽。

随后,曹操便下令移军东阿,精兵简政,训练备武,欲独自举兵,向吕布进攻。战前,曹操召集左右文武到议事厅商议道:"我欲举兵先东向攻破济阴郡治所定陶,擒杀吕布和陈宫所率顽敌后,再掉头西攻陈留张邈和张超所率人马。你们以为若何?"

方言毕,便听得有人高声道:"主公方才之言极是!我愿为先锋。"

在场者忙闻声寻去,原乃山阳巨野人、破虏将军李典从兄李整。其父李乾有雄气,在乘氏有宾客数千。初平中,李乾随曹操破黄巾军于寿张,后又从袁术征徐州。前时吕布、张邈、张超、陈宫、许汜和王楷率领官军攻占兖州,曹操曾遣李乾回乘氏慰劳诸县。吕布别驾薛兰、治中李封欲招其共同抗击曹操,不听,于是被杀。这次李整之所以抢争先锋,意在为父报仇。时曹操问他道:"不知李将军有何破敌良策呢?"

方问毕,李整便胸有成竹答道:"明修栈道,暗度陈仓之法!眼下敌军势盛,只宜明攻徐州,暗击定陶。此所谓攻其不备,出其不意,兵家制胜之法宝呢!"

李整言毕还不待曹操发言,夏侯惇即出班高声道:"李将军之言差矣!"

第三十四回　败吕张收定陶曹孟德诏拜兖州牧　击郭樊乱长安李稚然自为大司马

方言毕，曹操即惊异地问夏侯惇道："为何？"

"主公须知，前时濮阳之战时，吕布、陈宫、许汜和王楷所率人马虽与我军势均力敌，强弱难分，但此后他们在乘氏却被李进所部人马打得溃不成军，死伤惨重。因此，末将以为，眼下他们人马数量不仅锐减，士气也大不如前。到时他们只要得知我出兵定陶，必若惊弓之鸟，闻风丧胆，弃城而逃。何须什么明修栈道、暗度陈仓之策呢？"

夏侯惇方言毕，曹操便问他道："依你之见，大军直指定陶就是了？"

"正是！"

曹操认为李整与夏侯惇方才所言皆有理，因而一时犹豫不决，沉默不语。良久，方才问询在场其他人有何对敌妙策。然他们却低首视脚，默不作声，无策可献。恰在这时，夏侯惇仍口口声声要当攻打定陶的开路先锋。曹操见此，遂采纳了夏侯惇所言，即直取定陶，并以他为先锋。夏侯惇于次日午夜时分率五千官军精兵，从东阿飞一般西向定陶杀去。曹操率领所部大队官军随后跟进，意在一举攻克定陶，平定济阴郡。

此时值兴平二年二月春。

却说定陶守军主将、济阴郡太守吴资对吕布朝三暮四、认贼作父之举颇为反感。对曹操行侠仗义、冒死讨董、匡扶汉室的举动非常赞赏，并在前时积极拥护陈宫提议曹操为兖州刺史。谁料曹操任兖州刺史后却不善礼贤下士，结交望族，且还发泄私愤，屠杀徐州无辜。因此，吴资于是成了极力反对曹操的兖州官吏之一，并和吕布、张邈、张超、陈宫、许汜和王楷站在一起，举兵对抗曹操所部官军。因此，夏侯惇率领官军先锋赶到定陶城东城门下时，吴资所部守城官军并没出现夏侯惇所说的那种现象，即若惊弓之鸟，闻风丧胆，弃城而逃。反在吴资的指挥下，同仇敌忾，负隅抵抗，竟叫夏侯惇所率官军先锋军无法越过城池半步。夏侯惇见此，不禁非常惊惧。何也？原来他思想到：这次攻打定陶的军事行动，是曹操依了他所说行事。因此，成败得失与他大有干系。得，自然好；若败，要是曹操怪罪下来，轻则性命难保，重则夷灭三族。思想到此，于是决定置死地而后生，挥军猛地从东城门绕道向西城门杀去。他们方过西城门城壕,城上便万箭齐发,将他们射得人喊马叫,拔腿后逃。夏侯惇见此,大怒,遂便下马挥剑就地斩杀了几个后逃的士兵,以便制止其他人后逃。谁料这时一支流箭向他飞来,因躲闪不及,那箭不偏不倚,正好飞入其左眼。于是惨叫一声,倒在地上爬不起来。部将韩浩和史涣见此,大惊,忙下马将他扶上马,还未坐定,便且战且走,向后撤退。吴资在西城楼上见此,大喜,便立刻挥军从西城门飞一般杀出,欲擒杀夏侯惇。韩浩和史涣见此,不禁大惊失色,回过神,即一面叫人护着夏侯惇继续后逃,一面掉转马头,挥军奋力齐向吴资所率追杀官军迎了上去,意欲趁此攻破城池,反败为胜,将功补过,并替夏侯惇挽回颜面。谁料吴资所率追杀官军虽少,但是乘胜出击,士气正旺,因而双方接战厮杀了许久,也未分出胜负高低来。

却说曹操在行军途中闻报夏侯惇所率官军先锋攻城受挫,夏侯惇眼睛受伤,不禁大怒道:"原以为我先锋人马一到定陶,定可旗开得胜,马到成功。谁料不但攻城未果,反还伤了我爱将眼睛,真气煞人啊!今日不拿下定陶,擒杀吴资,誓不罢休!"

言毕,即拔出腰间宝剑一挥,欲率军向定陶急奔过去,助韩浩和史涣所率官军攻城。时还未起步,荀彧即拍马飞一般上前顺手拉住曹操马缰道:"主公须知,定陶敌守军主将吴资文武皆备,守城有方,而我军眼下攻城受挫,士气大伤。因此,一味强攻猛打,恐难奏效啊!"

曹操闻言沉思良久,方才认为荀彧言之有理,于是急切地问他道:"依先生之意,将如何……"

"眼下缓攻方为上策,而宜先弄清城内外地形,再做决策不迟。"

时曹操闻言,先是不置可否,随后沉思良久方道:"就依先生的吧!"

言毕,即一面传令全军距定陶城外十里下寨,一面传令夏侯惇、韩浩和史涣停止挥军攻城,以便与他所率大队官军合兵一处后,统一行动。时夏侯惇、韩浩和史涣本以为眼下破城无望,因而方得到曹操停战传令,自然大喜过望,立刻便传令鸣金收兵。吴资也以为击退敌军无望,闻得对方鸣金收

第三十四回　败吕张收定陶曹孟德诏拜兖州牧　击郭樊乱长安李稚然自为大司马

兵，自然也大喜过望，也传令鸣金收兵，迅疾回城不提。

再说曹操所率大队官军赶到定陶东门外方安营扎寨不多日，吕布、陈宫、许汜和王楷便亲率高顺、张辽、侯谐、郝萌、魏续、成廉、李邹、宋宪、高雅、曹性、赵庶、魏越、薛兰、李封、秦宜禄等大队官军从山阳郡昌邑赶来救援，并欲与城内的吴资所部官军里应外合，夹击曹操所率官军。曹操闻报，于是便令带眼伤的夏侯惇以及韩浩、史涣和毛玠率领官军守卫营寨；曹邵、乐进、于禁和吕虔率领官军防御城内吴资所部官军出城偷袭。他则率领曹仁、曹洪、荀彧和程昱等大队官军迎战吕布、陈宫、许汜、王楷、高顺、张辽、侯谐、郝萌、魏续、成廉、李邹、宋宪、高雅、曹性、赵庶、魏越、薛兰、李封、秦宜禄所率大队官军。

须知，吕布、陈宫、许汜、王楷、高顺、张辽、侯谐、郝萌、魏续、成廉、李邹、宋宪、高雅、曹性、赵庶、魏越、薛兰、李封和秦宜禄所率大队官军虽然来势凶猛，却是远道而来，人困马疲，自然不是先期到达，且歇息了些时日的曹操所率曹洪、曹仁、荀彧和程昱等官军的对手。因此，双方接战不久，吕布、陈宫、许汜、王楷、高顺、张辽、侯谐、郝萌、魏续、成廉、李邹、宋宪、高雅、曹性、赵庶、魏越、薛兰、李封和秦宜禄所率官军便被杀得溃不成军，大败而逃，直到东缗方才站住脚跟。

曹操所率曹洪、曹仁、荀彧和程昱等官军虽然打退了吕布、陈宫、许汜、王楷、高顺、张辽、侯谐、郝萌、魏续、成廉、李邹、宋宪、高雅、曹性、赵庶、魏越、薛兰、李封、秦宜禄所率救援官军，却未能攻破定陶城池。何也？原来定陶城墙不仅高大坚固，且四周冈阜起伏，林木交映，地形复杂，易守难攻，再加之城上吴资所部守军负隅抵抗，因而曹操所部那些攻城官军自然一时拿它毫无办法。对此，曹操只好召集左右文武到中军大帐商议攻城对策。待他们得召到齐按秩排定方礼毕，曹操即问道："每当我军快要攻上城时，总有敌军偷袭我军之后，遂使我军至今攻城毫无战果可言。故依我见，不若先暂停攻打定陶，而依周桓王五年秋郑庄公在繻葛以先攻弱而大胜蔡、卫、陈三国联合王师之法，先破敌定陶城周围城镇关津，使其孤立无援后再行攻之。如此，破城必易成功。若何？"

方问毕，左右文武便争先恐后表示赞同。曹操见此，大喜，随后又问道："先攻何处好呢？"

曹操此问，竟叫左右文武一时无言以对。原来他们思想到：前时曹操依了夏侯惇所献直攻定陶之策行事，结果至今不但城未攻破，反还死伤惨重。所幸夏侯惇是曹操心腹爱将，没受什么处罚。否则，早就极刑伺候，身首异处了。因此，无言以对是有其苦衷的。曹操见此，早已料到他们所思所想，并欲先谈出自己下一步用兵之意，然后再看大家赞同与否，以便打消他们眼下顾虑。谁料曹操还未发言，李整即出列高声道："依末将之意，不若先撤军定陶，并扬言攻打徐州，实则攻占巨野、乘氏和昌邑。同时，再遣大军攻打其他敌之关城。倘若万无一失，不出旬日，定陶便不攻自破！"

须知，在左右文武不敢发言的情况下，为何李整却敢呢？原来他对曹操上次未采纳他的用兵之策而采用了夏侯惇之计本就不满，还为曹操误用夏侯惇之计所造成的损失痛心疾首。为扭转眼下不利战局和挽回曹操颜面，遂毫不顾忌地献了近似上次所献的用兵之策。曹操也正为上次未采纳他的用兵之策而深感内疚和遗憾，现在见他又出来献策，且所献之策又合己意，自然不禁大喜，遂立刻问他道："李将军方才所言极是。但不知你愿当攻打巨野的先锋吗？"

"末将生于巨野，长于巨野，对这里山川地形、人情世故甚为熟悉。出任先锋，非末将莫属呢！"

曹操闻李整言，大喜，于是二话没说，便将先锋印递给了他。对此，李整不禁大喜，忙上前双手接过先锋印，告辞曹操，转身出帐回营准备出发事宜去了不提。

随后，曹操又令曹仁率领官军北向攻打句阳；令曹洪率领官军先东向攻破山阳后，再掉头西向攻打中牟、东武阳、京、密等县城，以便牵制临近陈留的张邈和张超所率官军东进。同时，仍令箭伤方愈的夏侯惇、韩浩和史涣率领官军留守大寨，以便监视定陶吴资所部守军将士动向。待调兵遣将毕及

第三十四回　败吕张收定陶曹孟德诏拜兖州牧　击郭樊乱长安李稚然自为大司马

方才所令的各路官军趁夜出发后，曹操方才亲率曹邵、乐进、于禁、荀彧、程昱、毛玠和吕虔等大队官军随李整所率官军先锋之后，于次日天明时分扬言攻打徐州，实则朝东北方的巨野进发。

曹操所部官军这一举动着实叫徐州牧刘备及其左右文武惊吓不已。何也？原来陶谦新故，刘备方上任徐州牧不久，州内人心还不稳定。此时若遇曹操所部大队官军来攻，必然凶多吉少。时刘备以为，曹操既然举兵来犯，惊吓有何用呢？并急忙调兵遣将，严守各处关津要隘，御敌来攻。在东缗的吕布闻报曹操率领所部大队官军东征徐州消息后，竟高兴得手舞足蹈。因为他以为曹操所部大队官军此举不仅解了定陶之危，而且他自己还可再次乘兖州空虚之机，率军进而占有兖州全境。于是不听陈宫言曹操所部大队官军攻打徐州是诈，应时刻提防才是的苦心忠告，日夜做着待机占领兖州全境的美梦。

却说巨野守城主将吕布部下别驾薛兰、治中李封闻报曹操所部大队官军进攻徐州不从定陶直往东去，而是向其东北方的巨野奔来的这种舍近求远的做法后，不禁感到非常蹊跷。此后不久，又闻报曹操所部官军先锋主将不是别人，而是与他俩有杀父之仇的李整。于是便断定曹操所部大队官军此举是醉翁之意不在酒，即讨伐徐州是幌子，攻打定陶才是目的。为此，他俩忙一面传书吕布和陈宫请求援军，一面调兵遣将，加强城防，以便御敌。

再说李整这次荣幸得了先锋印，按常理应该风光得意一番才是，因为这是他为父报仇、立功受奖的极好机会。但他却没有那份兴致，相反此时的心情比前时夏侯惇担任攻打定陶先锋时的心情更为沉重。因为他深知，除了此次出战成败得失干系非同小可外，还有一旦不测，自己的下场肯定不能与夏侯惇相比，到时为父报仇不但成了泡影，恐怕身家性命也得搭上。因此，一到巨野城西门外还不待安营扎寨，便立刻挥军攻城，恨不得立刻踏平城池而后快。

须知，巨野城池虽北临巨野大泽，水陆交通便利，商贸发达，却无险可依，加之年久失修，遂成易攻难守之所。因此，李整所率官军先锋方攻打不久，城上薛兰和李封所率守城官军便渐渐不支。李整见此，大喜，以为破城在即。谁料这时吕布率了一支官军救兵从东缙杀了过来。由此，李整所率官军先锋便前后受敌，攻势锐减，且还有随时被全歼的危险。恰在这时，曹操所部大队官军也赶到这里。于是双方经一番你死我活的激战，曹操一方终于将吕布一方打得大败而逃。同时，李整所率官军先锋也士气大增，并很快攻进了西城门。在西城楼上指挥作战的薛兰和李封见此，料知大势已去，便欲弃城而逃。他俩方下城楼还不及上马，恰被率军赶来的李整碰上，仇人相见，分外眼红。时李整是战胜方，薛兰和李封是战败方，优势自然在前者。但薛兰和李封是绝处求生，奋力死战。因此，挥舞着一对环柄大刀奔跑在李整左侧的薛兰刀刀直逼李整，挥舞着一对短柄画戟的李封也不示弱，戟戟直点李整要害。李整乃曹操所部官军中一员不可多得的猛将，交手后那条长枪舞动得不见人影。时值炎夏，热气逼人，观战者都汗如雨下，何况正激战的他们呢！对此，李整不禁杀得很不耐烦，并灵机一动，使出他那超群的高嗓门，忽然大吼一声，犹若晴天霹雳，惊得不防的薛兰和李封浑身发抖，手中兵器也随之掉在了地上。李整见此，大喜，遂忙乘机先后两枪，将薛兰和李封刺死于马下。薛兰和李封所率官军见城池已破，主将已亡，遂纷纷放下兵器，投降了李整。曹操进城后见李整军功显著，大喜，遂即迁他为青州刺史，留守巨野。

曹操所部官军在巨野稍作整顿歇息后，便立刻向下一个目标乘氏杀去。

此时值兴平二年五月。

乘氏乃春秋时乘丘之地，自古便是用兵之所，动武之地，因此，城墙坚固，城壕宽大，城池幽深，乃易守难攻的人工天险。但守城主将李进自前时赶走吕布、陈宫、许汜、王楷、高顺、张辽、侯谐、郝萌、魏续、成廉、李邹、宋宪、高雅、曹性、赵庶、魏越和秦宜禄所率官军后，一直盼望曹操所部官军尽快到来，以防吕布、陈宫、许汜、王楷、高顺、张辽、侯谐、郝萌、魏续、成廉、李邹、宋宪、高雅、曹性、赵庶、魏越、秦宜禄率领官军前来反攻。因此，现在闻报曹操所部大队官军欲经这里夺取定陶，自然大喜

第三十四回　败吕张收定陶曹孟德诏拜兖州牧　击郭樊乱长安李稚然自为大司马

不禁，并在他们到来那日亲率左右文武飞一般赶到东城门外三里处相迎。于是曹操所部大队官军没动一兵一刀，便有了乘氏。

时曹操见吕布、陈宫、许汜、王楷、高顺、张辽、侯谐、郝萌、魏续、成廉、李邹、宋宪、高雅、曹性、赵庶、魏越和秦宜禄所率官军近日屡战屡败，士气低落，认为后顾无忧，于是便欲暂且停止进攻定陶，转而先进攻近在咫尺的徐州，之后再回过头消灭吕布、陈宫、许汜、王楷、高顺、张辽、侯谐、郝萌、魏续、成廉、李邹、宋宪、高雅、曹性、赵庶、魏越和秦宜禄所率官军不迟。荀彧闻此，认为此乃大误，并飞一般赶到曹操下榻处，未及向曹操拱手施礼便道："昔高祖保关中，光武据河内，皆深根固本以制天下，进足以胜敌，退足以坚守，故虽有困败而终济大业。将军本以兖州首事，平山东之难，百姓无不归心悦服。且河、济天下要地，今虽残坏，犹易以自保，亦将军之关中、河内，不可以不先定。今已破李封、薛兰，若分兵东击吕布、陈宫、许汜、王楷、高顺、张辽、侯谐、郝萌、魏续、成廉、李邹、宋宪、高雅、曹性、赵庶、魏越和秦宜禄所率之敌，他们必不敢西顾。其间我可勒兵收割熟麦，约食畜谷，一举而吕布、陈宫、许汜、王楷、高顺、张辽、侯谐、郝萌、魏续、成廉、李邹、宋宪、高雅、曹性、赵庶、魏越和秦宜禄所率之敌可破啊。他们既破，然后可南结扬州，共讨袁术，以临淮、泗。若舍吕布、陈宫、许汜、王楷、高顺、张辽、侯谐、郝萌、魏续、成廉、李邹、宋宪、高雅、曹性、赵庶、魏越和秦宜禄所率之敌而东，多留兵则不足用，少留兵则民皆保城，不得樵采。吕布、陈宫、许汜、王楷、高顺、张辽、侯谐、郝萌、魏续、成廉、李邹、宋宪、高雅、曹性、赵庶、魏越和秦宜禄所率之敌乘虚寇暴，民心已危，唯鄄城、范、卫可全，其余非己之有，是无兖州。若兖州不定，将军当无安身之所。而陶谦虽死，徐州仍未易亡，彼惩往年之败，将惧而结亲，相为表里。今东方皆在收麦，必坚壁清野以待将军，将军攻之不拔，略之无获，不出十日，则十万之众未战而自困。前讨徐州，威罚实行，其子弟念父兄之耻，必人自为守而无降心，即使破之，尚不可有。夫事固有弃此取彼者，以大易小可，以安易危可，权一时

579

之势，不患本之不固可。今三者莫利，愿将军熟虑之。"

曹操闻荀彧方才这番长篇大论与肺腑之言，深以为然，于是便打消了进攻徐州的念头，并仍按原计划行事，即继续攻打吕布、陈宫、许汜、王楷、高顺、张辽、侯谐、郝萌、魏续、成廉、李邹、宋宪、高雅、曹性、赵庶、魏越和秦宜禄所率官军。

时正值麦熟季节，曹操为了弄到足够的军粮以备未来攻打定陶之用，于是便按荀彧上述所言行事，亲率所部大队官军外出割麦。谁料这时吕布、陈宫、许汜、王楷、高顺、张辽、侯谐、郝萌、魏续、成廉、李邹、宋宪、高雅、曹性、赵庶、魏越和秦宜禄忽然从东缗率了万余官军前来夺取他们前时丢失的乘氏。须知，曹操所部守城官军仅千余，自然无法与吕布、陈宫、许汜、王楷、高顺、张辽、侯谐、郝萌、魏续、成廉、李邹、宋宪、高雅、曹性、赵庶、魏越和秦宜禄所率官军抗衡。情急之下，曹操只好传令随军妇女守卫女墙，其余官军则隐于城池附近营寨木栅后拒敌。吕布、陈宫、许汜、王楷、高顺、张辽、侯谐、郝萌、魏续、成廉、李邹、宋宪、高雅、曹性、赵庶、魏越和秦宜禄所率官军见寨西大堤南头树木茂盛，深不可测，便怀疑其中埋有曹操所率伏兵。为防不测，只好极不情愿地引军南退十里下寨。

随后，曹操便于当夜调回所率割麦官军回援乘氏，令一部分官军隐于堤后密林中；令一部分官军隐于堤外，以候敌军。次日天明，吕布、陈宫、许汜、王楷、高顺、张辽、侯谐、郝萌、魏续、成廉、李邹、宋宪、高雅、曹性、赵庶、魏越和秦宜禄果然率领官军前来攻寨。吕布见曹操所率官军不多，且又多为步兵，于是便令步兵上前挑战，以探虚实。谁料双方方才接战，便见堤外曹操所部官军骑兵一齐从那猛地冲杀了过来。吕布、陈宫、许汜、王楷、高顺、张辽、侯谐、郝萌、魏续、成廉、李邹、宋宪、高雅、曹性、赵庶、魏越和秦宜禄所率官军步兵不防，竟被杀得丢盔卸甲，掉头回逃。吕布见此，便欲挥军上前相救，但为时已晚。无奈，只得同陈宫、许汜、王楷、高顺、张辽、侯谐、郝萌、魏续、成廉、李邹、宋宪、高雅、曹性、赵庶、魏越和秦宜禄率领官军后退。曹操见此，大喜，立刻便挥军随后

第三十四回　败吕张收定陶曹孟德诏拜兖州牧　击郭樊乱长安李稚然自为大司马

追杀至其营寨前方才鸣金收兵。这一仗不仅重创了吕布、陈宫、许汜、王楷、高顺、张辽、侯谐、郝萌、魏续、成廉、李邹、宋宪、高雅、曹性、赵庶、魏越和秦宜禄所率官军，还缴获了大批军粮辎重。对此，吕布、陈宫、许汜、王楷、高顺、张辽、侯谐、郝萌、魏续、成廉、李邹、宋宪、高雅、曹性、赵庶、魏越和秦宜禄，特别是吕布，自然感到非常沮丧。一日上午，吕布在中军大帐垂头丧气地问陈宫道："我近日每出兵，皆被曹操这厮所率之敌所败，如之奈何？"

陈宫闻吕布问，遂沉思片刻答道："皆因将军前时不听在下对曹操进攻徐州有诈而应提防的忠告。将军若肯前往定陶，与驻屯陈留的张邈和张超所部官军遥相呼应，东西夹击，反败为胜不难。此所谓亡羊补牢，为时不晚啊！"

吕布认为陈宫方才所言非常有理，于是便一面传令全军于当夜趁黑拔寨启程，向定陶进发；一面书告张邈待机举兵策应。

却说定陶张邈所部守城官军主将吴资闻报吕布、陈宫、许汜、王楷、高顺、张辽、侯谐、郝萌、魏续、成廉、李邹、宋宪、高雅、曹性、赵庶、魏越和秦宜禄率领官军来助，犹若久旱逢甘雨，严寒见太阳，求之不得，并率领守城官军赶到城外三里处相迎。原来时之吴资率领守城官军经过半年苦战，虽然多次击退了曹操所部攻城官军，保住了定陶，但他们早已筋疲力尽，智勇俱穷。

为使吕布、陈宫、许汜、王楷、高顺、张辽、侯谐、郝萌、魏续、成廉、李邹、宋宪、高雅、曹性、赵庶、魏越和秦宜禄认识到守住定陶的重要性和增强其保卫定陶的决心，吴资方见到他们便道："定陶乃非常之所，远古时尧曾居于此，故名曰陶唐。春秋时为曹地，秦置定陶县。高祖初年封彭越为梁孝王，都于此。此后先后为济阴郡和定陶国治所。另外，此地不仅处于如范蠡所谓的诸侯四通、货物八达的天下中心，且还以其南临淮泗，北走相魏，当济兖之道，控汴宋之郊，而为四达之卫，用武之地。故有顷襄王外击定陶、高祖与项羽进攻定陶、章邯破楚于定陶等故事发生。因此，在下以为定陶在，兖州在；定陶失，兖州失。故成败得失，在于定陶一城啊！"

吕布、陈宫、许汜、王楷、高顺、张辽、侯谐、郝萌、魏续、成廉、李邹、宋宪、高雅、曹性、赵庶、魏越和秦宜禄皆认为吴资言之有理，于是便立刻传令全军，同心协力，修缮破损，加强防守，死保定陶。末了，方领军入城。时曹操闻此，大惊。因为他深深懂得：定陶本就难攻，现在吕布、陈宫、许汜、王楷、高顺、张辽、侯谐、郝萌、魏续、成廉、李邹、宋宪、高雅、曹性、赵庶、魏越和秦宜禄率领大队官军到定陶与原定陶吴资所率守城官军联合后，便如虎添翼，更难攻打。因此，不待与左右文武商议，便立刻率领所部官军，飞一般向定陶赶去，意欲在吕布、陈宫、许汜、王楷、高顺、张辽、侯谐、郝萌、魏续、成廉、李邹、宋宪、高雅、曹性、赵庶、魏越和秦宜禄所率官军立足未稳之际将其击败，以便为以后攻城减轻压力。谁料事与愿违，尽管曹操所部官军行军神速，然待他们赶到定陶东门外时，城上早已战旗飞舞，刀枪林立，戒备森严，叫曹操所部官军无懈可击，无机可攻。无奈，曹操只好一面传令所部官军在城外先安营扎寨歇息，一面召集原留守在定陶城外大寨的夏侯惇等将校到中军大帐商议对策。待他们闻召到那里按秩排定方礼毕，曹操即道："眼下敌军龟缩城中负隅顽抗，我若强攻硬拼，必重蹈前时攻城覆辙。不知大家有何破城妙计良策，不妨速速道来。"

他们闻言，皆低头观足，默不作声。因为他们此时正如曹操此前所认为的那样：勇猛善战的吕布、陈宫、许汜、王楷、高顺、张辽、侯谐、郝萌、魏续、成廉、李邹、宋宪、高雅、曹性、赵庶、魏越和秦宜禄眼下与足智多谋的吴资共同率军守城，纵有千条锦囊妙计，也无济于事。对此，曹操不禁大怒，认为他们皆是酒囊饭桶，并欲训斥一顿。这时忽见一报子飞一般前来，不及向曹操拱手施礼便报道："曹洪将军已挥军如期攻占了中牟、阳武、京、密等城，曹仁将军也攻占了句阳！"

曹操闻报，立刻由怒转喜道："有了！"

言毕，即起身走到案几旁坐下，伏案提笔撰就了十余份纸制《告定陶守军及百姓书》，叫人绑在箭上射入城中。本誓与城池同存亡的吕布、陈宫、许汜、王楷、高顺、张辽、侯谐、郝萌、魏续、成廉、李邹、宋宪、高雅、

第三十四回　败吕张收定陶曹孟德诏拜兖州牧　击郭樊乱长安李稚然自为大司马

曹性、赵庶、魏越、秦宜禄和吴资所率守城官军及城中百姓见到曹操《告定陶守军及百姓书》后，立刻便没了守城信心和斗志，纷纷乱了起来，甚至还有的乘夜黑风高之际翻出城墙向曹操所部官军投诚。

看官你道曹操那书何来这么大威力呢？原来曹操在书中未言别的，只将曹洪和曹仁所率官军攻城略地的战绩一一列了出来。同时，还指出定陶由此便成了一座无援的孤城。末了才劝告他们与其在城中固守，不若开城投降，以免一死。

曹操闻报城内情况后，大喜，便在一日早饭后立刻升帐，令于禁与毛玠率领官军攻打城西门，乐进与吕虔率领官军攻打城北门，曹邵与程昱率领官军攻打城南门，他则与荀彧率领官军攻打城东门。夏侯惇、韩浩和史涣仍率领官军留守大寨。

曹操调兵遣将方毕，便听得一阵锣鼓齐鸣，曹操所令各路官军便依曹操方才命令，一齐向定陶城攻去。

时吕布在东城楼上见他所率官军无心守城，城外曹操所部官军攻势又猛，料知继续守城无益，不禁心慌意乱，没了主意。站在一旁的陈宫见此，遂道："以眼下形势，我等宜弃城他去。"

吕布闻言，甚为不解，忙问道："前时你叫我固守此城，今何故又叫我弃……"

"此乃彼一时，此一时也。须知，作战打仗，一城一地之得失事小，保住兵马事大。此所谓留得青山在，不愁没柴烧啊。"

吕布闻陈宫言，遂沉思片刻问道："你言虽然有理，然不知弃城后该去何处呢？"

"徐州。"

"何也？"

"曹贼以前兵犯徐州，烧杀抢夺，无恶不作，故与那里官民及同情他们并率军救援他们的刘备所部官军结怨甚深，现恰值刘备任徐州牧，而我们是与其仇敌曹贼所部官军交战失败而投奔他们，必会受到其热烈欢迎。"

"所言极是！"

吕布言毕，立刻飞奔下城，率领所部全体守城官军从东城门而出，飞一般朝徐州方向奔去。时曹操正在东城门外指挥部下攻城，忽见吕布、陈宫、许汜、王楷、高顺、张辽、侯谐、郝萌、魏续、成廉、李邹、宋宪、高雅、曹性、赵庶、魏越、秦宜禄和吴资率领所部官军从那里涌了出来，以为这是冲着他来的，不禁吃了一惊，并欲挥军上前相迎。谁料吕布、陈宫、许汜、王楷、高顺、张辽、侯谐、郝萌、魏续、成廉、李邹、宋宪、高雅、曹性、赵庶、魏越、秦宜禄和吴资所部官军虽然越来越多，但无战意。曹操见此，料知他们已受《告定陶守军及百姓书》影响，不战自溃，弃城而逃。对此，自然大喜不禁。为防不测，曹操于是传令部下放开一条大路，任他们过去后再随后追杀。吕布、陈宫、许汜、王楷、高顺、张辽、侯谐、郝萌、魏续、成廉、李邹、宋宪、高雅、曹性、赵庶、魏越、秦宜禄和吴资所部官军过去后，还不待曹操挥军追杀，便见张邈率领其所部官军赶了过来。

须知，张邈本在陈留郡陈县与吕布、陈宫、许汜、王楷、高顺、张辽、侯谐、郝萌、魏续、成廉、李邹、宋宪、高雅、曹性、赵庶、魏越、秦宜禄和吴资所率定陶守城官军遥相呼应抗击曹操所部官军，现在何以赶到这里来了呢？原来他在陈县闻报吕布、陈宫、许汜、王楷、高顺、张辽、侯谐、郝萌、魏续、成廉、李邹、宋宪、高雅、曹性、赵庶、魏越、秦宜禄和吴资所部定陶守城官军形势吃紧，便不顾陈县以西曹洪所率官军牵制，立刻率领其所部官军赶来相助。谁料为时已晚，并料想陈县早被曹洪所率官军夺去。无奈，只好率领其所部官军绕城追赶吕布、陈宫、许汜、王楷、高顺、张辽、侯谐、郝萌、魏续、成廉、李邹、宋宪、高雅、曹性、赵庶、魏越、秦宜禄和吴资所部官军，以便一同逃往徐州。曹操见到背叛他的张邈，早便气得两眼发直，胡须倒竖，便立刻挥军冲杀上去，欲将张邈抓住生吞活剥了方才罢休。谁料张邈所部官军拼命冲杀，片刻间便飞一般逃之夭夭，结果叫曹操所部官军望尘莫及。

曹操无奈，只好下令停止追击，掉头占领定陶城。进城后，即出榜安

第三十四回　败吕张收定陶曹孟德诏拜兖州牧　击郭樊乱长安李稚然自为大司马

民，清理战场，并以因攻城失目的夏侯惇为济阴太守，加建武将军，封高安乡侯，率领部将韩浩和史涣等官军仍驻守定陶城。待一切安排就绪，曹操即率所部官军前往陈留郡，攻打张超所部官军据守的雍丘城。张邈在徐州闻报雍丘被围，料知张超孤军难敌，遂便立刻前往寿春请求曹操死敌袁术出兵相救。谁料张邈左右随从见张邈现已失势，便起了叛逆之心，并在途中趁其不备将他杀害后投奔曹操，请功领赏去了。

曹操闻报张邈被杀，大喜，认为据守雍丘的张超所部官军会若惊弓之鸟，闻他曹操所部官军一到，便会或自行散伙，或弃城投降。孰料他们与张邈左右随从不同，认为张邈和张超平日待他们不薄，不能做忘恩负义的小人，因而不但没散伙或投降，反还同仇敌忾，与城中庶民日夜据城死守。曹操闻之，大怒，遂挥军日夜轮流猛攻。结果常常刚攻到护城河边，就被城上乱箭射回。即使将要攻上城头，却不是被城上飞滚的礌石击回，便是被沸腾的粪水烫得纷纷后退。因此，猛攻了数月之久，也没结果。好在那时乍暖还寒，护城河冰层尚未消融，于是他们便乘机蜂拥般踏过冰层，才将城池攻破。时曹操自然非常气愤，不仅下令屠杀未及逃跑的张超所部官军和那些庶民，还不顾当年他处境极度困难时与张邈结下的友情，下令将张邈和张超的家属斩尽杀绝，以解心头之恨。

至此，曹操所部官军经过多日艰苦奋战，终于占据了兖州。时李傕、郭汜、樊稠和张济等人把持的朝廷闻报曹操大败吕布、张邈、张超、陈宫、许汜、王楷、高顺、张辽、侯谐、郝萌、魏续、成廉、李邹、宋宪、高雅、曹性、赵庶、魏越、秦宜禄和吴资所率官军，大喜，便诏拜曹操为兖州牧。当然，这也是对曹操在初平三年年底遣使王必前往长安朝见刘协，实则讨好李傕、郭汜和樊稠的回报。

此时值兴平二年十月。

须知，除了上面说到曹操被诏拜为兖州牧的重要原因外，还有一个重要原因就是李傕、郭汜和樊稠间早已矛盾重重，互不相容，并欲争取和扶持曹操所致。妇孺皆知，他三人皆是原董卓所部官军将领，且又团结一致对外，现在何故矛盾重重、互不相容了呢？看官欲知其来龙去脉，还得从头说起。

原来前时在李傕、郭汜和樊稠等原董卓所部官军与马腾和韩遂所率官军的关中之战中，李傕侄子李利贪生怕死，作战不力。对此，樊稠即训斥他道："马、韩二贼欲斩你叔父之头，你还不尽力杀敌，何也？若再如此，我必斩了你这厮！"前面说过，后来马腾和韩遂兵败，郭汜、樊稠和李利等挥军从后追杀至陈仓。韩遂见此，遂对樊稠道："此战，非私怨，乃朝廷之事。况且我与你皆为金城同乡，何必相逼太急呢？"樊稠闻韩遂言，认为非常有理，遂便和颜悦色地催马上前与韩遂并马而行，交臂相加，并同语良久而别。时李利在后面见此，以为他俩在暗里交通，心里自然非常不快，回军长安后立刻将此事添油加醋，绘声绘色地密报给了李傕，以解樊稠训斥他之恨。李傕闻之大怒，不仅以为樊稠训斥李利是打狗有意不看主子情面，还以为樊稠那时的言行是里通外敌，其心不轨。再者，当时同在那里的郭汜也负有对樊稠言行不加制止的责任，没准他还是其同伙呢！于是李傕便萌发了将郭汜和樊稠一块除掉，以便独霸朝政的念头。后来他又以为樊稠猛勇善战而深得众心，可先除之，然后再寻机除掉郭汜不迟。谁料郭汜和樊稠对此早有察觉，于是他三人间便结下了怨恨，并常在朝野拉帮结伙，聚集力量，以备利用。他三人这次争先恐后地争着诏拜曹操为兖州牧，便是一例。

却说樊稠自探得李傕要加害他后，甚为愤怒，并思想到：我训斥李利是出于公心，是为你李傕好，可你李傕为何要加害我呢？岂不是天理不容吗？为此，欲先下手为强，举兵先杀了李傕再说。谁料太尉杨彪、中郎将杨密及其左右闻之，皆表反对。樊稠无奈，只得打算寻机出走长安，与李傕分道扬镳，以防不测。然不久樊稠又变了卦，认为回避李傕不仅太便宜了他，且日后还会遭天下人耻笑。于是连夜召集嫡系杨密、部将五习等到他家中商议如何办好。时他们正睡得香，叫醒闻召后以为此时要商议的定然是要紧事，于是便忙翻身起床披衣戴冠出门，待他们匆匆赶到樊稠家客厅按秩坐定方拱手施礼毕，樊稠便将李傕欲杀他的前因后果道了一遍。言语间无不瞪眼吹须，恼怒非常。言毕喝了口茶清了清嗓子，才道出了新打算："李傕这厮对我无

第三十四回　败吕张收定陶曹孟德诏拜兖州牧　击郭樊乱长安李傕然自为大司马

情，我亦对他不义！因此，我欲一不做二不休，与马腾和韩遂二将军里应外合，攻打长安，擒杀李傕。"

杨密、五习及其他在场者闻知李傕欲加害樊稠，自然感到非常不满。但对联合马腾和韩遂所率官军攻打长安却表示异议。时杨密起身上前道："马、韩二将军新败，恐一时自身难顾，哪会举兵再来攻打长安呢！"

樊稠闻言，不禁恍然大悟，忙问道："你言之有理啊。然不知你有何妙策以解我眼下之危呢？"

杨密沉思良久方道："依在下之见，不若以征讨关东叛军为董卓报仇为名，率军东向，暗中与势力强大的袁绍、足智多谋的曹操、智勇双全的刘备交通，伺机合攻长安。如此，擒杀李傕便易如反掌。"

樊稠对杨密方才之言深表赞成，并在次日午饭后即遣使者转告李傕，向他要兵。谁料樊稠和杨密所言皆被李傕探子随后探得一清二楚，并立刻报告了李傕。对此，李傕自然怒不可遏，并立刻设下了除掉樊稠之策。因此，使者见到李傕方道明来意，李傕便非常痛快地答应了，并还热情地邀请樊稠前来他位于城南的南坞家中赴宴，以便商议具体调兵事宜。

须知，樊稠在战场上虽是一位战无不胜、攻无不克的猛将，并深得部下拥戴，但却有勇无谋，缺少心计。因此，在得报李傕的邀请后，以为李傕什么都不知道，于是不待与左右商议，便不假思索地应邀只身前往。樊稠到李傕家客厅坐下还未及与李傕言语，以李傕外甥骑都尉胡封为首的十余膀大腰圆的西凉籍武士便从客厅左侧密室里闪电般奔出，一齐上前，举刀向樊稠砍去。结果樊稠不待喊叫，便一命呜呼了。

樊稠既死，其所率原董卓所部官军自然便归到了李傕所率原董卓所部官军之中。

此时值兴平二年二月。

樊稠被杀的消息很快便传遍了长安皇宫禁院、大街小巷和城外驿站关津、田间地头。但上至皇帝百官，下至平头百姓，对此并不惊异，好像什么事也没发生一般。因为在他们看来，李傕杀死樊稠，只不过是狗咬狗的内讧罢了，与自己无关。同时，也是时之司空见惯、屡见不鲜的事。但郭汜却例外，时他认为：李傕敢无故杀掉樊稠，自然也敢加害于己。为此，便日夜身不离营，足不出帐，并戒备森严，刀枪林立，以防不测。

却说李傕用计杀死了樊稠，又并吞了其所率原董卓所部官军，自然高兴不已，并欲与左右宴饮三日，以示庆贺。但想到另一对手郭汜还活着，因而不免生出几分忧愁。忧的是：怕郭汜以为樊稠报仇为由，与已归他的樊稠所率原董卓所部官军里应外合夹攻他。若如此，后果必不堪设想。愁的是：即使郭汜按兵不动，不惹是非，但要除掉他却非易事。因为李傕深知，郭汜并非樊稠，他不仅武艺高强，还足智多谋，狡诈异常。特别是闻报郭汜在樊稠死后深居简出、闭门谢客后，料他已有警惕，于是便愁上加愁。

一日，李傕在南坞家中客厅里正坐立不安、闷闷不乐之际，忽听得有人道："将军莫不是为诛杀郭汜那厮无从下手而烦恼吧？"

李傕闻问，不禁吃了一惊，并忙遁声望去，原乃其部下虎贲王昌大步流星闯了进来。须知，王昌虽为一介武夫，但胆大心细，智谋超群，因而一开口，便道破了李傕秘密。对此，李傕只得敞开心扉，直言不讳道："将军有何妙计良策助我诛杀郭汜？"

"小的正是为此而来呢！"

王昌言毕，即上前对着李傕右耳低声耳语了良久。时只见李傕立刻由愁转喜，连连点头称是。

看官你道王昌对李傕耳语了什么？原来他是在向李傕献计。其计大意是：先以离间计诛杀郭汜，后突然劫持皇帝刘协，再后依托关中函谷关、武关、散关、萧关，固守长安，待机称帝。王昌此计，正中李傕下怀。因此，他不但全盘接受，且还欲尽力发挥。但李傕又深知，要离间郭汜与其所率原董卓所部官军的关系，引起他们间互相杀戮来除掉郭汜是根本不可能的。因为时人皆知郭汜爱将如命，爱兵如子。后经李傕冥思苦想，终于想到了郭汜不仅一贯嫌妻貌丑，且还有厌弃之意。于是便欲巧设美人计，离间郭汜与其妻的关系，以便激起她对郭汜的嫉恨而将其毒死。可眼下郭汜早已对他有了

第三十四回　败吕张收定陶曹孟德诏拜兖州牧　击郭樊乱长安李稚然自为大司马

防范之心和措施，因而美人计也是空话而已。当然，李傕也不会就此罢休。为迷惑郭汜，李傕于是先给他去了封信，除了叙述旧情外，主要叙述了诛杀樊稠是因为他不仅有谋反之心，还有加害郭汜和自己的意图。同时，还邀请郭汜到他府上宴饮，以便当面出示樊稠罪证。

郭汜看过李傕来信后，对其所叙还颇有几分信意。后经几番试探，确信李傕没有害己之心，方才前往李傕南坞家中赴宴。席间，李傕除向郭汜出示事先伪造好的樊稠罪证外，还非常热情地对他三番五次劝酒，欲待其醉后留在那里与美婢共宿。时郭汜不防，竟喝得酩酊大醉，并挨着那美婢躺了一夜，但并未同枕云雨。李傕以为郭汜中计，大喜，忙暗中使人将此事添油加醋地传给郭汜之妻知道，以便实现借她之手除掉郭汜的初衷。谁料郭汜之妻长相虽丑，智谋却多，让郭汜防范李傕便是她的主意，而郭汜自此也对她尊爱有加，并没了厌弃她的念头。因此，当郭汜之妻闻知郭汜在李傕处同美婢同宿之事后，不但没嫉恨郭汜，反还识破了李傕的计谋，并还劝说郭汜今后要更加防范李傕。李傕闻之，方知此计不成，于是便叫下人在送给郭汜的食物里放毒，以便毒死他，若事成，便嫁祸于下人。谁知心细的郭汜之妻对李傕下人送来的食物很不放心，并端出浸泡好的豉酒以备郭汜食后解毒。同时，她还告诫郭汜：一山不容二虎，一潭不容二龙。正如《韩非子·扬权》篇所云："一栖两雄，其斗嗷嗷。"你如此相信李傕，令人担忧啊！后经验证食物无毒，方才让郭汜食之。

须知，李傕明明使下人送给郭汜的食物里放了毒，何故经验证又没毒了呢？原来下人是个精明透顶的人，早猜透了李傕欲嫁祸于人之心，故而未敢按其意行事，并在事后立刻不辞而别，以防不测。

李傕见前两计不成，大怒，并决定乘郭汜应邀来他家宴饮之机直接以鸩酒毒杀。谁料郭汜饮了鸩酒后并未严重中毒，还歪歪扭扭地回到了自家。其妻见此，遂以能解毒的粪汤灌入郭汜腹中，将毒解掉。自此，郭汜再也不相信李傕，并暗暗厉兵秣马，准备攻打李傕，以解心头之恨。李傕闻知郭汜回去后不仅毒被解掉，且还健健康康地活着，料他绝不会就此罢休，于是也忙暗暗厉兵秣马，准备攻打郭汜。

　　大战虽然即将发生，但此时长安城内外官民却没丝毫危机感。因此，除李傕、郭汜外，上至皇帝朝臣，下至平头百姓，皆沉浸在歌舞升平、太平盛世之中。只有原董卓所部官军部将杨定对此有所预感，理由是据李傕豺狼般的本性，断定必会劫持刘协，拘质朝臣，作为挡箭牌。因此，便毫不犹豫地站在了性情较为宽厚温和的郭汜一边，合力攻打李傕，并建议郭汜抢先下手，将刘协迎入营中，然后再以他的名义，下诏号令天下诸侯联合讨伐李傕，以安社稷。郭汜认为杨定建议正合他意，因而深表赞成，并欲待机实施。谁料还不待他俩行动，李傕便从一郭汜营中逃归的士兵口中得知了此事，于是立刻便遣其部下李暹率领八千原董卓所部官军速将正在未央殿与朝臣议事的刘协和朝臣团团围住，又令王昌率领三百原董卓所部官军冲进皇宫，欲以辀车三乘将刘协及其他重臣载往他南坞家中。刘协不从，并欲责斥王昌等人。正在这时，忽见太尉杨彪奋勇奔出宫门，对李暹愤怒道："自古帝王从未驻跸朝臣家中。常言道：行事当合天下人心。今日诸君所为，有违天下人心啊！"

　　李暹闻言，遂不以为然道："太尉大人所言虽然有理，然我家将军迎帝于南坞家中之意已决，不可更改！"

　　杨彪闻言，不禁非常气愤，并转身进殿将李暹所言禀报给了刘协。时刘协及其他朝臣闻此，也不禁非常气愤。同时料想再言无益，于是皆默不作声。已进入殿内的王昌见此，以为行事无虞，大喜，遂即上前叫刘协乘一辆车，贵人伏氏乘一辆车，贾诩及左灵合乘一辆车，王公朝臣随后步行，直向李傕南坞家中奔去。待刘协一行方离开未央殿，李傕便率领原董卓所部官军冲进殿里又烧又杀，无恶不作，并将殿里御府所存金帛、乘舆和器服等物一并运往他南坞家中。而伺候刘协和贵人的那些太监与宫女，亦死的死，伤的伤，逃的逃。总之，到处一片狼藉，不堪入目。末了，李傕又效董卓当年焚毁雒阳故事，叫其所率原董卓所部官军放火焚毁了未央殿，使刘协等人无法回归而不得不永远住在他南坞家中受他直接指使。

第三十四回　败吕张收定陶曹孟德诏拜兖州牧　击郭樊乱长安李稚然自为大司马

须知，未央殿位于龙首原上，为开国大臣萧何亲自指挥修建。由前殿、宣室殿、温室殿、清凉殿、麒麟殿、金华殿、承明殿等组成，皆玉石砌墙，金砖铺地，高大雄伟，远远可见，连高祖也认为豪华有余，并因此被时人喻为时之天下第一殿。遗憾的是，眼下顷刻间便成了一堆灰烬。其西的墙周三十里，亭台楼阁林立，号称千门万户的建章宫；其北的墙周十余里，金珠玉玑为帘，昼夜光明四射的明光殿；其北的墙周十余里，玉窗珠帘、丹桂飘香的文昌桂香宫，皆被烧得断壁残垣，面目全非。附近的华阳街、章台街、藁街、香室街、夕阳街、尚冠街、炽盛街、太常街，也皆遭到严重毁坏。因此，时人见此，无不痛心疾首，谴责李傕。

再说刘协及王公朝臣一行方进李傕南坞家门，王昌便将杨彪在未央殿外所言一五一十地告知了李傕。时李傕对杨彪所言虽然感到不快，但顾虑到天下人言可畏，只好在刘协、伏氏、贾诩和左灵等人未下车前，将他们移送到宣平门外其北坞兵营，并由部下校尉邓彪率兵守卫。而他仍住在四周刀枪林立、戒备森严的南坞家中，以防不测。

郭汜在家中闻报李傕抢先一步劫走了刘协、伏氏及王公朝臣后，自然大怒不已，并立刻联合往日与他有交情的李傕所率原董卓所部官军部将张苞和张龙，率领原董卓所部官军，连夜攻打时之刘协、伏氏及王公朝臣所居的李傕北坞兵营，欲将他们抢到自己手里。守卫北坞兵营的邓彪所率原董卓所部官军见郭汜、杨定、张苞和张龙所率原董卓所部官军来势凶猛，料想北坞兵营外围难守，于是便打开第一道坞门将他们引入其内。郭汜所率原董卓所部官军虽不伤一兵一卒便进入了第一道坞门，却久久攻不进坚固无比的第二道坞门。时刘协及王公朝臣认为李傕、郭汜双方所率原董卓所部官军这样僵持下去，不仅会危及他们的性命，还会引起天下大乱，社稷倾斜，其后果不堪设想。为防止这种可怕的局面出现，经商议，刘协便遣杨彪、司空张喜、尚书王隆光、廷尉宣璠、大鸿胪荣郃、大司农朱隽、将作大匠梁邵和屯骑校尉姜宣八大臣先往李傕南坞家中劝说李傕与郭汜罢兵讲和。时李傕心里对此甚为赞同，但还要看看郭汜的态度再公开表态，这样做的目的是怕郭汜反对而丢了自己的颜面。杨彪等八大臣虽看出了李傕的心思，但又不便相逼，因而不再多言，即告辞李傕，前往郭汜中军大营劝说郭汜。杨彪等八大臣以为势单力薄的郭汜会同意与李傕罢兵和解，谁料他们方才开口，郭汜便气呼呼地表示反对，并发誓要与李傕拼个你死我活方才罢休。因为他认为李傕劫持刘协、伏氏及王公朝臣是抢了他事先谋划劫持刘协的美事。同时，在他既没劫持刘协，又没劫持王公朝臣的不利情况下与李傕罢兵和解，显然对己不利，因此他不仅反对罢兵和解，反还将杨彪等八大臣作为人质扣留下来，以便将来需要时将其作为与李傕罢兵和解的交换条件。对此，杨彪等八大臣自然非常愤慨。时杨彪还责问郭汜道："将军向来通晓世事，何故要仿李将军劫天子故事而质扣我们呢？这可是为人不齿的恶行呢！"

郭汜闻言，认为他不谴责李傕先劫持天子，却对他扣留几个大臣说三道四，这不是在偏袒李傕一方吗？于是怒不可遏，并高举佩刀，欲亲手劈了杨彪。谁料杨彪并未躲避，反还临危不惧，并慷慨激昂道："国家臣子不为国泰民安，活着还有什么意义呢！"

郭汜见杨彪有如此忠君报国气节，不禁暗自钦佩。恰在这时，五习、杨密、张苞和张龙也来劝谏，于是他便回心转意，收回佩刀，饶了杨彪性命。

随后，郭汜遣人将杨彪等八大臣转移到自己的中军大营后，便开始挥军攻打李傕北坞兵营第二道坞门。然攻打了半日也没结果。张苞见此，大怒，遂下令火攻。北坞兵营为土石筑成，见火不着。无奈，只好传令弓弩手齐发，射杀李傕所部守军。箭是不长眼的，射伤射死的不仅有李傕所部守军，还射中了刘协居室帷帘。因此，竟吓得刘协脸色灰白，不知所措。伏氏及王公朝臣见此，皆慌忙上前以身相护，方才安然无恙。正在这时，从南坞拍马飞一般赶来指挥防守的李傕左耳被流矢所穿，遂使他钻心般疼痛。良久，方才缓过气来，并破口大骂郭汜不止。时李傕与郭汜所率两支原董卓所部官军攻打了许久，也未见结果。处于攻势的郭汜所率原董卓所部官军自然不愁吃用，而处于守势的李傕所率原董卓所部官军却因坞中所藏粮草有限，常常吃了上顿没下顿，因而李傕不禁非常着急。正在这时，李傕部将杨奉率了一支

第三十四回　败吕张收定陶曹孟德诏拜兖州牧　击郭樊乱长安李稚然自为大司马

原董卓所部官军赶了过来，将郭汜所率围坞的原董卓所部官军杀退，于是李傕所率守坞的原董卓所部官军方才得救。

李傕待郭汜所率原董卓所部官军方退，便不管三七二十一，将刘协、伏氏及王公朝臣从北坞兵营转移到他南坞家中，并叫部下校尉张奎率领原董卓所部官军日夜监守坞门，以便隔绝内外消息。由于南坞与北坞兵营一样，所藏粮草并不充足。因此，伏氏及王公朝臣常因填不饱肚子而饿得面现菜色。

李傕怕饿坏刘协而影响不好，因而对他还是丰食足汤。刘协肚皮虽未受亏，但对伏氏及王公朝臣眼下食不果腹痛心疾首，并要求给伏氏和每位王公朝臣发放米五斗和骨五具充饥。谁料李傕粒米不发，而只以不可食用的腐骨配发之。刘协见此大怒，欲责备李傕一番。侍中杨琦闻此，遂趁夜静之际向刘协密奏道："李傕边鄙之人，习于夷风，性情凶残，恰值他眼下又自知已犯悖逆，故常有怏怏之色，并欲转车驾幸其另一战略要地池阳县黄白城兵营，以泄其愤，后因司徒赵温反对，和其故吏、从弟李应多次从中劝谏，方才作罢。故臣愿陛下还是暂时忍让一下为好，以减轻其负罪感。若如此，可保大家无忧！"

刘协闻言，先是吃了一惊，随后认为杨琦言之有理，于是方才消气。

李傕与郭汜双方攻守坞之战虽然结束了，但他两人在长安城内外仍然大动干戈，激战不止。

对此，刘协甚为焦虑，并下诏令皇甫嵩从子、谒者仆射皇甫郦出面劝说李傕和郭汜罢兵和解。皇甫郦得诏后，先到郭汜军中大营劝说郭汜。皇甫郦口才极佳，因势利导，很快就将郭汜说服。郭汜也认为李傕劫持皇帝、伏氏和王公朝臣虽然有违天下人之心，但自己扣留杨彪等八大臣亦有违天下人之心。于是便立刻痛快地表示愿意从诏命，与李傕和解。皇甫郦见此，大喜，于是满怀欣喜地赶往李傕南坞家中劝说李傕。由于上次郭汜反对和解，没给李傕颜面。因此，李傕现在仍反对和解，以示也不给郭汜颜面，并还破口大骂郭汜道："须知，我有讨伐吕布之功，且又辅佐汉室四年，于是三辅清静，天下安宁，此天下人耳闻目睹啊！郭汜本乃一盗马贼，有何资格与我谈和解之事呢?"

方骂毕,皇甫郦即道:"昔有穷后羿恃其善射,而不思患难,以至于毙。近董公之强,将军亲眼所见,内有王公以为内主,外有董旻、董璜以为鲠毒,吕布受恩反而谋反,顷刻之间便头悬竿端,此乃其有勇而无谋也。今将军身为上将,把钺杖节,子孙握权,宗族荷宠,国家好爵而皆据之。而郭汜劫质朝臣,将军劫持天子,谁为轻重呢?张济与郭汜、杨定为同谋,且又为冠带所附,其势不在将军之下。因此,若将军不趁此与其和解,日后未必能占上风。再者,即使是将军你所崇拜的原白波妖贼军大帅杨奉,犹知将军所为非是,而眼下犹不肯为你尽力,不亦悲吗?"

时李傕未料到皇甫郦竟敢在他这里出言不逊,直气得两眼发直,半晌无语。皇甫郦见此,怕遭不测,于是便忙回去,当着刘协及朝臣的面诉说李傕不但不肯从诏,反而还出言不逊。受李傕宠爱的侍中胡邈闻皇甫郦言,认为他有负李傕重恩。皇甫郦当然不服胡邈,并责斥了他一顿。末了,还表示为汉室社稷而死于李傕刀下也在所不惜。刘协闻皇甫郦如此言,怕李傕日后报复,便当即下诏令其隐避。谁料皇甫郦应诏方出城不远,李傕便知道了,并忙密遣王昌于途中将皇甫郦暗杀之。然王昌深知皇甫郦忠直,且又怕杀了朝中大臣将来脱不了干系,于是便佯装追赶不及而使皇甫郦幸免于难。

自此,李傕以为谁也奈何不得他,于是越发飞扬跋扈,在南坞家中求见刘协时经常身携三刀,且还站在刘协身侧。刘协及王公朝臣见此,皆不禁诚惶诚恐,不知所措。李傕见此,认为他独霸朝政的时机到了,于是便迫不及待地向刘协自荐他为大司马。刘协哪敢不依,并不待与王公朝臣商议,便立刻使中郎将李固持节拜李傕为位在三公之右的大司马。

时李傕位在皇帝刘协一人之下,千万臣民之上,其对手郭汜等人肯服气吗?看官欲知详情,请看下回分解。

第三十五回

刘协东归遇阻暂幸安邑
公孙不敌联军退守易县

却说李傕虽被刘协恩准为大司马,但其对手郭汜不但不买账,反还倾其所率原董卓所部官军,与他拼命厮杀了好几个月。于是这座方圆六十里,城门十二座,街巷无数的长安城内外,到处是助战的鼓角声,助威者的喊杀声,伤残者的呻吟声,战火殃及的无数无辜者的哭叫声,冲天的战火与飞舞的战旗。而那些高大雄伟的宫殿、金碧辉煌的楼阁、繁花似锦的街市、星罗棋布的住宅、方圆百里的苑囿、浩瀚无际的池沼,转眼间不是面目全非,便是灰飞烟灭。

就在李傕与郭汜双方所率原董卓所部官军互相杀得难解难分之际,不料李傕后院失火,即李傕所率部分原董卓所部官军反叛了他。原来李傕向来行事极恶,与其原上司董卓如出一辙,尤其是他欲暗杀曾因善意劝他的谒者仆射皇甫郦一事,不仅使时之其他朝野人士心寒,就是前面提到的身为他的忠实部下而被他派去暗杀皇甫郦的王昌也不忍下手。此事发生后不久,在刘协身边的侍中杨琦、黄门侍郎丁冲、黄门侍郎钟繇、尚书左丞鲁充和尚书郎韩斌五人便仿当年王允等人密谋诛杀董卓故事,秘密策划亲手刺杀李傕。交战时的李傕宅邸周围警戒之森严,并不亚于当年董卓宅邸。因此,若要成功刺杀李傕,并非易事。于是他们又仿王允等人当年暗中串通董卓身边武将吕布刺杀董卓故事,暗中联合平日对李傕不满,现又是李傕随身部将的杨奉、宋晔、杨昂,以及军吏宋果与杨帛,寻机刺杀李傕。经一番密议,决定由武艺高强，且又常在李傕身边的宋果和杨帛执行刺杀任务。孰料他俩还未准备行动，便走漏了风声。对此，李傕当然怒不可遏，并亲手砍下杨帛头颅悬于东城楼前示众。宋果闻之，料知不妙，当即便逃之夭夭。杨奉、宋晔和杨昂料知李傕不会饶恕他们，于是便一不做二不休，抢在李傕下手前公然举兵反叛。李傕不备，竟被他们和回归的宋果所率原董卓所部官军打得大败，并还拉走了不少原董卓所部官军归附郭汜，而李傕本人也差点丢了性命。李傕所率原董卓所部官军实力本来强于郭汜所率原董卓所部官军，但通过这次事件，便明显大不如前。因此，直气得李傕头发倒竖，六腑爆裂，并破口大骂杨奉、宋晔、杨昂、宋果以及被他杀死的杨帛不止。

再说前时同李傕、郭汜一道率领原董卓所部官军杀到长安为董卓报仇雪恨的张济，到长安不久就引军退出了长安，驻屯弘农。现闻报李傕所率原董卓所部官军实力减弱的消息后，不禁大喜。何也？原来他早就想在李傕与郭汜之间周旋调停，以便停止旷日持久且又毫无意义的战争。他之所以愿意周旋调停，其意在保存原董卓所部官军实力，以便一致对外。同时，还可赢得保卫刘协、伏皇后、宋贵人和王公朝臣安全，以及保护长安生灵和建筑的美誉。何乐而不为呢？但他也明白，在前时李傕与郭汜双方所率原董卓所部官军正互不相让、厮杀激烈的情况下周旋调停，只能是白费口舌，徒劳无益。现在却不同，不仅李傕与郭汜之间的原董卓所部官军实力平衡没了，且弱势还在争强好胜的李傕一方。倘若这时出面周旋调停，定能收到立竿见影的效果。于是便令其胞弟张绣率领部分原董卓所部官军留守陕县，他则率其余原董卓所部官军连夜飞一般赶往长安，分别到李傕和郭汜处进行周旋调停。

李傕与郭汜双方所率原董卓所部官军在长安从乍暖还寒的初春互相厮杀到炎热的夏天，仍然平分秋色，谁也没占到便宜。因此，双方都认为再这样下去，对谁都不利，特别是军势已经减弱的李傕一方更是这样认为。现在张济既然亲自前来周旋调停，这自然是给双方颜面和台阶下。因此，李傕对张济的周旋调停自然表示欢迎。而此时郭汜一方的军势虽已由弱转强，但他深知李傕是个不好惹的主儿。若再与他厮杀下去，鹿死谁手还很难说，于是也

第三十五回 刘协东归遇阻暂幸安邑 公孙不敌联军退守易县

同意张济的周旋调停。为摆平双方的利益关系和消除二人之间的矛盾，经李傕、郭汜和张济三方商定，刘协批准，迁郭汜为车骑将军，杨定为后将军，杨奉为兴义将军，董承为安集将军。同时，其他人如宋晔、杨昂和宋果也得到晋升。

为庆祝李傕和郭汜罢兵，刘协同李傕、郭汜、张济等文武百官还在李傕南坞家中举行了盛大宴会。当然，原扣押在郭汜中军大营、现已释放的杨彪等八大臣也参加了宴会。席间，大家皆喜气洋洋，觥筹交错，一连畅饮了三日，方才尽兴而归。其情其景，好像李傕与郭汜之间什么事也没发生过一般。

此时值兴平二年六月。

李傕与郭汜之间的战争既已平息，刘协、伏皇后、宋贵人和王公朝臣的日子自然也好过了许多，并欲在适当时机启程东归雒阳。张济闻之，大喜，萌发了在刘协东归雒阳途经他的辖区弘农时将其强留在那里，以便效仿原上司董卓和现上司李傕故事，借其名义把持朝政的念头。因此，便极力劝谏刘协尽快东归。

一日早饭后，张济便赶到刘协、伏皇后、宋贵人及王公朝臣暂居处李傕南坞兵营拜见刘协，意在劝其尽快东归雒阳。刘协见张济到来，自然对其成功周旋调停李傕与郭汜罢兵一事给予肯定和表扬。对此，张济自然受宠若惊，并说了些谦逊话，然后才语重心长地对刘协道："众所周知，当初皇上西迁长安是董贼所迫，并非皇上及天下人本意。因此，皇上东归雒阳不仅是皇上，也是天下人向往已久的事。现董贼已除，其部下李傕和郭汜已罢兵和解，原董贼其他部属也早逃的逃，散的散，亡的亡，剩下的只不过是些不堪一击的散兵游勇而已，故不足为虑。依臣之见，天下既已太平，皇上东归时日已到啊！"

张济这番话，自然正中刘协下怀。但张济还明白，李傕与郭汜虽已罢兵和解，但刘协、伏皇后、宋贵人及王公朝臣仍常居在李傕南坞兵营，天子东归若不取得李傕同意，万一不测，后果不堪设想。于是便向刘协建议向李傕下道圣旨,道明天子东归的理由和意义。刘协认为张济的建议非常有理,于是便依了他。张济怕时久生变,因此,圣旨方撰制毕,便忙遣天官令孙笃和校尉张式带上,匆匆赶往李傕南坞家中宣谕。李傕闻之,忙收起了往日那般神气傲气,毕恭毕敬地跪伏于地,静听孙笃宣读。圣旨略云:

昔高祖定都长安,乃万不得已。长安虽有八水,土地肥美,物产丰富,又有秦岭、泾渭等名山大川之阻,然却位于中国之西,紧连西戎,难御外侵。而东都雒阳位于天下中央,平旷通达,万方归服,且又四河贯穿,五关拱卫,虽为用兵之所,却是易守难攻之区。长安虽有高大华丽的宫室,闻名遐迩的苑囿,并可接纳华山百仙,终南千道,然怎能与东都雒阳教化臣民之巍巍灵台和明堂相媲美?长安的太液池、昆明湖和上林苑也不如东都雒阳的显阳苑、显明苑、毕圭苑那般辽阔富丽,浩瀚深远。长安不法越轨、不讲礼仪的游侠武士及偷鸡摸狗之徒随处可见,数不胜数。而东都雒阳,无人不遵守法纪,谦和恭让。因此,朝廷回归东都雒阳,乃大势所趋,天下所望啊!

接圣旨前李傕并不知晓圣旨内容,待接旨后方知其意不仅有违董卓当年迁都的目的,且还会遭到原董卓所部文武的非议和反对。因此,是万万不能遵从的。再说圣旨里所说的雒阳那些宫室和苑囿与西京长安的相比,不仅没有优劣高下之分,且早被毁坏得荡然无存,两厢比较没有任何意义。至于山川险阻,还是长安胜于雒阳。因此,李傕当即便表示坚决反对刘协东归。

须知,朝臣抗旨是冒天下之大不韪,轻者坐牢杀头,重者诛灭九族,故非儿戏。但李傕拥有重兵,在他地盘上的皇帝刘协能保住性命就不错了,抗旨又算得了什么?再说自董卓干预朝政以来,朝臣抗旨早已司空见惯,不足为奇。因此,刘协和张济闻报李傕抗旨的消息后,并没感到惊异和气愤,并还遣孙笃和张式前往李傕南坞家中交涉游说。虽前后竟前往了九次,可李傕就是不准。对此,张济认为李傕太不给他颜面了,因而心中甚为不快。于是便心生一计,立刻联合郭汜、杨定、杨奉和董承共同来到李傕南坞家中,请求他准许刘协东归,并认为这样做不仅人多影响大,也给了李傕足够面子。

第三十五回　刘协东归遇阻暂幸安邑　公孙不敌联军退守易县

谁料他们到那里客厅施礼坐下寒暄方毕，还不待将来意道毕，李傕便犹豫不决起来。正在这时，忽见宣义将军贾诩上前将李傕拉进客厅密室，附其右耳低声道："今日来求天子东归者非比往常啊，他们皆为手握重兵之徒。倘若将军再固执己见，一旦不测，后果不堪设想。再说天子东归，乃朝野所望，将军何不趁此高抬贵手，做个顺水人情……"

不待言毕，忽见一门卫不顾郭汜、张济、杨定、杨奉和董承劝阻，匆匆奔入密室，不及向李傕拱手施礼便报道："报告大人，门外有羌胡特使求见。"

李傕闻报，先是一怵，随后即极不情愿道："准见！"

门卫闻言，随即转身出门，片刻工夫便将羌胡特使引进了密室。时不待李傕、贾诩问他有何等事求见，羌胡特使便气冲冲地问李傕道："李将军许我贤王宫中美女为时已久，为何至今还未兑现呢？若再如此下去，贤王将发大军挟天子为人质呢！"

须知，羌胡特使所说的贤王，就是西域的羌胡大帅，他何故会遣使向李傕索要宫中美女呢？原来李傕当初与郭汜交战时，曾许以宫中美女相送为交换条件，求羌胡大帅率兵相助。时羌胡大帅完全满足了李傕要求，而李傕却将交换条件忘在了脑后。

进退两难的李傕又遇上羌胡大帅索要宫中美女，这不是雪上加霜吗？因此，李傕先是无言以对，随后便欲对羌胡特使发怒。贾诩见此，以为不妥，遂忙对羌胡特使道："请转告你家贤王，此事关重大，待时李将军自有安排。"

羌胡特使闻言，以为有戏，于是便高高兴兴地向李傕拱手施礼告辞，转身出门，快马加鞭日夜赶回复命去了。随后，贾诩即语重心长地对李傕道："外有羌胡相威逼，内有郭汜、张济、杨定、杨奉和董承相强求，形势甚为紧急。尤其要紧的是，倘若羌胡大帅真的劫走了天子，将军的麻烦可就大了，故……"

不待言毕，李傕即气冲冲道："待我放走了天子，看他到哪去劫持！"

言毕，便匆匆走出密室对郭汜、张济、杨定、杨奉和董承道："你们求天子东归虔诚之心，真是感天地，动鬼神啊！前时我不许，乃担心天子东归途中安全,并无他意。"

李傕言毕,稍停片刻一脸严肃问郭汜、张济、杨定、杨奉和董承道:"你们能保证天子东归安然无恙吗?"

郭汜、张济、杨定、杨奉和董承闻李傕方才所言所问,知道他是口是心非,但毕竟同意了天子东归,因而还是大喜不禁,并异口同声道:"我们愿以头颅和全家性命担保天子东归途中安全!"

李傕闻言,遂收起他那严肃的面孔笑道:"你们既出此大言,我就放心了!"

郭汜、张济、杨定、杨奉和董承闻李傕如此言,自然非常高兴,但他们深知李傕性情犹若吕布,反复无常,变化多端。因此,便来了个趁热打铁,回去后便立刻请求刘协尽快起驾。时李傕正担心刘协待在长安会招来羌胡大帅劫持而惹出意想不到的大祸事,便痛快答应了郭汜、张济、杨定、杨奉和董承的要求。对此,他们直感动得不知所以。在争先恐后感谢了一番李傕后,便忙回去安排刘协起驾东归事宜去了不提。

兴平二年七月初的一个拂晓,刘协、伏皇后、宋贵人及王公朝臣等一行,在郭汜、张济、杨定、杨奉和董承及其所率人马的护卫下,出了李傕南坞家东门,浩浩荡荡地直奔长安城东北第一门宣平门而来。时李傕除了率领左右送了一程外,还派五百手持大戟的原董卓所部官军精兵,前往加强护卫。当刘协一行出了宣平门正欲通过军事要塞灞桥时,却遭到郭汜所率原董卓所部守桥官军的阻拦,并反复询问坐在前面车舆里的是否是天子。侍中刘艾见此,忙上前大呼"确实是天子",同时又叫侍中杨琦高举车帷,让他们仔细观视刘协。时刘协鼓足勇气将头伸出车舆窗口高声道:"你们不退去,难道要加害朕不成?"

那些郭汜所率原董卓所部守桥官军哪见过刘协?自然不辨真伪,但见上司郭汜在后护卫,于是便相信刘艾和刘协方才所言,遂忙高呼"皇上万岁万万岁",同时闪在一旁,让刘协车舆安全过桥。

须知,郭汜既然亲自护卫刘协东归,其所率那些原董卓所部守桥官军何

第三十五回　刘协东归遇阻暂幸安邑　公孙不敌联军退守易县

以还要阻拦呢？原来刘协一行走得突然，郭汜还来不及通告他们，方才有此误会。

刘协、伏皇后、宋贵人、王公朝臣及郭汜、张济、杨定、杨奉和董承等一行人前脚方出长安城，后脚李傕就率原董卓所部官军悄悄离开了那里，前往曹阳驻屯。李傕何故如此呢？原来他是怕羌胡大帅一旦知晓刘协离开长安后得不到宫中美女或劫持不到刘协而找他的麻烦。时李傕没有护驾任务，又是轻装快马，不久便走在了刘协、伏皇后、宋贵人、王公朝臣及郭汜等一行人前面，并驻进了弘农县城东十三里的曹阳县城。同时，李傕还认为张济参与护卫是多余的，有杨定、杨奉和董承等人就足够了。因此，便立刻传令正行走在新丰与华阴两县之间的张济及其所率原董卓所部官军立刻返还陕县驻屯。李傕这一无意举动，却打乱了张济事先有意在刘协东归途中强迫刘协幸屯弘农县城，以便挟天子令诸侯的念头。时张济深知，从眼下形势看，若不听从李傕的，肯定要吃大亏。于是立刻便执行了李傕命令，率领原董卓所部官军离开了护驾队伍，前往他的防区陕县。

张济走后，郭汜认为杨定、杨奉和董承及那些手无寸铁的王公朝臣奈何不得他，于是他那桀骜不驯的本性又暴露出来。时他以为：现在将刘协送归雒阳，不仅有违董卓在天之灵的意愿，更糟的是，他们回到雒阳后与那些关东官军连成一气，返身杀将过来，那后果将不堪设想。因此，与其送他东归，不若迫使他西往原董卓居所郿坞的好。在与杨定、杨奉和董承商议时，却遭到了他们的强烈反对，并还严厉指责他出尔反尔，不讲信义。

郭汜没料到会有这样的结果，因而心里不禁感到惶惶不安，并恐杨定、杨奉、董承与那些王公朝臣联合起来借旨为难他。果不出郭汜所料，随后不久，他们便同尚书郎郭溥一道奉刘协之诏前来训斥了郭汜一顿。时郭溥宣诏道："朕遭艰难，越在西都，感惟宗庙灵爽，何日不叹！天下未定，厥心不革，武夫宣威，儒德合谋。今得东移，望远若近，视险若夷。朕今东归，勿有疑也！"

宣诏毕，郭溥还训斥郭汜道："尔真庸人贱夫也。为国上将，今天有命，何须变之？吾不忍见尔所行，尔先杀吾以彰尔恶！"

郭汜闻刘协诏书和郭溥言语非常严厉，料想再待在此处必凶多吉少。于是不待与部将杨密、五习、张苞和张龙商议，便于当日午夜时分独自悄悄离开护驾队伍，前往曹阳投奔李傕去了。

郭汜走后，驻扎在华阴县的宁辑将军段煨怕刘协、伏皇后和宋贵人及王公朝臣一行有不测，便率了一队原董卓所部官军骑兵赶来护驾。为及时表明忠心，段煨赶到刘协车舆前未及下马，便叫左右将带来的御膳和御服奉送给刘协、伏皇后和宋贵人一行，王公朝臣也得到了他的资助。末了，段煨还热情地请刘协、伏皇后和宋贵人及王公朝臣一行当夜幸其军营。谁料与段煨早有隙的杨定怕他夺了头功，于是便上前对刘协道："段煨迎驾不敢下马，恐有诈啊。"

不待刘协开言，一向与杨定友善的侍中种辑也上前对刘协道："杨将军言之有理啊。臣也以为段煨有不轨之心。"

头脑清醒，又有独立见解的刘协认为段煨并无反心，遂便道："段将军是来迎朕的，何来反意？你们不必多疑！"

种辑闻刘协如此言，料知他不相信自己与杨定。因此，心中甚为不快，并辩解道："段煨这厮方才迎驾不到界，参拜不下马，且其脸色有变，故必有异心！"

在一旁的太尉杨彪也不相信杨定与种辑方才所言，并信誓旦旦道："段将军绝无反心，故臣敢以死保护皇上幸其军营！"

正在此际，忽然杨定和董承皆言郭汜今夜将率七百原董卓所部官军骑兵前来闯段煨军营。须知，杨定、董承如此言的目的是欲阻止刘协、伏皇后、宋贵人及王公朝臣幸段煨军营。刘协闻言却信以为真，于是当夜便露停于段煨军营以南过夜。但段煨仍奉给刘协、伏皇后、宋贵人及王公朝臣们以膳食，直到次日他们离开华阴县地界，也未见段煨有反叛言行。由于杨定和董承诬陷段煨谋反不成，心里不禁越发愤恨段煨，并在刘协、伏皇后、宋及王公朝臣一行上路不久，便率了一支原董卓所部官军攻打段煨所率原董卓所部

第三十五回 刘协东归遇阻暂幸安邑 公孙不敌联军退守易县

官军。攻打了十余日，也无结果。无奈，他俩只好暂时收兵，待日后再攻。

却说郭汜快马加鞭于次日午时匆匆赶到曹阳县府大厅，见到李傕还不待拱手施礼，便将其改变支持刘协、伏皇后、宋贵人及王公朝臣东归而遭到杨定、董承、郭溥等人反对一事向李傕道了一遍。李傕闻之，也很赞成郭汜的，并还破口大骂了杨定、董承、郭溥等人一通。末了，便令李利率领五千原董卓所部官军守城，他则率领李暹、李应等原董卓所部官军五千与郭汜一道，马不停蹄地向正在攻打段煨军营的杨定和董承所率原董卓所部官军杀来，以先为郭汜报仇后再言其他。杨定见此，料知不是其对手，无奈，只得率领所剩原董卓所部官军，通过武关，投奔荆州刘表去了，而董承则率领所剩原董卓所部官军仍跟随护驾队伍前行，于是段煨军营方才得以解围。

李傕和郭汜见杨定逃走，也不率军从后追击，便催军直追刘协、伏皇后、宋贵人及王公朝臣一行。时在陕县的张济闻之，也以为既然刘协、伏皇后、宋贵人及王公朝臣一行未幸他暗中所定的弘农县城，他们是否东归便自然与己无关，而搞好与同自己一道出生入死、拼杀在战场的同乡李傕和郭汜的关系才是重要的。为此，张济便亲率一队原董卓所部官军从陕县向西，与从华阴向东的李傕和郭汜一起，将正行走在弘农与曹阳亭东十五里的东涧的刘协、伏皇后、宋贵人及王公朝臣一行团团包围起来。杨奉、董承和射声校尉沮隽见此，先是大骂李傕、郭汜、张济一通，然后才叫随行侍役弃了御物、符策、典籍，护着刘协、伏皇后、宋贵人及王公朝臣一行，奋力冲开一条通道，继续东行。

须知，李傕、郭汜、张济所率那些原董卓所部官军虽然凶猛彪悍，心狠手辣，但对刘协、伏皇后、宋贵人还是不敢动手动脚，刀枪相加。但在那些王公朝臣面前则不问青红皂白，为所欲为。因此，不一刻工夫，他们便杀死了光禄勋邓泉、卫尉士孙瑞、廷尉宣播、大长秋苗祀、步兵校尉魏杰、侍中朱展和断后受伤坠马的沮隽。此外，还掠走了宫女及御用之物。其情其景，惨不忍睹。

时杨奉、董承等人护卫着刘协、伏皇后、宋贵人及王公朝臣一行虽然暂时冲出了李傕、郭汜和张济所率三路原董卓所部官军的包围，但他们也很明白，要最终逃出敌手是不可能的。因此，杨奉与董承便劝刘协、伏皇后、宋贵人及王公朝臣一行先在曹阳县界住一晚再说。对此，刘协也表赞同。谁料停下还未安营扎寨，便见李傕、郭汜和张济率领原董卓所部官军追了过来。对此，杨奉只得硬着头皮拍马上前迎住他们，以祈求的口气向其建议道："你们早已看到，眼下北风呼啸，天寒地冻，天子、皇后、贵人及王公朝臣一行现还口水未沾，粒粮未下。因此，能否让他们在此歇息一晚，待明日天明再商议回长安或郿……"

不待言毕，李傕便打断其话语道："就依你的吧！但你必须保证天子、伏皇后、宋贵人及王公朝臣一行安然无恙。"

杨奉闻言，不禁暗喜，并思想到：看来你李傕还是没胆在天子、伏皇后、宋贵人及王公朝臣一行头上动土呢！但表面上却点头哈腰地感谢了一番李傕后，方才拨马回去，与董承一道，指挥侍役为刘协、伏皇后、宋贵人及王公朝臣一行安排住吃。

须知，李傕何以会如此痛快地同意杨奉的建议呢？难道是他突然有了忠君之心吗？非也！原来他是要一个活着的刘协回到长安或郿坞。如果刘协在此冻饿而死，不仅难以担责，而且再也无法利用刘协这块皇帝牌子操纵朝政了。同时，他还以为，有他及郭汜、张济和很多原董卓所部官军在此看着，即使明天刘协不同意掉头向西进发，难道他刘协、伏皇后、宋贵人及王公朝臣一行还会插翅而飞？

再说杨奉回去后还未及歇息，便遣密使连夜马不停蹄地前往河水以北的白波谷白波黄巾军大帅胡才、李乐、韩暹及与白波谷黄巾军并肩作战的匈奴右贤王去卑处，请求他们当夜暗中率军赶来援助刘协、伏皇后、宋贵人及王公朝臣一行东归。

须知，杨奉是怎么认识胡才、李乐和韩暹这些白波谷黄巾军将士及匈奴右贤王去卑人马的呢？原来他本是白波谷黄巾军大帅之一，后因为解救自己被郭汜劫持的父亲才投奔了郭汜，但此后他仍暗中与胡才、李乐和韩暹保持

第三十五回 刘协东归遇阻暂幸安邑 公孙不敌联军退守易县

着联系，且关系密切如初。

这些经常遭到以刘协为首的朝廷官军镇压的白波谷黄巾军及匈奴人马是否愿接受杨奉的请求呢？回答是肯定的。因为尽管他们平日大骂刘协，仇恨朝廷，并在与官军厮杀时恨不得置其死地而后快，但听说刘协、伏皇后、宋贵人及王公朝臣一行沦落到艰难境地时，竟不禁生出了怜悯之心。同时，骨子里那固有的忠君之心也不禁油然而生，因此纷纷表示愿誓死协助杨奉、董承等人护卫刘协、伏皇后、宋贵人及王公朝臣一行平安东归。时胡才、李乐、韩暹和去卑见此，大喜，便各率两千黄巾军骑兵，随杨奉密使连夜渡过河水，与杨奉所率官军一道，猛地向李傕、郭汜和张济所率那些围困刘协、伏皇后、宋贵人及王公朝臣一行的原董卓所部官军杀了过去。时他们在营寨里睡得正香，哪里有备？于是便被杀得喊爹叫娘，四下奔逃。经清点，共斩首数千。

此时值兴平二年十一月末。

杨奉见胡才、李乐、韩暹和去卑不仅应请如期率军赶来护卫刘协、伏皇后、宋贵人及王公朝臣一行东归，且还将李傕、郭汜和张济所率的原董卓所部官军杀得大败，不禁大喜，于是不待与他们客套，便立刻叫董承和李乐护卫刘协、伏皇后、宋贵人及王公朝臣一行前行。他则与胡才、韩暹和去卑断后，飞一般向东奔去。待赶到陕县方安营扎寨毕，便见李傕、郭汜和张济率领方才被杀散的那些原董卓所部官军高喊着擒杀杨奉、董承、胡才、李乐、韩暹和去卑的口号，返身向他们这边追杀了过来。

须知，这些李傕、郭汜和张济所率原董卓所部官军是在不备的情况下被杨奉、董承、胡才、李乐和韩暹所率官军、黄巾军以及去卑匈奴人马打败的，当他们回过神来弄清了其底细后，其愤怒可想而知。因此，一追上来便不问青红皂白猛地大砍大杀。时杨奉、董承、胡才、李乐和韩暹所率官军、黄巾军以及去卑匈奴人马也不示弱，遂便争先恐后出营迎杀了上去。怎奈李傕、郭汜和张济所率原董卓所部官军不仅众多，且若狂怒的猛兽，一时没人能敌。因此，不大工夫，杨奉、董承、胡才、李乐、韩暹所率官军、黄巾军以及去卑匈奴人马便被杀退,死亡人数也大大超过前时曹阳亭东涧之战。对此,除了护卫在刘协、伏皇后、宋贵人及王公朝臣一行身边的那百余虎贲羽林外,其他将士皆有散去之意。

杨奉和董承见此,不禁非常着急,遂忙密召有关王公朝臣边走边商议下一步对策。密令方传出不久,那些被召者便飞快赶了过来。待他们方到齐,杨奉即意志坚定道:"天子东归,本乃天子之夙愿,人心之所向。谁料却受到李傕、郭汜和张济一伙不法之徒千般阻挠,万般破坏,此乃是可忍,孰不可忍!但我们护送天子东归之心已定,即使上刀山,下火海,也义无反顾……"

那些王公朝臣来之前本来心怀畏惧,现在闻杨奉这般豪言壮语,立刻便胆壮气粗,热血沸腾。故不待杨奉言毕,便一齐打断其话语,异口同声高声道:"即使抛头颅,洒热血,也要将天子安全护卫到京都雒阳!"

杨奉闻之,不禁大喜,然转而却叹道:"大家忠于天子之心叫我钦佩!眼下天子被阻拦在此不得前行,不知有何良策应之呢?"

方问毕,胡才即高声道:"杨将军须知,眼下陕县城在前,只要大家众志成城,一鼓作气冲过去,便大功告成!"

杨奉闻言,却不以为然道:"胡将军方才之言差矣!须知,陕县城有内屏三辅,外维河雒,履崤坂而背华山,临大河而肘函谷,向为四方襟要,八方咽喉,兵家必争之地啊。故当年董贼西入长安时即效前人故事,派其部下猛将张济在此据守。以我眼下兵力,要冲过城关,谈何容易!"

在场者闻言,皆认为有理,但他们又想不出别的妙计良策。故一时皆大眼瞪小眼,默不作声。良久,李乐方才道:"不若叫天子今夜乘船东过砥柱,南上盟津。如此,不难到达京师。"

大家皆认为李乐言之有理,故皆争先恐后地随声附和。谁料杨彪却反对道:"李将军方才之言差矣!须知,我生于弘农,长于弘农,深知自此以东有难以渡过的三十六险关。尤其是砥柱,自古舟筏少有能顺利通过的,而天子、伏皇后、宋贵人及王公朝臣一行舟船又如何过……"

第三十五回　刘协东归遇阻暂幸安邑　公孙不敌联军退守易县

不待言毕，王公朝臣早便惊得张口结舌，没了主意。良久回过神方才异口同声道："太尉既然是弘农生弘农长，定然知晓此地还有其他可行之处。"

方言毕，杨彪即若有所思道："据我所知，距此以北不远处有一津济，名叫茅津，又名大阳津，为历来河水南北必经之所。若从那里渡河水北上，即可避开陕县城关之险。"

王公朝臣闻言，皆认为非常有理。唯曾为陕县县令、现为宗正的刘艾沉默不语，良久方才忧心忡忡地问杨彪道："太尉大人方才虽然言之有理，但据闻张济那厮已率人马守在那里了。若从此渡河，岂不是自投罗……"

不待言毕，王公朝臣早便由喜转忧，皆不知如何是好。正在这时，忽见李乐若有所思道："宗正方才之言差矣。若以声东击西之策，明渡茅津，暗从敌不意之处鬼见愁渡河，必无忧啊！"

时王公朝臣认为李乐言之非常有理，并将其所言转奏刘协。刘协闻之，也认为非常有理。于是杨奉便依李乐之言，令去卑率本部匈奴人马于当日午夜时分举火公开佯攻茅津，吸引住张济所率原董卓所部官军的注意力，转移追赶刘协、伏皇后、宋贵人及王公朝臣一行的李傕和郭汜所率原董卓所部官军的视线；令从小生长在河水边，熟悉水性和会摇橹的李乐立刻带领黄巾军沿河寻找舟船，在茅津上游不远处的鬼见愁岸边等候，以待去卑所率匈奴人马与张济所率原董卓所部官军厮杀之际，举火为号，迎刘协、伏皇后、宋贵人及王公朝臣一行上船过河；他则与胡才、韩暹率领所剩官军精锐步骑断后，以防李傕和郭汜所率原董卓所部官军从后追击。调遣毕，大家皆离去准备各自事宜去了不提。

当晚午夜时分，果见去卑率了大队匈奴骑兵举着火炬，敲着锣鼓，吹着号角，喊着杀声，浩浩荡荡地向张济所率原董卓所部官军把守的茅津杀去。时他们大多睡意正浓，哪知有人杀来？惊醒后还不待爬起戴胄披甲蹬靴，早便身首异处，见鬼去了。其余的则在慌乱中翻身爬起草草穿戴毕，随主将张济迎上前去与去卑所率匈奴骑兵厮杀。去卑所率匈奴骑兵是佯攻，只是大张声势闹得欢，杀将起来却虎头蛇尾，哪有刚到时那般勇猛？有的甚至只是摆摆招式。张济所率原董卓所部官军本来势单力薄，生怕不敌而丢了茅津。现见去卑所率匈奴骑兵如此，不但不知是计，反还以为他们惧战，于是悬着的心方才放下来，并还乐得与其不痛不痒地周旋厮杀，以便守住茅津，不让刘协、伏皇后、宋贵人及王公朝臣一行从此渡河。

正在围攻刘协、伏皇后、宋贵人及王公朝臣一行营寨的李傕和郭汜闻报茅津战况后，以为刘协、伏皇后、宋贵人及王公朝臣一行要从茅津过河，大怒，遂忙弃了营寨，率军前往增援。杨奉、胡才和韩暹闻报，大喜，立刻便率领随行官军及黄巾军护卫着刘协、伏皇后、宋贵人及王公朝臣一行乘机摸黑迅速从营寨启程，飞一般向鬼见愁西岸赶去，以便从那渡河。而先出发来此备船的李乐这时也备好一只小型渔船，并持橹站在船头上，等候刘协、伏皇后、宋贵人及王公朝臣上船。谁料那里宽旷水浅，船无法靠岸。能靠岸的地方却高陡险要，无法上船。无奈，董承只得从仆人优德手中接过十根绢带，将其连接起来，再将其一头系在岸上一棵大树上。然后将刘协扶出车舆，叫他抓住绢带的另一头，从高约十丈的岸沿小心翼翼地滑坠到船上。随后，伏皇后、宋贵人及董承、杨彪、伏完等王公朝臣也先后抓住那根绢带顺岸滑坠到船上。而其他人料想轮不到他们使用绢带，便不顾岸高水深，抓着岸崖荆棘，争先恐后顺岸往下滑，结果大多掉入船边水中。随后，他们便手抓船沿，拼命往船上攀爬。董承见此，怕人多翻船危及刘协性命，于是便操起一条大斧，猛地向他们攀爬船沿的手指劈去。顷刻，掉进船舱里的手指便无以计数，而躯体则成了鱼腹之物。时摇橹的李乐则趁此拼命地将船向河北摇去。片刻，便到达了那里，并将刘协、伏皇后、宋贵人、杨彪、伏完和已上船的部分王公朝臣一行扶上岸，安置在距河水北岸不远的大阳县附近一农家暂且歇息。时在茅津与去卑所率匈奴骑兵纠缠的李傕、郭汜闻此，方知中计上当，直气得五脏六腑爆裂，七窍八孔生烟，并忙传令全军摆脱去卑所率匈奴骑兵，齐声高喊"还我天子"的口号，飞一般向鬼见愁岸边赶去，意欲截住刘协、伏皇后、宋贵人及杨彪、伏完等王公朝臣一行。但为时已晚，无奈，只好与断后的杨奉、胡才和韩暹所率官军与黄巾军厮杀一阵作罢。杨

第三十五回　刘协东归遇阻暂幸安邑　公孙不敌联军退守易县

奉、胡才和韩暹所率官军与黄巾军自然不愿在此恋战，于是抵抗一阵，便纷纷徒步过河，追赶刘协、伏皇后、宋贵人及杨彪、伏完等王公朝臣一行去了。而掉队的宫人和掉下的车舆、服物，自然被李傕、郭汜所率原董卓所部官军悉数掠去了不提。一时伤的伤，残的残，死的死，王公朝臣、宫女和侍役在大河两岸遍地都是，情景之惨，世所罕见。

在茅津与张济所率原董卓所部官军厮杀的去卑匈所率奴人马闻报刘协、伏皇后、宋贵人及杨彪、伏完等王公朝臣一行已安全过河，大喜，并忙退出阵地，寻河岸平坦及水浅处徒步向河北撤去了不提。

再说刘协、伏皇后、宋贵人及杨彪、伏完等王公朝臣一行上岸后不久，杨奉等人及那些逃散的、未伤的王公朝臣也渡河汇集到刘协、伏皇后、宋贵人及杨彪、伏完等王公朝臣一行所住的那户农家。时李乐见他们住在狭小简陋的农舍有损尊严，于是便建议先到他随军军营暂且住下。

须知，李乐为白波谷黄巾军大帅之一，其随军军营自然是白波谷黄巾军军营。按常理，与黄巾军为敌的刘协、伏皇后、宋贵人及杨彪、伏完等王公朝臣一行是不会赞同李乐建议的。但又以为现在若不去李乐军营，一旦李傕、郭汜和张济所率原董卓所部官军天明后发现他们在此，其后果不堪设想。再说李乐及其他白波谷黄巾军虽然弄枪舞棒，到处造反，但眼下前来救助刘协他们的这些白波谷黄巾军所作所为却无可非议。因此，随了李乐建议也无妨。于是便让刘协坐着农家牛车在前（这是刘协第二次坐牛车，不能说是司空见惯，但也没陌生感），其他人随后，趁着夜色，匆匆向李乐随行黄巾军军营赶去。

李乐所说的随行军营，当然不是远在临汾以北的白波谷，而是在距那农户不远的大阳县境内。因此，方到天明，刘协、伏皇后、宋贵人及王公朝臣一行便到达了那里。对此，李乐自然是受宠若惊，并设宴热情款待他们。对此，他们自然兴奋异常，于是早先那些顾虑便飞到了瓜哇国。正在这时，杨奉、胡才、韩暹和去卑所率官军、黄巾军、匈奴人马也闻报先后纷纷赶到了这里。杨奉于是便将有关人士聚集起来商议下一步打算。时杨彪首先发言道:"我们眼下虽摆脱了险境,但天子没御服和车舆,伏皇后、宋贵人及王公朝臣亦衣冠不整,面黄肌瘦。倘若这样回京,岂不叫天子没威仪,伏皇后、宋贵人及王公朝臣没颜面?故依臣见,不若奏请天子就近幸些时日,待一切准备就绪,再回京不迟。"

大家闻言,皆认为有理。但一时又想不起天子幸何处最宜。良久后,杨奉方若有所思道:"依在下之见,天子不若暂幸安邑最……"

不待言毕,董承便急不可耐地问道:"为何?"

"安邑不仅近在咫尺,不久便可到达,还是虞、舜和夏的京都,春秋时魏国亦在此建都。由此可见,它非一般吉祥之所。若天子暂幸于此,可威服天下啊。"

杨奉方言毕,韩暹即表示赞同,其他王公朝臣也没有异议。杨奉见此,大喜,于是在征得刘协同意后,于次日早饭后率军护卫着刘协、伏皇后、宋贵人及王公朝臣一行离开李乐随行军营,向安邑赶去。时沿途朝臣闻之,无不争先恐后奉献贡品,以表忠心。如河内太守张扬派了数千人送来粟米充饥,河东太守王邑遣人送来锦帛御寒。

到达安邑后,虽吃穿不缺,但却没处栖身。何也?原来安邑城距白波谷黄巾军大营很近,在他们与官军作战时,早将那里夷为平地。现在刘协、伏皇后、宋贵人及王公朝臣幸此,只得了个居住在风水宝地的美名而已。对此,他们自然非常不满,但又没有别的办法。无奈,只得居于无门窗无遮拦的荆棘丛中。每逢他们相会,兵士们皆伏于荆棘丛中窥视,并还互相打闹取笑。同时,诸将专权也很严重,有的竟敢随意鞭笞手无寸铁的尚书等文臣谋士。就是堂堂司隶校尉出入,也常遭到兵士们的戏弄与推抛。即使朝臣有事和受遣前往省阁,或他们自备酒肉送给刘协、伏皇后、宋贵人及王公享用,也常遭到侍者们的阻拦、喝斥和谩骂。

刘协见此,认为这样有损朝廷纲纪和上下尊卑。因此,必须拨乱反正,恢复正统,并在杨奉和董承的建议下,遣侍中史跂和太仆韩融奉诏前往河水以南,向李傕、郭汜和张济要回被掠去的宫人、宫女、车舆和服物。时李

第三十五回　刘协东归遇阻暂幸安邑　公孙不敌联军退守易县

傕、郭汜和张济认为既然刘协、伏皇后、宋贵人及王公朝臣已走，留着这些人和物也没什么用，于是便遵旨尽数予以归还。

此后不久的一日早饭后，御冠御服一新的刘协便在侍臣、宫女的拥簇下，坐进车舆受王公及群臣的朝拜。场面情景与规格虽不可与昔日在京都皇宫中那样同日而语，不过倒也等级有别，尊卑有序。因此，时刘协方才眉开眼笑，兴奋异常。为奖励那些护卫文武，朝拜后刘协即亲自宣旨拜杨奉为兴义将军，张扬为安国将军，胡才为征北将军领并州牧，李乐为征西将军领凉州牧，韩暹为征东将军领幽州牧，并皆假节，权限亦如三公。

受拜者明知所受的州牧之职是不能到任的一纸空文，但也兴高采烈，额手称庆。那些随行医师和走卒也被拜为校尉。被临时募来垒营扎寨的工匠与民夫见此，也嚷着要封官拜爵。为使他们尽早完成任务欢欣而去，刘协也亲拜他们为各营部曲。如此一来，御史刻印都来不及。无奈，只好以刻有文字的锥画为印。即使如此，有的连这样的锥画也没得到。可见当时所拜之职多到了何等程度。

刘协许官拜爵毕，便以枣、粟设宴款待大家。至此，日子过得倒也太平，只待择个黄道吉日向雒阳进发。

此时值兴平二年十二月末。

再说就在刘协、伏皇后、宋贵人及王公朝臣一行冒着各种艰险东归雒阳的前后，鲜于辅所率汉胡联军与公孙瓒所部官军在幽州也杀得你死我活，激烈非常。事情的原委是这样的：自从公孙瓒在初平四年十一月末打败并斩杀刘虞后，刘虞生前那些属吏便耿耿于怀，并暗中联络同志，伺机为刘虞报仇。他们是谁呢？原乃刘虞生前从事鲜于辅、田畴，骑都尉鲜于银和乌桓校尉阎柔。一日晚饭后，他们便聚集在蓟县鲜于辅府上商议为刘虞报仇之事。时鲜于辅首先发言道："太傅被害已近两年，然我等还未为他报仇，有负其在天之灵啊！"

方言毕，田畴即道："鲜于先生虽言之有理，但若为太傅报仇，就我们之力，恐难成功！"

随后，便涕泗满面，呜呜大哭起来。须知，田畴何故这般悲痛呢？原来他早年为府掾时，便受到刘虞特别器重。初平二年二月方署其为州从事时，便以当时已是骑都尉的鲜于银为特使，共同携礼出居庸，傍太行，经朔方，下河东，到长安面见刘协，陈表刘虞忠汉之心。刘协见田畴忠勇，欲拜其为骑都尉，以便随他左右。但他却以天子未安，不可取宠为由固辞不受，并多次申明自己决意东归，以助刘虞安定幽、蓟。谁料在归途中闻报刘虞被公孙瓒所杀。田畴闻之，如丧考妣，悲痛欲绝。因此，一到蓟县还不待拜见时已掌握幽州大权的公孙瓒，便匆匆赶到刘虞墓前谒祭。公孙瓒闻知他如此敬重死去的刘虞而轻视活着的他，自然怒不可遏，并下令将其羁押军中。后因公孙瓒恐有人讥讽他加害义士，方才予以释放。现在田畴感到自己至今无力诛杀公孙瓒为恩人刘虞报仇，也不能动他一根毫毛为己出气，怎能不悲痛万分呢？时阎柔见此，遂劝慰道："田先生不必担忧。须知，太傅生前广施仁政，恩播朔方，因而那里官庶至今仍痛惜其死。眼下我们若暗求他们相助，岂不善吗？"

方言毕，鲜于银即忧心忡忡道："阎将军虽言之有理，但我们与朔方素无交往，不知……"

不待言毕，阎柔即打断其话语，胸有成竹道："鲜于将军不必担忧，此事委托我便是！"

鲜于辅、鲜于银和田畴闻阎柔如此言，料想他必会成功，不禁大喜，并争先恐后推他为乌丸司马，以便联络和招募朔方乌丸和鲜卑胡兵。

阎柔何以敢主动承担联络和招募朔方乌丸与鲜卑胡兵之任，且还胸有成竹呢？原来他在少年时便从出生地广阳郡出走，流离失所，毫无归依，后漂泊流落到朔方乌丸与鲜卑一带，并受到他们的救济。及长成，身材高大，武艺超群。又因性情豪爽，言行诚信，因而深为那里的知名豪帅和大姓头人拥戴，并纷纷勇归其门下。他于是便纠合力量，乘机前往乌桓校尉住所广宁县城杀了时之乌桓校尉邢举而自代之。由此可见，他与乌丸和鲜卑的关系不仅早就非同一般，且还同生死，共命运。对此，鲜于辅、鲜于银和田畴自然也

第三十五回　刘协东归遇阻暂幸安邑　公孙不敌联军退守易县

很清楚,因而方才推他担任要职——乌丸司马。

商议毕,已是午夜时分。鲜于辅于是吩咐设宴,与田畴、鲜于银和阎柔举杯共饮,预祝为刘虞报仇成功。宴毕,他们方才趁黑各自打道回府歇息。时胆大心细的阎柔并没歇息,而是在府上客厅里来回踱步,苦苦思索。何也?因为他深知,自己虽大胆承担了联络招募乌丸、鲜卑知名豪帅和大姓头人胡兵的重任,但仅凭他与他们的关系,联络和招募他们前来与公孙瓒所部官军作开战并非易事。何也?因为路人皆知,自从公孙瓒为官以来,在历次反击乌丸、鲜卑知名豪帅和大姓头人胡兵的战争中,常常厉色愤怒,如赴仇敌,并常将他们打得大败而归,不敢出境。因此,至今他们还风声鹤唳,谈虎色变。不过阎柔不愧为时之诡计多端、手段超众的非凡人物。经过一番绞尽脑汁的苦思冥想,终于喜形于色地自言自语道:"诱其出兵方为上策啊!"

言毕,便走到案几旁伏身提笔给那些朔方知名豪帅和大姓头人各作书一份,邀他们尽快领兵前来广宁县练兵演武,以振军威。那些朔方知名豪帅和大姓头人大多是些身高体壮、骑射超群但头脑简单、思考不周之徒,因此,一接到阎柔书,便带领部下人马快马加鞭,昼夜而行。待他们赶到广宁县见到从蓟县赶来的阎柔后,方知来此是为与公孙瓒开战的真实目的,于是觉得上当受骗,因而愤怒者有之,过去曾在战场上吃过公孙瓒大亏而心存惧怕者有之。但他们都因碍于阎柔情面和没忘却刘虞旧恩而没推辞、退却。阎柔见此,自然大喜不禁,并设宴为他们洗尘,表示欢迎。席间,阎柔始终热情地为他们频频斟酒共饮,殷情之态,前所未有。同时,还将开战的重要意义向他们道了一番。他们闻之大喜,以为消灭了公孙瓒,就可在梦寐以求的幽州平原大地上驰骋称雄,并还发誓不拿下公孙瓒头颅祭刘虞陵墓决不罢休。阎柔见此,认为事半功成,于是就在席间调兵遣将,欲于当夜经沮阳县、居庸关,悄悄向公孙瓒驻屯地蓟县县城杀去。

再说公孙瓒自从斩杀了刘虞,夺了幽州军政大权这两年来,对刘虞生前所任的那些出身于衣冠子弟的州、郡、县属吏们确实不大恭敬,认为他们虽自以为当得其职,实则为一伙名重才疏、不善政务之徒。因而常对他们或明升暗降，或调往边远，或降职贱用，或撤职不用，其中就包括鲜于辅、鲜于银和田畴。

公孙瓒何以要如此行事呢？理由有三：其一，这些衣冠子弟确如公孙瓒认为的那样，大多是些名重才疏、不善政务之徒。其二，所谓衣冠子弟，就是那些重视门户出身的朝臣之后。因此，他们对皇家宗室、地位显赫的刘虞俯首帖耳，敬重如山，却鄙视母为傅婢的公孙瓒，并常对他阳奉阴违，两面三刀。其三，公孙瓒不仅武艺高强，亦为时之名儒卢植和通儒刘宽的得意门生，学识自然在衣冠子弟之上，因而自然瞧不起他们。于是双方长期互相轻视和仇视。然沧海桑田，今非往昔。眼下公孙瓒既然重权在握，岂会对这些衣冠子弟的言行闻而不问、视而不见呢？因此，他们受到排挤与压制也就理所当然了。

那么公孙瓒由郡门下书佐而跃升为前将军，并先后被封为蓟侯和易侯，所倚重的是些什么人呢？乃时之被轻视的那些商贩贾人、巫师卜徒，如卜数师刘纬台、贩缯的李移子和贾人乐何当等人，并与他们定兄弟之誓，且自号为伯，而他们依次为仲、叔、季。为进一步加深友情，公孙瓒还以他三人之女婚配其子。更不可思议的是，公孙瓒还将他们比喻为郦商和灌婴。而他们见身为当朝大臣的公孙瓒如此看重他们，自然受宠若惊，并对其鼎力相助。

性本清高傲慢的公孙瓒何以要卑躬下士、礼贤不名呢？原来他是按《战国策》中姚贾对秦王所言行事，即姜尚本为齐之逐夫，朝歌废屠，子良逐臣，棘津雠不庸之徒，姬昌用之而成王。管仲本为鄙邑商人，南阳隐徒，鲁可羁囚，但齐桓公用之而成霸主。晋文公纳中山大盗咎犯之谋，则大败楚成王于濮阳。由此他认为，这些曾劣迹斑斑的可耻之徒，一旦用之便可建功立业，显赫当时，名垂千秋，何况大汉顺民刘纬台、李移子和乐何当呢？

再说当鲜于辅、鲜于银、田畴、阎柔和乌丸、鲜卑建起的这支汉胡联军方行至蓟县城之北三十里处时，便遭到伏于路两侧的公孙瓒部将、渔阳太守邹丹所率官军的突然袭击。他们不备，竟被打得大败而逃。邹丹哪里肯放？遂挥军从后紧紧追杀，并将其追杀到潞县城北二十里的鲍丘水东岸。邹丹见

第三十五回 刘协东归遇阻暂幸安邑 公孙不敌联军退守易县

此,大喜,遂挥军一鼓作气,越过鲍丘水东岸,欲将其全部歼灭。时当他们趟着冰水,敲着锣鼓,挥着战旗,喊着杀声,以排山倒海之势猛地向对岸冲杀过去时,却被鲜于辅、鲜于银、田畴、阎柔和乌丸、鲜卑汉胡联军乱箭射了回来。时被射死的尸积如山,竟使鲍丘水一时断流;被射伤的喊爹叫娘,不计其数,惨不忍睹。邹丹见此,料一时难以越过鲍丘水。无奈,只好传令鸣金收兵,就鲍丘水西岸安营扎寨,以待有变再做定夺。

鲜于辅见邹丹所率官军被成功地阻挡在鲍丘水西岸前进不得,不禁大喜,并乘机传令全军在鲍丘水东岸安营扎寨,以便待机越过鲍丘水与其决战。因此,尽管鲍丘水西、东两岸营寨遍野,兵将密布,战旗招展,却非常平静。但鲜于辅、鲜于银、田畴、阎柔和乌丸、鲜卑汉胡联军将校心情并不平静,对这次失败感到非常愤慨,非常不服,非常蹊跷。非常愤慨的是:他们认为他们这次军事行动是正义之举,但却失败了。因此,天下还有公理可言吗?非常不服的是:他们一方兵多将广,训练有素,装备精良,本应毫不费力便可踏破蓟县城池,擒杀公孙瓒,为刘虞报仇。谁料却被邹丹所率少数官军打得大败,要不是鲍丘水天险阻挡,恐怕全军早已覆灭。非常蹊跷的是:他们这次军事行动是秘密的,只有天知地知他们知,可怎么会遭到邹丹所率官军的突袭呢?经分析,断定有人走漏了风声,然而是谁走漏的呢?

须知,世上常有奇不可测的怪事。叫鲜于辅、鲜于银、田畴、阎柔和乌丸、鲜卑知名豪帅与大姓头人始料未及的是,他们这次军事行动竟是时人不屑一顾的刘纬台、李移子和乐何当在贩缯时从街市上打听来的,并及时禀报给了公孙瓒。公孙瓒闻报,大怒,立刻暗中调兵遣将,迎战他们。因此,他们始终不知自己的行动早在公孙瓒掌握之中。由此可见,刘纬台、李移子和乐何当对公孙瓒所部官军的胜利起到了不可估量的作用。

须知,更要命的是,有的乌丸和鲜卑知名豪帅与大姓头人准备脱离联军,打道回府。鲜于辅闻之,不禁非常着急。为稳定军心,待机再战,遂忙传令召集大家到中军大帐商议对策。待他们匆匆赶来按秩排定施礼方毕,鲜于辅即掷地有声道:"胜败乃兵家常事,不足为惧!再者我军虽败,然损失甚微。倘若待机再战，必胜无疑呢！"

他们认为鲜于辅言之有理，立刻便转忧为喜，神气十足，并异口同声道："我们愿听鲜于将军的！"

鲜于辅闻言不禁大喜，道："只要我们众志成城，为太傅报仇便指日可待。须知，最近不时有探马来报，言对岸敌军寨内将士成日里不披衣甲，不问军事，且还日夜吃喝玩乐，打骂取笑。因此，我认为此乃骄兵啊。古兵家云：骄兵必败。我军若趁此突袭，取胜必易若反掌啊！"

在场者闻言，皆认为非常有理，并争先恐后争当先锋。鲜于辅见此，大喜，随即便令鲜于银率一万汉胡联军于当日夜幕降临后在鲍丘水上搭建浮桥百余座，以便越水攻敌；令阎柔为先锋，率两万汉胡联军待时越过浮桥进攻邹丹所率官军大营，以便擒杀邹丹。阎柔当了先锋，自然兴奋不已，连连施礼告辞而去；令田畴领五千汉胡联军守寨，以防距寨南不远的邹丹所率官军乘虚劫寨；他则率领其余汉胡联军随后策应。

次日黎明时分，折腾了一夜的邹丹所率官军正欲散去歇息，忽然听得寨外战鼓雷鸣，号角震耳，杀声震天，似有千军万马杀来。他们还没弄清怎么回事，阎柔所率先锋汉胡联军早已杀到大营前。须知，邹丹乃武将出身，不仅身材高大，膂力过人，武艺高强，而且跟随公孙瓒四处征战多年，沙场经验丰富。因此，他当时并没心慌意乱，随手抓起一条长柄大戟，不及上马便冲出营门，专寻阎柔杀去，意在擒贼先擒王，其他必自乱。时阎柔想法与邹丹一样，也是专寻邹丹来的。现在他俩恰巧相遇，正中下怀。同时，阎柔还认为这是擒杀邹丹、立功受奖的天赐良机。于是狂笑一声，拍马舞棒，直取邹丹而来。谁料马上的阎柔厮杀动作却远不如地上的邹丹厮杀动作灵活——阎柔使出九牛二虎之力，却棒棒落空，不损邹丹毫毛。而邹丹不用吹灰之力，却戟戟直刺阎柔要害。结果几个回合下来，阎柔不但没占到便宜，反还差点丢了性命。阎柔左右将校见此，大惊，于是便偷偷向邹丹施放冷箭。邹丹不妨，竟被其中一箭射中面部。阎柔见此，大喜，遂拍马上前，举棒照邹丹头上砸去。邹丹躲闪不及，竟被砸得脑壳四裂，脑浆四溅，不待喊叫，便

第三十五回　刘协东归遇阻暂幸安邑　公孙不敌联军退守易县

倒地而亡。邹丹所率官军见此，料知败局已定，遂一窝蜂似的向蓟县逃去。阎柔哪里肯放？遂挥军从后紧追不舍。因阎柔所率先锋汉胡联军追得太急，竟将其随后联军甩得老远。阎柔见此，怕孤军深入有不测，遂忙传令停止追杀，待随后联军跟上后再做定夺。那些邹丹所率官军见没了追兵，方才有条不紊地退入蓟县城内。

随后不久，阎柔及鲜于辅、鲜于银、田畴和乌丸、鲜卑汉胡联军便先后杀到，并将城池围了个水泄不通。在城内的公孙瓒虽未料到邹丹会突然兵败被杀和敌临城下，但对此并不惊慌，反还镇静自若，亲自指挥全城兵民负隅抵抗。鲜于辅、鲜于银、田畴、阎柔和乌丸、鲜卑知名豪帅及大姓头人原以为乘胜攻破蓟县城池，擒杀公孙瓒易如反掌。

蓟县县城早年为周武王封帝尧后裔之大邑，后又为春秋七雄之一燕国国都。因此，城周不仅长远，且城墙坚固，城壕宽深，不禁叫人望而生畏。结果汉胡联军一连攻打了多日，也未越过城池半步，反还死伤惨重。更糟的是，他们，特别是那些乌丸和鲜卑胡兵是远道而来，所带粮草有限，加之这些时日消耗，早已所剩无几。若再这样下去，后果自然不堪设想。对此，鲜于辅不禁非常着急，并忙召集所有参战文臣武将到中军大帐商议对策。待他们到齐按秩排定拱手施礼方毕，鲜于辅便问道："孙子云：'军无辎重则亡，无粮食则亡，无委积则亡。'现我兵多粮少，不可久战，否则后果不堪设想啊！因此，我以为速战速决方为上策。可公孙瓒这厮深谙兵法，狡诈异常，且人马众多，仅靠我军现有人马，恐难速战速决。因此，我欲请曹操曹兖州率军前来相助。若何？"

方问毕，鲜于银即起身上前不假思索道："曹操方有兖州，需要一个稳定巩固期。因此，一时恐难派出人马。"

在场者闻言，皆认为有理。鲜于辅见此，也改变了主意，道："刘玄德刘徐州如何？"

在场者认为鲜于辅方才所言不妥，于是异口同声道："刘徐州乃公孙瓒这厮当年同窗好友，公孙瓒前时还表他为别部司马，可见他俩情同手足。因此，他岂肯与公孙瓒反目为敌呢？"

鲜于辅闻言，却不以为然道："你们只知其一，不知其二。须知，他俩虽是当年同窗好友，但后来刘徐州却擅自叛离了公孙瓒这厮，投靠了陶谦陶徐州，难道公孙瓒对此不耿耿于怀吗？再者，在诸侯混战、天下大乱的年月，时而我是你大爷，时而你是我大爷，时而我是你孙子，时而你是我孙子的事司空见惯，何况刘备与公孙瓒呢？"

方言毕，田畴即上前若有所思地对鲜于辅道："刘徐州当年虽然叛离了公孙瓒，但公孙瓒并未因此以兵刀相见。这除了表明其宽宏大量非同一般外，还表明他二人间的友情也非同一般。再者，刘徐州也是重信义、念旧情的光明君子，因此，他决不会出兵中伤公孙瓒。"

在场者无不认为田畴言之非常有理。随后，田畴又若有所思道："我认为袁绍袁冀州向来与公孙瓒这厮不和，而且他二人间因界桥与广川之战结下的怨恨至今未解。因此，他若闻知我们需求援军征讨公孙瓒，定会迫不及待地发兵前来相助。"

方言毕，在场者皆不约而同地表示赞同，并纷纷要求鲜于辅尽快遣人前往邺城向袁绍求兵。鲜于辅也觉得田畴方才言之有理，于是便毫不犹豫地依了他们，并立刻走到案几旁伏身提笔疾书一封，遣了一名胆大心细、行动敏捷的小校带上，连夜前往邺城呈与袁绍。

却说袁绍当年本欲乘界桥与广川之战大胜之机一举消灭公孙瓒，以便挟刘虞以镇幽州。谁料公孙瓒乘刘协遣太仆赵岐从长安前往山东要求各诸侯罢兵之机，书告袁绍与己休兵和好。因种种原因，袁绍便同意了其要求；否则，非置公孙瓒于死地不可。但袁绍至今仍念念不忘寻机举兵北上，消灭公孙瓒，占据幽州。怎奈至今没有借口，因此经常愁眉苦脸，昂首长叹。

一日早饭后，袁绍正与左右文武坐在邺城议事厅热火朝天地议论刘协、伏皇后、宋贵人及王公朝臣一行东归及鲜于辅为首一方与公孙瓒一方交战之事时，一城东门守卫飞一般跑来，不及向袁绍拱手施礼便报道："城东门外有人言有要紧事求见。"

第三十五回　刘协东归遇阻暂幸安邑　公孙不敌联军退守易县

袁绍闻报，很不耐烦地高声道："不见！"

在一旁的沮授见此，以为不妥，忙起身上前对袁绍道："还是见见的好。倘若真有什么要紧事，那……"

不待言毕，左右文武皆一齐起身上前说沮授言之有理。对此，袁绍只得对守卫道："那就见见吧。"

守卫闻言，忙转身出门，片刻将求见者领了进来。袁绍见来者气质不凡，便怀疑他是黄巾军奸细。于是一脸严肃问道："哪路的？有何事？"

来者闻袁绍如此问，毫不惊慌，并对袁绍拱手施礼道："小的乃鲜于辅将军部下，带有他致大人书……"

袁绍听得"鲜于辅"三字，立刻便消除了对来者的怀疑。故不待来者言毕，便猜想到：我与鲜于辅向无往来，今与我来书，十有八九是向我求兵攻打公孙瓒那厮。若是，真乃天赐我消灭公孙瓒、占有幽州良机啊！

待袁绍猜想毕，来者正好从怀里取出绢制书双手呈与袁绍。袁绍接过展开还未看毕，见果不出他方才所猜所想，于是高兴得手舞足蹈起来。左右文武见此，皆若丈二和尚，摸不着头脑。袁绍料知他们不知究竟，于是便将书里所言向他们道了一遍。他们闻之，皆若袁绍一样，高兴得手舞足蹈。

袁绍见左右文武对出兵助鲜于辅毫无异议，大喜，不待与他们商议，便立刻令身旁的刘虞之子刘和与驻屯界桥的麴义率领五万官军前往蓟县，助以鲜于辅为首的汉胡联军攻打公孙瓒所部官军。

时乌桓山肖王苏仆延闻此，为感激当年所受刘虞恩德，率本族及鲜卑骑兵七千赶往蓟县，与鲜于辅、鲜于银、田畴、阎柔和乌丸、鲜卑汉胡联军共同迎接刘和与麴义所率官军。待他们会合后，蓟县城外遍地都是密布的营寨，飞舞的战旗，练武的将士，嘶叫的战马，其情其景叫人不寒而栗。然公孙瓒对此却毫无畏惧，并多次亲自率公孙范、单经、范方和属国乌丸大人贪至王出城，与鲜于辅为首的汉胡联军及刘和与麴义所率官军对阵厮杀，但均被人多势众的对方击败。无奈，只好在一日早饭后召集左右文武到他府上商议对策。待他们到齐按秩坐定施礼方毕，公孙瓒即道："现城外敌军总计有十万之众。以我眼下兵力，恐难取胜。但我们绝不能坐以待毙，应另谋他策……"

不待言毕，公孙范即打断其话语道："蓟县西南易县城池依西山，顾朔代，故古者燕桓侯舍良乡而都于此。我们何不……"

方言至此，单经即起身上前反对道："太守大人方才所言差矣。须知，易县虽有西山之险，但其东面则是一马平川的督亢。若据守于此，必害多益少！"

公孙瓒见公孙范与单经两人意见相左，一时也没了主意。良久，李移子方起身上前对公孙瓒道："易县、督亢为古燕肥沃之地，街衢之区，商阜重地，故太子丹将其献给秦王以止其攻。如此宝地，必优于蓟。"

在场者皆知公孙瓒向来对李移子言听计从，不好当着公孙瓒的面反对，故便不置可否。但公孙瓒深知迁移幽州治所非同小事，便一反常态，没听从李移子的，而是犹豫不决，不知所措。一旁的刘纬台见此，忙起身上前神秘兮兮道："李弟之言甚为有理啊。前时听童谣言'燕南陲，赵北际，中央不合大如砺，惟有此中可避世'。不过，我以为虽是童谣，却是天降斯言，故不可违。"

对笃信风水的公孙瓒来说，刘纬台常常是一言九鼎，因而立即道："纬台弟言之有理呢。"

在场者闻公孙瓒如此言，不论赞成与否，皆争先恐后上前随声附和。公孙瓒见无人反对，遂与他们低声耳语了一阵，他们连连点头称是后，即匆匆散去了不提。

当日午夜时分，忽见火光中范方率了万余官军劲骑从东门冲杀了出来。时值北风呼啸、雪花飞舞时节，驻扎在那里的鲜于辅汉胡联军大多蜷缩在火炉旁热被窝里睡得正香，因此，不待醒来便身首异处或躯体残缺不全了。其余的惊醒后虽戴胄披甲，挥刀举枪慌忙出帐迎战，但哪架得住有备而来的对方的突然袭击？因此，片刻便被杀得丢盔卸甲，四处乱逃。时驻扎在城南的刘和、麹义和驻扎在城北的田畴、鲜于银闻此，大惊，并忙叫醒所率官军前

第三十五回 刘协东归遇阻暂幸安邑 公孙不敌联军退守易县

来相助。于是双方势均力敌,难分伯仲。正在此际,忽见火光中公孙范、单经和贪至王率领城里所有守军拥簇着公孙瓒,闪电般飞奔出城西门,向驻扎在那里的阎柔和苏仆延所率联军杀来。须知,阎柔和苏仆延所率联军部下多为乌丸、鲜卑胡兵,不仅身材高大健壮,骑射精湛,且出手残忍。总之,战斗力非同一般。但他们今晚却毫无戒备,公孙瓒那些先头官军也多为乌丸、鲜卑胡兵,战斗力也不在对方之下。因此,不到片刻工夫,便杀开一条血路,冲过㶟水,直奔易县而去。

就在公孙瓒一行过㶟水不久,鲜于辅便得知了消息。须知,鲜于辅也精通兵法,因此,当即就判定公孙瓒是以金蝉脱壳之计弃城而逃。于是便忙传令各路联军弃了范方所率官军,迅疾抢占城池,以防时久不测。范方见此,也不恋战,便忙传令鸣金收兵,绕过城南,飞一般追赶公孙瓒所率大队官军去了。至此,以鲜于辅、刘和与麴义为首的各路汉胡联军虽未擒杀公孙瓒,但却占据了幽州大部分地区,并斩杀了公孙瓒所置的代郡、广阳、上谷和右北平等地长史,也算为死去的刘虞出了口气。

此时值兴平二年十二月末。

却说自张角亲自发动和领导的黄巾军举事以来,天下便战事频起——诸侯火并,无一宁日。因此,不仅普通百姓遭殃,就是身为万乘之君的刘协也在所难免。为此,时幸安邑的刘协在王公朝臣的建议下,将兴平年号改为"建安",意即建立一个天下平安朝廷。但建安年号与此前那些王朝年号一样,听起来虽很吉利,实际上当时天下却未出现丝毫平安迹象。例如,就在建安年号颁布不久,徐州战事又起。看官欲知徐州战事原委和结果,请看下回分解。

第三十六回

失徐州刘玄德虚领豫州刺史
迎天子曹阿瞒被诏录尚书事

却说这次徐州之战的原委是：刘备任徐州牧虽不到一年，却将徐州治理得井井有条，井然有序。于是处处繁荣，官宦欢喜，庶民满意，再也看不到上年被曹操所部官军破坏的痕迹。对此，刘备自然大喜不禁，并常在州治所郯县县城设宴欢庆。同时，除了与以前相识的名宦贤儒陈登、孔融、糜竺、糜芳和孙乾继续交往外，还新结识了名流硕儒郑玄和陈纪，并表孔融为青州刺史。还拜郑玄为师，以便向他讨教安邦治国之道。郑玄见刘备领徐州牧后没忘乎所以、盛气凌人，乃尊敬贤达之士，大喜，于是便建议他将州治所迁到下邳县城。对此，刘备非常不解，遂在刘府设宴款待郑玄，并问他道："郯县城墙周长十余里，高大坚固，又有沂、沭二水为天险，乃易守难攻之所，何故要舍弃而求其他呢？"

"你只知其一，不知其二呢！须知，郯县城墙虽处险位，然则非常驻之所啊。当年陶徐州以此为州治所，皆因曹操兵逼万不得已而为之。下邳北控齐鲁，南蔽江淮，水陆要冲，淮北要地。因此，郯县城墙岂可与下邳城墙相提并论……"

不待郑玄言毕，刘备便茅塞顿开，明白了一切。于是不待与左右文武商议，便将徐州治所从郯县县城迁到下邳县城。

随后不久的一日上午，刘备正与原下邳官佐坐在州衙大堂商议如何治理好下邳时，西城门一守卫跑来，不及向刘备拱手施礼，便向他报道："吕布带

第三十六回　失徐州刘玄德虚领豫州刺史　迎天子曹阿瞒被诏录尚书事

了一队人马，现正从城西门外不远处朝这边奔了过来。"

刘备闻报，以为吕布是因被曹操打败后没了栖身之所而率军前来攻城的，不禁大吃一惊，并忙传令左右文武前来商议守城对策。传令传出不久，又见另一西城门中卫飞一般跑来，上气不接下气向刘备报道："吕布……等一行已兵临……城西门……"

不待报毕，刘备早便起身同原下邳官佐和闻令方飞一般赶来的左右文武一道，飞也似的出了西城楼大门，举目朝下一看，果有一队战旗凌乱、队形不齐、衣甲不整的官军在护城河外岸堤边来回转悠，看起来不像是要攻城。对此，刘备不禁感到非常惊疑。正在这时，忽见"吕"字旗下一身材高大、手持长柄方天画戟的中年将军，在枣红马上边向刘备拱手施礼边高声问道："城上可是刘徐州么？我是吕布，是前来投奔的，不知愿纳否？"

时吕布认为自己曾是朝廷重臣，当初在京见尊贵无比的刘协、皇亲国戚和三公九卿乃家常便饭，而你刘备算得了什么？原本不过是一织席贩履小儿，见见你算你三生有幸。因此，本欲直呼刘备或刘玄德，但考虑到眼下形势，还是尊重他点好，即使卑贱低下也无所谓，只要他能接纳即可，此所谓委曲求全嘛。再说汉室开国元勋韩信胯下之辱都能忍受，我何故不能放下架子屈尊求见刘备呢？于是方才尊称刘备为刘徐州。

须知，刘备与吕布虽早已互闻大名，但从未谋过面。刘备闻知吕布现在来意后，自然又惊又喜。他以为，吕布不仅亲手杀死了罪恶滔天的董卓，为汉室解了恨，且还是打败天下无敌手的战将。有了他，谁还怕一直对徐州虎视眈眈、垂涎三尺的曹操与袁术呢？于是不再忧虑，便率在场文武出城相迎。吕布见此，大喜，忙翻身下马上前跪拜在刘备身前道："承蒙刘徐州接纳，我将不胜感激！"

刘备见大名鼎鼎的吕布如此尊敬他，自然惊喜万分，忙上前扶起他道："将军为我不共戴天之敌曹贼所害，我岂可坐视不管呢！"

吕布起身后还不及发言，他身后的陈宫、许汜、王楷、高顺、张辽、侯谐、郝萌、魏续、成廉、李邹、宋宪、高雅、曹性、赵庶、魏越和秦宜禄早齐刷刷跪拜在刘备身前,异口同声道:"我们永不忘怀刘徐州今日接纳之恩啊!"

刘备见他们皆身强力壮,料想武艺也不同凡响,现在又闻他们出言友善,自然喜不自禁,忙道:"你们有难,我当两肋插刀,不必言恩。"

随后,即上前将他们一一扶起。末了,刘备才叫吕布一行人到西城门外三里处安营扎寨歇息。为感谢刘备接纳之恩,安营扎寨方毕,吕布便在中军大帐设宴款待刘备。席间,他俩挨肩并坐于卧榻上,把盏相互敬酒畅饮。不到片刻工夫,他俩便喝得耳热眼花,语无伦次,并欲摘冠脱衣,赤身裸体高歌大唱。正在这时,吕布突然放下酒盏,结结巴巴叹道:"我与弟同为……边地之人。我……当初见关东讨董诸将欲诛国贼董卓而不能,遂使我甚觉……遗憾。后我乘机……杀了董卓那厮,为天下人除了害,解了恨。谁料此后关东讨董诸将……却视我如路人。不但不予……我安身之地,反还有杀……我之心,真乃是可忍,孰不可忍!"

刘备闻言,面上虽然表示很为吕布抱不平,但心里对吕布称自己为弟却非常不快。何也?原来刘备认为吕布眼下乃败军之将,丧家之犬,有何资格称我刘备为弟呢?再说你吕布方来时不是还称我为刘徐州吗?怎么转眼工夫就改口了呢?于是刘备方才相信他人对吕布反复无常、背信弃义秉性的品评。自此,便对吕布有了戒心,并庆幸当初没将吕布一行安排到城里居住,否则,后果不堪设想。故不待宴毕酒醒便告辞吕布,歪歪扭扭地走出大帐,上马回到城里衙堂,将新迁任的青州刺史孔融、偏将军糜竺、典农校尉陈登、下邳太守关羽、尚书令陈纪、别部司马张飞和从事简雍等一干心腹召来,将吕布在席间称他为弟一事向他们道了一遍。他们闻之,皆认为那不过是吕布酒后失言罢了,不足为怪。唯张飞看法与他们相左,并建议应乘吕布新来乍到、立足未稳和元气未复之机,将其诱入城内杀之,以绝后患。但刘备却认为诛杀来投者不仅有失君子之德,还对将来招贤纳士不利,因而当即便拒绝了张飞的建议,并告诫在场者今后严加防范吕布就是了。他们认为刘备非常有理,于是便表赞同。

第三十六回　失徐州刘玄德虚领豫州刺史　迎天子曹阿瞒被诏录尚书事

须知，自从吕布投奔刘备以来，不仅引起了兖州曹操的忌恨，还引起了扬州牧、左将军袁术的不满。不过不论曹操怎么忌恨，眼下却无力再东向攻打徐州，因为他的老巢兖州大乱后还需时间整顿巩固。袁术就不同了，自三年前初平四年春被曹操和袁绍联合起来赶到阴陵后，一直在效越王勾践卧薪尝胆故事，大力积蓄力量，准备随时北攻徐州，以发泄徐州士民不拥戴他之恨，并摆摆自封的徐州伯威风。同时，还认为刘备将徐州治所从郯县城迁到下邳威胁到他辖区的安全。因此，便在一日上午将吴景、陈纪、惠衢、纪灵、秦翊、袁胤、梁纲、张勋、杨弘、乐就、刘详、雷薄、戚寄、袁耀、黄猗、张承、李业、袁嗣、陈兰、韩胤、金尚、李丰和阁阁一干文武召集到州衙大堂，坐下商议道："刘备这厮将徐州治所迁到下邳，其心不可测啊。须知，下邳乃淮北重地，淮南襟要。有下邳则有淮北，有淮北则吴、越安。反之，则……"

不待言毕，纪灵便急不可耐起身上前高声道："主公不必多虑，只须给我五千人马，便可赶走刘备那厮，夺过下邳，踏平徐州！"

话音方落，便听得有人高声反对道："纪将军之言差矣！须知，刘备迁徐州治所非有图淮南之心。因为它西有虎视眈眈的曹操，北有与其结怨的公孙瓒，哪还有兵力南顾呢？再者，前时他还与我联系联合抗击我之仇敌袁绍与曹操。因此，他乃我盟友，岂可无故反目相攻呢？"

大家忙遁声望去，原乃河内脩武人张承。他初以贤良方正辟获征，拜议郎，迁伊阙都尉，因不满董卓擅政欲联合他人加以讨伐。后依其胞弟张昭之意，辞官归家，与兄张范一道避地扬州。袁术慕其名，遂招其为幕僚。

袁术闻张承言，心里非常不快，并欲出言反驳。正在这时，忽见谋士李业起身上前道："张先生言之有理。再者吕布新归刘备，遂使他如虎添翼。因此，唯有与其联合……"

袁术本欲以刘备将徐州治所从郯县城迁移到下邳威胁到他辖区安全为由发兵讨伐刘备，夺取徐州，谁料现在理解和支持者寥寥无几。故不待李业言毕，便大怒道："我有雄兵百万，战将千员，岂怕他织席贩履小儿刘备和一介武夫吕布呢！"

言毕，便自为统帅，令纪灵为副统帅，袁胤为副将，梁纲为先锋，与其他文武黄猗、张勋和韩胤共率所部两万五千官军，水陆并进，飞一般向徐州杀去。

却说刘备自将徐州治所从郯县县城迁到下邳以来，以为仅须防备西边的曹操，则大事无虞。因此，便在这春暖花开、百鸟争鸣的时节，常与左右文武游山玩水，寻古思幽。一日早饭后，他与郑玄、陈登、孔融、张飞在泗水桥上正津津乐道当年张良与黄石公在此相会的传奇故事，忽见一报子飞一般赶来，不及下马向刘备拱手施礼，便上气不接下气向他报道："主公……不好了，袁术和纪灵……等一干文武率了……大队人马正向……这边杀了过来！"

在场者闻报，皆惊得目瞪口呆，不能言语。良久刘备回过神，方才不解地自问道："袁将军乃我盟友，岂会与我为敌呢？"

其他人对袁术眼下之举也感到莫名其妙，因而皆随声附和刘备。唯郑玄若有所思道："袁术这厮虽为名门望族，其实不过一毫无信义的小人。他眼下举兵来犯，乃我意料之中呢。"

方言毕，孔融即轻蔑道："袁术不过一冢中枯骨而已，何足惧哉！故依我……"

不待言毕，张飞即打断其话语道："只要主公给我五千人马，便可将袁术这厮所率人马击退！"

刘备闻郑玄、孔融和张飞言，遂沉思良久方道："与袁术所率来犯人马交战，乃事关徐州之存亡。因此，还是我与关将军率军前往御之，张将军领军防守下邳城便是。"

张飞闻刘备言，以为是信不过他，于是急得面红耳赤，并高声道："主公难道……"

不待言毕，刘备便忙打断其话语道："张将军须知，下邳乃我州治所所在地，得失干系重大。我与关将军率军赴前线后，下邳城自然便空虚了些。倘若曹操那厮乘机来攻，那如何是好……"

第三十六回　失徐州刘玄德虚领豫州刺史　迎天子曹阿瞒被诏录尚书事

刘备方言至此，张飞便明白了一切，并打断刘备话语高兴道："谢主公指点迷津！"

刘备闻言，大喜，于是忙与大家一道飞马回城，于州衙大堂调兵遣将。时左右文武大多争先恐后要率军出征，刘备见此，自然高兴，但却没理会他们，而是令张飞、陈登、许耽、曹豹、曹宏和章诳率官军守下邳；令关羽率官军五千前往淮阴驻扎；他则率官军五千前往盱眙驻扎，以便阻击纪灵所率主力官军北犯；令糜竺和简雍督运辎重粮草随后跟进。随后，他们皆按令匆匆出门回营准备各自参战事宜去了，那些没领到任务的也随之散去不提。

此时值建安元年四月。

须知，刘备何以要将其所部官军布防于盱眙、淮阴两地呢？除了那两座城背依淮水天险外，淮阴还是因淮凭海、控制山东之所。春秋时越王夫差欲通中原，出淮水，便是这里。还有，南北有事，它便为辎倚重地。因此，只要守住那两座城，即使有天大的本事，也难轻易突破。由此可见刘备用兵之高明。

再说关羽遵照刘备命令率领官军渡过淮水到达淮阴县城后，便立刻将那五千官军中的三千布防于城外四周各交通要道，特别是城东北的战略要地羊寨、庙湾和城东南的战略要地刘庄，更是布重兵防守。随后刘备率领官军也赶到盱眙县城，并很快将大部分兵力布防于城北的运水、城南的池水、城东的东山、城西的浮山等战略要地。待关羽和刘备两方布防毕，袁术所率官军也赶到了盱眙城下，纪灵所率官军随后也兵临淮阴城下。纪灵虽为一介武夫，但也知晓淮阴城乃南北襟喉、吴越冲要和两淮安危所在，若能一举将其拿下，下邳城便不攻自破。下邳既破，徐州自然也就到手了。如此，说不定袁术还会像高祖刘邦当年封韩信为淮阴侯那样封他呢！因此，方到那里，便立刻下令日夜轮番攻打，恨不得将淮阴城池踏平方才罢休。城上守军主将关羽也知晓该城得失干系非同一般，因而便日夜挥军拼命防御。结果纪灵所率官军始终未能越城池一步。

袁术所率官军攻打盱眙的情况又怎样呢？原来袁术认为刘备眼下虽是徐

州牧，但过去不过乃一织席贩履的穷光蛋，与乞丐没什么两样，哪懂兵家之道呢？且又兵微将寡，不堪一击，何足为惧！谁料他们冒着炎天酷暑挥军拼死拼活攻打了多日，也无任何结果，反还死伤惨重。因此，攻防双方官军在盱眙和淮阴两城相持了月余，仍分不出高低胜负来。时刘备认为袁术和纪灵所率官军是远道而来，粮草运输困难，饥饿即将来临，不久便会自退，到那时再出城追杀，说不定还能因祸得福，顺势占有扬州呢！因而不但不为战事发愁，反还暗自高兴。

却说在兖州的曹操除了对刘备因未用一兵一卒便得了徐州而忌恨外，还对刘备接纳他的死敌吕布一事耿耿于怀，并欲寻机发兵徐州报复。谁料刘备所率官军眼下正与其另一死敌袁术所率官军开战，而且是刘备一方将袁术一方阻截在盱眙和淮阴前进不得。对此，他认为自己不用一兵一卒，刘备就为他解了对袁术之恨。于是大喜不禁，并忙向远在并州河东郡安邑的刘协上表推荐刘备为镇东将军，封宜城亭侯。时刘备本来非常担心曹操随时找借口出兵攻击自己，因此还布重兵予以提防。谁料曹操不但没发兵相犯，反还看好自己。对此，自然非常高兴。同时也非常明白，这不能上任的，且又是杂号的镇东将军远没徐州牧实惠。同时，还明白这是曹操在利用和鼓励自己与袁术死战而为他充当替死鬼。不过，在当前严峻的开战形势下，对曹操的表荐不必计较那么多，而击退袁术和纪灵所率人马，保住自家地盘徐州才是头等大事。同时还认为，表荐本身便说明曹操对他抗击袁术的军事行动是持支持态度，这对袁术也是个打击。于是便顺水推舟，接纳了曹操的表荐，并立刻给曹操疾书一封，表示万分感谢。末了，还设宴庆祝了一番。

此时值建安元年六月。

就在这时，突然一探马飞一般前来，不及下马便边向刘备拱手施礼边报道："大事不好……"

不待报毕，刘备早已大惊失色，遂忙问道："什么大事不好了？还不快快道来！"

探马闻问，忙结结巴巴地向刘备报道："曹豹等人勾……结吕布……反

第三十六回　失徐州刘玄德虚领豫州刺史　迎天子曹阿瞒被诏录尚书事

了，下邳城……亦被他们夺去了！"

刘备闻报，犹若听得晴天霹雳，差点惊昏过去。同时，还以为自己耳朵出了毛病听错了话。待回过神反复询问了探马后，方才相信探马所报。对此，刘备顿时六神无主，不知所措。良久方才问探马道："张将军情况如何？"

"不知去向！"

刘备闻答，自然不禁非常担心张飞安危，料知自己妻室处境也好不到哪里去，于是又问探马道："我妻室情况如何？"

问毕良久，探马方才面带难色迟迟疑疑地答道："被吕布那厮掠去了！"

刘备闻答，遂沉默不语。良久，方才回过神怒不可遏道："待我夺回下邳城后，非将忘恩负义的吕布和叛贼曹豹分尸万段不可！"

言毕，即传令糜竺和简雍率领部分官军继续坚守盱眙，随后方才传令关羽率领少部分官军继续坚守淮阴，其余的皆同他北撤夺取下邳。

须知，刘备前时在吕布所率官军被曹操所部官军杀得无处安身之际毫不犹豫地接纳了吕布，按理吕布自然对刘备感恩；曹豹是在陶谦病故后自愿归属刘备的，因而对刘备也是非常信任的，可现在吕布和曹豹何故要联合起来反对刘备呢？原来是袁术和纪灵所率官军被刘备和关羽所率官军挡在盱眙与淮阴一线不得前进一步，袁术因此气急败坏且又无计可施。袁术谋士李业闻知后，便前往中军大帐向袁术献计，欲扭转这种不利局面。待他到达那里见到袁术时，已有不少文武或坐或站，在那里热烈商讨破城之策。但终究是婆说婆有理，公说公有理，莫衷一是。时他们见李业到来，以为他有什么锦囊妙计，于是便异口同声问道："李先生有何高见？"

李业向袁术拱手施礼坐下后，方才慢条斯理道："我认为盱眙城居山临水，易守难攻，故当年项羽尊楚怀王为义帝时见此险要，便定它为首都。而淮阴城位于淮、泗之会，有险垒角城之险，亦为易守难攻之所。因此，仅凭武力强攻，恐难奏效。故依我见，不若智取之。"

方言毕，袁术便起身走到李业座前急不可耐问道："先生之言甚妙，但不知如何智取呢？"

李业见四世三公出身的袁术如此看重他，自然受宠若惊，忙起身向他拱手施礼道："在下以为刘备所率人马大多眼下虽在盱眙和淮阴两城前线张牙舞爪，不可一世，但其后方下邳城定然空虚，有机可乘。因此，不若……"

不待言毕，袁术即打断其话语问道："不若什么？"

"主公须知，吕布本乃朝廷重臣，武艺高强，无人能敌，只因被曹操打得落花流水，无处栖身，无奈之下，方才千里迢迢赶来投靠刘备。因此，他岂甘心屈从于刘备呢？为尽快攻破盱眙和淮阴，进而拿下徐州，不若暗中与吕布……"

李业还未言毕，袁术便道："先生之言虽妙，只怕吕布那厮因感激刘备接纳之恩而不肯与我……"

李业闻言，认为袁术只知其一，不知其二，于是不待袁术言毕便道："吕布这厮一贯反复无常，见利忘义。他过去能因董卓许他蝇头小利而杀了自己的恩人丁将军，后又因王允许他高官厚禄而杀了视己如子的董卓，难道眼下就不会因利所需而背叛接纳他的新恩人刘备吗？"

袁术认为李业言之有理，但又不知吕布当前所需什么利，于是忙问李业道："依先生之见，吕布这厮眼下所需……"

不待问毕，李业便胸有成竹答道："须知，吕布从兖州逃到下邳，一路命都难保，哪还顾得上携带辎重粮草呢？因此，我料定他急需辎重粮草。倘若主公肯送与他些，再叫他率军攻占刘备大本营下邳。如此，不仅解决了其粮草短缺之忧，也使他不再流离失所。这一石二鸟的美事，他岂肯放过呢！在下之言，主公以为……"

袁术认为李业之言甚妙，直高兴得差点跳起来，不待他言毕，便赞扬道："先生真乃我之张子房啊！"

言毕，即起身走到案几前伏身提笔向吕布疾书一封，并叫特使带上快马加鞭赶往下邳送与吕布。

却说吕布对刘备的接纳之恩开始还是念念不忘，可日子一久，便忘得一干二净了，并对刘备有了异心。同时，还时时对下邳城虎视眈眈，垂涎三

第三十六回　失徐州刘玄德虚领豫州刺史　迎天子曹阿瞒被诏录尚书事

尺，恨不得立刻将其攫为己有，以解无地盘之苦。特别是袁术和纪灵率领官军与刘备和关羽所率官军在盱眙和淮阴攻守战爆发以来，吕布占领下邳之意更为迫切，只是一时找不到机会和借口，并因此不禁非常愁苦。不过，叫他更为愁苦的，还是因这些时日东奔西跑，运输困难，致使粮草短缺，求人度日。这与李业所言毫无二致。

一日上午，吕布在中军大帐正坐立不安之际，忽然钱粮司马秦宜禄匆匆进来向他报道："吕将军，我军眼下粮草只够几日之用了，如之奈何？"

吕布闻报，良久方长叹道："粮草乃军之根本，没它，我军将……"

不待叹毕，忽见一南营门门卫飞一般跑来，不及向他拱手施礼便报道："南营门外有一农夫声言有要事求见将军。"

吕布闻报，不禁先是一惊，认为农夫竟敢上门见他，简直是吃了豹子胆。后转而一想，我吕布新来乍到这里，与外界没有交往，何来农夫有要事求见我呢？不过既来，定然有些来头，并非真正的农夫。转而又思想到：管他什么人呢，先见见再说。于是忙对门卫高声道："准见！"

门卫闻言，忙转身飞一般出去，不到片刻工夫，便将农夫引了进来。吕布见来者中等身材，神情严肃，精明机灵，且又不向他拱手施礼，与他此前的想法差不多，即并非农夫，于是忙和颜悦色问道："你乃何路高人？有何要事……"

不待问毕，农夫已从怀中取出一绢制书信，上前双手呈与吕布道："在下乃袁扬州袁术特使，特奉命送来他与将军书信。"

吕布一听"袁术"二字，立刻气不打一处来，并欲撕毁书信。在一旁的秦宜禄见此，忙道："看后再做定夺，否则误了大事。"

吕布认为秦宜禄言之有理，于是便展开看了起来。书信略云：

将军有功于我有三：昔董贼作乱，破坏王室，祸害我袁术门户。而我举兵关东，未能屠裂董贼。但将军你则亲诛董贼，为我扫灭仇耻，使我明目于当世，死生不愧，其功一也。昔将金元休向兖州，甫诣封丘，却为曹操逆所拒破，流离迸走，几至灭亡。是将军破兖州，使我复明目于遐迩，其功二也。我生年以来，未闻天下有刘备，可眼下他竟敢举兵与我对战，我欲凭将军之威灵，以破刘备下邳，若事成，其功三也。将军有此三功于我，我虽不敏，但愿奉以生死。另外，将军连年征战，军粮缺少，我今送米二十万斛，已在路上。若需更多，将络绎复至。倘若兵器战具缺少，提出便是，我将如数供给。

吕布见袁术在书信中不仅对他一生功绩做了全面肯定，还愿意供应大批粮草和兵器战具给他，自然大喜不禁。特使见此，自然也大喜不禁，并忙对吕布施礼道："将军为除董功臣，盖世英雄。只因李傕、郭汜、樊稠和张济等国贼无道，曹贼逞凶，遂使将军不测而屈居刘备小儿之下。将军难道不觉耻吗？倘若将军愿出兵发难刘备，何愁不飞黄腾达呢！"

吕布闻言，遂思想到：耻辱倒无所谓，我吕布一生受过的耻辱还少吗？而袁术这厮在我眼下缺粮之际愿供军粮给我才是最要紧的。因此，管他三七二十一，先兵指下邳，得到袁术粮草再说。吕布思想到此，遂对特使道："袁将军来书所言与你方才所言皆有理啊！"

言毕，即大步走到案几前伏身提笔向袁术回书一封，表示愿攻打下邳。末了，还设宴招待了特使一番。宴毕吕布将特使送出门，转身回来便传召陈宫、许汜、王楷、高顺、张辽、侯谐、郝萌、魏续、成廉、李邹、宋宪、高雅、曹性、赵庶、魏越和秦宜禄到议事厅商议出兵下邳事宜。片刻，他们便闻召赶到了这里，按秩站定礼毕，只待吕布发言。时他们并不知晓商议何事，于是皆踮脚引颈望着早已来到那里的吕布，盼他尽快道明。然吕布坐在那里却默不作声，何也？原来他不知道他们会否支持他攻打下邳。因为他明白，毕竟刘备在自己危难之际毫不犹豫接纳了自己，并后悔此前不该答应袁术的。对此，他们当然皆若丈二和尚，摸不着头脑，但又不便发问。正在这时，吕布突然问道："方才袁术来书希望我兵指下邳，并答应供给我大批辎重粮草和兵器战具，你们以为若何？"

第三十六回 失徐州刘玄德虚领豫州刺史 迎天子曹阿瞒被诏录尚书事

陈宫等在场者闻言，皆感突然，于是便相互张望，默不作声。良久，陈宫方站出来道："刘徐州于我们有接纳之恩，此路人皆知。倘若对他有不轨行为，恐日后会叫天下人耻笑！"

方言毕，其他在场者皆随声附和。吕布见此，不禁非常恼火，遂猛地站起高声反问他们道："眼下我军粮草已快耗尽，倘若不理会袁术，他就不肯予我军粮。须知，一旦军中无粮，军心就会动摇，那如何是好呢？"

谁料陈宫却道："何不就近向刘徐州要些呢？我以为，他既然肯接纳我们于危难之时，也定然会供给我们粮草。"

吕布闻言，遂犹豫不决起来。随后转而一想：即使刘备肯供我粮草，但却不会给我徐州。因此，还是答应袁术的好。但占领徐州这事现在还不能挑明，于是佯装无可奈何的样子道："陈将军虽言之有理，但我已复信答应袁扬州了，岂能更改呢？"

陈宫等在场者闻言，方知商议乃多此一举，虽对吕布有些不满，但一时却没人站出来反对。良久，张辽方出列道："既已应了袁将军，我们哪有不从之理呢？不过下邳城高池深，易守难攻，且眼下又有刘备猛将张飞与熟悉城池情况的曹豹、陈登、许耽、曹宏和章诳一班文武把守，恐难一时拿下啊。倘若久攻不下，待刘备和关羽率领援军赶到，其后果不堪设想……"

不待言毕，吕布早便吓得倒抽了几口凉气，并再次后悔不该答应袁术的。于是急问道："张将军言之有理，但这将如何是好……"

不待言毕，忽见一南营门门卫匆匆跑来，不及向吕布拱手施礼便报道："南营门外有一人声言要见将军。"

吕布闻报，以为是袁术派人前来督促他进兵下邳的，于是极不耐烦地大声道："不见！"

谁料话音方落，便见一条大汉不顾门卫阻拦早便闯了进来。吕布见此，正欲喝斥，一旁的细作见此，忙介绍道："他乃曹豹曹将军。"

吕布闻言，便瞪着疑惑不解的眼睛望着曹豹，结结巴巴问道："曹将军你……你怎么会到……这里？"

须知，曹豹何以会不请自来呢？众所周知，自从陶谦去世后，曹豹等一干原陶谦所部文武归刘备以来，皆对刘备忠心耿耿，毫无异心，曹豹便是其中之一。唯张飞认为他们是丹阳杂牌，非涿县嫡系，应低人一等，因而常对其横眉冷对，喊五叫六。尽管刘备和关羽经常劝诫，仍无济于事。恰值这时，刘备和关羽率军离开下邳前往盱眙和淮阴阻击袁术和纪灵所率官军而没人劝诫，于是张飞对曹豹他们更是肆无忌惮，为所欲为，并扬言非要杀了他们不可。对此，他们不禁感到非常害怕，并常在一起密谋欲以武力反击张飞，但又认为兵微将寡，不是张飞的对手。于是便想到联合吕布，壮大力量，共同对付张飞。但他们不知吕布底细，于是便推曹豹前来打探口风。现在曹豹见吕布言行有异，便料想他定有什么难言苦衷，但自己是初来乍到，不便立刻询问，无奈，只得先与其客套一番再说，也许从中能探出个所以然来，于是便问吕布道："吕将军近来无恙吧？"

吕布闻问，遂不亢不卑答道："甚好。"

随后吕布回问曹豹道："国相近来亦无恙吧？"

"亦甚好。"

待他俩互相问候毕，其他在场者方才对曹豹礼节性问候了一番。吕布认为曹豹今番不请而来，定有什么秘密大事相告相商。为保密起见，便叫其他在场者退到帐外。待他们遵命方退出，吕布便急不可耐地问曹豹道："常言道，无事不登三宝殿，不知将军前来有何贵干？"

曹豹闻问，先是沉默不答，良久后方若有所思问道："吕将军以为张飞待人如何？"

吕布没料到曹豹问此，因而不禁感到非常突然和惊异。但他明白，没弄清曹豹来意之前决不可畅所欲言，于是沉思良久方答道："不知道啊！"

随后，便坐回虎皮大椅上沉默不语。曹豹见此，料想吕布还不知晓他来此和所问之意，于是便转移话题道："刘徐州为人如何？"

吕布闻曹豹所问并非一人，不禁感到非常蹊跷，并以为这是曹豹在知晓他们欲应袁术兵指下邳一事后，前来提醒他吕布不要忘记刘备当初的接纳之

第三十六回　失徐州刘玄德虚领豫州刺史　迎天子曹阿瞒被诏录尚书事

恩。于是不禁吓得冷汗淋漓，并立刻对曹豹警惕起来。为掩饰自己，遂毫不犹豫地答道："他俩皆天下仁义之士啊！"

曹豹闻答，以为联合吕布打击张飞一事落空。因此，认为在此再待下去已毫无意义，弄不好还会被张飞知晓而引发不测。于是便欲起身告辞。正在这时，忽见高顺闯进来高声道："曹将军所问我等在帐外皆听得明白。依我之见，你心里有话还没道出。须知，吕将军乃天下英雄，性情豪直。你应畅所欲言，以便他为你做主。"

曹豹闻高顺如此言，胆子立刻壮了起来，并思想到：还是现在把心里话道出来好。倘若吕布赞同，那当然好；否则，即使吕布砍下我的脑袋到刘备那里去邀功，也认了。总比有朝一日糊里糊涂地被张飞杀了强吧！曹豹思想到此，遂一不做二不休，将张飞那些所作所为向吕布一五一十道了一遍。

吕布闻之，直气得面红耳赤，言语不得。曹豹见此，以为大祸临头。谁料吕布怒吼道："曹将军须知，徐州本乃恭祖地盘，是他临终时拱手让与刘备这厮的。按理，你们这些恭祖部属才是徐州的真正主人。可他刘备却反客为主，指手画脚。尤其张飞这厮，更是不知天高地厚，肆意妄为。因此，我非杀了他不可！"

曹豹闻言，不禁惊喜异常，此前那些担心早便飞到了爪哇国，并将他来意向吕布道了一遍。吕布闻之，方知双方之意是不谋而合。对此，自然大喜不禁。时吕布欲设宴款待曹豹，曹豹认为事急耽误不得，待事成后再宴饮不迟。吕布认为曹豹非常有理，并立刻对他低声耳语了一阵，只见曹豹连连点头称是后，方才拱手施礼告辞吕布，兴冲冲出营门翻身上马飞一般回城去了。

却说张飞自刘备和关羽离开下邳后，成日里酗酒骂人，并戏耍吊打陶谦旧部丹阳将士取乐。一日中午时分，张飞正在南城楼上边饮酒边拿几个丹阳兵取乐时，忽见一探子飞一般跑来，不及向他拱手施礼便报道："曹豹、许耽、曹宏和章诳一干陶谦旧部将校率领官军从城内左边城墙脚下向这里杀了过来，并还高喊……"

方报到此,便紧闭嘴唇不往下报。张飞见此,甚觉惊异,瞪着大眼问道:"他们高喊什么了?"

"高喊'杀张飞无赦'!"

张飞闻报,自然怒不可遏,认为曹豹等人吃了豹子胆,竟敢在自己头上动土。于是也不传令部下官军前来助战,便不慌不忙抓过他那支丈八蛇矛,带着浓烈的酒气,歪歪扭扭下到城墙脚边,迎着曹豹、许耽、曹宏和章诳所率原陶谦所部官军杀了上去。时曹豹、许耽、曹宏和章诳所率原陶谦所部官军虽然人多势众,来势凶猛,但他们见了张飞,还是不禁心惊胆战,两腿发抖,不敢上前应战。因为他们无不知晓张飞凶猛善战,少有人能敌。正在此际,城里忽然到处火光冲天,城门皆开,吕布率领所部官军若洪水般从那里涌了进来。张飞见此,方知曹豹与吕布早已内外勾结,里应外合,攻取下邳。对此,不禁非常气愤和慌张,并认为除了冲出城外向盱眙刘备和淮阴关羽搬兵外,别无他法。于是便趁着酒劲,猛地挥舞着丈八蛇矛,连连向冲在前面的曹豹、许耽、曹宏和章诳刺去。他们哪见过这般武艺?别说上前还手,就连招架的本领也没有。因此,不到片刻工夫,便被逼得连连后退。张飞见此,大喜,遂忙乘势夺过曹豹部下一小校战马,翻身跨上,飞一般出了南城门,向盱眙和淮阴方向逃去。

时曹豹、许耽、曹宏和章诳所率原陶谦所部官军却无人敢随后追击,待吕布单枪匹马赶到时,张飞早便没了踪影。对此,吕布不禁感到非常遗憾,只好传令将刘备家眷扣押起来,以便将来要挟刘备。同时,下令陈宫、高顺、张辽及部分原陶谦所部官军将校率领人马紧闭四大城门,坚守各处要隘,以防刘备和关羽率领官军来攻。末了,方才宣布自己为徐州牧,随后率领许汜、王楷、侯谐、郝萌、魏续、成廉、李邹、宋宪、高雅、曹性、赵庶、魏越、秦宜禄与曹豹等部分原陶谦所部官军约一万五千人马一起,飞一般南向盱眙城和淮阴城杀去。

却说刘备和关羽所率官军在盱眙城集合后向北出发不久,便在城北不远处一片开阔地上迎面碰上了吕布所部官军和曹豹所率原陶谦所部官军。于

第三十六回　失徐州刘玄德虚领豫州刺史　迎天子曹阿瞒被诏录尚书事

是双方皆不约而同地就地摆开阵式，欲拼个你死我活，以便决定下邳城的归属。刘备和关羽所率官军虽然势单力薄，但皆对吕布忘恩负义之举非常气愤，因而士气正盛。吕布所部官军和曹豹所率原陶谦所部官军不仅人多势众，且是乘胜进军，士气之盛自然不亚于对方。待双方方摆毕阵式，刘备即出马以剑指着吕布高声骂道："你这匹夫，当初在你走投无路、无处容身之际，是我仁义为怀，热情接纳了你，今日何故要对我不仁不义，偷袭我下邳城呢？"

吕布闻骂，不禁感到有些内疚，因而一时无言以对。正在这时，忽见关羽拍马舞斧直取吕布而来，并高声骂道："对这忘恩负义、唯利是图的家伙，有何理可讲？还是先结果了你性命……"

不待骂毕，关羽那斧早在吕布面前舞动了起来。吕布见此，忙举起方天画戟架住关羽那斧辩解道："皆因张飞那厮……"

不待辩解毕，刘备又挥舞着双剑杀了上来。于是三人你来我往，杀了五十余合，也未分出高低来。正在这时，忽听得不远处有人如雷鸣般高声骂道："你这今天是吕家的爱子，明天是丁将军的宠臣，后天是董贼的义儿；时而依附袁术，时而依附袁绍，时而依附张邈，时而依附我主公的多面人，有何颜面在此张牙舞爪？"

双方将士循声忙望去，原乃张飞挥舞着丈八蛇矛直向吕布杀去。正在这时，张飞无意间见曹豹在其阵前耀武扬威，自然便气不打一处来，并改变了主意，飞马直向曹豹杀去。

须知，张飞当初不是从下邳南门逃往盱眙搬兵去了吗，何故这时从这里杀出来了呢？原来他逃出南门后不仅惊慌失措，而且酒未全醒，于是在半途走错了路，现在是瞎猫摸耗子，无意赶到了这里。

曹豹自然不是张飞对手，但刘备和关羽也不是吕布对手。因此，五人在阵上方斗了不久，刘备和关羽便只有招架工夫，而无还手之力。张飞见此，忙弃了曹豹来助刘备和关羽。吕布见此，便忙使出浑身解数，把方天画戟舞动得呼呼作响，不见人影。刘备、关羽和张飞也不示弱，便打起精神，齐举兵器直向吕布要害处又劈又刺，于是兵器碰出的声响震天动地，不绝于耳；生出的火花犹如闪电，非常刺目。两边官军还是初次见到如此激烈的厮杀，故直惊得目瞪口呆，停喊息鼓。在一旁的曹豹见此，怕吕布不敌，便欲上前助战，但却插不上手。无奈，只得在那里干着急。待他们四人战到八十回合时，吕布便有些渐渐不支，并欲弃阵而逃。吕布阵中侯谐见此，忙将手中宝剑一挥，身后人马便以排山倒海之势冲杀了过来。刘备、关羽和张飞见此，料想今日难以取胜，于是便不约而同向吕布虚晃一招，掉转马头便向自家阵里退去。吕布和曹豹见此，大喜，遂便从后追杀过去。刘备料想败局已定，大惊，遂忙传令全军速向盱眙城撤去。谁料吕布、曹豹和侯谐所率官军追得甚紧。因此，他们方进盱眙城不久，便在吕布与侯谐所率官军、曹豹所率原陶谦所部官军以及原在那里的袁术所率官军的强攻猛打下，慌忙弃城南向广陵逃去。

　　须知，刘备和关羽为何要带领官军逃往广陵呢？原来广陵枕江臂淮，倚为襟要，且又盛产鱼、盐、谷、帛，富甲一方。因此，自春秋战国以来，便是吴、越、楚、秦、汉重地。同时，它还凭高临下，四面冈沟纵横交错，甚为险要。若据之，尽可高枕无忧。谁料刘备和关羽他们逃出盱眙城方甩掉吕布、曹豹、侯谐和袁术所率三路官军不久，便迎面被袁术所部另一支官军所拦截。刘备和关羽所率官军本来是因大败而疲于奔命，自然不是这支养精蓄锐、以逸待劳的袁术所部官军的对手。因此，双方交战不久，刘备和关羽所率官军便败下阵来，并回头向东北方的海西县城逃去。到那里的刘备和关羽所率官军不仅数量锐减，粮草也所剩无几。对此，时在军中掌管粮草的糜竺不禁非常同情刘备。为使他重振旗鼓，东山再起，便将家中两千奴客与部曲送到刘备和关羽所率官军中充军。同时，还捐出无数金银货币资助刘备，甚至还将亲妹嫁与他，以解其无妻室之愁。对此，处于困苦中的刘备自然犹若雪里得炭，大旱遇雨，对糜竺感激不尽。

　　刘备和关羽所率官军虽在海西站稳了脚跟，但其辖区又小又穷，因此，不是大展身手之所。于是刘备便召集关羽、张飞、糜竺、简雍和孙乾到县议

第三十六回 失徐州刘玄德虚领豫州刺史 迎天子曹阿瞒被诏录尚书事

事大堂商议如何是好。他们闻召到齐按秩站定方礼毕,刘备即忧心忡忡道:"因糜先生大力相助,我等方才得以转危为安。但海西城墙矮小简陋,城壕狭窄水浅,若敌来攻,防守甚难。故依我见,不若屈身与吕布和解,共同对敌方为上策,不知你们意下如何?"

方问毕,张飞即站起来高声反对道:"吕布这厮是有奶便是娘的畜生,向他和解,岂不有辱我们名声吗!依我之见,不若……"

不待言毕,糜竺即打断其话语道:"人在倒悬,岂有不求人之理呢?只怕吕布这厮未必肯与我们和解!"

随后关羽若有所思道:"糜先生言之有理。依我之见,不若向吕布疾书一封,先探明他是否有和解之意后再做定夺,若何?"

随后良久,刘备才无可奈何道:"那就依关将军的吧。"

言毕,便走到案几前伏身提笔向吕布疾书了一封绢制书,并吩咐使者立即快马加鞭赶到下邳呈与吕布。

却说吕布和曹豹那日见刘备、关羽和张飞所率官军已出盱眙城南门逃远,就没随后追击。究其原因,他俩非常担心曹操乘下邳空虚之机率领官军前来偷袭,于是只在盱眙待了半日,便率军匆匆回下邳去了。

须知,吕布现虽有了下邳,并自领了徐州牧,但其粮草短缺问题并未得到解决。对此,他不禁想起袁术当初对他的许诺,即供给粮草,于是便多次派人前往讨要,但却毫无结果。而许诺他的兵器战具,自然也成了空话。何也?原来袁术这次出兵徐州本打算攻破下邳,占领徐州。谁知因被刘备和关羽率领官军挡在盱眙与淮阴而前进不得,因此,才以粮草和兵器战具为诱饵哄骗吕布出兵袭击下邳,南北夹攻刘备和关羽所率官军。但他万万没料到的是,吕布占领下邳后竟然自称起了徐州牧,说白了就是真正占领了徐州,结果使袁术先前的如意算盘落了空。因此,当初那些许诺自然也就告吹。不仅如此,袁术还破口大骂吕布贪得无厌,诛求无已。对此,吕布自然非常不满和气愤。

其实,袁术当初就应料到吕布在无栖身之所的情况下,岂会眼睁睁地将经过血战夺得的徐州拱手让与他袁术呢？而吕布当初也应料到袁术在一无所获的情况下，岂肯兑现他那些许诺呢？因此，他俩不愧为一对货真价实、不折不扣的庸才。

一日下午，吕布站在府邸客厅正破口大骂袁术背信弃义之际，一西城门门卫前来向他拱手施礼后报道："刘备使者在西城门外声言求见将军。"

吕布闻报，不禁感到非常惊疑：我吕布夺了他刘备的徐州，扣留了他刘备的家眷，我俩自然便成了死对头，为何他还遣使者前来求见我呢？因此，一时竟若丈二和尚，摸不着头脑。为弄清究竟，吕布于是便同意见见。门卫忙拱手施礼告辞出去，片刻便将刘备的使者领了进来。刘备使者见到吕布后自然是先向他拱手施礼，然后才从怀里取出刘备手书，双手毕恭毕敬地呈与吕布。吕布见此，料想刘备必有事相求，于是便神气十足、趾高气扬起来。然转而一想，眼下近在咫尺的曹操和袁术都还虎视徐州，仅凭我吕布眼下这点人马很难挡住任何一方进攻。再者，我方才占据下邳，立足未稳，稍有风吹草动，随时都有丢失的可能。而刘备毕竟行侠仗义，有恩于己，因此，只要合理，应对他有求必应才是。吕布想到此，忙打开书一看，果然不出他所料。但时之吕布转而又想：归还刘备家眷还可，要我与他和解共同对敌，却是件非同小可的事，于是便犹豫不决起来，认为应听听左右意见再做定夺。

随后，吕布便忙召集左右前来，将刘备来书之意向他们道了一遍。他们闻之，皆表示反对。时他们认为：今日他们是乘刘备在外之机占领了下邳，刘备肯定会耿耿于怀，不甘罢休，早晚会寻机领兵前来夺取，以便报仇雪恨。而刘备眼下求和，实是万不得已的权宜之计。因此，不若乘他未喘过气之机，将其彻底消灭，以绝后患。但吕布却认为刘备眼下虽为朝中大臣，早年却不过是一织席贩履小儿，没什么雄心大志，加之眼下兵败势穷，何足惧呢！于是力排众议，与刘备回书一封，表示不计前嫌，愿意重新和好，共同抗击外敌。同时，还表刘备再为豫州刺史，叫他从海西移军至沛县，并同意在泗水之滨发还刘备家眷。

刘备接到吕布回书后，心里自然不快，因为再任豫州刺史是降了他的

第三十六回　失徐州刘玄德虚领豫州刺史　迎天子曹阿瞒被诏录尚书事

职，不仅是有职无权，且还不能前往上任，因为那是他新敌袁术的地盘啊！这岂不是空话一句吗？再者，从海西移军沛县，实际是把他赶出了徐州。而发还家眷不过是件牛身失毛、无足轻重的事，谁稀罕？待转而一想，我俩能停止战争，一致对外，保存实力才是当务之急。此所谓留得青山在，不愁没柴烧。因此，不待与左右文武商议，便同意了吕布回书意见，并在这阳光明媚、秋高气爽的时节，率领关羽、张飞、糜竺、简雍和孙乾等残余官军及刚从吕布部下接过的糜夫人一行，前往沛县。

此时值建安元年秋末。

刘备到沛县后本该松口气才是，然却恰恰相反。何也？因为到达那里后，他才发现吕布要他移军紧邻兖州的沛县不仅是为了使他离开徐州，更重要的是要他防御兖州的曹操进攻。不过刘备这种担心不仅有理，也非多余。因为不论是过去陶谦据有徐州，后来刘备据有徐州，还是眼下吕布据有徐州，曹操均未放弃进攻徐州的念头，但刘备却未料到曹操现在正准备干一番惊天动地的大事，而没精力顾及徐州。

曹操要干一番什么惊天动地的大事呢？原来自刘协、伏皇后、宋贵人及王公朝臣一行从兴平二年十二月末幸安邑以来，虽然沿途朝臣皆争先恐后亲自或遣使上贡，以便解决他们的吃、穿问题，但怎奈这些贡品不是半途被使者私吞，便是被沿途兵匪抢劫，或再就是因山高水深路远而迟迟不到。因此，他们常常是吃了上顿没下顿，穿了下衣没上衣。加之韩暹在建安元年二月因分权不均而举兵攻击卫将军董承，直闹得他们坐卧不安，昼夜难眠。如此艰难动荡的生活环境，他们哪承受得了呢？于是便决定尽快启程，早日东归雒阳，以实现其终生夙愿。所幸的是，在此后的路途中，再也没遇到围追堵截，而是一帆风顺，因而在不久后的建安元年六月便到达了闻喜县，并在下月抵达了阔别七年之久的雒阳城。

须知，雒阳城经董卓当年那番焚毁，不仅没了金碧辉煌的皇宫殿宇，就是简室陋舍也荡然无存，有的只是崩毁的城郭，倾覆的宫室，满地的荆棘，出没的虫兽，哀鸣的飞禽。总之一片荒凉，不堪入目。不过也有例外，位于城西的原中常侍赵忠住宅却神奇地躲过了劫难而完好无损，于是刘协便权且将其当作皇宫住了进去。为表示天子已回首都，刘协还于当月一日子丑时分，即那日凌晨前后，率领伏皇后、宋贵人及王公朝臣一行郊祀上帝和发旨大赦天下，又于当年清明时节拜谒了太庙。随后，又命张杨率领官军工匠修缮被毁坏的宫室。因为不管日晒雨淋，还是雷鸣闪电，均日夜赶修，遂于当年八月便首先修缮好了南宫杨安殿。因它比赵忠住宅雄伟壮丽，于是刘协、伏皇后、宋贵人及王公朝臣便从赵忠住宅搬到杨安殿。须知，原先从未有过杨安殿其名，现在何故冒出个杨安殿呢？原来它是张杨率领官军工匠所修缮，为显示和纪念他的功劳故名。

刘协住进杨安殿后，为表彰途中护驾有功之臣和安定雒阳城秩序，以使天下归心，便下旨拜张杨为大司马，韩暹为大将军，杨奉为车骑将军。时刘协、伏皇后、宋贵人及张杨、韩暹、杨奉等人吃住自然不成问题，但那些王公朝臣却衣食无着，于是披荆棘者有之，住墙壁间者有之，其状况与安邑无异。而雒阳城附近州郡文臣武将们早已拥兵自重，各霸一方，哪肯出资救济他们？结果那些尚书郎以下的官佐只好亲自外出采野草树皮充饥。更惨的还是那些年迈体弱而行动不便者，不是饿死墙间，便是被士兵杀死。于是雒阳城内外到处尸骨成山，血流成河；群鸟争啄腐肉，众狗抢夺臭骨。叫人见了无不毛发倒竖，脊梁生寒。时在许县的曹操闻之，不禁痛心疾首，并萌发了前往雒阳护驾之意。

看官你道曹操现在才有护卫刘协、伏皇后、宋贵人及王公朝臣之意吗？非也！早在是年正月，他就率领官军攻占了临近兖州的袁术豫州陈国武平县，陈国相袁嗣临阵投降后，曹操便萌发了将还在安邑的刘协、伏皇后、宋贵人及王公朝臣一行人迎到雒阳之意。那时的一日上午，曹操召集左右文武到许县县衙大堂问道："众所周知，天子自永汉元年灵帝驾崩后，先是无端遭到阉人张让和段珪等人劫持，后又被国贼董卓那厮逼迫离开京都去了长安。董卓被诛后，天子以为有了出头之日，可光明正大地东归京都，谁料又遭原董卓帮凶李傕、郭汜、樊稠和张济等人肆无忌惮的迫胁。后经杨奉、董承及

第三十六回　失徐州刘玄德虚领豫州刺史　迎天子曹阿瞒被诏录尚书事

文武百官冒死护卫，方才摆脱李傕、郭汜、樊稠和张济一伙围追堵截，走出长安，暂幸安邑。天子在归途中所受的艰辛屈辱，是前所未有、闻所未闻啊。我身为汉室之臣，岂可坐视不管呢？因此，我欲迎天子东归京都雒阳，若何？"

方问毕，除曹洪外，其余将校皆七嘴八舌地争论开了。有的认为刘协、伏皇后、宋贵人和王公朝臣吃住开支数额巨大，迎到雒阳后谁担当得起供给；有的认为董卓近天子而受诛，李傕、郭汜、樊稠和张济扣拘天子而遭天下人辱骂。总之，皆反对曹操方才所言。对此，曹操认为他们目光短浅，因而心里感到非常不快，但并未公开说出。同时，曹操还情不自禁地转头望着站在将校对面的那些谋臣，很想听听他们的意见。当然，曹操更希望他们能说出支持自己的话来。

须知，在曹操方才说出欲迎刘协、伏皇后、宋贵人及王公朝臣东归雒阳那番话后，谋臣们并没发表任何看法。他们既然是谋臣，理当在关键时刻要么引经据典，出口成章；要么一言九鼎，决定乾坤。总之应出谋划策，发表高见，而不应像那些赳赳武夫，或有口无心，顾此失彼；或语无伦次，不着边际。时之谋臣中最理解曹操心思的莫过于荀彧了。因此，他不慌不忙上前道："诸位方才之言差矣。须知，昔晋文纳周襄王而诸侯景从，高祖东伐为义帝缟素而天下归心。自天子蒙尘，曹将军首倡义兵，因山东诸侯扰乱，未能远赴关右。然仍分遣将帅，冒险通使，虽御难于外，乃心无不在王室，此足见曹将军有匡扶天下之素志。今车驾旋轸，京都荒芜，义士有存本之恩，百姓有怀旧之哀。诚此之际，奉天子以从民望，大顺啊；秉至公以服雄杰，大略啊；扶弘义以致英雄，大德啊。天下虽有逆节，必不能为累，明白吗？现韩暹和杨奉之流还不敢为害天子、伏皇后、宋贵人和王公朝臣。若不及时前往迎驾，一旦四方豪杰生变，再多考虑，也无济于事呢。"

方言毕，程昱等一班谋臣便立刻争先恐后地随声附和。而将校们却在那里抓头搔耳，一脸茫然。何也？原来荀彧方才所言高祖东伐为义帝缟素而天下归心的故事不仅发生在当朝，而且他们常以此为高祖美德予以宣扬。因此，时之天下无人不知，无人不晓。而对晋文纳周襄王而诸侯景从之故事，对通晓历史典故的谋臣来说，自然早已铭记在心，倒背如流，但对在场那些不通或略通文墨的将校来说，就一无所知了。曹操见将校们那般神情，当即便料知其究竟。为使他们充分理解他的心思，统一言行，于是便将晋文与周襄王的故事详述了一番。时曹操道："晋文即春秋晋国国君晋文公，名重耳，晋献公次子。因晋献公宠爱骊姬而杀了重耳哥哥太子申生。为避祸，重耳于是逃亡到狄、卫、齐、曹、宋、郑、楚和秦等八国，历时十九年，后在秦国的大力支持下，终于回到晋国当了国君。此后不久的周襄王四年夏，周襄王弟弟叔带觊觎王位，暗中勾结扬拒、泉皋和伊洛诸戎，攻破了京师王城。周襄王无奈，只好逃到郑国避难。时晋文公闻之，便问询狐偃。狐偃道：'昔齐桓公之所以能称霸诸侯，皆因尊王也。故君可仿齐桓公故事，纳王而讨叔带之罪，使天下之民知君没有二心。昔文侯辅周之勋，光武公启晋之烈，皆在于此矣。若晋不纳王，秦必纳之，则霸业必归于秦！'后晋国果然发现秦国发兵河上，意欲纳周襄王。然晋文公听从狐偃纳王之意，立刻抢先秦国一步，亲率大军前往郑国将周襄王接回到京师王城，并顺势攻破了叔带称王之所温城，杀了叔带及其爪牙。为感谢晋文公的纳王之恩，周襄王将位于京师附近的温、原、阳樊和攒茅四邑赐给晋文公。自此，晋文公不仅离王室近了，而且实力也大为增加，名声也自然为之大震。故时之天下诸侯皆愿听从其号令，并叹曰：'晋文公，齐桓公之今复出啊！'此后不久，晋文公以王命救宋破楚于城濮，于是继齐桓公之后而成春秋五霸之一。"

将校们听了曹操这番话，不仅明白了荀彧所言，也理解了曹操的心思，于是皆争先恐后地要求领兵前往安邑迎接刘协、伏皇后、宋贵人及王公朝臣一行。正在这时，忽见一侍卫匆匆进来，向曹操拱手施礼毕，即呈上一绢制物道："此乃与大人之书。"

曹操接过一看，原乃他的宿友、沛人丁冲来书。时曹操不待多想，忙拆开看了起来。其文云："足下平生常谓有匡佑天子之志，今正当其时啊！"

书虽寥寥数语，却意达精辟。因此，曹操不仅完全理解丁冲之意，且坚

第三十六回　失徐州刘玄德虚领豫州刺史　迎天子曹阿瞒被诏录尚书事

定了迎刘协东归之心。于是立刻派遣对迎接刘协一行东归始终没持异议且又胆大心细的曹洪率领五千官军步骑前往安邑迎接。当曹洪他们一行兴冲冲方赶到安邑附近，便被董承所率官军和袁术部将苌奴所率官军凭借那里的高山大川之险阻挡了回来。曹操原以为曹洪他们行事顺利，谁料却事与愿违。对此，自然非常愤怒，并认为董承与袁术早有勤王之心，而他迎刘协一行东归，辅助朝廷，称霸天下的雄心壮志自然也就烟消云散。不过，这快煮熟的鸭子竟然飞了，不禁叫他唉声叹气、愁苦万分。于是便闭门谢客，著《善哉行》诗以抒发当时心情。该诗第二段云：

自惜身薄祜，夙贱罹孤苦。
既无三徙教，不闻过庭语。
其穷如抽裂，自以思所怙。
虽怀一介志，是时其能与！
守穷者贫贱，惋叹泪如雨。
泣涕于悲夫，乞活安能睹？
我愿于天穷，琅邪倾侧左。
虽欲竭忠诚，欣公归其楚。
快人由为叹，抱情不得叙。
显行天教人，谁知莫不绪。
我愿何时随？此叹亦难处。
今我将何照于光曜？释衔不如雨。

不难看出，这段诗深刻反映了曹操当时心情之孤苦，处境之艰难，父亡之悲痛，迎帝东归未成之惆怅，和至今未能及时为朝廷立功建业、壮志难酬的无比愤懑。虽然他在此后不久的是年二月击败了当年被杀散的，后又聚得十多万人，并先后应袁术、附孙坚的张角汝南和颖川两地黄巾军将领刘辟、黄邵与何曼所率黄巾军，并收编了他们，而因功被朝廷拜为建德将军，但对迎刘协东归未成仍深感遗憾。

此后不久的是年六月，骑都尉董昭乘杨奉缺粮之机，以曹操之名和手迹给杨奉去了封书信，表示愿给他提供大量粮草。其书信云：

吾与将军早皆互闻其名和美慕之，因而推出赤心。今将军拔万乘之艰难，反之旧都，翼佐之功，超世无畴，何其休哉！方今群凶猾夏，四海未宁，神器至重，事在维辅；必须众贤以清王轨，实非一人所能独建。心腹四支，实相恃赖，一物不备，则有阙焉。将军当为内主，吾为外援。今吾有粮，将军有兵，有无相通，足以相济，死生契阔，相与共之。

杨奉读后，以为书信真是曹操所写，见在这危难之际曹操如此忠于汉室，不禁非常感动，于是便将该书呈与刘协。刘协读后也不禁非常感动。杨奉见此，便向刘协上表荐曹操为镇东将军，并袭其父费亭侯爵位。刘协自然也不辨书的真伪，便立刻准了杨奉表荐。曹操不意间得了丰厚的封拜，自然先是莫名其妙，后探得是董昭所为，且有欺骗天子的嫌疑，先不禁非常害怕，后转而一想，在这天下大乱之际，自封自荐的诸侯多如牛毛，何况我曹操的官爵是他人所表所荐呢！因而便心安理得，泰然受之。不过，曹操非常懂得古人谦让之礼，于是在接到刘协拜官赐爵诏书后，立刻向刘协上了一道《上书让封》奏章，表示辞让这次所封所赐。其文云：

臣诛除暴逆，克定二州，四方来贡，以为臣之功。萧相国以关中之劳，一门受封；邓禹以河北之勤，连城食邑。考功效实，非臣之勋。臣祖父中常侍侯，时但从辇，扶翼左右，既非首谋，又不奋战，并受爵封，暨臣三叶。臣闻《易·豫卦》曰："利建侯行师。"有功乃当进立以为诸侯也。又《讼卦·六三》曰："食旧德，或从王事。"谓先祖有大德，若从王事有功者，子孙乃得食其禄也。伏惟陛下垂乾坤之仁，降云雨之润，远录先臣扶掖之节，采臣在戎犬马之用，优策褒崇，光曜显量，非臣尫顽所能克堪。

奏章中，曹操回顾了他平定兖州、青州功绩，谦虚地认为这与开国功臣萧丞相和后来的邓禹相比，实在是微不足道。并以《易经》的卦辞和爻辞表

第三十六回　失徐州刘玄德虚领豫州刺史　迎天子曹阿瞒被诏录尚书事

明曹家三代承受皇恩，享受俸禄，我曹操应该为皇上效力，但皇上赐予的殊荣实在太大了，因此，恐受之有愧。

刘协读罢曹操《上书让封》奏章，自然不准所奏。另外，叫曹操意想不到的是，他虽从郎官职位直升到建德将军和现职镇东将军，但从未封过侯。而现在不仅有了侯位，而且还是承袭父亲的，这等于朝廷对他父亲之死的追认。毋庸置疑，这也等于朝廷为他当年名为因父亲被杀报仇，实则为因占领徐州遭到徐州军民顽强抵抗而恼羞成怒屠杀无数徐州无辜而正名。更重要的是，这些封拜皆出自皇上，非他人或他曹操自己所为，这怎不叫他感激万分呢？为此，曹操便向刘协上了一道《上书让费亭侯》奏章，专门谦让承袭他父亲的费亭侯。其文云：

臣伏读前后策命，既录臣庸才微功，乃复追述先臣，赞幽显扬，见得思义，屏营怖惧，未知首领所当所授。故古人忠臣，或有连城而不辞，或有一邑而违命。所以然者，欲必正其名也。又礼制，诸侯国土以绝，子孙有功者，当更受封，不得增袭。其有所增者，谓国未绝也；或有所袭者，谓先祖功大也；数未极，无故断绝，故追绍之也。臣自三省，先臣虽有扶辇微劳，不应受爵，岂逮臣三叶；若录臣关东微功，皆祖宗之灵佑，陛下之圣德，岂臣愚陋，何能克堪。

奏章引据汉朝官制，说明有的人可承袭其前辈爵位，乃因其前辈功劳显赫，而我曹操前辈只有伺候天子的微功，本不该封爵。而我曹操在关东讨伐董贼虽有微不足道的战功，那也是前辈保佑、皇上圣明使然。因此，我曹操恐无资格承袭前辈费亭侯爵位。

刘协读罢曹操《上书让费亭侯》奏章后，仍然不予准奏。曹操于是心安理得地承袭了费亭侯，并向刘协上了一道《谢袭费亭侯表》，以示感谢。表云：

不悟陛下乃寻臣祖父厕预功臣，克定寇逆，援立孝顺皇帝。谓操不忘，获封茅土。圣恩明发，远念桑梓。日以臣为忠孝之苗，不复量臣才之丰否。既勉袭爵邑，悉厥祖考，复宠上将铁钺之任，兼领大州万里之宪；内比鼎臣，外参二伯，身荷兼绂之荣，本枝赖无穷之祚也。昔大彭辅殷，昆吾翼夏，攻成事就，乃备爵锡。臣束脩无称，统御无绩，比荷殊宠，策命褒绩，未盈一时，三命交至。双金重紫，显以方任，虽不识义，庶知无尤。

该表说古代大臣是在有了显功后方才封赏，而我曹操品德一般，业绩不显，却"未盈一时，三命交至"，诚惶诚恐。只有检讨我曹操不足之处，方能不辱皇上所赐。

时曹操虽因未迎得刘协东归而感到遗憾和愁苦，但得到了这些受封，他不禁高兴万分。一日下午，他正坐在许县县衙大堂向左右文武宣布他受封受赐之事时，一门卫匆匆进来边向他拱手施礼边报道："门外有一农夫言有要事求见将军。"

曹操闻求见者乃一农夫，不禁非常惊疑，并以为要么是自己耳朵出了毛病听错了话，要么是农夫找错了人。因为我曹操乃官宦家庭出身，往来无白丁啊。后转而一想，管他什么人，先见见再说。于是对门卫道："准见。"

门卫闻言，随即转身出门，将被烈日晒得满身流汗的农夫引了进来。农夫方见到曹操，便忙跪伏在他座前，边施礼边问道："曹将军近来无恙吧？"

曹操闻来者出言不凡，料想他并非农夫，于是忙起身扶起他和颜悦色道："甚好。然不知你为何人？又有何要事……"

不待问毕，农夫即答道："小的来自……确有要事……"

在场者见来者欲言又止，料想必有密事不便当众相告，于是便不约而同地退了出去。随后，曹操方才道："有何要事，请速速道来。"

"小的乃京师雒阳卫将军董承特使，今特奉命带来他致将军密书。"

言毕，便从怀中取出一绢书呈与曹操。曹操闻来者来自京师，又是刘协身边卫将军董承特使，不禁非常惊喜。于是对他礼貌有加，忙让其坐下，并叫侍者上茶。随后，方才拆阅绢书。阅毕沉思片刻，方才疑虑重重地问特使

第三十六回　失徐州刘玄德虚领豫州刺史　迎天子曹阿瞒被诏录尚书事

道:"绢书真是卫将军董承所写?"

"确是!"

曹操闻言,于是暗喜道:"此乃天赐我良机啊!"

随后,即高兴地吩咐酒宴,款待了特使一番,方才亲自送他出门。

看官你道董承绢书所言何事叫曹操那么优待特使呢?原来此前董承对韩暹自恃护驾有功而专横跋扈表示非常不满,并怕他赴董卓、李傕、郭汜、樊稠和张济等人后尘,生出乱子。情急之下,便暗中遣其心腹着农夫衣冠,带着他的亲笔绢书,召曹操率军前来雒阳护卫刘协、伏皇后、宋贵人及王公朝臣。毋庸置疑,这正中曹操下怀,并在特使方离去后,即叫方才退出的那些左右文武速速进来商议前往雒阳护驾事宜。待他们进来按秩坐定施礼毕,曹操便兴冲冲地将董承绢书所言向他们道了一番。他们闻之,认为这是尽忠汉室的极好机会,并争先恐后争当前队,以便先睹刘协龙颜为快。曹操见此,大喜,立刻遣曹洪率领三千官军先行,自己则率领大队官军随后跟进。

此时值建安元年七月末。

却说刘协、伏皇后、宋贵人及王公朝臣一行人到雒阳后,认为除了吃、穿、住简单点外,其他还可,因此便无忧无虑。谁料当时宿卫京师的韩暹和董承,驻守梁县的杨奉和驻守野王县的张杨,却在为因护驾封赏不均而闹得不可开交。尤其是韩暹闹得最凶,且还自恃有功,目空一切,无人能治,因此董承此前才暗中书召曹操率领官军前来雒阳护卫刘协、伏皇后、宋贵人及王公朝臣。现在董承见曹操积极响应他,自然大喜不禁,并立刻暗中召集官军,欢迎曹操率领所部官军到来。时韩暹自然还蒙在鼓里,当他闻报曹洪率领先头官军已临雒阳城时,不禁吓得目瞪口呆,不辨南北。半晌回过神方才领着其所部官军,慌慌张张投奔梁县杨奉去了。董承本来胆小甚微,且又兵微将寡,自然不敢率领官军随后追击。而曹洪所率官军虽然兵强马壮,数多势众,却是新来乍到,不明情势,加之又要抢先赶到杨安殿护卫刘协,所以也未随后追击。因此,韩暹没费事便逃到了梁县杨奉那里。

曹洪率领先头官军方到杨安殿外不久,曹操率领所部大队官军也赶到了那里。刘协、董承闻之,不禁喜出望外,以为盼到了保驾救星。须知,董承是瞒着刘协暗召曹操率军前来护驾,对他们如约而来不禁喜出望外是自然的事。那么刘协为何也与董承一样,不禁喜出望外呢?如前已述,刘协还在长安时,即初平三年底,曹操就曾遣部下从事王必从兖州千里迢迢赶到长安问候,以表达他对朝廷的忠心,并赢得了刘协及王公朝臣的好感。现在曹操不仅亲自率领大队官军前来护驾,而且还带来了大批军用帐篷、珍贵丝线、山阳鸭梨、山东大枣等物。对此,刘协怎会不喜出望外呢?不仅如此,还在曹操方到时就召见了他。时曹操见到刘协,自然是三叩九拜,同时还思想到:自从因反董擅政出走雒阳到今,已七年没见过刘协尊容了。那时刘协仅是十五岁的少年,但感觉到其言行已很有主见,而现在已是二十二岁的青年,不仅身高体壮,想来更有主见了吧。为了印证一下自己感觉是否正确,于是在口呼"皇上万岁"毕后即对刘协道:"韩暹和张杨之徒自恃护驾有功,专横跋扈,为所欲为,若不治之,恐为后患!"

方言毕,刘协即反对道:"韩暹和张杨二位将军虽然有些放肆,但他俩救朕于千军万马之中,其功不可没,故不宜追究。"

曹操闻言,认为刘协确实很有主见,于是忙道:"陛下有此感恩戴德之心,乃天下众生洪福啊。"

言毕,即毕恭毕敬地退出殿外,忙着吩咐左右文武,不管日晒雨淋,天寒地冻,也要严加护卫刘协、伏皇后、宋贵人及王公朝臣和京师安全。刘协见此,认为曹操与董卓相比,真是天壤之别,即曹操在天,董卓在地。出于感激,遂授予曹操假节钺、录尚书事。

此时值建安元年八月初。

曹操迎刘协虽然得心应手,事与愿合,但刘备与袁术的矛盾却没平息,且还闹得不可开交。看官欲知原因和结果,请看下回分解。

第三十七回

射戟辕门化干戈为玉帛刘纪各自罢兵
迁都许县挟天子令诸侯曹操始揽朝政

却说刘备、关羽、张飞、糜竺、糜芳、孙乾和简雍率领官军退到的沛县县城，秦时便是县署所在地，也是现泗水郡治所。又因刘邦起兵于此，故改泗水郡为沛郡，并移郡治所于此，故称沛县为小沛。刘秀称帝后称沛县，属豫州沛国一县。因它地跨豫、徐二州交界处，山少地平，水陆交通便利，因而那些前时失散的刘备所部官军很快便聚集到了这里。加之这时刘备大力招兵买马，很快便拥有了八千官军。对此，刘备不禁非常高兴，并在一次酒宴上对左右文武道："常言道：大难不死，必有后福。前时我虽不慎丢了徐州，叫吕布那厮占了便宜，但眼下我很快便恢复了元气，此乃天不该绝我啊！"

方言毕，张飞即道："沛国有相、萧、沛、丰、鄼、谷阳、谯、洨、蕲、郸、铚、临睢、竹邑、公丘、建平、龙亢、向、符离、虹、太丘、杼秋等二十一城，户二十万零四百九十五，人口二十五万一千三百九十三。且境内无高山大丘，土地肥美。此不可谓不势强！倘若我们……"

不待言毕，关羽即打断其话语道："张将军方才之言差矣。须知，前时我尽有徐州之地，其势不可谓不强大，但仍被他人占去。故依我见，沛县不在势强，而在人杰地灵。须知，高祖原仅为一亭长，因降生于沛，起兵于沛，后终于征服了暴秦，消灭了项羽，统一了天下，登上了九五之尊。因此，沛乃我大汉诞生地，也是我主公先皇故乡。境内名胜古迹甚多，何不前往瞻仰凭吊，以鼓舞斗志，为国为民建功立业呢！"

刘备闻言，不禁非常高兴地道："关将军方才之言正合我意呢！"

言毕，便忙吩咐在场者，准备瞻仰凭吊事宜。三天后待一切准备就绪，刘备于是除令简雍领兵守城外，其余文武皆随他前往瞻仰凭吊关羽所说的那些名胜古迹。当地官佐得到消息，除了亲自陪同，还派了刘琰担任向导和解说。

瞻仰凭吊的第一处是当年刘邦斩白蛇处大泽。那里立有斩蛇碑一通，高丈余，宽四尺，顶端左右各刻盘龙一条，栩栩如生，十分醒目。正面刻"高祖斩白蛇处"六个一尺见方的汉隶书，苍劲古朴，名家手笔。背面刻有刘邦当年斩白蛇的原因、过程及意义等文字，每字方寸许，亦汉隶书。时刘琰介绍道："大泽原是高祖为亭长时押送囚徒到秦都咸阳以东骊山修建秦始皇陵墓时路过斩杀白蛇的地方。当时的情况是：一条罕见的白蛇张着血盆大口，吐着长长的信子，露出尖尖的毒牙，盘卧在路中央久不肯离去。囚徒们见此，皆吓得乱成一团，不敢前行。高祖闻之，遂嗖地拔出腰间宝剑跑步上前，大吼一声，一剑将白蛇斩为两段。于是囚徒们皆畏服高祖，并随高祖征战南北，为反抗暴秦立下了汗马功劳啊！"

刘备等人听后，皆对高祖之勇肃然起敬。刘备还情不自禁地举剑劈断路旁一棵硕大的榆树，再现当年刘邦斩杀白蛇的故事，以示若刘邦那样，为振兴汉室，带领左右，生命不息，战斗不止。

瞻仰凭吊的第二处是位于城南芒砀山主峰东南紫气岩的沛宫。刘琰介绍说："沛宫本为行宫，又名高祖庙，有寝宫。远远望去，时隐时现，犹如天府琼楼玉宇。近前一看，气势恢宏，蔚为壮观，鬼斧神工，令人惊叹。其内绘有高祖、萧何、张良、韩信及其他文武大臣图像，栩栩如生，神采奕奕。修建该宫是为纪念当年高祖平定淮南王英布叛乱后还归故里，大摆筵席于紫气岩前，款待家乡父老。"

刘琰介绍到此，不禁兴高采烈，手舞足蹈，并接着介绍道："高祖驾崩后，继位的孝惠帝和朝臣认为高祖虽出身平民，但却拨乱反正，平定天下，建立了大汉王朝，为表彰其丰功伟业，诏令在高祖当年置酒款待父老乡亲之

第三十七回　射戟辕门化干戈为玉帛刘纪各自罢兵　迁都许县挟天子令诸侯曹操始揽朝政

地建立沛宫。同时又诏令天下遍建沛宫，供每年春秋享祭。五年后，孝惠帝诏令改沛宫为高祖庙，意为它乃天下高祖庙之首，并亲临拜祭高祖。另外，自有沛宫以来，来此瞻仰凭吊的达官贵人、文人墨客络绎不绝，并留下了无数歌颂高祖还乡盛景的诗词歌赋。"

刘备等人听后，不禁对高祖富贵不忘父老乡亲的高贵品质赞扬不已。

瞻仰凭吊的第三处是位于丰邑中阳里的枌榆社，刘琰介绍说："枌榆社原本是座土地神祠，因高祖起兵反秦时曾在此祷祝，天下定后，为了纪念，在此修建了无数高大华丽的堂馆。内塑有高祖及其父亲刘太公、母亲刘媪、大哥刘伯、二哥刘喜、小弟刘交及高祖长子齐王刘肥、次子汉惠帝刘盈、三子赵王刘如意、四子汉文帝刘恒、五子赵共王刘恢、六子赵幽王刘友、七子淮南王刘长、八子燕灵王刘建、鲁元公主以及那些跟随高祖征战南北、战功显赫的文武朝臣塑像。房檐下'大汉皇帝故居'六个见尺的秦隶苍劲有力，光亮醒目。"

时刘备听得最为专注，遂有游子归宗认祖之感。

随后，瞻仰凭吊的第四处是位于城东南泗水西岸的歌风台。片刻工夫，便到了那里。时刘琰不无骄傲地介绍说："歌风台气势雄伟。台中央建有高大华丽的石亭一座，亭中央立有高一丈一尺、宽四尺四寸石碑一通。上方两端各刻栩栩如生飞龙一条。碑正面为'歌风台'三个一尺见方的汉隶，朴实遒劲，大家手笔。碑阴面镌有高祖《大风歌》歌词，词云：'大风起兮云飞扬，威加海内兮归故乡，安得猛士兮守四方！'每字方寸余，亦为汉隶，浑圆遒劲，匀称优美，乃书法珍品。歌词虽仅三句二十三字，却句句铿锵有声，字字金石为开，充分抒发了高祖悲壮豪放、建立伟业的雄心壮志。可谓壮怀激烈，感人肺腑。当年高祖在此话忆当年，感慨万千，酒酣兴起，击筑高歌。歌罢，便是沛县男儿反复歌唱。高祖见此大喜，遂起身随声起舞，并慷慨伤怀，泪流满面地对父老子弟道：'游子悲故乡。吾虽都关中，万岁后吾魂魄犹乐思沛。且朕自沛公以诛暴逆，遂有天下，其以沛为朕汤沐邑，复其民，世世无有所与。'众父老子弟闻之，甚为感动，于是在此修建了这座歌风台，以为缅怀。"

听了刘琰的介绍,刘备仿佛看到刘邦兴致勃勃地与父老乡亲举杯畅饮和放声高歌《大风歌》的壮丽场面。于是便效刘邦故事,大摆筵席款待当地乡亲,放声高歌《大风歌》。乍一看,犹若当年刘邦与父老乡亲畅饮与高歌《大风歌》情景再现。

须知,时移境迁,年久失修,加之兵荒马乱,战事频生,待刘备等人前来瞻仰凭吊时,除刘邦斩白蛇处外,沛宫已成乱草丛生的断壁残垣,俨然狐洞鼠穴之所。枌榆社东倒西歪,摇摇欲坠。歌风台如何呢?也只是乱石一堆,早没了昔日踪影,犹如一无名高士《歌风台》描述的那样:

我来拟上歌风台,岂意台空只平地。
琉璃古井亦崩塌,断碑无字苔藓鬻。

对此,刘备自然不禁黯然泪下,非常伤怀,并对随行的关羽、张飞、糜竺、糜芳和孙乾道:"待天下太平,四海安宁后,我们须倾力修复这些名胜建筑,以纪念高祖及开国功臣才是。"

关羽、张飞、糜竺、糜芳和孙乾闻之,自然表示赞成,并随刘备乘船前往位于泗水东岸的泗水亭瞻仰凭吊。泗水亭的规模和富丽虽然不如沛宫、枌榆社、歌风台,但亭子犹存。亭下立有石碑一通,形状与歌风台相同。其上刻有著名历史学家班固撰写的碑文,刻工精细,字迹清晰,观之如新。其文云:

皇皇圣汉,兆自沛丰。乾降著符,精感赤龙,承魁流裔,袭唐末风。寸木尺土,无俟斯亭,建号宣基,维以沛公。扬威斩蛇,金精摧伤,涉关凌郊,系获秦王。应门造势,斗璧纳忠,天期乘祚,受爵汉中。勒陈东征,刘擒三秦,灵威神佑,鸿沟是乘。汉军改歌,楚众易心,诛项讨羽,诸夏以康。陈、张画策,萧、勃翼终,出爵襃贤,裂土封功。炎火之德,弥光以明,源清流洁,本盛末荣。叙将十八,赞述股肱,休勋显祚,永永无疆。国

第三十七回　射戟辕门化干戈为玉帛刘纪各自罢兵　迁都许县挟天子令诸侯曹操始揽朝政

宁家安，我君是升，根深叶茂，旧邑是仍。于皇旧亭，苗嗣是承，天之福祐，万年是兴。"

　　他们对碑文饶有兴趣，看完后还细细品味。关羽、张飞、糜竺、糜芳和孙乾最多以文中的陈平、张良、萧何和周勃自比而已。刘备则不同，他不仅对其祖先刘邦的光辉业绩感到骄傲，而且还怀古伤今，感慨万千。何也？因为他认为，刘邦是自己的先祖先皇，碑文所记载他那盖天之功，不仅叫自己望尘而拜，且还望尘莫及。试想想：我刘备自故乡起兵镇压黄巾军以来，东征西战，九死一生，方才因功得了个微不足道的安喜县尉和平原国相。叫自己后来心满意足的豫州刺史，也不过是水中月镜中花，看得见，摸不着。而叫自己在碑文前汗颜、羞愧和伤感的是，在陶谦拱手让与的徐州牧这把交椅上还未坐热，便昙花一现，瞬间即逝，被吕布给夺了去。无奈，只好接受吕布之意，复领那有职无实的豫州刺史，实则蜗居于弹丸之地小沛。现在虽然有了些兵马，但与他人相比，只不过是小巫见大巫，相形见绌，不值一提罢了。因此，将来安危如何，还难预测，更别说像祖先高祖那样，率领雄兵，横扫天下，统御九州了。同时，刘备还认为，当年高祖得天下后，在故乡修建了如此多的纪念性和缅怀性建筑，是多么荣耀啊！如果我刘备有朝一日飞黄腾达，是否也应在故乡修建些纪念性的建筑物，供人瞻仰和凭吊呢？正在这时，关羽问刘备道："垓下聚乃高祖当年消灭项羽之所，很有凭吊的必要，何不前往……"

　　不待言毕，刘备即打断其话语道："垓下聚在本国洨县境内，距此甚远。现已黄昏，待将来有机会再前往凭吊不迟。"

　　在场者对刘备方才之言皆表赞成，于是便欲辞谢陪同官佐和刘琰，准备回去。时一陪同官佐上前对刘备道："刘琰早年就读于京师太学，知识渊博，能言善辩，又是高祖与卿同宗同族，因而将军何不收于帐下，为振兴汉室建功立业呢？"

　　刘备闻言，遂毫不犹豫道："可。"

言毕，即辟刘琰为从事。对此，刘琰自然大喜不禁，并立刻同刘备等人一道，翻身上马，缓缓地向小沛县城行去。方行不久，忽见一报子骑着快马飞一般前来，不及下马施礼，便上气不接下气地向刘备报道："小的奉……简先生……之令前来……向大人禀报……"

　　刘备闻之，料知所报不妙，于是不待报子报毕，便打断其话语问道："禀报什么？"

　　"袁术那厮部将纪灵率了三万余敌，正向我们这边杀了过来，前锋已离此不远了。因此，简先生请主公尽快回城商议对策。"

　　刘备闻报，犹若晴天闻霹雳，吃惊不小，并不待多言，便与关羽、张飞、刘琰、糜竺、糜芳和孙乾一道，快马加鞭飞一般向小沛县城赶去。

　　须知，前时因吕布偷袭刘备所部官军大本营下邳，刘备不得已向后撤军时，袁术并未命令纪灵率领官军随后紧追，现刘备及其所部官军已在小沛站住脚跟，何故才令纪灵不远千里，从广陵挥军北上，前来袭击小沛呢？原来袁术以为刘备撤军后，吕布会乘机追击并将其置于死地而后快，因此就没必要费力穷追猛打。谁料后来吕布不仅答应与刘备和解，还让刘备及其所部官军驻屯与他为邻的小沛。常言道：卧榻之侧，岂容他人鼾睡！还有，他原以为刘备到小沛后会安分守己，不求发展，但刘备到那后不久便聚起了八千官军，并且还在不断地招兵买马，扩充实力。对此，自然担心刘备有朝一日挥军南下，以报广陵失败之仇。因此，与其待刘备强大后南下侵犯，不若趁其羽翼未丰之际派纪灵率领官军北上，将其消灭，以绝后患。这就是袁术派纪灵从广陵挥军北上攻打刘备小沛的缘由。

　　再说刘备、关羽、张飞、刘琰、糜竺、糜芳和孙乾回到小沛县城后，不顾疲劳，便与简雍一道，直奔县议事大厅商议对策。待他们到那按秩方坐定，刘备即忧心忡忡问道："将如何对付于我军四倍之敌的来犯呢？"

　　问毕良久，也无人发言。后来还是关羽起身大步上前高声道："敌军虽众，却是远道而来，人乏马疲，加之不明地势，因而貌似强大，实则虚弱。倘若我军能在其立足未稳之际竭尽全力，奋力死战，何愁不能取胜呢！"

第三十七回　射戟辕门化干戈为玉帛刘纪各自罢兵　迁都许县挟天子令诸侯曹操始揽朝政

言毕，以为立刻会得到在场者的赞同，谁料简雍却不以为然道："关将军方才之言差矣！须知，我军虽有八千，但皆训练无素，装备简陋，哪是纪灵那厮所率那些人马的对手呢？因此，倘若与其交战，无异于以卵击石，不自量力。故依我见，不若派人前往下邳，求救于吕布……"

不待言毕，糜竺便表赞同，并问刘备道："吕布虽偷袭了我下邳，毕竟还给了我小沛这个安身之地，同时还表主公为豫州刺史，足见他并没完全忘记主公当初接纳之恩。现主公有难去求救于他，我以为他必会鼎力相助。不知主公意下若何？"

关羽闻言，心里感到非常不快，并道："路人皆知，吕布这厮乃见异思迁、忘恩负义之徒。因此，是不会记住主公当初接纳之恩的。否则，岂会乘虚而入抢占我徐州？现在求救于他，八九不离十是竹篮打水一场空，甚至还会与敌为友，狼狈为奸，共同加害我们呢！"

在场者认为他三人方才所言皆有道理，于是便不置可否，静等刘备定夺。刘备见此，遂沉思良久方问道："依我之见，还是先求救一下吕布再说。倘若他没全忘旧恩，愿助我击敌，那当然好。否则，我们也好做别的打算。大家以为若何？"

在场者也想不出什么妙计良策，无奈，只好依了刘备的。于是刘备便起身走到案几前，伏身提笔，给吕布疾书一封，叫简雍带上，前往下邳面呈吕布。简雍带上书后，当即便告辞刘备，转身出门上马，连夜飞一般向下邳赶去不提。

却说吕布前时没费什么事便夺得了徐州，自然高兴不已，并待在自家府邸与妻妾成天吃喝玩乐，观舞听歌，不问军政，日子过得倒也惬意。正在这时的一日中午时分，吕布正与家人用饭，忽见门卫匆匆进来，边向他施礼边报道："城南门外有一人声言要求见将军。"

吕布闻报，忙放下手中盏筷，极不高兴地大声道："那人是谁？"

"小的已多次询问，但他就是拒而不答，并说见到吕将军便知。"

吕布闻门卫答，甚觉惊疑，于是犹豫了片刻道："既然如此，就引他到客厅吧。"

门卫闻言，自然不敢怠慢，遂忙转身出门，片刻便将那人引进了客厅。时吕布早已从餐厅到了那里坐定，因而待那人左脚刚跨进客厅大门，吕布便忙起身大步迎了上去，并和颜悦色问道："原来是简先生。你我有些时日不见了，近来安然无恙吧？"

方问毕，便让简雍坐下，并忙吩咐侍者为简雍上茶。简雍见吕布如此热情，不禁非常高兴，以为事半功成，于是忙起身向已落座的吕布拱手施礼道："劳将军问候，皆安然无恙呢。不知将军近来安然无恙否？"

"亦安然无恙呢。不知刘将军、关将军、张将军近来安然无恙否？"

"承蒙将军关问，他们皆安然无恙呢。行前他们还叫我代他们向将军问好呢"

吕布闻简雍答，方知刘备、关羽和张飞并未因自己夺了徐州而对他耿耿于怀，于是直高兴得差点跳了起来，并道："先生今日冒着酷热来此，想必有要事吧？"

"那是自然，将军看后我家主公与将军之书便知晓。"

简雍言毕，遂便从怀中取出一绢制信袋呈与吕布。吕布接过不及多想，便三下五除二打开，取出看了起来。不待看毕，便对简雍道："刘将军既然有求于我，我当尽力相助才是。不过我属下意见如何，还不得而知。因此，待我与他们商议后再做定夺，若何？"

简雍闻吕布如此言，认为他此前的言行皆是虚情假意，不禁感到非常失望。常言道：拿人手短，求人气短。于是只好忍气吞声，不再言语。良久，方才无可奈何地对吕布道："那就依将军的吧。"

吕布闻简雍如此言，认为是信不过他，于是信誓旦旦道："先生不必多虑，我定会让你满意而归！"

言毕，即传令陈宫、许汜、王楷、张辽、高顺、侯谐、郝萌、魏续、成廉、李邹、宋宪、高雅、曹性、赵庶和秦宜禄到州议事厅，商议是否军援刘备事宜。随后，吕布才告辞简雍飞一般出门，片刻便赶到了议事厅。不久，

第三十七回　射戟辕门化干戈为玉帛刘纪各自罢兵　迁都许县挟天子令诸侯曹操始揽朝政

陈宫等人也闻令赶到那里按秩站定，只待吕布发言。时吕布道："眼下袁术那厮遣其大将纪灵率了三万大军大举进犯刘豫州小沛，且大有置刘豫州于死地之势。因此，刘豫州遣其部下简雍简先生带书与我，请我发兵救之。不知大家意下若何？不妨一一道来。"

在场者闻言，大多皆不禁大喜，认为吕布早就想除掉刘备，只是一时找不到机会和借口罢了。现在袁术属下纪灵既已率军直指刘备，我等何不作壁上观，借纪灵之手除掉刘备？如此，我等抢占的徐州才能安然无事，永保太平。否则，指不定哪天刘备东山再起，叫我们再无安身之地。因此，便一致表示支持纪灵，反对救助刘备。吕布见此，一时也没了主意，并问站在右侧前头的陈宫道："陈将军之意若何？"

陈宫闻问，遂沉思良久方道："须知，一旦刘备被灭，那时袁术就会联络……"

不待言毕，吕布便明白了陈宫还未及言出之意。为显示他富有预见，遂忙打断其话语道："那时袁术就会联络冀州袁绍、幽州公孙瓒、兖州曹操和太山诸将，南北夹攻我们。因此，我为何不去救助刘豫州呢？"

言毕，便不再理会其他人之意，即回到自家客厅，告知简雍他愿救助刘备。简雍闻之，自然大喜不禁。随后，吕布便点起官军步兵一千、劲骑二百，同简雍一道启程，飞也似的赶往小沛，救助刘备去了。

待吕布与简雍一行于当日傍晚时分方赶到小沛城外西南半里处安营扎寨毕，正好纪灵也兵临那里。当纪灵闻报吕布率领官军来此是为救助刘备，不禁怒不可遏，但又惧怕吕布骁勇善战，难于对付。无奈，只好传令全军就地安营扎寨，且慢攻城，待形势有变再做定夺，否则问斩。

吕布闻报纪灵所率官军不敢攻城，料想是惧怕他吕布，因而不禁非常得意；同时，为防不测，又遣使告知纪灵，不得攻打小沛。前面说过，纪灵本就惧怕吕布骁勇善战，现在得知其意，自然乐得顺水推舟，遂便毫不犹豫地同意了吕布之意。吕布闻报，大喜，以为不仅救助刘备已事半功成，而且纪灵也给了他颜面，于是便在中军大帐设宴款待纪灵。此后，纪灵也欲在自己中军大帐设宴款待吕布，意在求吕布在他攻打小沛时袖手旁观。吕布事先不知纪灵宴请之意，于是当即便欣然应允。同时，还叫简雍回城请刘备一同前往赴宴。当简雍回城将在吕布那里的所见所闻一五一十地禀报给刘备后，刘备自然大喜不禁，但对吕布请他前往纪灵处赴宴一事却疑虑重重，认为这是纪灵设下的鸿门宴，没怀好意。于是问简雍道："此去凶吉如何？"

简雍见刘备如此问，一时竟答不上来，沉思良久后方道："既然吕将军相请，一切安全无虞。据我所知，纪灵那厮还是非常惧怕吕布的。因此，在吕布面前他岂敢肆无忌惮、胆大妄为？再说了，吕布愿前往纪灵处赴宴，说明他俩还可互通，倘若主公能前往探出个一二三，收获定然不小。此所谓不入虎穴，焉得虎子！"

时在场者皆认为简雍言之有理。刘备见此，也表示赞同简雍的。时关羽还高声道："倘若纪灵那厮胆敢动主公一根毫毛，我叫他碎尸万段！"

随后，张飞还信誓旦旦道："主公此去后，我辈定会竭尽全力守城，请放心吧！"

刘备闻他二人所言，不禁非常感动，道："有二位将军这片赤胆忠心，我还担心什么呢！"

言毕片刻又道："我走后，关将军可代我行豫州刺史事。大家一定要服从他的指挥，不得违背。"

在场者闻言，皆忙点头称是。

次日早饭方毕，刘备便带了二十名精骑，出城西门向吕布中军大帐缓缓行去。关羽、张飞、刘琰、糜竺、糜芳、孙乾和简雍随后送了一程不提。

不久，刘备一行便到了吕布中军大帐。刘备与吕布见后，自然要口是心非地互相寒暄一番。随后，才一同上马出营，前往纪灵大营赴宴。不待他俩到达，纪灵早便率领左右迎候在了西辕门前。纪灵事先不知刘备前来赴宴，现见了，自然不禁一愣，并欲怒目以对。但见吕布对他非常热情，便不好发作，并虚情假意招呼了刘备一番。刘备见此，也不知吕布与纪灵葫芦里卖的什么药，无奈，只得虚情假意地回应了纪灵一番。待他三人相见礼毕，便在

第三十七回　射戟辕门化干戈为玉帛刘纪各自罢兵　迁都许县挟天子令诸侯曹操始揽朝政

纪灵的引导下，一同向中军大帐走去。待到那里，宴会早已安排停当。在侍者安排下，吕布坐上座，纪灵坐于吕布右侧。刘备是临时来的，因而安排在吕布左侧。其他人皆按官阶高低，依秩坐在下方两侧。酒过三巡，吕布才对纪灵道："玄德乃我弟，现为诸君所困，作为大哥，我岂能坐视不管呢？因此，我今特来……"

纪灵与刘备见吕布欲言又止，自然不知就里，正欲发问，然吕布却高声道："我吕布生性不喜合斗，但喜解斗呢。为使解斗公平合理，双方口服心服，我有一法，即诸君见我射戟小支，如一箭穿过，双方皆当休兵和解；否则，皆可举兵决斗。"

须知，原来吕布本欲说出来此是为救助刘备的，但又怕得罪纪灵。如果说出来此是为纪灵与刘备和解，要是纪灵不愿意，那该咋办呢？于是才欲言又止。正在左右为难之际，突然想到以他是否射中方天画戟小支空当来决定纪灵与刘备是否兵戎相见，如此两不得罪，于是理直气壮地将其道了出来。

纪灵闻吕布言，心里还有几分侥幸，认为倘若射不中，我三万大军攻破小沛，擒杀刘备等人，犹若囊中取物；倘若射中，我也有理由有颜面撤军南归，向袁术复命。因此，便稳如泰山般坐在那里照吃照喝。刘备则不同，方闻吕布所言，心里便不禁吃了一惊，并暗暗大骂吕布没安好心，是有意戏弄和陷害自己。刘备何以会这样想呢？因为他认为即使是闻名遐迩的神箭手许由之，也不敢保证一箭射中戟之小支，就更别说吕布这厮了。总之，早知如此，还不如不来，于是直后悔听信了简雍的。正在这时，吕布忽令门卫将他那方天画戟立于西辕门口，随后便放下筷盏，起身大步走到帐门口，站定稍稍运了口气，便搭箭拉弓，向方天画戟右侧的小支空当射去。时纪灵自然暗自高兴，并忙放下筷盏，起身走到吕布身后观看。刘备则坐在原位双手搭膝，双眼紧闭，双耳高竖，静听外面动静，并盘算着如果与纪灵开战，如何能以少胜多，以弱胜强，击败纪灵，以求生存和发展。正在这时，忽听得帐外一片震天动地的喝彩声。对此，纪灵若没事一般，缓缓地回到自己座位上继续大口吃菜，大碗喝酒。时刘备自然是高兴万分，除了佩服吕布的箭法，还恨不得立刻起身上前拉着吕布那双射箭的手,反复高喊"吕大哥乃我刘备再生父母、救命恩人,乃当代的神箭手许由之"。但刘备当时只将紧搭双膝的双手轻轻收回,紧闭的双眼慢慢睁开,继续吃菜喝酒,似乎没事一般。时吕布手持弓大步回到原位,兴高采烈地对纪灵和刘备道:"纪、刘二君还有什么话要说,请一一道来。"

纪灵闻言,遂痛快地道:"吕将军有言在先,岂可违背,我明日就撤军南归。"

纪灵言毕良久,仍不见刘备发言,吕布于是急切地问他道:"玄德弟有何高见?"

良久刘备方才漫不经心地道:"纪将军言之有理啊。"

吕布见他俩皆遵守他的主张,认为他既解了刘备之围,又没得罪纪灵,一箭双雕,一举两得,自然大喜不禁。随后,他三人皆起身碰杯共饮,以示祝贺纪灵和刘备按甲寝兵,平息干戈。

此时值建安元年八月中旬。

就在纪灵与刘备在吕布的周旋下罢兵的同时,许县的曹操正与董昭商讨迁都事宜,以便挟天子令诸侯。事情的原委是这样的:曹操现从刘协那里得到的官位和荣誉与当年董卓相比虽然相差不多,但要真正行使节钺和录尚书事大权、左右极有主见的刘协,就须仿董卓迁都故事,将刘协从雒阳迁到他的大本营许县,将其架空。但迁都向为大事,自然马虎不得,否则会遭不测,董卓便是先例。为此,曹操不禁愁得坐立不安,茶饭不思,并在一日上午传令董昭前来曹府客厅密室密商对策。待董昭闻令赶到那里,还未及向曹操施礼,曹操便起身迫不及待对他道:"前时我曾向皇上奏请追究韩暹和张杨骄横跋扈、图谋不轨之罪,不料皇上却因他俩有护驾之功,不予准奏。为此,我至今心神不安,不知道如何是好。因此,特请将军前来指点迷津。"

董昭闻言,自然先谦虚了一番,随后才若有所思道:"将军兴义兵以诛暴乱,入朝天子,辅翼王室,此五伯之功也。此下诸将,人殊意异,未必服从,今留匡弼,事势不便,惟有移驾幸许耳。然朝廷播越,新还旧京,远近

第三十七回　射戟辕门化干戈为玉帛刘纪各自罢兵　迁都许县挟天子令诸侯曹操始揽朝政

跂望，冀一朝获安。今复徙驾，不厌众心。夫行非常之事，乃有非常之功，愿将军算其多者。"

方言毕，曹操即大喜道："将军方才之言乃我本意呢！"

董昭闻曹操如此言，认为自己与曹操不谋而合，于是不禁非常得意。然不待他谦虚一番，却见曹操早已由喜转忧，唉声叹气起来。对此，董昭若丈二和尚，摸不着头脑，并忙问道："将军何故如此呢？"

"你有所不知，我虽已入朝天子，辅助王室，但要迁都，特别是迁都到我大本营许县，恐会引起不测。远的不说，近在咫尺的梁县杨奉兵强马壮，和又有因惧我而逃到他那的韩暹，就可能不肯罢休。其次，还有驻守野王的张杨，人多势众，恐亦难……"

不待言毕，董昭即打断其话语道："将军之言差矣。须知，将军过去曾供给杨奉粮草，以解其燃眉之急。为此，他亦表将军为建德将军，以示感谢。此后不久将军因功被迁为镇东将军，袭领费亭侯，亦为他所表。又闻书命约束，足以见信。宜时遣使厚遗答谢，以安其意。并说'京都无粮，欲车驾暂幸鲁阳，鲁阳近许，转运稍易'。且杨奉少党援，将独委质。又为人勇而寡虑，必不见疑。比使往来，足以定计。而韩暹本为黄巾妖贼，名声不佳，有何惧呢！至于张杨，在将军初平三年末使通长安时，亦有功于将军，他亦不会生变。因此，将军迁都，实无忧啊！"

曹操闻董昭言，认为非常有理，于是大大赞扬了他一番。末了，还设宴予以款待。

须知，曹操何以独召董昭而不召他人密商迁都事宜呢？原来曹操深知，董昭是位光明磊落、机智勇敢的朝臣，不仅两度为袁绍立下汗马功劳，且早就看好曹操，并对曹操有过热情帮助。例如，前面提到的曹操刚任兖州牧时，遣使前往河内张杨处，欲求他高抬贵手，以便让其使者西往长安探望刘协，但张杨开始坚决不同意。时在张杨处的董昭闻之，忙劝张杨道："眼下袁绍、曹操虽为一家，然他们早晚必势不两立，分道扬镳。眼下曹操虽然势单力薄，但他实乃天下英雄，因而你宜主动与之结交才是。恰值今有缘，何不予以方便，并表荐他呢。倘若此事办成，你便永远与曹操有了深情厚谊。否则，失此良机，将遗恨千古啊！"张杨闻董昭言，认为非常有理，于是便一一照办，并遣使求见曹操。为此，曹操还送给张杨大批犬马金帛。同时，董昭还替曹操为当时在长安朝中掌权的李傕、郭汜、樊稠和张济写信，根据其官阶高低，予以殷勤问候。于是身在关东的曹操便与远在千里之外的长安朝廷有了不断往来，并得益匪浅。再就是前面已述，董昭以曹操的名义和字迹给杨奉写信后，使曹操不仅得到了镇东将军，还承袭了其父的爵位。由此可见，董昭不仅有慧眼，且早便是曹操的大恩人。所以曹操才与董昭商议迁都这样非同一般的大事。

却说曹操与董昭商定迁都事宜后，认为有必要效仿董卓当年迁都故事，与朝中文武大臣商议一番，以便听听他们意见。于是便在一日上午传令文武大臣到曹操中军大帐商议。时他们虽不知晓商议何事，但皆按时纷纷赶到了那里，按秩站定。时曹操身着朝服，笑容满面地坐在了大帐中央上方。须知，这些文武大臣中大多早便闻得曹操大名，但却无缘一睹其人。因而方才排定，便举首踮足，观看曹操。时曹操认为，我是城墙上的麻雀，见过大世面。比如，早年曾当着先帝刘宏的面进献过镇压黄巾军之策，并得到赞扬和采纳。今天还怕你们观看么？于是镇定自若地坐在那里。待他们不再观看，曹操方才忧心忡忡地问道："现在天子、伏皇后、宋贵人及王公朝臣住在破败不堪的京师雒阳，实在令我不安啊！加之朝廷所需粮草又供给不上，这如何是好？"

在场者见帐内气氛轻松，曹操言语随和，不禁大喜，于是便畅所欲言，纷纷议论起来，有的以为恢复雒阳往日那般繁盛并不难，有的以为恢复并非易事，最终莫衷一是。末了，都表示愿听听曹操的。曹操见此，不禁暗喜，遂沉思片刻方才慢条斯理地问道："我认为鲁阳富饶，又近在京师，何不请天子、伏皇后、宋贵人及王公朝臣暂住那里，待京师恢复原样后，再搬回不迟。若何？"

在场者闻曹操言，皆认为非常有理，于是便争先恐后地发言表示赞成。

第三十七回　射戟辕门化干戈为玉帛刘纪各自罢兵　迁都许县挟天子令诸侯曹操始揽朝政

对此，曹操以为大事无虞，自然非常高兴，并欲宣布暂住鲁阳的决定。不待开言，便见侍中台崇出班高声道："鲁阳确实幅员辽阔，土地肥沃，产粮甚丰，且又近在京师，交通便利，只需运些朝廷所需粮草就是了，何必兴师动众，要天子、伏皇后、宋贵人及王公朝臣暂住鲁阳呢？"

方言毕，尚书冯硕即出班道："台先生方才言之有理啊。再者，天子、伏皇后、宋贵人及王公朝臣东归一路艰辛，总算回到了京师。现在又要他们暂住鲁阳，若有不测，那将如何是好？"

须知，大多在场者闻曹操方才之言，认为曹操要刘协、伏皇后、宋贵人及王公朝臣暂住鲁阳的决心已定，现在与我们商议，只是摆摆样子而已。因此，台崇和冯硕反对也是徒劳。于是皆站在那里低头视足，一言不发。时曹操对台崇和冯硕之言自然非常不满，并害怕他俩闹到刘协那里。于是便当机立断，说台崇和冯硕之言扰乱众心，有害朝廷，并下令将其推出斩首。在场者见此，皆吓出一身冷汗，认为曹操是董卓再世，并后悔不该来此。谁料曹操却当即封董承为辅国将军，封伏完、丁冲、种辑、钟繇、郭溥、董芬、刘艾、韩斌、杨众、罗邵、伏德、赵蕤等十二人为列侯，接着又追封射声校尉沮隽为弘农太守。在场者见此，方知曹操不仅用法有度，且赏罚分明，与董卓行事大为不同，于是当即表示赞同刘协、伏皇后、宋贵人及王公朝臣暂住鲁阳。由此可见，曹操这一硬一软、一打一拉之策，当即便立竿见影。为此，曹操不禁暗自得意。

当日午饭后，曹操便与荀彧、程昱和董昭匆匆向杨安殿赶去，向刘协解说让他、伏皇后、宋贵人及王公朝臣暂住鲁阳的原因，以免到时刘协不知就里，不愿动身，并因此引出些意想不到的麻烦。片刻，他们一行便到了杨安殿。时刘协正与伏皇后谈论回到雒阳的感观，忽见一报事太监进来跪拜在刘协面前奏道："启禀陛下，曹操曹将军、荀彧、程昱和董昭在殿门外声言要参见陛下。"

刘协闻奏，认为他们前来必有要事禀报，于是立刻道："准见。"

太监闻言，立刻起身转身出门，将曹操一行引了进来。他们见到刘协，自然是忙跪伏于其前口呼"皇上万岁万万岁"一番。末了,方才起身按秩站定,向刘协拱手施礼。随后曹操先对刘协道:"臣有要事启奏……"

谁料不待曹操言毕,刘协即打断其话语道:"你们此前所议朕早已知晓了,何必再奏?"

荀彧、程昱和董昭闻言,以为刘协知晓并赞成台崇和冯硕所言,于是惊吓得不轻,并不约而同地思想到:这不是内部走漏了风声,便是朝廷的探子报告了刘协。同时,还以为刘协会立刻令刀斧手将他们推出斩首示众。唯经过多次惊险的曹操非常镇静,并以为刘协方才只不过是说他知晓此前所议而已,并未言说其他,有何值得惊吓的呢?为探明刘协到底知晓什么,便欲问他此前所议是否有理。谁料刘协却问曹操道:"眼下京师破烂不堪,在这秋高气爽时节还可凑合住下,待严冬一到,北风呼啸,大雪纷飞,将如何栖身呢?而鲁阳近在京都,交通便利,物产丰富,且又是古今名城,朕可到那里居住一段时间,待京都修复完毕,再搬回不迟。"

曹操闻言,方知有人将他们上午所议结果告知了刘协,且其意与他不谋而合,自然大喜不禁。同时,荀彧、程昱和董昭的惊吓也飞到了瓜哇国,并同曹操般大喜不禁。同时,曹操也感到刘协虽有主见,但毕竟经历少,阅历浅。又怕夜长梦多,于是在答应了刘协后,即与荀彧、程昱和董昭退出杨安殿,匆匆赶回中军大帐部署向鲁阳进发事宜去了。

三日后曹操便部署停当,并在第四天早饭后,与刘协、伏皇后、宋贵人及王公朝臣一行出了雒阳南门,浩浩荡荡地直向鲁阳而去。时曹洪领着三千身强体壮的官军走在前面,随后是载着刘协的銮舆,紧跟的是伏皇后、宋贵人及王公朝臣的车舆,再后是骑着高头大马的曹操及其左右文武,最后自然是文人墨客和平头百姓。刘协所乘銮舆虽与他此前从安邑回雒阳所乘的牛车的气派不可同日而语,但与他七年前从雒阳到长安时所乘的銮舆相比,气派还是逊色得多。同时,由于李傕、郭汜、樊稠和张济大闹长安杀死了许多文武百官和庶民,以及前时在东归路上又死伤了不少朝臣,因而这时的随行者队伍自然不如当年从雒阳去长安时的队伍那般庞大壮观。但这支队伍的官民

第三十七回　射戟辕门化干戈为玉帛刘纪各自罢兵　迁都许县挟天子令诸侯曹操始揽朝政

却心情舒畅，有说有笑。何也？因为他们以为，暂时离开残破的雒阳到富饶的鲁阳是享福，何乐而不为呢？因此，这与当年他们被董卓逼着离开雒阳去长安那种悲惨情景形成了鲜明的对照。曹操见此，自然非常高兴，但也担心途中生乱，并因此常叮嘱部下，时刻谨慎行事才是。部下见曹操如此严格要求，自然也不敢掉以轻心、马马虎虎，并随时紧闭嘴唇，瞪大眼睛，竖起耳朵，严密注视着前后左右一切动静，生怕发生意外。他们一行经轩辕关，到第三天傍晚时分，便到达了鲁阳城北门外三里处的鲁阳关。时关头无人把守，因而没费事便过了关门。谁料方到距鲁阳城北门外半里路时，忽闻报关上战旗飞舞，战鼓雷鸣，杀声震天，无数黄巾军随后杀了过来。同时，还听得冲杀在前面的那两位黄巾军将领不断地高喊"别叫刘协和曹操跑了"。那些黄巾军士兵们也不断地随声附和，于是喊声震得山摇地动，树叶飘落。对此，大家皆不禁吓得魂不附体，不辨南北，刚才那高兴的劲头自然早飞到了爪哇国。待稍回过神，便有几位王公朝臣上前围着刘协銮舆，争先恐后问他该怎么办。刘协当时也吓得魂不附体，战战兢兢，不知如何是好。回过神，方才结结巴巴地问已拍马走在銮舆右侧边的曹操道："鲁阳……到处都是……黄巾妖贼军，如何住得？不知将军……有何高见？"

刘协见曹操也吓得全身哆嗦，想必他也没什么高见，因此欲再问其他人。正在这时，董昭拍马上前向刘协施礼后若有所思道："启奏皇上，近在咫尺的许县为曹将军大本营，想必黄巾妖贼军不敢在那里兴风作浪。因此，不若先到那里住上几日，待消灭了眼前这些黄巾妖贼军，再来鲁阳不迟。若何？"

刘协闻言，先是不置可否，沉思片刻方才问眼前那些王公朝臣道："众卿以为董将军之意若何？"

时王公朝臣哪管是鲁阳还是许县，只要能保命就行，于是异口同声道："董将军言之有理。"

曹操闻言，遂忧心忡忡对刘协道："许县驻有微臣大批人马，安全自然无虞，但无高大雄伟的城墙、富丽堂皇的宫室、一望无际的苑圃，只有简陋的衙署及民房。在那居住，皇上和王公朝臣屈尊就卑了。另外，还得劳皇上及大家多赶几天路程。因此,实在叫臣不安啊。不知……"

须知,刘协、伏皇后、宋贵人及王公朝臣前时东归行程几千里,山高路险、河宽水急,以及李傕、郭汜和张济所率原董卓所部官军的围追堵截都挺过来了,难道还怕有曹操所率官军护着在一马平川上行走么?至于许县建筑设施简陋点有什么关系,反正是只住几日,何必讲究呢?再说鲁阳的建筑设施也好不到哪里去。因此,不待曹操言毕,便异口同声哀求曹操道:"还劳曹将军辛苦,尽快将天子、皇后、贵人及我们安全送到许县吧!"

曹操闻言,遂无可奈何道:"既然皇上及大家信任微臣,那就只好遵命了。"

言毕,即亲自率军进鲁阳北门,出鲁阳东门,连夜马不停蹄地向许县赶去,仅用了一天一夜时间,便到达了许县城北门外半里许曹操所部官军大营。

此时值建安元年九月初。

须知,刘协、伏皇后、宋贵人及王公朝臣一行何以这么快就到达了许县呢?这除了曹操有意催促外,就是他们害怕鲁阳那些黄巾军从后紧紧追杀而遭不测。但他们万万没想到的是,那些黄巾军并没随后追杀他们。何也?原来他们并非什么黄巾军,而是夏侯惇、夏侯渊、曹仁和于禁所率官军扮演的。其目的是尽快将刘协、伏皇后、宋贵人及王公朝臣一行吓离鲁阳,前往许县。

刘协、伏皇后、宋贵人及王公朝臣一行不是要前往鲁阳暂住吗?夏侯惇、夏侯渊、曹仁和于禁所率官军何故要那般行事呢?前面说过,曹操本意是要迁都到许县,以便实现其初衷——挟天子令诸侯。但怕刘协、伏皇后、宋贵人及王公朝臣反对,于是便与董昭密谋,来了个明修栈道,暗度陈仓,即明里到鲁阳暂住,实则迁都许县。对此,当时只有曹操、董昭及少数有关文武知晓,而刘协、伏皇后、宋贵人及王公朝臣更是蒙在鼓里,无从知晓。不过俗话说,天下没有不透风的墙,就在刘协、伏皇后、宋贵人及王公朝臣到达许县曹操所部官军大本营不久,驻守梁县的杨奉便从细作那里得知了曹操迁都许县的真实目的,并感到上了曹操的当,于是气得五脏六腑破

第三十七回　射戟辕门化干戈为玉帛刘纪各自罢兵　迁都许县挟天子令诸侯曹操始揽朝政

裂，七窍八孔生烟，并在县议事厅召来韩暹商议对策。韩暹到达还未及互相施礼和寒暄，杨奉便站在厅中央，两手叉腰气呼呼地对他道："韩将军，我们冒着生命危险，千辛万苦才将皇上、皇后、贵人及王公朝臣从长安护送到京都雒阳，谁料竟被曹操那厮骗到了他的地盘许县，挟天子令不臣，真是岂有此理！不知韩将军有何妙计将皇上、皇后、贵人及王公朝臣从许县送还京都呢？"

前面说过，韩暹前时是被曹操所率官军逼出雒阳的，因而本就对曹操耿耿于怀，并多次向杨奉请战举兵讨伐曹操，只是每每被杨奉以皇上新归京都，应以安定团结为重为由予以制止。现闻杨奉如此言，除怒不可遏外，自然是喜不自禁，认为这是打击曹操、为自己报仇雪恨的极好机会。因此，待杨奉方言毕，便气冲冲道："不若号召天下，共同讨伐曹操这厮。"

然杨奉却不以为然道："须知，我俩所率人马便数倍于曹操，何必兴师动众，杀鸡用牛刀呢？"

韩暹认为杨奉言之有理，遂忙连连点头称是，但随后却若有所思道："曹操这厮诡计多端，奸诈异常，我们还是小心行事方为上策。"

"当然！"

"我料曹操眼下正为他成功将皇上、皇后、贵人及王公朝臣骗到许县而得意忘形和毫无戒备，因而何不趁此发兵前往将皇上、皇后、贵人他们迎回京都呢？"

杨奉闻言，认为非常有理。于是便以韩暹为先锋，他随后率领官军从梁县大营出发，直向许县杀去。谁料他们方入阳翟地界，便被伏于路左右两侧的曹仁和于禁所率官军杀得落花流水，大败而逃。随后，曹操还亲自撰文张贴天下，否认迁都。因此，时刘协、伏皇后、宋贵人及王公朝臣仍以为他们前来许县是暂时的，而非迁都于此。时曹操和董昭等人自然是心知肚明，并认为纸难包火，刘协早晚必会知晓。与其被他晚知，还不若让他早知。于是在一日早饭后，曹操身着朝服独自来到刘协所居的帐篷，礼毕坐定后即问刘协道："陛下以为许县如何？"

刘协闻问，遂沉思片刻道："朕初来乍到，还难定论啊。"

"就臣所知，许县乃非凡之地呢。"

曹操方言毕，刘协即睁大眼睛惊奇地问道："为何？"

"陛下须知，许县是因许由而名呢。"

"许由乃何许人？"

"据蔡邕《琴操·卷下》云：许由者，古之贞固之士也。尧时为布衣，夏则巢居，冬则穴处，饥则仍山而食，渴则仍河而饮。无杯器，常以手捧水而饮之。人见其无器，以一瓢遗之。许由操饮毕，以瓢挂树，风吹树动，历历有声。许由以为烦扰，遂取损之。以清节闻于尧，尧大其志，乃遣使以符玺禅为天子。于是许由喟然叹曰：'匹夫结志，固如磐石。采山饮河，所以养性，非以求禄位也；放发优游，所以安己不惧，非以贪天下也。'使者还，以状报尧。尧知许由不可动，亦已矣。于是许由以使者言为不善，乃临河洗耳。樊坚见许由洗耳，问之：'耳有何垢乎？'由曰：'无垢，闻恶语耳。'坚曰：'何等语者？'由曰：'尧聘吾为天子。'坚曰：'尊位何为恶之？'由曰：'吾志在青云，何乃劣劣为九州伍长乎？'于是樊坚方且饮牛，闻其言而去，耻饮于下流。于是许由名布四海。尧既殂落，乃作《箕山之歌》曰：'登彼箕山兮，瞻望天下。山川丽崎，万物还普。日月运照，靡不记睹。游放其间，何所却虑。叹彼唐尧，独自愁苦。劳心九州，忧勤厚土。谓余钦明，传禅易祖。我乐如何，盖不盼顾。河水流兮缘高山，甘瓜施兮弃绵蛮，高林肃兮相错连，居此之处傲尧君。'"

常言道，听话听声，锣鼓听音。刘协闻曹操言，以为曹操要仿许由故事撒手不管朝政，于是不禁非常着急，并忙道："我大汉全赖将军方有今日之安定，难道将军要辞别……"

曹操闻言不禁暗喜，认为道出迁都实情时机已到，于是不待刘协言毕，便若有所思道："许县地处中原腹地，九州之中。北临万里河水，西依中岳嵩山，东南接壤淮海，河渠众多，交通便利，四达通衢，且土地肥沃，五谷丰登，人杰地灵。因此，商时昆吾族便迁居于此。周武王灭纣，亦封太岳后裔

第三十七回　射戟辕门化干戈为玉帛刘纪各自罢兵　迁都许县挟天子令诸侯曹操始揽朝政

文叔于此。臣以为，许县可与鲁阳媲美，在京都雒阳未复建成前，许县亦可作为临时首都。皇上以为若何？"

刘协闻言，不禁先是一愣，思想到：不是说好待消灭了鲁阳黄巾妖贼军后就到鲁阳暂住吗？怎么变卦了呢？随之张口结舌，半晌无语。曹操见此，遂便起身走到门口向外挥了挥手。刘协见了，以为他在招呼刀斧手进来逼他答应迁都许县呢！于是不禁吓得浑身发抖，魂飞天外。正在此际，只见身着朝服的曹洪指挥一队苦役抬着几口铁箱，进来放好后即毕恭毕敬地退了出去。刘协见此，方才松了口气，并指着那些铁箱问曹操道："内中何物？"

"打开便知啊。"

曹操言毕，便亲自动手打开那些铁箱，取出所装之物，整整齐齐地摆放在地毯之上。刘协仔细看去，方知它们是：

盛装四石的铜器四只，盛装五石的铜器一只。

皇帝用的纯银粉铫一只，药杵臼一具。

铜烫斗两枚。

皇帝用的物件三十种，其中用纯银雕刻的三条带子镶在上面并漆上图案的书桌一张，用纯银做成的三条带子镶在上面的砚台一个，圆砚大小各一个。

皇帝用的漆上图案的皮枕头两个，贵人、公主用的纯银香炉四个，皇太子用的纯银香炉四个，西园贵人用的铜香炉三十个。

皇帝用的杂物，其中有纯金痰盂一个，油漆的圆痰盂四个；贵人用的用纯银做成的三条带子镶在上面的痰盂三十个。

皇帝用的物件三十种，其中有供上车蹬用的漆绘图案的重几大小各一个。

皇帝用的在金属刻纹中嵌上金线的一尺二寸铁镜一面，皇后和太子用的在金属刻纹中嵌上银线的七寸铁镜各四面，贵人、公主用的九寸铁镜四十面。

皇后、贵人、公主及皇子用的纯银漆带镜一面，西园贵人用的镶有三条纯银带子的镜子五面，皇子用的银匣一个，杂物十六种。

上面加有三条纯金带子的方形妆奁匣四个。

上面镶有三条纯金带子的镜台一座，纯银镜台七座。

纯银的盛去污粉的匣子、纯银的雕花匣子、银镂雕花漆匣四个。

油漆绘画的妆具一个，镶有三条纯金带子并有绘画的方形妆奁匣一个。

容五石水的铜澡盆一个。

镶银并有绘画的象牙杯盘五套。

皇后用的有各种花纹的象牙尺一把，贵人、公主用的象牙尺三十把，宫人用的象牙尺一百五十把，骨尺五十把。

皇后用的画有花纹的象牙藏针管一枚。

时刘协看毕这些宝物，不禁感到非常惊异，并迟疑地问曹操道："这些宝物是……"

"是臣祖上留与臣的，今特意供奉给陛下、伏皇后、宋贵人。"

刘协闻曹操答，自然高兴不已。

随后不久的一日上午，曹操又送给刘协一行一批实用物品。刘协得了曹操这么多贡品，竟高兴得无法形容，并认为京都已被董卓毁坏殆尽，复建竣工还不知猴年马月。在此期间临时居住鲁阳或许县都一样，反正待京都复建竣工后才能回去。于是毫不犹豫地同意了曹操将首都迁到许县之意，并依曹操建议，下诏将许县改为许都。那些王公朝臣见皇上都同意迁都许县了，自然也没什么说的，并联合上表表示祝贺。刘协见此，大喜，故不待与他人商议，即下诏任曹操为大将军，封武平侯。曹操拜别刘协方回到大营中军大帐，便兴冲冲地走到案几旁，伏身提笔向刘协撰就了《上书让增封武平侯》，以表达谦让之意。书云：

伏自三省，姿质顽素，材志鄙下，进无匡辅之功，退有拾遗之美。虽有犬马微劳，非独臣力，皆由部曲将校之助。陛下前追念先臣微功，使臣续袭爵土，祖考蒙光照之荣，臣受不赀之分，未有丝发以自报效。昔齐侯欲更晏婴之宅，婴曰："臣之先容焉，臣不足以继之。"卒违公命，以成私志。臣自顾省，不克负荷，食旧为幸。虽上德在弘，下有因割。臣三叶累宠，皆统极

第三十七回　射戟辕门化干戈为玉帛刘纪各自罢兵　迁都许县挟天子令诸侯曹操始揽朝政

位，义在殒越，岂敢饰辞！

曹操在上书中反复表示皇恩浩荡，赐予曹家的数不胜数，我曹操天资并不聪慧，且又无文采，对朝廷贡献也微不足道。与春秋战国时的晏子不受住宅比较，我曹操享受的俸禄已够多了。因此，理应报效国家，不敢说空话。

刘协接到曹操《上书让增封武平侯》后，自然不准。曹操闻之，自然暗自非常高兴。随后，又兴冲冲地向刘协撰就了《上书让增封》。书云：

无非常之功，而受非常之福，是用忧结。比章归闻，天慈无已，未即听许。臣虽不敏，犹知让不过三，所以仍布腹心，至于四五，上欲陛下爵不失实，下为臣身免于苟取。

曹操在该书中表达的内容与《上书让增封武平侯》差不多，都是些谦词。
刘协接到曹操《上书让增封》后，仍然不准。

曹操迁都许县后，担心像当年董卓迁都长安一样，遭到天下诸侯起兵反对，于是便心生一计，以刘协的名义，对有关诸侯封官晋爵，以安其心。其中袁绍便被迁为太尉，封邺侯。

须知，以往大将军位在三公之下，官属依太尉，位次太傅之下。但自梁冀为大将军，因增举高茂才，官属倍于三公，此沿习至当时。因此，袁绍的太尉之职虽是职掌全国军事，但其位却在曹操大将军之下。对此，袁绍自然不服，并后悔当初不听谋士沮授迎天子于邺城，以令天下诸侯的建议。同时，还拒受太尉一职。

先是，曹操方迎刘协于许都，就以刘协的名义下诏于袁绍，责备袁绍以地广兵多而专自树党，不闻勤王之师而但擅相讨伐。袁绍闻诏大怒，遂上书曰：

臣闻昔有哀叹而霜陨，悲哭而崩城者。每读其书，谓为信然，于今况之，乃知妄作。何者？臣出身为国，破家立事，至乃怀忠获衅，抱信见疑，昼夜长吟，剖肝泣血，曾无崩城陨霜之应，故邹衍、杞妇何能感彻。

臣以负薪之资，拔于陪隶之中，奉职宪台，擢授戎校。常侍张让等滔乱天常，侵夺朝威，贼害忠德，扇动奸党。故大将军何进忠国疾乱，义心赫怒，以臣颇有一介之节，可责以鹰犬之功，故授臣以督司，谘臣以方略。臣不敢畏惮强御，避祸求福，与进合图，事无违异。忠策未尽而元帅受败，太后被质，宫室焚烧，陛下圣德幼冲，亲遭厄困。时进既被害，师徒丧沮，臣独将家兵百余人，抽戈承明，辣剑翼室，虎吼群司，奋击凶丑，曾不浃辰，罪人斯殄。此诚愚臣效命之一验也。

会董卓乘虚，所图不轨。臣父兄亲从，并当大位，不惮一室之祸，苟惟宁国之义，故遂解节出奔，创谋河外。时，卓方贪结外援，招悦英豪，故即臣渤海，申以军号，则臣之与卓，未有纤芥之嫌。若使苟欲滑泥扬波，偷荣求利，则进可以享窃禄位，退无门户之患。然臣愚所守，志无倾夺，故遂引会英雄，兴师百万，饮马盟津，歃血漳河。会故冀州牧韩馥怀挟逆谋，欲专权势，绝臣军粮，不得踵系，至使猾虏肆毒，害及一门，尊卑大小，同日并戮。鸟兽之情，犹知号乎。臣所以荡然忘哀，貌无隐戚者，诚以忠孝之节，道不两立，顾私怀己，不能全功。斯亦愚臣破家徇国之二验也。

又黄巾十万焚烧青、兖，黑山、张杨蹈藉冀域。臣乃旋师，奉辞伐畔。金鼓未震，狡敌知亡，故韩馥怀惧，谢咎归土，张杨、黑山同时乞降。臣时辄承制，窃比窦融，以议郎曹操权领兖州牧。会公孙瓒师旅南驰，陆掠北境，臣即星驾席卷，与瓒交锋。假天之威，每战辄克。臣备公族子弟，生长京辇，颇闻俎豆，不习干戈；加自乃祖先臣以来，世作辅弼，咸以文德尽忠，得免罪戾。臣非与瓒角戎马之势，争战阵之功者也。诚以贼臣不诛，《春秋》所贬，苟云利国，专之不疑。故冒践霜雪，不惮劬勤，实庶一捷之福，以立终身之功。社稷未定，臣诚耻之。太仆赵岐衔命来征，宣明陛下含弘之施，蠲除细故，与下更新，奉诏之日，引师南辕。是臣畏怖天威，不敢怠慢之三验也。

又臣所上将校，率皆清英宿德，令明显达，登锋履刃，死者过半，勤恪之功，不见书列。而州郡牧守，竞盗声名，怀持二端，优游顾望，皆列士

第三十七回　射戟辕门化干戈为玉帛刘纪各自罢兵　迁都许县挟天子令诸侯曹操始揽朝政

锡圭，跨州连郡，是以远近狐疑，议论纷错者也。臣闻守文之世，德高者位尊；仓卒之时，功多者赏厚。陛下播越非所，洛邑乏祀，海内伤心，志士愤惋。是以忠臣肝脑涂地，肌肤横分而无悔心者，义之所感故也。今赏加无劳，以携有德；杜黜忠功，以疑众望。斯岂腹心之远图？将乃谗慝之邪说使之然也？臣爵为通侯，位二千石。殊恩厚德，臣既叨之，岂敢窥觊重礼，以希彤弓旅矢之命哉？诚伤偏裨列校，勤不见纪，尽忠为国，翻成重怨。斯蒙恬所以悲号于边狱，白起歔欷于杜邮也。太傅日磾位为师保，任配东征，而耗乱王命，宠任非所，凡所举用，皆众所捐弃。而容纳其策，以为谋主，令臣骨肉兄弟，还为仇敌，交锋接刃，构难滋甚。臣虽欲释甲投戈，事不得已。诚恐陛下日月之明，有所不照，四聪之听，有所不闻，乞下臣章，咨之群贤，使三槐九棘，议臣罪戾。若以臣今行权为衅，则桓、文当有诛绝之则；若以众不讨贼为贤，则赵盾可无书弑援贬矣。臣虽小人，志守一介。若使得申明本心，不愧先帝，则伏首欧刀，褰衣就镬，臣之愿也。惟陛下垂尸鸠之平，绝邪谄之论，无令愚臣结恨三泉。

时曹操从袁绍上书中得知袁绍拒受太尉一职，不禁大惧，并深觉袁绍难以驾驭，且他又近在许县，势力强大。倘若他像当年带头举兵反对董卓那样反对我曹操，后果定然不堪设想。同时，曹操还认为自己在刘协身边，朝中大权在握，不任大将军一职而将其让予他人也于己无损，于是欲将大将军一职让予袁绍，以平息其怨气。再说了，袁绍即使是大将军，也只能管得着他的部下。因此，大将军一职对袁绍来说，只不过是虚名而已。于是曹操便将大将军一职让给袁绍，并派将作大匠孔融持节拜袁绍为大将军，锡弓矢节钺，虎贲百人，兼督冀、青、幽、并四州。对此，袁绍不禁大喜不已，并欣然受之。但刘协却认为曹操让大将军之举是曹操一大损失，于是便下旨任曹操为司空，行车骑将军，以为补偿。对此，曹操自然非常感激刘协，并向他上了《让还司空印绶表》。在表中，除了表示谦虚外，还表示要不遗余力地为汉室效力。表云：

臣文非师尹之佐，武非折冲之任，遭天之幸，干窃重授。内踵伯禹司空之职，外承吕尚鹰扬之事，斗筲处之，民其瞻观。水土不平，奸宄未静，臣常愧辱，忧为国累。臣无智勇，以助万一，夙夜惭惧，若集水火，未知何地，可以殒越。

与往常一样，刘协接到曹操《让还司空印绶表》后，自然不准，这也是曹操事先预料到的。

此时值建安元年九月末。

曹操将首都从雒阳顺利迁到许县后，自然非常高兴与得意，并以为这是天意。否则，董卓怎么会遭天下诸侯的反对，而他曹操却没事呢？为此，便在中军大帐大摆筵席，款待迁都有功之臣。

时曹操认为许县既是名正言顺的首都，就得建成首都的模样。如此，方可避免他人特别是袁绍之流说三道四。于是便令将作大匠孔融招来大批工匠，在城内外夜以继日地施工。不久后，一座崭新的、高大的、雄伟的、壮丽的皇宫便在内城拔地而起。随后，皇宫西南隅建有供皇上祭祀天地的毓秀坛和威严的汉室宗庙，无数亭台楼阁也随之竣工。同时，还增建了富丽的官衙，豪华的府邸，整齐的民宅，幽静的观寺，宽敞的街道，广阔的园圃，无际的御池以及修葺一新的钱庄、驿馆、医馆、粮市、油市、肉市、菜市、柴市、猪市、牛市、禽市、当铺、酒肆、饭庄……其次，在城北郊约五十里处的田村还建有练兵场所射鹿台。城墙也得到了扩建修缮，城池也得到了拓宽深掘。于是许都便成一处繁华似锦、易守难攻之所。尽管其整体规模不能与当年的长安和雒阳相比，但麻雀虽小，五脏俱全。对此，刘协、伏皇后、宋贵人及王公朝臣无不满意万分。曹操自然是非常得意，并选了个黄道吉日，前呼后拥地将刘协、伏皇后和宋贵人从城北曹操军营迎进了皇宫，王公朝臣也按官阶高低住进了他们的府邸，庶民也有了安身之所。至此，迁都许县便大功告成。于是上至皇帝刘协，下至平民百姓，自然各得其所，皆大欢喜，自不必说。看官欲知曹操迁都许县挟天子令诸侯后的天下形势，请看下回分解。

第三十八回

招贤纳士祢衡命丧沙洲
许都屯田韩枣敬献妙策

却说曹操顺利迁都许县后，便大摆筵席，款待左右文武，以示庆祝。席间，大家皆敞开肚皮，大碗喝酒，大块吃肉，气氛甚是热烈，唯曹操酒方过一巡，便放下筷盏，不再进食。荀彧见此，甚觉惊异，遂忙放下筷盏，起身走到曹操座前俯身低声问他道："今天是喜庆日子，主公何故停进酒食了呢？"

曹操闻言，遂沉思片刻叹道："迁都虽然成功，但要借天子之威，扫平割据，诛除异己，使天下重现长治久安，歌舞升平，若无大批谋臣猛将，也是枉然啊。你以为呢？"

荀彧闻言，遂忙点头赞许道："主公言之有理啊！须知，治国之道，重在人才。故依愚见，主公当务之急，应大力招揽俊贤。"

在场者闻曹操和荀彧谈论人才大事，兴趣顿生，并不约而同放下筷盏，起身争相发言。时曹洪抢先道："治国经邦，人才为急啊。"

方言毕，曹仁即道："治天下唯以用人为先。"

随后，夏侯渊便接着道："国之盛衰，在乎人才。"

再后夏侯惇道："国之乱，宜待贤而治啊。"

再后程昱道："为政者，宜以人才为先。"

再后杨修接着道："国以得人为强，犹若猛兽之卫藜藿；以积贤为宝，犹若珠玉之茂山川。"

再后孔融道："总之，尚贤者，政之本呢。"

曹操待孔融言毕遂道:"大家方才所言皆道出我未言之言呢。古人云:舍轻舟而渡大海者,不见其成功。无良臣而欲天下太平,国势隆盛,未闻有其成者。鸿鸾之所以能凌空翱翔,皆赖六羽之力;渊龙之所以飞天,皆赖云雾之浮动。因此,我欲发一道求贤令,张贴天下,招贤纳士,若何?"

方言毕,在场者立刻便异口同声附和道:"甚好啊!"

曹操闻言,大喜,随即叫侍者摆上笔墨纸砚,当场就在餐几上提笔撰就了一道《求贤令》,并当众高声宣读道:"令:自古受命及中兴之君,曷尝不得贤人君子与之共治天下者乎?及其得贤也,曾不出闾巷,岂幸相遇哉?上之人不求之耳。今天下尚未定,此特求贤之急时也。'孟公绰为赵、魏老则优,不可以为滕、薛大夫。'若必廉士而后可用,则齐桓其何以霸世?今天下得无有被褐怀玉而钓于渭滨者乎?又得无有盗嫂受金而未遇无知者乎?二三子其佐我明扬仄陋,唯才是举,吾得而用之。"

在场者闻之,对曹操求贤若渴之举无不啧啧赞叹。但对唯才是举的用人之道,武将们认为是前所未有,不可思议。但对饱读经书的文臣们来说,并非破天荒,因为此前例子早就数不胜数,只不过在武帝罢黜百家、独尊儒术后,才基本绝迹。但在场者皆明白,在当前天下大乱之际,唯才是举不仅可用,且行之有效。对此,曹操不禁大喜不已,并当即唤来部下快马,令其连夜张贴各州、郡、县,不得有误,以便尽快招到英才俊杰,安邦定国。于是乎一时间大街小巷、驿站码头、乡亭村舍,随处可见《求贤令》。那些在朝在野老少贤达,各行精英,甚至偷鸡摸狗和行为不轨者,亦争相观视,随之便有不少自以为能被招纳的,便辞别父老妻室,兄弟儿女,离乡背井,快马加鞭,日夜兼程赶往许都,以期求得高官厚禄。结果许都犹若往昔长安与雒阳一般,人头攒动,热闹非凡。其中有位书生模样的青年,中等身材,肤白如玉,眉目清秀,来此非为官,非为名,而是为重访宿友孔融。他不是别人,乃处士祢衡。

祢衡,字正平,平原般县德平镇小祢家村人,数世儒宦,家道富裕。少时便博览群书,才高八斗,才辩超群。因而尚气刚傲,目空一切。常与孔融

第三十八回　招贤纳士祢衡命丧沙洲　许都屯田韩枣敬献妙策

或其他文友，登临名山，畅游大川；寻古思幽，饮酒赋诗；纵论朝政，指点江山。及长成，仍无所改。建安元年，因故乡诸侯混战，时局动荡，遂便离家出走，南下荆州，以便避乱。在此期间，曾专往南阳石桥镇夏村拜谒与瞻仰向往已久的张衡墓，并写下了千古名篇《吊张衡文》。其文云：

> 南岳有精，君诞其姿；清和有理，君达其机。故能下笔绣辞，扬手文飞。昔伊尹值汤，吕望遇旦，嗟矣君生，而独值汉。苍蝇争飞，凤凰已散。元龟可羁，河龙可绊。石坚而朽，星华而灭。惟道兴隆，悠永靡绝。君音永浮，河水有竭。君声永流，旦光没发。余生虽后，身亦存游。士贵知己，君其勿忧。

张衡，南阳西鄂人，其代表作《二京赋》不仅结构宏阔，寄寓深沉，且笔下生花，文采飞扬，不愧是安帝和顺帝时期最杰出的文学家。同时，又是一位一生致力于天文、地震和历算等研究，并发明了浑天仪、地动仪和著有《浑天仪注》《灵宪》《算罔论》等名著的卓越科学家。如此旷世奇才，仅因不枉道不屈志，便在那外戚跋扈，官僚霸道，宦官飞扬，士族横行，君子受压，贤达无声，即文中所描绘的"苍蝇争飞，凤凰已散。元龟可羁，河龙可绊"的混乱时代被赶出朝廷。这与祢衡所处有兵就有天下的诸侯混战、小人当道和才俊被压的黑暗时代，何其相似。因此，祢衡在文中明写张衡时代的黑暗以及对其遭遇打抱不平，实则暗含祢衡对自己所处时代的声讨、鞭挞和批判，寓意深刻，耐人寻味。

一日早饭毕，祢衡正欲出门登门拜访孔融，忽见一旁的高氏后裔榻上有一本绢制孔子与其弟子所合著的《论语》。出于尊孔，于是便拾起大声朗读起来。不待读毕，忽闻有人在外敲门，便忙放下《论语》，上前开门一看，只见孔融和另一书生模样的青年汉子站在那里。前面说过，祢衡与孔融是宿友，现在在此不意相见，自然惊喜异常，忙向孔融拱手施礼后即问道："小的正欲前往贵府拜访前辈，不意在此遇见，真乃天意啊！前辈别来无恙吧？"

孔融亦惊喜异常，忙拱手还礼道："安然无恙呢。"

随后，祢衡即指着青年汉子问孔融道："这位是？"

"乃曹将军主簿，华阴杨修杨德祖。"

祢衡闻之，不禁惊喜得差点跳起来，忙向杨修边拱手施礼边道："先生大名如雷贯耳，今日得见，乃三生有幸啊！"

言毕，即将孔融和杨修让进舍内坐下，上好茶后问孔融道："二位怎知小的在此呢？"

"我俩赶市路过这里，闻有朗读《论语》声，甚觉惊异，遂冒昧前来一探究竟。打扰你了。"

孔融方答毕，杨修即问祢衡道："敢问先生何方人士？尊姓大名？"

祢衡闻问，忙离座起身答道："小的乃般人祢衡祢正平。"

杨修闻之，不禁惊喜异常，忙道："久仰大名，今日得见，幸会！幸会！"

孔融闻祢衡来此目的后，自然大喜不禁，并立刻吩咐馆小二摆上酒菜，为祢衡接风洗尘。席间，他三人人间世事，天文地理，无所不谈，无所不论。直至夜幕降临，陶灯初上，意兴犹然未尽。孔融和杨修见为时已晚，方才辞别而去，并邀约祢衡次日上午到孔融府上再行谈论。

当夜，祢衡躺在榻上久久不能入睡，何也？原来他思想到：孔融乃孔贤二十代孙，定然熟读《论语》，明日何不向他讨教些《论语》知识。而杨修不仅是曹操主簿，还是精通赋、颂、碑、赞、诗、哀辞、表、记和书写作技巧的硕儒，也得向他讨教些那方面的知识。倘若如愿，将来……祢衡思想到此，不禁哈欠连天，迷迷糊糊地睡着了。

翌日黎明时分，祢衡醒来翻身下榻，戴帽着衣蹬靴洗漱毕，不待用饭，便匆匆出门徒步向孔融府邸赶去。不久，便到了那里。方醒来穿戴洗漱毕的孔融闻门人报有人来访，也不管是杨修还是祢衡，便匆匆赶到大门前相迎。当见来者是祢衡时，遂情不自禁地连连道："欢迎光临！欢迎光临！欢迎光临！"

祢衡见此，自然不禁激动万分，忙上前拱手施礼道："小的乃无名之辈，何劳前辈亲自出迎。"

第三十八回　招贤纳士祢衡命丧沙洲　许都屯田韩枣敬献妙策

正在这时，只见骑着快马的杨修也赶到了。孔融料想他俩还腹中空空，于是便领着他俩直接向餐厅走去，以便用餐。杨修与孔融是老相识，自然不会客气。祢衡虽是新来乍到，却客随主便，于是在说说笑笑中用毕了早餐。随后，他们到客厅畅所欲言了一阵，还不待祢衡向杨修请教赋、颂、碑、赞、诗、哀辞、表、记和书写作技巧，忽见曹操特使匆匆前来，叫杨修立刻到曹操处，说有军国大事咨询他。杨修只得起身拱手施礼告辞，随曹操特使去了。随后祢衡对孔融道："小的知识浅薄，虽读《论语》，却不知其来龙去脉。前辈乃孔圣后裔，且又熟读诸子百家，想必……"

不待言毕，孔融即以长辈的口吻道："《论语》是一部罕见的传世宏文巨作，它记录了孔子及其弟子的言行。问世于战国之初，后因秦皇焚书，于是一时《论语》便杳无音信。直到我大汉武帝罢黜百家、独尊儒术后，才有口头传授。其中，鲁人口头传授的称之为《鲁论语》，共二十篇。齐人口头传授的称之为《齐论语》，共二十二篇。从孔子住宅夹壁中发现的称《古论语》，共二十一篇。另外，特别值得一提的是，元帝时河内轵县人、博士张禹研读《论语》尤为得力精到。他以《鲁论语》为基础，参照《齐论语》，另辟一论，即《张侯论》，乃眼下最权威读本。故有'欲为《论》，念张文'之说。由是学者多从张氏，余家寝微。遗憾的是，《齐论语》与《古论语》现已亡佚，仅存《论语》二十篇，计四百九十二章，记录孔子与其弟子及时人谈论之语约四百四十四章，记录孔门弟子相互谈论之语四十八章。"

方言毕，祢衡即非常惊异道："前辈如此精通《论语》之本末，佩服！佩服！"

孔融闻之，遂谦逊道："《论语》精深博大，乃传世经典，鄙人仅知皮毛而已，故有愧先祖啊！"

"前辈过谦了。然不知何为《论语》核心呢？"

"乃治国安邦之说教。即叫天下人修身，齐家，治国，平天下。"

孔融闻祢衡很关注《论语》，料想他必有安邦治国之心之才，眼下曹操正招贤纳士，倘若他前往征招，十有八九会被曹操看中。于是问祢衡道："先生看过曹操曹将军《求贤令》否？"

"略略看过。"

"先生年富力强，学富五车，知识渊博，何不仿效杨修杨先生，出仕曹将军呢？"

"古贤云：'国家有难，匹夫有责。'因此，鄙人早欲为汉室之臣，担汉室之责。然鄙人疾恶如仇，爱憎分明，岂可与曹操所提倡的盗嫂受金之徒为伍呢？"

"我对曹将军《求贤令》亦有异议。不过他是因当今天下未定，方才唯才是举，故乃求贤以济世，因而先生不必吹毛求疵。"

"曹操五短身材，面貌丑陋，我岂愿……"

"须知，五短身材、面貌丑陋而才华横溢者数不胜数呢。如身材短小，鳞片满身，人脸猪嘴，耳短颈长，两腿并连，脚掌如猪的高阳帝颛顼。身材矮壮，龙头鱼嘴，眼睛重瞳的帝君舜。还有成功出使楚国的晏子……"

"前辈方才所言乃天下圣贤，曹操岂可与他们同日而语？况且他还屠杀徐州无辜，残忍之极，史无前例啊！在他之下谋事，有辱鄙人啊。"

孔融闻祢衡如此言，料想劝说无益，遂沉思片刻道："当今天子亦珍惜人才，待我上书推荐先生如何？"

祢衡闻言，不禁大喜不已，道："鄙人本无入世之意，倘若皇上肯招纳，就理当别论了。"

孔融闻祢衡如此言，大喜，并立刻飞一般赶回自家府邸书房案几前，伏身提笔撰就向刘协推荐祢衡书。为不耽误时机，撰毕即于当日下午飞一般赶到皇宫，向刘协上书。书曰：

臣闻洪水横流，帝思俾乂，旁求四方，以招贤俊。昔世宗继统，将弘祖业，畴咨熙载，群士响臻。陛下睿圣，纂承基绪，遭遇厄运，劳谦日昃。维岳降神，异人并出。窃见处士平原祢衡，年二十四，字正平，淑质贞亮，英才卓跞。初涉艺文，升堂睹奥。目所一见，辄诵于口；耳所暂闻，不忘于

第三十八回　招贤纳士祢衡命丧沙洲　许都屯田韩枣敬献妙策

心。性与道合，思若有神。弘羊潜计，安世默识，以衡准之，诚不足怪。忠果正直，志怀霜雪。见善若惊，疾恶如仇。任座抗行，史鱼厉节，殆无以过也。鸷鸟累百，不如一鹗。使衡立朝，必有可观。飞辩骋辞，溢气坌涌，解疑释结，临敌有余。昔贾谊求试属国，诡系单于；终军欲以长缨，牵致劲越。弱冠慷慨，前代美之。近日路粹、严象，亦用异才，擢拜台郎，衡宜与为比。如得龙跃天衢，振翼云汉，扬声紫微，垂光虹霓，足以昭近署之多士，增四门之穆穆。钧天广乐，必有奇丽之观；帝室皇居，必蓄非常之宝。若衡等辈，不可多得。《激楚》《阳阿》，至妙之容，掌技者之所贪；飞兔、骐骥绝足奔放，良、乐之所急也。臣等区区，敢不以闻！陛下笃慎取士，必须效试，乞令衡以褐衣召见。如无可观采，臣等受面欺之罪。

　　刘协方看毕上书，便不禁大惊道："如若爱卿上书所言，祢先生真乃当世奇才也。眼下曹将军正招贤纳士，何不将他荐予之！"

　　须知，刘协所言是圣旨，自然违抗不得，于是孔融不便再言，即告辞刘协回府，准备将刘协所言转告祢衡。但时已午夜时分，为不打扰祢衡，孔融遂思想到：待明日前往祢衡所居驿馆转告他不迟。正在这时，忽然门人来报："杨修和祢衡到访。"孔融闻之，料知他们是来询问上刘协书结果的。于是三步并作两步走到门口，热情地将他俩迎进客厅。不待相互拱手施礼客套坐定，孔融便将刘协所言向祢衡道了一番，然祢衡听后仍不愿被荐予曹操。对此，孔融于是若有所思道："既然曹将军非圣非贤，岂能无过？再说皇上所言岂能违……"

　　不待言毕，忽见门人飞一般跑来对孔融道："曹将军特使在门外，言有要事通告大人。"

　　孔融闻之，忙快步走到门外向曹操特使拱手施礼道："还不快快进来，有何等要事……"

　　不待孔融问毕，特使即拱手还礼道："曹将军现有要事咨询大人及杨主簿，小的特奉命先通告大人，然后还得前往杨先生府邸向他通报，因此就不进去了。"

"杨先生正在我处呢,一道去就是了。"

特使闻言大喜道:"好!"

言毕,即转身上马赶回将军衙堂向曹操复命去了。随后,孔融即快步回到客厅将曹操特使所言告知了杨修和祢衡。不用商议,孔融和杨修便立刻告辞祢衡,匆匆出门上马,飞一般向将军衙堂赶去。

却说曹操在将军衙堂见到孔融和杨修还未及咨询,孔融便向曹操转达了刘协关于征招祢衡之言。随后,又将祢衡德才大加赞赏了一番。曹操闻之,竟将咨询一事忘在了脑后,并迫不及待问道:"祢先生现在何处?"

"正在鄙人府上。"

"现就召他前来。"

"现正半夜三更,有碍将军……"

"无妨,无妨。须知,得一人才,胜过十万兵啊!还不快快唤来,还待何时?"

"此人个性恃才傲物,目空一切,一时恐难……"

曹操闻孔融言,遂沉思片刻道:"大凡才华横溢者,皆恃才傲物,目空一切。须知,这等人正是我所求的。"

"倘若祢先生不肯前来咋办?"

"那就用我车舆去接。"

"祢先生乃普通庶民,用将军车舆接他,便远超我大汉朝制,如何使得?"

"无妨,无妨。"

曹操言毕,即令特使立刻驾将军车舆前往孔融府邸,迎接祢衡。

须知,前些时日祢衡从故乡骑毛驴颠颠簸簸来到许都,本就疲惫不堪,加之昨天与孔融、杨修一席长谈,因而待孔融和杨修前脚方前往将军衙堂,后脚祢衡即哈欠连天,靠在坐榻上睡着了。此后不久,门人飞一般进来将他推醒后道:"快,曹将军特使驾着曹将军车舆正等候在大门口。"

祢衡醒来惺忪着双眼问道:"这与我何干?"

第三十八回　招贤纳士祢衡命丧沙洲　许都屯田韩枣敬献妙策

"是特来接先生去将军衙堂，还不快快……"

"不去！"

祢衡言毕，便半靠在坐榻上打了个哈欠，合上双眼，又睡过去了。门人见此，无奈，只好跑到大门外向曹操特使禀报了祢衡方才言行。特使闻之，认为曹操派他车舆接一无名之辈，礼遇之隆，世所罕见，岂会遭到拒绝呢？因而自然不信，遂三步并作两步来到客厅，果见如门人所报。于是便呼叫了几声"祢先生"，意欲将其叫醒，谁料祢衡不但没醒，反还雷鸣般打起鼾来。特使见此，无奈，只好匆匆出门，驾着曹操车舆飞一般赶回将军衙堂向曹操复命去了。随后，祢衡便睁开双眼，起身对门人道："倘若再有人前来打扰，就说鄙人不在。"

言毕，便无所事事地来回转悠。而门人虽不解祢衡何意，但仍点头表示赞同。此后不久，门人又飞一般进来对祢衡道："曹将军特使驾着曹将军车舆又等候在大门口呢。"

祢衡闻之，很不耐烦道："还不快快将他赶……"

不待言毕，便听得有人大笑道："赶谁呢？"

时值朝阳东升，天已大明。祢衡闻声抬头，见是杨修匆匆走了进来，不禁惊异地问道："杨先生何故前来？"

"乃奉曹将军之命，特来请先生前往一叙。"

"我身体不适，以后再说。"

杨修知晓祢衡所言是假，料想再劝无益，便告辞出门，同特使一道，乘车回将军衙堂向曹操复命去了。

祢衡见杨修已走，以为万事了结，并料想孔融和杨修因忙于公事一时半会儿不会回来，于是便告辞孔融家人赶回驿馆。谁料方走到孔府大门口，便远远见孔融与曹操特使乘着一辆豪华车舆正飞一般朝这边赶来。对此，祢衡料想孔融与此前的杨修一样，是奉曹操之命前来接他的。须知，孔融年长祢衡二十余岁，是地地道道的祢衡前辈，因此，祢衡哪会不辞而别呢。于是只好停下脚步，专候孔融。

孔融和曹操特使来到大门前还未下车，祢衡即快步迎上去道："前辈……"

不待言毕，孔融即下车对祢衡道："曹将军两次遣特使未接来先生，笃信先生乃旷世奇才。同时，怕先生投了袁绍去，于是大言不见先生誓不罢休。鄙人见此，遂自告奋勇前来迎接。曹将军认为鄙人与先生乃多年之交，友谊非同一般，故先生定会给鄙人颜面，所以……"

祢衡闻孔融言，遂便非常得意，但见孔融亲自前来迎接他这个后辈，心里自然不是滋味，于是难为情道："恭敬前辈不如从前辈之意，那就……"

不待言毕，特使即上前热情道："祢先生请快上车吧。"

"我有毛驴。"

祢衡言毕，便不慌不忙走到不远处的马圈，牵过来时骑的那头毛驴，翻身骑上，只待出发。孔融见此，料知劝他坐车无望，于是只得同特使上车飞一般向将军衙堂赶去。片刻，便到了那里大门口。时曹操与左右文武早在那里迎候。孔融见此，自然激动万分，下车即快步上前向曹操毕恭毕敬地拱手施礼。然祢衡却迟迟未到，正在孔融和特使万分焦急之际，却见祢衡骑着毛驴，不断哼着"登东岳泰山览众山兮，临天涯海角采仙药兮，投沂蒙沂江戏绿水兮，赴曲阜家庙拜孔圣兮"小调，缓缓而来，下驴后只向曹操微微点了点头，算是施礼。对此，曹操却不介意，并忙走到祢衡面前眉开眼笑道："欢迎！欢迎！"

随后，即同祢衡并肩向门里走去。左右文武见祢衡前来，自然也很高兴，并随后鱼贯而入。

进得里面，只见宽阔的将军衙堂早摆上了丰盛的酒宴。时曹操走到中央上方将军座旁转身对左右文武道："祢先生是我《求贤令》发出之后迎来的第一位贤人。能见到他，乃我之万幸啊！"

言毕，即举起酒盏俯身向坐在他右侧的祢衡敬酒。祢衡见此，并未站起，而是摆摆手不亢不卑道："谢谢将军美意，鄙人早已戒酒了。"

曹操以为祢衡所言是真，于是不加劝说，便坐下喝了口酒后对左右文武道："祢先生出身世宦，品质高洁；博览群书，知识渊博。乃天下第一奇

第三十八回　招贤纳士祢衡命丧沙洲　许都屯田韩枣敬献妙策

才啊!"

方言毕,便听得有人高声道:"何以见得?"

曹操及众文武忙循声望去,原乃高高。时高高放下筷盏,起身走到祢衡面前,以挑衅的口吻问道:"祢先生研读《诗经》吗?"

祢衡闻问,遂不亢不卑道:"略有研读,但不求甚解,愿向先生请教。"

"鄙人能背诵《诗经》全文,先生能吗?"

高高问毕,不待祢衡发言,便熟练地将《诗经》背诵了一遍。将校们虽不懂什么《诗经》,但闻得高高背诵得如此熟练,遂佩服得五体投地。曹操及荀彧虽精通《诗经》,但不能如此背诵。因此,不禁对高高佩服得忘乎所以,片刻回过神方才异口同声赞叹道:"天下第一奇才非高高莫属啊!"

高高闻言,不禁得意非凡,并仰首挺胸,久久傲视着祢衡。时孔融、杨修并不知晓祢衡是否研读过或精通《诗经》,因而生怕他不能背诵而丢脸,于是不禁急得七窍生烟。正在这时,只见祢衡放下手中筷盏,慢悠悠地离座起身向在场者抱拳道:"鄙人不才,在此献丑了。"

言毕,即将《诗经》熟练地背诵了一遍。随后,又明确无误地指出《诗经》的别称《鲁诗》《齐诗》《韩诗》和《毛诗》释义之异同。接着还补充道:"《閟宫》长达一百二十句,乃《诗经》中最长的诗;《诗经》中赋为七百二十篇,兴为三百七十篇,比为一百一十篇。"

时即使大字不识的将校们闻之,虽如坠雾里云中,但也知晓祢衡学富五车,知识渊博,否则,岂能如此精通《诗经》呢!而满腹经纶、才高八斗的曹操、荀彧及其他文臣闻之,则惊得目瞪口呆,半响无语。随后,不论文臣武将,皆不约而同地放下筷盏,齐刷刷站起向祢衡投以崇敬的目光,并忘了尊卑先后,官阶高低,争先恐后上前围着祢衡敬酒,以示敬意。结果竟将曹操挤到一边,无奈,曹操只得站在那里望着祢衡兴叹。良久,待大家回归各自座位,曹操方才赞叹道:"祢先生才是当今天下真正第一旷世奇才啊!"

祢衡闻之,并没激动,而是不亢不卑道:"雕虫小技,何足挂齿。"

前面提到,孔融和杨修原本不知祢衡如此精通《诗经》而担心他丢脸,但眼下见祢衡如此精通《诗经》，于是不仅赞许不已，还自愧弗如。须知，他俩能对在野青年祢衡如此叹服，并非易事。孔融来头显赫非常，前面早做介绍，在此恕不重述。而杨修来头亦非平常，乃四世三公出身的袁术外甥，太尉杨彪之子，可谓世代高门，又善作赋、颂、碑、赞、诗、哀辞、表、记和书，故被时人谓为"笔下龙蛇走，胸中锦绣成"的大文豪。不言而喻，自然与孔融一样，恃才傲物，目空一切。而叹服祢衡的原因，自然是祢衡不仅能熟练地背诵《诗经》，还能指出《诗经》别称《鲁诗》《齐诗》《韩诗》和《毛诗》释义之异同。须知，《诗经》乃西周初期一千八百诸侯国至春秋中期三十余诸侯国的诗歌总集，先秦以前叫《诗》，因内容涉及典制义理而被汉代儒家奉为经典，遂称《诗经》，为时之闻名遐迩的七经之一（其他六经为《尚书》《仪礼》《周易》《春秋》《论语》和《孝经》）。它分"国风""二雅"和"颂"三部分。"国风"为民歌，有一百六十篇。"二雅"为官方乐歌，分大雅和小雅，有一百零五篇。"颂"为宗庙乐歌，有四十篇。因"二雅"之小雅中的南陔、白华、华黍、由庚、崇丘和由仪六篇有目无辞，故又称《诗三百》或《三百篇》。而由太中大夫、汉鲁人申培传授和释义的《鲁诗》，由博士、汉清河太傅、齐人辕固生传授和释义的《齐诗》，由常山太傅、汉燕人韩婴传授和释义的《韩诗》以及由河间博士、汉鲁人毛亨和博士、汉赵人毛苌共同传授和释义的《毛诗》，其内容最为广泛庞杂，含义最为高深莫测。因此，亦非一般人所能攻研，更别说精通了。

  时高高见祢衡技高他多筹，自然不禁自惭形秽，无地自容。何也？原来高高曾祖父就是以鲁人申培释义的《诗经》别称《鲁诗》教授汉元帝，并因此官至上谷太守的高嘉。祖父高容亦精通《鲁诗》，亦因此官至哀帝和平帝时的光禄大夫。父亲高诩亦精通《鲁诗》，亦因此才到弱冠之年便为郎中，还以信行清操知名朝野。建武十一年，被拜为大司农，在世时以方正贤良著称。卒后，皇上亲赐其钱粮和冢田。由此可见，高氏世代皆精通《鲁诗》。而高高能背诵《鲁诗》，应是理所当然，但却不能指出其祖上未涉的《鲁诗》《齐诗》《韩诗》和《毛诗》的释义之异同，仅继承了祖上治《鲁诗》的遗风而已。

第三十八回　招贤纳士祢衡命丧沙洲　许都屯田韩枣敬献妙策

时曹操见祢衡对《诗经》的熟悉程度远高于高高，且知识渊博，文采飞扬，但不知他是否懂得安邦定国之道，治理庶民之术。于是当即问祢衡道："祢先生以为如何安邦定国呢？"

"施以中庸。"

"如何治理庶民呢？"

"教其知晓前朝旧事，当下时政。"

"先生误啊！须知，文武兼施，方为安邦定国之道。庶民，凡胎俗种也，有食、有衣、有居即可。"

曹操言毕停了片刻，即语重心长地道："庶民犹若孩童，无法使之知呢！"

祢衡闻言，不禁大为惊愕。

至此，曹操方知祢衡只不过一书痴而已。

随后八月的一日上午，曹操召孔融到将军衙堂商议道："你宿友祢先生确实乃不可多见的奇才，但他不懂庙堂官学，如何是好？"

孔融闻言，不禁非常着急，道："祢先生乃不可多得的奇才，将其排斥于庙堂之外，不觉痛心惋惜吗？须知，祢衡还是位著名的鼓艺击奏家。因此，不若先命他为鼓吏，宴饮时可叫他指挥鼓队击鼓助兴，作战时可命其指挥鼓队击鼓助威。"

曹操认为孔融言之有理，遂任命祢衡为乐府鼓吏。祢衡闻之，欣然接受。至此，孔融方才松了口气。

三日后的一个中午，曹操在将军衙堂大举宴会，招待响应《求贤令》聚会许都的文生武士，时在许都的文臣将校也受邀出席。席间，乐队先演奏埙、缶、筑、排箫、箜篌、筝、古琴和瑟。随后击奏编钟，其低音深沉浑厚，中音铿锵圆润，高音清脆明亮，真乃只应天上有，人间难得几回闻的天籁之音。正在大家如痴如醉欣赏时，曹操却思想到：祢衡鼓艺到底如何，今天何不叫他击奏击奏，便见分晓。于是放下筷盏，离座起身高声道："人云无酒不成宴，无鼓不成乐。今酒已溢池，然无鼓助兴，不觉遗憾吗？祢衡祢鼓吏乃眼下闻名遐迩的鼓艺击奏家，何不一试身手！"

言毕良久也未见祢衡身影，对此，曹操不禁非常惊异。其时祢衡并不在场，孔融为让祢衡在如此重要的场合展示其击鼓才艺，以便为他将来仕途打好基础，于是便起身上前，向曹操表示愿前往驿馆接祢衡前来。对此，曹操自然应允。孔融于是立刻出门上马，飞一般向驿馆赶去。片刻，便赶到祢衡居室。时祢衡正躺在榻上酣睡，孔融见此，便忙上前叫醒祢衡，上气不接下气道："曹将军正在……将军衙堂大举……宴会，特邀先生……前往一试……鼓艺。"

　　祢衡闻言，二话没说，便翻身起榻，简单披挂一番，便同孔融出门，马在前，驴在后，飞一般向将军衙堂赶去。片刻，便赶到了那里。因事先对门卫有交代，于是不待通报，门卫便让他俩进去。须知，除部分曹操左右文武外，时在场者大多只闻祢衡其名，却未一睹其人。因此，孔融和祢衡方进大门，他们皆争先恐后放下筷盏，离座站起，引颈举目望之。时祢衡并不怯生，并转身向四周拱手施礼道："鄙人祢衡，曹将军叫我来此为诸位击鼓助兴，乃我三生有幸，但我鼓艺平平，望勿见笑。"

　　方言毕，几名武士便抬出一面架置于鼓架上的大鼓，小心翼翼地放于堂西。为让在场者知晓更多鼓的知识，祢衡于是道："鼓大多源于中原，早在秦以前已有二十多种。虽形状各异，大小不同，但粗腰筒形居多。它主要用于诗歌朗诵、音乐伴奏、舞蹈节拍、祭祀演奏、庆典活动、战争助威和宴饮助兴。眼前这面鼓叫建鼓，属鼓类乐器中形体较大者，多以杨木、椿木、桦木和色木制作鼓身，上下两面多以牛皮蒙之。以两个鼓槌击奏，一般用于器乐合奏、舞蹈伴奏。当然，更多则用于宴饮助兴。"

　　祢衡言毕不待他人点曲，便双手各握一个鼓槌，悠然自得地边击奏边演唱《诗经·小雅》中的"鹿鸣"诗。此诗生动逼真地反映了成康盛世王公贵族宴会宾客的盛况。唱词清楚，唱音动听，鼓点准确无误，声响低沉雄厚。在场者闻之，无不赞叹不已，甚至还有人忘却饮酒吃菜。精通诗词音律的曹操闻之，竟激动得差点起身舞之蹈之，并赞叹道："真乃阳春白雪，浩气冲霄。好一位鼓手啊！"

第三十八回　招贤纳士祢衡命丧沙洲　许都屯田韩枣敬献妙策

随后，祢衡击奏了黄帝战胜蚩尤后为庆祝胜利而创作的《枫鼓曲》。该曲由"雷震惊""猛虎骇""灵夔吼""雕鹗争"等十章组成。时祢衡竭尽全力，猛挥鼓槌，将曲中的炸雷震声、猛虎啸声、灵夔吼声和雕鹗打斗声击奏得惟妙惟肖，活灵活现，且响彻云霄，震人心魄。曹操左右文武闻之，仿佛置身在刀光剑影的沙场。那些在野文生武士闻之，无不踌躇满志，高昂激扬，恨不得立刻披挂上马，奔往战场，建立战功，进入仕途。精通鼓曲的孔融闻之，认为推荐祢衡有功，不禁得意非凡。精通军事的曹操闻之，直高兴得无法言表，并庆幸当初采纳孔融之意，收留了祢衡。

正在这时，祢衡忽然转而击奏起了《渔阳鼓曲》，并边击奏边将建鼓缓缓移至曹操餐几前。一小吏见此，认为有辱曹操，不成体统。遂上前大声训斥道："鼓吏何不换上鼓装？反还前至曹将军餐几前轻佻放荡！"

祢衡闻之，遂和颜悦色连连道："换上便是，换上便是，换上便是。"

言毕，即解去衣裤，裸身而立。随后，才漫不经心地戴上鼓帽，继续击鼓。时只见他一边击奏，一边舞蹈；时而稳重击奏，时而腾越击奏；时而站着击奏，时而半蹲击奏；时而击奏鼓面，时而击奏鼓腰；时而慢，闻之如春风拂面，轻缓温柔；时而快，闻之如暴风猛雨，急骤疯狂；时而轻，闻之如窃窃甜语，清润心田；时而重，闻之如晴天霹雳，使人心裂。

祢衡击奏之多变，之优美，之娴熟，乃世所罕见。因此，在场者的鼓掌声和喝彩声几乎淹没了击鼓声。

曹操原以为击奏建鼓须赤身裸体，因而对祢衡一丝不挂并不在意，并不断大加赞赏祢衡鼓技。后感到不大对劲，方才高声道："此乃祢衡这厮侮辱我呢！"

在场文臣只知舞文弄墨，运筹帷幄；将校只知挥刀举枪，上阵厮杀；那些因《求贤令》而来的文生武士只知习文练武，求官入仕。因此，他们哪知是否有裸体击鼓一说。现在闻曹操如此言，方才恍然大悟，因此气得五脏俱裂，七窍生烟，不仅立刻停止了鼓掌和喝彩，还一齐离座起身异口同声大吼道："刀斧手还不快快将祢衡这厮推出斩首示众，还待何时！"

孔融见此，认为祢衡闯了大祸，不禁大惊失色，忙起身走到曹操餐几前道："曹将军海涵，不屑与……"

不待言毕，杨修也上前道："将军肚里能撑船，岂会怪罪一介野儒呢！"

方言毕，曹操即抚髯大笑道："我身为朝廷重臣，岂会计较一青年呢！"

随后，祢衡即不慌不忙地放下鼓槌，穿好衣服，向曹操拱手施了施礼，即转身缓缓走出了大门。

此后三刻，一城北门外军营士兵飞一般跑到曹操餐几前，对曹操低声耳语道："有一青年汉子披头散发，裸着上身，站在军营南大门前以杖击地当众辱骂大人。"

"此人是谁？"

"他自报叫祢衡。"

"骂了些什么？"

"他骂……"

"大声道来无妨。"

士兵闻曹操言，遂便提高嗓门道："他辱骂大人曰：曹阿瞒，曹阿瞒，儿时便是大混蛋，夜里翻墙逗红颜。曹阿瞒，曹阿瞒，爷爷本是大宦官，非说祖上是曹参。曹阿瞒，曹阿瞒，父亲被害怨陶谦，妄杀无辜千千万。曹阿瞒，曹阿瞒，高喊迁都到鲁阳，实则骗帝到许县。曹阿瞒，曹阿瞒，罪恶累累已滔天，早晚天下要审判！"

在场者闻士兵言，无不怒目圆睁，齐声高喊道："祢衡这厮太无法无天了，不杀不足以平众愤！"

然曹操却心平气和道："杀一祢衡，若杀一鼠、一雀。"

孔融闻言，以为祢衡被杀无疑，因而不禁非常着急，并忙对曹操道："祢衡这厮生来便有癫狂症，今日胡言乱语，定是旧病复发。因此，还望将军谅解。待他康复后，定会前来谢罪。"

曹操闻言，仅一笑了之。

须知，祢衡为何要在曹操餐几前裸体击鼓和在营门口当众辱骂曹操呢？

第三十八回　招贤纳士祢衡命丧沙洲　许都屯田韩枣敬献妙策

前面说过，祢衡本无入仕意愿，更不愿在曹操属下为官，即使入仕，以自己超群的才华，理应高官厚禄才是，谁料曹操授他为不值一提、地位卑贱的鼓吏，认为这是在侮辱他。《礼记·儒行》有云，士可杀而不可辱！于是便借击鼓之机，冒死羞辱曹操一番，以为报复解气。

此后一日上午，曹操召荀彧到他府邸客厅问道："祢衡这厮当众侮辱我，本当杀之。然他乃天下奇才，当世名士，杀之实在可惜，留之又难驾驭。如何是好？"

"杀之，必会引起天下文生武士同情，由此对将军当前招贤纳士极为不利。留之，又恐他在许都惹是生非，扰乱视听。因此，不若叫他远走他处，如何？"

"先生所言甚妙！祢衡这厮曾在荆州避乱多时，想必熟悉那里人情世故，钟爱那里山山水水，若建议他到那里游历……"

"谁去建议好呢？"

"孔融和杨修。因祢衡对他俩言听计从，并尊称孔融为大师，杨修为亚师。"

"甚好。"

荀彧方言毕，曹操即传孔融和杨修前来，将他与荀彧之意向他俩道了一番。他俩闻之，认为祢衡远走他处正好避祸，于是便痛快地接受了曹操和荀彧之意，并忙拱手施礼告辞，出门匆匆赶往驿馆，以便尽快将曹操和荀彧的建议转达给祢衡。途中，杨修还对孔融道："祢先生极为痛恨曹操，如果直言，他节外生枝咋办？因此，最好言说是我俩建议他去荆州的，如何？"

孔融认为言之有理。于是他俩到驿馆后便对祢衡道："祢先生既然不肯在曹操属下为官，去荆州刘表那里高就，如何？"

祢衡闻问，当即便高兴道："刘荆州乃鲁恭王刘余之后，汉室宗亲，且又与田林、张隐、薛郁、王访、刘祗、宣靖和公绪恭共称为'八顾'，乃闻名遐迩的名士，岂有不去之理呢！"

孔融与杨修闻祢衡言，自然高兴异常，并忙赶往曹操府邸客厅，将祢衡之意向曹操禀告了一番。曹操闻之大喜，于是忙离座起身，走到案几旁，伏身提笔向刘表写了荐祢衡书，又送给祢衡足够的盘缠和一辆牛车供途中乘坐。

次日早饭后，祢衡便兴高采烈地乘着牛车，离开许都，南下荆州。孔融和杨修自然送了一程不提。时知晓祢衡其人的路人见祢衡乘坐的是牛车而非马车，认为有辱斯文。然祢衡则仰天大笑道："我朝天子前时曾两度乘坐牛车，鄙人今日竟然亦乘坐牛车，何其荣耀啊！"

祢衡得意之态，不禁令那些路人费解。当然，也有人以为祢衡是疯子。何也？原来时之马车是供达官贵人和文人墨客乘坐，牛车则是用作载物和被时人看不起的商人乘坐。其实，曹操送祢衡牛车，意在考虑到去荆州路途遥远，坐牛车比祢衡骑毛驴舒服得多，并无羞辱之意。因此，说曹操侮辱祢衡，实乃以小人之心度君子之腹。

祢衡前往荆州正值建安元年深秋季节，时北国大地虽已秋风萧瑟，草木渐黄，但南国荆州仍山清水秀，生机盎然。按理，祢衡此时应沿途寻古思幽，拜访名贤，饮酒赋诗才是，但因拜谒仰慕已久的刘表心切，于是一路快牛快车，不多日便到达了荆州治所襄阳城北郊外。

须知，刘表早便闻知祢衡大名，只是未目睹其人。现闻报他前来相投，认为得了一大人才，自然大喜不禁，并在左右文武和文人墨客的陪同下，早早亲往襄阳北门外一里处迎候。谁料祢衡姗姗来迟，竟至中午时分他们方才迎到。刘表身长八尺余，姿貌温伟。祢衡眉目清秀，聪慧睿智。二人相见，皆有恨晚之感。相互施礼客套一番后，刘表和祢衡并肩在前，其他人随后，徒步直往州衙大堂行去。片刻，便到达那里，进得里面，那里早摆好了为祢衡接风洗尘的宴席，鸡鸭鱼肉，山珍海味，样样俱全。席间，刘表与祢衡并坐在大堂正上方，礼遇之高，可想而知。酒过三巡，刘表得意扬扬地向祢衡叙述了他当年在雒阳太学求学期间曾带领同学请愿当朝，将把持朝政的那些宦官赶出朝廷的往事。同时，还讲了声援那些遭宦官迫害的士大夫们之事。祢衡闻之，自然佩服不已。随后，祢衡也得意扬扬地向刘表叙述了此前他在许都当众裸体击鼓羞辱了曹操。刘表及其他在场者闻之，不禁对他佩服得五

第三十八回　招贤纳士祢衡命丧沙洲　许都屯田韩枣敬献妙策

体投地。

随后一些日子，刘表对祢衡三日一小宴，五日一大宴，如待上宾。对祢衡文才，更是极为佩服，凡有要文，刘表总是先叫左右文臣撰出初稿，再让祢衡修订后方可通过。有一次，那些文人将自己绞尽脑汁才撰就的奏章呈予刘表，刘表看后，认为描叙不够严密，就当众撕毁了。恰巧这时祢衡外出归来看见，便要来笔纸，一挥而就，结果简单扼要，意达文美。从此，刘表更加器重祢衡。

在此后的一次荆州文人学术聚会上，大家皆争先恐后评说刘表的《周易章句》《进谏王畅》，与宋忠合著的《后定丧服》（即《五经章句》）、《经学辑佚文献汇编》和与荆州学者合著的《荆州星占》是空前绝后的宏文博论、不朽之著。祢衡却说那只不过是他人捉笔，以刘表名义发表的末流杂说而已，因此，刘表虽为太学博士，实则腹中空空，徒有虚名。

在场者闻之，不禁骇得无法言语，半晌回过神，方才群起声讨祢衡是在侮辱刘表。对此，祢衡并不惧怕，反还满不在乎道："权倾天下的曹操我都敢羞辱，何况刘表呢？"刘表闻报，认为受到奇耻大辱，并思想到：祢衡这厮简直就是春瘟张元伯、夏瘟刘元达、秋瘟赵公明、冬瘟钟仕贵、总管中瘟史文业。否则，曹操怎肯将他送给我呢！与其让他在我身边信口雌黄，妄作评论，不若躲他远些为好。于是不待与左右商议，便决定将祢衡送与脾气暴躁的江夏太守黄祖。倘若祢衡在那里搬弄是非，绝没好下场。时祢衡不知个中就里，以为刘表很够哥们，于是便乘着刘表派给他的豪华楼船，高高兴兴地离开襄阳，从汉水顺流而下，不久便到达了江夏。

黄祖见祢衡到来，犹若刘表当初一样，不仅厚待，也很佩服祢衡文才，并任他掌管文案事宜。祢衡自然轻车熟路，不仅把文案掌管得井井有条，井然有序，且还知晓孰轻孰重、孰疏孰亲。对此，黄祖不禁高兴道："祢先生掌管得正合我意呢！"

时黄祖长子黄射为章陵太守，与其父一样，特别善待祢衡和佩服其文才。在秋高气爽的九月初的一天，黄射邀祢衡一道乘马游山玩水，寻古思幽。其间，他俩专门前往陈留拜谒了蔡邕墓，并拜读了碑文。黄射虽爱碑文意达文美，但回来后却不能缮写。祢衡见此，遂道："我虽一览，却能背诵全文，唯缺二字不明罢了。"

言毕，即走到案几旁伏身提笔书出。为证实祢衡所书是否正确，黄射便亲往蔡邕墓前抄写，回来与祢衡默书的碑文逐字对照，果然一字不差，于是黄射对祢衡更加佩服。

同年九月中的一天，黄射在郡衙大厅大会宾客，时有人献鹦鹉予黄射。酒过三巡，黄射离座起身，举起鹦鹉笼子，走到祢衡餐几前对祢衡道："先生诗词文赋无所不通，无所不精。愿先生以鹦鹉为题即席作赋一篇，以娱嘉宾。若何？"

祢衡闻言，二话没说，只举目略略看了看笼中鹦鹉，即叫侍者呈上纸笔墨砚，就在餐几上提笔一挥而就，题写了《鹦鹉赋》。赋文云：

惟西域之灵鸟兮，挺自然之奇姿。体金精之妙质兮，合火德之明辉。性辩慧而能言兮，才聪明以识机。故其嬉游高峻，栖跱幽深。飞不妄集，翔必择林。绀趾丹觜，绿衣翠衿。采采丽容，咬咬好音。虽同族于羽毛，固殊智而异心。配鸾皇而等美，焉比德于众禽？

于是羡芳声之远畅，伟灵表之可嘉。命虞人于陇坻，诏伯益于流沙。跨昆仑而播弋，冠云霓而张罗。虽纲维之备设，终一目之所加。且其容止闲暇，守植安停。逼之不惧，抚之不惊。宁顺从以远害，不违迕以丧生。故献全者受赏，而伤肌者被刑。

尔乃归穷委命，离群丧侣。闭以雕笼，翦其翅羽。流飘万里，崎岖重阻。逾岷越障，载罹寒暑。女辞家而适人，臣出身而事主。彼贤哲之逢患，犹栖迟以羁旅。矧禽鸟之微物，能驯扰以安处！眷西路而长怀，望故乡而延伫。忖陋体之腥臊，亦何劳于鼎俎？嗟禄命之衰薄，奚遭时之险巇？岂言语以阶乱，将不密以致危？痛母子之永隔，哀伉俪之生离。匪余年之足惜，愍众雏之无知。背蛮夷之下国，侍君子之光仪。惧名实之不副，耻才能之无

第三十八回　招贤纳士祢衡命丧沙洲　许都屯田韩枣敬献妙策

奇。美西都之沃壤，识苦乐之异宜。怀代越之悠思，故每言而称斯。

若乃少昊司辰，蓐收整辔。严霜初降，凉风萧瑟。长吟远慕，哀鸣感类。音声凄以激扬，容貌惨以憔悴。闻之者悲伤，见之者陨泪。放臣为之屡叹，弃妻为之歔欷。

感平生之游处，若埙篪之相须。何今日之两绝，若胡越之异区？顺笼槛以俯仰，窥户牖以踟蹰。想昆山之高岳，思邓林之扶疏。顾六翮之残毁，虽奋迅其焉如？心怀归而弗果，徒怨毒于一隅。苟竭心于所事，敢背惠而忘初？讬轻鄙之微命，委陋贱之薄躯。期守死以报德，甘尽辞以效愚。恃隆恩于既往，庶弥久而不渝。

赋文充分表达了鹦鹉虽然天生丽质，聪明辩慧，情趣高洁，超俗不凡，但却陷于笼中，不得远走高飞。毋庸置疑，它暗示了祢衡志向虽然高洁，才智虽然超群，却得不到重用，反还受到曹操侮辱的痛苦心情。因此，就其思想性与艺术性而言，大可与屈原《离骚》相媲美。

时黄射及其他在场者待祢衡方撰就毕，便一拥而上争相观读，见赋文情感之丰富，寓意之深刻，想象之奇特，辞采之华丽，笔势之大气，乃世所罕见。同时，还称颂祢衡乃天下第一大文豪。

为炫耀武力，在同年十月底的一个上午，黄祖不顾秋风萧瑟，江涛翻滚，便披甲戴胄，持剑挥旗，雄赳赳气昂昂地站在指挥战船上检阅官军水兵。时祢衡站在黄祖右侧，见官军水兵在黄祖的指挥下，杀声震耳，锣鼓喧天，千帆争流，进退有序，好不威风。于是大家皆争先恐后赞扬黄祖指挥有方。黄祖闻之，自然大喜不禁。检阅毕，便在甲板上大摆筵席，招待参观宾客。酒过三巡，时在黄祖座位右侧的祢衡突然对黄祖高声道："大人虽身为江夏太守，朝廷命官，然早年在书院求学时却只会交际权贵，不善读书。可见世道并非孔子所言'学而优则仕'，乃'学而劣则仕'呢！"

黄祖闻祢衡揭了他的老底，直气得面色铁青，银须乱抖，并忽地离座站起指着祢衡鼻子大声骂道："你这不知好歹的文痞！"

祢衡哪肯示弱,也忽地离座站起指着黄祖鼻子大声骂道:"你这黄泉路近的老头!"

黄祖虽然身高体壮,但毕竟银丝白发,风烛残年。因此,祢衡刚才所骂,正好戳在他的痛处,于是气得浑身发抖,不能言语,半晌回过神,欲令站在他身后的前卫兵以短木杖击打祢衡,以此教训教训他。谁料祢衡并不害怕,反还破口大骂黄祖为目不识丁的武夫。黄祖闻之,自然怒不可遏,并萌发了斩杀祢衡的念头,但考虑到他侮辱和辱骂当朝重臣曹操,羞辱上峰刘表,都不了了之,何况辱骂我黄祖呢!但黄祖又咽不下这口气,于是便心生一计,先吓唬吓唬他再说。于是便气呼呼地令刀斧手将祢衡五花大绑,押赴西洲,待宴毕将亲自前往监斩。刀斧手们得令,便若老鹰叼小鸡般将祢衡拖下船头,飞一般直向西洲奔去。

在场者见祢衡竟敢让堂堂江夏太守黄祖当众出丑,自然也怒不可遏,并七嘴八舌地谴责祢衡。其中,黄祖主簿吴能力嗓门最高。何也?原来他因怕黄祖欣赏祢衡而挤了他的位置,乘黄祖不备之机,偷偷离座起身,飞一般下船上岸,快马飞一般赶到西洲对刀斧手道:"因太守招待宾客太忙,故叫小的前来监斩。"

言毕,即叫刀斧手立刻行刑。那些刀斧手皆痛恨祢衡重文轻武,因此早就两手痒痒,恨不得手起刀落,结果其性命,现在闻吴能力言,自然大喜不禁,遂忙照准祢衡颈脖一刀下去,立刻便血浆飞溅,头颅落地。一代旷世大文豪就这样一命呜呼了。时年方二十有六。

时黄射喝得酩酊大醉,待醒来闻报祢衡被押往西洲问斩,大惊。于是不待穿鞋,便徒步下船上岸,飞一般赶到西洲相救,然为时已晚。

刘协及朝臣闻祢衡被杀,有幸灾乐祸的,有哀矜勿喜的,总之莫衷一是。平民百姓闻之,皆一如既往,各从各业。然文士们闻之,却如丧考妣,悲痛欲绝,并口诛笔伐,声讨黄祖。有的还认为罪恶滔天的董卓杀戮名士都小心谨慎,可见黄祖连他都不如。黄祖闻之,方知闯了大祸,于是痛心疾首,后悔莫及。无奈,只得按朝廷命官待遇,在斩杀处西洲厚葬祢衡,以为补过。

第三十八回　招贤纳士祢衡命丧沙洲　许都屯田韩枣敬献妙策

后来人们将西洲易名为鹦鹉洲，这既彰显了祢衡名著《鹦鹉赋》，也是为了纪念。

再说曹操在招贤纳士的同时，也很重视屯田种粮，发展生产。一日上午，曹操与左右文武坐在将军衙堂正谈论军政要事时，忽然一执掌粮库的小校飞一般进来，不及向曹操施礼，便对他低声耳语起来。时只见曹操唬得面色灰白，冷汗淋漓，呆不作声。待小校语毕方退出，曹操便将其所报向在场者道了一番："军粮已所剩无几。"

在场者闻之，皆低头视足，一言不发。良久，才听得有人道："微臣有一愚见，可解军中缺粮之患。不知主公愿听否？"

曹操及在场者忙循声望去，原乃中护军韩浩。曹操听了韩浩方才所言，自然非常高兴，并忙道："元嗣有何高见，还不快快道来！"

"晁错《论贵粟疏》一文中神农之教曰：'有石城十仞，汤池百步，带甲百万，而无粟，弗能守也。'商鞅'以三晋地狭人贫，秦地广人寡，故草不尽垦，地利不尽出，于是诱三晋之人，利其田宅，复三代无知兵事，而务本于内，而使秦人应敌于外'，最终使秦统一了天下。据《竹书纪年》载，魏襄王十七年，邯郸命吏大夫奴迁于九原，秦始皇三十三年驱逐匈奴后，在朔方河南筑城四十四以便军屯。晁错又在其《守边备塞疏》中言：让屯田之移民有配偶、居室、土地，同时建立伍、里、连、邑等机构，于农闲时习军事，筑工事。如此，则使边远无屯戍之事，边塞之民父子相保，由是胡虏之患灭断。还有陇西太守马援曾屯田于苑川，并将所获与屯者均分。宿敌陶谦亦在初平四年表其重臣陈登为典农校尉，陈登于是巡土田之宜，尽灌溉之利，亢稻丰税。由此可见，前贤能以屯田解决军粮之需，主公何不效仿呢？"

方言毕，羽林监颍川枣祗即起身上前道："韩将军方才言之有理啊！昔孝先曾对主公曰：'今天下分崩，国主迁移，生民废业，饥馑流亡，公家无经岁之储，百姓无安固之志，难以持久。今袁绍和刘表虽士民众强，然皆无经远之虑，未有树基建本者。夫兵义者胜，守位以财，宜奉天子以令不臣，修耕植，畜军资。如此，则霸业可成。'臣以为孝先之言至今仍未过时。"

随后，其他文臣武将也争先恐后地发言。有的说：粟者，国之大用，政之本务。有的说：是食不足，人心不安，虽有礼仪，亦无人遵守。即使尧舜再生，亦无可奈何！有的说：管子云，仓廪实则知礼节，衣食足则知荣辱。有的说：若论国事，以富民为本，民富乃可教，民贫则欺诈与虚伪生。有的说：不叫民先富，而唯言国强，岂有此理！有的说：地之守在城，城之守在兵，兵之守在人，人之守在粟。有的说：兵以食为本，此乃明君打天下、治国家之基。有的说：粟不取之于仓，帛不取之于库，此所谓屯田之耕，可自养。有的说：劝民立室，植农桑。有的说：古之名将，必以屯田自足。有的说：有战事则聚为战士，无战事则散为农夫。此所谓有事则战，无事则耕。如此，平安之世则无军饷之忧，征战之时则有猛壮之士。此乃妇孺皆知之理。有的说：昔圣王定天下，以为兵不可去，农不可废，何况眼下天下未安呢？有的说：若求人安，莫过于丰衣足食；若求国富，莫过于先急耕。有的说：人散已久，地广大荒。今宜屯田，且耕且战。食足则兵足。有的说：据《尚书·洪范》记载，食、货、祀、司空、司徒、司寇、宾和师八政中，以食为先。当年商鞅入秦，推行垦草之令，遂使秦强天下。管仲相齐，行富民之术，遂使齐霸诸侯。可见粮之重。有的说：千里马而食不饱，亦力不足。若力不足，何谓千里马？因此，我军虽是战无不胜、攻无不克之师，若无充足衣食，亦难逞强！有的说：昔晁错曾言，地有遗利，民有余力，生谷之土未尽垦，山泽之利未尽用，则游食之民未尽归农。若民贫，则奸邪生。贫生皆缘于土泽山林开垦不足，其原因皆缘于不务农。不务农，则土地荒芜；土地荒芜，则民离乡轻家。而民如鸟兽，虽有高墙深池，严法重刑，亦不能禁。黄巾妖贼犯上作乱，便是实证！

时虽众说纷纭，但却众口一词，即若要富民、强国、强兵，称霸天下，必须屯田。对韩浩、枣祗及其他人的发言，曹操自然表示赞成，并若有所思道："自黄巾妖贼大乱天下和董贼带兵入京以来，神州荒乱，率乏粮谷。随后诸侯并起，无终岁之计，饥则寇略，饱则弃余，瓦解流离，无敌自破者不可胜数。而我虽兵马众多，可眼下粮无所生，若旷日持久，则兵饥马饿。若与

第三十八回　招贤纳士祢衡命丧沙洲　许都屯田韩枣敬献妙策

敌战，必不利啊。"

言至此，停下喝了口茶，清了清嗓子又道："想当年我在陈留起兵时，常因军粮不足而日夜不安。汴水之战失利后，到扬州费了九牛二虎之力募得些新兵，却因军粮匮乏而引起哗变。东征徐州敌酋陶谦时，眼看大胜在即，却因军粮不济而无奈撤军。与吕布厮争夺兖州时，亦因军粮匮乏不得不罢兵。后来程昱虽筹得些军粮应急，但却掺进了很多人肉，现在想起还很恶心。前时派兵到雒阳迎天子途中，亦因军粮将尽而使有些将士险些饿死。另外，据前时闻报，盘踞河北的袁绍所部人马因军粮匮乏而食桑果。躲在江淮的袁术所部人马因无军粮而下水扑捉蟆螺鱼虾充饥。袁术、纪灵与刘备、关羽盱眙、淮阴之战时，尽管刘备和关羽据有易守难攻之城池，但终因军粮短缺而退军，并常有人相食。因此，我欲下道屯田令，号召屯田，以便协助天子，富国强兵，匡扶汉室，大家以为若何？"

在场者闻言，无不表示赞成。于是曹操立刻走到案几旁，伏身提笔撰就了一道《屯田令》。令云：

夫定国之术，在于强兵足食。秦人以急农兼天下，孝武以屯田定西域，此先代之良式也。

虽然有了《屯田令》，但曹操却不知在何处实施为好。于是便问在场者道："屯田虽是伟大之举，然在何处实施为宜呢？"

方问毕，枣祗即不假思索答道："许都境内最宜。"

"为何？"

"理由有四。朝廷在许都，屯田所产之物不须转运即可就近先供天子、伏皇后、宋贵人及王公朝臣所需。此其一。许都原野宽平，土地肥美，又有颍、洧、溴三水与浊、东二湖，水源充足，渠沟遍布，灌溉便利。同时，许都北限大河，无从溃溢之患，宜于耕屯。此其二。许都西控汝、雒，东引淮、泗，舟车辐辏，转运便利。若屯田丰收，粮食有余，还可输出贸易，换取奇货，以贡天子。此其三。许都地势虽然宽平，但北有很多如虎牢关般的山谷之险，南有不少如淮、汉般宽阔的江河之阻。因此，它北可防公孙瓒和袁绍于幽、冀，南可御刘表和袁术于荆、扬。在此屯田，于政，于军，于灾，皆无忧。此其四。"

方言毕，曹操即高兴地击掌道："枣将军言之有理！不知如何实施呢？"

问毕良久，枣祗方若有所思道："可先设置总职掌屯田典农中郎将和典农校尉。同时，设置具体职掌屯田典农都尉。典农都尉属下设置若干屯，屯属下设置司马一名，其下设置屯者五十名。为使他们安家乐屯，可配置奴婢五十名为其妻室。微臣愚见，不知主公意下若何？"

"甚妙啊！不知军屯为宜还是民屯为宜呢？"

曹操方问毕，枣祗即斩钉截铁地答道："民屯最宜！"

"为何？"

"主公须知，眼下北有公孙瓒、袁绍和吕布所部人马虎视我后，南有刘表和袁术所部人马鹗瞵我前。对此，我军宜百倍警惕他们，切不可松懈。因此，哪有多余将士屯田呢？"

曹操待枣祗言毕，遂愁眉苦脸道："将军之言虽然有理，然眼下兵荒马乱，人丁锐减，去哪招募屯田之民呢？"

方言毕，枣祗即神秘兮兮道："有的是呢！"

"在哪？"

"就在主公麾下呢。"

曹操闻枣祗言，遂惊异道："在我麾下？"

枣祗见曹操没明白他方才所言，遂笑道："是的，就是那些号为青州兵的黄巾妖贼降虏呢。"

曹操闻言，又惊异道："他们早被收编成了正规军，怎可屯田呢？"

"主公须知，他们现在虽是军士，实则不过是一伙穿着军服的山野耕夫。加之训练无素，军心涣散，士气不振，武艺不高，且又多为老弱病残，若上战场，只能是滥竽充数，摆摆样子而已。同时，他们本为作逆妖贼，贼心未死，一旦天下有变，还会兴风作浪，危害朝廷，到那时，后果不堪设想啊！

第三十八回　招贤纳士祢衡命丧沙洲　许都屯田韩枣敬献妙策

因此，与其叫其继续充军，不如叫其扬长避短，回归田间，重操旧业。愚臣之见若何，还请主公定夺。"

枣祗方言毕，曹操即高兴道："枣将军所言使我如梦初醒，茅塞顿开啊！"

言毕，即命任峻为典农中郎将，职掌具体屯田事宜；命枣祗为屯田都尉，总掌屯田指挥。随后，又命他俩立刻赶赴青州兵大营，命令老弱病残和军事素质差的青州兵就地放下兵器，脱去军服，转业屯田。枣祗与任峻得令，自然大喜不禁，并忙一齐拱手施礼拜辞曹操，转身出门按令行事去了不提。

为尊君敬汉，曹操随后即起身出门，乘车匆匆赶往皇宫，向刘协奏请屯田事宜。时刘协正在那里与王公老臣谈论许都新闻旧事，人情世故，见曹操前来，想必定有要事相奏，于是待曹操到后还未及伏身施礼，便问曹操道："司空有何事？"

"臣不为别的，乃粮食之事！"

"难道粮食有剩？"

"非也。眼下……"

"难道缺粮不成？"

"正是！"

刘协及在场者闻曹操答，比曹操此前闻报军中缺粮还惊惧得多。何也？原来他们被迫从雒阳迁往长安至今，就没吃上几顿饱饭。特别是在西迁与东归途中和刚回到雒阳的那些日子，几乎是饥寒交迫，性命难保。只是到了许县，也就是现在的许都，方才吃穿不愁。谁料好景不长，又遇上缺粮，能不惊惧吗？时曹操看透了他们心思，心里不禁非常好笑，并道："皇上及诸位不必担忧，为臣已有高见妙策可解之。"

方言毕，刘协即迫不及待道："还不快快道来听听。"

随后，曹操即眉飞色舞地将韩浩和枣祗等文武此前的建议和他的决定详细地向刘协道了一番。刘协等人闻之，立刻便转忧为喜，点头称是。唯当朝九卿之一的大司农李坛财在一旁愁眉不展，闷闷不乐。原来屯田向来是个肥差，一般由大司农总职掌，如今曹操却违规把他撇在一边，任用任峻和枣祗这些名不见经传的小人物去职掌，不仅叫他失去了敛财的大好机会，还丢尽了脸面。但转而一想，连眼前这位九五之尊的天子都大权旁落，对曹操言听计从，何况我这个大司农呢！于是便强装笑容，随声附和了在场者一番。

时曹操见刘协等人皆赞成屯田，自然非常高兴，正欲拜辞刘协，忽听得一人高声道："按古今礼制，凡遇农事，必行籍田之礼。屯田属农事，何不也行籍田之礼呢？"

刘协、曹操等人忙循声望去，原乃籍田令张典。时张典以为他方才所言会得到刘协和曹操等在场者的赞同，不禁非常得意，谁料王规矩却道："籍田之礼历来在每年春时举行，眼下正值秋末冬初，不合时日。若行之，岂不有违礼制吗？"

方言毕，张典却反驳道："自黄巾妖贼大乱天下以来，农夫流失，田地荒芜，仓无粒粟，库无片帛，以致天子衣食无着。现曹将军倡导屯田，其意义之大，影响之广，前所未有。因此，可破格行籍田之礼。"

时刘协认为，他为皇帝以来，因政局不稳，战事频发，从未行过籍田之礼。倘若再如此下去，必损皇帝名声。故待张典方言毕即道："张先生言之有理啊。"

在场者闻虽然刘协赞同破格行籍田之礼，但不知掌握实权的曹操是否赞同，于是便不置可否。时曹操对此是如何思想的呢？原来他思想到：行籍田之礼，乃震动天下的大事。灵帝时我曹操便参加过，但那时职位不高，虽有缘推犁，却是九推九反，很没颜面。现在职位不同了，已是重臣司空。若行籍田之礼，皇上和王公推犁之后，我曹操自然是第一个上前推犁，而且是五推五反，不可谓不尊。如此，不论在时之在场者面前，还是在天下人心目中，我都是天子手下第一大臣。同时还向天下人公开表明，我前时让给袁绍的大将军之职不过是摆设罢了，我这个司空之职才是实的。曹操思想到此，自然赞成行籍田之礼，并忙高声道："若行籍田之礼，除了张典所言，还能鼓舞和提高屯田官民积极性与热情。因此，臣深表赞成行籍田之礼。"

在场者见刘协和曹操皆赞同行籍田之礼，自然争先恐后地随声附和。随

第三十八回　招贤纳士祢衡命丧沙洲　许都屯田韩枣敬献妙策

后，曹操在征得刘协同意后，便宣布七日后在许都南郊行籍田之礼，并令曹仁和曹洪共率一万年富力强、高大英俊的官军，在荀彧指挥下，排练行籍田之礼歌舞。随后，曹操正待拜辞刘协，忽见一些王公和老臣出班，七嘴八舌地提出按汉室礼制，在行籍田之礼的同时应行祀社稷之礼。

曹操闻之却道："行祀社稷之礼需有高大壮观的社稷坛。须知，许都原乃许县治所，只有简易的县衙大堂和破败的神祇庙宇，迁都这里后尽管新修建了不少宫殿、衙署、楼堂和馆所，但却没旧都雒阳那样的社稷坛。如何行祀社稷之礼？"

曹操以为自己所言完美无缺而没人能提出异议，心里不禁得意非常，谁料那些王公和老臣却争先恐后地建议回雒阳行祀社稷之礼为好，因为那里的社稷坛虽然早被董卓下令焚毁，但遗址和构架仍在，只须稍加修复便可使用。再者在那里行祀社稷之礼虽不合时日，但场所未易，也还符合汉室礼制。

曹操闻之，不禁吃了一惊，待回过神便板着面孔高声道："在远古时代，古贤祭典非常简单原始，只是扫地为坛，上放一把土和一根高粱根，就算祭典完结。如若定要行祀社稷之礼，就按古贤祭典行事吧。如此，既尊古贤又行节俭，何乐而不为呢！"

曹操所言虽然堂皇有理，但其深层的原因却是：他以为倘若刘协、王公及老臣们回雒阳行祀社稷之礼后不肯回来，他那挟天子令不臣的宏愿就成了泡影。时王公及老臣们不知个中原因，便以为曹操方才所言非常有理，但又以为现在按古贤祭典行事有损汉室尊严。因此，应省去祀社稷之礼。曹操闻之，自然高兴非常。当然，也有猜透曹操心思的，但见他权倾朝野，谁奈何得了？于是只好随声附和。

待曹操准备就绪的一日早饭毕，只见卫队在前，旗队随后，再后是乘着车舆的刘协、伏皇后、宋贵人及王公朝臣和乘着车马的曹操等文武百官，在呼啸的北风和飞舞的雪花中，从皇宫南门前出发，经南城门，向籍田令事先指定的南郊一块平坦的田头浩浩荡荡地行去，其情其景甚为壮观。许都人从未见过这般势头，于是皆沿途争相观看。

到目的地后，待刘协、伏皇后、宋贵人及王公朝臣和曹操等文武百官或下车或下马走到田埂上方站定，因籍田令担心冻着他们，于是不待刘协下旨便立刻宣布行籍田之礼开始。随后，在另一籍田令引导下，刘协走到事先备好的大犁前，手握犁柄高声道："农业，天下之基也。衣食，万民之本也。朕今亲自率先籍田，意在使衣食丰足，社稷泰安！"

言毕，即手握犁柄三推三反。待刘协转身回到田埂上站定，曹操即高声道："农桑者，衣食之本也。不务本，则民衣食不足。民衣食不足，则教化不可兴。古之王者，莫先于此！愿陛下留意。"

言毕，王公和曹操即走下田埂，上前握住刘协方才推过的犁柄五推五反。再后是九卿及大夫依次模仿刘协、王公和曹操方才行事，七推七反。最后是其余朝臣也模仿前面的行事，九推九反。

同时，在曹仁和曹洪的指挥下，那一万名经过演练的官军反复高唱着《载芟》歌和《良耜》歌。《载芟》歌词云：

载芟载柞，其耕泽泽。
千耦其耘，徂隰徂畛。
侯主侯伯，侯亚侯旅，侯彊侯以。
有嗿其馌，思媚其妇，有依其士。
有略其耜，俶载南亩，播厥百谷。
实函斯活，驿驿其达。
有厌其杰，厌厌其苗，绵绵其麃。
载获济济，有实其积，万亿及秭。
为酒为醴，烝畀祖妣，以洽百礼。
有飶其香，邦家之光。
有椒其馨，胡考之宁。
匪且有且，匪今斯今，振古如兹。

第三十八回　招贤纳士祢衡命丧沙洲　许都屯田韩枣敬献妙策

《良耜》歌词云：

畟畟良耜，俶载南亩。

播厥百谷，实函斯活。

或来瞻女，载筐及筥，其饟伊？。

其笠伊纠，其镈斯赵，以薅荼蓼。

荼蓼朽止，黍稷茂止。

获之挃挃，积之栗栗。

其崇如墉，其比如栉。

以开百室，百室盈止，妇子宁止。

杀时犉牡，有捄其角。

以似以续，续古之人。

至此，行籍田之礼毕。静静站在田埂上的刘协、伏皇后、宋贵人、王公朝臣和曹操等文武百官仿佛见眼前的不是被大雪覆盖的大片荒田，而是堆积如山的粟米，其盼粮之心可想而知。

随后，刘协、伏皇后、宋贵人、王公朝臣和曹操等文武百官便上车的上车，上马的上马，匆匆打道回城。

此后不久的一个上午，曹操便召来任峻和枣祗询问屯田准备情况。当得知一切早已准备就绪，特别是得知那些青州黄巾军降者非常愿意屯田时，直高兴得若孩童般手舞足蹈，当即便令任峻和枣祗尽快布置屯田事宜。

看官你道青州黄巾军降者为何非常愿意屯田呢？原来他们当初投降曹操是因军事失利所迫，而非自愿，且至今仍不愿为曹操征战卖命。现在得知可脱去军衣，放下兵器，转业屯田，安家立业，哪有不高兴的呢？因此，一到屯田之所，领到本是他们的耕牛和农具后，不顾寒风狂吼，白雪飞舞，便立刻热火朝天地干了起来。时许都东、西、南、北四郊到处是一片翻田平地的繁忙景象。

此时值建安元年十一月末。

次年，许都屯田得谷无数，大大缓解了缺粮之急。对此，曹操不禁大喜不已，并将屯田之策推广到其他州、县。由于广行屯田，极大地充实了曹操实力，为其东征西战、称霸中原打下了雄厚的物资基础。

就在曹操许都屯田进行得热火朝天之际，吕布与刘备两方官军在小沛也互相厮杀得不可开交。看官欲知谁胜谁负，请看下回分解。

第三十九回

刘备败绩奔许喜得豫州
曹操挥军征宛失利丧子

却说前时吕布辕门射戟解了刘备之危，按理吕布与刘备的关系应更为密切才是，而他们何以会相互厮杀呢？原来纪灵从小沛撤军南归后，刘备便到处张贴告示，招兵买马，不久实力不仅大增，还大有超过吕布之势。时仍驻小沛城西南不远处的吕布见此，心里自然不安，并在一日早饭后召集陈宫、许汜、王楷、高顺、张辽、侯谐、魏续、成廉、李邹、宋宪、高雅、曹性、赵庶、魏越和秦宜禄到中军大帐商议对策，待他们到齐方依秩排定礼毕，吕布即忧心忡忡道："前时我射戟解了刘备这厮之危，按理，他应安分守己，以求平安才是。谁料他却招兵买马，扩充实力。须知，刘备小沛距袁术寿春甚远，袁术都不放心他，何况小沛与我下邳近在咫尺呢！若有不测，后果不堪设想啊！对此，不知诸位有何高见抑制刘备势头呢？"

方言毕，陈宫即上前道："依在下之见，不若尽快发兵将其灭之，以免将来尾大不掉。"

其他在场者闻陈宫言，认为非常有理。故待陈宫方言毕，便异口同声地表示赞成。吕布见此，遂大喜道："陈将军方才之言正合我意呢。"

方言毕，便令在场者立刻回去准备明日攻打小沛事宜，然陈宫却对他道："吕将军须知，刘备、关羽和张飞乃当今猛勇之士，若以我军眼下这区区几百将士公开强攻小沛，恐难奏效。故依在下之见，我军不若先回下邳，麻痹刘备，待其不备时，再行攻之。如此，必胜无疑！"

吕布闻言，却不以为然道："须知，纪灵那厮都惧怕我，难道还要我惧怕连纪灵都不惧怕的刘备不成！因此，明日只要我一出马，他们便会浑身战栗，弃城而逃。"

陈宫见吕布轻敌，心里甚觉不安，欲好言好语劝诫他一番。吕布却极不耐烦道："我意已决，将军只见我明日上阵赢敌便是！"

言毕，便起身昂首挺胸出帐而去。陈宫见此，无奈，只好随其他在场者散去。

次日早饭后，便见小沛城西门外吕布、陈宫、许汜、王楷、高顺、张辽、侯谐、魏续、成廉、李邹、宋宪、高雅、曹性、赵庶、魏越和秦宜禄所率官军旌旗飞舞，战马嘶吼，将士整肃，刀枪林立。正在西城楼上巡视军情的刘备见此，以为他们是在搞军事演习，因而便没在意。正在这时，忽见吕布出阵，望着城头上的刘备高声道："玄德老弟，倘若前时不是我出面解你之危，你早便成纪灵刀下之鬼了。因此，你应知恩报德，快快将小沛奉送予我。否则，我将与你兵刀相见！"

刘备闻言，不禁惊愤异常。原来他认为吕布本忘恩负义，没料到他却黑白颠倒，倒打一耙，反咬一口，于是气呼呼地对吕布道："奉先兄休得无理！须知，你射戟解危乃纯属侥幸偶然，而非你劝解或出兵相助。因此，哪有知恩报德一说？再者，你前时兖州兵败奔我，我好意收留了你，方才使你转危为安，有了立身之地。对此，你不但不感激我，反还乘虚夺我小沛，妄图叫我无立足之地。你真如农夫救起的那条毒蛇，不但不知恩图报，反还恩将仇报！"

言毕，便忙传令部下加强防守，以防不测。然后亲率关羽和张飞等三千官军飞奔出城，欲与吕布一决雄雌。对此，吕布毫不惊慌，并高声道："当初你刘备、关羽和张飞连黄巾妖贼酋张梁都战不过，竟敢在此逞凶，真是笑话！"

随后，刘备、关羽和张飞也不约而同地高声道："吕布你这厮也敢在此逞能，难道你忘了当年在太谷关前败在孙坚、程普和祖茂手里了么！"

第三十九回　刘备败绩奔许喜得豫州　曹操挥军征宛失利丧子

由于双方都不把对方放在眼里，因而立刻便举械拼命杀将起来。时兵器舞得眼花缭乱，撞击声与火花并发，望去犹若雷鸣电闪。四头战马腾起的尘土，犹若团团云雾，直冲云霄。两厢官军皆拼命击鼓呐喊，为各自将领助威。然厮杀了良久，也未分出胜负高下。时吕布认为再这样厮杀下去太不够味，于是边战边向刘备、关羽和张飞高声道："有种的，下马与我步战以决雄雌吧！"

方言毕，张飞即高声吼道："俺早就认为马上厮杀不方便了！"

吼毕，便第一个翻身下马。随后刘备和关羽也先后翻身下马。吕布见此，不禁非常佩服他三人的胆量，于是也忙翻身下马，举着方天画戟，迎着刘备双剑、关羽大斧和张飞长矛在原地勇猛厮杀。杀了三个时辰，也未分出高低胜负。

时关羽思想到：我关某在参加征讨黄巾妖贼军以前，仅凭臂力便可取胜对方。因此，若是徒手与吕布这厮交交锋，只需一招便可取胜。何劳我家主公与张将军呢！

关羽思想到此，于是便高声对吕布道："有种的，与我赤手空拳角斗一番，以见高低！"

随后，便将大斧扔在一边。刘备和张飞见此，便不约而同地跳出阵外，弃下各自兵器，站在那里待关羽不敌时再一齐上前相助。时关羽大步上前，使出关西拳猛击早已赤手空拳的吕布前胸。吕布见此，遂忙侧身躲过，也以关西拳回击关羽。关羽眼明手快，一闪身便躲过了吕布那拳。吕布见自己拳头落空，大怒，随即使出弹腿，欲将关羽踢倒。谁料关羽有防，待吕布方出腿，便腾空跃起躲过，随后使出截腿，欲断吕布右腿。吕布亦有防备，遂收腿躲过。二人你来我往斗了许久，也未分出强弱输赢来。对此，吕布不禁很不耐烦，遂对关羽道："你我皆卸去胄甲，赤着上身较量轻便些，且又能显出英雄本色。若何？"

"可！"

于是二人退后几步，三下五除二卸去胄甲，飞一般上前继续角斗。须知，在这冰天雪地的数九寒天，赤身上阵，怎不叫两厢官军惊叹不已呢！众人不禁伸出大拇指连连称道。

　　随后斗了片刻工夫，吕布忽然使出看家本领三皇拳。关羽见此，先是吃了一惊，随后亦以三皇拳相迎。看官你道何为三皇拳？关羽见吕布使出此拳何以会大吃一惊？原来该拳始于远古伏羲、燧人和神农三皇时代，故曰三皇拳，是专门对付大型凶猛野兽的，不仅用力猛，且一招可置猛兽于死地；否则，便会被它吃掉。后来人们将其用于角斗，但不到万不得已不会使用。而吕布使用之，意在必胜；否则，夺取小沛便成泡影。关羽以三皇拳相迎，也意在必胜；否则，丢了小沛，连个立足之地也没有。二人就这样斗到当日午时，也无胜负。张飞在一旁看得兴起，不待刘备下令，便卸去衣甲，大步上前，使出虎泉拳，与关羽前后夹击吕布。吕布毫不畏惧，立刻抖数精神，奋勇迎之。三人直斗了约两个时辰，仍未分出胜负。刘备在一旁见了，不禁非常着急，并思想到：今天倘若败在吕布这厮手下，不仅丢了小沛，恐怕连自己的身家性命都不保。倘若取胜，还可保住小沛，然后再发展壮大不迟。因此，胜败干系重大！思想到此，于是也效仿关羽和张飞，卸去衣甲，飞身上前，使出孙膑拳，与关羽和张飞共击吕布。时他四人身上飞下的热汗，竟将附近冰雪都化去了大半，可见打斗之激烈。

　　须知，吕布与关羽、张飞二人还能打个平手，现在刘备上来，自然不敌，因而不久便渐渐不支。对此，吕布认为今天先让他三人占点便宜，待将来再寻机算账不迟，此所谓留得青山在，不愁没柴烧！于是虚晃几招后，便纵身跳出阵外，不及披挂，便拾起方天画戟，飞身上马，向自家阵里退去。刘备、关羽和张飞哪里肯放？遂不约而同地收起拳脚，也不及披挂，便拾起各自兵器飞身上马，挥军直向吕布那边追杀过去。

　　前时吕布只带了千名官军骑兵来此解刘备之危，这次来前又留下一半守寨，眼下仅五百官军骑兵参战。因此，他们哪是刘备、关羽和张飞眼下所率三千官军的对手？不待接战，早便掉头溃逃了。刘备、关羽和张飞见此，大喜，以为擒杀吕布，夺回下邳之机就在眼前。于是传令所率官军，务必穷追猛打，即使不能生擒活捉吕布，也必死要见尸。刘备所率官军虽众，但大多

第三十九回　刘备败绩奔许喜得豫州　曹操挥军征宛失利丧子

是新募来的步兵，哪追得上吕布所率官军骑兵呢？因而瞬间便被吕布所率官军骑兵甩得老远。刘备见此，无奈，只得掉转马头，挥军向守寨的吕布所部官军杀去。对方虽是骑兵，且训练有素，兵器精良，但毫无防备，结果被杀得七零八落，上马而逃。刘备料知追上无望，遂下令焚烧营寨。末了，方才下令鸣金收兵回城。

却说吕布逃回下邳后，直气得七窍生烟，捶胸顿足，并后悔当初不听陈宫智取之策。曹豹、陈宫、许汜、王楷、高顺、张辽见此，便忙以胜败乃兵家常事为由，安慰了吕布一番，于是他才心平气和，但夺取小沛之意不变。于是在不久后的一个上午，便在下邳议事大厅召集曹豹、陈宫、许汜、王楷、高顺、张辽、侯谐、魏续、成廉、李邹、宋宪、高雅、曹性、赵庶、魏越和秦宜禄商议再行攻打小沛之策。待他们闻召到齐按秩排定礼毕，吕布即怒气冲冲地高声道："刘备这厮不除，终为大患！前时我太小瞧了他，否则，岂会吃败仗呢！看来非智取不可。不知诸位有何破敌锦囊妙计，不妨一一道来。"

方言毕，曹豹即上前道："小沛东北背临泗水，若在其上游筑坝拦水淹灌，取胜不难……"

不待言毕，吕布即高兴地问道："曹将军之言正合我意。不知谁愿率军前往……"

曹豹不待吕布问毕，便抢先道："末将愿往！"

吕布闻言，大喜，正欲叫曹豹接令牌。忽见陈宫上前道："曹将军之言差矣！须知，当下严冬无雨，泗水水流细小，猴年马月才能蓄足淹城所需之水呢！"

吕布及在场者闻言，皆认为非常有理。曹豹见此，自然甚觉不快，气呼呼地问陈宫道："依陈将军之意，将如何破城呢？"

陈宫对曹豹所问并不作答，而是上前对吕布低声耳语了一阵，时只见吕布不住地点头称是。随后，吕布又起身上前对曹豹、陈宫、许汜、王楷、高顺、张辽、侯谐、魏续、成廉、李邹、宋宪、高雅、曹性、赵庶、魏越和秦宜禄分别低声耳语了一阵后，才令陈宫率军守城。

　　却说刘备大败吕布后虽然大喜不禁，并设宴庆祝，但也并没得意忘形，掉以轻心。何也？原来他认为吕布不会就此罢休，定会在近期重振旗鼓，再来攻城，以报失败之仇。因此，便传令全军提高警惕，加强防守，不得有误，否则问斩。于是小沛城上城下，城里城外，旌旗飞扬，刀枪林立，戒备森严，连过往的飞鸟也难漏过，就别说吕布他们了。一日午饭后，忽见一探马飞一般跑来，不及向正在城南楼与关羽、张飞和糜竺等人巡视军情的刘备拱手施礼，便向他报道："主公，不好了，敌将曹豹率了无数兵匠在城东北二十里处的泗水两岸掘土筑坝蓄水，妄图淹我小沛城呢！"

　　刘备闻报，不禁大惊失色，并忙问身旁的糜竺道："这将如何是好呢？"

　　时糜竺闻言，不但不惊慌，反还不以为然道："这有何难？遣支人马将其杀散就是了。"

　　关羽认为糜竺言之非常有理，便欲自告奋勇，率军前往。在一旁的张飞见了，便摩拳擦掌，也欲领军前往，并高声对刘备道："请主公放心，擒杀曹豹这厮，包在我身上便是！"

　　看官你道张飞何以要抢着去战曹豹呢？前面说过，曹豹在归属刘备后，不仅与张飞不和，前时还趁刘备和关羽率军离开下邳前往盱眙和淮阴抵御袁术大将纪灵进攻时，纠合吕布打跑了守城主将张飞，夺取了下邳至今未还。为此，至今叫张飞很没脸面，对曹豹仍耿耿于怀。现在积极请战，意在大败曹豹，挽回脸面，并解心头之恨。对此，刘备自然心知肚明，并认为这对大败曹豹非常有利，于是立刻便依了张飞的，令其率了五千精锐官军，出东城门沿泗水北上袭杀曹豹所率筑坝兵匠。为慎重起见，刘备又令关羽率了三千官军随张飞所率官军之后跟进，以为后援。随后，刘备才令糜竺率领官军守卫东城门，糜芳率领官军守卫西城门，简雍率领官军守卫北城门，他则率领官军守卫南城门，以防吕布所率官军来攻。

　　再说张飞率领官军赶到曹豹所率筑坝兵匠那里时，已是当日傍晚时分。方到，张飞便跃马挺矛，飞一般冲了过去，意在找寻曹豹厮杀。曹豹见此，

第三十九回　刘备败绩奔许喜得豫州　曹操挥军征宛失利丧子

毫不惊慌，也跃马挺枪，上前迎住张飞厮杀。前面说过，曹豹虽不如张飞猛勇，但也是当年陶谦部下第一猛将，武艺自然非同一般，现与同是猛将的张飞厮杀，激烈程度可想而知。正当他俩杀得难解难分之际，关羽率领官军也飞一般赶了过来。关羽见张飞一时难以取胜，便忙跃马挥斧向曹豹杀去。曹豹见了，仍不惊慌，举枪与关羽和张飞战了二十余回合，方才虚晃一枪，退出阵外，带着筑坝兵匠向北退去。关羽和张飞见此，大喜，遂忙挥军随后追了过去。追至午夜时分，也未追上。正在这时，一骑兵飞马赶来向后面的关羽报道："关将军不好了，小沛已失守了！主公令小的转告你与张将军快快收兵赶往小沛城北三十里处与他会合，以徙他处。"

关羽闻报，不禁大吃一惊，并立刻令随从迅疾转告冲杀在前的张飞，立刻收兵与他一道赶往刘备那里。张飞见快要追上曹豹，忽闻此告，直气得怒目圆睁，哇哇大叫，恨不得立马追上一矛结果了曹豹。但面对眼下这种不利形势，张飞也万般无奈。因此，只好大骂曹豹一声"孬种"，便极不情愿地勒马掉头，率领官军随关羽所率官军后撤。曹豹见此，大喜，并欲挥军随后追杀，但想起败军勿追之理，并知晓关羽、张飞猛勇难敌，无奈，只得率领官军回去向吕布复命。

须知，你道小沛何以失守了呢？原来正在张飞与曹豹杀得难解难分之际，吕布部下高顺、张辽、宋宪和秦宜禄率领吕布所部官军人不知鬼不觉突然杀到小沛南门外，待刘备在南城门楼大厅里闻报时，他们已冲过吊桥，杀到城墙根下，搭上云梯，准备攀城。时刘备自然是来不及传令糜竺、糜芳、简雍发兵来援，无奈，只好指挥现有官军抵御数倍于己的高顺、张辽、宋宪和秦宜禄所率官军。时刘备所部守城官军是以死求生，因而皆奋力拼杀，竟将高顺、张辽、宋宪和秦宜禄所率官军杀得落花流水，喊爹叫娘，纷纷后退。高顺与张辽见此，大怒，遂亲自赶到前面指挥。同时，还举剑斩杀了几名后退官军，但仍无济于事。对此，他俩深觉无奈。正在这时，忽然听得背后火光冲天，鼓角齐鸣，似有千军万马杀了过来。对此，高顺、张辽、宋宪和秦宜禄不禁大吃一惊，以为是刘备所部官军杀到。时待他们回头一看，原来是吕布、陈宫、侯谐、魏续、成廉、李邹、高雅、曹性、赵庶、魏越率领援军杀到。对此，高顺、张辽、宋宪和秦宜禄不禁大喜过望，并忙上前将攻城情况向吕布如实禀报了一番。吕布闻之，大怒道："大耳贼还敢如此猖狂，看我来教训教训他！"

随后，即叫所率官军举着火炬，将小沛城池照得如同白日。同时，从身旁小校手中拿过弓箭，猛地向城上刘备所率官军放了一阵飞箭。前时吕布在辕门既然能射中百步之外的大戟之小支空当，现在射杀刘备所率守城官军有何难呢？因而箭无虚发，矢矢中的，片刻便射死射伤了一大片。刘备见此，不禁大惊失色。正欲传令驻守东门的糜竺率领官军来救，忽见吕布拍马舞戟冲到城墙脚下，站在马背上猛地纵身跃上城头，专向刘备杀来。高顺、张辽、宋宪和秦宜禄见吕布如此勇猛，皆惊得目瞪口呆，回过神方异口同声赞道："主公真乃飞将军啊！"随后，即一拥而前，搭上云梯，爬上城头，猛地向刘备所率守城官军杀来。刘备见此，料知大势已去，无奈，只好率官军从西城门逃奔。糜竺、糜芳和简雍见南门失守，料想再守无益，于是便随刘备逃出城外。时吕布正忙于攻城，哪有工夫追杀他们？因此，刘备、刘琰、糜竺、糜芳、孙乾和简雍一行出城不久，便聚集在了一起，并立刻通知关羽和张飞率军前往会合。

须知，刘备之败，正是中了当初陈宫对吕布低声耳语的明修栈道、暗度陈仓之计。

再说关羽和张飞撤军后，在那报告的骑兵的带领下，不久便与刘备、刘琰、糜竺、糜芳、孙乾和简雍及所剩官军合到一起。时刘备难为情道："我不意中了敌之阴计，丢了小沛，如何是好呢？"

在场者闻言，皆默不作声。良久，糜竺才上前若有所思道："不如投奔许都曹将军，不知主公意下如何？"

刘备闻言，遂思想到：我军与袁术所部官军在盱眙和淮阴杀得你死我活，不可开交，自然不能投靠他。我同窗公孙瓒虽可投靠，但我当初私自离队，哪有脸回去呢？袁绍兵强马壮，实力雄厚，投靠他不用说是再安全不过

第三十九回　刘备败绩奔许喜得豫州　曹操挥军征宛失利丧子

了。但我在公孙瓒手下时曾与他交过锋，至今又与他素无来往。因此，他是否愿收留，还难断定。若投靠荆州刘表，也与他素无来往，且中间还隔着不可逾越的死对头袁术，这自然是条绝路。方才糜竺提到的曹操，倒是可以投靠。因为前时我虽助陶谦抗击过他，那不过是受陶谦指定和公孙瓒指派。再说他前时还荐我为镇东将军，封宜城侯，足见其气量宽宏，没在意我助陶之事。另外，他还是吕布眼下不可调和的敌手，投奔他十有八九应没问题。更甚者，投靠他说不准还有幸见到皇上呢！刘备思想到此，于是转忧为喜道："糜先生方才之言正合我意啊！"

在场者闻言，也纷纷表示赞同。刘备见大家没异议，便与大家一道，连夜马不停蹄地向许都曹操奔去。

却说曹操自从下令在许都实施屯田以来，经常冒着寒风飞雪与负责屯田的枣祗和韩浩到各屯田区巡视督察。一日午后，忽见前方不远处尘土飞扬，一队官军步骑正匆匆向这边奔来。对此，曹操不禁非常惊疑，不觉问道："何路人马竟敢前来犯我？"

随后，便欲传令部下准备迎战。传令还未发出，便见那队官军步骑突然停止不前。对此，曹操不禁感到非常蹊跷。为弄清究竟，忙遣了一名胆大心细的士兵前往探视。时不待那士兵出发，那队官军步骑为首者早将手中双股剑递与身右旁一红脸美髯大汉后，即扬鞭跃马奔了过来。不待曹操弄清怎么回事，那人已来到他面前，并忙翻身下马，飞一般上前向他拱手施礼道："刘备刘玄德来投，万望曹将军收留。"

须知，曹操虽早闻刘备大名，且前时还推荐过他，但除多年前在汴水岸边与董卓部将徐荣所率官军交战时远远与刘备照过面外，至今从未与刘备再谋过面。因此，曹操一听刘备二字，不禁先是一愣。待回过神来，忙上前仔细一看，果然是刘备，不禁大喜，并忙拱手还礼道："久闻将军大名，不意在此相见，幸啊！幸啊！"

言毕，曹操又问刘备来此缘由。刘备闻问，立刻便怒气冲冲地将吕布夺走他小沛一事从头到尾向曹操道了一番。曹操闻后不禁大怒道："吕布这厮不除,天下无宁日啊!"

刘备闻曹操这般言,料知收留有望,不禁暗自大喜,待曹操方言毕便道:"只要有将军这句话,何愁天下无宁日呢!"

曹操闻言大喜道:"你们且先驻城东门外,待我回城奏请皇上收留便是。"

"谢谢曹将军!谢谢曹将军!谢谢曹将军!"

刘备言毕,即拱手施礼告辞曹操,转身上马回去将曹操方才所言向关羽、张飞、刘琰、麋竺、麋芳、孙乾、简雍及其他将校道了一番,并下令就地安营扎寨,埋锅造饭,以解饥寒。他们闻之大喜,立刻便按令行事不提。

再说曹操待刘备走后,便忙辞了枣祗和韩浩,快马加鞭飞一般与随从回城,传令召集在许都的左右文武,到曹府商议如何安置刘备等人事宜,而非他方才对刘备所说的那样奏请皇上刘协收留。待被召左右文武到齐按秩排定施礼方毕,早已到那坐定的曹操即道:"眼下刘备被吕布那厮所败,丢了小沛,连个立身之地也没有,无奈,只好前来投我。现正在城东门外安营扎……"

不待言毕,议郎督骑曹仁、谏议大夫曹洪、平房校尉于禁、校尉典韦、军司马乐进和虎豹骑宿卫曹休等一班将校便争先恐后上前表示应乘此机除了刘备。曹操见此,遂笑着问他们道:"刘备与我无冤无仇,何故要置其于死地呢?"

曹仁、曹洪、于禁、典韦、乐进和曹休闻曹操问,竟一时愣在那里道不出个所以然来,但仍坚持己见,并抬头望着对面以侍中兼尚书令荀彧为首的那班文臣谋士,希望他们出个意见。良久才见时任寿张县令的程昱出来若有所思道:"刘备虽势单力薄,却很得人心,且又有雄才大略,眼下是临危来投,但他终不为人下,因而不若早图之。"

曹仁、曹洪、于禁、典韦、乐进和曹休认为程昱道出了他们不会道出的话,自然高兴万分。而其他文臣谋士见此,也随声附和程昱的,并以为曹操会改变主意,赞同程昱的。谁料这时郭嘉却上前反对道:"曹将军提剑起兵,为民除恶,以诚信仗义招纳英豪俊杰。刘备乃当今英雄,因穷途而归,若害

第三十九回　刘备败绩奔许喜得豫州　曹操挥军征宛失利丧子

之，则是害贤。如此，智士则怀疑曹将军《求贤令》之真伪，并转而择主，结果谁愿与曹将军定天下呢？除刘备一人之患，以丧将军四海威望，轻重得失，不可不察啊！"

在场者闻程昱与郭嘉意见相左，竟一时不知孰是孰非。于是便举首侧目，观望曹操表态。曹操见此，遂沉思片刻道："郭先生方才之言甚为有理啊。须知，方今正是我收罗英雄之时，杀一人便失天下人心，这也是我不杀羞辱和谩骂我的祢衡原因所在。再说当年在讨董汜水之战时，刘备还曾率军远道而来助过我一臂之力，对此，我岂可忘怀？其次，刘备虽助陶谦抗击我军，但不是他主动和自愿。再者，那也是各为其主！此所谓彼一时，此一时啊。因此，不但不能加害刘备，还应投桃报李，荐他为豫州牧，并使他尽快收复小沛。"

在场者闻言，除郭嘉外，皆不置可否。

须知，曹操何以要这般厚待刘备呢？原来曹操认为除了杀害刘备会失天下人心外，还有，曹操早就听说刘备是当朝皇室后裔，厚待他，便可表明自己是尊崇刘汉的忠臣。同时，还可使刘备在小沛抵御东南面的宿敌袁术和徐州劲敌吕布。一举两得，此何乐而不为呢？

时曹操言毕不由其他人争辩，便叫侍者取来绢笔墨砚，走到案几旁，伏身提笔撰荐刘备为豫州牧表文。方撰毕，便起身出门，亲往皇宫向刘协表奏。刘协自然是准奏，不提。随后，曹操便率领左右文武，赶到城东刘备所率官军大营，向刘备宣读了刘协御批刘备为豫州牧圣旨和他那份荐刘备为豫州牧的表文。刘备跪伏于地接听圣旨及表文后，直激动得泪流满面，张口结舌，无法言语。何也？因为他虽担任过与豫州牧平级的徐州牧，但那是陶谦病危时私下让与的，不像所任豫州牧，不仅为当朝首席大臣曹操表荐，更重要的是经当今皇上御批，其意义非同凡响。同时，这也是他此前万万没料到的。因此，良久回过神，方才对曹操道："皇上和将军如此厚待我，我将肝脑涂地，恩恩相报！"

曹操闻刘备如此言，自然高兴不已，忙上前扶起刘备道："我还将使你回驻小沛呢！"

刘备闻言，以为自己耳朵出了毛病听错了话，于是惊疑道："小沛已被吕布那厮强占了，如何能……"

"我自有退吕布那厮之计，你不必担心。"

曹操言毕，即将他事先撰就好的致吕布书交给刘备，并胸有成竹地说道："到小沛后，只要将此书射入城内，吕布便会不战退城！"

刘备闻言，自然万分感激曹操，双手接过书向曹操致谢一番后，即传令全军立刻拔寨启程，向小沛进发。随后，曹操还送了刘备、关羽、张飞、刘琰、糜竺、糜芳、孙乾和简雍等人一程，不提。

随后，刘备、关羽、张飞、刘琰、糜竺、糜芳、孙乾和简雍等人便日夜飞一般赶路，不久便到达了小沛城西门外。时不待刘备叫门，吕布便闻报赶到西城楼城垛前高声叫骂道："大耳贼莫非是来送死不成？"

刘备闻骂，并不生气和回骂，而是把手一扬，便见身后一支带书的箭嗖地一声飞向了城里。吕布见此，以为是刘备射来的投降书，不禁大喜过望，并欲好言安慰刘备一番。谁料不待他开口，便见一士兵拿着那书飞一般跑了过来。吕布见此，忙上前从士兵手里接过拆开一看，原来是曹操来书，于是先不禁吃了一惊，待回过神，方才忙仔细看了起来。书略云：

奉先台鉴：汝前在兖州败于我手下时，犹若丧家之犬，奔向徐州玄德。出于善意，玄德慷慨地收留了你。不然，你早便命赴黄泉了。因此，你应知恩图报玄德才是。谁料你却恩将仇报，偷袭其下邳不说，又占领了其小沛，遂使他无立足之地，这真叫人不可思议。在万般无奈之际，他只得投奔于我。我认为他乃当世英雄，便表荐他为豫州牧，并得到皇上恩准。现他奉旨返回小沛，希望玄德到时你立刻退出小沛，使他有一立足之所。否则，我将奉旨兴师问罪。此非戏言啊！

吕布因兖州失败本就惧怕曹操，现在见他来书所言，自然更加惧怕，仿佛看见曹操率领官军就在城下。故不待与左右商议，便立刻传令部下，尽快

第三十九回　刘备败绩奔许喜得豫州　曹操挥军征宛失利丧子

弃城退回下邳，不得有误，否则问斩。吕布率领官军退出城后，犹若打了败仗似的，皆慌不择路，争相乱奔，于是踩踏致伤致死者不计其数。

关羽、张飞见此，不觉非常好笑，并欲挥军随后追杀。时刘备却以为不妥，道："吕布这厮秉性一贯反复无常，倘若急中生变，返身杀过来，曹将军所部官军又不能及时赶来助战，我们岂是他的对手？弄不好小沛犹若煮熟的鸭子又飞了。"

关羽、张飞认为刘备言之有理，于是便按兵不动，静观吕布率领官军退去，直至城里没了吕布所部官军，方才率军入城。于是小沛失而复得。

此时值建安元年十二月末。

再说曹操别了刘备等人回城后，便在自己府中愁眉苦脸，长吁短叹，来回踱步。一些左右文武闻之，以为他在担心刘备回小沛遇到不测，于是便纷纷前往安慰。时曹洪道："我以为凭主公之神威，叫吕布那厮午前离开小沛，他不敢拖到午后。倘若他敢冒天下之大不韪，继续占领小沛，主公只要给我一支人马前往，便叫他闻风丧胆，弃城而逃。"

在场者认为曹洪言之非常有理，于是便一齐随声附和，并以为曹操还会赞扬曹洪一番。谁料曹操仍然如前。荀彧见此，遂上前若有所思道："我以为主公眼下所忧，非曹洪曹将军方才所言。"

在场者闻言，遂异口同声问荀彧道："那为哪般呢？"

"乃忧当下天下大势啊！"

在场者闻言，皆不知荀彧所谓的天下大势是指什么，曹操为何要为此而忧闷。因此，遂引颈注目，望着荀彧，希望他道出个一二三来。荀彧见此，遂慢条斯理道："主公眼下虽据有兖、豫二州，且又兵强马壮，但其正北有实力雄厚的袁绍，东北有雄踞幽州的公孙，正东徐州有虎视眈眈的吕布，东南淮、扬有随时可能北犯的袁术，西南荆、襄有兵广粮足的刘表，西北凉州有彪悍无比的马、韩。他们皆有问鼎许都，挟天子以壮己威之意。因此，这怎不叫主公忧愁呢？"

"知我者，文若啊！"

曹操方言毕，荀彧又道："依在下之见，袁绍虽强，然他眼下还无力引兵来犯。公孙远在幽州，中间还有冀州袁绍隔着，亦无力来犯。吕布惨败兖州，元气大伤，近期岂敢向我用兵？袁术虽雄心勃勃，常发兵北犯，但其实力有限，不足为虑。刘表虽兵多将广，粮草充足，但他不过一书痴而已，能自保就不错了，哪有北犯之心呢？马、韩所部官军虽然猛勇彪悍，但各自为阵，互相争斗，亦无兵犯关东之心，故不足虑。唯新奔荆州宛、穰的张绣，才叫人不安啊！"

方言毕，曹操便急不可耐问道："为何？"

方问毕，荀彧即若有所思答道："须知，刘表本与李傕和郭汜有旧恩。比如，当年表其为镇南将军、荆州牧、成武侯、假节，便是李傕、郭汜以皇上名义所为。因此，刘表才以恩相报，欢迎李傕、郭汜同僚张绣叔父张济到其地盘荆州宛城落脚，同时叫他扰犯我西南郡县。眼下张济虽死，但继任者张绣仍会与刘表合流，早晚会与我为敌。故依我见，不若乘张绣在宛、穰立足未稳之机，一举将其消灭。如此，不仅可解除我西南郡县之患，还可威震天下，不知主公意下如何？"

"文若之言甚为有理啊。进军宛、穰，消灭张绣，宜早不宜迟！"

曹操言毕，便传令在许都的文武百官前来听令。片刻，他们便闻令到齐，按秩站定方礼毕，曹操便将这次军事行动的原委向他们道了一番。随后即以吴铭为右先锋，于禁为左先锋，曹操自领曹昂、曹安民、曹仁、曹洪、典韦、荀攸和管宁等大队官军殿后，于次日早饭后向西南方张绣大本营宛城杀去。

却说曹操所部右、左先锋官军在吴铭、于禁的率领下离开许都后，便快马加鞭，日夜兼程，在不久后的一个中午便赶到了距宛城北约五十里的淯水北岸东武津。不待停下埋锅造饭，便欲一鼓作气渡水攻城。正在这时，忽见一张绣骑兵在淯水南岸正下马上船北渡。吴铭见此，以为是张绣派来打探自己情况的奸细，于是便忙取弓搭箭射杀。于禁在一旁见了，以为不妥，忙拍马上前制止道："吴将军且慢，待弄清其究竟再射杀不迟……"

第三十九回　刘备败绩奔许喜得豫州　曹操挥军征宛失利丧子

吴铭认为于禁言之有理，不待他言毕，便忙收箭挂弓，等待骑兵上岸。片刻，骑兵便乘船上岸，疾步走到吴铭和于禁身前拱手施礼道："小的乃张绣张将军部下，现有他致曹将军急书一封，请二位将军及时转呈。"

言毕，即从怀里取出一绢制信袋，上前递与于禁。不待于禁上前伸手去接，吴铭早便抢上前夺过信袋，欲撕开看阅。于禁见此，认为书中定有要紧密事，为防泄露误了大事，遂忙上前制止道："既是致主公的，我们岂可随便拆阅？因此，还是赶快转呈主公的好。否则，误了大事，你我皆担当不起啊。"

吴铭闻言，恍然大悟道："于将军之言极是啊！"

随后，便将那书递与于禁道："还是将军亲往转呈为好，俺在此继续指挥人马渡水便是。"

于禁认为吴铭言之有理，遂忙从他手中接过那书，掉转马头飞一般向后面的曹操奔去。不到三刻工夫，便迎面碰上了曹操。时曹操见于禁单枪匹马而来，还以为是来报告前方遭遇不测的呢！便欲传令全军快速前行，以便及时支援。时不待曹操传令，于禁已快马加鞭赶到他面前，高举着一绢制囊袋高声道："这里有主公急书！"

曹操闻言，不禁非常惊疑，遂忙问道："哪来的？"

"敌酋张绣的。"

曹操以为是张绣挑战书，不禁大怒道："这厮已快死到临头，还敢向我挑战……"

不待言毕，于禁已下马疾步上前，不及向曹操拱手施礼，便将绢制囊袋递到曹操手中。时曹操不待拆阅，便气呼呼地将囊袋抛之于地。一旁的荀攸见此，认为曹操此举不妥，忙拍马上前对他道："主公还是先看看……"

不待言毕，曹操即恍然大悟道："何不早说呢！"

荀攸见曹操已有悔意，大喜，遂忙翻身下马，从地上拾起囊袋，呈与曹操道："请主公拆阅。"

曹操闻言，于是忙翻身下马走到荀攸面前，接过囊袋，取出绢书，方才看了几眼，便兴奋地击掌大笑道："此真乃天赐我……"

曹昂、曹安民、曹仁、曹洪、典韦、于禁、管宁和荀攸见曹操转怒为喜，皆若丈二和尚，摸不着头脑，不待曹操言毕，便争先恐后拥上前异口同声问道："主公何故……"

不待问毕，曹操即神秘兮兮道："猜猜。"

他们闻曹操这般言，便你望望我，我望望你，无言以对。良久，荀攸才若有所思地问于禁道："莫不是我先锋人马已破了宛城？"

于禁闻言，忙摆摆手道："非也！我与吴将军率军方到淯水北岸东武津呢。"

随后良久，曹操见再无人言语，方才非常得意地道："张绣这厮闻我丧胆，已决定举兵投诚呢！"

在场者闻言，皆惊喜得欢呼雀跃起来。其情其景，犹若打了大胜仗一般。时曹操更是高兴得不知所以，并对于禁道："快快传我命令，你与吴将军所率先锋人马立刻停止前行。如已有过淯水者，必须尽快退到北岸安营扎寨，否则问斩。"

言毕，就着自己右大腿俯身提笔向张绣回了纳降书，并叫于禁尽快转交张绣送书骑兵，务必尽快送与张绣。于禁接过纳降书放入怀里，拱手施礼告辞曹操后，便翻身上马，飞一般向淯水北岸东武津奔去。

再说吴铭待于禁走后，便忙下令所率先锋官军从东武津乘船迅疾抢渡淯水。待于禁赶回时，大半官军已经蹚水到达淯水北岸，并欲整顿待发。

于禁见此，忙将曹操纳降书交与张绣送书骑兵后，便渡水向已在南岸的吴铭传达了曹操退军命令。吴铭闻之，遂不解地问道："为何？"

于禁闻问，便将张绣与曹操降书和曹操与张绣纳降书所言向吴铭道了一番。吴铭闻后不但没惊喜，反还挥舞着手中长柄大斧悻悻然道："俺白磨它了啊！"

言毕，便极不情愿地传令全军迅即退回北岸安营扎寨。随后不久，曹操所率主力官军便赶到了，并与他们驻扎在一起。

须知，张绣未与曹操交兵何故就投诚了呢？原来曹操所部官军出发不久，张绣在宛城便得到了消息。张绣，凉州武威人，骠骑将军张济之侄。灵

第三十九回　刘备败绩奔许喜得豫州　曹操挥军征宛失利丧子

帝中平四年边章、韩遂起兵反凉州，凉州治所金城人麴胜欲袭杀祖历县县令刘隽。时张绣为县吏，他见刘隽作逆，便暗中伺机将其杀死，于是郡内人士以为他很正义。随后，他又召集县里一些年轻力壮者在左右，于是便成了当地豪吏。不久后，张绣随其叔父张济跟随董卓征战，并以军功升为建忠将军，封宣威侯。时张济所率原董卓所部官军退出长安城驻扎弘农时因缺少军粮，于是张济便率领原董卓所部官军南攻物产丰富的荆州穰城夺粮，不料在与刘表所率官军交战时中矢而亡，于是张绣便继领了张济所率原董卓所部官军。刘表群僚闻张济死讯，大喜，并建议刘表大张旗鼓地庆贺。但刘表却不忘旧恩，并反对道："张将军因穷困来奔，我未以礼相待，乃无理了。至于两军交战，实非我本意啊。因此，我愿为张将军之死吊唁，岂可庆贺呢！"

言毕，即遣人前往穰城接纳张绣所率原张济所率官军，并命令他们移驻宛城，以便抗御北面曹操所部官军。时张绣猜透了刘表心思，并不愿与强大的曹操为敌，但考虑到眼下无立足之地，无奈，只好答应刘表的。现得知曹操率领所部官军来攻，竟吓得魂不附体，不知如何是好。待回过神，方才急忙召集左右文武到衙堂商议对策。待他们到齐按秩坐定方施礼毕，张绣即惶惶不安地问道："我与曹将军素无怨恨，他何以要对我用兵呢？"

言毕良久，也无人答言。对此，张绣不禁感到非常不快。正在这时，忽见谋士李智起身上前若有所思道："曹操挟天子于许，意在扫平海内，称霸天下。因此，岂容他人拥兵自重呢？而在众多诸侯中，我最临近其南部边境，对他有威胁。若解除我之威胁，他便可专事关东。另外，我兵微将寡，若以其强兵击之，易胜呢。"

张绣认为李智言之有理，立刻便连连点头称是，并随即问他道："不知将如何应敌呢？"

不待李智答言，便听得有人高声道："张将军不必担忧，到时只要给我三百劲骑，便可拿曹操头颅献上！"

张绣及在场者忙循声望去，原乃身高九尺、面若锅底、膀大腰圆、勇冠三军的亲信部将、胡人车胡儿起身仰首挺胸站在那里。时他以为会得到在场者的赞许,谁料却久久没人言语。对此,他以为别人胆怯,并欲讥笑他们一番。正在这时,文臣张慧却高声道:"车将军之言差矣!须知,曹操这厮不仅兵多将广,其武艺也很高强,且还有勇冠三军的宿卫典韦时刻不离其身。因此,即使你使出浑身解数或有三头六臂,也未必能靠近他,更别说拿下他头颅了。到时你的头颅是否搬家,还未尝可知呢!"

车胡儿闻张慧言,认为他是在长敌威风,灭己士气,于是气呼呼地问张慧道:"依张先生之意,如何是好呢?"

良久,张慧才若有所思道:"不若举众投诚。"

在场者闻言,皆认为其言有违正义,于是不禁大哗,并纷纷怒视张慧。随后才引颈侧目望着张绣,希望他下令处死张慧,以解心头之恨。谁料张绣却和言细语道:"张先生还有何见解,尽管道来无妨。"

张慧原以为张绣会与在场者一样,因而心便忽地悬了起来。现在听得张绣如此言,悬着的心方才放了下来,并若有所思道:"愚以为投诚理由有五。曹操奉天子之旨行事,言正民顺,不可抗拒。此其一。曹操据有兖、豫二州,实力雄厚,兵多将广,若战,我军犹若以卵碰石,不堪一击。此其二。我军转战千里,死伤严重,且眼下又是新来乍到,人地生疏,若战,必败无疑!此其三。刘表纳我并非诚意,而是以我北抗曹操。因此,若战,刘表只会作壁上观,不会出兵相救;若胜,得利的自然是刘表;若败,刘表则会讨好曹操,加罪于我。那时我不仅有全军覆没的危险,还两头不是人。何苦呢?此其四。现曹操所部人马可能已到淯水北岸,近在咫尺,即使刘表闻报派兵来援,也是远水不解近渴。此其五。既然与曹操开战有五不利,何不归附他直接沐浴皇恩呢?须知,我闻曹操一向喜纳贤俊,扩充实力。因此,我军若肯举众投诚,他定会热烈欢迎。在下所言是否妥当,还望张将军明断。"

张绣闻言沉思良久方道:"张先生方才之言甚为有理呢!"

其他在场者也认为张慧言之有理,于是便随声附和。唯车胡儿很不服气。张绣见此,心里不觉好笑,并上前开导了他一番后,方才走到案几前铺绢提笔,给曹操撰就投诚书,并派了一胆大心细、骑技高超的骑兵带上,快

第三十九回　刘备败绩奔许喜得豫州　曹操挥军征宛失利丧子

马加鞭前往送与曹操。这便是张绣自愿投诚曹操的全过程。

再说张绣自骑兵送走投诚书后至今未得到曹操音讯，于是在张府急得茶饭不思，坐立不安。正在这时，忽见送书骑兵从门外飞奔进来，不及向他施礼，便气喘吁吁地对他道："张将军，这里有曹将军复书，请阅视。"

言毕，忙从怀里取出一绢制书袋呈与张绣。张绣见了，先不禁疑惑地问道："是曹将军亲自撰就的？"

"是的。"

随后，张绣便忙接过书袋，取出书看阅起来。看阅毕，方知曹操不仅愿意收纳他，而且还邀请他立刻前往曹操所部官军东武津大营宴饮。对此，张绣不禁对曹操此举感到怀疑，并忙召集左右文武前来商议。待他们闻召赶来依秩站定方施礼毕，张绣即问道："曹操邀我赴宴，该不是鸿门宴吧？"

左右文武闻问，一时皆若哑巴，答不出话来。良久，贾诩方才上前答道："将军与曹操本无怨恨，他发兵来犯，本已无理。现将军不但不举兵抗击他，反还举众投诚。因此，他何故要加害将军呢？"

张绣认为贾诩言之有理，于是便决定亲往曹营赴宴。为表示诚意，还带了左右文武和张济家眷。

却说在中军大帐的曹操正怀疑张绣投诚之意时，忽见南营门一卫兵飞一般跑来，不及向他拱手施礼便报道："张绣一行已到南营门外了。"

"都是些什么人？"

"据张绣说来者是其左右文武及他婶娘。"

曹操闻卫兵报，心中疑团随即便烟消云散，并立刻叫了几个随从，跟他前往南辕门迎接。等候在那里的张绣等人见曹操亲自来迎，不禁感动得泪流满面，并一齐跪伏于地施礼称谢。曹操见此，大喜，忙上前将他们一一扶了起来。随后，又忙将他们引入大帐，设宴款待。席间，曹操除了与张绣客套寒暄外，还被张济遗孀、张绣婶娘邹氏的美貌所吸引，并趁着酒意向张绣提出愿纳她为妻。张绣闻言，当即便答应了曹操。

时曹操自然不禁大喜。散席后，便急不可耐地与张济遗孀同宿在中军

727

大帐。

　　须知,张济遗孀邹氏到底有多美呢?其发色若黛螺,脸型若鸭蛋,眉眼若卧蚕,耳扇若莲朵,鼻梁若鸽钩,嘴唇若丹霞,牙齿若白玉,肌肤若冰雪。站起亭亭玉立,舞动春风杨柳。眼神含羞带笑,语音犹若银铃。即使旷世美女褒姒、西施和昭君见了,也自叹弗如。曹操与如此美人云雨良宵,自然乐而无穷,乐而不疲,乐而忘事。因此,直至次日中午,还未罢休起身。正在这时,忽见一门卫在大帐门幔外向他报道:"门外有一张绣使者言有要事求见将军。"

　　曹操闻报,不禁非常扫兴,遂不耐烦道:"改时再见!"

　　后转而一想,倘若真有要事耽误了咋办,于是方道:"准见!"

　　门卫知晓曹操正与张济遗孀缠绵,为不耽误和打扰,故待他言毕良久,方才转身出去将使者领了进来。时曹操与张济遗孀刚好穿戴完毕,曹操见使者乃昨日陪张绣在宴会上与自己宴饮的张慧,不禁惊喜道:"原来是张先生,欢迎,欢迎!"

　　张慧见曹操如此热情,大喜,忙上前拱手施礼道:"拜见司空大人!"

　　曹操闻张慧称自己最新最高职务,直高兴得不得了,并忙叫侍者为他摆座上茶。侍者忙毕方退出门外,曹操便开门见山问道:"张先生有何要事相告?"

　　"昨夜天雨水涨,淯水南溢,大有淹灌地势低矮的宛城之势。如此,我军将成鱼鳖之餐啊!因此,张将军欲移军于司空大人军营暂住几日,不知可否?"

　　曹操认为张绣所部官军现已是自己部下,两军合驻一处,乃理所当然。再说张绣已将其婶娘送与了我,从昨夜起两家已是亲戚了,人家现在有难,我岂可袖手旁观呢?于是当即便痛快道:"可!"

　　张慧闻曹操言,大喜,忙向曹操称谢了一番,方才拱手施礼告辞。

　　当日下午夜幕降临前,张绣便率领所部官军驻进了淯水北岸曹操所部官军大寨。到达南辕门时,曹操还率领左右文武在那欢迎。三日后的一个午

第三十九回　刘备败绩奔许喜得豫州　曹操挥军征宛失利丧子

夜时分，当曹操正与张济遗孀在中军大帐云雨时，忽听得帐外鼓角声震地，喊杀声冲天。同时，阵阵"活捉曹操，还我婶娘"之声震耳欲聋。曹操闻之，不禁吃了一惊，料想是张绣所部官军反了。于是不待多想，便忙爬起推开张济遗孀，胡乱穿上衣裤，蹬上靴子，奔出帐外，在呼啸的寒风和飞舞的雪花中翻身上马，直往北辕门逃去。方到那里，便被火光中杀来的张绣、车胡儿和哈罕儿认了出来，并争先恐后挥军向他冲杀了过来。须知，曹操刚过云雨，疲惫至极，遇上这般阵势，自然晕头转向，摸不着北。正在此际，一身材高大的将军举着一对短柄大戟徒步从曹操身后猛地杀了上来。张绣、车胡儿和哈罕儿在此前曹操举行的宴会上见过他，并知道他是曹操的贴身宿卫典韦，且武艺高强。因此，他三人谁也不敢上前与典韦独战。无奈，只得齐举兵械，向典韦围杀上去。典韦见此，毫不畏惧，猛地挥舞那对大戟右挡左突，直杀得他三人不得近前曹操身边半步。正在这时，又见曹仁、曹洪、乐进、荀攸和管宁率了一支官军精骑从北辕门内冲杀过来。张绣、车胡儿和哈罕儿不防，竟让他们冲到曹操面前，护着曹操冲出了北辕门。张绣见此，哪里肯放？并高声道："擒杀曹操者，赏！放走曹操者，斩！"

张绣所率官军闻之，谁不拼命向前！于是便抛开典韦，专向曹操冲杀过去。典韦见此，生怕曹操不测，遂忙抖数精神，将大戟舞动得眼花缭乱，不见人影。同时奋力左右突奔，挡住张绣所率官军去路。车胡儿见典韦如此勇猛，甚为不服，忙催马上前，挥舞着手中狼牙大棒，直向典韦砸去。须知，典韦与车胡儿不仅是时之交战双方的第一猛将，他俩所用兵器也皆重八十斤。不用说，杀将起来自然非常激烈。不过，车胡儿毕竟不是典韦对手，方战不到十个回合，便败下阵来。张绣在一旁见了，大惊，于是便叫部下弓弩手一齐向典韦放箭。开始典韦还能舞戟拨箭，但时间一长，便体力不支，拨箭无力。张绣见此，便忙叫弓弩手继续放箭。瞬间典韦便全身中箭，昂首大叫一声，口吐鲜血倒地而亡。张绣见此，大喜，遂忙挥军潮水般向北辕门外曹操逃跑的方向冲杀过去。

再说曹操在曹仁、曹洪、乐进、荀攸和管宁的护卫下冲出北辕门跑了许久，也未跑出多远。原来曹操所乘那马，本高大雄伟，奔跑如飞，因此名曰"绝影"。谁料这时被流矢伤及面颊和前腿，同时，流矢还射中了曹操左臂。于是人与马皆行动不便。曹仁、曹洪、乐进、荀攸和管宁见此，急得不知如何是好。正在这时，忽见身负重伤的曹昂拍马飞一般赶了过来，不及言语，便下马走到曹操面前，将他推上自己那马背上后，狠狠向其后臀抽了一鞭，遂即转身举枪徒步直向即将杀到的张绣所率官军杀去。曹操见此，自然感动异常，并欲上前劝回，让其与他一道奔走，但为时已晚。无奈，只得在曹仁、曹洪、乐进、荀攸和管宁的护卫下，逃到宛城以东百余里的武阳城里方才收住脚步。随后不久，张绣、车胡儿和哈罕儿所率官军便追杀到武阳城下，并立刻猛地攻城。曹操见此，认为他们欺人太甚，于是怒不可遏，并令曹仁、曹洪、乐进、荀攸和管宁率军出南城门，绕到其后杀去。张绣所率官军见前面一时攻城不下，后面又受敌攻击，自然惊慌失措，军心大乱，随之便四下逃散。曹操在东城楼上见此，大喜，并不顾左臂伤痛，奋力击鼓。曹仁、曹洪、乐进、荀攸和管宁所率官军闻得鼓声，复仇之火油然而生，并因此一气将张绣所率官军追杀了二十多里方才收步。随后曹操清点人马，见少了典韦、于禁、曹昂和曹安民，于是便忙遣四路探子打探他们下落。末了，方才率军回许都。

此时值建安二年元月初。

须知，张绣既已举兵投诚曹操，何故又要举兵突袭曹操呢？原来当初曹操在宴会上向张绣提出纳张济遗孀为妻时，张绣心里并不愿意，只因看到站在曹操身后的典韦膀大腰圆，怒目圆睁，方才灵机一动，违心同意了曹操。回到宛城张府后便不禁怒火中烧，并不待歇息，便召来左右商议道："我堂叔之妻，如我母亲。曹操这厮辱我堂叔之妻，便是侮我母亲。因此，我岂能忍之？可眼下曹操势众，与他硬拼，犹若以卵击石，如之奈何？"

在场者闻言，良久也没言语。正在这时，只听得外面雷鸣电闪，风呼雨倾，顷刻间到处洪水四溢，一片汪洋。对此，张慧不禁连连拍手大喜道："有了！有了！有了！"

张绣闻言，遂不解地问道："有什么了？张先生。"

随后，张慧即上前紧附张绣右耳低语了一番。时只见张绣不住地点头称是。在场者料想张慧所言定是妙不可言的密计，自然知趣不问。时张绣高声道："大家先回去歇息，到时按我的命令行事便是。"

在场者闻言，随即道了一声"遵命"，便纷纷告辞出门。随后，张慧又对张绣低语了一阵，方才拱手施礼告辞。

看官你道张慧对张绣低声耳语些什么？就是前面他对曹操所说的，即以天降大雨有淹张绣所部官军之势为由，将他们迁到曹操军营里居住。

再说曹操回到许都不久，一探子便飞一般前来，不及向他拱手施礼便报道："典将军已中箭殉难了。"

曹操闻报，自然无比惋惜。正在这时，又一探子飞一般前来，不及向曹操拱手施礼便报道："曹安民将军临危不惧，奋力与敌厮杀，怎奈寡不敌众，阵亡了。"

曹操闻报还未缓过来，又一探子飞一般前来，不及向他拱手施礼便报道："曹昂少将军在大人走后，英勇奋战，斩杀了无数敌军，却不幸战亡了。"

曹操闻报，先不禁一愣，随后便气急昏死了过去。须知，曹操闻曹昂战亡，何故这般伤心呢？原来曹昂不是别人，乃曹操长子。曹操之所以带他出征，意在培养其行军作战能力，以便在他百年之后接班。谁料初次出征，便不意战亡了，曹操岂会不伤心异常呢？正在这时，荀攸匆匆前来，不及向曹操拱手施礼便报道："张绣这厮逃到穰城去了，并又投到刘表门下了。"

曹操闻报，遂长叹道："张绣本意降我，而我不该纳其堂叔之妻。因此，此败乃我之过，今后须引以为戒才是啊！"

方言毕，忽见一青州籍士兵飞一般跑来向他报道："于禁那厮已投向张绣了！"

曹操闻报，不置可否。看官欲知于禁是否投向张绣，请看下回分解。

第四十回

袁术称帝梦幻泰山封禅
吕布使间垓下大获全胜

却说曹操所部官军在淯水北岸大营被张绣所部官军打败后向武阳退却时，一片混乱，许多将校为逃命，还丢下部下，拼命随曹操所率大队官军奔逃，唯于禁仍率官军且战且走，直至张绣所部官军势头减弱，方才整顿队形，不慌不忙地向曹操所率大队官军退却方向赶去。正在这时，忽见迎面跑来十余赤身裸体、伤痕累累的壮汉。于禁见此，不禁非常惊疑，并忙拍马上前问道："你们何故这般狼狈？莫不是遭到匪盗打劫？"

壮汉们闻问，一时竟不敢作答。良久，方才有位壮汉壮着胆子上前拱手向于禁施礼后道："打劫我们的不是匪盗，乃青州籍兵呢。"

于禁闻答，遂怒不可遏道："当年这些青州籍黄巾妖贼军战败投降我主公后，便将他们改编为青州兵。因此，早是主公所部人马了，怎么还贼性未改呢！"

壮汉们认为于禁言之有理，于是便鼓起勇气异口同声道："既然他们已是主公所部人马，就应痛改前非才是，谁料仍胆大妄为，肆意打劫，真不可思议啊！"

随后，于禁便在壮汉们的引导下，率军飞一般赶到行劫的青州兵兵营，狠狠训斥那些行动的青州兵道："你们全赖我主公之恩，方有今天。因此，本应悔过自新，从头做人，以便协助天子，匡扶汉室。谁料却贼性不改，肆意打劫，此乃天理难容啊！"

第四十回　袁术称帝梦幻泰山封禅　吕布使间垓下大获全胜

训斥毕，即率领官军继续赶路，在曹操到达武阳后不久，于禁一行便赶到了那里，并在城西门外一里处建立阻敌营垒。正在这时，忽见从西城门跑来一于禁部下小校，上气不接下气地向他报道："方才有人……向主公诬告……将军已投奔……敌酋张绣了。因此，将军应赶快……到主公那里……申辩才是。"

于禁闻报，料知是那些被他训斥的青州兵抢先在曹操面前诬告他，因而不禁非常气愤，并欲立刻赶到曹操那里辩解。但转而一想，还是先将阻敌营垒建好后再去辩解不迟，于是心平气和地对小校道："眼下还有追兵在后，倘若我军无营垒做阻挡，后果不堪设想。因此，还是先修筑营垒要紧。再说主公目光犀利，明察秋毫，岂会是非不分呢！因此，诬告终是徒劳的。"

言毕，仍指挥部下热火朝天地建立营垒。直至完工，方才独自赶到城里议事厅，向曹操详述了青州兵行劫和他迟到的原委。曹操闻后，大喜不禁，并赞扬道："淯水之败，我亦非常难受。但将军在乱中镇定自若，撤退有方；见人被劫，喝斥劫者；建立营垒，阻敌来犯。其高尚节操，即使古之名将，亦不过如此啊！"

言毕，即根据于禁前后之功，封其为益寿亭侯。对此，于禁自然对曹操感激不尽，并忙跪伏于地，再三拜谢后方才起身离去。随后，曹操将那些诬告于禁投敌的青州兵传来，狠狠训斥了一顿，并令他们脱去衣裤，挨了三十大板方才罢休。同时还告诫他们，将来再为非作歹，定斩不饶。那些青州兵自然是吓得魂不附体，面无人色，起身穿戴方毕，便抱头而去。曹操及在场者见此，无不前仰后合，捧腹大笑。正在这时，一探子飞奔而来，不及向曹操拱手施礼便报道："报告主公，关西诸将正拥兵相争，为害……"

不待报毕，曹操即道："知道了！"

随后，便长吁短叹起来。须知，曹操何故要长吁短叹呢？原来自兴平元年三月韩遂和马腾一方官军与李傕和郭汜一方官军战于长安北郊长平观败回凉州后，为争夺水源草地和人口牛羊，经常出兵互相残杀，直闹得十一郡国、九十八城、三十万余户的凉州天昏地暗，鸡犬不宁。不仅如此，最近韩遂与马腾又率所部官军东出凉州，争夺关中。对此，曹操早就了如指掌。但他眼下正专心致志经略山东，无暇顾及关中。但又怕韩遂和马腾趁此更加肆无忌惮，率军闯潼关，破函谷，继续东进，破坏他经略山东之策。正在这时，曹操忽然想起初平三年曾为他西通刘协作出过突出贡献的钟繇。

钟繇字元常，颍川长社人。生于宦儒之家，幼时便被誉为神童。长成后举孝廉，先后任尚书郎、阳陵令、三府、廷尉正、黄门侍郎、御史中丞、御史仆射，封东武亭侯。由此可见，他非同一般朝臣。因此，曹操便忙召他前来商议了一番。商议的结果是：曹操决定上书刘协，表钟繇为侍中守司隶校尉，持节，不拘科制，赶赴长安督关中韩遂和马腾以及常年据守在关中的李傕、郭汜和段煨等将领，并以凉州牧韦端辅助之。

时刘协接到上书后二话没说便准了。于是钟繇冒着风雪，日夜兼程，不久便赶到了关中。方到，韩遂和马腾以为曹操虽挟有天子，又有兖、豫二州，但远在山东，鞭长莫及。于是便不把刘协，实际是曹操派来的钟繇放在眼里。对此，钟繇早有预料，因而毫不惊慌，并以书信形式告知关中各路将领，陈说利益与祸害，即听命者，赏；否则，罚。韩遂和马腾以为书信之言不过是吓唬小儿的戏言，不足为惧，因而照旧我行我素，继续举兵互相残杀。时李傕、郭汜、段煨却不同。他们看了钟繇书信后，很当回事，并按书信所言，立刻停止互相攻杀。何也？原来他三人深知钟繇虽是受皇上刘协之命持节前来长安行事，实则代表曹操，因而书信所言实际是曹操之意。就眼下形势，刘协的圣旨可以不理，但曹操的话则不能不听。因天下人皆知，刘协早成傀儡皇帝，曹操则是当今不好惹的实力派人物。他前时能将比我三人勇猛得多的吕布打得落花流水，狼狈逃窜，而我三人在他面前又算得了什么？倘若我三人不听从钟繇的，曹操发怒率军西进，我三人还不成其刀下之鬼？因而不容置疑，便立刻就此罢兵。时韩遂和马腾得报李傕、郭汜和段煨罢兵原因后，认为他三人做法有理，于是也不约而同地立刻罢兵。钟繇见此，大喜，立刻便兑现当初书信诺言，拜马腾为征南将军、韩遂为征西将军，征段煨为大鸿胪，李傕、郭汜自然也各有赏赐。于是关中随之平安。

第四十回　袁术称帝梦幻泰山封禅　吕布使间垓下大获全胜

此时值建安二年正月末。

曹操回到许都后，闻钟繇仅一封书信便安定了关中，不禁大喜，除了上书刘协表彰钟繇外，还在曹府设宴庆祝了一番。正在这时，忽然一探子飞一般跑来，不及向曹操拱手施礼便报道："报告主公，袁术在寿春称帝了。"

曹操闻报，先是吃了一惊，随后即半信半疑道："继续打探其虚实！"

探子不待多言，便忙转身出门，奔往寿春继续打探袁术称帝真假去了，不提。

须知，袁术寿春称帝并非虚报，而是确有其事。如前所叙，早在袁术从孙策手中得到传国玉玺时，就萌发了南面称帝的念头，并因此向与他同是贵族后裔，又与他有旧交的太尉陈球之侄陈珪写信试探其口气。信略云：

昔秦因暴政而失其政，天下群雄皆起而取之，并得到文武双全、大智大勇者认可。今世事纷扰，汉室亦有土崩瓦解之势。此乃英雄豪杰大有作为之时。吾与足下为旧交，岂可等闲视之而任由他人摆布呢？若吾成了大事，卿便是吾之心腹啊！

时陈珪在吕布手下任职，袁术担心他不支持自己称帝，于是又去信威胁说如不支持自己称帝，将借吕布之手挟持他。陈珪对此毫不惧怕，并理直气壮地给他回信道：

昔秦末世，肆暴恣情，虐流天下，毒被生民，下不堪命，故遂土崩。今虽汉之末世，但未有亡秦苛暴之乱也。曹将军神武英明，顺应潮流，兴复典章纲纪，并将扫平凶顽，清定海内，且已有成功征兆。吾以为足下应同心协力，匡佐汉室。而阴谋不轨，以身试祸，岂不痛心！若能迷而知返，尚可免祸。吾乃你旧知，故陈真情，虽不顺耳，然则骨肉之惠。欲吾以求私利，而献媚迎合你，即使冒死吾也不能为之！

袁术接到陈珪回信后，自然怒不可遏，并大骂他不记旧情，但对称帝一事仍念念不忘。兴平二年冬，袁术闻报刘协东归途中落难曹阳，大喜，以为这是自己称帝的大好时机,于是便在议事厅召集左右文武商议称帝事宜。待他们应召到齐按秩站定方施礼毕,袁术便急不可耐地问道:"今海内鼎沸,刘氏微弱。吾家四世公辅,百姓所归。且袁姓出自陈氏,陈氏乃舜之后,以承汉德火,因而应天顺民,诸君以为若何?"

在场者闻言,皆吓得面面相觑,不敢作答。良久,主簿阎象才斗胆上前道:"昔周武王积德累功,三分天下有其二,犹服事殷。明公你虽世代为公,但还无周武王那般德功。眼下汉室虽微,但无殷纣之暴啊。"

袁术闻言,自然非常扫兴,于是便默而不语。时在袁术属下的汉司徒张歆之孙张范事后闻知袁术妄图称帝,不禁大惧,但又奈何不得他,无奈,只得称疾辞职,以为避嫌。为不惹怒袁术,并遣其胞弟张承前往袁府应之。袁术见张承来访,以为张家兄弟俩皆积极支持他称帝,自然大喜不禁,于是便设宴热情款待张承。酒方一巡,便急不可耐以皇帝口吻问张承道:"昔周室衰败,则有桓、文之霸;秦失其政,汉接而用之。今孤以土地之广,士人之众,欲求福于齐桓,拟学于高祖,若何?"

张承闻问,认为袁术乃一朝臣,竟敢自称"孤",太胆大妄为了。于是心头非常气愤,为不伤及其颜面,遂心平气和地答道:"在德不在众,苟能用德以同天下之欲,虽云匹夫,霸主可得啊。若陵僭无度,违时而动,众之所弃,谁能兴之?"

袁术闻言,甚为不悦,送走张承后的几个日夜,坐卧不安,茶饭不思,并想起他的老部下会稽太守孙策。袁术以为:当初孙策既然能慷慨予我传国玉玺,那现在也会赞同我称帝。于是便遣使前往会稽,谋求孙策支持。时孙策虽然年轻,却深知称帝乃天下头等大事,不知有多少人为此身败名裂,毁灭九族。因此,待来使道明来意后,当即便表示坚决反对。为避祸端,又不得罪袁术,于是便令部下正议校尉张纮以他孙策的名义写信给袁术,诚心实意劝阻他称帝。张纮接令后,便通宵达旦撰制。撰毕,即呈与孙策过目。得到首肯后,方才交与来使连夜快马加鞭赶往寿春,交与袁术。信云:

第四十回　袁术称帝梦幻泰山封禅　吕布使间垓下大获全胜

　　盖上天垂司过之星，圣王建敢谏之鼓，设非谬之备，急箴阙之言，何哉？凡有所长，必有所短也。去冬传有大计，无不悚惧；旋知供备贡献，万夫解惑。顷闻建议，复欲追尊前图，即事之期，便有定月。益使怃然，想是流妄；设其必尔，民何望乎？曩日之举义兵也，天下之士所以响应者，董卓擅废置，害太后、弘农王，略烝宫人，发掘园陵，暴逆至此，故诸州郡雄豪闻声慕义。神武外振，卓遂内歼。元恶即毙，幼主东顾，俾保傅宣命，欲令诸军振旅，然河北通谋黑山，曹操放毒东徐，刘表称乱南荆，公孙瓒炰烋北幽，刘繇决力江浒，刘备争盟淮隅，是以未获承命櫜弓戢戈也。今备、繇既破，操等饥馁，谓当与天下合谋，以诛丑类。舍而不图，有自取之志，非海内所望，一也。昔成汤伐桀，称有夏多罪；武王伐纣，曰殷有重罚哉。此二王者，虽有圣德，宜当君世；如使不遭其时，亦无繇兴矣。幼主非有恶于天下，徒以春秋尚少，胁于强臣，若无过而夺之，惧未合于汤、武之事，二也。卓虽狂狡，至废主自与，亦犹未也，而天下闻其桀虐，攘臂同心而疾之，以中土希战之兵，当边地劲悍之虏，所以斯须游魂也。今四方之人，皆玩敌而便战斗矣，可得而胜者，以彼乱而我治，彼逆而我顺也。见当世之纷若，欲大举以临之，适足趣祸，三也。天下神器，不可虚干，必须天赞与人力也。殷汤有白鸠之祥，周武有赤乌之瑞，汉高有星聚之符，世祖有神光之徵，皆因民困悴于桀、纣之政，毒苦于秦、莽之役，故能芟去无道，致成其志。今天下非患于幼主，未见受命之应验，而欲一旦卒然登即尊号，未之或有，四也。天子之贵，四海之富，谁不欲焉？义不可，势不得耳。陈胜、项籍、王莽、公孙述之徒，皆南面称孤，莫不能济。帝王之位，不可横冀，五也。幼主岐嶷，若除其偪，去其鲠，必成中兴之业。夫致主于周成之盛，自受旦、奭之美，此诚所望于尊明也。纵使幼主有他改异，犹望推宗室之谱属，论近亲之贤良，以绍刘统，以固汉宗。皆所以书功金石，图形丹青，流庆无穷，垂声管弦。舍而不为，为其难者，想明明之素，必所不忍，六也。五世为相，权之重，势之盛，天下莫得而比焉。忠贞者必曰宜夙夜思惟，所以扶国家之踬顿，念社稷之危殆，以奉祖考之志，以报汉室之恩。其忽履道之节而强进取之欲者，将曰天下之人非家吏则门生也，孰不从我？四方之敌非吾匹则吾役也，谁能违我？盍乘累世之势，起而取之哉？二者殊数，不可不详察，七也。所贵于圣哲者，以其审于机宜，慎于举措。若难图之事，难保之势，以激群敌之气，以生众人之心，公义故不可，私计又不利，明哲不处，八也。世人多惑于图纬而牵非类，比合文字以悦所事，苟以阿上惑众，终有后悔者，自往迄今，未尝无之，不可不深择而熟思，九也。九者，尊明所见之馀耳，庶备起予，补所遗忘。忠言逆耳，幸留神听！

却说袁术自使者走后，一直闭门谢客，待在袁府急盼孙策回音。正在这时，忽见使者匆匆进来，不及拱手施礼便将孙策来信呈了上来。袁术见孙策回音如此迅速，以为是支持他称帝，不禁大喜，遂忙拆开信袋取出信件看阅起来。方看不久，便气得六腑爆裂，七窍生烟，待回过神，方才大骂孙策不止，并后悔当初未趁孙策势单力薄之际将其消灭，更不该将其父孙坚所部官军如数交还与他，使他现在尾大不掉，不由摆布。后转而一想，孙策毕竟年轻无知，再者他今非昔比，实力强大，将来称帝还得倚重他的势力。于是又遣使前往会稽，游说孙策回心转意。然孙策仍不为所动，并亲自撰写与袁术书。书云：

董卓无道，陵虐王室，祸加太后，暴及弘农，天子播越，宫庙焚毁，是以豪桀发愤，沛然俱起。元恶既毙，幼主东顾，乃使王人奉命，宣朝朝恩，偃武修文，与之更始。然而河北异谋于黑山，曹操毒被于东徐，刘表僭乱于南荆，公孙叛逆于朔北，正礼阻兵，玄德争盟，是以未获从命，櫜弓戢戈。尝谓使君，与国同规，而舍是弗恤，完然有自取之志，惧非海内企望之意也。成汤讨桀，称"有夏多罪"；武王伐纣，曰"殷有重罚"。此二王者，虽有圣德，假使时无失道之过，无由逼而取也。今主上非有恶于天下，徒以幼小胁于强臣，异于汤、武之时也。又闻幼主明智聪敏，有凤成之德，天下虽未被其恩，咸归心焉。若辅而兴之，则旦、奭之美，率土所望也。使君五世相承，为汉宰辅，荣宠之盛，莫与为比，宜效忠守节，以报王室。时人多惑

第四十回　袁术称帝梦幻泰山封禅　吕布使间垓下大获全胜

图纬之言，妄牵非类之文，苟以悦主为美，不顾成败之计，古今所慎，可不孰虑！忠言逆耳，驳议致憎，苟有益于尊明，无所敢辞。

袁术接到孙策书后，马马虎虎看了看，便束之高阁。孙策闻之，无奈，只好不与袁术来往。对此，袁术非常恼怒，并因此卧床不起。家人以为他身患重病，便于一日上午请来郎中诊治。时郎中不知就里，因而诊断了半天也说不出个子丑寅卯来。于是便待室内无人之际，小心翼翼地问袁术道："将军前时面色红润，身形飞扬，何故健康欠佳了呢？莫非有心病不……"

不待郎中问毕，袁术便将陈珪、张承和孙策反对他称帝一事向郎中道了一番，并大骂和埋怨了他三人。郎中闻之，沉思片刻后突然惊喜道："有了！"

袁术闻言，不禁惊问道："有什么了？"

"小的闻天之所与，必先赐以符瑞，此神明之征应，自然之占验。我师张炯乃当今天下闻名遐迩的神仙，不仅医术精湛，对凡俗两界之事，亦能预测后五百年。何不请他为将军预测一下？"

郎中言毕，片刻又自语道："小的差点忘了，我师还是相术高手呢！"

郎中方言毕，袁术便精神为之一振，并猛地从榻上一跃而起道："他现在何处？"

"在庐山仙人洞修炼道术。"

袁术闻言，不禁大喜，忙道："何不请来为我预测一下称帝是祸是福呢！"

"小的现就动身前往，如何？"

"可。"

随后，郎中即告辞袁术，转身出门回到自己住处，更换衣冠后不待休息，便乘马出寿春城东门，飞也似的向庐山奔去。当日夕阳西下，便到达了山脚下。由于山高路险，只好下马沿着蜿蜒而上的石梯羊肠小道步行，约半个时辰，方才到达仙人洞。

仙人洞位于险峻无比的半山崖上，坐北朝南，为天然形成，高二丈，宽三丈，洞额刻有秦隶"仙人洞"三字。洞门左侧有棵耸入云霄的古松，枝干若龙盘,涛声若凤鸣。洞门右侧有块天然巨石,前部腾空,状若雄虎,栩栩如生。洞内深不可测,有千年不竭甘泉一眼,泉水清澈晶莹,味道甘美,供居者饮用。因周围四季云雾缭绕,远远望去,洞口、古松和巨石时隐时现,神秘莫测,传说常有仙人居住,故名仙人洞。

时童颜鹤发的张炯正在洞前一开阔地上与几个年纪不等的道士围在八卦炉前炼丹,见郎中突然到来,不禁非常惊疑,故不待他言便问道:"徒儿来此何干?"

方问毕,郎中便忙将来此缘由向他低声耳语了一番。张炯闻之,遂不假思索道:"既是四世三公之胄的袁将军相邀,贫道立刻动身便是。"

随后不及用饭,便穿戴衣帽一新,翻身上驴,同郎中一道向寿春城赶去。

再说袁术自郎中走后,一直怀疑像张炯那样的高仙是否愿意下山,并因此闭门谢客,待在客厅焦虑地等候消息,正在这时,门人飞一般跑来向他报道:"门外有两人求见。"

袁术闻报,料想是郎中和张炯,大喜,不及蹬靴,便赤足奔到门口一看,果是郎中与一老道站在那里。袁术于是忙上前对老道拱手施礼道:"欢迎大仙光临!"

张炯见豪门贵族出身,且又是他所居之地的高官袁术如此热情,自然受宠若惊,道:"将军如此礼待贫道,贫道享受不起啊!"

言毕,便欲跪伏于地还礼。袁术见此,忙扶住张炯道:"大仙远道而来,免了,免了!"

随后,即右手拉着张炯左手,左手拉着郎中右手,兴高采烈地转身进门向客厅走去。到那方坐定,袁术便忙叫侍者为张炯和郎中上茶。侍者上茶毕方退出门外,袁术便急不可耐地对张炯道:"当今诸侯相争,天下大乱。故我以为刘氏已衰,汉祚已微。为振兴社稷于危难,拯救万民于水火,我欲荣登九五之尊,南面称孤,然则不为世人所理解呢。今特邀大仙来此预测我是否有帝王之命。若有,我将不惜一切行称帝。否则,便罢。"

第四十回　袁术称帝梦幻泰山封禅　吕布使间垓下大获全胜

言毕，心里不禁非常紧张。何也？因为他非常担心张炯预测的结果是无帝王之命。时张炯早猜透了袁术心思，但仍装作全神贯注的样子反复观察了其面相，并一脸严肃道："将军额头润宽，且又有王字形纹理，此非公卿之器，乃天子之相呢！"

袁术闻言，不禁兴奋异常，并欲赞扬张炯一番。然不待开口，张炯早已起身上前扶起袁术，对其前后左右上下细细端详了一番后，斩钉截铁道："依贫道之见，将军不仅有帝王之相，还有龙犀之形呢！"

袁术闻言，更是兴奋得不得了，并赞扬张炯道："大仙火眼金睛，明察秋毫，不愧为当今相术泰斗。"

张炯闻言忙摆摆手道："贫道不才，将军过奖了。"

随后，便示意袁术张口，意欲察看其牙是否是龙齿。须知，要是平时，袁术绝不肯张口任由他人摆布，但眼下他不仅对张炯的示意心领神会，且还非常顺从地张开了大口，让张炯仔细察看。张炯年老眼花，哪察看得清牙齿形状。无奈，只好上前用手掰开袁术口腔，伸长脖子，睁大眼睛，反复仔细察看。时袁术呼吸道严重过敏，故不待察看毕，便不禁打了个山响的喷嚏，于是唾沫鼻涕喷了张炯一脸。要是平时，张炯早就大发雷霆了，但现在面对的权倾一方的袁术，自然不敢公然发火，并忙擦去脸上唾沫鼻涕，一本正经道："将军不仅有帝王之相，帝王之形，还是金口龙齿呢！倘若称帝发旨，谁敢不听！因此，尽管择日称帝便是。"

袁术闻言，直乐得若孩童般跳了起来，并忙问张炯道："有大仙这番神测，我称帝之心定了。欲以九江郡治所阴陵为首都，若何？"

张炯闻问，遂沉思片刻答道："贫道以为定都他处最宜。"

"何以见得？"

"阴陵虽为九江郡治所，阴水带山，城广而固，战守有资，然江面宽广，一旦用兵，无以蔽障，且当年项籍兵败垓下，夜驰那里，迷失左道，以致全军覆灭。且又多虎灾，百姓苦之。因此，其地乃不祥之所。若以它为都，恐将军……"

不待张炯言毕，袁术便认为其言有理，遂忙打断其话语问道："大仙虽言之有理，然在何处建都好呢？"

"寿春。"

袁术闻张炯言，遂沉思片刻道："我以为陈国治所陈县最好。须知，定姓氏、制嫁娶、结网罟、养牺牲、兴庖厨和画八卦的始祖太昊伏羲氏曾在此建都。总之，共在此建都五次，封国四次——皇而帝，帝而王呢。同时，还是姓氏、农耕、八卦和龙图腾的发源地呢。"

张炯闻言，却不以为然道："须知，寿春在楚烈王二十二年楚败于暴秦时，便成楚之国都，始称郢，都九世，因而早便有帝王之气了。更重要的是，其形势控扼淮颍，襟带江沱。东有吴越之富，南有荆汝之利，北有淮泗之固。远振河洛，近牵徐豫。若攻之，击江左倏忽可至，突蛮越跨江即可，进巴蜀过山而已，伐河朔数日可达。若守之，结九江之浦，绝豫章之口，再以强弩临江抵御，便大事无虞。"

方言毕，袁术便迫不及待地伸出右手大拇指称赞道："大仙不仅精通相术，还精通军事攻守之术，真是奇人！"袁术言毕片刻，便若有所思问张炯道："我欲聘你为国师，以备顾问，如何？"

"贫道早已专心道术，无意仕道。但愿将军早日荣登大位！"

张炯言毕，便欲起身拱手施礼告辞。袁术见此，欲上前劝留，但张炯去意已决。无奈，袁术只好恋恋不舍地将他送出城外十里处方回。

随后，袁术便令部下布置称帝事宜。十日后，一切布置就绪。对此，他自然非常满意，于是便传令于次日午时三刻行称帝大礼。那天他身着时之皇帝服饰，率领部下文武先到城外祭告土地和宗庙，以示称帝是受命于天地和祖宗。然后回城到权作金銮殿的寿春县县衙大堂受部下文武参拜。接着便颁布称帝诏书，宣布建国号仲氏，册封妻子为皇后，儿子袁耀为皇太子，并以九江太守雍胡为淮南伊，周瑜为居巢县长，鲁肃为东城县长。其他文武自然也予以加官晋爵，不在话下。末了，又大摆筵席三天，以示祝贺。

这些天袁术不仅非常激动，也非常疲惫。因此，宴席方毕，便在寝室倒

第四十回　袁术称帝梦幻泰山封禅　吕布使间垓下大获全胜

床呼呼大睡起来。待到午夜，一觉醒来却不知怎的一直不能入睡，想着古时七十二帝王和秦皇汉武泰山封禅故事。想着想着，便觉自己乘着御舆，在千乘万骑的拥簇下，出寿春东城门，浩浩荡荡地向东北方泰山行去，还受到沿途文武官员的热烈迎送。及到泰山脚下，便见以舒仲应和桥蕤为首的文武朝臣早已恭候在了那里。大家相见礼毕，便在泰山脚下行宫行清斋。行毕，舒仲应和桥蕤等文武朝臣在登封祀坛登拜昊天上帝与山川百神。祭毕，再到燎台焚柴告天。告毕，再乘御辇登山。至山顶，于当夜宿于有武士守卫的御幄里，于次日黎明时分起身登坛。舒仲应及桥蕤等朝臣、蕃邦特使和孔子后裔依次排列于两侧。登坛正位神为昊天上帝，配位神为袁氏四世三公。待一切准备就绪，便将天书安奉于正位与配位神座之间，然后登坛面北而立，将玉策奉于各正、配位神座前。随后，再奉圭璧行初献礼。袁氏皇亲国戚行亚献礼和终献礼。随后饮幸酒。再后由尚书令张勋向他献"天赐皇帝太一神策，周而复始，永绥兆人"颂词。献毕，即封金玉匦，由中书令韩胤将昊天上帝神座前的玉策放到盘上，跪着呈献给他。他于是便拜玉策，再后将其放入金玉匦盖好盖，以金绳缠之，然后再拜。拜毕，韩胤跪着将金玉匦捧放于一件由方石砌成，方五寸、厚一尺的石函中，然后将五寸方的"天下同文"御宝印取出放于石函中。再后以石泥封石函。再后将长三尺、宽一尺、厚七寸的十枚石检以玉玺封印，再缠以金绳，并将其立于石函四周，南、北方各三枚，东、西方各两枚。再后用金绳缠石函五周。再后用五色土将石函封埋于中间。再后封堆成底周三丈九尺、顶一丈二尺的圜丘形，并以长一丈、宽二尺、厚二尺的巨石圈插于封丘周围。再后封金匦，其仪式与封石匦相同。封毕，他便就座于望燎台位上，命令举火。待火起后，便将牺牲、玉璧、锦帛和粢物抛于火中，以示告诉上天、山川与百神。焚毕，再将记功石碑竖于登台之下三丈处。登封礼毕，便接受舒仲应和桥蕤等文武朝臣的朝贺。当就座于望燎台时，由一执杖者持红字漆牌传递给山下恭候于封祀坛旁的那些未随登山的微臣，牌到后即同山上那些大臣一道山呼"皇上万岁"。时声动山谷，音震九霄，甚为震撼。山呼"皇上万岁"毕，他及文武朝臣便开始下山。至山下红门宫后,再返回行清斋。次日早饭毕,他便率领皇亲国戚及文武朝臣到泰山脚下的梁父山祭拜地祇。其祭拜仪礼与登封相同。祭拜毕,他便坐在由无数锦帐和绣幕装饰的朝觐坛上接受皇亲国戚及张勋和桥蕤等文武朝臣的朝贺,以示封禅告成。随后,由户部阎象当场清点各地官员、蕃王所献的九州四海美物——神龟、黄金、宝玉、白银、丝绸、山珍、海味……最后他走下朝觐坛,兴高采烈地一一过目。正在这时,忽见这些贡品皆纷纷不翼而飞。对此,他不禁非常心疼,忙上前伸着双手去抓。谁料这时一声女人哎哟尖叫声把他吵惊醒了,方知原乃美梦一场。而那女人的尖叫声是因他梦中抓贡品的左手抓在了睡在他身旁刚封的皇后脸上,于是血流不止,痛得泣不成声。袁术见此,不禁非常内疚,忙向她道歉。然后才将方才所梦向她道了一遍。她闻之,不但没有因伤埋怨袁术,反还转泣为笑,并希望有朝一日袁术真的带她行泰山封禅。袁术自然满口答应,边为她擦去脸上的血迹,边起榻穿戴衣物,边传令左右文武前来客厅商议将来如何能行泰山封禅事宜。传令发出不久,左右文武便闻令赶到那里按秩排定,只待袁术发话。早在那里等候的袁术见此,遂兴冲冲地问道:"泰山得天地之灵气,显人间之辉煌,因而先有七十二帝王,后有秦皇汉武前往封禅。朕既已称帝,欲行泰山封禅事。你们以为若何?"

言毕良久,也无人发言。因为他们认为:你袁术行泰山封禅当然好,待时大家还可沾光呢。问题是,你袁术虽然称帝,但还未得天下,也无丰功伟绩可言,岂有资格与那些因功盖天下而封禅泰山的帝王们相提并论呢?再说了,泰山眼下还在强敌曹操辖区内,要去那里封禅,就得经过其军事防区。如果曹操高抬贵手允许经过,那当然好。否则,简直就是虎口拔牙,根本不可能。对他们这种想法,袁术也猜到几分,因此欲大发雷霆。正在这时,桥蕤突然高声道:"圣上欲登泰山封禅有何难?只要联合对曹操有仇的吕布,将曹操赶出兖州即可!"

袁术虽然认为桥蕤言之有理,但却想到:吕布既能投靠丁原而杀死丁原,投靠董卓而杀死董卓,投靠刘备而愧对刘备,若与我袁术联合,将来会

第四十回　袁术称帝梦幻泰山封禅　吕布使间垓下大获全胜

不会分庭抗礼？想到此，不禁打了个寒战。随后，即宣布大家退去，待以后再商议不迟。

须知，按往常，在这春暖花开的时节，袁术早与左右文武到城外游山玩水去了，但现在却没这个心思，何也？原来他正琢磨如何联合吕布共同对付曹操。不久后，他终于心生一计，给吕布写了封信，告诉吕布倘若支持自己称帝，并同意联合出兵将曹操赶出兖州，他愿纳吕布之女为皇太子袁耀之妻。同时供给吕布大批粮草，以为军需，并遣心腹韩胤赶往下邳将信送给吕布。

此时值建安二年二月末。

从韩胤出使后，袁术见久未得到回音，心头遂忐忑不安，担心吕布不肯与他联合。为此，特地派了一名胆大心细的探子前往下邳打探消息。不久，探子便打探到吕布虚实，并连夜飞一般赶回寿春向袁术作了禀报。袁术闻之，气得暴跳如雷，并大骂吕布不止。当夜便召集文武到临时金銮殿商议对策。

袁术何故要大骂吕布呢？原来吕布在下邳接到袁术来信后不但未对袁术称帝一事感到愤怒和惊讶，反而还高兴得不能自已。因为他想到：我吕布当年投丁原时，由一介草民成为朝廷命官主簿，不仅不愁吃不愁穿，还深得丁原信任。后投靠董卓便由主簿一跃而升为骑都尉、中郎将，封都亭侯，随董卓出入宫禁犹若出入自己家。诛除董卓后，因有功迁升为奋武将军，假节，仪比三司，进封温侯，并与王允同掌朝政，但那些官爵皆是空的，没有实权。而今却不同，袁术已称帝，我女儿嫁给他长子即现在的皇太子为妻，将来自然就是皇后，那我吕布自然便是皇亲国戚，威风自不必说，且还能左右朝政呢。远古时期的夏、商、周和先秦时期那些皇亲国戚说不清楚，约两百年前的皇亲国戚王莽还是耳闻一二。他先左右汉室朝政，后来竟然夺了汉室江山，当了皇帝。至于他后来皇运不济，下场很惨，那是命中注定，活该！其次，还可联合袁术兵力，将曹操赶出兖州，报自己两年前定陶惨败之仇，这也是我吕布长期梦寐以求的事。不仅如此，袁术还供给我大批粮草。粮草者，兵马也，有粮草就有兵马。好像还听陈宫说过，墨子曰：府库实，兵革锐，天下便无敌！总而言之，连做梦都没有过的美事，谁料现在竟然快成现实。于是便将该想法告知陈珪。陈珪闻之大惊,并思想到:倘若袁术与吕布结为婚亲,则徐、扬二州便连成一片。如此,那将是国难啊!时吕布还以为陈珪赞成他的想法呢,因而高兴地问道:"国相莫不是在想着如何祝贺我不成?"

陈珪闻问,沉思良久方才若有所思答道:"眼下曹公奉迎天子,辅赞国政,威灵是命,将征四海,将军宜与协同策略,图泰山之安。今与袁术通婚,受天下不义之名,必有累卵之危啊!"

吕布闻言,若大梦初醒,并道:"国相之言甚为有理啊!"

言毕,竟难过得差点掉下眼泪。何也?除了他秉性反复无常外,还因当年刘协东归驻河东时,曾撰版书召吕布率领所部官军来迎。吕布因无资畜而不能启程,无奈,只好遣使上书陈述原因。时刘协不但原谅了他,还下诏迁他为平东将军,封定陶侯。倘若现在应了袁术,不是有负刘协当年提携之恩吗?于是便亲自写信与曹操,表示坚决反对袁术称帝。曹操接信后大喜,也亲自手书吕布,说明起迎刘协、当平定天下之意。同时,又借刘协之手,诏书吕布购捕袁术、公孙瓒、韩暹和杨奉。

吕布接到书后,认为曹操不记前仇,大喜,于是便写信与曹操道:"布获罪之人,分为诛首,手命慰劳,厚见褒奖。重见购捕袁术等诏书,布当以命为效。"

随后,吕布又遣使上书刘协道:"臣本当迎天子大驾,知曹操忠孝,奉迎都许。臣前与操交兵,今操保傅陛下,臣为外将,欲以兵自随,恐有嫌疑,是以待罪徐州,进退未敢自宁。"

随后,吕布方才向袁术写了通婚断绝书,并遣人将袁术与其的称帝书送与曹操,又将韩胤押往许都,以示反袁忠汉之心。

曹操见吕布如此行事,大喜,遂枭韩胤之首于许都,并与吕布手书道:"山阳屯送将军所失大封,国家无好金,孤自取家好金更相为作印,国家无紫绶,自取所带紫绶以籍心。将军所使不良。袁术称天子,将军止之,而使不通章。朝廷信将军,使复重上,以相明忠诚。"

随后,曹操又遣奉车骑都尉王则为特使,带上封左将军诏书及印绶前往

第四十回 袁术称帝梦幻泰山封禅 吕布使间垓下大获全胜

拜见吕布。

吕布接到曹操手书后，自然非常高兴，欲遣使到许都，向刘协和曹操奉章谢恩。陈珪见此，欲叫其子陈登前往，以便暗中揭发吕布狼子本性，但吕布不肯。正在这时，曹操特使王则恰巧赶到，诏宣吕布为左将军并授予印绶。对此，吕布自然大喜不禁，并希望陈登在曹操面前为他求徐州牧一职。陈登为了能见到曹操面陈吕布狼子本性，自然便爽快地答应了。对此，吕布不禁大喜，遂同意了陈珪之意，遣陈登到许都奉章谢恩。

陈登到许都后，立刻便向曹操陈述了吕布勇而无计，轻于去就，并建议宜早除之。陈登之所以如此，是担心曹操真的相信和重用吕布。但曹操却笑言道："我早知吕布狼子野心了，诚难久养，非你莫能究其情呢。"

言毕，即下令增陈珪秩中二千石，拜陈登广陵太守，以此鼓励陈珪父子暗中监视和抵制吕布。临别时，曹操还拉着陈登的手语重心长道："东方之事，便以相托。待时请阴合部众，以为内应。"

陈登见曹操非常相信他父子俩，自然非常激动，并发誓道："司空之托，小的已牢记，能为朝廷效力，即使蒙受斧钺汤镬之难，诚甘乐之！"

曹操闻陈登如此言，自然深受感动，并因此设大宴款待陈登。在陈登离开许都那天，曹操亲率左右文武，将他送至城南门三里外，方才依依不舍而回。

却说吕布自陈登离开下邳前往许都后，一直欢天喜地地盼望陈登尽快回来禀报他被御批为徐州牧的消息。正在这时的一日下午，陈登笑盈盈地来到吕府客厅。吕布见此，料想自己领徐州牧一职已得刘协御批，于是便喜滋滋地等陈登禀报。谁料陈登只向他禀报了其父陈珪新受增秩中二千石和自己被拜为广陵太守之事，而闭口不谈吕布领徐州牧一职是否得到御批。对此，吕布料知无果，便当着陈登的面抛戟劈几大怒道："你父亲劝我协同曹操，绝婚公路。今我所求无一所获，而你父子倒显贵重。我被你这厮出卖了啊！难道你在曹操面前没陈述我的请求吗？"

陈登闻言，不但不害怕，反还对吕布理直气壮道："我对曹公言：'待将军譬如养虎,当饱其肉,不饱则将吃人。'曹公待我言毕,遂道:'待将军譬如养鹰,饥则为用,饱则扬去。'这便是我与曹公所言呢。"

言毕,以为吕布会发怒而下令处死自己,谁料吕布却仰天大笑道:"你如此坦言,我无理怪罪你啊!"

言毕,即举宴祝贺陈登荣升为广陵太守和为陈登远途归来洗尘。

却说袁术部下文武应袁术之召赶到临时金銮殿按秩站定施礼高呼"吾皇万岁万万岁"方毕,袁术即气急败坏道:"吕布这厮真不是东西,前时朕遣纪将军率军征讨刘备,他却从中瞎搅合,遂使朕灭刘之策化为泡影。朕今不计前嫌,联合他进攻曹操,他却心神摇摆,最后竟弃朕与曹操勾结。而更叫人是可忍,孰不可忍的是,为讨好曹操,竟将朕钦差大臣韩胤押往许都施以极刑。因此,朕欲发大军征讨这厮,以雪耻辱。你们以为如何?"

那些文武们闻问,皆默不作声。因为他们想到:你袁术虽已称帝,也以天子口吻发号施令,但却未得到天下人认可,自然也没天子之威。再者,真命天子还在许都,你算什么东西?因此,吕布岂会怕你!另外,去年纪灵意欲攻打刘备,不是被吕布之威吓回来了吗?难道现在你就时来运转,实力倍增,能打败吕布了?真是笑话!对他们这些思想,时袁术也猜到几分,于是勃然大怒道:"今日要你们出征讨逆,都成缩头乌龟了?当初朕称帝时争官抢爵那劲头哪去了?"

时文武们仍默不作声。良久,张勋才上前高声道:"启奏皇上,在下愿挥军北上,不擒杀吕布这厮,誓不罢休!"

方言毕,桥蕤也上前高声道:"末将愿随张将军前往!"

袁术闻张勋和桥蕤如此言,不禁精神为之一振,大喜道:"有你们二位将军这般忠朕之心,朕知足了!"

言毕,即令张勋为主将,桥蕤为副将,共率三万袁术所部精兵择日出发,东向吕布大本营下邳杀去。正在这时,忽见纪灵上前对袁术道:"张、桥二位将军对皇上之赤胆忠心和勇于讨逆之举虽然可佳,但单靠我军战胜吕布那厮难啊。故依末将之见,不若联合与曹操有仇的韩暹和杨奉……"

第四十回 袁术称帝梦幻泰山封禅 吕布使间垓下大获全胜

不待言毕，袁术即连连赞道："纪将军言之有理啊！纪将军言之有理啊！"

文武们闻纪灵言，也认为非常有理。袁术于是便起身走到案几前，伏身提笔分别与韩暹和杨奉写了书信，希望他俩举兵联合进攻吕布。写毕，即叫两名胆大心细的小校带上，立刻快马加鞭赶路，分别送给韩暹与杨奉。

须知，韩暹在建安元年十月被曹操从雒阳赶走后，便逃到徐州海陵投奔了袁术。此后不久，杨奉也被曹操赶出了雒阳附近的梁县，随后也投奔了袁术，驻军扬州钟离。他俩都护驾东归有功，反被曹操赶走，一无所获，因而一直对曹操耿耿于怀。正在这时，他俩都接到袁术要其出兵进攻吕布的来信。对此，自然是喜出望外。因为他俩不约而同地认为：吕布既已与曹操联合，那么攻打吕布，便是攻打曹操；打败吕布，便是打败曹操。如此，不就报了当年被曹操赶出雒阳和梁县之仇了吗！于是便忙回信袁术，响应出兵。对此，袁术自然大喜不禁，并以杨奉率领所部人马为先锋，他则与张勋、桥蕤率领其所部人马为中军，韩暹率领所部人马从旁策应，一齐向下邳杀来。

吕布在下邳闻报袁术率领所部人马来攻，并不害怕，反还认为这是他消灭袁术、忠于汉室、投靠曹操的极好机会。谁料这时又闻袁术、韩暹和杨奉三路人马要联合攻他。对此，吕布自然吃惊不小。因为他深知，韩暹所驻徐州海陵就在他辖区内，倘若从那举兵发难，便是后院起火。而杨奉驻地扬州钟离距下邳也很近，不用调动，出发便是进攻下邳的先锋。同时，韩暹和杨奉所部人马本乃当年白波谷黄巾军，作战英勇，锐不可当，就连当年凶勇彪悍的牛辅所率董卓所部官军都败于其手，何况自己眼下这些七拼八凑、残缺不全的乌合之众呢？于是吕布立刻将陈宫和陈珪召到议事厅，将此告诉了他们。陈宫闻后沉思片刻道："韩暹和杨奉投诚汉室后并无叛逆之心，是去年与曹操因争夺天子方才结下怨恨。由此表明，他俩还是拥戴天子的，现在也不会真心实意支持袁术称帝代汉。因此，只要将军对他俩陈说利害，他俩决不会为袁术利用。再者，袁术称帝后，后妃上千，生活腐化，军民缺粮，人人相食。因而貌似强大，实则不堪一击。故将军不必多虑。"

吕布认为陈宫言之有理，接着又问陈珪道："招致袁术这厮眼下攻打下邳，乃你引起。不知你有何良策应对呢？"

方问毕，陈珪即满不在乎答道："袁术、韩暹、杨奉不过是因各自利益而临时凑在一起的一盘散沙，不堪一击，有何怕的！我儿陈登也认为他三人犹若缚在一起的鸡，岂会真心实意相处？"

言毕，即上前对着吕布左耳低声密语了一番。时只见吕布笑着不断地点头称是，并立刻欢天喜地地忙着调兵遣将，准备迎战。

此后不久的一日中午，张勋、桥蕤和杨奉所率北上袁术所部人马便与吕布所率南下所部官军在豫州垓下聚相遇。须知，张勋、桥蕤和杨奉所率袁术所部人马怕遭当年项羽全军夜间在此覆没惨剧，故两军安营扎寨方毕，张勋、桥蕤和杨奉所率袁术所部人马便早列好阵式，以便备战，意欲尽快置吕布所率官军于死地，以解吕布绝婚弃袁联曹之恨。吕布见此，大惊，忙传令其所率官军立刻出寨，列阵迎战。时张勋居中，桥蕤居右，杨奉居左，其他将校分别簇拥在他三人之后。吕布那边吕布居中，陈宫、高顺和成廉居吕布之右，张辽、宋宪和侯成居吕布之左。吕布一方方列阵毕，张勋即拍马出阵以枪指着吕布高声骂道："吕布畜生，敢来与我一战否？"

吕布闻骂，并不生气，反还笑道："别说与你这无名之辈厮杀，就是你主子袁术、爪牙桥蕤和杨奉一齐上，不出片刻工夫，也会成我戟下之鬼！"

张勋闻吕布出言如此狂妄，大怒，遂拍马舞枪直取吕布而来。不待吕布出马，高顺便拍马挥舞着狼牙大棒上前接住杀将起来。须知，高顺乃吕布部下有名的猛将，建安元年三月吕布部将郝萌反叛，突围下邳，在城中的吕布不防，竟被打得落花流水，出城逃到高顺大营求救。高顺于是率领官军赶到下邳，很快便将郝萌打败，并亲手拿下其首级。由此可见，其勇猛可想而知。张勋呢？也是袁术部下有名的猛将。因此，二人你一狼牙棒砸过来，我一枪刺过去，直杀得天昏地暗，不见人影，仍久未分出胜负。桥蕤在阵前看得兴起，于是便拍马挥舞着一对环柄大刀，上前直向高顺劈去，以助张勋一臂之力。吕布身边的张辽见此，料想高顺同时不敌他俩，便忙拍马舞枪，上前迎住桥蕤杀起来。桥蕤乃袁术部下除纪灵外第一战将，曾单枪匹马与吕布

第四十回　袁术称帝梦幻泰山封禅　吕布使间垓下大获全胜

交过手。不用说，其武艺非同一般。张辽早年为郡吏时，是以武艺过人被时之并州刺史丁原看中，并被召为从事。依从吕布后，吕布见张辽武艺高强，遂提升为骑都尉。现在他俩相遇，自然犹若猛虎与雄狮相斗，厮杀之激烈可想而知。如此四人两对在阵上直杀到太阳西坠，夜幕降临，仍不见高下。对此，吕布早就看得耐不住性子，并多次欲上阵一展身手，但皆被一旁的陈宫劝住。原来陈宫认为，吕布虽然武艺高强，但是阵前主将，统兵压阵要紧，不可轻易上阵厮杀。倘若有个闪失，必将影响全军士气。现在吕布又欲上阵，陈宫却点头表示赞同。何也？因为陈宫认为，现在张勋和桥蕤已疲惫，吕布出阵不用吹灰之力，便可将对方击败。张勋和桥蕤所率袁术所部人马见此，定会因此丧失士气。随后他陈宫再挥军掩杀过去，取胜必易若反掌。事实正如陈宫所料，吕布方才上阵，张勋和桥蕤便不禁惊慌起来，并希望杨奉上阵对付吕布，谁料这时杨奉将手中令旗一挥，其所率人马立刻便转而向张勋和桥蕤所率袁术所部人马猛地冲杀了过去。他们哪里有备？竟被杀得潮水般纷纷后逃。张勋和桥蕤见此，不禁感到惊疑，以为杨奉吃错了药，不辨敌我。加之吕布那勇不可当的武艺，他俩自然顶不住，于是只好不约而同地虚晃一招，退出阵外，随其所部溃逃人马拼命南逃。方逃十余里，忽见东方有队人马正迎面飞奔而来。时张勋和桥蕤自然不知是哪路人马，待近前一看，原来是韩暹所率人马。对此，他俩犹若雪里得炭，大喜过望。谁料韩暹却挥军向他们这边杀了过来。这时他俩方才明白，不仅杨奉，连韩暹也倒了戈。于是二人气得脸色铁青，胡须乱抖，张口结舌，说不出话。无奈，只好继续随其所部败兵没命溃逃。时吕布哪里肯放？并挥军连夜水陆并进，直追杀到淮水以南的钟离城下方才鸣金收军。而所经之地，皆遭虏掠，并斩杀张勋和桥蕤所率十余将校，而因厮杀和堕水死的更是不计其数。

吕布见自己大获全胜，大喜，并在回军淮水以北前撰书与袁术。书云：

足下军盛，常言猛将武士，欲相吞天下，每抑止之耳！布虽无勇，虎步淮南，一时之间，足下鼠窜寿春，无出头者。猛将武士，为悉何在？足下喜为大言以诳天下，天下之人安可尽诳？古者兵交，使在其间，造策者非布先唱也。相去不远，可复相闻。

袁术见吕布书后，自然又气又恼又愧，并在吕布所率官军全部退回淮水以北后，方才率领所部人马步骑五千越过淮水以南，以此向吕布示强。吕布认为这是袁术在玩精神胜利法，意在挽回颜面，因此，便未计较，并在淮水北岸讥笑了袁术一番而还。

此时值建安二年七月。

须知，你道韩暹和杨奉率领所部人马本是前来响应袁术助张勋和桥蕤的，何故会一齐倒戈助吕布了呢？原来除了陈珪此前分析的那些原因外，主要还是陈珪当初对吕布耳语的一条密计，即叫吕布分别给韩暹和杨奉去信，间离他俩与袁术的关系使然。信云：

二将军拔大驾来东，有元功于国，当书勋竹帛，万世不朽。今袁术造逆，当共诛讨，奈何与贼臣还共伐布？布有杀卓之功，与二将军俱为功臣，可因今共击破术，建功于天下，此时不可失啊。

韩暹和杨奉看信后，认为非常有理，于是便回信吕布，约定待机倒戈，因而杀了张勋和桥蕤所率袁术所部人马一个措手不及。

再说吕布大胜张勋和桥蕤所率袁术所部人马后，自然非常得意，并欲乘胜北上，一鼓作气攻下莒县。莒县乃琅琊郡辖区，理所当然属吕布徐州地盘。那么吕布何以要举兵攻打呢？原来吕布虽在建安元年六月从刘备手里夺得下邳，占领徐州至今已两年余，但琅琊郡郡相东海人萧建仍在那里保城自守，不与吕布来往。对此，吕布一直耿耿于怀。谁料作为琅琊郡治所的莒县城墙无比坚固，易守难攻。故春秋战国时燕国上将乐毅领五国联军伐齐，连占七十余城，唯莒县、即墨未破，可见莒县城墙坚固非同一般。现在吕布所率官军显然比当年乐毅所率那五国联军少得多，因而攻了许久，也未伤着城池皮毛。对此，直叫吕布无可奈何。看官欲知吕布攻打莒县结果若何，请看下回分解。

第四十一回

袁公路攻陈县反被沉重一击
曹孟德征张绣悲祭阵亡将士

却说吕布率领所部官军久攻不下莒县城后，不禁非常着急，于是便召集左右文武到位于城南一里处的中军大帐商议对策。商议的结果是：致书守城主将萧建，劝其投诚。吕布于是立刻给萧建写了一封书信，并骑马到南城门外将书信射入城中。书中云：

天下举兵，本以诛董卓耳。布杀卓，来诣关东，欲求兵西迎天子大驾，光复雒京，诸将自还相攻，莫肯念国。布五原人也，去徐州五千余里，乃在天西北角，今不来共争天东南之地。莒与下邳相去不远，宜当共通。君如自遂以为郡郡作帝，县县自王也！昔乐毅攻齐，呼吸下齐七十余城，唯莒、即墨二城不下。所以然者，中有田单故也。布虽非乐毅，君亦非田单，可取布书与智者详共议之。

萧建阅毕书信，认为书中所言非常有理，随即便遣主簿李保送礼物若干和良马五匹，欲向吕布投诚。谁料吕布还未来得及收到那些礼物和萧建还未开城投降，臧霸所部救助萧建的官军便赶到了莒县城，并得了萧建准备送与吕布的那些马匹。吕布闻报，大怒，于是便挥军猛烈攻打莒县城。高顺见此，遂忙劝谏道："将军躬杀董卓，威震夷狄，端坐顾盼，远近自然畏服，不宜轻自出军，如或不捷，损名非小。"

吕布闻言，却不以为然。臧霸闻吕布挥军强攻猛打，不禁大惊，遂暗中引军出城抄后向吕布所部官军杀去,而萧建仍挥军奋力拒守。结果吕布所部官军内外受敌,不但城未攻下,反还死伤惨重。吕布无奈,只得率军败回下邳。

却说袁术部下张勋和桥蕤所率袁术所部人马被吕布所率官军战败后,按理应偃旗息鼓,养精蓄锐,待机再战才是。孰料袁术死不服输,并随即整军待发,报仇雪恨。桥蕤闻之,也欲乘机出这口恶气。于是匆匆赶往袁府,不及向袁术拱手施礼便道:"陛下,这次我军之败,非士气不旺,战力不足,乃吕布那厮暗中拉拢韩暹和杨奉二贼倒戈使然。故依末将之见,再发大军讨伐吕布这厮,定能战无不胜,攻无不克!"

袁术闻言,沉思片刻道:"将军方才之言正合朕意。无曹操那厮从后支持吕布,纵有三头六臂和吃了豹子胆,他吕布也不敢在我军面前逞威。因此,依朕之见,不如来个釜底抽薪,先给曹操点颜色看看,然后再收拾吕布那厮不迟。此所谓擒贼先擒王,其余自散之理!"

桥蕤闻言,认为非常有理,但却担忧道:"陛下虽言之有理,然曹操那厮老巢在许都,距我甚远,一时还鞭长莫及,如之奈何?"

"这有何难!曹操豫州陈国与我相邻,若突然发兵攻之,便可叫曹操那厮鞭长莫及呢。"

桥蕤觉得袁术言之有理,遂忙道:"还是陛下高见!我愿为出征先锋。"

袁术见桥蕤不为眼下之败所吓倒,于是大喜道:"就依你的吧!"

言毕,即传令左右文武来此听令。待他们闻令到齐依秩排定,施礼口呼"皇上万岁万岁万万岁"毕,袁术即令桥蕤为先锋,李丰为右先锋,梁纲为左先锋,他则与乐就为后队,三日后从寿春启程,北向豫州陈国治所陈县杀去。

此时值建安二年九月中旬。

再说曹操陈县守城主将夏侯渊闻报袁术率领人马来攻,不禁大惊,待镇静后便忙召集全城官军将校到议事厅商议对策。待他们闻召到齐按秩排定拱手施礼方毕,夏侯渊便问道:"我陈县虽南有内城淮阳城,但城矮池浅,如何抵抗得住袁术那厮所率大队人马进攻呢?"

第四十一回　袁公路攻陈县反被沉重一击　曹孟德征张绣悲祭阵亡将士

问毕良久，也没人答言。夏侯渊见此，正欲责备他们一番，这时忽见杜猛出来道："依我之见，不如一面坚守城池，一面飞报主公率军来援。只要援军一到，城里城外遥相呼应，前后夹攻，何愁……"

夏侯渊闻言，认为非常有理，于是不待杜猛言毕便道："就依杜将军的吧。"

言毕，忙遣了几路报子，将袁术率军攻打陈县的消息报与曹操，并请求出兵增援。

须知，陈县距许都路程毕竟不近，因而不待那些报子赶到许都，桥蕤、李丰和梁纲所率先锋人马及袁术和乐就所率殿后人马早便兵临城下，并没用吹灰之力，便攻克了城南门。夏侯渊见此，料知大势已去，抵抗无益，无奈，只得领了几名左右随从，飞马奔出城北门，向北逃去。于是袁术、桥蕤、李丰、梁纲以及袁术所率人马没费多大力气，便占据了陈县。对此，袁术自然得意非凡，并大摆筵席热烈庆祝。席间，袁术眉飞色舞地问桥蕤道："桥将军不妨猜猜看，我军何故能顺利拿下陈县呢？"

桥蕤方闻问，便毫不犹豫地答道："乃我军势众，敌军势寡。"

袁术闻桥蕤所答牛头不对马嘴，不禁非常扫兴，道："非也！"

桥蕤闻言，方知自己方才所答有违袁术之意，以为袁术要责备他，于是不禁非常害怕。但袁术并未责怪于他，而是不厌其烦地问其他文武道："你们能猜中吗？"

在场文武自然没料到袁术会如此问，因而不禁一愣，随后便搔头摸耳，思索良久，方才异口同声道："乃敌军麻痹大意，守备不严。"

方答毕，袁术更气得面红耳赤，但又不便发作。良久方才神秘兮兮道："你们难道忘了？朕前时曾说过，袁家本源自先皇陈姓。陈县乃陈姓封地，今朕能轻易得到它，实乃朕荣归故里，这也是天意啊！"

桥蕤等文武闻袁术如此言，犹若茅塞顿开，恍然大悟，并不约而同放下手中杯筷，争先恐后起身走到袁术几前，跪伏于地齐声道："我们愚昧，不知天意，望陛下重罚！"

袁术见他们知错就改,遂高兴道:"哪里话,请快起身回座吧。"

他们见袁术不但没加责备,反还宽宏大量,于是激动得不知所以,并异口同声高呼道:"陛下万岁万岁万万岁!"

须知,对袁术呼喊"陛下万岁"是袁术在寿春临时金銮殿称帝后其部下参拜时才开始的。当时不仅呼喊者感到别扭,就是听者袁术听起来也感到非常别扭,后来呼喊的喊多了和听喊的听多了,都不仅适应了,而且快乐疯了。何也?因为听者袁术以为他已是名副其实的皇帝了,呼喊的那些文武们以为袁术封赏他们的那些官爵也是真的了。

此后不久,袁术忽然闻报曹操亲率大队官军前来攻打陈县,其先锋已到柘县。须知,你道曹操何故会亲率大军前来攻打陈县呢?且又如此神速?原因不在陈县是远古神农时的首都,和楚襄王自郢迁都于此。因为这些已成历史遗迹,过眼烟云,毫无现实意义。当然,更不是这里肥沃的田土,发达的水系。真正的原因是:陈县可控蔡颍之郊,扼汴宋之道。淮泗有事,顺流东指,为经营之地,贾谊曾欲以此禁吴楚。因而此处向为是非之所,军事重地。对此,精通军事地理的曹操岂能坐视不管,等闲视之,任由他人占领?更甚者,陈县对曹操将来平淮泗、定荆扬至关重要。夺不回这里,犹若丢失淮泗、荆扬一般。再者,袁术称帝,本已触犯了汉律和影响了曹操挟天子令诸侯。也就是说,袁术既然是天子,曹操挟刘协不就成了空话?对此,曹操还未及找袁术算账,袁术便自己上门来讨打,曹操不趁此将他收拾了才怪呢。于是曹操方得报袁术率领所部人马北上侵犯陈国消息,不待与左右文武商议,即刻便令曹仁为先锋,率领五千官军先锋精骑先行;他则与曹洪、曹休、乐进为中军随后跟进;董昭、毛玠、徐奕殿后,日夜兼程,风驰电掣般向陈国杀来。曹仁所率先锋官军行军自然非常神速,很快便赶到了陈县北门外。一贯行事谨慎的曹仁认为他所率先锋官军是新来乍到,不知城中就里,且又饥疲不堪,因而便没下令立刻攻城,而是传令后退三里安营扎寨,埋锅造饭,解除饥疲,待曹操以及其他将校所率大队官军到后再做计议不迟。正在这时,忽一探子飞马赶到曹仁马前,不及下马向他拱手施礼便报道:"报告

第四十一回　袁公路攻陈县反被沉重一击　曹孟德征张绣悲祭阵亡将士

曹将军，小的探得城里只有李丰、梁纲、乐就和桥蕤率军留守。"

"袁术那厮哪去了？"

"小的亦不知晓。"

"继续打探袁术那厮下落。"

"是。"

探子答毕，立刻转身飞一般离去打探袁术下落去了，不提。

随后不久，探子便将打探到的袁术下落，很快报告给了曹仁。时曹仁方才得知，袁术因闻报曹操亲率官军来攻后，竟吓得全身哆嗦，魂不附体。袁术向来是看不起曹操的，现在何故会如此害怕他呢？原来他认为，吕布虽是勇猛无比的军中飞将，其部下也是锐不可当之师，但前些年在定陶却惨败于曹操之手，而他的大将张勋与桥蕤前时又惨败于吕布之手。据此推理，他既不是吕布对手，更不是曹操对手。于是决定脚上抹油——开溜。同时，传令张勋和桥蕤守卫蕲阳，改编到此——以便抗拒曹操所部官军；令李丰、梁纲、乐就和桥蕤留守陈县，抗拒曹操所率大队官军。他则带领左右随从及部分人马匆匆渡过淮水，向寿春退去。对此，曹仁自然大喜，并思想到：袁术这厮一逃，其部下定然军心动摇，士气下降。倘若趁此立刻攻城，定可大获全胜。于是不待与左右商议，便传令立刻停止安营扎寨，埋锅造饭，并披挂持械上马，一齐向城北门冲杀过去，意欲一鼓作气，拿下城池，擒杀李丰、梁纲、乐就和桥蕤，以便向即将赶来的曹操报功。前面已述，陈县县城城低池浅，易攻难守。但李丰、梁纲、乐就和桥蕤所率守城人马早已有备，因而负责守卫东城门的李丰、负责守卫西城门的梁纲、负责守卫南城门的乐就和负责守卫北城门的桥蕤所率守城人马只等曹仁所率官军来攻。而曹仁所率官军攻打的恰是驻守北城门的、兵强马壮的桥蕤所率人马。结果直攻打到夕阳西下，夜幕降临，也未越城池一步，反而死伤不少。曹仁见此，料想一时难于破城，无奈，只得传令退回原地重新安营扎寨，埋锅造饭，填饱肚皮，休息一夜再说。

曹仁所率先锋官军因长途行军，本已非常疲劳，接着又攻打城池，自然疲劳不堪,因而安营扎寨用饭方毕,便合衣倒下呼呼大睡起来。前夜倒也没事,但至黎明时分,寨南门外忽然鼓角声大作,喊杀声震天,火光中桥蕤率了一支人马飞一般冲出城北门,猛地向曹仁所率先锋官军大寨杀来。未惊醒的那些曹仁所率官军不待喊叫,便一命呜呼了;被惊醒的也被杀得喊爹叫娘,四下逃窜。不过,曹仁所率先锋官军皆是骑兵,有幸未伤着的立刻便持械出帐翻身上马,不到片刻工夫便逃得无影无踪,并在天明后逃到寨西门外的曹仁周围。对此,曹仁自然悲喜交加。悲的是:眼下兵败都因自己粗心大意,防备不严,叫敌人钻了空子;喜的是:大多将士逃得迅速,伤亡尚轻,且又很快回到自己身边。

时曹仁认为眼下之败并非敌军强盛,而是偷袭使然,因而并不甘心。同时,认为这样无颜见即将到达的曹操,于是道:"敌军见我新败,定然掉以轻心,不加防备。我军若趁此返身杀过去,定可杀他个措手不及,夺回营寨,攻进城去。"

在场者皆认为曹仁言之非常有理,于是皆表赞成。曹仁见此,大喜,立刻便一马当先,手舞大斧,飞也似的向他们丢失的营寨杀去,其他的部将自然紧随其后,不提。

须知,事实正如曹仁所料,桥蕤所率人马见不费吹灰之力便打败了曹仁所率先锋官军骑兵,于是竟乐开了花,并歌之舞之,以为庆祝。正在这时,忽见火光中曹仁所率先锋官军骑兵杀来,对此,他们不禁慌了手脚,待回过神,方才各举兵器仓促应战。他们大多为水乡荆州籍人,虽然熟悉水战,但不知如何与骑兵交锋。因而方一接战,便被对方连冲带砍杀倒一大片。桥蕤见此,大怒,立刻拍马挥舞着狼牙大棒,专向曹仁杀来,以为擒杀到他,其余便树倒猕猴散,不战自溃。曹仁见桥蕤杀来,大喜,以为桥蕤是城北门守城主将,只要将他制服或擒杀,北门便不攻自破,北门既破,陈县自然便唾手可得。因此,他俩皆认为此战胜负干系重大,轻率不得。

须知,曹仁少年时便力气过人,且又喜欢舞枪弄棒,骑马射猎,长成随曹操起兵后,常充当开路先锋。比如,在征讨徐州陶谦时就一气连下费、

第四十一回　袁公路攻陈县反被沉重一击　曹孟德征张绣悲祭阵亡将士

华、即墨、开阳等城，并打败了陶谦派来的援军。曹操征讨吕布时，曹仁曾率军攻下句阳，并生擒吕布部将刘和。总之，战功甚为显赫。因此，他虽被任为广阳太守，但曹操这次仍传令他前来担任进攻陈县的先锋，其勇猛可想而知。现又是势在必胜，出手自然无比凶狠。桥蕤也是袁术手下一员勇不可当的战将，且又是主动请求担当防守陈县北门之任的主将，其好胜之心自然强烈。于是二人方一接手，便你一开山大斧劈过来，恨不得对方立刻身成两半；我一狼牙大棒砸过去，恨不得对方立刻脑袋开花，直战了八十余合也没分出胜负来。正在这时，曹仁所率官军骑兵后面忽然战旗盖地，鼓声震天，喊声动地，火光中一队官军杀将过来。对此，曹仁不禁先是吃了一惊，以为桥蕤援军杀到。正欲收斧退出阵外打探，忽见"曹"字旗下一员猛将飞马舞枪杀将过来。曹仁忙举目定睛一看，原乃曹洪在曹操指挥下率领所部官军杀了过来。时曹仁方知曹操所率大队官军已经赶到，不禁大喜过望，遂便精神为之一振，越战越勇。桥蕤见此，自然心慌意乱，不敢恋战，并欲退出阵外，领兵回城。正在这时，曹操放了一支冷箭，正中桥蕤坐骑右臀，于是嘶叫一声，腾起前蹄，将桥蕤掀在地上四仰八叉爬不起来。曹仁见此，大喜，忙拍马上前，举斧照桥蕤头上砍去，桥蕤不待挣扎，便一命呜呼了。

桥蕤所率人马见主将已亡，自然军心大乱，并一窝蜂似的向城内逃去。曹仁见此，哪里肯放？遂忙挥军紧随其后，欲乘机杀进城里。那些原桥蕤所率人马为了逃命，比曹仁所率官军骑兵跑得还快。结果只有少数曹仁所率官军骑兵杀进城内，其余的竟被甩在了城外。因此，攻入城内的曹仁所率官军还未站住脚跟，便被潮水般涌来的李丰、梁纲和乐就所率守城人马杀得精光。在城外的曹仁见攻进城内的那些官军骑兵良久没有反应，料知凶多吉少，于是便挥军猛攻城池。谁料李丰、梁纲和乐就所率人马负隅抵抗，因而不但攻城无果，反而死伤惨重。正在这时，曹操率领的曹洪、曹休和乐进等大队官军从后面跟了上来。曹仁见此，忙回马上前，将他们到陈县以来的战况向曹操禀报了一番。曹操闻报沉思片刻道："兵法云：'粮少人众，围而勿攻，待粮尽人自散。粮多人少，则攻而勿围，因粮足敌欲顽抗。'据我所知，

759

陈县原粮草甚多,仓满为患。现守城之敌仅李丰、梁纲和乐就等所率之敌,少我数倍。若我久围不攻,他们则可在充足的粮食支持下与我长期顽抗周旋。因此,我军宜攻而勿围呢。"

在场者闻曹操言,皆认为有理,便深表赞同。曹操见此,不再多言,便令曹仁挥军继续攻打北门,曹洪挥军攻打东门,曹休挥军攻打西门,乐进挥军攻打南门,他则率军四处策应。他们领令后,立刻便分头猛攻各自负责攻打的城门去了。于是一时城下战旗如云,云梯如林,人马如蚁,杀声如雷,犹若要将整个陈县城池连根拔掉似的。因四大城门同时遭到猛攻,叫李丰、梁纲和乐就所率人马没有退路,无奈,他们便拼死抵抗。结果曹仁、曹洪、曹休、乐进所率那四路官军尽管使出了浑身解数,也没攻进城去。曹操见此,认为同时猛攻四大城门无效,于是便忙变换战术,下令攻打南城门的乐进所率官军立马网开一面,撤往西城门。在此的乐就所率人马见南城门无人进攻,便忙打开那里城门,放下吊桥,拼命向外逃去。守卫东城门的李丰所率人马、守卫西城门的梁纲所率人马和守卫北城门的原桥蕤所率人马见此,皆无心守城,并立刻纷纷向城南门拥去。曹操见此,大喜,忙传令全军万勿随后紧追,以防他们鱼死网破,返身与曹仁所率官军巷战。于是不到片刻工夫,李丰、梁纲和乐就所率人马皆逃出了城外。曹操见此,大喜,遂忙传令全军骑兵随后追杀。通常情况下骑兵追步兵,犹若猎犬追乌龟,哪有追不上的!因而瞬间工夫,便追上了李丰、梁纲和乐就所率那些逃兵,并杀得他们尸骨遍野,血流成河。连李丰、梁纲、乐就这些将领也身首异处,命赴黄泉了。曹操见此,料想那些袁术所部守城官军再无反抗之力,方才令曹休率领三千官军守城,其余的皆随他沿颍水水陆并进,向寿春杀去。

却说袁术逃到寿春后以为大事无虞,于是便与后宫佳丽花天酒地、日夜享乐,不问军政。一日夜晚,袁术在下榻处正与一年轻美貌女子嬉戏间,忽见一探子飞一般跑来,不及拱手向他施礼便上气不接下气报道:"奏皇上,曹操那厮……已占领了我陈……"

不待报毕,袁术早便吓得面色发青,浑身发抖,忙打断其话语问道:"桥

第四十一回　袁公路攻陈县反被沉重一击　曹孟德征张绣悲祭阵亡将士

将军、李将军、梁将军、乐将军安危如何？"

探子闻问，遂便沉默不答。袁术见此，不禁大怒。探子见此，吓了一跳，于是忙答道："他们皆殉难了。"

袁术闻答，先是大惊失色，随后便气得两眼翻白，欲大骂曹操。孰料还不待开口，又一探子急匆匆跑来，不及拱手向他施礼便报道："皇上，现曹操那厮亲率大军沿颍水水陆并进，正向我们这边杀来！"

袁术闻报，直吓得张口结舌，不能言语。半晌回过神，方才问探子道："他们现已到何处？"

"前锋已达颍阴了。"

袁术闻探子答，目瞪口呆不知如何是好，后悔当初不该进攻陈县，以致招来眼下横祸。无奈，只好忙召左右文武到议事厅商议对策。片刻，那些被召者便先后赶到了那里。先到的袁术不待他们按秩排定施礼，便忙问最先到达的九江太守陈纪道："曹操这厮来犯人马已到颍阴，将如何是好呢？"

问毕良久，陈纪方若有所思答道："曹操之敌方才占我陈县，又乘势前来犯我寿春，乃骄兵啊！兵法云：'骄兵必败。'因此，陛下不必担忧。眼下宜速调兵遣将，前往反击便是。"

袁术认为陈纪言之非常有理，立刻转忧为喜，来了精神，于是又问陈纪道："朕欲趁曹操人马渡淮水过半时将其消灭，若何？"

"皇上圣明！"

袁术见陈纪赞成他的意见，大喜，并欲令陈纪率领一支人马前往抵御曹操所率官军。孰料谋士李业却上前反对道："陈大人方才之言差矣！须知，桥蕤、李丰、梁纲和乐就四员猛将所率人马都未挡住曹操所部人马的进攻，并还丢了性命，陈太守岂是其对手呢？"

袁术见李业与他和陈纪意见相左，竟一时不知如何是好。正在这时，忽见一探子飞一般跑来，气喘吁吁地报道："陛下，曹操那厮先锋军在曹仁的率领下，已从水路到达慎县地界了！"

袁术及在场者闻探子报，皆惊得没了主意。良久，李业方才若有所思道:"陛下不若暂弃寿春,速赴陈简、雷薄二将军驻军之所潜山避难。"

方言毕,袁术便忙问道:"为何?"

"陛下须知,潜山乃黄帝所封的天下五岳之一,号曰衡山。舜曾巡狩至此,时称南岳。武帝在元封五年南巡时曾登临其顶祭神,时称天柱山。其山体奇峰凌云,巍峨峥嵘;断崖绝壁,雄浑厚重;怪石林立,状人状物;奇洞异景,妙趣横生。天柱峰犹如石笋,拔地入云,顶天立地;千丈崖斧劈刀削,险峻无比,神仙难攀;天柱松、鹰松、探海松、五妹松、虬龙松等奇松仪态万千;混元霹雳、仙道念经、皖公神像、神猫逼鼠、双狮戏球、太白观海等奇石鬼斧神工,栩栩如生;由洞穴和山谷构成的神秘谷,更是巧工天成,神秘莫测——洞上有洞,洞下有洞,洞中有洞,洞谷相连,人行其间,时而左右盘旋,时而上下迂回,时而步道断踪,时而另开洞天。其中胖见愁、弃明投暗、神龙见首不见尾等景观乃天柱山独有。还有主峰道光,西关雪霁,南关雾淞,东关云海,望岳亭晚霞,可谓绚丽非凡,不可名状。春季百花齐放,百鸟争鸣;夏季气候凉爽,避暑胜地;秋季天高云淡,层林尽染;冬季银装素裹,冰雪世界。另外,层峦叠嶂间皆是飞瀑、流泉;九井河九大瀑布跌落成群,美轮美奂;炼丹湖乃全国第三大高山平湖,荡舟湖上,如临仙境。由此可见,它乃天赐之神山也。倘若到那避难,不仅有神仙保护,还是游山玩水的好去处,若何?"

李业这番言,竟叫袁术听得神魂颠倒,如痴如醉。因而待他方言毕,便大喜道:"先生之言正合我意!"

随后,即带着家眷及陈纪、李业等左右文武连夜匆匆出城南门,直奔潜山而去。随后,还效董卓当年焚毁雒阳故事,传令部下放火焚毁寿春城内外宫室,叫曹操一无所获。

却说曹操所率官军渡过淮水不久,便得报袁术一行早已离开寿春,正向潜山逃去。对此,左右文武皆欲效痛打落水狗之故事,随后紧追,欲置其死地而后快。时曹操却思想到:袁术经这一击,其势必不会复起。即使这次未将其彻底消灭,也若秋后蚂蚱,蹦跶不了多久。因此,与其现在将其灭之,

第四十一回　袁公路攻陈县反被沉重一击　曹孟德征张绣悲祭阵亡将士

不若让其自行覆没。再者，当年我曹操毕竟与他共同举兵讨伐董卓，说起来我俩还曾是盟友与同志呢！若对他高抬贵手，别人还会说我曹操讲仁义，讲交情，够朋友，得理还让人。否则，就会适得其反，说我曹操肚小鸡肠，残酷无情。曹操思想到此遂道："袁术这厮既已弃城而逃，穷追无益。因此，还是随他去吧。"

言毕，即传令全军回许都。刘协闻报曹操所部官军旗开得胜，马到成功，大喜，遂率文武百官到许都东门夹道欢迎，并设宴热情款待曹操等参战文臣武将。

此后不久的一日下午，忽然一探马飞一般跑到曹府，见到曹操便气喘吁吁地报道："不好了，南阳章陵等县皆叛归张绣了。"

曹操闻报，不禁大怒道："张绣这厮不除，我西南边界无宁日啊！"

言毕，立刻便遣曹洪率领万余官军前往征讨，孰料却被张绣所率官军打得大败。无奈，曹洪只好率军退到叶县。曹操闻报，自然怒不可遏，并忙传令左右文武前来议事厅听令。他们得令，很快便赶到了那里按秩排定施礼毕，只待曹操调遣。时曹操先将曹洪之败向他们道了一遍，随后才问道："我欲再次亲率大军前往征讨张绣那厮，不知谁愿当先锋？"

"末将愿当先锋！"

在场者忙循声望去，原乃曹仁。时曹操认为，曹仁在讨伐袁术之战中已是先锋，且还屡立战功，威风正盛，倘若再让他领先锋印，定能再立新功。于是便欲将手中先锋印交与曹仁。曹仁见此，大喜，正欲大步上前接拿。谁料这时听得有人若虎吼般大声道："这先锋印非俺莫属！"

在场者循声又望去，只见一身长八尺、膀大腰圆、容貌雄毅的汉子，正从曹操身后大步转了出来。看官，你道他是何人？此乃曹操前时率领大军大败袁术后巡视淮、汝一带军事时新收的许褚。

许褚字仲康，谯国淮县人，与曹操同乡。曾聚集家乡少年及宗族数千家，共同坚壁以御外侵。当万余汝南葛陂黄巾军攻打许褚所守之壁时，他们寡不敌众，力战疲极。后来竟然兵矢皆尽，壁垒将破。许褚便令壁中男女，将木盆般大小的石块搬到壁垒四角，亲自举起猛地抛向黄巾军，被砸中者皆头破血流，不敢再攻。无奈，只好采取围而不攻的战术，欲将许褚等人困死。许褚见此，便心生一计，佯装与黄巾军讲和，即以牛与黄巾军换粮草。当黄巾军来取牛时，孰料那些牛见了他们皆觉陌生，便若疯了一般，潮水般奔回壁里。许褚于是下马飞身上前，单手抓住一头高大凶猛的领头公牛尾巴，向后猛行百步。黄巾军见了大惊，皆不敢上前取牛，于是许褚白得粮草而归。由此淮、汝、陈和梁等地闻许褚之名，犹若闻得虎至。曹操闻报，大喜，遂忙召归其部下，并道："他乃我樊哙也！"并当场拜为都尉。典韦死后，便以他为随身宿卫。其部下侠客见许褚归顺了曹操，也积极随行。曹操见此大喜，并以他们为虎士。现在许褚要与曹仁争当先锋，竟叫曹操犹豫不决，无所适从。何也？原来曹仁乃曹操从弟，不仅骁勇善战，屡立战功，且又先于许褚要当先锋。倘若不让他领先锋印，就有失其颜面。谁料许褚不理解曹操心思，还以为曹操觉得他不如曹仁武艺高强而不能胜任先锋。于是便指着门前一只硕大的铜鼎高声道："俺愿举此鼎决出谁领先锋印！"

言毕，便三步并作两步，走到铜鼎前稍稍运气，便轻轻将其举过头顶，在众人面前绕了几圈，且脸不红、心不跳、气不喘，良久方才将其稳稳当当地放回原处。其情其景，犹若项羽当年在吴县阊阖享殿前举鼎故事再现。对此，在场者莫不佩服万分，击掌喝彩。不用说，许褚与在场者的举动，不仅无助曹操解心中之难，反还叫他难上加难。不过好在曹仁摸透了曹操心思，并认为应为他解难才是，同时也想看看许褚实战能力到底如何，于是便决定放弃争当先锋请求。故不待喝彩声毕，便对曹操道："既然许将军愿当先锋，末将就不……"

不待言毕，曹操便明白了曹仁之意，不禁大喜，并思忖道："还是曹仁理解我曹操啊！"

此时许褚未料到曹仁不经举鼎比赛便主动将先锋印让与他，反倒觉得很难为情，并后悔方才不该举鼎与他争先锋印，于是便忙上前拱手向曹仁施礼致歉。对此，曹仁不禁大喜，忙上前回礼祝贺许褚为这次出征先锋。曹操见

第四十一回　袁公路攻陈县反被沉重一击　曹孟德征张绣悲祭阵亡将士

此，自然非常高兴，并毫不犹豫地将先锋印交与许褚。为顾及曹仁颜面，曹操便令他领一支官军偏军，袭击张绣主力官军所攻之地的附近之敌，以此配合曹操所率官军主力行动。接着，曹操又令于禁为中军副将，与他所率官军主力随许褚所率先锋官军后跟进。待曹操调兵遣将后第三日，他们便先后离开许都，浩浩荡荡地向穰城杀去。

须知，既然是章陵等县叛归了张绣，曹操何不直接征讨章陵而要进攻穰县呢？原来曹操认为，穰县乃张绣所部官军大本营，若被攻破，章陵等县自然便收回。

一日午饭后，当曹操所率官军主力到达宛县淯水北岸时，走在前面的曹操突然勒马停住，传令除许褚所率先锋官军外，其余皆立刻停止前进。此时他们走得正欢，忽闻曹操传令，自然犹若丈二和尚，摸不着头脑。回过神，还以为要北返呢。只见曹操突然异常悲愤地高声问道："须知，此地乃我军前时征讨张绣时昂儿、典韦等将士们遇难之处！我欲设坛隆重祭祀其亡灵，若何？"

问毕，全军将士，特别是经过那场战争的将士，无不表示赞成。于是曹操便立刻下马，就路旁一块高约三尺的平滑石头上铺开白绢，伏身提笔撰写祭文。同时，又令工兵就地垒搭临时祭坛，侍者准备牛、羊、猪三牲祭品。不到半日，便一切就绪。只见曹操大步登上祭坛，面南背北，泪流满面地高声宣读祭文。文略云：

往年此地，鼓角雷鸣，杀声震天，战旗翻扬，刀枪飞舞。我军将士，血染淯水，尸垒淯堤。于是魍魉哭泣，阴风哀鸣。悲啊！为国从戎，舍身成仁的烈士们！

今，我有遮天蔽日之旗幡，雄壮威武之将士，寒光耀眼之刀枪，声震长空之战马。罪恶滔天的张绣已如秋后蚂蚱，蹦跶不了几天啦！请相信，不久我将来此以张绣头颅祭告你们在天之灵！

同时，曹操好像隐约看见曹昂、典韦及其他阵亡者的阴魂在半空来回飘荡,并哭诉他当初不该纳张济遗孀为妻。否则,岂会上当受骗而遭突袭,遂使他们年纪轻轻便呜呼哀哉,命归黄泉了。特别是曹昂那响于耳畔的呼唤声,不禁叫曹操撕裂心肺,悲痛欲绝。

宣读毕,曹操便向地上连泼三碗杜康酒,以示慰藉牺牲者亡灵。

全军不待曹操宣读毕祭文,早便悲痛得捶胸顿足,泪如雨下,并举起手中刀枪,愤怒高呼:"擒杀张绣,为阵亡将士报仇!"一时声浪此起彼伏,震天动地,紫山皆为之动容,淯水皆为之停流。

祭祀毕,时已夕阳西下,夜幕降临。于是曹操便下令,用毕晚饭趁着月色飞一般向穰城杀去。

却说许褚所率先锋官军赶到穰城东门时正值傍晚时分,不待休息,便在许褚的指挥下,轮番强攻猛打城东门,欲在曹操所率官军主力赶到前,一举破城。孰料待曹操一行于次日上午到达后,也未攻破城池,反倒损伤惨重。须知,这次不仅是许褚归曹操后首次率领先锋官军,而且还是当着曹操等人的面,与曹仁争夺先锋印。因而本欲在这次攻打穰城之战中旗开得胜,马到成功,露一手给曹操看。孰料事与愿违,对此,许褚自然觉得很没面子,欲在曹操面前拔剑自杀。曹操见此,忙上前制止道:"穰城本乃弹丸之地,却久攻不下,必有原因,岂能怪许将军呢!"

许褚见曹操原谅了他,不禁激动得热泪盈眶,语无伦次。平静之后,便信誓旦旦地向曹操表示:"愿再挥军攻城,不破城池,誓不罢休。"对此,曹操自然非常高兴。许褚见此,大喜,以为曹操会立刻向他下达攻城命令,然而曹操却对许褚与其他在场者道:"待弄清穰城张绣所率守城之敌情况后再做定夺不迟。现诸位还是先令部下后退十里安营扎寨,埋锅造饭,解除饥疲后再说。"

时许褚与其他在场者对曹操所言先是想不通,随后又认为其言非常有理,遂不再多言,便忙按曹操方才所言行事去了,不提。

随后,曹操派了几名胆大心细的士兵混入城内打探张绣所率守城官军消息。不久,那些士兵便先后从城里回来向曹操报告道:"刘表早已与张绣连

第四十一回　袁公路攻陈县反被沉重一击　曹孟德征张绣悲祭阵亡将士

成一气，共守穰城。"曹操闻报，认为眼下攻破穰城有难。因此，不若先攻破穰城附近其他城邑，再来攻打穰城，必易如反掌。此所谓先枝后干，先弱后强之理。曹操主意既定，便在当日午夜时分，乘张绣所部守城官军不备之机，悄悄拔寨启程，向穰城以南刘表地盘湖阳城杀去。

先期到达湖阳城的自然是许褚所率先锋官军。须知，因他们此前攻打穰城无功，便情绪低落，士气不振。但听得曹操此前对许褚那番鼓励言语后，方才精神振奋，士气高昂，并欲尽快攻下湖阳城，挽回颜面，为己争光。因此，一到湖阳城西门外，便欲搭板冲过护城河，意欲一举破城。然湖阳城护城河河水又宽又深，搭板无益。因此，竟叫他们只能站在护城河外沿边干瞪眼。

随后，许褚便心生一计，即立刻挑了所率五百先锋官军手持盾牌站在阵前，以挡城上飞箭礌石。又挑了所率五百先锋官军弓弩手伏于他们身后，准备随时向城上放箭，以便掩护攻城。又挑了所率五百身高体壮、力大无穷的先锋官军，一手持大刀，一手扶云梯，站在弓弩手后面，准备随时攻城。最后才令手持木板的先锋官军将木板抛于护城河浅水处。待一切准备停当，只见许褚在飞箭的掩护下，右手举大斧，左手持云梯，徒步飞一般踏过护城河上木板，直向城墙根下冲去。到那搭上云梯，便三步并作两步登上城垛，迎着刘表所部守城官军大砍大杀起来。时手持盾牌的那五百先锋官军自然早已随许褚之后爬上城垛，杀散那些刘表所部守城官军，放下城门吊桥。许褚所率那些随后先锋官军见此，大喜，遂便蜂拥般通过吊桥，冲进了城里。结果未伤一兵一卒，便攻占了西城门。对此，许褚自然是大喜过望，并忙率军向城南杀去，以便扩大战果。谁料城南乃刘表所部守城官军大本营，兵多将广，防守严密，无懈可击。因而竟将许褚所率先锋官军挡在那里前进不得，且还有被围之势。时许褚他们并不惧怕，反而越战越勇。正在这时，忽见一骑着高头大马的黑脸大汉率了一队刘表所部守城精兵向许褚这边杀将过来。许褚见了，猜测领头的可能是守城主将邓济，不禁大喜，以为只要擒杀了他，攻占全城便易如反掌。为了印证自己的猜测，许褚便高声问道："来者可是敌酋邓济吗?"

大汉高声答道:"俺行不更名,坐不改姓,乃邓济呢!你这厮乃何鸟人?竟敢在此造次!"

许褚闻言,随即大声狂笑道:"俺乃谯人许褚!认得爷么?"

许褚武艺虽然出众,但刚到曹操那里不久,出战不多,邓济自然不知他是何人,于是非常轻蔑许褚,并不假思索道:"原乃曹贼手下一无名小卒,也敢在此逞……"

许褚不待邓济言毕,早已气得哇哇大叫,高举手中大斧猛地向邓济砍去。邓济见此,毫不惊慌,举起手中那对环柄大刀相迎。孰料战不到三十回合,邓济便气喘吁吁,大汗淋漓,只有招架之功,而无还手之力。许褚见此,大喜,并趁此一斧下去,将邓济手中那对环柄大刀当的一声击落。邓济见此,直吓得魂飞魄散,面无人色,一头栽下马来。许褚见了,大喜,随即下马飞一般上前,将邓济捉了过去。邓济随行见此,先是一愣,待回过神,便各举兵器一齐上前,向许褚杀去,意欲救回邓济。方与许褚接手,便被杀得东倒西歪,狼狈而逃。其余的见了,料知败局已定,遂便举城投降,于是许褚所率先锋官军便占领了湖阳城。

此后不久,曹操所率主力官军也赶到了湖阳城。此时曹操见许褚所率先锋官军已攻下了湖阳城,自然大喜。因而一入城,便设宴款待许褚及有功将士,并升许褚为校尉。席间,许褚问曹操道:"末将听降俘说,湖阳境内有楚共王与宋平公会盟坛遗址;有高祖率军取湖阳城古战场;有光武外祖父敬侯樊重庙碑;有位于东隆山西侧的汉日南太守胡著碑;有若县县令樊萌与中常侍樊安碑;还有无数其他官宦名儒墓室。主公何不前往凭吊呢?"

"我早闻此地名胜古迹数不胜数,但眼下军务正急,待天下平定,马放南山后,再来凭吊不迟。"

许褚及其他文武闻曹操言,皆认为非常有理,于是宴毕整休三日后,便在曹操率领下向湖阳东北方的舞阴城杀去。

此前已述,曹操是因章陵等地叛归张绣才发兵的,他何以不从湖阳城挥

第四十一回　袁公路攻陈县反被沉重一击　曹孟德征张绣悲祭阵亡将士

军南下征讨章陵，而是攻打其东北方的舞阴城呢？原来曹操认为征讨章陵等地需很长时间，如此，袁绍和吕布就会从后袭击他的大后方许都。因此，还是先回许都要紧，这样还可顺道拿下舞阴。时曹操知晓舞阴城高池深，易守难攻，于是便以许褚为右先锋，于禁为左先锋，齐头并进，以尽快破城。

许褚和于禁按曹操命令，于中午时分便赶到了舞阴城，并立刻挥军猛地攻城。因张绣所部守城官军拼死抵抗，结果直到夕阳西下，夜幕降临，也未越城池一步，且还伤亡惨重。对此，许褚不禁非常恼怒，并欲仿前时攻打湖阳城故事，强攻猛打。时于禁却反对道："将军强攻猛打湖阳城之威早已传遍宛、襄。因此，我料张绣所部舞阴城守城敌军闻将军率军前来，必会加强防守，以防将军强攻猛打……"

不待于禁言毕，许褚即打断其话语道："不知将军有何高见？"

"依我之见，不若……"

于禁不待言毕，便上前对许褚低声耳语了一阵。时只见许褚不断连连点头称是。末了，他俩方才传令所率官军立刻后退五里安营扎寨，埋锅造饭，以解饥疲。张绣所部守城主将季彪闻报，以为今夜无事，于是打了个哈欠后，即传令全城守城官军放心大胆地美美地睡上一觉，以解疲劳。时前半夜倒也平安无事，然此后不久，城外忽然火光冲天，鼓角齐鸣，杀声震耳。火光中只见许褚率了一支官军猛地向东城门杀了过来。张绣所部守城官军虽然不防，但大多惊醒后仍能很快起身爬上城头拼命抵抗。恰在这时，季彪调动城内大部分守城官军赶往东城门，防御许褚所率官军进攻。于是双方兵力便势均力敌，难分伯仲。正值此际，火光中忽见于禁率了一队官军直向西城门杀去。东城门张绣所部守城官军见此，直吓得魂不附体，无心再战。于是逃者、降者不计其数。结果于禁所率官军便杀进了西城门。在东城门外的许褚闻报，大喜，遂忙率领官军加强攻势，瞬间便攻破了东城门，并冲入城内与于禁所率官军合兵一处，横冲直闯，如入无人之境。时曹操所率主力官军正好赶到东城门下。南、北二城门张绣所部守城官军见此，料知大势已去，守城无益，于是便纷纷弃城而逃。季彪亦随乱军逃得无影无踪了。

须知，许褚和于禁之所以能轻取舞阴城的缘由，便因采用了于禁当初对许褚低声耳语的声东击西之策。

曹操率领官军进城后，在县衙大堂方传令张贴安民告示，便见一校士冒着寒风飞雪，快马加鞭赶至门前，翻身下马闯开门卫阻拦，气喘吁吁地跑到曹操面前，不及向他拱手施礼便上前贴着曹操右耳低声耳语起来。曹操听后却若无事人一般，并笑道："果不出我所料啊！"

言毕，便留部分官军守城，其余的立刻随他回许都。

须知，你道那校士向曹操低声耳语了什么呢？原来是袁绍和吕布欲乘曹操率领大队官军攻宛之机，发兵偷袭许都，挟持刘协到邺，以便以刘协名义号令天下不臣。

此时值建安三年正月末。

看官欲知袁绍和吕布是否发兵偷袭许都，请看下回分解。

第四十二回

平安众张绣败回穰县城
破下邳吕布殒命白门楼

却说曹操率领官军从舞阴城急匆匆赶回许都后,并没见袁绍和吕布有发兵攻打许都迹象,于是一颗悬着的心方才放了下来,并初设军事祭酒,以备将来谋议军事,征伐天下。一日上午,曹操正在曹府与左右文武议事时,忽见一门卫飞一般跑来报道:"有司空大人书信。"

"还不快快呈上!"

门卫待曹操方言毕,便忙从怀里取出一绢制书信双手呈与曹操。曹操接过还未看毕,便气得脸色铁青,牙齿山响。曹操何以会如此生气呢?原来书信要旨是讥讽曹操二伐张绣不下而为天下人所耻笑。对此,曹操怎会不生气呢!在场者不知曹操生气就里,因而皆默不作声,唯荀彧上前笑着对曹操道:"袁绍书信所言,不足为恨。"

曹操闻言,不禁感到非常惊奇,并问荀彧道:"先生何以知晓是袁绍书信呢?"

"袁绍一贯轻狂骄横,只有他敢使主公生气啊!"

曹操闻荀彧答,认为他乃能掐会算的旷世神仙,遂忙又问他道:"我本欲讨伐不义,怎奈力量不足,如之奈何?"

荀彧待曹操问毕,沉思片刻答道:"古之成败者,诚有其才,虽弱必强,苟非其人,虽强易弱,刘、项之存亡,足以观啊。今与主公争天下者,唯袁绍罢了。袁绍貌外宽而内忌,任人而疑其心,主公明达不拘,唯才所宜,此度胜呢。袁绍迟重少决,失在后机,主公能断大事,应变无方,此谋胜啊。袁绍御军宽缓,法令不立,士卒虽众,其实难用,主公法令既明,赏罚必行,士卒虽寡,皆争致死,此武胜呢。袁绍凭世资,从容饰智,以收名誉,故士之寡能好问者多归之,主公以至仁待人,推诚心不为虚美,行己谨俭,而与有功者无所吝惜,故天下忠正效实之士咸愿为用,此德胜呢。夫以四胜辅天子,扶义征伐,谁敢不从?袁绍之强其何能为!"

曹操认为荀彧言之非常有理,于是喜不自禁。时荀彧又对曹操道:"不先取吕布,河北亦未易图呢。"

曹操待荀彧方言毕便赞许道:"先生言之有理啊,此亦为我所疑惑的呢!我若取吕布,袁绍若乘机侵扰关中,乱羌胡,南诱蜀汉,是我独以兖、豫二州抗衡天下六分之五地盘也,为将奈何?"

荀彧闻言却不以为然道:"关中将帅以十数,莫能相一,唯韩遂、马腾最强。彼见山东方争,必各拥众自保。今若抚以恩德,遣使连和,相持虽不能久安,比公安定山东,足以不动。钟繇可属以西事。则公无忧啊。"

方言毕,曹操即喜不自禁笑道:"先生方才之言甚妙,不愧是当世张子房啊!"

随后,即决定先攻张绣大本营穰城,并立刻传令在许都所有文武前来听令。传令方发出不久,那些文武便闻令赶到曹府,按秩排定只待曹操发令。曹操于是仍令许褚为先锋,率五千先锋官军立刻先行;曹仁率右路军,于禁率左路军,随先锋官军跟进;荀攸为军师,与他率领官军主力殿后;其他文武在荀彧带领下驻守许都,以防他人来犯。大家闻令,皆忙拱手向曹操施礼告辞,转身出门按令行事去了不提。

却说许褚所率先锋官军皆为骑兵,行军迅速,因而不久后的一日上午,便渡过淯水,赶到了穰城东门外。时许褚思想到:自己上次所率先锋官军未攻下穰城,脸上非常无光,后来攻打湖阳城和舞阴城虽然立了战功,但总觉得那是因得到于禁配合,而非他自己所率先锋官军所为,因此仍感脸上无光。再者,尽管上次担当先锋不够称职,但曹操这次仍令自己担当先锋,这

第四十二回　平安众张绣败回穰县城　破下邳吕布殒命白门楼

说明他仍然看好我许褚。许褚思想到此,感激曹操之情不禁油然而生,并暗自发誓:"不破穰城,决不罢休!"随后,即刻便下令攻城。时他们尽管使出了浑身解数,也未能越过城池一步,且还伤亡惨重。对此,许褚不禁非常着急,为避免上次攻城失败悲剧重演,他便挥剑砍下几名胆小怕死的校士头颅,以为督战。其他官军见此,哪还敢后退!遂便拼命向城上攻去。怎奈城上箭如雨下,竟将他们射得喊爹叫娘,纷纷后退。许褚见此,大怒,遂欲仿攻打湖阳城行事,一手持大斧,一手举云梯,身先士卒,飞登上城。待他下马方冲到城池岸边,便被城上乱箭射了回来。其他官军见了,自然不敢随后前冲。因而直到当日下午,攻城也无结果。正在这时,曹操、曹仁、于禁和荀攸率领官军主力赶到了这里。许褚见了,哭丧着脸跑步上前向曹操如实禀告了攻城情况。曹操闻报大怒道:"张绣鼠辈,竟敢如此顽抗,我今不拿下穰城,誓不罢休!"

言罢,便欲下令攻城。在一旁的荀攸见此,遂忙上前道:"眼下张绣这厮与刘表相恃为强,共守穰城,因而难攻。张绣以游军之术食于刘表久之,刘表必不能供其所需。因此,到时其势必分离。故依我见,不若缓军以待之,便可破张绣。若急攻之,势必相救,取胜难哪!"

然曹操对荀攸方才之言却不以为然,并道:"兵贵急,缓之无益。"

言毕,即挥军猛地向东城门攻去。时曹操所率官军主力比许褚所率先锋官军多出数倍,且士气高昂,攻起城来若洪水猛兽,锐不可当。因此,瞬间便越过城池,冲到城墙脚下。穰城城墙又高又厚,坚固无比,加之张绣亲自上城指挥,部下官军越战越勇。结果曹操所率官军来得越多,死伤得就越多。片刻工夫,城下便尸积如山,血流成河,惨不忍睹。曹操见此,心情不禁非常沉痛,并回头对荀攸叹道:"都怪我不听先生之言,以致如此!"

随后,遂忙传令鸣金收兵,后退十里安营扎寨,埋锅造饭,以解饥疲,养精蓄锐,来日再战不迟。

须知,刘表何以要与张绣联合抗击曹操呢?前面已述,李傕和郭汜当年在长安欲以刘表为外援,共同对付不臣者,便以刘协的名义,表刘表为镇南将军、荆州牧,封成武侯,假节。因此,李傕和郭汜对刘表便有提携之恩。张济是李傕和郭汜同僚与同乡,因求粮奔刘表,刘表自然要投桃报李,暗中欢迎张济。刘表欢迎张济还有另一个原因,即利用张济所部官军防御荆州以北曹操所部官军,因此让张济所部官军驻守于荆州北大门宛、穰一带。张济中箭亡故后,其所部官军便由其从子张绣率领。刘表出于前述两个原因,待张绣如同待张济。张绣接任张济之职后,认为古往今来安邦定国光靠武士还不够,还需足智多谋的谋臣。因此,要在宛、穰站住脚跟,光靠他眼下这些将士而没有军师是不够的。于是便想到了有张良和陈平之才,在董卓被诛后助李傕、郭汜、樊稠和张济转危为安,现正在华阴段煨处行走的贾诩,并遣密使前往那里将他请来任军师。时贾诩也感到段煨对他表面客气,暗里却非常疑忌他,因而认为不宜在此久留,并欲待机脱离段煨,投奔资历不深,但又愿纳他人之见的张绣。恰在这时,张绣密使前来表明了张绣之意。对此,正中贾诩下怀,于是便托词告辞段煨,离开华阴,投往穰城张绣。贾诩见到张绣后,立刻便向他建议道:"若要在宛、穰站稳脚跟和得以发展,就需归顺刘表。"张绣认为贾诩建议非常有理,于是便叫贾诩前往襄阳会见刘表。贾诩见到刘表后,首先分析了当下形势之利害,即宛、穰之存亡,便是荆州之存亡;张绣所部官军之存亡,便是刘表所部官军之存亡。刘表认为贾诩分析得非常有理,于是便非常痛快地答应愿同张绣联合抗击曹操。结果使曹操所率官军累战不利。

却说曹操所率官军歇息了一段时间后,便大举进攻穰城,且大有不破城誓不罢休之势。尽管如此,却没一点进展,且还死伤惨重。对此,曹操不禁非常恼怒,但又无可奈何,于是便在中军大帐召集左右文武商议道:"张绣这厮与刘表狼狈为奸,沆瀣一气,与我顽抗。不知大家有何妙策应之,不妨一一道来。"

言毕良久,也无人出来发言。正在这时,忽见许褚大步上前高声道:"依末将之见,不若再调些人马,昼夜轮番进攻,何愁穰城不破呢!"

方言毕,于禁也大步上前高声道:"许将军言之有理啊!强兵之下,谁能

第四十二回　平安众张绣败回穰县城　破下邳吕布殒命白门楼

抵抗？"

曹操闻言，却未置可否，并问荀攸道："军师以为许、于二位将军所言如何？"

荀攸待曹操问毕，沉思片刻道："臣以为宜以反间计破张、刘联合。"

曹操对荀攸之言很感兴趣，随即问道："如何反间呢？"

"春秋战国时秦兵围攻赵国邯郸，赵国于是求救于魏国。魏国便遣大将晋鄙率兵十万前往解围。对此，秦国便遣使警告魏国：倘若魏国救赵国，秦国灭赵国后，首先就要讨伐魏国。魏国慑于秦国之威，遂中途变卦，按兵不动。将军若仿秦国间魏国故事，书告刘表，倘若刘表再与张绣纠合为害，我军一旦攻破穰城，便要直驱南下襄阳。对此，刘表必会慑于我之军威而与张绣分道扬镳。张绣一旦失去刘表支持，便势单力薄，孤掌难鸣。因此，穰城也就不攻自破。我之管见，不知主公意下如何？"

曹操认为荀攸言之非常有理，遂大喜道："军师方才之言正合我意呢。"

言毕，便忙吩咐绢墨笔砚，欲按荀攸方才所言之意，给刘表写信。谁料这时大寨北门外战旗蔽日，鼓角喧天，杀声震地，似有千军万马杀了过来。对此，曹操等人不禁大惊，并欲出帐看个究竟。然不待起身，便见一满头大汗的门卫飞一般跑来，不及向曹操拱手施礼便气喘吁吁地报道："刘表遣其部下猛将王威和吕公从襄阳率了八千人马杀将过来！"

曹操闻报大怒，忙令许褚和于禁立刻率领官军出寨相迎。他俩得令，忙飞奔出帐回营，点起所率官军飞一般向寨北门外杀去。待他们方到那里，便迎面碰上了王威和吕公所率官军。时两军不待列阵，便猛地厮杀起来。须知，王威和吕公所率官军虽是远道而来，非常疲倦，但因有备而来，主动进攻，因而杀将起来自然锐不可当。许褚和于禁所率官军虽是仓促应战，有些慌忙，却是以逸待劳，士气饱满，且又誓死必胜。否则，将失去藏身之所——营寨。接战后，自然是英勇非常，拼命搏杀。于是双方你杀过来，我杀过去，反复较量，势均力敌。就在这时，忽见寨内杀出了一支官军。许褚和于禁及其所率官军举目望去，原是曹操挥军杀了过来。见此，他们受到极大鼓舞,越战越勇。不到片刻工夫,王威和吕公所率官军便渐渐不支。他俩料知眼下攻城毫无胜算,便忙传令鸣锣收兵。许褚和于禁见此大喜,欲从后追杀。忽听得背后锣声四起,原来是曹操怕许褚和于禁所率官军追杀中计,于是便忙传令鸣金收兵。对此,许褚和于禁深觉无奈,只得率军回寨,向曹操复命。

王威和吕公退兵后并没返回襄阳,而是率军经常在曹操所部官军营寨北面通道上骚扰其后方,叫他们腹背受敌,攻城不能。对此,曹操不禁感到非常无奈,末了,只好传令全军拔寨启程,从穰城东北的安众北返。

曹操率领官军启程不久,前队便遇到了王威和吕公所率官军阻击。许褚和于禁见此,大怒,立刻便挥军向前冲杀。对此,王威和吕公所率官军毫不畏惧,并奋勇上前与他们厮杀起来。须知,王威和吕公所率官军不仅精锐,还熟悉那里的地形,因而交战不到一刻工夫,许褚和于禁所率官军便渐显不支。时许褚和于禁以为,王威和吕公所率官军之所以如此猖狂,皆因王威和吕公足智多谋,指挥有方。倘若将他二人擒杀,其余便成无头苍蝇,到处乱撞,那时取胜便易如反掌。于是便不约而同地分别专寻王威和吕公杀去。片刻工夫,许褚便寻到了王威,并忙拍马挥斧,直向他砍去,欲置其死地而后快。王威见了,毫不惊慌,拍马上前相迎。许褚之猛,前面已述,天下罕见。王威之勇,也是天下罕见。因此,他俩杀将起来,自然难分高下。于禁在许褚与王威交战不久,也寻着了吕公。于禁武艺高强,吕公武艺非凡。二人杀将起来,激烈得叫人难以置信。时四人两对,杀了多时也难分胜负。两边官军见此,皆不禁惊得瞠目结舌,引颈踮足,争相观看。正在这时,忽见王威和吕公分别向许褚和于禁虚晃一招后便拨转马头,引军向安众城方向退去。许褚和于禁见此,以为他俩不敌,不禁大喜,遂便催军随后紧紧追杀了上去。须知,穰城与安众城之间,乃淯水与其支流的会合地带,山丘多,河流多,沼泽多,水田多。对善于在北方大平原上作战的许褚和于禁所率北方籍官军来说,自然非常不利。而对生长在水乡的王威和吕公所率南方籍官军来说,却是如鱼得水,发挥超常。因此,许褚和于禁所率官军没追多远,便被王威和吕公所率官军甩得老远。许褚和于禁见此,料知追上无望,于是便

第四十二回　平安众张绣败回穰县城　破下邳吕布殒命白门楼

立刻传令停止追击,待后面曹操所率官军主力到后再做定夺。王威和吕公见此,料知许褚和于禁所想,于是便拨转马头,一齐挥军向许褚和于禁所率官军杀来。同时,许褚和于禁料想他俩是在引诱他们。为防不测,于是立刻传令所率官军,只可原地与其厮杀周旋,不得随后追杀。正在这时,曹操率领官军主力从后赶了过来。许褚和于禁见了,大喜,认为这是擒杀王威和吕公的大好机会。于是便拍马飞一般迎上前去,请求曹操允许他们继续向前追杀王威和吕公所率官军。孰料曹操却道:"我方主力人马方才上路,张绣那厮便亲率人马出城从后追赶。所幸曹仁所率人马勇于断后,方才平安无事。现在我军前后受敌,形势甚为严峻。故依我之见,还是全军连成一体,逐步向安众城方向推进方为良策。"

许褚和于禁闻曹操言,认为非常有理,于是便与曹操合兵一处,稳扎稳打,缓缓向安众城进发。随后,曹操还给远在许都的荀彧写信道:"贼来追吾,虽日行数里,吾策之,到安众,破绣必矣。"信发出不久,曹操所率官军便顺利到达了安众城西门外,并将其围得水泄不通,欲一举穿城而过,然后再从城东安众港北渡湍水与流水,经当年世祖避王莽追兵的遮山北返许都。谁料王威和吕公率领官军抢先驻进了安众城,增强了那里的防守力量,因而曹操所率官军攻打了许久,也无结果。恰在这时,张绣率领官军随后杀了过来。在场文武闻之,皆有惊慌之色,唯曹操镇定自若,道:"大家不必害怕,我早有退敌良策了。"

言毕,即传令全军就地安营扎寨,埋锅造饭,解除饥疲,歇息一夜再说。时张绣见此,也传令全军安营扎寨,埋锅造饭,暂且歇息。因为他们连日来与曹操所率官军作战,也早疲惫不堪,士气大减。王威和吕公所率官军也因连日作战疲惫至极,不愿出城进攻曹操所率官军营寨。由于三方同病相怜,方才一时相安无事。

但此后不久的一日午夜,安众城西门外忽然鼓声大作,杀声震地,火光中只见曹操骑马挥剑,正指挥官军轮番猛烈攻城。须知,曹操何以要在这时挥军攻城呢?原来他以为张绣所部守城人马会因这些时日相安无事,加之夜深入梦之际疏于防守，易于破城。谁料张绣所部这些守城官军时刻警惕，日夜防备，因而曹操所率官军攻城毫无结果，且还伤亡惨重。曹操见此，自然无可奈何，并欲传令鸣金收兵，改日再攻。正在这时，忽见张绣率官军以排山倒海之势从寨西杀将过来。原来张绣得报曹操率领官军攻城，怕城有失，于是立刻便率军飞一般冲杀过来，以为前后夹攻，欲置曹操所率官军于死地。对此，曹操不禁吃了一惊，遂忙遣许褚和于禁率军相迎。片刻工夫，便在寨西外二里处与张绣所率官军相遇。时双方不由分说，便猛地杀了起来。正值他们杀得难解难分之际，城上守军主将张安率一支官军飞一般冲出西城门，直向曹操杀来。曹操见此，毫无畏惧，并欲拍马舞剑上前相迎。一旁的曹仁见了，怕曹操有失，遂忙上前劝阻道："主公乃全军统帅，岂可与一无名小卒对阵呢？还是末将上前与他周旋便是。"

　　言毕，即拍马舞刀，抢在曹操前面，接住张安杀了起来。驻在安众港的王威和吕公闻报双方人马皆已出战，且又胜负难决，一番计议，决定由吕公率领一部分官军前来助张安，以便擒杀曹操。曹操见此，大怒，遂便拍马舞剑上前相迎。不待他俩交手，便听得东南方不远处鼓角齐鸣，杀声震天，火光中一员猛将率官军精锐步骑飞一般杀了过来。曹操见此，以为是敌方援军杀到，自然不禁叫苦不迭，并忙遣荀攸率领官军前往阻挡。须知，荀攸虽是文臣，但在这时也顾不得那么多了，忙拍马舞剑，挥军迎了上去。时不待两军接战，荀攸便认出他们并非敌方援军，乃驻守汝南西南的李通率领官军赶了过来。荀攸大喜过望，忙一边遣人禀报曹操，一边前往相迎。而曹操闻报后那高兴劲儿就别提了，意欲上前相迎。时不待他动身，李通已在荀攸带引下飞马奔了过来，不及向曹操拱手施礼，便上阵替下正与张安厮杀的曹仁，挥斧接住张安厮杀起来。

　　须知，李通早年便以侠闻名江、淮之间。后与他人起兵于郎陵，并诛杀仇党，生擒黄巾军大帅吴霸，于是威震一方。再后倾家施舍，与士同食糟糠，以度饥年，结果他们皆为其所用，由是盗贼莫敢来犯。建安初年，应曹操《求贤令》举众投奔曹操于许都，被拜为振威将军，驻屯汝南西界。现闻

第四十二回　平安众张绣败回穰县城　破下邳吕布殒命白门楼

曹操所率官军战安众不利，遂忙举兵前来相助。时他与张安战不到十合，便一斧结果了张安性命，并随其败军之后冲杀到了城门下。正欲杀进城里时，孰料张绣所部守门官军眼疾手快，迅速关上城门，拉起吊桥，将李通所率官军隔在了城门外，直气得他们干瞪眼。李通无奈，只得从身旁一校士手中夺过云梯，搭住城墙，登梯飞一般爬上城垛，速将前面那些张绣所部守城官军杀死。其他人见李通如此勇猛，早吓得转头朝城下逃去。李通见此，大喜，遂便随后追到城下，将其杀死，然后打开城门，将城外曹操所率官军放入城内。城上城下张绣所部官军见此，料知大势已去，便纷纷弃城而逃。于是曹操所率官军很快便占领了安众全城。为表彰李通功绩，曹操入城后即拜他为裨将军，封建功侯，并划出汝南两个县，以任其为安都尉。

再说张绣、吕公见曹操所率官军已破安众城，料知一时夺回无望，于是便赶往安众城东北淯水支流的安众港，与那里的王威所率官军一道，共同据守，以防曹操所率官军从那渡水北返。时与张绣、吕公和王威交战的许褚和于禁见此，料知夺取安众港无望，于是便收兵入城，向曹操复命去了。

前面说过，曹操攻占安众城不是为了长期占领，而是欲打通北返通道。因而此后不久，便准备出城突破安众港，从遮山北返。张绣虽也料到曹操意图，但没料到会如此之快。因此，便放松了警惕。不久后的一日黄昏，张绣率所部官军正在水中嬉笑玩耍，忽然安众城东城门大开，曹操、曹仁、许褚、于禁和李通各率一路官军，飞一般冲出，猛地向他们杀来。他们不备，竟被杀得喊爹叫娘，四散而逃。于是曹操等所率官军未费吹灰之力，便渡过了安众港，并按原计划直向正东的遮山赶去。令曹操未料到的是，在安众港与遮山沿途有不少张绣所部官军伏兵。他们以逸待劳，神出鬼没，据险出击，令曹操等一干人马防不胜防，前进不得。曹操无奈，只得传令全军走走停停，停停走走，首尾相顾，倒还大事无虞。同时，曹操还下令在夜里掘险为地道，让辎重先行，并令许褚和于禁所率先锋官军断后，以防张绣所部官军追杀。张绣闻报，以为曹操率所部官军败逃，便欲挥军紧追。时贾诩却坚决反对道："不可追也，追必败！"

张绣对贾诩之言不以为然，并立刻挥军从后紧追。没追多远，便被曹操等所率官军精锐伏兵杀得抱头回窜。待曹操等所率官军越过遮山，贾诩才鼓动张绣挥军随后追杀，并道："赶快追击，再战必胜！"

时张绣已被曹操等所率官军伏兵杀怕了，早已胆战心惊，哪敢挥军再从后追杀？并不禁问贾诩道："不用公言，以致于此。今日已败，为何复追呢？"

"兵势有变，再追必利！"

张绣闻贾诩言，不禁恍然大悟，并忙纠合散卒，再行大战，果然大胜。战后张绣又问贾诩道："我以精兵追杀曹操、曹仁、许褚、于禁和李通所率退军，先生曰必败；我军退下后又用败军追杀曹操等所率胜兵，先生曰必胜。战后果如先生所言，何其反而皆验呢？"

贾诩待张绣言毕便笑道："其理是：将军虽善用兵，但非曹操对手。曹操等所率人马方退，曹操必会亲自率领人马断后；我追兵虽是精兵，亦不能敌。彼士气旺盛，故知我必败。曹操率军攻将军无失策，是力未尽而退，内部必有原因；他已破将军，必轻军速进，并留部下诸将断后，他们虽勇，亦非将军敌，故虽用败兵而战必胜。"

张绣闻言，不禁佩服贾诩不已。

至此，曹操三征张绣虽未消灭张绣，但从此张绣也只好回军穰城，不敢北犯。

此时值建安三年五月末。

同年七月，曹操率领官军顺利回到许都。

一日曹操在曹府与荀彧闲聊时，荀彧问曹操道："主公前时在征张绣途中来信与我说张绣军必败，是何道理？"

"敌军断我退路，与我处于死亡境地的军队作战，我是以知胜呢。"

荀彧闻曹操言，不禁恍然，认为曹操真是神机妙算，并对他佩服有加。

随后一日上午，曹操在曹府正与左右文武商议如何清除许都附近之敌时，忽见一探子飞一般跑来气喘吁吁地向他报道："袁术与吕布狼狈为奸，联合攻破了刘备防守的小沛！"

第四十二回　平安众张绣败回穰县城　破下邳吕布殒命白门楼

曹操闻报大惊，忙问探子道："刘备人现在何处？"

"小的亦不知晓。"

"务必打探清楚，不得有误！"

探子闻曹操言，自然不敢怠慢，忙转身飞一般跨出大门，按曹操方才所言行事去了不提。

须知，袁术与吕布为何要联合起来攻刘备小沛呢？原来在建安三年春，吕布使人携金子到河内郡买马时，途中被刘备部下所截获。吕布闻报大怒，欲发兵攻打刘备，以便夺回那些金子，但因慑于曹操之威而迟迟未敢行动。正在这时，兵败陈国后的袁术北上青州路经下邳。为壮大实力，在下邳的吕布便拉拢袁术联合攻打刘备。时袁术虽已惨败，却毫不甘心，并欲东山再起，再享九五之尊。于是便不计与吕布之仇，派部将张勋和张范联合吕布部将高顺和张辽率军攻打刘备小沛。刘备不防，竟被打得弃城而逃，连妻室也被高顺和张辽俘获了去。

再说曹操待探子走后即问在场者道："近敌强者，莫过于袁绍和吕布。而他俩之中，吕布反复无常，为害最大。故我欲先发兵击之，如何？"

在场者闻问，大多认为刘表与张绣未灭，若击吕布，刘表与张绣随时都会乘机从后袭扰。因此，其势甚为危险。对此，曹操未置可否，并特意问荀攸道："公达以为他们之意若何？"

荀攸闻问，遂沉思片刻答道："在下以为刘表和张绣新败，势不敢动。袁绍虽强，然其后有公孙瓒之扰，一时不会向我挑战。而骁勇的吕布虽与袁术有仇，但他俩眼下又互相勾结，狼狈为奸，无恶不作，攻击刘备小沛便是一例。不仅如此，有朝一日他俩还会纵横淮、泗之间。倘若那里的豪杰再响应他们，其势不可小视。因此，应趁他俩眼下初叛，众心未一之际，发兵击之，定可大获全胜。在下管见，不知主公意下如何？"

曹操认为荀攸言之有理，遂道："公达之言正合我意。"

言毕不待多想，便传令驻守陈留的济阴太守夏侯惇率五千官军步骑，前往夺取小沛。夏侯惇得令后，遂忙以部将韩浩为先锋，他率军随后，连夜向东南方小沛杀去。

　　须知，曹操何故不派在场者，而传令远在陈留的夏侯惇攻取下邳呢？原来当年张邈背叛曹操迎吕布时，夏侯惇曾率官军轻骑赶往兖州援救曹操家眷，并在途中与吕布相遇。经一番激战，吕布及其人马不敌。无奈，只好转而突袭夏侯惇的濮阳城。因此，吕布虽然勇冠三军，但却惧怕夏侯惇几分，而吕布部将高顺和张辽自然更惧怕夏侯惇了。因此，曹操认为夏侯惇攻打小沛定能旗开得胜，马到成功。这便是曹操派夏侯惇率军前往收复小沛的原因。

　　却说夏侯惇所部先锋官军将领韩浩，当年在故乡河内郡就勇聚徒众为县藩卫拒寇。河内太守王匡当年因此以他为从事，并令他率领讨董盟军拒董卓所率讨逆官军于盟津。时韩浩舅舅杜阳为董卓辖区河阴县县令，董卓于是遣人逮捕了杜阳，并叫他招降韩浩，然韩浩却不从。袁绍闻之，大喜，并以他为骑都尉。后夏侯惇闻其名，请与相见，大奇之，遂让他领兵随从征伐，并成其部下一员勇不可当的战将。因此，韩浩现在也不把高顺、张辽、张勋和张范放在眼里。由于夏侯惇和韩浩皆轻敌，因而他俩率领官军先后到达小沛城西门时，以为城池唾手可得，便不顾长途行军疲劳和不察看地形，便挥军猛地攻城。谁料高顺、张辽、张勋和张范所率守城官军早有防备，结果攻了许久，也未越城池一步。对此，夏侯惇不禁大怒，遂便身先士卒，猛地向前冲杀，意欲一举攻开城门，杀进城去。方冲出不远，忽然马失前蹄，险些将他甩下马来。随后的韩浩及其他将士见此，大惊，忙拍马上前扶住他向后退去。高顺、张辽、张勋和张范见此，大喜，欲挥军出城随后追杀。时吕布怕他们中计，便上前予以制止，于是方才罢休。

　　曹操在许都闻报夏侯惇和韩浩攻小沛不利，大怒，并忙在曹府召集左右文武到议事厅商议道："吕布这厮眼下本就猖狂无比，再加之刘备前时兵败时，泰山郡臧霸、孙观、吴敦、尹礼和昌豨见势归附了他，因而其势不可小觑。为防不测，夏侯惇和韩浩二位将军后辙，我欲以智胜吕布，即以声东击西之策，扬声进军小沛为夏侯惇报仇，实则经梁国进攻彭城。彭城若破，就切断了敌之下邳与小沛间的联系。如此，就使这两城皆成孤城，然后再分别

第四十二回　平安众张绣败回穰县城　破下邳吕布殒命白门楼

击之，取胜必易如反掌。大家以为如何？"

在场者皆认为曹操言之非常有理，于是便表示赞成。曹操见此，大喜，便忙遣曹洪、于禁和乐进各领一万官军精锐步骑为先锋，经梁国连夜马不停蹄地东向彭城杀去。曹操则以荀攸、郭嘉为军师，率一万官军精锐步骑随曹洪、于禁和乐进所率先锋官军之后跟进。

却说彭城守城主将、彭城相侯谐未料及曹洪、于禁、乐进率领先锋官军来攻，因而疏于防守。待闻报他们所率先锋官军已兵临城下，自然分寸大乱。侯谐不愧是吕布心腹，还是其部下不可多得的智勇双全的战将。待片刻定下神，便传令全城军民不论男女老幼，奋力守城。时曹洪、于禁和乐进自恃兵多将广，不把侯谐所率守城官军放在眼里，于是方赶到城下，便下令攻城，意欲旗开得胜，马到成功，好向随后到来的曹操报功领赏。同时，一雪夏侯惇和韩浩兵败之耻。孰料城上飞石如雨下，直打得他们血肉模糊，喊爹叫娘，掉头飞一般后退。因此，别说攻上城垛，就连城墙根也没挨着。

须知，侯谐所率彭城守城官军和平民百姓何以会如此顽强抵抗呢？原来在兴平元年四月，曹操率领官军进攻徐州陶谦时，杀戮了无数琅琊和东海等地无辜百姓。因此，这些彭城守城官军和平民百姓以为曹操所率官军破城后，也会若屠杀琅琊和东海无辜百姓那样屠杀他们。于是便军民一心，拼命抵御。对此，曹洪、于禁和乐进一时束手无策。最后只好传令停止攻击，待曹操所率大军赶到后再做定夺。就在这时，曹操、荀攸、郭嘉所率官军在梁国巧遇从小沛逃出的刘备、关羽、张飞、刘琰、糜芳、糜竺、孙乾、简雍及其残兵败将，于是他们合兵一处，飞一般向彭城赶来。不久，他们便赶到那里。曹洪、于禁和乐进见了，忙拍马上前不及施礼，便向曹操报告了攻城情况。曹操本以为他们早已破城，只待他来出示安民告示，设宴庆功和嘉奖有功将士就是了。待听了曹洪、于禁和乐进报告后，方知战况不妙，直气得怒目圆睁，半晌无语，待回过神来，方才高声道："为防吕布那厮率军来援，我军必须克日破城。否则，后果不堪设想！"

曹洪、于禁和乐进闻言，方知形势甚为严峻。因而哪敢怠慢，并忙拱手施礼告辞曹操，回去挥军强攻猛打西城门。曹操、荀攸、郭嘉、刘备、关羽、张飞、刘琰、糜芳、糜竺、孙乾和简雍随后也忙挥军猛地攻打城池。须知，刘备所率官军虽是新来乍到，却没受任何伤亡，因而不仅士气很高，战斗力也很强。方出战，便比曹洪、于禁和乐进所率官军猛勇得多，但仍未攻破城池。何也？原来西城门是侯谐亲自坐镇指挥，所率官军皆临危不惧，誓死抵御。尽管后来曹操多次亲临前线指挥，也毫无结果，反而死伤惨重。对此，曹操便没了辙，欲传令后退。荀攸在一旁见此，遂忙对曹操道："敌军之所以拼命守城，皆因怕我军破城后屠城。故依愚见，主公不若亲书一劝降信，明言凡投诚者，嘉奖；凡顽抗者，严惩。城中守敌闻之，必会军心动摇，倒戈来归。那时兵不血刃，便可得城。不知主公意下如何？"

曹操认为荀攸言之非常有理，立刻便叫侍者就地搭设案几，铺开纸张，下马伏身提笔就几上亲书一信，叫一小校立刻射入城中。时城里守城军民开始还拼命抵御，后见曹操和刘备率领大队官军赶到，抵御虽然如前，锐不可当，但却认为城破乃时间早晚而已，遂便没了守城信心，并因此人心惶惶，坐立不安。恰在这时，闻曹操来信劝降，且降者嘉奖，以为这是逃生的极好机会，于是便打开四大城门，争先恐后出城，向曹操和刘备所率官军投诚。片刻工夫，曹操和刘备所率官军没费多大损失，便占领了彭城全城，并生擒了侯谐。时叫人始料未及的是，曹操违背了劝降信所言，竟下令将所有彭城军民斩尽杀绝。于是彭城内外尸骨成山，血流成河，惨不忍睹。

曹操和刘备率领官军占领彭城后，又马不停蹄南向吕布大本营下邳杀去。时吕布不但没下令百倍警惕，加强防守，反而与部下文武在议事厅兴高采烈地达旦宴饮。他们何以会如此呢？原来吕布闻报高顺、张辽、张勋和张范夺了小沛，以为西伐曹操豫州已是事半功成，但他万万没料到彭城已丢失。正在这时，忽见一城门守卒飞一般跑来，边向他拱手施礼边报道："吕将军，曹操和刘备率军从城西门那边杀过来了！"

吕布闻报，不禁吓了一跳，并急切地问守卒道："他们是如何越过小沛与彭城来犯此处的？难道他们长有翅膀飞来的不成，抑或是从天而降的神兵

第四十二回　平安众张绣败回穰县城　破下邳吕布殒命白门楼

神将？"

吕布问毕不待守卒回答，便猛地起身一个箭步上前，若老鹰抓小鸡般提起守卒大声吼道："你这厮眼睛看错了吧！"

守卒见吕布如此凶煞，早吓得魂飞魄散，面无人色，待回过神方才结结巴巴地辩解道："曹操和刘备率领……人马确实已……到城下了。将军上城一看……便知了。"

吕布闻言，先是一愣，随后将守卒狠狠地扔在地下，三步并作两步，飞也似的出门向城西白门楼上奔去。在场的陈宫、许汜、王楷、高顺、张辽、魏续、成廉、李邹、宋宪、高雅、曹性、赵庶、魏越和秦宜禄见此，便忙纷纷放下手中筷盏，起身飞一般随吕布而去。片刻，他们便到达那里。时吕布还未站稳脚跟，就举目朝城下一看，果如守卒所报。对此，他不禁惊得目瞪口呆，不能言语。半晌，方才疑惑地自问道："曹操这厮诡计多端，可能是绕道而来。而刘备这厮率领所部人马不是弃小沛逃走了吗？怎么现在也来到这里了呢？"

时站在吕布身后的陈宫闻言，忙转身上前对他道："在下方才得报，彭城已被曹操这厮所率人马攻破了。不过彭城虽失，小沛还在高顺、张辽、张勋和张范手中。倘若我军固守下邳，与小沛守军遥相呼应，前后夹攻，将曹操和刘备率领所部人马逼进孤立的彭城出不来，再围而歼之便易如反掌啊。"

吕布闻陈宫言，仿佛感到曹操和刘备率领所部官军已被围在彭城，只待他吕布率军去歼灭。于是不禁大喜道："公台之言正合我意呢！曹操和刘备所率人马是远道而来，疲惫已极。我若趁此开城出击，不费吹灰之力，彭城便唾手可得！"

言毕不待与他人商议，便出门飞一般下城，点起一千官军劲骑，从城西门冲出，直向曹操和刘备所率官军营寨杀去。

须知，曹操和刘备率领所部官军虽是远道而来，疲惫不堪，却是有备而来，士气旺盛，军心振奋，大有一举拿下下邳、擒杀吕布之势。因而接战厮杀了许久，主动出战的吕布所率官军劲骑不但未占着上风，其猛将成廉反还成了俘虏。对此,曹操和刘备自然大喜不禁,并立刻不约而同地挥军直向下邳城下杀来。吕布见此,非常惊慌,忙带着残兵败将回城不出。此后不久,吕布感到守城无望,便欲出城请降。陈宫闻之,遂忙对他道:"不若留下张勋和张范守小沛,迅速调来高顺和张辽加强这里防守,方为上策。"

吕布认为陈宫言之有理,于是立刻传令高顺和张辽迅即率领官军赶来下邳。高顺和张辽接到传令后,自然不敢怠慢,立刻便率领官军离开小沛,飞一般向下邳赶来,不久便赶到了西城门外。在那里的曹洪见此,便欲上前迎战,时曹操却拍马上前制止道:"不若将他们放进城去。"

曹洪闻言,遂不解道:"那无异于使敌如虎添翼呢!"

曹操闻言,遂笑道:"将军只知其一,不知其他。须知,倘若我军一举将高顺和张辽所率之敌歼之,那当然好。怎奈他俩乃勇冠三军的猛将,恐一时难于制服。如此,他们必驻军城外,这就使我军陷于城内外夹击之势。如此,其后果不堪设想啊!倘若将其放进城内,他们势必龟缩城中。这样一来,我们就将他们全部围在城内。待其粮草耗尽,军心涣散时,我军再攻之,便易若瓮中捉……"

不待曹操言毕,曹洪便明白了,并道:"还是主公明见啊。"

随后,曹操便传令其所部官军闪开一条大路,让高顺、张辽所率官军入城。待他们方才进城,曹操便传令其所部官军奋力攻打,大有一鼓作气拿下城池方才罢休之势。孰料攻打了许久,也无结果。对此,曹操不禁非常着急,回到中军大帐后,意欲传令撤军。荀攸和郭嘉闻之,急忙赶来异口同声劝解道:"吕布勇而无谋,今之战皆败北,锐气已衰。三军以将为主,主衰则军无奋意,而陈宫有智而迟。今及在吕布气之未复,陈宫谋之未定,若急攻之,城池可拔,吕布亦可擒。"

曹操认为荀攸和郭嘉言之有理,遂便传令全军继续攻城。同时,荀攸和郭嘉还建议引沂、泗二水灌城。曹操亦认为他俩建议有理,于是便令两千官军工兵趁月黑风高之际,悄无声息前往沂、泗二水岸边挖掘渠沟,引水灌城。于是城内便成一片汪洋。睡梦中的吕布所部官军无备,结果被淹死的不

第四十二回　平安众张绣败回穰县城　破下邳吕布殒命白门楼

计其数。醒来者侥幸爬到高处的，却惊慌失措，不知如何是好。在白门楼睡得正香的吕布惊醒后闻报城被淹灌，不禁大惊失色，便对部下一军士道："曹明公方到时便来信与我陈说祸福，我未纳之。今果败，我当前往向他自首。"

在吕布身后的陈宫闻吕布言，忙上前劝止道："逆贼曹操，何等明公！今日降之，若卵投石，岂可得全呢？将军难道忘了，袁公路兵败曹贼于陈国，对曹贼亦有深仇大恨。若求之，必遣军来救。"

吕布认为陈宫之言非常有理，于是便改变了主意，忙令许汜和王楷出城向袁术告急求援。许汜和王楷得令，当即启程上路，连夜快马加鞭，很快便赶到了袁术处，向他转达了吕布之意。袁术闻之，却大算旧账，并对许汜和王楷大怒道："吕布这厮前时不仅不与朕女，还出城纠合杨奉和韩暹攻击朕。因此，理自当败，为何又来求朕？"

许汜和王楷闻言，忙异口同声道："明上今日不救，吕布必破，吕布既破，明上亦破啊！至于吕将军送女，绝不成问题。"

袁术闻言，遂不置可否。但事后只扬言出兵，实则按兵不动，仅作壁上观。对此，吕布以为袁术不信他真会送女与他。于是便在一个夜深时分，以绵带裹绑爱女于背上，骑马出城亲自送与袁术。时曹操和刘备所率官军是日夜轮流巡视，因而吕布方出城便被他们发现，并一齐放箭将他射回。结果吕布求救袁术出兵便泡了汤，于是便欲纳陈宫之意，令陈宫和高顺守城，他则率领官军骑兵出城断绝曹操所率官军粮道，以便逼其撤军，并回家将此意说与妻子，听听她的意见。孰料其妻闻后却表示反对，并劝阻道："将军此时自出断曹公粮道，陈宫和高顺不和，将军一出，他俩必不同心共守城池，如有蹉跌，将军当于何自立呢？愿将军谛计之，不为陈宫等所误啊。妾昔在长安，已为将军所弃，赖得庞舒私藏妾身罢了，今不须顾妾了。"

吕布闻言，立刻便没了主意，并回到白门楼独自坐在虎皮椅上闷闷不乐。陈宫在家中闻之，忙赶来对他道："吕将军须知，曹公远道而来，势不能久。若将军以步骑出屯，为势于外，我率其余将士闭守于内，若敌向将军，我引兵而攻其背。若敌来攻城，将军为救于外。不过旬日，敌军粮草必尽，击之可破啊。"

吕布认为陈宫所言非常有理，于是忙便起身出门下楼回家，欲与妻告辞点兵出城。时其妻却道："昔曹氏待公台如赤子，犹舍而来。今将军厚公台不过于曹公，而欲委全城，捐妻子，孤军远出，若一旦有变，妾岂得为将军之妻呢？"

吕布闻言，连连点头称是，于是将陈宫之言置于脑后。陈宫闻之，只是摇头叹息，却无丝毫叛逆吕布之意。但吕布所部其他臣僚却与陈宫不同，因为吕布虽然勇冠三军，却常猜忌和不信任他们，而他们对吕布那忘恩负义、反复无常的本性也非常不满。同时，对吕布东拼西杀多年，却败多胜少也非常不满。因此，这次曹操和刘备所率官军围攻下邳不到一月，且城中粮草充足，吃穿不缺，守城应无问题。但他们却不齐心协力奋力守城，反还萌发了叛逆吕布之心。其中侯成尤为积极。究其原因，乃当初侯成送客人战马十五匹，谁料客人欲将其送与驻守小沛的刘备。侯成闻之，大怒，忙率骑兵前往追赶，并将所有马匹追回。其他将校闻之，皆赶来庆贺。对此，侯成自然非常高兴，并酿酒六斛，猎猪十头，欲与大家共饮食，以为共贺。出于遵上之礼，在饮食之前，侯成亲自持半头猪和五斗酒敬献给吕布，并跪伏于地施礼道："承蒙将军之恩，逐回所失马匹，诸将皆来相贺，我亲酿少量酒和猎得些猪，但未敢先饮食，特先奉上敬意，请纳之。"

谁料吕布却不领情，并勃然大怒道："我早宣布禁酒令，你这厮却置其脑后于不顾，与他人共饮食做兄弟，欲共谋我不成？"

侯成闻言，直吓得全身发抖，不敢再言，并忙将酒、猪皆送他人。自此，侯成对吕布便有了成见。现在见下邳危在旦夕，于是便与宋宪和魏续结成一帮，寻机擒拿吕布，投奔曹操。后因慑于吕布力大艺高而不敢轻举妄动，于是便改变主意，擒拿陈宫。因为他们认为，陈宫乃吕布主谋，没了陈宫，吕布便没了辙。也就是说，拿下陈宫就等于擒下了吕布。

一日傍晚，陈宫与高顺到侯成、宋宪和魏续所率官军驻地巡视，见其军纪松散，士气低落，且还有逃跑之意。对此，他俩不禁大怒，并狠狠训斥了

第四十二回 平安众张绣败回穰县城 破下邳吕布殒命白门楼

他们一番。时侯成、宋宪和魏续认为这是擒拿陈宫和高顺的极好机会。于是他三人便乘陈宫和高顺不备之机，一拥而上，将其捆了个结实，并立刻押着直向曹操所率官军西寨门飞一般奔去。曹操闻之，大喜过望，并忙带领左右文武前往那里相迎。

吕布在家中闻报陈宫和高顺遭遇后，自然怒不可遏，在大骂了侯成、宋宪和魏续一番后，又专门大骂了魏续一番。须知，吕布何以要专门大骂魏续呢？原来魏续性情温顺，口乖嘴甜，深得吕布喜欢，遂成了其心腹和爱将，并从他那得了不少赏赐。谁料魏续却恩将仇报，在此危难之际背叛了吕布，吕布岂会不专门大骂他呢？

随后，吕布怕侯成、宋宪和魏续投向曹操后会引军前来攻城，于是便忙离家带领左右飞一般赶到白门楼，亲自坐镇指挥所部官军抵御曹操所率官军来攻。时侯成、宋宪和魏续虽未引曹操和刘备所率官军来攻，但曹操和刘备却挥军以排山倒海之势不停攻城，大有不破城池誓不罢休之势。吕布见此，大惊，料知再守无益，于是便徒步下城投降了曹操。吕布所部官军将校许汜、王楷、张辽、成廉、李邹、高雅、曹性、赵庶、魏越和秦宜禄本欲拼命死守，但见城池将破，吕布已降，无奈，只好开城投降。

曹操率军进城出安民告示毕，便与刘备等人登上白门楼审问吕布、高顺和陈宫。第一个被押上来的自然是吕布，随后被押上来的是高顺和陈宫。时曹操先问高顺道："你这厮射伤了我爱将夏侯惇一目，该当何罪？"

方问毕，高顺即理直气壮地高声答道："作战你死我活，射伤夏侯惇之目，何罪之有？只恨未射死他呢！"

在一旁的吕布闻高顺如此言，不禁后悔万分。原来高顺为人清白，有威严、不饮酒、不受贿，所率七百余官兵，号称"千人"，铠甲斗具皆精炼齐整，每所攻击无不破者，故名为"陷阵营"。高顺常劝谏吕布："凡破家亡国，非无忠臣明智者，但患不见用。将军举动，不肯详思，辄喜言误，误不可数。"吕布闻言，自然知道高顺忠贞，但却不肯重用。更甚者，在郝萌反叛吕布后，更疏远了高顺。例如，将高顺所率官兵收回，给了与吕布有内外之亲关系的魏续。在这次保卫下邳之战中，吕布令高顺率领原魏续所率官军，以防其叛。但高顺却始终没有怨言，并率领他们忠心耿耿地坚守城池，直到被擒，且至今还慷慨激昂，临死不惧。因此，怎不叫吕布后悔万分呢？

为报夏侯惇被伤一目之仇，曹操于是不待与他人商议，便在高顺答言后即下令处死高顺。时高顺毫无惧意，并昂首挺胸，大步向刑场走去。

随后曹操得意地问陈宫道："公台，你时常自称智计有余，今日被擒，该当作何解释？"

陈宫待曹操方问毕，便顾首目视吕布道："皆因此人不从我言，以至于被擒。否则，未必如此！"

曹操闻言，未置可否，半晌又问陈宫道："今当该如何处置呢？"

方问毕，陈宫即高声笑道："为臣不忠，为子不孝，死自分也。"

曹操闻陈宫如此言，料知他愿一死，不禁一愣，遂沉思良久又问道："你可一死了之，怎奈你老母将由谁奉养呢？"

"我闻以孝治天下者不害人之亲。老母之存与否，当由明公决定吧。"

曹操认为陈宫言之非常有理，于是不禁连连点头称是。随后又问陈宫道："那么你妻、女将如何安置呢？"

"我闻施仁政于天下者不绝人之子孙，我妻、女存否，亦当由明公决定就是了。"

陈宫方言毕，曹操即不禁叹了口长气，随后便沉默不语。陈宫见此，料知曹操有招降他之意，于是不禁非常着急，并催促曹操道："请明公下令就戮，以明军法！"

曹操确实想招降陈宫，怎奈他死意已决。对此，曹操不禁感到非常惋惜，故在他言毕良久方才下达处死令。陈宫闻令，立刻昂着头，挺着胸，迎着寒风大步向刑场走去。曹操和在场者见此，不禁感慨万千，肃然起敬，曹操还起身依依不舍地目送了陈宫。

陈宫死后，曹操果善待其母、妻终身，并厚嫁其女。这是后话，在此打住。

第四十二回　平安众张绣败回穰县城　破下邳吕布殒命白门楼

时吕布见曹操如此厚爱陈宫，不禁热了眼，认为他吕布不仅武艺高出陈宫许多，地位也不可同日而语，尤其还有诛杀董卓之功，如果说出将来愿为曹操效命，曹操不仅会高抬贵手，饶他一命，说不定还会得到特别重用。但他又不敢肯定曹操会宽待他，于是便心生一计，先探探曹操的口气再说。于是待曹操目送陈宫后还未坐定便笑着问道："我本是自愿投明公的，为何缚我太紧？请稍许放松一点，如何？"

问毕，满以为曹操会令刽子手给他松绑，谁料曹操却冷冷道："缚虎不得不紧呢！"

吕布闻曹操把自己比作兽中之王，以为他吕布眼下虽是其手下败将，但他仍不敢小视自己武艺，并因此以为会受到曹操器重，于是不禁大喜过望，并笑着对曹操道："明公所惧者不过我吕布罢了，我今已服明公，故天下无忧了。倘若明公统领步兵，令我统领骑兵，则天下不难定啊！"

曹操闻吕布言，面上虽不置可否，但却思想到：你这厮投靠丁原杀死丁原；投靠董卓杀死董卓；投奔刘备又反刘备；联合袁术又反袁术。毋庸置疑，是不折不扣的忘恩负义之徒。对我曹操也是忽晴忽雨，忽热忽冷，没个定准。这种家伙，不仅前世绝对没有，恐怕后世也难出现。因此，我岂敢招降你这厮呢？不过，你这厮若真能改邪归正，诚服于我，那自然好，毕竟你这厮武艺无人能敌。倘若你这厮忘恩负义的旧病复发，别说我帐下夏侯惇、曹仁、曹洪和许褚等一大批猛将不是你这厮的对手，就是勇冠三军的典韦将军再世，武艺也逊色你这厮许多，到时谁奈何得了你？因此，不趁此除掉你这厮，还待何时？曹操思想到此，便欲责斥吕布一番后，令刽子手将他推出处死，然转而思想到：吕布这厮虽然罪恶滔天，罪不该赦。但他毕竟亲手诛杀了罪恶滔天而天下人欲诛之却未能诛之的董卓，为汉室除了一大害，说起来也是有功之臣。倘若被我杀了，他人必会视我曹操为只记其非，不见其是的平庸之辈。更重要的是，像吕布这样闻名天下的猛将，眼下又主动降我，我若不留他，将来那些有过的猛士勇将谁敢投我呢？曹操思想到此，便欲收降吕布。时曹操转而又思想到：留下吕布这厮毕竟是凶多吉少，还是趁此除了方为上策。当然,最好是借他人之口诛杀,以便嫁祸于人。这样既杀了吕布,又博得了仁义美名,何乐而不为呢!不过,借谁的口杀吕布最好呢?经一番苦思冥想,终于想到借刘备之口最好。因为刘备本是吕布恩人,吕布却多次夺取他的地盘,并俘获其妻室。因而刘备对吕布之恨之深是可想而知的。若借刘备之口除掉吕布,不仅理想,也万无一失。曹操思想到此,不禁非常得意,并笑着问坐在身旁的刘备道:"玄德弟以为当如何处置吕布这厮呢?"

吕布闻曹操如此问刘备,料知他还没确定杀他之意,于是不禁非常高兴。同时,还以为刘备会劝说曹操手下留情呢。于是便对刘备以乞求的目光,并道:"玄德弟,你今日为座上客,我为阶下囚,然好歹我曾射戟为你解难,你难道不能为我向明公求得一命?"

时刘备并不理会吕布方才所言,并忙转身问曹操道:"明公难道忘了吕布如何对丁建阳与董仲颖了吗?"

刘备方才之问,是在提醒曹操,吕布是个极端忘恩负义之徒,今日不除,有朝一日他会恩将仇报,叫你曹操落得个和丁原、董卓一样的下场。

须知,刘备之所以如此言,除了提醒曹操勿忘丁原和董卓下场外,更在于为他自己打算。因为他清楚地知道,诡计多端、阴谋狡诈的曹操帐下如果有打遍天下无敌手的吕布,便若如虎添翼,更不可一世了。显然,这对我刘备将来的发展极为不利。因此,现在不借曹操之手除掉吕布,还待何时?那么刘备为何不直言诛除吕布,而是以丁原和董卓的下场提醒曹操应杀吕布呢?原来刘备此时早料到曹操本有诛杀吕布之意,只不过想借我刘备之口说出来,让我刘备背上诛杀吕布的恶名罢了。因此,诛杀吕布的决定还是让你曹操亲口说出吧。我刘备岂会上你曹操的当?而吕布呢,本是个四肢发达、头脑简单、不谙世事的大草包,没料到这时他居然也听出了要杀他的不仅有曹操,还有刘备。但他认为,我吕布一向与曹操为敌,他有杀我之心倒还合情合理,而你刘备就不同了,当年要不是我射戟解你刘备之危,哪还有你刘备的今天?因此,吕布待刘备方问毕,便破口大骂他道:"你这大耳朵家伙,

第四十二回　平安众张绣败回穰县城　破下邳吕布殒命白门楼

是最不讲义气的了！"

曹操闻吕布大骂的是刘备而非自己，以为嫁祸于刘备的目的已经达到，不禁暗喜，并忙挥手示意刽子手将吕布推到白门楼下处死。时刽子手不知以何种形式行刑，于是便问询曹操。曹操认为吕布毕竟是杀董功臣，得以轻刑处之。于是便令刽子手动用勒刑，即用绳索勒死吕布，以保全尸。须知，吕布身高力大，刽子手用了九牛二虎之力，方才将他勒死。

随后，曹操又令将此前处死的高顺和陈宫的头颅割下传往许都示众。因曹操所率官军将校怕吕布死尸复活，便向曹操建议，也将其头颅割下，同高顺和陈宫的头颅一道传往许都示众。曹操认为他们建议有理，于是吕布最终也未逃脱身首异处的命运。

但曹操特别器重张辽，因此当即拜他为中郎将，赐爵关内侯。吕布所部将校许汜、王楷、侯谐、成廉、李邹、高雅、曹性、赵庶、魏越和秦宜禄见曹操爱憎有别，是非有分，于是皆诚服曹操。对此，曹操不禁大喜，当即便对其加官晋爵，按能力大小予以重用。即使因吕布战败刘备、夺取小沛后见势转向吕布的那些文武，曹操也大加赏赐，一一重用。例如：臧霸被拜为琅琊相，昌豨被拜为东海太守，孙观被拜为北海相，孙康被拜为任城太守，吴敦被拜为利城太守。还有在此特别值得一提的是，当年曹操的别驾、东平人毕谌的母、弟、妻被张邈反叛时劫持。对此，曹操深表同情，并让毕谌离开自己到张邈处。当时毕谌直感动得泪流满面。谁料毕谌一去不返，并转而投奔了吕布。这次毕谌被擒，人们以为曹操不会放过他，但曹操却说毕谌能孝其母必能忠君，而拜其为鲁相。至此，经过多年血战，曹操在刘备的配合下，终于消灭了以吕布为首的这股原丁原所部和原董卓所部军事势力，占领了徐州。

此时值建安三年十二月上旬。

须知，徐州本是徐州牧陶谦当年临终时让与刘备的，是吕布从他手里夺了去，因而时之刘备以为，既然吕布已诛，被夺回的徐州自然就应归还给自己。看官欲知徐州是否归还给了刘备，请看下回分解。

第四十三回

董刘种吴王密盟诛曹操
司空左将军饮酒论英雄

却说刘备正喜滋滋地想着如何接收徐州事宜时,曹操却道:"现吕布既除,车胄可为徐州刺史,并率军驻守下邳,其余皆随我回许都。"

车胄闻言,自然大喜不禁,并忙起身上前拱手施礼致谢。刘备对曹操的决定自然没料到,并怒不可遏,但面上却如没事一般。何也?原来他认为,倘若在此发作,不但于事无补,反还自投罗网,白白送死,并担心关羽和张飞为此生出些乱子。为防不测,待曹操方言毕,便忙起身上前,击掌热烈祝贺车胄高升。时关羽和张飞对曹操的决定确实忿忿不平,并欲与曹操理论,但见刘备所作所为,先若丈二和尚,摸不着头脑,随后即心知肚明。为配合刘备,也忙起身上前,击掌热烈祝贺车胄高升。刘备见此,方才松了口气,并笑着向曹操拱手施礼道:"全仰赖明公神威,方才诛了吕布这厮。因此,理应设宴庆贺才是。"

曹操闻言,遂昂首且手抚髯须大笑道:"玄德弟言之有理!"

随后,即传令全军设宴痛饮三日。曹操与刘备的宴几摆在白门楼上。席间,刘备多次举杯祝贺曹操攻破下邳、擒杀吕布之功。对此,曹操自然踌躇满志,得意非凡。

三日宴毕,曹操方才带领刘备及全军出下邳西城门,冒着寒风飞雪,浩浩荡荡西向许都进发。时车胄自然率领左右送了一程不提。

此时值建安三年十二月末。

第四十三回　董刘种吴王密盟诛曹操　司空左将军饮酒论英雄

曹操率领官军回许都后，认为未将徐州归还刘备，也觉有些不妥。为拉拢刘备和安抚其心，于是在一日上朝时上表刘协，迁刘备为左将军。须知，时之左将军位同上卿，金印紫绶，掌管京师兵卫及戍守边隘，讨伐四夷。平时加诸吏，给事中等号，则得以宿卫皇帝，参与朝议，臧否国事，若领尚书事就负责实际事务。可刘备眼下仅任左将军一职，其他全无。因此，刘备这个左将军职位看起来非常显赫，实际上是虚职。对此，刘备自然是心知肚明。尽管如此，刘备还是显得非常高兴，并忙出班伏身连连高呼"谢皇恩"。随后，即起身向曹操拱手施礼道："多亏明公栽培，在下方有今日。今后定以死相……"

不待言毕，早已是泪流满面。曹操见此，遂被刘备所感动，并道："左将军何必这般客气呢？全赖皇上英明啊！"

曹操言毕片刻又对刘备道："只要我俩精诚团结，何愁天下群凶不灭！"

"明公扫除天下群凶之志，路人皆知。在下愿听从明公驱使。"

曹操闻刘备如此言，自然大喜不禁。随后，曹操便抛开刚才话题，若有所思地对刘备道："我早闻左将军与皇上同宗同族，但不知谁的辈分高，何不趁此道来让皇上和我听听。"

刘协闻曹操言，遂饶有兴趣地对刘备道："朕也早闻左将军与朕同宗同族，辈分孰高孰低，道来无妨。"

谁料刘备这时从怀中取出一卷黄色绢制物，上前双手呈与刘协。刘协展开一看，原是刘备家谱，于是便仔细翻看起来。方看毕，便对刘备道："左将军原乃朕高祖第二十一代孙、景帝第十九代孙。朕乃高祖第十六代孙、景帝第十四代孙。左将军虽比朕低五个辈分，但左将军比朕年岁大，朕就称你刘皇亲吧。"

刘协言毕还思想到：刘备辈分虽低，但毕竟与朕是同宗同族。在这兵荒马乱的年月，朕多一位同宗同族的重臣，就多一股振兴汉室的力量，更别说朕身边这位手握重兵的同宗同族的重臣刘备了。刘协思想到此，于是又对刘备道："刘皇亲既然与朕是同宗同族，那便是朝廷股肱。因此，朕希望你以后与曹司空同心并力，为振兴汉室效力。"

刘备闻刘协言，不禁激动万分，待刘协方言毕，便掷地有声道："扫除群凶，振兴汉室，乃臣之终生宏愿啊！"

刘协闻言，自然非常高兴，并嘉言了刘备一番，方才宣布散朝。

曹操回府后，一直茶饭不思，坐卧不安。何也？原来他当初在刘协面前关问刘协与刘备的辈分高低，只是出于好奇。孰料刘备这厮带着家谱，不仅叫刘协认了同宗同族，同时还认为他是朝廷股肱。更气煞人的是，还称他为刘皇亲。这称呼一旦叫开，刘备自然便身价百倍。如此一来，后果将不堪设想。再者，当朝皇室同宗同族虽然不少，如荆州牧刘表、益州牧刘璋之辈。但刘备却与他们不同，刘备虽然眼下实力不如刘表和刘璋，但却有高超的理政治军之术，更为要命的是，他就在刘协身边，不仅对朝政有极大的影响，还严重影响到我曹操挟天子以令诸侯。因此，直后悔当初不该将刘备带到许都。但随后转而一想：届时找个借口将刘备打发出许都就是了，甚或强加他个罪名，除掉也可。于是曹操心情也好了许多。

刘备回府后，心情也不平静，并召关羽、张飞、刘琰、糜芳、糜竺、孙乾和简雍前来，将他这些日子对曹操的不满向他们道了一番。时刘备道："我等出生入死助他曹操攻破了下邳，杀了吕布，除了他心头之患。孰料他却趁此抢夺了我徐州。为怕天下人耻笑他贪得无厌，他今日在皇上面前表我为有职无权的左将军。可见其狡诈非同一般，不知大家有何良策应之？"

大家闻言，自然非常气愤，但一时又无良策可出。良久，关羽方大步上前怒吼道："待我寻机非杀了曹操这厮不可！"

"关将军须知，许都到处是曹操爪牙和耳目，稍有不慎，便会……"

张飞不待刘备言毕，便忙问他道："依主公之意，该如何是好呢？"

刘备见大家想不出个良计妙策，不禁非常丧气。为鼓舞斗志，刘备待张飞方问毕便道："关、张二位将军不必多虑，待时我自有道理。再者，曹操带我上朝当着皇上和文武百官的面认了我这个皇室同宗同族，也算没白来一趟许都。"

第四十三回　董刘种吴王密盟诛曹操　司空左将军饮酒论英雄

　　刘备言至此，脸上不禁浮出了一丝笑容。在场者见此，怒气也消了许多，但对曹操的仇恨却与日俱增。不过，他们这些言行别说他人，就连在许都城内外布满了密探的曹操也毫不知晓。但有一人却打探得一清二楚。他不是别人，乃车骑将军董承。大家知道，董承乃刘协养育人董太后亲侄，因董卓进京（雒阳）拥刘协为帝，并毒杀了毒杀董太后的何太后。为了感激，于是董承便投靠了董卓，并在董卓女婿牛辅手下任职。董卓被杀后，朝中公卿怂恿白波谷黄巾军大帅杨奉与原董卓部将李傕闹翻，董承于是便离开牛辅，参与到护送刘协东归的行列。前面说过，此前曹操派曹洪率领官军西上迎奉刘协东归时，董承以为曹操与董卓、李傕和郭汜无异，迎奉刘协动机不纯，于是便联合袁术所部官军据险阻拦曹洪所率官军，致使曹操迎奉刘协计划遂成泡影。对此，曹操至今耿耿于怀，只是找不到借口报复罢了。不久，董承与白波谷黄巾军大帅杨奉闹翻了脸，因不敌他们才转向曹操，因而董承与曹操一直面和心不和。对此，刘协自然心知肚明。为使董承抑制军权过重的曹操，刘协没与朝中大臣，特别是没与曹操商议，便下诏将董承由卫将军迁升为职掌朝中最高军事大权的车骑将军。这样一来，曹操那行车骑将军就被置于董承那车骑将军之下了。对此，曹操自然大为不满，只是没机会发作。曹操这种心思，董承自然早已料到。为防不测，于是一不做，二不休，决定效当年王允诛除董卓故事，密谋诛杀曹操。但时之董承深知，王允诛杀董卓成功，是因王允利用了董卓凉州势力与吕布并州势力之间的内讧之便。眼下自己虽为车骑将军，却没可用的人马，加之许都上上下下、内内外外皆是曹操的心腹和爪牙，哪有机可乘？为此，董承终日茶饭不思，坐卧不安。后来董承突然想到：不若联络他人盟杀曹操，方为上上之策。但曹操周围随时刀枪林立，戒备森严，有谁敢冒这天下之大险呢？正在这时，忽见一贴身家仆匆匆进来，不及向董承施礼即对他低声耳语道："将军这些时日所思所虑奴才皆晓呢，为了给将军排忧解难，我特意从他人那里打探到有人对曹操心有怨恨。何不联络他……"

　　"谁？"

"刘皇亲。"

"你怎知晓？"

"我有一同乡在刘皇亲府邸谋差，是他……"

不待家仆答毕，董承便认为其言可靠。但家仆并没道出刘备为何对曹操有怨气，于是又问道："刘皇亲何以要怨恨曹操呢？"

"他未告知奴才。"

董承闻答，甚感失望，并欲叫他前往打探刘备怨恨曹操的原因。但转而一想：倘若家仆不慎走漏风声而让曹操知道，别说刘备，就是自己也吃不消。因此，便决定他自己亲见刘备，以便探出怨恨原委再做定夺。

此后不久的一日下午，董承便派特使前往刘备府邸邀请刘备。特使奉令出发后，董承便一直站在大门口等待。孰料两眼望穿，也没见着刘备影子。对此，董承不禁非常着急。正在这时，忽见刘备在特使的引导下，正大步向这边走来。董承见了，遂忙上前相迎。相见礼毕，刘备便在董承带引下，说说笑笑进了客厅。

须知，刘备何以姗姗来迟呢？原来他方闻董承之邀时，认为董承与他素无交往，倘若贸然前往，万一遇有不测咋办？后经与简雍和孙乾商议良久，方才决定冒险前往一探虚实再说，因而耽误了些时间。董承见刘备虽然晚到，但毕竟如邀而至，自然大喜，并忙设宴热情款待。席间，刘备只管饮酒进食，从不问为何邀请他。董承也不问刘备什么，只是一个劲地劝刘备饮酒进食。酒过三巡，董承方才起身将刘备引入密室坐定，并久久斜视刘备不语。董承何故如此呢？原来他在观察刘备是否值得信赖。时刘备也斜视着董承不语，因为他不知董承葫芦里卖的到底是什么药。良久，董承确信刘备乃善良稳重之辈，方才放心大胆地问道："有人言刘皇亲对曹司空有些怨恨，何也？"

刘备闻董承如此问，随即吓得目瞪口呆，脸色发青，并思想到：莫非我身边隐藏有董承密探？半响，方才结结巴巴地答道："曹司空为我打败……吕布那厮，又表我为……左将军，我感谢……都来不及，岂会有怨恨呢？"

第四十三回　董刘种吴王密盟诛曹操　司空左将军饮酒论英雄

　　董承闻答，不禁感到非常尴尬和害怕，不知是家仆所言有误，还是刘备没说实话。并猜想到：吕布被诛后徐州本该归还刘备，但眼下却被曹操占了去。因此，刘备对曹操应有怨恨才是。不过，这只是猜想而已，不能认定。于是便以试探的口吻问道："刘皇亲失去徐州，难道没怨恨么？"

　　董承所问，自然戳到了刘备心头，于是不禁一愣。但谨慎有余的刘备并未立刻作答，而是若无其事。对此，董承不禁急了。正在这时，刘备忽然叹了一口长气。董承见此，便断定家仆所言属实，不禁大喜不已，并壮着胆子问道："难道刘皇亲就甘心白白失去徐州吗？"

　　时刘备仍不作答，随后董承又问道："天子六出董贼虎口，又入曹贼狼窝，真不幸啊！你是皇亲，我是国戚，难道就忍心……"

　　刘备是方到许都，对于曹操对刘协的所作所为还不甚了解，因而不待问毕便问道："天子六出董贼虎口天下人皆知，然天子又入曹司空狼窝在下闻所未闻，不知当如何讲？"

　　董承闻问，方才醒悟刘备是新来乍到许都，对于曹操这些时日在朝中横行霸道和对刘协不敬之事一无所知也是理所当然。为激起刘备对曹操的怨恨，于是便将曹操这些时日对刘协的所作所为真真假假、假假真真道了一番。刘备本因徐州的归属问题对曹操有怨恨，现在听了董承这番话，不仅怒不可遏，还料想董承有求于他，于是道："车骑将军有何打算，只管道来无妨。"

　　董承闻刘备如此言，遂思想到：刘备所思所想很可能与自己相同，这正可利用他与曹操间的隔阂诛杀曹操。再者，刘备是皇上宗亲，对皇上有深厚的感情，即使他对曹操没有怨恨，也会因维护汉室利益，诛杀曹操。董承思想到此，不禁大喜过望，并掷地有声道："有诏诛曹贼，以谢汉室和天下人！"

　　言毕，还从怀中取出诏书展开让刘备观视。对此，刘备不禁吃了一惊，并忙伸长脖子瞪大眼睛一看，见果是诏书，不禁大喜，并思想到：倘若诛曹成功，徐州自然便回到自己手中。同时，还可博得奉诏诛曹的美名，何乐而不为呢？于是信誓旦旦道："在下愿效犬马之劳！"

董承闻刘备出言如此豪迈，竟激动得不知所以，于是便来个趁热打铁，忙从怀中取出事先备好的绢制"诛曹盟书"展开摆在茶几上，让刘备在上面签名。刘备见盟书上董承名字赫然在目，于是不待犹豫，便提笔在盟书上一挥而就，签下了自己的姓名。董承见此，自然非常激动，并忙转身伸出双手从茶几上端起两盏早备好的血酒，对刘备信誓旦旦道："为诛曹成功，你我赴刀山，下火海，也在所不……"

　　不待董承言毕，刘备早上前从董承右手接过酒盏，掷地有声道："干！"

　　随后，便同董承一道，昂首将血酒一饮而尽。末了，刘备方才拜辞董承，若无其事地打道回府。

　　随后，董承又想到了长水校尉种辑、议郎吴硕和偏将军王服。据董承所知，种辑过去既然能与荀攸和郑太等谋诛当年的汉贼董卓，肯定也愿谋诛现在的汉贼曹操。吴硕虽一直受曹操器重，但仍忠于汉室，倘若对他陈说曹操忠汉之心是假，挟天子以令诸侯是真，他也会参与到谋诛曹操行列。至于王服，乃我心腹，只要一声招呼，便会积极参与。倘若联合他三人，诛杀曹操便若囊中取物，手到擒来。

　　一日早饭后，董承便以游览西郊为名，邀约种辑、吴硕和王服一道前往，先试探试探其口气如何。若如他所愿，便立刻邀其在"诛曹盟书"上签名，否则便罢。到西郊后，董承并未带他三人登临名山大川和饮酒赋诗，而是就地铺上锦帛，摆上美酒佳肴款待他三人。对此，他三人便若丈二和尚，摸不着头脑。直到酒过三巡，董承才若有所思地问王服道："王将军以为曹司空为人如何？"

　　王服认为董承所问定有来头，否则岂会如此问。为谨慎起见，他不但未予回答，反还斜视了董承一眼，见他脸露怒色，遂便断定他对曹操极为不满，于是才斩钉截铁地答道："与董卓那厮无异！"

　　董承闻答，大喜，于是又若有所思地问种辑道："种将军以为呢？"

　　"与王将军所见略同。"

　　"吴先生以为他俩所言如何？"

第四十三回　董刘种吴王密盟诛曹操　司空左将军饮酒论英雄

"与王、种二位将军所言毫无二致。"

董承闻他三人言，果如他所料所愿，不禁大喜道："已事半功成呢！"

种辑、吴硕和王服闻董承言，皆不知就里，并异口同声问道："大人方才所言乃何意？"

随后，董承便将邀他三人到此的目的道了一番。他三人闻之，方才真相大白，但并没立刻作答，而是相互对视，默而不语。董承见此，不禁又急又怕。急者，以为他三人之意不是他所料所愿；怕者，以为他三人不但不与他合作，反而还会报告曹操邀功。如那样，一切便完了。不过，事已至此，董承并不甘心，也为弄清究竟，于是便壮胆问他三人道："你们何以沉默不语呢？"

良久，王服方才若有所思道："我与种将军虽为护卫皇宫重地的宿卫军将领，但自天子都许后，属下人马大多为曹操亲信，因而能听从我俩指挥的兵马不多，如何行动呢？"

时吴硕沉思片刻后道："鄙人乃一介书生，不会弄枪舞刀，如何是好？"

董承闻他三人言，方知他们担心的是兵微将寡，力量不足，或非动武之人，而非胆小怕死。大喜，遂胸有成竹道："你们有所不知，还有刘皇亲在外配合，有何惧呢！"

王服、种辑和吴硕闻重兵在握的刘备也愿谋诛曹操，不禁精神为之一振。但转而一想，倘若曹操被诛，其部下那些雄兵猛将岂肯罢休？因此，他三人又相互对视，默而不语。董承料到他三人所思所想，不禁又急了，遂道："郭汜当年仅数百将士，却能大败李傕数万人马。因此，就看我们能否众志成城，万众一心了。更重要的是，我这还有诛曹诏书，只要事成，何愁那些曹操部下不归顺我们呢。"

为证实确有诏书，董承言毕即从怀中取出诏书让他三人一一过目。他三人见诏书是真，胆量自然大增。王服还兴高采烈道："若诛曹成功，董将军便是当年的王允，种将军便是当年的吕布，吴先生便是当年的李肃，我便是当年的士孙瑞。"

大家闻言，无不高兴地连连点头表示赞成。看那情景，好像曹操已被他们杀了一般。董承见此，自然信心十足，并忙从怀中取出"诛曹盟书"，就右大腿上展开，让种辑、吴硕和王服签名。他三人见其上已有人签名，甚为惊异，并忙伸长脖子瞪大眼睛看去，见有董承和刘备姓名，不禁大喜不已。于是便争先恐后咬破自己右手中指，神情凝重地在盟书上签下了各自姓名。随后，他们又纵论了一番天下大事，指点了一番新旧江山，方才兴高采烈地各自打道回府。此时已当日傍晚时分。

却说曹操对刘备到许都以来的言行总感到有些说不清道不明，何也？原来他此前与刘备很少有直接交往，只是从左右文武口中得知他一贯要么沉默寡言，心里做事；要么口是心非，满嘴谎言。对此，曹操一直是半信半疑。现在刘备已来许都，要与自己共事，就得看看左右文武对刘备的看法是否是空穴来风。因此，便对刘备格外多了个心眼，经常派遣暗探盯梢刘备。

一日上午，曹操派了一名心细机灵的小校前往刘府，以邀刘备赴宴为名，以便刺探其言行。小校领令后，自然不敢怠慢，并飞一般徒步向那里赶去，想着尽快探出刘备是否有不轨言行，以便立功受奖。待赶到刘府大门口向门卫说明来意，门卫却告知他不知刘备去向。小校无奈，只好在那里转悠等待。过了许久，也未见到刘备影子，于是以为刘备果有不轨行为，不禁大喜，并欲赶回向曹操禀报领赏，忽见一中年农夫挑着两桶粪水，正急匆匆地向刘府后花园走去。小校以为他是刘府家役，便忙上前向其打探刘备去向。因走得急，竟猛地撞在了那农夫挑的粪水桶上。农夫不防，结果连人带桶摔在地上爬不起来。粪水不仅溅到了农夫身上，也溅到了小校身上。须知，粪水本就臭不可闻，现在溅了出来，散发的气味就更加臭不可闻。对此，农夫倒还不计较，然小校哪里肯依？因此指着农夫鼻子大骂了他一顿，并且还欲上前以拳相加。正在这时，不知从哪钻出一刘府侍童，飞也似的赶来扶起农夫后，指着小校怒气冲冲地道："何故撞着刘皇亲了呢？"

小校闻之，遂忙问侍童道："他就是刘皇亲？"

"正是！"

小校闻答，竟吓得两眼发直，两腿发抖，回过神，忙上前跪伏在刘备身

第四十三回　董刘种吴王密盟诛曹操　司空左将军饮酒论英雄

前鸡啄米似的边磕头边拱手向刘备施礼道："小的有眼不识泰山，罪该万死！"

言毕片刻又问刘备道："刘皇亲伤着了么？"

刘备闻问忙摆摆手道："无妨。方才都怪鄙人不小心，将粪水溅到小将军身上。因此，你何罪之有？"

小校闻刘备如此言，不禁非常感动，认为刘备并非如有些人所说的那样——面善心狠、狡诈异常，而是如另一些人所说的那样——乃仁义之君，遂对他此前那些莽撞言行感到非常内疚和不安，并因此欲向刘备谢不罪之恩，但他转而思想到：我是奉曹操之令前来刺探刘备是否有不轨言行的，岂可感情用事呢。再者，倘若刺探毫无结果，回去如何向曹操复命呢？现在刘备就在眼前，何不趁此问这问那，探得些情况回去也好向曹操交差。思想到此，于是非常礼貌地问刘备道："刘皇亲乃当今朝廷重臣，何故要效仿农夫行事？"

"眼下待在府里无所事事，闷得慌，不如在后花园种些大蒜，一来打发时光，二来可供家用。再者，鄙人当年在故乡织席卖履之余，也种些庄稼菜蔬销售。因而今日所为，不过是重操旧业罢了，不足为奇，不足为奇，不足为奇呢！"

须知，刘备自到许都以来，特别是在"诛曹盟书"上签名以来，时刻都警惕曹操密探监视他的行踪，因此来了个韬光晦迹，乱人耳目之计，即干起时人不齿的营生——种植大蒜。因而小校方才出现，便猜测他可能是曹操派来的密探，便忙迎着小校急匆匆地走过去，有意与他碰个正着，于是便发生了方才那幕情景。

刘备为印证小校到底是否是曹操所派密探，言毕片刻便非常客气地问小校道："敢问小将军在哪家府上谋事？"

"在曹府。"

时小校答毕片刻，遂佯装猛然醒悟道："差点忘了，小的今日是奉曹司空之命前来邀请左将军前往曹府宴饮呢。"

刘备方才所问不仅印证了小校是密探，且还是曹操派来的，于是认为自己到许都以来所实施的韬光晦迹之法是多么必要和正确。但对曹操之邀,却不知如何应对,不禁感到非常不安。随后转而一想,既然被邀,那就不便拒绝。于是待小校言毕便不假思索道:"曹司空相邀,乃鄙人洪福啊!"

言毕,便忙起步向后花园更衣室走去,欲更换衣冠。时小校担心刘备以更衣为名变卦,于是忙上前道:"小的来此等候左将军已久,恐司空大人……"

不待小校言毕,刘备就明白小校之意,因而不禁大喜过望。何也?原来刘备以为,就这身农夫打扮,正中自己韬光晦迹、掩曹耳目之下怀,于是改变更换衣冠之意,立刻转身同小校一道,匆匆向曹府赶去。不久,他俩便赶到了那里。

却说曹操见刘备和小校久久未到,不禁非常着急,并到门口举首瞪目观望。现见刘备和小校到来,大喜,欲上前施礼相迎刘备。刘备见此,忙大步上前拱手施礼道:"鄙人来迟,万望司空大人谅解。"

言毕还不待曹操答言,刘备即问曹操道:"司空大人近日无恙吧?"

"皆安好啊。刘皇亲近来无恙吧?"

"亦安好啊。"

"刘皇亲何故这半天才到呢,且还一身农夫打扮?"

曹操问毕还不待刘备作答,小校便忙上前将此前在刘府后花园所见所闻向曹操道了一番。曹操闻后,不禁哈哈大笑道:"我还以为刘皇亲在……"

刘备生怕曹操说他韬光晦迹,以掩曹耳目。于是不禁急了,不待曹操言毕便道:"鄙人好吃大蒜,故在寒舍后花园种植。"

"左将军已是朝廷重臣,与皇上同宗同族,还种什么大蒜。"

"司空大人须知,鄙人所种大蒜非同一般,皆个大味美,待成熟后,司空大人还得光临寒舍品尝啊。"

曹操闻刘备言,遂抚髯大笑道:"当然,当然。不过在品尝刘皇亲大蒜前,还是先到我府上凉阁品赏品赏杜康酒吧。"

刘备闻曹操此言,料想大事无虞,一颗忐忑的心方才放了下来,并道:

第四十三回　董刘种吴王密盟诛曹操　司空左将军饮酒论英雄

"鄙人无功于司空大人，何故相邀？"

"无刘皇亲之助，我岂能擒杀吕布那厮呢？"

"那都是司空大人用兵如神使然，与鄙人无……"

不待刘备言毕，曹操便拉着刘备左手，直向曹府后院凉阁走去。片刻，便到了那里。凉阁虽然不大，却非常雅致，阁中央石桌上已摆好酒菜，曹操与刘备北、南对坐后，便频频举杯对饮起来。时曹操谈笑风生，甚为欢快。刘备见此，以为曹操真是邀他前来品赏杜康酒，于是便一门心思在那又闻又尝，以便与曹操论该酒优劣。正在这时，曹操突然问刘备道："常言道，乱世出英雄，请问何为英雄呢？"

刘备不防，竟一时语塞，半晌方才放下酒盏答道："鄙人智短，恐难……"

曹操闻刘备答，很不耐烦，于是打断其话语道："那么你以为谁是英雄呢？"

刘备闻问，遂皱起眉头沉思良久方才答道："确实不知啊！不过鄙人当年求学时先生卢植曾教导说，我华夏历史悠久，英雄辈出。有败炎帝于阪泉，斩蚩尤于涿鹿，皆灭天下其他不顺从者，并代神农氏为天子的黄帝。有十岁佐少皞，十二岁称帝，在位七十八年间，踵武前贤，自强不息，于是疆域北到幽陵，南过交趾，西至流沙，东至蟠木；动静之物，大小之神，日月所照，莫不砥属的颛顼。有生而神灵，聪以知远，明以察微；顺天之义，知民之急，仁而威，惠而信，修身而天下莫不服的帝喾。有其仁如天，其知如神；就之如日，望之如云；富而不骄，贵而不舒；能明驯德，以亲九族；九族既睦，便章百姓；百姓昭明，合和万国的尧。有少入大麓，烈风雷雨不迷，已有帝命；既然登位，谋于四岳，辟四门，明通四方耳目，命十二牧论帝德，行厚德，远妄人，则天下率服的舜。有为人敏给克勤，其德不违，其仁可亲，其言可信，承帝舜命而令诸侯百姓兴人徒以傅土，行山表木，定高山大川治洪水；于是九州攸同，四奥既居，九山刊旅，九川涤原，九泽既陂，四海会同，遂使国泰民安的夏禹。有兴义军，征伐昆吾、夏桀、三䰾，俘厥宝玉，于是诸侯毕服，海内平定的成汤。有遵后稷、公刘之业，则

805

古公、公季之法，笃仁、敬老、慈少；礼贤下士，于是天下贤士多归之的周文王。有纣王淫乱，承诸侯败其于牧野，并随后杀妲己，释囚徒，封比干之墓，表商容之闾，续殷商之祀，行盘庚之政，于是周室始建的周武王。有扫六合，驾群才，巡陇西，过回中，上泰山，禅梁父，登琅琊，立石刻，颂秦德的秦王嬴政。有力拔山，气盖世，灭暴秦，封王侯，于是政由己出，称王称霸的项羽。有膺箓受图，顺天行诛，杖朱旗而建大号；所推必亡，所存必固；扫项军于垓下，继子婴于轵涂，且一曰帝尧之苗裔，二曰佳貌多奇伟，三曰神武有应征，四曰明而仁恕，五曰知人善任的我高祖。有王莽作逆，汉祚中缺，天人致诛，六合相灭；于时之乱，生人几亡，鬼神泯绝，壑无完柩，郭冈遗室；原野厌人之肉，川谷流人之血；秦、项之灭，犹不克半；于是乃握乾符，阐坤珍，披皇图，稽帝文，赫然发愤，应若兴云，霆击昆阳，凭怒雷震；遂超大河，跨北岳，立号高邑，建都河洛；绍百王之荒屯，因造化之荡涤；体元立制，继天而作；系唐统，接汉绪的我世祖刘……"

不待刘备言毕，曹操早就听得不耐烦了，并打断其话语问道："刘皇亲能如数珍宝般点出如此众多英雄豪杰，不禁叫人佩服。不过他们早已作古，你以为当下英雄是谁？"

刘备闻曹操如此言，不禁皱眉头，摸脑门，久久无语。曹操见此，不禁非常着急，并催促了几次，刘备方才若有所思道："鄙人孤陋寡闻，恐难……"

曹操以为刘备生怕言错，遂不待他言毕便道："尽管道来无妨。"

刘备闻言，甚觉无奈，只得硬着头皮道："袁术当初诛宦官、反董卓虽有功，但随后不尊汉室，妄自称帝，并因此身败名裂，自然算不得英雄。不过其兄袁绍当初不仅诛宦官有功，又为天下讨董盟主，现又官至大将军、太尉，领冀州牧，持节，总督幽、青、并和冀四州，且谋士众多，战将云集，真可谓当下第一英雄啊！"

刘备以为曹操非常满意他的回答，不禁暗喜。谁料曹操听后却摇头摆手不语。刘备见此，料知他不赞同，于是搔头抓耳沉思良久方道："镇南将军、荆州刺史、武成侯刘表不仅为皇室后裔，且少时便道德高尚，名声远播，为

第四十三回　董刘种吴王密盟诛曹操　司空左将军饮酒论英雄

人尊崇的'八顾'之一。到荆州任上后，运筹帷幄，智平不臣，并南收零桂，北据汉川，地广千里，甲兵十万，境内太平，名士云集，吏民同乐，一片繁荣。此人自然是英雄了。"

曹操闻言，仍摇头摆手不语。刘备见此，料知他又不赞同，于是又摇头抓耳沉思良久道："皇室之胄益州刘璋，秉性虽然懦弱，但能以柔克刚，平息暴乱，稳坐成都，且所辖地域五谷丰登，人丁发达，六畜兴旺。乃英雄呢！"

曹操闻言，仍摇头摆手不语。刘备见此，料知他仍不赞同，于是又摇头抓耳沉思良久道："长沙太守孙坚当初为天下第一讨董先锋，一日连破数关，杀得董贼人马丢盔卸甲，望风披靡，遗憾的是死于不测。但其长子会稽太守孙策年纪虽轻，但其所作所为，大有超其父之势，真乃将门虎子，英雄啊！"

曹操闻之，仍摇头摆手不语。刘备见此，料知他又不赞同，于是又摇头抓耳沉思良久道："辽东侯、平州牧公孙度初胆大无畏，诛灭豪霸百户，于是境内秩序井然。后东伐高丽，西征乌桓，分置辽西、辽东二郡，又越海收复东莱诸县，于是实力大增，自然是英雄了。"

曹操闻之，仍摇头摆手不语。刘备见此，料知他又不赞同，于是不假思索地问曹操道："当今天下英雄已点尽了，还有谁呢？"

曹操闻言，遂大笑道："请刘皇亲三思。"

须知，其实刘备早就猜到曹操是要他说出当下英雄就是他曹操。为防不测，于是才装疯迷窍，闭口不提。可眼下曹操逼得紧，不说不行啊。于是只得在曹操言毕后，佯装笑容手指曹操道："那就是明公你了。二十岁便是首都雒阳北部尉，且不畏权势，执法严明；随后伐黄巾，救颍川；举义军，讨董贼；迎天子，扶汉室；举轻兵，败袁术；破徐州，斩吕布。难道不是英雄么？"

曹操闻言，不禁昂首哈哈大笑起来。刘备见此，以为满足了曹操所期待的意愿，大喜，并希望曹操嘉言他几句，谁料曹操却一脸严肃道："还有一位虽起于布衣，却自强不息，百折不挠。且遇事不慌，安之若素；外圆内方，泥中隐刺；随机应变，随风而动，大有高祖遗风。且为振兴汉室，不畏艰险。那才是真英雄呢！"

"谁呢？"

"猜猜。"

"鄙人实在猜不出来，还请司空大人指点。"

刘备言毕，即瞪大眼睛，竖起耳朵，等候曹操发言。时曹操毫不犹豫道："现就坐在我对面呢。"

时刘备没料到曹操如此言，心里不禁吃了一惊，但面上却若无其事问曹操道："司空大人指的是我吧？"

"正是！"

刘备闻曹操答，认为盟诛曹操之事已经泄露，方知今日曹操摆的是鸿门宴，不禁非常惧怕。恰在这时，半空忽地响起一声震动天宇的春雷。为掩饰恐惧，便将手中筷盏抛之于地。时曹操正仰头饮酒，没见刘备方才所为，待抬头见刘备面露惧色，方才惊问道："你这是？"

"雷声之大，闻所……未闻啊！孔子亦曰：迅雷风烈……必变。难道……明公不怕么？"

"雷电风雨，宇宙之自然现象罢了，何须惧呢！"

曹操言毕遂思想到：刘备连个春雷都吓得要死，且又成天忙于凡夫之事——种植大蒜，足见他不过一鼠辈而已，不足惧啊！于是便飘飘然起来，并以右手抚髯大笑道："当今诸侯各自为阵，称雄一方，遂使朝廷纲纪不振，圣命不行，一片混乱。不过，只要你我精诚团结，奋力进击，不出多日，天下便复太平了。"

刘备闻言，方知盟诛曹操一事并未泄露，于是悬到嗓子眼儿上的心方才放了下来，并连连点头道："明公所言极是！明公所言极是！明公所言极是！"

言毕，即忙从地上拾起筷盏，又与曹操对饮起来。太阳虽已西坠，晚霞虽已满天，但曹操酒意仍然未尽，并欲与刘备再饮一会儿。刘备见此，认为久留此地恐有不测，于是以征询口气对曹操道："鄙人来前方种下大蒜，还未及灌粪。因此，改日再陪明公……"

第四十三回　董刘种吴王密盟诛曹操　司空左将军饮酒论英雄

不待言毕，便刮来一股南风，恰巧将刘备身上的粪味吹到曹操那方，直熏得曹操头晕脑涨。因此，曹操便忙离座起身，掩鼻与刘备作别而去。

刘备一离开曹府，便若飞鹰脱兔般赶回刘府客厅。时关羽、张飞、刘琰、糜竺、糜芳、孙乾和简雍正在那里有说有笑，其乐融融，见刘备满头大汗，气喘吁吁进来，且又粪味熏天，以为是种菜使然，于是便争先恐后上前为其更换衣冠，时张飞还大声嚷道："主公已是朝廷重臣，皇家后裔，还成日种什么大蒜，何苦呢！"

刘备见大家不理解他，于是便将他签名参与诛曹之事和种蒜目的向他们道了一番。他们方才真相大白，并表示愿与刘备一道，为振兴汉室，诛除曹操，肝脑涂地也在所不惜。刘备闻之，自然大喜。

此时值建安四年四月中旬。

此后五个月一切相安无事。一天早饭方毕，刘备正在后花园收蒜，忽见一曹操使者前来报道："司空大人请左将军前往他府上议事。"

刘备闻报，以为所议定是机密，不便询问，便忙放下手中活计，飞一般跑回内室更换衣冠后，便随使者一道，骑马飞一般向曹府赶去。看官欲知所议何事，请看下回分解。

809

第四十四回

放虎归山曹孟德后悔莫及
诛曹泄露皇岳丈被夷三族

却说刘备同曹操使者不久便赶到了曹府大门前,时曹操早已等候在了那里。二人相见礼毕,进入客厅坐定,待侍者上茶毕退下后,曹操便急不可耐地问刘备道:"刘皇亲近日忙啥呢?"

"正忙着收拾大蒜呢。明公传我前来,不知有何要事?"

"《左传》有云,春秋鲁隐公五年,隐公便主张春、夏、秋、冬四节行猎,即所谓春蒐、夏苗、秋狝、冬狩。当今天下已现太平,朝纲已得恢复,政纪已得振兴。因此,你我一道行秋猎,如何?"

刘备深知,行猎是天子的事,可曹操没说陪天子去,因而不知他行秋猎的真实用意,故久久不敢作答。曹操知道刘备一向行事谨慎,为打消其顾虑,遂满不在乎道:"刘皇亲有何想法,道来无妨。"

刘备闻言,遂沉思良久方道:"天子何故不前往呢?"

"天子正忙于朝政呢。"

刘备自然不信曹操所言,但又不敢与之辩解,于是沉思片刻道:"按古今礼制,还没朝臣独自行猎的呢。"

"管它礼制不礼制。须知,通过行猎,你我不仅可一展雄姿,诸侯朝臣亦随之威服。此乃一举两得之美事,何乐而不为呢?"

"司空大人言之非常有理。不过眼下粟穗金黄,正待收获。如行猎,是否会踩踏破坏?"

第四十四回　放虎归山曹孟德后悔莫及　诛曹泄露皇岳丈被夷三族

"可到远离禾穗的许田行猎，必无妨。"

刘备见曹操所言无懈可击，便忙违心地点头表示赞成。

此后不久的一日早饭后，曹操和刘备等左右文武骑着高头大马在前，披甲戴胄的三千官军骑兵随后，浩浩荡荡地出了许都城北门，直向东北五十里外的许田行去。途中，曹操趾高气扬，目空一切。刘备见此，虽然不快，但又无可奈何。因为时之曹操不仅手握重兵，就是今天随行的这三千官军骑兵，也是其嫡系。

不久，曹操和刘备等一行便到达了许田。所谓许田，就是无人耕种的许都之田，一望无垠，荒草杂树密布，飞禽走兽成群，确是一块理想的行猎之所。到后待一切准备就绪，只见曹操右手令旗一挥，猎犬猎鹰奔飞在前，舞械拉弓的骑兵随后，飞一般向前面冲去，赶得那些飞禽满天乱飞，走兽遍地乱窜。那些骑兵见此，自然兴奋异常，并边吆喝边拍马飞一般向前追去，片刻便没了踪影。关羽因护卫刘备没去追猎，见曹操就在刘备眼前，且又是只身一人，于是便手握剑柄暗示刘备，趁此将他杀掉，以便实现诛曹盟愿。但刘备却纹丝不动，还忙暗暗摆手示意关羽：万万不可！关羽见此，心领神会，于是曹操方才得免一死。

须知，刘备并不是不想在许田杀掉曹操，而是顾忌曹操所部那三千骑兵。倘若曹操被杀，他们岂肯罢休！到头来双方俱伤，很不划算。

许田行猎后，曹操常在闲暇时与刘备同游许都附近的名胜古迹。如道教始祖老子故里苦县的老子修仙练道之所太清宫、相传老子成仙升天之处老君台、陈国伏羲太昊祠、平粮台古城、陈国故都和孔子陈蔡绝粮之处。而他俩最常去的地方，当属早年建筑许县城墙取土形成的德星聚湖。湖堤松柏参天，竹柳成荫，百花争艳；湖岸建有观鱼亭、读书台、梅花堂、曲水园、德星轩、展江阁、小石桥、假石山。湖里芦荷连片，鱼虾成群，舟舫争流。规模与华丽虽不及当年长安和雒阳那些苑囿，但在许都可谓屈指可数。一个晴空万里的上午，曹操和刘备遂仿效以修德清静、百姓安之而名震海内，卒后奔丧者达三万人的许人名宦硕儒陈寔和荀淑、荀爽父子故事，或荡舟湖上，或漫步花间，或登楼览胜，或临台怀古，或坐亭饮酒，或入堂赋诗，玩得惬意非常。正在这时，忽见一士兵飞一般跑来，不及向曹操拱手施礼便高声报道："湖大门外有一探马言有要事报告司空大人。"

曹操听说有要事相告，认为耽误不得，于是忙道："准见！"

片刻，士兵便将探马引了进来。探马见到曹操拱手施礼方毕还不待报告，曹操便急不可耐地问道："何等要事？还不快快报来！"

探马见刘备在此，便欲言又止。曹操见此，料想他欲回避刘备，遂道："刘皇亲乃我至交，道来无妨。"

"袁术率领其残部正经下邳地界，欲……"

曹操不待探马报毕，便大惊道："袁术那厮不是在今年六月一命呜呼了吗？怎么现在又……"

曹操言至此，停了片刻问探马道："可是亲眼所见？"

"虽没亲眼所见，但消息绝对属实！"

刘备见曹操怀疑探马所报，遂若有所思道："明公须知，袁术死后谁也没见着其尸首，只是听他人所报。因此，我以为探子所报属实啊。因此，我愿率一支人马前往将其擒杀。"

曹操闻言，先是不置可否，随后沉思片刻道："事关重大，以后再说吧。"

言毕，曹操、刘备及其他在场者便忙起身告辞而去。次日早饭后，身着农夫衣帽的刘备正欲到后花园收拾大蒜，忽见曹操使者飞一般赶来向他报道："司空大人有请刘皇亲。"

刘备闻报，自然不敢怠慢，片刻更换衣冠毕随使者出门，翻身上马直奔曹府。片刻，便到了那里。时曹操、朱灵和路招早已坐在了那里。刘备见此，不知有何等事，于是心里不禁一愣，并忙向他三人拱手施礼。他三人还礼方毕，曹操便道："经三思，左将军昨日所言极是。袁术乃汉贼，不诛不足以谢天下！但左将军兵微将寡，恐难旗开得胜，马到成功。因此，朱、路二位将军也一道随往。"

"愿听明公的。"

第四十四回　放虎归山曹孟德后悔莫及　诛曹泄露皇岳丈被夷三族

曹操闻刘备答，大喜。随后与刘备、朱灵和路招商议了一番用兵方略后，便热情宴请他三人，以为饯行。

须知，曹操之所以派朱灵和路招出征，是经过深思熟虑的：刘备昔日虽为一介布衣，然眼下却是汉室皇亲，朝廷重臣，倘若我曹操公然杀了他，便若当年董卓杀了弘农王刘辩一般，后果不堪设想。既然袁术还活着，倒不如借袁术之手杀了他刘备，以绝后患。若袁术败，我曹操不但可博得与汉贼势不两立的美名，其兄袁绍也会要他刘备的命。此乃一箭双雕、一举两得的美事，何乐而不为呢！另外，朱灵和路招本乃袁绍爱将，只是为了前途才跟我曹操，眼下我与袁绍之弟袁术开战，不如趁此派遣他俩同刘备一道出征，一来可监视刘备，二来可考验他俩是否会旧情复发，同情袁术。因此，这又是一箭双雕、一举两得的美事，自然也是何乐而不为呢！

其实，曹操方言明派朱灵和路招随刘备前往下邳，刘备便心知肚明曹操用意，心里虽然不快，但又不便发作。为迷惑曹操，他便毫不犹豫地接受了曹操安排。真乃曹操道高一尺，刘备魔高一丈。

朱灵和路招本驻军下邳，军务在身，因而宴会毕便快马加鞭往回赶。刘备、关羽、张飞、刘琰、糜竺、糜芳、孙乾和简雍待一切准备就绪，也忙率军离开许都，向下邳进发。对此，三日后曹操部下文武才知晓，并认为曹操此举甚为不妥，并立刻不约而同地赶到曹府，呈述己见。待大家按秩坐定方礼毕，程昱便首先起身对曹操道："主公放刘备出征，犹若放虎归山，自留祸根，将成千古之恨啊！"

曹操认为程昱所言是杞人忧天，大可不必，并问他道："何以见得？"

"在下观刘备本有雄才，且又深得人心，终不为他人之下。因此，在下料他……"

不待程昱言毕，郭嘉即起身上前打断其话语道："在下以为刘备本有英雄之志，皇上又称他为皇亲，身价自然猛涨，野心亦自然猛增。因此，若不及时除之，必为大患！"

郭嘉言至此，停了片刻又道："刘备不仅有英雄之志，其谋亦深不可测。

加之'万人敌'关羽和张飞肯为其效命，故不可小视啊。古人云：'一日纵敌，必成数世之患！'"

在场将校闻程昱和郭嘉言，皆认为非常有理，并义愤填膺，自告奋勇愿前往追回刘备等人。曹操见此，也不禁有了悔意，但表面上却若无其事，并问郭嘉道："先生以为该咋办？"

"派人前往收回成命，待机将刘备等人除之。"

"那就依先生的吧。谁去好呢？"

曹操方问毕，在场将校们皆争先恐后上前请命，并认为须带大队人马，以防不测。对此，曹操认为非常有理，然郭嘉却道："有一使者前往向刘备传达回军命令即可。"

"何也？"

"倘若兴师动众，必会打草惊蛇啊！"

曹操认为郭嘉言之有理，遂便派了一心腹为特使，连夜快马加鞭前往下邳，向刘备传达曹操回军许都命令。

却说刘备、关羽、张飞、刘琰、糜竺、糜芳、孙乾和简雍率领所部官军离开许都后，犹若离箭脱兔，日夜向下邳赶去，并在两日后的一个下午到达了下邳城西门外。已提前赶回的守城主将车胄见是刘备一行，不用问，便忙下令放下吊桥，打开城门，热情欢迎他们入城。

须知，刘备他们真是去为曹操擒杀袁术吗？非也！其真正原因是：原来曹操闻报袁术路过下邳的消息乃刘备编造的，意在骗取曹操让自己领兵前往擒杀曹操死敌袁术，以便乘机离开许都，以免自己与董承等人盟诛曹操的密谋泄露受到祸害。那么袁术现在是否还活着呢？待下文详细道来。

前面说过，袁术当初兵败陈县后，便听了李业建议，带着家眷及陈纪和李业等左右文武连夜匆匆出陈县南门，直奔驻守潜山的部将陈简、雷薄而去。陈简、雷薄为何不驻军有城池可依的潜县城，而要驻军潜山呢？原来他俩早便知晓潜县城乃历代兵家必争之所：例如早在春秋昭公二十七年，吴国曾因楚国国丧遣掩余与烛庸两公子率军攻伐潜县城；昭公三十一年，吴国又

第四十四回　放虎归山曹孟德后悔莫及　诛曹泄露皇岳丈被夷三族

发兵伐潜县城，后因沈郡戍率兵来抗，吴军不敌，方才退去，并因此认为潜县城不宜驻军。经合计，便将驻扎在潜县城内的所部官军移驻于位于城东北三十余里，直耸云霄，道险沟狭，易守难攻，进退有据的潜山。

一日下午，陈简正与左右巡查山上营寨时，忽见一山下大寨辕门守卫士兵飞一般跑来，不及向陈简拱手施礼便气喘吁吁地向他报道："报告陈将军，陛下大驾将幸临我寨了！"

陈简因长期驻军远离寿春的潜山而不在袁术身边，极少听他人呼叫袁术为陛下，在潜意识里袁术仍然是将军。因而方听得"陛下"二字，第一反应便是刘协。醒过神，方才意识到陛下也可能是袁术。在此不确定的情况下，陈简只得上前附着那士兵的右耳低声问道："是哪位陛下？"

士兵觉得陈简问得好生奇怪，回过神，方才明白陈简所问原因。于是忙答道："就是袁……"

陈简方闻得"袁"字，便知晓是袁术而非刘协。于是思想到：刘协那皇帝虽是正品，但管不着我。袁术这皇帝虽是赝品，却能左右我的命运，是万万不能得罪的。于是不待士兵报毕，便忙问道："现在何处？"

"在山下大寨辕门口呢。"

陈简闻士兵答，以为袁术是来巡狩的，不禁大喜。为抢头功，二话没说，便瞒着雷薄，独自飞也似的朝山下大寨辕门口跑去。方到那里，便忙上前跪在袁术车舆前不断高呼"吾皇万岁万万岁"。随后，忙上前接扶袁术下车。袁术见他如此忠贞，大喜，遂忙赞扬了他一番后方才下车扶起他，同陈纪和李业等左右文武一道，步入大寨辕门，缓缓向位于半山腰的中军大帐走去。

时袁术仍身着皇帝衣冠，乘坐皇帝车舆，仪仗队和护卫队皆随行，看上去也如往昔一样，气宇昂扬，威风无比。对此，陈简一路自然对他毕恭毕敬，生怕言行不慎有所得罪，而有碍将来升官晋爵，并点头哈腰对袁术道："陛下大驾光临，小的有失远迎，罪该万死！"

还不待袁术言语，陈简又道："陛下幸临在下寒寨，乃在下之洪福。若有接待不周，敬请诛灭三族！"

袁术闻陈简如此言，认为他虽见我袁术眼下处境艰难，却无叛逆之意，于是不禁非常感动，并道："朕乃突然决定来此，因而事先未通告。"

言毕片刻，又对陈简道："这里非言事之处，到中军大帐再言不迟。"

陈简闻言，便猜测袁术来此不是巡狩，而是亲自前来宣读他升官晋爵圣旨的，于是激动得泪流满面，涕挂唇上，竟忘了向袁术谢恩。途中，那些闻知袁术前来的将士，皆忙奔出营寨，踮脚翘首，高呼"吾皇万岁万万岁"。气氛之热烈，犹若当初袁术在寿春举行称帝仪式一般。对此，袁术不禁忘乎所以，竟然乐颠颠、飘飘然起来。

不久，袁术便与陈简、李业和陈纪一行到达中军大帐。时雷薄为不让陈简尽夺了头功，在闻报袁术来此消息后，便抢先亲自指挥部下在中军大帐摆好了丰盛宴席，为袁术接风洗尘。奔波了些时日的袁术等人现看上去虽然若在寿春一般，精神爽悦，谈笑风生，但实际上早已饥疲交加，因而方一入席，便毫不客气地大喝大嚼起来，随后便哈欠连天，东倒西歪打起盹儿来，全没了昔日那般高贵气派。同时，袁术也没对他们说什么。陈简见此，感到他的猜测有误，于是不禁心灰意冷。同时，雷薄也不禁怀疑袁术行为。不过，他不像陈简，没什么太大的奢望。因此，虽有怀疑，却能心平气和地照吃照喝。陈简却不同，见美事无望，便忍不住放下手中筷盏，小心翼翼地问袁术道："敢问陛下出京来此为哪般？"

袁术闻陈简如此问，方知他并不知晓他来此目的，于是便哭丧着脸将来此缘由和目的详细道了一番。末了，方才由忧转喜，对陈简和雷薄道："多亏二位将军驻军此山，使朕有个天然避难之所。"陈简和雷薄得知袁术来此缘由和目的后，不禁吓得目瞪口呆，半晌无语。何也？因为他俩倒不害怕袁术一行在此的吃喝住宿问题，而是害怕曹操会因擒杀袁术率军尾追来攻山。倘若如此，那不是引火烧身吗？再者经这一遭后，不但袁术的皇帝宝座保不住，就是其性命是否能保也未尝可知。既如此，还拥护他干什么？因此，陈简和雷薄脸色变得犹若猪肝，良久后方强装笑容，异口同声对袁术道："陛下

第四十四回　放虎归山曹孟德后悔莫及　诛曹泄露皇岳丈被夷三族

来此受苦，我等实不忍啊！因此，陛下还是到别处……"

不待言毕，袁术便知陈简和雷薄不欢迎他在此避难。不过袁术毕竟是四世三公之后，傲视轻人的秉性仍然依旧，遂怒斥他俩道："当初朕登大位时，你们为了得到官爵，对朕是何等尊敬。眼下朕遭难，你们就翻脸不认得了，真是有奶便……"

李业在一旁见袁术倒驴不倒架，虎死不减威，不禁非常佩服。同时认为既然陈简和雷薄已经离心，再待在此地万一被他俩抓起来献给曹操就糟了。因此，还不如趁此赶快离开这里。于是不待袁术言毕，便笑着对他道："陛下不必发怒，方才他俩言之有理。再者倘若曹操率军随后前来围山，我等便插翅难逃。"

袁术闻言，先是不置可否，因为他以为这是李业在为他打圆场。随后才担心李业所言，即曹操率军前来攻山的后果。于是便佯装气呼呼的样子道："此处不留爷，自有留爷处！"

方言毕，陈简和雷薄便点头哈腰道："陛下圣明，陛下圣明。"

宴毕，袁术一行在山上住了一夜，便于次日一早起床洗漱用饭后，即气冲冲地起身匆匆下山。出于礼节，陈简和雷薄忙率领左右，热情欢送了一程。但心里却骂道："狗屁皇帝，见鬼去吧！"

袁术离开潜山后却不知该去何处，因此问陈纪道："依先生之见，朕该向何处去好呢？"

陈纪闻问，遂沉思片刻答道："依在下之见，陛下不若就地安下行营御寨暂且休息一下。然后亲自撰就一书，将帝号让与袁绍袁大将军，并将传国玉玺也贻赠于他。他以往虽与陛下有隙，但陛下与他毕竟是亲兄亲弟，有血肉之缘，我想他定会欣然接受帝号。如此，他不会不伸出援助之手，以解陛下眼下之难。再者曹操闻知陛下已将帝号让与他人，也就不再为难陛下了。在下管见，望陛下明鉴。"

袁术表面上虽然认为李业言之有理，但心里却对将帝号让与这个因庶出而被他一贯看不起的袁绍一百个不愿意，可又想不出别的办法解眼下之难，于是在陈纪言毕良久，方长叹道："就依先生方才之言吧！但传国玉玺仍须留下。"

随后，便在随带的案几上摆上纸笔墨砚，伏身提笔向袁绍撰就了一封让帝号书。书云：

汉之失天下久矣，天下提挈，政在家门，豪雄角逐，分裂疆宇，此与周之末年七国分势无异，卒强者兼之耳。加袁氏受命当王，符瑞炳然，今君拥有四州，民户百万，以强则无与比大，论德则无与比高。曹操欲扶衰拯弱，安能续绝命救已灭乎？

袁术撰就毕，即叫一胆大心细的小校带上连夜马不停蹄赶往冀州邺城送与袁绍。袁绍接阅后，不禁非常高兴，并因此设宴热情款待了小校一番。

须知，袁术因称帝遭殃，袁绍为何不吸取教训，反还对帝号感兴趣呢？原来袁绍还在关东率讨董盟军讨伐董卓时，就曾向曹操暗示过想有朝一日称帝。今天见到袁术拱手送上门来的帝号，有何不高兴的呢？不过袁绍也明白，眼下还不是称帝的时候，待有朝一日势力强大了再说。否则，必若袁术一样，落得个可悲下场。因此，便将让帝号一事束之高阁，不予理睬。为报答袁术让帝号之恩，袁绍便给袁术去了封信，允许他北上青州，到袁绍子袁谭处安身，对是否接受帝号一事只字未提。

袁术接到袁绍信后，以为总算有个落脚之地，不禁大喜，并忙收起行营御寨，冒着炎热，带着家眷、陈纪和李业等文武，直向青州赶去。

此时值建安四年六月。

从潜山脚下到青州路程虽然不近，但只要照常赶路，用不了多少时日便可到达。时袁术一行绕道方走到豫州汝南郡安阳亭时，随行的那些文武臣僚们见袁术若丧家之犬，于是便独立的独立，散伙的散伙，叛变的叛变，投诚的投诚。总之，皆弃他而去。对此，他自然又气又恼，并因此一病不起。无奈，只得停停走走，走走停停，直到建安四年六月，袁术在既无蜜浆、又无粮食的情况下，在榻上紧紧抱着那枚传国玉玺长叹道："我袁术至于落到如此

第四十四回　放虎归山曹孟德后悔莫及　诛曹泄露皇岳丈被夷三族

下场吗！"随后，即口吐鲜血斗余而亡。由此可见，正如曹操闻报袁术欲路过下邳的消息时所言：袁术早在建安四年六月死去了。

再说刘备等人方到下邳后的一个上午，曹操特使便赶到了那里，并及时向刘备传达了曹操向他下的回军命令。刘备闻之，心里不禁先是一愣，随后沉思片刻方才道："有司空大人亲笔令吗？"

"没有。"

"既如此，我暂按兵不动，待有了司空大人亲笔令后再启程不迟。"

特使闻之，遂不置可否。随后，刘备问身旁的朱灵和路招道："朱、路二位将军可否同特使回许都向司空大人转告我意？"

朱灵和路招当初便担心因擒杀袁术而得罪他们的原上司袁绍，背上忘恩负义的骂名，现在闻刘备言，乐得顺水推舟，于是异口同声道："遵命！"

随后刘备还设宴款待朱灵、路招和特使一番，以为饯行。宴毕，朱灵和路招便同特使一道，连夜马不停蹄地赶回许都面见曹操去了。

却说在许都的曹操以为刘备会按他的命令行事，因而自特使离开许都前往下邳后，心情一直非常愉快，并与左右文武在曹府欣闻丝竹，欢赏歌舞。正在这时的一日下午，一门卫匆匆进来边向他拱手施礼边报道："朱、路二位将军和特使一行在门外声言求见大人。"

曹操闻报，不禁疑窦丛生——朱灵、路招怎么回来了呢？于是忙问门卫道："就他三人？"

"正是。"

曹操闻门卫报，料知大事不妙，便忙喝退正汗流浃背演奏的乐工和表演的艺伎，并对那门卫道："还不快快让他们进来！"

门卫闻言，哪敢怠慢，忙转身飞一般出去将朱灵、路招和特使引了进来。时不待他三人向曹操施礼，曹操便问特使道："刘皇亲何以未回来呢？"

特使便将刘备所言向曹操禀报了一番。曹操闻报，不禁非常气愤，并忙问朱灵道："见到袁术没有？"

时朱灵正欲作答，忽见一探马飞一般跑来，气喘吁吁地向曹操报道："报告大人，小的探得袁术那厮确实在今年六月已一命呜呼了。"

曹操闻报，不禁惊得目瞪口呆，半响无语，待回过神才大骂刘备道："刘备，畜生！"

原来曹操当初虽然相信刘备所说袁术还活着的那番话，但在刘备离开许都后，他又怀疑袁术并未活着，因此派了几路探马暗中打探。现闻报袁术确实已死，方知上了刘备的当，受了刘备的骗，并断定刘备绝不会回许都。而刘备对朱灵、路招和特使讲的那些话，只不过是托词而已。于是又大骂刘备道："要不是我亲率大军擒杀吕布，夺回下邳，就你刘备那些虾兵蟹将，乌合之众，能奈何得了吕布那厮！"

在场左右文武见曹操如此气愤，亦义愤填膺，纷纷摩拳擦掌，争先恐后请命，欲率军前往下邳将刘备等人擒来问罪。但曹操却轻蔑道："孔子曰：'杀鸡焉用牛刀？'"

言毕，即令身旁的刘岱和王忠立刻率两万精锐官军，连夜赶往下邳，与那里的守将车胄里应外合，擒拿刘备。曹操方才还说杀鸡焉用牛刀，为何要派王忠和刘岱率领那么多精锐官军前往呢？原来他对左右文武那般说，意在给他们壮胆。但心里却非常明白，不仅刘备深藏韬略，关羽和张飞也有万夫不当之勇。因此，擒拿刘备并非易事。

刘岱和王忠也非寻常之辈。刘岱文武皆备，随曹操征战多年，战功显赫，现官至司空长史，乃曹操心腹。王忠智勇双全，年少时便是曹操帐下中郎将。再加之他俩所率那两万官军精锐，势头非同一般。他俩得令后，自然不敢怠慢，随即回营率军，日夜兼程飞一般向下邳赶去，恨不得立刻擒到刘备，向曹操邀功。于是在不久后的一个下午便赶到下邳西城门外。方列好阵，便厉声向城上的刘备叫道："司空大人令我们前来擒拿你这厮！"

"别说曹操那厮指使你们来犯，就是他亲自前来，也叫他有来无回！"

刘备方言毕，只见西城门打开，关羽和张飞率了一支官军飞一般杀将出来。双方二话没说，刘岱接住关羽、王忠接住张飞便厮杀起来。刘岱和王忠自然不是关羽和张飞的对手。因而不久，刘岱和王忠便渐渐不支。时刘岱和

第四十四回　放虎归山曹孟德后悔莫及　诛曹泄露皇岳丈被夷三族

王忠所率官军骑兵见此，恐刘岱和王忠有失，便自恃人多势众，不待得令，便拍马一齐向阵上冲杀上去。关羽和张飞所率官军见此，毫不惧怕，立刻便挥刀舞枪迎了上去。须知，他们仅三千，哪是对方两万的对手？片刻便被围在了核心。城上的刘备见了，不禁非常着急，正在这时，忽见城东门外不远处旌旗蔽日，鼓角雷鸣，只见有两队官军步骑飞一般向这边冲杀了过来。对此，刘备、关羽和张飞以为他们是对方援军杀到，于是不禁连连叫苦。而刘岱和王忠见此，以为是车胄率领官军杀到，大喜，正欲上前相迎，孰料那两队官军步骑却猛地朝他们这边杀了过来。他俩见内外受敌，自然大惊，并欲派遣探马前往弄清究竟。然不待派出，他们便被杀得丢盔卸甲，掉头没命向许都逃去。关羽和张飞自然不放，遂便挥军从后追杀了一阵，方才鸣金收兵。

须知，你道哪来的那两队官军步骑助了关羽和张飞呢？原乃东海太守昌豨听说刘备回到下邳，便倒戈曹操，率军杀将过来，以便归顺刘备，将功折罪。另一队官军是袁绍闻报刘备有难，便派他们前来救援，并在半途与昌豨所部官军巧遇，于是便一同杀了过来。对此，刘备自然大喜不禁，并将他们迎进城内设宴款待。席间，刘备问昌豨道："昌将军受曹操厚恩，何故要叛他归我呢？"

"明公须知，曹操杀了吕将军后，本应将徐州归还明公才是，谁料他却据为己有。更不可思议的是，他无故残杀我徐州无辜，挟持天子打压诸侯，故乃一无道之徒。我前时屈从于他，是出于无奈，还望明公谅解。今闻明公已回下邳，乃我徐州人之洪福啊！同时，也如了陶徐州当初让徐州与明公之愿，故率军前来相助。"

刘备闻言，大喜，遂赞扬道："昌将军真义士啊！"

再说刘岱和王忠带领残兵败将，忍饥受寒逃回许都后不待歇息，便赶到曹府向曹操详细禀报了下邳兵败一事。曹操闻之，自然怒不可遏，并问刘岱道："车将军何故未率军相助呢？"

"在下也不知晓。"

刘岱方答毕，便见一细作急匆匆跑来，不及向曹操拱手施礼便报道："据小的方才探得，车将军已被刘备那厮设计杀害了，其部下人马也归他了，并任关羽为下邳太守。同时，徐州诸郡县也响应了刘备。"

曹操闻报，直气得脸色铁青，目瞪口呆，半晌无语。

此时值建安五年正月初。

此后不久，曹操在客厅正与左右文武议事，忽见一细作跑来贴着其右耳低声嘀咕了好一阵，时只见曹操气得脸色红一阵白一阵，并差些晕倒过去。在场者见此，大惊，忙上前紧紧将他扶住，方才好些。但他们对细作嘀咕的因由，却全然不知，又不便询问。

看官你道曹操何故如此生气呢？原来细作方才所嘀咕的，乃董承、刘备、王服、种辑和吴硕盟诛曹操一事。时曹操对董承谋杀动机还可理解，何也？因为他思想到：当初在护送刘协东归雒阳途中，董承不仅冒有生命危险，立有汗马功劳，还受诏先赶到雒阳收集粮食和抢修宫室，以便刘协、伏皇后、宋贵人及王公朝臣到后饥有食、住有居。时董承到后，见那里到处残墙断壁，非常破败，难于修复，粮食也难收集，于是不禁愁眉苦脸，唉声叹气。同董承一同前往的时之海内硕儒、朝中太常赵岐见此，便向董承建议道："今天下大乱，海内分崩，无有安宁，唯荆州西通巴蜀，南当交趾，境广地胜，五谷丰登，兵多将广。在下身为太常，有志报国，愿乘牛车，前往说服荆州牧刘表，使他派兵前来与将军同心协力，拱卫京师，共奖王室。此乃振兴汉室之上策啊。"董承闻言，自然非常高兴，遂忙表奏刘协，遣赵岐前往荆州游说刘表。结果刘表不但遣兵到雒阳修复宫室，还源源不断运来大批朝廷所需物资，以解其燃眉之急。因此，董承认为他和刘表于当朝有功，按赵岐当初所言，理应与刘表共辅朝政，孰料后来董承与刘表共辅朝政的打算落了空。王服呢？一直是非不分，愚忠汉室，不必与他怄气。种辑呢？当年诛除宦官时曾舍生忘死阻挡董卓所率官军进京，后又与荀攸、郑太、何颙和伍琼谋杀董卓，虽未成功，但精神可嘉。吴硕呢？乃无名之辈，不值得与其计较。唯刘备这厮，要不是我当初一封书把吕布吓出小沛，恐怕他现在连个

第四十四回　放虎归山曹孟德后悔莫及　诛曹泄露皇岳丈被夷三族

立脚点都没有，更别说我还表他为左将军了。这种忘恩负义、恩将仇报的家伙，与吕布有何区别？真乃是可忍，孰不可忍啊！曹操思想到此，不禁非常气愤，并对在场者道："都到密室去吧。"

随后，即起身直向密室走去，在场者自然随曹操鱼贯而入。进得里面不待坐下，曹操即道："刘备这厮人品之恶自不必说，那董承呢？"

在场者闻曹操如此问，认为董承乃当朝第一重臣和国舅，难道还有什么不轨行径吗？于是忙斜视曹操，见他脸有怒色，估摸他对董承可能不满，但又不敢确定，于是便默而不语，唯许褚毫不犹豫地答道："我们不知啊。"

"王服、种辑、吴硕呢？"

曹操方问毕，许褚亦毫不犹豫地答道："亦不知啊。"

"皆蛇蝎呢！"

待曹操言毕，在场者方知曹操方才生气不仅与刘备有关，而且还与董承、王服、种辑和吴硕有关，但又不知个中缘由。对此，曹操自然明白，于是便叫细作当场向他们道了他方才对自己低声所嘀咕的。不待道毕，大家皆惊得目瞪口呆，半响无语，并认为董承、刘备、王服、种辑和吴硕吃了豹子胆，竟敢在他们主公头上动土！良久，许褚方才大声吼道："待俺带人将董承、王服、种辑和吴硕就地正法就是了！刘备那厮虽然畏罪外逃，早晚也得死在我大斧之下！"

言毕，便欲跨出门去行动，这时忽然有人道："许将军且慢！"

在场者忙循声看去，原乃郭嘉。许褚于是不解道："严惩逆贼，刻不容……"

不待言毕，郭嘉即道："按理，董承、刘备、王服、种辑和吴硕之流罪恶滔天，本该立刻处以极刑。但他们有的是重臣，有的是鸿儒，有的名扬海内，倘若诛之，须有充分证据。如此，方可处罚有名，诚服天下。"

方言毕，程昱即道："郭先生言之有理。依愚之见，可先将他们暗中抓起来，问问是否有皇上所发害我主公诏书。须知，若无诏书，他们便是犯了谋害朝廷忠良之罪，诛其九族也不为过。否则，他们便是替天行道。"

须知，曹操本就担心有诏书，现在闻程昱言，自然更加担心，因而待程昱方言毕，便问他道："若有诏书，如何？"

"立刻秘密毁之！"

"甚好！"

曹操言毕，即同大家步出密室，传邀董承、种辑、吴硕和王服前来曹府客厅宴饮。他们闻邀，不知曹操摆的是否是鸿门宴，因而心情皆忐忑不安。到后见曹操与左右文武正在那里畅所欲言，非常欢快，心情方才平静下来。曹操见他们按时而至，大喜，并热情地让董承坐在正上方，他则坐在其右侧。对种辑、吴硕和王服也礼遇有加，座位安排得也很靠前。对此，他们不仅非常激动，并且为盟诛曹操之事感到后悔和内疚。正当他们与大家大口吃肉、大碗喝酒时，曹操却突然放下筷盏，若无其事地问董承道："车骑将军近来无恙吧？"

"无恙呢。司空大人若何？"

"亦无恙呢。"

"司空大人无恙，乃我大汉之洪福啊！"

"何以见得？"

"要不是司空大人尽心尽力，天子、皇后、贵人及王公朝臣哪有眼下这般太平。"

"你所言虽是，但仍有人欲加害于我呢。此真乃人心不可测啊！"

董承闻曹操言，料想他与刘备、种辑、吴硕和王服盟诛曹操之事已经泄露，因而不禁感到非常惊慌。但未得证实以前，仍故作镇静问曹操道："谁？"

曹操闻言，遂便乜眼斜视董承，漫不经心道："你早已知晓呢。"

董承闻言，断定谋杀曹操之事已经败露，不禁吓得脸色苍白，冷汗淋漓。时曹操担心董承言说他持有诛杀诏书而惹出不测，故忙向不远处的许褚使了个眼色。许褚见了，自然心领神会，点了下头后即放下筷盏，猛地起身飞步走到门口一招手，便见闯进十余全副武装的士兵，不待分说，便一拥而上，若提小鸡般迅速将董承、种辑、吴硕和王服提出门外。除董承外，种

第四十四回　放虎归山曹孟德后悔莫及　诛曹泄露皇岳丈被夷三族

辑、吴硕和王服对这突如其来的行动开始还莫名其妙，并欲与许褚理论一番。但随后便明白了一切，并不约而同长叹了一声："完了啊！"

片刻，董承、种辑、吴硕和王服便被提到客厅隔壁暗室关押起来。随后，许褚飞一般回到客厅对曹操道："董承等人竟敢暗中盟杀主公，简直就是猪狗，理当立刻斩……"

不待言毕，曹操即摆摆手道："在未见到害我证据前，还是让他们多喘几口气吧。"言毕，即令许褚带了百余手脚麻利的士兵，飞一般赶往董府翻箱倒柜，仔细搜查证据。然折腾了半日，也没结果。对此，许褚正欲发令撤退，忽见一士兵举着两块黄色绢制物大声对许褚道："许将军请看，这是什么？"

许褚闻问，忙上前拿过问道："在哪发现的？"

"在董承那厮衣带里发现的。"

许褚闻之，料想事关重大，便忙打开一看，见上面皆是密密麻麻的文字。许褚虽武艺过人，却没进过学堂。因此，尽管眼睛睁得溜圆反复细看，却一个字也认不得。再问那些士兵，他们也与许褚一样，皆认不得。许褚无奈，只好先装入怀中，待时呈与曹操再说。

却说曹操与众文武在客厅正焦急地等待许褚搜查结果时，忽见许褚飞一般跑到曹操面前低声耳语了片刻。时只见曹操没动声色，便起身与许褚一道匆匆向密室走去。方进得里面，许褚便忙从怀里取出那两块黄色绢制物，毕恭毕敬地呈与曹操。曹操接过展开一份看了看，便若无其事放下看另一份。不待看毕，脸色便一阵红一阵白，且还浑身筛糠，冷汗淋淋。许褚见此，自然不知就里，并吃惊不小。看官你道曹操何故如此呢？原来他先看的那份是有董承、刘备、王服、种辑和吴硕签名的"诛曹盟书"，因而曹操自然无所畏惧。而另一份可就不一般了，乃刘协诛曹诏书。时曹操深知：有诏诛曹，那是天经地义，谁敢有异议？再说了，当年王允以伪诏诛杀董卓，便得到天下人支持，何况害我曹操的是真诏呢！倘若有人将其昭示于天下或不慎走漏风声，那后果就不堪设想。因此，曹操不仅对刘协恨之入骨，还按程昱所言，当即叫许褚将诏书立刻焚毁。许褚也不问究竟，便立刻照办，于是诏书随即便化为灰烬。随后，曹操方才举着那份"诛曹盟书"，同许褚走出密室，进入客厅对在场文武道："此乃董承、刘备、种辑、吴硕和王服等逆贼诛我盟书！"

在场文武闻曹操言，皆气得吹须瞪眼，吼声如雷，恨不得一口将董承、种辑、吴硕和王服吞了方才罢休。曹操见此，认为诛除董承等人证据确凿，理由充分，不禁非常得意，并对许褚道："将董承、种辑、吴硕和王服立刻押往监牢，待御史中丞择日审理。"

随后，许褚即与那些士兵奔入暗室，将董承、种辑、吴硕和王服五花大绑，推出大门，直奔御史台。

为震慑朝廷上下，曹操将审理地点选在朝议重地景福殿，并请刘协临场监审。审理那天，曹操站在上首右侧，其他文武百官按秩站在下首左右两侧。当刘协从殿后转出方坐上御座，曹操等文武百官便一齐出班伏身高呼："吾皇万岁，万万岁！"呼毕起身回到各自位置方站定，御史中丞便高喊道："将董承、王服、种辑和吴硕押上来！"

话音方落，便见五花大绑的董承、种辑、吴硕和王服被押了进来。他们方才跪下，御史中丞便将"盟诛曹操"的罪状宣读了一遍。其文略云：

董承身为当朝重臣，皇上岳丈，不以汉室和皇上安危为重，先与袁术狼狈为奸，阻挡曹洪将军迎皇上东归，现又与刘备、王服、种辑和吴硕包藏祸心，欲加害司空大人，破坏稳定团结。真乃罄南山之竹，书罪未穷；决东海之波，流恶难尽。为惩恶劝善，特处董承、种辑、吴硕和王服极刑，夷其三族。刘备畏罪在逃，将发兵前往缉拿归案，另行惩处。

时曹操认为他们罪证确凿，无话可说，于是不禁得意扬扬。谁料这时有人突然高喊道："有诏杀曹贼！"

在场文武闻之，不禁一片哗然，并认为这喊声与当年吕布杀董卓时的喊声何等相似。于是忙循声望去，原乃种辑。时吴硕和王服早已吓得面无人

第四十四回　放虎归山曹孟德后悔莫及　诛曹泄露皇岳丈被夷三族

色，全身筛糠，尿流裤裆，唯他昂首挺胸，毫无惧色。于是对其佩服者有之，对其同情者有之，笃信其方才所言者亦有之。但终究没人言说出来。何也？因为他们都明白：只有顺着曹操才有命活，有官做，谁愿跟他种辑入地府呢！当然，大多还是对他恨之入骨，因为在场者多为曹操左右亲信。而曹操闻种辑方才高喊，不禁先是一愣，随后即嗤之以鼻。因为他认为：诏书已焚，证据全无，还怕什么！而在场的刘协闻种辑高喊后却认为：倘若我出来证实无诛曹诏书，不就冤枉董承、刘备、种辑、吴硕和王服了吗？倘若证实有诛曹诏书，曹操肯定不会罢休，说不定还会将我刘协拉下皇帝宝座，遭到如弘农王般下场。再说了，他们，特别是董承，早与曹操结怨，有无诛曹诏书都无意义，反正董承早晚得诛。于是便来个两不得罪，即面不改色、心不跳，静静地坐在那里一言不发。时曹操早猜透了刘协心思，于是更加无所顾忌，并厉声道："种辑胡言乱语，先予处死！"

话音方落，便见许褚一挥手，气势汹汹的刀斧手们便一拥而上，将种辑推出门外。片刻，便将血淋淋的种辑头颅提了上来。

随后，御史中丞便问董承、吴硕和王服有什么可申辩的。他们因见到种辑头颅，早便吓得昏死了过去，哪还会申辩！曹操见此，大喜，遂便向许褚挥挥手，示意立刻将他们处死。许褚见了，心领神会，于是与刀斧手们一道，立刻便将他们推出门外斩首示众。

时曹操为防行刑有诈，便在左右的拥簇下出门仔细观看了一番，确认董承、吴硕和王服均已死后，方才回殿奏请刘协宣布散朝。

"盟诛曹操"一事的结果是：董承没当成王允，种辑没当成吕布，吴硕没当成李肃，王服没当成士孙瑞，曹操躲过了董卓被杀下场。

时曹操本欲放过董贵人，后闻董贵人身怀六甲，即将分娩，不禁倒抽了一口凉气，并思想到：怀的即使是女婴，将来也是公主，一有机会，便会为其死去的外公报仇。若是男婴，那后果更不堪设想。再说董贵人是董承之女，自然在董承三族以内，理应诛杀。否则，倘若将来被立为皇后，麻烦就大了。曹操思想到此，仿佛看到董贵人已经分娩，生下的是个非常健壮的男婴，并长大成人，继了帝位，且大有加害他之意。于是不禁吓得面无人色，冷汗淋淋。待回过神，便立刻传令许褚带着刀斧手赶到后宫，将董贵人就地处死。

许褚得令带着几十名刀斧手赶到后宫时，刘协正坐在榻上安抚因董承被杀而悲痛欲绝的董贵人。许褚见此，遂向刘协拱手施了施礼，便叫刀斧手一拥而上，将董贵人从刘协身边架起来就向外走。刘协见此，不禁非常惊慌，忙起身上前央求许褚道："贵人已怀胎有日，待分娩后再……"

不待言毕，许褚即上前拱手施礼道："这是命令，由不得在下。"

刘协闻言，料知再求无益，只得长叹一声作罢。随后，只听得隔壁房间撕裂心肺的女人惨叫声，仿佛还夹杂着婴儿的哭啼声，起伏了良久后，便没了声息。

此时值建安五年正月。

曹操得知董贵人死讯后，脸上并没露出笑容，反还怒不可遏。看官欲知个中原因，请看下回分解。

第四十五回

战下邳关云长被迫投降
互不服曹操袁绍终开战

却说曹操虽诛除了盟诛他的董承、种辑、吴硕和王服及其家眷,但刘备却远逃下邳,且还打败了讨伐他的刘岱和王忠所率官军,又杀害了车胄,遂使曹操忍无可忍。曹操欲发兵攻打刘备,以解心头之恨。众文武闻之,便忙赶到曹府商议对策。时将校们皆建议宜先讨伐袁绍,原因是袁绍辖区地大物博,兵多将广,势力强大,且袁绍又是四世三公,是与曹操争夺朝政的第一人。然曹操却不以为然道:"刘备这厮乃人中豪杰,皇上宗亲,倘若联合他人,袭击许都,挟持天子,众心必归之。如此,我的事业便成泡影,因而当急除之。袁绍虽有大志,势力强大,但遇事反应迟缓,故先不必动他。"

方言毕,郭嘉即道:"明公言之有理啊。袁绍一向遇事多疑,犹豫不决,故不足畏惧。而刘备新起,众心未附,若急击之,必败无疑。"

众文武认为他俩之言皆有理,便忙连连点头称是,并争先恐后上前请命率军前往下邳,讨伐刘备。曹操见此,大喜,随即令张辽为先锋,率领五千先锋官军步骑先行,自己则率领官军主力随后跟进。

却说刘备当初借口截击袁术和杀了车胄后,料想曹操不会罢休,并会率军前来进攻,于是便令关羽和糜芳率军守下邳,自领张飞、刘琰、夏侯博、糜竺、孙乾和简雍率领五千官军驻屯下邳城东十里处,形成城内城外遥相呼应、里外夹攻之势,以便迎击曹操所部官军。

刘备调兵遣将后不久的一日下午,张辽所率先锋官军步骑便赶到了下邳西城门外不远处。时张辽思想到：曹操虽杀了吕布，却没伤我张辽一根毫毛，可见他是多么看重我。再者，曹操手下战将如云，他却偏偏点我为先锋，这不仅是考验我的忠心，也是看看我的武艺如何，此所谓是骡子是马，拉出来溜溜便知。为不辜负曹操一片用心，张辽思想到此，便不顾他所率先锋官军步骑长途奔波极度饥疲，立刻便下令攻城。正在西城楼上巡视的关羽见此，毫不畏惧，并立刻传令所率守城官军加强防务，誓死守城。

关羽方发出传令，张辽所率先锋官军步骑便攻到城下。他们有的扛着云梯，有的拿着弓箭，有的举着刀枪，高喊着"活捉刘备"的口号，前赴后拥，渡过护城河，飞一般向城墙根冲杀过去。方冲到那里，城上便石如雨下，砸得他们鬼哭狼嚎，纷纷返身而逃。张辽见此，大怒，欲翻身下马，身先士卒，向前冲去，以便激励部下。左右见此，认为他是主将，一旦不测，后果不堪设想，遂一齐上前劝阻。张辽认为他们有理，但又不肯罢休，于是便令弓弩手一齐向城上放箭，以便压制对方，让攻城将士攀搭云梯攻城。时他们一拨箭放出，方搭好云梯还不待攀爬，城上热粪汤便如瀑布般飞流而下，直烫得他们皮开肉烂，白骨外露。不用说，他们只得如前一般，纷纷返身而逃。张辽见两次攻城受挫，且还死伤惨重，无奈，只得传令停止进攻，后退三里安营扎寨，埋锅造饭，歇息一晚，待明日再攻。关羽见此，也不挥军出城追杀。因此，一时倒也相安无事。

须知，张辽所率先锋官军步骑因攻城死的死，伤的伤，情绪自然非常沮丧，士气自然非常低落，因而方用毕晚饭，便东倒西歪，着衣呼呼大睡起来。时至午夜时分，忽听得寨外鼓角齐鸣，杀声震地，似有千军万马杀来。结果有的还未弄清怎么回事，便倒在了血泊中；有的醒来还未冲出帐门，便成了刀下之鬼。睡在中军大帐的张辽惊醒后，料想是关羽率领官军杀到，于是不待多想，便忙翻身起床，披甲戴胄，蹬靴出门，飞身上马，举着一条大枪，专寻关羽杀去，以为擒杀了他，便可转败为胜。时寨内黑灯瞎火，没有亮光，到哪去寻关羽呢？正在此际，忽觉有人舞械向他杀来。对此，他不禁大惊，忙举枪迎住厮杀起来。时你来我往，直杀了半个时辰，也没分出胜

第四十五回　战下邳关云长被迫投降　互不服曹操袁绍终开战

负。时张辽感到对方武艺非同一般，便想知晓他是何人，倘若是关羽，便可放他一马。否则，不必费时与其纠缠，一枪结果了完事，因而便欲问问对方尊姓大名。时不待他开口，两件兵器撞出大片火花，将四周照得如同白日，竟将张辽双眼刺得泪水飞流，坐骑惊得腾起前蹄，将他四仰八叉甩在地上。对此，他不禁大惊，心想一切完了！正在这时，只听得对方大声道："我当是谁呢，原来是……"

不待言毕，张辽便听出其口音像是关羽。于是大声问道："可是关羽吗？"

"正是！"

"逆贼休得在此称狂，还不快快前往司空那里去请罪，还待何时！"

"哈哈哈！你已死到临头，嘴还死硬，佩服！"

张辽闻关羽言，大怒，欲起身举枪与关羽拼个你死我活，谁料关羽却翻身下马，将大斧扔在一边，上前伸出双手将张辽扶了起来，并和颜悦色道："你我乃并州同乡，我岂能为难你呢。"

言毕，即引军而退。对此，张辽不禁深为感动，并传令部下尽快回帐入睡，直至次日天明，皆平安无事。次日早饭后，曹操所率官军主力也赶到了张辽所率先锋官军大寨西门。张辽闻报，遂忙与左右前往相迎。曹操见张辽面带丧气，料知战况不妙。不待询问，张辽早便疾步上前跪伏在曹操马头前，将战况向他禀报了一番。曹操听后，并未发怒，反还翻身下马，俯身双手拉起张辽道："张将军不必难过，我自有道理。"

言毕片刻又道："关羽还讲同乡交情，少见。"

随后，即传令全军，安营扎寨，待时等他命令就是了。须知，曹操所率官军主力与张辽所率先锋官军一样，因长途跋涉，早已筋疲力尽，一听传令，立刻便搭设帐篷，着衣而睡，甚至有的还未搭设帐篷便倒地而眠。总之，乱哄哄不成体统。曹操见此，本欲发怒，但认为时值白日，料想无虞，于是便未干涉。中午时分，大家正待用饭，忽闻寨南门外鼓声角声震天动地，杀声吼声响彻云霄。对此，曹操不禁大惊，忙叫一小校出去探个究竟。片刻，那小校便飞一般跑来向他报道："报告大人，是刘备那厮率军列阵欲与大人一决高……"

不待报毕,曹操两眼早便瞪得血红,并怒吼道:"织席卖履小儿,竟敢与我叫板,吃豹子胆了!"

随后,即传令全军立刻停止用饭,准备出战,待擒杀刘备后再摆盛宴庆祝。大家闻令不到片刻工夫,便随曹操冲出南寨大门,在刘备所率官军所列阵对面列好了阵。时刘备居中央,银盔银甲银色高头大马,双股宝剑寒光四射,气势逼人。刘备右侧是怒目圆睁的张飞,若往常一般,铁盔铁甲黑色高头大马,丈八蛇矛寒光闪闪,锋利无比,看那架势,恨不得立刻冲过来将曹操刺个透心凉方才罢休。张飞旁边是刘琰和糜竺,他们虽是文臣,但精通武艺,时也披甲戴胄,长枪在握,战马在跨。刘备左侧是孙乾和简雍,他俩也是文臣,但其武艺不在糜竺之下,现也和糜竺一般,披甲戴胄,长枪在握,战马在跨。曹操那边自然是曹操居阵前中央,诛除了董承等人后,便是朝中第一实权人物,穿戴自然非同一般——金盔金甲金靴,跨着金鞍西域血汗马,握着双柄短戟,威风无比。其右侧是全副武装的将校夏侯惇、曹仁、曹洪、张辽、许褚、徐晃、李典、史涣和谋士郭嘉、荀攸;左侧是全副武装的将校夏侯渊、于禁、乐进、宋宪、魏续、吕虔和谋士刘晔。不用说,曹操这边优势尤为明显。因此他们,特别是那些将校,皆昂视天空,根本不把刘备一方放在眼里。

曹操与刘备是仇敌相见,自然要互相大骂一番。曹操气盛,自然欲先开口,谁料刘备却抢先大骂道:"曹贼,你本没根没姓,非要冒充我大汉开国元勋曹参之后,且又作恶多端,屠杀徐州无辜;恩将仇报,残杀张邈兄弟;后又不讲信义,屠杀彭城军民。更不可思议的是,明里迎天子去鲁阳,实则骗天子到许县;所谓尊天子敬汉室,实则挟天子谋不轨;有荣誉归你曹贼,过失则归天子。由此可见你比董贼还董贼啊!另外,陶徐州当年本让徐州与我,你这厮却厚颜无耻,据为己……"

不待骂毕,曹操早气得脸色青绿,眼珠血红,以戟指着刘备回骂道:"你这织席卖履小儿,难道忘记先被袁术袭击,后遭吕布击败,连妻室都被掳

第四十五回　战下邳关云长被迫投降　互不服曹操袁绍终开战

去，无奈，只好逃到西海，乞求吕布，方才还军小沛栖身，随后又被吕布击败，并失去整个徐州，连个立锥之地都没有！是我不记你当初军援陶谦之过，热情收留了你，并荐你为豫州牧，接着又去信说服吕布，让你还军小沛。再后你又被吕布击败，妻室又被掳去，又是我曹操率军经一番殊死厮杀，方才擒杀吕布，不仅使你夫妻团圆，还带你到许都觐见皇上，认了宗亲。同时，我还表你为左将军要职。再者，平时我行则与你同车，坐则与你同席，礼遇之高，没人能及。谁料你却韬光晦迹，扮猪吃虎，面上对我曹操百依百顺，礼貌有加，背地里却心毒如蛇蝎，恩将仇报，积极参与谋害……"

曹操方骂到此，只听得右侧一声大吼，一条大汉拍马舞斧直向刘备冲杀过去。曹操闻之，遂忙扭头望去，原乃许褚。于是忙高声对他道："许将军且慢，待我今日亲手擒杀了刘备这厮方才解恨。"

许褚闻言，认为非常有理，于是便忙勒马掉头，退回原位。曹操见许褚已回，便不顾左右劝说，即拍马挥舞短柄双戟，飞一般直向刘备冲杀过去。刘备见此，并不惊慌，也不听左右劝说，便拍马举着双股剑，向曹操迎了上去。眼下这仗，曹操和刘备皆抱着只可赢不可输的心态。因此，他俩杀起来甚是激烈，曹操一戟刺过来，刘备一剑挡住；刘备一剑劈过去，曹操一戟挡住。曹操戟戟直向刘备心窝刺去，刘备剑剑直向曹操脑袋劈去。由于他俩皆躲得及时，结果皆着着落空。

须知，曹操虽然精通文墨，但毕竟是行伍出身，武艺自然高出刘备一筹，再加之他那锋利无比、刺物若穿纸般的短柄双戟和奔跑如飞的西域血汗马，胜算自然在他一边。刘备呢？也不含糊。虽早年武艺平平，但经过这些年战场厮杀，武艺大有长进，且又年轻曹操六岁，体力自然旺盛。那对双股剑也锋利无比，削铁如泥，银色战马奔跑起来也不亚于曹操那马。两厢比较，平分秋色。因此，两人四件兵器虽叮叮当当不断碰击，却谁也没伤着谁皮毛。许褚见此，不禁非常着急，不待得令，便拍马挥斧上前，向刘备杀去，以助曹操一臂之力。刘备那边张飞见了，怕刘备不敌他俩，也不待得令,便拍马舞矛,接住许褚那斧杀将起来。许褚与张飞都是闻名遐迩的虎将,武艺之高无人不知,无人不晓。时他俩斧劈矛刺,直杀得天昏地暗,不见人影。曹操和刘备见此,深觉自愧弗如,遂不约而同地收回兵器,拍马掉头退回阵前,以便观看许褚与张飞厮杀。时许褚与张飞如同曹操与刘备,杀了许久也分不出胜负。而曹操认为自己一方人多势众,兵强马壮,混战必有胜算,于是便挥军一齐掩杀过去。对此,刘备毫不惧怕,也挥军掩杀过来。战不多时,曹操所率官军便渐渐不支。何也?原来他们未用饭便仓促应战,现早已饥肠辘辘,哪有力气长久厮杀?刘备所率官军是主动挑战,又是酒足饭饱,力气十足,越战越勇。恰值这时关羽又率官军出城飞一般杀来,这对曹操所率官军犹如雪上加霜。因此,顷刻间便将他们杀得大败而逃。

　　刘备打了胜仗,自然欢天喜地,回营后即设宴庆祝。曹操吃了败仗,自然不肯罢休,便在当日午夜时分率领官军偷袭刘备所部官军营寨。刘备所部官军不防,竟被杀得丢盔卸甲,没命乱逃。时刘备、张飞和夏侯博因巡营未睡,见此,便欲拍马舞械,专寻曹操杀去,以为擒杀了他,便稳操胜券。不待他三人出发,便见火光中一队官军正飞一般朝这边冲杀了过来。他三人忙举目一望,原乃夏侯惇、曹仁、曹洪、张辽、许褚、徐晃、李典和史涣所率官军。对此,刘备、张飞和夏侯博毫不惧怕,遂齐举兵器迎了上去。然他三人哪是夏侯惇等将校及其所率官军的对手,片刻间便被围住。好在曹操所部官军皆惧怕张飞猛勇,不敢上前与他厮杀。张飞见此,欲乘机护着刘备和夏侯博冲出包围。谁料这时夏侯博马失前蹄,将他甩了下来。夏侯惇等将校所率官军见此,大喜,便一拥而上,将夏侯博生擒活捉了去。张飞见此,无奈,只好与刘备奋力冲杀出包围,向下邳城逃去。夏侯惇见此,大喜,并挥军随后紧紧追杀。不到片刻工夫,便将张飞杀得不知去向,刘备也被杀得晕头转向,差点脑袋搬家。谁料否极泰来,正好这时刘琰、糜竺、简雍和孙乾率领官军杀了过来,护着刘备直向黑暗处逃去。直到夏侯惇等将校所率官军见不着刘备,方才鸣金收兵。

　　却说刘备在刘琰、糜竺、简雍和孙乾护卫下,直到天明方才逃到一片密

第四十五回　战下邳关云长被迫投降　互不服曹操袁绍终开战

林中。时刘备对孙乾道:"都怪我粗心大意,没防备曹贼人马来攻。"

孙乾闻刘备带着哭腔言说,自然也很难过,待刘备方言毕便道:"胜败乃兵家常事,主公不必挂怀。"

"不知张将军下落如何?"

"张将军武艺高强,必无虞,主公不必担心。"

"方才闻报下邳城已被曹贼人马围得水泄不通,眼下回去已无可能,你认为我们该向何处去呢?"

刘备问毕良久,孙乾方若有所思道:"在下以为,投靠袁绍方为上策。"

"为何?"

"主公须知,袁绍虽在讨董之战中与曹贼结盟,但后来对曹贼大败其弟袁术却耿耿于怀,其理一;袁绍虽接受了曹贼让与他的大将军之位,但对曹贼挟天子仍然不满,其理二;袁绍虽然势力强大,但要抗衡势力同样强大的曹操,还须招兵买马,扩充实力,倘若我们前往投奔,必会热情接纳,其理三。"

孙乾方言毕,简雍即道:"主公当年方任豫州刺史时便荐袁绍长子袁谭为茂才,对此,袁绍当然会以恩相报。还有,主公方任徐州牧袁绍便说'刘玄德弘雅有信义,今徐州乐戴之,诚副所望也',由此可见……"

刘备认为孙乾和简雍皆言之有理,于是不待简雍言毕,便忙派孙乾前往邺城求见袁绍,表示愿往投奔。孙乾领令,立刻便告辞刘备,日夜马不停蹄西向邺城赶去。随后,刘备又令刘琰、糜竺和简雍等残兵败将,就地安营扎寨,等候孙乾消息。

此后不久的一日上午,刘备正焦急不安地与糜竺和简雍商议如果袁绍不肯接纳他们该怎么办时,忽见孙乾飞马赶到刘备帐前,翻身下马进得里面,不及向刘备拱手施礼,便上气不接下气向他报道:"报告……主公……"

方报告到此,便说不出话来。随后一会,孙乾方才舒了口气道:"各处要道,皆有曹贼人马防备……"

不待孙乾报毕,刘备便料想不妙,于是脸黑得犹若锅底,良久方问孙乾道:"将如何是好呢?"

"先北上袁绍的辖地青州再说,如何?"

刘备闻言,不禁猛醒道:"青州刺史袁谭乃我旧交,投他定然无虞!"

糜竺、简雍和孙乾闻言,认为非常有理,于是便在刘备带领下,趁曹操所部官军不备的一个月黑风高午夜,悄悄奔出密林,向青州赶去。方到青州地界,在青州刺史部治所临菑县城的袁谭便得报刘备兵败前来投奔的消息,忙率领官军步骑五千前往相迎。相见礼毕,袁谭便引刘备、刘琰、糜竺、孙乾和简雍一行前往部衙客厅。进得里面,那里早摆好了为刘备、刘琰、糜竺、孙乾和简雍接风洗尘的丰盛宴席。刘备见此,不禁非常感动,遂对袁谭叹道:"袁将军不忘旧谊,在这时局动乱的年月里实属罕见啊!"

"刘皇亲须知,人间世道虽然沧海桑田,但海枯石烂心不变仍可贵呢!"

袁谭言毕,便热情邀刘备、刘琰、糜竺、孙乾和简雍入席。席间,袁谭频频举杯与刘备痛饮了一阵后,方才若有所思道:"刘皇亲、刘先生、糜先生、简先生和孙先生先在此休息几日,待我忙毕军务,再请诸君到平原小住。到那后我自有安排,如何?"

已到山穷水尽的刘备、刘琰、糜竺、孙乾和简雍闻言,自然激动得不知所以,并异口同声道:"愿听袁将军的。"

随后不久的一个上午,刘备、刘琰、糜竺、孙乾和简雍在驿馆正焦急地等待前往平原的消息时,忽见袁谭满面笑容进来对他们道:"诸君久等了,现在就出发吧。"

刘备、刘琰、糜竺、孙乾和简雍闻言,自然大喜不禁,说了些感谢话后,便随袁谭出门上马出西城门,直奔平原而去。

不久后的一个下午,刘备、袁谭、刘琰、糜竺、孙乾和简雍便到了平原国治所平原县城东门外。守卫虽不认得刘备、刘琰、糜竺、孙乾和简雍,但见为首者是袁谭,料想无虞,于是便忙放下吊桥,打开城门,让他们入城。

时袁谭以为刘备曾任平原相多年,到此应该故地重游,再拜访同宗同族才是,于是在次日早饭方毕,便匆匆赶到刘备等人下榻处,邀约他们出城一

第四十五回　战下邳关云长被迫投降　互不服曹操袁绍终开战

游。眼下刘备若丧家之犬，哪有那般心思？因此愁眉苦脸道："我们在此虽然无虞，但不知关羽将军和糜芳先生现在处境如何？"

"刘皇亲不必担心，我派人打探一下就知晓了。另外，我早已遣使前往邺城面见我老父，劝说他接纳你们。"

刘备闻袁谭方才之言，竟激动得语无伦次，热泪盈眶，并掷地有声道："待扫除了曹贼，振兴了汉室，我定在皇上面前表将军为朝廷重臣！"

"刘皇亲在方领豫州牧时便举我为茂才，我还未来得及报答……"

不待袁谭言毕，孙乾即道："主公乃当世伯乐，将军乃当世千里马。"

随后简雍道："真乃主公慧眼识英才啊！"

袁谭闻他们言，自然非常高兴，于是又提出出城游览之事。正在刘备犹豫不决之际，忽见一西城门守卫飞一般跑来向袁谭报道："西城门外来了一队人马，领头的声言要进城面见将军。"

袁谭闻报，也不知是哪路人马，为弄清究竟，便同刘备、刘琰、糜竺、简雍和孙乾一道，匆匆赶到西城楼上观望。途中，刘备、刘琰、糜竺、孙乾和简雍生怕是曹操所率官军追兵，不禁非常担忧。待他们赶到那里一望，原来是袁绍部下大将颜良所率官军，方才转忧为喜。袁谭见是自家人，大喜，随即叫守门小校放下吊桥，打开城门，放他们入城。

进得城里，颜良与袁谭、刘备、刘琰、糜竺、孙乾和简雍方相见礼毕便道："主公闻袁将军报告刘皇亲、刘先生、糜先生、孙先生和简先生前来，大喜，并特遣末将前来迎往邺城。"

刘备、刘琰、糜竺、简雍和孙乾闻之，自然大喜不禁，并不约而同说了一番感激话。对此，袁谭却连连摆手道："应该的，应该的，应该的。"

言毕，即邀颜良到客厅入席同大家宴饮，以为其接风。然颜良却对袁谭摆手道："临行时主公已叮嘱务必尽快奉迎刘皇亲到邺城，因此，你的盛情领了，待将来寻机再宴饮不迟。"

袁谭认为颜良言之有理，于是便与左右文武欢送刘备、刘琰、糜竺、孙乾、简雍与颜良出城。行进途中，沿途官民皆夹道迎送。对此，刘备、刘琰、糜竺、孙乾和简雍自然激动不已。一日上午,当他们行到距邺城还有两百里时,忽见前面一队官军正匆匆向这边赶来。刘备以为碰上了曹操所率官军追兵,并欲掉转马头向后奔逃。颜良见了,不禁哈哈大笑道:"刘皇亲别惊慌,看前面谁来了?"

刘备闻问,忙举目向前仔细一望,只见"袁"字旗下一高大英俊的汉子在马背上正举目朝他们这边观望。须知,袁绍和刘备虽早已互闻大名,但今天却是初次相见。因此,他俩尚互不认识。不过,这时他俩皆判断对方就是要见的人。于是皆不待询问左右,便忙翻身下马徒步飞一般上前,拱手相互施礼。随后,刘备还欲俯身向袁绍施跪拜礼。袁绍见此,忙连连摆手大惊道:"你乃皇亲,我岂敢受此大礼呢!使不得,使不得,使不得啊!"

刘备闻袁绍如此言,不禁激动得痛哭流涕,道:"大将军真乃我大救星啊!"

"刘皇亲有难,我岂能袖手旁观呢!"

袁绍言毕,即与刘备同时翻身上马在前并行。其他人随后,自不必说。途中,袁绍和刘备谈得甚欢,不觉间于当日傍晚时分便到达了邺城东城门。进得城里,街道两边早聚满了欢迎的官民。看那势头,好像他们欢迎的不是刘备,而是欢迎当今皇上刘协。

袁绍、刘备、刘琰、糜竺、孙乾和简雍一行到州衙客厅方才坐定,待侍者上茶方退下,袁绍便吩咐设宴为刘备他们接风洗尘。席间,袁绍与刘备相互频频举杯敬酒共饮,其亲密前所未有。对此,刘备除万分感激袁绍外,还时刻挂念着下邳城池之得失、关羽与糜芳之安危。那么刘备所挂念的关羽与糜芳情况到底如何呢?原来关羽见刘备兵败,便令糜芳率领官军守城,自己则率领官军出城南门,以为内外夹击曹操所率官军。谁料出城不远,便被曹操所率官军强弓大弩射得人仰马翻,前进不得。关羽无奈,只好掉转马头,领军回城。谁料这时南城门右侧火光中曹洪率了一支官军,左侧火光中曹仁率了一支官军,一齐向关羽所率官军冲杀过来,挡住了他们归路。关羽见此,大怒,遂挥军奋力冲杀,意欲杀开一条血路回城。然曹仁和曹洪所率

第四十五回　战下邳关云长被迫投降　互不服曹操袁绍终开战

官军皆是精悍步骑,关羽所率官军哪是其对手?因此,片刻便被杀得东倒西歪,溃不成军。糜芳在城上见了,怕关羽所率官军有失,便忙率领部分官军冲出城南门,直向曹仁和曹洪所率官军冲杀过去。曹仁他们不防,竟被杀得喊爹叫娘,纷纷后退。关羽所率官军见此,大喜,于是精神立刻为之一振,越战越勇,片刻工夫,便将曹仁和曹洪所率官军杀得屁滚尿流,抱头鼠窜。于是关羽所率官军大胜而归。

曹操见强攻城池无效,不禁非常恼怒,并在一日夜晚召集文臣谋士到中军大帐商议道:"敌军死守城池,强攻恐难奏效。大家有何妙计,不妨一一道来。"

郭嘉闻言,沉思片刻道:"只要久围不退,城内必然生变,那时再……"

不待言毕,曹操即摇头摆手连连道:"使不得,使不得,使不得啊!我军大部在此,许都防务空虚,日久倘若袁绍那厮乘机偷袭咋办?"

"那就速战速决!"

郭嘉言毕沉思片刻,即上前附着曹操右耳低声耳语了一番,时只见曹操不住点头称是。

次日早饭方毕,只见城南门外旌旗蔽日,刀枪密布;"擒杀关羽"的喊叫声震天动地,助阵助威的鼓角声震耳欲聋。关羽闻之,料想是曹操率官军前来攻城,大怒,并立刻飞一般赶到南城楼上举目望去,正如所料。关羽于是便率了一支官军骑兵飞一般冲出南城门,直向曹操所率官军冲杀过去,意欲一举擒杀曹操,击退敌军。曹操见此,大喜,便令许褚第一个冲上前去,接住关羽厮杀。须知,关羽的青龙偃月斧和许褚的开山大斧皆重八十斤。他俩又是闻名遐迩的猛将,因而杀了百余回合仍未分出胜负。对此,两边将士皆看得如痴如醉,如梦如幻。谁料此后关羽越战越勇,不到三十回合,竟杀得许褚只有招架功夫,而无还手之力。曹操见了,大惊,并令徐晃上去替换许褚。徐晃用的也是一柄重八十斤的开山大斧,舞动起来少有人敌。然与关羽交手方片刻工夫,便败下阵来。

须知,关羽虽是"万人敌",但曹操也只是耳闻,至于目睹,那也是多年前在汴水岸边与董卓部将徐荣交战时见过他施展武艺，且因相距太远没看清楚，而关羽与对手单枪匹马独斗，还没见过。因此，对关羽是否是"万人敌"，一直不置可否。今见关羽武艺果然绝伦，几乎是吕布再生，佩服之情油然而生，并萌发了收降关羽之意，于是便传令其左右两侧的夏侯渊、曹洪、徐晃、张辽、许褚、李典、史涣、乐进、侯成、宋宪、魏续、成廉和魏越等将校依次轮番上前缠住关羽厮杀，但不得伤其半根毫毛。须知，他们皆是久经沙场的勇猛将校，待一番杀下来，关羽自然筋疲力尽，动弹不得。曹操所率官军步兵见此，便忙一拥而上，将关羽推下马捆了个结实。

曹操见此，大喜，便令荀攸和郭嘉上前轮流劝说关羽投诚。时他俩徒步上前向关羽列举了许多古今投诚者受到重用的先例，嘴皮都磨破了，也无结果。时曹操认为张辽前时与关羽交战时曾叙过同乡交情，于是便派张辽前往劝说。张辽得令忙翻身下马，徒步走到关羽面前，毕恭毕敬边向关羽拱手施礼边道："关将军近来无恙吧？"

时虽然北风呼啸，雪花飞舞，但关羽在缓过气后仍笔直地站了起来，远远望去，犹若一头威猛雄狮，气势逼人。他见张辽前来，遂吼道："张将军方才怎么不上前与我一较高低？"

"我乃关将军手下败将，哪有颜面……"

"哪里，哪里，那是张将军失手使然呢！"

张辽闻关羽口气缓和，以为劝说有戏，遂大喜道："我俩乃并州同乡，应畅所欲言才是。"

关羽料知张辽要说什么，道："张将军恐难说服我啊。"

"为何？"

"我与我家主公同生死共患难多年，岂可与曹贼为伍？"

"关将军须知，曹司空爱将如子，倘若将军肯归附，定然升官……"

"我视官爵如粪土！"

"曹司空一心一意协助天子，匡扶汉室，谁与伦比？"

"张将军之言差矣！须知，曹贼明里协助天子，匡扶汉室；暗里却狼子

第四十五回　战下邳关云长被迫投降　互不服曹操袁绍终开战

野心，招降纳叛，扩充实力，四处用兵，待有朝一日仿王莽故事，取汉而代之。"

"将军方才所言，只不过以小人之心，度君子之腹罢了。须知，曹司空先祖为我大汉开国元勋，后世亦为汉……"

关羽虽对张辽所言很不以为然，但又欲摆脱眼下困境，于是不待张辽言毕便道："倘若曹操真有纳我诚意，须满足我两个要求：第一，善待我主公麋、甘二位夫人；第二，一旦我得知我主公下落，必许我携带麋、甘二位夫人归之。当然，我也会在离去前以功报答他。"

张辽闻关羽改称"曹贼"为"曹操"，以为劝说事半功成，大喜，忙转身飞一般跑到曹操马前，将关羽最后所言向曹操禀报了一番。曹操闻报，大喜，欲翻身下马，向关羽奔去。左右文武见此，怕关羽变卦挣脱绳索，抓住曹操当人质，于是便拍马上前阻拦。曹操见此，非常理解他们之意，并道："关将军乃义士，岂会干小人勾当！"

言毕，即毫不犹豫地翻身下马，徒步向关羽奔去。张辽见此，非常感动，亦随曹操奔了过去。时关羽见曹操过来，仍站在原地纹丝不动。对此，曹操也不计较，并忙上前伸出双手，三下五除二为关羽解开绳索，末了还向他拱手施礼道："委屈关将军了！"

关羽见曹操如此尊重他，不禁非常感动，并忙向曹操拱手还礼道："末将无礼……"

"欢迎将军到我帐下协助天子，匡扶汉室……"

"司空大人能应允末将所提那两个要求否？"

"皆应允！"

曹操方答毕，便咬破右手食指，撕下身上一块战袍，以指将方才所言撰就其上，并立刻递给了关羽。关羽接过后即道："君子所言，驷马难追啊！"

"当然！"

曹操言毕，便令张辽接收下邳，刘备家眷麋夫人、甘夫人和关羽、麋芳及其所率官军皆随他回许都。

须知，曹操之所以能降服关羽，拿下下邳，皆因听从了郭嘉当初对其低声耳语所言。

此时值建安五年正月。

再说刘备这段时间在袁绍那里也没闲着，夜以继日地思想着如何收拢其失散人马，东山再起，收复徐州。为此，常在下榻的馆舍里来回踱步，愁眉苦脸，唉声叹气。简雍见了，甚为不解，并在一日上午问刘备道："主公何故……"

不待问毕，刘备便将自己所思所想向简雍道了一遍。简雍闻之，也不禁愁眉苦脸，唉声叹气。正在这时，孙乾进来见此，犹若丈二和尚，摸不着头脑。时不待孙乾发问，简雍便将刘备所思所想向他道了一遍。孙乾闻之，也不禁愁眉苦脸，唉声叹气，良久方道："依在下之见，不若借袁绍之力……"

不待言毕，简雍即高兴地道："孙先生言之有理！"

然刘备却忧心忡忡道："袁绍岂肯借……"

"不然。我闻袁绍一贯喜欢他人吹捧，倘若主公夸奖他一番，他定会……"

刘备闻孙乾言，明里不再言语，暗里却认为非常有理，并欲待机试探试探袁绍口气。

却说袁绍闻报曹操夺了刘备徐州，心里也是一百个不舒服，并思想到：何不以助刘备夺回徐州为名，先发兵攻占之，而后再据为己有呢？但不知刘备是否有夺回徐州之意。袁绍想到此，便立刻遣使前往刘备下榻馆舍邀请刘备到他府上客厅宴饮，以便乘机试探刘备口气。

刘备得邀，也认为这是他试探袁绍口气的极好机会，于是便忙更换衣帽，出门翻身上马，急匆匆向袁府赶去，希望尽早见到袁绍。时袁绍也希望尽早见到刘备，故待使者方才出门，便赶到大门前引颈踮足，盼望刘备早些到来。因此，刘备还未到达袁府门口，便远远望见了袁绍。对此，刘备不禁大喜，以为试探袁绍口气已事半功倍。双方相见礼毕，袁绍便引刘备直奔客厅。进得里面，那里已摆好了鸡鸭鱼肉，山珍海味。入座酒方过一巡，袁绍便急不可耐地问刘备道："曹操无理夺了刘皇亲徐州，刘皇亲难道不想收

第四十五回　战下邳关云长被迫投降　互不服曹操袁绍终开战

回么？"

"怎么不想？可眼下我立足之地都没有，哪有实力收回徐州呢？"

刘备言至此，停了片刻又道："大将军若愿出兵夺回徐州，我愿拱手相让。"

"哪里哪里，倘若夺回，我袁绍岂能据为己有！不过，曹操这厮实力虽在我之下，但却诡计多端，奸诈异常，恐难……"

"大将军能轻而易举消灭强敌公孙瓒，何故惧怕曹操那厮呢？"

说到公孙瓒，袁绍便精神为之一振。何也？事情的原委是：早在兴平二年，公孙瓒便在鲍丘败于袁绍，并逃到易京据守。两年前（建安三年），袁绍又发兵大举进攻公孙瓒。公孙瓒料知难敌，便派其子公孙续前往黑山，求黄巾军相助，他则率领官军精锐骑兵突围出去，抄袭袁绍所部官军后路。对此，公孙瓒长史关靖却认为，部下将士士气低落，军纪涣散，之所以还能在此固守，皆因留恋家乡及妻室儿女。倘若长期坚守，袁绍必会因粮草不济而退兵。因此，须有公孙将军这般威望的将领坐镇防守方才万事无虞，否则，易京必危在旦夕。公孙瓒认为关靖言之有理，于是便调兵遣将，固守城池。谁料袁绍不但没退军，反还不断加强攻势，遂使公孙瓒所率守城官军日趋困难。公孙瓒无奈，只好带领所部官军退入城中小城，修筑三层高的营垒以为防御。建安四年春，黑山黄巾军大帅张飞燕与公孙续欲率军十万分三路前往援救公孙瓒。此前，公孙瓒曾密派特使带信与公孙续，言："昔周末天下大乱，战争频发，尸积如山，血流成河。我却认为这是子虚乌有，纯属谣传。不料我眼下遇上，不由得不信！现在袁绍所率官军行为犹如鬼神，架梯冲上营垒的，皆在其上狂吼乱跳，而鼓角在下响得震天动地，形势之危急，前所未有。人常言：飞鸟遇险可飞入人的怀抱栖身，水流过急会冲上高地。因此，你要以死相求张大帅，速率五千黄巾军骑兵赶到城北低湿地带，点火为号，到时我会率军从城内杀出，内外夹击，与袁绍决一死战。否则，我死后天下虽大，却没你立锥之地啊。"谁料该信被袁绍探马截获，袁绍于是将计就计，按时按地点火。公孙瓒见此，以为救兵已到，于是便率军出城交战，却被袁绍所部官军伏兵认出，并被打得大败。无奈，他们只得退回城里。公孙瓒自忖城池难守，性命难保，于是便把妻室儿女姐妹全部勒死，然后点火自焚。袁绍所部攻城官军见此，便立刻冲上去割下公孙瓒首级，于是城池自然随之而破。随后，公孙瓒部下战死者有之，如关靖；见公孙瓒大势已去，便率众投靠袁绍的亦有之，如鲜于辅和阎柔。总之，皆作鸟兽散。

随后，袁绍威望不仅大增，实力也翻了好几倍。因此，现在闻刘备提起这事，岂会不精神为之一振呢？并得意非凡地对刘备道："消灭公孙瓒那厮，对我而言，犹若囊中取物，轻而易举，何足挂齿。"

方言毕，刘备为激袁绍出兵攻打曹操，以便帮他夺回徐州，于是便转变话锋道："你身为大将军，乃当朝第一重……"

"刘皇亲有所不知，我那大将军是有职无权，徒有虚名而已。"

"这话怎讲？"

"须知，曹操那厮虽为司空，位在我之下，然则挟持天子，操控朝政，没人奈何得了他！"

"不然。大将军自消灭公孙瓒后，便拥有了冀、青、并、幽四州之地，且文臣将校云集。曹贼仅据有兖、豫、徐三州，且徐州政局还动荡不安，而谋士无一能运筹帷幄之中，决胜千里之外；将校虽久经沙场，但武艺平平。倘若大将军发兵许都，迎帝于邺，掌控朝政，谁奈何得了？"

其实，袁绍早就后悔当初没听谋士沮授"今州城粗定，兵强士附，西迎大驾，即宫邺都，挟天子以令诸侯，蓄士马以讨不庭，谁能御之"之言。现在听刘备这么一说，于是又勾起了迎刘协于邺的念头，并气哼哼道："我立刻就调兵遣将，发兵许都，消灭曹贼，迎天子于邺！"

刘备闻言，大喜，遂道："祝大将军旗开得胜，马到成功！"

随后，袁绍即传令冀、青、并、幽四州及在邺有关文武迅疾前来听候调遣。传令方发出三天，被传者便先后匆匆赶到。时住驿馆的有之，住宿友府邸的有之。于是城内城外到处人头攒动，拥挤不堪。袁绍见他们皆按时到达，大喜，便于次日上午召集他们到城中央点将台听候命令。待他们到齐礼毕方站定，袁绍便将命令缘由道了一遍。因他们此前不备，于是现场立刻如

第四十五回 战下邳关云长被迫投降 互不服曹操袁绍终开战

凉水溅进油锅,沸腾了起来。方静下,便听得有人高声道:"眼下汉室赤德将尽,虞舜之胄袁氏黄德正望,理当顺天意应民望,取汉而代之。"

在场者闻之,不禁大吃一惊,并忙循声望去,原乃主簿耿包。须知,耿包胆敢当众如此言,皆因他见袁绍拥有冀、青、并、幽四州,地大物博,兵强马壮,天下没人能及,若问鼎汉室,谁奈何得了?袁绍闻耿包方才之言,面上虽若无其事,心里却喜不自禁。谁料许攸却认为耿包胆大妄为,当杀!其他人也忙随声附和。袁绍无奈,只好迫不得已立刻下令杀了耿包,以掩其代汉之心。随后,便欲调兵遣将。

谁料这时沮授却上前反对道:"须知,我方出兵攻打公孙瓒,且时长达一年,致使州内库无积余,赋税加重,吏民疲穷,怨声载道。对此,难道不让人担忧么?故依愚见,不若大力耕种,使兵民得以休养生息,然后派使者向皇上进贡,倘若曹操那厮阻隔,就可上奏皇上和布告天下,揭露曹操阻隔罪行。而后发兵驻守黎阳,觊觎大河以南。同时大造舟船,修造兵器,派遣精骑,抄掠敌境,使其鸡犬不宁,疲惫不堪。而我却精神饱满,活力十足。如此,再发兵攻之,取胜便易如反掌!"

方言毕,郭图即起身反对道:"兵法云:有十倍于敌时,就将其包围;有五倍于敌时,就对其进攻;双方兵数相当时,就可交战。眼下凭借明公之神武,再加四州势众兵强,用以讨伐曹操,其势易如反掌啊!倘若现在不攻取,待曹操尾大不掉,攻取便难若上青天呢。"

方言毕,审配即击掌表示赞同。

沮授见此,随即反驳道:"消祸乱,诛强暴,乃仁义之师。而自恃势众,凭借强大,乃骄军啊。仁义之师打遍天下无敌手,骄军则不战自溃。曹操为江山社稷迎天子于许,并建造了完备的皇宫禁苑,功不可没啊。我若发兵攻之,便有违正义。再者,克敌制胜在谋之高下,而不在力之强弱。曹操实施法令严明,人马精强善战,而非公孙瓒那般易于对付。现大将军弃安全之策,无故发兵南下,不禁叫人担忧和后怕。"

郭图闻言,却不以为然道:"昔武王伐纣,算不得仁义了。只要发兵攻打曹操，还怕编造不出理由么？再说了，主公兵精马壮，作战勇猛，若不乘机早定大业，便成人们所言'天赐良机而不抓，则会受天谴责矣'。这便是越所以称霸，吴所以灭亡的主要原因。"

在场者闻言，皆认为非常有理，并摩拳擦掌，争当先锋。袁绍见此，大喜，遂毫不犹豫地采纳了郭图所言。郭图见此，不禁非常得意，并借机讥讽沮授道："沮授监管内外，威震三军，如此下去，便会尾大不掉，无人能制。臣子与君主并驾齐驱，国家必定灭亡，此乃《黄石》一书中所忌讳的啊。再者，统领边地汉军者，不宜干预内政。"

淳于琼闻言，便忙击掌赞同。袁绍也认为郭图言之有理，为平衡沮授、郭图和淳于琼之间的矛盾，当场便将沮授原来监管的职权分为三个都督，让他三人各监管一军，后因与曹操开战未及实行。

时田丰意见与郭图和淳于琼相左，认为现在发兵攻打许都，已失去最佳时机，故不宜出兵，并上前走到袁绍面前劝说道："曹操已击败刘备回许，已无机可乘了。再者，曹操人马虽少，但那厮变幻莫测，善于用兵，不可轻视啊。因此，眼下不如就地长期坚守。同时，可借山川之固，人马之众，外联英雄豪杰，内行渔樵农耕。待一切准备就绪，再派精锐人马以为奇兵，乘其空虚之机轮番出战，以扰大河之南。若敌援其左，我则攻其右；若敌援其右，我则攻其左，即所谓声东击西，出其不意也。如此，便使其军疲于奔命，使其民不能安居乐业。不出三年，胜敌有何难？"

袁绍哪里肯听田丰的，并认为田丰方才所言败坏军心，于是怒不可遏，下令将田丰投入狱中。

须知，袁绍何故要将田丰投入狱中呢？原来在刘备前时脱离曹操杀了曹操委派的徐州刺史车冑占领了下邳，曹操因此率领官军大举进攻刘备时，田丰就向袁绍建议道："能与大将军争夺天下的曹操，现正攻打刘备。曹强刘弱，胜败瞬间便出分晓。倘若乘机发兵攻打曹操后方许都，取胜必易如反掌。军队能否适机而发，乃胜败之关键！"谁料袁绍推说儿子有病，不予发兵。对此，田丰不禁非常着急，并以杖击地连连道："大事完啊！大事完啊！

第四十五回　战下邳关云长被迫投降　互不服曹操袁绍终开战

大事完啊！千载难逢之机竟以儿子有疾而丢弃，不免可惜啊！"袁绍闻言，不禁非常恼怒，并因此疏远了田丰。由此可见，袁绍现将田丰投入狱中，犹若冰冻三尺，非一日之寒。

时袁绍见再无异议，便发所部官军精兵十万，劲骑一万，以审配与逢纪统领军事，荀谌与许攸为谋士，颜良与文丑为主将，他则率领官军主力进驻河水北岸黎阳，计欲乘机渡过河水，直攻白马，再西向攻打延津与阳武，东向攻打官渡，南向攻打许都，消灭曹操，迎天子于邺。时沮授仍坚持己见，在临行前还会集其宗族，将家中所有资财皆散与他们，并叹道："古贤云：'势存则威无不加，势亡则不保一身。哀哉！'"其弟沮宗却不以为然道："曹操兵微将寡，岂是兵多将广的袁大将军的对手！有何惧呢？"沮授闻之，无不忧心忡忡道："你有所不知，以曹兖州之明略，又挟天子以为资，而我虽克公孙瓒，但众实已疲敝，而主骄将怵，军之破败，在此一举啊！杨雄有言：'六国蚩蚩，为嬴弱姬。'今之谓乎！"言毕，不禁痛哭流涕。

大军出发前，郭图认为应有讨曹檄文，以此表明出师有名。袁绍认为郭图言之有理，于是便令主簿陈琳撰写《为袁绍檄豫州文》。陈琳乃闻名遐迩的大文豪，因而很快便撰写完毕。袁绍看后，甚觉满意，于是便令抄写多份，张贴到各州、郡、县，告示天下。其文云：

左将军领豫州刺史郡国相守：盖闻明主图危以制变，忠臣虑难以立权。是以有非常之人，然后有非常之事；有非常之事，然后立非常之功。夫非常者，固非常人所拟也。曩者，强秦弱主，赵高执柄，专制朝权，威福由己；时人迫胁，莫敢正言；终有望夷之败，祖宗焚灭，污辱至今，永为世鉴。及臻吕后季年，产禄专政，内兼二军，外统赵梁；擅断万机，决事省禁；下陵上替，海内寒心。于是绛侯、朱虚，兴兵奋怒，诛夷逆暴，尊立太宗，故能王道兴隆，光明显融：此则大臣立权之明表也。

司空曹操：祖父中常侍腾，与左悺、徐璜并作妖孽，饕餮放横，伤化虐民；父嵩，乞匄携养，因赃假位，舆金辇璧，输货权门，窃盗鼎司，倾覆重器。操赘阉遗丑，本无懿德，僄狡锋协，好乱乐祸。幕府董统鹰扬，扫除凶逆；续遇董卓，侵官暴国。于是提剑挥鼓，发命东夏，收罗英雄，弃瑕取用；故遂与操同谘合谋，授以裨师，谓其鹰犬之才，爪牙可任。至乃愚佻短略，轻进易退，伤夷折衄，数丧师徒；幕府辄复分兵命锐，修完补辑，表行东郡，领兖州刺史，被以虎文，奖蹙威柄，冀获秦师一克之报。而操遂承资跋扈，恣行凶忒，割剥元元，残贤害善。故九江太守边让，英才俊伟，天下知名；直言正色，论不阿谄；身首被枭悬之诛，妻孥受灰灭之咎。自是士林愤痛，民怨弥重；一夫奋臂，举州同声。故躬破于徐方，地夺于吕布；彷徨东裔，蹈据无所。幕府惟强干弱枝之义，且不登叛人之党，故复援旌擐甲，席卷起征，金鼓响振，布众奔沮；拯其死亡之患，复其方伯之位：则幕府无德于兖土之民，而有大造于操也。

后会銮驾返旆，群虏寇攻。时冀州方有北鄙之警，匪遑离局；故使从事中郎徐勋，就发遣操，使缮修郊庙，翊卫幼主。操便放志：专行胁迁，当御省禁；卑侮王室，败法乱纪；坐领三台，专制朝政；爵赏由心，弄戮在口；所爱光五宗，所恶灭三族；群谈者受显诛，腹议者蒙隐戮；百僚钳口，道路以目；尚书记朝会，公卿充员品而已。

故太尉杨彪，典历二司，享国极位。操因缘眦睚，被以非罪；榜楚参并，五毒备至；触情任忒，不顾宪纲。又议郎赵彦，忠谏直言，义有可纳，是以圣朝含听，改容加饰。操欲迷夺时明，杜绝言路，擅收立杀，不俟报国。又梁孝王，先帝母昆，坟陵尊显；桑梓松柏，犹宜肃恭。而操帅将吏士，亲临发掘，破棺裸尸，掠取金宝。至令圣朝流涕，士民伤怀！操又特置发丘中郎将、摸金校尉，所过隳突，无骸不露。

身处三公之位，而行桀虏之态，污国害民，毒施人鬼！加其细致惨苛，科防互设；罾缴充蹊，坑阱塞路；举手挂网罗，动足触机陷：是以兖、豫有无聊之民，帝都有吁嗟之怨。历观载籍，无道之臣，贪残酷烈，于操为甚！

幕府方诘外奸，未及整训；加绪含容，冀可弥缝。而操豺狼野心，潜包祸谋，乃欲摧挠栋梁，孤弱汉室，除灭忠正，专为枭雄。往者伐鼓北征公孙瓒，强寇桀逆，拒围一年。操因其未破，阴交书命，外助王师，内相掩袭。

第四十五回　战下邳关云长被迫投降　互不服曹操袁绍终开战

故引兵造河，方舟比济。会其行人发露，瓒亦枭夷，故使锋芒挫缩，厥图不果。尔乃大军过荡西山，屠各左校，皆束手奉质，争为前登，犬羊残丑，消沦山谷。于是操师震慑，晨夜逋遁，屯据敖仓，阻河为固，欲以螳螂之斧，御隆车之隧。

幕府奉汉威灵，折冲宇宙；长戟百万，胡骑千群；奋中黄育获之士，骋良弓劲弩之势；并州越太行，青州涉济漯；大军泛黄河而角其前，荆州下宛叶而掎其后：雷霆虎步，若举炎火以焫飞蓬，覆沧海以沃熛炭，有何不灭者哉？又操军吏士，其可战者，皆出自幽冀，或故营部曲，咸怨旷思归，流涕北顾。其余兖豫之民，及吕布张杨之余众，覆亡迫胁，权时苟从；各被创夷，人为仇敌。

若回旆方徂，登高冈而击鼓吹，扬素挥以启降路，必土崩瓦解，不俟血刃。方今汉室陵迟，纲维弛绝；圣朝无一介之辅，股肱无折冲之势。方畿之内，简练之臣，皆垂头揖翼，莫所凭恃；虽有忠义之佐，胁于暴虐之臣，焉能展其节？又操持部曲精兵七百，围守宫阙，外托宿卫，内实拘执。惧其篡逆之萌，因斯而作。此乃忠臣肝脑涂地之秋，烈士立功之会，可不勖哉！

操又矫命称制，遣使发兵。恐边远州郡，过听给与，违众旅叛，举以丧名，为天下笑，则明哲不取也。即日幽并青冀四州并进。书到荆州，便勒现兵，与建忠将军协同声势。州郡各整义兵，罗落境界，举武扬威，并匡社稷：则非常之功于是乎著。

其得操首者，封五千户侯，赏钱五千万。部曲偏裨将校诸吏降者，勿有所问。广宜恩信，班扬符赏，布告天下，咸使知圣朝有拘迫之难。

如律令！

檄文传到许都，全城轰动，成为时之官佐文人的热论话题。曹操在曹府客厅闻之，便忙叫人揭下呈与他看。方看毕，便不禁怒火中烧，并大骂陈琳不止。时待他细细品读后，又不禁连连拍手叫绝，并递给身旁的荀彧看。方看毕，曹操即问他道："你以为陈琳檄文如何？"

"恕我直言，该文气势磅礴、气吞山河，可称盖世精品！"

荀彧言毕片刻，又道："何不也撰篇讨袁檄文，予以回击。"

"可。"

曹操言毕，即令在许文臣谋士撰写。三日后，他们便撰写完毕，并争先恐后交出。经荀彧等重臣硕儒日夜严格品评，终于在一日午夜时分选出一篇上乘之作，并叫荀彧立刻赶往曹府呈与曹操审阅。时曹操因部署战事未眠，见荀彧前来，不知有何等要事，正欲发问，时荀彧已将檄文呈了上来。曹操接过忙展开一看，见是讨袁檄文，大喜，遂忙仔细看阅起来。文略云：

袁绍这厮欲与原冀州牧韩馥阴立故大司马刘虞为帝，并作金玺，遣故任长毕瑜诣虞，为说命录之数。又袁绍与属下群臣书云："可都鄄城，当有所立。"擅铸金银印，孝廉计吏，皆往诣绍。从弟济阴太守袁叙与袁绍书云："今海内丧败，天意实在我家，神应有征，当在尊兄。南兄袁术属下群臣欲使其即位，他则道，以年则北兄袁绍年长，以位则他重。便欲送玺，会我主公断道未果。"袁绍本为大将军，朝廷重臣，且宗族四世三公，累世受国重恩，而凶逆无道，乃至于此。辄勒兵……

曹操见此文不仅行文紊乱，字句呆板，且东拉西扯，不着要领，岂能与陈琳《为袁绍檄豫州文》相比？因而不待看阅毕，便不禁长叹道："祢衡文才必不在陈琳之下，都怨我没量才使用，错待了他啊！"

言毕，即叫荀彧将那篇檄文付之一炬。随后，即传令在许和兖、豫、徐三州文武，迅疾来许都商议要事。于是除在许都的外，其他的皆日夜飞马赶路。不久，便先后到达按秩排定待曹操发话。当他们听说要与袁绍所部官军开战，皆毫无畏惧。如驻守要隘兖州的程昱便豪气十足，时曹操因他所率仅七百官军守城，怕不足以胜任，欲增派两千官军，但他却断然予以谢绝。为此，曹操赞誉其胆识过于古之勇士孟贲与夏育。曹操见众文武临危不惧，勇于上阵，大喜。时郭嘉上前对曹操道："在下以为，今袁绍有十败，主公有十胜，袁绍兵虽盛，不足惧啊！袁绍繁礼多仪，主公体任自然，此道胜也；袁绍以逆而动，主公奉顺以率天下，此义胜也；桓、灵以来，政失于宽，袁绍

第四十五回　战下邳关云长被迫投降　互不服曹操袁绍终开战

以宽济宽，主公以猛纠之，此治胜也；袁绍外宽内忌，所任多亲戚，主公外简内明，用人唯才，此度胜也；袁绍多谋少决，主公得策辄行，此谋胜也；袁绍专收名誉，主公以至诚待人，此德胜也；袁绍恤近忽远，主公虑无不周，此仁胜也；袁绍听谗惑乱，主公浸润不行，此明胜也；袁绍是非混淆，主公法度严明，此文胜也；袁绍好为虚势，不知兵要，主公以少克众，用兵如神，此武胜也。主公有此十胜，用以败袁绍无难啊！"

时曹操认为郭嘉言之有理，于是立刻便调兵遣将，准备迎战。

须知，建安三年年底曹操消灭吕布后基本统一了河水以南，及至次年春袁绍消灭公孙瓒完全统一河水以北后，河水南北便为曹操与袁绍两大集团势力所占领。除春秋战国时期，那里向来是统一的，现在由袁绍与曹操两大集团势力同时占领，其时日不可能长久。因此，袁绍与曹操之间的争夺战必不可免。对此，曹操早洞若观火，并派遣所部官军万余牵制袁绍所部并州官军，以防其北部受到攻击；派遣所部官军数千驻防敖仓，另派遣所部官军数千驻屯盟津，以保其左侧防地安全；派遣所部官军步骑数千驻屯延津，派遣所部官军数千驻屯白马，共同阻击袁绍所部官军渡过河水南侵；派遣所部官军七百仍驻屯甄城，以保证其左侧防地安全；派遣所部官军精兵数千佯攻袁绍青州齐地和北海等地，以牵制袁绍所部官军外侵；派遣所部官军步骑万余驻屯官渡，以便阻挡袁绍所部官军南下；派遣所部官军数千驻屯阳翟，以便保卫其防地右侧；派遣所部官军数千驻屯叶县，以防新降的刘辟和龚郝汝南黄巾军反叛；派遣所部官军数千驻屯宛县，以便抵御荆州刘表所部官军北犯；派遣所部官军数千驻屯汝南，以防孙策所部官军北上袭击许都；仿刘邦令萧何故事，令荀彧统领后方文武坐镇许都，掌管朝中事务；令钟繇负责向关东督运关中粮草；又增派官军数千协助钟繇统管盐政，安抚灾民，号召屯垦，保证前线各路官军粮草供应，同时打造兵器与监管粮运。由此可见，曹操与袁绍之间这场南北大战，曹操早有充分准备，只是刘备诱使袁绍主动开战罢了。

看官欲知曹、袁两军开战战况如何，请看下回分解。

第四十六回

关羽斩颜良离开曹操回归刘备
曹孟德袁本初两官军相持官渡

却说袁绍率领官军方进驻黎阳城,便令郭图、淳于琼和颜良率领官军攻打位于河水南岸的曹操所属白马城。对此,曹操所部守城官军主将刘延毫不惧怕,在号召全城军民加强防守的同时,又忙派人火速赶往许都向曹操求援。曹操闻报,立刻便亲率官军来援。

却说郭图、淳于琼和颜良在一日黎明时分率领大队官军赶到白马城东门护城河外侧岸边,不是待安营扎寨,埋锅造饭,酒足饭饱,养精蓄锐后再行攻城,而是自恃兵多将广,势力强盛,欲一举破城,给曹操所部刘延守城官军来个下马威,好向袁绍邀功,因而方到便立刻下令攻城。部下得令,以为立田单之功在即,于是扛着云梯,悄无声息地渡过护城河,蹑手蹑脚走到城墙根下,轻手轻脚搭上云梯,飞一般直往上爬,以为偷袭。方爬到城垛,其后突然涌出无数刘延所率守城官军,有的举刀将爬在前面的脑袋猛地削了个大搬家,有的用铁钩猛将云梯往上拉,爬在上面的郭图、淳于琼所率官军不备,皆纷纷而落,不是摔的一命呜呼,便是摔的半死不活。

郭图、淳于琼和颜良在后见此,不禁吃了一惊。经商议,决定用抛石机向城里猛抛石块,以便掩护架搭云梯攻城。片刻,无数抛石机便很快架起来。只听得郭图一声令下,无数石块若雨点般从抛石机上直向城里飞去,砸得那里房屋东倒西歪,兵民喊爹叫娘。接着,郭图又令弓箭手一齐向城里放火箭。顿时那里便浓烟滚滚,火光冲天。郭图见此,大喜,以为攻城万无一

第四十六回　关羽斩颜良离开曹操回归刘备　曹孟德袁本初两官军相持官渡

失,于是便令部下架搭云梯攻城。部下得令,自然不敢怠慢,立刻便架搭云梯,飞一般向城垛爬去。方爬到城垛边沿,城上石块便如雨下,直砸得他们鬼哭狼嚎,死伤无数。郭图见此,甚觉惊异,以为那些石块是从天而降呢!片刻回过神拾起一石块一看,方知是刘延所率守城官军利用他们方才抛进城内的那些石块还击他们。为此,不禁怒火中烧,欲身先士卒,冲到城墙根下架搭云梯攻城,淳于琼和颜良见此,忙上前劝止,于是方才罢休。

时近中午,郭图、淳于琼和颜良所率官军早已饥肠辘辘,无力攻城。郭图见此,无奈,只好传令绕城安营扎寨,先将城池包围起来,然后埋锅造饭,填饱肚皮,歇息一阵再说。

却说刘延见曹操所部官军救兵久久未到,不禁非常着急,并在一日午后召集左右将校到东城楼上坐下商议对策。时有的说敌军不仅势众,且将校猛勇,守城很难,因而不若弃城而走。有的说白马城乃袁绍所部官军进攻许都的必经之所,曹操早晚会派军来救,因而必须誓死坚守。有的说曹操平时待人不薄,在此危机时刻应与城池共存亡。总之,众说纷纭,莫衷一是。刘延则认为后者所说有理,于是立刻令侍者拿出一块白绢摊开,咬破自己右手食指,在白绢上一挥而就,书下"坚守白马,视死如归"八个汉隶大字。在场者见此,不禁非常感动,于是也争先恐后咬破右手食指,上前签上自己姓名。刘延见此,不禁大喜道:"只要众志成城,退敌有何难呢!"

言毕,即拔剑指着城下大声吼道:"有种的,跟我来!"

在场者闻之,皆表示愿战死沙场,马革裹尸。随后,刘延即对他们一一耳语了一番。时只见他们皆不住点头称是后,便匆匆离去了不提。

却说郭图、淳于琼和颜良所率官军白天一直未见刘延所率官军出城反击,以为他们兵微将寡,不敢出城交战,于是便欲乘机美美睡上一觉,以便明日继续攻城。当他们摘胄卸甲,赤身裸体睡到午夜时,忽然听得西寨辕门外鼓角声和喊杀声震天动地,似有千军万马杀来。对此,他们自然知晓是刘延所率官军杀到,于是忙翻身爬起惺忪着眼披挂蹬靴,挥刀举枪,奔出帐外,聚集在早已上马的郭图、淳于琼和颜良后面,飞一般冲出西寨辕门,向鼓角声和喊杀声那边杀过去。方出寨门，鼓角声和喊杀声却突然悄无声息，人马也随之无影无踪。郭图见此，甚觉惊疑，等了良久，也无任何动静。无奈，只好传令鸣金收兵回寨，合衣就寝，以备及时迎战。孰料方才躺下，西寨辕门外鼓角声和喊杀声又起。郭图、淳于琼和颜良闻之，忙起身出帐翻身上马率军飞一般赶到那里，鼓角声和喊杀声如此前一般，突然间悄无声息，人马也没了踪影。双方如此这般直到黎明时分，也未交手开杀。因而直叫郭图、淳于琼和颜良所率官军睡觉不能，厮杀亦不能，并筋疲力尽，哈欠连天。有的还以为遇上了鬼兵魅将，于是便不寒而栗，龟缩不出。正在此际，忽然城东门大开，火光中刘延率了一支官军精骑，若神兵天将般直向郭图、淳于琼和颜良所率官军大寨杀来。他们虽然有所准备，但士气低落，军心涣散，哪是突如其来的刘延所率官军的对手？于是瞬间便被杀得喊爹叫娘，到处乱窜。须知，郭图、淳于琼和颜良所率官军毕竟势众，待回过神，便掉头返身杀了过来。不大工夫，刘延所率官军便渐渐不支。淳于琼见此，大喜，以为这是射杀刘延的极好机会，于是便忙取弓搭箭，向刘延射去。刘延不防，正中其右臂。左右见此，大惊，忙飞马上前扶住，边战边向城里退去。淳于琼见了，哪里肯放？遂便飞马上前，意欲擒杀刘延。留下守城的于禁见此，大惊，正欲率领官军下城相救，忽然郭图身后一小校飞马上前对郭图低声耳语了一番。时只见郭图大惊失色，随即便传令鸣金收兵，于是刘延及其所率官军方才顺利退回城里。

　　郭图何故在淳于琼擒杀刘延在望之际鸣金收兵呢？原来那小校向他低声耳语的不是别的，乃沮授闻报曹操所率大队官军正西向袭击延津，并令郭图和颜良立刻率军赶往那里相救，淳于琼继续率军攻打白马城。沮授之所以这般安排，皆因颜良性格促狭，虽骁勇但不可独任。颜良不从，欲向沮授请求与淳于琼对换。沮授知道颜良不仅是袁绍手下第一猛将，而且是袁绍最爱的部下。无奈，只好依了颜良的。

　　须知，延津若被曹操所率大队官军夺去，就使攻打白马城的郭图、淳于琼和颜良所率官军孤立无援。由此可见，救援延津干系非同一般。

第四十六回　关羽斩颜良离开曹操回归刘备　曹孟德袁本初两官军相持官渡

再说刘延及其所率官军退回城后，箭伤不仅痛得直钻心，而且血如泉涌。左右见此，皆不禁惊慌失措。时刘延却大笑道："孟子曾言，天将降大任于斯人，必先劳其筋骨。有何惧呢！"言毕，即撕下一块战袍，蘸上箭伤鲜血，写下"誓与城池共存亡"七个大字。左右见此，自然深受感动，并异口同声道："我在城在，城亡我亡！"

刘延闻言，大喜，随后又说了些鼓励将士的话，方才在左右拥簇下回府疗伤休息。由于随军郎中精心治疗，不久箭伤就痊愈了。左右闻之，大喜不禁，遂便与刘延在东城楼上设宴庆贺。正在他们觥筹交错之际，忽见东城门一小校飞一般跑来，气喘吁吁向他报道："有敌军致将军绢书。"

报毕，即上前双手将绢书呈与刘延。刘延接过展开一看，方知乃颜良向他下的战书。

须知，双方交战已近两个月，何故现在才下战书呢？原来自前时郭图和淳于琼率领大部官军前往救援延津后，留下的那些颜良所率攻城官军见自家势单力薄，遂便士气低落，攻城势头也大不如前。因而攻打了这些时日也无结果，且还死伤惨重。颜良见此，不禁非常着急，并忙召集左右将校到中军大帐商议道："不若给敌酋刘延下一战书，激其出城与我一战，凭我的武艺，擒杀这厮万无一失。如此，城池便唾手可得！"

左右将校闻言，却七嘴八舌，莫衷一是。颜良见此，很不耐烦，并大步走到案几旁伏身提笔，迅疾向刘延撰就了挑战书，叫人射入城内，约定次日上午在东城门外空地上列阵与他单打独斗。若刘延胜，他即撤军而去；否则，刘延开城投降。

须知，曹操之所以将刘延从东郡派到战略要地白马城，是经过深思熟虑的。因为此人不仅是曹操心腹，且守城有方，武艺也非同一般。因此，在看毕颜良挑战书后，便毫不犹豫地走到案几旁摊开颜良挑战书，伏身提笔在上面回复了"应战"二字。

次日上午，双方便按约列好了阵式。刘延身高九尺有五，白脸、白胄、白袍、白甲、白马，手握一杆方天画戟，威风凛凛，气势夺人，犹若吕布再生。颜良身高亦九尺有五,黑脸、黑胄、黑袍、黑甲、黑马,手握一条八十斤重的狼牙大棒,威风八面,气吞山河,犹若项羽再生。看他俩那架式,皆欲置对方于死地而后快。两边阵中将士皆怒目圆睁,刀枪并举,弓弩大张,只待令下,便冲上去拼个你死我活方才罢休。

时刘延本欲骂一番阵再出马交战,孰料颜良性急,不待刘延开口,便拍马舞棒直向刘延砸去。刘延见此,毫不惊慌,并有条不紊地拍马举戟上前相迎。颜良祖先乃临沂名门大族,春秋战国时齐国有颜涿聚,赵国有颜最,皆有万夫不当之勇。受其影响,颜良从小便闻鸡起舞,再经武师指点,弱冠时武艺便远近莫人能敌。因此,现在自然是袁绍手下第一猛将。时刘延也不示弱,方天画戟舞得不见人影,直斗了五十余个回合,仍势均力敌,平分秋色。正在这时,忽听得颜良阵后不远处鼓角声和喊杀声震天动地。对此,颜良以为是自家援军杀到,不禁大喜。谁料此后其阵后却不战自乱起来,对此,他以为是刘延一方官军援军杀到,不禁先是一惊,随后即拍马退出阵外,高声对刘延道:"按挑战书约定,今日只须单打独斗。"

"那是自然。"

刘延言毕,又与颜良杀将起来。不久,刘延便渐渐不支。颜良见此,大喜,正欲举棒结果了刘延性命,忽听得有人高声道:"颜将军且慢,我有话说。"

刘延闻言,不禁非常庆幸,忙趁此收住方天画戟,掉转马头飞一般回到自家阵里。随后,颜良也忙收住狼牙大棒,并忙循声望去,正如他此前所料,乃刘延一方官军援军从他阵后杀到。须知,你道其主将是谁?乃曹操也!前面说过,曹操不是率了大队官军向延津杀去了吗?现在怎么又出现在这里?原来曹操在行军途中采纳了荀攸诱敌分兵西进延津,而自己则率领轻兵东解白马之围之计使然。

却说颜良闻言,料想他是曹操,并猜测他方才所言是有意收降他,故高声道:"你是曹操吗?谁能赢我这条狼牙大棒,我便投谁!"

言毕,还将手中狼牙大棒在空中挥舞了几下。

第四十六回　关羽斩颜良离开曹操回归刘备　曹孟德袁本初两官军相持官渡

时曹操早知颜良武艺非同一般，并因此一直寻机收降他，只是苦于没有机会，今恰值在此相逢，认为是收降他的极好机会，于是才说出了方才那句话。但听得颜良方才所言，料想收降无望，不禁大怒，遂将手中令旗一挥，身后三员膀大腰圆的将校便立刻拍马舞械，上前直向颜良杀去。颜良见此，毫不畏惧，并立刻高举狼牙大棒相迎。战不到十回合，他三人不是脑袋开花，便是满脸血污，统统呜呼哀哉了。曹操见此，大惊，忙令身旁的张辽上前迎战。张辽得令，随即挥舞着狼牙大棒，直向颜良砸去。张辽虽不是关羽对手，但也是当年丁原、董卓和吕布手下不可多得的战将。遗憾的是，也只与颜良战了五十余合，便气喘吁吁，败下阵来。颜良见无人能胜他，不禁得意非常，并高举着狼牙大棒大声问道："还有谁敢来与我一战？"

方问毕，便听得曹操身旁关羽高声道："你这厮休得称狂，我不想在你筋疲力尽时赢了你，待明日阵上尝尝我青龙偃月斧的厉害！"

颜良现已连战刘延和张辽不说，还砸死三员将校，自然早已筋疲力尽，而他方才那般问，只不过是逞能要面子罢了。因此，听了关羽这番言，立刻便顺势道："就依你这厮的吧。"

言毕，即掉转马头率领官军回营。曹操见此，也在刘延的引导下，同荀攸、张辽和关羽一行直向县衙大厅走去。片刻，便到了那里。翻身下马入内按秩方排定，刘延便将这些时日守城情况向曹操禀报了一番。曹操闻之，不禁非常感动，并对刘延等人誓与白马共存亡的大无畏精神大大赞赏了一番。随后方才与众人用饭歇息。

次日早饭方毕，两军便按关羽与颜良昨日之约，在城东门外二里处摆好阵式。曹操这边自然是人多势众，兵强马壮。颜良那边因颜良昨日阵上无敌手，因而士气非常旺盛。两相比较，各有千秋。时只听得颜良那边三通鼓响，颜良便抢先猛地拍马飞一般冲到阵中央高声叫道："昨日没来得及询问欲与我相约决战的那厮的姓名，现不妨道来，以免成我狼牙大棒下无名之鬼！"

关羽闻言，遂大怒道："我坐不更名，立不改姓，关羽是也！还是道来你这厮的姓名吧，免得成我青龙偃月斧下无名之鬼！"

须知，此前关羽只听曹操等人说过袁绍所部围攻白马的官军主将是颜良，但从未谋面，因此一直认不得颜良。而颜良闻得关羽二字，遂不禁一惊。因为他前时奉迎刘备时，刘备曾提起过他有位部下叫关羽，因此不禁怀疑眼前这位关羽就是刘备部下那位关羽。随后转而一想，天下同名同姓的多了，管他呢，还是阵上赢了他才是要紧的。于是高声回道："我亦立不改姓，坐不更名，颜良是也！"

关羽闻言，方知他正是颜良，大喜，认为这是擒杀颜良、以功换取自己离开曹操的大好机会。于是怒对颜良道："我今番前来，正是来取你这厮的狗头！"

言毕，欲拍马上前与颜良厮杀，时曹操怕关羽有失，于是语重心长地对他道："颜良这厮乃万人敌，将军须得小心才是。且此战胜败，将决定白马之存亡啊！"

关羽闻言，即信誓旦旦道："主公不必多虑，今不叫颜良这厮进地狱，愿将末将头颅献上！"

言毕，即拍马挥舞着青龙偃月斧飞一般上前向颜良劈去。颜良见此，遂忙举起狼牙大棒相迎。须知，他俩是身材一般高大，膂力一般过人，兵器一般重量，坐骑一般雄劲。因此，两件兵器方才接招，便雷鸣电闪。两头坐骑腾起的尘土遮天蔽日，不见人影。两厢将士见此，认为他俩哪是凡间人士厮杀，简直就是天上神将恶斗。

关羽与颜良斗了三百余回合，也未分出高下胜负。曹操见此，不禁非常着急，遂忙下马转身从正满头大汗为关羽击鼓助威的鼓手队队长手中抢过鼓槌，亲自猛地击鼓，为关羽助阵。颜良副将张鹏在自家阵前见了，也忙下马从身旁正汗流浃背地鼓吹号角的号角队队长嘴里拔出号角，放进嘴里猛地吹起来，为颜良助威。关羽与颜良见此，不禁非常激动，于是越战越勇，直到中午时分，也难分胜负。正在此际，忽见颜良虚晃一招，拍马飞一般退到自己伞盖下，欲回头问问关羽是否是刘备部下那位关羽。若是，便告诉他刘备现在袁绍处，以便他仿效刘备，弃曹归袁。如此，今日便可罢战。谁料关

第四十六回　关羽斩颜良离开曹操回归刘备　曹孟德袁本初两官军相持官渡

羽见颜良退去，以为他不敌，遂便拍马闪电般赶到颜良身旁，从腰间拔出佩刀，猛向颜良颈脖刺去，颜良不防，立刻被刺得血流如注，栽下马背，时年三十有八的他便这样呜呼哀哉了。关羽见此，大喜，忙翻身下马，割下颜良头颅，提起飞身上马，一溜烟去了。张鹏等阵前颜良所率官军见此，皆不禁懵了，待回过神，皆纷纷四下逃去。曹操见此，大喜，忙挥军随后追杀一阵，方才鸣金收兵。

随后，关羽飞马赶到曹操面前，翻身下马，大步上前，高举颜良头颅道："请主公视鉴。"

曹操见到颜良头颅，不禁皱起眉头叹惜道："可惜了啊！"

言毕，即叫部下按将军之礼安葬颜良。

颜良是曹操劲敌，现在被杀，曹操应该高兴才是，怎么会皱起眉头叹惜并按将军之礼厚葬他呢？原来曹操自投戎以来，还未见过如此激烈的战将厮杀，今天算是开了眼界。同时更坚定他此前所想，即能将颜良收降过来为己所用就好了。然不料被关羽所杀，对此，他怎会不皱起眉头叹惜并按将军之礼厚葬颜良呢？随后，曹操方对关羽道："关将军真神武啊！"

关羽闻言，遂摆摆手谦逊道："无名小卒，焉用牛刀，何足挂齿。"

两军经过两个月的鏖战，结果颜良被杀，"白马之围"被解，曹操所率官军初战告捷。

此时值建安五年四月。

关羽为曹操解"白马之围"立下了汗马功劳，曹操自然大喜不禁，进城后便大摆筵席为关羽庆功。席间，曹操除了举杯为关羽庆贺外，还当即上表刘协拜关羽为偏将军。该职位在将军中位职虽然较低，一般由校尉或裨将军升迁，属第五品，且无定员，但却得到刘协御批，意义非同凡响。须知，关羽在投曹操前仅为行下邳太守，即代理太守，而且是刘备拜封的，因而毫无意义。随后，曹操又上表刘协赐爵关羽汉寿亭侯，亦得到刘协御批，意义自然也非同凡响。秦汉时，十亭为一乡，如此看来，当时的亭相当于后来的村，与当时的县侯、乡侯比起来，关羽这个封号自然是最低一等。不过，与同时代那些资历、战功与关羽基本相似，或有过之而无不及的文臣武将们当时或随后被封赐的爵位相比，关羽被封赐的爵位还是很够意思。例如：程昱被封为安国亭侯，荀攸被封为陵树亭侯，荀彧被封为万岁亭侯，李典与徐晃被封为都亭侯，于禁被封为益寿亭侯，乐进被封为广昌亭侯，夏侯渊被封为博昌亭侯，曹仁被封为都亭侯，曹洪被封为国明亭侯，曹真被封为灵寿亭侯，曹纯被封为高陵亭侯，即使关羽的上司，镇东将军、豫州牧、左将军刘备，此前不久也才被封为宜城亭侯。只有夏侯惇、张辽例外。夏侯惇越过亭侯封赐，被封为高安乡侯。张辽虽赐爵关内侯，但爵第十九级，明确有其号，无国邑。直到曹丕称帝，方才转前将军，还屯合肥，方晋爵都乡侯。不可思议的是，与关羽资历基本相当的大部分孙吴文臣武将终生也没得到过任何爵位封赐。由此可见曹操对关羽之器重非同一般。对此，关羽自然受宠若惊，并常对曹操道："杀一无名小卒，便得拜御批偏将军，封赐爵位，末将受之有愧啊！"

然曹操闻之却道："将军单身匹马，不费一兵一卒，便解白马之围，功比天高，所拜所赐，当之无愧。"

为留住关羽，曹操此后还三日一小宴，五日一大宴，款待关羽，并赠送了大批无价之宝。但关羽对此却不为所动，并派人四处打探刘备下落，却久无结果。对此，关羽不禁非常着急。一颜良降将闻此，深为感动，便暗将刘备在袁绍处告知了他。关羽闻之，大喜，便多次向曹操提出应按约放他而去。对此，曹操自然非常扫兴，并令张辽前往劝说关羽继续留下。张辽得令，便于一日早饭后徒步前往城东关羽下榻处，语重心长地对关羽道："司空大人待将军不薄，何故非要离他而去呢？"

"我自然深知曹公待我不薄，但我深受刘将军厚恩，誓与共死，不可违背啊！"

张辽闻关羽如此言，料知劝说无益，遂便告辞出门，向曹操复命去了。

却说曹操自张辽前往关羽那里后，心里一直忐忑不安，并早早站在大门口跷足引颈盼望张辽尽快带回好消息。不久，便见张辽匆匆走来，拱手向曹

第四十六回　关羽斩颜良离开曹操回归刘备　曹孟德袁本初两官军相持官渡

操施礼道："在下有负主公之望啊！"

曹操闻言，不禁脸色一沉，默默无语。张辽见此，也不禁非常难过，并道："不若强行……"

不待言毕，曹操即摆手道："万万不可啊！我当初答应过他的，绝不可食言。"

言毕，即同张辽一道向关羽那里赶去，意在亲口告知关羽：去留随便。

再说关羽自张辽走后，心里也不禁忐忑不安。何也？原来他以为，他虽为解"白马之围"立了战功，但曹操亦对他不薄。现在执意要离他而去，也很内疚，但又难解与刘备多年交情。正在这时，门卫跑来向他报道："关将军，司空大人到了。"

关羽闻报，正欲起身出迎，然不待他起身，曹操已同张辽站在了门口。关羽见了，以为曹操仍要留他，便欲再次向他道明去意。谁料不待开言，曹操即笑盈盈道："关将军不必多虑，一切如约便是。"

关羽闻言，以为自己耳朵出了毛病听错了话，半响方才回过神大喜道："司空大人真君子啊！"

言毕，欲伏地施礼拜谢曹操。曹操见此，忙上前扶住关羽道："望关将军一路保重！"

随后，即就此设宴款待关羽和糜芳，以为饯行。时关羽和糜芳自然感激不尽。临行那天，曹操还亲与左右文臣将校赶来送行，并向关羽拱手施礼道："但愿后会有期！"

关羽亦拱手向曹操还礼道："但愿后会有期！"

言毕，当即便呈给曹操辞书一封。随后，又将曹操此前所赠如数归还。末了，方才拱手施礼告辞曹操，翻身上马，与糜芳、糜夫人和甘夫人车驾一道，缓缓向黎阳袁绍大本营刘备处行去。曹操左右将校见此，认为关羽忘恩负义，欲随后追杀，然曹操却连连摆手道："各为其主，勿追啊！"

他们闻言，仍欲随后追杀，但未见曹操下令，无奈，只得作罢。随后，曹操若有所思地对左右文臣将校道："白马之围虽解，但袁绍那厮大军仍然压境，延津仍危在旦夕，因而我们不宜留守于此。"

言毕，即下令全城之民随军西向延津退去。

却说袁绍与刘备等人在黎阳议事厅正急盼攻打白马捷报时，忽见披头散发的张鹏飞一般跑来，气喘吁吁地向袁绍报道："报告大将军，颜将军被杀了啊，攻打白马亦失……"

不待报毕，袁绍早便气得昏死了过去，待回过神即问张鹏道："颜将军乃万人敌，谁杀得了他？"

"有一叫关羽的……"

袁绍与刘备闻得关羽二字，皆不禁一愣。故不待张鹏言毕，袁绍便问刘备道："莫非是……"

"天下重姓重名的多得很了。"

刘备方答毕，袁绍即问张鹏道："那关羽啥模样？"

随后，张鹏便将关羽形象一五一十道了一遍。袁绍闻之，便怒气冲冲地问刘备道："可是你部下那关羽吗？"

"可能是。"

袁绍闻刘备答，不禁怒不可遏，并气呼呼地问刘备道："在你无立锥之地时是我收留了你，但你部下却杀了我爱将，该当如何处之？"

"倘若真是我部下关羽，我将去信邀请他来投大将军，如何？"

袁绍闻言，仍然不依不饶，并欲令刀斧手将刘备推出斩首，为颜良报仇。正在这时，他猛然看见站在刘备身后虎视眈眈的张飞和两眼怒睁的赵云，不禁倒吸了一口凉气，无可奈何地道："就依你的吧。"

须知，前面说过，赵云在七年前因哥哥病故已告辞刘备回故里常山真定奔丧去了，现在何以在此呢？原来他为哥哥奔丧后，又守灵三年，方才背井离乡，四处寻访刘备。因他走后刘备忙于军政，忽这忽那，没个定所，竟使他寻访了四年，才从一邺城籍行商口中得知刘备在邺城袁绍处避难，于是便赶来与刘备团聚。那么张飞呢？在两个月前的那场下邳之战中，便被曹操所部官军杀得与刘备各奔东西了，现在何故也在此呢？原来他与刘备分散后，

第四十六回　关羽斩颜良离开曹操回归刘备　曹孟德袁本初两官军相持官渡

便慌不择路地向东边奔了半夜，因筋疲力尽，便从马上栽下躺在草丛中睡着了，醒来时已日上三竿，并发现自己躺在一张硕大的柴床上，且周围还站满了男女老幼。张飞自然认不得他们，他们自然也认不得张飞。张飞见他们虽衣衫破烂，面黄肌瘦，却面目慈善，和蔼可亲。于是便询问这是什么地方，他怎么会在这里？其中一年长者回答：早上他们几人下山巡猎时发现了他，便将他扶起抬到了这里。张飞闻之，不禁非常感激。后经张飞询问，方知这里是桃花山。而这些男女老幼是附近的农夫、猎人、樵夫和渔翁，为避战乱才聚集到这里种植禾蔬，养家糊口。随后，张飞也将他的情况向他们道了一番，并希望他们随他投奔刘备，振兴汉室，为国立功。他们认为张飞言之非常有理，遂便留下妇孺老幼，投军张飞下山，经月余寻访，终于在赵云找到刘备之后不久也找到了他们。他三人散后重逢，自然喜之不尽，并设宴庆祝了一番。

却说袁绍无可奈何地同意了刘备去信邀关羽来投后，即传令左右文武速速前来商议下一步军事行动。商议的结果是：派出探马探明曹操所部官军去向并随后追杀。派出的探马出发不久，便飞一般跑来向他报道："曹操这厮已率军退向延津……"

不待报毕，袁绍便猛地起身拔出腰间佩刀指着延津方向大吼道："给我追！"

随后，即令刘备、文丑、张飞和赵云为先锋，率领官军骑兵六千先行；他则率领大队官军殿后，从黎阳南门出发，乘船渡过河水，浩浩荡荡地南向曹操所率官军追去。

袁绍所率官军渡过河水不久，便在延津以南十余里的山坡下追上了曹操所率官军，并忙修筑壁垒于此，以便与曹操所率官军对峙。

时曹操见袁绍所率官军修筑壁垒，便针锋相对，即令部下也在延津之南的山坡上修筑壁垒坚守，并派士兵登上壁垒楼台瞭望。不久，一士兵便飞一般跑到中军大帐，向曹操拱手施礼报道："在下见大约有五六百敌军骑兵向这边杀将过来。"

曹操闻报随即道："继续观察。"

随后不久，那士兵又飞一般跑到中军大帐，气喘吁吁、结结巴巴地向曹操报道："在敌军骑兵……不断增多的同时……又有很多步兵……杀了过来。"

曹操闻报，若无其事道："不必再报了。"

言毕，即传令部下骑兵解鞍卸弓，待机出击。随后，从白马城运送军用物资的曹操所部车队恰巧行进在道上。对此，左右将校认为敌军骑兵势众，倘若夺走了这些车队咋办？因此，便向曹操建议不若将其撤到营垒里予以保护。曹操闻之，却不为所动。

此后片刻，曹操左右将校见袁绍部下刘备、文丑、张飞和赵云所率那六千先锋官军骑兵也从后风驰电掣般杀到，不禁急了，于是忙向曹操建议道："主公，可上马搭箭射之。"

曹操闻言，仍不为所动，并斩钉截铁道："不可！"

时刘备见辎重拥道，遂便令部下分道抢夺。时袁绍所率官军虽然粮草堆积如山，但袁绍却藏而不发。因此，他们见到粮草，犹若饿猫见到鱼，立即纷纷下马，不顾一切拥上前去争抢。曹操见此，大喜，随即便右手将令旗一挥，叫曹洪、许褚、徐晃和张辽所率那六百官军劲骑猛地向坡下冲杀过去。须知，那里虽西高东低，但地势平缓，非常宜于位在西边的曹洪、许褚、徐晃和张辽所率骑兵俯冲。加之刘备、文丑、张飞和赵云所率先锋官军骑兵不备，片刻工夫，便被杀得溃不成军。好在刘备、文丑、张飞和赵云对此毫不畏惧，回过神即各举兵器上前与曹洪、许褚、徐晃和张辽殊死混战。时只见刘备将他那寒光四射的双股剑挥舞得快如闪电，直刺眼目；文丑将他那狼牙大棒舞动得水起山响，没人敢近前；张飞将他那丈八蛇矛挥舞得不见人影，无人能敌；赵云将他那长枪舞动得呼呼作响，震耳欲聋。曹洪、许褚、徐晃和张辽见此，认为若是单打独斗，他们也只能与刘备、文丑、张飞和赵云杀个平手就不错了。于是他们以为，只要将武艺最高强的文丑擒杀，刘备、张飞和赵云便会不战自溃。为此，便专寻文丑杀去。须知，文丑与颜良一样，乃袁绍部下爱将，勇冠三军。不过他四人齐上，文丑就是有通天本领也很难

第四十六回　关羽斩颜良离开曹操回归刘备　曹孟德袁本初两官军相持官渡

敌。因此，双方接手战了不到三个回合，文丑便命赴黄泉了。刘备、张飞和赵云见此，不禁心慌意乱，并忙收起兵器，拍马而逃。

战后庆功时，荀攸对那些参战将校们道："当初你们皆怕敌军抢夺辎重，其实那是主公撒下的诱饵，意在诱敌上钩，岂能撤退呢？"

曹操闻荀攸言，遂赞许道："知我者，乃荀先生啊！"

言毕片刻，遂若有所思地问左右文武道："我虽连胜，但敌众我寡，照此下去，恐难……"

不待言毕，便听得一人高声道："以迅雷不及掩耳之势，绕过敌军把守的武阳，直接南下军事要隘官渡以北据守，再待机突击之。主公以为若何？"

在场者忙循声望去，原乃谋士贾诩。须知，贾诩不是驻屯穰县城的张绣的谋士吗？怎么现在成了曹操的谋士了呢？原来多年前袁绍便欲与张绣结盟，以便从南继续牵制曹操，并派使者送信与贾诩，希望他能从中促成。时张绣认为袁绍四世三公，势力强大，便欲应之。时贾诩却不以为然，并当着张绣的面对袁绍使者道："请回去告知袁本初，我家主公已谢绝他的结盟善意。因为他兄弟间都钩心斗角，不能相容，岂能容天下呢？"

张绣闻言，不禁责怪贾诩道："何故如此说呢？"

随后即与贾诩一道进入密室，若有所思地对贾诩道："倘若不与袁绍结盟，当何去何从呢？"

贾诩闻言不假思索道："最好追随曹公。"

"本初兵强马壮，曹公势单力薄，何必弃袁随曹呢？"

张绣言毕，喝了口茶清了清嗓子又道："先生难道忘了，我与曹公结怨甚深，他岂能饶……"

不待言毕，贾诩即不以为然道："袁绍兵多将广，我兵微将寡，他定然不把我放在眼里。曹公虽势单力薄，但须招兵买马，倘若前往投之，定会受到热情欢迎。更甚者，天子在许都，他奉旨讨不臣，名正言顺，无可非议。还有，我观他有王霸之志，岂会与将军计较结下的那些鸡毛蒜皮之类的恩恩怨怨呢？因此，还不赶快前往投靠他，还待何时！"

张绣闻言，认为非常有理，于是便率众归附了曹操。对此，曹操自然大喜，并带他俩随军征战。现在曹操闻贾诩言，认为非常有理。何也？因为官渡位处鸿沟上游，为汴水发源地。当时鸿沟西连巩洛，东下淮泗，百舸争流，输运繁忙。而官渡不仅是其中心，河水南北进出要津，也是许都北面屏障。守住它，许都便大事无虞。还有，退守官渡，近临许都，运粮便捷。相反，官渡远离邺城，袁绍所率官军运输路程增长，粮草必然供不应求。对此，曹操岂会不知。于是便依贾诩方才之言，立刻率军绕过武阳，渡过濮水，飞一般南下，不久便到达了官渡北岸，并在那里安营扎寨，日夜坚守。

却说袁绍在中军大帐闻报文丑被杀和兵败后，便忙派刘勇和魏军率领五千官军冲出壁垒，直向曹操所部官军壁垒杀去，意欲擒杀曹操，为文丑报仇。然还未冲到壁垒辕门，便被乱箭射回。撤退中，刘勇与魏军还中箭而亡。袁绍闻报，气得差点昏死过去。左右见此，忙上前扶住方才免于不测。

须知，早在临渡河水前沮授就对袁绍道："胜负变化，不可不详。今宜留屯延津，分兵官渡，若其克获，还迎不晚，设其有难，众弗可还。"

言毕，即以疾退。对此，袁绍不禁勃然大怒，并不许沮授疾退。末了，还收回其部属，归郭图管辖。直到袁绍临渡河水时，沮授还对袁绍叹道："上盈其志，下务其功，悠悠黄河，吾其济乎！"

袁绍闻之，仍不以为然，并趾高气扬地继续挥军乘船渡河南下，意欲尽快攻下许都，消灭曹操，迎帝于邺。谁料事与愿违，连败三仗。但袁绍仍不以为然，见曹操所部官军在官渡北岸安营扎寨，以为他们胆怯，便忙从武阳率领所部官军随后向东追击，并在曹操所部官军大寨以北安营扎寨，于是两军便在此对峙。

却说刘备并未因张飞和赵云归来而欢天喜地，常在下榻处愁眉苦脸，唉声叹气。何也？原来他仍惦记着关羽等人的下落。正在这时，忽见一小校飞一般跑来，不及拱手施礼便上气不接下气向他报道："报告刘皇亲，糜夫人、甘夫人、关将军和糜先生在寨南门外等候你呢。"

刘备闻报，先是半信半疑，随后以惊异的口气问小校道："所报是真？"

第四十六回　关羽斩颜良离开曹操回归刘备　曹孟德袁本初两官军相持官渡

"亲眼所见。"

刘备闻答，不禁喜忧交加。喜者，可与日夜思念的老部下关羽重逢了。忧者，倘若袁绍不肯饶恕关羽斩杀颜良之过咋办。转而一想，管他呢，先将他们接进寨再说。于是一边派人禀报袁绍，希望他同意糜夫人、甘夫人、关羽和糜芳进寨，一边派人通告张飞、赵云、刘琰、糜竺、孙乾和简雍同他一道前往寨南门外迎接。随后不久，他们便飞一般赶到那里，同刘备一道，匆匆赶到寨南门口一看，果如小校所报，于是便迎上前去。他们久别重逢，自然要相互施礼问候一番，自不必说。随后，关羽指着糜、甘二位夫人的车驾对刘备道："主公请见二位夫人。"

"有关将军在，肯定完璧归赵！"

刘备言毕，看也没看糜夫人和甘夫人一眼，便同众人一道，向他下榻处走去。当他们一行方到门口，便见袁绍领了几名膀大腰圆的刀斧手气冲冲地赶了过来，并高声怒问道："哪位是关羽？"

刘备闻之，料知不妙，欲上前为关羽求情，时关羽早已大步上前向袁绍拱手施礼，并高声答道："我便是杀颜良的关羽，要杀要剐随便！"

刘备等人以为袁绍会令刀斧手立即上前拿下关羽，心里不禁非常难过。谁料袁绍仰视关羽片刻后却转怒为喜道："你就是关将军，久仰久仰，果然神武啊！"

言毕，即吼退刀斧手，笑盈盈地上前拱手向关羽还礼道："我有了关将军，何惜一颜良呢！"

"谢袁大将军不杀之恩。"

关羽言毕，又向袁绍拱手施礼。刘备等人见此，无不高兴非常，并一齐上前向袁绍拱手施礼道："袁大将军海量，佩服！"

随后，袁绍即引刘备、关羽、张飞、赵云、刘琰、糜竺、糜芳、孙乾和简雍到中军大帐，设宴欢迎关羽和祝贺他们大难不死，有幸团聚。对此，刘备、关羽、张飞、赵云、刘琰、糜竺、糜芳、孙乾和简雍自然对袁绍感激不尽，并发誓愿为消灭曹操，迎天子于鄄肝脑涂地也在所不惜。

袁绍见他们如此忠勇，大喜，以为消灭曹操，迎天子于邺是手到擒来的事，于是当即便传令全军，将营寨向前移动五里，以便靠近曹操所率官军营寨，逼其速战。沮授闻之，不禁非常着急，并在一日早饭后匆匆赶到中军大帐，不及向袁绍施礼，便上气不接下气地对他道："我军……虽然兵多将广，但士气不如……曹操那厮人马。但他们缺少军粮，不宜长久……与我在此相持，故欲速战速决。而我粮草充足，宜于持久。因此，不宜……前移营寨急战。"

张郃闻沮授言，深表赞同，并建议道："眼下应多遣轻骑抄略敌军背后，如此，他们必不攻自败。"

袁绍对沮授与张郃方才所言却不以为然，并忙传令全军就地取材，即以砂石为筑垒材料，修筑长型壁垒。他们得令，哪敢违抗，并不顾炎热，日夜修筑。不几天，一条长数十里的壁垒便告竣工。远远望去，犹若一道坚固的长城。竣工典礼那天，袁绍站在楼台上得意扬扬地对左右文武道："有此壁垒，看你曹操怎奈何我！"

左右文武闻言，皆纷纷随后附和，唯许攸默不作声。

此时值建安五年八月。

再说曹操得报袁绍向前移军，并筑垒为营，不禁非常着急，何也？因为正如沮授此前所言，曹操虽兵强马壮，但势微力薄，只宜速战速决，不宜长期与兵多将广、连营数十里的袁绍所部官军对峙。无奈之下，曹操只得虚张声势，分兵多处筑垒为营，再遍插旌旗草人，远远望去，犹若千军万马。此法奏效不久，便被袁绍探马探得一清二楚。

一日中午，袁绍正在中军大帐独享山珍海味，忽一探马飞一般跑来将他所探向袁绍作了报告，袁绍闻之，大喜，以为倘若挥军冲杀过去，曹操所部官军必不堪一击，并欲立刻传令文臣武将前来听候调遣。后转而一想，曹操诡计多端，会不会有诈呢？于是便心生一计，调来部下所有文臣武将，虚张声势，先恐吓一下曹操再说。同时下一战书，声言要与曹操所部官军对阵，以便探清他们到底有多少人马。

第四十六回　关羽斩颜良离开曹操回归刘备　曹孟德袁本初两官军相持官渡

却说正与左右文武巡视军营的曹操接到袁绍战书，毫不畏惧，并大喜不禁。何也？因为曹操非常清楚，袁绍虽然兵多将广，但自麴义、颜良与文丑被杀后，其余将校皆武艺平平。倘若双方将校上阵单打独斗，他们岂是我曹操部下那些将校的对手？关羽、张飞和赵云虽是万人敌，但不是袁绍嫡系，岂会尽力为袁绍而战？特别是关羽，与我曹操还有交情，更不会卖力厮杀。于是便与左右文武飞一般回到中军大帐，走到案几旁，伏身提笔在袁绍挑战书上回了"应战"二字。

对阵那天，虽已立秋，但炎热丝毫不亚于三伏天，再加上双方交战日久，不免精神不振，士气低落，阵形凌乱。因而双方文武皆不分官阶高低，随便排列在各自主帅左右。例如：曹操那边文臣谋士荀攸、郭嘉、贾诩和刘晔排列在曹操右侧；将校夏侯渊、夏侯惇、张辽、许褚、李典、史涣、乐进、侯成、宋宪、魏续、成廉、魏越、吕虔、徐晃、史涣、张绣、朱灵、崔琰和韩浩排列在曹操左侧。袁绍那边文臣谋士郭图、审配、逢纪、沮授、许攸、陈琳、辛毗、辛评和陈震排列在袁绍右侧；将校袁谭、袁熙、袁尚、高干、淳于琼、赵叡、张郃、蒋奇、高柔、冯礼、高览、韩猛、蒋义渠、郭援、沮鹄、吕旷、吕翔、慕容平、牵招、焦触、马延、审荣、苏由、尹楷、韩莒子、眭元进、吕威璜、汪昭、岑璧、彭安、张南、张𫖮、夏昭和邓升排列在袁绍左侧。刘备、关羽、张飞、赵云、刘琰、糜竺、糜芳、孙乾和简雍另列一阵，亦文武不分排列在刘备左右。由此可见，袁绍所部文臣武将不仅多出曹操所部文臣武将一倍多，就是所部士兵也多出曹操好几倍。但袁绍欲恐吓曹操的初衷却成了泡影，原因前面已述，在此不予重复。同时，袁绍仍充满信心，以为眼下真要开战，人多势众的他必稳操胜券，于是便趾高气扬，抢先以鞭指着曹操高声骂道："曹贼，你的罪状陈琳已揭示于天下，在此不再重……"

不待骂毕，曹操即以戟指着袁绍回骂道："你这厮虽为四世三公之胄，朝廷重臣，却不安分守己，肆意用兵，该当何罪？"

袁绍本以为自己用兵是如陈琳所撰檄文所言，是有充分理由的，现在闻曹操如此骂，自然怒不可遏，并令淳于琼出马上前擒拿曹操。淳于琼得令，遂忙拍马舞枪，直向曹操冲杀过去。时不待曹操发令，许褚便拍马舞斧，向淳于琼迎杀了上去。淳于琼乃袁绍部下除麹义、颜良和文丑外第一猛将，有万夫不当之勇。而许褚之勇，如前所述，也是曹操部下将校所罕见。因此，他俩杀将起来，自然非常激烈，直战了五十余回合，也未见高下。徐晃在阵下看得兴起，于是不待曹操下令，便大吼一声，挥舞着狼牙大棒，策马飞奔上前，欲助许褚一臂之力。袁绍那边张郃见此，恐淳于琼难敌许褚和徐晃，于是也跃马挺枪，接住徐晃杀了起来。两方四将厮杀了良久，也未见分晓。对此，袁绍不禁非常着急，于是便令吕旷、吕翔兄弟上阵助战。待他俩方才出马，曹操这边夏侯惇、李典早拍马舞械冲上前去接住杀了起来。不到片刻工夫，便出现了曹操此前所料，即袁绍率领所部将校单打独斗远不是曹操所部将校的对手，皆纷纷败下阵来。袁绍阵后那些士兵见此，大惊，并立刻掉头转身向自家营垒逃去。而刘备、关羽、张飞和赵云果如曹操此前所料，先是站在阵前始终无动于衷，随后便抢先逃得无影无踪了。曹操见此，哪里肯放？遂忙将手中令旗一挥，部下将士便立刻若洪水般冲杀了过去。要不是袁绍所率官军逃得快，非冲进去捣毁了其营垒不可。

曹操所部官军得胜，自然欢天喜地，士气大增，自不必说。袁绍所率官军吃了败仗，自然垂头丧气，士气低落。对此，袁绍不禁非常着急，忙召集左右文武到中军大帐商议对策。不久，他们便应召先后匆匆赶到那里争先恐后献计献策：有的说可趁月黑风高之际偷袭曹操所部官军营垒；有的说可退避三舍，引曹操所部官军出洞分而歼之。总之众说纷纭，莫衷一是。郭图见此，遂上前对袁绍低声耳语了一阵，时只见袁绍不断点头称是，并走到案几旁伏身提笔向曹操撰就了战书一封，相约三日后上午在原地对阵。曹操在营垒楼台上阅视了战书后，便欲乘胜再教训袁绍一下，于是不待犹豫，便走到案几旁伏身提笔回了战书。

相约对阵那天上午，不待双方布好阵式，袁绍便将令旗一挥，其所率官军便以排山倒海之势向曹操所率官军这边冲杀过来，于是双方便不分将校士

第四十六回　关羽斩颜良离开曹操回归刘备　曹孟德袁本初两官军相持官渡

兵混战起来。袁绍兵多将广，曹操兵微将寡，混战对曹操自然不利。因此，片刻工夫，曹操一方官军便渐渐不支，只好逐步退回营垒。袁绍自然不肯罢休，欲挥军随后冲进去将其斩尽杀绝，以解心头之恨。当他们方冲到曹操所率官军营垒三十余步时，突然被营垒后面的强弓大弩射了回来。袁绍见此，无奈，只得鸣金收兵。

这一仗曹操所率官军损伤十之二三。袁绍见混战奏效，不禁大喜，于是又传令全军，再将营寨向前移动，尽量靠近曹操所率官军营垒，以便垒起土山搭架抛石车，来回移动向曹操所率官军营垒扔抛石块。随后不久，袁绍所部兵匠便垒起了无数座土山和赶制出了无数台抛石车。袁绍于是挑选了五千名力大无穷的官军，迅疾在土山上架起抛石车，昼夜不停地向曹操所率官军营垒如雨点般抛扔石块。曹操与其所率官军见此，不禁非常害怕，并在行走时手持蒙楯，盖挡石块。袁绍见此，大喜不已，然许攸对此却不以为然，并匆匆赶到中军大帐对袁绍道："主公无须再与曹操那厮相攻了，应分兵一边与其相持，一边暗自从别道前往许都迎接天子。如此，事皆成啊！"

谁料袁绍闻言却道："我要先围取了眼前这些敌军再说。"

许攸闻言，不禁非常恼怒，但又无可奈何，末了，只得悻悻离去。

时对峙双方曹操所率官军不仅处于下风，且还缺粮少草。对此，曹操不禁非常着急，并写信与荀彧，言欲率军回到许都。荀彧看信后不待思索便忙回信道："袁绍那厮大部人马皆集聚于此，欲与主公决胜败。以致我军以弱当强，若不能胜，必为其所败。因此，此乃决定天下大局之关键啊！不过，袁绍与吕布皆庸辈中英雄，人虽众却不能用。以主公之神武明哲，辅佐天子名正言顺，有何事做不成呢？"

曹操认为荀彧回信所言非常有理，于是便下令继续坚守。同时，也令部下兵匠垒土山，造抛石车，将石块猛地向袁绍所率官军抛石车指挥部楼台抛过去。他们不备，竟被打得头破血流，喊爹叫娘，并弃了手中指挥旗，纷纷后退，还奔走呼之曰"霹雳车"。

须知，抛石车一旦没人指挥，如同聋子的耳朵，只是摆设罢了。对此，袁绍不禁大怒，并心生一计，传令全军挖掘通往曹操所率官军营垒的地道，以便暗中从那冲出，突袭曹操所率官军。曹操得报后，便针锋相对，令部下在营垒内挖掘又深又长的沟堑拒之，结果使袁绍之计落了空。袁绍得报，只能仰天长叹。

却说就在曹操与袁绍两军在官渡鏖战之际，已是江东霸主的孙策也没闲着。早前在攻下横江津和当利口后，便以丹阳郡为根据地，继续挥军水陆并进，在不久后的兴平元年十二月末先后大败或斩杀了刘繇等人，收降了其大批文臣武将，壮大了实力。为此，曹操便在刘协面前表他为讨逆将军，封吴侯。建安二年，朝廷派议郎王誧宣诏孙策为骑都尉，袭爵乌程侯，领会稽太守。但孙策以为骑都尉太轻，欲得将军号，并使人讥讽王誧，王誧于是假其为明汉将军。是时，陈瑀在钱塘暗使都尉万演密渡江水，暗与丹阳、宣城、泾、陵阳、始安、黔等地大帅祖郎、焦已及吴郡乌程侯严白虎等为内应，待孙策出军之机，欲攻取其诸郡。不料被孙策察觉，并派吕范、徐逸攻陈瑀于海西，大破之。随后破张勋，击刘表，斩黄祖。简直就是如日中天，不可一世。现见曹操与袁绍两军为争夺刘协在官渡北岸杀得难解难分，腾不开手，便欲秘密率军北上，偷袭许都，迎刘协于会稽，以便仿董卓和曹操故事，挟天子令不臣，干一番大事。谁料还未出发，便被刺客所杀，时年仅二十六岁。

就在这时，早已归顺曹操的汝南黄巾军大帅刘辟见袁绍势力强大，以为这次决战曹操必败，于是便公开背叛曹操，并在许都附近攻城略地，以此响应袁绍。袁绍闻报，大喜，并令刘备率领官军攻打许都以南的汝阳和颍川，以助刘辟一臂之力，同时伺机奉迎刘协于邺，以免继续与曹操在此兵刃相向。

再说刘备未遇到袁绍时，以为他既是四世三公之胄，想必有超凡的智慧，因此把自己重振旗鼓、东山再起的希望全寄托在他身上。通过这段时间与其相处，发现袁绍只不过是个徒有虚名的大草包。现在见派他出征，认为这是有礼有节离他而去自谋发展的极好机会。同时还思想到：董卓与曹操可

第四十六回　关羽斩颜良离开曹操回归刘备　曹孟德袁本初两官军相持官渡

以挟天子令不臣，现在袁绍也想挟天子令不臣，并因此正与曹操在此鏖战，而我刘备乃皇亲，为何不可也挟天子令不臣呢？刘备思想到此，不禁暗喜，于是二话没说，便欣然接受了袁绍之令，并当即率领关羽、张飞、赵云、刘琰、糜竺、糜芳、简雍和孙乾等官军，渡过官渡水，直向许都以南的汝阳与颍川杀去。时他们还未到达汝阳与颍川，曹操便从探子口中得到了消息，并吃惊不小，何也？原来曹操以为，刘辟黄巾军驻守在许都以北，刘备、关羽、张飞、赵云、刘琰、糜竺、糜芳、孙乾和简雍等官军如果杀到汝阳与颍川，恰对许都成合围之势。如此，不仅夺取许都易如反掌，就是挟持刘协也是唾手可得。若不迅疾行动，后果不堪设想。于是不及与左右文武商议，便立刻传令驻守阳翟的曹仁率领三千官军轻骑前往破之。

须知，刘备、关羽、张飞、赵云、刘琰、糜竺、糜芳、孙乾和简雍所率官军大多训练无素，装备简陋，军纪松散，士气低落。因此，两军方才交手，便被曹仁所率官军轻骑杀得丢盔卸甲，四下奔逃。尽管有万人敌关羽、张飞和赵云奋勇搏杀，也无济于事，结果只好逃归袁绍。

袁绍见刘备大败，大怒，于是又令别将韩荀率领官军从西路前往攻打许都。曹仁闻报，立刻率领官军轻骑北上追杀，并在鸡洛山大破韩荀所率官军。结果不仅确保了许都安全，也确保了刘协不被挟持。

随后，曹操又依荀攸之计，遣徐晃和史涣率领官军奇兵袭击了袁绍护粮将领韩猛护送的辎重数千车，除运走大部分粮草自用外，其余皆烧之。袁绍闻报，虽然怒不可遏，但又无可奈何。末了，只得唉声叹气一阵作罢。

自开战以来，曹操所率官军虽然打了些胜仗，并斩杀了袁绍部下颜良、文丑等将校，但与袁绍所部官军相比，毕竟兵微将寡，加之缺少粮草，将士疲惫，士气低落，因而大有不堪一击之势。河水以南吏民见此，以为曹操必败，于是便有人暗通袁绍，甚至还有人公开归顺了袁绍。对此，袁绍自然大喜不禁，其战胜信心也为之大增。而曹操却非常沮丧，并有退军之意。经深思熟虑，决定再给驻守许都的荀彧写信，倾听他的意见后再做定夺。信发出不久，便得到荀彧回信。信略云：

今军食虽少，未若楚、汉在荥阳、成皋间也。是时刘、项莫肯先退，先退者势屈。公以十分居一之众，画地而守之，扼其喉而不得进，已半年矣。情见势竭，必将有变，此用奇之时，不可失啊！

曹操读罢信，认为非常有理，遂便传令全军坚守，并经常巡视军营，鼓舞将士说："不打败敌军，决不罢休。"于是两军相持了百余日，也未见到胜负。看官欲知最终谁胜谁负，请看下回分解。

第四十七回

曹操烧乌巢袁绍大军终败北
斩蔡阳刘玄德弃袁南投刘表

却说曹操见久久不能取胜,不禁非常着急。而叫他更着急的是,军中粮草将尽。有着多年军事生涯的曹操深深懂得孙子兵法"军无辎重则亡,无粮食则亡"之理,因此常常茶饭不思,彻夜不眠。正在这时的一日午夜,粮库督吏王超俊匆匆来到曹操下榻处中军大帐,不及向正在那里来回踱步、唉声叹气的曹操施礼,便上气不接下气地向他报道:"报告……司空大人,粮草……只够三日……之需,这如何……是好?"

曹操闻之,心里自然非常着急,并大声问道:"负责运粮的夏侯渊和任峻为何不快快运些来呢?"

"在下也不知……"

不待王超俊言毕,曹操便转而一想,粮草紧缺消息倘若言传出去,军心必会大乱,后果必不堪设想。于是便低声对王超俊道:"粮草急需问题,千万不得外传,否则问斩。"

王超俊闻言,遂忙连连点头称是。随后,曹操沉思片刻即信誓旦旦道:"再过半月我军必定大胜,那时就不再劳累你们了。不过现在你们还得想方设法弄些粮草来,以补眼下之需。"

王超俊闻言,又忙连连点头称是。随后,方才拱手施礼匆匆告辞。

王超俊走后,曹操即倒榻入寝,却久久不能入睡。因为他担心,倘若王超俊弄不到粮草咋办?再过半月仍没击败敌军咋办?正在这时,忽然一北门小校匆匆进来，不及向他施礼便报道："北辕门外有一农夫模样的中年男子声称非要求见司空大人不可。"

曹操闻报遂思想到：在这兵戎相见的时日，哪位农夫吃了豹子胆，竟敢前来打扰！因而气呼呼地对小校道："先问明情况再说。"

小校闻言，自然不敢怠慢，遂忙拱手施礼后即转身飞一般步出帐门。片刻，便匆匆跑来向曹操报道："农夫说他叫许攸。"

曹操闻之，不禁大惊，并思想到：此人乃袁绍心腹谋士，岂会半夜三更前来求见我呢？莫非……正在这时，只见许攸已大步流星走了进来。曹操见了，忙起身下榻，不及穿靴，便大步上前，连连击掌相迎。乍一看，犹若赤脚大仙接待远方来客。

对此，许攸不但不感激，反还神气十足。时曹操却不生气，并猜想到：莫非他有什么破敌之计相献？于是便忙亲手提壶为许攸倒茶。许攸并没言谢，便端起茶杯自顾饮将起来。曹操见此，便断定他是前来献破敌之计的，否则他岂会如此无礼。于是不禁暗喜，但面上却装得若无其事。孰料许攸并没言说什么破敌之计，而是问起了曹操意想不到的问题，即袁绍兵多将广，粮草充足，你曹操有何锦囊妙计取胜？时不待曹操答言，许攸又问道："粮草乃军之魂，司空大人军中有充足的军粮吗？"

须知，许攸方才所问正好刺到曹操痛处，于是曹操不禁先是一惊，随后转而一想，圣人孔子都言"其言之不怍，则为之也难"，何况我呢！于是大言不惭道："足可支付一年呢。"

许攸闻言，立刻连连摇头摆手道："不实呢！不实呢！不实呢！再说说看。"

"足可支付半年。"

许攸闻言遂一本正经道："司空大人不是要打败袁绍那厮吗，为何出言不实呢？"

曹操闻许攸没尊称袁绍为大将军或主公，反还贬称袁绍为那厮，料想他不仅是前来献破敌之计的，还是前来投诚的。但自己方才却对他撒了谎，觉

第四十七回　曹操烧乌巢袁绍大军终败北　斩蔡阳刘玄德弃袁南投刘表

得很是过意不去，于是难为情地道："我方才乃戏言罢了，其实已没多少粮草了，如之奈何？"

许攸闻言沉思片刻，遂一本正经道："司空大人孤军独守，外无救援而粮谷将尽，此危急之日啊。今袁绍派韩荀领军从敖仓、淳于琼领军从邺城，正押运万车粮草与其他物资分两路向其大营赶来。韩荀一路已到达故市，淳于琼一路已到达乌巢。倘若举兵将其截留或举火烧之，不过三日，袁绍所率人马必自败。"

曹操闻言，遂叹道："故市距此较近，不久便可到达。乌巢就远了，如何是好？"

"这有何难，在月黑风高之际遣一支轻骑突袭即可。"

曹操虽然认为许攸言之有理，但对其所言真伪却不禁疑虑重重，因此托词道："许先生言之虽然有理，但我需与左右文武商议后才可定夺。"

许攸闻曹操言，随即便料到曹操在怀疑自己方才所言，心里不禁非常气愤。转而一想，曹操与我毕竟是初次交往，怀疑是理所当然。时曹操见许攸没出异言，便令侍者将许攸引到附近营帐就寝。他俩走后，曹操立刻便召左右文武前来商议。他们闻召到齐方按秩排定，曹操即将许攸方才所言和所献之计向他们道了一番。他们闻之，皆认为有诈。唯贾诩不以为然，并劝说曹操道："据我所知，许攸前时曾向袁绍进言在我兵微将寡、粮草奇缺的情况下倾巢而出与我交战，但袁绍没听。后他又对袁绍进言我大军在外，许都守势必然空虚，若分遣轻军，星夜掩袭，许都必破，主公你亦必被擒。时袁绍不仅不听，且还不肯重用他，踌躇满志的他岂能罢休。因此，我以为这是他来投奔的理由之一。后又遇他家人犯法，审配不但没给他情面，还依法予以严罚，因而得罪了他。这是他来投奔的理由之二。因此，我以为无须怀疑其言。"

曹操认为贾诩言之有理，并在次日傍晚传令左右文武及许攸速到中军大帐听令。时曹操令曹洪和荀攸率领官军留守营垒，令徐晃和史涣率领三千步骑立刻出发截夺故市粮草。

须知，韩荀所率袁绍所部押运粮草官军因急于赶路，自然疲惫不堪，到达故市时又值夜幕降临，因而便草草安营扎寨，埋锅造饭，并不待饭熟，便大吃起来，随后即脱帽卸甲倒地呼呼大睡。时至午夜，忽听得鼓角声、喊杀声和马蹄声震天动地。不待他们弄清是怎么回事，有的便已血肉模糊，痛得喊爹叫娘；有的便已身首异处，命赴黄泉。其余的则吓得魂不附体，不知所措。宿于中军大帐的主将韩荀见此，不禁慌了六神，待回过神，方才急忙披挂上马，率领那些聚拢过来的官军胡乱抵抗一阵，便随之逃得无影无踪了。因此，徐晃和史涣所率官军没费什么事，便截粮而归。

就在徐晃和史涣所率曹操所部官军向故市出发的同时，曹操则亲率许褚、于禁、侯成、宋宪、魏续、成廉和魏越等精锐官军步骑五千，举着袁绍所部官军旗帜，人衔枚，马缚口，每人抱干柴一捆，风驰电掣般向乌巢奔去。时值初冬十月，北方秋风正猛，当夜又黑得伸手不见五指。因此，即使近在咫尺，也无人听得清，看得见。途中偶遇人问他们哪来何去，他们则答："袁大将军怕曹操那厮所部人马抄略乌巢，故令我们前往加强防备。"问者信以为真，遂不再问。于是一路未遇任何阻挡，便在黎明时分人不知鬼不觉地赶到了乌巢。曹操果见那里路上停着长长的运载粮草和其他物资的大车以及宿营的营帐，大喜，便立刻传令全军尽快将其分段包围起来。

待一切就绪，天方微亮。曹操认为宜早不宜晚，宜快不宜慢，于是立刻便传令放火焚烧。步兵得令，立刻便点燃手中干柴，争先恐后猛地投向那些车辆和营帐，风助火势，车辆与营帐瞬间便成了一片火海。随后，曹操便拍马舞戟，身先士卒冲进那些营帐，见人便刺，其他的官军也随后各举兵器冲进去猛砍猛刺。淳于琼所率押运粮草的袁绍所部官军正呼呼大睡，哪里有备？于是被杀被烧而死的不计其数。

时宿于大帐的淳于琼惊醒后，忙起身戴胄披甲蹬靴奔出大帐门外，见此，不禁慌了神，片刻回过神，发现曹操兵微将寡，大喜，于是一面派使者赶快前往袁绍处求救兵，一面翻身上马舞戟，欲将曹操所率官军杀退。

使者得令，自然快马加鞭，飞一般向袁绍所住中军大帐赶去。不久，便

第四十七回　曹操烧乌巢袁绍大军终败北　斩蔡阳刘玄德弃袁南投刘表

赶到了那里。下马后不待门卫通报，便匆匆闯进去，气喘吁吁地将来此缘由向正在用早饭的袁绍报告了一番。袁绍见使者不待通报就闯了进来，意欲训斥他一番，后闻其所报，方知事关重大，不禁吃了一惊，并忙放下碗筷，立刻派五千官军轻骑前往乌巢相救。

当时还睡在大帐里的淳于琼部下督将眭元进、骑督韩莒子、吕威璜、赵叡等惊醒后，听得外面喊杀声、马蹄声和火势焚烧声震天动地，不绝于耳。当即便知晓有人来袭，于是忙起身戴盔披甲蹬靴飞一般奔出大帐门，翻身上马随自家人马各举兵器前往迎战。但不待他们出发，便与冲杀过来的曹操、许褚、于禁、侯成、宋宪、魏续、成廉和魏越等撞了个正着。双方相见，不待言语，便各举兵器对杀起来。曹操对淳于琼，许褚对眭元进，于禁对韩莒子，侯成对吕威璜，宋宪对赵叡。眭元进、韩莒子自然不是许褚、于禁的对手，谁胜谁负，早已明了。因而交手不久，眭元进和韩莒子便渐渐不支。吕威璜和赵叡见此，欲弃了侯成和宋宪，拍马举械上前助眭元进和韩莒子一臂之力。谁料这时眭元进和韩莒子却收起兵器，拨马而逃。许褚和于禁自然不放，瞬间便将眭元进和韩莒子斩杀。随后，吕威璜和赵叡也被侯成和宋宪斩杀，结果只剩曹操与淳于琼还在你来我往的殊死拼杀。

须知，难道曹操与淳于琼武艺是棋逢对手，难分伯仲吗？非也！其实淳于琼武艺远在曹操之上。只因他俩当初同为西园八校尉，本为宿友与旧交。现在在此兵刀相向，未免有些难为情。但今日之胜败，关系到曹操与袁绍以及其所部人马之存亡，干系非同一般。因此，在眭元进、韩莒子、吕威璜和赵叡被杀后，曹操便不顾情面，将戟舞动得雷鸣电闪，甚是骇人。时淳于琼见运粮车被烧，眭元进、韩莒子、吕威璜和赵叡被杀，自然不禁心慌意乱，现在又见曹操逼得紧，于是棒法随之大乱。曹操见此，大喜，遂乘机举戟猛地向淳于琼喉头刺去，淳于琼见了，忙斜身躲闪，孰料用力过猛，竟被甩下马来。曹操所率步兵见了，忙飞一般上前，将淳于琼来了个五花大绑。淳于琼所率官军见自家将领被擒，于是吓得神魂颠倒，不知所措。回过神，便四下而逃。而袁绍派去的那些救兵在半途从败退下来的淳于琼所率官军口中得知乌巢兵败，粮草被烧的情况后，料知救助徒劳，于是便逃之夭夭。

随后，张郃与高览也率军投奔了曹操。他俩本乃袁绍爱将，何以会投奔曹操呢？原来在乌巢粮草被烧前，张郃就对袁绍道："曹操那厮兵壮将强，行动神速，必会破淳于将军押运粮草人马。他们被破，粮草则失。粮草既失，我军则不战自溃。因此，宜急派兵救之。"

谁料郭图闻之却道："张将军之言无理。须知，曹贼率军前往攻乌巢，其营垒必然空虚，我军若前往攻之，他们必回军急救。如此，乌巢便不救而自解。"

张郃闻言，随即辩解道："曹操那厮营垒坚固，攻之必不能拔。倘若淳于将军被擒杀，其人马败逃，我们将尽成俘虏。"

袁绍对张郃所言颇不以为然，并对长子袁谭道："曹贼攻淳于将军于乌巢，我军则从后破其营垒，他定然无所归。"

言毕，即派张郃与高览率军攻打曹操营垒。他俩点起官军方才出发，便闻报淳于琼已败，粮草已烧。张郃料知大势已去，遂便不禁仰天叹息。后经他俩商议，决定投奔曹操方为上策。当他俩派使者前往向方从宛县调来的守卫曹操营垒的主将曹洪说明来意时，曹洪却怀疑他们投奔有诈，因而不敢接收。在旁的荀攸见此，认为张郃与高览是诚心来奔，并对曹洪道："据我猜测，袁绍那厮是不用张将军之言，张将军方才与高将军怒而来奔，有何可疑的呢？"

曹洪认为荀攸言之有理，于是便接收了张郃与高览。恰在这时，曹操率领官军从乌巢回到营垒，闻报张郃与高览来奔，不禁大喜，并不待歇息，便赶到张郃与高览驻地，表示热烈欢迎。时张郃与高览见到曹操，忙上前伏地施礼道："我们来迟，罪该万死！"

曹操闻言，忙上前伸出双手，先后拉起他俩笑容满面道："我等二位将军久矣！"

同时，曹操还思想到：袁绍上将麹义早被袁绍所杀，另一上将淳于琼现已被擒，而他帐下号为"河北庭柱"的颜良、文丑、张郃和高览四者中，前

第四十七回　曹操烧乌巢袁绍大军终败北　斩蔡阳刘玄德弃袁南投刘表

二者前时已战死沙场,后二者现又奔我。因此,袁绍手下再无勇猛将校了。因而打败袁绍,犹若瓮中捉鳖,手到擒来。曹操思想到此,仿佛看到袁绍已成他阶下囚,因此不禁欣喜若狂。

却说袁绍自派出增援乌巢官军后,便在中军大帐焦急不安地等候战况消息。正在这时,一探子慌慌张张跑来,向正用早饭的袁绍报道:"报告大将军,不好……"

还不待探子报毕,袁绍便瞪着一双血红大眼吼道:"什么不好了?"

时探子认为不便公开报告,于是便上前附着袁绍右耳低声耳语了一番。时只见袁绍脸色红一阵,绿一阵,随后便倒在地上不省人事。左右见了,大惊,忙一齐上前将他扶起,方免于不测。片刻醒来方惊慌失措道:"将如何是好呢?"

在场者闻之,也不知袁绍所言何意,只得呆若木鸡般站在那里不敢询问。又过了片刻,袁绍才唉声叹气道:"淳于将军兵败了啊!乌巢粮草及军用物资皆被烧了啊!"

左右认为淳于琼兵败还不要紧,而粮草及军用物资被烧才是要紧的,因此吓得魂飞魄散,不知所措。对此,袁绍并没发怒,而是与袁谭匆匆出帐,挑了匹高头大马,袁谭坐在前驱马,袁绍坐在后双手抱住袁谭腰部,飞一般向河水北岸逃去,其情其景异常狼狈。曹操所率官军见了,不禁哈哈大笑,并随后紧紧追击。袁绍与袁谭所骑那马奔跑起来犹若脱兔离箭,转眼间便没了踪影。曹操闻报,无奈,只得下令收其辎重、典籍、珍宝而归。

须知,其实沮授早就担心韩荀和淳于琼所率两路官军所运的粮草和军用物资有失,并劝说袁绍派步兵校尉蒋奇率领官军前往加强护卫,以防曹操率领官军偷袭。时袁绍却以为除非曹操吃了豹子胆,否则,岂敢到他占领区来偷袭!因而未予理睬,结果方才酿成今日这般灭顶之灾。

再说袁绍所率官军闻袁绍逃走,自然失去了战斗意志,当即便有几万将士逃之夭夭,其余七万将士虽然来不及逃走,但又不愿投向曹操。何也?一因他们大多为原冀州牧韩馥与原幽州牧公孙瓒部下,投归袁绍后,袁绍不但没薄待他们，反还视其如嫡系；二因他们崇敬袁绍显赫的四世三公家世，鄙视曹操卑贱的宦官家世；三因担心曹操重演屠杀徐州和彭城无辜故事，将他们杀害。于是便本着留得青山在，不怕没柴烧的宗旨，决定先诈降曹操，然后再伺机回归袁绍。当曹操方得知他们愿降，自然大喜不禁，并欲像对待当年青州黄巾军那样，将其全部收编。孰料他们那些想法与决定随后被曹操所派奸细探得了去，并及时报告了曹操。曹操闻报，自然怒不可遏，并决定将其全部杀掉。但顾忌他们人多势众，一旦闻风反叛，就他曹操那点人马，肯定不是其对手。再者，倘若公开斩杀，不仅影响将来来降者，还会背上残酷无情的骂名。为掩人耳目，曹操于是心生一计，分期分批分点将其全部秘密坑杀。

随后，来了千余袁绍所率官军诚心来降，曹操以为他们与被坑杀的那七万袁绍人马一样，是诈降。于是不问青红皂白，便在一日上午下令将他们押到营垒旁一片空地上包围起来，叫刀斧手当着他们的面割掉淳于琼的鼻子。接着又叫刀斧手割掉所缴获的袁绍所率官军所骑的马牛的嘴唇和舌头。那些马牛虽然不会说话，但那痛不欲生的悲惨表情即使魑魅魍魉看了也会不寒而栗。时那千余官军见此，竟吓得屁滚尿流，不能自控。最后，曹操又叫刀斧手逐个割去他们的鼻子，时他们痛得喊爹叫娘，遍地打滚。末了，才将他们全部杀死。曹操屠杀这千余袁绍所部官军手段之残忍，与董卓当年屠杀降虏的残忍手段相比，真是有过之而无不及。

此后一日午夜，曹操叫刀斧手将淳于琼押解到其下榻处中军大帐，不无得意地问他道："仲简为何落得如此下场呢？"

淳于琼闻问，遂心平气和地答道："胜负在天，何必多问。"

曹操认为淳于琼所答有理，欲刀下留情，放其一条生路。在一旁的许攸见此，怕淳于琼弃袁投曹和东山再起后会伺机报复他，于是忙对曹操道："倘若将来淳于琼这厮反观司空大人这次饶了他，他势必会恩将仇报！"

曹操认为许攸言之有理，便令刀斧手将淳于琼推出斩之，并仰天叹息道："此乃我万不得已啊！"

第四十七回　曹操烧乌巢袁绍大军终败北　斩蔡阳刘玄德弃袁南投刘表

言毕，又令刀斧手押上被擒的沮授。曹操爱慕沮授志向不凡，谋略超群，欲收降他，于是便和颜悦色地问沮授道："君愿降否？"

方问毕，沮授即毫不犹豫地答道："我非来降，是被擒呢！"

曹操闻答，毫不生气，并心平气和地对沮授道："我俩不在同一阵营，因此相互隔绝，没料今日才得到先生。"

"袁冀州谋略失误，自败北返。而我智力有限，结果被擒。"

"袁本初无谋，不会纳先生之策。现在国家丧乱已十二年有余，仍未平定，我欲与先生共同设法拨乱反正，若何？"

"我叔父、老母和弟弟性命全在袁大将军手中，倘若蒙你美意，就尽快处死我，这也是我的洪福啊。"

曹操闻沮授如此言，遂感叹道："倘若我早得到先生，安定国家不足为虑啊！"

言毕，乃起身上前为沮授松绑，并吩咐酒宴，为沮授压惊，但此后沮授却欲寻机逃归袁绍。孰料被曹操密探探知，并迅疾报告了曹操。曹操闻报大怒，遂便下令将其诛之。

随后，曹操从缴获的袁绍书信中得知有许都朝臣与袁绍暗通。对此，曹操非常恼怒，欲查出暗通者诛之。后转而一想，与袁绍开战之前，我曹操也是提心吊胆，怕不能自保，何况他人呢！于是便尽烧那些书信，不予追究。那些暗通袁绍者闻之，以为曹操海量，故皆暗里感激曹操不止。受此影响，袁绍冀州诸郡县官吏大多举城归降曹操，于是曹操实力大增。

却说袁绍与袁谭逃到驻扎在河水北岸的部将蒋义渠军营南辕门外时，早已饥寒交加，于是下马后不待门卫通报，便直奔中军大帐，向蒋义渠讨要吃穿。蒋义渠见他俩如此狼狈，内心不觉一酸，遂忙上前拱手施礼，并泪眼汪汪问袁绍道："主公何故这般呢？"

袁绍闻问，便将故市粮草被截、乌巢粮草被烧和官渡兵败之事向蒋义渠道了一遍。蒋义渠闻之，不禁大惊失色，并忙对袁绍道："此地距河水近在咫尺，曹贼追兵过水即到，故不可久……"

不待蒋义渠言毕,袁绍即道:"蒋义渠将军言之有理呢。"

言毕,即与袁谭接过侍者从厨房里拿出的胡饼,边狼吞虎咽边匆匆走出帐门,各骑一匹蒋义渠为他俩备好的战马,在蒋义渠所派的八百官军轻骑的护卫下,冒着寒冷的深秋北风,迎着漫天飞舞的沙尘,经黎阳飞一般向邺城赶去。至此,一场以少胜多、旷日持久的"官渡大战",终以曹操大胜、袁绍大败结束。

毋庸置疑,这一仗,为曹操将来统一中国北方打下了坚实的基础。

此时值建安五年十月。

曹操所率官军在官渡休整了一阵后,便在次年四月的一日上午在那里举行了一场大阅兵,以庆祝官渡之战大捷。临时搭建的阅兵台位于官渡南岸,台下站着万余身材高大、年轻力壮、手持刀枪的受阅步骑;水上排列着千余条整齐的战船,船两侧坐着膀大腰圆、手握大橹的水兵。时先是金盔金甲的曹操从台后走到台中央站定,随后是宽袖大袍的文臣从台后右侧走到曹操右侧按秩站定,同时全身披挂的将校从台后左侧走到曹操左侧按秩站定。主持阅兵的曹洪见他们已经就绪,便拔出腰间宝剑向前一挥高声道:"阅兵开始!"随后曹操便从阅兵台右侧大步走下阅兵台,翻身骑上枣红大马,在银盔银甲银色雄马的曹仁的陪同下,缓缓绕场一周,然后下马大步回到原位站定。随后曹洪又将宝剑一挥,台下右侧鼓声立刻便震天动地,同时,台下左侧角声立刻便响彻云霄。随后是台下骑兵高喊着"司空大人神武"的口号策马通过检阅台。再随后是步兵迈着整齐的步伐,边高喊"司空大人神武"的口号边大步通过检阅台。同时,水兵们猛地边摇大橹边高喊"司空大人神武"的口号,顺水将船划得飞快。恰值那日天空万里无云,成群结队的水鸟漫天飞舞,真是天上、地上、水上齐响应。曹操见此,自然大喜不禁,遂情不自禁地频频挥手向那些受阅将士致意。直到傍晚时分,阅兵方才完毕,并在当晚设宴大饮,自不必说。

却说袁绍回到邺城后闻报他那七万余人马为曹操所坑杀,不禁痛不欲生,并大骂曹操丧尽天良。同时,他对自己当初没听田丰劝谏不禁感到非常

第四十七回　曹操烧乌巢袁绍大军终败北　斩蔡阳刘玄德弃袁南投刘表

后悔,并多次欲前往监狱向关押在那里的田丰赔礼道歉。但转而一想,我袁绍乃四世三公之胄,朝中重臣,岂可向部下一介谋士赔礼道歉呢?另外,倘若留着田丰,他又会提出高出我袁绍的谋略和预见。如此,那不叫我袁绍再次相形见绌了吗?因此,还不如杀了他了事。不过,田丰乃出类拔萃的谋士,军中智囊。要杀他,须得探探部下文武的口气如何。袁绍想到此,于是便在一日傍晚将部下文武召集到议事厅道:"我当初不用田丰所言,果为笑话啊!"

田丰既然是出类拔萃的谋士,军中智囊,那些文武妒忌之心自然也随之而来。因此,他们闻袁绍方言毕,便异口同声道:"袁大将军所言是谦虚呢。"同时还建议杀掉田丰。对此,袁绍不禁大喜,并当场下令将田丰斩杀于狱中。

须知,此前有人闻袁绍兵败,便乘探监之机对田丰道:"主公肯定要见先生呢。"

田丰闻言,遂道:"若主公军胜,我性命自然无虞。今军败,我必死无疑!"

由此可见,田丰对袁绍外宽雅,而内多忌害的秉性早便洞若观火。

再说袁绍认为他虽在官渡打了败仗,并损失了七万所部官军,但冀、幽、并、青四州之地却完好无损,加之他永不服输,于是在收拢从官渡逃散的所部官军的同时,与其子袁谭、袁熙、袁尚和外甥高干等将校秣马厉兵,准备暗渡仓亭津,突袭陈留,攻占许都,挟持刘协,消灭曹操,以报官渡兵败之仇。孰料他这一打算被曹操探子探得一清二楚,并很快报告给了时在许都的曹操。曹操闻报,自然吃惊不小,并立刻传召荀彧前来商议对策。时正值午夜时分,睡得正香的荀彧闻召,认为定有要事相商,于是忙翻身起床穿戴毕,即出门上马飞一般向曹府赶去。待赶到大门前,曹操早等在了那里。荀彧见此,不禁非常激动,忙翻身下马欲上前向曹操拱手施礼,时曹操早上前拉着他的手直向密室奔去。进得里面不待坐定,曹操便将探子所报向荀彧道了一番。荀彧闻之,遂不假思索道:"兵来将挡,水来土掩!"

"先生之言正合我意呢。"

曹操言毕，立刻便以刘协的名义下诏，从其辖区各处调集了几万官军集中加以训练，以便夺取仓亭津，阻止袁绍所部官军来犯。

说来也巧，袁绍所率官军与曹操所率官军正好不约而同来到仓亭津。因此，曹操所率官军自然驻扎在仓亭津西岸，袁绍所率官军自然驻扎在仓亭津东岸，于是两军东西隔水相持。

袁绍见曹操所率官军来得如此之快，认为暗渡仓亭津的打算落空，不禁非常恼怒，但又无可奈何。无奈，只得听从郭图的建议，采取稳扎稳打、步步为营、逐渐推进的战术，将曹操所率官军由肥拖瘦后，然后再大举进攻。郭图这招真灵，竟叫欲速战速决的曹操所率官军很久寻不着进攻机会。对此，曹操在中军大帐下榻处不禁急得茶饭不思，坐卧不宁。正在这时的一日午夜，郭嘉突然匆匆进来，不及拱手向曹操施礼便上前附着曹操右耳低声耳语起来，时只见曹操立刻便转忧为喜，频频点头称是。随后，曹操便传令左右将校前来听令。那些将校闻曹操半夜三更传令，以为有要紧事，于是不待多想，便披挂上马，飞一般向中军大帐赶去。不久，他们便先后到达了那里按秩排定，只听曹操下令。时曹操并没公开下令，而是若郭嘉方才那样，对这些将校逐一低声耳语了一番。时他们也若曹操方才那样，立刻转忧为喜，频频点头称是。随后，便各自匆匆拱手施礼告辞曹操，出门翻身上马而去。

次日中午时分，曹操所部官军突然倾巢而出，踏着冰面，猛地向对面袁绍所率官军大营西辕门冲杀过去。时值大雪纷飞、冰冻三尺的严冬，袁绍所部官军正在营帐里围炉取暖用饭，谁也没料到曹操所率官军会在这时向他们发起进攻。因此，不待他们放下碗筷披挂持械出营迎战，冲在前面的许褚、侯成、宋宪、魏续、成廉和魏越所率官军骑兵早已杀到他们面前。结果大多还没弄清怎么回事，便呜呼哀哉了。其余的则若惊弓之鸟，闻风丧胆，四下逃窜。时袁绍、袁谭、袁熙和袁尚与其他将士一样，正在中军大帐围炉取暖用饭，闻报曹操所率官军骑兵杀到，直吓得魂飞魄散，面如土色。回过神，方才急忙丢下碗筷，起身飞奔出帐，爬上各自战马，向东辕门逃去。冲在前

第四十七回　曹操烧乌巢袁绍大军终败北　斩蔡阳刘玄德弃袁南投刘表

面的曹操见了，哪里肯放，遂忙下令随后紧追，并高声道："擒杀袁家父子之一者，有赏钱！全部擒杀者，加官晋爵！"

许褚、侯成、宋宪、魏续、成廉和魏越所率官军骑兵闻之，皆狠劲拍马向前追赶。步兵闻之，也不甘落后，皆极尽全力猛追。时袁家父子所乘战马并非西风瘦马，袁家父子也非枯藤老树。他们见追得紧，于是便快马加鞭，向东逃去。曹操见他们远去，无奈，只得鸣金收兵。不用说，这一仗又是以曹操大胜、袁绍大败而结束。毋庸置疑，这一仗为曹操统一中国北方打下了更为坚实的基础。

须知，曹操之所以能取得仓亭津之战大胜，正是听了郭嘉此前对其耳语之计，即乘敌不备之机突袭之。

此时值建安六年冬。

却说刘备既然在官渡之战时便对袁绍失去信心，并欲趁袁绍派他出兵许都以南的汝阳与颍川时离袁而去，后因兵败曹洪之手未果。现见袁绍又兵败官渡和仓亭津，其离袁之心自然更为迫切，只是还没机会。为此，不禁常在下榻处忧心忡忡，坐卧不安。正在这时的一日早饭后，忽然袁绍使者匆匆前来，向刘备拱手施礼道："袁大将军有请刘皇亲前往他府上一叙。"

刘备闻报，本不愿去。因为他认为，就袁绍那熊样，狗嘴里还能吐出象牙来？有那工夫与他瞎扯淡，还不如在此睡大觉呢！后转而一想，现在我刘备毕竟是其部下，所谓人在屋檐下，不得不低头。管他瞎扯淡什么的，还是前往应付一下再说。于是便忙更换衣帽，随袁绍使者出门上马，匆匆向袁府赶去。

再说袁绍从仓亭津逃回邺城后，正气得暴跳如雷、面色铁青时，谁料屋漏偏逢连夜雨，即其辖区内不少郡县官吏见他官渡与仓亭津两战均遭惨败，于是便见风使舵，弃袁归曹。恰在这时，在官渡和仓亭津被曹操所率官军杀散的那些袁绍所部官军回归了不少。袁绍见此，大喜，并率领他们征讨那些叛离官吏，经一番激战，终于将他们讨平，稳定了局势，于是便欲再次举兵讨伐曹操。但一时又拿不定主意，于是才派使者邀刘备前来随便聊聊，看看

887

能否聊出个所以然来。

时使者前脚方才出门,袁绍后脚便赶到大门口等候刘备。作为四世三公之胄的袁绍为何会放下身段等候寒门出身的刘备呢?原来他认为,刘备现在虽是他部下,但他毕竟是皇亲,且又是我袁绍有求于他,岂是怠慢得的?正在袁绍踮足引颈举目盼望刘备时,刘备和使者已朝他这边奔了过来。袁绍见了,欲上前相迎,然刘备早已翻身下马大步迎了过来,并拱手向袁绍施礼道:"在下来迟,还请明公惩……"

不待刘备言毕,袁绍即笑道:"哪里话,哪里话。"

随后,即与刘备并肩进入客厅密室。坐定待侍者上茶后方退下,袁绍便问刘备道:"我军在官渡和仓亭津之战中皆败给曹操那厮,将如何回击呢?"

刘备闻言,直想撇嘴,并不禁思想到:你袁绍已泥菩萨过河,自身难保了,还想回击,是狡诈多谋的曹操的对手吗?但表面上却怒气冲冲道:"曹操这厮打着天子旗号,到处发号施令,干尽坏事,早晚得叫雷公劈了!"

"那太便宜了那厮,倘若擒到他,我得亲手千刀万剐了他方才解恨!"

袁绍言至此,两眼都瞪红了,好像他已擒住曹操,只等他举刀来剐了。刘备见此,心里不觉非常好笑,并思想到:曹操不把你袁绍擒住千刀万剐了已是你三生有幸,你还千刀万剐他呢,真是不知天高地厚。但表面上仍如方才一样怒气冲冲道:"明公之言极是!"

言毕却思想到:我何不趁此重演怂恿曹操派我攻打袁术故事,即借机率军前往征讨曹操,以便离开袁绍这鬼地方。但又不便明言,于是便来个旁敲侧击,先探探袁绍是否有派他出兵的意思,并问袁绍道:"明公不仅有四州之地,且兵强马壮,何不再亲征曹操那厮呢?"

袁绍闻问,不禁长叹道:"官渡和仓亭津之战连败后,将士大多士气不振。再加之颜良、文丑、淳于琼被杀,张郃和高览投敌,麴义又叫我误杀,因而现已无万人敌将校了,如何能……"

叹至此,喝了口茶清了清嗓子若有所思道:"唉,我差点给忘了,刘皇亲部下关羽、张飞和赵云乃勇冠三军的猛将,倘若刘皇亲率他们前往征讨曹

第四十七回　曹操烧乌巢袁绍大军终败北　斩蔡阳刘玄德弃袁南投刘表

贼，定能稳操胜券。"

袁绍方才所言正中刘备下怀，刘备自然暗喜不尽。但随后又认为，就我刘备现在那点人马，想与谋士成群、猛将结队的曹操交战，岂不是鸡蛋碰石头，不堪一击嘛。因此，不若向袁绍讨要些人马再说，于是忧心忡忡道："曹贼兵势正盛，恐我那点人马……"

不待言毕，袁绍即道："刘皇亲尽管放心，到时我令黄巾军大帅龚都率军援助你便是。"

刘备闻言，不禁非常激动，忙起身向袁绍拱手施礼道："只要明公信得过我刘备，就是上刀山、下火海，也愿率军前往征讨曹贼，为明公报仇！"

方言毕，袁绍便忙问道："从哪进攻好呢？"

"汝南！"

"前时你不是在那里吃过败仗了吗？"

刘备闻袁绍问，心头先不禁为之一愣，方才平静道："那是因曹洪那厮早听得消息，先下手使然。这次必须昼伏夜行，神速前往，杀他个措手不及。"

刘备言至此，停下喝了口茶清了清嗓子接着道："明公须知，倘若我攻下汝南，明公你可从东北，高干从正北，三面合围曹贼。到那时，擒杀曹贼犹若瓮中捉鳖，手到擒来！"

袁绍因官渡与仓亭津之战被曹操打怕了，因而惧怕曹操，故忙问刘备道："刘皇亲这次举兵讨伐曹操这厮有多大胜算？"

刘备闻袁绍如此问，怕他打退堂鼓，于是信誓旦旦道："不拿下曹贼头颅，愿将在下头颅献上！"

袁绍见刘备攻曹之心不仅坚决，且胜券在握，不禁大喜道："那就请刘皇亲率大军走一遭，并祝你旗开得胜，马到成功！"

刘备闻言，不禁精神为之一振，又信誓旦旦道："决不辜负明公所望！"

袁绍闻言大喜，忙起身与刘备走出密室，在客厅吩咐酒宴为刘备饯行。席间，二人交杯互饮，甚为亲密。直到傍晚时分，刘备方才告辞袁绍打道回府。

刘备虽与袁绍谈得非常投机，但却担心关羽、张飞、赵云、刘琰、糜竺、糜芳、孙乾和简雍不理解和反对他的想法。为此，回到下榻处便将他们立刻召来予以说明。片刻，他们便应召赶到这里，方才坐定，刘备便将他对袁绍的看法和欲离开袁绍自谋发展的想法向他们道了一番。他们闻之，无不表示赞成。刘备见此，方知自己此前的担心是多余的，因而不禁大喜，并欲商议出兵事宜，时赵云却不解地问刘备道："倘若袁绍那厮知晓了我辈行动该当如何？"

刘备认为赵云问得在理，于是便将他与袁绍相商的结果道了一番。他们闻之，方知刘备早已万事俱备，只差行动了，于是便异口同声道："愿听主公的。"

随后，关羽语重心长地道："曹操用兵如神，我们行动须得神速，否则将重蹈上次颍川和汝阳之败覆辙。"

刘备认为关羽言之有理，并道："这次出征干系重大，故只许胜，不许败。不知谁愿为打头先锋呢？"

"我愿为打头先锋。"

在场者忙循声望去，原乃张飞。时刘备却道："这先锋印非关将军莫属啊。"

方言毕，张飞即不解地问道："为何？"

"到时你便知晓了。"

在场者闻刘备言，想必自有道理，遂不便多问。

时刘备怕袁绍时久生变，于是当即便令关羽率领先锋官军先行；张飞率领官军随后跟进；刘备与赵云率领官军殿后；刘琰、糜芳与简雍率领官军负责后勤及甘夫人和糜夫人安全；糜竺与孙乾率领官军随军随时听候调遣。待一切就绪，已是晚饭时分。于是刘备便叫大家赶快回去用饭歇息，以便明早启程出发。时大家离去心切，皆表示愿晚饭后即刻出发。对此，刘备非常赞同。于是在晚饭后便各率所部官军，立刻从邺城南门出发。他们一行偃旗息鼓，昼伏夜行，闪电般通过冀州、青州和徐州，直向汝南治所上蔡县城

第四十七回　曹操烧乌巢袁绍大军终败北　斩蔡阳刘玄德弃袁南投刘表

杀去。

不久，走在前面的关羽所率先锋官军便赶到了汝南郡上蔡县北十里处的天柱山北麓，时值当日天明时分，队前的关羽见前面有一队衣甲不整、刀枪不齐的人马挡住了去路。对此，他以为是化了装的曹操所部官军。后转而一想，这次出征神不知鬼不觉，他们怎会知晓呢？即使他们有神机妙算之术，也不会来得这么神速，除非他们是阴曹地府的鬼兵神将。正在此际，忽听得对方为首者高声问道："来者是哪路的？"

时关羽非常明白，没弄清对方是何路人马，千万不能如实回答对方所问，否则，暴露了自家人马行动咋办。但关羽并不惧怕有人挡道，只是担心耽误了时间不能如期赶到目的地上蔡县城以便突袭。不过，既然遇到不测，担心也是徒劳的。因此，便欲拍马挥斧上前给对方为首者来个下马威。时不待他拍马，为首者早已拍马挥舞着长柄大戟冲杀到了他眼前。关羽见此，忙举斧相迎。方战至十余回合，为首者便虚晃一戟，掉转马头退了回去。

须知，为首者与关羽交手时并没占下风，为何要退回去呢？原来他与关羽厮杀时，发觉关羽武艺非同一般，料想他可能是关羽，于是便退了回去，来个先自报姓名，以此问明他是否是关羽。而关羽对其举动却若丈二和尚，摸不着头脑。正在这时，忽听得他高声道："是关将军吗？俺在此等候你多时呢！"

关羽闻言，不禁非常惊异，认为在这荒山野岭，竟有人知晓我关羽之名，莫非遇上了龚都黄巾军人马不成？片刻那为首者又高声道："俺乃龚都，是受袁大将军之命前来迎接并投奔……"

不待龚都言毕，关羽便高兴地大声道："何不早报姓名呢？我乃关羽啊！"

方言毕，龚都便忙将长柄大戟递给身旁随从，翻身下马，飞一般跑到关羽马前伏地施礼道："误会，误会，恭请关将军谅解。"

关羽见此，也忙翻身下马，上前双手扶起龚都道："将军与我素不相识，小小误会乃理所当然。"

"关将军斩杀勇冠三军的颜良，大名早已传遍天下，俺岂有不晓之理呢。"

龚都言毕，便忙回身招呼其部下几名将校前来拜见关羽。待关羽与他们一一相见礼毕，龚都即眉飞色舞地对关羽道："关将军须知，据《禹贡》记载，豫州位在天下九州之中，而汝南又位在豫州之中。更巧的是，我们现在所处之处正好位在汝南之中。因位置原因，周武王为了测日影、计时辰，特在此筑山一座，曰天柱山。后经多年修建，现在山上亭台楼阁遍布，松柏柳榆参天，竹藤茂盛，梅兰芳香。风景之秀丽，真是天上有，地上无。要不是关将军前来，我还不愿离开它呢！因此，何不上去一游？"

方言毕，关羽即摆摆手道："龚将军盛情我领了，然眼下尽快赶到上蔡县城要紧，待攻下那里再游不迟。若何？"

龚都认为关羽言之有理，遂忙点头称是。随后，即与关羽合兵一处，继续飞一般向上蔡县城杀去。

须知，龚都本是张角八大弟子之一波才将军部将，因波才兵败，他才带了数百黄巾军来到天柱山安营扎寨。随后，他又招了数千汝河渔夫入队，并率领他们继续与官军周旋。后袁绍为了从豫州南面牵制曹操，便以重金收买了他。后因袁绍忙于官渡和仓亭津之战，竟将他忘在了脑后，现在刘备愿意率军攻打汝南，方才想起他，并叫快马日夜兼程，赶到天柱山传令他极尽全力援助刘备所率官军。巧合的是，他在与袁绍的交往中，对袁绍的看法与刘备几乎无异，因此也萌发了离袁而去和另谋发展之意。因此，袁绍之令，正中其下怀，并随即令探马时刻打探刘备所部官军何时途经南下上蔡县城的必经之路天柱山，以便到时迎候。一日傍晚，探马便探得刘备所部先锋官军将在次日早上路过这里。为此，他一夜未眠，便率军赶来迎候。因他常年只在天柱山附近挥军与官军周旋，对其他地方的事孤陋寡闻，知之甚少。但对关羽神勇斩杀颜良却早有所闻，因此对关羽崇拜得五体投地。对此，刘备早已了如指掌。为防他人率领先锋官军在途中与龚都相遇时发生误会，方才令稳重老成的关羽为先锋军将领，由此足见刘备考虑问题之周密超乎寻常。

途中，关羽对龚都道："我是新来乍到，不知此地地理形势，将军在此多

第四十七回　曹操烧乌巢袁绍大军终败北　斩蔡阳刘玄德弃袁南投刘表

时，想必……"

不待言毕，龚都即口若悬河地道："上蔡县城西、北、东三面是波涛汹涌的汝水，唯南面为陆地。依在下之意，不若以当年韩信明修栈道，暗度陈仓之策，即我率三支水军从水上佯攻西、北、东三城门，将军你则趁敌守军不防南城门之际，率军攻打那里。如此，破城不难啊。"

关羽闻言，遂不解地问道："龚将军虽言之有理，但哪有那么多船和水军呢？"

谁料龚都闻问不但不担忧，反还眉飞色舞道："这有何难。将军须知，我军将士大多为汝水渔夫，只要俺一句话，他们都会献出自家渔船供将军使用。另外，他们无须训练，便可娴熟地摇橹划船。更令人叫绝的是，他们在船上还可若水军般舞刀弄棒，奋勇杀敌呢！"

言毕，待两军合兵一处后，龚都便对其部下下令道："凡有渔船者，尽快献出军用！"

那些有船的黄巾军将士闻令，立即便飞快回去划船去了不提。

随后，待关羽和龚都所部这支新组成的官军赶到上蔡县城南门外时，他们已将无数条渔船划到城东、北、西三面汝水隐蔽处，只待命令。

却说上蔡县城南门曹操所部守城官军忽见来了一支官不官、民不民的人马拥到护城河外，不禁非常惊异，不知是哪路的，也不知来此何干，因为他们事先没得到有关这些人马的任何消息，但他们并不惧怕。因为他们以为，城东、北、西三面是波涛汹涌的汝水，没舟船就是有登天的本事也难攻上城池。而南城门不仅高大无比，而且坚固无比，只要日夜坚守，谁攻得破？正在这时，他们见城下这支人马突然掉头有条不紊向后退去，片刻间便没了踪影。正在他们惊异间，忽听得远处鼓声喧天，角声震地，一队官军铺天盖地杀了过来。曹操所部守城官军主将蔡阴闻报，大惊，遂忙调拨城中大部分官军飞一般赶来坚守。但他仍然不知这些人马是哪路的，直到他们杀到城下，方才看清旗号是"关"字和"龚"字。至此，他料想是关羽所率官军和龚都所率那些投入袁绍所部官军的黄巾军。对此，他并不惧怕龚都所率的那些人马,但却非常惊惧关羽所率那些官军。何也？一是因为他此前从没听说关羽率领官军来攻,而眼下却突然兵临城下；二是自关羽斩杀颜良后,他一闻关羽大名,便若惊弓之鸟,闻风丧胆。

正思想之际,忽然西、北、东三面城外鼓声大作,三支似像非像水军的人马在龚都指挥下,在汝河上划着渔船飞快向西、北、东三城门冲杀过来。蔡阴闻报,方知中了调虎离山和声东击西之计,不禁大惊,忙率领官军从城墙走道上飞一般赶往那三处,以便加强防守。时不待他们赶到,龚都所率人马早便弃船上岸杀上了城头。蔡阴见此,知大势已去,无奈,只好化装成庶民趁乱而逃。其所率官军见没了主将,便逃的逃,降的降,于是关羽与龚都便挥军夺取了上蔡县城。此后不久,张飞所率官军也随后赶到。再后,刘备、刘琰、赵云、糜竺、糜芳、孙乾和简雍等所率大队官军也先后赶到。刘备见关羽和龚都旗开得胜,马到成功,自然喜之不尽,进城后即在南城楼上摆设酒宴,以为庆祝。

席间,刘备特意让龚都紧坐在他右侧,并频频举杯向其敬酒,以示特别嘉奖。时龚都也不谦让,尽管大口吃肉,大碗喝酒。酒过三巡,龚都起身去厕房时,无意间从一刘备侍者处得知刘备与当今皇上是同宗同族,因此大家都称他为"刘皇亲"时,不禁大惊,上厕回去后便小心翼翼地走到刘备餐几前伏身施礼,道："在下有眼不识泰山,在此拜见刘皇亲了。"

时刘备不备,竟不禁愣了神,待回过神,方才忙起身上前,双手扶起龚都道："龚将军快快请起。今日若没你鼎力相助,岂有……"不待刘备言毕,龚都便难为情道："小的过去跟随张角和波才为非作歹,大乱天下,罪在不……"

不待龚都言毕,刘备便摆摆手道："只要你我同心协力,共讨曹贼,共扶汉室,一切过往不究！"

龚都见刘备如此宽宏大量,竟激动得不知所以,待静下来即信誓旦旦道："只要刘皇亲看得起小的,别说讨曹贼、扶汉室,就是上刀山、下火海,俺也情愿啊！"

第四十七回　曹操烧乌巢袁绍大军终败北　斩蔡阳刘玄德弃袁南投刘表

　　时刘备正需招兵买马，听得龚都如此言，自然大喜，并立刻拜龚都为水军都尉，叫他统领那些由渔民组成的水军。龚都这些年来东拼西杀，也未捞得一官半职，因此感到非常遗憾，现在对刘备所拜，自然感激万分。

　　却说正与左右文武在仓亭津巡营的曹操闻报刘备率领官军突然夺了上蔡县城，不禁又惊又怒。惊者，事先他毫不知晓关羽和龚都所率人马的任何军事行动。怒者，他们，特别是刘备吃了豹子胆，竟敢两度侵犯汝南！同时还思想到：汝南位处我曹操豫州腹地，而时之豫州又位在中国中心，故有天柱之称，并管辖着平舆、新阳、西平、上蔡、南顿、汝阴、汝阳、新息、北宜春、灈强、灈阳、期思、阳安、项、西华、细阳、安城、吴房、铜阳、慎阳、慎、新蔡、安阳、富波、宜禄、朗陵、弋阳、召陵、征羌、思善、宋、褒信、原鹿、定颍、固始、山桑和城父等三十七国、县，户四十万四千四百四十八，人口二百一十万零七百八十八。因此，不论是辖区面积，还是人口数量，都是豫州甚至天下响当当的大郡，不可谓不重要。且那里地势平坦，交通便利，商贸发达，气候温和，农产品丰富。更重要的是，若那里被刘备占领，袁绍就可从东、北两面，刘备就可从正南面牵制我曹操。倘若与他们开战，其后果不堪设想。故曹操不再多想，便怒气冲冲道："刘备织席卖履小儿竟敢如此猖狂，若不给他点颜色看看，还不知天高地厚呢！"

　　为了在刘备所率官军立足未稳之际夺回上蔡县城，曹操方言毕，便传令驻防于紧临上蔡县西北面叶县的蔡阳率三千官军轻骑前往收复。蔡阳本是上蔡县人，闻得故乡被刘备所率官军占领，本就怒不可遏，并欲请命率领官军前往夺回。现在得曹操令，自然正合其意，于是方才得令，便立马点起所部官军骑兵，从叶县马不停蹄向东南方的上蔡县城杀去，大有不收复城池誓不罢休之势。另外，尽管蔡阳驻守的叶县与上蔡县相邻，但因军务在身，许久也没回故乡看望父老乡亲和游览那里的芦岗拥翠、云护蓍台、蔡河沉月、鸿隙现莲、斯井鸡鸣、景贤书声、洪河夜雨、白云深处、蔡国故城、白圭庙、伏羲画卦亭、蔡侯玩河楼、孔子问津处、孔子晒书台、光武台、奎星楼、李斯墓、蔡侯墓等名胜古迹。这次回去打了胜仗，也得前往一游才是。因此快到上蔡县地界时,更是归心似箭。

却说刘备与关羽、张飞、赵云、龚都、刘琰、糜竺、糜芳、孙乾和简雍等人正在上蔡县城郡衙大厅商议如何固守城池,扩大战果时,忽然探马飞一般跑来,不及向刘备拱手施礼便气喘吁吁地报道:"曹操那厮派蔡阳率了一支骑兵正向我们这里杀过来了。"

刘备闻报,不但不惊慌,反还镇定地问道:"到哪儿了?"

"已快到上蔡县地界了。"

刘备闻之,遂思想到:我虽兵微将寡,但蔡阳乃无名之辈,他就是率十万人马来犯,也奈何不得我!即便曹操那厮亲率百万人马前来,我也不会退兵。方思想毕,便调兵遣将,准备迎战。

却说蔡阳所率官军骑兵很快便赶到了上蔡县地界。正当他们飞奔在必经的一条丛林小径时,忽见前面一支官军挡住了去路,为首者旗上大书一"龚"字。不用问,蔡阳便知为首者是龚都。时蔡阳认为,他为朝廷命官,岂可与一无名草寇龚都啰唆。于是便拍马舞枪,直向龚都刺去。龚都自然早知他是蔡阳,也认为与他没什么可啰唆的,便忙举戟迎了上去。方战至三十余合,年老体弱、两鬓斑白的蔡阳便渐渐不敌。无奈,只好虚晃一招,退出拨马向后便逃。没逃多远,忽见前面不远处又一支官军挡住了去路,为首者旗上大书一"关"字。时蔡阳立刻便认出了他是关羽。何也?因为在曹袁"官渡之战"时,他常去官渡向曹操报告军务,曾见过关羽,只是没什么交往,但对他勇斩颜良早已耳闻。因此,现在遇上,哪有不心惊胆寒的呢?蔡阳见腹背受敌,便欲率领官军骑兵向丛林右方退去,时待他们方才开步,迎面又一支官军挡住了去路,为首者高大威猛,高头黑马,丈八蛇矛,旗上大书一"张"字。蔡阳从没见过此人,经询问随从,方知他是万人敌张飞。对此,他不禁打了个寒战,自然也没胆上前迎战。万般无奈之下,只得碰碰运气,率领官军骑兵向丛林左方退去。没走多远,便发现前方树木越来越高,越来越密,行走越发困难,到后来竟然寸步难行。对此,他们不禁非常惊异。正在这时,忽见前面树丛中冒出大批手持钩镰枪的官军伏兵。为首者为

第四十七回　曹操烧乌巢袁绍大军终败北　斩蔡阳刘玄德弃袁南投刘表

一高大英俊的青年将军，只见他举着钩镰枪，快步上前照准蔡阳枣红大马右后腿猛地一钩，那马一惊，嘶吼一声，提起前蹄，便将蔡阳四仰八叉翻在地上。蔡阳见中了埋伏，大惊，正欲翻身爬起传令部下后退，忽然一手持双股剑的中年将军飞步上前，照准其喉便是一剑，于是立刻便鲜血直流，呜呼哀哉了。蔡阳所率官军骑兵见没了主将，皆惊慌失措，待回过神，便欲拍马而逃。孰料树密藤茂，战马迈不开步，结果他们不是身首异处、命赴黄泉，便是伤痕累累，缴械投降。

此时值建安六年八月中旬。

须知，你道那高大英俊的青年将军是谁？此乃赵云。那一剑结果蔡阳性命的中年将军又是谁呢？此乃刘备。

此后不久的一日下午，曹操在仓亭津中军大帐闻报蔡阳不但没夺回上蔡县城，反还兵败被杀，直气得五脏六腑爆裂，七窍八孔生烟。左右文武闻之，皆纷纷赶来献计献策。有的还摩拳擦掌，争先恐后上前向曹操要先锋印，欲前往擒杀刘备和龚都，夺回上蔡县城。唯郭嘉镇静自若，沉默不语。曹操见了，甚感惊异，并问他道："奉孝何以一言不发呢？"

郭嘉闻问，遂沉思片刻道："依在下之见，司空大人离京已久，不若先回去稳定一下朝廷形势，然后再发兵征讨刘备和龚都之流不迟。"

许褚闻言却不以为然道："刘备兵微将寡，龚都乌合之众，何足挂齿！依俺愚见，不若先彻底消灭兵强马壮、地域广阔的袁绍那厮。如此，刘备和龚都必若惊弓之鸟，闻风丧胆，到时兵不血刃，便可……"

不待许褚言毕，郭嘉也不以为然道："许将军方才之言差矣。须知，袁绍虽然势力强大，但经官渡和仓亭津之败，早成西风瘦马，不堪一击。而他本人也只不过是酒囊饭桶、行尸走肉罢了，有何惧呢！而刘备却不同，他眼下虽若丧家之犬，无立足之地，但此人乃人中雄杰，倘若不及时除之，必将成天下大患！"

方言毕，荀攸即上前道："汝南郡上蔡县所处之处北可进汴洛，南可下荆楚，向为兵家必争之地。若不及时收回，后果不堪设想！"

谁料曹操对郭嘉、许褚与荀攸方才所言皆不置可否，并沉思片刻道："诸位虽然言之有理，但我自有道理。"

在场者闻曹操既出此言，认为他早胸有成竹，于是不再多言，便拱手施礼告辞曹操而去。

随后不久，曹操即留部分所部官军防守仓亭津，其余皆随他回军许都。曹操是凯旋，刘协等文武百官自然是远道而迎，并设大宴予以庆祝，自不必说。

此时值建安六年九月。

曹操在许都待了些时日，见荀彧将朝政治理得井井有条，井然有序，于是大喜道："荀先生真乃当世之萧何啊！"

荀彧闻言，自然谦逊了一番不提。

却说刘备占领了上蔡县城后，以为心想事成。而叫他更兴奋不已的是，待有朝一日实力强大了，再挥军北上，消灭曹操，迎帝于雒，振兴汉室。但他又深知，曹操向来争强好胜，岂肯轻易让他占领上蔡县城？因此，在这些时日里，始终心不踏实，并派出了几路探马到许都打探曹操眼下有何举动。同时，又派糜竺与孙乾秘密前往荆州治所襄阳城联系刘表，以在曹操率军来犯时南下荆州避其兵锋。另外，在收编那些蔡阳降虏的同时，又对龚都所率由黄巾军改编成的水军进行了整训，以此增强实力。正在这时的一日上午，刘备在关羽陪同下，在练兵场正兴致勃勃地检阅那些受编受训人马时，忽然一探马向刘备拱手施礼报道："曹贼现亲率大军前来犯我境了。"

刘备闻报，不禁大吃一惊。因为他心知肚明曹操完全不同于袁绍和蔡阳之流，他狡诈多谋，用兵如神。与他交战，除非有雄兵百万、战将千员，有超人的计谋，方可胜算，否则就是以卵击石，自取灭亡。正在此际，前往襄阳联系刘表的糜竺和孙乾飞马向他这边赶了过来。刘备见了，不禁又喜又忧。喜的是，可能大功告成；忧的是，也许事与愿违。糜竺和孙乾自然理解刘备此时心情，于是方到刘备身前便翻身下马，不及向他拱手施礼便异口同声道："主公不必担忧啊。"

第四十七回　曹操烧乌巢袁绍大军终败北　斩蔡阳刘玄德弃袁南投刘表

刘备闻言，方才转忧为喜道："二位辛苦了。"

随后，糜竺便将刘表因刘备与他是同宗同族而愿接纳他之事道了一番。刘备闻之，并没露出喜色，反还忧心忡忡地问糜竺道："他让我驻扎何处？"

"新野。"

刘备闻答，心里不禁打了个寒战。何也？因为新野紧邻曹操必争之地汝南郡。驻扎在那里，实际上是为刘表防御曹操。如此，这无异于充当刘表的替死鬼，这因小失大的买卖谁干？后转而一想，留得青山在，不愁没柴烧，先到那里暂避过眼下曹操兵锋再说。想到此，于是便忙传令其所部官军，于次日早饭后立刻离开上蔡县城，启程前往新野。

时龚都闻曹操亲率官军前来夺取上蔡县城，认为曹操定然饶不了他。而刘表接纳刘备，未必愿接纳他龚都，因而不禁吓得不知所措，待回过神，便与随身几名亲信化装成庶民逃得无影无踪了。刘备闻报，不禁大喜。因为他早欲接过龚都所率的那支由渔民改编成的水军，转由关羽率领，只是碍于龚都面子没有实行。现在龚都既然已逃，由关羽率领他们便是自然而然的事，怎能不大喜呢。

再说刘表闻报刘备已率领官军从上蔡县城出发，出于礼节，早便率领左右文武赶到新野城北十里处相迎。时值中午时分，晴空万里无云，那里彩旗飞舞，锣鼓喧天，载歌载舞，欢迎刘备到来。对此，刘备非常激动，远远望见刘表便忙翻身下马，疾步上前向刘表拱手施礼。刘表见此，也忙上前拱手还礼。他俩虽然早已互闻大名，却从未见过。现在相见，自然先是言说同宗同族之亲，然后互赞才貌双全。末了，刘表与刘备才翻身上马，并马前行，其他随后，缓缓向新野县城行去。不久，他们便到达了城北门。时早已等候在那里的礼宾官见此，忙上前将刘表、刘备以及他俩的左右文武直接引到县衙大堂歇息。随后，按刘表此前吩咐，摆上丰盛宴席，为刘备一行接风洗尘。席间，大家频频举杯痛饮，气氛甚欢，自不必说。

却说曹操前时对郭嘉、许褚与荀攸宜及时举兵讨伐刘备之言不置可否，并言他自有道理。看官欲知曹操有何道理，请看下回分解。

第四十八回

战三袁曹孟德毫不手软
征乌桓曹司空消除边患

　　却说曹操当初在许都闻报刘备率军攻下上蔡县城后，不禁非常恼怒，转而又认为，刘备虽是人杰，但他那七拼八凑起来的队伍根本不堪一击。因此，收拾他是早晚的事。倒是如许褚所言那般，袁绍前时虽兵败官渡与仓亭津，但仍兵多将广，且又占有四州之地，实力仍不可小觑。倘若有朝一日他不知趣要与我拼个你死我活，鹿死谁手还很难料。因此，趁早将其彻底消灭方为上策。至于收留刘备的刘表，实力虽不亚于袁绍，但此人软弱无能，无所作为，哪敢主动与我兵刀相向？当然，他收留刘备这厮仍不能容忍，不过，眼下袁绍未灭，还不宜与他计较。于是直到刘备到达新野后，方才亲率官军从许都向上蔡县城进发，且一路旌旗盖地，锣鼓喧天，行军缓慢，结果沿途无人不知，无人不晓。对此，左右文武认为，这哪像行军打仗，简直就是在光天化日之下举行的军事大游行。

　　须知，难道曹操不懂得兵贵隐行和兵贵神速之理吗？非也！其此举意在公开警告刘表，刘备到你地盘上必须安分守己，不得兵扰我曹操南大门汝南，以便我曹操放心大胆地讨伐北边的袁绍，这就是他当初对郭嘉、许褚与荀攸所言不置可否，并说他自有道理的缘故。

　　在襄阳的刘表闻报曹操亲率官军南下，以为曹操是因他收留了刘备而兴师前来问罪，竟吓得茶饭不思、坐卧不宁，直后悔不该收留刘备。不过，曹操此举的真实意图瞒得过刘表，却瞒不过刘备。在得知刘表的想法后，便忙

第四十八回　战三袁曹孟德毫不手软　征乌桓曹司空消除边患

派糜竺与孙乾前往襄阳向刘表揭穿了曹操的意图，于是刘表一颗忐忑不安的心方才平静下来。但虚惊一场的刘表还是警告刘备不得惹是生非，不得北上兵扰曹操地盘汝南。时刘备已若泥菩萨过河，自身难保，哪还有那份心思？自然便同意刘表之意，于是汝南与南阳间多年相安无事。

曹操在上蔡县城得报刘表与刘备之意后，认为心想事成，大喜，并留下一些官军加强上蔡县城防御后，便顺道回到故乡谯县整顿人马，囤积粮草。同时，在准备征讨袁绍残余势力之前的建安六年十月，还派夏侯渊和张辽围攻泰山大帅昌豨于东海，并迫使其投降。随后，又因看到连年战争，田土荒芜，于是触景而感，遂发《军谯令》。令云：

吾起义兵，为天下除暴乱。旧土人民，死丧略尽，国中终日行，不见所识，使吾凄怆伤怀。其举义兵已来，将士绝无后者，求其亲戚以后之，授土田，官给耕牛，置学师以教之。为存者立庙，使祀其先人，魂而有灵，吾百年之后何恨哉！

为兑现其《军谯令》，曹操不顾天寒地冻，特率其所部官军工兵到浚仪县治理睢阳渠，以益农事与漕运。同时，又到乔玄墓前祭祀桥玄，并撰祭文云：

故太尉桥公，懿德高轨，泛爱博容。国念明训，士思令谟。幽灵潜翳，哀哉缅矣！操以幼年，逮升堂室，特以顽质，见纳君子。增荣益观，皆由奖助，犹仲尼称不如颜渊，李生之厚叹贾复。士死知己，怀此无忘。又承从容约誓之言："徂没之后，路有经由，不以斗酒只鸡过相沃酹，车过三步，腹痛勿怨。"虽临时戏笑之言，非至亲之笃好，胡肯为此辞哉？怀旧惟顾，念之凄怆。奉命东征，屯次乡里，北望贵土，乃心陵墓。裁致薄奠，公其享之！

曹操何以要祭祀桥玄呢？原来当初曹操未发达时，不被人所识。曾问名士许劭道："我将为何等人？"许劭毫不犹豫地答道："子治世之能臣，乱世之奸雄。"曹操闻言，认为褒贬皆有，遂不置可否，并前往拜见桥玄，经交谈，桥玄不禁惊异道:"天下将乱,安民者在君呢!"曹操闻言大喜,并感慨知己者莫过于桥玄。故予祭祀。

此时值建安七年正月。

却说袁绍从仓亭津逃回邺城后,因官渡与仓亭津接连兵败,不禁非常气愤和恼怒,因此身体每况愈下,后来竟然饮食不进,卧床不起。家人及左右文武见此,自然非常着急,并请来无数闻名远近的妙手郎中诊治,但仍无好转。恰在这时闻报刘备率领官军攻打汝南的真实目的并非如他当初说的那样,即与他袁绍南北夹攻曹操,而是暂奔刘表待机自谋发展,方知受骗上当。不用说,自然是怒不可遏。更叫他怒火中烧的是,曹操不仅害死了我袁绍胞弟袁术,眼下自己又兵败于他,且还命在旦夕,这家伙简直就是牛头马面,黑白无常,因此经常破口大骂曹操乃难以启齿的阉竖遗丑。正在这时,多数冀州城邑官吏又弃袁归曹。对此,袁绍自然又是怒不可遏,并再次发兵前往平定。那些前时参加平定的将士闻知袁绍身体健康状况不佳后,便来个阳奉阴违,即只击鼓吹角,高声喊杀,虚张声势,却不向前冲杀,结果反被叛逆者击败。袁绍闻之,自然又是怒不可遏。接二连三的打击,使其身体每况愈下,到后来竟连动怒的劲头也没有了。此后不久,这位无比高傲、无比无能的当朝大将军,便双手紧抱大将军印玺,口吐鲜血,双目圆睁,到阴间追随其胞弟袁术去了。时年四十有九。

此时值建安七年五月。

袁绍方才断气,家里就发生了残酷的妻妾内斗,即袁绍后妻刘夫人为发泄自己的妒意,竟将袁绍生前宠爱的五个小妾全部毁容。这还不够,为不让袁绍在阴间看到她们时被其迷惑,还在她们脸上涂上墨汁。刘夫人此恶行与吕雉恶行相比,是有过之而无不及。袁尚为了讨好她,还把这五个小妾的家人斩尽杀绝。

其次,部分家人和文臣武将,特别是附近街坊认为,向袁绍生前所部文臣武将及亲友报丧,在为袁绍沐浴、喂食,举行开吊仪式、入敛仪式和穿毕铜缕玉衣后,就该及时下葬了事。否则,在那炎夏时节,即使停放在密不

第四十八回　战三袁曹孟德毫不手软　征乌桓曹司空消除边患

透风的冰窖里，也会臭气熏天。孰料过了多日，也不见有下葬的迹象。对此，他们不禁感到非常惊疑。正在这时，袁府忽然传出震耳的出殡哀乐声，随后便见袁府前门大开，由十位小校抬着一副硕大的灵柩从那里缓缓地走了出来。随后是袁尚、袁谭、袁熙、刘夫人及其他家人如高干等，和逢纪、审配、辛评、郭图等文臣武将。他们皆披麻戴孝，哭哭啼啼地直向城东门行去。出城十余里后，小校们才毕恭毕敬地将灵柩放上灵车。其他人随后坐上早已为其备好的马车，继续前行。不用说，这是为袁绍出殡。

他们要去的目的地是哪里呢？按时人狐死首丘的惯例，他们要去的目的地应该是袁绍出生地汝南郡商水县袁老乡袁老村。其实不然，他们要去的目的地却是渤海郡浮阳县高川乡。何也？前面已述，袁绍当年因反董卓出走雒阳后最初的立脚之地便是渤海郡。为缓解董卓与袁绍间的矛盾和顾忌到袁绍四世三公之胄的颜面，董卓把持的朝廷便任命袁绍为渤海太守。不用说，袁绍对渤海郡有着深厚的感情，因此早便在此修建了其陵墓。

再说袁尚、袁谭、袁熙、刘夫人、高干、逢纪、审配、辛评、郭图等一行不久便到达了袁绍陵墓。陵墓坐北朝南，为覆斗状，高三丈，四周砌有坚实的青石护冢墙。陵墓南立有巍峨的圭形汉白玉石碑，其正面题刻"汉故大将军太尉冀州牧持节总督幽青并冀四州邺侯袁君之碑，建安七年立"。石碑东西两侧有两对高八尺五寸的汉白玉石马，雕刻细腻，异常雄壮。石碑南侧有高一丈六尺的汉白玉石阙对峙，雕镂云矩纹饰。再南侧是高大雄伟、富丽堂皇的庙堂。墓内皆为汉白玉结构，规模宏大。墓门南面是甬道、前室、中室、后室和南北耳室、东西偏室。甬道口有汉白玉吉祥羊一对，栩栩如生，憨态可掬。甬道南北两壁刻有神荼、郁垒人物画像。墓门额、门框和门扇均刻有画像。由此可见，陵墓规格、规模与豪华非同一般。

到那不久，便安葬完毕。随后，袁尚、袁谭、袁熙、刘夫人、高干、逢纪、审配、辛评、郭图等人在袁绍陵墓前祭拜了一番，方才上车打道回府。

再说曹操在浚仪县祭祀毕桥玄陵，回到下榻处闻报袁绍病亡，自然大喜不禁，并忙召集左右文武道："袁绍这厮虽亡，但其子袁谭、袁熙、袁尚，外甥高干仍各据一州，势力不可谓不强。倘若他们有朝一日举兵渡过河水南犯，后果不堪设想啊！"

在场者认为曹操言之有理，并认为宜乘袁绍新亡之机，挥军北上，彻底铲除袁绍残余势力。对此，曹操深表赞成，并在次年三月，以许褚为官军先锋，自领大队官军随后，日夜兼程，飞一般赶往河水南岸白马津，欲从那里渡过河水，进攻黎阳。时黎阳守城主将袁谭早看出了曹操意图，并亲率官军重兵驻守白马津对岸的黎阳津，以此阻挡曹操所率官军渡过河水北犯。对此，竟使曹操一时束手无策。

正在这时的一日上午，曹操所率官军突然大张旗鼓地移到白马津上游三里处驻扎。对此，袁谭以为曹操惧怕他驻守在黎阳津的官军重兵，于是也移军到白马津上游对岸驻扎，以便堵截。

此后三日一个月黑风高的午夜，曹操突然率领官军乘船顺流而下，飞一般赶到黎阳津上岸，直向黎阳城杀去。黎明时分，他们便杀到了黎阳南城门下，并开始猛地攻城。好在守城主将郭图早派辛评、陈琳、汪昭、岑璧和彭安在各处日夜坚守，才使攻城无果。正在这时，忽听得曹操所率官军后面鼓声大作，杀声震天，一队官军从那里冲杀了过来。他们是何路官军呢？乃睡梦中的袁谭惊醒后得报曹操所率官军攻城行动后，方知中了曹操声东击西之计，大怒，于是忙率领官军从后追杀过来，欲与郭图、辛评、陈琳、汪昭、岑璧和彭安所率守城官军前后夹击曹操所率官军。

郭图、辛评、陈琳、汪昭、岑璧和彭安在城上见袁谭率领官军杀到，大喜，并抖擞精神，意欲与他们夹攻曹操所率官军。对此，曹操部下将校毫不畏惧，并争先恐后上前向曹操请战。时不待曹操下令，许褚早已掉转马头，挥舞着大斧，迎上去接住袁谭杀将起来。于是他俩你一枪刺过来，我一斧劈过去，直杀得天昏地暗，日月无光，也未分出胜负。

大家知道，许褚乃曹操部下虎将，人们闻其名便不寒而栗，袁谭何故能与他杀得难解难分呢？原来袁谭从小便练武习字，长成后不仅能说会写，还身材高大，膂力过人。因而多年前便随袁绍东征西战，战功显赫。例如，初

第四十八回　战三袁曹孟德毫不手软　征乌桓曹司空消除边患

平二年，公孙瓒与袁绍反目，并率主力官军攻打袁绍青、冀二州。时公孙瓒部将田楷奉命率领官军据守青州齐地，袁绍所率官军与田楷所率官军连战两年不下。后袁谭率领官军赶到，才将田楷所率官军打得大败而逃。建安元年，袁谭率领官军攻打孔融驻守的北海郡治所剧县，且战斗异常激烈，但仍攻破城池，将孔融赶往山东。于是袁谭横扫青州，名震一时。

却说曹操见许褚久久不能取胜，便令张辽上前助战。张辽得令，立刻便拍马上阵，举枪直向袁谭刺去。袁谭虽能与许褚打个平手，但张辽有万夫不当之勇，袁谭岂是他俩的对手？因此，不久便渐显不支。城上郭图见此，大惊，忙与岑璧和彭安率领官军飞一般出南城门，直向张辽杀将过去。曹操见此，怕张辽不敌，也欲挥军掩杀过去，一举破城。孰料郭图、岑璧和彭安所率官军见此，便迎头向他们杀了过来。于是两军便旗鼓相当，棋逢对手。倘若再厮杀下去，鹿死谁手很难预料。为避免败于对方，挫伤士气，曹操只得下令鸣金收兵，后退三里安营扎寨，待歇息一阵再说。袁谭、郭图、岑璧和彭安见此，怕遭不测，因而也不敢挥军从后追击，并不约而同鸣金收兵回城。

次日上午，袁谭正在南城楼上巡军，忽见一南城门守卫士兵匆匆跑来，向他呈上一封曹操挑战书，时袁谭接过一看，方知是约定双方于当日下午在南城门外对阵。袁谭年轻气盛，并不把曹操所率官军放在眼里，因而不待与郭图、岑璧和彭安商议，便大步走到南城楼里的案几旁，伏身提笔在曹操挑战书上一挥，回了"应战"二字。

当日午饭方毕，袁谭便抢先率领所部官军赶到南城门外一片平地上列好阵式，只待与曹操所率官军对阵。随后，曹操也率领官军赶到那里列阵毕。时高大威猛、铁盔铁甲黑马的袁谭以鞭指着曹操高声骂道："曹阿瞒老贼，害死了我叔父还嫌不够，又害死了我父亲。对此，我还未及举兵为他俩报仇雪恨，你又领兵来犯，真是是可忍，孰不……"

未骂毕，忽听曹操右侧有人高声骂道："袁谭休得无礼，看剑！"

曹操循声忙扭头看去，原乃身材高大、铁甲铁盔、高头黑马的曹丕高举着一对寒光四射的宝剑,欲拍马上前与袁谭厮杀。曹操左侧的郭嘉见了,忙拍马过来对曹丕道:"少将军胞兄曹昂和堂哥曹安民已为国捐躯,倘若少将军有个三长两短,那如何是好?"

曹操对郭嘉方才之言自然深表赞成,并思想到:在这兵荒马乱的年月,死伤总是难免。不过曹丕乃……曹操正思想到此,曹丕早已拍马冲到阵中,与飞马上前迎战的袁谭杀了起来。

须知,曹丕八岁时便熟读"诸子百家",不到弱冠便擅诗善文。其中《黎阳作诗》部分段落最具军旅气势。诗云:

千骑随风靡,万骑正龙骧。
金鼓震上下,干戚纷纵横。
白旄若素霓,丹旗发朱光。
追思太王德,胥宇识足臧。
经历万岁林,行行到黎阳。

曹丕喜欢骑射,爱好击剑,十三岁便随曹操出征。因此,别看他现年方十七岁,却久经沙场,勇冠三军,因而与袁谭相遇,真是棋逢对手。于是两公子剑来枪往,厮杀了五十余回合,也未分出胜负。不过,尽管曹丕年轻气盛,武艺不凡,但毕竟不是年富力强的袁谭的对手。随后不久,他便渐显不支。曹操见此,生怕曹丕有失,于是便将手中宝剑一举,挥军掩杀过去。时袁谭兵微将寡,曹操人多势众。因此,双方接战不久,袁谭便率所部官军败退下来,并一窝蜂似的向城里逃去。时曹操欲一举拿下城池,便挥军随后紧紧追击。方追至城下,城上礌石如雨,直砸得他们喊爹叫娘,纷纷后退。曹操见城上有备,料想一时破城有难,无奈,只得传令鸣金收兵。

袁谭退回城后不待歇息,便忙召集汪昭、岑璧和彭安等左右文武到县衙大堂商议对策。待他们闻召赶到那里按秩方站定,袁谭便道:"曹操这厮用兵异常狡诈,如之奈何?"

"黎阳乃邺城南大门,如失,后果不堪设想。因此,宜求救于袁尚袁大

第四十八回　战三袁曹孟德毫不手软　征乌桓曹司空消除边患

将军率领官军前来相助，如何？"

在场文武忙循声望去，原乃主簿陈琳。袁谭认为陈琳言之有理，于是立刻向袁尚作求救书一封，遣了一名胆大心细的小校带上，连夜赶往邺城，交与袁尚。袁尚看毕求救书，也认为黎阳乃邺城南大门，丢失不得。但又怕派去的救兵被袁谭吞并，最后只得令审配率领官军留守邺城，自领官军前往黎阳救援。同时，令河东太守郭援、并州刺史高干与南匈奴单于栾提呼厨泉共同攻打曹操辖区河东，并与关中马腾等诸将联合出兵，袭击曹操西部关中，以减轻其东部黎阳军事压力。

再说黎阳城池情形非同一般，它西接突起的青石山峰浮丘山，东依突起的青石山峰大伾山。因此，被喻为"十里城池半入山"。加之城池四周有山六座，坡坎三十二个。西有火龙岗，东有大沙窝。地势中部略高，西、东部平缓，无高山。河流众多，水陆交通发达。卫水蜿蜒纵贯全境，淇水沿西部边界南流。这种地形看似无奇，却是易守难攻之所。因此，尽管曹操所率官军使出了浑身解数，也未打败袁谭所率守城官军，攻破城池。

须知，袁谭为青州刺史，应在青州才是，为何现在在袁尚辖区冀州黎阳与曹操所率官军交战呢？原来袁绍有四子，他们是长子袁谭、次子袁熙、三子袁尚和四子袁买。按时之惯例，父母出殡时长子应走在前面，父亲的官职和爵位也应由长子继承。因此，袁绍出殡时走在前面的应该是袁谭，但实际上走在前面的却是袁尚，也就是说袁尚是袁绍的继嗣。如此说来，难道袁谭德才和功绩不如袁尚吗？非也！前面已述，袁谭成年后即随袁绍东征西战，驰骋沙场，还参加了官渡之战，失败后，是他护着袁绍逃回河水北岸蒋义渠营寨。否则，袁绍就有被曹操所率官军擒杀的危险。袁谭既然有那么多功绩，且又是长子，何故不是袁绍的继嗣呢？其实，袁绍生前曾与其妻刘夫人商量过继嗣问题。刘夫人偏爱袁尚，因此多次在袁绍面前称赞袁尚貌美，应立为嗣。袁绍也奇其姿容，意欲传嗣于袁尚，并在建安元年将袁谭过继给其亡兄袁基为继子，又令袁谭担任青州刺史，远离袁氏大本营邺城，以便为袁尚做继嗣开道。对此，袁谭亲信辛评与郭图早看出袁绍夫妇用心，并认为袁谭乃当世比干，理应为嗣。沮授也对袁绍夫妇用心不满，并在一日下午赶到袁府，不待落座即语重心长地劝谏袁绍道："世称万人逐兔，一人获之，其余者就会不再逐之，因为这是名分所定之故。袁谭为长，且德才兼备，战功显赫，宜为嗣，此乃古之制啊！愿明公以前代成败为诫，下思逐兔分定之义。若其不改，祸始于此呢。"

袁绍闻言，不禁语塞。良久，方才话不对题道："我欲令诸子各据一州，以视其能，非他意呢。"

沮授闻袁绍如此言，料知他在敷衍。无奈，只好悻悻而去。于是继嗣之事仍不了了之。直到袁绍临终前半月，方才对刘夫人道："袁谭是长子，理应继嗣，但他妄自尊大，难于驾驭。"

刘夫人闻言，自然大喜不禁，并忙道："袁尚最乖巧，可继承……"

不待言毕，袁绍即道："夫人虽言之有理，但常言道，皇帝爱长子，百姓爱幺儿。我虽非皇帝，但也非百姓。让袁尚继承，成何体统？"

"那如何好呢？"

袁绍闻问，遂沉默不语，良久方叹道："以后再议吧。"

此后，袁绍夫妇再未谈及继嗣问题。

随后不久，袁尚亲信审配、逢纪便得知袁绍夫妇对继嗣问题悬而未定，以为有机可乘，不禁大喜，并在袁绍死后的当日午夜密召袁尚、苏由、吕旷、吕翔、马延和张顗等袁尚亲信到审配府上，密商如何让袁尚继嗣一事。他们闻召，以为是为袁绍奔丧，因而皆忙翻身起床着素帽素衣，飞马赶到那里。方到齐，审配便忙将他们引入客厅密室，不待坐定，便直言不讳道："大将军生前因故未及定嗣。我以为，长子袁谭虽然功绩显赫，但已过继与他人，无资格继嗣。次子袁熙虽为幽州刺史，却是坐享其成，无功可言。四子虽然显雍，但年纪尚幼，不足以担当大任。唯三子袁尚度数弘广，绰然有余，智勇超人，最宜继嗣。若何？"

问毕良久，也无人答言。审配见此，以为他们已经默认，不禁大喜，并欲宣布拥袁尚为嗣。正在这时，忽听得有两人异口同声道："鄙职以为，立嗣

第四十八回　战三袁曹孟德毫不手软　征乌桓曹司空消除边患

之事应由袁大将军家人做主，我们岂能过问？"

在场者忙循声望去，原乃吕旷、吕翔兄弟俩。正在这时，又听得有人忧心忡忡道："倘若袁尚不能为嗣，我们后果将不堪设想啊。"

在场者又忙循声看去，原乃逢纪。时大家对逢纪所言若丈二和尚，摸不着头脑。逢纪见此，遂语重心长道："大家难道忘了秦二世胡亥与赵高、李斯联手伪造诏书篡夺扶苏之嗣的后果了吗？"

在场者闻言，皆不禁想到了当年秦皇驾崩后，秦二世与太监赵高、丞相李斯伪造秦皇诏书，害死了本该为嗣的哥哥扶苏及其部下大将蒙恬。登基后，他又害死了十二位兄弟和十位姐妹的故事。想到此，皆不禁胆战心惊，不寒而栗。

逢纪见此，不禁暗喜，并道："我们皆是袁尚部下，倘若袁谭继嗣，我们必成蒙恬第二。因此，不若一不做，二不休，仿秦二世、赵高和李斯伪造秦皇诏书故事，伪造大将军生前已定袁尚为嗣遗令。"

大家闻言，认为非常有理。时苏由却忧心忡忡问逢纪道："刘夫人和袁尚袁公子赞同你方才所言吗？"

方问毕，便听得一女人低声道："苏将军不必担忧。"

在场者闻言，不禁吃了一惊，并忙循声望去，原乃刘夫人和袁尚正从客厅另一密室缓缓走了出来。这时他们方知，原来刘夫人、袁尚、审配和逢纪早有预谋。待相见礼毕，刘夫人即叫逢纪仿袁绍笔体撰写袁绍遗令。逢纪得令，立刻便走到案几前，伏身提笔撰写起来。片刻，便撰就毕。遗令略云：

吾百年后，三子袁尚为嗣，特令。大将军、太尉、邺侯袁绍亲笔。建安六年冬。

试问，难道就没人认出遗令出自逢纪之手吗？回答是肯定的。原来当年袁绍反董逃奔冀州时，同行的就有逢纪。在此期间，逢纪经常观摩袁绍笔体，一旦有空，就暗中操笔精心模仿。天长日久，功夫不负有心人，模仿的竟可以假乱真。不过，当初模仿无心，孰料现在派上了用场，对此，刘夫人还夸奖了逢纪一番。随后，才收起遗令放入怀中，与袁尚一道匆匆告辞而去。

待刘夫人和袁尚乘车赶回袁府，时已黎明时分。他俩深知，必须赶在报丧前，也就是当日早饭前将遗令公布于众。因而方回府，刘夫人便忙召集袁谭、袁熙、袁买等家人和在邺左右文武到袁府客厅听她宣读了遗令。期间，虽有人窃窃私语，却始终没人出来反对。于是袁尚便继领了大将军、太尉、邺侯和冀州牧。对此，刘夫人和袁尚自然大喜不禁，并在当日早饭后叫丧葬司仪以袁尚名义向袁绍生前亲朋好友和所部文臣武将报丧。

不过，当时没人反对并不等于其后没人反对。例如，袁谭与其亲信郭图、辛评、陈琳、汪昭、岑璧和彭安不仅反对，而且反对激烈。在袁绍下葬后方回到青州治所临菑县城，他们便密聚到州衙大堂密室，商议如何诛除袁尚、刘夫人、审配和逢纪等人，以便袁谭继嗣。时袁谭气呼呼道："我方才从探子口中得报，那日老母宣读的那份我父遗令，纯属老母、袁尚、审配和逢纪等人伪造。真乃是可忍，孰不可忍啊！"

在场者闻之，不禁非常惊异。随后，郭图也气呼呼道："如此行事，袁尚就是秦二世再生，审配和逢纪等人就是赵高和李斯再生，而刘夫人就是……"

不待言毕，在场者便异口同声道："不杀他们，不足以谢天下。"

袁谭闻言，认为诛除刘夫人、袁尚、审配和逢纪是理所当然的，但叫他心神不安的是，刘夫人是他亲母，杀之，就会背上弑母之罪，这还了得！于是心生一计，不若借他人之手杀之，就大事无虞了。于是道："大家须知，仅靠我这点人马，不足以诛除刘夫人、袁尚、审配和逢纪。依我之见，不若联合曹操，共同诛除他们。"

时在场者皆知，就以袁谭的智勇和实力，诛除刘夫人、袁尚、审配和逢纪是绰绰有余，何必联合他人呢？不过联合曾经与我们杀得死去活来的曹操能有多大胜算，值得怀疑。时袁谭早看出了他们的心思，于是道："须知，在人世间，没有永恒的朋友，也没有永恒的敌……"

第四十八回　战三袁曹孟德毫不手软　征乌桓曹司空消除边患

不待言毕，郭图即道："袁将军言之有理。当初袁大将军与曹操那厮曾是讨董盟友，后来不是也成仇敌了吗？因此，翻云覆雨是人间常事，不足为奇。"

方言毕，陈琳即忧心忡忡道："与曹操那厮联合，无异于引狼入室。因此，还望袁将军三思而后行。"

时袁谭却不以为然道："陈先生难道忘了，我这青州刺史还是曹操封的呢，可见他还是很器重我的，故不必多虑。"

随后，便走到案几旁，伏身提笔向曹操撰就了一份致曹操书，并立即派了一胆大心细的小校，飞马前往许都交与曹操。

须知，袁谭、郭图、辛评、陈琳、汪昭、岑璧和彭安的言行，早被刘夫人和袁尚的探子探得一清二楚，并在一日午夜从临菑飞一般赶回邺城袁府，立刻报告给了袁尚和刘夫人。他俩闻之，自然怒不可遏，立刻便召集审配、逢纪及在邺左右文武到袁府客厅密商应对之策。他们闻召，以为事关重大，便忙翻身起床穿戴一新，出门或驾车或驭马向那里赶去。方到还未坐下，刘夫人便怒气冲冲地将探子所报向他们道了一番，末了还气呼呼道："袁谭、郭图、辛评、陈琳、汪昭、岑璧和彭安当诛！"

方言毕，袁尚也气呼呼道："叫人是可忍，孰不可忍的是，袁谭这厮还要加害老母呢！"

言毕停了片刻又道："袁谭这厮眼下不仅据有青州，且兵强马壮，恐一时难于制服，如之奈何？"

言毕，即望着刘夫人，看她有什么锦囊妙计。良久也未见她发言。于是便望着审配，希望他能出个锦囊妙计，时审配却沉默不语。无奈，只好望着逢纪，希望他能出个锦囊妙计。

须知，在袁绍所率官军中，逢纪跟随袁绍不仅日久，而且为他出过无数锦囊妙计。因此，待袁尚方才望了他一眼，他便心领神会，并道："既然袁谭那厮敢于联合外敌曹操，难道将军就不能联合胞兄袁熙袁将军吗？"

言至此，喝了口茶清了清嗓子又道："另外，依在下之见，也可借他人之手诛除袁谭、郭图、辛评、陈琳、汪昭、岑璧和彭安。"

袁尚闻言，不禁感到非常惊异，并忙问道："此话怎讲？"

"在联合袁熙之前，可以用调虎离山之计，即以刘夫人名义将袁谭那厮从青州调到与曹操相持的黎阳城。如此，一来可使他离开其老巢青州；二来可让他面对曹操所部官军，并赶在他与曹操未达成联合协议前，下令主动攻击曹操所部官军，这就使得他不得不与曹操交战。毋庸置疑，他哪是狡诈多变的曹操的对手，早晚必死在曹操手里。这一举两得的事，何乐而不为呢？"

在场者闻言，无不连连称是。于是刘夫人当即草就了一道命令，令袁谭尽快率领所部官军离开青州，前往保卫黎阳。随后又草就了一道命令，令袁熙从其领地幽州率领一支官军精骑，迅速南下内黄，准备从后征讨袁谭。袁熙本与世无争，与袁谭和袁尚没什么恩怨。出于尊重，对刘夫人还是言听计从。因此，接到命令后不管三七二十一，便立即执行。

却说袁谭在青州接到命令后，当即便心知肚明命令意图，并气得暴跳如雷，面色铁青。随后却大喜不禁，如此反复无常，难道袁谭患有精神病吗？非也！原来他认为，黎阳城与曹操白马城近在咫尺，隔河相望，不仅便于与曹操交通，还可及时引曹操所率官军入境。这一石二鸟的事，谁不干呢？因此，方接到刘夫人命令，便自称车骑将军，亲率所部官军日夜兼程，不久便赶到了黎阳城。

袁谭没高兴多久，袁尚便令逢纪为其军中监军，以为监督。对此，袁谭自然心知肚明，但又不便发作。于是便以兵微将寡、难于御敌为借口，要求袁尚增兵添将。袁尚与审配早看出了袁谭心思，经商议后便予以拒绝。袁谭一气之下，便斩杀了逢纪。于是袁尚与袁谭之间隔阂日益加深，双方所部官军士气也随之大降。

却说曹操得报袁谭与袁尚兄弟俩因继嗣问题而起内讧后，认为郭嘉料事如神，并亲临前线，指挥其所部官军时而以抛石机向城内猛投石块，时而以撞门车冲击城门，时而向城里猛放火箭，直叫袁谭与袁尚所部守城官军将士只有招架功夫，而无还手之力。袁谭和袁尚见此，料想守城有难，便在一个

第四十八回　战三袁曹孟德毫不手软　征乌桓曹司空消除边患

狂风大作的午夜弃城而逃。曹操见此，哪里肯放，并挥军追至邺城南门下方才停步。许褚等将校欲乘胜攻城，时郭嘉却对曹操道："依在下管见，不若暂停攻打邺城，转而南下佯攻荆州刘表。如此，袁谭与袁尚之间的内讧就会因各自亲信为各自主人出谋划策而愈演愈烈。待那时再来攻打邺城，取胜必易如反掌。"

曹操认为郭嘉言之有理，于是便下令将邺城周围的熟麦收割完后，又顺势攻破了阴安县城，方才于建安八年五月还军许都，大张旗鼓地操练水陆两军，摆出一副觊觎荆州、讨伐刘表的架势。

建安八年八月，曹操便遣夏侯惇为先锋，自率大队官军随后，旌旗蔽日，战鼓喧天，浩浩荡荡地向荆州杀去。同时，暗中指使驻守黎阳的监军校尉荀衍和贾信时刻严密注视袁谭与袁尚兄弟俩的动向，并随时向他密报。

却说刘表不知曹操攻打他是计，便忙令刘备从新野率领官军相迎。孰料曹操所率官军到达刘表地盘，即距许都很近的汝南郡西平县待了月余便回到了许都。结果叫刘表与刘备皆虚惊一场，并若丈二和尚，摸不着头脑。而袁谭与袁尚兄弟间的事态发展正如郭嘉当初所料，即曹操率领官军撤离邺城后，袁谭便建议挥军从后追击，并要求袁尚拨一些袁尚所部官军和铠甲与他。时袁尚却担心若如了袁谭所愿，袁谭就会拥兵自重，尾大不掉，于是拒绝了其要求。加之他俩的亲信各为其主而争权斗势，致使他俩在邺城各立衙门，分庭抗礼，进而争夺冀州和嗣位。

时袁谭自恃久经沙场，武艺高强，且又是兄长，根本不把袁尚放在眼里，并在一日午夜时分，趁黑亲率官军攻打袁尚衙署，以为先发制人。袁尚早料到袁谭会与他兵刀相见，并做了充分准备。因此，袁谭率领官军方到袁尚衙署门前，便被袁尚所率官军强弓大弩射得人仰马翻，纷纷后退。袁谭见此，大怒，遂便举枪专寻袁尚杀去。时袁尚自恃是继嗣，自然也不把袁谭放在眼里，并身先士卒，拍马挥舞着方天画戟，冲出衙署大门，直向袁谭杀去。于是兄弟俩便各举兵器，在火光中拼命厮杀起来。双方将士的击鼓声和喊杀声震天动地，震耳欲聋。袁尚毕竟年轻力强，越战越勇，不久，不惑之年的袁谭便只有招架功夫，而无还手之力。无奈，只得虚晃一枪，掉转马头，随其所部官军逃往渤海郡治所南皮县城。

时袁尚自然不放，遂便率军紧追，欲一鼓作气攻下南皮县城，诛灭袁谭。袁谭所率官军闻袁尚所率官军来追，犹若惊弓之鸟，闻风丧胆，弃城而逃。袁谭无奈，只好随其所部官军逃回自家地盘青州平原郡治所平原县城。

为打败袁尚，报仇雪恨，袁谭于是又想到联合曹操。因前次去信联合曹操打击袁尚之事因故至今还石沉大海，毫无音讯，现在又求曹操联合抗击袁尚，是否有戏仍不得而知，因此心生一计，于建安八年九月遣辛评之弟辛毗暗中前往邺城，表示向曹操乞降，并以己之女嫁与曹操之子曹整为乞降条件。曹操左右文武闻之，皆认为袁谭联姻有诈，并表示坚决反对。时曹操却毫不犹豫地同意与袁谭联姻，并于建安八年十月回军黎阳，为曹整准备婚事。

须知，曹操何以会不顾左右文武反对执意要与袁谭联姻呢？原来当初袁谭致曹操的联合抗击袁尚的书信曹操早就收到，同时也从荀衍和贾信那里得知袁谭与袁尚正打得不可开交的消息。为慎重起见，便将该信暂时搁置一边，以待形势明朗后再做计议。而现在同意袁谭联姻之意，完全是试探其真伪，由此可见曹操用心非同一般。

却说袁谭闻报曹操率领官军已从邺城回到黎阳，以为形势已转危为安，于是便从平原县城撤军来到邺城，欲待机偷袭曹操所率官军。孰料这时东平县城守将吕旷和吕翔兄弟俩料想再跟随袁谭无益，于是便率领官军投奔了曹操，并被封为列侯。袁谭闻报，毫不气愤，并以为他俩乃己嫡系，有机可乘，于是便暗中迁升他俩为将军，又使工匠刻了两枚将军印绶，暗中送与吕旷，希望他俩假降，以便待机与他里应外合，攻打曹操所率官军。时吕旷和吕翔认为曹操待他俩不薄，接到印绶后当即便交给了正在议事厅与左右文武商讨军事形势的曹操。曹操见吕旷和吕翔对他忠贞不贰，自然大喜不禁，并对他俩道："袁谭这厮玩弄的这些小计谋我早便有防，并料他欲使我攻打袁尚，倘若袁尚败，他则实力大增，而我则损失惨重。如此，他则可乘机攻打

第四十八回　战三袁曹孟德毫不手软　征乌桓曹司空消除边患

我。倘若我胜，他有何机可乘？"

吕旷和吕翔认为曹操言之有理，不禁对他佩服得五体投地。时左右文武认为宜发兵攻打袁谭，曹操却不以为然道："袁绍虽死，其子袁谭、袁尚、袁熙和其外甥高干仍手握重兵，各据一州，加之袁谭和袁尚又奸猾异常，一时难于制服。待他们内乱得不可收拾时再发兵讨伐，必易如反掌。"

左右文武闻之，皆认为有理。

建安九年春正月，曹操不顾呼啸的北风，漫天的沙尘，亲率官军工兵北渡河水，阻拦淇水，将其引入白沟，以便水运军用物资。

建安九年二月，袁尚欲一鼓作气消灭袁谭，于是便令部将苏由和审配率领官军守卫邺城，他则亲率官军前往平原攻打袁谭。这时的一日傍晚，曹操正在用晚饭，忽然闻报袁尚与袁谭相攻，大喜，当即便放下碗筷，亲率主力官军攻打邺城。次日黄昏时分，当行至洹水时，忽见前面有一支官军正向他们这边赶来。曹操以为是袁尚所部邺城守城官军前来阻拦，大怒，立刻便下令摆开阵式，以便对阵。不待摆阵毕，那支官军为首者忽然下马飞一般跑到曹操马前跪下施礼道："末将苏由投奔来迟，请司空大人重罚。"

曹操闻言，不禁非常惊异，并思想到：苏由乃袁尚所部邺城守城主将，我军尚未到达邺城，他便前来投降，莫非有诈？正在这时，忽然有一支官军边高喊"擒杀苏由"边从苏由所率官军后面杀了过来。对此，曹操一时若丈二和尚，摸不着头脑。在曹操身后的郭嘉见此，遂忙拍马上前对曹操道："既然苏由来降，先且收留下再说。"

曹操认为郭嘉言之有理，于是忙下马扶起苏由问道："后面那些人马怎么回事？"

"末将认为袁尚终成不了大事，故早欲率军来投。谁料此事被审配察觉，并率军与末将战于城中。末将兵微将寡，他兵多将广，因而接战不久，末将人马便渐渐不支。无奈，只好开城出奔，不料在此遇上大人，后面那支人马很可能是审配那厮所率的追……"

不待苏由言毕，曹操即道："原来如此，待时我定设宴为你压惊，但眼下还是杀敌要紧。"

言毕，即挥军向苏由后面那支官军追兵迎杀上去。他们见此，料知难敌，于是掉头便向来路奔去。曹操挥军从后直追杀到邺城南门下，因遇到城上袁尚所部守城官军抵抗，方才停步。为不给对方喘息机会，一鼓作气拿下城池，曹操便随即挥军攻城。于是火箭如蝗虫般直向城上飞去，直烧得袁尚所部守城官军喊爹叫娘，遍地乱滚，并欲弃城而逃。时在衙署大堂坐镇指挥的审配闻报，毫不惊慌，并披挂铠甲，飞一般赶到南城楼上，冒险指挥抵抗。袁尚所部守城官军见此，随之精神为之一振，拼命死守。结果直到夕阳西下，夜幕降临，城池也丝毫无损。曹操无奈，只好下令后退三里安营扎寨，埋锅造饭，歇息一晚再说。

次日早饭方毕，曹操便召集左右文武到中军大帐商议攻城对策。大家闻召到齐方才站定，曹操便忧心忡忡问道："邺城乃敌之老巢，执政中心，一旦攻破，其余的便闻风丧胆，不攻自破。否则，将会损更多兵，折更多将。因此，早破之方为上策。邺城经袁绍那厮多年修筑加固，城池异常坚固，加之敌军负隅顽抗，若强攻猛打，恐难一时奏效。如之奈何？"

将校们闻问，则挠首摸耳，不知所措。文臣们闻问，则低头视足，默而不语。对此，曹操也无可奈何。正在这时，忽然有人出列问曹操道："难道司空大人忘了卢植当年是如何被黄巾妖贼军打败……"

不待问毕，曹操及在场文武便闻声望去，原乃郭嘉。时曹操不禁醒悟道："要不是郭先生提醒，差点误了大事啊！"

言毕，即令于禁率领三千官军工兵速往漳水上游，加固当年黄巾军修筑的拦水大坝，待时淹灌邺城。同时，又令许褚领三千官军工兵连夜挖掘通往城内的地道，以便从那里突然杀入城内。时于禁与许褚领令后，皆匆匆去了不提。

时在平原县城率领官军与袁谭所率官军正杀得你死我活的袁尚闻报曹操亲率官军正在攻打邺城，先是吃惊不小，随后又以为只要邺城粮食充足，守城便大事无虞。于是便传令武安县令尹楷率领官军赶往交通要道毛城驻守，

第四十八回　战三袁曹孟德毫不手软　征乌桓曹司空消除边患

以便确保邺城与上党间运粮道路畅通。

建安九年四月，曹操闻报尹楷被调到毛城保证粮道通畅无阻，认为此事事关重大，于是便忙留曹洪挥军继续攻打邺城，以迷惑审配。他则在一个月黑风高的午夜亲率大队官军突袭尹楷所率官军。尹楷不备，竟被打得大败。时尹楷料知袁尚大势已去，但又不愿投向曹操，于是便扮成难民，逃之夭夭。于是袁尚邺城守城官军粮道便被切断。

为牵制曹操所率官军攻打邺城，袁尚便派部将沮鹄据守邯郸。沮鹄乃沮授之子，文武皆备。为打破牵制，曹操便以张辽为先锋，他则亲率大队官军殿后，前往攻打邯郸。沮鹄闻报，毫不惊慌，并有条不紊地调兵遣将，据城死守。曹操用兵如神，张辽乃万人敌，因此，他们一到邯郸，便攻破了城池，沮鹄也被张辽斩杀。易阳县令韩范、涉县县长梁岐闻报邯郸失守，沮鹄被杀，大惊，认为守城无益，于是便献城投降。对此，曹操不禁大喜，并赐他俩为关内侯。

建安九年五月，曹操闻报审配令其所率官军工兵在城内挖坑阻隔许褚所率官军工兵所挖的入城地道，大惊，当即便令三百年轻力壮的官军从地道往城内杀去。审配部将冯礼闻报，认为邺城早晚必失，遂便暗中投向了曹操，并在一日午夜打开突门，将那三百官军放入城内。但很快便被审配发觉，并忙令其所率守城官军从城上抛下大石击砸突门栅栏，将其关闭，于是那三百官军皆被斩杀。对此，曹操自然怒不可遏，并在南城门下大骂审配不止。然审配却在城楼上笑着对曹操道："我不出战，看你这厮如何奈何得了我！"

曹操闻审配言，大怒，随即便令许褚带领官军工兵毁弃地道，另在城池外围修筑围墙和深沟，然后令于禁带领官军工兵掘开漳水灌城。于禁得令，便在一个午夜时分，挥军突然挖开拦水堤坝，于是洪水若脱缰的马，猛地向城北门冲去。时不待城中部分兵民醒来，便成了鱼腹之物。加之缺粮少食，饿死了大半。于是全城尸首臭气熏天，哭声不绝于耳，即使冷酷无情的鬼魅见了，也会不寒而栗，泪如雨下。

建安九年秋七月，袁尚闻报邺城危急，大惊，遂忙从平原县城撤出官军万余,赶回邺城援救。曹操左右将校闻报大惊,并不约而同地赶到中军大帐曹操下榻处向曹操献计献策。时于禁道:"孙子曾云'归师勿遏',故末将以为,邺城乃袁尚老巢,他们回来后定会拼死作战,加之人地悉熟,其势不可挡啊。因此,暂避其锋方为上策。"

曹操闻言,却不以为然道:"倘若袁尚那厮率军从大路来,于将军所言倒是有理。倘若率军沿西山来,必成我军之虏呢。"

随后不久,曹操得报袁尚率领官军沿西山而来,并临近邯郸滏水安营扎寨,大喜,并召集左右文武到中军大帐得意地问道:"我已得冀州了,你们知道吗?"

在场者皆不解曹操所问,遂异口同声答道:"不知道呢。"

曹操闻答,遂满怀信心道:"不久即知啊。"

当夜三更时分,袁尚便令部下举火为号,以示与城中审配里应外合,攻打曹操所率围城官军。对此,审配心领神会,忙令部下在城上举火响应。随后不久,便率领官军冲出北城门,欲与袁尚所率官军南北夹击和冲破曹操所率官军包围。时袁尚与审配两军方才出发,火光中袁尚便遇到一身材高大、铁胄铁甲铁骑、手持宝剑的青年将军率了一支官军挡住了去路。袁尚从未见过此人,自然不知他是谁,因而吃惊不小。后经向身边随从打听,方知是曹丕,于是便转惊为喜:曹丕乃曹操之子,倘若将其活捉,便……正在这时,曹丕突然高声问道:"来者可是袁尚吗?敢与我一决高下吗?"

言毕不待袁尚答言,便拍马舞剑向袁尚冲杀过来。袁尚见此,大怒,遂忙举枪相迎。两人皆年轻力壮,武艺不凡,杀将起来,甚为激烈。两边将士见了,无不咂舌惊叹,并极尽全力击鼓呐喊,为其助威。两人战了八十余回合,也未分出胜负。曹操恐久战不利,遂便挥军掩杀过去。袁尚那边马延和张颛在阵前见了,怕袁尚有失,便忙挥军相迎。须知,袁尚所率官军是远道而来,人困马乏;曹操所率官军是原地待命,以逸待劳,精神振奋。因而接战不久,袁尚所率官军便渐渐不支。袁尚见了,不禁心慌意乱,枪法无章,无奈,只好向曹丕虚晃一枪,拨马而逃。马延和张颛见主将败逃,料想败局

第四十八回　战三袁曹孟德毫不手软　征乌桓曹司空消除边患

已定，于是便拍马上前，护着袁尚，一直逃到曲漳方才收住脚步，就地安营扎寨。曹操与曹丕哪里肯放，便挥军追到了那里，并传令将其合围。不待围拢，在中军大帐的袁尚便若惊弓之鸟，闻风丧胆。最后只好派正在身旁的阴夔和陈琳前往曹操处乞降。

阴夔和陈琳得令走后，袁尚遂思想到：我老父与曹操皆为当朝重臣，且又共同讨黄巾、伐董卓，现曹操应念及旧情收留我才是。不过，后又因争权夺利，老父率先发兵攻击曹操而得罪了他。因此，他会收留我吗？正在这时，忽见阴夔和陈琳匆匆走了进来。袁尚见了，又喜又忧，并急不可耐地问阴夔道："曹操愿收留我吗？"

"曹操那厮不但拒绝了将军之意，还毫不犹豫地说……"

"说什么？"

"说落水狗必须痛打！"

袁尚闻言，先是沮丧不已，随后便怒不可遏，并欲亲自与曹操一决高下。时陈琳见此，即平静地道："以眼下敌我双方态势，决战于我极为不利。因此，不若退保滥口，养精蓄锐，待机再战不迟。"

袁尚闻言，沉思良久方无可奈何道："就依陈先生的吧。"

言毕，即传令全军于当夜拔寨南向滥口奔去。曹操闻报，便传令全军撤围随后追击，并将他们铁桶般包围在滥口。袁尚见此，便横下心来与曹操决战，并疾书曹操，约定次日早饭后对阵。曹操接书后，随即便回复了如约应战。

次日，两军便按约在一片空地上列开了阵式。不待曹操和袁尚叫阵，急于立功的许褚便挥舞着大斧直向袁尚劈去。袁尚知晓许褚武艺高强，于是便令马延和张顗一齐上前接住许褚厮杀，而他欲待机与曹操单打独斗，拼个你死我活。谁料马延和张顗拍马出阵后并没接住许褚厮杀，而是飞马直向曹操奔去。阵前双方将士见此，皆若丈二和尚，摸不着头脑。而叫他们始料未及的是，时曹操不但不防，反还拍马迎了上去。曹操左右文武见此，不禁为他捏了一把汗，并欲拍马上前挡住。谁料曹操却兴高采烈地连连击掌对马延和张颌高声道:"我等二位将军久矣!"

马延和张颌闻言大喜,并欲弃械下马跪于曹操马前施礼,时曹操却连连摆手道:"大敌当前,杀敌要紧,何必施礼!"

双方人马闻言,方才明白马延和张颌是临阵投奔曹操的。同时,不禁对曹操方才之举佩服得五体投地。

随后,曹操即挥军向袁尚所率官军掩杀了过去。袁尚所率官军见马延和张颌临阵投奔了曹操,遂便慌了神,并一哄而散,四下溃逃。袁尚见此,不禁大惊,并趁乱与数十骑将士逃往素有"九州咽喉地,神京扼要区"之称的中山国。这一仗,曹操所率官军不仅取胜,还缴获了大批辎重和袁尚大将军印绶、仗节和黄钺。

时曹操并未挥军随后追击,而是回身挥军向邺城杀去。对此,左右文武皆不解其意,许褚还问曹操道:"司空大人前时曾说落水狗必须痛打,现在何不趁此痛打袁尚这条落水狗呢?"

"须知,此一时,彼一时啊。当初袁尚那厮还有些兵力,还有喘气之机,但现已兵马耗尽,穷途末路,被灭只是时间问题。因此,当务之急是应尽快攻破邺城。邺城为冀州治所,若被破,其下属郡、国和县便不攻自破。冀州既破,青、幽、并三州亦不攻自破啊。"

在场者闻言,认为非常有理,于是便随曹操飞一般北向邺城杀去。

时在邺城的审配闻报袁尚兵败,毫不惊慌,仍亲自挥军日夜拼死坚守城池,于是直叫曹操所率官军不但攻城无果,反还死伤惨重。对此,曹操不禁叫苦不迭,并心生一计,使人暗中拿着从滥口缴获的袁尚大将军印绶、仗节和黄钺向袁绍家眷展示。他们见了,以为袁尚已死,结果全城守军不仅精神崩溃,士气丧尽,且还纷纷举械投诚。

审配闻报,大惊,正欲揭穿曹操阴谋,孰料其侄儿审荣竟在夜间打开其守卫的东城门,放曹操所率官军进城。审配闻之大怒,忙率军赶到那里与审荣交战。审荣年轻力壮,年逾五十的审配哪是他的对手?不久,便被审荣生擒活捉,并立刻献给了曹操。至此,邺城终被曹操所率官军攻破。

第四十八回　战三袁曹孟德毫不手软　征乌桓曹司空消除边患

此时值建安九年八月。

随后一日早饭后，曹操与左右文武在州衙大堂方才坐定，便听得许褚一声大吼，刀斧手们便押上了审配。时审配虽然衣甲不整，胡须凌乱，但他那威武不屈的气概，不禁叫在场者无不暗自赞叹。时曹操得意扬扬地问审配道："今审先生以为当如何处之？"

"既擒，愿赴黄泉与袁大将军相聚。"

方言毕，曹操即令刀斧手将其推出斩首。

须知，曹操本爱审配德才，何故不劝其投诚呢？前面已叙，在官渡之战时，审配就被曹操人马所擒。曹操为招降他，竟三日一小宴，五日一大宴盛情款待他。但审配却佯装投诚，实则欲寻机出逃。不久，果然出逃成功。因此，这次被擒，曹操早料到审配不会投诚，故没再多费口舌。

行刑时，审配昂首挺胸，视死如归。刀斧手见此，无不惊叹万分。

随后，刀斧手又将从袁尚乱军中擒获的陈琳押了上来。刀斧手以为曹操要立刻处死陈琳，于是皆摩拳擦掌，时刻准备推出陈琳斩杀。谁料曹操却拿着一份纸制《为袁绍檄豫州文》对陈琳道："陈先生好文笔，读来让我听听。"

言毕，即起身上前将《为袁绍檄豫州文》亲手交与陈琳。陈琳接过不亢不卑道："遵命。"

言毕，即一字一句、有板有眼地念了起来。方念毕，曹操即厉声问陈琳道："我爷爷确实是内臣，但他是在我父亲出生后入宫的。由此可见，哪来阉竖遗丑呢？"

陈琳闻问，不禁语塞。随后，曹操指着坐在左侧的将校们又厉声问陈琳道："谁是摸金校尉呢？"

陈琳闻问，仍然语塞。曹操以为陈琳理亏词穷，于是便得意扬扬问他道："那么谁是发丘中郎将呢？"

将校们闻曹操问，不禁大惊失色，并忙扭过头，瞪大眼，怒视着陈琳，生怕他指说他们就是摸金校尉或发丘中郎将。因为他们明白，历来发丘摸金之事虽然层出不穷，但名声与盗墓贼毫无二致，谁不顾忌呢？因此，有的还手握腰间剑柄，时刻准备杀了陈琳。时陈琳却泰然自若，沉思良久道："司空大人部下确无摸金校尉或发丘中郎将啊。"

将校们闻言，认为陈琳还算懂事，于是长长地舒了口气，握剑柄的手也随之收回。孰料这时陈琳掷地有声道："但发丘摸金之事却证据确凿！"

将校们闻言，又不禁大惊失色，生怕陈琳指说他们曾发丘摸金。于是又手握剑柄，时刻准备杀了他灭口。时曹操却满不在乎道："道来听听。"

"当年司空大人起兵时，军饷短缺，于是便仿董卓北邙山挖掘帝王将相陵墓故事，亲自指挥工兵挖掘芒砀山梁孝王等王公陵墓，得金宝七十二船，足够三年军用。难道忘……"

不待言毕，文武们便羞得面红耳赤，无地自容，以为曹操定会下令处死陈琳。刀斧手们也以为陈琳必死无疑，并瞪大双眼，竖起双耳，等候曹操下令。谁料曹操却大笑道："《为袁绍檄豫州文》所云我军'破棺裸尸，掠取金宝''所遇巇突，无骸不露'，乃言过其实啊！不过，早的不论，就自文景之治后，达官富豪挥金厚葬之风盛行。军方挖坟掘墓，盗取金宝以充军饷者也就应运而生，层出不穷，何止我曹操呢？"

曹操言毕，停了片刻问陈琳道："今既被擒，当如何处之？"

"任由处之。"

曹操闻答，遂思想到：《为袁绍檄豫州文》虽然胡言乱语，危言耸听，但骈散相兼，笔势纵放；短长错出，有跌有宕。读来如饮甘醇，陶然而醉。若与祢衡《鹦鹉赋》相比，乃有过之而无不及。因此，陈琳就是活着的祢衡。我当初错待了祢衡，失去了一位旷世才子，以致官渡之战时许都无人能写出像样的讨袁檄文，不是很可悲吗？现陈琳既然说"任由处之"，可见已有降我之意，我何不顺水推舟，留而用之呢？还有，当年袁绍欲召外军进京诛除宦官，陈琳曾与我一致反对。如此说来，我俩还曾是同志呢。曹操思想到此，遂忙上前为陈琳松绑。对此，陈琳自然感激不尽。时在场文武对曹操所为却甚为不解，并欲劝说曹操斩杀陈琳，以解心头之恨。对此，曹操却辩解道："陈先生在袁绍处，岂能不为他谋事呢？此所谓各为其主嘛。"

第四十八回　战三袁曹孟德毫不手软　征乌桓曹司空消除边患

文武们闻言，皆认为有理。

众人散去后，曹操独自在下榻处思想到：虽然袁绍先发制人，兵败官渡和仓亭津，怄气而亡。但我俩幼时便有交往，后又共诛宦官，同讨董卓。只是后来……曹操思想到此，不禁暗自伤怀，并决定前往袁绍墓前祭奠袁绍。于是便下令除守城文武外，其余皆随他前往祭奠袁绍。前往途中，素幡遮天，素帽攒动，素衣摇摆，哀乐震天，哭声动地，好不悲伤。到袁绍墓前侍者方摆好三牲祭品，全体皆面向袁绍墓三鞠躬。随后，曹操便站在墓前大声念读祭文。其文略云：

维建安九年九月，曹操等谨以刚鬣牲醴之仪致祭于袁大将军之灵前。嗟呼！袁大将军，想当年你诛阉官，反董贼，倒韩馥，灭公孙，遂雄踞四州，拥兵百万，何等……

方念到此，曹操便痛哭流涕，无法再念。随行见此，怕有不测，遂忙上前护着他，上马打道回邺。

随后，曹操又亲自到袁府慰问袁绍之妻刘夫人，归还因战乱逃失的袁家奴仆，赠送刘夫人各类丝制物和棉絮，下令由官衙发放粮饷供养袁家。

建安九年九月，为减轻战争对农夫造成的损失，曹操遂下令：河水以北遭袁氏祸难深重，为此宣布，免除该地农夫本年田租和赋税。

接着又下令制定加重惩罚豪强劣绅兼并土地的法令，农夫们闻之，无不拍手称快。

时在许都的刘协闻报曹操攻破邺城，便下旨让他兼任冀州牧，以为表彰。对此，曹操自然不胜感激。为避免身兼多职被人讥讽，曹操便辞去兖州牧，专职冀州牧。

先是，在曹操攻打邺城袁尚期间，袁谭乘机攻取了冀州甘陵、徐州平安、冀州渤海、冀州河间四个郡国。袁尚被曹操打败逃往中山国后，袁谭便乘机发兵对其攻击。袁尚已兵微将寡，哪是兵多将广的袁谭的对手？结果袁谭所率官军很快便攻破了中山国治所卢奴。袁尚无奈，只好带着残兵败将逃奔驻屯幽州涿郡故安的袁熙。于是袁谭全部收降了未逃的袁尚所率官军。时袁谭自恃兵多将广，便与曹操反目。对此，正中曹操下怀，随即便写信给袁谭，责备他违约，并废除双方子女婚约，随后即兴师问罪。袁谭闻报大惊，并令部下从平原撤军，向北转往南皮。

建安九年十二月，曹操冒着风雪率军赶往平原郡，将平原郡下属平原、高唐、祝阿、漯阴、安德、鬲、西平昌、般、乐陵、厌次等十县全部攻破。

建安十年春正月，曹操为消灭袁谭所率官军，便亲率官军追杀到南皮。须知，南皮乃渤海郡治所，城池东、西、南、北长宽相等，墙体高宽，东北角筑有巍峨的望海楼，站在上面，全城一览无余。城中还有河间献王之子刘雍为五子修建的五座华丽坚固的内城。袁谭以为，只要固守不出，曹操所率官军要攻破它，除非他有天大的本事。否则，只能望城兴叹。

曹操率领官军赶到南皮城后，只将城池铁桶般围起来，并未下令立即强攻猛打。因为他深知，南皮城结构复杂，乃易守难攻之所。倘若轻举妄动，不仅死伤惨重，还一无所获。

时袁谭原以为曹操会急于攻城，因而日夜巡城，企图顽抗到底。谁料曹操却长时间按兵不动，如此一来，城内粮草自然所剩无几，供不应求。对此，袁谭不禁非常着急。正在这时的一日黄昏，一小校匆匆来到袁谭下榻处，不及向他拱手施礼便报道："小的方才探得，城南一里处有曹操人马修筑的八座存粮台，内中定然……"

不待报毕，袁谭便精神为之一振，并高声道："有了！"

言毕不待与左右商议，便留郭图守城，他则点起官军三千出南门，飞一般向存粮台冲杀过去，意欲夺取粮草，以解城中粮草之急。待他们方才冲上前，便见从那些存粮台里杀出了大批曹操所部官军。袁谭所率官军不防，竟被杀得丢盔卸甲，转身回逃。当他们逃到南城门外半里处时，忽见一支官军挡住了去路，为首者旗上大书一"曹"字。袁谭先以为他是曹操，大喜，欲一举将其擒杀。还不仅为老父和叔父报了仇，雪了恨，还可反败为胜，杀向许都，挟持天子，把持朝政，了却老父生前未能实现的夙愿。然随后定眼一

第四十八回 战三袁曹孟德毫不手软 征乌桓曹司空消除边患

看,为首者身材高大,虎背熊腰,异常凶悍,那些随后者亦与他一般,方才知他并非曹操,于是不禁感到非常遗憾。后经询问身边细作,方知那为首者为曹操部下猛将曹纯,随后者为其部下虎豹骑兵。对此,袁谭毫不惧怕,并立刻拍马挺枪,向曹纯杀去。然不待曹纯举斧相迎,那些虎豹骑兵便拍马舞械,一拥而上,将袁谭团团围住杀将起来。袁谭哪是他们的对手,片刻工夫,便被杀得遍体鳞伤,坠马而亡。在南城楼上的郭图见了,大怒,并率官军飞一般出城,欲与曹纯拼个你死我活,鱼死网破。然方才接手,便被曹纯一斧劈于马下,命赴黄泉了。其余守城官军见死了袁谭与郭图,于是便弃城而逃。袁谭妻室儿女未及逃跑,结果皆被斩杀示众。至此,冀州遂平。

同时,袁熙大将焦触见袁谭兵败被杀,冀州失守,料知大势已去,便自称幽州刺史,与另一袁熙大将张南命令诸郡太守及县令县长,背叛袁熙,投奔曹操,并在南皮城外一片空地上陈兵数万,杀白马誓盟曰:"违命者斩!"

时众人莫敢言语,并争先恐后涂抹白马血于嘴唇,以示为盟。正在这时,忽听得有人掷地有声道:"我受袁公父子厚恩,今他们败亡,我智不能救,勇不能死,但愿闻名于义阙。倘若北面曹氏,我所不能啊!"

在场者忙闻声望去,原乃别驾韩珩。他们以为韩珩必遭斩首,因此皆为他捏了把冷汗。但焦触却道:"凡兴大事者,必当立大义,事之成否,不在一人。"

言毕,即举兵投奔了曹操。对此,曹操不禁大喜,并封焦触和张南为列侯。为感激曹操,焦触和张南便率所部官军进攻袁熙与袁尚。对此,袁熙和袁尚虽然怒不可遏,但也无可奈何,最后只得逃奔辽西柳城乌桓人。并州牧高干见冀、青、幽三州皆失,料知大势已去,遂便投奔了曹操。曹操兵不血刃便得了并州,自然大喜不禁,并任高干为并州刺史。于是曹操便有了冀、青、幽、并四州,加之原来的司隶校尉部和豫、兖、徐三州,其直接统辖的便有七州一部,地盘不可谓不大。

为收买和安定人心,曹操遂便发了一道告示。告示略云:

在初伐袁谭时,破冰逃往他处者不准自首,否则一律处死。

随后,曹操又下了一道告示,张贴到冀、青、幽、并四州各处。告示略云:

一、凡跟随袁氏作恶者,一律过往不究,并可改过自新;

二、不准拉帮结派,谋取私利;不准诋毁无辜,赞誉同伙;不准专横跋扈,称霸一方;不准欺天骗君,颠倒黑白;不准铺张浪费,提倡薄葬。违者一律以汉律制裁。

四州官民见到告示后,内疚者有之,惭愧者有之,自首者有之,感激者有之。于是世风明显好转,人人无不拍手称快。

建安十年夏四月,黑山黄巾军大帅张飞燕认为据有四州之地,拥有百万将士,且又是四世三公之后的袁绍父子都被曹操所败,他那点人马早晚也得被曹操消灭。与其在山上等死,不若归顺朝廷,于是便带领部下十万黄巾军将士下山投奔了曹操。曹操兵不血刃便得了十万人马,自然大喜不禁,并封张飞燕为列侯,于是这支战斗了长达二十年之久的黄巾军就这样消失了。

建安十年秋八月,因此前故安县赵犊与霍奴等人起兵杀死幽州刺史和涿郡太守,以及随后三郡乌桓人马进攻驻屯犷平县的鲜于辅。曹操闻报大怒,并亲率官军出征,斩杀了赵犊和霍奴等人。随后,又亲率官军渡过潞河援救犷平。乌桓人马闻之,皆闻风丧胆,于是曹操所率官军未到,便逃出塞外。

建安十年冬十月,曹操率领官军回到许都。到达那日,碧空如洗,万里无云。刘协及满朝文武百官早已赶到东城门外三里处相迎,时幡旗飞舞,锣鼓喧天,掌声动地,甚为热烈,随后在朝仪厅设大宴为曹操等人接风洗尘。席间,刘协频频举杯与就座其右侧的曹操共饮,庆祝曹操等人凯旋。气氛之欢快,前所未有。正在这时,忽一报事太监匆匆进来,跪伏于刘协座前边施礼边报道:"皇上,小的有要紧事禀报。"

报毕,即起身上前对刘协低声耳语起来。时只见刘协皱起眉头,默而不

第四十八回　战三袁曹孟德毫不手软　征乌桓曹司空消除边患

语。报事太监见此，即刻心领神会，并忙转头向曹操低声耳语起来。曹操闻之，先是一惊，随后即镇定自若，没事一般。待报事太监报毕，起身向刘协和曹操施礼告辞出去后，曹操方转头问刘协道："贼酋管承黄巾妖贼军近日从东海上岸扰乱淳于县，我欲派乐进和李典率军前往征讨，皇上以为若何？"

"任由你决断便是。"

曹操闻刘协言，立即便派乐进和李典各率三千官军赶到淳于县，将管承黄巾军赶到海岛上。同时，昌豨率其所部官军又反叛。曹操于是又遣乐进和李典率领官军擒杀之。

此时值建安十一年八月。

为扩大和巩固地盘，随后曹操下令将东海郡襄贲、郯、戚三县划归琅琊国。同时，撤销了昌虑郡。

不久后的一日上午，曹操见自己辖区周围已平安无事，便在曹府客厅召集左右文武商议远征辽西、辽东和右北平三郡乌桓人马，彻底消灭躲在那里的袁熙和袁尚等袁氏残余势力，解除东北方边塞之患。为运送粮草前往对岸辽西，曹操于是令董昭率领官军工兵先从呼沲水挖掘通往瓜水的平虏渠，接着又从泃水入海处挖掘通往潞水的泉州渠。

时在并州治所晋阳的高干得知曹操欲举兵远征乌桓，不禁暗喜，以为这是他举兵叛曹的极好机会。于是便抓捕了上党郡太守，接着又出兵扼守壶关县城。曹操闻报大怒，遂派乐进和李典率领官军前往征讨。高干闻报，大惊，于是便在一个月黑风高的午夜乘乐进和李典所率官军不备之机，率领官军退到壶关县城据守。乐进和李典次日天明闻之，便立刻挥军追到城下。壶关县城池高大坚固，易守难攻，加之高干冒着生命危险，亲自指挥，尽管乐进和李典日夜挥军轮流强攻猛打多时，也无损城池丝毫。曹操闻报，便在建安十一年春正月从许都亲率官军前往攻打。高干闻报，料知难敌，于是便留部将夏昭和邓升守城，他则与随身轻骑兵赶到匈奴，向那里的单于求救。孰料单于慑于曹操势力，拒绝救援。高干无奈，只好南往荆州，求救于刘表。但在途中被王琰逮捕斩杀。此后月余，壶关县城池也被曹操所部官军攻破。

927

在征讨高干时，曹操还触景生情，作诗一首，真实地描述了征战途中环境之艰苦，厮杀之激烈，并欲效周公讨伐逆臣故事。诗云：

北上太行山，艰哉何巍巍！
羊肠坂诘屈，车轮为之摧。
树木何萧瑟！北风声正悲。
熊罴对我蹲，虎豹夹路啼。
溪谷少人民，雪落何霏霏！
延颈长叹息，远行多所怀。
我心何怫郁？思欲一东归。
水深桥梁绝，中路正徘徊。
迷惑失故路，薄暮无宿栖。
行行日已远，人马同时饥。
担囊行取薪，斧冰持作糜。
悲彼东山诗，悠悠使我哀。

建安十二年春二月初五日，曹操率官军巡视毕青州北海郡淳于县后回到邺城，召集随征左右文武到州衙大厅论功行赏。待他们方到齐施礼坐下，曹操即道："我起义军诛除暴乱，至今已十九年。在此期间，只要我出兵，就无往而不胜，这难道是我一人之功吗？非也！乃大家出谋划策，征战沙场使然。当今天下还未完全平定，因此，我还当与大家力挽狂澜，安定社稷。倘若我独享其成，怎能不感到理亏呢？因此，我今日要对大家评功封赏。"

言毕，即亲自宣布对二十余名功臣加官晋爵，其余的亦按功劳大小封赏。同时，还宣布对阵亡将士家眷免征租税和免摊徭役。对曹操此举，在场者无不拍手称快，并表示今后仍愿跟随曹操出谋征战，即使肝脑涂地，也在所不惜。

奇怪的是，曹操却没封赏在官渡之战中立有赫赫功劳的许攸。对此，有的便向曹操建议应对其加官晋爵，甚至还有的站出来为许攸鸣不平。时许攸

第四十八回　战三袁曹孟德毫不手软　征乌桓曹司空消除边患

自然也不禁忿忿然，并翘首以盼。正在大家等候曹操发话时，曹操却大怒道："立刻将许攸推出斩首示众！"

等在门外的刀斧手闻言，立刻飞一般进来，若老鹰抓小鸡般将许攸提出门外，照颈脖就是一刀，于是这位官渡之战的大功臣，还没来得及说声"早知今日，何必当初"，便身首异处，一命呜呼了。

须知，曹操何故要杀许攸呢？原来许攸一贯居功自傲，并多次轻慢曹操。一次，许攸出邺城东门，不无骄傲地对左右道："若没我许攸，曹操这些家伙岂能进出此门！"甚至多次当众直呼曹操乳名阿瞒。孰料有人将此报告给了曹操，曹操闻之大怒，当时便欲除之，以解心头之恨，只因战事正急没来得及。许攸今天被杀，大多人早有预感，而始料未及者只是少数，但皆表现得若没事一般。曹操见此，不禁非常坦然，并话锋一转道："当初，我与袁绍同起兵时，袁绍问我：倘若战败，何处可做据守之所呢？我便反问他道：您以为呢？他回答道：南据河水，北靠燕代，再依乌桓族兵众，从而向南，争夺天下，如此，大事便成！然我却道：若要成功，应任用一切贤能之辈。"

言至此，喝了口茶清了清嗓子又道："袁绍文臣武将比我多出许多，但他不会量才使用，因此失败。"

在场文武闻之，无不点头表示赞成。

正在这时，忽见一小校气喘吁吁地飞一般进来，不及向曹操拱手施礼便对他低声耳语起来，时只见曹操气得脸色由红变白，由白变红。看官你道小校向曹操低声耳语了何事使他如此生气？乃幽州东北塞外三郡乌桓人武装不断侵扰幽州东北边界，且其势异常凶猛。

须知，何谓乌桓人呢？原来他们起初属东胡人种，秦汉之际被匈奴冒顿单于征服。此后，乌桓人便零散分居，再未建立过任何政权。霍去病攻下匈奴以东地区后，便将他们强行迁居到长城以外的边沿地带。光武帝建武二十五年，汉室国力已经强盛，辽西郡乌桓人首领郝旦见此，便率大批大人与头人到雒阳朝觐，表示愿归服汉室，并要求移居到长城以内。光武帝心慈肺善，便封了其中有声望的八十一人为王为侯，并同意他们及其部众迁居到长城以南边沿地区，与汉人杂居，以便利用他们抵抗经常侵扰边界的匈奴武装和刺探其军事动向。对此，他们不胜感激，并在明帝、章帝与和帝三朝近五十年间遵纪守法，从未惹是生非。然至安帝以后，汉室朝政不整，世风败坏，贪官遍生。守边文武官吏见此，便士气低落，军心不振，失去管控包括乌桓在内的夷族的能力。于是乌桓人头领便时而恭顺听命，时而起兵反叛。到灵帝时，乌桓人势力强大到足以威胁到汉室北部部分边界的安全。特别是上谷郡首领难楼管辖的那九千余个部落、右北平郡首领乌延管辖的那八百余个部落、辽西郡首领丘力居管辖的那五千多个部落和辽东郡首领苏仆延管辖的那千余个部落，在幽州东北边郡烧杀掠夺，为非作歹。初平年间，成为辽西、辽东二郡乌桓人头领的丘力居之侄蹋顿与苏仆延和乌延一致举兵助袁绍攻打公孙瓒。为感激他们，袁绍遂以刘协名义将蹋顿、苏仆延与乌延封为单于。为拉拢难楼，又将他封为单于，于是他们更加猖狂。恰值前时逃到他们那里的袁熙与袁尚为报仇雪恨，经常唆使他们侵扰边郡，残害吏民。

  再说曹操方闻报毕，便将小校所耳语的向在场者道了一番，并问道："大家有何高见应之？"

  方问毕，于禁即起身道："自古以来，特别是我大汉以来，与周边夷族的战争就没停过，且常常处于劣势。如高祖初年，国力衰弱，而北边突厥兵强马壮，不断骚扰我大汉边界。高祖闻之大怒，遂亲率大军征讨，结果却大败而归。无奈，只得以和亲换取边界安宁。后经文帝、景帝和武帝之治，国力大盛，于是便派卫青、霍去病先后再次讨伐突厥，结果才大胜而归。即使如此，为了边界长治久安，其间仍与突厥和亲。例如，元鼎二年，武帝钦命汉室宗亲、江都王刘建之女刘细君公主与西域乌孙和亲；随后，武帝又派解忧公主与乌孙和亲；竟宁元年正月，元帝派王昭君与匈奴单于为妻。因此，何不仿武帝与元帝故事，为边界安宁，派宫女与乌桓和亲呢？"

  方言毕，张辽即猛地站起气冲冲道："于将军之言差矣！须知，早在建武初年，乌桓就经常勾结匈奴，朝发穹庐，暮至城郭，骚扰我北边各郡。为了那里安宁，光武帝于是以钱币、缯帛招服乌桓，并在建武二十五年封乌桓

第四十八回　战三袁曹孟德毫不手软　征乌桓曹司空消除边患

八十一渠帅为侯王，并让其率众入居塞内。但此后百余年，乌桓却反复无常，时叛时服。到灵帝时，上谷、辽西、辽东、右北平等地乌桓大人皆肆无忌惮，自称侯王。但他们并未因此而满足，现又侵扰我东北边界。故依我之见，即使和亲，也无济于事，最好还是以武力征讨方为上策。否则，后患无穷！"

言毕良久，仍鸦雀无声。时陈琳见此，遂慢腾腾地起身道："我军极尽全力方与势力强大的袁氏交战毕，且伤亡惨重。因此，宜息兵休整，待兵强马壮后再征三郡乌桓不迟。"

方言毕，高柔即起身若有所思道："倘若发兵远征三郡乌桓，刘表必会派刘备乘机袭我许都。因此，不若先南征刘表，待凯旋后再征三郡乌桓不迟。"

有的认为高柔之言非常有理，并争先恐后表示赞成。时田豫起身却不以为然道："高先生须知，刘表辖区幅员辽阔，雄兵数十万，若要征服，非有千军万马不可。倘若现在征讨，难啊！"

总之，众说纷纭，莫衷一是。对此，曹操皆不置可否，沉默良久后方起身走到郭嘉面前问道："先生有何高见？"

郭嘉闻问，遂起身沉思片刻答道："明公虽威震天下，但乌桓自恃所居偏远，鞭长莫及，因而必不设防。只要发兵突袭，必胜无疑。且袁绍原有恩德于冀、青、幽、并四州汉夷之民，眼下袁熙和袁尚又躲在那里，加之四州汉夷之民皆因明公之威势而归附，其心尚不稳定。因此，倘若此时我军南征刘表，袁熙和袁尚就会乘机煽动四州汉夷之民和唆使乌桓人内外夹攻我军。到那时，四州便恐非我有啊。"

言至此，停下喝了口茶清了清嗓子接着道："至于刘表，乃徒有虚名的坐谈客而已，不会有所作为。因此，即使我军倾巢而动远征乌桓，也大事无虞。再者，乌桓骑兵虽来无影、去无踪，且凶悍非常，但不过是一伙训练无素、兵械简陋的乌合之众而已。因此，取胜只须一支精兵强将便可。"

"倘若刘备这厮偷袭我汝南呢？"

"明公须知，没刘表之令刘备绝不会出兵。即使刘表令刘备袭击，他也会以种种借口推托。何也？因为刘表自知不能驾驭刘备，自然就不会重用刘备，那么刘备又岂肯为……"

不待答毕，曹操便心领神会，遂击掌高声道："先生所言极是！"

言毕，即调兵遣将，于次日早饭后亲率大队官军从邺城东城门出发，经涿县、无终县、碣石山，沿滨海道，直向乌桓大本营幽州辽西郡柳城县城杀去。

他们一行至无终县城时，谁料天空电闪雷鸣，雨水倾盆而下，到处一片汪洋，无法通行。无奈，曹操只好传令全军停止前进，在城内外各高处安营扎寨，待雨停水退后再启程前行。然时正值天公不作美的雨季时节，一连多日不见雨停天晴，阳光普照。一日上午，正巡营到东城楼的曹操见此，不禁长吁短叹，焦急万分。这时忽见头顶雨帽、身披雨衣、脚蹬雨靴的部将田豫匆匆前来，不及向他拱手施礼便问道："司空大人知晓田畴其人么？"

"此人乃闻名遐迩的忠贞之士，怎不知晓呢！不过，从未见过呢。"

"他就是无终当地人。"

"言他为何？"

"据末将所知，此人自幼好学记载山川地理的《山海经·山经》部分，想必熟知……"

不待田豫言毕，曹操即道："怎么不早说呢？"

"末将也是方才想起啊。"

"那就烦将军走一遭，拜访拜访，看能……"

"末将立刻就动身，如何？"

"当然可以！"

田豫待曹操言毕，即刻便向他拱手施礼告辞，下城回到下榻处换上平民衣服，仍然头顶雨帽、身披雨衣、脚蹬雨靴，出门翻身上马出北城门，飞一般向田宅赶去。

不久，田豫便在沿途乡人的指点下，来到田宅门前。抬头望去，见宅子早已残破不堪，没了人影。对此，不禁非常疑惑。正在这时，忽见一头顶斗

第四十八回　战三袁曹孟德毫不手软　征乌桓曹司空消除边患

笠、身披蓑衣、银须飘逸的老者正坐在田宅门前河堤边，边持杆垂钓边悠然自得地哼着当地小调。对此，田豫不禁叹道："雨中独钓啊！"

随后，欲下马上前向老者打探田畴去向，不料老者却起身迎上来问道："壮士莫不是前来拜访田先生么？"

田豫闻问，于是一愣，并下马向老者拱手施礼道："正是呢。"

"他早已离开这里，与父老乡亲移居到徐无山中了。"

田豫闻言，不禁感到非常失望与沮丧。老者见此，遂道："壮士不必着急，我乃原田先生门人，现已告老闲居，可引你前往。"

田豫见老者如此热情，便将来意向他道了一番。老者闻后即道："田先生当初方脱险归来时，袁大将军就多次遣使招纳，又授以将军印绶，但皆被他拒之。袁大将军死后，其子袁尚又辟之，但仍被他拒之。因此，壮士此行能否如愿，难说。"

"晚辈愿前往试试。"

老者闻田豫如此言，深表赞同，忙转身走进自家院里卸去破旧斗笠蓑衣，换上新斗笠蓑衣，骑上毛驴，与已上马的田豫一道，匆匆向徐无山田宅赶去。时尽管雨水不停，道路窄滑，行走艰难，但他俩仍催驴拍马，沿着陡峻蜿蜒的山道，行走如飞。

徐无山位于无终县西北二十余里，方圆几万丈，高耸入云。其上树木参天，山泉飞流。山顶是块平坝，四周高陡，仅一山径可进出。田宅位于平坝边沿山脚下，坐北朝南，宽阔雄伟。内有学馆、钱庄、粮市、油市、肉市、菜市、柴市、猪市、牛市和禽市，犹若一座繁华的县城。空中鸟儿飞翔，水塘鱼儿嬉戏；田间秧苗吐穗，地头瓜果飘香；农夫山歌声响彻云霄，学童读书声震耳欲聋。真乃山里山外两重天，胜似芙蓉国里桃花源。

不久，田豫与老者便赶到了田宅大门前。下驴下马刚过吊桥，便见一中年汉子在宅门旁一片空地上时而起脚飞拳，时而挥剑起舞。田豫料定此人就是田畴，于是忙上前边施礼边问道："先生莫不是……"

"我乃田畴，先生是？"

"姓田名豫。"

"原乃闻名遐迩的田将军,我早闻大名,今日方才得见,幸啊!幸啊!"

田畴言毕,即引田豫与老者一道直向客厅走去。入里方坐定,田畴便对田豫道:"将军光临寒舍,蓬荜生辉啊。"

"我来迟了,还望先生多多包涵。"

"我孤陋寡闻,将军现在何处供职?"

"现在曹司空麾下听差。"

田豫答毕,喝了口茶后问田畴道:"先生隐居林泉,叫人羡慕不已。难道就甘心在此终老?"

"将军有所不知,我虽身在山野,但心系龙庭啊。"

田豫闻田畴如此言,料想他定会为曹操献计献策,指点迷津,渡过难关。于是不禁暗喜,并立刻将来意向他道了一番。田畴闻之,随即猛地站起道:"我常恨乌桓侵扰边郡,残杀我无辜吏民,并早已率众讨伐,但能力有限。今司空大人亲自率大军前往征讨,我岂可等闲视之呢!此事紧急,宜立即动身。"

方言毕,老者即惊异道:"当初袁大将军父子多次相邀先生,都被先生拒绝,何故司空来使方道明来意就同意前往?"

"此乃你有所不知……"

不待言毕,便回里屋戴上斗笠、披上蓑衣和蹬上雨靴后,忙到马棚牵出白马翻身跨上,同早已上马等在门外的田豫一道,飞一般向无终县城赶去面见曹操。

再说曹操自田豫走后,便立刻回到县衙下榻处等候消息。因不知田豫此去情况如何,因而一直心神不定,忐忑不安。正在这时,忽见门卫匆匆进来向他拱手施礼后报道:"田将军与另一汉子在门外言要求见大人。"

曹操闻报,料想田豫此行心想事成,大喜。于是二话没说,便疾步出门相迎。待曹操、田畴与田豫相见礼毕,便一同向客厅走去。方坐下,曹操即问田畴道:"我军困在此地前行不得,如之奈何?"

第四十八回　战三袁曹孟德毫不手软　征乌桓曹司空消除边患

"须独辟蹊径。"

曹操闻言不禁疑惑道:"先生虽言之有理,然如何独辟?"

"这有何难!"

曹操见田畴胸有成竹,不禁暗喜,并道:"请先生不妨道来。"

田畴待曹操方言毕,便起身从怀里取出一绢制物,放在身旁案几上展开对曹操道:"请看。"

曹操与田豫忙起身上前一看,原乃一幅《秦制地图》。时田畴手指其上道:"出无终县城向北,经平冈,过卢龙,越白檀,渡白狼,便可抵达敌之巢穴柳城县城。"

言至此,喝了口茶清了清嗓子又道:"它乃秦时古道,自建武初年以来,虽荒废近两百年,但隐蔽可走,且敌不防。因此,正可乘其不备,突然袭击,蹋顿便可擒杀!"

曹操闻言,不禁非常惊喜,并问道:"距此多远?"

"约六百里。"

田畴方答毕,曹操即攒眉苦脸道:"路程虽短,但军中无人走过此道,如之奈何?"

"我愿为向导。"

"待凯旋之日,我将重谢先生。"

"天下有难,匹夫有责,何必言谢呢。"

说话间,已到午饭时间,大家皆腹中空空。曹操于是拉着田畴和田豫进入隔壁餐室,共进午餐。

方用餐毕,曹操便传令左右文武到县衙大堂听令。他们得令不久,便齐刷刷地赶到那里按秩排定,只待曹操发令。曹操于是先将田畴方才所言向他们道了一番,他们听后,认为非常有理,并争先恐后要当开路先锋。时曹操发令道:"令田畴为开路先锋向导,令从小生活于乌桓人中的鲜于辅为开路先锋,其他的随后跟进。"

田畴、鲜于辅闻令大喜,自不必说。其他的也二话没说,便立刻回营准备出发事宜去了。

为保密起见，他们当夜便悄无声息地离开营寨，翻山越岭，直向柳城县城杀去。虽然道路崎岖险峻，但有田畴做向导，鲜于辅指挥开路先锋官军逢山开路，遇河搭桥，一路倒也快捷平安。对此，他们不禁大喜。当他们赶到距柳城县城两百里处时，却被一乌桓人探子探得了消息，并立即飞一般赶到柳城县城，报告给了正在县衙大堂边饮奶茶边兴致勃勃地观赏歌舞的乌桓人首领蹋顿。蹋顿闻报，不禁慌了六神，回过神方才厉声问探子道："你前时不是报告俺曹操那厮人马被雨水困在无终县城不能前行了吗？怎么现在快来到柳城县城了？"

"小的不久前又探得曹操人马早已离开无终县城营寨了，留下的只是空寨。对此，小的还没来得及报告，又探得他们快来到柳城县城了。"

蹋顿闻探子答，方知中了曹操金蝉脱壳之计，并认为探子误了大事，不禁怒不可遏，遂令刀斧手将探子推出斩首示众。随后，即吼退歌舞艺伎，传召辽西单于楼班、代郡单于能臣氐、辽东乌桓大人苏仆延、右北平乌桓大人乌延与汗卢，以及袁熙、袁尚速速赶赴县衙大厅商议对策。

楼班、能臣氐、苏仆延、乌延和汗卢得召，立即便从各自辖地快马加鞭，日夜疾行，于次日黄昏时分便赶到了柳城县城。袁熙、袁尚本在柳城县城，自然先到。待他们到齐方坐定，蹋顿便将探子所报向他们气呼呼地道了一番。他们闻之，竟吓得面如土色，不知所措。时袁尚却站起大喜道："敌跋山涉水，远道而来，必然人困马乏，士气低落。而我则养精蓄锐，以逸待劳。此正是我取胜之良机，何足惧呢！"

方言毕，袁熙也站起道："敌军深入我境，人地生疏，犹若瞎子，两眼一抹黑。我则熟悉这里的山山水水，进退自如。再者，敌虽迅猛，但兵微将寡。我有数万之众，若以群狼战术攻之，管叫他们有来无……"

不待言毕，蹋顿、楼班、能臣氐、苏仆延、乌延和汗卢早已转惧为喜，并舞之蹈之，好像他们已打败了曹操所率官军。

随后，蹋顿问袁熙和袁尚道："两位将军虽言之有理，然当前当如何应

第四十八回　战三袁曹孟德毫不手软　征乌桓曹司空消除边患

敌呢？"

还不待袁熙和袁尚答言，便听得一人高声道："可迅疾率军赶赴白狼山阻击，同时再遣一支年轻力壮的将士翻山越岭，绕到敌后，前后夹……"

不待言毕，在场者便闻声望去，原乃智勇双全的乌延。

蹋顿认为乌延言之有理，于是便令能臣氏、苏仆延、乌延和汗卢连夜赶回各自辖地，率领各自人马迅疾赶到白狼山迎敌。同时，令楼班率一支轻骑兵从白狼山北面绕到曹操所率官军之后，以便待时前后夹击他们。最后令袁熙和袁尚随时听他调遣，不得有误。方发令毕，曹操奸细便得到了消息，并连夜飞马赶到曹操那里作了报告。对此，曹操不禁大惊失色，忙问身旁的郭嘉道："如之奈何？"

"我远道击敌，辎重众多，行军缓慢。因此，不若丢下辎重，轻装神速，出其不意，攻其不备。若何？"

曹操认为郭嘉言之有理，遂便下令全军丢弃辎重，催军冒着炎暑飞一般向前赶路。两天后的一个早上，他们便赶到了白狼山山顶，恰值蹋顿、能臣氏、苏仆延、乌延和汗卢所率人马赶到白狼山东面山脚下。曹操所率官军因轻装兼程，不仅丢弃辎重，大多还未戴胄披甲。倘若交战，死亡必然惨重。对此，曹操不禁非常忧惧。时当他举目望见能臣氏、苏仆延乌延和汗卢所率人马稀稀拉拉，队形不整，真乃乌合之众，散兵游勇，又见自家人马居高临下，占有有利地形，于是便转忧为喜，并立刻令张辽、侯成、宋宪、魏续、成廉和魏越率领三千官军骑兵为先锋，猛地向乌桓人马冲杀下去，欲先给他们个下马威。接着，又令徐晃、张郃、张绣、韩浩、史涣、鲜于辅、阎柔、曹纯和田豫率领八千膀大腰圆，行动敏捷，左手持藤编盾牌，右手持环柄大刀的燕赵籍官军步兵随后跟进。

蹋顿、能臣氏、苏仆延、乌延和汗卢所率乌桓人马皆是身材高大，性情彪悍，武艺高强之辈，且又自恃人多势众，因而并不把曹操所率官军放在眼里，因此反还在那你推我搡，嘻嘻哈哈，不当回事。

须知，张辽、侯成、宋宪、魏续、成廉和魏越本是当年吕布部下闻名遐迩的骑将，所率的又是曹操所部官军精骑，骑技和武艺与蹋顿、能臣氏、苏仆延、乌延和汗卢所率乌桓骑兵相比，是有过之而无不及。因而双方方才接战，蹋顿等所率乌桓人马便被张辽、侯成、宋宪、魏续、成廉和魏越所率官军骑兵杀得人仰马翻。徐晃、张郃、张绣、韩浩、史涣、鲜于辅、阎柔、曹纯和田豫所率官军步兵更是身手不凡，他们杀到哪里，哪里不是马腿断，便是人头飞。片刻工夫，蹋顿、能臣氏、苏仆延、乌延和汗卢所率人马便被杀得只有招架功夫，而无还手之力。不过，他们毕竟人多势众，以逸待劳，待缓过劲，竟越战越勇，且大有扭转战局之势。山顶上的曹操见此，不禁大惊，遂忙下马抢过身旁鼓手鼓槌，拼命击鼓为自家人马助威。张辽、徐晃、张郃、张绣、韩浩、史涣、鲜于辅、阎柔、曹纯、田豫、侯成、宋宪、魏续、成廉和魏越所率官军见此，遂为之精神一振，也若蹋顿、能臣氏、苏仆延、乌延和汗卢所率人马一样，越战越勇。于是双方的喊杀声、兵器撞击声淹没了北风呼啸声；人与马腾起的泥沙漫天飞舞，不见人影。厮杀之激烈，可想而知。但良久也没分出胜负高下。蹋顿、能臣氏、苏仆延、乌延和汗卢所率人马见此，认为一时难于取胜，遂便没了勇气。张辽、徐晃、张郃、张绣、韩浩、史涣、鲜于辅、阎柔、曹纯、田豫、侯成、宋宪、魏续、成廉和魏越见此，自然大喜不禁，并边异口同声高喊"活捉袁熙、袁尚有赏"的口号，边专寻他俩杀去。蹋顿、能臣氏、苏仆延、乌延和汗卢所率人马闻之，方知这些曹操所率官军的死敌是袁熙与袁尚而非他们，于是便一哄而散，逃命去了。后来被派来助战的袁熙和袁尚见此，料知不妙，便与能臣氏、苏仆延、乌延和汗卢带领三千骑兵，拼命杀开一条血路，投奔辽东公孙康去了。蹋顿见大势已去，欲拨马而逃，却被飞马赶上的张辽一斧结果了性命。曹操得报大喜，随即扔下鼓槌，翻身上马，下山挥军一举攻破了柳城县城。已绕到曹操所率官军之后的楼班及其部下闻知蹋顿、能臣氏、苏仆延、乌延、汗卢、袁熙和袁尚兵败后，料知大势已去，遂便各奔东西，逃之夭夭。

此役曹操所率官军大获全胜，并获得汉与乌桓降者二十余万。对此，曹操自然大喜不禁，并在柳城县衙大堂设宴，庆祝胜利。席间，大多文武向曹

第四十八回　战三袁曹孟德毫不手软　征乌桓曹司空消除边患

操建议宜乘机杀向辽东，擒杀袁熙和袁尚，以免后患。时曹操却不以为然道："不劳我辈动手，袁熙和袁尚头颅自会传来。"

他们闻之，皆疑惑不解。

此后不久的一个傍晚时分，曹操正与左右在餐室用饭，忽见门卫匆匆进来向曹操报告，有人献袁熙、袁尚、能臣氏、苏仆延、乌延和汗卢头颅。在场者闻之，不禁对曹操的预见佩服得五体投地。

看官你道曹操何故预见得那么准确呢？原来他早料到，倘若公孙康收留袁熙、袁尚、能臣氏、苏仆延、乌延和汗卢，就会惹祸上身，落得个如蹋顿一般下场。为避祸消灾，公孙康必会诛灭他们，而袁熙和袁尚自然是首当其冲。

时在场者见到袁熙和袁尚头颅，恨不得上前手抛脚踢，以解心头之恨。曹操还特意下令，有敢为其哭者，斩。时田畴为感激袁尚生前数辟，便冒死前往袁尚墓前吊祭。曹操认为田畴此举是滴水之恩、涌泉相报的美德，且田畴于征讨乌桓有功，因而未予追究。

至此，曹操顺利平定了以蹋顿为首的三郡乌桓，彻底消灭了袁氏残余势力，基本统一了北方。

经过一段时间的休整，曹操便在建安十二年九月，从柳城县城撤军，经西南方的海滨大道回邺。过碣石山时，曹操不顾沿途疲劳，仿秦皇汉武故事，与左右文武登临碣石山观景。时北方虽已秋风萧瑟，花谢叶黄，但碣石山四周却阳光灿烂，花放叶绿；山下大海洪波汹涌，岛屿星罗棋布；海岸金戈铁马，旌旗猎猎，犹如一幅雄伟壮丽的巨幅画卷。对此，曹操不禁见景生情，诗兴大发，方回到当年秦始皇下海寻觅仙草时的下榻处碣石宫，便到案几旁伏身提笔一挥，写下时兴的四言诗一首。诗云：

东临碣石，以观沧海。
水何澹澹，山岛竦峙。
树木丛生，百草丰茂。

秋风萧瑟，洪波涌起。
日月之行，若出其中；
星汉灿烂，若出其里。
幸甚至哉，歌以咏志。

此后不久，曹操便离开碣石宫，率军继续向前赶路。行至易水县时，代郡乌桓行单于普富卢、上郡乌桓行单于那楼闻曹操凯旋，皆表顺服，并纷纷前来迎送祝贺。对此，曹操不胜欢喜，并于次年正月，即建安十三年正月，回到了阔别已久的邺城。

须知，曹操远征乌桓之战的胜利，天下军民皆欢天喜地，举宴庆祝，但也有人不禁忧心忡忡，坐立不安。看官欲知此人是谁，请看下回分解。

第四十九回

刘备招贤纳士诸葛亮出山
曹操自称丞相诛杀孔文举

上回说到对曹操远征乌桓之战的胜利不禁忧心忡忡、坐立不安者不是别人，乃大名鼎鼎、驻军荆州新野的刘备。他为何会如此呢？原来早在曹操准备攻打三郡乌桓的建安十二年春三月，他便预感到倘若曹操打败了乌桓和袁氏残余势力，统一了北方，必会挥军南下，进军荆州。而他所驻的新野，正好与曹操汝南南面接壤，是曹操所部官军进军荆州的必经之地。也就是说，曹操率领官军南征之时，便是他刘备受害之时。于是他便在这时的一日上午，急将关羽、张飞、赵云、刘琰、徐庶、糜竺、糜芳、孙乾和简雍召集到郡衙大堂，将自己所忧向他们道了一番。他们闻之，皆认为非常有理，但又不知如何是好。良久，只听得有人道："依愚之见，曹操并不可怕，可怕的是主公部下无运筹帷幄之中，决胜千里之外的谋士。"

在场者忙循声望去，原乃军师徐庶。须知，徐庶本乃一身高力大，闯荡荆襄的武士，常因行侠仗义而引祸上身。无奈，只得弃武从文，研读国策兵略，待有朝一日大显身手，有所作为。后经司马徽推荐，方才投奔到正在新野募兵买马，扩充实力，以待东山再起，振兴汉室的刘备部下，并成其首席谋士。他方才所言，不是在否定自己吗？因此，在场者皆甚为不解，时张飞还问徐庶道："先生就是主公部下运筹帷幄之中，决胜千里之外的谋士，何故言说没有呢？"

"张将军有所不知，我不能再为大家出谋划策了。"

刘备闻言，不禁非常惊异，忙问道："何故呢？"

徐庶闻问，沉思良久方泣不成声答道："前时曹操那厮曾遣特使多次暗中召我北上为其谋事，皆被我拒绝。谁料昨夜家人从故乡颍川阳翟千里迢迢赶来告知我，曹操因遭拒恼羞成怒，使人将我老母劫了去。同时还扬言，倘若我再拒绝北上，恐我……老母性命……难保。因此，我欲……"

不待徐庶言毕，在场者便知他要离此北去，解其老母于倒悬，于是不禁感到非常难过和遗憾，并一齐望着刘备，看他如何表态。刘备见此，随即道："元直因母而去，实出无奈，亦足见其孝心可贵。"

言至此，停下喝了口茶清了清嗓子又道："先生走南闯北，定然认得不少贤能之士，能否推荐与我？"

"我倒是有三位密交，一位是诸葛亮，一位是庞统，一位自然是司马徽了。"

徐庶言至此，喝了口茶清了清嗓子又道："三者中，我与司马徽交往最密。在一次游山玩水间他告诉我，知人善识的庞德公曾多次喻诸葛亮为'卧龙'，庞统为'凤雏'，司马徽为'水镜'。我以为，他三人德才超群，莫人能及。因此，得一即可安天下！"

"既然诸葛亮被喻为'卧龙'，德才必在其他二位之上，那就麻烦先生疾书一封，邀他来此一叙，如何？"

"此人不会屈至，须明公亲往寻访。"

"他居何处？"

"现闲居于襄阳城西约三十里的隆中。不过，主公还是先到水镜庄拜访一下司马徽先生，他俩来往甚密，对你寻访或许有所帮助。"

"先生言之有理啊。"

时刘备认为徐庶来新野这么久，从未说起诸葛亮其人。因此，明里对徐庶方才所言不置可否，暗里却半信半疑。后转而一想，既然大名鼎鼎的庞德公能将诸葛亮喻为"卧龙"，想必有根有据，非空穴来风。于是在送走徐庶后的一个上午，便作庶民打扮，带上徐庶与司马徽引荐书，独自策马亲往水

第四十九回 刘备招贤纳士诸葛亮出山 曹操自称丞相诛杀孔文举

镜庄,欲向司马徽问明诸葛亮情况后,再决定是否拜见他不迟。

水镜庄距襄阳城南约九十里,乃巍峨高耸、层峦叠翠的玉溪山山腰峭壁处一天然石洞,俗名白马洞。洞深八丈,宽四丈,高丈余,为时之名士司马徽隐居之所,因庞德公送其雅号"水镜",故名水镜庄。

时刘备边行边问,三日后的一个黄昏时分,便赶到了玉溪山前,下马跨过彝河木桥,如登天梯般拾级而上经过头天门和二天门后,便在门童的引领下,走进一座苍松翠竹掩映的茅舍,见到了在松明下正聚精会神地批点绢制老子《道德经》的司马徽。须知,他俩虽是初见,但因司马徽推荐徐庶给刘备时,他俩早已互闻大名。因此,时之他俩皆有相见恨晚之感,哪还用得着刘备呈徐庶引荐书呢?互相施礼后方才坐下,刘备即道明了来意。司马徽闻后,放下书笔沉思片刻道:"我那位清雅知人之鉴的老兄庞德公,确实多次喻诸葛亮为'卧龙',喻另一名士庞统为'凤雏',亦喻我为'水镜'。我以为,对诸葛亮和庞统之喻乃实事求是,毫无夸张。而我乃一俗士,岂识时务,'水镜'之称,当之有愧啊!"

刘备闻言,方才知晓徐庶所言属实,不禁大喜不已,于是忙问道:"既然庞德公知人善识,肯定也熟读诸子百家,腹藏韬略。为振兴汉室,我欲邀他同你、诸葛亮、庞统一道出山。如何?"

"我隐居已久,早无出山之意了。"

"庞德公呢?"

"他所居岘山南沔水鱼梁洲与庞统和鄙人所居屋宇隔水相望,我们曾常荡舟登山,相聚甚欢。但他淡泊名利,或耕作田间地头,或正襟端坐弹琴读书自娱,从不涉足城邑。刘表闻之,甚为佩服,欲招纳之,并遣使数邀,但皆遭拒。无奈,乃亲往候见。时他正与妻子释耕垄上。对此,刘表甚为不解,遂问道:'先生保全一身,怎比得上保全天下呢?'他却笑道:'鸿鹄巢于高林之上,暮而得所栖;龟鼋穴于深泉之下,夕而得所宿。夫趋向与舍弃,亦乃人之巢穴呢。但各得其栖宿而已,而天下就不是我所能保的。'刘表又问道:'先生苦居畎亩之间,而不肯接受官禄,身后用什么遗财给子孙

943

呢?'他闻之却满不在乎地答道:'世人皆遗之以危,今我独遗之以安。虽所遗不同,但不能说未遗啊。'刘表又问道:'当如何讲?'答曰:'昔尧、舜举海内授其臣,而不爱惜;将其子放于民间,而无矜色。丹朱、商均至愚下,却完身以终。禹、汤虽以四海为贵,遂以国私其亲,使桀徙南巢,纣悬首周旗而族受其祸。难道他们比丹朱、商均更愚昧吗?乃其势危故啊。周公摄政天下而杀其兄,倘若周公兄弟食粗茶淡饭,居简陋蓬蒿,岂有此害呢?'刘表闻言,不禁叹息而去。由此可见,声威四海、权重一方的刘表都未能延请庞德公呢。"

"我愿前往试试,看能否如愿。"

"真不巧,不久前他与家人上鹿门山采药,至今未归呢。"

刘备闻言,不禁感到非常遗憾,忙问道:"庞统呢?"

"此人乃庞德公从子。少时未有有识者,唯被庞德公看重。年方十八岁,使拜谒庞德公,庞德公与他交谈,自昼达夜,乃叹息曰:'德公诚知人,此实盛德也,必南州冠冕。'由是显名。他虽热衷仕途,但为增学识,早已背井离乡,前往江南游学去了。"

刘备闻言,不禁非常沮丧,于是焦急地问道:"那么诸葛亮呢?"

"仍在家躬耕垄田。须知,建安初年,他与颍川石广元、徐元直和汝南孟公威游学时,曾直言不讳地对他三人道:'以卿等之德才,顶多胜任刺史、太守一类职务。'他三人闻之,遂异口同声问道:'为何?''唯见你们行事太精细。'他三人闻之,皆不置可否。随后他三人又异口同声问他道:'以你之德才,可与谁比?''精于大略的管仲与乐毅呢。'此言一出,他们大多遂哗然,并鲜有人认同,但与他友善的博陵崔州平、颍川徐元直却深信不疑。"

刘备早年虽好飞鹰走狗,不喜读书,但出仕后却广览群书,知识渊博。因此,知晓管仲博通坟典,学富五车,有经天纬地之才,济世匡时之略,是著名的政治家、思想家、军事家。也知晓乐毅是战国晚期杰出的军事家,是他率领燕国等五国联军连下齐国即墨等七十余城,报了强齐伐弱燕之仇,创下了古代战争史上以弱胜强的著名典范,并因功拜为燕国上将军。随后,又辅佐燕昭王振兴燕国,遂受封昌国君。现闻名不见经传的诸葛亮自比管仲与乐毅,哪肯信服,遂问司马徽道:"诸葛亮敢出此大言,有何依据?"

"他曾著《论诸子》一文,专论诸子百家之长短,现论著藏于我处,皇亲愿看否?"

"愿看。"

随后,司马徽随手从案几抽屉里取出一纸制书卷,递与刘备。刘备忙伸手接过,展开阅视。其文略云:

老子虽长于养性,却不能临危难。商鞅虽长于理法,却不能从教化。苏秦和张仪虽长于辞辩,却不能结盟誓。白起虽长于攻伐,却不能广众。伍子胥虽长于图敌,却不会谋身。尾生虽长于守信,却不会应变。王嘉虽长于遇明君,却不会事暗主。许子将虽长于明臧否,却不会养人物。

看毕,却未见诸葛亮提及管仲与乐毅之长短。据此,刘备认为在古代无数著名政治家、军事家中,诸葛亮最敬佩管仲与乐毅。因而心里不禁对诸葛亮肃然起敬。随后,司马徽又道:"他还常独吟《梁甫吟》。"

"何谓《梁甫吟》?"

"我也不知晓呢。"

司马徽言毕,喝了口茶清了清嗓子又道:"皇亲如对他有意,不妨前往一试。"

"明日一定前往拜访。"

随后,刘备自然受到司马徽热情款待,并住宿在水镜庄。次日早饭后,刘备便带上司马徽的引荐书,出门上马匆匆向隆中赶去。时司马徽自然送了一程,自不必说。

隆中距水镜庄不远,因此,刘备边行边问,当日下午便赶到了那里。

隆中位于状若太师椅的山岭下,那里松竹掩映,不见日光;田间山泉环流,地头百花齐放;鹤击长空,鱼戏浅水。如此景致,世所罕见。刘备来自荒蛮的北国边地,哪见过如此美景?于是忙勒马停步,举目四顾,尽情观赏。正在此际,忽听得不远处歌声四起。歌词云:

春来鸟语花香兮,
夏来麦黄秧壮兮,
秋来果熟粮藏兮,
冬来冰挂雪扬兮,
真乃人间天堂兮。

刘备闻声望去,原乃在片片水田里,成群的农夫在边歌唱边插秧。刘备以为,歌词之优美,曲调之动听,非一般人所为。于是翻身下马,问路旁一踏青的瘦高青年农夫道:"请问小老弟,歌词为谁所作?"

"诸葛亮。"

"谁谱的曲呢?"

"诸葛亮。"

"谁教唱的呢?"

"诸葛亮。"

刘备闻答,认为诸葛亮不仅有如管仲与乐毅般治国平天下的雄才大略,还是位善诗善歌的才子。于是佩服之情顿时有加,欲见诸葛亮之心也更为迫切,并忙问青年农夫道:"诸葛先生雅居在哪?"

青年农夫手指前方不假思索答道:"在那儿。"

刘备忙顺指望去,果见前方不远竹林深处有座坐北朝南、时隐时现的茅庐。刘备告辞青年农夫后,便牵着马兴冲冲地朝那赶去。片刻,便到得那里。但见大门紧闭,内无声息。对此,他不禁非常纳闷。正欲上前敲门,忽然那门大开,走出一童颜鹤发的老者,问刘备道:"谁呀?有何贵干?"

"我乃刘备,特前来拜访你家先生。"

言毕,忙从怀里取出司马徽引荐书双手递与老者。老者接过即道:"我家先生游鹿门山去了。"

"鹿门山在哪?"

"在襄阳城东南约四十里处。"

"先生何时回来?"

第四十九回　刘备招贤纳士诸葛亮出山　曹操自称丞相诛杀孔文举

"鹿门山濒临汉水，与狮子山、香炉山、霸王山、李家大山五峰环绕，形状各异，婀娜多姿，远远望去，犹若五女翩翩起舞，常使我家先生心驰神往，且一去便流连忘返。因此，何时回来，十天半月没准。"

答毕，即闭门而回。对此，刘备不禁非常沮丧，欲在附近馆舍住下等候。后转而一想，我来前并未告知诸葛亮我将登门拜访他，岂能怪他呢？再说我为镇守新野主将，外出已好几天，得先回去看看，待有空再来拜访不迟。于是立刻翻身上马，匆匆沿来路向新野赶去。

三日后的一个中午，刘备便回到了新野。时关羽、张飞、赵云、刘琰、糜竺、糜芳、孙乾和简雍见刘备独自归来，一无所获，不禁非常扫兴。待刘备将前往水镜庄和隆中的经过向他们道了一番后，他们方知不虚此行。

建安十二年七月，曹操所率远征三郡乌桓的官军因雨水受阻于无终县。关羽、张飞闻知，以为他们远征乌桓之行将随之夭折。如此，三郡乌桓人马便会继续侵扰幽州边郡，时他们就会在那疲于奔命，无暇南侵。于是犹若过年过节一般，舞之蹈之，击掌庆祝。时刘备却仍忧心忡忡，因为他非常清楚，曹操所率征讨三郡乌桓的那些官军受阻只是暂时的，征讨方略绝不会改变。既然如此，曹操南侵方略也不会改变，只是时间早晚而已。现在不做备战，还待何时？可自从徐庶走后，至今军中还无军师，到时谁来运筹于帷幄之中，抗击曹操南侵大军于千里之外呢？因此，刘备又想起了诸葛亮，认为时已过去数月，他早该回隆中了。于是便在这时的一日午饭后，换上农服，翻身上马，冒着烈日，从城西门飞一般向隆中赶去，欲再访诸葛亮。两日后的一个下午，将到诸葛亮茅庐门前时，忽见上次见到的那青年农夫头顶草帽，光着脚丫，在路旁秧田里正专心致志地除稗草。时刘备以为他必知诸葛亮现在是否在家，于是忙翻身下马问他道："请问诸葛先生现在家吗？"

青年农夫闻问，抬头望了刘备一眼后，淡淡地答道："不知晓。"

刘备闻答，不禁非常扫兴。然转而一想，上次来此已留下司马徽引荐书，诸葛亮应该知晓我刘备来访之事，并在家等候。于是告辞青年农夫，牵马上前兴冲冲地敲开草庐大门，请上次那老者赶快告知诸葛亮自己前来拜访。时老者却不慌不忙告知刘备，诸葛亮方才与几位同窗好友出门寻古思幽，游览名胜去了。刘备闻之，不禁怒火中烧，但面上却没事一般，并转而一想，我来前又未与诸葛亮约定具体拜访时间，岂能怨他呢？于是便和颜悦色对老者道："先生何时能回来？"

"不知晓呢。"

随后，老者便若上次一样，闭门而回。对此，刘备只得叹了口气，便翻身上马，恋恋不舍地离开那里。

关羽、张飞、赵云、刘琰、糜竺、糜芳、孙乾和简雍以为刘备这次定会迎来诸葛亮，于是便做了迎接准备，即在郡衙大堂日夜不停地叫全城市民扫街巷，粉城墙，插彩旗；令全军将士磨刀枪，更衣甲。同时，还买了鸡鸭鱼肉，山珍海味，待时制作大宴，为诸葛亮接风。正在他们忙得不可开交之际，只见刘备只身一人，没精打采从城西而回。不用问，这次又白跑了。对此，关羽、赵云、刘琰、糜竺、糜芳、孙乾和简雍还能耐住性子，不言不语。时张飞却火冒三丈，怒不可遏，并反复大骂诸葛亮是不识抬举的山野村夫，末了，还欲立马赶往隆中，将诸葛亮绑了来。刘备、关羽和赵云见此，哪能让他如此行事，忙上前极力劝止，于是方才罢休。

同年九月的一日上午，刘备从探子口中得报曹操远征乌桓大军已经凯旋，不禁吓得茶饭不思，坐卧不安，好似末日将临。无奈，只得召集关羽、张飞、赵云、刘琰、糜竺、糜芳、孙乾和简雍到郡衙大堂商议对策。待大家到齐方才施礼坐定，刘备便将探子所报向他们道了一番。他们闻之，皆抓耳挠腮，不知所措。片刻，简雍方才起身道："依愚之见，还是再往隆中，将诸葛亮请……"

不待言毕，张飞便猛地起身大步上前高声道："何必为一山野村夫浪费时间！常言道，兵来将挡，水来土掩。只要我辈同心协力，何怕曹操所部贼军！"

言至此，沉思片刻又高声道："前时我军没什么军师，不也在博望打败了曹贼名将夏侯惇、于禁和李典等所率曹操所部贼军吗？"

第四十九回　刘备招贤纳士诸葛亮出山　曹操自称丞相诛杀孔文举

方言毕，赵云即起身道："张将军须知，那次取胜，皆因敌军主将夏侯惇轻敌啊。倘若是谨慎狡诈的曹操，断然不……"

不待言毕，刘备即道："赵将军言之有理呢。"

言至此，喝了口茶又道："常言道，事不过三，我认为诸葛亮不会不懂此理。因此，我还是再往……"

不待言毕，在场者有的表示反对，有的表示赞成，有的不置可否，结果莫衷一是。刘备见此，遂厉声道："我意已决，再有反对者严惩不贷！"

在场者闻言，于是皆默不作声。

次日早饭后，刘备仍做庶民打扮，只身匹马，出城西门，飞一般向隆中赶去。两日后的一个夕阳西下、霞光满天的傍晚，便赶到了隆中，并如前两次那样，下马便上前敲门。片刻，门"吱呀"一声开了，见前两次开门的那老者伸出半个身子问刘备道："你找谁呀？"

"老先生难道忘了，鄙人乃刘备，是专程从新野前来拜访你家先生的。今若不见，誓不罢休！"

老者闻言，遂手指刘备身后道："他就是。"

刘备闻答忙转过头看去，果见身后一面色黝黑，头戴草帽，身穿短衣，脚蹬草鞋，肩扛犁头，手牵水牛的瘦高青年农夫站在那里。经仔细端详，竟差点脱口而出道："这不是早已见过的在路边踏青和田间除稗的那青年农夫吗？怎么会是他呢？难道是自己耳朵出了毛病听错了老者所言，或是眼睛生乱看错了人？"正在这时，青年农夫上前不亢不卑向刘备点了点头，算是默认。对此，刘备不禁大失所望，并差些失声道："就你，一普普通通的农夫，种田务农还行，于政于军能干啥？"倘若招去，还不叫部下，特别是叫关羽和张飞笑掉大牙。同时，还怪徐庶和司马徽所言不实，害得我刘备白跑三趟，将来见到他俩，非要冲上去咬其几口不可！

时诸葛亮早看出了刘备心思，但却没事一般，并不慌不忙放下犁头，拴好水牛，转身进门去了。刘备见此，不禁非常尴尬。转而一想，既来，还是拜访一下好。否则，便有失礼貌。再说太公当初也不过是一介风烛残年的渭水钓徒，跟随高祖打天下的那些文臣武将当年也不过是些市井之流，而我刘备早年也不过是一织席卖履的平民。因此，别看这小青年乃一农夫，说不定真有如管仲与乐毅那般经天纬地之才，济世匡时之略呢！倘若不为我用，万一他投了或刘表、或刘璋、或孙权、或曹操，特别是投了曹操那厮，那就再糟糕不过了。总而言之，他是高人还是庸人，聊聊便知。刘备思想到此，忙拴好马，整好衣，便三步并作两步，直奔门内。

进得里面，见不大的院落中央有汪清澈见底的鱼池，其上有座小巧玲珑的木桥直通正前方客厅。右侧是挺拔碧绿的湘妃竹，左侧是香气怡人的君子兰。布局之高雅，叫人见了，赏心悦目。跨过木桥方进客厅大门，不禁叫他大吃一惊，原来见诸葛亮一身书生穿戴，五官端庄，两眼有神，气宇非凡，与方才所见判若两人。时他正席地坐在松明旁聚精会神地翻阅典籍，厅堂正上方悬挂着绢制乐毅破齐图，下面整齐有序地摆放着绢制《管子》《战国策》《鬼谷子》《论语》《过秦论》《六国论》《史记》《孙子兵法》《孙膑兵法》及其他典籍。乍一看，犹若一座小型图书馆。此外，厅右方还摆放着一架古琴，厅左方摆放着一盘围棋。刘备至今还没见过如此多的家藏图书和高雅摆设，因而心里不禁赞叹不已，并忙上前向诸葛亮拱手施礼道："久闻先生大名，今日方才得见，失敬！失敬！"

诸葛亮闻言，认为刘备能礼贤下士，不禁暗喜，遂忙起身向刘备拱手还礼，并不亢不卑道："晚辈不才，何劳将军三番探访？"

言毕，即热情示意刘备与他对面就座。对此，刘备认为诸葛亮虽然年纪轻轻，但举止高雅得体，语言文明谦逊，不禁大喜，并忙问道："无妨，无妨。先生看过司马先生引荐书了吧？"

"看过，看过。不知将军有何……"

不待诸葛亮问毕，刘备便将来意道了一番。诸葛亮闻后遂道："将军不耻下访，三来寒庐，让人感动不已。不过鄙人乃一山野匹夫，孤陋寡闻，见识浅薄，恐难协助将军振兴汉室伟业。"

"庞德公喻先生为'卧龙'，想必腹藏韬略。倘若飞身而起，定能腾云驾

第四十九回　刘备招贤纳士诸葛亮出山　曹操自称丞相诛杀孔文举

雾,安定乾坤。"

"言过其实了啊!"

诸葛亮言毕,停了片刻又道:"现已夜幕降临,早已饥肠辘辘,还是用过晚饭再谈不迟,若何?"

刘备快马加鞭赶路,也早已饥肠辘辘,因而便不客气地道:"那就客随主便吧。"

诸葛亮见刘备无异议,于是便一声吩咐,只见一中等身材,发黄面黑,五官丑陋,动作敏捷的少妇立刻从厨房里端出大盆时令菜蔬在前,看门老者用木盘端出五碗米饭随后,与一少年一同走进隔壁餐室。随后,诸葛亮和刘备便起身跟了进去,在松明照耀下,五人围桌而坐,共进晚餐。

用餐毕,大家皆到客厅席地而坐。时刘备问诸葛亮道:"先生乃荆襄人,何故带齐地口音呢?"

"我本出生于徐州琅琊郡阳都县砖埠镇孙家黄疃村,非荆襄人呢。祖父诸葛丰为大汉司隶校尉,父亲诸葛珪为大汉泰山郡丞,叔父诸葛玄为豫章太守。鄙人十七岁那年为避徐州战乱,随叔父举家迁来荆州,至今虽已十年,但乡音未改呢。"

诸葛亮方言毕,老者即对刘备道:"将军须知,历任江夏、南郡、章陵诸郡太守,现掌管荆州军权的蔡瑁有一对孪生妹妹,其一嫁与当今荆州牧刘表,另一嫁与我家先生岳丈黄承彦。因此,刘表还是我家先生姨父呢。"

刘备原以为诸葛亮出身寒微,现在闻老者言,方知他不仅出身官宦人家,且还有高官亲朋,于是惊得险些跳将起来。同时以为诸葛亮既然出身官宦人家,又有显赫的高官亲朋,其妻定然美若仙女,并欲一睹其芳容。于是对诸葛亮道:"先生贤内助一定美若西施,何不唤出……"

时诸葛亮早看出刘备心思,故不待他言毕,便手指正坐在自己身旁的少妇道:"她乃我贤内黄月英。"

刘备见少妇容貌不佳,原以为是下人。现在闻诸葛亮言,不禁暗自大惊,以为耳朵出了毛病听错了话。正在这时,诸葛亮却大言不惭道:"贤内虽其貌不扬,却在其博学多才的老父黄承彦及其好友庞德公、司马徽等前辈的指教下,熟记百工技艺,研制木牛流马,真乃旷世才女啊!同时,她还经常带鄙人拜访姨父刘表、舅舅蔡瑁,了解天下时局变化,并得益匪浅呢。"

刘备闻言,不禁惊喜异常,并对黄月英刮目相看,遂赞扬道:"恭喜先生娶了位贤内助。"

随后刘备指着坐在诸葛亮身旁的少年问道:"这位是?"

"乃我胞弟诸葛均。"

时虽已午夜,但谈兴未尽。诸葛亮考虑到刘备千里迢迢赶路来此,一定疲惫不堪,于是便提议立刻就寝歇息,待明日再谈不迟。大家皆认为诸葛亮提议非常有理,于是便各进各屋解衣上榻就寝。

刘备虽然疲惫,但直到次日拂晓也没能入睡。原来他担心诸葛亮因有近在咫尺的刘表和蔡瑁这般高亲贵戚而不愿随他远去新野。正在这时,忽闻窗外一男子和着琴声反复吟唱道:

虽躬耕垄田,却心系龙庭兮!
虽腹藏韬略,却付之东流兮!

其声时而若潺潺溪流,淙淙作响,舒润心扉。时而若高山流水,铿锵激越,震撼肺腑。嗓音之清脆,琴声之优美,世所罕闻,令人叫绝。因此,刘备以为词曲作者定是世上圣贤,吟唱者亦是天下高人。于是忙翻身起榻,披衣蹬靴,欲去看个究竟。待出门循声朝那望去,见晨曦中一人坐在不远处一山岗石凳上正聚精会神鼓琴吟唱。待近前一看,吟唱者不是别人,乃诸葛亮。其身旁有一通五尺高、三尺宽的石碑,正面刻有一尺见方的"卧龙岗"三字,背面刻有五寸见方的"隆中卧龙,几人识得?王廷咫尺,远若天涯"十六字,皆为古朴遒劲的汉隶。刘备看毕,不待站稳脚跟便动情地问诸葛亮道:"先生吟唱,犹若伯牙鼓琴,不仅悦耳动听,且志在高山,而近在眼前的高亲贵戚却不识不用,不是很可悲吗?不知词牌是什么?"

"卧龙吟。"

第四十九回　刘备招贤纳士诸葛亮出山　曹操自称丞相诛杀孔文举

"真乃卧龙岗上卧龙吟啊！"

"词曲为谁所作？"

"鄙人。"

"旷世圣贤啊，旷世高人啊！"

"将军亦乃当世钟子期呢！"

刘备闻诸葛亮言，认为诸葛亮感到自己是其知音者，不禁大喜，遂忙与诸葛亮对面而坐，并不无悲愤地道："汉室倾颓，奸臣窃命，主上蒙尘。吾不度德量力，欲信大义于天下，而智术浅短，遂用猖獗，至于今日。然志犹未已，君谓计将安出？"

言毕，即引颈注目静听诸葛亮发言。诸葛亮沉思片刻，猛地站起面朝北方定了定神，伸手指向那里掷地有声道："自董卓以来，豪杰并起，跨州连郡者不可胜数。曹操比于袁绍，则名微而众寡。然曹操遂能克袁绍，以弱为强者，非唯天时，亦因人谋呢。今曹操已拥百万之众，挟天子而令诸侯，此诚不可与争锋。"

言毕，即转向东南方以手指向那里又掷地有声道："孙权据有江东，已历三世，国险而民附，贤能为之用，此可以为援而不可图呢。"

言毕，即转向正南方以手指向那里又掷地有声道："荆州北据汉、沔，利尽南海，东连吴会，西通巴蜀，此用武之国，而其主不能守，此乃天所以资将军，将军可有意吗？"

刘备闻言，默而不语。随后，诸葛亮转身面朝西方以手指向那里又掷地有声道："益州险塞，沃野千里，天府之土，高祖因之以成帝业。刘璋暗弱，张鲁在北，民殷国富而不知爱惜，智能之士思得明君。"

言毕片刻，遂坐下面对刘备语重心长道："将军既是帝室之胄，信义著于四海，总揽英雄，思贤如渴，若跨有荆、益，保其岩阻，西和诸戎，南抚夷越，外结孙权，内修政理；天下有变，则命一上将将荆州之军以向宛、雒，将军身率益州之众出于秦川，百姓孰敢不箪食壶浆以迎将军？诚如是，则霸业可成，汉室可兴啊。"

时恰值雾散天明，旭日东升，光耀大地。刘备于是见景生情道："多亏先生拨云开雾，始见光明。"

"我之管见，何足挂齿！"

"先生虽然在野，德才则堪比管仲、乐毅啊！请受我一拜。"

刘备言毕，便欲跪拜。诸葛亮见此，忙连连摆手道："将军乃皇室之胄，我乃山野匹夫，岂敢受此大礼？"

言毕，忙跪拜在刘备身前。刘备见此，不禁非常激动，忙起身扶起诸葛亮道："先生请起，我有张子房了啊！"

言毕，心里直后悔此前错怪了徐庶和司马徽。而诸葛亮此前曾担心刘备肉眼凡胎，不会识人，同时为了看看刘备是否有招贤纳士的诚意，方才叫他枉跑两趟。现在想起来，不禁感到非常内疚和惭愧。为赔不是，便夸奖刘备道："将军不仅是钟子期再世，亦是伯乐重生呢！"

随后，他俩便携手下岗，回到茅庐餐室与黄月英和诸葛均共进早餐。餐毕，刘备和诸葛亮骑马在前，黄月英和诸葛均乘车在后，别了茅庐，一同向新野行去。

途中，诸葛亮常情不自禁地吟起《梁甫吟》，词云：

步出齐城门，遥望荡阴里。

里中有三墓，累累正相似。

问是谁家墓，田疆古冶子。

力能排南山，文能绝地纪。

一朝被谗言，二桃杀三士。

谁能为此谋？国相齐晏子。

刘备闻后即道："司马先生倒是对我说起先生喜好常吟《梁甫吟》，但没人知晓其意，先生能告……"

不待问毕，诸葛亮即一脸严肃道："《梁甫吟》，又名《梁父吟》，或作《泰山梁甫吟》，为乐府古辞，属《相和歌·楚调曲》，是古代民间葬歌曲调，

第四十九回　刘备招贤纳士诸葛亮出山　曹操自称丞相诛杀孔文举

音调悲切凄苦。鄙人吟唱的这首《梁甫吟》，则反映了春秋时齐相晏子'二桃杀三士'故事。我是想通过对死者的伤悼，谴责谗言害贤良之阴谋呢。"

刘备闻之，不禁更加佩服诸葛亮那高贵的品德和深奥的学问。

两日后的傍晚时分，刘备和诸葛亮一行便到了新野，不待歇息，刘备便仿刘邦汉中拜韩信为大将故事，吩咐赵云率领工兵在南郊建筑敬拜谋士台，准备敬拜诸葛亮为谋士。几天后，一座高大雄伟的敬拜谋士台便在南郊拔地而起。敬拜那天上午，秋高气爽，万里无云。台中央上方坐着神情严肃的刘备，拜桌上摆放着三牲头颅，台下右侧站着威武雄壮的关羽、张飞、赵云，台下左侧站着文质彬彬的诸葛亮、刘琰、糜竺、糜芳、孙乾和简雍，台下正前方站着千余胄甲崭新、刀枪明亮、神情严肃的将士。待一切准备就绪，简雍便走到台右侧站定，郑重其事地宣布敬拜谋士仪式开始，随后，只听得刘备高声道："当今天下大乱，汉室有待振兴。我辈虽素有报国之心，但苦无文韬武略之才。现我三往隆中，特邀素有"卧龙"之称的诸葛亮出山，特拜为我军谋士。因此，从即日起，诸位必须听从其一切调遣，不得有误，否则问斩！"

方言毕，诸葛亮便在赵云的引领下，从台左侧走到拜桌前，向刘备三鞠躬致谢。刘备见此，大喜，遂将一枚镌有"谋士"二字的玉印双手递与诸葛亮，并掷地有声道："我有诸葛亮，犹若鱼儿得水，振兴汉室有望啊！"

随后，诸葛亮毕恭毕敬地上前接过玉印，非常激动地道："承蒙主公信任，为振兴汉室，即使肝脑涂地，我也在所不惜！"

时刘琰、糜竺、糜芳、简雍和孙乾闻刘备言，皆有些不服，但面上却不置可否，并异口同声道："明公之意，我辈皆铭记在心！"

然关羽、张飞却不以为然，甚至还嗤之以鼻，并思想到：就一从没见过任何世面的小村夫，能担当起什么军机大任？倘若被他人知晓，还不笑死人了！但为顾及刘备颜面，遂异口同声道："我们明白！"

诸葛亮早看出关羽和张飞心思，但并不在意，并掷地有声道："只要我们同心协力，振兴汉室指日可待！"

随后，简雍便宣布敬拜谋士事宜结束。

当日中午，刘备下令大摆宴席，招待所有参加敬拜的将士，以示敬拜诸葛亮为谋士成功。

正在这时，刘备忽然接到刘表调令，要他尽快从新野移军樊城。樊城以北驻有刘表大将文聘所率官军，与樊城隔水相望的襄阳城是荆州治所，有刘表重兵驻防。这样一来，刘备所部官军便被刘表所部官军所包围，这就等于刘表对刘备实施了军事软禁。对此，刘备自然心知肚明。刘表为何要这样做呢？原来刘表得报刘备在新野招兵买马，扩充实力，特别是最近招纳了他的亲外甥诸葛亮为谋士，不禁引起了他的疑虑。其次，他自知军政才能远不如刘备，将刘备长期放在边远的新野，怕鞭长莫及，日久生变，尾大不掉，难以控制。于是便来了个舍远就近，将刘备调到自己眼皮底下的樊城，以便就近控制。

尽管刘备知道刘表调令个中原委，却不知如何是好：若服从调令吧，又不愿意。因为那样，我刘备便成了刘表笼中之物，失去了发展自由，当初东山再起、振兴汉室的宏伟计划就会落空。若不服从调令吧，刘表是我刘备上峰，没理由不服从。再说当初要不是刘表接纳我刘备，现在还不知怎样呢。于是只得传令诸葛亮、关羽、张飞、赵云、刘琰、糜竺、糜芳、孙乾和简雍，准备移军。大家闻令，皆深为不解，但皆不好过问，并若刘备一样，只好服从。待一切准备就绪，便在刘备带领下，恋恋不舍地离开了驻防长达七年之久的新野，缓缓南向樊城进发。

刘备所部官军移军樊城不久，远在邺城的曹操便得到了消息。对此，曹操开始还不解其意，以为刘表是精神错乱。后从探子口中得知个中缘由，特别是刘备得了诸葛亮一事，不禁叫他吃了一惊，并忙叫探子继续打探诸葛亮情况。不久，探子便将所打探到的诸葛亮情况及时报告了曹操。曹操闻之，以为诸葛亮不过一未经世面的山野小毛头，不足为惧，于是便开始准备南征刘表的军事行动。

一日上午，曹操在议事厅对左右文武叹道："须知，荆州素有泽国之称，湖泊河流众多。而刘表所部官军大多为荆州籍人，从小便会划船击水，因而善于水战。而我军大多为北地人，从小生活在丘地平原，长于骑射陆战，短

第四十九回　刘备招贤纳士诸葛亮出山　曹操自称丞相诛杀孔文举

于舟船水战。这将如何是好呢？"

左右文武没料到曹操会提如此话题，于是皆不禁一愣。良久，方才听得有人道："这有何难，训练一支水军便是了。"

文武们忙循声望去，原乃程昱。

荀攸闻后，遂问道："在何处训练呢？"

"渤海。"

"杀鸡何须牛刀！掘一池即可。"

荀攸方言毕，曹操便大喜道："荀先生所言正合我意，如此既省财又便捷，可行！"

言毕，即令许褚率领五千官军工兵，对位于邺城南二十余里彭村的一座人工湖进行扩掘。不久后，一座宽大的水池便告形成。竣工那天，曹操与左右文武皆前往参观。曹操见水池虽没渤海那般浩瀚无际，波涛汹涌，但宜于北方步骑初期船上训练。于是大喜不已，并令左右给水池冠名。他们闻令，皆争先恐后献名，但曹操皆不满意。正在这时，忽听得有人稚声稚气道："名曰玄武池，如何？"

曹操及左右忙循声望去，原乃年方十六岁的曹操三子曹植。曹植天资聪慧，学富五车，以诗赋见长，且五官端正，身材修长，文质彬彬，因而深得曹操喜爱。时曹操笑着问曹植道："子建，为何名玄武？"

"玄武乃北海神龟，曾为支撑蓬莱仙山之柱。因其悟性超凡，经多年修仙炼道，终成正果。于是帝王陵寝多以它来驮碑，以此比喻吉利。今掘池练兵南征，意在凯旋，以北海神龟冠池名，不是很吉利吗？"

曹操及其左右闻之，不仅认为曹植言之有理，还异口同声赞叹曹植知识渊博，冠名得当。对此，曹操自然大喜不禁，并当即定名水池为玄武池。同时，对曹植也喜爱有加。

随后，曹操又不知叫谁负责训练为宜。李典闻之，便忙走到曹操身前拱手施礼道："末将生长于巨野泽岸，擅划船驾舟，故愿担当训练水军大任。"

方言毕，只见吕常飞一般走来，不及向曹操施礼便气喘吁吁道："在下为襄阳人，不仅熟悉那里的山山水水，且常年外出靠舟船代步。因此，行走船上，如履平……"

不待言毕，曹操便知其意与李典一样，愿担当训练水军大任。对此，不禁大喜，并当即令李典为南征水军大都督，吕常为副都督，共同负责训练水军。他俩得令，自然大喜，并忙向曹操拱手施礼告辞，准备训练事宜去了。

随后，曹操挑选了一万身高力大、武艺高强的官军，开始训练。这些官军常年在陆地上行走，从没乘过舟船，也没见过舟船。因此，刚站在上面，犹若站在地震中心，不是身体东摇西晃，便是大口呕吐。站在指挥船船头上的曹操见此，不禁非常着急。程昱在一旁见了，遂忙上前对曹操道："万事开头难，过些时日他们便适应了。再说南方人也非天生就会操练舟船，熟悉水战，也有一个训练过程。"

曹操认为程昱言之有理，于是传令严加训练，不得有误，否则问斩。经过月余训练，一支雄赳赳、气昂昂的水军便在玄武池诞生了。

检阅水军那天，曹操站在指挥船船头上见四周舟船来回穿梭，旌旗飞舞，刀枪密布，鼓角声响彻云霄，喊杀声不绝于耳，连空中的飞鸟、池里的鱼虾，皆大惊失措，乱飞乱游。曹操见此，不禁兴奋非常，以为这些水军似乎不是在平静的玄武池水面上演武，而是在荆州那些波涛汹涌的江水湖水上与刘表水军厮杀。

检阅毕，曹操还表彰了李典和吕常及其他将士一番，并叫他们继续训练。对此，他俩自然感激不尽，并发誓若训练不出一支战无不胜、攻无不克的水军，誓不罢休。

此时值建安十三年五月。

随后，曹操见一支强大的水军已训练成熟，以为南征刘表已万事俱备，只是时机未到罢了。于是便乘机抓紧时间，开始实施其蓄谋已久的计划——废除三公制，恢复丞相制，以便由他曹操担任丞相。

须知，三公即太尉、司徒、司空，为汉初所设。三公各设置秩千石的长史一人，又各设置掾属数十人。三公中太尉居首，其下有分管诸事的西

第四十九回　刘备招贤纳士诸葛亮出山　曹操自称丞相诛杀孔文举

曹、东曹、户曹、奏曹、辞曹、贼曹、金曹和仓曹，权利很大。因光武帝实行帝王集权，三公官虽存，但实权却渐归尚书台。从和帝与安帝开始，外戚和宦官轮番专权，于是外戚窦宪和梁冀等都拜为大将军，并开府置官属，结果位在三公之上。因此，三公不仅受制于尚书台，还要听命于外戚和宦官。所以当时三公之位虽显赫，却有名无实，空设而已。对此，董卓自然大为不满，于是便自为相国，并明确权力在三公之上。现曹操位居三公之一的司空，虽有实权，且实权远超司空，但又不如太尉，且行事名不正言不顺，非常尴尬。因而曹操早就如董卓一般，大为不满。但碍于实力比他强大的袁绍在与他作对，一时奈何不得。现在情况却不同了：不仅袁绍势力已土崩瓦解，袁绍本人也呜呼哀哉，三郡乌桓已被征服，躲藏在那里的袁氏残余势力也被消灭；荆州牧刘表、益州牧刘璋皆是些无所作为的庸碌之辈；东吴孙权虽雄心勃勃，但羽翼未丰，将来也未必能成气候；刘备虽然是个人物，但一直寄人篱下，无立锥之地，说不定哪天脑袋搬家也未尝可知；西北马腾与韩遂之流虽有些实力，但常因鸡毛蒜皮之类的小事互相残杀，哪会关注朝政呢？于是曹操便欲仿董卓故事，自为相国，权力在三公之上。后顾忌一是董卓自任相国影响太坏，二是担心保留三公制对他行事仍然不便，于是便欲废除三公制，自为丞相。为此，在今年（建安十三年）年初便以辟长子曹丕为掾为由，上奏刘协曰赵温辟臣子弟，选举不实，免去了赵温司徒之职。结果眼下除他曹操担任司空一职，和年迈体弱不问朝政的郗虑担任太尉外，司徒一职早已无人担任，这就是说三公之位等于虚设。当然，只要军权在握，要任免三公人选并非难事，要废除光武帝以来设立的三公官制，恢复丞相官制也是轻而易举，甚至废立皇帝也易若反掌，但要他曹操自己来担任丞相却非易事，因为丞相是承皇帝的旨意掌控朝政者，权力之大，仅次于皇帝。要得到此职，不仅须刘协御批，还须朝臣，特别是那些王公老臣的支持。因为他们在征讨黄巾军、反对董卓执政和保驾东归时皆立有汗马功劳，威望及高，常常一言九鼎。对此，不禁叫曹操日夜茶饭不思，坐卧不安。经一番深思熟虑，曹操决定与见识多广、智谋出众的谋士商议一番再做决断。曹操手下谋士如云，但谁见识多广、智谋出众，却叫曹操一时难以确定。经一番苦思冥想，终于想到了贾诩。因为曹操认为，董卓自为相国时贾诩不仅在场，说不定还是他谋划的呢。在此后不久的一个午夜时分，曹操便吩咐密使密往贾府，密召贾诩前来他下榻处密商。

时贾诩睡得正香，接到曹操密召后，自然不敢怠慢，于是立刻翻身起榻，戴帽披衣蹬靴，疾步出门上马，在密使的引领下，匆匆向曹府赶去。片刻，便赶到了那里。下马后在门卫的引领下，直向曹府客厅走去。时曹操早已坐在那里等候。贾诩见到曹操还不及施礼，曹操即上前拉着他忙入隔壁密室，方闭上门还不待坐下，便将他此前所思所想向贾诩道了一番。贾诩闻言，遂沉思片刻道："我大汉以来共有萧何、曹参、陈平、周勃、董卓等四十多位丞相。其中，功劳显赫者当属萧何、曹参和邓禹。萧何协助高祖建邦立国；曹参为文帝和景帝时期的经济繁荣作出了巨大的贡献，为大汉盛世打下了坚实的基础；邓禹协助光武帝恢复大汉，遂被封为云台二十八将之首。现司空大人为汉室江山社稷，每战必身先士卒，其功劳堪比萧何、曹参和邓禹，要废除三公制，恢复并自任丞相，乃天经地义的事。"

贾诩言至此，便上前对准曹操右耳低语了一番。时只见曹操眉开眼笑，连连点头称是。随后，他俩步出密室进入餐室，相互推杯共饮了一番，贾诩方才起身告辞。

此后的一日早饭后，曹操与贾诩等左右文武从邺城飞一般赶往许都，准备就废除三公制、置丞相一事向刘协上奏。他们到达许都的次日正好赶上早朝，时曹操抢先上前持板向刘协奏道："启奏皇上，三公制虽置多年，但早已形同虚设。如年迈体弱的太尉郗虑早已不问时事，司徒一职又空缺，唯司空一职由臣苦苦支撑。因此，不若废除三公制，恢复丞相制。皇上以为若何？"

刘协闻奏，遂沉思片刻道："废除三公制乃天下头等大事，须得同王公老臣商议后方可定夺。"

言毕，当他无意间举目朝殿左侧一望，只有几位年迈体弱的王公老臣站在那里。对此，他甚为不解。同时料想与他们商议也是白搭，还不如先依了

第四十九回　刘备招贤纳士诸葛亮出山　曹操自称丞相诛杀孔文举

曹操的。再说了，现在曹操所奏，恐怕早已有备，征求王公老臣意见也毫无作用，于是道："准奏。"

方言毕，曹操即道："三公官制既废，宜置丞相总揽朝政。"

刘协闻言，当即便表示赞同。为何？因为他以为，他正可借机从那些王公老臣中选任丞相。于是便抬头望了望那几位王公老臣，看其中谁适合担任这一要职。总之，千万不能让曹操担任。否则，后果不堪设想。时他方才举目，贾诩便忙上前奏道："曹司空不仅执政有方，又为汉室江山身先士卒，征战南北，功若萧相与曹参，最宜为丞相。"

刘协闻言，心里自然一百二十个不愿意。当他举目望了望曹操，看他对贾诩所言有何反应，却见他两眼瞪得血红，死死盯着自己。随后，又见早已站满大殿两侧的曹操左右文武也若曹操和贾诩般，两眼瞪得血红，死死盯着自己。那几位王公老臣虽站在显眼处，却缩头缩脑，默不作声。对此，刘协不禁倒抽了口凉气，全身上下也随之直冒鸡皮疙瘩，哪还有胆从王公老臣中选任丞相呢？并思想到：还是先拜曹操为丞相，待他出于礼节虚情假意上《让丞相书》时，再顺势准了即可。如此便可叫曹操吃个有苦难言的哑巴亏。刘协想到此，不禁差点乐得笑出声来，于是当即准了贾诩所言。随后，便伏身提笔就御案上撰就了《拜曹操丞相旨》，方撰毕，便令御史呈与曹操。曹操接过《拜曹操丞相旨》，便立刻伏地向刘协施礼谢恩。末了，便与其左右文武告辞而去。时刘协以为曹操回曹府撰写《让丞相书》去了，不禁大喜，并在那里等候。谁料良久也不见曹操回来，于是便派御史前往曹府打探究竟。片刻，御史便气喘吁吁地进来向他报道："曹丞相并没回曹府，而是与其左右一行早快马加鞭出北门向邺城方向去了，还说要将丞相府设在冀州听政殿呢。"

刘协闻报，不禁非常沮丧，并思想到：真乃朕道高一尺，曹操魔高一丈啊！

须知，曹操与其左右文武上朝那日大多王公老臣何以没上朝呢？原来在此前的一天，曹操便叫荀彧召集在许都的大多皇亲国戚，特别是王公如赵温这些老臣，到南郊无名池荡舟饮酒，纵情赋诗，欢度荷花节。他们得召后，以为战争连年，好不容易赶上个太平日子，过上个荷花节，心情自然非常高兴。于是乘马的乘马，坐车的坐车，皆按时到达那里。在荀彧的带领下，痛痛快快地玩了几天，方才尽兴而归。当他们回来得知刘协已下旨废除三公制，任曹操为丞相后，方知邀约他们出游是中了曹操釜底抽薪之计。对此，自然又气又恼，但木已成舟，不可更改。无奈，只得大生闷气。而曾任三公之一的司徒赵温还将董卓与曹操作比较，一高大肥胖，一矮小粗壮；一笨拙无比，一奸诈异常，但皆是一丘之貉——无冕皇帝。随后便气得卧床不起，一命呜呼了。

此时值建安十三年六月。

须知，这釜底抽薪之计，便是当初在曹操下榻处密室里贾诩对曹操所耳语的。

再说曹操及其左右文武日夜赶回邺城后，确实将丞相府设在了邺城冀州听证殿。须知，首都在许都，丞相府自然也应在那里才是。曹操何故要将丞相府设在远离许都的邺城冀州听政殿呢？对此，说来话长。原来袁绍兵败官渡时，曹操就想到倘若要摆脱朝廷王公老臣们的约束，就应在邺城设立小朝廷，以便自由自在施展拳脚，为统一天下做番事业。因此，攻破邺城后，他就很少回许都，而是极尽人力物力恢复和扩建邺城。从此，邺城名义上是曹操办事之所，实则是当时当朝首都。一切政令皆由曹操从此发出，于是许都便成了摆设的首都，刘协成了摆设的皇帝。

曹操任丞相后做的第一件事便是以崔琰、毛玠典选举，所举用皆清正廉洁之士。于是天下之士莫不以廉洁自励。对此，左右文武便在冀州听政殿设宴表示庆贺。宴毕，曹操便与几位文武回到许都，向刘协报告训练水军情况。方报毕，便见方被曹操推荐为执掌执法、纠察、劾奏、收缚与审讯有罪官吏大权和协助丞相总理大政，位次丞相的重臣御史大夫才两个月的郗虑，匆匆进来对曹操附耳低声道："在下久观孔融任北海太守期间有不臣之心。"

曹操闻言，沉思片刻亦低声对郗虑耳语道："岂止有不臣之心，简直就是大逆不道！"

第四十九回　刘备招贤纳士诸葛亮出山　曹操自称丞相诛杀孔文举

言毕，停了片刻又道："此人虽然恃才傲物，但是海内英才，在文武百官与名士贤达中颇有声望，且又是我老友，并常与曹丕、曹植切磋诗词歌赋，倘若被杀，恐后患无穷。"

"他经常侮慢丞相，难道不该杀吗？"

曹操闻郗虑言，不禁叹了口长气，遂思想到：当我攻破邺城，掳掠了袁家家眷，曹丕娶了袁熙妻甄氏。孔融便骂道："武王伐纣，将妲己赏赐给周公。"我当时不解其意，遂问他出于何典。他答曰："依发生之事揣测，想当然而已。"后我反复琢磨，方才明白了其意。本欲杀之解恨，但因其名声大而作罢。前时我北讨三郡乌桓，他不但不支持，反还讥笑道："大将军远征，萧条海外。从前肃慎不上贡楛矢，丁零偷盗苏武牛羊，可一并讨之啊！"又当年饥荒战乱，缺少粮草。对此，我上表请皇上颁布禁酒令，他却多次写信表示反对，且言辞傲慢无礼。更叫人不能容忍的是，他曾上奏刘协，应当遵古制，京师千里以内，不得封王侯。这不是暗示我曹操不得称王称侯吗？还有，对我这次废除三公制，恢复和自任丞相之事，料他定会鼓舌扬唇，说三道四。

时在一旁的郗虑早看出了曹操所思所想，并认为他自己报仇雪恨的时机已到。那么郗虑与孔融有何仇何恨呢？原来郗虑早年与任少府的孔融觐见刘协时，刘协问孔融："郗虑有何优点？"时孔融对郗虑助曹为虐大为不满，于是毫不犹豫地答道："乃一空谈客而已。"郗虑闻之，大怒，当即反驳道："孔融在北海太守任上政绩不佳，百姓困苦流亡。可见他亦一空谈客而已。"从此，两人结下了怨恨。另外，曹操以饮酒延误军事为由颁布了禁酒令。自称"杯中酒不空"的孔融却讽刺曹操道："桀纣因女色而亡国，曹大人何不也下令禁婚呢？"曹操闻之，不禁非常愤恨，便让时已迁为光禄勋的郗虑下令罢免孔融的官职。于是，郗虑与孔融间的怨恨到了势同水火，永不相容的地步。现在郗虑见曹操犹豫不决，不禁非常着急，并道："倘若孔融在，恐会阻抗丞相建立大业。"

曹操闻言，却默而不语。郗虑见此，以为曹操不同意诛除孔融，于是不禁非常扫兴。

一日早朝，丞相军谋祭酒路粹突然出班向刘协上书道："启奏皇上，太中大夫孔融当年在北海时，见天下大乱，王室不宁，便招合徒众，欲图不轨，还大言'我大圣之后，而见灭于宋，有天下者，何必卯金刀'。他本为九列，却不遵朝仪，秃巾微行，唐突宫掖。又曾与白丁祢衡言论放荡，更相赞扬。例如，祢衡吹捧孔融为仲尼再世，孔融谓祢衡为颜渊复生。如此丧心病狂，世所罕见！"

刘协及其他在场者闻之，皆半信半疑，默不作声。唯曹操厉声道："孔融狂徒谋反，罪当立斩不赦！"

郗虑待曹操方言毕，便二话没说，将手一挥，立刻从门外冲进来几名士兵，将在场的孔融来了个五花大绑。时刘协及其他文武见此，不仅感到突如其来，还吓得不寒而栗，浑身直起鸡皮疙瘩，好像下一个被绑的就是他们。而孔融认为，路粹所言是此地无银三百两，再说我孔融乃集儒术之大成的孔子后裔，当朝又独尊儒术，能拿我怎样？因而便昂首挺胸，毫不畏惧。随后，郗虑又将手一挥，士兵们便不由分说，将孔融推出门外，直向城西奔去。孔融以为是去设在那里的监狱，心里不禁非常高兴。何也？原来他以为，到时经大理寺大理卿一审理，路粹所言真伪便水落石出，真相大白。那时不仅会得到平反昭雪，还可以诬陷罪定路粹死罪。谁料路过监狱时并没停步，而是从监狱里冲出来几名刀斧手，从那些士兵手中接过孔融后便飞一般直向城外刑场奔去。这时孔融方才知晓，死期已经来临。于是吓得冷汗淋漓，面如土色。跟随其后监斩的郗虑生怕有人前来为孔融说情，于是方到刑场便将手一挥，刀斧手立刻便将孔融摁在地上，手起刀落，于是这位圣裔伟才的头颅立刻便滚到一边。孔融时年五十有六。

随后，郗虑带了百名官军骑兵飞一般赶往孔府，将其围了个水泄不通，并将孔融全家杀了个精光。

此时值建安十三年八月二十九日。

可悲的是，孔融被杀时，许都竟没人敢为他收尸。唯孔融密友脂习前往抚尸道："文举舍我而去，我亦不想活了！"曹操在曹府闻报，大怒，欲将

第四十九回　刘备招贤纳士诸葛亮出山　曹操自称丞相诛杀孔文举

脂习投监杀之。荀彧闻之，认为脂习之举乃仁义所为，如遭不幸，将有失仁义于天下。于是便飞车赶到曹府门前，匆匆下车进门，在客厅见到曹操不及施礼即气喘吁吁地道："丞相须知，在下闻脂习常劝谏孔融曰：'公刚直太过，乃取祸之道。'今孔融死而来哭，乃义士呢，不可杀啊！"

时正怒不可遏的曹操闻言，也认为荀彧之言非常有理，方才传令允许脂习收葬孔融及其家眷尸首。

须知，曹操当初闻郗虑言"倘若孔融在，恐会阻抗丞相建立大业"时，明里虽然默而不语，暗里却已决定诛除孔融。经一番深思熟虑，决定自己不出面，而是唆使官迷心窍的路粹待机枉奏孔融罪状，于是才有路粹在殿上那番启奏。对此，在阴曹地府的孔融永远也不会知晓。

时曹操以为往事皆如烟，孔融被杀也是如此。须知，孔融毕竟是至尊至贵的孔子后裔、掌管论议的当朝重臣、闻名遐迩的海内硕儒。他的被杀，恰与曹操所以为的相反，即往事并不如烟，而是在朝野掀起了经久不息的轩然大波：有忿忿不平的，有悲痛欲绝的，有幸灾乐祸的，更有佯装没事一般实则叹息不已的，如曹丕和曹植兄弟俩。对此，曹操便下令今后不得对孔融被杀之事七嘴八舌，没完没了，否则问斩！但此令收效甚微。对此，曹操也无可奈何。

而让时人意想不到的是，孔融被杀后六年的建安十九年，路粹随曹操到汉中征讨刘备时，因贱卖一头军驴被曹操所杀。其实，路粹的被杀，并非因贱卖军驴。因为爱才如命的曹操绝不会因文才横溢的秘书令贱卖一头军驴而将其处死。真实原因乃曹操杀人以掩盖其杀孔融之责。临刑时，嘴被塞住的路粹也只好在心里叹道："早知今日，何必当初！这正应了'螳螂捕蝉，黄雀在后'那句名言。"

曹操杀了孔融后，以为再没人敢与他作对，于是便回到邺城，欲发兵大举南征荆州刘表。时曹操以为，荆州虽是一州，却若益州般地广人众，不是轻易就能拿下的。更重要的是，得出师有名，此乃取胜法宝。但刘表从没犯我，我岂可犯他呢？否则，不仅出师理亏，还叫天下人责骂。于是便闭门谢客，苦思冥想，但仍不得其法。正在此际，门卫匆匆进来向他报道："贾先生有事求见丞相。"

曹操闻报，认为贾诩无要事是不会登门的，于是忙对门卫道："还不快快领贾先生进来。"

片刻，贾诩便在门卫引领下匆匆进来，还不待向曹操施礼就座，便问曹操道："丞相近日何故闭门不出呢？"

曹操闻问，料想贾诩可能是为南征荆州之事而来，欲发问予以证实，然不待开口，贾诩又问道："丞相莫不是苦于南征荆州出师无名？"

"正是！"

"这有何难，一纸檄文便可吓死刘表，平定荆州！"

曹操闻言，犹若茅塞顿开，并道："以檄文揭露刘表那厮指使黄祖残忍杀害讨董有功之臣孙坚之罪，如何？"

"那是孙坚在袁术与刘表间争斗中充当了袁术的替死鬼，有何可谴责的？"

"那就揭露刘表那厮当年派使者明里向天子进贡，实则向乱臣李傕和郭汜进贡。此为助纣为虐之罪，并因此被李傕和郭汜迁他为荆州牧，封成武侯，持天子符节。如何？"

贾诩闻曹操言，不禁非常惊愕，并忙低声道："主公当年不也通过杨奉和钟繇从中周旋，西通把持朝政的李傕和郭汜，将张邈和陈宫等人推举的兖州牧转为皇上御批的兖州牧，拜镇东将军，封费亭侯了吗？因而……"

不待贾诩言毕，曹操早便心惊肉跳，良久方道："揭露刘表那厮容留朝廷通缉逃犯刘备，如何？"

"刘备那厮虽然罪不当赦，可悲的是，天下人皆公认他是振兴汉室的英雄，当朝皇亲，并认为刘表容留刘备为义举。倘若以此定罪刘表，后果不堪设想。"

曹操闻贾诩方才所言，竟一时语塞。贾诩见此，正欲发言，然不待开口，曹操便道出了贾诩想道出而未来得及道出的话。看官欲知曹操道出的是什么话，请看下回分解。

第五十回

丞相曹操取刘表兵不血刃
张赵二将战长坂大显神威

却说曹操道出贾诩想道而未来得及道出的话是：揭露刘表胆大妄为，赴袁术后尘，妄称皇帝！贾诩闻言，不禁兴奋异常，并击掌赞扬道："还是丞相英明啊！"

方言毕，侍者便将砚台摆上案几，磨好浓墨并铺开纸张。曹操于是兴高采烈地走到案几旁，伏身提笔，不假思索，片刻便撰毕了《讨刘表檄文》，文略云：

大汉丞相曹操统领王师南下，为伐逆臣刘表传檄，晓喻天下。

逆臣刘表自任荆州牧以来，不来朝贡也就罢了，而叫人是可忍，孰不可忍的是，竟然赴袁术后尘，行僭越之事，即登帝位于襄阳，祭天地于南郊，乘銮舆于城乡，并广告天下。对此，连罪臣孔融也看不过去，并上疏谴责云："窃闻领荆州牧刘表桀逆放恣，所为不轨，至乃郊祭天地，拟仪社稷。虽昏僭恶极，罪不容诛，至于国体，宜且讳之。何者？万乘至重，天王至尊，身为圣躬，国为神器，陛级县远，禄位限绝，犹天之不可阶，日月之不可逾。每有一竖臣，辄云图之，若形之四方，非所以杜塞邪萌。愚谓虽有重戾，必宜隐忍。贾谊所谓'掷鼠忌器'，盖谓此也。是以齐兵次楚，唯责包茅；王师败绩，不书晋人。前以露袁术之罪，今复下刘表之事，是使跛羊欲窥高岸，天险可得而登也。案表跋扈，擅诛列侯，遏绝诏命，断盗贡篚，招呼元恶,以自营卫,专为群逆,主萃渊薮。郜鼎在庙,章孰甚焉!桑落瓦解,其势可见。"为匡扶汉室,当时我曾统领王师南下击之。但这厮仍我行我素,屡教不改。无奈,我将再次统领王师南下击之,不日将饮马江汉,踏平荆襄,擒拿归案。主犯罪在不赦,从者过往不究。愿降者,定得高升。顽抗者,罪不容诛。此非戏言,乃天子之意!

撰就毕,即令属下张贴各处,广告天下。

此后不久的一日下午,刘表正与刘华、伊籍、綦毋闿和宋忠等文臣硕儒围坐在州衙大厅兴致勃勃地谈论诸子百家典籍,忽见一探马不顾门卫阻拦,飞一般进来,不及向刘表拱手施礼便气喘吁吁地对他低声耳语起来。同时,还从怀中取出一卷纸制物呈与刘表。刘表接过展开方看了几眼,便吓得脸色煞白,浑身哆嗦,良久方结结巴巴道:"这……如何……是好?"

随后,即起身回到内室不住地唉声叹气。恰值此时背疽发作,疼痛难忍,于是便卧床不起,茶饭不思。家人及左右文武见此,便忙遍访名医,为其诊治,但仍无效果。对此,刘表料知死期将临,于是躺在床上望着屋顶回忆往事:我刘表乃孝景帝之子鲁恭王刘余之后,家中藏书颇丰,因而幼时便熟读《尚书》《礼》《论语》和《孝经》。同时,每日闻鸡起床,博览群书,舞剑弄棒。及长成,知识渊博,文采飞扬;武艺高强,少有人敌。为增长见识,以便修身齐家治国平天下,遂离乡背井,游学京师。灵帝时,曾与太学生口诛笔伐,批评宦竖。因表现积极,遂与陈翔、翟超、孔昱、苑康、檀敷、张俭、岑晊被时人尊号为"八及",并因此与同郡张俭等人被诽谤为党人。对此,灵帝便下诏逮捕,但我因胆大机智逃脱。直到灵帝驾崩,才被解禁,并被大将军何进召为佐吏。因政绩出色,遂增秩至六百石,掌监北军五营的北军中侯。自由出入宫省,威风八面!初平元年,荆州刺史王叡被孙坚所杀,朝廷于是下诏我为荆州牧。是时江水以南大多显族大户为寇,驻守鲁阳的袁术所率官军又拦路挡道,一时无法到任。无奈,只好单枪匹马进入宜城,与豪门富户蔡瑁和蒯越联手,以文武并用和分化瓦解之策得以平定。随

第五十回　丞相曹操取刘表兵不血刃　张赵二将战长坂大显神威

后,又以仁义之举收留了骠骑将军张济侄儿张绣所率官军。接着平息了长沙太守张羡长沙、零陵、桂阳三郡叛乱。于是万里肃清,路不拾遗,户不闭门,并拥有东邻吴越,西连巴蜀,南接五岭,北达汉沔的南阳、南郡、江夏、零陵、桂阳、武陵、长沙七郡一百一十五县,人口六百二十八万,甲兵十余万。随后又开经立学,爱民养士,群民悦服。谁料曹操这厮早已觊觎我荆……刘表回忆至此,停了片刻叹道:"俗话说,好汉不提当年勇,得起身下床戴帽穿衣蹬靴,召集左右文武到州衙大堂商议对策才是。"

刚颤颤巍巍下床,便头闷眼花,站立不稳,随后一个倒栽葱,便命归黄泉了。时年六十有七。

此时值建安十三年八月。

须知,曹操在《讨刘表檄文》中提到的刘表称帝一事发生在刘表死前的建安十三年七月,但仅郊祭过天地,拟仪过象征国家的社稷,而未来得及登九五之尊,便遭到孔融上疏揭发。为保全刘协颜面,孔融在疏文末特别强调对此宜秘而不宣。不过,在刘协东归以前,刘表对朝廷对皇上忠贞不贰,后来何故称起帝了呢?究其原因,乃刘表对曹操挟天子令不臣非常不满使然。时他认为,宦官之后,且又是外姓的曹操可堂而皇之地做起无冕皇帝,我刘表乃货真价实的皇家宗室,何故不能做光明正大的真皇帝呢?对此,其谋士裴潜暗中对志同道合者王粲和司马芝道:"刘表虽然将荆州治理得井井有条,井然有序,且又有雄心壮志,以文王自居,但目光短浅,毫无文王那般王霸之气。实乃一盛世之贤臣,乱世之庸人。倘若称帝,必遭灭顶之灾。"但刘表却不以为然,仍我行我素,结果被裴潜言中。

却说曹操闻报刘表死讯,大喜,认为这正是大举进攻荆州的大好时机,于是便传令远近文臣将校毛玠、荀攸、贾诩、程昱、曹彰、曹纯、夏侯惇、夏侯渊、曹仁、曹洪、张辽、张郃、徐晃、许褚、乐进、于禁、李典、吕虔、吕常、侯成、宋宪、魏续、成廉和魏越到邺城点将厅听候调遣。不久后的一日上午,他们便先后到达了那里,按秩站定方对曹操施礼毕,曹操便将刘表死讯和即将发兵征讨荆州之事道了一番。文臣们闻之,无不心情振奋，并愿随军出谋划策。将校们闻之，则摩拳擦掌，争当先锋。经曹操深思熟虑，遂令毛玠、荀攸、贾诩、程昱为随军谋士。在场者认为是顺理成章的事，便没争议。而将校们却大为不同，为争当先锋，竟吵得面红耳赤，不可开交。张辽、徐晃、张郃、许褚自认为武艺高强，先锋印非他们莫属。夏侯渊、曹纯、曹洪、乐进、于禁、李典、侯成、宋宪、魏续、成廉和魏越自认为在官渡之战中杀得敌军闻风丧胆，便不约而同出列上前叫嚷着争领先锋印。时曹操认为，刘表虽有十万甲兵，却鲜有勇冠三军的战将，因而不足为惧。但刘备麾下关羽、张飞和赵云却是"万人敌"，不可小视。倘若他们乘虚而入攻打许都，后果不堪设想。于是便令张辽率领三千官军驻屯长社，于禁率领三千官军驻屯颍阴，乐进率领三千官军驻屯阳翟，以便加强许都防卫。张辽、于禁和乐进领令去后，曹操才令曹纯为前路右先锋，曹仁为前路左先锋；曹洪为中路右先锋，吕虔为中路左先锋，随前路先锋军之后跟进。他们得令，自然非常高兴，并一齐上前兴冲冲领了各自先锋印而去。随后，曹操自领夏侯惇、夏侯渊、曹彰、徐晃、张郃、许褚、侯成、宋宪、魏续、成廉和魏越大队官军将士殿后。末了，方令李典和吕常率领在玄武池训练的那一万官军水兵待时乘船从玄武池顺漳水而下，向荆州杀去。他们得令，便拱手施礼告辞曹操，准备出发事宜去了不提。

不久后待一切准备就绪，曹操便依荀彧"可显出宛、叶而间行轻进，以掩其不意"的建议，从邺城南城门出发，浩浩荡荡向荆州杀去。时战旗蔽日，马嘶声震地，喊杀声震耳，非常壮观，并扬言战将千员，兵甲百万，不日饮马江汉，踏平荆襄。

却说曹纯所率前路右先锋官军和曹仁所率前路左先锋官军方过新野，便见前方一小校飞马赶到曹纯马前，翻身下马跪伏于地，边施礼边高声道："小的乃荆州牧刘琮属下，有要紧事求见丞相。"

"有何要事？道来听听。"

"见到丞相方可……"

曹纯闻小校言，以为他是行刺曹操的刺客。于是不待他言毕，便欲令随

第五十回　丞相曹操取刘表兵不血刃　张赵二将战长坂大显神威

身卫士立即上前将其斩首，以便向曹操邀功。在一旁的曹仁见此，遂忙劝阻道："未弄清其来意前，将军决不可贸然行事，否则将误大事！"

曹纯认为曹仁言之有理，于是对小校道："丞相就在后面，我领你去便是。"

随后，小忙起身上马，同曹纯一道向后面的曹操飞马奔去。半日后，他俩便在叶县地界碰到了正同部下官军边行军边吃胡饼的曹操。时曹纯忙翻身下马，三步并作两步上前，指着身后的那小校向曹操施礼道："报告丞相，此人自报乃刘琮部下，言有要事求见丞相。"

曹操闻言，也以为小校是刺客，遂不禁吃了一惊，并不由自主地勒马向后退了几步，方才问小校道："曹将军所报属实否？"

小校闻问，忙上前答道："属实。"

"有何要紧事？只管道来。"

小校见曹操前后左右皆是文臣将校，遂便欲言又止。曹操见此，遂道："他们都是我的爱臣，道来无妨。"

小校闻言，遂便道："刘将军及大多荆州文武愿归顺丞相呢。"

曹操闻言，不禁惊喜异常。看官你道为何曹操兵不血刃，大多荆州文武便愿归顺他呢？原来事情是这样的：刘表家人对刘表的死自然悲痛不已，刘表生前那些文武也悲痛得如丧考妣，并在位于襄阳城中心的州衙大厅摆设灵堂祭奠。时刘表后妻蔡夫人，刘表二子荆州牧刘琮，刘表长子江夏太守刘琦，刘表三子刘修，刘表宗室刘备，蔡夫人哥哥即刘琮舅舅镇南大将军蔡瑁，蔡瑁胞弟蔡中、蔡和和蔡勋，刘表外甥张允，刘表外侄诸葛亮，驻守荆州北部的大将文聘，长沙太守韩玄，章陵太守蒯越、蒯越之弟蒯良，荆州刺史傅群，中郎将霍峻，将军黄忠、将军魏延、将军吕介、将军苏飞，东曹掾傅巽，从事中郎韩嵩，别驾刘先，治中邓义，临沮长向朗，主簿綦毋闿与杨仪、宋忠、庞季、王粲、伊籍、张虎、陈生以及孙权特使鲁肃，皆素帽素衣，到场祭奠。

此后不久的一个上午，刘琮正与蔡夫人、蔡瑁和其他文武坐在刘府商议安葬刘表事宜，一探马飞一般跑进来，向刘琮报道："曹操南犯先锋人马已经宛、叶，直向这边杀……"

不待报毕，蔡夫人早便吓昏了过去。刘琮也吓得六神无主，不知所措。时蔡瑁却镇定自若道："敌军压境，不足为惧。大家有何高见，不妨一一道……"

不待言毕，文聘即不禁悲观地道："在此先公新亡之际，曹操已率领重军南下来犯，倘若孙权也率大军西上来犯我境，我便两面受敌，孤穷无援，荆州危在旦夕啊！"

方言毕，蒯越即道："文将军言之有理。天下战乱日久，仅我荆州是块安宁之所。一旦开战，便生灵涂炭，六畜遭殃。如此，我们岂能对得起先公在天之灵呢？"

随后，王粲语重心长道："以我实力与曹公开战，犹若以卵击石，自取灭亡啊！"

韩嵩认为王粲言之有理，故不假思索道："官渡之战时我曾对先公言：'今豪桀并争，两雄相持，天下之重在于主公。若欲有为，可趁此有所作为；如其不然，固将择所宜从。岂可拥甲十万，坐观成败，求援而不能助，见贤而不肯归！此两怨必集于主公，恐不得中立。曹操善用兵，且贤俊多归之，其势必胜袁绍，然后移兵以向江汉，恐主公不能御啊。今之胜计，莫若举荆州以附曹操，他必重德将军，长享福祚，垂之后嗣，此乃万全之策。'时蒯将军亦劝之，然先公却狐疑不断，方有今日之祸。"

言毕良久，场面仍异常寂静。蔡瑁见此，遂起身掷地有声道："举众投诚，方为上策。此所谓亡羊补牢，为时未晚！"

蔡瑁言毕思想到：刘表在世时我蔡瑁是一言九鼎，举足轻重，因此在场者皆常常随声附和，而眼下自然也应如此。时叫他始料未及的是，大堂立刻便若凉水溅入油锅，哗地沸腾起来。时伊籍语重心长道："曹操凶残异常，倘若归他，恐遭徐州、下邳、彭城和袁绍七万降虏下场。刘备仁慈雅量，倘若归他，定得重用。"

第五十回　丞相曹操取刘表兵不血刃　张赵二将战长坂大显神威

　　由于双方争执不休，莫衷一是，结果皆两眼圆睁，望着刘琮，希望他做个决断。刘琮见此，沉思良久方道："今与诸君据守全楚之地，守先公之业，以观天下，有何不可呢？"

　　蔡瑁闻言，却不以为然，故待刘琮方言毕便道："荆州虽处处土地肥美，季季雨水充沛，年年五谷丰登，家家六畜兴旺。但遗憾的是，除其西有高山峻岭、峡江宽河可作屏障，东、北、南三面乃一马平川，无处可守。因此，不仅北方的曹操、东南的孙权，即使寄人篱下的刘备也觊觎荆州日久。因此，即使我们极尽全力，也未必守得住啊！"

　　方言毕，傅巽即道："蔡将军言之有理。叛顺有大体，强弱有定势。以人臣而拒人主，逆道啊。以新造之楚而御中国，必危啊。以刘备敌曹公，不当啊。三者皆短，欲以抗王师之锋，必亡之道呢。"

　　傅巽言毕片刻，问刘琮道："将军自料刘备其人如何？"

　　"不知晓啊。"

　　"若刘备不足以御曹公，则虽全楚不能以自存。若刘备足以御曹公，则他不为将军之下。愿将军别虑。"

　　随后，王粲又语重心长道："曹操乃人杰，雄略冠时，智谋出世。因此，只有卷甲倒戈，应天顺命，归降曹操，方可保全性命，长享福祚。"

　　方言毕，宋忠和苏飞却异口同声道："曹操凶残狡诈，投他恐后果不堪设想。孙权虽年幼，但乃仁义之君，不若……"

　　不待言毕，探马又飞一般前来报道："曹操先锋人马已达新野了。"

　　在场者闻报，皆不禁大惊失色。正在这时，忽听得有人厉声道："曹贼若得知将军既降，刘备已走，必然解弛无备，轻行单进；倘若给我数千奇兵，于险地埋伏，必可擒曹贼。曹贼既擒，便可威震天下，坐而虎步，中夏之地虽广，然传檄便可定呢，这是收一胜之功以保全荆。今此难遇之机，实不可失啊！"

　　在场者忙循声望去，原乃王威。蔡瑁和蒯越等人认为他是大白天说梦话，遂便嗤之以鼻。而刘琮却不禁暗喜，并欲表示赞成，后转而一想，仅王威与己意略同，于事无助，无奈，只得派遣一胆大心细的小校飞马前往面见曹操，请求投归。这便是刘琮举众投归曹操始末。

再说曹操率领大队官军在小校的引导下，经樊城，渡汉水，方到距襄阳城北门十里处，便见刘琮率领蔡瑁、蒯越、文聘、王威、韩嵩、邓义、庞季、傅巽、刘先、张允、宋忠、綦毋闿、王粲、蒯良、黄忠、苏飞、吕介、蔡中、蔡和、蔡勋、张虎、陈生、霍峻、向朗、杨仪和伊籍等在襄阳的文武官员赶到那里列队相迎。相见客套施礼毕，曹操等文武便在刘琮等文武的陪同下，欢天喜地从北城门入城。进得里面，曹操见街道两侧关门闭户，冷冷清清。偶有吏民，也是提心吊胆，战战兢兢。对此，曹操不禁非常惊疑，遂问刘琮道："他们何故若老鼠见猫，躲躲闪闪？"

"他们担心丞相屠城呢。"

曹操闻刘琮言，不禁非常后悔当初行事不慎，屠杀无辜，以致遭到天下人怨恨。为稳定荆州人心、行赏荆州降吏和庆祝兵不血刃得了荆州，曹操随即在州衙大厅设宴，招待荆州文武官员及当地三老。酒过三巡，曹操起身对在场者道："刘琮心高志洁，智深虑广，轻荣重义，薄利厚德，蔑万里之业，忽三军之众，笃中正之体，教令名之誉，上耀先君之遗尘，下图不朽之余祚；鲍永之弃并州，窦融之离五郡，未足以喻啊。虽封列侯一州之位，犹恨此宠未副其人；而比有笺求还州。监史虽尊，秩禄未优。今听所执，表刘琮为青州刺史，参同军事。"

方言毕，只见蔡瑁特意举杯走到曹操座前，毕恭毕敬向他施礼后问道："丞相别来无恙吧？"

"甚好，将军亦别来无恙吧？"

"亦好。"

"要不是将军从中周旋，还不知要伤亡多少将士才能讨平荆州呢。"

"丞相言过其实，都是丞相神武使然。"

蔡瑁方言毕，曹操即高声道："蔡将军功比天高，除保留原职外，并增补为从事中郎、司马、长水校尉，拜汉阳亭侯。"

第五十回　丞相曹操取刘表兵不血刃　张赵二将战长坂大显神威

言毕片刻又高声道:"为论功行赏,特拜韩嵩为大鸿胪,蒯越为光禄勋,刘先为尚书,邓义为侍中,文聘为江夏太守,统兵如故。"

同时,曹操还当场另封了十五人为侯。对此,刘琮、蔡瑁、韩嵩、蒯越、刘先、邓义、文聘以及被封为侯的那十五人自然皆大喜不禁,并不约而同地起身跪拜在曹操座前,表示谢意。曹操见此,大喜,忙上前将他们一一扶起。随后,大家便大块吃肉,大碗喝酒。直到午夜时分,方才尽兴而散。

此时值建安十三年九月。

却说正如前面已述,刘备当初并不愿来樊城,但事后却认为因祸得福,幸好来此。何也?原来当初他正为是否服从刘表命令,移军樊城一事独自在下榻处左右为难之际,是诸葛亮给他指点了迷津,时诸葛亮道:"在下与内人常到姨父刘表家探亲,发现此人看似治政有方,实则酒囊饭桶。"

"何以见得?"

"他虽雄踞荆楚,带甲十万,有志四方,且又开经立学,爱贤养士,遂使天下仁人志士蜂拥而至,但却生性多疑,不敢任用,遂使庞德公、司马徽、徐庶、庞统、崔州平、石广元和孟公威等本州与来此避乱的能人贤士或隐居林泉,或远走他就。"

"依先生之见?"

"离开久居之地新野固然不好,但移军樊城也非坏事。主公须知,樊城与襄阳仅一水之隔,刘表欲就近军事软禁于我,我亦可待机就近觊觎……"

诸葛亮言至此,瞟了一眼刘备,见他没什么反应,方才接着道:"主公难道忘了司马迁《史记·苏秦列传》里'因祸得福'那个典故了吗?"

刘备闻言,认为那是遥远的事了,而眼下只能走一步看一步,于是便对诸葛亮方才之言不置可否。

尽管刘备不情愿来樊城,但到樊城后通过与刘表交往发现诸葛亮当初对他的看法非常有理。于是也若曹操一样,无时不在觊觎襄阳,并吞荆州。不过,刘表也不全是诸葛亮所言的那样,即也不是省油的灯。一日下午,刘备和诸葛亮到襄阳刘府探视病中的刘表。时年近七十岁的刘表料知大病难愈,即将殁于人世。但也深知人生七十古来稀，因而对死去并不遗憾，遗憾的是三个不争气的儿子，即长子心胸狭窄，脾气暴躁；次子娇生惯养，一事无成；三子虽学富五车，学识渊博，却不谙世事。我刘表一生辛辛苦苦博取的功名利禄，很可能会落入刘备之手。为此，何不趁此试探一下他是否有不轨之心。于是便问刘备道："老夫即将殁于人世，欲托州事于将军，如何？"

刘表所问，哪瞒得过老到机敏的刘备呢？因此，时刘备面上虽然平静如水，没事一般，但心里却吓得不轻，并忙答道："主公小疾，不久可愈，何故危言耸听呢！再者，在下志短才疏，亦无治政统军之才，岂能……"

"雄踞中原的曹操都认为将军乃天下英雄，岂会志短才疏，无治政统军之才呢？再者，我俩皆大汉宗室，有何不可继承……"

"主公待我甚厚，若从主公方才所言，天下必以我为薄。再者，主公有三位公子，难道……"

"他们皆酒囊饭桶啊！"

刘表方言毕，便见蔡瑁匆匆进来，对刘备和诸葛亮道："刘将军和诸葛先生不辞辛劳前来探视主公病情，乃忠臣义士啊。因而我已在客厅备好宴席招待你俩。"

诸葛亮闻言，正欲推辞，然急待回避刘表的刘备却认为这是摆脱刘表试探自己的极好机会，于是忙道："恭敬不如从命。"

言毕，即起身对刘表边施礼边说了些安慰话后，便忙拉起诸葛亮，随蔡瑁向客厅走去。到得那里，宴席早已摆好，只待他们入席。席间，刘备见蔡瑁对他和诸葛亮的热情异乎寻常，即不停举杯劝酒。同时，又见门外有几名全副武装的士兵在那里探头探脑，来回走动，于是便想起了当年项羽所摆的鸿门宴。为防不测，便忙托词出门如厕。然出门后他并没如厕，而是离开刘府翻身上马，逃之夭夭。时刘备心慌意乱，辨错方向，本该出襄阳北门过汉水直接回樊城，然却误出城西门，结果被流经那里的檀溪挡住了去路。刘备见此，并不惊慌，正欲寻船渡过去，却见蔡瑁领了一队官军骑兵正飞一般向他这边赶来。原来蔡瑁见刘备离席出门良久未归，料知已逃，遂忙放下筷

第五十回　丞相曹操取刘表兵不血刃　张赵二将战长坂大显神威

盏，起身飞一般出门翻身上马，带着备好随行的那十名官军精骑风驰电掣般朝这里追了过来。对此，刘备不禁惊慌失措，并仰天叹道："完了啊！"

正在这时，刘备坐骑忽地腾起，飞一般跃到檀溪中央。刘备以为再一跃便可上岸，不禁大喜。谁料那里深不可测，马方跃出前半步，连人带马就差些被淹没。蔡瑁见此，大喜，以为一箭便可叫刘备毙命，于是便忙令身旁一弓弩手射击。弓弩手得令，立刻搭箭拉弓射去。须知，那弓弩手乃一不可多见的神箭手，因此，射出的箭犹若长了眼睛，直向刘备飞去。刘备见此，不禁大惊失色。待箭距刘备只咫尺远时，那马却猛地跃出水面，如插翅般飞奔到了檀溪对岸。不用说，那箭落了空。刘备回头见此，不禁惊喜异常，并道："天不该亡我啊！"

随后，即扬鞭催马，消失在了夜色之中。蔡瑁等追兵见此，无奈，只得望溪兴叹，并掉转马头，悻悻而回。

却说刘备赶回樊城时天已大明，关羽、张飞、赵云、刘琰、糜竺、糜芳、孙乾和简雍一班文武见刘备连人带马像落汤鸡，甚为不解。待刘备说明缘由后，他们，特别是张飞，竟气得咆哮如雷，并欲立刻前往襄阳，专寻蔡瑁为刘备报仇。刘备见此，忙予劝阻，方才作罢。

却说诸葛亮闻知蔡瑁欲谋杀刘备，极为愤怒，并当面责斥了他一番。因诸葛亮、刘表和蔡瑁皆是亲戚关系，因此蔡瑁才没动他一根毫毛。时诸葛亮不待散席，便起身出门翻身上马，北渡汉水，回到樊城。

须知，刘备岂会咽下蔡瑁谋杀他这口气呢，并思想到：我刘备从没惹过你蔡瑁，你何故要加害我刘备呢？对此，百思不得其解，于是便派奸细打探究竟。不久，奸细便将打探到的情况及时向刘备作了报告。原来刘表长子刘琦长相和秉性颇似刘表，因此深得刘表喜爱。次子刘琮为貌若仙女的刘表后妻蔡夫人所生，长相和秉性极像其母亲与舅父蔡瑁，即美艳绝伦。加之蔡夫人常在刘表枕边吹耳边风，刘琮之妻又是蔡夫人侄女、蔡瑁千金，由是刘琮便与蔡家亲上加亲。蔡瑁和蔡夫人为让刘琮继嗣，以便在刘表百年之后通过刘琮把持州政，或仿王莽故事取刘琮而代之，便极力排挤刘琦。甚至在刘表病重期间，以种种借口不让刘琦探视刘表。刘表性本优柔寡断，没有主见，于是便依了蔡瑁和蔡夫人所作所为。对此，荆州士庶认为，若刘表死后，刘琮继任了荆州牧一职，不就演了一出与袁氏继嗣如出一辙的荒唐剧吗？因此皆对蔡瑁和蔡夫人所作所为非常不满。不过，蔡瑁并不惧怕这些士庶，他惧怕的是与刘表同是皇室之胄，且又手握重兵的刘备，倘若他出来作梗，那后果必不堪设想。经与蔡夫人、刘琮和张允密谋，决定寻机除掉刘备，并其人马，以绝后患。

刘备知道事情真相后，自然怒不可遏，遂便召诸葛亮来下榻处密商对策。诸葛亮闻召赶到还不待向他施礼坐下，刘备便将奸细打探来的情况向他道了一遍。诸葛亮闻后不假思索道："在下自有道理。"

言毕，遂对刘备耳语了一番，方才施礼告辞。

随后的一日上午，刘琦正在自家府里长吁短叹、焦虑不安时，忽见诸葛亮漫不经心地走了进来。因诸葛亮与刘琦是表兄弟关系，常登门拜访刘琦，门卫早已认得，所以进来随便，出去自由。时诸葛亮见刘琦如此，便佯装大惊道："表哥何故……"

"一言难尽啊！"

"为何？"

"老父、老母、舅父和叔父张允等人皆宠爱弟弟刘琮，因而我将大祸临头呢。"

"真的？"

"非危言耸听啊！该怎么办呢？表弟。"

"我有一言，可使表哥转危为安。"

"还不快快道来。"

时诸葛亮不但没发言，反还昂首望着高大华丽的阁楼欲言又止。刘琦见此，立刻明白了诸葛亮之意，即为保密起见，可上楼阁交谈。于是便拉着诸葛亮登上阁楼，然后抽掉楼梯。他俩不待坐下，刘琦便对诸葛亮道："这里上不着天，下不着地，有何妙言，尽管道来无妨。"

第五十回　丞相曹操取刘表兵不血刃　张赵二将战长坂大显神威

诸葛亮认为刘琦言之有理，遂低声道："表哥难道不知重耳避难故……"

不待言毕，刘琦便心领神会。但却不知如何仿重耳避难故事，于是道："还望表弟不吝指教。"

"自黄老太守被孙策那厮所害以来，江夏太守一职至今仍然空着，表哥何不去接任呢？"

"妙啊！"

随后，刘琦便向刘表表示，愿赴夏口担任江夏太守一职。时刘表、蔡夫人、刘琮、蔡瑁和张允等人正因刘琦在襄阳碍眼，立刻便依了他的。于是刘琦未用吹灰之力，便走马上任。这便是诸葛亮当初向刘备耳语之意。

看官你道诸葛亮何以要建议刘琦仿效重耳，离开襄阳，远赴夏口接任江夏太守之职呢？道理非常简单，除了刘琦可转危为安，还可使其拥有地盘和人马与刘琮抗衡，从而使刘表死后蔡夫人、刘琮、蔡瑁和张允等人欲永久把持荆州军政大权的如意算盘落空。甚或使袁谭、袁熙与袁尚三兄弟间互相残杀的混乱局面在荆州重演，他俩可从中渔利，即借刘琦实力，巩固和壮大刘备势力。毋庸置疑，这不能不说是着妙棋。但此后不久，却被蔡瑁识破了。于是便将计就计，让刘琦如愿以偿，以便将来再演一出弟弟秦二世杀害哥哥扶苏的故事。素性仁慈孝顺的刘琦得知父亲刘表病笃，便从夏口赶来探视。刘琮、蔡夫人、蔡瑁和张允，尤其是张允，害怕刘表见到刘琦时旧情复发，重新让刘琦继嗣，便在刘琦到来时赶到刘表府邸大门前阻拦，并道："主公令你统领江夏，责任重大啊。你却丢下部众擅自来此，定会受到主公怒责，并因此加重其病情。如此，这与孝道背道而驰啊。"

刘琦明知张允口是心非，但又无可奈何。最后只得泪流满面，悻悻离去。

此后不久，刘表去世，刘琮便在蔡夫人、蔡瑁和张允的拥戴下继承了州牧位。对此，大多荆州官吏皆表不满。为稳定人心，刘琮便派使者持刘表成武侯印玺，前往江夏授予刘琦。时在刘备和诸葛亮的授意下，刘琦气呼呼地将印玺抛之于地，并准备借奔丧之机向刘琮发难。恰好这时闻报曹操所部官

979

军先锋已到新野，为了抵御，只好作罢。从而使刘备和诸葛亮欲使袁谭、袁熙与袁尚三兄弟间互相残杀的混乱局面在荆州重演，他俩从中渔利的如意算盘落了空。

却说刘琮因怕刘备责备他投归曹操，便没将此事告知刘备。因此，直到曹操大军到达宛县，刘备才得到消息。对此，刘备不禁大惊失色，并立刻遣使询问刘琮。刘琮闻之，便遣宋忠前往樊城向刘备宣读投归令。刘备接令后，自然怒不可遏，并对宋忠道："你们如此做事，不早相告，今祸至方告我，岂不太过分么！"

言毕，又举刀向宋忠道："今断你的头颅，不足以泄愤，亦耻大丈夫临别复杀你们！"

随后，便遣走宋忠，召集诸葛亮、关羽、张飞、赵云、刘琰、糜竺、糜芳、孙乾和简雍到议政厅商议对策。待他们方到齐排定，刘备便将所知的军事局势向他们道了一番，时糜竺第一个发言道："我今东与孙权没交通，西与刘璋无往来，北有曹贼大军压境，唯有南走江陵。"

方言毕，诸葛亮即道："糜先生言之有理。同时，还可趁曹贼大军未到襄阳前将襄阳攻破，将刘琮及其部下挟持到江陵。"

刘备闻言却摆摆手道："刘荆州待我不薄，背信自济，我所不为，死后以何面目见他呢？"

随后，刘备便依糜竺之言，令关羽率领官军水兵顺汉水先南向战略要地江陵撤去。他则带领诸葛亮、张飞、赵云、刘琰、糜竺、糜芳、孙乾、简雍、甘夫人、糜夫人、黄月英和诸葛均以及随行官军渡过汉水，从陆路南向江陵退去。临行前，刘备还亲自到襄阳城南城门下高声规劝刘琮同行。时正在那里巡视军情的刘琮闻之，本欲与刘备同行，但时已身不由己，故同行遂成泡影。

由于刘备一行撤得早，因而曹纯和文聘所率先锋官军尽管进军神速，也没见着他们的影子。当曹操从探马口中得知江陵屯有大量军粮时，不禁非常着急。何也？因为他生怕那些军粮落入刘备之手，于是立刻亲率侯成、宋

第五十回　丞相曹操取刘表兵不血刃　张赵二将战长坂大显神威

宪、魏续、成廉和魏越等五千官军精骑，日行三百里，很快便追上文聘与曹纯所率先锋官军。于是文聘与曹纯所率先锋官军在前，曹操亲率那些官军精骑紧随其后，不久便在距江陵百余里的当阳长坂坡追上了刘备一行。

须知，既然刘备一行撤得早，何故现在才走到长坂坡呢？原来荆州境内那些官民闻曹操秉性狡诈，手段残忍，现见他亲率官军精骑杀来，若闻虎至，不禁非常害怕。此前又常闻刘备行仁义，倡道德，且又是当今皇亲，因此，便纷纷跟随刘备一行同行。这些官民大多是老幼病残，走若鸭行，非常缓慢，因而被曹操亲率官军精骑追上也很自然。对此，诸葛亮不禁非常着急，并向刘备建议道："宜速行确保江陵，今虽拥大众，披甲者少，若曹贼兵至，何以拒之？"

张飞、赵云、刘琰、糜竺、糜芳、孙乾和简雍以及甘夫人、糜夫人、黄月英和诸葛均皆认为诸葛亮言之有理。时刘备虽也认为诸葛亮言之有理，但却不愿从之，并道："夫济大事必以人为本，今人归我，我何忍弃去！"

诸葛亮闻刘备如此言，无奈，只得急忙上前对张飞耳语了片刻，时只见张飞连连点头后即领了二十余官军精骑别了刘备，掉头飞马向来路方向奔去。

却说行在追兵队伍前面的文聘见长坂坡冈岭繁多，河流交错，涝池遍布，栎林隐天，修竹蔽日，怕有伏兵，于是便忙勒马停下，传令停止追击，派人前往探视后再做定夺。时曹纯却不以为然，并单枪匹马，猛地向前冲去。没冲多远，便迎面被一条深不可测的河流挡住了去路。对此，曹纯不禁非常着急，并欲寻桥过去。正在这时，忽听得有人在对岸高声道："有种的从这里过来！"

曹纯循声望去，原乃一怒目圆睁的大汉，单人匹马，手持长矛，威风凛凛地守卫在对岸桥头。曹纯从军不久，自然认不得此人，于是便高声问道："何人竟敢在此放肆？"

"我行不改姓，坐不改名，乃燕人张飞，认得么？敢与我决一死战否？"

张飞答毕，还将手中那矛舞动得呼呼直响。曹纯是初生牛犊不怕虎，也不管他是谁，便拍马舞枪，猛地向桥上冲去，意欲与张飞交战。方冲到桥头，便听得张飞一声吼，犹若半空霹雳，震得山摇地动，大桥便随之轰的一声，立刻垮塌了下去，溅起的浪花足有三丈多高。曹纯及随后赶到的其所率先锋官军骑兵见此，有的吓得晕头转向，不辨南北；有的吓得跌落马下，不是摔死便是摔残；有的吓得纷纷掉转马头，飞一般向后便逃。那些行在后面的曹纯所率先锋官军骑兵不防，结果与从前面逃回来的那些曹纯所率官军骑兵迎头相撞，于是便乱不成军。曹纯见此，不禁大惊失色，待回过神，方才收拾队伍，掉头飞一般沿来路往回赶，并与随后赶来的文聘及其所率先锋官军骑兵相遇，并将方才所见所闻向文聘道了一番，文聘闻之，不禁大惊，并同曹纯一道，飞马向后面的曹操作了报告。

曹操闻报，哪里肯信，并拍马飞一般赶到桥头一看，见果如曹纯和文聘所报。于是不禁大惊失色，半晌无语。同时，又见张飞背后栎林修竹丛中尘土飞扬，战旗飞舞，以为是伏兵。为防不测，便令全军后退十里，埋锅造饭，待酒足饭饱后再追不迟。张飞见此，大喜，便收起长矛，哼着曲儿，大摇大摆地拍马向南而去。

看官你道那桥真是张飞吼垮的吗？非也！那么它是怎么垮的呢？原来张飞依了此前诸葛亮对他的耳语，即在曹操所部先锋官军未到之前赶到其必经之处当阳桥南，用绳索的一端没入水里将主桥墩牢牢拴住，另一端秘密牵到距桥二十余丈远的密林中，待时以张飞吼声为号，埋伏在那里的张飞所率官军便猛地拉动绳索，于是桥便立刻垮下。曹操、曹纯、文聘及其所率官军骑兵当时哪里知晓其中奥妙，于是方才中计。

此计没瞒过曹操多久，便被他识破。于是不及用饭，便忙翻身上马，挥军向河岸赶去。一到那里便令部下立刻下马，七手八脚很快便将大桥修好。曹操见此，大喜，于是便与曹纯、文聘、侯成、宋宪、魏续、成廉、魏越等所率官军骑兵争先恐后上马冲过桥南，飞一般向刘备所率官军追去。不久，便见前方不远处有一队官军正缓缓向前移动。曹操料知是刘备所率官军，大喜，正欲叫部下高喊着"活捉刘备有赏"的口号向前冲杀。不料却被左手抱

第五十回　丞相曹操取刘表兵不血刃　张赵二将战长坂大显神威

着男婴，右手握着长枪，怒目圆睁，护着马车的赵云掉转马头迎面挡住了去路。曹操虽知道他是赵云，却不知那男婴和车里坐着的是何人。当他从左右那里得知男婴乃刘备亲生之子阿斗，车里坐着的是阿斗生母甘夫人时，直惊喜得差些从马上栽下来。何也？因为曹操知晓阿斗出生时刘备已年近五十岁，老年得子，自然珍惜。倘若杀了阿斗，便叫刘备断子绝孙，即使他逃走，也得气死。不过，曹操高兴得太早了，要杀阿斗，须得通过赵云这关，即赢了他手中那支寒光四射的长枪。

须知，赵云乃刘备部下统领骑兵的骑将，马上武艺非同一般。前面说过，曹操、文聘、曹纯、侯成、宋宪、魏续、成廉和魏越等所率皆是精骑，马上武艺也不含糊，现又见赵云不仅是单人独马，且还单手握枪，抱婴护车，以为擒杀他犹若囊中取物，手到擒来。因此，待曹操方才下令，那些冲在前面的便争先恐后，拍马舞械而上，恨不得立刻碎尸万段了赵云、千刀万剐了阿斗和生吞活剥了甘夫人，以便立功受奖。谁料他们冲上一个，便被赵云刺死一个，冲上一批，便被刺死一批。片刻工夫，便尸积如山，血流成河。曹操、文聘、曹纯、侯成、宋宪、魏续、成廉和魏越在后见此，只敢在那呆看，不敢向前冲杀。对此，赵云不禁大喜，仍左手抱着阿斗，右手握着长枪，护着甘夫人，拍马飞一般追赶刘备一行去了。

须知，阿斗被赵云抱着，自然安然无恙，而甘夫人却坐在车里，没人直接保护，为何没受到伤害呢？原来曹操本欲活捉她要挟刘备，后转而一想，倘若如吕布那样欺负女流，掠虏刘备之妻，那还算得上大丈夫么？于是便传令只许围杀赵云和阿斗，不得伤害甘夫人，因此她才安然无恙。

再说刘备见曹操所率官军骑兵追得急，料想退往江陵无望。于是便来个明修栈道，暗度陈仓之计，即在当日夜幕降临时分派了一小股官军，举着火炬，敲着锣鼓，仍向江陵方向退去。而他则率领大队官军和跟随他的那些荆州官民悄无声息飞一般向东南面的汉津撤去，以便从那里渡过汉水，甩掉曹操所率官军骑兵，沿南岸向刘琦驻守的夏口撤去。方到那里，先前出发的关羽所率的官军水兵恰巧也到达那里。于是两军水陆并进，继续向夏口撤去。

在夏口的刘琦得报刘备撤军夏口,便忙率领官军前来救援,于是刘备所率官军和那些跟随他的荆州官民方才转危为安,顺利到达夏口。

其实曹操对刘备他们的行踪早有所料,但又认为江陵不仅是军事要地,而且军粮充足,是当前必争之地,因而必须予以占领。同时,他见自己亲率的那些先锋官军骑兵先被张飞吓得不轻,后被赵云杀死杀伤的不少,勇气自然锐减,倘若再挥军向其追去,后果不堪设想。鉴于上述两个原因,曹操便放弃追杀刘备他们,遂令曹仁挥军继续向江陵杀去。时有人担心倘若刘备他们逃往江左,与孙权狼狈为奸,互相勾结,其后果不堪设想。然曹操却非常得意地道:"倘若刘备这厮逃往江左,孙权必慑于我之军威,若前时公孙康对袁熙与袁尚那样,将刘备头颅献来。"

程昱闻曹操如此言,不禁非常着急,并语重心长对他道:"丞相须知,孙氏三代据有江左,早有与汉室分庭抗礼之心。然眼下孙权虽然有谋,但年纪尚轻,威信未立,实力有限。丞相无敌于天下,初征荆州,便威震江表,孙权岂能独当?刘备有英名,又有足智多谋的诸葛亮和万人敌关羽、张飞与赵云,他们若前往江左,孙权岂会不动心而与之联合御我?因此,我应乘胜追击,将其消灭,否则……"

不待言毕,曹操便不停地摆手道:"程先生之言差矣!即使孙权不杀刘备,也不会与其联合抗我。总之,擒杀刘备是早晚的事,不必着急。"

却说刘备为了报答刘琦救援之恩,到达夏口后便表奏他为荆州刺史。对此,刘琦自然惊喜万分,但对曹操所率官军压境却不知如何是好。于是便召来刘备等文臣武将到原江夏郡郡衙大厅、现荆州州衙大厅商议对策。时有的说天子在北,还是面北称臣的好;有的说倘若面北称臣,便是投奔曹操,因而坚决反对。争来吵去,莫衷一是。正在此际,忽有人高声道:"我有一言,可解眼下之危难,大家愿听吗?"

看官欲知此人是谁,请看下回分解。

第五十一回

刘孙双方柴桑协商联合抗曹
曹操兵败荆州鼎足之势始现

却说言者不是别人，乃诸葛亮。时诸葛亮虽是谋士，但来此不久，很少在大众场合出谋献策。因此，在场者以为他也说不出个所以然来，于是仍旧争来吵去。刘备见此，遂高声道："大家息声，先听听诸葛先生的。"

在场者慑于刘备之威，只好停止争论。诸葛亮也不生气，并掷地有声道："事急啊，请奉命求救于江左孙将军。"

在场者认为诸葛亮所言乃异想天开，白日做梦，甚至有人还嗤之以鼻。何也？因为他们皆知，诸葛亮所说的孙将军，即是孙权。此人虽年轻，却老成持重，并能采纳部下正确建议。比如，其哥哥孙策被刺毙命后，却能听从原孙策长史张昭劝说，不行三年之丧，而是化悲痛为力量，走马上任，巡视军营；时会稽、吴郡、丹阳、豫章与庐陵五郡为险恶之地，控制未固。他遂委政事予张昭，托军事予周瑜，共济大事，遂使那里郡泰民安，因此被曹操看重，表他为讨虏将军，领会稽太守，屯吴郡。同时，他还招揽俊秀，聘求名士，以周瑜、程普、吕范为将军，鲁肃、诸葛瑾为谋士，镇抚山越，讨不从命。如庐江太守李术在孙策死后不肯事于他，遂举兵攻其于皖城。城破，枭李术首级，徙其部曲三万余；建安八年，挥军西伐刘表部将黄祖，大破其水军；山越复叛，唯城未克，遂派兵讨平之；随后，还亲自率军讨豫章，使吕范平鄱阳，程普伐乐安，太史慈征海昏；建安十年，使贺齐讨上饶；建安十二年，又西征黄祖，虏其民而还；建安十三年春，亲率吕蒙、凌统和董袭等再征黄祖，获其首级，虏其男女数万，为父报了仇，雪了恨；同年，派贺齐讨黟、歙二县，分设为始新、新定、犁阳、休阳四县，并以黟、歙、始新、新定、犁阳、休阳六县为新都郡。成就如此显赫，岂肯与早已颠沛流离的刘备联合抗曹呢？但诸葛亮并不生气，并看出了他们的心思，为不伤和气和保密起见，遂将刘备拉到隔壁密室道："主公难道忘了，当初孙将军曾以祭奠刘表为名，遣其特使鲁肃前往襄阳，欲向主公表达孙刘联合抗曹之意。当鲁肃赶到夏口闻知曹贼大军已向荆州进发，于是昼夜兼道，不久即赶到南郡，时刘表继嗣刘琮已降曹贼，而我们又退走江陵。对此，他不禁非常着急，并走捷径飞一般赶到当阳长坂坡，向主公表达了孙将军孙刘联合抗曹之意。时主公还非常欢迎他的到来呢。再者，时至今日，尽管形势非常严峻，但孙将军仍未拥曹叛汉，仅是坐拥柴桑，以观我与曹贼成败而已。倘若此时派使前往……"

方言至此，刘备便认为诸葛亮言之有理，当即便走出密室，命诸葛亮为特使，赵云为特卫，秘密前往柴桑与孙权密谈联合抗曹事宜。但诸葛亮却道："倘若赵将军随往，便有不信孙将军之嫌。因此，在下独往即可。"

刘备闻言，沉思良久方才点头表示赞成。

此后一日傍晚，柴桑城西门外江水上一叶小舟在汹涌的波涛中上下起伏，风驰电掣般顺流直奔西城门而来。守卫那里的巡江小校见此，以为是上游飘来的难民，于是便带了几名水兵划船迎上去，大声喝斥道："何人竟敢……"

不待喝斥问毕，便见一身材高大的青年渔夫不慌不忙地从船篷里钻出来，高声答道："速速报知你家主公，我有要事相见。"

小校闻答，以为他是胡言乱语，便欲喝退他。时渔夫又高声道："倘若误了大事，你头颅便不保啊！"

小校闻渔夫口气非常大，料知来者不凡，不禁吃了一惊。于是立刻令橹手掉转船头向南岸码头划去。片刻，便赶到那里下船上岸，徒步飞一般向柴桑城州衙大厅赶去。时孙权正与左右文武在那宴饮，以示庆祝枭杀黄祖，成

第五十一回　刘孙双方柴桑协商联合抗曹　曹操兵败荆州鼎足之势始现

功为父孙坚报了仇，雪了恨。忽见一小校飞一般跑到孙权餐几前，边向他拱手施礼边报道："有一渔夫乘船自西而下，言有要事求见主公。"

孙权闻报，甚觉蹊跷：渔夫会有什么要事敢来见我？莫非是刺客不成？得汲取哥哥被刺教训，还是防着点好。小校看出孙权心思，于是道："待小的前往问明究竟，主公再做定夺。"

"好！"

小校待孙权方言毕，便忙向他拱手施礼告辞后，转身出门沿来路回到码头，乘船飞一般赶到小舟旁，问青年渔夫道："尊姓大名，何方人士？"

"请密告你家主公，我乃刘备刘将军麾下特使，也是诸葛瑾胞弟诸葛亮。"

小校虽未听说诸葛亮其名其人，却知晓诸葛瑾是其上峰。因此，方闻诸葛亮言，便不禁吃了一惊，并认为干系重大。于是忙向诸葛亮拱手施礼告辞，乘船飞一般回去，在州衙大厅密室里报与孙权。孙权闻报，不禁非常惊异。何也？原来他虽早从诸葛瑾口中得知诸葛亮其名，但也若小校般，未见其人。为慎重起见，便叫来诸葛瑾道："当今天下大乱，常常真亦假来假亦真，叫人真假莫辨。方才有人来报诸葛亮有要事前来求见，不知是真是假。为防不测，先生待时可藏于州衙大厅隔壁暗室，暗中观视来者是否是先生胞弟诸葛亮。倘若是假，还劳先生立即出来予以揭穿。倘若是真，先生悄悄离去便是。"

诸葛瑾闻言，忙连连点头表示赞成。随后，孙权便吩咐酒宴，为诸葛亮接风洗尘。同时，还召左右文武前来陪同宴饮，并派了数十名护卫埋伏在州衙大厅帘后，以防不测。待一切准备就绪，小校才告辞出门赶到小舟上，将诸葛亮引上岸，一同上马进城，向州衙大厅赶去。进得里面，坐在大厅正上方中央的孙权见诸葛亮长相犹若诸葛瑾第二，方才确信他是诸葛亮其人，于是忙起身上前向诸葛亮拱手施礼，并热情地请他入席共饮。时诸葛亮不但没拱手还礼，反还昂首挺胸地站在那里，气呼呼地高声道："将军危在旦夕，还有兴致宴饮，真不可理喻！"

在场者闻言，有的以为他是危言耸听；有的以为他神志不清，胡言乱语，因此皆不禁哄堂大笑起来。诸葛亮见此，遂板着面孔高声道："孙将军莫非以为荆楚邻接，水流顺北，外带江汉，内阻山陵，有金城之固，沃野万里，士民殷富，便不顾当下天下形势之紧迫，而作壁上观吧？"

　　孙权与其他在场者闻诸葛亮言，便料知他是来说服孙权与刘备联合抗曹的。因此，有的以为江左安宁无虞，何必与寄人篱下的刘备联合起来惹是生非呢；有的以为联合兵微将寡的刘备抗击兵强马壮的曹操，无异于鸡蛋碰石头，自取灭亡。时孙权对此却不置可否，何也？因为他以前曾多次听诸葛瑾说过，诸葛亮不仅精于诸子百家政论，更精于诸子百家谋略。既然如此，诸葛亮方才所言并非全是空穴来风。于是心平气和地对诸葛亮道："先生方才所言有何根据，不妨道来。"

　　方言毕，诸葛亮即振振有词道："今海内大乱，孙将军起兵据有江左，刘皇亲亦收众汉南，曹贼已扫除大敌，平定北方，并已尽破荆州，故英雄遂有用武之地。为振兴汉室，今刘皇亲撤军至夏口，欲与曹贼一争高低。对此，孙将军可量力而处之，若能以吴、越之众与曹贼抗衡，不如早与他绝断。否则，不若解兵散甲，面北事之。"

　　方言毕，孙权即问诸葛亮道："刘豫州何不向曹操称臣呢？"

　　"孙将军须知，田横仅为齐国一壮士，犹能守义不辱，我家主公乃王室之胄，盖世英才，众士仰慕，为振兴汉室，犹若水归大海，一去不返。倘若事之不济，乃天意啊！岂可做曹贼之臣呢？"

　　孙权闻诸葛亮如此言，认为太小视了他孙权，于是猛地起身昂首挺胸怒道："我孙仲谋有江左之地，十万之众，岂可受制于他人？"

　　诸葛亮闻孙权如此言，认为联合抗曹已事半功成，不禁暗喜，并欲美言孙权几句。正在这时，孙权却若有所思地问诸葛亮道："刘豫州新败，怎能独抗强大无比的曹操老贼呢？"

　　诸葛亮闻言，料知孙权在打探刘备抗击曹操动态与实力，于是掷地有声道："我家主公虽败于长坂，但回归的将士与关将军所率水军合在一起，仍有

第五十一回　刘孙双方柴桑协商联合抗曹　曹操兵败荆州鼎足之势始现

精锐万余，加之刘琦将军在江夏那万余将士，其势不可小视啊。曹贼虽兵多将广，但因路途遥远，日夜颠奔，必然疲惫不堪，因而犹若强弩之末，势不能穿鲁缟，有何畏惧！再者，曹贼所部人马大多为北方人，不习水战。而荆州文武所归附曹贼的，乃因势所迫，并非心服。因此，一旦开战，必反戈一击。今孙将军若能命猛将统兵数万，与我家主公同心协力，破曹贼人马必易若囊中取物。曹贼人马既破，必然北还。如此，荆襄、江左之势则固，三足鼎立之势则成。"

孙权闻言，认为非常有理，并连连点头表示赞成。正在这时，忽见一门卫匆匆进来，不及向孙权拱手施礼便双手向孙权呈上一绢制书。他接过一看，原乃曹操写与他的。书云：

近者奉辞伐罪，旌麾南指，刘琮束手。今治水军八十万众，方与将军会猎于吴。

方看毕，心里直吓得神魂颠倒，不知所措，但面上却镇定自若，没事一般，并叫侍者引诸葛亮先到城西驿馆歇息，意在他听取在场左右文武意见后再做定夺。时诸葛亮虽未看到书所言，但却猜到书必是曹操所为，言辞也不过是威吓孙权罢了。同时，也猜出了孙权所思所为，遂不便多言，即向孙权拱手施礼告辞，随侍者出门到驿馆，等候音讯去了。

随后，孙权便回到原座，将曹操书示与在场文武。他们见书内容虽寥寥数语，却绵里藏针，貌似和善，实则狠毒。于是皆大惊失色，食欲锐减。甚至有的还吓得不寒而栗，手中杯筷落地。良久，长史张昭才起身上前对孙权语重心长道："曹操豺虎啊！既托名汉相，挟天子以征四方，动以朝廷为名，今日若拒之，则理穷词乏。再者以将军之势，可以抗曹操者，唯江水啊。今曹操已得荆州大部，威震四方，又收降原刘表水军数万，蒙冲斗舰数千，加上曹操所率步骑无数，倘若水陆俱下，与我争夺江水之险，势寡于曹操的我将如何应之？因此，愚以为从大计出发，不如以牛酒迎之。"

方言毕，秦松以及其他在场者皆认为张昭言之有理，并立即随声附和，唯身材高大、威武雄壮的鲁肃默而不语。鲁肃，字子敬，临淮郡东城县闻名遐迩的奇才，性好施舍。且家道殷实，屯有大米两仓，每仓各三千斛。巢县县令周瑜闻之，便带着几百人专程前往鲁肃府上，请求资助些大米。鲁肃得知周瑜来意后，随即毫不犹豫将其中一仓大米送与周瑜。对此，周瑜愈知鲁肃是个奇才，于是便与他结为密友。时孙策已去世有年，由其胞弟孙权继位，周瑜于是对他推荐道："鲁肃有辅佐之才，倘若征用，定可成就一番功业。"孙权闻之，立刻叫周瑜领鲁肃前来，经与交谈，发现果如周瑜所言，大喜。此后不久，孙权设宴与鲁肃单饮。席间，鲁肃对孙权低声耳语道："恕在下直言，汉室不可复兴，曹操不可除灭。将军只要占尽江左，即可若汉高祖般，称帝建号取天下呢。"孙权认为鲁肃言之有理，于是对他敬重有加。现孙权见颇有见地的鲁肃默而不语，料想他有言不便当众说出。于是便借口更衣，起身离席而出，希望与鲁肃独议。鲁肃看出了孙权心思，立刻便起身离席追了出去。方到屋檐下，站在那里的孙权便忙上前拉着鲁肃的手急切地问道："你有何高见？"

"在下以为方才大家之言皆有误将军呢，故不足以与其谋事。须知，今在下可投曹操，将军却不可啊！何也？在下倘若投归曹操，曹操会把在下送还故乡，再凭在下名声，很可能会被拜为从事之类的官佐。如此，便有机会经常乘着牛车，带着从吏，与士大夫和文人墨客游山玩水，饮酒赋诗，甚至还可迁升至州牧与郡守呢。然将军倘若投曹操，欲在何处安身呢？因此，愿将军早定大计，且莫听大家方才那些胡言乱语啊。"

孙权认为鲁肃方才所言不仅有理，且语重心长，遂叹息道："他们方才所言，太让我失望了。而你所言，正合我意，此乃天赐你与我呢。"

随后，即与鲁肃一同回到席座，继续与众人大口吃肉，大碗喝酒。对此，鲁肃自然大喜不禁。正在这时，孙权却突然言说张昭和秦松等人言之有理。鲁肃闻之，不禁非常着急，于是灵机一动，激孙权道："曹操实乃大敌啊！他新并袁氏，远征乌桓，兵马正精，若趁此讨伐天下，无往而不胜呢。因此，将军不如遣兵助之，并送家眷至邺。否则，危险将至呢。"

第五十一回　刘孙双方柴桑协商联合抗曹　曹操兵败荆州鼎足之势始现

孙权听出鲁肃所言弦外之音，即有辱他之意，不禁勃然大怒，并欲斩杀鲁肃。时鲁肃毫不畏惧，并镇定自若道："今事急，若有他图，何不遣兵助刘皇亲，而斩我何用？"

孙权闻鲁肃如此言，方才消了怒气，并认为鲁肃言之有理，于是增强了抗曹信心。鲁肃见此，方才转忧为喜。为进一步增强孙权抗曹信心，和将来开战胜券在握，鲁肃随即向孙权建议道："周瑜熟读兵书，有运筹帷幄之中，决胜千里之外之才，将来交战，还得靠他。因此，应听听他的意见。如何？"

孙权闻言，遂醒悟道："倘若不是先生指点，我差点误了大事啊。"

言毕，便令特使前往鄱阳湖，召回正奉命在那训练官军水兵的周瑜。特使得令，立刻向孙权拱手施礼告辞，驾船飞一般向鄱阳湖赶去，向周瑜传达了孙权召意。周瑜闻之，以为事急，耽误不得，立刻便奔上一艘快船，挂满风帆，同特使一道，日夜兼程，飞一般向柴桑赶去，并在一日中午时分赶到了孙权下榻处大门前。孙权从门卫处闻报，遂便三步并作两步，奔出相迎。相见礼毕，孙权即拉着周瑜直往客厅奔去。待侍者上茶退下，孙权即道："曹操这厮讨平吕布、消灭袁氏和远征乌桓后，便欲独霸天下。眼下因刘琮不战而降，他兵不血刃便占了荆州以北地区，收降了刘琮的八万人马，实力陡增，骄横益甚。刘备力孤，无法与他抗衡，只好率众南逃。于是曹操便扬言消灭刘备后，再顺流而下，席卷江左。对此，将军有何高见，不妨一一道来。"

周瑜闻言毫不犹豫道："曹操虽托名汉相，其实汉贼！将军以神武雄才，兼仗父兄之烈，据有江左数千里，兵精足用，英雄乐业，尚当横行天下，为汉家除残去秽。因此，曹操来犯，乃自送死，故不可迎之。将军试想：即使当今北方已安，已无内忧，来争疆场，能旷日持久吗？又能胜我熟悉船楫的水军吗？而今北方并未安定，加之曹操后患马超、韩遂尚在关西不安分守己，便舍骑兵，操舟楫，与我争锋，本非其所长呢。又今盛寒，马无藁草。驱其士众远涉江湖之间，不习水土，必生疾病。此皆用兵之患也，然曹操皆冒险而行。将军擒杀曹操，宜在今日。我只须水陆精兵五万，便可破敌。"

孙权认为周瑜言之有理，遂大喜道："曹操老贼欲废汉自立之意已久，徒忌吕布、二袁、刘表与我罢了。今他们已灭，唯我尚存，我与老贼，势不两立。君言当击，甚与我合，此天以君授我呢。"

言毕，还将曹操书示与周瑜。周瑜接过只扫了一眼，便将其抛之于地。

为使孙权进一步增强抗曹信心，周瑜遂在当日夜深人静之际前往孙权下榻处，欲单独与孙权分析曹操到底率领了多少南下官军，时孙权也有此意，现见周瑜不召而来，不禁大喜，并不待周瑜拱手施礼便问道："周将军来得正好。依你之见，曹操真的率有八十万人马南下吗？"

"众臣方见曹贼来书言有水步兵八十万，也不认真推测分析，便不禁大惧，并进而提议降敌，不觉可笑吗？据末将估算，曹贼所部水步兵不过十五六万。前来犯我者，顶多十来万，加上他收降的原刘表所部水陆军七八万，总共也不到二十万，哪来八十万大军？且他们有的是远道而来，疲惫不堪，例如从中原前来的那些人马；有的尚存观望之心，并未全心全意诚服，例如收降的原刘表所部那些水陆军。倘若与我开战，实则不堪一击，何足惧呢？因此，主公有何顾虑的呢！"

孙权闻言，不仅认为周瑜分析得非常有理，且还大受感动，并上前伸出双手拍着周瑜双肩道："公瑾之言，太合我心。张昭与秦松等人，皆顾惜家人妻小，不禁叫人失望。只有你与鲁子敬的看法与我相同，这真乃上天让你俩来辅助我啊。五万人马，一时难以凑全。但我已备好三万，舟只、粮草和各种战具也早准备就绪，你、鲁肃和程普立刻就可率军出发。随后我再继续调拨人马、粮草等军用物资。倘若一战便旗开得胜，马到成功，那自然好。否则，就赶快禀告我，我将亲自率军与曹贼决一死战。"

言毕，即拔刀砍去案头一角，高声道："子敬与公瑾乃力挽狂澜者，有敢再言当迎曹贼者，与此案同！"

周瑜见此，大喜，并高声道："主公有此信心，末将肝脑涂地，粉身碎骨，也在所不惜！"

言毕，即拱手施礼告辞孙权，连夜乘船赶回鄱阳湖，调兵遣将去了。

第五十一回　刘孙双方柴桑协商联合抗曹　曹操兵败荆州鼎足之势始现

再说刘备见诸葛亮去柴桑后久无音信，以为大事不妙，不禁非常着急。孙权知道后，便派鲁肃乘船赶往夏口，向刘备转达了孙权、周瑜和鲁肃皆赞同联合抗曹之意。同时，还建议刘备率领水军顺流东下樊口，与逆流而上的周瑜所率水军在那会合。时曹操所率水军正顺流而下，距夏口近在咫尺。刘备闻报，自然大惧。恰值这时的一日上午，一支水军船队正缓缓逆流而上，刘备估摸是周瑜所率水军船队，便忙令巡江军吏在码头候望。军吏得令，飞一般赶到那里一望，见果是周瑜所率水军船队，大喜，并随即上船离开那里，飞一般赶回向刘备作了详细报告。对此，刘备不禁大喜，遂便带上牛酒前往慰劳。周瑜自恃比刘备势众，且又是刘备有求于他，便待在指挥大船里没出来致谢，反还派使者告知刘备道："周都督军务繁忙，不能离开军营，刘豫州倘能屈威，到船上来看看，就不胜荣幸了。"

刘备闻之，面上虽平静如水，没事一般，但心里却掀起轩然大波，怒不可遏。何也？原来他以为，论官阶，我刘备是御批的豫州牧、左将军，连官阶比我刘备低得多的会稽太守孙权部下一小小中护军、眼下才担任临时指挥水军的都督周瑜也敢口出狂言，真是不可理喻！论家世，你周瑜高祖周荣不过官至尚书令，曾祖父周兴不过官至尚书郎，堂祖父周景虽官至太尉、封安阳乡侯、录尚书事，堂叔周忠亦官至太尉、录尚书事。家世之显赫虽不亚于袁氏，但从你周瑜祖父周兴那辈起，显赫的不是你周瑜的直系亲属，而是旁系。其次，他们虽有实权，却不是三公九卿，更不是皇亲国戚、皇子皇孙。而我刘备却是响当当的皇子皇孙，只因家道中落，方才沦为庶民，织席卖履。真是常言道：龙搁浅潭遭虾欺啊！在一旁的关羽和张飞早便火冒三丈，待使者方离去，便气呼呼地大骂周瑜不止。刘备见此，遂忙对他俩道："须知，小不忍则乱大谋啊！倘若我不先前往拜见他周瑜，就表明我没联合抗曹诚意呢。"

关羽和张飞虽然认为刘备言之有理，但希望刘备宜乘大船前往，以示尊贵。刘备却道："既然周瑜恃势傲物，目空一切，我宜仿廉颇对蔺相如那般，锋芒不露，低调行事。只要击败曹贼，解我于倒悬，前往拜见拜见他周瑜又何妨。"

言毕，仅乘一叶小舟，缓缓向周瑜所乘指挥大船驶去。

时周瑜以为刘备不肯屈就前来，他便可独享抗曹美誉，因而不禁大喜，并穿上琴服，走到船头，摆上祖传古琴，兴致勃勃地弹奏孔子名曲《幽兰》自娱。曲调时而铿锵，时而低沉，时而优雅，时而明快，时而如龙鸣，时而如凤吟，直震江空，并引来左右文武阵阵喝彩。对此，周瑜不禁得意非凡，并欲起身拔剑起舞。正在这时，一巡江小校匆匆前来，不及向他拱手施礼便道："前方不远处有一叶小舟正飞一般向这边驶……"

不待报毕，周瑜便停止弹奏，起身高声道："何人胆敢前来闯我水寨？快快与我截下！"

小校闻言，忙向周瑜拱手施礼告辞，转身下船，点起几名士兵，乘着巡逻快船，飞一般向小舟划去。片刻，便赶到了那里。小校原以为小舟里藏有全副武装者，当他小心翼翼地踏上小舟朝舱里一瞧，见除一赤手空拳的中年男子和一风烛残年的摇橹者外，其内空空如也。对此，不禁胆子壮了起来，并厉声问那男子道："你乃何人？"

男子闻问，立刻起身步出舱门，先毕恭毕敬地向小校拱手施礼，然后才心平气和地答道："我乃豫州牧、左将军刘备。"

刘备之名早已传播天下，但小校与大多人一样，只闻其名，未见其人。现在闻刘备答，自然先是吃了一惊，随后又以为自己耳朵出了毛病听错了话，并欲再问。然不待开口，刘备即道："请速报你家都督，我有急事求见。"

小校闻刘备言，认为事关重大。于是便不管他是否是刘备，便即刻道："待我报与都督就是了。"

言毕，即回到来时快船上，飞一般赶到周瑜那里，向他作了报告。周瑜闻刘备屈尊而至，自然始料未及，于是不禁先是吃了一惊，随后便匆匆回到更衣室，换下琴服，戴上银色战盔，披上银色战甲，蹬上银色战靴，佩上祖传宝剑，飞一般赶到船中央大舱正上方坐定。其下方左右两侧站着铁盔铁甲锃亮耀眼、佩刀宝剑寒光四射的将校，乍一看，如临大敌，哪是接待抗曹盟友刘备？周瑜如此安排，意在先给刘备一个下马威，以便将来与曹操开战时

第五十一回　刘孙双方柴桑协商联合抗曹　曹操兵败荆州鼎足之势始现

叫他服服帖帖听自己指挥。

片刻，小校便将刘备领到周瑜等人面前。时周瑜并未起身上前施礼相迎，仅向刘备微微点了点头，算是欢迎。那些将校也昂首挺胸，看都不看刘备一眼。对此，刘备却思想到：孩童把戏，吓唬谁呢！击败曹贼人马才算本事。并边佯装没看见边上前向他们逐一毕恭毕敬地拱手施礼，末了，方才不亢不卑地问周瑜道："今拒曹贼，虽然得计，然不知将军有多少将士？"

"三万！"

刘备闻答，遂沉思良久方不无遗憾地道："只恨太少。"

方言毕，周瑜即神气十足道："足够了，只看我破敌便是！"

刘备闻周瑜如此言，认为他太轻敌，于是不禁非常担忧，并建议叫鲁肃和诸葛亮前来共商破敌大计，周瑜却道："鲁肃和诸葛亮两三天后便到。再者，是否与他俩共商，皆无所谓。"

刘备见周瑜狂妄自大，目空一切，认为靠他抗曹毫无胜算。于是便将本欲交与周瑜指挥的其所部两千官军转而交与关羽和张飞统领，以便将来进退之用。

再说诸葛亮见联孙抗曹大计已定，大喜，于是便向孙权和鲁肃告辞，回江夏向刘备复命。行前，孙权和鲁肃特意设宴欢送，并叫诸葛瑾作陪。须知，诸葛瑾与诸葛亮虽是兄弟俩，但早在建安五年，诸葛瑾就从家乡阳都避乱江左，遇见孙权姊婿曲阿人弘咨，经交谈，弘咨惊其才华非凡，于是向方继孙策之位的孙权推荐。时孙权正招贤纳士，聚集人才，于是便欣然接纳了诸葛瑾，并以客礼相待，因成就显著，现已升为孙权长史。前面说过，诸葛亮十七岁时从家乡避乱荆州，后又投奔刘备。由是他俩相隔千里，多年不见，今日相聚，自然惊喜交加。时诸葛亮问诸葛瑾道："哥哥别来无恙吧？"

"甚好，弟弟呢？"

"亦甚好。"

为防诸葛瑾与诸葛亮以后互相交通，泄露军政机密，孙权便萌发了留下诸葛亮之意。于是放下盏筷，毫无顾忌地问诸葛瑾道："你与诸葛亮为同父同母所生，你为兄，他为弟。常言道，弟随兄，乃天经地义、顺理成章之事。诸葛亮来此已多日，且又才貌双全，何以不见你劝他留下呢？"

"倘若劝留，我有何颜面见玄德兄呢？"

"倘若留下诸葛亮，我当修书一封，向玄德解释说是诸葛亮自愿留下。"

"须知，我弟以失身于玄德，委质定分，义无二心。弟之不留，我亦不与其交往。"

孙权认为诸葛瑾所言通情达理，大喜，宴毕即亲送诸葛亮回归刘备。

却说曹操率领官军占领江陵后，并未乘胜向东追击刘备所率官军。对此，贾诩以为曹操是趁其擒杀吕布、消灭袁氏、远征乌桓和攻占荆襄之威，以荆楚之富，以飨吏民，安抚百姓，从而不再劳师动众便可使江东稽服。但料事如神的贾诩万万没料到，曹操下令官军停止追击刘备所率官军的原因竟是为了解除官军疲劳及休整。同时，曹操还下令对经过邺城玄武池训练的那些官军水兵与新归的蔡瑁和张允统领的原刘表所部官军水兵进行严格训练。待一切准备就绪，再击刘备和孙权不迟。曹操如此行事，结果不但失去了消灭刘备的最佳机会，也未在孙刘联合抗曹前将其各个击破。相反的是，待他从江陵率领水军乘船顺流而下攻占夏口和柴桑时，便在蒲圻西北赤壁水面上与从樊口乘船逆流而上的周瑜所率官军水兵不期而遇。

时行在前面的蔡瑁和张允见周瑜所率官军水兵战船简陋不堪，兵少将寡，且又是逆流而上，行驶缓慢，自己一方战船高大豪华，兵多将广，又是顺流而下，行驶迅速，易于攻击，于是便以为手到擒来，胜券在握，因而不把周瑜所率官军水兵放在眼里，并不待曹操下令，他俩便挥军猛地冲了过去，欲在新主子曹操面前露一手。坐在指挥大船船头上的周瑜见此，毫不惊慌，只见他起身嗖地拔出腰间宝剑一挥，身后战船上便万箭齐发，随即战船也飞一般向蔡瑁和张允所率官军水兵战船冲去。片刻，便将他们射得喊爹叫娘，纷纷倒下。周瑜见此，大喜，于是又将手中宝剑一挥，后面船舱里立刻便冲出无数膀大腰圆、手持绳钩的官军，将系有铁钩的一端猛地抛向蔡瑁和张允所乘战船边缘。时不待蔡瑁和张允醒过神，那些周瑜所率官军早已跃上

第五十一回　刘孙双方柴桑协商联合抗曹　曹操兵败荆州鼎足之势始现

其船头，刀斧齐下，直杀得他们鬼哭狼嚎，并不待蔡瑁和张允下令，便掉转船头，飞一般向江水北岸乌林逃去。曹操、蔡瑁和张允见此，无奈，只得命令船队掉头随后跟进。片刻，他们便到达那里，并就地扎下水寨。时周瑜见曹操所率官军虽已逃走，但怕他们转身杀回而自己寡不敌众，因而未下令从后追击，并在赤壁南岸扎下水寨。

前面说过，蔡瑁和张允所率官军水兵不仅精于水战，且舟船高大坚固，人多势众，顺流而下，胜算在握，何故败在舟船简陋狭小，兵微将寡，逆流而上，胜算甚微的周瑜所率官军水兵手里了呢？原来蔡瑁和张允所率那些水兵皆是原刘表所部官军水兵，时他们以为曹操将他们派在前面是有意要他们充当替死鬼，而有意将那些经过邺城玄武池训练的水兵放在后面，以便保存实力，其亲疏显而易见，于是便不战而逃。

再说曹操率领官军水兵在乌林扎下水寨不久，其所率步骑在贾诩、程昱、曹彰、曹纯、曹仁、曹洪、徐晃、张郃、许褚、李典、吕虔、吕常和文聘等文武率领下，也赶到那里，并紧靠岸边安营扎寨。于是时曹操所部官军水陆将士众多。岸上，营寨连绵几十里，旌旗迎风飘扬，人头四处攒动，刀枪寒光四射，战马奔腾嘶吼。水上，舟船来回穿梭，涛声不绝于耳。白日，持械张弓，随时待战。夜间，灯火通明，枕戈待旦。曹操见此，以为消灭孙刘联军，只在反手之间。

却说蔡瑁和张允见他俩所率官军水兵吃了败仗，不禁非常内疚与沮丧，为将功折过，遂在一日早饭后匆匆赶到中军大船，向曹操请战。时蔡瑁问曹操道："丞相大人，在下欲与张将军趁今晚月黑风高之际，率军突袭对面赤壁敌军水寨。若何？"

方言毕，曹操即挥了挥手，帐外便冲进来几名膀大腰圆的刀斧手，上前将蔡瑁和张允来了个五花大绑。他俩还不知怎么回事，便被推出帐外，两刀下去，便身首异处，呜呼哀哉了。

曹操为何要杀蔡瑁和张允呢？原来他以为自己一方兵多将广、装备精良，怎么会败在兵微将寡、装备简陋的对方手里呢？因此认定蔡瑁和张允当初是诈降，于是便传来刀斧手，令他们前往蔡瑁和张允营寨将其斩首示众。恰值这时蔡瑁和张允前来请战，曹操见了，认为来得正好，于是不由他俩分说，便令早已等候在帐外的刀斧手斩杀了蔡瑁和张允。

此后的一日上午，曹操在中军大船上正为诛除蔡瑁和张允以免后患而兴高采烈时，恰巧李典和吕常前来向曹操汇报他俩训练官军水兵情况。当从曹操口中得知蔡瑁和张允被杀原因，直惊得目瞪口呆，半晌无语。回过神，方异口同声道："蔡瑁和张允并非诈降啊。"

随后，他俩又向曹操道了蔡瑁和张允之存亡对水兵训练的影响非同一般。曹操闻之，竟后悔得不知所以。

须知，初冬季节，江水两岸虽然微风习习，静静无声，但江水面上却风起云涌，白浪滔天，竟不断将双方战船掀得上下起伏，左右摇摆。前面已述，周瑜所率官军水兵大多为荆州水乡人，在船上行走如履平地。曹操所率官军水兵却不同，除了少数原刘表所部官军水兵外，大多为北方人，以前别说乘船打仗，就连船影也没见过。因此，在船上不是站立不稳，便是眩晕呕吐，甚至还有的掉进水里喂了鱼虾。对此，曹操不禁非常着急，并日夜冥思苦想，终于想得一法，即用铁索将战船连接起来，并在上面铺上木板，名曰"连环巨舸"，以便其所率官军水兵、步兵、骑兵在上面任意施展武艺。随后，曹操还召集左右文武到指挥大船议事舱里道明此意。他们闻之，皆认为此法甚妙。曹操于是才令许褚带领五千官军工兵，按自己之意日夜加紧施工。不久，便大功告成。曹操于是兴高采烈地指挥水兵、步兵、骑兵在上演练，结果即使刮大风、掀大浪，战船也稳如泰山，丝纹不动。因此，别说那些水兵，就是步兵和骑兵在上施展武艺，也不受影响。于是一时间船上训练的喊杀声、战马的嘶叫声、兵械的碰撞声，震天动地，响彻云霄。曹操见此，自以为得计，遂得意扬扬对左右道："周瑜小儿，看他还能逞凶几日。"

谁料此后不久，有不少水兵、步兵和骑兵将士，摇摇晃晃，站立不稳，兵器掉地，无力演练。随之便时而不寒而栗，时而全身发热，时而腹痛不止。还有的腹泻便血，肝脾肿大，躯体消瘦。水寨、陆寨屎尿遍地，尸首成

第五十一回　刘孙双方柴桑协商联合抗曹　曹操兵败荆州鼎足之势始现

山，臭气熏天，一片狼藉。曹操见此，急得像热锅上的蚂蚁，团团乱转，并派人遍访妙手郎中，希望治愈。郎中来了好几拨，结果别说治愈，连病名都叫不出。正在曹操不知所措之际，有位中年郎中不请而至，并很快诊断出此乃血吸虫病。曹操闻之，自然大喜不禁，并以为他能手到病除。时郎中却道："本人医术平平，但我老师一生除习诵《尚书》《诗经》《周易》《礼记》和《春秋》等古籍外，还研读《神农本草经》《黄帝内经》《黄帝内经·素问》《黄帝八十一难经》《伤寒杂病论》和《金匮要略》，并著有医学经典《青囊经》，还熟练掌握了望、闻、问、切，以及导引、针灸、把脉等技巧。同时，还通达数经，知晓养生，精于方药。其医术堪比扁鹊、仓公、涪翁、程高和郭玉等著名神医。"

"能治血吸虫病吗？"

"非他莫属啊！"

"他是谁？"

"华佗，但已被杀害了！"

曹操闻郎中答，不禁"啊"了一声，便耷拉着脑袋，不再吱声。何也？原来在此前的建安八年十二月，时在许都的曹操因头痛传召华佗前往医治。华佗闻召，认为事关重大，耽误不得，遂忙从家乡谯县快马加鞭，日夜兼程，赶到许都城南馆舍方才放下行李，便匆匆赶往曹府为曹操诊断。片刻便诊断毕，并当面对曹操直言不讳道："丞相大人所患之病不大可能短期治愈，即使长期治疗，也只能苟全性命而已。"

曹操闻言，不但不沮丧，反还鼓励华佗迎难而上，尽心诊治。对此，华佗自然应允，但日子一长，便不禁思念父母妻室，于是便对曹操道："近日家里来书，言有要事须我回去处理。因此，欲告假几天，随后即返。"

曹操闻之，认为非常有理，当即便予准许。对此，华佗自然感激不尽。

谁料华佗到家后却说因妻身患重病，多次书告曹操不能回许都。对此，曹操并没发怒，只是多次书催他尽快赶回就是了。同时，又令谯县县令将其遣送回来。但华佗坚决不回，曹操闻报，自然非常生气，于是便派人去暗中查看，倘若其妻确实患病，可赐小豆四千升，并延长假期，以便照料。倘若是假，就逮捕解押回许候审。县令得令，岂敢怠慢，遂忙亲往查看，结果查明华佗所言是假，于是便用传车将他押送到许都监狱审问。时不待拷问，华佗便供认不讳，即曹操所患之病，根本就不能治愈。可曹操身为朝廷重臣，能否治愈干系重大，于是便托词抽身离去，以便避祸。时荀彧闻此，料知华佗将遭严惩，于是便快马加鞭赶到曹府大门前，下马便三步并作两步闯进曹操卧室，不及拱手施礼客套，便对卧床不断呻吟的曹操道："丞相须知，华佗医术无与伦比，其生死存亡与人们生命息息相关，因而丞相应包涵与宽容他才是。"

曹操却不以为然道："通过这次为老夫治病，证明华佗乃一无能鼠辈而已。"

言毕，便令廷尉拷打华佗。片刻，华佗便遍体鳞伤，奄奄一息。他料知难免一死，于是便在临终前从怀中取出一卷血迹斑斑的医书递给狱吏，语重心长道："此书可使人起死回生呢。"

狱吏闻言大喜，忙上前毕恭毕敬地接过医书，藏进怀里。谁料他转而一想，倘若被曹操知晓，后果将不堪设想。于是当即便将医书归还华佗。对此，华佗不禁感到非常遗憾，但又不便勉强，于是便向狱吏讨火将医书付之一炬。

华佗死后许久，曹操头痛病仍没好转，便气呼呼道："华佗本可治愈老夫这病，可他却故意推托，以便显示他的重要。因此，即使不杀这厮，他仍不会为我治愈。"

后来曹操爱子曹冲病危，无人能治，曹操方才后悔当初没听荀彧之言，并感叹道："倘若华佗在，我儿定然有救！"

现曹操见血吸虫病肆虐其所率官军却无人能治，更加后悔当初没听荀彧之言，但为时已晚。时那郎中却不知华佗为曹操所杀，因此还大骂了杀人者一番。对此，曹操心里自然怒不可遏，但面上却没事一般，并鼓励他专研华佗医术，救死扶伤，造福人类。随后，还设宴款待了他一番。正在他俩举杯

第五十一回　刘孙双方柴桑协商联合抗曹　曹操兵败荆州鼎足之势始现

对饮间，一探马飞一般进来，不及向曹操拱手施礼便上前对曹操低声耳语起来。时只见曹操眉飞色舞，也忙对探马低声耳语了一番。时只见探马连连点头称是后，便向曹操拱手施礼告辞转身去了。

看官你道探马与曹操两人互相低声耳语了什么？原来探马探得周瑜所率官军将校中有些孙坚时代的官军将校，特别是程普，认为自己跟前辈孙坚南征北战、出生入死时，周瑜还乳臭未干，只因他与孙策是连襟，才获今日高位，因而心头大为不服，并多次凌辱周瑜，即经常当众呼叫周瑜乳名。因周瑜宽宏大量，从不与他计较，加之孙权与鲁肃常从中调解，方才和解。于是程普还由衷地道："与周公瑾交，若饮醇醪，不觉自醉。"时曹操以为，既然程普曾凌辱周瑜，同是孙坚时代的老将黄盖与周瑜的关系想必也好不到哪里去，于是便叫探马前往打探明白。这便是他俩所低声耳语的。

此后不久，探马便匆匆前来向曹操报道："黄盖与程普言行无异，甚至还有过之而无不及呢。"

曹操闻报，自然大喜不禁，并派了一名胆大心细、能说会道、略通医术的小校，扮成郎中来到黄盖兵营，策反黄盖。不久，小校便探得黄盖因凌辱周瑜挨了五十大板，正躺在帐里养伤，并将此消息报告了曹操。对此，曹操直高兴得不知所以，并心生一计，即令小校乘为黄盖治伤之机挑拨离间周瑜与黄盖间的关系。小校得令，立刻便赶到黄盖兵营，对正躺在床上养伤的黄盖不无关爱地问道："黄将军伤在何处？"

黄盖闻问，忙起身下榻，脱下裤子对小校道："郎中请看。"

小校闻答忙低头引脖一看，果见黄盖屁股皮开肉裂，惨不忍睹。于是边往屁股上涂抹药水边怒气冲冲地问黄盖道："难道老将军就此罢休不成？"

"不罢休又能怎样？"

"何不反戈一击，投奔曹丞相！"

"先生之言虽然有理，但无人引见，如之奈何？"

"小的有一同乡，在曹丞相处……"

不待小校言毕，黄盖便忧心忡忡道："叛主投敌，我所不为呢。"

小校闻黄盖如此言，不禁非常着急，道："老将军征战南北多年，战功显赫，却未得到任何迁升。周瑜这厮效力不久，便飞黄腾达，步步高升，以至于现在老将军头上作威作福，岂不奇怪吗？"

黄盖闻言，遂长叹道："周瑜这厮虽然年轻，却善投机钻营，深得主公信任，于是官运亨通，平步青云。而叫人是可忍，孰不可忍的是，他竟敢打我的板子。"

言毕，便像孩童般呜呜大哭起来。小校见此，料知黄盖已回心转意，不禁大喜，并忙道："小的近日要去乌林山中采药……"

不待言毕，黄盖即道："老夫降归曹丞相之意已决，不过空口无凭，字句为证。因此，老夫愿作书一封，望你采药时顺便转呈曹丞相。"

言毕，即起身走到案几前，伏身提笔作书云：

盖受孙氏厚恩，常为将帅，见遇不薄。然顾天下事有大势，用江东六郡山越之人，以当中国百万之众，众寡分明，海内所共见也。我方将吏，无论愚智，皆知其不可为。唯周瑜、鲁肃偏怀浅戆，意未解耳。今日归命，是吾实计。周瑜所督领，自易摧破。交锋之日，吾为前部，当因事变化，效命在近。

郎中见黄盖降书所言，自然大喜不禁，忙上前将黄盖扶上榻后，便带上降书，乘船匆匆赶回将其呈与曹操。曹操看毕，先是大喜不禁，随后却半信半疑，因此将小校拉到密室，反复询问，以为无疑，方才信誓旦旦地对他道："速转告黄将军，他若信实，定予加官晋爵！"

三日后的一个午夜时分，曹操与李典、吕常巡视水寨毕，回到水寨中军大船下榻处正待摘胄解甲脱靴入睡，忽见一士兵匆匆进来，不及向曹操拱手施礼便报道："报丞相大人，有队敌军水兵轻舟正向我们这边飞一般驶来。"

曹操闻报，料是前来投诚的黄盖所率水军，于是不禁大喜，并边传令左右文武赶快前来列队欢迎，边三步并作两步奔出舱门，站在船头上举首朝南望去，果见火光中轻舟上"黄"字旗下一身材高大、银须白发、右手持白旗

第五十一回　刘孙双方柴桑协商联合抗曹　曹操兵败荆州鼎足之势始现

的老将，率了数十只满帆轻舟，乘风破浪，正向这边驶来。时老将还高声叫其部下齐声反复高喊："投降！"

曹操闻之，不禁非常兴奋，并高声道："来者是黄老将军么？我在此等你久矣！"

随后，黄盖也高声道："末将黄盖来迟，还请丞相多多包涵！"

曹操所率官军将士闻黄盖言，自然大喜不禁，并争先恐后奔出各自船舱相迎。

谁料这时只见黄盖将右手白旗一扔，接着将左手令旗一挥，身后那些轻舟便若插了翅膀，飞一般冲上前来。随后便从那些轻舟上钻出无数弓弩手，拉开强弓劲弩，猛向曹操所率官军水兵水寨船只上发射火箭。时不待他们弄清怎么回事，又见从那些轻舟上钻出大批官军水兵，将涂有膏油的柴草点燃，猛地抛向曹操所率官军水兵水寨。时值阳春时节，北风消失，南风呼啸，火乘风势，立刻便吞没了其大半个水寨，并迅猛向曹操所率官军步骑陆寨蔓延。对此，他们，特别是那些水兵，不禁吓得神魂颠倒，不知所措。回过神，便欲划船而逃。但因各船皆被铁链紧紧连着，一时无法解开。结果那些身强力壮的便争先恐后逃之夭夭；方惊醒未来得及逃走的和病魔缠身行动不便的，瞬间便同船只一道，化为灰烬。而李典和吕常等左右将士早便护着曹操，飞一般徒步向陆寨逃去。那里被惊醒的步骑官军见此，料想不妙，也如水兵般，即身强力壮的便争先恐后逃之夭夭；方才惊醒未及逃走的和病魔缠身行动不便的，不是被烈火烧死，便是成刀下之鬼。至次日天明，方圆数十里的曹操水寨、陆寨到处是船只残骸、帐篷灰烬和残存的焦烂尸首。其情其景，惨不忍睹。

时在赤壁水寨指挥大船上的周瑜、程普和鲁肃，闻报黄盖率领官军水兵焚烧曹操驻扎在乌林的水陆官军营寨成功，大喜，立即便令所率官军水兵划船离开那里，飞一般北渡江水，弃船上岸，与早已上岸的黄盖所率官军水兵一道，奋力追杀曹操所率官军。

前面说过，黄盖因凌辱周瑜挨了五十大板，因此决定投归曹操，现在怎么又反目了呢？原来事实真相是：黄盖与程普大为不同，他认为周瑜年富力强，大有作为，并在一日上午到中军大船激励周瑜道："我们这些老将虽有战功，但早已成过眼云烟。今主公委都督以重任，江东存亡与否，全赖都督了。"

言毕，见周瑜情绪仍然低落，料定是受程普凌辱，于是便激他道："都督须知，跟随大将军卫青击匈奴于漠南的霍去病时年方才十七岁，便能以少胜多，俘获匈奴相国，斩杀单于祖父和季父，勇冠三军，受封冠军侯。今都督已年三十有四，已过孔子所谓而立之年。若不趁此建功立业，还待何时？"

方言毕，周瑜即愁眉苦脸道："听老将军方才之言胜读十年书啊，晚辈当铭记在心。曹操老贼兵多将广，前时又以铁索将战船连成一体，北兵行走其上如履平地，施展武艺自然自如。对此，将如何破之呢？"

"都督难道忘了当年皇甫嵩和朱隽二位将军是如何在长社以少胜多，消灭人多势众的波才黄巾妖贼军的吗？他俩能，难道都督就不能？"

"谢谢老将军指点。但两者似是而非，他们在陆上实施火攻，易。而我们与曹贼都在水上，将如何实施火攻呢？"

黄盖闻周瑜问，遂忙上前对其低声耳语了一番。时只见周瑜不停地点头，并道："此计甚妙！"

须知，黄盖对周瑜低声耳语的，正是以诈降靠近曹操所率官军水兵水寨，突然以火攻之。曹操不知是计，结果上当受骗，大败而逃。

再说随曹操所率官军逃到陆寨以北的毛玠、荀攸、贾诩、程昱、曹彰、夏侯惇、夏侯渊、曹仁、曹洪、曹纯、张辽、徐晃、乐进、吕虔、李典、吕常、文聘、侯成、宋宪、魏续、成廉和魏越等文武，见自家兵败，皆大惊失色，不知如何是好。时曹操却镇静自若，遇险不惊，并对他们道："现我军粮草被烧，故宜西向华容县城退去，先补充粮草，然后全力固守那里，以保江陵。"

随后良久，也无人言语。对此，曹操正欲发怒，只见程昱拍马上前道："从此前往华容县城虽是捷径，但须越过大泽岸边一片沼泽。因此，能否顺

第五十一回　刘孙双方柴桑协商联合抗曹　曹操兵败荆州鼎足之势始现

利通……"

不待程昱言毕，曹操即不以为然道："无妨。"

言毕，即拍马向华容方向驰去。毛玠、荀攸、贾诩、程昱、曹彰、夏侯惇、夏侯渊、曹仁、曹洪、曹纯、张辽、徐晃、乐进、吕虔、李典、吕常、文聘、侯成、宋宪、魏续、成廉和魏越等文武见此，自然随后跟进。行不多远，果见前面有片一望无际的沼泽。对此，他们皆面露惧色，唯曹操毫不畏惧，并一马当先，向那冲去，不料马腿陷入烂泥中动弹不得。走在前面的曹洪和曹仁见此，大惊，忙翻身下马上前，将曹操扶起。随后，所有骑兵将士之马皆若曹操战马般，陷入泥中动弹不得。无奈，他们只好下马步行。良久，他们方才穿过沼泽，来到地窄道险、遍地泥泞的毛家口。曹操见此，不禁叹道："此真乃一夫当关，万夫莫开啊！"随后，即令部下砍伐芦苇和蒿草填路。时身强力壮的自然顺利通过；体弱多病的却被踏于泥中，加之饥寒交加，动弹不得，于是瞬间便成了飞禽嘴里餐，走兽肚中物。剩下的，便成堆堆白骨和衣甲。真是惨绝人寰，恐怖空前。尽管如此，曹操所率官军还是通过了毛家口。正在他们庆幸有惊无险时，便见一探马拍马飞一般前来，不及向曹操拱手施礼便向他报道："不好了，刘备、关羽、张飞、赵云、刘琰、诸葛亮、糜竺、糜芳、孙乾和简雍等敌酋率军从后追上来了！"

曹操闻报大惊，遂忙问道："距此有多远？"

"已到毛家口东一里许了。"

毛玠、荀攸、贾诩、程昱、曹彰、夏侯惇、夏侯渊、曹仁、曹洪、曹纯、张辽、徐晃、乐进、吕虔、李典、吕常、文聘、侯成、宋宪、魏续、成廉和魏越等文武闻之，皆不禁大惊失色。然曹操却抚髯哈哈大笑起来。对此，他们皆若丈二和尚，摸不着头脑，忙异口同声问曹操道："在此危难之际，丞相不但不忧，反还哈哈大笑，为何？"

"刘备这厮才智虽与老夫同，但计谋总是晚于老夫。倘若他早派一支骑兵赶到毛家口纵火或拦截，老夫纵有千军万马，也插翅难逃。但如今老夫已令张郃与许褚率领步骑在那布阵拦截，因此，他们只能望我莫及呢。"

毛玠、荀攸、贾诩、程昱、曹彰、夏侯惇、夏侯渊、曹仁、曹洪、曹纯、张辽、徐晃、乐进、吕虔、李典、吕常、文聘、侯成、宋宪、魏续、成廉和魏越等文武闻之，方知曹操笑之有理，遂便镇静自若，有条不紊地护卫着曹操，飞一般向华容县城赶去。

　　须知，刘备、关羽、张飞、赵云、诸葛亮、刘琰、糜芳、糜竺、孙乾和简雍所率水陆官军不是在江水以南赤壁周瑜水寨吗，现在怎么这么快就杀到这里了呢？难道他们长了翅膀会飞不成？其实不然，原来他们早便受周瑜之遣，从赤壁水寨上游乘船北渡江水，埋伏在蜀山一带，待时与周瑜所率官军主力夹攻曹操所率官军乌林水陆营寨。现在闻报曹操已经兵败，并早已通过毛家口，夹攻无望，无奈，他们只得率军从后追杀。方追到毛家口以东半里许，便被早已布好阵式的张郃和许褚所率官军步骑挡住了去路。刘备见此，大怒，遂便手舞双股剑，与手持偃月斧的关羽一道，拍马向张郃杀来。许褚恐张郃独战刘备与关羽有失，便忙拍马舞斧，飞一般上前助战。张飞与赵云见此，怕刘备与关羽不敌，遂便各举兵械，拍马飞一般向张郃杀来。时张郃与许褚皆知他俩胜负关系到曹操及全军的安危存亡，干系非同一般，于是皆使出浑身解数，奋力拼杀。正在他们杀得你死我活，难解难分之际，忽见东方不远处旌旗蔽日，鼓声震天，杀声动地，一支大队官军正飞一般向这边杀了过来。张郃与许褚以为是他们自家救兵杀到，不禁大喜，并欲上前与他们合兵一处，消灭刘备。时不待他俩行动，那队官军已来到眼前。他俩忙举目一望，原来是周瑜、程普、鲁肃和黄盖所率大队官军杀到。已杀得筋疲力尽的张郃和许褚见此，料知不妙，遂便且战且走，向西追赶曹操所率官军去了。

　　再说曹操、毛玠、荀攸、贾诩、程昱、曹彰、夏侯惇、夏侯渊、曹仁、曹洪、曹纯、张辽、徐晃、乐进、吕虔、李典、吕常、文聘、侯成、宋宪、魏续、成廉和魏越等一行马不停蹄地奔波，方从华容县城东门入城，还不待歇息，便见张郃和许褚率领官军也随后赶到了东城门下。当曹操从张郃与许褚口中得知刘备和周瑜所率追兵距此不远，不禁大惊失色，不及补充粮草，便穿城从西城门直向江陵逃去。

第五十一回　刘孙双方柴桑协商联合抗曹　曹操兵败荆州鼎足之势始现

　　江陵，乃非凡之所，它东连吴越，南通五岭，北绕颍泗，西控巴蜀，上瞰京雒，南北要冲，甲兵所聚，战略要地。同时，又是人畜兴旺之地，鱼肥稻米之乡。得之，则中原可定。如当年楚国定都于此，便挥军北上，问鼎轻重。随后又击败晋师，围攻宋国，遂成春秋五霸之一和战国七雄之一。因此，孙权早有占据江陵之意，只是一时没机会。现见机会已到，岂肯放过，于是便传令周瑜率军快马加鞭，前往攻占。诸葛亮曾向刘备讲过江陵为战略要地，因而如前所述，曹操所率官军方进荆州，刘备便率领官军直指江陵。只因曹操所率官军追得急，方才改道撤向江夏。现在形势正好与那时相反，因而刘备岂肯放过攻占江陵的绝好机会呢？因此便与周瑜、程普、鲁肃、黄盖、甘宁和凌统所率官军一道，飞一般直向江陵杀去。结果曹操所率官军午后方从江陵东城门入城，周瑜、刘备两军便随后兵临城下，并不待安营扎寨，便开始猛烈攻城。深通军事地理的曹操对江陵的看法也与鲁肃和诸葛亮一样，因此当初挥军顺流东下赤壁时就令心腹猛将曹仁率领强兵猛将固守。因而周瑜和刘备所率官军攻打到傍晚时分，也无结果。无奈，只得传令将城池铁桶般包围起来，然后各就各地安营扎寨，埋锅造饭，以便酒足饭饱，歇息一夜，明日再攻。

　　时曹操正为成功阻击周瑜和刘备所率官军攻城大喜不禁，忽闻报北方形势不容乐观。经与左右文武商议，遂令曹仁、徐晃、侯成、宋宪、魏续、成廉和魏越等将校率领官军固守江陵；令乐进和吕常率军固守襄阳。他则与毛玠、荀攸、贾诩、程昱、曹彰、夏侯惇、夏侯渊、曹洪、曹纯、张辽、张郃、许褚、吕虔、李典、文聘等文武率军于次日黎明时分乘周瑜和刘备所率官军不备之机，杀出西城门，经襄阳和樊城回其故乡谯县。

　　次日黎明，曹操便按昨日商议，率军从西城门杀出。驻在那里的刘备、关羽、张飞、赵云、诸葛亮、刘琰、糜竺、糜芳、孙乾和简雍所率官军，因连日行军作战，疲劳非常，于是昨日方用过晚饭，便倒下呼呼大睡，直到这时还在梦中。结果有的还不知怎么回事，便身首异处；有的惊醒后还不及起身，便四肢残缺；其余的则若无头苍蝇，到处乱窜。曹操见此，大喜，正欲率军冲出营寨，忽见刘备、关羽、张飞和赵云各举兵械从前挡住了去路。诸葛亮、刘琰、糜竺、糜芳、孙乾和简雍亦披甲戴胄，举着刀枪，挥着鼓槌，在后助威。须知，刘备、关羽、张飞和赵云行动何以如此快呢？原来他们正在中军大帐商议攻城策略，通夜未眠，听得外面人声嘈杂，料知是曹操率领官军来袭，于是便忙出门翻身上马，举械迎面向曹操所率官军杀来。时曹操文臣武将众多，且又是有备而来，因此，片刻工夫，便杀开一条血路，飞一般而去。刘备见此，料知追赶无益，无奈，只得传令鸣锣收兵。

此时值建安十三年十一月。

周瑜与刘备见曹操所率主力官军退走，大喜，以为一鼓作气，便可拿下城池。于是便在曹操所率官军退走的当日上午，在城东门外的周瑜中军大帐运筹谋划，调兵遣将：令程普挥军攻打东城门，黄盖挥军攻打南城门，关羽、张飞和赵云攻打西城门，甘宁和凌统攻打北城门。周瑜、刘备、鲁肃和诸葛亮在周瑜中军大帐掌控战局。刘琰、糜竺、糜芳、孙乾和简雍随时听候调遣。

次日早饭后，周瑜和刘备两军方听得鼓响，便猛地向各自所攻城门冲杀过去，恨不得立刻破城。当他们方冲到护城河外沿，城上便箭如雨下，射得他们人仰马翻，死伤无数。周瑜与刘备在中军大帐闻报，气得直跺脚。诸葛亮和鲁肃见此，遂便一合计，向周瑜和刘备建议将曹仁、徐晃、侯成、宋宪、魏续、成廉和魏越所率守城官军诱出城外歼之。周瑜和刘备认为诸葛亮与鲁肃建议有理，于是便传令停止攻城，向后撤退。曹仁不知是计，以为是周瑜和刘备所率官军无心攻城，于是便传令所率守城官军从四大城门飞一般冲出从后追击。不待追上，只见周瑜和刘备所率官军忽然返身，齐放火箭，直烧得追在前面的喊爹叫娘，遍地打滚。后面的见势不妙，立即掉头向城里逃去。周瑜和刘备见此，大喜，遂便传令从后紧追不舍，并有部分官军在张飞和甘宁的率领下随后杀进了城门。在西城楼上的曹仁、徐晃、侯成、宋宪、魏续、成廉和魏越见此，大喜，遂忙传令紧闭四大城门，欲将他们尽数歼之。张飞与甘宁所率官军虽然膀大腰圆，力气过人，但大多是橹手出身，

第五十一回　刘孙双方柴桑协商联合抗曹　曹操兵败荆州鼎足之势始现

船上功夫自然非凡，但陆上武艺非常一般。而曹仁、徐晃、侯成、宋宪、魏续、成廉和魏越所率守城官军乃身强力壮的北方人，船上功夫自然不及他们，但陆上武艺却非常高强。因此，双方一接手，便立刻泾渭分明，即曹仁、徐晃、侯成、宋宪、魏续、成廉和魏越所率守城官军很快便占了上风，直杀得他们只有招架功夫而无还手之力。不过，时之张飞和甘宁所率官军是死里求生，没有退路，因而便使出浑身解数，奋力拼杀。片刻，便扭转不利战局，与曹仁、徐晃、侯成、宋宪、魏续、成廉和魏越所率守城官军杀得难解难分。正在这时，忽见西城门和东城门大开。他们见此，便且战且退，如潮水般朝那两门涌去。曹仁、徐晃、侯成、宋宪、魏续、成廉和魏越见此，哪里肯放，并欲传令随后追杀。谁料这时城头上响起紧急锣声，他们闻之，方才罢追。何也？原来周瑜和刘备见张飞和甘宁所率官军久无音讯，料知凶多吉少，于是便依诸葛亮和鲁肃之意：派关羽和赵云挥军用撞城车并力撞开西城门，程普和黄盖挥军用撞城车并力撞开东城门，然后一齐奋力冲杀进去，方才救出了张飞和甘宁所率官军。

　　远在柴桑的孙权闻报周瑜和刘备所率官军攻打江陵不利，不禁非常着急，并令横野中郎将吕蒙率领三千官军兵匠，赶制千余台抛石机送往江陵，加强攻城。吕蒙得令，自然不敢怠慢，随即命令连夜赶制。仅半月，便圆满完成任务，并部署在江陵城外四周。

　　须知，所谓抛石机，就是将石块抛向敌方的机械。因此，需要大量石块。但江陵四周皆是沃土，哪有石头？因此，这可急坏了吕蒙。诸葛亮闻之，急忙赶到吕蒙营寨对他道："城东门外十五里处的龙山不仅产玉，也产大量普通岩石。"吕蒙闻之，遂便转忧为喜，当即派千余官军工兵赶到那里开采。三日后，开采到的石块便堆积如山。周瑜、刘备、吕蒙见了，大喜不禁，以为抛石机一动，便可破城。

　　待一切准备就绪，吕蒙便一声令下，抛石机便落雨般将石块抛向城里。时曹仁早得报吕蒙欲用抛石机攻城，因此早已有备，即也令所率官军工兵连夜赶制了千余台抛石机。一旦城外石块飞落到城内，曹仁部下抛石机手便立即拾起，再用抛石机将其抛向城外。结果城外抛进的石块，又如数从城内抛向城外。如此直至建安十四年九月，双方砸死砸伤的不计其数，双方将领见此，皆不禁非常着急。

须知，时北方虽已凉风习习，渐显秋意，但南方江陵却骄阳似火，犹如仲夏。周瑜和刘备所率官军大多是荆州人，耐热。曹仁、徐晃、侯成、宋宪、魏续、成廉和魏越所率官军大多是中原人，怕热。对此，周瑜和刘备便乘机令弓弩手猛向城里施放火箭，欲将曹仁、徐晃、侯成、宋宪、魏续、成廉和魏越所率守城官军烧死。谁料他们早已料到，并令工兵将从城西流经城内的浕水围截起来，又叫每位士兵携带木瓢一个，随时准备灭火。结果城外飞进来的火箭方着地，皆被浇灭。

周瑜与刘备闻报，大怒，遂便令所率官军工兵从四面八方向城里挖掘地道，打算令步兵从那入城突袭。曹仁、徐晃、侯成、宋宪、魏续、成廉和魏越亦早有所料，并令所率工兵沿内城墙根挖掘沟渠，引入浕水。结果地道通到哪里，哪里便立刻轰然垮塌，遂使周瑜和刘备的打算落空。对此，周瑜和刘备仍不罢休，并心生一计，即令所率官军工兵从城西赤坂岗挖土构坝，拦截浕水淹城。时值深秋季节，雨水稀少，浕水几乎断流，哪里有水，结果白忙活一阵子。

转眼间攻城已快一年，城池仍然岿然不动。对此，曹仁、徐晃、侯成、宋宪、魏续、成廉和魏越不禁非常得意。远在邺城的曹操闻之，大惊，遂便遣使前来警告他们：务必谨慎小心才是，同时严防敌军从后偷袭夷陵，切断粮源。时他们却以为曹操是杞人忧天，大可不必。正在这时，忽然夷陵守将罗元派人前来向曹仁报道："夷陵遭到周瑜、张飞、刘备、甘宁和凌统所率官军围攻，形势十分危急。"

夷陵乃江陵粮仓，一旦丢失，江陵守军便衣食无着。因此，曹仁闻报，不禁惊慌失措，回过神，便忙传令：立刻弃城，北向襄阳撤去。于是江陵便被程普、黄盖、吕蒙和关羽、赵云、诸葛亮、刘琰、糜竺、糜芳、孙乾和简雍所率官军顺势占领。

第五十一回　刘孙双方柴桑协商联合抗曹　曹操兵败荆州鼎足之势始现

须知，周瑜、刘备、张飞、甘宁和凌统本在江陵，怎么会率军围攻夷陵呢？原来周瑜和刘备所率官军攻打江陵已年余，仍未越城池半步。对此，刘备不禁非常着急，并向周瑜建议道："江陵不仅城墙高大坚固，兵多将广，且又有夷陵不断供应粮草，故易守难攻。以我之见，不若令张飞率军一千随你，你派甘宁、凌统率军两千随我，沿夏水而上，共同围攻夷陵。敌军闻报，必然退走。如何？"

周瑜认为刘备言之有理，于是便欣然采纳了其建议，结果如愿以偿。

至此，这场曹操、孙权、刘备三方参战人马近三十万，战线长达千里，历时年余的荆州大战，就此结束。

此时值建安十四年十二月。

战后，曹操占有荆州南阳郡南部、由南郡北部分置出来的襄阳郡、章陵郡以及从南阳西部分置出来的南乡郡，加之他占有整个北方，实力最为强大。在攻打江陵和夷陵后期，刘琦病故，刘备于是顺理成章地继承了刘琦的荆州牧职，接收了荆州武陵、长沙、桂阳、零陵四郡，加上南郡分置出的宜都郡和江夏郡部分地区，竟占去荆州七郡的大半；并拜诸葛亮为军师中郎将，督零陵、桂阳、长沙三郡；以关羽为襄阳太守、荡寇将军，驻屯江北；以张飞为宜都太守、征虏将军，封新亭侯；以赵云为偏将军，领桂阳太守；刘琰、糜竺、糜芳、孙乾和简雍也各有封赏。同时，又先后得了荆州文臣武将黄忠、庞统、魏延、霍峻、伊籍、向朗、杨仪、秦宓、马良、马谡、陈震和廖立以及其所率原刘琦所部官军。为管理方便起见，刘备又将荆州治所从江夏移到油口，并改名公安。从此，征战多年的刘备终于有了自己的立足之地。由此可见，荆州之战刘备不仅得益匪浅，而且实力空前。孙权则占有西起夷陵、东至浔阳的江水沿岸地区，加之原有的会稽六郡，其势力亦不可小视。从此，为曹丕建立的曹魏国、刘备建立的蜀汉国和孙权建立的孙吴国打下了初步基础。

看官欲知曹操吃了败仗，是否灰心丧气，一蹶不振；孙权和刘备打了胜仗，是否得意扬扬，忘乎所以，请看下回分解。

第五十二回

为共同防御曹操孙刘联姻成功
孙权曹操合肥之战均徒劳无益

却说刘备联合孙权打败了曹操，由无立锥之地而拥有了武陵、长沙、桂阳和零陵四郡，又领了荆州牧，应该欢天喜地才是，谁料他在荆州治所公安城的刘府里却如丧考妣，悲痛欲绝。何也？原来他的甘夫人在长坂坡被曹操人马所围时尽管被赵云奋力救出，但受惊不小，并因此身体健康每况愈下。刘备见此，不禁非常着急，并请来远近妙手郎中予以医治，但终因医治无效而亡。正在这时，刘备忽然闻报鲁肃及其几名随从带着三牲头颅和女士冥帽、冥衣与冥鞋等丧礼已到东城门外。对此，刘备感动不已，忙与正在那里安慰他的诸葛亮一道，匆匆赶到东城门外迎接。鲁肃见刘备愁眉苦脸，悲痛非常，也不禁悲痛非常，并善言安慰了刘备一番。随后，他们便一道进城，直向刘府走去。进得灵堂，见关羽、张飞、赵云、刘琰、糜竺、糜芳、孙乾、简雍、杨仪、黄忠、魏延等文武正在甘夫人灵牌前哭祭。他们相见，自然要相互施礼和客套一番。随后，鲁肃便叫随从将所带丧礼摆在甘夫人灵牌前供桌上。方摆毕，鲁肃便跪伏在甘夫人灵牌前哭祭。尽管鲁肃也若刘备般悲痛得如丧考妣，但站在一旁的诸葛亮却暗喜不已，并对刘备低声耳语道："主公有喜了。"

"何喜？"

"到时便知晓。"

须知，诸葛亮方才对刘备所低声耳语的并非空穴来风，而是有根有据。

第五十二回　为共同防御曹操孙刘联姻成功　孙权曹操合肥之战均徒劳无益

因为诸葛亮早料到尽管孙刘联合打败了曹操，但孙权却不敢得意扬扬，忘乎所以。何也？因为孙权很清楚曹操不仅秉性强硬，且又据有大半个中国，势力之强大，没人能比。其荆州之败，犹若百足之虫断一足而已，不会致命。因此，说不准哪天他又会率军南犯。倘若刘备不与我孙权联合，就我孙权所部那点人马能否顶住曹操所部人马，还是未知数。于是一时竟叫他坐在柴桑孙府里忧心忡忡，茶饭不思，坐卧不宁，始终想不出一个妙计良策应之。正在这时的一日上午，忽见周瑜不待通报便匆匆走了进来。孙权见了，忙起身上前问道："是哪阵风把周将军给吹来了？"

周瑜乃孙权亲密左右，因而进出孙府不仅随便，他俩相见也是畅所欲言，无话不谈。因此，周瑜闻孙权问，随即笑着答道："是主公心事之风给吹来的。"

"我有何心事呢？"

"忧曹操老贼卷土重来啊。"

孙权闻周瑜答，不禁惊异道："将军真神啊！那么该怎么办呢？"

"兵来将挡，水来土掩。有何惧呢！"

"以我一方之力要顶住曹操老贼，恐……"

不待孙权言毕，周瑜便掷地有声道："主公是想联合刘备那厮吧？我以为大可不必！"

周瑜言至此，沉思了片刻又道："刘备这厮不比当初有求于我，他现已据有长沙、武陵、桂阳、零陵四郡及江夏部分地区，自然今非昔比，尾巴早翘上天了。再者，他那四郡有我江陵和夷陵在前挡着曹贼人马，他躲在其后大事无虞。因此，更不会与我联合。"

孙权认为周瑜言之有理，便忙连连点头称是。正在这时，忽听得有人高声道："周将军所言差矣！我们必须联合刘备。"

孙权和周瑜闻之，不禁吃了一惊，忙不约而同循声望去，原乃鲁肃不待门卫通报，便匆匆走了进来。鲁肃何以不通报便进入孙府呢？原来他如周瑜一样，是孙权的亲密左右，出入孙府也很随便，见面也是畅所欲言，无话不谈。时孙权见鲁肃到来，自然表示欢迎，并问鲁肃道："先生无事不登三宝……"

不待问毕，鲁肃便道："在下方才闻报，刘备甘夫人亡故了。"

时孙权与周瑜未料及鲁肃所言，先不禁吃了一惊，随后即异口同声道："他刘备亡妻，再娶一房就是了，与我们有何干系。"

"干系大了。"

"为何？"

"主公试想想，一旦曹贼人马来犯我，倘若刘备人马从后袭我，咋办？"

孙权闻鲁肃言，甚为不解，忙问道："刘备当初被曹操老贼打得狼狈逃窜，几乎全军灭亡，是我伸出援手，使他有了长沙、零陵、武陵和桂阳等荆州大部，难道还不满足，还要从后袭我？"

"主公须知，刘备乃皇室之胄，人中豪杰。诸葛亮乃运筹帷幄之中，决胜千里之外的军师。关羽、张飞和赵云本乃万人敌，加之新归附的猛将黄忠、魏延以及杨仪等文武之士，实力不可小觑。因此，他们岂肯永远屈居在那区区几郡之地呢？"

孙权闻鲁肃言，认为言之有理，并连连点头称是。结果是周瑜与鲁肃所言孰是孰非，一时没断。良久，孙权才若有所思道："我有一妹未嫁，倘若嫁与刘备，联合御曹，如何？"

孙权方言毕，鲁肃便高兴地击掌道："联姻，我正为此而来呢。"

"何不早说呢？"

"在下恐主公不依。"

"御曹是大事，哪有不依的呢。"

孙权方言毕，在一旁的周瑜便红脖子涨脸道："不可！"

鲁肃待周瑜方言毕，遂语重心长道："周将军须知，《国语·鲁语上》臧文仲语曰：'夫为四邻之援，结诸侯之信，重之以婚姻，申之以盟誓，固国之艰急是为。'比如春秋战国时期地处南部的楚国与地处西部的秦国虽然无任何利害冲突，但都互相支持而长期联姻——秦女嫁与楚成王，秦景公妹秦嬴

第五十二回　为共同防御曹操孙刘联姻成功　孙权曹操合肥之战均徒劳无益

嫁与楚共王，秦女伯嬴嫁与楚平王，秦惠王娶楚女为宣太后，秦女嫁与楚怀王，秦女嫁与楚襄王，秦孝文王娶楚女为华阳夫人等九桩联姻便是例证。还有秦晋联姻、齐鲁联姻和晋楚联姻。就是高高在上的周王室，因各种不利原因，也与齐国联姻。如周武王娶齐太公之女邑姜，周宣王娶齐国国君之女姜后，周平王孙女王姬嫁与齐襄公，周定王娶齐女为王后，周灵王娶齐侯之女。将军须知，这些联姻在各方面都取得了预期效果。"

言毕，便望着孙权，希望孙权知晓并赞成他方才所言。孙权博览群书，熟读经史，当然知晓鲁肃方才所言。于是沉思片刻道："先生言之有理啊。不过，联姻乃我一方情愿，但不知刘备意下若何？"

"我以参加甘夫人葬礼的名义前往公安一趟，探探刘备口气便一清二楚。"

"那就烦鲁先生走一遭吧。"

孙权言毕，已到午时。于是孙权吩咐酒宴，与周瑜和鲁肃一道共饮。席间，孙权频频举杯，预祝鲁肃前往公安联姻成功。

再说刘备对诸葛亮方才言说的"喜"至今一直不解，于是在送走鲁肃前往驿馆后，便问诸葛亮道："到底何喜？道来听听。"

"主公试想想，以孙权的实力能独御曹贼吗？"

"当然不能！当初要不是我军参战，特别是攻打江陵，他孙权哪能独御曹贼呢。"

"主公所言极是。孙权既然不能独御曹贼，必然要与我们联合。须知，什么可使联合长久牢固呢？"

"不知呢，还请先生指点迷津。"

"联姻啊。"

诸葛亮言毕，喝了口茶润了润嗓子后，便将鲁肃对孙权和周瑜所言的那些春秋战国时期的联姻故事向刘备道了一番。刘备闻后即道："先生所言虽然有理，然甘夫人尸骨未寒，岂可在此时联姻？"

"岂可顾及那些礼俗！"

"与谁联姻呢?"

"孙权。我早从我哥哥诸葛瑾处闻知孙权有一妹至今未嫁,鲁肃今来不仅是为参加甘夫人葬礼,更重要的是还带有孙权托付的联姻使命。主公信不信?"

刘备闻诸葛亮方才之言,不禁半信半疑。而在场的关羽、张飞、赵云、刘琰、糜竺、糜芳、孙乾、简雍、杨仪、黄忠和魏延等一干文武却认为是天方夜谭,根本不可能。要不是顾及诸葛亮颜面,定会当场哄堂大笑一番。时诸葛亮看出了他们的心思,但并未与他们争辩。

三天后,在甘夫人葬礼上,刘备哭得像个泪人儿。刘备何故如此悲伤呢?甘夫人乃沛国人,刘备任豫州牧时纳其为妾。建安十二年,时刘备已年近五十岁,还无子女。刘备自然懂得"不孝有三,无后为大",因而盼星星盼月亮,盼望甘夫人能为他生下孩子。结果甘夫人这时不仅为他生下了孩子,而且还是个儿子,即阿斗。对此,刘备对甘夫人自然是感激不尽。谁料芳龄方才二十有二的甘夫人便撒手人间,他怎能不悲伤呢?时诸葛亮、关羽、张飞、赵云、刘琰、糜竺、糜芳、孙乾、简雍、杨仪、黄忠、魏延以及鲁肃自然也悲伤不已。

葬礼方毕,鲁肃便急不可耐地问刘备道:"糜夫人下落不明,甘夫人又不幸亡故,留下两岁的公子无人关照,咋办呢?"

问毕良久,刘备方才带着哭腔答道:"不知道呢。"

"何不续一房以便关照公子?"

鲁肃问毕良久,刘备才摆出一副无所谓的样子答道:"是否续房皆可。"

其实刘备对鲁肃方才所问早已心知肚明,之所以如此做派和如此回答,意在让鲁肃先亮底牌。而鲁肃闻刘备方才所答,认为只要略加劝导,续房十拿九稳,于是不禁暗喜,并语重心长道:"既然是否续房皆可,我以为还是续的好。"

刘备闻鲁肃没亮底牌,于是卖关子道:"当然。不过待时娶一民女即可。"

鲁肃不知刘备在卖关子,不禁非常着急,忙问道:"我家主公有一妹未

第五十二回 为共同防御曹操孙刘联姻成功 孙权曹操合肥之战均徒劳无益

嫁，皇亲何不娶来呢？"

鲁肃为了保住孙权颜面，言至此也卖关子道："不过这只是我的意见，还不知我家主公意下如何呢。"

为保住刘备颜面，在一旁的诸葛亮忙道："那就烦鲁先生先打探一下孙将军之意吧。"

"那是自然。"

刘备闻鲁肃言，心里自然高兴，于是便吩咐设宴为鲁肃饯行。而鲁肃见不虚此行，心里自然也很高兴。待宴毕，即告辞刘备，连夜快马加鞭返回柴桑，向孙权复命去了。

却说孙权自鲁肃走后心情一直忐忑不安，何也？因为他除了担心鲁肃前往公安联姻之行是否如愿，还担心自己妻子徐夫人和妹妹孙公主是否愿意与刘备联姻，因此闭门谢客，冥思苦想对策。正在这时的一日早上，孙权正在餐室与徐夫人和孙公主用饭，忽见鲁肃不待通报便兴冲冲地走了进来。孙权见此，认为不是马到成功，便是事半功成，于是不禁暗喜。时鲁肃见徐夫人和孙公主在场，认为不宜将公安之行情况禀报与孙权，于是便欲告辞退出。正在这时，忽听得徐夫人高声问道："先生向来无事不登三宝殿，今日何故兴冲冲来此不待开言便欲匆匆离去呢？"

鲁肃闻问，忙拱手向徐夫人施礼道："本欲陪主公出游柴桑山，不巧来得不是时候，故……"

不待鲁肃言毕，孙权便道："先生定然辛苦了，先请入座用饭，然后道来公安之行无妨。"

鲁肃闻孙权言，以为他三人已谈及孙刘联姻之事，并取得一致意见——同意联姻。不禁大喜，遂便入座边用饭边将公安之行情况如实向他三人禀报了一番。不待禀报毕，徐夫人便指着鲁肃鼻子训斥道："你背着我和我妹妹干的好事！"

鲁肃见徐夫人发怒，心里直埋怨孙权不该叫他在此禀报，自己受点委屈事小，惹得徐夫人生气可不是闹着玩的。因为孙公主父母撒手人间时她还很小，是徐夫人将她带大的，真所谓嫂子如生母。惹恼了徐夫人，就意味着惹恼了孙公主之母。若如此，孙刘联姻就得泡汤。更糟的是，要是孙公主发怒，不光训斥，说不定还会起身来个拳脚相加，不叫我鲁肃鼻青脸肿才怪呢。正在这时，孙权慢腾腾地起身，笑眯眯地对徐夫人道："与刘备联姻是我的主意，先生只是奉命行事罢了。"

徐夫人闻言，火气越发大了，并责怪孙权道："须知，孙策、孙翔、孙匡与你四兄弟就这么一个妹妹，岂可远嫁他乡！再说刘备快到知天命之年，别说我们女儿给他做妻，就是给他做女儿都小了些，这等事你竟想得出来！"

须知，孙公主本性情刚猛，得理不饶人。但现在却温顺得犹若绵羊，不仅一言未发，且还暗自大喜不禁。结果使鲁肃虚惊一场，何也？原来她时之芳龄方才二十岁，做刘备的妻子年龄确实小了许多。不过，她那年龄也是时之急于待嫁的大龄姑娘了。因此她思想到：刘备虽然年龄大，但他毕竟是时之皇亲，朝中重臣，嫁与他仍可继续享受如在孙家那般荣华富贵，何乐而不为呢？因此，她还担心这门亲事告吹呢，但又不便开口，于是便来个置之不理，无动于衷。徐夫人见此，遂便猜到她的心思，心情不禁非常沉重，并对她道："刘备今日虽然飞黄腾达，当年却是穷兮兮的织席卖履小儿，嫁与他，简直就是鲜花插在牛粪……"

不待言毕，早已呜呜大哭起来。鲁肃见此，不禁非常尴尬。正在这时，忽见一探马飞一般前来向孙权报道："曹操声称要报前时荆州大败之仇，现正秣马厉兵，不日将……"

徐夫人闻报，直吓得差点昏倒在地。孙权见此，不待探马报毕便道："知道了，下去继续打探。"

随后，即一脸严肃地将当初他和鲁肃商议的与刘备联姻的重要性对徐夫人道了一番。末了，还说与刘备联姻也是形势所逼，万不得已。徐夫人闻之，方才明白个中原委，于是才收住哭声，叹了口气道："为我孙家江山社稷，就依郎君的吧。"

言毕，即离座起身回里屋去了。随后，孙权才问孙公主道："与刘备联

第五十二回　为共同防御曹操孙刘联姻成功　孙权曹操合肥之战均徒劳无益

姻，妹妹意下如何？"

"愿听哥哥的。"

孙权与鲁肃闻孙公主答，自然非常高兴。

须知，方才探马所报，乃孙权事先指使。之所以如此，皆因料定孙公主，特别是徐夫人，会坚决反对与刘备联姻。结果徐夫人中计，而孙公主与徐夫人意见相左，方才万事俱备，只欠鲁肃再前往公安一趟，叫刘备前来柴桑提亲。

却说刘备自鲁肃离开公安后，一直没得到柴桑方面的联姻消息，不禁非常着急，并在一日上午召来诸葛亮询问。时诸葛亮却欢颜道："主公不必担忧，联姻早已水到渠成。不日鲁肃便会前来……"

不待言毕，忽见城东门一守卫匆匆前来向刘备报告，鲁肃与随行在城东门外言有要事求见。刘备闻报，自然以为诸葛亮料事如神，并因此赞美了他一番，随后他俩便一道，飞一般前往东门外相迎。片刻，他俩便赶到了那里，相见施礼和客套一番后，便肩并肩直向城中刘府行去。到得里面客厅不待坐定，刘备便忙吩咐酒宴，为鲁肃与随行接风洗尘。席间，不待刘备开言，鲁肃便道："刘皇亲喜事临门了！"

刘备闻言，遂淡然道："是吗？"

鲁肃闻刘备如此言，认为他对自己方才所言半信半疑，于是道："孙将军、徐夫人和孙公主皆同意与刘皇亲联姻呢，我该喝喜酒了！"

刘备闻鲁肃言，自然非常高兴。时鲁肃以为他不仅为刘孙联姻共同御曹立了一功，而且还成了刘备与孙公主的月下老人，于是不禁得意非凡，同时还将他来此是受孙权之托，叫刘备前往柴桑提亲之事道了一番。诸葛亮闻之，立刻便对鲁肃道："我家主公明日就随鲁先生前往柴桑提亲，如何？"

鲁肃闻言，自然非常高兴，宴席方毕，便起身与随行告辞出门，到驿馆休息去了。次日早饭方毕，刘备便衣帽一新，骑着白色高头大马，兴高采烈地与骑着棕色高头大马的鲁肃及其随行在前，十余名挑着精美彩礼的挑夫在后，出了东城门，匆匆向柴桑行去。方行三里，忽见一小校飞马前来，不及向刘备拱手施礼便上气不接下气向他报道:"主公……不好了,有新归附的……荆州兵……"

刘备闻报,不禁非常惊慌,故不待小校报毕便问道:"荆州兵怎么了?"

"他们……闻知主公要前往柴桑,在……城里反叛了!"

刘备和鲁肃闻报,忙勒转马头举首向公安城方向望去,果见那里火光冲天。对此,他俩皆不禁大惊失色。正在这时,忽见诸葛亮飞马赶来,气喘吁吁地对鲁肃道:"事急,恐……主公……不能与鲁先生前往柴桑。"

鲁肃见事已至此,只得无可奈何道:"既然如此,我就代为……"

诸葛亮闻言,不禁暗喜,并不待鲁肃言毕便道:"那就麻烦先生了。"

"哪里哪里,联姻御曹是要紧事!"

鲁肃言毕,即拱手施礼告辞刘备和诸葛亮,掉转马头,带着那些随行和挑夫,继续向柴桑行去。

看官你道新归附的荆州兵真的反叛了吗?回答是此地无银三百两。真相是赵云奉诸葛亮之命,指挥部下在东城楼上边放火边摇旗呐喊,制造了有新归附的荆州兵反叛的假象。诸葛亮何故要制造这种假象呢?原来昨日刘备闻鲁肃要他前往柴桑提亲,不禁喜忧参半。喜者:不仅将娶到一位年轻貌美的女子,还可实现永久联孙御曹,一箭双雕、一举两得的美事,何乐而不为呢?忧者:前往柴桑提亲倘若是孙权撒下的诱饵加害我刘备咋办?可诸葛亮却痛快地答应了鲁肃要求——刘备前往柴桑提亲,遂使刘备大为不满,并欲训斥他一番,只因鲁肃在场方才作罢。时诸葛亮早便看出了刘备心思,在鲁肃走后对他道:"主公不必担忧,到时我自有道理!"诸葛亮所谓的道理,就是方才公安东城楼上所发生的一切。

鲁肃回到柴桑正值两日后的一个夜晚,时鲁肃认为公安之行事急,故不待休息,便匆匆赶到孙权卧室,叫醒睡梦中的孙权,将这次公安之行经过向孙权详细禀报了一番。孙权闻后沉思良久方道:"既然如此,接亲时刘备恐怕也不会前来。故依我见,那些烦琐的礼仪礼节并不重要,重要的是尽快联姻,共同御曹。"

第五十二回　为共同防御曹操孙刘联姻成功　孙权曹操合肥之战均徒劳无益

方言毕，忽听得门口一女子高声道："新郎不来提亲接亲，成何体统！难道本公主嫁不出去不成？"

孙权和鲁肃闻声望去，原乃孙公主正横眉冷眼，两手叉腰，昂首挺胸地站在那里。对此，孙权与鲁肃不禁非常尴尬。片刻，还是鲁肃和颜悦色对孙公主道："公主乃孙老太爷、吴老太太、孙大将军和徐贵夫人掌上明珠，江南佳丽，岂有嫁不出去之理呢！"

方言毕，孙权便将鲁肃方才所报向她道了一番。孙公主闻之，遂忙上前对准孙权右耳低语了一番，时只见孙权连连点头称是。末了，孙公主方才转怒为喜，转身唱着江南曲儿出门去了。

出嫁那天，徐夫人和孙公主自然要哭一番。不过，徐夫人是高声大哭，流的是悲伤泪。孙公主是低声吟哭，流的是大喜泪。原因，前面已叙述，在此不予复述。按常理，孙权、孙翔和孙匡三兄弟都该前往送亲。但孙权是一方之主，又若徐夫人一般，在父亲孙坚和母亲吴夫人去世后带大了孙公主，形同生父，倘若送亲，不仅于理不通，且还有损颜面。因此，前往送亲的仅孙翔和孙匡两兄弟。

送亲路上，飘扬的彩旗在前，喧天的锣鼓在后。随后是孙公主乘坐的车舆，骑着高头大马的孙翔和孙匡，一百名家丁和几十名挑着陪嫁礼品的挑夫。长长的队伍，好不壮观，因此引来沿途吏民踮足引颈争相观看。两天后的一个上午，他们方到公安地界，刘备和诸葛亮便下马迎候在了那里。双方相见施礼和客套毕，便不顾烈日当空，气候炎热，继续向公安城行去。时刘备骑着高头白马走在孙公主车舆前，诸葛亮、孙翔和孙匡骑着各自坐骑走在孙公主车舆后，再后的队伍秩序依然如前。不久后，他们便到了公安城东门外，时关羽、张飞、赵云、刘琰、糜竺、糜芳、孙乾、简雍、杨仪、黄忠和魏延早已迎候在了那里。大家自然又施礼和客套了一番后，便拥簇着送亲和接亲队伍向城里刘府行去。片刻，便到了刘府大门前。时刘备下马上前揭开车帘，小心翼翼地扶着盖着盖头的孙公主方下车，便在一男一女礼仪师的搀扶下，慢悠悠地步入客厅拜堂，敬拜刘备祖先。拜堂毕，他俩又在那一男一女礼仪师的搀扶下，又慢悠悠地步入张灯结彩、富丽堂皇的洞房。待孙公主在几名侍女的陪伴下坐定后，刘备方才出去与孙翔、孙匡和诸葛亮、关羽、张飞、赵云、刘琰、糜竺、糜芳、孙乾、简雍、杨仪、黄忠和魏延进入餐室，共饮喜酒。直到当日午夜，才尽兴而散。时刘备自然是兴高采烈地向洞房走去，方进得里面，便急不可耐地揭去孙公主的盖头定眼一看，竟使其眼球差点脱眶而出和口水直流，不消说那是何等美丽。时孙公主向刘备嫣然一笑，更叫他神魂颠倒，不辨南北。待刘备回过神，便忙上前将孙公主紧紧搂在怀里，欲卿卿我我、甜言蜜语一番。谁料孙公主忽然两眼圆睁，问刘备道："前来送亲的那百余家丁必须永远留在这里陪我练武，如何？"

刘备闻问，以为是孙公主说着玩的，于是微笑着问道："公主还练……"

不待刘备问毕，孙公主早便猛地挣脱刘备怀抱，起身三下五除二解去嫁衣，猛地蹦到屋中央，表演了一套拳脚功夫。因此前刘备只知晓她精于琴棋书画，但不知她还有其父兄般刚猛秉性，爱舞拳动脚。再加之他时之不防，一时竟吓得冷汗淋淋，遂结结巴巴道："那就依……公主……的吧。"

须知，孙公主方才的言行，其实就是她当初在自家客厅门口从孙权和鲁肃那里闻得刘备不能前来提亲接亲时，上前对孙权右耳低声所言的，并得到孙权首肯。现在见刘备也依了她的，自然大喜不禁，并忙上床小鸟般依偎在了早坐在那里的刘备怀里。时刘备感到孙公主哪像是大户人家的娴淑闺秀，倒像是只性情暴烈的母刺猬，即只敢看，不敢碰。但随后刘备又转怕为喜，因为他深知：联姻成功，便意味着孙刘联合御曹成功。过去孙刘联合能打败曹操，现在孙刘联姻共同御曹更不成问题。再说了，我刘备沙场厮杀二十余年，什么刀光剑影没见过，难道还怕孙公主你这小女子拳脚不成，只是不与你一般见识罢了。于是胆子便不禁壮了起来，并三下五除二解去孙公主与自己衣裤，与孙公主美美地享受了洞房花烛之夜。

此时值建安十四年六月。

却说曹操所率官军在荆州虽然被孙刘联军打得大败，但曹操并未灰心丧气，一蹶不振，反还在撤军路上情不自禁地昂首高吟当初他率领所部官军南

第五十二回　为共同防御曹操孙刘联姻成功　孙权曹操合肥之战均徒劳无益

征荆州从邺城出发时，曹丕在城南门送别时所作的《述征赋》。赋云：

伐灵鼓之砌隐兮，建长旗之飘摇；
跃甲卒之皓旰兮，驰万骑之浏浏；
扬凯梯之丰惠兮，仰乾威之灵武；
伊皇衢之遐通兮，维天网之毕举；
经南野之旧都，聊弭节而容与；
遵往初之旧迹，顺归风以长迈；
镇江汉之遗民，静南畿之遐裔。

左右毛玠、荀攸、贾诩、程昱、曹彰、夏侯惇、夏侯渊、曹洪、曹纯、张辽、吕虔、李典和文聘等文臣将校闻之，似乎当时那气吞山河的气势就在眼前。同时，仿佛感到他们现在不是打了败仗向后撤军，而是打了胜仗向前进军。于是精神为之一振，随之行军也更为神速，因而在不久后的一日傍晚便到达了谯县城南门外，并在那里安营扎寨，埋锅造饭。曹操不待用晚饭，便独自匆匆赶到曹家大院。不待问候家眷亲人，便三步并作两步跨进高大雄伟的堂屋，跪伏在祖先曹参及曹腾等前辈灵位前，信誓旦旦道："祖辈前辈在上，先受我一拜。我身为曹家后裔，汉室重臣，不报荆州之败之仇，拯救汉室于水火，誓不罢休！"

随后，方才出去问候了一番家眷亲人，并与他们共进晚餐。其间，家眷亲人们除了谈些吃喝穿住外，从不询问曹操南征荆州胜败如何。因为他们皆知，曹操在那吃了败仗，倘若询问，自然是揭了曹操伤疤。倘若曹操动怒，岂不是自讨没趣吗？孰料曹操却对他们道："须知，胜败乃兵家常事，荆州之败不足为……"

未及言毕，忽见曹洪气喘吁吁地前来，不及向曹操拱手施礼便道："丞相原来在此，叫末将好找。"

"何故找我？"

"我们吃晚饭时未见丞相身影，怕有不测，故推我前来这里寻……"

不待言毕，曹操即大笑道："在我故里，还怕丢了不成！"

言毕，便起身告辞家眷和亲人，随曹洪一道，向中军大帐走去。进得里面，见毛玠、荀攸、贾诩、程昱、曹彰、夏侯惇、夏侯渊、曹纯、张辽、吕虔、李典和文聘正站在那里交头接耳谈论着什么。他们见曹洪找到曹操，悬着的心方才放了下来，并忙按秩排定，只等曹操发言。时曹操料定他们来此是为询问荆州之败原因的，于是眉飞色舞问道："荆州之败，皆因瘟疫肆虐，因而我不得不烧船自退，遂使周瑜这厮虚获英名，你们以为呢？"

问毕，以为毛玠等文武会随声附和，谁料却鸦雀无声。因为他们前来是希望曹操说出荆州之败真实原因，以便总结经验，以利再战。而曹操方才所言，竟使他们若坠雾里云中，不知所以然。片刻，毛玠、荀攸、贾诩和程昱还是猜透了曹操所言之意是自欺欺人，死要面子，只是不便当场揭穿罢了。其实曹操与他们一样，皆心知肚明荆州之败的真实原因：一因在孙刘联合前未将刘备所部官军消灭；二因轻视孙刘联合；三因未扬长避短，即未充分发挥北方将士陆战骑战之长，以避免与周瑜所率善水战的水军交战；四因紧锁战船而未防敌以火攻；五因轻信敌将黄盖诈降；最后才是水军训练无素，瘟疫肆虐。良久，曹操方才转移话题道："大家既来，那就谈谈对未来的高见吧。"

时言毕良久也没人发言。曹操见此，正欲发怒，忽然有人说宜回邺城，固守中原；有人说宜养精蓄锐，待形势有变再说。对此，曹操却不置可否。正在这时，忽见风尘仆仆的曹丕和曹植不待北营门卫兵报告，便匆匆进帐跪伏在曹操身前施礼，并异口同声道："晚辈来迟，请爹爹重罚！"

曹操见曹丕和曹植兄弟俩按召到来，自然大喜，并忙道："丕儿、植儿快平身。"

曹操何以要召曹丕和曹植来谯县呢？原来曹操认为自己已过知天命之年，且早晚有命归黄泉那一天。于是便召时在邺城的曹丕和曹植前来，意在锻炼和培养他俩的军政掌控能力，以便将来从中选择继嗣。

待曹丕和曹植兄弟俩方起身站定，曹操便将在场文武方才所谈所言对他

第五十二回　为共同防御曹操孙刘联姻成功　孙权曹操合肥之战均徒劳无益

俩道了一番。对此,曹丕闻后遂沉思片刻道:"眼下刘备这厮据有武陵、长沙、桂阳、零陵四郡和公安,这些地区不仅距我甚远,且还隔着周瑜把守的江陵、夷陵和程普把守的江夏。因此,恐一时难于……"

不待曹丕言毕,曹操即迫不及待地问道:"丕儿言之有理啊。不过该怎么办好呢?"

"刘备这厮所据之地暂且不去管它。而孙权因江夏、江陵和夷陵防务而集中了其大部人马在此,其东部地区必然空虚,倘若我军前往攻之,必胜无疑。"

曹丕言毕,喝了口茶清了清嗓子又道:"兵法曰:先强后弱。现孙权有七郡,刘备仅四郡,很显然,孙强刘弱。一旦孙权被消灭,弱者刘备自然便若惊弓之鸟,闻风丧胆,那时再消灭他便易若囊中取物。"

曹丕方言毕,曹操即鼓掌笑道:"丕儿之言正合我意呢。"

随后曹丕又道:"要战胜孙权人马并不难,但须得有一支训练有素的强大水军。而我们当初在风平浪静的邺城玄武湖训练的那些水军演武还可,要与自幼生长在水乡的孙权那厮的水军在白浪滔天的江水上交锋,自然不堪一击。因此,当务之急应训练一支强大的水……"

在场文武不待曹丕言毕,便不禁连连点头称是,但却说不出谯县附近哪有若江水般白浪滔天的训练之所。曹丕见此,遂眉飞色舞道:"谯县以北的涡水平时无风三尺浪,有风浪千尺,是训练水军的绝佳之所。"

曹操认为曹丕言之有理,并赞扬了他一番。随后,便欲任命训练水军的将领。不待开言,吕虔早大步上前高声对曹操道:"末将愿再任训练水军任务,以便弥补前次玄武湖训练之失,若何?"

曹操闻言,疑惑了片刻方问道:"有多大把握?"

吕虔闻曹操这般问,料想是信不过他,于是便信誓旦旦道:"倘若有失,愿献末将头颅!"

曹操闻吕虔如此言,虽然深为感动,但又认为军中无戏言,于是一脸严肃道:"此次水军训练干系重大,望将军不负老夫之望。"

"末将明白。"

吕虔言毕,即向曹操拱手施礼告辞,转身回营准备训练水军事宜去了。随后曹操见无事商议,便欲宣布散会。谁料这时一探马匆匆前来向他报道:"驻守庐江的雷绪、陈兰和梅成见丞相兵败荆州,以为早晚将亡,于是便看风使舵,举兵反叛了!"曹操闻报,自然怒不可遏,并派夏侯渊率军击败了雷绪;派张辽、张郃和牛盖率军斩杀了陈兰;派于禁和臧霸率军取了梅成头颅。于是庐江地区恢复了安宁。对此,曹操不禁大喜,并在这时的一日上午,举宴欢庆。酒方一巡,忽见一小校匆匆进来,向曹操拱手施礼方毕便报道:"刘备与孙权联姻了。"

曹操闻报,不禁大吃一惊,方举起的酒盏也随之掉在了地上。曹操何故这般吃惊呢?原来熟读经史的他不仅知晓前时鲁肃对孙权所说的那些春秋战国联姻故事,更知晓刘孙联姻将给他带来更为严重的后果,即刘孙永久联合御曹。在场文武自然也知晓此理,但一时却想不出离间刘孙联姻共同御曹的锦囊妙计。同时,曹操还不禁想起了当年那场曹孙联姻,即他得知孙策平定江东后曾感到难与其争锋时,便心生一计,拉拢孙策。于是便将从弟曹仁之女许配给孙策之弟孙匡,又让自己三子曹彰娶了孙贲之女为妻。遗憾的是,因那场荆州之战,曹孙联姻早已名存实亡。眼下刘孙联姻也只不过是步我曹孙联姻后尘而已,早晚也得或名存实亡,或烟消云散,或兵戎相见。对此,又不禁转惊为喜。正在这时,又一小校不待门卫通报便匆匆进来,跪伏于曹操餐几前气喘吁吁报道:"报告丞相大人,孙权那厮近日忽然率军十万围攻合肥,并有增兵之势。为击退敌军,张将军和李将军特派小的前来报告丞相增兵。"

小校方才报告时提到的张将军乃张辽,李将军即李典。自荆州大战以来,张辽和李典不是在曹操左右吗,现在怎么会在千里之外的合肥防御孙权所率官军攻城呢?说来话长了。原来合肥在建安四年就被孙策率领官军攻取,并因此担任了合肥长。由此可见,合肥乃孙策领地。随后孙策遇刺身亡,合肥自然成了孙权领地。

第五十二回　为共同防御曹操孙刘联姻成功　孙权曹操合肥之战均徒劳无益

须知，合肥乃非凡之所。它早为淮夷之地，商称虎方，周称夷虎，其属国庐子国即建都于此。秦废分封制，建立郡县制，合肥属九江郡。汉高祖元年，高祖与项王共同在九江郡置九江王国。汉高祖四年，改九江王国为淮南王国。后汉文帝改淮南王国为淮南郡，不久又将淮南郡改回淮南王国。汉武帝时改淮南王国为九江郡，辖合肥等县，由是始有合肥之名。汉武帝元封五年置、青州、徐州、兖州、豫州、幽州、冀州、并州、荆州、扬州、凉州、益州、朔方刺史部、交趾刺史部十三刺史部，合肥县属扬州九江郡。汉光武帝建武元年改合肥县为合肥侯国。汉献帝建安五年，废合肥侯国，复改为合肥县。因它有"江南唇齿，淮右襟喉"和"江南之首，中原之喉"之称，故为南北商贸转运重地，江淮军政要塞，因此为扬州治所。故时之曹操认为：一旦占有它，不仅可报荆州之败之仇，还可为将来南下夺取孙权老巢江东五郡打下基础。因此，曹操便先下手为强，令时方被派往驻守庐江的张辽和在身边的李典先后率领官军突然攻占了合肥。而孙权在刘孙联姻御曹成功后则认为：应乘荆州大战胜利之机迅疾夺回合肥，然后再以此为跳板，北上击败曹操，问鼎中原，因此令周瑜加强兵力猛攻驻防江汉二水上游的曹仁，以便牵制其援军；又令张昭率领官军攻打九江当涂；他则亲率水陆官军十万从柴桑东下攻取合肥。

再说那些在场曹操文武闻小校方才所报，不禁大惊失色，但曹操却大笑道："别说孙权小儿十万兵，就是百万兵，也奈何不得合肥，因而大家不必惊慌。"

文武们闻曹操如此言，方才胆气十足，并争先恐后上前向曹操要先锋印，以便率军先赶到合肥，消灭孙权所率官军。曹操见此，遂大喜道："有你们这般忠勇之士，乃我征战天下、拯救汉室之洪福啊！"

方言毕，忽见一探马飞一般前来，不及拱手向曹操施礼便气喘吁吁报道："丞相大人前时派张喜张将军所率救援合肥的那一千官军骑兵，经汝南因染上了血吸虫病至今未到合肥呢。"

在场文武闻报，以为合肥危在旦夕，不禁吓得面面相觑。但曹操又大笑道："有张将军和李将军在，合肥定然无虞。"

言毕喝了口茶清了清嗓子又道："不过也不能掉以轻心。那里四周有无数高低远近大小不等的山头和深浅宽窄长短不一的湖泊河汊，如城西的大蜀山，高入云霄，登临其上，可远望两百余里。倘若被敌军占领，将使张将军和李将军的军事行动暴露无遗。因此，谁愿率军前往占领？"

"我愿前往！"

文武们闻声望去，原乃方才随军，年方十八岁，虎背熊腰的曹操次子曹彰。时曹操一脸严肃地对他道："须知，军中无戏言啊！"

"当然知道。"

"那就率三千精锐步骑，迅疾前往占领大蜀山，不得有误！"

曹彰闻曹操言，大喜，忙向曹操拱手施礼告辞，兴高采烈地转身出门回营准备出发事宜去了。随后，曹操又问道："城东的浮槎山，顶部平坦，有眼清泉，四季不竭，可供驻军长期饮用。若被敌长期占领，对张将军和李将军守城将士威胁极大，不知谁愿……"

不待问毕，夏侯惇便大步上前信誓旦旦道："末将不拿下它，愿拿头颅献上。"

"愿你旗开得胜，马到成功。"

夏侯惇闻曹操言，自然非常高兴，并像曹彰一样，忙拱手施礼告辞曹操，兴高采烈地出门回营准备出发事宜去了。随后，曹操不禁忧心忡忡道："城东的巢湖，周百余里，汊港三百六十个，复杂莫测。若被敌水军占领，便可神出鬼没袭击我……"

不待言毕，吕虔即上前高声道："丞相不必担忧，我水军也不是吃素的。"

曹操闻言遂高兴道："相信吕将军定能不负我望。"

言毕，即与在场文武一道，前往涡水视察吕虔训练水军。时那些水军不仅船上战技远超当年在邺城玄武湖上所训练的水军，而且有战必胜之信心。对此，曹操不禁大喜，待一切准备就绪，便率领曹丕、曹植、毛玠、荀攸、贾诩、程昱、夏侯渊、曹纯、文聘和吕虔等官军步骑和水军，从谯县东北涡

第五十二回　为共同防御曹操孙刘联姻成功　孙权曹操合肥之战均徒劳无益

水出发，顺淮水水陆齐头并进，飞一般向合肥杀去。时水上舟船掀浪，陆上步骑奔腾。看那架势，不将孙权所率攻打合肥的官军斩尽杀绝，决不罢休。曹丕见此，不禁激情满怀，遂作《浮淮赋》予以盛赞。赋云：

> 溯淮水而南迈兮，泛洪涛之湟波。
> 仰嵩冈之崇阻兮，经东山之曲阿。
> 浮飞舟之万艘兮，建干将之铓戈。
> 扬云旗之缤纷兮，聆榜人之讙哗。
> 乃撞金钟，爰伐雷鼓。
> 白旄冲天，黄钺扈扈。
> 武将奋发，骁骑赫怒。
> 于是警风泛，涌波骇。
> 众帆张，群棹起。
> 争先逐进，莫适相待。

待曹操所率官军赶到合肥时，孙权早已撤军而去。何也？原来扬州刺史温恢和扬州别驾蒋济闻报张喜所率官军因染上血吸虫病耽误了战机后，便灵机一动，心生一计，诡称收到张喜来信，说曹操发步骑四万已到零娄，叫他俩赶快派人去迎接。同时，派三批使者带上书信入城将此消息告诉城中守将张辽和李典，意在故意让敌军获得这一假消息。果然三批人中有两批在入城途中被孙权部下擒获。恰值这时在城南门外中军大帐的孙权闻报周瑜所率官军与曹仁所率官军久持不下，张昭攻打当涂也无结果，且还死伤惨重。更糟的是，孙权所率围攻合肥的官军至今也未越合肥城池一步。对此，孙权长史张纮此前就曾对孙权道："主公须知，古之围城，开其一面，以疑众心。今围之甚密，攻之又急，诚惧并命戮力。死战之寇，固难卒拔，及救未至，可小宽之，以观其变。"

时孙权与将校们认为张辽和李典所率守城官军已成瓮中之鳖，不久便可擒杀，于是没听张纮所言。谁料此后不久曹操亲率大队救援官军将到，孙权闻报，不禁大怒，欲率领轻骑与曹操亲率官军对阵决战。张纮认为孙权是意气用事，于是坚决反对道："兵者凶器，战者危事。今麾下恃盛壮之气，忽强暴之虏，三军之众，莫不寒心。虽斩将搴旗，威震敌场，此乃偏将之任，非主将之宜啊。愿抑贲、育之勇，怀霸王之计。"

孙权闻言沉思良久，方才认为张纮言之有理，待怒气稍平，便下令撤军而去。结果曹操兴师动众，别说斩尽杀绝孙权所率围攻合肥官军，连其影子也没见着，报荆州之败之仇自然也成了泡影。对此，曹操不禁感到非常遗憾，同时还思想到：倘若孙权没有熟读兵书，有运筹于帷幄之中、决胜千里之外之才，身材高大，容貌俊美，精通音律，琴技高超和不可多见的周瑜，我曹操岂会有荆州之败？要不是他周瑜与我爱将曹仁在江汉二水上游周旋，孙权岂敢围攻我合肥？要是周瑜肯归附我曹操，别说擒杀孙权、刘备无忧，统一华夏也不在话下。于是便萌发了劝说周瑜来降之意，但一时却不知派谁去劝说为好。正在此际，突然想到仪容出众，才辩非凡，江淮莫人能及，又是周瑜好友的蒋干。倘若叫他前往担当说服大任，最为妥帖。时蒋干得知曹操此意，未及曹操召唤，便毛遂自荐，匆匆前往中军大帐，向曹操说明愿意前往。

曹操闻之，自然大喜不禁，并希望蒋干一帆风顺，劝说成功。临行那天，曹操还亲自为蒋干设宴饯行。对此，蒋干不禁感动万分，并信誓旦旦道："不说服周瑜，愿献上鄙人头颅！"

言毕，即离座起身，拱手向曹操施礼告辞出门，快马加鞭向江陵奔去。不几日的一个下午，便到达了那里。周瑜方见到蒋干，便猜透其来意。待互相礼毕方坐定，周瑜便直言不讳地向蒋干表明了其心志，道："你不辞辛苦，远道而来，是为曹操老贼做说客吧？"

蒋干闻周瑜称曹操为老贼而非丞相，料知劝说无益，于是便隐晦来意，撒谎道："我与你本乃好友，因中间别隔，且遥闻足下芳烈，故前来叙阔，以观雅规。而说我为说客，岂不妄猜我的用心了吗？"

周瑜闻言，自然知晓蒋干在撒谎，为顾其颜面和往日交情，便转移话题道："我闻弦赏音虽不及古时乐官夔、旷，然足知雅曲也。"

第五十二回　为共同防御曹操孙刘联姻成功　孙权曹操合肥之战均徒劳无益

言毕，即吩咐酒宴与蒋干共饮。席间，还特叫侍者向蒋干展示其服饰珍玩，并又对他直言不讳地表明其心志，道："大丈夫处世，遇知己之主，宜外托君臣之义，内结骨肉之恩，言行计从，祸福共之。即使苏、张再生，郦叟复出，我犹会抚其背而折其辞。因此，足下游说岂能改变我的志向呢？"

蒋干见周瑜忠贞不贰，不禁非常折服。回到合肥，便一五一十地将周瑜所言向曹操禀报了一番，曹操闻之，自然非常扫兴，但对周瑜忠贞不贰的品德赞赏有加。

曹操见合肥已无战事，便率军回到谯县。途中，将士们或悻悻然，或无精打采，全没来时那般气势。曹丕见此，不禁感慨万千，并作《感物赋》序并赋记述。

序曰：

丧乱以来，天下城郭丘墟，惟从太仆君宅尚在。南征荆州，还过乡里，舍焉。乃种诸蔗于中庭，涉夏历秋，先盛后衰，悟兴废之无常，慨然永叹，乃作斯赋。

赋曰：

伊阳春之散节，悟乾坤之交灵。瞻玄云之翕郁，仰沉阴之杳冥。降甘雨之丰霈，垂长溜之泠泠。掘中堂而为圃，植诸蔗于前庭。涉炎夏而既盛，迄凛秋而将衰。岂在斯之独然，信人物其有之。

从此赋不难看出，曹丕不仅没了荆州大战前作《述征赋》那般雄心壮志，也没了作《浮淮赋》那般高涨激情，有的只是悲凉之情。

此时值建安十四年七月初。

曹操率领官军回到谯县安营扎寨方毕，便在谯县县令的陪同下与左右文武一道游览涡水北岸。他们何故要游览那里呢？因为那里有贤良老子、庄子、伍员和张良留下的遗迹，即他们在此或讲过学，或修过仙，或降生，或路过。为纪念他们，人们在此修建了祭祀他们的庙宇。须知，涡水虽在曹操故里，但因他幼年便离开那里随父到雒阳生活，方成年又进入军界，征战四方，无缘游览那里。其间虽曾回故里筑精舍居住，但目的是隐居读书，无暇也无心前往这里一游。因此，这还是曹操初次游览，自然兴致很高，并问身旁的县令道："这里庙宇很多，先游览哪处好呢？"

不待县令回答，曹丕便上前不假思索地向曹操建议，先游览位于涡水北岸郑殿子村祭祀老子的天静宫。

"为何？"

"天静宫建构虽然朴拙，但充分彰显出了老子飘逸、高洁、优雅和幽深的道家境界。爹爹不是也羡慕这种境界吗？"

"待天下复归太平，我也将奉行老子无为而治的思想。不过，我是等不到那一天了。"

曹丕闻曹操如此言，认为他太悲观了，于是道："爹爹已扫平北边的叛臣群凶，仅江水以南的刘孙、西南一隅的刘璋未平。不过，他们也若秋后的蚂蚱，蹦跶不了几天了。"

"但愿如此。天静宫以后再游览吧，听说有座汤王陵在附近，应该前往瞻仰。"

曹操言毕，便在左右文武的拥簇下直向汤王陵行去。片刻，他们便到了那里，进得陵院大门，映入眼帘的有刻有"殷商烈祖成汤圣王"的墓碑、驮碑的赑屃。它们或巍峨壮观，或栩栩如生。对此，在场者大多直夸奖陵墓建造者不是能工，便是巧匠。叫曹操赞不绝口的却是那面高大的影壁，何也？因为它正面是汤王为民乐施的壁画，背面刻有记述汤王丰功伟绩的方寸秦隶。时曹操问在场文武道："诸位知晓汤王是谁吗？"

大字不识几个的将校们闻问，自然搔头摸耳，答不上来。文臣谋士们早已熟读经史，自然知晓，但皆不便也不敢在此道出，以免曹操以为他们有卖弄的嫌疑，于是也搔头摸耳，佯装不知。曹操见此，信以为真，抚了抚他那灰白的胡须，得意非凡道："大家须知，汤王乃黄帝之后，姓子名天乙，原乃商部落首领。夏末桀暴虐无道，为挽救天下芸芸众生于倒悬，子天乙便联合

第五十二回　为共同防御曹操孙刘联姻成功　孙权曹操合肥之战均徒劳无益

有莘首领伊尹，讨伐夏桀，并在鸣条之战中将其俘获，于是夏便宣告灭亡。人们为感激他，便拥戴他为商的开国帝王。"

言毕，崇敬汤王之情不禁油然而生，并由衷地振臂高呼："伟大啊，汤王！"

在场将校们自然不知曹操所言是否属实，但皆争先恐后附和了曹操一番。在场文臣谋士们认为曹操所言确实准确无误，自然是随声附和。曹操见此，自然非常高兴，并认为自己虽到知天命之年，但仍要以汤王为楷模，挥军征战，扫平不臣，拯救汉室。于是便仿刘邦当年在故乡沛县高歌《大风歌》故事，在呼啸的寒风中激情满怀地拔剑起舞，高歌他当年所作的《龟虽寿》。诗云：

神龟虽寿，犹有竟时。
腾蛇乘雾，终为土灰。
老骥伏枥，志在千里。
烈士暮年，壮心不已。
盈缩之期，不但在天；
养怡之福，可得永年。
幸甚至哉，歌以咏志。

在场文武见此，也不禁为曹操那激情所感染，并争先恐后拔剑起舞，随曹操高歌。于是歌声冲天，剑光耀日，竟将"老骥伏枥，志在千里。烈士暮年，壮心不已"的诗意表现得淋漓尽致，完美无缺。直到日落西山，夜幕降临，他们方才止舞收剑，翻身上马，尽兴而归，并在三日后率领官军回到邺城。

此时值建安十四年十二月末。

随后，曹操便颁发了一道令。看官欲知曹操颁发了一道什么令，请看下回分解。

第五十三回

攘外先安内曹操颁发《让县自明本志令》
为进军益州刘玄德赴京口求稳定四郡

却说曹操游毕涡水北岸的汤王陵回到中军大帐，用毕晚饭并未上榻休息，而是召来贾诩小酌。时贾诩虽不知曹操为何召他，但料想也不会无事被召。果不其然，酒过一巡，曹操便对贾诩叹息道："荆州之战死伤甚众，倘若奉孝在，绝不会有此败呢。"

随后，曹操便悲痛得如丧考妣，呜呜大哭起来，并同贾诩放下筷盏起身，面向东北方默哀了片刻。

曹操方才所言的奉孝是谁呢？乃曹操称之为见识过人，旷世奇佐，时人喻之为腹内藏经史，胸中隐甲兵，运筹若范蠡、张良、陈平的曹操军中军师祭酒郭嘉，奉孝是其字，因曹操非常宠爱他，常以字称之。那么这次决定统一华夏的荆州大战曹操何故没带上郭嘉，并遵循其意见呢？原来他在两年前的建安十二年跟随曹操率军远征三郡乌桓时，因疲劳过度亡故了，享年三十有八，算是英年早逝。

贾诩见曹操能当他之面直言不讳地说荆州之败原因，而非前时当众将荆州之败归因于瘟疫，以为是曹操相信他，不禁大喜，并对曹操道："荆州之战我军将士死伤甚众，其父母妻室儿女皆靠他们养活。现在他们已为国捐躯或身负重伤，无法无力养家。"

"该怎么办呢？"

"优待其家属，以便使在役将士肯为丞相……"

第五十三回　攘外先安内曹操颁发《让县自明本志令》　为进军益州刘玄德赴京口求稳定四郡

不待贾诩言毕，曹操便知晓其下文，于是当即叫侍者笔墨绢砚伺候，待一切就绪，他便起身走到案几前伏身挥毫，片刻，一道秦隶《存恤从军吏士家室令》便跃然绢上。贾诩见此，大喜，遂忙放下手中筷盏，起身走到案几前不待看毕，便拍手连连叫绝道："不仅意达文美，亦是绝佳书法呢！"

随后，便兴致勃勃地高声朗读了一番。令云：

自顷以来，军数征行，或遇疫气，吏士死亡不归，家室怨旷，百姓流离，而仁者岂乐之战？不得已也。其令死者家无基业不能自存者，县官勿绝廪，长吏存恤抚循，以称吾意。

曹操见贾诩赞美《存恤从军吏士家室令》，自然兴奋不已，并立刻叫属下张贴各地，以为宣传。果不其然，那些伤亡将士的家眷、在役将士和在荆州之战中被打散的曹操所率的官军将士们见了《存恤从军吏士家室令》，或不再叫苦不迭，表示愿尽一切可能支持丞相；或信誓旦旦道："哪怕肝脑涂地，也愿为丞相而战！"或纷纷从各地归集而来，表示就是上刀山，也不离开丞相。因此，曹操所率官军不仅战斗力大为增强，队伍也壮大了许多。

为能在合肥与孙权所部官军再战，曹操遂令曾建议在许都屯田的枣祗和韩浩，率领官军在春秋战国时楚相孙叔敖开始率众修建，后经秦朝扩建，堪比都江堰、漳河渠和郑国渠的淮南巢湖北岸芍坡屯田。如此，既可就近解决守卫合肥将士粮草之需，也能提高当地百姓的生活水平。毋庸置疑，这一举两得、一箭双雕的美事，不仅得到曹操左右文武的支持，也得到那里百姓的热烈拥护。对此，曹操自然非常高兴。正在这时，忽见北营门一守卫士兵飞一般跑来，不及向曹操施礼便上气不接下气向他报道："御使……一行从……许都前来宣旨。"

曹操闻报，以为是因他荆州之败刘协派御使前来宣旨问罪，于是不禁吃了一惊。随后转而思想到：我曹操兵权在握，何故怕他一空壳皇……不待思想毕，御使一行不待通报便走了进来。时走在前面的御使笑盈盈地对曹操道："丞相大喜了！"

曹操闻言，方知方才是虚惊一场，但还不知晓是何喜，于是便欲问个究竟。然不待他开口，御使便道："皇上册令特增丞相封地呢。"

曹操闻得此言，简直快要乐癫了，并思想到：昔姬虞仅周成王一句戏言便得封地唐国，我曹操自入仕以来，讨黄巾，伐董卓，诛吕布，除二袁，征乌桓，扫刘表，战刘孙……倘若没我曹操，还不知现在有几人称帝，几人称王呢！得增封地也是当之无愧。于是便吩咐夏侯惇带一千工兵，到谯县城南筑册封坛，以便举行册令封地仪式。夏侯惇得令，立即便挥军日夜施工，三日后，一座高大雄伟的册封坛便告竣工。

看官你道该册封坛乃何等模样？就是在坛中央按东、西、南、北、中五方位摆上五堆土。东边的土为青色，南边的土为红色，西边的土为白色，北边的土为黑色，中央的土为黄色。它们代表着天下所有的土地。

举行册令封地仪式那天，风和日丽，万里无云。时毛玠、荀攸、贾诩和程昱一班文臣谋士毕恭毕敬地站在坛下右前侧，曹彰、夏侯惇、夏侯渊、曹纯、张辽、吕虔、李典和文聘一班将校毕恭毕敬地站在坛下左前侧。坛四周旗帜遮天蔽日，刀枪寒光四射，戒备非常森严。当御使从坛右侧大步走到坛上青、红、白、黑、黄五色五堆土后面方站定，曹操也从坛左侧走到那些土堆前跪下。随后，御使便立刻高声宣读了册封令。册封令略云：

曹丞相在汉室危难之际，为扫平不臣，南征北战，立下了汗马功劳。除以前赐封的武平县三万户外，特再增封阳夏县、柘县和苦县二万户。

方宣读毕，便忙弯腰从每堆土里抓起少许土，用茅草包好送给曹操，意即得到阳夏县、柘县和苦县二万户。时曹操自然是感动万分，并高呼"谢皇恩"不止。随后，即回到中军大帐，设宴款待御使一行。席间，曹操多次向御使举杯敬酒，但御使皆辞让不受，反还多次举杯向曹操表示祝贺。其中原因，看官自然心知肚明，在此无须叙述。

须知，封地始于何朝何代呢？据传始于周武王时期。当时，周武王讨伐并战胜了暴虐无道的商纣王，建立了强大的周王朝。此后第七年，周武王驾

第五十三回　攘外先安内曹操颁发《让县自明本志令》　为进军益州刘玄德赴京口求稳定四郡

崩，其子继位，是为周成王。当时他还年幼，只得由其叔父周公辅政。一年后，周王朝属国唐国反叛，周成王就令周公率军平叛，结果旗开得胜，马到成功。周成王得报，自然非常高兴，在与其弟姬虞游戏时，将一片梧桐叶剪成若玉圭形状送与他，并道："将它送与你，就意味着将唐国分封给了你！"史官闻之，即刻便请周成王选个良辰吉日立姬虞为唐侯，也就是兑现他方才所言。时周成王却对史官道："方才乃戏言耳！"但史官却一本正经道："君王无戏言，所言就应令史官记下来，并典礼实现之，音乐歌颂之才是。"周成王无奈，只得把唐国分封给姬虞。这便是封地之始，也是一片梧桐叶封地传说的由来。

　　那么其后的封地有等级和标准吗？当然有。皇亲国戚有得封一郡的，有得封一国的，有得封一县的。有功之臣最多得封一县，一般的得封或一乡，或一亭。由此可见，作为有功之臣而非皇亲国戚的曹操，所得四县封地是大大超过了封地标准。另外，一旦得到封地，便有权在封地内征税和征兵，实惠非同凡响。对此，曹操自然心满意足，并召曹丕和曹植到中军大帐小酌。席间，曹操便眉飞色舞地将增封三县一事向曹丕和曹植道了一番，并希望曹植当场挥毫作赋，以示庆贺。时曹植却神情不安，食不甘味。曹操见此，不禁感到非常惊异和不解，并问他道："植儿何故闷闷不乐呢？"

　　曹植闻问，遂放下手中筷盏，沉思片刻答道："爹爹须知，历史上那些数以百计的王国所受封的封地早成历史烟云，没了踪影。恕我直言，爹爹那些封地将来也难逃上述封地命运。"

　　曹植言至此，沉思片刻又道："再者，因爹爹增加封地，刘备、孙权等叛臣会不会公然反对？天下其他人有没有异议？会不会有平日面上对爹爹歌功颂德，背地里却如董承、刘备、王服、种辑和吴硕之流那样，密谋加害爹爹的家伙呢？还有，爹爹部下那些文臣武将还会不会如以往那样真心实意地为爹爹出谋划策，征战沙场呢？总之，如遇不测，爹爹扫除群凶、拯救汉室、统一华夏不仅成了一句空话，恐怕眼下已统一的北方也难守住呢。"

　　方言毕，曹丕便连连点头道："植弟所言极是啊。"

时曹操对曹植和曹丕方才所言却不置可否，沉思了良久方道："你等不必多虑，老夫自有道理。"

言毕，便放下手中筷盏，起身走到案几前，摆上墨砚，铺开白绢，挽袖伏身挥毫。不久，洋洋千言的《让县自明本志令》便跃然绢上，且意达文美，字迹遒劲。曹丕和曹植见曹操年过半百才思还如此敏捷，书艺还如此高超，佩服之情不禁油然而生。时曹植还上前捧起《让县自明本志令》高声诵读了一番。令云：

孤始举孝廉，年少，自以本非岩穴知名之士，恐为海内人之所见凡愚，欲为一郡守，好作政教，以建立名誉，使世士明知之；故在济南，始除残去秽，平心选举，违迕诸常侍。以为强豪所忿，恐致家祸，故以病还。

去官之后，年纪尚少，顾视同岁中，年有五十，未名为老。内自图之，从此却去二十年，待天下清，乃与同岁中始举者等耳。故以四时归乡里，于谯东五十里筑精舍，欲秋夏读书，冬春射猎，求底下之地，欲以泥水自蔽，绝宾客往来之望。然不能得如意。

后徵为都尉，迁典军校尉，意遂更欲为国家讨贼立功，欲望封侯作征西将军，然后题墓道言"汉故征西将军曹侯之墓"，此其志也。而遭值董卓之难，兴举义兵。是时合兵能多得耳，然常自损，不欲多之；所以然者，多兵意盛，与强敌争，倘更为祸始。故汴水之战数千，后还到扬州更募，亦复不过三千人，此其本志有限也。

后领兖州，破降黄巾三十万众。又袁术僭号于九江，下皆称臣，名门曰建号门，衣被皆为天子之制，两妇预争为皇后。志计已定，人有劝术使遂即帝位，露布天下，答言"曹公尚在，未可也"。后孤讨禽其四将，获其人众，遂使术穷亡解沮，发病而死。及至袁绍据河北，兵势强盛，孤自度势，实不敌之；但计投死为国，以义灭身，足垂于后。幸而破绍，枭其二子。又刘表自以为宗室，包藏奸心，乍前乍却，以观世事，据有当州，孤复定之，遂平天下。身为宰相，人臣之贵已极，意望已过矣。

今孤言此，若为自大，欲人言尽，故无讳耳。设使国家无有孤，不知当

第五十三回　攘外先安内曹操颁发《让县自明本志令》　为进军益州刘玄德赴京口求稳定四郡

几人称帝，几人称王！或者人见孤强盛，又性不信天命之事，恐私心相评，言有不逊之志，妄相忖度，每用耿耿。齐桓、晋文所以垂称至今日者，以其兵势广大，犹能奉事周室也。《论语》云："三分天下有其二，以服事殷，周之德可谓至德矣。"夫能以大事小也。昔乐毅走赵，赵王欲与之图燕。乐毅伏而垂泣，对曰："臣事昭王，犹事大王；臣若获戾，放在他国，没世然后已，不忍谋赵之徒隶，况燕后嗣乎！"胡亥之杀蒙恬也，恬曰："自吾先人及至子孙，积信于秦三世矣；今臣将兵三十余万，其势足以背叛，然自知必死而守义者，不敢辱先人之教以忘先王也。"孤每读此二人书，未尝不怆然流涕也。孤祖、父以至孤身，皆当亲重之任，可谓见信者矣，以及子桓兄弟，过于三世矣。

孤非徒对诸君说此也，常以语妻妾，皆令深知此意。孤谓之言："顾我万年之后，汝曹皆当出嫁，欲令传道我心，使他人皆知之。"孤此言皆肝鬲之要也。所以勤勤恳恳叙心腹者，见周公有《金縢》之书以自明，恐人不信之故。然欲孤便尔委捐所典兵众，以还执事，归就武平侯国，实不可也。何者？诚恐己离兵为人所祸也。既为子孙计，又己败则国家倾危，是以不得慕虚名而处实祸，此所不得为也。前朝恩封三子为侯，固辞不受，今更欲受之，非欲复以为荣，欲以为外援，为万安计。

孤闻介推之避晋封，申胥之逃楚赏，未尝不舍书而叹，有以自省也。奉国威灵，仗钺征伐，推弱以克强，处小而禽大。意之所图，动无违事，心之所虑，何向不济，遂荡平天下，不辱主命。可谓天助汉室，非人力也。然封兼四县，食户三万，何德堪之！江湖未静，不可让位；至于邑土，可得而辞。今上还阳夏、柘、苦三县户二万，但食武平万户，且以分损谤议，少减孤之责也。

曹植方诵读毕，便见贾诩又不召自来。对此，曹操并没责怪他，反还高兴地道："文和来得正好，来看看老夫的新作。"

"丞相撰写什么了？"

"《让县自明本志令》。"

"在下料到丞相会有此杰作呢。"

"难道你是为此而来？"

"正是。"

"为何？"

"丞相向来以扫除天下不臣、拯救汉室为己任，且又公正廉洁，岂会贪恋区区几县封地呢！"

曹操闻言，不禁连连叹道："知我者，文和啊！"

随后贾诩忙连连摆手谦虚道："哪里，哪里。乃丞相平日一言一行叫在下铭记在心使然呢。"

言毕，即上前从曹植手中接过《让县自明本志令》细细研读了一番，并连连赞道："丞相此文不仅如实叙述了丞相为拯救汉室而运筹帷幄、南征北战的艰难与光辉历程的回顾，也是篇不可多见的文学佳作。倘若颁发天下，定叫那些贪官污吏们无地自容，叫儒生们浮夸文风销声匿迹。"

曹操闻言，遂得意非凡道："所言极是。"

随后，即吩咐部下文吏抄写多份，张贴各处。结果贪官污吏们见了是否无地自容，儒生们浮夸文风销声匿迹，无从知晓，从没人去过问。不过曹操倒得益匪浅——颂扬他清正廉洁之声铺天盖地，不绝于耳。时在公安的诸葛亮读了《让县自明本志令》后，倒是看出了曹操端倪，并赶到刘府对刘备道："曹操这厮发了道《让县自明本志令》，主公知晓么？"

"方才门卫送来了一份，我还未及看呢。你看过了吗？"

"略略扫了一眼。"

"都说了些什么？我料想他那狗嘴里也吐不出象牙！"

"有真话，也有假言，还有些是真亦假来假亦真，真假难辨呢。比如，令文开头言说他曹操野心不大，志向仅想当个郡守之类的官而已，并官至济南相。在此期间，曾奏免贪官污吏和禁断淫祀，虽然彪炳史册，却因皇亲国戚横行，权臣宦官当道，而使其不能违道取容。数数干忤，恐为家祸，只得辞去济南相，乞留宿卫。但在济南郡受到打击的那些皇亲国戚和权臣宦官并

第五十三回　攘外先安内曹操颁发《让县自明本志令》　为进军益州刘玄德赴京口求稳定四郡

没因他辞去济南相而放过他，并将他放到京师以外的东郡任太守。他见形势不妙，只得称疾不就。他们于是便任他为议郎，他认为议郎是个闲职，不能避祸，因此经常托病不上朝，随后便告归乡里，在远郊精舍里春夏读书，秋冬弋猎，以为娱乐，但并非要做岩穴隐士。这些是真话。接着说他曹操辞官后不惜闲居二十载，这纯粹是假话。因他方隐居年余，便应征为都尉，都尉有兵权，在天下大乱的时代，有兵权就有一切。于是便急不可耐地出任了都尉一职，不久后又为镇压黄巾妖贼军被迁为西园八校尉之一的典军校尉。这时他的志向遂变，没了'久隐'之意，并希望有朝一日封侯拜将，即被封侯做征西将军。虽是野心，却是真话。他说他在陈留兴义兵讨伐董卓时征兵'不欲多'，就他曹操当时的情况而言，毋庸置疑，是高明之举。当时他是什么情况呢？是弃官出走首都雒阳到达陈留时，已非朝廷官员，虽有宿友张邈支持，但无自己基地与势力，如果征召过多兵将，就会树大招风，难免被人盯上，后果必不堪设想。因此，'不欲多'并非其本意，一旦条件许可，收黄巾军三十万也不嫌多。这些话是真亦假来假亦真，真假难辨。他说倘若自己不灭二袁、定荆州，还不知又有几人称帝几人称王，鉴于此，他于汉室的功劳无人能比，位居丞相是当之无愧。这些话是瞎子卖花，自卖自夸，不值一驳。他说他'身为宰相，人臣之贵已极，意望已过'，这既是真话，也是假话。有你主公在，名为汉相实为汉贼的曹操能喘气到现在就不错了。因此，当前不打算代汉自立，做到丞相就算'人臣之贵已极'，也算得上真话。但实际上其本意并非做到丞相就算'人臣之贵已极'，而是时刻在为子孙谋划，他只做周公，让子孙去做皇帝。从这个意义上说，'身为宰相，人臣之贵已极，意望已过'是假话。他说他绝不交出兵权，'何者？诚恐已离兵为人所祸也'还是真话。他说'江湖未静，不可让位；至于邑土，可得而辞'，权柄比封地重要得多，没有了权力，不仅封地保不住，人身恐亦难全。鉴于此，曹贼之精到非同寻常！"

诸葛亮方言毕，刘备便连连点头称是。随后诸葛亮又道："我以为曹贼《让县自明本志令》不仅是大言欺世，恐怕还另有企图。不信走着瞧。"

方言毕，刘备即问道："那我们该怎么办呢？"

诸葛亮闻问，沉思片刻答道："曹贼的事我们管不着，但主公应考虑谋取益州的事了。"

"可当前局势不稳，岂能言取益州呢？"

须知，刘备已据有武陵、长沙、桂阳和零陵四郡，且人马又增加了好几倍，实力今非昔比，何故还说当前局势不稳呢？原来尽管刘孙已经联姻，但自从刘备在原荆州牧刘琦临终前从其手中得了武陵、长沙、桂阳和零陵四郡后，除鲁肃外，孙权部下所有文臣将校，特别是周瑜，皆认为刘备在被曹操打得落花流水、无立锥之地的情况下，是他们打败了曹操，救援了刘备。因此，便欲据武陵、长沙、桂阳和零陵四郡为己有。对此，刘备一方自然不干，认为孙权本无独力御曹，因此先遣鲁肃请求我刘备联合御曹，而非你孙权救援我刘备。因此，得四郡我刘备还吃亏了呢。再说了，荆州原是刘表地盘，且又是刘表之子刘琦临终赠与我刘备的，与你孙权何干？于是双方你欺我诈，明争暗斗不断。因此，刘备方才言说局势不稳，并非空穴来风，是有根有据。

却说诸葛亮闻刘备方才言，也认为非常有理，遂沉思片刻道："在下倒是有一策，不知主公意下如何？"

"快快道来听听。"

"公开向孙权提出他不得据有武陵、长沙、桂阳和零陵四郡，待他同意后，再取益州。如何？"

"妙啊！我今日就前往京口面见孙权，若何？"

"不可！还是在下前往方为上策。"

"为何？"

"主公乃军政要人，一旦不测，后果不堪设想啊。"

"我与孙权已联姻，倘若他加害我，不就等于加害他妹妹吗？故不必担忧。"

"既如此，那就依主公的吧。不过，在见到孙权前，绝不可道明前往京

第五十三回　攘外先安内曹操颁发《让县自明本志令》　为进军益州刘玄德赴京口求稳定四郡

口真实意图。"

"那是自然。"

刘备方言毕,便听有人异口同声道:"主公万不可前往京口啊!"

刘备和诸葛亮闻声忙举目望去,原乃关羽、刘琰、糜竺、糜芳、孙乾和简雍一干宿臣站在门口。对此,刘备便忙招呼他们进来按序坐下,并问他们道:"你们何故不召自来呢?"

方问毕,关羽即道:"我们是巡营经过这里顺便来看看主公,并听得主公与军师所言。"

"原来如此。你们何故认为我万不能前往京口呢?"

"主公前往那里,无异于深入虎穴。"

"不入虎穴,焉得虎子?"

"为安全计,我愿随主公前往。"

"将军驻守要冲,岂可离开呢?"

"那就让赵将军随主公前往。"

"大可不必,倘若有他人同往,孙权必以为我不相信他,反倒弄巧成拙。"

"主公所言极是。"

关羽言毕,便与刘琰、糜竺、糜芳、孙乾与简雍向刘备拱手施礼告辞而去。

随后不久待一切准备就绪,刘备带了十余随从,扬言前往京口是为拜访大舅孙权和舅嫂徐夫人。他们时而水路,时而陆路,日夜兼程,飞一般向孙权大本营京口赶去。

须知,荆州大战时孙权的大本营不是在柴桑吗?怎么现在在京口了呢?原来孙权为了擒杀江夏太守黄祖和进而夺取荆州,便在建安十三年将大本营从吴郡迁移到了柴桑,后来又将其从柴桑迁到京口。难道柴桑是黄茅白苇、弱水之隔和穷山贫丘而不宜做大本营?非也!柴桑气候温和,雨量充沛,日照充足,是时之闻名遐迩的米粮之川。有赣水、鄱水、余水、修水、

1043

淦水、盱水、蜀水、南水、彭水等九水汇集的水运通道，是江水中游物资集散重地。故有九江"途通五岭，势拒三江"之说。有峰回路转，风景秀丽的庐山；有水势浩瀚，鱼虾成群的鄱阳湖。孙权据有它，便东可顾及原有的会稽、吴郡、丹阳、豫章、庐陵五郡；西可控制新得的南郡和江夏二郡；南可军指交州，占据夷洲；北可进军中原，问鼎汉室。柴桑地位如此重要，孙权不是不知道。究其原因，原来孙权曾思想到：尽管柴桑地理位置优越，但它毕竟远离会稽、吴郡、丹阳、豫章、庐陵五郡，若有不测，便远水不解近渴。再者，那五郡不仅是老父孙坚、哥哥孙策和我孙权三代挥军拼死拼活取得的，并得到了那里民众的认同和拥护，是最为要紧的根据地。守住它们，即使天塌下来，也无虞的。再者，其西南郡有智勇双全的周瑜防守，江夏有久经沙场的程普防守，大可高枕无忧。因此，下一步应强渡江水，北向进军扬、徐二州了。可吴郡又远离江水，指挥不便。很显然，继续将大本营设在吴郡已不适宜。那么大本营设在何处最宜呢？一时竟使孙权想不出个所以然。最后只好于一日上午召集左右文武到郡议事厅相商。待左右文武闻召到齐向孙权施礼后方才坐定，孙权便将自己所思所想向他们道了一番。他们闻之，皆认为大本营宜迁。对此，孙权自然大喜不禁，并问道："你们以为大本营设于何处最宜呢？"

在场左右文武闻问，皆搔头摸耳，回答不出。良久，张纮方起身上前道："丹徒。"

"为何？"

"丹徒东通吴郡，且望大海，临江水。攻，过江水便可图扬、徐。守，有江水之险，强过金汤。更甚者，周围山清水秀，大有帝都之气象。"

孙权闻张纮言，认为非常有理。因此，在场其他文武也深表赞成。

须知，丹徒春秋时属吴地，名朱方。吴亡归越，越亡归楚，并更名为谷阳。秦皇三十七年，观天象者说谷阳有天子气，秦皇闻之大惊，遂命赭衣徒三千凿京岘山东南垄，以败其气，并改谷阳为丹徒。后因种种原因，或名荆国，或名吴国，但仅是吴郡十三县之一。因此，城墙低矮，城楼简陋。对

第五十三回　攘外先安内曹操颁发《让县自明本志令》　为进军益州刘玄德赴京口求稳定四郡

此，孙权自然不满，于是便下令大兴土木。由于日夜施工，在不久后的建安十三年，便在临江水的北固山南峰修建起了一座巍峨壮观，周回六百三十步的城墙。因城墙内外皆以铁色砖石砌成，故时人谓之铁瓮城，又因城依山为垒，俯临江津，而取名京口。

一日上午，孙权正与左右文武在城内观视钱庄、粮市、油市、肉市、菜市、柴市、猪市、牛市、禽市。忽闻报刘备一行于这日上午已到达了京口西门外。对刘备来此，孙权早已得报，并得到他的准许，只是不知来此何干，也没想到来得如此之快。因此，方得报，便停止观视，与左右文武飞一般赶往西门外相迎。谁料却扑了个空，即没见着刘备和随行一行踪影。经询问城门守卫，方知刘备他们到达这里时，恰巧碰上来此观赏冬梅的徐夫人。相见礼毕后，刘备即同孙夫人一道向孙府去了。孙权闻之，遂便三步并作两步，飞也似的向孙府赶去。片刻，便赶到了孙府大门前。进得里面客厅，只见头发乌黑的徐夫人站在厅上方中央，一把鼻涕一把泪地指责须发灰白的刘备为何不将孙公主带来。时刘备跪伏于徐夫人面前，连连称说"罪该万死"。孙权见此，认为徐夫人所为对新来乍到的刘备不妥，便忙上前双手拉起刘备道："这次未将妹妹带来，下次一定……"

不待孙权言毕，刘备便料知他就是要见的孙权，不禁大喜，忙起身向他拱手施礼道："有幸在此见到尊兄，乃弟洪福啊！"

孙权见比他大二十一岁的刘备仍依辈分叫他尊兄，不禁感动不已。但如何称呼刘备呢？却叫他犯了难，叫妹婿吧，又委屈了他。这不仅是个年纪问题，还因为他是皇亲国戚。如何称呼，事关重大。于是灵机一动，就称先生吧，于是忙拱手还礼道："刘先生光临，令蓬荜生辉啊！"

徐夫人见孙权与刘备哥俩如此友好，气也消了许多，并忙睁大双眼，仔细端详了刘备一番，见他年纪虽近五十岁，但五官端正，面皮白净，且又礼节俱到，不愧是皇家后裔，朝中重臣。于是不但不再指责，反还破涕为笑，并对孙权道："还不快快吩咐酒宴，为远道而来的佳婿接风洗尘。"

时刘备闻孙权称他为先生，徐夫人称他为佳婿，认为来此已事半功成，不禁暗喜。片刻，餐厅便摆出了山珍海味，名酒杜康。于是孙权和刘备便拥簇着徐夫人进入餐厅。时徐夫人餐几居中央上方，孙权餐几居徐夫人餐几右侧，刘备餐几居徐夫人餐几左侧。方坐定，他三人便频频举杯互敬，庆贺相聚。这时刘备也才看清年近三十岁的孙权不胖不瘦，五官端正，面皮略黄，且稳重文静，刚毅睿智，不愧为大家后裔，江左俊杰。对此，不禁暗自赞叹不已。时孙权认为刘备无事不登三宝殿，但刘备不言说，他也不好询问，于是只顾喝酒吃菜。然徐夫人却忍不住了，放下手中筷盏问刘备道："佳婿今不辞辛劳，远道而来，不知为哪般呢？"

刘备闻问，遂沉思片刻答道："当年因故没来府上提亲接亲，故今特来……"

方言至此，便放下手中筷盏，唉声叹气起来。徐夫人见此，甚为不解，正欲再问。时孙权却和颜悦色地对刘备道："那是小事，何足挂齿呢！"

时刘备仍一言不发。对此，孙权甚觉不安和惊奇，于是问道："你我已是一家人，何不畅所欲言呢？"

方问毕，徐夫人即道："郎君所言极是。佳婿有何事，尽管道来无妨。"

言毕，便喝退了侍者。刘备见再无他人，方才叹道："近日有不少尊兄部下文武，扬言要以武力夺我武陵、长沙、桂阳和零陵四郡，不知尊兄和嫂夫人知晓否？"

徐夫人闻言，遂勃然大怒道："倘若佳婿武陵、长沙、桂阳和零陵四郡丢失，我家妹妹何处安身？"

刘备见徐夫人动怒，不禁暗喜，但又认为徐夫人说话算不得数，一言九鼎的是孙权，于是便怀着忐忑不安的心，目不转睛地望着孙权，看他如何表态。正在这时，徐夫人又勃然大怒道："我看谁敢动一动那四郡一根草，一棵树，一寸土！"

孙权见徐夫人如此心急，怕有不测，遂忙道："夫人别忧。刘先生方才所言，我早有耳闻，不过那是我部下信口开河罢了，岂可当真？"

徐夫人对孙权方才所言半信半疑，遂忙问孙权道："此话当真？"

"当然是真。"

第五十三回　攘外先安内曹操颁发《让县自明本志令》　为进军益州刘玄德赴京口求稳定四郡

"既如此，还是当着佳婿说个明白吧。"

孙权认为徐夫人言之有理，正欲开言，忽见一身材高大、面貌英俊的汉子不待通报便匆匆走了进来。时刘备虽认不得此人，但见他如此随便进入孙府，料想其来头非凡，并忙起身拱手向他施礼。时他也认不得刘备，并欲发问，不待开言，孙权已指着刘备对那人道："此君乃我妹夫刘备。"

那人闻言，先不禁一愣，半晌回过神，才和颜悦色对刘备道："鄙人姓吕，名范，字子衡，现在彭泽任上。早闻皇亲大名，今日得见，有幸，有幸啊！"言毕，即拱手向刘备还礼。

须知，吕范方才的言行岂能逃过刘备的眼睛？因而刘备心头忐忑不安，但面上却没事一般，并欲与吕范寒暄几句。不待开言，孙权便问吕范道："吕太守匆匆前来有何贵干？"

吕范闻问，并没答言，而是忙将孙权拉入隔壁密室，吞吞吐吐地问道："在下有话……不知当说……不当说？"

"你自带私客百人归服我哥哥以来，踏平庐江、横江、当利，攻破丹阳、湖熟，策定秣陵、曲阿，横扫海西、陵阳、勇里，征讨江夏，平定鄱阳，鏖战荆州。于我战功不可谓不显赫，因此你我向来无话不谈，然眼下何故吞吞吐吐？"

"那在下就畅所欲言了。刘备方从公安出发，在下便在彭泽得到消息。为将来计，特赶来向主公……"

孙权见吕范欲言又止，不禁急了，道："快快道来无妨。"

"刘备来此何干？"

"担忧我部下以武力夺取武陵、长沙、桂阳和零陵。"

"那四郡事小，将刘备扣留下来才事关重大。"

孙权闻言，沉思片刻道："使不得，使不得啊！"

"为何？"

"你应懂得'螳螂捕蝉，黄雀在后'这个道理。倘若刘备被扣，孙刘联合御曹必然不再有效。那时曹贼必会乘虚发兵南犯，各个击破孙刘啊。"

1047

吕范闻孙权方才所言，不禁恍然大悟，并连连点头称是，遂同孙权走出密室，向徐夫人和刘备拱手施礼后便转身匆匆而去。时徐夫人见吕范来去匆匆，且又不知他与孙权在密室里谈了些什么，因此心头自然忐忑不安，于是在孙权方坐回餐几便问他道："郎君与吕太守神秘兮兮地说了些什么？"

"谈了些安民之类的小事。"

徐夫人闻言，信以为真，于是方才转忧为喜。时刘备对孙权和吕范的言行却疑窦丛生。因为他认为：吕范迟不来早不来，恰巧我刘备方到他便来，这不有点儿蹊跷吗？因此心急如焚，不过转而他又认为：我刘备已与孙家联姻，有徐夫人护着，你孙权和吕范又能拿我刘备怎样？再者，倘若没刘孙联合，能有荆州之胜吗？前时合肥之战你孙权单打独斗曹操不是也没结果吗？对此，你孙权难道不明白？于是心情方才平静了许多，并不停地为徐夫人斟酒夹菜，以示尊敬，结果竟使徐夫人乐得不知所以。徐夫人很高兴，孙权自然也很高兴，刘备更是高兴。于是直到午后多时，他三人才尽兴罢餐。当晚，刘备自然宿于孙府。三日后，孙权、徐夫人和刘备正在孙府餐厅用午餐，忽见门卫匆匆进来，不及向孙权拱手施礼便报道："门外有人言有要事求见主公。"

"来者何人？来自何处？"

"他说他是周瑜周将军特使，从江陵而来。"

孙权闻言，以为有紧急军情报告，不禁大惊，并忙道："还不快快领他进来。"

门卫闻言，忙转身出门，片刻便将特使领了进来。特使见到孙权，自然先是跪伏于地施礼，然后才起身从怀里取出一绢制信袋，上前双手呈与孙权。孙权接过，取出绢制信件打开一看，原乃周瑜处置刘备上疏而非紧急军情报告，于是心头方才平静了些，并仔细看阅起来。上疏云：

刘备以枭雄之姿，而有关羽、张飞熊虎之将，必非久屈为人用者。愚谓大计宜徙备置吴，盛为筑宫室，多其美女玩好，以娱其耳目，分此二人，各置一方，使如瑜者得挟与攻战，大事可定也。今猥割土地以资业之，聚此三

第五十三回　攘外先安内曹操颁发《让县自明本志令》　为进军益州刘玄德赴京口求稳定四郡

人，俱在疆场，恐蛟龙得云雨，终非池中物也。

孙权方看毕，徐夫人便问他道："周将军都说了些什么？说来听听。"

时孙权并没理会徐夫人，而是忙起身将特使领到隔壁密室里问道："周将军何故如此之快便知晓刘备到京口了呢？又为何知晓刘备是为武陵、长沙、桂阳和零陵而来京口的呢？"

"主公须知，一是周将军向来不相信刘备，因此常派细作打探刘备的一举一动。二是刘备是大张旗鼓前来京口，在与公安临近的江陵的周将军怎会不知晓呢。"

孙权闻答，不禁"啊"了一声，随后又问特使道："你知晓上疏内容吗？"

"略知一二。"

"回去告知周将军，上疏所言，万不可行！"

"为何？"

"第一，刘备虽是枭雄，但是我孙氏佳婿，我徐夫人岂肯同意安置他在京口，让我妹妹空守闺房？至于给刘备美女，她更不允许了；第二，刘备有足智多谋的诸葛亮，有万人敌的关羽和张飞，有勇冠三军的赵云、黄忠和魏延，有跟随刘备久战沙场的将士，还有肯为刘备死战的原刘表所部荆州兵，一旦闻知刘备被禁，能同意吗？试问，待时谁能抵挡得住？还有……"

特使见孙权欲言又止，不禁惊异。看官你道孙权何故欲言又止呢？原来他本欲说关羽义薄云天，当年曹操以高官厚禄相留，结果都无济于事；张飞秉性刚烈，除刘备外谁的话他也不听，周瑜又岂能率领他俩攻伐作战呢？但又担心特使回去照实告知周瑜而伤害周瑜的自尊心，所以方才欲言又止。

随后，孙权清了清嗓子又道："当初孙刘联合取得了赤壁、乌林、江陵和夷陵大战胜利，将来也只有孙刘联合，方可抵御曹贼南犯。还有，前时我使出浑身解数独与曹贼部下在合肥交战多日，却一无所获。因此，回去告知周将军，孙刘联合御曹，乃千秋大计，不能动摇。"

特使闻言，忙连连点头称是，并忙向孙权拱手施礼后匆匆出门，回江陵向周瑜报告孙权所言之意去了。

再说徐夫人见孙权没回答她所问，于是便起了疑心。因此，孙权方回到餐厅，她便迫不及待追问，但皆被孙权搪塞了过去。

须知，孙权方才搪塞得了徐夫人，却瞒不过刘备，并断定周瑜特使是冲他刘备而来。何也？就如周瑜向来不相信刘备一样，刘备向来也不相信周瑜，并派细作探得周瑜等人有以武力攻占武陵、长沙、桂阳和零陵之意。但刘备仍以为，只要孙权不能独御曹操和有刘孙联姻这层关系，无论何人欲在武陵、长沙、桂阳和零陵问题上作梗，孙权和徐夫人都会为他化解。因此，他从没问及吕范和周瑜特使来此为哪般，也从没担心过会有不测后果。

再说刘备来京口的消息像插了翅膀，在他到达不久便传遍了全城。平头百姓以为刘备来京口只是拜见兄嫂孙权和徐夫人，同时还津津乐道刘备是老牛吃嫩草。文臣武将们却不同，他们料到刘备来此真实目的八九不离十是冲着武陵、长沙、桂阳和零陵四郡。而鲁肃与他们是既相同又相异，即不仅料到刘备来京口的真实目的，更想知道孙权是何等想法。因此，不禁心急如焚。一日午夜，鲁肃怎么也不能入睡，于是便翻身起床，戴帽披衣套靴毕，正欲前往孙府拜见孙权，以探究竟。正在这时，忽见风帽风衣皮靴的孙权不待门卫通报便匆匆奔了进来。鲁肃见此，不禁大喜，忙上前向孙权拱手施礼相迎。时不待坐下便问孙权道："主公何故半夜三更来此？"

"事急啊！"

孙权方答毕，鲁肃便料知事关刘备来京口的事，为保密起见，便忙喝退在场侍者。孙权见再无他人，方才向鲁肃道了一番吕范和周瑜关于处置刘备来京口的建议。鲁肃闻之，不禁非常着急，忙问道："主公以为他俩建议如何？"

"皆被我拒绝了。不知先生有何高见？"

"主公做得对。须知，主公虽神武命世，但曹贼威力实重，孙刘联合御曹，当为万世上策。再者我们初临荆州，恩信未立，故宜以武陵、长沙、桂阳和零陵四郡予刘备督管。如此，不仅抚安了刘备将士，也抚安了曹贼南犯时跟随刘备南逃的那些樊城与襄阳吏民。同时，还可多树一支曹贼劲敌，何

第五十三回　攘外先安内曹操颁发《让县自明本志令》　为进军益州刘玄德赴京口求稳定四郡

乐而不为呢？"

孙权认为鲁肃言之有理，并道："曹贼与刘备相交有年，定然知晓刘备乃难制之辈。"

须知，孙权是一方之主，当初既已毫不犹豫地拒绝吕范与周瑜的建议，应该没事了吧？其实不然，其心头总是忐忑不安，因此很想听听鲁肃的意见。因为他以往每遇大事，特别是在处理刘孙关系上，对鲁肃总是言听计从。为交谈方便和避免徐夫人纠缠，于是才在午夜时分只身前来鲁府，正巧与欲前往孙府见他的鲁肃不谋而合。

孙权从鲁府回到孙府后，当即唤醒徐夫人和刘备，将自己和鲁肃的想法向他俩道了一番。徐夫人闻之，自然乐得不知所以。刘备闻之，面上亦如徐夫人一样，乐得不知所以，然心里却思想到：荆州本乃刘表地盘，当曹贼南犯时，你孙氏江东六郡恐怕都不能自保，因此你孙叔部下文武皆言迎曹贼，唯你孙权不愿，并先遣鲁肃欲与我刘备联合结好，共拒曹贼。其时，你孙权只求共拒曹贼，并未提谁将得荆州。再说了，眼下我武陵、长沙、桂阳和零陵四郡日夜刀枪林立，防守甚严，连天上飞的、地上跑的也难越过，难道你孙权那些虾兵蟹将就能拿下它们？今日我刘备来京口见你，只不过是我欲西进巴蜀，为后方稳……方思想到此，孙权忽然问刘备道："先生以为我与鲁先生的意见如何？"

方问毕，刘备便毫不犹豫答道："当然好，谢谢尊兄和鲁先生了。"

孙权见大局已定，于是便在翌日早饭后传令在京口左右文武到议事厅，当众宣布他允许刘备永远督管武陵、长沙、桂阳和零陵四郡的决定。他们闻之，心里都持反对意见，如吕蒙等人，但面上都表示坚决拥护。唯鲁肃是真心拥护。对此，孙权心知肚明。

此时值建安十五年十二月。

再说徐夫人认为刘备来京口不易，应该游览位于京口北面七里江水中，势若飞动的浮玉山。看官欲知刘备是否听从了徐夫人的建议，请看下回分解。

第五十四回

曹丞相大谈书画诗赋暂立嗣
征关中马韩曹孟德声东击西

却说刘备闻徐夫人要他游览浮玉山，心里不禁非常着急。因为他认为来京口的目的既已达到，就应赶快回公安与部下文武商讨西进益州事宜，岂可在此游山玩水呢？但又不便明说，于是便灵机一动，推说他离开公安已久，非常想念孙公主，须尽快赶回与孙公主早日团聚。徐夫人闻之，认为非常有理，不但不再劝他游览浮玉山，还催他尽快启程。为刘备安全起见，徐夫人还叫孙权派了千余官军步骑，以为护卫。对此，刘备自然感激不尽。

出发那天，孙权、徐夫人和鲁肃将刘备送到西城门外十里处方才依依而别。时刘备见到鲁肃，感激之情自然难以言喻。因为时刘备思想到：刘孙联合御曹虽是我刘备与诸葛亮两人促成，但刘孙联姻和孙权最后决定让我刘备督管武陵、长沙、桂阳和零陵四郡，却是鲁肃促成。没他，还不知……不待思想毕，鲁肃即上前向刘备拱手施礼道："刘皇亲别来无恙吧？"

刘备闻问，忙拱手还礼道："安好。鲁先生亦别来无恙吧？"

"亦安好。祝刘皇亲一路顺风！"

"谢谢。"

孙权和徐夫人见刘备和鲁肃相见亲热如故，自然欢喜。

随后，刘备与护卫他的那些官军步骑便飞一般向公安赶去。在公安的诸葛亮、关羽、刘琰、糜竺、糜芳、孙乾和简雍等闻报刘备平安归来，自然大喜不禁，并飞般赶往南郡与公安交界处迎候。

第五十四回 曹丞相大谈书画诗赋暂立嗣 征关中马韩曹孟德声东击西

再说曹操回军邺城后并未住进城内曹府，而是住在城南中军大帐。原因是邺城修建工程还未完全竣工。曹操喜欢书艺，常在闲暇之际召来时之著名书艺家钟繇、梁鹄、邯郸淳、韦诞和孙子荆在中军大帐与他们切磋书艺，应召最多的要数梁鹄了。说起曹操与梁鹄，他俩还有一段佳话，即梁鹄在灵帝时曾任过任免官员的选部尚书，时曹操欲做雒阳令，梁鹄却认为曹操入仕不久，缺少统管经验，让他任了比雒阳令一职低些的雒阳北部尉。后董卓进军雒阳作乱，梁鹄不与他合作，便投奔了荆州刘表。待曹操平定荆州，梁鹄恐曹操报复，于是便灵机一动，急忙向曹操谢罪。曹操因特别欣赏他的书艺，不仅没治他的罪，反还让他代理司马，以便发挥其书艺特长。而叫人不可思议的是，即使行军作战，曹操也将梁鹄字幅带上细细观赏揣摩，甚至夜间醒来也是如此。当然，曹操的秦隶也被时人谓之若金花细落，遍地玲珑；荆玉分辉，瑶岩璀璨；笔墨雄浑，雄逸绝伦。一日上午，曹操与梁鹄正兴致勃勃地挥毫作书，一细作不待门卫通报，便飞一般进来，不及向曹操拱手施礼便报道："报告丞相，孙权已……"

"已什么？"

"孙权那厮已明令部下不得武力侵犯刘备那厮所据的武陵、长沙、桂阳和零陵四郡。"

曹操闻报，不禁沉下脸"啊"了一声，随之手中那笔便啪的一声坠落在了地上。须知，曹操何故会如此呢？原来他深深懂得，孙权此明令就意味着孙刘联合更加巩固。鉴于此，扫平不臣，拯救汉室还任重道远。时梁鹄早看出了曹操心思，遂对他道："丞相要扫平不臣，拯救汉室的大任，恐怕只能由……"

梁鹄虽言至此便戛然而止，但曹操却猜出了他未言之言，即扫平不臣，拯救汉室的大任恐怕只能由他曹操的继嗣来完成了。因此，择嗣则是当务之急，并思想到：老夫妻妾十三，生有二十五子，分别是卞夫人生的曹丕、曹彰、曹植、曹熊，刘夫人生的曹昂、曹铄，环夫人生的曹冲、曹据、曹宇，杜夫人生的曹林、曹衮，秦夫人生的曹玹、曹峻，尹夫人生的曹矩，王昭仪生的曹干，孙姬生的曹上、曹彪、曹勤，李姬生的曹乘、曹整、曹京，周姬生的曹均，刘姬生的曹棘，宋姬生的曹徽，赵姬生的曹茂。其中，曹昂早战死，曹冲已病故，自不必提。曹衮虽少好学，年十余岁能属文，但胆小甚微，没有魄力。曹彪是个书痴，于军政一窍不通，难成气……正思想间，忽见将作大匠匆匆前来向他报告邺城修复和扩建已经竣工，并请他前往观看。对此，曹操不禁兴奋异常，立刻便在将作大匠和梁鹄的陪同下进城观看。

须知，曹操为什么要修复和扩建邺城呢？前面说过，曹操为摆脱朝廷王公老臣的纠缠与约束，以便自由自在地施展拳脚，扫平不臣，拯救汉室；同时，还认为邺城前临河洛，背倚漳水，虎视中原，有王霸之气，是不可多见的风水宝地。于是在建安九年八月攻破邺城后，便极尽人力物力对其修复和扩建，以便成为曹操日后办事之所。七年下来，邺城便由原冀州治所一跃成了时之规模与繁华无与伦比的大都市。它东西长七里，南北阔五里，共有七座城门：从西向东为凤阳门、永阳门、广阳门；城北两座门，从东向西为广德门、厩门；城东为建春门，城西为金凤门。城内有司马门、显阳门、宣阳门、升贤门、听政殿门、南止车门、延秋门、长春门、端门；城北正中央有听政殿、文昌殿、鸣鹤堂、大理寺、奉常寺、大农寺、少府卿寺、宫内大社、郎中令府、相国府、御史大夫府；城西北有铜雀台。城南为微臣和平民居住区。还有各类市场和作坊。另外，用水皆从城西北漳河流入铜雀苑宫殿区，然后再从那里分流到其他区，最后从东门流出城外进入训练过水军的玄武池。其次，园林遍布，除铜雀苑外，还有城西的文武苑、城北的芳林苑和城东的灵芝苑。同时，还叫梁鹄为各宫室园林题写门额，以为增色。

在众多宫殿中，听政殿尤为突出。它规模宏大，气势雄伟，顶盖金黄琉璃，门蹲珍兽麒麟，内竖绕龙八柱，上架叠旋斗拱，壁绘斗戏龙虎，地铺汉白玉砖，殿中央正前上方金座银陛，富丽堂皇，连当年长安的未央宫、长乐宫和雒阳的南宫、北宫都相形见绌。因此，曹操认为太过奢华，于是便绷着脸责备了将作大匠一番。时将作大匠却辩解道："天下不臣未平，非令其壮丽难以重威啊！"曹操闻之，方知个中缘由，于是忙连连点头称是。

第五十四回　曹丞相大谈书画诗赋暂立嗣　征关中马韩曹孟德声东击西

叫曹操赞叹不已的莫过于一年前他下令新建的铜雀苑里的铜雀台、金虎台和冰井台了。它们以宽大的阁道相通，其中，铜雀台高十丈，台上建有五层楼阁，共距地二十七丈。楼顶置有一丈五尺高，舒翼若飞，神态逼真的铜雀一只。日出之时，流光照耀，远远望去，犹若仙雀。周围有深堂百间，皆辟南窗，启北牖，夏凉冬暖。登临其上，万物皆收眼底。

曹操观视毕后的一日上午，邺城文臣将校突然接到曹操要他们立刻前往铜雀台欢宴的传令。待他们到那按秩方坐定，曹操也到达了那里。方坐定，便举杯高声道："今日欢宴，意在庆祝邺城修建和扩建竣工了。"文臣将校们闻之，皆举杯争先恐后上前向曹操敬酒，以为庆贺。随后便钟鼓同鸣，歌舞齐起，热闹非凡。酒过三巡，曹操忽然高声令曹丕、曹植、曹衮和曹彪以铜雀台为题各作《登台赋》一篇，以为助兴。他们闻令，便忙起身走到台中央案几前，铺开白绢，提笔蘸墨，伏身撰写起来。片刻，曹植便撰毕，并立刻大步走到曹操座前，双手将其所撰赋文呈与曹操道："此乃儿臣的，请爹爹过目。"随后不久，曹丕也撰毕，也立刻起身大步走到曹操座前，双手将他所撰赋文呈上道："此乃儿臣的，请爹爹雅正。"随后良久，曹衮和曹彪方才撰毕，也立刻起身大步走到曹操座前，先后双手将其所撰赋文呈与曹操。既是作赋助兴，理应当场诵读这些赋文才是。因此，曹丕、曹植、曹衮和曹彪还清了清嗓子，准备诵读自己的赋文。谁料曹操却将那些赋文收起放入怀里后，便宣布散席。对此，那些文臣将校，特别是曹丕、曹植、曹衮和曹彪，皆若丈二和尚，摸不着头脑。

此后不久的一日下午，邺城文臣突然闻报曹操传令：次日早饭后务必到文昌殿。他们闻之，不知是祸是福，是喜是忧，于是心头不禁七上八下，忐忑不安，但皆按时赶到。方按秩坐定，曹操也在曹丕、曹植、曹衮和曹彪的拥簇下从殿正门走了进来。他们见此，便忙纷纷起身上前拱手向曹操施礼。礼毕，即按秩坐回。曹操自然坐在上方中央，曹丕、曹植、曹衮和曹彪则坐在他座前左右两侧。时大家皆瞪大眼睛，息鼻闭唇，静听曹操发言。时曹操高声问道："大家知晓文昌之意和文昌殿命名的由来吗？"

方问毕,曹植便不假思索答道:"文昌,即文化昌盛之意。文昌殿,即文化昌盛之殿堂。"

曹操闻答,遂点头称是,随后又问道:"文昌殿的功用呢?"

随后良久,也无人作答。曹操见此,料想无人能答,于是便高声道:"老夫常怀外定武功、内兴文化之志。灭黄巾,斩吕布,灭二袁,驱乌桓,破刘表,赶刘备,此乃外定武功。内兴文化却无建树,何也?皆因天下动荡不安,兵匪横行,文人流离,雅士失所。老夫故下令修建文昌殿,希望他们来此谈论诗赋,切磋书画,以便繁荣文化,娱乐万民。"

大家闻言,方知修建文昌殿就里,皆报以热烈的掌声。曹操见此,异常兴奋,遂兴致勃勃道:"老夫召你们来此,意在就我华夏有文字以来的诗、赋、书、画随便谈谈。老夫孤陋寡闻,见识浅薄,且于诗、赋、书、画乃门外汉,不免乱点鸳鸯谱,叫大家见笑了。"

大家认为内兴文化于他们有益,于是兴奋异常,欢声雷动。曹操见此,大喜,遂清了清嗓子道:"老夫先谈谈书体发展史。我华夏书体始为篆体、隶体,随后有楷体、行体、草体。可谓百花齐放,各体具备,各领风骚。先说篆体,篆体分大篆体、小篆体。大篆体创始者为周宣王时太史籀,小篆体创始者为秦皇丞相李斯。而我大汉书小篆体者居多,其体近方,笔法近隶。眼下隶体也很盛行,为主要书体之一。它为秦末程邈在狱中创写和整理出的,就是在篆体的基础上去繁就简,字体由圆而方,由曲而直。现在所能看到的《张迁碑》和《曹全碑》便是其代表作。再说行体,行体起源于隶体,是介于楷体与草体之间的字体。它既便于速写,又易于辨认,可谓一举两得,其创始者为刘德升和卫凯子。再说草体,草体是我大汉张芝从在野人士那里汲取了草体精华创制而成,下笔一挥而就,虽偶有断墨,但飞白相连。可见用笔之精熟,之神妙,因此名噪朝野,学者如云。这里特别提下钟繇,其铭石书体、章程书体和行押书体最为精妙。其次,梁鹄、邯郸淳、韦诞、孙子荆、崔瑗、崔实和张昶等人的书法也是可圈可点。啊!差点忘了,蔡邕也精于篆体、隶体,并有'蔡邕书骨气洞达,爽爽有神力'之说。大家若有闲情

第五十四回　曹丞相大谈书画诗赋暂立嗣　征关中马韩曹孟德声东击西

逸致，可细细鉴赏。"

曹操言至此，喝了口茶清了清嗓子又道："下面谈谈绘画。我华夏绘画历史悠久，画工众多，我大汉画工更是数不胜数。著名的有毛延寿、陈敞、刘白、龚宽、阳望、樊育。他们有的善画人物，丑好老少，必得其真，如毛延寿，将旷世美女王昭君画得丑不堪言，并因此骗过了元帝和不少朝臣。不过，他也因此落得个身首异处，命赴黄泉的下场。也有的善画牛马和飞禽，如陈敞、刘白和龚宽。也有的善于使色，如阳望和樊育。善宫廷画的有张衡，其《地形图》画得尤为精准细腻。蔡邕不仅精通文学、史学、音乐、经史、辞赋，还善画。赵岐所画季扎、子产、晏婴和叔向皆活灵活现，栩栩如生。刘褒之画逼真神奇，观其《云汉图》浑身觉热，观其《北风图》浑身觉凉。善侍诏画的有刘旦和扬鲁，遗憾的是他俩画作现已不存。桓范既善诗赋，又善丹青。徐邈所画水獭，惟妙惟肖，足以乱真。杨修既善赋、颂、碑、赞、诗、哀辞、表、记、书，亦善画，其'误点成蝇'早成画界美谈。"

方言至此，见一青年画工起身上前向曹操毕恭毕敬地拱手施礼道："晚辈还未出道，闻所未闻丞相大人方才所言'误点成蝇'，更不知晓出自何典故，是何意思。故请不吝赐教。"

"此乃老夫所亲历呢。前时皇上赐老夫一把九华扇，植儿见其珍贵，便挥毫在其上写了篇《九华扇赋（并序）》。序云：'昔吾先君常侍，得幸汉桓帝，时赐尚方竹扇。其扇不方不圆，其中结成文，名曰九华扇。'辞曰：'有神区之名竹，生不周之高岑。对绿水之素波，背玄涧之重深。体虚畅以立干，播翠叶以成林。形五离而九折，蔑氄解而缕分。效虬龙之婉蜒，法红霓之氤氲。抒微妙以历时，口九层之华文。尔乃浸以芷若，拂以江蓠，摇口五音，濯以兰池。因形致好，不常厥仪。方不应矩，圆不中规。随皓腕以徐转，发惠风之微寒。时气清以方厉，纷飘动兮绮纨。'该赋不仅描叙了九华扇具体制作经过——从材料采集到制作工序，且用词精准协调，句式整齐优美，是篇不可多得的佳作，因此老夫令杨修在扇面上作画配赋。作画毕，老夫见扇面上有只苍蝇，觉得恶心，便俯身伸手拍赶，谁料它却纹丝不动。对

1057

此,老夫不禁非常惊异。左右见了,皆不禁纷纷窃笑,并对老夫道:'杨修作画时不留神,将一点墨落在了扇面上。时大家皆不知如何是好,他却略加思索,提笔遂将墨点改画成了一只苍蝇。'这便是'误点成蝇'的由来。"

青年画工闻言,不禁对杨修佩服得五体投地,并道:"可见其临场应变能力和画技非同一般啊。"

随后,曹操喝了口茶,清了清嗓子长叹道:"曹不兴和诸葛亮亦善画,可他俩……"

不待叹毕,又喝了口茶清了清嗓子道:"最后谈谈诗和赋。众所周知,乐府诗虽然年代久远,但通俗易懂。比如老夫的《蒿里行》《观沧海》《薤露行》《短歌行》《苦寒行》《龟虽寿》及其他诗便深受其影响。不过,老夫虽用乐府诗旧题作诗,却不墨守成规,袭其诗意,而是自辟新蹊,大胆创新。同时,还感于哀乐,缘事而发,从不闭门造车,无病呻吟。如老夫的《薤露行》《蒿里行》本乃挽歌,在老夫笔下却悯时悼乱,表达吾志。《步出夏门行》本乃感叹人生无常,须及时行乐曲调,老夫用它叙述扫平不臣、拯救汉室的伟大抱负及东征乌桓归途所见所闻。因此,即使久远的诗歌,只要赋予新意,便有很强的生命活力。另外,我们知道,诗的句式在不断更新和发展。比如,《诗经》基本是四言句诗,但偶有七言句诗。《楚辞》也有七言句诗,但结尾处大多带有"兮"字。因此,就所反映的内容而言,实际是六言句诗。我大汉乐府诗中有部分七言句诗,如《战城南》,它对七言句诗起到了发展与促进作用。比较完整的七言句诗是武帝的《柏梁台诗》和张衡的《四愁诗》。但《柏梁台诗》是生编硬凑,没有诗味。《四愁诗》虽诗味很浓,但结尾处皆带有"兮"字,有楚诗的痕迹。真正完整的七言句诗还是老夫丕儿的两首《燕歌行》。其句句押韵,字字平声,格调高雅,是七言句诗的楷模,值得借鉴。"

曹操言至此,喝了口茶清了清嗓子,即激情满怀地朗诵了其中一首:

秋风萧瑟天气凉,草木摇落露为霜,群燕辞归鹄南翔。

第五十四回　曹丞相大谈书画诗赋暂立嗣　征关中马韩曹孟德声东击西

念君客游多断肠，慊慊思归恋故乡，君为淹留寄他方。
贱妾茕茕守空房，忧来思君不敢忘，不觉泪下沾衣裳。
援琴鸣弦发清商，短歌微吟不能长。
明月皎皎照我床，星汉西流夜未央。
牵牛织女遥相望，尔独何辜限河梁。

曹丕见曹操褒扬自己，自然兴奋不已。其他人却无不被该诗所描述的闺中少妇在秋夜里那颗孤独冰冷的心所打动。

随后，曹操将目光转向王粲道："山阳王粲之赋抒情性强，其诗亦出类拔萃，代表作为《七哀诗》，它描述了诸侯混战带来的'白骨蔽平原'和'饥妇弃子'的悲惨情景，并对此表达了强烈的悲愤与深沉的感慨。与老夫《蒿里行》'白骨露于野，千里无鸡鸣'有异曲同工之处。其次，层次分明清晰，首尾相顾紧密。宁阳刘桢的诗无论是抒情还是咏物，皆以气势取胜，都显示出目无千古、奋发向上的可贵气概。《赠从弟》诗中'风声一何盛，松枝一何劲'两句便是例证。"

曹操言至此，遂沉思片刻一脸严肃道："广陵陈琳《为袁绍檄豫州文》虽辱骂了老夫，但……"

曹操方言至此，陈琳早吓得面无人色，以为脑袋要搬家。曹操见此，心里不禁非常好笑，遂和颜悦色道："不过，就《为袁绍檄豫州文》语言艺术而言，不愧是千古名篇。而《饮马长城窟行》一诗中'生男慎莫举，生女哺用脯。君独不见长城下，死人骸骨相撑拄'不仅是千古名句，亦与王粲《七哀诗》'白骨蔽平原'及老夫《蒿里行》'白骨露于野，千里无鸡鸣'诗句有异曲同工之处。"

陈琳闻曹操褒扬他，方才转忧为喜。随后曹操望了望阮瑀道："陈留阮瑀《驾出北郭门行》诗歌描写的是孤儿受后母虐待的苦难遭遇，情景逼真，形象生动，语言朴素，乃不朽之作。因此，阮瑀不愧为蔡邕高徒。其次，其音乐造诣亦颇高。"

随后曹操喝了口茶清了清嗓子望着应场道:"汝南应场博学多识,才思敏捷,佳赋颇多。其中《灵河赋》《愍骥赋》《撰征赋》和《公宴赋》充分反映了天下大乱,万民失所,盼望统一。辞虽不典,但慷慨激昂。"

应场闻言,激动得热泪盈眶,道:"我生来智短才疏,赋文多为滥竽充数。丞相夸奖,不禁汗颜呢!"

接着曹操望着徐干道:"北海徐干的诗以清玄体道著称于世,其中《室思》和《答刘桢》较佳。《室思》描叙了一妇人'端坐而无为,仿佛君容光''思君如流水,何有穷已时''辗转不能寐''重新而忘故',寥寥数句,却刻画细腻,委婉动人。《答刘桢》语言朴实,感情真挚。就整体而言,亚于王粲和刘桢之诗。但其赋造诣颇高,从他的《玄猿赋》《漏卮赋》《橘赋》《圆扇赋》和《齐都赋》看,可与张衡、蔡邕之赋并驾齐驱。"

徐干闻言,遂起身拱手向曹操施礼,并不亢不卑道:"在下不才,承蒙丞相夸奖。"

方言毕,曹操即笑道:"老夫所言属实呢。"

言毕喝了口茶,不禁长叹道:"老夫差点忘了祢衡,他那《鹦鹉赋》乃惊世之作。倘若他还在世,定会创作更多……"

不待叹毕,早便难过得发不出声。待片刻缓过气,遂脸色一沉道:"北海孔融少有异才,且勤奋好学,家学渊博,著作颇多。其文章体气高妙,华美对称,颇具骈俪,乃蔡邕之后文章大家。其诗歌虽逊于文章,但辞采典雅,引古论今,精妙恰当,可与平原陶丘洪和陈留边文礼齐名。"

曹丕、曹植和杨修闻曹操褒扬孔融,以为要为孔融平反正名,不禁兴奋异常,并欲争先恐后上前美言孔融几句。谁料这时曹操却叹道:"遗憾的是,此人罪大恶极,被诛,乃罪有应得!"

曹丕、曹植和杨修闻曹操如此言,立刻便泄了气,并不约而同思想到:待有朝一日为孔融平反不迟。正在这时,曹操忽然从怀中取出两卷白绢道:"丕儿、植儿,快快诵读你俩的《登台赋》。"

曹丕和曹植闻言,虽觉突然,但皆异常兴奋,并立刻起身上前,毕恭毕

第五十四回　曹丞相大谈书画诗赋暂立嗣　征关中马韩曹孟德声东击西

敬地从曹操手中接过各自的《登台赋》，转身走到曹操前下方中央站定，准备诵读。时曹衮和曹彪见曹操没理会他俩，料想与两位哥哥的《登台赋》相比，他们的《登台赋》平淡无奇，难登大雅之堂，因而对此毫无异议，并纹丝不动地坐在原座静听曹丕和曹植诵读。曹丕是曹植哥哥，自然先诵读。时曹丕清了清嗓子，展开高声诵读道：

登高台以骋望，好灵雀之丽娴。飞阁崛其特起，层楼俨以承天。步逍遥以容与，聊游目于西山。溪谷纡以交错，草木郁其相连。风飘飘而吹衣，鸟飞鸣而过前。申踌躇以周览，临城隅之通川。

须知，曹丕文武双全，且又年富力强，因而声如洪钟，响彻殿宇，因此不时博得在场者热烈的掌声。

方诵读毕，曹植即展开高声诵读道：

从明后而嬉游兮，聊登台以娱情。见太府之广开兮，观圣德之所营。建高殿之嵯峨兮，浮双阙乎太清。立冲天之华观兮，连飞阁乎西城。临漳川之长流兮，望园果之滋荣。立双台于左右兮，有玉龙与金凤。连二桥于东西兮，若长空之蝃蝀。俯皇都之宏丽兮，瞰云霞之浮动。欣群才之来萃兮，协飞熊之吉梦。仰春风之和穆兮，听百鸟之悲鸣。天功恒其既立兮，家愿得而获逞。扬仁化于宇内兮，尽肃恭于上京。虽桓文之为盛兮，岂足方乎圣明。休矣美矣！惠泽远扬。翼佐我皇家兮，宁彼四方。同天地之矩量兮，齐日月之辉光。永贵尊而无极兮，等年寿于东王。

曹植不仅是写诗作赋高手，也是吟诗诵赋高手。因而诵读之声时而若高山流水，铿锵有声；时而若潺潺溪流，平缓低沉。在场者听之，无不如痴如醉。正在这时，曹操突然站起对王粲、刘桢、陈琳、阮瑀、徐干和应场和颜悦色道："请诸位与坐在老夫左右的荀彧、程昱、贾诩、杨修、毛玠和崔琰换位就座。"

王粲、刘桢、陈琳、阮瑀、徐干和应场闻言，不禁感到非常惊异。何也？按官位，荀彧、程昱、贾诩、杨修、毛玠和崔琰要比王粲、刘祯、陈琳、阮瑀、徐干和应场高出一筹，坐在曹操左右是理所当然，为何现在要倒置就座呢？尽管如此，他们还是急忙起身拱手向曹操边施礼边向曹操左右两侧走去。原坐在那里的荀彧、程昱、贾诩、杨修、毛玠和崔琰见此，不仅感到非常惊异，还认为有损颜面。但这是曹操的话，谁敢不听？于是也忙起身让座。待双方换位毕，曹操方才坐下，左右顾视了王粲、刘祯、陈琳、阮瑀、徐干和应场一番方道："王粲、刘祯、陈琳、阮瑀、徐干和应场乃当今诗赋泰斗，请对丕儿和植儿的《登台赋》做个评判，如何？"

荀彧、程昱、贾诩、杨修、毛玠、崔琰和王粲、刘祯、陈琳、阮瑀、徐干、应场闻言，方知换位缘由。对此，王粲、刘祯、陈琳、阮瑀、徐干和应场心头却七上八下，惶惶不安。因为他们深知，不评判吧，不妥；评判吧，万一评判与曹操之意相左或失言，丢官事小，弄不好身首异处也未尝可知。再说他曹操每登高必赋，及造新诗，被之管弦，皆成乐章。同时，也是赋文评判高手。我辈在他面前评判曹丕和曹植的《登台赋》，岂不是班门弄斧吗！时荀彧、程昱、贾诩、杨修、毛玠和崔琰却庆幸自己诗歌赋文亚于王粲、刘祯、陈琳、阮瑀、徐干和应场而免惹是非。然曹操早看出了他们双方心思，于是和颜悦色地对王粲、刘祯、陈琳、阮瑀、徐干和应场道："诸位不必担忧，尽管评判无妨。"

言毕良久，仍鸦雀无声。曹操见此，不禁非常扫兴，并思想到：曹丕和曹植的《登台赋》孰高孰低，他们早心知肚明，而眼下要他们当场公开评判，确有不便，于是只好就此宣布散场。王粲、刘祯、陈琳、阮瑀、徐干和应场自然如释重负，并立刻与荀彧、程昱、贾诩、杨修、毛玠和崔琰一道离座起身出门，匆匆上马的上马，上车的上车，飞一般各自打道回府不提。

须知，其实曹操昨晚就仔细品读了曹丕和曹植的《登台赋》，并发现曹丕的《登台赋》并未直叙铜雀台，而是通过描写其周围飞阁层宇，侧面衬托了铜雀台之富丽、之堂皇。又通过描写在铜雀台上西望纵横交错的溪谷，春风吹过的草木，飞之舞之的鸟禽，比衬铜雀台的高大雄伟。其次，行文平铺

第五十四回　曹丞相大谈书画诗赋暂立嗣　征关中马韩曹孟德声东击西

直叙，朴素自然，乃一篇罕见的佳作。赞叹之余，又拿起曹植的《登台赋》细品。见他将景物写得很有层次，而叫绝的是，虽未写铜雀台，但通过对铜雀台周围景物的描写，反衬了铜雀台的高大、雄伟和壮观。与曹丕的《登台赋》有异曲同工之妙。而最值得称道的是，结尾处大力歌颂了王政德化之功，体现了蓬勃向上的可贵精神。总之，气贯长虹，文采飞扬，读来如饮甘醇。与曹丕的《登台赋》相比，思想性和艺术性都远过之而无不及。于是不禁连连赞叹曹植乃当今旷世作赋奇才，爱慕之情随之有加，并欲打破立长不立幼的传统，以曹植为继嗣。但如此行事难免秦皇、袁绍和刘表废长立幼悲剧重演。于是便心生一计，以赋文优者为继嗣。如此，立曹植为嗣便理所当然。为此，方才传令召集邺城文臣到文昌殿以畅论诗、赋、书、画为名，特请王粲、刘祯、陈琳、阮瑀、徐干和应场评判曹丕和曹植的《登台赋》。须知，曹操熟知王粲、刘祯、陈琳、阮瑀、徐干和应场皆是赋文高手，且又慧眼识珠，怎会评判不出曹丕和曹植的《登台赋》孰高孰低？待他们评判出曹丕的《登台赋》亚于曹植的《登台赋》后，再当场宣布曹植为继嗣，便没话可说。谁料评判冷场，选择继嗣自然毫无结果。对此，曹操不禁非常沮丧，时至当日午夜仍未入睡，并秘密召来贾诩，将自己欲以赋胜出一等的曹植为继嗣的打算向他道了一番。其实贾诩早猜透了曹操欲立赋高出曹丕一等的曹植为继嗣之意，遂思想到：曹植舞文弄墨虽胜于曹丕，但治国统兵却不如曹丕。同时，也如曹操那般想法，即立幼废长难免秦皇、袁绍和刘表废长立幼悲剧重演。但是，精明绝顶的贾诩还深深懂得，立谁为继嗣，关系重大，岂可直说！于是灵机一动，建议曹操先亲自询问曹丕和曹植一番治国统兵抚民策略，然后再从他俩中挑优胜者为继嗣。曹操认为贾诩建议有理，于是便在次日早饭后将曹丕和曹植召到书房问道："你俩皆饱读四书五经，知识渊博，想必早便懂得安邦定国、统帅将士和安抚万民之策了吧？"

方问毕，曹植即答道："以中庸之道安邦定国，以孙子兵法统帅将士，以诸子百家言安抚万民。"

时曹操对曹植所答未置可否，曹植见此，不禁非常着急，并欲询问曹操自己方才所答若何。时曹操早已问曹丕道:"丕儿以为植儿所答若何?"

曹丕沉思片刻答道:"儿臣不敢苟同。儿臣以为,宜以文以武安邦定国,以食以穿安抚万民。"

曹操闻曹丕和曹植答,认为就是当年自己问询祢衡如何治国、统兵和安民的情景再现,即曹植仿佛是不谙世事的祢衡,曹丕仿佛是精通世道的曹操,因此在心里决定:眼下还是暂以曹丕为继嗣为宜。

曹丕和曹植走后,曹操即以尚书令荀彧为密使,飞一般赶往许都面见刘协,要他诏令天下:以曹丕为五官中郎将,置官属,为副丞相。同时,再下一道诏令,减他曹操户五千,分所让三县一万五千户封其三个儿子,即封曹植为平原侯,封地为平原县;曹据为范阳侯,封地为范阳县;曹林为饶阳侯,封地为饶阳县。同时,食邑各五千户。待荀彧赶到许都方将曹操之意向刘协报毕,刘协二话没说,立刻便亲自比葫芦画瓢,按曹操之意撰写诏令。撰毕,即派御使随荀彧前往邺城宣读。

御使与荀彧到达邺城曹府正值午饭时间,时正在用饭的曹操见他俩兴冲冲而来,料想一切皆如他所愿,于是便忙放下盏筷,并传令邺城文臣将校立刻前往听政殿。他们闻令,岂敢怠慢,于是也忙放下手中筷盏,骑马的骑马,乘车的乘车,飞一般赶到听政殿方才按秩站定,曹操和曹丕在武士的拥簇下也从殿正门走了进来。他们见了,便忙争先恐后上前拱手施礼。待曹操在上方中央金座上坐定,他们方才退回原位站定,只待曹操发言。

时曹操高声道:"请御使宣读诏令!"

文臣将校们闻言,方知来此是为听诏令,认为事关重大,遂忙不约而同地跪伏于地,洗耳恭听。随后,只见一身着华丽朝服的中年汉子从屏风后转出,走到曹操座前右侧前方站定,神情严肃地高声宣读了刘协那两道诏令。

时曹丕自然早已激动非常,并忙跪伏于地连连高呼"谢皇恩"。其他的虽认为诏令与己无关,但仍争先恐后高呼"皇上圣明"。曹操见此,自然非常高兴,并道:"眼下不臣还未扫平,拯救汉室还须努力。因此,老夫还得挥军出征,到时邺城一切事务皆由曹丕统管。"

第五十四回　曹丞相大谈书画诗赋暂立嗣　征关中马韩曹孟德声东击西

在场者闻言，忙异口同声道："遵命！"

随后，曹操即宣布散场。

此时值建安十六年正月。

在此应说明的是，曹操时而叫曹丕、曹植、曹衮和曹彪以铜雀台为题作赋助兴，时而在文昌殿大谈书、画、诗和赋，时而叫王粲、刘桢、陈琳、阮瑀、徐干、应场评判曹丕和曹植所作《登台赋》，他如此行事，看似凌乱无章，没个准定，实则精心安排，按步进行。其目的只有一个，即欲以赋优胜者曹植为继嗣。只是后经贾诩暗示，才以能文能武的曹丕为继嗣。

另外，还应说明的是，此前曹操还以刘协名义下旨曹植为平原侯，封地平原县；曹据为范阳侯，封地范阳县；曹林为饶阳侯，封地饶阳县，并食邑各五千户。如此，曹操在《让县自明本志令》让出的阳夏、柘和苦三县二万户，现在又受封一万五千户，结果他实际仅失去五千户。不仅如此，曹植、曹据和曹林所封那三县皆是郡治所，其军事重要性远胜于曹操所让出的那三县，因此使他控制的时之实际首都邺城更为安全。

却说曹操暂定曹丕为继嗣后，认为大事无虞，便欲西征关中，消灭马超，并在一日上午召集邺城文武到听政殿商议对策。待他们闻召到那按秩方才排定，早到那里的曹操便道："老夫欲发兵讨伐关中，消灭马超，若何？"

时在场文武认为马超为朝廷命官，且又无反叛迹象，何故要对其用兵呢？因而皆不得其解。时曹操早看出了他们心思，遂解释道："老夫曾闻敌将周瑜曾在建安十五年十二月向孙权小儿献策，希望让他与孙瑜共同率领孙权所部官军沿汉水西上征讨汉中张鲁，继而从那南下夺取益州，并争取马超发兵，以应不测。然后他再回军与孙权一道，据襄樊北犯。由此可见，马超早与周瑜那厮狼狈为奸，沆瀣一气，欲图老夫。因此，不除马超，难解老夫心头之恨啊！"

方言毕，陈琳亦道："再者，关中诸将，复相合聚，续为叛乱，阻二华，据河渭，驱率羌胡，齐锋东向，气高志远，似若无敌。不灭之，关中难安啊！"

文武们闻陈琳言，方知曹操欲举兵征讨关中、消灭马超缘由，于是皆赞成曹操的。不过，周瑜支援马超，毕竟只是曹操所闻，还不是实事。要对其公开用兵，就是讨伐无名。因此，将为天下人所不齿。正在他们不知如何是好时，忽听得有人高声道："依末将之见，不若扬言借道关中征讨汉中张鲁，激起马超怀疑我用兵图关中，于是便联合关中韩遂等诸将起兵反叛。然后再公开讨伐他们，就师出有名了。若何？"

在场文武闻声望去，原乃常驻长安的司隶校尉钟繇。对钟繇方才所言，曹操当即便表赞成，道："钟将军之计甚妙！"

言毕，即令钟繇率领官军三千，又传令征西将军夏侯渊率领官军出河东，与钟繇所率官军合为一处，大张旗鼓地从长安城西门出发，沿途声言是经陈仓讨伐汉中五斗米道道首张鲁。对此，驻守关中的马超、韩遂以及程银、李堪、张横、梁兴、成宜、马玩、杨秋以为他们是攻打凉州，于是便聚集在长安商议对策。时有的以为他们征讨汉中是实，无须大惊小怪；有的则以为曹操早晚会攻取关中，因此建议应出兵拦截夏侯渊和钟繇所率官军的同时，另出重兵据守潼关，以防不测。时双方皆极力坚持己见，互不相让。对此，马超、韩遂思量再三，决定采纳后者建议，即令梁兴率领万余官军拦截夏侯渊和钟繇所率官军，马超和韩遂则率领官军九万赶赴潼关，据关御敌。

曹操在邺城得报马超、韩遂的军事部署后，正中其下怀，自然大喜不禁。于是便公开发布檄文，声讨马超、韩遂、程银、李堪、张横、梁兴、成宜、马玩、杨秋举兵拦截王师征贼，罪不容赦。马超闻曹操檄文，大怒，也公开发布檄文，声讨曹操挟持皇上，穷兵黩武，泛杀朝臣，亦罪不容赦。

曹操闻马超檄文，愈加大喜不禁，遂在听政殿当众令刚上任的副丞相、五官中郎将曹丕留守邺城，统领全局；以奋武将军程昱参与曹丕军谋；门下督徐宣为右护军，统领诸军；以国渊为府长史，统管府中一切事务。同时，宣布他将亲率大队官军出征关中，消灭马超、韩遂等人。曹丕、程昱、徐宣和国渊及其他在场文臣将校认为曹操已到五十七岁高龄，为防不测，应叫年富力强的曹丕率军出征即可，但谁也不便当场说出。时曹操早看出了他们心

第五十四回　曹丞相大谈书画诗赋暂立嗣　征关中马韩曹孟德声东击西

思,为明其志,遂起身拔剑起舞,高声吟唱他在击败袁绍父子和平定三郡乌桓时所作的四言诗《龟虽寿》。诗云：

神龟虽寿,犹有竟时。

腾蛇乘雾,终为土灰。

老骥伏枥,志在千里。

烈士暮年,壮心不已。

盈缩之期,不但在天；

养怡之福,可得永年。

幸甚至哉,歌以咏志。

曹丕、程昱、徐宣、国渊及其他在场文臣将校对诗中"老骥伏枥,志在千里。烈士暮年,壮心不已"四句情有独钟,因此知晓曹操虽到暮年,但扫平不臣,拯救汉室的雄心壮志并未止息,于是不禁对他肃然起敬,并异口同声道："丞相英明啊！"

待曹操调兵遣将毕,便于建安十六年七月亲率大队官军,冒着炎暑,出邺城西门,飞一般西向潼关杀去。

潼关位于关中、并州和豫州三地交界的河水、渭水和洛水交汇处。北临河水,南靠秦岭,西连华山,东通中原。关东门紧连状若猛虎的麒麟山角,东关楼北临波涛汹涌的河水,不远处有险峻异常的天堑远望沟,乃关中与关东出入重要通道,因此后来居上,取险峻无比的函谷关而代之。为防止关东诸侯反叛进攻首都长安,高祖刘邦将其隶属于中央直属部门京兆尹。为防止西部诸侯反叛进攻首都雒阳,光武帝刘秀亦将其隶属于中央直属部门司隶校尉,并因此将其加修得犹若铜墙铁壁。时曹操对此前得令率领官军从襄樊赶到潼关以东的镇南将军、行安西将军曹仁传了道严令：关西兵精悍,坚壁勿与战。于是曹仁至今只屯兵潼关东门外,从未攻关。

曹操所率大队官军从邺城出发,于月余后的当年八月方才到达潼关以东安营扎寨。须知,从邺城到潼关最多十天半月便可到达,他们何故用了那么长时间呢？原来曹操鉴于荆州之战时以己方水战之短击刘孙一方水战之长失败的战例，于是在行军途中经常停下与左右文武商议关中之战策略，因而耽误了时日。例如时之贾诩就常提醒曹操道："在下生于关西，长于关西，且曾谋事于关西，深知关西兵将身材高大，力气过人，善使长矛，且秉性彪悍，厮杀奋勇。因此，非精锐为前锋，难以当啊！"

方言毕，曹操即不以为然道："贾先生虽言之有理，不过，此战在我，非在贼呢。贼虽勇悍，且习长矛，我将使其力不能达，矛不得刺。不信，请先生待时观之。"

曹操率领大队官军到达潼关后，发现马超、韩遂、程银、李堪、张横、梁兴、成宜、马玩、杨秋所率官军皆临潼关以西凭险而据，前面又有铜墙铁壁般的潼关为障，倘若直接强打猛攻，很难奏效。于是便心生一计，即白日与左右文武大张旗鼓地游览潼关以东的雄关虎踞、禁沟龙湫、华山云屏、风陵险渡、黄河夏涨等风景胜地，以迷惑马超、韩遂、程银、李堪、张横、梁兴、成宜、马玩、杨秋他们，暗中却欲部署官军绕开潼关，北渡河水，从他处击敌。但具体如何部署，曹操却心里没底。因为他是新来乍到，不知此地地势。于是只得召集左右文武到中军大帐商议，但他们大多也如曹操般，也是新来乍到，对那里地形一无所知。因而皆低头视足，无言可发。对此，曹操也无可奈何。正在这时，忽听得有人高声道："末将倒有一计，不知丞相以为……"

在场文武闻声望去，原乃闻召从汾阴方赶到这里的偏将军、度亭侯、河东郡安抚使徐晃。时不待他言毕，曹操便打断其话语道："有何妙计？还不快快道来。"

"依末将之见，可挑选一些老弱病残将士昼夜佯攻潼关，将大部贼军吸引过来守关。我则趁夜率领精兵数千乘船北渡蒲坂津，待占据那里南、北两岸码头后，丞相可随后率大军乘船赶到那里，上南岸，过渭水，直取长安。长安既取，贼便……"

不待言毕，曹操即大喜道："此计甚妙！"

第五十四回　曹丞相大谈书画诗赋暂立嗣　征关中马韩曹孟德声东击西

言毕，即令徐晃率领精悍步骑官军四千于当日午夜，乘快船迅速南渡蒲坂津。

蒲坂津，即位于蒲州城东、西河水两岸的码头。因码头边滩涂上常年生长蒲苇，故谓之蒲。又因城北有险要无比的长坂，于是便将蒲与长坂合称为蒲坂。春秋战国时，魏国曾凭此设关防御秦兵东侵。汉高祖二年，高祖曾率军东出此地至河内，虏获殷王司马邛。汉高祖三年，魏王魏豹反，韩信率军前往迎击。魏豹闻之，遂盛兵蒲坂，欲拦截韩信人马进击临晋。韩信于是布置疑兵，即扬言欲乘船东渡临晋，实则从偏僻小道袭击安邑，并生擒魏豹，遂定魏地。由上述可见，从关东入关中，除潼关和武关外，还有蒲坂津，因此它是历代兵家必争之地。

却说徐晃率领官军乘快船出发后，曹操一直担心他们能否顺利完成使命。因此，直到次日午时，仍在担心。正在这时，徐晃部下一小校匆匆前来，向曹操拱手施礼后报道："徐将军所率人马未伤一兵一卒，便占领了蒲坂津南、北码头。因此，丞相大人随后率军前往便是。"

曹操闻报，自然大喜不禁，于是留下老弱残兵在营寨内白日挥旗练武，夜里张灯巡逻，犹若精兵强将坚守营寨，必要时也可佯攻一下潼关，以吸引住马超、韩遂、程银、李堪、张横、梁兴、成宜、马玩、杨秋所率守关官军。然后他才率领大队官军，从潼关码头乘船飞一般向蒲坂津驶去。

却说马超见曹操所率官军到后从没攻打过潼关，自然不禁疑窦丛生，并派了一批胆大心细的兵士混入曹操所率官军营寨，将其军事行动打探得一清二楚，并及时报告了马超。马超闻之，方知上当受骗，不禁勃然大怒，并对韩遂道："依我之见，曹贼人马必会南渡渭水，从那击我之后。因此，你我应率军赶到其必经之所渭口北岸拒之，过不了多久敌河东粮必尽，到时不用一兵一卒，敌便退走。"

韩遂闻言，却不以为然道："就让他们渡吧，河水甚急，又是逆行，不知猴年马月才能到达那里呢。"

事后曹操闻报马超所言，不禁大惊，并叹息道："马超小儿不死，吾无葬身之地啊！"

再说时马超闻韩遂言，认为他太无知了，并随即率万余官军精锐步骑飞一般赶到潼关码头，步兵放箭，骑兵冲锋，意欲牵制曹操所率官军北渡。

时正渡河水的曹操所率官军见此，不禁异常惊慌。但曹操却毫不畏惧，坐在码头岸边胡床上指挥若定。张郃见此，不禁非常着急，忙下马上前，搀扶着曹操奔上一只大船。谁料这时船夫中箭而亡，船不得行。时在曹操身后的许褚见此，遂忙左手举起马鞍，为曹操挡箭，右手紧握大橹，拼命向前摇去。因是逆流而上，行进缓慢，眼看马超所率官军将至，忽见一群牛马飞一般向码头奔来。马超所率官军皆来自凉州，从小牧牛放马，爱牛爱马成癖，现见到这些牛马，立刻便转身掉头，争先恐后上前抢夺。马超见此，认为他们是因小失大，忙飞马上前阻止，但无结果。曹操见此，却大喜不禁，忙传令全军将士，趁此奋力划船。片刻，他们便远离码头。马超见此，无奈，只得望水叹息。

看官你道那些牛马是从天而降的吗？非也。原来是驻扎在潼关码头附近的曹操部下校尉丁裴闻报马超所率官军将危及曹操所率官军渡河，大惊，并心生一计，率领官军飞一般赶到潼关码头附近一畜牧大户那里，强行放出了其饲养的大批牛马，以便引诱马超所率官军上来抢夺而放弃阻击曹操所率官军渡河，结果如愿以偿。

事后，曹操所率官军闻之，皆不禁悲喜交加。曹操也有些后怕，并大笑道："要不是丁将军以牛马引诱，差些被马超小贼所困呢！"

曹操率领所部官军方到蒲坂津，曹操便令徐晃所率官军工兵沿河水向南挖筑通往渭水渭口码头的夹道，以便南渡渭口码头，夺取长安。马超在潼关大营闻报曹操所率官军的军事行动果如他所料，大惊，忙亲率官军飞一般向那赶去，以便拦截曹操所率官军。谁料其军事行动早被曹操料到，并下令那些工兵日夜挖筑，于是夹道很快便到达渭水渭口码头。待马超所率官军赶到那里，曹操所率官军先头人马已经渡过渭水南岸。对此，曹操不禁非常得意，谁料这时杀出一支官军，为首者人高马大，面若锅底，挥舞着一对环柄

第五十四回　曹丞相大谈书画诗赋暂立嗣　征关中马韩曹孟德声东击西

大刀，直取徐晃而来。时徐晃认不得他，经询问身旁探马，方知他乃原董卓部将梁兴，于是立刻拍马挥斧迎了上去。徐晃是曹操部下勇冠三军的战将，武艺之高自不必说。梁兴武艺也非同一般，在建安三年与同是原董卓部将的段煨、张横率军在黄白城击败和斩杀了退守那里的原董卓大将李傕，并割下其头颅传送给曹操。因此，眼下他俩相遇，真是棋逢对手。于是杀了百余回合，仍难分伯仲。不过，徐晃武艺毕竟还是高出梁兴一筹，因而此后不久，梁兴便只有招架功夫，而无还手之力。无奈，只得虚晃一招，收刀拨马领军而逃。曹操见此，大喜，并不顾左右劝阻，亲临码头挥军南渡。结果每渡过一批，马超便指挥官军精骑将其冲得七零八落，溃不成军。对此，曹操便边令张郃所率官军放箭阻敌，边令徐晃所率官军工兵筑垒，以为御敌。那里皆是松软的沙粒，无法筑垒。对此，曹操不禁非常着急。正在这时，忽听得有人在曹操身后道："眼下时已闰九月，已经北风呼啸，天寒地冻。以沙筑垒，可以水灌之，水与沙相结，必坚如铁石。"

曹操闻声忙回头看去，原乃娄圭。娄圭，字子伯，少时便胸怀雄才大略，且与曹操交情极深。及长成，谋冠天下，武盖三军。比如，建安十三年，娄圭随曹操南征荆州，刘琮率众出襄阳投降，时曹操和在场文武皆怀疑其降有诈。娄圭却不以为然，道："天下大乱，各皆以自保，现刘琮归顺，真诚无疑。"曹操认为娄圭言之有理，遂接受了刘琮之降，且自感自己谋略在娄圭之下。自此，娄圭不仅得到高官厚禄，曹操还对其言听计从。现在曹操自然也认为娄圭言之有理，便令徐晃率领官军工兵趁当日月黑风高之际向南渡过渭口附近渭水，按娄圭所言建筑营垒。同时，曹操又派许褚率领官军工兵五千，乘船进入渭口附近渭水搭设浮桥。方搭设毕，曹操便率官军飞一般跨过浮桥，于天明前全部到达了渭口南岸，并住进了徐晃所率官军工兵所建筑好的营垒。

马超天明后得报曹操所率官军已渡过渭水南岸，直气得哇哇大叫，并于当夜率领官军偷袭曹操所率官军营寨。当他们马系口，兵裹脚，悄无声息地行至曹操所率官军营寨西辕门前仍未被发现，以为得计，于是不禁非常得意。正在这时，忽见曹操所率官军营寨内火光冲天，大股曹操所率官军飞一般冲出那里，直向他们猛地冲杀了过来。他们见此，不禁非常惊慌，并欲转身后退。马超见此，大怒，从腰间拔出宝剑高高举起大声吼道："有敢退者，杀无赦！"

他们见此，哪敢后退，于是壮着胆子朝曹操所率大队官军迎杀了上去。须知，曹操及其所率官军认为此战只能胜不能败，否则，不仅前功尽弃，占据关中也成泡影。马超及其所率官军也认为此战只能胜不能败，否则，便丢失关中，没了立足之地。因此，双方一接战，便杀得天昏地暗，不见人影。正在他们杀得难解难分之际，马超所率官军后面忽然杀出一支曹操所部官军。马超见自己人马前后受敌，料想眼下难于取胜，无奈，只得传令鸣金收兵。

马超回到中军大帐后，深感兵刀相向，难胜曹操，经与部下商议，只得遣使带信向曹操求和，条件是以渭水为界，即渭水以东归曹操，以西归马超。曹操志在消灭马超及其所部官军，夺取关中，哪里肯依马超的，于是当即便拒绝求和。

对此，马超不禁大怒，同时认为自己兵多将广，何不将曹操所率官军引诱出营垒予以消灭呢？于是便令自家官军在曹操所率官军营垒南门前列阵，日夜大骂曹操所率官军貌似善战之师，实则是不堪一击的孬种。熟知兵法的曹操闻报，料定这是马超玩弄的激将法，同时还认为自己所率官军皆来自中原，不仅不如马超所率西凉籍官军那般凶猛彪悍，且敌众我寡，倘若出战，必凶多吉少，因而不予理睬。马超见此，无奈，只得心生一计，欲将曹操引诱出营垒擒杀之。此所谓擒贼先擒王，其余便不战而散。因而便在曹操所率官军营垒南门外立马挺枪，声言要与曹操对阵，以见高下。曹操闻报，当即便识破了马超之计，同时认为自己武艺虽然高强，但已年迈体弱，岂是年富力强的马超的对手，于是当即便予拒绝。

马超见这两招不灵，于是便退而求其次，遣使求见曹操，再次请求以渭水为界，即渭水东岸皆归曹操，渭水西岸皆归马超，并送自己儿子前往邺城

第五十四回　曹丞相大谈书画诗赋暂立嗣　征关中马韩曹孟德声东击西

做人质。时贾诩闻知马超请求，恐曹操应允，便匆匆来到曹操下榻处，不及向曹操拱手施礼便道："划地为界万不可取，但可假许之，以为迷惑。"

曹操闻言，遂大笑道："先生之言正是老夫未言之言呢。"

方言毕，忽见一小校飞一般前来，边向曹操施礼边向他报道："营垒南门外有一大汉在其左右将校的拥簇下，声言要与丞相大人单打独斗，一较高低。"

曹操闻报，不禁感到非常惊异，并问小校道："此人多大年纪？何等模样？使啥兵器？"

"约莫六十七八岁，身高体胖，银丝白须，使一对环柄大刀。"

曹操闻言，估摸那人是韩遂。为得到证实，于是立刻起身出门上马，在左右文武的拥簇下，飞马直奔营垒南门而去。片刻，便到达了那里。方举目望去，便见士兵方才所报的那汉子边挥舞着一对环柄大刀，边对曹操怒吼道："俺与马将军安分守己，供奉汉室，你这厮何故……"

不待吼毕，曹操即笑着向汉子拱手施礼，并道："老夫以为是谁呢，原来是韩老将军。"

曹操所言的韩老将军，便是他此前估摸的韩遂。

须知，韩遂不是屯兵潼关西门外吗？怎么现在出现在这里了呢？原来他闻报曹操所率官军不仅很快到达了蒲坂津，而且还渡过了渭口，大有消灭马超所率官军，夺取长安之势。对此，他不禁后悔当初没听马超的，并欲率领官军赶往渭口南岸相拒。正在这时，马超一小校飞一般跑来向他报道："马将军请韩将军速速率军赶往……"不待报毕，韩遂便明白马超要他速率官军前往援助其所率官军。于是当即点起他所率官军步骑，飞一般向驻扎在渭口南岸的马超所率官军大营东辕门赶去。马超闻报韩遂率领官军赶到，大喜，遂忙率领左右将校前往那里相迎。相见施礼和客套方毕，还不待马超介绍战况，韩遂即信誓旦旦地对马超道："今日不拿下曹操头颅，誓不罢休！"现在曹操却称他为将军，足见是以礼相待，于是叫他若丈二和尚，摸不着头脑。正在这时，曹操拍马上前和颜悦色地边向韩遂拱手施礼边问道："韩将军别来

1073

无恙吧？"

韩遂闻曹操如此问，不禁为之一愣。待回过神，忙收起他那对环柄大刀，欠身向曹操拱手还礼道："安好。丞相大人亦别来无恙吧？"

"亦安好。不知将军记得否，我俩从小在京都雒阳便相识了。"

"丞相大人虽小我十余岁，却文武双全，并因此与我老父同举孝廉。"

曹操闻韩遂方才之言，遂忙摆手谦逊了一番。随后即话锋一转，聊起了昔日京都雒阳官场丑事、民间奇闻，且欢声笑语，亲热异常。后来曹操竟将自己所乘之马靠近韩遂所乘之马，相向而行。直到日落西山，夜幕降临，他俩方才相互拱手施礼依依作别。时曹操和韩遂所部将士先是担心他俩安危，后见他俩皆安然无恙，又不禁莫名其妙，不知就里。

当晚，马超便得报曹操与韩遂不但没兵刀相向，反还聊得甚欢，自然大为不解，并立即与左右将校匆匆前往韩遂下榻处中军大帐，询问韩遂与曹操到底聊了些什么。韩遂原以为马超一行前来，是来商议如何击败曹操所率官军一事，便忙出帐前往相迎。相见礼毕进入里面方才坐定，马超便迫不及待地问韩遂道："今日下午韩将军与曹操那厮都聊了些啥？"

韩遂闻问，方才知晓马超前来与战事无关，于是便大大咧咧道："我与曹操那厮乃老相识，聊了些当年首都雒阳陈年往事，别的没聊。"

马超一行闻韩遂言，以为他在撒谎，但又不便说穿，无奈，只得悻悻而去。

此后不久，曹操欲与马超会聊，左右将校闻之，恐凶多吉少，于是提醒他道："丞相与马超那厮会聊时，须得防备。"曹操认为他们言之有理，于是便心生一计，在会聊前令许褚率领官军工兵搭设了一道又高又长的木架，以便会聊时将自己与马超隔开，以防不测。

果不出曹操左右将校提醒，马超闻报曹操要与他会聊，不禁大喜，并思想到：我两次引诱你曹操出战，均未成功。这次是你曹操主动找上门来，不乘机擒杀你，还待何时？

会聊那天上午，全副武装的马超见虽有木架隔着，但曹操却是一身便

第五十四回　曹丞相大谈书画诗赋暂立嗣　征关中马韩曹孟德声东击西

服，毫无防备，以为擒杀他易若囊中取物。因而双方施礼客套方毕，马超便欲拍马举枪猛地冲过木架，擒杀曹操。谁料这时一身高体胖、铁甲铁胄、满脸胡须，骑着高头大马，手握长柄大斧的汉子拍马飞一般赶到曹操身后怒视着他。对此，马超不禁倒抽了口凉气，并问曹操道："丞相身后那人是许褚许将军吗？"

"正是！"

马超闻答，方知曹操有备，于是擒杀他的念头立即便烟消云散。同时，马超对曹操与韩遂会聊时两马相近，亲热异常，而与他会聊时以木架隔开还不够，还以许褚为随身护卫，先是不得其解，后是怀疑曹操与韩遂定有暗通。否则，两者会聊情况岂会是天壤之别呢？因此产生了提防韩遂的念头，并拒绝与曹操会聊。

曹操与马超会聊虽成泡影，但马超和韩遂所部将校因久闻曹操大名，却从未见过而感到惊奇，并欲一睹为快。于是便引颈踮足，争相观之。见曹操虽然矮胖，却虎虎生威，于是佩服之情不禁油然而生，并争先恐后就马上拜见。而那些秦地和西凉籍臣民闻曹操在此，也赶来争相观之。曹操见此，不但不规避，反还笑着对他们道："欲观我曹操吗？我曹操也不是四目两口者，只不过智勇多些而已。"

言毕，即部署其所部异常勇猛、刀光耀日的官军铁骑五千于阵前。那些马超、韩遂所部将校见了，不禁惊恐万状，不寒而栗。

随后不久，曹操便给韩遂去信。韩遂见曹操在信中时而闪烁其词，时而欲言又止，时而神神秘秘。韩遂看毕，自然甚为不解。于是便匆匆赶到马超所率官军大营中军大帐，拿给正在那里商议军事的马超及其将校马岱、庞德和庞柔看。马超方看毕，便认定曹操在信中说的是见不得人的暗语，于是越发怀疑韩遂交通曹操。正在这时，忽见一营门守卫士兵飞一般前来，向马超边拱手施礼边报道："曹贼使者到。"

马超闻报，遂沉思良久方道："准见！"

片刻，曹操使者便被方才那报告的士兵引了进来。他伏地向马超施礼方毕,即从怀中取出绢制信札上前呈上。马超接过便展开看了起来,不待看毕,便怒气冲冲道:"真是上门找死!"

韩遂不知马超何故动怒,遂问道:"马将军何故……"

不待问毕,马超即答道:"曹操老贼欲在三日后上午与我在两军营寨南辕门前空地上列阵决战呢。"

方言毕,马岱便高声道:"待时末将不拿下曹贼狗头,愿献上俺头……"

不待言毕,便听得庞德高声道:"取曹贼首级若囊中取物,何必献头颅呢!"

言毕,便欲上前请求马超到时令他率先出战。马岱见此,岂肯让步,也上前请求马超到时令他率先出战。马超见此,大喜,认为大敌当前,有将校争相出战,乃制胜之本,便道:"你俩皆可出战。"

言毕,即告辞韩遂,匆匆回营准备与曹操决战事宜去了。

三日后的上午,双方皆按时到达曹操所约定地点。时曹操一方布阵于北,曹操金盔金甲、双短柄大戟、枣色大马居阵前中央,右侧是曹植、贾诩、娄圭、陈琳,左侧是曹纯、徐晃、张郃、丁斐,许褚位于其身后。马超、韩遂、程银、李堪、张横、梁兴、成宜、马玩、杨秋一方布阵于南,马超银盔银甲、长枪、银色高头雄马,其部将马岱、庞德、庞柔紧随其后;韩遂毡帽皮甲、环柄大刀、西域大马,其部将侯选、阎行紧随其后。

马超一方自恃人多势众,且又熟悉当地地形,自然不把曹操一方放在眼里。曹操一方则认为他们是奉诏王师,难道强龙还压不过地头蛇?于是双方皆心高气傲,战意旺盛。

时马超以为曹操要抢先骂阵,于是便清了清嗓子,准备回骂。时曹操并没骂阵,而是将手中令旗一挥,其左侧的曹纯拍马舞枪,率领大队虎豹骑直向马超那边飞一般冲杀过去。虎豹骑乃百里挑一的精锐骑兵,身高力大,手中兵器不是长柄大斧,便是狼牙大棒,杀将起来犹如虎豹般凶猛,故曰虎豹骑。马超见此,并不惊慌,也若曹操般将手中令旗一挥,身后的马岱、庞德便挥军迎了上去。须知,马岱、庞德一方皆是膀大腰圆、手持长枪长矛的精锐步骑,杀将起来不顾生死。双方交手,便使出浑身解数,欲置对方于死地

第五十四回　曹丞相大谈书画诗赋暂立嗣　征关中马韩曹孟德声东击西

而后快。阵下双方将士的喊杀声几十里外都能听见，腾起的沙尘几十里外也能望见。厮杀之激烈，可想而知。正杀得难解难分之际，马超所率官军后面忽然鼓声喧天，杀声震地，一队挥舞着长柄大斧和长柄狼牙大棒的官军步骑从那里猛地冲杀了过来。对此，马超不禁非常惊异，并欲派人到后探明是哪路的。正在这时，一小校飞马而来，不及向马超施礼便向他高声报道："敌酋曹仁率领一队虎豹骑从后冲杀过来了！"

马超闻报，倒还镇静自若，并欲率军转身向那里迎杀过去。时身边左右将士闻报，早便吓破了胆，并争先恐后四下乱逃。马超见此，遂便举剑斩杀了几个带头的，方才稳住阵脚。时马超未见曹仁和曹纯所率虎豹骑冲杀韩遂、程银、李堪、张横、梁兴、成宜、马玩和杨秋所率官军，于是愈发怀疑他们与曹操有勾结。大怒，即刻便挥军向韩遂那边冲杀过去，以为除奸。他们不防，竟被杀得落花流水，四下逃散。曹操见此，大喜，便乘机挥军猛地向马超、韩遂一方冲杀过去。结果他们死的死，伤的伤，逃的逃，其余有的随马超和韩遂逃往凉州，有的随杨秋逃往安定，成宜和李堪在交战时被杀。于是关中被曹操所部官军占领。

此时值建安十六年九月。

当年十月，曹操率军从长安出发，北征安定杨秋。杨秋不敌，遂降。

须知，曹操何故要主动与韩遂并马亲热会聊呢？为何与马超会聊却要提防？曹纯和曹仁所率曹操所部虎豹骑何故专门冲杀马超所率官军呢？皆因他听从了贾诩所献的分化瓦解离间计。另外，曹操发兵关中前曾遣荀彧会见出使益州、因道路不通而留镇关中的治书侍御史卫凯，征求他对出兵关中之意，卫凯则认为不可出兵关中。同时，仓曹属高柔也反对出兵关中。但曹操并未采纳他俩之意，而是采纳了贾诩可出兵关中之意。何也？因为官渡之战曹操听取了贾诩之意，结果大胜；荆州之战曹操没采纳贾诩之意，结果惨败。由此可见，贾诩谋略可与郭嘉并驾齐驱，并得到曹操信赖。

当年十二月，曹操留夏侯渊和张郃率军驻守长安，自己率官军从安定匆匆赶回邺城。

再说在公安的刘备闻报曹操击败了马超、韩遂，占领了关中，对此，认为与己无关，因而心情平静如水。随后不久，又闻报回到邺城的曹操已立曹丕为嗣，对此，他认为事关重大，于是便召来诸葛亮问道："军师以为曹丕其人如何？"

"据传，此人降生时，有青色云气如车盖盘旋其屋上竟达终日。望气者以为此为至尊至贵之证，非人臣之气。因此，在下以为曹贼立他为嗣，意在为将来代汉做准……"

不待诸葛亮言毕，刘备便不禁急了，忙道："那还了得。我立刻派人潜往邺城，伺机杀了曹丕那厮，如何？"

"主公须知，眼下邺城刀枪林立，戒备森严。因此，即使盖世武林高手，恐也无济于事。"

"据说商汤曾看到曹丕那厮出生地谯县有王者之气，故建都于此。倘若掘了汤王陵和曹家祖坟，破了那里风……"

"使不得，使不得啊！须知，挖掘坟陵是为人不齿的勾当，只有董贼和曹贼才干得出来。"

诸葛亮方言毕，便见一细作飞一般进来，不及向刘备施礼便向他报道："小的探得，曹操那厮占领关中后，还将要挥军南下，占领汉中。"

刘备闻报，不禁非常惊慌。须知，汉中与他占据的武陵、长沙、桂阳和零陵相隔千山万水，他何故要惊慌呢？看官欲知原因，请看下回分解。

第五十五回

刘玄德进益州捷足先登
曹孟德上殿仿萧何故事

却说刘备不禁非常惊慌的原因是，他认为曹操将要进攻汉中的最终目的，还是要占领他觊觎已久的益州。正在这时的一日傍晚，公安城南门外有一渔夫对那里的守卫声言有要事求见刘备。守卫深知，在这兵荒马乱的年月，常有或农夫、或猎夫、或樵夫、或渔夫、或道士，声言要见朝中命官甚至朝中重臣，见面后方知他们不是文武朝臣，便是著名谋士。因此，守卫哪敢怠慢，于是便忙报告了正与诸葛亮、关羽在战船上巡视江防的刘备。刘备闻报，也如守卫一样，深知该渔夫非同凡响。否则，岂会声言要求见我朝中重臣刘备呢？于是便与诸葛亮、关羽匆匆下船前往相迎。相见礼毕方到议事厅，不待刘备发问，渔夫便从怀里取出一绢制囊袋，双手呈与刘备，并自报乃孙权使者。刘备接过囊袋打开一看，内中乃一绢制信件，于是便忙展开看阅。看阅毕，方知乃孙权亲笔信。信略云：

妹婿亲鉴：五斗米道贼张鲁贼军称王汉巴，是为曹贼规图益州之耳目。刘璋庸碌，不能自守。倘若曹贼得益州，则荆州危啊。今妹婿若与我联合先取益州刘璋，进而夺取汉巴，首尾相连，一统吴楚，虽有十个曹贼，亦无所忧。

刘备看阅毕不待发言，孙权使者便对诸葛亮道："尊兄在江左，可令相聚，成为一家。"

诸葛亮闻言，遂笑道："刘孙早已是一家呢。"

须知，孙权何故要令使者前往公安求见刘备呢？原来他在京口得报曹操占领关中后很可能还要进攻汉中，不禁非常惊异和不解，于是便问询鲁肃。鲁肃与刘备一样，深知曹操出兵汉中的最终目的是要夺取益州，眼下占据关中只是夺取益州的序幕。于是待孙权方一问询，便如实予以告之。早有夺取益州之志的孙权闻之，不禁非常着急。不过，现在孙权要夺取益州，只有两条路径，一条是经襄樊间汉水，再西经汉中，南经一夫当关，万夫莫开的葭萌关和剑门关。可襄樊间汉水有曹操所部官军重兵把守，汉中有张鲁人马据险把守，要通过那里，无异于白日做梦。而葭萌关和剑门关有刘璋所部官军把守，更难通过。另一条途径就是经过公安与武陵之间的江水溯流西上，直接进入益州。孙权认为，公安与武陵间江水南北沿岸现由曾孙刘联合御曹和现已联姻结好的刘备管辖，经过那里应没问题。倘若刘备不许，那就孙刘联合夺取益州。为此，便撰信一封，令使者乘船前往公安交与刘备，表达其意。

前面已叙，刘备当初请诸葛亮出山时，诸葛亮就建议他夺取益州为立足之本，振兴汉室，现在怎么会同意与孙权共同夺取益州呢？因此，刘备对孙权信中所言心里自然一百二十个不愿意，但面上却不置可否，并热情地对使者道："此为大事，待我与左右文武商议后再做定夺。"

使者认为刘备言之有理，遂便向他拱手施礼告辞，跟侍者到驿馆住下等候消息不提。

随后，刘备即传令在公安的文臣将校到议事厅议事。待他们得令到那方按秩站定，一直在那的刘备便将孙权来信之意向他们道了一番。他们闻之，先是不知所以，随后有的文臣认为宜对孙权信中所言不予回答，先稳住孙权，以观时变再做定夺。原因是孙权所部官军不可能越过刘备所部官军把守的公安与武陵间江水和曹操所部官军把守的襄樊间汉水去夺取益州。有的将校则认为可与孙权联合夺取益州，并希望以刘备所部官军为先锋，抢先夺取益州，然后再拒孙权所部官军于益州之外。如此，便可独占益州。刘备本有

第五十五回　刘玄德进益州捷足先登　曹孟德上殿仿萧何故事

此意，并欲点头称是，这时忽听得有人高声对刘备道："主公须知，倘若我军为夺取益州先锋，一旦失利，退军必为孙权那厮所部官军所击。如此，便大事完了。同时，这也正中孙权那厮下怀。"

在场文武忙循声望去，原乃主簿殷观。不待刘备发言，殷观又道："刘孙联合御曹仍在进行中，刘孙联姻又未破，且我实力又不及孙权那厮。因此，现可一面赞成孙权夺取益州，一面又言我方据有武陵、桂阳、长沙和零陵四郡，恩信未著，万万不可兴师动众。孙权那厮见此，必不会也不敢越过我而独取益州。"

刘备认为殷观言之有理，便亲自给孙权撰书一封，书略云：

哥哥须知，眼下发兵夺取益州，条件还不成熟。再者，益州山高路远，地形复杂，刘璋虽然懦弱无能，但益州之民富强愚顽。倘若开战，必凶多吉少。张鲁虚伪，未必真心实意忠于曹贼。今若奔波千里，出兵益州，欲想取胜，此虽吴起复生亦不能定其规，孙武再世亦不能善其事啊。曹贼虽无君之心，但奉有天子之名，天下议者见曹操失利于荆州，谓其力屈，无复远念。其实不然，何也？今曹贼虽败于荆州，但三分天下已有其二，并将欲饮马于沧海，观兵于吴会，何肯守此坐须老呢？倘若我俩出兵益州，曹贼必会乘虚而动，那岂不是螳螂捕蝉，黄雀在后吗？如此，后果可想而知。

撰毕，即封好交与孙权使者。使者见刘备复信如此之快，以为孙权夺取益州的见解与刘备不谋而合，于是大喜不禁，接书后当即便乘船返回京口。从公安到京口是顺水行舟，因此，不久后的一个午夜时分，使者便回到了京口，不待歇息，便兴冲冲地直接赶到孙权下榻处，将书呈与孙权。孙权见刘备回书如此之快，便与使者此前想法一样，以为在进攻益州一事上刘备与他是不谋而合，因而大喜不禁，并不待使者退下，便展开那书看阅起来。不待看阅毕，便破口大骂了刘备一番。随后即传令奋威将军孙瑜率领官军水兵三万进驻夏口，时刻准备强行通过刘备所部官军把守的公安与武陵间波涛汹涌的江水，西征益州。刘备得报，毫不恼怒，并派使者向孙权解释道："我刘备与刘璋同为宗室，冀凭英灵，以匡汉朝。今刘璋得罪于左右，备独悚惧，非所敢闻，愿加宽贷。"

孙权闻言，认为这是刘备托词，岂肯相信？刘备闻报，又遣使者对孙权道："你欲取蜀，我当披发入山，才不失信于天下啊！"

孙权闻报，认为这只不过是刘备威胁他的话，他刘备怎会归隐山林呢？因此，正欲遣使前往公安表明其夺取益州决心已下，不得更改。徐夫人闻之，便对孙权一把鼻涕一把泪道："倘若刘备那厮真的归隐山林，那我家妹妹不就成了活寡妇了！"

孙权闻言，正欲解释，忽见一探马飞一般前来，不及向孙权拱手施礼便向他报道："刘备那厮已调兵遣将，加强了西上江水沿岸防务。"

孙权闻报，不禁大吃一惊，并忙问探马道："刘备这厮是如何调兵遣将的？"

"使关羽屯江陵附近江水沿岸，张飞屯秭归，诸葛亮居南郡，防线长达数百里呢。"

孙权闻报，自然怒不可遏，欲传令孙瑜所率官军水兵立刻从夏口出发，向关羽、张飞和诸葛亮防区闯去。不待传令发出，孙权却转而一想：倘若孙刘开战，那不成鹬蚌相争，渔翁得利了吗？如此，不就正中曹操下怀了吗？其次，刘备部下那些谋士和将校，特别是将校，大多是久经沙场的猛将，一旦交手，鹿死谁手还很难说呢！正在这时，忽见徐夫人匆匆前来，又是一把鼻涕一把泪对孙权道："我家小妹还在刘备那边，一旦孙刘闹翻，小妹便成了人质，那将如何是好？"

孙权闻言，认为徐夫人言之有理，于是只好叹口长气，传令孙瑜从夏口撤军。此后不久，刘备在公安便得到孙瑜撤军消息，但却半信半疑，因此派探马继续前往打探。一日上午，他正在下榻处焦急不安地等候探马消息时，那探马飞一般前来，不及向他拱手施礼便向他报道："孙瑜那厮确已从夏口撤军了！"

"真的？"

第五十五回　刘玄德进益州捷足先登　曹孟德上殿仿萧何故事

"真的!"

刘备仍然不相信探马所答,认为年轻气盛的孙权怎么会这么快就改变主意了呢? 其中必有原因。正在刘备不解之际,忽见诸葛亮匆匆前来向他报道:"在下方才得报,孙瑜早已从夏口撤军了。"

"他何故要撤军呢?"

"强强相遇,更强者胜。"

"也倒是。"

刘备言毕,便欲调兵遣将,向益州进发。但诸葛亮却道:"取益州得先取巴蜀,取巴蜀得先取成都,从此地到成都,只能通过高入云端的栈道和水流湍急的江水。因此,强攻猛打也无济于事啊。"

刘备闻言,不禁急得满脸通红,并问道:"那该怎么办呢?"

不待诸葛亮答言,忽听得门口有人问道:"主公和诸葛先生在谈什么呢?"

刘备和诸葛亮闻问,不禁吃了一惊,忙抬头望去,原是庞统正向他俩走来。时刘备高兴地道:"庞先生来得正好!"

随后,刘备便将他与诸葛亮方才所谈向庞统道了一番。庞统听后斩钉截铁道:"即使上刀山,下火海,也在所不惜!"

方言毕,刘备便毫不犹豫地道:"那是自然。"

片刻,刘备忧心忡忡地问庞统道:"依先生之见,将如何进军益州呢?"

庞统闻问,不禁摸脑挠耳,答不上来。正在这时,一西城门守卫小校匆匆前来,向刘备拱手施礼后便报道:"西城门外有两人声言有要事求见大人。"

刘备闻报,甚觉惊异,不知该不该见。庞统见此,遂建议道:"既然人家言有要事求见,岂可拒绝呢? 说不定……"

不待言毕,刘备即对小校道:"准见。"

小校闻言,忙转身飞一般出去,片刻便领来那两人。他们见到刘备时,边向他拱手施礼边异口同声问道:"你可是刘皇亲?"

刘备见来者中一人虽然身材高大,却文质彬彬,出言不凡,料想定有来头;另一人高大威猛,像位将军。于是忙起身拱手还礼,并问道:"我乃刘玄德，你俩乃何方高人？"

文质彬彬者闻问，随即答道："我乃益州牧刘璋部下军议校尉法正。"

答毕，遂手指高大威猛者介绍道："他乃益州牧刘璋属下孟将军孟达。"

刘备闻答，方知他俩乃无名之辈，正欲冷眼以待，庞统却热情地问法正道："先生来此贵干？"

"看阅此后便知。"

法正答毕，便从怀中取出一绢制囊袋，呈与刘备。刘备打开一看，原乃刘璋来书。对此，不禁非常惊奇：我刘备与他刘璋素无往来，他怎会来书与我呢？随后即聚精会神地看阅起来。书略云：

玄德将军亲鉴：益州北部常受五斗米道贼张鲁侵扰，今特令法正前往，请将军速率大军前往那里助我抗击。如能成行，我将不胜感激。

刘备看阅毕，便不禁直愣神。诸葛亮见此，不禁非常惊异，忙问道："主公何故如此？"

"看阅后便知晓。"

刘备答毕，便将来书递与诸葛亮。诸葛亮接过看阅后，并没言语，而是暗示刘备庞统也该看阅。刘备会意后，便立刻点头表示同意。诸葛亮于是便将来书递与庞统，示意他看阅。庞统接过方看阅毕，便道："法先生和孟将军翻山越岭，涉江过川，远道而来，一定辛苦了。因此，还是先到驿馆歇息。你家主公书中所言，容我家主公与左右文武商议后再回复不迟。"

法正和孟达闻言，皆点头称是，并向刘备拱手施礼后，便转身随侍者向驿馆走去不提。随后，刘备才愁眉苦脸道："我本欲率军夺取益州，不料刘璋却请我率军入益州北部抗击五斗米道贼张鲁。足见他对我刘备是非常信任的，否则，他岂会请我率军……"

庞统闻言，认为刘备太迂腐了，不待他言毕便道："主公须知，我所据四郡，经前时荆州大战，荆州人口早已流失，土地早已荒芜，乃一无所图；又东有孙蛮，北有曹贼，鼎足之计，难以得志。今益州户口百万，土地肥美，

第五十五回　刘玄德进益州捷足先登　曹孟德上殿仿萧何故事

物产丰富，所出必具，宝货无求于外，民皆乐之。倘若今不乘刘璋请主公率军抗击五斗米道贼张鲁之机，夺取益州，以定大事，还待何时？"

时刘备却道："我一生行事与曹贼不同，他急，我宽；他暴，我仁；他诡，我忠。因此，今借助他人之机而取益州将失信于天下人，亦我所不为呢。"

方言毕，庞统即不以为然道："权变之时，固非一道所能定啊。兼弱攻昧，五伯之事。逆取顺守，报之以义，事定之后，封以大国，何负于信？今日不取益州，终为曹贼取之。"

刘备闻庞统言，不禁一愣，并道："今就到此，待明日与左右文臣将校商议后再做定夺不迟。"

诸葛亮认为刘备言之有理，便立刻起身向刘备拱手施礼告别。庞统却还想劝谏刘备，刘备却摆手示意到此为止。庞统见此，无奈，只得悻悻而去。

当晚，刘备翻来覆去也不能入睡。他认为，强攻猛打夺取益州倒是堂而皇之，心安理得，而刘璋请他率军入益州助其抗击张鲁而乘机夺取益州，是乘人之危，故而于心不忍。正在这时，忽见门人匆匆进来向他报道："报告大人，门外有位叫法正的要求见大人。"

刘备闻报，认为他半夜三更前来，定有要紧事相告。于是忙对门人道："还不快快让他进来。"

门人闻言忙转身出去，即刻便将法正引了进来。时刘备也翻身起床，正待招呼法正就座，忽见庞统不待门人通报便匆匆走了进来。他三人方才礼毕坐定还不待言语，忽见诸葛亮不待门人通报也匆匆走了进来。不待刘备问询他三人何故半夜三更不召却不约而同前来，他三人早已异口同声道："昨日所谈未了，岂能入睡呢！"

"想必诸位必有什么新的高见吧。"

刘备方言毕，法正即道："进密室谈吧。"

随后，诸葛亮、庞统和法正随刘备进入隔壁密室方才坐定，法正即道："刘皇亲须知，益州虽然幅员辽阔，土地肥美，物产丰富，人口众多，乃天下第二天府之国,但现牧主刘璋懦弱少断,毫无威略,故州内兵匪肆虐,久不能制。比如,南阳、三辅人流入益州数万家,刘璋见其无立锥之地,遂收以为兵,名曰东州兵。谁料他们不安分守己,肆意侵暴原地之民,致使益州官民颇怨。益州北部汉中郡和巴东郡五斗米道贼张鲁见刘璋暗弱,亦不再承顺。为此,刘璋不禁大怒,杀死张鲁之母与弟,并派巴东郡太守庞羲率军攻打张鲁,结果被张鲁打得大败。刘璋无奈,只得求悦于曹操以自保。建安十年,当他闻报曹操将南征荆州,便遣中郎将阴溥前往邺城向其致敬,曹操于是表加他为振威将军,其兄刘瑁为平寇将军;建安十二年,刘璋又遣别驾从事蜀郡张肃送叟兵三百和杂御物无数,曹操于是辟张肃为掾,拜广汉太守;建安十三年,刘璋得知曹操已拿下荆州,又派别驾张松前往荆州祝贺,并表示愿受征役,遣兵给军。张松见曹操大胜,待回去后欲劝刘璋归顺曹操,然曹操见张松身材矮小,五官丑陋,便讥笑他是当年的晏子。张松对此大怒,当即讽刺他拜访的是狗国之君。张松回成都后,便暗里对我说:'曹操小人,刘皇亲有雄略。'经一番密谋,表示愿共戴奉刘皇亲,只是当时无缘。后刘璋闻报曹操欲令钟繇进攻汉中张鲁,不禁非常惊惧。张松闻之,遂问刘璋:'曹公兵强无敌于天下,谁能御之?'刘璋答道:'吾亦不知晓。'张松闻之,遂斩钉截铁道:'主公宗室刘皇亲仁义善用兵,若请他讨伐张鲁,张鲁必破。张鲁破,则益州强。曹公虽来,无能为啊。'刘璋认为张松言之有理,但不知派谁前往拜见刘皇亲,张松遂推荐了鄙人。行前张松对鄙人反复道,务必说服刘皇亲乘此机率军前往夺取益州,否则,益州早晚必为曹操夺取。"

刘备闻法正方才一席言,心里自然激动不已,认为这确是夺取益州的天赐良机,但面上却若无其事,并问法正道:"先生以为张先生之意如何?"

"甚好呢。"

法正方答毕,庞统即对刘备道:"现不乘机夺取益州,还待何时?"

随后诸葛亮对刘备道:"法先生和庞先生皆言之有理。"

时刘备却忧心忡忡道:"不远千里,深入益州,用兵作战,不知那里山川地形、兵器府库、人马寡众和道路宽窄,如何是好呢?"

第五十五回　刘玄德进益州捷足先登　曹孟德上殿仿萧何故事

法正闻言，遂笑道："不用刘皇亲担心，我已奉命率领四千官军做前导，现他们正在益州与荆州交界处迎候呢。同时，我还带有……"

不待言毕，法正已从怀中取出一绢制囊袋，打开取出一绢制物，双手呈与刘备。刘备忙接过一看，原来是一幅益州地图，其上山脉、河流、险关、道路、桥梁、城镇、人马、武库和粮库等皆标示得一清二楚。于是不禁惊奇地问法正道："谁绘的？"

"张松张先生。"

随后，诸葛亮和庞统也起身上前引颈争相观视了一番那图，并问法正道："图上所标准确吗？"

"无误啊。"

时刘备、诸葛亮和庞统闻法正答，自然非常高兴。刘备还道："既然法先生和张先生有如此盛情，那就从命吧。"

诸葛亮、庞统和法正闻刘备言，大喜，并异口同声道："事不宜迟，以免夜长梦多生变。"

刘备认为他三人言之有理，于是立刻便传令文臣将校三日后务必前来公安点将台听候调遣。末了，大家方才兴冲冲地散去。

须知，法正和张松何故要背叛刘璋呢？原来张松虽遍读经史，且有过目不忘之能，但刘璋与曹操一样，见他身材短小，五官丑陋，不予重用。法正本有治国安邦之才，刘璋却认为他非益州土著，亦未重用。因此，他俩早便同仇敌忾，寻机背叛。

三日后的上午，刘备部下那些文武接到传令后，便匆匆水陆并进，来到公安点将台按序排定，只待方坐下的刘备发言。时除诸葛亮和庞统外，他们并不知晓这次调兵遣将是与孙权开战还是与曹操交锋。正欲询问刘备，时刘备已起身上前手拉法正高声道："我宗室益州牧刘璋现今遣特使法先生请我率军入益州汉中郡和巴东郡抗击五斗米道贼张鲁，不知谁愿前往？"

话音方落，台上立刻便炸开了锅。除诸葛亮和庞统外，他们皆认为眼下联合孙权方才打败曹操站住脚跟，哪有能力翻山越岭远道为刘璋抗击张鲁呢？刘备见此，遂绷着脸道："我意已决，违者斩！"

随后，刘备即以治中从事庞统为与诸葛亮并列的军师中郎将，并命庞统为随军军师；命黄忠为右先锋，卓膺为左先锋，自领中军，魏延断后；命糜竺、简雍、孙乾、尹籍、马谡、陈震、刘琰、霍峻、夏侯纂、张处仁、习祯、冯习、蒋琬、张存、孔山、辅匡、刘南和、孔休、休元和张文进随军；命诸葛亮、关羽、张飞、赵云、糜芳、杨仪等文武留守武陵、长沙、桂阳和零陵，以防孙权所部官军偷袭。同时，命诸葛亮督导全局。

须知，刘备何故将庞统越级迁升为与诸葛亮并列的军师中郎将呢？原来庞统当年离家出走到江东游学时偶遇名震江东的周瑜，经交谈，周瑜发现庞统有运筹帷幄之中，决胜千里之外之才，遂命其为功曹。后周瑜病故，庞统西归，被刘备拜为耒阳令。时庞统轻视此职，疏于治理，加之刘备见他五短身材，其貌不扬，于是便被免职。诸葛亮闻之，便对刘备道："该庞统就是明公梦寐以求的那位雅号为'凤雏'的庞统。"刘备闻之，遂惊奇地问道："是他？"诸葛亮斩钉截铁地答道："正是！明公须知，别看他其貌不扬，但王佐之才不在我之下呢。"正在刘备犹豫是否重用庞统之际，鲁肃忽然来信对刘备道："庞统非百里之才，使处治中和别驾之任，始当展其骥足啊。另，此人还善谈人伦与世事，常言当今天下大乱，雅道陵迟，善者少而恶者多。欲兴风俗，长道业，不美其谈即声名不足慕企，不足慕企而为善者少啊。今拔十失五，犹得其半，便可崇迈世教，使有志者自励，不亦可吗？同时，他还善品评人物。例如，当他送周瑜灵柩到吴县时，当地官佐名士陆绩、顾劭和全琮等皆闻其名，在他西归时齐聚会昌门相送，并请他品评。庞统曰：'陆绩可谓驽马有逸足之力，顾劭可谓驽牛能负重致远。'又谓全琮曰：'卿好施慕名，有似汝南樊子昭。智虽不足，亦一时之佳啊。'陆绩、顾劭谓庞统曰：'使天下太平，当与卿共评四海之士。'由此可见，庞统还是全才。若弃之，将是刘皇亲莫大损失呢！"刘备见诸葛亮和鲁肃皆褒扬庞统，便亲自与其交谈，发现他果如诸葛亮和鲁肃所言，遂拜为治中从事。在进军益州问题上，刘备见庞统表现尤为积极，因此拜其为军师中郎将，予以重用。

第五十五回　刘玄德进益州捷足先登　曹孟德上殿仿萧何故事

另外，不难看出，刘备入巴蜀所率的文武大多为荆州籍，且又是原刘表部下。刘备之所以如此，意在使他们离乡背井，远离荆州，以防患于未然。而留任的诸葛亮、关羽、张飞、赵云、糜芳等皆其嫡系，由此可见刘备用心良苦之一斑。

出发那天中午，诸葛亮、关羽、张飞、赵云、糜芳、杨仪等自然送了刘备和庞统、黄忠、卓膺、魏延、糜竺、简雍、孙乾、尹籍、马谡、陈震、刘琰、霍峻、夏侯纂、张处仁、习祯、冯习、蒋琬、张存、孔山、辅匡、刘南和、孔休、休元、张文进等文武一程，方才依依告别。

在法正和孟达的引导下，他们西向水陆并进，不久便到了夔门，那里两岸石崖壁立，高耸入云；江谷狭窄，形同门户；水深流急，呼啸奔腾；十船九翻，少有尸还。故素有"夔门天下险"之说。刘备及左右文武见此，不禁叹道："倘若不是刘璋请我们入益州汉中郡和巴东郡抗击张鲁，要通过夔门比登天还难。"由于有法正和孟达率领的四千官军步骑在前逢山开路，遇水搭桥，行军神速，不久便到达了益州地界江州。然后向北沿涪水西上至涪城。刘璋闻报，大喜，立刻乘坐车舆，率领官军步骑三万，浩浩荡荡前往相迎。时刘备所率官军驻扎在涪水东岸东山脚下芙蓉溪两岸，刘璋所率官军驻扎于涪水西岸西山脚下一开阔地上。

刘璋是主人，又是请刘备前来助其抗击张鲁，自然先宴请刘备及其左右文武。宴席设在涪城议事厅，刘璋一方座位排列于厅右，刘备一方座位排列于厅左。刘璋一方出席的是刘璋、刘巴、黄权、许靖、孟达、庞羲、吴壹、李严、费观、刘瑰、冷苞、邓贤、张任、法正；同时，刘璋还特意邀请了当地名流贤达尹默和李仕。刘备一方出席的是刘备、庞统、黄忠、卓膺、魏延、糜竺、简雍、孙乾、尹籍、马谡、陈震、刘琰、夏侯纂、张处仁、习祯、冯习、蒋琬、张存、孔山、辅匡、刘南和、孔休、休元和张文进。霍峻因奉命留守大寨，没有参加。须知，除法正和孟达外，他们皆是初次相见。因此，刘璋和刘备自然要相互一一介绍一番各自左右文武。介绍毕待各就各位方坐下，刘璋便站起举盏向坐在正对面的刘备高声道："首先，对刘荆州不辞辛劳,翻山越岭,长途跋涉率军前来抗击在益州汉中郡和巴东郡作乱的五斗米道张鲁表示热烈欢迎!"

方言毕,便响起了惊天动地的掌声。刘备见此,大喜,也忙站起向刘璋拱手施礼道:"鄙职与刘益州乃同宗同室,助其抗击五斗米道贼张鲁,乃理所当然啊。"

随后,刘璋即愤愤然道:"我父刘焉为汉鲁恭王之后,早年仕州郡,以宗室拜中郎,后因其师司徒祝公丧亡去官,居豫州阳城山,积学教授。后举贤良方正,辟司徒府,历雒阳令、冀州刺史、南阳太守、宗正、太常。因益州刺史郄俭贪得无厌,赋敛烦扰,为整肃此风,我父于是自告奋勇,以监军出使益州。因政绩突出,被拜为益州牧,封阳城侯。同被拜为州牧的还有刘虞、刘表和贾琮,可见他们非同一般。后益州逆贼马相、赵祇等于绵竹响应北方黄巾妖贼军贼首张角,纠集叛民,杀死绵竹县令李升,遂使万余吏民纷纷响应,旬月之间便破益州治所雒城、蜀郡和犍为三郡。叫人忍无可忍的是,马相还自称天子。我父见此大怒,遂令州从事贾龙率其家兵数百在犍为招集吏民千余,打败了马相贼军,于是州界清静。后我父审时度势,遂将益州治所迁至绵竹,并安抚离叛,实行宽惠,惩治郄俭贪赃枉法之罪,于是益州清明,百姓乐业。于是我父恩威如日中天,莫人能及。善施鬼道的张鲁之母见此,便常到我家做客,我父见其美貌年轻,遂拜其子张鲁为督义司马,驻屯汉中。谁料这厮到那后便断绝栈道,侵扰汉中和巴东二郡,杀害那里吏……"

不待刘璋言毕,刘备早便拍几而起道:"不擒杀张鲁这厮,安定汉中和巴东,誓不为……"

刘备一方文武不待刘备言毕,便拍几而起,异口同声道:"擒杀张鲁,即使肝脑涂地,也在所不惜!"

刘璋见此,直激动得语无伦次,泪流满面。待静下后,方才疾步走到刘备餐几前,举盏毕恭毕敬地依次给刘备一方文武敬酒。末了,又毕恭毕敬地依次为他们夹送菜肴。看官你道是什么菜肴?乃闻名遐迩的清蒸、粉蒸、旱

第五十五回　刘玄德进益州捷足先登　曹孟德上殿仿萧何故事

蒸；清蒸杂烩、酥肉汤、柞辣椒蒸肉、扣鸡扣鸭、鲜甜烧白、清蒸肘子、红烧蹄髈，即所谓的蜀菜"三蒸九扣"。此外，还有碧绿的梓潼片粉，透明的百顷凉粉，佐以鲜红的辣椒油后，那色那味，真是天上有，地上无。竟叫刘备一方文武看得直流口水，吃得汗流浃背，并连连道："好吃，好吃。"刘璋见此，大喜，遂不无得意地对刘备道："刘荆州须知，蜀菜味有咸鲜的、麻辣的、糊辣的、姜汁的、怪味的、椒麻的、酸辣的、红油的、蒜泥的、麻酱的、酱香的、荔枝的、五香的、香糟的、糖醋的、甜香的、陈皮的、咸甜的、椒盐的等多种。来日方长，我将请诸位一一品尝。"

时刘备一方文武对刘璋这番深情厚谊自然表示了一番谢意。

宴会从当日下午开始，直到日落西山，夜幕降临，方才尽兴散去。

次日上午，刘备派简雍到刘璋涪城下榻处，邀请刘璋一方文武到刘备中军大帐宴饮。刘璋闻之大喜，随即传令部下文武与他一道前往。他们一行方到刘备所部官军西寨辕门口，刘备一方文武早便迎候在了那里。双方相见礼毕，便直向中军大帐走去。进得里面，见早已摆好美味佳肴。现在刘备一方是主人，自然将其安置在中军大帐右边；刘璋一方是客人，自然将其安置在中军大帐左边。待双方依秩方才坐定，刘备便起身高声对坐在其对面的刘璋一方文武道："首先，鄙职对刘益州昨日设宴款待我荆州文武表示由衷的感谢！为答谢刘益州，鄙职特令随军荆州厨师制作了几道楚菜。不成敬意，还请多多包涵。"

方言毕，帐内便响起雷鸣般的掌声。随后，刘备便高举酒盏走到刘璋餐几前道："为早日擒杀五斗米道贼张鲁，安定益州，干杯！"

随后，即张开大口，将酒一饮而尽。刘璋见此，似乎刘备已擒杀了张鲁一般，不禁热泪盈眶，激动万分。于是也张开大口，举杯一饮而尽。

须知，刘璋一方文武大多是未出益州一步的益州人士，对楚菜知之甚少，因而皆彬彬有礼地坐在那里，未动筷盏。刘备见此，遂对马谡道："鄙职虽在荆州谋事多年，但对楚菜向无关注。马将军是地道楚人，介绍一下楚菜吧。"

马谡闻言，立刻起身对刘璋一方文武眉飞色舞道："我故乡楚地素称千湖之州，鱼米之乡。因此，早在春秋时期，楚菜色、味便闻名遐迩。今天款待诸位的是咸鲜味、肉鲜嫩软滑、原汁原味的清蒸江夏鱼，具有楚乡情韵、汤汁鲜醇、清澈见底、味道甘鲜的煨汤鸡和制作历史悠久的野味红烧洪湖鸭。此外是网衣鳜鱼、鱼糕丸子、清炖江豚、楚味豆腐、荷包肉丸、粉蒸扣肉、珍珠鱼丸、蒸制白肉、烧制三合、三鲜酥肉、散烩八宝、黄焖甲鱼、红烧野鸭、母子大全。"

马谡言至此，清了清嗓子高举酒盏对刘璋一方文武高声道："请！"

刘璋一方文武闻马谡言，方知山外有山，天外有天，即色味俱佳除蜀菜外还有楚菜，于是便举筷夹起开吃，果然名不虚传。双方觥筹交错，推杯换盏，直到夜半时分，方才尽兴而散。

此后的一日上午，刘备在刘璋的陪同下正兴致勃勃地游览位于涪水西岸的扬雄西山读书台时，忽见刘备部下小校飞一般前来，不及向刘备拱手施礼便向他报道："庞先生有事请主公速回大营。"

刘备闻报，以为有要事相商，于是便忙拱手施礼告辞刘璋，与小校匆匆赶回中军大帐，欲传召庞统。谁料他俩方才进入中军大帐，便见庞统已站在了那里，其身后还站着黄忠、卓膺、魏延、糜竺、简雍、孙乾、尹籍、马谡、陈震、刘琰、霍峻、习祯、冯习、蒋琬和张存等人。他们见刘备到来，皆忙上前向其拱手施礼并高声道："我辈愿听主公的！"

刘备突然闻他们如此言，哪知就里，因而不禁一愣。庞统见此，忙上前对他道："是在下召集他们到此，将这次率军进入益州的真实意图向他们道了一番。他们闻之，先是恍然大悟，方知此前我们觥筹交错尽虚佞，推杯换盏无真衷。但转而一想，兵不厌诈嘛，于是皆表示赞成夺取益州。"

刘备闻言，沉思片刻方问庞统道："军师有何高见？"

"可乘欢宴之机，将刘璋擒获。如此，益州便群龙无首，乱作一团。到那时，主公不用一兵一卒便有了益州。"

刘备闻庞统言，遂不假思索道："初入益州，不仅恩信未著，且人地生

第五十五回　刘玄德进益州捷足先登　曹孟德上殿仿萧何故事

疏，此诚不可啊。再者，难道没见驻屯于涪水西岸刘璋所率那三万官军精锐步骑吗？他们明里是欢迎我们，实则是保卫刘璋安全和阻止我军南下袭取成都。倘若刘璋被擒，他们必定会和刘璋所率驻守涪城那些官军与我军干戈相见，到时我们这点人马岂是他们的对手？"

黄忠、卓膺、魏延、糜竺、简雍、孙乾、尹籍、马谡、陈震、刘琰、霍峻、夏侯纂、张处仁、习祯、冯习、蒋琬、张存、孔山、辅匡、刘南和、孔休、休元和张文进皆认为刘备言之有理，于是异口同声道："我们愿听主公的！"

庞统见此，只得随声附和。

随后，刘璋与刘备双方文武在涪城互相宴请了百余日。其间，刘璋推刘备为行大司马，领司隶校尉。刘备推刘璋为行镇西大将军，领益州牧。末了，刘备方才冒着寒风飞雪，率领其所部官军经金牛道北上。临行，刘璋还送给刘备米二十万斛，马千匹，车千乘，锦帛无数，以为资助。对此，刘备自然感激不尽。最后，刘璋在回成都前还与刘备互派官员，即刘璋派法正随刘备所部官军北上，刘备派简雍随刘璋到成都，以为联络。

此时值建安十六年十二月末。

却说曹操何故在关中之战方毕便率军匆匆回到邺城了呢？原来他深感以刘协名义下诏所封曹植、曹据和曹林的平原、范阳和饶阳三县不足以保障邺城安全，于是又以刘协的名义下诏，将邺城所在地魏郡的地盘增加了一倍，即由原来的邺县、繁阳县、内黄县、魏县、元城县、黎阳县、阴安邑、馆陶县、清渊县、平恩县、沙国、斥丘县、武安县、曲梁国、梁期县十五城，增加了河内郡的荡阴、朝歌、林虑，东郡的卫国、顿丘、东武阳、发干，巨鹿郡的瘿陶、曲周、南和，广平郡的任城，赵郡的襄国、邯郸、易阳，增加到三十城。不过，诸葛亮当初闻报曹操颁布《让县自明本志令》后就对刘备预言过，曹操颁布《让县自明本志令》动机不纯，现在事实证明被他言中。

曹操占了大便宜，自然要亲自前往许都向刘协谢恩。当他与许褚等随行在一日上朝时分兴冲冲地赶到许都听政殿门口时，却被那里无数守卫挡住，声言朝廷规定朝臣上殿须解剑和脱履。须知,曹操一向带剑着履出入听政殿,现遇这忽如其来的规定,自然不备,并认为有辱其尊严。许褚等随行见此,便与守卫们争执起来,差点干戈相见。曹操见此,遂忙上前劝阻,才使事态未能升级。随后,曹操气冲冲地问为首的守卫道:"何时出的此规定?"

那守卫闻问,遂即答道:"前时王公和老臣认为自董卓、李傕等人乱政以来,不仅朝纲紊乱,朝廷礼仪亦无朝臣实行。现他们已除,理应恢复各类朝纲与上殿解剑、脱履和赞拜唱名礼仪,并将其启奏皇上。皇上认为所奏有理,当即便准奏。"

曹操闻答,方知解剑、脱履上殿和赞拜唱名等礼仪时已恢复,只因自己久不来此上殿不知而已。于是方才慢腾腾地解剑脱履,昂首挺胸向殿里行去。没行几步,忽觉颈脖左右两侧凉得透骨,不禁大惊,遂忙顾视左右两侧颈脖,结果吓得他魂飞天外,差点昏死了过去。何也?原来是两个高大威猛的士兵各持一把寒光四射的短柄环柄大刀紧紧架在他颈脖两侧。半晌回过神,曹操才结结巴巴地问他俩道:"意欲……何……为?"

他俩不答言,反还笑盈盈地示意曹操尽管继续前行,一切无恙。时曹操早知晓自古有臣子不能带剑、着履和须赞拜唱名上殿的礼仪,但对刀架臣子颈脖上殿的礼仪却闻所未闻。不过尽管如此,看来他俩并无害己之心,于是便壮着胆子,随同他俩脚步小心翼翼地直向刘协御座前行去。到那后,那两士兵才从曹操颈脖两侧松开环柄大刀,分别站在曹操左右。时曹操摸了摸左右两侧颈脖,感觉一切如故,于是悬着的心方才放了下来,并忙伏地向刘协施礼唱名道:"臣下曹操叩见皇上。"

"快请平身!"

曹操闻言忙起身道:"谢皇恩!"

"前来贵干?"

"向皇上谢恩。"

"朕于丞相何恩之有?"

"恩准增加魏郡十五城呢。"

第五十五回　刘玄德进益州捷足先登　曹孟德上殿仿萧何故事

"这都是为汉室江山社稷啊。"

曹操闻刘协出言得体，方知万事无虞，大喜，忙起身拱手施礼道："再谢皇恩！"

随后，便欲转身向殿外走去。不待开步，那两士兵又将环柄大刀架在曹操颈脖两侧。对此，曹操虽然感到不快，但又无可奈何，于是只得又小心翼翼地随他俩脚步向殿门口行去。到那挂剑着履后方出殿门外，等候在那的许褚等随行见曹操安然无恙，大喜，遂忙争先恐后迎上前去，并问曹操道："时已不早，到驿馆歇息一晚，明日再打道回邺，若何？"

"现就出发回邺吧。"

许褚等随行闻曹操言，欲再言到驿馆歇息，谁料曹操却大怒道："立即出发，违者问斩！"

言毕，即翻身上马，准备出发。对此，许褚等随行不禁吓了一跳，忙翻身上马，拥着曹操，冒着飞雪，出许都北门，连夜飞一般向邺城奔去。

曹操回到邺城后，一连几天茶饭不思，彻夜不眠。何也？原来他认为，叫身为丞相的我曹操当众解剑、脱履上殿和赞拜唱名，不容置疑，是莫大的侮辱，这口气无论如何不能咽下。这些古已有之的礼仪，自然应该恢复，但双刀架颈脖上殿又是哪朝的礼仪呢？正在他不得要领之际的一日下午，忽见董昭不待通报匆匆走了进来。曹操见此，不禁非常惊异，忙问道："你何故不请自来？"

"为丞相而来。"

"道来听听。"

"关于萧何故事啊。"

"萧何故事数不胜数，如据《史记·萧相国世家第二十三》记载：汉五年，高帝消灭项羽，天下平定，于是论功行赏。因群臣争功，评功年余也难确定。高帝认为萧何之功最为显赫，意欲赐他食邑最多的酂侯。群臣则认为他们身披战甲，手执兵器，攻城略地，身经百战，遍体鳞伤，功绩累累，而萧何只会舞文弄墨，发发议论，无任何战功可言，封赏却在我辈之上，何也？高帝却道，朕领兵从汉中东进，平定三秦，萧何留守巴蜀，安抚民众，发布政令，供给军粮。随后，朕攻打楚军，萧何守卫关中，侍奉太子，治理栎阳，成就显著。同时，还制定朝廷法令和规章，建立宗庙、社稷和宫室。再者，卿等懂得行猎之理吗？群臣闻问，当即异口同声答道，当然懂得。高帝又问道，知晓猎狗吗？群臣又异口同声道，当然知晓。随后高帝道，卿等须知，行猎时，追咬野兽的是猎狗，但发现野兽踪迹，指使猎狗追咬野兽的是猎人。而萧何却如发现野兽踪迹，指使猎狗追咬野兽的猎人，众卿不过犹若猎狗而已。谁的功大？不言自明。再者，他们仅一人追随联打天下，多的也不过两三人，而萧何却让其本族几十人追随，其功岂可忘记？群臣闻高帝言，认为非常有理，于是便哑口无言。是这事吗？"

董昭闻问，随即摇头摆手道："在下前来要言的非丞相方才所言。"

曹操闻答，不禁急道："到底为萧何哪桩事？还不快快道来。"

"乃高帝赐萧何赞拜不名，入朝不趋，剑履上殿之事。"

曹操闻言，以为董昭知晓他到许都拜见刘协进听政殿时，守卫要他解剑、脱履和赞拜唱名与双刀架颈脖那些有辱他颜面的事。于是不禁吃了一惊，镇静后方才佯装不知问道："这与老夫有何关系？"

"在下方才从他人处闻得丞相前时入朝拜见皇上时……"

不待董昭言毕，曹操早便羞得面红耳赤，无地自容，并气冲冲道："这是老夫有生以来的奇耻大辱！高帝何故要赐萧何……"

不待曹操问毕，董昭即道："高帝消灭项羽楚军后封赏和评定群臣位次时，群臣认为丞相大人祖先平阳侯曹参征战沙场，攻城略地，身受创伤七十余处，战功最高，宜排首位。但高帝却不以为然，欲将萧何排在首位。时关内侯鄂千秋看出高帝心思，于是进言道：群臣之见差矣。其理有四：其一，曹参虽战功显赫，但只是瞬间的事。其二，在陛下汉军与项羽楚军相持的五年间，汉军常有士卒逃散。在此生死存亡紧要关头，萧何常主动从关中源源不断派送人马予以补充，这对后来彻底战胜项羽楚军起了决定性作用。其三，陛下汉军与项羽楚军在荥阳对垒多年，陛下汉军缺粮少草，而萧

第五十五回　刘玄德进益州捷足先登　曹孟德上殿仿萧何故事

何却常从关中运来充足粮草，才使陛下汉军打败项羽楚军。其四，陛下汉军虽多次失去崤山以东地区，但有萧何驻守根据地关中，使那里安然无虞，须知，这可是留世千古的功劳啊！因此，岂可让曹参排在萧何之前呢？应反其道而行之才是。高帝闻之，认为鄂千秋言之有理，遂毫不犹豫地决定将萧何排在首位，并特恩赐他带剑着履上殿，赞拜不名。丞相何不叫皇上仿高帝恩赐……"

不待董昭言毕，曹操即连连摆手道："使不得，使不得。萧何是开国之相，老夫岂能与他相比呢？"

"须知，丞相之功远在萧何之上呢。萧何仅随高帝办事而已，丞相却为汉室安危亲自挥军征战东西南北。否则，野心勃勃的董卓、公孙度、袁绍、刘焉和刘表早已称帝了，厚颜无耻的袁术可能还在称帝，吕布、乌桓人马、马超和韩遂还在作乱，刘备和孙权还在兴风作浪。"

董昭言至此，清了清嗓子又道："鉴于此，在下愿与在邺文武联名上书皇上赐丞相仿萧何故事——赞拜不名、入朝不趋、剑履上殿。如何？"

曹操对董昭方才所言自然深表赞成，但顾虑刘协不赐咋办。于是沉思良久方道："那就麻烦你们试试。"

董昭闻曹操言，认为自己立功受奖的机会来了，自然欢喜不已，并欲奉承曹操几句，谁料曹操忽然气得颈脖青筋暴起。董昭见此，以为曹操是因担心许都那些王公老臣会阻拦刘协赐他赞拜不名、入朝不趋、剑履上殿而生气，于是忙陪着笑脸道："丞相不必生气，万事无虞啊。"

方言毕，曹操即气冲冲道："双刀架颈脖上殿必须废除，否则，架刀者一不留神，脑袋就得搬家呢！"

董昭闻言，以为曹操在说胡话，便问道："何为双刀架颈脖上殿？"

曹操闻言，方知董昭并不知晓他被双刀架颈脖上殿一事，于是便改口道："并无那事，乃老夫一时……"

精明老到的董昭自然听出了曹操未言之言，即他曹操此前谒见刘协上殿时曾被双刀架颈脖，只是难以启口言尽。为给曹操留颜面，于是便转移话题,聊了些天上有地上无的奇异怪事。末了,曹操便设宴与董昭共饮至夜幕降临,董昭方才离去。

次日早饭后,董昭便挨门挨户敬请在邺文武在他昨夜拟好的《赐曹丞相赞拜不名、入朝不趋、剑履上殿的上疏》上签名。时文武们自然是毫不犹豫地签上了大名。

方签毕,董昭便带上上疏,快马加鞭前往许都,在上朝时呈与刘协。刘协接过不待看毕,便知是此前因不让曹操赞拜不名、入朝不趋、剑履上殿,且还双刀架颈脖上殿而引起他的不满。为防曹操报复,于是便大笔一挥,在上疏上赐曹操赞拜不名、入朝不趋、剑履上殿。

曹操得到刘协所赐后,自然非常高兴,并大摆宴席庆贺。但对双刀架颈脖上殿却耿耿于怀,并怀疑有人在对他搞恶作剧。气愤之际,便暗派奸细潜往许都,欲打探出幕后指使者。然奸细用了九牛二虎之力打探,却一无所获。无奈,曹操只得不了了之。

正在这时,忽见一探马飞一般前来对曹操低声耳语起来,时只见曹操惊惧得脸色时而红,时而白。看官欲知探马向曹操低声耳语了什么,竟使他如此惊惧,请看下回分解。

项钢雪 著

三国春秋演义
Sanguo Chunqiu Yanyi
[第三册]

中国戏剧出版社
CHINA THEATRE PRESS

目 录

第一册

第一回
倒汉室太平渠帅大聚会
立黄天大贤良师发宏论 002

第二回
举义旗黄巾军齐反八州
保社稷汉灵帝怒发三军 010

第三回
战颍川波才大败朱公伟
取邵陵彭脱智胜赵彦信 024

第四回
鼓士气刘宏诏谥七吏士
扭败局皇甫火烧黄巾军 042

第五回
退邺城宫军师贻献妙计
破阳翟曹孟德树建奇功 055

第六回
佐军司马孙坚轻敌兵败西华
匡世将军彭脱拒降命赴黄泉 069

第七回
破密信王子师弹劾宦官
战苍亭傅南容擒杀卜己 086

第八回
刘关张平原县投军皇甫
董仲颍下曲阳兵败削职 107

第九回
左中郎将皇甫兵败广宗
天公将军张角命归西天 121

第十回
显神威张梁大败刘关张
尽全力官军终破广宗城 134

第十一回
取昔阳亭刘备装死逃命
守下曲阳张宝身殁城亡 149

第十二回
攻宛城朱将军中计败绩
施缓计韩大帅无奈求降 164

第十三回
黄巾孙夏中计兵败精山
皇帝刘宏耀武增广郊祀 178

第十四回
谏阻卖官司马直自绝盟津
收合聚众张牛角举兵黑山 193

第十五回
内外交困刘宏一命归天
争权夺利何进身首异处 208

第十六回
杀宦官袁本初大施淫威
除丁原董仲颖小试牛刀 224

第十七回
废少帝陈留王荣登大位
集党羽董司空大翻旧案 246

第十八回
剿黄巾牛中郎兵败河东
禁谈论董相国捉放儒生 262

第十九回
兴汉室曹孟德陈留募兵
讨董卓众诸侯盟津盟誓 279

第二十回
排众议董相国迁都长安
斩华雄孙豫州扬威阳人 299

第二十一回
河阳津上河内太守败北
汴水岸边奋武将军受创 318

第二十二回
战太谷三英大败吕布
得玉玺讨董盟军散伙 338

第二十三回
称太师董仲颖荣赴长安
逐韩馥袁本初始有冀州 359

第二十四回
夺濮阳曹孟德领东郡太守
战东光公孙瓒拜奋武将军 375

第二十五回
破袁绍刘玄德喜领平原相
攻刘表孙文台惨死于岘山 391

第二十六回
战界桥公孙瓒轻敌败北
守顿丘曹孟德运筹胜算 409

第二十七回
刺董卓未遂伍孚命赴黄泉
诛太师成功王允运筹帷幄 422

第二十八回
评董卓功过蔡中郎长安牢里勇于绝命
领兖州牧职曹孟德寿张城东大胜黄巾 447

第二十九回
原董卓部众被迫攻陷长安城
青州黄巾军无奈举降济北国 466

第三十回
黑山寨袁本初奇袭黄巾
常山国张飞燕智退官军 486

第三十一回
假报父仇曹操滥杀徐州无辜
真救陶谦刘备被荐豫州刺史 507

第三十二回
奇袭长安马韩种长平观下败绩
再战徐州曹孟德兖州后院起火 528

第二册

第三十三回
薨陶谦刘玄德坐领徐州
访张纮孙伯符遂有江东 549

第三十四回
败吕张收定陶曹孟德诏拜兖州牧
击郭樊乱长安李稚然自为大司马 571

第三十五回
刘协东归遇阻暂幸安邑
公孙不敌联军退守易县 595

第三十六回
失徐州刘玄德虚领豫州刺史
迎天子曹阿瞒被诏录尚书事 622

第三十七回
射戟辕门化干戈为玉帛刘纪各自罢兵
迁都许县挟天子令诸侯曹操始揽朝政 651

第三十八回
招贤纳士祢衡命丧沙洲
许都屯田韩枣敬献妙策 677

第三十九回
刘备败绩奔许喜得豫州
曹操挥军征宛失利丧子 709

第四十回
袁术称帝梦幻泰山封禅
吕布使间垓下大获全胜 732

第四十一回
袁公路攻陈县反被沉重一击
曹孟德征张绣悲祭阵亡将士 ……753

第四十二回
平安众张绣败回穰县城
破下邳吕布殒命白门楼 ……771

第四十三回
董刘种吴王密盟诛曹操
司空左将军饮酒论英雄 ……794

第四十四回
放虎归山曹孟德后悔莫及
诛曹泄露皇岳丈被夷三族 ……810

第四十五回
战下邳关云长被迫投降
互不服曹操袁绍终开战 ……829

第四十六回
关羽斩颜良离开曹操回归刘备
曹孟德袁本初两官军相持官渡 ……852

第四十七回
曹操烧乌巢袁绍大军终败北
斩蔡阳刘玄德弃袁南投刘表 ……875

第四十八回
战三袁曹孟德毫不手软
征乌桓曹司空消除边患 ……900

第四十九回
刘备招贤纳士诸葛亮出山
曹操自称丞相诛杀孔文举 ……941

第五十回
丞相曹操取刘表兵不血刃
张赵二将战长坂大显神威 967

第五十一回
刘孙双方柴桑协商联合抗曹
曹操兵败荆州鼎足之势始现 985

第五十二回
为共同防御曹操孙刘联姻成功
孙权曹操合肥之战均徒劳无益 1012

第五十三回
攘外先安内曹操颁发《让县自明本志令》
为进军益州刘玄德赴京口求稳定四郡 1034

第五十四回
曹丞相大谈书画诗赋暂立嗣
征关中马韩曹孟德声东击西 1052

第五十五回
刘玄德进益州捷足先登
曹孟德上殿仿萧何故事 1079

第三册

第五十六回
过梓潼庞马蚕婆山拜访景鸾
取涪城刘备芙蓉溪指挥三军 1099

第五十七回
曹操声东击西曹孙激战濡须口
孟德称魏公加九锡仍领冀州牧 1126

第五十八回

攻雒城庞士元不慎丧命

得成都刘玄德未动干戈 1148

第五十九回

孙仲谋刘玄德划分荆州

曹孟德兵指汉中收张鲁 1166

第六十回

破汉制曹孟德称王邺城

保巴蜀刘玄德占领汉中 1189

第六十一回

刘备南郑自称汉中王

关羽樊城水淹曹七军 1214

第六十二回

曹孙联合关云长败死

孙权屈居向曹操称臣 1238

第六十三回

一代雄霸曹孟德坦然辞世

众望所盼曹子桓代汉称帝 1266

第六十四回

继承汉统刘玄德武担称帝

韬光晦迹孙仲谋遣使降魏 1293

第六十五回

为关羽报仇刘备猇亭兵败

质子不成曹魏孙吴终开战 1321

第六十六回

刘玄德因病笃永安宫托孤

诸葛亮内政外交硕果累累 1348

第六十七回
诸葛张嶷恩威并举平定南中成功
魏帝曹丕率军临江进攻孙吴无果 1370

第六十八回
是非功过曹子桓一命归天
郁郁寡欢曹子建驾鹤西去 1395

第六十九回
兴汉室诸葛亮一伐曹魏失败
讨孙吴曹文烈兵败皖水石亭 1409

第七十回
右将军二伐曹魏攻打陈仓无果
诸葛亮三伐曹魏大胜官复原职 1438

第七十一回
水到渠成孙仲谋称帝武昌城三国鼎立
再出祁山诸葛亮四伐曹魏国缺粮退兵 1454

第七十二回
诸葛亮五伐曹魏国病逝五丈原
司马懿征讨公孙渊平息辽东郡 1471

第七十三回
曹叡驾崩曹芳继位曹爽司马共辅佐
孙吴分兵多路讨伐曹魏国无果而退 1492

第七十四回
蒋琬执政无战事边境安宁
曹爽兴势山兵败狼狈而归 1504

第七十五回
曹昭伯祭高平陵后院失火被诛
司马懿老骥伏枥病笃不治而故 1523

第七十六回
同室操戈孙仲谋忧郁而亡
蜀损贤能姜伯约任大将军......1538

第七十七回
废立皇帝司马师顺利得手
毌丘俭文钦伐司马师失败......1557

第七十八回
兵败新城诸葛恪遭谋杀
起内讧孙子通废立皇帝......1570

第七十九回
姜伯约沓中种麦避祸
司马昭弑立曹魏皇帝......1588

第八十回
孙吴国兴建浦里塘犹画饼充饥
曹魏国消灭蜀汉国若风卷残云......1612

第八十一回
邓钟姜心怀异志同归于尽
刘阿斗乐不思蜀得以善终......1632

第八十二回
胡乱弹琴　孙子烈度过后期时光
万事俱备　司马炎代魏称帝立晋......1647

第八十三回
孙元宗荒淫残暴朝野怨恨
羊祜谋亏一篑兵败西陵城......1663

第八十四回
排西北边患司马安世不遗余力
除内阻司马炎毅然举兵统江山......1678

第五十六回

过梓潼庞马蚕婆山拜访景鸾
取涪城刘备芙蓉溪指挥三军

却说那探马对曹操低声耳语的乃田银和苏伯在河间举兵反叛，扰乱幽、冀二州。须知，幽州离曹操严控的邺城稍远，田银和苏伯在那举兵反叛对邺城威胁不大。冀州则不同，邺城就在其区域之内，田银和苏伯举兵反叛自然对邺城安全威胁极大。因此，曹操怎会不惊惧呢？待探马前脚方走，后脚曹操便令曹丕以曹仁为行骁骑将军，都督七军；以贾信为先锋，前往击之。结果费了九牛二虎之力，方才击败田银和苏伯叛军。

此时值建安十七年四月。

此后不久，因击败田银和苏伯叛军正在兴头上的曹操忽然闻报刘备已率军进入益州。对此，曹操哪会料到？因此不禁大惊失色，忙派了几路探马前往打探。打探的结果皆是刘备率军入益州是为助刘璋抗击在益州北部汉中郡和巴东郡作乱的张鲁。时曹操自然不信，但又打探不出真实情况。无奈，只得召来贾诩问道："据探马所报，眼下刘备率军进入益州是为助刘璋抗击五斗米道贼张鲁。你以为是真的吗？"

贾诩闻问，遂沉思片刻答道："醉翁之意不在酒啊。"

"当如何讲？"

"在下以为，刘备率军进入益州明里是助刘璋抗击张鲁，实则是待机据益州为己有。"

"那老夫就应抢在刘备之前攻取益州，如何？"

"行事稳重的刘备那厮方进益州，人地生疏，脚跟未稳，一时半会儿不会大动干戈，攻取益州。因此，丞相不必担心。再者我现若攻取益州，不仅路途遥远，山川险峻，栈道连云，交通不便，且非强攻猛打，难以奏效。因此，不若先将眼下在蓝田作乱的马超和韩遂所部残余势力，即梁兴所率人马消灭后再言其他。不知丞相意下若何？"

曹操认为贾诩言之有理，于是便传令驻屯关中的夏侯渊和徐晃速率官军向东南方的蓝田杀去。

贾诩所谓的在蓝田作乱的马超和韩遂所部残余势力，即梁兴所率人马是怎么回事呢？原来马超和韩遂所率官军前时被曹操所率官军打败后，其部将梁兴便率领残余官军逃到蓝田打家劫舍，无恶不作。竟使蓝田周围各县县令奈何不得，甚至还有县令逃到左冯翊治所高陵；有的县令还向左冯翊郑浑建议将治所移至易守难攻的险处防守。但郑浑却不同意，认为那样做是表示惧怕梁兴，当前应做的是说服梁兴所率残余官军，使其自我瓦解。县令们认为郑浑意见非常有理，于是便边加固城墙，边重赏鼓励吏民打击梁兴所率残余官军。在交战中，梁兴所率残余官军常因寡不敌众，大败而逃，其妻室儿女也常被吏民俘获。为讨回他们，那些失去妻室儿女的残余官军便向郑浑所率官军请降。郑浑见此，大喜，并派能说会道的吏民前往位于山谷的梁兴营寨劝说。同时，郑浑又令各县县令返回各自县内安抚投降的叛民。对此，梁兴不禁非常恐惧，于是只得率领残余官军退到鹿城据守。正在这时，夏侯渊和徐晃率领官军赶到，与郑浑所率官军一道，将鹿城围得水泄不通，并很快攻破了城池。结果不仅梁兴所率残余官军大多被擒，梁兴也被俘。曹操在邺城闻报大喜，欲传令斩杀梁兴示众，后来念及梁兴当年与张横、段煨在黄白城斩杀李傕有功，于是便留以重用。至此，马超和韩遂在关中的残余势力便被消灭殆尽。

此时值建安十七年八月。

关中既安，曹操自然大喜不禁。谁料这时一探马飞一般前来向他报道："刘备率军并未北上汉中郡和巴东郡抗击张鲁，而是从葭萌关挥军南下攻打

第五十六回 过梓潼庞马蚕婆山拜访景鸾 取涪城刘备芙蓉溪指挥三军

成都去了。"

曹操闻报，不禁后悔当初薄待了张松，叫刘备乘隙而入。与其被刘备占领益州，不若自己现在发兵取之，然后再挥师顺流而下，扫灭孙刘，统一华夏。时曹操与孙权不约而同地认识到：进军益州只有两条路线，一条从金牛道，可中间还隔着张鲁占据的汉中郡和巴东郡，一时难于通过。一条从江水，但必须得突破诸葛亮、关羽、张飞、赵云与鲁肃、潘璋、徐盛、顾雍、丁奉、黄盖的刘孙联合防线，不用说，这比从金牛道进军益州还难。因此，此策仍不可取。无奈，只好以声东击西之策，准备亲率荀彧、程昱、陈琳、阮瑀、张辽、李典、乐进、于禁、许褚等十万官军，号称四十万官军，向孙权防地濡须口杀去，意在使孙刘联盟顾东失西，即叫刘备不敢对成都用兵。待自己发兵攻占了汉中郡和巴东郡后，再攻占成都不迟。

在京口的孙权闻报曹操欲率军来犯濡须口，先是吃惊不小。后经与群臣商议，只好急向刘备求援。孰料老谋深算的刘备对曹操用兵意图洞若观火，并以为曹孙相攻，双方均无力西顾，这正是自己攻打成都，夺取益州的极好机会。此真乃曹操魔高一尺，刘备道高一丈啊！

孙权得报刘备不肯发兵相助后，竟气得直跺双脚，并破口大骂刘备背信弃义，见利忘情。随后转而一想，倘若我孙权能抗住曹操来犯濡须口人马，让刘备顺利占有益州，武陵、长沙、桂阳和零陵四郡自然便归我孙权所有。若如此，我孙权不仅有了那四郡，还享有孤军抗曹之美誉。可谓一石二鸟，一举两得，何乐而不为呢？为此，不禁高兴得手舞足蹈，并打算亲率吕蒙、甘宁、凌统、蒋钦、周泰、陈武、董袭等所部官军将士前往濡须口抗拒曹操来犯人马。

在成都的刘璋突然闻报刘备在葭萌关诱杀了自己白水关守将杨怀、高沛，遂举兵南犯，竟吓得六神无主，茶饭不思，并后悔自己当初不听黄权、王累等人拒绝刘备率军入益州的劝谏，而轻信了张松迎刘备抗击张鲁的谎言，才酿成了今日这般大祸。无奈，只好听从黄权、王累、吴壹、张任一班文武亡羊补牢，为时不晚之言，在斩杀了里通刘备的张松后，一面下令葭萌关至成都金牛道沿途其所部各守关将士不要与刘备交往，一面遣部将扶桑、向存立马率领两万官军精兵沿阆水北上葭萌关，前后夹击刘备。

诸葛亮在公安得报刘备按既定方针在葭萌关举兵南下攻占成都，自然非常高兴，认为倘若刘备一旦拿下益州，实现自己当年在隆中为其所定的安邦定国大计便是举手之劳。但又担心刘备孤军深入，势单力薄，若有不测，后果不堪设想。因此，他在与关羽、张飞、赵云、杨仪等北御驻守襄樊一线的曹仁、曹洪、牛金等所率人马的同时，还积极厉兵秣马，时刻准备溯江水而上，增援刘备。

再说当初刘备率领官军离开涪城东山后，并没前往汉中郡和巴东郡抗击张鲁，而是在距那还有数百里之遥的葭萌关驻屯下来。何也？原因一，前面说过，刘备率领官军进入益州的真实意图并非前往汉中郡和巴东郡抗击张鲁，而是乘此机攻占益州。因此，哪有必要费力跋山涉水，翻越栈道，前往汉中郡和巴东郡呢？原因二，葭萌关位于白龙水、嘉陵水和清江水交汇处，四周的牛头山和云台山悬崖绝壁、鬼斧神工，是护卫葭萌关城的天然屏障。据此，可御南、北来犯之敌。

一日上午，刘备与庞统方巡视毕关城之东的瞻凤门、之南的临江门、之西的临清门和之北的拱极门，庞统就向刘备献策道："主公可暗中选派精兵强将，昼夜兼程，直袭成都。刘璋那厮不懂军事，又素无防备，主公大军突至，一举便可拿下成都。成都既定，益州随之便定。此为上策。鄙职数闻率精锐步骑据守白水关的刘璋名将杨怀和高沛书谏刘璋遣主公还军，既如此，主公可将计就计，在我南进大军未至成都时，可遣使告知刘璋，说武陵、长沙、桂阳和零陵有急，欲还救之，并收拾行装，佯装还军。杨怀和高沛必在佩服主公有英名的同时而忘乎所以，并会带少许随从骑兵来拜别。待时主公便可将其拿下斩之，并收降其部众，然后立刻挥军南下，攻取成都。此为中策。主公可率军退到白帝城，与武陵、长沙、桂阳和零陵四郡连成一片，再待机攻打成都。此为下策。主公以为此上、中、下三策孰优孰劣？"

刘备闻问，沉思良久方道："中策最优。"

第五十六回　过梓潼庞马蚕婆山拜访景鸾　取涪城刘备芙蓉溪指挥三军

随后，刘备便与庞统成天忙于招降纳叛益州官佐，联络当地俊杰，暗里招兵买马，昼夜训练将士，并诱杀了杨怀和高沛。待一切就绪，便在建安十七年十二月上旬一日早饭后，留霍峻领五百精锐步骑守关，他则率领主力官军从葭萌关启程，沿着金牛道，飞一般向成都杀去。因沿途未遇刘璋所部官军抵抗，行进神速，因而不久便进入了梓潼县境。

梓潼县者，古时名曰子桐，因其城东依梓林、西枕潼水而名梓潼国，其辖地甚广。汉武帝元鼎元年始置县。其形势东北近邻剑阁，群峰苍翠于丹霞；西南壤接涪绵，曲嶂逶迤于绿水。鸟道天险至此将尽，坡陀山势渐就平衍。土虽贫瘠，却是益州北部天然屏障，故有剑门锁钥和益州咽喉之称。

一日午后三刻，刘备所率主力官军一行正急驰在梓潼山阳泗戍时，忽见一报子迎面飞马行至刘备马前不及下马，便边向刘备拱手施礼边报道："报告大人，我军先锋人马皆被梓潼敌守军挡在城北门外不许通行。黄、卓二将军现正急得不知如何是好，故叫小的前来禀告大人，请求定夺。"

刘备闻报，自然吃惊不小，并思想到：我军自葭萌关出发以来，沿途刘璋所部人马皆开关让道，倾巢迎送，梓潼刘璋所部人马何故要与我为敌呢？

随后，即回头示意身后随行，与报子一道，飞马直向前赶去，意欲弄清究竟。不一刻工夫，他们便在梓潼城北十里处五妇山迎面碰上了下马站在那里的黄忠、卓膺。他俩见刘备到来，不禁非常不安，忙一齐上前施礼。礼毕，正欲禀告前方军情，孰料刘备已翻身下马，大步登上前方不远处的蜀王思妻台，踮足引颈俯首向山下城头望去。见那里战旗飞舞，刀枪林立，吊桥高悬，城门紧闭，防守甚严。对此，刘备不禁倒抽了一口凉气，认为千万不可贸然进攻。否则，后果将不堪设想。于是便效当年张仪、司马错伐蜀故事，传令全军立即停止前进，就地安营扎寨于鳌山、剑泉、五妇山一线，先歇息一晚，待明日再做计议。

为尽快夺取成都，平定益州，刘备所率官军从葭萌关出发以来，一直在崎岖的金牛道上昼夜急行，未得片刻歇息，因而早便累得步若鸭行，有的甚至坐在地上爬不起来。现闻刘备传令，哪有不高兴的。匆匆埋锅造饭用餐后,便胡乱支起营帐,和衣呼呼大睡起来。

次日早饭方毕,刘备便传令左右文武,速到五丁祠商议攻打梓潼城对策。传令发出不到一刻工夫,他们便急匆匆地赶到那里按秩排定。随后,刘备也匆匆赶到那里中央上方,方坐定即忧心忡忡道:"以前几日我军行进神速,本可以迅雷不及掩耳之势,拿下成都,平定益州。孰料今日却被阻挡在此。现将诸位召来,意在共商对策。"

以庞统为首的那些文臣闻刘备言后还在搔首抓耳、绞尽脑汁寻思对策时,以黄忠为首的那班武将,早就摩拳擦掌,争着请战了。看那气势,犹若要将梓潼城一口吞下去一般。

刘备见此,忙对他们道:"大敌当前,你们敢于迎难而上的大无畏精神,实在可嘉可祝,但……"

言未毕,卓膺即出班高声道:"主公之言差矣。末将以为,梓潼城虽据天险,不过乃弹丸之地。据此便想抗衡我大队人马,必若螳臂当车,自取灭亡。只需给我一千人马,便可即日破城!"

言毕,以为大家必会随声附和,于是便飘飘然起来。正在这时,身旁的魏延出班道:"卓将军方才之言甚为轻狂!须知,梓潼城虽为弹丸之地,但它东北紧依群山,西南紧临江河,难以展开军事行动。且城墙高大坚固,易守难攻,即使强攻猛打,也难奏效。"

魏延方才这番话,直叫卓膺及其他在场文武张口结舌,无言以对。于是皆不约而同地扭头望着刘备,看他有何见解。刘备见此遂道:"魏将军方才之言甚为有理。再说我军自入益州以来,从未与敌有过交锋,不知其战斗力到底如何。倘若能一战而克之,则能震动三巴,威慑全蜀,速定益州。反之,则必大灭我之威风,大长敌之士气,其后果不堪设想。故宜商议他策为好。"

在场文武闻言,认为非常有理,并沉思默想,欲献良策,但久无结果。后来还是庞统出班对刘备道:"主公与魏将军方才之言皆有理。古人曾云:为将者必明天时,辨地势,贵人和,方能克敌制胜。现我军新到此地,无地势人和之利,如何能克敌制胜呢?故依愚之见,不若效法周公,卑躬当地名贤

第五十六回　过梓潼庞马蚕婆山拜访景鸾　取涪城刘备芙蓉溪指挥三军

指点迷津，或许能解眼下燃眉之急。不知主公意下若何？"

方言毕，刘备便向庞统点头微笑道："军师之言正合我意呢。我前时闻知有位名贤，姓景名鸾，字汉伯，梓潼百顷人。幼时便从师学经，长成后，曾游学天下，广交名士，遂能博古通今，明达经术，著述颇丰。且又懂人纪之礼，行节俭之风。太守闻之，遂命其为功曹，并以孝廉举为博士。但他皆不就，愿以布衣终其一生。现正隐居于梓潼城西二里的蚕婆山司马相如曾居住读书的长卿石屋，潜心研究古学。想必此人或有助我解难之策，因此，我欲前往拜访，不知谁愿与我同行？"

方言毕便听得一人高声道："此等区区小事，何须劳驾主公，鄙职一人前往便可。"

大家忙循声望去，原乃襄阳宜城人马谡。刘备深知此人虽然年轻英俊，聪慧超群，然却喜好高谈阔论，不着实际。因此，刘备便神情严肃地对他道："此行干系重大，万万不可轻……"

不待言毕，庞统即打断其话语道："主公为三军统帅，岂可擅离军营呢？依愚之见，不若我与马将军前往，不知主公意下如何？"

大家闻庞统言，皆表赞同。刘备见此，只得依了庞统的，并对庞统与马谡道："此事甚急，还望你俩及早动身，若何？"

庞统、马谡认为刘备言之非常有理，遂忙异口同声道："主公之言极是。我俩现就准备出发，今日傍晚时分，只闻佳音便是。"

言毕，便施礼告辞刘备，转身出了五丁祠，回营准备前往拜访景鸾的事宜去了。刘备及在场其他文武随后也离开那里，各回营寨不提。

庞统与马谡回营匆匆脱下军旅衣冠，作了椎髻、短襦、麻履等当地农夫穿戴后，在向导的带领下，一同出西营门，过西渡，直奔蚕婆山长卿石屋而去。时正值隆冬时节，其他地方早已百花凋谢，万木枯槁，蚕婆山却林木葱茏，山泉涌泻，牛羊嬉戏，禽兽飞奔。其麓下潼江之上，舟船穿梭，渔歌回荡。真是好一派神仙境地，蜀北风光。凡来者，无不对此流连忘返，叹为观止。因他三人重任在身，只顾埋头飞一般赶路，哪有心思领略它们呢，因而不大会儿工夫，他三人便来到长卿石屋门前。待向导退去后，庞统、马谡才驻足定眼向长卿石屋方向望去，方才看清它原乃半山腰处一天然岩洞，高、阔三丈余，面东背西。屋额上刻有宦儒司马相如书"长卿石屋"汉隶四字，每字半尺见方。屋外左右两侧松柏掩映，柚橘悬挂，藤萝盘绕。屋前有条石径穿过一块不大的篱笆围园和其东头的半掩柴门，直达五尺余的小木桥。篱笆围园梅花绽放，香气扑鼻。柴门门额上刻有汉隶"梅园"二字，字迹圆润，刀法娴熟。小木桥下流水潺潺，清澈见底。对此，二人不禁抚髯异口同声赞叹道："真乃别有天地非人间啊！"随后转身向对面望去，见不远处有座半悬道观，高大雄伟，雕梁画栋。额匾上刻有硕儒扬雄所题隶草"蚕婆观"三字，每字尺许见方。时门窗紧闭，亦无香火，非常清净。门前左侧立有石碑一通，其上文字略云：蚕婆者，乃远古之蚕丛氏也。他教民植桑养蚕，造福天下。为彰其德，故名此山为蚕婆山，并建此观以供每年春二月十五日远近蚕民来此祈祷。撰书者宦儒边孝先。至此，方知名山之渊源，建观之由来。他们又转身再向长卿石屋望去，只见那里屋门虽然大开，然内中则无人影。对此，二人不禁大惑不解。正在这时，忽然闻得山下不远处传来阵阵歌声，其词云：

　　早春踏青草兮，
　　仲夏戏绿水兮，
　　晚秋赏野菊兮，
　　隆冬观飞雪兮。

歌声方罢片刻，便见山西面不远处一头戴单梁进贤冠，脚着半新厚麻履，脸盘宽大，鼻口隆方，面色红润，发须银白的高大老者，挑着菜米担子，踏着崎岖山道，缓缓走了过来。庞统、马谡见了，料想来者必是景鸾其人，便忙一齐上前向他拱手施礼，并欲接过担子为其代劳。孰料他却执意不肯，也不与他们搭话，并冷冷地瞪了他二人一眼后，继续缓步向前走去。二人讨了个没趣后，方知老者性子古怪，脾气倔强，不好说话。末了，只好做

第五十六回　过梓潼庞马蚕婆山拜访景鸾　取涪城刘备芙蓉溪指挥三军

个鬼脸，相视一笑，随后紧紧跟行。

到了小木桥东头，老者放下担子，提起菜米，踏上小木桥，进入柴门，踏着石径，穿过梅林，旁若无人地进了屋门。庞统、马谡见此，只好站在柴门外，待机行事。片刻后待老者点燃松明，摆好菜米，从屋左侧铜鼎里舀出一木勺泉水喝下后，方才缓步走到柴门口，招手冷冷示意他俩进屋。庞统、马谡见此，自然大喜过望，忙毕恭毕敬地随老者走进屋内。在松明的照耀下，他俩方才看清，屋深约五丈余，后壁正中央上方左右各挂一幅绢制汉隶字幅，左幅书司马相如《梓潼山赋》，右幅书扬雄《蜀都赋》。笔势犹若虬龙盘游，蜿蜒飞举。左右两壁为司马相如《上林赋》石刻——山峦高峻，直插云天；走兽结队，奔于沟堑；八水曲转，流向各异；龙鱼摆尾，游于潭底；华丽离宫，藏于溪谷；天子游猎，美车八骏，前呼后拥，浩浩荡荡；五色霓旌，铺天盖地，鼓鸣矢飞，猎物如山……雕刻之细腻，纹路之清晰，形神之逼真，达意之准确，实属罕见。真乃独具匠心，鬼斧神工。他俩虽然早已熟读《上林赋》，但以如此精湛的石刻艺术展现，还是第一次见到。因而直惊得站在那里发愣，半晌回过神方才赞叹不已。屋内其他什物，如典籍笔砚、琴棋书画、榻椅碗灶皆备，并摆放得井井有条，错落有致。

片刻，老者才冷冷示意庞统、马谡就榻前茵席上南西围几对坐。待他俩坐定后，老者才脱履转身坐上木榻。时三人久久相视无语，直静得能听见屋内空气的流动声。对此，庞统和马谡不禁非常尴尬，恨不得立刻起身离去。最后还是庞统起身陪着笑脸向老者施礼道："前贤在上，晚辈姓庞名统，字士元，襄阳人士。现在荆州牧刘玄德麾下谋事。"

方言毕，马谡也起身陪着笑脸向老者施礼道："不才姓马名谡，字幼常，与庞统同乡，现亦在荆州牧刘玄德麾下谋事。"

老者闻他俩言，遂淡淡地道："老愚姓景名鸾，乃闲云野鹤，无名之辈。不知二位来此有何贵干？"

方言毕，马谡便忙答道："我家主公早知前贤大名，故今特遣我俩前来拜访，以便讨取良策，以解眼下燃眉之急，还望不吝赐教。"

言毕还不待景鸾询问有何燃眉之急，马谡便忙将刘备所率官军受阻梓潼城北一事向他详述了一遍。景鸾闻后，不但无贻赠良策之意，反而还嗔目切齿地高声怒道："据老朽所知，当初你家主公受我州牧季玉之邀，率军来此是为了北上汉中郡和巴东郡抗击汉中五斗米道贼张鲁南侵。谁料他却屯兵葭萌关不前，并暗中招降纳叛，肆意扩充实力。待一切准备就绪后，便以种种不实之由，诱杀杨、高二将军，引军南下，欲占我益州为己有。此等丑行，足以使人痛恨千载，唾弃万年！你俩身为荆襄名士，汉室官佐，对此不但不加劝阻，反还助纣为……"

庞统闻景鸾所言有辱刘备，不禁非常气愤，不待景鸾言毕，便打断其话语正色道："前贤之言差矣！当今朝政衰败，纲纪丧失，礼乐崩溃，此路人皆知。而你州牧刘璋对此不但不闻不问，反还以为益州偏远，皇上莫及，遂政由己出，乱加税赋。故有民谚云：'狗吠何喧喧，有吏来在门。披衣出门应，府记欲得钱。语穷乞请期，吏怒反见尤。旋步顾家中，家中无可为。思往从邻贷，邻人言已匮。钱钱何难得，令我独憔悴。'但富者却贷垒巨万亿，钱聚尽天下。贫富悬殊，前所未有。此情此形，令我泪……"

言未毕，马谡即接着正色道："多年以来，贵州之内，巨室豪族竟敢服王侯美衣，商贾工匠竟敢乘驷马高车，男娶女嫁竟敢设太牢厨膳。即使贫者安葬亦必高坟瓦椁，祭祀亦必牛马羊豕。前贤一向以重人纪之礼，倡万事之俭闻名，对此越礼制之恶行，难道不痛心疾首吗？"

言方尽，庞统即接着正色道："当今天下大乱，朝野心动。汉室欲倾，社稷将殁。刘璋虽为皇室之后，一州之主，但却暗弱昏庸，自身难保，哪有能力拯救皇上，扶持汉室呢？我主公不愧为中山靖王之胄，为振兴汉室，匡扶社稷，多年来舍生忘死，挥汗洒血，南征北战。其显著功绩，天下无人不知，无人不晓！今日攻占益州，意在北伐中原，除曹贼以救天子出樊笼，继而挥师顺流南下，灭孙蛮以全汉室，岂是为私利而大动干戈呢？因此，前贤方才之言，只不过是以小人之心，度君子之腹罢了！"

方言毕，马谡又接着正色道："现前贤虽远离人世，隐居山林，然仍为大

第五十六回　过梓潼庞马蚕婆山拜访景鸾　取涪城刘备芙蓉溪指挥三军

汉之顺民，巴蜀之名士，梓潼之俊杰。因而应竭尽德智，助我主公振兴汉室大业才是。孰料却混淆是非，颠倒黑白，忠奸不分，这怎不叫人怒发冲冠，目眦尽裂呢？"

马谡言毕，认为自己与庞统方才所言，定会羞得景鸾面红耳赤，无地自容，或是使其怒气填胸，反唇相讥。谁料他却神情泰然，无事一般。对此，不禁感到非常惊异。料想此行白忙活了，因而不若早早回去，再做他议。否则，将误大事。于是立刻起身拉起庞统便向外走。方到门口，忽听得景鸾声若洪钟般道："且慢！老朽方才所言，意在试探你家主公扶汉之虚实，故为戏言。其实我所思所想，岂会与二位先生方才之言相左呢？想当年高祖膺箓受图，顺天行诛，杖旗建汉，是何等壮丽辉煌啊！谁料王莽作逆，汉祚中缺，于是六合互相残杀，人鬼几近灭绝。幸亏我世祖怒而奋起，挥电旗于四野，拂宇宙之残难，体神武之圣姿，握天人之契赞，于是受皇号于高邑，建首都于东京。其丰功伟绩，真乃一言难尽啊！然延至桓、灵二帝时，朝政又日渐衰败，人心又普遍涣散。于是先有张角作乱八州，后有董卓造孽两京。眼下不仅有曹贼假天子之威以压诸侯，还有孙蛮凭江水之险以祸荆扬。至于其他目无汉室、占地为王者，更是数不胜数。如此破碎山河，怎不叫我痛心疾首呢？"

言至此，早已悲痛欲绝，泣不成声。庞统、马谡见了，皆为自己方才误解了他而深感内疚和不安，于是忙转身回来向景鸾拱手施礼，并异口同声道："今闻前贤方才之言，方知你原是身在山林，心系龙廷。我俩方才出言不逊，有伤前贤之心，还望多多包涵。"

随后庞统还道："前贤德重泰山，才高八斗，何不效孔明当年故事，走出山林，投到我主公麾下，为匡扶汉室建功立业呢？"

景鸾闻言，遂不假思索长叹道："庞先生方才之言虽然有理，然老朽已年近六旬，早若枯藤老鸦，西风瘦马，心有余而力不足啊！"

马谡见景鸾如此悲观，随即劝解道："昔太公望已七十有七，方出山助文王打天下，最终功勋显著，受爵封王。前贤才年方六旬，与太公望相比，真乃小巫见大……"

言未毕,景鸾即道:"人各有志,不可以一言而论之。他有志于功名利禄,我钟情于此地一山一水,故……"

不待言毕,马谡即不屑一顾地问景鸾道:"此地皆无名山水,有何留恋的呢?"

方问毕,景鸾却眉飞色舞道:"你有所不知,这里山水虽名不传百里,高不过千丈,深不足百尺,然足不出里许,玄武台上赏月吟诗,卧游亭里弹琴弈棋,潼江水中荡舟垂钓。如此佳境胜地,谁不留恋呢!"

言毕稍停片刻又道:"不过古人云:国家有难,匹夫有责。我虽为布衣,却仍饮大汉之食,服大汉之衣,岂有不助你家主公振兴大汉之理呢?"

随后,便从怀里取出一绢制锦囊,交与庞统道:"你家主公兵阻梓潼城北,乃老朽意料之中。他遣人前来访我,亦在我意料之中。因此,我将他所求良策,早已藏于此囊中了。今日你俩既来,还请速将其带回让他自解。"

时庞统自然喜不自禁,忙伸出双手,毕恭毕敬地接过了锦囊。正待他俩欲向景鸾拱手施礼致谢,景鸾突然情不自禁地问庞统道:"你家叔父德公,其友宋仲子与德操公安然无恙吗?"

庞统闻之,不禁感到非常惊讶,忙问景鸾道:"前贤何以知晓他们呢?"

"他们皆天下鸿儒,荆襄名士,谁不知晓呢?老朽早年与涪人尹默和李仕、广汉郝伯宗、蜀郡任叔本、颍川李仲、渤海孟元叔等同游荆州时,曾多次登门向其求教古学,并得益匪浅。那时你方牙牙学语呢。"

庞统闻言,遂忙崇敬地道:"晚辈有眼不识泰山,失敬,失敬。"

随后,即忙向景鸾拱手施礼。待景鸾拱手还礼后,庞统遂悲叹道:"方才前贤所问叔父三人情况,晚辈略知一二。叔父一生不愿为官,后同婶母一道上岘山采药未归。德操叔为曹操贼兵南犯荆州时所掠,后因不愿为其效劳而忧郁故去,甚悲啊!现仅仲子叔仍在故里授学。"

景鸾闻言,不禁感慨万千,并长叹道:"真乃三日不见,人事皆非啊!"

随后即沉默不语,良久方才手抚庞统两肩道:"你现为刘皇亲部下军师中

第五十六回　过梓潼庞马蚕婆山拜访景鸾　取涪城刘备芙蓉溪指挥三军

郎将，位同天下名贤孔明，真是名门出英才呢！现刘皇亲及其左右定在西营门前盼望你俩早归，因而老朽今日就不久留二位了，待平定了益州，我们再长谈不迟，若何？"

言毕，即收回双手。随后庞统略加思索道："前贤所言极是。"

言毕，忙将锦囊藏于怀里后，同马谡一道，向景鸾拱手施礼告辞出门，匆匆回营向刘备复命去了。时景鸾自然到门外热情相送不提。

庞统、马谡出发不久，刘备便与左右文武依秩站在西营门外，举首遥望对面一江之隔的蚕婆山，盼望他俩快快归来，以便尽早知晓是否求得妙计良策。对此，真不出景鸾所料。正在这时，忽然见庞统、马谡从山脚下不远处急匆匆地走了上来。刘备见了，忙疾步上前相迎，并急切地问道："可讨得妙计良策？"

庞统闻问，忙上前边向刘备拱手施礼边答道："此等军事大计，到中军大帐里再言不迟。"

刘备闻言，方醒悟道："军师之言甚为有理，是我一时糊涂了。"

随后，刘备即挽着庞统的右手和马谡的左手，一同向中军大帐走去。其他人一时也不分官阶高低，文武秩序，便忙一齐随后拥去。

进中军大帐不待坐下，庞统便从怀中取出锦囊呈与刘备，并将方才见到景鸾的经过如实向他禀报了一番。不待禀报毕，刘备已打开锦囊，取出一绢制物展开与左右详细看了起来。看毕，方知原乃一幅《梓潼县地舆图》。除此之外，别无他物。

该图山川河流众多，城镇名胜密布，交通要道醒目。其中最醒目的要属穿县境中央而过的主金牛道了。它西边还有一道，名曰梓西金牛道，其标示线条明显比主金牛道细。该道从阳沔戊出发，经瓦窑沟、岩湾屯、心经山、太皇驿、葛山亭，至魏城乡上涪城主金牛道。它东边还有一道，名曰梓东金牛道，其标示线条比梓西金牛道略粗。该道也从阳沔戊出发，沿主金牛道南行里许至天仙寨，东出主金牛道，经油泉寨、店子岭，至石榴垭上主金牛道，再经石牛亭、魏城乡至涪城。此外，阳沔戊在图上也标示得异常醒目，甚至比梓潼城还显眼。除这些标示外，没有任何文字注释。对此，大家皆若丈二和尚，摸不着头脑，并在那里指手画脚，纷纷猜测。良久，也没人猜测出个结果来。这时刘备却喜形于色地高声道："妙啊！"

时世人皆知刘备一贯喜怒哀乐不形于色，可眼下却一反常态，因而左右文武皆不禁感到非常惊奇，并料想他已解得图中之谜。于是忙异口同声道："何妙之有？还请快快明示。"

然刘备闻言后却欲言又止，良久方才淡淡地对他们道："现在时已不早，除军师庞统外，你们先回营歇息，到时按我命令行事便是。"

他们闻刘备如此说，虽感失望，但知其意已定，其言已出，再问也是徒劳，于是应诺一声，即各自回营去了。随后，刘备才与庞统附耳低声密商了一阵后，方才不约而同地摘帽解衣脱鞋，同榻共寝不提。

当夜无事。次日早饭方毕，刘备便传令左右文武，速到中军大帐听令。待他们到齐按序排定，刘备便正色道："眼下我军将士不仅训练无素，且兵器陈旧，倘若近期攻城，难啊！因此，全军应立马退至阳沔戊安营扎寨，演武练兵三月。待将士武艺高强和兵器更新后，再攻城不迟。"

方言罢，帐下便若炸开的油锅，沸腾起来。除庞统外，文臣对刘备方才所言虽感意外，但也只好在一旁暗生怨气。武将却不同，他们原以为刘备今日升帐，意在下令攻城。孰料刘备所言不但与其意相左，还说退兵原因是因将士训练无素，兵器陈旧。对此，他们哪肯服气呢，皆争先恐后高声嚷着请战。刘备对此并不理会，不待他们静下来，便起身右手嗖地拔出腰间寒光四射的宝剑厉声道："我意已决，卿等勿再多言，否则问斩！"

大家见刘备动怒，自然不敢再言，并忙依令回营，各率所部官军，先后依次向阳沔戊退去。时混入刘备所率官军中的刘璋梓潼城守城官军细作方探得刘备所言退兵沔阳戊缘由，便立马偷偷溜出南营门，奔回城中，向梓潼县令、守城主将王连禀报去了。

王连，字文仪，南阳人，系刘璋亲信，也是当初坚决反对刘备入蜀者之一。因此，前时方接到刘璋勿复关通刘备所率官军的命令，便立刻率领全城

第五十六回　过梓潼庞马蚕婆山拜访景鸾　取涪城刘备芙蓉溪指挥三军

军民，日夜修补城墙，负隅严守，至今没让刘备所率官军越过城池一步。那日正午时分，身长中等，体型微胖，面色红润，神情威严的王连头戴铁胄，身披铁甲，正与左右在北门城楼上巡视时，忽见混入刘备所率官军中的那细作急匆匆赶来，将刘备所言退兵缘由向他一五一十禀报了一番。王连闻报，不禁疑窦丛生，真假难辨。因此，便忙一面叫那细作继续前往打探虚实，一面传令各守城官军，务必日夜加强防守，以防刘备所率官军前来偷袭。此后不久，又见那细作急匆匆地前来向他报道："禀告大人，敌军确已退至阳沔戍了。现正在那里安营扎寨，准备练兵。"

王连闻报后反复询问了细作一番，确信无疑后，方才放下心来。

次日早晨，王连正与左右在北门城楼上凭栏眉飞色舞地赞叹阻拦刘备所率官军南侵已事半功倍时，忽见那细作飞奔而来，上气不接下气向他报道："禀告……大人，不好了！敌军昨夜……趁黑沿梓东金牛道……偷偷南下，现已过了我县地界，向涪城……方向杀过去了。"

王连及左右闻报，方知中了刘备金蝉脱壳之计，皆不禁惊惧交加，言语不得。良久，王连方才转身缓步走到南城楼门前，凭栏低首长叹道："不出数日，涪城必为敌军所破。涪城若破，成都便不保。此乃我一时疏忽，才酿成了如此大祸啊！"

言毕，意欲拔剑自杀。左右见了，忙上前制止方罢。

王连对刘备所率官军何以知晓从梓东金牛道绕过梓潼城一事百思不得其解，故一时茶饭不思，昼夜不眠。后经派人多方打探，方知是自己多年文友景鸾献图所为，于是气得三尸暴跳，七窍生烟，并立马派人前往蚕婆山长卿石屋欲将其拿来问罪。谁料那里早已人去屋空，了无音信。王连无奈，只好大骂景鸾一番作罢。

须知，刘备所率官军何以知晓从梓东金牛道绕过梓潼城的呢？原来刘备当初见《梓潼县地舆图》上梓东金牛道标示线条比梓西金牛道标示线条略粗，阳沔戍也标得特别明显，便猜中景鸾是叫他率军从阳沔戍上梓东金牛道，绕过梓潼城，到达涪城的奥妙。后经与庞统密商，决定以回军阳沔戍练兵为名，迷惑王连所率梓潼守城官军，然后乘其当夜不防之机，从梓东金牛道绕行南下。刘备所率官军所走此道，比梓西金牛道平坦便捷得多，但与主金牛道相比，不仅坡多路窄，行程遥远，且那夜又值月黑雾浓，冰坚雪厚，境况之恶劣，可想而知。但他们不畏艰险，行走如飞，方到次日拂晓，便过了梓潼地界，于当日傍晚时分就到达了涪城北门外，并立刻展开攻城，意欲一举拿下城池。因刘璋所部守城官军早已有备，结果攻打了许久也无结果。无奈，他们只得依照刘备命令，先在城东北方二里处的芙蓉溪畔安营扎寨歇息，待弄清地势和敌情后，再做定夺。

刘备所率官军一天一夜急行二百余里，虽觉疲倦，但因未放一箭，未伤一卒，便穿过梓潼地界，顺利到达涪城，自然欢喜不禁，兴奋异常。于是晚饭方毕，便不顾周身疲倦，在营中歌之舞之，以为庆祝。幸亏刘备下令制止，他们方才进帐入睡，但时已午夜。当他们进入梦乡不到一刻工夫，驻守南寨的刘备所率官军忽然听得北门城楼上鼓角齐鸣，杀声震天，似有无数官军杀下来一般。对此，他们自然吃惊不小，待忙翻身跃起，披甲戴胄，持刀举枪，冲出帐门，在黄忠、卓膺等将领率领下，奔出南寨辕门列成阵式准备迎战时，北门城楼上的鼓角声和喊杀声却突然戛然而止，仿佛方才什么事都未发生。对此，黄忠、卓膺只好传令官军回营歇休。时方摘胄卸甲脱靴躺下不久，大寨西侧大银山上忽然火光冲天，战马嘶鸣，杀声四起，似有刘璋所部官军杀了下来。当驻守西寨的魏延、马谡率官军冲出西寨辕门迎上去时，却见那里火光突然熄灭，喊杀声和马嘶声立刻停止，一切平静如初。是夜刘璋所部官军如此这般多次，直闹得刘备所率官军战不能，睡亦不能，皆不知如何是好。

刘璋所部官军何以不乘刘备所率官军初来乍到、人地生疏和兵困马乏之机突袭呢？原来他们听从了部将刘贵敌强我弱，只宜巧取，不可强攻和先将其由肥拖瘦之计，而采取了昨夜那种只出不击，虚张声势的军事行动。

刘贵之计瞒得过别人，却瞒不过庞统。因此，次日上午刘备在中军大帐召集左右文武商议对敌之策而正为是白日强行攻城以灭敌之威风，还是趁夜

第五十六回　过梓潼庞马蚕婆山拜访景鸾　取涪城刘备芙蓉溪指挥三军

悄悄后退十里下寨以避敌之锋芒争论不休时，庞统却上前道："昨夜敌军多次鼓而不攻，鸣而不击，何也？依愚之见，这正好表明他们兵微将寡，不敢前来与我军正面交锋之实啊。无奈，只好对我军虚声恫吓，故后退之策万不可取。现我军毕竟是新到此地，不明敌之虚实，贸然攻城亦不可取。最佳策略是暂且不进不退，以待其变后，再做计议不迟。此所谓敌先我动，则见其形；彼躁我静，则罢其力。形见则胜可制，力罢则威可立。"

刘备及其左右文武认为庞统言之有理，于是便停止争论，各自纷纷回营去了。

刘璋所部官军部将、涪城人张任，以为刘备所率官军昨夜遭到多次惊吓干扰，未得好好歇息，定然早已疲倦不堪，士气殆尽，这正是进攻他们的大好时机。因而当日早晨起榻后不待用饭，便急匆匆地赶到吴府向吴壹报告自己的想法。吴壹，陈留人，为刘璋所部官军中郎将和涪城守军主将，身长七尺有五，面色白净，五官清秀，熟读经史，武艺高强。时他起榻后披着睡衣正在盥洗室梳洗，闻报张任前来求见，料想必有要事报告，否则不会这么早就赶来。故不待梳洗毕，便忙将张任引进客厅。待家人及侍者方从那退出后，吴壹便急切地问张任道："张将军此时赶来，定有杀敌良策相告，我愿洗耳恭听。"

张任闻吴壹猜中自己来意，且又言语谦逊，便不施礼与客套，将自己方才所思所想，向他道了一番。吴壹闻后，独自踱步到府中后花园沉思良久后，方才回到客厅对张任道："将军之见甚为有理啊。"

言毕，即唤传令兵传令各处守城将领当日早饭后速到位于城中央的点将台听令。随后，吴壹便引张任到餐室共进早餐。餐毕，吴壹入内室脱下睡衣，披上戎装，与张任一道，匆匆向点将台赶去。

吴壹和张任到达点将台时，部将刘贵、邓贤、冷苞及其他文武早已披挂佩剑，精神抖擞地依秩站在那里。吴壹见此，大喜道："当此危难之际，大家不避刀斧，乃我主公之洪福啊！"

言毕，即快步上前坐于正中央虎皮座上。待大家上前向他拱手施礼毕，他便将张任此前在他府上所报向他们道了一番。他们闻之，皆表赞同。张任见此，不禁大喜，并昂首挺胸，抢先出班对吴壹道："敌虽兵多将广，扎营数里，但皆老卒劣夫，不足挂齿。只要给俺三百骑勇，便可突入敌营，杀他个丢盔卸甲，狼狈逃窜。不知吴将军意下若何？"

吴壹闻张任言，遂思想到：刘备、庞统、黄忠、卓膺、魏延等人谋勇虽亚于远在荆州的孔明、关羽、张飞、赵云，但亦非等闲之辈。否则，他们去年岂敢以区区两万人马深入我州呢？而且近日其兵锋所至，未有不克的。因此，岂可依张任这般轻率行事呢？

想到此，遂对张任语重心长道："面对强敌，张将军敢于挺身而战，真不愧为巴蜀之俊杰，三军之楷模！此次出战，若能马到成功，旗开得胜，敌之威风必大灭，我之士气必大振。收复失地，易若反掌。否则，后果不堪设想。"

张任虽知此战干系重大，不可儿戏，但又深信他出战定能攻必克，战必胜。同时，又恐吴壹信不过他而遣别人出战，失了夺取头功的机会。因此，待吴壹方言毕便发誓道："俺此次出战，不获全胜，决不收兵！"

吴壹见张任战意已决，遂不再多言，便令他率了三百官军骑兵打头阵。为防不测，又令冷苞率领三千官军步兵以为策应。张任、冷苞得令，便匆匆告辞，准备出发事宜去了。吴壹、刘贵、邓贤等人也随即动身，奔往北门城楼观战。

吴壹等人方上北门城楼，便见张任所率官军骑兵早已出了北城门，正飞也似的向刘备所率官军南寨辕门杀去。然不待他们到达，黄忠、卓膺、魏延早已率领官军从那冲出，迎面将他们截住了。张任见此，以为他们早有防备，于是不禁吃了一惊。时他哪里知道，刘备所部官军昨夜虽未好好歇息，但他们多为跟随刘备的百战之士，即使三日不吃，五天不眠，也能行走如飞，拼杀如常。因此，此前他们不但未在帐中大睡，反还三五成群地在各自帐外空地上弄刀舞枪，切磋武艺。现见张任率领官军杀来，犹如事先有备一般，只听一声呼哨，立刻便各随其将领杀了出来。

第五十六回 过梓潼庞马蚕婆山拜访景鸾 取涪城刘备芙蓉溪指挥三军

因张任所率官军骑兵数寡势单,未接战便被黄忠、卓膺、魏延所率官军铁桶般围了起来。时黄忠、卓膺、魏延所率官军虽占上风,但却不敢上前厮杀,何也?原来张任所率官军骑兵虽少,却是涪西禹王故里羌人。他们与张任一样,不仅生得虎背熊腰,力大无穷,而且骑术精湛,武艺高强,秉性剽悍,人见人怕。因此,黄忠、卓膺、魏延及其所率官军见了,也不免有几分惧色。

正在双方怒目相视,战、退两难之际,冷苞率了此前吴壹所派的那支官军从城北门杀了出来。按理,张任应该高兴才是,谁料他却有些心慌意乱,神不守舍。何也?如前所述,张任本以为可乘刘备所部官军不备之机,突入营中偷袭一番,以立头功,谁料反被他们围住不得出来。现虽然冷苞率军杀到,可与眼前还在继续潮水般涌来的刘备所部官军相比,仍是众寡悬殊,不堪一击。无奈,只好虚晃一棒,便叫所率骑兵拨转马头,向城里退去。

黄忠、卓膺、魏延认为己方虽人多势众,却是仓促应战,真的交手,谁胜谁败,还很难说。因此,也不加阻拦,并传令部下闪开一条大路,让张任一行退去。结果直到张任与冷苞合兵一处,退进城里,黄忠、卓膺、魏延方才率领官军回营。

刘备所率官军方到涪城不久,便遭到吴壹所率守城官军数次挑衅,自然怒不可遏。因而方一回营,左右文武便不约而同来到中军大帐,不待按秩排定,便争先恐后地向刘备请求出战。刘备见此,忙对他们道:"方才经我与军师商议,正欲传令大家前来商讨对敌之策,不料你们先期而至,此正合我意啊。"

待文武们依秩排定后,刘备又道:"涪城西靠大银山,东依富乐山,涪水绕其西南,芙蓉溪经其东北,水陆四冲,乃出入蜀东、蜀西、蜀北三面必经要道,拱卫成都天然屏障。故有涪城在,成都在,涪城失,成都失之说。因此……"

言未毕,忽然一门卒飞一般前来,不及向刘备拱手施礼便向他报道:"禀报大人,一守城敌军士兵在南寨辕门外声言有要事相见,现正被挡在那里,不知如何处置。"

刘备闻报，沉思片刻对门卒道："准见！"

方言毕，便听得大帐门外有人在争吵喧哗。不待刘备前往询问究竟，便见一刘璋所部官军士兵与门卫边争吵边飞一般闯了进来。刘备见来者虽然士兵装束，却生得膀大腰圆，威武非常，且面无惊色，傲气十足，料想他非平常之辈。为了挫其锐气，刘备于是漫不经心地问他道："来者何人？"

方问毕，他便昂首挺胸高声答道："新城太守孟子敬外侄，现涪城守军主将吴将军帐下邓贤。"

刘备闻答，心里不禁先是一惊，但表面上却十分镇静，并问邓贤道："不知邓将军前来有何贵干？"

方问毕，邓贤便神气十足地高声答道："奉我吴将军之令，前来向你下战书！"

随后，即从怀中取出一绢制战书，上前交与刘备。刘备见此，忙起身接过战书，展开看了起来。其文略云：

世闻刘荆州大军征战南北，名扬天下，但眼下却被阻于我小小涪城之下，不得越城池一步，岂不可悲吗？若还有胆，请于明日早饭后在城北门外列阵与我交锋，以决胜负。若你胜，我愿开城让道。若我胜，你即引军退出益州。

刘备方看毕战书，便不假思索地提笔俯身在战书上写下"愿如约应战"五个字后，即将其还与邓贤，并不卑不亢道："明日阵上见！"

邓贤接过战书，仍神气十足地高声道："明日阵上见！"

言毕也不向刘备拱手施礼，便转身出帐扬长而去。在场者见邓贤言行如此狂妄，无不气得咬牙切齿，恨不得将其碎尸万段，吞下肚里方才解气。谁料刘备却笑着道："我破城之机来了。"

在场者见刘备对邓贤言行不但不气恼，反而还如此高兴，皆若丈二和尚，摸不着头脑。刘备见此，遂道："你们只管按我命令行事就是了。"

第五十六回 过梓潼庞马蚕婆山拜访景鸾 取涪城刘备芙蓉溪指挥三军

言毕,即对他们逐一附耳低语了一番,于是他们皆欢天喜地匆匆离去不提。

看官你道吴壹何故要向刘备下战书呢?原来张任回城后,认为他这次出战虽未损兵折将,但却无功而返,因而感到无颜见人。吴壹知晓后,忙叫人唤张任速到北门城楼大厅,说有要事相告。张任闻之,只得硬着头皮,低着脑袋,三步当五步,向那走去。到那里一看,那里早已摆好了宴席。吴壹、刘贵、邓贤、冷苞等人也早已按秩就座,只等他到后开宴。张任见此,甚为不解,并正色问吴壹道:"大敌当前,将军不思安危,却设宴挥霍,是何道理?"

吴壹闻张任问,不但不加辩驳,反还笑着对他道:"为张将军庆功呢。"

张任闻言,脸色霎时羞得通红,并有气无力道:"此次出战,我军未伤敌之毫毛,何功之有?将军方才所言,实乃羞辱俺呢。"

言毕,欲拔剑自刎。刘贵、冷苞见了,忙起身上前制止方罢。随后,吴壹也忙起身上前,双手抚着张任双肩笑道:"张将军之言差矣!我当时在城上见你在紧要关头能见机应变,未伤一马一卒安然而归,此为一功。今日将军出战敌众我寡,且又被其层层包围,但他们却不敢上前厮杀,此足见其貌似强大,实则虚弱。敌之本质既露,我之守城信心必增。只要我坚守到扶桑、向存二位将军攻破葭萌关,敌之覆没便指日可待,此又为一功。因此,我早已将将军此二功表奏成都刘牧主了。"

张任闻吴壹如此言,方才明白个中原委。于是忙向吴壹、刘贵、邓贤、冷苞等人拱手施礼道:"俺方才甚为无礼,还望吴将军及诸位原谅才是。"

言毕,即入席与大家共饮。酒过三巡,张任对吴壹道:"我军虽勇,毕竟势弱。敌虽胆怯,毕竟势众。两相比较,优势在敌不在我。眼下我只守不攻,守亦难持久。兵家云:以守为攻,此用兵之常理。依末将之见,不若以攻为守,即主动向敌挑战,以待救援。若何?"

刘贵、邓贤、冷苞等人认为张任方才言之有理,吴壹也无异议,于是立刻便草就挑战书一封,叫部将邓贤送与刘备。

却说次日早饭后,双方便按昨日战书约定,早在城北门外一片空地上布完了阵形。吴壹一方阵前中央大旗下,吴壹头戴铜盔,身披铁甲,手握短柄双戟,跨一匹红鬃大马,甚是威风;其左依次为刘贵、邓贤;其右依次为张任、冷苞。刘备一方阵前中央大旗下为刘备,时头戴银色头盔,身披银色铠甲,手持银光四射的双股剑,胯下一匹银色高头大马,甚为威严;其右依次为庞统、黄忠、卓膺、糜竺、陈震;其左依次为魏延、简雍、马谡、尹籍、刘琰。

须知,时霍峻所率官军与扶桑、向存所率官军在葭萌关攻守之战正急。若吴壹所率守城官军取胜,不仅可阻止刘备所率官军南下,还可增强葭萌关外扶桑和向存所率官军攻关信心。一旦葭萌关被攻破,他们便可迅速南下,与梓潼王连所率梓潼守城官军合兵一处,配合吴壹所率涪城守城官军南北夹击刘备所率攻打涪城的官军。如此,他们便首尾难顾,插翅难逃。否则,则可稳定霍峻所率守卫葭萌关官军的信心,从而使刘备所率攻涪官军不仅无后顾之忧,还可在破了涪城后,长驱直下绵竹、雒城、成都,平定益州自然便事半功成。因此,这仗谁胜谁负,非同小可。因此双方皆早已刀剑出鞘,弓弩上弦,只待一声令下,便立刻冲出阵去,置对方于死地而后快。

方至雾散日出,还不待刘备与吴壹两位主将出马骂阵。便见刘备阵中卓膺飞马挺枪出阵,直取吴壹而来。吴壹身后刘贵见了,也飞马挺枪,冲出阵来接住卓膺厮杀。二人枪来枪往,战了三十余合,还未分出高低来。黄忠在阵前见了,以为卓膺武艺不济,于是挥舞着一对环柄大刀,飞马直向刘贵劈去。刘贵单战二将,自然顾此失彼,应对不暇。冷苞在阵前怕刘贵有失,忙飞马举戈,直朝黄忠头上击来。黄忠见此,忙弃了刘贵,掉转马头,迎住冷苞杀将起来。

时双方早在各自阵里拼命击鼓吹角,摇旗呐喊,为各自阵上厮杀的将领助威。四将两对在阵上拼杀了许久,却不见分晓。这时忽然听得刘备所率官军阵前一声吼,湮没了两边将士的助威声。对此,他们不禁吃了一惊,忙循声望去,原乃膀大腰圆、面色黝黑、须若钢针的魏延在阵前看得兴起,于是

第五十六回　过梓潼庞马蚕婆山拜访景鸾　取涪城刘备芙蓉溪指挥三军

不顾刘备、庞统等人劝阻，卸了甲胄，裸着上身，跨着黑色高头大马，举着寒光四射的长柄大斧，嚷着要张任出来对阵。吴壹阵前张任见此，大怒，也不待吴壹下令，便脱去胄甲，裸着上身，挥舞着八十斤重的大铁棒，猛拍黄色高头大马，直向魏延迎来。看官你道魏延与张任为何不披衣甲上阵呢？原来一是嫌穿着衣甲不够灵活，有碍施展武艺；二是裸着上身可显示武艺高强，不畏刀斧，以便威慑敌手。

魏延飞马不待到达阵中央，便与张任交上了手。须知，魏延武艺名震故乡弋阳，跟随刘备后，武艺又大为提高。张任乃刘璋部下猛将，武艺非同一般。因而他俩杀将起来犹若一对倒海翻江的蛟龙，插翅腾飞的猛虎，直杀得天昏地暗，日头无光。双方将士哪见过这般厮杀，因而皆引颈踮足，争相观看，竟忘了为他俩击鼓呐喊助威。

时吴壹心知肚明，他那三员将领虽然大多是主动上阵，但武艺却在刘备那三员将领之下。但不知为什么，他们却久久没有取胜。对此，他不禁感到非常纳闷。正在这时，忽见一小校从城中飞马前来，不及向他拱手施礼便对他低声耳语报道："吴将军不好了，城里进洪水了！"

吴壹闻报，不禁大吃一惊，忙问道："冬季久旱不雨，哪来的洪水呢？"

"将军有所不知，小的从一房卒口中得知，敌将刘琰、陈震按刘备之计，领了两千工兵，乘昨夜天黑之机，在城东南一里处芙蓉溪上筑了一座大坝蓄水，现在那些水正好从城东门倒灌入城了。"

吴壹闻报，方知中了刘备之计，竟吓得面色铁青，并欲下令撤军。然不待下令，便见刘备飞马冲出阵中，将手中令旗一挥，其背后所率官军立刻若洪水般冲了过来，直杀得吴壹所率官军纷纷向城里逃去。正在阵上厮杀的张任、刘贵和冷苞见此，料知败局已定，不禁慌了手脚，并忙弃了各自对手，拨转马头，向城里逃去。待他们逃到北门城墙脚下时，大水早已淹过了那里的城门。吴壹见回城无望，无奈，只好带领官军向城西大银山上退去。方退到山脚下，忽听得山上鼓角雷鸣，杀声震天。对此，他们先是吓了一跳，待定神举目向山上望去，见是刘备部将习祯、冯习率领大队官军伏兵杀了出来。吴壹料知难敌，只好立刻拨转马头，领军向东边富乐山奔去。然方到半山腰，刘备部将蒋琬、张存领了无数官军伏兵忽然从山顶树丛中跃出，挡住了去路。正在吴壹所率官军进退两难之际，忽见刘备又将手中令旗一挥，其身后所部官军立马便驻足不前，并齐声高歌起来。歌词曰：

主公教我，
行军作战，
毋烧房屋，
毋掘坟墓，
毋损五谷，
毋抢六畜，
毋辱民女，
毋杀降虏。

吴壹所率官军听得歌声，其心无不被深深打动，并不禁瞻前顾后，徘徊观望。两军如此这般相持一阵后，忽见吴壹所率官军皆不约而同放下手中兵器，纷纷奔向刘备所率官军投诚。吴壹、邓贤见此，料知大势已去，且又闻刘备一向忠厚仁义，今又果见如此，于是便翻身下马，上前向刘备投诚。对此，刘备自然大喜不禁，不待他俩近前，便忙翻身下马，飞步上前紧紧拉着他俩的手道："我在此等候二位将军久啊。"

吴壹、邓贤闻刘备言，不禁汗颜，并异口同声道："刘皇亲真乃天下仁德君子啊。我等投奔来迟，罪该万死！"

刘备闻言，忙摆手道："二位将军愿来与我共事，乃我洪福呢，何罪之有？"

随后，吴壹即回头示意张任、刘贵、冷苞过来拜见刘备。孰料刘贵却手指刘备高声怒道："你无理侵犯我州，我州只有断头将士，无怕死之鬼！"

方言毕，一旁的冷苞即接着高声怒道："刘益州平日待我等不薄，我等岂可弃他而附敌呢？因此，我宁可玉碎，不愿瓦……"

第五十六回　过梓潼庞马蚕婆山拜访景鸾　取涪城刘备芙蓉溪指挥三军

未言毕，张任即打断其话语，怒目圆睁对刘备道："我等皆志士仁人，为保州土，无求生以害仁之心，唯有杀身成仁之志！"

吴壹、邓贤闻张任、刘贵和冷苞方才所言，皆羞得面红耳赤，无地自容。黄忠、卓膺、魏延等人见张任、刘贵、冷苞如此狂妄，直气得头发倒竖，咬牙切齿，恨不能立刻将其拿下，斩首示众方才解气。时刘备却思想到：张任、刘贵和冷苞虽然言语莽撞，但皆为忠勇之士和不可多得的战将。再则，人各为其主，理所当然。因此，与其现在逼其投诚，不若高抬贵手，放其一条生路，待来日再为我用不迟。于是便和颜悦色地对他三人道："人各有志，去留由己。我不逼你们，但愿后会有期。"

言毕，便立刻叫部下让开一条大路，让张任、刘贵、冷苞及其他百余不愿降者任意而去。

时张任并不感谢刘备，反还冷冷道："日后阵上见！"

言毕，即拍马与刘贵、冷苞等人沿芙蓉溪西岸绕城南而去。当他们一行赶到涪水东津渡东码头时，却被一队刘备所部官军挡住了去路。为首者辅匡在马上高声道："我奉主公之令，在此南阻绵竹来援之敌，北截涪城南逃之军。现在你等来得正好，不快快前来受擒还待何时？否则，我手中这对环柄大刀是认不得人的！"

言毕，还将手中那对环柄大刀在空中舞了几番。张任、刘贵和冷苞见此，以为刘备放走他们是骗局，于是气得七窍生烟，浑身发抖，并忙挥舞兵器，欲奋力冲杀过去。正在此际，忽见一传令兵飞马向辅匡奔来，高声对他道："主公有令，让张将军、刘将军和冷将军等人任意而去，不得阻拦。"

传令兵言毕，即从怀中取出刘备签发的放行令牌递与辅匡。辅匡接过令牌一看，确是刘备签发，于是不再多言，便立刻下令部下让路备船，将张任、刘贵和冷苞等人送过对岸东津渡西码头。张任、刘贵和冷苞等人上岸后，便忙沿着金牛道，飞一般向绵竹方向奔去不提。

刘备在城北门外就地收编了吴壹、邓贤等所率万余官军后，便立刻传令排出城中积水，张贴安民告示，准备劳军事宜。将士们闻令后，不辞辛劳，仅半日工夫，便执行毕刘备之令。

次日正午时分，城里城外，遍设宴席。在一片《文王操》与《克商操》乐舞声中，将士们在宴席上推杯换盏，狂食暴饮，自不必说。刘备及左右文武的宴席设在南门城楼上，酒水和菜肴自然比别的高档丰盛。酒方过三巡，刘备便有醉意，并得意忘形地对庞统道："今日之宴饮，可谓乐啊！"

庞统见刘备言行如此无聊，遂正色道："以诡道夺人之城，不觉羞耻，反以为荣，此非仁者之所为啊！"

刘备闻庞统竟敢当众严厉批评他，不禁大怒道："昔武王伐纣，前歌后舞，难道不是仁者吗？汝言不当，宜速出去。"

庞统见刘备没了往日那般仁义和谦逊，且又觉得自己方才所言确实有失上下之规，君臣之礼，于是感到非常不妥，遂忙离座起身退出门外回避。片刻后刘备酒醒，也深为自己方才对庞统所言感到后悔，并忙传令请回庞统。庞统闻之，便忙遵令入席，饮酒进食如初。刘备见此，料知庞统已不与自己计较，于是问庞统道："方才你我谁失伦理呢？"

庞统遂不假思索地答道："皆失伦理。"

刘备认为庞统言之有理，竟高兴得手舞足蹈起来。在场文武方才见刘备与庞统唇枪舌战、互不相让的情形，直惊得目瞪口呆，不知如何是好。现在见他俩和好如初，自然欢喜万分，拍手称庆。庞统见此，自然也很高兴，遂沉思片刻道："去年刘璋以主公曾言'富啊，今日之乐呢'，将东山易名为富乐山，并立碑刻字，以示纪念，其意义重大。"

言毕片刻，饮了口酒又道："待主公振兴了汉室，可在此山之西建修富乐苑，供后人游览，主公及诸位以为若何？"

众文武闻庞统言，没有不赞成的，并异口同声道："军师之言甚好。"

刘备对庞统及众文武方才所言并没大喜过望，而是沉思片刻后道："我军虽在此一战告捷，但要夺取成都，平定益州，还任重道远啊！因此，众卿还须戒骄戒躁，以利再战。再者，明日一早我军要向绵竹进发，卿等宜速回去歇息，若何？"

第五十六回 过梓潼庞马蚕婆山拜访景鸾 取涪城刘备芙蓉溪指挥三军

众文武认为刘备言之有理,自然表示赞成。刘备也不再多言,便立刻传令城内外将士,尽快散席回去歇息。

次日早饭方毕,刘备除留邓贤领三千官军守涪城外,其余皆随他南下攻打绵竹。

此时值建安十七年十二月末。

再说前时已率官军赶到濡须口与孙权都督公孙阳所率官军对峙的曹操,闻报刘备率官军不仅已攻破涪城,而且已向绵竹杀去,眼睁睁看着刘备夺取益州快成定局,自然更加着急,并令曾作《为袁绍檄豫州》的陈琳撰写了篇《檄吴将校部曲文》,在孙权所据地盘到处张贴。看官欲知曹操要陈琳撰写《檄吴将校部曲文》的目的和《檄吴将校部曲文》所言,请看下回分解。

第五十七回

曹操声东击西曹孙激战濡须口
孟德称魏公加九锡仍领冀州牧

却说曹操见久与孙权部下都督公孙阳所率官军在濡须口对峙也不是办法，于是便令陈琳撰写一篇檄文，以便恐吓对方，达到不战而屈人之兵的目的。如此，便可尽快从濡须口撤军，腾出手消灭汉中张鲁，进而与刘备争夺益州。陈琳得令，以为这是将功折罪，即为曹操撰写檄文立新功，折当年为袁绍撰写《为袁绍檄豫州》之罪的极好机会。于是便绞尽脑汁，尽其所能，撰写了一篇《檄吴将校部曲文》。文云：

年、月、朔日，子尚书令彧，告江东诸将校部曲，及孙权宗亲中外：盖闻祸福无门，惟人所召。夫见机而作，不处凶危，上圣之明也。临事制变，因而能通，智者之虑也。渐渍荒沉，往而不反，下愚之蔽也。是以大雅君子，于安思危，以远咎悔；小人临祸怀佚，以待死亡。二者之量，不亦殊乎？

孙权小子，未辨菽麦，要领不足以膏齐斧，名字不足以污简墨，譬犹鷇卵，始生翰毛，而便陆梁放肆，顾行吠主，谓为舟楫足以距皇威，江湖可以逃灵诛，不知天网设张，以在纲目；爨镬之鱼，期于消烂也。若使水而可恃，则洞庭无三苗之墟，子阳无荆门之败，朝鲜之垒不刊，南越之旌不拔。昔夫差承阖闾之远迹，用申胥之训兵，栖越会稽，可谓强矣。及其抗衡上国，与晋争长，都城屠于句践，武卒散于黄池，终于覆灭，身鲝越军。及吴王濞，骄恣屈强，猖獗始乱，自以兵强国富，势陵京城，太尉帅师，甫下荥

第五十七回　曹操声东击西曹孙激战濡须口　孟德称魏公加九锡仍领冀州牧

阳,则七国之军,瓦解冰泮,濞之骂言未绝于口,而丹徒之刃已陷其胸。何则?天威不可当,而悖逆之罪重也。

且江湖之众,不足恃也。自董卓作乱,以迄于今,将三十载。其间豪桀纵横,熊据虎跱,强如二袁,勇如吕布,跨州连郡,有威有名,十有馀辈。其馀锋捍特起,鸱视狼顾,争为枭雄者,不可胜数。然皆伏鈇婴钺,首腰分离,云散原燎,罔有孑遗。近者关中诸将,复相合聚,续为叛乱,阻二华,据河渭,驱率羌胡,齐锋东向,气高志远,似若无敌。丞相秉钺鹰扬,顺风烈火,元戎启行,未鼓而破,伏尸千万,流血漂橹,此皆天下所共知也。是后大军所以临江而不济者,以韩约、马超,逋逸迸脱,走还凉州,复谷鸣吠;逆贼宋建,僭号河首,同恶相救,并为唇齿;又镇南将军张鲁,负固不恭,皆我王诛所当先加。故且观兵旋旆,复整六师,长驱西征,致天下诛。偏将涉陇,则建、约枭夷,旌首万里。军入散关,则群氐率服,王侯豪帅,奔走前驱。进临汉中,则阳平不守,十万之师,土崩鱼烂,张鲁迸窜,走入巴中,怀恩悔过,委质还降。巴夷王朴胡,賨邑侯杜濩,各帅种落,共举巴郡,以奉王职。钲鼓一动,二方俱定,利尽西海,兵不钝锋。若此之事,皆上天威明,社稷神武,非徒人力所能立也。

圣朝宽仁覆载,允信允文,大启爵命,以示四方。鲁及胡、濩,皆享万户之封。鲁之五子,各受千室之邑。胡、濩子弟,部曲将校,为列侯将军已下,千有馀人。百姓安堵,四民反业,而建、约之属,皆为鲸鲵,超之妻孥,焚首金城,父母婴孩,覆尸许市。非国家钟祸于彼,降福于此也,顺逆之分,不得不然。夫鸷鸟之击先高,攫鸷之势也;牧野之威,盟津之退也。今者枳棘翦扞,戎夏以清,万里肃齐,六师无事。故大举天师百万之众,与匈奴南单于呼完厨,及六郡乌桓、丁令、屠各、湟中羌、僰,霆奋席卷,自寿春而南;又使征西将军夏侯渊等,率精甲五万,及武都氐羌、巴汉锐卒,南临汶江,扼据庸蜀;江夏襄阳诸军,横截湘沅,以临豫章,楼船横海之师,直指吴会,万里克期,五道并入,权之期命,于是至矣。

丞相衔奉国威,为民除害,元恶大憝,必当枭夷。至于枝附叶从,皆非诏书所特禽疾，故每破灭强敌，未尝不务在先降后诛，拔将取才，各尽其用。是以立功之士，莫不翘足引领，望风响应。昔袁术僭逆，王诛将加，则庐江太守刘勋，先举其郡，还归国家；吕布作乱，师临下邳，张辽、侯成，率众出降；还讨眭固，薛洪、缪尚，开城就化；官渡之役，则张郃、高奂，举事立功；后讨袁尚，则都督将军马延、故豫州刺史阴夔、射声校尉郭昭，临阵来降；围守邺城，则将军苏由，反为内应，审配兄子，开门入兵。既诛袁谭，则幽州大将焦触，攻逐袁熙，举事来服。凡此之辈数百人，皆忠壮果烈，有智有策，折冲讨难，芟敌搴旗，静安海内，岂轻举措也哉！诚乃天启其心，计深虑远，审邪正之津，明可否之分，勇不虚死，节不苟立，屈伸变化，唯道所存，故乃建丘山之功，享不赀之禄。朝为仇房，夕为上将，所谓临难知变，转祸为福者也。若夫说诱甘言，怀宝小惠，泥滞苟且，没而不觉，随波漂流，与臊俱灭者，亦甚众多，吉凶得失，岂不哀哉！昔岁军在汉中，东西悬隔，合肥遗守，不满五千。权亲以数万之众，破败奔走。今乃欲当御雷霆，难以冀矣。

夫天道助顺，人道助信，事上之谓义，亲亲之谓仁。盛孝章，君也，而权诛之；孙辅，兄也，而权杀之。贼义残仁，莫斯为甚！乃神灵之遗罪，下民所同雠。辜仇之人，谓之凶贼。是故伊挚去夏。不为伤德，飞廉死纣，不可谓贤。何者？去就之道，各有宜也。丞相深惟江东旧德名臣，多在载籍，近魏叔英秀出高峙，著名海内；虞文绣砥砺清节，耽学好古；周泰明当世后彦，德行修明，皆宜膺受多福，保义子孙。而周盛门户，无辜被戮，遗类流离，湮没林莽，言之可为怆然。闻魏周荣、虞仲翔各绍堂构，能负析薪，及吴诸顾、陆旧族长者，世有高位，当报汉德，显祖扬名。及诸将校，孙权婚亲，皆我国家良宝利器，而并见驱迮，雨绝于天。有斧无柯，何以自济？相随颠没，不亦哀乎！盖凤鸣高冈，以远矰罗，贤圣之德也。鹪鹩之鸟，巢于苇苕，苕折子破，下愚之惑也。

今江东之地，无异苇苕，诸贤处之，信亦危矣。圣朝开弘旷荡，重惜民命，诛在一人，与众无忌，故设非常之赏，以待非常之功，乃霸夫烈士奋命

第五十七回　曹操声东击西曹孙激战濡须口　孟德称魏公加九锡仍领冀州牧

之良时也，可不勉乎！若能翻然大举，建立元勋，以应显禄，福之上也。如其未能，算量大小，以存易亡，亦其次也。夫系蹄在足，则猛虎绝其蹯；蝮蛇在手，则壮士断其节。何则？以其所全者重，以其所弃者轻。若乃乐祸怀宁，迷而忘复，暗大雅之所保，背先贤之去就，忽朝阳之安，甘折苕之末，日忘一日，以至覆没，大兵一放，玉石俱碎，虽欲救之，亦无及已。故令往购募爵赏，科条如左。檄到，详思至言，如诏律令。

曹操看了檄文后，认为意达文美，大喜，于是褒扬了陈琳一番。同时，庆幸自己当初没因他为袁绍撰写辱骂自己的《为袁绍檄豫州》而杀掉他。否则，除了阮瑀，谁还能写出如此杰作呢？对此，陈琳也了却一块心病，因此兴奋不已。随后，曹操便令部下立刻到孙权所据地盘日夜到处张贴，于是那里《檄吴将校部曲文》俯仰可见。

时孙权所部官军见到檄文后，不但没被分化瓦解，反还众志成城，发誓欲与曹操所率官军决一死战。结果曹操不战而屈人之兵的愿望泡汤。对此，他不禁非常恼怒，恨不得立刻挥军将公孙阳所率官军斩尽杀绝，以便杀鸡儆猴。后转而一想，他们也不是吃素的，否则，他们岂敢与我在此长期对峙呢！不过，其主子孙权虽精明能干，但毕竟年幼，不谙复杂多变的世事。因此，软硬兼施，恐吓诱导，更可达到不战而屈人之兵的目的。曹操想到此，竟兴奋得手舞足蹈，遂召来善作章表书檄的阮瑀，令其以他曹操的名义给孙权撰写致孙权《为曹公作书与孙权》。

阮瑀得令，自然不敢怠慢，当即便铺绢研墨，挥笔撰就。尽管他学富五车，知识渊博，但因须引经据典，忆古说今，意达文美，于是耗时整日方才撰毕。全书长达一千六百余字。书云：

孙策初与魏武俱事汉，蔑。周瑜、鲁肃谏权曰：将军承父兄馀资，兼六郡之众，兵精粮多，何区区而受制于人也！权遂据江东，西连蜀汉，与刘备和亲。故作书与权，望得来同事汉也。

离绝以来，于今三年，无一日而忘前好。亦犹姻媾之义，恩情已深；违异之恨，中间尚浅也。孤怀此心，君岂同哉？每览古今所由改趣，因缘侵辱，或起瑕衅，心忿意危，用成大变。若韩信伤心于失楚，彭宠积望于无异，卢绾嫌畏于已隙，英布忧迫于情漏，此事之缘也。孤与将军，恩如骨肉，割授江南，不属本州，岂若淮阴捐旧之恨。抑遏刘馥，相厚益隆，宁放朱浮显露之奏，无匿张胜贷故之变，匪有阴构贲赫之告，固非燕王淮南之衅也。而忽绝王命，明弃硕交，实为佞人所构会也。夫似是之言，莫不动听，因形设象，易为变观。示之以祸难，激之以耻辱，大丈夫雄心，能无愤发。昔苏秦说韩，羞以牛后，韩王按剑，作色而怒，虽兵折地割，犹不为悔，人之情也。仁君年壮气盛，绪信所蔽，既惧患至，兼怀忿恨，不能复远度孤心，近虑事势，遂贵见薄之决计，秉翻然之成议。加刘备相扇扬，事结衅连，推而行之，想畅本心，不愿于此也。

孤之薄德，位高任重，幸蒙国朝将泰之运，荡平天下，怀集异类，喜得全功，长享其福。而姻亲坐离，厚援生隙，常恐海内多以相责，以为老夫苞藏祸心，阴有郑武取胡之诈，乃使仁君翻然自绝。以是忿忿，怀惭反侧，常思除弃小事，更申前好，二族俱荣，流祚后嗣，以明雅素。中诚之效，抱怀数年，未得散意。昔赤壁之役，遭离疫气，烧船自还，以避恶地，非周瑜水军所能抑挫也。江陵之守，物尽谷殚，无所复据，徙民还师，又非瑜之所能败也。荆土本非己分，我尽与君，冀取其馀，非相侵肌肤，有所割损也。思计此变，无伤于孤，何必自遂于此，不复还之。高帝设爵以延田横，光武指河而誓朱鲔，君之负累，岂如二子？是以至情，愿闻德音。

往年在谯，新造舟船，取足自载，以至九江，贵欲观湖溥之形，定江滨之民耳。非有深入攻战之计，将恐议者大为己荣，自谓策得，长无西患。重以此故，未肯回情。然智者之虑，虑于未形；达者所规，规于未兆。是故子胥知姑苏之有麋鹿，辅果识智伯之为赵禽；穆生谢病，以免楚难；邹阳北游，不同吴祸。此四士者，岂圣人哉？徒通变思深，以微知著耳。以君之明，观孤术数，量君所据，相计土地，岂势少力乏，不能远举，割江之表，宴安而已哉？甚未然也。若恃水战，临江塞要，欲令王师终不得渡，亦未必

第五十七回　曹操声东击西曹孙激战濡须口　孟德称魏公加九锡仍领冀州牧

也。夫水战千里，情巧万端，越为三军，吴曾不御，汉潜夏阳，魏豹不意，江河虽广，其长难卫也。

凡事有宜，不得尽言，将修旧好而张形势，更无以威胁重敌人。然有所恐，恐书无益。何则？往者军逼而自引还，今日在远而兴慰纳，辞逊意狭，谓其力尽，适以增骄，不足相动。但明效古，当自图之耳。昔淮南信左吴之策，汉隗嚣纳王元之言，彭宠受亲吏之计，三夫不寤，终为世笑。梁王不受诡胜，窦融斥逐张玄，二贤既觉，福亦随之。愿君少留意焉，若能内取子布，外击刘备，以效赤心，用复前好，则江表之任，长以相付，高位重爵，坦然可观。上令圣朝无东顾之劳，下令百姓保安全之福，君享其荣，孤受其利，岂不快哉！若忽至诚，以处徼幸，婉彼二人，不忍加罪，所谓小人之仁，大仁之贼，大雅之人，不肯为此也。若怜子布，愿言俱存，亦能倾心去恨，顺君之情，更与从事，取其后善。但禽刘备，亦足为效。开设二者，审处一焉。

闻荆扬诸将，并得降者，皆言交州为君所执，豫章距命，不承执事，疫旱并行，人兵减损，各求进军，其言云云。孤闻此言，未以为悦。然道路既远，降者难信，幸人之灾，君子不为。且又百姓，国家之有，加怀区区，乐欲崇和，庶几明德，来见昭副。不劳而定，于孤益贵，是故按兵守次，遣书致意。古者兵交，使在其中，愿仁君及孤，虚心回意，以应诗人补衮之叹，而慎《周易》牵复之义。濯鳞清流，飞翼天衢，良时在兹，勖之而已。

曹操看毕书后非常满意，于是便令一胆大心细的小校扮做渔夫，连夜驾着轻舟，顺水而下，飞一般赶到建业送与孙权。时孙权不待看阅毕，便知曹操用意，并认为他竟将糊弄孩童的把戏拿来糊弄我孙权，真是可笑至极，于是便将其束之高阁，置之不理。

曹操见孙权不为所动，大怒，便欲立即率军前往征讨。但又担心自己远离根据地冀州而引发不测，于是便以刘协名义下诏，将汉高帝刘邦时划分的司州、青州、徐州、兖州、豫州、幽州、冀州、并州、荆州、扬州、凉州

（先设雍州，后改凉州）、益州、交州十三州缩并为冀州、兖州、青州、徐州、扬州、荆州、豫州、益州、雍州九州。具体就是将司州及凉州并为雍州，并掉交州、幽州和并州，同时将幽州、并州和司州的河东、河内、冯翔、扶风四郡并入冀州。如此，就使其根据地冀州的地盘扩大了一倍。对此，曹操以为安然无虞，于是才以张辽为右先锋，臧霸为左先锋，率领官军向公孙阳所率官军濡须口江西大营发起进攻。

谁料张辽和臧霸率领官军方出发，便遇连绵大雨，于是濡须口水位大涨，公孙阳所率官军水兵舟船也随之向前移进。张辽和臧霸所率官军见此，恐前时荆州之败重演，因此皆恐慌不安。对此，张辽也不禁恐慌不安，并欲撤军。时臧霸却泰然自若，并拍马上前对张辽道："曹公明白此战之利弊，岂会叫我们孤军攻敌呢？"

张辽闻言，认为非常有理，于是方才催军继续前进。次日傍晚，果见曹操亲率程昱、陈琳、阮瑀、乐进、李典、于禁、许褚等大队官军从后赶了上来。对此，张辽和臧霸所率官军自然士气为之一振，并在当日月黑风高的午夜，张辽策马挥斧在前，臧霸策马舞枪随后，率军直向公孙阳所率官军濡须口江西大营西辕门前猛地冲杀过去。时他们睡得正香，哪是突如其来的张辽和臧霸所率官军的对手，片刻间便被杀得溃不成军，四下逃散。时在中军大帐榻上被惊醒的公孙阳闻报，自然大惊失色，不知所措。待回过神，方忙翻身下榻戴胄披甲蹬靴冲出帐门，飞身上马，舞着一条长枪，与十余随从精骑，在火光中向张辽和臧霸所率官军冲杀过去。双方方才照面，公孙阳等人便被张辽和臧霸所率官军里三层外三层围了起来。公孙阳见此，料知突围有难，于是欲来个鱼死网破，准备死战。张辽和臧霸所率官军皆是精锐，杀将起来少有人敌，加之眼下不仅人多势众，且还欲报荆州之败之仇，因而早便瞪着血红大眼，恨不得立刻冲上前将公孙阳等人斩尽杀绝。正在这时，张辽和臧霸接到曹操命令：要生擒活捉公孙阳，不得有误。对此，张辽和臧霸先是不解，经询问，方知曹操闻报公孙阳文武双全，有意收降他。于是张辽便拍马上前向公孙阳拱手施礼道："我家主公有令不杀将军。"

第五十七回　曹操声东击西曹孙激战濡须口　孟德称魏公加九锡仍领冀州牧

"要杀便杀，何须虚情假意，笑里藏刀！"

张辽闻公孙阳如此言，大怒，恨不得立刻一斧劈了公孙阳。但有曹操不杀公孙阳之令，岂可违背？于是只好忍着性子，令部下轮番上前缠住公孙阳厮杀。结果不到片刻工夫，公孙阳便只有招架功夫，而无还手之力。对此，公孙阳料知难逃，于是便欲拔剑自刎，以死报答孙权对其不薄之恩。方将剑搁在颈脖，突然那剑从手里不翼而飞。对此，公孙阳哪知就里，随后经问随从，方知乃张辽放箭所为，于是不禁对张辽箭法佩服得五体投地。不过，其兵器武艺如何，还不得而知，于是高声对张辽道："只要胜了我手中这支枪，我便随你去见你家主公。"

言毕，便挥舞着手中长枪，直向张辽刺去。张辽见此，大怒，遂便拍马举斧上前相迎。交战不久，张辽便向公孙阳虚晃一斧，拍马而去。公孙阳见此，以为张辽不敌，大喜，立刻催马追了过去。眼看快要追上，忽听得张辽回头一声吼，竟惊得公孙阳坐骑扬起前蹄，将公孙阳四仰八叉掀倒在地。不待爬起，臧霸早将手中令旗一挥，部下将士便一拥而上，将公孙阳来了个五花大绑。公孙阳随从见此，料知难逃被擒，无奈，只好缴械投诚。

曹操初战得胜，自然大喜不禁，本欲传令张辽和臧霸率领官军乘机占据公孙阳大营。但顾及张辽和臧霸不熟悉那里天时地利，无奈，只得传令他俩立刻撤军。

孙权在建业闻报公孙阳兵败被擒，大惊，并召集左右文武到议政厅商议对策。待大家闻召到齐按秩方才站定，孙权便忧心忡忡问道："我方才闻报曹操老贼亲率四十万人马来犯濡须口，竟连勇猛善战的公孙阳也被他们生擒活捉，如何是……"

不待问毕，在场文武便有惧色。唯吕蒙泰然自若，并若有所思道："曹操老贼惯于虚张声势。须知，荆州之战时他号称八十万人马，事后证明，不过二十余万。另外，他荆州之战人马死伤惨重，眼下哪有四十万人马？故依我之见，不过十余万而已，有何怕的！再者，公孙阳是因不备战败被擒，若是兵对兵将对将，鹿死谁手，还难说呢。"

孙权认为吕蒙言之有理，于是便令甘宁率领官军精兵三千，为前部督；他则亲率吕蒙、凌统、蒋钦、周泰、陈武、董袭等七万官军从建业水陆并进，赶到濡须口迎击曹操所率官军。

濡须口位于合肥以南的巢湖，其东南方原有座险峻无比的石梁，挡住了湖水流入江水，致使那里洪水成灾。大禹治水时将石梁凿掉，形成东北与西南对峙的两座大山。位于东北的叫濡须山，位于西南的叫七宝山。湖水便通过两山间的山口——濡须口，东南斜向流入江水。自此，便成中原与江左各类舟船的重要航道，也是兵家必争之所，因此曹操与孙权两军要在此攻、守。

时曹操所率官军驻扎在濡须口西南岸栅寨里，孙权所率官军驻扎在濡须口东北岸坞营里。于是双方岸上刀枪林立，战马飞奔；水上舟船穿梭，旌旗蔽日。远远望去，犹若当年周瑜所率官军驻扎在江水南岸赤壁与曹操所率官军驻扎在赤壁斜对面的乌林再现。

一日午夜，曹操所率官军在寨内睡得正香，一支手持刀斧的官军骑兵突然闯入寨内猛砍猛杀。片刻，便有数十人在睡梦中脑袋搬家，其余的惊醒后虽出帐持械举火迎击，但那些官军骑兵早口呼"万岁"，高歌飞一般而回。须知，那些官军骑兵是从天而降的吗？非也！原来时孙权率领官军方到濡须口安营扎寨毕，便密令甘宁率领百余官军精骑趁当夜月黑风高之际前往袭击曹操所率官军营寨，欲出公孙阳兵败被擒这口恶气。

甘宁，字兴霸，巴郡临江人，少时便力气过人，好游侠，纠合相邻轻薄少者，自为渠帅，抢船夺物，后洗手不干。因好读经史，遂被命为益州郡吏。其间，见刘璋无作为，便在建安九年率八百健儿投奔刘表，但未得重用。于是在建安十年转投黄祖，仍未得重用。后闻孙权重用贤能，因此在建安十三年投奔孙权，方才得以重用，并大显身手——破黄祖于楚关，攻曹仁于夷陵，拒关羽于弋阳，守西陵获朱光，立下了赫赫战功。

时甘宁受孙权密令后认为，这次出兵若胜，便可提高全军士气，战胜敌军便成举手之劳。若败，后果将不堪设想。因此，只能胜，不能败。为此，

第五十七回　曹操声东击西曹孙激战濡须口　孟德称魏公加九锡仍领冀州牧

便精心挑了百名身高力大、武艺超群、行动敏捷的江东籍官军骑兵健儿，以为突袭。孙权还赠与他们美酒佳肴，并共同进餐，以为鼓励。时至当日午夜，他们口衔木棍，跨着口缠铁丝、蹄裹棉布的高头大马，悄无声息地绕到曹操所率官军驻地栅寨北辕门，拔掉寨前鹿角，飞一般越入寨内，结果如愿以偿，即突袭了曹操所率官军。

甘宁率领那百名官军骑兵回营后不待歇息，便带着他们直奔孙权住处向他报喜。孙权闻报，自然大喜不禁，并对甘宁道："此战足以惊骇曹操老贼，也足见将军之胆如豹。"

言毕，即上前双手抚着甘宁双肩不无骄傲地道："曹操老贼有张辽，我有兴霸，足相敌啊！"

随后，便赐甘宁绢千匹，刀百口，增兵两千。对那百名官军骑兵也有所赏赐。对此，他们自然感激不尽。

曹操所率官军遭此突袭，死亡数十。对此，曹操自然不肯罢休。此后不久，便下令建造了数十艘大型油船，令张辽、李典率领万余官军，趁夜黑悄无声息地驶向濡须口中线一座吕蒙与凌统所率官军所驻的无名洲，意欲火攻。待他们弃船上岸，从四面八方蹑手蹑脚方走到其东、西、南、北四大寨辕门前，忽然寨内杀声四起，震耳欲聋，火光冲天，如同白日。他们见此，方知对方早已有备。正在不知所措间，利箭如雨点般从寨内向他们飞来。他们哪里有备，于是前面的大多便中箭倒地而亡；后面的则不管三七二十一，转身拔腿便向岸边他们来时所乘船上逃去。张辽见此，便举剑高声道："后逃者斩！"

随后，还举剑斩杀几名后逃者。但却无济于事，他们仍潮水般向岸边逃去。逃到那后却傻了眼，原来来时所乘的那些船皆没了踪影。对此，他们不禁非常疑惑。正在这时，忽听得水面上鼓角齐鸣，杀声震天，火光中蒋钦、周泰率领的无数官军正乘着无数条大船飞一般围了过来。他们见里外受敌，遂便前后乱窜。站在中军大船上的蒋钦见此，大喜，遂将手中令旗一挥，前面的立刻便争先恐后离船飞身上岸，举枪持刀，奋力砍刺。不大工夫，张辽与李典所率官军便尸骨累累，血流成河。有幸逃到岸边的因无船只逃命，结果被淹死无数，被俘三千，仅张辽与李典所率少数官军经一番拼死厮杀，方才有幸夺船逃生。于是一时无名洲上魍魉日夜哭泣，濡须水上尸首到处飘流。其情其景，惨不忍睹。

看官你道张辽与李典所率官军方登上无名洲何故便遇到吕蒙、凌统与蒋钦、周泰所率官军里外夹攻呢？原来是混入曹操所率官军里的孙权奸细将探得的张辽和李典所率官军的这次军事行动迅疾告知了孙权。孙权得报，大喜不禁，认为这是里应外合击敌的极好机会，并立即做了部署，结果如愿以偿。

曹操所率官军连吃败仗，自然士气大减。曹操无奈，只得下令坚守不出。孙权见此，便以激将法应之，即多次命令所部官军水兵，乘船到曹操栅寨前挑战。他们时而高声辱骂曹操祖宗三代；时而不顾乍暖还寒气候，裸体躺在船上佯装睡觉；时而鼓角齐鸣，杀声震天，以便将曹操所率官军诱出寨外歼之。时孙权这招早被曹操识破，因此仍旧下令坚守不出，否则问斩。

一日上午，曹操在下榻处正与左右文武商议军事，忽见一北寨辕门守卫匆匆进来，边向曹操拱手施礼边向他报道："报告丞相大人，有一叶小舟现在北寨辕门外水上来回游弋。对此，我们不禁非常惊异，于是便乘船上前查看，结果只有一青年将军站在……"

"啥模样？"

"身材适中，眼大眉浓，鼻隆口方，头戴黄金胄，身披黄金甲，脚蹬牛皮靴，腰挂吴钩剑，甚是威风。"

曹操闻守卫言，遂斩钉截铁道："此人必是老夫从未见过的孙权小儿。"

在场者闻之，以为是孙权前来挑战，皆欲乘船前往擒杀。曹操沉思片刻又斩钉截铁道："此必孙权那厮探视我军虚实呢。"

言毕，即令全军严阵以待，弓弩不得妄发。他们得令，遂便使出百步穿杨的本事，向小舟射去。片刻，小舟便满中箭矢，鼓角齐鸣而去。

果不出曹操所料，那青年将军就是孙权。原来他见诱不出曹操所率官

第五十七回　曹操声东击西曹孙激战濡须口　孟德称魏公加九锡仍领冀州牧

军,于是便心生一计,即不顾左右文武劝阻,亲乘一叶内外蒙棉布、中层间置稻草的轻舟,驶到曹操所率官军栅寨前来回游弋,以探视曹操所率官军虚实,以便相机用兵。

曹操对孙权探视其所率官军虚实自然不安,于是便以孙权之道还孙权之身,即在一个晴空万里无云的上午,在许褚等随行的护卫下,乘坐中军大船在濡须水上来回游弋,反复探视孙权所率官军舟船、器仗和官军是否有懈可击。结果见其舟船阵式整肃,官军威武雄壮,刀枪寒光四射,可说无懈可击。对此,曹操不禁喟然叹道:"生子当如孙仲谋,刘景升之子若豚犬!"

一日上午,孙权正与左右文武坐在中军大船上预测曹操可能撤军时,忽见一探马前来向孙权拱手施礼后报道:"小的方才探得,曹贼不但没撤军迹象,反还与左右文武在中军大船上欢饮,且歌声震天,丝弦震耳。"

孙权及文武闻报,皆不解曹操之意。甚至有的还以为曹操连吃败仗,不撤军就罢了,反还宴饮歌舞,真是恬不知耻。

时孙权却不以为然,并斩钉截铁道:"这表明曹操老贼撤军在即呢。"

三日后,此前向孙权报告曹操在中军大船欢饮的那探马又前来向孙权报道:"曹操老贼果然撤军而去了。"

时左右文武闻之,自然对孙权预言之神准佩服得五体投地,遂问孙权道:"主公何以知晓曹操老贼撤军在即呢?"

"他虽歌舞欢宴,其实是在玩弄虽败犹胜之法呢。"

须知,孙权何故出此言呢?原来此前曹操连吃败仗后,便传令全军坚守不出,结果叫孙权狗咬乌龟,没法下口。时值春雨时节,阴雨绵绵,不见阳光。这对孙权所率江东籍官军而言,是司空见惯。但曹操所率北方籍官军却非常不适,并担心重蹈荆州之败覆辙。曹操闻之,不禁非常焦急。正在这时,曹操收到孙权来书,他以为是挑战书,不禁大怒。待拆开一看,仅"春水方生,公宜速去"八字。据此,方知原乃孙权劝他撤军书。对此,曹操不禁进撤两难,进吧,毫无胜算;撤吧,便意味着败在与自己儿子曹丕年龄相仿的孙权手下,岂不脸上无光,威风丢尽!正在这时,又收到孙权来书,书曰："足下不死，我不得安。"曹操一看便心领神会：这不仅是孙权在褒扬他，也是给他台阶下。因此，不若就此撤军，方为上策。遂将孙权第二封书展示给左右文武观阅，并得意扬扬道："孙权小儿不欺老夫啊。"加之闻报刘备仍未从益州撤军，遂以为再待在此不仅毫无意义，且必凶多吉少。因此，宜速撤军。不过，在撤军前得大张旗鼓欢宴一番，叫天下人以为我曹操大军是凯旋，而非败北。曹操这些想法与言行，有的是孙权奸细探得后及时报告了孙权，有的是孙权所料。

为加强防务，曹操撤军前还特意令张辽、乐进和李典等率领七千官军驻屯合肥；令庐江太守朱光率军驻屯宛城，开垦稻田，增加军粮。末了，方才下令撤军回邺。孙权见正如他所愿，大喜，自然未令部下随后追击。于是长达四个月的濡须口之战就此结束。

此时值建安十八年四月。

须知，孙权何故要去书对曹操又劝又褒呢？何做在曹操撤军时不乘机下令部下随后追击呢？原来孙权认为，曹操虽然连吃败仗，但他毕竟兵多将广，装备精良。倘若与兵微将寡、装备简陋的他孙权所率官军在此长期相持下去，鹿死谁手，还很难说。后见曹操果然就坡下驴，即就势撤军，正如他所愿，岂会下令部下追击呢。

却说曹操撤军方回邺城，便忙着着手册封自己为公爵位一事。须知，其实一年前曹操就开始办这件事了。那是在一日上午，他将深受信任的谋士董昭召到曹府客堂问道："据老夫所知，尧、舜、夏、周均置公、侯、伯、子、男爵位，但秦、汉未置公爵位，何也？"

董昭闻言，沉思片刻答道："在下也不知晓呢。不过，汉时仍然有人被封为安汉公爵位。"

"谁？"

"王莽。"

曹操闻答，不禁为之一愣，并思想到：王莽这厮因被封为安汉公爵位结果篡汉。倘若我曹操被封为公爵位，天下人是否会以此类推，将我比作王莽

第五十七回　曹操声东击西曹孙激战濡须口　孟德称魏公加九锡仍领冀州牧

呢？时董昭早看出了曹操心思，遂掷地有声道："丞相于汉室功比天高，岂可与王莽同日而语呢！"

"那是当然。但我大汉毕竟未置公爵位啊。"

曹操方言毕，董昭便不假思索道："依在下之见，宜置古之五等爵位。"

曹操虽然认为董昭言之有理，但是否可置，心里却没底。于是愁眉苦脸道："封公、侯、伯、子、男五等爵位者，乃圣人呢，非一般人臣所能封。因此，老夫岂敢……"

不待曹操言毕，董昭即道："自古以来，人臣匡世，未有今日之功；有今日之功，未有久处人臣之势者也。今明公耻有惭德而未尽善，乐保名节而无大责，德美过于伊、周，此至德之所极也。然太甲、成王未必可遭，今民难化，甚于殷、周，处大臣之势，使人以大事疑已，诚不可不重虑也。明公虽迈威德，明法术，而不定其基，为万世计，犹未至也。定基之本，在地与人，宣稍建立，以自藩卫。明公忠节颖露，天威在颜，耿弇床下之言，朱英无妄之论，不得过耳。昭受恩非凡，不敢不陈。"

董昭言毕，喝了口茶清了清嗓子，便振振有词道："丞相须知，王莽是什么东西？公卿大夫、博士、议郎与列侯张纯等九百零二人便以为王莽为功宗臣，有九命上公之尊，则有九锡登等之宠，并请赐王莽九锡。"

"哪九锡？"

"九锡者，车马、衣服、乐县、朱户、纳陛、虎贲、鈇钺、弓矢和秬鬯。"

董昭答毕，喝了口茶清了清嗓子又道："让人不可思议的是，还是太皇和太后于前殿亲赐。同时，又赐予他绿韨衮冕衣裳、瑒琫瑒珌、句履、鸾路乘马、龙旂九旒、皮弁素积、戎路乘马、左建朱钺、右建金戚、甲胄一具、圭瓒和九命青玉珪。可谓礼隆至极矣！"

曹操闻董昭言，不禁大惊道："真的？"

"那还有假！同时，还可署宗官、祝官、卜官、史官，虎贲三百，家令丞各一，宗官、祝官、卜官、史官皆置啬夫，以佐那厮。同时，在其府邸内外由虎贲为门卫,凡出入者须传达。"

董昭言至此,又喝了口茶清了清嗓子道:"随后陈崇又奏请皇上……"

不待言毕,曹操即愤愤然道:"王莽对大汉有何功勋,竟受如此殊荣?"

"所以说,丞相早该册封公爵位了。"

"王莽称号安汉公,老夫呢?"

董昭闻问,遂沉思片刻道:"丞相封地在邺,邺为古时魏国领地,号魏公如何?"

"甚好!"

时曹操虽然认为董昭之言非常有理,但其他朝臣意见如何,心里却没底。于是立即召来荀彧,想听听他的意见,并以为荀彧如董昭一样,会支持他称公。荀彧闻召匆匆赶到曹府,与曹操和董昭礼毕寒暄方毕还未坐定,曹操便将董昭方才所言向他道了一番。荀彧闻言遂不假思索道:"丞相本兴义兵以匡朝宁国,秉忠贞之诚,守退让之实;君子爱人以德,不宜称公。"

荀彧所言,曹操自然万万没料到。因为荀彧自离开袁绍投靠曹操以来,曹操每有事,总要与他商议,方才定夺。外出征战时,也是仿刘邦将政事托于萧何故事,将政事委托于他。时曹操还记得荀彧曾与他论道,其中特别提到:高祖之初,金革方殷,犹举民能善教训者,叔孙通习礼仪于戎旅之间,世祖有投戈讲艺、息马论道之事,君子无终食之间违仁。今公外定武功,内兴文学,使干戈戢睦,大道流行,国难方弭,六礼俱治,此姬旦宰周之所以速平也。既立德立功,而又兼立言,诚仲尼述作之意。由此可见,他是将我曹操与古之圣贤孔子、汉之高帝刘邦与世祖刘秀相提并论,是不折不扣的心腹。那么,他何故不支持我曹操册封公爵位呢?

原来荀彧认为,按汉制,外姓功臣最高爵位只能册封为列侯。早在建安元年九月,曹操爵位已晋升为武平县侯。曹操是外姓朝臣,侯爵位已到顶点,有何理由册封为公爵位呢?再说汉也未置公爵位呀。倘若曹操要称公,就得打破汉无公爵位之制。还有,曹操一旦册封公爵位,就如汉初诸侯王之制,置百官群僚,建社稷宗庙,成为汉朝的国中之国,这还了得!另外,荀

第五十七回　曹操声东击西曹孙激战濡须口　孟德称魏公加九锡仍领冀州牧

或还常怀管仲之仁,看到袁绍终要篡汉,而曹操则可拯救汉室,方才离开袁绍投靠曹操。现在闻曹操方才之言,认为他与袁绍一样,亦有篡汉之心。因而与董昭意见相左,不支持曹操册封公爵位。

再说曹操闻荀彧方才所言,不但没责备他,反还设宴款待他和董昭,并一醉方休。

此后不久,曹操又率领大队官军攻打孙权地盘濡须口,并以荀彧为侍中光禄大夫,持节,参丞相军事,随军前往,但却半途被留在寿春。曹操所率大队官军到濡须口不久,一来自寿春的小校前来禀报曹操:荀彧因忧郁症薨于寿春。曹操闻之,遂上表刘协,追谥荀彧为敬侯。

须知,荀彧之死并非因忧郁症,实则曹操因荀彧反对他册封公爵位而耿耿于怀,并欲除之。因顾及荀彧为德高望重的朝廷大臣,且一贯与己关系甚密,不便公然杀之。于是心生一计,待出征濡须口之机,以慰劳荀彧为幌子,送他一盒食品。荀彧不知就里,接到食盒很高兴,然待他打开一看,内中空空如也。睿智绝顶的荀彧当即便领会因他反对曹操册封公爵位,曹操要他体面自裁,于是便饮药而亡。时年五十岁。

荀彧的死讯,很快便传遍了寿春官衙臣府,市井坊间。于是有的责备荀彧官位已极,何故要忧郁至死呢;有的说是当年曹操令荀彧杀伏皇后,荀彧不从,故而谋杀之。总之,众说纷纭,莫衷一是,但皆不着荀彧之死真因边际。后孙权闻报荀彧真实死因后,将其布告于益州。刘备在益州闻之大怒,道:"曹操老贼不死,祸乱未已啊!"

其实,程昱和贾诩早知曹操欲册封自己为公爵位,并因此还谋杀了反对者荀彧。于是便因势利导,主动领衔王粲、杜袭、卫凯与和洽具名上疏刘协。上疏曰:

自古以来,人臣未有如丞相之功者,虽周公、吕望,莫可及也。栉风沐雨,三十余年,扫荡群凶,与百姓除害,使汉室复存。岂可与诸臣宰同列乎?合受魏公之位,加九锡以彰德。

刘协接到上疏遂思想到：曹操不过是一位与董卓无异的逆臣，哪有功盖周公和吕望之事可言？再者，汉室自高祖以来就未设置过公爵位，只有王莽那厮违章妄称过，但那也是昙花一现而已。再者，倘若要册封曹操为公爵位，就得与王公大臣商议打破汉室无公爵位之制。然曹操早已是大权在握的丞相，并如萧何般赞拜不名、入朝不趋和剑履上殿，尊贵已极，何须册封公爵位呢？难道他还要……刘协想到此，竟不敢往下想。良久方灵机一动，何不与王公大臣商议一下，听听是否有反对册封曹操公爵位的意见。如有，就托词不准程昱和贾诩、王粲、杜袭、卫凯与和洽上疏。后转而一想，商议也是白搭，哪个王公大臣敢反对大权在握的曹操呢？于是便不与他们商议，就忘餐废寝，昼夜不停地撰就册封曹操为公爵位诏文。经三天三夜，终于撰就完毕。随后即叫御史大夫郗虑持节前往邺城宣读。

郗虑得令，自然不敢耽误，立即带上诏书，在几名文武随从的护卫下，快马加鞭，连夜飞一般向邺城赶去，并于次日早上赶到曹府面见了曹操。曹操得知刘协如此之快便准了程昱和贾诩、王粲、杜袭、卫凯与和洽上疏，自然大喜不禁。但又怕夜长梦多，诏书生变，经与郗虑商议决定：于当日午时在听政殿举行宣诏仪式，并传令在邺城的文武务必前往参加。

不到午时，在邺城的文武早已穿戴一新，赶到听政殿按秩排定，只待宣诏。午时正，只见郗虑和曹操在几名文武的陪同下，从殿正门健步走了进来。文武们见此，皆忙争先恐后上前拱手向郗虑和曹操施礼。礼毕方回到原位，站在殿台左侧前的礼宾官曹洪即高声宣布宣诏仪式开始。郗虑闻之，忙走到殿台中央站定，展开诏书，准备宣读。时早跪在郗虑面前的曹操和文武们皆竖起耳朵，静静聆听。时郗虑高声读道：

朕以不德，少遭愍凶，越在西土，迁于唐、卫。当此之时，若缀旒然，宗庙之祀，社稷无位。群凶觊觎，分裂诸夏，率土之民，朕无获焉，即我高祖之命将坠于地。朕用夙兴假寐，震悼于厥心，曰："惟祖惟父，股肱先正，其孰能恤朕躬？"乃诱天衷，诞育丞相，保乂我皇家，弘济于艰难，朕实赖

第五十七回　曹操声东击西曹孙激战濡须口　孟德称魏公加九锡仍领冀州牧

之。今将授君典礼，其敬听朕命。

昔者董卓初兴国难，群后释位以谋王室，君则摄进，首启戎行，此君之忠于本朝也。后及黄巾反易天常，侵我三州，延及平民，君又翦之以宁东夏，此又君之功也。韩暹、杨奉专用威命，君则致讨，克黜其难。遂迁许都，造我京畿，设官兆祀，不失旧物，天地鬼神于是获乂，此又君之功也。袁术僭逆，肆于淮南，慴悼君灵，用丕显谋，蕲阳之役，桥蕤授首，棱威南迈，术以陨溃，此又君之功也。回戈东征，吕布就戮，乘辕将返，张杨殂毙，睢固伏罪，张绣稽服，此又君之功也。袁绍逆乱天常，谋危社稷，凭恃其众，称兵内侮，当此之时，王师寡弱，天下寒心，莫有固志，君执大节，精贯白日，奋其武怒，运其神策，致届官渡，大歼丑类，俾我国家拯于危坠，此又君之功也。济师洪河，拓定四州，袁谭、高干，咸枭其首，海盗奔迸，黑山顺轨，此又君之功也。乌桓三种，崇乱二世，袁尚因之，逼据塞北，束马县车，一征而灭，此又君之功也。刘表背诞，不供贡职，王师首路，威风先逝，百城八郡，交臂屈膝，此又君之功也。马超、成宜，同恶相济，滨据河、潼，求逞所欲，殄之渭南，献馘万计，遂定边境，抚和戎狄，此又君之功也。鲜卑、丁零，重译而至，单于、白屋，请吏率职，此又君之功也。君有定天下之功，重之以明德，班叙海内，宣美风俗，旁施勤教，恤慎刑狱，吏无苛政，民无怀慝。敦崇帝族，表继绝世，旧德前功，罔不咸秩。虽伊尹格于皇天，周公光于四海，方之蔑如也。

朕闻先王并建明德，胙之以土，分之以民，崇其宠章，备其礼物，所以藩卫王室，左右厥世也。其在周成，管、蔡不静，惩难念功，乃使邵康公赐齐太公履。东至于海，西至于河，南至于穆陵，北至于无棣，五侯九伯，实得征之，世祚太师，以表东海。爰及襄王，亦有楚人不供王职，又命晋文登为侯伯，锡以二辂、虎贲、鈇钺、秬鬯、弓矢，大启南阳，世作盟主。故周室之不坏，繄二国是赖。今君称丕显德，明保朕躬，奉答天命，导扬弘烈，绥爰九域，莫不率俾，功高于伊、周，而赏卑于齐、晋，朕甚恧焉。朕以眇眇之身，托于兆民之上，永思厥艰，若涉渊冰，非君攸济，朕无任焉。

1143

今以冀州之河东、河内、魏郡、赵国、中山、常山、巨鹿、安平、甘陵、平原凡十郡，封君为魏公。锡君玄土，苴以白茅，爰契尔龟，用建冢社。昔在周室，毕公、毛公入为卿佐，周、邵师保出为二伯，外内之任，君实宜之。其以丞相领冀州牧如故。又加君九锡，其敬听朕命。以君经纬礼律，为民轨仪，使安职业，无或迁志，是用锡君大辂、戎辂各一，玄牡二驷。君劝分务本，稼人昏作，粟帛滞积，大业惟兴，是用锡君衮冕之服，赤舄副焉。君敦尚谦让，俾民兴行，少长有礼，上下咸和，是用锡君轩县之乐，六佾之舞。君冀宣风化，爰发四方，远人革面，华夏充实，是用锡君朱户以居。君研其明哲，思帝所难，官才任贤，群善必举，是用锡君纳陛以登。君秉国之钧，正色处中，纤毫之恶，靡不抑退，是用锡君虎贲之士三百人。君纠虔天刑，章厥有罪，犯关干纪，莫不诛殛，是用锡君鈇钺各一。君龙骧虎视，旁眺八维，掩讨逆节，折冲四海，是用锡君彤弓一，彤矢百，玈弓十，玈矢千。君以温恭为基，孝友为德，明允笃诚，感于朕思，是用锡君秬鬯一卣，珪瓒副焉。魏国置丞相已下群卿百寮，皆如汉初诸侯王之制。

往钦哉，敬服朕命！简恤尔众，时亮庶功，用终尔显德，对扬我高祖之休命。

方宣读毕，曹操即高呼"谢皇恩"不止。待曹操呼毕方才起身，曹洪便宣布宣诏仪式结束。

此时值建安十八年夏五月丙申。

从诏书"今以冀州之河东、河内、魏郡、赵国、中山、常山、巨鹿、安平、甘陵、平原凡十郡，封君为魏公""又加君九锡""魏国置丞相已下群卿百寮，皆如汉初诸侯王之制"这几段内容看，曹操册封的虽是公爵位，然则与王位相同。

曹操得到册封魏公爵位的同年十月，便分魏郡为东、西部，均置都尉。他仍领冀州牧。

曹操见一切如愿以偿后，不禁暗喜，并按惯例三次上书刘协，虚情假意

第五十七回　曹操声东击西曹孙激战濡须口　孟德称魏公加九锡仍领冀州牧

表示辞让九锡。书曰：

夫受九锡，广开土宇，周公其人也。汉之异姓八王者，与高祖俱起布衣，创定王业，其功至大，吾何可比之？

中军师陵树亭侯荀攸、前军师东武亭侯钟繇、左军师凉茂、右军师毛玠、平虏将军华乡侯刘勋、建武将军清苑亭侯刘若、伏波将军高安侯夏侯惇、扬武将军都亭侯王忠、奋威将军乐乡侯刘展、建忠将军昌乡亭侯鲜于辅、奋武将军安国亭侯程昱、太中大夫都乡侯贾诩、军师祭酒千秋亭侯董昭、都亭侯薛洪、南乡亭侯董蒙、关内侯王粲、傅巽、祭酒王选、袁涣、王朗、张承、任藩、杜袭、中护军国明亭侯曹洪、中领军万岁亭侯韩浩、行骁骑将军安平亭侯曹仁、领护军将军王图、长史万潜、谢奂、袁霸等人闻之，不禁急了，于是联名劝进曰：

自古三代，胙臣以土，受命中兴，封秩辅佐，皆所以褒功赏德，为国藩卫也。往者天下崩乱，群凶豪起，颠越跋扈之险，不可忍言。明公奋身出命以徇其难，诛二袁篡盗之逆，灭黄巾贼乱之类，殄夷首逆，芟拨荒秽，沐浴霜露二十余年，书契已来，未有若此功者。昔周公承文、武之迹，受已成之业，高枕墨笔，拱揖群后，商、奄之勤，不过二年。吕望因三分有二之形，据八百诸侯之势，暂把旄钺，一时指麾，然皆大启土宇，跨州兼国。周公八子，并为侯伯，白牡骍刚，郊祀天地，典策备物，拟则王室，荣章宠盛如此之弘也。逮至汉兴，佐命之臣，张耳、吴芮，其功至薄，亦连城开地，南面称孤。此皆明君达主行之于上，贤臣圣宰受之于下，三代令典，汉帝明制。今比劳则周、吕逸，计功则张、吴微，论制则齐、鲁重，言地则长沙多；然则魏国之封，九锡之荣，况于旧赏，犹怀玉而被褐也。且列侯诸将，幸攀龙骥，得窃微劳，佩紫怀黄，盖以百数，亦将因此传之万世，而明公独辞赏于上，将使其下怀不自安，上违圣朝欢心，下失冠带至望，忘辅弼之大业，信匹夫之细行，攸等所大惧也。

于是曹操下令外史颁布法令，只接受魏郡封地。荀攸等人闻之，仍然急了，于是又劝进曰：

伏见魏国初封，圣朝发虑，稽谋群寮，然后策命；而明公久违上指，不即大礼。今既虔奉诏命，副顺众望，又欲辞多当少，让九受一，是犹汉朝之赏不行，而攸等之请未许也。昔齐、鲁之封，奄有东海，疆域并赋，四百万家，基隆业广，易以立功，故能成翼戴之勋，立一匡之绩。今魏国虽有十郡之名，犹减于曲阜，计其户数，不能参半，以藩卫王室，立垣树屏，犹未足也。且圣上览亡秦无辅之祸，惩曩日震荡之艰，托建忠贤，废坠是为，愿明公恭承帝命，无或拒违。

曹操见火候已到，方受九锡之命，并上书刘协曰：

臣蒙先帝厚恩，致位郎署，受性疲怠，意望毕足，非敢希望高位，庶几显达。会董卓作乱，义当死难，故敢奋身出命，摧锋率众，遂值千载之运，奉役目下。当二袁炎沸侵侮之际，陛下与臣寒心同忧，顾瞻京师，进受猛敌，常恐君臣俱陷虎口，诚不自意能全首领。赖祖宗灵佑，丑类夷灭，得使微臣窃名其间。陛下加恩，授以上相，封爵宠禄，丰大弘厚，生平之愿，实不望也。口与心计，幸且待罪，保持列侯，遗付子孙，自托圣世，永无忧责。不意陛下乃发盛意，开国备锡，以贶愚臣，地比齐、鲁，礼同藩王，非臣无功所宜膺据。归情上闻，不蒙听许，严诏切至，诚使臣心俯仰逼迫。伏自惟省，列在大臣，命制王室，身非己有，岂敢自私，遂其愚意，亦将黜退，令就初服。今奉疆土，备数藩翰，非敢远期，虑有后世。至于父子相誓终身，灰躯尽命，报塞厚恩。天威在颜，悚惧受诏。

同年十一月，魏公国始置百官。宣命那天，所有在邺文武皆集聚于听政殿，听荀攸宣命。宣命结果是：荀攸被授为魏公国尚书令，凉茂被授为魏公国尚书仆射，奉常、毛玠、崔琰、常林、徐奕、何夔、张既、杜京畿被授为魏公国尚书，王粲、杜袭、卫凯、和洽被授为魏公国侍中，钟繇被授为魏

第五十七回　曹操声东击西曹孙激战濡须口　孟德称魏公加九锡仍领冀州牧

公国大理，华歆被授为魏公国御史大夫，陈群被授为魏公国御史中丞，王修被授为魏公国大司农，程昱被授为魏公国卫尉，杨俊被授为魏公国中尉，袁涣被授为魏公国郎中令，王朗被授为魏公国魏郡太守，张范被授为魏公国赵郡太守，夏侯尚和刘廙被授为魏公国黄门侍郎，桓阶被授为魏公国虎贲中郎将，高柔被授为魏公国尚书郎，刘放和孙资被授为魏公国秘书郎，卢毓被授为魏公国吏部郎。

宣命毕，大家皆喜气洋洋。曹操还下令大摆筵席，招待了大家一番，以示祝贺。

从此，邺城便拥有了完整的封国体制，这为曹操日后称王打下了坚实的基础。对此，不仅被授予魏公国的那些官员看得清楚，就是那些未被授予魏公国的汉朝文武也心知肚明，并以为继续做汉室官员已无前途，于是便纷纷请求曹操授他们为魏公国官员。如当时仍是汉室官员的夏侯惇就上书曹操，请求授他为魏公国官员。曹操却回复道："吾闻太上师臣，其次友臣。夫臣者，贵德之人也，区区之魏公国，而臣足以屈君乎？"但夏侯惇仍请求授他为魏公国官员。曹操无奈，只得授他为魏公国前将军。

却说刘备在建安十八年六月方得报曹操被册封为公爵位，便认定他还会得寸进尺，称王称帝。对此，自然怒不可遏，但又无可奈何。经三思，于是传令全军飞一般向绵竹杀去，以便早日将其拿下，继而破雒城，占成都，取益州；然后北上中原，消灭曹操，拯救汉室。看官欲知刘备是否如愿以偿，请看下回分解。

第五十八回

攻雒城庞士元不慎丧命
得成都刘玄德未动干戈

却说刘备所率大队官军渡过涪水后不久,黄忠和卓膺所率先锋官军便赶到了绵竹县城北门下。

绵竹,因绵水两岸多竹,故名绵竹。初为蜀山氏地域,西周为蚕丛国附庸,汉高帝六年始置绵竹县,属广汉郡,是蜀北通往成都的必经之所。

黄忠和卓膺所率先锋官军方到便欲攻城,时不待黄忠和卓膺下攻城命令,忽见一小校飞马前来,边向他俩拱手施礼边高声道:"主公有令,不得攻城,违令者斩!"

黄忠闻言,甚为不解,并问小校道:"现绵竹守将刘贵、冷苞、张任皆为顽固不化之徒,不强攻猛打,我军如何穿城而过?"

随后,卓膺也问小校道:"主公何故不许立即攻城呢?"

"我也不知晓呢。"

黄忠和卓膺闻小校答,料知必有原因。于是只好传令将绵竹城东、西、南、北四大城门团团围住。末了,方才下令安营扎寨,等候刘备率领大队官军到后再做定夺。

随后不久,刘备率领大队官军便赶到了绵竹北门外,并加强了包围。于是天上飞的、地上走的也休想通过,更别说城里刘贵、冷苞和张任所率守城官军了。如此过了数月,刘备仍未下攻城命令。对此,黄忠和卓膺有些耐不住性子,便在一日早饭后匆匆赶到城北门外中军大帐,不及向刘备拱手施

第五十八回 攻雒城庞士元不慎丧命 得成都刘玄德未动干戈

礼,黄忠便抢先问刘备道:"我军围而不攻,倘若敌援军赶到,咋办?"

"黄将军不必担忧,敌守军自会开城投诚的。"

刘备方答毕,忽见一小校飞一般跑来,不及向他拱手施礼便报道:"主公,四大城楼上皆升白旗了。"

须知,时人皆知,自秦朝以来,升白旗是战场上战败一方表示投降的信号,挥军征战多年的黄忠和卓膺自然早已知晓。但对刘贵、冷苞和张任所率守城官军眼下这一突如其来的举动,此前他俩却万万没料到。因此,还以为自己耳朵出了毛病,听错了小校所报,并忙施礼告辞刘备,飞一般奔出帐门举目朝北城门一望,果见那里有面白旗在风中来回飘摆。对此,不禁疑窦丛生:前时刘贵、冷苞和张任在涪城还负隅顽抗,死不投降,何故现在绵竹却不战而降了呢?

原来黄忠和卓膺有所不知,在成都的刘璋闻报涪城失守后,大惊,认为必须守住绵竹这道进入成都平原的最后屏障。倘若丢失,便无险可据。于是便派成都县令李严前往都督绵竹守城官军防守。李严得令,立即便带了几名文武随从,连夜快马加鞭出成都北门,经雒城,飞一般向绵竹城赶去。方到那里,便召集刘贵、冷苞、张任和费观到议事厅商议如何御敌之策。时李严道:"敌军过梓潼,破涪城,围绵竹,形势不容乐观。"方言毕,有的便认为刘璋虽然无能,但待他们不薄,不将敌军赶出益州,誓不罢休;有的认为即使不能将敌军赶出益州,也要与城同存亡。一时众说纷纭,莫衷一是。对此,李严也不知如何是好。后经与费观密商,认为根据眼下形势,宜降不宜守,并将此意告诉了刘贵、冷苞和张任。张任和刘贵闻之,认为守城主将要降,其他的也会随之呼应。无奈,只得从城南门直奔雒城。冷苞则表示愿解甲归田,终老故里。对此,李严当即予以应允。其余的果如张任和刘贵所料——愿降。李严见投诚已水到渠成,大喜,当即便传令在四大城楼上遍插白旗,宣布投诚。

须知,刘备何故知晓绵竹守城官军会开城投诚呢?原来自法正到刘备身边以来,常常向他谈及李严虽得刘璋重用,但却认为依靠刘璋不是长久之计,并欲寻觅明主,只是一时没有机会。现在刘备闻报李严被派到绵竹任守城主将,不禁暗喜,并期望他那双识珠慧眼认清现实,待机投诚。再者,刘备闻报绵竹城墙高大结实,坚不可摧;城池宽阔异常,深不见底,故有"古蜀翘楚,益州重镇"之称,因此中平五年刘焉方领益州牧时,便将州治所从成都迁至这里,后因城被火灾所毁,刘焉才将州治所迁回成都。如此雄城伟关,倘若强攻猛打,不见得奏效。鉴于以上原因,刘备方才下令只围不攻,争取不伤一兵一卒而得绵竹,结果如愿以偿。

刘备率领官军入城方用过午饭,便张贴安民告示。随后,便留马谡领一千官军守城,令黄忠和卓膺继续率领先锋官军,他仍率领大队官军,冒着炎热的日头,马不停蹄南向雒城杀去,意欲乘胜一举破城,直取成都,平定巴蜀。

此时值建安十八年六月。

次日拂晓,黄忠和卓膺所率先锋官军便赶到了位于雒城东不远处的金雁桥西端桥头。正欲过桥,忽见一支官军挡在了对面桥头。对此,黄忠和卓膺不禁吃了一惊,待定神举目望去,原乃张任所率官军。对此,黄忠和卓膺气不打一处来。

金雁桥东西横跨在宽阔的雁水上,乃绵竹进入雒城的必经之所,也是历代兵家必争之地。对此,黄忠和卓膺早已知晓,但未料到张任如此之快便率领官军赶到这里挡道,遂一致认为,如不尽快击退他们,就会耽误攻打雒城时机。因此,黄忠便不管三七二十一,拍马舞斧直向桥东冲杀过去。时张任认为,守住金雁桥就守住了雒城,因而应全力以赴死守。于是也拍马舞械,向桥西冲杀过来。因他俩同时冲出,故恰值在桥中线相遇。该桥虽长,却很狭窄,因而马上功夫无法展开,于是他俩便不约而同弃械翻身下马,施展拳脚功夫。黄忠是荆州人,擅长荆襄拳,该拳刚柔并济,行如飞龙,坐如猛虎,动如电闪,吼如雷鸣。张任是益州人,练就的是巴蜀拳,该拳施展起来如行云,如流水;快,犹若闪电;慢,犹若龟鳖;且重意非形,不择场地。

说时迟那时快,双方不待言语便伸手抬脚施招。黄忠荆襄拳虽快猛兼

第五十八回　攻雒城庞士元不慎丧命　得成都刘玄德未动干戈

并,在这里却施展不开拳脚。张任巴蜀拳是快慢相济,在那里施展自如。因此,各有千秋,各有长短。时双方官军为阵上各自将领助威的鼓角声和呐喊声响彻云霄,因双方都是拳击高手,你来我往非常激烈,却久不见分晓。不过,黄忠毕竟是乘胜进军,勇气十足。张任正好相反,因而随后不久,黄忠便占了上风。张任见此,料难取胜,于是忙虚晃一招,飞一般退出转身便逃。真乃狭路相逢,勇者胜。时黄忠哪里肯放,遂便追了上去。张任犹若脚底生风,转眼工夫,便将黄忠甩得老远。黄忠无奈,便欲回身上马再追。正在这时,忽见张任脚底打滑猛地倒地,摔得眼青鼻肿,头破血流,倒在桥上爬不起来。黄忠见此,大喜,遂便飞一般上前,俯身双手提起张任就往回跑。张任所率官军见主将被擒,遂便吓得一哄而散,没了踪影。

待提着张任的黄忠方退到他和卓膺所率先锋官军人马前,刘备所率大队官军也赶了上来。刘备见生擒活捉了张任,自然大喜不禁。因刘备早佩服张任少有胆勇和志节,故欲收降他。现见张任被擒,以为这是劝降的极好机会,于是忙翻身下马飞一般上前,亲手为张任擦伤。谁料张任却伸手猛地推开刘备道:"我不会侍奉二主的!"刘备闻之,料知他不愿投诚,无奈,只得下令将其斩首。末了,方才令黄忠和卓膺率领先锋官军在前,他则率领大队官军随后,飞一般通过金雁桥,直向雒城杀去。

雒城,因雒水流经其境而得名,是古蜀杜宇氏和鱼凫氏故都。汉武帝元封五年置幽州、并州、冀州、青州、兖州、徐州、豫州、荆州、扬州、益州、凉州和朔方刺史部、交趾刺史部时,雒城属益州,并为其治所。新莽时期,改益州为庸部,部牧驻雒城。光武帝建武十二年,公孙述败亡,复置益州,其部牧仍驻雒城。安帝元初末年,广汉郡治所由涪城移治雒城。同时,雒城还是玉器、石器、酒器、食器、象牙、雕花漆木器、青铜人像、祭祀礼器、金手杖、金面罩、金虎形饰等手工艺品的制作和散发之所。其次,四周土地肥沃,河流交错;风调雨顺,百姓殷富。毋庸置疑,是地地道道的益州第二大城邑。因此其得失,对益州影响极大。

刘备所率官军到达雒城北门后,并未下令攻城,而是令黄忠率军在北门下安营扎寨,卓膺率军在西门下安营扎寨,魏延率军在南门下安营扎寨,陈震率军在东门下安营扎寨。庞统、糜竺、尹籍、刘琰、习祯、冯习、张存、夏侯纂、孔山、辅匡、刘南和、孔休、休元和张文进所率官军随刘备驻扎在北门外三里处大营里。待一切布置停当,时在中军大帐的刘备方才传令所有文武午饭后速到大营中军大帐商议攻城对策。他们得令,哪敢怠慢,立刻戴胄披甲蹬靴持械乘马飞一般赶到那里,雄赳赳、气昂昂地按秩站定听候刘备调遣。时刘备见他们皆按时到达,先是大喜不禁,随后却忧心忡忡地对他们道:"须知,雒城四周虽无山川可依,但城墙高大坚固,城壕宽广幽深,乃易守难攻之所。如何是……"

不待言毕,卓膺即大步上前高声道:"雒城虽易守难攻,但守城大将张任那厮已成刀下之鬼,还有谁敢负隅顽抗?因此,破城犹若囊中取物!"

方言毕,便听得有人高声附和道:"卓将军言之有理啊。雒城乃弹丸之地,只要主公给我三千人马,瞬间便可破城!"

在场文武忙循声望去,原乃陈震。时他以为会有人附和他,不禁非常得意。孰料却鸦雀无声,良久刘备方道:"既然卓、陈二位将军愿出战,乃大汉之洪福啊。不过张任虽死,但益州猛将甚多,因此,攻城时万万大意不得。"

卓膺和陈震闻言,知晓刘备同意他俩出战,大喜,遂一齐上前异口同声道:"主公尽管放心,不擒杀刘循和刘贵,愿将头颅献上!"

言毕,即向刘备拱手施礼告辞转身出帐,准备攻城事宜去了。

当日午夜时分,火光中只见站在西城门前城壕外侧边沿的卓膺将手中宝剑一挥,身后官军立刻便飞一般跨过搭在城壕上的浮桥冲到城墙根下,搭上云梯,争先恐后向城垛爬去。直到城垛边沿,也未遇抵抗。对此,卓膺以为守城官军疏于防守,破城已事半功成,自然大喜不禁,并欲传令随后的官军尽快跟进。不待传令发出,忽见火光中刘贵猛地从城垛后转出将手中宝剑一挥,城上利箭立刻便若雨点般齐下,直射得他们喊爹叫娘,纷纷掉下。卓膺见此,方知守城官军有备,不禁大惊,料知眼下破城无望,无奈,只好下令鸣锣收兵。回营经清点,死伤者不计其数。

第五十八回　攻雒城庞士元不慎丧命　得成都刘玄德未动干戈

在卓膺挥军攻打西城门的同时,陈震也正挥军攻打东城门。当陈震率领官军还未到达城壕边沿,黑暗中忽听得城楼上有人高声道:"有种的何必黑灯瞎火偷袭,明日下午在东城门外阵前见。如何?"

陈震闻言,料想此人是守城主将,但不知其姓氏,于是高声道:"可以,有种的报个姓名。"

"我立不改姓,坐不改名,乃刘循。"

陈震闻答,虽认为他是无名之辈,但其早已有备,倘若眼下攻打,连城壕都过不去,别说破城了。待明日胜了这厮,再破城不迟。于是便高声应了刘循明日阵前见后,立刻便领军回营。

看官你道刘循乃何许人?乃蜀奉车中郎将、益州刺史刘璋长子。先是,刘璋在成都闻报刘备所率官军已拿下绵竹,正向雒城杀来,不禁大惊失色。待回过神,便急召左右文武到议事厅商议对策。时他们皆有惧色,唯刘循和刘阐自告奋勇,请求前往雒城据守。对此,刘璋有些犹豫不决。何也?原来刘璋虽妻妾成群,但大多未生育。因此,只有长子刘循和次子刘阐。倘若战死咋办?然刘循和刘阐却执意前往雒城守城,刘璋无奈,只得令刘循为雒城守城都督,率领官军五千,前往雒城同广汉太守张肃以及张任、刘贵拒敌。刘阐仍留在成都,率军守城。

再说刘备当晚在中军大帐方闻报卓膺所率先锋官军不但未攻破城池,反还死伤惨重,又闻报陈震虽未伤一兵一卒,却无功而返。对此,刘备不禁非常着急。正在这时,陈震匆匆前来,将刘循欲与他明日在阵前相见一事向刘备禀报了一番。刘备闻之,沉思良久方道:"愿你旗开得胜,马到成功!"

陈震闻言,自然非常高兴,并以为这是擒杀刘循、夺取雒城、立功受奖的极好机会,遂便立刻向刘备拱手施礼告辞出帐,准备明日作战事宜去了。

次日下午,两军便按约在东城门外一片空地上摆开阵式。陈震一方除陈震外,还有糜竺、马谡立马持械站在阵前中央。刘循那方阵前仅刘循立马挺枪居阵前中央。对此,马谡不禁大喜,并思想到:刘循是刘璋之子,倘若一举将其活捉,与刘璋做交换,别说雒城,就是成都,他刘璋也得乖乖献上。

再者，眼下刘循又是单枪匹马，毋庸置疑，肯定胜算在握。

双方方列阵毕，陈震就高声对刘循道："小将军不要逞能，还是下马投诚方为上策，我家主公绝不会亏待你的。"

刘循闻言，也不气恼，淡淡地道："除非陈将军胜了我手中这对剑，否则休想。"

方言毕，忽听得有人高声吼道："你这厮敬酒不吃吃罚酒，看我的！"

两方将士忙循声望去，原来是魏延边吼边拍马飞一般赶到了陈震一方阵前。

魏延不是驻军于南城门下吗，何故来到这里了呢？且还带了几位精骑。原来刘备深知陈震向来眼高手低，爱说大话。因此，怕他单打独斗刘循有失，于是便派胆大心细、武艺超群的魏延前来助战。时魏延还未及与陈震答言，陈震便拍马舞刀出阵，直向对面刘循冲杀过去，意在别叫魏延出阵抢了头功。时刘循毫不畏惧对方兵多将广，待陈震冲过阵中，方才拍马舞剑上前相迎。

双方方一接手，便杀得只见刀光剑影，不见人影马影。只片刻工夫，陈震便气喘吁吁，慢慢不支。魏延见此，怕陈震有失，遂忙拍马挥斧上前替下陈震，接住刘循杀将起来。时魏延一斧劈去，刘循一剑拨开；刘循一剑劈去，魏延一斧挡开。你来我往，斗了五十余回合，也未分出伯仲。陈震见此，不禁急了，欲挥刀上前助魏延一臂之力。不待他出马，忽见刘备与庞统带了百余官军精锐步骑飞一般赶了过来。陈震以为他们是来助战的，不禁大喜。谁料刘备却将令旗一挥，下令鸣锣收兵。对此，陈震若丈二和尚，摸不着头脑，并问刘备道："眼下擒杀刘循在即，主公何故……"

不待问毕，刘备即道："陈将军不必多问，我自有道理。"

你道刘备所谓的道理是什么呢？原来他此前在中军大帐闻报刘循颇似其祖父刘焉，敢作敢为，在年少时便闻鸡起床，遍读兵书，舞枪弄棒。及长成，谋略过人，武艺超群。倘若以武相拼，鹿死谁手，还很难说。同时，还萌发收降刘循之意。后经与庞统商议决定，仿取绵竹故事，围而不战，以待

第五十八回　攻雒城庞士元不慎丧命　得成都刘玄德未动干戈

时变,方为上策。

时魏延与刘循杀得正欢,忽闻自己阵前锣鸣,先以为自己耳朵出了毛病听错了。待收斧退出举目朝那一望,果见鸣锣兵正猛地敲打铜锣。同时,还见刘备频频向他招手,示意退阵。对此,魏延也如陈震般,若丈二和尚,摸不着头脑。末了,只得高声对刘循道:"改日阵上见!"言毕,即拍马而回。

时刘循也高声道:"奉陪!"随后,也拍马而回。

刘备欲仿取绵竹故事,围而不战,以待时变,是否奏效呢?回答是否定的。原因是通过两军这些时日在雒城开战,使刘循认识到,与刘备所率官军硬拼必然凶多吉少,于是便按兵不出,企图将他们由肥拖瘦,由瘦拖死。因此,刘备所率官军待了半年,也未等到城内有任何变化。对此,刘备不禁非常着急,并思想到:倘若不能尽快攻破雒城,一旦刘璋所部官军来援,我军便前后受敌。尤其是刘璋率领成都官军来援,那将三方受击,其后果必不堪设想。于是便在一日上午召集庞统、黄忠、卓膺、魏延、糜竺、尹籍、蒋琬、陈震、刘琰、习祯、冯习、张存、夏侯纂、孔山、辅匡、刘南和、孔休、休元和张文进等文武到中军大帐商议对策。时魏延道:"依末将之见,宜双管齐下,即再遣一支人马围攻成都。如此,敌便疲于奔命,顾此失彼。到时别说雒城,就是破取成都也不在话下。不知主公意下如何?"

不待刘备答言,卓膺即问魏延道:"魏将军虽言之有理,然我军本就兵少将寡,且南下时沿途又留下不少把关守城,眼下哪有……"

不待问毕,便听得有人斩钉截铁道:"有的是!"

在场者忙循声望去,原乃糜竺。时卓膺不解地问糜竺道:"在哪?"

"卓将军难道忘了,我们出发前主公与诸葛亮便商定……"

"是啊,我竟给忘了。"

卓膺方言毕,刘备即道:"现在是增调人马的时候了。"

言毕,即与时在公安的诸葛亮疾书一封,以一胆大心细的小校为使者,立刻前往公安交与诸葛亮。小校接过书,当即便拱手施礼告辞刘备,转身出帐回营准备就绪后,即不分昼夜快马加鞭南向公安赶去。

不久后的一日上午，小校便赶到了公安城西门下，并声言要见诸葛亮。时诸葛亮正在演武场高台上指挥练兵，闻报后料想是刘备使者。于是忙放下手中令旗，走下高台，翻身上马，匆匆赶往西门外。经询问，果是刘备来使。于是忙问道："主公遣君前来有何要事？"

"皆在主公书中呢。"

小校答毕，便忙从怀中取出一只锦囊，双手毕恭毕敬呈与诸葛亮。诸葛亮接过打开，取出一绢制物一看，果是刘备来书，于是忙仔细看阅起来。书略云：

军师中郎将诸葛亮钧鉴：现用兵告急，须卿立刻亲率官军来援。然荆州北有曹贼，南有孙蛮，且又西通益州，乃兵家必争之地。因此，须得一上将把守。然益德勇猛但易误事，子龙智勇但疏于统兵。唯云长善治水陆两军，且曹、孙皆惮其威名，故以他留守为宜。同时，可以马良、糜芳和杨仪辅之。另，刘封已长成，也可随大军前往。

诸葛亮看毕，深感事急，与来使话别后即转身上马匆匆回城，按刘备来书之意调兵遣将。即令张飞和宗预率领官军先行，他则率赵云和刘封等大队官军随后跟进，西上增援刘备所率攻打益州官军。留关羽总统全局，马良、糜芳和杨仪辅之。待一切准备就绪，他们便从公安出发，浩浩荡荡向益州杀去。

此时值建安十九年五月初。

却说庞统那日见刘备书告诸葛亮增兵来援，心里若二愣子炒菜，很不是滋味。何也？原来庞统认为，经过这段时日用兵，破雒城在即，取成都在望，这时诸葛亮率军赶来，岂不是来抢胜利果实么？还有，诸葛亮被庞德公喻为运筹帷幄之中，决胜千里之外的"卧龙"，我庞统亦被庞德公喻为一举飞天，鹏程万里的"雏凤"，且眼下我俩又同是刘备部下重臣——军师中郎将。但我庞统自从与刘备率军进入益州以来，还未立功受奖。因此，有何颜面见诸葛亮呢？思来想去，终得一计，即雒城已不堪一攻，何不请求刘备，

第五十八回　攻雒城庞士元不慎丧命　得成都刘玄德未动干戈

让我庞统抢在诸葛亮援军到来之前就挥军攻破雒城，如此，不仅有颜面见诸葛亮，也为攻占益州立了大功。于是散场后便向刘备求五千官军精锐步骑攻城。刘备闻之，先是不许，后经庞统苦苦相求，方才应允。

次日下午，庞统便点起五千官军精锐步骑攻打北城门。当前队官军跨过城壕浮桥冲到城墙根下，搭上云梯快要爬上城垛时，忽然无数股热粪汤飞流而下，直烫得他们皮开肉裂，伤痕累累，纷纷掉下，拔腿后逃。庞统在后见此，大怒，遂便拍马飞一般赶到北门城壕外沿举剑指挥后队官军继续进攻。他们不负所望，很快便攻到了城垛。有的还越过那里，与刘循所率守城官军厮杀起来。庞统见此，以为破城事半功成，大喜，并欲派人报告刘备。正在这时，忽一支流矢飞来，正中庞统喉头。庞统不及呼叫，便坠马而亡。其部下官军见此，忙上前七手八脚将其尸首抬上马背，飞一般逃回。

此后片刻，刘备便闻报智谋超群、年仅三十六岁的庞统的死讯，不禁如丧考妣，悲痛欲绝。时新上任的广汉太守张处仁一向不服庞统，见庞统亡故，不但不悲伤，反还幸灾乐祸，并对刘备道："庞先生虽尽忠可惜，然违大雅之义。"

刘备闻言大怒道："庞先生杀身成仁，更为非也？"

言毕，即罢免了张处仁官职。随后，便下令在中军大帐摆设庞统灵堂，供大家祭奠。祭奠那天，刘备等人皆素帽素衣，缓缓步入灵堂，含着泪水，向庞统尸体致哀。末了，才将庞统尸体厚葬于雒城以北一无名山坡上。为纪念，遂将该山坡命名为落凤坡。

却说张飞和宗预所率先锋官军沿途未受任何阻挡，很快便赶到了江州城下。巴郡太守严颜闻报，立刻便挥军抵御。

须知，江州乃非凡之城，自汉武帝以来便是巴郡治所，它三面依山，一面临水，城墙高大坚固，易守难攻。同时，还是江淮东进巴蜀必经之所。一日傍晚，严颜正在南门城楼上巡视防务，忽闻报西城门外江水上战鼓喧天，杀声震耳，一支官军乘着舟船，飞一般向西城门杀来。对此，严颜毫不畏惧，并立刻挥军向那里杀去。正当两军极尽全力攻、防之际，谁料张飞所率先锋官军从城南门攻了上来。严颜闻报，方知中了调虎离山，声东击西之计。于是气得哇哇大叫，并忙转身举剑，沿着城墙廊道，挥军飞一般专寻张飞杀去，以为只要擒杀了他，退敌便易若囊中取物。不久，便迎面碰上了张飞。严颜虽然武艺高强，但时已年过半百，哪是正当中年，武艺过人的张飞的对手？因此，他俩方战十余回合，严颜便体力不支，剑法大乱。张飞见此，大喜，遂忙扔下长矛，飞奔上前抓住严颜衣甲高声怒问道："我大军已攻到城上，你不前来投降，反还举兵顽抗，是何道理？"

严颜闻问，遂镇定自若道："你们无理侵夺我益州，故我益州只有断头将军，无投降将军啊。"

张飞闻答大怒，欲斩杀严颜。时严颜却面不改色心不跳，并伸长颈脖，让张飞动手。张飞见此，深受感动，遂收其为宾客。

翌日日头方出，诸葛亮与刘封、赵云率领的大队官军便赶到了江州城南门外。张飞闻报，忙率左右前往相迎。相见礼毕，诸葛亮闻张飞只举手之劳，便夺取了江州城，自然大喜不禁，并当众褒扬了张飞一番。

随后用毕早饭，诸葛亮便令张飞率领原班官军从东沿阆水向巴西郡治所阆中杀去，巴西功曹龚谌见此，料知抵抗无益，于是便举众投诚。令赵云率领一支官军从西杀向江阳和犍为，不久皆克。他则以刘封为先锋，率领官军北向德阳杀去，大败其守将蜀郡司马张裔所率守城官军后，便马不停蹄直向成都杀去。加之刘备所率攻打雒城的北面官军，于是便对成都与雒城形成了四面合围之势。

却说刘璋闻报诸葛亮与刘封、张飞、赵云率领的官军进入巴蜀后攻城略地，锐不可当，不禁吓得心惊肉跳，并忙召集左右文武前往议事厅商议对策。待他们闻召方赶到那里，早已到达的刘璋便将他所闻报的向他们道了一番。他们闻之，有的吓得毛发倒竖，张口结舌；有的低头视足，沉默不语。正在这时，忽听得有人高声道："今敌军虽攻城夺地，不可一世，但他们兵微将寡，士众未附；野谷为资，军缺辎重。因此，不如尽驱巴西、梓潼民过涪水以西，将仓廪野谷，尽行烧之。再深沟高垒，静以待之。彼来请战，勿

第五十八回　攻雒城庞士元不慎丧命　得成都刘玄德未动干戈

许。久无所资，不过百日，彼兵自走。那时我再乘虚击之，刘备便可擒也。刘备既擒，其余便若树倒的猕猴，顷刻而散。"

在场者忙循声望去，原乃益州从事广汉郑度。时不待刘璋发言，从事广汉王累即高声道："郑先生言之有理啊！"

刘璋闻他俩言，沉思良久方道："我闻拒敌以安民，未闻动民以避敌呢。"

结果刘璋不但不用郑度之言，还当即解除其官职。正在刘璋及其文武不知所措之际，忽见一北城门守卫飞一般跑来，不及向刘璋拱手施礼便向他报道："有一刘备使者在北城门外言有要事求见主公。"

刘璋闻报遂思想到：不见吧，便是非理。见吧，还不知刘备又在使什么阴谋。于是思虑再三方道："准见。"

守卫闻言，忙向刘璋拱手施礼告辞，转身匆匆出去，片刻便将刘备使者引了进来。时不待使者向刘璋拱手施礼，刘璋便问他道："不知你有何要事求见？"

方问毕，使者便边向刘璋拱手施礼，边从怀里取出一绢制囊袋，快步上前双手毕恭毕敬地呈与刘璋道："牧主看后便知。"

刘璋接过，取出一绢制物展开一看，原乃法正致他的信。信云：

正受性无术，盟好违损，惧左右不明本末，必并归咎，蒙耻没身，辱及执事，是以捐身于外，不敢反命。恐圣听秽恶其声，故中间不有笺敬，顾念宿遇，瞻望怅怅。然惟前后披露腹心，自从始初至于终，实不藏情有所不尽，但愚暗策薄，精诚不感，以致于此耳。今国事已危，祸害在速，虽捐放于外，言足憎尤，犹贪极所怀，以尽余忠。明将军本心，正之所知也，实为区区不欲失左将军之意，而卒至于是者，左右不达英雄从事之道，谓可违信黩誓，而以意气相致，日月相迁，趋求顺耳悦目，随阿遂指，不图远虑为国深计故也。事变既成，又不量强弱之势，以为左将军县远之众，粮谷无储，欲得以多击少，旷日相持。而从关至此，所历辄破，离宫别屯，日自零落。雒下虽有万兵，皆坏阵之卒，破军之将，若欲争一旦之战，则兵将势力，实不相当。若欲远期计粮者，今此营守已固，谷米已积，而明将军土地日削，百姓日困，敌对遂多，所供远旷。愚意计之，谓必先竭，将不复以持久也。空尔相守，犹不相堪，今张益德数万之众，已定巴东，入犍为界，分平资中、德阳，三道并侵，将何以御之？本为明将军计者，必谓此军县远无粮，馈运不及，兵少无继。今荆州道通，众数十倍，加孙车骑遣弟及李异、甘宁等为其后继。若争客主之势，以土地相胜者，今此全有巴东，广汉、犍为，过半已定，巴西一郡，复非明将军之有也。计益州所仰惟蜀，蜀亦破坏；三分亡二，吏民疲困，思为乱者十户而八；若敌远则百姓不能堪役，敌近则一旦易主矣。广汉诸县，是明比也。

又鱼复与关头实为益州福祸之门，今二门悉开，坚城皆下，诸军并破，兵将俱尽，而敌家数道并进，已入心腹，坐守都、雒，存亡之势，昭然可见。斯乃大略，其外较耳，其余屈曲，难以辞极也。以正下愚，犹知此事不可复成，况明将军左右明智用谋之士，岂当不见此数哉？旦夕偷幸，求容取媚，不虑远图，莫肯尽心献良计耳。若事穷势迫，将各索生，求济门户，展转反复，与今计异，不为明将军尽死难也，而尊门犹当受其忧。

正虽获不忠之谤，然心自谓不负圣德，顾惟分义，实窃痛心。左将军从本举来，旧心依依，实无薄意。愚以为可图变化，以保尊门。

该信表明：眼下刘备所率官军已在巴蜀站稳脚跟，并受到官民的欢迎，根本不怕打持久战。因此，成都与雒城已危在旦夕，唯投诚方为上策。

时刘璋认为，信中所言虽然有理，但将父辈所创基业丢失在自己手里还是一百二十个不情愿。再说，毕竟还有雒城这道屏障嘛。于是便将信束之高阁，置之不理。

时刘循、刘贵和张肃本在等候刘璋从成都派兵来援雒城，但闻报眼下成都已快自顾不暇，哪有救兵可派。于是便孤注一掷，开城与刘备所率官军决战。交战不久，便被杀得落花流水，四下逃散。于是刘备所率官军便乘机从四大城门攻进了城内。刘循见此，料知抵御无益，只得与张肃向刘备投诚。

第五十八回 攻雒城庞士元不慎丧命 得成都刘玄德未动干戈

因刘贵坚决不降,便随乱军逃得不知所踪。随后,刘备便率领官军马不停蹄赶到成都,将其团团围住。

时在成都北门外中军大帐里的刘备闻报刘璋不听法正信中所言,大怒,并欲挥军攻城。法正闻之,忙前来劝止道:"可派与刘璋友善的简雍进城劝说刘璋投诚,如何?"

刘备认为法正言之有理,立刻便派简雍入城游说刘璋。

随后不久,忽见一寨北辕门守卫匆匆进来,不及向刘备拱手施礼便向他报道:"刘璋已经宣布投诚,现四大城门皆开了。"

刘备闻报,以为自己耳朵出了毛病听错了话,于是忙问守卫道:"所报当真?"

"愿以小的头颅担保。"

刘备见守卫信誓旦旦,方才信其所报,并与法正一道,起身出帐飞一般赶到寨南辕门口举目一望,果见如守卫所报。对此,刘备不禁非常不解。何也?原来据他闻报,城内尚有刘璋所部官军精兵三万,谷帛足支一年,且军民皆愿死战。如此,刘璋何故要不战而降呢?莫非有诈不成?再说了,简雍也不可能有那么大本事这么快就说动了刘璋投诚。正在这时,忽见刘璋抱着益州印玺,与简雍同车,率领部下文武从北城门缓缓走了出来。刘备见此,方才完全相信守卫所报。对此,自然大喜不禁,并与法正一道,三步并作两步上前向刘璋拱手施礼,并问道:"涪城一别,我时刻挂念君,近来无恙否?"

刘璋闻刘备方才所问,感到他友好如初,于是一颗忐忑不安的心方才平静下来,并忙答道:"多蒙皇亲关照,一切安好。"

言毕,便上前双手毕恭毕敬地将印玺呈与刘备。刘备接过印玺后,便传令其所率官军依次从东、西、南、北四大城门徐徐入城。三日后,诸葛亮与刘封、赵云、张飞和宗预率领官军也先后到达成都。于是刘备未动干戈,便有了成都。

须知,刘璋真是在城内兵多将广,粮草充足,军民愿战的情况下投诚刘备的吗?非也!原来刘璋闻报成都最后一道防线雒城被破,成都又兵临城下,不禁大惊失色,并召集左右文武到议事厅商议对策。结果仍如前次一般,他们不是吓得毛发倒竖,张口结舌,便是低头视足,沉默不语,唯从事广汉王累主张坚守。对此,刘璋也犹豫不决。正在这时,刘备所派的简雍前来对刘璋道:"州牧大人亲近爱民,鄙人不禁佩服。但眼下大兵压界,四面楚歌,识时务者当为俊杰啊。"

简雍言至此,清了清嗓子又道:"州牧大人久居成都,肯定知晓它早在古蜀国开明王朝时期便是大都邑。后蜀郡太守文翁还在此建了一所最早的州办学堂——文翁石室,并以其学风卓荦,人才辈出而名冠天下。工商业亦十分兴旺,织锦业和漆器工艺尤其发达,于是作坊遍布,商市林立,繁华非常,遂成中国五大都市之一,因此与长安并称中国天府。倘若动武,不仅众多生灵涂炭,这座巍巍巨城也若当年首都雒阳一般,毁于一旦。"

刘璋闻言,正不知如何答复简雍之际,忽一探马飞一般进来报道:"马超率领数万官军已杀到成都北门外了!"

刘璋闻报,直吓得神魂颠倒,不知所措,回过神即叹道:"我与家父在益州二十余年,无恩德于百姓。益州攻战三年,死者遍地,膏草遍野,皆因我之故,何心能安!"

时刘璋言毕,又担心刘备效曹操得到荆襄后加害刘表次子刘琮故事而加害自己及家眷子女。于是便派张裔出城拜见刘备,要求善待。刘备闻之,当即道:"刘璋与我同宗同族,我怎会有害他之心呢。"刘璋闻报刘备言,方才决定开城投诚。

此时值建安十九年五月末。

上述不难看出,促使刘璋痛下开城投诚决心的,既不是刘备大军压界,也不是简雍游说,更不是刘备同意张裔向其所转达的刘璋那些善待要求,而是马超兵临成都。

须知,马超当年兵败关中后,先逃到凉州治所冀城,并杀了刺史韦陀康,于是自称征西将军,领并州牧,督凉州军事。后凉州别驾杨阜和抚夷将军杜叙起兵攻打马超。马超不敌,便投奔了汉中张鲁。那么现在怎么会率领

第五十八回　攻雒城庞士元不慎丧命　得成都刘玄德未动干戈

官军来到成都北门外助刘备攻成都呢？原来马超与张鲁政见不合，于是便秘密书通刘备请求归附。对此，刘备自然大喜不禁，并派李恢前往传令他引军来成都北门助战。这便是马超率领官军来到成都助战的原委。待马超率领官军方到雒城时，刘备又担心马超仿他刘备打着助刘璋抗击张鲁旗帜，实则攻占益州故事，那不成螳螂捕蝉，黄雀在后了吗？即白忙活了两年不说，还使诸葛亮隆中对策泡汤。于是不禁吓得全身直起鸡皮疙瘩。随后心生一计，传令马超驻军城北门外只虚张声势而不入城。此真乃叶公好龙，口是心非啊。此是题外话，就此打住。

　　刘备所率官军进城后，为淡化刘璋在益州的影响，便先任刘璋为振武将军，并将他及其次子刘阐等家眷迁至公安。刘循被任命为奉车骑将军，留用成都。这比起曹操于途中谋杀刘表次子刘琮还算是善待。随后，便置酒大飨其所部官军。酒过三巡，刘备还言欲取城中金银分赐有功者，还有人提出将城中屋舍及城外园地、桑田分赐诸将。对此，诸葛亮欲发言反对，还不待他开口，忽听得有人高声道："大家须知，当年霍去病以匈奴未灭，无用家为。今国贼非但匈奴，未可求安也。须天下都定，各返桑梓，归耕本土，乃其宜耳。益州人民，初罹兵革，田宅皆可归还，令安居复业，然后可役调，得其欢心。"

　　刘备等人忙循声望去，原乃赵云。

　　刘备认为赵云言之非常有理，遂予采纳。城中官佐富豪，甚至平民闻之，无不拍手称道。

　　刘璋虽然开城投诚，但其部下文武有兴高采烈的，有垂头丧气的，有没事一般的，有闭门不仕的，更有隐遁山林的。总之，莫衷一是。对此，刘备不禁非常无奈，并在其下榻处召来法正问道："我虽得巴蜀，人心未一，如何是好？"

　　法正闻言，沉思片刻道："刘璋虽治政无方，但厚待官民，受人拥戴。因此，主公可予其宽大为怀，厚待原刘璋部下，使他们愿为主公效力。在下所言乃一管之见，不知主公意下如何？"

法正言毕，喝了口茶清了清嗓子又道："再者，益州地广人众，仅以主公部下文武统管显然不够，因此……"

不待法正言毕，刘备已知其下文，即除重用自己部下文武外，还需任用原刘璋部下文武。于是在自领益州牧的同时，先任命如下：

任命诸葛亮为军师将军，署左将军府事，并仿高帝待萧何故事，在刘备外出时，诸葛亮镇守成都；刘备率其所部官军外出征战时，诸葛亮给前方足食足兵；关羽仍为襄阳太守，荡寇将军，董督荆州诸事；张飞为巴西太守；糜竺为安汉将军，班在军师将军之右；简雍为昭德将军；伊籍为左将军从事中郎；马超为平西将军，督临且，继都亭侯；黄忠为讨虏将军；赵云为翊军将军；马谡由绵竹令迁成都令；刘封为副军中郎将；刘琰为固陵太守；魏延为牙门将军；杨仪为左将军兵曹掾；霍峻为梓潼郡太守，裨将军；孔山为犍为属国都尉；辅匡为巴东太守；刘南和为江阳太守；孔休为历雒县令；糜芳为南郡太守；士仁为将军；郝普为零陵太守；潘濬为荆州治中；陈震为蜀郡北部都尉。

随后，又对原刘璋部下文武任命如下：

任法正为蜀郡太守，扬武将军，外统都畿，内为谋主；董和为掌军中郎将，与军师将军诸葛亮并署左将军、大司马府事；吕乂为盐铁校尉；孟达为宜都太守；彭羕为治中从事；李严由裨将军迁为犍为太守，兴业将军；张裔为巴郡太守，还为司金中郎将；费诗初为督军从事，后转任牂牁郡太守，再为益州前部司马；周群为儒林校尉；杜琼由原职从事迁为议曹从事；孟光为议郎；来敏为典学校尉；尹默为劝学从事；黄权为偏将军；李恢为书佐；主簿张疑为州从事；蒋琬为广都长；邓芝为郫邸阁督；张翼为书佐；王元泰为别驾；何彦为从事祭酒；吴壹为护军，讨逆将军；王连由梓潼令转为什邡令；王国山为绵竹令；李永南为州书佐；马盛衡为左将军属；马承伯为张飞功曹；李孙德为书佐；龚德绪为州从事；王义强为符节长；季然为从事祭酒。

同时，特殊情况特殊处理。例如，新任广汉太守夏侯纂表请秦宓出任师

第五十八回　攻雒城庞士元不慎丧命　得成都刘玄德未动干戈

友祭酒，兼任佐吏之首，尊其为仲父。秦宓却托疾不出。夏侯纂知晓后，便领着功曹古朴与主簿王普，带着酒食前往宴饮交谈，但秦宓依然不出。对此，刘备宽大为怀，未予追究。成都被破，杜微称聋，隐于山野不仕。刘备亦宽大为怀，未予追究。成都被围，许靖欲越城投降，因事泄未成。刘备因此瞧不起他，并欲不予任用。法正知晓后劝刘备道："天下有虚名而无真德才者常有，许靖便是其一。但他已名满天下，倘若对其非礼，天下者则会说主公践踏贤才。因此，主公应效燕昭王厚待郭隗故事，敬重许靖才是。"刘备认为法正言之有理，遂任命许靖为左将军长史。

　　即使有过错者也予重用。刘巴曾归顺过曹操，并被命为掾。曹操甚至欲令他与桓阶招纳长沙、零陵和桂阳三郡，时桓阶推辞不往，而刘巴却对曹操道："刘备不可据荆州。"后刘备欲进益州，刘巴却对刘璋道："刘备枭雄也，入必为害。"成都被破，刘巴向刘备表示歉意。刘备却不计较，并任刘巴为左将军西曹掾。

　　由于刘备任用自己部下与原刘璋部下文武得当，于是他们无不欢欣鼓舞。对此，刘备自然喜不自禁。那么孙权对刘备得了成都有何言行呢？看官欲知详情，请看下回分解。

第五十九回

孙仲谋刘玄德划分荆州
曹孟德兵指汉中收张鲁

却说孙权在建业闻报刘备得了成都，不禁大喜过望。何也？因为他思想到：刘备得了成都，就等于得了巴蜀。得了巴蜀，就意味着得了益州。刘备既然有了益州，我孙权向他讨要武陵、长沙、桂阳和零陵四郡便水到渠成，不成问题。于是便在一日上午召左右文武到议事厅将他这一想法向他们道了一番。时以吕蒙为首的一班将校皆认为宜趁刘备、诸葛亮、张飞、赵云等一干文武远在巴蜀之际，突然发兵攻占武陵、长沙、桂阳和零陵四郡。以鲁肃为首的一班文臣却认为宜先礼后兵，即先遣使前往成都向刘备表明划要那四郡，倘若刘备不许，再兵刀相见不迟。时孙权认为鲁肃等人非常有理，于是便遣诸葛瑾为其特使前往成都面见刘备，转达他孙权欲划要武陵、长沙、桂阳和零陵四郡之意。

须知，其实在两年前的建安十六年末，刘备方率领官军离开公安前往益州后不久，孙权就欲以武力占领武陵、长沙、桂阳和零陵四郡了，只是因其妹孙夫人在公安城未予实施。对此，孙权不禁非常苦恼，并闭门谢客，苦思冥想对策。吕蒙闻之，遂于一日上午匆匆赶到孙府大门前，言有良计妙策呈献。坐在客厅的孙权闻报，先是不见，因为他认为吕蒙一介武夫，目不识丁，能有啥良计妙策，因此欲叫家人出去转告吕蒙他不在。正在这时，忽见吕蒙不顾门卫阻拦，匆匆闯进来不及向孙权施礼便道："主公何必苦恼，俺有一计可使主公妹妹安然归来。"

第五十九回　孙仲谋刘玄德划分荆州　曹孟德兵指汉中收张鲁

孙权闻言，认为吕蒙既来，听听他的也无妨，再说他也是为自己妹妹好。于是叫他坐下后便和颜悦色问道："吕将军有何良计妙策可使我妹妹脱离狼窝虎口？"

谁料吕蒙闻言后并没像往日那般粗嗓高声，而是起身上前对孙权低声耳语了一阵。时只见孙权不停地点头称是，末了还眉飞色舞道："此计甚妙！吕将军初不习文，经我劝说，遂遍读百家经史，熟记各家兵法。正如子敬所言，学识英博，非复吴下阿蒙呢。"

吕蒙闻孙权褒扬他，自然喜不自禁，并忙向孙权拱手施礼道："多亏主公训导，末将方有今天。"

随后，孙权还吩咐酒宴，与吕蒙小酌了一番。

翌日早饭方毕，便见一叶扁舟从建业北城门外码头飞一般溯流而上，随后便淹没在了浩渺的水面浓雾中。三日后的一个下午，扁舟便停靠在了公安南城门外一码头旁。随后，从扁舟上走下一中年渔夫，匆匆步行入城，直向刘府赶去。方到那里大门，便对门卫声言有要事面见孙夫人。门卫乃孙夫人所带的吴籍随从，听渔夫是同乡口音，倍感亲切。同时听他语气傲慢，断定他来自孙夫人娘家，于是未予询问，便领着他直向刘府后院走去。时孙夫人正与她带来的那些吴籍随从在那切磋武艺，见门卫不待通报便领着陌生人进来，不禁非常生气，并欲上前训斥他几句。时不待她开步，渔夫早上前边向孙夫人施礼边从怀里取出一绢制囊袋，毕恭毕敬地呈与她道："此乃主公与夫人书信。"

孙夫人闻言，料想书信所言必是密事。因此，接过后便转身离开那里，疾步进入客厅密室，拆开囊袋，取出书信展开看了起来。书信略云：

尊妹亲鉴：自你远嫁他乡已两年有余未得相见，甚是想念。近日我因伤寒卧床不起，愈发想念。因此，接到书信后务必赶回建业相见。同时，务必带上外甥阿斗，我与你嫂子皆想见见他。另外，为防不测，须秘而不宣。

孙夫人得知孙权有病，自然非常着急，并思想到；倘若与诸葛亮、张飞、赵云等不辞而别，不仅失礼，也不可能，因为城墙内外和江水面上到处舟船穿梭，刀枪林立，戒备森严，连飞禽走兽都难通过，何况……正在这时，忽见方才送书信的渔夫匆匆进来问她道："夫人莫不是担心无法秘密离开这里么？"

"正是。"

"夫人不必担心，只管听我的便是。"

言毕，即对孙夫人低声耳语了起来，时只见孙夫人不断点头称是。

次日早上，大雾笼罩，咫尺以外不见什物。这时一叶扁舟悄无声息地离开公安城南码头，飞一般顺流而下。当行有三里远时，忽见一条官军巡江大船横在扁舟前。不待扁舟停下，便见一白盔白甲长枪的中年汉子站在大船船头上高声问道："嫂夫人不辞而别，是何道理？"

方问毕，便见手持宝剑的青年女子疾步走出扁舟舱门，气冲冲道："我以为是谁呢，原来是赵云。还不快快闪开！"

"主公有令，嫂夫人不得不辞而别。"

"天王老子之令也不灵，何况……"

不待孙夫人言毕，忽听得其右侧不远处一条大船上一声雷鸣般嗓音道："少废话，让她去吧，不过须留下公子！"

孙夫人一听便知此人是张飞，于是高声怒道："公子年幼，岂有母子分离之理！"

方言毕，便见赵云已猛地跳上她那扁舟舟头，飞一般直向舱内冲去。时孙夫人还未弄清怎么回事，赵云早将阿斗抱起夹在腋下，飞身回到了大船上。孙夫人知晓赵云武艺高强，没人能敌，加之又有勇冠三军的张飞，她与特使及两名船夫哪是张飞和赵云两人的对手？无奈，只得叹了口气，收剑回舱，愤愤而去。

须知，秘密接回孙夫人与阿斗之举，即是吕蒙当初对孙权低声耳语的良计妙策。而孙夫人不辞而别，则是孙权特使在刘府客厅密室里对孙夫人所低声耳语的。而吕蒙对孙权所耳语的良计妙策，赵云和张飞自然不知晓。但孙

第五十九回　孙仲谋刘玄德划分荆州　曹孟德兵指汉中收张鲁

权特使对孙夫人低声耳语的，却被刘备安插在孙夫人身边的奸细探得了去，并立即告知了诸葛亮。诸葛亮闻之，大惊，认为走了孙夫人事小，走了阿斗事大，因为刘备年近半百方才得子，也就是说老来得子，异常珍贵，遂不待犹豫，当即便派赵云和张飞，宜时各乘巡江大船前往拦截，于是才上演了赵云和张飞拦截孙夫人那幕故事。

却说诸葛瑾与几名随从时而乘船，时而乘车，时而乘马，经月余终于在一个黄昏时分赶到成都南门外。刘备闻报，断定他是为武陵、长沙、桂阳和零陵四郡而来。时已快有益州全境的刘备自然今非昔比，底气十足，因此欲先给诸葛瑾一个下马威，即只派诸葛亮前往迎接。后转而一想，如此便是失礼，且他还是诸葛亮哥哥，于德于理亦不通。于是待一切安置停当，便与诸葛亮一同徒步前往南城门外相迎。相见拱手施礼寒暄毕，便一同直向城内议事厅走去。进得里面，那里早已摆上了山珍海味。时诸葛瑾一行旅途中哪得美餐，因此，他，特别是几名随行，见了眼前这般丰盛的宴席，竟馋得口水欲流。方入席，他们便敞开肚皮，大口吃肉，大碗饮酒。时诸葛瑾欲向刘备提起讨要荆州那四郡之事。刘备见此，便抢先道："蜀酒闻名天下，蜀菜誉享四方。诸君远道而来，若不尽情品赏，将遗憾终身啊。"

言毕，即举杯示意诸葛瑾一饮而尽。坐在刘备右侧的诸葛亮也示意诸葛瑾应了刘备的。诸葛瑾见此，只得举杯同刘备一饮而尽。于是他俩你一杯来我一杯往，直到酒过三巡，诸葛瑾才对刘备道："刘皇亲须知，我家主公遣在下来此是为……"

不待诸葛瑾言毕，刘备即笑着问道："是为见胞弟诸葛亮吧？"

"非是。"

"为畅游巴蜀山山水水？"

"亦非是。"

诸葛瑾方答毕，刘备即醉醺醺道："莫非为武陵、长沙、桂阳和零陵四郡？"

"正是。不过刘皇亲应知，当初……"

不待言毕，刘备便道："先生须知，当初零陵、长沙、桂阳和武陵四郡皆属荆州牧刘表，刘表去世后，由其长子刘琦继承。后刘琦临终前将它们托付与我，并推我为荆州牧。因此，这四郡本与你家主公无关，他有何理讨要？再说了，倘若不是我刘备与你家主公联合抗击曹贼，他早成曹贼阶下囚了。"

诸葛瑾闻刘备如此言，认为双方意见分歧太大。于是道："我一路奔波，有些累了，可否到弟弟府上歇……"

时诸葛亮早猜出了诸葛瑾未言之意，于是不待他言毕便道："哥哥确实累了，我早与城中馆头招呼了馆舍。"

言毕不管诸葛瑾是否同意，便吩咐侍者领着诸葛瑾及其随行到那歇息。诸葛瑾无奈，只得与随行一道，随侍者去了。

须知，诸葛瑾为何不言到刘备府上歇息，而要言到诸葛亮府上歇息呢？不过，作为哥哥的诸葛瑾言到弟弟诸葛亮府上歇息乃天经地义，然诸葛亮为何不欢迎呢？难道是诸葛亮六亲不认吗？非也！原来是诸葛瑾见刘备无让出武陵、长沙、桂阳和零陵四郡之意，便欲住在诸葛亮府上利用与诸葛亮是兄弟这层关系，尽情表达孙权讨要那四郡不可动摇之心，以便达到让诸葛亮劝说刘备依了孙权的目的，这也是孙权派他出使成都的本意。时诸葛亮便猜到孙权与诸葛瑾之意，并认为他俩是白费心思，于是便来了个公事公办，安排诸葛瑾住在馆舍，以便躲开他和避嫌。

当日夜晚，诸葛瑾怎么也不能入睡。因为他认为，这次出使成都，除了干系非同一般，还足见孙权对他的信任和重视。谁料刘备却毫无商量的余地，如此，回去怎么向孙权交代呢？好不容易熬到天明，方才入睡，却被急促的敲门声惊醒，待起身下榻开门一看，原来是馆头在敲门。对此，不禁怒火中烧，并欲训斥他几句。不待他开口，却听得有人在馆头身后异口同声问道："昨晚睡得香吗？"

诸葛瑾闻问忙抬头一望，原乃刘备和诸葛亮笑盈盈地站在那里。诸葛瑾见他俩与昨天相比判若两人，以为有戏，不禁大喜，遂忙热情地将他俩让进屋里，还不及坐下便笑着问刘备道："刘皇亲愿让出武陵、长沙、桂阳和零陵

第五十九回　孙仲谋刘玄德划分荆州　曹孟德兵指汉中收张鲁

四郡了？"

"当然。"

诸葛瑾见刘备答言毫不犹豫，以为此行不负孙权之望，于是直激动得差点若孩童般跳起来，并欲赞美刘备几句，谁料刘备却一本正经道："请先生回去转告你家主公，我正计划攻取凉州。须知，凉州定，益州才能稳定。到那时再将武陵、长沙、桂阳和零陵让与你家主公不迟。"

诸葛瑾闻言，直惊得张口结舌，无言以对。此前那激动劲儿自然早飞到了爪哇国。诸葛亮见此，不禁非常难为情，毕竟是同胞兄弟嘛，但这毕竟不是家事。无奈，只得对诸葛瑾和颜悦色道："巴蜀山川奇险秀丽，哥哥来此不易，何不畅游一番。"

时诸葛瑾哪有心思游山玩水，于是喃喃道："亮弟盛情哥哥领了，只因公务繁忙，无暇游山玩水。"

言毕，便吩咐随从收拾行装，准备返回建业。

须知，刘备在馆舍对诸葛瑾所言，不仅是托词，也是他与诸葛亮当夜商议出的。

当日午时，刘备在议事厅设大宴为诸葛瑾及其随从饯行，作陪的有诸葛亮、法正和赵云等文武。时大家皆大口吃肉，大碗饮酒，唯诸葛瑾心事重重，不待宴毕，便起身向刘备和诸葛亮拱手施礼告辞出门，与随从从南门万里水码头上了通往吴越的客船。时刘备与诸葛亮等文武自然前往送行不提。

诸葛瑾赶回建业时正值七日后的一个傍晚，时他认为成都之行未达到预期目的，有违孙权所望，因而不禁非常难为情。同时认为事关重大，宜及时将成都所见所闻尽快禀报给孙权，以便他作出新的决策。于是不待歇息，便直奔孙府。诸葛瑾是孙权左右重臣，出入孙府犹若出入自己府上，因而不待通报，门卫便让他推门而入。时孙权正在餐室独自享用晚饭，见诸葛瑾如此快便回来，以为此行大功告成，大喜，遂忙放下筷子，起身迎上去笑盈盈道："想必大功告……"

不待孙权言毕，诸葛瑾便垂头丧气地将成都之行结果道了一番。孙权闻之，直气得两眼直冒金星，并大骂了刘备一番。随后，即招呼诸葛瑾入座一道用餐。用餐方毕，便忙传令左右文武到议事厅商议对策。待他们到齐按秩排定，先期到达那里的孙权便叫诸葛瑾将成都之行结果向他们道了一番。将校们闻之，直气得两眼翻白，并争先恐后要当攻占武陵、长沙、桂阳和零陵四郡先锋。文臣们听了，却挖空心思，欲献良计妙策。孙权见此，遂气冲冲道："我认为刘备这厮所言，只不过是以得凉州作借口不愿还我武陵、长沙、桂阳和零陵四郡罢了，我岂能让他阴谋得逞！同时也说明他不敢与我兵刀相见。因此，看我不用一兵一卒先讨回武陵、长沙和桂阳三郡给刘备这厮看看。"

言毕，即遣三名部属为武陵、长沙和桂阳三郡长史，带上随从前往分别接管。那三郡长史得令自然大喜不禁，随即大步上前向孙权拱手施礼辞谢后，便转身出门回去各领数十文吏，乘船的乘船，乘马的乘马，兴冲冲地走马上任去了。他们方入武陵、长沙和桂阳三郡地界，关羽便得到了报告。时关羽认为，没刘备的命令，谁也别想得到武陵、长沙和桂阳一草一木。于是立刻命令所部三路官军分别飞一般前往驱逐孙权所派长史。他们哪里肯依，于是便与关羽所部官军厮打起来。须知，他们皆是手无缚鸡之力之徒，哪是关羽所部官军的对手，结果方才动手，便被打得眼青鼻肿，倒在地上爬不起来。末了，又被五花大绑，扔出境外。

在建业的孙权闻报三位长史不但未走马上任，反还被关羽所率官军驱赶，且其情其景非常狼狈，于是不禁气得脸色时而红时而青，并大怒道："在濡须口之战中连曹操老贼都惧怕我孙权三分，并因此赞我曰'生子当如孙仲谋'，难道我孙权还怕你一介武夫关羽不成？"

言毕不待犹豫，便遣吕蒙率领鲜于丹、徐忠和孙规等官军两万攻取武陵、长沙、桂阳和零陵；遣鲁肃率领一万官军赶赴巴丘以御关羽；他则率领大队官军飞一般赶赴位于赤壁附近的军事重地陆口镇，节度各路人马。

时吕蒙只书告长沙、桂阳和零陵三郡开城投诚方为上策，长沙太守廖立闻之，便立刻弃城而逃；桂阳太守本由赵云兼任，现赵云在成都，防守自

第五十九回　孙仲谋刘玄德划分荆州　曹孟德兵指汉中收张鲁

然空虚，守城官军闻长沙失守，料想守城无益，于是便开城投诚；唯零陵太守郝普坚守不降。对此，吕蒙不禁大怒，欲下令攻城，谁料这时刘备率领官军五万已从成都飞一般赶到公安，并令关羽率领三万官军夺回长沙、桂阳二郡。孙权在陆口闻报，不禁大惊，当即便飞书吕蒙，放弃攻打零陵，回军急助驻屯巴丘抵御关羽的鲁肃所率官军。

吕蒙接到孙权飞书后，先秘而不宣。何也？原来吕蒙欲利用随军的郝普宿友邓玄之诱降郝普。此前的一个上午时分，吕蒙召集文武到安扎在零陵东城门外的中军大帐一脸严肃道："主公来书催我们尽快破城，否则问斩！"

众文武闻之，皆摩拳擦掌，欲争当攻城先锋。吕蒙见此大喜，遂便调兵遣将，准备随时攻城。当日午夜，吕蒙方才传召邓玄之速到他下榻处，言有要事相告。时邓玄之正睡得香，闻得传召，以为有要事，哪敢怠慢，随即便翻身起榻，穿戴方毕便出帐翻身上马，飞一般赶往吕蒙下榻处。吕蒙见邓玄之速传速到，自然大喜。他俩方坐下，吕蒙便道："请你速告郝太守，人间虽有忠义，但要见时而行方为上策。"

邓玄之乃一不谙世事的文人，哪知吕蒙所言动机，于是便欲问个明白。时不待开言，吕蒙早煞有其事道："刘备那厮远在汉中，被夏侯渊困得不得脱身。诸葛亮被刘璋旧臣所难，无暇顾及其他。张飞在阆中成日饮酒，不理政事。赵云守卫成都，离不开身。近者关羽遭我主公大军抵御自顾不暇，长沙太守廖立已弃城而逃，桂阳无军把守已不攻自破。如此，刘备早便首尾倒悬，救亡不及，哪有余力救援其他呢？"

吕蒙言至此，喝了口茶清了清嗓子又道："请邓先生务必转告郝太守，我所率官军皆是精锐，并皆愿为国效力，我主公所率官军也已水陆并进。因此，现郝太守犹若牛蹄中鱼，命在旦夕。而企图冀赖江、汉二水之险据守，不仅不明智，也不可能。若他能使部下官军万众一心，死守孤城，那也只能稽延旦夕，坚守一阵罢了。以我军之力破城，不日便可大功告成。城破，郝太守身死不但无益，其白发苍苍的百岁老母还受株连，难道不痛心疾首吗？我估计郝太守两耳闭塞，不知外界消息，以为有援军可待，因而方才负隅顽抗。先生与郝太守是生死之交,不会看他将面临灭顶之灾而视而不见,闻而不问吧?"

邓玄之闻吕蒙言,好像零陵已被攻破,郝普已被擒拿,其老母已被诛杀。于是救友之情油然而生,忙道:"吕将军所言我已牢记在心。事急,我立刻便入城告知郝太守。"

言毕,即起身向吕蒙拱手施礼告辞后,当即便转身匆匆出帐,翻身上马飞一般出寨北辕门,赶到东城门下方才勒马站定,便向城上高声道:"请速告你们郝大人,我是他宿友邓玄之,有要紧事相……"

不待言毕,黑暗中便有人在城上高声道:"原来是邓先生,我正在此呢。"

邓玄之一听,便知是郝普声言,于是不禁非常惊异,忙问道:"何故这般巧呢?"

"我正巡防到此啊。"

"那就快快打开城门让我进去,有要紧事相告于你呢。"

郝普闻言,只将手中令旗一挥,城门便立刻大开。邓玄之见了,忙翻身下马,方疾步登上城楼,火光中便见郝普早笑容满面迎在了那里。相见不待施礼客套,邓玄之便气喘吁吁地将吕蒙对他所言一五一十向郝普道了一番。郝普闻之,笑容立刻便消失得无影无踪,并不待与左右文武商议,便立刻传令明日早饭后打开四大城门投诚。

次日早饭后,果见四人城门一齐打开。同时,郝普率领左右文武也徐徐步出东城门。吕蒙见此,大喜,遂忙大步迎了上去。随后,吕蒙所率官军便从四大城门一拥而进,占领了全城。待吕蒙与郝普一同走到东城门码头上船后,吕蒙才得意扬扬地拿出孙权要他速回军支援鲁肃的飞书交与郝普看阅。郝普看阅后,方知刘备已率五万官军来到公安,而关羽所率那三万官军早已驻屯益阳,以拒鲁肃所率官军,其形势对自己非常有利。因此,不禁非常悔恨,但为时已晚。

吕蒙得了零陵、长沙、桂阳三郡后,除留孙河处理三郡事宜外,其余皆随他会同鲁肃所率官军一道,飞一般前往益阳拒关羽所率官军。于是孙权与

第五十九回　孙仲谋刘玄德划分荆州　曹孟德兵指汉中收张鲁

刘备两方官军便剑拔弩张，欲拼个你死我活。不过，时孙权心里也很明白，零陵、长沙和桂阳三郡原非他孙权所有，现以武力占领这三郡非常理亏。同时，也深知刘备毕竟身经百战，善于用兵，且又老奸巨猾，诡计多端，真打起来还不知鹿死谁手。再说了，我俩毕竟联合抗击过曹操，且取得大胜。而现在曹操也还虎视眈眈，随时可能率军来犯。因此，还有必要与刘备联合抗曹。倘若谈判能解决问题，那当然好，但非得我与他面对面不可。可我毕竟是他原大舅子，他毕竟是我原妹夫，好歹还存一丝友情。倘若谈判遇到不测，怎好当面撕破脸皮？思来想去，决定还是派鲁肃为特命全权使者，前往与刘备谈判方为上策。鲁肃得令后，便书邀刘备三日后在两军营寨相对的一片空地中线摆设一座谈判大帐，以便谈判。时鲁肃对刘备是否应邀，心里还没底。谁料刘备接到他邀书后，当即便疾书应邀。

须知，刘备不是带了五万官军势在必收零陵、长沙和桂阳三郡吗？时还未开战为何就同意了鲁肃谈判邀约了呢？原来他认为，自己所率官军虽众，但是远道而来，人疲马惫，且巴蜀局势又未稳定，岂可在此久留？得速来速回。这就是刘备立刻疾书应邀的缘由。由此可见，结果是麻秆打狼，两头害怕促成了刘孙谈判。

谈判那天，尽管烈日当顶，天气炎热，为防不测，双方皆在谈判大帐外百步远布置了百余全身披挂、手持刀枪的精锐官军。然叫鲁肃没料到的是，前来与他谈判的并非刘备而是全身披挂的关羽。对此，不禁非常不解。正欲发问，关羽早便开口道："我家主公远道奔波，身子有些不适，故命我为特命全权使者，前来与鲁先生谈判。"

鲁肃一听，先是不禁一惊，随后转而一想，我与关羽平时交往较多，有交情，可畅所欲言。

看官你道刘备既然应邀亲自前往与鲁肃谈判，何故又没到场呢？原来他的想法与孙权不约而同，并心生一计，寻个托词，效孙权命鲁肃为特命全权使者故事，命关羽为特命全权使者，与鲁肃谈判。

时鲁肃与关羽相见礼毕方坐定，鲁肃便欲给关羽一个下马威，于是抢先责问关羽道:"你们军败远道而来,无立锥之地,甚为狼狈。我家主公出于善意,特将武陵、长沙、桂阳和零陵四郡暂时划归你们统管。今你们已得益州,还无奉还它们之意,是何道理?"

话音方落,关羽一方有位身材高大,面若关羽,铁胄铁甲的青年将军即愤愤然道:"郡县者,唯德所在罢了,何常之有!"

鲁肃闻言,立刻便厉声喝道:"何人竟敢在此放肆?"

时关羽竟猛地起身,拔出腰间佩刀高声喝斥那人道:"此等军国大事,你如何懂得!"

言毕,即使眼色叫那人立刻离开。那人会意,于是立刻转身大步出了帐门。看官你道那人是谁?乃关羽长子关平。

随后,关羽坐下即气呼呼对鲁肃道:"先生不是不知晓,赤壁、乌林、江陵和夷陵之战时,我家主公无处不在,且昼不下鞍,寝不卸甲,奋力破曹,岂可徒劳而无一壤?"

言毕,以为鲁肃定然无言以对,因此得意地昂首抟起了他那绝伦的美须。谁料这时鲁肃却滔滔不绝道:"不然。我当初在长坂与你家主公会面时,他兵微将寡,连一校兵力都没有,且士气低落,智竭计穷,意欲远逃。时我家主公可怜你家主公无处容身,方慷慨借荆州郡县和人马与你家主公,才使他有了落脚之处。而今他已得了益州,还想兼并荆州全境,如此行事,谁会容忍,何况统帅一方的我家主公呢?须知,唯利是图而不讲道义,乃祸之始啊。因此,我家主公明白救济天下之重任,于是便作出正确的决策,以道义辅助时局。而你们却恃强凌弱,赖在这里不走,如此,终究会惨败的。"

鲁肃方才这番话听起来头头是道,无懈可击,其实不然,除了子虚乌有的借荆州之说,还闭口不言刘孙联合抗曹。而关羽方才所言却正好相反,由此足以说明,在荆州抗曹过程中,刘备之功大于孙权。尽管如此,关羽听后却无言以对。何也?原来关羽虽然身材高大,膂力过人,武艺高强,却没辨明是非之才。因此,哪是能言善辩的鲁肃的对手?同时,关羽还认为,在谈判桌前耍嘴皮子是徒劳无益,须得在战场上真刀真枪的厮杀才能解决问题。

第五十九回　孙仲谋刘玄德划分荆州　曹孟德兵指汉中收张鲁

因此，鲁肃方言毕，关羽便猛地起身拂袖而去，结果谈判毫无结果。

由于鲁肃与关羽谈判失败，刘备所部官军与孙权所部官军在荆州开战自然不可避免。尤其是刘备一方扬言非要夺回零陵、长沙和桂阳三郡不可。否则，誓不罢休。对此，时在陆口大营的孙权比以前更加害怕。何也？原来他担心与刘备开战的当口，曹操兵犯合肥咋办？正在这时的一日上午，诸葛瑾匆匆进来，不及向他施礼便道："刘备那厮遣使欲求见主公，现正在西寨门外等候主公回音。"

孙权闻言，以为自己耳朵出了毛病听错了话，于是忙问诸葛瑾道："当真？"

"当然。"

"还不快快领他进来。"

随后，诸葛瑾即转身疾步出去，片刻便将刘备使者领了进来。时刘备使者向孙权拱手施礼方毕便道："我家主公有言，希望孙将军亲自前往公安与他……"

不待言毕，孙权便明白其言下文是要他亲自与刘备谈判零陵、长沙和桂阳争端，心里不禁暗喜，但又担心刘备讨要早就哭哭啼啼闹着要回到刘备身边的孙夫人。对此，不禁进退两难。时诸葛瑾看出了孙权心思，便表示愿再代表孙权前往公安与刘备谈判。孙权认为此法甚妙，于是便再令诸葛瑾为特命全权使者，随刘备使者一同前往公安与刘备谈判。末了，孙权、诸葛瑾还与刘备使者共进午宴。

宴毕，诸葛瑾与刘备使者便从陆口西门码头乘船逆水而上，直向公安驶去。时孙权还到码头相送不提。

随后不久的一个上午，诸葛瑾和刘备使者便赶到了公安东门外码头。刘备闻报来者仍是孙权任命的特命全权使者诸葛瑾而非孙权，便气不打一处来。然回过神灵机一动，也仍令关羽为自己的特命全权使者，前往迎接诸葛瑾。双方相见礼毕客套了一番后，便向城内议事厅走去。当诸葛瑾见刘备早已等候在了那里，以为已事半功成，心里不禁非常高兴，忙上前向刘备拱手施礼,并关切地问道:"成都一别,刘皇亲无恙否?"

"承蒙关问,无恙啊。先生呢?"

"亦无恙呢。亮弟可好?"

"安好啊。"

诸葛瑾闻刘备答,自然非常高兴。随后,刘备便招呼设宴,为诸葛瑾接风洗尘。席间,刘备举杯对诸葛瑾和关羽道:"预祝诸葛先生与关将军谈判圆满成功。"

言毕,三人即相互碰杯一饮而尽。

谈判在次日上午举行,地点在公安议事厅。时门外仅有几名身着便服的士兵赤手空拳来回巡视。关羽与诸葛瑾也都身着袍服,刀剑未带。他俩见面时皆面带笑容,彬彬有礼,整个气氛与上次形成鲜明对照。时双方礼毕方坐定,诸葛瑾便道:"我方愿让出零陵一郡,如何?"

"那就是说南郡、零陵、武陵以西归我们,长沙、江夏、桂阳以东归你们,以示双方永久和好。"

"正是!"

"那郝太守呢?"

"送还。"

"可以。"

诸葛瑾闻关羽答,大喜,立即便叫侍者摆好笔墨绢砚,伏身提笔将双方所谈作了记录,以便为证。记毕,便拿起递与关羽看阅。关羽不待看毕,便连连点头称是,并叫侍者端来两杯杜康酒,与诸葛瑾一饮而尽,表示谈判成功。于是一触即发的刘孙大战得以避免。

此时值建安二十年六月。

须知,孙权愿谈判的原因前面已述,那么刘备只收回零陵、长沙和桂阳三郡中的零陵何故就让步了呢?原来他闻报曹操已进军汉中,对此,他不禁大惊失色。因为他深知,汉中乃益州北面门户,一旦被曹操占领,进入益州便易如反掌。倘若益州丢失,这几年的益州征战自然就付之东流。思前想

第五十九回　孙仲谋刘玄德划分荆州　曹孟德兵指汉中收张鲁

后，认为不要因小失大，即还是对孙权作些让步，回军保住益州要紧。待将来取得汉中，巩固了益州，别说要回长沙、桂阳二郡，就是整个荆州，甚至天下也得归我。这便是刘备向孙权作出让步的缘由。

孙权在陆口闻报关羽很痛快就答应了诸葛瑾的要求，不禁非常惊异。经打探得知其缘由后，不禁非常后悔。无奈，只得大骂刘备一通作罢。

却说刘备见谈判成功，随即便率领那五万官军赶回江州，巩固益州。同时，委派黄权赶赴汉中，劝说张鲁归顺益州。谁料不待黄权到达那里，张鲁已归顺了曹操，并被曹操任为镇南将军，封阆中侯。又封其五个儿子及张鲁首席谋臣阎圃为列侯，并与张鲁结为亲家，即为其儿子曹宇娶张鲁之女为妻。同时，为清除张鲁影响，还下令将张鲁所设汉宁郡复设为汉中郡。为铲除集权，曹操还化整为零，即划出原汉中郡西城、安阳县，设西城郡；划出锡县、上庸县等地，设上庸郡；划出房陵县等地，设房陵郡。至此，汉中郡只辖南郑、褒中、成固和沔阳诸县，郡治所设在南郑。随后，便在南郑养生堂宣布撤军令，并令夏侯渊为都护将军，都督张郃和徐晃留守汉中，任丞相长史杜袭为驸马都尉，留都督汉中诸事。待一切安排停当，才率军从汉中治所南郑回邺城，并带走愿出汉中到雒阳和邺城定居的百姓八万余，以弥补那里因连年战乱造成的人口不足。刘备闻此，直后悔不该从公安撤军，否则，收回桂阳、长沙和零陵三郡不成问题。但为时已晚，无奈，只得大生闷气。

此时值建安二十年十一月。

须知，张鲁在汉中独立约三十年，又受到人们拥戴，怎么会归顺曹操呢？对此，说来话长。原来曹操在三年前的建安十七年大败关中马超和韩遂所率官军后，就打算进攻汉中张鲁，只是担心刘备与孙权乘机联合袭击其东南，才没实施。同时，曹操还知晓，关中通往南面的谷口和沟口不计其数，有名的就多达七十余条。但通往汉中的仅子午道、骆谷道、褒斜道、陈仓道和故道五条。其中，陈仓道从汉中向西到沔阳县，经偃河北，经百丈坡、留坝火烧店、闸口石、箭峰，再翻越秦岭到陈仓沟口，然后抵达陈仓；故道从关中向东南翻越秦岭，到西汉水嘉陵江上游顺流而下到略阳，向东可达汉中。但此道之西有马超、韩遂所部官军据守，倘若从那经过，他们定会阻拦。为此，曹操还派夏侯渊、朱灵和张郃打败了武都白马氐和河西氐王窦茂以及天水、南安、安定等陇右等地人马，扫除了进军汉中阻碍。对此，曹操自然大喜不禁，并特意褒扬了夏侯渊一番。

此时值建安十九年十月中旬。

此后不久的一日上午，曹操正在书室聚精会神翻阅《孙子兵法》，忽见一侍者模样的中年汉子匆匆进来，不及向他施礼便上前对他低声耳语起来。时只见曹操气得脸色时而红，时而白，时而青。看官你道那人是谁？乃曹操安插在伏皇后身边的密探。那么曹操听了其低声耳语后何故气成那样呢？原来密探所报之事非同一般，乃有人密谋诛除曹操。他们是谁呢？乃伏皇后与国丈伏完父女俩。他俩何故要密谋诛杀曹操呢？前面已述，董承与刘备、种辑、吴硕、王服在建安四年密谋诛杀曹操，次年初谋泄，除刘备在逃，其余皆被曹操诛杀。随后，曹操欲杀董承之女，即刘协的贵人。对此，刘协认为董贵人身怀六甲，曾多次请免。为斩草除根，以绝后患，曹操终不同意刘协之请。伏皇后见此，不禁心生恐惧，并给伏完写信，叙述曹操诛杀董贵人及其腹中胎儿的残忍经过，并要求伏完密谋诛杀曹操。时伏完认为时机未到，直到建安十四年他去世也未敢实施。谁料现在密谋被那密探探得，并及时报告了曹操。曹操闻之，自然怒不可遏，立刻便逼迫刘协废除伏皇后，并以其名义下策书道："皇后伏寿，出卑贱而得入宫，以至登上皇后尊位，自处显位，眼下已二十四年。既无文王母、武王母那般徽音之美，又无谨慎修身养怡之福，但却阴险怀抱妒害，包藏祸心。因此，万不可承奉天命，祀奉祖宗。现派御史大夫郗虑持符节策书诏令，收回皇后玺绶，赶出中宫，迁居其他馆舍。唉！虽然太可悲伤，但为伏寿咎由自取，未得审讯，幸甚，幸甚！"随后，曹操才令御史大夫郗虑和尚书令华歆统兵从邺城赶往许都入宫逮捕伏皇后。伏皇后闻之，不禁大惊失色，待回过神，便忙闭门藏于墙壁间。郗虑闻报，大怒，遂便令华歆上前将披发赤脚、哭声震耳的伏皇后猛地拉出。刘协在场见此，不禁难过得泪流满面，泣不成声。时伏皇后央求刘协道："陛下

第五十九回　孙仲谋刘玄德划分荆州　曹孟德兵指汉中收张鲁

难道不能救妾吗？"刘协闻后难为情地道："朕还不知朕性命能保到何时矣！"随后，伏皇后被关于掖庭暴室，幽禁而死。为斩草除根，以绝后患，曹操还下令以毒酒毒死伏皇后所生的两个皇子。约百余伏氏宗族亦被处死，伏皇后之母等十九人被流放到涿郡。同时，曹操还逼迫刘协将其二女儿曹节册封为皇后，以便监视刘协言行。对此，不少文武莫敢出言。

此时值建安十九年十二末。

须知，其实早在建安十八年，曹操就把他七个女儿中的三个，即曹宪、曹节和曹华送给了刘协为妃。随后，又将自己几名幼女与刘协订了婚，以期她们到婚配年龄时，再将其从邺城曹府送进许都宫中。曹操为攀上皇亲，即做国舅和监视刘协言行，竟接二连三以其亲生女儿婚事做赌注，其手段之卑劣，用心之良苦，堪称空前。

随后的建安二十年三月，曹操在邺城闻报刘备率军南下正与孙权争夺零陵、长沙、桂阳三郡。对此，自然大喜不禁，认为这是他进攻汉中，进而夺取益州的极好机会。于是便留曹丕留守邺城，他则亲率大队官军从邺城出发，飞一般向汉中杀去。

汉中，可是块非凡之地。它位于秦岭和大巴山之间，东西长三百余里，南北宽约十五里至八十里。中间有条发源于沔阳蟠冢山，自西向东流向江水的河水，名沔水，亦名汉水。气候间于关中与巴蜀之间，暖和湿润，雨量充沛，盛产稻麦，号称粮仓。且树木遍野，遮天蔽日。历史悠久，夏时汉水以北、秦岭以南便有褒国。商时汉水以北属褒国，汉水以南属古蜀国，双方均在此驻军。因此，这里是褒国与古蜀国的重要军事之所，商王与古蜀王间的战争大多发生于此。西周初属梁州，后并入雍州，境内仍有褒国，为周朝"南国领袖"，又称周南。东周前期褒国亡于庸国。周匡王二年，秦国、楚国和巴国联合灭庸，于是汉水以北属秦国，汉水以南属巴国。周贞定王十八年（秦厉共公二十六年），秦国派左庶长筑南郑，时属秦国。周贞定王二十八年（秦躁公二年），南郑反叛秦国归巴国。五十四年后，即周安王十五年（秦惠公十三年），秦国夺回南郑，但随后又被古蜀国占领，于是秦国势力退出秦岭以南。直到周显王之世，蜀有褒汉之地。古蜀王杜宇时，以褒斜为北方前门。蜀占据褒汉，并划汉水中游与葭萌地域为苴国，建宗藩。时楚国在汉水中下游置汉中郡以御秦国。周慎靓王五年（秦惠文王后元九年），秦灭蜀国与苴国，巴国与褒汉尽归秦国。周赧王三年（秦惠文王后元十三年），庶长章击楚国于丹阳，虏其将屈匄等，又攻楚国汉中，取地六百里。至此，秦重置汉中郡，将汉水上游地区并入位于汉水中下游的郡治所西城，并设成固县。秦时汉中属汉中郡，郡治所在西城，属县有南郑、褒、成固、西城、旬阳、锡、安阳、房陵。汉元年，刘邦被项羽封为汉王，刘邦于是有巴、蜀、汉中，都南郑。高帝九年十二月，田叔为汉中太守，治西城，属县有西城、锡、安阳、旬阳、长利、上庸、武陵、房陵、南郑、成固、褒中、沔阳。汉中郡属益州刺史部。新莽时期，改汉中郡为新城郡。世祖初，复更名汉中郡。汉中之地为延岑占据，后为蜀王公孙述据有。建武年间，汉中郡治所由西城迁至南郑，辖南郑、褒中、沔阳、成固、西城、安阳、锡、上庸、房陵九县。初平二年，张鲁据汉中，改汉中郡为汉宁郡。

张鲁，字公祺，祖籍沛国丰县，大汉留侯张良十世孙，天师道（五斗米道）教祖张道陵之孙，为五斗米道第三代天师，在汉中一带传播五斗米道，并自称"师君"。其母好养生，显年轻，兼挟鬼道，常常来往于益州牧刘焉家。张鲁通过其母与刘焉家的关系，得到刘焉的信任。初平二年，刘焉任命他为督义司马，与别部司马张修率军抗击汉中太守苏固。结果张修杀死苏固后，张鲁又杀死张修，夺其兵众，截断斜谷道，杀害朝廷使者，并自称汉宁太守。兴平元年，刘焉去世，其子刘璋代立。刘璋以张鲁不听令为由，尽杀张鲁母及其全家。随后又遣将军庞羲率领官军前往汉中进攻张鲁，但皆被张鲁所部人马打败。张鲁所部人马大多在巴地，刘璋于是以庞羲为巴郡太守，以便镇压，但被张鲁赶走。于是汉中和巴郡尽属张鲁，张鲁便在那里以五斗米道教化吏民。具体是：凡学道者，初称鬼卒，若忠实可信，则被迁为祭酒，各领部众；领多者为治头大祭酒。同时，继承张鲁祖先张道陵教法，教人诚信，不欺诈。有病者自首其过，病则愈；否则，病愈重。对犯法者只宽

第五十九回　孙仲谋刘玄德划分荆州　曹孟德兵指汉中收张鲁

限三次，倘若再犯，将予严惩。若是小过，则修道路百步以为赎罪。又严格依照《月令》，春夏两季因万物生长，禁止屠宰。又严禁酗酒。创立义舍，置义米肉于舍内，免费供行人量腹食用。同时宣称，食用过多者，将得罪鬼神而犯病。不设汉制长吏，以祭酒管理一切。于是出现了面上是汉制，实则以五斗米道管理一切的罕见管理体制，即汉、道并举体制。于是境内安定祥和，万民称颂。饱受战火之苦的关中吏民闻之，常翻越秦岭到那避难。同时，张鲁还得到巴夷之民首领杜濩、朴胡和袁约的拥戴。再就是张鲁实行宽松入道之策，不论土著还是流民，凡愿入道者，只交五斗米即可。于是三十年来，入道者不计其数，成为时之一股不可小视的势力。刘璋虽常出兵征讨，但因那里军民团结，奋力抵抗，再加之地形险要，易守难攻，结果毫无战绩。

却说曹操所率讨伐汉中官军到达长安时，正值四月的一日傍晚，时早已人疲马倦，行走若鸭。曹操见此，便下令在城西安营扎寨休息几日，以便养精蓄锐，翻山越岭进攻汉中时与张鲁所部人马厮杀。

次日早饭方毕，曹操便传令夏侯渊、夏侯惇、许褚、杜袭、张郃、朱灵、郭淮、刘晔等文武到长安议事厅听令。不久，他们皆披甲戴胄，按令匆匆赶到按秩排定。早已到达那里的曹操并未如往常般发号施令，而是对他们一一低声耳语了一番。时只见他们皆连连点头后默不作声匆匆而去了。

却说张鲁在南郑闻报曹操率军来攻汉中，大惊，忙召集部下文武到议事厅商议对策。待大家方才到齐，他便忧心忡忡道："我方才闻报，曹操率军已到长安，欲从褒斜道北头进犯我境，并已派钟繇率领所部工兵修复那里栈道。如何是好？"

张鲁所言，若晴天霹雳，使在场者惊得半晌无语。待回过神，有的言曹操打遍天下无敌手，应举众投诚，如谋士阎圃；有的则言有秦岭之险，何惧曹操人马，如张卫、杨昂、杨任、刘雄鸣和庞德一班将校。时张鲁本与阎圃一样，有意投诚，然闻张卫等将校之言，便改变了主意，并立即令他们率众修筑各处城关，准备抵抗。

叫张鲁和张卫等人万万没料到的是，钟繇所部官军工兵修复褒斜道北头栈道是假，从陈仓道经散关山再向东攻打阳平关和汉中治所南郑是真。为保密以便突袭，曹操方才对夏侯渊等人低声耳语。

其实陈仓道并不平坦，沿途多是高大险峻的山岭、深不可测的河流和鲜有人行的羊肠小道。因此，夏侯渊和许褚所率先锋官军只得逢山开路，遇水搭桥，艰难前行，才在月余后的一个东方日出、晨雾方散时分，赶到散关山西侧山脚前。

须知，要进攻汉中，就得东翻散关山。时夏侯渊见自己所率官军已疲惫不堪，翻山有难，便欲下令就地埋锅造饭，待酒足饭饱后再行翻山，进而攻打西山脚下的阳平关。然不待下令，便发现山头营寨遍布，驻扎有张鲁所部人马。夏侯渊和许褚见此，不禁大惊，待回过神，忙一边派人报告随后的曹操，一边挥军向山头冲杀。

散关山高耸入云，东、南、北三面悬崖峭壁，仅西面有条蜿蜒崎岖的羊肠小道通往阳平关。张鲁所部人马虽然体型矮小，训练无素，装备简陋，且兵微将寡，但居高临下，只要守住山头小道道口，便大事无虞。夏侯渊和许褚所率先锋官军虽然体型高大，训练有素，装备精良，且人多势众，但因道路蜿蜒崎岖狭窄，大队官军无法向上冲杀。加之他们大多来自地势平坦的关东，不善山地作战。因此，常常被张鲁所部人马打得落花流水，溃不成军。

随后的曹操在中军大帐闻报，大怒，遂不顾左右文武劝阻，立刻出帐翻身上马，飞一般赶到前方，亲自挥军向山上冲杀。于是双方你死我活厮杀了三天三夜，曹操所率官军终于占领了山头。谁料那些张鲁所部人马舍生忘死厮杀，不久竟然杀退了曹操所部官军，将山头夺了回来。如此失而复得、得而复失了数月，结果是山上山下尸骨遍野，鲜血横流。对此，曹操不禁非常沮丧，料想夺取汉中无望，于是便下令撤军，并传令随后的刘晔督后。刘晔接令后却书告曹操道："丞相须知，大军既已到此，攻克汉中只用挥手之劳即可。若退，粮道不继，难保安全。与其如此，不若举众继续进攻。"

曹操在中军大帐看毕刘晔来书，认为非常有理，于是便令夏侯渊、夏侯

第五十九回　孙仲谋刘玄德划分荆州　曹孟德兵指汉中收张鲁

惇、许褚、张郃、朱灵、徐晃和郭淮挥军轮番以带火的飞箭射向张鲁所部人马营寨。瞬间，营寨便火焰四起，烧得他们喊爹叫娘，弃寨东向下山，向阳平关逃去。夏侯渊、夏侯惇、许褚、张郃、朱灵、徐晃和郭淮见此，大喜，遂便挥军向山上冲杀，欲随之一举攻破阳平关。方冲上山顶，忽见一身高八尺余，膀大腰圆，满身血迹的中年大汉从火焰中猛地爬起，举着狼牙大棒挡住了他们去路。他们见此，皆不禁一愣。随后夏侯渊高声问那大汉道："何人竟敢在此挡道？"

方问毕，便听得夏侯渊身后一人雷鸣般吼道："留下姓名，以免成我棒下无名之鬼！"

夏侯渊及众官军将士忙闻声望去，原乃许褚。时他早已拍马挥舞着狼牙大棒，向大汉冲杀了过去。大汉闻许褚言，毫不惊慌，边挥舞着狼牙大棒向许褚迎杀上去，边高声回应道："俺乃守寨主将杨任，认得么？"

许褚闻之，不禁倒抽了一口凉气。何也？原来许褚早便知晓杨任武艺高强，少有人敌，乃张鲁手下第一猛将。说时迟那时快，他俩接住便你来我往杀将起来。时许褚是骑战，杨任是步战。骑战的虽然居高临下，动作却难以协调，往往使不上劲。步战动作虽然敏捷自如，却居于下方，每每吃亏。于是双方各有长短，各有千秋，杀了良久，也不见分晓。时夏侯渊在一旁看得不耐烦，便暗暗取下腰间大弩，搭箭偷偷向杨任射去。杨任不防，正中咽喉，立刻便倒地而亡。夏侯渊、夏侯惇、许褚、张郃、朱灵、徐晃和郭淮见此，自然大喜不禁，遂忙挥军向那些奔逃的张鲁所部人马飞一般追杀过去。不久，便追杀到阳平关西门前。

阳平关，乃千年古关。它北依秦岭，南临汉水和巴山，西通巴蜀金牛道，北抵秦陇陈仓道，并与位于汉水两岸的定军山和天荡山互为犄角，为汉中西面门户，故有汉中最险要最雄伟的关隘莫如阳平关之说。但近三十年汉中无战事，阳平关早已破损不堪。不过，经张卫和杨昂此前率领工兵经月余修筑，不仅恢复了原貌，而且坚固有加。

再说待夏侯渊、夏侯惇、许褚、张郃、朱灵、徐晃和郭淮挥军追杀到阳平关西关门时，已夜幕降临。时守关主将张卫和杨昂知晓阳平关乃汉中治所南郑最后屏障，倘若丢失，后果不堪设想，于是便挥军奋力抵抗。时夏侯渊、夏侯惇、许褚、张郃、朱灵、徐晃和郭淮是誓在必得，自然是挥军奋力攻打。但他们是远道而来，腹中空空，筋疲力尽，哪是张卫和杨昂所率以逸待劳、士气高昂的守关人马的对手？结果攻打到午夜时分，也未越关头一步。无奈，只好下令停止攻打，埋锅造饭，填饱肚皮，就地休息，待曹操所率大队官军到后再做计议。官军们闻令，哪有不高兴的，随即便解胄卸甲，放下刀枪，按令行事。谁料随后片刻，关西门突然打开，一支守关人马在张卫的率领下，飞一般向他们冲杀过来。他们不备，竟被杀得喊爹叫娘，抱头鼠窜。正在这时，曹操所率大队官军从后赶到。张卫见此，大惊，遂忙传令鸣金收兵，掉头飞一般向关内退去。时曹操认为己军新来乍到，不熟地形，倘若贸然追击，后果难测。于是便传令就地安营扎寨，以待时变。

谁料曹操所率官军待了月余，也未见张卫所率守关人马有何变化。对此，曹操不禁酒食难进，日夜难寝，并在一日午夜传召辛毗和刘晔到中军大帐商议对策。同住一起的他俩闻召，皆认为此时传召定是商议是否撤军问题，于是不禁非常着急，并立刻翻身起床，着装戴帽，奔出帐门，翻身上马，飞一般向那赶去。距那还有百余步，便见灯光下曹操已站在帐门前等待。对此，他俩忙翻身下马，疾步上前，不及向曹操拱手施礼便异口同声问道："丞相此刻召我俩，莫不是为……"

"随后你们便知晓。"

曹操言毕，便拉着他俩疾步进入帐内。方坐定，曹操便道："我十万大军长久陷于这万山之中，倘若刘备与孙权乘机……"

不待曹操言毕，辛毗便掷地有声道："丞相虽言之有理，但绝不可退军！"

辛毗方言毕，刘晔便上前贴着曹操右耳低声耳语起来。时只见曹操不停点头称是。

次日早饭方毕，曹操所率官军若往日一般，早已戴胄披甲，举刀舞枪，准备攻关。谁料曹操却下令立即撤军。对此，他们皆若丈二和尚，摸不着头

第五十九回　孙仲谋刘玄德划分荆州　曹孟德兵指汉中收张鲁

脑。但又不能违背命令，无奈，只得按令行事。

在阳平关西关楼上的张卫和杨昂见此，大喜，忙遣人飞一般赶到南郑报告张鲁。张鲁闻报，自然大喜不禁，并送来大批酒肉犒劳。于是关外到处是昼夜大块吃肉，大口喝酒的张鲁所部人马。正在这时的一日午夜，忽见关西火光冲天，鼓角齐鸣，杀声震天，火光中夏侯渊、夏侯惇、许褚、张郃、朱灵、徐晃和郭淮率领无数官军步骑从那向他们杀来。时他们哪里有防，片刻工夫，有的不知怎么回事，便脑袋掉地；有的起身还未站定，便腿脚分身；其余的不是臂膀受伤，便是满脸血迹，忙爬起蜂拥般向关内逃去。在后的曹操闻报，大喜，遂便传令随后追击。次日雾散日出时刻，夏侯渊、夏侯惇、许褚、张郃、朱灵、徐晃和郭淮挥军直追到南郑西门外方才停住脚步。

须知，张鲁所部守关人马之所以大败，是中了刘晔此前对曹操低声耳语的伴作退兵，实则趁夜袭击之计。

时夏侯渊认为其所率官军是新来乍到，不知南郑城内底细，倘若攻击，怕有不测。许褚却不以为然，欲挥军向城内攻去，经夏侯渊劝阻，方才作罢。不久，曹操率领高祚、辛毗、刘晔和司马懿等大队官军也随后赶到。时曹操见夏侯渊、夏侯惇、许褚、张郃、朱灵、徐晃和郭淮未乘胜挥军攻城，不禁非常不解，遂欲问夏侯渊就里，不待开口，便见一樵夫模样的大汉奋力推开城门，匆匆走到曹操马前伏地施礼，并问曹操道："丞相为何不入城？"

曹操闻问，以为他是张鲁指使的诱饵。经询问左右将校，方知他是张鲁部下猛将庞德。时曹操早便闻知庞德原为马超部将，后转投张鲁，只是无缘相识，现闻他称呼自己最高官职丞相，想必是来投诚的。于是忙翻身下马，上前扶起他道："我等庞将军久呢。"

"多谢丞相接纳。"

"请问庞将军，南郑城防如何？"

"早已人去城空。"

"张鲁那厮呢？"

"方得报散关山失守，便逃往巴中去了。"

庞德方答毕，忽见一探马从西城门匆匆走来，向曹操禀报城内府库粮草完好无损。对此，曹操不禁非常惊异，忙问庞德道："张鲁何故不毁弃库内粮草呢？"

"谋士阎圃曾经劝说他下令烧毁宝货仓库，但他却道：'本欲归命国家，而意未达。今之走，避锋锐，非有恶意。宝货仓库，国家之有。'"

庞德答毕，清了清嗓子又道："丞相有所不知，张鲁本有投靠丞相之意，只是在其胞弟张卫等一班将校的怂恿下，方才与丞相作对。后闻报散关山失守，料知大势已去，便欲投诚丞相。"

"为何没来投呢？"

"阎圃以为投诚时机未到。"

"为何？"

"阎圃以为兵败而投，必受轻视。因此，不若先依杜濩和朴胡与丞相相拒，然后再投，必得厚待。"

"他何不南投刘备那厮呢？"

"阎圃曾劝说他要么北投丞相，要么结好刘备。他闻之却勃然大怒道：'刘备狡诈，我宁做曹公奴，也不做刘备座上宾！'"

曹操从庞德口中知晓张鲁早有投他之意，自然大喜不禁。方入城，便遣使者招张鲁归降。对此，正中张鲁下怀，于是立刻便率众从巴中赶到南郑投诚。

上述便是张鲁汉中兵败后投归曹操的全过程。

随后，曹操认为汉中既平，万事大吉，于是不待与他人商议，便在一日上午在议事厅下令撤军。所率官军闻令，自然兴高采烈，歌之舞之。何也？因为他们大多犹若当年刘邦左右文武及部下将士一样，来自关东，不喜待在偏远崎岖的汉中。那么当时有没有人反对撤军呢？当然有。看官欲知是谁，请看下回分解。

第六十回

破汉制曹孟德称王邺城
保巴蜀刘玄德占领汉中

却说曹操宣布撤军令不久，便有一身材高大，气质不凡，目光犀利的中年汉子匆匆来到议事厅，不及拱手向曹操施礼便对他道："在下以为，刘备那厮以诡道征服刘璋，巴蜀人心还未归顺又率五万人马与孙蛮争夺遥远的桂阳、长沙和零陵三郡。因此，眼下巴蜀空虚，若现在发兵攻之，是取胜难逢的极好机会。因此，丞相切不可错过。此所谓圣人既不能违时，也不能失时啊。"

看官你道他是何人？乃丞相主簿司马懿。

司马懿，字仲达，高祖父司马钧为汉征西将军，曾祖父司马量为汉豫章太守，祖父司马儁为汉颍川太守，父亲司马防为汉京兆尹，可见其家世非常显赫。他少时便有奇节，聪明多大略，博学洽闻，喜欢儒教，常慨然有忧天下心。未成年，素以知人善任著称的南阳太守杨俊就说他绝非寻常之辈。尚书崔琰也认为他聪明懂事，做事果断，英姿不凡。建安六年，被郡举为计掾。时为司空的曹操听闻他的名声后，便派人召他到其府中任职。司马懿见汉朝国运已微，同时，认为曹操祖父为宦官，看不起曹操，便托词患有风痹病不能任职。曹操开始不信，便派人于夜间去刺探真伪，司马懿得到消息，便躺在床上不动，像真患上风痹。但曹操仍然不信，在六年后的建安十三年为丞相后，便派使者以强制手段辟司马懿为文学掾。时曹操对使者说，若不就，便收监。对此，司马懿不禁畏惧，只得就职。到任后，曹操让他与曹丕往来游处，历任黄门侍郎、议郎、丞相东曹属等职。

再说曹操闻司马懿言，想起了当年岑彭按世祖刘秀从天水东归时对其"西城若下，便可将兵南击蜀虏。人苦不知足，既平陇，复望蜀"所言行事，结果开始大胜据蜀的公孙述，但随后却被刺身亡故事。于是感叹道："人苦于不知足，既得陇右，复欲得蜀。"

司马懿闻言，料知曹操无攻蜀之意，不禁暗自叹息。

在场的刘晔认为司马懿言之有理，于是也上前对曹操道："明公以步卒五千，将诛董卓，北破袁绍，南征刘表，九州百郡，十并其八，威震天下，势慑海外。今举汉中，蜀人望风，破胆失守，推此而前，蜀可传檄而定。刘备，人杰也，有度而迟，得蜀日浅，蜀人未恃也。今破汉中，蜀人震恐，其势自倾。以公之神明，因其倾而压之，无不克也。若小缓之，诸葛亮明于治而为相，关羽、张飞勇冠三军而为将，蜀民既定，据险守要，则不可犯也。今不取，必为后忧。"

言毕，以为自己是世祖刘秀之后，且又算无遗策，曹操定会采纳他的建议，谁料曹操却不为所动。对此，刘晔不禁感到非常遗憾。

次日早饭方毕，曹操所率大队官军便出南郑北门，沿褒斜道浩浩荡荡地向北撤去。途中，文臣们轮流领唱，其余的随唱侍中王粲随行所作的赞美曹操征讨陇右和汉中神武的军旅诗。诗曰：

从军有苦乐，但问所从谁。
所从神且武，焉得久劳师。
相公征关右，赫怒震天威。
一举灭獯虏，再举服羌夷。
西收边地贼，忽若俯拾遗。
陈赏越丘山，酒肉逾川坻。
军中多饫饶，人马皆溢肥。
徒行兼乘还，空出有余资。

第六十回　破汉制曹孟德称王邺城　保巴蜀刘玄德占领汉中

拓地三千里，往返速若飞。
歌舞入邺城，所愿获无违。
昼日处大朝，日暮薄言归。
外参时明政，内不废家私。
禽兽惮为牺，良苗实已挥。
窃慕负鼎翁，愿厉朽钝姿。
不能效沮溺，相随把锄犁。
孰览夫子诗，信知所言非。

　　歌声如雷，震耳欲聋。路过石门亭时，曹操还下马情不自禁地欣赏了《石门颂》大赋，见奔腾东去的褒水掀起的浪花在隆冬日光的照射下犹若翻滚的雪浪，不禁书情大发，挥笔在石壁上写下了汉隶"衮雪"二字。时左右只认得"雪"字，却未见过"衮"字，即使学富五车、知识渊博的文臣们也是如此。于是便问曹操，曹操随即以手指着褒水道："此处水太多，有碍交通，故省去'滚'左边三点水。"

　　他们闻言，不禁恍然大悟，并异口同声赞道："丞相书法意境妙不可言啊！"

　　总之，虽然一路北风呼啸，天寒地冻，但他们却欢声笑语，喜气洋洋，好一派凯旋景象。

　　此时值建安二十年十二月。

　　叫人不可理解的是，此前曹操何故不采纳司马懿和刘晔乘胜进攻巴蜀的建议呢？难道是担心东边合肥之安危吗？非也！因为早在半年前他率领官军与张鲁所部人马在散关山正杀得难解难分时，孙权就乘机率领官军十万进围合肥，情况十分危急。但合肥守将张辽、李典和乐进此前便看了他叫护军薛悌送给张辽的"贼至乃拆急函"，因而他们毫不惊慌，并拆开此函视之，方知乃"若孙权军来到，张、李两将军出战；乐将军守护军，不得与战"等言。时李典与乐进皆疑惑不解，张辽却对他俩道："曹公远征在外，待其救兵到来，敌早已破城。因此曹公叫我等待敌未合围时便迎而击之，以摧其锋锐，安定军心，然后方可坚守。须知，成败之机，在此一战，诸君何须疑惑？"时李典亦与张辽之意不约而同。于是张辽便在这时的一日夜间召集敢迎击敌锐之士八百，宰牛让其饱餐，待明日大战。次日天尚未亮，张辽即披甲持戟，身先士卒冲入孙权所率官军营寨，瞬间便杀死包括两位将军在内的数十人，并大呼："俺乃张辽！"然后飞一般突入重垒，飞一般冲杀到孙权中军大帐麾旗下。被惊醒爬起的孙权见此，不禁惊慌失措，手下官军也手足无措。待回过神，方才出营翻身上马，拥簇着早已上马的孙权争先恐后登上附近一座高丘，以长戟自守。张辽见此，便挥舞着长戟叱喝孙权下来与他对战。时孙权早已吓得脸色蜡黄，双手发抖，哪敢接战？时东方日出，天已大亮，孙权于是举目朝下一望，见张辽所率人马并不多，方知中计，于是胆子随即便壮了起来，并传令聚集大军将张辽围了个水泄不通。对此，张辽毫不畏惧，并抖擞精神，挥戟冲杀，片刻便冲破重围，拍马而去。

　　随后，当张辽回首见他所率官军仅数十人得脱，还有部分未出的正高呼张辽道："张将军难道要舍弃我们吗？"张辽闻之，即刻又挥戟杀入重围，救出他们。孙权所率官军见此，自然心惊胆寒，不敢上前追击。至中午时分，张辽、李典便杀退孙权部下大将徐盛，并砍断其画戟。其余那些孙权所率官军见此，立刻便溃不成军，转身乱逃。结果张辽、李典和乐进所率合肥守军军心稳定，守城志坚。于是孙权所率官军攻城十余日，却毫无结果。恰值军中疫疾肆虐，死伤无数。对此，孙权不禁非常着急。无奈，只得下令撤军。撤军那天，孙权所部大队官军前行，孙权则与凌统、甘宁、吕蒙、蒋钦等将校率领千余虎士殿后。方到逍遥津之北，即被张辽发现，并立马挥军从后直向他们围杀上去，瞬间便将其围在核心。凌统见此，大惊，遂便抖擞精神，亲率三百精锐杀入重围；甘宁则边令部下极力击鼓助战，边亲自以强弓大弩射击；吕蒙、蒋钦则舍生忘死拼杀。结果孙权终于被凌统救出，并护着他飞一般向后撤退。谁料撤退路上逍遥津上的小师桥早被张辽所率官军捣毁。时在孙权马后的小校谷利见此，先是不禁大惊失色，待回过神灵机一动，叫孙

第六十回　破汉制曹孟德称王邺城　保巴蜀刘玄德占领汉中

权坐稳马鞍，松开缰绳。孙权闻之，遂忙照办。谷利于是照准马臀就是狠劲一鞭，马立刻腾空而起，飞过桥南，与贺齐所率孙权所部三千官军会合，于是孙权才得以脱险。交战中，孙权部下偏将军陈武被郝昭所杀。曹操在汉中闻报合肥大捷，自然大喜不禁，并飞书褒扬了张辽一番。因此，这岂用曹操担心合肥安危呢？

那么是曹操担心进军巴蜀山高路险吗？非也！从汉中进入巴蜀的大巴山道路之险与从关中进入汉中相比，简直是小巫见大巫。不过，从梓西金牛道进军巴蜀，倒是山高路险，栈道连云，还算险要，但从汉中以南的米仓道进军巴蜀，却如履平地，且很快便可进入巴蜀腹地。对此，精通军事地理的曹操不会不知道。

那么是曹操担心孤军深入，若有不测，会全军覆没吗？非也！当时刘备早已率领五万官军离开巴蜀，前往荆州与孙权争夺桂阳、长沙和零陵三郡。因此，那里十分空虚，正是进攻的极好机会。对此，曹操也十分清楚。

那么到底是什么原因使曹操拒纳司马懿和刘晔乘胜进军巴蜀的建议呢？乃缘于建安二十年八月他率军攻打散关山时所作的《秋胡行》诗的首段段落。诗曰：

> 晨上散关山，此道当何难！
> 晨上散关山，此道当何难！
> 牛顿不起，车堕谷间。
> 坐盘石之上，弹五弦之琴。
> 作为清角韵，意中迷烦。
> 歌以言志，晨上散关山。

建安二十一年春二月，曹操率领官军回到邺城后，常当众津津乐道此诗，并在铜雀台上不无得意地高声吟诵。其左右将校们闻之，有的似懂非懂，有的全然不知。文臣们闻之，自然无所不知，且心领神会曹操作此诗之意。但却不便，也不敢言表。不过，其中大将夏侯惇、侍中陈群、尚书桓阶虽不敢当众言表,但还是在私下道出了曹操作该诗的背景、寓意与真相。那是一日午时,夏侯惇特邀与他要好的陈群和桓阶到他府上宴饮。待他俩到那与夏侯惇方饮一巡,夏侯惇便问他俩道:"丞相近日何故不厌其烦地吟诵《秋胡行》,是何……"

不待问毕,陈群便心领神会夏侯惇所问下文,于是道:"将军须知,诗开头'晨上散关山,此道当何难!晨上散关山,此道当何难!牛顿不起,车堕谷间'六句,着重描述了散关山之险。其后'坐盘石之上'句乃从《穆天子传》'天子北征,至于胡,觞天子于盘石之上'三句演化而来,以暗示和比喻丞相就是当今穆天子,也就是说是当今的实际皇帝。再后'弹五弦之琴'句是从《礼记·乐记》'舜作五弦之琴,以歌《南风》'两句演化而来,其中,《南风》描述的是南风来时,万物复苏,农耕繁忙,待秋收时收得粮食,可解民苦难。因此,'弹五弦之琴'句是比喻丞相若虞舜般解民于倒悬。"

夏侯惇闻言,不禁对陈群那渊博的历史知识佩服得五体投地。随后又问桓阶道:"请问桓先生,'作为清角韵'句中'清角'当作何解?"

桓阶闻问,遂不假思索答道:"《清角》乃古曲名,相传为黄帝所作,声调高雅,含义深邃。但平凡者不能弹奏,连听都不允许。说起来还有个著名典故,即春秋时著名乐师师旷对晋平公道:'若论高雅动听,《清商》不如《清徵》,《清徵》不如《清角》。'晋平公闻后问道:'寡人可以听《清角》吗?'师旷毫不犹豫地答道:'不可。昔日黄帝合鬼神于西山之上,驾象车而六蛟龙,蚩尤居前,风伯进扫,雨师洒道,虎狼在前,鬼神在后,腾蛇伏地,凤皇覆上,大合鬼神,方作《清角》。'师旷言毕片刻又道:'今主德薄,不足听之。听之,将恐有败。'晋平公闻言,不但不生气,反还坚决要听他演奏。无奈,他只得起而奏之。方奏,便有玄云从西北方起。再奏,大风至,大雨随之,裂帷幕,破俎豆,隳廊瓦,坐者散走。晋平公见此,不禁大惊失色,遂忙伏于廊室,后晋国果然大旱赤地。丞相在此借用这个典故,意在表明他有德,完全可以闻之。"

夏侯惇闻答,不禁恍然大悟,随后又问桓阶道:"诗句'意中迷烦'当作

第六十回　破汉制曹孟德称王邺城　保巴蜀刘玄德占领汉中

何解？"

"那是丞相内心的真实反应。试想想，丞相驰骋沙场，征战多年，并执掌了朝政大权，但至今未能统一天下，怎不令他心烦意乱呢？"

桓阶方答毕，夏侯惇即问陈群道："我们将如何为丞相排忧解难呢？"

陈群闻问，沉思片刻道："丞相在诗中已言明了呢，只须我们做臣子的推举便是了。"

"陈先生言之有理。"

夏侯惇方言毕，陈群便若有所思道："丞相已诏封为魏公，两年前皇上又下诏其位在诸王之上，且改授金玺、赤绂、远游冠。倘若再……"

不待陈群言毕，桓阶便道："可称王。"

夏侯惇认为桓阶言之有理，遂大喜道："妙啊！"

方言毕，便听得门口有人高声道："你们在议论什么呢？"

他三人闻声忙望去，原乃千秋亭侯、司空祭酒董昭。时夏侯惇惊异地问他道："董先生何故知晓我们在此呢？"

"鄙人先后到陈府和桓府约陈先生和桓先生出城踏青，谁料两府门人都答你俩到夏侯惇将军府上了。所以鄙人便……"

不待言毕，夏侯惇、陈群和桓阶早便放下手中筷盏，起身异口同声道："公仁来得正好！"

随后，即让董昭入席。董昭应声方坐下，夏侯惇便将他三人方才所言向他道了一番。董昭闻后毫不犹豫道："我与你们所见无异呢。当初丞相称魏公时我就曾对他道：'自古以来，人臣匡世，未有今日之功；有今日之功，未有久处人臣之势者啊。今明公耻有惭德而未尽善，乐保名节而无大责，德美过于伊、周，此至德之所极也。然太甲、成王未必可遭，今民难化，甚于殷、周，处大臣之势，使人以大事疑己，诚不可不重虑也。明公虽迈威德，明法术，而不定其基，为万世计，犹未至也。定基之本，在地与人，宜稍建立，以自藩卫。明公忠节颖露，天威在颜，耿弇床下之言，朱英无妄之论，不得过……'"

不待言毕，夏侯惇即连连点头道："言之有理啊！"

片刻董昭又道："我曾书告尚书令荀彧荀先生：'昔周旦、吕望，当姬氏之盛，因二圣之业，辅翼成王之幼，功勋若彼，犹受上爵，锡土开宇。末世田单，驱强齐之众，报弱燕之怨，收城七十，迎复襄王，襄王加赏田单，使东有掖邑之封，西有菑上之虞。前世录功，浓厚如此。今丞相遭海内倾覆，宗庙焚灭，躬擐甲胄，周旋征伐，栉风沐雨，且三十年，芟夷群凶，为百姓除害，使汉室复存，刘氏奉祀。方之曩者数公，若太山之与丘垤，岂同日而论乎？'后丞相遂受魏公，加九……"

不待言毕，夏侯惇、陈群和桓阶便异口同声道："董先生言之有理呢。"

随后，夏侯惇边挠脑门边摸耳朵问董昭道："董先生以为丞相宜称何王为好？"

"魏王。"

夏侯惇、陈群和桓阶闻董昭答，皆表赞成，并异口同声道："那就烦董先生代我们恭请丞相称魏王吧。"

董昭闻言，忙连连摆手道："丞相进魏公时我已进言。因此，还是桓先生代我们向丞相转达我们今番之意为宜。"

夏侯惇和陈群闻言，皆表赞成。桓阶见此，遂大喜道："既然你们信得过我，那我就从命了。"

言毕，时已午后，于是他们方才起身拱手施礼告辞。

此后的一日上午，曹操正在曹府书房边吟唱边挥毫书写《秋胡行》诗时，忽然门卫匆匆进来，边向他拱手施礼边报道："桓阶桓先生在大门外言有要事求见丞相。"

曹操闻报，遂不假思索道："准见。"

片刻，门卫便将桓阶引了进来。桓阶见到曹操，自然是先上前拱手施礼，随后便滔滔不绝赞扬道："丞相这首《秋胡行》诗引经据典恰当，气势宏伟空前，意境高雅无双啊。"

言毕，即边踱步上前引颈注目曹操所书，边喋喋不休地赞叹道："丞相汉

第六十回　破汉制曹孟德称王邺城　保巴蜀刘玄德占领汉中

隶遒劲有力，没人能比。"

曹操闻桓阶所言并未得意扬扬，而是放下手中毛笔若有所思道："桓先生该不是来欣赏老夫的诗词和书法的吧？"

"是也不是。"

"当如何讲？"

"丞相诗词和书法固然举世无双，然遗憾的是……"

"是什么？"

"丞相功盖天下，却甘居……"

不待言毕，曹操便问道："依你看呢？"

"可登王位。"

曹操闻桓阶言，不禁暗喜，但面上却道："老夫已封魏公，尊贵已极，岂敢再有他想！"

言毕片刻又道："桓先生须知，我大汉虽曾封外姓功臣，或其后裔，或其亲戚，如张耳之子张敖为赵王，英布为淮南王，臧荼为燕王，韩信为楚王，彭越为梁王，韩襄王后裔为韩王，英布岳父吴内为长沙王。不过，自高帝杀白马立誓之后，非皇族功臣最高爵位只能封列侯，印紫绶，有封户，但不得封王。"

"这有何难，大汉就未设过公爵位，自萧何、曹参、王陵、陈平、审食其、周勃、灌婴和张苍之后，丞相之职也被废除，但丞相不是也被拜为丞相和魏公了吗？"

曹操闻桓阶言，自然暗喜不已，但面上却一时无语。半响后方才叹道："这个嘛！"

随后，桓阶便将他与夏侯惇、董昭和陈群此前所议向曹操道了一番。曹操闻之自然大喜，并思想到：还是夏侯惇、董昭、桓阶和陈群最理解老夫《秋胡行》诗之寓意，遂掷地有声道："既然你们有推举老夫登王位之意，那老夫就推让不如高就了！"

桓阶闻曹操答应了他的，认为自己为当今一人之下，万人之上的曹操立了一大功，自然不禁欣喜狂若，道："丞相就等佳音吧。"

"来来来，与老夫小酌一番再去吧。"

"谢丞相美意，推举之事要紧。待丞相登上王位，再来小酌不迟。"

桓阶言毕，向曹操拱手施礼告辞后，便转身匆匆出门去了。

看官你道桓阶此后去哪了？是打道回自家府邸了吗？非也！而是匆匆赶往夏侯惇府邸去了。时已正午，夏侯惇正与陈群和家人用饭，见桓阶飞一般进来，料想是为推举曹操登王位之事。但不知曹操是否准了，因而心头不禁七上八下，忐忑不安。正待问个究竟，桓阶早笑容满面道："丞相准了。"

"准啥了？"

"准了我们推举他为王。"

"那好，立即就办！"

夏侯惇言毕，便放下筷盏，起身与桓阶和陈群一道出门，向董昭府邸匆匆赶去。时董昭已用饭毕欲午睡，闻报他们到来，当即便料到曹操准了他们的推举。于是方见面便问道："莫不是丞相准了我们的推举？"

桓阶闻问，不禁非常惊异，遂忙问道："你怎么知晓？"

"从你们脸上看到的。你们还未用饭吧？"

夏侯惇打个饱嗝儿答道："我和陈先生已用过了，只是桓先生还……"

还未言毕，董昭即道："大家都坐下小酌吧。"

言毕，便吩咐酒宴。席间，桓阶便将他与曹操的谈话详细道了一番。夏侯惇与董昭闻言，遂异口同声道："万事俱备，只待我们联络同志推举了。"

桓阶认为夏侯惇和董昭言之有理，于是不待席毕便起身匆匆出门，挨门挨户联络拥护曹操的文臣将校去了。

再说自桓阶从曹府离去后，曹操便日不能安，夜不能寝。何也？因为他认为，称王能否成功，干系非同一般，因此派出了多路奸细到处打探消息，但却毫无结果。正在这时，一奸细匆匆进来，边向他拱手施礼边报道："夏侯将军、董先生、陈先生和桓先生已联络到所有拥护丞相大人登王位的文臣将校了。"

第六十回　破汉制曹孟德称王邺城　保巴蜀刘玄德占领汉中

"都是哪些文臣将校？"

"就是拥护丞相大人称魏公的那些文臣将校。"

曹操闻报，自然大喜不禁。待奸细方才退出，便自言自语道："还是魏公国的文臣将校靠得住啊。"

方言毕，便见一门卫匆匆进来，向曹操方拱手施礼毕即报道："夏侯将军、董先生、陈先生和桓先生在门口言有要事求见丞相大人。"

曹操闻报，料想他们是来向他禀报择日登王位之事，因而直高兴得差点手舞足蹈起来，并立刻对门卫道："还不快快让他们进来。"

片刻，夏侯惇、董昭、陈群和桓阶便匆匆走了进来。他们向曹操拱手施礼方毕，夏侯惇便毕恭毕敬地将签上名的绢制《魏王劝进表》呈与曹操。曹操接过，立刻便展开细细看阅起来。全文曰：

魏王殿下：

臣彰顿首。臣闻天生烝人，树之以君，所以对越天地，司牧黎元。圣帝明王鉴其若此，知天地不可以乏飨，故屈其身以奉之；知黎元不可以无主，故不得已而临之。社稷时难，则咸藩定其倾；郊庙或替，则宗哲篡其祀。所以弘振遐风，式固万世，三五以降，靡不由之。

伏睹魏王，自登位以来，德布四方，仁及万物，越古超今，虽唐、虞无以过此。群臣会议，皆言汉祚已终。臣闻昏明迭用，否泰相济，天命未改，历数有归，或多难以固邦国，或殷忧以启圣明。齐有无知之祸，而小白为五伯之长；晋有骊姬之难，而重耳主诸侯之盟。社稷靡安，必将有以扶其危；黔首几绝，必将有以继其绪。伏惟殿下，玄德通于神明，圣姿合于两仪，应命代之期，绍千载之运。夫符瑞之表，天人有征，中兴之兆，图谶垂典。自荆扬陨丧，巴蜀崩离，天下嚣然无所归怀，虽有夏之遘夷羿，宗姬之离犬戎，蔑以过之。陛下抚宁江左，奋有中原，柔服以德，伐叛以刑，抗明威以摄不类，杖大顺以肃宇内。纯化既敷，则率土宅心；义风既畅，则遐方企踵。天祚大伪，必将有主，主魏祀者，非殿下而谁？以迩无异言，远无异望,讴歌者无不吟咏徽猷,狱讼者无不思于圣德,天地之际既交,华裔之情允洽。一角之兽,连理之木,以为休征者,盖有百数;冠带之伦,要荒之众,不谋而同辞者,动以万计。是以臣等敢考天地之心,因函夏之趣,昧死以上尊号。愿陛下存舜禹至公之情,狭巢由抗矫之节,以社稷为务,不以小行为先,以黔首为忧,不以克让为事。上以慰宗庙乃顾之怀,下以释普天倾首之望。则所谓生繁华于枯荑,育丰肌于朽骨,神人获安,无不幸甚。

臣闻尊位有德者居之,今仰瞻天象,俯察民心,炎精之数既终,行运在乎曹氏。魏王并日月,无幽不烛,深谋远虑,出自胸怀,不胜犬马忧国之情,迟睹人神开泰之路。臣等各忝守方任,职在遐外,不得陪列阙庭,共观盛礼,踊跃之怀,南望周极。

中军师陵树亭侯荀攸、前军师东武亭侯钟繇,左军师凉茂,右军师毛玠,平虏将军华乡侯刘勋,建武将军清苑亭侯刘若,伏波将军高安侯夏侯惇,扬武将军都亭侯王忠,奋威将军乐乡侯刘展,建忠将军昌乡亭侯鲜于辅,奋武将军安国亭侯程昱,太中大夫都乡侯贾诩,军师祭酒千秋亭侯董昭,都亭侯薛洪,南乡亭侯董蒙,关内侯王粲、傅巽,祭酒王选、袁涣、王朗、张承、任藩和杜袭,中护军国明亭侯曹洪,中领军万岁亭侯韩浩,行骁骑将军安平亭侯曹仁,领护军将军王图,长史万潜、谢奂和袁霸。谨上。

曹操方看毕,便大大褒扬了夏侯惇、董昭、陈群和桓阶一番。随后董昭对曹操若有所思道:"丞相宜先籍田。"

夏侯惇闻言,若丈二和尚,摸不着头脑,遂忙问董昭道:"为何?"

"夏侯将军须知,籍田乃天子之事。倘若丞相籍田千亩,就意味着……"

不待董昭答毕,夏侯惇便心领神会董昭所言用意,即籍田是曹操登王位的前奏。于是在建安二十一年三月一个春风习习、晴空万里的上午,曹操在邺城文臣将校的拥簇下,来到邺城南郊籍田千亩。

籍田不久后的一日下午,董昭在曹府客厅问曹操道:"登王位还须皇上册封吗?"

第六十回　破汉制曹孟德称王邺城　保巴蜀刘玄德占领汉中

时在场的夏侯惇闻问，遂掷地有声道："大可不必，省得麻烦。"

曹操认为夏侯惇所言不当，遂道："必须有天子诏书，否则，便是名不正，言不顺。"

"丞相言之有理，这事包在在下身上了。"

时在场的董昭言毕，便向曹操拱手施礼告辞，并带上《魏王劝进表》转身匆匆出门，前往许都参见刘协，要他下诏批准。他原以为要刘协下诏是件难事，谁料当刘协从他手上接过《魏王劝进表》，方才看阅毕，便毫不犹豫予以应允，并立刻命令在场的大司农、魏御史大夫袁霸撰诏。看官你道这是何道理？原来刘协闻报曹操效仿天子在邺城南郊籍田千亩，以为他要篡夺帝位，自然大为恐惧。现看阅毕《魏王劝进表》，方知曹操是要登王位，而非篡夺帝位，自然不会犹豫。

袁霸接到刘协命令后，以为这是立功受奖的极好机会，于是立刻便飞一般回到自家府邸，在书房案几上铺开黄绢，摆上墨砚，废寝忘食，挥笔赶撰，终于在三天后的一个拂晓时分撰毕，并当即赶往刘协寝宫呈与他阅视。时半睡半醒的刘协闻报，忙翻身起床，不待穿衣戴帽，便接过诏书看阅起来。

诏书曰：

自古帝王，虽号称相变，爵等不同，至乎褒崇元勋，建立功德，光启氏姓，延于子孙，庶姓之与亲，岂有殊焉。昔我圣祖受命，创业肇基，造我区夏，鉴古今之制，通爵等之差，尽封山川，以立藩屏，使异姓亲戚，并列土地，据国而王，所以保乂天命，安固万嗣。历世承平，臣主无事。世祖中兴而时有难易，是以旷年数百，无异姓诸侯王之位。朕以不德，继序弘业，遭率土分崩，群凶纵毒，自西徂东，辛苦卑约。当此之际，唯恐溺入于难，以羞先帝之圣德。赖皇天之灵，俾君秉义奋身，震迅神武，捍朕于艰难，获保宗庙，华夏遗民，含气之伦，莫不蒙焉。君勤过稷、禹，忠俦伊、周，而掩之以谦让，守之以弥恭，是以往者初开魏国，锡君土宇，惧君之违命虑君之固辞，故且怀志屈意，封君为上公，欲以钦顺高义，须俟勋绩。韩遂、宋建，南结巴、蜀，群逆合从，图危社稷，君复命将，龙骧虎奋，枭其元首，屠其窟栖。暨至西征，阳平之役，亲擐甲胄，深入险阻，芟夷蝥贼，殄其凶丑，荡定西陲，悬旌万里，声教远振，宁我区夏。盖唐、虞之盛，三后树功，文、武之兴，旦、奭作辅，二祖成业，英豪佐命。夫以圣哲之君，事为己任，犹锡土班瑞以报功臣，岂有如朕寡德，仗君以济，而赏典不丰，将何以答神祇慰万方哉？今进君爵为魏王，使使持节行御史大夫、宗正刘艾奉策玺玄土之社，苴以白茅，金虎符第一至第五，竹使符第一至第十。君其正王位，以丞相领冀州牧如故。其上魏公玺绶符册。敬服朕命，简恤尔众，克绥庶绩，以扬我祖宗之休命。

时刘协虽认为诏书对曹操的渲染有过之而无不及，因此心里非常不快。但为当下形势所迫，方阅毕便御笔一挥，写了个"准"字。

再说曹操自董昭离开邺城前往许都参见刘协后，心情一直惶惶不安，并常到府邸大门前踬足引颈，举目南向注视许都方向，盼望董昭早日回来向他禀报刘协是否御批了《魏王劝进表》。正在这时的一日上午，站在曹府门前的曹操望见董昭正从城南门快马加鞭朝他这边赶来。时曹操正欲上前相迎，然不待开步，董昭早已来到他面前，并忙翻身下马，疾步上前边向他拱手施礼，边气喘吁吁道："皇上已下诏准了！"

方言毕，便拉着曹操右手直往客厅走去。到里还未坐下，董昭便从怀里取出诏书，毕恭毕敬地呈与曹操。曹操接过，便忙展开一字一句看阅起来。看阅毕，不禁大喜过望，于是大大褒扬了董昭一番。随后，方若有所思地问董昭道："知晓《礼记·曲礼上》'长者问，不辞让而对，非礼也'之言吗？"

"略知一二。"

随后曹操不再言语，便与董昭走出客厅，到书房将绢、笔、墨摆上案几，挥笔上书刘协，辞让册封魏王，并如此三次。前面已述，刘协本不愿曹操登王位，是形势所迫才下诏予以准许。因此，现在见曹操上书辞让，自然

第六十回　破汉制曹孟德称王邺城　保巴蜀刘玄德占领汉中

暗喜，并欲顺水推舟，准了曹操的。但又深知曹操上书辞让是虚情假意，当不得真，于是便三次托人下诏不许。袁霸、万潜与谢奂闻曹操曾三辞，以为其登王之意有变，不禁非常着急，并忙上表刘协，请他亲手撰诏予以劝止。刘协无奈，只得依了袁霸、万潜与谢奂的，遂亲手撰诏曰：

大圣以功德为高美，以忠和为典训，故创业垂名，使百世可希，行道制义，使力行可效，是以勋烈无穷，休光茂著。稷、契载元首之聪明，周、邵因文、武之智用，虽经营庶官，仰叹俯思，其对岂有若君者哉？朕惟古人之功，美之如彼，思君忠勤之绩，茂之如此，是以每将镂符析瑞，陈礼命册，寤寐慨然，自忘守文之不德焉。今君重违朕命，固辞恳切，非所以称朕心而训后世也。其抑志撙节，勿复固辞。

曹操接到刘协手诏后，认为他的辞让之举符合《礼记·曲礼上》'长者问，不辞让而对，非礼也'之言，于是不再辞让，并令许褚率领工兵修筑拜王坛。许褚得令，立刻便率领三千官军工兵到邺城南郊日夜精心施工。不久后，一座高三丈，周十丈，坐北朝南的拜王坛便拔地而起。坛中央正上方建有歇山式石亭一座，气势雄伟壮观。亭下中央竖有石碑一通，上刻汉隶"拜王坛"三字。字迹严谨古朴，遒劲有力，乃大家手笔。坛左右两侧各立石柱一根，右侧石柱上刻"剿黄巾伐董卓斩吕布灭二袁平乌桓平乱之英雄"，左侧石柱上刻"尊人才兴文学重屯田倡节俭抚流民治世之能臣"。皆汉隶，字迹浑厚雄劲，亦大家手笔。

敬拜那天，晴空万里，阳光明媚，炎热无比。但坛四周举刀持枪的警卫将士仍胄甲皆备，密不透汗。坛下前方右侧站着大袍宽袖的文臣，对面站着铁胄铁甲的将校。坛前广场四周插满了五彩缤纷的旗帜。坛右前方三丈处前排站着高大英俊、衣着华丽的击鼓队和吹角队。午时三刻，只见曹操在许褚带领的虎士的拥簇下，从坛右侧后方缓缓转出，还未坐上事先摆好的太师椅，坛上坛下立刻便响起了雷鸣般的掌声。随后，身着朝服的夏侯惇从坛左侧转出，健步走到坛前左角，方站定便高声宣布道："册封魏王仪式现在开始!鼓角鸣《魏王国曲》!"

击鼓兵和吹角兵闻言,随即抖擞精神,起劲地击吹。片刻,击吹毕。随后,夏侯惇又高声道:"请桓阶宣读《魏王劝进表》!"

桓阶闻言,随即稳步从坛右侧转出,走到坛前方站定,便从怀里取出绢制《魏王劝进表》宣读起来。宣读毕,夏侯惇又高声道:"请中军师陵树亭侯荀攸宣诏,请丞相接诏!"

话音方落,便见手持诏书、迈着方步的荀攸从坛后右侧转出,走到坛中央前方还未站定,曹操便离座起身,昂首挺胸走到荀攸身前,欲跪下接诏。荀攸见此,认为曹操此举虽符合时之礼制,但曹操虽是汉臣,实则是天子的天子,跪下接诏,不仅有损尊严,而且也使不得。于是忙上前制止,并和蔼可亲地道:"丞相站着即可。"

曹操闻言,不禁暗喜,并依了荀攸的。随后,荀攸便展开诏书高声宣读起来。其间,宣读声不时被雷鸣般的掌声淹没。宣读毕,曹操便向荀攸拱了拱手,算是向刘协施礼谢恩。

随后,夏侯惇又高声道:"请魏王坐回原位!"

时夏侯惇转头见曹操已转身回到太师椅上坐定,方才又高声道:"击鼓吹角,庆祝丞相册封为魏王。"

那些击鼓兵和吹角兵闻言,立刻便使出吃奶的劲击吹。于是声响震天动地,几十里外都能听到。接着是一些年轻力壮,五官端正的官军将士边迈着整齐的步伐,边喊着"魏王千岁"的口号,雄赳赳气昂昂地由东向西通过广场。曹操见了,不禁非常激动,于是便离座起身,疾步走到坛前中央昂首挺胸站着,不停地向他们挥手致意。直到通过毕,曹操方才转身坐回。时有不少左右文武欲上前向曹操表示祝贺,夏侯惇见此,料想年迈的曹操已累,便忙宣布册封仪式结束。

当日夜幕方才将临,曹操便在铜雀苑大摆宴席庆祝自己被册封为魏王,和招待前来朝贺的代郡乌桓单于普富卢与随行侯王及在邺文臣将校。时丝竹震耳,歌舞连台,盏杯交错,热闹非凡。

第六十回　破汉制曹孟德称王邺城　保巴蜀刘玄德占领汉中

此时值建安二十一年五月。

随后不久，刘协下诏命曹操之女享受皇帝之女待遇，即称公主，并供其洗漱化妆费用。

建安二十二年四月，刘协下诏准许曹操设天子旌旗，出入若皇帝般专称警跸。同年五月，曹操在邺城南郊建太学。同年六月，曹操以军师华歆为御史大夫。同年十月，刘协命曹操戴同皇帝所戴的十二旒礼冠，乘六匹马牵引的金根车，配备五时副车。同时，还御批五官中郎将曹丕为魏王国太子。

同时，开始设尚书、侍中、六卿和吏部、左民、客曹、五兵、度支五曹等魏王国中央官衙。随后又将汉室朝廷各类官吏，如崔琰、毛玠、何夔、常林、徐奕、卫凯、王粲、杜袭、华歆、王修、袁涣、王朗和陈群，先后转为魏王国官吏。

上述不难看出，不论是曹操为之，还是刘协准许，都是时之皇帝才有权行使和能享受的。可见曹操被册封为魏王后，不论是实质还是形式，都与皇帝毫无二致。对此，曹操自然得意非凡，并常头着十二旒礼冠，乘六马金根车，配五时副车，在邺城招摇过市，到处转悠。于是不论是魏王国的臣民还是汉室朝廷的遗老见了，无不羡慕不已，喋喋称赞。不过，也有冷眼旁观者，如司马懿便是。他认为曹操称魏王是微不足道之事，可缓行。而当初从汉中进军巴蜀则事关重大，须急行。否则，汉中早晚必被刘备占领。

正在这时的一日下午，曹操头着十二旒礼冠，乘六马金根车，配五时副车，正兴致勃勃地在城内转悠，忽见一小校飞马前来，不及向曹操拱手施礼便气喘吁吁地向他低声耳语起来。时只见曹操脸色铁青，猛地昏倒在车上。左右见此，大惊，忙上前七手八脚将其扶起，方才避免不测。

看官你道小校对曹操耳语了什么，竟使曹操气成那样？乃驻守汉中的主将夏侯渊被刘备大将黄忠所杀，汉中失守也只在旦夕。片刻待曹操醒过神，便立刻传召左右文武速到曹府有事相告。他们闻召，料想必是要紧事，自然不敢怠慢，片刻便飞一般赶到那里按秩排定，只待曹操发言。早到那里的曹操见此，遂便将小校对他低声耳语的向他们道了一番。他们闻之，先是大惊失色，继而便怒不可遏，并争先恐后争当先锋军主将，欲率军前往汉中杀退刘备所率官军，将黄忠分尸万段方才罢休。曹操见此，于是怒气顿消，并立刻令曹丕留守邺城，他则亲率朱灵、徐晃、郭淮、高祚、辛毗、刘晔和司马懿等所部官军风驰电掣般西向汉中杀去，同时发誓不斩杀刘备和黄忠为夏侯渊报仇，誓不罢休。由于进军神速，在建安二十二年九月便到达了长安。同时，曹操认为杀夏侯渊之计非出自刘备，必为他人所教。

须知，在此前的建安二十一年秋七月，即曹操方被册封为魏王不久，曹操并没闲着。先是匈奴国南单于呼厨泉率名王来朝，曹操待以上宾之礼，并留在魏公国，仅命右贤王去卑回去监管匈奴国。同年八月，始置掌管礼乐社稷、宗庙礼仪，其属官有太史、太祝、太宰、太药、太医、太卜六令及博士祭酒，为九卿之一的奉常宗正官与主管皇帝、诸侯王和外戚男女姻亲嫡庶事务，亦为九卿之一的宗正卿。同时，以大理钟繇为一国之首宰和群臣之首的魏王国相国。同年十月，亲击金鼓训练其所部水陆官军。建安二十二年春正月，亲率大队官军进攻孙权地盘居巢。同年二月，率领官军进攻孙权地盘江西郝谿。孙权闻报，便率领官军前往濡须口拒守，而曹操挥军逼攻。孙权料难抗衡曹操所率官军，于是便率领官军后撤。同年三月，曹操怕孙权撤军有诈，遂留夏侯惇、曹仁和张辽率领所部官军驻屯居巢，他则率大队官军回邺城。建安二十三年春正月，汉太医令吉本、少府耿纪和司直韦晃等人反叛，并纠集人马攻打许都，焚烧丞相长史王必军营。曹操闻报惊怒异常，随即令将军王必与颍川典农中郎将严匡讨斩之。同年四月，代郡、上谷乌桓能臣氐等人举众反叛。曹操闻报，遂遣其第三子、鄢陵侯曹彰前往破之。

却说刘备自见曹操降了张鲁、得了汉中后，一直耿耿于怀，焦虑不安，何也？因为他深知，汉中是巴蜀的北大门，不占有它，巴蜀就时刻难保。比如，曹操使镇守汉中的夏侯渊和张郃，就多次率领官军越过米仓山进犯巴界。其中一次张郃率领官军竟然杀到巴蜀腹地宕渠瓦口关，要不是张飞率领官军赶到将其杀退，后果不堪设想。因此，早在建安二十二年十二月末，便遣张飞、马超和吴兰屯兵曹操地盘武都郡下辩道，为夺取汉中做准备。曹操

第六十回　破汉制曹孟德称王邺城　保巴蜀刘玄德占领汉中

在邺城闻报，便在建安二十三年初遣曹洪率领官军拒之。结果曹洪大破吴兰所率官军，并斩其部将任夔。同年三月，刘备又派张飞、马超和吴兰走汉中，阴平氐强端起兵响应曹操，将吴兰斩杀。时正在成都刘府用午饭的刘备闻报，不禁大惊失色，认为夺取汉中不仅必行，而且迫在眉睫。于是立刻便放下手中筷盏，传令左右文武，速到议事厅议事。随后方才起身匆匆向位于城中央的议事厅赶去。不久，他们便同时到达了那里。待左右文武按秩方才排定，坐在上方的刘备便将他此前所闻报的向他们道了一番。他们闻之，先不禁大吃一惊，随后有的言通往汉中的道路险峻狭窄，栈道年久失修，辎重转运困难，因而攻取汉中难于上青天；有的言夏侯渊、张郃、徐晃等皆敌之勇将，且又凭险据守，能否战胜他们，夺取汉中，还很难说。时黄忠、魏延和赵云却认为夺取汉中必手到擒来，易若反掌，并争先恐后争当先锋。对此，刘备一时也没了主意。正在这时，忽听得有人高声道："须知，不得汉中，三巴则不安。失去它，犹若割巴蜀之股臂。因此，曹贼方破张鲁时，主公就应命令在下率领诸将迎候张鲁，占领汉中。"

在场文武闻声望去，原乃护军黄权。还不待大家表示是否赞同，又听得有人高声道："黄将军言之有理啊。曹操一举而降张鲁，定汉中，却不乘势以图巴蜀，而留夏侯渊、张郃之流镇守之，遂身遽北还，此非其智不逮而力不足，必内有忧逼使然。因此，主公若趁此率领所部大队官军前往攻取，只举手之劳便可得之。"

在场文武又忙闻声望去，原乃扬武将军、蜀郡太守法正。

须知，法正为与诸葛亮齐名的大臣，自然是一言九鼎，举足轻重，因而在场文武闻之，无不点头赞同，恰值他方才所言正与刘备早先之意相合，因此，刘备立即便道："法、黄二位方才之言皆有理。"

其他将校闻刘备如此言，皆不约而同地摩拳擦掌，欲与黄忠、赵云和魏延争当先锋。文臣谋士也一致表示赞同黄权和法正方才所言。刘备见此大喜，随即便先令诸葛亮留守成都，随后即以法正和黄权为谋士，黄忠为先锋，赵云和魏延率军居中，他则率其大队官军随后，沿着金牛道，经雒城、绵竹、涪城、梓潼、剑门、葭萌和米仓，飞一般北向汉中杀去。不久，便到达阳平关西门外，与夏侯惇和张郃所率官军相拒。

刘备所率官军是翻山越岭，远道而来，所运粮草有限，自然欲快刀斩乱麻，速战速决。夏侯渊和张郃所率官军正好相反，是原地驻守，粮草充足，自然欲以持久战将刘备所率官军拖瘦后再歼灭。因此，刘备所率官军攻打时，便石、箭齐下，闭关不出。结果竟使刘备所率官军若狗咬乌龟，无法下口。对此，刘备不禁非常着急，并在一日上午在中军大帐门口举首瞭望着汉水之南直出神。正在这时，忽听得有人异口同声对他低声道："主公莫不是欲以引蛇出洞之计将敌……"

不待问毕，刘备便闻声扭头望去，原乃方匆匆来到他身旁的法正与黄权。于是便问他俩道："二位以为此计如何？"

"甚妙！"

法正言毕，黄权又上前对刘备低声耳语了一番，时只见刘备不住点头。随后，刘备便召来黄忠对其低声耳语了一番，时也只见黄忠不住点头，随后便向刘备拱手施礼告辞，转身匆匆出门而去。

次日日头方出，在南门关楼上巡视军务的夏侯渊忽见定军山南麓有处乱草丛生的洼坑里布满了营寨。对此，他不禁感到非常惊异，经派人打探，方知是刘备部下大将黄忠所率官军营寨。因不久前黄忠在天荡山隘口打败了张郃，遂使刘备所率大队官军很快通过那里，兵临关下。时夏侯渊还未及反击，现在黄忠所率官军又在定军山安营扎寨，意欲居高临下攻击阳平关。对此，夏侯渊自然气得六腑破裂，七窍冒烟，不待用早饭，便率官军前往攻打，意欲擒杀黄忠，抢占制高点。

定军山位于汉水之南，米仓山以北，从东向西有十二座山峰，其中，定军山为主峰，壁立如屏，高险异常。因此，夏侯渊率领官军赶到那里山脚下，挥军从早攻打到夕阳西下，也无结果。因为黄忠也仿夏侯渊守关故事，石、箭齐下，闭寨不出。时夏侯渊所率官军早已两腹空空，筋疲力尽，并东倒西歪躺在地上爬不起来。夏侯渊见此，大怒，遂便翻身下马，挥剑上

第六十回　破汉制曹孟德称王邺城　保巴蜀刘玄德占领汉中

前，欲斩杀几个为首的，以为督战。谁料还未举剑，便闻黄忠所率刘备所部官军营寨鼓角声齐鸣，响彻云霄，接着便见黄忠挥舞着一对环柄大刀，身先士卒，拍马风驰电掣般从山腰直向夏侯渊冲杀下来。夏侯渊见此，大惊，欲翻身上马，举枪迎战。然不待他上马，黄忠已冲杀到他身前，手起刀落，他便身首异处，倒在了血泊中。坐在地上的夏侯渊所部益州刺史赵颙见此，大惊，正欲爬起转身后逃。不待爬起，早便被黄忠所率官军从后赶上刀枪齐下，瞬间成了一堆肉泥。那些夏侯渊所率官军见此，哪敢接战，于是争先恐后爬起转身就飞一般向阳平关南关门逃去。正在南关门楼上的张郃见此，料想夏侯渊兵败，不禁大惊失色，待回过神，便忙令所部守关官军打开关门，让其入关。谁料黄忠挥军随后紧追不舍，并尾随其后冲进了关内。时刘备闻报，大喜，随即便引军入关。

黄忠定军山之战的胜利，乃黄权对刘备的低声耳语使然。

却说张郃等将校见阳平关失守，便率领官军飞一般东向南郑逃去。他们虽然摆脱了追兵，逃入城内，但皆心惊胆寒，军心涣散。郭淮见此，不禁非常着急，并建议推荐张郃为临时统领，以便稳定军心。张郃临危上任后，果然军心稳定，众志成城。随后不久的一日黄昏时分，曹操也从长安率领大队官军从褒斜道翻越崇山峻岭赶到南郑西门下。刘备闻报，毫不惧怕，对左右文武道："曹贼虽来，也无能为力，我必有汉中无疑。"

言毕片刻又道："大家须知，阳平关乃进入汉中腹地最险的最后屏障，我军占领了它，就等于占领了汉中。"

在场者闻言，无不点头称是。

却说曹操率领大队官军方到南郑西门下的次日上午，曹操便迫不及待令所率官军大举攻关，并高声叫刘备出来与他亲自对阵。刘备闻报，大怒，忙着盔披甲，准备出关应了曹操的。待赶到西门关楼上，见城下曹操虽然高头大马嘶吼，金盔金甲耀目，双戟寒光四射，但他却老态龙钟，胡须斑白。要不是在此点名道姓相逢，真认不出他就是曹操。于是不禁感慨到：是啊！二十年未见了，面貌皆非啊！不过时之刘备深知，尽管曹操体态今不如昔，万一他老当益壮，武艺不减当年，我刘备岂是其对手？而刘备呢，此前在曹操心目中本是青须青发，年富力强，时待他举目向关头上一望，见刘备虽然昂首挺胸，银盔银甲，手持双股剑，但已胡须灰白，老态显现。于是也不禁感慨到：是啊！岁月不饶人啊！不过，他毕竟小我几岁，虽算不上年富力强，但我曹操真亲自与他对阵，不见得能占到便宜。结果他俩麻杆打狼，两头害怕。于是对望了一阵后，皆怒气顿消，欲亲自对阵之意自然也飞到了爪哇国。正在这时，忽见曹操身后转出一高头黑马，膀大腰圆，铁盔铁甲，手持狼牙大棒的小将，向刘备高声道："大耳贼，有胆的下来与我一战！"

言毕，挥舞着手中狼牙大棒直向刘备杀来。

看官你道这小将是谁？乃曹操第三子曹彰。时他怕曹操与刘备亲自对阵后有不测而有损其尊严，方才出来挑战刘备。正在这时，只见关西门打开，一高大威猛，面白英俊，胄甲披挂，挺枪跃马的小将直向曹彰飞一般迎杀上去。曹彰见此，不禁吃了一惊，回过神边拍马上前接战边高声问道："你这厮乃何人？还不快快道个姓名，以免成我棒下无名之鬼！"

"我乃罗侯寇氏之子、皇亲国戚长沙刘泌外甥、刘益州义子刘封，认得吗？你是何人？竟敢在此称狂！"

"原来是大耳贼的野种！我坐不改姓，立不改名，乃当朝丞相第三子曹彰。"

"我以为你是谁，原乃阉竖之后！"

曹彰闻刘封辱骂他，自然气得五脏六腑破裂，七窍八孔冒烟，那狼牙大棒也随之猛地砸了过来。刘封见此，忙举枪迎住厮杀起来。时曹彰已随曹操征战多年，武艺自然高强，因此，哪把刘封放在眼里，每棒下去，恨不得立刻将其砸成肉泥。须知，刘封八年前就随诸葛亮、张飞和赵云率领所部官军溯流西上，进攻巴蜀。因力气过人，武艺高强，所过之处皆攻无不克，战无不胜。因此，每枪不是直指曹彰前胸，就是猛刺曹彰后背，恨不得立刻将其刺个透心凉。于是他俩厮杀了良久，也难分伯仲。曹操见此，不禁非常着急，遂便下马亲自击鼓为曹彰助威。刘备见了，也不禁非常着急，也亲自

第六十回　破汉制曹孟德称王邺城　保巴蜀刘玄德占领汉中

击鼓为刘封助威。对此，曹彰与刘封不禁非常激动，遂使出九牛二虎之力，拼命厮杀，但仍不见分晓。无奈，他俩只得不约而同各收兵器，掉头拍马而归。

须知，你道刘封何故要出战呢？原来他也若曹彰一般，怕刘备与曹操亲自对阵而遭不测，方才自告奋勇，挑战曹彰。

时刘备见一时难胜曹操，于是便仿夏侯渊此前故事，守关不出。对此，曹操也不着急，并来了个缓兵之计，围而不攻。何也？因为他堆藏在北山的粮草足够几年所需，待刘备弹尽粮绝后再攻，取胜必易如反掌。于是便常与随从游览褒姒故里、韩信拜将台和张良庙等名胜古迹。正在这时的一日下午，忽见一报子飞马前来，不及向他拱手施礼便气喘吁吁地向他报道："不好了，敌将黄忠率敌抢夺了北山粮……"

不待报毕，曹操便若遭晴天霹雳，惊得不知所以。回过神，方才大骂黄忠不止，并忙传令所率步骑官军赶来，随他向北山杀去。

黄忠北山劫粮草是怎么回事呢？原来刘备见曹操围而不攻，随即便料知其上述用意，于是不禁非常着急，并在一日上午召黄忠和赵云到东关楼大厅，还未及坐定便道："成都距汉中不仅道路遥远，且山高路险，栈道失修，运粮困难。若与曹贼在此长期相持，后果定然不堪……"

不待言毕，黄忠便道："末将闻报曹操老贼在北山堆积的粮草如山，倘若夺之，便可解我军粮草之需。"

言毕，喝了口茶清了清嗓子又道："须知，那些粮草乃稳定曹操老贼所率人马军心的法宝，倘若有失，他们定会军心大乱，不战自溃。"

刘备和赵云闻言，当即便赞同黄忠夺粮之言。但也料及囤粮之地，必有重兵把守。为此，刘备便令黄忠与其部将张著晚饭后率领官军前往夺粮，赵云随后率领官军接应。

黄忠、张著得令，随即便按令行事，即酒足饭饱后便率军飞一般杀进北山粮库，欲将抢到的粮草运走。恰值这时曹操亲率曹休、曹真、许褚、徐晃、朱灵、郭淮、高祚、辛毗等官军步骑赶到，并瞬间将黄忠和张著所率官军铁桶般包围起来。同时,在曹操的授意下,边不约而同地高喊着"擒杀黄忠老贼,为夏侯渊将军报仇"的口号,边蜂拥般专向黄忠围杀过去。时已回到自己营寨的赵云闻报,大惊,并不及向刘备请令,便忙率领数十官军轻骑飞一般前往救援,并很快杀进重围,与正将黄忠、张著杀得只有招架功夫,而无还手之力的曹休、曹真和朱灵接住厮杀起来。须知,他三人皆是曹操部下猛将,赵云一人岂是其对手?但他三人皆知赵云当年于千军万马之中威震长坂,救出阿斗故事。因此,眼下见到赵云,皆不免心惊肉跳,手忙脚乱。结果厮杀不久,赵云便将其杀退,将黄忠救回自己营寨。后赵云得报张著因伤还未杀出重围,于是不待下马,便立刻飞一般前往再次杀进重围,将张著救回营寨。对此,曹操自然气急败坏,怒不可遏,并挥军猛地追杀到赵云营寨北辕门前。时已夜幕降临,曹操以为乘胜趁黑进攻胜券在握,于是便传令向前冲杀。守寨的沔阳长张翼见此,欲闭门拒守,然赵云却令大开营寨北辕门,熄灭灯火,停止鼓角。随后,赵云方才单枪匹马飞一般赶到营寨北辕门口,举火停在那里肖然不动。曹操见此,疑有伏兵,便欲下令后退。正在这时,营寨内忽然灯火通明,鼓声震天,杀声震地,随之便是强弓大弩齐发,射得曹操所率官军乱不成军,自相踩践。因赵云营寨紧邻汉水之南,在强烈的火光照射下,曹操所率官军看不清哪是火光哪是汉水,于是便慌不择路乱窜。但大多一窝蜂似的朝营寨北面汉水拥去。时值盛夏,汉水猛涨,深不可测,结果被淹死的尸首堆积如山,阻断了水流,而被射死射伤的更是数不胜数。于是伤者呻吟之声,不绝于耳;死者臭气之烈,刺鼻难闻。

  刘备在阳平关闻报赵云大胜,自然大喜不禁,并在次日早饭后与左右文武前往赵云营寨慰问。赵云在中军大帐闻报,自然惊喜异常,并亲往营寨南辕门相迎。刘备方见到赵云,便高声赞道:"子龙一身都是胆啊!"

  赵云闻言,忙连连摆手谦虚了一番。随后,赵云与刘备等人在中军大帐赏乐饮宴至黄昏时分,方才欢颜而别。从此,军中皆号赵云为虎威将军。

  却说曹操收拾残兵败将方从赵云营寨退回南郑,还不待点计损失人马,便闻报北山粮库粮草散落遍地,一片狼藉。对此,不禁痛心疾首,认为眼下

第六十回　破汉制曹孟德称王邺城　保巴蜀刘玄德占领汉中

兵败还可寻机反败为胜，但粮草受损，则军心必乱。因此，倘若再在此与刘备对峙，必弊大于利。倘若撤军，就意味着打遍中原无敌手的他，到头来竟然败在织席卖履小儿刘备手下。这不仅是兴师动众，徒劳无功，还是奇耻大辱，有损颜面。于是直后悔当初没听司马懿和刘晔向南进攻巴蜀的建议。末了，只得垂头丧气传令全军从褒斜道撤回长安。同时，为防刘备率军北攻武都氐以犯关中，曹操遂遣雍州刺史张既迁武都氐民五万余，前往扶风与天水交界处定居。

刘备见曹操撤军，自然大喜不禁，并乘机挥军占领了整个汉中。于是一场长达两年的汉中争夺战以刘备大胜，曹操大败而告终。

此时值建安二十四年夏五月。

刘备得了汉中后，并未就此罢休，而是传令远在秭归的宜都太守孟达和犍为太守、兴业将军李严率军攻占曹操地盘房陵后再攻占上庸。因为他深知，房陵和上庸，特别是上庸，它西面米仓山、南临大巴山，不仅是汉中的南大门，也是保卫和巩固汉中的屏障，从那通过子午谷，北可攻长安，南可逼江左，东可占襄樊，而后北向兵指宛雒，消灭曹操，实现当年诸葛亮隆中对策便易如反掌。

却说孟达和李严得令后，立即便率领官军启程，翻山越岭，渡河跨桥，飞一般北向房陵杀去。看官欲知结果如何，请看下回分解。

第六十一回

刘备南郑自称汉中王
关羽樊城水淹曹七军

却说孟达和李严率领官军翻山越岭,涉水渡河,日夜兼程,在不久后的一日上午便杀到房陵西门外。

房陵,初名梁州城,殷商为方国;春秋为防渚,属麇、庸;秦置房陵县,属汉中郡;东汉末为房陵郡,改属荆州,治所房陵县。因其"纵横千里,山林四塞,其固高陵,如有房屋"而名。现属无人管辖地带。

房陵太守蒯祺闻报孟达和李严率军来犯,遂便怒不可遏,并立刻单枪匹马飞一般出西城门,要与孟达单挑,一决高下。孟达乃刘备部下一员猛将,自然应允了蒯祺的。于是二人各举兵器杀将起来。然战不多久,孟达便手起刀落,将蒯祺斩于马下。蒯祺所率守城官军在城楼上见此,立刻便没了守城之心,并不待犹豫,便开城投降。

刘备在汉中闻报蒯祺战死,不禁惊震异常,何也?因为蒯祺不仅是汉室开国大臣蒯通之后,刘璋部属蒯良与蒯越胞弟,且与两个哥哥一样,都是仁智之辈,并因此娶诸葛亮姐姐为妻。倘若招降过来与诸葛亮一道辅佐我刘备振兴汉室,自然如虎添翼。现在被杀,不仅失去一罕见人才,还有伤诸葛亮感情。正在这时,又闻报孟达和李严已率官军向上庸飞一般杀去了。对此,刘备遂思想到:就孟达和李严所率那点官军根本不足以攻破上庸。再者,他俩本为刘璋旧臣,攻占上庸后要是反叛而危及汉中安全咋办?思想到此,不禁吓得全身直起鸡皮疙瘩,因此以其兵微将寡、难破上庸为由,立刻遣刘封

第六十一回　刘备南郑自称汉中王　关羽樊城水淹曹七军

率领大队官军自南郑出发,沿汉水南下统领孟达和李严所率官军,共同攻打上庸。

上庸,商汤至周初称庸国,地域辽阔,昌盛繁荣,后为楚国所灭。原属汉中郡,建安二十年从汉中郡分出,置郡,属荆州,治所在上庸县,下辖北巫、安乐、武陵、安富和微阳五县,与房陵郡一样,属无人管辖地带,太守为申耽。

申耽,字义举,上庸郡人,善于施舍,名扬四方,且膂力过人,武艺高强,因此在西平、上庸二郡聚众数万。为生存和发展计,他一面与汉中张鲁密切交往,一面又遣使臣前往邺城,交好曹操。对此,曹操遂令他为上庸都尉、太守,封员乡侯。然他前时见曹操兵败汉中,现见刘封、孟达和李严兵临上庸,无奈,只得率领全郡官佐投降,并将自己妻儿及宗族迁往成都做人质。刘备在南郑得报,自然大喜不禁,并拜申耽为征北将军,仍任上庸太守,保爵员乡侯。又任其胞弟申仪为建信将军、西城太守。

至此,刘备得心应手,如愿以偿,即将汉中、房陵、上庸与他所统辖的荆州部分郡县连成一片,形成互为呼应之势,且实力也达到了顶峰。对此,刘备自然高兴异常,遂迁刘封为副军将军,统领孟达与李严镇守房陵和上庸。

却说刘备自闻报曹操称王以来,一直愤愤不平。他认为,非刘姓、宦官子、大奸臣曹操可称王,我刘备为汉室之后,兴汉能臣,为何不能称王呢?正在这时,诸葛亮从成都带上酒食,赶来南郑慰劳刘备所率官军汉中大捷。时诸葛亮见刘备已有荆、益二州大部,且运筹帷幄之中,决胜千里之外的谋臣有我诸葛亮、法正、黄权、马良等人;横刀立马,勇冠三军的将校有关羽、张飞、赵云、马超、黄忠、魏延、刘封、孟达、霍峻等人,实力不可谓不大。因此一日上午在刘备南郑下榻处,诸葛亮毫不犹豫地对刘备道:"以主公眼下实力,不仅可称王,还可顺天应人,即皇帝位呢。"

刘备闻言,不禁大惊失色道:"曹贼虽架空皇上多年,但皇上仍在位。因此,你方才所言万万使不得。"

时诸葛亮却不以为然道："主公须知，天下凡舍生忘死有德有才者，皆欲攀龙附凤。倘若主公不即帝位，则冷了部下文臣将校上进之心。如此，后果不堪设想。"

言毕良久，刘备仍沉默不语。对此，诸葛亮料定刘备无称帝之意，便转而求其次，试探着问他道："称王如何？"

"可！"

"回成都称王如何？"

"不必。"

"为何？"

"我是为振兴汉室而称王，宜在汉室发源地汉中称王。"

"主公言之有理。号蜀王如何？"

"既然是为振兴汉室而称王，王号就得与汉室发源地汉中有关。因此，称汉中王最宜。"

诸葛亮闻刘备言，即高兴道："主公言之有理。"

刘备见身旁的法正一言不发，甚觉奇怪，于是兴冲冲地问他道："你以为诸葛先生意见如何？"

时法正认为：从表面看，刘备称王说明其实力已大为增加，同时，也会增强部下文臣将校的凝聚力和上进心，如此，遂使曹操不敢轻易篡夺汉室江山。但实质上却弊大于利。因为时曹操虽然兵败汉中，但他仍统辖着天下大部分地区和拥有几十万兵马；江左孙权历经三世，不仅据有江淮大部分地区，最近还招抚了广、交、岭南，其统辖区域已由扬州扩展到荆州的零陵、长沙和桂阳三郡。现刘备实力确实大增，但益州西边的诸戎和南边的夷越还未归附，统辖范围还未包裹益州全境。因此，与曹操和孙权的实力相比，乃是小巫见大巫。因此，振兴汉室还任重道远。还有，自曹操兵败荆州后，为报战败之仇，曾多次率军攻打孙权。而刘备正是乘此机占有荆州大部地区，接着又逆水而上占有巴蜀，继而北取汉中，才有今天三分天下有其一的局面。由此可见，没有曹孙间不断交战，刘备实力就不可能发展壮大。倘若刘

第六十一回　刘备南郑自称汉中王　关羽樊城水淹曹七军

备称王，曹操定会将进攻的矛头由孙权转向刘备。孙权也会因刘备称王而与曹操联合进攻刘备。如此，刘备便两头受敌，后果必将不堪设想。现在闻刘备问，又不好在刘备兴头上泼冷水，无奈，只得沉默不答。

因刘备在兴头上，也不管法正是否答言，随即便吩咐广汉郡属吏李前撰写群臣的《汉中王劝进表》和他的《上皇上奏章》。李前是蜀中学富五车、知识渊博的才子，接到任务后没费多大工夫，便撰写完毕。

为能及时举行册封刘备为汉中王仪式，诸葛亮欲因陋就简，派魏延率领官军工兵前往南郑南郊将当年举行册封刘邦为汉王仪式的汉台略加修缮，以供举行册封刘备为汉中王仪式所用。时刘备却不同意，并道："倘若在那举行册封仪式，便抢了那里帝气，有不孝不敬祖先高帝之嫌。因此，还是另觅他处吧。"诸葛亮认为刘备言之有理，后经他多次勘察，发现沔阳县城正东七里处王气正盛，于是就向刘备建议在那新建一座汉中王坛。对此，刘备自然赞同，并立即派魏延率领三千官军工兵，按诸葛亮事先设计好的汉中王坛样式，冒着炎热前往那里日夜施工。不久后，一座坐西朝东，巍峨壮观的汉中王坛便拔地而起。

须知，古人视南面为至尊，视北面为至贱。故时之帝王宫殿、教派庙宇和各类坛台，皆坐北朝南，那么为何汉中王坛却坐西朝东呢？因汉中王坛位置正巧在汉室故都雒阳西面，其正面正好朝向雒阳。如此布局设计，充分体现了刘备是尊崇汉室故都雒阳的，换言之，就是尊崇汉室。由此可见，诸葛亮在设计汉中王坛时的良苦用心非同一般。

举行册封汉中王仪式那天，正值初秋，晴空万里，阳光灿烂。坛上坛下彩旗飞舞，坛四周远近刀枪林立。坛下右侧前方站着宽衣大袖，文质彬彬的文臣；坛下左侧前方站着头戴武弁大冠，身披铠甲，脚着皮靴，刀剑皆备，威武雄壮的将校。坛前宽阔的广场上站满了衣着华丽的鼓角士兵、仪仗队和铁胄铁甲的步骑，最后面站着的是身着各色服装、队列整齐的平民百姓。气氛之庄严之肃穆，堪称空前。午时三刻，诸葛亮从坛正上方屏风右侧大步转出走到前方，清了清嗓子高声道："举行册封汉中王大典仪式现在开始！首先请兴业将军李严宣读《汉中王劝进表》。"

话音方落，李严即从坛上方屏风右侧大步转出，走到坛中央前方站定，便从怀里取出绢制《汉中王劝进表》高声宣读起来。表文曰：

平西将军都亭侯臣马超、左将军领长史镇军将军臣许靖、营司马臣庞羲、议曹从事中郎军议中郎将臣射援、军师将军臣诸葛亮、荡寇将军汉寿亭侯臣关羽、征虏将军新亭侯臣张飞、征西将军臣黄忠、镇远将军臣赖恭、扬武将军臣法正、兴业将军臣李严等一百二十人上言曰：

昔唐尧至圣而四凶在朝，周成仁贤而四国作难，高后称制而诸吕窃命，孝昭幼冲而上官逆谋，皆冯世宠，藉履国权，穷凶极乱，社稷几危。非大舜、周公、朱虚、博陆，则不能流放禽讨，安危定倾。伏惟陛下诞姿圣德，统理万邦，而遭厄运不造之艰。董卓首难，荡覆京畿，曹操阶祸，窃执天衡；皇后太子，鸩杀见害，剥乱天下，残毁民物。久令陛下蒙尘忧厄，幽处虚邑。人神无主，遏绝王命，厌昧皇极，欲盗神器。左将军领司隶校尉豫、荆、益三州牧宜城亭侯备，受朝爵秩，念在输力，以殉国难。睹其机兆，赫然愤发，与车骑将军董承同谋诛操，将安国家，克宁旧都。会承机事不密，令操游魂得遂长恶，残泯海内。臣等每惧王室大有阋乐之祸，小有定安之变，夙夜惴惴，战栗累息。昔在《虞书》，敦序九族，周监二代，封建同姓，《诗》著其义，历载长久。汉兴之初，割裂疆土，尊王子弟，是以卒折诸吕之难，而成太宗之基。臣等以备肺腑枝叶，宗子藩翰，心存国家，念在弭乱。自操破于汉中，海内英雄望风蚁附，而爵号不显，九锡未加，非所以镇卫社稷，光昭万世也。奉辞在外，礼命断绝。昔河西太守梁统等值汉中兴，限于山河，位同权均，不能相率，咸推窦融以为元帅，卒立效绩，摧破隗嚣。今社稷之难，急于陇、蜀。操外吞天下，内残群寮，朝廷有萧墙之危，而御侮未建，可为寒心。臣等辄依旧典，封备汉中王，拜大司马，董齐六军，纠合同盟，扫灭凶逆。以汉中、巴、蜀、广汉、犍为为国，所署置依汉初诸侯王故典。夫权宜之制，苟利社稷，专之可也。然后功成事立，臣等

第六十一回 刘备南郑自称汉中王 关羽樊城水淹曹七军

退伏矫罪，虽死无恨。

宣读期间，坛上坛下官民不断报以热烈的掌声。

须知，在《汉中王劝进表》中，并不是如关羽、张飞以及随后的诸葛亮那样跟随刘备舍生忘死、征战南北多年的老臣与嫡系名列前位，却是马超名列一百二十位文臣将校之首，何也？一因按时之军制先后排序，首位是位在三公之上的大将军，其后依次是骠骑将军、车骑将军、卫将军，然后是前将军、左将军、右将军、后将军……马超是皇帝刘协正式封拜的偏将军、都亭侯。后他又自称征西将军，领并州牧，督凉州军事。由此可见，除其爵位与关羽汉寿亭侯同等外，其职位在一百二十人之首。二因刘备当年久攻成都不下，是马超所率官军前来援助，刘璋方才开城投诚，其功不可没。三因在那一百二十人中，曹操最畏惧的是马超，并因此曾言"马超不死，我无宁日"。将其大名列在首位，可震慑曹操。由于这三大原因，将马超大名列在首位是理所当然。

随后，诸葛亮又高声道："请汉中王宣读《上皇上奏章》！"

方言毕，便响起了震天动地的鼓角声。随后，刘备在文武随从的拥簇下，从坛正上方屏风右侧稳步转出，走到坛正前方站定，便从怀里取出绢制《上皇上奏章》宣读起来。时坛上坛下官民皆竖耳静听。《上皇上奏章》曰：

臣以具臣之才，荷上将之任，董督三军，奉辞于外，不得扫除寇难，靖匡王室，久使陛下圣教陵迟，六合之内，否而未泰，惟忧反侧，疢如疾首。曩者董卓造为乱阶，自是之后，群凶纵横，残剥海内。赖陛下圣德威灵，人神同应，或忠义奋讨，或上天降罚，暴逆并殪，以渐冰消。惟独曹操，久未枭除，侵擅国权，恣心极乱。臣昔与车骑将军董承图谋讨操，机事不密，承见陷害，臣播越失据，忠义不果。遂得使操穷凶极逆，主后戮杀，皇子鸩害。虽纠合同盟，念在奋力，懦弱不武，历年未效。常恐殒没，孤负国恩，寤寐永叹，夕惕若厉。今臣群寮以为在昔《虞书》敦序九族，庶明励翼，五帝损益，此道不废。周监二代，并建诸姬，实赖晋、郑夹辅之福。高祖龙兴，尊王子弟，大启九国，卒斩诸吕，以安大宗。今操恶直丑正，实繁有徒，包藏祸心，篡盗已显。既宗室微弱，帝族无位，斟酌古式，依假权宜，上臣大司马汉中王。臣伏自三省，受国厚恩，荷任一方，陈力未效，所获已过，不宜复忝高位以重罪谤。群寮见逼，迫臣以义。臣退惟寇贼不枭，国难未已，宗庙倾危，社稷将坠，成臣忧责碎首之负。若应权通变，以宁靖圣朝，虽赴水火，所不得辞，敢虑常宜，以防后悔。辄顺众议，拜受印玺，以崇国威。仰惟爵号，位高宠厚，俯思报效，忧深责重，惊怖累息，如临于谷。尽力输诚，奖厉六师，率齐群义，应天顺时，扑讨凶逆，以宁社稷，以报万分。谨拜章因驿上还所假左将军、宜城亭侯印绶。

《上皇上奏章》共包含六大要点：一是逐一揭示了历代历次天下大乱起因；二是揭露了曹操杀害伏皇后和皇太子，大乱天下，残害民物，遂使皇上蒙尘忧厄，幽处虚邑，并因此使天下人神无主，遏绝王命的万恶罪行；三是歌颂了刘备以天下为己任，治乱安危，振兴汉室的决心与功绩；四是说明奏请朝廷批准刘备称汉中王的正当理由和统辖区域；五是表明刘备登汉中王之举是当前特殊形势下的权宜之计，目的是有利于振兴汉室；六是上缴刘备原左将军、宜城亭侯印绶，以便正式就任汉中王。

方宣读毕，侍者就上前毕恭毕敬地为刘备戴上饰有蝉纹的九旒王冕，即通天冠；接着又为刘备披上白色衮龙王袍。其间，"汉中王千岁"的欢呼声震天动地，不绝于耳。待刘备穿戴毕，诸葛亮又高声道："庆祝举行册封汉中王仪式成功游行开始！"

话音方落，仪仗大队、步骑将士便边高喊着"汉中王千岁"，边迈着大步，从西南向东北，昂首挺胸通过广场，随后是载歌载舞的平民百姓方队。站在坛中央前方检阅的刘备见此，不禁感慨到：真乃人间正道，沧海桑田啊！我本乃皇室之胄，因家道中落，无奈，只得以织席卖履为业与母艰难度日。后与亲如兄弟的关羽和张飞在家乡团结同志，告别寡居的老母，举兵东征西战几十年，遂从安喜县尉、下邳县丞、高唐县丞、高唐县令、别部司

第六十一回　刘备南郑自称汉中王　关羽樊城水淹曹七军

马、试守平原令、平原相、豫州刺史、徐州牧、镇东将军、宜城亭侯、豫州牧、左将军、荆州牧和益州牧，到今册封为一人之下，万人之上的汉中王，并在此检阅千军万马，好威风啊！

庆典毕，已是玉兔东升，夜幕降临。于是就坛四面八方大摆筵席，以为庆贺。刘备及其左右文武席座自然设在坛上方中央。席间，刘备遂问左右文武道："我将率军回成都，谁愿驻守汉中？"

张飞闻问，以为能担当驻守汉中大任者，非他莫属。谁料刘备却道："众卿须知，汉中西控巴蜀，南临荆襄，北通秦陇，战略地位十分重要。若守住它，上可倾覆曹贼，振兴汉室；中可兵指雍凉，扩展疆土。因此，依我之意，须得魏延这样智勇双全者率军镇守不可。"

在场文武闻言，无不惊愕不已，瞠目结舌。何也？因为他们以为，张飞与刘备亲如兄弟，刘备必会将汉中托付与他镇守，方才放心。而魏延闻言，自然受宠若惊，忙起身走到刘备几前拱手施礼致谢。刘备见此，并未满脸笑容接受魏延之谢，而是满脸严肃地问他道："汉中远离成都，且山高路险，救援困难，倘若曹贼举兵来犯，卿当如何御之？"

"若曹贼举大军而来，请为大王拒之；若其偏将领十万之众而至，请为大王吞之。"

刘备认为魏延所答非常有理，不禁大喜，当即便封他为督汉中镇远将军，领汉中太守。时魏延边双手拍胸脯边信誓旦旦道："末将绝不辜负大王之托，若有丝毫闪失，请拿俺九族问斩！"

刘备闻言，大喜，遂便起身右手举杯，左手拍着魏延右肩道："愿将军方才所言驷马难追！干杯！"

言毕，即与举杯的魏延碰杯后一饮而尽。

须知，刘备何故要将镇守汉中的重任托付给魏延而非张飞呢？时刘备不会不知道，张飞智勇并不亚于魏延，甚至有过之而无不及。例如，当年长坂智勇并举吓退大敌；江州智勇并举轻取严颜；宕渠智勇并举大胜张郃。那么是什么原因使刘备没任用张飞镇守汉中呢？乃张飞一贯敬君子而不恤小人，喜欢虐待部下，鞭笞士卒，又不加防范。因此，刘备曾多次告诫过他，但均无效。现在倘若将益州北面屏障托付与他镇守，一旦引发不测咋办？然魏延在攻荆州、取巴蜀、战汉中过程中，谋略过人，武艺高强，是不可多得的将才。因此，镇守汉中大任，非他莫属。

在场文武见刘备任人唯贤，任人唯能，而非任人唯亲，皆大喜不禁，并当即异口同声发誓道："跟随大王振兴汉室之心，海枯石烂也不变！"

刘备闻言，自然大喜不禁，随即宣布散席。

待一切准备就绪，刘备便率领官军从南郑南城门出发，返回成都。时魏延自然前往相送不提。

须知，在举行册封刘备为汉中王仪式的当日，刘备就下令从金牛道的白水关至成都沿途修建馆舍、邮亭四百余处，供刘备及其左右文武回成都途中享用。每到一处，那里的官佐总是拿出最佳的美食款待他们。比如，他们到达剑门镇馆舍时，镇上官佐便拿出名扬天下的剑门豆腐款待。时刘备及其左右文武并非初次经过剑门镇，但以往因军务在身，来去匆匆，无暇品尝那里的剑门豆腐。现在是大军凯旋，喜气洋洋，自然得美美品尝一番。

何为剑门豆腐呢？就是以剑门地区所产黄豆为原料，经剑门山甘泉浸泡，再经磨浆、滤渣、煮浆、点浆、脱水等工序制作而成。颜色之白，质地之嫩，韧性之强，味道之美，使其他豆腐望尘莫及。有炒、炸、熘、烧、炖、蒸、氽、凉拌等两百余种制品。时在剑门镇官佐的吩咐下，大厨们使出浑身解数，竟将豆腐制作得精美无比，真所谓天上有，地上无。因此，刘备等人方才下筷，便赞口不绝。

随后，刘备与其左右文武在剑门镇官佐的陪同下，游览了剑门地区的山山水水。末了，方才离开那里，继续向成都进发。不久后，他们便顺利到达了成都北门外。守城文臣将校得报，自然前往相迎不提。

此时值建安二十四年秋七月上旬。

却说在长安的曹操正与左右文武在议事厅悲痛欲绝地祭奠战死的夏侯渊、赵颙以及其他将士时，忽见一探马匆匆赶到曹操面前，不及拱手施礼便

第六十一回　刘备南郑自称汉中王　关羽樊城水淹曹七军

对其低声耳语起来。时只见曹操气得脸色铁青，并高声怒吼道："织席卖履小儿竟敢称王！老夫誓灭之，除死方休！"

言毕，便欲立刻率领大队官军赶赴汉中与刘备一决高低。司马懿见此，忙上前对他道："我军方从汉中远道归来，又欲远道前往，如此来回折腾，人马疲惫，若与以逸待劳的刘备那厮所部人马交战，必败无疑。故依在下之见，还是暂且按兵不动，待有利时再讨伐刘备那厮不迟。若何？"

曹操闻言遂思想到：老夫前时未纳司马懿和刘晔南攻巴蜀之言，导致刘备不仅有了汉中，还胆大妄为，自立为王，实在是老夫莫大失误。今日若再不纳司马懿之言，后果也恐难以预料。想到此，于是笑着对司马懿道："你言之有理啊。"

言毕，与左右文武继续祭奠。

正在这时的一日下午，忽见一群刀斧手从杨府押出被五花大绑的杨修直奔刑场。途中，杨修连连仰天长叹道："我固自以死之晚啊！"方到刑场，刀斧手们便七手八脚，猛地将杨修按倒在行刑台上，随即照准其颈脖一刀下去，立刻便鲜血飞溅，身首异处。

此时值建安二十四年七月下旬。

须知，杨修是闻名遐迩的大文豪，他被杀，犹若其他著名文人被杀一样，在朝野人士中，特别是在文人群里，总是有的愤怒，有的惋惜，有的暗喜，且还免不了要议论一番。例如这时的一日午后，几位无名朝野文士聚集在渭水南岸一座水榭上，就杨修被杀之因争先恐后议论起来。时文士甲抢先问其他文士道："据我所闻，杨主簿被杀是因他犯有'前后漏泄言教，交关诸侯'之罪，是真的吗？"

方问毕，文士乙即对文士甲道："所言非也！据我所知，杨主簿被杀真因与刘备那厮和大王前时汉中大战有关。那是当时的一日黄昏时分，大王正在南郑寝室用晚餐，忽然一值日小校不待通报便匆匆进来问他道：'请问大王，今晚口令是什么？'大王闻问，沉思片刻答道：'鸡肋！'小校闻答，自然不解鸡肋为何意，并欲问询大王。然不待他开口，正在那里与大王用餐的杨修即道：'夫鸡肋，弃之可惜，食之无所得，以比汉中，乃大王有撤军之意呢！'言毕，便起身拱手施礼告辞大王回营，收拾行装去了。其他将士见此，不禁非常惊讶，遂问他道：'君何故如此？'他随即毫不犹豫地答道：'大王所发口令鸡肋即暗示欲撤军呢！'此言一出，全军将士立刻便连夜拆卸营帐，收拾行装，准备撤军。大王见此，甚觉惊异，待问明原委，不禁大怒异常。但事已至此，无奈，只得下令撤军，但从此对杨主簿便恨之入骨。"

文士丙闻言，却不以为然，于是问文士乙道："那大王何故当时没杀之，而是现在才杀之？"

"因大王那时以为撤军也就罢了，谁料刘备此后冒天下之大不韪，竟在汉中自称汉中王。对此，大王自然怒不可遏，并怨杨主簿当初未得他的命令便散布口令含义，致使……"

不待言毕，文士丁便认为此说有些道理，但不够充分，并认为还有更深层次的原因，于是道："须知，太子曹丕和临淄侯曹植都喜欢与王粲、徐干、陈琳、应玚和刘桢等知名文士往来。杨主簿赋、颂、碑、赞、诗、辞、表、记、书皆能，是地道的知名文士，他俩自然更是喜欢与他往来。例如杨主簿曾赠太子王髦剑，太子对此剑甚感珍惜；而临淄侯则常与杨主簿通信。总之，太子，特别是临淄侯，对杨主簿是言听计从。另外，杨主簿还多次帮助临淄侯通过大王的考验，致使杨主簿愈加高傲。对此，大王颇为气愤，并在给其父杨彪的书信中特别提到：'足下贤子，恃豪父之势，每不与吾同怀，即欲直绳，顾颇恨恨！'"

言至此，喝了口茶清了清嗓子又道："然王粲、徐干、陈琳、应玚和刘桢在建安二十二年年末因瘟疫皆命归黄泉，自然不必担心他们与太子曹丕和临淄侯曹植往来而引发不测。但杨主簿则不同，他不仅健在，且与太子和临淄侯年龄相仿，在大王百年后，倘若他助临淄侯与太子争权夺利，太子岂是未卜先知、料事如神的杨主簿的对手？其后果自然不堪设想。因此，现在不杀，还待何时？"

在场文士闻言，皆表赞成。随后，文士丁又道："我还听说杨主簿被杀是

第六十一回　刘备南郑自称汉中王　关羽樊城水淹曹七军

因大王嫉妒其聪明才智。我以为，此说纯是以小人之心度君子之腹罢……"

不待言毕，文士甲即问道："何以见得？"

"例如，大王曾与杨主簿路过曹娥碑，见碑阴面刻有'黄绢幼妇外孙齑臼'八个字。大王于是问杨主簿道：'能解其意吗？'杨主簿当即答道：'能。'大王闻答，沉思片刻道：'先别道出其意，待老夫想想。'随后走出三十多里，大王方才道：'老夫也能解了。'言毕，遂让杨主簿独自写出其意。杨主簿不假思索便写道：黄绢乃有色丝织品也，其中'绢'字与'色'字相并是'绝'字；幼妇乃少女，其中'妇'字与'少'字相并是'妙'字；外孙乃女儿之子，其中'女'字与'子'字相并是'好'字；齑臼，是装载辛辣物的容器，即'受辛之器'，其中'受'字与'辛'字相并是'辤'字，即'辞'的异体字。将相并的四个字连在一起，就是'绝妙好辞'。时大王也写了出来，并与杨主簿所写完全吻合，丝毫不差。对此，大王不禁对杨主簿感叹道：'老夫的聪明才智与你相比，竟差了三十里啊！'足见大王是直言直语，实事求是，并无嫉妒甚至欲杀杨主簿之意。"

在场文士皆认为文士丁言之有理。随后，他们游览了一番那里的亭台楼阁，假山玩石，方才一同回城，各自打道回府。

须知，曹操杀孔融始终是理直气壮，杀杨修却始终惭愧不安。何也？因杀杨修与杀孔融原因大为不同。杀孔融是因孔融常私下或公然反对他行事；然杨修却正好相反，且常把他的军国大事处理得称心如意，无懈可击。对此，他只得向杨修父亲杨彪赠送些贵重物品，以为补偿。

却说刘备回成都后，先立刘禅为太子，随后封许靖为太傅，法正为尚书令，关羽为前将军，张飞为右将军，马超为左将军，黄忠为后将军。其他文臣将校自然也有封赏，并大摆筵席三日，以示庆贺。

却说关羽在公安得报黄忠被封为与他位同的后将军后，不但不庆贺，反大为不满和拒绝领前将军印，并傲气十足道："大丈夫终不与老兵卒同列！"对关羽所为，诸葛亮早已料到，并不无担心地对刘备道："当年关将军闻马超马将军领军来降，便来书与臣下，问马将军德才可与谁类比。臣下料知他不高兴有人强过他，于是便巧妙回书曰：马将军兼资文武，雄烈过人，一世之杰，当与英布、彭越之徒同类，亦可与益德并驱争先，但犹未及髯之绝伦逸群的关将军呢。他阅后大悦，并得意非凡地示书与宾客。黄将军跟随大王以来，虽先登陷阵，勇冠三军，特别是在定军山大战中，敌酋夏侯渊部众皆精锐，然黄将军却毫不畏惧，并推锋必进，劝率士卒，金鼓振天，欢声动谷，一举斩杀少有人敌的夏侯渊。尽管如此，黄将军名望素来不及关将军和马将军，而今便令他与关将军和马将军同列。好在马将军和张飞张将军当在近前，亲见其功，尚可明白；关羽遥闻之，恐必不悦，如何是好？"

刘备闻言，遂沉思片刻即不以为然道："你不必担忧，本王自当与他解释。"

随后，不仅仍封黄忠为后将军，还赐爵关内侯。

此后不久的一日上午，关羽正与左右文武在其新荆州大本营江陵西城楼巡视防务，忽闻西城门外不远处有人高声道："城上是关将军吗？我乃费诗。"

关羽闻得"费诗"二字，不禁非常惊异，并亲切地高声回应道："原来是公举，我是关某。是哪股风把你吹到这里的？"

"相见后将军就知晓了。"

费诗话音方落，便见城门大开，随后关羽独自大步出城，上前边拱手向费诗及其随行施礼边道："你们跋山涉水，远道而来，辛苦了。"

费诗，益州犍为郡南安县人，刘璋占据益州时为绵竹县县令。刘备进攻刘璋时，他率先举城投降，遂被拜为督军从事、牂牁郡太守，再升为州前部司马。这次是以刘备特使身份前来江陵，也是他与关羽初次相见。那么一贯傲视凌人的关羽何故对从未谋面的费诗礼貌有加呢？原来关羽虽未见过费诗，但早闻知他与自己一样，秉性耿直，敢言敢作。时费诗见关羽对他如此友善，行前刘备和诸葛亮对他言说关羽傲气凛然的那些话早飞到了爪哇国。于是忙拱手还礼道："关将军受大王重托，镇守荆州，日理万机，才辛苦呢。"

"彼此彼此！"

关羽言毕，即同费诗在前，那些随行随后，徐徐向城中央议事厅行去。

第六十一回 刘备南郑自称汉中王 关羽樊城水淹曹七军

方到达，关羽便吩咐酒宴，为费诗及其随行接风洗尘。席间，不待费诗开言，关羽便问费诗道："你远道而来，定有要事相告，道来听听。"

费诗闻言，遂沉思片刻问关羽道："将军知晓黄老将军被拜为后将军吗？"

"这不是明知故问吗？"

"将军有何……"

不待费诗问毕，关羽便嗤之以鼻道："老夫早有言在先：'大丈夫终不与老兵卒同列！'"

"为何？"

"须知，刘表时期，黄忠老儿为中郎将，与刘表之侄刘磐驻守长沙郡重地攸县，可见刘表很看重他。建安十三年，曹贼占领荆州，他主动投靠曹贼，并因此被迁任为裨将军，仍驻守攸县。荆州大战后，大王遂有荆南武陵、长沙、桂阳和零陵四郡。他见大王实力大增，遂同其上峰长沙太守韩玄积极投奔大王。由此可见，此人为苟全性命和荣华富贵，一贯见风使舵，朝三暮四。倘若与他同列，岂不玷污了老夫一生忠贞不贰，义薄云天之清名！"

费诗闻言，本欲道：黄将军老当益壮，宁移白首之心；穷且益坚，不坠青云之志。定军山一战，他身先士卒，斩杀了曹贼名将夏侯渊，为大王夺取汉中立下了汗马之功。但又担心如是说无异于火上浇油，会激起关羽奔赴成都与黄忠当场比武。若如此，后果必不堪设想。因此，还是以触类旁通、举一反三之法说服他较宜。于是语重心长道："将军须知，建立王业者，所用非一。昔萧何和曹参与高帝少小亲旧，而陈平和韩信是亡命后至，论其封赏，结果韩信最居上，却未闻萧何与曹参以此为怨。今大王以一时之功，隆崇于黄将军，然意之轻重，黄将军怎能与将军比呢？且大王与将军犹如一体，同休等戚，祸福共之。因此，愚以为将军不宜计较官号之高下，爵禄之多少。愚仅一介使者，转达命令而已。将军若不受拜，愚只好回去，但又为将军可惜，并恐将军会后悔呢。"

时关羽竖耳静听了费诗这番话后，不禁大为感悟，并随即放下酒盏，起身跪伏于费诗餐几前，声言愿受拜前将军之职。对此，费诗自然大喜不禁，遂忙放下筷盏，起身跪伏在关羽身前，从怀里取出刘备亲撰的任命书高声宣读起来。文曰："拜关羽为前将军，假节钺！"

宣读毕，又从怀里取出玉玺，双手毕恭毕敬地捧与关羽。

关羽见此，遂忙双手毕恭毕敬地接过，接着又伏地三拜，方才起身回座。随后，费诗也忙起身坐回，举杯祝贺关羽。

费诗顺利完成了刘备交给他的任务，自然大喜，并于次日早饭后与随行离开江陵回成都向刘备复命。时关羽与左右文臣将校自然送了一程不提。

须知，刘备将黄忠由征西将军迁升为后将军，便与关羽新迁升的前将军、张飞新迁升的左将军、马超新迁升的右将军同列，属破格提拔。刘备何故要如此行事呢？除了黄忠赫赫战功外，再就是将黄忠作为择明主而仕的降臣代表，向其他降臣表示职位升降是依据其功过大小，而且与其他臣僚一视同仁。

却说刘备自费诗前往江陵后，从未担心费诗能否说服关羽，而是泰然自若。何也？因为他熟知关羽那喜戴高帽的脾气和费诗那临机应变的才能。两者相遇，定能大事无虞，如愿以偿。这时的一日上午，刘备正与诸葛亮坐在议事厅密室商议能否北伐时，忽听得密室门被人敲得震耳欲聋。待诸葛亮起身上前伸手拉开密室门一看，原乃笑盈盈的费诗。刘备见此，料知事已办妥，故不待费诗禀报，便非常得意地对诸葛亮道："你以为费诗江陵之行如何？"

"如大王所愿！"

费诗闻刘备与诸葛亮如此问答，认为没必要向他俩禀报江陵之行经过了，于是便拱手施礼告辞。随后，刘备才与诸葛亮继续商议。时诸葛亮对刘备铿锵有声道："大王须知，我汉中之胜，威震天下；士气之盛，堪称空前。此正是出兵北伐，消灭曹贼，振兴汉室的极好时机！"

刘备闻言后却默不作声，诸葛亮以为他无意北伐，不禁非常着急，于是又道："现不北伐，还待何时？须知，此机不可失，失不再来啊！"

"本王何尝不是如你所言，但不知从哪出兵为宜？"

第六十一回　刘备南郑自称汉中王　关羽樊城水淹曹七军

刘备言毕，喝了口茶清了清嗓子又道："本欲从上庸子午谷出兵，先取关中，然后兵指关东，消灭曹贼，解皇上于水火，兴汉室于倒悬。但上庸方定，人心未安。"

"那就令关将军从荆襄出兵，直指宛、雒，如何？"

刘备闻诸葛亮言，遂沉思片刻道："须知，倘若从荆襄出兵，关将军就得先拿下襄樊，而镇守襄樊的曹仁可是曹贼部下名将，当年要不是本王率军突袭其后方夷陵，恐足智多谋的周瑜再攻打一年也未必能拿下江陵。因此，拿下襄、樊北取宛、雒，恐非易事。"

"大王切不可大长敌人威风。须知，关将军不仅武艺高强，勇冠三军，亦有经天纬地之才，济世匡时之略。比如，他独守荆州这八年来，从没辜负大王之托。须知，那里可是西北有曹贼对其虎视眈眈，东南有孙蛮对其垂涎欲滴啊！"

刘备闻诸葛亮方才言，认为非常有理。于是当即便遣特使前往江陵，令关羽尽快率军北伐。须知，按当初诸葛亮隆中出山时对刘备所言是，一旦天下形势有变，则命一上将率荆州人马攻向宛、雒，刘备则亲率益州之众出秦川（关中），两面互应，夹击曹操。因现在天下形势未变，且兵出秦川的条件尚不成熟，因而只能由关羽率一支人马攻破荆襄，直指宛、雒。

却说自从孙权夺走长沙、江夏和桂阳以东地区后，关羽当时所守的地盘便所剩无几，而且还不稳定。还有，除南郡外，其余皆是穷乡僻壤。加之此前的建安二十二年冬十月，曹仁曾奉曹操之命从樊城率领官军进攻关羽，由于刘备正亲率大队官军进攻汉中，无暇顾及荆州，遂使关羽无令不能出击。因上述两个原因，关羽憋了一肚子怒火至今还没发泄。现在接到刘备特使传达的北伐令，认为发泄怒火的时机到了，即可以围攻曹仁大本营樊城，擒杀曹仁，兵指中原曹操老巢。于是不待与左右文臣将校商议，便令南郡太守糜芳率领官军守江陵，将军傅士仁率领官军守公安，他则与马良、关平和赵累率领驻扎在江陵的大队官军，浩浩荡荡地向襄阳和樊城杀去，并很快将其如铁桶般分别包围起来。时关羽与关平挥军主攻位于汉水北岸的樊城，关羽之所以如此部署,意在切断汉水以北曹仁援军来路,使樊城孤立无援,一旦城破,汉水南岸的襄阳城军民自然便若笼中之鸟,插翅难逃。此乃一石二鸟,一箭双雕之部署。

时樊城守城主将曹仁正如刘备对诸葛亮所言那般,也不是无能之辈,见关羽和关平所率官军来势凶猛,毫不畏惧,欲亲自出马与关羽一决高低,只因部下文臣将校劝止,方才在这时的一日上午,遣守城副将吕常率领三千官军步骑出北城门,于距那三里的团山铺北一开阔地上摆开阵式,欲将关羽所率人马杀退。关羽在中军大帐闻报,自然也毫不畏惧,并即刻派关平率领官军出南寨门相迎。

高大威武,铁甲铁胄,年富力强,手挥狼牙大棒,跨乌黑高头大马的吕常与高大威猛,铁甲铁胄,年轻英俊,手舞长枪,跨枣红高头雄马的关平,在双方震天动地的助威鼓角声中,棒枪并举,斗了五十余合仍不分胜负。关平阵前周平见关平单打独斗一时难于取胜,不禁急了,遂便挥军一齐向吕常一方官军猛地冲杀过去。他们不防,竟被杀得大败,转身掉头向城里逃去。关平见此,大喜,遂便挥军从后追击,欲一举夺城。时吕常所率官军奔逃如飞,片刻便进入城内。待关平所率官军追到城北门外护城河边沿时,曹仁所率守城官军早已拉起吊桥,紧闭城门。关平见此,大怒,遂便挥军攻城。谁料城上不是礌石飞下,砸得他们喊爹叫娘,死伤无数;便是箭如雨下,射得他们无处藏身。关平见此,无奈,只得传令鸣锣收兵。

曹仁闻报关平所率官军退去,方才松了口气,于是一面传令全军坚守不出战,一面遣使向驻屯长安的曹操求援。时曹操因汉中兵败正在气头上,当闻报襄阳和樊城被围,自然气不打一处来。同时认为,襄阳和樊城乃汉水中游贯通南北、承启东西的交通要冲,军事重镇。倘若丢失,后果不堪设想。同时还深知,关羽不仅勇冠三军,且还拥有五万水陆官军,而曹仁虽勇武,但毕竟略逊关羽一筹,且仅两万官军步骑,岂是关羽的对手?得派多路强兵猛将方可解除襄阳和樊城之围。经三思,遂令赵俨为章陵太守,统领从各处急调的于禁、张辽、张郃、朱灵、李典、路招、冯楷七路官军共计三万

第六十一回　刘备南郑自称汉中王　关羽樊城水淹曹七军

步骑，日夜马不停蹄赶赴襄阳和樊城，听从曹仁调遣。曹仁在樊城城楼上见救兵到来，自然大喜不禁，并立刻密派特使出城传令那七路官军步骑在樊城北十里处的罾口川、鏖战岗、余家岗至团山铺一带安营扎寨，以防镇守上庸和房陵的或刘封，或孟达，或李严，或申耽，或申仪率领官军从那赶来助关羽攻城。赵俨和于禁等文臣将校得令，自然一一照办。待一切就绪，曹仁于是乘夜里关羽所率围城官军不备之机，出城到各营寨分别对于禁、张辽、张郃、朱灵、李典、路招、冯楷道："众卿须知，以往凡率军来犯襄阳与樊城者，无不或身死军败，或大败而逃。如孙权那厮的父亲孙坚就因攻取襄阳和樊城而命归黄泉。当年刘备从新野移军襄阳，被我军杀得落花流水，没命而逃。因此，关羽这厮恐怕也难逃或孙坚、或刘备厄运。"

于禁、张辽、张郃、朱灵、李典、路招、冯楷认为曹仁方才所言非常有理，因而无不点头称是。

至此，关羽与曹仁所率官军数量便旗鼓相当，难分多寡。于是双方便在那里展开混战。时关羽一方水兵居多，曹仁一方骑兵居多。因此，混战起来曹仁一方往往居上风。关羽见此，遂便灵机一动，派关平率领官军工兵五千趁夜在营寨内向城北挖掘地道，冀图从那攻进城里。谁料曹仁早派了三千官军工兵在那挖掘了一条丈余宽、三丈深的壕沟。当关平所率官军工兵挖掘的地道到达壕沟时，立刻便被曹仁所率官军施放的烟雾熏回。

关羽见曹仁有备，大怒，认为自己武艺高强，没人能敌，于是便亲向曹仁射去挑战书一封，邀曹仁亲自与他交战，并强调：倘若曹仁胜，他即刻传令退兵；倘若他胜，曹仁即刻开城投降。曹仁接阅挑战书后，竟不知如何是好，于是便忙召谋士满宠到他下榻处商议对策。满宠闻召，便飞一般赶到。时满宠不待向曹仁拱手施礼便问道："莫不是关羽那厮书邀将军与他交……"

不待问毕，曹仁即惊问道："你何以知晓？"

"乃鄙职猜测的。"

满宠方言毕，便上前对曹仁低声耳语起来。时只见曹仁连连点头称是后，即走到案几前展开关羽来书，挥笔在上写了"可也"二字，便叫部下将其射向城外关羽所率官军营寨。

再说关羽自射出挑战书后,以为曹仁早已心惊胆战,哪还敢与他交锋?因此,到时樊城自然便不战而得。于是便在中军大帐聚精会神地研读《春秋》。正在这时的一日午后,一小校匆匆进来,不待向关羽拱手施礼便气喘吁吁地向他报道:"关将军,这是曹仁那厮回书。"

"都说了些啥?读来老夫听听。"

"小的方才看过,只'可也'二字。"

关羽闻言,认为曹仁吃了豹子胆,竟敢与我关羽叫板。于是气冲冲地走到案几前,挥笔疾书曹仁,约定翌日上午在城北一开阔地摆开阵式,以决胜负。

翌日上午,关羽与曹仁双方人马皆按时按地摆好了阵式。关羽认为与曹仁是宿敌,彼此都很了解,因而无须骂阵,便抢先拍马挥斧,直向曹仁劈去。曹仁与关羽所见相同,于是也没费什么口舌,便拍马舞枪相迎。时关羽铜甲铜盔,枣红大马;曹仁也是铜甲铜盔,枣红大马。因此,乍一望去,他俩好像一对孪生兄弟。但仔细看去,却有区别。因为曹仁比关羽小七八岁,与关羽那银丝白发不同的是身材矮些,须发白些。方战十余合,曹仁便收枪掉转马头飞一般向阵里退去。关羽以为胜券在握,于是左手提斧,右手抚髯,昂首大笑道:"曹仁小儿已成败军之将,不前来投降,还待何……"

言未毕,忽觉左臂疼痛无比。待扭头低首一看,原来是一支锋利无比的箭头不偏不倚插在那里,鲜血正如泉水般往外涌。对此,关羽不但不惊慌,反还拍马向曹仁冲杀过去。谁料曹仁所率官军犹若插了翅膀,瞬间便逃进城北门,七手八脚拉起吊桥,关起城门,坚守不出。关羽见此大怒,遂便挥军猛地进攻。然直至当日午时,也无结果。关羽无奈,只得传令鸣金收兵。

看官你道那箭是从天而降的吗?非也!原来是从年幼时便好骑射,及长成,骑术犹如乌桓戎将,箭法堪比颖上管仲的曹仁,按此前满宠低声耳语的所放。

时关羽回营后并未在意箭伤,以为过些时日便会痊愈。谁料不久疼痛加剧，乌血淋漓。左右将校见此，不禁非常着急，并请来好几拨妙手郎中医治，但均无效。正在他们不知所措之际，忽见北辕门外有位银须白发的郎中声言能为关羽治愈箭伤。对此，门卫自然不信，关羽在中军大帐得报后，遂毫不犹豫地邀那郎中进见。他俩相见方礼毕，关羽便迫不及待地问郎中道："你有何妙法治愈我的箭伤？"

"只要将军听从老朽的，治愈乃举手之劳。"

"将妙法道来听听。"

"老朽得先看看箭伤再……"

不待郎中言毕，关羽早已撩起左臂衣袖，让郎中察看。时郎中引颈瞪目方看一眼，便连连惊叫道："了不得！了不得！了不得！"

"怎么了？"

"将军所中乃毒箭呢。"

"我道是什么呢！"

"将军须知，它可不是一般毒箭，乃剧毒箭啊！"

关羽闻郎中言，并不惊慌，反还镇定自若道："就说说该如何治吧。"

"得用刮骨疗法。"

"何为刮骨疗法？"

"破臂作创，刮骨去毒，然后此患乃除。那可是非常疼痛呢，将军受得了吗？"

关羽闻郎中言，不但没惧意，反还抚髯大笑道："我随大王征战南北，出生入死几十年都不惧，何况刮骨疗伤呢？"

言毕，即吩咐酒宴，传令关平等将校前来一面与他共饮，一面让郎中刮骨。

待一切准备就绪，郎中便从囊袋里取出寒光四射、锋利无比的刮刀，开始为关羽刮骨。时关平等将校哪有宴饮心思，皆引颈闭唇注目郎中刮骨。因此，帐内除嚓嚓的刮骨声和鲜血滴入盘器的滴答声不绝于耳外，连蚊蝇飞动声都听得见。对此，关平及在场将校皆难过得差些掉泪。时关羽却高声对关平道:"给老夫斟酒来!"

关平闻言,忙斟满一大盏酒呈与关羽。关羽接盏后笑道:"难道大家不与老夫共饮了吗?"

关平等将校见关羽这时还笑言,不禁对他这种临痛不惧的精神佩服得五体投地,因此争先恐后举盏与关羽一饮而尽。

须知,你道该郎中为何许人?乃华佗真传弟子。因华佗被曹操所杀,他对曹操一直耿耿于怀,并时刻寻机为华佗报仇,只是至今未寻着机会。近闻关羽中了曹操部下曹仁毒箭,且久治不愈,于是便赶来为其治疗,以便他伤愈后攻破樊城,兵指中原,擒杀曹操,替他为华佗报仇。另外,他走南闯北,行医多年,从未见过像关羽这样的不惧刮骨者。于是自语道:"关将军真不愧为威名天下的战神啊!"

时值秋八月,虽然气候凉爽,但连日乌云密布,大雨倾盆,汉水暴涨,于是洪水在这时的一日午夜漫过樊城以东汉水北岸堤坎,溢流遍野。恰巧于禁、张辽、张郃、朱灵、李典、路招和冯楷所率那七路官军营寨所在地位于因汉水改道后形成的低洼地带,于是洪水便若猛兽般向那涌去。加之唐水、白水、清水及西北部普陀沟、黄龙沟和黑龙沟等地山洪暴发,那里很快便成一片汪洋,只有无数山头露出水面。一眼望去,犹若一座一望无际的千岛湖。因而于禁、张辽、张郃、朱灵、李典、路招、冯楷所率那七路官军大多还在睡梦中便成鱼腹之物,偶有腿快的,便飞一般爬上山冈,暂时幸免于难。时于禁在左右将校的拥簇下,飞快登上其中军大帐附近一座快被淹没的小山冈,举目四望,见只不远处有一处堤坝上可以停留,于是便与部下将校飞一般向那奔去。他们到那方站稳脚跟,一条硕大的战船和随后的无数条小船便飞一般向他们驶来。他们见此,以为是曹仁派来救援他们的船队,自然大喜不禁,并欲纵身向那大船跃去。时不待抬脚,忽见一铜甲铜胄,胡须灰白,手提大斧的大汉从那大船船舱里大步跨出,站在船头向于禁高声道:"于将军还不投降,更待何时?"

不用说,于禁及在场其他将校闻声便知此人就是大名鼎鼎的关羽。时于

第六十一回　刘备南郑自称汉中王　关羽樊城水淹曹七军

禁闻关羽言，并没立即答言，而是推开众人，举首四望，见他所率官军皆被关羽船只所围，并不断向他们放箭，死者伤者不计其数。于禁见此，料想全军皆无路可逃。无奈，只得向关羽拱手施礼，表示投降。其他人见此，也随之投了关羽。关羽见此，大喜，并令部下将于禁等人接到身后的小船上。随后，关羽所乘大船和其他小船便沿堤坝继续前行。不久，他们便在一堤坝旁发现手提宝剑、满身泥水的庞德站在那里。关羽见此，便忙高声招呼他快快前来投降，时他却高声道："你只要胜了俺，俺便投了你。否则，休想！"

关羽闻言，不禁一愣。何也？原来曹仁部下将校总以为庞德哥哥庞柔在汉中刘备大将魏延部下谋事，于是便怀疑庞德能否与关羽真刀真枪厮杀。对此，庞德颇为生气，并常对他们道："我受国恩，义在效死。我欲亲自击羽。我不杀羽，羽当杀我！"恰值后来曹仁派庞德率领官军驻屯樊城北，与关羽对阵交锋时，乘关羽不防，放箭射中关羽额头。因此，关羽部下将校闻庞德大名，犹如闻得虎至，惧意顿生。

却说关羽闻庞德口出狂言，遂大怒道："看在你这厮哥哥的面上，先让你多喘几口气！看老夫的青龙偃月斧！"

方言毕，庞德便向关羽头部放了一箭。关羽见此，遂将头略略向右一偏，便躲过了那箭。随后即将手中令旗一挥，身后所有船上便万箭齐发，向庞德那边射去，于是立刻便死伤无数。将军董衡和董超见此，皆欲投降。庞德见了，怒不可遏，并当即挥剑斩之。

从当日清晨至当日午后，关羽挥军愈攻愈急，因此双方皆弓断矢尽，于是便短兵相接，殊死拼杀。时庞德高声对督将成何道："俺闻良将不怯死以苟免，烈士不毁节以求生，今日乃俺死之日。"

言毕，即挥舞着一对环柄大刀，与关羽部下诸将愈战愈勇，时洪水也越来越深。庞德所率官军见此，皆惊惶万状，战意全无，并随之不约而同地缴械投降。庞德见此，料想再战无益，于是便与所率将军一人，伍伯二人，弯弓搭矢，全部射死关羽所部一条小船上的士兵，并乘船向曹仁大营驶去。谁料方驶不远，便水盛船覆，弓矢皆失。无奈，庞德只得独抱那条小船覆于水

1235

中。关羽见此，大喜，遂令水手猛将自己所乘大船急驶过去，亲将庞德拉上船头。时庞德不但不感激关羽，反还怒目圆睁，立而不跪。关羽见此，并不发怒，反还和颜悦色问道："将军哥哥在汉中，我欲以你为将，何故不早降呢？"

方言毕，庞德即高声大骂道："竖子，何谓降呢！魏王带甲百万，威震天下。刘备庸才而已，岂能敌呢？我宁为国家鬼，不为贼之将！"

关羽闻言大怒，遂便下令就地斩首。

毋庸置疑，关羽生擒于禁，斩杀庞德，是关羽征战生涯中最为辉煌的战绩。

须知，关羽突然哪来的那么多战船呢？难道是从天而降的吗？非也！原来关羽长期征战在荆襄一带，熟悉那里地理环境和天气情况。当他方闻报曹操所部那七路官军在多雨的秋季驻扎在樊城北罾口川、鏖战岗、余家岗和团山铺等低洼地区时，不禁大喜不已，并命令其所率荆州籍官军暗中赶造舟船，以备随时使用。同时，传令他所率官军水兵时刻待命前往樊城参战。

曹操在长安闻庞德宁愿被杀，也不投降，而于禁却贪生怕死，临危投降，不禁哀叹道："我知于禁三十年，何意临危处难，反不如庞德呢！"随后，为彰庞德之德，遂封其二子为列侯。后曹丕即王位，乃遣使就庞德墓赐谥，策曰："昔先轸丧元，王蠋绝脰，陨身徇节，前代美之。惟侯戎昭果毅，蹈难成名，声溢当时，义高在昔，寡人愍焉，谥曰壮侯。"又赐其子庞会兄弟四人爵关内侯，邑各百户。庞会勇烈有父庞德之风，遂官至中卫将军，封列侯。这是后话，就此打住。

再说关羽水淹于禁、张辽、张郃、朱灵、李典、路招和冯楷所率七路官军后，并未就此罢休，而是继续挥军进攻樊城。时城墙也被洪水冲垮多处，于是城内到处洪水翻滚，房屋倒塌，人畜鸡犬无处藏身。曹仁所率守城官军见此，不禁大惊失色，并料想守城无益，于是欲弃城而逃。正在这时的一日下午，曹仁正与左右文武巡视城北防务，忽见一小校边向曹仁拱手施礼边上前对他道："以眼下形势，再坚守恐弊大利小啊。依小的愚见，将军不若趁敌

第六十一回 刘备南郑自称汉中王 关羽樊城水淹曹七军

未合围前乘船而去。"

曹仁闻言，面上虽不置可否，心里却认为小校言之有理，为避免动摇军心，遂于当晚独召满宠到其下榻处商议。时满宠方到，还不待向曹仁施礼客套，曹仁即将小校所言向满宠道了一番。满宠闻后，沉思片刻道："山水流速疾，不久便流尽。鄙职闻关羽那厮遣别的将领已到郏县，自许都以南，百姓扰扰，关羽之所以不敢立刻进攻那里，是恐我军从后追杀。我军今若退去，江水以南，非复国家所有了。故将军宜坚守之。"

曹仁闻言，毫不犹豫道："甚好。"

满宠闻曹仁赞同他的，大喜，当即将自己所骑白马沉于水中，以此表示与其他官军誓死守城的决心。

因受关羽水淹于禁、张辽、张郃、朱灵、李典、路招和冯楷所率那七路官军的影响，陆浑县平民孙狼发动起义，斩杀县里官佐，响应关羽。许都以南其他郡县响应者也不在少数，于是关羽威名一时震动华夏。

时已从长安回到雒阳的曹操闻报各地告急，不禁有些惊慌，并召集文武百官在临时搭建的议事厅商议对策。待大家到齐方才按秩站定，还不待向曹操拱手施礼，早已赶到那里的曹操即问道："关羽这厮甚为猖狂，大有犯我许都之势。为防万一，老夫欲向北迁都，以避其锋。若何？"

方问毕，文武百官间便炸开了锅。赞同者自然是多数，而仅有寥寥无几的反对者又说不出反对理由。其中只有两人既反对曹操方才所言，又能道出反对的理由。看官欲知他俩是谁，请看下回分解。

第六十二回

曹孙联合关云长败死
孙权屈居向曹操称臣

却说上回提到既反对曹操迁都又能说出理由的那两人，乃丞相军司马司马懿和丞相主簿西曹属蒋济。时司马懿闻曹操言，不禁非常着急，遂忙站出来向曹操拱手施礼道："于禁、张辽、张郃、朱灵、李典、路招和冯楷七军皆为洪水所没，非作战所失，故对于国家大计无损。倘若因此便迁都，既示敌以弱，又使淮沔之民惶惶不安。须知，孙权与刘备向来外亲内疏，现关羽得势，孙权必不愿意。因此，可联合孙权，令其袭击关羽之后，则樊城之围便自解。"

曹操闻言，遂思想到：孙权与刘备毕竟联合已久，能否与老夫联合袭击关羽，还很难说。时司马懿看出了曹操所思所想，于是道："大王须知，当年孙权与刘备之所以狼狈为奸，与大王为敌，是因他俩皆面临大王王师而自身难保使然。但从建安二十年六月孙权与刘备重划荆州和此前孙权接回孙夫人两件事来看，他俩早已面和心不和了。"

方言毕，蒋济即上前道："我与仲达所见不谋而合呢。再者，当年主张与刘备联合与大王为敌的鲁肃早已亡故，而主张与刘备开战的吕蒙现在孙权面前是一言九鼎。倘若大王此时遣使前往建业劝说孙权突袭关羽并取得成功，可许其江南之地。如此，襄阳和樊城之围不难解啊。"

曹操认为司马懿和蒋济方才之言非常有理，于是当即一面派密使前往建业劝说孙权派兵袭击关羽后方公安和江陵，一面传令随他驻军雒阳的徐晃率

第六十二回　曹孙联合关云长败死　孙权屈居向曹操称臣

领官军速往襄阳和樊城，以便助曹仁所率官军解围。同时，他则亲率大队官军随后跟进。时在一旁的侍中桓阶却明知故问问曹操道："大王以为曹仁曹将军能否判断形势？"

"曹将军乃老夫从弟，年少时就喜好弓马弋猎。后随老夫剿黄巾，讨董卓，破二袁，征陶谦，擒吕布，收张绣，驱刘备，战荆州，皆冲锋在前，屡建显功。同时，他还谋略过人。比如，官渡之战时，老夫与袁绍久持不下，袁绍遣刘备以强兵迫使诸县举兵响应袁绍，结果使许都以南吏民不安。对此，老夫甚为忧虑，然他却道：'南方吏民以为我大军有急事，其势不能相救，而刘备以强兵临之，其背叛固宜啊。刘备方率领袁绍所部官军，未得其用，击之必可破。'老夫认为其言有理，遂遣骑兵击之，结果刘备大败而逃，老夫尽收复诸叛县。还有，围攻壶关连月不下，对此，老夫不禁怒不可遏，并下令城破后当皆坑杀之。时他却对老夫道：'围城必示以活门，以开其生路。今主公告之他们必死，那将人人自危，垂死守城。且壶关城固粮多，攻之，则伤亡惨重，时敌军则可持久坚守；今我军屯兵坚城之下，久攻非良计。'老夫从其言，敌果开城投降。且他还常置科律于左右，严按法令行事。"

曹操言至此，喝了口茶清了清嗓子掷地有声道："总而言之，能！"

"大王是不是担心曹、徐二位将军不会全力以赴守城呢？"

"非也！"

"那么大王为何还要亲率大军前往呢？"

"老夫认为关羽那厮兵多将广，恐怕曹仁和徐晃不敌呢。"

"大王须知，眼下曹将军及所部将士身处重重包围而能毫无二心拼死坚守，其因正是他们所处之地与大王相距遥远。人们常道：居万死之地，必有死争之心。如今他们内怀死争，外有强兵猛将救援，已向敌显示我军实力，大王何必还要亲率大军前往呢？"

桓阶方言毕，曹操即起身走到他面前，双手抚其双肩深情地道："伯绪言之有理呢！"

随后，便按兵不动。

却说徐晃得曹操命令后，立刻便率领官军从雒阳南门启程，日夜不停地向樊城赶去，不久便到达了樊城以北的宛城县阳陵陂摩陂。按理，徐晃应乘关羽所率官军分散之机，速往攻打樊城才是，然他却下令驻军阳陵陂摩陂不前。是他畏敌吗？说是也是，说不是也不是。说是，那是因徐晃所率官军虽众，但大多是未经训练的新兵，装备也很落后。尽管曹操增派将军徐商和吕建率领三千官军，但徐晃仍深知，他们还是不能与士气正盛的关羽所率官军交战。说不是，那就是曹操认为，当年刘备联合孙权大败我曹操大军于荆州，我现在何不也联合孙权解除襄阳与樊城之围呢？如此，既团结了孙权，又解除了襄阳和樊城之围，这一箭双雕、一举两得的事，何乐而不为呢？但未摸清孙权态度前，就与关羽开战，不仅费力不讨好，一箭双雕、一举两得也成泡影。鉴于上述原因，曹操便传令徐晃所率官军暂时驻屯宛城阳陵陂摩陂，等待新命令。

再说关羽虽然水淹了于禁、张辽、张郃、朱灵、李典、路招和冯楷所率七路官军，俘获了于禁，斩杀了庞德，但并未攻破樊城。对此，关羽也无可奈何，并认为不若来个老太太吃柿子，专拣软的捏。那么谁软呢？自然不是率军驻守樊城的曹仁，而是率领官军驻守襄阳的吕常。于是便留马良、关平和赵累率领官军留守大寨，他则亲率大队官军南渡汉水，围攻襄阳。谁料吕常并非软柿子，并仿曹仁故事，坚守不出，遂叫关羽若狗咬乌龟，始终无法下口。

却说孙权在建业闻报关羽挥军北上虽未攻破襄阳和樊城，但水淹了于禁、张辽、张郃、朱灵、李典、路招和冯楷所率七路官军，俘获了曹操名将于禁，斩杀了曹操勇将庞德，威震华夏，不禁又惊又喜。惊的是，没料到关羽如此神武；喜的是，倘若关羽夺得了襄阳和樊城，我孙权就可讨要被刘备占领的公安和江陵等地盘。因此，应发兵助关羽一臂之力。谁料关羽却不理会，反还出言不逊，大骂孙权道："铬子竟想得出，倘若襄阳、樊城拔，看我不灭了你！"孙权闻之，方知关羽轻视他，不禁大怒，并欲发兵征讨。后

第六十二回　曹孙联合关云长败死　孙权屈居向曹操称臣

转而一想，不若先致书关羽，虚以亲往祝贺其大捷，以便迷惑他，待机再做定夺。正在这时，又闻报关羽将俘获的于禁那三万步骑用船运送到江陵，以便增强那里防守。这样一来，就形成了关羽北控汉水、南控江水的态势，结果直接严重威胁到孙权势力的安全。对此，孙权自然日夜坐立不安，并在这时的一日上午，召集左右文武到议事厅商议对策。他们方闻召，便徒步的徒步，骑马的骑马，乘车的乘车，很快便到达了那里，只待早已到达那里的孙权开言。正在这时，北城门一小校飞一般进来，不及向孙权拱手施礼便气喘吁吁地向他报道："报告公主，北城门外江水面上一叶扁舟上有一渔夫，声言有要事求见。"

孙权闻报，遂思想到：我为执江左牛耳之主，哪有渔夫敢声言见我？料想他不是关羽使者就是曹操使者。不过，管他是谁的使者，见见再说。于是毫不犹豫道："速速领他进来。"

小校闻言，忙向孙权拱手施礼告辞出去，片刻便将渔夫领了进来。渔夫见到孙权，自然是忙上前拱手施礼。孙权见渔夫身材高大健壮，脸色粗糙黝黑，因此，还不待他开口，便料知他是北方人，即曹操使者。但不知他来此带的是福音还是凶讯，因而心头不禁七上八下直打鼓。待定下神，方才问他道："你乃何路人马？"

"我乃魏王密使，有要事告知将军"

"有何要事？还不快快道来。"

"将军阅毕它便知。"

密使边答言边从怀里取出一绢制囊袋上前呈与孙权。孙权接过打开一看，见内中整整齐齐叠放着一绢制物。待取出展开一看，原乃曹操与他的亲笔信。信略云：

孙将军大鉴：

当年要不是将军仁义为怀，接纳如丧家之犬的刘备那厮，哪有今日其部下关羽在老夫襄阳和樊城耀武扬威，大动干戈？尤其叫人忍无可忍的是，他还长期霸占着本属将军的那些荆州地盘,并还虎视眈眈江水以南将军领地,遂使将军日夜惶惶不安。鉴于此,老夫愿与将军联合,共同抗击关羽那厮。如何?"

须知,孙权对曹操来书所言并不感到突然。因为早在一年多前的建安二十二年春正月,就因当时在濡须口败于曹操而再不愿与其兵刀相见,让刘备坐收渔利。因此,不仅赞同曹操来书所言,而且正中其下怀。于是便派遣都尉徐详为特使,带上他的亲笔信北上邺城向曹操请降。对此,曹操自然大喜不禁,并遣特使带上他亲笔致孙权联盟出击刘备书前往建业面呈孙权。

孙权看阅毕曹操来书后,立马便递与在场文武轮流看阅。不待看毕,有的便表示反对曹操来信之意,并认为应与刘备继续联合。倘若与狡诈无比的曹操联盟,犹若建在沙滩上的阁楼,随时都会垮塌;有的则表示观察观察再做定夺;有的则认为关羽勇猛,天下无敌,即使与曹操联盟,也难征服。对此,孙权也犹豫不决。正在这时,忽听得有人高声道:"俺有话要说!"

在场者循声望去,原乃左护军、虎威将军吕蒙。时他们正欲竖耳闭唇静听吕蒙发言,谁料吕蒙却大步上前,拉起孙权直向议事厅密室走去。在场者认为吕蒙此举太鲁莽了,孙权定会生气,但孙权并未生气,方进密室便和颜悦色地问吕蒙道:"将军有何高见?还不快快道来。"

看官你道孙权何故对吕蒙如此客气呢?原来吕蒙不仅勇猛善战,而且多谋善断。比如,当年鲁肃以为曹操尚在,祸难方才形成,宜应与刘备互相辅协,共同抗曹,此机绝不可失。而吕蒙则向孙权呈密计道:"眼下令征虏将军孙皎率军守南郡,潘璋率军驻屯白帝,蒋钦率领游兵万余在江水上来回巡游,以便随时监视敌情,而我吕蒙则为主公率军前往占领襄阳。如此,何忧曹操?更无须依赖关羽。再说关羽他们君臣依仗的是其狡诈和兵力,时时处处反复无常,不可将其当作心腹。现关羽之所以未东向犯我,皆因主公至尊圣明,其次还有我吕蒙等文武仍在。现今我们正如日中天,不待有图关羽,一旦我们势微,再想施展兵力,还有可能吗?"孙权闻言,认为自己方才所

第六十二回　曹孙联合关云长败死　孙权屈居向曹操称臣

思所想非常有理。随后，孙权又问吕蒙是否攻取徐州，时吕蒙答道："今曹操势力远在河北，方破诸袁，正忙于安定幽、冀二州，无暇东顾。而驻守徐州人马微不足道，举手之劳便可击退。但徐州地势平坦，宜于曹操骑兵驰骋，即使主公今日夺得徐州，曹操明日就会率领骑兵来争夺。待时即使主公以七八万人马防守，也无济于事。因此，不若待机就近攻打关羽，全据江水。到那时，主公势力就愈发益张。"时孙权认为吕蒙将形势分析得非常精准，从此对吕蒙尊敬有加。

再说吕蒙闻孙权方才问，遂不假思索道："荆州之战时子敬主张联合刘备抗击曹贼无疑是英明决策，因那时曹贼大军压境，单靠我军难以抗御。可眼下却不同，是刘备部下关羽那厮兵指曹贼，无暇顾及主公，主公何不乘机挥军攻取被关羽那厮强占的那些荆州地盘呢？"

吕蒙方言毕，孙权即道："将军所言正合我意啊，此所谓此一时，彼一时。不过，关羽那厮勇猛善战，恐难……"

不待言毕，吕蒙便道："擒杀关羽易若囊中取物。"

"何以见得？"

"主公何不疾书曹操，言明要他遣兵西上，偷袭江陵、公安二城。须知，江陵、公安对关羽至关重要。若失，关羽必自奔走，襄阳和樊城之围便不救自解。同时，希望曹操不要泄露此信内容，以免关羽有备。"

孙权认为吕蒙之言非常有理，当即就密室案几上挥笔疾书。书毕，即叫来曹操特使，嘱咐他快快赶回雒阳将书呈与曹操，不得有误。特使自然不敢怠慢，接过便向孙权拱手施礼告辞后即转身出城，回到来时所乘扁舟上，飞一般向江水北岸码头驶去。不久，便到达了那里，上岸后即骑上驿马，风驰电掣般向雒阳赶去。遂在一日黄昏时分赶到雒阳曹操下榻处，将书呈与曹操。曹操看后，自然大喜不禁。但是否对关羽保密，曹操却拿不定主意，于是当即召集左右文武前来商议。待他们到齐方按秩排定，曹操便将孙权来书之意向他们道了一番，并问他们是否对关羽秘而不宣，结果大多认为应该保密。时董昭却上前不以为然道："须知，倘若关羽那厮闻报孙权出兵而撤军

1243

回救，襄阳和樊城之围自然便得解。同时，也使关羽与孙权两相对峙，我们坐收渔利，何乐而不为呢？倘若密不外泄，便让孙权得利，此非上策啊。再者，我守城将士倘若不知有援，定会因粮草短缺而忧心忡忡，守城意志也会随之松懈。因此，还是外泄为宜。且关羽那厮向来秉性刚直强硬，会认定江陵和公安二城固若金汤，即使有人来攻，也无结果，因而也就不会撤军回救。再者，关羽闻知孙权书中所言，还会心慌意乱，魂不守……"

不待言毕，曹操便非常高兴地对董昭道："你言正合我意呢！"

言毕，即令一小校装扮成猎夫，秘密前往樊城北门外，将孙权来书射入城内。曹仁等守城将士见书中所言，自然精神抖擞，守城意志倍增。同时，又仿孙权笔迹抄写一份，射入关羽大寨。

却说时在襄阳南门外中军大帐的关羽正为久攻襄阳不破而怒不可遏时，忽然一北寨小校手持一支绑有绢制物的箭杆，匆匆进来不及向他拱手施礼便报道："关大将军，小的方才在营里拾得一支箭杆。"

"哪来的？"

"从北寨辕门外射入的。"

"呈上老夫看看。"

关羽方言毕，小校便上前毕恭毕敬将箭杆呈与关羽。关羽接过取下绢制物展开一看，原乃孙权与曹操书。书略云：

魏王大鉴：

现大王来书建议与我联合攻击关羽，我完全赞成。据我所知，关羽那厮来势虽猛，但其后方公安和江陵非常空虚。因此，我愿伺机举兵攻之。

关羽看毕信，果然如董昭所料，日夜心慌意乱，魂不守舍。特别是"伺机举兵攻之"六个字叫他辗转反侧。

正在这时的一日上午，正在中军大帐里坐卧不安的关羽忽然闻报徐晃所率援军已到樊城北门外二十里处，并在那里安营扎寨。对此，关羽先是一愣，并思想到：后方公安和江陵有老夫部下足智多谋的糜芳和傅士仁率军把

第六十二回　曹孙联合关云长败死　孙权屈居向曹操称臣

守，固若金汤，谁也别想攻破，因而何必担心孙权那些虾兵蟹将伺机图攻呢，眼下还是对付徐晃所率援军要紧。关羽方思想到此，便见南寨辕门一小校匆匆进来，不及向他拱手施礼便报道："报告，小的方才拾得敌酋徐晃射来的致大将军挑战书，声言要与大将军在围头阵前见。"

报毕，即从怀中取出挑战书上前毕恭毕敬地呈与关羽。关羽接过看也不看，就大步走到案几前，提笔在挑战书上疾书了"可也"二字，便叫那小校射向徐晃所率官军寨中。

随后，关羽便率五千官军精兵，北渡汉水，赶到围头，准备与徐晃对阵。

却说待曹操闻报孙权已对关羽后方公安和江陵等郡县用兵，大喜，并传令徐晃率领官军向前推进。徐晃得令，立刻便下令部下拔寨启程，日夜马不停蹄地向樊城进发。时关羽所率部分官军驻扎在樊城西北三十里的偃城。徐晃闻报，料想硬取很难得逞，于是便心生一计，扬言挖掘沟堑，以截其后。关羽闻之，信以为真，不禁大惊，并传令立刻烧掉营垒而退，结果徐晃兵不血刃便得了偃城。随后，徐晃兵分两路，逐渐前推。徐晃闻报关羽果然按约在围头与他对阵后，又怕与勇冠三军的关羽对阵有失，于是便来了个声东击西，即扬言进攻围头，实则密攻四冢。

在围头对阵那天，关羽一方关羽居阵前中央，紧随其后的是关平，右侧是胡修，左侧是傅方。徐晃一方徐晃居阵前中央，右侧是徐商，左侧是吕建。双方将士皆衣甲披挂，刀枪紧握，强弓待发。只要主将一声令下，即刻便会如脱兔飞鹰般向对方冲杀过去。时叫人不可思议的是，别看双方将士恨不得立刻将对方置之死地而后快，但关羽却亲切地问徐晃道："是公明吗？别来无恙么？"

"我是徐晃，是云长吗？别来无恙么？"

"我是关羽，你我本是故旧，近日何故……"

不待关羽问毕，徐晃即道："是啊！忆往昔壮年相从，多蒙教诲，至今未忘。"

须知，眼下关羽与徐晃本是敌对双方，然从他俩对话看，何故犹如久别重逢的密友呢？原来曹操与袁绍在官渡交战之际，时暂投曹操的关羽和徐晃比武，结果徐晃不敌关羽，于是徐晃非常佩服关羽的斧法。关羽见此，遂主动向徐晃传授斧法。经过一段时间传授，徐晃学有所得，得益匪浅，并对关羽感激不尽。因此，在曹操将校中除张辽外，关羽与徐晃友情最为深厚。

时关羽听了徐晃方才所言，以为徐晃也若他关羽一样，旧情犹存。对此，不禁大喜。正在这时，徐晃忽然高声道："得云长首级者赏赐千金！"

关羽不防徐晃口出此言，自然吃惊不小，并问徐晃道："大兄何故出此言呢？"

"此乃国家大事！须知，末将国事重于私事，古今无可非议。关将军忠贞不贰，义薄云天，古今亦无可非议呢。"

徐晃言毕，便拍马挥斧，直向关羽杀来。关羽见此大怒，遂不顾左右劝止，便边大骂徐晃忘恩负义边拍马挥斧上前相迎。时两匹西域大马如闪电般飞奔，两员猛将极尽全力厮杀，两把长柄大斧火花飞溅，叫双方将士看得眼花缭乱，辨不出谁是关羽，谁是徐晃。须知，关羽年轻徐晃几岁，体力旺盛自不必说，就其武艺也高出徐晃许多。因此，战胜不用吹灰之力，但因前时左臂箭伤未愈，是单手挥斧迎战，自然不如徐晃双手挥斧那么得心应手，强劲有力，加之关羽毕竟担心孙权攻取其后方公安和江陵而心神不安，结果只战了五十余合，便渐渐不支。胡修和傅方见此，怕关羽有失，遂便不约而同地拍马舞械，上前接住徐晃杀将起来。须知，胡修原是曹操任命的荆州刺史，傅方原是曹操任命的南乡太守，均属于禁部下，并同于禁一起投降了关羽。因此，在徐晃一方将士看来，他俩是不可饶恕的叛徒，自然对其怒不可遏，因而他俩接住徐晃方才杀了三个回合，徐商和吕建便怒目圆睁，各举兵器，飞马上前接住胡修和傅方杀将起来。时不仅关羽杀不过徐晃，胡修和傅方也杀不过徐商和吕建。对此，徐晃一方将士自然大喜不禁。徐晃见此，便边与关羽对杀，边下令所率官军向关羽所率官军那边冲杀过去。他们闻令，即刻便若潮水般冲杀过来。关平见此，大惊，遂便挥舞着一对环柄大刀，冲

第六十二回　曹孙联合关云长败死　孙权屈居向曹操称臣

杀到关羽身边，护着他没命地向四冢逃去。徐晃见此，哪里肯舍，遂便挥军从后追杀。时关羽、关平、胡修和傅方等人还未逃到那里，便见一队官军残兵败将纷纷向他们这边逃来。正在他们惊疑间，只见驻守四冢的主将马良披头散发飞一般跑到关羽马头前，伏地报道："四冢已被敌军占……"

不待报毕，早已泣不成声了。关羽闻报，方知上了徐晃的当，受了徐晃的骗，于是直气得脸色青一阵，白一阵。正在这时，忽听得一声梆子响，事先埋伏在那里的大股徐晃所率官军突然一齐杀出，将关羽他们铁桶般围在核心。后经关羽、关平、胡修、傅方与其拼死厮杀，方才向南杀出一条血路，纷纷向汉水北岸逃去，结果胡修和傅方被徐晃所率官军杀死，而大多则被逼入汉水成了鱼腹之物。唯关羽、马良和关平及少数随从乘船渡过汉水，向江陵逃去。至此，襄阳和樊城之围被解。

此时值建安二十四年九月末。

时仍在雒阳的曹操闻报徐晃大胜，自然大喜不禁，并当众赞扬徐晃道："敌围堑虽布有十多道鹿角，但徐将军率军杀到，片刻间便将其摧毁，并斩杀大量敌之将校。老夫用兵三十余年，以及所闻古代善用兵者，未有长驱直入敌围的。且樊城、襄阳之围，比春秋时莒、即墨之围要危急得多，但徐将军举手之间便解了其围。由此足见徐将军之功远在孙武、穰苴之上。"

徐晃得胜，并没随后南追关羽至江陵，而是按曹操原谋，回军宛城阳陵陂摩陂大营，让孙权所部官军与关羽所率官军为争夺江陵与公安等地相互厮杀，他则作壁上观。

徐晃率领官军方回到宛城阳陵陂摩陂，恰值曹操亲率官军也赶到那里。为祝贺徐晃大胜，曹操于是置酒大会。席间，曹操高举酒盏对徐晃道："保全樊城和襄阳，乃将军之功呢！"

言毕，便与徐晃一饮而尽。

时徐晃、张辽、张郃、朱灵、李典、路招和冯楷所率官军皆驻扎在阳陵陂摩陂，曹操便趁此巡视各营。他们闻曹操到，便擅自离开阵列，争先恐后跂足举目观视曹操，唯徐晃所率官军军营不仅整肃，且皆原地不动。对此，曹操不禁感叹道:"徐将军有周亚夫带兵之风啊!"

徐晃闻之,直激动得热泪盈眶。

时曹仁得报曹操褒扬徐晃,不禁相形见绌,于是便派使转求曹操让他率领官军乘胜追杀关羽所率官军残兵败将,以便将功折罪。曹操却令来使转告曹仁道:"不得追击,老夫自有道理。"曹仁得令,只得按兵不动。

须知,曹操这里所谓的道理,与不让徐晃率领官军追击关羽如出一辙,故不再述。

却说关羽、关平和赵累领着官军残兵败将还未到达江陵,便闻报江陵失守。对此,关羽自然惊怒异常。看官你道江陵何故失守了呢?一是江陵守城主将糜芳认为,他与哥哥糜竺同时投奔刘备,又都是刘备妻舅,但糜竺早已官拜众臣之首的安汉将军,而他至今才是南郡太守,两相比较,天壤之别,因而早已耿耿于怀,并欲寻机另择高枝,升官发财;二是在关羽用兵襄阳与樊城期间,糜芳管辖的江陵城内仓库起火,焚毁了大批军用粮草,关羽闻报不禁大怒,并说待他回军后将严惩糜芳,糜芳闻之,自然惶惶不安,心生畏惧;三是与此同时,糜芳向关羽襄阳与樊城大营督运军粮时因秋雨连绵,道路湿滑,运输困难而迟到,对此,关羽又说要予以严惩,于是糜芳愈发惶惶不安和心生畏惧,并随时寻机脱身。孙权闻报,自然大喜不禁,并暗中派遣使者与糜芳联络,意在离间他与关羽间的关系和拉拢他。现糜芳见关羽兵败,于是便一不做二不休,背叛关羽,带领左右文武主动前往龙山向孙权请降。

江陵既然失守,关羽只得率领官军残兵败将向公安退去。谁料未到公安,便见一身着农夫衣裳的汉子飞马赶到关羽马头前,不及下马向他拱手施礼便报道:"傅士仁将军见敌军来偷袭公安,毫不畏惧,并率全城军民日夜坚守。敌酋吕蒙闻之,料想强打猛攻恐难奏效,于是便心生一计,令足智多谋、能言善辩,且又是傅士仁将军宿友的骑都尉虞翻前往劝导傅将军投降。虞翻得令,即刻便飞马赶到南城门下叫门,然守城士兵却拒开城门。虞翻无奈,只得向城上喊话道:'我欲与你们傅将军说话!'但傅将军不肯相见,虞

第六十二回　曹孙联合关云长败死　孙权屈居向曹操称臣

翻无奈，只好回营疾书与傅将军道：'明白者防祸于未然，睿智者除患于将来，知得知失，便是做人之理，知存知亡，足看辨别吉凶之能力。今我大军所到之处，你却来不及报告，烽火来不及燃放。此非天命，乃内应也。将军既不能预料，到时又不能应付，唯独守三面环水之城而不降，结果是死战则毁宗灭祀，为天下人所讥笑。吕将军虎威神勇，已率大军直指南郡诸县，断绝将军陆路通道，退路一断，将军必无法逃脱。到那时将军即使投诚，也毫无意义。因此，我私下为将军感到不安，并希望将军慎重考虑为是。'傅将军看毕书后，虽不愿投降，但又无可奈何，随之便难过得泪流满面，举城而降了。"

报至此，喘了口气又道："还有……"

"还有什么？"

"还有他送军粮迟迟未到，惧怕大将军还军问罪而……"

关羽未闻毕，早便怒不可遏，并惊问汉子道："你怎么知晓的？"

"关大将军难道忘了？在下乃傅将军帐下主簿简席，怎会不知……"

不待言毕，关羽即道："想起来了，你还曾在老夫帐下行走了些时日呢。那么那些将士家眷呢？"

"皆妥善安置了。"

关羽闻答，不禁"啊"一声，随后便冒着刺骨北风，漫天飞雪，率领那些官军残兵败将慌慌张张北向麦城退去。当赶到麦城南门外叫门时，已夕阳西下，夜幕降临。城上守门小校不仅不知关羽兵败，而且从未见过他们，现见他们所举旗帜凌乱，所骑战马疲惫，所穿衣甲不整，且灰头土脸，垂头丧气，以为是一伙冒名关羽前来偷城的强人，于是便忙拉起吊桥，紧闭城门，严加防范。对此，关羽也无可奈何。赵累见此，遂便灵机一动，向城上高声道："请你家吴将军出来。"

小校认为赵累言之有理，于是高声回应道："稍等片刻，我立刻就去叫吴将军。"

随后片刻，果见吴将军在小校的引领下，飞一般爬上南门城楼举目朝下一望,见果然是关羽、关平和赵累等人,不禁非常惊异,忙问关羽道:"关大将军怎么……"

不待问毕,关羽即道:"此乃一言难尽,进城后再叙不迟。"

吴将军认为关羽言之有理,遂忙亲手放下吊桥,飞步下城,打开城门,将关羽一行迎入城内衙堂。待他们相互施礼客套毕,关羽便将此前发生的一切统统告诉了吴将军,吴将军闻之,不禁大吃一惊,并问道:"是谁用兵如此狡诈呢?"

关羽闻问,不禁语塞,随即派奸细打探。不久关羽便从奸细口中得知:亲率大军前来攻打公安和江陵的是吕蒙和陆逊。对此,关羽不禁感到非常意外。何也?要讲清这个问题,还得从头道来。原来驻守与关羽防地接壤的陆口的鲁肃在建安二十二年因病去世后,孙权便拜吕蒙为汉昌太守,接替鲁肃驻守陆口,鲁肃所率那万余官军也归吕蒙统辖。时吕蒙深知关羽骁勇,有并兼之心,且居江水上游,其势难久。因此,方到陆口,便面上倍修恩厚,与关羽结好,实则积极谋战,待机而动。然关羽警惕性也很高,在围攻襄阳和樊城时,曾留下了大量官军守卫公安和江陵,以防孙权指使吕蒙从后偷袭。吕蒙闻之,遂便上疏孙权道:"关羽讨襄阳和樊城多留备兵,必恐末将图其后故。末将本常生病,正可以治病为名还建业。关羽那厮闻之,必不防我,便会撤兵赶赴襄阳、樊城。然后我大军可待机浮江昼夜驰上,袭其空虚,则南郡可下,关羽可擒。"孙权认为吕蒙上疏有理,于是便以吕蒙病笃为名,檄文召吕蒙回建业治疗,实则暗中图谋公安与江陵。陆逊闻报吕蒙乘船前往建业,便前往其船拜见。相见礼毕,陆逊便问吕蒙道:"关羽那厮驻守之地与我边境陆口相邻,将军远离那里东下,难道没后顾之忧吗?"

"我非有病,岂会离开。"

陆逊闻吕蒙言,不禁大悟道:"原来如此!关羽那厮本自恃骁勇,傲视他人,现又水淹曹贼所部七路大军,活捉曹贼大将于禁,斩杀曹贼猛将庞德,战功显赫,威震华夏,意气更为骄横,志向更为狂肆,于是只顾北攻襄阳、樊城,而对我们不加防备。倘若他闻知将军病笃离开陆口,必会更不加

第六十二回　曹孙联合关云长败死　孙权屈居向曹操称臣

防备。而我军则可击其不意，攻其不备，定能将其擒杀。因此，将军见到主公，应与其周密谋划一番。"

"你所言极是。关羽那厮向来勇猛，又居江水上游有利地形，明里难与其抗衡。我佯装病笃离开陆口，也是无奈之举。"

时吕蒙认为事急，言毕便拱手施礼告辞陆逊，赶回建业面见孙权，表明了来意。孙权闻之，认为吕蒙之意虽然有理，但不知谁可前往陆口代行其职，遂忧心忡忡地问道："谁最宜接替你呢？"

"末将来前曾与陆将军交谈，见此人虽然年轻，但有运筹帷幄、决胜千里之才。且其名声未播，不为关羽所顾忌。倘若以他接替末将，定能称职。当然，须得叫他隐藏真实意图，待关羽那厮不备之机将其击败。"

孙权认为吕蒙言之有理，于是便将时任右部督的陆逊迁升为偏将军，接替吕蒙防守陆口。

再说关羽在樊城中军大帐正与左右文武在宴席上举杯庆祝水淹曹操所部七路官军大捷，忽见南寨辕门一小校匆匆前来向他报道："有陆逊使者求见大将军。"

关羽闻报，遂趾高气扬道："不见！"

方言毕，便见陆逊使者手持一绢制物，不顾门卫阻拦匆匆进来，上前毕恭毕敬地双手将其呈与关羽道："此乃陆将军致关大将军书。"

"陆逊小儿名不见经传，来书唠叨什么？"

言毕，即将陆逊来书抛之一边。马良见此，认为关羽言行不妥，遂放下筷盏对关羽道："关将军还是看下好，万一是什么大事，后果将不堪设……"

不待言毕，关羽便转而一想，看看也无妨，于是便拾起拆开看起来。书略云：

关大将军亲鉴：

此前关大将军察敌情挥军北上，举手之劳便获大胜，是何等荣耀威风！敌军大败，这不仅对你我同盟有利，且是将军做了一番辅朝廷，振纲纪的震天伟业。对此,鄙人不禁击节称赞。另,鄙人乃一愚人,早就敬仰关大将军风度气质,现受命西来陆口,更想聆听关大将军教诲。前闻不可一世的于禁等三万人马被关大将军俘获,天下无人不对关大将军钦佩万分。同时,还认为关大将军之功不仅永垂青史,而且还盖过当年晋文公出师城濮,淮阴侯谋取赵国。近闻敌将徐晃等人率领步骑驻扎在宛,以窥关大将军军事动向。曹操老贼狡猾异常,并不因樊城失败而罢休,反还会耿耿于怀,可能早就暗中增兵添将,伺机报复。虽然曹贼人马出战已久,但大多彪悍骁勇。且军队常会因打胜仗而轻敌,故兵法曰:获胜军队应倍加警惕才是。因此,鄙人希望关大将军尽力采取军事行动,确保胜利成果。鄙人实乃一介书生,只知之乎者也,意气用事,不懂军事,思维迟钝,接替吕将军都督之职实属无奈之举。同时,非常钦佩关大将军的威望与人品。因此,与关大将军为邻是件幸事,并乐意向关大将军倾诉衷肠。鄙人所言虽不符合关大将军之意,但可看出鄙人一片心意。承蒙关大将军关注,并希望关大将军明察来信之意。

须知,陆逊来书本是麻痹和迷惑关羽的,可爱听恭维话的关羽看后,却以为陆逊不仅谦虚,且有依附他之意,不禁大喜不已,于是便放松对陆逊的戒备,并在后来北伐中原时撤走守卫公安和江陵的大部官军赶赴襄阳和樊城参战。陆逊在陆口得报关羽中计,大喜,立刻飞书建业,向孙权说明擒杀关羽之策。孙权于是便令陆逊为右先锋,吕蒙为左先锋,待机悄悄西上,夺取公安和江陵。然后长驱直入,追杀关羽。

上述便是关羽全然不知的陆逊和吕蒙亲率官军攻打公安和江陵的原委与过程。

却说关羽一行到麦城用毕晚饭,还不待脱胄解甲上榻歇息,陆逊和吕蒙便率领官军追到城下,并铁桶般将城池包围起来。对此,关羽不禁非常着急,当即召集左右文武到议事厅商议对策。大家闻召到齐方按秩分左右站定,坐在上方中央的关羽即忧心忡忡问道:"老夫征战一生,不意失手于孙权、陆逊和吕蒙此等小儿。大家以为如何是好呢?"

第六十二回　曹孙联合关云长败死　孙权屈居向曹操称臣

方问毕，关平便大步出列高声道："儿臣闻麦城右侧有椭圆形磨城，左侧有长方形驴城，恰与麦城形成掎角之势。只要守住了磨城与驴城，麦城便大事无忧啊。"

关平言毕良久，也无人言语，关羽见此，正欲发怒，忽见赵累出列道："少将军之言差矣。据愚得知，敌早已抢先一步夺取了磨城与驴城。如此，掎角之势早已形同虚设。另，周敬王十四年吴军伐楚，时孙武引漳水淹灌麦城附近的纪南城，结果不仅纪南城被淹，连同都城郢城也给淹了。倘若敌军眼下仿孙武当年故事，决漳水淹灌麦城，那将如何是好？"

赵累言至此，停了片刻若有所思道："依愚之见，不若在固守麦城的同时，疾书与上庸守将刘封和孟达二位将军以及其部将詹晏、陈凤，房陵太守邓辅，南乡太守郭睦，秭归守将文布和将军邓凯，宜都太守樊友等人，叫他们及时率军前来增援。若如此，内外夹攻，杀退敌军，收复失地何忧？"

在场其他文武闻赵累言，认为非常有理。关羽对此也无异议，于是即刻起身走到案几前，挥笔先与刘封和孟达疾书一封，令他俩火速率军前来麦城增援，并令一胆大心细的小校为使者带上赶往上庸，然后才疾书与其他郡县诸将。

谁料书发出多日，不但未见有任何增援人马，也未见有任何回音。对此，关羽自然日夜坐立不安，彻夜难眠，茶饭不思。正在这时的一日午夜，门卫轻声细语地向躺在榻上半睡半醒的关羽报道："关将军，门外有人言有要事相报。"

"那人啥模样？"

"貌不惊人，但言行极为谨慎。"

关羽闻答，料想此人是前时前往上庸向刘封和孟达送书的使者，于是忙道："还不快快引他进来。"

门卫闻言随即转身出去，片刻便将那人引了进来。关羽见来者果然是他派出的使者，以为刘封和孟达率领增援官军已到城外，不禁喜形于色，忙翻身起榻问道："来了多少人马？"

不待使者答言,关羽又问道:"刘封和孟达发兵没有?"

"至今未发一兵一卒。"

"是何道理?"

"小的也不知呢。还有,陆逊那厮又乘胜令部将李异、谢旌率水陆官军三千半路切断了詹晏、陈凤所率增援人马,经一番厮杀,结果詹晏大败逃走,陈凤被擒投降;随后,李异与谢旌又挥军进攻房陵和南乡,结果邓辅和郭睦皆大败而逃;文布、邓凯及其所率几千人马被陆逊引诱投降;樊友见陆逊杀来,大惊,随之便弃城而逃。总之,逃跑的、被杀的、被俘的和投降的竟多达几万呢。"

关羽闻使者答,只"啊"了一声,再没言其他。使者见此,料知无事,随即便向关羽拱手施礼告辞。随后,关羽便召来关平和赵累,将使者方才所报向他们道了一番。他们闻之,先是默而不语,片刻赵累方才若有所思地对关羽道:"依末将之见,不可固守麦城,将军宜亲自赶往成都向大王搬援兵。"

时关羽非常赞同赵累所言,但不知从哪可到成都,于是问赵累道:"从哪可到成都呢?"

"穿过临沮城西北的夹石峪即可到那。"

"何时出发好呢?"

"宜早不宜迟。"

"那就明日午夜出发。"

关平和赵累认为关羽言之有理,当即便表赞成。次日午夜时分,关羽、关平和赵累带了百名敢死骑兵,悄无声息地溜出城西门,天明时刻便到达了临沮西北三十里处的夹石峪。对此,他们无不高兴万分。正在这时,忽听得一声梆子响,前方一支官军挡住了去路。关羽见此,遂忙拍马上前一看,原乃陆逊部将朱然率领的官军,于是大怒道:"闪开,以免成老夫斧下之鬼!"

朱然闻关羽如此言,遂诡秘地大笑道:"老贼已死到临头,嘴还挺硬。"

关羽闻朱然竟骂他老贼,遂怒不可遏道:"无名小卒,竟敢口出狂……"

不待言毕,便挥舞大斧向朱然劈去。朱然见此,也挥舞大棒相迎。须

第六十二回　曹孙联合关云长败死　孙权屈居向曹操称臣

知,朱然乃朱治养子,与关平年龄相仿,没经过什么大战,岂是身经百战的关羽的对手?但眼下却不同于往日,关羽不仅未用早饭,腹中空空,且又是败军之将,情绪沮丧;朱然是酒足饭饱,以逸待劳,且又是胜军之将,战意正盛。因此,战不几合,关羽便渐渐不支。关平见此,怕关羽有失,于是大吼一声,举起一对环柄大刀,飞马上前,接住朱然杀将起来。时关平虽与关羽一样,未用早饭,腹中空空,但与朱然一样,年富力强,加之又是父子俩同战朱然,朱然自然不是他俩对手,因而方才接手,朱然便败退下来。关羽见此大喜,正欲挥军向前冲杀,忽听得背后峪口鼓角喧天,杀声震地。关羽以为是刘封和孟达率领官军赶到,自然大喜不禁,并忙掉转马头上前相迎。然殿后的赵累却对他高声道:"来者乃潘璋所率之敌呢!"

关羽闻言,并不把潘璋放在眼里,但眼下前后受敌,且峪壁两侧异常陡峭,树林覆盖,无路可退。对此,不禁慌了六神。正在这时,又听得一声梆子响,峪两侧树林中突然冲出无数潘璋和朱然率领的官军钩镰枪枪手,齐举钩镰枪直向关羽那马腿钩去。关平见此,大惊,忙翻身下马,飞奔上前,挥舞着那对环柄大刀,瞬间便将那些钩镰枪枪头齐刷刷劈掉。谁料此后钩镰枪枪手愈来愈多,瞬间竟将关羽和关平围在核心。尽管关羽和关平抖擞精神,杀得钩镰枪枪手尸积如山,血流成渠,连连后退,但他俩也随之筋疲力尽,动弹不得。于是随后的钩镰枪枪手们便一齐飞一般上前,将关羽那马钩倒在地。关羽自然是摔下马来,四仰八叉倒在地上爬不起来。钩镰枪枪手们见此,大喜,随即一拥而上,不用吹灰之力便将关羽来个五花大绑。同时,关平和赵累也被擒获。

看官你道关羽、关平、赵累一行人马何故走进了朱然和潘璋所率官军钩镰枪枪手的埋伏圈呢?原来混在关羽骑兵中的潘璋和朱然奸细得到关羽等人的行动消息后,便及时将其密告了朱然和潘璋。他俩得报,便抢先在其必经之路夹石峪设下埋伏,只等他们入瓮就擒。

却说随军到达江陵的孙权闻关羽被擒,自然大喜不禁,并毫不犹豫地传令潘璋和朱然就地斩首关羽父子。

行刑那天，被五花大绑的关羽、关平便在北风呼啸、雪花飞舞中昂首挺胸大步走向刑场。方到达，关羽便大声对潘璋、朱然和刀斧手道："快动手吧，二十年后我关羽又是一条汉子！那时再找破坏联盟、认敌为友、玩弄诡计的孙权、陆逊、吕蒙、潘璋和朱然等小儿算账！"

随后，为表示关羽临刑时屈就孙权，几名刀斧手上前七脚八手欲将关羽朝东南方建业扭摁倒后，再行刑。谁料关羽极尽全力站着岿然不动，并转身朝着西北方成都高声道："老夫宁可朝着都城成都方向站着死，也不朝着敌巢建业方向跪着生！"

随后刀斧手们又用力将关羽朝建业方向扭摁了好多次，但仍无结果，无奈，只得原地蹬上石凳，手起刀落，将站着岿然不动的关羽斩首。时年关羽五十有八。

潘璋和朱然见关羽临死不屈，面上虽没事一般，但心里却道：关将军真乃顶天立地的汉子啊！

随后，刀斧手们又手起刀落，将不肯跪着的关平斩首。

此时值建安二十四年十二月初。

却说曹操在雒阳闻报关羽被孙权部将朱然和潘璋擒获并斩首，以为他当初设计的假孙权之手消灭关羽，从而使孙权和刘备自毙而他坐收渔人之利、田父之功已如愿以偿，不禁大喜不已，并在一日上午在议事厅与左右文武举宴热烈祝贺。正在这时，一小校匆匆进来，不及向曹操拱手施礼便报道："南城门外有一车队，押车为首者高呼有要事求见大王。"

"哪路的？"

"小的也不知晓。"

曹操闻小校答，一时也无法决定是否让见。片刻，方才放下筷盏，起身与左右文武一道，向南城楼走去。到那举目朝下一看，果然有一车队。于是曹操高声问道："哪路的？"

那为首者闻曹操问，随即高声答道："乃孙将军车队。"

"车上所载何物？"

第六十二回　曹孙联合关云长败死　孙权屈居向曹操称臣

"见后便知。"

为首者方答毕，曹操便大手一挥，吊桥立刻便放下，城门也随之大开。待他们在南城门口相见礼毕，曹操便与使者骑马在前，其他文武随后，再后是车队一行，向城中央议事厅缓缓走去。途中，曹操急不可耐地手指其中一辆高大豪华的金根车问为首者道："是贡物吗？"

为首者闻问并没答言，而是上前打开车厢门，请曹操上前观看。时曹操觉得非常好奇，并应声上前，踮足引颈朝里一看，立刻便吓得脸色发白，胡须乱抖，随之便拍马朝后退了几步。良久回过神，方才惊异地问为首者道："装着的不是关羽头颅吗？"

"正是。"

"为何运到此？"

"小的亦不知晓。"

为首者边答言边从怀里取出一绢制物毕恭毕敬地呈与曹操。曹操接过打开一看，原乃孙权致曹操书。书略云：

大王亲鉴：

因前时你我精诚合作，终将敌酋关羽擒获并斩首。为共享大捷，你负责安葬敌酋头颅，我负责安葬其身躯。同时，运来贡物一批与皇上和大王。请笑纳。

须知，孙权何故要曹操安葬关羽头颅，他安葬关羽身躯呢？要弄清这个问题，还得从头道来。当初朱然和潘璋见行刑毕，就令刀斧手们就地挖坑掩埋关羽和关平尸首。他们得令，自然不敢怠慢，遂忙挥动镬头，片刻一个大坑便成。接着便上前七手八脚将关羽和关平尸首猛地推进坑里后，便欲举起镬头朝坑里扬土覆盖。正在此际，忽见孙权使者飞马赶来高声道："朱、潘二位将军，主公有令，不得掩埋关羽尸首！"

朱然、潘璋与刀斧手闻言，皆若丈二和尚，摸不着头脑，并异口同声问孙权使者道："是何道理？"

"鄙人也不知晓呢。"

朱然和潘璋闻使者答,料想必有新的安排,于是只得下令掩埋关平尸首完事。

须知,孙权何故要下令停埋关羽尸首呢?原来他下达斩杀关羽命令后,又为该不该斩杀关羽犯了难。不斩杀吧,就关羽那忠贞不贰、义薄云天的秉性,也难投降。即使投降,早晚也得回到刘备身边。当年他万不得已投归曹操,后又伺机回归刘备便是例证。更甚者,关羽是与刘备同生死共患难几十年的大将,在刘备眼中,其分量非同一般。如斩杀,我孙权必与刘备结下深仇大恨,说不定他还会率军南下,与我拼个你死我活,那时曹操就会乘虚而入,出兵犯我地境。如此,我便两头受敌,其后果不堪设想。思来想去,终于想得一条嫁祸于人之策,即先将关羽斩杀,然后将其头颅传给曹操,叫刘备以为斩杀关羽的主谋是曹操。而我孙权则以大将军之礼厚葬关羽身躯,以此表示自己本无斩杀关羽之意。如此,刘备就会对曹操仇上加仇,恨上加恨,并因此出兵讨伐他曹操,我孙权则从中渔利。

时曹操看毕孙权书,当即就对其意犹若洞里观火,看得清清楚楚。于是也来个嫁祸于人之策,按大将军之礼,厚葬关羽头颅,将刘备仇恨推给孙权,他则从中渔利。

曹操说干就干,当即便令正在身后的许褚带领五千官军工兵和从四面八方招募的五百能工巧匠日夜轮流施工,修建关林,以便安葬关羽头颅。不久,一座南临龙山,北临伊水,占地宽广,院落四进,殿宇百间,廊庑无数的关林便拔地而起。其间有高大雄伟的石狮,栩栩如生的铁狮,肃穆含威的"千秋鉴"大楼。

举行安葬大典仪式那天,阳光灿烂,春风习习,乍暖还寒。文臣将校皆头戴白帽,身穿白衣,手举白旗,肃立在墓前甬道两侧恭候曹操到来。午时正,只见从雒阳南城门通往关林道路两侧,刀枪林立,戒备森严。骑着高头大马、举着天子旌旗的天子仪仗队在前,白帽白衣白须白发的曹操乘着金根车随后,缓缓向关林行去。不久,便到达甬道口。曹操在虎贲的搀扶下,缓

第六十二回　曹孙联合关云长败死　孙权屈居向曹操称臣

缓走下金根车，向临建的安葬典礼台走去。时"大王千岁"的欢呼声震天动地，不绝于耳。曹操走上安葬典礼台中央御椅上方坐定，典礼官便高声道："全体向关大将军致哀！"

在场者闻声，皆忙低头肃立致哀。片刻后，典礼官又高声道："安放关大将军首级！"

方喊毕，便见四名身材高大、年轻英俊的仪仗兵，举着盛有关羽头颅的冰匣，缓缓走到墓穴石门前，伸手打开石门，毕恭毕敬地将冰匣放入墓穴中央，轻轻关好墓门，然后缓步退回。

随后典礼官又高声道："请大王向关大将军敬酒！"

方言毕，曹操便离座起身走到台前中央，双手接过侍者呈上的大碗杜康酒，举过头顶高声道："请关大将军在天之灵安息吧！"

言毕，便缓步边从右至左绕台半周，边将杜康酒轻轻向台下泼去。末了，方才与来时一样，缓缓回到雒阳。时已当日黄昏。

在此同时，孙权也令朱然和潘璋率领五千名官军工兵和五百名能工巧匠，前往当阳长坂坡西北十里处修建关陵。由于日夜轮番施工，不久后一座南倚群山，东临沮水的三进关陵便告落成。其间有阙门、神道碑亭、石牌坊、三元门、马殿、拜殿、正殿、寝殿、祭亭、陵墓。陵南侧有：关公戏楼、石墓表、石狮、南碑廊、来止轩、伯子祠。陵北侧有：石墓表、书亭、石狮、北碑廊、古井、关羽铜塑像亭、春秋阁、启圣宫、寝殿。总体结构左右对称，主次分明有序，布局严谨合理。总之，整体远超曹操下令所建关林。时人见了，不禁叹为观止。

举行安葬关羽身躯典礼那天早饭方毕，身着白帽白衣的孙权率领身着白帽白衣的文臣将校徒步在前，一群高大英俊的小校抬着盛有关羽身躯的冰柩随后，在一片震天动地的哀乐声中从当阳城西门出发，缓缓直向关陵行去。到达时已近中午，为表示对关羽的尊敬，他们不顾饥寒，立刻各就各位，各司其职。当小校们抬起冰柩正向墓穴走去时，孙权突然大步上前，抢过最前面小校肩上的杠棒，放在自己肩上就走。孙权此举，直惊得在场文武目瞪口

1259

呆，不知究竟。回过神，皆争先恐后上前劝止，但被孙权一一谢绝。

须知，孙权下令所建的关陵何故比曹操下令所建的关林富丽堂皇呢？又何故要亲自抬关羽冰柩呢？原来他是再次向刘备表示，他孙权不仅无比尊敬关羽，且关羽确实不是他孙权下令杀的。目的仍然是将刘备对关羽被杀的仇与恨推向曹操，以便他孙权从中渔利。其他仪式与曹操安葬关羽头颅大同小异，在此无须赘述。

再说刘备和诸葛亮在成都闻报关羽在樊城水淹曹操所部七路官军，威震华夏，以为他俩的隆中对策即将实现，自然大喜不禁，并在这时的一日夜幕降临之际在议事大厅举宴庆贺。正当他们推杯换盏畅饮时，忽见披头散发、灰头土脸的刘封不顾门卫阻拦，跌跌撞撞闯了进来。刘备和诸葛亮见此，料知不妙，遂忙放下筷盏，起身上前，将刘封拉进密室，欲问究竟。不待坐下，刘备便关切地问刘封道："我儿何故如此狼狈？"

刘封闻问，遂结结巴巴将曹操和孙权暗中联合，南北击败关羽一事道了一番。刘备和诸葛亮闻之，直惊得目瞪口呆，不能言语。良久回过神，刘备和诸葛亮方才异口同声问道："你与孟将军为何不发兵增援呢？"

"关将军为儿臣叔叔，儿臣岂有坐视不救之理呢！皆因孟将军……"

不待刘封答毕，刘备便连连摆手道："别再说了，本王知晓了。"

看官你道刘备知晓了什么？乃知晓孟达准是将他刘备准备立太子之事告知了刘封。那么刘备准备立太子之事怎么会牵扯到孟达呢？原来当刘备准备立太子拿不定主意时，曾征求过诸葛亮的意见，时诸葛亮机智地答道："此乃家事，为臣的岂便过问？"随后刘备又问关羽，关羽却直言道："刘封乃养子，怎可立为太子？"时孟达也在场，此后他便将关羽所言告诉了刘封，刘封闻之，不禁耿耿于怀，因此在关羽受困时听从了与关羽素有怨恨的孟达的意见，即拒绝发兵增援。

随后，刘备问刘封道："孟将军呢？"

"率部曲四千余投向曹贼了。"

"你怎么没随他去？"

第六十二回　曹孙联合关云长败死　孙权屈居向曹操称臣

"他曾劝儿臣与他同往，但儿臣深受父王重恩，岂会听他的！"

"你关叔叔后来情况如何？"

"儿臣不知晓呢。"

刘封方答毕，便见一探马不顾密室门卫阻拦闯进密室，气喘吁吁地向刘备报道："报告大王，关将军父子俩被孙权杀害了！"

刘备闻报，立刻便气得昏死了过去，要不是诸葛亮、刘封和探马及时上前扶住，后果不堪设想。良久醒过神，方才手指东南方怒吼道："孙蛮，看本王不把你分尸万段！"

随后，刘备、诸葛亮、刘封和探马便垂头丧气地依次走出密室。正在宴饮的众文武见此，皆若丈二和尚，摸不着头脑。时刘备本欲对关羽死讯秘而不宣，后转而一想，没有不透风的墙，与其让部下文武晚知晓，还不如让其早知晓。如此，还可化悲痛为力量，同仇敌忾，为关羽报仇。于是便忍着悲愤，当即将探马方才所报向他们道了一番。然不待道毕，张飞早已气得两眼血红，胡须乱抖，并猛地摔碎酒盏，推倒餐几，站起拔剑指向东南方高声对刘备道："大王下令吧，看俺把孙权小儿擒来祭关将军父子在天之灵！"

方言毕，老态龙钟的黄忠也放下盏筷，缓缓起身大怒道："大王只管下令，俺那对环柄大刀要了敌酋夏侯渊脑袋后正闲得慌呢！"

刘备并没理会张飞和黄忠所言，而是转头目视着坐在他右侧的法正，意在希望听听他的意见。对此，法正自然心领神会，遂沉思片刻道："依愚之见，还是先祭奠关将军亡灵后，再为关将军报仇不迟。若何？"

在场文武闻言，皆认为法正言之非常有理，刘备也无异议。诸葛亮见此，随即唤来巫师，就议事厅摆设关羽灵堂。三天后，便摆设停当。时灵堂正中央上方壁上悬挂着关羽巨幅画像。中午时分，待白帽白衣、悲痛万分的刘备、诸葛亮、法正、李严、张飞、马超、黄忠和赵云等文武在一片哀乐声中，缓缓步入灵堂方按秩站定，巫师便高声道："请大王宣读至关将军祭文！"

随后，站在右前排的刘备便缓缓出列上前展开祭文，以低沉的语调宣读起来。祭文略云：

前将军、汉寿亭侯关羽字云长，于桓帝延熹三年生于并州解县常平乡常平村，年少便研读三坟五典，尤其喜读《左氏春秋》，并闻鸡起榻，苦练武艺。及长成，仁德忠勇达天际，义薄云天传四海。呜呼！将军又常行侠仗义，救人于倒悬。例如，一次偶遇故里恶少强占民女，不禁大怒，并上前杀死恶少，救下民女。为逃避官府抓捕，将军只得离乡背井，远走他乡。但将军路见不平，拔刀相助之义举，至今为天下人称颂。呜呼！后将军在涿县街头与本王、张将军相识，遂成生死之交。为振兴汉室，报效国家，实现平生之愿，将军随本王在剿黄巾、讨董卓、破二袁、擒吕布、战曹贼等战斗中，冲锋陷阵，屡建奇功。呜呼！前时将军奉命率军北上围攻襄、樊虽然未下，但水淹曹贼七路人马，俘获敌酋于禁，斩杀敌猛将庞德，威震华夏，遂使曹贼闻风丧胆，意欲北逃。后因孙蛮背信弃义，破坏联盟，与曹贼狼狈为奸，南北夹击将军，致使将军兵败被害。呜呼！然将军临死不屈，英勇就义，叫敌胆寒，让友钦佩。呜呼！本王将举兵顺流而下，先灭孙蛮，然后北上中原，扫平曹贼，为将军报仇！呜呼！待振兴了汉室，本王定在将军故乡塑立一座高大威武的将军黄金塑像，供天下人凭吊和瞻仰。呜呼！请将军在天之灵安息吧！呜呼哀哉，伏惟尚飨！

不待宣读毕，在场文武早悲痛得如丧考妣，泣不成声，并强烈要求拿已关在监牢里的刘封头颅祭关羽在天之灵。对此，刘备默而不语。诸葛亮见此，遂忙上前对刘备低声耳语了一番。时只见刘备微微点了点头即大怒道："刘封这厮之罪本当斩首以祭关将军在天之灵，但念及他当年扫荡巴蜀，夺取上庸，颇有战功，因此……"

不待言毕，在场者皆料知刘备之意与他们相左，于是便异口同声道："那就赐死他！"

诸葛亮闻言，认为他们言之有理，于是忙对刘备道："就依众卿之意吧。"

时只见刘备又微微点了点头，算是赞同。

却说这时在城北监牢里的刘封正眼巴巴盼望刘备对他从轻处罚，以便率

第六十二回　曹孙联合关云长败死　孙权屈居向曹操称臣

军南下，夺回丢失的那些地盘，将功折罪，不料盼到的却是刘备使者送来的一杯毒酒。对此，他不禁长叹道："早知今日如此，当初何不听了孟将军的！"

叹毕，便接过使者手中毒酒一饮而尽。片刻，便口吐乌血而亡。

须知，时在场者只知赐死刘封是因刘备所言的那些刘封罪状，而并不知还有更深层的原因。那么更深层的原因是什么呢？乃诸葛亮此前对刘备所低声耳语的，即刘封秉性刚毅，战功显赫，恐刘备百年后秉性懦弱的刘备亲子刘禅控制不了他。与其养虎为患，不如现在乘机除掉。但刘封毕竟没背叛投敌，故宜从轻处罚，赐死便罢。

却说孙权在这时的一日上午在建业下榻处正为自己的得意之作，即前面提到的将斩杀关羽的责任嫁祸于曹操，使曹刘互斗，他得渔翁之利而得意非凡之际，忽见一探马不顾门卫阻拦，手里拿着一卷纸制物匆匆进来，不及向他拱手施礼便报道："报告主公，这是刘备致关羽祭文。"

孙权闻报，不禁惊问道："哪来的？"

"益州遍地皆是。"

方答毕，便上前毕恭毕敬地将祭文呈与孙权。孙权接过打开不待看毕，便不禁眉头紧锁。何也？皆因祭文中"本王将举兵顺流而下，先灭孙蛮，然后北上中原，扫平曹贼，为将军报仇"这段文字使然。也就是说，孙权所忙乎的得意之作已成泡影。同时，孙权还深知，刘备的智谋与曹操相差无几，其部下智谋超群的有诸葛亮和法正，猛勇超群的有张飞、马超、黄忠、赵云和魏延。对此，连不可一世的曹操都惧怕他们三分，何况我孙权呢？无奈，只得立刻召集左右文武到议事厅商议对策。他们闻召到齐依次方才站定，提前到达那里的孙权便将祭文之意向其道了一番。随后，他们中有的说待观察观察再做决定；有的说兵来将挡，愿与刘备一决高下；有的低头视足，默不作声。总之，莫衷一是。孙权见此，一时也没了主意。正在这时，忽见北城门一守卫小校匆匆进来向他报道："北城门外有人自称是曹操使者，言有要事求见主公。"

孙权闻报遂思想到：不知曹操老贼又在耍什么鬼花招，因此心头不禁七上八下，忐忑不安——见吧，不知如何应对；不见吧，怕得罪曹操。时左右文武看透了孙权心思，并认为万一不是他所思所想的呢，于是皆争先恐后向孙权建议还是见见再说。孙权认为他们建议有理，便有气无力地对小校道："准见。"

小校闻言，遂便施礼告辞孙权转身出门，片刻便将曹操使者领了进来。孙权见使者笑容满面，七上八下、忐忑不安的心方才放了下来。相见礼毕，孙权即迫不及待地问使者道："魏王何故派你来此？"

"向孙将军宣读圣旨。"

孙权闻言，不知圣旨所言是祸是福，心头不禁焦急不安。时使者也不理会孙权心思，便边从怀里取出一捆绢制物边高声道："孙将军接旨！"

孙权闻言，遂不再多想，便跪伏于地静听。时使者清了清嗓子高声宣读道："准魏王曹操表拜孙将军为骠骑将军，假节，领荆州牧，封南昌侯爵。"

孙权闻之，以为自己耳朵出了毛病听错了，并要求使者再宣读一次，使者只好依了他的，便抬高嗓门宣读。孙权闻之，方才相信自己耳朵没出毛病。孙权何故会如此呢？因为按汉制，大将军和骠骑将军皆位同丞相；车骑将军、卫将军、前将军、后将军、右将军和左将军皆位同上卿；其他将军，如孙坚所受的破虏将军、孙策所受的讨逆将军和他孙权所封的讨虏将军，皆是临时设置的杂号将军，其性质和显赫远不能与上面所提到的那八类将军相提并论。假节，就是在行使军权时与曹操相同，即未得皇帝刘协批准，便可代表皇帝自主征伐。领荆州牧，就意味着孙权担任的地方职务与曹操担任的地方职务冀州牧大同小异。封南昌侯爵也非同一般。须知，时列侯爵分县侯爵、乡侯爵和亭侯爵三等。南昌是县，为最高一等侯爵。当年四世三公的袁绍也才封为邺县侯爵，遂称万户侯。而南昌是豫章郡治所，其户也不在少数，又在孙权管辖区内，不仅是实封，其显赫也不亚于袁绍的邺县侯爵。更重要的是，孙权这次所得是权倾朝野的曹操上表，皇帝御批的，也就是说得到了朝廷上下认可。这也是孙权梦寐以求而不料在今天不用吹灰之力便得到的，他怎不会误以为耳朵出了毛病听错了呢？同时，如此一来，就意味着孙

第六十二回　曹孙联合关云长败死　孙权屈居向曹操称臣

曹已成联盟，谁还怕他刘备！于是当即便起身向使者表示：愿为魏王臣！并立刻大摆宴席招待曹操使者及左右文武。由于高兴，直到夜幕降临，月上三竿，方才尽兴而散。

为表示礼尚往来，孙权也派使者带上他当夜亲笔撰就的《上魏王表》，同曹操使者一同前往雒阳面呈曹操。次日早饭后，他俩便一道翻身上马，直向北城门奔去。片刻，便通过那里，上了曹操使者来时所乘那船，摇橹徐徐向江水北岸驶去。不久，便到达那里上岸，换乘驿马，飞一般向雒阳赶去，遂在此后的一日午夜便赶到雒阳。时曹操使者认为他此行干系重大，应尽快禀报曹操。孙权使者也认为《上魏王表》非常重要，也应尽快转呈曹操。于是他俩一合计，便不待歇息，就直奔曹操下榻处。时曹操虽然躺在榻上，但未入睡。曹操使者见此，便抢先上前，将他这次建业之行一五一十向曹操报告了一番。曹操闻之，自然大喜不禁。何也？因为曹操上表刘协封拜孙权的那些官职、领地和爵位的原因是：虽然关羽战败身亡，刘备失去江陵、公安、上庸、房陵、西城等郡县，没了沿汉水东南出兵，北击中原曹操、南攻荆扬孙权的地理优势，但正如此前孙权所想，刘备有足智多谋的诸葛亮和法正，有武艺超群的张飞、马超、黄忠、赵云和魏延，实力不可小视。再者刘备与我曹操势不两立，没调和余地。孙权眼下虽然坐大，但此人好随机应变，见风使舵。比如，建安十三年他能与刘备联手抗击我曹操，前时又与我曹操联手抗击刘备。因此，我曹操何不予他加官晋爵，以便利用他抗击为关羽报仇的刘备呢？

随后，曹操便举目望了望孙权使者，问道："你是……"

孙权使者不待曹操问毕，便边上前边从怀里取出绢制《上魏王表》，双手毕恭毕敬地呈与曹操，边答道："小的乃孙将军使者，这是孙将军《上魏王表》。"

曹操以为孙权上表是向他谢恩，于是笑容满面翻身下榻，接过便仔细看起来。方看毕，便满脸严肃。看官欲知曹操何故如此，请看下回分解。

第六十三回

一代雄霸曹孟德坦然辞世
众望所盼曹子桓代汉称帝

却说曹操放下孙权《上魏王表》沉思片刻后,却手抚白髯昂首大笑道:"孙权小儿欲拿老夫于炉上烤呢。"

曹操使者和孙权使者闻言,皆若丈二和尚,摸不着头脑,并怕再待在这里惹上是非,于是便不约而同地向曹操拱手施礼告辞。

看官你道曹操何故笑言"孙权小儿欲拿老夫于炉上烤呢"?原来孙权《上魏王表》并非向曹操谢恩,而是说:臣下孙权久知天命已归主上,伏望早正大位。遣将剿灭刘备,扫平益州,臣即率群下纳土归降。上表意图很明显:孙权愿称臣,同时劝曹操称帝,以便讨伐不肯臣服的刘备。如此,不仅可坐山观曹刘互斗,而且其危亦可解。聪明绝顶的曹操一眼就看穿了孙权的意图,并深知:倘若我曹操登帝位,不仅外有刘备和北方乌桓人举兵反对,没准你孙权也会乘机翻脸;而内部也不平静,远的不论,就是去年(建安二十三年)正月,少府耿纪、丞相司直韦晃就起兵诛杀过我曹操;今年九月,魏相国西曹掾魏讽就纠集数千人谋袭邺城。在如此不利的形势下,孙权却希望我曹操早登帝位,不是拿我曹操于炉上烤是什么?因而曹操才有方才那番笑言。

在此不难看出,时曹操即使有称帝之心,也无称帝之胆。

须知,孙权何故要拿曹操于炉上烤呢?他不是高兴地接受了曹操那些赐封,并当即对曹操使者表示愿为曹操之臣吗?原来此后他转而一想,曹操

第六十三回　一代雄霸曹孟德坦然辞世　众望所盼曹子桓代汉称帝

那些赐封与招降纳叛没什么两样，目的是要我孙权替他与刘备继续拼杀，以便他曹操从中渔利。因此，就来了个明里希望曹操称帝，实则假刘备及其他人之手攻击曹操，以便达到我孙权从中渔利的目的。再者，封我孙权那骠骑将军固然位高显赫，但我孙权不可能在建业遥施其权。因此，所封虽是实职，实际却是虚职。还有，即使我孙权不被拜为荆州牧，荆州照样是我孙权的。即使我孙权不持节，照样与你曹操一样自主用兵。对此，如前所述，孙权所思所想一眼便被曹操看穿。但曹操还是想听听左右文武对孙权《上魏王表》的看法，遂于次日早饭后将他们召到议事厅，将孙权《上魏王表》展示与他们看，时大多认为表中所言非常有理。其中，侍中陈群还上前道："汉室自安帝以来，政去公室，国统数绝，至于今者，唯有名号，尺土一民，皆非汉有，期运久已尽，历数久已终，非适今日啊。是以桓、灵之间，诸明图纬者，皆言'汉行气尽，黄家当兴'。殿下应期，十分天下而有其九，以服事汉，群生注望，遐迩怨叹，是故孙权在远称臣，此天人之应，异气齐声。臣愚以为虞、夏不以谦辞，殷、周不吝诛放，畏天知命，无所与让啊。"

方言毕，尚书桓阶即上前道："长文言之有理呢。"

曹操闻他俩言，并没表示赞成与否，而是唤来孙权使者问道："孙将军所谓的天命当如何讲？"

"汉运垂终，大王十分天下而有其九，以服事之。孙将军称臣，天人之意啊。虞、夏、殷、周不以谦让者，畏天知命啊。"

曹操闻答，便不屑一顾，并起身走到案几前，摆上砚墨，展开白绢，沉思片刻，伏身提笔写道：

短歌行

周西伯昌，怀此圣德。

三分天下，而有其二。

修奉贡献，臣节不隆。

崇侯谗之，是以拘系。

> 后见赦原，赐之斧钺，得使征伐。
> 为仲尼所称，达及德行，
> 犹奉事殷，论叙其美。
> 齐桓之功，为霸之首。
> 九合诸侯，一匡天下。
> 一匡天下，不以兵车。
> 正而不谲，其德传称。
> 孔子所叹，并称夷吾，民受其恩。
> 赐与庙胙，命无下拜。
> 小白不敢尔，天威在颜咫尺。
> 晋文亦霸，躬奉天王。
> 受赐圭瓒，秬鬯彤弓，
> 卢弓矢千，虎贲三百人。
> 威服诸侯，师之所尊。
> 八方闻之，名亚齐桓。
> 河阳之会，诈称周王，是其名纷葩。

　　时曹操所书的是点画平整古朴，笔势生动多变的汉隶。对此，在场文武忙放下筷盏，起身一拥而上，争相观看。将校们身强体壮，自然拥在前面，伸长脖颈，睁大眼睛，聚精会神观看。但他们大多眼大无珠，哪知曹操书写的是诗是赋，何言何语，是秦隶还是汉隶？然文臣们虽站在后面，但举目一望便知：这是曹操以往借用早已失传的汉乐府诗旧题《相和歌辞·平调曲》创作的《短歌行》诗两首中的第一首，其意是大力赞扬周文王、齐桓公、晋文公的丰功伟业，目的是表示他曹操也如他们那样，"以大事小，奉事周室"。并认为曹操同时又写齐桓公"天威在颜咫尺"，也就是说齐桓公心怀周王，但又不敢称王；写晋文公虽然威服天下，师之所尊，但他毕竟在河阳诈称周王，集会诸侯，因而晋文公名声也不佳。而现在当众书写此诗，到

第六十三回　一代雄霸曹孟德坦然辞世　众望所盼曹子桓代汉称帝

底是向天下人表明他曹操不称帝的心志，还是为称帝试探天下人口气？对此，连深知曹操心思的陈群和桓阶也如坠雾里云中，不辨东西南北。当然，也有不文不武、似懂非懂者大力赞扬此诗大言西伯、齐桓和晋文尤以"尊王攘寇，臣节不坠"为盛德。也有的建议，宜先灭蜀汉，蜀汉亡则孙吴服，两方既定，然后遵舜、禹之轨。还有的赞扬此诗情见乎词，语气高洁，韵必有法。总之众说纷纭，莫衷一是。正在这时，忽听得有人高声道："天下皆知汉祚已尽，异代方起。自古以来，能除民害为百姓所归者，即明主也。今殿下征战三十余年，功德著于黎民，为天下所依归，应天顺民，称帝邺城，复何疑呢？"

曹操及在场文武闻声望去，原乃前将军夏侯惇。须知，别看他乃一介武将，但家道殷实，藏书颇丰。于是幼时便读书识字，稍后即攻读三坟五典、诸子百家，是曹操部下罕见的文武双全者。因此，时犹若那些文臣一样，早便看懂了诗意，并认为曹操在称帝问题上是犹抱琵琶半遮面，羞羞答答。为促使曹操早日称帝，于是便直截了当地说了前面那些话。谁料曹操闻言却若有所思道："'施于有政，是亦为政'。若天命在我，我为周文王。"

在场文臣及部分将校闻言，方知曹操之意，即只要握有皇帝实权，就不必计较是否有皇帝这个头衔。因此，即使天命在曹操，他愿如周文王一样，为其子曹丕称帝保驾护航。

曹操见他们明白己意，大喜，谁料这时忽觉头闷眼花，天旋地转，差点倒下。在场文武见此，不禁大惊失色，忙一拥而上，将他扶住。否则，后果不堪设想。片刻，曹操醒过神即有气无力地断断续续喊道："仲……景……"

随后，便昏迷了过去。在场文武皆知曹操所喊，就是时之著名医学家张机，仲景是其字。此人幼时便博通群书，潜乐道术，嗜好医学，并受到同乡名士何颙的赏识，说他："君用思精而韵不高，后将为良医。"建安年间，由于连年战争，民弃农业，颠沛流离，饥寒交迫，伤寒爆发，雒阳、南阳和会稽等地疫情尤其严重，家家有僵尸之痛，室室有号泣之哀。对此惨景，他不禁目击心伤，并本着"上以疗君亲之疾，下以救贫贱之厄，中以保身长全，以养其生"的宗旨，勤求古训，博采众方，集前人之大成，揽四代之精华，写出了一部熔理、法、方、药于一炉，开辨证论治之先河的医学名著《伤寒杂病论》。依据此书，他不仅根除了伤寒病，还根除了其他疑难杂症。被时人尊称为华佗第二、医中之圣和方中之祖。同时，大家也明白曹操喊仲景之意，即唤张仲景前来为他医治。于是他们即刻便边派使者日夜快马加鞭赶往张仲景所住地南阳邓县请张仲景，边派多路使者立刻动身，日夜快马加鞭赶往许都、邺城及有关郡县，向曹操家人及族亲通报曹操病情。随后便上前动手，小心翼翼地抬起曹操，向其下榻处行去。不久，便到了那里。待安放好曹操，盖上被褥，留下夏侯惇、陈群和桓阶守护后，他们方才放心离去。

随后不久，曹操神志渐渐清醒，以往他那些恶行不禁记忆犹新，历历在目：初平四年七月，借口父亲被陶谦部下所杀攻打徐州陶谦，不问青红皂白，坑杀那里无辜男女数十万于泗水，接着又屠杀取虑、睢陵、夏丘三县，遂使鸡犬无存；兴平元年四月，再攻陶谦，路经琅琊、东海时，所过皆残灭；兴平二年，破盟友张邈屠雍城；建安三年，征吕布屠彭城；建安五年，官渡之战时坑杀袁绍降兵七万；建安九年，攻袁尚屠邺城；建安十二年，征乌桓屠柳城。还有部将夏侯渊屠兴国、枹罕，曹仁屠宛城，他俩行为虽非我曹操下令，但得到我曹操的默许。不过，这也是我万不得已而为之，因为战争是残酷无情、你死我活的。倘若以妇人之仁处之，天下不知有多少人称霸称帝或大乱天下呢。至于误杀吕伯奢家人倒可谅解，但故意错杀吕伯奢，还说"宁教我负天下人，休教天下人负我"，现在想起还内疚不已。而夷董承、伏氏那些或反对或谋杀我的家族，虽然残忍，倒是他们罪有应得，因而问心无愧。

随后闭目养神片刻，遂不禁悔到：有超过自己的博学多才者，不论是宿友还是宿敌，我常借故予以诛杀。如九江太守边让、主簿杨修。还有冤死的崔琰和幸姬……时转而一想，我毕竟也宽宏大量过，如宽赦了替袁绍撰文骂我的陈琳，没与当众裸衣击鼓辱我的祢衡计较。想到此，不禁安然一笑。

随后片刻，曹操又昏迷过去，待醒来想到：我虽一生为人佻易无威重，

第六十三回 一代雄霸曹孟德坦然辞世 众望所盼曹子桓代汉称帝

喜好音乐,从早至晚常有歌姬陪伴在侧。穿着也花哨艳丽,并身佩革制的囊袋,以便盛装自己所用手巾等细物。常戴非正规帢帽会见宾客。每与人谈论,皆畅所欲言,戏弄言诵,无所隐藏,谈到高兴时常开怀大笑,至以头没杯案中,肴膳皆沾污巾帻。但持法峻刻,比如,一次率军出征,路经麦田,我遂下令:将士不得踩踏麦田,犯者处死。于是骑士皆下马,扶麦通行。谁料我那马受惊跃入麦田中,并踩踏麦田大片。对此,我便令主簿议罪。主簿遂对以《春秋》之义,罚不加于尊。我却道:"制法而自犯之,何以统帅部下?但我为统帅,不可自杀,但可为自己判刑。"言毕即拔剑割发抛地以代处罚,于是全军皆不禁击掌称颂。

思想到此,不禁莞尔一笑。片刻,又不禁叹息道:"老夫一生最大教训,一是放走了刘备这厮,使其成莫大后患;二是没听从司马懿和刘晔乘汉中之胜进军益州之策,从而失去了得蜀之机。不过人常言,智者千虑,必有一失。过去的就让它过去,不必后悔!"

随后三日后的一个黄昏时分,派往邓县请张仲景的使者最先赶回雒阳,但所报却是张仲景因病此前一个月已经去世。曹操闻之,自然不禁非常失望。曹操家人皇后曹节、贵人曹宪、贵人曹华、卞夫人、环夫人、杜夫人、秦夫人、尹夫人、王夫人、孙夫人、李夫人、周夫人、刘夫人、宋夫人、赵夫人、陈夫人;儿子曹丕、曹植、曹据、曹宇、曹衮、曹玹、曹峻、曹干、曹彪、曹整、曹均、曹徽、曹茂以及养子何晏、秦朗和安阳公主、金乡公主,族亲曹仁、曹洪、曹纯、曹休、曹真、夏侯惇之子夏侯楙、夏侯渊之子夏侯衡、夏侯霸、夏侯威、夏侯惠、夏侯和、夏侯尚和夏侯玄闻使者所报,料想天下再无人能治愈曹操之病了,于是立刻便乘车的乘车,骑马的骑马,甚至还有在襁褓中的,或从其邺城府邸,或从其驻防之所,或从其封地,先后分别风尘仆仆赶到雒阳。在雒阳的文臣将校闻之,自然前往一一相迎。最先赶到的当然是住在距雒阳最近的许都的曹节、曹宪和曹华。随后到达的是卞夫人等妻妾和曹丕、曹植等兄弟。方到达,便飞一般赶往杨安殿探视曹操。他们见躺在榻上的曹操脸色蜡黄,双目紧闭,与往日相比判若两人，自然不禁非常难过。对此，他们，特别是那些妻妾和女儿们皆哭得泪人儿似的。正在这时，曹操忽然苏醒过来，且元气大为恢复，并高声吟诵其新诗《精列》，其调顿挫有节，铿锵有声。在场者听了，无不感奋不已，泪水顿无，并恨不得为之击节。诗云：

厥初生，
造划之陶物，莫不有终期。
莫不有终期。
圣贤不能免，何为怀此忧？
愿螭龙之驾，思想昆仑居。
思想昆仑居。
见期于迂怪，志意在蓬莱。
志意在蓬莱。
周礼圣徂落，会稽以坟丘。
会稽以坟丘。
陶陶谁能度？君子以弗忧。
年之暮奈何，时过时来微。

曹操吟诵《精列》诗的目的意在向在场者说明：天下凡有生命之物，都有终期。即使圣贤如周公、夏禹也不例外。既然如此，何必担忧和惧怕呢？当然，能像长生不老的神仙那样驾着腾云驾雾的螭龙车前往昆仑仙山和蓬莱仙岛游玩固然好，但又不现实；不然，若能像君子那样胸怀坦荡，快乐度日，过去的不后悔，未来的要珍惜，以便为天下统一大业再创丰功伟绩。

吟诵毕，喝了口茶休息片刻，又吟诵起了他常吟诵的旧诗《龟虽寿》。诗云：

神龟虽寿，犹有竟时。
腾蛇乘雾，终为土灰。

第六十三回 一代雄霸曹孟德坦然辞世　众望所盼曹子桓代汉称帝

老骥伏枥，志在千里；

烈士暮年，壮心不已。

盈缩之期，不但在天；

养怡之福，可得永年。

幸甚至哉，歌以咏志。

时曹操以高亢的语调吟诵前八句，以乐观的语调吟诵后六句。随后，曹操精神振奋，滔滔不绝地向他们讲解起了《龟虽寿》诗的意境，道："《龟虽寿》又称《神龟虽寿》，是老夫拟乐府诗《步出夏门行》四章中的第四章，创作于建安十三年正月北征乌桓获胜返回邺县途中，时老夫五十四岁。头四句'神龟虽寿，犹有竟时。腾蛇乘雾，终为土灰'是说，听庄子说楚国有能活到三千岁的神龟，最后还是不免一死。"

曹操言至此，喝了口茶清了清嗓子又道："韩非子曾说，即使腾云驾雾的腾蛇，一旦云消雾散，也会掉在地上如蚯蚓和蚂蚁般爬行，并最终化为土灰。有一古贤亦曰：'盛衰各有时，立身苦不早。人生非金石，岂能长寿考？奄忽随物化，荣名以为宝。'"

曹操言至此，抬头望了望在场者又道："即使权倾天下的帝王将相，亦是如此，何况我曹操呢？重要的是不能像有人那样'生年不满百，常怀千岁忧。昼短苦夜长，何不秉烛游！为乐当及时，何能待来兹'，而要'老骥伏枥，志在千里；烈士暮年，壮心不已'。"

曹操言至此，停下喝了口茶清了清嗓子醒悟道："啊！老夫差些忘了，我大汉才子司马迁曾说过'人固有一死，或重于泰山，或轻于鸿毛'。可见……"

不待言毕，便觉天旋地转，出气困难。卞夫人见此，忙上前边为曹操盖好被子边劝道："大王该休息了。"

"没事。"

曹操言毕又精神振奋，并问站在卞夫人身旁的曹丕和曹植道："你俩可理解老夫方才讲解？"

曹丕和曹植闻问，遂忙异口同声答道："听了父王方才讲解，胜读十年书啊！"

随后曹丕沉思片刻道："父王小疾，微不足道，回邺城服用几剂汤药便可痊愈。雒阳残破不堪，食宿不便，缺医少药，治疗不济。因此，父王还是回邺城吧。"

"老夫身为汉臣，须得死于汉都雒阳。"

"万一父王不济，葬于何处呢？"

"老夫封地在邺城，当然应葬于那里，此所谓叶落归根嘛。"

曹操言至此，喝了口茶清了清嗓子继续道："我儿难道忘了，老夫在建安二十三年六月颁布的《终令》中早有安排呢。"

"儿臣记不全了，望父王道来听听。"

曹操闻曹丕方才所言，不禁非常惊异，并道："没记全？那老夫就背诵给你听听。"

随后喝了口茶清了清嗓子背诵道："古之葬者，必居瘠薄之地。其规西门豹祠西原上为寿陵，因高为基，不封不树……"

曹操还未背诵毕，曹丕即道："儿臣已回忆起下文了。"

曹操闻言，方才满意地笑了笑道："那好。"

为防家人及朝臣违背其《终令》，在曹丕的扶持下，曹操当即便翻身起榻，颤颤巍巍地走到案几前，提笔撰制了一道《遗令》。其文云：

吾夜半觉，小不佳；至明日，饮粥汗出，服当归汤。吾在军中，持法是也。至于小忿怒，大过失，不当效也。天下尚未安定，未得遵古也。吾有头病，自先著帻。吾死之后，持大服如存时，勿遗。百官当临殿中者，十五举音；葬毕，便除服；其将兵屯戍者，皆不得离屯部；有司各率乃职。敛以时服，葬于邺之西冈上，与西门豹祠相近，无藏金玉珠宝。吾婢妾与伎人皆勤苦，使著铜雀台，善待之。于台堂上，安六尺床，下施繐帐，朝脯设脯糒

第六十三回　一代雄霸曹孟德坦然辞世　众望所盼曹子桓代汉称帝

之属。月旦、十五日，自朝至午，辄向帐中作伎乐。汝等时时登铜雀台，望吾西陵墓田。馀香可分与诸夫人，不命祭。诸舍中无所为，可学作组履卖也。吾历官所得绶，皆著藏中。吾馀衣裘，可别为一藏。不能者，兄弟可共分之。

撰制毕，即正色嘱咐曹丕道："老夫百年后，务必按《终令》和《遗令》所言行事，不得有误。"

曹丕闻言，忙信誓旦旦道："倘若儿臣有违，必遭天打五雷轰！"

时曹操担心曹丕没完全领会《终令》与《遗令》之意，于是不厌其烦地将其对曹丕讲解道："须知，古时葬墓，必居瘠薄之地。因此，最好在北依太行，南临漳水的西门豹祠西侧高原上为老夫修建寿陵，那里不仅土壤瘠薄，地势也高，不加封土即可成陵。同时，也不必植树，因为那里早已绿树成荫，遮天蔽日。"

讲解至此，又喝了口茶清了清嗓子道："以往帝王将相、达官贵人、万贯富豪安葬，或至刻金缕玉，良田造茔，陪葬车马，广种松柏，修筑祠堂。结果上行下效，平民百姓安葬也奢靡成风。总之，此风必须禁止。老夫随葬品有四季宜时衣装即可，不得有金玉珍宝。但随老夫征战一生的那对短柄大戟，必须与老夫同葬。"

讲解至此，喝了口茶清了清嗓子若有所思道："老夫在军中执法甚严，出现不少失误，希望你俩以此为诫，不要效仿。现天下尚未安定，在安葬老夫期间，驻守将士一概不许离开其屯兵之所。"

曹丕闻曹操讲解，不住地连连点头称是。随后，曹操便叫卞夫人及其他妻妾一齐上前，对她们讲解道："老夫常年患有头风症，前时半夜三更发作，喝了些米粥和当归汤，感觉好了许多。谁料此后又常常发作。老夫百年后，要收藏好老夫生前穿过的时令服装，不许陪葬金银、玉器、珠宝等物。住在铜雀台上常年陪老夫歌之舞之的那些婢妾和歌伎都非常辛苦，因此，可让她们继续住那，并安排好她们的生活。在铜雀台正堂上给老夫放张六尺长的床,四周挂上灵帐,早晚摆上食物供祭。每月初一、十五两天,从早上至中午,要在帐中奏乐歌舞,以示慰藉老夫在天之灵。你等要时常登上铜雀台,举目看望老夫的陵墓。没用完的炷香全部分给诸位夫人,不要再用它来作祭祀。所有府中者倘若没事可做,就让他们学习制作丝带和鞋子去卖,以充家用。老夫在任时所得的那些佩带等物品,都要保存在老夫的屋里。其他衣物,收藏在别处即可。倘若没地方收藏,就分送给兄弟姊妹们穿用。十五天祭祀后,所有祭祀者应即刻脱去孝服,停止哀悼。"

曹操讲解至此,喝了口茶清了清嗓子沉思片刻,遂问卞夫人道:"老夫一生行事,于心未曾有所负啊。即使误杀吕伯奢家人和错杀吕伯奢也是如此。但也有让老夫抱憾终生的,却是子脩之母。假使老夫死后有魂,见到子脩,他若问老夫其母所在,我将如何回答?"

方问毕,卞夫人即泪流满面道:"大王不必挂念太多,过去的就罢了,眼下还是保住身子要紧。"

看官你道子脩是谁?子脩之母又是谁?子脩就是当年曹操征讨张绣时为救曹操而丧命的曹操长子曹昂,子脩之母就是曹操丁夫人。假使曹昂之魂询问曹操之魂其母所在,而曹操之魂为何无以回答呢?原来前面所说的曹昂之母丁夫人虽是曹操结发之妻,但并不是曹昂的生母。曹昂的生母乃曹操第二任妻子刘夫人,但生下曹昂不久即逝。曹操于是便让没生育过的丁夫人抚育曹昂,心地善良的丁夫人便将曹昂视为己出,特别钟爱。曹昂战死,丁夫人悲痛欲绝,并经常指责曹操。曹操一气之下,将她遣送回娘家。不久,曹操心生悔意,并亲到丁夫人娘家去迎接她,但遭到拒绝。曹操无奈,只得和她离异。而曹操新妻卞夫人却很尊重丁夫人,在曹操外出时常请她来府上热情款待。对此,丁夫人不禁非常感动和惭愧。后丁夫人因病去逝,为表示悔意,曹操还亲自为她在许都南郊选择墓地,予以厚葬。

随后,曹操唤过曹丕,将一铁匣交与他,并低声对其耳语道:"老夫百年之后方可打开看。"

言毕不待曹丕言语,便双目紧闭,与世长辞。享年六十有六。

第六十三回 一代雄霸曹孟德坦然辞世 众望所盼曹子桓代汉称帝

此时值建安二十五年正月。

随后,曹丕叫巫师择了个吉时良辰入殓。曹操家人、族亲以及在雒文臣将校皆前往杨安殿曹操灵堂祭奠。由悲痛不已的曹丕宣读祭曹操文。文略云:

呜呼!大汉开国元勋相国曹参之后、丞相、魏公、魏王、冀州牧父王曹操,字孟德,沛国谯人,生于桓帝永寿元年,于建安二十五年正月因病医治无效,不幸卒于雒阳,享年六十有六。

呜呼!你目睹黄巾造反八州,董贼造孽两京,吕布作恶中原,二袁虎视汉廷,刘表盘踞荆襄,刘璋远霸巴蜀,马韩祸乱雍凉,张鲁鬼惑汉中,乌桓侵扰三郡,刘备坐大益州,遂以天下为己任,不顾生死,披甲戴胄,冲锋陷阵,剿灭黄巾;弃官出走,联络同志,举兵陈留,讨伐董贼;不惧危难,智勇并举,攻城略地,擒杀吕布;进军雒阳,迎奉天子,定都于许,稳定朝野;面对强敌,毫不畏惧,以少胜多,智灭二袁;假途灭虢,迷惑众敌,渭南决战,驱逐韩马;明修栈道,暗度陈仓,阳平一战,收降张鲁;亲率王师,远征乌桓,出其不意,大胜而还。戎马一生,指挥若定,化险为夷,出奇制胜。又,打破门第,唯才是举,文武俊杰,聚集左右。于是北方统一,皇室安定,百姓乐作,百业复兴。又,大修水利,实行屯田,减轻税赋,充实军粮。又,以身作则,反对奢侈,提倡节俭,家无金银。又,披星戴月,精研兵法,遂著《孙子略解》《兵书接要》。还,所创诗文,气势宏伟,文句华丽,洛阳纸贵。还,善书汉隶,笔走龙蛇,古朴遒劲。还,能歌善诵,伯牙闻之,若饮甘醇,陶然而醉。还,生前曾言:天下未一,汉室未兴,死不瞑目。总而言之,乃一代文韬武略之士。于是由郎官而雒阳北部尉,而顿丘令,而议郎,而骑都尉,而东郡太守,而骑都校尉,而奋武将军,而兖州牧,而建德将军,而冀州牧,而大将军,而司空,而车骑将军,而大汉丞相。后赐爵魏公,册封魏王。更,皇上恩准赞拜不名,剑履上殿;安置旄头,改授金玺、赤绂、远游冠,殿设钟虡;冕十二旒,旌旗警跸,金根銮驾,五时副车。之尊之贵,可谓空前。

呜呼！父王生前曾言，统一天下，复兴汉室大业未竟，全体文武还须奋力进击。请父王在天之灵放心吧！我辈即使赴汤蹈火，肝脑涂地，也要完成你未竟之业。呜呼哀哉，伏惟尚飨！

随后，曹丕高声宣布道："据父王丰功伟业，皇上特追谥其为武王！"

出殡那天黎明时分，便见举幡队伍在前，举着各种兵器的虎贲随后，再后是抬着曹操灵柩的小校，再后是白帽白衣或乘车或骑马或步行的皇后曹节、贵人曹宪、贵人曹华、卞夫人等妻妾、曹丕曹植等子女，再后是夏侯惇等文臣将校，再后是身着法衣、手持法器的道士和巫师。他们迎着呼啸的北风、弥漫的沙尘，缓缓出东城门，向邺城行去。经过三昼夜停停走走，走走停停，终于到达目的地。

须知，在此之前，曹丕便令许褚领了技艺精湛的官军工兵前往曹操生前所指的邺城西郊西门豹祠西侧高原上日夜赶修陵墓。月余后，一座曹操生前希望的以原为陵，居山旷野，遂有目视天下山河意境的陵墓——高陵，便告竣工。因此，他们一到达，便实施安葬。安葬毕，大家皆按曹操临终前遗言回到各自岗位，各司其职。

上述不难看出，整个曹操的后事安排完全符合曹操生前颁布的《终令》与《遗令》之意。

人死理应盖棺定论，然对于曹操却不同，有褒有贬，莫衷一是。对此，不知何年何月有位无名氏说得好：高堂陋巷官员庶民争不休，能臣奸雄红脸白脸孟德君。

曹操既亡，其嗣位丞相、魏王和冀州牧自然由魏太子副丞相曹丕继承。对此，刘协还下诏曰：

魏太子丕：昔皇天授乃显考以翼我皇家，遂攘除群凶，拓定九州，弘功茂绩，光於宇宙，朕用垂拱负扆二十有馀载。天不愸遗一老，永保余一人，早世潜神，哀悼伤切。丕奕世宣明，宜秉文武，绍熙前绪。今使使持节御史大夫华歆奉策诏授丕丞相印绶、魏王玺绂，领冀州牧。方今外有遗虏，遐夷

第六十三回　一代雄霸曹孟德坦然辞世　众望所盼曹子桓代汉称帝

未宾，旗鼓犹在边境，干戈不得韬刃，斯乃播扬洪烈，立功垂名之秋也。岂得脩谅闇之礼，究曾、闵之志哉？其敬服朕命，抑弭忧怀，旁祗厥绪，时亮庶功，以称朕意。於戏，可不勉与！

随后，又下诏尊王后卞夫人为王太后。

再说曹丕自接过曹操临终时送他的小铁匣以来，一直甚感好奇，并多次欲打开看看内中有何奥秘，只缘一因曹操有言在先，须在他百年之后方可打开看；二因曹操亡故悲痛欲绝，没那心思；三因曹操葬礼期间忙乱，无暇顾及；四因曹操的嗣位还未继承到手，不禁非常着急。现在曹操已故，安葬已毕，曹操嗣位也已继承到手，生母卞夫人还被尊为王太后。总之已大事无虞，该看看小铁匣的个中奥秘了，且料想内中必是价值连城的金银财宝。于是不禁暗喜，并在这时的一日午夜醒来，翻身起榻步入隔壁密室，迫不及待打开小铁匣，伸颈一看，见内中除一叠放整齐的绢制物外，并无他所料想的东西，于是不禁大失所望。待他取出并打开那绢制物不经意一看，上面原来是曹操手书的"若天命在吾，吾为周文王矣"十一个古朴遒劲的汉隶。对此，当即便想起前时孙权劝曹操称帝，桓阶、陈群和夏侯惇劝曹操公开代汉称帝时，曹操回答他们的就是这十一个字。时在场文臣和部分将校皆理解曹操所答含义，不消说，饱读诗书的曹丕当时自然也理解，即父王临终前将这十一个字书与我，就是暗示要我在他百年之后代汉称帝。对此，不禁暗喜不已。但真要代汉称帝并非易事，因为汉室毕竟已四百余年，根基非常牢固。因而不知如何是好。片刻，突然想到传召司马懿前来商议一番再说。须知，曹丕此时何故想到传召的是曹操临终前特别提醒他要严防的文学掾司马懿，而非公开积极支持曹操代汉称帝的大将军夏侯惇、尚书令桓阶、侍中刘廙和尚书陈群呢？要说清这个前面没提及的问题，还得从文学掾职说起。

时文学掾乃教授皇室子弟攻读三坟五典、诸子百家典籍的官佐。而曹操除叫司马懿教授曹丕三坟五典、诸子百家典籍外，还教授治国之道、统兵之术。由此可见，司马懿是曹丕的老师。换言之，也就是魏太子的老师，其位置之重可见一斑。时曹洪自以为才疏，欲求博学多才的司马懿帮他提高学问，司马懿耻于与曹洪交往，于是便说身体不适，行动不便，并佯装拄拐不去。曹洪闻之，不禁非常气愤，并在曹操面前状告司马懿。曹操闻之，并没生气，而是传召司马懿。司马懿闻召，即刻扔下拐杖，飞一般前往面见曹操，并表示愿为他尽心效力。对此，曹操不禁大喜，于是迁升他为丞相东曹属、丞相主簿。后曹操逐渐发现司马懿有雄豪之志，随后又发现他有狼顾之相，于是心里不禁非常忌讳，并在下榻处密室独对曹丕道："据《左传》记载，楚成王欲立公子商臣为太子，遂问尹令子上，子上随即答道：'商臣蜂目而豺声，秉性残忍，不可立为太子。'楚成王没听。不久，楚成王欲废太子商臣，立王子职为太子。商臣得到消息后，便令他所率宫廷卫兵包围了楚成王，并逼其立即自缢。楚成王见此，遂请求吃一只熊掌后再自缢，但被商臣拒绝。可见商臣是多么残忍无情。老夫观司马懿与商臣有相似之处，即狼顾。"曹丕闻言，遂不解地问曹操道："何为狼顾？"曹操随即答道："所谓狼顾，就是向前走时像狼般不断回头张望。而且司马懿的狼顾还有个特别之处，即可像狼般身体不动，而头可直接转向后方。相术师认为有这种特征者心狠手辣，非人臣之相，容易叛主。于是有朝臣常在老夫面前说此人有狼子野心，不可重用。为印证此说，老夫于是曾令他前行，再令其回头，果然面正向后，而身不动。因此，须得提防此人！"但司马懿在曹丕处行走时赢得曹丕好感，因此，曹丕对曹操的提醒充耳不闻，并常在曹操面前夸奖司马懿。加之司马懿忠于职守，废寝忘食，任劳任怨，特别是在曹操与汉室王公大臣、遗老遗少明争暗斗时，司马懿总是出谋划策，支持曹操。结果终使曹操放下戒心，并成曹丕心腹。还有更重要的原因是，曹丕通过观察认为，曹操只要采纳司马懿之策，就得益匪浅。否则，就一无所获。比如一，司马懿为军司马时曾向曹操进言道："昔箕子陈谋，以食为首。今天下不耕者盖二十余万，非经国远筹啊。虽戎甲未卷，自宜且耕且守。"曹操闻言，当即采纳之，于是务农积谷，国用丰赡。比如二，司马懿曾对曹操言荆州刺史胡修粗暴，南乡太守傅方骄奢，皆不可重用，更不可守边。然曹操不以为然。待关

第六十三回　一代雄霸曹孟德坦然辞世　众望所盼曹子桓代汉称帝

羽围攻襄、樊,于禁等七军皆淹没时,他俩果然投降关羽,致使据守襄、樊的曹仁甚急。比如三,前面已提及当年司马懿从曹操讨汉中张鲁大胜后曾对曹操建议道:"刘备以诈力虏刘璋,蜀人未附而远争江陵,此机不可失也。今若曜威汉中,益州震动,进兵临之,势必瓦解。因此之势,易为功力。圣人不能违时,亦不失时矣。"曹操闻言后道:"人苦无足,既得陇右,复欲得蜀!"言后竟不采纳,结果失去得蜀机会。比如四,孙权遣使乞降,上表称臣,陈说天命。曹操却道:"此儿欲踞吾著炉炭上啊!"司马懿却道:"汉运垂终,殿下十分天下而有其九,以服事之。权之称臣,天人之意也。虞、夏、殷、周不以谦让者,畏天知命也。"时曹操对司马懿之言闻若未闻,结果耽误了称帝机会。比如五,前面已提及关羽围攻襄、樊,水淹曹操所部七路官军,威震华夏,曹操惊惧,欲迁许都,以为避锋,时司马懿却表示反对,并建议间离孙刘联盟,反败为胜,结果达到预期目的。总之,司马懿每与曹操商议,常有奇策。对此,曹丕不禁佩服得五体投地,并予信重,因而现在曹丕不与司马懿商议又与谁商议呢?

上述便是曹丕传召司马懿而非夏侯惇、桓阶和陈群前来商议的原委。

却说司马懿闻曹丕召令,料想必有要事相商,否则,怎会在半夜三更传召呢。因此,闻召后便立即翻身起榻,戴帽披衣蹬靴,匆匆出门上马,飞一般赶往曹府。曹丕见司马懿及时赶到,自然非常高兴,相见礼毕到密室坐定,不待司马懿开言,曹丕便将曹操书与他的那十一个字示与司马懿,并问道:"你以为本王能否代汉称帝?"

司马懿虽早预感曹丕要代汉称帝,但要付诸现实却非同小可,因为这是改朝换代。所答是否符合曹丕心意,将关系到我司马懿是否升官晋爵,或是否脑袋搬家的大事。于是沉思良久方掷地有声道:"汉室势微已久,天命早在曹氏,大王可代汉称帝!"

曹丕闻答,不禁一脸茫然,遂问道:"天命早已在曹氏?怎讲?"

"大王难道忘记了?今年白雉见于饶安县,凤凰见于石头邑县,此皆祥瑞啊!尤其是熹平五年,有黄龙现于大王故乡谯县,光禄大夫桥玄曾问太史

1281

令单飏：'此何祥兆？'单飏毫不犹豫地答道：'其后当有王者兴。不到五十年，又会再现。天事恒象，此其应呢。'时内黄人殷登闻之，便默而记之，四十五年后，殷登乃在世。三月，黄龙果然又现谯县。殷登闻之惊道：'单飏此言甚灵呢！'"

"是啊，本王前时还召见他予以证实呢。得到肯定回答后，本王还赐他谷三百斛，并用马车送其回家。"

"还有，国家将兴，必有征兆；国家将亡，亦必有征兆。具体说就是，国运有吉凶祸福、兴亡盛衰征兆。夏、商、周的不说，就说我大汉之兴吧。据司马迁《史记·高祖本纪》记载，秦末高帝奉命押送大批劳役西到咸阳以东的骊山修建秦始皇陵墓。途中，因大雨连绵，行走困难，高帝怕耽误到达期限被问罪，便让大家逃亡，但有十多人认为高帝待人不薄，愿与高帝共患难，即一同逃亡。当晚，高帝趁着酒兴继续赶路逃亡。不料在途中遇到一条硕大的白蛇挡道，众人见此，大惊，随之便转身飞一般后逃。时高帝却临危不惧，飞身上前，举剑将白蛇拦腰斩为两段。次日早上，有人见一老妇伏身在白蛇旁痛哭不已。对此，那人不禁甚为惊异，并上前问她何故如此伤心。老妇随即答道：'俺儿是白帝之子，但被赤帝之子所斩。'言毕，即不见了踪影。后那人将他所见所闻告知了亲朋好友、左邻右舍，于是一传十，十传百，不久便传到高帝耳里。时高帝方才知晓，他就是斩杀白蛇的赤帝之子。后经一番百折不挠的拼搏，终于推翻暴秦，荣登九五之尊。"

曹丕闻司马懿言，沉思片刻后问道："高祖斩白蛇之事天下皆知，但至今本王还不知晓为何说白帝之子是暴秦呢？"

"此事原委要追溯到暴秦祖先秦文公那里，当他在位时，曾梦见一条头如车轮般大的黄色巨蛇从天而降，顷刻间便变成儿童，并对秦文公道：'我是天帝之子，被他册封为白帝，现是来祭祀西方的天地。'言毕，便不见了踪影。于是暴秦便自称是白帝之子下凡，有天子之命。后来发生的事大王自然知晓，在下在此就不必啰唆了。"

司马懿言至此，停下片刻喝了口茶清了清嗓子又道："不知大王是否知

第六十三回　一代雄霸曹孟德坦然辞世　众望所盼曹子桓代汉称帝

晓，建宁二年四月壬辰，有条巨大的青龙从天而降，盘于灵帝温德殿御座上。灵帝见此，竟吓得倒之于地。时文臣们皆吓得逃之夭夭，唯将校们上前将其扶起急救。大王你道那条青龙后来怎么样了？它居然若无其事地盘踞在御座上，良久才腾云驾雾而去。这不是暗示汉室将要失去江山的征兆又是什么？"

"这条青龙的化身是谁呢？"

"大王啊。"

"何以见得？"

"大王出生时有圆如车盖的青色云气在房屋上空终日不散，望气者认为这是至贵之证，非人臣之气。大王难道忘了，善观相的高元吕也说大王其贵乃不可言。"

"那该如何让天下人知晓本王就是那青龙的化身呢？"

司马懿闻曹丕问，遂沉思片刻后方答道："有了。"

"有什么了？"

"到时大王就知道了。"

随后不久，邺城和许都突然童谣四起。谣云：

御座之上青龙盘，汉祚将亡。

曹屋之上青云住，邺魏将兴。

须知，你道那童谣是谁精心编造的？又是谁安排散布的？毋庸置疑，乃司马懿。

邺城的平民百姓闻得童谣，皆欢天喜地，舞之蹈之。因为他们认为，如若童谣所云，首都自然在邺。如此，到时他们自然便是高人一等的天子脚下之民，何乐而不为呢？文臣将校更是高兴得不知所以，因为他们认为，倘若那首童谣兑现，加官晋爵便是板上钉钉，十拿九稳。许都的王公大臣和遗老遗少闻之，则正好相反，皆不禁吓得魂不附体，惊慌失措。因为他们认为，倘若汉亡魏兴，就意味着他们将倾家荡产，甚至脑袋搬家。那么时之皇帝刘协闻之有何反应呢？自然是怒不可遏，并暗思到：朕本有所大作为，但自登基以来，先是董卓无道，为所欲为。后是曹操挟朕以令诸侯，称霸中原。致使朕有皇帝之位，无皇帝之权。为顾全大局，朕一忍再忍，谁料忍到今天，竟然要我……遂在一日午夜与皇后曹节、贵人曹宪和贵人曹华商议对策。

须知，刘协为何不与王公朝臣、遗老遗少商议，而要与女流之辈曹节、曹宪和曹华商议呢？难道她三人有超群的锦囊妙计？非也！前面已述，她三人乃曹操之女，曹丕之妹。因此，曹操是正经八百的国丈，曹丕是正经八百的国舅，与她三人商议出的结果，曹丕总得顾及三位妹妹的颜面而不至做出非礼举动吧！时姐姐曹宪和二妹曹华闻得童谣，早便惊慌失措。因此，见到刘协时，皆低头视足，默而不语。唯曹节怒目圆睁道："不若无动于衷，看他曹丕有何招数！"

刘协认为曹节言之有理，遂忙连连点头称是。谁料曹节方才所言当即便被曹丕暗探得了去，并立刻禀报给了曹丕。曹丕闻之，一时也没了主意，于是只得在一日早饭后又传召司马懿到曹府密室商议对策。时司马懿到后与曹丕相见礼毕坐定，听曹丕向他道了一番暗探所报后，遂沉思片刻道："一、先改建安二十五年为延康元年；二、下令改善通商贸易，减轻关津税收，同时，降低王侯将相赐物，遣使巡视郡国，发现有违理暴虐者必予严惩，先笼络人心再说；三、为巩固和扩展魏王国势力，宜提拔一批知己嫡系，比如，可将侍从皇帝、随时回答皇帝各种问题的大中大夫贾诩迁升为中央掌军事的最高官员太尉，可将代表皇帝负责监察百官的御史大夫华歆迁升为百官中最高职务相国，可将掌刑狱案件审理的大理王朗迁升为御史大夫，可置在皇帝左右规谏过失、以备顾问的散骑常侍和掌守宫廷门户、充当车骑随从皇帝的侍郎各四人。另外，还可将前将军夏侯惇迁升为大将军。如此一来，魏王国的官署机构设置基本便与朝廷的相差无几。时皇上自然便成戴着御冠、穿着御衣、蹬着御靴、坐着御椅的行尸走肉，许都自然也成徒有虚名的天下之都。到那时……"

不待言毕，曹丕便认为非常有理，并下令一一照办，但收效甚微。对

第六十三回 一代雄霸曹孟德坦然辞世 众望所盼曹子桓代汉称帝

此,曹丕不禁非常尴尬。为打破尴尬,赢得人心,曹丕便下令:故尚书仆射毛玠、奉常王修和凉茂、郎中令袁涣、少府谢奂和万潜、中尉徐奕和国渊等,皆忠直在朝,履蹈仁义,然不幸早已去世,而其子孙渐趋衰败,恻隐抚恤,皆宜拜其子男为郎中。

刘协见此,便以其人之道,还治其人之身,即下了一道诏书追尊曹丕祖父曹嵩为太王,曹丕祖母丁夫人为太王后,封曹丕之子曹叡为武德县侯。

对此,曹丕面上虽然表示感谢,但暗中却出新招,即以武力逼迫刘协自动退位。曹丕想干便干,遂于当年六月初七乘曹魏王国每年立秋前后选择良辰吉日检阅三军之机,在邺城东郊举行大阅兵。时曹丕金盔金甲,手握剑柄,异常威严地站在检阅台前方中央。右侧依次站着宽袍大袖的文臣,左侧依次站着铁盔铁甲的将校。受阅骑步将士甲胄皆备,刀枪耀目。当他们高呼着"魏王千岁"的口号,迈着齐步,威武雄壮地通过检阅台前时,曹丕并没兴奋不已,也未向他们挥手致意,而是满脸严肃地站在那里一动不动。在许都的刘协事后闻报,却按曹节当初所言,来个无动于衷。后曹丕闻报,气不打一处来,于是又出一招,即以南征孙权为借口,冒着炎天酷热,亲率所部官军在许都四周绕了一大圈,末了停在距许都不远的颍阴,欲再以武力吓唬刘协让位。但刘协却一如既往,即仍按曹节当初所言,仍然无动于衷。

说起来曹丕这次出兵真是偷鸡不着蚀把米,何也?因为出兵前新平人中郎将霍性不知曹丕出兵真实用意,于是便劝谏曹丕道:"兵者凶器,必有凶扰,扰则思乱,乱出不意,宜慎重其事。"曹丕闻之,认为霍性扰乱军心,大怒,并下令将其斩杀。后因出兵不但无果,还斩杀了霍性。对此,他不禁后悔莫及。

曹丕见刘协软硬不吃,于是便依管子"黄帝立明台之议者,上观于兵也;尧有衢室之问者,下听于民也;舜有告善之旌,而主不蔽也;禹立建鼓于朝,而备诉讼也;汤有总街之廷,以观民非也;武王有灵台之囿,而贤者进也;此古圣帝明王所以有而勿失,得而勿忘也"之言,广开言路,听取众臣整顿因这些年兵荒马乱官吏疏于职守现象之见,以此树立己威,震慑刘协。于是便下了整顿官吏令，令云：

轩辕有明台之议，放勋有衢室之问，皆所以广询于下也。百官有司，其务以职尽规谏，将率陈军法，朝士明制度，牧守申政事，缙绅考六艺，吾将兼览焉。

文臣一看便知此令之意，并即刻准备应答去了。将校大多不识字，自然不懂其意。曹丕得报，认为事关重大，因为代汉称帝没有他们支持，将百事无成。于是便将其召到议事厅耐心讲解道："明台，乃古时朝廷议政之所，相传黄帝曾在明台与部下议政。放勋，即陶唐氏。衢室，即陶唐氏听取平民百姓意见之所。将率，即将帅。朝士，即常在中央朝廷行走的文臣。牧守，即州牧与郡守。缙绅，即与皇帝议政得失的顾问。考六艺，即以《周易》《尚书》《诗经》《礼》《乐》和《春秋》考求顾问们的治国之道。"

曹丕言至此，喝了口茶清了清嗓子又道："本王下整顿官吏令的意思是：要仿黄帝在明台、陶唐氏在衢室，或与部下议政，或听取平民百姓意见。百官有司应能尽职尽责规谏；将校应能陈述军法；文臣应能阐明朝廷制度；州牧和郡守应能申明政事；顾问应能经得起考六艺。"

将校们闻言，即刻明理，并认为曹丕不仅学富五车，知识渊博，且执政有方，统民有法。于是不禁对其佩服得五体投地，并高呼"魏王千岁"而散。通过整顿，文臣武将皆能攫戾执猛，破坚摧刚。此后不久，又册封投降的山贼郑甘、王照为列侯。又命苏则督军平定武威、酒泉和张掖等地叛乱。

随后，孙权遣使奉献。同年七月，曹丕、夏侯尚、徐晃与原蜀将孟达里应外合，收复了上庸三郡。武都氐王杨仆率种人内附，居汉阳郡。此前，濊貊、扶余单于、焉耆、于阗王皆各遣使奉献。总之，形势一片大好。

再随后，曹丕效仿曹操乐其出生地，礼不忘本，率其所部官军驻谯，并在邑东以酒食慰劳六军和谯郡父老，并下令道："谯为霸王之邦，真人本出，减谯租税两年。"随后又为三老即高寿吏民摆宴祝寿。

再随后，本着当年曹操之以孝治天下，曹丕亲往祭祀在谯祖陵。

第六十三回 一代雄霸曹孟德坦然辞世 众望所盼曹子桓代汉称帝

再随后，为安抚阵亡将士，提高现役将士士气，曹丕便效仿高帝士卒从军阵亡者，赐薄棺材一副故事，下令曰：诸将征伐，士卒死亡者或未收敛，吾甚哀之；并告郡守卫赐其薄棺殡敛，送至其家，官为设祭。

对曹丕接二连三的所作所为，刘协仍依曹节之言，无动于衷。对此，魏王国文臣将校，甚至朝廷部分文臣将校认为刘协太过分了，于是怒不可遏，遂或一二，或三五，或十几二十；或一次，或多次联名，以天命等种种理由，分别向刘协和曹丕上书；或前往许都直言刘协，要求曹丕代汉称帝。这其中有名有姓的有（以上表上言先后为序）：刘廙、许芝、李伏、辛毗、刘晔、桓阶、陈矫、陈群、王毖、董遇、傅巽、卫臻、苏林、董巴、司马懿、郑浑、羊秘、鲍勋、武周、刘若、华歆、贾诩、王朗。其中联名最多的刘若等人，多达一百二十位，而且还是两次联名。上表上言次数最多的是桓阶，竟达六次。他们上表和上言文字总计近七千。最积极的莫过于刘廙和许芝，此前他俩便欲乘曹丕外出行猎之机着手修筑受禅台。后曹丕闻报及时传令制止，方才作罢。

时刘协哪见过如此势头？因而吓得魂飞天外，六神无主，并深感众望早已在魏，再不能听曹节无动于衷之言了。于是便召集在许都的王公卿士，前往雒阳告祠高庙，并派御使大夫张音持符节、捧玉玺，前往邺城，策命将皇位禅让给曹丕。策命云：

咨尔魏王：昔者帝尧禅位于虞舜，舜亦以命禹，天命不于常，惟归有德。汉道陵迟，世失其序，降及朕躬，大乱兹昏，群凶肆逆，宇内颠覆。赖武王神武，拯兹难于四方，惟清区夏，以保绥我宗庙，岂予一人获乂，俾九服实受其赐。今王钦承前绪，光于乃德，恢文武之大业，昭尔考之弘烈。皇灵降瑞，人神告徵，诞惟亮采，师锡朕命，佥曰尔度克协于虞舜，用率我唐典，敬逊尔位。於戏！天之历数在尔躬，允执其中，天禄永终；君其祗顺大礼，飨兹万国，以肃承天命。

随后又下诏书云：

朕在位三十有二载，遭天下荡覆，幸赖祖宗之灵，危而复存。然仰瞻天文，俯察民心，炎精之数既终，行运在乎曹氏。是以前王既树神武之绩，今王又光曜明德以应其期，是历数昭明，信可知矣。夫大道之行，天下为公，选贤与能，故唐尧不私于厥子，而名播于无穷。朕羡而慕焉，今其追踵尧典，禅位于魏王。

曹丕见策命和诏文所言，自然暗喜。但他也明白，不能直接受诏，须得若父王曹操那般按当时惯例，每次拜官晋爵，皆须上书辞让。于是便接二连三地上书刘协表示辞让。而刘协深知曹丕是虚情假意，于是也接二连三地下诏禅让。经木匠拉大锯般你来我往折腾了月余，曹丕认为火候已到，于是便毅然而然下了道允受禅令。令云：

昔者大舜饭糗茹草，将终身焉，斯则孤之前志也。及至承尧禅，被珍裘，妻二女，若固有之，斯则顺天命也。群公卿士诚以天命不可拒，民望不可违，孤亦曷以辞焉？

文臣见曹丕终于接受了刘协的禅让请求和刘协的劝受禅愿望，自然大喜不禁。时将校却愁眉苦脸，何也？因为他们皆若以往一样，对诏啊、册啊、表啊、令啊这些之乎者也的文字总是一知半解，似懂非懂，甚或茫然不知，但又不便麻烦曹丕再给讲解。正在此际，司马懿看出了其心思，便自告奋勇向他们讲解道："大王此令是说，当年大舜吃干粮粗食，以艰苦度日，这也是我曹丕一贯之志也。至舜受尧之禅位，却穿着华丽裘衣，娶尧之二女为妻。此乃命中所定，天命使然。既然群公卿士认为天命不可拒，民意不可违，我岂可推辞呢？"

须知，司马懿何故要给将校们讲解上述刘协下的两道诏书和曹丕下的那道令呢？因为刘协下的那两道诏书是禅让诏，曹丕下的那道令是受禅令，非一般诏书和令。倘若将校们对此一知半解，似懂非懂，生出乱子可不是好玩的。

第六十三回 一代雄霸曹孟德坦然辞世 众望所盼曹子桓代汉称帝

那么受禅台设在何处好呢？曹丕一时也拿不定主意，于是便召集左右文武到议事厅商议。时有的建议设在邺城，理由是邺城是魏王国之都；有的建议设在雒阳，理由是那里虽然破败，但帝气仍旺。正在议论纷纷、莫衷一是之际，忽然有人高声道："依愚之见，最好设在许都。"

曹丕及在场者忙闻声望去，原乃司马懿。

时曹丕问司马懿道："为何？"

"在那设台，一来表明禅让是皇上自愿；二来表明大王虽然受禅，但仍尊崇汉室和汉帝。"

"言之有理啊！但具体设在哪呢？"

"设在许都西南约四十里处的繁阳最宜。据史书记载，此地南拥金堤，北望燕赵，东通齐鲁，西接太行，横跨冀鲁豫，座落卫漳水，且人杰地灵，民风淳朴，商贾云集。故有'金彭城，银繁阳，日进斗金'之说。"

司马懿言至此，停了片刻若有所思道："据闻此地曾多次飞过凤凰，走过麒麟，是不可多见的风水宝地。同时，按周易卜卦灵龟算命占吉利方位，此地帝气异常旺盛。大王倘若在此受禅，定然天下太平，民富国强。"

方言毕，曹丕便高兴得差点若孩童般手舞足蹈起来，并立刻令侍中刘廙和太史令丞许芝率领五千技艺精湛的官军工兵前往繁阳施工。他们听说是为魏王曹丕筑受禅台，自然大喜不禁，日夜施工。不久后，一座坐北朝南，巍巍若山的受禅台便拔地而起。台为夯实结构，按品级为三级，每级二十七级台阶，三级共八十一级台阶，直通台顶。台顶靠北建有宫殿一座，富丽堂皇，巍峨壮观。台前左右各竖《受禅表》碑和《公卿将军上尊号奏》碑一通。《公卿将军上尊号奏》碑额题"公卿将军上尊号奏"，为汉篆阳文。其正文为汉隶，共三十二行，其中正面二十二行，背面十行。记述的是四十六位公卿呈魏王曹丕代汉称帝奏章。《受禅表》碑额题"受禅表"三字。碑文二十二行，每行四十九字，皆汉隶。记述的是汉室气数已尽，魏王曹丕理当代汉称帝和汉帝刘协理应禅让全过程。碑文特别强调禅让是千古美德，应当称道。接着是颂扬曹丕"齐光日月，材兼三级"，有"尧舜之姿""伯禹之劳""殷汤之略""周武之明",所以应代汉称帝。接着记述的是魏王曹丕在公卿将军的多次请求下,经他回思千虑,直至一而再,再而三,方才接受禅让的经过。碑文为时之大才子王朗所撰,因而被后俊赞为"起笔含千钧之力,行笔蕴豪迈纵逸之气"。字迹遒劲古朴,为时之著名书法家梁鹄所书。篆刻精准清晰,为时之著名篆刻家钟繇所镌。

举行受禅仪式前几天,一直北风呼啸,沙尘漫天。可不知怎的,举行受禅仪式那天,北风突然停止,沙尘突然消失,天空突然明亮。对此,曹丕和文武百官皆认定这是天命在魏的象征,因而皆兴高采烈,击掌欢呼。刘协和王公老臣及遗老遗少自然是如丧考妣,悲痛不已。为表示汉室江山四百余年,两百余名峨冠博带、宽袍大袖的文臣毕恭毕敬站在台下右侧,两百余名戴胄披甲、挂刀佩剑的将校昂首挺胸站在台下左侧。举着五彩幡旗的旗队手站在台下最前排,随后站着的是手持鼓角的乐队与穿着尧舜时期军服、举着尧舜时期兵器的仪队。再随后坐着的是前来祝贺的匈奴、南单于、东夷、南蛮、西戎和北狄的王侯君等嘉宾。最外层是刀枪林立的三万禁军。

午时三刻,身着皇帝服饰的刘协在侍者的搀扶下颤颤巍巍地走下龙车,上到台右侧方站定,身着王帽王服的曹丕便乘着王车随后赶到,并在十余名威武雄壮的虎贲的拥簇下,大步走上台左侧站定。主持受禅仪式的尚书令桓阶见一切就绪,于是便高声道:"汉帝让禅仪式现在开始,请汉帝递交传国玉玺!"

刘协闻言,二话没说,便双手从侍者手中接过玉玺,转身走到曹丕面前双手毕恭毕敬地奉与曹丕。时曹丕三十三岁。随后,刘协与曹丕互相拱手施礼后即转身缓缓下台,上车回许都去了。时刘协四十岁。

桓阶见传国玉玺交接过程异常顺利,大喜,于是接着又高声道:"请魏王登台顶拜祭天地、五岳和四渎!"

方言毕,曹丕便捧着传国玉玺转身飞一般向高高的台顶爬去。片刻,便到达顶中央大殿下面南而站。十名小校见此,忙向曹丕毕恭毕敬拱手施礼后,即点燃早已堆好的干柴。曹丕便围着燃火拱手施礼拜祭天地,泰山、华

第六十三回 一代雄霸曹孟德坦然辞世 众望所盼曹子桓代汉称帝

山、衡山、恒山与嵩山五岳以及江水、河水、淮水与济水四渎。

时桓阶在原位抬头见曹丕拜祭毕,遂又高声道:"请魏王宣读受禅书!"

随后,曹丕便从怀里取出绢制受禅书,展开铿锵有力地宣读起来。书云:

皇帝臣丕敢用玄牡昭告于皇皇后帝:汉历世二十有四,践年四百二十有六,四海困穷,三纲不立,五纬错行,灵祥并见,推术数者,虑之古道,咸以为天之历数,运终兹世,凡诸嘉祥民神之意,比昭有汉数终之极,魏家受命之符。汉主以神器宣授于臣,宪章有虞,致位于丕。丕震畏天命,虽休勿休。群公庶尹六事之人,外及将士,洎于蛮夷君长,佥曰:"天命不可以辞拒,神器不可以久旷,群臣不可以无主,万几不可以无统。"丕祗承皇象,敢不钦承。卜之守龟,兆有大横,筮之三易,兆有革兆。谨择元日,与群寮登坛受帝玺绶,告类于尔大神,唯尔有神,尚飨永吉,兆民之望,祚于有魏世享。从今起国号魏,同时,改年号延康为黄初,并大赦天下。

为区别于战国七雄魏国,故在此称曹丕所建的魏国为曹魏国,称其军队为曹魏国军。

方宣读毕,刘廙便从大殿屏风后走出,将备好的皇帝衣着为曹丕穿上。从台下望去,时昂首挺胸地站在台顶上的曹丕在未散尽的燃祭烟雾中时隐时现,真若天帝之子。随后,曹丕便在山摇地动的鼓角声和响彻云霄的"万岁"声中缓缓走下台阶,在台右侧方站定,桓阶便高声道:"庆祝新朝魏国成立大游行开始!"

随即,鼓角队便奏起了曹植作词并谱曲的《周武王赞》。接着是举旗队在前,仪仗队随后,再后是禁军。他们皆高呼着"魏国万岁"和"魏帝万岁"口号,陆续通过台前。对此,曹丕自然兴奋不已,并连连向游行队伍招手致意。时口号声、欢呼声和鼓角声响彻云霄,几十里外都能听见。直至夜幕降临,玉兔欲升,游行方才结束。时曹丕不禁思想到:所谓舜让禅予禹,我今方知乃不过如此而已。

当日傍晚，曹丕就受禅台四周设宴庆祝。时曹丕与左右文武宴几安排在受禅台台顶大殿里，其他文武宴几安排在受禅台一、二层台上，小校与士兵则就受禅台下四周席地而坐。时大家皆欢声笑语，大口吃肉，大口喝酒。曹植还即兴撰《庆受禅表》文，并当场诵读道：

陛下以盛德龙飞，顺天革命，允答神符，诞作民主。乃祖先后，积德累仁，世济其美，以暨于先王。勤恤民隐，劼劳戮力，以除其害；经营四方，不遑启处。是用隆兹福庆，光启于魏。陛下承统，赞成前绪，克广德音，绥静内外。绍先周之旧迹，袭文武之懿德；保大定功，海内为一，岂不休哉。

又庆文帝受禅上礼章曰：

陛下以明圣之德，受天显命，良辰即祚，以临天下。洪化宣流，洋溢宇内。是以溥天率土，莫不承风欣庆，执贽奔走，奉贺阙下。况臣亲体至戚，怀欢踊跃。

曹丕与在场文武闻之，自然高兴不已。待宴毕，时已午夜。因酒足饭饱，精神振奋，于是不待歇息，便连夜启程飞一般赶回邺城。

此时值延康元年十月二十九日。

看官欲知曹丕代汉称帝后如何处置汉皇刘协，请看下回分解。

第六十四回

继承汉统刘玄德武担称帝
韬光晦迹孙仲谋遣使降魏

却说刘协从繁阳受禅台回到许都后，一直躲在后宫闭门不出，并愁得彻夜难眠，茶饭不思。何也？因为他不知晓曹丕将如何处置他，即倘若曹丕若高帝待秦王子婴那般行事当然好；倘若如项羽对子婴、董卓对少帝那般行事呢？正在这时的一日早饭后，忽见一门卫匆匆进来，不及向刘协拱手施礼便报道："有御使一行前来宣旨。"

刘协闻报，认为曹丕拖了月余才来宣旨，定然凶多吉少，不禁吓得魂飞天外，全身颤抖。正在这时，御使一行在侍者的引领下已大步流星走了进来。刘协见此，只得硬生生跪伏在御使身前，等待他宣旨。御使见刘协已准备就绪，便高声宣旨道："皇上下旨曰：以河内之山阳邑万户奉汉帝刘协为山阳公，行汉正朔，以天子之礼郊祭，上书不称臣，京都有事于太庙，致胙；封公之四子为列侯。"

刘协闻旨，方知曹丕对他是宽大为怀，不禁大喜过望，并口呼"皇上万岁"不止，以示谢恩。末了，方才起身设宴款待御使一行。

宴毕，待御使一行前脚方离开许都，后脚刘协便同曹节、曹宪、曹华以及其他家人骑马的骑马，乘车的乘车，匆匆前往山阳去了，直到十四年后刘协方才去世，享年五十有四。谥号献帝，以汉朝皇帝礼仪葬于禅陵。曹节亦被封为山阳公夫人，于曹魏国景元元年（蜀汉国景耀三年，孙吴国永安三年）病逝，仍以汉朝礼仪合葬于汉献帝禅陵，谥号献穆皇后。曹宪被封为山阳公夫人，卒后与献帝合葬，追封为孝献曹皇后。曹华去世后亦合葬于汉献帝禅陵。如此说来，曹丕代汉称帝，其实不过是妹夫与国舅之间的家事罢了。

看官你道曹丕何故会宽大处置刘协呢？原来他代汉称帝后，对如何处置汉帝刘协也犯了难，因此也若刘协般，直愁得彻夜难眠，茶饭不思。家人以为他病了，不禁甚为着急，并欲唤来御医诊治，但被他断然拒绝。这时的一日午夜，曹丕躺在床上突然想起前时自己按照管子"黄帝立明台之议者"等言精神收到的良好效果。现在何不也按照此言精神与左右文武商议商议，没准有人能提出处置刘协的良策妙计呢。于是便翻身起床，披上御衣，戴上御冠，蹬上御靴，传唤在邺左右文臣将校到杨安殿商议。他们闻之，料知有要事商议，否则曹丕岂会在半夜三更传唤。于是翻身起床披挂出门，步行的步行，骑马的骑马，不久便到达杨安殿按秩排定。随后，曹丕也在十名虎贲的拥簇下到达那里。时文臣将校不禁紧张不已，因为他们认为，这是曹丕代汉称帝以来首次召集他们议事，不论商议何事，出言是否符合其意，将关系到将来升官晋爵，甚至生死大事。时曹丕早看透了他们心思，为消除紧张，以畅所欲言，得到处置刘协的良策妙计，于是便和颜悦色地问道："朕已受禅，你们以为该如何处置汉帝刘协呢？"

在场文臣将校闻问，方知曹丕所问果然非同凡响。但转而又以为曹丕方才所问是件再简单不过的事了，于是有的争先恐后说刘协曾对禅让帝位软磨硬泡，拖延了禅让时日，罪当处死；有的则以为刘协之所以胆敢软磨硬泡，那是他听了皇后曹节的话，罪在曹节，因此，曹节与刘协皆应处死。但又担心卞夫人和曹丕不许而遭不测，故便低头视足，一言不发。对此，不知就里的曹丕正欲发怒，忽然有人高声道："当年高帝善待已投诚的秦王子婴，便得关中官民拥护，并因此得以登九五之尊。而项羽则反其道而行之，残杀了子婴，却遭灭顶之灾。现汉帝刘协既已禅让，宜仿高帝待子婴故事，以礼待之。"

曹丕及在场文臣将校忙闻声望去，原乃主簿司马懿。时不待他人发言，

第六十四回 继承汉统刘玄德武担称帝　韬光晦迹孙仲谋遣使降魏

曹丕即道："仲达之言正合朕意呢。"

文武们闻言，皆争先恐后随声附和。曹丕见此，随即就御案上铺绢摆墨，提笔撰就了宽大处置刘协的圣旨。

曹丕处置毕刘协之事，总算松了口气。但又为是否高谥高尊为他代汉称帝奠基的前辈又犯了难。他认为，远的汉室开国元勋曹参就不说了，那么曾祖父曹腾该不该追谥呢？追谥吧，他是天下无人不知无人不晓的大宦官，名声不佳，别说高谥高尊，就是追谥，也难服天下。不追谥吧，可没他艰辛付出，哪有祖父曹嵩、父亲曹操和朕现在的辉煌呢？总之，久久不得其法。无奈，只得在一日下午独召司马懿到下榻处密室将此向他道了一番。司马懿闻之，也认为事关重大，于是沉思良久方道："臣下曾闻古人云：三代以上犯法者不追究，有功者亦不追谥。"

"依你方才所道古人之言，朕欲追谥祖父为太皇帝，追谥父王为武皇帝，尊王太后为皇太后。如何？"

"可也。汉高帝当年便尊无功于他的父亲为太上皇，何况皇上的祖父、父王和王太后为建国立有汗马功劳呢。再者，皇上已登九五之尊，早该高谥高尊他们了。"

曹丕闻言大喜，遂便下旨追尊皇祖太王曹嵩曰太皇帝，考武王曹操曰武皇帝，尊王太后下夫人曰皇太后。

为鼓舞人心和提倡孝悌，曹丕又下旨赐男子爵人一级，为父后及孝悌力田人二级。

为安抚汉室诸侯王，又下旨封拜他们为崇德侯；列侯封拜为关中侯。此所谓孔子："为政以德，譬如北辰，居其所，而众星共之。"

曹丕为纪念在繁阳受禅，又下旨升繁阳亭为繁昌县。

为独揽大权，建安十三年曹操废太尉、司徒和司空三公官制，改立丞相。为分散权利，相互制约，曹丕又下旨恢复三公官制。同时，郡国县邑，多所改易。为稳定边郡，遂授匈奴南单于呼厨泉魏玺绶，赐青盖车、乘舆、宝剑、玉玦。

须知,历代第二代帝或君王总要拉拢和利用士族与其共同执政。对此,曹丕自然早懂此道。因此,就在他方继承曹操王位的延康元年,就召武亭侯尚书陈群商议道:"本王欲招纳品行端正,饱读经书之士入仕,若何?"

陈群祖上为官,清正廉明,皆有盛名。他就饱读诸子百家,名播四方,正符合曹丕所要招纳之士的标准。因而陈群方闻问,便不假思索答道:"理所当然。"

曹丕闻答,自然非常高兴,并道:"你精通礼仪朝制,不妨创制一道招纳士族入仕法制,如何?"

陈群闻问,沉思良久方答道:"九品官人法如何?"

"何为九品官人法?"

"就是先在各郡设置中正,遂后又在各州设置大中正。这些中正只能由本州郡籍人士担任,且一般是九品中的二品,即上品,并多由中央高级现任官员兼任。郡中正最初由各郡长官推举,再由司徒府任命。州郡中正下属成员称访问。中正的任务主要是评议人物,一般人由访问评议,特别重要的人则由中正亲自评议。评议标准有三:家世、道德、才能。家世又称簿阀或簿世,即指被评者代表的是门阀或官爵;对道德、才能仅作简单评议,又称状,如状某人'德优能少,天才英博,亮拔不群'等语。说白了,就是根据被评议者的家世、道德和才能对其评出上上、上中、上下、中上、中中、中下、下上、下中、下下九个品第。最高的品级只有上品和下品,但一品无人能得,形同虚设,因而二品实际是最高的品第。评议出结果后,再经司徒府复核批准,再送交吏部,以便作为选官的依据。"

曹丕闻答,不禁大喜不已,道:"此法正合本王之意。"

言毕,即下旨执行九品官人法。

因评议控制在权贵手里,因而形成了"上品无寒门,下品无世族"的官僚结构局面,结果与曹操提倡的唯才是举背道而驰。

另外,自古非开国皇帝威望总不及开国皇帝,因此常有臣民不服甚至举兵反抗,如曹丕方称王时的延康元年五月,西平麹演与附近郡官吏相勾结,

第六十四回　继承汉统刘玄德武担称帝　韬光晦迹孙仲谋遣使降魏

抗拒曹丕新任命的凉州刺史邹岐；酒泉黄华、张掖张进各擒杀其太守以叛；武威三种胡反复叛变。为防止此类事件继续发生，曹丕便采取宽容之策，即下旨授匈奴南单于呼厨泉魏王国玺绶，赐青盖车、乘舆、宝剑、玉玦。

按照古制，改朝换代后，服色也应改变。对此，曹丕当然懂得，因此于一日上午召集文臣将校到文昌殿商议。待他们到齐按秩坐定方口呼"万岁"毕，坐在御椅上的曹丕便问道："我大魏服色应是何种颜色呢？"

文臣将校闻问，皆以为黄色最宜。曹丕也以为黄色最宜，于是当即便提笔撰就了一道《定服色诏》。诏曰："朕承唐、虞之美，至于正朔，当依虞、夏故事。若殊徽号，异器械，制礼乐，易服色，用牲币，自当随土德之数。每四时之季月，服黄十八日，腊以丑，牲用白，其饰节旄，自当赤，但节幡黄耳。"

随后，曹丕又问道："现已改朝换代，得定新都，你们以为新都定在何处最宜呢？"

文臣将校闻问，皆以为新都定在何处是件关系到曹魏国江山社稷是否长治久安的大事，岂可随意回答？于是便低头视足，默而不语。曹丕见此，非常理解他们，于是便和颜悦色问道："朕欲定都许都，如何？"

方问毕，刘廙便起身出列高声道："现新朝已立，岂可以前朝首都为首都呢？再者，许都街巷简陋，城墙低矮，名声不足以震慑天下。"

"定都邺城如何？"

"邺城虽然街巷繁华，城墙高大，堪比当年长安和雒阳，但它毕竟是魏王国之都，与许都一样，名声不足以震慑天下。"

"长安呢？"

"使不得，使不得，使不得！陛下须知，那里与死敌刘备部下猛将魏延把持的汉中近在咫尺，倘若他们发兵侵扰长安，只须越过秦岭便可。因此，定都那里很不安全。"

"定都雒阳如何？"

"自董卓焚毁后，虽新建有北宫杨安殿等宫室，但按首都要求，宫室仍残缺不全。倘若复建，还不知到何年何月才可竣工。因而更使不得！"

曹丕闻刘廙如此答，认为非常有理，便欲点头称是，谁料这时有人高声道："刘先生之言差矣！须知，从夏、商、周以来，共有二十五王和十二帝定都雒阳。由此可见，雒阳帝王之气非同一般。"

文臣将校忙闻声望去，原乃已起身出列站着的司马懿。时司马懿方言毕，刘廙便对他道："司马先生须知，自光武以来，汉室有十四帝幸雒阳，享年最长的要数光武六十三岁，明帝四十八岁，其余十帝享年不过四十岁。由此可见，此地阴气很旺，因而不宜……"

不待刘廙言毕，司马懿便不以为然道："在下夜观天象，发现雒阳帝王之气仍旺。城墙宫室街道虽遭破坏，但基痕仍存，只须稍加修筑即可。再者，它北依邙山，南临雒水，关隘四立，且田土肥美，富产粮谷。一旦遇敌来攻，不仅易守难攻，且粮草自足有余。因此，定都雒阳最宜。"

曹丕闻司马懿言雒阳帝王之气仍旺，不禁精神为之一振，并高声道："那就定都雒阳吧！"

言毕，当即便下诏定都雒阳，并将"雒阳"改为"洛阳"。

须知，"雒阳"与"洛阳"有何不同呢？原来时人非常看重天命论金、木、水、火、土五行，即黄帝得土德，夏得木德，殷得金德，周得火德，秦得水德之说。洛阳城位于洛水之阳，故名洛阳。汉高帝刘邦认为自己是赤帝之子，是上天所命的皇帝，并认定他建立的汉朝是火德，故改洛阳为雒阳。后汉光武帝刘秀定都洛邑，认为汉以火德望，忌水，亦称洛阳为雒阳。那么曹丕为何要改回去呢？原来他认为他所建立的魏国在五行排序中为土德。土，水之出处也，水得土而乃流，土得水而柔。故去"佳"加"水"，变"雒"为"洛"。

上述便是曹丕改"雒阳"为"洛阳"的由来。

随后，曹丕当即便派许褚率领一万曹魏国军工兵连夜赶往洛阳，复建那里的城墙宫室街巷。经半月日夜轮流施工，虽未全面复建，但群臣朝议之所北宫却得以修复。曹丕闻报，大喜，随即率领部分文臣将校从邺城赶往那里

第六十四回 继承汉统刘玄德武担称帝 韬光晦迹孙仲谋遣使降魏

问政。

此时值曹魏国黄初元年十二月。

因萧、相两县交界处地势低洼，水患成灾，民不聊生，为改变这种状态，曹丕遂拜名儒郑众之子、侍御史、加驸马都尉郑浑为阳平与沛郡太守，到那兴修水利，开垦农田，遍植稻谷。结果大获丰收，民众丰衣足食。为感谢曹丕，遂刻石颂之。

此时值曹魏国黄初元年十二月末。

须知，其实早在曹丕方才继嗣魏王的延康元年六月，就因天下大乱，连年战争，百姓苦不堪言，遂拜贾逵为豫州刺史，前往豫州解决问题。贾逵到任后，不负其望，执法不阿，外修军旅，内治民事，兴修水利，疏通运渠，吏民称便。曹丕于是称赞道："贾逵真乃尽职尽责之刺史啊！"

曹魏国黄初元年，为示武力，威震天下，曹丕多次率领文臣将校弋猎。执掌警卫京师的长水校尉戴陵认为，曹魏国初建，国力不盛，遂谏曹丕不宜数行弋猎。对此，曹丕大怒道："处戴陵较死刑轻一等的五岁刑。"

曹魏国黄初二年春正月，曹丕郊祀天地和明堂。

为选拔俊才，曹丕方继嗣魏王时就曾下令曰：郡国人口满十万者，年察孝廉一人。倘若有秀异者，无拘户口。

为优待三公，又下令曰：分三公户邑，封其子弟各一为列侯。

随后不久的一日上午，曹丕召左右文臣到北宫宴饮。时文臣们闻召，遂思想到：皇上邀宴，必有要事相问。到底相问什么？曹丕召前又未道明，自然也不便问，于是只得边慢慢吃喝边耐心等待曹丕发问。酒过三巡，曹丕果然慢条斯理地放下筷盏起身问道："因战争频发，天下大乱，未及建国，故父王未立立国之道。现魏国既建，须有立国之道。否则，行事便名不正，言不顺。大家有何立国之道高见？不妨一一道来。"

方言毕，司马懿即放下筷盏起身上前向曹丕拱手施礼道："依在下之见，治国之道乃立国之本，异常重要。故宜召集文武百官朝议，以便百家争鸣。"

曹丕闻言不假思索道："百家争鸣可畅所欲言，自然好。但它'师异道，人异论,百家殊方',易乱政乱民,故不可取啊。"

"也倒是。那以道家学派老庄的无为而治为立国之道,如何?"

"天下未安,岂可无为而治呢?"

"韩非子的法术提倡的权归皇上,力主革新,如何?"

"只可兼而用之。"

"那么孔子提倡的'仁义''礼乐''德治教化''君以民为本'、中庸,和孟子提倡的'民为贵,社稷次之,君为轻',如何?"

"正合朕意呢。朕欲仿汉武帝采纳儒士董仲舒'罢黜百家,独尊儒术'建议的故事,大量启用儒学之士为官;遍建学馆,普及文教,以便天下祥和,国泰民安。同时,大力宣扬经孔子亲手整理并传授的《诗》《书》《礼》《易》《乐》《春秋》六经,教化吏民。如何?"

"此所谓弱水三千,只取一瓢。甚妙!"

司马懿方言毕,曹丕又道:"鲁国和卫国驱逐孔子,亡国;齐国不用孔子,被秦所灭;楚国不看重孔子,亦被秦所灭;秦皇反孔,二世亡国;刘邦晚年反孔,郁闷而死,其后吕后乱政。为我大魏长治久安计,宜奉祀孔子。"

言毕,即下诏道:"昔仲尼资大圣之才,怀帝王之器,当衰周之末,无受命之运,在鲁、卫之朝,教化乎洙、泗之上,凄凄焉,遑遑焉,欲屈己以存道,贬身以救世。于时王公终莫能用之,乃退考五代之礼,修素王之事,因鲁史而制《春秋》,就太师而正《雅》《颂》,俾千载之后,莫不宗其文以述作,仰其圣以成谋,咨!可谓命世之大圣,亿载之师表者也。遭天下大乱,百祀堕坏,旧居之庙,毁而不修,褒成之后,绝而莫继,阙里不闻讲颂之声,四时不睹蒸尝之位,斯岂所谓崇礼报功,盛德百世必祀者哉!其以议郎孔羡为宗圣侯,邑百户,奉孔子祀。"

此时值曹魏国黄初二年正月。

随后,曹丕又下诏道:"鲁郡修起旧庙,置百户吏卒以守卫之,又于其外广为室屋以居学者。"

随后不久,为稳定物价,曹丕遂下诏曰:"复五铢钱。初,董卓废五铢

第六十四回　继承汉统刘玄德武担称帝　韬光晦迹孙仲谋遣使降魏

钱，今复之。"

此时值曹魏国黄初二年三月。

正在曹丕为上述事宜忙得不可开交之际，在成都的刘备正与诸葛亮、张飞和赵云在城南演武场指挥千军万马操练武艺，准备讨伐孙权，为关羽报仇。正在这时的一日下午，忽然一细作飞一般前来，不及向刘备拱手施礼便上气不接下气向他报道："曹操……老贼……已在雒阳……毙命了！"

刘备闻报，哪肯相信自己的耳朵，于是忙对细作道："再报一遍。"

细作闻言，遂一字一句报了一遍。时刘备闻之，不禁舒了口长气，并以为曹操既亡，振兴汉室指日可待。

此后不久的一日黄昏时分，刘备正与诸葛亮在刘府商议能否乘曹操新亡之机北伐时，忽然又一细作飞一般前来向刘备报道："曹丕篡位了！"

须知，刘备闻报曹操亡故后曹丕继嗣王位和丞相职位倒是意料之中，但万没料到曹丕会代汉称帝。因此，方闻报，便若五雷轰顶，惊得目瞪口呆，无法言语，半晌回过神，方才问细作道："皇上怎么样了？"

"已被弑杀了。"

细作方报毕，刘备便悲痛得如丧考妣，泪流满面，并怒不可遏道："不擒杀曹丕这小厮，为皇上报仇，誓不罢休！"

言毕，即传令在成都的文臣将校，速到议事厅商议为刘协报仇对策。同时，传令益州境内吏民素帽素衣三日，为刘协举丧，并下令追谥刘协为孝愍皇帝。

时文臣将校们正在家中用晚餐，闻刘备此令，以为事急，故不待酒足饭饱，便起身出门，飞身上马，风驰电掣般赶到议事厅按秩排定，只待刘备到来。片刻，泪流满面的刘备在几名侍者的搀扶下，跌跌撞撞地走了进来。大家见此，不禁非常惊异，并思想到：莫非刘备老母亡故了不成，否则，岂会如此伤心呢。刘备方坐定，便将细作向他所报向他们道了一番。将校们闻之，不禁义愤填膺，摩拳擦掌，争当讨伐曹丕先锋。时方回成都向刘备报告汉中防务的魏延还对刘备道："大王须知，俺所守汉中与曹贼关中相邻，倘若俺率一支轻骑，不出旬日，便可取长安，破洛阳，斩曹丕。因此，先锋印非俺莫属。"

方言毕，忽听得有人高声道："大王也该记得，我当年在当阳喝退曹贼铁骑，在荡渠打败曹贼猛将张郃，要不是这厮逃得快，早成我矛下之鬼了。因此，倘若以我为先锋，曹贼人马定会闻风丧胆，不战而逃。因此，先锋印非我莫属。"

文臣将校们闻声不用望去，便知此人是方从其防地阆中回成都休假的张飞。时刘备认为张飞和魏延皆言之有理，于是不禁左右为难，即不知让他俩谁当先锋的好。正在这时，又一细作飞一般前来向刘备报道："报告大王，皇上被曹丕那厮贬为山阳公，现已带领全家赴山阳去了。"

刘备闻报，方才收起满面泪水道："既然皇上还在，就按先前既定策略，先挥师东南，消灭孙蛮，为关羽报仇。然后再北伐曹贼，振兴汉室。"

文臣将校们认为刘备言之有理，于是便一齐随声附和。刘备见此，遂便道："大家先回去，随时听令出发。"

不待刘备发令，益州到处有人向官府报告有祥瑞现象不断出现。对此，议郎阳泉侯刘豹、青衣侯向举、偏将军张裔与黄权、大司马属殷纯、益州别驾从事赵莋、治中从事杨洪、从事祭酒何宗、议曹从事杜琼、劝学从事张爽、尹默、谯周等人认为是刘备称帝祥兆，自然大喜不禁，何也？因为倘若刘备称帝，益州便上升为国。同时，还要置百官。到那时，他们升官晋爵便水到渠成。特别是刘豹，直喜得不知所以，因为他希望刘备称帝后能再启用，甚至重用他。于是在这时的一日早饭后，便坐车的坐车，骑马的骑马，相约齐聚刘府，联名上书刘备，劝他顺应天命，尽快称帝。

片刻，刘豹等人便到达了刘府。不待通报便鱼贯而入，争先恐后上前向刘备拱手施礼。礼毕，刘豹即代表大家向刘备道明了来意。时他们以为刘备闻后会大喜不禁，谁料刘备却不置可否。对此，他们以为不妙，于是不禁非常着急。时刘豹以为先让刘备看毕上书再说，便忙从怀里取出上书，上前双手毕恭毕敬地呈与刘备。刘备见刘豹老态龙钟，银须白发，不禁敬老之意顿

第六十四回　继承汉统刘玄德武担称帝　韬光晦迹孙仲谋遣使降魏

生,也忙伸出双手毕恭毕敬接过上书,瞪大双眼仔细看了起来。上书略云:

臣等闻《河图》《洛书》和五经等谶纬典籍皆为孔子修订,异常灵验。经我辈详查《洛书甄曜度》,发现其中有言曰:"赤三日德昌,九世会备,合为帝际。"又详查《洛书宝号命》,发现其中有言曰:"天度帝道备称皇,以统握契,百成不败。"随后又详查《洛书录运期》,发现其中有言曰:"九侯七杰争命民炊骸,道路籍籍履人头,谁使主者玄且来。"再随后详查《孝经·钩命决》,发现其中有言曰:"帝三建九会备。"而臣周巨之父周群在世时曾言,西南方多年多次出现直立数丈高之黄气,且常有景云祥风从天而降接应,故此非同一般祥瑞征兆也。又建安二十二年中,天空曾多次出现如旗帜般的云气由西向东而去。据《河图》《洛书》所载,必有天子出现在云气初起的西方。同年,金星、火星、土星常与木星相追逐。当年汉室初兴时,土、火、金、水四大行星皆跟随体现道义的木星运行。说明汉室方位在道义的上方西方,故汉室常从木星的运行情况来预测皇帝。当有圣主起于益州,并使汉室得以中兴。因汉帝尚在,故群下不敢将此话公开。最近火星又追逐木星,出现在二十八星宿中的胃、昴与毕三宿所在的区星;昴、毕二宿是上天总纲,故《星经》曰:"象征皇帝的星在昴、毕二宿时,所有邪恶都会消亡。"须知,大王姓名早在《洛书甄曜度》《洛书宝号命》《洛书录运期》和《孝经·钩命决》中出现。按日期和效验推算,多处都相符,而非一例。臣等听说圣明的帝王行事,常先于天时但不违天道;有时行事会后于天时但仍奉行天道,所以他们才会应运而生,与神灵的意旨相符。愿大王应天顺民,速即洪业,以安海内。

刘备看毕,不禁暗喜,并欲准了上书所言。然转而一想,自古以来称帝称王者不论有理无理,都得虚情假意三番五次辞让一番,以示道德高尚。于是当即不仅拒绝,还怒斥了刘豹等人一番。结果他们不仅上书不成,反还碰了一鼻子灰。

此后不久的一日午夜,诸葛亮正在书房聚精会神地翻阅典籍,忽见门人匆匆进来，不及向他施礼便向他报告了刘备拒绝称帝的消息。对此，诸葛亮不禁非常着急，忙放下手中典籍，草草穿戴毕，便出门翻身上马，飞一般赶往太傅许靖、安汉将军糜竺、太常赖恭、光禄勋黄权、少府王谋等人府邸，联络他们上书刘备，劝其称帝。他们闻知诸葛亮来意后，想法与刘豹等人差不多，因而无不笑逐颜开，深表赞成。

上书联络者是诸葛亮，因而大家皆推举上书由诸葛亮撰写。对此，诸葛亮也不推辞。怕夜长梦多，随时生变，于是方回自己书房，便在案上铺开黄绢，摆上笔墨，准备撰写。

须知，诸葛亮从小便遍览三坟五典、诸子百家，撰写上表，小菜一碟。因而略加思索，便下笔一气呵成。上书略云：

曹丕篡汉弑帝，湮灭汉室，窃据神器，劫迫忠良，酷烈无道。人鬼忿毒，皆思刘氏。今上无天子，海内惶惶，不知所仰。群下前后上书者八百余人，皆报称符瑞，还有图谶中早已有明确的征兆。最近黄龙常见于成都以南武阳赤水，竟停留九日方去。《孝经援神契》曰"德至渊泉则黄龙见"，龙者，君之象征也。《周易·乾卦》第五爻曰"九五，飞龙在天"，大王当龙升，登帝位也。又前关将军围攻襄阳和樊城时，襄阳男子张嘉和王休献玉玺。时玉玺潜于汉水，伏于渊泉，晖景烛耀，灵光彻天。夫汉者，高帝本所起定天下之国号也，大王袭先帝轨迹，亦兴于汉中。今天子玉玺神光先见，玉玺出汉水之末襄阳，表明大王在汉水下游承接玉玺，高帝在汉水上游授与大王以天子之位，可见这些祥瑞征兆相符合，非人力所致。昔周朝有乌鸦和白鱼之祥瑞，天下人皆赞曰美哉。我大汉高帝与光武帝受天命登帝位时，《河图》和《洛书》事先都有文字说明，以为征验。今上天告祥，群儒英俊皆已记述在《河图》《洛书》和孔子谶纬典籍。大王你为汉孝景皇帝之胄，本支百世，乾祇降祚，圣姿硕茂，神武在躬，仁覆积德，爱人好士，是以四方归心焉。考省《灵图》，启发谶纬，神明之表，名讳昭著。宜即帝位，以承高帝和光武帝宏业，续宗庙祭祀，天下幸甚。臣等谨与博士许慈、议郎孟

第六十四回　继承汉统刘玄德武担称帝　韬光晦迹孙仲谋遣使降魏

光，建立礼仪，择良辰吉日，向大王上皇帝尊号。

次日早饭方毕，诸葛亮便带上上书，出门上马，匆匆赶往刘府，亲手呈与刘备。刘备见是许靖、诸葛亮、糜竺、赖恭、黄权、王谋等人上书，认为意义非同一般，更不能与刘豹等人的上书同日而语。因此，接过方看毕，便欲赞成上书之意——继汉称帝。但想起自己此前曾拒绝刘豹等人上书，而且还怒斥了他们一番，现在却痛痛快快接受了诸葛亮等人上书，对此，倘若天下人，特别是刘豹等人知晓后说我刘备行事出尔反尔倒无所谓，倘若说我刘备是见人行人事，见鬼行鬼事就糟了。因为将来继汉称帝，还须得到他们拥护。正在这不知如何是好之际，突然灵机一动，便佯装犹豫不决道："待本王三思后再……"

不待刘备言毕，诸葛亮便急了，并对刘备道："今曹氏篡汉，天下无主，大王刘氏苗族，绍世而起，今即帝位，乃其宜也。"

刘备闻言，却默不作声。对此，诸葛亮不禁更急了，随即苦口婆心道："当年东郡太守耿纯曾进言光武帝道：'天下英雄喁喁，冀有所望。如不从议者，士大夫各归他主，无为从公也。'光武帝闻之，深以为然。大王须知，文臣将校跟随大王东西奔波，南北征战，皆望大王称帝，以便加官晋爵，光宗耀祖。否则，他们便会各奔东西，寻求高官厚禄。再者，大王你为大汉景帝之胄，因汉皇大位被外姓曹丕那小厮篡夺后为继汉统而称帝，是应天命，合天理啊。何必辞让呢？"

诸葛亮言至此，喝了口茶清了清嗓子又道："再者，大王不是要征讨孙蛮，为关将军报仇吗？须知，大王继汉称帝后，那便是正经八百王师出征，名正言顺。如此，讨伐便无往而不胜。"

时刘备认为诸葛亮方才言之有理，不能再作推辞。否则，便会假戏成真。于是方微微点头道："就依你们的吧。"

诸葛亮闻言，自然大喜不禁，并向刘备客套一番后，方才拱手施礼告辞。

此后不久的一日上午，刘备正与左右文臣将校在议事厅商议安排称帝事宜，忽见一门卫匆匆进来，拱手向刘备施礼后便向他报道："尚书令费诗在大门外言有事求见大王。"

刘备以为费诗前来是支持他称帝的，自然不禁大喜，故待门卫方报毕便道："准见。"

门卫闻言，遂转身出门，片刻便将费诗领了进来。时费诗见到刘备不及施礼，便从怀里取出一绢制物展开高声读道："殿下以曹操父子逼主篡位，故乃羁旅万里，纠合士众，将以讨贼。今大敌未克，而先自立，恐人心疑惑。昔高祖与楚约，先破秦者王。及屠咸阳，获子婴，犹怀推让；况今殿下未出门庭，便欲自立，愚臣诚不为殿下取也。"

在场左右文臣将校闻言，认为费诗或吃了豹子胆，或吃错了药，或喝醉了酒。否则，岂敢在众目睽睽之下反对刘备称帝呢？时刘备自然是又气又恼，并思想到：自从你费诗以一小小绵竹令投归本王以来，便一跃为督军从事、牂牁太守、州前部司马、尚书令益州前部司马。须知，特别是尚书令益州前部司马，虽属少府，秩仅千石，但总揽本王权事。由此可见，本王待你这厮不薄，何故今天与本王过不去呢？正在这时，忽见一报事小吏匆匆来到刘备面前，不及拱手向他施礼便对他低声耳语起来。

看官你道报事小吏对刘备低声耳语了什么？乃尚书令刘巴和主簿雍茂也反对刘备称帝。事情的原委是这样的：一天下午，刘巴闲来无事，便到雍茂家里品茶，无意间谈起刘备欲称帝一事。时刘巴道："大王在地狭人少、西南一隅的益州称帝，在下以为不可取也。"方言毕，雍茂即点头道："待消灭了中原曹魏和江东孙蛮，统一了华夏，再称帝不迟。若何？""正是！"谁料他俩所言皆被雍茂家下人闻得，并及时一五一十报告给了其同乡，即对刘备低声耳语的那报事小吏。小吏闻之，以为倘若报告与刘备，立功受奖，自然不在话下。于是立即飞一般前来，报告给了刘备。

再说刘备闻报事小吏报告后不仅没发作，反还泰然自若，没事一般。直到文臣将校散去后，方才问诸葛亮道："费诗、刘巴和雍茂三人何故反对

第六十四回 继承汉统刘玄德武担称帝 韬光晦迹孙仲谋遣使降魏

本王……"

不待问毕,诸葛亮便知其下文,即继汉称帝,并忙答道:"费诗乃一不识时务之徒!念及他当初守绵竹时率先举城投降,功不可没,可降级处理。"

"刘巴这老东西老与本王过不去,且还藐视张将军。哼!"

"此人一贯书生意气用事,不必与他计较。再者,他乃官宦大家出身,熟读诸子典籍,文章妙笔生花,乃一难得俊才。因此,大王可效曹操老贼宽大处理陈琳故事,继续留用。如何?"

"言之有理。雍茂这厮呢?"

"这厮乃无名之徒,待机诛之就是了。"

诸葛亮方言毕,刘备便连连点头称是。后来发生的事果如诸葛亮所言,费诗被降为永昌县从事;刘巴继续留用,但自此惧见猜疑,恭默守静,退无私交,非公事不言;雍茂借故被诛。这些是后话,就此打住。

随后,刘备又为定都一事犯了难,即不知定都郫邑、绵竹、雒城还是成都的好。因为它们皆做过益州首府,但不知为什么都不长久,想必诸葛亮定知其中缘由。于是在一日上午便召诸葛亮到刘府客厅询问。时诸葛亮也一问三不知,并建议刘备询问劝学从事谯周。刘备闻之,遂连连摆手道:"此人年方二十岁,懂得什么!"

"大王须知,他虽年纪轻轻,但少时便受父亲熏陶,勤奋好学,饱读经书,遂成上知天文,下知地理的蜀中大儒呢。"

刘备闻言,不禁惊喜道:"那就召他来吧。"

言毕,即传召谯周速来。谯周闻召,不知召他有何事,便忙更换衣帽,出门翻身上马,飞一般向刘府赶去。不待到达,便见刘备和诸葛亮站在门前,恭候他到来。对此,谯周不禁非常感动。到达方下马,便忙大步上前向刘备拱手施礼道:"在下有何颜面劳驾大王在此等候!"

刘备待谯周方言毕,便拱手还礼道:"你为蜀中屈指可数的大文豪,必知何处宜于定都。"

"在下倒是略知一二,但不知是否合大王之意。"

"道来无妨。"

说话间,他三人已进入客厅,坐下待侍者上毕茶退出,谯周便不假思索对刘备道:"据在下所知,昔周失纲纪,蜀侯杜宇称帝,号望帝,都郫邑。后开明氏称帝,号丛帝,亦都郫邑。其子继位,号庐帝,以为成都不仅城墙高大坚固,街市林立繁华,且四周平坦,水源丰富,物产众多,人畜兴旺,于是便将都邑从郫邑徙至成都。因此,鄙职亦以为定都成都最宜。不知大王意下如何?"

"卿方才所言正合本王之意呢。具体在何处筑称帝坛呢?"

"成都郭内西北隅武担山之南最宜。"

"为何?"

谯周闻刘备问,忙拿出随身携带的一绢制物对刘备道:"鄙职前时在街市上偶得一部绢本扬雄《蜀王本纪》,其中记载到:武都丈夫化为女子,颜面美丽无比,盖山之精也。蜀王遂娶以为妻。谁料她不习水土,疾病欲归,然蜀王不许。随后不久,便悲愤故去。对此,蜀王非常悲伤,为表示她魂归故里,便派武士从其故乡武都担土于成都西北城内筑坟葬之。坟地约三亩,高七丈。因由武士担土筑成,故号曰武担山。"

谯周言至此,喝了口茶清了清嗓子又对刘备道:"重要的是,在下常见那里黄气腾空数丈,可见帝气很旺。倘若在那筑坛称帝,定保大王帝位永固,江山万年!"

方言毕,刘备便无比兴奋道:"你怎不早说呢!"

言毕,即传令司隶校尉张飞暂行将作大匠,率领五千技艺精湛的官军工兵前往武担山南修建称帝坛。张飞得令,立马照办。不久,一座高大雄伟的宫殿式称帝坛便在武担山南侧拔地而起。其左右两侧各立半圆形石柱一根。右侧石柱镌刻着"宦竖之后曹子桓胆大妄为篡夺帝位"十五个汉隶;左侧石柱镌刻着"景帝之胄刘玄德力挽狂澜继承汉祚"十五个汉隶。刘备参观后,感到非常满意,并大大褒扬了张飞及施工工兵一番。

临近举行称帝仪式那天上午,刘备召诸葛亮到其府问道:"《昭告于皇天

第六十四回　继承汉统刘玄德武担称帝　韬光晦迹孙仲谋遣使降魏

上帝后土神祇》非一般文章，将留存千古，彪炳万世，马虎不得。因此，须得一文章高手撰写。你以为谁能担当此任呢？"

方问毕，诸葛亮即不假思索答道："刘巴文采飞扬，如何？"

"可这厮……"

不待言毕，诸葛亮即道："大王难道不记得曹操老贼叫陈琳撰就的《檄吴将校部曲文》了？"

"当然记得，当然记得，当然记得。就依你的吧！"

刘备言毕，当即便传令刘巴撰写称帝文。刘巴接到传令，先是真假莫辨，后经诸葛亮登门证实，方才信以为真，并认为这是将功折罪的极好机会。于是大喜不禁，片刻工夫，便撰就毕。

举行称帝仪式那天上午，巴蜀大地浓雾茫茫，伸手不见五指。因此，快到午时方才雾散日现。时才见称帝坛下右侧毕恭毕敬地站着朝帽朝服的文臣，对面昂首挺胸地站着披甲戴胄的将校；其正前方站着鼓角队、彩旗队、仪仗队、检阅队和百姓队。他们皆精神抖擞，喜气洋洋。午时正，鼓角队忽然引颈踮足，直向称帝坛上望去。站在后排的那些队见此，也忙引颈踮足朝那望去。

看官你道他们在望什么呢？乃望正从殿后中央屏风右侧走出的身着帝服的刘备。须知，他们过去虽因举行各类盛典见过刘备多次，但身着帝服的刘备却是第一次见到，因而方才引颈踮足，先睹为快。

须知，按时之常规，刘备应如曹丕称帝那样，先着王服出场，待宣毕称帝文后再着帝服。可刘备为何一出场便着帝服呢？难道刘备不懂这是冒天下之大不韪吗？非也！原来刘备认为曹丕是篡汉称帝，非理非法。他是继汉称帝，合理合法。因此，就应在出场时着帝服，以示光明正大继汉。

待刘备走到殿前中央方站定，早已站在坛前右侧的诸葛亮便高声道："举行大汉景帝之胄汉中王刘玄德告天地仪式现在开始！"

随后，鼓角队便奏起了《帝临》歌。奏毕，诸葛亮又高声道："请大汉景帝之胄汉中王刘玄德宣读《昭告于皇天上帝后土神祇》！"

话音方落，刘备便从怀里取出刘巴撰就的绢制《昭告于皇天上帝后土神祇》，捋了捋他那花白胡须，便展开高声宣读道：

惟建安二十六年四月丙午，皇帝备敢用玄牡，昭告皇天上帝后土神祇：汉有天下，历数无疆。曩者王莽篡盗，光武皇帝震怒致诛，社稷复存。今曹操阻兵安忍，戮杀主后，滔天泯夏，罔顾天显。操子丕，载其凶逆，窃居神器。群臣将士以为社稷堕废，备宜修之，嗣武二祖，龚行天罚。备惟否德，惧忝帝位。询于庶民，外及蛮夷君长，佥曰"天命不可以不答，祖业不可以久替，四海不可以无主"。率土式望，在备一人。备畏天明命，又惧汉祚将湮于地，谨择元日，与百寮登坛，受皇帝玺绶。修燔瘗，告类于天神，惟神飨祚于汉家，永绥四海！

宣读毕，清了清嗓子又高声宣读道："从今起，改建安纪年为章武纪年，国号汉，都成都，大赦！"

方宣读毕，坛下便报以热烈的掌声。同时，"吾皇万岁万岁万万岁"声此起彼伏，响彻云霄。对此，刘备不禁激动得热泪盈眶，并思想到：我刘备虽是大汉景帝之胄，但家道中落，无奈，只得织席卖履与母度日。谁料黄巾作乱八州，身为汉室之胄，岂容他人染指汉室江山？于是便率领密友关羽、张飞和简雍等千人离乡背井，前往征讨，并因功入仕。随后，便忽东忽西，忽南忽北；时而飞黄腾达，高官厚禄；时而寄人篱下，险些丧命。总之，尝尽了人间酸甜苦辣。好在我素以德先，为人谦和，礼贤下士，知人善任；且志向远大，百折不挠。赢，不骄不躁；败，从不气馁。如此几十年，今终登九五之尊。对此，先祖列宗，特别是与我共患难的老母在天之灵有知，定会欢天喜……方思想到此，又听得诸葛亮高声道："请皇上检阅！"

随后，坛下各队皆迈着整齐步伐，通过称帝坛前。刘备见此，遂便精神抖擞，不断挥手向称帝坛下致意。称帝坛下"吾皇万岁万岁万万岁"呼声和鼓掌声越发响亮，几十里外都能听见。直到夕阳西下，夜幕降临，检阅方才完毕。

第六十四回　继承汉统刘玄德武担称帝　韬光晦迹孙仲谋遣使降魏

当晚，益州，特别是成都吏民，皆欢天喜地，置酒畅饮，祝贺刘备称帝。

于是华夏便出现了二国，即一是建都洛阳的曹魏国，一是建都成都的大汉。大汉的确切称谓应该是蜀汉国，称其军队为蜀汉国军。何也？一因刘备称帝是继汉统，二因有别于先秦时期的古蜀国，三因都于蜀地成都。

此时值蜀汉国章武元年（曹魏国黄初二年）四月。

随后，刘备下诏以诸葛亮为丞相，以刘巴为尚书令，以杨仪为尚书，以许靖为司徒，以何宗为大鸿胪，以赖恭为太常，以黄柱为光禄勋，以王谋为少府，以廖立和马良为侍中，以杨洪和黄权为治中从事，以许慈、孟光、刘豹和向举为议郎，以杜琼为议曹从事，以张爽和尹默为劝学从事，以秦宓和程畿为从事祭酒，以射援为祭酒，以王甫和李朝为从事，以宗玮为太中大夫。

同时，又下诏迁右将军张飞为车骑将军，领司隶校尉，由新亭侯进爵为西乡侯；左将军马超迁升为骠骑将军，领凉州牧，由前都亭侯进封斄乡侯；镇远将军魏延迁升为镇北将军，继领汉中太守；护军讨逆将军吴壹为关中都督；兴业将军李严迁升为辅汉将军，仍领犍为太守。赵云仍为翊军将军，糜竺仍为安汉将军，简雍仍为昭德将军，孙乾仍为秉忠将军，董和仍为军中郎将，邓方仍为安远将军。

随后，又下诏在成都南郊立宗庙，祭祀高帝刘邦以下各位汉室皇帝。

同年五月，刘备下诏立吴壹之妹吴氏为皇后，长子刘禅为皇太子。

同年六月，下诏以次子刘永为鲁王，三子刘理为梁王。

为扩大地盘与虚张声势便于统管，刘备遂下诏增设了益州郡、县和变更了郡的管辖范围。汉初刘邦时益州仅汉中、巴、蜀和广汉四郡；汉武帝时，又置犍为、牂牁、越嶲和益州四郡，合计八个郡。建安十九年刘备占领益州后，益州被扩为十六个郡，它们是巴、巴东、巴西、蜀、汉中、广汉、犍为、牂牁、越嶲、益州、永昌、汶山和涪陵以及与郡平等的广汉属国、蜀郡属国、犍为属国。建立蜀国后，刘备又将其分置为二十二个郡，即分巴郡立固陵；又改固陵为巴东，改巴西为巴；又分广汉立梓潼，分犍为立江阳；以蜀郡属国为汉嘉，以犍为属国为朱提。同时，又下诏汉中郡除管辖南郑县、褒中县、沔阳县、成固县和南乡县外，新增设的黄金县、蒲池县和兴势县也归汉中郡管辖。同时，武都郡增辖沮县，梓潼郡增辖宁强县。

却说曹丕在洛阳杨安殿正与文武百官商议如何尽快修复洛阳城墙和宫室事宜时，忽一报事吏员匆匆进来，不及向曹丕拱手施礼便结结巴巴向他报道："陛下，刘备那厮……竟敢……在成都称……"

方报至此，便欲言又止，并不断顾视在场文武百官。对此，曹丕料想他有所顾忌，遂不耐烦道："称什么了？报来无妨！"

"称帝了。"

曹丕闻报，先不禁一愣。回过神，方怒不可遏道："朕前时倒闻报刘备这厮欲自立为帝的传闻，不料现在竟然成真，怕是他老昏了头吧！"

言毕，便嗤之以鼻。在场文武百官有的对刘备称帝如曹丕一般，也嗤之以鼻。有的言刘备称帝有违天命，是可忍，孰不可忍，故宜立即出兵讨伐。有的言刘备虽失去大将关羽和其所辖的荆州几个郡县，但实力仍不可小视，加之益州四周崇山峻岭，易守难攻。倘若讨伐，损兵折将算是好的。倘若惹火烧身，灾难莫测。因此，不若待机招安。正在他们各抒己见、莫衷一是之际，又一报事吏员匆匆进来，拱手向曹丕施礼后便报道："有孙权特使在城南门外言有要事求见皇上。"

曹丕闻报，以为是孙权派特使上门要求给他升官晋爵，因而气冲冲道："一年多前父王才表他为骠骑将军，假节，领荆州牧，封南昌侯，这还不满足？真是人心不足蛇吞象啊，不见！"

在场文武百官闻曹丕言，皆随声附和。唯刘晔上前对曹丕道："孙权特使远道而来，想必定有难料之事。因此，皇上还是见见的好。"

曹丕认为刘晔言之有理，遂对报事吏员道："准见。"

报事吏员闻言，即刻拱手向曹丕施礼告辞后便转身出门，片刻便将孙权特使领了进来。特使见到曹丕方伏地施礼毕，便起身从怀里取出一绢制物，

第六十四回　继承汉统刘玄德武担称帝　韬光晦迹孙仲谋遣使降魏

上前毕恭毕敬呈与曹丕道:"此乃我家主公致皇上书。"

"孙将军来书为哪般?"

"皇上看后便知。"

随后,曹丕便展开那书仔细看了起来,不待看毕,便满脸灿烂,并对特使道:"你先下去休息,待朕与众臣商议后再做定夺。如何?"

"希望听到佳音。"

特使言毕,便向曹丕拱手施礼告辞后随侍者而去。随后,曹丕便将孙权来书所言向在场文武百官道了一番。他们听后,也如曹丕那般,满脸灿烂。看官你道孙权来书所言何事,竟使他们如此高兴?乃一是坚决拥护曹丕代汉称帝;二是自愿向曹魏国称臣;三是愿送回被关羽擒获的原左将军于禁与其他将校,以示称臣诚意;四是表被刘备迁徙到荆州的刘璋为益州牧,以示不仅不承认刘备为帝,且还与他势不两立。

同时,文武百官还争先恐后道:"倘若孙权称臣是真,就只剩下西南一隅刘备一伙与我大魏为敌,待时只须反掌之力,便可将其灭之。"唯侍中刘晔一言未发,对此,曹丕不禁甚觉惊异,并问他道:"你以为孙将军来书之意若何?"

刘晔闻问,片刻后才上前若有所思道:"陛下须知,孙权称雄江、汉,而无称臣之心久矣。陛下虽齐德有虞,然丑虏之性,未有所感。因难求臣,必难相信呢。彼必外迫内困,然后发此使罢了。可因其穷,袭而取之。若一日纵敌,数世之患,不可不察啊!"

言毕沉思片刻又道:"不知陛下还记得否?建安二十二年武帝王师大举进攻濡须口时,孙权就曾令都尉徐祥向武帝表示臣服,以借武帝之力遏制刘备之势膨胀。今孙权无故请降,必与刘备有战。再者,他前时不仅袭杀了关羽,还夺去刘备多个郡县。对此,刘备岂肯罢休,因而定会大举讨伐。因此,他外有强寇,众心必不安宁,并恐我乘机起而伐之,故才委屈称臣。如此,一则可以阻拦我乘机起而讨伐,二则可以借我之援以强其势,从而疑惑刘备。须知,孙权这厮不仅善于用兵,还惯于见风使舵,委曲求全。因此,此称臣之计必出于他。"

刘晔言至此，清了清嗓子又道："刘远孙近，又闻我大魏伐之，刘便回军，谁能制止呢？今刘已怒，故兴兵伐孙，闻我大魏伐孙，知孙必亡，必喜而进与我争割孙地，必不改计抑怒救孙，此必然之势啊！"

随后，刘晔又道："今天下三分，我大魏十有其八。孙、刘各保一州，阻山依水，有急相救，此小人之利呢。今他俩相攻，乃天亡之呢。皇上倘若大举王师，渡江水袭孙内，刘攻其外，孙之亡不出旬月。孙亡则刘孤。即使我占孙地一半，刘固不能久留。即使刘只能得其外，我却可得其内呢。因此，陛下何不举兵图……"

时曹丕本不赞同刘晔所言，因而不待他言毕便道："孙将军称臣于朕却举兵伐之，将来天下欲来称臣者之心必以为惧。因此，你方才所言绝不可行！"

言至此清了清嗓子又道："孙将军曾打败过智勇双全的朕尊父和擒杀勇冠三军的关羽，今天却主动向朕称臣，此足以表明朕之威名已震慑天下了。因此，朕也不能亏待他。今就册封他为吴王，以便感化刘备那厮来降，那时朕就册封他刘备为蜀王。如此，不用一兵一卒，便可完成朕尊父生前未能完成的统一天下宏业，此何乐而不为呢？"

刘晔认为曹丕方才所言是异想天开，不切实际，于是劝谏道："皇上不可。先帝征伐天下，十兼其八，威震海内；至陛下受禅，德合天地，声暨四远，此实然之势，非卑臣颂言啊。孙权虽有雄才，故汉骠骑将军、南昌侯罢了，官轻势卑。其江南之民亦有畏我大魏之心，不可强迫与我成谋。不得已受其称臣，可进他将军号，封十万户侯，但不可封他为王。须知，王位，距天子只一阶之遥，其礼秩服御相乱呢。他直接为侯，江南士民未有君臣之分啊。另外，臣断定他称臣是假，皇上就增封之，崇其位号，定其君臣，是为如虎添翼呢。"

刘晔言至此，清了清嗓子提醒曹丕道："皇上须知，孙权既受王位，击刘备人马后，外尽礼以事于我大魏，使其境内之民皆闻之，他们必无礼以怒陛下。那时陛下必赫然发怒，兴兵讨之。时孙权必会告诉其民曰：'我委身事魏

第六十四回　继承汉统刘玄德武担称帝　韬光晦迹孙仲谋遣使降魏

国,不爱珍货重宝,随时贡献,不敢失臣礼,却无故伐我,是欲残我地境,俘我人民子女以为僮隶仆妾。'那时其民无缘不信其言。信其言而感怒,上下同心,战力遂增十倍矣。如之奈何?"

曹丕认为刘晔方才所言是杞人忧天,于是不让刘晔再言,便起身就御案上摊开黄绢,摆上笔砚,提笔撰写命孙权为吴王册文。册文曰:

今封君为吴王,使使持节太常高平侯邢贞,授君玺绶策书、金虎符第一至第五、左竹使符第一至第十,以大将军使持节督交州,领荆州牧事,锡君青土,苴以白茅,对扬朕命,以尹东夏。其上故骠骑将军南昌侯印绶符策。今又加君九锡,其敬听后命。以君绥安东南,纲纪江外,民夷安业,无或携贰,是用锡君大辂、戎辂各一,玄牡二驷。君务财劝农,仓库盈积,是用锡君衮冕之服,赤舄副焉。君化民以德,礼教兴行,是用锡君轩县之乐。君宣导休风,怀柔百越,是用锡君朱户以居。君运其才谋,官方任贤,是用锡君纳陛以登。君忠勇并奋,清除奸慝,是用锡君虎贲之士百人。君振威陵迈,宣力荆南,枭灭凶丑,罪人斯得,是用锡君鈇钺各一。君文和于内,武信于外,是用锡君彤弓一、彤矢百、玈弓十、玈矢千。君以忠肃为基,恭俭为德,是用锡君秬鬯一卣,圭瓒副焉。钦哉!敬敷训典,以服朕命,以勖相我国家,永终尔显烈。

此时值曹魏国黄初二年(蜀汉国章武元年)八月。

从册文可见,曹丕对异姓孙权的封赐相当高。别说封王、加九锡及其他,仅就由原骠骑将军迁升为大将军这一项,就足以证明。因为时之大将军位在皇帝之下,百官之上,连丞相都不及。其次是将原假节更变为持节。须知,假节是临时代天子行事,持节是依天子赐予的权力行事,可见二者区别很大。再其次是增大管辖区域,不仅领原荆州牧,还督领交州。

须知,孙权何故要向曹丕称臣呢?此前刘晔已向曹丕道破,但不详尽。文前面也已提到,但很简要,故在此一一道来。事情的原委是这样的:自关羽被孙权杀死以来,刘备一直就对孙权耿耿于怀,并欲出兵为关羽报仇。于是在称帝不久后的一日下午,便传召文臣将校到成都南郊点将台听他调兵遣将。待他们闻召或乘车或骑马赶到那里按秩排定,刘备却转而一想,还是先征询一下大家意见再调兵遣将不迟。如此,不仅是尊重他们,还能激起其英勇杀敌士气。于是便高声问道:"朕现就举兵讨伐孙蛮,为关将军报仇,如何?"

文臣将校闻问,有的不置可否,有的表示赞成,但大多则表示反对。对此,刘备万没料到,因而心里不禁非常不快。正在这时,忽见赵云出班上前对刘备道:"国贼是曹操老贼,非孙蛮也,且先灭曹操老贼,则孙蛮自服。现曹操老贼虽然毙命,但其子曹丕篡盗,天下不服,因此宜早图关中,据河、渭二水上流,以讨凶逆曹丕,关东义士闻之,必裹粮策马以迎王师。因而不应置魏于不理,而先讨伐孙蛮。倘若开战,很难速战速决啊!"

刘备闻言,心里自然越发不快,但顾及赵云征战沙场,出生入死,战功赫赫,不便发作。正在这时,忽听得有人道:"赵将军言之有理。另外,自关将军被害后,我军又没了猛将刘封和大将黄忠,军势大不如前,此乃天命于外不利!"

大家忙闻声望去,原乃从事祭酒秦宓。时秦宓见刘备对赵云方才所言未予计较,以为刘备允许畅所欲言,方才说出了那般言语。谁料刘备却认为秦宓所言有乱军心,不禁大怒,并立即下令撤去其祭酒之职,投入监狱待审,让程畿任从事祭酒。

在场文臣将校见此,自然不敢多言。时刘备也不再多言,便怒气冲冲地令部将吴班为右领军,冯习为左领军,张南为先锋,赵融、廖淳、傅彤为别督,杜路、刘宁等文武率领蜀汉国军随吴班及冯习出征。尚书令刘巴、偏将军黄权、侍中马良、太常赖恭、光禄勋黄柱、少府王谋、大鸿胪何宗、太中大夫宗伟、从事祭酒程畿、从事王甫和李朝等亦随军出发。同时,传令驻守阆中的张飞率领一万蜀汉国军赶赴江州,与大队蜀汉国军汇合后水陆齐头并进。

作为丞相、军事将军,即众官之首的诸葛亮认为自关羽丢失荆州和孟达

第六十四回　继承汉统刘玄德武担称帝　韬光晦迹孙仲谋遣使降魏

降魏以来，就失去了兵指宛、雒，问鼎中原，一统天下的有利出口。倘若这次讨伐孙权得胜，实现隆中对策便易如反掌。因此，他虽一言未发，但刘备还是看透了他的心思，即认定诸葛亮是支持出兵讨伐孙权的。再说他以前曾对我刘备表示过适时举兵讨伐孙蛮。因而不禁暗喜，于是便令诸葛亮留守成都，以保供辎重兵员。对此，诸葛亮自然欣然领令。时刘备本欲令赵云为先锋，但见他与己志不同道不合，怕不能胜任先锋重任，于是便令他率领蜀汉国军驻守江州，以为后援。刘备则率领蜀汉国军中军，一同前往。调兵遣将方毕，大家便忙着回去准备出发事宜去了。

次日早饭方毕，便见大队蜀汉国军从成都南门水陆并进，浩浩荡荡向南杀去，并在此后不久的一个夕阳西下、夜幕降临时分，便赶到了白帝城。

白帝城原名子阳城，位于江水北岸。西汉末年王莽篡汉时，其手下大将公孙述坐大巴蜀，自称蜀王，遂在此屯兵积粮。后势力逐渐膨胀，萌发了称帝野心。一日他骑马来到瞿塘峡口，见此地地势险要，难攻易守，于是便不惜人力财力进行扩修，屯兵防守。后他闻报城中有口白鹤井，常冒出形状宛如白龙的白雾，直冲九霄。于是他便故弄玄虚，请巫师言说这是白龙出井，是他日后登基成龙征兆。后他果然自称白帝，并将扩建的子阳城改名为白帝城，并建都于此。刘备见白帝城不仅城墙高大，易守难攻，而且公孙述还在此称帝二十五年，是块不可多见的风水宝地，倘若将大本营设在这里，讨伐孙权定会旗开得胜，马到成功。鉴于此，便不与左右文武商议，便下令将大本营设在白帝城。

刘备所率蜀汉国军到达白帝城后已三日，仍未见张飞所率蜀汉国军到达。对此，刘备不禁非常焦急，于是便欲遣人前往打探音讯。正在这时，忽见一小校飞一般赶到刘备身前，气喘吁吁地向他报道："张将军部下都督有表相告。"

"何事？"

"张将军被人杀害了。"

"什么？再报一遍！"

"张将军被人杀害了。"

刘备闻小校答,差点气得昏死过去,半晌回过神,方才问小校道:"是被曹贼奸细杀害的吗?"

"不是。"

"定是孙蛮奸细所害!"

"也不是。"

"难道是被其部下所杀害?"

"正是。"

"谁?"

"小校张达和范强。"

"为何?"

"因张将军要张达和范强在一天内准备万套素衣,他俩怕完不成任务遭到严惩,于是趁张将军不备之际,持刀将其杀害了。"

"准备素衣何用?"

"为表达对关将军哀思和激励将士英勇杀敌。"

"张达和范强现在何处?"

"早提着张将军首级乘船顺嘉陵水投奔孙蛮去了。"

刘备闻小校答,不禁悲恨交加。悲者,刚失去亲如兄弟的大将关羽,现又失去另一亲如兄弟的大将张飞。恨者,我早告诫他张飞,不要以暴对待部下,以免生祸,但他就是不改,以致今日果命丧部下之手,不亦悲啊!

却说孙权在武昌闻报刘备已军临白帝,遂于夜深人静之际在床上思想到:我与足智多谋的曹操几次交战,连他拿我都无可奈何,并赞叹我"生子当如孙仲谋",难道你刘备就奈何得了我?再者,你刘备得力战将关羽和张飞已亡,所占荆州郡县皆失,就你刘备现有那点兵力与我交战,那不是鸡蛋碰石头吗?不过,刘备毕竟身经百战,老谋深算,又有足智多谋的诸葛亮,勇猛善战的马超、魏延和赵云。且又怀着誓死为关羽报仇之心,真要杀将起来,鹿死谁手,还难预料。

第六十四回　继承汉统刘玄德武担称帝　韬光晦迹孙仲谋遣使降魏

思想到此，不禁打了个寒战。随后又思想到：想当初，为保卫荆州，孙刘两家曾联合打败了兵强马壮、来势汹汹的曹操人马。为确保联合大败曹操人马，孙刘两家还联姻，说起来我还是你刘备的大舅子呢！总而言之，还是有交情的。因此，倘若以自己部下、刘备左膀右臂诸葛亮的哥哥诸葛瑾的名义致书向刘备求和，还是蛮有把握的。

于是便立刻翻身起床，戴帽披衣蹬靴，即刻传诸葛瑾前来，将其想法向他道了一番。诸葛瑾闻之，认为非常有理，于是便疾步走到案几旁，摊开黄绢，摆上墨砚，提笔给刘备撰书。书略云：

我闻陛下讨伐我主公大军已到白帝，有人担心你的谋臣认为这是因为我主公侵夺了陛下荆州和害死了关将军而怨深祸大，不愿和解，其实这是得小失大。试想看，陛下如能抑制威怒，平息愤恨，暂且考虑我所言，就能拿定主意，不再向群臣咨询意见。陛下与关将军的亲密能与陛下和高祖相比吗？陛下荆州之得失能与陛下天下之得失相比吗？同样道理，面对仇恨，曹贼和我主公谁在前谁在后？若陛下能理解权衡其中道理，和解便易如反掌啊。

随后经孙权过目通过，当即便令一胆大心细的小校带上求和书，秘密前往白帝城交与刘备。小校得令，哪敢怠慢，立刻回去作了农夫打扮，当夜便出武昌西门，快马加鞭，在不久后的一个黄昏时分，便到达刘备所率蜀汉国军大本营白帝城，并在南城门下叫门。正在南城楼上巡视城防的小校闻之，甚觉怀疑，即农夫哪有什么要事求见皇帝刘备呢？于是便低首高声问农夫道："你真是农夫？"

"我乃诸葛瑾使者，有要紧事求见皇上。"

小校一听，便知来者确有要事求见刘备，于是便飞身下城，将使者领到刘备下榻处面见刘备。时刘备正用晚餐，使者见此，便欲上前施礼问好，然不待他开步，刘备便问道："来者何人？"

"鄙人乃中军司马诸葛瑾使者。"

刘备闻答，不觉非常惊异，忙问道："有何贵干？"

"皇上看过此书便知晓了。"

使者答毕,便从怀中取出诸葛瑾致刘备求和书,上前毕恭毕敬呈与刘备。刘备以为这是诸葛瑾向他下的挑战书,自然大喜不禁。何也?因为他以为这正是他激励将士讨伐孙权的极好机会。于是忙起身接过,展开看起来。不待看毕,便将其撕得粉碎,并破口大骂孙权道:"孙蛮小厮,在曹贼大兵压界时派鲁肃赶到江陵途中求朕联合抗之,为进一步加强联盟,还以其妹相许。当曹贼人马败北,立刻便翻脸,不仅要回妹妹,还欲讨要荆州牧刘表之子刘琦临终时托付与朕的荆州零陵、桂阳、长沙和武陵四郡。更叫人不可思议的是,还认贼作父,与曹贼合谋,抢占了朕在荆州所辖郡县,杀害了关大将军。眼下惧怕朕兴师为关大将军报仇,又委曲求全,以他人名义来书向朕求和。总之,观其一生行事,犹若墙头草,变色龙!"

骂毕片刻,清了清嗓子对诸葛瑾特使高声吼道:"回去告诉孙蛮,朕不日将率军南下,不拿下其狗头祭关大将军在天之灵,誓不罢休!"

使者闻言,料知求和不成,只得当夜离开白帝城,赶回武昌将刘备方才所言一五一十向孙权和诸葛瑾作了报告。孙权闻之,无奈,只得求其次——向曹魏国称臣,以免两面受敌。这便是孙权向曹魏国称臣的来龙去脉。

为感谢曹丕封赐,孙权还按曹丕要求,遣使供奉了大批珍贵地方物品——孔雀香、大贝、明珠、象牙、犀牛角、玳瑁、翡翠、孔雀、斗鸭和长鸣鸡。曹丕见了,直乐得不知所以,并当众大大赞扬了孙权一番。

看官欲知刘备与孙权两方人马交战结果谁胜谁负,请看下回分解。

第六十五回

为关羽报仇刘备猇亭兵败
质子不成曹魏孙吴终开战

却说孙权在向刘备求和与向曹魏国称臣之前，便做好了抗击刘备的各项准备。即一是为进退自如，督战方便，将大本营从公安后移至鄂，并将其改名为武昌。二是下令要求部下文臣将校务必提高警惕，时刻准备打仗。其令略云："存不忘亡，安必虑危，古之善教。昔汉之名臣隽不疑于安平之世而刀剑不离于身，可见君子之于武备，是不可停用的。况今处身疆畔，豺狼交接，岂可轻忽而不思突发事故？近闻诸将出入，皆崇尚谦虚简约，不带兵器、侍从，这并非周全考虑、爱护自身的意思。试想，保己留名，以安君主与父母之心，与危辱相比哪个更可取？因而宜加强警戒，务必从大局出发，以不负孤意。"三是效当年曹操抗击袁绍故事，在开战前已调兵遣将五万，驻防于相关城关要隘，即以陆逊为大都督，率领孙吴王国军驻守夷陵，并以此为大本营；令振威将军固陵太守潘璋率领孙吴王国军驻守秭归；部将李异和刘阿率领孙吴王国军驻守巫县；他的族侄安东中郎将孙桓率领孙吴王国军驻守夷道；部将宋谦率领孙吴王国军驻守枝江；建武将军庐江太守徐盛率领孙吴王国军驻守当阳；昭武将军朱然与偏将军领永昌太守韩当率领孙吴王国军共同驻守江陵；绥德将军领南郡太守诸葛瑾率领孙吴王国军驻守公安，并以兴业都尉、周瑜次子周胤率领孙吴王国军千余助之；建忠中郎将骆统率领孙吴王国军驻守潺陵；另以平戎将军步骘率交州义士万余出长沙驻守益阳；武陵郡都尉鲜于丹率领孙吴王国军驻守武陵，与步骘所率交州义士遥相策应。其余孙吴王国军随孙权驻守武昌,随时听从调遣。

不难看出,刘备与孙权双方参战人马数量虽然基本相当,但孙权一方文臣将校大多身经百战。如文臣有诸葛瑾,将校有徐盛、朱然、韩当、潘璋等。陆逊虽乃一介书生,且又年少,但足智多谋,连勇冠三军的关羽都败在其下。而刘备一方文臣将校却鲜有身经百战的,不过,他不是没有足智多谋的文臣和身经百战的将校,而是或战死,或病逝,或因其他缘故不能参战。如庞统和关羽先后战死;法正和黄忠几乎同时病逝;张飞不意被其部下所杀;刘封被斩;健在的马超和魏延驻防益州西北边境,以防魏军来犯而脱不开身;赵云虽随军,却因反对讨伐孙吴王国,被刘备留在后方江州,不在前线。因而不难看出,孙权一方明显占优势。但刘备一方居高临下,又处攻势,也是优势。总而言之,双方各有长短优劣。孰胜孰负,就看双方主帅临战指挥如何了。

再说刘备在诸葛瑾使者走后,仔细回味了诸葛瑾求和书所言,便认定孙权还是非常惧怕他的,并因此思想到:是啊!荆州大战时朕曾与周瑜联手攻破了曹操名将曹仁据守的江陵;随后又智取了刘璋益州;另,部下张飞大败曹操猛将张郃于宕渠,黄忠破斩曹操大将夏侯渊于定军山,赵云寨前设疑退走曹操大队追兵。朕亲与狡诈多变的曹操相峙汉中数月,曹操不敌退走,朕遂有汉中。随后朕顺应天命,称王称帝。现关羽和张飞虽已亡故,但以朕眼下兵力,打败孙权和陆逊两个乳臭未干的小厮还是若囊中取物,手到擒来。因此,孙权这厮能不惧怕吗?能不向朕求和吗?思想到此,不禁得意得差点仰天狂笑起来。

随后的一日下午,刘备便令吴班和冯习于次日早饭后各率其所部蜀汉国先锋军攻打巫县。刘备则率领大队蜀汉国军随后跟进。不久,便到达了巫县县城西城门下。

巫县县城位于江水北岸,它南临波涛汹涌的江水,北依悬崖峭壁的群山,有条高低不平的石阶小道穿城而过,是通往荆州的必经之路。平时商旅穿梭,战时兵车塞道。总之,无时不繁忙异常。

第六十五回　为关羽报仇刘备猇亭兵败　质子不成曹魏孙吴终开战

却说现据守巫县县城的孙吴王国军主将李异和副将刘阿见吴班和冯习所率蜀汉国先锋军方到，便率领孙吴王国军弃城南向秭归县逃去。随后，刘备率领的大队蜀汉国军也赶到那里。

须知，巫县位于江水三峡最下一个峡口巫峡北岸，因地处巫峡而名。屏列于境内江水南北两岸的翠屏、朝云、松峦、集仙、聚鹤、净坛、上升、起云、飞凤、圣泉、登龙和神女十二峰高耸入云。其间一年四季云雨纷飞，变化无穷，之美之奇，令人叫绝。当刘备闻报孙吴王国军弃城而逃，以为他们不敌，大喜，遂便留下五百蜀汉国军守城后，即令吴班和冯习率领所部蜀汉国先锋军在前，他率领大队蜀汉国军随后，连夜马不停蹄紧追，欲一鼓作气拿下秭归县县城。因此，哪有心思欣赏这里美景呢！并于次日上午追到秭归县县城西城门下。

秭归县县城位于江水西陵峡两岸，为益州与荆州进出之咽喉。商朝时为归国地盘，西周为夔子国，战国后期称归乡，汉朝置秭归县，乃诗人屈原和美女昭君故里。因"屈原有贤姊，闻原放逐，亦来归，因名曰姊归"之记载而名秭归。县城亦位于江水北岸。

秭归县县城孙吴王国军守城主将潘璋方闻报刘备率领所部蜀汉国军向他们杀来，便若李异和刘阿般，遂不战弃城南向而去。于是刘备未损伤一兵一卒，便得了巫县和秭归二城。

此时值蜀汉章武二年（曹魏黄初三年）正月。

刘备见讨伐孙吴王国旗开得胜，马到成功，自然兴奋不已，并于一日下午在城西门外大摆筵席，招待蜀汉国军将士，以示庆祝。席间，刘备举着一枚银光四射的先锋印对左右文臣将校道："朕欲乘胜挥军顺江水陆并进，夺取敌之大本营夷陵城。但吴将军和冯将军两路先锋军已人困马乏，不适合再担当先锋军之任。因此，不知谁愿领先锋印？"

文臣将校闻言，皆放下手中筷盏起身上前争夺。正在这时，忽听得有人高声道："末将以为，我军不宜长驱直入，应稳扎稳打，方可立于不败之地。陛下须知，我军是顺流而下夷陵城，江水至那便夷坦，群山至那便陡陵，故进易退难。再者，那里是巴蜀南下、荆楚北上的必经之路，必有孙蛮重兵把守，倘若急于与其交战，后果难测啊。为万全计，臣请为先驱以尝寇，陛下宜为后镇。"

刘备及在场文臣将校闻声忙望去，原乃偏将军黄权。对此，文臣将校皆不知刘备与黄权孰是孰非，因而皆低头视足，沉默不语。刘备见此，并没发怒，而是掷地有声道："黄将军方才所言危言耸听呢！须知，在荆州大战期间，朕同周瑜攻打江陵城时就曾率军攻打过夷陵城，熟悉那里地形。因此，大家不必担忧。"

时刘备还认为黄权所言有阻他进军之意，于是便以黄权为镇北将军，督江北蜀汉国军以防曹魏国军，他则率领吴班、冯习等蜀汉国军主力从秭归北渡江水，再南向到夷道安营扎寨。

在过岸行军途中，刘备偶见江边有座额刻"猇亭"二字的石亭。经问当地老者，方知原乃张飞任宜都郡太守时，见此地悬崖峭壁，江水湍急，险要异常，于是便令一批技艺精湛的石匠修建石亭以便镇险。石匠们得令，便日夜施工，不久，一座高大华丽的石亭便耸立在悬崖峭壁之上，其上还刻了幅双翼猛虎图。竣工典礼那天，张飞见图虽雕刻精细，但不知图为何物。经怒问领头的石匠，方知此乃天上有地上无的猎食猛虎——猇，并以它比喻张将军杀敌威猛。张飞闻之，方才转怒为喜，并命领头的石匠在亭额上刻上"猇亭"二字。见此物是人非，刘备自然悲痛不已，黯然泪下。为缅怀张飞，激励将士奋勇杀敌，为关羽报仇，刘备便下令全军就猇亭旁安营扎寨。当然，刘备如此行事还有更深之意，即猇亭与荆门山隔江相望，并因此曾在此发生过多次战争，其中著名的有楚国灭夔之战，秦将白起率军攻楚、拔郢、烧夷陵之战，公孙述架浮桥渡江之战，因而这里是历代兵家必争之地。现驻军于此，攻占夷道和攻破公安城便若囊中取物，手到擒来。

随后，刘备又令吴班和陈式率领蜀汉国军南渡江水，从江水北岸南下直接围攻夷陵城。刘备如此布兵，不仅控制了夷陵城两岸江水通道，还将夷陵城予以包围。如此一来，刘备所率蜀汉国军从巫县至夷陵城，南北立屯五十

第六十五回　为关羽报仇刘备猇亭兵败　质子不成曹魏孙吴终开战

余座,延绵七百余里,声势不可谓不浩大。同时,刘备又令马良以金帛、官爵收买自佷山至武陵蛮夷,以便增强实力。

这时的一日下午,刘备传令在北岸的吴班率领一支蜀汉国军先在夷陵城西门外一片平地上列阵,并声言要陆逊出来对阵。

时陆逊所率孙吴王国军北城门守将张猛见吴班虽然膀大腰圆,铁甲铁胄,高头大马,威风异常,但所率蜀汉国军不仅少的可怜,且皆为老弱,以为不用吹灰之力便可将其击退,于是便率军飞一般下城,直向吴班杀去。正在西城楼上专心致志地与众将校研读《孙子兵书》的陆逊闻报,遂忙放下手中《孙子兵书》,起身与大家一道,飞一般赶往北城楼,凭栏举目朝下只望了一眼便对张猛道:"此必有诈,待观察一阵后再做定夺。"

"末将愿率军前往先试探一下敌之虚实再说,如何?"

"不战则已,战则必胜。倘若真有诈咋办?"

"末将愿以头颅作……"

不待张猛言毕,陆逊便道:"据我所知,敌士兵虽然身材短小,但皆身强力壮。现他们不仅少的可怜,且皆为老弱者,不觉奇怪吗?"

在场者闻言,认为陆逊疑心太重。于是便一齐上前异口同声道:"大都督方才之言差矣!须知,敌倾其全力来犯,必是老弱病残一齐上,且又分屯于数百里,一时难以调集大批人马于一处。因此,眼下敌弱且少,有何奇怪的呢?"

"须知,现刘备老贼举军来犯,锐气正盛;且又居高守险,难可卒攻。即使攻之,也难尽克。若有不利,损我大势,非小故也。故今宜奖励将士,广施击敌方略,以观其变。倘若此地为广袤平原,我们亦应有双方互相追杀之忧,何况是群山绵延呢?如今敌沿山行军,势不得展不说,还被困于丛林乱石之间。待其渐渐筋疲力尽时再行攻之,必胜无疑。因此,还须耐心等待为是。"

张猛和其他将校闻陆逊言,仍不理解,并以为陆逊畏敌,于是皆愤恨而去。

随后不久的一日上午，一探马飞一般前来，向正在城西门城楼上巡视军务的陆逊报道："报告大都督，刘备老贼见大都督守城人马连日坚守不出，便心生一计，先以年富力强、武艺高超、持刀握斧的步骑八千伏于西城门外三里处大山中，然后再以千余老弱步兵在西城门外公然挑战，意在引诱大都督率军出城后即退入山中，待大都督挥军随后追入那里再围而歼之。如此，夷陵城自然便不攻自破。因大都督识破了其阴谋，无奈，他只得传令撤出伏兵。"

陆逊闻报，直庆幸自己当初力排众议，坚持己见。而张猛与其他将校闻得探马所报，大惊，并争先恐后前往陆逊下榻处，毕恭毕敬拱手向他施礼，表示歉意和佩服。

其实此前陆逊也曾力排众议，坚持己见，事后证明其所坚持是无比正确的。事情的原委是这样的：一日下午，孙桓率领孙吴王国军万余从别道进攻刘备所率蜀汉国先锋军于夷道。当他们行至山间一片平地时，忽听得一声梆子响，四周山头丛林里立刻便战旗飞舞，杀声震耳，并见无数蜀汉国军在刘备指挥下，从那些山头上若饿虎捕食般向他们冲杀下来。时他们哪里有备，瞬间便被杀得溃不成军，纷纷回逃。刘备哪里肯放，于是便以原驻守秭归的张南所率蜀汉国军为先锋军随后追击。时孙桓所率孙吴王国军逃跑如飞，片刻便逃进自家营寨。随后追来的刘备见此，便传令将营寨铁桶般包围起来。正在这时，忽见一身材高大、仪容端正、铁盔铁甲、银色雄马的青年将军拍马舞枪，从北寨辕门飞一般冲出，避开张南，专向刘备杀来。时刘备当即便看透来者心思，即欲解除包围，必先擒杀我刘备。对此，刘备不禁大怒，随即拍马舞剑，迎了上去。人老体弱的刘备哪是年富力强的青年将军的对手？因而战不十合，刘备便气喘吁吁，汗流浃背，渐渐不支。刘备部下将士见此，怕他有失，于是便飞一般冲杀上来，举械架住青年将军那枪，让刘备退出阵外。

随后刘备询问身边探马，方知那青年将军就是安东中郎将孙桓。对此，刘备不禁大喜不已，也如此前孙桓那般心思，即要破营寨，必先擒杀孙桓。

第六十五回　为关羽报仇刘备猇亭兵败　质子不成曹魏孙吴终开战

于是随即便传令部下所有精勇步骑上前，将孙桓团团围住，以便擒杀。对此，孙桓毫不畏惧，并抖擞精神，奋力拼杀，直叫刘备所率精勇步骑近不得身。正在这时，一股孙桓部下将士蜂拥般赶来，经一番殊死拼杀，终于冲破重围，将孙桓救入营寨。

时孙桓认为，没有援军，很难攻破敌军重围，取得胜利。弄不好营寨还会被敌所破，全军覆没。于是便令身边一胆大心细、武艺高强的小校赶往夷陵城，向陆逊求援。小校得令，便乘月黑风高刘备所率蜀汉国军不备之机溜出营寨，从江北渡水上岸，飞一般赶到夷陵城陆逊下榻处，向正挑灯察看军事地图的陆逊报告了孙桓求援之意。谁料陆逊闻后不假思索道："无需救援。"

随后不久，陆逊部下将校闻知孙桓向陆逊求援不得后，便纷纷赶到陆逊下榻处对陆逊道："孙将军非同一般人，乃大王侄子。眼下被困，为何不救援？"

"孙将军深得将士众心，营寨牢固，粮草充足，刘备之败，指日可待，因而无忧呢。再者是否救援，我自有道理，到时孙将军自会理解。"

将校们闻陆逊言，仍然不解，并因此愤恨而去。

还有，前时孙权讨伐关羽袭取刘备所占那些郡县的主将是吕蒙，陆逊只是吕蒙帐下右部督。这次却不同，陆逊是统领全军的大都督，是主将，而且假节，即可代孙权全权处理前线一切事务。因此，其尊贵和权限不可谓不至极。但在随军征战的孙氏宗亲孙奂、孙韶等人眼里，陆逊只不过是一介只懂之乎者也，没靠山没势力的寒门书生而已，并因此盛气凌人，不听调遣。而在那些早年跟随孙坚和孙策一道出生入死、征战南北的老将吕岱、周泰、朱然、韩当、徐盛、凌统和吕范眼里，陆逊只不过是嘴上没毛，办事不牢的小青年，懂啥军事？并因此自恃功高，倚老卖老，不把陆逊放在眼里。他们有时还阴阳怪气，互不服气。对此，陆逊不禁怒不可遏，并案剑瞋目，声如虎吼般道："刘备老奸巨猾，天下知名，连诡计多端的曹操老贼都忌惮他几分，何况我们呢！今他领军侵入我境，毋庸置疑，也是个不可轻视的强劲对手。大家皆受大王重恩，理应互相辑睦，共抗刘备老贼，以报所受之恩。然却不听命令，实在不该啊！我虽一介书生，但受命于大王。大王之所以叫你们听从我的命令，是因我有尺寸之才可用，且能忍辱负重。大家各负所事，今起不得再行推辞。军令向来严肃，故不可犯！"

此后，将校们对陆逊命令虽不敢公然违抗，但在执行时总是阳奉阴违。孙权在武昌得报，认为事态严重，因而不禁非常着急，并忙疾书陆逊及将校们，以为劝诫。书略云：

陆大都督及众将校亲鉴：

须知，自古寒门出将相。春秋战国时封侯拜相的苏秦、张仪、管仲、范雎，大汉开国帝王将相刘邦、萧何、曹参、陈平、周勃、韩信、樊哙、夏侯婴等，无一不是寒门弟子。陆大都督亦出身寒门，但幼时便随学富五车、才高八斗的父亲遍读诸子百家，钻研孙子兵法。及长成，遂有运筹帷幄之中，决胜千里之外之才，并因此在建安二十四年挥军击败了勇猛无比的关羽，有效管控了从刘备老贼那里夺得的荆州郡县，接着又指挥部将李异和谢旌率军三千攻破了刘备部将詹晏和陈凤，继而又攻房陵太守邓楠、南乡太守郭睦，并大破之。之后又大破降我后又回归刘备老贼那里的秭归大姓文布和邓凯等人，且前后斩获和招纳敌军数万。由此可见，他确实熟悉谋略，精通兵法，且攻无不克，战无不胜，是不可多得的统军帅才。

另，项橐年方七岁便是孔子之师，秦国甘罗年十二岁便使计让秦国从赵国那里得到十余座城，并因此被秦皇任为上卿。现陆大都督已年三十有九，不算年轻啊。当然，与朱将军、韩将军、吕将军、凌将军、徐将军相比是小字辈。但我吴地向来英雄出少年。据我所知，楚霸王项羽年方十八岁便征战沙场，并以兵谋和兵技著称，故有"羽之神勇，千古无二"的评价。我父年方二十岁便举兵讨伐西北边寇、妖贼黄巾和凶孽董卓，且无往而不胜，并因此官至破虏将军、豫州刺史，封乌程侯。我哥孙策年方十九岁便虎口取食，从称霸一方的袁术处要回我父生前所率人马，为振兴孙氏、统一江东打下了坚实的基础。特别值得一提的莫过于周瑜了，他年二十岁便随我哥孙策奔赴

第六十五回　为关羽报仇刘备猇亭兵败　质子不成曹魏孙吴终开战

战场平定江东。建安十三年，被令为全军大都督，以数万人马在荆州打败了曹操老贼数十万大军，并因此被拜为偏将军，领南郡太守。而我年方十七岁便临危受命，挥军与足智多谋的曹操老贼亲率大军在荆州开战，并取得大胜。后又多次与其在江淮一带对阵，虽无大胜，但他也拿我无可奈何，并因此叹道："生子当如孙仲谋。"还有我侄子，现年二十五岁的安东中郎将孙桓，七年前便擢为武卫都尉从讨猛将关羽，并诱其余党五千，牛马器械无数，战功不可谓不显赫。孔子也曾言："后生可畏，焉知来者之不如今也！"即说明流水后浪推前浪，一浪更比一浪强呢。因此，陆逊任大都督不仅当之无愧，且非他莫属，你们须得听从他的命令。否则，后果难测啊。

陆逊和将校们看毕孙权来书，皆感动不已，并上书孙权，表示愿改前非，团结一致，打败来犯之敌。对此，陆逊自然大喜不禁，并向孙权疾书一封。书略云：

大王大鉴：

夷陵县城乃要害之所，西之关隘，虽然易得，亦易丢失。失则非损一郡之地，荆州亦忧也。今日争之，必须全胜。刘备老贼违背天之常理，不守自己窟穴，而前来送死。臣虽不才，但凭借大王之威灵，以顺讨逆，破敌指日可待。观刘备老贼一生用兵，败多胜少。由此推之，不足为惧。臣初还顾忌敌水陆俱进，势头汹汹，谁料此后敌舍船就步，处处结营，察其布局，亦无他变。因此，臣愿大王高枕，不以为念！

孙权看过陆逊来书后，自然非常高兴。

同年六月，陆逊决定反攻刘备所率蜀汉国军，并在一日上午将将校们召集到夷陵县衙大堂，将自己的决定向他们道了一番。将校们闻之，皆不禁感到困惑和不解，并一齐上前异口同声道："击敌应在其当初立足未稳之时，而今攻之，必深入其营五六百里，进退毫无胜算。再者，他们来此已久，营寨坚固，倘若他们凭此顽抗，击之必无利啊。"

时陆逊却不以为然道:"须知,敌军方到,求胜心切,故不可攻。今已住久,将疲士沮,攻击此寇,故在今日。"

为慎重起见,陆逊并未命令全军出击,而是传令驻扎于江水以南的部将李闯率领小股孙吴王国军,于当日午夜时分就近突袭驻扎在夷道猇亭附近的刘备所率蜀汉国军一座营寨,以观其是否坚固,和观察他们是否不知疲倦,日夜坚守。

李闯接到传令后,立即便令所率孙吴王国军之一部,整装待发。那日正值大雨倾盆,月黑风高,伸手不见五指,行走常摔跟头。因此,待他们赶到那里时,不仅天已大亮,且已筋疲力尽,肚皮空空,哪还有心突袭?结果竟被以逸待劳的刘备守寨主将张南所率蜀汉国军杀得殆尽。要不是李闯那马跑得快,他早便身首异处,命归黄泉了。

将校们在夷陵城闻此,皆纷纷赶到陆逊下榻处,埋怨陆逊这不是叫将士们白白送死吗!

时陆逊并未搭理他们,而是忙将李闯传召到下榻处密室问道:"敌用何物搭营?"

"茅草。"

随后几日,陆逊常登高举目远望江水南岸天空,见那里时而乌云密布,山雨欲来;时而晴空万里,阳光灿烂;时而南风骤起,飞沙走石。对此,他不禁想起当年周瑜在乌林以火完胜曹操人马故事,于是暗喜道:"我有破敌之术了。"随后,即刻传来几位传令兵,对其低声耳语了一番。时只见他们连连点头称是后便转身匆匆去了。

看官你道陆逊对几位传令兵低声耳语了什么?乃叫他们尽快传令各路孙吴王国军各持一把茅草,待南风大作时点燃刘备所率蜀汉国军营寨。

此后三日的一个下午,金盔金甲的刘备正与铁盔铁甲的张南在猇亭附近巡视军营。忽然天空南风大作,地上飞沙走石,随之便见无数孙吴王国军在孙桓率领下,以排山倒海之势,向刘备所率蜀汉国军营寨冲杀过来。张南见此,认为这是擒杀孙桓的极好机会,于是立刻嗖地拔出腰间宝剑,拍马舞剑

第六十五回　为关羽报仇刘备猇亭兵败　质子不成曹魏孙吴终开战

边向孙桓杀去边高声骂道:"败军之将,竟敢再来称狂,看剑!"

孙桓待张南方骂毕,便高声回骂道:"你已死到临头,还……"

不待骂毕,张南那剑已刺破孙桓马头。那马受此一击,自然四蹄乱腾,差点将孙桓甩在地上。对此,孙桓不禁大怒,遂便抖擞精神,将枪舞得呼呼直响,意欲一举拿下张南。正在这时,刘备也拍马舞剑杀了上来。孙桓虽有万夫不当之勇,但哪是身经百战的刘备和猛将张南两人的对手?因而战不几合,便渐渐不支。刘备和张南见此,大喜,正欲齐举宝剑,擒杀孙桓,忽见一灰头土脸的小校飞马前来,向刘备结结巴巴地报道:"皇上,不好了……火……火……火……"

"火怎么了?"

"敌寇纵火焚烧我营……"

不待报毕,刘备和张南便搭手举目朝自家营寨一望,果见那里火势随着呼啸的南风,犹如两条奔腾的长龙,各自沿着江水南北两岸刘备所率蜀汉国军营寨直往上窜。驻在营寨里的那些蜀汉国军哪里有备,于是被烧得喊爹叫娘,遍地打滚。随后,无数孙吴王国军便蜂拥般冲来,刀劈枪挑,片刻蜀汉国军便尸骨遍野,血流成河。

刘备和张南见此,自然大惊失色。正在这时,忽见诸葛瑾、骆统、周胤在孙桓引领下,率领孙吴王国军从其各自防地杀了过来。对此,张南毫不畏惧,并拍马举剑上前,接住他们杀将起来。张南以一敌四,自然处于下风。刘备和随后赶来的冯习和沙摩柯见此,遂忙齐举兵械,拍马上前与其杀将起来。时刘备对诸葛瑾,张南对孙桓,沙摩柯对骆统,冯习对周胤。双方都明白,此战与此前那些小打小闹之战大为不同:对刘备一方来说,胜负将关系到为关羽报仇是否如愿以偿;对孙权一方来说,胜负便意味着能否保住荆州。因此,双方皆竭尽全力,拼死厮杀,结果许久仍不分伯仲。正在这时,陆逊从夷陵城率领孙吴王国军渡水杀了过来。孙桓、骆统和周胤见此,自然大喜不禁,并抖擞精神,越战越勇,转眼工夫,便将其各自对手杀得只有招架功夫,而无还手之力。唯诸葛瑾不是刘备对手,方战十合,刘备便杀退诸葛瑾，拍马飞一般向前逃去。

冯习见刘备逃走，自然心神不定，枪法大乱。周胤见此大喜，并趁此照冯习颈脖一刀劈去，冯习躲闪不及，立刻便身首异处，呜呼哀哉了。随后，周胤又助骆统斩杀了沙摩柯。孙桓本欲擒杀刘备，以报此前兵败之仇。现在见刘备逃走，哪有不着急的，于是便欲弃了张南，去擒杀刘备。谁料却被张南死死纠缠住，孙桓大怒，遂竭尽全力，挥刀猛向张南劈去。张南见此，欲闪身躲过，怎奈迟了一步，于是立刻便脑袋搬家，坠马而亡。随后，孙桓便挥军飞一般向刘备追去。时刘备在左右精骑的护卫下，早逃得无影无踪了。对此，孙桓哪肯甘心,.并在樵夫带引下，抄近道抢先绕到刘备必经之路上夔道，挡住刘备一行去路。

须知，上夔道位于夔门南岸，是那里除水道天险夔门外进出巴蜀的必经之路，其险仅次于夔门，真所谓一夫当关，万夫莫开。刘备见此，早吓得魂不守舍，昏头转向，待回过神，方才不禁忿恚叹道："朕当年到孙蛮京城镇江时，孙桓尚为小儿，岂料今日竟逼朕到如此地步！"

随后，在一猎夫带引下，刘备方才弃马逾山越险，得以前逃。

却说陆逊闻报刘备逃脱，大怒，便令朱然挥军从后猛追。谁料这时一彪形大汉领了一支蜀汉国军从别道冲出挡住了去路。朱然见此，遂怒问道："你是何人，竟敢在此挡道？"

"俺乃益阳人傅彤，认得么？"

朱然闻傅彤为益阳人，以为他有思念和回归故里之心，于是便劝其投降。但傅彤却不为朱然劝说所动，并大骂道："你乃孙蛮走狗，哪有大汉将军降你这厮之理！"

骂毕，便挥舞狼牙大棒向朱然猛地砸来。对此，朱然不禁怒不可遏，遂便挥军向傅彤一方冲杀过去。他们哪是乘胜而战的朱然一方的对手？因而不久便全军覆没，傅彤也战死。

随后，陆逊遂传令各路将校挥军齐聚猇亭，猛攻蜀汉国军营寨。结果蜀汉国军土崩瓦解，损营寨四十余座，死伤者无数。蜀汉国军将领杜路和刘宁

第六十五回 为关羽报仇刘备猇亭兵败 质子不成曹魏孙吴终开战

见大势已去,无奈,只得请降。

蜀汉国军水兵将领程畿见自家人马已败,于是便带领全军将士溯江而还。方出发不久,便有身边人对他道:"追兵将至,可弃船轻装上岸而行,方得安全。"

程畿闻言毫不犹豫道:"俺从军以来,从未因敌而走。何况今皇上在危急之时呢?"

言毕不久,一船孙吴王国军追兵便追至程畿船后。时程畿毫不惧怕,并抖擞精神,挥戟与他们厮杀起来。因程畿身高力大,武艺高强,竟将他们杀得东倒西歪,不得近前。对此,程畿不禁大喜,并飞身下水,将他们那船猛地掀翻,意欲将其淹没。谁料这时无数船孙吴王国军赶到,并争先恐后将程畿围在水中。程畿见此,毫不惧怕,若蛟龙般腾水而起,举戟向他们刺去。他们见此,不禁惊得瞠目结舌。正在这时,一支冷箭直向程畿咽喉飞来。程畿不防,遂中箭而亡。

再说刘备从上夔道脱险后,便在沿途收合的万余离散蜀汉国军的护卫下,若鸭行般继续北逃。因年迈体弱,到后来竟然躺在地上不能前行。对此,那些蜀汉国军怕追兵将至,无奈,只得令驿人用滑竿抬着刘备前行。同时,又令人点燃木柄和铠甲以阻追兵,方才逃回白帝城。其间,刘备见江水两岸舟船器械和水步军资皆销损殆尽,水上尸骸成片漂流而下。对此,他不禁大为羞惭,并愤怒道:"朕乃为陆逊小厮所折辱,岂非天时呢!"

时赵云在江州闻报刘备兵败,不禁痛心疾首,并忙率领所部蜀汉国军连夜赶到白帝城救援。方到不久,徐盛、潘璋和宋谦等大队孙吴王国军便追到白帝城南门外南山前,并纷纷上表孙权:擒拿刘备若囊中取物,并因此要求破城擒杀之。时孙权却传令他们退军至巫县县城以南。为防赵云率领蜀汉国军从后追击,遂令刘阿率领孙吴王国军驻守于巫县以南,增强防御。

刘备闻报孙吴王国军退走,方才收拢逃散的蜀汉国军,还军巫县以西,于是双方便相拒于此。结果,巫县东南荆州部分郡县不再为蜀汉国所有。

随后,刘备计点人马,发现马良与黄权不知所踪。遂问随行,也一问三不知。无奈,只得派遣多路探马四处打探。不久,探马们便先后向他报道:马良因兵败遇害身亡;黄权在江水北岸见皇上亲率人马遭袭,不禁非常着急,并欲挥军渡江救援,怎奈无舟船可乘。无奈,只得隔江叹息一番后举兵投向曹贼。刘备闻报,不禁捶胸顿足,悲痛欲绝。结果这场由刘备为关羽报仇而发起的北起巫县,南达猇亭,长达五六百里,耗时一年零一月的刘备所率蜀汉国军与陆逊所率孙吴王国军的猇亭之战便以刘备所率蜀汉国军大败,陆逊所率孙吴王国军大胜而告终。

此时值蜀汉章武二年(曹魏黄初三年)八月。

另外,在此值得一提的是,就关羽被孙权所杀,刘备是否出兵为关羽报仇一事,曹丕曾在魏黄初元年诏问群臣。时群臣皆云:刘备实力不济,唯名将关羽而已。现关羽已死,人马已破,益州之人忧惧,哪能出军为关羽报仇呢?唯刘晔云:益州虽然狭弱,但刘备必欲以威武自强,即借为关羽报仇之机以显其实力绰绰有余。且刘备与关羽虽为君臣,实则恩犹父子,刘备不发兵为关羽报仇,于情理不符。由此可见,刘晔预见得何等神准。

在此更值得一提的是,即前面已经描述,就是对眼下刘孙抗曹联盟破裂并因此引发的刘孙兵刀相见,司马懿早在关羽水淹曹操所部那七路官军,曹操因此怕关羽挥军北上而欲迁都的三年前就预见到了,而且还成功劝止了曹操迁都。因而可以说,高人刘晔之外还有高人司马懿。

却说陆逊见决战已经结束,便率部分孙吴王国军从猇亭赶到武昌,向孙权报告战绩。当他们距武昌城北门还有半里路时,便见孙权早已率左右文武迎候在了那里。对此,陆逊不禁非常感动,忙疾步上前拱手向孙权施礼。随后,孙权便拉着陆逊的手,并肩向城中央议事厅走去。时沿街两侧彩旗飞扬,锣鼓喧天,载歌载舞,迎接陆逊等将士凯旋。片刻,他们便到达议事厅。进得里面,见那里早已摆好了欢迎酒宴。待坐下方欢饮片刻,孙权便迫不及待对陆逊道:"本王闻破敌之计多出自大都督,诸将校开始对此都不理解,并激烈反对,但事后皆服大都督。"

言至此,孙权即一脸严肃问陆逊道:"大都督为何始终不向本王报告他们

第六十五回　为关羽报仇刘备猇亭兵败　质子不成曹魏孙吴终开战

为违抗调度者呢?"

"大王信得过末将之才,已深受重恩了。且这些将校或是大王心腹,或是大王臂膀,或是大王功臣,又是与大王共谋大事的共患难者。臣虽怯懦,但却暗慕相如、寇恂向对方忍让之举,以济大王宏业。"

孙权闻陆逊答,随即击掌大笑称赞了陆逊一番,并当即加拜陆逊为辅国将军,领荆州牧和改封江陵侯。其他参战将校也因战功大小,一一加官晋爵,自不必说。

随后,孙权便遣使将缴获的刘备印绶、斩获的蜀汉国军首级,以及所得其地盘和对参战将校加官晋爵等情况书告在洛阳的曹丕。曹丕得报大喜,遂忙遣使前往武昌祝贺,并赠鼠子裘、明光铠、騑马与孙权。同时,还用白绢抄写其大作《典论》、诗词和赋文与孙权。末了,还特意下诏赞扬孙权神勇,并鼓励他宜将剩勇追穷寇。诏文云:

老虏边窟,越险深入,旷日持久。内迫罢弊,外困智力,故见身于鸡头,分兵拟西陵,其计不过谓可转足前迹以摇动江东。根未著地,摧折其支,虽未刳备五藏,使身首分离,其所降诛,亦足使虏部众凶惧。昔吴、汉先烧荆门,后发夷陵,而子阳无所逃其死;来歙始袭略阳,文叔喜之,而知隗嚣无所施其巧。今讨此虏,正似其事,将军勉建方略,务全独克。

诏文方发出不久,曹丕便闻报孙权所部孙吴王国军不但没继续向前进军,反还从白帝城南南山撤军。对此,曹丕甚为不解。正在这时,一探马匆匆前来向他报道:"刘备老贼之所以逃脱,全赖诸葛瑾呢。"

曹丕闻报,不禁非常惊异,忙问探马道:"何以见得?"

"皇上须知,诸葛瑾早年除了同诸葛亮熟读诸子百家典籍外,还闻鸡起榻,苦练刀枪,及长成,武艺出众,少有人敌。因此,刘备非他对手才是,然交手时何故却恰恰相反呢?原来诸葛瑾认为,眼下虽然孙刘联盟破裂,但要长期抗御我大魏国,保住孙权半壁江山,还得孙刘联盟才可。倘若现在刘备被杀,由中原、荆州和益州文臣将校组成的蜀汉国便会四分五裂,各立山头，战火纷飞，没有宁日。到那时，孙刘联盟抗御我大魏国自然也成泡影。因此，他便佯装不敌，有意放走刘备老贼。"

探马报毕还不待曹丕开言，又一探马匆匆进来向曹丕报道："小的方才探得，追到白帝城南南山的孙吴王国军将领徐盛、潘璋和宋谦曾上书孙权请求攻打白帝城，以便擒杀刘备老贼。一直怀有再与刘备联盟抗击我大魏国之意的孙权认为眼下双方正处于战争状态，倘若他出面向其表明此意，必会挫伤徐盛、潘璋和宋谦及其他将士杀敌的积极性和引起皇上的不满。于是便心生一计，佯装犹豫不决，并疾书征询陆逊之意。时在猇亭的陆逊接书后，果然料到孙权之意，于是便对朱然与骆统说……"

不待探马报毕，曹丕便迫不及待问道："说了什么？"

"说皇上你内有奸心，现正大量集军，意在乘他们外出讨伐刘备老贼之机袭其后方，因而须得提防，并因此下令撤军而回。"

曹丕闻探马答，先是半信半疑，后闻其他几位探马所报与此完全一致，于是心都快气炸了。待回过神转而一想，既然孙权、诸葛瑾和陆逊有与刘备再次结盟之意，那么孙权当初为何要向我称臣呢？孙权与其他文臣将校对孙权称臣受封吴王的真实态度如何？对此，曹丕犹若丈二和尚，摸不着头脑。于是又派探马前往打探。不久，探马便回来向他报道："一日上午，孙权得报受封吴王的消息后，不禁非常高兴，并召集左右文武到议事厅问道：'你们以为曹丕所封如何？'他们闻问，随即异口同声答道：'主公宜称上将军九州伯，不应受魏封。'孙权闻答，遂沉思片刻若有所思地问他们道：'何为九州伯？仅古今闻听罢了，谁知晓？'他们闻孙权问，皆大眼瞪小眼，不能作答。孙权见此，不觉好笑，并道：'须知，当年沛公亦受项羽之拜，如此，只不过是权宜之计罢了，有何损失？'他们闻言，认为今之孙权非昔之沛公，于是仍不理解孙权方才所言。"

探马方报至此，曹丕便明白了一切，不禁"啊"了一声。随后又问探马道："还有其他情况吗？"

"有！比如，皇上以太常邢贞为御使前往武昌宣读封拜孙权为吴王册文，

第六十五回　为关羽报仇刘备猇亭兵败　质子不成曹魏孙吴终开战

时邢贞认为他是代表皇上行事，于是在入城南门时未下车。在此迎候的孙权部下张昭见此，非常不满，并问邢贞道：'礼无不敬，故法无不行。而君敢自尊大，岂以江南寡弱，无方寸之刃故乎？'邢贞闻言，不禁怒火中烧。为顺利完成皇上赋予的宣读册文使命，只好忍气吞声下车，随张昭步行入城，由此可见张昭气焰多么嚣张。"

言至此，探马停下清了清嗓子又道："宣读册文时，站在孙权前面的邢贞认为他是代表皇上宣读，自然雄视孙权。见此，先是张昭愤怒不已，继而徐盛怒不可遏，并回头对左右同列者道：'我辈不能奋身出命，为国家并许、洛，吞巴、蜀，而叫主公接受邢贞宣读册文，不亦辱乎？'言毕，不禁涕泗横流。邢贞见此，不禁非常尴尬，并私下对随行叹道：'江东将相如此，非久居人下者啊！'"

曹丕闻报，方知除孙权称臣并非真心实意，其部下文武亦然，不禁大怒，并随即传来邢贞怒问道："孙权及其文武本无真心向朕称臣，且还特别猖狂，你当时为何不报与朕呢？"

邢贞闻问，无言以答。但心里却道："那时你曹丕正在兴头上，倘若报出，不等于向你泼冷水吗！"

后曹魏国太尉华歆、司徒贾诩和司空杨彪闻孙权称臣受封吴王真相后，不禁义愤填膺，并联名上书曹丕云：

臣闻枝大者披心，尾大者不掉，有国有家之所慎也。昔汉承秦弊，天下新定，大国之王，臣节未尽，以萧、张之谋不备录之，至使六王前后反叛，已而伐之，戎车不辍。又文、景守成，忘战戢役，骄纵吴、楚，养虺成蛇，既为社稷大忧。盖前事之不忘，后事之师也。吴王孙权，幼竖小子，无尺寸之功，遭遇兵乱，因父兄之绪，少蒙翼卵煦伏之恩，长含鸱枭反逆之性，背弃天施，罪恶积大。复与关羽更相觇伺，逐利见便，挟为卑辞。先帝知权奸以求用，时以于禁败于水灾，等当讨羽，因以委权。先帝委裘下席，权不尽心，诚在恻怛，欲因大丧，寡弱王室，希讬董桃传先帝令，乘未得报许，擅取襄阳，及见驱逐，乃更折节。邪辟之态，巧言如流，虽重驿累使，发遣禁等，内包隐嚣顾望之奸，外欲缓诛，支仰蜀贼。圣朝含弘，既加不忍，优而赦之，与之更始，猥乃割地王之，使南面称孤，兼官累位，礼备九命，名马百驷，以成其势，光宠显赫，古今无二。权为犬羊之姿，横被虎豹之文，不思靖力致死之节，以报无量不世之恩。臣每见所下权前后章表，又以愚意采察权旨，自以阻带江湖，负固不服，狙诈累世，诈伪成功。上有尉佗、英布之计，下诵伍被屈强之辞，终非不侵不叛之臣。以为晁错不发削弱王侯之谋，则七国同衡，祸久而大；蒯通不决袭历下之策，则田横自虑，罪深变重。臣谨考之周礼九伐之法，平权凶恶，逆节萌生，见罪十五。昔九黎乱德，黄帝加诛；项羽罪十，汉祖不舍。权所犯罪鲜明白，非仁恩所养、宇宙所容。臣请免权官，鸿胪削爵土，捕治罪。敢有不从，移兵进讨，以明国典好恶之常，以静三州元元之苦。

不难看出，上书先是要求曹丕削藩，次是揭露了孙权诡诈罪恶，后是料孙权早晚必反，再后是请求曹丕免除孙权官爵，末了是立即发兵征讨，以明国典。

但曹丕并未采纳华歆、贾诩和杨彪上书所言，而是采取软硬兼施之策，即再遣使前往武昌与孙权结盟，其条件是孙权送子到洛阳为人质。

须知，孙权在未被封为吴王之前，曾同意过曹丕的要求，即送其子到洛阳为人质。同时，曹丕还要求将向关羽投降的大将于禁、护军浩周和军司马东里衮归还给曹魏国。孙权为联合曹魏国抗击蜀汉国，便将于禁、浩周和东里衮放回，以换取曹丕的信任。同时，孙权还向曹丕疾书一封，叫浩周和东里衮带给曹丕。该书云：

昔讨关羽，获于将军，即白先王，当发遣之。此乃奉款之心，不言而发。先王未深留意，而谓权中间复有异图，愚情悁悁，用未果决。遂值先王委离国祚，殿下承统，下情始通。公私契阔，未获备举，是令本誓未即昭显。梁寓传命，委曲周至，深知殿下以为意望。权之赤心，不敢有他，愿垂

第六十五回 为关羽报仇刘备猇亭兵败 质子不成曹魏孙吴终开战

明怨,保权所执。谨遣浩周、东里衮,至情至实,皆周等所具。权本性空薄,文武不昭,昔承父兄成军之绪,得为先王所见奖饰,遂因国恩,抚绥东土。而中间寡虑,庶事不明,畏威忘德,以取重戾。先王恩仁,不忍遐弃,既释其宿罪,且开明信。虽致命庑廷,枭获关羽,功效浅薄,未报万一。事业未究,先王即世。殿下践阼,威仁流迈,私惧情愿未蒙昭察。梁寓来到,具知殿下不遂疏远,必欲抚录,追本先绪。权之得此,欣然踊跃,心开目明,不胜其庆。权世受宠遇,分义深笃。今日之事,永执一心,惟察悾悾,重垂含覆。先王以权推诚已验,军当引还,故除合肥之守,著南北之信,今权长驱不复后顾。近得守将周泰、全琮等白事,过月六日,有马步七百,径到横江,又督将马和复将四百人进到居巢。琮等闻有兵马渡江,视之,为兵马所击,临时交锋,大相杀伤。卒得此问,情用恐惧。权实在远,不豫闻知,约敕无素,敢谢其罪。又闻张征东、朱横海今复还合肥,先王盟要,由来未久,且权自度未获罪衅,不审今者何以发起,牵军远次?事业未讫,甫当为国讨除贼备,重闻斯问,深使失图。凡远人所恃,在于明信,愿殿下克卒前分,开示坦然,使权誓命,得卒本规。凡所愿言,周等所当传也。

该书大意:一是对过去曹魏国与孙吴双方人马在江淮一带的冲突予以辩解,二是婉斥曹丕不守信用。时浩周和东里衮以为将功补罪的时机到了,大喜,于是便日夜快马加鞭赶赴洛阳,将孙权书呈与曹丕。曹丕原以为孙权来书是表示臣服他曹丕,不禁大喜,然直到看毕该书,也未摸准孙权的臣服是否真心诚意。无奈,只得将孙权书所言向在座的浩周和东里衮道了一番,并询问他俩孙权到底臣服了他曹丕没有。方问毕,浩周便起身以手拍胸信誓旦旦地答道:"孙权必臣服无疑!"方答毕,东里衮即斩钉截铁道:"未必!"曹丕闻答,先是不知谁对谁错,后经三思,以为浩周言之有理,并因此在他称帝后封孙权为吴王时,遣浩周同邢贞一道持节前往武昌宣读封吴王册文。

再说孙权得报曹丕相信浩周"孙权必臣服无疑"之言后,大喜,于是在宣读毕册文后,特邀浩周赴孙府家宴,以便打探曹丕是否相信他有送子之意。席间,心直口快的浩周拍着胸膛,信誓旦旦地对孙权道:"倘若陛下不信大王遣子为质,我浩周当以满门百口明辩之。"

孙权闻言,不禁非常感动,并当即放下筷盏起身,边对浩周拱手施礼边呼其字道:"孔异举家百口保我,我当有何言呢?"

言毕,竟然涕泗沾襟。时浩周自然也非常感动,忙放下筷盏起身毕恭毕敬向孙权拱手还礼。临别时,孙权还是指天发誓:一定送子!

浩周回洛阳后不待歇息,便将孙权愿送子之意报告了曹丕,曹丕闻之大喜,于是留下浩周为使,以便与孙权交涉。

随后的曹魏黄初元年八月,孙权再次向曹丕上书表示愿送子为质,并书告浩周道:"昔君之来,欲令遣子入侍,于时倾心欢以承命,徒以孙登年幼,欲假年岁之间耳。而赤情未蒙昭信,遂见讨责,常用惭怖。自顷国恩,复加开导,忘其前愆,取其后效,喜得因此寻竟本誓。前已有表具说遣子之意,想君假还,已知之也。"

此后,孙权又对因送子一事准备前往洛阳面见曹丕的浩周道:"今子当入侍,而未有妃耦,昔君念之,以为可上连缀宗室若夏侯氏,虽中间自弃,常奉戢在心。当垂宿念,为之前后,使获攀龙附骥,永自固定。其为分惠,岂有量哉!"

孙权在此意思是说,今我儿本应入侍,但他还没妃偶。另外,我现仍记忆犹新武皇帝曾言可与宗室如夏侯氏联姻。现皇上应按武皇帝所言让我儿攀龙附骥,以便让他终身富贵。

须知,孙权在此所说的攀龙附骥一事,即指建安二十二年他袭杀关羽后,刘孙联盟破裂,他便有意交结曹操,而曹操则要求他以子入侍。后还以他不遣子入侍而扣留其使者,并以大兵压境。孙权之所以在此提起,意在表明送子至今未果的责任在曹魏一方,而非在他孙权。

时孙权言至此,喝了口茶清了清嗓子又道:"如是欲遣孙长绪与小儿俱入,奉行礼聘,成之在君。"

末了,孙权又道:"小儿年弱,加教训不足,念当与别,为之缅然。父子

第六十五回 为关羽报仇刘备猇亭兵败 质子不成曹魏孙吴终开战

恩情,岂有已呢!又欲遣张昭追辅护之。孤性无余,凡所欲为,今尽宣露。唯恐赤心不先畅达,是以具为君说之,宜明所以。"

浩周认为孙权言之有理,告辞孙权后便匆匆赶回洛阳,将孙权所言一五一十向曹丕作了报告,曹丕闻之,也认为孙权所言似乎有理。于是当即便下诏道:

权前对浩周,自陈不敢自远,乐委质长为外臣。又前后辞旨,头尾击地,此鼠子自知不能保尔许地也。又今与周书,请以十二月遣子,复欲遣孙长绪、张子布随子俱来,彼二人皆权股肱心腹也。又欲为子于京师求妇,此权无异心之明效也。

曹丕既然相信浩周所报孙权送子之言,便欲派侍中辛毗、尚书桓阶前往武昌与孙权盟誓,以便催促孙权送子上路,然孙权却婉转予以回绝。这时曹丕方才明白,孙权答应送子为质完全是权宜之计,弥天大谎。于是更加后悔当初不听刘晔那些言论,并佩服他不愧是大汉光武帝刘秀之子阜陵王刘延之胄。

看官你道曹魏国多次要求孙权送子为质的子是谁呢?乃孙登也。孙登字子高,孙权长子。曹魏黄初二年,曹丕以孙权为吴王,拜孙登为东中郎将,封万户侯,但孙登称疾不受。当时,孙权便内定孙登为太子了。

曹丕要孙登为质的目的在于,在孙权不听话时要挟孙权。对此,孙权自然心知肚明,并在拒绝送孙登为质后,立刻便公开封孙登为万户侯,随后又公开立他为太子。同时还精心挑选了南郡太守诸葛瑾之子诸葛恪、绥远将军张昭之子张休、大理吴郡人顾雍之子顾谭、偏将军庐江人陈武之子陈表四人为中庶子,进宫为孙登讲解诸子百家经典和诗词歌赋,并在游猎时教其骑射。孙登既然是太子,是孙权的继承者,曹丕哪还有理由要求孙权送他为质呢?因此可以说,在送子为质一事中,曹丕是魔高一尺,孙权是道高一丈。

须知,不仅前面提到的建安二十二年,其实早在建安七年,曹操就曾下书责孙权送子为质。当时形势是,曹操方破袁绍,兵威日盛。对此,孙权认为事关重大,于是便召群臣商议。时张昭、秦松等犹豫不决,孙权却不愿意,于是便独召周瑜与徐夫人商议。时周瑜方见到徐夫人,就毫不犹豫道:"昔楚国初封于荆山之侧,不满百里之地,继嗣贤能,广土开境,立基于郢,遂据荆扬,至于南海,传业延祚,九百馀年。今将军承父兄馀资,兼六郡之众,兵精粮多,将士用命,铸山为铜,煮海为盐,境内富饶,人不思乱,汎舟举帆,朝发夕到,士风劲勇,所向无敌,有何偪迫,而欲送质?质一入,不得不与曹氏相首尾,与相首尾,则命召不得不往,便见制于人也。极不过一侯印,仆从十馀人,车数乘,马数匹,岂与南面称孤同哉?不如勿遣,徐观其变。若曹氏能率义以正天下,将军事之未晚。若图为暴乱,兵犹火也,不戢将自焚。将军韬勇抗威,以待天命,何送质之有!"孙权与徐夫人认为周瑜所言有理,于是便拒绝送子为质。

再说曹丕不听刘晔当初那些言论而今上了孙权的当,吃了孙权的亏,岂肯罢休!于是便在一日上午传令召集左右文武到杨安殿听候讨伐孙权命令。他们闻召,随即飞一般赶到那里按秩排定,等候早已到达那里的曹丕发令。时他们皆怒目圆睁,咬牙切齿,恨不得立马飞赴战场将孙权碎尸万段,方才罢休。曹丕见此,大喜,正欲发令,忽见刘晔出班上前向他拱手施礼道:"刘备人马败退,孙权对朝廷之敬必变。此时陛下兴师讨伐,在下以为孙权新得志,其部属上下齐心,加之江湖阻险,必难即刻取胜啊。"

曹丕正怒气冲冲,不仅忘记了刘晔以往拒封孙权为王的那些言论,也听不进刘晔方才所言,并当即令征东大将军曹休、前将军张辽、镇东将军臧霸率领曹魏国军向孙权地盘洞浦杀去;令大将军曹仁率曹魏国军向濡须城杀去;令上军大将军曹真、征南大将军夏侯尚、右将军徐晃和左将军张郃率领曹魏国军向江陵城杀去。他们得令后,皆纷纷向曹丕表示"不擒杀孙权,愿拿头颅献上"。随后,即向曹丕拱手施礼告别,匆匆回营准备出发事宜去了。

此时值曹魏黄初三年(蜀汉章武二年)九月。

那些曹魏国大军出发后,曹丕又于同年十月离开洛阳,于十一月到达宛城,就近亲自指挥。

第六十五回　为关羽报仇刘备猇亭兵败　质子不成曹魏孙吴终开战

却说孙权在武昌闻报曹魏国军来犯洞浦、濡须城和江陵城，大怒，并立即派建威将军吕范、建武将军徐盛、安东将军贺齐、偏将军全琮、参军校尉吾粲和都尉黄渊率领孙吴王国水军乘船赶到洞浦城抗拒曹休、张辽和臧霸所率曹魏国军；派裨将军朱桓率领孙吴王国军赶到濡须城抗拒曹仁所率曹魏国军；派左将军诸葛瑾、平北将军潘璋和将军杨粲率领孙吴王国军赶到南郡抗拒曹真、夏侯尚、张郃和徐晃所率曹魏国军。

时孙权虽然以血还血，以牙还牙，以兵对兵，但他还是心知肚明，曹魏国军毕竟兵多将广。当年虽然在荆州打败了曹操人马，那也是孙刘联盟使然。再者，眼下曹魏国军来犯，也是自己送子失言引起，因而不免有些心虚胆怯。恰值此时，又闻报扬、越二州蛮夷正蠢蠢欲动。为避免眼下内外交困，两面受敌，于是便硬着头皮上书曹丕求和。书云：

若罪在难除，必不见置，当奉还土地民人。乞寄命交州，以终余年。

时曹丕虽然认为自己一方兵多将广，打遍天下无敌手，但他也心知肚明，那是因他那足智多谋的父亲曹操使然。可这次是自己亲与孙权对战，也是自己亲率大军首次出征，能否大败被父亲赞叹为"生子当如孙仲谋"的孙权，难测。于是方看毕孙权来书，便本着退一步海阔天空的名言和争取不战而屈人之兵，立即便回书孙权。书云：

君生于扰攘之际，本有纵横之志，降身奉国，以享兹祚。自君策名已来，贡献盈路。讨备之功，国朝仰成。埋而掘之，古人之所耻。朕之与君，大义已定，岂乐劳师远临江汉？廊庙之议，王者所不得专。三公上君过失，皆有本末。朕以不明，虽有曾母投杼之疑，犹冀言者不信，以为国福。故先遣使者犒劳，又遗尚书、侍中践修前言，以定任子。君遂设辞，不欲使进，议者怪之。又前都尉浩周劝君遣子，乃实朝臣交谋，以此卜君，君果有辞。外引隗嚣遣子不终，内喻窦融守忠而已。世殊时异，人各有心。浩周之还，口陈指麾，益令议者发明众嫌，终始之本，无所据仗，故遂俯仰从群臣议。今省上事，款诚深至，心用慨然，凄怆动容。即日下诏，敕诸军但深沟高垒,不得妄进。若君必效忠节,以解疑议,登身朝到,夕召兵还。此言之诚,有如大江!

该书叙述了孙权的丰功伟绩,谴责了孙权送子失言引起了魏国朝臣的疑虑,末了强调若要解除朝臣们的疑虑求和,须得送子。

孙权接书还未看毕,便将其抛之于地,以示拒绝送子,并当即传令洞浦、濡须城和江陵那些抗击曹魏国军的将士,表示誓与曹魏国军拼个你死我活,鱼死网破。同时,改孙吴年号为黄武,不用曹魏国年号。曹丕得报孙权所为后,大怒,并立即传令各路曹魏国军开始进攻。

须知,曹休所率曹魏国军进攻的洞浦为江淮东、西、南、北水陆要冲,是历代兵家必争之地,当年西楚霸王项羽便因兵败于此而拔剑自刎。时曹休所率曹魏国军驻扎在洞浦城江水北岸以东,吕范所率孙吴王国水军驻扎在洞浦城江水北岸以西。一日上午,忽然北风大起,白浪滔天。吕范所率孙吴王国水军舟船缆绳皆挣断,于是有的舟船漂到江水北岸,被那里的曹魏国军获得;有的舟船被吹翻沉没江底,于是一些在水中垂死挣扎的孙吴王国军便攀着还在孙吴王国军手中之船的船舷拼命攀爬,而那些船上的孙吴王国军因担心船只超载倾覆,便不约而同地举戈挥矛向其刺去,以阻止他们上船。唯吾粲与黄渊命令自己船上的孙吴王国军予以抢救。但那些孙吴王国军开始也认为船超载将会倾覆。时吾粲却道:"倘若船倾覆,我们应同他们同归于尽!眼下他们陷入绝境,我们岂能弃之不管呢?"大家认为吾粲言之有理,于是便极尽全力抢救,结果共救起百余人。但被溺死者却数以千计,其余的则乘船逃回江南。曹休见此,大喜,遂便令张辽、臧霸以轻船五百条,载敢死者万余南渡江水继续追击,并在上岸后突攻孙权地盘零陵。零陵太守徐陵不备,结果被尹卢所率曹魏国军攻破城池,烧毁辎重,杀人千余。率领孙吴王国军随后赶到的全琮和徐盛见此,毫不畏惧,遂拍马舞械,一齐飞一般追上正挥军追杀徐陵的尹卢,不待言语举械便与对方杀将起来。尹卢哪是他俩的对手,不久便渐渐不支,徐盛见此,大喜,遂便大吼一声,手起刀落,尹卢

第六十五回 为关羽报仇刘备猇亭兵败 质子不成曹魏孙吴终开战

立刻便身首异处,呜呼哀哉了。随后,他俩又挥军杀获曹魏国军数百。唯贺齐所率孙吴王国军因驻地距洞浦城路远而后到,但他性奢绮,尤好军事,所率孙吴王国军武器精良,所乘舟船雕刻丹镂,青盖绛襜,干橹戈矛,葩瓜文画,弓弩矢箭,皆取上材。所乘舟船,望之若山。因此,曹休等方才见到便不禁惮之,并随即引军而还。

此时值曹魏黄初三年(蜀汉章武二年,孙吴黄武元年)十一月。

同时,朱桓与曹仁双方人马在濡须城也杀得你死我活,难解难分。时曹仁所率曹魏国军步骑数万方到濡须城,便采取声东击西之策,即扬言袭取朱桓所部部曲妻子所在地中州城,实则进攻位于濡须城以东的羡溪。濡须城守城主将朱桓闻报,当即便分兵赶赴羡溪救援。待他们风尘仆仆方才赶到那里,一探马飞一般前来向朱桓报道:"曹仁所率曹魏国军距濡须城只七十里路了。"朱桓闻报,大惊,随即便遣使追回救援羡溪的孙吴王国军,结果他们未到,曹仁所率曹魏国军早已先到。时朱桓所率孙吴王国军只有五千,且还各怀惧心。朱桓见此,不禁非常着急,随后灵机一动,不若给他们壮壮胆,于是高声道:"两军交战,胜负在将,不在众寡。你们闻曹仁老贼行军打仗,与我朱桓相比如何?兵法云,进攻者须倍数于防守者,并且是在平原无城可守和依将士勇怯的情况下。今曹仁老贼人马既非智勇,且千里奔波,疲乏饥困,而我军则拒南临江水、北背山陵的高墙,以逸待劳,为主制客,此百战百胜之势啊。即使曹丕那厮亲来,尚不足忧,何况曹仁老贼呢!"那些孙吴王国军闻朱桓言,认为非常有理,于是便齐声附和。朱桓见此,大喜,遂便下令偃旗息鼓,外示虚弱,诱敌来攻。时曹仁不知是计,果然遣其子曹泰率领曹魏国军攻打濡须城,遣将军常雕督诸葛虔、王双等曹魏国军乘油船别袭中洲。因濡须城在裕溪河东岸濡须山上,居高临下,易守难攻,于是曹仁便亲自率曹魏国军步骑万余留守橐皋,以为曹泰所率曹魏国军攻城后援。朱桓见曹仁中计,大喜,遂便挥军攻取诸葛虔和王双所率曹魏国军油船,又分兵攻击常雕等曹魏国军。时朱桓身先士卒,挥械与曹泰所率曹魏国军拼命厮杀。曹泰所率曹魏国军不敌,只得自烧营寨而逃。其间,常雕被斩,王双被擒，曹魏国军被杀被溺者千余。毋庸置疑，濡须城之战朱桓所率孙吴王国军取得了大胜。

就在曹休所率曹魏国军与吕范所率孙吴王国军在洞浦、曹仁所率曹魏国军与朱桓所率孙吴王国军在濡须城交战稍后月余，即同年十一月下旬，曹真、夏侯尚与张郃所率曹魏国军也开始攻打朱然所部孙吴王国军驻守的南郡治所江陵城。为稳操胜券，时曹丕已率曹魏国大军前来宛城，以便支援曹真、夏侯尚和张郃所率曹魏国军。他三人闻报，自然激动不已，并即刻挥军连屯围城。孙权闻报，遂便遣徐盛率领万余孙吴王国军飞一般赶到中洲建立围坞，以为侧援江陵。曹真闻报，则派张郃率领曹魏国水军乘船猛攻中洲。徐盛一方不敌，便立马退却，张郃一方于是据有中洲，结果致使朱然所率江陵孙吴王国守军内外断绝。诸葛瑾在公安闻报，大惊，并立刻传令潘璋、杨粲率领孙吴王国军前往解江陵之围，但却久无结果。潘璋见曹魏国军势盛，陆上难以取胜，于是便欲与其水战，但江水很浅，无法水战。对此，他不禁非常着急。谁料这时春水突涨，潘璋见此大喜，立刻便率领孙吴王国军赶到曹魏国军营寨上游五十里，砍伐芦苇数百万束，缚作大筏，欲仿当年周瑜火烧乌林故事，顺流放火，结果烧毁经三万曹魏国军搭建的退路——浮桥。而此时江陵城中的孙吴王国军大多因缺吃体虚浮肿，能战者仅五千。加之曹真挥军筑土山，挖地道，建楼橹临城，弓矢如雨。那些攻城孙吴王国军见此，不禁大惊失色。但朱然却安如泰山，并率他们出城，伺机攻破曹魏国军两屯，结果致使曹魏国军攻围江陵数月仍不能破。对此，曹真不禁非常着急。正在这时，又闻报潘璋所率孙吴王国军欲火烧浮桥，大惊，于是上书曹丕请求退军。时跟随曹丕的文臣将校却以为江陵城早晚会破，曹丕也赞成他们的，因而未采纳曹仁上书所言。对此，董昭不禁非常着急，并忙上书曹丕道：

武皇帝智勇过人，而用兵畏敌，不敢轻之若此也。夫兵好进恶退，常然之数。平地无险，犹尚艰难，就当深入，还道宜利，兵有进退，不可如

第六十五回　为关羽报仇刘备猇亭兵败　质子不成曹魏孙吴终开战

意。今屯渚中，至深也；浮桥而济，至危也；一道而行，至狭也：三者兵家所忌，而今行之。贼频攻桥，误有漏失，渚中精锐，非魏之有，将转化为吴矣。臣私戚之，忘寝与食，而议者怡然不以为忧，岂不惑哉！加江水向长，一旦暴增，何以防御？就不破贼，尚当自完。奈何乘危，不以为惧？事将危矣，惟陛下察之！

曹丕看毕董昭上书，认为其言非常有理，于是即刻传诏夏侯尚等将校率军而退。

至此，曹丕发起的讨伐孙吴王国的洞浦、濡须和江陵这三场战争，双方互有得失，难分伯仲。

此时值曹魏黄初四年（孙吴黄武二年，蜀汉章武三年）二月。

再说刘备兵败猇亭方退驻白帝城不久，其部下文臣将校皆上言宜回成都，但却遭到刘备断然拒绝。看官欲知何故，请看下回分解。

第六十六回

刘玄德因病笃永安宫托孤
诸葛亮内政外交硕果累累

却说刘备何故要断然拒绝其部下文臣将校上言呢?原来他认为:一因只有他亲自率领蜀汉国军驻屯白帝城,才能预防孙权所部孙吴王国军来犯,可能的话,还可报猇亭大败之仇;二因白帝城临近前线巫县,宜于指挥。孙权在武昌闻报刘备驻屯白帝城之意后,不禁惊惧异常。何也?因此前曹丕发动的那场进攻孙吴王国洞浦、濡须城和江陵城之战虽未战胜陆逊所率孙吴王国军,但曹魏国军毕竟处于攻势,占据上风。孙吴王国军则处于被动守势,占据下风。而且闻报曹丕可能再度率军来犯。如此,他不就成两面受敌了。孙权直后悔当初不该与曹操联合攻取关羽所据郡县,并斩杀被刘备视作胞弟的关羽。不过,后悔有什么用,还得想方设法再向刘备求和才是。于是便在一日上午传召陆逊,速到其下榻处商议对策。陆逊闻召,料知有要事相商,于是立即更换衣帽,匆匆向那赶去。不待到门口,便见孙权站在那里。陆逊见此,忙三步并作两步上前向孙权拱手施礼道:"末将来迟,请处罚。"

"召之即来,何罪之有?"

孙权言毕,即拉着陆逊的手,进门直向客厅密室走去。到里方坐定,孙权便迫不及待问陆逊道:"朕欲再次向刘备求和,如何?"

"不是求和,是相互通好。"

"为何?"

"此前刘备闻报曹丕那厮将讨伐我,于是得意地来信问臣:'魏贼军欲兵

第六十六回　刘玄德因病笃永安宫托孤　诸葛亮内政外交硕果累累

临江陵，我也欲再次东征，陆将军还能再与我战吗？'"

陆逊方言毕，孙权便问道："你是如何回答的？"

"臣当即复信与他道：'你旧伤未愈哪有时间兴兵呢？你当下应与我家大王通好才是。倘若你真领兵来犯，我准叫你全军覆没。'"

"后来刘备那厮怎么样了？"

"再无回音。据我推测，刘备来信目的是试探我军是否还会继续向他进攻。"

"万一那厮真的在曹丕向我发起进攻时也趁火打劫，咋办？"

"绝对不会！主公试想，此前刘备犯我境时，所率人马不少于五万。交战结果，仅刘备那厮和随行数十人逃回，加之江水北岸黄权人马全部投降曹贼，因此可以说犯境人马几乎全军覆没。"

陆逊言至此，清了清嗓子又道："刘备所辖益州人口不过百万，能募得多少士兵？这次损失四五万人，几乎占了其全军大半，损失不可谓不小。加之其装备落后，辎重缺乏，训练无素，别说再出兵犯我，恐怕自保都成问题。"

"依你之见，通好已水到渠成了？"

"当然！"

孙权闻陆逊一席言，认为非常有理，于是与刘备通好信心倍增，又思想得派一胆大心细、博学多才者出使方可完成通好使命。于是又问陆逊道："谁出使最宜？"

"非太中大夫郑泉莫属。"

"为何？"

"到时大王便知晓。"

孙权见陆逊向他卖关子，心头自然不快。陆逊见此，遂信誓旦旦道："倘若他有辱使命，臣愿献头颅！"

孙权闻陆逊如此言，认为自有其理，当即便传令郑泉前来，将出使白帝城向刘备表达通好之意向他道了一番。不待孙权道毕，郑泉便欣然应允。

次日早饭后，郑泉带了几个随行出武昌城西门，快马加鞭，飞一般向白帝城赶去。不几日的一个上午，他们一行便到达了白帝城南门外。守卫小校见了，以为他们是来下战书的，遂感干系重大，于是飞一般赶到永安宫报告了刘备。

刘备闻报，也以为郑泉是来下战书的，不禁怒不可遏。随后转而一想，此前孙权这厮率军与曹丕开战没占到便宜，哪有能力与我交战呢？也许是……正想到此，只见一身材中等、银丝白发的老者高举酒葫芦，边往嘴里灌酒，边跌跌撞撞闯了进来。

刘备一眼便认出，来者是孙吴太中大夫郑泉。看官，你道没得到刘备准许，郑泉怎么进城并闯进其下榻处永安宫了呢？原来他曾多次出使益州，加之他嗜酒如命名声远播，因而刘备部下没几个不认识他的，于是不加阻拦，便由他进城直奔永安宫。

刘备见来人是老相识，不但不责怪门卫，反而暗喜，这厮莫非是代表孙权前来向我求和的不成？不如先给他个下马威。于是，相互礼毕，不待坐定，他便趾高气扬地问郑泉道："吴王为何不回复朕与他的书呢？难道认为朕称汉中王是名不正言不顺吗？"

须知，刘备在此所说的书，是指他称汉中王后为试探孙权的看法而写给孙权的书，郑泉当然早知此事。待刘备方问毕，他便醉醺醺道："曹操老贼多年将自己凌驾于汉室之上，终有一天要篡夺皇位。殿下贵为皇族，应负有全力保卫汉室之责。当时殿下并没发兵讨伐曹操老贼，而是急于自封为王。因此，这叫天下人非常失望，所以我家主公就没回复。"

刘备闻答，犹若斗输的公鸡，羞愧地耷拉着脑袋。刘备未责备郑泉，以为那是郑泉醉酒时所言，应该谅解。重要的是，他负有求和使命，得罪不得。但叫刘备遗憾的是，郑泉只顾一个劲儿喝酒，只字不言求和之事。对此，刘备心里不禁非常着急，但面上仍泰然自若，没事一般。片刻，郑泉便将葫芦里的酒喝得精光，并毫无顾忌地向刘备讨要酒喝。刘备认为打探郑泉来此目的的时机已到，于是漫不经心地问郑泉道："先生远道而来，难道是为讨酒喝吗？如是，蜀中有的是酒。"

第六十六回　刘玄德因病笃永安宫托孤　诸葛亮内政外交硕果累累

"当然不是。"

"为何事呢？"

"为陛下您呢。"

刘备闻郑泉称他为陛下，自然暗喜不尽。这不仅是外人首次称他为陛下，还意味着孙权已承认他称帝。须知，郑泉是代表孙权出使啊。据此，刘备便断定刘孙通好已瓜熟蒂落，只待郑泉说出罢了。于是佯装不知地问郑泉道："'为陛下您呢'怎讲？"

"陛下以为蜀汉一方就能抗御曹贼？"

"难道孙吴就能独抗曹贼？"

刘备反问毕，良久，郑泉也未能答言。刘备暗自高兴，并若有所思问郑泉道："先生以为该怎么办？"

"陛下须与我家大王通好，联合御之。"

刘备闻郑泉言，大喜道："朕也有此意。"

言毕，即召来与郑泉官阶相同的太中大夫宗玮，同郑泉一道前往武昌面见孙权，签订通好书。临行前，刘备还举行盛宴，款待了郑泉一行人。

再说自郑泉离开武昌前往白帝城面见刘备以来，孙权担心郑泉是否能完成与刘备通好使命，心情一直忐忑不安，茶饭不思。一日上午，正在孙府坐卧不安的孙权见守卫匆匆进来向他禀报："报告大王，太中大夫郑泉已回来了。"

"他现在哪？"

"在大门外。"

孙权闻报，立即赶到大门口一看，见郑泉之后还有一人。经询问郑泉，方知那人是刘备派遣的太中大夫宗玮。不用再问，孙权便断定郑泉已完成孙刘通好使命。对此，自然大喜不禁。待施礼客套一番后，诸人一同进入府内。到那坐定，待侍者上茶毕退下，郑泉便迫不及待地将白帝城之行情况一五一十向孙权道了一番。孙权闻之，非常高兴，在案几上摊开黄绢，蘸墨提笔，片刻便撰就通好书一式两份。书略云：

为共同抗击曹贼，即日起，吴王孙权与汉室皇帝刘备愿通好。

郑泉与宗玮先后提笔在通好书上署名，孙权举杯与他俩一饮而尽，庆祝孙刘通好。随后，又大摆筵席款待宗玮，并对陪宴的文臣将校宣布了孙刘通好一事。

此时值孙吴黄武元年（蜀汉章武二年，曹魏黄初三年）十一月。

次日早饭后，宗玮便带着通好书，告别孙权离开武昌城，在不久后的一个黄昏时分，赶到了白帝城。他认为此次武昌之行事关重大，耽误不得。不待歇息，便匆匆直往永安宫而去，将通好书呈与刘备。刘备看后，那高兴的劲儿就别提了，但这仅是昙花一现。何也？原来刘备自关羽兵败被杀，张飞被部下所害，特别是兵败猇亭以来，一直腹泻不止。加之去年十二月，汉嘉太守黄元趁生病举兵反叛，刘备担心益州其他郡县连锁反应受到惊吓（翌年三月，黄元进攻临邛，被蜀将陈曶击败生擒，送到成都斩首），常思念关羽、张飞，又染上其他疾病。尽管他所居永安宫富丽堂皇，不亚于成都皇宫，随臣侍女也不少，且又有赵云等文臣将校遍寻妙手郎中诊治，但病情仍无好转。对此，他料知自己寿命不多，黄泉路近，于是传令犍为太守、辅汉将军李严前来永安宫榻前，当面拜为尚书令，安排托孤事宜。时李严没料到受此重任，自然激动不已，得令后随即从犍为出发，快马加鞭飞一般赶到白帝城，拜在永安宫刘备榻前口呼"万岁"不止。

此时值蜀汉章武三年（曹魏黄初四年，孙吴黄武二年）三月。

不久，刘备见李严已将托孤事宜安排停当，便传召时在成都的诸葛亮来白帝城永安宫商议后事。诸葛亮闻召，自然不敢怠慢，立刻便启程上路，随同前来的还有吴氏所生的刘备次子、十一岁的鲁王刘永。当他们赶到白帝城永安宫，看到躺在床上的刘备已奄奄一息，不禁悲痛万分。诸葛亮上前跪在刘备床前，轻声细语道："陛下，在下乃诸葛亮。有何事，请尽管道来便是。"方言毕，早便泣不成声，泪如雨下。刘备有气无力道："朕将殁于人世啊。"

"陛下过虑了，此等小疾，过些时日便会痊愈。"

第六十六回　刘玄德因病笃永安宫托孤　诸葛亮内政外交硕果累累

"年过七十者毕竟罕见，故朕不惧死，只是担心嗣子……"

刘备未言毕，便咳嗽了几声，又对诸葛亮道："你理政统军之才十倍于曹丕，必能安邦定国，终定乾坤。若嗣子可辅，便辅之。如其不才，你可自取。"

言毕，他半闭着眼斜视诸葛亮。对此，诸葛亮立刻便断定，刘备是在考验他是否有取代其嗣子之心，心头不禁一沉，全身直冒冷汗，忙信誓旦旦道："臣敢竭股肱之力，效忠贞之节，继之以死！"

刘备闻言，脸上便浮出了少有的笑容。

看官，你道刘备和诸葛亮所言的嗣子是谁呢？乃两度被赵云所救，现年十七岁的刘备长子刘禅。自从被立为太子后，刘备便以遍读诸子百家典籍的董允、费祎、霍戈等为太子舍人，辅佐他学习驾驭臣民的南面之术《申子》，提倡富国强兵思想的《韩非子》，内容涉及儒家、法家、阴阳家、名家、兵家和农家的《管子》，以及著名战略战术兵书《六韬》。还以精通《左氏春秋》的来敏和尹默担任家令和太子仆，以便指导他研习《左氏春秋》。同时，还经常到文翁创办的官办文翁石室学馆聘请经纶满腹、著作等身、教法有方的经师到太子住所为其补习。不仅如此，还令赵云带他到成都北十五里的射山学习骑射。通过这些活动，以培养其帝王治政统兵之术。

尽管刘备费尽心思，全力以赴培养刘禅，遗憾的是刘禅仅学得些理论知识，却不善对其践行。对此，刘备心知肚明。刘备本欲效曹操培养曹丕故事，在刘禅年满十八岁时带他随军，亲自教导他统兵作战。谁料事与愿违，还未等到那时，他便一病不起，失去了教导机会。刘备担心刘禅文不能治国理政，武不能统兵作战，因此才对诸葛亮说了"若嗣子可辅，便辅之。如其不才，你可自取"那番话，加以试探，这是刘备考察在他去世后，诸葛亮是否会功高震主，像杀了国君的臣子庆父、谋害秦二世皇帝的丞相赵高、专横冲质桓三帝朝政的梁冀、毒杀少帝的太师董卓、凌驾于汉室之上的曹操和篡汉的曹丕等人那样，对待刘禅。对此，后世尽管有人指责刘备，并质疑他与诸葛亮的鱼水关系。但在那翻云覆雨的大乱年代，刘备如此行事也是可以理解的。

随后，刘备斜着身子，吃力地伸出双手拉着诸葛亮双手，关切地问道："嗣子近日学业如何？"

"太子智量过人，学业大有增进，因而过于陛下所望。"

刘备闻言，不禁大喜过望。

此后三日下午，刘备料知死期将到，便传诏刘禅。诏略云："朕初得疾，但下痢耳；后转杂他病，自知不能济。人五十不称夭，今朕年已六十有余，何所复恨，不复自伤，但以卿兄弟为念。射君来时，说丞相叹汝智量，甚大增修，过于所望，真若如此，朕复何忧！勉之，勉之！勿以恶事小而行之，勿以善事小而不行。惟贤惟德，能服于人。汝父德薄，勿效之。可读《汉书》《礼记》，间暇历观诸子及《六韬》《商君书》，益人意智。闻丞相正为汝抄写《申子》《韩非子》《管子》《六韬》，已毕未送，遗憾的是在送途中丢失，但汝更应再找有学问的人学习它们。"

此后一日上午，刘备将刘永叫到榻前，语重心长道："朕去世后，你兄弟父事丞相，令你与丞相共事而已。"

接着又下诏敕告刘禅道："你与丞相从事，事之如父。"

时刘禅闻诏，泪流满面，忙连连点头称是。

随后不久的一日傍晚，躺在榻上的刘备对守在其榻前的刘永、诸葛亮、李严和赵云等人有气无力道："你们切记：曹操欺汉，但他已亡故，其罪可赦。然其子曹丕篡汉，罪大恶极，不灭之不足以平天下之愤。"

他言至此，停了片刻，便欲挣扎坐起。诸葛亮见此，忙上前俯身将他扶起。刘备对诸葛亮断断续续道："朕……丧事……须得从简。"

言毕，便气断目闭，命归黄泉。享年六十有三。谥曰昭烈皇帝。刘永、诸葛亮、李严和赵云号啕大哭，悲痛不已。

此时值蜀汉章武三年（曹魏黄初四年，孙吴黄武二年）四月。

当夜，诸葛亮便在案几上铺开黄绢，提笔蘸墨，给在成都的刘禅上书道："伏惟大行皇帝迈仁树德，覆焘无疆，昊天不吊，寝疾弥留，今月二十四

第六十六回　刘玄德因病笃永安宫托孤　诸葛亮内政外交硕果累累

日奄忽升遐，臣妾号啕，若丧考妣。乃顾遗诏，事惟大宗，动容损益；百寮发哀，满三日除服，到葬期复如礼；其郡国太守、相、都尉、县令长，三日便除服。臣亮亲受敕戒，震畏神灵，不敢有违。臣请宣下奉行。"

诸葛亮上书意思是，皇帝刘备大仁大德覆盖天下，谁料天命不济，病入膏肓，于本月二十四日傍晚时分驾崩，于是臣民哀痛，如丧考妣。回顾皇帝遗诏，虽属国丧，但丧葬礼节仍须从简。故朝中百官、各郡太守及相国、各属国都尉、各县县令服丧三日即除服。此为皇帝临终敕命，震畏神灵，不敢有违。臣请宣下遵照执行。

撰毕，即派快马送往成都呈与刘禅。悲痛欲绝的刘禅阅后，认为言之有理，于是传达下去，照此行事，不得有违。

五月一日早，诸葛亮令李严统兵驻守白帝城，他和刘永、赵云等人戴素帽、着素衣，护着刘备灵柩出白帝城西门，徐徐向成都进发。

六月一日午后，刘永、诸葛亮和赵云一行方到成都南门外十里万福街，便见已于同年五月继皇帝位，素帽素服，悲痛欲绝的刘禅率领文武百官跪迎在了那里。施礼毕，刘禅在右，刘永在左，扶着刘备灵柩，诸葛亮、赵云等文武百官随后，继续前行。不久，他们便到达了位于城中临时安放刘备灵柩的正殿，待寝陵竣工后再行安葬。

随后一日，便是举行哀礼。时文武百官皆素帽素衣，齐聚大殿。午时三刻一到，刘禅便出场宣读诸葛亮撰就的悼念刘备祭文。文略云：

呜呼！尊父刘备，字玄德，乃景帝之子中山靖王之后，因故家道中落，且父亲早逝，家徒四壁，度日穷苦，故年已十五，方在同宗刘元起的资助下，得以师从名儒卢植，攻读百家典籍。后回乡与母以织席贩履为生。性格温雅内秀，行事异常稳重。喜交英雄豪杰，于是远近者闻之，皆争相归附其左右，其中著名者莫如云长与益德。

呜呼！因胸怀统国治民雄心壮志未酬，故年近而立仍未娶。一日在街头偶见朝廷告示，言黄巾贼作乱八州，妄图灭大汉，立黄天。有志者可举义军助王师共剿黄巾贼。对此,不禁慨然道:"岂可叫他人染指我大汉社稷!"于是热血沸腾,欲起兵响应。后在中山国富商张世平和苏双慷慨资助下,遂以云长和益德为左右,简雍为计室,率领义军千余,告别父老乡亲,离乡背井,奔赴沙场。因杀贼有功,先后官拜安喜县尉、下密县丞、高唐尉。

呜呼!后因汉室暗弱,朝纲失控,诸侯自立,天下大乱。为振兴汉室,遂于刀光剑影与金鼓齐鸣之中周旋。因功绩累累,遂官拜高唐令、别部司马,试守平原县令,后领平原相,封豫州刺史、徐州牧、镇东将军,并晋爵宜城亭侯。

呜呼!有幸受到皇上接见,并官拜左将军。更有幸的是,按族谱被皇上确认为刘皇亲。因见曹操老贼为所欲为,欺压皇上,遂与重臣董承等人谋诛曹操老贼。因担心势单力薄失败,于是便奔走袁大将军,共同讨伐曹贼。继而又奔走刘荆州,驻屯新野。期间,为振兴汉室,便招兵买马,招贤纳士,扩充实力。时远近文武志士闻之,皆前往归之,其中佼佼者莫如诸葛丞相了。

呜呼!曹操老贼野心勃勃,举兵南下妄图侵犯江左。遂与孙吴联手,大破曹贼军于乌林。于是有了荆州四郡。随后挥军溯流而上,智取益州。继而挥军北上,与曹操老贼战于汉中,结果一举取胜。

呜呼!曹操老贼胆大妄为,竟然破坏异姓不得称王之汉制妄称魏王。在部下众文武强烈请求下,名正言顺地在大汉发源地汉中称汉中王。未几,闻报曹丕冒天下之大不韪篡汉称帝。对此,自然怒不可遏。为继汉统,在众文武积极拥戴下,无奈,只得在成都称帝。

刘禅方念到此,早悲痛得泣不成声。诸葛亮见此,怕伤及其身,于是便宣布礼毕。

同年八月,位于成都南门外的刘备寝陵——惠陵竣工。其照壁、山门、神道和寝殿都很简陋。安葬后三日,蜀汉国全体官员皆除服。这充分表明,他们严格执行了刘备临终前丧事从简的遗训,并因此受到益州吏民的赞扬。

第六十六回 刘玄德因病笃永安宫托孤 诸葛亮内政外交硕果累累

却说刘禅继刘备皇帝位方月余,便改章武年号为建兴年号,并封丞相诸葛亮为武乡侯,开丞相府治事,不久又拜诸葛亮为益州牧,朝中大小事务皆由其决断。

须知,刘备在世时诸葛亮未被封过任何侯爵。现在被封为武乡侯,是越过了亭侯,这很罕见。刘备生前诸葛亮虽然是丞相,但未开府,其丞相官职形同虚设。为防大权旁落,刘备生前仿曹操为魏王时仍兼领冀州牧故事,在称帝后一直兼领益州牧,而现在是诸葛亮兼领益州牧。刘备在世时朝中事务皆由刘备决断,现在朝中大小事务则由诸葛亮决断。如此,诸葛亮无疑便是刘备第二,是太上皇。刘禅皇位与当年刘协皇位一般,有其名而无其实。不过,刘禅与孙权虽然都是十七岁听政,但刘禅软弱无能,根本无孙权那般才能,说明曹操"生子当如孙仲谋"的赞叹恰如其分,所以刘备临终前不得不将刘禅托付与诸葛亮和李严。

诸葛亮既然是蜀汉国实际之主,强国强军富民、扫平曹魏国大任自然由他肩负并完成。他深深懂得,要肩负并完成这些大任,首先要选拔一批德高望重的原益州籍人士,此所谓强龙不压地头蛇之理。其中,因反对刘备讨伐孙吴被收监的秦宓被命为益州别驾,原刘璋座上客五梁被命为益州功曹,辞官隐居的杜微被命为谏议大夫。

诸葛亮选拔杜微时颇费了一番心思。杜微年少时随刘璋从事、著名学者广汉任安学习治国安民经学,并获佳绩。刘璋闻之,命他为益州从事。随后不久,他便装聋辞职隐居。刘备定益州后欲聘他为官,他仍装聋不出。后诸葛亮闻之,欲命他为益州主簿,但遭到拒绝。对此,诸葛亮本欲作罢,但想到当年刘备为求得自己出山曾三往隆中之举,于是便毫不气馁,派车前往杜微隐居地青城山,将其接到丞相府。相见礼毕,杜微仍示意自己耳聋,听不见话。诸葛亮于是灵机一动,当即走到案几前,摊开白绢,提笔蘸墨将要说的话写在绢上:"吾常闻卿道德高尚,品行端庄,只因清浊分流,不相来往,无缘当面请教。王元泰、李伯仁、王文仪、杨季休、丁君干、李永南兄弟和文仲宝等,常赞叹卿志趣高尚。吾受辱凭借虚假才学,统领本州,德行浅薄而责任重大，十分忧虑。皇上今虽年方十八，但天赋仁爱聪敏，爱惜德高与贤良之士。因而他们纷纷前来追慕汉室，希望您也遵循天意，顺应民心，辅佐当今明主，建复兴汉室之功。"杜微看了诸葛亮所写的话后，仍以耳聋为由，请求隐居。对此，诸葛亮仍不气馁，又将所要说的话写在白绢上："曹丕弑君篡位，虽有正名，然就若泥巴捏的龙，稻草扎的狗。我欲与天下德才兼备者一道，消灭邪恶虚伪的曹丕。因你未辅助明主，便隐遁山林，结果未体现出卿的德才。曹丕常率大军攻击孙吴之地。现因曹丕事务繁多，我暂时息兵，整农治军，以待曹丕攻孙吴受挫，然后我再全线出击，讨伐曹丕。待时将士无须拼命厮杀，庶民无须净尽辛劳，便定天下也。因此，你应以高尚的德行辅佐明主，今我并不要你参与军事，你何故要再去隐居呢？"杜微看了这两篇文字，很受感动。诸葛亮于是按其意愿，命他为谏议大夫。

　　由此可见诸葛亮为得一人才，真是苦口婆心，用心良苦。

　　诸葛亮深深懂得，有了人才还不够，还得依法治国。于是他传令文臣将校到丞相府，商议如何加强依法治国问题。他们闻令，自然按时赶到。方按秩坐定，早已坐在上方的诸葛亮高声对他们道："当年先帝方定益州时，益州，特别是蜀郡，百业不振，各行凋零。权贵富豪挟其财势，欺凌小民，结果思乱者十之八九。时先帝以为，要改变这种现象，须得法制，并因此命精通典制和旧法者许慈、胡潜、孟光和来敏典掌旧制法文，草创制度。随后又召集属下昭文将军伊籍、左将军西曹掾刘巴和兴业将军李严共同制定了《蜀科》。须知，《蜀科》法款虽然严苛，但执行公正，改变了刘璋治下的蜀郡法纪松弛、德政不举、威刑不肃现象。对此，吏民无不拍手称庆，随之境内安定，百业兴旺。"

　　言至此，诸葛亮喝了口茶清了清嗓子，若有所思问道："据闻曹丕欲仿我大汉制定《蜀科》故事，令贼臣陈群和刘邵以秦汉旧律为基础编撰《魏律》。孙吴亦欲制定《条科》，设大理，加强法治以便强国强军。现我大汉若要强国强军富民统一天下，仍须继续严格执行《蜀科》条款。大家以为若何？"

　　诸葛亮何故要与文臣将校商议继续严格执行《蜀科》条款呢？原来当年

第六十六回　刘玄德因病笃永安宫托孤　诸葛亮内政外交硕果累累

方发布和执行《蜀科》时便有争议。比如，有人认为《蜀科》条款执行得太严，以致君子小人皆有怨气。时外统都畿、内为谋主的法正对此亦有同感，因此对刘备道："昔高祖入关，约法三章，秦民知德。今君假借威力，跨据一州，初有其国，未垂惠抚；且客主之义，宜相降下，愿缓刑弛禁以慰其望。"时在场的诸葛亮却道："君知其一，未知其二。秦以无道，政苛民怨，匹夫大呼，天下土崩；高祖因之，可以弘济。而刘璋暗弱，自刘焉已来，有累世之累，文法羁縻，互相承奉，德政不举，威刑不肃。蜀土人士，专权自恣，君臣之道，渐以陵替。宠之以位，位极则贱；顺之以恩，恩竭则慢。所以致敝，实由于此。吾今威之以法，法行则知恩；限之以爵，爵加则知荣。荣恩并济，上下有节，为治之要，于斯而著矣。"今法正虽已亡故，但他和其他人对《蜀科》的负面影响仍在。因此，诸葛亮召集文臣将校商议要继续严格执行《蜀科》条款。

诸葛亮方问毕，坐在右侧的赵云便起身道："先帝当初便对刘璋父子过度大赦予以否定，丞相也认为过度大赦是益州弊政的根源。而末将以为，刘璋实施的德政，只不过是以小恩小惠拉拢人心罢了，是欲以高位尊宠臣下，结果却僭越法度，积重难返。若树法律之威严，法律威严则恩典生；并以爵位管辖吏民，爵位增则知荣誉。如此便法、礼并用，威、德并行。于是上下进退有度，此乃强国强军富民统一天下之要也。"

诸葛亮又道："赵将军言之有理呢。依我之见，若要依法治国，须得官吏先学懂法制知识。因此，我欲请精通法制者教授郡县司法官吏，修习法律知识。经培训后，他们回去再教授那些未受过培训的吏民，让所有吏民懂法、行法。如何？"

随后，坐在右侧的尹默即起身道："丞相所言极是。须知，只有人人懂得法、践行法，才能真正实现强国强军富民统一天下。"

"在哪修习最合适呢？"

"在下曾受业的石室文学精舍最合适。"

尹默所说的石室文学精舍，乃汉景帝时蜀郡太守文翁创办的享誉天下的官办学馆。此前益州官吏不关心文教，风气野蛮剽悍。为改变这种风气，文翁便节省官府开支，在成都南郊筑石室，建讲堂。竣工后名其曰"石室文学精舍"，专门培养下属子弟，并选拔郡县小吏开明有才者如张叔等十余人亲自督导。同时，选拔优等生到京师长安，受业博士，或学律令。不出数年，蜀地学于京师者，比齐鲁还多。益州野蛮剽悍之风也为之大变。汉武帝闻之大喜，遂令天下向文翁学习。

诸葛亮早已闻知石室文学精舍非同凡响，因而赞成尹默之策。

开班那天，坐在讲堂前排的是诸葛亮，其右侧是尹默，左侧是刘巴。听者皆是来自各郡县的司法官吏。按事先安排，先由尹默讲授华夏司法发展史。他喝了口茶，慢慢起身，高声讲授道："大家须知，西周法制宗旨是以德配天，明德慎罚，亲亲尊尊。具体就是周公在原夏礼和商礼的基础上，以亲亲尊尊为原则，强调德之重要而进行全面变革。变革内容包括宗法制、分封制和国家活动的典章制度，以及人们行为规范和婚、丧、冠祭种种仪节。此即所谓'周公制礼'。到了春秋战国时，周室衰微，礼乐崩溃，侯国有强有弱。大国欲争霸，小国求生存，因此皆变革法制。于是成文的法制如子产刑书、邓析刑竹和赵荀刑鼎便先后问世。由于它们根除了对权贵'刑不可知，威不可测'的弊端，因而影响深远。因此，春秋战国后期出现的法制原则为缘法而治；刑无等级；以刑去刑，重刑轻罪；法律公开，使民知之。李悝《法经》则是首部成文法典。"

尹默讲授至此，喝了口茶清了清嗓子，又讲授道："商鞅为富国强兵改法为律，充实了法律条款；明法重刑，实行连坐；奖励耕战，重惩怠窃；取消特权。诸侯国根据需要，也对法律进行变革。如在沿袭旧五刑的基础上，仍重重刑——死刑较高，行刑方式不仅繁多，而且非常残酷。同时，又减轻了一些刑罚处罚，如罚金刑、徒刑和采用缴纳财物替代赎刑等得到广泛应用。"

尹默讲至此，又喝了口茶清了清嗓子，继续讲授道："据记载，秦王朝法律形式为诏令、律、程、课。基本内容为严厉镇压侵犯秦王朝政权，处罚逃避徭役、田税和赋税；保护农、林、牧、渔业及手工业顺利发展；为保证

第六十六回　刘玄德因病笃永安宫托孤　诸葛亮内政外交硕果累累

统一六国战争顺利进行，赏功罚过；集中统一，加强吏治；以所贪污受贿数额确定处罚轻重；处罚犯罪未遂者；教唆犯罪者与犯罪者并罚；伙同犯罪加重处罚；实行诬告反坐和连坐处罚。其特点虽留有旧法痕迹，但条款多样具体，法网严密，处罚趋轻。死刑有：枭首、腰斩、磔、车裂、戮、弃市、坑、族和具五刑。体刑有：黥、劓、斩趾、宫、髡、耐和笞。劳役刑有：城旦舂、鬼薪白粲、隶臣妾和赀戍。这里讲到的城旦舂、鬼薪白粲、隶臣妾和赀戍，可能有人不太懂得，在此特解释一下。城旦舂就是服刑者除筑城、舂米外，还要田间劳作，手工业劳作如制作青铜器之类。鬼薪白粲即男犯要为祭祀鬼神上山砍柴，女犯则为祭祀鬼神做饭。隶臣妾，指罚为官府服役，男者为隶臣，女者为隶妾；刑期往往为终身，但允许以钱或战功、耕作、劳动而赎免。赀戍即发往边地做戍卒服役。流刑有：迁、谪；财产刑有：赀、赎；身份刑有：夺爵、废、收、籍没。秦王朝已有独立的中央、郡、县三级审判机构。中央最高审判官为九卿之一的廷尉。但重大案件须由皇帝、丞相审判。同时，秦王朝还制定了诉讼程序和审判制度——自诉、自告、官告和他告。重证据，不逼供。不服可要求重新审理审判。更绝的是，还设有监察部门——御史。"

尹默讲至此，接着道："鄙人法律知识有限，关于我大汉部分，还是由丞相讲授吧。"

方言毕，诸葛亮即道："还是由精通汉律的刘巴讲授吧。"

随后，便顾首望了望刘巴。刘巴见此，遂道："既然丞相信得过我，我就从命吧。"他讲授道："我大汉因秦汉之际战争频发，官民苦不堪言，故在高帝至景帝七十年间，以黄、老思想为主，法、儒为辅。此后武帝虽然'罢黜百家，独尊儒术'，但还是礼、法并施。大汉初定天下后，因秦王朝三章之法不足以御奸，于是相国萧何奉高帝之令，在李悝《法经》六篇的基础上，参照和变革秦律，增撰户、兴和厩三篇，合为九篇，即《九章律》。这是大汉首部刑律和事律法典。此后，根据形势需要补其不足，博士叔孙通作《傍章》十八篇。法律有律、令、科、比四种形式。汉文帝十三年根据形势需要对七种刑罚进行了变革，如黥刑改为髡钳城旦舂；劓刑改为笞三百；斩左趾改为笞五百，斩右趾改为死刑；刑罚种类有死刑、具五刑、枭首、腰斩和弃市等；徒刑有髡钳城旦舂、完城旦舂、鬼薪白粲、司寇、罚作、复作；笞刑有笞一百与笞二百两种；徙边刑多减死一等，也可死刑连坐，刑期不定，服刑期主要是戍守边疆；禁锢入赘婿及吏坐赃者，凡禁锢者不得为吏；罚金用于轻微犯罪者。刑罚适用原则有上请、恤刑和亲亲得相首匿三种。上请是指权贵犯罪，司法官吏无权审理，须得先奏皇帝裁决，以便减刑或免刑。恤刑是指年满八十岁者、不满八岁者和妊妇，在押期间不戴刑具。亲亲得相首匿是指为父子之情、夫妇之道，他们间可相互隐瞒犯罪行为，即可不告发和出庭作证。最高审判由皇帝、丞相、御史大夫和廷尉进行。郡县与封国均有独立审判权。景帝时郡设曹掾史部门掌管司法，它也是一审上诉审级。县设县令，下设县丞佐理司法，为初审部门。灵帝时改州刺史为州牧，于是州成为地方最高审判部门，同时州也是郡县上诉部门。关于监察制度，我大汉初期由御史大夫总管天下监察，下有御史中丞受理公卿奏章，同时纠察百僚。光武帝后改御史大夫为司空，御史中丞被扩建为御史台，遂成专职监察部门。"

刘巴言至此，喝了口茶，顾视诸葛亮道："在下对大汉法律知之甚少，敬请丞相补充。"

诸葛亮即对刘巴道："大汉法律你已基本教授了，无须补充。我现在就《法经》向大家做个简介。因为我们要强国强军富民统一天下，就不能不了解和研读《法经》。《法经》，即春秋战国时魏文侯为政时，除了鼓励农耕，提高产量，按功劳与能力提拔官吏外，还令国相李悝汇集当时各国法律编成一部《法经》，由六篇组成。它们是《盗法》篇、《贼法》篇、《囚法》篇、《捕法》篇、《杂法》篇和《具法》篇。它们颁布和实施后，遂使魏国国力增强，成为时之强国之一。《法经》内容广泛，三天三夜也讲不完，因时间问题，今仅简要讲授，若有错误，望大家不吝指正。"

尹默和刘巴对华夏法律史滚瓜烂熟，教授时口若悬河，对答如流，听者专心致志。诸葛亮教授《法经》虽然简要，但条理清晰，重点突出，听者聚

第六十六回　刘玄德因病笃永安宫托孤　诸葛亮内政外交硕果累累

精会神。因而三人讲毕，听者们便报以热烈的掌声，对其教授致以敬意。

随后，诸葛亮突然起身拔出宝剑，一脸严肃道："大家回去不仅要按《蜀科》行事，而且要广授所在辖区吏民，否则问斩！"

听者们异口同声道："是！"

通过此次普法教授，益州境内学法、尊法成风。于是五谷丰登，六畜兴旺；贪污绝迹，腐败灭尽；夜不闭户，路不拾遗；吏民皆喜。

此时值蜀汉建兴元年（曹魏黄初四年，孙吴黄武二年）五月。

此后不久的一日上午，诸葛亮在丞相府思想到：虽然先帝生前已与孙吴通好，但势态总是彼一时，此一时。彼时孙权因先帝亲率大军据守白帝城，怕他再次举兵进攻孙吴。先帝也因兵败猇亭，实力大降，也怕孙权派陆逊率军继续攻击蜀汉。在此"麻杆打狼，两头害怕"的情况下，双方方才不约而同愿意通好。此时情况却不同，先帝已经驾崩，见机行事的孙权闻之会不会起异心呢？倘若会，我国还有讨伐曹贼、恢复汉室的大任，哪有余力与他孙吴纠缠？因此，还大有与孙吴继续通好的必要。但不知道孙权那厮会否……不待思想毕，只见门卫匆匆进来，向他禀报道："尚书邓芝在门外，言有事求见丞相。"

诸葛亮闻报，随即对门卫道："快快引他进来。"

片刻，邓芝便被引了进来。二人相见礼毕方坐下，诸葛亮便问邓芝道："邓先生何故不请自来？"

"为丞相解难呢。"

"我有何难？"

"担心孙权闻先帝驾崩有异……"

不待言毕，诸葛亮便问道："你怎么知晓？"

"丞相深知孙权性若吕布般秉性，朝秦暮楚，反复无常，现在先帝驾崩，皇上年幼……"

不待言毕，诸葛亮便问道："你以为孙权还会朝秦暮楚、反复无常吗？"

"不会！"

"为什么？"

"前时曹丕那厮因质孙权之子不成而讨伐孙吴，必伤害孙权之心。孙权岂会……"

不待邓芝言毕，诸葛亮即道："所言有理。不过，还是有必要派使前往武昌，与孙权当面说定继续通好。先生愿……"

不待诸葛亮问毕，邓芝便霍地站起，拍着胸脯信誓旦旦道："只要有利朝廷的事，在下别说出使武昌，即便出使阴曹地府，也愿前往！"

诸葛亮闻邓芝言，大喜，当即便遣邓芝出使武昌。

诸葛亮何故要邓芝出使武昌再通好孙吴呢？原来邓芝不仅是名列光武云台二十八将之首的邓禹之后，而且为官清正廉洁，行事严谨，遂被刘备和诸葛亮看重，并由郫令而至广汉太守，接着被征入朝为重臣。

再说邓芝待一切准备就绪，便率几位文武随行快马加鞭出成都南门，匆匆向武昌赶去。不久后的一日上午，他们一行便到达了武昌西门下，并向守门小校道明了来意。守门小校闻之，认为事关重大，立刻便飞一般下城赶往吴王府向孙权报告。孙权闻之，却拒见邓芝。三日后的一个上午，邓芝在驿馆闻知孙权因得知刘备亡故而轻视刘禅继任，害怕曹魏再次兴师动众犯境而拒见他，不禁怒不可遏。于是便在当日上午街市正开、人头攒动之际，气冲冲地跑到吴王府门前，不断大呼要求谒见孙权。人们闻之，甚觉惊异，争先恐后赶来围观。片刻，那里便车水马龙，人山人海。邓芝见此，不但没停止大呼，还嗓门越来越高。时孙权在府上正与文臣将校商议是否接见邓芝，因此时曹魏亦遣使前来求好，闻报不禁大惊失色。何也？原来他认为：邓芝是诸葛亮派来谒见自己的使者，倘若不见，不仅自己会落得个背信弃义的骂名，更可怕的是，倘若曹丕得报邓芝眼下所作所为，后果更不堪设想。为防患于未然，他忙起身赶到门外，迎邓芝入府。待施礼毕坐定，孙权即道："君何必如此？"

"臣今来此是为大王，非为我主上。大王何故拒见？"

"孤本愿与你家主上继续通好，但见他年幼懦弱，且又国小势弱，倘若

第六十六回　刘玄德因病笃永安宫托孤　诸葛亮内政外交硕果累累

曹贼乘机攻我，恐不自保，因而未……"

不待孙权言毕，邓芝便不假思索道："我们两家有益、荆、扬、交四州之地，大王命世之英。再者，我主虽然幼弱，但诸葛丞相乃人中之杰。加之我国有重险之固，大王有三江之阻，合此二长，共为唇齿。进可并兼天下，退可鼎足而立，此理之自然之法理。大王今若委质于曹贼，曹贼必上望大王之入朝，下求太子之内侍，若不从命，则必再奉辞伐叛，我必顺流见可而进。如此，江南之地非复大王之有啊。"

孙权闻邓芝言，不禁一愣，待邓芝言毕便道："君言极是啊。"

孙权之后拒绝了曹魏来使求好之意，同意与蜀汉联合，并遣辅义中郎将张温代表他随邓芝前往成都，当面向刘禅和诸葛亮表达愿继续通好之意。临行前，孙权担心诸葛亮会刁难张温，于是对张温道："你本不宜出使益州，恐诸葛亮不知孤之所以与曹贼通好之意，故委屈你出行。若山越皆除，便欲大构于蜀汉，并大举进攻曹贼。行人之义，受命不受辞也。"

张温闻言却道："臣内从无如心腹大臣般出谋划策之机，外从没展示过独自应对之能，因而惧无张老延誉之功，又无子产陈事之效。可诸葛亮见多识广，必知大王神虑与权宜之计，加之受朝廷天覆之惠，推测诸葛亮之心，必无猜疑。"

孙权认为张温言之有理，当即便展绢提笔蘸墨，给刘禅撰写通好表章一份，叫张温带上呈与刘禅。

张温与邓芝一行告辞孙权，出武昌西门。不久后，便到达了成都南门下，并在邓芝的引导下拜见了诸葛亮。翌日群臣上朝时分，诸葛亮带张温到皇宫谒见刘禅。张温见到刘禅时，忙跪伏于地施礼道："臣张温谨此奉献我吴王致陛下表章一份。"

言毕，即起身上前呈上表章。刘禅接过展开一看，见表章略云：

陛下大鉴：

昔商高宗以守丧却使殷商国祚再兴，周成王年幼却使周朝德治天下，于是功盖华夏，声震四海。今陛下以聪明之姿，等同往古圣贤，又有诸葛亮等人辅佐，满朝文武俊杰如群星灿烂，天下人人仰望皇上风采，无不踊跃前来依附。臣下也秣马厉兵，随时抗御曹魏，安定江南，并愿与有道之君统一宇内，倾心协谋，有如东去的河水，永不反顾。因战事频发激烈，致使兵源锐减，结果只好忍受卑鄙者带来的耻辱。因此，臣只好特遣下臣张温通致友情。陛下本尊崇礼义，不应以此为耻而忽视臣之意愿。

刘禅方看毕，便对张温道："先生远道而来，接待不周。"

张温即道："臣自进益州远境，及至首都近郊，沿途不断受贵国高等礼遇，且恩诏辄传，如此荣耀不仅叫臣受宠若惊，且不禁羞愧。"

须知，这是刘禅即帝位以来首次接见外使，而且吴王孙权在表章中多次称他为陛下，且张温也礼貌有加，他哪会不万分高兴？诸葛亮及在场文臣将校也万分高兴，于是刘禅和诸葛亮立刻便下令在皇宫设宴招待张温，并传令在朝所有文武百官着朝服立刻前来作陪。

席间，刘禅、诸葛亮、赵云等无不赞叹张温才能。对此，张温兴奋得差点手舞足蹈起来，举首四顾，不禁飘飘然道："益州偏僻荒蛮，罕有学者。"

话音方落，便听得有人在门口高声道："谁人竟敢在此大放厥词？"

众人闻声忙放下筷盏举目望去，乃一身便装、昂首挺胸的秦宓站在那里。

须知，在朝文臣将校皆按令及时赴宴，唯秦宓迟迟未来。诸葛亮认为这是对张温的不敬，不禁非常着急，三番五次叫人催促，他才缓缓来到，方到门口，便听到张温方才那番话语，心里自然不快，随即出言予以回击。

认不得秦宓的张温闻来者出此大言，不禁一愣，忙转头问身旁的诸葛亮道："彼何人？"

"益州学士。"

诸葛亮方答毕，秦宓已大大咧咧走到张温宴几前。张温于是漫不经心地问秦宓道："君上过学吗？"

第六十六回　刘玄德因病笃永安宫托孤　诸葛亮内政外交硕果累累

"益州三尺童子皆上学，何况小的！"

张温闻秦宓如此答，以为提个世人难以回答的问题，必能难住秦宓。于是神秘兮兮问秦宓道："天有头吗？"

"有！"

"在何方呢？"

"在西方。《诗经》曰：'乃眷西顾。'以此推之，头在西方。"

"天有耳吗？"

"天处高而听卑，《诗经》云：'鹤鸣于九皋，声闻于天。'若其无耳，何以听之？"

"天有足吗？"

"有！《诗经》云：'天步艰难，之子不犹。'若其无足，何以步之？"

"天有姓吗？"

"有！"

"何姓？"

张温方问毕，秦宓便斩钉截铁答道："姓刘！"

"何以知之？"

"天子姓刘，故以此知之。"

"日生于东吗？"

"虽生于东而没于西。"

秦宓口若悬河，对答如流。张温大为敬服，忙起身为秦宓斟酒一杯，然后举起自己酒杯，与其对饮而尽。

随后，刘禅与诸葛亮又遣邓芝随张温前往武昌进见孙权。临行，诸葛亮还以刘禅名义修书孙权，表示愿继续通好，增强双方友谊，并叫邓芝呈与孙权。

邓芝同张温到达武昌，不待休息，便直奔吴王府，将书呈与孙权。

孙权看毕，自然非常高兴，并对邓芝调侃道："倘若天下太平，二主分治，不是很好嘛！"

"自古以来天无二日,地无二王。消灭曹贼之后,大王应识天命。那时君主必各自发扬其仁德,谋士和将校必各为其主运筹帷幄,握槌擂鼓,战争便开始了。"

孙权闻邓芝言,遂大笑道:"君之诚款,当今无二!"

孙权言毕,凭案修书道:"丞相此前派来的丁厷虽口若悬河,但言辞浮华,不着实际。使我们能永久通好者,唯邓芝啊!"

看官你道丁厷为何许人?乃与蜀汉国名儒俊杰杜微、王谋、李邵、王连、杨洪、李朝、文恭关系甚密的大臣,在刘备亡故后,诸葛亮多次遣他出使孙权,此人虽然文采辩才出众,但所学所辩天空海阔,不着实际,出使成就不显,故孙权在此批评丁厷。

此时值孙吴黄武二年(蜀汉建兴元年,曹魏黄初四年)十月。

此后的一日,刘禅和诸葛亮在皇宫与君臣正为与孙吴通好而高兴时,杜微却忧心忡忡地对诸葛亮道:"古人云:农业乃衣食之本,农业受害乃饥寒之源,饥寒则民乱,民乱则强国强军统一天下皆成泡影。"

诸葛亮闻言,遂问杜微道:"依先生之意,该如何发展农业呢?"

"须知,自古人们皆靠天吃饭,即风调雨顺,则五谷丰登。否则,颗粒无收,饥寒交迫。"

"如何改变靠天吃饭呢?"

"兴修水利。如春秋战国时魏国县令西门豹叫民凿十二渠,引漳水灌溉。"

杜微言毕,诸葛亮大喜道:"对。据闻,建于距成都西百来里岷水之上的都江堰,功能早已超十二渠,它既可灌庄稼,又可防水害,真乃一举两得矣。遗憾的是因我军政繁忙,未得前往一见。"

"倘若丞相愿往,鄙职愿陪同。"

"我正欲往。"

"那明日就动身吧。"

"好。"

第六十六回　刘玄德因病笃永安宫托孤　诸葛亮内政外交硕果累累

次日，诸葛亮、杜微乘车，率众人浩浩荡荡出成都西门，直向都江堰行去。途中，杜微对诸葛亮讲解道："都江堰是秦蜀郡太守李冰父子于秦昭襄王末年在前人鳖灵开凿的基础上号召蜀民修建的，为天下独一无二的大型水利工程，由分水鱼嘴、飞沙堰、宝瓶口三部分组成。既灌田又防洪，遂使旱涝无常的成都平原成为水旱由人的宝地，从无荒年，故谓之天府。"

杜微津津乐道地介绍，诸葛亮饶有兴趣地倾听，不觉间便到了都江堰。他们在驿站馆舍草草用毕饭，不待歇息，便前往分水鱼嘴、飞沙堰和宝瓶口察看。

因前时益州战事频发，分水鱼嘴、飞沙堰和宝瓶口均遭到严重破坏。对此，诸葛亮不禁痛心疾首。同时，当即下令设立堰官署，调来一千二百兵丁护堰。于是次年便五谷丰登，六畜兴旺。此是后话，在此打住。

随后，诸葛亮又下令在成都西北兴修九里堤，以免地势低平的成都城被夏季汹涌的岷江水淹没。同时，成都饮食用水、作坊用水、苑池用水也得以解决。因而全城吏民皆言："避水之害，取水之利，乃诸葛丞相之功。"

此时值蜀汉建兴元年（曹魏黄初四年，孙吴黄武二年）四月。

诸葛亮见蜀汉国内政外交均取得辉煌成就，自然大喜不禁，认为北伐曹魏的时机已到，于是便在蜀汉建兴二年（曹魏黄初五年，孙吴黄武三年）八月至次年三月，跨着棕色大马，披着耀眼铜甲，挥着寒光宝剑，成日在射山演武场指挥操练北伐兵马。一日下午，探马飞一般而来，向诸葛亮耳语起来。瞬间，便见他气得脸色红一阵，白一阵。看官欲知诸葛亮何故如此生气，请看下回分解。

第六十七回

诸葛张嶷恩威并举平定南中成功
魏帝曹丕率军临江进攻孙吴无果

却说诸葛亮生气的原因，乃探马方才向他耳语的南中益州郡滇池县大姓首领雍闿、右首领孟获、左首领高定和越嶲太守朱褒以益州郡滇池县为大本营，发动益州郡、牂柯郡和越嶲郡的汉、彝、回、白、苗、哈尼、壮、傣、傈僳族等民众造反了。对此，诸葛亮怎么能不生气呢？他急切地问探马道："他们何故要造反？"

"他们得知先帝亡故，继帝位的人年幼无能，于是便起了异心。"

"那夷民怎会响应呢？"

"那些首领和官吏派人到处张贴告示说：朝廷要向那里民众限时征收个头大小一致、皮质光滑的乌狗头枣三百颗，同时征收螨虫脑三斗和长三丈余断木三千根。倘若误期，定斩不饶。试想看，乌狗头枣除对土壤条件要求极高外，且多数个头大小不均，倘若成熟期遇雨还易破裂。本产于秦陇地区的乌狗头枣南中夷人从没见过，他们到哪里去弄三百颗？而螨虫本就体小，再去掉躯体，只要脑袋，得多少螨虫才能凑够三斗？最后是三丈长的断木，得多高的树木，且还要三千根。试想，谁能办到？无奈，只得一不做二不休，与朝廷拼了。"

"这是谣言，他们怎会相信呢？"

"因此前他们常见官吏贪得无……"

不待探马答毕，诸葛亮便气得脸色铁青，道："知晓了。"

第六十七回 诸葛张嶷恩威并举平定南中成功 魏帝曹丕率军临江进攻孙吴无果

为防动摇军心,诸葛亮言毕再没声张,即下令停止军演。随后,卸去身上衣甲,疾步走下场阶,翻身上马,与几名文武随从赶回成都,向刘禅禀报探马方才对他所报。

须知,早在刘备方定益州的建安十九年,刘备便改犍为属国为朱提郡,并以随他入蜀的邓方为庲降都督、太守和安远将军,驻守东靠滇中、西接叶榆、南连哀牢、北临金沙、界垣屏障、益滇通道、迤西咽喉的南昌县以防民众造反。好在邓方广施钱财,刚毅武勇,故威望很高,深受那里的民众敬服,因此方才太平无事。蜀汉章武元年(曹魏黄初二年)邓方亡故,刘备便以别驾从事李恢行庲降都督,驻守群山起伏,树林密布,益州通往夜郎、蒙舍的重要孔道平夷县,继续防范那里民众造反。蜀汉章武三年(曹魏黄初四年,孙吴黄武二年),辖有十五县,益州第二大平原,珍贵野生动植物众多的越嶲郡,首领高定发动民众,杀死郡将军焦璜,举郡称王,并率部众北攻新设的新道县城。时犍为太守李严闻报,遂忙率军前往救援,并将高定所率部众击回越嶲。大约同时,素有"滇黔锁钥""云南咽喉"之称的益州郡滇池县大姓首领雍闿以滇池县为大本营,发动民众造反,并杀死太守正昂。时雍闿广施恩信于南中,深得那里民众信赖,故威望很高,一呼百应,并常遣使通好于孙吴。刘备闻报大惊,遂以巴郡太守、司金中郎将张裔为益州太守,前往赴任,但在途中被雍闿部众所擒。时雍闿非常轻视张裔,因此假借鬼教说道:"张太守犹若夜壶,外观虽然光滑但其内则非常粗糙,不足以杀。"遂令部下将张裔押送给孙吴。

上述可见,刘备虽然用心防范,但南中地区那些民众造反还是时有发生,而非现在突然发生。

却说诸葛亮与文武随从一行赶到成都西门时,已是傍晚时分,时他们早已口干舌燥,两腹空空,该用晚饭了。但诸葛亮认为探马所报事关重大,耽误不得,于是进城后便直奔皇宫,意欲尽快向刘禅禀报。片刻,他们便赶到了那里。门卫见是诸葛亮,二话没说,便立刻放行。正用晚餐的刘禅见诸葛亮进来,认为没大事他绝不会此时从百十里外的射山演武场赶来这里,于是忙放下碗筷，起身迎了上去。诸葛亮见到刘禅，自然是跪伏于地施礼道："臣下有事打扰皇上就餐，请重罚。"

刘禅继帝位不久，还不习惯臣子，特别是诸葛亮向他行跪拜礼。因此，不禁受宠若惊，忙上前扶起诸葛亮道："相父何必行如此大礼呢！"

言毕，即急切地问道："相父有何要事？这么急……"

不待问毕，诸葛亮即道："所报乃军国机密，到密室再报不迟。"

诸葛亮言毕，便同刘禅一同进入密室。方坐定，诸葛亮便将探马向他所报向刘禅禀报了一番。不待报毕，刘禅早吓得面色蜡黄，六神无主。待回过神，方才问诸葛亮道："这如何是好呢？"

"依臣下之见，不若先发兵平定南中，然后再北伐曹贼。"

刘禅认为诸葛亮言之有理，当即便应允。

次日早饭后，诸葛亮便与文武随从一道赶回射山演武场，召集文臣将校到演武场大堂，将探马对他所报和刘禅旨意向他们道了一番。他们闻之，先不禁吃了一惊，随后便义愤填膺，摩拳擦掌，争先恐后上前请战。诸葛亮见此，遂大喜道："先帝虽驾崩，皇上虽年幼，但你们眼下所作所为，足示赤胆忠心，此乃我大汉洪福啊！"

文臣将校闻言，请战热忱越发高涨。诸葛亮却道："须知，我国北有曹贼虎视眈眈，南有孙吴兵临巫县，故还需大量兵力防备他们才是。因此，不得调集大量兵力南征。再者，我当年在隆中与先帝相见时，就提出了据巴蜀后应西和诸戎、南抚夷越之策。"

言至此停了片刻，方若有所思道："依我之见，敲山震虎方为上策，即叫都护李严与雍闿一书，阐明其所作所为之利害，以便不战而屈人之兵。如何？"

方言毕，文臣将校皆表赞成。于是诸葛亮当即传令时远在白帝城的李严，立马与雍闿书。李严得令，认为事关重大，耽误不得，便按诸葛亮之意，以六页纸、数千言与雍闿书。

时雍闿骄黠滋甚，仅以数语回复道："盖闻天无二日，土无二王，今天下

第六十七回　诸葛张嶷恩威并举平定南中成功　魏帝曹丕率军临江进攻孙吴无果

鼎立，正朔有三，是以远人惶惑，不知所归也。"对此，李严自然怒不可遏，并将雍闿所书报告了诸葛亮。

诸葛亮闻报，深觉此事不易处理。正在这时，诸葛亮又闻报雍闿意欲南投孙吴，孙权已遥拜他为永昌太守。又闻报位于益州郡西南的永昌郡太守吕凯与府丞蜀郡王伉率领全郡吏民，闭境断绝雍闿南投必经之路。对此，诸葛亮自然大喜不禁，以为雍闿定会缴械投降。谁料雍闿随后却多次传檄欲进犯永昌郡。诸葛亮闻之，不禁非常着急。

正在这时，却闻报吕凯答雍闿檄曰："天降丧乱，奸雄乘衅，天下切齿，万国悲悼，臣妾大小，莫不思竭筋力，肝脑涂地，以除国难。伏惟将军世受汉恩，以为当躬聚党众，率先启行，上以报国家，下不负先人，书功竹帛，遗名千载。何期臣仆吴越，背本就末乎？昔舜勤民事，陨于苍梧，书籍嘉之，流声无穷。崩于江浦，何足可悲！文、武受命，成王乃平。先帝龙兴，海内望风，宰臣聪睿，自天降康。而将军不睹盛衰之纪，成败之符。譬如野火在原，蹈覆河冰，火灭水泮，将何所依附？曩者将军先君雍候，造怨而封，窦融知兴，归志世祖，皆流名后叶，世歌其美。今诸葛丞相英才挺出，深睹未萌，受遗托孤，翊赞季兴，与众无忌，录功忘瑕。将军若能翻然改图，易迹更步，古人不难追，鄙土何足宰哉！盖闻楚国不恭，齐桓是责，夫差僭号，晋人不长。况臣于非主，谁肯归之邪？窃惟古义，臣无越境之交，是以前后有来无往。重承告示，发愤忘食，故略陈所怀，惟将军察焉。"

须知，尽管吕凯所檄威恩内著，为郡中所信服，并能全其节，雍闿却闻若未闻，置于脑后。对此，诸葛亮在征得刘禅同意后，当即便召集在成都的文臣将校到丞相府，商议出兵南征雍闿事宜。待他们到齐按秩分左右方排定，诸葛亮平静道："雍闿不知好歹，敬酒不吃吃罚酒，那就来个先威后恩，先兵后礼吧。"

诸葛亮传令驻扎在益州郡味县的李恢率领蜀汉国军佯攻滇池县县城，以便牵制雍闿部众。同时，传令新拜牂牁郡太守、门下督马忠率领蜀汉国军向牂牁郡杀去。

诸葛亮认为，仅李恢和马忠两支蜀汉国军还难平定南中，其他将校也难担当此任，表示他要亲自率蜀汉国军前往。方被任命的屯骑校尉、兼任丞相长史、封平阳亭侯的王连闻之，便忙上前对诸葛亮道："南中乃荒野之地，瘴疠之乡，丞相乃国之栋梁，人心所向，若有不测，后果不堪设想。"

在场文臣将校认为王连言之有理，忙随声附和。诸葛亮却道："卿等须知，不入虎穴，焉得虎子！"

他们见诸葛亮决心已定，再劝无益，于是便不再多言。

待一切准备就绪，诸葛亮便亲率蜀汉国军步骑一万，向雍闿大本营益州郡治所滇池县县城杀去。随行的有新任参军、代行丞相府事宜杨仪，从事牙门将龚禄，郡从事牙门将德绪等人。

行前，为让诸葛亮在征途中享有专行之权，刘禅赶到丞相府，特意亲赐诸葛亮象征专征专杀之权的金鈇钺一具，仪仗用曲盖一柄，前后羽葆盖车一副，鼓吹乐器各一部，护卫皇宫的虎贲军六十人。对此，诸葛亮自然感激不尽，并当即向刘禅发誓，不平定南中誓不罢休。

出发那天，战旗遮天盖日，鼓角响彻云霄，战马奔腾，杀声震耳，大有踏平南中之势。正在这时，忽见原越嶲太守、现丞相府参军马谡快马加鞭赶到诸葛亮马头前，气喘吁吁地道："丞相须知，南中恃其险远，蛮夷不服日久，即使今日破之，明日又复反。倘若丞相倾国之力北伐曹贼，彼知我内虚，反叛也快。倘若尽歼以除后患，却非仁者之德，且又不能速战速决。然古贤云：用兵之道，攻心为上，攻城为下；心战为上，兵战为下。愿丞相以此服其心。"

方言毕，诸葛亮即道："言之有理啊。我正是此意。"

"那么丞相何故要大张旗鼓，兴师动众呢？"

"兵不厌诈，此举为虚张声势，震慑南夷。"

"妙啊！祝丞相旗开得胜，马到成功，早日凯旋！"

马谡言毕，即拱手施礼告辞。

此时值蜀汉建兴三年（曹魏黄初六年，孙吴黄武四年）春三月。

第六十七回 诸葛张嶷恩威并举平定南中成功 魏帝曹丕率军临江进攻孙吴无果

却说,雍闿、孟获、高定、朱褒等人披甲围坐,正为他们在永昌郡遭到吕凯与王伉率领蜀汉国军围堵,无法投降孙吴而无计可施、焦头烂额。又闻报诸葛亮亲率大军正向他们这边杀来,于是皆不禁慌了六神。待定下神,皆引颈望着满脸胡须、膀大腰圆、凶相十足的雍闿,看他有何妙计,以解眼下之难。雍闿见此,自然心领神会,于是略加思索便高声道:"敌远道而来,人困马疲,不堪一击。而我则以逸待劳,酒足饭饱,以一当十,有何惧呢!"

孟获、高定、朱褒认为雍闿言之有理,并信誓旦旦表示不擒获诸葛亮,愿献头颅。时高定部曲小将李慧则认为雍闿所言是吹牛皮,于是不以为然道:"诸葛亮智谋天下无双,连称霸中原的曹操和称雄江东的孙权都惧怕他三分,何况我们呢!再者,我虽有地利人和之利,但皆乌合之众,训练无素,兵械简旧,哪是其对手?"

方言毕,雍闿忽地站起大声吼道:"李慧这厮所言是大长敌之威风,大灭我之士气,推出斩首!"

言毕只将大手一挥,便见门外涌拥进几名高大威猛的刀斧手,上前将李慧连拉带踢,直向门外走去。正在这时,忽见皮肤黝黑、满脸横肉的高定起身大步上前挡住刀斧手道:"且慢,俺有话对大帅说。"

刀斧手们闻言,便停下脚步,等待高定言说。高定转身上前向雍闿拱手施礼道:"大敌当前,正是用人之际"

雍闿也压下怒火道:"要不是你提醒,俺差点误了大事。"

言毕,便向刀斧手挥手示意放开李慧。李慧见自己得救,自然感激高定不尽。

当日夜幕降临时分,酒足饭饱的雍闿因天气炎热正袒胸露肚,与孟获在自家花园散步,忽然门卫前来向他报道:"李慧李将军在门外,言有事求见。"

雍闿闻报,以为李慧已转变对敌我形势的看法,而来献御敌妙计,于是当即便叫门卫将李慧领了进来。李慧见到雍闿便上前毕恭毕敬拱手施礼道:"末将有一计可破敌。"

雍闿闻李慧所言果没出乎其意料,不禁得意非凡。于是昂首挺胸,漫不经心地问他道："李将军有何妙计？还不快快道来。"

不待问毕，便觉有一凉飕飕的东西钻进了胸膛。待忙低头一看，原乃李慧右手握着一把短刀深深刺在那里。雍闿料知性命不保，对孟获道："反蜀汉国大业重任，就拜托将军了。"

言毕，便倒地而亡。孟获还没反应过来，李慧早飞一般奔出大门，消失在了夜色中。

看官你道李慧何故要刺杀雍闿呢？原来他仍坚持当初的认识，并认为与其在此等死，不若杀了雍闿，自寻出路。于是说干就干，刺杀了雍闿。

再说诸葛亮从成都出发以来，便令蜀汉国军走走停停，停停走走，以便大张声势，恐吓雍闿，遂于两个月后的五月，方才经巴、蜀、滇、黔交汇处犍为郡僰道县上下村渡口渡过泸水。上秦皇时期修筑的通往益州郡滇池县的五尺道不久，诸葛亮便得报雍闿被杀。对此，他自然大喜不禁，并以为孟获、高定和朱褒定因失去大首领雍闿而没了主心骨会缴械投降。谁料此后得报高定和朱褒还极力推举孟获为首领，欲与蜀汉国军决一死战。对此，诸葛亮令全军将士连夜加快行军，经安上县沿江西上；令杨仪、德绪各领一支蜀汉国军向集结在旄牛、卑水、定筰等地据险筑垒防守的高定部众发起猛烈进攻。为鼓舞将士士气，诸葛亮还特意上表刘禅，表彰和提拔吕凯和王伉。表略云："五官掾功曹吕凯和府丞王伉等，执忠绝域十有余年。时雍闿、高定逼其东北，王伉和吕凯等率军守义，不与交通。臣不意永昌风俗敦直乃尔。"

刘禅接到上表后，二话没说，当即便下诏吕凯为云南郡太守，封阳迁亭侯；王伉亦封亭侯，为永昌郡太守。

蜀汉国军闻吕凯和王伉加官晋爵，于是勇气倍增，不久杀高定，顺利占领了越嶲郡。随后，诸葛亮便挥师向益州郡滇池县县城杀去。

在此同时，马忠也挥师讨平了朱褒据守的牂牁郡，随后也马不停蹄向益州郡滇池县县城杀去。

须知，虽然诸葛亮和马忠两路进军顺利，但李恢一路却遇到强烈抵抗。原来李恢挥师从味县县城向益州郡滇池县县城进军时，周围诸县民众相纠

第六十七回　诸葛张嶷恩威并举平定南中成功　魏帝曹丕率军临江进攻孙吴无果

合，将蜀汉国军包围在途中的群山之中。山头虽然平坦低矮，但林木参天，茂密非常。那些民众在首领的指挥下，时而藏在山上朝李恢所率蜀汉国军放箭，时而从各处向他们冲杀。李恢兵少将寡，加之天气炎热，饥渴难忍，又未得到诸葛亮音讯，军心动摇，形势非常危急。对此，李恢临危不惧，灵机一动，谎对那些民众首领道："我军粮草将尽，正打算退还。但我曾经责骂过当地乡佬，即使我军回还，也不能再回到北方。因此，我军欲与你们共同谋反。故以诚心相告。"民众首领闻李恢言，信以为真，于是放松警惕，松散围圈。李恢见此大喜，随即挥军突围，结果大胜，于是南至槃江，东接牂牁，与诸葛亮大军相连。于是诸葛亮、马忠和李恢三路蜀汉国大军按既定方针，终于在益州郡滇池县县城会师，开始攻打孟获。

　　须知，滇池县历史悠久，数万年前便有人在此过着茹毛饮血、穴居野处的原始生活。约四千年至七千年前，便有了从事刀耕火种、上山狩猎、下河捞虾、圈养畜禽、纺纱织布的定居之民。青铜器时代，这里氏族部落林立，但濮族居多。氐、羌等游牧民族则是从秦、巴、蜀和西域等地迁徙而来，他们与原居民融合形成滇族，从而促进了该地区飞快发展。春秋战国时期，楚国国君楚顷襄王派遣楚庄王之后、楚国名将庄蹻率军沿江水而上，占领了巴郡和黔中郡以西的地区后，一直打到滇池县，于是这里便成了楚国领地。随后不久，庄蹻反楚，自称滇王，建立了滇王国，并带来了楚国和中原的先进文化和技术，加之这里四季如春，风调雨顺，出现了五谷丰登，风光旖旎的境象。西汉王朝建立后，汉武帝刘彻派临近的巴蜀兵勇打败了滇王庄蹻的后继者劳浸和靡莫人，于是滇王国便归顺了汉王朝，并成为南中地区最大最繁荣之地，居有多民族，下辖十七城，成为户二万九千零六十三、人口十一万零八百零二的益州郡治所所在地。因此，雍闿、孟获、高定和朱褒等人才将其作为造反的大本营。

　　却说三路蜀汉人马先后到达滇池县县城，安营扎寨方毕，诸葛亮便传令召集马忠、李恢、杨仪、吕凯、王伉、龚禄和德绪等文臣将校到中军大帐，商议如何攻打滇池县县城事宜。待大家闻召到齐按秩方站定，早坐在上方中央的诸葛亮即道:"滇池县县城城墙高大坚固,这先锋印……"

不待言毕,在场将校有的便摩拳擦掌,争先恐后发言争夺攻城先锋印。有人高声道:"鄙职愿为攻城先锋,丞相以为若何?"

诸葛亮闻声望去,乃李恢。众人认为他不过半文不武、年过半百之人,如何担得先锋大任?因此,皆不禁嗤之以鼻。谁料诸葛亮却掷地有声道:"先锋印非李恢莫属!"众人闻言,皆不禁愣了。诸葛亮见此,便解释道:"李恢乃离此不远的味县人,熟知这里山水人情。"

李恢也道:"哪位知晓此地情况?道来听听。"

随后良久也无人应答。诸葛亮见此,便对李恢道:"卿道来听听。"

李恢闻言,遂不假思索道:"滇池县城池西临深不可测的滇池,东依高入云霄的崇山峻岭,南有纵横交错的河道沟渠,北有一望无际的高丘深堑,故乃易守难攻的天然之所。"

方言毕,越嶲太守龚禄便问李恢道:"请问,有何妙计……"

不待问毕,李恢早已上前对诸葛亮耳语起来。只见诸葛亮连连点头称是,并道:"众卿到时按令行事便是。"

再说孟获自被推举为首领以来,不负众望,不久便将雍闿部曲收拢起来,并令他们日夜不停地砍伐竹木,制造兵器,加强训练。同时,加固城池,轮班严防。因此,待三路蜀汉大军赶到城下时,城上早已刀枪林立,戒备森严,无懈可击。

孟获以为城池固若金汤,没人能破。高兴之余,便在一日午夜时分,与几名随行武士乘马前往位于城中十字街口的温泉祠泡温泉。时方解去衣裤,便见一探马不顾门卫阻拦,飞一般跑进来,不及向孟获拱手施礼,便急报道:"报告大帅,无数敌军驾着竹筏,从北岸滇池攻过来了。"

孟获闻报,不禁大惊失色,遂忙问道:"敌将是谁?"

"不知晓啊。"

探马方答毕,便见另一探马大步上前,亦不及向孟获施礼,便气喘吁吁答道:"据小的方才探得,敌将是……李恢。"

第六十七回　诸葛张嶷恩威并举平定南中成功　魏帝曹丕率军临江进攻孙吴无果

孟获闻答，遂转惊为喜道："原来是俺当年同窗，待俺出去会会。"

言毕，待侍者为他披衣穿裤蹬靴毕，便与同来的几名随行武士飞一般奔出大门，翻身上马，出城西门，直向滇池西岸码头驰去。片刻，便到达了那里。待孟获站定举目朝前一望，火光中果见李恢站在前面大竹筏上，正举剑指挥一支乘着竹筏的蜀汉国军飞一般向这边杀来。孟获高声问道："是李将军吗？俺是孟获，还记得么？"

方问毕，李恢所乘竹筏已飞一般驶到孟获眼前。孟获见此，又高声问道："李太守还认得俺吗？"

"咱俩当年是要好同窗，怎么不认得。孟将军别来无恙吗？"

孟获闻李恢问，不禁非常激动，与李恢滔滔不绝地聊起当年在味县书院求学的往事，一时竟将眼下交战抛在九霄云外。正在这时，忽见城南不远处火光中，有队人马边高喊着"杀"声边飞一般向城南门杀去。

对此，孟获不禁非常惊异，随即令一名胆大心细的随行武士前往打探是哪路人马。武士得令方转身不待迈步，便见一探马飞马来到孟获身前，不及向他拱手施礼，便气喘吁吁高声报道："报告……大帅，不好了，有大队敌军……杀进城南门了。"

"守城的干什么去了？"

"他们竹刀木枪，哪是敌军钢刀铁枪的对手？敌军不用吹灰之力便攻破城池。无奈，他们只得蜂拥般而……"

不待探马报毕，孟获已知中计，气得浑身发抖，高声怒骂李恢道："狗官，竟然欺诈当年同窗，来日必遭报应。"

骂毕，即同随行武士和探马翻身上马，飞一般向城西门赶去，意欲传令守城部众据城死守。待他赶到城门下正欲叫门，却见火光中一身材高大、面相儒雅的中年汉子站在城楼栏杆前，其左右还站着几员铁盔铁甲的将校。不待孟获发问，那汉子便和蔼可亲地高声对孟获道："城下可是孟将军？我在此等你久了啊！"

言毕良久，也未闻有任何回音。看官你道孟获哪里去了呢？原来此前他闻那人之言，便不禁大吃一惊。经问那探马，方知此人就是大名鼎鼎的诸葛亮。诸葛亮采纳了李恢献计，明修栈道，暗度陈仓，轻取了城池。于是孟获不禁对李恢恨得咬牙切齿。同时，还不禁对诸葛亮既敬仰又畏惧。敬仰的是，诸葛亮乃蜀汉国一人之下，万人之上的重臣；畏惧的是，诸葛亮有运筹帷幄之中，决胜千里之外之能，我孟获岂是其对手？既如此，不若投了他方为上策。转而一想，那岂不有负雍闿临终遗言和其在天之灵吗？再说俺故乡味县距此仅二百来里，平时俺对那里父老乡亲不薄，有他们支持，还怕诸葛亮这些远道而来的人马不成？于是不待回答诸葛亮方才所言，便与随行武士一道，拍马飞一般向东北方味县逃去。

却说诸葛亮见孟获逃去，便下城到县衙大堂掌灯提笔撰写安民告示。不待撰毕，便见李恢匆匆进来，拱手施礼问道："丞相见着孟获了吗？"

"没有呢，这厮必是逃走了。李将军说说看，他逃到哪里去了？"

"味县。"

"为什么？"

"味县是我故乡，也是他老家。"

"距此多远？"

"二百来里。"

"那里人情风俗如何？"

"多族杂处，他们虽然饮食独特，服装各异，居处有别，但秉性淳朴，热情好客，且善歌善舞，节日繁多。另外，他们也若中原和巴蜀之民般流行正月初九踏青、三月初三登山、九九重阳登高、中秋之夜赏月等活动。总而言之，日子过得倒也津津有味，其乐融融。"

诸葛亮闻李恢答，沉思片刻，即下令所有蜀汉国军按兵不动，同时，又令杨仪率领蜀汉国军清除城内外交战时留下的废弃物，张贴安民告示。半月后，待城内外秩序恢复得如同平时，诸葛亮方才留龚禄率领一千蜀汉国军守城，其余的皆随他向味县县城赶去。次日午时，便赶到了那里。进得城里，并未见到孟获身影。于是便在李恢带领下，又赶到距味县县城北五里的孟获

第六十七回　诸葛张嶷恩威并举平定南中成功　魏帝曹丕率军临江进攻孙吴无果

老家三宝乡石宝寨。经打探，孟获也未在那里。

那么孟获去哪了呢？原来他与随同武士一行从滇池县县城连夜马不停蹄地逃命，到距孟获老家三里处时，正好旭日欲出，东方发白。为防不测，他们并没住进孟获老家，而是连人带马躲进了附近一宽大的溶洞里，不待歇息，便步出洞外，就近挨门挨户敲门，向那里民众言说诸葛亮所率蜀汉国军在南中见人不分青红便砍，不辨皂白就杀，于是所到之处尸积如山，血流成河，惨不忍睹。民众闻之，自然惊怒异常，一传十，十传百，谣言很快便在那里传开了。不仅如此，他们还纷纷聚集在洞内外，献计献策，弄枪弄棒，欲与诸葛亮所率蜀汉国军拼个你死我活，鱼死网破。因此，待诸葛亮率领蜀汉国军赶到时，那里早已刀枪林立，戒备森严。诸葛亮认为，倘若硬拼，定会误杀误伤无数民众。如此，显然与自己先礼后兵之策背道而驰。因此，他并未下令攻打，而是立即召集文武官员商议对策。有的将校言此前滇池县县城是不战而得，未给孟获部众一点兵刀颜色，他们还不知蜀军的厉害。因此，应大开杀戒，或起码应牛刀小试。诸葛亮闻之，自然连连摆手表示反对。正在这时，忽见无数民众在一膀大腰圆，满脸胡须，高骑雄象，举着大刀的青年汉子率领下，手舞竹刀木枪，边喊着"杀"声边猛地向他们冲杀过来。蜀汉国军阵中一中年将军见此，毫不畏惧，立刻拍马舞枪，向那汉子迎了上去。他俩皆是初次相见，互通姓名，方知一是孟获胞弟孟烈，一是蜀汉国将领马忠。

须知，孟烈所骑大象虽然身高力大，但奔跑缓慢；马忠所骑战马虽然矮小力弱，但灵活敏捷，奔跑如飞。因而各有所长，各有所短。而他俩武艺也平分秋色，不分伯仲。于是你闪电般一枪刺去，我猛地一刀劈来，来来往往，往往来来，直杀得昏天黑地，不见人影。马忠所率蜀汉国军虽多次见过比这激烈得多的厮杀，却未见过眼前象军这般阵势，于是皆惊得四下乱奔，溃不成军。其间，坠马的德绪还被大象踏得血肉模糊，不成人形，呜呼哀哉了。正杀得起劲的马忠见此，料想取胜无望，无奈，只得收枪掉转马头退走。对此，诸葛亮不但不下令全军将士上前助战，反还传令后退十里安营扎寨。对此，蜀汉国军无不气得捶胸顿足，哇哇大叫。

却说在洞里的孟获等人见诸葛亮人马无可奈何地退去，自然大喜不禁，并在洞中大摆筵席，祝贺孟烈首战告捷。正在这时，忽然一洞门守卫飞一般进来报道："敌将马忠和李恢率军正向这边杀了过来。"

孟获闻报，毫不惊慌，放下筷盏，对坐在其左侧的孟烈道："还是出动你的象军吧。"

孟烈闻言，随即放下筷盏，站起高声怒道："上次俺象军便宜了他们，这次得多给他们点颜色。否则，他们还不知俺象军的厉害！"

言毕，便大步飞奔出洞门，翻身上象，赶到象军大营，一声呼哨，那些象军便立刻翻身上象，挥舞着竹刀木枪，紧随孟烈向马忠和李恢所率蜀汉国军猛地迎了上去，恨不得将其踏成肉泥方才罢休。还未接近马忠和李恢所率蜀汉国军，便见漫天飞舞的辣椒粉迎面扑来，直呛得人、象泪流满面，咳声震耳。孟烈的象军欲继续拍象向前冲，但那些大象却不断嘶吼，乱蹦乱跳，转身回逃。结果与后面冲上来的象军迎面碰了个正着，于是倒地的人、象数不胜数。其中，孟烈被摔了个四仰八叉，爬不起来。马忠和李恢所率蜀汉国军见此，并未上前砍杀，而是飞一般上前将洞门团团围住，架起皮制鼓风机，猛地向洞里鼓吹辣椒粉，呛得洞里的孟获等人喊爹叫娘。直到洞里没了声息，他们方才罢休。

随后，马忠便派了一名胆大心细的小校进洞查看情形。小校得令，立刻戴上面具，小心翼翼地向洞里走去。进得里面，见那里灯火辉煌，如同白日，孟获等人皆倒卧在各自餐几前一动不动。小校见此，以为他们已被熏死，于是便上前俯身逐一触摸其鼻孔，发现他们呼吸如常，生怕他们爬起与自己拼命，不禁吓得浑身发抖，忙转身飞一般奔出洞外，将洞里所见向马忠如实作了报告。马忠闻之，令五十名身高力大的士兵，随那小校进洞，将孟获等人抬出。他们得令进洞不久，便将孟获等人抬了出来。

看官你道是谁出策用辣椒粉制服了孟获及象军的呢？乃诸葛亮。

却说孟获等人清醒过来，便见原德绪部下一小校怒火中烧，翻身下马，

第六十七回　诸葛张嶷恩威并举平定南中成功　魏帝曹丕率军临江进攻孙吴无果

举刀上前，欲劈了孟获，为德绪报仇。正在这时，忽听得不远处有人高声道："住手！"

小校闻声忙望去，乃诸葛亮率领大队蜀汉国军赶了过来。诸葛亮怒道："我有言在先，不得杀戮一兵一民，更别说首领孟获了，难道你不知晓？"

"丞相须知，小的杀他是为德将军报仇。"

"你心情可以理解，但须得记住，他是受反首雍闿指使才走上邪路的。因此，罪魁祸首是雍闿，杀孟获一人岂能平南中数万难？"

小校闻诸葛亮言，如梦方醒，于是收刀跪伏在诸葛亮面前道："小的无知，请丞相重罚。"

"记住教训便是，快请起。"

诸葛亮言毕，即上前将小校扶了起来，小校直感动得不知所以。随后，诸葛亮下令全军就此安营扎寨，将被踏伤的和被熏伤的孟获及象军扶进帐篷，让随军郎中治疗。不可思议的是，诸葛亮同时还下令医治那些受伤的大象。眼前发生的这一切，躺在榻上治疗的孟获却见若未见，无动于衷。

诸葛亮料想孟获还未诚服，于是便上前和颜悦色地对他道："待你和你所率部众治愈后，愿从军的从军；愿回家的发给盘缠；死亡的，由官府拨款按当地风俗厚葬，有父母妻妾儿女的，由官府出资赡养。大象不仅是你所率部众实力的象征，也是心中的神圣之物。再者，首领们常得骑着大象巡游村寨，新郎们得骑着大象迎娶新娘，商贩们常得用大象运载货物。因此，对他们而言，大象是不可或缺的。待它们伤愈后，皆物归原主。死亡的大象，则由官府拨款赔偿和厚葬。"

孟获闻言，直激动得不知所以，回过神，猛地从榻上爬起道："俺太过愚顽，请丞相重罚。"

"悔过自新，过往不究。"

"为南中平安，俺愿与丞相合盟。"

诸葛亮为万全计，并未立刻答应与孟获合盟，而是在次日早饭后，带着他观看蜀汉国军将士军演。参演将士盔甲耀日刺眼，刀枪寒光四射，步伐整齐有力，杀声震天动地。站在演武台中央前方的诸葛亮见此大喜，并问站在身旁右侧的孟获道："此军如何？"

"俺原不知贵军虚实，故败。今蒙赐观，果然不凡，我输得心服口服。"

诸葛亮闻孟获言，不禁大笑道："即使七战七获，我亦释放你啊！"

孟获闻言，遂忙连连摆手道："丞相天威，俺决不再战！"

诸葛亮闻言，认为孟获已彻底诚服，于是和颜悦色地问他道："何时何地举行合盟仪式呢？"

"听丞相的。"

诸葛亮沉思片刻建议道："三日后在石宝山，如何？"

"可以。"

须知，诸葛亮何故建议将合盟仪式定在石宝山呢？原来那山就在孟获故乡石宝寨附近，石宝寨也因它而名。在那举行合盟仪式，到时孟获父老乡亲必会赶来观看，孟获也会感到无上荣耀。如此，对稳定南中百益无害。由此可见，诸葛亮用心之良苦。

诸葛亮见孟获对自己方才所言毫无异议，大喜，随即便令李恢带领五百蜀汉士兵上石宝山山顶，修筑合盟坛。两日后，一座高大雄伟、面朝成都的合盟坛便在风光旖旎的石宝山山顶拔地而起。

举行合盟仪式那天，风和日丽，晴空万里。宽衣大袖的诸葛亮与身着彝民首领服饰的孟获肩并肩沿着坛阶走到坛几前站定，便各举短刀，猛地刺破各自手腕，将流出的鲜血盛到坛几上的酒盅里，然后不约而同地端起酒盅，异口同声发誓道："皇天在上，我俩发誓永久合盟。除非乌蒙山消逝，除非滇池水枯竭，除非隆冬响雷，除非盛夏飞雪，我俩方敢违背今日誓言！"

发誓毕，即昂首举杯将血酒一饮而尽。时混站在坛下四周的双方部下人马，以及从附近赶来的争相观看的民众欢呼声响彻云霄，此起彼伏。待诸葛亮与孟获方走下坛阶，那些民众便一拥而上，将诸葛亮和孟获抬起抛向空中，并不断高呼"诸葛丞相天威"。

随后，诸葛亮和孟获下令就地设宴，款待士兵和百姓。为体现亲和，诸

第六十七回　诸葛张嶷恩威并举平定南中成功　魏帝曹丕率军临江进攻孙吴无果

葛亮餐几摆设在那些民众餐几之中，孟获餐几摆设在蜀汉国军将士餐几之中。酒宴是按当地口味制作，原料亦来自当地。因此，孟获和那些民众无不赞不绝口，并纷纷举杯向诸葛亮敬酒，以示尊崇。蜀汉国军将士也纷纷举杯向孟获敬酒，以示友好。同时，民众们还跳起了欢快的舞蹈，唱起了动听的歌曲。直到夕阳西下，夜幕降临，方才散去。

次日早饭后，蜀汉国军便依诸葛亮命令，拔寨启程，回到滇池县县城。

为便于统管，诸葛亮在征得远在成都的刘禅同意后，便化整为零，化大为小，即将原南中益州、永昌、牂牁、越巂四郡改为建宁、永昌、牂牁、越巂、云南、兴古六郡，并将益州郡改名为建宁郡，将治所从原益州郡迁到建宁郡。

同时，诸葛亮还打算起用当地各民族首领参与统管南中郡县。但有的文臣将校认为起用他们有违汉朝皆委汉官统管和遣兵屯守制度，因此对诸葛亮予以劝谏。但诸葛亮却辩解道："众卿须知，若留非南中夷人统治，则当留兵，兵留则无所食，一不易也；加之夷人新受伤破，父兄死丧，倘若留非南中夷人统治而无兵者，必成祸患，二不易也；又南中夷人累有乱杀之罪，自嫌衅重，若留非南中夷人统管，他们终不相信，三不易也。今吾欲不留兵，不运粮，而纲纪粗定，夷、汉皆可安也。"

众人闻言，不禁恍然大悟，异口同声道："听丞相方才一席言，胜读十年书啊！"

诸葛亮见他们再无异议，于是决定不留兵，不运粮。同时，除起用非南中人马忠为牂牁太守外，又任用南中人李恢为建宁太守、吕凯为云南太守，并对收降的爨习、朱提和孟琰等当地各族首领一一授予官职。随后，又按势力强弱，配给那些大族部曲，并专为他们设置了号为五子的五部都尉，以协助李恢、吕凯和马忠统管。

须知，诸葛亮起用当地各民族首领，其实采用的是汉章帝时护羌校尉邓训以夷制夷之策。如此，既保住了蜀汉国军不战而胜，又利用夷人稳定南中。此真乃一箭双雕，百益无害。

诸葛亮见南中局势已经稳定，于是便率军沿来路向成都进发。途中，皆受到当地各民族吏民的热烈迎送。当他们行到成都南门外十里处，又受到刘禅和文武百官相迎。诸葛亮方见到刘禅，便欲下马施礼。刘禅见此，忙下车上前连连摆手道："相父不远万里，深入荒野，平定南中，功比天高，礼就免了。否则，折煞朕啊！"

方言毕，便见诸葛亮身后不远处一南中人穿戴的高大英俊的中年汉子突然下马，上前跪伏在刘禅面前惭愧地道："俺有重罪，请皇上严惩。"

时刘禅从未见过此人，因而不禁一惊。诸葛亮见此，忙介绍道："陛下，他就是孟获。"

随后，诸葛亮又将孟获悔过自新、重新归顺的意愿向刘禅禀报了一番，刘禅闻之大喜道："原来是孟将军，欢迎，欢迎。"

言毕，忙上前俯身双手将孟获扶了起来。诸葛亮见刘禅善待孟获，大喜，并建议予以重任。时刘禅二话没说，便封孟获为次御史大夫、纠弹百官朝仪、秩千石的御史中丞，留驻成都。对此，孟获直激动得泪流满面，不知所以，回过神方才道："谢陛下！谢丞相！"

随后，刘禅要诸葛亮与他同乘大辂车回城，然诸葛亮坚决不肯。无奈，刘禅只得与诸葛亮肩并肩，手拉手，徒步回城。文臣将校见此，遂不约而同地感叹道："陛下与丞相真乃君臣相敬啊！"

进城后，刘禅和诸葛亮入宫赴宴。刘禅餐几自然设在皇宫上方中央，诸葛亮餐几摆设在刘禅餐几之右，孟获餐几摆设在刘禅餐几之左。其他文臣将校餐几按官阶高低，分左右摆设。席间，刘禅起身举杯逐一向诸葛亮和孟获及其他文臣将校敬酒。对此，他们自然感动得不知所以，待回过神，即争先恐后上前回敬。总之，气氛和睦，其乐融融。

此时值蜀汉建兴三年（曹魏黄初六年，孙吴黄武四年）七月。

须知，诸葛亮平定南中后并非一劳永逸，一了百了，其后却是小规模反叛不断。比如，就在诸葛亮驻军汉中准备北伐曹魏时，平定广汉、绵竹张慕之乱的牙门将张嶷便被任命为越巂郡太守，随马忠前往越巂平乱。时越巂北

第六十七回　诸葛张嶷恩威并举平定南中成功　魏帝曹丕率军临江进攻孙吴无果

部地区民众勇猛剽悍，最善捉马，不受节度。张嶷闻之，遂亲自率军前往讨伐，生擒其首领魏狼。但张嶷并未杀他，而是以酒席招待，将其释放，希望他回去招降其他不肯投诚的部落首领。同时上表刘禅，封魏狼为邑侯。其他首领闻之，遂争先恐后来降。

苏祁邑少数民族首领冬逢与其胞弟冬渠等降后又反，张嶷于是便率兵讨伐，斩杀了冬逢。冬逢之妻乃牦牛王之女，张嶷考虑到牦牛王势力强大，遂宽大为怀，不治其罪。而刚猛狡诈的冬渠则逃入越嶲西徼，又派两个亲信到张嶷处诈降，但被张嶷识破。张嶷并未处罚他俩，而是施反间计，予以重赏，他俩回去后反将冬渠杀死。结果不用一兵一卒，便平定了苏祁邑。

张嶷对凶恶者必予严惩，如冬渠部下头目李求承反叛时亲手杀害了张嶷至亲好友原越嶲太守龚禄，李求承被捕后，张嶷亲手将其斩首。

越嶲郡叛乱虽然得以平定，但因长期叛乱使越嶲郡治所邛都城池遭到严重破坏，于是张嶷便征集当地民众很快将其修复。

距越嶲郡治所邛都有三百余里的定筰、台登、卑水三县盛产盐、铁和漆，当地各民族首领却将其据为私有，成为他们发财致富的源泉。张嶷闻之，大为不平，率军前往占取。时定筰县首领豪狼岑和盘木王舅，深得当地民众信任，拒见张嶷。对此，张嶷怒不可遏，遂便派了几十名身强力壮、膀大腰圆的将士突然将他俩收押斩首，并将尸首送还给那里的民众部落，还特别说明他俩为人凶残，对抗朝廷，早该严惩。又强调今后任何人不得私占盐铁，否则杀之。于是其他地区各民族首领对张嶷非常畏惧，纷纷投诚。张嶷闻之，不禁大喜，遂大摆酒宴予以款待，并重申恩信。结果张嶷获得大量盐、铁和漆，以供朝廷所需。

汉嘉郡有牦牛族民众四千多户，其首领为狼路，欲偷袭张嶷营寨，为其被杀的姑婿冬逢报仇，并派他叔父狼离率领原冬逢部众查看张嶷营寨地形，为偷袭做准备。张嶷闻之，立即派人赐给狼离牛酒，以示慰劳。随后，又让狼离迎回冬逢之妻。对此，狼离深受感动，率领所部投诚张嶷。张嶷见此大喜，又对其大加赏赐。此后，牦牛族民众再未叛乱。

越嶲郡原有一条直通成都的便捷道路，因旄牛族民众叛乱断绝了百余年。为恢复交通，张嶷先派部下对狼路予以赏赐，然后才对他谈及恢复道路交通事宜。狼路闻之，便表赞同，并随即率领所有兄弟及其妻儿和张嶷盟誓：共同恢复道路交通。结果道路很快恢复，张嶷于是表狼路为旄牛族王。刘禅闻之，大喜，下诏拜张嶷为抚戎将军。

张嶷在越嶲任职十五年，那里吏民皆安，处处祥和。当蜀汉国朝廷召张嶷离任回成都时，当地吏民皆为张嶷的离任哭泣。张嶷率蜀汉国军路过旄牛邑时，邑君襁负闻之，忙率众热烈相迎，随后直送到蜀郡边界方才作罢，还有大小头目百余人自愿加入张嶷所部。张嶷回成都后，因功被刘禅拜为荡寇将军，赐爵关内侯。

上述可见，平定南中之乱非诸葛亮一人之功，马谡、张嶷、李恢、吕凯、马忠，特别是张嶷之功亦不可没。

却说诸葛亮从南中回到成都后并未欢天喜地，而是日夜不安，茶饭不思。何也？因为他认为：南中雍闿、孟获、高定和朱褒各民族首领聚众叛乱欲投奔孙吴时，孙吴虽未出兵接应，却遥置雍闿为永昌太守。如此，显然是鼓励雍闿等各民族首领叛乱。为防止此类事件再度发生，于是征得刘禅同意，迁黄门侍郎费祎为昭信校尉，命其前往武昌与孙吴加强通好。

费祎得命出使，孙权出于礼貌，便大摆宴席为费祎接风。酒方过一巡，才思敏捷、口若悬河的辅正都尉顾谭、右弼都尉张休、骑都尉诸葛恪和羊衒等文臣将校便争先恐后与费祎辩驳，使费祎一时陷入唇枪舌战之中。时孙权还讥笑道："昭信校尉年经轻轻便担当出使大任，佩服，佩服！"

方言毕，费祎即笑着对孙权道："大王年十七便临危受命，担当大任。真是前无古人，后无来者。那才让天下人佩服呢！"

随后，费祎便转变话题，一脸严肃问孙权道："听说大王曾封拜南中南蛮反首雍闿为永昌太守，有这事吗？"

孙权闻问，不禁面红耳赤，无言以对，便极力劝说费祎吃酒，意欲趁其酒醉神智混乱时与其对话，以便占据上风。

第六十七回　诸葛张嶷恩威并举平定南中成功　魏帝曹丕率军临江进攻孙吴无果

随后良久，孙权以为费祎已醉，于是便转变话锋问以国事，并论及当世之物，且词难累至。费祎半醉半醒，为谨慎起见，待片刻酒醒，方才迅疾以笔书于绢上答之。结果所答事事如问，无所漏失。对此，孙权不禁对费祎肃然起敬，另眼看待，并道："君天下淑德，必当股肱大汉，恐不能数来啊。"

言毕，即以手中常执宝刀赠送费祎，费祎却摆摆手道："臣以不才，何理受此刀？然刀所以讨不庭、禁暴乱者也，但愿大王勉建功业，同奖汉室。臣虽暗弱，终不负此行。"

由于费祎词顺义笃，据理以答，孙权终不能使其屈服，遂当即发誓不再与南中交通。

却说曹丕为恢复已废除近两百年的太学教育，依汉制再设五经课，置五经博士，复建董卓焚毁时殃及的太学讲堂，忙得不可开交，闻报费祎出使武昌，蜀汉与孙吴又进一步加强通好，直气得咬牙切齿，面色蜡黄。他认为三年前九月至十一月那次从濡须、洞浦、江陵讨伐孙吴之战强度还远远不够，还得出兵狠狠教训他们一顿，否则，他们还不知我曹丕的厉害。为此，便召集在洛阳的文臣将校速到北宫议事堂商议用兵事宜。

须知，其实在曹丕讨伐濡须、洞浦和江陵之后的曹魏黄初五年（孙吴黄武三年，蜀汉建兴二年）八月，曹丕就欲率领曹魏国军前往广陵，从那渡过江水，攻取孙吴王国重镇建业。出发前，关内侯侍中辛毗闻之，便不顾年迈体弱，匆匆赶到曹丕下榻处，对踌躇满志的曹丕道："皇上须知，如今天下大势已与往昔不同，蜀汉与孙吴两房早已相互遣使通好。如此，他们皆无后顾之忧。不仅蜀汉房，就是孙吴房，也会全力以赴对付我。甚至还胆大妄为，主动向我发起进攻。比如，陛下还记得吧，前时孙吴房戏口浦守将晋宗杀死部将王直，举众投我而复职为蕲春太守，并欲袭击孙吴房安乐浦，夺回被在那充当人质的自己家眷。孙权那厮闻之，便恼羞成怒，并于当年六月出其不意，令其后将军、徐州牧贺齐督蜀汉房降臣糜芳以及部将鲜于丹和刘邵等突袭蕲春，并生擒晋宗。"

言至此，清了清嗓子又道："再者吴、楚故地之民，向来凶恶难御，待天下之势稳定后他们方可服管，否则即叛，自古如此，非当今也。而今陛下享有海内，不服者，岂能长久？须知，秦末海南郡龙川县令尉佗称帝，汉时公孙子阳于益州江州僭号，结果不久，他们不是称臣就是被诛。何也？违逆者不能久也，而有大德者天下人没有不服的。今我天下新定，土广民稀，即使朝廷谋划出克敌制胜之策，临到出兵时仍有忧惧，何况当今朝廷还没谋划好克敌制胜之策而用兵呢？因此，臣下还未见到有利我者。当年武帝屡起精锐王师讨伐孙吴虏，但最终还是临江而还。今六军少于当年，而再对孙吴虏用兵，难以取胜也。至于今日之事，莫若按范蠡之法养民，仿管仲之道施政，效充国之屯田，明仲尼之远见。如此十年后，现强壮者还未衰老，即使眼下的儿童，到那时也是年富力强，兵可胜任作战。如此，全国百姓也愿为陛下效力，全军将士更愿奋勇战斗，到那时再用兵讨伐孙吴虏，一战便可将其灭之。"

辛毗所言有的是一针见血，点到要处；有的则是危言耸听，不着边际，加之啰啰唆唆，没完没了，曹丕早就听得不耐烦了，故待辛毗方言毕便道："如你所言，应当让子孙们去消灭孙吴虏了？"

"昔周文王将殷朝留给其子周武王去消灭，唯知时势，倘若时势不许，岂能成功？"

辛毗方言毕，曹丕即连连摆手道："朕意已决！"

辛毗闻言，料知再言无益，无奈，只得起身施礼而去。

同年八月，曹丕亲御龙舟，率领曹魏国水军五万，沿蔡、颍二水，经淮水至寿春。并于同年九月的一日黄昏时分，赶到广陵泗口安营扎寨，埋锅造饭，歇息一晚，于次日早饭后便欲下令南渡江水，攻取建业城池。辛毗闻之，为安全计，遂忙赶到曹丕中军大帐，向他建议在大军渡水前得先观察一下江面水情和建业地形。曹丕认为辛毗言之有理，于是便在左右文武前呼后拥下，登上江水岸边一高岗，举目朝南一望，见建业至句容方向有座旌旗遍布、刀枪林立的高大城墙在晨雾中时隐时现。对此，曹丕不禁心头一愣。再朝水面上望去，见江面南侧有无数条战船在那来回飞一般穿梭，激起的浪花

第六十七回　诸葛张嶷恩威并举平定南中成功　魏帝曹丕率军临江进攻孙吴无果

直扑江堤。恰值秋雨绵绵，江水暴涨，漫过两岸。曹丕哪见过这般势头？这才认为夺取建业城，无异于登天。于是不由仰天长叹道："魏虽有武骑千群，无所用啊，未可图啊！"

曹丕在那待了几日，便率曹魏国军回到洛阳。

曹丕看到的那座城墙，其实是假的，那些战船也是赝品。何也？原来孙权闻报曹丕欲发兵攻取建业，不禁大惊失色，忙召文臣将校到议事厅商议对策。时大多人犹若孙权般大惊失色，唯安东将军徐盛泰然自若，并对孙权献计：沿建业至句容数百里江边插上与城墙等高的木柱，再挂以苇草，插上旌旗和刀枪。魏虏隔江望之，犹若一望无际的城墙。同时，再征用大批民船，上挂旌旗，在江面上来回游弋。如此，必吓退魏虏。孙权认为徐盛言之有理，并令徐盛率领孙吴王国军前往实施。徐盛得令，率孙吴王国军飞一般赶到那里，指挥日夜施工。待曹丕率领曹魏国军赶到时，城墙早已拔地而起。同时，民船也按数按时征到。总之，一切如孙权和徐盛所料所愿。

这里还有个小插曲，即当曹丕率领曹魏国军方到广陵泗口，便令荆、扬二州诸军同时参战。同时又问文臣将校道："孙权这厮会亲临建业顽抗吗？"

他们闻问，遂异口同声答道："陛下亲征，孙权恐惧，必举国之力而应之。但这厮又不敢将镇守建业重任托于部下，因而他必亲来。"

唯刘晔对其所答不以为然，并斩钉截铁道："孙权这厮并不认为陛下为万乘之君而受牵制，而只会命令别将率军过江作战，他只是布兵观战而已，不会亲来。"

曹丕在泗口停了几日，也未闻报孙权前来，于是对刘晔道："你所言极是啊。"

孙权确如刘晔所言，并未来建业前线，只是听从了徐盛所言而已。

曹丕还军洛阳后，又萌发了以水军讨伐孙吴的念头，并于次年三月，下令在召陵开挖讨虏渠，准备从那出发乘船讨伐孙吴。同年五月，曹丕便率领曹魏国水军讨伐孙吴，结果无果而还。

以上皆往事，就此打住。

却说那些文臣将校闻曹丕召,自然按时纷纷赶到北宫议事堂按秩排定,只等曹丕到来。片刻,曹丕便满头大汗匆匆赶到那里,方坐定便将费祎出使孙吴通好,准备发兵讨伐孙吴之事向他们道了一番。随后喝了口茶,清了清嗓子又道:"大家须知,朕为这次征讨孙吴建业,先向孤鳏贫民赈贷,帮其发展耕作,以便国强民富,稳定后方。后又厉兵秣马,积累辎重三年余,并临江筑宫室数里,供大军往来驻扎。其间,见孙吴虏便出奇兵击之。否则,则当让六军以游猎形式飨赐军士。"

文臣将校闻言,遂异口同声赞赏曹丕治国有方,治军有术。对出兵讨伐孙吴也深表赞成,并摩拳擦掌,争当先锋。正在这时,忽听得有人高声道:"王师屡征而未有所克者,盖以孙刘唇齿相依,凭阻山水,有难拔之势之故啊。往年龙舟飘荡,隔在南岸,圣躬蹈危,臣下破胆。此时宗庙几至倾覆,为百世之戒。今又劳兵袭远,日费千金,中国虚耗,令黠虏玩威。因此,臣窃以为再不可讨伐啊。"

曹丕及众文臣将校闻声望去,原乃御史中丞鲍勋。时曹丕认为鲍勋所言有意夸大敌之威风,大怒,当即便下旨将其贬为治书执法。

随后,曹丕待一切准备就绪,遂于曹魏黄初六年(孙吴黄武四年,蜀汉建兴三年)三月,率水军十万东征,五月至谯。同年八月,水军自谯循涡水入淮水,再从陆道到徐州。同年九月,筑东巡台以示纪念。同年十月,至广陵故城。为炫耀武力,威吓孙吴,以便不战而屈人之兵,曹丕决定临江阅兵。举行阅兵那天,秋风习习,阳光灿烂,万里无云。浩瀚的江面上战船千艘来回穿梭,水军十万刀枪林立,旌旗百里遮天蔽日,"万岁"呼声响彻云霄。对此,金盔金甲、高头大马的曹丕自然踌躇满志,威风凛凛,诗兴大发,遂吟唱五言诗《广陵观兵》一首。诗云:

观兵临江水,水流何汤汤。

戈矛成山林,玄甲耀日光。

猛将怀暴怒,胆气正纵横。

第六十七回 诸葛张嶷恩威并举平定南中成功 魏帝曹丕率军临江进攻孙吴无果

谁云江水广,一苇可以航。
不战屈敌虏,戢兵称贤良。
古公宅岐邑,实始翦殷商。
孟献营虎牢,郑人惧稽颡。
充国务耕殖,先零自破亡。
兴农淮泗间,筑室都徐方。
量宜运权略,六军咸悦康。
岂如东山诗,悠悠多忧伤。

该诗前部分吟唱曹魏国军以"戈矛成山林,玄甲耀日光。猛将怀暴怒,胆气正纵横"的非凡气势和同仇敌忾之气概,誓报当年荆州战败之仇。随后吟唱了曹丕欲不战而屈孙吴之兵。诗末六句乃曹丕从古贤思绪中回到现实,吟唱了眼前临江阅兵的境况——军容整洁,士气旺盛,遂使他高亢兴奋。总之,该诗视野开阔,气势宏伟,跌宕起伏,顿挫有致,充分表达出了曹丕超越周公,继承其父曹操的帝王气派。读来如饮甘醇,陶然而醉。

对此,在场文臣将校无不击掌称颂。时曹丕自然得意非凡,满脸灿烂,并差点翻身下马舞之蹈之。同时,仿佛自己猛地将手中宝剑一挥,千船便乘风破浪,飞一般向对岸驶去。方靠岸,万军便以排山倒海之势,直向建业城冲杀过去。片刻,不仅城池被攻破,孙权也被活捉,并跪伏在自己面前表示愿将其子送到洛阳。

当日午夜时分,突然北风呼啸,雪花飞舞。待天明,曹丕在文臣将校的拥簇下临江一望,但见远近群山银装素裹,千里江水冰面耀眼,所有战船深陷冰雪动弹不得。对此,曹丕不禁愁眉苦脸,叹道:"真乃天有不测风云啊!"随后,即派遣探马前往对岸,打探孙吴王国军建业防务虚实如何,以便定夺下一步进退策略。次日午时方过,探马便赶回向他报道:"敌时时警惕,防守甚严。"

曹丕闻报,不禁长叹道:"固天所以限南北啊!"

同时，曹丕还感到，自己不仅对局势和军事的把控远不及其父曹操，就是与孙权相比，也逊色得多——孙权对他的策略则先是敷衍应酬，权宜之计；实在拖不过，便通好蜀汉，坚决抗拒，且立竿见影，效果极佳。因此，曹丕私下对蒋济道："依朕之见，日后征讨孙蛮计划，宜善思论啊。"

蒋济闻言，自然连连点头称是。

为避免重蹈其父曹操当年兵败赤壁、乌林和江陵覆辙，曹丕遂下令撤军。

但意想不到的是，人与马可从陆路撤退，但如何将那些陷入冰雪里的战船带走，以免落入孙吴王国军之手，却叫曹丕犯了难。于是便于一日上午召集文臣将校前来其行宫商议。待他们到齐按秩方排定，曹丕便将其所虑向他们道了一番。大多将校争先恐后上前建议，可留部分人马就地边屯田边守卫战船，此所谓一举两得。然蒋济上前对曹丕道："陛下须知，此地东临大湖，北近淮河，雨季洪水汹涌，白浪滔天，善水战的孙吴虏此时极易前来掠夺屯田物资和战船。因此，不宜留驻。"

曹丕对此深表赞成，并令蒋济率领曹魏国军在江水北岸挖掘几条通往淮水的河渠，然后将战船从那拖入淮水而还，他则乘御车率大军走陆路。途中，曹丕一开始垂头丧气，郁郁寡欢，但见队伍浩浩荡荡，战旗铺天盖地，将士威武雄壮，一派征战凯旋景象，不禁转忧为喜，精神振奋，想到：朕虽未渡过江水，攻破建业，擒杀孙权，但未伤一兵一卒而归，比起当年父亲在赤壁、乌林和江陵损兵折将，却一无所获还胜一筹呢。因此情不自禁地高声吟唱前几天临江阅兵时吟唱的那首《广陵观兵》诗。还未吟唱毕，忽见一身材魁梧，银须白发，铁盔铁甲，高头黑马，手舞大棒的汉子率了一队膀大腰圆，勇猛异常的轻骑兵从小道飞一般冲出，直向御车扑来。

看官欲知那队轻骑兵是何路人马，曹丕是安是危，请看下回分解。

第六十八回

是非功过曹子桓一命归天
郁郁寡欢曹子建驾鹤西去

却说向曹丕冲杀过来的那队轻骑兵不是别的人马，乃孙吴扬威将军孙韶部将高寿所率的五百敢死之士。曹丕虽曾随其父曹操征战南北，但很少身先士卒，冲锋在前，一刀一枪与敌厮杀，因而竟吓得脸色煞白，浑身发抖。驾辕小校忙狠命挥鞭抽打驾马。时皇帝御车为六匹高大雄壮的西域驾马，平时行走若飞鹰脱兔，现在挨了抽打，于是便憋足劲腾起蹄子飞奔，瞬间便将高寿所率那五百死士甩得老远。但因道路不平，奔跑过快，连御车羽盖都颠落了。高寿所率孙吴死士见曹丕逃了，且又见曹丕将校掉转马头，飞一般回来相救，料知擒杀曹丕无望，无奈，只得将羽盖和掉队的曹丕副车缴获而回。由此可见，方得驾辕小校机警，曹丕方才化险为夷，否则，早就被生擒活捉或命归黄泉了。

曹魏黄初七年（孙吴黄武五年，蜀汉建兴四年）春正月，曹丕率领曹魏国军欲幸许昌，未达，便闻报许昌南城门无故自崩。对此，他不禁非常扫兴，为辟邪，只得绕道回洛阳。同年三月，筑九华台。同年五月，因攻打建业不成，回军途中遭高寿所率的五百死士突袭，受了惊吓便一病不起。他在梦中常见杨俊、曹彰、丁仪、丁廙、苏则和鲍勋披头散发，喊冤的喊冤，叫屈的叫屈。对此，他不禁感到非常恐惧，内疚不已。看官欲知其中缘由，待我一一道来。

杨俊早年受学于鸿儒边让，并得到欣赏和器重。曹操闻之，便先后任命杨俊为曲梁长、丞相掾属、安陵令、南阳太守，后又举杨俊茂才。其间，因杨俊提倡兴建学馆，宣扬道德教化，于是天下称颂。后转任征南将军军师，曹操称魏公、魏王后，迁中尉。后散骑常侍王象向曹丕建议重用杨俊，但曹丕未予采纳。原因是曹操还未决定曹丕和曹植谁为继嗣时，除秘密征询过贾诩的意见外，还随意征询过杨俊的意见。杨俊虽说曹丕和曹植各有所长，不相伯仲，但还是美言了曹植几句。曹丕知晓后，面上虽没事一般，却怀恨在心。曹魏黄初三年（孙吴黄武元年，蜀汉章武二年），早已代汉称帝的曹丕到宛城巡视，借口城内街市凋零大发雷霆，下旨将时任南阳太守的杨俊收监。尚书仆射司马懿、散骑常侍王象和荀纬闻之，先后出面为其说情，尽管他们叩头叩得头破血流，几乎昏厥，但曹丕仍然不予饶恕。杨俊从狱丁口中得知此事后，不禁悲痛地叹道："我知晓犯了何罪呢！"言毕，即以头碰壁而亡。天下人，尤其是贤达文人闻之，无不悲痛欲绝，如丧考妣。

　　曹彰是曹操的次子、曹丕的胞弟，他在曹操晚年身先士卒，冲锋陷阵，征讨乌桓，战功显赫，因此封爵鄢陵侯、拜北中郎将、行骁骑将军。但在曹操亡故时，曹彰来洛阳（时称雒阳）奔丧，曹丕却指使贾逵将其挡在城外。对此，曹彰怒不可遏，遂问道："玉玺在何处？"曹丕闻报，以为曹彰有与他抢班夺权的嫌疑。再者，曹彰一贯拥护曹植，且手握重兵，实力强大，在曹操死后其言行举足轻重，很可能会助曹植争夺他的魏王王位。于是便削了其兵权，让他在洛阳下棋猜拳饮酒度日，并派侍者暗中鸩杀了他。

　　而丁仪、丁廙兄弟俩又是怎么回事呢？原来他俩在曹丕与曹植争夺魏王太子之位时，与杨修一道反对支持曹丕的司马懿、陈群、吴质和朱铄。支持曹丕的事后自然大事无虞，在曹丕代汉称帝后还加官晋爵，飞黄腾达；支持曹植的杨修早被曹操借口杀掉。曹丕代汉称帝后，就想方设法整治丁仪、丁廙兄弟俩。他先是降丁仪的职，欲以此逼迫丁仪自杀。但丁仪不想自杀，便求与曹丕关系甚密的中领军夏侯尚从中求情。因曹丕对丁仪、丁廙兄弟俩早已恨之入骨，结果求情无果，兄弟俩不仅被杀，连丁氏族里男子也被斩尽杀绝。

第六十八回　是非功过曹子桓一命归天　郁郁寡欢曹子建驾鹤西去

　　看官你道丁仪、丁廙兄弟俩的父亲为何许人呢？乃丁冲。当初，刘协逃离占据长安的董卓旧将李傕、郭汜魔爪，回到洛阳时吃穿住行毫无着落，非常狼狈。时任黄门侍郎的丁冲见此，认为曹操不仅可靠，也有实力解刘协于倒悬，于是就给曹操写信说："足下常云自己有匡扶汉室、辅佐帝王之志，现在时机已到，机不可失啊。"曹操心领神会丁冲来信之意，于是便派曹洪带着人马，前往洛阳将刘协接到许昌大营，为日后挟天子令群臣和建立魏国打下了坚实基础。因丁冲写信有功，被曹操拜为司隶校尉，常与曹操同车出行。没有丁冲那封信，曹操就不可能建立后来的大业，更谈不上曹丕代汉称帝。但曹丕对丁家斩尽杀绝，心胸狭窄可见一斑。

　　再就是苏则。苏则年少时勤奋好学，遍读经史，及长成，操行闻名乡里，于是举孝廉和茂才，并先后任酒泉太守、安定太守和武都太守。所任之地人人称颂，威名远播。他在征讨张鲁时得到曹操的欣赏，被任命为大军向导。苏则还先后平定和安抚了下辩羌胡、武威颜俊、张掖和鸾、酒泉黄华和西平麴演等人的叛乱。于是曹丕便拜他为护羌校尉，赐爵关内侯。后麴演勾结张掖张进、酒泉黄华等复叛，苏则在无援兵的情况下将其讨平。于是进封都亭侯，邑三百户，随后朝廷又征拜其为侍中。可见苏则乃曹魏的杰出功臣，应该永享荣华富贵。

　　然天有不测风云，人有旦夕祸福。一日早朝，曹丕问苏则："讨平酒泉、张掖和西域互通使节，敦煌曾献我大魏一颗直径寸余的大宝珠，现在还能买到吗？"苏则毫不犹豫地答道："倘若陛下能把国家治理得井井有条，将德化传播到茫茫沙漠地区，宝珠便不求自来；如果先求后得，那就说不上稀罕珍贵。"曹丕闻之，面上平静如水，却怀恨在心。一次苏则陪同曹丕外出打猎，因槛圈安装不牢，鹿群撞破槛圈逃走了。对此，曹丕大怒，拔出佩刀要杀那些负责安装槛圈的督吏。苏则闻之，遂忙跪伏在曹丕身前，以死相求道："臣闻古代圣王不因禽兽而杀人，现在陛下正推崇唐尧教化，却因打猎游戏要杀这些无辜，岂有此理！"于是曹丕只得赦免了那些督吏。但苏则却因此遭到曹丕的忌恨，被降职为东平相。对此，正直的苏则非常气恼，因此在前往东平途中亡故。

再就是鲍勋。曹丕最后一次率领曹魏国军攻打孙吴王国建业无果，引军从寿春而还，经过陈留时，陈留太守孙邕拜见曹丕后顺道探望随军的鲍勋。时安营扎寨未毕，只立了营标。孙邕不知鲍勋下榻处所在，于是便从捷径侧道进入而未走大道。此事被军营令史刘曜发现，并向负责执行发令的鲍勋检举孙邕违反军令。鲍勋认为安营扎寨未毕，孙邕之举可以理解，因而并没有向上举报。大军回洛阳后，刘曜犯了罪，鲍勋上奏曹丕要求将他废黜遣派。而刘曜却秘密上表曹丕说，鲍勋在处理孙邕一事时是私下违纪、纵容包庇。曹丕闻奏大怒，于是下诏将鲍勋逮捕交给廷尉。廷尉于是议决：剃发戴枷做劳役五年。但被三官驳回道："处罚两斤黄金即可。"曹丕闻之大怒道："鲍勋罪恶深重，不得活命，可你等竟敢宽纵他！"于是下令将三官以下人员逮捕，交由刺奸官严惩，来个十鼠同穴，一网打尽。太尉钟繇、司徒华歆、镇军大将军陈群、侍中辛毗、尚书卫臻、守廷尉高柔等高官重臣闻报，便署名上表曹丕说：鲍勋乃大汉司隶校尉鲍宣九世孙，其父济北国相鲍信乃曹操好友。

前面已叙，初平三年，鲍信与曹操共同讨伐青州黄巾军，时曹操孤身陷入重围，非常危险。鲍信见此，遂奋不顾身，冲进重围，殊死力战，最终将曹操救出，但他却战死疆场，连尸首都未找到。对此，曹操如丧考妣，悲痛欲绝，并令木工雕刻鲍信木相一尊，立于帐前祭奠。再者，鲍信不仅于曹操有功，且鲍勋本人也清白高洁，秉正无亏，廉洁奉公，知名于世。故众人请求赦免鲍勋罪过。然曹丕坚决不许，并下诏杀了鲍勋。对此，天下人无不惋惜。没有鲍勋之父鲍信舍命相救曹操，如同没有丁冲致曹操那封信一样，就没有曹操与曹丕的飞黄腾达。

须知，曹丕何故不理会钟繇等人的求情，执意要杀鲍勋呢？原来他早就对鲍勋怀恨在心了。那是建安二十二年的事，曹丕时已为魏王国太子，他的郭夫人之胞弟任曲周县吏，却盗窃府库布匹，按法理当处死。当时曹操在谯县，留守邺城的曹丕多次致信鲍勋，希望他高抬贵手，从轻处罚。但鲍勋不徇私情，秉公执法，将郭夫人胞弟犯罪事实毫无保留上呈朝廷。对此，曹丕

第六十八回 是非功过曹子桓一命归天 郁郁寡欢曹子建驾鹤西去

便怀恨在心，并趁魏郡边境士兵轮休误事，密令中尉参奏罢免了鲍勋。此后很久，鲍勋方才被任命为侍御史。还有，曹丕代汉称帝后，在洛阳大肆修建宫殿楼苑，鲍勋见此，便多次上表曹丕应先强军重农，宽待百姓，再建宫殿楼苑不迟。对此，曹丕不但不听，反还对鲍勋横加指责。

又，曹丕在曹操丧期内欲外出游猎，鲍勋知晓后上疏道："臣下听说先贤三皇五帝，皆树根本，立教化，以孝义治天下。陛下不仅仁慈圣明，且有恻隐之心，并与三皇五帝有同等功业。故臣下希望陛下继续继承其踪迹，让后世效法，岂可在守丧期内游猎呢？臣下冒死上疏，望陛下三思而行。"曹丕看后怒不可遏，亲手撕了鲍勋上疏，而后我行我素，仍然游猎。在游猎歇息时，曹丕问文臣将校道："游猎比八音乐器如何？"侍中刘晔答道："游猎胜过音乐。"曹丕闻刘晔所答正合己意，自然满脸灿烂，大喜不禁。然鲍勋却驳斥刘晔道："音乐是高雅之事，它上可通神明，下可使政通人和，天下大化，万邦安定，移风易俗。因此，在世上无与伦比。至于游猎，就理当别论了。试想，游猎时，帝王车盖在荒野中迎风冒雨，暴露无遗，还损伤无数无辜生灵。当年鲁隐公到棠地观看捕鱼，《春秋》一书便予以讽刺。同理，即使陛下将游猎作为头等要事，为臣的也不赞同。"接着，鲍勋又奏称刘晔奸邪献媚，请予治罪。曹丕本就嫌弃鲍勋此前所言，现又见他要求治罪刘晔，直气得脸色铁青，下令停止游猎，不欢而返。为远离鲍勋，曹丕回洛阳后即下诏鲍勋外任京都洛阳，担任右中郎将。直到后来陈群和司马懿力举鲍勋任御史中丞，曹丕方才万不得已任用之，但对鲍勋仍持成见，最终下令将其杀害。

上述不难看出，杨俊、曹彰、丁仪、丁廙、苏则和鲍勋六人无一人有负曹丕，而曹丕却不依不饶，一一加害或处死他们，他能不内疚与恐惧不已吗？

曹丕自感不久将殁于人世，遂召中军大将军曹真、镇南大将军陈群、征东大将军曹休和抚军大将军司马懿到其下榻处嘉福殿，共受遗诏，辅嗣主曹叡。同时，遗诏后宫淑媛、昭仪以下归其家。就在鲍勋被杀后二十日，曹丕也在惊吓、内疚与恐惧中一命归天了，享年四十岁，薄葬于首阳山，谥曰文皇帝。

此时值曹魏黄初七年（蜀汉建兴四年，孙吴黄武五年）五月。

须知，曹丕何故要薄葬于首阳山呢？说来话长。除了他认为那里虽然土地贫瘠，寸草不生，却有龙虎之气外，更深层次的原因是他深知：向来世事多变，沧海桑田，今日帝王将相，明日阶下囚犯，也未尝不可知。言下之意，我曹丕今日是万人之上的九五之尊，但不知百年后境遇若何，谁晓得？倘若厚葬，极易被盗。于是便效其父曹操生前制定和颁布的《遗令》与《终令》，制定了《终制》。《终制》要旨是明确秘葬目的；陵墓形制简单；务必严格执行《终制》之意。为防家人和朝臣在他百年后违背其意愿，他生前即效尧、舜故事，以山为陵，将其陵址选在洛阳首阳山之阳，墓内禁止埋藏金玉珍宝，墓上不许建造园陵神道。

另外，曹丕对他百年后宫中侍女的安排效仿曹操，即宫中淑媛、昭仪以下的妃嫔皆遣回籍，与亲人团聚或嫁人成家。

在此特别值得一提的是，曹丕军事才能虽平淡无奇，但其文论成就却世所罕见，其中著名的莫过于他亲撰的那部洋洋大作《典论》和之后问世的由他诏令编纂的长篇巨制《皇览》了。《典论》是曹丕被立为太子后不久，闭门谢客，挥笔数月著成，由二十一篇论文组成，并撰写了《自叙》。其文云：

初平之元，董卓杀主鸩后，荡覆王室。是时四海既困中平之政，兼恶卓之凶逆。家家思乱，人人自危。山东牧守，咸以《春秋》之义，卫人讨州吁于濮，言人人皆得讨贼，于是大兴义兵。名豪大侠，富室强族，飘扬云会，万里相赴。兖豫之师，战于荥阳。河内之甲，军于盟津，卓遂迁大驾，西都长安。而山东大者连郡国，中者婴城邑，小者聚阡陌，以还相吞并。会黄巾盛于海岳，山寇暴于并冀。乘胜转攻，席卷而南。乡邑望烟而奔，城郭睹尘而溃。百姓死亡，暴骨如莽。

余时年五岁。上以四方扰乱，教余学射，六岁而知射。又教余骑马，八岁而知骑射矣。以时之多难，故每征，余常从。建安初，上南征荆州，至

第六十八回　是非功过曹子桓一命归天　郁郁寡欢曹子建驾鹤西去

宛，张绣降，旬日而反。亡兄孝廉子修、从兄安民遇害。时余年十岁，乘马得脱。

夫文武之道，各随时而用。生于中平之季，长于戎旅之间，是以少好弓马，于今不衰，逐禽辄十里，驰射常百步。日多体健，心每不厌。建安十年，始定冀州，濊貊贡良弓，燕代献名马。时岁之暮春，句芒司节，和风扇物，弓燥手柔，草浅兽肥，与族兄子丹，猎于邺西终日，手获獐鹿九，雉兔三十。后军南征，次曲蠡，尚书令荀彧奉使犒军，见余，谈论之末，或言："闻君善左右射，此实难能。"余言执事未睹夫项发口纵，俯马蹄而仰月支也。或喜笑曰："乃尔。"余曰："将有常径，的有常所，虽每发辄中，非至妙也。若夫驰平原，赴丰草，要狡兽，截轻禽，使弓不虚弯，所中必洞，斯则妙矣。"时军祭酒张京在坐，顾彧拊手曰："善。"

余又学击剑，阅师多矣。四方之法各异，唯京师为善。桓、灵之间，有虎贲王越，善斯术，称于京师。河南史阿，言昔与越游具得其法。余从阿学之，精熟。尝与平虏将军刘勋、奋威将军邓展等共饮。宿闻展善有手臂，晓五兵；又称其能空手入白刃。余与论剑良久，谓言将军法非也，余顾尝好之，又得善术。固求与余对。时酒酣耳热，方食芋蔗，便以为杖，下殿数交，三中其臂。左右大笑。展意不平，求更为之。余言吾法急属，难相中面，故齐臂耳。展言愿复一交。余知其欲突以取交中也，因伪深进，展果寻前，余却脚剿，正截其颡。坐中惊视。余还坐，笑曰："昔阳庆使淳于意去其故方，更授以秘术。今余亦愿邓将军捐弃故伎，更受要道也，一坐尽欢。"

夫事不可自谓已长。余少晓持复，自谓无对。俗名双戟为坐铁室，镶楯为蔽木户。后从陈国袁敏学，以单攻复，每为若神。对家不知所出。先日，若逢敏于狭路，直决耳。余于他戏弄之事少所喜，唯弹棋略尽其巧，少为之赋。昔京师先工有马合乡侯、东方安世、张公子，常恨不得与彼数子者对。

上雅好诗书文籍，虽在军旅，手不释卷。每定省从容，常言："人少好学则思专，长则善忘。长大而能勤学者，唯吾与袁伯业耳。"余是以少诵诗、论，及长而备历五经四部、史汉、诸子百家之言，靡不毕览。所著书论诗赋，凡六十篇。至若智而能愚，勇而能怯，仁以接物，恕以及下，以付后之良史。

文中，曹丕先记述了天下大乱，社会动荡，继而记述了自己的成长经历——骑射、击剑、弹琴、弈棋。篇幅虽长，但文美意达，流畅有序，通俗易懂。而《典论》中《论文》最为著名。其文云：

文人相轻，自古而然。傅毅之于班固，伯仲之间耳；而固小之，与弟超书曰："武仲以能属文为兰台令史，下笔不能自休。"夫人善于自见，而文非一体，鲜能备善，是以各以所长，相轻所短。里语曰："家有弊帚，享之千金。"斯不自见之患也。

今之文人：鲁国孔融文举、广陵陈琳孔璋、山阳王粲仲宣、北海徐干伟长、陈留阮瑀元瑜、汝南应玚德琏、东平刘桢公干，斯七子者，于学无所遗，于辞无所假，咸自以骋骥騄于千里，仰齐足而并驰。以此相服，亦良难矣。盖君子审己以度人，故能免于斯累，而作论文。

王粲长于辞赋，徐干时有齐气，然粲之匹也。如粲之《初征》《登楼》《槐赋》《征思》，干之《玄猿》《漏卮》《圆扇》《橘赋》，虽张、蔡不过也。然于他文，未能称是。陈琳、阮瑀之章表书记，今之隽也。应玚和而不壮，刘桢壮而不密。孔融体气高妙，有过人者；然不能持论，理不胜辞；以至乎杂以嘲戏；及其所善，扬、班俦也。

常人贵远贱近，向声背实，又患暗于自见，谓己为贤。夫文本同而末异，盖奏议宜雅，书论宜理，铭诔尚实，诗赋欲丽。此四科不同，故能之者偏也；唯通才能备其体。

文以气为主，气之清浊有体，不可力强而致。譬诸音乐，曲度虽均，节奏同检，至于引气不齐，巧拙有素，虽在父兄，不能以移子弟。

盖文章，经国之大业，不朽之盛事。年寿有时而尽，荣乐止乎其身，二者必至之常期，未若文章之无穷。是以古之作者，寄身于翰墨，见意于篇籍，不假良史之辞，不托飞驰之势，而声名自传于后。故西伯幽而演易，周

第六十八回　是非功过曹子桓一命归天　郁郁寡欢曹子建驾鹤西去

旦显而制《礼》，不以隐约而弗务，不以康乐而加思。

夫然，则古人贱尺璧而重寸阴，惧乎时之过已。而人多不强力；贫贱则慑于饥寒，富贵则流于逸乐，遂营目前之务，而遗千载之功。日月逝于上，体貌衰于下，忽然与万物迁化，斯志士之大痛也！融等已逝，唯干著《论》，成一家言。

此文开篇抨击了自古文人相轻的陋习，并一针见血地指出那是"不自见之"，宜"审己度人"，才能正确看待他人。其次评论了建安年间孔融、陈琳、王粲、徐干、阮瑀、应场和刘桢文学成就的高下，分析了其不同文体的优劣，并指出唯通才方可兼备各种文体。再次是提出"文以气为主"之说，即作者气质对文学创作的影响。最后阐述了文学的功能，说它是"经国之大业，不朽之盛事"，且能永垂不朽，流芳百世。

《皇览》是在曹操时期就已着手收集图籍资料，曹丕代汉称帝后，又召集诸儒编撰而成的一部供皇帝查阅的类书，故名《皇览》。总编为桓范、王象、缪袭等。共四十多部，每部数十篇，总计千多篇，八百多万字。真乃包罗万象，无所不有，且省时省力，查阅方便。它的问世，开了编撰大型类书的先河，如后来的《艺文类聚》《太平御览》等，均是按其体例编撰，对继承和保护文化遗产起到了不可估量的作用。

另外，曹丕其他成就也不得不提。即为防桓帝时期宦官专政，引发天下大乱，曹丕还下诏宦竖为官者不得在诸署行走；为防章帝、和帝、殇帝、安帝、顺帝、桓帝和灵帝时期母后专政，特意下旨禁止母后干政；继承和发扬曹操不拘一格招人才，遂布诏天下，取士不限年龄和资历；颁布轻刑罚、薄赋税和禁复仇、禁淫祀条令；重视教育，复建太学。

可见曹丕是功过参半，正如常言道："金无足赤，人无完人。"但他死后，远在京外的曹植为其撰就的《文帝诔（有序）》却不厌其烦，洋洋一千五百余言，极尽歌功颂德，且下笔考究，文辞华丽。《文帝诔（有序）》曰：

惟黄初七年五月七日，大行皇帝崩，呜呼哀哉！于时天震地骇，崩山陨霜。阳精薄景，五纬错行。百姓吁嗟，万国悲伤。若丧考妣，恩过慕唐。擗踊郊野，仰想穹苍。佥曰何辜，早世殒丧。呜呼哀哉！悲夫大行，忽焉光灭。永弃万国，云往雨绝。承问荒忽，悟懵哽咽。袖锋抽刃，欲自僵毙。追慕三良，甘心同穴。感惟南风，惟以郁滞。终于偕没，指景自誓。考诸先纪，寻之哲言。生若浮寄，唯德可论。朝闻夕逝，孔志所存。皇虽殂没，天禄永延。何以述德？表之素旗。何以咏功？宣之管弦。乃作诔曰：

皓皓太素，两仪始分。中和产物，肇有人伦。爰暨三皇，实秉道真。降逮五帝，继以懿纯。三代制作，踵武立勋。季嗣不维，网漏于秦。崩乐灭学，儒坑礼焚。二世而殀，汉氏乃因。弗求古训，嬴政是遵。王纲帝典，阒尔无闻。末光幽昧，道究运迁。乾坤回历，简圣授贤。乃眷大行，属以黎元。龙飞启祚，合契上玄。五行定纪，改号革年。明明赫赫，受命于天。仁风偃物，德以礼宣。详惟圣质，岐嶷幼龄。研几六典，学不过庭。潜心无罔，抗志青冥。才秀藻朗，如玉之莹。听察无向，瞻睹未形。其刚如金，其贞如琼。如冰之洁，如砥之平。爵公无私，戮违无轻。心镜万机，揽照下情。思良股肱，嘉昔伊吕。搜扬侧陋，举汤代禹。拔才岩穴，取士蓬户。唯德是萦，弗拘祢祖。宅土之表，道义是图。弗营厥险，六合是虞。齐契共遵，下以纯民。恢拓规矩，克绍前人。科条品制，褒贬以因。乘殷之辂，行夏之辰。金根黄屋，翠葆龙鳞。绋冕崇丽，衡紞维新。尊肃礼容，瞩之若神。方牧妙举，钦于恤民。虎将荷节，镇彼四邻。朱旗所剿，九壤被震。畴克不若，孰敢不臣。悬旌海表，万里无尘。虏备凶彻，鸟殪江岷。权若涸鱼，干腊矫鳞。肃慎纳贡，越裳效珍。条支绝域，侍子内宾。德侔先皇，功俦太古。上灵降瑞，黄初叔祜：河龙洛龟，凌波游下；平钧应绳，神鸾翔舞；数英阶除，系风扇暑；皓兽素禽，飞走郊野；神钟宝鼎，形自旧土；云英甘露，瀸涂被宇；灵芝冒沼，朱华荫渚。回回凯风，祁祁甘雨。稼穑丰登，我稷我黍。家佩惠君，户蒙慈父。图致太和，洽德全义。将登介山，先皇作俪。镌石纪勋，兼录众瑞。方隆封禅，归功天地。宾礼百灵，勋命视规。望祭四岳，燎封奉柴。肃于南郊，宗祀上帝。三牲既供，夏禘秋尝。元

第六十八回　是非功过曹子桓一命归天　郁郁寡欢曹子建驾鹤西去

侯佐祭，献璧奉璋。鸾舆幽蔼，龙旂太常。爰迄太庙，钟鼓锽锽。颂德咏功，八佾锵锵。皇祖既飨，烈考来享。神具醉止，降兹福祥。

天地震荡，大行康之；三辰暗昧，大行光之；皇纮绝维，大行纲之；神器莫统，大行当之；礼乐废弛，大行张之；仁义陆沉，大行扬之；潜龙隐凤，大行翔之；疏狄遐康，大行匡之。在位七载，元功仍举。将永太和，绝迹三五。宜作物师，长位神主。寿终金石，等算东父。如何奄忽，摧身后土。俾我茕茕，靡瞻靡顾。嗟嗟皇穹，胡宁忍务？呜呼哀哉！明监吉凶，体远存亡；深垂典制，申之嗣皇。圣上虔奉，是顺是将，乃创玄宇，基为首阳。拟迹谷林，追尧慕唐。合山同陵，不树不疆。涂车刍灵，珠玉靡藏。百神警侍，来宾幽堂。耕禽田兽，望魂之翔。

于是，侯大隧之致功兮，练元辰之淑祯。潜华体于梓宫兮，冯正殿以居灵。顾望嗣之号咷兮，存临者之悲声。悼晏驾之既往兮，感容车之速征。浮飞魂于轻霄兮，就黄垆以灭形。背三光之昭晰兮，归玄宅之冥冥。嗟一往之不反兮，痛阋阋之长扃。咨远臣之眇眇兮，感凶讳以怛惊。心孤绝而靡告兮，纷流涕而交颈。思恩荣以横奔兮，阅阙塞之峣峥。顾衰绖以轻举兮，迫关防之我婴。欲高飞而遥憩兮，惮天网之远经。遥投骨于山足兮，报恩养于下庭。慨拊心而自悼兮，惧施重而命轻。嗟微驱之是效兮，甘九死而忘生。几司命之役籍兮，先黄发而陨零。天盖高而察卑兮，冀神明之我听。独郁伊而莫愬兮，追顾景而怜形。奏斯文以写思兮，结翰墨以敷诚。呜呼哀哉！

曹植撰诔，原因有二。一因建安二十二年擅闯司马门，建安二十四年醉酒误事，已放弃与曹丕竞争继嗣，并在曹丕代汉称帝时作了《上庆文帝受禅表》以示祝贺。但曹丕并未放过他，仍旧对他严加防范，后因太后卞夫人干涉，曹丕无奈，只得将他时而封为安乡侯，时而改封为鄄城侯，时而增封为鄄城王，时而封为雍丘王。于是曹植便由无忧无虑、宴饮无度的王子，成了实际被流放京外严加软禁的囚徒。结果一直颠沛流离，不得回京。曹丕最后一次南征孙吴归来路过雍丘，才召见了他，并增其食邑户五百。对此，曹植受宠若惊，念念不忘，撰诔报恩。

二因与其沉默不语，不若以己之长，写篇赞美曹丕的诔文给继嗣曹叡看，以便博得他的欢心而赐予他施展才华的机会，为此目的，曹植随后还多次向曹叡上表。谁料曹叡面上应允，暗中却对他严加防范和限制，并若曹丕一样，将他时而封在陈郡和东阿，时而改封为陈王。结果曹植仍然颠沛流离，不得回京问政。对此，他不禁郁郁寡欢，远离权贵，闭门作诗赋多篇。其中，《洛神赋》尤为著名。赋曰：

黄初三年，余朝京师，还济洛川。古人有言：斯水之神，名曰宓妃。感宋玉对楚王神女之事，遂作斯赋。其词曰：

余从京域，言归东藩，背伊阙，越轘辕，经通谷，陵景山。日既西倾，车殆马烦。尔乃税驾乎蘅皋，秣驷乎芝田，容与乎阳林，流眄乎洛川。于是精移神骇，忽焉思散。俯则未察，仰以殊观。睹一丽人，于岩之畔。乃援御者而告之曰："尔有觌于彼者乎？彼何人斯，若此之艳也！"御者对曰："臣闻河洛之神，名曰宓妃。然则君王之所见，无乃是乎！其状若何？臣愿闻之。"

余告之曰：其形也，翩若惊鸿，婉若游龙。荣曜秋菊，华茂春松。髣髴兮若轻云之蔽月，飘飖兮若流风之回雪。远而望之，皎若太阳升朝霞；迫而察之，灼若芙蕖出渌波。秾纤得衷，修短合度。肩若削成，腰如约素。延颈秀项，皓质呈露。芳泽无加，铅华弗御。云髻峨峨，修眉联娟。丹唇外朗，皓齿内鲜。明眸善睐，靥辅承权。瑰姿艳逸，仪静体闲。柔情绰态，媚于语言。奇服旷世，骨像应图。披罗衣之璀粲兮，珥瑶碧之华琚。戴金翠之首饰，缀明珠以耀躯。践远游之文履，曳雾绡之轻裾。微幽兰之芳蔼兮，步踟蹰于山隅。于是忽焉纵体，以遨以嬉。左倚采旄，右荫桂旗。攘皓腕于神浒兮，采湍濑之玄芝。

余情悦其淑美兮，心振荡而不怡。无良媒以接欢兮，托微波而通辞。愿诚素之先达兮，解玉佩以要之。嗟佳人之信修兮，羌习礼而明诗。抗琼珶以和予兮，指潜渊而为期。执眷眷之款实兮，惧斯灵之我欺。感交甫之弃言

第六十八回 是非功过曹子桓一命归天 郁郁寡欢曹子建驾鹤西去

兮,怅犹豫而狐疑。收和颜而静志兮,申礼防以自持。

于是洛灵感焉,徙倚彷徨。神光离合,乍阴乍阳。竦轻躯以鹤立,若将飞而未翔。践椒涂之郁烈,步蘅薄而流芳。超长吟以永慕兮,声哀厉而弥长。尔乃众灵杂遝,命俦啸侣。或戏清流,或翔神渚,或采明珠,或拾翠羽。从南湘之二妃,携汉滨之游女。叹匏瓜之无匹兮,咏牵牛之独处。扬轻袿之猗靡兮,翳修袖以延伫。体迅飞凫,飘忽若神。凌波微步,罗袜生尘。动无常则,若危若安;进止难期,若往若还。转眄流精,光润玉颜。含辞未吐,气若幽兰。华容婀娜,令我忘餐。

于是屏翳收风,川后静波。冯夷鸣鼓,女娲清歌。腾文鱼以警乘,鸣玉鸾以偕逝。六龙俨其齐首,载云车之容裔。鲸鲵踊而夹毂,水禽翔而为卫。于是越北沚,过南冈,纡素领,回清扬。动朱唇以徐言,陈交接之大纲。恨人神之道殊兮,怨盛年之莫当。抗罗袂以掩涕兮,泪流襟之浪浪。悼良会之永绝兮,哀一逝而异乡。无微情以效爱兮,献江南之明珰。虽潜处于太阴,长寄心于君王。忽不悟其所舍,怅神宵而蔽光。

于是背下陵高,足往神留。遗情想像,顾望怀愁。冀灵体之复形,御轻舟而上溯。浮长川而忘返,思绵绵而增慕。夜耿耿而不寐,沾繁霜而至曙。命仆夫而就驾,吾将归乎东路。揽騑辔以抗策,怅盘桓而不能去。

从《洛神赋》序文看,是曹植在曹魏黄初三年(蜀汉章武二年,孙吴黄武元年)从洛阳返回封地鄄城途经洛水时,忽"感宋玉对楚王神女之事"所著。全赋长达千余字,虚构了曹植与因溺死洛水而成洛神的伏羲之女不期而遇后,彼此间产生思慕爱恋的故事。曹植笔下的洛神形象美丽绝伦,人神之恋飘渺迷离。但现实中,人神道殊,而不能相亲相爱。无奈,曹植只好抒发一番无限悲伤与怅惘之情。全篇大致分六段:开场白即第一段描写了曹植从洛阳回封地鄄城时,看到美女宓妃,即洛神,伫立在山崖。第二段描写了洛神容仪和服饰美不胜收。第三段描写了曹植非常爱慕既识礼仪又善言辞的洛神,并因此向她深切地表达了真情实意,赠以信物,于是终获约会。但又忐忐不安，担心被愚弄，结果自卑与爱慕并存。第四段描写了洛神为曹植诚信所感动后的情况。第五段描写了全篇之奇意所在。第六段描写了别后曹植对洛神的思念之情。全文辞藻华丽，想象丰富，下笔细腻，感情深厚，赋予寄托。

  须知，人是生活在现实里的。因此，曹植对虚无的洛神之恋也无法将其从"戮力上国，流惠下民，建永世之业，流金石之功"之志中予以解脱。加之不仅其密友丁仪、丁廙兄弟被曹丕所杀，他也因为被监国谒者奏以"醉酒悖慢，劫胁使者"，而被贬为安乡侯，多时后方才改封为鄄城侯，再立为鄄城王。这些起伏不定的封赐和接二连三的沉重打击，遂使其心情更为郁闷与痛苦，不久便病魔缠身，这位文才横溢的王子在曹丕亡故六年后，也就是在北风呼啸，雪花飞舞，寒冷异常的曹魏太和六年（蜀汉建兴十年，孙吴嘉禾元年）十一月，便撒手人间，命赴黄泉了，享年四十一岁。遵其遗愿，葬于东阿鱼山。这是后话，就此打住。

  看官欲知曹丕死后，曹魏与蜀汉有何动作，请看下回分解。

第六十九回

兴汉室诸葛亮一伐曹魏失败
讨孙吴曹文烈兵败皖水石亭

却说在成都的诸葛亮闻报曹魏国皇帝曹丕亡故,继嗣是年龄与刘禅相仿的曹叡,估摸他也若刘禅般年幼无知,不禁大喜,认为这是北伐曹魏的大好时机。不过,他又深深感到,尽管费祎出使孙吴词顺义笃,据理以答,遂使孙权发誓不再与南中交通,但又深知孙权其人惯于见风使舵,两面三刀,因此担心倘若大举北伐,孙权会乘虚从后偷袭。为稳重起见,便派尚书令陈震前往武昌拜见孙权,将准备北伐之意转告他,并希望得到他的支持与配合。陈震得令,便水陆并行,不久便到达武昌,见到了孙权。待陈震方将来意道明,孙权即毫不犹豫地满口答应。

诸葛亮闻回来的陈震所报,大喜不禁,并在此后一日早朝时向刘禅正式提出他将率领蜀汉国大军北伐。时诸葛亮大步出列上前跪伏于刘禅御椅前,从怀中取出早已撰好的《出师表》,准备念读。然不待诸葛亮开读,刘禅早便离座起身下阶,上前将他扶起道:"相父何必跪伏于地呢,折煞朕啊!"

言毕,即叫侍者扶诸葛亮坐下。诸葛亮不禁非常感动,却婉言谢绝了刘禅之意。刘禅于是只好让他站着念。于是诸葛亮便站着高声念道:

窃为先帝创业未半,而中道崩殂,今天下三分,益州疲弊,此诚危急存亡之秋也。然侍卫之臣不懈于内,忠志之士忘身于外者,盖追先帝之殊遇,欲报之于陛下也。诚宜开张圣听,以光先帝遗德,恢弘志士之气,不宜妄自菲薄，引喻失义，以塞忠谏之路也。

宫中府中，俱为一体；陟罚臧否，不宜异同。若有作奸犯科及为忠善者，宜付有司论其刑赏，以昭陛下平明之理，不宜偏私，使内外异法也。

侍中侍郎郭攸之、费祎、董允等，此皆良实，志虑忠纯，是以先帝简拔以遗陛下。愚以为宫中之事，事无大小，悉以咨之，然后施行，必能裨补阙漏，有所广益。

将军向宠，性行淑均，晓畅军事，试用于昔日，先帝称之曰能，是以众议举宠为督。愚以为营中之事，悉以咨之，必能使行阵和睦，优劣得所。

亲贤臣，远小人，此先汉所以兴隆也；亲小人，远贤臣，此后汉所以倾颓也。先帝在时，每与臣论此事，未尝不叹息痛恨于桓、灵也。侍中、尚书、长史、参军，此悉贞良死节之臣，愿陛下亲之信之，则汉室之隆，可计日而待也。

臣本布衣，躬耕于南阳，苟全性命于乱世，不求闻达于诸侯。先帝不以臣卑鄙，猥自枉屈，三顾臣于草庐之中，咨臣以当世之事，由是感激，遂许先帝以驱驰。后值倾覆，受任于败军之际，奉命于危难之间，尔来二十有一年矣。

先帝知臣谨慎，故临崩寄臣以大事也。受命以来，夙夜忧叹，恐托付不效，以伤先帝之明，故五月渡泸，深入不毛。今南方已定，兵甲已足，当奖率三军，北定中原，庶竭驽钝，攘除奸凶，兴复汉室，还于旧都。此臣所以报先帝而忠陛下之职分也。至于斟酌损益，进尽忠言，则攸之、祎、允之任也。

愿陛下托臣以讨贼兴复之效；不效，则治臣之罪，以告先帝之灵。若无兴德之言，则责攸之、祎、允等之慢，以彰其咎。陛下亦宜自谋，以咨诹善道，察纳雅言，深追先帝遗诏。臣不胜受恩感激。今当远离，临表涕零，不知所言。

表文阐述了北伐的必要性，以恳切委婉的文辞劝勉刘禅在北伐期间要是

第六十九回　兴汉室诸葛亮一伐曹魏失败　讨孙吴曹文烈兵败皖水石亭

非分明，严明赏罚。如此，方可统一天下，复兴汉室。同时，还表达了诸葛亮对刘备父子的以身许国、忠贞不贰之心。因此，方念毕，在场文臣将校无不感动万分。

说到北伐，蜀汉国文臣将校早就憋足了劲，只因南征南中耽误了时日。现在闻表文所述，要北伐曹魏，纷纷出列，争当先锋。诸葛亮见此，自然非常高兴，对刘禅道："为复兴汉室，将校敢战，乃陛下洪福啊！"

刘禅即道："此乃相父治理有方使然。"

"陛下如此言，折煞臣下啊！"

诸葛亮言毕，便请刘禅调兵遣将。刘禅却道："相父运筹帷幄决、胜千里之能天下皆知，而朕从未关注军事，哪知调兵遣将呢？因此，相父调遣便是。"

"既然陛下相信臣下，那臣下就恭敬不如从命了。"

诸葛亮言毕，便令吴壹、杨仪、赵云、邓芝、马谡、王平、高翔、张休、李盛和黄袭随他经金牛道前往汉中。他们得令，自然大喜不禁。而其他文臣将校也不罢休，蜂拥上前，将诸葛亮团团围住，向他请令。诸葛亮见此，遂对他们语重心长道："须知，前方北伐杀敌虽然重要，后方镇守京都成都，稳定益州，亦重要呢！"

他们认为诸葛亮言之有理，便异口同声道："丞相所言极是！"

言毕，便纷纷退下。刘禅见无他事，遂便宣告散朝。

三日后待一切准备就绪，诸葛亮便率领蜀汉国军十万从成都北门出发，沿着春风习习、百花齐放的金牛道，北向益州北部汉中行去。时留守成都的文臣将校在刘禅的率领下敲锣打鼓送了一程自不必说。

此时值蜀汉建兴五年（曹魏太和元年，孙吴黄武六年）三月。

不几日，他们便到达了梓潼郡辖区剑门关。诸葛亮因公路过剑门关多次，也知晓它乃一夫当关，万夫莫开的蜀北门户，但因来去匆匆，从未察看过其内外地形。于是便乘这次路过之机，仔细察看了一番。结果发现它四周山石壁立，非常险峻，只宜平时军事防守，不便战时辎重运输。因此，便令所率蜀汉国军三千人日夜轮流戳洞架木，拓宽栈道，以便保证北伐输运畅通。三日后，便扩道毕。为纪念这次扩道，遂更名金牛道为蜀道。

随后，诸葛亮便下令继续前行，经葭萌关、阳平关，在不久后的一日午时到达汉中沔阳县城西门外十里处。时魏延闻报，大喜，并率蜀汉国军列队相迎。待相见礼毕，诸葛亮便令其所率蜀汉国军就地安营扎寨，他则与吴壹、杨仪和赵云等文臣将校在魏延的引领下从西门进城，向议事大厅行去。不久，便到达了那里。进得里面，那里早摆好了迎接诸葛亮一行的丰盛宴席。诸葛亮认为宴席过于奢侈，入席方坐定便对魏延道："魏将军须知，天下还未大定，汉室还未复兴，我辈还得厉行节俭才是。"

魏延闻言遂道："丞相言之有理，末将今后遵从便是。"

诸葛亮闻魏延如此言，自然大喜，话锋一转道："大家须知，当年官渡之战，曹贼军劫持袁绍粮草、焚烧乌巢粮草，便使袁军人心涣散，不战自溃，可见粮草乃军之命脉。而从巴蜀至汉中蜀道山高路远，栈道难行，粮草难运。我军若要得到充足的粮草保证北伐顺利进行，除了加紧练兵，还须就近在汉中屯田筹粮。"

方言毕，在场者无不击掌赞成。

随后，诸葛亮又道："魏将军不负先帝之望，镇守汉中莫人敢犯，遂使境内太平祥和，五谷丰登，六畜兴旺。故特迁魏将军为指挥北伐军前部都督、丞相府负责军务的丞相司马和凉州刺史。"

魏延闻言，不禁非常感动，忙起身上前向诸葛亮拱手施礼致谢。其他文臣将校见此，皆向魏延投以羡慕的目光，举杯向魏延祝贺。由于气氛融洽，满堂欢颜，宴会直到日落西山，夜幕降临方才散场。

随后，诸葛亮在沔阳住了几日，便东向前往汉中治所南郑县城，以便在那指挥屯田和练兵。

由于屯田与练兵并举，待到年底，不仅粮草堆积如山，供过于求，全军也兵强马壮，士气昂扬。诸葛亮见此，认为出兵北伐时机已到，自然大喜不禁，传令在郡衙议事厅召集文臣将校南向上庸出兵。正在这时，忽见一中年

第六十九回 兴汉室诸葛亮一伐曹魏失败 讨孙吴曹文烈兵败皖水石亭

农夫进来向诸葛亮低声耳语了一番。时只见诸葛亮立马气得脸色铁青，手直哆嗦。

看官你道那农夫向诸葛亮低声耳语了什么，竟使他气成那样？其实，他并非农夫，乃诸葛亮派往上庸打探那里军情的探马。他方才所低声耳语的不是别的，乃司马懿率军突然攻破了上庸城，斩杀了曹魏国新城太守孟达，并传首洛阳，焚于四达之衢。

上庸城被破，孟达被杀，与诸葛亮有何关系呢？原来不仅有关系，而且关系重大。那是在一年半前，诸葛亮南征后巡视凉州汉阳，接见曹魏国降将李鸿，李鸿对诸葛亮说，他前时在上庸拜见孟达时，正好遇见原为李严部下牙门将，后降曹魏国任乐陵太守的王冲。他特意提起了当年关羽兵败荆州时，孟达背叛投敌一事，说诸葛亮对孟达所作所为非常痛恨，还建议抄斩其妻子儿女，幸好刘备没采纳，才使全家幸免于难。孟达却说诸葛丞相看问题非常周全，不会有此建议。根本不信王冲所言，却非常信赖和崇敬诸葛亮。

诸葛亮闻李鸿言，自然非常高兴，并对在座的蒋琬和费诗道："回成都后应给孟达去信与他取得联系。"费诗却道："孟达这厮先对刘璋不忠，后又背叛先帝，这种犹若吕布般朝秦暮楚的小人，岂可与他去信联系？"诸葛亮闻费诗言，却默不作声，并想到：虽然先帝刘备生前倡导的北伐曹魏、复兴汉室之意至今没变，但因关羽兵败荆州，我诸葛亮在隆中对其所谈的兵指宛、洛的进攻路线已无法实施。就是从三峡顺流而下，转攻襄、樊，再兵指宛、洛的进攻路线也因刘备兵败猇亭而无法实施。而眼下唯一的北伐路线，只能南向孟达所据守的上庸出兵，再完成北伐，消灭曹魏。孟达这厮虽若费诗所言，乃朝三暮四的小人，但一旦知道我诸葛亮将兴师北伐，复兴汉室，他也定会改变主意，背叛曹魏，回归大汉，配合北伐。再说了，只要北伐成功，利用一下孟达这种人也未尝不可。

于是诸葛亮便给孟达去了封信。信略云："孟将军大鉴：因南征后在凉州汉阳与李鸿相会，得知你不幸，不禁慨然感叹道：以你平生鸿鹄之志，难道就愿背汉而只求虚荣了吗？孟将军呀，孟将军，其实这是刘封那厮欺负你并使坏,而挫伤了先帝宽容部下之心。王冲之言纯属瞎话,是有意中伤你我间的和气。但你能判断是非,认为我胸怀宽广能渡船,而未听信王冲谗言。追忆你我间往昔友谊,不禁日夜情思依依,东望上庸,并写此信与你。"

诸葛亮恐孟达不相信信中所言,于是还令时在江州的李严给孟达去信道:"我与诸葛皆受寄托,忧深责重,思得良伴。"

李严此信之意是,只要你孟达回心转意,定得重用。

却说孟达背叛蜀汉王国投向曹魏王国后,特别在后来曹丕代汉称帝后尤受器重——被拜为散骑常侍、建武将军,封平阳亭侯。同时曹丕还将房陵、上庸、西城三郡合为新城郡,以他为新城太守,并委以西南郡县之任。对此,他受宠若惊,与夏侯尚和徐晃联手进攻刘封。谁料曹丕和夏侯尚同时亡故,于是他便失宠。与刘备兵败猇亭时投奔曹魏国的黄权相比,黄权日子过得犹若天上神仙,而他过得就是地下囚犯的日子。何也?因为曹叡认为黄权投奔是万不得已而为之,可理喻,可谅解。而孟达投奔则是朝三暮四,见利忘义,是卑鄙,是无耻。对此,孟达也心知肚明,因此有回归蜀汉国之意,但又恐诸葛亮不原谅。正在此两难之际,忽得诸葛亮来信,自然欣喜狂若,并多次与诸葛亮去信。谁料与他不合的魏兴太守申仪得知他俩通信内容后,便迅疾密报了驻军宛城的司马懿。

再说当年司马懿被曹操说有狼顾之相和有不甘人下之心,因此可能会干预曹家家族之事后,便倍加勤奋辅导曹丕统国治民之术,在曹操面前小心谨慎,勤于职守,遂使曹操消除了对他的戒备。同时,在确立曹操继嗣问题上坚决站在曹丕一边,因而曹丕代汉称帝不久,他便由丞相长史,旋即转为尚书,随后又转为督军、御史中丞、侍中、尚书右仆射,爵位也由河津亭侯升为安国乡侯。曹魏黄初三年和五年,曹丕两次亲征孙吴王国时,均让他领军镇守洛南重镇许昌。曹魏黄初六年,又转任抚军大将军,假节,领兵五千,加给事中、录尚书事。对此,他曾上表辞让,曹丕却道:"朕于庶事,以夜继昼,无须臾宁息。此非以为荣,乃分忧耳。"同年,曹丕率水军大举进攻孙吴王国建业,又让他镇守洛北重镇邺城,以便内镇百姓,外供军资。临行,

第六十九回　兴汉室诸葛亮一伐曹魏失败　讨孙吴曹文烈兵败皖水石亭

还对他下诏曰："朕深以后事为念，故以委卿。曹参虽有战功，而萧何为重。使朕无西顾之忧，不亦可乎！"后曹丕由广陵回师洛阳，又对他下诏曰："朕东，抚军大将军当总西事；朕西，抚军大将军当总东事。"于是又让他镇守许昌。后曹丕病笃，临终时他为辅政大臣之一。曹叡继帝位不久，因司马懿率军击败攻进夏郡的诸葛瑾所率孙吴王国军有功，遂被迁封为舞阳县侯，拜骠骑将军，驻军军事重镇宛城，加督荆、豫二州诸军事。

上述可见，曹氏爷孙三代对司马懿是多么器重。司马懿现闻申仪所密报，自然怒不可遏，并一面飞报曹叡，一面疾书孟达假意安抚，同时暗中亲率曹魏国大军迅疾前往上庸讨伐。孟达探马也不是吃素的，司马懿率曹魏国大军方从宛城出发，孟达便得到了探马报告，但他认为他们从宛城到达上庸至少需要月余时日，因而满不在乎。谁料司马懿率军日夜疾行，仅用了八天时间便赶到了那里。对此，孟达还不惊慌，认为上庸城池不仅高大坚固，且三面环水，木栅密布，易守难攻。他却不知时值冬季，水流稀少，趟水便可杀到城下。果不其然，司马懿大军到后没用吹灰之力，便趟水杀到城下。在曹魏国军猛烈攻势下，仅六天时间，孟达部将李辅及孟达外甥邓贤认为守城无益，于是便开城投降。司马懿入城后即斩杀孟达，传首洛阳，焚于四达之衢。

再说诸葛亮闻报后，知从上庸兵指宛、洛的战略决策已成泡影，又气又急，只得将探马所报向众人道了一番，随后即忧心忡忡问道："大家以为我军从哪出兵好呢？"

文臣将校因事出突然，皆无言以答。诸葛亮又问站在右排前头的魏延道："魏将军以为从哪出兵好呢？"

"丞相智谋超群，何必问末将呢？"

"将军镇守汉中近十年，必知这里山川形势。"

魏延大步出列向诸葛亮拱手施礼道："末将斗胆直言了。丞相须知，现盘踞长安的乃曹操老贼女婿夏侯楙，据我所知，此人年少胆怯无谋。因此，今只要给我精兵五千，负粮五千，从褒中道出，循秦岭而东，当子午而北，不过十日便可杀到长安城下。夏侯楙那厮见我军突然杀到,必弃城乘船逃走。倘若那时我军粮食耗尽,在横门邸阁囤积的粮食与平民百姓的粮食已足够我军享用。待关东之敌赶到,至少得二十余日,那时丞相所率大军早已从斜谷赶到了长安。如此,则一举而咸阳以西可定。然后再挥师东进,不久便可饮马洛水,攻破洛阳,擒杀曹叡,复兴汉室。丞相以为若何?"

须知,从汉中到长安,必须穿越从西到东的秦岭陈仓道、褒斜道、傥骆道和子午道四条惊险无比的山道。魏延在此所说的褒中道,也叫褒斜道,位于汉中正北。当年刘邦受封汉王入蜀,张良便下令烧毁褒斜栈道,以绝项羽之忧。后来韩信明修栈道,暗度陈仓,一举而定三秦,所说的"明修栈道",指的也是褒斜道。不过,韩信当年只是说说而已,并未真修,真修是后来汉武帝元朔年间的事。而子午道是一条北南直通的山道,从其北可直抵长安城南。

魏延方言毕,诸葛亮即摆摆手道:"将军所言虽然有理,但子午道长约五百余里,两侧悬崖绝壁,栈道密布。通过它到达长安,至少耗时十余日。如此,我军行动早便暴露无遗,其后果也自然不堪设想。"

"那么丞相有何锦囊妙计呢?"

诸葛亮沉思片刻,方对在场文臣将校道:"你们先退去,日后再议不迟。"

他们闻言,皆郁郁而退。

当夜诸葛亮并没睡觉,而是手掌陶灯,目不转睛地望着挂在卧室右侧墙壁上的绢制地图,直到天明,方才无比兴奋地道:"有了。"早饭方毕,诸葛亮便传召文臣将校速到郡衙大厅。他们闻召,以为是继续商议出兵路线,料想诸葛亮已回心转意,要采纳魏延昨日下午提出的进军路线,现在只是调兵遣将罢了。于是便争先恐后上前请命。

谁料诸葛亮却道:"大家不必争夺先锋印,听令便是。为谨慎起见,决定扬言出斜谷北攻敌之郿县,实则西出祁山,南攻敌天水、南安和安定三郡。然后占领凉州,继而东向直捣陈仓、长安、洛阳。"

他们闻言,方知诸葛亮心中已有主意,便待诸葛亮发令。诸葛亮发令

第六十九回　兴汉室诸葛亮一伐曹魏失败　讨孙吴曹文烈兵败皖水石亭

道:"赵云赵将军与邓芝邓将军共率军五千,据箕谷口,扬声攻取郿县,实则牵制那里的曹真所率敌军。参军领牙门将马谡、裨将军王平,将军张休、李盛和黄袭,共率步骑一万据守街亭地区以南阁水,以防敌军来犯。高翔率军三千驻屯柳城,以为据守街亭地区策应。吴壹吴关中都督与魏延魏将军领原驻屯汉中的人马留守汉中,以防敌军乘机袭击。长史杨仪随我所率主力军,按既定策略西出祁山,向南安、天水和安定杀去。然后再从天水东经陈仓、咸阳、长安,杀向洛阳,消灭曹贼,迎帝北上,复兴汉室。"

众人闻令,自然非常高兴,并纷纷上前向诸葛亮拱手施礼辞别,便回去准备出发。时吴壹和魏延则深感遗憾,何也?吴壹是因没让他领兵出战,魏延则因诸葛亮没采纳其出兵路线。

三日后待一切准备就绪,得令的众将校便按诸葛亮之令,从各自驻地率领蜀汉国军,浩浩荡荡地向各自进攻目的地出发了。

却说诸葛亮与杨仪所率蜀汉国军主力所经路线虽然平坦,但路途遥远,加之兵多将广,首尾沉长,行军缓慢,因而行踪早暴露无遗。时南安郡太守杨陵闻报后,认为南安郡在建安年间才从汉阳郡中析置,不仅时间短,而且仅领獂道、新兴和中陶三县,实力单薄,哪是诸葛亮所率蜀汉国大军的对手?因此,待诸葛亮所率蜀汉国大军方到南安郡治所獂县道城南城门下,便举城投降了。

诸葛亮所率蜀汉国大军进城出安民告示方毕,便马不停蹄北向天水郡治所冀县县城杀去,欲旗开得胜,马到成功,连下两城。待他们赶到冀县县城南门外时,那里早已战旗飘扬,刀枪林立,戒备森严,无懈可击。对此,诸葛亮传令所率蜀汉国大军立即围城。不久,城池便被围了个水泄不通,鸟飞不进。正待攻城,杨仪忽见不远处有队骑兵正飞也似的朝他们这边奔来,待近前一看,来人穿着曹魏国军衣服。杨仪以为是曹魏国援军,欲传令部下上前迎击。正在这时,其为首者突然翻身下马,大步上前,边向他拱手施礼边高声道:"诸葛丞相在哪?我有要事求见!"

诸葛亮正在杨仪身后,便拍马上前,拱手还礼道:"我便是。请问将军乃何许人?"

"末将乃姜维,字伯约,天水郡冀县人,年少时就遍读百家经典,尤喜郑玄经学。父姜冏为天水功曹,在末将年幼时因平定羌戎反叛阵亡,从此末将便与母亲相依为命……"

不待姜维答毕,诸葛亮又问道:"将军现年几何?"

"二十有七。"

"何职?"

"天水郡参军。"

诸葛亮见姜维年纪轻轻,担当一郡参军重任,又一表人才,因此萌发了收留之意,但又不知其意如何,故待姜维答毕,便特意以试探的口吻问道:"将军有何要事相告?不妨一一道来。"

"前时天水郡太守马遵西往洛门巡视,末将与功曹梁绪、主簿尹赏、主记梁虔随行。马遵闻报贵军杀到,周围郡县皆响应,便怀疑我们四人有异心,乘我们不备夜奔上邽。翌日早上我们发现后,便快马加鞭随后追赶,因为时已晚,追赶不及,到上邽南城门时,城门早已紧闭。末将不禁非常着急,高声求马遵回冀县,但马遵却对我们道:'你们皆是贼,不可往来,各自去吧。'末将不知他何故口出此言,无奈,只得带领梁绪、尹赏和梁虔回到冀县县城。谁料这里也城门紧闭,不接纳我们。"

"那么将军有何打算呢?"

"我四人投告无门,还望丞相收留我等。"

诸葛亮闻姜维答,面上装作若无其事,但心头却不禁一喜,问道:"投我何为?"

"投奔贵军,为北伐曹魏、复兴汉室尽微薄之力!还请丞相收留。"

诸葛亮闻姜维所答正合己意,自然大喜不禁,随即下马,上前双手紧拉着姜维,连连道:"欢迎,欢迎!"

姜维闻言,忙跪伏于诸葛亮身前,高声道:"丞相收留之恩,末将将加倍相报!"

第六十九回　兴汉室诸葛亮一伐曹魏失败　讨孙吴曹文烈兵败皖水石亭

方言毕，诸葛亮即扶起姜维道："滴水之恩，何足挂齿？大家携手共讨曹贼。"

姜维起身，招不远处的梁绪、尹赏、梁虔及随行前来拜见诸葛亮。他们忙翻身下马，奔到诸葛亮身前，跪伏于地，异口同声道："谢丞相不弃之恩！"

"诸位壮士不要多礼。"

诸葛亮言毕，即上前将他们逐一扶起。随后，诸葛亮欲挥军攻城，然姜维却道："丞相何必用兵呢？末将不用一兵一卒便可破城。"

诸葛亮闻言，喜道："真的？"

"那还有假！因末将平时广施财物，善交朋友。只要末将一声号令，他们便会响应，破城何难！"

诸葛亮闻姜维言，不禁大喜道："那就看将军的了。"

姜维要来笔砚黄绢，找一案几般石头上，伏身提笔疾书一封，附在箭上，射入城内。不久，便见城头白旗飘扬，四大城门皆开。诸葛亮见此，大喜，命人挥旗进军，全军将士便若洪水般涌进了城内。结果真如姜维此前所言，没用一兵一卒，仅靠姜维一书，便占领了冀县县城。

须知，天水郡辖冀县、新阳、上邽、西县、显亲、成纪六县，治所冀县县城历史悠久，在夏、商时属雍州。秦武公十年秦灭邽戎、冀戎，置邽、冀二县，秦昭襄王二十八年设陇西郡。西汉武帝元鼎三年，从陇西、北地二郡析置天水郡。从此有"天水"的名称。魏文帝黄初元年，一度设秦州。因秦邑而得名，从此又有秦州之称。天水郡又是华夏文明和中华民族的重要发源地，这里有羲皇、娲皇和轩辕故里。时诸葛亮本欲瞻仰那三处故里，但想到此地位于雍、凉、益三州交界处，自古乃兵家必争之地，其得失，不仅对雍州、凉州和益州，就是对其周围远近郡县影响也极大。特别是其北的安定郡太守崔谅闻南安和天水二郡失守，若举城投降那当然好，倘若举城顽抗呢？总之，还是先定了安定郡为上。于是进城后出安民告示，再挥军马不停蹄地北向安定郡杀去。

安定郡现属曹魏国雍州，治所临泾县县城，领临泾、彭阳、泾阳、泾阴、阴密、乌支、朝那七县。境内黄土沟壑众多，坚固关隘密布，有东函谷关、南武关、西散关、北萧关。秦始皇时修建的回中道宽阔平坦，直通长安。临泾县虽地形复杂，但交通便利，进退自如。然而太守崔谅闻报南安和天水失守，便吓得面色蜡黄，浑身发抖，因此，待诸葛亮所率蜀汉国大军方到城下，便举城而降。

诸葛亮率领蜀汉国大军从汉中出发不久，便以迅雷不及掩耳之势夺取了陇右陇西、南安、天水、广魏、安定五个郡中的三个郡。对此，诸葛亮自然大喜不禁，在临近县县城东门城楼上摆宴，款待有功文臣将校，以示庆祝北伐旗开得胜。酒过三巡，诸葛亮起身走到城楼前，凭栏举首，遥望前方，良久方回头道："我军现已据有南安、天水和安定三郡，攻陷陈仓、咸阳和长安，饮马洛水，夺取洛阳，迎帝北上，指日可待啊！"

众人皆认为诸葛亮言之有理，遂放下筷盏，随声附和。正在这时，忽见一小校疾步上前，对诸葛亮低声耳语了良久，方才退去。只见诸葛亮比上次闻报上庸失守，孟达被杀气得还甚。何也？原来小校方才所报的，乃街亭地区已失守了。

街亭，汉初为街泉县县城，后撤县为亭，改名街泉亭，简称街亭。其关城位于南北长约四十余里，东西宽约二十余里的平川上，有一条南北走向的大道穿其而过。虽平坦无险，却是关中通往陇右的咽喉，一旦被占，西可夺取陇右，东可进军关中，故乃历代兵家必争之地。但因年久失修，关城早已没了踪影。

当初诸葛亮派马谡、王平、张休、李盛和黄袭等率重兵，临其南侧阁水而守。现既失守，就意味着别说兵指关中，饮马洛水，攻占洛阳，擒杀曹叡，北迎刘禅了，就连那些占领南安、天水和安定三郡的蜀汉国军的退路也将被切断。

不久，又闻报作为策应的柳城也失守了。随后，又闻报曹真率曹魏国军击败了赵云、邓芝所率占据箕谷的蜀汉国军，并已兵指陇右。诸葛亮非常气恼，深感事态严重，当即下令回军汉中。途中，还顺便带走陇西郡西县千余

第六十九回　兴汉室诸葛亮一伐曹魏失败　讨孙吴曹文烈兵败皖水石亭

户人口到汉中，权当此次北伐的战利品。

司马懿在上庸闻报诸葛亮从陇西郡西县迁户千余于汉中，大怒，下令将孟达部下七千余户迁往幽州，算是还诸葛亮以颜色。随后，经司马懿策动，姚静等上庸附近的蜀汉国军将士七千余人投奔了司马懿。据此两事可见，诸葛亮首次北伐结果是偷鸡不成蚀把米，得不偿失。

须知，自诸葛亮一年前率领蜀汉国大军方从成都出发前往汉中时，曹魏国就得知了消息，只是不知他们到汉中后从何处出兵。后知他们欲从孟达镇守的汉中之南上庸出兵，继而兵指宛、洛，但因走漏消息，孟达兵败上庸失守，于是又不知蜀汉国军从何处出兵了。因此，当闻知南安、天水和安定三郡突然失守，不仅临近的关中震动，就是远在千里的洛阳朝臣也惊慌失措。曹叡却镇定自若，召朝臣到皇宫听政殿道："倘若诸葛亮以山固守益州，我军很难攻入。如今他主动弃山而出，这正合兵书引敌而出之术。且他贪南安、天水和安定三郡，只知进而不知退。因此，打败他有何难！"

言毕，即下诏颁旨，告于天下，谴责诸葛亮。布告曰："刘备背恩，自窜巴蜀。诸葛亮弃父母之国，阿残贼之党，神人被毒，恶积身灭。亮外慕立孤之名，而内贪专擅之实。刘升之兄弟守空城而已。亮又侮易益土，虐用其民，是以利狼、宕渠、高定、青羌莫不瓦解，为亮仇敌。而亮反裹负薪，里尽毛殚，刖趾适履，刻肌伤骨，反更称说，自以为能。行兵于井底，游步于牛蹄。自朕即位，三边无事，犹哀怜天下数遭兵革，且欲养四海之耆老，长后生之孤幼，先移风于礼乐，次讲武于农隙，置亮画外，未以为虞。而亮怀李熊愚勇之志，不思荆邯度德之戒，驱略吏民，盗利祁山。王师方振，胆破气夺，马谡、高祥，望旗奔败。虎臣逐北，蹈尸涉血，亮也小子，震惊朕师。猛锐踊跃，咸思长驱。朕惟率土莫非王臣，师之所处，荆棘生焉，不欲使千室之邑忠信贞良，与夫淫昏之党，共受涂炭。故先开示，以昭国诚，勉思变化，无滞乱邦。巴蜀将吏士民诸为亮所劫迫，公卿以下皆听束手。"

随后，曹叡亲率曹魏国军五万，奔赴长安坐镇指挥。途中，传诏令曹真为督诸军镇守郿县，以防赵云和邓芝率领蜀汉国军来袭。同时，又传令方从荆州移军陈仓的左将军张郃，立马率领两万曹魏国军为先锋，火速前往攻占街亭地区，援救南安、天水和安定。

从陈仓通往街亭地区自南向北有陇坻道、番须道、鸡头道、瓦亭道。张郃得令后，便从最为便捷的陇坻道日夜兼程，一日后的天明时分便赶到了街亭地区。探马发现，不远处的南山山顶上战旗飘扬，帐篷密布，驻有人马。张郃当即便断定那是蜀汉国军军营。张郃斩钉截铁道："先灭蜀军！"为旗开得胜，马到成功，张郃不顾部下远道而来，人困马疲，挥军飞一般向敌阵杀去。方到山脚下，便被山上雨点般的利箭射得人仰马翻，死伤无数。张郃见此，料知蜀汉国军有备，一时取胜有难。无奈，只得传令停止进攻，就地安营扎寨，先将南山包围起来。

山头上所驻确实是马谡所率蜀汉国军。他们为何要驻扎在南山山头上呢？原来马谡认为南山虽矮不险，驻军其上，居高临下，且山下还有取之不尽的阁水，因而易于防守。张休和李盛等将校认为马谡有理，皆随声附和，唯黄袭不置可否。王平也认为："南山紧邻阁水，取水方便，固然好，但倘若曹魏国军切断取水路径咋办？"因此建议还是按诸葛亮此前之令，临阁水扎营而据。马谡则认为王平是杞人忧天，并以将在外，军令有所不受为由，下令在南山山头上安营扎寨。王平无奈，只得率领千余蜀汉国军，另行临阁水安营扎寨据守。

却说张郃待部下安营扎寨毕，便在中军大帐疾书挑战书一封，亲自持弓拉弦猛地将其射向山上蜀汉国军大寨。随后不久，便见山上射下一书，明言次日早饭后山北前空地上见。

次日早饭方毕，山北前空地上，蜀汉国军与曹魏国军早摆好了阵式。铁盔铁甲黑马的张郃以枪指着对面蜀汉国军阵前中央铁盔铁甲黄马的中年将军，高声问道："你乃何人？还不下马乞降！"

"我乃马谡，认得么？"

"原来是你这厮，我乃张郃，认得么？"

尽管马谡和张郃早便互闻其名，但从未互见其人。张郃以为马谡闻其大

第六十九回　兴汉室诸葛亮一伐曹魏失败　讨孙吴曹文烈兵败皖水石亭

名定会大惊失色，不战自退。谁料马谡却满不在乎道："不管你是张郃李郃，先胜了我手中这支枪再说。"方言毕，张郃早便拍马舞枪直向马谡杀来。马谡毫不惧怕，拍马举枪上前相迎。

须知，张郃自官渡之战投奔曹操以来，南征北战多年，武艺高强，除张飞外，少有人敌。因此，自然不把半文半武的马谡放在眼里。谁料他俩杀了多时，也不见分晓。何也？原来时张郃虽老当益壮，但毕竟力不从心，枪法时而精准，时而凌乱。马谡却年富力强，枪法精准，着着直指张郃要害，且越战越勇。曹魏国军阵下将士见此，不禁非常着急，此战谁胜谁负，干系非同一般。众人瞪大双眼，持刀举枪，拉弓拔剑，只待一声令下，便立马向对方冲杀过去，置其死地而后快。谁料张郃却向马谡虚晃一枪，拍马飞一般向自家阵前退去，并回首高声对马谡道："日后见！"

马谡也不随后追击，也高声对张郃道："日后见！"

随后，双方将士皆不约而同退回各自营寨。

看官你道张郃何故要退回阵中呢？是他怕败在马谡手下吗？非也！他认为，仅靠死打硬拼不仅难于取胜，而且还会耽误救援南安、天水和安定。还有，近在此地的诸葛亮倘若率领蜀汉国大军前来助战，后果更不堪设想。因此，必须速战速决，方有胜算。如要如愿以偿，必须智取。

次日早饭后，张郃便与随从骑马出营察看周围地形。片刻，张郃便高声道："不出一日，必破敌啊！"

在场者闻言，皆不知就里，因而便若丈二和尚，摸不着头脑，有人问他道："将军有何妙计？"

张郃笑道："到时便知晓。"

张郃言毕，便掉转马头回到中军大帐，传召部下几名将校前来，对其逐一低声耳语了一番。随后，只见他们皆兴高采烈地拱手施礼，告辞张郃出帐门去了。

次日天明时分，便见山上成群结队的蜀汉国军在马谡的带领下，举着从当地征得的皮囊，纷纷出营下山沿着通往阁水的小道取水。正在这时，忽然从小道两侧冲出无数曹魏国军迎面挡住了他们去路。马谡见此,大怒,遂欲传令时在营内的黄袭率领蜀汉国军前来开道。谁料传令还未发出,利箭便若雨点般向他们飞来。蜀汉国军不防,竟被射得死伤无数,纷纷后退。马谡要不是退得快,也早命赴黄泉,呜呼哀哉了。

须知,南山是由沙土形成,其上不能储水,因而随时得下山到阁水取水。见水源被断,蜀汉国军自然慌了六神。对此,马谡不禁非常着急,遂又率领蜀汉国军下山取水,但仍被射回。将士们见此,料知取水无望,于是便趁夜偷偷出营不归,有的甚至干脆在光天化日之下三五成群投奔了曹魏国军。因此不久,军士便所剩无几。马谡见此,无奈,只得下令下山突围,向街亭地区以南不远的柳城逃去。柳城守将高翔见马谡兵败,曹魏国军来势凶猛,料想再守柳城无益,于是便同马谡、张休、李盛、黄袭一同率领蜀汉国军,若飞鹰脱兔般向汉中逃去。张郃见此,自然大喜不禁,欲挥军从后追杀。正在这时,忽见王平所率那千余蜀汉国军击鼓舞旗,有序退却而去。张郃见此,以为是伏兵,直到不见了其踪影,也不敢挥军追击。

次日早饭后,张郃便率领曹魏国军马不停蹄向南安、天水和安定三郡杀去。不久,曹真在箕谷打败赵云和邓芝所率蜀汉国军后,也率军赶到这里,于是两路合兵一处,飞一般向那三郡杀去。南安太守杨陵、天水太守马遵和安定太守崔谅闻报,皆吓破了胆,早早打开城门,欢迎曹真和张郃入城。这三郡对蜀汉国而言是得而复失,对曹魏国而言则是失而复得。

此时值曹魏太和二年(蜀汉建兴六年,孙吴黄武七年)二月。

就在马谡与张郃双方人马战于街亭地区的同时,赵云与邓芝所率蜀汉国军从箕谷佯攻郿县也不顺利。箕谷位于汉中以北的褒斜道南口,蜀汉国军从南郑向箕谷杀去时,旌旗闭日,锣鼓喧天,声势浩大,但步若鸭行,慢慢腾腾。时在郿县的曹真闻报,便信以为真,忙率领大队人马日夜兼程,前往阻击。因此,待赵云和邓芝所率蜀汉国军方入箕谷不远处的赤埵,曹真所率曹魏国军便赶到了那里。方接战,兵少将寡的赵云和邓芝便被兵多将广的曹真杀得步步后退。幸亏赵云身经百战,临危不惧,单枪匹马,奋勇断后,并

第六十九回　兴汉室诸葛亮一伐曹魏失败　讨孙吴曹文烈兵败皖水石亭

下令焚烧赤坻以北百余里阁道，水大且急，阁道一时无法修复，方才挡住了曹真所率曹魏国军随后追杀的势头，遂使蜀汉国军撤回南郑，且辎重丝毫无损。否则，后果不堪设想。

再说当诸葛亮、杨仪和姜维所率的蜀汉国军从南安、天水和安定沿来路退到南郑西城门前三里处时，马谡、王平、张休、李盛、黄袭和高翔所率残兵败将及赵云、邓芝所撤回的人马也到达了南郑城。赵云、邓芝、马谡闻报诸葛亮、杨仪和姜维等一行到来，便率领左右前往相迎。诸葛亮料知他们认不得姜维，待相见礼毕，便将姜维向他们一一做了介绍。众人得知姜维文武不同凡响后，无不赞叹诸葛亮为当今伯乐，姜维为当今千里马。

次日早饭方毕，诸葛亮便召集文臣将校速到郡衙大堂议事。他道："马谡违背军令，弃水守山，致使此次北伐失败，罪在不赦，收监候斩。张休、李盛是非不分，附和马谡，亦罪在不赦，立斩。黄袭无奈执行马谡之令，罪轻一等，削其军权。王平严守军令，在马谡部众逃散时，他却临危不惧，令部下鸣鼓自卫，敌不敢逼，顺利返回。有功，加拜参军，统五部兼当营事，进位讨寇将军，封亭侯。赵云和邓芝所率人马虽失利于箕谷，但赵云临危不惧，勇于断后，不至大败，故贬赵云为镇军将军。邓芝为副将，不承担兵败责任，故不罚不奖，仍为中监军、扬武将军。"

方言毕，张休和李盛便被五花大绑，押出辕门斩首示众。随后，马谡也被五花大绑，押往监狱。赵云、王平和高翔则庆幸逃过一劫，上前向诸葛亮拱手施礼谢恩。

当夜，诸葛亮因为心头挂念马谡，躺在榻上怎么也不能入睡。于是便起身披衣，叫大厨备了几样马谡爱吃的菜和一壶杜康酒，提着前往监狱看望马谡。时马谡因兵败街亭内疚，躺在监牢木板上也未能入睡。见诸葛亮前来，羞愧难当。诸葛亮待士兵摆好酒菜，劝马谡饮酒吃菜，自己却长叹道："是我害了将军呢！"

"丞相，是末将之错。"

"我以为将军才气过人，好论军计，可予大用。但先帝却不以为然，并在临终时提醒我道：'马将军言过其实，不可大用，须细察之！'但我却不以为然，结果造成大错。"

"街亭之败乃末将违令使然，与丞相无关！"

"将军须知，自关将军兵败荆州以来，名将如关羽、法正、孟达、刘封、张南、冯习、沙摩柯、傅彤、黄权、马超、黄忠、张飞等人，有的战死沙场，有的因病而故，有的因老而终，有的叛变投敌，有的为小人所害，余下的仅赵云和魏延而已。赵云早已年迈，魏延虽年富力强，却不能与我同谋。且天下尚乱，四海未定，汉室还未复兴，因而正值用人之际。将军这次乃初临沙场，兵败本应谅解。"

诸葛亮言至此停了片刻，悲怆地道："我来前，谋士张邈曾到我下榻处道：'秦赦免孟明收服西戎二十余国而称伯，何不留下马将军以待将功折罪呢？'但我却道：'怎奈马将军是违令兵败，并致使全军无功而返，影响极大。为严明军令，不得不予以严惩，否则，难以服众！'总之，这也是万不得已而为之啊！"

言毕良久，诸葛亮举杯与马谡一饮而尽。随后，马谡放下筷盏，悔愧地道："丞相苦衷，末将理解！"言毕，向狱吏要来纸笔墨砚，就狱中木几上书与诸葛亮道："丞相一贯视我如子，我亦视丞相如父，深知杀鲧用禹之意，使平生之交不亏于此，我虽死无恨于黄壤啊！唯愿待末将遗孤如平生。"

书毕，即双手呈与诸葛亮。诸葛亮接过方看毕，便泪流满面道："将军视我如父，善待将军遗孤乃我本分。"

随后不久的一日午时三刻，在诸葛亮的监督下，马谡被押往刑场斩首示众。马谡生前所率将士闻之，无不如丧考妣，悲痛欲绝。何也？因为他们以为，张郃所率曹魏国军人多势众，马谡所率蜀汉国军兵少将寡，且街亭关城荡然无存，无险可据。马谡所率蜀汉国军纵有三头六臂，天大本事，也难守住。而其他蜀汉国军将士闻知马谡被斩，无不叹服。何也？众人皆知诸葛亮与马谡关系如同父子般亲密，但诸葛亮对马谡却不徇私情，执法如山。

蒋琬因公到汉中，闻知马谡被斩，不禁深为叹息，对诸葛亮道："当年

第六十九回　兴汉室诸葛亮一伐曹魏失败　讨孙吴曹文烈兵败皖水石亭

楚国与晋国开战，楚成王因主将成得臣城濮之败而逼其自杀。晋文公闻之大喜，以为成得臣被杀是解除了对晋国的威胁。现天下未定，而丞相杀戮智计之士马谡，岂不可惜吗？"诸葛亮闻言，泪流满面道："不然。昔孙武之所以能克敌制胜于天下，乃用法严明。晋悼公胞弟扬干的座车扰乱了军阵，大将魏绛就不惧权贵，把为杨干驾车的人斩首示众。现在天下分裂，刚交战，倘若废弃军法，怎能伐敌呢？"蒋琬闻言，遂无言以对。

诸葛亮监斩了马谡后，为表明这次北伐兵败他也有责，也应受罚，于是便同杨仪回成都，向刘禅上疏请罪道："臣以弱才，叨窃非据，亲秉旄钺以厉三军，不能训章明法，临事而惧，至有街亭违命之阙，箕谷不戒之失，咎皆在臣授任无方，臣明不知人，恤事多暗，《春秋》责帅，臣职是当，请自贬三等，以督厥咎。"

刘禅自然不肯处罚诸葛亮，但诸葛亮坚决要求。刘禅无奈，只得下诏将诸葛亮由丞相降为右将军，仍行丞相事如前。

蜀汉国吏民闻诸葛亮虽失南安、天水和安定三郡，但获姜维，得民千户而还，不禁大喜，纷纷表示祝贺。对此，诸葛亮却不无忧伤地对他们道："普天之下，莫非汉民，国家威力未举，使百姓困于豺狼之吻。一夫有死，皆我诸葛亮之罪也。以此相贺，能不惭愧吗？"

众人闻之，方知诸葛亮早有并吞曹魏之志，并非为破城拓境。有吏民虽然知晓诸葛亮灭魏之志，但师出无成，失败而返。姜维仅天水一小子，获之于曹魏国何损？拔陇西千户于汉中，岂能弥补街亭之失？因而有何功值得相贺的？总之，议论纷纷，莫衷一是。

同时，有些朝臣认为这次北伐失败是因为兵少将寡，便劝诸葛亮发数倍于敌之兵再行北伐，诸葛亮却道："这次北伐无功而返，不在兵少将寡。先秦时期的牧野之战、柏举之战、阴晋之战、伊阙之战、即墨之战、高代之战，秦汉时期的秦汉之战、巨鹿之战、彭城之战、井陉之战、潍水之战、昆阳之战、祝阿与临淄之战、赤亭之战，近时的兖州之战、官渡之战、荆州之战、合肥之战，皆是以少胜多。这次北伐失败之因在马谡违令使然。"众人闻言，认为非常有理，深表赞成。诸葛亮回到汉中后，即召集将校，以马谡违令为例，反复强调违令之危害，遵令纪之重要。同时厉兵秣马，待机再次北伐。

却说曹叡闻报南安、天水和安定皆被曹真和张郃很快收回，自然大喜不禁，于是举行盛宴招待有功之臣，以示祝贺。

却说曹叡虽早从典籍中得知关中名胜甚多，古迹遍布，但至今从未前往游览。现正值春末，关中花艳柳绿，气候不冷不热，正是游览的大好时节，又逢曹魏国军收复南安、天水和安定三郡，曹叡游兴岂不大发？于是便在夏侯楸陪同下，兴致勃勃地游览了风景秀丽的终南山、闻名遐迩的鸿门堡、雄伟壮丽的楼台观、神秘莫测的龙洞渠、深不可测的游仙潭，直到游兴殆尽，方才于五月返回洛阳。洛阳的文武百官闻曹叡凯旋，自然是城外城内，夹道欢迎，并大摆筵席为曹叡接风洗尘。席间，曹叡不无骄傲地对左右道："朕闻诸葛亮乃闻名遐迩的军事家，可这次用兵，也不过如此。"

方言毕，左右便异口同声附和道："圣上所言极是。"

"还有，被朕祖父武皇帝当年赞叹为'生子当如孙仲谋'的孙权那厮也是孬种，短短几月内他在朕手下就兵败三次。"

曹叡言至此，不禁得意非凡。

看官你道曹叡方才所说的孙权三次兵败于他，是哪三次呢？原来第一次是孙权得报曹丕亡故，以为继任者曹叡年幼无知，便乘机发步骑五万围攻曹魏国江夏郡石阳城。江夏郡太守文聘临危不惧，坚守不动。曹魏国朝臣皆认为事急，宜发兵前往救援。曹叡却道："孙权那厮人马本善水战，现在却弃船攻城略地，以为我军不备呢。今虽以兵多将广，与文聘将军相持，然终不能持久。"结果被曹叡言中，仅二十余日便被曹叡派往那里慰劳边防将士的治书侍御史荀禹所率的千余骑兵和江夏郡义兵登山举火吓退。第二次是孙权在发兵围攻江夏郡石阳城的同时，又派诸葛瑾和张霸进攻襄阳。曹叡闻之大怒，立刻便令司马懿督率多路人马前往征讨，结果诸葛瑾兵败，张霸被斩，并获首级千余，司马懿也因功被迁为骠骑大将军。第三次是孙权遣别将审德攻占了曹魏国寻阳城。曹叡闻报，立即遣曹休率军攻破寻阳城，斩杀审德。

第六十九回　兴汉室诸葛亮一伐曹魏失败　讨孙吴曹文烈兵败皖水石亭

其部将韩综和翟丹见此，料想抵抗无益，于是便率众投降了曹休。

朝臣闻曹叡方才所言，无不佩服得五体投地，并异口同声道："孙蛮岂是圣上对手！"

曹叡闻言，不禁大喜，遂又问左右道："朕欲发大军狠狠教训一下孙权那厮，以免吴军常骚扰我境。若何？"

"很有必要。同时，也叫他知晓圣上之神武！"

曹叡闻言，不禁飘飘然起来，好像孙权已被教训得服服帖帖，不仅愿继续向他称臣，而且已将其子孙登乖乖送到洛阳为质子，如了自己祖父曹操、父亲曹丕未能实现之愿。正在这时，忽见门卫匆匆来报："禀报陛下，大司马曹休使者在门外言有要事求见。"

"还不快快引他进来。"

"是！"

门卫答毕起身退出门外，片刻便将风尘仆仆的曹休使者引到曹叡餐几前。他俯身跪下，从怀里取出一囊袋，双手呈与曹叡道："陛下，此乃大司马致陛下急信。"

曹叡闻使者言，不禁非常高兴。何也？因为他以为，曹休来信是向他报告孙权又发兵扰境，并要求他派兵援战。巧啊，我正欲发大军教训这厮，他却自找上门。当曹叡放下酒盏，接过囊袋，取出信展开方看毕，便不禁欣喜狂若，击掌称贺。当即，曹叡便叫侍者摆上笔砚，提笔毫不犹豫地批复道："准了周鲂的！"

须知，曹休急信所言何意，竟使曹叡那般作态，并毫不犹豫地提笔批复"准了周鲂的"？周鲂为何许人？与曹休急信有何关联？曹叡具体准了他什么？

原来曹休在急信中说到：臣曹休近日忽得周鲂长达近两千言来信，甚为啰唆。陛下日理万机，无暇遍读，故择其要点，供参阅，并乞及时御批。要点一，"惟明公君侯垂日月之光，照远民之趣，永令归命者有所戴赖"。要点二，"敢缘古人，因知所归，拳拳输情，陈露肝膈。乞降春天之润，哀拯其急,不复猜疑,绝其委命。事之宣泄,受罪不测,一则伤慈损计,二则杜绝向化者心,惟明使君远览前世,矜而愍之,留神所质,速赐秘报。鲂当候望举动,俟须响应"。要点三,"东主(孙权)顷者潜部分诸将,图欲北进。吕范、孙韶等入淮,全琮、朱桓趋合肥,诸葛瑾、步骘、朱然到襄阳,陆议、潘璋等讨梅敷。东主中营自掩石阳,别遣从弟孙奂治安陆城,修立邸阁,辇赍运粮,以为军储,又命诸葛亮进指关西,江边诸将无复在者,才留三千所兵守武昌耳。若明使君以万兵从皖南首江渚,鲂便从此率厉吏民,以为内应"。要点四,"东主有常科,悔叛还者,皆自原罪。如是彼此俱塞,永无端原。县命西望,涕笔俱下"。要点五,"今使君若从皖道进住江上,鲂当从南对岸历口为应","鲂生在江、淮,长于时事,见其便利,百举百捷,时不再来,敢布腹心"。要点六,东主"当以新羸兵置前,好兵在后,攻城之日,云欲以羸兵填堑,使即时破,虽未能然,是事大趣也"。要点七,"今举大事,自非爵号无以劝之,乞请将军、侯印各五十纽,郎将印百纽,校尉、都尉印各二百纽,得以假授诸魁帅,奖厉其志,并乞请幢麾数十,以为表帜,使山兵吏民,目瞻见之","今之大事,事宜神密,若省鲂笺,乞加隐秘"。总之,他愿弃暗投明。

曹休写道:"臣以为周鲂来信情真意切,孙权那厮之误甚啊。臣若出兵响应,必胜无疑。"

如前所述,曹叡因接二连三兵胜孙吴王国,最近又击败诸葛亮所率蜀汉国北伐军,正在兴头上,因此早欲发兵狠狠教训孙权一下。这时见周鲂愿弃孙吴王国投向曹魏国,并愿做内应反戈一击,哪会不准呢?

周鲂,字子鱼,吴郡阳羡县人,年少便好学,诸子百家皆通,待长成,举孝廉,先后任宁国县长和怀安县长。随后任钱塘侯相,上任仅月余,便斩杀在其境内造反的彭式及其党羽,因功迁升为丹阳西部都尉。后鄱阳人彭绮自称将军,举众数万人造反,时周鲂升任鄱阳太守,与中郎将胡综共同将彭绮擒获,又因功升为昭义校尉。

上述可见,周鲂对孙吴王国是忠于职守,战功显赫,因此很受器重。之

第六十九回　兴汉室诸葛亮一伐曹魏失败　讨孙吴曹文烈兵败皖水石亭

所以写那样的信与曹休，是受孙权指使。孙权何故要如此行事呢？原来他认为最近曹魏国对孙吴王国和蜀汉国取得的胜利，并不足以证明曹叡有超人的智慧，便与陆逊和诸葛瑾探讨抗曹之策。陆逊道："曹丕那厮既死，毒乱之民理当望旌瓦解，谁料却比此前更为静然。何也？皆因曹丕选用忠良，放宽刑罚，布施恩惠，薄赋省役，以悦民心，因而其患大于曹操老贼。曹操老贼所行，唯杀伐稍有过差，离间骨肉，确实残酷。至于征战御将，曹丕那厮较之于曹操老贼，差得远呢！而今曹叡那厮不及曹丕那厮，犹曹丕那厮不及曹操老贼呢。"

诸葛瑾分析道："曹叡那厮极力拉拢儒生，尊儒学为王教之本，并要求选拔才能足以担任中常侍或散骑常侍的高才者为博士。同时，他又向郡国县发布命令，贡士以经学为先。他之所以如此，必是以为其父曹丕已去世，自感朝政衰微而引发困苦，士民崩沮，故而强屈自己，换取吏民之心，以便自安罢了。在下又闻他所重用者为陈群、曹真之辈，或文人诸生和宗室戚臣。须知，他们或为无能之辈，或为只会纸上谈兵者，或为庸庸碌碌之辈，无一能御雄才虎将以征天下。还有，威柄分散不专，则大事谬误。当年张耳与陈余本来非常敦睦，一旦有了权柄，就相互残杀，此乃事理使然。再说陈群之徒，当初之所以能竭心尽力，忠于职守，不敢为非，皆因慑于曹操老贼威严。曹丕那厮继业，年龄已大，只得以恩惠拉拢群臣。因而陈群之流才感恩戴德，用心政事。今曹叡幼弱，任人摆布。陈群见此，必会弄巧行态，结党营私，各助所附。于是奸谗并起，互相陷害，遂成死敌，并导致群臣视财如命，齐起争利，终使曹叡无法控御。因此，不久曹魏便会迅疾败亡。何也？自古至今哪有四五人共同把持生杀之柄，而不相互背离和残杀对方的事？事实是，强必凌弱，弱必求援，此乱亡之道也。"

孙权认为陆逊和诸葛瑾分析得都很有道理，早欲发孙吴王国大军征讨曹魏国。当然还有更深层次的打算，那便是抛弃曹丕所封王位，为称帝做试探。倘若兵胜，则称帝；否则，便罢。可出师得有理有利。有理好办，随便找个借口，甚至倒打一耙贼喊捉贼也可。有利就不那么容易，利才是取胜的关键。思来想去，终于想到孙吴王国的地盘皖城，它与曹休驻屯地扬州治所广陵相邻，曹休经常发兵侵扰其边界。若从曹休入手，最易诱其出兵上钩。于是便传令鄱阳郡太守周鲂不惜笔墨，写封他欲弃吴投魏、情深意切、煞有其事的长信致曹休。周鲂得令，认为这是立功受奖的大好机会，于是绞尽脑汁，夜以继日挥笔赶写，终于写出了两千言的长信。为保密起见，随即派使者直接送给了曹休，而并未按孙权之意，通过山中旧族名帅转送。

却说曹休接到信，经反复仔细研读，确实心动，便欲提笔复信表示响应，但又认为事关重大，他岂可轻率做主？于是便将要点摘出，派使者将其送到洛阳，让曹叡看后定夺。曹休急盼曹叡回复同意。何也？因为他想到：如今自己年已老迈，倘若这次曹叡允许他出兵响应周鲂，占领皖城，就是难得的大功。正思想到此，忽见门卫匆匆进来向他报道："将军前时派往京都的使者现在门外，声言求见将军。"

曹休闻报，以为曹叡还未读信便不假思索否定了他的建议，否则使者怎会如此快便赶了回来。于是不禁非常沮丧，并欲不见使者。谁料使者的回复是："陛下已经准奏。"

曹休闻言，直惊喜得不能自已，伸出双手接过信仔细看起来，曹叡所批果如使者所答。

三日后待一切准备就绪，曹休便点起十万曹魏国军精锐之师，风驰电掣般赶往皖城接受周鲂投诚。当他们赶到皖城东门外时，却见城头战旗飞扬，刀枪林立，周鲂也未开城迎接他们。曹休方知上当受骗，不由大怒：我曹休自跟魏王讨伐董卓以来，战无不胜，攻无不克，在汉中争夺战中，识破了张飞计谋，大败其部将吴兰。大将军夏侯惇病故后，我接替其职方走马上任，便挥军将孙吴王国驻屯历阳的人马打得大败，接着又遣兵渡江烧掉了其芜湖军营数千。黄初三年，文帝兵分三路亲征孙吴王国，结果曹仁一路大败而逃，曹真一路无果而还，唯我曹休大获全胜。不久前，我还挥军斩杀了驻屯寻阳城的孙吴王国将领审德，并收降其部将韩综和翟丹。而眼下我不仅兵多将广，而且尽是精锐，还怕无名之辈周鲂不成？于是便下令就地安营扎寨，

第六十九回　兴汉室诸葛亮一伐曹魏失败　讨孙吴曹文烈兵败皖水石亭

埋锅造饭，待酒足饭饱方毕，便挥军攻城。

皖城位于皖水入江水口，春秋时为皖伯封地，汉初平末年为庐江郡治所，亦为皖县治所，向为兵家必争重镇。因而城墙高大坚固，易守难攻。曹休以为兵多将广，又是精锐，破城应是囊中取物，手到擒来。谁料攻了月余，也无结果，反而死伤了不少人马。何也？原来孙权闻报曹休率领曹魏国军方出广陵城，便日夜兼程，抢先赶到皖城坐镇指挥，守军闻之，士气倍增，越战越勇。时曹休虽然怒不可遏，但又无可奈何。

正在这时，陆逊率了三万孙吴王国军从皖城西边杀了过来。曹休毫不惊慌，并挥军与其杀将起来。接战不久，陆逊所率孙吴王国军便渐渐不支，并向城西石亭逃去。曹休见此，大喜，遂便挥军从后紧追不舍。时兼任豫州刺史的满宠在豫州治所谯县闻之，忙上疏时在洛阳的曹叡道："现曹将军率大军所经之道，背湖傍江，易进难退，此兵之洼地呢。若入无强口，宜深为之备。"曹叡看毕上疏后，却不以为然道："满将军所言乃杞人忧天啊。"于是仍叫曹休挥军直向前追。不久，便到石亭。

石亭乃皖水北岸一座关城，三面靠山，一面临水，为兵家必争重地。但关城本矮小，且又年久失修，因而曹休所率曹魏国军不用吹灰之力，便将其攻破。随后，曹休又挥军继续前追。方追出不远，忽见朱桓率领三万孙吴王国军从石亭右侧杀了出来，全琮率领三万孙吴王国军从石亭左侧杀了出来。逃在前面的陆逊见了，立即挥军掉头，返身杀了回来。曹休见此，方知陆逊兵败是假，不由大惊，忙传令全军向石亭退去，在那里安营扎寨，坚守待援。随后不久，周鲂又率军从石亭东面杀了过来。于是曹魏国军便被四路孙吴王国军铁桶般包围了起来。

时在石亭关楼大厅里的曹休见此，不禁非常惊惧。转而一想，与其在此等死，不若与敌拼个你死我活，鱼死网破。于是便向陆逊下战书道："有种的，次日上午，在石亭西关楼门前见。"陆逊收到战书后，当即便回复道："可也！"

次日早饭方毕，便见曹魏国军已列阵于石亭西关楼门前一片空地上。铜盔铜甲、高头黑马、环柄大刀的曹休居中,右侧是文臣谋士,左侧是将校武士。随后,孙吴王国军也在其对面列阵毕。居阵前中央的是铜盔铜甲、高头黄马、双股吴钩的陆逊,紧随其后的是铁盔铁甲、花白大马、狼牙大棒的朱桓;其右侧是银盔银甲、高头黄马、长柄大斧的全琮,其左侧是铁盔铁甲、高头白马、丈八长枪的周鲂。曹休见到周鲂,直气得两眼血红,咬牙切齿,并高声骂道:"周鲂,你这无名贼徒,竟敢欺骗老夫。来,先吃我一刀!"

骂毕,便拍马挥舞着环柄大刀,飞一般向周鲂杀来。周鲂本欲回骂,见曹休已快杀到眼前,于是便忙拍马举枪上前相迎。曹休虽年过半百,须发灰白,却老当益壮,刀法不乱。周鲂正值不惑之年,体力旺盛,枪法娴熟。两人方才接手,刀光便如电闪,枪点便如暴雨,直战到日头当顶,也未分出伯仲。两边将士见此,皆咋舌不已。不过,曹魏国军毕竟担心曹休年迈有失,于是不待命令,便一窝似的冲杀过来。陆逊见此,将令旗一挥,全琮便挥舞大斧,率军向其迎杀上去。随后,陆逊也率军从后冲杀过去。须知,曹魏国军是十万精锐,孙吴王国军仅六万余,混战曹魏国军自然要占上风。因此,片刻工夫,孙吴王国军便渐渐不支,向石亭南面退去。曹休见此,大喜,遂便虚挥一刀,弃了周鲂,拍马专寻陆逊杀去,以为擒贼先擒王,其余便不足为惧。然良久也未见着陆逊影子。对此,他不禁又气又急。正在这时,忽见孙吴王国军前出现一条宽大的缺口。曹休见此,也不问青红皂白,便挥军向那冲去。没冲多远,前面不是湿地便是洼滩,再后就是深不可测、汹涌澎湃的皖水。曹休见此,方知又上当受骗,直气得胸腑爆裂,七窍生烟。

看官你道曹休何故气成那样呢?原来曹休深知,在湿地、洼滩和水上与生于斯、长于斯的孙吴王国军交战,别说取胜毫无胜算,不全军覆没已是万幸。于是便欲传令全军转身后退。传令还未发出,便见陆逊挥军从中,朱桓挥军从右,全琮挥军从左,一齐冲杀过来。曹休见此,便身先士卒,挥舞着环柄大刀,迎杀了过去。其部下将士见此,忙各举兵器,争先恐后,奋力冲杀。

须知,曹魏国军是置之死地而后生,因而便不顾生死拼杀。孙吴王国军

第六十九回　兴汉室诸葛亮一伐曹魏失败　讨孙吴曹文烈兵败皖水石亭

将士是胜在必得，拼杀起来也不要命。真是针尖对麦芒，弈棋逢对手。片刻工夫，双方便尸积如山，血流成河。不过，正如前面已述，在这种湿地、洼滩地带作战，曹魏国军显然不是孙吴王国军的对手。不久，曹魏国军不是陷入湿地，便是没于洼滩。有幸脱身并从皖水逃生的，又被巨大的浪花卷去喂了鱼虾。

孙吴王国军见曹魏国军没了退路，以为胜算在握，不禁得意非凡。谁料物极必反，曹魏国军又不顾生死，返身以排山倒海之势向回冲杀。孙吴王国军不防，竟被杀得连连后退。于是在日落西山、夜幕降临时分，曹魏国军终于回到了石亭营寨。

当夜，曹魏国军因白日厮杀极度疲惫，方用饭毕便倒头就睡。午夜时分，当他们睡得正香之际，火光中，一队孙吴王国军精骑突然从营寨南辕门飞一般闯入，见人便砍，逢人就杀。还不及曹魏国军起身披挂，持械迎战，他们便一溜烟没了踪影。结果弄得曹魏国军犹若昔日淝水之战时苻坚所率秦军般风声鹤唳，草木皆兵，丢下辎重，一窝蜂似的向北夹石道逃去。

须知，当初曹休率领曹魏国军方从广陵出发时，时在豫州治所谯县的豫州刺史贾逵便料到，孙吴王国军在东关没有防备，其大军皆在皖城及其附近，曹休大军深入与其交战，必败无疑。于是，便率领曹魏国军水陆急进，前往援战。行至二百里处，巧获一孙吴王国军小校。经询问，得知曹休所率曹魏国军果然战败，已向北夹石道逃去。同时，又闻报孙权已派孙吴王国军欲以柴禾阻道，切断其退路。对此，曹休不知如何是好，并急切盼望有后续曹魏国军赶来救援。对此，贾逵遂忙上疏时在洛阳的曹叡道："曹休兵败路绝，进退不能，存活有难。但臣下猜测敌不会派兵阻断夹石道，即使派兵阻断，天黑前也只能追到那里，而来不及以柴阻道。现我军若急速进军，可出其不意，先声夺人，以挫敌之士气。敌见我援军到，必不战而走。倘若我军拖延时间，敌已将夹石道阻断，我再兵多将广又有何益呢？"贾逵传令全军加速行军，并沿途旌旗遮天，鼓声动地，以作疑兵。

无独有偶，此前朱桓曾对孙权说过："曹休因宗室而被重用，并非智勇者,交战必败无疑,败后必逃。逃走必经夹石道。大王须知,此道险要狭隘,倘若派遣末将所率那万余将士以柴断道,不仅可获大胜,甚至还可擒杀曹休。再蒙上天神威,大王就可乘胜率军长驱直入,进而攻取寿春,割据淮南,划分许昌、洛阳,这可是万世难逢的良机,切不可失!"孙权闻之,却不置可否,并咨询陆逊。陆逊却道:"曹休兵多将广,我方无后续增援人马及时赶到,聚歼恐难。"孙权认为陆逊言之有理,便没采取朱桓所言。

却说曹休率曹魏国军在天黑前逃到夹石道口,便见一队人马挡在那里。他们以为是孙吴王国军,不禁惊惶万状,不知所措。正在这时,忽见为首者拍马上前高声道:"大司马在吗?我们乃援军!"

在乱军中的曹休闻报,以为耳朵出了毛病听错了话。待他拍马上前举首朝那为首者望去,原是贾逵。对此,曹休理应惊喜才是,因为这对他来说,犹若雪中送炭,雨中遇伞。谁料曹休却不领情,反而大声呵责贾逵道:"来迟了!否则我军将获大胜!"

贾逵闻言,不禁非常气愤,随即回敬道:"我乃国家豫州刺史,不是来此为大司马收拾残局的。"

随后,欲引军而还。后经部将王凌和朱灵苦苦劝阻,方才罢休,并当即传令全军据守夹石道,并供给曹休所率曹魏国军粮草。他们才得以重整旗鼓,奋起厮杀。陆逊见贾逵、王凌和朱灵所率曹魏国援军杀到,料想取胜有难,于是便传令全军而退,于是曹休方才得以安然撤军。结果由孙权挑起,曹休响应,曹叡准许的这场石亭之战终以孙吴王国军大胜,曹魏国军大败而告终。

此时值曹魏太和二年(孙吴黄武七年,蜀汉建兴六年)八月。

其实,满宠早就料到,曹休率军前往皖城响应周鲂有诈,极力劝阻曹叡不准曹休发兵。但如前所述,曹叡早就想狠狠教训一下孙吴王国,现在送上门的机会,岂能失去?因而并未听从满宠劝阻,毫不犹豫地准了曹休出兵之意。随后又恐曹休有失,于是一日早朝时问蒋济道:"你以为周鲂信中所言如何?"

第六十九回　兴汉室诸葛亮一伐曹魏失败　讨孙吴曹文烈兵败皖水石亭

"宁可信其假，不可信其真。"

"朕已批曹休响应周鲂，如何是好？"

"臣下料大司马所率人马已在前往皖城途中，回撤已晚。如此，陛下不若传令他不能深入虏地，与敌对抗。因敌将朱然所率孙吴王国军在江水上流，可随时乘其后，这对大司马极不利啊。"

此后不久，曹叡闻报曹休所率曹魏国军已到皖城，于是在上朝时又问蒋济如何是好。蒋济当即便答道："今贼示形于西阳，必欲并兵图东关，宜急诏诸军前往救之。"

曹叡认为蒋济言之有理，随即便令贾逵督前将军满宠、东莞太守胡质、将军王凌和朱灵率领曹魏国军从西阳出发，然后兵分两路，即贾逵、王凌和朱灵一路向东关杀去，满宠和胡质一路向江夏杀去，以便切断江夏与皖城间的联系，又传令司马懿从上庸率领曹魏国军水兵顺水而下皖城，援战曹休。

上述可见，曹休虽然贸然出兵皖城，但曹叡早已采纳蒋济所言，做了救援部署。否则，曹休将全军覆没。

看官欲知曹休所率曹魏国军兵败石亭后，诸葛亮有何举动，请看下回分解。

第七十回

右将军二伐曹魏攻打陈仓无果
诸葛亮三伐曹魏大胜官复原职

却说自曹魏与孙吴在皖城开战以来,在成都的诸葛亮无时无刻不在关注那里的战局,并派出多路探马前往打探。当他得报曹魏国军在石亭惨败于孙吴王国军后,自然大喜不禁,认为这是再次出兵北伐的极好机会。待一切安排就绪,便于同年十二月告辞刘禅,冒着风雪,同杨仪等随行快马加鞭,赶回汉中,厉兵秣马,准备进军关中,占领长安,然后再挥军东进洛阳,消灭曹魏,复兴汉室。

诸葛亮一到汉中南郑,就召集赵云、魏延、吴壹、杨仪、邓芝、王平、高翔和姜维等到郡衙大堂,商议出兵事宜。待他们到齐方按秩站定,已赶到那里坐定的诸葛亮即高声道:"现曹魏贼寇兵败石亭,这正是报我一伐曹魏失败之仇的大好机会。"

方言毕,魏延即出列上前问诸葛亮道:"右将军所言极是,然不知从何出兵呢?"

"魏将军还记得当年高帝暗度陈仓,还定三秦的故事吗?"

须知,诸葛亮在此所问,乃指汉高祖元年二月项羽与刘邦联合灭秦之战结束后,项羽倚仗其军事优势,自封为西楚霸王,定都彭城。然后强行分封刘邦为汉王,章邯为雍王,司马欣为塞王,董翳为翟王,魏豹为西魏王,申阳为河南王,韩成为韩王,司马卬为殷王,赵歇为代王,张耳为常山王,黥布为九江王,吴芮为衡山王,共敖为临江王,韩广为辽东王,臧荼为燕王,

第七十回　右将军二伐曹魏攻打陈仓无果　诸葛亮三伐曹魏大胜官复原职

田市为胶东王，田都为齐王，田安为济北王。项羽封王的目的，一是为了树其权威；二是分散诸将的实力，便于发号施令；三是乘机将势力强大、又是其劲敌的刘邦分封到秦岭以南的汉中和巴蜀地区。同时，将关中一分为三，即所谓三秦，并令章邯、司马欣和董翳率领楚军分别驻屯那里，以防刘邦汉军越过秦岭与他争夺天下。

对此，刘邦自然心知肚明，于是率军方走到秦岭以南汉中，便驻屯不前，并听从谋臣张良建议，烧毁了通往关中的几条栈道，意在向项羽表明他永不回军三秦向东发展。刘邦此举其实是麻痹项羽，以便待机回军三秦，与其争夺天下。时刘邦汉军将士多为山东人，不仅不适应巴蜀环境，而且日夜盼望早返故乡，不时有离队逃跑者。对此，刘邦并不气恼，反还暗自高兴，因势导利，推波助澜，以便尽快回军三秦，与项羽争夺天下。待一切准备就绪，遂以曹参为先锋，率领汉军从南郑出发，先取下辨，再经故道、散关，攻取陈仓。刘邦亲率汉军主力随后跟进。然陈仓守城主将章邯却临危不惧，率领楚军坚守，不仅叫刘邦所率汉军久攻不下，反还死伤惨重。正在刘邦万分焦急，无计可施，并欲退军之际，汉中人、谒者赵衍向他建议道："可派部将范目率领七千生性猛勇、善攀山越涧的巴蜀民军暗从陈仓西三里处一无名山间小道绕到陈仓北面，形成对陈仓南北夹击之势。"刘邦认为赵衍建议有理，于是便照此办理。结果切断了章邯守城人马与外面的联系，直至兵尽粮绝，弃城而逃。随后，刘邦率汉军占领了陈仓以东的咸阳。紧接着刘邦来了个关门打狗，瓮中捉鳖，即派遣汉军抢先占领了三秦以东的函谷关，切断了章邯等楚军与关东的联系。随后再历时数月激战，刘邦终于还定了三秦，从而为日后统一天下打下了坚实的基础。

再说魏延闻诸葛亮问，当即便料知诸葛亮欲出兵陈仓。于是不假思索地答道："当然记得。不过此时与彼时形势大为不同。"

"怎讲？"

"其一，去年我军讨伐曹魏贼寇声势浩大，无异于打草蛇惊，因此他们现在必然有备；其二，当年项羽不备高帝到汉中后有还定三秦之意；其三，更重要的是，高帝当年从汉中进军三秦前，其部将郦商就率领汉军以迅雷不及掩耳之势攻占了旬关至汉中一线。如此，从汉中通往三秦的褒斜、子午、故道、傥骆等要道，自然也被郦商所率汉军占领。这不仅为高帝挥军从故道进入三秦提供了方便，而且还消除了后顾之忧。而我军现在不具有这些优势。"

诸葛亮问他道："依你之见，从哪进军关中好呢？"

"古往今来，凡用兵者，无不以奇计奇兵制胜。故依末将以前之见，以奇兵出子午谷，直取长安方为上策。"

"倘若敌从关中东北潼关、茅津渡和蒲坂津赶来救援，咋办？"

"可兵分两路。一路北出子午谷，攻取长安；一路东出终南山，抢占潼关、茅津渡和蒲坂津。如此，则御敌于关中以外，杀敌于关中以内，即高帝当年关门打狗故事重演。"

"倘若来援之敌突破潼关、茅津渡和蒲坂津，与驻屯关中西南一线的曹真敌寇遥相呼应，援战长安，咋办？"

"倘若令我率军前往抢占潼关、茅津渡和蒲坂津，管叫敌寇插翅难越！"

魏延答毕良久，诸葛亮才若有所思道："那样无多大胜算，且太冒险。因此，还是仿高帝兵出陈仓方为上策。"

方言毕，忽听得有人高声道："右将军言之有理，在下坚决支持！"

在场者闻声望去，乃丞相府长史杨仪。须知，他们有的认为诸葛亮言之有理，有的认为魏延言之有理，并欲争先恐后表态。现闻杨仪如此言，以为是诸葛亮事先授意，只好随声附和。魏延见此，料知再言无益，于是不再言语。但叫魏延没料到的是，随后诸葛亮竟然起身上前，将先锋印双手送到他魏延手中。对此，站在右侧上首的赵云却迈步出列高声道："末将愿领先锋军打头阵，以弥补箕谷之战所失，若何？"

诸葛亮和颜悦色道："老将军还是留守汉中为宜。"

"难道我年迈无用了吗？"

"哪里，哪里。老将军虽然年迈，但老当益壮。"

第七十回　右将军二伐曹魏攻打陈仓无果　诸葛亮三伐曹魏大胜官复原职

诸葛亮言毕，停了片刻又道："我军征战在外，汉中自然空虚。因此，留守汉中乃重中之重。"

赵云心领神会其意，即一因我赵云毕竟年事已高，体力不济，怕出战有失而毁了我一生百战百胜之威名；二因大军外出征战，汉中空虚，留守之任确实非同一般，让我留守汉中是看得起我。于是不禁大喜道："愿听右将军之令。"

随后，诸葛亮即宣令自领中路蜀汉国大军，吴壹督后，待时出发。

三日后，一切准备就绪，蜀汉国军便迎着呼啸的寒风、飞舞的白雪，从南郑出发，昼伏夜行，经勉县、阳平关、大散关，直向陈仓杀去。

须知，诸葛亮为何要将先锋印交给用兵方略与他相左的魏延呢？原来他想到：魏延兵出子午谷之策虽不可取，但他守卫汉中近十年，曹魏国军从不敢犯，声威大震。曹魏国军，特别是陈仓曹魏国军若闻知他领了先锋印，必惊慌失措，弃城而逃。其次，魏延领了先锋印，自然就不再坚持己见，即出兵子午谷，直取长安。如此，便上下齐心，胜算在握。这一举两得的事，何乐而不为呢？由此可见诸葛亮用心之良苦。

再说魏延领了先锋印后，果如诸葛亮所思所想，再没坚持出兵子午谷之意，并兴冲冲地率领蜀汉国先锋军，风驰电掣般向陈仓杀去。不几日，便赶到了陈仓南城门吊桥边，魏延立功心切，方到不待歇息，便挥军攻城。谁料攻了良久，也无结果。无奈，只得传令后退三里，安营扎寨，埋锅造饭，酒足饭饱，歇息一晚，待明日再攻不迟。

当夜无事，次日早饭方毕，魏延便欲挥军攻城。当他率军方出北寨辕门，便见南城门忽然洞开，一队曹魏国军步骑正飞一般从那冲杀出来。为首者身材高大，铁盔铁甲，高头黑马，狼牙大棒，旗上大书"王"字。时魏延认不得此人，经问身旁细作，方知他乃曹魏国军守城副将王双。魏延闻王双乃无名之辈，自诩我魏延守卫汉中近十年，曹魏国军无一敢犯，声威大震。因此，不待王双勒马站住，魏延便高声自报家门道："我乃魏延，知晓么？"

却不料，王双背后一支利箭便向魏延飞来，要不是魏延躲得快，差点要了其命。魏延不由大怒,但他感到陈仓守军早已有备,一时难破,便传令掉头回寨,待诸葛亮所率大军到后再做计议。谁料传令不待发出,王双早已拍马挥舞着狼牙大棒朝魏延砸来。魏延见此,大怒,遂便拍马举着长柄大斧上前相迎。二人你一棒砸来,我一斧劈去,斗了五十余回合,也未分出胜负。两方人马见此,皆怕各自将领有失,并不待得令,便蜂拥上前混战起来。

魏延所率蜀汉国军人多势众,本应占上风才是。谁料王双所率曹魏国军以一当十,越战越勇。结果杀到夜幕降临,也未分出高下。魏延心知肚明,蜀汉国军虽众,但是远道而来,人疲马倦,再杀下去,谁赢谁输,很难预料。王双认为他所率曹魏国军虽是以逸待劳,精力充沛,但毕竟人少势寡,倘若再杀下去,也恐后果难料。两人不约而同向对方虚晃一招,便拍马收械,退出阵外,传令鸣锣收兵。随后,魏延就在陈仓南城门外五里安营扎寨,王双回城。

次日中午,诸葛亮所率大队人马便赶到魏延大寨南辕门外。魏延闻报,忙亲自前往相迎。相见礼毕,魏延便将昨日双方交战情况一五一十向诸葛亮作了禀报。诸葛亮闻后沉思良久方问魏延道:"王双那厮是守城主将吗?"

"我看不像。"

魏延方答毕,便见诸葛亮身后一人道:"守城主将要是郝昭就好了。"

诸葛亮闻声回头一看,原来是其部将、太原人靳详。于是惊异地问他道:"将军所言何意?"

"就眼下形势,单靠强攻猛打破城难呢。倘若郝昭是守城主将,末将不用一兵一卒便可叫他举众投降。"

诸葛亮问道:"那厮岂肯听将军的?除非你有当年苏秦、张仪那三寸不烂之舌。"

"末将虽无苏秦、张仪那三寸不烂之舌,但与郝昭是同族同乡同窗。"

"你怎么不早说呢!"

诸葛亮言毕,当即便派细作混入城内,打探谁是守城主将。不久,细作便探得守城主将不是别人,正是靳详的同族同乡同窗郝昭。诸葛亮闻报,自

第七十回　右将军二伐曹魏攻打陈仓无果　诸葛亮三伐曹魏大胜官复原职

然大喜不禁，当即便令靳详前往劝说郝昭举众投诚。靳详认为这是他立功受奖的绝佳机会，自然也大喜不禁，便快马加鞭出北营寨辕门，兴冲冲地赶到陈仓南城门吊桥边，向城上高声叫道："快请郝将军出来，我有话与他说。"

城上小校闻来者口气虽非同一般，但时值交战期间，还是警惕为好，于是便问靳详道："你乃何人？"

靳详闻问，铿锵有声道："郝将军出来一见便知晓！"

小校闻答，料想他确有来头，忙转身飞一般下城，禀报郝昭。郝昭来到城头，低头引颈朝下一望，当即便认出了来者是靳详。于是向靳详拱手施礼，问道："原来是靳将军，别来无恙吧？"

"安好。靳将军别来亦无恙吧？"

"亦安好。郝将军是诸葛亮派来的说客吧？"

"将军既已知晓，我就直说了。郝将军须知，我蜀汉大军既来，不破城岂肯罢休？因此，将军若不举众投诚，便危在旦夕啊！"

郝昭闻言却高声道："大魏法律你是知晓的，我的为人你也了解，我深受大魏之恩，早便有宁为大魏鬼，不为蜀寇客之心。因此，你回去告诉诸葛亮，有种的前来攻城便是。"

靳详闻郝昭如此言，料知劝说无益，便掉转马头，垂头丧气地回去，将郝昭方才所言对诸葛亮作如实汇报。诸葛亮闻后不但没生气，反令靳详回去向郝昭特别说明，攻城的蜀汉国军是数万，而守城的曹魏国军仅千余。如此众寡悬殊，不但城池守不住，恐怕连他和他的部下性命也得白白搭上。

靳详又飞马赶到南城门外，高声将诸葛亮之言转告给还在南城头上的郝昭。郝昭却对靳详道："该说的我已说了，我认得你，可手中这支箭却认不得你！"

靳详闻言，料知再劝说无益。无奈，只好掉转马头，回去向诸葛亮禀报。诸葛亮得报大怒，为赶在曹魏国援军到达前破城，便亲自挥军日夜攻城。

先是由邓芝率领一队动作敏捷、攀爬若猴般的蜀汉国军爬着云梯，奋勇向南城头攻去。方爬到城垛，只见站在城楼栏杆后的郝昭将令旗一挥，无数支火箭便若雨点般直向云梯飞来，直烧得那些蜀汉国军焦头烂额，喊爹叫娘，死伤无数。

诸葛亮又令王平在午夜时分趁守城曹魏国军熟睡之际，率领蜀汉国军推着千余辆撞城车撞击城南门。王平以为撞城车一到，城门就会轻而易举被撞开，破城立功只是举手之劳。谁料他们推着撞城车方冲到南城门下，城上忽然火光冲天，照得城上城下如同白日。同时，见站在城楼栏杆后的郝昭将手中宝剑一挥，城上立刻坠下无数硕大的石磨。蜀汉国军哪里有防，竟被砸得人亡车毁。幸亏王平站得远，否则也性命难逃。

诸葛亮不禁非常着急，苦思冥想，终得一计，即令蜀汉国军工匠兵日夜赶制了数百井字形木架，完工后竖立在城南门外，令高翔率领蜀汉国军站在上面，向城里猛放利箭。同时，令吴壹率领蜀汉国军以土石填塞城南城池，以便大队蜀汉国军从上快速抵达城下攻城。郝昭见此，遂心生一计，令人在城内筑起一道坚固的城墙予以阻拦。

诸葛亮见此计不成，又心生一计，令姜维从南城墙外不远处日夜赶挖地道，欲从那里向城内攻去。郝昭闻报，也又心生一计，即令人在南城内城墙根下东西向挖掘地道拦截。诸葛亮得报，又只好令姜维作罢。

须知，尽管守城的人少势寡，攻城的人多势众，且诸葛亮又绞尽脑汁，计谋百出，但蜀汉国军不顾生死，勇猛攻打了二十余日，却没越陈仓城池一步。何也？一因镇守凉州及关中的曹魏国军统帅曹真自随曹操讨伐董卓以来，每战必胜，并因此官拜偏将军、中坚将军、中领军、征蜀护军、镇西将军、上军大将军和中军大将军加给事中，并都督中外军事，假节钺。在其参战的诸役中，河西镇诸胡之战值得特别一提。那是曹魏黄初二年（蜀汉章武元年）十一月，河西诸胡联军反叛，时任镇西将军的曹真率领曹魏国军前往讨伐。经过一番激战，斩首五万余级，获生口十万，羊一百一十一万，牛八万。此战的胜利意味着不仅恢复了西域鄯善、龟兹、于阗等国与曹魏国往来的道路，还恢复了曹魏国对那里的统管。因此，在洛阳的曹丕得报后不禁

第七十回　右将军二伐曹魏攻打陈仓无果　诸葛亮三伐曹魏大胜官复原职

惊喜异常，并大笑道："吾策之于帷幕之内，诸将奋击于万里之外，其相应若合符节。前后战克获虏，未有如此也。"还值得特别一提的是，去年曹真派张郃率领重兵抢占了兵家必争之地街亭，导致诸葛亮首伐曹魏失败。仅上述可见，曹真在曹魏国中不仅是屈指可数的重臣，也是时之少见的智勇双全者。因此，诸葛亮一伐曹魏国兵败祁山后，他当即料定诸葛亮不肯罢休，不久后必会率蜀汉国军出故道，攻陈仓，占关中。于是令以守城见长的部将郝昭率领千余膀大腰圆、猛勇善战的步骑驻守陈仓，以防诸葛亮率领蜀汉国军来攻。二因陈仓位于东通关中咸阳，西通凉州天水，南通益州汉中的三叉路口，乃历代兵家必争之地；加之早在春秋秦文公时期便建筑了陈仓上城，曹操时期又筑了陈仓下城，于是一城二墙，高低错落，宽广坚实，固若金汤。因此，即使天兵天将来攻，也难越其半步，别说诸葛亮所率的那些蜀汉国军了。

　　诸葛亮正在无计可施之际，忽然闻报曹真从郿县派来的费耀已率援军向陈仓赶来。对此，诸葛亮毫不畏惧，并欲令吴壹率领蜀汉国军前往拦截。然不待发令，又闻报张郃已奉曹真之命，从街亭率军前来陈仓援战，现已在途中。对此，诸葛亮不禁大喜道："我正愁没机会寻张郃这厮报街亭之仇，他却不请自来，此真乃天助我呢！"言毕，即令魏延立马率领蜀汉国军精兵一万前往拦截，并再三对其强调："活要见张郃那厮人，死要见张郃那厮尸，不得有误！"魏延得令还未及率军出发，又闻报因汉中至陈仓道路崎岖，运输困难，军中粮草已所剩无几。对诸葛亮而言，此报无异于屋漏偏逢天下雨，他纵有天大本事，也无可奈何。末了，只好仰天长叹一声道："气煞我也！"随后，即传令全军立马拔寨启程，退回汉中。

　　时在南城楼上的王双见此，以为这是擒杀诸葛亮、为国立功的极好机会，于是便飞一般下城，向郝昭请求出兵。郝昭恐中埋伏，便严词拒绝。对此，王双不禁心急如焚，并发誓不擒杀诸葛亮愿将自己头颅献上。郝昭见此，只好依了他。随后，王双便点起三百轻骑飞马出南城门，向蜀汉国军追去。方追出三十余里，便见旗帜零乱、队形不整的蜀汉国军正鸭行般南去。

待近前一看,其督后者不是别人,正是他欲擒杀的诸葛亮。对此,王双自然大喜,以为擒杀诸葛亮就在眼前,便挥舞长柄狼牙大棒,一马当先冲了上去。眼看快到诸葛亮马前,忽见一铁甲铁盔、长柄大斧、高头黑马的大汉率领一支蜀汉国军,从诸葛亮身后转出,迎面拦在了前面。王双见了,先是不禁一愣,待仔细一看,原乃魏延。于是便高声骂道:"原来是你这厮,来,先吃我一棒!"

言毕,即挥舞着长柄狼牙大棒朝魏延砸来。魏延见此,遂边拍马挥舞着长柄大斧迎上去边高声骂道:"你这厮已死到临头,还敢逞狂!"

随后,两人便各举兵器厮杀起来。魏延乃蜀汉国军中屈指可数的猛将,王双虽官拜都尉,但手中那条八十斤重的长柄狼牙大棒却少有人敌。前面已述,他俩此前在陈仓南城门外相遇,便是针尖对麦芒,棋逢对手。魏延挥舞着手中长柄大斧,又是劈又是砍,每每欲要王双性命;王双高举着长柄狼牙大棒,又是捅又是砸,招招直指魏延要害。要不是他俩皆躲得快,早双双呜呼哀哉,命赴黄泉了。正在这时,忽然吴壹率了一队蜀汉国军步骑从王双所率曹魏国军轻骑后面冲杀了过来。王双见此,毫不惧怕,但其部下却乱成一团,争先恐后直向前拥。他们前后受敌,加之东西两侧山崖壁立,非常险峻,无处可逃,结果成了瓮中之鳖。

王双直后悔当初没听郝昭的,无奈,只好使出浑身解数,挥舞着长柄狼牙大棒,欲与魏延拼个你死我活,鱼死网破,或置之死地而后生。谁料这时诸葛亮挥军返身杀了过来,片刻,便将王双所率曹魏国军杀得溃不成军,所剩的皆放下兵器,投了过去。王双见此,不禁慌了六神,只好虚晃一招,弃了魏延,掉转马头回逃。魏延哪里肯放,遂便拍马赶上,手起斧落,王双立即便脑袋开花,坠马而亡。至此,蜀汉国军与曹魏国军间的陈仓之战便告结束。时曹魏国军虽失去了猛将王双,但蜀汉国军却未能攻破陈仓,且死伤惨重,其继而攻占咸阳、长安、洛阳,消灭曹魏,复兴汉室,移都洛阳的目的又落了空。

此时值曹魏太和二年(蜀汉建兴六年,孙吴黄武七年)十二月末。

第七十回　右将军二伐曹魏攻打陈仓无果　诸葛亮三伐曹魏大胜官复原职

诸葛亮率领蜀汉国军退回汉中南郑后,不禁又气又恼,连日紧闭大门,躺在榻上,两眼瞪着屋顶,想到:消灭曹贼,复兴汉室,乃先帝刘备终身之愿。他虽驾崩,但我诸葛亮作为辅佐刘禅的大臣,理应有责完成其愿。谁料两次讨伐曹贼皆无结果,反而死伤惨重,这不仅叫天下人耻笑,还有愧先帝在天之灵。想到此,忽听得门外有激烈的吵闹声。对此,诸葛亮不禁非常惊异,欲起身出去看个究竟,待他方起身不待开步,便见身材高大威猛的陈式已甩开门卫,大步流星走了过来。对此,门卫又气又急,欲追上阻拦。诸葛亮见此,忙向门卫挥了挥手,示意不要阻拦。门卫无奈,只得退出门外。陈式走到诸葛亮身前,诸葛亮和颜悦色地问道:"陈将军不请自来,必有要事相告吧?"

"右将军所问极是。末将以为,倘若三伐曹贼,宜取武都。"

"何以见得?"

"须知,武都自夏商以来便为氐人所居,人口稀少,加之曹贼当年迁徙武都郡氐人五万余,现在那里快成无人区了。因此,敌必无兵或无重兵把守。若攻取,必易若反掌。"

陈式所说的曹贼迁徙氐人五万余一事,乃指曹操与刘备在建安二十四年五月争夺汉中失败撤退时,以为武都过于偏远,不利防守,恐刘备因此随后北取武都以逼关中,于是便问询京兆尹张既如何是好。张既不假思索答道:"可劝氐人迁出武都,到风调雨顺、五谷丰登之地居住以避敌,并对先迁者予以奖励。其余闻之,定然争先恐后而至。"曹操认为张既言之有理,遂予采纳,一面从汉中撤军,一面令张既从武都徙氐人五万余于扶风、天水之间。

诸葛亮闻陈式答,遂沉思片刻道:"现那既已快成无人区,加之偏远荒疏,得之何益?"

"可将陇西之敌诱出围而歼之,然后再从那北取关中,进而兵出潼关……"

不待陈式言毕,诸葛亮即醒悟道:"引蛇出洞,围点打援,甚妙!"

陈式见诸葛亮盛赞己言,不禁大喜,并忙道:"末将愿为先锋。"

时诸葛亮还未及答言,忽然门卫匆匆来到他面前报告:"赵将军和吴将军现在门外,言有事求见大人。"

须知,赵将军乃赵云,吴将军乃吴壹。诸葛亮认为,他俩乃军中大将,所言定是大事,岂可不见?于是忙对门卫道:"快让他俩进来。"

门卫闻言转身出去传唤,不多时赵云、吴壹便急匆匆走了进来。当他俩见陈式在此,料想必是为三伐曹魏献计献策,不禁一愣,道:"我俩来此,乃多此一举啊。"

诸葛亮闻言,遂上前问赵云和吴壹道:"你俩也是为三伐曹贼献计献策而来?"

"正是!"

待赵云和吴壹异口同声方答毕,诸葛亮即道:"不妨道来听听。"

随后,赵云和吴壹便各自对三伐曹魏的方略道了一番,结果与陈式方才所言如出一辙。对此,诸葛亮和陈式不禁非常惊异,并异口同声道:"巧啊!"

赵云和吴壹闻言,惊异道:"难道……"

"三位将军所献之策正不谋而合呢。"

诸葛亮方言毕,赵云、吴壹和陈式不禁对他三人的不谋而合击掌称庆,并不约而同地争当先锋。诸葛亮见此,遂大喜道:"赵将军身经百战,吴将军稳重谨慎,陈将军年富力强,你们不论谁当先锋,都会旗开得胜,马到成功。不过,还是陈将军为宜。"

陈式闻言,自然高兴异常。对此,赵云和吴壹却非常不解,忙问道:"为什么?"

"须知,我军两伐曹贼皆无结果,若三伐再无结果,那将无颜面对天下人,特别是益州人。因此,三伐必赢。"

诸葛亮言至此,停了片刻又道:"当年先帝与曹操老贼争夺汉中失利时,陈将军曾率十营步骑断绝马鸣阁道,以断其回逃之路。由此可见,他早有战胜曹贼军的经验。叫他当先锋,必胜无疑!"

第七十回　右将军二伐曹魏攻打陈仓无果　诸葛亮三伐曹魏大胜官复原职

吴壹闻诸葛亮言，料知他必以陈式为先锋，倘若再争下去已毫无意义，无奈，只得欣然道："军师言之有理啊。"

赵云却愤愤然道："末将与曹贼交手多年，且胜多败少，难道就不能担当先锋？"

"妇孺皆知赵将军武艺不减当年，但陛下有诏云：赵将军虽老当益壮，但毕竟年迈，宜告老还府，颐养天年。"

赵云闻诸葛亮言，不禁一惊，遂忙问道："末将怎么不知晓有此诏呢？"

"乃密诏，方传到。"

赵云闻诸葛亮答，遂无可奈何道："末将遵旨！"

次日早饭后，赵云便与随行从南郑南城门出发，沿蜀道南向成都进发。诸葛亮及其他将校前往送了一程，方才依依不舍而别。赵云回到成都，刘禅还举宴为其接风洗尘。此后不久，赵云便在赵府无疾而终，享年六十有二。

再说诸葛亮等人送走赵云后并未散去，皆立即前往位于城中央的点将台，奉行三伐曹魏国之令。众人已知诸葛亮已定北伐首战是武都，也知陈式为先锋，故而再没商议与争执，只待诸葛亮发令就是了。唯魏延仍坚持己意，即出兵子午谷，直取长安，但孤掌难鸣，无奈，只得听从诸葛亮的。陈式为先锋，于次日早饭后率领蜀汉国军五千从南郑西城门出发，经汉城、白马戎，向武都杀去。其余将校随时听候调遣。

时负责防守陇西一带的曹魏国雍州刺史郭淮在长安闻报有蜀汉国军攻取武都，不禁大惊失色。何也？因为他也知晓，倘若武都有失，蜀汉国军便可东出天水，直逼关中。如此，那还了得！于是便率领曹魏国军三万，出长安西城门，日夜飞驰前往救援。

方行至天水，忽见一探马匆匆来报："报告郭将军，小的近日探得，敌酋陈式所率蜀寇先锋军在行军途中，战旗蔽日，锣鼓喧天，步若鸭行，扬言攻取武都。到达武都那日上午，天气晴朗，万里无云，正是攻城的大好时机。但他们仅将城池围了个水泄不通，至今无攻打之意。"

郭淮闻报，感到陈式所率蜀汉国军行事有异，不知他们葫芦里卖的什么药。正在这时,又一探马飞一般前来向他报道:"敌酋诸葛亮亲率魏延、吴壹、杨仪、邓芝、王平、高翔和姜维等大队敌军正偃旗息鼓,昼伏夜行,飞一般向武都东北建武杀去。"

郭淮出身于太原名门望族,曾祖父郭遵、祖父郭全和父亲郭缊皆东汉文臣将校,因此,幼年便在他们的指导下,遍读诸子百家,练刀习枪,及长成,文韬武略闻名远近,遂举孝廉,先后任平原郡府丞、五官中郎将门下贼曹、丞相兵曹议令史、征西将军司马。征西将军夏侯渊战死汉中时,是他收合残兵,与驸马都尉杜袭共推荡寇将军张郃为主将,得以稳定局势。曹丕称帝后,获封关内侯,又任镇西长史、雍州刺史。他是曹魏国军中罕见的智勇双全者,因而方闻报便道:"蜀寇欲围点打援呢!"言毕,便下令立即回军。

时诸葛亮闻报,料知自己引蛇出洞、围点打援之计已被郭淮识破。对此,无异于看到快煮熟的鸭子竟然飞了,直气得连声大骂郭淮为狡寇。末了,只得传令陈式挥军将武都、阴平一锅端。同时,又书告陈式道:"切勿重蹈吴兰、雷铜攻打武都失败身亡的覆辙。"

须知,武都当年虽不被曹操重视,但据有它不仅可威逼关中,还可直通陇右祁山和汉中阳平关,向为兵家必争之所,城墙高大雄伟,易守难攻。但现曹魏国守军仅五百余,尽皆老弱,因而陈式仅攻了半天工夫,武都便被攻破。随后,他们便马不停蹄向阴平杀去。

阴平位于武都西南的岷山山脉,距曹魏国军防地比武都城更远。守军仅三百左右,亦皆老弱。因此,陈式所率蜀汉国军方到城下,他们便吓得不寒而栗,魂飞天外,立刻便举城投降了。

已回南郑的诸葛亮闻报陈式已顺利攻克武都和阴平二城,并没兴高采烈地击掌称庆,而是坐在榻上沉默不语。站在一旁的杨仪却喜滋滋地对他道:"恭喜丞相将官复原职!"

诸葛亮闻言,不禁非常惊异,忙问道:"此话怎讲?"

杨仪闻问,掷地有声道:"我军这次收复武都、阴平二城之战,之所以旗开得胜,马到成功,全赖右将军指挥有方。如此显赫之功,官复原职,应理

第七十回　右将军二伐曹魏攻打陈仓无果　诸葛亮三伐曹魏大胜官复原职

所当然啊！"

"收复武都、阴平二城，仅举手之劳。还未消灭郭淮那厮来犯之敌一兵一卒，更别说兵指关中，闯过潼关，饮马洛水，消灭曹贼，复兴汉室了。何功之有？"

杨仪并没回答诸葛亮所言，而是转身上前从怀里取出一卷绢制物，双手毕恭毕敬地呈与诸葛亮道："丞相请看。"

诸葛亮闻言，忙伸手接过展开一看，原来是杨仪撰就的捷报。其文略云："因诸葛右将军神机妙算，指挥有方，将校身先士卒，士卒不顾生死，直杀得敌酋郭淮所率敌寇溃不成军，大败而逃。再，武都、阴平二城虽城墙高大雄伟，易守难攻，但诸葛右将军遥指若神，陈将军亲指若定，士卒攻打如虎，终于顺利收复。二城皆为郡治所，被收复，就意味着收复了下辨、武都道、上禄、故道、河池、沮、沔水、羌道和阴平道、甸氐道、刚氐道。如此，对长我威风，灭敌士气，大有裨益。"

不待看毕，诸葛亮即一脸严肃道："这不是弄虚作假，夸大事实吗！"

言毕，便将捷报抛之于地。杨仪见此，只好没趣而退。

此后的一日上午，诸葛亮正聚精会神思考北伐之策，忽然门卫飞一般进来向他报道："御使到！"

诸葛亮闻报，不知御使前来何干，遂出门相迎。御使笑盈盈地走到诸葛亮身前道："恭贺！恭贺！恭贺！"

"恭贺什么？"

"陛下有诏，官复你原职，难道不该恭贺吗？"

"陛下何故要官复臣下原职呢？"

"陛下闻报你收复武都、阴平，功比天高，特下诏官复原职。"

御使方答毕便和颜悦色道："右将军接诏！"

诸葛亮闻言，遂忙面朝成都跪伏于地，等待御使宣读。御使见此，随即从怀中取出诏书展开，高声宣读起来。诏书略云："街亭之败，皆马谡之过，而君却引咎自责，深贬损己。当时朕很难违背君意，因而便勉强同意了。前年君宣耀军威，出兵陈仓，斩杀了敌酋王双。今年君又率军北征，杀得敌酋郭淮所率敌寇大败而逃。随后君又挥军收复了武都和阴平二郡，威震凶敌。于是功扬天下，妇孺皆知。当今天下动荡不安，首恶曹贼尚存。因此，君还任重道远。但君至今仍贬损自己，这对君再度伐贼，建立功勋百害而无益。因此，现就恢复君丞相之职，请勿推辞！"

诸葛亮闻诏，感动不已，并口呼谢恩不止，随后还对御使信誓旦旦道："请转告陛下，臣下为消灭曹贼，复兴汉室，即使上刀山，下火海，也在所不辞！"

同时，对诏文中"杀得敌酋郭淮所率敌寇大败而逃"却持有异议，于是在御使走后即传杨仪前来予以追问。待杨仪闻召匆匆赶到向他拱手施礼方毕，诸葛亮便不解地问道："诏书中'杀得敌酋郭淮所率敌寇大败而逃'这段文字怎会与你所撰捷报中那段文字几近相同呢？捷报不是早弃之了吗？"

杨仪闻问，便以沉默回避。诸葛亮见此，甚觉蹊跷，便继续追问。杨仪见回避不过，无奈，只得硬着头皮答道："是在下暗中使人将捷报抄写了多份，传到成都大街小巷。想必陛下也看到了。"

不待杨仪答毕，诸葛亮便心知肚明，即定是刘禅对那段文字信以为真而写进了诏书，于是便绷着脸怒对杨仪道："胡来！这不是欺君吗？"

"这还不是为丞相官复原职着想。"

"行啦，下不为例！否则严惩！"

尽管诸葛亮怒气冲天，但杨仪方闻得其"下不为例"之言后，便料知大事无虞，于是立刻便壮起胆子道："陛下诏书中那段文字虽有夸大之处，但可鼓舞士气。因此，丞相何必较真呢。"

杨仪言至此停了片刻，遂凑上前对诸葛亮低声道："夸大事实、弄虚作假算得了什么，世上还有指鹿为马的呢！"

"还有这等荒唐事？"

"丞相难道忘了？昔秦丞相赵高驾着鹿随秦二世外出，秦二世问赵高道：'丞相何故驾头鹿呢？'然赵高却坦然道：'这是马啊！'秦二世闻赵高如此言，

第七十回　右将军二伐曹魏攻打陈仓无果　诸葛亮三伐曹魏大胜官复原职

非常不解,并道:'这明明是鹿,怎么说是马呢?'然赵高却道:'这确实是马!倘若陛下认为微臣所说的有错,那就请陛下允许微臣询问群臣。'询问后,结果有的说是鹿,有的说是马。于是秦二世便不相信自己而听信了赵高所说。"

杨仪言至此,停了片刻若有所思道:"为鼓舞士气,别说夸大事实,弄虚作假,即便颠倒黑白,混淆是非又何妨?"

"以后不许胡来,否则问斩!"

杨仪又道:"在下以为宜以歌舞形式大力表现这次伐贼大胜,这不仅可使天下妇孺知晓,还可大长我之威风,大灭敌之士气。这一举三得的事,何乐而不为呢?"

诸葛亮认为杨仪言之有理,于是立刻召来随军乐工排练,并在益州各城乡演出。刘禅及臣民看后,好像蜀汉国军攻取的不是偏僻荒野的两座城,而是城池坚固的两个州。于是不禁兴高采烈,击掌称庆。而曹魏国朝野上下私下对此虽七嘴八舌,议论纷纷,但面上却装聋作哑,闭口不谈,好像什么事也没发生。何也?原来曹叡认为,泱泱大魏竟输给边远荒疏一州之敌,此乃莫大丑闻,并因此下诏道:"不许谈论,否则问斩!"

那么孙权对此是喜是忧呢?看官欲知详情,请看下回分解。

第七十一回

水到渠成孙仲谋称帝武昌城三国鼎立
再出祁山诸葛亮四伐曹魏国缺粮退兵

却说在武昌的孙权无不时刻关注着诸葛亮所率蜀汉国军北伐曹魏国的战况。当他得报诸葛亮所率蜀汉国军第一、二次讨伐皆无结果时，不禁非常悲观和失望。此后当他得报诸葛亮又要率领蜀汉国军第三次讨伐曹魏国时，更为特别关注。这时的一日上午，当他坐在孙府正心神不定、忐忑不安之际，忽然门卫匆匆进来不及向他拱手施礼便报道："报告，门外有一猎夫模样的汉子，言有要事报告大王。"

孙权闻报，知那猎夫是他派去打探诸葛亮三次北伐情况的探马。于是急不可耐地对门卫道："还不快领他进来。"

门卫闻言，忙转身出门片刻便将猎夫领了进来，待孙权定眼一看，果是他所派出的探马。他心里不禁七上八下，忐忑不安。时探马早已报道："报告大王，诸葛亮所率蜀汉国军三伐曹贼已取得大胜。"

"大胜？"

"他们不用吹灰之力，便攻占了曹贼武都和阴平二城。"

孙权闻报，不禁高兴得若孩童般击掌，又跳将起来，连连高声道："真乃大喜！"

孙权何故要这般高兴呢？原来他以为，前时他所率的孙吴王国军方才大败曹休所率曹魏国军于石亭，现在诸葛亮所率蜀汉国军又夺得曹魏国武都和阴平二城，这不仅削弱了曹魏国国势，还足使曹魏国朝野上下心惊胆寒，不

第七十一回　水到渠成孙仲谋称帝武昌城三国鼎立　再出祁山诸葛亮四伐曹魏国缺粮退兵

知所措。同时，这也是他孙权摆脱曹魏国，弃王称帝的有利之机。

关于孙权弃王称帝一事，前面已述，早在孙坚讨伐董卓时在洛阳（时称雒阳）偶得传国玉玺起，就图谋建国称帝。孙坚战死后，接任的孙策只想称藩，并无称帝之意。后经张纮一番劝解，于是也有了称帝之意。后孙策遇难，鲁肃方见临危上任的孙权时就对他道："可乘当下曹操忙于争夺中原无暇顾及江东之机，消灭宿敌黄祖，进伐荆州刘表，竟江水所极，据而有之，然后建号称帝，以图天下。"对此，之前周瑜也曾对鲁肃道："承运代替刘氏者，必兴于东南。推步事势，当其历数，终构帝基，以协天符。"而孙权在八年前虽被曹丕仅封为吴王，但孙权早已在其属国境内称孤道寡，和行使万人之上的皇权了。

孙权在建国称帝之前，就积极做了五件大事：一是建立了一支足以抗衡曹魏国或蜀汉国的军队；二是派鄱阳太守周鲂和建武中郎将胡综讨平了以彭绮为首的数万人在鄱阳的叛乱，稳定了那里局势；三是派全琮降服了丹阳、吴郡和会稽山越之民；四是以"军兴日久，民离农田，父子夫妇，不听相恤，孤甚愍之。今北房缩窜，方外无事，其下州郡，有以宽息"之令使百姓安居乐业；五是允许陆逊在其防区增加农田在那实行屯田，以使军强民富。

孙权明白，做了上述五件事还不够，还要得到属下文臣将校的支持。不过孙权对此并不担心，他认为，为加官晋爵，他们也会极力劝进。比如在孙吴黄武二年（曹魏黄初四年，蜀汉章武三年），臣子们就因曲阿地区降甘露劝孙权建国称帝。孙权以汉家方亡为由，予以拒绝。后又以"天命符瑞，固重以请"劝孙权续汉建国称帝，但仍被拒绝。孙吴黄武四年（曹魏黄初六年，蜀汉建兴三年），也就是此前四年前，皖口传言有祥瑞出现，即树虽不同根，但其枝干却相连。他们因此再劝，结果再被拒绝。

不过，孙权对此也没过于乐观，并认为凡事就怕万一。连权倾朝野、雄兵百万、一言九鼎的曹操称王时竟然还有荀彧公然反对；皇亲国戚、权倾一方的刘备继汉称帝时也有费诗公然反对。那孙权称帝能否如曹丕代汉称帝那样一帆风顺，没人反对呢？孙权想要弄清这个问题，提前防范。于是苦思冥

1455

想,终得一法,即令技艺精湛的裁缝制作了一面象征皇权的黄牙大旗,悬挂在中军大帐门前,令一心腹部属藏于帐内密室,日夜观察进出帐门或路过的臣子望见黄牙大旗时的神色,以此判断他们是否反对他称帝,并随时向他报告。观察结果发现他们望见黄牙大旗时,皆毕恭毕敬伏地跪拜,有的甚至高呼"万岁"。

孙权得报,直高兴得不知所以。但他仍不放心,于是又想出一法,即叫善作辞赋的胡综作了篇拥戴他称帝的赋文,令文臣将校们研读背诵,并以熟练程度来判断其拥护自己称帝的心意。

胡综得令,认为这是立功受奖、加官晋爵的极好机会,于是废寝忘食赶作了篇长达三百余字的《黄龙大牙赋》。赋云:

乾坤肇立,三才是生。狼孤垂象,实惟兵精。圣人观法,是效是营。始作器械,爰求厥成。黄、农创代,拓定皇基,上顺天心,下息民灾。高辛诛共,舜征有苗。启有甘师,汤有鸣条。周之牧野,汉之垓下。靡不由兵,克定厥绪。明明大吴,实天生德。神武是经,惟皇之极。乃自在昔,黄、虞是祖。越历五代,继世在下。应期受命,发迹南土。将恢大繇,革我区夏。乃律天时,制为神军。取象太一,五将三门。疾则如电,迟则如云。进止有度,约而不烦。四灵既布,黄龙处中。周制日月,实曰太常。桀然特立,六军所望。仙人在上,鉴观四方。神实使之,为国休祥。军欲转向,黄龙先移。金鼓不鸣,寂然变施。暗谟若神,可谓秘奇。在昔周室,赤乌衔书。今也大吴,黄龙吐符。合契河洛,动与道俱。天赞人和,金曰惟休。

赋文中心说得明白,就是黄龙吐符,大吴当出天子,孙权应该建国称帝。

经孙权过目得到首肯,并以其遒劲的汉隶书写后,方才将此文传令文臣将校们研读背诵。学富五车、知识渊博的文臣们研读与熟练背诵自然不成问题,而叫人意想不到的是,那些将校们,特别是那些只会弄枪舞刀、目不识丁的将校们为加官晋爵,也赶鸭子上架,经一番勤学苦读,竟然也能如文臣

第七十一回　水到渠成孙仲谋称帝武昌城三国鼎立　再出祁山诸葛亮四伐曹魏国缺粮退兵

般熟练背诵。

　　孙权通过上述观察和判断，见确无人反对他建国称帝，他方才放下心来。不过，到底有没有反对者，只有天知地知，反对者知了。同时，他还认为，即使有人反对，也是极少数，兴不起大风，作不起巨浪。

　　上述可见，孙权建国称帝早已万事俱备，那么他何故至今未付诸实施呢？其因有三：一因孙吴王国军还未大胜过曹魏国军；二因诸葛亮所率的蜀汉国军第一次和第二次讨伐曹魏国皆无功而返。不过，前两因不久前因孙吴王国军与曹魏国军间的石亭之战和蜀汉国军第三次讨伐曹魏国攻破武都、阴平二城已得到答案，自不必说。现就只欠第三因这股东风了，即若要名正言顺建国称帝，还须有震动天下、妇孺皆知的祥瑞出现才是。对此，他不禁有些犯难。正在这时，忽然闻报有童谣云："黄金车，班兰耳，阊昌门，出天子。"既是童谣，自然简单易懂。对作为一方之主、文武并举的孙权来说，听懂无异于小菜一碟。因而方闻报即明白：黄金车指图案辉耀的皇帝专用礼仪车，阊昌门指孙吴发迹之地吴县县城西门，出天子指吴县有人称帝。随后不久，又得报武昌和夏口有黄龙与凤凰出现。孙权认为，黄龙既现武昌，是表明天降符瑞于他，不禁大喜，并积极准备建国称帝改元。

　　此后不久的孙吴黄龙元年（曹魏太和三年，蜀汉建兴七年）四月，即距曹丕代汉称帝八年零七个月，距刘备继汉称帝八年零一个月，孙权便在武昌城外南郊告天，新建之国名吴国。

　　为区别于春秋战国时的吴国，孙吴王国改称为孙吴国。同时，孙吴王国军改称为孙吴国军，吴王改称为吴大帝。并改孙吴王国年号黄武为黄龙，仍都武昌。

　　孙权何故要改年号黄武为黄龙呢？原来他被曹丕封为吴王时第一个年号是黄武，当时正值曹魏黄初三年，为表示臣服曹魏国，方才用黄武年号以便攀附曹魏国年号。现已与曹魏国公开决裂并建国称帝，当然不再攀附其年号。同时，有传言见黄龙盘于武昌江水石矶之上数日方去，遂改年号黄武为黄龙，以此表明改元是上天所许。

那么孙权何故仍都武昌呢？原因有四：一因武昌历史悠久，帝尧时便是樊国之都，夏、殷、商时为鄂都，春秋战国时为楚鄂王封地之都，有帝王之都的威严。二因它位处江水天险以南，拥吴越之众，有三江之固，乃不可多见的易守难攻军事重地。三因早在建安十四年，即二十年前，孙权就与周瑜、鲁肃和张昭因闻报武昌南郊虎头山上有凤鸣，于是商定倘若天下有变，可定都武昌，还在山顶修建了一座高大雄伟的凤凰台，以备他将来告天称帝登临。四因在曹丕封拜他为吴王时，他已下令在武昌城内筑了一座吴王城，以备建国称帝后使用。

祭告上天建国称帝那天，虎头山上春风习习，阳光灿烂，修葺一新的凤凰台特别显眼。台周围布置、祭天仪式步骤和孙权所着皇帝服饰与当年刘备在成都武担山举行的继汉称帝仪式大同小异，因而在此不予赘述。

临宣读祭告天文时，昂首挺胸站在台前中央的孙权不禁思绪万千：父亲孙坚战死和哥哥遇难暂且不论，就他临危上任以来，先后官拜汉讨虏将军、领会稽太守、行车骑将军、领徐州牧、骠骑将军、领荆州牧、曹魏国吴王，到今建国称帝已近三十年。自己也从一青春少年步入知天命之年。其间，锋芒毕露有之，如荆州大败曹操，麦城智擒关羽，猇亭火烧刘备和石亭大败曹休。主动向他人求和有之，如为避免同时与曹魏国和蜀汉国作战，曾多次遣使向蜀汉国求和。韬光晦迹与忍辱负重有之，如向曹魏国称臣八年。对自己的行为，倒是赞扬的居多，连曹操老贼都说"生子当如孙仲谋"。但有人评说是左右逢源，甚至有人评说是权宜之计，或大骂是胆小怕事的缩头乌龟。另外，合肥之战时要不是部下相救，早被生擒活捉。总之，酸甜苦辣尝了个遍，所幸的是，建国称帝倒没部下反对。对此，孙权自然大喜不禁，满脸灿烂。

正在这时，站在坛右侧前方主持仪式的司仪高声道："恭请陛下宣读祭告天文！"

随后，孙权取出绢制祭告天文，展开高声宣读道：

皇帝臣权敢用玄牡昭告于皇皇后帝：

第七十一回　水到渠成孙仲谋称帝武昌城三国鼎立　再出祁山诸葛亮四伐曹魏国缺粮退兵

汉享国二十有四世，历年四百三十有四，行气数终，禄祚运尽，普天弛绝，率土分崩。孽臣曹丕遂夺神器，丕子叡继世作慝，淫名乱制。权生于东南，遭值期运，承乾秉戎，志在平世，奉辞行罚，举足为民。群臣将相，州郡百城，执事之人，咸以为天意已去于汉，汉氏已绝祀于天，皇帝位虚，郊祀无主。休徵嘉瑞，前后杂沓，历数在躬，不得不受。权畏天命，不敢不从，谨择元日，登坛燎祭，即皇帝位。惟尔有神飨之，左右有吴，永终天禄。

不难看出，祭告天文一是指出汉室已绝祀于天，帝位空虚，郊祀无主，孙权是畏天命而不得已建国称帝。二是不承认曹魏国承接汉统。例如曹丕在登坛受禅时说汉室历年四百二十有六，孙权在祭告天文中却说汉室历年四百三十有四。两人所说相差八年，这八年正是曹丕称帝后的八年。三是明确表示与曹魏国势不两立，彻底决裂。称曹丕为抢夺神器的孽臣，曹叡是继世作慝，淫名乱制。四是只字未提蜀汉国，这实际是承认蜀汉国的合法性。

方宣读毕，司仪又高声道："恭请陛下宣读追谥和封拜诏书！"

随后，孙权取出绢制诏书，展开高声宣读道："追谥尊父破虏将军孙坚为武烈皇帝，追谥尊母吴氏为武烈武皇后；改封吴王太子孙登为皇太子；追封讨逆将军孙策为长沙桓王，封其子孙绍为吴侯。"

方宣读毕，司仪又高声道："恭请陛下宣布加官晋级令！"

随后，孙权取出绢制令，展开高声宣布道："辅国将军、领荆州牧陆逊为上大将军，领荆州牧如故，同时兼辅太子，并掌荆州及豫章三郡事和董督军国。左将军诸葛瑾为大将军、左都护，领豫州牧。右将军、左护军步骘为骠骑将军，领冀州牧。昭武将军朱然为车骑将军、右都护，领兖州牧。奋武将军朱桓为前将军，领青州牧。绥南将军全琮为卫将军、左护军，领徐州牧。安南将军、交州刺史吕岱，进拜镇南将军，继领交州刺史。平北将军、襄阳太守潘璋拜右将军。奋武将军潘濬，拜为少府。解烦左、右部督徐详、胡综，并为侍中，兼左、右领军。宗室、扬威将军孙韶授镇北将军。建义校尉朱据，娶公主，授左将军。西曹掾阚泽拔为尚书。另，偏将军、省尚书事、外总平诸官兼领辞讼是议,复拜侍中、中执法,平诸官事,领辞讼如故。"

方宣布毕,司仪又高声道:"各加官晋级文武谢皇恩!"

时站在台下两侧,衣甲袍服一新的陆逊等文武闻言,随即疾步走到台下正前方一齐跪伏于地,不约而同地高呼"谢皇恩"和"吾皇万岁"不止。

须知,在加官晋级者中,为何顾命大臣张昭却名落孙山呢?原来他因在当年荆州大战前与孙权意见相左——孙权主张抗击曹操,他主张迎接曹操。在荆州大战胜利后的宴会上,孙权言功归周瑜。对此,他却不以为然,并举筷欲言功归于己。然未及开口,孙权即道:"如按张公之计,今已乞食呢!"他闻孙权如此言,不禁大惭,只好起身伏地称是。加之他常当着群臣的面,对孙权指手画脚,颐指气使,竟使孙权下不来台。久而久之,裂缝愈来愈大,矛盾愈来愈深,关系愈来愈疏远。于是尽管孙权被封为曹魏国吴王后,他与孙韶等人按照周朝和汉室制度撰定朝仪,有萧何之功,理应丞相一职非他莫属。但孙权却以当今多事,统者责重,不忍心让他负担过重为由,仅拜他为绥远将军,封由拳侯。而让功绩不显,庸庸碌碌,但非常听话的孙邵担任丞相。对此,他料知自己已经失宠,于是便以年老多病为由,向孙权还官位及所得统领。这正中孙权下怀,孙权便就坡下驴,当即同意,并改拜他为辅吴将军,班亚三司,更封娄侯,食邑万户。从此,他便无所政事,在家专心致志撰写《春秋左氏传解》和《论语注》。

再说孙权虽早就称孤道寡,形同帝王,但从未有人向他呼喊"万岁"。因此,闻得陆逊等文武呼喊时,他面上虽然平静如水,心里却激动不已,并昂首想到:自先祖孙武以来,我孙氏祖祖辈辈都是为他人做嫁衣裳,到我这里,终于称帝。方思想到此,台下震天动地的"万岁"声此起彼伏,且如滚滚洪流,一浪高过一浪。他忙低头一看,原来是挺枪举刀的游行队伍正迈着整齐步伐,呼着万岁"口号",威武雄壮地通过台前。这自然更叫他激动不已,于是不再思想,便忙连连挥手向其致意。直到日落西山,夜幕降临,游行方才结束。

当晚,孙权在凤凰台下举行盛大宴会庆祝了一番。自此,曹魏国、蜀汉

第七十一回　水到渠成孙仲谋称帝武昌城三国鼎立　再出祁山诸葛亮四伐曹魏国缺粮退兵

国和孙吴国三国鼎足之势形成。

此时值吴大帝孙权黄龙元年（曹魏太和三年，蜀汉建兴七年）四月。

同年九月，孙权建国称帝后，便将都城从武昌迁到秣陵，并将其改名建业。

孙权为何迁都建业？说来话长。多年前，张纮就对孙权道："秣陵，楚武王所置，名为金陵。地势冈阜连石头，访问故老，方知昔秦皇东巡会稽经此县。望气者对秦皇说，金陵地形有王者都邑之气。秦皇闻之，大怒，遂令掘断连冈，改名秣陵。今处处俱存，地有其气，天之所命，宜为都邑。"孙权虽然认为张纮言之有理，但未能从之。后诸葛亮出使孙吴时，也赞叹秣陵"钟山龙盘，石头虎踞，乃帝王之宅"。再后刘备赴京口，宿于秣陵，周观形势后，也劝孙权都于此。时刘备问孙权道："吴去此数百里，若有警急，赴救为难，将军无意以秣陵为都吗？"孙权答道："秣陵有小江百余里，可停大船，我方治水军，待时当移此。"刘备又道："芜湖近濡须，亦佳。"孙权却道："我欲图徐州，宜江水下游。"由此可见，孙权迁都建业的目的是图徐州，而非张纮、诸葛亮和刘备所言。

随后，孙权便兴师动众，对建业城修筑扩建。完工后的建业城周二十里十九步，进可战，退可守。城内有雄伟的宫城，壮丽的衙署，高大的寺院，繁华的街市和整齐的民居。城外有高大险峻的石头城，宽阔的丹阳郡城和繁荣的交易市场。朝议太初宫原是孙策府邸，因太简陋，遂将其拆除重建。建成后围墙周长五百丈，正殿曰神龙殿。围墙南面开设宫门五座，正门曰公车门。东、西、北各开一座门，东面的曰苍龙门，西面的曰白虎门，北面的曰玄武门。宫东北两面是苑城，为皇家御花园和皇宫禁军驻地。同时，皇亲国戚子弟可在此骑马操练。宫西面为西苑。如此豪华壮丽的都城，时之罕见。

却说在洛阳的曹叡闻报武都、阴平二城被破，怒气还未消尽，又闻报孙权称帝，更是大骂孙权为孽徒。随后不久，又闻报孙吴国与蜀汉国结盟和中分天下，更加怒不可遏。

须知，孙吴国与蜀汉国结盟和中分天下是怎么回事呢？原来孙权建国称帝虽是水到渠成，一帆风顺，但他总感到自己既非皇亲国戚刘备继汉称帝那般名正言顺，又无曹丕代汉称帝那般实力雄厚。因此，面上虽说他称帝理所当然，但心里却底气不足。为增加底气，便派使者前往成都向蜀汉国建议并尊二帝，双方结盟和中分天下。意思就是尊蜀汉国皇帝刘禅和孙吴国皇帝孙权的合法性，结盟自然用不着解释，而中分天下就是将曹魏国占据的豫州、青州、徐州、幽州、兖州、冀州、并州和凉州一分为二，豫州、青州、徐州、幽州划归孙吴国，兖州、冀州、并州和凉州划归蜀汉国。司州以函谷关为界，关东归孙吴国，关西归蜀汉国。由此可见孙权用心之良苦。对此，时蜀汉国朝臣上下当着孙吴国使者的面倒没说三道四，但私下却议论纷纷，认为与孙吴国结盟不但无益，反还名体不顺，缺失正义；中分天下不过是画饼充饥，自欺欺人，因而拒绝结盟。

对此，诸葛亮却不以为然，为保密起见，遂召他们到府苦口婆心道："孙权有僭逆之心已久，国家所以略其衅情者，求掎角之援啊。今若加显绝，仇我必深，便当移兵东戍，与之角力，须并其土，乃议中原。彼贤才尚多，将相辑穆，未可一朝定之。顿兵相持，坐而须老，使北贼得计，非算之上者。昔孝文卑辞匈奴，先帝优与吴盟，皆应权通变，弘思远益，非若匹夫之忿者也。今议者咸以权利在鼎足，不能并力，且志望以满，无上岸之情，推此，皆似是而非呢。何者？其智力不侔，故限江水自保。权之不能越江水，犹魏贼之不能渡汉水，非力有余，而利不取也。若大军致讨，彼高当分裂其地以为后规，下当略民广境，示武于内，非端坐者也。若就其不动而睦于我，我之北伐，无东顾之忧，河南之众不得尽西，此之为利，亦已深矣。权僭逆之罪，未宜明也。"

诸葛亮在此所言的重点是应积极与孙吴国结盟，否则双方又成仇敌，并给曹魏国可乘之机。众人闻之，认为非常有理，深表赞成。诸葛亮见此大喜，遣卫尉陈震前往建业，庆贺孙权建孙吴国称帝。

由于孙权与诸葛亮此前所见略同，因而陈震到达建业后，与孙吴国达成结盟。为表示诚意，孙权还令胡综撰就了一份长达五百余字的盟文。盟文开

第七十一回　水到渠成孙仲谋称帝武昌城三国鼎立　再出祁山诸葛亮四伐曹魏国缺粮退兵

头部分大骂了曹操及其子孙，随后强调了孙吴国与蜀汉国应同心协力，共讨曹魏国，即若曹魏国犯蜀汉国，则孙吴国举兵伐之；若曹魏国犯孙吴国，则蜀汉国举兵伐之。

再说在洛阳的曹叡闻报孙权建国称帝，孙吴国与蜀汉国结盟并进而欲中分天下，怒不可遏，欲立马调兵遣将，予以讨伐。但先讨伐谁却拿不定主意，于是他便召集文武到朝议堂听听他们的建议。结果他们的建议是，宜先弱后强，即先讨伐蜀汉国，后讨伐孙吴国。曹叡认为其建议非常有理，于是便传诏大司马曹真率领曹魏国军从斜谷进兵，正面进攻汉中；大将军司马懿率领曹魏国水军从西城出发，沿汉、沔二水而上，进攻汉中；征西将军张郃率领曹魏国军从长安出发，经子午谷，直攻汉中。三路曹魏国军会师南郑后，再经剑门关直取成都，消灭蜀汉国。

曹真、司马懿和张郃得诏，认为这是消灭蜀汉国、立功受奖的极好机会，得诏后便立马从各自驻地率领曹魏国军出发。

已从成都回到汉中的诸葛亮得报曹魏国三路大军来攻，并不惊慌，反还认为这是他们自投罗网，上门寻死。何也？他早料到曹魏国军迟早会进攻汉中，便派蜀汉国军重兵驻屯在新筑的乐城、城固和赤坂一线以逸待劳。同时，又令李严从江州率领两万蜀汉国军经成都、涪城、梓潼、剑门关和葭萌关赶赴汉中，加强防务。

就在两军剑拔弩张、兵刀相见之际，谁料天公不作美，突然乌云密布，电闪雷鸣，一场长达月余的倾盆大雨引来洪水，将曹真所率曹魏国军所经的斜谷栈道冲得垮塌殆尽，无法通行。司马懿挥军虽水陆并进，破于胸，拔新丰，势如破竹，但到丹口却遇洪水阻道，无法前行。唯张郃所率曹魏国军所经子午谷栈道完好无损，可以行军。但张郃恐孤军深入，后果难测，因而忧豫不决，进退两难。

已赶赴许昌坐镇指挥的曹叡闻报，不禁急得坐卧不安，茶饭不思。华歆、杨阜和王肃见此，心中忧虑，便一齐上疏撤军。曹叡认为上疏有理，立刻便传诏曹真、司马懿和张郃撤军。于是除魏延所率蜀汉国军在武威羌中阳溪与费曜和郭淮所率曹魏国军小有交战并取胜外,双方这场旗鼓相当,势均力敌,难料鹿死谁手的大战还未全面展开就结束了。

此时值曹魏太和四年(蜀汉建兴八年,孙吴黄龙二年)七月。

再说在南郑的诸葛亮见虽因天公不作美而失去消灭来犯的曹真、司马懿和张郃三路曹魏国大军的机会,但所幸魏延在武威大胜,这对鼓舞蜀汉国军士气,再次讨伐曹魏国还是大有裨益的。因此,心里得到些许平衡。又闻报曹真因病危在旦夕,不能统兵作战,诸葛亮不禁大喜,认为这是四伐曹魏国的极好机会,于是立刻传召魏延、吴班、廖化、邓芝、陈式、马岱和王平等人立即到议事厅向其宣布出兵路线。

待他们闻召到齐,诸葛亮便将再次兵出祁山,先收复得而复失的南安、天水和安定三郡,然后兵指陈仓、咸阳、长安、函谷,饮马洛水,消灭曹魏,复兴汉室,也就是一伐曹魏国的出兵路线向他们重复了一番。对此,大家皆无异议,唯魏延不以为然,振振有词道:"丞相须知,当年之所以能轻而易举夺取南安、天水和安定三郡,皆因曹贼军不备。现在情况则相反,能否收复那三郡,都很难测,更别说其他了。因此,还是兵出子午谷,直取长安方为上策!"

但诸葛亮不听,于蜀汉建兴九年(曹魏太和五年,孙吴黄龙三年)二月,令李严全权都督汉中事务,负责督运全军粮草。诸葛亮认为粮草运输最为重要,怕出问题,因此将此重任托付给重臣李严。随后才以高翔为督前部,率领蜀汉国先锋军先行,他亲率其余蜀汉国文臣将校随后,浩浩荡荡地向祁山杀去。

在洛阳的曹叡闻报,不禁大惊失色,六神无主。何也?因坐镇长安统兵防守包括祁山在内的西北边境的主将曹真因病不能指挥。待回过神,曹叡立即召集群臣前来商议如何是好。经商议,大家一致同意派司马懿接替曹真,指挥张郃、费曜、戴陵、郭淮等将校,率军前往祁山迎战。曹叡认为非常有理,于是当即便传旨司马懿立即行动。

司马懿得旨自然不敢怠慢,立即与随从从驻地西城快马加鞭、日夜兼程

第七十一回　水到渠成孙仲谋称帝武昌城三国鼎立　再出祁山诸葛亮四伐曹魏国缺粮退兵

赶赴前线。先派费曜、戴陵从长安率四千曹魏国军精锐骑士前往上邽防守，他则亲率张郃和郭淮等大队曹魏国军赶赴祁山迎战蜀汉国军，以便保卫南安、天水和安定。张郃认为南安、天水和安定早有重兵把守，固若金汤，无须劳师动众前往，眼下应分兵驻守雍、郿，以防蜀汉国军声东击西，进攻关中。司马懿则认为，分兵易被各个击破，合兵则百战百胜。于是仍率曹魏国大军连夜飞一般向祁山杀去，欲与诸葛亮所率蜀汉国大军抢占位于祁山附近的军事重镇卤城。谁料诸葛亮行军迅速，抢在司马懿之前攻取了卤城。

司马懿在行军途中闻报，一时不知如何是好。张郃见此，遂拍马上前对司马懿道："敌寇远道而来，粮草运输困难，利在急战。而我则相反，在附近上邽就可收麦取食，因而利在持久。待其弹尽粮绝时，我再分兵两路，一路与其公然对峙，一路暗中抄袭其归路。如此，取胜易如反掌。大将军以为若何？"

司马懿认为张郃言之有理，因此，方到卤城东门外四里处，便传令全军登高就险安营扎寨，并传令只可坚守营寨，不许与城内蜀汉国军交战。对此，部将戴陵、贾栩和魏平甚为不解，并多次请求出战，但皆被司马懿拒绝。他们以为司马懿胆怯，于是私下嘲讽道："司马公畏蜀汉国军如虎，奈天下笑何！"

再说诸葛亮所率蜀汉国军主力攻占卤城后，便因劳师远征，粮源补充困难而欲速战速决，因此多次出动步骑到曹魏国军营寨西辕门前挑战，结果从未见其一兵一卒出来迎战。对此，诸葛亮料知司马懿欲以持久战将他们由肥拖瘦，由瘦拖死。同时，又闻报郭淮和费曜正率曹魏国军在附近的上邽收割麦粮，以补充军粮不足。诸葛亮不禁大喜，计上心来，令王平率军防守卤城，廖化率军到曹魏国军营寨西辕门前挑战，以便迷惑司马懿。他则亲率大军暗中绕道赶往上邽抢劫麦粮。如此，一来可使劳师远征的曹魏国军因粮源短缺而放弃持久战并与其速战，二来可供己军所需。

待一切准备就绪，诸葛亮在一日日落西山、夜幕降临时分率领蜀汉国军飞一般出城，于次日拂晓人不知鬼不觉地赶到上邽时，那些收割麦粮的曹魏国军因劳累睡得正香。对此,诸葛亮不禁大喜,随即将令旗一挥,部下便若洪水猛兽般冲杀了上去。结果曹魏国军还不知怎么回事,有的便脑袋搬家,有的伤痕累累,有幸惊醒逃脱的也是赤身裸体,狼狈不堪。郭淮和费曜见此,料想无回天之力,无奈,只得率领残兵败将,且战且退。于是诸葛亮所率蜀汉国军仅举手之劳,便满载麦粮而归。

司马懿从回来的郭淮和费曜口中得知上邽麦粮被诸葛亮亲率蜀汉国军抢走,便意识到粮源被断,不禁大惊,遂改持久战为速决战,并不及与部下商议,便向诸葛亮下战书道:"三日后早饭后,在城东北三里处一开阔地对阵决战。"司马懿此举正中诸葛亮下怀,他看毕战书后,自然兴奋不已,在战书上回复了"可也"二字。

三日后早饭方毕,诸葛亮留吴壹守城,他率领蜀汉国军摆好了阵式。时蜀汉国军阵式摆在城西南,诸葛亮居阵前中央,其右侧是魏延、高翔、吴班、廖化,其左侧是邓芝、陈式、马岱、王平。蜀汉国军对面的自然是曹魏国军,时司马懿居中,其右侧是郭淮、贾栩,其左侧是费曜、魏平。

诸葛亮与司马懿虽早互闻大名,但却互未谋面。现在在此相遇,自然要互骂一番。时身材适中,须发略灰,铁盔铁甲,高头雄马的司马懿抢先以鞭指着诸葛亮,高声骂道:"诸葛村夫,穷兵黩武,累扰我界,罪在不赦!"

方骂毕,高头大马,宽衣大袍的诸葛亮也以鞭指着司马懿高声骂道:"曹操老贼手握重兵,大逆不道,欺凌汉帝。曹丕胆大包天,篡夺汉室社稷。尔祖上世代为汉臣,受汉禄的你这厮,不但不知恩报德,起兵讨伐,反还助纣为虐!"

"汉室社稷历经四百余年,早已日暮途穷。我武帝为复兴汉室,征战四方,功比天高,何罪之有!文帝力挽狂澜,代汉称帝,拯救万民,又何罪之有!而我身为大魏之臣,岂容你这厮肆意妄为⋯⋯"

不待骂毕,高翔早拍马舞枪,直向司马懿冲杀过去。司马懿见此,毫不畏惧,欲拍马舞剑上前相迎。费曜见此,认为按理双方交战应兵对兵,将对将,即司马懿应对诸葛亮,而司马懿迎战高翔,成何体统?忙拍马上前对司

第七十一回 水到渠成孙仲谋称帝武昌城三国鼎立 再出祁山诸葛亮四伐曹魏国缺粮退兵

马懿道:"擒杀一无名之辈,岂劳大将军动手,看我的!"

言毕即拍马挥舞着一对环柄大刀,飞一般上前,迎住高翔杀将起来。

高翔因一伐曹魏国时丢失柳城,诸葛亮不但未重罚他,还令他当先锋,感动得不知所以,并认为这是将功折罪的极好机会。因此,武艺平常的他,竟与武艺高强的费曜杀得飞沙走石,良久不分伯仲。

魏延早看得火起,不待得令,便大吼一声,拍马举斧飞一般上前向费曜头上砍去,恨不得立刻置其死地而后快。谁料举起的大斧在空中良久也未落下。时魏延好生奇怪,忙抬头一看,原来大斧被一把钢叉叉住落不下来。再顺着叉柄往下一瞅,原来是郭淮正极尽全力叉住他的大斧。对此,魏延不禁怒不可遏,遂便使出全力将斧柄猛地朝下一压,遂使郭淮叉柄快成弩弓。魏延见此,大喜,又忙举起斧头朝郭淮头上劈去。谁料郭淮眼明手快,乘机举起钢叉,迅疾朝魏延喉头刺去。两人你来我往,直杀得天昏地暗,不见人影,也未分出胜负。

须知,此前诸葛亮和司马懿虽多次征战,但都是运筹帷幄之中,少有在阵前见过双方参战将领单打独斗,更未见过眼下魏延与郭淮这般激战,因而皆惊得目瞪口呆,忘却身临战境。

正在这时,忽见一猎夫打扮的细作飞马赶到诸葛亮马头前报道:"报告丞相,鲜卑大人轲比能率领的大队鲜卑援军已到石城了。"

须知,鲜卑大人轲比能何故要应诸葛亮之邀,率领大队鲜卑援军前来援战呢?原来为了统一鲜卑,轲比能对曹魏国非常恭顺,还向曹丕献过西域宝马,又归还居住在鲜卑的汉民五百余户,接着又派三千骑士赶着七千只牛马与曹魏国交易。此后不久,又归还汉民千余户于上谷等地。待与曹魏国搞好关系后,他便以武力并吞了鲜卑各个部落,势力日益强大,并威胁到与曹魏国交界郡县的安全。由是双方矛盾顿生,随之便是明争暗斗,并差点兵刀相见。诸葛亮闻之,便暗中联络轲比能,希望他待机出兵,与蜀汉国南北夹攻曹魏国。这次便是他受邀率领大队鲜卑援军南下,助诸葛亮四伐曹魏国一臂之力。

再说诸葛亮闻报轲比能率领大队鲜卑援军已到距此不远的石城，自然大喜不禁，并欲待他们赶到后挥军全面进攻。谁料那细作报告声过高，连对面的司马懿也听得一清二楚。但他并不惊慌，欲在鲜卑大队援军未杀到之前，就将蜀汉国军击败。于是举剑一挥，身后立马便冲出三千身高力大，铁盔铁甲，高头大马，丈八长枪的曹魏国军骑士，猛地向诸葛亮这边冲杀过来。诸葛亮见此，也并不惊慌，并将手中令旗一挥，吴班、廖化、邓芝、陈式、马岱和王平立即各拍战马，各举兵器，各率一队五短身材，膀大腰圆，握着短柄大斧，举着藤甲盾牌的蜀汉国军步兵洪水般迎了上去。正在阵上对杀的高翔、费曜、魏延和郭淮见此，认为再战无益，于是便不约而同向各自对手虚晃一招，拍马退出阵外，随各自人马参战去了。

曹魏国军骑士与一般步兵交战，从来是枪刺马踏，无往不胜。谁料眼下碰到的却非一般蜀汉国军步兵，刺去的长枪皆被非常坚硬的藤甲盾牌挡住，腾起的马前腿被锋利无比的短柄大斧砍断。接战不久，曹魏国军便被杀得人仰马翻，溃不成军。

司马懿见此大惊，欲传令全军掩杀过去。猛听得阵后鼓角声震天，喊杀声动地。原来轲比能率领的援军先锋骑兵从后杀了上来。司马懿仍不惊慌，并传令三千弓弩手回身上前射杀。弓弩手得令，立刻便按令行事。谁料那些鲜卑骑兵和战马皆披着刀剑不入的铁甲，哪奈何得了？因此，放出的箭不但没损着其皮毛，弓弩手还反被他们冲得七零八落，弃弩而逃。对此，司马懿料知大势已去，再战无益。无奈，只得传令全军退回营寨。诸葛亮恐中埋伏，便忙传令鸣金收兵回城。这一仗共斩杀曹魏国军首级三千，缴获铁甲五千，角弩三千一百。

对此，曹魏国军将校们非常不服，三番五次向司马懿请战，欲再与蜀汉国军一决雄雌。司马懿与诸葛亮亲自指挥的蜀汉国军交战，便遭到惨败，哪敢轻易出战？诸葛亮多次令魏延和高翔率领蜀汉国军前往挑战，司马懿也不许部下出寨迎战，并下令道："无令出战者，定斩不饶！"于是两军间暂无战事。

第七十一回　水到渠成孙仲谋称帝武昌城三国鼎立　再出祁山诸葛亮四伐曹魏国缺粮退兵

同年六月的一日早上，司马懿正在中军大帐用饭，忽然探马来报："卤城已人去城空。"司马懿闻报，以为自己耳朵出了毛病听错了话。经三番五次询问探马，确认所报无误，方才放下碗筷，起身出帐，飞身上马，与随从文武飞一般赶到卤城北城门口，朝里仔细一看，见果如探马所报，方才传令全军火速拔营入城。

须知，自诸葛亮所率蜀汉国军住进卤城后，城内本人头攒动，拥挤不堪，现何故人去城空了呢？原来头天下午，诸葛亮正与高翔在卤城议事厅商议将如何攻打曹魏国军营寨时，忽然门卫来报："参军狐忠、督军成藩从汉中赶来，言有要紧事求见丞相。"

诸葛亮闻报，忙对门卫道："他们远道而来，定有要紧事，还不快快引进来。"

门卫闻言，转身出去片刻，便将狐忠和成藩引了进来。相见礼毕不待诸葛亮发问，狐忠便对诸葛亮道："我俩是持骠骑将军李严亲笔信，叫丞相尽快撤军。"

诸葛亮闻言，不禁非常惊异，并忙问狐忠道："我军已将司马懿所率曹贼人马打得大败，正准备乘胜将其消灭，何故要撤军呢？"

成藩即答道："李将军有信在此，丞相一看便知。"

言毕即从怀里取出文书，上前呈与诸葛亮。诸葛亮接过展开一看，信文不长，大意是说因道路遥远崎岖，又逢大雨连绵，粮草运输困难，故请丞相速速撤军。

方看毕，诸葛亮即气呼呼道："不是有我在勉县附近的黄沙镇亲自设计，夫人黄月英亲临监制的，载重量大，且爬坡下坎行走自如的木牛运输粮草吗？何难之有？"

方言毕，狐忠和成藩即异口同声道："木牛虽载重量大，但一遇雨天路滑，就如鸭行。"

诸葛亮闻言，不禁"啊"了一声，心下了然，当即便传令全军紧急收拾，于当日午夜时分悄无声息出城东门，向汉中退去。因此，卤城自然便人去城空。

再说司马懿没费一兵一卒便占领了卤城，自然大喜不禁，并认为诸葛亮所率蜀汉国军距此不远，于是便令张郃率领曹魏国军随后追击。然张郃却道："兵法云：围师必阙，归师勿遏。"

司马懿却不以为然，并厉声道："诸葛村夫所率蜀寇人马必是无粮而逃，宜将追之！"

张郃闻司马懿如此言，无奈，只得率领曹魏国军追击。当他身先士卒，赶到木门道北口时，见道两侧地势平坦，草木稀疏，便没在意，率领曹魏国军继续飞一般向前追杀。当他们追杀到前面拐弯下坡处时，忽见两侧如一线天，只能三人三马通行。在前面的人见此，只得放慢步伐。后面的人哪里晓得，自然照旧飞一般向前赶。结果前后相挤，人喊马嘶，乱成一团，动弹不得。正在这时，突然道两侧高险处利箭齐下，射得他们人仰马翻，死伤无数。在队前的张郃被射中腿根，时值炎夏，发炎不治，不久而亡。

看官你道是天外飞来利箭吗？非也！原来刚过木门道不远，诸葛亮闻报张郃率领曹魏国军来追，不但未怒不可遏，反还大喜不禁。何也？因为他认为，此前多次令部下前往曹魏国军营寨前挑战，司马懿就是拒不出战，现在却令张郃追击，这不正是找上门来叫我报仇的极好机会吗？于是立刻对身旁的高翔低声耳语道："木门道两侧虽平坦无险，但其拐弯下坡处宽不足五尺，两侧地势高峻，是理想的设伏之所。将军可率百步穿杨的弓弩手回去设伏，射杀张郃那厮及追兵。"

高翔闻言，便按诸葛亮低声对他所耳语的行事，结果如愿以偿。

须知，历经半年的诸葛亮所发起的四伐曹魏国之战虽以撤军就此结束，但诸葛亮和高翔对李严那封撤军信的真伪却产生了怀疑。回到汉中，先下令嘉奖有功将士。其中，高翔因功显赫，被迁升为杂号大将军，封玄乡侯。随后诸葛亮同高翔一道赶回成都，公开调查李严撤军信的真伪。看官欲知调查结果如何，请看下回分解。

第七十二回

诸葛亮五伐曹魏国病逝五丈原
司马懿征讨公孙渊平息辽东郡

却说诸葛亮同高翔赶回成都,不待歇息,便着手公开调查李严那封撤军信的真伪。文武百官方得刘禅传旨,便争先恐后赶到朝堂按秩排定,时李严已改名为李平,他满面愁云,姗姗来迟。片刻,待刘禅从屏风后转出方才坐定,站在右侧之首的诸葛亮便出列上前,欲跪伏于刘禅座前发言。刘禅见此,忙离座站起道:"相父坐着即可。"

言毕,便叫侍者为诸葛亮赐座。诸葛亮见此,忙对刘禅拱手施礼道:"谢皇恩!臣下理应跪伏言事,否则,便冒天下之大不韪。"

刘禅闻诸葛亮如此言,遂嘟着嘴道:"倘若依相父的,岂不折煞朕了!"

"那臣就站着言事,若何?"

"就依相父的吧。"

诸葛亮见刘禅依了他的,大喜,于是便站着对他施礼道:"我军在祁山卤城已将司马懿所率曹贼人马打得大败,并欲乘胜将其彻底消灭,然后兵指天水、咸阳、长安,饮马洛水,消灭曹贼,复兴汉室。然负责粮草运输的李平李将军却派狐忠和成藩二将捎信与臣下,说因粮草运送困难,陛下命臣下立即撤军。对此,臣下与高将军皆怀疑李将军此信有诈,并求皇上调查。"

刘禅道:"李将军前时还亲笔致信与朕,说运输顺畅,军粮充裕,撤军乃丞相伪退,是欲以诱贼与战。现在相父却说……"

不待言毕,刘禅即取出李平那封信,离座起身下阶,上前双手递与诸葛亮。诸葛亮见此，遂忙上前双手接过展开看阅，见果如刘禅所言，于是气得五脏六腑爆裂，七窍八孔冒烟，又取出李平致他那封撤军信呈与刘禅。刘禅接过一看，果是李平亲笔信，不禁非常惊讶，怒气冲冲道："李平不仅破坏讨伐曹贼，还污蔑相父，罪大恶极，任由相父处置。"

时站在左侧之首的李平见其所为真相已大白于众，遂面红耳赤，无地自容。末了，只得跪伏于诸葛亮身前认罪。

退朝后，诸葛亮匆匆回到相府，在书房案几上铺绢摆砚，蘸墨提笔，埋头聚精会神撰写处置李平表文。直至次日拂晓鸡鸣，方才撰毕，并在当日早朝上绷着脸高声宣读。表文略云："自先帝驾崩以来，李平所致力的事不过是忙于治理家业，喜施小恩小惠，以求安身钓誉，不忧国家大事。臣下出兵讨伐曹贼，欲调他率军前往镇守汉中，他却到处游说困难，毫无服从调动之意。而不可思议的是，还要求划出五个郡组建巴州，由他担任巴州刺史。去年臣下准备西征曹贼，欲令他前来全权主持汉中事务，他却说他与司马懿同为骠骑大将军，而司马懿早已开府征召，言下之意他也要开府征召。这时臣下方知其庸俗鄙贱之意，即欲趁臣下出兵西征之际逼臣下予以利益。因此，臣下才上表推荐其子李丰主督江州，提高其待遇，以应一时之急。从他到达汉中时起，臣下便将汉中所有事务都委托与他。群臣对臣下如此厚待他皆感到惊奇。臣下以为天下大事未定，汉室还有倾覆之险，因而此时与其指责其短，不若对其褒奖。臣下原以为他不过是想求得一己私利而已，然没想到他竟然两面三刀，欺骗陛下，污蔑臣下。污蔑臣下事小，但欺骗陛下，破坏讨伐曹贼事大。倘若这种现象再延续下去，必将导致国家祸败。是臣下不敏，言多增咎。"

方读毕，站在右侧李平后的刘琰又从怀中取出他与魏延、袁綝、吴壹、高翔、吴班、杨仪、邓芝、刘巴、费祎、许允、丁咸、刘敏、姜维、上官雝、胡济、阎晏、爨习、杜义、杜祺、盛勃和樊岐等文武大臣昨夜联名签署的《上尚书废李平表》高声宣读道："平为大臣，受恩过量，不思忠报，横造无端，危耻不办，迷罔上下，论狱弃科，导人为奸，情狭志狂，若无天地。

第七十二回　诸葛亮五伐曹魏国病逝五丈原　司马懿征讨公孙渊平息辽东郡

自度奸露，嫌心遂生，闻军临至，西乡托疾还沮、漳，军临至沮，复还江阳，平参军狐忠勤谏乃止。今篡贼未灭，社稷多难，国事惟和，可以克捷，不可苟含，以危大业。辄解平任，免官禄、节传、印绶、符策，削其爵土。"

方读毕，诸葛亮即愤愤然道："还有，李平曾私下对臣下说，臣下应受九锡，随后又怂恿臣下晋爵称王。臣下以为其言动机不纯，于是皆予以拒绝和驳斥。"

刘禅闻诸葛亮《上处置李平表》，刘琰等文武大臣联名《上尚书废李平表》和诸葛亮方才所言，不禁非常气愤地道："李平胆大妄为，当处以死刑！"

诸葛亮念及李平在犍为任郡守期间，举民对因战争频发严重失修的蒲江大堰、都江堰和六水门等大型水利工程予以重修，对促进当地农业发展功绩显赫，建议从刘琰和魏延等文武大臣上表所议，解除李平任职，免除官禄、节传、印绶和符策，并削其爵土。但免其死罪，流放京外。不连累家人，其子李丰仍主督江州事务。

刘禅认为诸葛亮建议有理，于是赞成。随后，李平便被流放到位于梓潼郡治所梓潼县县城西二里长卿山东麓闭门思过。

为恪守诚信，此后诸葛亮还书与李丰道："吾与君父子戮力以奖汉室，此神明所闻，非但人知之也。表都护典汉中，委君于东关者，不与人议也。谓至心感动，终始可保，何图中乖乎！昔楚卿屡绌，亦乃克复，思道则福，应自然之数也。愿宽慰都护，勤追前阙。今虽解任，形业失故，奴婢宾客百数十人，君以中郎参军居府，方之气类，犹为上家。若都护思负一意，君与公琰推心从事者，否可复通，逝可复还也。详思斯戒，明吾用心。临书长叹，泣涕而已。"

李丰读毕诸葛亮来书，深受感动，遂便忠于职守，成就斐然，不久便被迁为朱提太守。

上述不难看出，诸葛亮虽严惩了李平，但未连累其家人，且对其子李丰也仁至义尽。因此，这在当时是不可思议的。

不过平心而论，李平因路远崎岖，雨多道滑，运粮困难，怕担责任，怕受处罚，而不惜破坏北伐，显然是错误的。正如刘琰等文武大臣在《上尚书废李平表》中所指控的那样，李平身为大臣，受恩过量，不思忠报，横造无端，危耻不办，迷罔上下，论狱弃科，导人为奸，情狭志狂，若无天地。

另外，诸葛亮《上处置李平表》、刘琰等文武大臣联名《上尚书废李平表》和诸葛亮与李丰书都有一些没叙述也不便叙述的隐情，即蜀汉国基本是由以刘备为首的中原籍文臣将校，以诸葛亮为首的荆州籍文臣将校和以李平为首的原刘璋益州文臣将校组成。以刘备为首的一派虽是开国元勋，但他们亡的亡，老的老，病的病，即使刘禅继位，但因其本性懦弱，结果朝中实权被代表荆州籍势力的诸葛亮掌握。对此，代表原刘璋益州势力的李平自然不满。于是他俩便形合心离，明争暗斗，以致公开决裂，最终以李平失败而告终。这正应了"一山不容二虎"那句名言。

处置毕李平后，诸葛亮立刻同高翔赶回汉中南郑，准备五伐曹魏国事宜。诸葛亮深深感到，前四次讨伐曹魏国失败的主因基本是粮草匮乏且运输不济，于是便在劝农耕种、增加粮草收入的同时，为提高粮草运输能力，又和夫人黄月英在勉县附近黄沙镇改进木牛，设计和监制出比木牛更先进的流马，将大批粮草运至褒斜道南口仓库予以储备。另外还严格训练将士，打造刀枪弓弩。待一切准备就绪，便于蜀汉建兴十二年（曹魏青龙二年，孙吴嘉禾三年）二月中旬，率领十万蜀汉国大军从汉中取道褒斜道，于同年四月到达位于关中西南秦岭棋盘山北麓的五丈原，在那安营扎寨。

须知，诸葛亮五伐曹魏国的最终目的与以前四次一样，不是要饮马洛水，消灭曹魏国，复兴汉室吗？何故方到距洛水还有千里之遥的五丈原，就停止不前了呢？原来在诸葛亮做五伐曹魏国准备期间，曹叡也没闲着，派大将秦朗率领曹魏国军与轲比能所率万余骑兵战于并州边界，将其打败。又派多名奸细混入蜀汉国，打探诸葛亮军事动向，并及时报告给他。

曹叡得报诸葛亮率蜀汉国军从斜谷北出五丈原，当即便传旨正率军在雍、凉二州兴修水利，灌溉农田的司马懿及时赶赴关中，从那就近率领二十万曹魏国军步骑赶到五丈原筑垒扎寨，以防他们渡过渭水，进攻长安。

第七十二回　诸葛亮五伐曹魏国病逝五丈原　司马懿征讨公孙渊平息辽东郡

因此，在诸葛亮所率蜀汉国军一行到达五丈原前，司马懿便率曹魏国军早在那严阵以待。诸葛亮无奈，只得下令停止前进，就地与司马懿所率曹魏国军对峙。

须知，司马懿所率曹魏国军何故不在有渭水天险阻隔的渭水以北筑垒扎寨呢？原来早在三年前，蜀汉国军从祁山卤城撤军时，曹魏国军师杜袭和督军薛悌就估计，诸葛亮在来年收麦时节还会率领蜀汉国军来犯祁山卤城，向司马懿建议乘天寒地冻之机调运粮草，解决粮草短缺问题。司马懿却认为，诸葛亮率领蜀汉国军两出祁山攻打城邑，一次攻打陈仓城，皆以粮草不济失败，他绝不会就此罢休，一定会在粮草准备充裕后来犯，还会改攻城为野战，地点必在陇东而非陇右。因此，当他得到曹叡传旨后，不禁对自己精准的预料感到骄傲和自豪，并毫不犹豫地率军赶到五丈原北面的渭水南岸筑垒扎寨。

他的部下将校皆认为应在渭水以北安营扎寨。如此，进可渡过渭水击敌，退可借渭水天险阻挡蜀汉国军追击。司马懿却道："此地粮草皆囤积在渭水以南，在此筑垒扎寨，全军粮草便无忧。再者，倘若我军不在此筑垒扎寨，敌必因路途遥远崎岖，粮草运输困难而乘虚而入，抢夺此地粮草。因此，渭水南岸才是敌我必争之地。"将校们认为司马懿言之有理，所以才在渭水以南筑垒扎寨。

两军在渭水以南对峙了月余也未交战，魏延等人见此，不禁非常着急，一日上午群集于中军大帐，争先恐后向诸葛亮请战。诸葛亮却道："须知，攻方兵力应多于守方，方可发起攻击。现曹贼人马是我军两倍，如何攻得？"

诸葛亮方言毕，魏延即道："丞相应知，古往今来以少胜多战例数不胜数，有牧野之战、巨鹿之战、官渡之战、荆州之战，等等。"

"魏将军只知其一，不知其二。我军所驻五丈原东为人不能上下的悬崖，西为马不能行走的陡坡，如此地形，一旦进攻失败，将如何退回？至于何时出战，我自有道理，大家听令便是。"

诸葛亮方言毕，忽见一门卫匆匆进来报告："南辕门外有一渔夫模样的中年汉子，言有要事求见丞相。"

诸葛亮闻报，不待犹豫便对门卫道："还不快快领他进来。"

门卫闻言，立刻转身出帐，片刻便将渔夫领了进来。

渔夫见到诸葛亮也不及拱手施礼，便上前对诸葛亮低声耳语起来。时只见诸葛亮气得脸色时而红，时而白，时而青，时而紫。在场文臣将校虽不知渔夫低声耳语了什么，但从诸葛亮脸色变化看，料想所语必是凶多吉少，于是心头不禁七上八下，忐忑不安。正在这时，忽见诸葛亮猛地起身，对他们高声道："大家立刻回去，准备出战！"

众人闻诸葛亮如此言，正中下怀，于是不用多想，立刻施礼告辞出帐，准备出战事宜去了。

须知，诸葛亮何故会那般生气呢？方才不许部下将校出战，为何现在又要他们立即准备出战事宜呢？这不是出尔反尔，前后矛盾吗？非也！原来渔夫乃诸葛亮派往孙吴国的密使，他方才报告的乃孙吴国讨伐曹魏国失败之事。

原来诸葛亮在准备五伐曹魏国时，就恐蜀汉国军与曹魏国军单打独斗难于取胜，于是便想到与孙吴国军联手从西、南两线同击曹魏国军，并派李密为特使，秘往建业与孙权联络。孙权认为，曹魏国军到时将集中兵力与蜀汉国军在西线交战，定然无力南顾，如此，这正是出兵报仇的极好机会。于是，便亲率十万大军围攻合肥新城。同时，又令陆逊屯兵夏口，诸葛瑾屯兵沔口，以示北攻曹魏国襄阳城，以遥援诸葛亮所率蜀汉国军五伐曹魏国。随后，又派孙韶进攻广陵，张承进攻淮阳。

曹叡在洛阳闻报，认为事关重大，于是便亲率大军前往迎战。孙权闻报，料知难敌，于是便在曹叡未到寿春前便同孙韶撤军而回。此前在孙吴国军围城时，还被曹魏国将军满宠放火烧毁了大批攻城器具和粮草，孙权四弟孙匡之子孙泰也被射死。诸葛亮盼星星盼月亮，盼来的却是与其预期目的相左的结果。对此，能不生气吗？能不以变应变吗？岂是出尔反尔，前后矛盾呢？

第七十二回　诸葛亮五伐曹魏国病逝五丈原　司马懿征讨公孙渊平息辽东郡

再说魏延等一干将校于次日早饭后便准备就绪，只待诸葛亮一声令下，便可率领蜀汉国军出战。诸葛亮见士气振奋，大喜，立即便传令全军将士向曹魏国军营寨南辕门冲杀过去。方冲杀到南辕门前五十余步处，便被强弓大弩射得人仰马翻，死伤无数。诸葛亮见此，料想取胜无望，无奈，只得下令鸣金收兵。

随后，诸葛亮便令魏延等将校每天率领蜀汉国军到曹魏国军营寨南辕门前，轮番叫骂司马懿是缩头乌龟和败军之将，但仍不见曹魏国军出战。诸葛亮见此，不禁急得坐卧不安，茶饭不思，不久便感身体不适。经随军郎中诊治，仍未见好转。诸葛亮精通医学，自感不久将殁于人世。但他对生死并不担忧，担忧的是出师未捷身先死，便欲抓紧时间，在离世前实现刘备饮马洛水，消灭曹魏，复兴汉室之愿。

为将曹魏国军诱出交战，诸葛亮经一夜苦思冥想，终得一计，即叫妙手裁缝精心制作了一套艳丽无比的妇女服装，派使者于次日早饭后将其送给司马懿。司马懿正在巡营，见诸葛亮使者送衣服与他，不禁一愣，片刻回过神便知，诸葛亮此举不仅在于羞辱他，更在于激起其怒火，以便引诱他率军出战。为气气诸葛亮，他当即便将衣服穿上，并喜笑颜开地对使者道："回去转告诸葛丞相，衣服好合身啊！谢谢他了。"那些将校却怒不可遏，有的拔剑欲杀了使者，以解心头之恨。有的争先恐后上前向司马懿请战，欲教训教训诸葛亮一番，以便为他解恨。司马懿见此，立马回到中军大帐，一面致书曹叡要求出战，一面又下令道："没有陛下旨意不得出战，否则问斩！"随后，将校们皆日夜盼望曹叡开战旨意，然盼望了许久，盼望到的却是不许开战。对此，他们自然感到失望，但又无可奈何，结果只得老老实实地待在各自营寨。

司马懿见此，不禁窃笑他们傻气。司马懿何故要窃笑那些将校呢？原来司马懿致书曹叡请求出战是假，真实用意在于不挫伤将校们的积极性，曹叡对此是心知肚明，于是便下旨不许出战。君臣二人在此玩了个双簧，把将校们给耍了。

看官你道司马懿所率曹魏国军是二十万，比诸葛亮所率蜀汉国军多出一倍，且是兵强马壮，以逸待劳，何故却坚守营寨不出战呢？原来曹叡当初得报诸葛亮联络孙吴国军共同讨伐曹魏国消息后，先是大惊失色，不知如何是好，后经与群臣商议决定：一，由曹叡亲率曹魏国大军前往南线抗御孙吴国军；二，为避免两线同时作战，司马懿不得与诸葛亮交战，待南线决出胜负后，再决定司马懿是否与诸葛亮交战不迟。由此可见，诸葛亮与司马懿长期对峙的原因是等待南线两军交战结果。

在此期间，两军虽无大规模战斗，小规模冲突还是时有发生。比如，司马懿在渭水南岸筑垒扎寨方毕，郭淮就料到蜀汉国军定会抢占附近的北原，因此当众道："倘若敌寇渡过渭水占领北原，就可与五丈原敌寇遥相呼应，切断陇道，阻挡我凉州援军。如此，后果不堪设想。因此，我军宜先占领那里。"在场者闻之，皆不以为然，唯司马懿赞同郭淮所言，并立即派胡遵和郭淮屯兵北原防守。果不其然，胡遵和郭淮到那后还没筑垒扎寨，蜀汉国军就飞一般杀到。幸亏胡遵和郭淮挥军负隅抗击，方才将其击退。随后不久，司马懿又派胡遵、郭淮防守阳遂，半途又与蜀汉国军一部在积石临原相遇。经战，蜀汉国军寡不敌众，无奈，只得退回五丈原。胡遵和郭淮见此大喜，遂便遣奇兵从后紧追，结果斩首五百余，获生口千余，降者六百余。

此后不久，司马懿正与将校在中军大帐猜测南线交战谁胜谁负时，忽见门卫急匆匆进来报告："北辕门外有陛下使者言有要事来报。"

司马懿闻报，哪敢怠慢，立即率领文武飞一般赶到北辕门口跪伏于地相迎。使者取出一卷黄绢，展开高声宣读："陛下所率大军已打败孙蛮人马！"

将校们闻之，皆大喜不禁，以为这下可以出战了，于是纷纷上前向司马懿请求出战。司马懿却摆摆手道："无须出战，我不费一兵一卒便可大败蜀寇。"

将校们闻言，以为司马懿喝高了杜康酒在说疯话。

看官你道司马懿真是喝高了杜康酒在说疯话吗？非也！原来他从此前已打入蜀汉国军内部的细作口中得知，诸葛亮从那送妇女衣服的使者口中得知

第七十二回　诸葛亮五伐曹魏国病逝五丈原　司马懿征讨公孙渊平息辽东郡

他对妇女衣服所作所言后，料知激将法失败，不禁气愤不已。近来进食愈来愈小，有时甚至颗粒不进，滴水不入。食少事多，他便料到诸葛亮不久必将殁于人世。只要诸葛亮不在，蜀汉国军立即便军心涣散，不堪一击，甚至若树倒的猕猴，逃之夭夭，因而取胜何须一兵一卒呢！

同年八月中旬一日早饭后，司马懿正在中军大帐等待探马来报蜀汉国军军情时，忽一门卫飞一般进来报告："有一当地农夫在南辕门外，言驻屯在五丈原的蜀寇已拔寨而去。"

将校们闻报，皆信以为真，并纷纷向司马懿请求率军随后追杀。司马懿却认为农夫所言有误，对门卫道："快领农夫进来，待问个明白再做定夺。"

片刻，农夫便被领了进来。司马懿经再三询问，认为所答无误，方才大喜道："诸葛亮已不在人世了呢！"

将校们闻言，皆半信半疑。司马懿道："你们不必多疑，立即整军追杀！"

将校们闻司马懿如此言，于是不再多想多问，立刻便飞一般回营，各率所部随司马懿出南寨辕门，向五丈原方向追去。途中，司马懿将他此前料到的诸葛亮不久必将殁于人世一事告知了将校们。他们闻之，认为他料事如神，无不对其佩服得五体投地。司马懿不禁得意非凡，以手抚髯道："诸葛亮志大而不机敏，好战而少计谋。虽提卒十万，但已堕入我计划中，破之必然！"

话音方落，忽见前方不远处杨仪率了一支蜀汉国军正返旗鸣鼓，飞一般向他们冲杀过来。司马懿见此，以为诸葛亮还在人世，撤军有诈，不禁想起卤城之败，吓得魂不附体，差点坠下马来。待定下神，马上传令鸣金收兵。如此，正好应了"一朝被蛇咬，十年怕井绳"那句名言。

次日下午，司马懿与将校们在中军大帐正为昨日脱险而庆幸时，忽然探马进来报道："蜀寇不仅退去，且早已进入斜谷道北口了。"

司马懿闻报，不禁半信半疑，一脸严肃问探马道："确实看清了？"

"倘若小的所报有误，愿拿头颅献上！"

司马懿闻探马如此答，立即与将校们赶到五丈原查看蜀汉国军营寨。当他看到营寨虽多，却布局整齐有序时，便对将校们赞叹道："诸葛亮不愧为天下奇才啊！"

须知，诸葛亮所率蜀汉国军还未与司马懿所率曹魏国军开战，怎么就撤军了呢？原来此前一日傍晚时分，年仅五十有四的诸葛亮便双眼紧闭，撒手人间了。对此，蜀汉国军将士无不如丧考妣，悲痛万分，并按诸葛亮临终遗命，由杨仪率军退回汉中。至此，由诸葛亮发起的，历时七年，出兵五次的讨伐曹魏国之战便告结束。

诸葛亮逝世后，按他生前遗嘱，葬于定军山。刘禅还下诏书云：

唯君体资文武，明睿笃诚，受遗托孤，匡辅朕躬，继绝兴微，志存靖乱；爰整六师，无岁不征，神武赫然，威震八荒，将建殊功于季汉，参伊、周之巨勋。如何不吊，事临垂克，遘病陨丧！朕用伤悼，肝心若裂。夫崇德序功，纪行命谥，所以光昭将来，刊载不朽。今使使持节左中郎将杜琼，赠君丞相武乡侯印绶，谥君为忠武侯。魂而有灵，嘉兹宠荣。呜呼哀哉！呜呼哀哉。

从诏书内容看，名为诏书，实是悼辞和评价。其中将诸葛亮比作时之伊尹、周公倒也符合情理。但言其"事临垂克"，显然夸大其词。此后，对诸葛亮的评价层出不穷，无以计数，却众说纷纭，莫衷一是。其中以陈寿评价得比较准确："诸葛亮自比管、乐，进龙骧虎视，退震荡宇内。而多次用兵讨伐曹魏国，却没成功。究其原因，其才长于治国统军，短于奇谋。即使韩信、城父在世，也无能为力。其理政之才，堪比萧何。其次，立法俱到，执法严厉，遂使吏不容奸，人怀自厉，门不闭户，道不拾遗，疆不侵弱，风化肃然。再其次，长于巧思，改连弩，制木牛，造流马，皆出其意。而最叫人称道的，莫过于廉洁自律，不谋私利，家产无多，仅桑树八百株，薄田十五顷，两袖清风终一生。"

后来有一散士撰了一篇散文，叙述和评价了诸葛亮。文曰：

第七十二回　诸葛亮五伐曹魏国病逝五丈原　司马懿征讨公孙渊平息辽东郡

自比管与乐，常吟梁甫歌。慧眼德操公，喻其为卧龙。王庭咫尺，若在天涯。玄德急求贤，元直德操荐。三往方得见，卧龙岗上一席谈，情投意合，相见恨晚。于是出隆中，腾云驾雾，倒海翻江。只身下江南，口若悬河般，精辟论形势，孙刘终于联手抗曹操，荆州之战遂胜算。玄德西征益州，留荆州防曹孙。西蜀军情十万火急，遵令速率大军逆水上，合围成都，结果不战而屈人之兵焉。玄德取汉中，镇蓉如萧何。白帝城受重托，辅佐后主刘禅。采纳马谡软硬兼施之言平南中，凯旋。随后继承玄德志，挥军北伐回伊洛。然治国治军是其长，谋略运筹是其短。加之不听魏延奇兵北伐言，失败。事无巨细，独揽。积劳成疾，秋风命断五丈原。留下石破天惊言：鞠躬尽瘁，死而后已焉！

再说蜀汉国军在杨仪的统领下，于同年八月下旬方撤到褒斜道南口，忽见前面一支人马挡在那里。杨仪以为是曹魏国军，不禁大惊失色。片刻待定下神举目一望，才知是魏延所率蜀汉国军。对此，杨仪不禁怒不可遏，当即便令王平率领蜀汉国军前往抗击。王平认为力战魏延难以取胜，便对杨仪道："魏延这厮凶猛，得用间离法。"

杨仪点头称是。于是王平立即率领蜀汉国军上前责斥魏延及其所率叛军："丞相归天，尸骨未寒，你们竟敢造反！"

魏延所率蜀汉国军闻王平言，认为魏延无理，于是纷纷散去。魏延见此，无奈，只得同其子及几名亲信向汉中逃去。杨仪见此大喜，立即令马岱率军随后追击。不多时，马岱所率蜀汉国军便追上魏延等人，并将他们团团围住。魏延武艺本在马岱之上，但此时心慌意乱，无心交战，于是，马岱乘机砍下魏延头颅，提回营中，交与杨仪邀功。杨仪接过看也不看就抛之于地，并骂道："庸奴！还能干坏事吗？"边骂边用脚狠劲地踩踏。魏延之子及那些亲信也被斩尽杀绝。

须知，大敌当前，蜀汉国军何故要兵刀相见，互相残杀呢？难道他们是吃错药发疯了吗？非也！事情的原委是这样的：诸葛亮病危时，密与杨仪、费祎和姜维等人交待身后撤军部署,尤其要求令魏延断后,倘若魏延不肯从令,全军便自行拔营出发。诸葛亮去世后,杨仪恐魏延对诸葛亮的撤军部署有异议而生乱,便派费祎前往魏延营寨打探口风。魏延性本直豪,当从费祎口中得知诸葛亮撤军部署后,便毫不犹豫道:"丞相虽亡,我魏延还在。吊丧还葬事宜有丞相府属官办理即可,我当率军继续讨伐曹贼,岂可因一人亡而废讨伐之事呢?再者,我魏延为何人,岂可听从他杨仪的安排,而做断后将军?"

魏延决定与费祎留下共同讨伐曹魏国,并令费祎写文告公布于诸将。费祎不同意魏延的决定,于是就骗他道:"我应回去将将军之意向杨仪道明,他是文臣,不懂军事,定会同意将军的意见。"

费祎向魏延告辞出门,翻身上马飞一般而去。魏延见此,方知费祎与己面和心不和,后悔方才向其所言,但追回他又来不及。无奈,只好心生一计,派人暗中观察杨仪等人有何动静。不久,魏延便从探马口中得知全军将校皆准备按诸葛亮生前部署行事。

魏延不禁怒不可遏,抢先率领部下南行,烧毁所过之处栈道,以便断绝蜀汉国军南撤归路。同时,又上表刘禅诬告杨仪叛变投敌。杨仪闻报,当即也上表刘禅道魏延叛变投敌。结果两表同日传递到刘禅手里,他分不清两表所言哪真哪假,便问询侍中董允、留丞相府长史蒋琬。两人皆言杨仪上表所言属实,而怀疑魏延上表所言。于是刘禅便下旨支持杨仪。杨仪得旨,自然大喜不禁,率军劈山开岭,修复栈道,昼夜兼行,赶到斜谷道南口,并在那里斩杀魏延。

随后,杨仪又下令诛杀了魏延三族。杨仪之举虽有过之,然平心而论,倘若魏延之举得逞,后果不堪设想。魏延和杨仪皆无叛投曹魏国之意。而魏延被杀,一因诸葛亮之过。须知,魏延为前军师、征西大将军,假节,南郑侯。不论职务还是爵位,都在杨仪中军师之上,其军事能力与杨仪相比,也是天壤之别。但诸葛亮却将统领撤军大权付与杨仪而非魏延,这自然就激化了两人之间的矛盾,迫使魏延做出反常举动。二因不可思议的是,诸葛亮还

第七十二回　诸葛亮五伐曹魏国病逝五丈原　司马懿征讨公孙渊平息辽东郡

对魏延隐瞒撤军计划，这就使魏延感到诸葛亮不信任他，从而进一步失望愤恨。三因董允和蒋琬的误判。四因杨仪与魏延皆有做诸葛亮接班人之意，两人早欲诛除对方，只不过杨仪借统领撤军之权占据了上风。五因魏延违背了服从命令是军人天职的基本常识。

魏延与杨仪的相互残杀，正好印证了孙权当年接见蜀汉国使者费祎时对魏延与杨仪的看法，即杨仪、魏延，牧竖小人。若一朝无诸葛亮，必为祸乱。

却说司马懿闻报在战场上所向无敌的魏延因内讧而被杨仪斩杀，认为蜀汉国军今后再无若魏延般勇猛可怕的战将了。随后不久，又闻报杨仪因未被官拜丞相而牢骚满腹，被贬后自杀，蜀汉国又少了一位重臣。司马懿自然大喜过望，在中军大帐大摆宴席予以庆祝。席间，坐在司马懿餐几右侧的郭淮和胡遵更是大喜过望。何也？因为他俩在此前的阳溪之战中惨败于魏延之手，现在魏延被杀，能不大喜过望吗？同时，郭淮还向司马懿建议道："我军何不乘敌内斗之机，进攻益州。"

司马懿点头道："我也得报，诸葛亮死后，益州官民如丧考妣，悲痛欲绝，颇有危惧感。倘若此时发兵进讨，仅用吹灰之力，便可将其讨平。"

宴毕，司马懿便提笔撰就请战表文。曹叡接到表文后，当即便对司马懿回了诏书。诏书略云："益州官民对诸葛亮之死虽有危惧感，但蒋琬那厮却镇定自若，稳如泰山。因此，刘禅已按诸葛亮生前密令任蒋琬为尚书令，加行都护，假节，领益州刺史，迁大将军，录尚书事，封安阳亭侯。那里官民顺服，益州稳定。倘若讨伐，恐无胜算。因此，息兵待机方为上策。"

司马懿接诏后，只得率领曹魏国军回到长安待命，并为曹叡走了其祖父曹操当年得陇不望蜀的老路而深感遗憾。

曹魏青龙三年（蜀汉建兴十三年，孙吴嘉禾四年），蜀汉国军部将马岱率领蜀汉国军进攻曹魏国，因战功显赫方被拜为太尉的司马懿派猛将牛金迎击，大败马岱，并斩杀千余人。武都氐王苻双和强端见此，认为归属蜀汉国无益，于是便举其属下六千余人倒戈。对此，司马懿不禁大喜，又上表曹叡要求讨伐蜀汉国。因曹叡正忙于修建洛阳宫室，便将上表束之高阁。

蜀汉延熙元年（曹魏景初二年，孙吴嘉禾七年）二月，刘禅下诏蒋琬开府治事，加大司马，率军进驻汉中，严厉治军，待孙吴国举兵北进成掎角之势时，再行进攻曹魏国。蒋琬进驻汉中后，为感谢刘禅重用之恩，曾多次派姜维进攻曹魏国，但收效甚微。对此，曹叡认为蜀汉国军不足为惧，宜挥师辽东，讨伐公孙渊，并于同年三月下诏命司马懿从长安赶回洛阳，商议讨伐公孙渊事宜。

须知，这已是曹叡第三次派曹魏国军讨伐公孙渊了。曹叡为何执意讨伐公孙渊呢？原来早在公孙渊祖父公孙度为辽东太守时，就认为辽东远离中原，汉室对他鞭长莫及而桀骜不驯。到公孙渊篡夺其叔父公孙恭辽东太守之位后，对曹魏国更为不恭。对此，刘晔曾向曹叡上疏道："公孙氏汉时所用，屡世官爵相承，且水路则由大海所隔，陆路则由高山相阻。既而胡夷绝远难制，又持节用权日久。今若不诛，后必生患。"但是，当时曹叡没采纳刘晔上疏，反而拜公孙渊为扬烈将军、辽东太守，以为安抚。

孙吴嘉禾元年（曹魏太和六年，蜀汉建兴十年）三月，建国称帝后的孙权雄心勃勃，欲谋求幽、燕二州。恰值公孙渊欲向孙吴国称臣以对抗曹魏国，于是双方一拍即合。孙权与曹叡一样，不顾重臣顾雍、张昭的劝谏，派张弥和许晏携带大批金玉珍宝前往辽东，封公孙渊为燕王。

同年九月，曹叡得报公孙渊与孙吴国通好，大怒，欲命田豫率领青州诸路大军，与幽州刺史王雄渡海入辽东，共讨公孙渊。

然蒋济却反对道："凡非相吞之国、不侵叛之臣，不宜轻伐。伐之而不制，是驱使为贼。故曰虎狼当路，不治狐狸，先除大害，小害自已。今海表之地，累世委质，岁选计考，不乏职贡。议者先之，正使一举便克，得其民不足益国，得其财不足为富，倘不如意，是为结怨失信呢。"曹叡不听，结果田豫和王雄屡攻不胜。曹叡闻报，只得下诏罢军。这是曹叡第一次派军讨伐公孙渊。

不过，通过这次战争，公孙渊也认识到孙吴国远而曹魏国近，担心曹魏

第七十二回　诸葛亮五伐曹魏国病逝五丈原　司马懿征讨公孙渊平息辽东郡

国军随时前来讨伐而孙吴国军不能来援，欲转而投靠曹魏国，但又贪图孙吴国所送金玉珍宝，便心生一计，诱杀了张弥、许晏，将其首级献给曹叡，以求谅解。曹叡见不用一兵一卒便降服了公孙渊，自然大喜不禁。为笼络公孙渊，又以傅容、聂夔为御史，前往辽东拜公孙渊为大司马，封乐浪公，仍为辽东太守，持节，统领辽东及附近各郡。

第二次讨伐公孙渊之战是在曹魏景初元年（蜀汉建兴十五年，孙吴嘉禾六年）七月下旬，派往洛阳迎接曹魏国使团的计吏回来后，对公孙渊说："御使使团中的左骏伯力大无穷，武艺高强，非一般人。"公孙渊闻之，以为是曹叡派来的刺客，不禁非常恐惧，带了膀大腰圆、武艺超群、手持刀枪的五百甲士，先将御使使团所住馆舍铁桶般围起来，以防被刺，然后才拜见他们。他见使团并无恶意，便壮起胆子对他们恶言恶语。使团并未出言回击，回洛阳后却向曹叡作了详细禀报。曹叡闻之大怒，派幽州刺史毌丘俭持书函印玺，率军前往征召公孙渊。公孙渊闻报，立马发兵赶往毌丘俭一行必经之路辽隧阻击，双方在那展开激战。毌丘俭兵少将寡，哪是兵多将广的公孙渊的对手？无奈，只得下令退兵。公孙渊见此，不禁得意非凡，于是自立为燕王，置文武百官，称绍汉元年（"绍汉"即"召回汉室"之意），称其人马为绍汉军，遣使持节授鲜卑大人印绶。随后又给其他北夷大人加官晋爵，企图引诱他们共同侵扰曹魏国北疆。同时再次向孙吴国称臣，希望得到其支援。其用心之良苦，非同一般。

却说司马懿得诏后不敢怠慢，立即率军动身出发，日夜兼程赶到洛阳谒见曹叡。那是一日上午，司马懿方到洛阳西门口，还未及下马，便得曹叡之召。司马懿料知事急，于是便快马加鞭，直奔皇宫。时叫司马懿始料未及的是，还未到嘉福殿，远远便见曹叡已站在殿门口等候。司马懿哪遇过如此礼遇？于是激动得双眼飞泪，浑身颤抖，飞步赶到曹叡身前，伏地施礼道："臣下来迟，罪该万死。"

曹叡早已躬身，双手扶起他道："太尉不辞辛劳，日夜兼程，千里赶来，何罪之有！"

随后，即拉着司马懿入内，刚一坐下，曹叡便急不可耐地问司马懿道："讨伐公孙渊这厮，本不足以劳君，但这次讨伐必克，故麻烦你了。不知有何高见？"

司马懿闻问，遂不假思索答道："我大军未到，公孙渊便弃城而逃，是为上策。凭借辽水抗拒我军，是为其中策。据城死守，那就该他脑袋搬家，呜呼哀哉了。"

"你以为公孙渊那厮会采用哪策呢？"

"明智者能准确估计双方实力，而采纳上策，但公孙渊那厮非明智者，因而他会以为我军远道而来，孤军深入，粮运困难，不能持久，会先在辽水东岸筑垒与我军抗拒。若失败，再退守襄平城，此乃其中策和下策。"

"依你之见，征讨往返需多少时日？"

曹叡方问毕，司马懿即信誓旦旦答道："去百日，回百日，攻战百日，休息六十日，一年时间足够。"

曹叡高兴道："愿你旗开得胜，马到成功！"

为万全计，散骑常侍何曾又上表曹叡道："臣闻先王制法，必于全慎。故建官授任，则置假辅；陈师命将，则立监贰；宣命遣使，则设介副；临敌交刃，则参御右，盖以尽思谋之功，防安危之变也。是以在险当难，则权足相济；陨缺不豫，则才足相代。其为固防，至深至远。及至汉氏，亦循旧章。韩信伐赵，张耳为贰；马援讨越，刘隆副军。前世之迹，著在篇志。今懿奉辞诛罪，精甲锐锋，步骑数万，道路回阻，四千余里。虽假天威，有征无战，寇或潜遁，消散日月，命无常期。人非金石，远虑详备，诚宜有副。今北边诸将及懿所督，皆为僚属，名位不殊，素无定分，卒有变急，不相镇慑。存不忘亡，圣达所戒，宜选大臣名将威重宿著者，盛其礼秩，遣诣懿军，进同谋略，退为副佐。虽有万一不虞之灾，军主有储，则无患呢。"

曹叡认为司马懿所答与何曾所表皆有理，于是便于曹魏景初二年（蜀汉延熙元年，孙吴嘉禾七年）三月，以司马懿为主将，毌丘俭为副将，率领曹魏国军精锐步骑四万从洛阳东门出发，向辽东杀去。为表重视和壮声势，出

第七十二回 诸葛亮五伐曹魏国病逝五丈原 司马懿征讨公孙渊平息辽东郡

发那天上午,曹叡还亲送大军到东城门外三里方回。同时,还下诏司马懿胞弟司马孚和司马懿长子司马师在温县迎送,并赐谷帛牛酒,敕令沿途郡守典农及以下官佐前往相会。

到达温县那天,司马懿见到父老故旧,恋乡之情不禁油然而生,仿效当年刘邦回乡举宴款待父老乡亲故事,设宴多日。席间,还仿效刘邦即兴拔剑起舞高唱《大风歌》故事,即兴拔剑起舞高歌《征辽东歌》道:"天地开辟,日月重光。遭遇际会,毕力遐方。将扫群秽,还过故乡。肃清万里,总齐八荒。告成归老,待罪武阳。"对此,父老故旧无不报以热烈的掌声。

司马懿与父老故旧欢宴了几日后,便率军经孤竹、碣石,于同年六月赶到辽水西岸安营扎寨。公孙渊果然不出司马懿所料,闻报来攻,立马便令大将卑衍、杨祚等率领绍汉军步骑数万,沿辽水东岸筑垒二十余里,以为阻击。于是,辽水东西两岸日夜旌旗飘扬,人喊马嘶,杀气滚腾。司马懿见此,认为直接强攻难于奏效,便召集部下到中军大帐商议对策。有的言要与公孙渊打持久战,有的言观察一个时期再做定夺。总之议论纷纷,莫衷一是。

司马懿不置可否,沉思片刻方道:"敌耗人耗时筑垒二十余里,意在与我打持久战。而我军远道而来,粮运困难,利在速战。因此,我以为应先派老弱病残沿辽水西岸日夜鸣鼓扬旗,佯攻其营垒,以吸引敌之主力人马。我主力人马从辽水西岸上游浅水处步行到辽水东岸,以迅雷不及掩耳之势围住敌之大本营襄平城。襄平城被围,辽水东岸营垒之敌必会倾巢而出,前往救援。那时我军可分出一支人马于途中将敌消灭,此所谓围点打援。敌援军既被消灭,襄平城内守军必军心涣散,战力下降,那时我军再行攻城,破城便易如反掌了。"

众人闻言,皆表赞成。司马懿见此大喜,便在一个月黑风高的午夜,先令毌丘俭负责留守营寨,令牛金率先锋军在前,他率大队曹魏国军随后,人不知鬼不觉从辽水西岸上游浅水处步行到东岸,迅疾将襄平城西北围了起来。辽水东岸营垒里的绍汉军见此,倾巢而出,前往救援,正中司马懿下怀，当即便分出一支曹魏国军迎击，结果三战皆捷。

时值炎夏，雷鸣电闪，暴雨不断，辽水猛涨。高处水深数尺，低处水达数丈。襄平城外东南高，西北低。不用说，城外西北到处白浪滔天，一片汪洋。曹魏国军营寨大多在西北处，结果将士们成天泡在水里，叫苦不迭，为避免重蹈当年于禁等七军在樊城被关羽人马所淹的覆辙，便纷纷前往中军大帐向司马懿建议将营寨迁到城外东北。为稳定军心，司马懿传令敢言迁营者斩，但随后仍有将士如都督令史张静要求迁营。对此，司马懿不禁大怒，将其斩首示众，方才稳住军心。

城内公孙渊所率绍汉军见曹魏国军处境不利，于是便放心大胆走出城东门上山打草遛马。曹魏国军将校们见此，便纷纷前往中军大帐，争先恐后向司马懿请求率领曹魏国军出击，但他却坚决不允。对此，司马陈圭甚为不解，并问司马懿道："当年我军攻上庸城是八路并进，昼夜不停，故能很快破之，并斩杀敌酋孟达。这次我军是远道而来，粮运困难，何故进攻却慢了呢？"

"陈将军须知，当年孟达那厮兵少粮多，我军则正好相反，故宜速战。而今情况则不同，是敌多我少且敌粮少我粮多，且又遇暴雨，即使想速战也不允许。因此，自从我军从京师出发起，我就从未担心过敌军来攻，而担心的是怕他们逃遁。现敌粮虽将尽，但城东北方却未被合围。倘若出击，他们定会弃城从那逃跑。兵者诡道，善因事变。敌现凭借人众水大，虽被饥困，也不愿举械就擒。因此，现在宜尽力稳住他们，千万不可将其吓跑而留下无穷后患。"

司马懿言毕，不但未下令攻击，反还向出城打草遛马的绍汉军示弱，以为迷惑。

时在洛阳的曹魏国官员闻报襄平暴雨成灾，敌势强盛，以为破城有难，便纷纷前往嘉福殿请求曹叡召回司马懿。曹叡却掷地有声道："太尉向来临危不惧，临危制变。你们不必担忧，擒杀公孙渊指日可待！"

随后月余，雨停水退。司马懿大喜不禁，传令全军立马将襄平城铁桶

第七十二回 诸葛亮五伐曹魏国病逝五丈原 司马懿征讨公孙渊平息辽东郡

般包围起来昼夜强攻。时城内粮尽,饿死者甚众,小兵们见此,料知守城无益,便纷纷出城投降,结果还引起其他绍汉军无心坚守。

时偶有流星从城西北上空划向东南,坠于梁水。守城军见此,认为是不祥之兆,更无心守城。公孙渊见此,也不禁非常惊惧。同年八月中旬,公孙渊认为守城无益,便派相国王建和御史大夫柳甫两人自缚前往曹魏国军中军大帐请求司马懿解围。司马懿却不许,不仅斩杀了王建和柳甫,还发檄文严责。随后公孙渊又派侍中卫演前往,表示愿送公孙渊之子为人质,以求退兵。司马懿却对卫演道:"须知,作战有五概要,即能战当战,否则当守,若不能守,理当退走,其余唯有降与死。公孙渊若自缚请罪,便是找死,因而无须送人质。"

卫演闻司马懿如此言,认为再言无益,于是回城向公孙渊如实禀报。公孙渊方知司马懿不会饶过他,只得在次日黎明时分,率领人马悄无声息出城南门,直向梁水逃去,以便从那上船跨海投奔孙吴国。方逃到距梁水西岸还有三里时,忽见前面有大队曹魏国军在那严阵以待。对此,公孙渊不禁大惊失色,惊恐万状。后转而一想,与其束手就擒,不若与其一战,也许还有一线生机,便传令全军布阵迎敌。

位于阵前中央的自然是公孙渊,右侧是卑衍,左侧是杨祚。位于曹魏国军阵前中央的自然是司马懿,右侧是牛金、张持,左侧是胡遵、高虑。

须知,两军此前虽交战三次,皆是混战,此次双方主将初次相见。司马懿见公孙渊身材高大,年富力强,金盔金甲,黑色大马,长柄大斧,威风八面,不禁心头一愣,后悔未乘其布阵之机挥军冲杀,那样肯定胜算在握。而公孙渊见司马懿中等身材,其貌不扬,未披甲戴胄,仅宽衣大袍而已,自然不将他放在心上。随后仔细一看,见司马懿目光时而温厚宽和,时而阴森恐怖,不禁想起有人言司马懿用兵多谋善断,无往不胜,于是直后悔此前没北向阴山逃去。后转而一想,事已至此,后悔何益?正在这时,忽听得对面曹魏国军阵前有人高声骂道:"公孙小子,你屡受大魏重恩,不但不知恩报德,反还南勾孙蛮,北结鲜卑,欲图我国,实乃狼子野心。"

公孙渊便循声举目望去，司马懿正以鞭指着他在那大骂。公孙渊也大骂道："你这厮祖上本为汉臣，见曹氏欺凌汉室，篡夺汉祚，不但不举旗讨伐，反还助桀为暴。"

对此，司马懿自然不禁大怒，正欲回骂，忽见胡遵边吼叫边拍马舞枪，直向对方阵前冲杀过去。公孙渊那边的杨祚见此，也边吼叫边拍马舞枪，直向胡遵迎了上去。于是他俩便枪对枪杀将起来，直战了五十回合，也未分出胜负。正在这时，司马懿那边又有人声若炸雷般吼道："公孙小儿，先吃俺一棒！"只见牛金拍马挥舞着一条铁棒，向公孙渊冲杀过去。

公孙渊见此，先不禁一愣，随后便欲拍马举斧迎上前去。然不待拍马，便听得其阵前也有人声若洪钟般吼道："无名之辈休得称狂，看俺的！"

只见卑衍拍马挥舞着长柄狼牙大棒，飞一般上前向牛金迎去。

牛金为荆州南阳人，初为曹仁部将，当年曾率三百勇士迎战周瑜，后随司马懿抗击诸葛亮所率蜀汉国军北伐时，曾乘胜追击对方至祁山。后又击败蜀汉国军猛将马岱，并斩杀其将士千余，是曹魏国不可多见的猛将。卑衍为辽东邑人，乃鲜卑大人后裔，幼时操练武艺，及长成，武艺少有人敌，故公孙渊拜其为辽东百官之首的大将军。因此，双方将士皆认为他俩今日定有一场恶战。

果不其然，两人在阵前中线方战一回合，双方皆重达八十斤的兵械便损得无法再用。由此可见他俩膂力之大，用力之猛。于是他俩只得不约而同地丢弃兵械，掉转马头回到各自阵前，从各自部下手中要了兵械，便拍马返身又上前厮杀。这时牛金的兵械是一对环柄大刀，卑衍的兵械是一对短柄大斧。须知，这两种兵械皆是时之重兵械，非一般人所能使用，但在他俩手中却轻若孩童玩具。仍在阵上对杀的胡遵与杨祚见此，皆因自己武艺平平而不禁羞愧得无地自容，并不约而同收回兵械，退出阵外，目不转睛地观看牛金与卑衍厮杀。双方阵中将士早已屏住呼吸，踮足翘首，忘情观看。牛金虽年过半百，银白须发，却老当益壮，不减当年勇。卑衍虽年富力强，却渐渐力不能支。牛金见此，大喜，便举刀猛地向卑衍头上劈去，意欲立刻结果其性

第七十二回　诸葛亮五伐曹魏国病逝五丈原　司马懿征讨公孙渊平息辽东郡

命。谁料卑衍却扬头一闪，叫牛金那刀落了个空。待牛金欲再举刀劈去，卑衍早已掉转马头，飞一般向自己阵里逃去。司马懿见此，将令旗一挥，曹魏国军便若洪水般向绍汉军冲杀过去。不待接战，他们便四下而逃。公孙渊见此，只得单人独马向梁水逃去。司马懿认为这是擒杀公孙渊的极好机会，便挥军从后紧追不舍。片刻，公孙渊便被一马当先的牛金追上，手起刀落，斩于马下，传首洛阳。

司马懿见公孙渊被斩，大喜，传令全军向襄平城杀去。襄平城已军去城空，无人把守。因此，他们未遇任何抵抗便占领了全城。

司马懿方进城，便下令屠杀年十五岁以上男子七千余，并收集其尸首，筑造京观，以便震慑他人。同时，将公孙渊所任命的公卿及以下官佐尽行斩首。还斩杀了将军毕盛等将士两千余，以防他们有朝一日举旗复仇，并收编百姓四万户。

为分化瓦解公孙渊其他部属，首恶必惩和稳定人心，司马懿于是发令道："古贤讨伐一地，仅杀顽固凶恶者。因此，被公孙渊所害者不分青红皂白，一律宽恕。中原人愿返故乡的，各随其愿。"

遵照此令，司马懿释放了公孙恭。同时，还为遭到公孙渊迫害的纶直、贾范等人建了陵墓，并表彰和重用其子孙。

随后，司马懿又挥军占领了带方、乐浪、玄菟三郡，至此，曹魏国多年的辽东骚乱问题终于得以平息。同年八月下旬，司马懿凯旋。曹叡在洛阳得报，大喜，派使者带着牛酒前往大军必经之地蓟县犒劳。同时，还依刘放的建议，下诏封司马懿为宣王，增食昆阳县。

须知，公孙渊既已与孙吴国交通甚至向其称臣，在司马懿率曹魏国军来攻时，他向孙吴国求救了吗？看官欲知详情，请看下回分解。

第七十三回

曹叡驾崩曹芳继位曹爽司马共辅佐
孙吴分兵多路讨伐曹魏国无果而退

却说公孙渊方闻报司马懿和毌丘俭率领曹魏国军来攻，便遣使者前往建业求救。孙权不但不发兵相救，还欲斩杀公孙渊使者，以解背叛之恨。太子中庶子羊衜则表示反对，并向孙权献计道："陛下须知，将逆贼公孙渊使者杀之固然可出恶气，但只能解匹夫一时之恨，而失去霸王之计。故臣下以为，不若乘机向公孙渊昭示陛下厚德，即先派骑兵前往辽东作壁上观。若司马懿败，我军则可救援，如此，则是恩结于远夷，义盖于万里；若双方相持不下，或公孙渊败，我军则大举进攻辽东，然后掳掠那里人口而归。如此，就足以惩罚公孙逆贼，以解陛下心头之恨。"孙权闻言，深以为然，于是问羊衜谁宜率领孙吴国军前往辽东，羊衜自告奋勇，愿担当此任。随后，他又推荐了郑胄和孙怡两将军率军同往。对此，孙权当即便予同意，并写信给公孙渊，说他已派孙吴国大军前来救援。同时，还在信末虚情假意写道："司马懿那厮善用兵，一向所向无敌，朕深为弟忧啊！"

次年初，孙权便依羊衜之言，以羊衜为督军使者，郑胄为宣信校尉，孙怡为将军，率领大军渡海前往辽东。但此时绍汉军早被司马懿击败，并因曹叡病危他俩早已率军回洛阳了。于是羊衜、郑胄和孙怡便率领孙吴国军上岸，打败了防守那里的张持和高虑所率曹魏国军。然后分兵多路，掠夺了大批财物和人口而归。

上述可见，公孙渊虽然已向孙权求救，但孙权压根就没救他之意，反乘

第七十三回　曹叡驾崩曹芳继位曹爽司马共辅佐　孙吴分兵多路讨伐曹魏国无果而退

机捞了一把。这也是见风使舵、反复无常的公孙渊应有的下场。

却说司马懿和毌丘俭所率曹魏国军在蓟县接受犒劳牛酒后，便启程上路，不久便到达了河内郡地界。时已老态龙钟的曹叡叔父燕王曹宇闻之，怕曹叡亡故后司马懿回京再干预朝政，便于一日午后匆匆前往嘉福殿对早已气微的曹叡道："陛下，臣以为关中事重，宜令司马懿从河内率军直接回关中。"

曹叡不听。于是司马懿和毌丘俭便率军日夜兼程，不久就赶到了洛阳城东门外。司马懿令毌丘俭督军就地安营扎寨，他则飞马直奔皇宫，探视曹叡病情。曹叡立时宣召，侍卫将司马懿领入寝宫。曹叡已骨瘦如柴，不成人样，但这时却满脸灿烂，喜笑颜开，并极力坐起，就榻上拉着司马懿的手道："朕疾甚，得见君，无所恨呢！"司马懿闻曹叡如此言，直激动得痛哭流涕。

随后，曹叡便传召自己两个儿子曹芳和曹询，前来拜见司马懿。他俩闻召方到，曹叡便特意指着司马懿对曹芳道："他乃朝中重臣司马懿，你仔细视之，勿误啊！"言毕，又叫曹芳上前拥抱司马懿，以示亲热。司马懿见此，忙弯下身子，伸出脖颈，让曹芳拥抱。那亲热劲儿早超过了父子。片刻，待曹芳拥抱毕退到榻前右侧站定后，曹叡又拉着司马懿的手，目不转睛盯着曹芳道："死乃还可忍，朕忍死而待君，君可与武卫将军曹爽同辅此儿。"

司马懿闻言，又喜又悲，并反问曹叡道："陛下难道不知先帝将你托付于臣下之事吗？"于是司马懿便成为曹芳的两位辅佐大臣之一。

须知，在曹芳辅佐大臣人选上，曹叡本意是欲以他叔父、曹操之子曹宇为大将军，使其与领军将军、夏侯霸之子夏侯献，武卫将军、曹真之子曹爽，屯骑校尉、曹休之子曹肇，骁骑将军秦朗这些当朝元老和忠厚可靠的宗室以及功勋显赫者辅佐曹芳，并无司马懿。

当时，刘放、孙资受宠，长期掌管朝廷事务。曹宇、夏侯献、曹肇和秦朗对刘放和孙资非常不满，因而刘放和孙资担心曹宇等四人辅佐曹芳后他俩会遭到报复，于是便欲在曹叡面前污蔑他们，因曹宇常在曹叡身侧行走，故未得污蔑机会。待曹叡病危，曹宇出殿传呼曹肇共议后事未回，唯曹爽在曹叡身旁之机，刘放便急呼孙资与他速往嘉福殿面见曹叡，推荐曹爽与司马懿为辅佐大臣。孙资早知曹叡已有辅佐大臣人选，于是在出发前对刘放道："陛下早有辅佐大臣人选。"

"倘若依了陛下之意，你我皆有酷刑之险呢。"孙资认为刘放言之有理，于是便随他飞一般赶到嘉福殿谒见曹叡。到那后，向曹叡拱手施礼方毕，刘放便哭泣着问曹叡道："陛下气微，若有不讳，将以天下付谁？"

曹叡反问道："你难道不知朕将以燕王曹宇为辅佐大臣吗？"

刘放闻听，不禁一愣，遂沉思片刻道："陛下忘先帝诏敕，藩王不得辅政。且陛下方病，而曹肇、秦朗等便与有图谋的侍疾者戏言皇上。燕王拥兵南面，不听臣等劝谏而闯入内殿，此行即齐之奸臣竖刁、秦之奸相赵高啊。今皇太子幼弱，未能统政，外有强暴之寇，内有劳怨之民，陛下不远虑存亡，而近系恩旧。委祖宗之业与二三凡夫俗士，寝疾数日，外内阻隔，社稷危殆，而己不知，此臣等所以痛心啊！"方言毕，曹叡便怒不可遏，并问刘放道："那么你以为谁能担当得起此任？"

"武卫将军曹爽。"曹叡闻答，深表赞成。于是当即下诏拜曹爽为大将军，假节钺，为辅佐大臣。

随后，刘放和孙资异口同声对曹叡道："依臣下之见，司马将军南击孙蛮，西退蜀寇，东平辽东，且又为先帝辅佐大臣，故宜为辅佐大臣。"曹叡认为刘放和孙资言之有理，便从之。对此，刘放和孙资自然大喜不禁。须知，刘放和孙资何故要荐司马懿为辅佐大臣呢？原来他俩曾为司马懿讨伐公孙渊献策有功，与其关系甚密，倘若他为辅佐大臣，不仅可保住现有大权，就是加官晋爵也未尝不可。

刘放、孙资前脚出殿门，曹肇后脚便踏进殿里，得知司马懿也被荐为辅佐大臣。对此，他自然大为不满，向曹叡痛哭流涕道："依臣下之见，宜仍以燕王、领军将军、武卫将军、屯骑校尉、骁骑将军为辅佐大臣。"

曹叡摆手示意曹肇话到此为止。曹肇无奈，只得止言出殿。刘放、孙资怕曹叡有变，于是再次进殿，向他推荐曹爽和司马懿为辅佐大臣。曹叡又从

第七十三回　曹叡驾崩曹芳继位曹爽司马共辅佐　孙吴分兵多路讨伐曹魏国无果而退

其荐。刘放仍不放心，并认为口说无凭，字据为证。于是对曹叡道："皇上宜亲手下诏，拜武卫将军曹爽和司马将军为辅佐大臣。罢黜曹宇、曹肇、夏侯献和秦朗。"

曹叡同意拜曹爽和司马懿为辅佐大臣，却不愿罢黜曹宇、曹肇、夏侯献和秦朗。因此，他愁眉苦脸道："朕困笃，不能写。"

刘放闻曹叡如此言，忙向侍者要来绢墨笔砚，就床上执曹叡手强行撰诏。方撰毕，便将其装入怀中，匆匆出殿大声道："皇上有诏，免去曹宇、曹肇、夏侯献和秦朗官爵，今后不得在省中行走！"四人闻之，无奈，只得相与泣后，各归自家府第。

上述可见，设立曹芳的辅佐大臣完全是刘放和孙资一手操办的，而非曹叡本意。因此，这实际上是一场不流血的宫廷政变。

再说曹叡病情越发严重，不久便命赴黄泉了，享年三十有五，殡于九龙前殿，葬于风景秀丽的洛南万安山下高平陵，谥曰明帝。

曹睿口吃少言，身材高大，立发垂地，容貌伟岸，记性超强，过目不忘。自幼好读诸子百家典籍，故而有《短歌行》《善哉行》和《种瓜篇》等多篇诗赋问世，与其祖父曹操、父亲曹丕并称魏之"三祖"。自从被立为太子以来，从不私交朝臣。登帝位后，善待元老，礼贤下属。尤其在保卫疆土和治理国事上，不愧为一代明主。

曹丕代汉称帝以后，大体形势是：曹魏国四大敌手之一辽东太守公孙恭因病无所作为；另一敌手鲜卑大人轲比能正与步度根等大人内斗，而无暇侵扰曹魏国北疆；刘备猇亭之败后，诸葛亮正休养生息和忙于平定南中，而无力讨伐曹魏国；孙权则是被曹魏国欺压得无可奈何，只得韬光晦迹当孙子，根本不敢主动进攻曹魏国南疆。而曹叡继帝位时，则是四面楚歌，即时孙权已建国称帝，连续挥军北上讨伐曹魏国；蜀汉国诸葛亮已讨平南中，随即接二连三挥师北上讨伐曹魏国；轲比能已统一大部分鲜卑，力量大增，不仅经常侵扰曹魏国北疆，还配合诸葛亮所率蜀汉国军讨伐曹魏国；辽东太守也已易主，野心勃勃的公孙渊夺取了因病卧床的公孙恭的太守之位，随后，时而归服曹魏国，时而向孙吴国称臣，其不轨之心，路人皆知。

面对这些不利形势，曹叡却沉毅断识，稳步而行。先是派曹真和司马懿率军与诸葛亮在西疆对抗，并拖死诸葛亮，解除了西疆之患；后派幽州刺史刺杀了轲比能，解除北疆忧患；再后派司马懿率军一举平定了辽东公孙渊，解了心头之恨。因前三敌手败北，孙吴国也有所收敛。

那么曹叡何故英年早逝呢？皆因当年雒阳城被董卓焚毁后，几乎荡然无存，后虽经曹丕修复，但与当年的规模与繁华相比，还相差甚远。曹叡登帝位后，为显示繁荣和摆阔，便仿秦皇汉武大力营建宫室故事，耗费大量人力物力，在南宫、汉崇殿、杨安殿、天兴宫、道会苑等宫苑的基础上，对洛阳城宫室进行全面修建，其中著名的有昭阳殿、太极殿、总章观、凌霄阙和芳林园。

最显眼者要数总章观，高达十余丈，几十里外便能望见。然雄伟壮观的莫过于太极殿了，它位于洛阳城城中心，是朝议正殿。又将复建的崇华殿更名为九龙殿，并引水绕过九龙殿前玉井绮栏，由蟾蜍含受，神龙吐出，非常神奇。同时，使博士、扶风人马钧做司南车，水转百戏，甚为奇巧。时人观之，莫不赞叹。

为供曹叡与文人墨客饮酒赋诗，又在芳林园中起假山，砌顽石，种奇花，植异草，又挖掘水池，以便划楫荡舟，唱歌演舞。又在诸殿以北，修建八座石坊，请众妃嫔按序居其中，贵人及夫人以上者朝南而居。又选六位可靠可信的才女为女尚书，在各省外向曹叡奏事。又置散乐、杂戏、鱼龙和浪漫歌伎各千，以为献艺。

关于修建宫室一事，当初便有朝中重臣高堂隆、杨阜、陈群、王基和司马懿曾先后劝谏曹叡停止修建，以救时急，但曹叡不听。为保证这些建筑的质量，他还经常亲临现场指挥，结果导致劳累过度而亡。

那么继承曹叡帝位的曹芳真是曹叡之子吗？非也！因曹叡之子皆亡，无奈，只得将任城王曹楷之子、曹彰之孙、曹操曾孙曹芳收为养子，并于曹魏青龙三年（蜀汉建兴十三年，孙吴嘉禾四年）八月封为齐王，时年四岁。

第七十三回　曹叡驾崩曹芳继位曹爽司马共辅佐　孙吴分兵多路讨伐曹魏国无果而退

再说举行登基仪式那天上午，北风呼啸，雪花飞舞，寒冷异常。时年八岁，皇冠皇服的曹芳由老态龙钟的郭皇后拉着右手，缓步从朝议殿前门进入，上阶在御座上方坐定，早已站在殿左右两侧的文武百官便伏地连连高呼"吾皇万岁万万岁"，声音之大，震耳欲聋。曹芳不仅年幼，此前又未见过这般阵势，要不是郭皇后哄着，定会吓得号啕大哭，尿洒裤裆。

随后，主持仪式的刘放便从怀里取出由他奉命撰就的绢制诏书，快步出列站在御座右侧前方，高声宣读道："加曹爽侍中，改封武安侯，食邑一万二千户，赐剑履上殿，入朝不趋，赞拜不名，与原顾命大臣、大将军司马懿各统精兵三千，共辅皇上，同执朝政。钦此！"

方宣读毕，曹爽便立刻出列，上前跪伏于曹芳御座前，边施礼边高呼"谢恩"不止。待曹爽谢恩毕退回后，另一主持孙资即从怀里取出一份亦由他奉命撰就的绢制诏书，出列走到御座右侧前方，高声宣读道："大将军、原顾命大臣司马懿为侍中，持节，都督中外诸军、录尚书事，与曹爽曹大将军各统精兵三千，共执朝政，更直殿中，乘舆入殿。钦此！"

司马懿闻后，立刻大步出列跪伏于御座前，边向曹芳施礼边高声道："臣下谢皇恩！"言毕，即起身退回。时刘放见登基仪式已毕，便宣布退朝。

当夜，还在朝议殿举宴祝贺曹芳登基成功，宫中张灯结彩，丝竹歌舞，热闹非凡。

此时值曹魏景初三年（蜀汉延熙二年，孙吴赤乌二年）正月。

却说一日上午孙权正与随从在建业城以东的钟山兴致勃勃地行猎时，忽见一小校飞马前来，喜滋滋地向他报道："禀报陛下，曹贼酋曹叡一命呜呼了！"

"谁继位呢？"

"曹芳。"

"他才八岁啊！"孙权言毕，竟高兴得不知所以。何也？因为他认为这正是出兵北伐曹魏国，以报十一年前兵败之仇的极好机会，于是立刻传令召集文武百官前往神龙殿商议出兵事宜。时孙权得意非凡地道："朕方才闻报，曹叡已经亡故,现由仅八岁的孩童曹芳临朝,此乃上天之罚呢!值此之际,朕欲派大军进攻曹贼。你们以为如何?"

方问毕,在场者便表赞成。零陵太守殷札却不以为然,忙出列上前道:"陛下,今上天废曹贼,丧事凶杀屡现。值此虎狼争斗之际,却让一孩童临政,岂不可悲吗!因此,皇上宜亲率大军,进攻曹贼,征服衰世。同时,可尽倾荆、扬二州人力物力,并查清那里丁壮和老弱数量,而后令丁壮执戟上阵,老弱转运物资;在西边,可叫蜀汉国在陇右驻军,牵制那里曹贼兵力;然后命诸葛瑾、朱然二位将军率领大军直指襄阳;命陆逊、朱桓二位将军率大军出征寿春;陛下御驾进军淮水以北青、徐二州。倘若襄阳、寿春被我军所困,长安以西曹贼人马必会全力以赴防御蜀汉国军。如此,曹贼许昌、洛阳人马势必要分散应对,那时我军则可多方牵制,同时进军。那里民众见此,必会积极响应。须知,将帅交战,只要有一处指挥失误而一军败退,则军心必然涣散。那时我军则备马整车,攻陷城关,乘胜追击,平定华夏,便易如反掌。倘若像以往那样,我们只出少量人马,就不足以完成统一华夏的大业,还使民众疲沓,军威消失。如此,故非上策呢。"

孙权却认为殷札所言无理,没有接受。孙权通过年余准备,便于孙吴赤乌四年(曹魏正始二年,蜀汉延熙四年)四月,以卫将军全琮为大都督,中郎将秦晃为先锋,奋威将军顾承、扬武将军张休为左右副先锋,全琮之子全绪与全瑞为督军将军,率领孙吴国军进攻淮南寿县县城。

须知,孙权为何要派全琮等将校率领孙吴国军攻打淮南寿县县城呢?原来江淮为曹魏国军与孙吴国军两军攻守要冲,而寿县县城为曹魏国淮南郡和扬州治所,乃淮南重镇。攻破寿县县城,便可越过淮水,直逼曹魏国首都洛阳。

全琮深知,要顺利攻破寿县县城,就必须防止北面寿春城曹魏国军来援。于是在未到达寿县县城前,便派顾承和张休率领一支孙吴国军连夜快马加鞭前往围攻寿春城。全琮认为秦晃虽然武艺高强,但性格急躁,做先锋会误事,便改派全绪和全瑞督前军,率领孙吴国军赶在前面攻打寿县县城,他

第七十三回　曹叡驾崩曹芳继位曹爽司马共辅佐　孙吴分兵多路讨伐曹魏国无果而退

与秦晃率领大军随后跟进。

顾承与张休、全绪与全瑞得令，即率领孙吴国军赶往寿春城和寿县县城。不久后的一日上午，全琮和秦晃便到达了芍陂南岸，并与曹魏国征东将军王凌、扬州刺史孙礼所率曹魏国军相遇。于是双方就此安营扎寨，以为对峙。

芍陂，位于寿县南五十余里，本是一座发源于龙穴山，流经淠、淝二水，灌溉一望无际、土地肥沃的淠东平原的大型水利工程。由春秋时期楚相孙叔敖主持修建，与都江堰、漳河渠、郑国渠并称为时之华夏四大水利工程。它对楚国迁都寿春后的发展起到了举足轻重的作用。但汉朝以来，因年久失修，淠、淝二水逐渐堵塞失道，有的渠段已成深不可测的险潭，有的渠段已成芦苇丛生的沼泽。

须知，在芍陂这样的地方作战，本是孙吴国军之长，北方籍曹魏国军之短。谁料接战不久，全琮和秦晃所率孙吴国军却被王凌和孙礼所率曹魏国军杀得七零八落，溃不成军，大败而回。何也？皆因全琮和秦晃为了以迅雷不及掩耳之势攻破寿县城，所率皆是精锐骑兵。为了适应江淮地区作战，王凌和孙礼所率的曹魏国军反倒皆是从江淮地区招募的渔夫。骑兵在芍陂这种地方作战，自然失去了猛冲猛杀之长，而由渔夫组成的曹魏国军步兵在此正好发挥了善于趟泥渡水之长。加之全琮和秦晃所率孙吴国军骑兵是新来乍到，不熟地形，就与对方交战，岂会不败？

双方在那对峙了月余后，全琮早已等得极不耐烦，便在一日上午下战书，约定次日上午在两军营寨中间地带布阵决战，王凌接到战书后都没犹豫一下，便提笔回了"可也"二字。

次日早饭后，双方皆按约摆好了阵式。不待双方主将骂阵，两方将士便冲上前混战起来。不久，曹魏国军便败下阵来，并飞一般向北逃去。秦晃见此，大喜，于是率孙吴国军骑兵随后追杀。曹魏国军虽是步兵，但奔跑起来却如脱兔飞鹰，因而片刻便没了踪影。对此，秦晃先是不禁非常惊异，以为这些曹魏国军是会飞的神兵神将，随后又以为他们是吓破了胆的飞毛腿，于是不禁非常得意。正在这时，其后左右两侧突然各杀出一支曹魏国军步兵来。秦晃方知中计，但为时已晚。无奈，只好传令全军转身往回冲杀。方转过身，不料一支利箭正迎面飞来，秦晃躲闪不及，正中咽喉，不待喊叫，便坠马而亡。

随后的全琮闻报，大怒，遂便指挥孙吴国大队骑兵冲杀了上来，并令随从前往打探那两路曹魏国军步兵的首领。不久，他便从随从那里得报，右边曹魏国军步兵首领是王凌，左边曹魏国军步兵首领是孙礼。同时，还从随从口中得知王凌为主将。于是全琮认为应擒贼先擒王，倘若王凌被擒杀，所有曹魏国军自然便若树倒的猕猴，不战自散。于是便欲传令向王凌那边冲杀过去。然不待传令发出，王凌和孙礼已率领大队曹魏国军洪水般冲杀了过来。

全琮见此，料想擒杀王凌无望，无奈，只得挥军掉头向南退去。然不待掉过头，便被冲杀过来的曹魏国军步兵逼进芍陂烂泥险潭中。结果掉进烂泥的，不是没了马头人顶，便是喂了鳄鱼；掉进险潭的，没蹦几下，便成了鱼腹之物；其余的，不是乱作一团，便是成了刀下之鬼。全琮见此，料知败局已定，无奈，只得传令全军奋力杀开一条血路以便逃走，但杀了三天三夜也无结果。正指挥孙吴国军攻打寿春城的顾承和张休闻报战况不妙，大惊，立刻便率大军飞一般赶来，与曹魏国军经一番奋力拼杀，方才稳住军心。随后，攻打寿县县城的全绪和全瑞闻报处境不妙，也忙率军赶到增援。王凌料想再战无益，方才传令闪开一条大路，让全琮、顾承、张休、全绪和全瑞退走。

与此同时，孙权又派诸葛恪攻打曹魏国六安县县城。该城位于江淮之间的大别山北麓，东衔吴越，西领荆楚，北接中原，南窥南越，向为兵家必争之地，因而城墙高大坚固，易守难攻。诸葛恪为一介只懂之乎者也、不晓攻城略地的文臣，曹魏国军又是拼死固守，结果攻了多日，也未越城池一步，反还死伤惨重。无奈，只得下令撤军。

随后，孙权又派大将军诸葛瑾和骠骑将军步骘率领孙吴国军进攻曹魏国柤中。柤中位于樊城以南南漳县蛮河一带，地形平敞，良田万顷，盛产稻

第七十三回　曹叡驾崩曹芳继位曹爽司马共辅佐　孙吴分兵多路讨伐曹魏国无果而退

麦，乃樊城的粮食基地。倘若被孙吴国军占领，便切断了樊城守军的粮食供给。城中无粮，军心必乱，军心一乱，破城必易如反掌。樊城既破，对面襄阳城便不保。襄阳城不保，便可兵指宛、洛，消灭曹魏国，统一天下。因而孙权才派诸葛瑾和步骘这样的重臣率领孙吴国军来攻。谁料那里的曹魏国守军皆是骑兵，平原作战是其所长。诸葛瑾和步骘所率步兵与骑兵方才接战，便被冲得七零八落，大败而逃。

再随后，孙权又派征北将军朱然和将军孙伦率领五万孙吴国军步骑围攻曹魏国樊城。樊城位于汉水之南，城墙虽然低矮，但守城将士万众一心，拼死防守，结果围攻了多日也未损城墙一根毫毛。正在朱然和孙伦焦头烂额、无计可施之际，忽见前将军朱桓匆匆进来向朱然低声耳语了一番，时只见朱然不住点头称是。随后，朱然又对孙伦低声耳语了一番，孙伦也不住点头称是，然后即匆匆出帐去了。当日午夜，只见孙伦率了一队膀大腰圆、手持短柄大斧的孙吴国军，举着火炬，猛地冲进樊城南门外曹魏国军营寨，边放火，边冲进帐门挥斧砍杀。曹魏国军睡得正香，便掉了脑袋，断了四肢。偶有惊醒起身逃进城的，也是赤身裸体，狼狈不堪。

曹爽在洛阳闻报朱然大败曹魏国军，不禁大惊失色，片刻回过神，便传令荆州刺史胡质率轻骑兵增援。出发前，有的将校一闻朱然名字，便谈虎色变。有人甚至对胡质道："须知，当年我大魏名将曹真、夏侯尚和张郃共同率军围攻江陵城半年之久，守城的朱然却岿然不动，由此名震华夏。而今这厮兵锋正盛，千万不可靠近，否则后果不堪设想。"

胡质却不以为然道："你们所言不对！须知，樊城城墙低矮，守军又少，所以我军宜急行前往。不然，便凶多吉少。"

胡质率领曹魏国军日夜飞一般赶到樊城南门外，安营扎寨。朱然见前后受敌，也不敢轻举妄动。城中曹魏国守军见此，军心方才得以稳定。

仍在洛阳的曹爽闻报樊城战局虽有好转，但仍未解开其围。对此，竟不知如何是好。司马懿闻报，便在早朝时对曹爽道："位于樊城以南的柤中地区有民夷十余万，皆阻隔在汉水以南，流离无主。且樊城被孙蛮军围攻历月不解,此危险之事呢。故我愿率军前往增援,不知你意下如何?"

曹爽未答。有的人认为孙吴国军远道而来,孤军深入,运粮困难,不可能攻破樊城。有的人认为弄不好孙吴国军还会兵败于坚固的樊城之下,或自行撤军,故宜以长策御之。有的人认为朱然所率孙吴国军来势汹汹,实则不堪一击,因而现有守城将士便可将其彻底消灭,何劳司马大将军兴师动众,亲自前往。总之议论纷纷,莫衷一是。司马懿则不以为然道:"大家须知,边城樊城受孙蛮军围困而大臣却安坐庙堂,这会使守疆将士军心骚乱,民心动摇,此乃江山社稷之大患啊!"

曹爽认为司马懿言之有理,遂于同年六月派他统领诸军前往樊城增援。为表重视和壮大声势,启程那天上午,曹芳在曹爽和文武百官的陪同下,还赶到津阳城门外热烈送行。

司马懿率军到后,安营扎寨方毕,便召集将校到中军大帐道:"樊城位于南方,常年气候潮热,眼下时值炎天,更是潮热。我们皆来自北方,在此易于中暑,因而速战速决方为上策。"

随后不久,朱然便从奸细口中得知司马懿欲速战速决。对此,他毫不惊慌,传令全军将士坚守营寨,意欲与司马懿打持久战。随后,司马懿也从奸细口中得知朱然欲避而不战,不禁大惊。随后灵机一动,计上心来,即传令全军将士大张旗鼓地在营寨内外解衣沐浴和吃肉喝酒三天,同时扬言随后将向孙吴国军营寨发起大规模进攻。然后又挑选了一批精锐在营寨外弄枪舞刀,摆出一副随时进攻的架势。朱然本来知晓司马懿智谋高超,没人能敌,却不知司马懿现在的虚实,自然胆寒不已。末了,只得在一日晚饭后传令全军将士,于午夜悄然拔寨而退。

次日早上,在中军大帐的司马懿还未起床,便见一探马飞一般进来,向他边拱手施礼边报道:"孙蛮军皆撤退了!"

"真的?"

探马闻司马懿对他所报有疑,于是斩钉截铁答道:"果真撤退了!"

司马懿料想朱然已经中计,不禁大喜,忙一骨碌翻身起床,不待洗漱

第七十三回　曹叡驾崩曹芳继位曹爽司马共辅佐　孙吴分兵多路讨伐曹魏国无果而退

便立刻传令全军随后追击。不久，司马懿率军飞一般出东辕门，直向朱然所率孙吴国军撤退方向，马不停蹄追杀过去，并在荆、豫、扬三州交叉口处追上。

时值当日午时，炎热无比，两军不仅大汗淋漓，且都腹中空空。对此，司马懿并未传令就地歇息，埋锅造饭，酒足饭饱后再与孙吴国军交战，而是立刻对其所率曹魏国军高呼道："立功就在此时！"

呼毕，即一马当先，挥剑向朱然冲杀上去。曹魏国军见年已半百的司马懿如此奋勇，便不顾一切，随后洪水般冲杀上去。朱然所率孙吴国军见此，哪敢抗击，立刻便溃不成军，四下奔逃。被追上的不是脑袋搬家，就是断胳膊缺腿。据战后统计，被斩杀的孙吴国军万余，伤者不计其数，逃回的寥寥无几，且辎重损失殆尽。

至此，孙权派出的进攻曹魏国寿县、六安、柤中和樊城的各路孙吴国军皆无果而回。此时值同年闰六月末。

须知，孙吴国与蜀汉国早已结为同盟，诸葛亮第五次讨伐曹魏国前，就曾遣使前往孙吴国，要求他们同时与其两线攻击曹魏国，以为牵制。那么，这次孙吴国讨伐曹魏国前，孙权是否派使者前往成都，要求蜀汉国与他们同时两线进攻曹魏国，以为配合呢？看官欲知详情，请看下回分解。

第七十四回

蒋琬执政无战事边境安宁
曹爽兴势山兵败狼狈而归

却说孙权方决定出兵讨伐曹魏国时，就派使者前往成都，要求刘禅出兵与孙吴国同时进攻曹魏国。因刘禅老拿不定主意，使者无奈，只好赶往汉中，向蒋琬道明来意。成都距汉中路途遥远，山高路险，沟密渠深，栈道连云。待使者千辛万苦赶到那里时，讨伐曹魏国的几路孙吴国军已大败而归。因此，蒋琬自然就没发兵。

却说自诸葛亮去世后的蜀汉建兴十二年（曹魏青龙二年，孙吴嘉禾三年）八月末，刘禅依诸葛亮生前密奏，拜蒋琬为蜀汉国尚书令总统国事，至蜀汉延熙六年（曹魏正始四年，孙吴赤乌六年）十一月因病卸去大将军、录尚书事这九年多时间里，蜀汉国出现了与诸葛亮多次主动用兵曹魏国截然不同的局面——边境安宁，邦家和一。这难道是蒋琬采取了与诸葛亮完全不同的战略措施，以守为主吗？非也！其实蒋琬如诸葛亮一样，为实现刘备消灭曹魏国，复兴汉室的愿望，也欲出兵消灭曹魏国，复兴汉室。例如，在他方担任蜀汉国大将军、录尚书事，驻屯汉中沔阳县城时就曾与文臣将校商议道："我以为诸葛丞相当年多次用兵曹贼，皆因道路崎岖艰险，运输粮草困难而不能克敌制胜。因此，我欲改变出兵路线，即大造战船，顺汉、沔二水直下，攻取曹贼魏兴、上庸二郡，然后从那里北上，兵指宛、洛，消灭曹贼，复兴汉室。如何？"

在场者闻言，皆你看看我，我看看你，默而不语。良久，方才听得有人

第七十四回　蒋琬执政无战事边境安宁　曹爽兴势山兵败狼狈而归

高声道:"大将军须知,乘战船顺水而下倘若不能速战速胜,逆水而退则不易呢,故此非上策。"

蒋琬及在场者闻声忙望去,原乃前护军王平。蒋琬认为王平言之有理,恰值这时他旧病复发,不利出兵,于是便抱病向刘禅上书,要求将防御曹魏国军的蜀汉国军大本营和主力军从汉中沔阳县城迁到内地梓潼郡涪县县城附近。书略云:

以往我大汉偏军一旦入羌,曹贼首郭淮便率军而退。是因他考虑的是孰短孰长,即他把凉州看得很重。因此,应以智勇双全的镇西大将军、领凉州刺史姜维与敌对峙于河水之右,微臣则统领大军为其后援。如今涪县县城道路四通八达,若东北方有战事,速赴救之不难啊。

刘禅认为蒋琬上书有理,于是便下旨同意将防御曹魏国大军的蜀汉国军大本营设于涪县县城以西不远的西山苑内,主力军从汉中沔阳县城迁到蜀汉国内地梓潼郡涪县县城东南附近的富乐山。因凉州现被曹魏国占领,姜维则先率一支蜀汉国军偏师从汉中移驻涪县县城西山苑西侧一箭之远的西山坡,以便护卫大本营。同时,以王平为前监军、镇北大将军,接替去世的汉中都督、车骑将军、雍州刺史、济阳侯吴壹统领汉中。

时蒋琬自然遵旨执行。

西山苑位于涪县县城附近的涪水之西,与富乐山隔水相望。内有苍松翠竹,奇花异草,假山顽石,飞泉瀑布。令人叫绝的莫过于位于凤头山顶的那座西山阁了。它雄伟壮丽,直耸云霄,远远便能望见。登临其上,远山近水一览无余,尽收眼底。而内部独具匠心的设计,巧夺天工的施工,时之罕见。因此,自蒋琬来到涪县县城这九年来,它就成了其下榻之所。

一个风和日丽的上午,蒋琬与姜维在阁顶正兴致勃勃地赞叹蜀汉国百姓安居乐业,四处五谷丰登,五方祥和时,忽听得背后有人声如洪钟般道:"你俩所赞叹,皆归功于边境无战事啊!"

蒋琬与姜维闻声回头看去,原乃身材高大,年近八旬,银须白发的执慎将军来敏。时不待他俩问询他方才所言是何道理，来敏便滔滔不绝地道："须知，大汉建兴十三年秋八月，孙吴国以诸葛恪为抚越将军，领丹阳太守，率领孙吴国军镇压山越人。同年十一月，孙吴国太常潘濬等率领孙吴国军征讨武陵蛮夷，斩获数万。同年十二月，孙吴国庐陵人李桓在庐陵作乱，罗厉在交州海南郡作乱，经激战，孙吴国中郎将吾粲方才擒李桓，唐咨擒罗厉。大汉建兴十四年十月，孙吴国彭旦等在鄱阳作乱。大汉建兴十五年二月，孙吴国将军陆逊击败彭旦，鄱阳遂平。同年七月，孙权遣朱然等率领孙吴国军两万攻取曹贼江夏郡，为曹贼荆州刺史胡质击退。同年十月，孙权遣卫将军全琮袭曹贼六安，不克。随后，曹贼第二次讨伐公孙渊。其后，孙吴国鄱阳郡吴遽率众作乱，杀中郎将周祗，攻下多县，豫章、庐陵二郡起而响应。大汉延熙元年四月，孙权遣将军孙怡由海道击曹贼辽东。同年六月，曹贼酋司马懿和毌丘俭率领曹贼军步骑三万攻打辽东公孙渊。同年八月，烧当羌王芒中、注诣等起事，被曹贼军斩杀。同年十二月，孙吴国将军廖式起兵杀死临贺太守严纲，自称平南将军，随后率众数万，攻零陵、桂阳二郡，交州诸郡震动。孙权遣吕岱等镇压，攻讨一年，斩廖式，诸郡县方平。大汉延熙四年四月，孙吴国大举攻曹贼。同年六月，曹贼酋司马懿统兵救樊城，孙吴国军得知，遂退军。大汉延熙五年七月，孙吴国军攻詹耳。孙权遣将军聂友、校尉陆凯领兵三万攻詹耳、珠崖。是年，高句丽王宫袭击曹贼辽东郡西安平，焚掠而去。大汉延熙六年正月，孙吴国将军诸葛恪袭曹贼六安，击败曹贼将军谢顺，掳掠其民人而归。可见在这几年里，曹贼有各类大小战事五次，孙吴国有各类大小战事十多次，而我大汉仅在延熙三年春有一次越巂蛮夷小规模作乱，而且很快就被讨平。因而可以说，你俩津津乐道的边境安宁无虞，境内百姓安居乐业，四处五谷丰登，五方祥和景象，皆因基本无战……"

不待来敏言毕，姜维早就听得不耐烦了，并多次欲阻止他说下去。时蒋琬却始终专心致志地倾听，同时还叫来敏畅所欲言，因而他才得以基本言毕。

来敏言毕，便抚髯满不在乎而去。对此，姜维却闷闷不乐，并不解地对

第七十四回　蒋琬执政无战事边境安宁　曹爽兴势山兵败狼狈而归

蒋琬道："方才来敏胡言乱语，你不但不予制止，反还……"

言未毕停了片刻又道："末将不得其解，还请指点迷津。"

蒋琬闻言并未立即言语，而是同姜维到阁内坐下，喝了口茶方若有所思道："将军须知，来敏乃非常之士，他幼年便遍读诸子百家典籍，尤其精通《左传》《仓颉篇》和《尔雅》。《左传》乃儒家十三经之一，全书共六十卷，包罗万象，无所不述：王室衰微，礼崩乐坏，诸侯崛起，齐晋争霸，楚庄问鼎；金戈铁马，刀光剑影，旌飞角鸣，沙场厮杀，扣人心弦；且语言精练，文辞优美；跌宕不群，纵横自得，洛阳纸贵。"

言至此干咳了几声，喝了口茶清了清嗓子又道："《仓颉篇》乃一部启蒙识字力作。由秦丞相李斯《仓颉篇》、中车府令赵高《爰历篇》和太史胡毋敬《博学篇》组成。我大汉学者扬雄、贾鲂还在此基础上屡有续作呢。"

姜维听到此，遂迫不及待地问道："那《尔雅》呢？"

"《尔雅》成书于战国，乃最早的词典。书中所用资料来自《楚辞》《列子》《庄子》和《吕氏春秋》等典籍，乃儒家经典之一。有篇章二十，条目二千零九十一，词汇四千三百多。"

蒋琬方答毕，姜维即不解地问道："听君方才一席言，方知此人学富五车，知识渊博，真乃非常之士。但何故未得重用呢？"

问毕良久，蒋琬方才叹了口气答道："因董卓之乱，他先投奔荆州牧刘表，后被益州牧刘璋迎接到成都做其宾客。先帝定益州，闻他精通《左传》《仓颉篇》和《尔雅》，遂被命为领典学校尉。先帝立皇上为太子，任命他为太子家令，以便辅导皇上执政要领。先帝驾崩，皇上继位，被命为虎贲中郎将。由此可见，先帝和皇上都非常看重他。"

方言至此，姜维更加不解地问道："怎么现在才任一闲职呢？"

"诸葛丞相驻军汉中，准备讨伐曹贼，欲请他担任军祭酒、辅军将军。孰料他好论时弊，口出狂言，结果被免官流放。诸葛丞相百年后，他才得以释放，并被任命为职掌宣达皇后旨意和管理宫中事务的大长秋。将军须知，该职乃近侍，非一般人能得以担任。孰料不久后他又好论时弊，口出狂言，结果再被免官。后考虑他知识渊博,名播天下,逐渐迁升为光禄大夫。"

言至此,又喝了口茶清了清嗓子道:"须知,凡大夫皆为皇帝近臣,大夫中又以秩比二千石的掌议论光禄大夫最显,九卿多由光禄大夫迁升上来,可谓前途无量。然又因他好论时弊,口出狂言,结果又被免官。好在皇上顾及他乃东宫老臣、宿儒学士、名门望族,被罢免不久便被拜为现职。"

"他是名门望族吗?"

"对。其祖父乃汉室太中大夫来歙,其父亲乃汉室司空来艳。"

"你怎么看他呢?"

"此人虽举止失常,出言狂妄,但所言客观、真实、可信。比如他方才所言就很……"

不待蒋琬言毕,姜维便道:"大将军所言极是。另外,末将还听说东曹掾杨戏素性简略,不喜辩论,你问他话时,他常默而不答。于是有人向你道:'公问杨戏话,他却默而不答,如此傲慢,太过分了!'而你不但不生气,反还笑道:'人心不同,各有所行。面谀背毁,才为古贤所不齿。他默而不答,是赞成我之意,但非其本意,可又不便当场反驳,所以才静默不语。这正是其可爱之处。'有这事吗?"

"有。"

"末将还听说督农杨敏曾在背后说你行事没准,根本无法与诸葛丞相相比。事后有人暗中向你汇报,并请治其不敬之罪。然你却坦然地表示:我确实不如诸葛丞相。后来杨敏犯罪投狱,人们皆认为他必死无疑,但你却出面为他求情,结果免其一死。是真的吗?"

"有这事。这是我应该做的。"

"所以你今天能容许来敏畅所欲言,并以为其言有理。故依末将之见,你审慎、温良、谦恭,与诸葛丞相不相上下。"

"何以见得?"

"当年诸葛丞相举你为茂才,你却坚持推让给刘邕、阴化、庞延和廖化,而自己坚决不受。"

第七十四回　蒋琬执政无战事边境安宁　曹爽兴势山兵败狼狈而归

姜维方言毕，蒋琬便边不断干咳边连连摆手断断续续道："哪里，哪里……诸葛丞相……德高望重，我岂……"

随后，又不断干咳起来。姜维见此，料想蒋琬累了，于是忙起身双手将其扶上榻，盖好被子，说了些安慰的话后，方才拱手施礼告别而去。

却说在洛阳的曹魏国文武百官闻蒋琬病重，皆大喜不禁。其中，侍中、尚书邓飏和洛阳令李胜更甚，并于时之一日下午不约而同拍马飞一般向曹府赶去，将这一消息告诉曹爽。片刻，便到了那里。不待曹爽允许，便入门直往客厅走去。时曹爽正在后花园挥刀弄棒，练就武艺，闻报邓飏和李胜前来，便忙放下刀棍，停止练武，大步赶往客厅与他俩相见，还未互相施礼客套便问道："你俩有何要紧事？还不快快与我道来。"

邓飏和李胜闻问，遂异口同声答道："大将军知晓蜀寇酋蒋琬病重吗？"

"方闻报。"

"还有，蒋琬那厮还将其大本营和主力军从汉中迁往其后方涪县了。"

"那又怎样？"

"如此，汉中便空虚无疑。这正是大将军发兵袭取汉中，进而进军巴蜀，消灭蜀寇，立功树威的极好机会。"

"我身为皇亲国戚，辅佐皇上从无差错，难道还无威吗？"

曹爽方反问毕，邓飏即道："大将军须知，平常时期，是以清正廉洁树威。但在天下大乱之际，则是以战功树威。与大将军同受辅政大臣的司马懿因战功显赫常受到朝野有识之士暗里崇……"

不待言毕，曹爽即道："明白。"

邓飏和李胜闻曹爽方才所言，自然喜之不尽，并立即向曹爽拱手施礼告辞。

须知，时邓飏和李胜何故不待曹爽允许便能进入曹爽府上，并畅所欲言呢？原来河内司马师，南阳何晏、邓飏、李胜，沛园丁谧，东平毕轨，皆有声名，进趣于时。对此，曹叡非常不满，遂以其浮华，除司马师和何晏外，邓飏、李胜、丁谧和毕轨皆抑黜之。待曹爽辅政，邓飏、李胜、丁谧和毕轨

1509

又得以任用，并视为心腹。因此，邓飏和李胜随便进入曹爽府上便是理所当然。

邓飏和李胜前脚方走，曹爽后脚便思想到：是啊，我曹爽自辅佐皇上以来，还未领兵出征过，哪有威信可言？现蜀寇危难，汉中空虚，正是我施展军事才能，立功树威的极好机会。思想到此，不禁双手紧握，掷地有声道："不败蜀寇，树威服众，誓不罢休！"

次日早朝，曹爽便向曹芳上了一道讨伐蜀汉国书。书略云：

臣闻蜀寇蒋琬病危不能统领国事，并因此将其大本营和主力军从汉中撤到内地涪县。如此，汉中必然空虚，故臣统兵只需反掌之力便可夺取汉中，问鼎成都，消灭蜀寇，实现先帝未能实现之意愿。

在场文武对上书所言议论纷纷，莫衷一是。正在这时，忽然听得有人高声道："不可！诸葛村夫刚亡故时，臣也欲率军进攻蜀寇，但想到通往那里的道路不是山高便是水深，于是才放弃讨伐念头。今大将军欲出兵……"

不待言毕，在场者便闻声忙望去，原乃太傅司马懿。时曹爽对司马懿方才所言皆不以为然，并道："太傅之言差矣！常言道：山高路险又如何，只要我军逢山开路，遇水搭桥，便无往而不……"

不待曹爽言毕，曹芳即道："朕以为大将军言之有理，可前往长安召集十万精锐步骑征讨汉中。"

时司马懿认为，曹芳年已十三岁，早有下旨决断之能，再言无益，于是便沉默不语。

随后，曹爽便以夏侯玄为征西将军、假节，都督雍、凉二州诸军事，以司马昭为夏侯玄副将；同时以邓飏为谋士，李胜为征西长史，杨伟为参军，于曹魏正始五年（蜀汉延熙七年，孙吴赤乌七年）三月飞马赶赴长安，从那调集十万曹魏国军步骑进攻汉中。

须知，曹爽以前从未到过长安，不知从关中出兵汉中哪条道便捷。为此，便在出发前召集文臣将校前往位于城中央的点将楼商议。待他们闻召到

第七十四回　蒋琬执政无战事边境安宁　曹爽兴势山兵败狼狈而归

齐按秩方排定，早已到达的曹爽便急不可耐地问道："据我所知，从关中通往汉中有子午道、傥骆道、褒斜道、陈仓道，但不知哪条道最为便捷？你们若知，请快快道来。"

方言毕，杨伟即出列上前边拱手向曹爽施礼边道："据臣所知，东边子午道虽长，且险峻崎岖，但此道直达汉中，因而当年蜀寇诸葛亮扰乱我边境时，敌酋魏延曾多次建议走此道。"

杨伟言至此，停了片刻若有所思道："西边的褒斜道、傥骆道路况最好，不过，路况好既利于我也利于敌，即在我军前往击敌前，他们也能快速聚集守军防御。"

方言毕，邓飏即出列上前建议道："大将军，傥骆道路程最短，若从那条道出兵汉中，指日可达。"

曹爽方闻言便高兴地道："就从傥骆道出兵。"

言毕，当即便以方从凉州赶来的前将军郭淮为先锋，率领五千曹魏国军步骑，于次日早饭后先行；他与夏侯玄、邓飏、李胜和杨伟率领曹魏国军九万五千随后跟进。他们得令，便忙向曹爽拱手施礼告辞出门准备出兵事宜去了。

次日早饭后，他们便出长安南门，飞一般直向傥骆道北口奔去。沿途山涧高深，猛兽出没，瘴气弥漫，人烟断绝。因此，费了九牛二虎之力，才经鄠户县、盩厔转向西南，从西骆谷口入山，经骆谷关、黑河、老君岭、八斗河、大蟒河、黑河、秦岭、渭水、兴隆山、华阳镇、茅坪、八里关、贯岭梁、白草驿和傥谷口，到达傥骆道南口。

对此，曹爽以为事半功倍，自然大喜不禁，并传令全军快马加鞭，火速前行。孰料没行多远，忽见一报子飞马赶到曹爽马前，边向他施礼边气喘吁吁报道："报告大将军……前面有一城关……有蜀寇把守，郭将军……不知如何是好。"

曹爽闻报，便毫不犹豫地高声对报子道："给我攻！"

报子闻言，立刻掉转马头飞一般向前赶去。

须知，报子方才所报叫黄金关，乃当年张鲁为防御曹操所率官军所筑，故又名张鲁城，位于成固县县城北一百三十余里的兴势山黄金谷中，南接汉中，北枕骆谷，是傥骆道进出汉中的唯一关隘。

却说郭淮正在焦急万分之际，报子飞马赶来向他报告了曹爽所言。郭淮闻报，二话没说，立刻便将手中宝剑一挥，身后曹魏国军步骑便一窝蜂般向北关门冲杀过去。时关门未闭，吊桥未收，冲杀在前面的见此，以为关上无备，大喜。孰料方冲杀到吊桥桥头，吊桥却突然收起，关上飞箭齐下，射得他们人仰马翻，纷纷后退。郭淮在后见此，大怒，并立即翻身下马，徒步飞一般赶到壕沟外举剑指挥着长不见尾的撞城车队，欲向城关门撞去。孰料城关门前有条宽达三丈的壕沟，横在那里无法逾越。正在他们不知如何是好之时，吊桥竟缓缓降了下来。郭淮见此，以为蜀汉国守军被撞城车阵势震慑而欲开关投降，大喜，遂忙传令停止前进，并向关楼高声道："关上的听着，若肯开关投降，定然加官晋爵，否则……"

言未毕，只见关楼上闪出一高大威猛的将军，向关下高声道："只要你说话算数，我便举关投诚。"

郭淮闻言，以为有戏，自然大喜不禁，遂便高声道："君子之言，驷马难追。将军乃何人？"

"参军杜威。你呢？"

"郭淮。"

郭淮方答毕，杜威身旁一将军模样的人便高声道："将军大名如雷贯耳，久闻了。请入关吧！"

郭淮闻那人言，遂便高声问道："将军乃何人？"

"守关主将、护军刘敏。"

郭淮闻刘敏答，认为他既是主将，所言定然一言九鼎，于是便毫不犹豫地将手一挥，身后车队立刻便争先恐后越上吊桥，向关门奔去。方过一半，吊桥却突然猛地收起，将桥上的那些车队连人带车一骨碌掀翻到壕沟里。后面的见此，不禁大惊失色，随即便掉头回逃。前面的见此，也欲掉头回逃，

第七十四回　蒋琬执政无战事边境安宁　曹爽兴势山兵败狼狈而归

但退路已断。无奈，只好欲向关门冲杀过去。时不待开步，关门早已紧闭。对此，他们方知中计，无奈，只得极尽全力，推着撞城车，猛地向关门撞去，以便破关。郭淮见此，以为破门有望，大喜，并举剑对他们高声道："为国立功就在此时！"

方言毕，忽见关上木石齐下，直砸得他们死的死，伤的伤，有幸未死未伤者，也吓得喊爹叫娘，拔腿乱跑。同时，撞城车也被砸得七零八落，没了车样。郭淮见此，直气得哇哇大叫，无奈，只得传令鸣锣收兵，待曹爽和夏侯玄所率大队曹魏国军到后再做定夺。并传令就地安营扎寨，歇息一阵再说。

随后一日傍晚，曹爽和夏侯玄所率曹魏国军便赶了上来。郭淮闻报，遂忙率领左右将校亲自前往迎候。片刻，便在寨北辕门外三里处迎上曹爽和夏侯玄。时郭淮跪伏于他俩马前，先向其报告了攻关经过，然后才请求对自己军法处置。曹爽与夏侯玄见此，不约而同翻身下马上前扶起郭淮，异口同声道："皆因蜀寇愚顽狡诈，将军何罪之有，快快请起！"

郭淮闻言，自然感动异常，并表示愿立马挥军攻关。然曹爽和夏侯玄却认为眼下破关有难，并传令全军紧靠郭淮所率曹魏国军营寨北辕门安营扎寨，待机攻关。

须知，原来驻守汉中的蜀汉国军将校闻报曹爽率领十万曹魏国军步骑精锐来攻，有的吓得六神无主，魂飞天外；有的却泰然自若，没事一般，并道："现我军仅三万余，难以拒敌，故理当退守汉、乐二城，让敌入黄金关，随后不久，驻屯涪县的我军就会赶来救援。"

然王平却道："不可！汉中距涪县几千里之遥，且山高路陡，河涧纵横，栈道连云，因此，待援军赶到都猴年马月了。倘若曹贼军得兴势山黄金关，便为祸啊。今宜先遣人马据守黄金关，我率一队人马为后援，不久我涪县援军便会赶到，此乃上策啊！"

时大家皆默而不语。正在这时，忽听得有人高声道："王将军言之有理啊！同时还应将黄金关附近男女老幼分散于野外，农谷藏于农田山中，此所谓坚壁清野。如此，曹贼军虽来，则一无所获。而末将则与王将军率军据守黄金关，并张旗百里，虚张声势，威吓敌军。"

在场者闻声忙看去，原乃弱冠便与蒋琬俱知名，荆州零陵郡泉陵人，左护军、扬威将军刘敏。

王平见刘敏与他所见相同，大喜，遂便立刻令刘敏和杜威率领三千膀大腰圆的敢死之士把守黄金关，所以黄金关固若金汤，叫郭淮所率曹魏国先锋军不仅攻关无果，反还死伤无数。

却说夏侯玄见郭淮攻打黄金关无果，于是灵机一动，带了几名轻骑绕到兴势山左右两侧勘察，意欲从那里出兵，三面合围黄金关。孰料兴势山左右两侧陡如刀削，人畜难上。无奈，只好另寻他策。这时，一报子前来上气不接下气向他报道："蜀寇……援军……到了。"

夏侯玄闻报，遂忙问道："敌酋是谁？"

"王平！"

夏侯玄闻答不禁一愣。何也？因为王平乃蜀汉国时之不可多见的战将，街亭之战时他与马谡用兵布局相反，结果证明他是对的，并因此被迁为参军，统五部兼当营事，进位讨寇将军，封亭侯。后诸葛亮率领蜀汉国军第四次犯我大魏时，诸葛亮挥军围祁山，命他负责攻打南围，时他为贼寇劲旅监军，冲锋陷阵无人敢挡。又司马懿命大将张郃以数万之众进攻其军营，然他却传令部下将士坚守不动，结果张郃未能取胜，因此他被迁为后典军、安汉将军，辅助车骑将军吴壹驻屯汉中，并兼任汉中太守。随后进封安汉侯，代替吴壹督汉中。蒋琬病重，撤军涪县，因他智猛双全，屡立战功，遂被命为前将军、镇北大将军，统领汉中。对此，夏侯玄能不一愣吗？同时他还左右为难，何也？因继续攻打吧，不但无胜算把握，还会继续损兵折将；撤退吧，又怕曹爽不同意。无奈，只好前往中军大帐言与曹爽，由他定夺。

曹爽闻夏侯玄言，也不知如何是好。正在此际，一报子飞一般进来，不及向曹爽拱手施礼便上气不接下气向他报道："报告大将军，因傥骆道……无水路段太长，托运粮草的……牛、马、骡和驴……因缺水渴死殆尽。"

第七十四回　蒋琬执政无战事边境安宁　曹爽兴势山兵败狼狈而归

"被征调来替代牛、马、骡和驴运输粮草的数万役夫呢？"

"也渴死了不少。"

报子方才报毕，曹爽便吓得六神无主，魂飞天外。在一旁的杨伟见此，遂忙上前建议道："大将军须知，倘若再这样下去，我军士气必会骤降，此外，还会引起满朝文武对你不满。因此，立即撤军方为上策。"

时也在场的邓飏闻杨伟言后却不以为然道："杨将军方才之言差矣。须知，胜败得失往往在于能否坚持一下之……"

不待邓飏言毕，杨伟即气得两眼翻白，并大声道："邓飏、李胜两人拿军国大事开玩笑，应当斩首！"

曹爽闻杨伟如此言，很不高兴。因为他以为建功树威之机就在眼前，岂肯让快煮熟的鸭子飞了！结果不同意撤军。

时远在洛阳的司马懿闻报曹爽所作所为，不禁非常着急，并欲直接去信劝告曹爽先撤军再说其他。但考虑到自己在曹爽出兵前就曾当面劝止过他出兵，现在直接劝告他也未必有效。于是急中生智，忙疾书夏侯玄，希望他将书中所言转告曹爽。书略云：

当年武帝与刘备征战汉中，一败涂地，这你不是不知道。如今蜀寇已占据兴势山黄金关，致使你们不能前进，恰值粮草运输又难。待到全军覆没，谁负此责？

这时的一日傍晚，夏侯玄在营寨下榻处方接到并看毕司马懿来书，便认为是为他出谋划策，指点迷津，遂不禁赞叹道："太傅讨伐蜀寇多年，见识到底胜我们一筹啊！"

随后，便忙起身出门翻身上马飞一般赶到中军大帐，不及向曹爽拱手施礼，便将司马懿来书呈与他看。时不待看毕，曹爽便连连道："杞人忧天呢！杞人忧天呢！杞人忧天呢！"

言毕，便将司马懿来书抛掷于地。夏侯玄见此，不禁非常着急，并反复劝谏曹爽撤军。曹爽无奈，只得极不情愿地同意撤军。

此时值同年四月。

须知，曹爽虽然同意撤军，但对是从原道还是从另道撤退却拿不定主意。于是便召集夏侯玄和郭淮到中军大帐商议，时郭淮建议道："依末将之见，从原道撤退方为上策。"

"为何？"

"重走不仅路熟，而且神速。"

夏侯玄待郭淮方答毕便道："郭将军须知，蜀寇闻我军从原道撤军，必会翻山越岭绕到我军之后……"

不待言毕，曹爽即连连点头道："夏侯将军言之有理！夏侯将军言之有理！夏侯将军言之有理！"

言毕喝了口茶清了清嗓子急不可耐地问夏侯玄道："你以为从哪条道撤军好呢？"

夏侯玄闻问，忙抓耳挠腮，冥思苦想了良久也没想出个所以然来。曹爽见此，不禁非常着急，并道："依我之见，可声东击西，即扬声走傥骆道，暗渡三岭。如何？"

时夏侯玄和郭淮闻所未闻三岭，于是异口同声问道："哪三岭？"

"沈岭、衙岭和分水岭。所谓三岭，实则乃三条古道。"

"在哪？"

"据古籍记载，在终南山中。"

曹爽方答毕，夏侯玄和郭淮即兴奋地高声道："还是大将军高妙！"

曹爽闻夏侯玄和郭淮言，自然大喜，并在那里整休些时日后，方才传令全军于当日午夜拔寨启程，向东北方终南山沈岭、衙岭和分水岭而去。将士们闻令，皆大喜不禁，击掌赞成，并一路敲锣打鼓，兴高采烈，好似过年。

由于沿途未受阻拦，不久后的一日下午，夏侯玄所率曹魏国军就赶到沈岭古道南口。正欲继续往前赶，忽见一支蜀汉国军迎面挡在道中央，为首者旗上大书一"马"字。

须知，蜀汉国有三位姓马的著名朝臣，一位是襄阳宜城人侍中马良；一

第七十四回　蒋琬执政无战事边境安宁　曹爽兴势山兵败狼狈而归

位是马良的胞弟参军马谡；一位是扶风茂陵人，平北将军、陈仓侯，马腾之侄、马超从弟马岱。马良早在蜀汉章武二年（曹魏黄初三年，孙吴黄武元年）刘备兵败猇亭时身亡。马谡在蜀汉建兴六年（曹魏太和二年，孙吴黄武七年）兵败街亭，诸葛亮为严肃军纪已将其斩首示众。唯健在的是马岱。不用问，夏侯玄便知晓对方为首者是马岱。对此，夏侯玄不禁吓得魂飞天外，面无人色。何也？一因他虽然年富力强，身材高大，容貌不凡，却因是曹魏国玄学家、文学家、征南大将军夏侯尚之子，右将军夏侯霸之侄，大将军曹爽表弟，故在曹丕时代便袭其父爵位，曹叡时代便任散骑黄门侍郎、羽林监，曹芳继位后又迁任散骑常侍、中护军和征西将军。从其经历不难看出，他虽位高权重，却是个未经沙场厮杀的将军。二因他早便得知，马岱早年从曹操那死里逃生后，在关中随马超大战过曹操。同马超一道归刘备后，在诸葛亮讨伐南中时智勇双全，于是深得诸葛亮喜爱。故直至回过神，方才派人向随后的曹爽报告。

曹爽闻报遂自问道："难道蜀寇会飞不成？"随即拍马上前举目一望，果如所报。他毫无惧色，高声对部下将士道："寇酋马岱虽久经沙场，勇猛无比，但依我看，他眼下所率蜀寇不过是一小股，不足为惧！"

言毕，欲拍马舞剑向马岱杀去。夏侯玄见此，不禁非常着急，因他认为，曹爽不仅眼下是全军主将，还是在朝辅政大臣，倘若与马岱交战有个三长两短，我这个副将也脱不了干系。于是便忙上前拦住曹爽道："何劳大将军，看我的！"

言毕，即壮胆拍马挥斧向马岱杀去。孰料马岱见此，不但不拍马举械上前相迎，反还回头挥手示意部下蜀汉国军向后退去。夏侯玄见此，以为马岱胆怯，越发胆大起来，并回头挥手示意部下曹魏国军追杀过去。眼见快要追杀上，忽见道路左右两侧各杀出一队蜀汉国军步兵，瞬间便将他们铁桶般包围起来。

须知，夏侯玄所率曹魏国军皆身材高大，勇猛无比，锐不可当。而蜀汉国军是远离故土，没有退路，是置之死地而后生，杀将起来不要命。于是时而你围杀我，时而我围杀你，直杀了三天三夜，夏侯玄所率曹魏国军方才杀开一条血路，继续前行。随后的曹爽闻报，自然大喜不禁，并忙传令全军随后跟进。

此后不久的一日下午，曹爽、夏侯玄和郭淮所率曹魏国军便赶到了衙岭路口。为吸取沈岭被围的教训和有备无患，几天前曹爽便派出了几路探马前往打探衙岭情况。然至今仍未得到探马任何音信，曹爽无奈，只得传令全军就地安营扎寨，待有了探马音信再做定夺。

当夜安然无事。次日凌晨时分，忽听得寨北辕门外鼓声震天，杀声动地，似有千军万马杀到。时尽管他们睡得正香，但还是被惊醒，并料定是蜀汉国军杀到，于是忙起身披甲、戴胄、蹬靴、举械，随曹爽、夏侯玄和郭淮飞一般朝寨北辕门外杀去。然还未出门，鼓声杀声早已停止，仿佛方才什么也没发生。曹爽见此，无奈，只得传令回去继续睡觉。谁料回去方卸胄、解甲、脱靴和放械毕，又听得寨北辕门外鼓声震天，杀声动地。于是他们又戴胄、披甲、蹬靴和举械，随曹爽、夏侯玄和郭淮等将校朝那杀去。然又如此前一般，不待他们出寨北辕门，鼓声杀声早已停止。双方如此这般反复，直至天明方才停息。

时曹魏国军一夜未眠，自然早已疲惫不堪，哈欠连天，欲美美睡上一阵。正在这时，一队蜀汉国军在吴班的率领下，猛地向寨北辕门杀来。时正在那里的曹爽、夏侯玄和郭淮见此，不禁惊惧异常，何也？原来他们皆知，吴班同魏延和高翔于蜀汉建兴九年（曹魏太和五年，孙吴黄龙三年）二月诸葛亮第四次讨伐曹魏国时，打败过战无不胜的司马懿所率曹魏国军，并因此威名远播，官拜骠骑将军，封绵竹侯。正在这时，忽听得背后有人高声道："兵来将挡，水来土掩，何所惧呢！"

曹爽、夏侯玄和郭淮闻声忙回头看去，原乃夏侯玄副将司马昭。时还不待他三人发言，司马昭早拍马舞枪直向吴班杀去。吴班见此，遂忙举枪接住杀将起来，然方战至十个回合，吴班便败下阵来。司马昭见此，以为吴班不敌，自然大喜不禁，忙拍马举枪从后飞一般追击。曹爽见此，也以为吴班不

第七十四回　蒋琬执政无战事边境安宁　曹爽兴势山兵败狼狈而归

敌，也大喜不禁，忙将手中令旗一挥，身后夏侯玄和郭淮等将校便挥军洪水般随司马昭向吴班所率蜀汉国军追杀过去。片刻，便追入衙岭。谁料这时吴班所率蜀汉国军突然后队变前队，摆出迎战架势。曹爽见此，方知中计，欲传令部下掉头后退。然不待传令发出，便见一报子飞马前来，气喘吁吁地向他报道："蜀贼酋陈式率了大队蜀寇步骑从后追杀过来了！"

"真的？"

"真的！"

曹爽闻报子答，不禁不寒而栗，浑身上下直冒鸡皮疙瘩。时郭淮却镇定自若，稳如泰山，并举首望了望两侧山头道："两侧山虽不高，但很险峻，因而我军无法从那撤退。但不尽快离开，这里必成我军葬身之地。"

方言毕，曹爽便急不可耐地问道："这该如何是好呢？"

郭淮闻问，遂斩钉截铁道："生路就在前方！"

曹爽、夏侯玄认为郭淮言之有理，于是立刻便挥军随司马昭猛地向前冲杀。时他们是死里求生，因而皆使出浑身解数，如洪水般向前冲杀。不久，便杀出衙岭道北口。尽管如此，也被伏于两侧山头灌木丛里的蜀汉国军弓弩手射伤射死者不计其数。

此后不久的一日早饭后，他们便匆匆向前面的分水岭行去。分水岭位于终南山顶峰，翻过那里不远，便是一望无垠的关中平原，也就是说可以安然无恙了。他们于是沿途锣鼓喧天，旌旗蔽日，歌声震耳，犹若凯旋。然分水岭两侧山高险峻，道路七曲八拐，高低不平。时值炎夏，雨多潮湿，万木茂盛。当他们经过那里时，伏于两侧树木中的蜀汉国军时而冲下大砍猛杀一通便又转身而回，时而突然利箭齐放，射得他们喊爹叫娘，死伤遍野。

曹爽见此，怒不可遏，便令邓飏率领三千曹魏国军步兵冲进树林，寻杀那些蜀汉国军。那些蜀汉国军皆来自山高林密的巴蜀地区，爬山攀树如履平地。邓飏所率曹魏国军步兵皆来自关中平原，不善爬山攀树。两军在此相遇，自然蜀汉国军占了上风。于是曹魏国军举刀挥棒雄赳赳冲入，结果又灰溜溜逃出，且还死伤不少。正在曹爽无计可施之际，忽见一支蜀汉国军步骑迎面拦在道中央，为首者身材高大，银须白发，铁盔铁甲，青鬃大马，长柄大斧。对此，他不禁倒抽了口凉气，忙问身旁的夏侯玄道："此乃何人？"

夏侯玄闻问，抓耳挠腮了良久也未答出。正在这时，只听得那人高声叫道："郭淮那厮在吗？出来与俺一较高低！"

曹爽和夏侯玄闻他如此言，甚觉惊奇，于是不约而同回头问身后的郭淮道："那厮乃何人？如此猖狂！"

"廖化，我与他交过手。"

曹爽和夏侯玄一闻廖化二字，有如谈虎色变。何也？原来他俩早闻廖化曾先后跟随关羽、诸葛亮南征北战，屡立战功。故有"前有王平、句扶，后有张翼、廖化"之说，是眼下蜀汉国不可多见的战将。

须知，郭淮也是曹魏国不可多见的战将，现见廖化在众目睽睽之下点名道姓要与他一较高低，哪肯认输！因而不待曹爽下令，便拍着黄骠马，舞着丈八蛇矛，飞一般向廖化杀来。廖化见此，毫不惊慌，也边拍马挥斧边高声骂道："败军之将，来来来，今日游奕便是你的下场！"

郭淮闻言，不禁气不打一处来。何也？原来那是六年前的九月，曹魏国守善羌侯宕蕈被蜀汉国军围困，郭淮便派广魏郡太守王赟和南安郡太守游奕率军前往救援。结果不但救援无果，反被廖化打得大败，还射死了游奕。

随后，郭淮高声回骂道："老贼，休得称狂，我正是来为游太守报仇的。看矛！"

骂毕，他俩便杀将起来。时廖化年虽六十有余，却老当益壮，武艺不减当年。郭淮年方五十，体力旺盛，武艺高强。因而他俩你一斧劈来，我一矛刺去；我一矛刺来，你一斧挡开，直战了百余回合，仍未决出高下。曹爽在军前见此，不禁非常着急，于是便挥军掩杀过去。廖化见了，遂不慌不忙向郭淮虚晃一斧，掉转马头，率军向后飞一般而去。曹爽见此，大喜，并传令全军，擒杀到廖化者加官晋爵。他们闻令，便若飞鹰般向廖化追去。眼看快要追上，忽然两侧山坡树林里火箭如雨点般齐下，顿时便火海一片，直烧得他们焦头烂额，体无完肤，就地打滚。有幸没被烧着的，早便纷纷掉头如脱

第七十四回　蒋琬执政无战事边境安宁　曹爽兴势山兵败狼狈而归

兔般后逃。曹爽见此，料想眼下过岭无望，无奈，只得传令退出岭口三里安营扎寨，待养精蓄锐，恢复元气后再做打算。

此后十余日，曹爽认为全军将士已养精蓄锐，恢复元气，于是便与夏侯玄和郭淮先后亲率曹魏国军进入道口猛地冲杀了多次，但仍被火箭射回。对此，曹爽不禁非常着急，并派了几名胆大心细的小校混入蜀汉国军中打探情况。不久后的一日上午，其中一名小校来到中军大帐，向曹爽拱手施礼后便报道："报告大将军，分水岭乃蜀寇大本营。"

"阻拦我军通过沈岭、衙岭和分水岭的蜀寇主将是谁？"

"费祎那厮。"

"大本营具体设于何处？"

"前方不远右侧一山窝里。"

曹爽闻小校答，以为只要冲杀到大本营擒杀了手无缚鸡之力的费祎，蜀汉国军便会树倒猕猴散。于是立刻便叫小校引路，他亲自挥军向蜀汉国军大本营冲杀上去。方冲杀到距大本营南辕门还有百余步远，便被雨点般的利箭射了回来。对此，曹爽不但不气馁，反还勇气倍增，即令部下举着盾牌，冒着飞箭，轮番没命地往上冲杀。时他们毕竟兵多将广，伤亡一批，再上一批。费祎见此，料想彻底消灭他们无望，于是便传令道上的蜀汉国军让开大道，任由那里的曹魏国军过去。那些曹魏国军见有逃生之路，自然惊喜异常，并朝那蜂拥而去。那些攻打大本营的曹魏国军见此，哪肯继续向蜀汉国军大本营冲杀，并立刻掉头下山，随前面那些曹魏国军而去。曹爽见此，大怒，欲挥剑斩杀领头的。司马昭见此，忙对夏侯玄说："费祎那厮所率蜀寇已占据险要，我军前进得不到作战之机，攻又不能下，故宜赶快撤退，以后再作打算。"

夏侯玄认为司马昭言之有理，遂忙上前转告曹爽。曹爽认为此前蜀汉国大将王平率军在兴势山黄金关前夜袭司马昭军营，司马昭却按兵不动，结果王平久攻不下，只得退走。由此可见司马昭是位智猛双全的将军，因而其言定然有理。于是便任由部下曹魏国军沿着蜀汉国军让开的那道而逃。费祎见此，便忙出营翻身上马挥军下山追杀了一阵，方才传令鸣金收兵。

此时值同年五月末。

须知，费祎不是在成都吗，怎么会在千里之外的分水岭蜀汉国军大本营指挥蜀汉国军在沈岭、衙岭和分水岭拦截曹爽所率曹魏国军呢？原来在成都的刘禅闻报曹爽所率曹魏国军来攻，不禁非常着急，忙下旨令当时也在成都的费祎假节钺，立刻赶往涪县率领那里的蜀汉国军火速赶赴汉中御敌。时汉中军情纷纷传来，时涪县蜀汉国军也早披甲戴胄，严阵待发。来敏闻知费祎要率军出征，遂于一日上午从西山苑前往富乐山费祎所率蜀汉国军中军大帐为费祎送行，并要求与他下盘围棋，以便考察其心态是否镇静如常。费祎不知来敏用意，便毫不犹豫地叫侍者摆上棋盘棋子，与来敏聚精会神对弈半日仍棋法不乱，且每盘皆赢。对此，来敏不禁抚髯感叹道："大将军任凭风浪起，稳坐钓鱼台，叫老朽佩服、放心。这次出征，必胜算在握！"

叹毕，即与费祎小酌后而去。

随后待一切准备就绪，费祎便率蜀汉国军风驰电掣般从涪县赶到汉中，并从他此前派往混入进攻汉中的曹爽所率曹魏国军中的奸细口中，得知曹爽撤军必经之道沈岭、衙岭和分水岭。于是立刻便率军抄小道日夜翻山越岭，赶在曹爽所率曹魏国军到来之前拦截。结果不负来敏之望，取得辉煌战绩。

看官欲知曹魏国军兵败后将校们是否遭到严惩，请看下回分解。

第七十五回

曹昭伯祭高平陵后院失火被诛
司马懿老骥伏枥病笃不治而故

却说曹爽所率曹魏国军兵败汉中后，虽大失朝野人心，但却未受到任何处罚。更叫人不可思议的是，曹爽不但未感到兵败羞耻，反还有如打了胜仗一般，趾高气扬，目空一切，尤其不把司马懿放在眼里。同时，还令尚书有事先向他上奏，然后才上奏司马懿。到后来，他干脆叫尚书令有事不许奏请司马懿，只奏请他即可。

须知，当初曹爽认为司马懿不仅是四朝元老，且年纪又比他长，因而不仅尊其如父，还每事必先向他请教，得到首肯后方才实施。那么现在他何故不把司马懿放在眼里了呢？原来他认为，他是皇亲国戚，辅佐皇帝曹芳天经地义。司马懿是外姓，辅佐皇上名不正，言不顺。然让司马懿辅佐，可是先帝临终之意，违背不得。为此，他不禁坐卧不安，彻夜难眠。

正在这时的一日傍晚时分，尚书丁谧有事登门奏请曹爽，见他面有难色，于是便问缘由。曹爽闻问，立即便向丁谧道出了其缘由。丁谧闻之，沉思片刻便上前对曹爽低声耳语起来。时只见曹爽不断点头称是。随后，丁谧与曹爽用毕丰盛的晚宴，方才向曹爽拱手施礼告别，结果连要奏请的事也忘在了脑后。

看官你道丁谧向曹爽低声耳语了什么呢？此乃向他建议可先使曹爽大弟曹羲出面，上表曹芳以司马懿为太傅和大司马再说其他，且一切听他丁谧的便是。时连曹爽都不知晓上表何意，何况曹羲呢！同时，他也不知如何写。

后经丁谧指点，方才写出。表文中心是请曹芳免去司马懿录尚书事，同时迁升他为大司马。

曹芳得表后，便使中书监刘放令孙资撰写诏书同意曹羲上表。丁谧闻之，又建议曹爽暗示刘放令孙资应如何撰写。结果所撰诏书中司马懿又没了大司马，仅余太傅而已。理由是大司马职名与司马懿同姓，更甚的是大司马职名很不吉利。比如，此前担任过大司马的曹仁、曹休、曹真，皆壮年病故。为司马懿计，故改大司马为太傅。

时曹芳年已十六岁，已有相当判断能力，因而方看毕诏书，便知符合曹爽明升暗降司马懿之意，其感情本就倾向于曹爽的曹芳于是立刻提笔一挥，在表上批了个"准"字。

须知，时之曹魏国录尚书事、大司马和太傅是何等职务呢？有何等权力？录尚书事统管朝廷事务，无所不问，无所不管，其职之重非同一般。大司马总统军事，位在上公和大将军之上，其职之重非同寻常，尤其在兵荒马乱、战事频发的年代更是如此。太傅，就是教授太子或小皇帝读书识字，管理军政知识的老师，是一个中看不中用的虚职。如此一来，时之司马懿便成了被诸葛亮架空的蜀汉国托孤大臣之一的李平。

随后，曹爽又听从丁谧建议，迁升历仕曹操、曹丕、曹叡、曹芳四朝元老、司马懿的好友蒋济为虽是时之三公之一，却是个名誉头衔而没实权的太尉。同时，免去蒋济执掌禁军的领军将军要职，摆明了是明升暗降。同时，改任曹羲为中领军。接着又废除禁军五营中的中垒、中坚两营校尉，将两营兵众交由曹羲统领。接着又以其二弟曹训为武卫将军，统领禁军武卫营。以其三弟曹彦为散骑常侍、侍讲。如此，他的三个弟弟便全掌握了京师皇宫警卫大权及曹芳一举一动。另外，其表弟夏侯玄则被命为总统诸将和选拔举用将校的中护军。最后，又将因曹叡当年嫌其浮华而弃用的、声名狼藉的何晏、邓飏、李胜、丁谧和毕轨安置到重要部门予以重用。为控制朝政，何晏、丁谧、邓飏被拜为朝廷直属部门之长的尚书；为拱卫京师，拜李胜为河南尹；为秘密监督京城及周边事务，拜毕轨为司隶校尉。从此，曹爽便掌控了曹魏

第七十五回　曹昭伯祭高平陵后院失火被诛　司马懿老骥伏枥病笃不治而故

国的一切。

从此，曹爽饮食、车服、乘舆皆效仿曹芳；尚方珍玩，充牣其家；妻妾盈后庭，又私将先帝曹叡妃嫔七八人和将吏、师工、鼓吹、良家子女三十三人，皆为己伎乐；诈作诏书，发妃嫔五十七人送往邺城三台，令先帝曹叡婕妤教习为伎；擅自取走太乐乐器和武库兵械；建造富丽堂皇的窟室，以绢绮围四周，常与何晏、丁谧、邓飏、李胜和毕轨在那日夜饮酒作乐。对此，曹羲深感不安，并多次予以劝谏。又著书三篇，情真意切地陈述了骄淫盈溢会引发祸败。因顾及曹爽颜面，曹羲并未点名道姓斥责他，而是借曹训和曹彦之名暗诫指他。他得知其意后，不但不改，反还非常不悦。为此，曹羲不禁多次痛哭流涕。

何晏、丁谧、邓飏、李胜和毕轨得势后，共分割洛阳、野王典农部桑田数百顷，还窃取官物，废除汤沐之地为己有，甚至还欲敲诈勒索州郡官员。有关部门官吏见此，却不敢上报。更甚者，他们与廷尉卢毓素来不和，后因卢毓部下有小过，他们便乘机以极其苛严的法律惩罚卢毓，并公然指使廷尉先收缴卢毓印绶，然后再奏请曹芳，作威作福可见一斑。

曹魏正始九年（蜀汉延熙十一年，孙吴赤乌十一年）冬，河南尹李胜出任荆州刺史。在行前的一个上午，顶着呼啸的北风，冒着飞舞的雪花，徒步前往司马府探视司马懿病情。不久，便到了司马府大门前，向门卫说明了来意。时门卫告知他，未经司马懿允许，任何人不得进去，因而叫他在门口稍等片刻，待自己进去报告司马懿再说。李胜认为门卫所言有理，于是便在那等候。谁料等了许久门卫方才出来对李胜道："太傅病笃，现稍有好转，正等你……"

时早冻得面色蜡黄，嘴唇发紫，牙齿直抖的李胜不待门卫言毕，便知其未言之意，即司马懿愿意接见他。于是立刻在门卫的引领下，匆匆进入门内，直向司马懿卧房走去。方见司马懿，便忙跪伏于其榻沿前，边毕恭毕敬拱手施礼边关切地问道："太傅病情好些了吗？"

躺在榻上的司马懿两眼虽时睁时闭，但嘴巴却不停地嘟囔着。李胜不知他在说什么，因而若丈二和尚，摸不着头脑。在一旁的门卫却心领神会，于是对李胜道:"太傅说感谢你前来看望他。"

"应该的,应该的。来迟,来迟。"

李胜言毕良久,方见司马懿两眼才有些光亮。李胜见此,以为他精神已经有所恢复,于是便起身从其身旁侍女手中接过茶杯,俯身一勺一勺给司马懿喂茶。结果进的少,出的多。

正在这时,一婢女拿着一件衣服,另一婢女端着一碗稀粥走了进来。李胜明白,司马懿要穿衣进食了。于是便停下喂茶,起身闪在一旁,让她俩上前为司马懿穿衣进食。在她俩的搀扶下,司马懿才在榻上半躺半坐,但却拿不起衣,端不稳碗。无奈,只好由她俩为他穿衣喂粥。尽管精心异常,但衣仍没穿上,粥仍流出大半。片刻,司马懿有了些精神气。李胜见此,忙上前对他低声道:"臣本无功于朝廷,因得太傅特恩,承蒙引荐,臣将赴任荆州,特来拜辞。"

言毕,不禁怜悯异常,泣不成声。接着李胜又低声对司马懿道:"今皇上尚幼,天下全赖明公。众人言明公风疾复发,要千万保重啊!"

司马懿闻言良久,方才气喘吁吁道:"我年老病笃,死在旦夕。君将屈任并州,那里与胡交界,望好善为之,我俩恐不能再相见啊!"

李胜闻司马懿将荆州说成并州,于是忙辩解道:"臣是还故乡荆州,有愧家乡父老,而非赴任并州。"

李胜言毕良久,司马懿方才语重心长道:"君初到并州,人地生疏,还须努力自爱啊!"

李胜闻司马懿仍说他到并州赴任,不禁有些急了。片刻,只得高声重复方才所言。

司马懿闻之良久方有所领悟,并道:"我已年迈,意识恍惚,不解君言,还望谅解。君还故乡赴任,盛德壮烈,好建功勋。今与君别,自感气力渐微,以后不能再见。因欲自力,设薄主人,生死共别。待时君可与司马师、司马昭兄弟结为好友,别相舍而去,以负吾区区之心。"

言毕,不禁流涕满面,哽咽不停。李胜见此,遂长叹道:"臣定当承太傅

第七十五回　曹昭伯祭高平陵后院失火被诛　司马懿老骥伏枥病笃不治而故

教诲，须待敕命。"

叹毕，即向司马懿拱手施礼告辞退出。

须知，李胜探视司马懿病情，实乃受曹爽指使。因此，李胜出司马府后不待歇息，便匆匆向曹府赶去，以便尽快向曹爽禀报他方才在司马府的所见所闻。而曹爽此时在曹府客厅见李胜久未前来，不禁非常着急，并前往门口张望。方到门口，便见李胜正飞一般向他走来。时曹爽心头不禁忐忑不安，何也？因为他认为要是李胜所报司马懿真的病笃，那当然好。否则，后果难测。因此，他方见到李胜便急不可耐地问道："司马懿那厮病情如何？"

方问毕，李胜便垂泪答道："太傅之病不可复济，令人怆然啊！"

曹爽闻之，自然大喜不禁。从此，再也不用戒备司马懿了。

须知，那司马懿岂是好骗的？当他闻报李胜前来探视他的病情时，便料定是受曹爽指使，同时也料定这是黄鼠狼给鸡拜年，没安好心。于是便在李胜未进司马府前，精心设计了李胜后来在司马懿卧房里的所见所闻，因此耽误了些时间。结果如前所述，叫李胜在门口等了很久不说，还冻得够呛。

曹魏正始十年（蜀汉延熙十二年，孙吴赤乌十二年）正月初六，曹芳像往年这时一样，早饭方毕便迎着呼呼的北风和漫天的飞雪，乘车出洛阳城南门，前往霸陵山祭扫其父明帝曹叡高平陵。陪同前往的有曹爽、曹羲、曹训和曹彦。时司马懿在司马府闻报，认为这是打击曹爽的极好机会，因而大喜不禁，并立刻下令以司马师为中护军，率兵把守司马门，控制京师各处官衙；令年已六旬的司徒高柔假节，行大将军事，统领曹爽军营；令年富力强的太仆王观行中领军事，统摄曹羲军营。同时，紧闭所有城门，不准任何人出入。待一切就绪，他与另外两位不顾年高体弱，披甲戴胄的蒋济和司马孚，以及年富力强的司马昭，率军从太极殿阙门前直奔武库，提取那里的兵械，以便装备新组建的反击曹爽的曹魏国军。然后直向郭太后下榻后宫赶去，向她呈送希望得到她恩准的他早便撰就好的奏章。当司马懿一行路过曹爽府邸门前时，便将府邸里所有人逼进车里。对此，曹爽之妻刘氏非常害怕，于是便走下车问帐下守督王烈道："主公在外，今兵起，怎么办？"王烈闻问，毫不犹豫地答道："有末将在，夫人勿忧！"言毕即飞一般爬上府邸门楼，开弓搭箭欲射杀司马懿。将军孙谦在后见此，忙上前劝止道："天下事未可知呢！"后经孙谦再三劝阻，王烈方才改变主意，收弓卸箭。于是司马懿一行才得以过去，并在后宫见到了郭太后。时司马懿并不清楚郭太后能否恩准奏章，因而心头不禁七上八下，忐忑不安，并做了两手准备，即，倘若郭太后如他所愿，就许以美诺；否则，便以武力相胁迫。奏章云：

臣昔从辽东还，先帝诏陛下、秦王及臣升于御床，握臣臂曰"深以后事为念"。今大将军曹爽背弃顾命，败乱国典，内则僭拟，外专威权。群官要职，皆置所亲；宿卫旧人，并见斥黜。根据盘互，纵恣日甚。又以黄门张当为都监，专共交关，候伺神器。天下汹汹，人怀危惧。陛下但为寄坐，岂得久安！此非先帝诏陛下及臣升御床之本意也。臣虽朽迈，岂敢忘记前言。昔赵高极意，秦是以亡；吕、霍早断，汉祚永延。此乃陛下之殷鉴，臣授命之秋也。公卿群臣皆以曹爽有无君之心，兄弟不宜典兵宿卫；奏皇太后，皇太后敕如奏施行。臣辄敕主者及黄门令罢曹爽、曹羲、曹训吏兵，各以本官侯就第。若稽留车驾，以军法从事。臣辄力疾将兵诣洛水浮桥，伺察非常。

不难看出，奏章的最终目的就是要解除曹爽、曹羲、曹训和曹彦的职务。

时郭太后从司马懿手中接过奏章还未看毕，便提笔在上面批了个"准"字。司马懿见郭太后与他不谋而合，自然大喜不禁，于是他那七上八下、忐忑不安的心方才放了下来，并许诺郭太后临朝听政。时郭太后也自然大喜。

须知，郭太后何故与司马懿不谋而合，并很快就批了司马懿的奏章呢？原来她对曹爽、曹羲、曹训和曹彦的所作所为也早已不满，早有解除其职务之意，只是没找到机会和没那能力罢了。现在司马懿创造了机会，且他也有这个能力，她只是顺水推舟提笔在奏章上批了个"准"字，便实现了此前她所愿，又何乐而不为呢？

却说司马懿拿着郭太后准了的奏章出后宫后，立即便与蒋济、司马孚和司马昭等人率军出城南门迎接曹芳。不久，他们便到达了洛水浮桥北。为阻

第七十五回　曹昭伯祭高平陵后院失火被诛　司马懿老骥伏枥病笃不治而故

止曹爽、曹羲、曹训和曹彦进城，他们并未前往高平陵，而是就地安营扎寨把守在那里，并派人前往高平陵直接将奏章呈与曹芳看，以便他下旨解除曹爽、曹羲、曹训和曹彦的职务。按以往不成文惯例，奏章是先给曹爽看，曹爽再视奏章利弊决定是否给曹芳看。因此，曹爽自然是先看到奏章。时当曹爽方接到奏章，以为是赞扬他不顾寒冷陪同曹芳祭扫明帝曹叡高平陵，自然大喜不禁。待他打开一看内中所言，方知非他所想，于是不禁怒不可遏，随即将奏章抛之于地。末了，又拾起扣在自己手里，不给曹芳看。同时，下令立刻启程回城。待他们一行匆匆赶到洛水浮桥南头时，已是黄昏时分，行在前面的曹爽发现洛水浮桥北头营寨密布，灯火闪烁。对此，他不知何故，于是便派人前往打探。片刻，派去的那人便回来向他报告，是司马懿所率曹魏国军安营扎寨把守在那里。曹爽闻报，料想过桥有难，但毫不畏惧，当即下令大家停止前进，就地砍伐树木，布下鹿角，再以曹芳的名义征发屯兵数千自守。

时司马懿在帐篷里闻报曹爽的所作所为，不禁大惊失色。难道他是怕曹爽所率那数千曹魏国军吗？非也！原来他认为，曹芳祭扫高平陵是临时出行，未带帐篷、卧具和多余的食物衣物，在这天寒地冻的时日，曹芳怎么受得了？倘若他有个三长两短，怪罪下来可不是好玩的。于是忙对身旁的司马孚道："须知，外面天寒地冻，陛下不可在外露宿，得赶快送些随军帐幔和高官所用食物衣物与陛下。"

司马孚闻言，自然即刻照办不提。

桓范闻司马懿起兵，遂不顾属下劝阻，骗开平长门，连夜飞马赶到曹爽处，对曹爽道："司马懿行叛，大将军可使皇上幸许昌，然后召集四方兵马前来讨伐。"

曹爽闻言却犹豫不决。桓范见此，不禁非常着急，于是转身对在场的曹羲道："以当今形势，只能以兵刀解除危难。你们与天子同在，挟天子以令天下，谁敢不从？"

曹羲见曹爽仍犹豫不决，料想出言无益，于是便默而不语。桓范见此，自然更加着急，又转身对曹爽道："大将军所属中领军别营近在城南，洛阳典农治所也在城外。因此,大将军随时即可召调他们保卫。许昌距此不远,两天两夜即可赶到,那里武库所藏兵械足以武装一支人马。"

言至此,干咳几声又道:"而我们所担忧的应是粮食,大司农印玺在我身上,可随时签发征集。"

曹爽、曹羲、曹训和曹彦闻桓范言,仍犹豫不决,默而不语。

为促使曹爽兄弟尽快痛下决心投降,司马懿便派有三寸不烂之舌的侍中许允和尚书陈泰一同前往曹爽处,对他们解说司马懿之意是仅免除他们官职而已。同时,蒋济也主动疾书曹爽,说明司马懿此意。随后司马懿还派曹爽最信任的殿中校尉尹大目带着劝说书面见曹爽,并指着不停东流的洛水发誓道:"倘若太傅之言有假,洛水将倒流。"曹爽见他们说法一致,便信了司马懿的,当即便嗖地拔出腰间佩刀抛掷于地道:"即使投降,我仍不失为富贵人家呢!"

言毕,即下令罢兵。对此,桓范不禁大哭道:"曹子丹乃佳人,然生汝兄弟如犊耳!何图今日坐汝等族灭啊!"

须知,以前桓范因曹爽、曹羲、曹训和曹彦常一道出城游历,就曾多次苦口婆心劝曹爽道:"你们兄弟总揽朝政大权,掌管禁兵,不宜同时出城游历。倘若有人关闭城门,将你们拒之城外咋办?"然曹爽闻之却始终不以为然,并道:"谁敢!"现在又未听其劝说。

时司马懿从派入曹爽身边的奸细口中得知曹爽未听桓范劝说后,不禁得意地抚着他那银白胡须道:"桓范方出城奔赴曹爽,蒋济就对我道:'桓范乃天下智囊,既往,将祸患无穷啊!'时我却不以为然道:'曹爽那厮只图安逸而无远大志向,必不肯听桓范劝说。'现果不其然。"

在场者闻之,无不对司马懿佩服万分。

却说曹爽罢兵投降后,便亲自将司马懿的奏章呈与曹芳,曹芳与郭太后一样,早就对曹爽的所作所为大为不满,因而接过看也不看,便下旨免去曹爽兄弟的职务。于是曹爽、曹羲、曹训和曹彦皆以侯爵身份随曹芳入城。

曹爽、曹羲、曹训和曹彦方回曹府,司马懿便派曹魏国军将曹府铁桶般包围起来,并在曹府周围修筑高楼,派兵密切观测和监视他们的一举一动。

第七十五回　曹昭伯祭高平陵后院失火被诛　司马懿老骥伏枥病笃不治而故

次日天明，曹爽拿着弹弓到后花园欲打鸟解愁，方到园中，忽闻高楼上有人大声呵斥道："故大将军东南行！"

曹爽闻声忙望去，原乃一原随行他的士兵手持长枪站在楼上正怒视着他。对此，他不禁感慨道："前几天还对我俯首帖耳，唯唯诺诺，现在就对我凶相毕露，大声呵斥。真是人情多淡薄，世事多变化啊！"

言毕，即垂头丧气地转身回到客厅，与曹羲、曹训和曹彦商议如何是好。曹羲建议可疾书司马懿，以试探其口气如何再做定夺。曹爽认为曹羲建议有理，于是立刻提笔疾书司马懿道："贱子爽哀惶恐怖，无状招祸，分受屠灭，前遣家人迎粮，于今未反，数日乏匮，当烦见饷，以继旦夕。"

司马懿得书大惊，当即便答书道："初不知乏粮，甚怀。令致米一百斛，并肉脯、盐豉、大豆。"

随后不久，司马懿书中所列之物果然送到。对此，曹爽、曹羲、曹训和曹彦以为司马懿当初只免他们官职之言不会有变，于是异口同声高兴地道："性命无虞呢！"

孰料此后一日午夜，一队膀大腰圆、凶神恶煞的曹魏国禁军冲进曹府，将曹爽、曹羲、曹训和曹彦从睡梦中猛地拖起，捂住嘴巴，五花大绑，拉出大门，推上囚车，飞一般向城西监狱奔去。不久，便到了那里。时曹爽、曹羲、曹训和曹彦下车后以为只有他们四人，万万没料到方进牢门，便见何晏、邓飏、丁谧、毕轨、李胜、桓范和张当已被关押在此。

次日早饭后，他们十一人不由分说便被押往刑场准备受刑。时曹爽、曹羲、曹训和曹彦料想司马懿有言在先只免官职而已，现在押解到此顶多鞭笞几下或挨几板子便罢了，杀何晏等七人也只是杀鸡给猴看而已。待听完廷尉于午时宣读的判决书后，除桓范外皆吓得面无人色，魂飞天外。何也？原来判决书略云：

现查明何晏、邓飏、丁谧、毕轨、李胜、桓范和张当阴谋反叛，并已习兵，欲在三月中旬举行，因此收其下狱。另，朝中公卿大臣朝议认为："春秋之义，君亲无将，将而必诛。"曹爽以支属，世蒙殊宠，亲受先帝握手遗诏，托以天下，但却包藏祸心，蔑弃顾命，并与何晏、邓飏、丁谧、毕轨、李胜、桓范和张当等谋图神器，皆为大逆不道之徒。特别是曹爽大动干戈，讨伐蜀寇，结果兵败兴势，损兵折将，失去人心。按大魏法律判处曹爽、曹羲、曹训、曹彦、何晏、邓飏、丁谧、毕轨、李胜、桓范和张当死刑，夷三族。立即执行！"

待他们回过神，虽知廷尉方才所宣读的那些罪行除兵败兴势外，皆是莫须有，并欲极力辩解，然时嘴巴早已被堵，成了会说话的哑巴。至此，曹爽、曹羲、曹训和曹彦方才明白司马懿只免官之说原来是谎言骗语，于是直后悔当初没听桓范的。

此后片刻，曹爽、曹羲、曹训、曹彦、何晏、邓飏、丁谧、毕轨、李胜、桓范和张当的头颅便同时搬了家。随后，其三族皆被诛杀。

于是整个洛阳城血雨腥风，阴森恐怖，人人自危。

此时值同年正月末。

这场由司马懿发动的宫廷政变，立刻被在野之士传得沸沸扬扬。有的说是司马懿突发奇想，有的说是司马懿蓄谋已久。总之众说纷纭，莫衷一是。其实，这场政变并非司马懿突发奇想，也非因曹爽兵败兴势，而是蓄谋已久。试想，你曹爽夺了他统管朝廷大小事务的录尚书事和统领全国兵马的大司马职位，让他担任连赳赳董卓都嗤之以鼻的太傅（当时称太师），何况文韬武略超群的司马懿呢？他能不暗中准备，伺机反击吗？同时，也说明曹爽不识司马懿超常的隐忍面目的结果。

却说曹爽、曹羲、曹训、曹彦以及何晏、邓飏、丁谧、毕轨、李胜、桓范和张当在司马懿发动的政变中被诛除，不仅解了司马懿心头之恨，也解了曹芳和郭太后心头之恨。对此，曹芳和郭太后自然要对参加政变的有功之臣加官晋爵。

同年二月，曹芳在太极殿下诏，封王观晋为关内侯，复任尚书，加驸马都尉。封蒋济晋为都乡侯，但蒋济却固辞不受，何也？因为他不仅是曹操、曹丕、曹叡和曹芳四代深受重用的老臣，曹真、曹爽父子对他也不薄，而他

第七十五回　曹昭伯祭高平陵后院失火被诛　司马懿老骥伏枥病笃不治而故

出于善意致曹爽的那封只免官职的劝降书最终使曹爽痛下决心投降，结果后来司马懿却食言。为此，他不禁感到非常内疚，哪还有心接受封赏呢？拜司马懿为丞相，增繁昌、鄢陵、新汲、父城为其封邑，前后共计八县，食邑二万户，特许奏事不名，如霍光故事。时司马懿欣然接受了封邑，但固辞丞相之职，并在随后一日早朝时出列上书曹芳道：

臣亲受顾命，忧深责重，凭赖天威，摧弊奸凶，赎罪为幸，功不足论。又三公之官，圣王所制，著之典礼。至于丞相，始自秦政。汉氏因之，无复变改。今三公之官皆备，横复宠臣，违越先典，革圣明之经，袭秦汉之路，虽在异人，臣所宜正，况当臣身而不固争，四方议者将谓臣何！

孰料曹芳闻后却连连摆手反对，并离座起身下阶要过上书，返回坐定提笔在上批了"不准"二字。

司马懿并未就此罢休，一连上书九次。但曹芳仍然不准。于是司马懿再上书，曹芳见他情真意切，无奈，方才下诏准了他的。

司马懿何故一而再，再而三上书辞受丞相一职呢？其真实原因并非上书所言，而是他认为丞相是时之不同凡响的职位。远的不说，仅近期任过此职位的就有董卓（当时称相国）、曹操、曹丕。董卓有篡汉野心，路人皆知。曹操虽无篡汉之行，却有篡汉之意，说是愿当周公，实是望其子曹丕篡汉称帝。曹丕却公然篡汉称帝。他三人皆遭到朝野上下暗中和公开反对。倘若我司马懿接受丞相职务，就会招致董卓、曹操和曹丕所作所为嫌疑，因此也会遭到朝野上下暗中甚至公开反对。孙吴国和蜀汉国见此，也会乘机联合出兵来犯。如此，后果便不堪设想。

随后，曹芳下诏命司马懿在洛阳立庙；司马懿有病可不上朝呈请；每遇要事，曹芳可亲往司马府征询。

此后不久的一日上午，司马懿正坐在书房聚精会神地翻阅典籍，忽见身着便服的御使匆匆进来对他低声道："皇上有要事见太傅。"

御使方言毕，便见身着便服的曹芳已匆匆走了进来。司马懿见了，欲起身相迎。不待他起身，曹芳已来到他面前。对此，司马懿欲就地向其行跪拜礼。曹芳见了，忙道："太傅欲折煞朕呢！"

"陛下大驾光临，臣下失迎，罪该万死。"

司马懿方言毕，曹芳已俯身对他低声耳语起来。时只见他气得咬牙切齿，面红耳赤，并连连点头表示赞成。同时，他也对曹芳低声耳语了一番，时只见曹芳也连连点头表示赞成。随后，曹芳方才告辞而去。司马懿欲起身相送，但被曹芳制止。

看官你道曹芳何故要便服简从登司马懿之门？他俩互相低声耳语了什么，使司马懿那般生气？究其原因，还得从头道来。

原来当日黎明时分，曹芳还在睡梦中，忽被密探叫醒告知：兖州刺史令狐愚和太尉王凌欲谋废曹芳，迎立曹彪为帝，都许昌，然后再诛除司马懿。对此，曹芳不禁大惊失色，睡意全无，并忙翻身起榻，披挂蹬靴出门，飞一般赶到后宫郭太后下榻处，与郭太后密商对策。密商结果自然是立即将令狐愚、王凌和曹彪一网打尽。但令谁去执行却难住了他俩，经一番苦思冥想，终于不约而同地想到司马懿是最佳人选。但又担心他年迈体弱，力不从心，或不愿受命。不过，还是先听听司马懿的意见再做定夺。为不走漏风声，于是当日早饭方毕，曹芳即便服简从，来到司马府对司马懿低声耳语了令狐愚、王凌和曹彪的所作所为及他与郭太后之意。司马懿闻之不仅非常气愤，还表示为大魏江山社稷，即使肝脑涂地也在所不惜。不过，得在人赃俱获时再动手不迟。

须知，令狐愚和王凌废除曹芳，谋立曹彪为帝，诛除司马懿之事始于曹魏嘉平元年（蜀汉延熙十二年，孙吴赤乌十二年）九月。时令狐愚遣亲信张式以监察亲王为名赴曹府拜访曹彪时对他暗示道："令狐愚使微臣向大王致敬，并告之天下事未可知呢，愿大王珍重其言。"

令狐愚和王凌何故要废曹芳，立曹彪为帝呢？原来令狐愚为曹爽府长史，曹爽被诛，自然对司马懿和曹芳恨之入骨。王凌乃原司徒王允之侄，是德高望重的曹操、曹丕、曹睿、曹芳四代元老，因而曹爽对他特别友善。曹

第七十五回　曹昭伯祭高平陵后院失火被诛　司马懿老骥伏枥病笃不治而故

爽被诛，他自然也对司马懿和曹芳恨之入骨。且令狐愚又是王凌外甥，因而他俩便不谋而合。曹彪乃曹操之子，先后被封为寿春侯、汝阳公、弋阳王、吴王、楚王，对孙辈曹芳从未放在眼里，并常有取其而代之之意。因此，对张式代表令狐愚对他所说那番弦外之音之言不仅心领神会，而且暗暗窃喜，因此他三人一拍即合。

不过，令狐愚、王凌和曹彪深知，要废除曹芳，迎立曹彪，就得先除掉司马懿。时司马懿重兵在握，要除掉他，比登天还难。无奈，只好等待时机。

曹魏嘉平三年（蜀汉延熙十四年，孙吴赤乌十四年）四月初，王凌以有孙吴国之民堵塞涂水为由，请求曹芳让他率领曹魏国军前往征讨，实则欲对司马懿用兵。曹芳和司马懿早便料知其意，于是便不发兵，并于同年四月中旬，由司马懿亲率曹魏国大军讨伐王凌。为稳住王凌，司马懿便老调重弹，即欲擒故纵，先致书王凌言说赦免其罪，然后突然率领曹魏国大军日夜兼程，以迅雷不及掩耳之势赶到王凌驻地武丘。王凌自知不是司马懿对手，无奈，只好自缚乘船前往涂水相迎。同时，派属官王或带上印绶和节钺，向曹芳和司马懿请罪。

时王凌见到司马懿时道："倘若我有罪，明公可以用半片竹简即可召回，何必亲来？"

司马懿闻之，遂以讽刺的口吻道："君为四代老臣，身居太尉，折简岂能召回？"

言毕，即令六百曹魏国军将王凌押送洛阳。途中，王凌欲试探司马懿是否会杀他，便通过押解他的曹魏国军讨要紧扣棺材的铁钉。司马懿闻报，认为到洛阳也是我司马懿监斩，而朝野上下皆知王凌不仅资格老，年纪老，且一生出生入死，累立战功。杀之，必会引火烧身。因此，还不如就地将其杀掉。于是当即便令人找来铁钉给他，暗示他到洛阳必死无疑。对此，王凌不禁感到非常绝望，于是便在途经项城县时乘人不备服毒自杀了。时年七十有五。

随后，司马懿便率军进攻寿春。城破后便张贴告示，令所有参与令狐愚和王凌图谋的文武即日自首，以便从轻处罚。否则，严惩不贷。他们闻令，不禁大喜，并一窝蜂似的前往司马懿下榻处向其自首。谁料司马懿却下令一律将其斩首示众，并诛灭三族。随后，又派人挖掘王凌和此前已故的令狐愚陵墓，并于街市上剖棺暴尸三日，将其官服埋于土中。同时，烧掉王凌和令狐愚印绶。最后派人逼曹彪自尽，并将曹氏王公全部拘捕，软禁于邺城。

由于司马懿消灭王凌、令狐愚和曹彪一党有功，曹芳遂下诏司马懿朝会不拜，加九锡之礼。对此，司马懿却固辞不受，并对曹芳道："太祖有大功大德，汉氏崇重，故加九锡，此乃历代异事，非后代之君臣所效仿。"

时学富五车、知识渊博的司马懿当然知道，加九锡是最高礼遇，犹如册封为异姓王。早在元朔元年武帝就提议过九锡之礼，但并未实行。还是后来的王莽加了九锡，进而称了帝，结果其下场叫人想起便不禁毛骨悚然。再就是曹操加九锡，让其儿子曹丕称帝。不难看出，加九锡就是为本人或其子称帝做准备。因此，这比当丞相问题更严重。再说了，曹操对我虽有偏见，但终究待我还是不薄。而其子曹植曾评价我："魁杰雄特，秉心平直。威严允惮，风行草靡。在朝则匡赞时俗，百僚仪一；临事则戎昭果毅，折冲厌难者，司马骠骑也。"文帝虽无评价，但对我情同兄弟。明帝评价我司马懿："昔周公旦辅成王，有素雉之贡。今君受陕西之任，有白鹿之献，岂非忠诚协符，千载同契，俾乂邦家，以永厥休邪！"当今皇上评价我司马懿："体道正直，尽忠三世，南擒孟达，西破蜀虏，东灭公孙渊，功盖海内。"对此，我已知足了。当然，改朝换代称帝自然好，不过我已到古稀之年，没准哪天就一命呜呼，命归黄泉了。至于儿子司马师和司马昭有没有称帝福分，就看他俩的造化了。

同年八月五日午夜时分，司马懿久病不愈去世。

时值秋高气爽，万里无云的季节，往年这时的洛阳民众早兴高采烈地或串亲访友，或游山玩水，或寻古思幽。但现在却满脸忧伤，披麻戴孝，哀悼司马懿。在太极殿举行的官方悼念会场上，那些皇亲国戚、当朝元老无不如丧考妣，悲痛欲绝。

主持者曹芳亦如丧考妣，悲痛欲绝。宣读祭文的司马师眼泪汪汪，泣不

第七十五回　曹昭伯祭高平陵后院失火被诛　司马懿老骥伏枥病笃不治而故

成声，待良久静下后方才宣读道：

呜呼！太傅、尊父司马仲达因病不治，于大魏嘉平三年八月五日与世长辞，享年七十有三。

呜呼！你初涉军旅，便劝武帝，得陇望蜀；武帝拒纳，刘备坐大；武帝后悔，欲以兵伐；机会已失，终生遗憾。关羽逞凶，水淹七军；武帝恐惧，意欲迁都；因你劝止，方才未迁；后果如劝，大事无虞。荆州兵起，刘孙相争；神机妙算，渔翁得利。计高一筹，巧擒孟达。用兵孙蛮，无往不胜；抵御蜀寇，智胜诸葛。远征辽东，如期凯旋。出其不意，速灭曹顽。为国为民，智平叛贼。

明帝筑宫，奢侈堂皇；多次劝谏，有所收敛。不论贵贱，识拔良才。实行屯田，军粮足实。

四代元老，三代顾命。诏拜丞相，固辞不受。又加九锡，仍然不受。谦虚恭让，朝野信赖。

呜呼哀哉，伏惟尚飨！

须知，司马师在祭文中敢于公开评说时之皇帝曹芳的先辈曹操、曹叡之短，确属不易。

同年九月，司马懿尸首被葬于河阴北邙首阳山。谥曰宣文，追封相国、郡公。

司马孚承其生前遗愿，辞让郡公与殊礼，丧葬从简，敛以时服，不树不坟，不设明器。

同年十一月，有司奏请将诸位已故功臣的灵位安置于武帝庙中，以便配享祭祀。排位以生前职位高低为序，因司马懿位高爵显，排在首位。

司马昭受封晋王后，追封司马懿为宣王。

司马昭之子司马炎受禅称帝后，尊司马懿为宣皇帝，称其陵为高原陵，庙号为高祖。这些都是后话，就此打住。

司马懿死后是否有评论呢？看官欲知详情，请看下回分解。

第七十六回

同室操戈孙仲谋忧郁而亡
蜀损贤能姜伯约任大将军

却说司马懿病故后，评者多如牛毛，数不胜数。但评得精准者莫过于明末学者、书画家、文学家、儒学大师、民族英雄黄道周和清初文学批评家毛宗岗了。现将他俩评语抄录如下，供看官研判。

黄道周评论道："司马魏人，从讨张鲁。备争江陵，请乘蜀土。言虽不从，大志已睹。关羽震樊，魏欲避许。懿请结孙，因而斩羽。孟达虽降，意犹首鼠。八日往擒，尽惊神武。诸葛出祁，以懿御悔。利则急驱，屯则守伍。巾帼相加，亦不妄举。食少事烦，早知其苦。五丈秋风，更辈无补。料死料生，功已足数。文懿反辽，视鱼游釜。计日攻虚，破之若取。后晋帝基，皆懿遗祐。"

毛宗岗评论道："今人将曹操、司马懿并称。及观司马懿临终之语，而懿之与操则有别矣。操之事，皆懿之子为之，而懿则终其身未敢为操之事也。操之忌先主，是欲除宗室之贤者；懿之谋曹爽，是特杀宗室之不贤者。至于弑主后，害皇嗣，僭皇号，受九锡，但见之于操，而未见之于懿。故君子于懿有恕辞焉。"

还有的评说司马懿平时貌似吃鱼捕鼠的猫，出手时却若占山为王的虎，即不出则已，出必天惊。

却说病入膏肓、躺在榻上的孙权在建业闻报司马懿病故，不禁忧喜参半。忧的是与司马懿同病相怜，即比自己仅长两岁的司马懿已病故，我孙权

第七十六回　同室操戈孙仲谋忧郁而亡　蜀损贤能姜伯约任大将军

也病魔缠身，黄泉路近；喜的是司马懿文韬武略，盖世无双，对孙吴国是个威胁，现已病故，威胁自然消除，因此脸上不禁浮出了久违的笑容。片刻，便不断唉声叹气起来。何也？原来他不禁想起了此前发生的那场南鲁党争事件。

原来孙权生有七子，分别是长子孙登、次子孙虑、三子孙和、四子孙霸、五子孙奋、六子孙休和七子孙亮。尽管当时有皇帝立嫡不立庶的惯例，但孙权还是喜欢庶出的孙登。因此，在他为吴王时，便将时仅四岁的孙登立为王太子。在武昌称帝时，又立孙登为皇太子，时孙登方才十二岁。

前面已述，孙权为培养好孙登，不仅派了时之著名文臣武将诸葛恪、张休、顾谭、张友以及后来的陆逊辅导他学习治国之术，同时，为拒绝曹魏国要他做人质，还与曹丕巧妙周旋多时。由此可见孙权良苦用心非同一般。

孙登礼贤下士，谦和谨慎；善于读书，知识渊博；严于律己，宽待他人。因此，颇得孙权和众臣喜爱。孰料寿数难测，整整当了二十一年太子的孙登却没熬过父亲做一天皇帝，便于孙吴赤乌四年（曹魏正始二年，蜀汉延熙四年）病故了，年仅三十有三。孙登临终还向孙权上书道：

臣以无状，婴抱笃疾，自省微劣，惧卒陨毙。臣不自惜，念当委离供养，埋骸后土，长不复奉望宫省，朝觐日月，生无益于国，死贻陛下重戚，以此为哽结耳。臣闻死生有命，长短自天，周晋、颜回有上智之才，而尚夭折，况臣愚陋，年过其寿，生为国嗣，没享荣祚，于臣已多，亦何悲恨哉！方今大事未定，逋寇未讨，万国喁喁，系命陛下，危者望安，乱者仰治。愿陛下弃忘臣身，割下流之恩，修黄老之术，笃养神光，加馈珍膳，广开神明之虑，以定无穷之业，则率土幸赖，臣死无恨也。皇子和仁孝聪哲，德行清茂，宜早建置，以系民望。诸葛恪才略博达，器任佐时。张休、顾谭、谢景，皆通敏有识断，入宜委腹心，出可为爪牙。范慎、华融，矫矫壮节，有国士之风。羊衜辩捷，有专对之材。刁玄优弘，志履道真。裴钦博记，翰采足用。蒋脩、虞翻，志节分明。凡此诸臣，或宜廊庙，或任将帅，皆练时事，明习法令，守信固义，有不可夺之志。此皆陛下日月所照，选置臣官，得与从事，备知情素，敢以陈闻。臣重惟当今方外多虞，师旅未休，当厉六军，以图进取。军以人为众，众以财为宝，窃闻郡县颇有荒残，民物凋弊，奸乱萌生，是以法令繁滋，刑辟重切。臣闻为政听民，律令与时推移，诚宜与将相大臣详择时宜，博采众议，宽刑轻赋，均息力役，以顺民望。陆逊忠勤于时，出身忧国，謇謇在公，有匪躬之节。诸葛瑾、步骘、朱然、全琮、朱据、吕岱、吾粲、阚泽、严畯、张承、孙怡忠于为国，通达治体。可令陈上便宜，蠲除苛烦，爱养士马，抚循百姓。五年之外，十年之内，远者归复，近者尽力，兵不血刃，而大事可定也。臣闻"鸟之将死其鸣也哀，人之将死其言也善"，故子囊临终，遗言戒时，君子以为忠，岂况臣登，其能已乎？愿陛下留意听采，臣虽死之日，犹生之年也。

上书全文约七百字，主要是为使国家昌盛繁荣，向孙权举荐朝中良才俊杰，并希望予以重用。当时没人知晓有该上书，是事后发现的，因而此后孙权方才读到。读罢，愈发摧感，言则陨涕。于是谥孙登曰宣太子。初葬句容，三年后改葬蒋陵。

长子孙登既然病故，就该轮到立次子孙虑为太子吧。孙虑自幼聪慧异常，深得孙权器重，于孙吴黄武七年（曹魏太和二年，蜀汉建兴六年）封为建昌侯，后任镇军大将军，驻守半州。在任期间，严守法度，尊敬长者，善待下士，因而朝野上下无不称道。然他却没当太子的机会与福分，因为他比孙登还早病故九年。

孙虑既已病故，孙权自然便立他最宠爱的三子南阳王孙和为太子。但在随后不久的南鲁党争中失势，并于孙吴赤乌十三年（曹魏嘉平二年，蜀汉延熙十三年）八月其太子之位被废，复封南阳王，并遣送至长沙软禁。

须知，何谓"南鲁党争"呢？原来"南"即指南阳王孙和，"鲁"即指鲁王孙霸。南鲁党争即孙和一党与孙霸一党之间争夺太子之位的斗争。始于孙吴赤乌五年（曹魏正始三年，蜀汉延熙五年），终于孙吴赤乌十三年（曹魏嘉平二年，蜀汉延熙十三年），时间长达八年之久。本源于孙和与孙霸为

第七十六回　同室操戈孙仲谋忧郁而亡　蜀损贤能姜伯约任大将军

争夺太子之位产生的斗争，后来竟引起文臣将校分成一派支持孙和，一派支持孙霸的斗争。在孙和被立为太子的同时，有些文臣将校纷纷上奏孙权要求立四子孙霸为王。对此，孙权以天下尚未安定为由，不宜立孙霸为王而予以拒绝。孙吴赤乌五年（曹魏正始三年，蜀汉延熙五年）八月，那些文臣将校再次上奏要求立孙霸为王，结果孙权下旨立孙霸为鲁王。

孙和与孙霸哥俩方被立为太子和鲁王时，皆受到孙权的宠爱。另外，他俩还同居一宫，也无太子和王等级之分。对此，群臣诸如太常顾谭、太子太傅吾粲等都表示反对。有的甚至还要求鲁王到郡县居住。自此孙和与孙霸便分宫而居，并各有臣僚党羽，于是两党斗争开始形成。时孙霸首先与其党羽联手共同诋毁孙和及其党羽，并欲取太子之位而代之。

孙和立为太子后，孙权便欲立孙和之母王夫人为皇后，然因全公主多次从中作梗未成。全公主乃何许人，竟能左右孙权？乃孙权与淮阴步夫人所生之女，原嫁与周瑜之子周循，因周循病故，遂改嫁全琮，故称全公主。期间孙权曾因病卧床不起，便派孙和前往宗庙祭祀。恰巧太子妃之父张承之弟张休之府与宗庙为邻，待孙和祭祀毕，张休便热情邀请他到府上作客。谁料被全公主派去暗中监视的人看到，于是便报告孙权说孙和未去宗庙，而是在张休之府与其谋划不轨之事。同时，又对孙权说在他孙权生病时，王夫人不但不愁苦，反还兴奋不已。孙权闻之，自然怒不可遏，自此孙和便逐渐失宠。

随后，孙权得知孙和与孙霸不和，于是便严令他俩禁止与各自党羽交往，要专心致志读书学习。对此，羊衜等人却表示反对，理由是孙和与孙霸已名声在外，孙权这些所作所为会引起曹魏国和蜀汉国的怀疑，影响不好。结果双方党羽斗争越演越烈。为自己或子孙将来升官发财计，朝野上下皆绞尽脑汁加入其中一党。孙和一党有丞相陆逊、大将军诸葛恪、太常顾谭、骠骑将军朱据、会稽太守滕胤、大都督施绩、尚书丁密等。孙霸一党有骠骑将军步骘、镇南将军吕岱、大司马全琮、左将军吕据、中书令孙弘等。于是两党势同水火，互不相容。孙和一党中的顾谭与孙霸一党中的全寄斗争尤为激烈，起因是孙吴赤乌四年（曹魏正始二年，蜀汉延熙四年）芍陂之战后对顾承的封赏过高，结果闹到陆逊外甥顾谭、顾承被流放到交州。

顾谭、顾承被流放，孙和便更为失宠。孙霸见此，大喜，以为只要再争取一下，太子之位便为己有，于是便密派党羽杨竺到孙权那里秘密建议立他为太子。然杨竺的行径被孙和安插在孙权身边的密探获悉，并及时报告给了孙和。对此，孙和不禁大惊失色。时孙和党羽、陆逊族子陆胤正欲前往陆逊驻守地武昌探视陆逊，于是孙和就前往陆胤府与陆胤密商，让德高望重的陆逊上表劝说孙权，孙和的太子之位不容动摇。时太傅吾粲也多次书通陆逊，希望他上书孙权不宜废立太子。于是陆逊便多次上书孙权，其中一书道："太子正统，宜有磐石之固，鲁王藩臣，当使宠秩有差，彼此得所，上下获安。谨磕头流血以闻。"并欲亲自赴建业面见孙权，陈说适庶之分，以匡得失，然孙权却不同意。而吾粲也因与陆逊书通而下狱死。

随后不久，孙权发觉杨竺向他的秘密建议一事已泄露到陆逊那里，大怒，于是便将杨竺、陆胤收监审问。同时还多次派使者前往武昌责问陆逊，加之陆逊因孙权对顾谭、顾承的处理过严而愤怒交加，于是这位始仕孙府，讨伐山越；智擒关羽，谋取三郡；猇亭破蜀，挽救狂澜；联刘御曹，君臣相得；石亭御魏，大败曹休；辅佐东宫，严格要求；为朝廷计，正谏不讳；文韬武略，出将入相；节俭知足，家无富余的陆逊，便在武昌郁郁寡欢而亡，享年六十有三。

时陆逊长子陆延早不在世，自然由年方二十岁的次子陆抗袭陆逊爵位。随后被孙权拜为建武校尉，率原陆逊所部孙吴国军五千驻守武昌。

按叶落归根的习俗，陆抗将陆逊葬于其故里吴县。当他送葬从武昌路过建业向孙权谢恩时，孙权便拿出杨竺因屈打而招的那些陆逊罪状，当场与陆抗对质。为了为父亲澄清事实，还其清白，陆抗振振有词，对答如流。孙权闻之，心头方才消除了对陆逊的怨怼。

此后十一年，陆抗到建业太医院治病，病愈准备出院时的一日早饭方毕，突然闻报孙权要召见他。时陆抗不知是祸是福，因而心头七上八下，忐忑不安。但既然孙权召见，无论如何也不能回避。于是更换衣帽后，便徒步

第七十六回　同室操戈孙仲谋忧郁而亡　蜀损贤能姜伯约任大将军

飞一般向孙权居所建业宫赶去。距宫门还有百余步远，便见孙权御使已等候在了那里。相见礼毕不待客套，御使便引陆抗进入宫内，只待孙权到来。片刻，只见老态龙钟的孙权在几名侍女的搀扶下，正步履艰难地从卧房走了出来。见陆抗已到，便欲向陆抗那边走去。陆抗见此，忙大步上前跪伏于其身前，不停地高呼"吾皇万岁万万岁"。孙权见此，忙俯身扶起陆抗泣不成声道："陆将军请起。朕过去听信谗言，污蔑冤枉了你父亲。现朕已焚毁了揭发你父的那些不实材料。"

言毕，方与陆抗依依不舍而别。

孙休为帝年间，追谥陆逊为昭侯，也算是为陆逊彻底平反昭雪吧。这是后话。

随后，孙权与孙和的关系也大为缓解。比如，孙权居所建业宫因被雷雨毁坏年久失修无法居住，孙权就搬到孙和居所南宫同住。还有，此后孙权令诸葛瑾后裔、将军诸葛壹佯叛孙吴国，以引诱曹魏国征东大将军诸葛诞出战。诸葛诞于是亲率一万曹魏国军攻占高山。时孙权不顾年迈体弱，亲率孙吴国军水兵由涂水到高山增援。孙和闻之，甚为担忧，并上书劝谏孙权万勿亲临前线。

朝中重臣随着诸葛恪被迁升为大将军，吕岱被迁升为上大将军，步骘被迁升为丞相，他们之间的斗争也趋于缓和。步骘、吕岱、滕胤和丁固等虽或明或暗偏向某一党，但因任职郡县，对中央朝廷没什么大的影响。但孙权仍然怀疑孙和与孙霸会若袁绍之子袁谭和袁尚般，在他百年之后为争夺继嗣互相残杀。于是便力排众议，决心另立太子。

立谁好呢？按理，应立五子孙奋，可其岳丈乃袁术之子袁耀，势力强盛，根基稳固。若立孙奋为太子，袁耀定会干政，如此，那还了得。再说孙奋不遵轨度，品行不正，这不仅有败孙家家风，而且也不服众。鉴于此，自然不能立为太子。于是便想到六子孙休，但其岳丈为时之丞相朱据，朱据族侄又是现前将军、青州牧朱桓和大都督朱异，势力之强盛，根基之稳固，比袁耀有过之而无不及，那就更不能立孙休为太子。否则，他三人不仅会干政，弄不好还会若王莽般取孙氏皇位而代之。孙权想到此，不禁吓得浑身上下直冒鸡皮疙瘩，自然也不敢再往下想。

那么七子孙亮呢？孙权认为他太年幼。加之孙权近来常病魔缠身，健康不佳，没准哪天驾崩，到那时他岂能执政？但在全公主的劝说下，孙权还是于孙吴赤乌十三年（曹魏嘉平二年，蜀汉延熙十三年）八月，将孙和幽闭，同年十一月立孙亮为太子。方接替顾雍为丞相的朱据见此，认为不妥，于是立刻便与尚书仆射屈晃连日率领文臣将校以泥裹头自缚，请求孙权释放孙和。孙权在百爵台见此，大怒，并责斥朱据与屈晃无事生非，还各罚一百杖。末了，屈晃被遣回故乡。但朱据仍不死心，并上书劝谏孙权释放孙和，结果被贬为新都郡丞，还未赴任，便遭中书令孙弘伪造诏书被赐死。随后，无难督陈正和五营督陈象又以晋献公杀申生，改立奚齐而致晋国大乱故事上书劝谏孙权释放孙和。时太子辅义都尉张纯亦上书劝谏孙权释放孙和。对此，孙权不禁大怒，遂下旨诛杀陈正和陈象及其三族，张纯亦被处死，受到牵连的几十人均被流放。孙吴太元元年（曹魏嘉平三年，蜀汉延熙十四年）正月，孙和虽被释放，但太子之位却被废黜，并在寒风飞雪中被遣往长沙。

同年七月，孙权正式废太子孙和，赐死鲁王孙霸，将曾参与谋害孙和党羽的鲁王党羽全寄、吴安和孙奇诛杀。孙吴太元二年（曹魏嘉平四年，蜀汉延熙十五年）春正月，孙和被复立为南阳王。孙权在病逝前的病重期间，不禁感到后悔，曾打算再召回孙和立为太子，后因孙霸党羽全公主、孙峻、孙弘等人阻止而作罢。

再说孙权在榻上唉声叹气方毕，随即便昏迷不醒。在场文臣将校及孙权家人见此，不禁非常着急，并请来与张仲景、华佗齐名的医生董奉诊治，但不见好转。于是在孙吴太元二年（曹魏嘉平四年，蜀汉延熙十五年）四月，这位执江东牛耳五十一年，称帝二十四年，乃时之称帝时间最长者的孙权便在"今之小臣，动与古异，狱以贿成，轻忽人命，归咎于上，为国速怨；官寮多阙，虽有大臣，复不信任；诸县并有备吏，吏多民烦，俗以之弊"的形势下亡故了，享年七十有一。临终，还手指东南方反复断断续续道："夷……

第七十六回　同室操戈孙仲谋忧郁而亡　蜀损贤能姜伯约任大将军

州！覃……州！"

孙权这时所谓的夷州，乃距孙吴国交州正南近千里海上的一座孤岛。春秋称岛夷，秦朝称瀛州，乃华夏第一大岛。境内高山丘陵居多，平阳大坝稀少，一年四季多雨，气候非常温和，各类动植物俱全，风景秀丽如仙境。原住民为高山族，酋长居茅舍，其余居洞穴。以渔猎为生，所食半生半熟。男女仅以幅布遮阴，毛皮围腰。交州汉民到那里后，逐渐食熟，男女皆着衣裙。

覃州呢？乃位于夷州东数千里外海上时连时隔的多座岛屿，统称蓬莱神山。除无人烟外，与夷州情况无异。为求长生不老药，秦皇曾遣方士徐福带领童男童女数千前往采之，结果一去杳无音信。

须知，孙权为何临终还反复念叨夷州和覃州呢？原来早在孙吴黄龙二年（曹魏太和四年，蜀汉建兴八年）春正月，孙权曾召身经百战、功勋显赫的大将全琮到其居所建业宫问道："因连年用兵，兵将锐减，朕欲遣水军前往夷州及覃州募些兵丁。如何？"

问毕良久，全琮才若有所思劝说道："以圣朝之威，何向而不克？然殊方异域，水土气毒，自古有之，兵入民出，必生疾病，往者俱不能返，所获何可多致？愚臣犹所不安。"

孙权闻之，甚为不悦。待全琮走后，又疾书咨询时驻守武昌的陆逊。陆逊接书方阅毕，便毫不犹豫地提笔疾书孙权道：

臣愚以为四海未定，当须民力，以济时务。今兵兴历年，见众损减，陛下忧劳圣虑，忘寝与食，将远规夷州，以定大事。臣反覆思惟，未见其利，万里袭取，风波难测，民易水土，必致疾疫，今驱见众，经涉不毛，欲益更损，欲利反害。又珠崖绝险，民犹禽兽，得其民不足济事，无其兵不足亏众。今江东见众，自足图事，但当畜力而后动耳。昔桓王创基，兵不一旅，而开大业。陛下承运，拓定江表。臣闻治乱讨逆，须兵为威，农桑衣食，民之本业，而干戈未戢，民有饥寒。臣愚以为宜育养士民，宽其租赋，众克在和，义以劝勇，则河渭可平，九有一统。

时孙权既不听全琮劝说也不纳陆逊来书之意，便遣将军卫温、诸葛直率领孙吴国军精锐水兵一万，迎着夷州海峡冲天的海浪，乘船先驶往夷州，然后再驶向亶州。期间，只在夷州征得兵丁数千。而亶州遥远，风大浪高，无法航行，只得半途而返。加之水土不服，得病而亡者甚众。结果费时年余，得不偿失。对此，孙权不禁非常恼怒，为挽回其颜面，遂以莫须有之罪，将卫温和诸葛直斩首示众。

时过境迁，孙权临终仍念念不忘夷州和亶州，可见他未完全统管这两州还死也不甘心。同时，也说明其雄心壮志非同一般。

举行悼念孙权仪式那天正值春光明媚、百花待放时节。往年这时，城内宦庶无不成群结队出城踏青扫墓，饮酒赋诗；城外农夫正割麦插稻，种瓜种豆，一片繁忙。但这时他们却主动披麻戴孝，闭门断炊，悼念孙权。

官佐悼念会场设在可容纳千人的太初殿御花苑。早饭方毕，参加悼念会的皇亲国戚、达官贵人皆争先恐后赶到那里。时他们皆素衣素帽，痛哭流涕，如丧考妣。午时时分，待哭哭啼啼的孙亮方出场，诸葛恪便泣不成声地宣读祭文。祭文略云：

呜呼！陛下年幼时，御史刘琬便说陛下非常孝廉，形貌奇伟，骨体不恒，有大贵相。陛下尊父也说陛下有富贵相。陛下尊父战亡后，陛下便常随讨逆将军、会稽太守、长沙王、胞兄孙策左右。因陛下性度弘朗，仁而善断，年十五便为阳羡县县长。长沙王不幸遇害，时陛下年方十七，便临危受命。因时之实力不济，陛下无奈，遂以越王勾践屈伸忍辱之性，纵横捭阖群雄之间，剿抚山越，稳定局势；消灭黄祖，为尊父报仇；联刘抗曹，荆州大捷；智胜关羽，谋夺三郡；猇亭之战，力挽狂澜；见机行事，联曹御刘；屈居吴王，计拒子质；审时度势，建国称帝。

又，陛下亲自籍田，发展农业；兴修水利，疏浚秦淮；提倡丝织，大兴冶炼。于是江东大地，一片繁荣景象。

第七十六回　同室操戈孙仲谋忧郁而亡　蜀损贤能姜伯约任大将军

又，出使辽东、高句丽、海南、扶南、林邑与南洋，以便促进商贸活动，传播华夏文明。

呜呼！总而言之，陛下一生功绩，千言万言难尽。

呜呼！陛下，我们将继承你终身宏志，联合大汉，挥军北上，饮马洛水，消灭曹魏。同时派出文武百官，进驻夷州和覃州。陛下在天之灵就放心吧！

随后，追谥孙权为大帝，庙号太祖，并按孙权生前遗愿，将其葬于紫金山南麓。

紫金山位于建业城东，三峰相连，形如巨龙猛虎，故有"紫金龙蟠，石城虎踞"之说。那里古柏茂密，高入云霄，一望无际；风景秀丽，实属罕见，也是时之皇亲国戚、达官贵人墓葬的风水宝地。孙权葬于此，自然恰如其分，合情合理。

如前已述，孙权亡故，孙吴国朝野上下皆悲痛不已。而其盟国蜀汉国形势也好不到哪里。刘禅虽然一直健康地活着，但掌管朝政实权的几位大臣却相继而亡。前面已述，丞相诸葛亮因讨伐曹魏国劳累过度于蜀汉建兴十二年（曹魏青龙二年，孙吴嘉禾三年）八月亡故后，刘禅便依诸葛亮生前所书荐拜蒋琬为大将军、大司马。孰料蒋琬身体健康每况愈下，并于蜀汉延熙九年（曹魏正始七年，孙吴赤乌九年）十一月病故于涪县。于是刘禅便拜费祎为大将军。

费祎，字文伟，江夏鄳县人。本为益州牧刘璋驻守绵竹之臣，后投奔刘备，深受刘备和诸葛亮器重。诸葛亮讨伐曹魏国时为中护军，旋即转为司马。诸葛亮去世后，初为后军师，后迁尚书令。在汉中三岭之战中挥军大败曹魏国大将军曹休所率曹魏国大军，初显其卓越的军事才能。蒋琬病故后，拜大将军。其性谦素甚廉，礼贤下士；廉洁奉公，家无余财。总之，为蜀汉国不可多见的能臣。遗憾的是，于蜀汉延熙十六年（曹魏嘉平五年，孙吴建兴二年）正月被郭循刺杀身亡。

郭循为何许人呢？何故要刺杀费祎？原来郭循乃曹魏国一将军，在交战中被姜维俘获。刘禅闻其功绩德行著于益州，遂便拜其为左将军。须知，左将军可是刘备、马超、吴壹和向朗曾出任过的职务，由此可见刘禅对其器重非同一般。但郭循却身在蜀汉国，心在曹魏国，并乘为刘禅祝寿之机欲刺杀刘禅。因在场左右文武不意所阻未能得手，于是便决定刺杀他人。蜀汉延熙十六年（曹魏嘉平五年，孙吴建兴二年）正月，费祎在汉寿参加新年团会时，因兴奋喝得酩酊大醉，时在场的郭循见此，认为这是刺杀重臣费祎的极好机会，于是便起身上前，持刀将其刺死。在场将校见此，自然怒不可遏，立刻一拥而上，刀剑齐下，瞬间便将郭循砍成一堆肉泥。同年八月，曹芳还下诏追封郭循为长乐乡侯，食邑千户，赐谥号为"威"。其子承袭爵位，加拜奉车都尉，获赏银千饼，绢千匹，以为奖励。

费祎既亡，理应拜早便被拜为加辅国将军，次年以侍中守尚书令为费祎副手的董允为大将军。不幸的是，他在费祎被刺的两年前已经亡故了。后经朝议，刘禅于费祎死后三年，即蜀汉延熙十九年（曹魏正元三年、甘露元年，孙吴五凤三年、太平元年）正月，拜时为镇西大将军、领凉州刺史的姜维为大将军。

须知，时为姜维加官升职，也是理所当然。何也？因为自从姜维弃曹魏国奔蜀汉国以来，诸葛亮一直视其如子，并辟为仓曹掾，加奉义将军，封当阳亭侯。同时，诸葛亮还曾与留府长史张裔、参军蒋琬书曰："姜伯约忠勤时事，思虑精密，考其所有，永南、季常诸人不如也。其人，凉州上士也。"随后又书他俩曰："须先教中虎步兵五六千人。姜伯约甚敏于军事，既有胆义，深解兵意。此人心存汉室，而才兼于人，毕教军事，当遣诣宫，觐见主上。"同时，诸葛亮除教姜维用兵韬略，还常与他谈论他从小就喜欢的郑玄玄学。谈到兴奋时，竟废寝忘食，不知昼夜。当然，他俩谈论最多的，还是继承刘备遗愿，不遗余力，挥军北上，饮马洛水，消灭曹魏，复兴汉室。因此，诸葛亮去世后，姜维除如丧考妣般悲痛，就是念念不忘诸葛亮与他谈论的刘备遗愿。此后不久，又迁中监军、征西将军、右监军辅汉将军，进封平

第七十六回　同室操戈孙仲谋忧郁而亡　蜀损贤能姜伯约任大将军

襄侯，统督诸军。蜀汉延熙元年（曹魏景初二年，孙吴嘉禾七年），随大将军蒋琬驻汉中。蜀汉延熙六年（曹魏正始四年，孙吴赤乌六年）迁镇西大将军，领凉州刺史。蜀汉延熙九年（曹魏正始七年，孙吴赤乌九年）迁卫将军，与大将军费祎共录尚书事。其后，经常率领蜀汉国军征战，胜多败少。现举例如下：

蜀汉延熙九年（曹魏正始七年，孙吴赤乌九年）九月，在成都的刘禅闻报汶山郡平康县羌民造反，先是惊慌失措，不知如何是好。后经与费祎商议，决定委派姜维率领蜀汉国军前往镇压。这次军事行动，对姜维来说还是首次独立指挥。刘禅和费祎之所以委派姜维，其因一是想锻炼其独立指挥作战能力；二是既然诸葛亮生前那么器重他，其军事指挥能力到底如何，还不如是骡子是马，拉出来遛遛，让朝野上下看看。对此，姜维也心领神会。方得令，便率领蜀汉国军步骑五千，昼夜飞一般向汶山郡平康县杀去，意欲尽早露一手给那些朝野之士看看。

汶山郡平康县位于岷江上游，距成都千余里。殷商至春秋战国便有蜀山氏古羌民居住。

须知，汶山郡平康县羌民何故要造反呢？原来是年夏秋之交，那里发生了一场罕见的强烈地震，房屋大多倒塌，暴雨日夜不停，庄稼颗粒无收，人畜死亡过半，一片惨烈景象。朝廷得报，立刻拨了大批国库物资予以救援。孰料那些物资到后，却大多被当地县长、乡长和亭长据为己有，而平头百姓所得无几。对此，他们自然怒不可遏，并在胆大者的号召下，拿着棍棒，成群结队冲进县长、乡长和亭长家中，将那些物资夺走。同时，不仅放火焚烧衙门和他们的宅邸，还将平日倚仗权势，作恶多端者杀掉，以解心头之恨。

姜维率领蜀汉国军到那里后，本欲武力镇压那些造反者，待了解了其造反缘由后，便仿诸葛亮当年听从马谡"攻心为上，攻城为下，心战为上，兵战为下"的劝谏，胜利平定南中故事，采取软硬兼施策略。软的策略即叫部下舍生忘死，抢险救灾，大力安抚。硬的策略即对那些不听劝解继续造反者采取武力镇压。结果不负众望，很快便使那里平定下来。日后朝廷还从那里获得大批马、牛、羊、毡、谷,以充国库。

因姜维采取软硬兼施策略顺利平抚了汶山郡平康县羌民造反,使曹魏国雍、凉二州的胡民深受感动。本对曹爽等人专擅朝政不满的头领白虎文、治无戴见此,便书通刘禅和费祎,表示愿反曹魏国归蜀汉国。刘禅和费祎在成都得书,自然大喜不禁,并于次年以姜维为主将,廖化、张翼为副手,从汉中率领蜀汉国军步骑一万前往接应。时驻守雍、凉二州交界处洮西的曹魏国雍州刺史郭淮闻报,却毫不惊慌,稳如泰山。何也?原来洮西不仅幅员辽阔,而且有易守难攻的城池。如汉武帝元狩二年大将霍去病率军出河西抗击匈奴,其部将李息率领工兵修筑的金城城墙就高三丈,顶宽一丈三,周长三里,城堞高六尺。城周长虽短,却高险坚固。再就是四周崇山峻岭环抱,周长十里余,城堞二千零五十,河水穿城而过的洮城。尤为重要的莫过于一夫当关,万夫莫开的洮阳、侯和二城,它们西控番戎,东蔽湟陇,南接生番,北抵石岭,向为兵家常争之地。

时廖化率领蜀汉国军步骑两千攻打金城,张翼率领蜀汉国军步骑两千攻打洮城,姜维率领其余六千蜀汉国军步骑攻打洮阳和侯和。时他三人皆日夜坐镇指挥蜀汉国军攻打,驻守洮阳的郭淮和驻守侯和的夏侯霸也日夜坐镇指挥曹魏国军抗御。

这时的一日黎明时分,同时在洮阳城头上巡视的郭淮和在侯阳城头上巡视的夏侯霸闻报当地大批胡民在白虎文、治无戴的带领下,或从偏僻小道,或翻山越岭,随姜维、廖化和张翼所率蜀汉国军飞一般南去了。对此,他俩不禁大惊失色,待回过神,方才指挥曹魏国军从后追击。但姜维、廖化、张翼、白虎文、治无戴等所率蜀汉国军与胡民一行早便没了踪影。无奈,只得传令鸣金收兵回城。

须知,姜维、廖化和张翼所率蜀汉国军不是在日夜攻城吗,怎会带领那些胡民南去呢?原来蜀国军是远道而来,孤军深入,运输困难,不仅须速战速决,且势在必得,否则,接应便成泡影,甚至还有全军覆没的危险;郭淮和夏侯霸所率曹魏国军是据城而守,以逸待劳,要打持久战,即将姜维所率

第七十六回　同室操戈孙仲谋忧郁而亡　蜀损贤能姜伯约任大将军

蜀汉国军由肥拖瘦，再一举消灭。对此，双方将士皆不言而喻，心知肚明。为尽快得胜，姜维、廖化和张翼便心生一计，一面虚张声势大力攻城，一面暗中遣使与白虎文、治无戴商定，乘城上曹魏国守军不备之机，随姜维、廖化和张翼所率蜀汉国军离家出走。

随后，刘禅、费祎和姜维依白虎文、治无戴等胡民首领的意愿，将其安置在土地肥美，雨水丰沛，年年丰收的繁县居住。

刘禅见姜维没损兵折将便得到白虎文、治无戴等大批胡民，自然喜之不尽。姜维也自以为熟悉羌、胡民风俗，再凭其才武在羌、胡民中的威望，完全可诱使他们为其羽翼。如此，陇西便为蜀汉国所有，并乘此前不久曹魏国发生的高平陵内乱事件之机，上书奏请刘禅给他五万蜀汉国军步骑前往攻打曹魏国。但费祎却对他道："将军须知，我辈才能远不如诸葛丞相，当年他犹不能平定中原，何况我辈呢！因此，不若仿蒋琬故事，保国治民，敬守社稷。建功立业，还待能者，别希冀非分企求而决成败于一举。若不如志，悔之无及。"刘禅认为姜维与费祎皆有理，遂于蜀汉延熙十二年（曹魏嘉平元年，孙吴赤乌十二年）五月，假姜维节，并依费祎之意，令姜维为统帅、廖化为右先锋、张翼为左先锋，率领蜀汉国军步骑八千攻取陇西西平城。

西平城乃雍州治所，雍、凉二州通道，城墙雄伟高大坚固，乃易守难攻之所，加之守城的郭淮和夏侯霸麾下曹魏国军大多为性格彪悍，不怕牺牲，横行天下没人能敌的羌民和汉民，且人多势众，防守严密。故姜维、廖化和张翼所率的蜀汉国军攻打了许久，也未越城池一步。无奈，姜维只得传令鸣金收兵而还。

蜀汉延熙十六年（曹魏嘉平五年，孙吴建兴二年）春，姜维闻报孙吴国大臣诸葛恪已发州郡人马二十万进攻曹魏国后，认为曹魏国无暇顾及雍、凉二州，于是又上书请奏刘禅，以他为统帅，廖化为右先锋，张翼为左先锋，夏侯霸督后，率领蜀汉国军步骑三万进攻曹魏国南安。

夏侯霸乃夏侯渊次子，曹魏国右将军、讨蜀护军，封博昌亭侯，率军驻屯陇西，此前经常与姜维所率蜀汉国军交战，现在何故又随姜维讨伐曹魏国了呢？原来他从前得到曹爽厚待，曹爽被诛后，其心自然不安，加之对郭淮有成见，于是便投奔了蜀汉国，被任命为车骑将军。

却说刘禅方看毕姜维上书，便提笔在上面写了个"准"字。须知，以往姜维讨伐曹魏国所率蜀汉国军均未超过一万，这次刘禅何故毫不犹豫准许姜维率领三万蜀汉国军步骑呢？原来此前姜维每次欲如诸葛亮般兴师动众讨伐曹魏国，皆因费祎继承蒋琬自守之意，与其兵力不超一万。现费祎已亡故，再没人限制他用兵数量，加之刘禅希望尽早实现其父刘备北伐中原，饮马洛水，消灭曹魏，复兴汉室的遗愿，于是就准了姜维的。待一切准备就绪，姜维、廖化、张翼、夏侯霸便于同年四月，率领蜀汉国军步骑三万从汉中出发，出石营，经董亭，围南安。曹魏国雍州刺史陈泰闻报，料知正面难敌，于是便率领曹魏国军迂回到南安以南的洛门，切断姜维后路。姜维见己军不仅前后受敌，且南安城又久攻不下，不禁慌了六神。加之道路崎岖，粮运困难，供不应求，无奈，只得趁一个月黑风高之午夜，传令悄无声息地拔寨启程而归。

蜀汉延熙十七年（曹魏嘉平六年，孙吴五凤元年）春，刘禅加姜维督中外军事。同年六月，姜维乘去年年底曹魏国并州新兴、雁门二郡胡民骚乱之机，再次上书奏请刘禅，仍以他为统帅，廖化为右先锋，张翼为左先锋，夏侯霸督后，率领蜀汉国军五万，进攻陇西郡狄道。刘禅看毕上书后二话没说，当即便应准。狄道长李简闻报姜维来攻，料知难敌，于是在姜维、廖化、张翼和夏侯霸所率蜀汉国军方到城南门，便举城投降。姜维、廖化、张翼和夏侯霸见不费一兵一卒便得了狄道城，自然大喜过望，并进而挥军大举围攻襄武县城。襄武县城位于凉州东部，渭河上游，汉初在此始置襄武县，现为曹魏国陇西郡治所，城墙高大坚固，城壕宽广水深，乃易守难攻之所。时姜维认为自己人马是远道而来，且道路崎岖，粮运不易，速战速决方为上策。于是方到襄武城南门外不待安营扎寨，便迫不及待挥军进攻。冲在前面的廖化及其所率蜀汉国军方冲到城壕外沿，城上利箭便如雨点般飞来，射得他们人仰马翻，死伤无数。姜维在后闻报，料想一时破城有难，无奈，只好

第七十六回　同室操戈孙仲谋忧郁而亡　蜀损贤能姜伯约任大将军

传令鸣锣收兵，安营扎寨，待与廖化、张翼和夏侯霸商议后再做定夺。随后商议的结果是：虽不能马上破城，但也不能再拖延，因为拖延对依城固守、粮草充足的曹魏国军而言是百利而无一害，但对攻城的他们而言却是百害而无一利。如何能速战速决呢？一时竟难住了他们。最后还是姜维灵机一动，计上心来，即立刻摆上纸墨笔砚，俯身提笔向曹魏国军疾书挑战书一封，约定三日后早饭毕双方在城南门外一片空地上摆阵决战。曹魏国军守城主将、奋威将军陈泰收到挑战书后顺眼看了一下，就提笔回了"可也"二字，并当即登上南城门楼将其射回蜀汉国军北营寨辕门。三日后早饭方毕不久，双方果然按约摆好了阵式。时蜀汉国军一方自然是姜维居阵前中央，其右侧是廖化，左侧是张翼。夏侯霸率领蜀汉国军留守营寨未到。曹魏国军阵前中央居中的自然是陈泰，其右侧是南安太守邓艾，左侧是护国将军徐质。时还不待骂阵，廖化便拍马舞枪飞一般向陈泰杀去。不待陈泰出马挥剑相迎，邓艾便拍马举枪飞一般上前迎住廖化杀将起来。他俩皆有万夫不当之勇，因而杀了五十余回合，也未分出伯仲。时张翼看得兴起，不待得令便拍马挥舞着长柄狼牙大棒飞一般上前，欲助廖化一臂之力。徐质见此，怕邓艾有失，于是也不待得令，便拍马挥舞着长柄大斧，向张翼迎了上去。交锋片刻，张翼便败下阵来。姜维见此，大怒，遂忙拍马挥舞着一对环柄大刀，飞一般向徐质杀去。姜维武艺时之罕见。徐质武艺少有人敌，还斩杀过蜀汉国名将张嶷，并得到司马懿多次赞扬。因此，他俩方接招，只见腾起的尘土不断向东、西、南、北四个方向来回飞扬，却不见人、马身影。廖化和邓艾见此，皆觉自己武艺相形见绌，于是便不约而同停下厮杀，拍马退到一旁聚精会神观看姜维与徐质厮杀。时两边将士也看得目瞪口呆，皆忘却高喊助威和日头曝晒。正在这时，忽见姜维手提一颗人头飞马冲出尘土。双方阵前将士见此，方知徐质已战败身亡。于是蜀汉国军不待得令，便洪水般向曹魏国军那边冲杀了过去，曹魏国军见徐质被杀，自然心惊肉跳，无心接战，并转身蜂拥着向城南门逃去。陈泰、邓艾见此，料知败局已定，无奈，只得随自家人马向城内逃去。姜维见此，哪里肯放，并一马当先，紧追不舍。廖化和张翼见此，也拍马舞械，奋勇追击。结果曹魏国军前脚进城，后脚蜀汉国军便杀了进来。陈泰、邓艾见此，料想守城无望，无奈，只得弃城而逃。于是蜀汉国军便占据了襄武县城。随后不待贴安民告示，姜维、廖化和张翼便乘胜追击，并于同年十月，一举攻破河关、临洮二县，斩杀曹魏国军无数，并徙其民于绵竹、繁县。

蜀汉延熙十八年（曹魏正元二年，孙吴五凤二年），姜维见上次讨伐曹魏国成就辉煌，便乘曹魏国大将军司马师新亡、其弟司马昭方控朝政不稳之机，又上书奏请刘禅，再用兵曹魏国。时张翼认为蜀汉国国小民穷，不宜黩武，因而反对用兵。但姜维仍坚持己见。对此，刘禅便如上次一样，不假思索即准了姜维的。于是同年八月初，姜维便以廖化为右先锋，夏侯霸为左先锋，张翼督后，率军五万讨伐曹魏国，并在洮河西岸与曹魏国雍州刺史王经所率曹魏国军相遇。

王经，字彦纬，冀州清河郡人，农家出身，因得同乡司空崔林的赏识，于是官运亨通，曾任江夏太守，现为雍州刺史。时他并没听其上峰、征西将军、假节，都督雍、凉二州军事的陈泰叫他坚守狄道城的命令，而是率军出洮河西岸上游故关，阻击姜维所率蜀汉国军。同年八月中旬，双方便在那里对阵交锋。王经认为姜维所率蜀汉国军跋山涉水，远道而来，非常疲倦，而他所率曹魏国军兵多将广，以逸待劳，如先发制人，定能完胜。于是双方摆阵方毕还不待叫阵，王经便挥军向蜀汉国军阵前冲杀过来。姜维见此，并不惊慌，待他们冲到距阵前约三十步远时，他才回首将手中令旗一挥，雨点般的利箭立刻便向曹魏国军飞去。他们不防，竟被射得喊爹叫娘，纷纷后退。正在此际，只见姜维将手中宝剑一挥，身后蜀汉国军若洪水猛兽般直向曹魏国军这边冲杀了过来。廖化挥舞着手中那杆丈八长枪，飞一般向前，逢人便挑，见人便刺。曹魏国军见此，直吓得纷纷后逃。冲杀在最前的是高大英俊，年富力强，铁甲铁盔，高头黑马，双股宝剑的夏侯霸。夏侯霸从小便在其父夏侯渊的教导下，练习武艺，及长成，武艺少有人敌。因此，今日不论是曹魏国军将校还是士卒，只要碰到他，不是脑袋搬家，便是四肢残缺。时

第七十六回　同室操戈孙仲谋忧郁而亡　蜀损贤能姜伯约任大将军

姜维认为退敌先擒杀王经，其余便不战而散，于是便手举那对六十斤重的环柄大刀，专寻王经杀去。王经虽官运亨通，却没沙场厮杀经历。因此方见姜维向他杀来，立刻便吓得不知所措，并在几名随行骁骑的护卫下，拍马转身飞一般向狄道城逃去。其他曹魏国军将士见主将如此，于是也一窝蜂似的随后而逃。没逃多远，便被前面的洮河挡住了去路。

洮河发源于西倾山东麓，经岳麓山、南屏山、紫松山和玉井峰，大起大落，奔腾而下，白浪滔天。即使船渡，也十有九翻，况且他们无船，如何过得？可眼看后面追兵将至，总不能在此白白等死吧。于是只好硬着头皮，争先恐后向河里跳去，游到河东岸，寄一线希望逃生。结果数以万计的曹魏国军被浪花卷没。王经与其余将士见此，急得不知如何是好。正在这时，忽见下游无数条战船迎着激浪正飞一般向他们驶来。他们不知是曹魏国军还是蜀汉国军，于是便怀着忐忑不安的心踮足伸颈争相观望。片刻，待到近前方才看清为首战船船头上站着的是陈泰、邓艾、胡奋和王秘，于是忐忑不安的心方才平静下来。待战船到达他们面前后，他们皆争先恐后往上拥。其间，又有无数将士掉入水中而亡，结果有幸渡过东岸的寥寥无几。王经见此，无奈，只得与陈泰合兵一处，继续向狄道城逃去。随后，姜维、廖化、夏侯霸和张翼也挥军追杀到洮河西岸，并从那乘坐曹魏国军方才乘过的那些船只渡过东岸继续追击，意在将其彻底消灭。时曹魏国军则若脚底抹油，上岸不久便逃得没了踪影。因此，待姜维、廖化、张翼和夏侯霸所率蜀汉国军方赶到狄道城西门外，陈泰与王经所率那些曹魏国军早已入城。姜维见此，欲一鼓作气破城，于是立刻便挥军攻打。廖化率领的前队蜀汉国军方攻到城墙根还未搭云梯，便被城上齐下的木石砸得喊爹叫娘，纷纷后退。姜维见此，无奈，只得传令将城门围住，待时再攻不迟。王经闻报，不禁非常着急，欲率军突围。但陈泰却表示反对，并说待时他自有道理。

狄道城东接中原，西控河湟，北拒匈奴，南通巴蜀，且土地肥沃，物产丰富，为雍、凉二州政治、经济和文化中心之一，也为历代兵家必争之所。因而城墙高大，坚固异常，为易守难攻之所。结果姜维挥军攻打了多日，还死伤不少人马,也没越过城池一步。正在这时的一个午夜时分,忽见狄道城南无名山上到处是冲天的火光,照得四周如同白日。随后又闻那里鼓角齐鸣,震天动地。时两军将士皆以为是曹魏国军救兵杀到,对此,曹魏国军将士自然士气大振,并在王经的率领下飞一般冲出南城门,向蜀汉国军中军大帐杀去。而蜀汉国军将士则惊慌失措,无心接战。姜维见此,料想破城无望,无奈,只得率领他们回到钟题,于是狄道之围得以解除。

须知,你道无名山上那些火光和鼓角声乃谁所为?原来是陈泰率了千余身着便服的曹魏国军分批混出城外,待时集中到无名山,按陈泰命令燃放堆火和击鼓吹角,以示曹魏国军救兵赶到,吓走蜀汉国军,结果如愿以偿。

陈泰以计谋解除狄道之围,有功。那么王经兵败洮河西岸,是否该罚?看官欲知详情,请看下回分解。

第七十七回

废立皇帝司马师顺利得手
毌丘俭文钦伐司马师失败

却说王经回洛阳后不但未受处罚，反还迁升为司隶校尉和尚书。何也？因他颇受皇帝曹髦宠幸。须知，曹魏国皇帝不是曹芳吗，怎么是曹髦了呢？个中原委，待我从头道来。

那是司马懿病故后的次年，即曹魏嘉平四年（蜀汉延熙十五年，孙吴太元二年、神凤元年、建兴元年）正月，与文名远播的夏侯玄、何晏等齐名的司马师在曹魏景初年间便被拜为散骑常侍，累迁中护军。又因在高平陵事件中胆大心细，沉着应对，抢占与守护皇宫司马门有功，封食邑千户的长平乡侯，旋即迁升为卫将军。不久后父亲司马懿病故，于是便被拜为大将军，加封侍中，持节，都督中外诸军，录尚书事，独揽朝政。刚上任，便想起了曹爽一党被诛除的次年，即曹魏嘉平二年（蜀汉延熙十三年，孙吴赤乌十三年）十二月，征南将军王昶建议趁孙权病重，孙吴国内部不稳之际，举兵对其讨伐。经朝议，决定以父亲司马懿为大都督，率他和司马昭等前往讨伐。然司马懿却以他年迈体弱，恐难胜任为由未予受理。实则司马懿认为曹爽一党刚被诛除，还有隐藏很深未被发现的余党，比如仍不知所踪的桓范的个别后裔，如不擒杀，今后还会或明或暗兴风作浪，因而还需时日清除。结果曹芳只得命征虏将军、假节都督江南诸军事的周泰率领曹魏国军进攻巫山、秭归，荆州刺史、加扬烈将军王基率领曹魏国军攻打夷陵，征南将军王昶率领曹魏国军攻打江陵。不幸的是，此后不久司马懿便因病去世，清除曹爽余党一事便不了了之。对此，司马师和司马昭认为若不彻底清除曹爽余党，将后患无穷，因此提心吊胆，惶惶不安，并时刻洞察朝野上下有无异常言行举动。曹魏嘉平六年（蜀汉延熙十七年，孙吴五凤元年）二月初，司马师闻报中书令李丰言行举止有异。

李丰，年轻时便清名远播，然其父太仆李恢对此却不以为然，并叫他断绝宾客，闭门读书。曹爽与司马懿关系紧张时期，时任尚书仆射的李丰保持中立，因此在高平陵事件中未受牵连。李丰大儿媳是曹叡之女齐长公主，即曹芳的姐姐，司马师为讨好曹芳，便擢升李丰为掌管立法的中书令。时执掌祭祀的太常夏侯玄名震天下，但他与曹爽是亲戚，司马师认为不能继续让他担任掌管军队的征西将军，于是便解除其兵权，将其从长安召回洛阳。对此，夏侯玄自然对司马师不满。时国丈张缉本闲居东莞郡，司马师去年便将其召回洛阳担任光禄大夫。光禄大夫看起来非常风光，却没实权，等于明升暗降。对此，张缉对司马师也不满。而李丰、夏侯玄和张缉三人关系异常密切，所以尽管司马师迁升了李丰官职，但李丰之心却向着夏侯玄。对此，司马师当然怒不可遏，并派人暗中观察其言行。恰值这时曹芳经常召见李丰，为何召见，是否谈论，倘若谈论，又谈论了什么，局外人士一无所知。司马师得报曹芳召见李丰一事后，便怀疑他俩所谈论的是如何对付他，于是便将李丰召到司马府客堂询问对质。孰料李丰守口如瓶，一言不答。司马师见此，狂怒不止，并手持刀柄猛击李丰，直至毙命，方才令人拖出交给廷尉卢毓。随后又传令卢毓逮捕李丰之子李韬以及夏侯玄、张缉，并命卢毓尽快安排审判。

卢毓，字子家，涿郡涿县人。乃东汉高官硕儒、曹魏几代老臣卢植幼子，有其父为人正直之风。因此，他明知逮捕和审判李韬、夏侯玄、张缉毫无根据，但也得按司马师之意指控李丰与禁宫黄门监苏铄、郭太后永宁宫永宁署令乐敦、执掌护卫禁宫的冗从仆射刘贤等人，说他们自动招认了"等陛下封贵人时，各禁军须严守卫宫门，乘陛下亲登前殿之机，包围陛下，请求下旨诛杀司马师。倘若陛下拒绝下旨，就强加劫持"。又指控他们欲谋举夏

第七十七回　废立皇帝司马师顺利得手　毌丘俭文钦伐司马师失败

侯玄为大将军，张缉为车骑将军。时夏侯玄、张缉、李韬皆知这些指控乃此地无银三百两，纯属子虚乌有，但又无可奈何。而苏铄、乐敦、刘贤更是莫名其妙，大惑不解，自然也是无可奈何。

须知，司马师逮捕审判夏侯玄、张缉和李韬还情有可原，可何故要逮捕审判苏铄、乐敦、刘贤呢？原来司马师虽常行走在曹芳和郭太后身边，但他不是他俩亲信，因此使他不能随时得到曹芳与郭太后的一切动态；其次是他还不能自由出入禁宫和后宫。因此，他早欲将其罢黜，换上自己的亲信。于是便乘逮捕审判夏侯玄、张缉和李韬之机，将苏铄、乐敦、刘贤顺便逮捕审判，以便随后以他的亲信顶替他们的职权。

受审时，其他人或大喊冤枉，或激烈辩解，唯夏侯玄怒目圆睁，闭口不言。卢毓闻报，便亲往审问。这时夏侯玄才一脸严肃问卢毓道："我何罪之有？倘若你非要我供词，就替我写吧！"卢毓知晓夏侯玄乃一代名士，节操高尚，使他屈服比登天还难，但又不敢不迅疾结案，得罪了司马师那还了得？于是只得灵机一动，连夜提笔代夏侯玄撰写了与司马师要他指控的那些罪名相符的口供，并含泪送给夏侯玄过目，夏侯玄看后，知晓辩解无益，于是仅点头而已，不再言语。

同年乍暖还寒的二月二十二日，遂以谋杀司马师罪状，斩李韬、夏侯玄、张缉、苏铄、乐敦、刘贤。时他们皆吓得面无人色，魂飞天外，唯夏侯玄面不改色，举止如常。随后，又屠杀其三族，以为斩草除根。

其实夏侯玄完全可以不死，何也？在高平陵事件后，夏侯霸逃奔蜀汉国前曾约夏侯玄一道逃奔，但他不肯。待司马懿去世，禁军中领军许允曾对夏侯玄道："太傅已病故，你大事无虞啊。"夏侯玄闻言叹息道："老兄怎么这么不懂事啊。太傅虽是前贤，却将我们当其晚辈看待。连其子司马师和司马昭恐怕都难做到。"由此可见夏侯玄没看透司马氏父子的深谋远虑。

时有好事者将当年曹操杀董承、王服、吴子兰、吴硕和种辑与当下司马师杀夏侯玄、张缉、苏铄、乐敦和刘贤做比较，发现两者既同也非同。同者，被杀者皆无兵权，且都包括皇帝岳丈。如董承是献帝岳丈，张缉是曹芳

1559

岳丈。非同者，董承、王服、吴子兰、吴硕、种辑是内联伏完、伏皇后、穆顺，外联刘备，企图谋杀曹操是铁证如山。而罗列夏侯玄、张缉、苏铄、乐敦和刘贤的那些罪状却是纯属捏造。

司马师杀李丰、夏侯玄、苏铄、乐敦和刘贤倒也心安理得，但张缉的被杀，却叫他心惊肉跳，日夜难安。何也？因为怕其女张皇后借曹芳之手秋后算账。为铲除后患，于是一不做，二不休，干脆编造了个张皇后与夏侯玄等人相同的罪名将其废除。真所谓欲加之罪，何患无辞。随后不久，张皇后又被害死。

司马师杀掉李丰、夏侯玄、张缉、苏铄、乐敦和刘贤等人后，自然是将自己的亲戚或亲信安插到重要部门任职，此正所谓一朝天子一朝臣。为此，还制定了一道新选官法规，依据该法规，命征东大将军诸葛诞、镇南将军毌丘俭、征南将军王昶、加奋武将军陈泰和征东将军胡遵为任外都督；命尚书王基、新城太守州泰、安西将军邓艾和奋武将军、假节、监青州诸军事石苞掌管州郡；命尚书仆射、加光禄大夫卢毓掌管选举；命尚书傅嘏、中书郎虞松参与出谋划策；命中书侍郎钟会、河南尹王肃、镇北将军陈本、中书令孟康和要臣赵酆参预朝议。于是朝野上下皆倾心向于司马师。

现司马师排除异己、安插亲信已毕，且朝野上下皆倾心向于他，应该高兴才是。但他却感到仿佛曹芳因为张缉和张皇后报仇已发出逮捕他的诏令，因此比此前更为提心吊胆，日夜不安。恰在同年秋，司马昭奉命率领曹魏国军到长安抗击姜维所率蜀汉国军进犯陇西，时曹芳也随行，并同司马昭在长安北郊长乐观阅兵。时侍中、曹芳亲信许允谋划，欲乘司马昭请辞回洛阳之机将其诛杀，然后率领司马昭所率曹魏国军前往洛阳讨伐司马师。时诏书已撰就毕，后因曹芳担心失败而没实施。司马师从密探口中得报后，越发提心吊胆，日夜不安，并于一日午夜在司马府卧室将此告诉了司马昭，希望他出谋划策，解除危难。孰料司马昭不假思索地道："还不若仿父亲杀曹爽故事，一不做，二不休，干脆杀了曹芳这厮！"

司马师闻言立即道："使不得！使不得！使不得！须知，曹芳与曹爽情况

第七十七回　废立皇帝司马师顺利得手　毌丘俭文钦伐司马师失败

不同。曹爽是臣，杀之，无弑上之嫌。曹芳是皇上，杀之，则有弑君之罪。"

"那如何是好呢？"

"我欲行废立，如何？"

"立谁？"

"曹据。"

"可也。"

"不过，我现在还无权公开下废立令。只有太后有此权力，如之奈何？"

"可遣使前往永安宫劝说郭太后。"

"遣谁好呢？"

"散骑常侍、长水校尉郭芝。"

"为何？"

"他是太后叔父，太后能不听他的吗？"

"言之有理。"

司马师方言毕，便传召郭芝前来司马府。满头银丝的郭芝闻司马师深更半夜召他，料想必有要事，于是便忙起榻，披衣戴帽蹬靴毕，即徒步出门匆匆向司马府赶去。还未到大门前，灯光下见司马师已等在了那里。对此，郭芝自然激动不已，遂三步并作两步上前向司马师拱手施礼道："老朽年迈体衰，步履迟缓，还望……"

不待言毕，司马师即拱手还礼道："您老不辞辛劳而来，感人，感人啊！"

言毕，即拉着郭芝，并肩步入大门，径直向客堂走去。不待坐定，郭芝便迫不及待地问司马师道："大将军有何要事？快快道来让老朽听听。"

方问毕，司马师便将他与司马昭方才所言要义对郭芝道了一番。郭芝闻之，不禁脸色一沉道："废立可是件非同寻常的事，弄得好自然好，否则……"

郭芝言至此，停下望着司马师低声道："当年董卓行废立后果……"

不待言毕，司马师便掷地有声道："若事成，定当涌泉相报！"

郭芝闻言，立马来了胆子，道："大将军不必担心，老朽照办便是。"

司马师闻郭芝如此言，大喜，当即吩咐酒宴，与郭芝对饮一番方别。

时郭芝明白，司马师所谓的涌泉相报，自然是指事成后加官晋爵。这等好事，千载难逢。因而出司马府后便飞一般直向郭太后下榻处永安宫赶去。因郭芝常去那里谒见郭太后，门卫都认得他，故到后不待通报便进入大门直奔郭太后寝宫客堂，时恰值曹芳与郭太后在那里相对而坐。对此，郭芝认为有大将军撑腰，怕他曹芳做什么，于是便不回避，就对郭太后道："大将军欲废陛下，改立彭城王曹据为帝。"

曹芳闻言，不禁大吃一惊，并迅疾起身拂袖而去。而郭太后对废立一事并不积极，于是漫不经心地对郭芝道："待我与大将军当面商谈后再做定夺。"

郭芝闻郭太后如此言，生怕废立失败而失去加官晋爵之机，于是不禁急了，并板着面孔对郭太后道："太后有子不能教，今大将军意已决，又勒兵于外以备非常，你应顺其意，面谈何言？大将军是否愿面谈，还很难说。故当速交皇帝玺绶！"

郭太后闻郭芝如此言，料知已无商谈余地。无奈，只得依了司马师的。郭芝见此，不禁大喜，随即告别郭太后出门，径直飞一般赶赴司马府，向司马师报告了郭太后之意。司马师闻报，自然高兴得不知所以。

孰料此后郭太后却不同意立曹据为帝，并在这时的一日上午召司马师到永安宫道："彭城王曹据为太祖之子，皇室之长，贤仁圣明，立其为帝，未尝不可。不过，若立他为帝，便意味着明帝无嗣，此于礼不通。其次，他乃我季叔，立他为帝，我往何处搁？因此，我以为立文帝长孙、明帝胞弟之子高贵乡公曹髦为帝为好。如此，便小宗有后大宗之义，故还请详议之。"

司马师认为郭太后言之有理，不禁大喜，当即便召集群臣到太极殿，将郭太后之意公布于众。群臣闻郭太后既然愿立高贵乡公曹髦为帝，那还有什么说的，于是便一致表示赞成。

须知，司马师当初不是要立曹据为帝吗，后来为何非常高兴地就接受了郭太后立高贵乡公曹髦为帝之意了呢？难道是他惧怕和屈从郭太后？非也！原来他认为曹据虽然老态龙钟，黄泉路近，但资格老，不易摆布。而郭太后

第七十七回　废立皇帝司马师顺利得手　毌丘俭文钦伐司马师失败

要立的高贵乡公现年仅十四岁，还不能亲政，加之郭太后已经老迈，且是女流，有何能耐？到时还不是我司马师说了算。如此，正巧与郭太后殊途同归，不谋而合。

那么郭太后何故不待犹豫便同意废黜曹芳呢？因为曹芳年已二十有三，早具备独立问政能力，因此经常不受郭太后摆布。为达到永远听政的目的，郭太后早便有废黜曹芳另立年幼无知者为帝之意。所以在废黜曹芳立高贵乡公曹髦为帝问题上，也与司马师是殊途同归，不谋而合。

却说司马师见不用吹灰之力便与郭太后达成废立之事，自然大喜不禁，遂当即离开太极殿，匆匆赶往永安宫向郭太后作了报告。郭太后闻报大喜道："高贵乡公小时我便认识，明日我将亲手授其玺绶。"

随后，郭太后便在永安宫下令道：

东海王曹霖，高祖文皇帝之子。曹霖诸子，国之至亲，高贵乡公曹髦有大成之量，其以为明皇帝后嗣。

司马师在司马府闻令，料知立帝大局已定，于是又与群臣前往永安宫请奏郭太后道："臣等闻人道亲亲故尊祖，尊祖故敬宗。礼，大宗无嗣，则择支子之贤者；为人后者，为之子也。东海定王子高贵乡公，文皇帝之孙，宜承正统，以嗣烈祖明皇帝后。率土有赖，万邦幸甚，臣请徵公诣洛阳宫。"

郭太后闻之，当即准奏，并于同年九月一日上午下令道：

皇帝芳春秋已长，不亲万机，耽淫内宠，沈漫女德，日延倡优，纵其丑谑；迎六宫家人留止内房，毁人伦之叙，乱男女之节；恭孝日亏，悖慠滋甚，不可以承天绪，奉宗庙。使兼太尉高柔奉策，用一元大武告于宗庙，遣芳归藩于齐，以避皇位。

司马师闻令，生怕事情有变，于是便于当日午饭方毕即召公卿大臣到太极殿宣布郭太后令。群臣见真要行废立，皆不禁想起董卓当年行废立所惹的祸端，于是便大惊失色。

司马师见此，深恐群臣反对废立，于是便忙装出一副无可奈何的样子道："皇太后令如是，诸君怎奈王室！"

群臣闻司马师如此言，也无可奈何。结果只得异口同声道："昔伊尹放太甲以宁殷，霍光废昌邑以安汉，夫权定社稷以济四海，二代行之于古，明公当之于今，今日之事，亦唯公命。"

司马师见群臣皆随了他的，自然大喜不禁，并道："诸君所以望我者重，我安能回避。"

随后，司马师连夜赶撰了一篇上郭太后废曹芳帝位书，并于次日早饭后带上该书与群臣一道，飞一般赶往永安宫向方起榻的郭太后奏道："臣等闻天子者，所以济育群生，永安万国，三祖勋烈，光被六合。皇帝即位，纂继洪业，春秋已长，未亲万机，耽淫内宠，沈漫女色，废捐讲学，弃辱儒士，日延小优郭怀、袁信等于建始芙蓉殿前裸袒游戏，使与保林、女尚等为乱，亲将后宫瞻观。又于广望观上，使怀、信等于观下作辽东妖妇，嬉亵过度，道路行人掩目，帝于观上以为燕笑。于陵云台曲中施帷，见九亲妇女，帝临宣曲观，呼怀、信使入帷共饮酒。怀、信等更行酒，妇女皆醉，戏侮无别。使保林李华、刘勋等与怀、信等戏，清商令令狐景呵华、勋曰：'诸女，上左右人，各有官职，何以得尔？'华、勋数谮毁景。帝常喜以弹弹人，以此恚景，弹景不避首目。景语帝曰：'先帝持门户急，今陛下日将妃后游戏无度，至乃共观倡优，裸袒为乱，不可令皇太后闻。景不爱死，为陛下计耳。'帝言：'我作天子，不得自在邪？太后何与我事！'使人烧铁灼景，身体皆烂。甄后崩后，帝欲立王贵人为皇后。太后更欲外求，帝恚语景等：'魏家前后立皇后，皆从所爱耳，太后必违我意，知我当往不也？'后卒待张皇后疏薄。太后遭合阳君丧，帝日在后园，倡优音乐自若，不数往定省。清商丞庞熙谏帝：'皇太后至孝，今遭重忧，水浆不入口，陛下当数往宽慰，不可但在此作乐。'帝言：'我自尔，谁能奈我何？'皇太后还北宫，杀张美人及禹婉，帝恚望，语景等：'太后横杀我所宠爱，此无复母子恩。'数往至故处啼哭，私使暴室厚殡棺，不令太后知也。每见九亲妇女有美色，或留以付清商。帝至后

第七十七回　废立皇帝司马师顺利得手　毌丘俭文钦伐司马师失败

园竹间戏，或与从官携手共行。熙曰：'从官不宜与至尊相提挈。'帝怒，复以弹弹熙。日游后园，每有外文书入，帝不省，右左曰'出'，帝亦不索视。太后令帝常在式乾殿上讲学，不欲，使行来，帝径去；太后来问，辄诈令黄门答言'在'耳。景、熙等畏恐，不敢复止，更共谄媚。帝肆行昏淫，败人伦之叙，乱男女之节，恭孝弥颓，凶德浸盛。臣等忧惧倾覆天下，危坠社稷，虽杀身毙命不足以塞责。今帝不可以承天绪，臣请依汉霍光故事，收帝玺绶。帝本以齐王践阼，宜归藩于齐。使司徒臣柔持节，与有司以太牢告祀宗庙。臣等谨昧死以奏。"

上书不难看出，司马师对曹芳的成就只字不提，比如在曹魏正始四年（蜀汉延熙六年，孙吴赤乌六年）正月，曹芳赐群臣各有差。同年七月，诏祀故大司马曹真、曹休、征南大将军夏侯尚、太常桓阶、司空陈群、太傅钟繇、车骑将军张郃、左将军徐晃、前将军张辽、右将军乐进、太尉华歆、司徒王朗、骠骑将军曹洪、征西将军夏侯渊、后将军朱灵、文聘、执金吾臧霸、破虏将军李典、立义将军庞德、武猛校尉典韦于太祖庙庭。而罗列曹芳的过错采用的是与杀夏侯玄、张缉、苏铄、乐敦和刘贤同样的手法，即纯属凭空捏造。

方奏毕，郭太后便准奏。

随后，司马师便叫有关文武大臣赶赴元城迎高贵乡公曹髦至洛阳即皇帝位，并改元为正元。

同时，司马师以曹髦的名义下诏复封曹芳为齐王，于河内郡重门营建齐王宫，礼仪同诸侯王封国。时曹芳在秋风萧瑟，万木凋零中离开洛阳。唯司马孚追送，且悲不自胜。与在帝位出行时前呼后拥相较，真是天壤之别。晋代魏，封其为邵陵县公。病故于晋泰始十年，年四十三岁，谥曰厉公。此为后话，就此打住。

上述不难看出，司马师比曹操阴险残忍得多。当年献帝刘协与董承、刘备、种辑、吴硕、王服等密谋诛杀曹操谋泄，曹操只将董承、伏完、种辑、吴硕、王服和董贵人诛杀并灭族，没动刘协一根毫毛。但司马师为专擅朝政，不仅凭空捏造曹芳的不是，还把曹芳帝位给废了。

时雄心勃勃，飞扬跋扈，朝权在握的司马师完全可以问鼎帝位。因此，司马昭便建议他效曹丕代汉故事，代魏自立。但他则认为，曹魏基业经曹操、曹丕、曹叡、曹芳四代，根基非常牢固，朝野上下还有不少拥护曹氏的文武权臣与族人亲戚，倘若现在取而代之，必会激起他们的反对。果不其然，就在曹芳被废不久后的曹魏正元二年（蜀汉延熙十八年，孙吴五凤二年）正月，天空突现长数十丈的彗星，从西北上空划过，坠于吴、楚分界。镇东将军毌丘俭和扬州刺史文钦见此，认为这是吉兆。于是便假借郭太后下诏，历数司马师罪状，发布天下。诏部分曰：

故相国懿，匡辅魏室，历事忠贞，故烈祖明皇帝授以寄托之任。懿勠力尽节，以宁华夏。又以齐王聪明，无有秽德，乃心勤尽忠以辅上，天下赖之。懿欲讨灭二虏以安宇内，始分军粮，克时同举，未成而薨。齐王以懿有辅己大功，故遂使师承统懿业，委以大事。而师以盛年在职，无疾托病，坐拥强兵，无有臣礼，朝臣非之，义士讥之，天下所闻，其罪一也。懿造计取贼，多畜军粮，克期有日。师为大臣，当除国难，又为人子，当卒父业。哀声未绝而便罢息，为臣不忠，为子不孝，其罪二也。贼退过东关，坐自起众，三征同进，丧众败绩，历年军实，一旦而尽，致使贼来，天下骚动，死伤流离，其罪三也。

同时，安丰护军郑翼、庐江护军吕宣、庐江太守张休、淮南太守丁尊、督守合肥护军王休等也联合响应毌丘俭与文钦，并上表朝廷一千五百余字，言说司马师罪大恶极，必予严惩。随后，即举兵寿春，讨伐司马师，并将其所率曹魏国军称为讨伐司马师军。

司马师在洛阳闻报，不禁气得五脏六腑破裂，七窍八孔生烟，并认为文钦起兵反对他司马师还可理解，因为建安二十四年九月魏讽谋反涉及他，并被下狱治罪，理应处死，但曹操念及他是爱将文稷之子而赦免了他。曹叡时期，因受宠迁升为五营校督、牙门将、庐江太守、鹰扬将军、冠军将军、前

第七十七回　废立皇帝司马师顺利得手　毌丘俭文钦伐司马师失败

将军和扬州刺史。总之青云直上，官运亨通，忠于曹魏是很自然的事。郑翼、吕宣、张休、丁尊和王休因长期远离京师，不知朝廷就里，也可理解。唯毌丘俭不可谅解，他过去虽与曹爽交好，又感昔日曹叡之恩，本该受罚才是。因他与我父司马懿关系密切，且又随我父南征北战，战功显赫，因此我不仅放过了他，还委以其荆州刺史重任。

却说时毌丘俭认为，他和文钦虽有六万讨伐司马师军，但还不足以击败有朝廷做后盾的司马师。于是便遣使者联络镇南将军诸葛诞，共同讨伐司马师。时诸葛诞则认为毌丘俭和文钦等人所为是叛乱，不愿与其同流合污，并诛杀了使者。毌丘俭和文钦见联合诸葛诞共同讨伐司马师失败，无奈，只得率领讨伐司马师军离开位于淮水南岸无险可据的寿春城，北渡淮水，向水路四通八达，进退自如的项城县县城进发。

司马师在洛阳得报毌丘俭和文钦所率讨伐司马师军动向后，随即仿效曹操当年"挟天子令诸侯"故事，借拥护曹髦和郭太后之口，号令大多数曹魏国文武，镇压毌丘俭和文钦等所率讨伐司马师军。于是便传令征东大将军诸葛诞、征南大将军王昶、征东将军胡遵、监军王基、兖州刺史邓艾各率曹魏国军前往项城，将毌丘俭和文钦所率讨伐司马师军合围在那里。然后令司马昭率领曹魏国重兵，留守洛阳。他则以中书侍郎钟会为典知密事，亲率曹魏国军离开洛阳，赶赴汝阳坐镇指挥。

时驻军隐桥的毌丘俭部将史招、李绩见司马师兵多将广，来势汹汹，料想不敌，于是便投降了司马师。对此，司马师部下将校认为毌丘俭所率讨伐司马师军已失去军心，不堪一击，于是便于一日下午，匆匆赶到汝阳司马师下榻处，争先恐后请求率领曹魏国军攻打项城。时司马师却不许，并令荆州刺史王基率领曹魏国军占据南顿，以便进攻毌丘俭所率讨伐司马师军。并采取高筑壁垒，不与敌战之策，以待己方以东曹魏国军结集城下。时司马师部下将校皆知，司马师有皇帝曹髦和郭太后做靠山，参战有功者肯定会加官晋爵，于是在一日上午，又匆匆赶到汝阳司马师下榻处，争先恐后请求率领曹魏国军攻打项城。时司马师却道："你们只知其一，不知其二。淮水以南的我军将士本无反叛之意。尽管毌丘俭、文钦欲效仿张仪、苏秦纵横捭阖，联合四方，但淮水北岸的我军将士却不响应，甚至还有投降的，如其部将史招、李绩便是。内叛外逃，自知败局已定，若困兽犹斗，垂死挣扎，因而欲速战速决。如此，虽说我军必能克敌，但死伤也多。再说毌丘俭、文钦等人诡计多端，欺上瞒下，但时间一长，必会败露，那时我仅举手之劳，便可得胜。"

将校们认为司马师言之有理，于是异口同声道："愿听大将军的！"

司马师见大家没有异议，大喜，随即传令诸葛诞率一支曹魏国军从安风向寿春进军，攻打毌丘俭和文钦所率讨伐司马师军大本营；传令胡遵率青、徐二州曹魏国军向谯、宋二县间进军，以便切断毌丘俭和文钦所率讨伐司马师军退路；传令邓艾率领泰山郡曹魏国军进驻乐嘉，示弱诱敌。

时文钦不知是计，便率领讨伐司马师军出项城前往乐嘉攻打邓艾所率曹魏国军。待文钦所率讨伐司马师军方进乐嘉城，邓艾所率曹魏国军也秘密赶到那里。文钦见此，方知中计，不禁大惊失色。时年仅十八岁，貌若吕布的文钦之子文鸯却毫不畏惧，并拍马挥戟，飞一般出城冲进邓艾所率曹魏国军阵中，横冲直闯，直杀得他们东倒西歪，溃不成军。

时文鸯对随行者道："可乘敌立足未稳之机，登城擂鼓呐喊，便可退敌。"

随行者闻令，便按令行事三次。谁料文钦却不应战，文鸯无奈，只得退出阵外，引军入城。随后从汝阳率领曹魏国大军赶来的司马师闻报，遂不假思索对将校们道："文钦已逃呢！"

言毕，即令曹魏国军精锐骑兵随后追击。时将校们却面有难色，并异口同声道："文钦那厮久经沙场，文鸯年轻锐气冲天，退入乐嘉，并没失败，岂会逃跑？"

司马师却掷地有声道："一鼓作气，再而衰，三而竭。文鸯三次击鼓，文钦不应，说明其气势已无，不逃才怪呢！"

须知，时文钦并未如司马师所言那样，已逃出乐嘉，但正打算逃出。对此，文鸯却向他建议道："不先挫伤敌之锐气，岂可退兵？"

言毕，便与文钦率领十余骁勇骑兵飞一般出城，攻入司马师所率曹魏国

第七十七回　废立皇帝司马师顺利得手　毌丘俭文钦伐司马师失败

军阵中，见将便刺，遇兵就砍，猛冲猛杀，所向披靡，并直向司马师杀去，司马师见此，不禁大惊失色，在随从骑士的掩护下，方才得以逃脱。片刻回过神，才忙令左长史司马琏率领曹魏国军精锐骑兵从侧面紧追扬长而去的文钦和文鸯不舍，令将军乐林率领曹魏国军步兵随后跟进，以为后援。不久，便在沙阳追上文钦所率讨伐司马师军，并多次冲破其阵。同时，箭如雨下，直射得他们喊爹叫娘，四下奔逃。文钦见此，料想败局已定，无奈，只得在文鸯等将校的掩护下逃往孙吴国。时在项城的毌丘俭闻报文钦兵败，便弃城连夜逃往淮水以南。途中，被安风津都尉斩杀，传首洛阳，并夷其三族。于是一场声势浩大的毌丘俭和文钦举兵讨伐司马师，司马师举兵镇压毌丘俭和文钦的战争，终以司马师大胜，毌丘俭和文钦大败而结束。

　　按理，司马师应该凯旋洛阳，向曹髦和郭太后报喜请功才是，但他却命赴黄泉，呜呼哀哉了。难道司马师是无疾而终吗？看官欲知详情，请看下回分解。

第七十八回

兵败新城诸葛恪遭谋杀
起内讧孙子通废立皇帝

却说司马师并非无疾而终,而是在指挥曹魏国军镇压毌丘俭和文钦率领的讨伐司马师军之前便长了眼瘤,且久治不愈。加之前面已述,在文鸯向他杀来时受到惊吓,眼瘤越发疼痛难忍。因此,待战争一结束,便赶到神医如云的许昌治疗,但仍久治不愈。对此,他料知将不久于人世,无奈,只得叫司马昭统领诸军。随后不久便死于许昌,时年四十有八。

曹魏正元二年(蜀汉延熙十八年,孙吴五凤二年)二月,司马师灵车从许昌运到距洛阳南门外三里许时,曹髦早便素衣素帽赶往那里吊丧,当即谥曰忠武。又下诏道:"司马公本有助天下安宁之功,平定祸乱之勋,加之是为国病故,理应增其特别礼遇。因命文武百官商议丧制。"文武百官闻诏,遂忙赶往太极殿商议。商议结果是:因司马师之忠而安国,之功而救天下,理应效霍光故事,在大将军前追加大司马,增食邑五万户。时司马昭随即上表曹髦表示不许。司马昭受封晋王后,追尊司马师为晋景王。司马炎代魏立晋称帝后,尊司马师为晋景帝,陵曰峻平,庙号世宗。这是后事,就此打住。

司马师方死后不久,曹髦便下诏以司马昭为大将军,录尚书事。

就在曹魏国内乱的当口,孙吴国也不平静。早在孙吴太元二年、神凤元年、建兴元年(曹魏嘉平四年,蜀汉延熙十五年)四月,孙权自感不久将殁于人世,便令孙峻将时驻屯武昌的诸葛恪召到建业觐见孙权,并拜为大将军,领太子太傅。又对诸葛恪、孙弘和太常滕胤、将军吕据、侍中孙峻,嘱

第七十八回　兵败新城诸葛恪遭谋杀　起内讧孙子通废立皇帝

以后事，共辅孙亮。

诸葛恪，字元逊，诸葛瑾长子，蜀汉国丞相诸葛亮侄子。少有才名，发藻岐嶷，辩论应机，莫与为对。孙权见而奇之，并对诸葛瑾道："蓝田生玉，真不虚啊。"及长成，身长七尺六寸，体态肥胖，少须眉，折颏广额，大口高声。常与顾谭、张休等带领太子孙登讲论道艺，并为宾友。弱冠拜骑都尉、中庶子、左辅都尉、丹阳太守、威北将军，丞相陆逊病逝后，升任为大将军，并前往武昌统领原陆逊所率孙吴国军。

却说诸葛恪担任大将军、领太子太傅后，为取悦民心，所做的第一件事便是取缔监视官民之规，废除暗探官吏，免除百姓拖欠的赋税，取消关税。对此，官民无不兴高采烈，举手赞成。因而诸葛恪每出行，便会引来众多吏民争先恐后引颈观望，睹其风采。然诸葛恪对此并不满意，认为仅治理好民政还不够，还须在军事上有所建树，方才有威望。恰值这年十月曹魏国大将军司马师乘孙权亡故之机欲率曹魏国军进攻孙吴国。诸葛恪得报大喜，认为这是他施展军事才华，以树武威的极好机会。于是便令孙吴国工兵在孙权当年率众在东兴濡须水上筑就的堤坝东西两头各筑一座高大坚固的城关。随后，又令将军全端率领孙吴国军五千守西城关，令都尉留略率领孙吴国军五千守东城关，以防司马师率领曹魏国军来攻。

司马师在洛阳闻报孙吴国军在东兴有备，心头自然不安，并召左右将校到司马府商议对策。待大家闻召到齐方才坐定，司马师即将他所闻报向他们道了一番。征东大将军诸葛诞闻之，首先站起道："末将以为，可派征南大将军王昶率军佯攻江陵，荆州刺史毌丘俭率军佯攻武昌，以牵制孙蛮江水上游兵力。然后乘其不备，派精兵强将突攻敌濡须堤坝上东、西城关。待孙蛮救兵赶到时，我军早已攻下那两座城关，渡水南下了。"

方言毕，王昶、征东将军胡遵、毌丘俭也忙起身争先恐后献计献策。对此，司马师也不知孰是孰非。无奈，只得以曹髦和郭太后的名义，立刻下诏派人前往傅府征询傅嘏的意见。

傅嘏，字兰石，西汉勇臣和著名外交官傅介子之后，曹魏国侍中、尚书傅巽之侄。弱冠便知名,及长成,行事练达,博览军政,因此被司空陈群辟为掾属,随后为尚书郎,迁黄门侍郎,因讥讽何晏被免。高平陵事件后,司马懿以他为河南尹。其间,为使辖区百姓受益,遂施前贤政举,因政绩显要,遂迁尚书。另外,他学富五车,精通百家,出谋划策,无一不高,故朝议不能断的事,常向他征询。

时傅嘏正在家用午饭,闻诏后,认为此事重大,得当着司马师的面呈说。于是忙放下手中碗筷,起身出门,翻身上马,随来人飞一般赶往司马府。时司马师正在用饭,见傅嘏到,也忙放下手中碗筷,起身相迎。相互礼毕方坐定,傅嘏便对司马师道:"大将军须知,昔越国国君夫差凌齐胜晋,威震天下,结果仍然引祸姑苏。齐闵王兼土过境,扩地千里,结果仍遭颠覆。善始不一定善终,孙权那厮自破关羽夺得荆州后,得意忘形,穷凶极恶,因此当年宣文侯极力主张对其大举进攻。现孙权那厮已死,将幼子孙亮托付给诸葛恪,倘若诸葛恪能矫正孙权那厮之苛暴和虐政,使百姓免受苦难,得到新政实惠,且又能内外兼顾处理军政,以避免覆舟之险。如此,虽不能保孙蛮江山社稷永远光辉,但亦可在江水以南千秋永存。现臣下闻满朝文武议论纷纷,莫衷一是:有的言泛舟千里,横渡水南,消灭孙蛮;有的言四路并进,攻打孙蛮城关;有的言行猎于边境,伺机以动。臣下以为,这些都是破敌常策,无可取之处。我军自与孙蛮开战以来已近六十年,事实证明我军兵力不足。他们在伪立君臣时,还能与我患难与共,然蛮酋新丧以来,其朝野上下忧危,并因此将战船列于各关津渡口,凭险坚守。因此,我军泛舟南渡根本行不通。唯一可行之法就是在边境佯装行猎迷惑他们,而后突然举兵进攻。如此,准能打他个措手不及,人仰马翻。另外,出兵前应张贴安民告示,告诫我军将士禁止抢劫沿途百姓财物,不得坐吃历年积粮,辎重运输要快捷。只有这样,才能不误战机,不劳远征,这些举措才是当务之急。当年大将樊哙愿率军十万大举进攻匈奴,另一大将季布却当面表示反对。现有提出越江水入险境,攻敌巢穴,这就如樊哙欲攻打匈奴般,不切实际。因此,臣下以为眼下不如严明军纪,训练士卒,制定可靠御敌之策。如此,便可立

第七十八回　兵败新城诸葛恪遭谋杀　起内讧孙子通废立皇帝

于不败之地。"

司马师闻之，认为其言太谬。诸葛诞随后闻之，不但赞成司马师的，还对傅嘏之言嗤之以鼻，并特意赶到司马府对司马师道："傅嘏乃腐儒。依末将之见，可兵指孙蛮内地。王昶将军可率一路军逼江陵，毌丘俭率一路军攻武昌，以便牵制孙蛮江水上游兵力。然后派一支精锐以迅雷不及掩耳之势进攻东兴东、西城关。待孙蛮闻之派救兵赶到时，我军早已攻破了那两座城关。"

司马师认为诸葛诞言之有理，遂于同年十一月以曹髦名义下诏举兵讨伐孙吴国。并于同年十二月，令王昶率曹魏国军两万五千佯攻江陵，令毌丘俭率两万五千曹魏国军佯攻武昌。同时，令胡遵和诸葛诞率领曹魏国军五万为前军，他则率领曹魏国军两万为中军，以司马昭为监军，偃旗息鼓，昼伏夜行，飞一般向东兴杀去。

因诸葛恪早料到曹魏国军进攻意图，遂于同年十一月便欲以部将丁奉、吕据、留赞和唐咨率领孙吴国先锋军先行，他则率领孙吴国军四万为中军随后从建业出发，日夜兼程，飞一般赶赴东兴增援。

到达东兴堤坝上的胡遵闻报孙吴国军欲来增援，于是便立刻传令各路曹魏国军架浮桥渡淮水，分兵攻打东、西城关。那两座城关皆位于高险处，高大坚固，易守难攻。因此，他们强打猛攻了多日，也未能越城关一步，反而死伤惨重。

仍在建业的诸葛恪闻报，自然大喜不禁。将军丁奉则认为曹魏国军人多势众，倘若增援迟到，东城关便不保；东城关不保，西城关亦不保；西城关不保，那将后患无穷。因此，便急匆匆赶到诸葛府对诸葛恪道："现我军还未出发，行动太迟缓，倘若敌军抢占先机，那就糟了。因此，速进方为上策。"

诸葛恪认为丁奉言之有理，立刻便传令各路孙吴国军开道，让丁奉率领属下三千孙吴国精锐水军乘船顺水突飞猛进。不久他们就驻进了东城关，并在守关都尉留略的配合下占领了徐塘。

时值北风呼啸、雪花飞舞时节，胡遵所率曹魏国军正日夜围炉大口吃肉，大碗喝酒。另外，丁奉还闻报驻扎在徐塘附近的其他几路曹魏国军前部兵少将寡，大喜，并以为仅用吹灰之力便可获胜。于是便立刻率领孙吴国军出关，以剑指着前方高声道："欲求封侯赏爵，就在今天！"

为迷惑曹魏国军，丁奉言毕即下马解去铁胄铁甲，徒步前进。那些孙吴国军见年迈体弱、银丝白发的丁奉如此，不禁勇气倍增，争当前军。同时，还效仿丁奉，卸去衣甲，只戴头盔，抛弃长柄矛戟，拿着刀盾，沿着堤坝前行，远远望去，犹若鬼怪。曹魏国军见了，不知是计，反还大声讥笑他们不止，并仍大块吃肉，大碗喝酒，无一起身迎战。对此，孙吴国军自然大喜不禁，并迅疾爬上坝顶，击鼓呐喊，猛地向曹魏国军营寨冲杀过去。随后，吕据也率孙吴国援军赶到。曹魏国军见此，不禁惊慌失措，并忙放下筷盏，起身争先恐后逃奔到淮水岸边，一窝蜂似的向浮桥拥去，欲从那里北逃。因浮桥超重轰然倒塌，不少人纷纷落入水中互相践踏逃生。结果连其前部督韩综、乐安太守桓嘉等将校都被淹死。韩综本乃孙吴国将军，后投奔了曹魏国，并多次率领曹魏国军进攻孙吴国。因此，孙权对其恨之入骨。时诸葛恪得报他毙命，大喜，遂命人将其首级割下传到建业，祭告孙权庙。

战后经清点，曹魏国军死亡者数万。孙吴国缴获曹魏国车辆、牛马、骡驴数以千计，所得辎重器物堆积如山。

此时值孙吴太元二年、神凤元年、建兴元年（曹魏嘉平四年，蜀汉延熙十五年）十二月。

时佯攻江陵的王昶和佯攻武昌的毌丘俭闻报攻打东兴的曹魏国军大败，不禁大惊。末了，只得烧毁营寨撤军。但文武百官对此非常不满，并朝议罢免或降级参战将校的爵职。时司马师却认为不妥，并当场道："都是我当初未纳傅嘏之言，才有今日之败。因而过错在我，诸将校何罪之有？"

文武百官闻司马师此言，谁还敢多嘴？结果便饶恕了那些参战将校。同时，出于高姿态，司马师只下令削去司马昭爵位。随后，任诸葛诞为镇南将军，都督豫州；毌丘俭为镇东将军，都督扬州，以加强对孙吴国的防御。

却说诸葛恪率军凯旋建业时，受到孙亮及文武百官和平民百姓的夹道欢迎，随后便被封为阳都侯，加荆、扬二州牧，督内外军事，并赐金一百斤，

第七十八回　兵败新城诸葛恪遭谋杀　起内讧孙子通废立皇帝

马二百匹，缯、布各万匹。

须知，此前诸葛恪经历过不少战役，但东兴之战却是诸葛恪平生辉煌之战，并因此加官晋爵，赏赐甚丰。于是他不仅若斗赢的公鸡，进出昂首挺胸，目空一切，非常轻敌，还欲乘东兴之战大胜之机，发兵攻打曹魏国，并令司马李衡前往蜀汉国说服姜维同时举兵讨伐曹魏国。李衡得令，立刻便从建业出发，日夜水陆并进，不久便到达成都对姜维道："古贤有言，圣人不能违时，时至亦不可失也。今敌政在私门，外内猜隔，兵挫于外，民怨于内。因而自曹阿瞒以来，彼之亡形未有如今者也。若大举伐之，使我攻其东，卿入其西，彼救西则东虚，重东则西轻，以练实之军，乘虚轻之敌，破之必然啊！"

姜维认为李衡言之有理，遂便表示赞同。

在洛阳的司马师得报孙吴国与蜀汉国欲遥相呼应，东西齐击曹魏国，大惊，忙召主簿虞松到司马府问道："今东西有事，二方皆急，而诸将意沮，如之奈何？"

虞松闻问，遂不假思索答道："昔周亚夫坚壁昌邑而吴楚自败，事有似弱而强，或似强而弱，不可不察也。今诸葛恪悉其锐众，足以肆暴，而坐守新城，欲以致一战耳。若攻城不拔，请战不得，师劳众疲，势将自走，诸将之不径进，乃公之利也。姜维有重兵而县军应诸葛恪，投食我麦，非深根之寇也。且谓我并力于东，西方必虚，是以径进。今若使关中诸军倍道急赴，出其不意，必将退啊。"

方答毕，司马师即道："所言有理啊。"

随后，即令郭淮、陈泰尽率关中曹魏国军，解狄道之围；令毌丘俭等按兵自守，以新城委之于孙蛮军。姜维闻报，料知取胜有难，且军粮又供不应求，无奈，只得退屯陇西界。

此事前面已详叙，在此仅作简述。

再说孙吴国满朝文武得报姜维退兵，遂私下传言道："姜维因轻浮无果而退，诸葛恪急躁亦不会得胜。"于是便当廷极力反对诸葛恪出兵，其中中散大夫蒋延道:"我军多次出击,胜则民劳,败则国弊。须知,昔齐国与鲁国交战三次,结果鲁国两胜齐国,但鲁国却迅疾灭亡。何也?皆因鲁国与齐国相较,实力悬殊太大,所得亦得不偿失啊。"

诸葛恪闻言大怒,遂令侍从将蒋延强行推出。但随后蒋延并未就此罢休,而是逢人便愤愤然道:"太傅倘若取胜,胜则气骄,气骄则虑疏。气骄虑疏,连他都难免于难,何况国家!"

蒋延言说不久,便传到诸葛恪耳里。为说服蒋延和其他反对者,诸葛恪还引经据典,赶撰了一篇近千字的长文。该文要旨无非是天无二日,人无二王,王者不务兼并天下而欲垂祚后世,古今未之有也。因此应倾全国之力,实现先帝孙权遗愿,率军北上,消灭曹魏,一统天下。

满朝文武见诸葛恪所撰之文语气坚定,不容辩解,料想其出兵之意已定,于是便随声附和。对此,诸葛恪以为满朝上下已被说服,大喜,正欲出兵,其密友、丹阳太守聂友来信劝说他道:"大行皇帝本有遏东关之计,计未施行。今公辅赞大业,成先帝之志。寇远自送,将士凭赖威德,出身用命,一旦有非常之功,岂非宗庙神灵社稷之福邪!宜且案兵养锐,观衅而动。今乘此势欲复大出,天时未可而苟任盛意,私心以为不安。"

诸葛恪对聂友的劝说却不以为然,并即刻书答道:"足下虽有自然之理,然未见大数,熟省此论,可以开悟。"

随后,即于孙吴建兴二年(曹魏嘉平五年,蜀汉延熙十六年)三月,发州郡二十万孙吴国军攻打曹魏国。时百姓骚动,始失人心。

时诸葛恪欲耀兵淮南驱略百姓,部下将校却异口同声反对道:"今引军深入,疆场之民,必相率远遁,恐兵劳而功少。故不若围点打援,只围新城。新城被围,敌兵必至。至而图之,乃可大获。"

诸葛恪认为他们言之有理,于是便于同年五月回军包围新城。曹魏国新城守城主将为牙门将张特,时他率领三千曹魏国军将士不怕牺牲,负隅坚守,结果孙吴国军攻打了月余,且还死伤惨重,却仍未越城池一步。诸葛恪见此,大怒,并赶到东城城池边沿挥剑督军前赴后继,强攻猛打。眼看将要

第七十八回　兵败新城诸葛恪遭谋杀　起内讧孙子通废立皇帝

破城,张特却在东城楼上亲举白旗,佯装投降,实则迷惑诸葛恪,争取时间暗中修补城头,继续坚守。诸葛恪不知是计,便下令暂停攻打,等待曹魏国军开城投降。

时值天气炎热,饮水腹泻,加之疲惫,结果孙吴国军病者伤者死者不计其数。各营将校见此,不禁非常着急,并将此情况报告给诸葛恪。谁料诸葛恪以为所报是假,并扬言要杀报告者,结果此后再无人敢报。

诸葛恪自知这次出兵进攻曹魏国失策,又以攻打新城不下为耻,于是怒不可遏。部将朱异见此,便向他建议不若另觅他计,时诸葛恪不但不听,反还怒夺其兵权。都尉蔡林屡献良策,诸葛恪亦不采纳。对此,蔡林认为诸葛恪不可救药,于是便投奔了曹魏国。曹魏国从蔡林口中得知诸葛恪所率攻打新城的孙吴国军现状,自然大喜不禁,并令司马孚、毌丘俭乘机率曹魏国军日夜兼程,飞一般前往新城,内外合击孙吴国军。诸葛恪见此,料想破城无望,无奈,只得撤军。时孙吴国军因伤病倒于路旁和沟壑者数不胜数,并被曹魏国军捕个正着。有幸随行者见此,无不愤痛,并大呼小叫不止。对此,诸葛恪不但不痛心疾首,反还安然自若。

随后,诸葛恪并未率孙吴国军回建业,而是驻屯江渚月余,并欲在浔阳屯田,为再次攻打曹魏国做准备。后因朝廷连诏他回师,无奈,只得在同年八月从诏。从此,其威望一落千丈。当他率领孙吴国军回到建业时,特令仪仗兵在前鸣锣开道,卫队兵随后前扶后拥着他进入其府,给人以虽败犹胜的感觉。随后,又传来替孙亮作诏的中书令孙嘿严厉责问道:"你们何敢妄数作诏?"

孙嘿闻问,吓得面如土色,忙伏地请罪。后为避祸,便称病在家不出。

随后,诸葛恪便将主管选官的尚书台官员一律更换,并对其愈加威严,稍有不慎,便大加罪责。结果进见者无不颤颤巍巍,提心吊胆。不仅如此,还用其心腹亲戚更换孙亮身边的宿卫禁兵,以便随时密切观测孙亮言行。

此后不久,诸葛恪不甘心新城之败,又欲兵指曹魏国青、徐二州。于是朝野上下无不怨恨。

一天上午，诸葛恪有事奏请孙亮，待他乘车到达太初宫门前时，孙峻早已布伏兵于宫壁两侧帐帷中，准备诛杀他。时孙峻担心事泄诸葛恪不入宫，于是便走出宫门对他道："倘若君尊体不安，我当替君奏与皇上。"

须知，孙峻方才之言意在激诸葛恪及时入宫，诸葛恪不知是计，于是立刻道："我当自入。"

在旁的散骑常侍张约和常侍朱恩闻孙峻与诸葛恪的对话，心甚不安，待孙峻转身回宫后，方才立刻写了张纸条递与诸葛恪，纸条文曰："今日张设非常，疑有他故。"

张约与朱恩是诸葛恪好友，诸葛恪当然相信纸条所言，并当即改变主意，掉转车头而回。未出路门，恰逢太常滕胤乘车赶到这里。对此，甚为不解，并问道："大将军何故返回？"

"卒腹痛，不便入宫。"

滕胤对诸葛恪所答虽信以为真，但却劝道："大将军自出征归来还未谒见皇上，今皇上特置酒相请，既到宫门，宜当力进。"

诸葛恪认为张约、朱恩和滕胤皆言之有理。为防不测，便带剑着履入宫。

下车入宫方见孙亮，便伏地施礼谢赐宴之恩。孙亮见此，遂忙起身扶起他，并赐座于身旁。诸葛恪方坐定，侍者便将酒置于诸葛恪餐几前，意在叫诸葛恪饮之。诸葛恪疑是毒酒，故未敢饮。一旁的孙峻见此，遂道："使君病未善平，当有常服药酒，自可取之。"

诸葛恪闻孙峻如此言，方才心安，并饮其他酒。方饮一巡，孙亮便起身进内室。孙峻见此，也起身欲上厕，并乘机解去长衣，着短服，高声道："有诏收诸葛恪！"

诸葛恪闻声，大惊而起，欲拔剑刺杀孙峻。然年已半百的他因动作缓慢不待将剑拔出，年方三十有五、动作迅猛的孙峻的短刀早已刺中其脖颈。在场的张约见此，随即起身拔刀从旁猛砍孙峻，并伤其左手。孙峻大怒，并回手砍断张约右臂。孙峻安排的那些伏兵闻此，皆举刀飞一般入殿，以助孙

第七十八回　兵败新城诸葛恪遭谋杀　起内讧孙子通废立皇帝

峻。时孙峻对他们道："应杀者乃诸葛恪，今他已死。"

言毕，即令伏兵们刀入鞘中，清除尸首血迹，然后就座共同畅饮。

此时值同年十月。

诸葛恪长子、骑都尉诸葛绰因牵涉鲁王事，孙权遣付诸葛恪处置，结果被诸葛恪鸩杀，早已不在世，自然无牵涉。而时之诸葛恪次子、统领洛阳长水营的长水校尉诸葛竦和统领洛阳步兵营的步兵校尉、少子诸葛建闻报诸葛恪被诛，皆大惊失色，随即车载其母而逃。孙峻闻报，哪肯放过，遂遣骑督刘承率领孙吴国精锐骑兵追斩诸葛竦于白都山。诸葛建得以渡过江水，欲投奔曹魏国，时虽已北行数千里，但仍被刘承所率孙吴国精锐骑兵逮捕。诸葛恪外甥、都乡侯张震及朱恩等皆被夷三族。

初，蜀汉国大将张嶷闻知孙权亡故后诸葛恪声望很高，气焰嚣张，遂即书告诸葛亮之子诸葛瞻道："卿堂兄诸葛恪方掌孙吴国大权，根基还没稳固就急躁冒进，抛开皇上，轻率领军讨伐曹贼。倘若失败，那些嫉妒他的朝臣能饶他吗？"不知诸葛瞻是否将张嶷书告转告诸葛恪，反正是被张嶷言中。

还有，诸葛竦曾多次劝谏诸葛恪的所作所为，但诸葛恪不以为然，于是诸葛竦不禁常忧惧祸。

诸葛恪被杀后，临淮人臧均上表求收葬诸葛恪。孙亮、孙峻认为臧均上表有理，遂许敛葬诸葛恪于建业城南石子冈。

须知，孙峻何故要谋杀诸葛恪呢？难道他俩早有不和？非也！前面已叙，孙峻在孙权生前便力保诸葛恪辅佐孙亮。诸葛恪上任后，认为自己叔父诸葛亮生前为蜀汉国一手遮天的丞相，另一叔父诸葛诞为曹魏国一言九鼎的重臣，自己父亲诸葛瑾生前为孙吴国一人之下万人之上的大将军，因此被时人谓之"蜀汉国得一龙，孙吴国得一虎，曹魏国得一狗"。于是诸葛恪便目空一切，更不把辅佐孙亮的孙峻放在眼里，一切由他说了算。活脱脱当年曹魏国曹爽与司马懿故事的再演。对此，为孙坚胞弟孙静曾孙、皇族宗室的孙峻自然也不把诸葛恪放在眼里，并心怀不满。于是便乘诸葛恪兵败新城，朝野怨恨之机，与早对诸葛恪刚愎自用不满的孙亮合谋，将其杀掉。

其实，曹魏国汝南太守邓艾得报诸葛恪欲从新城回师就对司马师道："孙权已亡，大臣未附。孙蛮名宗大族皆有部曲，阻兵仗势，足以建命。诸葛恪新秉国政，内无其主，不念抚恤上下以立根基，竞于外事，虐用其民，彼之军众，屯于坚城，死者万数，载祸而归，此诸葛恪获罪之日啊。昔子胥、吴起、商鞅、乐毅皆见任时君，主没犹败，况诸葛恪才非四贤，而不虑大患，其亡可待也。"结果被邓艾言中。

诸葛恪既被杀，群臣便上奏孙亮，推孙峻为太尉，滕胤为司徒。时有媚孙峻者，认为大统宜在公族，若滕胤为亚公，声名素重，众心所附，不可贰啊。乃表孙峻为丞相、大将军，督内外军事，假节，进封富春侯。孙亮见表，自然准许。

滕胤因自己是诸葛恪之子诸葛竦的岳父，为避嫌，便欲辞职。时孙峻却道："鲧、禹罪不相及，滕侯有何罪？"

孙峻与滕胤虽内不和恰，而外相包容。孙峻于是进滕胤为高密侯，共事如前。

须知，孙峻少便拉弓驾马，行事精果胆决。孙权后期，徙武卫都尉，迁侍中。但素无重名，骄矜险害，多所刑杀，百姓嚣然。又奸乱宫人，更与公主鲁班私通。为此，孙吴五凤元年（曹魏正元元年，蜀汉延熙十七年）七月，司马桓虑便欲谋杀孙峻，立太子孙登之子孙英。事泄，皆被斩首。

孙吴五凤二年（曹魏正元二年，蜀汉延熙十八年）六月，孙峻乘曹魏国内乱，即毌丘俭、文钦与司马师战于乐嘉之机，率骠骑将军吕据、左将军留赞袭寿春。结果毌丘俭、文钦兵败，孙峻闻报，只得引军而还。

同年七月，蜀汉国使者前来访问孙峻，将军孙仪、张怡、林恂等便欲乘孙峻会见蜀汉国使者之机诛杀孙峻。事泄，孙仪、张怡和林恂自杀，死者数十人，并涉及公主鲁育。

随后，孙峻欲修复广陵城池，朝臣知其不可能，但莫敢言。唯滕胤谏止，但孙峻不听，结果城池未能修复。对此，朝野怨恨。

孙吴五凤三年、太平元年（曹魏正元三年、甘露元年，蜀汉延熙十九

第七十八回　兵败新城诸葛恪遭谋杀　起内讧孙子通废立皇帝

年）九月初，投奔孙吴国，被授予镇北大将军、幽州牧，封谯侯的文钦为报仇雪恨，便劝说孙峻讨伐曹魏国。孙峻认为文钦劝说有理，遂便令文钦、吕据、车骑将军刘纂、镇南将军朱异和前将军唐咨率领孙吴国军水陆并进，自江都入淮、泗，攻打青、徐二州。孙峻与滕胤至石头城饯行，随从者百余进入吕据军营。孙峻见吕据御军齐整，心里甚为不安，遂称心痛而去。随后，夜梦为诸葛恪持剑追杀，因恐惧发病于，同年九月下旬亡故。文钦、吕据、刘纂、朱异和唐咨闻之，认为讨伐曹魏国无胜算把握，于是便领军而还。

孙峻既亡故，孙亮便下诏命与孙峻同祖、初为偏将军、现为侍中武卫将军的孙綝为侍中，都督内外军事，并代统朝政。

同年十月，在江都统兵的吕据得知孙綝得势，大惊，遂与诸督将联名上表孙亮，荐滕胤为丞相。孙綝于是便改任滕胤为大司马，代吕岱驻屯武昌。吕据闻之怒不可遏，遂欲从江都引兵还建业，并派人前往建业报告滕胤，欲共废孙綝。孙綝闻之亦怒不可遏，并遣从兄孙虑率领孙吴国军击吕据于江都，同时派朝廷官员通知文钦、刘纂、唐咨等合击吕据。又遣侍中左将军华融、中书丞丁晏告知滕胤攻吕据，并叮嘱滕胤宜速前往。滕胤自以为涉祸，因留华融、丁晏勒兵自卫。又召典军杨崇、将军孙咨，告之孙綝作乱，并迫使华融等作书反驳孙綝所作所为。孙綝根本不听华融来书所言，并上表孙亮言说滕胤造反，又许愿迁升将军刘丞官爵，以便使其率领孙吴国军步骑急攻围滕胤。对此，滕胤却劝华融等人以诈诏发兵。但华融等人不从，结果皆被滕胤下令杀之。

须知，当初滕胤部下曾劝滕胤率领孙吴国军至太初宫东面的苍龙门，孙吴国宫廷禁兵看到后，必会弃孙綝那厮投公。时夜已半，滕胤仗着与吕据有时约，且率领孙吴国军杀向太初宫苍龙门有难，于是便对部下说吕据及其所率孙吴国军已在附近。他们闻之，皆愿为滕胤尽死，而无一离散。时狂风大作，直至天明，也未见吕据及其所率孙吴国军的影子，而孙綝所率孙吴国军却大批赶到。于是刀剑齐下，斩杀滕胤及其将士数十人，并夷滕胤三族。

初，孙峻从弟孙宪因参与谋杀诸葛恪得到孙峻厚待而官拜右将军、无难军督,授节杖伞盖,主管评议九卿所呈公文。但孙綝却薄待孙宪,对此,孙宪不禁又怨又怒,并与将军王惇谋杀孙綝。谁料事泄,结果王惇反被孙綝所杀。孙宪闻之,料想罪责难逃,遂在家中服毒自尽。

孙吴五凤三年、太平元年(曹魏正元三年、甘露元年,蜀汉延熙十九年)十一月,迁孙綝为大将军,假节,封永宁侯。

孙吴太平二年(曹魏甘露二年,蜀汉延熙二十年)四月中旬,十四岁的孙亮开始亲政,但仍受孙綝掣肘。为此,孙亮便暗中亲选膂力过人的大将子弟,每日在皇宫后苑练习武艺,准备诛杀孙綝。

同年五月,曹魏国诸葛诞因司马师司和马昭兄弟残忍杀害李丰等大臣,在寿春举兵讨伐司马昭。为得到孙吴国支持,诸葛诞将其子诸葛靓送到孙吴国做人质。孙綝于是派孙吴国军协助诸葛诞,结果失败。一些参战将校因反对孙綝出兵而担心被孙綝斩杀,于是便投奔了曹魏国。对此,孙亮认为这是诛杀孙綝的极好机会,并于次年八月与太常全尚计划谋杀孙綝。次年九月,事泄,结果孙綝废孙亮,降孙亮为会稽王。次年十月,迎时年二十有三的孙休为帝。

孙休,字子烈,乃孙权第六子。十三岁便从中书郎射慈、郎中盛冲受统国治民之术。后封琅王,居虎林。孙权亡故,孙亮承嗣,诸葛恪秉政,不许诸王居住于江水沿岸军事要地,遂将孙休迁往丹阳郡。因他与丹阳郡太守李衡不和,李衡于是多次按法对其侵扰。无奈,孙休只得上书朝廷,请求迁往他郡。朝廷准其请求,下诏将他全家迁往会稽郡。

这时的一日上午,孙休正在书房翻阅书籍,忽然门卫匆匆进来,边向他拱手施礼边报道:"皇上孙亮已被废,大将军孙綝派宗正孙楷和中书郎董朝前来迎大王到建业继帝位。"

孙休闻报,以为自己耳朵出了毛病听错了话,并忙问门卫:"你搞错了吧?"

"没错。现他们一行已到门外,不信请出去看看。"

孙休闻之,仍不相信。正在这时,孙楷和董朝已匆匆走了进来,边向孙

第七十八回 兵败新城诸葛恪遭谋杀 起内讧孙子通废立皇帝

休拱手施礼边异口同声道:"我们在门口听得明白,门卫方才所报属实呢!"

孙休闻之,方才信以为真,自然不禁大喜,并挽留孙楷和董朝一行留住一日两夜,并热情款待他们一行后,方才向建业出发。

孙吴太平三年、永安元年(曹魏甘露三年,蜀汉景耀元年)十月一日午饭后,孙休一行方才到达曲阿地界,道旁一老翁见此,遂便当道拦住孙休车驾伏地叩头道:"事久生变,天下人都殷切期望大王速往京城临朝登位呢!"

孙休认为老翁言之有理,于是便日夜兼程,飞一般急行,于当天黄昏时分便赶到了距建业仅百余里的布塞亭。次日上午,他们又赶到了永昌亭南一里处。时代丞相武卫将军孙恩与文武百官早以御车迎候在那里,并用军帐围好一座设有御座的简易殿堂。

时孙休一路上心头总是七上八下,忐忑不安。为防不测,遂令孙楷先见孙恩,打探孙恩口风。孙楷见到孙恩后很快便返回,报告孙休一切安然无虞。孙休闻报,确信无虞,于是方才下车。孙恩等文武百官见了,忙飞奔前往,伏地施礼称臣。孙休见此,激动不已,忙招呼他们统统站起。随后,才在孙恩等文武百官拥簇下进入简易殿堂。进得里面,孙休却不肯上御座,而只停息在东厢房。户曹尚书见此,忙上前至阶下宣读奏文。方宣读毕,孙恩即双手将玺符毕恭毕敬捧与孙休。时孙休却一再不受。文武百官见此,遂忙上前三请孙休接受。时孙休思想到:按立长不立幼惯例,皇位本该属我,只因全公主作梗,才叫弟弟孙亮袭了去。现孙亮被废,迎我为帝,不过是位归原主罢了。恰巧此前他曾梦见过自己乘龙升天,现又回归帝位,此并非巧合,定是天意。想到此,方才高声道:"将相诸侯共推朕,朕岂敢不承受玺符!"

言毕,即从孙恩手中接过玺符。随后,便走出简易殿堂大门,上车前往建业。孙恩等文武百官见此,遂便按秩上路为孙休导引御车。方到建业城南郊三里处,孙綝早便率领孙吴国军一千迎拜于路旁。孙休见此,不禁大喜,并忙下车回拜。随后,孙休车驾在前,孙綝一行在后,浩浩荡荡向建业城行去。不久,他们便到达了建业城南门。进得里面,便直向太初宫而去,不待歇息，孙休便进入正殿，登上御座，下诏大赦全国，并改元为永安。随后，按秩排列在殿左右两侧的文武百官皆伏地异口同声高呼："吾皇万岁万万岁！"

同年年底，即孙吴太平三年、永安元年（曹魏甘露三年，蜀汉景耀元年）十二月，孙休又下诏道：

夫褒德赏功，古今通义。其以大将军孙綝为丞相、荆州牧，增食五县。武卫将军孙恩为御史大夫、卫将军、中军督，封县侯。威远将军孙据为右将军，封县侯。偏将军孙干为杂号将军，封亭侯。长水校尉张布辅导勤劳，为辅义将军，封永康侯。董朝迎驾有功，封为乡侯。

同时，孙休又下诏道：

丹杨太守李衡昔与朕有隙，但能仿效廉颇负荆请罪故事，自到衙门请罪。朕亦仿效古贤齐桓公赦免管仲和重耳赦免勃鞮故事，不记前仇，赦免李衡。再说当初各为其主，可以理解。故应送李衡回丹阳，以免除其疑惧。

随后，孙休又下诏封异母兄孙和之子孙皓为乌程侯，孙皓胞弟孙德为钱塘侯，另一胞弟孙谦为永安侯。

同时，文武百官上奏孙休请立皇后、立太子。时孙休认为，自己方即帝位，根基未稳，且满朝文武大多为孙亮底班。倘若这时立皇后、立太子，必凶多吉少。于是下诏道：

朕本不德，枉继伟业，且刚在位，还未广施恩德于天下。再者，追加后妃和嗣君并非要事。

此后仍有官员奏请立皇后、立太子，但孙休仍不准。

同时，孙綝一家五弟兄封侯，又皆统领京城建业禁军，权势之大，超过孙休。对此，孙休自然不满，但考虑到当时形势对己不利，于是便对其示弱，即对他们的奏文，皆恭敬照准，但他们却有恃无恐。孙休恐他们更为放肆或捣乱，便多次予以赏赐，以为迷惑。同时，边褒扬孙綝废立有功，边提

第七十八回 兵败新城诸葛恪遭谋杀 起内讧孙子通废立皇帝

拔新人，以增强自己实力。于是下诏道：

大将军忠款内发，首建废立大计以安社稷。卿士内外，咸赞其议，并有勋劳。昔霍光定计，百官同心，一致赞成。应尽快按前时所议官员名单告诉供于太庙里的先帝，并依以往故事行事，迅疾予其加官晋爵。

为削弱孙綝权力，随后又下诏道：

大将军掌内外诸军事，事统烦多。故对卫将军御史大夫孙恩加任侍中，以便与大将军共管诸事。

再随后，孙休为整顿吏治和减轻其负担，以树己威，于是下诏道：

现专为诸吏家服杂役的五人中有三人服重役，父与兄在京都，子与弟为郡县吏服杂役，既要交米纳税，又要随军服杂役，致使家事无人照应的，朕将关照之。五人中有三人在服役，父与兄欲留，可留一人，此人除交米纳税外，不必随军服役。

为拉拢在永昌亭奉迎陪位他的孙恩、孙楷和董朝，孙休接着又下诏道：

在永昌亭奉迎陪位朕之诸将吏，皆加位一级。

孙休所下的这几道诏，特别是对孙恩加任侍中，与大将军共管诸事那道诏，引起了孙綝的愤慨和不满。

一日傍晚时分，孙綝在自家府上宴请左将军张布，喝到兴头时，孙綝气愤地对张布道："废黜少帝后，大多朝臣劝我自立为帝。但我认为当今陛下贤明，因而迎立他为帝，可见没我他根本不可能即帝位。但遗憾的是，他仅把我当一般朝臣对待，看来我必须再立他人了。"

张布闻之，甚觉不安，并在宴后飞一般直奔孙休下榻处，将孙綝方才对他所言一五一十告诉了孙休。孙休闻之，先是不禁大惊，随后便庆幸自己此前对孙綝的预见，并当即传召丁奉前来，与仍在场的张布一道密商对策。密商的结果是，乘腊月初八腊八节在太初宫设宴朝祭颛顼氏之机诛杀孙綝。

腊八节那天早饭方毕，孙休便派使者前往孙綝府上邀请孙綝到太初宫参加朝祭颛顼氏。因此前孙綝已从其暗探口中得到孙休、丁奉和张布欲诛杀他的消息，于是便以身体不适为由拒绝前往。孙休得报，料想孙綝有备，于是便派出十余使者前去请他。孙綝无奈，只得前往。行前，孙綝还与家人特别约定，在他到太初宫期间，家人可在府内放火为号，他见火就以府中着火为由立即返回。末了，方才乘车前往。

孙綝进入太初宫朝祭颛顼氏毕方才开宴，便见自家府中火光冲天，于是便忙起身走到孙休餐几前，向其拱手施礼请求返府灭火，时孙休却不许。对此，孙綝便料知不妙，欲转身迈步强行离去。时在场的丁奉、张布见此，随即放下筷盏，抬头示意伏于宫壁左右两侧幔帐后的武士一齐上前，三下五除二将孙綝来了个五花大绑。时孙綝方才确信暗探当初所报无疑。为求一条生路，以便待机东山再起，于是便忙向孙休跪下，边若鸡啄米似的连连叩头边央求道："请求皇上将臣下流放到交州赎罪吧！"

言毕，以为孙休会看在自己迎立他为帝的情义上同意自己请求。然孙休却板着面孔反问孙綝道："你当初何故不流放滕胤、吕据，却将他们诛杀呢？"

孙綝闻问，料知请求无望，于是便转而求其次，又向孙休请求道："臣下愿受罚沦为官奴。"

"你当初为何不将滕胤、吕据沦为官奴呢？"

孙綝闻孙休如此问，遂便哑口无言。

随后，孙休当即下令将孙綝推出斩首示众。同时宣布曾与孙綝同谋作乱者一律赦免，结果约有五千人放下武器投降。后又下诏对诛杀孙綝有功之臣张布加授中军督，封张布之弟张惇为都亭侯，授亲兵三百。张惇之弟张恂也被命为校尉。

孙休为壮大自己实力，于是下诏为被孙峻和孙綝所杀的诸葛恪、滕胤与吕据平反昭雪。诏略云：

第七十八回　兵败新城诸葛恪遭谋杀　起内讧孙子通废立皇帝

诸葛恪、滕胤与吕据本无罪，为孙峻与孙綝兄弟胡作非为所害。为此，朕不禁痛心疾首，并希望将他们厚葬和予以祭祀。因为他们而受牵连被流放者，可一律重用或与家人团聚。

时孙休还认为，因这些年内乱，百业，特别是文化教育事业凋零，因而应大力兴学，以便移除歪风陋俗和稳定江山社稷。于是便下诏兴学，诏略云：

古者建国，教学为先，所以世道清明。自建兴年间以来，时事多乱。吏民不循古道，颇重目前之利，结果致使风尚不纯，伤化败俗。故须仿效古贤置学官，立五经博士，考核选取人才，加其宠禄。同时，应招收有志好学的官吏及将校子弟，叫其各就学业，学满一年考试，并分出高下优劣，赏赐禄位。使旁观者乐其荣，闻之者美其誉。以敦王化，以隆风俗。

随后不久，孙吴国到处门不闭户，路不拾遗，风俗敦厚；五谷丰登，六畜兴旺，一片繁荣。姜维在钟提闻之，大喜，认为此时是出兵讨伐曹魏国的极好机会，于是便连夜挥笔撰就上刘禅表，请求出兵进攻曹魏国祁山。方撰就毕，便吩咐快马送往成都，呈与刘禅批准。看官欲知刘禅是否批准，请看下回分解。

第七十九回

姜伯约沓中种麦避祸
司马昭弑立曹魏皇帝

却说快马接过上表后,当即便快马加鞭,日夜兼程,不久后的一个中午便赶到成都。快马认为上表关系重大,耽误不得,遂不顾饥疲,便直向刘禅居所后宫赶去。到大门口一问,才知刘禅在其爱妻张玲及几名女侍者的陪同下,前往成都城西北百花苑御泳馆游泳去了。

说起张玲,话就长了。其父不是别人,乃蜀汉国大臣张飞。因刘备平生喜爱肌肤白皙的女人,受其影响,刘禅平生也喜爱肌肤白皙的女人,于是便娶了肌肤犹如张飞般白皙的张飞大女儿张萍为妻。孰料过门不久,她便因病身亡了。对此,刘禅自然悲伤不已;于是便娶了肌肤比张萍更为白皙的张飞二女儿张玲为妻。张玲性子不仅颇像其父,非常刚烈,而且还喜爱游泳。恰好刘禅也喜爱游泳,因而一到炎夏,夫妻俩便成了百花苑御泳馆的常客。

再说快马闻刘禅在百花苑御泳馆游泳,二话没说,便飞马向那里赶去。片刻,便到达了那里。翻身下马进得里面一看,该苑一望无际,亭台楼阁,假山顽石,珍贵禽兽,奇花异草,应有尽有。时他重任在身,自然无心观赏这些,并不及通报,便在门卫的引导下,匆匆直向苑南御泳馆奔去。时与张玲游得正欢的刘禅闻报快马来意,立刻便没了欢意,并慢腾腾地上岸走进更衣室,从早已等候在那的快马手中接过上表,粗略扫了一眼,便俯身提笔在上批了个"准"字。

须知,刘禅何故粗略看了一眼就批准了姜维的上表呢?原来他思想到:

第七十九回　姜伯约沓中种麦避祸　司马昭弑立曹魏皇帝

一年前，即蜀汉延熙十八年（曹魏正元二年，孙吴五凤二年）八月，姜维率领蜀汉国军讨伐曹魏国受挫退守钟提还未恢复元气，现又上表要出兵进攻曹魏国祁山，倘若旗开得胜，马到成功当然好，否则咋办？那么他何故又批准了姜维上表呢？原来他见姜维讨伐曹魏国虽然劳兵伤财，但对鼓舞朝野上下继承尊父刘备和相父诸葛亮兵指中原，饮马洛水，消灭曹魏，振兴汉室的遗愿还有积极意义。

快马接过刘禅批准的姜维上表，向刘禅拱手施礼后即转身出门，草草用毕饭后便出城北门，快马加鞭向钟提赶去。在不久后的一日上午便赶到钟提中军大帐姜维下榻处，将上表亲手转交给了姜维。姜维从快马手中接过上表看毕，大喜，遂于蜀汉延熙十九年（曹魏正元三年，孙吴五凤三年）七月，以廖化为先锋，王训为副先锋，马岱督后，夏侯霸为随军长史，点起蜀汉国军步骑数万，从钟提飞一般向祁山杀去。

姜维何故要进攻祁山呢？原来那里东西宽，南北长，地势平坦，土地肥美，加之西汉水水源充沛，气候温和，富产麦谷。倘若占领它，对于涧深路远、运粮困难的蜀汉国军来说，便无粮草之忧。同时，姜维生于斯长于斯的天水就在祁山附近，他熟悉那里的山山水水，有人和、地利之优势，与曹魏国军开战胜算较大。所以姜维才若当年诸葛亮一样，率领蜀汉国军向东、南进攻祁山。谁料曹魏国军安西将军、假节、领护东羌校尉邓艾早便断定姜维还会伺机进犯祁山，并要求部下将士加强备战。但他们却以为姜维所率蜀汉国军力气已竭，不可能再出祁山。对此，邓艾却结结巴巴道："我洮西……之败，非小失啊；破军……杀将，仓廪……空虚，百姓流离，几于……危亡。今以策言之，彼有乘胜之势，我有虚弱……之实，一也。彼上下相习，五兵……犀利，我将易……兵新，器杖未复，二也。彼以……船行，我以陆军，劳逸不同，三也。狄道、陇西、南安、祁山，各当……有守，彼专为一，我分……为四，四也。从南安、陇西，因食羌谷，若趣……祁山，熟麦……千顷，为之悬饵，五也。贼有……黠数，其来必矣。"

将校们闻邓艾出言虽然结结巴巴，却认为其言有理，于是便表赞同。对此，邓艾不禁大喜，当即便令他们各率所部曹魏国军，修治备守，积谷强兵，以防姜维率领蜀汉国军来犯。

时值天旱，邓艾也身披乌衣，手执耒耜，以为表率。于是上下相感，莫不尽力。

姜维闻报邓艾所率曹魏国军有备，料想攻打祁山毫无胜算，于是便改变进攻策略，率领蜀汉国军北出石营，经董亭，直攻南安。邓艾闻报，立即便率领曹魏国军抢占南安以南武城山，以拒姜维所率蜀汉国军。

武城山背靠蟠龙塬，东临千阳河，俯瞰渭水，远望秦岭，近靠金台山，气势宏伟。且上屹武城关，下连武城隘，地襟贾塬西北两翼；进，可控渭水水道；退，可固守贾塬壁垒。为蜀、雍、凉三地通衢，关中锁钥，向为兵家必争之地。

姜维自然知晓武城山易守难攻，无奈，只得再次改变进攻策略，即挥军夜渡渭水，向东进攻上邽县城东南段谷。

段谷位于时之丝绸之路南端要冲，亦为蜀、雍、凉三地交界，丝绸之路南部要冲和大震关至秦州、河西、上邽的必经之地，素有"陇右要冲，关中屏障"之称，亦为兵家必争之地。

时姜维挥军行至上邽南头段谷时，已是傍晚时分。行军赶路，没有歇息，筋疲力尽，腹中空空。姜维见此，便传令就地安营扎寨，埋锅造饭，待酒足饭饱，歇息一晚再说。其所率蜀汉国军得令，自然大喜不禁，于是边安营扎寨，边埋锅造饭。不久，便安营扎寨和埋锅造饭毕，随之便狼吞虎咽，饱餐一顿后，将刀枪一扔，摘帽解甲脱靴倒下便呼呼大睡起来。

午夜时分，忽然寨外四面八方鼓角声震天，喊杀声动地，似有千军万马杀来。直吓得从睡梦中醒来的蜀汉国军神魂颠倒，不知所措。片刻回过神，方才急忙戴帽披甲蹬靴，举枪挥刀，飞一般出寨迎战。不待接战，方才发生的一切便消失得无影无踪，好像什么也没发生。对此，蜀汉国军只得回去各就各营继续睡觉。没睡多久，寨外又如此前所发生的那般。当他们又戴帽披甲蹬靴，举枪挥刀飞一般奔出寨门迎战时，一切又如此前，即好像什么也没发生。双

第七十九回　姜伯约沓中种麦避祸　司马昭弑立曹魏皇帝

方如此往复至天明方才停止。对此，时蜀汉国军以为大事无虞，便欲摘帽解甲脱靴倒头大睡。正在这时，又听得寨外鼓角声震天，喊杀声动地。时他们不禁非常惊奇，忙飞一般赶到寨外一看，只见无数曹魏国军从四周的邽头山、大象山、麦积山、武山、香积山、桃花沟和天爷梁一齐向他们冲杀下来。

蜀汉国军见此，不禁非常惊惧，并飞一般逃出营寨，向榜沙水、散渡水、葫芦水、颍川水、东柯水、牛头水逃去。姜维见此，并不惊慌，遂将手中令旗一挥，他们立刻便靠拢到姜维、廖化、王训、马岱和夏侯霸身边。

姜维见此大喜，遂又将令旗一挥，他们很快便摆好阵形，欲与曹魏国军一决高低。居阵前中央的自然是姜维，右边是廖化、王训，左边是夏侯霸、马岱。

须知，曹魏国军也不是吃素的，在邓艾指挥下也很快摆好了阵形，欲与蜀汉国军一决高低。居阵前中央的自然是邓艾，右边是校尉陈温，左边是都尉郭统。

时双方是交战多次的宿敌，骂阵自然显得多余。因而双方布阵方毕，姜维便欲拍马舞枪向邓艾冲杀过去。银丝雪髯的廖化见此，便忙拍马舞斧高声道："何须大将军取这贼狗头，看老夫的便是！"

说时迟那时快，瞬间廖化便拍马冲过了阵中线。陈温见此，怕邓艾有失，便忙拍马挥舞着狼牙大棒上前高声道："真乃蜀寇无勇将，老叟当先锋啊！"

随后，他俩便接住杀将起来。

陈温乃陈泰之子，从小便爱弄刀舞枪，尤喜练就狼牙大棒。及长成，狼牙大棒舞得远近莫人能敌，现正时值中年，体力旺盛。时廖化武艺虽非同一般，且又久经沙场，但毕竟已风烛残年，体力有限，因而两边人马皆以为胜算在陈温一边。谁料方战三十余回合，陈温便败下阵来。因此，正所谓姜还是老的辣。

邓艾见此，二话没说，便拍马舞枪飞一般上前接住廖化杀将起来。姜维深知，邓艾是主将，武艺自然在陈温之上，因而担心廖化有失，于是也拍马舞枪飞一般上前接住邓艾杀将起来。邓艾与姜维武艺平分秋色，年纪相差无几，杀将起来自然非常激烈。时廖化早已退回自家阵前，同其他蜀汉国军一道高声呐喊为姜维助威。结果他俩大战了百余回合，也未分出高低、决出胜负。

时至午时，日头当顶，姜维与邓艾浑身上下热得汗水如注。同时皆腹中空空，饥饿难忍。于是他俩不谋而合，虚晃一招后，便一齐退出阵外，异口同声道："改时再战！"

言毕，即掉转马头，各自回阵。

随后，双方皆就地安营扎寨，埋锅造饭，待酒足饭饱，养精蓄锐后再战。

当夜无事，次日早饭方毕，双方又对起阵来。时姜维认为自己一方将校除他外，皆是老态龙钟，动作缓慢。而对方将校除邓艾外，皆是年富力强，动作敏捷，倘若再将对将单打独斗，恐毫无胜算。而自己一方人多势众，利于混战。于是待双方布好阵式，便举剑挥军潮水般向邓艾所率曹魏国军那边冲杀过去。邓艾见此，毫不畏惧，也举剑挥军迎杀上去。于是两军便你死我活地杀将起来。

时只见曹魏国军一员小将将手中一对环柄大刀舞得不见人影，不论蜀汉国军将校还是卒士，步兵还是骑兵，只要碰上他，不是脑袋搬家，便是四肢不全。姜维见此，不禁大惊，经问身边探马，方知他乃郭淮之子郭统。对此，姜维不禁长叹道："真乃将门出虎子啊！"

时曹魏国军虽兵少将寡，但多是身高力大的骑兵。蜀汉国军虽兵多将广，却多是身材矮小的步兵。厮杀不久，蜀汉国军便只有招架功夫，而无还手之力，且死伤惨重。而姜维此前传令来援的胡济所率蜀汉国军又远在汉中迟迟未到。时曹魏国军却越战越勇，鲜有死伤。姜维见此，无奈，只得率领蜀汉国军且战且走。邓艾碍于蜀汉国军兵多将广，也不随后追击，于是姜维所率蜀汉国军方才顺利退走。

在洛阳的曹髦闻报邓艾所率曹魏国军大胜，自然大喜不禁，并下诏对邓艾加官晋爵。诏文略云：

第七十九回　姜伯约沓中种麦避祸　司马昭弑立曹魏皇帝

逆贼姜维连年狡黠，民夷骚动，西土不宁。邓艾筹划有方，忠勇奋发，斩将十数，馘首千计；国威震于巴、蜀，武声扬于江、岷。今以邓艾为镇西将军，都督陇右诸军事，进封邓侯。分五百户封子忠为亭侯。

为奖励其他参战将士，曹髦又下诏道：

兵未极武，丑虏摧破，斩首获生，动以万计，自顷战克，无如此者。今遣使者犒赐将士，大会临飨，饮宴终日，称朕意焉。

于是邓艾及其所率曹魏国军无不欢欣鼓舞，口呼谢皇恩之声不止。

而蜀汉国吏民闻姜维所率讨伐曹魏国的蜀汉国军大败而归，由是怨声载道，而陇西亦骚动不宁。对此，姜维只得仿当年诸葛亮兵败街亭故事，谢过引负，并上表刘禅，请求自贬。表文略云：

维因轻兵深入，军败段谷，特请贬职。

经朝议，降姜维为后将军，行大将军事。

蜀汉延熙二十年（曹魏甘露二年，孙吴太平二年）七月，曹魏国征东大将军诸葛诞举兵淮南寿春反司马氏，曹魏国于是分关中兵东下，援助司马氏。姜维在成都闻报大喜，又上表刘禅，请求乘机率军讨伐关中。经刘禅准许，于是又率数万蜀汉国军步骑出骆谷，经沈岭，浩浩荡荡向关中杀去。

时曹魏国大将军司马望与邓艾率领曹魏国军据守长城，其部下将校们闻姜维率领蜀汉国大军杀来，不禁惊惧异常。邓艾在城南楼上见此，遂对他们结结巴巴道："我军……虽兵少将寡，但积……谷甚多。只要长期坚守不出，蜀寇便奈何……我不得。"将校们闻言，认为非常有理，于是皆表赞成。

时姜维率领蜀汉国军到达与长城上下相望的芒水后，便倚山安营扎寨。司马望和邓艾见蜀汉国军居高临下，认为对己不利，于是便趁夜悄无声息地率领曹魏国军转移到渭水两岸坚守。姜维所率蜀汉国军是远道而来，孤军深入，辎重运输困难，希望速战速决。鉴于此，姜维便仿效诸葛亮当年五丈原激司马懿出战故事,多次派廖化等将校率领蜀汉国军到曹魏国军东、西、南、北营寨辕门前挑战。时司马望和邓艾却仿司马懿当年在渭水南岸对付诸葛亮故事,拒不应战。双方相持一段时间后,蜀汉国军果如邓艾所料,粮草将尽。姜维见此,无奈,只得下令退军。

蜀汉国朝野上下因姜维累攻曹魏国无果而怨声载道,中散大夫谯周还与尚书令陈祗激烈争论讨伐曹魏国利弊。随后,谯周又作《仇国论》予以表述。论云:"因余之国小,而肇建之国大,并争于世而为仇敌。因余之国有高贤卿者,问于伏愚子曰:'今国事未定,上下劳心,往古之事,能以弱胜强者,其术何如?'伏愚子曰:'吾闻之,处大无患者恒多慢,处小有忧者恒思善;多慢则生乱,思善则生治,理之常也。故周文养民,以少取多;勾践恤众,以弱毙强,此其术也。'贤卿曰:'曩者项强汉弱,相与战争,无日宁息,然项羽与汉约分鸿沟为界,各欲归息民;张良以为民志既定,则难动也,寻帅追羽,终毙项氏,岂必由文王之事乎?肇建之国方有疾疢,我因其隙,陷其边陲,觊增其疾而毙之也。'伏愚子曰:'当殷、周之际,王侯世尊,君臣久固,民习所专;深根者难拔,据固者难迁。当此之时,虽汉祖安能杖剑鞭马而取天下乎?当秦罢侯置守之后,民疲秦役,天下土崩,或岁改主,或月易公,鸟惊兽骇,莫知所从,于是豪强并争,虎裂狼分,疾搏者获多,迟后者见吞。今我与肇建皆传国易世矣,既非秦末鼎沸之时,实有六国并据之势,故可为文王,难为汉祖。夫民疲劳则骚扰之兆生,上慢下暴则瓦解之形起。谚曰:射幸数跌,不如审发。是故智者不为小利移目,不为意似改步,时可而后动,数合而后举,故汤、武之师不再战而克,诚重民劳而度时审也。如遂极武黩征,土崩势生,不幸遇难,虽有智者将不能谋之矣。若乃奇变纵横,出入无间,冲波截辙,超谷越山,不由舟楫而济盟津者,我愚子也,实所不及。'"

谯周,字允南,巴西郡西充国人。生于书香门第,家虽贫寒,但少时便在不愿为官的父亲教导下,孜孜不倦地学习。及长成,精通六艺经传,文章词理渊通,堪称一代鸿儒。诸葛亮为团结益州氏族名士,谯周遂被聘为劝学

第七十九回　姜伯约沓中种麦避祸　司马昭弑立曹魏皇帝

从事和典学从事。后又为刘禅之子、太子刘璇师傅。诸葛亮亡故后，刘禅肆意妄为，沉湎酒色，不理朝政。谯周见此，非常生气，并上书批评。对此，刘禅不禁大怒，遂将其贬为中散大夫。其《仇国论》以古论今，意境深刻。主旨乃蜀汉国若想消灭曹魏国，复兴汉室理应采取的策略。同时，指出频繁出兵讨伐曹魏国对蜀汉国百害而无一利。时刘禅对此不置可否，而以姜维为首的大多朝中文武却对此嗤之以鼻。因此，《仇国论》并未得到执行。随后不久，刘禅还下诏恢复了姜维大将军职务，于是《仇国论》便没人敢提起。

蜀汉景耀元年（曹魏甘露三年，孙吴太平三年、永安元年）十二月，姜维在一日早朝时出班对刘禅道："先帝为汉中王时，令魏延镇守汉中。时魏延各戍点布置重兵防抗曹魏贼军，倘若他们来犯汉中，可以将其挡在戍点之外而无法进入汉中。在兴势之战中，王平就是以此法抵抗曹爽所率曹魏贼军的进攻，并取得胜利。此法虽符合《周易》'重门'之意，可御敌于外，却不能取得大胜。因此，今后若大队曹魏贼军来犯，不若让其进入阳平关，而我军则退守汉、乐二城，只留重兵把守重要关隘即可。同时可派出人马游击他们，即专攻其薄弱处。如此，便可使其防不胜防，疲于奔命。加之其粮草困难，供不应求，如此要不了多久，他们便会退走。那时我可挥军随后追杀，并将其彻底歼灭。"

刘禅闻言，不置可否。在场朝臣们见此，也低头不语。何也？因为他们明白，身为皇帝的刘禅对姜维方才所言都不置可否，他们即使有不同意见，对权倾朝野的姜维来说又有何用？

时姜维见没人反对，当即便令汉中都督胡济退守汉中以南重要关隘汉寿，监军王含守乐城，护军蒋斌守汉城。随后仅在西安、建威、武卫、石门、武城、建昌、临远这些无关紧要的关城设少数蜀汉国军守卫。从此，蜀汉国北疆险要关隘便形同虚设。

蜀汉景耀三年（曹魏甘露五年、景元元年，孙吴永安三年）秋九月，为激励蜀汉国军奋勇杀敌，刘禅遂效仿曹魏国皇帝曹芳下诏祭祀已故大司马曹真、大司马曹休、征南大将军夏侯尚、太常桓阶、司空陈群、太傅钟繇、车骑将军张郃、左将军徐晃、前将军张辽、右将军乐进、太尉华歆、司徒王朗、骠骑将军曹洪、征西将军夏侯渊、后将军朱灵、后将军文聘、执金吾臧霸、破虏将军李典、立义将军庞德、武猛将军典韦等文武功臣故事，特下诏追加已故关羽为壮缪侯、张飞为桓侯、马超为威侯、庞统为靖侯、黄忠为刚侯。

次年三月，大将军姜维等朝臣朝议认为：昔赵云从先帝，劳绩既著，经营天下，遵奉法度，功效可书。当阳之役，义贯金石。忠以卫上，君念其赏；礼以厚下，臣忘其死。死者有知，足以不朽；生者感恩，足以殒身。谨按谥法，柔贤慈惠曰顺，执事有班曰平，克定祸乱曰平，理应谥赵云为顺平侯。

刘禅认为朝议有理，遂下诏道：

赵云昔从先帝，功绩既著。朕以幼冲，涉途艰难，赖恃忠顺，济于危险。夫谥所以叙元勋也，外议云宜谥顺平侯。

须知，追谥赵云为侯是破格之举，在蜀汉国只有法正、诸葛亮、蒋琬、费祎、关羽、张飞、马超、庞统、黄忠这些高级官员才能追谥为侯，而赵云的官职比他们低，且还因箕谷之战受过降职处罚。就此而言，刘禅和姜维等朝臣比刘备和诸葛亮不看重赵云的做法高明得多。例如一，刘备当年如果让关羽率军西上助攻成都，而让德才兼备、胆大多谋、武艺高强的赵云留守荆州，即使后来从宛、雒北伐曹魏不能成功，但也不至于破坏孙刘联盟而丢失战略要地武陵、长沙和零陵三郡。例如二，诸葛亮第一次出兵祁山讨伐曹魏国时，如果让久经沙场、作战经验丰富的赵云率军驻守战略要地街亭，也不会丢失街亭而使这次讨伐曹魏国彻底失败。

常言道："美玉也有瑕。"因此，赵云也有美中不足。在诸葛亮主张讨伐曹魏国这个问题上，赵云与大多数蜀汉国官员一样，出于长期对曹魏国的极端仇恨和对振兴汉室的忠心，是持积极态度的。否则，诸葛亮就不会让他这位年事已高的将军参战，并令他率军担当据守箕谷的重任。但赵云万万没看到，在刘备还健在，且国力如日中天的蜀汉章武二年（曹魏黄初三年，孙吴

第七十九回　姜伯约沓中种麦避祸　司马昭弑立曹魏皇帝

黄武元年），蜀汉国军连实力较弱的孙吴国军都未打赢；在国力已受到极大消耗的蜀汉建兴六年（曹魏太和二年，孙吴黄武七年），又岂能打赢强大的曹魏国军呢？

总之，纵观赵云一生，功劳是显著的，不足是次要的，德才是一流的。刘备和诸葛亮对他的任用是不合理的，即埋没了人才。因此，时人对刘禅和姜维等朝臣对赵云功德的充分肯定，并得到破格追谥感到无比欣慰；同时又对刘备和诸葛亮未能合理任用赵云感到遗憾。

蜀汉景耀四年（曹魏景元二年，孙吴永安四年）冬十月，刘禅下诏大赦天下。

蜀汉景耀五年（曹魏景元三年，孙吴永安五年）十月，姜维又上表刘禅，请求出兵攻打曹魏国洮阳县。刘禅二话没说，便准了上表。姜维于是仍以廖化为先锋，马岱督后，夏侯霸为随军长史，率领数万蜀汉国军步骑从成都出发，直向曹魏国洮阳县城杀去。

洮阳县城曹魏国守军闻之，皆惊惧不已。时主将邓艾却对他们结结巴巴道："洮阳县城乃……东进西出，南北相同和……北蔽河湟，西控番戎……是要冲，也是军事重地，因而城……墙高大坚固，易守难……"

不待言毕，郭统却道："蜀寇兵多将广，来势汹……"

不待郭统言毕，邓艾便结结巴巴道："郭将军……须知，他们是远道而来，孤军……深入，且辎重运输困难，衣食……供应不济，自然欲……速战速决。我们只要坚守到……雪花飞舞，遍地结冰时，他们就会……因衣食供应不济而撤军。那时我们……再从后追杀，不用吹灰之力便可大获全……"

不待邓艾言毕，他们便认为其言有理，于是士气大振，守城信心倍增。

再说姜维所率蜀汉国军此前以为洮阳县城周围地势平坦，行进定然迅速。到达后才发现那里山高谷深，沟壑纵横，地形复杂。因此，尽管日夜不停行军，还是没赶多少路程。直到半月后的一日午饭后，他们方才赶到洮阳县城东城门下，但城头上早已战旗飘扬，刀枪林立，防守严密。姜维见此，料想一时破城有难，于是便传令就地安营扎寨，歇息一阵再说。待三日后早饭方毕,便挥军猛烈攻城,然直到日落西山,夜幕降临,也没越城池一步,反还死伤惨重。姜维无奈,只得传令鸣金收兵。随后,姜维还亲自出马挑战,但曹魏国军就是坚守不出。恰值这时北风呼啸,天降暴雪,冻得蜀汉国军浑身直冒鸡皮疙瘩。邓艾在城中闻报,大喜,并令郭统守城,他与陈温率领曹魏国军飞一般奔出东城门,猛地向蜀汉国军营寨冲杀过去。蜀汉国军不备,便弃寨向侯和逃去。邓艾见此,哪里肯舍,遂便挥军从后追杀。年富力强,身高力大,铁甲铁盔,长柄大斧,高头大马的陈温冲杀在前,莫人敢挡。

直到蜀汉国军飞一般逃进侯和,方才稳住阵脚。随后摆开阵式,抖擞精神,欲与曹魏国军一决雌雄。时曹魏国军大多为凉州籍骑兵,不仅勇猛善战,且不怕暴风飞雪。蜀汉国军大多来自气候温和、四季如春的巴蜀地区,遇到萧瑟秋风、稀疏细雪便冻得浑身僵硬,牙齿发抖,哪受得了眼下这天寒地冻之天气?因此,双方方才接战,蜀汉国军便被杀得溃不成军,大败而逃。姜维见此,无奈,只得收拾所剩人马,先回成都,然后前往沓中种麦。

须知,身为蜀汉国一人之下,万人之上的大将军姜维,为何不在成都理政,而要到远离成都的沓中种麦呢?原来他发动了十一次讨伐曹魏国之战,其中大胜两次,小胜三次,相拒不克四次,大败一次,小败一次,总之还算说得过去。但始终没实现刘备和诸葛亮"兴复汉室,还于旧都"的遗愿,反还消耗了大量国力兵力。加之他不仅是曹魏国军降将,且故乡现仍在曹魏国境内,因此蜀汉国朝野上下对其极不信任,怨恨自然也与日俱增。恰值他对宦官黄皓专政不满,曾在一日早朝时向刘禅建议将其诛除。但刘禅却不以为然道:"黄皓趋走小臣耳,昔董允切齿,吾常恨之,君何足介意!"他闻刘禅如此言,方知黄皓枝附叶连,于是惧于自己方才建议,便向刘禅拱手施礼告别而出。刘禅见此,便叫黄皓向姜维陈谢。姜维于是乘机向黄皓求沓中种麦,以便避祸。

却说司马昭对蜀汉国和孙吴国这些年来的所作所为并不在意,因为他认为他们那些所作所为即使对曹魏国有影响,那也不过犹若蚍蜉撼大树,不但白费力,也无损曹魏国一根毫毛。按理,他应高兴才是,然他却终日惶惶

第七十九回　姜伯约沓中种麦避祸　司马昭弑立曹魏皇帝

不安。何也？原来他原以为年纪尚幼的新皇帝曹髦是位成天贪吃好玩，不读经史的纨绔子弟，因为他明白，不读书便不懂世事，不懂世事便不懂统国治民之术。如此，他正好一手遮天，冒用皇权，为将来代魏自立做准备。谁料曹髦学富五车，知识渊博，满腹经纶，作有《春秋左氏传音》《伤魂赋并序》《自叙始生祯祥》《颜子论》以及赋、诏、论、叙等各类文章二十四篇。同时，还是九言诗的创始者。另外，还擅长绘画，有《祖二疏图》《盗跖图》《黄河流势》《新丰放鸡犬图》《於陵子》和《黔娄夫妻图》等画作问世。还有，曹髦曾在六年前，即曹魏正元三年、甘露元年（蜀汉延熙十九年、孙吴五凤三年、太平元年）四月一日傍晚，热情宴请股肱大臣侍中荀顗、尚书崔赞、袁亮、钟毓，给事中中书令虞松到太极殿东堂谈论帝王优劣时，特别崇拜夏朝中兴君主少康。事后钟会还凭记忆将谈论经过和内容详细记述下来并上交司马昭，司马昭看后认为曹髦有自比为有作为的中兴君主少康的嫌疑。

谈论的经过和内容是这样的：待受请者到齐就座酒方过三巡，曹髦便放下筷盏，饶有兴趣地问荀顗道："有夏既衰，后相殆灭，少康收集夏众，复禹之绩，高祖拔起陇亩，驱帅豪俊，芟夷秦、项，包举宇内，斯二主可谓殊才异略，命世大贤者也。考其功德，谁宜为先？"

方问毕，荀顗便不假思索地答道："夫天下重器，王者天授，圣德应期，然后能受命创业。至于阶缘前绪，兴复旧绩，造之与因，难易不同。少康功德虽美，犹为中兴之君，与世祖同流可也。至如高祖，臣等以为优。"

曹髦闻答却不以为然道："自古帝王，功德言行，互有高下，未必创业者皆优，绍继者咸劣也。汤、武、高祖虽俱受命，贤圣之分，所觉悬殊。少康、殷宗中兴之美，夏启、周成守文之盛，论德较实，方诸汉祖，吾见其优，未闻其劣；顾所遇之时殊，故所名之功异耳。少康生于灭亡之后，降为诸侯之隶，崎岖逃难，仅以身免，能布其德而兆其谋，卒灭过、戈，克复禹绩，祀夏配天，不失旧物，非至德弘仁，岂济斯勋？汉祖因土崩之势，仗一时之权，专任智力以成功业，行事动静，多违圣检；为人子则数危其亲，为人君则囚系贤相，为人父则不能卫子；身没之后，社稷几倾，若与少康易时

1599

而处，或未能复大禹之绩也。推此言之，宜高夏康而下汉祖矣。诸卿具论详之。"

待曹髦言毕，已夜幕降临。时曹髦认为言犹未尽，便宣布明日上午在此继续讨论。在场者认为曹髦有理，于是便深表赞成。

翌日上午，他们皆按时到达太极殿东堂，时曹髦首先道："三代建国，列土而治，当其衰弊，无土崩之势，可怀以德，难屈以力。逮至战国，强弱相兼，去道德而任智力，故秦之弊，可以力争。少康布德，仁者之英也；高祖任力，智者之俊也。仁智不同，二帝殊矣。诗、书述殷中宗、高宗，皆列大雅。少康功美过于二宗，其为大雅明矣。少康为优，宜如诏旨。"

时崔赞、钟毓、虞松对曹髦方才所言却不以为然，并异口同声道："少康虽积德累仁，然上承大禹遗泽余庆，内有虞、仍之援，外有靡、艾之助，寒浞淫愆，不德于民，浇、豷无亲，外内弃之，以此有国，盖有所因。至于汉祖，起自布衣，率乌合之士，以成帝者之业。论德则少康优，课功则高祖多，语资则少康易，校时则高祖难。"

曹髦闻言，沉思片刻遂问崔赞三人道："你们论少康因资，高祖创造，诚有之啊。然未知三代之世，任德济勋如彼之难；秦、项之际，任力成功如此之易。且太上立德，其次立功，汉祖功高，未若少康盛德之茂也。且夫仁者必有勇，诛暴必用武，少康武烈之威，岂必降于汉祖哉？但夏书沦亡，旧文残缺，故勋美阙而罔载，唯有伍员粗述大略，其言复禹之绩，不失旧物，祖述圣业，旧章不愆，自非大雅兼才，孰能与于此？向令坟、典具存，行事详备，亦岂有异同之论哉？"

方问毕，虞松即答道："少康之事，去世久远，其文昧如，是以自古及今，议论之士莫有言者，德美隐而不宣。陛下既垂心远鉴，考详古昔，又发德音，赞明少康之美，使显于千载之上，宜录以成篇，永垂于后。"

曹髦对虞松方才所言深表赞成，并道："朕学不博，所闻浅狭，惧于所论，未获其宜；纵有可采，亿则屡中，又不足贵，无乃致笑后贤，彰朕暗昧呢！"

大家闻曹髦所言极为谦虚，便无话可说，并高兴而散。

第七十九回　姜伯约沓中种麦避祸　司马昭弑立曹魏皇帝

随后不久，还发生了叫司马昭惶惶不安的事，即曹髦还经常到太学书院大讲堂讲演经论，且无所不及，头头是道。讲到高兴时，还拔剑起舞，展演武功。于是在场者莫不认为他有曹操之风，并对他佩服得五体投地。只要他前来讲演，远近儒生皆闻风而至，洗耳聆听。结果其影响日大，皇威日高。

总之，对于上述曹髦的所作所为，意欲代魏称帝的司马昭能不惶惶不安吗？

恰在这时，即曹魏甘露二年（蜀汉延熙二十年，孙吴太平二年）五月，司马昭闻报诸葛诞在寿春举兵讨伐他，这无异于雪上加霜。须知，诸葛诞为曹魏国重臣镇东大将军，何故要举兵讨伐曹魏国司马昭呢？原来此前他见自己好友曹爽、邓飏、夏侯玄等人被司马懿所杀，忠于朝廷的毌丘俭与王凌也被司马师所杀，加之不满眼下司马昭擅权，于是便在其辖区暗养侠客，积蓄力量，准备讨伐司马昭。恰值孙吴国欲进攻徐州，诸葛诞便乘机上书曹髦，愿率领曹魏国军十万防守寿春，并要求临淮水筑城以防孙吴国军北犯。对此，司马昭虽早有所闻，但无证据。于是其亲信、长史贾充便向他建议，派人以慰问征东、征西和征南大将军为名，实则观察诸葛诞言谈动机。司马昭认为贾充建议非常有理，于是便派他前往淮南观察诸葛诞。相见时，贾充佯装随意地问诸葛诞道："朝中贤达之士皆有希望皇上禅让之意，你以为如何？"诸葛诞闻问，当即便厉声反问贾充道："你不是贾豫州之子吗？你家屡受大魏之恩，岂可把江山社稷拱手让与他人呢？"随后还自言自语道："倘若朝廷有难，臣愿为其捐躯！"贾充闻之默而不语，回去后即将诸葛诞对他所问所言如实报告给司马昭，还向他建议道："倘若现在召他进京，他必不肯，没准还会反叛。但早反叛祸害小，否则其害无穷。因此，不若现今便召。"司马昭认为贾充建议有理，于是当即便以曹髦的名义下诏迁诸葛诞为司空，令其立即从扬州启程赴京就任。诸葛诞接诏后，料知是他前时对贾充所问所答引起的，自然非常恐惧，并怀疑还有扬州刺史乐綝在其中作怪，于是便杀了乐綝，并聚集淮水南北屯田的曹魏国军十万，招募新兵五万，以防司马昭率曹魏国军来攻。随后，又遣吴纲领着其幼子诸葛靓到孙吴国称臣以求救援。为取得孙吴国信任，诸葛诞还请求孙吴国掌实权的大将军孙綝将自己所率曹魏国军将校的子弟带往孙吴国做人质。对此，孙綝自然大喜不禁，并派全怿、全端、唐咨、王祚等将校率孙吴国军三万，与文钦一起前往增援诸葛诞。同时，任命诸葛诞为左都护、持符节、大司徒、骠骑将军、青州牧，封爵寿春侯。

司马昭在洛阳闻报诸葛诞所作所为，自然怒不可遏，遂无暇顾及曹髦那些是是非非，同时认为曹髦虽学富五车，知识渊博，大有作为，但无军权，因而很难逃出自己的股掌，待有机会再收拾他不迟。于是便于同年六月，让曹髦亲往项县坐镇指挥，他则率领曹魏国军二十六万驻屯丘头，任镇南将军王基为代镇东将军，都督扬、豫二州军事，与安东将军陈骞等人围攻寿春。时王基所率曹魏国军方到寿春，文钦、全怿、全端、唐咨、王祚等将校所率孙吴国军早便从寿春城东、北二门进入城中。对此，司马昭毫不惊慌，并令王基聚拢所部曹魏国军筑垒坚守。时王基多次请命司马昭攻城，但司马昭却不准。随后不久，孙吴国将军朱异率领孙吴国军三万进驻寿春附近的安丰县城，遂对王基所率曹魏国军形成内外夹击之势。司马昭得报，便以曹髦名义诏令王基率领各路曹魏国军占据险要。王基得诏，当即便对将校们道："我军对敌包围圈早已坚固，各路人马也已集中，只待敌军突围而逃。但此时叫我们转移到他处，而让城内敌军得以喘息，如此，即使计谋再高者，也难……"不待言毕，将校们便认为其言有理，并深表赞成。王基见此，大喜，遂便下令按兵不动。同时，将他方才对将校们所言上书曹髦。曹髦和司马昭认为上书有理，于是便准了上书。时文钦、全怿、全端、唐咨、王祚等人多次挥军出城欲冲破包围圈，皆因受阻而未成功。司马昭闻之自然大喜，当即便令奋武将军监青州诸军事石苞率领兖州刺史州泰和徐州刺史胡质所属精锐步骑为游击兵，于包围圈外流动游击，以防外敌。结果他们在阳渊打退了朱异所率孙吴国解围人马，并杀死杀伤两千余。

同年七月，孙綝率领孙吴国大军驻屯镬里，又遣朱异率领丁奉和黎斐等五将校及其所部孙吴国军前往寿春解围，结果又被石苞和州泰所率曹魏国军

第七十九回　姜伯约沓中种麦避祸　司马昭弑立曹魏皇帝

游击兵打退。泰山太守胡烈率领曹魏国军轻骑兵五千偷袭朱异所率孙吴国军辎重粮草所藏之地都陆，并全部予以焚毁。朱异深知，军中无粮，无异于白白送死。无奈，只得率领孙吴国军残兵败将吃野草逃回。但孙綝并不甘心，又令朱异率领孙吴国军出战，朱异便以军中缺粮为由抗令。对此，孙綝不禁大怒，并于同年九月诛杀了朱异，方才领兵从镬里回到建业。这次孙綝兴师动众，却未解寿春之围救出诸葛诞，且还死伤惨重，又杀害名将朱异，于是孙吴国朝野上下莫不怨恨他。

司马昭闻报朱异被杀，遂对部下将校们道："敌将朱异所率孙蛮人马未解寿春之围救出叛军，罪不在他，敌酋孙綝杀他的目的是想以此安抚和坚定诸葛诞守城信心。因此，我军应当加强包围，以防他们突围逃跑。同时，放出流言蜚语，扰乱其视听。"将校们闻之，认为非常有理，于是便派出多路奸细混入城中，说孙吴国军救兵很快就到，曹魏国军却粮草不济，可能即将撤围而去。诸葛诞闻之，便信以为真，并下令放心大胆吃粮。不久，粮食便供不应求，却仍未见任何救兵踪影。

时诸葛诞心腹部将蒋班和焦彝见此，遂异口同声对诸葛诞道："朱异等将校率孙吴国大军前来救援因受阻无法进城，孙綝诛杀朱异后回到建业，名义上是回去求救兵，实则坐等成败。依我俩之见，不若乘眼下我军军心稳定，士气旺盛之机，集中优势兵力突围。如此，虽难获得大胜，但确保实力还是没问题的。仅死守待援，是不行的。"时文钦却对诸葛诞道："你率十万将士投奔孙吴国，使全端与我及其他将士处于死亡之地，而我们的家人都在江左，即使孙綝不想率孙吴国军前来救援，皇上和我们的家人岂肯听他孙綝的呢？曹贼年年穷兵黩武，到处征战，早已疲惫不堪，如今他们已围困我军年余，必会发生内讧，这时我军何故不固守而要冒险突围呢？"然蒋班、焦彝不听，仍旧劝说诸葛诞突围。

诸葛诞认为文钦言之有理，于是便欲诛杀蒋班、焦彝。他俩闻之，不禁非常惊惧，便趁一个月黑风高之夜翻越城墙投奔了曹魏国军。在建业的全怿侄子全辉、全仪闻此，也带着老母及部曲投向了曹魏国。时全怿与其侄子全靖、全端、全翩和全缉正统兵驻守寿春。司马昭闻之，便采纳黄门侍郎钟会所献之计，暗中以全辉和全仪的名义写了封书信，让全辉、全仪的亲信送给全怿，说孙吴国对他们至今还未击退包围寿春的曹魏国军非常恼怒，并欲杀尽诸将家属，因而他俩方才投奔曹魏国。全怿等人看到书信后便信以为真，并于同年十二月率领数千孙吴国军开城投降了，于是城内外军民皆不禁惊慌失措。司马昭闻报大喜，遂以曹髦的名义诏令任全怿为平东将军，封临湘侯，全端等人也得到加官晋爵，以此瓦解孙吴国军守城信心。

曹魏甘露三年（蜀汉景耀元年，孙吴太平三年、永安元年）二月，文钦对诸葛诞道："蒋班、焦彝以为我俩不会挥军突围，全端、全怿又率众投敌。对此，敌防备意识必会松懈，现我军突围时机已到。"诸葛诞和唐咨认为文钦言之有理，于是便日夜打造突围器械，待一切准备就绪，便率军出城连续突围了几个昼夜。但曹魏国军毫不畏惧，并在高处用抛石机抛石块，以强弓放火箭，竟砸得突围的孙吴国军皮开肉烂，烧得他们血肉模糊。诸葛诞见此，料想突围无望，无奈，只得传令鸣金收兵回城。随后，城内粮食日渐减少，结果他们饥一顿饱一顿，甚至有上顿没下顿，于是便有几万将士出城投降。文钦见此，便向诸葛诞建议，让投奔孙吴国的原北方籍曹魏国军出城投降，以便穿吃省用，而留下他与来自南方的孙吴国军坚守，但诸葛诞不予采纳。须知，他俩此前便有怨恨，只因皆有反对司马昭之意方才联手。现在他俩意见相左，怨恨自然重起，因此诸葛诞便趁文钦有事进见他时下令诛杀了文钦。时文钦之子文鸯和文虎正统兵防守寿春城附近的小城，闻报文钦被杀，大怒，便欲率军为文钦报仇，但部下将士不从。无奈，他俩只得趁夜翻越城墙投奔了司马昭。时司马昭部下文武要求司马昭杀了他俩，然司马昭却毫不犹豫地对他们道："文钦本罪不容诛，其子文鸯、文虎亦该杀。但他俩是为父报仇不得已而降，目前城还未破，便杀他俩，守城敌军必会负隅顽抗。"结果司马昭不但没杀文鸯、文虎，反还以离间计离间守城孙吴国军，即令文鸯和文虎率领几百曹魏国军骑兵轮番向守城的孙吴国军高呼道："文鸯、文虎为文钦之子，投奔了曹魏国都未被杀，何况你们呢！"随后司马昭又对文鸯、

第七十九回　姜伯约沓中种麦避祸　司马昭弑立曹魏皇帝

文虎加官晋爵。时被饥饿困扰难忍的守城孙吴国军闻之，自然非常高兴，巴不得开城投诚。司马昭得报，立即从丘头率曹魏国军飞一般赶到寿春城下试着攻城时，却见城上孙吴国军有箭不发，有石不扔。对此，他便断定他所使的离间计已经奏效，并认为攻城时机已到，自然大喜不禁。于是立即传令所率曹魏国军从四面八方猛烈攻城，同时亲到队前击鼓呐喊。那些攻城的曹魏国军见此，不禁非常感动，遂不顾生死，奋勇攻打，并在此后不久的同年二月二十日攻破了寿春城。时在位于城中央的衙府的诸葛诞闻报，大惊，并忙飞一般出门翻身上马，欲与亲随骑勇逃出城外。不待开步，正巧司马胡奋所率曹魏国军杀了过来。双方接战片刻，诸葛诞便脑袋搬家，呜呼哀哉了。随后，又夷其三族。而被擒的诸葛诞所率孙吴国军却视死如归，无一投降，结果全部被杀。其中于诠临死前还高声道："大丈夫受命于皇上，率军援救，结果援救无果，还要当俘虏，我决不干！"言毕即脱盔卸甲，挥舞一对短柄方天画戟冲入曹魏国军阵中直至战死。唐咨、王祚等人见此，虽敬佩于诠不怕牺牲，但认为其举不能扭转战局，无奈，只得投降。结果耗时年余的这场大战，终以司马昭大胜，诸葛诞、文钦大败而告终。

对此，司马昭自然大喜不禁，但曹髦却喜不起来。须知，曹髦不是前往项县坐镇指挥讨伐诸葛诞、文钦寿春之战了吗，现在何故不像司马昭那般喜不自禁呢？原来他是受司马昭所迫参与讨伐诸葛诞和文钦的，并非心甘情愿，且还希望诸葛诞、文钦得胜呢。何也？因为他感到，尽管他与荀顗、崔赞、袁亮、钟毓、虞松在太极殿东堂谈论帝王优劣和到太学大讲堂讲演，从而提高了自己的皇威，但司马昭仍然明目张胆擅政。对此，他自然不满。恰在他在帝位的五年间，即曹魏嘉平六年、正元元年（蜀汉延熙十七年，孙吴五凤元年）至曹魏甘露四年（蜀汉景耀二年，孙吴永安二年），盛传有黄龙见于邺县井中，青龙见于轵县井中，青龙见于元城县井中，青龙见于温县井中，黄龙、青龙俱见于顿邱、冠军、阳夏县井中，黄龙两次见于宁陵井中。对此，时人闻之，认为这是吉祥之兆。但曹髦却不以为然，并自言自语道："龙象征人主，本应腾云在天，激浪于海，但却屈居于井，非吉祥啊。"遂作

《潜龙诗》以自喻。诗云：

伤哉龙受困，不能跃深渊。
上不飞天汉，下不见于田。
蟠居于井底，鳅鳝舞其前。
藏牙伏爪甲，嗟我亦同然！

该诗大意是说我曹髦是条龙，本应在天腾云驾雾，在海击浪翻涛，如今却困于井中，饱受鳅鳝欺负。

不久，司马昭从其暗探口中得知该诗所述，于是猜透了曹髦心思，不禁心生厌恶。

此后，曹髦为抒发豪情壮志，还登高赋诗一首。诗云：

赫赫东伐，悠悠远征。
泛舟万艘，屯卫千营。
干戈随风靡，武骑齐雁行。

此后不久，司马昭又从暗探口中得知该诗所述，这不禁更叫他耿耿于怀。

曹魏正元三年、甘露元年（蜀汉延熙十九年，孙吴五凤三年、太平元年）八月，曹髦便极不情愿地下诏司马昭加大都督，奏事不名，假黄钺，但司马昭仍不满足。

曹魏甘露五年（蜀汉景耀三年，孙吴永安三年）五月的一日下午，感到皇威日渐丧失的曹髦不禁非常气愤，并传召心腹侍中王沈、尚书王经、散骑常侍王业到其下榻处，对他们气呼呼地道："司马昭篡魏之心，路人皆知。朕不能坐受废辱，当与你们前往以武力讨伐！"

方言毕，王经即不以为然道："昔鲁昭公不忍季氏，败走失国，为天下笑。今权在司马昭，时日已久，朝廷四方皆不顾逆顺之理，且愿为其死，非一日啊。而今宿卫空阙，兵甲寡弱，陛下如何用之？而一旦讨伐，乃欲除疾而疾必更重啊！祸殆不测，宜见重详。"

第七十九回　姜伯约沓中种麦避祸　司马昭弑立曹魏皇帝

　　方言毕，曹髦便从怀中取出版令掷地厉声道："朕讨伐司马昭之意已决，即使死，何所惧？况且不会死呢！"

　　言毕，即到后宫进见郭太后，将欲以武力讨伐司马昭之意向她道了一番，并希望得到其支持。对此，郭太后不禁左右为难。何也？因为她思想到：司马昭擅政确实太过分了，但不至于武力讨伐。更重要的是，倘若讨伐失败，不但曹髦，就是自己，后果也不堪设想。不支持吧，倘若曹髦讨伐得胜，自己后果亦不堪设想。思前想后，干脆来个不置可否，默而不语。时曹髦看出了郭太后心思，遂思想到：好汉做事好汉当，何必牵扯太后呢。思想毕，即向郭太后拱手施礼告辞，转身匆匆出宫门去了。

　　却说王沈、王业此前在曹髦下榻处虽未言语，但心里却非常赞同王经所言，且还担心祸害于己，于是便乘曹髦前往后宫进见郭太后之机溜出大门，飞一般赶往司马府欲将曹髦言行告诉司马昭。行前相约王经一同前往，但王经不从。

　　时正在司马府后花园舞剑的司马昭闻王沈、王业所报，自然怒不可遏，并立刻收剑回到客厅，召来贾充等人，迎击曹髦。

　　当夜，急不可耐的曹髦披甲戴盔，亲与王经、冗从仆射李昭、黄门从官焦伯等人站在凌云台上点兵讨伐司马昭。时雷鸣电闪，暴雨不断。先由有司宣布即刻出发讨伐司马昭，随后王经从怀里取出黄素诏怒气冲冲宣读道："是可忍，孰不可忍也！今日便当决行此事。"

　　方宣读毕，曹髦便从腰间嗖地拔出宝剑，疾步迈下凌云台，猛地登上御车，率领早已等候在御车后的数十名宿卫太极殿的苍头和官僮举着刀枪，击着战鼓，出云龙门，飞一般向司马府冲去。他们虽是乌合之众，武艺不济，但却是天子之师，莫人敢挡，因而很快便冲到南阙门前，并与恰好赶到那里的贾充所率曹魏国军迎面相遇。时他们见曹髦挥剑冲在前面，不禁一愣，随即便向后退了几步。贾充见此，不禁非常着急，随即回头对站在他身后的太子舍人成济低声耳语道："行前大将军曾私对臣下言：自从曹爽、毌丘俭、王基、诸葛诞和文钦被灭后，拥曹者再无握兵权的了。因此，今天即使杀了不识时务、狂妄无比的曹髦，也无妨呢。"

成济闻贾充方才所言，认为杀死曹髦不但无罪，还是立功受奖的极好机会，于是当即便举矛疾步向前朝曹髦刺去。曹髦见此，大怒，遂便举剑相迎。

须知，曹髦虽然身材高大，膂力过人，武艺高强，宝剑锋利，怎奈其剑太短，结果举剑连刺成济多次，都未伤其一根毫毛。而成济虽然武艺平平，却力大无穷，矛长八丈，因而只远远一矛，便将曹髦穿了个透心凉。于是曹髦当即便血流如注，倒地而毙，时年仅二十岁。曹髦所率那些苍头和官僮见此，皆大惊失色，不知如何是好。贾充见此，怕他们将杀死曹髦所见传出去惹火烧身，于是便来了个杀人灭口，毁尸灭迹。

正在司马府等候消息的司马昭闻报曹髦真的被杀，自然大喜不禁，但又怕背上弑君罪名，于是灵机一动，计上心来，即当众佯装大惊失色，倒之于地道："反了，反了，竟敢杀死皇上！"

太傅司马孚闻报曹髦被杀，便飞一般前往枕起其尸，如丧考妣般号啕大哭。

时司马昭以为杀死曹髦的真相只有天知地知，他、贾充、成济和那些随同前往的曹魏国军知。为隐瞒弑杀曹髦真相，便下令暗杀了那些曹魏国军。从此以为万事无虞，高枕无忧。孰料朝野上下闻曹髦被杀后却群情激愤，怒不可遏，并强烈要求严查严惩凶手。司马昭闻报，不禁大为惊惧。经与贾充密议，决定叫郭太后下令，凭空数落曹髦过错，说其被杀是罪有应得，以此平息他们的激愤。郭太后见司马昭得胜，自然依了他的，于是下令云：

吾以不德，遭家不造，昔援立东海王子髦，以为明帝嗣，见其好书疏文章，冀可成济，而情性暴戾，日月滋甚。吾数呵责，遂更忿恚，造作丑逆不道之言以诬谤吾，遂隔绝两宫。其所言道，不可忍听，非天地所覆载。吾即密有令语大将军，不可以奉宗庙，恐颠覆社稷，死无面目以见先帝。大将军以其尚幼，谓当改心为善，殷勤执据。而此儿忿戾，所行益甚，举弩遥射吾

第七十九回　姜伯约沓中种麦避祸　司马昭弑立曹魏皇帝

宫，祝当令中吾项，箭亲堕吾前。吾语大将军，不可不废之，前后数十。此儿具闻，自知罪重，便图为弑逆，赂遗吾左右人，令因吾服药，密因鸩毒，重相设计。事已觉露，直欲因际会举兵入西宫杀吾，出取大将军，呼侍中王沈、散骑常侍王业、尚书王经，出怀中黄素诏示之，言今日便当施行。吾之危殆，过于累卵。吾老寡，岂复多惜馀命邪？但伤先帝遗意不遂，社稷颠覆为痛耳。赖宗庙之灵，王沈、王业即驰语大将军，得先严警，而此儿便将左右出云龙门，擂战鼓，躬自拔刃，与左右杂卫共入兵陈间，为前锋所害。此儿既行悖逆不道，而又自陷大祸，重令吾悼心不可言。昔汉昌邑王以罪废为庶人，此儿亦宜以民礼葬之，当令内外咸知此儿所行。又尚书王经，凶逆无状，其收经及家属皆诣廷尉。

同时，司马昭为表示他宽大为怀，遂上书郭太后道：

伏见中令，故高贵乡公悖逆不道，自陷大祸，依汉昌邑王罪废故事，以民礼葬。臣等备位，不能匡救祸乱，式遏奸逆，奉令震悚，肝心悼栗。春秋之义，王者无外，而书"襄王出居于郑"，不能事母，故绝之于位也。今高贵乡公肆行不轨，几危社稷，自取倾覆，人神所绝，葬以民礼，诚当旧典。然臣等伏惟殿下仁慈过隆，虽存大义，犹垂哀矜，臣等之心实有不忍，以为可加恩以王礼葬之。

郭太后看后上书，便知这是司马昭猫哭老鼠假慈悲，但又无可奈何，于是当即便准了。同时以王礼厚葬曹髦于洛阳西北三十里瀍涧之滨。尽管如此，朝野上下仍然非常激愤，仍然强烈要求严查严惩凶手，否则誓不罢休。司马昭闻报，毫不畏惧，并思想到：我司马昭兵权在握，即使追查到我头上，又能怎样！不过，杀死的毕竟是皇帝，非平头百姓。不追查和严惩凶手，就不能平息朝野激愤。倘若真的严查严惩，其后果不堪设……未思想毕，便吓得浑身直冒鸡皮疙瘩。在一旁的贾充猜出了司马昭所思所想，便上前对其低声耳语道："何不嫁祸于人呢？"

"嫁祸于谁?"

"成济。"

司马昭认为贾充所答虽然正合己意,但嫁祸于成济也得有理有据才是,否则就不能平息群愤。为此,便出门乘车飞一般赶到后宫对郭太后道:"高贵乡公率将从驾人兵,拔刃鸣金鼓向臣所止;惧兵刃相接,即敕将士不得有所伤害,违令以军法从事。太子舍人成济,横入兵陈伤公,遂至陨命;辄收成济行军法。臣闻人臣之节,有死无二,事上之义,不敢逃难。前者变故卒至,祸同发机,诚欲委身守死,唯命所裁。然惟本谋乃欲上危皇太后,倾覆宗庙。臣忝当大任,义在安国,惧虽身死,罪责弥重。欲遵伊、周之权,以安社稷之难,即骆驿申敕,不得迫近辇舆,而成济遽入陈间,以致大变。哀怛痛恨,五内摧裂,不知何地可以陨坠?科律大逆无道,父母妻子同产皆斩。陈济凶戾悖逆,干国乱纪,罪不容诛。辄敕侍御史收成济家属,付廷尉,结正其罪。"

郭太后闻言,知晓司马昭是拿成济当替罪羊,但又无可奈何,于是二话没说,当即便下诏道:

夫五刑之罪,莫大于不孝。夫人有子不孝,尚告治之,此儿岂复成人主邪?吾妇人不达大义,以谓济不得便为大逆也。然大将军志意恳切,发言恻怆,故听如所奏。当班下远近,使知本末也。

随后,司马昭便派贾充率领一支禁军将成济宅邸围了个水泄不通,并宣令捕杀成济。时成济闻报遂思想到:当时我成济是奉贾充转告的司马昭之命行事,现在不严惩司马昭或贾充,反到拿我成济问罪,真是岂有此理!于是直气得浑身发抖。待冷静后又思想到:反正是没活路,不若一不做,二不休,干脆脱光衣服,赤身裸体爬上自家房顶,高声喊叫司马昭才是弑杀曹髦的真正罪魁祸首,贾充是帮凶,都应严惩。如此,便可引来众多吏民前来围观,从而弑杀曹髦的真相也就大白于天下了。随后,成济怎么想就怎么干。片刻工夫,那些闻声赶来的吏民将成济宅邸围了个里三层外三层,并引颈踮

第七十九回　姜伯约沓中种麦避祸　司马昭弑立曹魏皇帝

足，争相视听。贾充没料到成济会来这一手，于是不禁慌了六神。待回过神，自然怒不可遏，当即下令放箭射杀成济。瞬间，成济便中箭而亡。

须知，成济虽然已死，但他在房顶上那些所作所为，却实现了他生前所愿，即司马昭和贾充弑杀曹髦一事大白于天下，并丢尽了司马昭和贾充的颜面。司马昭为消除对他和贾充的这些不利影响，挽回他俩颜面，于是便以郭太后的名义下诏，数落了曹髦许多子虚乌有的罪状，并将其废为庶民。因此，曹髦死后无任何谥号。

曹髦已死，自然还得立新帝。经朝议，决定迎立曹操之孙、燕王曹宇之子、年十五岁的曹奂为帝。

同年六月，司马昭便派其子、行中护军中垒将军司马炎持节前往安次县常道乡，迎曹奂入洛阳后宫进见郭太后。时群公闻之，为防有变，便忙一齐前往后宫，异口同声对郭太后道："殿下圣德光隆，宁济六合，而犹称令，与藩国同。请自今殿下令书，皆称诏制，如先代故事。"

郭太后认为群公所言有理，于是在曹奂到达洛阳当日，便在太极前殿举行了即位大典，并改元为景元。

随后，曹奂和郭太后认为司马昭迎立曹奂为帝有功，于是便联合下诏，拜司马昭为相国，赐爵晋公，加九锡。司马昭为遵循古之谦让习俗，多次上书固让。曹奂和郭太后于是又下诏道：

夫有功不隐，《周易》大义，成人之美，古贤所尚，今听所执，出表示外，以章公之谦光焉。

时司马昭认为火候已到，于是便接受了与当年曹操相同的上述官爵和荣誉。

从上述可见，自曹魏正元三年、甘露元年至曹魏甘露五年、景元元年（蜀汉延熙十九年至蜀汉景耀三年，孙吴五凤三年、太平元年至孙吴永安三年）五年间，曹魏国发生了一系列惊天动地的大事。那么孙休闻报后有何想法与做法呢？看官欲知详情，请看下回分解。

第八十回

孙吴国兴建浦里塘犹画饼充饥
曹魏国消灭蜀汉国若风卷残云

却说孙休自置学馆,立五经博士以来,对曹魏国司马昭弑杀曹髦,另立曹奂为帝是闻之任之,不作任何表示。何也?因为他正为孙吴国准备置九卿官忙得不可开交,哪有心思关注别的呢?何为九卿官呢?前时已作简述,故在此予以详述。九卿官就是王朝中心各行政部门首长的总称,早在西周已设置,当时称天官冢宰、地官司徒、春官宗伯、夏官司马、秋官司寇、冬官司空与少师、少傅和少保。秦朝称奉常、郎中令、卫尉、太仆、廷尉、典客、宗正、治粟内史和少府。西汉九卿官也叫九寺大卿,时称太常、光禄勋、卫尉、太仆、廷尉、大鸿胪、宗正、大司农和少府。其官位仅次于丞相、御史大夫,但职权很重。东汉沿袭西汉官制,九卿官称太常、光禄勋、卫尉、太仆、廷尉、大鸿胪、宗正、大司农和少府。所不同的是,他们分别隶属太尉、司徒和司空三公,即太常、光禄勋和卫尉三卿属太尉;太仆、廷尉、大鸿胪三卿属司徒;宗正、大司农、少府三卿属司空。由此可见,其任渐轻。曹操建立魏王国,因不能与天子刘协汉朝相等同,所以只设了六卿官。曹丕代汉称帝建立曹魏国后,沿袭汉官制设置了九卿官。不过与汉朝相比,除了职权范围被大幅削减之外,主要变化是光禄勋只管武职官员,而文职官员另归隶侍中。蜀汉国虽沿袭汉官制,但只设了六卿官,他们分别是卫尉、光禄勋、太仆、大鸿胪、大司农和少府,而无太常、廷尉和宗正。孙吴国初建时虽也承续汉统,但只设了卫尉、太仆、廷尉、大鸿胪、宗正和少府六卿。执

第八十回　孙吴国兴建浦里塘犹画饼充饥　曹魏国消灭蜀汉国若风卷残云

孙吴国朝廷之牛耳的是大司马、上将军、大将军。战时，他们调兵遣将，甚至征战沙场；平时统领朝政，管辖百官。由此可见，其权力与丞相等同。孙吴黄武七年（曹魏太和二年，蜀汉建兴六年）设大司马。不论九卿官有无变化，但职权却非常相似，即都掌管宗庙礼仪、宫殿警卫、宫门警卫、宫廷御马和朝廷马政、司法审判、外交和民族事务、皇族和宗室事务、租税钱谷和财政收支以及供皇室所需的山海池泽税赋九大事务。

须知，孙吴国何故要在孙吴永安二年（曹魏甘露四年，蜀汉景耀二年）才始备九卿官呢？因为孙休及朝臣们认为，曹魏国篡汉都沿袭汉官制设九卿官，那么孙吴国是续汉，更应沿袭汉官制设九卿官了。如此，才是名副其实的续汉统。九卿官位高权大，自然竞争者多。结果好几个月过去，直到同年秋还未议定出九卿官名单。正在这时的一日上午，孙休与丞相濮阳兴在太初殿正为此不知如何是好之际，忽见御厨房领班匆匆前来，上气不接下气向孙休报道："陛下……不好了，陛下不……好了，陛下不……"

不待报毕，孙休便问道："什么不好了，难道是天塌下来不成？"

"陛下有所不知，小的方才在殿外购得一批杜康酒，打开一尝，陛下你猜怎么着？"

"怎么着？"

"全没往日那般香甜可口。"

"难道是假的？"

"正是。"

孙休闻御厨房领班答，不禁勃然大怒道："朕前时倒是闻报有人贩卖假酒等物，但未料到竟敢卖进太初殿。真是胆大包天了！"

言毕，便不待九卿官制官员名单出炉，即令有司前往查办御厨房领班所报。结果置九卿官之事便胎死腹中，不了了之。

随后不久的一日早朝，有司向孙休拱手施礼后报道："陛下，据查，不仅杜康酒弄虚作假，就是百行百业也……"

不待报毕，孙休即惊道："你说什么？"

"百行百业也都弄虚作假。陛下,还有比这更糟糕的呢。"

"是什么?不妨报来。"

"由于种田税负过重,吏民便争相弃田耕耘,专注经商。结果乡间肥田杂草丛生,没过人顶。城镇商肆林立,叫卖声震耳欲聋。且看似繁荣非常,实则虚荣非常。"

"有这等事?那该怎么办呢?"

"仿商鞅与武帝故事,重农抑商,特别奖励垦荒者。陛下以为若何?"

孙休闻答,沉思片刻道:"可重农桑,但不抑商。"

言毕,立即便下诏道:

朕以不德,托于王公之上,凤夜战战,忘寝与食。今欲偃武修文,以崇大化。推此之道,当由士民之赡,必须农桑。《管子》有言:"仓廪实,知礼节;衣食足,知荣辱。"夫一夫不耕,有受其饥;一妇不织,有受其寒。饥寒并至而民不为非者,未之有也。自顷年已来,州郡吏民及诸营兵,多违此业,皆浮船长江,贾作上下,良田渐废,见谷日少,欲求大定,岂可得哉?亦由租入过重,农人利薄,使之然乎!今欲广开田业,轻其赋税,差科强赢,课其田亩,务令优均。官私得所,使家给户赡,足相供养。则爱身重命,不犯科法,然后刑罚不用,风俗可整。以群僚之忠贤,若尽心于时,虽太古盛化,未可卒致,汉文升平,庶几可及。及之则臣主俱荣,不及则损削侵辱,何可从容俯仰而已?诸卿尚书,可共咨度,务取便佳。田桑已至,不可后时。事定施行,称朕意焉。

吏民闻诏,自然遵守执行,结果次年秋五谷丰登,六畜兴旺,一片繁荣。对此,孙休自然大喜不禁。正在这时的一日下午,孙休正与家人在后宫欢乐,忽见都尉严密匆匆进来,不及向他拱手施礼便愁眉苦脸对他报道:"陛下,据末将方才得报,每到夏秋季节,浦里塘上空雷鸣电闪,暴雨不断,洪涝成灾,颗粒无收,人畜遭……"

不待严密报毕,孙休便急得不知所以,待回过神,即传召在建业的文

第八十回　孙吴国兴建浦里塘犹画饼充饥　曹魏国消灭蜀汉国若风卷残云

武百官前往太初宫商议是否修筑浦里塘。待他们闻召匆匆赶到那里时，孙休早已到达。时他们按秩站定高声齐呼"吾皇万岁万万岁"方毕，孙休便将严密所奏向他们道了一番。随后便有人出列高声道："据臣下所知，很久以前浦里塘是一望无垠的平地，中央有座周长二十余里的城池。城内有豪华的官衙，雄伟的观寺，整齐的民宅，繁华的商铺，林立的酒肆。钱庄、粮市、油市、肉市、菜市、柴市、猪市、牛市和禽市等一应俱全。因而常年人头攒动，热闹非凡。城外有大片沃土和无数条流向各异的河渠，年年风调雨顺，五谷丰登，瓜果累累，菜蔬飘香。加之学馆林立，学子众多，文臣武将，代代辈出。真乃地灵人杰啊！孰料在一个风和日丽的中午时分，天空突然乌云翻滚，雷声震耳，狂风大作，接着地上飞沙走石，不见物影。正在家里围桌用饭的人们见此，不禁惊慌失措，待回过神，即刻便起身拔腿到处乱窜。随后，一股凶猛的洪水伴随着惊天动地的轰鸣声从西城门飞一般涌了进来。不大工夫，城内外便洪浪滔天，一片汪洋。于是城池没了踪影，人畜成了鱼腹之物。"

群臣闻声遂忙望去，原乃丞相濮阳兴。濮阳兴，字子元，其父濮阳逸为东汉长沙太守。年少便才气远播，孙权闻之，遂命为虞县县令、尚书左曹，并以五官中郎将官职出使蜀汉国，随后任会稽太守。时孙休闲居会稽，濮阳兴认为孙休是皇亲国戚，遂主动上门与其交结，且友谊深厚。待孙休即位，征召濮阳兴入朝担任太常、卫将军，总统军国事务，封爵外黄侯。现任职丞相。

随后，濮阳兴又道："当然，欲恢复浦里塘原貌自然不可能，但修筑其堤坝，避免夏秋水涝洪灾，使沿岸五谷丰登，六畜兴旺，不过举手之劳罢了。"

言方毕，即从怀里取出一卷绢制物上前呈与孙休。孙休接过展开一看，原来是一幅浦里塘蓝图。图中浦里塘碧波荡漾，一望无际；鱼虾激浪，水鸟齐飞；岛屿点缀，桥桥相连；亭台楼阁，小巧玲珑。塘岸四周五谷丰登，六畜兴旺，一派水乡旖旎风光。时孙休看得如痴如醉，好像那不是浦里塘蓝图，而是现实中的浦里塘，且身在其中，因此竖起大拇指赞不绝口。随后，孙休便令群臣传看。时他们看后却不禁连连摇头摆手，何也？因为他们认为那不过是水中月，镜中花，看得见，摸不着。但见孙休那般作态，料知劝解无用，于是便沉默不语。

孙休见此，也不管那么多，便令都尉严密率领数万技艺精湛的孙吴国军工兵和几十万沿岸百姓修筑浦里塘。结果所费人力财力无法计算，死伤人员堆积如山，怕苦怕累而逃的数不胜数，而竣工却遥遥无期。无奈，孙休只得下令停工。对此，朝野上下无不怨恨濮阳兴。

时在洛阳的司马昭闻此倒不以为意，而在意的是消耗了孙吴国巨大的国力。倘若现在出兵消灭蜀汉国，孙吴国就会因国力空虚而自顾不暇，哪有能力发兵救援蜀汉国呢？如此，这不是进攻蜀汉国的极好机会吗？同时他还思想到：当年弑杀曹髦之事被成济那厮揭发后，虽无人公开谴责或起兵讨伐我司马昭，但却背上了弑君之罪而失去朝野上下的舆论支持。若要改变这种情况，就得将功掩罪，即出兵消灭蜀汉国。于是便在曹魏景元三年（蜀汉景耀五年，孙吴永安五年）十二月一日上午，召群臣到太极殿商议举兵消灭蜀汉国事宜。待群臣闻召到齐按秩方排定，早已来到那里的司马昭即高声道："自从平定诸葛诞和文钦叛乱以来，已六年无战事。而我军打造兵械，修缮盔甲，意在准备消灭孙蛮和蜀寇。倘若进攻孙蛮，粗略估算了一下，仅造战船、开水道，就需十万人工耗时三年。另外，孙蛮所居南方地势低，雨水多，气候潮，我军到那必会若当年魏武帝进兵荆州般沾染疾疫。因此，现当先消灭蜀寇，三年以后，再从巴蜀水陆并进。如此，就若当年晋灭虞定虢，秦吞韩并魏那般容易。据我所知，现蜀寇总共有九万人马，驻守成都和其他郡县的不少于四万，余下的不过五万可迎战我军。因此，只要把姜维那厮所率沓中种麦的蜀寇拖住，使其不能东顾，我大军便可以迅雷不及掩耳之势南出骆谷，袭击汉中。倘若他们各自据城守险，兵力就会分散，首尾隔绝。而我则可调集大军破其城池，同时派出散兵占据村野，到时不仅其阳平关城难保，就是剑门关城也难守。时昏庸无知的刘禅得知边城陷落，必束手无策，因而消灭蜀寇是预料中之事。"

第八十回　孙吴国兴建浦里塘犹画饼充饥　曹魏国消灭蜀汉国若风卷残云

言至此，喝了口茶清了清嗓子又道："蜀寇地窄人稀，资源单竭。再经诸葛村夫和姜维那厮连年穷兵黩武，早已军疲民劳，故我今只举手之劳便可将其消灭。"

时群臣认为姜维屡犯雍、凉二州，遂使他们损兵折将甚多，故今守御都很困难，哪能深入山高路险、栈道连云的蜀汉国呢？这岂不是自取大祸吗？于是皆表示反对。

司马昭见此，也无可奈何。正在这时，忽听得有人高声道："大家须知，蜀寇自诸葛亮死后，接任的蒋琬和费祎虽未轻易用兵，遂使蜀寇得到稳定。但随后这十五年间，经姜维穷兵黩武，不断向我发起进攻，使其国力军力日渐衰落，加之宦官黄皓窃弄机柄，姜维对此十分厌恶，并上书刘禅请求诛杀黄皓。黄皓闻之，便与诸葛亮之子诸葛瞻联手图免姜维，让阎宇领大将军。由此可见蜀寇内部很不稳定，倘若趁此对其用兵，一举便可消灭之。"

司马昭及群臣闻声忙望去，原乃司隶校尉钟会。时司马昭犹若淹没在水中见到救命稻草，高兴得不知所以，待钟会方言毕，便高声道："钟将军言之有理啊！"

此后，司马昭便与钟会经常废寝忘食，研究进军蜀汉国路线，时刻准备出兵。

而远在长安的征西将军邓艾闻报曹魏国军将举兵消灭蜀汉国，认为现蜀汉国尚无祸乱之机可乘，便多次上书司马昭表示反对。对此，司马昭不禁非常忧虑，并派主簿师纂到长安任邓艾部下司马，以便说明司马昭和钟会所言之意，结果邓艾方才赞同。

随后不久，即曹魏景元三年（蜀汉景耀五年，孙吴永安五年）十二月，司马昭以曹奂名义下诏任钟会为镇西将军，前往长安，都督关中，准备率军消灭蜀汉国事宜。同时，为迷惑蜀汉国，司马昭和钟会还采取声东击西之策，即令青、徐、兖、豫、荆、扬六州大力造就战船的同时，又令善于水战的唐咨率领曹魏国军造就浮海大船，扬言将要讨伐孙吴国。接着又派出多路奸细混入蜀汉国各军政部门，散布说曹魏国整军备武是为讨伐孙吴国。姜维闻之，自然不信，将曹魏国军欲伐蜀汉国的意图上报刘禅，并提议派重兵把守阳平关和阴平桥头，以为防备。但刘禅听信黄皓鬼巫之说，认为曹魏国军不会进攻蜀汉国。刘禅听后信以为真，还认为姜维是杞人忧天。于是不仅将姜维的提议束之高阁，还对满朝文武秘而不宣。

曹魏景元四年（蜀汉景耀六年、炎兴元年，孙吴永安六年）七月，司马昭以曹奂名义令十八万曹魏国军步骑分三路南下讨伐蜀汉国，即令邓艾率领三万曹魏国军从狄道向甘松和沓中，直接进攻在那里的姜维所率蜀汉国军；令雍州刺史诸葛绪率领三万余曹魏国军从祁山向武街、阴平桥头进攻，以断姜维所率蜀汉国军退路；迁任钟会为镇西将军，以胡烈、田续、庞会、夏侯咸、爰倩、句安、皇甫闿、王买等为将校，率领十余万曹魏国军，分三路分别从斜谷、骆谷、子午谷进攻汉中。

同年八月一日上午，天空万里无云，阳光明媚，秋风微寒，金盔金甲的曹奂站在洛阳城西三里处阅兵台中央前方，右侧站着的是铜盔铜甲的司马昭，左侧站着的是宽衣宽袍的贾充，其余文武百官分别排列于台下左右两侧，甲胄俱全的将士列阵于台前广场上。战旗飞舞，刀枪林立，甚是威严。待一切准备就绪，司马昭即高声宣布道："奉陛下圣旨，今日出发，消灭蜀寇！"

随后将士们立马便齐声反复高呼："陛下勿念，不灭蜀寇，决不罢休！"

方呼毕，贾充即高声宣布道："陛下和相国特别赐牛酒，犒劳将……"

不待言毕，忽见部将邓敦匆匆出列边俯身向曹奂施礼边高声道："据末将所知，蜀地山高路远，我军贸然深入，恐有有去无回之险啊！"

司马昭闻言，脸都气得没了血色。良久待缓过气即大怒道："邓敦所言，扰乱军心，立斩不饶！"

言毕，即挥手示意台下武士们将邓敦推出斩首示众。他们会意，立马便有三名武士飞一般上前，拖起邓敦奔出，片刻便将其头颅高高举起绕场一周方罢。

随后，贾充又高声宣布道："开席！"

第八十回 孙吴国兴建浦里塘犹画饼充饥 曹魏国消灭蜀汉国若风卷残云

将士们闻言,立刻便就地而坐,大吃大喝早已摆好的酒肉。待酒足饭饱,便起身按序启程上路,浩浩荡荡向西进发。

却说刘禅在成都闻报曹魏国大军来攻,不禁吓得魂飞天外,待回过神,方才忙令右车骑将军廖化从成都率领蜀汉国军前往增援时在沓中的姜维所率蜀汉国军,令左车骑将军张翼和辅国大将军董厥从成都率领蜀汉国军前往阳平关防御钟会所率曹魏国军。

同年九月,讨伐蜀汉国的曹魏国军到达长安,经过短暂整休,便开始向蜀汉国发起大举进攻。

钟会所率曹魏国军分别从斜谷、骆谷入汉中。时许褚之子、牙门将许仪率领曹魏国军工兵在前逢山开路,见水搭桥。由于行军须快速,自然要求施工也须快速,结果所开之路很松软,所搭之桥不牢固,曹魏国军走过其上,不是足陷,便是桥塌,严重影响行军速度。钟会见此,不禁大怒,并下令斩了许仪示众。部下见其父有显功于朝廷的许仪犹不原贷,莫不震悚,于是所开的路和所搭的桥质与量皆超此前。

在沓中的姜维得报曹魏国军进攻路线,便令时在汉中的监军王含放弃抵抗,率领蜀汉国军五千退守乐城;令绥武将军、护军蒋斌率领蜀汉国军五千退守汉城。

钟会在行军途中闻报蜀汉国军部署后,随即令护军荀恺率领曹魏国军万余围攻汉城,令前将军李辅率领曹魏国军万余围攻乐城,他则率领曹魏国军主力攻打阳平关。钟会路过诸葛亮陵墓时,由于军务繁忙,便派他人祭诸葛亮之墓,以示对其鞠躬尽瘁,死而后已的崇高精神的敬意,同时以便收买蜀汉国军民之心。随后令护军胡烈率领曹魏国军先行攻打阳平关。

时阳平关守关主将、关中都督傅佥欲率领蜀汉国军坚守,但其部下武兴都督蒋舒因故曾被降职欲叛变投降,于是便鼓动傅佥率领蜀汉国军出战。傅佥不知蒋舒之意,便听了蒋舒的。谁料傅佥率军方出西关城门,蒋舒便令部下收起吊桥,紧闭城门,升起白旗,投降了胡烈所率曹魏国军,并献出了所有库存粮草。傅佥得报,无所畏惧,遂便挥军与曹魏国军奋力厮杀。由于势单力薄,这位长于谋略,颇有胆勇,深受姜维喜爱的傅佥便奋战而死。时参战的曹魏国军见此,莫不对其忠勇精神佩服得五体投地。

同时,黄金城因既能运筹帷幄,又勇冠三军的柳隐率领蜀汉国军坚守,结果曹魏国军始终未能攻破。另外,曹魏国军也未能攻破乐城和汉城。

后钟会得报汉城守城主将蒋斌之父为蒋琬,便突发奇想,致书蒋斌,劝他开城投诚。考虑到直言会伤及其颜面,于是便以婉转的口气致书,即只字不提投诚而只言其他。书略云:

巴蜀能文能武之士多如牛毛,而您与诸葛思远,犹若草木,因而与我为同类。我一向尊敬故贤,故早欲祭祀瞻仰将军尊父蒋琬陵墓,以表敬意,并敬请告知其陵墓所在。

蒋斌接书后一眼便看出钟会用意,于是依葫芦画瓢,也以婉转的口气回书。书略云:

将军阁下:得知您愿以我为同类,甚为高兴。故雅书所提,不便拒绝。尊父当年病逝涪县,亦葬于涪县。余知卿欲屈驾前往祭祀瞻仰,深为感动,并表敬意。颜回视孔子如父,这是其仁德。知悉卿之行颇为感伤,更增余之情思。

钟会读罢蒋斌回书,深为其真情厚谊所折服。但见回书只字未提投诚一事,料知再劝无益,只得留下曹魏国军数万继续围攻黄金城、乐城和汉城的同时,又传令魏兴太守刘钦率领曹魏国军由子午谷出,前来与他所率曹魏国军会合,再经蜀道直向剑门关杀去。

在此之前,邓艾已令天水太守王颀、陇西太守牵弘、金城太守杨趋率领曹魏国军分别从东、西、北三面进攻时在沓中的姜维所率蜀汉国军。姜维得报曹魏国军快入汉中,尤为担心阳平关失守,剑门关便孤危。于是并未率领蜀汉国军前往抵抗,而是立刻率领蜀汉国军飞一般退往阳平关增援蜀汉国守军。但诸葛绪所率曹魏国军早已从祁山赶到阴平桥头,切断了姜维所率蜀汉

第八十回　孙吴国兴建浦里塘犹画饼充饥　曹魏国消灭蜀汉国若风卷残云

国军的退路。姜维闻报，毫不惊慌，并心生一计，令部将、赵云次子赵广断后。后赵广虽然战死，但他则率领蜀汉国军从孔函谷顺利绕到诸葛绪所率曹魏国军之后，扬言攻击。对此，诸葛绪不禁大惊，怕其所率曹魏国军的后路被切断，于是便慌忙率领曹魏国军后退三十里。姜维见诸葛绪中计，大喜，遂便乘机立即回军越过阴平桥头。当诸葛绪发现自己上当受骗时，已与姜维所率蜀汉国军回军相差一天时间，要追已来不及。姜维率领蜀汉国军从桥头经阴平，直往南撤，途中与正北上的廖化、张翼和董厥所率蜀汉国军增援人马相遇，于是合军一处继续南行。途中，他们闻报阳平关已被曹魏国军攻破。对此，不禁非常惊慌。后经商议，决定退守剑门关，以便抵抗曹魏国军南进。一日下午，当他们飞一般赶到剑门关不久，钟会所率曹魏国先锋军也兵临关头北门下。

剑门关经当年诸葛亮派蜀汉国军工兵修筑后，雄伟壮丽，高耸入云，异常坚固。其东侧紧靠望不到尾的小剑山，西侧紧靠高耸入云的大剑山。穿关城而过的蜀道狭窄险峻，乃北上中原、南下巴蜀的重要通道，也是历代兵家必争之所。因此，那些先期到达的曹魏国军见此，竟不知如何是好，并推举一小校回头将其所见报告给随后的钟会，由他定夺。钟会闻报，遂忙快马加鞭飞一般赶到那里举首一望，果如小校所报，于是不禁长叹道："过剑门关之难，难于上青天啊！"

时钟会认为，单靠强攻猛打关城很难奏效，须得软硬兼施，文武并用，以便促使蜀汉国军民投降。于是待在关北北门外一里处安营扎寨方毕，便在中军大帐撰就了一篇长长的《移蜀将吏士民檄》文，随后抄写多份，派人张贴到蜀汉国各处。文云：

往者汉祚衰微，率土分崩，生民之命，几于泯灭。太祖武皇帝神武圣哲，拨乱反正，拯其将坠，造我区夏。高祖文皇帝应天顺民，受命践阼。烈祖明皇帝奕世重光，恢拓洪业。然江山之外，异政殊俗，率土齐民未蒙王化，此三祖所以顾怀遗恨也。今主上圣德钦明，绍隆前绪。宰辅忠肃明允，勋劳王室，布政垂惠而万邦协和，施德百蛮而肃慎致贡。悼彼巴蜀，独为匪民，愍此百姓，劳役未已。是以命授六师，龚行天罚，征西、雍州、镇西诸军，五道并进。古之行军，以仁为本，以义治之。王者之师，有征无战。故虞舜舞干戚而服有苗，周武有散财、发廪、表闾之义。今镇西奉辞衔命，摄统戎重，庶弘文告之训，以济元元之命，非欲穷武极战，以快一朝之政，故略陈安危之要，其敬听话言。

益州先主以命世英才，兴兵朔野，困踬冀、徐之郊，制命绍、布之手，太祖拯而济之，与隆大好。中更背违，弃同即异，诸葛孔明仍规秦川，姜伯约屡出陇右。劳动我边境，侵扰我氐、羌，方国家多故，未遑修九伐之征也。今边境乂清，方内无事，蓄力待时，并兵一向，而巴蜀一州之众，分张守备，难以御天下之师。段谷、侯和沮伤之气，难以敌堂堂之陈。比年以来，曾无宁岁。征夫勤瘁，难以当子来之民。此皆诸贤所亲见也。蜀相壮见擒于秦，公孙述授首于汉，九州之险，是非一姓。此皆诸贤所备闻也。明者见危于无形，智者窥祸于未萌，是以微子去商，长为周宾，陈平背项，立功于汉。岂晏安鸩毒，怀禄而不变哉？

今国朝隆天覆之恩，宰辅弘宽恕之德，先惠后诛，好生恶杀。往者吴将孙壹举众内附，位为上司，宠秩殊异。文钦、唐咨为国大害，叛主仇贼，还为戎首。咨困逼擒获，钦二子还降，皆将军、封侯。咨与闻国事。壹等穷踧归命，犹加盛宠，况巴蜀贤知见机而作者哉！诚能深鉴成败，邈然高蹈，投迹微子之踪，措身陈平之轨，则福同古人，庆流来裔，百姓士民，安堵旧业，农不易亩，市不回肆，去累卵之危，就永安之福，岂不美与？若偷安旦夕，迷而不返，大兵一发，玉石皆碎，虽欲悔之，亦无及已。其详择利害，自求多福，各具宣布，咸使闻知。

该文引经据典，非常大气。首先描述了曹魏国王者之师锐不可当；其次描述了蜀汉国难以长久存在；最后是劝导巴蜀士人应尽快背弃蜀汉国，投诚曹魏国。

第八十回　孙吴国兴建浦里塘犹画饼充饥　曹魏国消灭蜀汉国若风卷残云

孰料蜀汉国军民对《移蜀将吏士民檄》却闻若未闻，睹若未睹。对此，钟会自然大失所望，一气之下，便亲临关下日夜挥军攻打。但多日也未越其关城一步，且还死伤不少。

时精通地理的钟会深知，从北直入蜀汉国腹地，攻取成都，消灭蜀汉国，只有一策，即必须攻破剑门关，否则，便成泡影。叫钟会不安的是，姜维所率守关蜀汉国军防守甚严，无懈可击。对此，他不禁非常着急，并思想到：姜维不比蒋斌，蒋斌是蜀汉国重臣蒋琬之子，不肯投诚，尚可理解。而姜维本乃我大魏之臣，只是后来因故才投奔蜀汉国，想必对大魏还藕断丝连。因此，倘若劝其归降，也许还有希望。于是便致书姜维，劝其归降。书曰：

公侯以文武之德，怀迈世之略，功济巴、汉，声畅华夏，远近莫不归名。每惟畴昔，尝同大化，吴札、郑乔，能喻斯好。

谁料姜维接书后看也不看，便束之高阁。钟会得报，不禁大怒，于是又亲临北门关头下日夜挥军猛攻，怎奈姜维也亲临北门关头上日夜挥军反击。结果曹魏国军尸积如山，血流成河，关城仍岿然不动。

正在钟会无计可施之际，又闻报粮草将尽。对此，他自然明白，粮草短缺，将意味着军心涣散，战力下降。于是只好召集将校胡烈、田续、庞会、夏侯咸、句安、皇甫闿、王买到中军大帐商议退兵事宜。结果有的说应立即撤军，否则后果难测。有的说既然已到剑门关，距成都近在咫尺，就此撤军太遗憾了，因而应继续强攻猛打，破关就在眼前。总之众说纷纭，莫衷一是。正在钟会不知如何是好之际，忽然探马来报，邓艾所率曹魏国军已攻破江油关，正南向涪城杀去。

须知，邓艾所率曹魏国军不是在沓中吗，怎会已攻破江油关并南向涪城杀去了呢？原来此前邓艾见钟会所率曹魏国军久攻剑门关不下，便认为不应在一棵树上吊死，应从他途。经与左右商议，决定乘蜀汉国军意想不到之机，从毫无防备的阴平道进军。于是便上书曹奂和司马昭，希望得到他俩批准。上书略云：

今敌摧折，宜乘胜追之。我宜从阴平邪径而进，再经汉德阳亭向涪城，出剑门关城西百里，去成都三百余里。奇兵直冲其腹心，剑门关城守敌闻之，必还救涪城。那时关城自然不攻自破，钟将军所率人马便可兵不血刃通过关城，长驱直入。倘若敌不还救涪城，涪城守敌则寡，破之必易。兵书有言：攻其无备，出其不意。今趁敌空虚，破之必易啊。

曹奂和司马昭看毕上书后，认为所述非常有理，因而当即便提笔在上书上联名书了个"准"字。邓艾接到该上书后，大喜，遂厉兵秣马，于同年十月以惠唐亭侯、其子邓忠为右先锋，司马师纂为左先锋，各率千余曹魏国军精兵前行，他则率领大队曹魏国军随后，掉头绕过景谷道，从阴平道南向进军。

阴平道长七百余里，除战时军队和平时猎人樵夫外，无他人涉足，可见其崎岖险要非同一般。对此，他们便一路凿山开道，造作桥阁，缓慢前行。最险处还是摩天岭，它高耸入云，其南面是悬崖峭壁，几乎无路可行。邓忠与师纂所率曹魏国军行到此处时，皆畏缩不前。随后的邓艾闻报，立刻拍马飞一般赶到那里高声道："现在我军深入到大雪覆盖的荒郊野岭，如入无人之境，濒于危殆。只有奋勇向前，才能化险为夷。"

言毕，便率先裹毡推转而下。其余曹魏国军见此，不禁感动得眼泪盈眶，随后即攀木缘崖，鱼贯而下。不久，他们便下到摩天岭脚下，聚齐后即飞一般向南前行，并于当日午夜赶到了江油关北门下。

江油关位于两山之间，墙体高大坚固，乃易守难攻之所。邓艾所率曹魏国军是突然杀到，又值伸手不见五指的午夜，守关蜀汉国军看不清到底有多少曹魏国军，于是吓得神魂颠倒，不知所措。睡梦中被惊醒的守关主将马邈闻报，料想坚守无益。无奈，只得下令开关投降。于是邓艾所率曹魏国军兵不血刃便占领了江油关。稍作休息即飞一般南向涪城杀去。

奉刘禅之旨从成都率领蜀汉国军赶来守卫涪城的蜀卫将军、诸葛亮之

第八十回　孙吴国兴建浦里塘犹画饼充饥　曹魏国消灭蜀汉国若风卷残云

子诸葛瞻，方到涪城便闻报江油关失守，于是不禁非常惊异，心想难道他们是从天而降的吗？并忙召集部属、其长子诸葛尚，尚书、张飞之孙张遵，尚书郎、黄权之子黄崇，羽林右部督、李恢之侄李球，到县衙大堂商议防守涪城对策。待他们闻召匆匆赶到那里按秩方站定，随后赶来的诸葛瞻便将邓艾所率曹魏国军的进军情况向他们道了一番。他们闻之，毫不惊惧，并摩拳擦掌，异口同声道："不将曹贼人马彻底消灭，誓不罢休！"时黄崇和李球还建议应将曹魏国军拒之于涪城以北险要地带将其消灭。对此，诸葛瞻却不以为然道："涪城以南绵竹县城城墙不仅比涪城城墙高大，且固若金汤，易守难攻。倘若退守那里，曹魏国军插翅难越。"言毕不容分说，便传令全军立马出南城门，过涪水，飞一般向绵竹退去。对此，黄崇不禁难过得痛哭流涕。

却说一日下午正在剑门关北楼上巡视防务的姜维闻报，邓艾所率曹魏国军暗度阴平，偷袭江油，已向涪城杀去时，不禁大惊，认为倘若涪城失守，前面便是浅丘平原，无险可据。如此，成都便危在旦夕。于是不及与廖化、张翼和董厥商议，便传令弃关沿蜀道经梓潼城南撤。时不待传令发出，又闻报守卫涪城的蜀汉国军已退出涪城，已向绵竹退去。对此，气得姜维差点昏死过去。待缓过气，只得率领蜀汉国军沿嘉陵水南下，经郪县、广汉到雒城，以便保卫成都。当他们日夜兼程经郪县方到广汉时，姜维又闻报绵竹失守，邓艾所率曹魏国军已南下攻破雒城，正向成都进军。随后，姜维时而闻报刘禅欲固守成都，时而闻报刘禅欲奔孙吴国，时而闻报刘禅欲逃往南中建宁。故叫姜维云里雾里，找不着北。无奈，只得率军由广汉回郪县以探虚实，再做定夺。

须知，此前诸葛瞻不是说绵竹城墙固若金汤，易守难攻吗？怎么会失守呢？原来诸葛瞻率领蜀汉国军退守绵竹后，便令黄崇率领蜀汉国军守城，他则率领大部蜀汉国军在南城门外三里处一块平地上列阵待战。邓艾率领曹魏国军兵不血刃占领涪城，安民方毕，便令邓忠率领曹魏国军从右，师纂率领曹魏国军从左，飞一般南向绵竹城杀去。不久，他俩所率曹魏国军便在诸葛瞻阵前相遇。时蜀汉国军阵前中央自然是铜盔铜甲、枣红雄马、手持七星剑的诸葛瞻。其右侧是铁盔铁甲、黑色雄马、手持长枪的诸葛尚和铁盔铁甲、手持长枪、白色雄马的黄崇；左侧是铁盔铁甲、手持蛇矛、黑色雄马的张遵和铁盔铁甲、枣红雄马、手持环柄大刀的李球。其后是盔甲俱全，刀枪曜日，弓弩大开的大片步骑。他们皆怒目圆睁，恨不得将来犯的邓忠和师纂所率曹魏国军斩尽杀绝，方才罢休。那架势别说人，连飞鸟走兽见了也心惊胆战。尽管如此，时乘胜进军的邓忠和师纂所率曹魏国军仍然不把他们放在眼里。因而不待列阵，邓忠和师纂便挥军向其冲杀过去。诸葛瞻见此，并不惊慌，只将手中七星剑一挥，那些蜀汉国军便以排山倒海之势迎杀了过来。片刻，曹魏国军便被杀得丢盔卸甲，拔腿回逃。邓忠和师纂要不是逃得快，早便做了俘虏或脑袋搬家了。

邓忠和师纂逃回涪城后见到邓艾说的第一句话便是："蜀寇不可击啊！"

邓艾闻之，结结巴巴大怒道："存亡……之分，在此……一举，有何……可与不可！"

言毕，还大骂了邓忠和师纂一顿。随后，即下令将他俩推出斩首示众。临刑时，邓忠和师纂向监斩官表示愿率曹魏国军前往绵竹再战，倘若再败，死而无憾。监斩官认为他俩表示有理，于是当即便报告给了邓艾。邓艾闻监斩官报，也认为有理，于是便收回成命，刀下留人。

随后，邓忠和师纂便率领曹魏国军飞一般再向绵竹杀去。须知，这次他俩所率曹魏国军不仅比上次多出许多，而且皆是膀大腰圆、武艺高强、久经沙场的骑兵，所到之处，锐不可当。因此，方到诸葛瞻所率蜀汉国军阵前，便争先恐后冲杀了过去。蜀汉国军大部分是步兵，要是在地形险要的山区、水乡和沼泽地带与骑兵交战，还有胜算的可能，可恰恰是在平原地带，哪能占到便宜？结果片刻工夫，便被杀得落花流水，纷纷向南面的雒城逃去。而诸葛瞻、诸葛尚、黄崇和李球的脑袋还搬了家。于是邓忠和师纂所率曹魏国军便轻而易举占领了绵竹城，并马不停蹄向雒城杀去。

却说钟会在剑门关关北中军大帐里正为久攻不下剑门关，且粮草供不应求而万分焦急之际，忽闻报剑门关已人去关空。时他以为是自己耳朵出了毛

第八十回　孙吴国兴建浦里塘犹画饼充饥　曹魏国消灭蜀汉国若风卷残云

病听错了话，经反复询问报告者，确信没听错话，方才急忙出营，与在一旁的诸葛绪一道前往关门下举首一望，见果如报告者所报，方才大喜不禁，并立马传令全军迅疾通过剑门关，经梓潼向涪城进军。

须知，诸葛绪不是因围堵姜维不成而屯兵桥头以北三十里处吗，怎么现在在钟会这里了呢？原来邓艾当初见钟会久攻剑门关不下，便欲与诸葛绪合兵一处避开那里，经江油关一路南下攻取成都。对此，时诸葛绪却以他只受诏攻击姜维为由，拒绝了邓艾之意，并率领曹魏国军来到剑门关与钟会所率曹魏国军会合。时钟会为扩大军力，便密告司马昭言诸葛绪所率曹魏国军畏缩不前。司马昭闻之，信以为真，遂令诸葛绪与其所率曹魏国军归到钟会门下，于是钟会便如愿以偿。

却说钟会率领曹魏国军方到涪城不久，在郪县等候刘禅确切消息的姜维便接到刘禅令他所率蜀汉国军投戈放甲，与钟会所率曹魏国军会于涪城的诏书。姜维与其所率蜀汉国军闻之，莫不怒不可遏，拔刀劈石。

须知，刘禅为何要下此诏呢？原来他在后宫正与宫女们打闹嬉戏时，忽闻报邓艾所率曹魏国军已包围了成都以北不远处的雒城，竟吓得魂不附体，待回过神，方才一面传令素有才干，处事勤勉，历任庲降都督、永安都督、现为右大将军的阎宇，从永安率领蜀汉国军前来增援成都；一面传召在成都的文武百官到朝议大殿商议对策。待他们闻召匆匆赶到朝议大殿按秩方站定，刘禅也赶到了那里。不及坐下，便将邓艾所率曹魏国军进军情况向他们道了一番。对此，他们有的一无所知，听后自然突感惊异，不知所措；有的虽有所耳闻，但却较为淡定，并未不知所措。刘禅见此，不禁一脸茫然。正在这时，忽然听得有人高声道："现敌虽快兵临我首都成都，但是孤军深入，何所畏惧？以首都为中心，以西郫县因有其县令常勖固守，其后还有汶山郡所属汶山、龙鹤、冉駹、白马、匡用五大关隘守军可用；以东郪县有姜维所率大军驻屯，江州有罗宪将军率军据守；以南南中六郡刺史霍戈可率军北上增援；以北雒城尚未失陷，且姜维所率大军距首都仅七十余里，随时可来增援。还有，北疆汉中柳隐、蒋斌、王含仍然坚守着黄金城、乐城和汉城等关隘。加之阎将军将率军前来增援,到时内外夹击,歼敌只是举手之劳。"

刘禅及文武百官闻声忙望去,原乃刘备之孙、刘禅第五子、北地王刘谌。时不待他们臧否刘谌方才所言,刘谌又高声道:"陛下还可遣使到建业求助,到时东西齐攻曹……"

不待言毕,有的便摩拳擦掌,争先恐后欲率领蜀汉国军应战;有的言可顺水而下投靠孙吴国;有的言可避南中。对此,时已银须白发、老态龙钟的光禄大夫谯周却不以为然道:"大家所言差矣!自古以来无一依附他国而行天子之事的,倘若现在依附孙吴国,必向其称臣。而人类与万物一般,皆是大欺小,强欺弱。以此理推之,强大的曹魏国可吞并孙吴国,弱小的孙吴国则不能并吞强大的曹魏国。因此,现在若向弱小的孙吴国称臣受辱,将来孙吴国被曹魏国并吞还得受辱。与其两次受辱,不若一次受辱向曹魏国称臣。倘若避祸南中,应该早有准备,眼下大敌当前,危在旦夕,人心不一,思御者有之,思降者亦有之。因而向南中出发之时,便是树倒猕猴散之时。陛下如何能到得南中呢?"

方言毕,有的便问谯周道:"降曹魏国虽然有理,倘若他们不肯受降咋办?"

"如今孙吴国并未归附曹魏国,故形势迫使曹魏国不能一只手拍两只蚂蚱。因此,曹魏国不仅会受降,而且还会礼遇有加。倘若陛下降曹魏国而得不到爵位和封地,臣将请命亲赴洛阳以故贤道义为陛下力争。"

谯周方言毕,刘禅即道:"为保江山社稷,可前往南中。"

"臣以为不妥。因南中所居多为南蛮,经常反叛。后因诸葛丞相采纳马谡建议软硬兼施,文武并举,他们才俯首归顺,缴纳赋税。现陛下万不得已奔往那里,他们很可能不会接受,说不定还会反叛。这是其一。北方曹魏国军来犯,不仅只占我巴蜀之地,很可能还会占领我整个大汉国河山。因此,倘若陛下南奔,他们仍会随后追击。这是其二。即使南奔顺利,但外有曹魏国军相逼,得不到物资供应,我军必会向南蛮征收赋税。如此,必会激起他们不满而反叛。这是其三。昔王朗假冒太子在邯郸称帝,时光武帝正在信

第八十回　孙吴国兴建浦里塘犹画饼充饥　曹魏国消灭蜀汉国若风卷残云

都，受王朗威逼，欲放弃信都与和成二郡返归关中。邳肜则劝光武帝道：'明公倘若西还关中，则邯郸之民岂肯放弃父母，背弃城主而到千里之外为你服役呢？'光武帝认为邳肜言之有理，于是便挥军攻破了邯郸。现在曹魏国军逼近，陛下南下，恐怕就是邳肜当年所言在眼下重演。这是其四。因此，愿陛下早定主意，归顺曹魏国还可获爵位和封地。倘若南奔，待到穷途末路时再向他们投诚，后果是祸是福就很难测了。"

谯周言至此，停下喝了口茶清了清嗓子又道："据臣所闻，司马昭已率曹贼军数万驻屯关中，随时准备南……"

不待言毕，在场文武百官早便吓得面如土色，并异口同声道："光禄大夫言之有理啊！"

刘禅也认为谯周言之有理，于是正欲表示赞同，刘谌却道："国家虽临灭顶之灾，但父子君臣应做最后拼搏，为江山社稷而死。只有如此，才有颜面去见先帝！"

刘禅闻言，却默不作声。刘谌见此，料想刘禅已有降意，不禁感到非常悲愤和绝望。无奈，只得气呼呼地出殿回府，带着妻、子来到刘备昭烈庙先祭祀了刘备一番，然后痛哭流涕地挥剑先将妻、子杀死，末了方举剑自杀身亡，时年三十有七。时刘禅闻之，虽也痛心疾首，但又无可奈何。末了，只得派张绍、谯周和邓良带上由他亲自撰就的致邓艾绢制降书和皇帝玉玺，前往方率领曹魏国军从绵竹赶到雒城北门外的邓艾中军大帐请求投降。

时邓艾在中军大帐正与众将商议如何及时攻破雒城后再向成都进军事宜，忽见一门卫匆匆进来，不及向他拱手施礼便向他报道："有三蜀寇在南门外言有要事求见将军。"

邓艾闻报，以为他们是来下战书的，于是立刻沉下脸结结巴巴问门卫道："他们……是何等人，竟敢……前来送死？"

"私署侍中张绍、光禄大夫谯周和驸马都尉邓良。"

邓艾闻报来者非同一般，于是道："那就……引进来吧。"

门卫道一声"是"，施礼转身出营片刻便将张绍、谯周和邓良引了进来。

他三人见到邓艾不及拱手施礼，便争先恐后将刘禅降书及玉玺毕恭毕敬地呈与邓艾，然后才边拱手施礼边异口同声道："请将军过目。"

邓艾接过展开一看，见是刘禅降书，直高兴得不知所以，并举起玉玺兴奋地道："天助……我呢！"

言毕，当即便俯身提笔回书刘禅，表示愿意接受其降。待张绍和邓良带着邓艾回书走后，邓艾便叫主簿将刘禅降书当众宣读了一番。降书云：

限分江、汉，遇值深远，阶缘蜀土，斗绝一隅，干运犯冒，渐苒历载，遂与京畿攸隔万里。每惟黄初中，文皇帝命虎牙将军鲜于辅，宣温密之诏，申三好之恩，开示门户，大义炳然，而否德暗弱，窃贪遗绪，俯仰累纪，未率大教。天威既震，人鬼归能之数，怖骇王师，神武所次，敢不革面，顺以从命！辄敕群帅投戈释甲，官府帑藏一无所毁。百姓布野，余粮栖亩，以俟后来之惠，全元元之命。伏惟大魏布德施化，宰辅伊、周，含覆藏疾。谨遣私署侍中张绍、光禄大夫谯周、驸马都尉邓良奉赍印绶，请命告诚，敬输忠款，存亡敕赐，惟所裁之。舆榇在近，不复缕陈。

在场者闻之，也如邓艾一般，高兴得不知所以。

时雒城守城蜀汉国军闻知刘禅已书告邓艾决定投降邓艾所率曹魏国军，不禁非常气愤，但事已至此，无可奈何，也只得开城投降。于是邓艾率领曹魏国军进城安抚毕城中军民后，便立刻率领曹魏国军飞一般向成都进发。一日上午他们到达成都北门外三里处安营扎寨方毕，从张绍和邓良带回的邓艾回书中得知邓艾愿接受投降的刘禅早绑缚在前，率领太子刘璿、二子刘瑶、三子刘琮、四子刘瓒、六子刘恂、七子刘璩和六十余文武随后，再后是由八名身材高大的小校抬着一副硕大的棺材，缓缓向邓艾所率曹魏国军北辕门走去。邓艾闻报，忙手执符节，起身出营，上前解开刘禅绑缚，焚烧棺材，表示受降。随后，邓艾便边向刘禅拱手施礼边连连高声结结巴巴道："识时务者……为俊杰，识时务者……为俊杰，识时务者……为俊杰！"

刘禅闻邓艾赞扬自己，激动得泪如泉涌，并忙拱手还礼道："愿将军高抬

第八十回　孙吴国兴建浦里塘犹画饼充饥　曹魏国消灭蜀汉国若风卷残云

贵手，不杀成都军民。"

邓艾闻言，边拱手向刘禅施礼边结结巴巴道："陛下勿虑，保护……成都军民，末将……责无旁贷！"

言毕，即与刘禅并肩徒步在前，其余的刘禅随行者和曹魏国军随后，从城南门浩浩荡荡入城。至此，历经了二帝四十三年的蜀汉国就此灭亡。

曹魏国灭蜀汉国后，得户二十八万，人口九十四万，带甲将士十万两千，官吏四万。加上漏籍、荫户、佃客及少数民族，共计约四百万。得米四十余万斗，金银各两千斤，绢二十万匹。

随后，改益州为梁州，并特赦原益州士民，在五年内减租一半。

在此不禁要问，曹魏国大举进攻蜀汉国，为何不见与蜀汉国命运息息相关的盟友孙吴国发兵救援呢？难道他们不知唇亡齿寒这个道理吗？回答是否定的。原来刘禅方闻报进攻蜀汉国的曹魏国军从洛阳出发时，就派使者前往建业向孙吴国求援。孙吴国也采取了围魏救赵之策救援，即派大将军丁奉率领孙吴国军进攻曹魏国寿春；将军留平率领孙吴国军进攻曹魏国南郡；将军丁封、孙异率领孙吴国军增援沔中。谁料他们未至，刘禅已开城投降了曹魏国。无奈，只得作罢。

再说邓艾入城后是否兑现了他向刘禅所许的"保护成都军民，末将责无旁贷"的诺言？看官欲知详情，请看下回分解。

第八十一回

邓钟姜心怀异志同归于尽
刘阿斗乐不思蜀得以善终

却说邓艾率领曹魏国军入成都后，果然兑现了他此前对刘禅所许的"保护成都军民，末将责无旁贷"的诺言，即约束所率曹魏国军不得抢掠，并善待原蜀汉国官吏，使其官复原职。结果得到他们的热烈拥护。

此外，邓艾为笼络原蜀汉国人心，扩大自己势力，未经曹魏国君臣准许，便拜刘禅为行骠骑将军；太子刘璿为奉车都尉；王子刘瑶、刘琮、刘瓒、刘恂、刘璩为驸马都尉。对原蜀汉国投降的群僚，则根据其原官职高低，或任命他们为曹魏国官员，或归其部下。同时，又任命其爱将师纂兼领梁州（原益州）刺史；曹魏国陇西太守牵弘等人兼领原蜀汉国各郡郡守。

为宣扬其武功，邓艾还派曹魏国军工兵到绵竹，将在那里作战中死亡的曹魏国军与蜀汉国军一起埋葬，筑成高台，作为京观。

邓艾为炫耀他给予成都吏民的恩典，遂于一日上午传召在成都的原蜀汉国士大夫到原蜀汉国朝议殿听他讲演。他们闻召，以为讲演的是什么要事，故闻召后就如往常上朝一般，不敢怠慢。当他们匆匆赶到那里方才坐定，早已坐在上方中央的邓艾即起身一本正经地对他们结结巴巴道："你等幸亏……遇上俺，才有今日……之幸。倘若遇上吴汉……那厮，你们……早脑袋搬家了。"

邓艾生怕这些士大夫不知吴汉是何人，于是接着结结巴巴道："知道么？吴汉，光武时……开国名将、军事家，云台……二十八将第二位。早年……乃王莽新朝宛县……亭长，后到渔阳郡……以贩马为业。更始元年任……安

第八十一回　邓钟姜心怀异志同归于尽　刘阿斗乐不思蜀得以善终

乐县令，后归光武，拜官……偏将军，封爵建策侯。此后不久，因他亲手斩杀了不肯与光武合作的……将领苗曾与谢躬，接着又……平定了铜马……与青犊等农民军，光武……即帝位后，便迁升他为……大司马，高封广平侯。"

言至此，喝了口茶清了清嗓子又道："建武十一年，吴汉……以征南大将军……岑彭为先锋，率领汉军……从荆州西上巴蜀讨伐公孙述。岑彭……挥军攻破荆门后，便率军……逆水行舟，长驱直入……巴蜀。吴汉则……率军驻守……夷陵打造修理……舟船，待一切准备就绪，便率所部三万……汉军将士溯水西上。恰值岑彭被刺身亡，于是吴汉……那厮便兼并其军。建武十二年，吴汉挥军与公孙述……大将魏克和……公孙永大战于鱼涪津，结果……大破蜀军。随后……挥军北攻武阳，击败了赶……来救援的蜀军将军史兴所率人马，攻破广都，直逼……成都。随后，两军激战于广都和……成都之间。结果吴汉所率汉军……所战皆捷，于是成都被围。公孙述见此，便亲率数万蜀军出城……与吴汉所率汉军决战。吴汉见此，遂令护军……高午、唐邯率领……精兵强将猛冲……猛杀，片刻便将公孙述人马……杀得溃不成军。高午还乘机冲上前将……公孙述刺了个……半死。在……随身甲士的护卫下，公孙述……才得以逃回城内。不久……便不治而亡。公孙述部下大将……延岑见此，料想守城无益，于是便……开城出降。吴汉率军……入城后，猜他……怎么着？"

言至此，停了片刻提高嗓门道："竟然纵容部下……大抢大掠，残杀无数……无辜，焚尽……宫观寺庙……官府民房，皆灭公孙述……和延岑一家老小。于是……热闹非凡、华丽无比的……成都内外，便白骨……成堆，断壁……残垣，杂草……丛生，鬼哭……狼嚎。别说目睹，就是耳闻，也……毛骨悚然。"

时尽管邓艾讲得唾沫乱飞，仍有士大夫或闭目养神，或埋头打呼。何也？原来他们不仅早便知道邓艾方才所讲演的故事，而且还嫌他口吃讲话结结巴巴。对此，邓艾虽然心知肚明，但不计较，并话锋一转，不无骄傲地结结巴巴道："姜维……虽是一时雄杰，但遇到……俺，便……穷途末路……末路了。是不是？"

时邓艾以为他们听后立刻便会争先恐后、掷地有声地答"是"，孰料良久他们才慢慢吞吞、有气无力地道了声"是"。当然，也有夸他是空前绝后的无敌战神，但此后私下里却嘲笑他不知天高地厚。

却说钟会挥军进到涪城，接受了姜维投降后，便迫不及待地上书向司马昭表功。书略云：

贼姜维、张翼、廖化、董厥等逃死遁走，欲趣成都。臣辄遣司马夏侯咸、护军胡烈等，径从剑阁，出新都、大渡截其前，参军爰倩、将军句安等蹑其后，参军皇甫闿、将军王买等从涪南出冲其腹，臣据涪县为东西势援。姜维等所统步骑四五万人，擐甲厉兵，塞川填谷，数百里中首尾相继，凭恃其众，方轨而西。臣敕夏侯咸、皇甫闿等令分兵据势，广张罗网，南杜走吴之道，西塞成都之路，北绝越逸之径，四面云集，首尾并进，蹊路断绝，走伏无地。臣又手书申喻，开示生路，群寇困逼，知命穷数尽，解甲投戈，面缚委质，印绶万数，资器山积。昔舜舞干戚，有苗自服；牧野之师，商旅倒戈。有征无战，帝王之盛业。全国为上，破国次之。全军为上，破军次之。用兵之令典。陛下圣德，恰似前代，相国忠明，公旦齐驱，仁育群生，义征不从，殊俗向化，无思不服，师不逾时，兵不血刃，万里同风，九州共贯。臣辄奉宣诏命，导扬恩化，复其社稷，安其间伍，舍其赋调，弛其征役，训之德礼以移其风，示之轨仪以易其俗，百姓欣欣，人怀安乐，商汤复苏，义无以过。

为结交原蜀汉国群臣，钟会还严令所率曹魏国军不得抄略，否则问斩。同时，还厚待姜维等将校，并皆还姜维印章节盖。出则与姜维同车，坐则同席。还对其长史杜预赞扬道："以伯约比之中土名士诸葛诞、夏侯玄之流，他们皆不能胜呢！"

为拉拢原蜀汉国吏士之心，特别是为兑现当初对蒋斌许下的要瞻仰其父蒋琬陵墓的诺言，钟会还在姜维的陪同下冒着寒风飞雪，瞻仰了位于涪城凤凰山的蒋琬陵墓。

第八十一回　邓钟姜心怀异志同归于尽　刘阿斗乐不思蜀得以善终

此后不久，即曹魏景元四年（蜀汉景耀六年、炎兴元年，孙吴永安六年）十二月，司马昭读罢钟会上书后，大喜不禁，于是便以曹奂的名义下诏褒奖钟会。诏略云：

钟会所向摧弊，前无强敌，缄制众城，网罗迸逸。蜀之豪帅，面缚归命，谋无遗策，举无废功。凡所降诛，动以万计，全胜独克，有征无战。拓平西夏，方隅清晏。其以会为司徒，进封县侯。增邑万户。封予二人亭侯，邑各千户。

钟会得到嘉奖与封赏，自然大喜不禁，遂在凤凰山脚下一广阔的平地上设宴款待其所率曹魏国军和原姜维所率蜀汉国军，以示祝贺。时曹魏国军自然是欢天喜地，大块吃肉，大碗喝酒，而那些原蜀汉国军虽然心情沉重，但却经不住香味扑鼻的酒肉诱惑，于是也若曹魏国军般大吃大喝起来。钟会与姜维的宴席摆在富乐山远望亭上，饮的是梓潼卧龙酒，菜是从位于涪城西三十里外高耸入云的天子山采集的名贵山珍。酒过三巡，钟会还起身兴致勃勃地边舞剑边吟唱刘备当年赞叹涪城"富哉乐哉"之语。正在这时，忽见一探马飞一般进来，不及向他拱手施礼便气喘吁吁地向他报道："报告司徒大人，小的方才得知，相国已上表皇上下诏褒奖邓将军功绩。"

钟会闻报，随即停下舞剑和吟唱，两眼鼓得像灯笼，高声惊异道："什么？那厮连话都说不清楚，有何功绩？相国褒奖他什么了？道来听听！"

"大意是邓艾张扬武力，振奋国威，深入敌境，斩将拔旗，消灭敌首，遂使伪王引颈自杀，并通缉多年罪者，平定蜀寇，只在瞬间。行军作战，雷厉风行。席卷西部，平定巴蜀。即使白起攻楚，韩信破赵，吴子颜斩杀公孙述，周亚夫平定七国之乱，若论功绩，皆不如邓艾。因此策封邓艾为太尉，增邑二万户。封其两子为亭侯，各封邑千……"

还未道毕，钟会早便气晕了过去。经姜维劝解，方才缓过气来，并指着成都方向破口大骂道："不值齿口的放牛娃，竟然位居太尉！于我乃奇耻大辱啊！"

须知，钟会何故如此气愤呢？原来司马昭任命他的司徒之职最初只是负责管理民众、土地及教化等事宜。而以皇上名义任命邓艾的太尉之职，在西汉初年虽不同于丞相、御史大夫，与军事无关，是虚职，但汉武帝时则以贵戚为太尉，位同丞相。到光武帝时，将大司马改为太尉，并以太尉、司徒、司空为三公。太尉管军事，司徒管民政，司空管监察，分别开府，置僚佐。也就是说，钟会的司徒位在邓艾的太尉之后。钟会之父钟繇为当朝显官巨儒，他本人又学富五车，知识渊博，因而本来就看不起农家娃出身的邓艾，现在其官阶居然超过了他，他岂能不生气呢？

须知，就当下而言，邓艾所率讨伐蜀汉国的曹魏国军是偏军，仅三万。钟会所率讨伐蜀汉国的曹魏国军是主力，是十万。此前钟会是镇西将军、假节、都督关中诸军事，主持伐蜀事宜，职权远高于邓艾的征西将军。那么司马昭何故要重邓轻钟呢？原来他认为，钟会上书虽然意达文美，但皆夸大之词。倘若不是邓艾冒死奇袭，恐怕钟会所率曹魏国军至今还被挡在剑门关外呢。因此，邓艾之功应在钟会之上。论功行赏，邓艾自然应优于钟会。

却说邓艾加官晋爵后，不禁得意非凡，雄心勃勃，并连夜挑灯提笔上书司马昭，提出举兵南下，消灭孙吴国。书略云：

兵家向来重视先树声威，然后才进攻。今凭借我大军平定蜀寇之声威，乘势南下讨伐孙蛮，乃统一天下之良机。但因前时大举用兵蜀寇后，部下将士皆疲惫不堪，已不可轻易动兵，故适暂缓。但可令陇右将士两万，蜀寇降兵两万，煮盐炼铁，为将来消灭孙蛮做准备。同时，大造舟船，以备日后顺水进军孙蛮。待一切准备就绪，便布告天下，让孙蛮知晓其所面临的危局，明了利害，自愿归顺。此所谓不战而屈人之兵。而现今我厚待刘禅，目的是安抚其士卒平民，和感化孙休，使其能投诚归顺。如果将刘禅送到京城，孙蛮就会认为这是软禁流放，如此，则不利于他们将来归顺。因此，应将刘禅暂留成都，待平定孙蛮后，再封刘禅为扶风王，迁往扶风郡，定居董卓坞，赐以资财，派人服侍，让其安度晚年。同时封其子为公侯，各赐扶风郡中一县为食邑，以示我大魏皇恩浩荡。随后再将广陵、城阳设置为王国，以待孙

第八十一回　邓钟姜心怀异志同归于尽　刘阿斗乐不思蜀得以善终

休。如此，孙蛮文武便会畏惧我之威德，争先恐后前来归顺。

方撰毕，邓艾便令快马交与时在涪城的钟会审阅并转交司马昭。钟会见上书颇具远见卓识，生怕邓艾消灭孙吴国抢了头功，于是便心生一计，将上书内容予以篡改，并揭露邓艾擅自拜刘禅等原蜀汉国官员之事。

司马昭方看毕上书，便猜到钟会在搞鬼，为两不得罪，遂传令监军卫瓘告诫邓艾道："讨伐孙蛮之事应奏请皇上，不宜即刻行之。"

邓艾闻言，却不以为然，并当即向司马昭撰就上书予以辩解。上书略云：

我受命征讨，有皇上符策。敌首既已投降，理应按旧制予以官职爵位，以便安抚，此正符合时宜。今蜀寇已皆归顺，我大魏疆域南端已与孙蛮相接，定当尽快平定。倘若等到皇上议决和传送议决到达时，则为时已晚。《春秋》有言，大夫在外，如遇有利国家之事，允许专断。今孙蛮未平，其地域又与巴蜀相连，不应拘泥于常理而失去平定其良机。《孙子兵法》有云，进非为名誉，退非惧担罪责。我邓艾虽无古贤之风范，但仍欲不自我嫌弃以损国家利誉。

时邓艾如上次一样，方撰毕便将上书交与仍在涪城的钟会审阅并转交司马昭。钟会看毕，却良久不语。在一旁的姜维见此，料想钟会与邓艾之间有隙，遂思想到：少康能复夏，光武能复汉，我姜维何不也来个复……不待思想毕，便对钟会道："邓艾这厮也太狂妄了！"

"岂止太狂妄，简直是无法无天啊！"

"那咋办？"

"你说呢？"

"杀之！"

"无罪杀……"

不待钟会言毕，姜维即道："欲加之罪，何患无辞。上书相国，告他行事悖逆不道，有叛乱迹象。如何？"

"姜将军言之有理啊！"

姜维之所以说出上述之言，意在离间钟会与邓艾间的关系，分散并削弱曹魏国军在梁州（原益州）的力量，为复兴蜀汉国、消灭曹魏国做准备。时钟会不明其意，言毕便提笔按姜维上述所言之意上书司马昭。时司马昭本对邓艾平定蜀汉国后所作所为大为不满，因而对钟会上书所言便信以为真。于是便奏请曹奂，诏令随军在成都的卫瓘以谋反罪逮捕邓艾及邓忠，槛车押到洛阳受审。卫瓘得令，自然照诏执行。对此，邓艾不禁仰天结结巴巴长叹道："我乃……大魏忠勇之臣，竟落到这种……地步。当年白起……的不幸遭遇，今又重……演呢！"

钟会见自己阴谋得逞，自然大喜不禁，并于曹魏景元五年、咸熙元年（孙吴永安七年、元兴元年）正月十五，同姜维率军抵达成都。

邓艾被押走后，所部曹魏国军自然便归到钟会门下，加上此前归属的胡烈所率曹魏国军和姜维所降蜀汉国军，钟会便握有二十余万猛将锐卒。对此，他自以为威震西蜀，功名盖世，不愿再为他人做嫁衣裳，于是拥兵自立之志顿生，遂欲令姜维率领原蜀汉国将士五万出斜谷，他率曹魏国大军随后跟进。到长安后，再令姜维率领一支骑兵从陆路，步兵从渭水乘船顺流入河水，五日后到达洛阳以北盟津，与他所率曹魏国军主力会合于洛阳，天下于是可定。正在这时，钟会忽得司马昭来书。书略云：

恐邓艾或不就征，今遣中护军贾充率步骑一万北入斜谷，驻屯乐城。我将率军十万驻屯长安，相见在近。

钟会阅毕来书大惊，并对所有亲信道："拿取邓艾，相国知我能独办。今来如此多大军，必觉我有异心。因此，我宜北向迅速发兵。事成，可得天下。否则，退保巴蜀，不失做刘备啊。我自淮南以来，划无遗策，四海所共知。我功高名盛而无好归宿，岂有此理！"

次日，钟会便召集护军、郡守、牙门骑督以及原蜀汉国官员到原蜀汉国朝议殿为方去世月余的郭太后发丧，并伪造郭太后遗命，起兵诛灭司马昭。同时，还叫他们在木版上签署"同意"二字作为凭证。随后，即派亲信率领

第八十一回　邓钟姜心怀异志同归于尽　刘阿斗乐不思蜀得以善终

其所率曹魏国军准备出发。但那些护军、郡守、牙门骑督并不跟从，钟会便将他们与姜维部下有关将校关在原蜀汉国各官府中，并派兵严加看守，以防走漏风声。

钟会有一位特别受器重的部下叫丘建，原是胡烈部下，他对钟会说，应派一亲信为胡烈端饭倒水，其余的也应按例备一侍从。对钟会夺走其兵权耿耿于怀的胡烈也乘机对伺候他的那位亲信谎言道："钟会已下令挖了个大坑，欲将所有将校打死，埋在坑中。"亲信闻之便信以为真，遂将谎言传给那些为其他人端饭倒水的侍从。他们闻之，也信以为真。于是一传十，十传百，百传千，一夜之间便传遍了全军。

同时，出使成都的相国左司马夏侯和、骑士曹属朱抚与中领军司马贾辅等皆临危不惧，慷慨激昂，严词斥责钟会的反叛行为。贾辅还乘机对钟会所率曹魏国军的将军王起道："钟会这厮暴虐无道，欲将不服他的将士尽行杀死。现相国已率军三十万从首都出发来讨伐他，因此跟随他造反必无好下场。"贾辅如此言的目的是向王起辨明是非，讲清形势，激励他发兵讨伐钟会。王起听后信以为真，随即将贾辅对其所言传说给了其他曹魏国军。他们闻之，随之群情激愤，并转而向钟会发起进攻。随后，虎贲张修也飞马赶到诸军营中传言钟会谋反意图。这样一来，便军心浮动，皆感自危。对此，姜维便向钟会秘密建议道："事到如今，不若一不做，二不休，干脆将所有被关者杀死。"

钟会闻言，却犹豫不决。

同年正月十八中午，原胡烈部下与胡烈之子忽然闯出门外猛地击敲军鼓。时钟会正与姜维在钟府用饭，闻得鼓声，以为是失火，于是便放下碗筷，起身发给姜维灭火器具，并道："外有汹汹声，像是失火。"

时各路曹魏国军听到鼓声，便在没人统领的情况下，纷纷拥向城门。钟会闻报大惊，遂问姜维道："兵来似欲作恶，该咋办？"

姜维当即紧握双拳掷地有声道："当击之！"

钟会认为姜维言之有理，立刻便与姜维赶往原蜀汉国朝议殿遣兵前往执行。那些被关者闻之，皆怒不可遏，并欲冲出予以反击。于是有的以柱撞墙，有的以刀劈门，但毫无结果。不久，门外乱兵如蚂蚁般乱闯，有的登城焚烧城楼，有的张弓拉弦，箭如雨下。被关者也齐心合力撞门而出，与乱兵会合后飞一般向原蜀汉国朝议殿赶去。时正与姜维在那发号施令的钟会闻报，大怒，并亲自冲出门外迎战，结果斩杀数人。时乱兵越来越多，已老态龙钟的姜维哪是其对手，片刻便被他们杀死，时年六十有二。结果他复兴蜀汉国，消灭曹魏国之志便灰飞烟灭。随后，钟会也被年方十八的胡烈之子胡渊所杀，时年四十岁。而其拥兵自立之志也如姜维复汉之志一样，灰飞烟灭。

钟会被杀后，曹魏国军便无人管束。于是数日成都内外及蜀地便遭到严重抄略，到处一片狼藉。同时，钟会部下数百将校、姜维全家被杀，原蜀汉国太子刘璿、左车骑将军张翼、汉城护军蒋斌、太子仆蒋显和大尚书卫继等也相继被杀，关羽后裔被庞德之子庞会灭门。结果比当年吴汉所破坏的程度有过之而无不及。幸亏随后卫瓘约束诸军，乱象方才得以平息。

钟会兄钟毓，去年冬去世。其子钟邕，随钟会死于成都乱兵之手。钟会所收养的钟毓之子钟毅及钟峻、钟辿皆下狱，理应伏诛，但时司马昭却以曹奂名义下诏曰：

钟毅、钟峻与钟辿的祖父钟繇，三祖之世，极位三公，佐命立勋，祭祀庙庭。长子钟毓，历职内外，干事有绩。昔楚思子文之治，不灭斗氏之祀。晋录成宣之忠，用存赵氏之后。以钟会、钟邕之罪，而绝钟繇、钟毓之类，吾不忍也！钟峻、钟辿兄弟官复原职，如有爵位，亦如故。惟钟毅及钟邕伏法。

因司马昭之诏，钟峻、钟辿才得以免死，并官复原职。随后，司马昭还默许了向雄给钟会收尸。由此可见，司马昭很敬重豪门贵族。

须知，当初司马昭欲遣钟会进军蜀汉国时，西曹属邵悌就曾向他建议道："今遣钟会率军十余万进攻蜀寇，愚以为钟会单身，无家属做人质，不若派别人前往。"

司马昭闻言却抚髯大笑道："我岂会不知此理呢？蜀寇为天下大患，使我

第八十一回　邓钟姜心怀异志同归于尽　刘阿斗乐不思蜀得以善终

大魏之民不得安息，我今伐之易若反掌。而大家皆言蜀寇不能伐之，并以为倘若事先胆怯则智勇并竭，智勇并竭而强迫其出兵，则易为敌所败，唯钟会与我意见相同。今遣他进攻蜀寇，必能灭之。而蜀寇被灭后，就如你所虑，钟会能如何？凡败军之将不可言勇，亡国之大夫不可与图存，因心胆已破之故。若蜀寇被灭，遗民震恐，岂肯与钟会共图事？我大魏将士各自思归，更不会与其图事。这时倘若有人作恶，必自取灭族。因而你无须担忧，但千万别让他人知晓。"

当钟会密告邓艾不轨，司马昭将率军西去，邵悌又对他道："钟会所统人马于邓艾五六倍之多，令钟会擒拿邓艾即可，而相国不必亲往。"

司马昭又抚髯大笑道："你难道忘记前时对我所言了吗？而今怎么又言我不须亲往呢？即使是你，这种话也不应该说。我要以信义对待他人，但他人也不能辜负我，因而我岂可先于他人生疑心呢？近日贾护军问我道：'颇疑钟会否？'我当即答道：'如果我今遣你出征，难道我也怀疑你吗？'他亦无言以对。待我到了长安，一切都会自行了结了。"

果如司马昭所料，他率大军方到长安，钟会就被杀了。此真所谓螳螂捕蝉，黄雀在后。

再说原邓艾所率曹魏国军见钟会已死，便欲追回邓艾。卫瓘闻报，怕遭邓艾回来报复，便令田续斩杀邓艾父子。田续得令，便快马加鞭赶到绵竹，将方到绵竹的邓艾父子杀之。结果邓艾那率军顺流而下，平定孙吴国的雄心壮志便成泡影。同时，随同的师纂等也被杀害。在洛阳的邓艾诸子也被杀害，其妻和子孙被流放到穷乡僻壤的西城。直到两年后，即司马炎代曹魏国立西晋的晋武帝泰始元年（孙吴元兴二年、甘露元年），司马炎方才下诏减轻处罚。诏略云：

昔太尉王凌谋废齐王曹芳，结果齐王曹芳最终未能保住帝位。征西将军邓艾，居功自傲，失去品节，理应处死。但下达逮捕诏书之日，他便受诏，遣散部下，束手就擒。与那些作恶贪生者，断然不同。故今大赦其全家，可回京居住。倘若无子孙为之立嗣，可以祭祀之礼不绝。

又后两年,即晋武帝泰始三年(孙吴宝鼎二年),议郎段灼上书司马炎,为邓艾鸣不平,但无结果。又过了六年,即晋武帝泰始九年(孙吴凤凰二年),司马炎方才下诏为邓艾平反。诏略云:

邓艾创立功勋,束手受罪而不逃避,其子孙也沦为奴隶。对此,朕不禁同情,可任其亲孙邓朗为郎中。

于是时距邓艾被杀已十年,方才得到平反。

却说原蜀汉国官吏及民众闻姜维被杀,皆如丧考妣,悲痛欲绝,并歌功颂德,树碑立传。如为刘禅写降书的大儒、原蜀汉国秘书令,后任晋巴西太守,封关内侯的郤正就曾著文褒论姜维。文略云:

姜伯约据上将之重,处群臣之右。宅舍简陋,资财无余,侧室无小妾,后庭无声乐之娱。衣服仅求够用,车马仅求乘用,饮食节制,不华不奢,且皆属官给,随手消尽。察其所以如此,非以感发贪婪污浊,抑情限己也。只不过以为此足矣,不再多求。凡人之谈,常誉成毁败,扶高抑下,皆以姜维投厝无所,身死宗灭,以是贬低,不复衡量。如此提倡褒贬标准就有差别。如姜维之乐学不倦,清素节约,乃一时之表率也。

但也有贬论的,如陈寿评道:"姜维略具文武,志立功名。但穷兵黩武,轻率出兵,明断不周,终致陨毙。"总之,众说纷纭,莫衷一是。

以上所述皆是后事,故就此打住。

却说司马昭闻报成都之乱已经平息,不禁大喜,于是便率军从长安回到洛阳。到达洛阳西门那天上午,曹奂早率文武百官迎候在那里。司马昭见此,不禁大喜,忙上前拱手向曹奂施礼。随后,便与曹奂并肩入城。当日中午,曹奂举盛宴为司马昭接风洗尘,也为庆祝消灭蜀汉国。酒过三巡,曹奂便起身当众宣诏,将司马昭爵位迁升为王,即晋王,并增加封地,连以前所封共二十郡。对此,司马昭自然喜不自胜,忙高呼"谢皇恩"不止。

随后,曹奂又下诏追尊司马懿为晋王,司马师为景王。

第八十一回　邓钟姜心怀异志同归于尽　刘阿斗乐不思蜀得以善终

此时值曹魏景元五年、咸熙元年（孙吴永安七年、元兴元年）三月。

须知，司马昭封晋王与曹操当年封魏王有很大的不同。曹操封魏王后当即便在封地邺城设置都城，并在那里发号施令。而司马昭封晋王后却始终未在其封地并州设置都城，更别说前往那里发号施令了。何也？如前所述，曹操虽有代汉称帝之意，却无代汉建魏国称皇帝之举。司马昭则不同，不仅早有代曹魏国建晋国称皇帝之意，还有代曹魏国建晋国称皇帝之举，因而始终固守洛阳，等待时机。

不管怎么说，异姓封王非常不易，为何司马昭却理所当然受之，而未按时之惯例辞让呢？难道他不懂得自古以来的辞让之礼吗？非也。在此之前，即曹魏甘露五年、景元元年（蜀汉三年，孙吴永安三年）四月，曹奂下诏重申以前对司马昭的封赏，陈述司马昭功德，封其为晋公，晋位相国，加九锡，并以春秋时晋国故地十郡，方元七百里地界封给司马昭。公卿将校闻之，皆到司马府祝贺，然司马昭却按惯例辞让。对此，司空郑冲曾劝道："我早闻皇上封赐明公之诏，但又闻你坚决辞让，我及群臣知晓你对大魏赤胆忠心，故欲道出我对你之浅陋意见。我以为，圣王所定封赐制度，不仅现在，就是千年百代之后，还得执行，以褒扬有德之士，封赏有功之人。昔日伊尹，不过有莘氏陪嫁女臣仆，一旦辅佐成汤建功立业，便被称为贤相；周公凭借文王与武王建立功业，辅助成王，遂便受封曲阜、龟蒙；吕尚不过是一石番溪钓徒，一朝做了周朝统帅，便得封地营丘。从此以后，即使功薄而得厚赏者，多如牛毛。然即使贤哲之士也认为这些人是值得称道的圣贤，真是鱼目混珠。可自明公先父故相国以来，世代辅助大魏，安定天下，朝无恶政，民无谤言；明公率军征灵州，临漠北，抵榆中，敌皆望风震服。羌戎转奔内地，归附中原；平定诸葛诞叛乱，易如反掌。擒获阎闾将校，俘获精锐骑兵万余。于是德威达于四海，英名震动三越。天下安宁，宇内清平。因而民怀畏德，东夷献舞。经皇上查阅古今典礼，得知明公祖先开国封邑，立都太原。故明公今应奉皇上旨意，受此大福，顺应天意人心。明公功勋如日月光照宇宙，封国赐爵理应如巍巍高山，汹汹江河，永世不移。如此，方可内外协调，不违典章。于是西望岷山，平定蜀寇；南下江左，扫除孙蛮；北向阴山，夷狄皆归。则兵不血刃，不战而胜。天下臣民，无不肃整。遂令大魏之威德，盛于唐尧虞舜；明公所立功勋，远超齐桓晋文。而后仿文伯归隐沧海，效许由退居箕山，这才是惊天动地之举。如此功劳，谁可与比！明公何必专心致志辞让呢？"

司马昭闻之，不仅嫌弃郑冲长篇大论，啰啰唆唆，还觉得喜恨参半。喜的是"明公所立功勋，远超齐桓晋文"。恨的是"而后仿文伯归隐沧海，效许由退居箕山"。何也？因为司马昭本心，不是被封为晋王便罢，而是欲待机代曹魏国建晋国称皇帝。对郑冲所言其功，他自然是喜不自禁，而叫他仿效文伯、许由功成名就后退隐，自然恨之入骨，但又不好发作。为防再节外生枝，于是不再辞让，立马便接受了曹奂所赐。

对这件事，司马昭至今还记忆犹新，所以这次便没辞让。

司马昭登王位后，便着手整顿朝堂纲纪，遂于同年五月建立公、侯、伯、子、男五等爵位。

同年七月下旬，司马昭上奏曹奂，叫司空荀颉定典章礼仪，中护军贾充修正法律，尚书仆射裴秀议定官制，太保郑冲总揽裁决。

因一切都进行得很顺利，司马昭自然大喜不禁，并在司马府设宴招待群臣。酒过三巡，忽见门卫匆匆进来，不及向司马昭拱手施礼便向他报道："报告大王，刘禅一行已到西门外三里处了。"

司马昭闻报，随即起身率领在场者匆匆赶到那里迎接。司马昭与刘禅相见礼毕，便肩并肩向城里走去。

须知，刘禅不是在成都吗，怎么来到洛阳了呢？原来在成都之乱平息后的同年三月初，他便遵照司马昭以曹奂名义所下的诏书，带着家人及部分原蜀汉国文武朝臣五十余人快马加鞭，日夜兼程，于同月中旬从成都赶到了洛阳。

须知，在如何处置刘禅的问题上，司马昭颇费了一番心思。因为他认为，大多蜀汉国朝臣是不得已投诚，倘若留下其皇帝刘禅，自然便是他们复辟蜀汉国的精神支柱。既然如此，不若找个借口将其杀之。不过，倘若刘禅

第八十一回　邓钟姜心怀异志同归于尽　刘阿斗乐不思蜀得以善终

被杀，将给扫除孙吴国、统一天下带来很大麻烦。因为他们见已投诚的刘禅还是被杀，到时便会孤注一掷，极力反抗。毋庸置疑，其后果将不堪设想。于是司马昭便在刘禅方到那日傍晚在太极殿举行盛宴，名为为刘禅接风，实则乘机观察其智慧如何。其间，还特意叫原蜀汉国艺伎表演了精彩的蜀汉国文艺节目。时刘禅家眷和原蜀汉国官吏看了，皆为之感怆，唯刘禅看得津津有味，喜笑自若。司马昭见此，遂对身旁的贾充道："此人太愚，无可奈何啊！"

贾充道："倘若不愚，何能灭之？"

次日下午，司马昭又在太极殿举行盛宴，名为为刘禅洗尘，实则观察他是否还留恋蜀汉国。酒方一巡，司马昭便若有所思地问刘禅道："颇思蜀否？"

"此间乐，不思蜀。"

日后郤正闻刘禅所答，不禁非常惊异，并在一日下午求见刘禅道："倘若晋王再问你颇思蜀否，宜泣而答曰：'先人坟墓远在陇、蜀，乃心西悲，无日不思。'"

刘禅闻言，遂点头称是。

随后的一日中午，司马昭又在太极殿设盛宴招待刘禅等人。席间，司马昭和颜悦色地问刘禅道："思蜀否？"

方问毕，刘禅便按郤正对其所言一字不改答之。司马昭闻之即问道："所答何故正如郤正前日所言呢？"

刘禅闻言，先是沉默不语，随后将脸扭在一边，不敢看司马昭。良久方才慢腾腾地答道："所答乃遵郤正之命呢！"

时在场者闻之，不禁笑得前俯后仰，涕泪齐下，合不拢嘴。

须知，司马昭怎么知晓刘禅所答正如郤正所言呢？原来他在刘禅一行所住驿馆里安插了大批暗探，因而对刘禅等人的一举一动皆了如指掌。

通过对刘禅的上述观察，司马昭不禁暗自叹道："即使孔明、伯约再世，也无力回天啊！"同时，还怀疑刘禅是否是刘备所生，并对刘备让刘禅这样愚蠢的儿子继其帝位感到无限悲哀。于是当即便以曹奂的名义下了一道策

1645

命，宽大处理刘禅等人。策命略云：

曹魏景元五年三月十七日，皇帝临朝，令太常赐封刘禅为安乐县公。呜呼，刘禅请上前听朕之旨：治国以安宁为大，治民以和平为先。故庇护抚育众生，乃做君主之准则。顺应天命，乃《周易》"坤元"之意。上下通畅，万物方才协调和洽，各类物种才能得到治理。昔汉室丧失纲纪，华夏大乱。我太祖武皇帝顺承天命，挽救天下，故有江山。而汝父则乘国家动荡、群雄虎争之机，凭借路遥道险，占有巴蜀，遂使那里与中原隔绝。自那至今近五十年间，战火不断，民不聊生。对此，朕一直牢记祖上遗愿，志在安定天下，统一宇内。故而敕发六军，收复梁、益。汝气度恢弘，品德高尚，深明大义，不耻屈身，降附大魏，是为顺应潮流，适时知变，爱护黎民，为自己争取流芳百世之声誉，此不失为明智之举！因此，朕遂参照古制，嘉赐汝永享优厚俸禄，可享有封地，建立藩国。还可以黑色公牛祭祖，以白茅包土，以为珍贵。汝须得多多敬重啊！要继续顺从朕旨和发扬己之仁德精神，以便修成丰功伟业。同时，赐汝食邑万户，锦帛万匹、奴婢百余及相关物品。

随后，司马昭又以曹奂的名义下诏刘禅三个儿子为都尉，同时，五十余名原蜀汉国朝臣也被封侯。其中原蜀汉国尚书令樊建、侍中张绍、光禄大夫谯周、秘书令郤正、殿中督张通均被封为列侯。

须知，刘禅难道真的不留恋蜀汉国皇帝宝座和花天酒地的生活吗？非也！自投降曹魏国起，他就清醒地认识到，蜀汉国灭亡木已成舟，无法改变。因此，与其无益挣扎，不若效父亲当年与曹操纵论天下英雄时口是心非、装疯卖傻故事与司马昭周旋，以便保住性命，安度晚年，于是才有了上述那些叫人不可思议的言行，结果皆如愿以偿。真是精明透顶的司马昭道高一尺，憨态可掬的刘禅魔高一丈。于是刘禅在洛阳无忧无虑的生活到晋武帝泰始七年（孙吴建衡三年）方才去世，享年六十有四，比其父刘备还多活了两岁。而且还被谥为思公，并由其子刘恂继嗣。这是后话，就此打住。

蜀汉国既灭，司马昭是否高枕无忧了呢？看官欲知详情，请看下回分解。

第八十二回

胡乱弹琴　孙子烈度过后期时光
万事俱备　司马炎代魏称帝立晋

却说蜀汉国亡后的司马昭并未高枕无忧，马放南山。何也？原来他清醒地认识到：蜀汉国虽亡，但其同盟孙吴国能罢休吗？孙吴国的实力与蜀汉国相比不可同日而语，即比蜀汉国强大得多。加之大魏方才用兵蜀汉国损失了不少人马，倘若这时孙吴国发兵犯界，后果定然不堪设想。为防止孙吴国来犯和稳定当前益、凉二州混乱局面，于是便来了个敲山震虎之策，即于曹魏景元五年、咸熙元年（孙吴永安七年、元兴元年）夏四月，即刘禅到洛阳的上个月，派由蜀汉国新降附的督将王稚和右将军孙越率领曹魏国水军乘船绕东海突然攻入孙吴国句章城。因其守城主将、长吏赏林不防，城池很快便被攻破。结果不但赏林被擒，还掠夺了不少赀财及男女二百余。同时，孙越也缴得孙吴国一船三十人。

句章城为周元王四年越王勾践所筑，虽然面朝风紧浪高水急的姚水，但高大坚固，加之与对岸的牛头山相峙，乃易守难攻之所。一旦占领它，攻入孙吴国腹地便易如反掌。由此可见，其得失非同小可。因此，不知司马昭所思所想的孙休在建业闻报句章城形势不妙，自然大惊失色，认为司马昭欺人太甚，但又无可奈何。末了，只得指着洛阳方向大骂司马昭一顿方才作罢。

须知，孙休何故不以牙还牙、以血还血发兵进攻曹魏国，而只是大骂一通了事呢？原来在是年初七个月前，即孙吴永安六年（曹魏景元四年，蜀汉景耀六年、炎兴元年）五月，孙吴国交阯郡郡吏吕兴等举兵反叛，并杀死太守孙谓。同时，附近的九真郡、日南郡郡吏也举兵响应。这三郡虽远离孙吴国腹地和首都建业，对那里无直接威胁，但他们若与曹魏国交通，来个遥相呼应，前后夹攻，其后果便不堪设想。幸亏孙休及时派兵镇压，方才得以平息。孰料一波方平一波又起，即同年十月，孙吴国武陵夷因不堪赋重，怒而起事，好在太守钟离牧威恩并举，方才予以镇服。

次年，即孙吴永安七年（曹魏景元五年）二月初，孙休心血来潮，突然召集满朝文武百官到太初殿对他们高声道："朕闻报因钟会听从姜维之劝拥兵自立，欲图谋霸业，结果他俩不但被杀，还造成益州大乱。朕欲趁此发兵逆水而上，占领益、凉二州。如何？"

大家闻问，皆表反对。理由是益州虽乱，但尚有二十余万曹魏国和原蜀汉国精兵强将，一旦他们团结一致，举械对外，如何是好？但孙休却不以为然，认为占领益州易如反掌。于是不由分说，当即传旨以镇军将军陆抗为都督，统领抚军将军步协、征西将军留平和建平太守盛曼等将校率领数万水陆孙吴国军进攻曹魏国巴东郡永安城，先打开巴蜀南大门，进而向益、凉二州进军。

却说率领孙吴国军驻屯江陵乐乡，都督西陵、信陵、夷道、乐乡、公安诸军事的陆抗得孙休传旨，自然不敢怠慢，更别说反对了，并立刻升帐调兵遣将，即以步协为先锋，率领孙吴国先锋军五千先行，他与留平率领主力孙吴国军随后跟进，盛曼率领孙吴国军督后，同时从乐乡出发，日夜兼程，气势汹汹地北向永安城杀来，恨不得立马将永安城踏平方才罢休，因而先期到达永安城东门下的步协所率孙吴国先锋军不待歇息，便开始攻城。

永安城历史悠久，夏、商属荆、梁二州，东周属秦巴郡。东汉建武元年，公孙述称帝曾建都于此，故名白帝城。蜀汉章武二年（曹魏黄初三年，孙吴黄武元年）三月，刘备兵败猇亭，逃归于此，遂改名永安城。城墙原本不高，城周原本不长，城池原本不深，但经过公孙述、刘备以及后来的李严和诸葛亮耗资扩建加固，加之它东、西、北三面紧靠望不到头的峻岭，南邻汹涌澎湃的江水，因而早成易守难攻之所。因此，步协所率孙吴国先锋军使

第八十二回　胡乱弹琴　孙子烈度过后期时光　万事俱备　司马炎代魏称帝立晋

尽了浑身解数，不但未能攻破，还死伤了不少人马。步协无奈，只得下令停止攻城，就地安营扎寨，待随后的陆抗所率主力孙吴国军到后再做定夺。

此后不久的一日上午，陆抗率领主力孙吴国军方到城东门三里处，便见步协与几名随行飞马过来相迎。下马相见礼毕，陆抗便迫不及待地问步协道："步将军，城破了吗？"

步协闻问，便哭丧着脸答道："没呢。"

"为何？"

"敌防守甚严啊。"

"区区弹丸之地，破之易如反掌。"

陆抗言毕，便挥军飞一般向城东门杀去。不久，他们便到达了那里。时冲杀在队前的陆抗只将手中宝剑一挥，孙吴国军便立刻潮水般向城下冲杀过去。方到吊桥边，忽然城上箭如雨下，直射得他们溃不成军，四下逃窜。对此，陆抗毫不畏惧，遂便举剑拨开飞箭，继续挥军向前冲杀。逃散的那些孙吴国军见陆抗不怕牺牲，冲杀在前，于是很受感动，并迅疾聚到一起，随陆抗奋力向前冲杀。瞬间，便冲杀到东城门下。随后，有的搭云梯，有的抛钩链，忙得不可开交。正在这时，城上忽然礌石齐下，直砸得他们有的血肉模糊，一命呜呼；有的皮开肉裂，拔腿便逃。倘若陆抗没人护着，恐怕也早已粉身碎骨，命赴黄泉了。

陆抗见此，料想破城一时有难，无奈，只得传令鸣金收兵，绕城安营扎寨，先将其包围起来再说。

当日午夜时分，经连日昼夜行军的孙吴国军因疲劳而睡得正香，忽听得寨外不远处鼓声震天，杀声动地，似有千军万马杀将而来。待他们起身戴胄披甲蹬靴举械出寨准备迎战时，鼓声杀声却戛然而止，似乎方才什么事情也未发生一般。直到黎明时分，也无任何动静。对此，孙吴国军以为万事无虞，于是便脱得精光，欲放心大胆睡上一觉。孰料此后不久，一支曹魏国军铁骑突然猛地冲入营寨，见人挥刀便砍，举斧便劈。片刻，睡梦中的孙吴国军便死的死，伤的伤，难计其数。时在中军大帐睡觉的陆抗被惊醒后闻报，不禁大惊,并欲传令全军出寨迎击。时不待传令发出,那些曹魏国军早已一溜烟地奔出寨外,消失在了浓雾之中。

须知,孙吴国军毕竟兵多将广,兵器精良,且陆抗又是久经沙场的战将,对眼下不利形势并未垂头丧气,意志消沉,而是在此后的一日早饭后,在城北门外一片平地上摆开阵式,欲以兵对兵,将对将的绝对优势打败曹魏国。时居阵前中央与右侧的自然是年富力强,身材高大,铜盔铜甲,枣红大马,环柄大刀,威风凛凛的陆抗与步协。其左侧是银须白发,铁盔铁甲,银色大马,丈八蛇矛的留平。孰料直至午时,也未见曹魏国军一兵一卒出城迎战。何也?原来他们早识破了陆抗战略意图,怕有闪失。

陆抗从混入曹魏国军里的探马口中得报此讯,不禁大怒,于是便下令攻城。怎奈孙吴国军在火热的日光下早已口干舌燥,腹中空空,疲乏无力,加之曹魏国军奋力死守,结果攻了良久也未越城池一步。陆抗见此,无奈,只得下令鸣金收兵,并传令全军将校在当日晚饭后到中军大帐商议对策。待他们闻令按时到齐,按秩方才站定,陆抗即问道:"我军接二连三攻城无果,如何是好呢?"

方问毕,有的便言敌城小兵少,若继续强攻猛打,定可破城;有的言三伏天即到,若敌效陆逊当年"火攻刘备"故事咋办,因而宜速退兵。正在大家议论纷纷,莫衷一是之时,忽听得有人高声道:"书告敌守城之将,劝其开城投诚。此所谓不战而屈人之兵呢。"

时大家忙循声望去,原乃盛曼,并认为他言之有理。对此,陆抗也深表赞成。于是便提笔写了封劝降书,叫人射进城里。孰料此后若泥牛入海,杳无音讯。对此,陆抗自然怒不可遏,并下令全军强攻猛打。但仍无结果,反还死伤惨重。孙休在建业闻报,不禁怒不可遏,遂一面传旨陆抗限期破城,一面派三万孙吴国军前往增援。

看官你道曹魏国军何故会临危不惧,负隅抵抗,遂使孙吴国军攻城无果呢?原来其守城主将乃原蜀汉国广汉太守罗蒙之子罗宪,曾师从蜀中硕儒谯周,遍读诸子经典,因而文韬武略兼备。又因其秉性方亮严整,待士无倦,

第八十二回　胡乱弹琴　孙子烈度过后期时光　万事俱备　司马炎代魏称帝立晋

轻财好施，不营产业，被谯周门下弟子称为时之孔门高徒子贡。后官居太子舍人、宣信校尉。曾出使孙吴国，因口若悬河，对答如流，受到称赞。作为忠贞不贰的蜀汉国之臣，直到刘禅投降后，才万不得已归附曹魏国，遂对曹魏国也是忠贞不贰。尽管面临大敌，城小人多，拥挤不堪，气候炎热，瘟疫四起，粮草短缺，但仍毫不畏惧，率领部下，据城死守。现闻报孙吴国军增兵添将，料想难敌，于是便遣武艺高强的参军杨宗率领百余曹魏国军铁骑趁月黑风高的午夜时分突出北门，前往成都请求驻守那里的安东将军陈骞率领曹魏国军来援。陆抗闻报，当即便令步协率孙吴国军赶在曹魏国军援军未到前破城。步协得令，自然不敢怠慢，当即便率领孙吴国军以排山倒海之势，向北门攻来。方到城门外百余步，忽见一银盔银甲、白马长枪的年轻将军率了一支曹魏国军从北门飞一般而出，直向步协杀来。步协是初次看到此人，自然认不得他。经询问身旁奸细，方知他乃守城主将罗宪。步协闻之，不禁大喜。何也？原来他深知擒贼先擒王，其余便自降之理。倘若将罗宪这厮擒杀，城便不攻自破，将来加官晋爵，自然不在话下。说时迟那时快，这时罗宪已拍马舞枪闪电般冲杀到步协眼前。

步协乃孙吴国丞相步骘之子，从小便熟读诸子百家，练就武艺，一对环柄大刀舞得尤为娴熟。而罗宪也是勇冠三军，少有人敌。因此他俩方一接战，便火花四溅，响声震耳。战不到三十回合，步协便败下阵来。何也？皆因他已年近半百，体力不济。而罗宪却年富力强，越战越勇。

孙吴国军见步协战败，自然惊吓得不轻，随之便不战自溃。罗宪见此，大喜，遂便挥军随后追杀一阵方才鸣金收兵回城。这一仗，孙吴国军又死伤惨重。孙休在建业闻报，又怒不可遏，并欲传令将步协斩首示众。后经群臣劝说，方才罢休。随后，又增调三万孙吴国军前往增援。对此，罗宪自然抵挡不住，并有传言罗宪欲弃城而逃。罗宪闻之却对其所部曹魏国军道："我为城主，百姓所仰。危不能安，急而弃之，君子不为啊，毙命于此了！"与此同时，陆抗闻报司马昭已调动驻守荆州、豫州等地的曹魏国军对其构成掎角之势，互相策应，不禁非常惊慌，并欲奏问孙休如何是好。正在这时，又闻报司马昭遣胡烈率了一支曹魏国军日夜兼程,正飞一般向西陵杀去。须知,西陵不仅是孙吴国战略要地,而且是陆抗驻军大本营。因此,陆抗闻报后不禁大惊失色,不待孙休下令,当即便传令撤军。罗宪在东城楼上见此,不禁大喜,并立刻挥军出城随后追杀,结果孙吴国军又死伤不少。对此,孙吴国朝野上下无不怨恨孙休。

因罗宪率军守城有功,司马昭遂下诏令罗宪任巴东太守,加陵水将军,封万年亭侯。

此时值孙吴永安七年、元兴元年(曹魏景元五年、咸熙元年)七月初。

须知,在此前的孙吴永安四年(曹魏景元二年,蜀汉景耀四年)夏五月,大雨,水泉涌溢。次年,即孙吴永安五年(曹魏景元三年,蜀汉景耀五年)春二月,白虎门北楼火灾。同年八月,暴雨雷电,洪水涌溢,闹得建业城内外人心惶惶。

随后,即孙吴永安七年、元兴元年(曹魏景元五年、咸熙元年)七月二十一日,建业石头小城失火,烧毁西南部一百八十丈内的建筑物,遂使孙休焦头烂额,坐立不安。

另外,在诛杀孙綝一事上,濮阳兴和张布有功于朝廷,为感恩,孙休便任濮阳兴为丞相,张布为左将军,并将朝廷军政大事委予他俩掌管。对此,群臣不禁非常失望。何也?因为濮阳兴身居宰辅,虑不经国;张布粗暴骄盈,多忌讳,好酒色。被任用,压良才。这无异于前除孙綝这只狼,后进濮阳兴和张布这两只虎。

随后不久,为修治广陵城,孙休令戍守广陵的将领率领孙吴国军工兵挖掘广陵城附近诸冢。从其中一大冢中得长五尺、大冠朱衣、持剑铜人数十枚,白玉璧三十枚,尺长白玉冬瓜一只,黄金大枣无数。结果坟地到处白骨成堆,臭气熏天,一片狼藉。对此,自然更加遭到朝野上下的愤恨。

这一连串的不幸,遂使孙休身心疲惫,一病不起。但他却想若父亲孙权那样健康长寿,久坐江山。于是便派张布到茅山请来老道教他修炼内丹术,以便及早康复。孙休见老道虽然年事已高,银须白发,却身体硬朗,满面红

第八十二回　胡乱弹琴　孙子烈度过后期时光　万事俱备　司马炎代魏称帝立晋

光,声如洪钟,便笃信其内丹术大有神效。于是强拖病体,终日跟着那老道专心致志舞双臂、伸双腿、鼓双眼、望天空、闭嘴唇、吸空气,并因此弄得大汗淋漓,疲倦不堪,但却毫无效果。

对此,孙休毫不甘心,并在开山之时,即吉日良辰,派濮阳兴到黄山请来一精于外丹术的道士炼就丹丸,以为服用。开炼那天,冠袍一新的道士舞了一番剑,照了一番镜和烧了一卷符箓后,便边摆放丹炉、丹鼎、水海、石榴罐、坩埚、抽汞器、华池、研磨器、绢筛和马尾罗等炼丹器具,边对坐在一旁的孙休眉飞色舞道:"皇上知道么?外丹术始于秦穆公女婿萧史,曾炼出价值连城的美容飞雪丹。而最喜外丹术的莫过于一扫六合、统一宇内的秦皇大帝了。为朝政、炼丹、保密三不误,他甚至把朝议宫搬进咸阳地宫,边批阅奏折边看方士卢生炼丹。他服用了卢生炼出的丹丸后,竟然长生不……"

时孙休听得出神入化,忘却一切,故不待道士言毕便问道:"秦皇到底活了多少岁?"

"长久得很!"

"你炼治的丹丸功效如何?"

"小道丹方乃太上老君所传,仅服一粒,保活百岁!"

"是由何物炼治而成?那么灵验。"

"是从蓬莱仙岛采集而来的……"

道士言至此突然停下,片刻后神秘兮兮道:"皇上,天机不可泄露,否则便不灵验。"

"朕现在就想尝尝。"

"皇上,炼丹须七七四十九天,急不得啊!"

孙休闻道士答,无奈,只得失望而去。孰料还未等到四十九天,孙休早已病入膏肓。为救急,道士便提前让他服一粒试试看,谁料他疗病心急,一口气便服下了十多粒,结果当即便昏迷了过去。幸亏太医及时抢救,方才苏醒过来。道士见此,只得停止炼治,收拾家伙,没趣而去。

时孙休仍笃信丹丸灵验,因而道士才无罪一身轻。否则,早便罪责难逃，碎尸万段了。

被道士吹得天花乱坠的丹丸其实是由汞、硫、碳、锡、铅、铜、金、银等炼就而成。孙休一次服下那么多，能不中毒昏迷吗？

随后不久，孙休病情不断恶化，到后来竟若哑巴，口不能言语。对此，他料知不久将殁于人世。于是便手写诏书传令方立一年的太子孙湾出来拜见时在榻旁的濮阳兴。时孙休有气无力地把着濮阳兴的手臂，指着孙湾托付于他。随后，便恋恋不舍地撒手人间，时年三十有一。

谁料孙休尸骨未寒，孙湾便被废黜，另立孙皓为帝。

孙皓，字元宗，幼名彭祖，为孙权之子太子孙和与次妃何姬所生，因而为庶长子。但仍深受孙权喜爱，并为他起幼名为"年长八百，绵寿永世"的"彭祖"。后孙和在南鲁党争中失势，太子之位遭废，并被徙往故鄣，随后复封为南阳王，再迁至长沙。再随后，皇亲国戚孙峻杀死权倾朝野的孙和妻舅诸葛恪，并将孙和押往新都，不久被赐死，孙和正妃张妃随后也殉情自杀。一直跟孙和生活的孙皓和其三个异母弟弟皆由孙和次妃何姬抚养成人。孙休即位后，为扩大实力，巩固政权，遂封孙皓为乌程侯，并娶实力人物滕牧之女滕芳兰为其正妃。孙休去世后，尽管群臣尊孙休之妻朱皇后为太后，孙休已指定其子孙湾为继嗣，但考虑到当时盟国蜀汉国灭亡，孙吴国孤立无援，加之交阯、九真、日南三郡发生叛乱刚刚平息，攻打永安失利，形势不容乐观。为扭转这种形势，便欲立一位比孙湾年长，有执政能力者为帝。于是左典军万彧便多次向受孙休托付，且又握有实权的濮阳兴和张布推举与他相好的孙皓为帝。并说孙皓不仅年长，且好学上进，才识明断，遵守法度，颇有当年长沙桓王英武果断遗风。濮阳兴和张布闻之，便相信了万彧的，于是便向朱太后建议，废黜孙湾，立孙皓为帝。朱太后闻之道："我寡妇人，安知社稷之虑，苟吴国无陨，宗庙有赖，可啊。"于是便迎立孙皓为帝，时孙皓年二十有三。

此时值孙吴永安七年、元兴元年（曹魏景元五年、咸熙元年）七月末。

这时的一日上午，孙皓因孙吴国军攻打永安城失败正与左右文武在太初

第八十二回　胡乱弹琴　孙子烈度过后期时光　万事俱备　司马炎代魏称帝立晋

殿商议调兵遣将，以防曹魏国趁此出兵犯界之际，突然闻报曹魏国已派使节带了大批马匹丝绢等礼物，正从洛阳向建业而来，并言说是送给孙吴国的。对此，孙皓若坠云里雾里，摸不着北。经与群臣商议，来了个不管是祸是福，到时再说。

此后不久的一日早朝，孙皓正与群臣在太初殿商议国事时，忽见一北门小校飞一般进来，伏地向孙皓报道："报告皇上，有一行人在北门外声言求……"

不待报毕，孙皓便知晓是曹魏国使节，于是迫不及待道："还不快快引他们进来！"

小校闻言，哪敢怠慢，遂忙起身不及拱手施礼便掉头飞一般走出殿门，片刻便将为首的两人引了进来。孙皓及在场者忙定眼一望，立刻便气得两眼鼓得像灯笼。何也？原来他俩不是别人，乃一为原孙吴国寿春守城主将、战败后投降曹魏国被拜为相国参军的徐劭，一为孙权宗室、原孙吴国寿春守城副将、战败后投降曹魏国被拜为散骑常侍水曹属的孙彧。时孙皓怒吼道："你俩是来送死的吧！"

其他在场者闻孙皓如此言，遂便指着徐劭和孙彧异口同声怒道："徐劭、孙彧，活腻了是不是？"

时徐劭与孙彧并不惊慌，待静下来后，孙彧方才上前拱手向孙皓施礼，并宣读司马昭与孙皓书。书略云：

圣人称有君臣然后有上下礼义，是故大必字小，小必事大，然后上下安服，群生获所。逮至末涂，纯德既毁，剿民之命，以争强于天下，违礼顺之至理，则仁者弗由也。方今主上圣明，覆焘无外，仆备位宰辅，属当国重。唯华夏乖殊，方隅圮裂，六十余载，金革亟动，无年不战，暴骸丧元，困悴周定，每用悼心，坐以待旦。将欲止戈兴仁，为百姓请命，故分命偏师，平定蜀汉，役未经年，全军独克。于时猛将谋夫，朝臣庶士，咸以奉天时之宜，就既征之军，藉吞敌之势，宜遂回旗东指，以临吴境。舟师泛江，顺流而下，陆军南辕，取径四郡，兼成都之械，漕巴汉之粟，然后以中军整旅，三方云会，未及浃辰，可使江表底平，南夏顺轨。然国朝深惟伐蜀之举，虽有静难之功，亦悼蜀民独罹其害，战于绵竹者，自元帅以下并受斩戮，伏尸蔽地，血流丹野。一之于前，犹追恨不忍，况重之于后呢？是故旋师按甲，思与南邦共全百姓之命。夫料力忖势，度资量险，远考古昔废兴之理，近鉴西蜀安危之效，隆德保祚，去危即顺，屈己以宁四海者，仁哲之高致也；履危偷安，陨德覆祚，而不称于后世者，非智者之所居啊。今朝廷遣徐劭、孙彧献书喻怀，若书御于前，必少留意，回虑革算，结欢弭兵，共为一家，惠矜吴会，施及中土，岂不泰哉！此昭心之大愿也，敢不承受。若不获命，则普天率土，期于大同，虽重干戈，固不获已也。

  孙彧方宣读毕，孙皓即不以为然道："大吴不是蜀汉！"

  方言毕，徐劭即问孙皓道："试问皇上，泰山与鸟蛋相比，谁强？"

  "那还用问，当然泰山强。"

  "大魏与大吴相比，谁是泰山，谁是鸟蛋？"

  "这个嘛……"

  "众所周知，大魏本比大吴强，现在又征服了蜀寇，不知比大吴强多少倍呢！毋庸置疑，大魏乃泰山，大吴乃鸟蛋。"

  徐劭言至此，停下沉思片刻又道："倘若大魏攻大吴，犹若乌获击冰块，孟贲、夏育折朽木，猛虎吞狐狸，泰山压鸟蛋。"

  孙皓闻徐劭言，认为非常有理。同时还认为，盟国蜀汉国在时还可互为掎角，对抗曹魏国还绰绰有余。现蜀汉国灭亡已成定局，不可逆转。若再单枪匹马与曹魏国对抗，无异于鸟蛋碰泰山。因此，还不若与曹魏国通好方为上策。于是待徐劭言毕，便满脸灿烂，忙起身下阶上前拉着徐劭和孙彧的手和颜悦色道："你家相国乃贤良之士，并有潜移默化皇上之功。朕虽无德，但愿顺承皇统，与他共平乱世。但因道远路阻，没能实现。因而朕将派光禄大夫纪陟、五官中郎将弘璆前往洛阳宣明朕之诚意。"

  言毕，即吩咐酒宴，为徐劭和孙彧接风洗尘。席间，他三人交杯痛饮，不在话下。

第八十二回　胡乱弹琴　孙子烈度过后期时光　万事俱备　司马炎代魏称帝立晋

次日上午，徐劭和孙彧在孙皓的陪同下参观游览了城内街肆、城外山水后，方才兴高采烈地回洛阳向曹奂和司马昭复命去了。

须知，在形势一片大好的情况下，曹魏国何故还要出使孙吴国，并送去大批马匹丝绢等礼物呢？原来此前司马昭在洛阳方闻报攻打永安城的孙吴国军失败，又闻报孙休突然去世，不禁大喜，并举宴予以庆祝。席间，有的朝臣建议应乘机出兵一举消灭孙吴国。但司马昭却认为，孙吴国不比蜀汉国，不仅幅员辽阔，兵多将广，而所立新帝孙皓年已二十有三，且文韬武略兼备，眼下要一举将其消灭，难操胜券。因而不若先以威恩并举待之（威即徐劭在建业对孙皓所言，恩即大批马匹丝绢等礼物），待将来形势有变，再举兵灭之不迟。于是便请示曹奂，派熟悉孙吴国国情的孙吴国降将徐劭和孙彧出使孙吴国。

却说徐劭和孙彧于一日上午回到洛阳不待回府歇息，便直奔太极殿，将出使孙吴国情况向正在朝会的曹奂和司马昭一一作了禀报。他俩闻之，自然大喜不禁。为嘉奖司马昭，曹奂遂下诏曰：

相国晋王诞敷神虑，光被四海；震耀武功，则威盖殊荒，流风迈化，则旁洽无外。愍恤江表，务存济育，戢武崇仁，示以威德。文告所加，承风向慕，遣使纳献，以明委顺，方宝纤珍，欢以效意。而王谦让之至，一皆簿送，非所以慰副初附，从其款愿也。孙皓遣纪陟和弘璆所献致，皆归之于王，以协古义。

司马昭认为财物轻如水，乃固辞不受。于是曹奂又下诏曰：

晋王冕十有二旒，建天子旌旗，出警入跸，乘金根车、六马，备五时副车，置旄头云罕，乐舞八佾，设钟虡宫县。进王妃为王后，世子为太子，王子、王女、王孙，爵命之号如旧仪。

这就是说，其待遇等同皇帝，于是司马昭方才欣然接受。同时，司马昭还认为他代曹魏建晋国称皇帝时机已到，于是便暗中积极着手准备。孰料这时一日傍晚，司马昭突觉身体甚为不适。经太医诊治，仍不见好，并常在午夜时分看到披头散发的嵇康在榻前怒视着他。对此，他不禁感到非常内疚与恐惧，于是病情越发严重，不久便殁于人世，时年五十有四。数月后，司马昭被谥为文王。

须知，嵇康不是在四年前已被司马昭杀害了吗，现在怎会常在司马昭榻前怒视他呢？看官欲知详情，待我在此略略道来。

嵇康，字叔夜，谯国铚县人，出身于仕宦之家。父亲嵇昭官至治书侍御史。兄嵇喜早年投笔从戎，后历任太仆、扬州刺史和宗正。嵇康长成，身长英俊，但不爱修饰。其妻为曹操曾孙女，并因此官拜郎中、中散大夫。因常与崇尚老庄、蔑弃礼法的贤达之士阮籍、山涛、向秀、刘伶、王戎和阮咸在洛南山阳县茂密的竹林下欣赏自然，纵酒清谈，而被称为"竹林七贤"。他主张"越名教而任自然"和"审贵贱而通物情"的自然主义哲学思想，诗歌赋文，琴棋书画，无所不能，无所不精。其四言诗尤为出色，故被时人誉为集曹操之大成者，并成"竹林七贤"精神领袖。时任大将军的司马昭闻之，不禁非常佩服，欲礼聘他为幕府属官，但他却躲到河东以避之。后官拜司隶校尉的钟会因慕其名而以盛礼前往拜访，却遭到冷遇。对此，钟会便怀恨在心。后山涛离任尚书吏部郎时，便举荐嵇康代替他，然嵇康却作《与山巨源绝交书》言自己有"七不堪"和"二不可"予以拒绝。司马昭闻之，很不高兴。此后因嵇康出面为犯事的吕安说情，司马昭闻报大怒。为报复和陷害嵇康，钟会便乘机向司马昭进言道："嵇康这厮，卧龙啊！不可起用。明公无忧天下，宜唯忧此人。"司马昭不仅认为钟会言之有理，还认为嵇康桀骜不驯，素有谋反之心，不除，终为祸害。于是便下令处死嵇康。在洛阳东市行刑那天，竟有三千太学生前往刑场为嵇康求情，并强烈要求让嵇康到太学任教，但遭到司马昭断然拒绝。对此，嵇康却泰然自若，神色不变，并抬头望了望太阳，见离午时三刻行刑还有段时间，于是便向家人要来他平时爱弹的古琴，弹了唯他会弹的名曲《广陵散》。琴响起，曲调跌宕起伏，时而如晴天霹雳，时而如奔腾流水，充分表达了他不畏强暴、宁死不屈的可贵精神。曲

第八十二回　胡乱弹琴　孙子烈度过后期时光　万事俱备　司马炎代魏称帝立晋

毕，即放下古琴，不无遗憾地道："从前袁孝尼欲从我学弹《广陵散》，我吝惜不授，谁料从今《广陵散》便成绝响。"言毕，即从容就戮，时年四十岁。天下贤达之士和文人墨客闻之，莫不如丧考妣，悲痛不已。直到钟会反叛，司马昭方才知道错杀了嵇康，于是不禁感到非常后悔。

上述可见，这时司马昭见到的嵇康不过是其幻觉罢了。

司马昭去世后，继嗣者自然是其嫡长世子、副贰相国、时年二十九岁的司马炎。

说起司马炎的继嗣之路，并不平坦，他虽为司马昭长子，也出任中抚军，但司马昭却喜欢幼子司马攸，并欲让其继嗣。只是在众臣强烈反对下，司马炎才得以继嗣。

司马炎继嗣后不久便思想到：自祖父司马懿发动高平陵事件以来，曹氏皇帝早已名存实亡。若不是我司马氏祖孙撑着，曹魏国现今是否存在都很难说。更令人难为情的是，尽管名不见经传的有司马牛、司马错，而司马欣、司马邛、司马谈、司马迁、司马相如和司马徽等人，不过或是他人弟子，或是属下战将，或是文人墨客，或是相面先生，即使一人之下，万人之上的祖父司马懿、叔父司马师及尊父司马昭，也不过是为他人做嫁衣裳。再说了，满朝文武也没一个是拥护曹氏皇帝的。倘若我这时代魏称帝立晋，应该是十拿九稳，没任何问题。不过凡事都有万一，稍一不慎，后果便不堪设想。因此，不如先迁升一批自己的文武心腹，扩大实力，以防不测。于是便下令任司徒何曾为丞相，骠骑将军司马望为司徒，征东大将军石苞为骠骑将军，征南大将军陈骞为车骑将军。

但司马炎还是不放心，又派暗探打探曹奂对退位的看法如何。须知，时曹奂虽不愿退位，但与司马炎此前想法大同小异，即自司马懿发动高平陵事件以来，曹氏皇帝早已名存实亡。所不同的是，倘若司马炎要代曹魏立晋国称皇帝，他将效古人让贤故事，自动退位。司马炎闻报，虽然知道曹奂退位是万不得已和虚情假意，但仍然不禁暗喜。

随后不久的一日上午，曹奂便遣太保郑冲带上禅让策书前往司马府向司马炎宣读。时司马炎未料到曹奂如此之快向他宣读禅让策书，因而郑冲到达司马府客堂时，他正迎着寒风飞雪，在府后演武场拔剑起舞。郑冲闻之，只得赶往那里。相见礼毕，待郑冲说明来意后，司马炎面上虽泰然自若，心里却激动不已，并立即收剑整衣，就地跪下，全神贯注地听郑冲高声宣读策书。策书略云：

敬告晋王，昔皇祖有虞氏应天命，受陶唐禅让而得其位，后亦以天下禅让于有夏。惟夏禹、商汤和周文王可配上天之命。何也？皆因其圣德犹若日月之光普照大地。此后上天又将大命赋予大汉，后大汉火德既衰，上天顾及我高祖而授以天下。我朝是否仿效虞、夏、商和周四代之德绩，我虽不尽知，但知晓卿祖父和尊父，秉性明哲，辅我皇家，勋德显著，光照四海，有目共睹。于是水土平和，天转有序，万邦平安。为应受上天之命，以合帝王正道。我谨受天之命，将帝位敬让于你。自此，新朝之重任就在于你一身，当行帝王中正之道，国运方可得以天长地久。啊！晋王你应顺天之命，遵循先圣之训典，坚持发扬德化，以安四方，千万不要废弃我皇宏业。

宣读毕，不待司马炎起身，郑冲便忙上前俯身将司马炎毕恭毕敬地扶了起来。前面已述，时郑冲是受曹奂所遣向司马炎宣读禅让策书，是御使，本该在司马炎面前趾高气扬才是，时他却反其道而行之。何也？原来他认为，眼下司马炎虽非皇帝，但荣登皇帝之位指日可待，因此，与其摆出御使架子，不若屈尊身段，为未来升官晋爵埋下伏笔。

再说司马炎从小便遍读百家典籍，深知自古以来就有虚情假意辞让的惯例。于是便按此惯例于次日早朝时当众宣布拒受曹奂禅让策书。在场文武闻之，以为司马炎拒受是真，皆不禁急红了眼。其中，何曾和王沈还多次出班强烈请求司马炎受之，直到唇破血流也未作罢。司马炎见此，不禁非常感动，认为接受禅让策书火候已到，于是才表示受之。

随后不久的一日上午，司马炎便下令在洛阳南郊设坛举行告上天仪式。仪式的形式和规模与当年刘协禅让于曹丕时没有两样，只是多了夷人使团参

第八十二回　胡乱弹琴　孙子烈度过后期时光　万事俱备　司马炎代魏称帝立晋

加，因而在此无须叙述。但司马炎所告上天之词与曹丕所告上天之词却大为不同，曹丕告上天之词前面已述，在此只将司马炎告上天之词作如下概述：

皇帝臣司马炎在此斗胆以玄牡告之皇天后土：魏帝皇运所归，承天明命以命臣。昔唐尧依正道，禅让于虞舜，虞舜又禅让于大禹，因而高德垂于后世，直到如今不衰。及汉德既衰，太祖武皇帝文韬武略，雄霸中原，号令不臣，拯救乱时，辅助刘氏，故汉禅让于魏。魏兴隆一时，继而连年多难，濒临覆亡，全赖我司马氏尽心匡扶拯救，方才得以保住宗祀，渡过艰难。由此可见，司马氏实是有显功于魏。于是四方顺服，八面同一，廓清梁岷，安抚扬越，祥瑞屡现，天人应和。臣将效法大禹、商汤、文王，承接天命。以臣之德虽不足以嗣位，然臣辞让又未获准。于是王侯公卿，诸侯臣僚，贤达之士，百蛮酋长，皆上表道："皇天鉴于下土，求民疾苦，天命既成，本非辞让所能拒也。帝王世系无时不可以无嗣，人神无时不可以无主。"为此，臣敬承皇运，敬畏天威，特择良辰吉日，设坛受禅，告于上天，以满足天下之望。

还有，与刘协禅让于曹丕时不同的是，那时秋高气爽，万里无云，阳光灿烂；现在却是寒风呼啸，雪花飞舞，天昏地暗。

至此，曹魏国共历五帝四十六年而亡。司马炎代曹魏国立晋国称皇帝也从此开始。

此时值曹魏咸熙二年，晋武帝泰始元年（孙吴元兴二年、甘露元年）十二月。

告天仪式方毕，司马炎便在文武百官的前扶后拥下，兴冲冲地前往洛阳宫太极前殿举行登基仪式。仪式毕，司马炎即亲向满朝文武宣读诏书。诏书略云：

昔朕皇祖宣王，圣哲钦明，诞应时运，开启洪基，兴隆帝业。伯考景王，践行正道，光耀诸夏。皇考文王，聪睿光远，协和人灵，顺应天时，受此明命，仁德济于天宇，功勋遍于朝野。于是魏室借鉴古训，仿效唐虞，咨询群臣，遂委大命于朕身。朕畏天命，岂不敢违之！然朕德寡微，负载洪任，托之于王公之上，而以君临四海，惴惴恐惧，不知所措。尔等为股肱爪牙之佐，忠贞不贰文武，尔祖尔父，名为大魏臣子，实则朕先王辅臣，光隆朕晋伟业。自此，朕欲与万国臣民共享天下！

方宣读毕，殿下便响起山摇地动、不绝于耳的"吾皇万岁万万岁"之声。

为加强宗室势力，巩固皇权，随后司马炎又高声宣读了另一道诏书。诏书曰：

追谥司马懿为宣帝，司马师为景帝，司马昭为文帝，司马懿之妃张氏为宣穆皇后。尊太妃王氏曰皇太后。尊封皇叔祖父司马孚为安平王；皇叔父司马干为平原王，司马亮为扶风王，司马伷为东莞王，司马骏为汝阴王，司马肜为梁王，司马伦为琅琊王；皇弟司马攸为齐王，司马鉴为乐安王，司马机为燕王；皇从伯父司马望为义阳王；皇从叔父司马辅为渤海王，司马晃为下邳王，司马瑰为太原王，司马圭为高阳王，司马衡为常山王，司马子文为沛王，司马泰为陇西王，司马权为彭城王，司马绥为范阳王，司马遂为济南王，司马逊为谯王，司马睦为中山王，司马凌为北海王，司马斌为陈王；皇从父兄司马洪为河间王；皇从父弟司马楙为东平王。

随后，殿下又响起山摇地动、不绝于耳的"吾皇万岁万万岁"之声。

为加强巩固皇权，不久后司马炎又下诏对心腹文武加官晋爵，即以骠骑将军石苞为大司马、封乐陵公，车骑将军陈骞为高平公，卫将军贾充为车骑将军、鲁公，尚书令裴秀为巨鹿公，侍中荀勖为济北公，太保郑冲为太傅、寿光公，太尉王祥为太保、睢陵公，丞相何曾为太尉、郎陵公，御史大夫王沈为骠骑将军、博陵公，司空荀𫖮为临淮公，镇北大将军卫瓘为菑阳公。其余增封晋爵各有差，文武皆增位二等。

司马炎给上述那么多人优厚待遇，那么给了主动禅让的曹奂什么待遇呢？看官欲知详情，请看下回分解。

第八十三回

孙元宗荒淫残暴朝野怨恨
羊祜谋亏一篑兵败西陵城

却说曹奂退位后，先是被安置在位于洛阳西北角软禁汉室和曹氏皇亲国戚的金墉城里一座简陋府邸里。时那里内外各处刀枪林立，戒备森严。虽然司马炎的皇叔祖父司马孚在洛阳北门拜别曹奂时，拉着他的手信誓旦旦道："我司马孚永远是曹魏国之臣。"其忠贞不贰之心，遂使曹奂不禁深为感动和欣慰。但现在看管他的步兵校尉阮籍却严肃有加，没个笑脸。对此，曹奂自然深感不安和恐惧，并料定司马炎早晚会过河拆桥，借故杀了他。于是便愁得茶饭不思，日夜难眠。正在这时的一日上午，忽然门卫匆匆进来，不及向他施礼便向他报道："皇上御使前来宣诏，请接诏。"方报毕，御使已神气十足地走了进来。曹奂见此，以为末日来临，不禁吓得浑身发抖，冷汗淋漓。待御使宣诏毕，方知司马炎封他为陈留王，食邑万户，居住曹操所建的魏王国都城邺城宫室，出行用天子旌旗，备五时副车，行曹魏国正朔，郊祀天地礼乐制度效曹魏国初时制度，上书不称臣，受诏不拜。

曹奂见司马炎给予他的待遇不仅高于刘协和刘禅，也高于此前所有亡国之君，于是便转忧为喜，并连连高呼"谢皇上隆恩"。

须知，司马炎何故给曹奂那么高的待遇呢？一是因为曹奂始终老实听话，特别是能根据形势，率先提出禅让。尽管内心里极不情愿，但面上却叫司马炎风光无限，即博得代魏，而非篡魏的美誉；二是以此善举感化孙皓，争取将来兵不血刃消灭孙吴国，统一天下。

却说孙皓为兑现回访曹魏国的诺言，遂于孙吴元兴二年、甘露元年（曹魏咸熙二年）三月，派遣纪陟和弘璆出使曹魏国。同时，为巩固其初建的皇权和稳定政局，登基后即大赦天下，随后又下诏任上大将军施绩为右大司马，大将军丁奉为左大司马，张布为骠骑将军，加侍中。对其他文武大臣也大加封赏。为表孝道，又下诏追谥其父孙和为文皇帝，贬孙休之母朱太后为景皇后，尊其养母何姬为太后。为显示宽大为怀，提高宗室待遇，又下诏封孙休长子、原太子孙𩅦为豫章王，次子孙𩅦为汝南王，三子孙壾为梁王，四子孙拥为陈王。接着又下诏封岳父滕牧为高密侯。紧接着又下诏封舅舅何洪等三人为列侯。末了，还下诏抚恤百姓，开仓赈贫，降低赋税，减少宫女，放生宫苑里饲养的多余珍稀禽兽。这一系列善举，直叫朝野上下赞不绝口，并被誉为中兴皇帝，治国明主。但好景不长，此后不久孙皓便志得意满，骄盈毕露，暴虐显现。且日夜丝竹，贪恋酒色。对此，朝野上下自然不禁大失所望。濮阳兴和张布也对其所作所为极为不满，并私下共语后悔听信了万彧的，荐举迎立孙皓为帝。孰料他俩私下所语皆被孙皓暗探探得，并立马告知了孙皓。孙皓闻之，自然大怒，并思想到：濮阳兴和张布虽迎立我孙皓为帝，但荐举者是万彧而非他俩。再说他俩毕竟是孙休宠臣，只会感激孙休。现已换代，何不乘机将他俩一起除掉，以换他人，培己爪牙。于是便仿孙休在宴席上诛杀孙綝故事，于一日傍晚在后宫举宴特邀濮阳兴和张布。他俩不防，得邀便不约而同快马加鞭前往。到那里下马兴冲冲地方踏进宫门，便见坐在餐几上方中央的孙皓一挥手，宫门两侧立马便冲出了几名膀大腰圆的武士，不由分说便刀斧齐下，他俩见此还不知怎么回事，便成了两堆肉泥。事后满朝文武闻之，无不暗自谴责孙皓道："濮阳兴和张布毕竟是你孙皓的托孤大臣，杀之太无情无义了。"

同年七月，孙皓为尽诛孙休亲戚属僚，便在别宫逼景皇后朱氏服毒自杀。为掩盖其死亡真相，便在宫苑小屋治丧了事。不久后满朝文武得知朱氏非因疾而亡，莫不痛切万分。随后，孙皓又以送孙𩅦和孙𩅦前往小城居住为名，派人于途中将他俩杀害。事后朝野上下闻之，无不愤慨不已。

第八十三回　孙元宗荒淫残暴朝野怨恨　羊祜谋亏一篑兵败西陵城

同年九月，西陵督步阐以战略需要为由上表孙皓迁都武昌，虽然大臣陆凯表示反对，但孙皓认为步阐表文有理，仍下诏迁都武昌，并令御史大夫丁固、右将军诸葛靓镇守建业。武昌位于江水中游，物资运输由东逆水而上极为不便，于是民怨沸腾，并言宁饮建业水，不食武昌鱼。孙皓闻报，无奈，只得在次年十二月将首都迁回建业，并令卫将军滕牧镇守武昌。结果耗费大量人力物力，孙皓得到的却是怨声载道。

随后，孙皓又使宦官遍行州郡，挨门挨户登记将校之女，并令二千石大臣之女，将岁言明。凡年满十五岁至十六岁者，一律由他当面察看，看中者皆充入后宫，其余者方可出嫁。于是那些达龄之女整日莫不哭哭啼啼，以泪洗面。

为与晋国进一步通好，在司马炎受禅的次年，即孙吴宝鼎元年（晋武帝泰始二年）正月，孙皓遣大鸿胪张俨、五官中郎将丁忠前往洛阳吊祭司马昭。因张俨、丁忠回来后与车骑将军刘纂、镇西大将军陆凯意见相左，于是孙皓便自不量力，遂与晋国断绝往来。

同年十月，永安人施但等痛恨孙皓恶行，便聚众数千人，将孙皓庶弟永安侯孙谦劫持出乌程，并劫取孙皓之父孙和陵墓鼓吹曲盖，随后又率众向建业杀来。沿途参加者若滚雪球，待到距建业不远处城屯时，已众达万余。孙皓闻报，不禁惊惧异常，并派丁固、诸葛靓率领孙吴国军前往征讨。经一番激战，施但等人方才败走，但并未解救出孙谦，于是孙谦乘人不备之机自杀身亡。结果孙皓得不偿失。

孙吴宝鼎二年（晋武帝泰始三年）六月，孙皓嫌弃孙权所建造的方圆三百丈的太初宫狭小简陋，遂便下令在太初宫以东不远处建造了一座方圆五百丈，高大雄伟，富丽堂皇的新宫殿显明宫。所用木材皆是二千石以下官员进山指挥采伐而来。同时，还毁弃无数营寨，大肆开建广阔的园囿，精巧的楼观，消耗人力物力不计其数。期间，左丞相陆凯曾多次劝谏，但孙皓不听，于是官民怨声沸腾。

同年十二月，孙皓从太初宫移居显明宫，成天丝竹歌舞，贪图酒色，过着极其奢侈的生活。

孙吴宝鼎三年（晋武帝泰始四年）九月，孙皓不顾群臣反对，穷兵黩武，率领孙吴国军出东关，同时令丁奉率领孙吴国军驻合肥。随后，又遣交州刺史刘俊和前部督脩则率领孙吴国军进击晋国交阯郡。结果被晋国守将毛炅所率晋国军击败。刘俊和脩则战死，其部下孙吴国军见此，遂便逃回合浦。对此，孙皓并不甘心，于同年十月下旬，又出兵攻打晋国江夏、襄阳、芍陂，结果偷鸡不着蚀把米，以大败而告终。

孙吴宝鼎四年、建衡元年（晋武帝泰始五年）正月，为报上年刘俊和脩则兵败交阯之仇，孙皓遂遣监军虞汜、威南将军薛珝、苍梧太守陶璜率领孙吴国军从驻地荆州出发，监军李勖、督军徐存率领孙吴国军从驻地合浦经建安海道出发，水陆并进攻打晋国交阯。

次年，即孙吴建衡二年（晋武帝泰始六年）春，李勖以建安海道不通利为由，杀前导将冯斐，引军而还。徐存闻报，亦引军而还。孙皓闻报，不禁气急败坏，遂派孙吴国军侵扰晋国涡口，结果被晋国扬州刺史牵弘所率晋国军击退。

孙吴建衡三年（晋武帝泰始七年）三月，孙皓听信术士之言，派孙吴国军进攻晋国。中书丞华覈劝谏不成，遂隐居不出。司马炎闻报孙吴国军前来进攻，便遣晋国军前往寿春御之，结果孙吴国军无功而还。

同年七月，孙皓令孙吴国交州统帅陶璜与交州刺史、冠军将军、余姚侯虞汜率领孙吴国军共同攻打被当年晋国军占去的交阯郡治所广信城。城破，擒获晋国所置守将杨稷、毛炅。于是九真、日南皆还属孙吴国。须知，孙吴国军费了九牛二虎之力，且伤亡惨重，方才攻破一荒蛮偏僻之城，乃不折不扣的得不偿失。

孙吴国军一败再败或所战得不偿失，自然引起全部孙吴国军对孙皓大为不满。因此同年十二月，夏口督孙秀背弃孙吴国，投归晋国。在洛阳的司马炎闻报大喜，为进一步拉拢瓦解孙吴国朝臣，遂封孙秀为会稽公。

孙吴凤凰元年（晋武帝泰始八年）正月，晋国尚书、光禄大夫、雩娄侯

第八十三回　孙元宗荒淫残暴朝野怨恨　羊祜谋亏一篑兵败西陵城

何桢奉司马炎之令，率领晋国军讨伐孙吴国将军刘猛所率孙吴国军。何桢于是暗中利诱对孙皓所作所为不满的刘猛左部帅李恪杀死刘猛，率领孙吴国军投向了晋国。

同年，右丞相万彧自杀，徙其子于庐陵。左将军留平忧虑而亡。须知，万彧乃孙皓宠臣，留平对孙皓忠贞不贰，他俩怎么会有如此下场呢？原来此前一年冬季，即孙吴建衡三年（晋武帝泰始七年）冬，孙皓游玩建业西南风景优美的华里时久未归来，有误朝政，于是万彧便对留平密语道："皇上久至华里不归，社稷事重，且又暴行，我辈不得不行废立。"不料此话很快被孙皓暗探探得，并立即报告给了仍在华里游玩的孙皓。对此，孙皓自然怒不可遏，从华里回来后便设宴邀请万彧和留平赴宴，并暗令侍者在酒中下毒，以便毒死他俩。万彧与留平以为孙皓是要他俩在宴上互相戏弄供他取乐呢，因为此前孙皓为取乐，常在席间酒酣之际，令侍臣戏弄大臣。其中有一次孙皓令天文学家、数学家、常侍王蕃在席间嘲讽万彧道："鱼潜于深渊，出水则吐沫。为何？原来凡物皆有其本性，不可乱处非分。你万彧本出自溪谷，明明是羊，却要披着虎皮，虚受显赫之宠，跨越三公九卿之位，就连犬马也懂得知恩图报，你万彧又该如何报答呢？"方言毕，万彧便道："唐虞一朝并无乱举人才现象，造父门前无劣等马驴来往，王蕃你在上则污蔑皇上明选，在下则诽谤栋梁之才，就连日月你也敢中伤。由此可见，你多么不自量力啊！"这次万彧与王蕃互相嘲讽，万彧是亲身经历，留平虽未在场，但早有耳闻。因此他俩皆不防孙皓要行加害，于是便按邀按时前往赴宴。幸亏侍者同情他俩，暗中减少毒药剂量，他俩才未当场毙命。事后留平得知酒中有毒，大惊，并当即服用解药解毒，方才得以活命。但留平料想孙皓是不会放过他的，早晚必有一死，因而月余后便忧郁而亡。万彧方得知酒中有毒后不久，也与留平想法一样，并在忧郁中自杀。

孙皓毒杀万彧、留平事件传出后，朝野上下无不暗中谴责孙皓卑鄙无耻，忘恩负义。

另外，孙皓每宴会大臣时，总要强令他们喝得酩酊大醉，然后设置十位黄门郎全天侍立着不许喝酒,目的是让他们检举酒醉后大臣们的举动是否是过失者。待宴会结束后,便令他们奏明其是否有过失。如发现有眼神不敬者,或言语不尊者,无一不受到检举。过失严重者受严刑,过失较轻者从轻处罚。对此,大臣们无不以为孙皓无聊。

时后宫已有佳丽数千,但孙皓却嫌太少,因此下令从民间选拔美女入宫,供其享乐。同时,孙皓还下令引进奔腾的江水入宫,以便将他不合意的宫女剥去其面皮,或挖去其双眼,抛入引进的江水中飘走。于是人们皆暗中谴责他太可恶。

孙吴凤凰元年(晋武帝泰始八年)何定伏诛。何定原乃侍奉孙权的侍者,因善献媚,遂外放为官。但他却上表请求回宫再侍奉孙权,并如愿以偿。孙皓念其对孙权忠贞不贰,遂命他为专管油盐酱醋等杂事的楼下都尉。于是他便为所欲为,无恶不作,但仍得到孙皓宠信,并委其掌管更多事务。后何定为其子求娶少府李勖之女遭到李勖严厉拒绝,对此便怀恨在心,并时刻寻机报复。结果机会终于来了,即前面已述,乃交阯郡发生背叛孙吴国投向晋国的事件。时孙皓闻报大怒,并遣交州刺史刘俊、前部督脩则率领孙吴国军前往平叛,结果不利。孙皓于是便在孙吴宝鼎四年、建衡元年(晋武帝泰始五年)正月,再次遣监军虞汜、威南将军薛珝、苍梧太守陶璜率领孙吴国军从荆州出发,监军李勖、督军徐存从建安海道出发,共同攻打交阯。次年,即孙吴建衡二年(晋武帝泰始六年),李勖因建安海道不通,遂斩杀导将冯斐,引军而还。于是何定便乘机向孙皓诋毁李勖道:"李勖畏敌不前,却枉杀冯斐,推卸罪责,并私自引军退还。"孙皓闻之大怒,遂下令斩杀李勖,并夷其族,焚其尸。何定阴谋得逞,自然大喜不禁。经孙皓准许,遂于同年九月率领五千孙吴国军到夏口打猎,以示得意。何定公报私仇,还得到孙皓支持,太离谱了。另外,孙皓喜欢养犬,何定便投其所好,叫将领们进献了大批从千里之外求得的名犬。时一只狗价值竟达数千匹绸缎,而戴冠缨的皇家御犬价值竟达万余绸缎。一只狗由一位士兵照看,并用难以捕捉的野兔喂养。于是将领们非常痛恨何定,便上书予以谴责。但孙皓却认为何定无比忠

第八十三回 孙元宗荒淫残暴朝野怨恨 羊祜谋亏一篑兵败西陵城

实，因此封其为列侯。时丞相陆凯曾当面谴责何定道："我观你侍奉皇上始终不忠，凡倾乱国政小人，无一善始善终！你何定专干一些佞媚和扰乱皇上视听的事，理应立即改正。否则，绝没好下场！"何定于是非常痛恨陆凯，并经常在孙皓面前恶言恶语中伤他。但陆凯却不在意，在临终前又对孙皓留下遗言道："皇上不能再重用何定其人。"但孙皓不听，直到后来何定邪恶奸秽之事暴露，才得以诛杀。

须知，对何定其人，其实时任大司马、荆州牧的陆抗早就上书孙皓道："臣下听说创国继家者，从不任用小人，也不听其谮谗，更不用其奸邪之才。因此，《尧典》为此有告诫，诗人为此以诗怨刺，仲尼为此而叹息。春秋至秦汉，各朝各代之灭亡，莫不是由任用、听信小人而引起。即使这些小人竭尽心力，高风亮节，也不能重用。因为他们从不读书，知识浅薄，不懂统国治民之术。更何况这类人一般皆会歪门邪道，倘若不清除他们，还希望实现和乐盛世之音，清明纯正之风，绝对不可能。当下应任用王室和贵族后裔，因为他们从小便受到道德教化，或任用清贫德才高者，以此抑制、黜退小人。如此，风气方可纯净，政事不致沾污。"但孙皓未予采纳。

同年，即孙吴建衡二年（晋武帝泰始六年），时率领孙吴国军驻扎乐乡的大司马陆抗闻报朝廷政令缺误甚多，不禁非常忧虑，于是便上奏疏对孙皓道：

臣下以为，在君主道德与国力相等的情况下，形势安定之国则可打败形势混乱之国。齐、楚、赵、魏、燕、韩六国之所以被秦国并吞，强悍的西楚霸王之所以被弱势的汉高祖打败，就是这个原因。如今敌国占有天下大部，并非仅占有关右鸿沟以西之地也。而今我外无盟国可援，内无西楚霸王那样强大，朝廷又缺乏生气，百姓不得安宁，论国事者所依据的条件只不过是些围隔我国边疆的江河山岭，而它们只不过是保卫国家的最低条件。因此，这并不是明智者所考虑的事。臣下常远忆春秋战国时各国生死存亡现象，近思刘汉王朝灭亡征兆，再深研典籍，结果致使臣下昼不思饭，夜不入寝。匈奴未灭,霍去病便拒住皇上为他所建的府邸;汉王朝治国治民之道不完善,贾谊便不胜悲哀。而臣下与王室有血缘关系,且世代蒙受皇上恩宠,因而个人的身名安危和生死离合与国家命运息息相关。想到此,岂不痛心疾首!而奉事皇上的道义在于敢犯龙颜直谏而不欺瞒,故臣下之节操不在于屈膝卑躬而殉节,谨呈当务之急十七条。

但孙皓仍未采纳。

孙吴凤凰元年(晋武帝泰始八年),孙皓采纳各将校之策,多次派孙吴国军进攻晋国边界,遂使国库空虚,百姓疲弊。对此,陆抗认为有弊无利,遂上书孙皓道:

皇上须知,《周易》讲究顺应时势,《左传》赞同伺机而攻,因而夏桀罪孽深重时商汤王才乘机举兵进攻,商纣荒淫暴虐时周武王才授钺进击。否则,商汤王宁愿被囚于玉台忧伤思虑,周武王宁愿从盟津撤军而不作轻妄举动。眼下我们应当奋力拼搏以富国,加紧训练以强兵,大力奖农以积粮;让文武之士施展才华,文武百官不得玩忽职守,使黜陟分明以激励各级官吏;量刑准确以表惩奖,以德教育满朝臣僚,以仁安抚全国庶民,然后顺应天命,乘机统一天下。倘若听任那些将校们舍身以求荣,穷兵以黩武,动辄耗费数以万计,遂使士卒困苦劳累,而敌军则无此现象。如今我们应竭尽全力争夺帝王宝座,被小利遮住眼睛,这是那些将校的奸恶,并非国之良策。往昔齐、鲁两国交战三次,尽管鲁国胜两次,但很快就亡国了。何也?皆因鲁国实力弱于齐国。更何况眼下我们用兵征战所获还不能补偿所失呢!而且仅依仗兵力而得不到百姓支持,更难取胜。对此,古代早有先例。因此,我们应当立即停止出兵征战,待国力积蓄起来后再击敌不迟。

但孙皓还是未予采纳。

武昌左部督薛莹因何定向孙皓提议开挖圣溪以通江淮,对此,孙皓深表赞成,并令薛莹督万人前往挖掘。因圣溪底部磐石密布,施工很难,于是薛

第八十三回　孙元宗荒淫残暴朝野怨恨　羊祜谋亏一篑兵败西陵城

莹便率众而归。后何定因犯事被诛，孙皓追查圣溪施工一事，薛莹于是被捕下狱，遂徙广州。陆抗闻之不禁痛心疾首，并上书孙皓道：

> 德才出类拔萃者，乃国家之瑰宝，社稷之财富，各部门只要有他们执政，就会有条理秩序，天下只要有他们，方可教化成德。已故大司农楼玄、散骑中常侍王蕃、少府李勖，皆为当世优秀显著人士。他们当初蒙受皇上恩宠，任官称职。但不久即被杀害，甚至灭族绝嗣和弃尸荒野。《周礼》说圣贤者可免刑，《春秋》说善者宜宽恕，《尚书》有"与其杀害无辜，宁可违背已定法典"之言。楼玄、王蕃、李勖罪名尚未确定，便被处死，他们心怀忠义，却遭极刑，岂不令人痛心疾首！且既已受极刑，还要或焚烧扬灰，或抛尸江河，这在先王刑典中难寻，古代刑法中难见。楼玄、王蕃、李勖已死，已后悔莫及，现臣下又闻薛莹遭到逮捕。须知，薛莹之父薛综曾为先帝献计献策，后又辅佐文帝，到薛莹继承父业，品行端正，乃社稷桢干、国之良辅。作为左国史，其《汉纪赞》可与司马迁《史记》媲美。作为文学家，其《献诗》堪称当代屈原《离骚》。如今坐罪，实该宽恕。为臣还担心今后还有有关官吏在未弄清其罪行的情况下将其杀害，那更会失去天下百姓的期望。因此，现臣下乞求陛下广施皇恩，原谅赦免薛莹罪过，哀怜众犯，清澄法纲，则是天下一大幸事。

结果孙皓仍未赦免薛莹。于是正直之士无不暗中同情薛莹，埋怨孙皓。

同年十二月，孙吴国将军严聪等人因极为不满孙皓所作恶行，便愤然弃孙吴国，举兵投向晋国。

孙吴凤凰二年（晋武帝泰始九年）四月，左国史、《博弈论》《吴书》《孝经注》《论语注》《国语注》和《汉书·音义》的作者韦昭被孙皓所杀。起因是韦昭秉性耿直、刚正不阿，不善美言嘉应，颇有司马迁之风。时孙皓令他为其父孙和作纪，韦昭却不以为然道："非帝不得为纪。"对此，孙皓便怀恨在心，并借口他事将其下狱诛杀。天下贤达之士、文人墨客闻之，莫不为之叹息。

同年九月，孙皓爱妾派人到街市抢劫百姓财物。孙皓宠臣、司市中郎将陈声闻之，怕有损孙皓声望，于是便将其绳之以法。释放后，爱妾便向孙皓哭诉陈声之举非法。孙皓闻之大怒，遂借他事烧死陈声，并锯断头颅，抛投其身于四望山下。由此可见，孙皓淫暴行为乃世所罕有。

孙吴凤凰三年（晋武帝泰始十年）四月，会稽郡妖言章安侯孙奋当为天子。对此，临海郡太守奚熙给会稽太守郭诞致书道："此言非论国之政事。"后郭诞在向孙皓禀报时只禀报了奚熙所书之言，即"此言非论国之政事"，而未禀报章安侯当为天子等妖言。对此，孙皓认为郭诞有意隐瞒实事，并下令将其押送到建安郡造船厂服苦役；而孙奋被杀。郭诞释放后回会稽不久，孙皓又遣三郡督何植前往会稽收押郭熙。郭熙闻之大怒，便派兵断绝海道，率军自卫。后郭熙被其部曲所杀，传首建业，夷三族。孙皓无事生非，枉杀臣僚，可见一斑。

孙吴凤凰三年（晋武帝泰始十年）三月，孙吴国将领孟泰、王嗣对孙皓的所作所为不满，并认为早晚必被晋国所灭，于是便举兵投向晋国。

孙吴天册元年（晋武帝咸宁元年）六月，孙皓不顾群臣反对，发兵进攻晋国江夏，结果大败而还。

同年，吴郡有人言说临平湖自汉末以来被草秽堵塞，今须疏通。而长老们更说得玄乎离奇，说此湖塞，天下乱；此湖通，天下平。又传言于湖边得一石函，内有一块玉石，色青白，长四寸，宽二寸，其上刻有"皇帝"二字。孙皓闻之，以为这是天降大命于他，于是不禁大喜，当即便下诏改年天玺，并大赦天下。孙皓迷信传言，其愚蠢可见一斑。

同年，会稽太守车浚、湘东太守张咏交不出本郡沉重的人头赋税，孙皓便诬陷说车浚袒护百姓，欲树私恩，并下令就会稽郡郡首斩之，传首诸郡示众。其实车浚在公清忠，值郡荒旱，民无资粮，表求赈贷。另外，此前尚书熊睦见孙皓酷虐，略有所谏，孙皓便令刀斧手将其推到刑场用刀环撞杀，直到身无完肌而亡。孙皓枉杀忠良，且手段残忍，世所罕见。

同年六月，宗室、镇北将军、幽州刺史、假节孙韶之子，爵建德侯、右

第八十三回　孙元宗荒淫残暴朝野怨恨　羊祜谋亏一篑兵败西陵城

将军孙越之兄、武卫大将军、京下督孙楷，因孙皓无端严厉谴责其失职，而率妻、子及士兵数百投奔晋国，被司马炎任为车骑将军，封丹杨侯。

随后不久，有三件事可见孙皓荒唐可笑非同一般。第一件事是鄱阳郡有人传说历阳县历阳山上有块巨石，高百余丈，周三十丈，形似玉玺，其纹理恰如"楚九州渚，吴九州都，扬州土，作天子，四世治，太平始"二十字，非常神奇。孙皓闻之大喜，并高声对左右文武朝臣道："我大吴国当为九州之都，知晓么？从大皇帝祖父孙权至联已四世，而太平之主，除联外还有谁呢？"于是改明年年号为天纪，以便与巨石上那些文字相吻合。

第二件事是吴兴阳羡山上有块长十余丈的空心石，名曰"石室"。当地官吏为讨好孙皓，以求加官晋爵，便上表孙皓称其为世所罕见的大吉祥物。孙皓见表文后，认为这是吉利征兆，于是便遣兼任司徒董朝、兼任太常周处前往阳羡山，将其封禅为国山。

第三件事是孙皓闻报工匠黄皓家中有棵鬼目菜依附攀缘枣树而生，该菜长丈余，茎半径四寸，叶厚三分。又传说有棵高四尺，叶厚三分，顶宽一尺八寸，茎半径五寸，两边生绿叶，状若枇杷的买菜，生长于工匠吴平家中。对此，孙皓不禁感到非常好奇，遂令宫廷图书馆官员在画册中查找鬼目菜和买菜为何物。经查，鬼目菜为灵芝，买菜为平虑草。孙皓认为这是吉祥，遂便下令任黄皓为侍芝郎，吴平为平虑郎，并授他俩银印和青绶带。

可见孙皓所作所为可笑至极。

孙吴天纪元年（晋武帝咸宁三年）春末，孙皓令夏口都督孙慎出兵进攻晋国江夏、汝南，时孙慎所率人马焚烧民居，掳掠百姓，无恶不作。对此，孙皓却听之任之。另外，父亲为孙皓马夫的张俶经常向孙皓进谗诬陷他人，但却深受孙皓宠爱，并因此被迁升为司直中郎将，封侯。张俶还奢淫无度，纳妾三十余，并擅杀无辜，后被人揭发。孙皓闻之，无奈，只得下令将张俶父子车裂。

孙皓不追查孙慎放纵部下欺凌百姓、丧尽天良，还宠爱小人张俶，引起了满朝文武的不满。

同年五月，孙吴国将军邵凯、夏祥对孙皓所作所为不满，遂率领孙吴国军七千余投向晋国。

然其中叫人不可思议的莫过于以下两件事了。其中一件事是六年前的孙吴建衡三年（晋武帝泰始七年），丹杨太守刁玄出使蜀地时，得知司马徽与刘廙曾论说过运命历数之事。刁玄回来后便当众胡乱增改其论说内容以诳孙吴国朝臣。其说云："黄旗紫盖见于东南，天下太子终出荆、扬！"孙皓闻之，不禁大喜。随后他又闻报中原降人言寿春有童谣云："吴当出太子。"对此，孙皓便喜不自禁道："此天朕命呢！"于是便于孙吴建衡三年（晋武帝泰始七年）正月，乘坐云青盖车，带上其母、妻及妾数千，率领数千孙吴国军，出建业城西门赶到牛渚北渡江水，浩浩荡荡向洛阳进发，以顺天命，登基称帝。谁料路遇寒风飞雪，道路陷坏，兵士披甲持仗，百人共引一车，行走极为困难，于是他们皆大怒道："若遇敌军，便当倒戈！"孙皓闻报，不禁吓得魂不附体，加之东观令华覈等朝臣也联名反对，无奈，孙皓只得扫兴而归。

另一件事是五年前的孙吴凤凰元年（晋武帝泰始八年）九月，孙皓正在后宫与宫女们厮混，一侍者上前对他低声耳语道："西陵督步阐父兄三代驻守西陵城长达四十余年，在那里盘根错节，爪牙甚多。为防不测，不若以明升暗降、调虎离山之计，下诏令其为绕帐督，并速到建业就任。"孙皓认为其所语非常有理，同时他还想起陆抗曾说过：西陵城地处江水三峡出口，水路可阻击晋国水军从巴东顺流而下，陆路可阻击从荆北而来的晋国军，战略地位非常重要。其次，建平的战略地位也非常重要。故这两处皆国之藩表，当倾国固守，于是立马便下诏。

须知，步阐与其父丞相步骘、其兄将军步协三代，皆对孙吴国忠贞不贰，尽职尽责，固守西陵城，而今却无故被诏调离，自然怀疑孙皓要加害他，因而不禁非常恐惧。一气之下，干脆举兵投向了晋国，并派侄子步玑、步璿到洛阳做人质。对此，司马炎自然大喜不禁，并下诏任步阐都督西陵诸军事、卫将军，仪同三司，加侍中，假节，领交州牧，封宜都郡公。封赏之丰，非同一般。同时，传令巴东监军徐胤率领晋国水军攻打孙吴国建平，传

第八十三回　孙元宗荒淫残暴朝野怨恨　羊祜谋亏一篑兵败西陵城

令荆州刺史杨肇从新野率领晋国军三万南下西陵城支援步阐。同时，司马炎还认为倘若晋国军得胜，便可顺流而下，占领建业，消灭孙吴国，完成华夏统一大业。

孙皓在建业闻报步阐投向晋国，自然怒不可遏，现又闻报司马炎派杨肇率领晋国军支援步阐，自然更加怒不可遏，并于同年十月传令驻守江陵以西乐乡的陆抗率领将校左奕、吾彦、蔡贡、朱乔等数万孙吴国军西上围攻西陵城。他们驻地距西陵城本就很近，加之快马加鞭，行进迅速，结果很快便到达了那里。时陆抗并没下令挥军攻城，而是派工兵围城筑了一道新墙。对此，左奕、吾彦、蔡贡和朱乔皆不理解，并纷纷前往中军大帐劝谏陆抗道："现宜乘我军士气正旺之机，立刻攻城。否则，敌酋羊祜和杨肇所率敌军赶到后，我军便腹背受敌，如何是好？"时陆抗却道："西陵城经多年耗巨资修建，早已固若金汤，加之所积粮草充足，兵多将广，岂是一时半会儿可攻破的？"但左奕、吾彦、蔡贡和朱乔仍坚持己见。陆抗无奈，只好依了他们的。结果不但城未破，且还死伤惨重。

正在这时，司马炎却采取围魏救赵之策，即派大将军羊祜率领八万晋国军从其防地襄阳南下，攻打西陵以东孙吴国重镇南郡治所江陵城。左奕、吾彦、蔡贡和朱乔得报，大惊，并先后赶到中军大帐劝说陆抗回军江陵以援。陆抗却道："江陵城北面地势虽然平坦，无险可守。但难道你们忘了，我早派工兵在那挖掘了一座一望无垠的湖泊以为屏障。因此，江陵城无所忧患。"

上述不难看出，司马炎的战略方针是：徐胤率领晋国水军袭扰孙吴国江水上游建平，目的是吸引孙吴国军注意力；杨肇率领晋国军直接与孙吴国军在西陵城下对峙，使孙吴国军不能顺利攻城；羊祜率领晋国军主力直抵江陵，以便袭击孙吴国军后方，从而支援杨肇所率晋国军顺利守城。可以说，司马炎如此布局真是完美无缺，无懈可击，胜券在握。

但孙吴国军主将陆抗也不是吃素的，得报晋国军战略布局后，当即便灵机一动，采取扬长避短、以逸待劳之策，即令朱琬、留虑率领孙吴国水军逆水而上阻击徐胤所率晋国水军；令江陵都督张咸率领孙吴国军固守江陵，令孙遵率领孙吴国军在江陵城南岸作为机动，以抵御羊祜所率晋国军；陆抗则率领孙吴国军主力在西陵城下凭借筑就的新墙与杨肇所率晋国军对峙。

毋庸置疑，双方布局乃平分秋色，不相上下。

再说当羊祜率领晋国军到达江陵城北陆抗所率孙吴国军工兵修筑的湖泊时，发现湖水挡住了去路，于是便欲利用湖水以舟船运送辎重物资和所部晋国军。为了不让孙吴国军察觉，便扬言要破坏水坝，放水后再行进军。

时羊祜预料孙吴国军得此消息后定会严加保护水坝，结果孙吴国军众将校得报后，意见竟然与羊祜所预料完全一致。但陆抗得报后当即便识破了羊祜的真实意图，于是便将计就计，令江陵都督伍延率领孙吴国军工兵立刻挖开水坝，阻止晋国军意图得逞。

时羊祜所率晋国军暗中方将辎重搬运上船，而人马方才准备上船，便得报水坝已被破坏。无奈，只好将辎重搬下船，以车运输。结果不仅浪费了大量人力，还延误了宝贵的进军时间。因此，待他们赶到西陵城时，陆抗所率孙吴国军主力早已筑好了新墙，并依此与杨肇所率晋国军对峙。

在此期间，朱乔所部中营都督俞赞因痛恨孙皓腐败残暴，举兵投向了羊祜所率晋国军中。对此，陆抗所部孙吴国军将校们皆担心俞赞会将孙吴国军情透露给羊祜而遭不测。然陆抗却大喜道："俞赞乃我军老将，必知我军虚实。今叛逃到敌军，定会将我军那些训练无素的夷兵阵地位置透露出去，以便敌军来攻。这很好呀！我正可采取掉包计，即将我军夷兵与精兵调换一下所守阵地，叫他们偷鸡不着蚀把米。"陆抗说干就干，趁当晚月黑风高之际，令夷兵与精兵悄无声息地作了调换。

同年十二月的一天下午，羊祜所率晋国军果然主动向孙吴国军原夷兵所守阵地发起了进攻，结果先是遭到孙吴国军精兵的强烈抵抗，后是遇到其猛烈反攻。羊祜所率晋国军不防，结果大败而归。

随后，杨肇闻羊祜所率晋国军败退，料知形势不妙，无奈，只好趁着夜色退兵。时陆抗本欲下令随后追击，但担心步阐率领叛军出城追击他们，于是便下令猛烈攻城。步阐在城头见羊祜和杨肇所率晋国军退走，城池又遭到

第八十三回　孙元宗荒淫残暴朝野怨恨　羊祜谋亏一篑兵败西陵城

猛烈攻击，于是便心慌意乱，六神无主。其所部叛军见步阐如此，也失去了守城信心。结果城池很快便被攻破，并杀死步阐以及与其同谋的将吏几十人。其他几路晋国军闻报羊祜和杨肇所率晋国军败退，料想战略目标无法实现，无奈，也只好下令退兵。

通过西陵之战，司马炎及其将士也认识到消灭孙吴国，统一天下，并非朝夕之事。

随后，陆抗向孙皓上书，请求赦免余下的几万叛军，孙皓认为陆抗上书有理，当即便准了。

陆抗抗击晋国军有功，孙皓于是便加封陆抗为都护。

羊祜因败于孙吴国军获罪，被司马炎贬为平南将军。杨肇最惨，被免去官职，成为庶民。

西陵城被孙吴国军所攻克，孙皓认为是上天所助，于是便叫来术士尚广，问他自己何时能消灭晋国，统一天下。尚广为投其所好，便装模作样为孙皓占了一卦，并以坚决的语气道："毋庸置疑，大吉呢！庚子年皇上将会乘青色盖车入洛阳。"孙皓闻之，信以为真，自然大喜不禁，并专心致志谋划消灭晋国，统一天下大事。孙吴国朝野上下闻之，有的认为孙皓是痴人说梦，有的讥笑他癞蛤蟆想吃天鹅肉。

须知，时司马炎对上述这些孙皓所作恶行而引起孙吴国朝野上下不满和怨恨早已了如指掌，那么他何故不乘机举兵消灭孙吴国，统一天下，并治孙皓的罪呢？看官欲知详情，请看下回分解。

第八十四回

排西北边患司马安世不遗余力
除内阻司马炎毅然举兵统江山

却说在孙皓作恶多端的这些年来,司马炎也忙得不可开交,哪有精力举兵消灭孙吴国呢?例如,晋武帝泰始三年(孙吴宝鼎二年)九月,为增加朝廷官员俸禄以便使其廉洁奉公,防范贪污腐败,司马炎遂下诏增加官员俸禄,诏曰:"今在位者禄不代耕,非所以崇化之本也。其议增吏俸。"

为大力提倡孔学,以便统治黎民,司马炎遂下诏改封孔子第二十二代孙孔震为宗圣亭侯,拜太常卿黄门侍郎,赐食邑二百户。

同年,司马炎同意人质鲜卑拓跋沙漠汗回归索头部。须知,拓跋沙漠汗何故成为人质了呢?原来早在曹魏景元二年(拓跋力微四十二年,蜀汉景耀四年,孙吴永安四年),拓跋沙漠汗的父亲拓跋力微派遣拓跋沙漠汗到洛阳给曹魏国进贡,顺便观察其风土人情。于是曹魏国便乘机将拓跋沙漠汗作为人质留在洛阳。拓跋沙漠汗是太子,身长八尺,英俊魁梧,因而受到曹魏国文武百官的尊重。由于他从中周旋,双方商贸往来甚频,因此曹魏国文武朝臣每年送给他的黄金、布帛和缯絮数以万计。司马炎受禅立晋后,索头部与晋国的关系依然密切。因此,拓跋沙漠汗仍在晋国当人质。现拓跋沙漠汗以其父亲年事已高,须他回去准备继嗣为由,向司马炎请求返回索头部。为与索头部继续保持友好关系,司马炎便同意了其请求,临行还备厚礼护送,于是双方的友善关系仍得以保持。

晋武帝泰始二年(孙吴宝鼎元年)十二月,因屯田制难以继续维持,司

第八十四回　排西北边患司马安世不遗余力　除内阻司马炎毅然举兵统江山

马炎就曾再次下诏正式废除民屯。同时，司马炎还下诏罢农官和多次责令郡县官吏劝课农桑，严禁私募佃客，对发展生产起到了不可估量的作用。

晋武帝泰始四年（孙吴宝鼎三年）正月，贾充主持修订的在《汉律九章》基础上增加十一篇，共二十篇的《晋律》，经司马炎亲自审定公布于众。

须知，汉律源于秦律，即战国时秦国李悝所制定的《法经》六法——《盗法》《贼法》《囚法》《捕法》《杂法》《具法》。至秦国商鞅时，改法为律，即《盗律》《贼律》《囚律》《捕律》《杂律》《具律》。汉高祖刘邦初定天下，便令丞相萧何改革秦律，制定汉律，即汉三章之法。但汉三章之法不足以御奸，于是萧何在秦国《法经》六律的基础上补充了户籍管理、婚姻制度和赋税征收的《户律》，征发徭役、城防守备的《兴律》以及规定牛马畜牧和驿传的《厩律》，合为九律，即《九章律》，也称《汉律九章》。

《九章律》仍以约法省禁、蠲削烦苛为原则，但删除了秦律中某些不合时宜的条款，从而对某些定罪、刑罚有所减缓，但对秦律的基本原则、定刑标准仍予保留。至于秦律中夷三族的叁夷、妖言诽谤、收孥相坐（妻、女连坐）等律令，直到文景时期才逐渐修改或废除。

《九章律》为汉代主要法律，同时还有叔孙通的《傍章》十八篇，张汤的《越宫律》二十七篇，赵禹的《朝律》六篇，四部分相加共六十篇，构成了汉律的基本框架。另外，当时还有很多单行的法律法规。

其实早在曹魏景元五年、咸熙元年（孙吴永安七年、元兴元年），司马昭便认为此前所用的《九章律》及那些辅助性法律已不适应当时形势，于是便下令擅长立法，曾出仕曹魏国尚书郎，典定科令，兼度支考课，辩章节度，事皆施用，并迁廷尉，充雅长法理，有平反之称的贾充主持修订。经四年废寝忘食、夜以继日地修订，至前面已提及，即晋武帝泰始四年（孙吴宝鼎三年）正月终于完成修订。具体是在《九章律》基础上增加了十一篇，共二十篇。又将汉律及其注解共七百七十三万字精简到十二万字，并取名《晋律》。《晋律》不仅消除了量刑轻重无准之弊，且精简扼要，通俗易懂。对此，司马炎不禁大喜，经他亲自审定后，即下诏嘉奖贾充及其他参与修订者。诏曰：

汉氏以来，法令严峻。故自元成之世，及建安、嘉平之间，咸欲辩章旧典，删革刑书。述作体大，历年无成。先帝愍元元之命陷于密网，亲发德音，厘正名实。车骑将军贾充，奖明圣意，咨询善道。太傅郑冲，又与司空荀颢、中书监荀勖、中军将军羊祜、中护军王业，及廷尉杜友、守河南尹杜预、散骑侍郎裴楷、颍川太守周雄、齐相郭顗、骑都尉成公绥荀辉、尚书郎柳轨等，典正其事。朕每鉴其用心，常慨然嘉之。今法律既成，始班天下，刑宽禁简，足以克当先旨。昔萧何以定律受封，叔孙通以制仪为奉常，赐金五百斤，弟子皆为郎。夫立功立事，古之所重。自太傅、车骑以下，皆加禄赏。其详依故典。

随后，又下令赏赐贾充子弟一人关内侯，绢五百匹。贾充固让，司马炎不许，末了，贾充只好受之。

同年九月，晋国青、徐、兖、豫四州发大水。伊、洛二水溢出，合流于河水，受灾严重。司马炎见此，不禁非常着急，并下诏开仓以赈之。

同年十一月，司马炎非常重视朝廷制度建设，因此下诏要求王公卿尹及郡国守相，举贤良方正直言之士。

同年十二月，司马炎颁布五条诏书于郡国，要求郡守：一、必须以身作则；二、必须勤为百姓；三、必须安抚孤寡；四、必须敦本息末；五、去人事。至此，司马炎基本完成了一系列自代曹魏国立晋国称皇帝以来的朝廷制度建设。

同年，司马炎下诏立常年仓，以便丰收则入库囤积，歉收则放粮，以利百姓。

晋武帝泰始五年（孙吴宝鼎四年、建衡元年）正月，司马炎下诏申戒郡国郡守，务尽地利，禁游商贩。

同年二月，司马炎因鲜卑归降者数万居于雍、凉之间，故特下诏分雍、凉、梁三州，设置秦州，并命胡烈为秦州刺史，以为管理。

第八十四回　排西北边患司马安世不遗余力　除内阻司马炎毅然举兵统江山

　　同年三月，为保卫晋国安全，司马炎下诏派卫瓘、司马伷分别镇守临淄、下邳后，又特下诏任羊祜为荆州诸军都督，假节，并保留其原职散骑常侍、卫将军。须知，时所谓的荆州并非是统一的，而是分为北、南两部分，北部由晋国占领，南部由孙吴国占领。它也是两国最长的军事冲突地区，任何一方得失，干系都非同一般。羊祜方到任时，政局不稳，臣民不安；军粮不足，军心不稳。对此，羊祜便先兴办教育，移风易俗，安抚臣民。特别是对孙吴国臣民以诚相待，如对前来投奔的孙吴国臣民，允许他们来去自由。尊重当地风俗，禁止拆毁旧官署。同时，以谋略让孙吴国自己撤毁了对晋国构成军事威胁的石城。接着，又将他所率晋国军分为两部分，一部分戍守边界，一部分屯田耕种。结果不仅解决了军粮不足的问题，也使政局空前稳定。司马炎在洛阳闻报，自然大喜不禁，并下诏对羊祜予以表彰，同时取缔了北部荆州所有都督建置，授予羊祜南中郎将之职，以便全权指挥汉水以东江夏地区所有水陆晋国军。

　　同时，司马炎改令监军卫瓘为青州刺史，都督青州诸军事，坐镇临邑城；随后又令东莞王伷都督徐州，坐镇下邳城，以加强东南防御。

　　随后，为笼络原蜀汉国臣民之心，以便感化瓦解孙吴国臣民，司马炎遂下诏录用原蜀汉国名臣子孙。事情的起源是：少时便游学于蜀汉国太学专攻《毛诗》《三礼》，后师从鸿儒谯周，兼通群书，与李密、陈寿同窗，因好学谦谨，被同窗誉为颜回的济阴太守文立，于晋武帝泰始五年（孙吴建衡元年）就上表司马炎道："诸葛亮、蒋琬、费祎等的子孙均在京都，可宜见任用。如此，一则可慰藉巴蜀之民之心；二则还可使孙吴国士人之心倾向于晋国。"司马炎经深思熟虑，认为文立表文所言有理，于是便下诏道："诸葛亮予蜀鞠躬尽瘁，死而后已，值得钦佩。其子诸葛瞻，临危不惧，守节而死，亦值得钦佩。因此，其孙诸葛京，宜据其才予以任用。"随后又下诏道："蜀将傅佥父子，为其主上而死，可敬可佩。天下美德标准一致，岂可异样对待呢？傅佥之子傅著、傅募因为是罪犯家属，便强制他们到官署做杂役是毫无道理的，因而应当赦免他们，成为平民。"同时，为表达文立上表有功，司马炎又下诏升任文立为散骑常侍。

随后，司马炎还亲自审查诸令史黜赏令。原来司马炎代曹魏国立晋国称皇帝后，因对其皇权的支持者世族实行放纵政策，结果黑暗泛滥，腐败严重，各级官吏蝇营狗苟，互相包庇。司隶校尉杜预见此，不禁非常担忧，并于此前一年，即晋武帝泰始四年（孙吴宝鼎三年）代司马炎下诏道："郡国守相三年巡行一次属县官吏，此古人之所以述职宣风展义也。见长吏，观风俗，协礼律，考度量，咨询耆老，如亲见百年之事。录囚徒，理冤枉，详察政刑得失，深知百姓患苦。无论远近，便若联临现场一般。敦喻五教，劝务农功，勉励学者，思勤正典，不为百家庸末，致远必矣。士庶有好学笃道，孝弟惠信，清白异行者，荐而举之；有不孝敬父母，不长悌族党，悖礼弃常，不守法令者，纠而罪之。田畴辟，生业修，礼教设，禁令行，则长吏之耻髂也。人穷匮，农事荒，奸盗起，刑狱烦。上下失序，纲纪废坠，礼义不兴，此长吏之过也。若长吏在官公廉，虑不及私，正色直节，不饰名誉，应给褒奖。倘若身行贪秽，诣黩求容，公节不立，而私门日富者，须谨察之。扬清激浊，举善弹违，此必垂拱总纲，责成于良二千石也。于戏戒哉。"孰料科考时黜退者多，劝进者少，于是司马炎于次年，即晋武帝泰始五年（孙吴建衡元年）亲自颁诏道："古者岁书群吏之能否，三年而诛赏之。诸令史前后，但简遣疏劣，而无有劝进，非黜陟之谓也。其条勤能有称尤异者，岁以为常，吾将议其功劳。"

同年六月，司马炎为选拔将才准备消灭孙吴国，遂下诏道："孙蛮未平，宜得猛士以济武功，虽昔有荐举之法，但不足以尽殊才。宜普告州郡，有壮勇秀异才力杰出者，将择其尤异，擢而用之，勿限所取。"

同时，凉州秃发鲜卑部族首领秃发树机能率部反抗晋国，与晋国秦州刺史胡烈所率晋军在河水北岸沙漠地带万斛堆激战数日。结果晋军战败，胡烈战死。于是秃发树机能所部人马军威大震，士气旺盛，并乘胜南下，一举攻占了高平。司马炎在洛阳闻报，不禁大怒，随即便以尚书石鉴为安西将军、都督秦州诸军事，杜预为秦州刺史、领东羌校尉、车骑将军，共同率领晋国

第八十四回　排西北边患司马安世不遗余力　除内阻司马炎毅然举兵统江山

大军西征。两军直战到一年后，即晋武帝泰始七年（孙吴建衡三年），晋国军不但没能征服秃发树机能所部人马，反还激起那里各族民众参与到反抗晋国队伍中。而此前那些被安置在安定郡的北地胡所组成的匈奴军作战最为勇猛。在他们相互配合、并力奋战下，金城被攻陷，并先后斩杀了两任晋国所派的凉州刺史牵弘和杨欣，从而占领了北面的凉州和南面的秦州等军事要地。对此，晋国朝野上下无不大为震惊。司马炎每想起此事，便忧心忡忡，忘寝与食，并惊道："即使蜀寇与吴蛮，也未如此凶猛啊！"

随后不久，匈奴右贤王刘猛闻报晋国军兵败于秃发树机能所部人马，于是便弃晋国而逃。

同年十一月，匈奴刘猛率领匈奴军侵扰晋国并州。司马炎在洛阳得报，立即便传令并州刺史刘钦率领晋国军还击，结果大败刘猛所率匈奴军。

晋武帝泰始八年（孙吴凤凰元年）正月，司马炎令晋国尚书、光禄大夫何桢诱使匈奴刘猛部将胡奋率军讨伐刘猛所率匈奴军，并多次击败刘猛所部匈奴军。随后，胡奋又利诱刘猛部属左部帅李恪攻击刘猛，并将其杀死，于是刘猛叛乱方才得以平定。

同年夏，汶山白马胡聚众侵扰其周围各族民众，司马炎闻报，便传令益州刺史皇甫晏率领晋国军前往击之。皇甫晏部下牙门将张弘认为白马胡人多势众，不能战胜，于是便乘皇甫晏不备之机将皇甫晏杀之。事后，怕当朝怪罪，便污蔑皇甫晏举兵谋反，纵兵抢劫，宜杀之。广汉太守王睿得知真相后，当即便发兵斩杀了张弘，并夷张弘三族。

同时，司马炎也在谋划消灭孙吴国，统一天下事宜。经重臣羊祜推荐，司马炎诏授王睿为龙骧将军，尝试监益、梁二州军事，并负责建造长一百二十步、可容两千余将士，上建木城，筑有楼橹，四面开门，甲板宽大，可练骑兵的大船。加上随后增加了晋国军造船工匠，很快便完成了造船任务。结果船楫之多，前所未有。同时训练水师，以备顺水南下消灭孙吴国之用。

同年八月，鲜卑拓跋部攻打晋国广宁，杀掠五千人。战乱结束了双方的友好关系。从此,晋国与鲜卑拓跋部便处于战争状态。

同年十月,由于连年战争,造成晋国人口锐减,严重影响到赋役征收和兵力来源。为此,司马炎便参照春秋越国实行的"女子十七岁不嫁,其父母有罪;丈夫二十岁不娶,其父母有罪"之规定下诏曰:女年十七岁,父母仍不嫁者,使长吏配之。也就是说女子年到十七岁,父母还未将她嫁出,政府长吏便将其强行嫁与他人。

晋武帝泰始十年(孙吴凤凰三年)八月,凉州羌胡攻破了金城,司马炎闻报,大惊,随即传令晋国军将其击败,并斩杀其帅乞文泥等。

同年九月,度支尚书杜预认为盟津渡水急浪高,有覆没危险,于是便提议建桥于富平津。众议者认为富平津在殷周之都附近,历代圣贤皆不在此建桥,故不可建。杜预却不以为然道:"造舟为梁,河桥之谓也。"及桥成,司马炎与百僚临会,认为非常满意,于是当即举觞与杜预一饮而尽,并高兴地道:"非君,此桥不立啊!"杜预闻言遂谦虚道:"非陛下之圣明,臣下亦不得施其微巧呢。"

同年十月,司马炎令晋国军攻陷孙吴国枳里城。

晋武帝咸宁元年(孙吴天册元年)二月,鲜卑秃发树机能送人质,向晋国请降。

同年六月,拓跋力微派其子拓跋沙漠汗到晋国进献贡品。同年七月,鲜卑拓跋力微又遣拓跋沙漠汗向晋国进贡。同年冬,拓跋沙漠汗要返回部落。为继续搞好与其关系,稳定边界,临行前司马炎送给他许多绵、绢等物品和牛车百辆。对此,拓跋沙漠汗非常感动和满意。当他们一行到达并州时,晋国征北将军、幽州刺史卫瓘特意设宴招待拓跋沙漠汗等人,以便观察其为人如何。结果发现他文韬武略兼备,乃人中俊杰。由是担心他将成为晋国无穷后患。于是便密报司马炎,请求把拓跋沙漠汗软禁在并州。司马炎闻报,认为此举失信于人,因而没同意。时卫瓘并不甘心,并请求以黄金、锦缎贿赂索头部各部落首领,以便挑拨他们与拓跋沙漠汗间的亲密关系,达到让其互相攻击与残杀的目的。对此,司马炎认为卫瓘计谋非常正确,于是便表示赞

第八十四回　排西北边患司马安世不遗余力　除内阻司马炎毅然举兵统江山

成,并随即留下了拓跋沙漠汗。

同年十一月,晋国西城戍己校尉马循遵照司马炎命令击败了鲜卑人马,斩其渠帅。

同时,为抽出兵力训练以备消灭孙吴国,统一天下,司马炎下诏在邺城伺候汉室和曹魏国遗老遗少的女奴婢及官奴婢代替屯田兵种稻。五十人为一屯,置司马管理。

晋武帝咸宁二年(孙吴天册二年、天玺元年)二月,东夷八国归附晋国。

同时,晋国在盛乐的鲜卑首领息须鞬泥兴兵进犯晋国并州。司马炎闻报,大怒,遂便派护军、散骑常侍胡奋从洛阳率领晋国军步骑五千,以及并州地方军十辕门和匈奴四帅人马共五万余,驻屯新兴、雁门二郡交界的忻定盆地,中军大帐设在定襄城。为达到不战而屈人之兵的目的,待一切准备就绪,胡奋方才与息须鞬泥和谈。结果谈判如愿以偿,即晋国每年增加鲜卑岁赏,同时免除鲜卑向中原进口食盐关税;息须鞬泥须率七万四千家到洛阳为官奴。从此并州再无边患。

同年五月,司马炎传令汝阴王司马骏率领晋国军攻击北胡,大胜,并斩其帅吐敦。

同时,为培养五品以上官僚子弟,司马炎下诏设立国子学。它虽附属于太学,但两者都是传授儒家经典《诗》《书》《礼》《易》《春秋》。随后不久,太学便与国子学并立。

随后,秃发树机能聚众叛乱,司马炎得报,立即令司马骏率领晋国军前往讨伐,结果斩杀三千余。

同年七月,东夷十七国归附晋国。

同时,鲜卑人右部首领阿罗多率领鲜卑军侵扰晋国边界,司马炎闻报,怒不可遏,并传令晋国西城戍己校尉马循,立刻率领晋国军出击。经激战,斩杀阿罗多所率鲜卑军四千,俘虏九千余。对此,阿罗多等非常恐惧,于是只得向晋国投降。

同年十月一日早朝，羊祜便出班宣读请求司马炎举兵消灭孙吴国上疏。疏文略云：

先帝顺应天意人心，西平蜀寇，南和孙蛮，于是天下得以休养生息，吏民安乐。然而孙蛮背信弃约，使边境常生战事，国家气数虽是天定，功业却是靠人所为，不灭孙蛮，天下难有安宁之日。同时，统一大业，无为而治，乃先帝之遗愿。尧伐丹朱，舜征三苗，皆使宇内安宁，兵乱停止，民众和睦。当年平定蜀寇时，天下人都以为宜及时消灭孙蛮，然平定蜀寇至今已十三载了。因此，消灭孙蛮时日应在今朝。而论者常言吴、楚在鼎盛时期被征服，在乱世中最先强盛。这是诸侯纷争时代，当今四海统一，岂可与那时相提并论呢？有些言论只符合大道理但不知权变，所以言论虽多，而可作决策之用的则少之又少。凡凭高山深潭之险而生存的国家，倘若其实力与敌方相差无几，尚可固守。否则，即使有老谋深算的智士也无能为力。比如，蜀寇地势不可谓不险要，那里有直插云霄的高山峻岭，有不见日月的深川幽谷，有束马悬车方能通过的险道，有一人操戈万夫莫开的关隘。但在进攻他们时，犹如无篱笆一般。于是曹魏国军斩将夺旗，杀敌数万，席卷蜀地，直捣成都。而汉中一带的蜀寇，犹若鸟栖于巢般不敢出动。这并非蜀寇不愿战，乃其力不足以与曹魏国军抗衡。待刘禅投降时，蜀地各营将士皆悄然四散。江淮地区渡水之难可能超过剑阁，山川之险也可能超过岷山汉水，但孙皓的暴虐却超过刘禅，因而孙蛮的贫困超过蜀寇。而眼下我军多于前时，军饷兵械也多于往日，现不乘此机举兵消灭孙蛮，而屯兵据险相守，使士兵役夫日夜辛苦于战争徭役，已旷日持久。因而应当及时定夺，统一四海。倘若率领梁、益二州我军水陆并进东下，荆楚我军进逼江陵，平南、豫州我军进攻夏口，徐、扬、青、兖等州我军进攻秣陵。击鼓摇旗，作为疑兵，多管齐下，使孙蛮军虚实难辨。以东南一隅的孙蛮，欲抵御我军的大举进攻，必然兵力分散，人心惶惶，辎重难备。同时我巴、汉军顺流而下，直捣其腹地，一处陷落则全境震动。孙蛮南北土地沿江，无前后方之分；东西长数千里，

第八十四回　排西北边患司马安世不遗余力　除内阻司马炎毅然举兵统江山

首尾不能相顾，岂可养精蓄锐？加之孙皓肆意妄为，致使满朝文武产生离心，就连宗室孙秀这类人都投奔于我。再者，孙蛮将帅怀疑朝廷，士卒困顿战场，一旦我兵临城下，必会倒戈来降。其次，孙蛮行事虽快但无持久性，弓弩戟盾虽多但质量不如我军，唯水战是其所长，但只要我军进入其境，江水就非其独有。倘若他们死守城池关隘，则是失其长而用其短。我军深入其境，远离后方，必怀死战之心。孙蛮人马在已境作战，则有败则退，胜则守城之意。如此，消灭孙蛮很快便可完成。"

须知，羊祜从小遍读诸子文武典籍，及长成，文韬武略兼备，因而所撰上疏不仅文美，而且意达。待羊祜方宣读毕上疏，司马炎便赞扬道："羊将军上疏正合朕意呢！"

羊祜闻言，激动得不知所以，并欲请战，谁料这时忽听得有人高声道："羊将军上疏差矣！"

司马炎与羊祜闻声忙望去，原乃须发灰白的太尉、行太子太保、录尚书事贾充。随后贾充疾步出班又高声道："羊将军须知，我西部边界常受鲜卑军侵扰，北部边界常受匈奴军侵扰。倘若现在出兵消灭孙蛮，势必三面作战，后果不堪设……"

不待言毕，光禄大夫、主簿荀勖亦大步出班高声道："羊将军还须知，巴蜀人当年是在曹魏大军兵刀相向的情况下投归的，因而现在仍有离我之心。倘若我军离开那里进军孙蛮，他们必会聚众造反。"

方言毕，左卫将军冯𬘬也大步出班高声道："孙蛮不比蜀寇，不仅实力雄厚，且有万里江水天险，因此当年魏武败于荆州，文帝临江而返。羊将军难道忘了么？"

冯𬘬以为自己所言有根有据，言毕定然应者如云。果不其然，待他方言毕，尚书令杨珧、中领军王恂和右卫将军华廙随后便异口同声道："左卫将军言之有理啊！"

时冯𬘬闻言，自然大喜不禁。谁料这时度支尚书杜预却出班声若洪钟般道："冯将军须知，孙蛮实力与我国相比，相差甚远，加之孙皓残暴无比，群臣离心，政局不稳，如何与我抗衡？因此，灭之易如反掌呢！"

方言毕，中书令张华即出班高声道："杜将军言之有理！"

随后，吏部尚书任恺、河南尹庾纯、散骑常侍向秀和温颙便先后出班纷纷表示赞成杜预所言。对此，司马炎自然非常高兴，并欲下诏调兵遣将。忽见一小校匆匆进来，不及向他伏地施礼便上气不接下气向他报道："皇上，胡寇侵扰……秦、凉二州，我军连败……"

不待报毕，羊祜即道："一旦孙蛮被灭，胡人自然便安。因此，当务之急举兵消灭孙蛮乃国之大事！"

时大多文武闻小校所报，皆吓破了胆，良久回过神，方才异口同声反对出兵消灭孙吴国。对此，羊祜不禁长叹道："凡不尽人意之事总会遭到大多人的反对，而有些人则当断不断，当取不取，这岂不让将来有识之士感到遗憾呢！"

时司马炎见反对者多，支持者少，无奈，只得暂停举兵消灭孙吴国。

晋武帝咸宁三年（孙吴天纪元年）正月，因司州、冀州、兖州、豫州、扬州、颖川和襄城洪水泛滥成灾，司马炎在一日早朝询问大司农道："有何法助百姓一臂之力消除水灾呢？"

问毕还不待大司农答言，杜预即答道："眼下水灾当以东南地带最为严重，因而应令那里的百姓修缮汉朝修建的那些池塘以备蓄水和泄水。如此，受饿的百姓就有足够的水产品为生，这是立竿见影的效果。待洪水退去后插上秧苗，每亩一季便可收获数斛稻谷。另外，牧牛署养有两万五千头种牛，它们既不耕田，也不驾车，成日养尊处优，何不将其分给百姓用于耕种呢？待庄稼成熟收割后，再向他们征收赋税，这不是件永远有益于国家的事吗？"

司马炎认为杜预言之有理，当即便予采纳，结果国、民皆获利。

晋武帝咸宁三年（孙吴天纪元年）三月，羌胡部落首领秃发树机能、侯弹勃等欲率部众劫走晋国屯田军。司马炎在洛阳闻报，立即便传令在长安的征西大将军司马骏，令平虏护军文鸯都督凉、秦、雍三州晋国军各进驻重要

第八十四回　排西北边患司马安世不遗余力　除内阻司马炎毅然举兵统江山

关隘，以便威慑他们。随后，文鸯率晋国军主动出击秃发树机能所部部众。秃发树机能所率部众不敌，无奈，只得与侯弹勃举众投降，并派各自之子入质为侍。安定、北地、金城等部落的吉轲罗、侯金多以及匈奴的热冏等部落闻此，不禁惊惧，并不约而同率领二十多万部众向文鸯投降。

自晋武帝泰始元年（孙吴元兴二年、甘露元年）晋国分封诸王以来，这些王并未到其封国居住，而是留居在京城洛阳。同时，也无王国军队。现在，即晋武帝咸宁三年（孙吴天纪元年），司马炎见文韬武略的齐王司马攸声望如日中天，于是担心自己百年后发生帝位继嗣之争，于是便想让司马攸远离洛阳，即到其封国居住，以防不测，于是便修改诸王分封食邑制度。时诸王封国分为大国、次国、下国三个等级，皆置中尉统领王国军队，大国置三军五千，次国置二军三千，下国置一军一千一百。于是诸王都愿意到自己的封国居住。

须知，此前司马炎曾就这次修改诸王分封制度询问过中书监荀勖。时荀勖道："修改弊多利少，一、大多诸王担任各地都督，若让他们各归封国，将使中央王朝管辖地减少；二、分割郡县，充实封国，移徙之民必怨声载道；三、王国置军，必会削弱中央军实力。"

司马炎闻之，不禁两头为难，即荀勖虽言之有理，但让诸王出洛阳又势在必行。于是左思右想，得出一法，即大力削弱诸王的都督权限。尽管如此，诸王们还是去了他们各自的封国，最终达到了将司马攸赶出京都以外的目的。

同年八月，河水沿岸发大水，同时兖、豫、徐、青、荆、益和梁七州皆受水灾。对此，司马炎不禁非常着急，并下诏予以救急。

同年，西北杂虏及鲜卑、匈奴、五溪蛮夷、东夷三国各率种人部落归附晋国。

晋武帝咸宁四年（孙吴天纪二年）三月，东夷六国向晋国奉献。

同年六月，鲜卑秃发树机能余部部落首领若罗拔能不甘失败，率部卷土重来，在武威击败晋国军，凉州刺史杨欣亦被杀，于是晋国西陲再度陷入大乱。

同年七月，晋国司州、冀州、兖州、豫州、荆州、扬州发大水，于是杜预在一日早朝向司马炎上书道："臣辄思惟，今者水灾东南特剧，非但五稼不收，居业并损，下田所在停汙，高地皆多硗脊，此即百姓困穷方在来年。虽诏书切告长吏二千石为之设计，而不廓开大制，定其趣舍之宜，恐徒文具，所益盖薄。当今秋夏蔬食之时，而百姓已有不赡，前至冬春，野无青草，则必指仰官谷，以为生命。此乃一方之大事，不可不豫为思虑者也。"

随后不久的一日早朝，杜预又亲自对司马炎上书道："诸欲修水田者，皆以火耕水耨为便。非不尔也，然此事施于新田草莱，与百姓居相绝离者耳。往者东南草创人稀，故得火田之利。自顷户口日增，而陂堨岁决，良田变生蒲苇，人居沮泽之际，水陆失宜，放牧绝种，树木立枯，皆陂之害也。陂多则土薄水浅，潦不下润。故每有水雨，辄复横流，延及陆田。言者不思其故，因云此土不可陆种。臣计汉之户口，以验今之陂处，皆陆业也。其或有旧陂旧堨，则坚完修固，非今所谓当为人害者也。臣前见尚书胡威启宜坏陂，其言恳至。臣中者又见宋侯相应遵上便宜，求坏泗陂，徙运道。时下都督度支共处当，各据所见，不从遵言。臣案遵上事，运道东诣寿春，有旧渠，可不由泗陂。泗陂在遵地界坏地凡万三千余顷，伤败成业。遵县领应佃二千六百口，可谓至少，而犹患地狭，不足肆力，此皆水之为害也。当所共恤，而都督度支方复执异，非所见之难，直以不同害理也。人心所见既不同，利害之情又有异。军家之与郡县，士大夫之与百姓，其意莫有同者，此皆偏其利以忘其害者也。此理之所以未尽，而事之所以多患也。"

时司马炎非常赞成杜预两道上书，并下诏立即落实。

同年八月，羊祜病重，请求入朝向司马炎面呈举兵进攻孙吴国之策。到达洛阳时，正巧景献皇后羊徽瑜驾崩。对此，羊祜不禁非常悲痛，于是病情恶化。司马炎闻报，只得下诏命他抱病入见，并让他乘辇车上殿，且不必行跪拜礼，其礼遇之高时所罕见。后司马炎闻报羊祜已病入膏肓不能入朝觐见，于是便专派中书令张华前往听取羊祜进攻孙吴国策略。时羊祜躺在病榻

第八十四回　排西北边患司马安世不遗余力　除内阻司马炎毅然举兵统江山

上对张华有气无力地道："当今皇上有受禅让之美名，但功德尚未著称于天下。而孙皓那厮暴政已极，朝野上下怨声载道，此时平定孙蛮便可不战而胜。统一天下后可兴办学校，则皇上可比尧舜，而臣下犹如稷契，这是百年难逢的盛事。如果放弃这个千载难逢之机，或孙皓不幸亡故，孙蛮另立英明君主，虽我有百万大军，仍难以逾越江水。如此，不是留下后患吗？"

张华闻言，认为非常有理。随后羊祜又道："能实现我这个愿望的，只能是你啊！"

司马炎闻张华所报羊祜所言，认为非常有理，于是欲让羊祜带病统领晋国军消灭孙吴国。羊祜闻之却道："消灭孙蛮不必我亲自参与，事后倒是还需皇上费心治理才是。对于功名之事，为臣的岂敢自居。"

同年十月，孙吴国以重金收买晋国皖城军民，策动其叛乱。晋国扬州刺史应绰率领晋国军平定之，并斩首五千级，焚其积谷一百八十余万斛，践其稻田四千余顷，毁船六百余只。结果孙吴国偷鸡不着蚀把米，赔大了。

同年十一月，羊祜亡故，司马炎依羊祜临终所荐，以杜预继任其职征南大将军、都督荆州诸军事。杜预上任后，便使离间计，即挑选精兵强将，袭击孙吴国西陵督张政所率孙吴国军，并获大胜。张政乃孙吴国的名将，对这次兵败自然感到非常惭愧与羞耻，因此未将战败情况禀报给孙皓。杜预得报，又使离间计，将所缴获的战利品全部归还给了孙吴国。孙皓闻之，方才知晓事实真相，于是不禁大怒，并将张政召回，另派武昌督留宪代替张政。

随后不久，东夷九国归附晋国。

晋武帝咸宁五年（孙吴天纪三年）正月，鲜卑首领秃发树机能率领鲜卑军攻陷晋国凉州河西。前面已述，早在晋武帝泰始七年（孙吴建衡三年），秃发树机能就率领鲜卑军占领了金城郡，并斩杀了晋国凉州刺史牵弘。至此，秃发树机能所率鲜卑军便占领了河西大部地区，从西面对晋国构成了巨大军事威胁。八年后，即现在，凉州刺史杨欣因与羌族关系恶化，时在凉州河西的秃发树机能便乘机率领鲜卑军再次攻击晋国凉州河西地带，并使其脱离了晋国。司马炎闻报，不禁非常惊震，并传召在洛阳的文武百官速到太极殿商议对策。待他们闻召到齐排定,口呼"吾皇万岁万万岁"毕,面带忧色的司马炎即将眼下凉州河西失陷之事向他们道了一番,并问道:"谁能为朕讨平秃发树机能这虏呢?"

问毕良久,也无人作答。对此,司马炎正欲发怒,忽听得有人高声道:"倘若皇上派末将前往,定能讨平秃发树机能那厮!"

司马炎及文武百官闻声忙不约而同循声望去,原乃司马督马隆。

马隆,字孝兴,东平平陆人。自幼便遍读诸子百家,练刀弄枪,及长成,智勇双全,好立名节。初为兖州武官。早在二十八年前,即曹魏嘉平三年(蜀汉延熙十四年,孙吴赤乌十四年、太元元年)四月,太尉王凌因欲行废立败露自杀,时与王凌合谋的令狐愚已去世,但仍被开棺曝尸三日。此后全兖州竟无人敢收葬。马隆见此,甚为不安,遂佯称自己是令狐愚门客,前往领走令狐愚遗骸,用私财为其殓葬,并在墓地两侧列植松柏,甚至还服丧三年。马隆此举遂成兖州官民美谈,并因此被署任为武猛从事。司马炎代曹魏立晋称帝不久,便欲发兵消灭孙吴国,统一天下,并下诏令州郡举荐智谋出众和武艺高强之士到朝廷任职。于是兖州官员便举荐马隆,并言其才可任重将,后来渐次升为司马督。

却说司马炎闻马隆言,自然大喜不禁,只是不知马隆有何战法。于是问他道:"如果马将军定能讨平羌胡贼人,朕何故不任用你呢!只是朕不知将军将以什么策略取胜?"

方问毕,马隆即掷地有声答道:"末将打算招募勇武之士三千,不论他们来自何方,此前从事何业,只要他们愿意西去讨伐秃发树机能,便能凯旋!"

司马炎闻言大喜,当即便准了马隆方才所言,并任命他为讨虏护军、武威太守。对此,有的官员认为马隆是说大话使小钱,夸海口而已,于是当即异口同声地对司马炎道:"我国眼下强兵猛将早已人满为患,何必再任意招募新兵呢?再说了,马隆方才所言只不过是胡吹瞎侃,皇上何必当真呢!"

司马炎闻言,却不以为然道:"马将军言之有理啊。"

随后,经司马炎允许,马隆招募了三千五百名能拉开重一百二十斤强弩

第八十四回　排西北边患司马安世不遗余力　除内阻司马炎毅然举兵统江山

的将士。接着又经司马炎允许，从武库挑选了一批新锐兵器装备这支新组成的晋国军后，便出洛阳西门，日夜兼程，飞一般直向凉州赶去。

孙吴天纪三年（晋武帝咸宁五年）夏，郭马举兵反叛孙吴国。郭马乃孙吴国合浦郡太守脩允的亲兵督领。后脩允转任桂林郡太守，因病欲前往广州治疗。临行，脩允派郭马率领孙吴国亲兵五百前往桂林安抚那里的蛮民部族，以便稳定局势。后脩允病亡，按规定，郭马及那些亲兵应当分派给他人统帅。郭马与那些将士多年同在一起，感情深厚，因而不愿分离。恰值孙皓下令核查广州户口，郭马与亲兵将领何典、王族、吴述和殷兴便借机恐吓广州兵民：朝廷要将他们聚起来问罪，并赶走广州都督虞授。随后不久，郭马自称安南将军，都督交阯、广州诸军事，并令殷兴为广州刺史，吴述为南海太守。又派何典率领叛军进攻苍梧，王族率领叛军进攻始兴。

在建业的孙皓闻报郭马举兵反叛，不禁大惊失色。何也？原来此前有谶者言：大吴之败，兵起南蛮，亡大吴者公孙啊！孙皓闻之，遂将朝中文武官员乃至卒伍中有姓公孙的，皆徙至广州，并不许住在江岸。现闻报南面郭马举兵反叛，便认为谶者之言灵验，因此于同年八月下诏，以军师张悌为丞相，牛渚都督何植为司徒，执金吾滕循为司空，再转任镇南将军，假节兼广州牧，共率万余孙吴国军从东路征讨郭马，并在始兴与王族所率叛军相遇，结果他三人所率孙吴国军不能前进。于是郭马便迅疾挥军猛攻南海郡，并杀死太守刘略，驱走广州刺史徐旗。孙皓闻报，自然怒不可遏，于是又传令将军徐旗、徐陵和都督陶皓率领七千孙吴国军从西路征讨。随后传令交州牧陶璜和郁林所率孙吴国军，与张悌和徐旗所率合浦东、西两路孙吴国军共同夹击郭马所率叛军。

时在洛阳的司马炎闻报此讯，自然大喜不禁。同年十月，匈奴余渠都督独雍等率部归晋国。同年十一月，马隆率军至武威，鲜卑大人猝跋韩、且万能闻报，不禁非常惊惧，遂便率万余部众投降晋国。对这接二连三的喜讯，司马炎自然更是大喜不禁，并立马传召在洛阳的文武百官到太极殿再次商议举兵消灭孙吴国事宜。待他们闻召方到齐排定，还不及口呼"皇上万岁万万

1693

岁"，司马炎便将其所得报向他们道了一番，并言欲乘机举兵消灭孙吴国。时以贾充为首的荀勖、冯紞、杨珧、王恂、华廙那些文武官员闻之，仍然极力反对。而任恺、庾纯、张华、温颙、向秀与和峤等文武官员闻司马炎言，却极力赞成消灭孙吴国。随后，双方还常争得面红耳赤，互不相让。

与此同时，在武昌的杜预正与各路晋国军商讨进攻建业事宜。时有的建议明冬进攻最宜。对此，杜预却不以为然道："昔乐毅藉济西一战以并强齐，今兵威已振，譬如破竹，数节之后，皆迎刃而解。"

言毕，遂指授群帅方略，准备随时顺水而下，进攻建业。

时司马炎得报杜预所作所为，更坚定了举兵消灭孙吴国的信心，并不再听从贾充等人的反对意见。正在这时，司马炎又闻报马隆已挥军消灭秃发树机能所率鲜卑军，于是消灭孙吴国的信心倍增。

看官你道马隆是如何消灭秃发树机能的呢？原来马隆率领晋国军日夜行军，很快便赶到了河西，并西渡温水，秃发树机能等人则带领几万鲜卑军凭险阻击。因为山路狭隘，马隆便令所率晋国军工匠制造了无数扁箱车。就是在车上安装一座小木屋，遇到平坦地带时则以车结营，遇到狭窄山路时则将小木屋安装在车上，里面坐着弓弩手，边放箭边前进。晋国军箭头所射之处，那些鲜卑兵便应弦而倒。同时，马隆指挥晋国军于道路两侧堆积了大量磁铁石，以便吸阻身着铁铠的秃发树机能所率鲜卑军快速前行，而晋国军所披犀牛皮甲不受磁铁石影响，因而进退自如。对此，秃发树机能所率鲜卑军非常震惊，以为晋国军是神灵。走了千余里路，竟打得秃发树机能所率鲜卑军死的死，伤的伤，损失惨重。

司马炎闻报马隆大胜后，举兵消灭孙吴国的信心更是倍增，并随即采用羊祜生前拟定的战略方针，发晋国军二十万，分六路进攻孙吴国。具体部署是：

第一路由镇军将军、琅琊王司马伷率领晋国军从驻地下邳向涂中进军。

第二路由安东将军王浑率领晋国军从驻地扬州寿春向江西进发，占领横江码头。

第八十四回　排西北边患司马安世不遗余力　除内阻司马炎毅然举兵统江山

第三路由建威将军王戎率领晋国军从驻地豫州向武昌进军。

第四路由平南将军胡奋率领晋国军从驻地荆州向夏口进军。

第五路由镇南大将军杜预率领晋国军从驻地襄阳向江陵进军，然后南渡江水和湘水，进军交州与广州。

第六路由龙骧将军王浚，广武将军、巴东监军唐彬率领水陆晋国军从驻地巴蜀顺江水东下，直趋建业。

随后，遂令贾充为大都督，杨济为副都督，坐镇襄阳节度诸军。令张华为度支尚书，筹办督运辎重粮草。

前面已述，以贾充为首的那些文武官员，其中包括杨济，是极力反对举兵消灭孙吴国的，而任恺、庾纯、张华、温颙、向秀、和峤等一班文武官员是极力赞成举兵消灭孙吴国的。何也？原来贾充、荀勖、冯紞、杨珧、王恂和华廙大多为已掌握朝中实权的豪门望族，为坐享其成，自然不想有战争风险。任恺、庾纯、张华、温颙、向秀、和峤等一班文武官员大多为担任虚职的寒门子弟，欲通过消灭孙吴国之战立功受奖，加官晋爵，掌握实权。另外，精明透顶的贾充还清楚地料到：一旦孙吴国被消灭，司马炎就会掉转枪头，打击对自己有威胁的如他贾充这样的豪门望族官员。如此，这无异于螳螂捕蝉，黄雀在后。

既然贾充、杨济公然反对举兵消灭孙吴国，按常理出战时凡是反对者都不宜出征，司马炎何故还令贾充和杨济到前线担任节度诸军的重任呢？一是贾充是以小人之心度君子之腹，小看了司马炎的雄心壮志。前面已述，司马炎从代曹魏国立晋国称皇帝开始，就有消灭孙吴国，统一天下之志。二是作为豪门望族的贾充反对举兵消灭孙吴国之意不仅代表了他的个人利益，还代表了朝中那些出身于豪门望族官员的切身利益。同时司马炎还深深感到，晋国虽已建立十五年，但政局还不够稳定，还需那些出身于豪门望族官员们的支持。再说了，贾充不仅是曹魏国大臣豫州刺史贾逵之子，并参与了镇压淮南二叛，特别是在弑杀曹魏国皇帝曹髦和射杀成济时冲锋在前，有显功于司马氏，尤其与司马氏通婚后，又成了皇亲国戚。故在朝中一言九鼎，威望之高可见一斑。因此,委他以消灭孙吴国的重任,就代表朝中所有豪门望族参加了消灭孙吴国之战,这不仅增强了消灭孙吴国的实力,还显示了我司马炎消灭孙吴国得到了豪门望族的支持。如此,消灭孙吴国便名正言顺,胜券在握,何乐而不为呢?

但贾充仍然反对消灭孙吴国,并拒绝接任所担大任。但司马炎坚持不变,同时还威胁贾充道:"倘若太尉不肯接任,那朕就亲率大军前往。"贾充无奈,只得受任。

贾充和杨济到达襄阳不久,驻守荆州的孙吴国军便已投降,根据战争形势发展需要,司马炎便下诏令贾充移驻项县,指挥晋国军渡过江水,向南进军。但贾充却上表司马炎要求罢兵,因为他认为孙吴国地广人多,不能一举平定。再者,倘若继续南向进攻,那里整天瘴气弥漫,疫病肆意,后果不堪设想。时荀勖上奏与贾充上表内容大同小异,似乎有理,但司马炎仍未采纳。这是后事,在此打住。

再说司马炎根据羊祜生前拟定的战略方针部署,毋庸置疑是正确的。因为时孙吴国虽然腐败不堪,但还有二十余万水陆军,仅就兵力而言,晋国军并无绝对优势,只不过孙吴国军分散部署于江水两岸和江水以南各郡县而已。按军事常识,攻方兵力必须是守方兵力的三倍至五倍,否则,便无胜算。因此,倘若晋国军要消灭孙吴国,只能分兵多路,齐头并进,方可达到迅速消灭孙吴国的目的。

却说王浚在成都方得司马炎传令,便率领早已训练过的七万晋国水军从巴东出发,与巴东监军、广武将军唐彬同时向孙吴国丹杨发动进攻,经激战,不仅攻破了城池,还生擒了丹杨都督盛记。随后不待歇息,便率军快马加鞭,日夜兼程,飞一般向西陵杀去。

此后不久的晋武帝咸宁六年、太康元年(孙吴天纪四年)二月初,王浚所率晋国水军就上岸攻克了西陵城,并擒获其镇南将军留宪、征南将军成据、宜都太守虞忠。

须知,早在六年前,即孙吴凤凰三年(晋武帝泰始十年)七月,大司马

第八十四回　排西北边患司马安世不遗余力　除内阻司马炎毅然举兵统江山

陆抗临终前就上书孙皓道："西陵与建平，皆国之藩表，既处下流，受敌二境。若敌泛舟顺流，舳舻千里，星奔电迈，俄然行至，非可恃援他部以救倒悬。此乃社稷安危之机，非徒封疆侵陵小害。臣父逊昔在西陲陈言，以为西陵国之西门，虽云易守，亦复易失。若有不守，非但失一郡，则荆州非吴有啊。如其有虞，当倾国争之。臣往在西陵，得涉逊迹，前乞精兵三万，而至者循常，未肯差赴。自步阐以后，更发损耗。今臣所统千里，受敌四处，外御强对，内怀百蛮，而上下见兵财有数万，羸弊日久，难以待变。臣愚以为诸王幼冲，未统国事，可且立傅相，辅导贤姿，无用兵马，以妨要务。又黄门竖宦，开立占募，兵民怨役，逋逃入占。乞特诏简阅，一切料出，以补疆场受敌常处，使臣所部足满八万，省息众务，信其赏罚，虽韩、白复生，无所展巧。若兵不增，此制不改，而欲克谐大事，此臣之所深戚也。若臣死之后，乞以西方为属。愿陛下思览臣言，则臣死且不朽。"

由此可见，陆抗早便预见到保持和加强对西陵的防卫的重要性。同时可见其赤胆忠心非同一般。陆抗死后，孙皓逐渐削减了西陵的防卫兵力，只留总督张政一支孙吴国军防守。前面已述，张政被杜预用离间计换掉改为他人防守后，是临战易将，为军事大忌。这就为随后王浚率领晋国水军顺水而下攻取西陵城创造了有利条件。

不过，真要攻破西陵城也并非易事。因为它四周地形险要，特别是在其上游不远险要处设有横截江水南北的铁索，又于江水中暗置无数丈余长铁锥，以便阻止晋国水军战船通过。但羊祜早便从抓捕的孙吴国军口中得知此事，并及时传告了在成都的王浚。王浚得报，遂经一番苦思冥想，终得一法，即下令晋国军工兵制作了几十条长、宽百余步的大木筏，并在其上扎了无数胄甲俱全的稻草人，以迷惑孙吴国军。同时，挑选了水性高超者混在那些稻草人中猛地向前划动木筏，于是木筏便顺流急下，暗置于江水中的那些铁锥自然便扎入木筏中，然后木筏上的晋国军便将铁锥迅疾拔出放到木筏上带走。同时，王浚又令晋国军工兵制作了无数长十余丈、粗数十围，灌有麻油的大型火把放在战船头部，一遇铁索，便立刻点燃火把将其烧断。结果后来王浚所率南下晋国军战船畅通无阻，顺利而下。真乃孙吴国道高一尺，王浚魔高一丈。

却说在建业后宫与宫女们玩得正欢的孙皓方得报郭马率领孙吴国军叛乱，又得报晋国王浚所率七万晋国水军已过了西陵正顺水南下，无异于雪上加霜，并气得暴跳如雷，吓得魂飞魄散。待回过神方思想到：晋国军竟然忘记了当年曹操率领数十万大军南犯荆州时，我祖父仅以区区几万人马便把他们杀得大败而逃；其后曹丕那厮曾胆大妄为，多次率军来犯我境，但到江水北岸见汹涌澎湃的江水，也只得望江兴叹，灰溜溜地撤军而去。而现在今非昔比，我有四州四十三郡三百一十三县，五十二万三千户，吏三万三千，男女人口二百三十万，将士二十三万。如此强大的实力，难道还打不退来犯的晋国军？思想至此，于是勇气倍增，遂令丞相张悌为统帅，以丹杨太守沈莹为右先锋，护军孙震为左先锋，诸葛靓为副军师，率领孙吴国水军三万，溯流而上迎战王浚所率晋国水军。张悌得令，认为这时与王浚强大的晋国水军交战无异于鸡蛋碰石头，自寻死路，但又不敢反对，只得依令行事。当他们连夜乘船逆行至建业以西的牛渚时，正值夕阳西下，站在指挥大船船头上的张悌回头问站在他身后的沈莹道："你以为我军这次迎战晋贼水军胜算若何？"

"丞相须知，晋贼早在巴蜀训练了一支强大的水军，现今又尽益州之众顺流而下。我江水上游守军名将先后皆已去世，由幼弱当任，加之疏于防备，同时，沿岸两侧诸城早已丢失殆尽。至此，晋贼水军到此便指日可待。"

"如何是好呢？"

"依我之见，应集中水军优势兵力乘船赶往采石矶，在那里与晋贼水军决战。若胜，便可阻止他们继续进犯，随后还可继续逆水西上，夺回失地。否则，大势必去。"

张悌闻沈莹言，遂沉思片刻道："我国亡灭，朝野上下似乎早便料到。因此晋贼军方到，我军便人心恐惧，很难再整军出战。故在晋贼军未到之前，若能及时逆流而前与其决战，或许还能取胜。倘若战败身亡，为国捐躯，乃死而无憾。倘若我军取胜，则我军威则大震，那时再挥军乘胜西上，夺回失

第八十四回　排西北边患司马安世不遗余力　除内阻司马炎毅然举兵统江山

地，便易如反掌。倘若按你方才之意，坐等晋贼军前来与我交战，时我军恐怕早就散伙了。"

时沈莹认为张悌言之有理，于是张悌便决定率领孙吴国水军逆流而上，迎击王浚所率晋国水军。

同年三月初的一日黄昏时分，张悌所率那三万孙吴国水军上岸与王浑部将、成阳都尉张乔所率七千晋国军在杨荷桥相遇。时孙吴国水军立即便将张乔所率晋国军围在杨荷桥旁大寨。晋国军兵少将寡，岂是人多势众的孙吴国水军的对手？于是晋国军便闭门不出，并派人向张悌伪降，以待后援。

神机妙算的诸葛靓对张乔向张悌请降洞若观火，并对张悌道："晋贼军张乔未与我交锋便降，此乃缓兵之计呢。因此，我军应迅疾将其歼灭才是。"

张悌闻言却不以为然道："大敌当前，不可因小股敌人而轻易出战。因此，应接受张乔所率晋国军投降才是。"

言毕不由分说，便亲自出迎张乔所率晋国军来降。随后，便率领孙吴国水军乘船顺水继续飞一般前进。不久，他们便与乘船的王浑所部司马孙畴和扬州刺史周浚所率晋国军在武昌城西三里处相遇，于是两军便离船上岸列阵对峙。列阵方毕不待骂阵，孙吴国水军一方膀大腰圆，铁甲铁盔，高头青马，威风凛凛的沈莹便将手中宝剑一挥，五千精锐步骑便潮水般向晋国军阵前冲杀过去。距晋国军阵地约五丈远时，忽见身材高大，铁盔铁甲，枣红大马的孙畴只将手中令旗一挥，身后立刻便飞出无数利箭，射得那些孙吴国水军喊爹叫娘，纷纷掉头后逃。沈莹见此，大怒，遂便拍马挥剑，亲率部下孙吴国水军冲杀了三次，但皆被晋国军射回，同时还射死了两员将领。沈莹见此，无奈，欲传令鸣金收兵。然传令还未发出，晋国军阵前将军薛胜和蒋班早便挥军冲杀了过来。同时，佯降的晋国军张乔又率晋国军从孙吴国水军背后杀出。孙吴国水军见腹背受敌，立即便溃不成军，四下奔逃。诸葛靓闻报，料知大势已去，只得收集残兵败将数百逃回江南。张悌不愿随逃，并与沈莹和孙震拍马挥械飞一般向晋国军杀去，怎奈寡不敌众，皆力战而亡。

此战孙吴国水军被斩杀近八千，其余逃得不知踪影。晋国军因此战告捷，士气自然大振。

同时，晋国扬州别驾何恽闻报晋国军大胜，自然大喜不禁，并对扬州刺史周浚道："敌将张悌所率三万孙蛮精兵皆被我军歼灭，孙蛮朝野上下震惊，现王浚已率军攻破武昌，乘胜东下，所向皆克，不日便可到达建业。因此，我部人马应乘机立刻南渡江水，就近赶在王浚所率晋国军之前直赴建业。如此，定可不费一兵一卒逼降孙皓。孙皓既降，敌便群龙无首，人心大乱。那时不用吹灰之力，孙蛮全境便自然归降。"

周浚闻言，不置可否，并立刻向其上峰王浑作了报告。王浑闻报则认为，司马炎只令他王浑兵临江水北岸，以御孙吴国军北犯。倘若南渡江水，就是违背君令。即便进军如愿以偿，也难加官晋爵。倘若进军失败，必获重罪无疑。于是王浑便坚持按司马炎原令行事，即就地等待王浚所率晋国大军到后，再与其合兵一处，共同作战。

何恽闻知王浑之意，不禁非常着急，并立马赶到中军大帐亲自对王浑道："将军身为国家上将，应见机行事，岂有每事皆按皇上诏命行事之理呢？"

但王浑仍坚持己见。

再说自司马伷所率那路晋国军从下邳出发以来，很快便到达涂中，并令琅琊相刘弘率领晋国军先锋日夜兼程，飞一般赶到了与建业城隔水相望的江水北岸，并令长史王恒率领晋国军南渡江水，直攻建业城。王恒得令，立刻执行，结果没用吹灰之力，便打败了江水南岸的孙吴国守军，歼灭其五六万，并俘获孙吴国军督蔡机。

却说王浚所率晋国水军上岸经一番激战攻破武昌后，便乘船飞一般顺流而下，于三月中旬便到达了距建业城西南仅五十余里的牛渚。孙皓闻报，才在慌乱中令游击将军张象从建业率领一万孙吴国水军乘船飞一般前往迎击。这时孙吴国全军已成惊弓之鸟，闻风丧胆，不战而逃。时王浚所率晋国水军战船浩浩荡荡数十里，战旗遮天蔽日，进军非常迅猛。因此张象所率孙吴国水军与其他孙吴国军一样，还未望见王浚所率晋国水军的影子便成惊弓之鸟，闻风丧胆，不战而逃。孙皓闻报，无奈，只得传令方行至武昌的原本派

第八十四回　排西北边患司马安世不遗余力　除内阻司马炎毅然举兵统江山

往交阯征讨郭马叛军的将军陶皓率领孙吴国军停止前往，返回保卫建业。陶皓得令，立刻便率孙吴国军从武昌飞一般赶回建业，还不待歇息，孙皓便传令他到后宫，到后不及坐下便问道："王浚所率晋贼水军战船规模和规格如何？"

"数量少规格小，只需两万将士乘坐大船便可将其击退。"

孙皓闻陶皓言，信以为真，并授予陶皓符节斧钺，于次日一早率领孙吴国水军两万，西上迎击王浚所率晋国水军。谁料到时还未出发，这些孙吴国水军便逃得一空。而孙皓殿中亲近者闻之，不禁非常惊惧，其中有数百人飞一般前往孙皓下榻处，异口同声问孙皓道："晋贼军不日将逼近首都，而我军却闻风丧胆，不战而散，皇上如之奈何？"

"斩杀奸臣岑昏以谢天下。"

他们闻孙皓答，立即便动手将岑昏来了个五花大绑，推出斩首示众。

随后不久，各路晋国大军便兵临建业城对岸。在建业城的孙吴国司徒何值、建威将军孙宴见此，料知大势已去，于是便带上印信和符节，前往王浑军前投降。孙皓见朝廷已分崩离析，无人愿战，无奈，只得采纳光禄勋薛莹、中书令胡冲等人之策，即先后分别派遣使者送求降信给王皓、王浑和司马伷，挑唆他三人互相猜疑和争功，以便引起其内部分裂，然后对其各个击破。时使者私署太常张夔得令，便飞一般赶到王皓所率晋国军中军大帐对王皓花言巧语道："昔汉室失去皇统，九州分裂，我皇先辈因时而起，占有江东，于是山河分隔，与魏贼势不两立。现大晋皇帝登基，仁德播及四海。我主昏顽偷安，不明天命。及至今日，烦劳六军，横盖田野，列队道路，远道驰临长江之上，使我举国震惊，苟延残喘临近末日。斗胆仰求天朝包容光大，谨派私署太常张夔等奉上佩带、印玺、绶带，希望接纳，以求保全我皇身体及拯救百姓。"

时王皓以为张夔所言是真，便接受了孙皓投降。在牛渚指挥大船上的王浚闻报，认为王皓未用一兵一卒便抢了头功，自然怒不可遏，并借口风急浪高，战船无法停靠为由，拉起风帆，顺流飞一般直向建业城赶去。不久，王浚所率晋国水军便顺利到达建业城北门。孙皓见薛莹、胡冲等人所献之策泡汤，无奈，只得反缚自己双手、带上棺木，来到王浚所率晋国军中军大帐投降。

至此，历四帝五十八年的孙吴国就此灭亡。于是长达近百年的战乱就此结束。对此，天下人或摆设豪宴，或纵情撰文，或登高赋诗，或挥毫作书，或泼墨绘画，或载歌载舞，同庆华夏统一，三国归晋。